国家古籍整理出版专项经费资助项目

国家社科基金重大项目『中国近代日记文献叙录、整理与研究』

（项目编号：18ZDA259）阶段性研究成果

主编——

徐雁平

马忠文

晚清珍稀稿本日记

柳兆薰日记

（壹）

（清）柳兆薰 著

李红英 整理

凤凰出版社

图书在版编目（CIP）数据

柳兆薰日记 /（清）柳兆薰著；李红英整理.
南京：凤凰出版社，2024. 8. --（晚清珍稀稿本日记 /
徐雁平，马忠文主编). -- ISBN 978-7-5506-4296-6

Ⅰ. I264.9

中国国家版本馆CIP数据核字第2024RD1602号

书　　　　名	柳兆薰日记	
著　　　　者	(清)柳兆薰 著　李红英 整理	
责 任 编 辑	许　勇	
装 帧 设 计	姜　嵩	
责 任 监 制	程明娇	
出 版 发 行	凤凰出版社(原江苏古籍出版社)	
	发行部电话025-83223462	
出版社地址	江苏省南京市中央路165号,邮编:210009	
照　　　　排	南京凯建文化发展有限公司	
印　　　　刷	江苏凤凰通达印刷有限公司	
	江苏省南京市六合区冶山镇,邮编:211523	
开　　　　本	880毫米×1230毫米　1/32	
印　　　　张	64.75	
字　　　　数	1682千字	
版　　　　次	2024年8月第1版	
印　　　　次	2024年8月第1次印刷	
标 准 书 号	ISBN 978-7-5506-4296-6	
定　　　　价	480.00元(全四册)	

(本书凡印装错误可向承印厂调换,电话:025-57572508)

咸丰七年日记书影

同治元年日记书影

五五一六

此册内存

（一）同治三年七月初一至七月初八日记稿　十页

（二）与年代的六月十七至七月初四日记稿　二页

（三）致涤卿等信稿　五页

同治三年日记书影

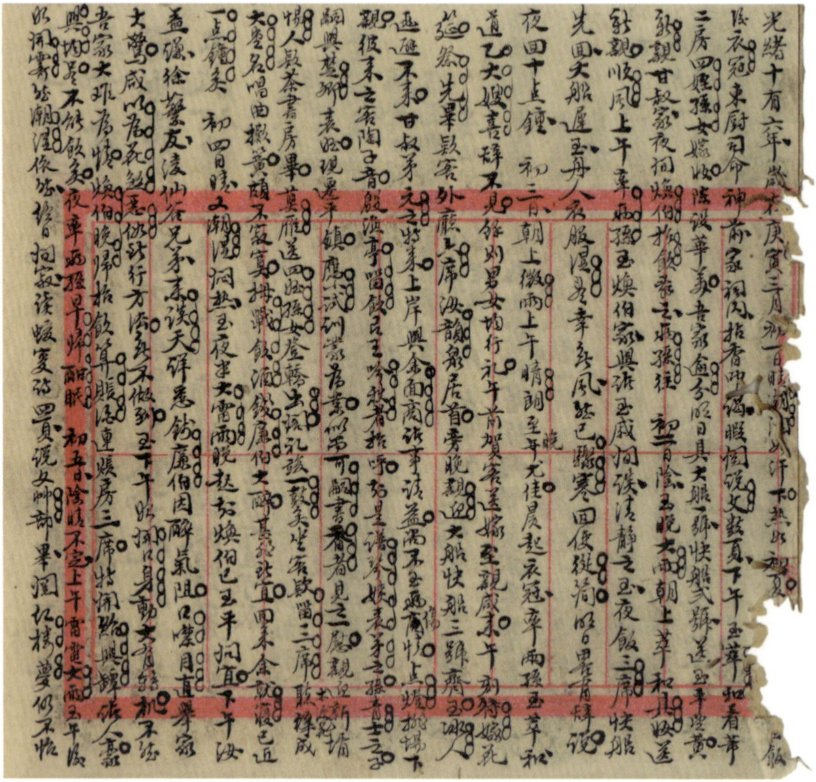

光绪十六年日记书影

序

明清时期，写日记已是蔚然成风。不少文人、官员和学者，出于各种目的，基本都有记日记的习惯，只是本人刊行的日记比较少。究其原因，可能在时人观念中，日记还算不上"著述"，不值得去刊刻传世；当然，更主要的原因或许在于，日记的私密性太强，不便拿给外人看。所以，大部分日记还是以稿本或钞本的形式被保留在子孙、门生手里，一代代传承下来。自古迄今，经历种种劫难，存世的稿钞本日记已经不多了。据统计，有日记留存于世的近代人物只有1100人左右。因此，今天保存于公、私收藏机构或个人手里的稿本日记，无不享受着善本的待遇，备受世人的关注和珍爱。

如人们所知，日记属于一种比较特殊的文献，具有全面记载生活各个侧面的综合性特点。日记永远都能以第一现场的感觉，将阅读者带入特定场景，沿着作者的心路，去体会当年的生活、境遇与情感，熟悉已经远去的风俗习惯和历史细节；哪怕从其中的任何一天读起，也可以读得下去，因而被视为一种很容易与读者产生共鸣的"有温度"的文献。人们喜爱日记正是源于其自身所具有的独特魅力。当然，注重个性化材料和社会日常生活的研究取向，也推动了学界对日记的重视和利用，以日记为核心材料从事研究的学术成果也越来越多。

目前，日记的出版主要通过原稿影印和整理标点两种形式。原稿影印日记始于20世纪石印、珂罗版技术被大量采用的时代。20世纪20年代，商务印书馆陆续影印出版有李慈铭《越缦堂日记》和翁同龢《翁文恭公日记》。同为晚清著名日记，比起同时代排印的《湘绮楼日记》,李、翁的日记都是根据稿本影印的,因而使人们能够更为真切地感受日记的原始样貌,甚至作者的书法风格、涂改痕迹,都得以原原本本地保留下来。时至今日,先进的数字扫描和印制技术,进一步促动了新一轮稿本日记的大批量出版,使"久藏深闺"的珍稀稿本日记,得以更多地呈现在研究者面前。可是,对学术研究而言,影印本虽然保存了日记原貌,出版周期也相对较短,但卷帙庞大,且日记多为行草书书写,字迹不易辨识,阅读和利用并不及整理标点本方便。所以,根据原稿本或影印本将日记内容加以点校,一直是文献整理者的重要任务。近些年影印出版的近代人物日记,如钱玄同、绍英、皮锡瑞、朱峙三、徐乃昌、江瀚、张枫、王伯祥等人的日记,也陆续经学者整理后出版了点校本,大大方便了学者利用和研究。由凤凰出版社推出的"中国近现代稀见史料丛刊",自 2014 年以来,已经出版 10 辑 100 馀种,其中日记占到三分之一以上,诸如孙毓汶、有泰、张佩纶、邓华熙、袁昶、耆龄等人日记都是据稿本或稿钞本影印版整理出来的,上述日记一经刊行就受到学界的广泛欢迎。整理本还有一个优势,便是对日记中的讹误做出校订,加补公元纪年,方便读者查核。不惟如此,整理本日记除学者外,也受到不同兴趣读者的欢迎。这几年,出版界、读书界兴起的"日记热",都与整理本日记的大量印行密切相关。可见,持续推进稿本日记的整理出版工作,对普及中国传统日记知识,增进读者对传统文化的亲切感,具有积极的作用。

在全国古籍整理出版规划领导小组和凤凰出版社的积极支持下,"晚清珍稀稿本日记"得以立项,精选十一种有重要价值的晚清珍稀稿本日记邀请专家进行整理。这批日记分藏于清华大学图书馆、上海图书馆、浙江图书馆、苏州博物馆、常熟市图书馆等机构,一部分尚未影印出版。这次整理,在做好字迹辨识、释文、标点的前提下,更提倡以研究为基础,撰写有学术深度的导言,搜集传记资料作为附录,并尽可能编制人名索引,来为读者和研究者提供更多的学术支持和便利条件。这十一位日记作者,既有状元洪钧,探花潘祖荫、吴荫培,传胪华金寿,翰林秦绶章,也有满洲官员、驻藏大臣斌良,兵部侍郎文治,还有像楼汝同、黄金台、柳兆薰、萧穆这样的地方官员、学者和士绅贤达。这批日记的内容十分丰富,举凡晚清重大历史事件、典章制度、教育考试、金石学术、社会风俗、人物交往、文艺创作、生活琐事等,靡所不包,合而观之,不失为观察晚清社会的一面镜子。另外,此次所选日记多为首次整理。

总之,这批稀见稿本日记具有极高的学术价值,是研究文学史、政治史、经济史、社会史、军事史、教育史、文化史、生活史、气象史、思想史的珍贵史料,参加整理者都是长期从事文史研究和文博事业的专家学者,具有扎实的文献学功底和整理经验。相信这套书的出版,将对传播优秀传统文化、推进中国近现代历史和文化研究发挥重要作用。当然,由于在文字识别等方面实际存在的困难,难免会存在一些问题。在此,我们诚恳希望读者不吝批评指正,以便今后的工作精益求精,不断提高。

目　录

前　言

柳兆薰(1819—1890),原名兆白,字咏南,一字虞卿,号时安,又号蒔安,晚自号厄道人,亦称悟因生,柳树芳次子,吴江芦墟胜溪(今江苏苏州)人。江邑优附贡生试用训导,清同治六年(1867)丁卯科,并补行咸丰十一年(1861)辛酉科本省乡试副榜,加捐内阁中书衔,同治九年(1870)七月署丹徒学教谕,同治十年(1871)二月辞官返乡。清吏部侍郎殷兆镛表兄,柳亚子曾祖父。柳兆薰工诗文、填词。著有《松陵文录作者姓氏爵里著述考》一卷,《分湖柳氏重修家谱》十二卷,《胜溪钓隐诗录》三卷、《诗馀》一卷,《苏词笺略正编》二卷、《类编》一卷。其诗收入陈来泰《寿松堂诗话》、薛凤昌《松陵诗征三编》,《诗馀》采入陈去病《丽泽词征》[①]。

《柳兆薰日记》,稿本,现存 21 册,苏州博物馆藏,现已收入《苏州博物馆藏近现代名人日记稿本丛刊》卷九至卷十二,2018 年 7 月由文物出版社影印出版。每卷所收册次及其内容简介如下[②]:

卷九收入稿本第 1 册至第 3 册。

第 1 册日记内容包括:

咸丰九年(1859)存二月二十日至十二月三十日。

---

① 　此段关于柳兆薰的生平参见《柳亚子文集(自传·年谱·日记)》,上海人民出版社,1986 年,第 402—403 页。

② 　每册主要内容根据苏州博物馆制作的日记手稿书影整理。网址为 https://www. szmuseum. com/Ancient/BookDetails/dac55061-4a13-4fba-bce9-92a5327892f4。

咸丰十年(1860)一月至十二月。

第 2 册书衣左侧墨笔题"辛酉日登",右侧墨笔题"咸丰十一年"。日记内容包括:

咸丰十一年(1861)一月至十二月。

同治元年(1862)一月至七月十二日。

第 3 册瓷青纸书衣墨笔题"莳庵日记"。其扉页左侧墨笔题"同治元年七月至二年三月止",次行墨笔题"莳庵日记"。右侧墨笔题"同治元年七月十二日至十二月三十日,同治二年正月至三月三十日止"。次行下钤"苏州市文物保管委员会珍藏"朱文长方印。日记内容包括:

同治元年(1862)七月十三日至十二月三十日。是年七月十二日夜,柳兆薰携眷启程,赴沪避乱。八月初三日,柳氏"由盐码头上岸,至新开河口",抵达上海。到上海后的二十天,即自八月二十四日起,连闰八月至九月初九日,柳兆薰因病痢四十馀日未写日记,九月初十日补记数日。

同治二年(1863)正月至三月三十日,四月至十二月缺。

卷十收入稿本第 4 册至第 9 册。

第 4 册瓷青纸书衣墨笔题"莳庵日记,同治三年七月初一日始"。日记内容包括:

同治三年(1864)七月初一日至十月初八日,一月至六月缺。

咸丰七年(1857)六月十七日至七月初四日①,馀缺。整理时根据日记时间,调整至相应位置。

第 5 册瓷青纸书衣墨笔题"莳庵日记",其扉页左侧墨笔题"莳庵日记,同治三年至四五年十一月止",右侧墨笔书"同伴金直卿、黄甘

---

① 扉页有图书整理者墨笔书:"五五一六,此册内存(一)同治三年七月初一至十月初八日记稿十页;(二)无年代的六月十七至七月初四日记稿二页;(三)致渌卿等信稿五页。"

叔、子乔、吉裳、润之、莳庵",其下小字云"鲍德全、陆生禄两处可寄蔡
晋之约课。同川南埭聚昇粮食店内交吴梅生转致章家浜金丽生宅"。
次行下钤"苏州市文物保管委员会珍藏"朱文长方印。日记内容
包括：

同治三年(1864)十月初十至十二月二十九日。

同治四年(1865)正月至十二月。

同治五年(1866)正月至十二月。

同治三年除夕(1865 年 1 月 26 日)，柳兆薰命工人拂拭两厅，
"以便张挂老祭五代图、先祖父母、先父母神像"，并感慨说："自乱后
到沪，礼典缺如，能得重见升平，屋庐无恙，均托先人福庇无涯。"据此
知同治元年、同治二年的除夕因避祸离乡，都未曾祭祖。

同治四年清明(1865 年 4 月 5 日)，柳兆薰"饭后同乙溪兄率大
儿、升侄、四侄舟至北舍木桥头始迁祖坟上祭扫，乱后吾族此典未废，
吾家自迁上海，两载未曾展拜，抱歉良多"。知同治二年、同治三年清
明时节，柳兆薰尚在上海寓所。现存《柳兆薰日记》中同治二年四月
至同治三年六月日记缺。同治三年三四月间，江阴、无锡、常熟、湖
州、常州一带相继收复。根据同治三年七月初一日之后的日记，知柳
兆薰在同治三年七月之前已经回到家乡，并且生活恢复正常。同治
四年五月十三日，柳兆薰"暇阅田单数吉，观工人插种，此风是田家美
景，自避寇迁沪，不及见者已二载矣"。同治元年七月，柳兆薰离乡赴
沪避乱，故此处"二载"即指同治二年、同治三年，也就是说同治三年
的插种时节，柳氏尚未返乡，或至少尚在返乡途中，故而未见家乡插
种的"田家美景"。

同治元年七月十二日柳兆薰从家乡启程赴沪避乱，行程二十天，
至八月初三日抵达上海新开河口寓所。据此推知，柳兆薰从上海返
回家乡，大约亦需要舟行二十天左右。

综上所述,大概在同治三年五六月间,柳兆薰从上海启程返乡①,六月下旬抵达家乡。从同治元年七月至同治三年五六月寓居上海避乱,亦符合同治四年清明日柳氏所云"吾家自迁上海,两载未曾展拜"中"两载"之说。

第6册书衣左侧墨笔题"日记,勤笔免思,己丑年起"。日记内容包括:

光绪十五年(1889)正月至十二月。整理时根据日记时间,调整至相应位置。

光绪十六年(1890)正月至闰二月卅日。整理时根据日记时间,调整至相应位置。

第7册书衣左侧墨笔题"丁卯日记,勤笔免思",右侧墨笔书"同治六年"。日记内容包括:

同治六年(1867)正月至十二月。是年八月,柳兆薰参加乡试,得中副榜三十一名。

同治七年(1868)正月至十一月。

第8册书衣左侧墨笔题"戊辰日记,勤笔免思",右侧墨笔书"同治七年十二月"。日记内容包括:

同治七年(1868)十二月。

同治八年(1869)正月至十二月。

同治九年(1870)正月至五月。

第9册书衣左侧墨笔题"庚午日记,荷月起",其上钤有朱文长方印,印文模糊。日记内容包括:

同治九年(1870)六月至十二月。是年四月知署丹徒学教谕,七月初七日启程赴任,七月十八日接印上任。

同治十年(1871)正月至七月。是年二月辞官,启程返乡,三月初

---

① 毛剑杰《柳兆薰:离乡的地主》中认为:"柳兆薰在1863年冬回到了老家。"《看历史》2011年第8期。

六日抵达家乡。

卷十一收入稿本第 10 册至第 15 册。

第 10 册书衣左侧墨笔题"门号簿改作日记,勤笔免思,辛未桂①月起",右侧墨笔题"同治十年八月"。扉页墨笔题"同治九年七月丹徒学吉立",另书"十五日,副堂夏老爷亲到;十七日,府书启师爷吴士衡,号少蓑,行三,来飞片答"。日记内容包括:

同治十年(1871)八月至十二月。

同治十一年(1872)正月至十二月。

同治十二年(1873)正月至三月。

第 11 册书衣左侧墨笔题"日记,癸酉清和月起",右侧墨笔题"同治十二年四月"。日记内容包括:

同治十二年(1873)四月至十二月。

同治十三年(1874)正月至九月。

第 12 册书衣左侧墨笔题"日记,甲戌年小春月起",右侧墨笔题"同治十三年五月"。日记内容包括:

同治十三年(1874)十月至十二月。

光绪元年(1875)正月至十二月。

光绪二年(1876)正月至三月。

第 13 册书衣左侧墨笔题"日记,丙子清和月起",下小字云"勤笔免思,道人题"。日记内容包括:

光绪二年(1876)四月至十二月。

光绪三年(1877)正月至七月。

第 14 册书衣残。日记内容包括:

光绪三年(1877)八月至十二月。

光绪四年(1878)正月至十月二十日,十月二十一日至十二月

---

① "桂"字左边有"巧"字,巧月即农历七月。根据正文内容,当为桂月,即八月。

底缺。

第 15 册书衣左侧墨笔题"日记,庚辰年起,勤笔免思"。扉页有书牌云"有艺堂,本号在姑苏元妙观东,醋坊桥西首,自造加工精选贡川毛鹿鲜艳红花格账,凡士商赐顾者,须认明本号图记,庶不致误"。"庶不致误"下钤"货真价实"白文圆印、"有艺堂制"朱文方印。

光绪六年(1880)正月至十二月。

光绪七年(1881)正月至十二月。

卷十二收入稿本第 16 册至第 21 册。

第 16 册书衣左侧墨笔题"日记,壬午年起,勤笔免思"。扉页同样有"有艺堂"书牌。日记内容包括:

光绪八年(1882)正月至十二月。

光绪九年(1883)正月至十二月。

第 17 册日记内容包括:

光绪十年(1884)正月至十二月。

光绪十一年(1885)正月。

第 18 册书衣左侧墨笔题"日记,勤笔免思,乙酉年起"。日记内容包括:

光绪十一年(1885)二月至十二月。

光绪十二年(1886)正月至五月。

第 19 册书衣左侧墨笔题"日记,勤笔免思,丙戌年起"。日记内容包括:

光绪十二年(1886)六月至十二月。

光绪十三年(1887)正月至七月。

第 20 册书衣左侧墨笔题"日记,勤笔免思,岁丁亥八月起"。日记内容包括:

光绪十三年(1887)八月至十二月。

光绪十四年(1888)正月至十二月。

第 21 册书衣左侧墨笔篆书题"衍复叟日记,勤笔免思,庚寅年起"。日记内容包括：

光绪十六年(1890)三月至十月三十日止。是年十一月二十四日丑时柳兆薰卒，终年七十二岁①。

《柳兆薰日记》从咸丰七年(1857)至光绪十六年(1890)，历经咸丰、同治、光绪三朝，时间长达三十四年。其中，咸丰七年仅存零星片段，咸丰八年、光绪五年缺，现存相对完整的日记三十一年(有的年份缺几个月)，记载了三十多年间作者的所见、所闻、所感，以一名江南乡绅的视角，真实地记录并还原了一百多年前江南水乡的生活。

日记对日常生活之琐事，无不详实记录，同时，对一些重大历史事件亦有记载，从中我们可以依稀可见晚清江南乡居生活日常的缩影。日记是琐碎的，既有乡邻、亲朋的家长里短，也有太平军以及当时清军抢杀掳掠的真实描述；日记是客观的，其受众为写作者本人，其中所记述的均为记录者的所历所感，相较于书本中的历史，它更能真实反映记录者所处的时代特征；日记更是详尽的、无所不包的真实生活，涉及当时人民生活的方方面面。其中既有婚丧嫁娶、生老病死等风俗礼仪，也有勤学苦读、望子成龙的美好愿景，可以说是一部无所不包的生活"百科全书"。重视和挖掘日记中的史料价值，对于研究晚清政治经济、社会生活、乡绅文化、科举考试、近代工商业、金融业等方面亦有十分重要的意义。

《柳兆薰日记》手稿字小行密，间有夹行小注，部分字迹较为潦草，加之一些字的繁体草书字形相近，如兴与与、昇与叔等，讹误之处，恐难避免。笔者学识浅薄，能力有限，书中不足之处，敬请方家学者批评指正。

日记整理工作得以顺利进行，离不开旧雨新知的古道热肠。特

---

① 《柳亚子文集(自传·年谱·日记)》，第402—403页。关于柳兆薰病故的原因参见《柳亚子文集(自传·年谱·日记)》，第53—55页。

别感谢北京师范大学出版社的谭徐锋老师,慷慨提供近二十万字的关于太平天国史料的录入稿电子版;北京大学张剑老师、常熟理工学院杨增麒老师、国家图书馆田晓春老师、北京师范大学汪桂海老师等亦给予很大帮助;凤凰出版社的许勇老师、单丽君老师为本书的出版付出甚多,纠正了不少错误,在此谨一并致以深谢。

李红英

2023 年 6 月 18 日

凡　例

1. 本书据文物出版社 2018 年 7 月出版的《苏州博物馆藏近现代名人日记稿本丛刊·柳兆薰日记》点校整理。

2. 原书部分日记的时间排序错乱，整理时按时间先后重新调整，确实无法确定时间的则仍保留在原处。

3. 在原年、月、日之后以圆括号标注公元纪年。

4. 日记中涉及书名较多，且多用简称、别称等，故凡是特指某一种书籍的，均加书名号表示，有些泛指的情况，如"苏诗""曾文"等则不加书名号。

5. 原文中的夹行小字，用"（ ）"标示，置于相应日记之中。

6. 原文中有墨迹或污损处，能识别字数的，每一字用一"□"表示，不能确定字数的，用"……"进行表示。

7. 根据丛书体例要求，日记正文均采用通用简体汉字进行整理。但为保持日记原貌，部分与现行规范汉字不一致的地方，仍保留。有些确为手写简体，且与现行规范汉字不同者，为避免引起歧义，改为目前通用汉字。如"乍"在表示昨天时，统一录为"昨"；"卓"在表示桌子时，统一录为"桌"；等等。其他一概不做替换，如原文"〇"表示计数零时，不做改动；"太山"不改作"泰山"；等等。

8. 文中表示尊敬以"〇〇""〇〇〇"代替换行另起的文字，整理时保留。

9. 此书仅整理日记具体内容，日记中夹页如信件、诗辞、觇谕、挽对、账簿、科名录、书单、药方等内容，均不收录。

10. 日记原文中有苏州码子记数，因整理者水平有限，对苏州码子相关知识掌握不足，虽请教了不少专家，仍难免有错认之处。为减少讹误，日记正文仅对上下文内容必须录出的地方进行汉字转换，其他表示注释、汇率等地方，以脚注的形式进行说明，恳请方家学者批评指正。

咸丰七年(丁巳,1857)

六 月

十七日^①(8月6日) 晴。朝上开船,顺帆到江,午前至下塘,晤吟泉,慎兄出门,属晚间相叙,知捐事茫无头绪。桂轩已来,余与两兄同寓北寺,与六和尚谈定,每日一饭两粥,每客百六十文,一应在内。晚间,慎兄留夜粥,谈至黄昏返寓,一轮明月照向床头。

十八日(8月7日) 晴。朝粥后慎兄来,约雷尊殿茗饮良久,复邀同两兄到下塘,留朝饭,盛情可感也。回寓后,旦卿侄同沈蓉斋来谈,留蓉斋中饭,据云李委员尚未来,故公事未紧,诸家皆已到齐,此番三家吃重,长谈而返,静坐良久。晚间,吟泉来邀同雷殿茗饮,旦卿侄同叶以轩亦来,渠作东,夕阳在树杪始回寓。是日子时立秋^②。

十九日(8月8日) 晴明,热。朝粥后,同两兄茗饮雷尊殿,慎兄亦来,叙话良久,复至行前,桂轩在行楼上,据云昨阅兵房苏行文,知报上上户者凌、王、沈三家,上户十二家,余家与轩老在前列,次上户亦十馀家,小委员邵公在局,今日邑尊已发信于李委员,在太湖厅劝捐,令其回江,余先返,至下塘,与吟泉谈。回寓后,两兄亦返,知邀

---

① “十七日。晴。朝上开船”至“十四日发,暇须答之”,此为单页,原稿附于稿本《柳兆薰日记》第4册末。参见《苏州博物馆藏近现代名人日记稿本丛刊》卷十《柳兆薰日记》,第184页。文物出版社,2018年(下同)。根据文中内容,此部分当是咸丰七年日记,据时间顺序调整。

② 咸丰七年六月十八日夜子初三刻五分立秋。

出角东易在水平庙议事,筑室道旁,毫无心腹相告,二老狡狯之极,诵公言尚可听得过。昨闻费阆仙已故,年未五旬,弹冠之兴方浓,修文之史已召,惜哉!是日观音佛生日,寓中净素,素菜极佳。

二十日(8月9日)　晴。朝粥后茗饮雷尊殿,复至行前与两倅谈,无聊之至。回寓静坐,吟泉来谈良久,同川顾伯渊同弟亦来定寓,据云须俟委员来后上来,王新甫同洪寿甫亦到,据云不出面,未知在何处。晚间复茶叙。昨夜慎兄来寓长谈,今晚茶寮中晤周宇春,据云外边风声亦甚平常,新署藩宪王有龄、新督宪何桂清办捐十分利害。又晤金秉翁,略知捐事情形。

廿一日(8月10日)　晴。朝粥后茗饮雷殿,慎兄已来,旦卿、圣裕两倅同桌。回至下塘,略坐归寓,作家书,明日船来寄与朗相,看来目前不便归家。长公来,借知近事。是日秋热,骄阳如火,今夏未尝逢也。寓中静坐,怕触暑。

廿二日(8月11日)　晴,仍热。朝粥后茗饮雷尊殿,与慎兄、凌森甫长谈,回至下塘略憩,即由西门至关庙前候周雨春,晤其仆杨,据云昨夜似有小极,尚未起身,特致意缓日再来。回寓静坐。下午桂、旦两倅来寓,传说委员要月底来,此事急切难了,安心静候,毋躁。晚间,家中船来,知石工尚未完,作札致朗相,初二日放船上来,不必公账用人舟。羹兄拟今夜下去伏载,听之。是日身子不适意,似稍有暑热。

廿三日(8月12日)　晴,闷热,连日作风,雨势不成,在寓静养不出门,高卧熟睡之至。与乙兄谈论,似尚可作"寒陵一片石"。下午慎兄来长谈,晚间雷雨,夜又空阶滴滴,凉意沁人肌肤,良苗怀新有象矣。

廿四日(8月13日)　阴,微雨,雷祖生日,合寺净素。上午不出门,下午至下塘畅谈。余连日畏热闷坐,鼻中垂涕如厚脓,臭甚,未知何证。下午至城隍庙雷尊殿与吟泉茗饮,荷诞日闻笙歌雅奏,至则阒如,回至下塘,吃瓜叙谈,余先回寓,云在草堂上。梨里诸公来寓,明日为田寿苏明府上匾，"黎民怀之"四字极切。

廿五日(8月14日) 晴。朝起与萧子坚、蔡云生、陈梦麟、沈岭梅、沈雨春谈，粥后步至行内，与旦卿同到水平庙看上匾，迎入城，鼓吹前导到大堂，邑尊从谦，不受晋爵三献礼，请诸公入内署开宴。席散出来，复送酒肴两席到寓，亲来答拜，以名片辞回驾，余与乙兄邀吟泉茗饮良久，同至下塘，蒙慎兄留夜粥。回寓，诸公固招同席，因强饮数杯，畅谈喜笑，狂言无忌，亦出门后友朋乐事也。谈至二鼓就寝，闻镇江几乎收复，被石达开匪头反间计打一大败仗，伤兵千名，一都司阵亡。

廿六日(8月15日) 晴，颇不热。粥后至行前，拉旦侄茗饮雷尊殿良久，谈及出角家教不严，子弟异日必有入于狭斜游者。甚矣，门内之行，不可不先自整饬也，可怕，可怕！回至寓中高卧，志气昏惰若是，亦由不能自振其精神也，然无聊之极，只好作如是观。

廿七日(8月16日) 晴热。朝上桂轩、圣裕两侄来，知旦卿已回去，午后吟泉来谈，慎兄惠西瓜四枚，谢谢。复与吟泉茗饮雷殿，回寓后晤沈素汾表兄，知与程卍云之郎厚卿亦同寓在寺。闻左辉春作委员，即日要来，王新甫闻亦在江。

廿八日(8月17日) 晴。朝粥后茗饮雷殿，与慎兄相叙，复至行前桂老处，晤二堤，狡狯之态见于面目。无聊回寓，与溯汾长谈，下午拟作札致松巢，渡河之叙恐不果矣。晚间，陆柬书来，知委员左即到，金慕愚同顾伯渊、叔甫(晚霞)亦来同寓，大约捐事复紧矣。

廿九日(8月18日) 晴。朝粥后茗饮雷殿，慎兄出来，回寓后与顾氏昆季畅叙，金慕潮以两上谕见示，即抄出。知何制军办事十分驳烈，新署藩司王初五公座，迟委员不来。下午吟泉同廉溪四大表兄来寓长谈，桂轩亦来过，委员来，仍属子虚，顾氏昆季皆归。

卅日(8月19日) 晴。朝上同沈溯翁吃面，复茗饮雷殿，慎翁亦来。回至慎兄处，四大表兄以《吴孝子全孝翁家传》录本见示，携至寓中，适溯芬以《何制军奏加上海税银》一摺属抄，所陈未必实有成效,而商贾已受其累。闻所据王公已将署藩司,新漕又要另改章程,我辈必致十分焦烂矣,可叹! 自出门至今已十六日,捐事毫无动情,王有龄公座后必然吃重,闷甚愁甚。

七 月

七月初一日(8月20日)　晴。粥后拉沈吟泉至南门沈家馆食不托,回至雷殿茗饮。回寓后,羹兄自家来,接小云先生信,知家中俱平安。陈虎生有信订文会,须作札复之。子屏有信寄费氏弟兄,明日拟吊阆仙送去,松兄亦有信来。是日复遇萧子坚、沈岭梅,茗叙。唐绣卿来候,渠家正邑亦已开报上户矣。

初二日(8月21日)　晴。朝上乙兄开船,余出吊费氏,幼子回礼,一知数出来应酬,余即回寓。少顷,吉甫来谈并致谢,足征渠兄弟多礼,因同至西门渠家老屋,晤芸舫,长谈,且设茶果相款,致子屏回札并梅史扇均带来,少顷告辞,家中船已来,中饭后即解维暂归。复至下塘关照吟泉初七上去,到家临近黄昏矣。

初三日(8月22日)　晴。饭后札致松兄,约明日遣舟载渠来叙,复作两札,一致松巢,一致陈虎生,文会不果来矣。接王松契札,蒙题图,作四六跋,五百馀字,信中意甚拳拳,十四日发,暇须答之。

二十一日①　被胁出蔀门,登舟南行十馀里,过一镇,疑是车坊或斜塘也。镇市先遭蹂躏,寂无人烟,村落中半未迁动,大肆劫掠……夜宿镇中,一女子拒贼投河。

二十二日　黎明舟行二十里,又至一镇,居民方……舟迁避,为贼截回……二□馀艘老幼或被戕或……未遭贼□□也。

二十四日　辰刻,又胁出□门登舟,闻欲攻犯城邑……西行……

---

①　单页,涂改颇多,不清晰,原件附于"十七日,晴。朝上开船"至"十四日发,暇须答之"一页之后。卷十,第185页。

东行,又密不言禁,贼及……经二十二日□掠,镇始知其误……夜色苍茫……戒心□,复肆掠乡村,较二十二日尤遍,居民猝不及走,皆避……贼火……无一得脱,至舟中□男子二百馀人……妇女□□馀人,贼亦颇……

二十五日 黎明开□,过一小镇,已为陆贼……至午始至……镇亦为陆贼所……登岸并宣……复南行且须……而北,所过村落俱皆镇民垒……自南而北且分东西……于是镇中大乱,兵勇皆脱帧逃……统计接取男子四千馀人,妇女一千一百馀人,夜□方毕,蚊□蜂至。……夜半后……又闻杀戮之声,至老幼未被……匿避空屋者……小姑父妾也。

廿六日 ……

廿七日 ……贼二十馀人……老贼及其……十一人……女一人,使女两人……

初四日① 晴。朝上凌墨园来成交,定价每石米冬四千,即日来下。饭后钱十兄来,以帮忙托渠寻觅。松琴来长谈,饭于书房,近词蒙改好,即属小云写筱峰图笺,托松琴寄去。松琴有词札寄苏州金狮巷豆付店间壁宋咏春浣花,存余处。初六晚间子屏要趁船到江,晚间送渠回去,有札暨方单致下塘。

---

① "初四日"此段为单页,原件即附于"廿七日……女一人,使女两人……"此页之后。卷十,第186页。

咸丰九年(已未,1859)

二 月

咸丰九年①,岁次已未二月二十日,吉立。

二十日(3 月 24 日) 晴,暖甚。朝上衣冠率应墀至家祠中叩谒,午中后省三侄孙来自北舍,明日吉行,赴昆应院试,小云先生同往,夜间伏载,宿于舟中。是行,仍与东书房合伴,三陪考,五人应试。午前接外父札,知孙学宪十六日巳刻案临,十七日行香放告,大约十八日开考,明日九学头场也。

廿一日(3 月 25 日) 晴。黎明解维,顺帆行,中午过邵陵,忽西北风大吼,卸帆,舟人猛力行,渡吴淞江,至未刻始抵昆。泊舟南门,即进城,至方家衖口外包宅,知头牌已放,松兄已出场,仿仙已定寓,在松兄寓间壁首饰店内张姓,楼房两间,灶头独用,共七榻半,制钱四千一百文,价尚公道,稍狭窄,且住为佳耳。即将行李运进城,起岸安顿,饭于舟中,夜与同人茗饮绿云楼,回来热甚,即眠。九县正场,府长元吴"万物皆备于我矣,反身而诚",江正常昭"仁义礼智根于心"至"见于面",经通场"言必先信,行必中正","天骥呈才",生古学"五经庶几才",以"博通五经,庶几之才"为韵(出王统《论衡》)②。江取费吉甫、夏莘农、金藻、王希鳌、郑寿保五人,府学正取第一李咏裳,童江

---

① 原件第 1 册。从咸丰九年至同治二年三月,收入《苏州博物馆藏近现代名人日记稿本丛刊》卷九《柳兆薰日记》。

② 按,《论衡》,东汉王充撰,此处作"王统",疑误。卷九,第 279 页。

取沈晋埏,正无,题"雨湿春蒲燕子低",以题为韵,"委怀在琴书","怀"字七言八韵。

廿二日(3月26日)　晴。寓中朝粥后,与小翁至甲子衖候邱玖丈,略坐,即同玖丈、小云庙中婆娑,茗饮良久回寓,下午复至庙闲游,玖丈不应试十二年矣,言及此事,深以苦海为累。夜间作札致黄渡章清甫,渠郎杏初来应岁试,有信致余暨松兄,意极拳拳也。夜间,张筱峰至松兄寓中长谈,以《绿雪馆诗词》初、二集赠余,据云去岁曾赠一部,寄梦兰,想病时不及转递耳。是夜太属新昆二邑进场,封门尚早。

廿三日(3月27日)　晴。饭后率儿侄至松兄处画押,派保倪又香,郑氏两姨甥、仲湘翁均到寓,在桥堍下题余《秦淮忆月图·台城路》一阕,极感慨淋漓之至,余赠七古一首,亦面致。下午放头牌,大属"见不善如探汤"二句,"行义以达其道"二句,崇明"乐则韶舞"二句,经"怀忠信以待举"二句,"岭上晴云披絮帽"。率迟儿至贡院前送戒士文造命真言。头场生案发,江张元之第一,费吉甫第四,周阆圃第二,松兄十二,共复十六名,咏裳府学四名,取诗赋不复试者金藻,亦奇事也。下午与松兄出城答张筱峰,不在船中,留名片而还,星伯侄不得意之至。晚,二、三等案亦发,星伯至学书处看折号,名在二等廿四名,批云:"语不晦涩,笔近清腴,诗抬头误,然收处上句用○○盛世,下句用○瑶京,亦非差误。"甚矣,抬头宜小心,以少为贵也。是日,陆述甫同朱蔼堂夫子来答。

廿四日(3月28日)　晴。饭后属小云出一文一诗,课同伴,熟笔机,即同小云至集衖城隍庙西寺茗饮畅游,下午同松兄、张啸峰、宝山沈小梅至仲湘翁寓中畅叙,陈讱翁《留爪集》一卷样本已有。坐间晤宋敏之志沂,渠取古学一等,复试亦不高,然此公词家作手,非时文家所可及也。啸峰住樟浦下乡,名塘口。小梅,名穆孙,宝山人,新选娄东七家词。以《悔过斋文集》二部,一致啸翁,《有馀地诗》二册亦送之,又《悔过斋文集》一部送小梅,即乞七家词,渠已许余。晚间,郑理卿文已交卷,与儿侄、世兄辈共相观摩,即率同伴并理卿夜游半亩园,略坐而返。今晨同松兄候章杏初,至其寓,渠已飘然归家,其老翁清甫信、谢教帖、文集朱拓均不能寄,怅然而返。是日童经古复试,"花屿读书床"赋,以题为韵,诗题时令忘却,"青山郭外斜"。

廿五日(3月29日)　晴。朝上同湘翁出城,至南门外候宝山沈小梅,渠家住春雨庄,娄东七家词一家也。张筱峰在座,畅谈良久,筱峰今日归家,送之登舟而还。饭后陆谱琴立人(一元明)来寓,费吉甫亦来,下午同湘翁、宋浣花约王叔钊(长洲)、拙孙至西寺茗饮,拙孙与余同案,亦考一等,今复招复,名在后,健于为文,诗词古赋无不佳,家住孙衙前,与浣花交最密。还来,至集街城隍庙前候太仓杨师白恩傅,亦近日词家大手也。归寓时,适上三县新进头牌已放,题"圣人既竭目力焉","既竭耳力焉","既竭心思焉","大匠诲人,必以规矩","鸟语短长声"。小云今日改课文,郑氏二甥来,文亦楚楚可观。

廿六日(3月30日)　晴。朝粥后至值路处取牌票。孙学宪外严内宽,发案极敏捷,谕各县老师送考,鱼贯而入,分色分牌,江得黄色,西辕门进,不得拥挤,此法甚善也。还寓,外父自梨乘兴来游,即同小云陪游城隍庙,茶叙良久,至学院前汤志高买笔,一正斋书坊买新刻学堂书、好板子数种而还。夜间吃粥,属进场诸位安眠。余与张元之茗饮,闻上三县案已发矣。还寓守夜,阅牌,丑初二炮,寅初三炮。今日老进九县复试,题"善政民畏之"四句,"菖蒲拜竹"。松兄出场极早,元之第一,批语甚华,然圈点极严,五名前无一密圈者,亦近科所希有也。二炮出门,三炮听点,余送儿侄辈进场后,回寓略眠。松兄来谈,封门黎明。

廿七日(3月31日)　晴。朝上同松兄、小云至高升馆吃面,茗饮绿云楼,回来,出城寻外父,不值,与小云闲游城隍庙。中饭后至湘翁寓中,晤杨师白,据云来答过,以《眉影楼词》一卷赠余,属题"眉影楼填词图",由子湘转寄。下午头牌始放,题江"点,尔何如",正"赤,尔何如",崇"求,尔何如",次"夫道若大路然,岂难之哉",诗"春风百草香"。二牌仿仙、蓉卿、升侄出场,三牌省三出来,四牌墀儿出来。

灯下同伴各念场作,应墀题窍未得,无望,仿仙极肖题神。是晚在学院前与小云、外父候考,外父意兴极佳,约共游山,尚未定夺。

廿八日①(**4月1日**)　晴。朝上乙兄、侄子蓉卿决计先归,饭后郑理卿来念考作,妥畅可望。外父已到寓中,健于一游。余至湘翁寓中,约郑氏二甥、琛士、海山三仲暨小云,由集街随外父、湘翁至大街,过昆山县前望北行,马鞍山已迎人在望矣。至老城隍庙花园内畅观,亭池花石无一不佳,四美亭后见山处卧游最久。复至花神庙茶叙良久,同人暨小云,仿仙踊跃登山,余与湘丈、外父懒于上山,茶话谈心。知湘丈不到山前已二十馀年,外父亦二十馀年矣。湘丈率同人至学宫前,观宋时花石纲奇石,外父疲于腰脚,不复往,余陪行,回寓憩息。复同至新庙集街,婆娑其间。二场老生复试已出来,题"临之以庄则敬"三句,"清溪抱郭流"。回至试院前,见案已发,郑甥理卿竟得招覆,可谓"矢无虚发",邱莲舫亦获售,久屈必伸,殊可为苦志者劝,惟夏仿仙又不见收,不胜扼腕叹息。至儿侄辈,了无根柢,文亦不能得题窍,其被黜,分也,宜也。夜间,松兄以全案见示,如凌其桢、张希华、陶元治等均是有名誉者。灯下送仿仙下船,言之,实堪泪下,余决计明日登舟矣。外父为郑甥大约要逗留,夜间来寓絮谈。章清翁信,松兄已托渠本路转交,余作便条夹在信中,因朱拓文集已送他人,述明原委,先寄一空函而已。

廿九日(**4月2日**)　朝上同小云率墀儿、省三侄孙下船,饭于舟中。行过吴淞江,西北风陡狂,顺帆,船不能把握,骇甚,命舟子下帆泊舟,不敢冒险。夜宿陈墓泾村落,去陈墓十馀里。

三　月

三月初一日(**4月3日**)　晴。上午到家,颇有举子下第凄楚景

---

① 据上下文,原文"廿七日"当为"廿八日",径改(后同此处理,不出注)。卷九,第280页。

象,以不再当为幸。余初亦不介意,到此地位,不能无情,命应墀、应达暂息几天,须按程做功,发愤自励,未识下科稍有生色否? 至秋伊馆中,示以全案,益为仿仙惜。秋翁有拟作,读之,题解雪亮,笔笔凌空,字字切实,神理、书理朗若玉山行,真房行好手也,奈两书房中均无会其一二语气乎? 总由读文不勤,理书不熟之故也。

初二日(4月4日)　晴。饭后送小云解节,约十三日去载,即同两兄率儿侄辈至西房南玲曾祖、祖父、伯父墓上祭扫。中午在丈石山房散福,二大房大嫂轮当,余兄弟暨儿侄七人团叙,谈及吾家子弟,无甚秀而文者,可知芝兰玉树,希世之宝,人世传家,培植不易也。下午大有醉意,适梨川舟回,接访丈札,先人文集删定改削极善,并撰佳序,如重作先大人遗传,拈一"刚"字作骨,不能遗置他人,快读数遍,胸中块磊化尽矣。夜间早眠。

初三日(4月5日)　晴,清明节。饭后同两兄率儿侄至北舍,祭扫始迁祖春江公、六世祖心园公、五世祖敬湖公、角字高祖君彩公,老大房桂轩值年。祭毕,团叙桂轩侄新屋守愚堂中。此次人数稍多,共十席六十人。桂轩家道极隆,肴馔丰盛,逸骧兄最长,首座,大榕堂兄亦来,第二位,乙兄、羹兄与余亦以齿座,诸侄恂如最长,与余并座,饮酒畅甚,极欢而散。下午茗饮茶肆,傍晚而返,夜间登清出门后账务,烦苦之至,今岁为考事所牵,一概未齐清理,可谓糊涂矣。

初四日(4月6日)　晴。饭后照应出栖,尚如所愿。下午率两儿至南玲先大人坟上祭扫,瞻望松楸,徘徊久之。门首欲筑一木驳岸,不敢擅动,迟疑未办,然此事难缓几年也。回来,家祠致祭,余主之,厅上设祭,两儿襄之。夜饮福酒,大有醉意,早眠。

初五日(4月7日)　阴,微雨,风尖,似有变意。早上属丁仆至平望,时选之有出阁事,虽不来请,不可不送礼,并致外父一便禀,想日上必自玉峰回棹矣。招綮氏二妹来絮谈,留中饭,知云老新得华厦,秋丞甥留京应试,可望即发,两房姊妹中此其冠军矣,艳羡之至。晚间,雨颇畅,春花滋润,已二十馀日不雨矣。平川舟回,接殷氏二表侄信，以《谱翁奏稿》抄寄，此子尚属诚实，至所托徐氏、汝氏姻事，当代为探听，便复三表嫂。

初六日（4月8日）　晴冷。饭后至秋伊馆中长谈，言及仿仙，再为怅惜。中午许竹溪来，欲商葵邱，辞之，润之而已，留中饭，索《养馀斋诗集》《小识》各一部而去。晚间，顾吉生兄来长谈，接袁松巢十四五日领帖讣文，言及此，曷胜宿草之感。灯下略坐，心乱如麻，奈何？

初七日（4月9日）　晴，西风极狂，瓦石飞奔，今春罕见。上午始将出门后书籍、书箱略为收拾整顿，懒极矣。下午作两札，一致叶绶卿，一谢顾仿溪。夜间略阅张筱峰《绿雪馆词全集》，玉峰晤见时所赠也。

初八日（4月10日）　晴。历云："大天赦日，可动土。"饭后作楷书，写访溪答札，封好待寄。暇阅太仓杨师白《眉影楼词》，笔新尖，同辈罕有。细按之，似浮眉一派，非宋词正轨也，然哀艳之笔，峭丽之思，几乎无阕不妙。宜乎名冠词坛，为娄东七家词之一作手也。

初九日（4月11日）　晴。午前外父家遣人来，接札，知郑理卿赘仪八十元，陶涤之百四十元，杨家骏五十六元，册结之丰，于今为极，贫士读书愈难矣。约外父十一日过往，借定大嫂处忏事。二妹来，留中饭，话旧而回，据云十六日归家。

初十日（4月12日）　晴。饭后命仆洒扫堂除，宿垢一空，奈燕衔泥，时污书幄乎！《分湖小识》书板整顿二加堂橱架上。阅《绿雪馆词》，余于此道似有宿癖，今春暨冬能得无公事缠扰，当用一番功也。明日拟至梨里。

十一日（4月13日）　晴。饭后至梨东栅徐竹汀家，两甥不在家，晤梅溪姻兄，大晚姊出见，知竹汀昨夜略有寒热未起来，至房内晤叙。余以三甥女庚吉请与殷氏大表侄，竹汀许之，复谈，吃茶点而返。登舟至中市，入敬承堂，外父出见，知玉峰之行腰脚尚可。招小云来中饭，徐氏遣女使持信来，庚吉收到，味丈、省丈均来，徐恒甫、绿卿亦来。外父开园赏玩，紫藤花满架，登晚安阁，菜花金黄遍地，畅叙良久。宾去,余至夏正盛还帐,招仿仙茗饮,天热甚,登茶阁,科头箕坐,颇为畅快。还来,复叙五峰园,黄吟海相候良久矣,剧谈,在园中夜饮,复在外书房团坐,玖丈亦来就谈,至一鼓后始寝,宿四楼中。

十二日(4月14日) 晴,暖甚,颇有初夏气象。晚起,与外父絮谈,中午集五峰园,外父招吟海、小云、味梅丈、省丈、内弟补人日,今岁未叙,且预钱春,莼羹鲈脍,嘉肴陈列,大有醉意,极欢而散。下午微云四起,春风扇凉,疏雨如珠,真肥露祥霖,滋养菜麦,同人欣喜之至。余同外父、小云、味、省两丈舟至罗汉寺方丈乙清和尚处,欲定大悲忏一堂,先兄卅周年,嗣子发心也。禅堂僧少,日期不空,此月中不能约定,且俟别图,啜佳茗而返。夜与玖丈谈,知周应芝明日安葬,恤典竟得予祭赐葬,一死荣极。柏中堂为科场事,二月十三日与新举卢鸿绎、房官普安正法菜市口①,一死丑极。人生义利之辨,公私之界,一念之差,鸿毛、太山,可不自警欤? 此案是本朝一大狱,圣上明决如神,四海翕然也。夜叙至一鼓后就寝。

十三日(4月15日) 晴。饭后家中船来,外父固留中饭,复同至五峰园,观紫藤银藤累累如珠,非故家园亭焉得有此好花! 午后,同小云小世兄辞外父登舟,风颇狂,幸顺,至池亭,以徐氏吉庚及札送致叶绶卿兄。据舟人云,绶老至华字观剧。见渠老太太,给酒资而还,到家极早。前赴梨时至大港,子屏出见,知痧子已愈,幸甚,幸甚。以薛明府同怀朱卷送余,外父以物件、礼物托致慎兄,当觅的便送交。

十四日(4月16日) 晴。早行,至赵田吊袁松巢,领帖第一日。至则吊客纷纷,余与陈骈生同席。饭后酬应宾客,晤周粟香、吴江杨太史振甫,初识面,陪之长谈。中午黎川诸孝廉均来,下午诸客将散,余亦告辞,明日领帖不及再来矣。舟中阅行述,述甫二兄出名,事事切实,无一虚辞,《礼》云:"朋友之墓,有宿草不哭。"今松巢安葬已四

---

① 咸丰八年科举舞弊案中的柏葰、罗鸿绎(有作罗鸿祀)、浦安。此即戊午科场案,清代三大科场舞弊案之一。

阅月矣,宿草将生,睹此光景,又不禁为之泪下也。思之曷胜悲悼!
至芦川泗洲寺泊舟,入禅堂,诸僧皆出去,主僧号鹤林者亦不在,忏不
克定,约明日下午再去。还至市上,耕畬行内略坐,凌墨园留畅叙,扰
茶而归。晚间至对河钱中兄家,送其母除几,一拜即返。终日碌碌,
夜间静坐,兴致索然。迟蕃侄不至,未知痧子能痊愈否。约吟泉来,
亦不到。

十五日(**4月17日**) 晴。上午始复誊真《苏词笺》一页,圈点杨
师白词八页。二妹来话旧梨里,明日归去。

十六日(**4月18日**) 晴。河水日退,大有旱象,必须雨润,庶解
燥烈。上午点《眉影楼词》一卷完,抄誊苏词一页半。下午将去年用
度续一结算,大约已在三千金外矣,公事捐数倘再复兴,将何以继?
夜间心烦,尚未合龙门,此事余实厌筹,然量入为出,不得不尔。闻玉
峰孙文宗今日发落奖赏,书房内考后今日第一期作文。夜间吉算去
年出账,四千百五十一千有〇,军饷在内,可谓浩荡无涯,净亏二千千
有〇,如此繁费,一无事干,如昏嫁之项,尚难过去,倘遇歉年,如之奈
何? 甚为可虑也。

十七日(**4月19日**) 阴,可望时雨。上午抄苏词一页。作一要
信复抚宪咨房张琴泉,昨晚接渠十三日所发信,以请奖初八日出奏底
稿寄示,据云要办赴选文书,大约亦咨部,其费若何,不知。作信复
渠,可办则办,倘要面商,俟四月中到苏面谈,此项亦须探听也。下午
吉算二加去年出账,连军饷在内一千百五十九千有零,两共要五千三
百有〇千文。思之可怕可愁也,奈何外人仍不余谅耶! 晚间春雨如
膏,惜不甚畅。

十八日(**4月20日**) 晴。上午抄誊苏词二页。适松兄来,知学
宪十四日奖赏,十五日起马,新进点名复试甚早,每人看一起讲始退
堂,以薛慰农词稿、四家词及慰翁拟作相示,即属两儿抄出,留书房内
中饭。苏州潘子绣遵瑊,终年不作时文,今岁吴县以六十名广额入
泮,所刻《香隐庵词》,已卓然名家。与松兄叙过,以所刻词暨朱伯康

词见示,长谈至晚始回去,闻费阆仙廿五日开吊。

十九日(4月21日) 晴。饭后抄詟苏词一页。暇填《齐天乐》一调,拟赠仲湘翁,即次所题小图原韵。下午阅潘子绣《香隐庵词》。

二十日(4月22日) 晴,风燥甚。上午詟苏词一页,下午舟至北舍剃头,知桂轩昨日往苏,即以张琴泉信,托吉裳侄孙由航船加封寄泰来栈交桂轩转寄,以酒资十四托张云桥妥寄,此事想不浮沉也。与张竹江茗饮茶寮,畅叙良久而返。顿整行李,略部叙,明日拟至舜湖郑氏。

廿一日(4月23日) 晴。早行,由梨至盛川,到则不过上午。上岸,误入陈宽夫家,不见面数年矣,略坐,知未生家在间壁,甚难为怀,谢之。出问,始由布庄内登其堂,见外父,知昨日来,未生、理卿俱出见,道渠伯侄喜,寅卿亦出见,俱极循循,未生留中饭,扰之。招仲湘翁来,余与外父先由大街锡卓店间壁候之,晤瑶士,知已到郑氏矣。回来与湘翁畅谈,赠一词,面致之,复以先严诗稿、《小志》、石刻、《陈切翁诗话》相遗,同席者郑氏竹林暨其堂伯恕安、湘翁,恕安行医,诗人也,欢饮而散。下午辞主人,至永义,新甫不在家,其兄巽斋郎中出见,小云小札及余对联,即托巽翁转致新翁矣,求书联语即在对联内。至书房内,顾访丈出见,叩谢之,心敬高阳亦由巽翁转致,似较雅道。叙语半刻,索巽斋京报两封而退,访丈送出门,谦甚也。卸去衣冠,陪外父万福楼茗叙良久,理卿来邀,复至其家,路上复遇湘翁,知至船边,以《宣雅集》致余,秋伊托求也。夜饭后,与外父、理卿昆季畅论诗文,理卿试作三篇均系原稿,初日芙蓉,天然可爱也。一鼓后宿舟中,雨淋漓,终夜不绝点,滋养万物,可称时雨。舟窄,热甚,不成寐。

廿二日(4月24日) 朝上开船,雨澍甚,至黎尚早。登敬承堂书房,少松在馆中以新进文二篇抄与儿辈,先人诗集亦已誊好,收还各二卷。午前大港上松兄处稍泊舟即开,到家中午,知西门费阆仙于廿五日开吊,讣帖已来。下午秋伊来谈,湘翁诗集面致矣。

廿三日(4月25日) 晴。上午抄詟苏词一页。下午郑理卿家来报入学喜单，留点茶，折席十二[①]，金十四[②]，共二两六钱，较诸他家已格外从丰矣。明日大嫂家延僧礼忏，为大兄卅周年也。

廿四日(4月26日) 雨。早起在二加堂看众僧礼忏。下午驾舟往吴江，明日吊西门费阆仙，与港上松兄同行，绕道载之。夜宿舟中，风逆，至黄昏始泊舟。西风，见门首排场，闻丧亭中升炮打更点，知酌司丧坐席。子屏上岸，三更时下船，余已熟睡。侄已订芸舫四月十三北上乡试，同伴五人。

廿五日(4月27日) 晴热，朝雾。早上闻炮声起来，李咏裳、沈梦叔俱至船边，咏兄试作、诗赋俱蒙录示，梦叔书法妙绝，均隽才也。上岸，至灵前拜奠阆仙，回至厅上，韩傅雨、顾广川接陪，少顷，与咏裳、蔡芙初辈同席，芙初亦北上同伴也。闻江浙抚宪要办借浙考棚行江南乡试事，已于是月十八出奏，果蒙恩准，老技颇痒，不得不果于一往也。饭后告辞入城，到下塘，晤慎兄，以邱氏礼物面缴。吴兰舟所画堂轴已告竣，送五元，托慎兄酬之。一茶告退，至周裱店，以堂轴天师朱符即裱。仍由西门出城，同子屏登舟解维，舟中谈文，极心心相契。下午至港上，侄回家，余亦上岸，略坐即开，到溪不过申刻。

廿六日(4月28日) 阴雨终日，豆麦滋肥，极好天气也。先起亭兄卅周年礼大悲忏今日圆满，早刻先化冥资，应迟肃衣冠叩拜，余照应一切而已，晚间圆满。

廿七日(4月29日) 晴。上午抄誊苏词一页。下午阅薛慰农拟作，警湛精到，可作揣摩秘本，朗诵数过，必须熟背。

廿八日(4月30日) 阴晴参半。工人辈均去观剧，所谓梅墩廿八信香市也。饭后沈慎兄来，以请奖提塘报条相示，其费尚未谈妥，蕉如、梦书处亦余收拾，一茶即去，约初二日再来团叙。成《金缕曲》一词，送子屏入都应○○恩科秋试，仍与费芸舫同伴，十三日吉行。

---

① “十二”原文为符号〡〢△。卷九，第284页。

② “十四”原文为符号〡〤△。卷九，第284页。

下午读薛氏同怀朱卷。

廿九日(5月1日) 阴。上午抄苏词一页,写笺纸上赠子屏词一阕。下午阅近选时墨,天色昏黯,冷甚。

卅日(5月2日) 晴暖。上午抄苏词一页,至秋伊馆中谈天。下午有俗事,不坐定。晚间雷雨,仍觉蒸郁,大有黄梅气象。

四 月

四月初一日(5月3日) 朝上虔诵《楞严咒》,天气晴明,大好养春花。上午松兄有札来(膂者米一石,即付),以娄东七子词暨宝山蒋剑人《芬陀利室词》见示,孙次公所刻同人词选,张梅生、丁步洲词均缴还,朱伯康词暂留。近作二阕,工丽无匹,以送子屏词写与之,约渠立夏日过溪。下午读薛墨,暇阅近人词。是日始食豆蚕饭,今年此品不多,未能饱啖也。

初二日(5月4日) 晴。饭后誊苏词一页。下午阅蒋剑人《芬陀利室词》,绵渺凄惋,大似玉田,当推为娄东一巨手,《绿雪馆词》不及也。迟慎甫不至。

初三日(5月5日) 晴。上午抄苏词一页。下午作一札寄外父。晚间慎甫来,留夜饭,招钱五兄、乙兄陪之,长谈良久,一切诸账均算讫。渠略有目疾,仍舟还东玲,不肯下榻余处,褒甚也。黄昏后送之登舟,据云即日回江,五月中再下乡。

初四日(5月6日) 晴,立夏。上午抄苏词三首。松兄同子屏侄来,以薛慰农看本拟作见示。中午书房内同餐,略具杯酌,絮语锵行,决计北上,定于十三场后即回南,不等榜,极是。便服辞行,略尽尖费赠之,芸舫处一函一札即托转致,以裱册页一本十二页属带致都中,求名公书,殷小谱处特修一片求书。晚间在书房内立夏小酌,松兄、屏侄同陪坐,上灯前回去。

初五日(5月7日) 阴。上午以札致外父。有大富陆佃老妇凭空来矙,挥去之,愈见世风不古。下午接外父回信,以吴下老农匿名上彭相国书已被相国奏闻,有旨着江苏督抚查办,其中苦陈漕弊,乡绅送串吃灾,小民大受勒追之害,字字切实,可当长沙上策。然此事小民终难沾惠,州县官硬逼乡绅完清,势必然矣。此册必须备存。

初六日(5月8日)　半阴晴。上午抄誊苏词一页。下午略些收拾行李,明日拟至苏城。

初七日(5月9日)　晴。饭后乘赤马船赴苏,顺帆而行,舟中阅《七家词》。下午泊舟胥江万年桥徐万春行前,即进城,由来远桥顺手转侍其巷,走金狮西河沿牌楼衖间壁候张琴泉,以茶点十匣送之。谈及赴选咨部详文,仍要由县详府司到院,索费四处,文东每处十二元,约四十八数,未免利过于本,再四相商,琴泉外圆内方,难窥涯涘,委蛇而返。出城徜徉,夜宿舟中。

初八日(5月10日)　晴热。早与陈五表侄茗饮万年楼,饭后入城,略买扇纸等件即出城,知张琴泉已至船边答过。上午余再至琴泉处谢步,略以每处八数相偿,渠不点头,且云若□□可托杨朴斋,余即卸肩,告以五月中托朴斋转恳阁下矣。茶叙告辞,即由抚院前独游沧浪亭,□□有公馆不得进。至两书院,寻旧时鸿爪,几阅沧桑,正谊则留养金陵难民,紫阳则改作铸军器局,讲堂几鞠茂草,惟头门前尚贴课案,知此事新抚军徐犹甄别,不费旧章也。慨然久之而还,至线香桥略吃点心。下午独坐锦祥楼茗饮,极畅。夜间大雷雨,舟人夜被半湿,幸即止,清风扇凉而睡。

初九日(5月11日)　晴。朝上买鲥鱼半片,开船,风利不得泊,饱帆而行,快哉!到家不过午后。知今日劳兰生来过,留一札致余,据云要办葬事,此事必须细商复之。作一便札,明日拟以鲥鱼一盆送外父。晚与小云小酌,饱唼鲥鱼,真异味也,余虽有漱恙①,亦不顾矣。

初十日(5月12日)　晴,有风。饭后命应迟至金泽陆,道其嗣

---

①　漱恙,疑为"嗽恙"。卷九,第285页。

姨母家出阁喜,命舟至梨,专送鲫鱼二块与外父。抄苏词一页后,属九丈画扇作一便片,团扇三柄,竹箄一握,均贴签条,拟十三日内子回梨,面恳玖叔。外父有回札,所说"开泰",未识即"三阳"之义否？晚间迟儿从金泽回,据云见陆述甫,知会试题"色难""今夫天""焉能使余不遇哉",题皆新而小,未识确否？诗题"高车高闳",得"从"字,出《史记·孙叔敖传》,颇生冷不好做。

十一日(5月13日)　晴。上午抄苏词一页。下午赋《金缕曲》一词,慰嘉善钱丈名嘉钟丧家孙而作,阅丈所哭诗文,叙事不甚合法,而其事甚奇,可入小说《谈鬼录》。

十二日(5月14日)　晴。饭后复作序文,寄与钱丈(号醉瓯),下午脱稿。钱翁,陆实甫外舅也,趁其请,故为之。通篇以佛氏轮回作骨,劝翁修成正觉,颇费婆心也。子屏有信来,知北上决计明日启行,徐解元文录示,当另抄寄还。会试总裁沈兆霖确实,彭、赵尚在疑似之间,题目亦确实,借闱尚未见奏准明文,即复之。

十三日(5月15日)　阴雨。内子回梨,札致外父并扇画资,托紫玖丈书画。暇抄苏词一页。下午至秋伊处长谈,以昨日所作文词并《吴农苦告》一册示之。晚间梨川舟回,接外父札,内人廿四日归家。由邱处接吴蕉如十一日所发信,知晚大姊因四甥女出痧初好,不来矣。

十四日(5月16日)　雨,甚好养菜麦。上午录苏词一页,拟复某友书备二函。下午读浙江新解元徐兰史文,才气横溢,大有袁太史文气象,真奇才也！闻慎甫在友庆。

十五日(5月17日)　半晴。饭后至羹处,与慎甫谈,知止报一节已谈妥四数,蕉处两数代应,饭后即回去,要至北舍,稍等候便要回江。抄苏词一页。算旧岁未登之账,繁甚。下午阅《七家词》。

十六日(5月18日)　晴,渐热。上午誊苏词一页。下午读时墨数篇,阅序伯词。

十七日(5月19日)　晴。小云以"高车高栖"改迟儿课作一首见示,工稳无匹。饭后誊苏词一页。下午读墨卷数篇,录清二加出入总登。夜阅筱峰词稿,谨庭为追呼急来相商,应之而去。

十八日(5月20日)　雨。上午抄苏词一页。下午松兄、竹淇弟、子屏侄自苏回,知借浙闱,上谕已蒙恩准两场应试,上江十一月,江苏十月举行,即将上谕抄出,欣慰之至。侄及芸舫均回南入场,不再北上矣。接芸舫信,薄赆璧还,札中词意婉委之至。松兄以原入送还,长谈而去。谨庭、星伯又来,厌闻之至,飓之不已,二数又付,云一送一扣。去后,束诸同人词稿,拟重理旧业,决计下场。《七子词》缴还松兄矣。

十九日(5月21日)　终日阴雨,咳嗽不已,精神略惫。饭后至秋伊处谈天,回来作札与陆实甫,序一、词一亦录去。下午温旧日所读墨卷,颇顺口,可知贪多垦生田均无益,然见猎心喜,亦不能自已。夜阅近墨。

二十日(5月22日)　半阴。朝上诵《普门品》四卷。上午抄《苏词笺》一页,约有五六页抄就则上卷可以告成,下卷及类编俟考事毕后逐时誊写矣。下午读墨卷,毕竟熟者易为力,垦荒田无益也。

廿一日(5月23日)　晴。朝上诵经。上午抄苏词一页,适接松琴札,少侄媳为追呼,租上如数①付讫,此事思之,实无善策,即去。下午秋伊来谈,北舍老三房沈氏堂姊来,辞以他往,即元宣之母也,他日恐不能不稍周之。暇理墨卷五篇。

廿二日(5月24日)　终日大雨如注,外间必有发水者,然春花有碍,且愈形歉收矣。上②誊苏词,恰好半册终卷,即并订一本,下卷及续编俟试事毕后动手矣。下午读墨卷六篇,馀阅时墨,有人来谈,北信不甚佳,以子虚为妙。

廿三日(5月25日)　终日雨,下午稍息,颇有"五月江深草阁

---

① "如数"后原文有符号 � 。卷九,第286页。
② 据上下文,"上"字后疑漏写"午"字。卷九,第286页。

寒"气象。上午作札致外父,以上谕抄示之,然非其所乐闻也。下午
读墨数篇,兴尽而止。

廿四日(5月26日) 半晴,下午有风。上午作字四行,阅墨卷。
午前内人自梨回,玖丈所画凌郑团扇,陶书竹箑,均书画竣事寄来。
接盛泽郑味荪廿二日讣音,明日开吊,必须一往。下午送小云解节,
由梨川邱船回去,余即往莘塔贺凌伊成郎应周入学喜,明日请酒,不
及逢其盛矣。纨扇一、分(璧)一,扇(受)则书画极佳。至,尚未晚,百
川叔侄出见,伊翁后见,海香一见,未道喜即已他往。百川陪余畅论,
兴致甚豪,云今科决计率弟侄辈下场,并约余同伴,复舟至陆家桥,同
百川候陆谱琴,道渠弟誧山入学喜。谱琴门下甚盛,设帷凌氏,陆家
桥其别业,堂宇幽畅之至。一茶后仍回莘塔,百川过留上岸,扰渠夜
饭,肴馔丰盛精洁,属餍之至。席散即回家,到时深黄昏矣,略具行
李,宿舟中,终夜为蚊所扰,不适甚也。

廿五日(5月27日) 雨。破晓发棹,饭于舟中,到舜湖尚早,至
郑氏吊味荪,知无疾而逝,以弟子寅卿为嗣,可知理卿今番必须进也。
仲湘翁、杨衮伯陪余,一饭即返。湘翁所刻切翁《留爪集》四十本已印
好寄余,云印资不缺。席间复晤李咏裳,云借闱一说,浙抚索费二十
万,并顶奏不肯办,尚不稳当,苏人有另建考棚之议,约卅万,未识究
竟若何办理。开船后微雨,午后到梨,登敬承堂,屈外父同舟至胜溪
盘桓几天。稍坐即登舟,絮谈,出诗见读,不觉已到家,尚未晚,夜粥,
畅论诗文,宿在内楼上。

廿六日(5月28日) 朝上大雨。晚起,外父在厅上诵常课,余
理墨卷五篇。下午以两儿文呈阅,批评几处,均见老眼无花。外父作
"牛以鼻听"排律一首,开合动荡,不脱不粘,均非时下所能及。暇则
谈论一切,极亲戚情话之乐。晚间沈慎甫来,云要开上忙条银,价二
百六十八①,照去年价仅让二十文(亦照旧),约廿八日上去,一茶即

① "二百六十八"原文为符号帅。卷九,第287页。

返，云至东浜。

廿七日(5月29日) 雨止，尚未老晴。饭后接松兄信，册页小本文子屏已寄还，作一小札并子绣请柬、师白词页由湘翁处寄交。外父斋素，课诵加功，下午畅谈两儿文，复蒙训教一切。迟慎兄未来。

廿八日(5月30日) 半阴，无雨。饭后慎兄在萃和，即以串账、物色面致，即开船，大兄处又驾一舟同往，约过节再下乡。下午东易甥女来，留之，云要即去，余亦不勉强也。外父兴到，填一词相赠，即拟和之，苦无好句。夜间有寒热，连日咳嗽，精神委顿，陪外父夜粥后早眠。

廿九日(5月31日) 朝上雷雨，潮湿之至。晚起，寒热始凉，与外父斟酌昨日一词，蒙改处甚工。外甥女上午回去，午后外父家船亦来，不能固留，中饭后言旋，迟儿同往，拟就医星甫调治。送外父登舟后，身子复不适，昏昏上楼熟睡。夜间复大雷雨，松兄一札并师白词、子绣帖均托邱舟送去。

五 月

五月初一日(6月1日) 阴，础柱门户无不潮湿，难望起晴，春花大有碍也。朝上雨。晚起，食粥，胃气稍清，尚有余热未净，必须静养也。在养树堂听远儿读文，余则毫无功课，静坐而已。天师符一道已裱好，俟天晴敬挂厅上。

初二日(6月2日) 阴晴参半。咳嗽不已，懒倦十分，皮气大泄。上午读墨六篇，勉强终卷，静坐养性，犹都不适。下午与秋伊长谈，回来属世老订吴少松所抄先人古文一册、《白门游记》一本先收藏之，尚未校过。今年有试事，不及付梓，来年春夏不能再缓矣。

初三日(6月3日) 阴，真所谓"漏天"也，春花将霉烂矣。读墨卷数篇，身子不适之至，辍卷。终日食粥，胃气薄甚，当须就医。

初四日(6月4日) 起晴，爽朗之至。早行，至梨尚早，就吴醒翁诊脉，据云无甚大病，然心火上升，肝皮有亏，庶须降火调肝，痰嗽自去。旨哉！清源之论也。等候处方而回。至敬承堂，外父招饮园中，玖丈、味丈均同席，余胃气甚不佳，清谈而已，所求玖丈书画、纨扇已就，补景妙绝，复题两绝句于词后，即景生情，可称三绝矣。晚率迟儿归家，过港上泊舟，松老乔梓俱在，所写张缄翁长年会，余书一千文。小云初九到馆，今日渠太夫人入祠，余一拜即解维，到家尚未黄昏，身子略健。

初五日(6 月 5 日) 晴朗。停账船，属工人收麦，今夏未有秋也。中午祀先，午后略饮，仍无味。下午熟睡。

初六(6 月 6 日) 晴，复蒸郁。晚起，胃气略清，朝上不食，中午一餐略有味，然身躯仍疲。下午复雨，难望老晴，今日破戒，大有水象。

初七(6 月 7 日) 饭后起晴。身躯稍健，写字半页，看墨卷。下午服药，闲散而已。

初八(6 月 8 日) 晴朗。上午写字两页，帐房内有客，陪之，下午客去，似可坐定，而"憧憧往来，朋从尔思"，殊为无益。营私旷课，虚度之至，惜哉！

初九日(6 月 9 日) 忽又阴雨，终日绵绵，低田有碍，可虑！上午写字两开。午后小云到馆，接外父札，领悉一是。雨仍不止，对之闷闷。下午凌荫周来送试草，一茶即去，留之不肯。

初十日(6 月 10 日) 上午雨甚。饭后写字一页。劳兰生遣朱姓人又持书来，阅后问朱姓，云三太太要营生圹，即作札谢辞之，末一行提起祝寿，封一元，与信同交，以偿其舟棹之费。其欲难洽，不能顾也，吾人此际最费衡量。下午读墨六篇，最为吃力。雨霁，难卜老晴。夜间肝疾大发，早眠。

十一日(6 月 11 日) 阴，无雨。饭后饮真建曲，甚佳。松兄有札来，成陶乂㕛糌米乙石，即作札复给之。读墨卷六篇。下午算今岁出入总登账，烦懊之至，辍读。

十二日(6 月 12 日) 复雨，殊有杞人之忧。上午理文六篇。北舍堂姊沈元宣母来,为合寿木有所商,允之,田上不提,留中饭而去。范五兄来,为阋墙事喷喷烦言,甚为讨厌,许其明日载四兄始回去。心思扰扰,不能坐定。

十三日(6月13日)　大雨竟日。闻杭州水发,故尔漫涨,然甚可虑。上午沈慎兄来,邱处串八户已齐,退馀四元,钱六百九十文,余处又截两户,即付五元,钱除净找四百廿六讫。又托北吏房李办赴选文东,未谈妥,取为三代圩邻保结去,留止宿不肯,至东浜,明日上去。下午作一札并慎兄转寄倪又香与松兄信洋加封,明日属梦书到港面致。顾吉生来,账房内留便中饭去。今日恭遇○○武帝诞辰,具斋肉、香果至广阳庵,命远儿拜叩,余肃衣冠,在厅上虔叩。有客应酬,权宜出此,然不恭莫甚焉。

十四日(6月14日)　晴,喜甚,然潮湿,恐不老当。上午查清账务,兴到,作文一篇,下午誊真,质诸汤夫子,未识出范围否。暇阅时文酌本。

十五日(6月15日)　晴,下午雨,似阵。朝上诵咒。上午理文六篇。下午夏仿仙来,知现做秋试功夫,我伴中可又添一友,长谈去。小云改余昨日之文,极为稳当合式,余于"益"字有误解处,诠"穷"字有浮滑处,久荒之笔,动辄得咎,今科录遗,深为可虑,然只好作信天翁而已。暇阅近墨。夜间风雨,不能安寝。

十六日(6月16日)　仍阴,雨点略止,河水顿涨四寸,若不开晴,不特低区无望,恐复罹阳侯之惨。仰观天象,重云漠漠,将奈何?理墨卷六篇。睹此景象,辄虑危机,吾辈读文何用! 实心不在焉而已。下午闷坐。

十七日(6月17日)　半晴。上午理文六篇,又闻檐漏声,触处潮湿,甚有怨咨之嗟。对此心境辄不佳,不能潜心于文字。下午至秋馆中长谈,晚间风又狂,雨意蒙蒙,大富圩已有来索装坝钱,嫌少,不纳而去,可怕之至!

十八日(6月18日)　半晴,水似略退,可望转机,然潮湿如故。

上午写字半开,理文七篇。下午大富西汀、南汀圩甲浦、顾二人进来,要修大坝,索装坝钱,给钱二千而去。此种公事,不能一毛不拔,须有尺寸,且使之思患,预防最为要着。晚间西南风,似有水退之兆,然低区踏水车,农事辛苦倍常矣。

十九日(6月19日) 晴,日光稍淡,然久不见黄绵袄,无不忭舞欢腾矣。西南风,尚潮湿,水退已二寸,我辈有生机矣。命工人洒扫堂前,燕泥狼藉可厌,今始洗涤一空。今日先祖忌日致祭,理文六篇,旧读本初次理转,心思不聚,奈何!

二十日(6月20日) 晴朗,此月中第一日好景象也。水渐退,低区可望补种,我农其有秋乎? 天之加恩吴下极矣! 午前理墨卷六篇。下午收拾书籍,碌碌而已。

廿一日(6月21日) 晴,水略退。上午理文六篇。下午秋翁抄示《鼎甲录》,知状元孙家鼐,寿州人;榜眼孙念祖,浙江人;探花李,广东人。前云陈倬之说,谬传也。热甚,又潮湿,恐难老晴,心思悬悬,不能坐定。晚间羹梅由梨回,接邱岳翁与小云札,并收到韩傅雨四月十七日所发之信,以《灯窗鬒影图》属题,秋翁一札属转寄,两处均云借闱一说,梗于浙抚不肯办,几成画饼,未识究竟若何。又,南盈人送到慎兄一信,酒钱四十二文,知赴选之文吏房之东谈定,约即日上去,大约须一往也。

廿二日(6月22日) 晴,朝上东北风,下午东南风。饭后作一词,题韩傅雨图,写草稿至东书,属夏仿仙一书,秋伊处一札亦面致。回来读文六篇。是日夏至,中午祀先。下午作一信复傅雨,写得惝惘,要重书。热甚,大有暑意。今日风色不佳,然不作准也。

廿三日(6月23日) 晴。上午账房有客应酬,碌碌之至,稍暇作札,写好,秋翁之信亦来,题图,仿仙书得极适意,惜余卤莽,将别号小图作引首用,甚不好看,然无如何也。切丈诗八本、信二封、图一封好,寄还韩傅雨,拟托沈吟泉转致。下午客去,羹梅托寄两信与慎兄,孙友托一单两契,投税倒换,一一须记底账,然后付慎兄。明日思至下塘,所谓热客办事连暑天也,不顾,可笑无谓也。晚间,陶涤之来送试草,一茶后即去,留之不肯,渠试文元之改,诗子屏改,华藻圆湛,极妙时样妆,可看之至。

廿四日(6月24日)　晴热。饭后舟至吴江,舟中阅近墨,顺帆到江,尚不过午后。泊舟下塘,见吟泉,以诗八本、图一幅封好托寄。韩傅雨拉茗饮城隍庙,良久返。以玖丈画四幅,交周店裱。慎兄亦遇见,蔡信洋面交,留止宿,据云北吏房系李南溪(卿)、杨朴斋之婿,选赴文东十数。又,当案一元,司实收验过,不必呈。明日须至苏,谈定上房费(府詹司程小竹),此事亦不能草草也。夜谈良久而寝,芹泉来陪,蚊扰终夜,热闷之至。

廿五日(6月25日)　晴,稍凉。早起,候慎兄起来即下船,恰好顺帆,饭于舟中,到苏不过午前,泊舟万春行前。中饭后触暑入城,汗如雨下,至金狮西河沿候张琴泉,谈定府房,司房程小竹,连院房一应在内付洋卅元,琴泉尚欲请益,论之再四,加洋四元始点头,云县中文可即日上来,实收县既验过,可不呈司。长谈纳凉,知今科借闱决计单办下江,浙抚已于五月中奏出,一切章程尚未定夺,咨部文如已出院,底稿许寄示。即告辞,下人包姓同至船边,找洋四元,另给百文,以了此事。复进城略买物件,至经义斋,胡熙亭托售《前花后果》善书一部,价二百①,又《二十四孝试帖诗》五十本,价七百②,云印后寄来,钱未付。新墨已有,急买二本,一秋老所托。憩凉茗饮,晚间复与乡人倪姓茗饮万年楼,极凉适之至。下船将眠,阵雨大作,清凉殊甚,较之昨日如隔三秋,熟睡之极。

廿六日(6月26日)　大雨。早上即开船,到江极早,闻新墨俱是时样妆,可知此道亦不必争奇制胜也。泊舟西门,冒雨至下塘关照慎兄,县中详底亦已见过,司照实收,县家欲再验,仍留慎兄处,即告

---

① "二百"原文为符号 **㐰**。卷九,第290页。
② "七百"原文为符号 **㐯**。卷九,第290页。

辞出城。开船,风顺雨大,到家尚未傍晚,此行尚属舒徐也。

廿七日(6月27日) 晴,极好,然防不老晴。上午登清账务,倘天工竟得开霁,下午欲紫树下答陶涤之。下午舟至紫树下,陶爱庐衣冠出见,其郎涤之送试草他往,余送分一、书画扇一、《生斋全集》一,一茶后即告辞,回家尚早。闻张元之(目赤)不在馆中。

廿八日(6月28日) 雨,下午晴。上午读墨六篇,账房内有售菜子者,讲定售去。下午读陈雨亭先生文,兼读新会墨,各擅胜场,然根底、笔力新贵远不如雨翁。甚矣!命之难强也。下午大雨雷,夜间西北风,颇冷。

廿九日(6月29日) 晴朗可喜。上午读墨六篇,紫霄侄来,一茶去。下午至秋伊馆中长谈,回来阅杂文。

六 月

六月初一日(6月30日) 晴朗。晨起衣冠灶神、祠堂前肃拜拈香,回至厅上,虔诵《楞严咒》五遍,不敢祈福,但求平安消灾为幸。上午读墨六篇,晒《分湖小识》四十八本。下午作书与费芸舫,对善书人愈觉矜持,而此札益形恶札矣,不觉自恨我手何姜芽。晚间由桂轩处接院房张琴泉信,知县文尚未详申,所须江浙抚汇奏祗办下江借闱乡试奏稿已寄来,五月十一日出奏。

初二日(7月1日) 晴阴参半,下午雨甚微,然恐痴龙兴旺。上午松琴、竹祺来,一茶即去,云要至芦墟。屏侄与芸舫、梦叔廿八日赴杭去结课夏,不及一叙,殊歉于怀。暇与梦侄对账,下午毕事,谆属一番,未识能心照否也。接子屏廿六日所发一信,寄在赵信茂。周二香之郎入嘉善学来报,比常例稍丰给之,二香现住金沙浜,似当去道喜,然褆褯衣冠,殊视为畏途也,姑缓商。

初三日(7月2日) 早起彩云丽天,似可望长晴。饭后率迟川至芦陈骈兄处求药,抹头上湿热疮,据云可不服药,忌嘴而已。以切丈《寿松堂遗诗》赠之,骈兄以《灵兰精舍》梦琴丈遗诗十本托分赠同人,一茶而出。至通源行,袁述甫、沈宝文均在,长谈,知善邑等第,沈少绂第一。舟人买物件完后即开船,风顺,一帆到家。复雨,下午甚行如注,底区补种大有碍,且今日雨,亦农家所忌,今岁有秋,此时难卜,思之闷闷。与吉老对东账,晚间始毕,谆劝一番,姑且仍旧,未识能听从否也。范五兄又以家事来聒耳,可厌之至。

初四日(7月3日)　晴,朝上风,东北来,水又涨寸许。上午摘录租欠要账,以便查览。中午大嫂来自金泽,下午理墨卷四篇,暇阅近墨。

初五日(7月4日)　晴,水稍涨,天气爽朗不热。上午摘录租欠,下午理文四篇,栗六终日,不能作文,奈何。

初六日(7月5日)　晴,不热,可穿单衣。上午摘账,招朗亭来谈,略论账务,以其郎为托,以薄脩暗许,未识少年人能降格相从否也。中午吃馄饨,与小云对酌,属餍之至。下午至秋伊处,取仿仙文回来细阅,适羹梅处寄到陆补珊试草一卷,轻圆流利,的是小试正宗,乃兄谱老秉笔也。读墨卷四篇,终觉心思扰扰。

初七日(7月6日)　晴,水稍退。上午摘录租欠账,陈朗亭回家,约十八日去载,陆实甫处钱丈诗文、信札即便送苏家港。下午读墨四篇,作排律一首,依旧碌碌终日。晚接陈骈生信,知芦墟近举文会,属儿辈初三、十六出去,余懒甚,拟作札辞之。

初八日(7月7日)　雨,潮湿而冷,难望起晴。上午摘录账务,适金老富来,要告辞,即致意乙兄,兄意欲留之,复招之来,挽留再四,且许请益,老富决意不就,只好听之,无从羁縻。甚矣! 用人之难服其心也。下午理文四首,大雨淋漓,对之闷然,掩卷太息而已,然雨终不止,复抱杞人之忧矣。

初九日(7月8日)　小暑丑时交,闻雷声,必难起晴。大雨朝上如注,水顿涨三四寸,可怕。上午租账摘完,读墨六篇,下午阅新墨,暑雨怨咨,殊乏好怀。沈慎兄来,一茶即去,携《吴下老农》册一本,云抄后即还。复同至羹梅处始还东玲,明日再来。

初十日(7月9日)　晴,无日光,水涨已照旧,幸可望开霁。闻同川顾典又被盗,伤、死眷者各一人,乡勇束手无策,似与之通者,可恨也。南浔有民变事,可冀即平,然时势已非承平比矣。闻北贼尚安静不动,吾辈手无柯斧,只得安分读书。上午理墨六篇,下午迟慎兄不至,梦书要回去,约七月初二来。

十一日(7月10日)　晴朗,水退寸馀。上午读墨六篇,下午阅新墨卷,今科甚多入情入理文字。儿辈所抄乡会墨订好。大雨成阵,幸即止。

十二日(7月11日)　晴。上午理墨卷六篇,适邱外父遣使持札来,并寄到郑甥理卿十七日芹樽帖,邱莲舫试草一束。借闻一事,蒙恩准办江苏省,十月举行,恭录见示,忭慰奚似! 即作禀奉复。串八户,退核五元,钱六九,均即封寄。下午碌碌,心不聚,不知何故。

十三日(7月12日)　晴。上午理墨卷六篇。松兄有字来,少记处又付钱一千,净存二十五千①。下午至秋伊处谈文,仿仙欲下场,意兴勃勃也。由北厍寄到张琴泉信,知县中尚未详府,不解何故。似嫌余尚未妥办者,须催以复之。上谕一道,亦蒙录示,其人尚诚实可托也。适沈吟泉来,便询之,亦未得悉,拟以原札示慎兄,催北吏房速办为要。留便饭,夜粥,颇为简亵。夜间畅谈,宿在账楼上。

十四日(7月13日)　晴,渐似暑天。上午吟泉自萃和回来,船到即回去,以张院房原信并作便条托致其尊大人。读文六篇,夏仿仙来借考具,观样定做提桶,始解发大考篮,计不动此君已七年,冷火复燃,未识能借其力否? 下午看新墨,账房内有人约,不至,殊悬悬。

十五日(7月14日)　晴。昨夜余家田苗被村人拔窃亩许,后细叩探其人,西邻盛姓,殊为负心,冬间租米上当薄惩之。上午读文六篇,旧时读本第二遍理转,然求其成诵在心,借书于手者,亦甚无多,况生文乎! 宜勤益加勤为是。下午静坐纳凉。

①　"二十五千"原文为符号㠪丰。卷九,第292页。

十六日（7月15日）　晴，下午微雨不成阵。朝上诵《弥陀经》五卷。饭后有田换户归吉陈租，从宽允之，免与枝节。端村芹分二，一致郑甥理卿，并项一，玖丈所画团扇一，朱拓四；一送邱莲舫，《小识》一部，理文六篇。下午命远儿先至梨请外祖安，明日到盛泽，道理卿太夫人芹樽喜，余怕作襮襱客，故不往。暇阅旧文。

十七日（7月16日）　阴，无大雨。上午拟文一篇，题"务民之义"一句，下午脱稿。作诗一首，正欲誊清，适叶绥卿来，知徐氏甥女庚帖殷大表侄已卜吉，属绥卿致余，要讨回音。此事须要亲到竹汀处一谈，然后再复绥卿，殊为跋涉，然既与问其事，当以成全为是也。长谈，知绥老下场，已与本家结伴，有科举最为稳当也。借会墨一本去，留之，客气不肯。又接沈慎兄札，知赴选文，尚未出详，须廿四五间到苏，县中公事懈如如。客去，誊文，至晚尚剩后比，休息而止。

十八日（7月17日）　晴。饭后携昨日文请教秋伊，知照鬼神处多不切语，恍然知所作疵谬甚多，不胜自恨。秋伊有旧作，细读之，照下浑成虚妙，然太高，非投时所宜。当年陶制军曾考取超等九名，则审题必须精细，莫谓无赏音也，携之归，当静读之。午前远儿回家，知理卿适有小恙，不出来见客，一切应酬寅卿主之，八席，远儿陪黄吟翁昨夜在外祖家止宿。读文六篇，下午作札复张院房，心思纷扰之至。

十九日（7月18日）　晴。大士诞辰，书房素斋。朝上诵《弥陀经》七卷。饭后属人至北舍，张琴泉信托桂侄由航即寄。账房内有客，应酬之。下午读文六篇，作札与子屏、芸舫，拟由梨寄费吉甫转送杭州。手拙字劣，恨不能工。秋伊昨日改余文半篇，极清楚，自知呆板之文不能动高人之目，尚徇情鼓舞，可愧也。

二十日（7月19日）　晴。上午照应出仓，贱售，亦时势为之也。下午理文，阅新墨。

廿一日（7月20日）　晴。朝上诵《弥陀经》七卷，共凑四十卷，馀俟来年补诵。上午理墨卷六篇。遣人载朗相，过陆家桥，以邱石刻《顾仿丈文集》寄陆补珊，即答试草。下午阅新墨，小儿晚间呈课艺，尚属文从字顺,较大儿笔气似稍胜一筹。朗相来,知补珊答件交在陆家桥书房内,谱琴不在馆中。

廿二日(7月21日)　晴。朝上诵《普门品》六卷,上午理文六篇,下午舟出汾湖,至金沙浜道周二香二令郎入学喜,并送银分一、文集,顾访翁所著一、《小识》一。至则二香到芦墟,不在家,其两郎出见,长者号函斋,次即新进号庚亭,俱美秀而文,以嘉府各家试草见示,庚亭试草,粟香所改,尚未刻就。一茶而返,顺帆,到家极早。闻芦川文会,陆谱琴秉笔,题"闻王命"。

廿三日(7月22日)　晴。朝上诵《普门品》七卷。上午钱中兄来下冬,照应陪之。下午读文六篇,暇阅近墨。始食西瓜,味淡,不甚佳,价千文。

廿四日(7月23日)　戌刻交大暑。朝上登清账务,饭后舟至梨川,缓行,先作一片致外父,托寄费吉甫杭信两札,不及趋侍。午前至东栅,饭于舟中始上岸,登怡云堂,徐氏二甥先出见,竹汀即出来,至书房,解衣而谈,殷氏之求亲,尚俟七月初吉求签回复。留小点、西瓜,以函致池亭,托绥老折看,转寄为嘱。天气未甚热,乘凉解维即告辞。顺帆至池亭,登叶氏堂,绥卿出见,长谈,以前言复之,复有信寄芦墟生禄斋为是。论文娓娓不已,可知渠之用功也。会墨见还,开船尚早,到家尚未夜。知今日劳兰生复遣朱姓来致余书,礼则账房内以不在家璧之,阅来书,词甚狡,所命意之处仍然糊涂。祝寿一元,璧,立一券,俟渠来时(六、七月初)面缴之。

廿五日(7月24日)　晴,热爽。朝上诵《普门品》七卷。上午理文六篇。接平川殷二表侄苹甫信,为姻事。韩傅雨复函,一致秋老,均由徐竹汀处加封转寄芦川来。下午至秋伊馆中谈,携仿仙文二篇回。晚间剃头、沐浴,颇觉耳目一聪,尘垢一空。

廿六日(7月25日)　晴爽。朝上诵《普门品》七卷。饭后理墨卷六篇。下午阅近墨,腹中稍痛,停止。

廿七日(7月26日)　晴。唤坊人筑漏,朝上逍遥。饭后作文,题"君子而不仁者"二句,午后脱稿,作诗,晚间誊完,请教小云。细阅之,此题极细,余文粗率,太涉外境,终觉不得手也,聊以活笔机耳。

廿八日(7月27日)　晴,凉。上午理文六篇。下午作札两封,一致吴蕉,一致外父。涤笔磨墨匣,虚度一天。

廿九日(7月28日)　晴,东北风颇凉。上午读熟文六篇。下午至秋伊馆中谈天,携仿仙改本两篇归。细读秋老所改"二三子,偃之言是也",作极华腴。"君子而不仁者"二句文极精细,较之余文粗野相去悬甚,知老作家落笔不苟也。碌碌半天,未能坐定。

三十日(7月29日)　晴,稍热。朝上顾吉生来定冬米,知袁憇棠归自上海,录遗有仍在杭州之说。上午理文六篇。下午阅蔡云生荐卷、堂备诸作朱本,其二、三场均不草率,宜其有志竟成也。订好晒之,以为逍遣之具、花样之摹。

七　月

七月初一日(7月30日)　晴,渐热。是日斋素(不洁净)。朝上虔诵《普门品》,四十卷可以凑足,再加诵《大悲咒》,以百遍为限,完后拟暂辍课,俟试事毕后,仍要发心加诵补完也。上午读文六篇。接子屏信,知杭州已回来十馀日,嘉善令薛公初二日决科,渠已赴试去矣,约渠回家后过谈,即作复之。寄到韩傅雨弟试草一本,谱山试艺亦即寄去。下午阅松巢旧作,感慨久之,渠去世已将周年矣,笔墨之新犹如昨日也,而良友已不能再见矣,可悲之至。

初二日(7月31日)　晴,热甚,伏中第一天。上午读文六篇。钱中兄来定冬,贱售之。可知此事亦须用心,与之因应,否则譬如作文,随笔写去,断难制胜也。下午因热停止阅文,闲坐而已。

初三日(8月1日)　晴,热甚,汗流如雨。朝上遣人至平望、梨川。饭后作文,中午脱稿。下午作诗,晚间誊真。今日午时末,介庵大侄添一丁,乙溪兄可抱孙,喜甚。介庵质甚鲁,不能读书,得此子倘能聪慧,其福亦无涯也。晚间接外父、蕉如回札,蕉如止报费仍代填,外父另札云云,未免多为己之学,须当禀复明辨,力却之。

初四日(8月2日) 饭后大雨成阵,可称极时。至乙溪处口贺之。以文呈秋翁,秋翁对题课作携归,读之,灵隽之思,神妙无匹,益形余作之丑陋也,愧甚!上午中兄出冬照应,辍读。下午作要札复外父,理文四篇。阅秋老课文,清爽之气,得诸乾坤为难,宜其目中无文字也。

初五日(8月3日) 晴,颇热。上午出冬照应,下午理文六篇。明日小翁解节,外父处一札已封好矣。

初六日(8月4日) 晴热。饭后送小云回梨,十六日去载。子屏同蓉孙内弟来,携近作见示,均有英爽之气,可望幸中。秋老昨日改余文,极老当。快谈,留中饭,知嘉善决科题"为政以德"两章,诗题"负弩前驱",得"先"字。西湖之寓,是潘红茶别业,极湖山之胜,因费大不去。至秋伊馆中同候起居,正谈论间,知介安侄妇病势极凶,即与子屏同返,送之回去,携余文两首归。复至萃和,医家程眉生来,据云脉息已定,产后伤暑,不治不定方而走,至申刻气绝而逝。侄妇来归两载,勤俭婉顺,克循妇道,竟忽遭此短折,实介庵之无福,乙兄之不幸也,惜哉!夜间大雷雨,即止。梨川舟回,外父不在家,信已交出,寄交王巽斋郎。试草二束,一致松琴,夹送善书一本,极为创格,然甚合余意。为乙溪家部叙一切,黄昏后始归寝。

初七日(8月5日) 晴热。朝上作挽对三副,请秋翁择之。饭后率两儿探侄妇丧,余长揖而已。应酬一天,凄惨失兴。胡氏诸兄来,尚是循礼中人。夜半小殓,臭气难闻。余俟各执事齐备后即回,酬寝子初时候。

初八日(8月6日) 晴热异常。早起即至萃和堂,珠涛已到,馀俱住宿未归。领唁略排场,诸事草草,吊客不过至亲。蔡晋之甥来,与之谈文,兴致极浓。午后举殡,权停南玲坟屋东堂偏癸未向,胡氏诸兄侄来送,余谢之,送之登舟,一切安顿而还。夜间乙溪招陪办事诸人,菜颇丰,酷暑不敢饮,早散席,归已倦,熟睡矣。初七日,由画师陈怡轩到莘和,接冯子延信,五月初五日发,渠三月十二引见,四月初八到东省,已得藩司委,办理东、皖、豫三省剿匪事宜。在河南黄观察、山东济东道处帮办粮台,支应局务,此公可谓红客,暇宜答之。昨日徐丽江甥来,所谈云云均已协吉,当即复彼。

初九日(8月7日)　晴,午后大风,始凉。饭后读文六篇。下午作札两处,正在动笔,凌耕云侄倩来谈。晚间乘凉闲散,适本路钱芸山来,知乡试已有明文,总局设在沧浪亭,催齐各县与考册子。录遗,学宪决计到杭,八月底取齐。监生新捐,除本藩司京铜局捐外均不算,上江两府一州有并考之说。贡监要圩邻亲族保结,同考生两名保结。余开履历,托起文书。据云县吏房要验照,即以吏部执照贡教单与之,其费云要五六番,无人办过,且看大概,未付。文书由吏房送学院,执照面订八月初到江面缴收领,断不可寄。叙谈,送瓜一枚而去。

初十日(8月8日)　晴热,中午立秋。上午作两书,一致殷苹甫,徐氏之姻,三甥女许配森甫,其事已谐。一致叶绥卿作伐。暇读文六篇。下午邀孙秋翁、凌耕云侄婿小酌立秋,大醉而散。晚间大雷电,雨大时行,酣足十分,今岁定卜有秋矣。黄昏后凉甚,尚有檐滴声。

十一日(8月9日)　半晴。上午读文六篇。接松琴信,知星伯来岁陆松华处设帐,脩四十千,可谓人地相宜。成陶罃米一石,少记,送钱一千。阅子屏近作,气锐词雄,南闱有望,录出数篇,读之不为愧。晚间又大雨淋漓,凉爽之极。

十二日(8月10日)　晴。闻羹二兄昨夜子时左右又得一男,天凉,产母安适,欣喜之至。命丁仆清晨持札至平,通知徐氏姻事,叶绥卿一札亦同寄。上午读文六篇,下午子屏文录竟,快读数过,真时花鲜果也。晚间舟回,接殷二表侄信,适绥卿在,信面致,代复。通信平川不行,径于八月初一日送文定礼帖,遣使往最为简捷,当即致意竹汀。

十三日(8月11日)　晴,晚间复有阵雨。寄甘朝士信,追印租由纸。上午读文六篇。下午录秋翁书院文,作札复竹汀,十六日载先生寄去。晚间沈慎兄来,留夜粥,止宿账楼,司照收回,赴选文结共七套,于六月二十日左右出详,蒙吟泉抄底见示。议叙京报已来,其数未谈定,决计止报,黄昏后就寝。

十四日(8月12日) 晴热。早上同慎兄至朱家港吊凌墨园,一饭即返。慎兄至芦川,约晚间回来住宿。上午读文八篇,心野不能聚。中午中元祀先,适三大相公来,祀毕,共饭于中堂,以近作见示,圆熟似少英锐气。言及省试,哓哓帮贴,姑许二数,俟松兄来酌给之。子屏文秋老批得极细,书一便票交星伯还之,晚间始去。

十五日(8月13日) 晴,郁热。上午录秋翁院课文一篇,陪慎兄闲评一切。下午同至羹梅处,忽阵雨大作,顿觉清凉。晚间慎翁自泮水港回来,夜话,纳凉适甚,黄昏后就寝。

十六日(8月14日) 晴。朝饭后送慎兄下船回江,约八月初、中余入城,先托查办起文书一节。上午读文六篇,午后梨川舟回,小云稍有下痢,迟日到馆,叫船进来。接外父信,廿一后须出去问候,两札均未答也。竹汀亦有回片,文定吉期已遵允矣。下午唤两儿在厅上理文,缓几天当代出题课之。吉生来,谈货不成。

十七日(8月15日) 晴。饭后写字一页,理文六篇。下午阅近墨,心思总不专一,奈何!

十八日(8月16日) 晴,稍热。饭后作字一页,读墨六篇。下午看时人近作,拟廿一日作文一篇,未识心思聚否。

十九日(8月17日) 晴热。饭后接子屏札,以课作暨谢试草原本见示,京板会墨当还东书房,暂存余处。读文六篇。中午小云雇舟到馆,前恙霍然,喜甚。接外父书,银上找洋如数收到,太丹十两,募山□元内扣,其可施人。郑姨甥合伴乡试,诸事不便,暇当辞复之。下午再浴,殊觉身心皆净,最为快意。

二十日(8月18日) 半晴,昨夜大雷电,无雨,骤凉。上午读文六篇。午前殷氏遣使来,接二表侄自号安斋信,即作片复之。徐氏遵初一日文定吉期,原片附寄,其师秦袙船以五十自寿诗见示,索和,许以场后补作。原诗颇佳,以两兄七十、六十作主,亦倡格也。下午阅近墨,心仍纷如。

廿一日(8月19日)　阴晴参半。饭后拟题作文,下午脱稿,冗长过式,以后须留心删节。中午徐竹汀从羹梅处来探听文定,时殷氏究竟若何举动。以原札示之,始信传言多附会,留瓜点而去。劳兰生又遣朱姓人来,具片送礼物,略受之,回羔一篮,传寄口信而去。作诗一首,时已晚,不及全篇誊真。夜间凉甚。

廿二日(8月20日)　晴。朝上誊文,饭后完毕,请小云严删为要。上午读文六篇,下午阅近时文,明日拟至梨川。

廿三日(8月21日)　晴。饭后舟行至梨花里,登敬承堂,外父出见,知吴少松一席来年辞去,内弟外父命从小翁余处读书,义不克辞,只得允从,未识有缘否。味丈来陪,同中饭,此公官场兴致依然,畅谈浮一大白。下午妙师来,以持经面托之,八月初三持斋日起诵。随外父至吟海处,有事烦之,一茶后回敬承堂。少顷,吟海回复,虽约中秋,恐尚话饼也。固留止宿,辞之,晚间开船,黄昏时到家。

廿四日(8月22日)　晴。昨日小翁节改余文,尽善尽美,如此方不违式,再录清本请教。上午读文六篇。下午陈兆兄来,据云丧妻后大病三日而废,再生,面虽清癯,可无妨也,长谈而回。

廿五日(8月23日)　晴。饭后作嘉善决科题文①,一讲初完。耕云侄倩来,絮语良久。午前回萃和,以约课卷,陆谱琴所阅二册示余。吉裳侄孙文虽佳,余不喜,太冷故也。笔致最松莫如凌荫周,他日未可量也。下午范五兄又来,以家事相聒,厌甚,稍润之,挥之使去。文思扰乱,晚间兴诗初脱稿,细阅之,了无制胜处,颇不惬意。夜间秋意冷然。

---

①　此句前有"饭后读文六篇,下午阅新会墨,花样一新"一句,其前后有墨笔勾除标记,当为作者删除内容。卷九,第297页。

廿六日(8月24日)　微雨。朝起寒甚,可穿夹衣。饭后录清昨日文,至东书房请教秋翁,恐不能悦其目也。松兄有作对题,颇充畅,长谈,携仿仙作而还。读文六篇,暇阅近时文。是日丑时交处暑节,好雨也。夜寒甚。

廿七日(8月25日)　晴暖。朝上录文一篇。饭后理文六篇。下午耕云来谈天,携先君石刻一本去。秋翁节改余文极合式。作札与松琴,余文寄示,渠父子佳作均寄还。暇阅莘溪约课。

廿八日(8月26日)　晴。饭后抄文一篇。工人香三有病回去,格外周之,以安其心,小费惜不得也。以文信寄松兄,舟回,松兄有字复余,转寄到芸舫廿五日回杭家中所发信,情意周挚,知伴已订定,不得附骥矣。理文六篇。下午阅会墨。劳兰生来,念世谊,有所商,略应之券存,一茶即去,云要至出角。二老翁已许三数,未识真否。晚间钱芸山来,知录科已奉学宪行文,八月十二日取齐。江阴自是南北居中路,亦善政也。执照收回,起文已办好,先付东三元,云县中有护照,未带来,要到江领,一茶去。

廿九日(8月27日)　晴。朝上誊抄经文一篇。饭后松琴兄率子屏侄同来,谈及江阴之行,夏仿仙同伴,兄若去,共四人,渠村人费姓有快船,尚宽舒可容,即托兄回去叫定后再定行期,大约初十左右也。阅子屏文,热如火、艳如花,如"为天下得人"等文,夺命何疑!畅谈时墨,并论嘉邑令薛慰翁已聘帝卸任,子屏曾去谢送之。书房中午餐。下午阅慰农看本,不高不卑,名师也,批语谦极。下午晚时始回去。

八　月

八月初一日(8月28日)　晴。朝起衣冠司命前、祠堂内拈香。饭后抄文一篇。接院房张琴泉信,七月廿八日发,赴选文已办就达部,录稿寄示,其人颇诚实可托,日上当复之。午前理文六篇。下午阅近墨,开新笔试字,看策论题目。

初二日(8月29日)　晴热。朝上拈题试笔,午前将脱稿。郑甥理卿来送试卷,其弟寅卿同来,为叩谢也。外父有札致余,钱中兄对写就,于贺馆叫菜一席款之。理卿亦赴江阴录科,欲合伴,以不便辞之。下午即返棹,以试期匆促故不留。下午作诗一首,账房内定冬货须应酬,不及誊真矣。沈宝文来谈,渠亦赴试,勇哉! 薄暮始去。

初三日(8月30日)　晴热。东厨司命神生诞,阖家净斋,中午衣冠虔叩。接松兄信,船已叫定,本港费元发之报船,旗灯煤炭一应在内四千二百,倘不作寓,每天五百文,初十日吉行,甚可为周详也。与夏仿仙、子屏及余三人同伴,即作札复之。午后作札两封,一致外父,一致殷二表侄。徐竹翁欲补谢帖彩寿线,道致不恭。小云删评昨日文颇老当。

初四日(8月31日)　晴热。饭后送信至梨里,读文六篇。下午定货,有应酬事,不坐定。晚间接外父回札,蔡云生便信内夹韩傅雨原信,托关照科场条例,可谓极至诚者,良友可交也。夜间大雷雨,徐氏谢帖彩线已寄池亭绥卿兄转达。

初五日(9月1日)　阴晴参半。上午读文八篇。迟儿有小恙,午后徐若然来诊治,据云姑驱暑湿热解,定方二帖,舌苔倘化白不甚热,大便解后,鲜石斛以金石斛代之,能即平复为妙。据云疟后阴亏,清理后要补阴。

初六日(9月2日)　晴。朝上拈题作文,午前脱稿,适外父遣人来送礼,愧不敢当,固辞不能,权领之,即作禀回复。《良方集腋》退还二部,其存者,钱未付。松兄今日有条子来,成陶支薯米五斗(无存),答王韵仙试卷恰好由梨寄去。下午作诗,即誊真,手拙,笔不对手,极迟迟,晚间始誊完。

初七日(9月3日)　上午晴。饭后收拾行李,甚为琐屑。午后外父遣人赍洋来,知慎兄有信,初九日过舍,要办下忙节前银,匆匆作札复之。少松亦有信,来岁馆于小月李绿筠家,殷梅士荐脩一应在内卅千文,欣慰之至。徐若然来,大儿热势渐退,据云是伏暑症,医治得早,可以速愈。用连乔、淡苓诸品,仍以清理为主,妥甚也。以《良方集腋》二册送之。夏仿①来谈,下午回去。账房内有大富陆姓老妇来嬲,周而挥之乃退。理文六篇,心不能聚,午后大雨即止。

初八日(9月4日)　晴。饭后乙溪来谈,诸多心事,言之愤愤。陈兆兄要支脩,两面不能合,亦只听之。凌耕畲下米照应。上午顾吉生来,其郎九月十六吉礼,袁松翁令爱九月初五日出阁,均须送礼。下午匆匆辍读,勉坐定,理文六篇。

初九日(9月5日)　上午理文六篇。下午松兄、屏侄坐元发船来,夏仿仙、乙兄、孙蓉卿均来发行李,甚从容。是日晴,不甚热。据船户自江回来,知护照不用,学宪给牌,并知十一日取齐。朝上衣冠拈香司命神前、祠堂内叩辞。夜间与松兄、子屏、仿仙团叙,书房内小酌,夜间与同伴伏载,明日吉行。

初十日(9月6日)　晴,西北风。早行,舟中阅文谈文,颇不寂寞。午后到苏,泊舟徐万春行前,与仿仙、子屏茗饮万春楼。夜间晤学书钱芸山。

十一日(9月7日)　晴,稍热。五更开船,朝上到浒关,稍停即过关,学书钱芸山过船来谈。早饭后,与仿仙、子屏作文一首,午后脱稿,作诗,免誊真。未刻到锡山泊停,止宿江尖。

十二日(9月8日)　晴。五更开船,走私路,不由白汤圩,未免迂道。午后过青阳,未刻到江阴,盘城行,进水北门,直至学院前。城河内桥塊下牌楼(英济王庙前)对岸泊舟,即上岸至学院前看牌,知常州府十四开考,录科紧甚,因上、下江统考,下江只得六千号舍也。

十三日(9月9日)　晴。饭后在舟中作字理文,晚间余与同人上岸至学院前,知明日常州府录科,十六日苏、松、太生进考,十七日苏、松、常、太贡监录科。

十四日(9月10日)　微雨。早起,知常府录科大闹,为昨日已

---

①　夏仿,据上下文,当是夏仿仙,原文疑漏写"仙"字。

于学宪前递呈,已许会奏,商办上、下两江分试,一在初八,一在十八,诸生犹纷纷不已,必欲专奏,几至罢试。闻拘四人,一系吴江人,可怕也,封门饭后矣。舟中与子屏、仿仙拟一文一诗,晚间誊完。放三牌点灯时矣,题"不知命,无以为君子也",诗题"秋色正清华",策未知。是日庄兼伯、冯绶之、陆述甫来谈,兼伯词、字、诗极佳,隽才也。

十五日(9月11日)　微雨。饭后写字看文,下午钱芸山赋堂来,子屏验照费讲得极吃力,草草说定十二元。

十六日(9月12日)　半晴。是日苏、松、太生录科,封门天明已久。上午收拾考具,明日常、苏、松、太贡监录科。潘绶之来谈。暇则安养心神,以便今夜进场。放头牌末刻,题"衡于虑"至"而后喻",策问"保甲",诗"秋月如珪",得"始"字。夜间将眠,钱芸山来,知苏府贡监卷册未齐,改期二十日,又多住几日矣。

十七日(9月13日)　晴。晚起,饭后同子屏走候费芸舫、叶又山、冯绶之,即同至茶肆茗饮。下午叶又山特至舟中来答,凌百川至舟长谈,极论文之乐。是日考常、松、太贡监,题"其虑患也深,故达",策问"井田",诗"蟋蟀俟秋吟"。

十八日(9月14日)　晴,热甚。朝上郑姨甥理卿来,云明日回家,属寄一信至邱外父处。饭于舟中。钱芸山来通知,苏府明日进场。与同人拟文一篇,诗一首,上午动笔,午后完稿,不誊真。费芸舫来谈良久。下午收拾考具,天燥热,有阵将来,与子屏、仿仙坐船头望雨,心便清凉。是日考杨镇淮生,题"君子之所以异于人者"一节,策"盐法",诗"经明行修"。夜粥后早眠,汗下如雨,深黄昏,大雷电雨风渐凉矣。

十九日(9月15日)　晴。三鼓起来,四鼓后上岸,与同人静候辕门听点,五鼓后三炮,与仿仙、子屏夺签进头门,苏府首开点,正途在前,俊秀在后,余验照进场,坐东老文场"玉"字拾号,子屏"文"字一号,场规宽极(浮票不揭),可互相往来。点完镇杨淮贡监已天明,封门卯正,题正途"由仁义行,非行仁义也"。俊秀西文场题"先立乎大

者"二句,策问"屯田",诗"砥厉廉隅","廉"字六韵。○○○圣谕默
"隆学校以端士习"三行十字,策、诗两文场同。余随即动笔,完草后
即誊真,两手拘滞,颇费功夫。题既不对手,了无制胜处,赶紧誊完,
三牌已放,与子屏互相校看,四牌交卷出场,时已未刻。仿仙三牌出
来,子屏少顷亦出场。夜饭后茗饮学院前,静候点名处(晤朱蔼堂先
生)。闻出案在廿五日,不及复顿,明日开船矣。芸山来,以承差领照
费二百文属之付去。回船熟睡之至。

　　二十日(9月16日)　晴。子屏欲至常州,五鼓开船,出南门,走
塘路,顺帆而行。下午至常州,进北门,泊舟何制军公馆前,车马鼓
吹,冠盖不绝于道。与同人吃小点心,茗饮良久。点灯时,子屏与秦
澹如茶叙,始知复奏分场,断不能办,学宪录科,取去严甚。下江考遗
材者,八府六千有馀人,仅取三分之一,不过一千五六百名而已。子
屏回船,闻之寒心,几乎不能成寐,只好问诸天信翁而已。

　　廿一日(9月17日)　半晴。早行过常州,下午到无锡江尖上买
宜兴磁器,泊舟锡山驿。夜微雨。

　　廿二日(9月18日)　半晴。晚起,朝行,午后到浒关,投帖即
过。略泊舟,薛正兴买席。由大塘过阊门,上灯后泊舟胥门徐万春
行,入城略办食物,因门闭甚早,不及久留。回船夜粥后,与同人、舟
子茗饮锦祥楼,颇畅适,一鼓下船酣寝。

　　廿三日(9月19日)　西北风颇尖,极顺。舟子饱张一帆,行如
飞马。舟中拆账,每股公账六千二百廿四文,一应在内。自己卷费零
用亦约三千文,能同幸取,尚为费约望奢,不然均是浪掷矣。午前到
家,小云先生昨已到馆。接外父信,录科之紧已得确音,迟儿小恙亦
已霍然。留子屏中饭,坐原船回港。下午至秋翁馆中谈天,家务总账
丛集不及登,须暂缓几天。作信致外父,明日遣人送去。前在澄江,
知浙省头题"舜有臣五人而大卜治"一节;二"齐庄中正"四句;三"有
安社稷臣者"三节,诗题"击辕中《韶》",得"和"字,不知。小云查《佩
文》,出王韶之《前舞歌》,"熙熙众类,陶和当年,击辕中《韶》,永世弗

搴"。题目均佳,今科浙墨,定有出奇制胜之文。

廿四日(**9 月 20 日**) 晴朗。上午整顿行李,一一安排。乙溪来谈,仿仙复叙,月之十二日殷氏来送执柯礼。接二表侄信,文理虽不直落,间有别字,然的系原本,尚为可造。秦子蟾以其先人啸庐世丈刻在《留爪集》中诗一卷见赠,凌耕云以其叔祖恂斋翁陈子松所撰家传石刻送余。读其文,的系姚先生正派,不独吾邑中一作手也。晚间接外父回札,语意和婉,劝导循循,然录科案不出,终难免憧扰也。五姨妹九月十六受聘,要内人初三去,恐尚不暇抽身。

廿五日(**9 月 21 日**) 晴。朝上至饭后,登清出门后账目,头绪尚清。暇则想今日江阴录科出案,我同人难保幸全,忧虑万分。读文无心,因取读本拣选一过,取其熟而精者百篇,虽不敢作科举想,而结习甚难忘情。

廿六日(**9 月 22 日**) 阴雨。饭后略看墨卷,心不能聚。下午至秋伊馆中长谈,得读春间僧格林沁奏本,在逆夷到天津未打仗之前,极谏议和之非,字字惊心动魄,我国大臣中未始无人也,快甚!此稿宜录出。

廿七日(**9 月 23 日**) 雨,是日秋分。饭后阅周文之经文,尚未终卷。账房有角杨荣昌子福堂(六十馀人,同春林来),为找绝事相鬻,殊属厌闻,以婉言辞之,然恐不能忘情也。留饭而去,约十一月终再来。下午闲散,阅近科墨,聊以排闷,其如江阴无信息何。

廿八日(**9 月 24 日**) 晴。朝上诵咒,饭后夏仿仙来谈,午前接外父札,内人初三无暇去,约十二日备舟归省。录科仍无信息,可闷也。

廿九日(**9 月 25 日**) 晴和。朝上虔诵《楞严神咒》十二遍,为先继母顾太孺人十周年,请妙严上人诵《华严经》全部八十一卷,内人加诵《普门品》二百卷,锭一万。今日中午致祭,补作廿一日忌日焚化,希资冥福。是日斋素,不胜追慕罔极之感。暇阅近墨。晚间书贾胡熙亭来,云廿六日自苏开船,江阴之案尚未出,外监试按察蔡已动身

赴杭。《艺苑菁华》六小本,杭人选,以四百九十文买之。唐黄滔《文
江集》四本,以八百文买之,虽旧板,然越价。《二十四孝试帖诗》三十
八本,每本十四文,以备送人,共付青蚨千八百文,应酬其特来也,点
灯始去。

九 月

九月初一日(**9 月 26 日**) 晴。朝上定出冬,每石二元零七厘[1],
虽极贱售,而家乡一带田禾可望大有,亦是幸事也。暇阅近墨,录科
全不得信,更心操如悬旌矣,明后日当至港上一探听。下午阅《黄文
江集》,诗则丰润,赋则顽艳,杂文则博奥,唐末一大家也。晚间,沈慎
兄来,知江阴案曾未揭晓。留便夜饭,止宿揽胜阁。官报房止报已谈
定,余六数(加双),蕉三元(加一),均付。梦二数半(□□),未付。邑
尊大约不去,震左明府明日决科。

初二日(**9 月 27 日**) 阴,微雨,北风渐肃。朝上陪慎兄饭于乙
溪处,上午即返,留之不能,云今夜至东玲,明后日上去,约月底再来。

初三日(**9 月 28 日**) 半晴。饭后出冬,照应终日。午后芦墟局
传示两邑尊告示,禁止聚赌,匪徒枪船大为有益地方上,并立赏格,善
政也。江阴寂寂无信,大约案已出,我辈在孙山外矣,思之索然兴尽。

初四日(**9 月 29 日**) 晴。饭后慎翁来,有物色转致谨二兄,特
相托,云今日回江,匆匆略坐即去。少顷,谨庭兄来,年例相商,瓶罄
矣。谈及录科,据云松兄昨日自梨川来,知各学书已返,要行查正科
举实到数,然后发案,大约要至初十边,此一说也。以有人自莘塔来,
传说案于初一日发,乡间即日得信,又一说也。总之,人浮于号,有严
无宽,此番得科举,大似中副榜,其能幸列者几何人。余文不佳,不取
亦是意中事,取则如冷灰重燃,任听造物之位置,多虑何为。与谨兄
长谈杂事,如愿而去。暇则姑选时墨十篇,分作五日读竟,以静候进

---

① "二元零七厘"原文为符号㧬㕱。卷九,第 302 页。

止。有乡学究顾先生，特送月饼六元，笔一枝，即所写，颇得手，固辞不肯，受之，亦大奇事也。

　　初五日（9 月 30 日）　晴暖。朝上诵《普门品》六卷。饭后抄录新墨三篇。下午至秋伊馆中谈。暇阅近选之惬意者。

　　初六日（10 月 1 日）　晴热。朝上接子屏信，传说录遗案已出，不知人数，即作复。饭后专舟遣丁大至梨，札致外父，托探听。上午松兄复有信来，确知元发之船已回，吾族五人概遭摒弃，余不足数，深为子屏危。惟知初一日发案后复有悬牌，俟上江核数有余，尚可补取几人，屏侄必须收入为幸。晚间丁仆俟梨回，外父有信，知串已收到，抄示全案。江贡取四名，费、陆、张，备取一名凌，监取二名，生正取十名，备取七名。震贡三名，监无，生十名，备六名。郑甥正取二名，邱文炳备取二名，勇哉！子屏有札致余，明晨要赴江，别寻挽回之术，恐亦无门可入，挽余同往，力所不能，辞之而已。吾家此番减色之甚。

　　初七日（10 月 2 日）　阴雨，西北风，冷甚。朝上虔诵《普门品》十卷。饭后陈老惠来，索观录遗案，对此不解事人，以小成败居然作月旦之评，殊觉令人气愤心酸。上午抄录时文，聊以慰寂。吴蕉如遣人来问，以京报条帖三件，作便札致之。据来人云，在街上登桥，偶尔失足跌伤，日上静养，尚可渐愈，故不来，月底宜命人往视之。下午风雨凄，其触处愁声，此种苦况，非身当之不喻也。想屏侄之愁，甚余百倍，奈何！

　　初八日（10 月 3 日）　晴，东北风颇尖。朝上诵《普门品》十卷。饭后周粟香之侄春霆（其兄翰斋）来送试草，一茶即去。舟至北舍会酌，与迮大海同席，渠亦失意人，言之凄然。与同会畅饮剧谈，菜佳甚。是会羹梅摇着，收钱百廿千，内头会扣席费四千四百文，余出钱十千○五百六十文，如收过者，下期要出十四千四百文。席散回家，冯甥在座，傍晚始去。

　　初九日（10 月 4 日）　雨。重阳不晴冬多阴，书之以俟验否。饭后札致松兄，未识子屏日上作何举止，大约凄愁之况甚余百倍。天于不才者,厄之似也,何以于有才者,而亦巧为抑塞之。思之殊可气绝我辈矣! 暇则选订时文,以为来年录科地步。七字劣诗可不作,自问非有屈者,何必效"不平则鸣"之说也,静以俟命而已。晚闻子屏江去未回。

初十日(10月5日) 风雨。朝诵《普门品》。饭后阅《通鉴辑论》一书,系吴门毛叔美所刊,专采司马氏史论,颇简要可读。账房有客交易,留中饭。蔡氏堂妹来谈,言及遗才,惭愧之至。

十一日(10月6日) 半晴。朝上钱芸山来,为秦谊亭老师二郎君完姻请柬,余因老师品致不苟,故特封洋分应酬,托致贺之,谈及录遗补取,恐不稳。学宪已于初十日出辕,赴杭奉命监临矣。上江录遗考毕,文书尚未来,尚安望到杭再补乎? 此言非谬也。苏府一属,生考进场者七百余名,取乙佰五十几名,贡监进场百九十五名,取六十五名,与前所云三股取一之数相符。从古录遗之严,未有如今科者,甚为子屏危也,如竟不能进场,实命为之也,一茶去。饭后发愿,代诵《普门品》六十卷,完功圆满。作札致外父,暇阅《通鉴辑论》。

十二日(10月7日) 晴阴参半。饭后内人回梨,余权理米盐,殊不耐琐屑。暇阅陆务观《南唐史》。午后,有玩字吴彩霞四兄来,以田找价相商,辞之。梨川舟回,知外父在紫笻庵作佛课未归。家蓄老牛夜间寿终,生前幸免刀锯,生后掘土葬之,恐仍难免匪人割剥也。六畜之前身,作孽如此,人宜及早惜福也乎!

十三日(10月8日) 阴。饭后应、升二侄持蔡秋丞北场闱墨来,知首题"郁郁乎文哉"二句;次"鱼跃于渊"二句;三"辞十万而受万",诗"长伴云衢万里明",得"分"字,不知典。经"谦,德之炳也";"厥贡璆铁银镂砮磬";"跻彼公堂"三句;"夏,公会齐侯于夹谷";"蛾子时术之"。秋丞文揣摩颇合式,中不中不敢决,有命存焉。闻江南主考杨式谷皂保。午前曹大表姊同子松泉来,周聘兄又来,大姊归内人款,即去,余与松泉、聘兄同饭于养树堂中,下午松泉长谈去。

十四日(10月9日) 阴雨。饭后账房内有南湖舍村人吉账事,从宽允之。闻浙榜揭晓,嘉善一人,城中顾,年甚少,十九名;秀水三人,一副。杨小溪中正榜,陶六溪副榜,可称名下无虚也。暇阅《南唐史》。

十五日(10月10日)　骤晴,暖甚。饭后晒凉帽而收拾之,时当换戴暖帽矣。阅《南唐书》,不甚得味。念及借闱,仍不得进场,亦何乐乎为士?子屏了无信息,恐补案亦不稳矣,可叹!

十六日(10月11日)　阴。饭后率远儿至梨,尚早,道外父喜,宾客满堂。传说上江人数少甚,军务颇忙,有奏准停科之言,未敢确信,或者有科举者,慰藉不取诸君耳!因明文未见也。杨啸溪决计中式十八名,文亦古怪之至,此言得之郑甥理卿,郑与杨有连也。中午外父特设一席,与少松诸内弟同餐,午后告辞。新亲行聘之船初到,过大港上岸,见松兄,知子屏吴江尚未回,以慎兄洋及余挈星伯考费二数面交谨兄,犹以请益为辞。此种为父者,真一毛不拔也,可笑!归家点灯时矣。

十七日(10月12日)　半晴。午前静坐,适子屏自江回,知上江停科之说并无其事。邵汴生学士录遗正科举已取足四千八百名。下江学宪监临已过境,亦共取足七千二百名,无号可补,所干云云尽成画饼,命之所在,无如何也!留书房内中饭而去。余无所营于心,得失之念,间作壁上观矣。夜间熟思,主见已定,不复游移。

十捌日(10月13日)　阴雨。上午阅《南唐书》。下午至秋伊馆中谈,得见浙榜全录。解元朱庚,山阴人。安徽抚军翁,咨苏抚徐,八月初四日片奏,请停皖省乡试,展限来秋,所陈极为周密,大约不准,故吾辈向隅者多也。然既不准,何必咨会苏抚,以至人言惑众,岂此奏亦伪造耶?殊不可解也。暇阅时人文。

十九日(10月14日)　阴。朝上松兄来,饭于书房。赴杭乡试,廿五日吉行,借去文章刻本、经文策科数种,最要紧者周文八册。午前回港,账房有售稻事,陪应终日。书一名片至味丈,先人诗初集二册,徐蔼春代求也。明日载远儿至梨,寄与之。

二十日(**10月15日**)　半晴,潮热。饭后阅《南唐史》,午后理文数篇,来年录科不可不预为地步也。晚间远儿自梨归,知其母廿五日回来代掌米盐,殊不谙事,闷闷。总之,录遗不取之苦也。

廿一日(**10月16日**)　晴。上午读墨,阅《南唐书》。下午灿霞又来,看其势,不能不找价。有中间人如山者,不甚驯良,姑辞之,俟月初梦书来谈。属王新甫所书集杨园语作楹联,昨日已自邱处寄到,字似褚河南,秀逸之至。

廿二日(**10月17日**)　晴,热极,恍似中秋。晚桂飘香,殊伴幽思。上午阅时文。下午阅名人词,如隔宿世,竟不动情,知此道非热功名者所能近也。家蓄一牛,死已三日,命工人荷插葬之,焚以冥资,并诵《大悲咒》六十遍超荐之。晚间沈世四老来,不及避,面却之而去,然恐尚有余波,亦录科不得取之贻累也。夜闻雷声,阳气收藏之候,不应愆令若此。

廿三日(**10月18日**)　西北风渐肃。上午售冬照料。下午阅时墨张筱峰词。顾吉生来谈,一茶去,其郎二十日去载。

廿四日(**10月19日**)　阴雨,北风寒。饭后读墨卷。下午读词。闻子屏可得补取,明日其父、叔侄同赴杭应试,余独屏黜不预,怨乎,否乎? 无如造化,何也? 北场音信寂然,明天梨川舟来,必有信也。

廿五日(**10月20日**)　雨绵绵终日。饭后同乙兄至北舍,时梦书子思俭完姻,贺之。中午六席,菜亦丰盛,人家作事从省,不易也。下午归家,内人已自梨回。知北场沈金生之郎,年十八,已中式,闻非有名,如此易拾,咄咄怪事! 尚未确实也。

廿六日(**10月21日**)　半阴。上午读墨,下午磨墨匣,登账务,心思纷如,名利交集。

廿七日(**10月22口**)　阴雨绵绵,终日点滴。上午读墨卷。中午祀先,补先曾大父杏传公廿四日设忌,祭用蟹,曾大父所嗜也。下午阅《南唐书》。潮热难起晴,有碍早稻收割。

廿八日(10月23日)　西北风昨夜大吼,竟得起晴。饭后读墨卷新抄者,一遍顺口。下午阅《归田琐记》。闻北场中式上三县二人,一系冯桂芬之郎,非金生郎也。吾邑又脱科,可知北闱亦不易,世宦家略便宜少些。

廿九日(10月24日)　晴。是日交霜降节。饭后曹氏表姊来话旧,年老,嗣子不良,其如命何?嗟叹久之。下午有经官来乡,明日回江,作便片封好,欠单托寄沈慎兄,因日上早稻账忙,人舟不便故也,约初十左右上去。传闻高邮有警,江南两主试尚未过境。

卅日(10月25日)　晴暖。上午理墨卷。下午阅《南唐书》列传。孙蓉卿来谈,据闻北榜上三县共中六人,潘、韩、汪、冯,二姓不知。晚间东阳大公子来,有求而去,然兆已开。

十　月

十月初一日(10月26日)　晴。饭后知秋伊为办遣嫁事自苏回来,以浙墨新科本见示,急阅之,花样一新。元作词征实而愈巧,意翻空而愈奇,中四比识人高一着,然不甚豁然醒目,三名短篇,谨严之至。十八名杨啸溪作,以我驭题,不可为式,馀则清奇古怪,无一不收。最醇正者六名,俟小云阅后细读之。下午陪小云至东书房暨蓉卿处闲话,见仿仙案头苏购入科乡会墨选,系鄞县杜联号莲农选,名《求是斋墨醇》,小板极清楚。又有直省《乡墨南斜》,亦杜公选戊午科各直省,借归备观。

初二日(10月27日)　晴。上午读墨,下午阅浙闱新墨二三篇,今科清浓散整兼收,可称大观。

初三日(10月28日)　晴。饭后读墨,新上口者又一遍顺口。午后评闱墨新科文,味美于回。夜间初登二加一年出用账,讨厌之至,然亦不能不检点也。

初四日(10月29日)　晴。上午至秋伊馆中长谈,借去阮芸台对一副。乙溪自江回,知补案已出,江震各取十人,子屏侄、叶又山、金西濂辈均与焉,所补不为少,而余仍落孙山外,天乎,命乎? 文字不佳可知矣,只好作溺人必笑也。陆立人侄婿来谈,恂恂儒雅,可爱之至。下午至羹兄处答之,回来静坐,功名不必问。日上人事颇有周章处,然横逆之来,亦只好顺受,随机应变而已,思之亦不易了,闷闷。

初五日(10月30日) 微雨,终日阴。上午阅《新墨南针》,下午取其花样极新点出之,以备酌录。备观一遍,知老局格俱不合式,风气又一变矣。夜间登账务。

初六日(10月31日) 阴。朝上作一札,待寄外父。暇则终日阅《新墨南针》第二遍。夜间查算账上二加零用,一吉已五百馀千文,不过止九月耳,大可叹也。

初七日(11月1日) 雨。饭后至东书房,知梨里黄西坨亦得补取,愈形余之荒谬也。闻芦墟陆松华浙闱乡试,文又荐足,何此公之艰于一第也? 文之有凭,命之难强如此! 暇阅时文。夜间算账。

初八日(11月2日) 天忽起晴。为应试诸人贺。上午抄新墨一篇。下午阅时文。明日拟至江城慎甫处,略有事奉托。夜间算账。

初九日(11月3日) 晴,西北风。早上开船,石尤风,到江下午。至下塘,晤慎兄,知日上略有小恙,已愈,面颇癯,长谈,扰渠夜饭。知学宪廿六日在杭录科,补考进去者皆取无遗,极便宜也。吾邑三人均在其数,一则王羡门。晤金某,知张小海丁内艰,不去,命之不偶如此,惜哉! 一鼓后下船,宿在下塘河,慎兄月之十五左右下乡。

初十日(11月4日) 晴朗。诸君出场,极好天气。早开船,一帆顺风,到家上午。下午静坐,甚无兴趣。

十一日(11月5日) 晴朗。上午乙兄来谈,定议今岁收租石脚一概照旧岁办理,闻梨川有加半斗者,恰是可请益。我家议米色须格外顶真,加则不必也。暇则读近墨。下午二侄携浙闱全墨见示,大观也,俟细阅一过。散步田间,观工人收稻登场,实颖实粒,似较去年稍胜,丰穰之休,但祝年年觏斯佳景耳。夜间登账务。

十二日(11月6日) 晴朗可爱。上午阅新闱墨。中午冬节祀先。下午静阅时文。夜间登账。明日遣朗亭由梨至平办铺仓之物。札致外父,字纸两大包,托收拾焚化。

十三日(11月7日)　半晴,天又暖,似有变象。上午录直墨二篇,下午阅浙新墨全卷,艳者如花,朗者如月,奇者如八阵巧图,正者如一品衣冠。是科得人,似为极盛矣,止观矣。江南嗣出,未必过于斯也,特纪之,以资眼福。夜间登清账目,略有头绪可稽矣。

十四日(11月8日)　晴。上午阅浙新墨一遍终卷。下午账房内有客,不能静坐。夜间理账务。是日立冬。

十五日(11月9日)　晴朗。饭后阅浙墨新科经文完卷。暇理文二篇。下午阅《南唐史》。夜间算九个月用度账,浩费不易支。

十六日(11月10日)　晴好天气。正三场圆满,诸公得意时也。闻初八日闱外上江士子闹事,来苏请兵弹压,未知确否。上午理文二篇,心愈不聚,如未尝开卷也。下午抄墨一篇。夜间誊清今岁出账,已费用制钱,连大嫂处二千七百八十馀千矣,节省之难如此,可惧哉!

十七日(11月11日)　晴。早行至"角"字,时潘启堂表兄物化,吊之。登其堂,人众喧杂,照应无人,知家难纷争,因渠无嗣,夺继无人理。桂岩,渠胞侄,匿不得出,尚未成服。坐良久,不得一饭,因随众客至厨下,草草一餐,可怜,可怪! 时未殁,再拜而返。过北舍剃头,范南荣行内吃小点心,复为春华以家事阋墙相鬥,辞之,还家午前。下午录文一篇,部叙礼物,明日至梨川,贺蔡云生迁居广厦之喜。

十八日(11月12日)　晴热。朝行至梨,饭后登敬承堂,约外父同至胜溪。在少松书房内,知江南乡试题"子谓子夏曰:女为君子儒"至"女得人焉耳乎";次"武王缵太王、王季、文王之绪";三"由是以乐尧舜之道哉"至"尧舜之道"。诗题未明,文题均极灵,妙手定有佳文。即出门至蔡氏,新屋渠渠轩轩,广厦千万间,即前竹溪之宅,主易尚更同宗,颇为此屋贺贤主人。见云生二妹,叩贺之。贺客纷纷,知不请酒,故一茶均返。中午三席,云生陪余宴谈,时秋丞甥、芙初三兄新自北闱回,云前月十七日出京,昨日到家。殷小谱又荐足,挑取誊录二名,可惜也,然此子一二科内必中。杭州蔡蘧庵两郎,长者字乂臣,前科副车,次者年十九,均已高中,兄弟同科,可羡无比。此二公皆子屏谱友也,故记之。畅谈京华事,下午告辞,请外父同舟来溪。舟中絮谈,不觉日暮,到家昏黄时,谈至一鼓安寝。

十九日(11月13日)　晴。饭后至本村钱氏,贺中兄郎子方吉礼。午前同兄至孙家汇,贺秋伊先生出嫁幼女,即中兄之女家也。秋翁留中饭,设三席款客,菜亦精洁。下午还来,仍至钱氏。一鼓后亲迎船回,已大风雨,合卺宴客,饱醉而散,即归家,外父尚未安卧,畅谈吃茶,安适之甚。是日范五兄又以家事来相腿,讨厌之极,不留,送还之,此等人可怜不足惜也。风狂,终夜如吼,渐冷。

二十日(11月14日)　晴,大风终日不息,冷甚。上午中兄请吃望朝酒,因外父在,辞之。中午陪外父在书房内食不托,餍足之至。以两儿近作呈外父,蒙望情殷,云大儿文渐有进境,小儿则全无功夫也。外父上午诵经,下午作菊影诗,极新颖。谈论终日,以余气量偏狭,好论人短长为戒,"修、省"二字全不关心,切中余之病根,宜三思而勉遵之。夜间小酌吃粥,一鼓后始上楼。

廿一日(11月15日)　晴,风亦息。午前,外父家遣舟来载,老朗事昨日已面谈作介,出亮者廿八①数,馀十金,不登外籍,各相允洽矣。少松书一纸来,知江南诗题"江风吹月海初潮",得"流"字,经题"鸿渐于逵"二句;"虎拜稽首"二句,《书》不知,"齐侯使国归父来聘";"大饮蒸"。中饭后外父归家,有应酬事,不能固留,约有便到梨再叙也。前日少湄侄媳来,痴甚,欲预支租米,下午遣丁仆以一千文付交。回来知松兄乔梓试毕,归家在昨夜,面托给之,约明后日过余。碌碌至夜,颇倦。

廿二日(11月16日)　晴。上午所抄新墨卷已录完。下午阅《南唐书》。

---

①　"廿八"后原文有符号𢓵。卷九,第306页。

廿三日(11月17日)　晴。饭后松兄、屏侄同来念场作,俱平做,极发皇。松兄提重君子,局尤紧,皆可中,特未识命何如也?祝朱衣点头为要。吾邑好手多平做,芸舫两大比,一桥束,颇合元度。凌馨生前后散,中二比,截做之最出色者,主司中式之意究竟若何,不可知也。见薛慰翁,谈浙闱事甚详,上江到者三千人,下江到者不满七千,到杭诸生俱补。初六日有向外提调蔡小渔禀求,孙学宪又补三百馀名,然空号尚多,孙公不大开方便,何也?诗题"萨天锡《层楼晚眺》诗",得"楼"字,非流也。《书经》题"厥篚织贝,厥包橘柚"。留书房内中饭,谈至夜间始去。杭州北场新中蔡世保,号滋斋,廿一名。闱艺子屏见示,急录一篇,如时花美女,天然可爱,灯下细读之,章旨、气脉不甚贯通,可知花样一变,老文章不必中式也,总以着色圆湛为妙。

廿四日(11月18日)　晴暖。饭后阅《南唐书》。晒子屏所借旧大考篮,中午收拾,能得来科自己入场,屏侄不必借为幸!志之,以俟他日吉兆之来。暇读墨卷。

廿五日(11月19日)　大雾,下午始开霁。至乙溪处定限内折价,每石一元八角。暇抄会墨一篇,心思扰扰,收租渐忙,无暇常亲笔砚矣。今日始有来还飞限租米者。

廿六日(11月20日)　晴暖。上午抄会墨一篇。闻田邑尊在北舍催银粮,柬书持帖来请。新漕有变旧章请加之议,于各粮户先来通知,始作俑者,谁任其责?今冬必然于妥善之户抽皮剥骨,田之为累,将如之何?然无声势,饮恨吞声无告也。辞以不在家,避之,静言思之,吃饭愈难矣。账房有田事找价,因为数尚少,允之。上则酷征,下则赔垫,我辈门户实难支持也。下午静坐,不胜愤懑。

廿七日(11月21日)　晴。上午抄文一篇。下午至秋伊馆中长谈,见蔡芙初北闱作,机构颇佳,惟少着色字眼,揣摩至此已不易,犹且不合式,可知命中之技甚难也。暇订所抄录墨卷,汇集两册,今冬不及从事于此矣。

廿八日(11月22日)　晴,西北风,渐冷。终日收租,连折二十石。下午沈慎兄来,一茶即返东玲,云出月中再下乡。谨老又来,亦寻慎兄有所商,余处预算粮银,付馀一元①后扣。碌碌不能坐定。

廿九日(11月23日)　阴,下午雨。终日收租廿馀石。秋翁在限厅上,来谈片刻。松兄有信来,招初二日到港,四大侄吉期,借吃酒看闱艺元作,当抽忙一去也。夜间酌账房诸相好,属米色格外顶真。

十一月

十乙月初一日(11月24日)　晴。终日收租卅馀石。朝饭后送小云先生解节,十二日去载。以札致外父,方书二本、钱四百附缴。晚间接外父信,知今日在紫筠庵,预以镇上闱作四篇,不指姓名示余。灯下细心评阅,不惬意者二篇,一篇可出房,又一篇布局极佳,借②未完善。明日到大港上,当封托榕孙内弟寄交。

初二日(11月25日)　晴。饭后率介庵侄至大港上,贺菊畦子光耀四大侄吉期。晤榕孙内弟,以文四篇寄交之。始知余所欣赏者,陈梦麟孝廉拟作,可多而否少者,榕孙之文,颇为榕孙喜,其不喜者,玖丈暨郑甥文。甚矣,鉴赏之不同也。闻梨川诸公均以玖丈文为极佳,俟揭晓再定。老松兄文,极雍容揄扬。子屏文携归细阅,真力弥满,通体无一懈笔。二、三篇愈唱愈高,若果有命,可望抢元夺魁。星伯文截做,出题处警策跳脱不凡,通篇俱妥。就文论文,可中可出房,未识造化何如耳。谈文在焦桐馆,乐甚也。中午四席,在方柱厅。下午亲迎船开,余与子屏复谈艺半响。晚间归家。是日收租卅馀石。

初三日(11月26日)　上午晴,下午雨。昨夜被宵小衕内掘一洞,几穿从地道,幸犬声与人声相应而遁,一无所失,穴石几坠,可畏,可戒!终日收租百廿馀石,黄昏吉账。是日由秋伊处得读陆松华兄

---

①　"元"字后原文有符号ਖ਼。卷九,第307页。
②　原文"借"疑为"惜"。卷九,第307页。

丈浙闱荐卷、堂备墨卷,堂皇之文,得中者五天,以袭旧三语被黜,惜哉!

初四日(11月27日)　阴,无雨。朝起至限厅上,是日飞限截数,明日头限,诸佃尚为踊跃。终日收租三佰十石,较去年程色不过三之一也。三鼓吉账,诸相好不无劳心,诸事尚从容也。折色百馀石,谷则六七十石,馀皆本色,米较往年顶真些。

初五日(11月28日)　阴,无雨。是日起头限,饭后至秋伊处,谈三柳之文,谓可望中者惟屏老,然苛求之,尚未尽惬心,未识福命何如。携归,作一便简交渠邻人费兰亭带寄。终日收租,连存仓四十五石。

初六日(11月29日)　晴暖。终日收租寥寥,不过二十石。夜与两儿论古今人物,各人意见有不同处,所谓凡事均由心术正不正判也。

初七日(11月30日)　晴。终日收租寥寥,二十馀石,乡人赶春花,故迟迟。接子屏札,索还浙闱全墨,因孙秋翁要抄房官拟作,特稍留,缓日回之,即作复。下午风大吼,夜间止。

初八日(12月1日)　晴。终日收租六十六石。下午子屏、星伯来,虔问先天一撮金易数,三柳皆吉,子屏、松琴最佳,谈及揭晓在即,心中忙慌之至。文实可幸获,未知福命何如耳。畅论至晚而返。

初九日(12月2日)　晴暖。终日收租五十四石有零。夜间作札,俟十二日寄外父。

初十日(12月3日)　晴,下午大风。终日收租八十四石有零。午前,潘老桂来料理亏项,从宽允之,先交三数,馀欠春花了吉,推念亲情,免不顶真,当今处世,要退一步设法也。留渠中饭而去。

十一日(12月4日)　晴,西北风大吼,颇冷,有冬景。终日为风所阻,收租卅石。作札致外父,青蚨五百寄还经资。明日去载先生,并探南闱消息。

十二日(12月5日)　晴,风渐息,不甚冷。终日收租乙佰十二石有零,始有潮米,户下不能退,点而收之。中午小云到馆,接外父回札,知南闱昨日出榜,今午尚无信息,今夜至明晨正举子生死关限也。郑理卿代购浙江全墨已寄来,价卅百廿文,当便还之。夜间略静坐,然心愈不定。

十三日(12月6日)　晴,风息而暖。终日收租百九十石。白毛墩来,米色略真顶,潮者大半,点罚之。下午二佽传信来,云有人至北舍见报船过,问之,云莘塔一名,大港一名,大喜,急驾小舟同小云率二儿一佽,傍晚至港上,到门音信寂然,松兄出见,不胜嗟讶。子屏梨川去探听,尚未回,大约凌磬生之中已十有八九,吾家又付子虚矣。败兴而返,懊恼之至,到家静坐更馀,深为兄佽辈惜之又惜也!

十四日(12月7日)　晴。清晨,松兄有信来,实知吾家今科已绝望,即作札便慰之,"有志者事竟成也",为之郁郁不乐。终日收租忙甚,各佃颇能踊跃,夜至三鼓吉账,收租三百四十馀石,诸相好忙极矣。自飞限至今,共收乙千五百六十馀石,因天气晴明,再放五日头限,庶大致楚楚也。作一片,寄凌百川,索阅全录,午前回条来,凌氏兄弟同榜,甚为吾乡生色。百川与丽生高中,所遗者磬生耳,然亦非久居篱下者也。江中八名,正中副一名张仲友,所最关切者费芸舫、李咏裳、韩傅雨,皆品学兼优者也。子屏闻之,能无泪下乎?但望他日大有出头,为吾宗光宠,然较诸凌氏,万万难步趋矣。书至此,虽局外人,亦悲感交集。

十五日(12月8日)　晴暖,仍放头限,终日收租百廿馀石。下午至秋伊馆中长谈,论及凌氏,不胜歆羡。夜间静坐,眼花历乱矣。

十六日(12月9日)　晴暖。饭后同乙溪兄到莘塔,至则见百川、丽生,俱拜贺。晤郁小轩,索观全录,解元余鉴,婺源县人。百川百十名,丽生百十三名,咏裳百○七名,芸舫百七十七名,韩傅雨十九名。戴子式,名其相,长洲学,副榜十七名,共加补乙卯正科,中二百○二名,副三十七名,上江犹未足额也。读闱作,均极当行,百川两大比,丽生六比,均用截做法,可知平做不合式,子屏今科特无命耳。畅谈衷曲,喜气盈门,贺客麇至,可谓极一时之盛矣。主人设茶点款客,留中饭,饮酒,颇有醉意。席散,至侄女处絮语,复至磬生处,见渠乔梓,相慰谈心。百川留宿,辞之,回家傍晚。借全录一本,约十八日缴还。夜间不寐,痴望子屏来科为吾家生色,竹林常棣联辉也。

十七日(12月10日)　晴。昨夜不寐,因百川得中,名心大动,然尘俗事多,不能从定,恐奢愿难偿也。终日收租,连昨日百二十馀石。夜间略看时墨。

十八日(12月11日)　晴。终日收租百〇三石,米色杂潮难禁,因户有不同也。松琴有信来,即复之。夜间作札拟致袁憩棠,胸中郁勃之气,于此尽宣矣。

十九日(12月12日)　晴。放头限截数,终日收租百五十馀石。自开限至今,共收二千乙佰石,较之去年相去不远,然粮米有请益之议,有田家终受累也。子屏来,叙话终日,有李咏裳真本录之,极为当行也。即日有平湖之行,王观察所荐,可谓鸡肋不如矣,慰之,复慨之,下午始去,袁憩棠书已托寄矣。接吴少松书,知十二月朔日县考之信,来年传说复有恩科,未知确否。晚间差官来行欠,慎兄有信,代付四元。

二十日(12月13日)　晴。是日二限,收租十馀石。午前吴少松自梨来,外父札致,草草作复,新举人文三篇寄去。书房内中饭,外父馈一蒸鸭,酌酒共食之,下午始去。松兄信来,满腹牢骚,下第苦况尽于感怀诗中见之,三复令人泪下也。夜间阅北墨,惬意者二三篇。

廿一日(12月14日)　晴。终日收租卅馀石。灯下读新科北墨。甘朝士刻字店号锦堂字来,托荐凌氏刻朱卷。

廿二日(12月15日)　晴。终日收租十馀石。午后凌氏来报百川,亦称姻侄,从谦为丽生而降也。设两席,夜饮款之,门条不贴,盖有待也。闻诸本路钱芸山,云初一日要县考,来年复有恩科之信。

廿三日(12月16日)　晴。终日收租卅馀石,开欠归吉,颇费辞说,从宽下肩。夜间阅北墨,千篇一例,出色者少。

廿四日(**12 月 17 日**)　晴。终日收租五十馀石。晚间钱芸山来,知县考十二月初一日已悬牌,特来通达。

廿五日(**12 月 18 日**)　晴。柬书持柬来催,据云章程一切照旧,未知确否。有开欠来归吉者,不为已甚,允收之。终日收租卅九石。顿齐行李,明日清晨拟到江。

廿六日(**12 月 19 日**)　晴。清晨登舟赴江,舟中阅浙江闱墨。午后至北门下塘,晤沈慎翁,知正邑漕务掣肘,乡民颇有生色。回至西门费氏,贺芸舫喜,知芸舫赴苏州鹿鸣宴,吉甫出见,畅谈,贺而且慰之,茶点而辞。携中作,系周雨春看本。复至慎兄处,扰渠夜饭。一更后宿于舟中。

廿七日(**12 月 20 日**)　晴。早起至南门,出吊于张某家,即还。泊舟长桥头,登岸入城,至雷尊殿看左侯告示,可笑之至。即还,开船,石尤风,幸不狂,午后至北舍,以慎兄之言告桂轩,到家晚。夜间作札复松兄,欲趁船到江画押,明日拟挈墀侄、奎儿舟中伏载,赴初一日县试。

廿八日(**12 月 21 日**)　半晴,东北风极狂。是日因将出门,预作冬至祀先,祠堂内家祭,予主之,厅上设祭,两儿襄之,即叩辞应试。午后松琴要趁船到江来溪,小有感冒,此行亦下第之苦也。有痴子曹小圖来,避之,周以一千文,亦只图清净也。夜间小酌,烦小云先生陪考。黄昏后率墀侄、奎儿登舟,同行连余及松兄五人,宿于舟中。

廿九日(**12 月 22 日**)　阴,风稍息。早行,晚起,到江午后,寓在北寺房,饭照旧。行过塘上,见正邑完粮船穿白旗衔尾而至(有三千馀船),因受连年苦迫,众议结帮,只肯一石二斗半完,出串米一石。虽以左侯之威,亦无用力,然乌合之众,未必常常齐心,倘提兵硬捉,恐必酿成大案,实成败一大关也。夜间由少松接外父信,探听粮务,今晚不及作答。灯下与吟泉在寺长谈,知正邑众志成城,势难散矣。余一切托小翁,一鼓时下船,早眠。是日冬至。

三拾日(**12 月 23 日**)　晴。昨夜微雨,转西风而止。朝上行前略泊船,炊饭毕,一帆饱张,快甚,到家不过中午。下午作札致外父,详述城中仓前光景,明日七老相至梨,交舟人送去。夜间课汤世兄书一首,登账务,二鼓始寝,想县试将发头炮矣。夜半颇冷。

十二月

十二月初一日(12月24日)　晴。上午有完吉账目,交券收讫。下午略看汤世兄读生书。夜间查核账务,复阅李咏裳中作,二鼓时寝。计县试头牌已放,吾家同伴诸人未必出场,小翁正费神候考时也。

初二日(12月25日)　晴又暖,未免太旱。是日梨川染字①始有还限米②,己字二算头,米色极潮杂,从宽收之。夜课汤世兄上生书,极灵动不肯读,勉勖之数遍放学。

初三日(12月26日)　晴暖。终日收租四十馀石,长浜诸佃潮杂十分,从权收之。自开限至今,放二限将截数,共收二四之数,余已满愿,然粮务增加无厌,颇费踌躇也。晚间接外父回信,极有斟酌之处,当三复之。乙溪兄自江回来,确知县试头题"吾未见刚者"至"枨也欲";次"百亩之田,勿夺其时";诗"今冬腊后少严凝"③,得"冬"字。子侄辈均二牌出场,性理论补做,奉行具文也。今日午前尚未出案,大约初五日复试,至正邑漕务,十分决裂,成败难料也。今夜登清账目,明日早上赴江。

初四日(12月27日)　晴暖万分。朝上开船,到江中午,至北寺,知案已发,首名陈昌寿,董其骏第二,同伴同寓皆复。顾希鼎十二,升侄五十馀名,奎儿七十馀名,墀侄一百十名,仿仙亦在乙百名

---

①　"染字"旁原文有符号﹀﹒。卷九,第311页。

②　"限米"后原文有符号﹎。卷九,第311页。

③　白居易《十二年冬江西温暖,喜元八寄金石棱到,因题此诗》诗中作"今冬腊候不严凝,暖雾温风气上腾"。

外,殷世兄竟在二图头。甚矣,文之前后难决也。船中吃饭,扑被入寺,今夜送同考进场初复,三鼓后头炮,五鼓入署听点,同小云回寓熟睡,天尚未明。

初五日(12月28日) 晴。晚起,同小云至行前吃不托,复进城茗饮良久,买《江南闱墨》一本,八十四文。到寺,慎兄未答,小云长谈。下午在寺静坐,与顾氏兄弟、稚生、茂庄、思鲈絮语家常。二鼓放头牌,儿侄同伴均出场,题"则拳拳服膺",经"我有旨蓄"二句,诗"釜粥栏猪",得"栏"字,云是放翁诗句。吃饭后看场作,三鼓时寝。

初六日(12月29日) 晴。午前起来,昨夜酣睡也。同小云同伴至行前吃面,茶叙,回来知正邑粮户大闹,几有变象。至慎兄处探听一切,拟明日出案后,无论复与不复,归去为是也。夜间同人畅谈而寝。

初七日(12月30日) 晴。早至火神庙虔叩拈香,饭于舟中,素斋一顿。至下塘,知粮务正邑新令孟已与练村头上人在船中议和,一石三斗七升半完,初九开仓,此事大幸,可免干戈。下午乙溪兄来,少顷覆案出,案首王兆蓉,升侄十七名,埤侄卅八,奎儿五十三,仿仙、少松六七十左右,即租桌凳,以备进场。顾氏子弟亦俱招复,传闻兵到,粮事复有变议,姑听之。夜宿舟中,殷世兄同被,送考托小云矣。

初八日(12月31日) 晴暖。朝起殷世兄趁舟先回,属舟人明日即上来,闻封门黎明。上午同乙兄、小云茗饮,龚梅亦来,知正邑漕务乙石三斗七升半,九折平斛上挡收,已议通,今日交斛,明日开仓。众志成城,固能否极泰来,然为首者终难保也,闻兵已扎住夹浦矣。灯前人声如雷,恍有万马奔腾之势,即去探听,始知今夜开斛,交准多三升,不平众怒,大有民变之象,孟邑尊下气告罪而平定。一鼓后放头牌,题"惠"至"则有功,惠",拟魏了翁《钓雪滩》七绝三首,《火砚铭》《腊梅花赋》,以"与梅同时,香又近之"为韵。闻诸与考者,闻人声沸起,投卷纷纷,幸邑尊下慰而止,然做全卷者极少矣。同伴均出场,二鼓后安睡。

初九日(1860年1月1日)　阴,东北风。饭后,顾氏竹林俱旋里,不候案。乙兄率侄仿仙亦回,余欲趁船同往,小云不可乃止。午前,家中船来,因风不顺,行李先下,姑留看案,同少松、小云徜徉久之。晚间三复案已出,案首葛之蕈,王兆蓉第二,董其骏第十,升侄十六,墀侄廿七,奎儿卅六,共复五十名,明日黎明进内署考试,小云劝余听儿一往,以鼓励之。余揆震邑粮户,即或闹事用兵,与贼匪夺城而据之,大异,即留一日,似亦无害,因决计进场,十一日归家矣。上午至慎兄处探听,应渠今日回家,十二、三日间上来,亦甚从容。然余留住一日,慎兄必以为不是,逛之,可免讥诮。夜雨淋漓,沾润之至。

初十日(1月2日)　晴暖,红日一轮,大有初春气象。黎明同小云送两儿进场,邑尊坐二堂点名,诸文童俱坐三堂花厅,封私宅门,回来安寝,时不过卯正。终日静坐北寺云在草堂,灯前微雨,至县前候考,黄昏后放头牌,题"自反而忠矣"至"安人也已矣","当于民监",得"民"字八韵,"慎终于始"论,不作者听。两儿均出场,知实到卅九名,邑尊设七席六肴款诸童。即同小云率两儿登舟,船狭小而人众,拳曲而不舒,终夜不能安卧。

十一日(1月3日)　阴暖。早上开船,至施家库泊船,起身吃早饭,到家中午。下午至秋伊馆中长谈。夜间登账,冗繁之至。雨绵绵,极滋润也。

十二日(1月4日)　阴。早起,坐快船到梨里,顺帆而行,登敬承堂不过早粥后。少松已到馆,前件面致,与外父、玖、味两丈畅谈,吃中饭,稍坐即开船,风雨大作,舟人鼓力而行,到家已黄昏时矣。

十三日(1月5日)　晴,东北风狂,微雨欲酿雪。饭后清理账目。午后接慎兄十一日所发信,正邑虽已开斛,而拥挤依然,颇难上去。城中同里虽有完者,不足数也。整顿行李,拟明日天晴去一埭,以观动静。

十四日(1月6日)　阴,西北风,渐冷。昨夜飞雪寸馀,瑞兆也。作札致子屏,时在平湖汪公署中,寄《清献日记》一册,先人诗稿两部,初集暨石刻《郭年谱》同包,云平湖张海门太史所索也。江城明日去,下午至港上会松琴、张铖翁,恤贫会少记租洋同交,畅谈半日而返。

十五日(1月7日)　阴。饭后开船,孙蓉卿同往,顺帆到江。中午至下塘,晤慎兄,知正邑漕务可安无事,委员范公之力也,现有安民撤兵告示,语颇得体。至县前,寻礼房沈石泉看正案,案元葛之罩,王则第二,董其骏十一,奎儿第廿,墀侄廿三,升侄四十一,仿仙四十七,未识府考能如意否。蓉卿嵌册讲定两元,惟册结未备,尚属周章。慎兄留夜饭,宿于舟中,雨绵绵不止。

十六日(1月8日)　阴,无雨。饭于舟中,仍至慎兄处,晤新贵赵式齐,朱卷亦见过,龙门亦在座。蓉卿寻本路,不值,秦老师结上不肯用印,竟尔不果,可称败兴矣。约慎兄二十左右运米到仓,河路之挤,临期再商。即舟至仓前,泥途滑滑,正邑完粮,人户挨肩而行,入正邑厫中,见粮户自行执挡,升斗合俱量过,一黍不溢,此种光景几二百年不见,可称义举也。我邑浮勒依然,深堪发指! 即回行前略买食物,开船一帆饱张,放胆夜行,与蓉卿谈论一切,到家一鼓。接袁憩堂前月二十八日回书,语极周挚。顾吉生索账夜泊,上岸畅叙,半刻而寝。

十七日(1月9日)　雨雪纷下,开晴无期,闷闷。与秋伊叙谈,知昨日清晨韩傅雨来送朱卷,二儿接陪,一茶即去,入城须答之。整顿行李,略看账目,此月下旬正输粮要紧时也,默祝天工开晴,庶可登场。

十八日(1月10日)　晴,西北风,极冷,可望长霁。饭后,费芸舫来送朱卷,恰好在家畅叙,具鸡黍勉留一饭。渠在苏谒见房师、座师,谈闱中事甚详,可知中不中有命也。饭罢,星伯来谈,据说今科堂备可惜之至,对芸舫能无下泪乎? 晚间,芸舫回去,云至莘塔。

十九日(1月11日)　晴,冷甚,几乎点水成冰。上午兑粮,下午登船,共七佰廿代,明日起程,天工可望老晴也。有张稚谦暨梅峰子来讨叹气,颇费周折,设法遣去之为是。

二十日（1月12日）　晴。朝上开船，午前到江，至下塘，慎兄尚未出来，回舟至仓前，正邑船挤，不能上当，泊三官堂前。余坐快船，挂在米船尾后，至总上报数。慎兄设两席，酌饮长春馆，盛扰也。

廿一日（1月13日）　晴。早饭后捐米登场，为船众所挤，迂曲而前，运米极为艰难，唤捐帮人分捐三百代，始得舒徐。在头厰上斛收，正米百七十九石有零，斛子较去年又大三升，毛米三百四十石，尚斛不足，此辈真无天良也！晚间葳事，慎兄谈定抽折，往返总上数次，饮恨吞声，不得不从之。见凌氏昆季及新贵两人，今年气象各别矣，举人之足卫门第若斯之盛耶！酌慎兄，同两兄、桂轩在长春馆，黄昏后下船。

廿二日（1月14日）　饭于舟中，至凌氏下处与百川诸兄畅谈。至慎兄处派定折数，持账而归。乘小舟，无风快行，到家傍晚。张氏两公各坐账房，不能落肩也。

廿三日（1月15日）　天晴暖，将变。上午兑粮，诸事纷杂之至。接顾访丈信，十二日二日^①发，承惠黄鹤楼《木鸡书屋全稿》，诗两集，骈体文五集，共十册，煌煌巨制也。暇当谢复之。夜间伏载，仍坐小舟。

廿四日（1月16日）　东北风，四鼓解维，嫌太早，冒险行也。微雨，至施家库小泊，炊饭而行，到江极早。至下塘，与慎兄同舟至仓前，因天工不老晴，雨稍止即上米，仍发头厰登场。捐帮中与工人并做，开斛已下午，完毕上灯后矣。冷筹补足，随铸一吉，与小云谈，仍难请益，可恶之极。二吉归二石〇五，三吉归一石九斗，到总处物色。至馆中夜饮，两席，仍慎兄作东。与邱九丈夜间茗饮，一鼓下船安寝，凄寂光景几如秀才考三等而还，然恰平安无事，尚为侥幸。

廿五日（1月17日）　晚起，至仓前同梦书开发一切，复与九丈茗饮。饭后同乙兄至下塘辞谢慎兄，一切账目均未算也。即舟至夹

---

①　十二日二日，疑为"十二月二日"。卷九，第313页。

河,答送韩傅雨,云至上海,不值,晤其叔祖,一老翁,致分而返。复至西门答费芸舫,云至外家,又不值。与吉甫长谈,蒙送闱墨全部,欲留饮,辞之而还。雨绵绵难行一步,闷坐小舟,泊行前住宿。

廿六日(1月18日) 半阴,西北风。饭后开船,一帆风顺,到家午前。张氏两公已去,朗兄落肩,洽度岁资甚不薄也,得过且过而已。杨斗翁姻丈幼郎今日完姻,大儿去贺,下午还来,余致一分,不受,甚客气也。夜间与两儿谈文,账目则懒不能登,糊涂之甚也。

廿七日(1月19日) 阴,无雨。略登账务,心亦不叙。午前范五兄来,赒之而去。有东玲徐姓来,拒之。云松有信,亦不答,大约年底尚不清净也,闷闷。下午翻阅《木鸡书屋文集》。

廿八日(1月20日) 暖,阴雨。是日开发一应人工脩金、上仓米,约须百五十千左右,而无一钱入门,倘非稍有所储,恐便束手,持家之难如此! 黄昏后始毕事,酌账房诸公,明日各送回去,惟留振侄度岁。租账内共收二六之数。

廿九日(1月21日) 阴,西北风,渐冷。饭后猝得徐恒甫昨夜凶耗,明日小殓,残岁匆匆,不及往探,命应墀同羹梅乘小舟往一拜奠,无暇再去矣。云松又来,以到梨探丧辞之,此种人不足惜,亦无待赒,然蔓草难图,尚虞支节,随时观动可也。账房诸公已回去,厅上几案尚未拂拭。

卅日(1月22日) 阴冷,东北风,似欲酿雪。饭后命工人丁仆洒洁庭除,与两儿位置书集,张挂先父、先母、继母遗像于养树堂,老祭来岁乙兄,小祭羹兄当,神像均各交代。暇阅鹤楼翁《木鸡书屋诗文全集》,初翻一遍,古近体诗庸常无警句,咏史绝句、《左国闲吟》二种颇能遣事命意,论断谨严。骈体五集,无语不工,无典不搜,谋篇有法,论事有体,大气盘旋,精神含蕴,近世时辈中,吾邑梦兰失之古奥,不能悦时流之目。先生之作,均合制诰,雅近鸿裁。吴祭酒外,此其嗣响,惟第五集多风流语,如《与王姬书》、《双红豆楼序》、书明太祖禁中表作婚数篇,初集《书读红楼梦》,未免陶令微瑕,然骚情赋手,吾于此公叹观止矣。来年院试毕事，当畅读数月也，今果置之。夜间祀先，与家人虔拜毕，小饮数杯，胸中芥蒂，不尽消融。今岁看人高中，吾家无分，殊觉不乐。震邑漕粮，大得便宜，我邑虎苛加甚，且受抑折之累，我辈未知何日能得出头？然年谷无恙，租风犹可，但祝年年共庆平安，不胜私望。富贵功名，且待时来，知足不辱，亦复何求！眼前福地，皇天锡赉多矣，将何以消受之？书此自警，己未除夕，时道人手书。夜间星月不甚有光，碧翁将以瑞雪兆丰年乎？

咸丰十年(庚申,1860)

一 月

庚申元旦丙辰(1月23日) 雨,阴,恰好以水济之。风朝上东南,晚西北,今岁可卜大有年。晨起拜如来佛,东厨司命前、家祠内拈香虔叩。饭后率家人至萃和堂,拜五代暨祖父母神像毕,行家贺礼,男女以次,一茶始还,乙溪、羹梅亦到养树堂团叙。午后同两兄率升侄、应墀至港上贺年,竹淇处茶话,景庭兄不见,薇人见过,松琴轮年留饭。子屏平湖廿三日回来,叶勤翁叙过数次,极蒙青眼,并以文就正,颇肯直笔,此行真不虚矣。廿九日自江回,芸舫兄弟亦得畅叙,余上去时子屏欲附舟,不及絮谈,饮醉而归,携张燕昌朱卷,渠亦薛公门下士也。

初二日(1月24日) 阴冷。饭后松兄、子屏、星伯四大侄辈、竹淇弟亦同来贺岁,叙在乙溪处,到养树堂茶话,适新孝廉凌百川兄来送朱卷,丽生不来,朱卷同附,行期初七,匆促之至。乙兄留饮,余欲尽地主之情,洗樽,夜间留宴。百川因亲串处多未往辞,坚不肯留,下午衣冠至萃和堂送之,褰甚也。港上兄侄均还,夜间早眠。

初三日(1月25日) 雪纷纷下,冷甚。饭后舟至大港载松兄,薇侄同往莘溪,答凌氏两新贵,余特致两赆仪。舟中阅勤谀评子屏文,严甚,亦钦甚,与子屏极契合,真名师也。午前登耕馀堂,两孝廉均外出,伊成接陪,云汀见余,颇执后辈礼,不敢当也。二堤翁特来接谒,磬生亦来,正谈论间,戴子式亦来,渠今科中副车,意兴豪甚。同席,语语解颐,使人喜笑不止,遂各浮一大白,不觉雪花与天花乱坠也。席散已晚，醉甚归家，送松兄还港，到家黄昏。是日寒甚，闻褚少香来过。

初四日（1月26日）　半晴，冷甚。村人出猛将会，工人俱往。终日无客来，围炉静坐。晚间凌丽生来辞行，留渠夜饭，渠为人颇忼直，有丈夫气，性理经学，亦能见过，特年少未周阅历，然较诸龌龊者流不啻霄壤。论观人，意见若相合，甚矣凌氏多佳子弟。渠与百川初七日北上，此来于礼亦为周到。豪饮十馀杯，迫于束装，不能止宿，郑重而返，余亦醉甚也。

初五日（1月27日）　冷，晴朗，为今岁第一朝。早起循例请五路神，饭后至笑山师处拜贺，宝文出见，茶叙长谈而还。陈朗兄同子厚安来，谈定厚安来意，今岁在余处帮办内账，二月初二到舍，留便饭而回。应墀、应奎今日试笔作文，题"其始"，亦汤先生所出，未识今春考试稍有生色否。此余第一件切要事也。暇则静坐。晚间蔡云生率二甥来，乙溪招饮，陪宴萃和堂，渠计偕之期，择于初十。

初六日（1月28日）　晴冷。饭后与云生谈，在挹翠轩留渠中饭，不肯，即送之回梨。午前，钱芸山来，知府试初八日取齐，大约初十头场。拟明日梨川贺外父年禧，初八日到苏，尚觉从容。新年即逢考试，前此未有也。殷达泉表侄来，乙兄处留饭，余处一茶而已，凌氏朱卷三束面交之。沈宝文晚间来，匆匆即返。

初七日（1月29日）　晴。饭后到梨，至敬承堂拜贺外父，携杖出见，云略有足疾，避喧，静坐内室，茶话片刻，即至蔡云生处。二妹出来话叙，云老处略送赆仪，十二日荣行。复至邱丈省翁处拜贺，不及坐。夏啸梅家亦略叙，汤小翁在家，云年事已毕，可去陪考，大好，订定今日到馆。复回邱氏，至味丈、玖丈处贺年，外父留饮，七人同席，余饮酒极量，语言无忌。中午后散席，同小云先生到溪。夜酌先生于养树堂，明日率应墀、应奎到苏应府试。

初八日（1月30日）　晴冷。饭后同小云两生吉行，风狂遇石尤。晚间与乙兄船齐泊吴江垂虹桥畔，冷甚，略至墟头小饮。

初九日(**1 月 31 日**)　早行,到苏午前,由盘门行至石岩桥停泊,同仿仙诸人寻寓,在尊茗楼后中采莲巷福兴栈客寓,租价六千四百文,共七楹楼房,自办伙食,主人吴姓。即押行李到寓,在船中照应,因住在城河,来往船挤,颇不便当。位置一切,极忙。夜间与小云、乙兄、五考客同饭于旅肆,复茗饮良久。托小云先生陪考,余与乙兄仍回船中住宿。

初十日(**2 月 1 日**)　晴冷。舟人敲冰而行,出城已红日一轮矣。在舟中晚起,阅时艺。下午过北舍,桂轩之子三侄孙补考事已托办矣。晚间到家,知范南荣、小五相、吴甥、冯甥均来过,沈少莲初八日亦来过。

十一日(**2 月 2 日**)　晴暖。饭后至芦川候陆松华,尚高卧不见。至时昌木行,吴生老亦未出来,留片。知少江来过,因余兄弟往苏,未值。黄森甫处茶话片时,出来至元茂,陈氏兄弟均不在店,答之而已。即至赵田,登憩棠新宅,晤陆芝田、张问樵,述甫抱恙不见客,即同憩棠到老宅,至楼上内室叙谈。气色尚佳,然久痢元亏,劝渠延医徐植楠,服药为要,渠亦点头,谈兴尚好,看来调养可愈也,憩棠因此北上未定。回来穆斋处一揖,仍到新宅中饭,看极佳,略饮,畅谈上海局务。下午回家,约憩棠十五日到余处。归舟尚早,元英、竹亭两侄来贺年。

十二日(**2 月 3 日**)　晴暖,大有春意。饭后泛舟梨川,至徐竹汀家,二甥丽江出见,云竹翁有疟疾,辞见客,晚姊亦托词辞。略谈即开船,饭于舟中,到平川尚早。登殷氏怀新堂,大表侄出见,号达泉,其弟安斋,应试在苏。阅其文半篇,虚字尚通,字迹两子俱不佳,勖之习楷。三表嫂出见,以贴办粮米费八数面缴之。辞不夜饭,即舟至扬帆湾吴氏,蕉如姊出门未返,大姊、大甥以谷四兄出见。晚间蕉如还,夜宴,余已醉醇酿矣。夜宿环翠楼,蕉如款待极殷。昰夜三鼓后微雨,正府试诸子入场时也。

十三日(**2 月 4 日**)　阴,暖甚,是日立春。蕉如留朝饭毕,即辞归。舟过角里厍,王谱琴表弟出见,渠今岁秋间服阕,明年决意要乡试,文兴甚浓,治家亦甚井井,余内外才均不如也。欲留饮,辞之。到梨午前,雨淋漓不止,买家用物件毕,外父留中饭,长谈,足疾已全愈矣。下午返棹,雨绵绵,傍晚到家。大雾,一鼓时月出雨霁,府试诸子出场,可免泥途滑滑。

十四日(2月5日)　朝上重雾,饭后晴,暖意盎然。检点一切,拟十六日至苏。下午又阴,略得坐定,阅文。

十五日(2月6日)　阴雨终日,元宵节未免欠月清华。午前袁憩棠同黄森甫来,森甫数年不到,此来极为诚挚。憩棠托寄二凌公京信,天成局王永义庄领监照,并买清盐、半夏等物,当一一代为料理。中午团叙,二君俱不饮,畅谈而已。下午回去,余部叙行李,拟明日由江到苏,述甫之恙尚未痊。夜间观烧田财,雨中火色尚红,年谷可望有成也。

十六日(2月7日)　西北风,微雨。饭后开船,舟中阅时墨。下午到江,至下塘贺沈慎兄年节,吟泉先出见,知府试题,江"勃如也,足正蹜如也,揖";常"襜如也,趋";昭"翼如也,宾"。二题通场"民事不可缓也",诗"何处闻灯不看来"。儿侄辈均晤见,二牌出场。慎兄自仓回,畅谈,款留夜饮并止宿,谈至一鼓始寝,吟泉伴余,是夜颇冷。

十七日(2月8日)　晴。晚起,慎兄留朝饭,饭毕辞谢登舟,西北风。到苏中午,徐万春行前泊舟,入城至福兴寓中,小云、儿侄辈均在寓。案已午前发,江元金兆桂,奎儿廿六,升侄廿八,墀侄卅六,殷世兄二图头,夏仿仙三图头。甚矣,名次之难料也。即搬入寓,与小翁少松茗饮,少松十一,与仿仙诸公租桌凳在茶房科。夜间早眠。

十八日(2月9日)　晴。晚起,饭后同小云茗饮升阳楼,至魁太候费老,至小云略办嫁事物件。余至胥门定物件,回来沈吟泉亦到寓。明日九县头复,早夜饭后,属考客即眠,余守夜。二鼓头炮,四鼓进场,送进场后始安寝。

十九日(2月10日) 阴冷。晚起,即同小云由学士街走吴趋坊进阊门,买物件毕,出城由皋桥至下塘渡僧桥,金灿然药店内永义庄上候王西翁,袁憩棠京信、监照均托寄领。即返,雨雪纷下,至湾头方吉太饮高粱,由南濠到万年桥徐行小憩,衣服尽湿,即进城回寓。乙溪兄已来,黄昏时放头牌,题"不知也,正不然也",馀不全记。"不养也,不为也""不由也,不爱也""跻彼公堂"三句,"臣心如水"通场。二鼓三牌,儿侄辈均出场。是夜酣睡之至。

二十日(2月11日) 阴雨又雪。上午同吟泉至万年桥回来,途遇仲湘翁、杨东甫,茗饮畅叙。晚间出城,雪更大,余宿舟中。

廿一日(2月12日) 冷,西北风,渐起晴。清晨解维,舟中阅经义斋所购《坐花志果》一书,所记劝诫事,均在近年,各有论断,笔路极佳,仁和汪调生所著,亦有心世道之书也。顺帆,到家未晚。夜作憩棠书,监照诸件明日寄去。

廿二日(2月13日) 西北风,晴朗。饭后寄书与物件,交通源行送袁憩棠。复作札致子屏,关照考期。前日渠来过,和慰农感怀诗极隽妙。是日先大人忌日,午后致祭,屈指见背以来,于今十载,不肖一无成立,思之痛甚焉。夜间愁坐,羹梅来,议办吴三姑母葬事。

廿三日(2月14日) 晴朗。上午写字一半页。暇阅文。傍晚收拾行李,夜间伏载,明日赴苏。

廿四日(2月15日) 晴,东北风。顺帆早行,中午到苏,即进城至寓中,知昨日二复,廿二日出案,仿仙四十,吟泉五十馀名,升侄卅名,奎儿廿八,应埠第六,内署仍各坐十名。题"其事上也敬"二句,"日五色赋",以"德动天鉴,祥开日华"为韵,"柳偏东面受风多"八韵,"古琴、古剑、古镜、古砚"七律,不拘韵。应埠稍有感冒,场中大吐,三牌出来,甚草草也。仿仙全卷。暇至顾氏寓,与稚生谈。

廿五日(2月16日) 晴。晚起,与同伴茗饮升阳楼。饭后与仿仙、小云至养育巷买家用物件,下午不出案,静坐。夜间费老玉来寓,扰渠茶东在景凤楼,畅叙良久,始返寓安寝。

廿六日(**2 月 17 日**)　晴，东南极狂。上午略买物件。下午同小云率儿侄辈至府前候案，晚间草案已亮，我寓中了无信息。夜饭后至顾氏寓中探听，知案首仍金兆桂，仿仙三十二，墀儿十五名，少松十一名。回来，同吟泉、小云茗饮锦凤，回寓将寝，案始发，即复同小云一观。知明日黎明覆试，关照各考生租桌凳，买考果，诸事颇纷，齐备后和衣假寐。

廿七日(**2 月 18 日**)　晴。黎明送仿仙、应墀覆试，天明开点，十五名前朱太尊自点，进内署，墀侄亦与焉。回来与小云、乙溪分析公账，周折之至。饭后至胥门买物件，回寓收拾行李。下午至府前徜徉，头门不封，题目已知，"谁誉"至"有所试矣"，"东阁寒梅动诗兴"，"梅"字八韵，十五名补作性理孝经。晚间，仿仙先出场，知太尊款考生，宴席八菜，在内署者且用酒。黄昏时应墀出场，乙兄、仿仙先下船，余与小云率奎儿、应墀茗饮升阳楼，渴甚，良久回寓安寝。

廿八日(**2 月 19 日**)　晴。朝起命工人运行李毕，即同小翁率两儿出胥门，万年桥徐万春行头登舟，东北风不大，平稳而行，颇恬适。到家黄昏，上灯候矣。

廿九日(**2 月 20 日**)　晴。朝上衣冠至秋翁馆中贺岁，饭后小云假馆几日，命两儿至梨川叩贺外祖年禧，余略部叙一切，不耐烦之至。晚间两儿回家，知外祖江城去，未见。先生初四日去载。

卅日(**2 月 21 日**)　晴暖，渐有春意。饭后略亲笔砚，松琴兄来，为玩字三姑母葬事，余家公办，梦书肯经手，妥甚，已选期三月初十矣。正谈论间，外父自江回，衣冠贺年，不敢当，快叙半晌。是日斋期，不能破例，摘蔬佐餐，褒甚也。下午回去，因明日要完正邑粮，不能止宿也。余至萃和堂，与松琴、乙兄畅谈。松兄初八赴昆，闻学宪初二江阴起马，初八取齐矣。晚间松兄始回港。

二　月

二月初一日(**2 月 22 日**)　晴。是日素斋，补诵追荐先人经咒，惜文疏未具,只好缓日焚送矣。暇则整齐笔砚,写字数百,欲读文而心仍不聚。

初二日(2月23日) 晴。朝上命两儿开课作文,诗八韵,中午文誊完,尚属赶紧。夜间账房诸公齐到,款酌之,惟老赐尚未来。

初三日(2月24日) 晴,春气勃勃。是日文帝诞辰,素斋。饭后率应墀、应奎至广阳庵虔叩拈香,回来两儿续完文字一篇,余则碌碌,仍难坐定。中午本路钱芸山来,知初一日出正案,府元金兆桂,吴少松十一,应墀十三,仿仙三十一,应升四十四,应奎四十七名。院试决计初八取齐,余录科起文,即托芸山付吏房,其费二元,又一元作卷东,尚搭桥也。有东易四公子来,所欲甚奢,甚难开手也,晚间去。

初四日(2月25日) 早起。西北风颇尖寒,顺帆而行,到梨川极早,出吊于沈氏,时笑梅主事,君夫人领帖也。晤袁憩棠、周粟香两孝廉,知述甫近服鹿茸参麦散,大有起色,欣慰之至。扰渠素饭,酒极佳。回至敬承堂,晤盛贵春兄,秀水有名诸生也。中午外父留饭在园中,味丈来谈,小云同席。下午即同小云到溪,归时尚未晚。

初五日(2月26日) 雨终日。饭后至秋伊馆中,阅二侄仿仙文,暇录时策数道,备录科用。秋伊下午来答小云,约趁余舟,初八日到江。

初六日(2月27日) 大风雨,寒甚。上午摘录旧时所作之文,取其纯熟者数篇,下午告竣。今日书房文课,下午两儿俱脱稿。应墀作,先生立即评点,通体俱得"轻、清、灵"三字诀,似有进境。

初七日(2月28日) 阴,仍风雨。上午拟文半篇,久不动笔,生涩之至。中午祀先,先母沈太孺人忌日,屈指见背四十二年,不胜失怙之悲。下午部叙吊礼,杨聋翁十六日领帖来讣,因以玉峰之行,故预一往,亦应酬之不得不然也。夜间伏载,孙秋翁为粮务同往。

初八日(2月29日) 雨,西风终日。晓行与秋翁絮谈,晚起,颇解寂寞。中午到江,秋翁仓前上岸,余泊舟行前,携雨具,穿衣冠,入大东门,至崇真观积善衖口预吊,杨聋丈振甫太史出见,礼也,叩谢,告渠即日到昆,故先拜奠。留茶,与振甫略谈,谦谦君子也。闻进京供职,行期在四月中,即告辞,欲留宿,却之。下船,静坐篷窗,雨声滴滴,寸步难行,因将昨日之文,拈笔构思,全篇略完。闻清江有警,凌氏二君已归里矣。

初九日(3月1日)　早行,仍雨,风不狂,到家上午。知书房内昨课两文一诗。

初十日(3月2日)　雨,不起晴。今日两儿课题"子路行以告",余拈"子路从而后",作拟题文一篇,中午草稿完,即课试帖一首,录清呈正小云,机似不至执滞。暇则略检行李,先为部叙。

十一日(3月3日)　西风,渐望起晴。朝起沐手面,具衣冠,率应墀、应奎东厨司命神前、家祠内拈香叩谢辞行。饭后收拾行李,一一清楚。适接松琴兄昆山回船信,知学宪初十开考,二场江、正、崇十八日进场,廿四选拔,廿七二场,廿九贡监录科。寓在南门东首上岸张宅,即郑甥前科之寓,极利市。明晨吉行,舒徐之至矣,即以此札传示一溪兄。下午静坐。夜间同汤先生率两考生登舟伏载。

十二日(3月4日)　晴。五鼓解维,顺帆,到昆不过未刻。即进南门寻寓,在方家衖口东首上岸王宅,主人号恺之。仿仙仍在松兄寓中,余与乙溪兄合共七榻,房金六千三百文,自办伙食。搬行李进寓,位置一切,至晚始楚楚。是日入学生正场,头牌余到后始放,松兄四牌出来,题上四学"乐天者"四句,下四学"穷则独善其身"二句,策问"历代兵制",诗"神仙排云出",生古学题"鹤鸣鸡树赋","朗如玉山行"。案已出,共取三十四名,费吉甫合属第一,张元之第十,金藻十一,王树年第八。晚间松兄、薇人、仿仙来谈。接清甫翁信,其郎杏初取诗赋,张翁意甚拳拳也。新进诗古"杏花消息雨声中",以题为韵,"水以柔全"八韵。

十三日(3月5日)　阴,下午、夜间又雨。饭后写字一页。至松兄寓中,观兄及薇侰考作,均极酣足,可望前列。午后阅薇人荐卷暨子屏闱墨,子屏虽不荐,二场详艳之至。复同小云、松兄至邱玖丈寓,同入城隍庙梅花馆茗饮良久，郑甥理卿亦在。晚间郑甥来，夜间略坐定。

十四日(3月6日) 大风，极冷，昨夜雨。小云出题，课儿侄文一诗，午后完卷。是日考太属昆新已进，题"故闻伯夷之风者"三句，"闻柳下惠之风者"三句，策问"历代训练"，诗"溪声一夜添新雨"。晚间上场案出，江第一费吉甫，拔贡有望矣。松兄第四，薇人第八，上有六廪，可第二缺补，共复十五人。今日吉甫来过，蔼然和气可亲，余甚佩其人。夜至松兄寓中谈。

十五日(3月7日) 晴冷。饭后率应堚、应奎、应升侄松兄处画押，堚侄派仍松兄，转派费吉甫、升侄、元之，苑敬均不受。奎儿、刘韵卿还来，知王仲奚桢伯来，即答之。朝上玖丈来，渠一等三名，可望补也。今日新进诗古覆试，"柑酒听骊赋"，以"双柑斗酒""往听黄骊"为韵，"夕照楼台桌酒旗"八韵，前老进覆题"春江晚景屏赋"。晚间携奎儿至试院前，晤盛省山，正邑案元也，人极谦和，邀至寓中畅谈。阅渠复卷，笔致轻灵秀润。

十六日(3月8日) 东北风，下午雨。饭后仲湘翁来谈，午后至古老衖吴少松、沈吟泉寓中，晤陆涵斋暨其郎金门，即共吟泉、邱毓之至西寺茗饮，回来知长元吴新进放头牌，题"可与共学""可与适道""可与立"，次题"古之人与民偕乐"二句，"莺到垂杨不惜声"。夜间与小云小酌。

十七日(3月9日) 大雨终日。饭后写字半页，属儿侄辈收拾考具。晚间老进十五学覆试出场，题"是故君子先慎乎德"二句，"露裛幽花冷自香"，松兄、薇人批语极华。早夜饭后，属同考生早眠。

十八日(3月10日) 大雨终日不绝点。丑初头炮，寅初三炮。饱餐后，余与乙溪兄率儿侄辈至辕门听点，适大雨淋漓，幸同考生均在头牌先进去，后至者衣服尽湿矣。回来将五更，熟睡。晚起，同小云先生、三大相至城隍庙茗饮，良久回寓。静坐，与松兄畅谈。午后至学院前候放牌，未初头牌已放，题江"文王一怒而安天下之民"，正

"而武王亦一怒而安天下之民"，崇明"今王亦一怒而安天下之民"，次通场"得其心，斯得民矣"，诗题"暮雨楼台燕子间"。殷稚香头牌出场，奎儿、升侄、夏仿仙三牌，墀儿四牌出场（坐"为"字十一）。灯前各念场作，仿仙极得意，墀侄、奎儿尚念得过，应墀忽腹中大痛，下便一次，痛仍不止，唤看痧来，据云受寒，试数针，幸即愈，服乙溪处红灵丹始安寝。

十九日（3月11日）　大雷雨，风又狂终日。晚起，寓中静坐。中午子屏坐家中船来，据云乡间太平，昨日开船。未刻听炮声，知案已发，命丁仆探听，少顷来报，据说东"为"字十一号已招覆，惊疑参半，即至学院前观案，晤王桢伯、郑理卿，确知应墀已进，惟案已被风雨及第矣。奔至学书办考处看拆号，方信侥幸。惟仿兄仍不得意，不胜愧惜，然大器晚成，暂屈必能大申。晚间至松兄寓中，十分慰藉，絮语良久。黄昏乙兄下船，作一便信通知，属梦书侄即日上来。此番应墀获售，殊出意外，或者稍偿起亭先兄苦志，且自识字作文十五年，小云先生教课之恩厚同天地也。至一鼓后始安睡。是日考优题"文之以礼乐"二句，题"风梭鸭浪纹如织"。

二十日（3月12日）　风稍息，冷甚。上午戴笠农、王桢伯、主人王运卿、盛省山均来道喜。未刻放牌，考太属题"好仁不好学"各四句，二则"天下之农皆悦，而愿耕于其野矣"，诗"花冷不开心"。夜与仿仙谈心，略论因果，渠极点头。

二十一日（3月13日）　半晴，冷甚。饭后衣冠率应墀具晚生名帖拜谒，代松兄下押派保费吉翁，新进旧例也。与松兄共商一切，尚无把握，且俟明日见机办事。复率应墀贺答盛省山暨余丽生，晤坐间黄森甫，略坐，复至黄棣香寓中贺喜，其尊翁酉山已来，谈及湖州风声，警甚。同松兄贺戴子式郎伯谷，均同案友也。与夏莘农、沈健甫宝钢、张元之、李葵卿星槎至西寺茗饮，良久始回寓。松兄今日始与两侄移寓余处。夏仿仙今午归家，不及送登舟，歉甚也。金紫廷衣冠来贺，余未晤，明日须答之。是日复头场新进，题"谁誉"至"试矣"，

"安民则惠"二句经题,诗"风惹飞花惊蝶梦"。

廿二日(3月14日)　阴冷,下午微雨。诸亲友增光,皆来道喜。饭后率应墀同松兄具禀见帖拜谒秦老师,晤倪又香,长谈,本题尚未道及。回寓,秋丞甥来,李谱琴来,恂恂儒雅,余旧寓小主人也,畅论而去。即同小云至会园茗饮,松兄亦来,知老师极雅道,然欲照余入学时贽敬大约要加倍,且俟夜间再商。今日考四场新进,题"仁之实"二句,分出二题"若夫豪杰之士"二句,诗"迎风蝶倒飞"。夜间,同小云先生、子屏、薇人复茶叙渭园,松兄亦来,商议良久。同至老师处,倪又香、叶西山再三相劝,松兄书贽敬,小大随礼在内,共一一之数,余亦勉力俯从,一笑告辞。一鼓后回寓安寝,诸新进落肩者不过三四家也。

廿三日(3月15日)　雨终日不息声。平明送应墀进院覆试,在号内坐候良久。有震邑新进曹奎,贽仪不落肩,学宪不及待,即升堂开点,谕本童补填册结,下场覆试,今日不得与试,时已辰巳之间,封门之迟,未有过于此者。即同小云、松兄退出回寓,余收拾考具,明日同子屏录科进场。晚间头牌已放,题"言未及之而言"二句,经"以义制事,以礼制心",诗题"燕静衔泥起"。将上灯时,迟侄始出场,知学宪坐顿,各人作一起讲,誊真呈阅即退堂,诗复默写。正场起讲,今日文字尚念得过,时候局促甚矣。夜饭后早眠。

廿四日(3月16日)　半晴。黎明饱餐。同子屏至辕门听点,辰刻学宪升座,开二门点名,余验照入场,坐东"暑"字一号,子屏坐"珠"字号。吴江正途七名,俊秀十五名,人数不多,少顷即封门,题东文场贡"千乘之国"五句,西文场监"宋人有悯其苗之不长"六句,策问"江南水利",诗"蜂喧抱蕊回"六韵,圣谕"黜异端以崇正学",三行十二字,随做随写。未刻与子屏交互校看始出场,时已将近点灯。梦书侄自家中来,知乡间尚安靖,杭州告警,南关外被土匪勾贼匪来,民家俱毁,流离满目,闻之寒心。夜间安寝。

廿五日(3月17日)　半晴。是日考选拔头场,三大相亦有志观光，可喜之至。晚起，饭后同小翁茗饮绿云楼，回来庙中婆娑。午后放头牌，题"有一言而可与终身行之者乎"至"其恕乎"，二题"君子之言也"二句，"赤帝金鸟"二句解。薇人头牌出场，晚间费吉甫、张元之出场。灯下同子屏两家寓中长谈，晤陶苕孙、戴伯谷。

廿六日(3月18日)　又雨。饭后率应墀至戴谷伯寓中道喜，晤其伯双柑。贡监案已发，文书在提调处，松兄去探听。抄案来，知贡苏属共取卅一名，监共取十五名，子屏第二，余亦幸取廿一名，江共三人，余家愧甚焉。凌磬声来贺，畅谈，学书送酒抽丰，寓中主人亦然，均受之。是日复三、四场新进，题"当洒扫应对进退"，经、诗未记。

廿七日(3月19日)　大雨。饭后同子屏至旧寓李石霞家候章杏初，渠考一等，取诗古。昨日道喜来寓，未晤。其尊翁清甫先生有札致松兄，拳拳于余，感甚也。畅谈而返，有长洲同案蒋干千凤翔特来道喜，亦未遇，渠发心印《桂宫梯》，极精致，各新友送一部，大善举也。并知渠尊人极惜字，家住郡中石皮街，且此书办得极道地、极周密。吾郡赖此辈善人，或者劫运可稍减。下午衣冠答诸亲友，看二场拔贡出场，策问"乐制"，"正谊明道论"，"几处早莺争暖树"。晚间候星槎、元之、吉甫、戴笠农到寓长谈，闻三、四场有补复二场文童者，题"听其言也厉"，经"作善降之百祥"，诗"花坞夕阳迟"。

廿八日(3月20日)　雨终日。早饭后送应墀进院总复，辰刻点名，发看正卷。墀侄原评，意则层出，气则安详，字洁净，通体单圈，可愧也。封门一时许即出场，寓主人本路各送酒席，因邀费吉甫、张元之、李星槎、王仲贻、夏莘农临寓小叙，饮酒极欢而散。午后拔贡榜发，吉甫得贡元，可贺之至，惟元之未免抱屈耳。吉甫二场卷，学宪传唤另誊，因先回，余则醉甚矣。晚间梦书坐家中船来，乡间尚安静，然浮言四起，幸今日遇蒋君干千，知信息稍佳，如果确实，吾苏之大幸也。夜间大雨终宵。

廿九日(3月21日)　半阴半晴。早上吃小点心。同松兄、小云先生、两侄率应墀候学宪奖赏，辰后升堂，两属一等生先点给花红，排班参谒,行三揖礼,不叩首,拔贡生行二叩首礼,新进行三揖二叩首礼。覆卷不给看,名次仍照招复案,应墀第七名入泮,侥幸甚也。鼓吹开道,送出辕门,亦一时之荣也。回寓开发一切,下午行李登舟,拟明晨吉行归棹。夜间宿在寓中,道费吉甫、陶苣生拔贡喜。夜间吴县潘莘田、费吉甫来寓,与子屏辈长谈。

三 月

三月初一日(3 月 22 日) 早起,闻鹊噪声,似有开晴之至。同小云先生率两生、应墀、奎儿出南门登舟即解维,西北风,一帆顺利,舟中与梦书小翁闲谈。午后风更尖,雨霰,冷甚。饱挂一帆,不过午后未初已到家,登堂各庆平安。至乙兄、羹梅处,始知杭信又紧,并有廿七之说,讹言四起,嘉禾迁移甚众,大为可虑。夜间作札致外父,此刻光景,正士君子恐惧修省之日,非优游泮奂之时也。一鼓时安寝,下午又雨。

初二日(3 月 23 日) 仍雨,阴寒殊甚。饭后率应墀衣冠至司命神前、家祠内拈香叩首,祈求平安,谨谢默佑。蒙秋伊先生率应升侄、蓉卿、稚香两世兄均来道贺,乙溪、羹梅两兄亦来,时事如此,谢不敢当。午前陈骈兄、袁一村翁、陆畹九特来,盘飧市远,留便中饭,小酌而去。外父遣使赍札来,所传廿七日杭城变信,大略相同,人心惶惶,即梨川亦有暗中迁徙者,此种景况,惨何可言!小云先生今日解馆,初八日有嫁女事,当趋贺。面禀外父,今因有客在堂,命应墀禀复,略甚也。夜间查出门后账务,纷如繁琐,不及一一登清。

初三日丁卯(3 月 24 日) 晚起,大有开晴意,下午又阴,微雨。天时人事如此,未识作何了局?大港上菊畦之第二子完姻,余不暇往,命应墀随乙溪同往道贺。回来知禾中浦姓有迁居在港上者,传说不一,大约有凶少吉。惟羹梅兄晚自梨归,确得仲兰芳家信,始悉廿七日胡都司领勇打仗,败归入城,贼匪混进,幸段臬台闻信接仗,将胡都司所率之兵勾通长毛者尽行剿杀,因此外边大动,浮言遍起,实则杭城并未失守也。果若此,吾苏或者尚可免劫。

初四日(3月25日)　雨。朝上祀先,补祭黄太宜人二月廿五忌日也。先大人见背十周年,无可冥报,因请紫筠禅庵妙严上人虔诵《华严经》全部,注疏冥锭昨日亦已焚化。饭后查录账务,稍见清楚。村人议修栅,来者非善良,乙兄相商,将计就计,俯允之,庶免地风即起。今日江城沈谱琴至秋伊处,确传杭州未失,仲兰芳大得胜仗,甚为吾苏称幸。灯下读董君梦兰之郎达甫所撰行述暨其母郑安人节烈事略,言之可惨,可伤!呜呼,董君何富于文,而厄于命耶?讣文来,闰三月三日开吊,必当亲往祭奠之。

初五日(3月26日)　半晴,昨夜通宵雨不绝声。饭后收拾考具、书集,命应墀将历年等第新进案录清,登在先君子所抄学册上,此事中止已十年,能得以后岁、科两试续录无间则幸甚矣。旧冬顾访溪丈承惠《木鸡书屋全集》,匆匆尚稽作答,今特修札覆谢之,下午书就待寄,初八日寄盛川航船。传闻时事又紧,苏郡有昨夜大搬之说,奈何!

初六日(3月27日)　雨,寒甚。饭后将报喜底簿一一登款,倘得时事稍平,当照俗例报各亲友。上午谨庭、松琴、竹淇两兄一弟暨子屏侄,渊甫四大侄均来道喜,愧不敢当。由松兄处探得平望蔡臬宪巡防局的信,知廿七日真长毛混入杭城约三百馀人,赖将军率领兵勇、新科武举尽力剿御,廿八日城失复保全,城中贼匪杀尽,徐贼驻扎小湖山城外,城中有仲、张、段三大宪防堵,大约可保,惟李总兵龄太所属之兵到处骚扰,嘉禾因此震动,果若此,吾苏或者可望免劫,不胜私祷之至!留中饭,尽欢而散。接邑尊奉臬宪札谕,吾镇办团练,谕帖两纸,一廿三,一廿八,此事甚难善美,吾从众而已。下午,兄侄均返棹,今日得此消息,亦喜信也,能渐入佳景为妙。

初七日(3月28日)　上午特开晴,黄绵袄子久不见矣。下午又阴,奈何!闻昨夜二更时东南有白虹,未识主何吉凶。大约刀兵之象居多,何日景星庆云,销此妖氛为快!村人议修东栅,余家出十五数,每年看守者给钱四千五百,一一允之,此时惜钱争气不得也。暇阅严士竹《留莳庵尺牍》,才华富赡之至。

初八日(3月29日) 半晴。饭后率应墀至梨里,道汤夫子令爱出阁喜。晤冯绥之、蒯阶、艮斋、丽生、邱氏诸丈,外父在座,谈及时事,知杭城于初二日收复,其误实出抚军奸通,可称怪事,现在被将军拘看,俟旨当正法。此番甚赖段臬宪、张玉良提军、仲兰芳道宪三人之力,贼匪一股窜绍兴,一股还长兴旧巢,我苏尚难保安堵也。城中许氏一门,数十口均殉节,死者已不下数十万生灵,惨极可怜。传示王永义所刻今年二月十九日苏州达化坛观音大士降鸾乩机神谕一张,佛言:"吴、越两省,杀业、淫业种种恶业极多。今日诞辰,不忍坐视,大劫将临,苦劝世人一人能救万命,即保其立退灾殃,上极人命,下至昆虫,各随其人力量为之,不能一日,誓愿随时坚信遵行,佛亦佑之。若再观望自误,无可挽回矣,此谕。"柳兆薰谨谨当发心印送乙百张,愿时事渐平。儿侄应墀入学送试草时,增订入《救劫宝训》后,矢愿传送不可忘也,谨记!至张小海家补吊其母夫人,秋士出见,一茶即回。午刻特设一席,小云款余及侄子屏、省丈、吟海兄屈陪,饱醉而散。告辞,至外父处长谈,开船到家未晚。殷安斋二表侄来贺,始悉平川蔡臬宪带兵一千防堵,法令森严,极称妥善。盘查奸细,已获二名正法,逃兵闹事,亦已正法五人,此公极有作为也。收复杭城之信与梨川同。殷选之之爱,嫁与祝氏在杭补缺者,大受惊吓,现已到平矣。两表侄在池亭上盘桓,极为妥协,留夜饭,住宿书房楼上。闻今日沈宝文、桂轩侄均来过,宝文未留饭,褻甚也。夜雨即止。

初九日(3月30日) 半晴。饭后殷二表侄欲回平,留之不肯,送之登舟,暇阅《留莳庵尺牍》。中午夏瑞来报,应墀入泮正案上在二加堂略款之。夜饭五簋,明日写好喜单,十一日开报矣。晚间沈慎兄、果斋两表兄来,留便夜饭。慎兄因城居不安,现在东玲,谈至起更,固留止宿不肯,仍回徐氏。果斋、羹梅招下榻,均褻甚也。

初十日(3月31日) 昨夜雨,朝上西北风,似可开晴。与果斋长谈，留朝饭，仍客气不来。以诸亲友台篆称呼，账交报友，至亲必须朱笺，所包印巨红单，糊涂不堪用，当唤其更调。午后大义云青侄来，据说昨得平川信，日上市面及杭州渐庆平定，可喜之至。暇则特写字一页。

十一日（4月1日） 东北风极尖，冷甚。接袁憩棠初八所发信，知书件已收到。上海有土匪之谣，迁者纷纷，现亦稍定。秦老师来，足疾未愈，不能上岸，余在舟中候之，长谈，知杭城尚有馀贼，武康一股，退至四安，惟窜入绍兴者不知若何。缴赀票，即付讫六十数。盘飧市远，不能尽地主之情，歉甚也，闻要至芦川去。饭后，属丁仆至莘塔凌新亲处去报喜单，区区之名，又要费及孝廉家，可笑也。午后先霰，复大雨雪，积庭寸许。将近清明，作此光景，未识天心何兆，特识之。暇则围炉静坐。

十二日（4月2日） 开晴，终日渐暖。上午同乙溪、羹梅两兄率儿侄六人先至西房圩杏传公坟上祭扫，回至南玲圩逊村公先大人墓上拜奠。西风料峭，积雪未销，如此寒气逼人，上冢时从未遇及也，徘徊瞻望而返。甫眉侄来，云今岁仍在盛川大街宋祥和顺缎铺上做生意，镇上尚安静，杭州尚有馀贼，吾苏能得幸免，不胜祷祝。中午招两兄、三侄团叙养树堂，饮散福酒，适陆立人侄婿来，因屈渠同席，实则亵渎万分也，尽欢而散。我辈但祝年年欢叙，大劫暗销，先人庇荫之福无涯矣。暇至秋伊馆中长谈。

十三日（4月3日） 晴朗，稍冷。上午家祠内、大厅上祀先，两儿至起亭先兄墓上祭扫，两次进爵致享均余主之。下午招陆立人侄婿来谈，此公熟练世故，极灵敏，极蕴藏，内外才俱优，真佳子弟也。晚间始回友庆堂。是日至邱外祖、汤夫子处报喜单，外父他往，未晤，先生二十日后到馆。

十四日（4月4日） 晴朗和暖，此月中第一日。是日清明。饭后同乙溪、羹梅两兄率两侄至北舍扫墓，轮祭老二房，中义字甫眉、圣裕当年。先至始祖坟春江、怡禅公，复至木桥头心园公、长浜里敬湖公拜奠。舟至"角"字君彩公墓前,荆棘丛生,无人倡始修理挑泥,余欲发愿,今冬出资挑好,已托梦书,不可忘也。回来至东村老中所典戴氏宅饮散福,共八席,五十人,余兄弟辈八人,最长逸骧兄,到者七人,因大榕兄出外未归也。饮毕,同乙兄、竹淇、子屏侄小楼茶叙,晤王莲生、叶子音,谈及杭城流离之惨,吾乡真福地矣。然人心好乱,将何以弭之,必须贼势渐平,吾苏无恙始可耳。良久归家,梦书侄同来,三姑母葬事已于初十日竣功,特来挑泥,此事梦侄肯办,深惬余怀。

十五日(4月5日)　晴暖,渐有春意,燕始来,蜂始闹矣。午后,沈溯芬老表兄年已七旬来道喜,感谢之至。金少谷侄婿亦来,以俚鄙文见示,骂诸孝廉极刻毒,暇作札俟寄外父。今日北舍本宗去送喜单,报金俱不薄,尚见族谊之厚。

十六日(4月6日)　晴朗。上午作字一页,暇阅蒋君干千所送《桂宫梯》。下午陈朗兄填书亲友喜单签头,颇为纷繁,此事最易张冠李戴也。夜间略坐定,发愿应墀送试草时,谨送《救劫宝训》乙佰本,后补刻《大士鸾谕》《双惜要言》乙佰本,后补刻红灵丹方、治毒蛇方、三疟方、戒鸦片烟方(林文忠公谕)、劝衣服弗浆面说,此愿必须要赶办,切不可再缓也,谨志。

十七日(4月7日)　阴,下午雨,终夜。上午迟凌氏不来,适外父家遣妪持札来,知五姨妹廿一日出阁,顾新亲到邱氏就婚,因路上不安靖,善策也。内人礼当先往襄助,日上为报事部叙中馈,势难抽身,只好从权补贺矣。即作复,廿一日当适儿辈趋贺。下午星伯侄特来道喜,颇为尽礼,明日即到馆,尚把吉也。长谈,薄暮而返。

十八日(4月8日)　阴雨,下午似有晴意。暇则眷真东坡词一页。午后报东浜、泮水港、孙家汇、东玲诸亲友,明日拟由梨至芦,大约两日可以完吉矣。

十九日(4月9日)　晴朗。饭后抄苏词半页。适许竹溪丈来,年六十六,颇清健,叫船特来,老辈真诚之意可感也。少顷,凌百川、丽生来贺,渠今岁北上至邳州,为捏匪作乱,大帮南回,平安到家,大为欣慰。中午团席,竹溪长,首座,脱尽新客礼。畅饮至晚间,各送登舟,余颇醉,幸不吐耳。

二十日(4月10日)　晴。饭后誊苏词一页。下午至北舍修容,与乡人茶叙良久始回家。报友夏瑞自梨川、芦墟报吉功而还,本村两邻喜单亦已送毕。夜间酌渠正席,衣冠款一杯,烦相好陪之。诸亲友报金诸多费扰,共六十①串钱,三十三两九钱六分,二八外提八两六钱,其馀②概给之,复贴洋十六③元,十五作四十④两益之,合共⑤□七十三两九钱六分,正案、黉案、报座师一应在内。夏瑞所望甚奢,今夜不落肩。

廿一日(4月11日)　晴暖,大有春末气象。饭后率二儿应麟至梨川,时五姨妹出阁,嫁与同川顾氏,因路上不甚安妥,就婚甥馆。至则叩贺外父喜,中午与盛子馀姑丈同席。午后,新郎君号希鼎到镇,至益源当内贺之,余亦忝备执柯也。晚间,邱氏备执事迎,登敬承堂坐茶,顾氏诸亲友均来送,晤叶少梅邦骥,未日入婚,礼成,鼓吹宴客。朱稚苹内表兄自苏来梨,确知长兴收复之信。夜与小云、吟海畅饮,至一鼓时始至楼外楼安寝,与稚苹同榻。

廿二日(4月12日)　晴,昨夜雨即止。晚起,与希鼎畅叙,恂恂儒雅士也。中午外父宴新客三席,菜极鲜盛,吟海同坐,说及杭城,吾辈真居福地矣。下午还家,顺帆,尚早。

廿三日(4月13日)　晴朗,皮衣不能穿矣。午前陆子商表甥、陈节生姻侄备礼来贺,酌之。子商索《清献公日记》精本布套一部,雪亭司马转托也,此书非其人不妄与,况所剩只一二部。下午客去,命

---

① "六十"原文为符号 丄Ｔ。卷九,第 325 页。
② "其馀"后原文有符号 川三 和 公。卷九,第 325 页。
③ "十六"原文为符号 ﾄ。卷九,第 325 页。
④ "十五""四十"原文符号分别为 ﾄ○ 和 ﾒﾄ。卷九,第 325 页。
⑤ "合共"后原文有符号 ﾉﾔ。卷九,第 325 页。

应墀至外父家补贺，明日随至盛川，郑理卿姨甥吉期也。灯下阅松兄寄示杭城感事诗，语语皆成实录，杜老称"诗史"，信然。上午顾吉生来道喜。

廿四日(4月14日) 晴暖，为今春第一天。郑甥吉期，甚合时宜。报友夏瑞讲贴报，已许六串①钱八十两，曾不餍足，只好听之，相持不下已三日矣。吾辈入学之费浮滥若此，所谓门户太大，不易支持也。闻苏城严防，几不成市，大约太湖、宜兴均有警信，将奈何！

廿五日(4月15日) 晴朗。昨晚两儿自盛川回，知郑老太太已故，理卿婚礼草草毕，即以承重孙举行丧事，贺客去者皆败兴而归。郑老伯母年老多病，理卿母夫人迟延婚事，今始急办，尚属凑巧，不然能无旷年之感乎？午前范南荣姨表兄来，下午沈少莲表侄来，诸蒙尽道贺之礼，感甚也。报友夏瑞坐讲五天，今始落肩，连亲友报金在内，自贴洋廿五元，十五合六十八②，钱八十五两，又零支钱五两不算，约归九十两，较之余当日先大人开销已多十馀千文，可云从丰，惟一应小封黉案、座师均包在内，朗亭办事尚简捷也。夜间与梦书论一账情，田催甲之习恶，殊难驾驭，只好将计就计，作札致董达夫。

廿六日(4月16日) 晴甚。上午外父同味梅丈、省斋丈、榕孙、宝善两内弟来溪。今日汤先生到馆，内弟负笈从游，一来拜师。襟弟顾希鼎特来拜客，黄吟海老表兄同来贺喜，亲戚、师长团叙一堂，乐何如之！少顷，希鼎另舟来，以新客礼待之，外父带馆菜两席，可无盘飧市远之虑。设茶后畅谈，中午小云亦到，即坐席。新客款在养树堂，内弟、儿子辈陪之。孙莲溪、陆绍堂午前来舍道贺，外父、先生、诸丈八人同席，饮酒拇战，箕踞科头，畅甚，醉甚。未刻席散，率内弟拜师后，外父率新婿、宝善弟先返。月初开馆，诸客均去，热甚，今日宾朋欢饮，几忘时事未平也。

---

① "六串"原文为符号坤。卷九，第326页。
② "十五"原文为符号 ；"六十八"原文为符号 。卷九，第326页。

廿七日(4月17日)　晴,热极似夏。潘老桂特来道喜,留便中饭,报单三张面送之,下午即去。

廿八日(4月18日)　晴,潮湿,穿夹衣犹热。上午乙兄来谈。暇誊苏词半页。下午雷雨即止,近村梅墩有戏,香市东庙甚盛,凡做工之人,此日须停工观剧,尚有升平光景,然苏城格外戒严,恐宜兴一带终不安靖也。夜雨沾濡,春花滋长,睹此光景,或者天心尚宥苏吴,不至竟遭惨劫。

廿九日(4月19日)　晴热。饭后抄苏词一页。午前袁憩棠、周粟香来,蒙致贺仪,愧不敢当,权领之。留中饭,招松兄来团叙,脱尽新客礼,命儿侄拜谢之。村居常膳,亵甚也。欢饮畅谈时事。憩棠即日赴上洋,粟香回芦,他日当具柬专请也。晚间松兄归去,备舟送之。夜间同小陈兄伏载。

卅日(4月20日)　晴,热极。早行过梨,不上岸,嘱小陈代办一切。至盛泽上午,时郑氏徐太夫人理卿之祖母大殓,往吊,入其门,极排场。拜奠毕,晤外父、味丈、黄吟海,即同席,素菜极佳。饭毕略坐,其本家号恕斋者,以仲湘翁寄松兄词托交。即返,解衣,拉吟海茶叙,外父亦来,颇爽快。良久下船,到梨下午,具柬答顾希鼎,外父亦到家,蒙止宿,招吟翁、味丈、玖丈夜间小酌。外父为遣嫁回门事极栗六,诸物尚未齐办,两新人初六日要回去来矣。更馀宿四楼上。

闰三月

闰三月初一日(4月21日)　晴热。饭后辞外父登舟,顺帆到家。适逸骧堂兄特来道喜并致分,年七十七矣,耳聪目明,步履无恙,最为吾族中寿迈力强之人,可惜儿孙均不能如意。便留中饭,长谈而返。下午有泗洲天长人邱小竹世兄来,系前任震学邱竹楼老师长子,八年遭贼匪,被掳逃出,两子已进学,幼子又罹贼难,妻惊死,弟被戕,现携眷口避居高邮,二月中到江,同人公启,费吉甫有信致余,托代张罗。闻凌氏六元，桂轩二元，余亦二元赠之，一茶而去，看渠意感甚也。吾辈幸未遭劫，此种事宜从丰䦆之。

初二日(4月22日)　朝上晴热潮湿，上午大雷电，风雨即止，下午渐凉。今日周庄戴子式悬匾、芹樽双喜，本欲往贺，适昨夜二儿寒热不甚安，因寄分并帖、《小志》致松兄代交。午后医家徐若然来，据云积食寒湿，用清解、驱风诸品，服二剂后再商。内人拟明日到梨补贺，今日只好爽约。

初三日(4月23日)　晴，渐冷。朝上命应墀同里去，董梦兰今日开吊也，余不暇往，心甚歉然。饭后内人至梨补贺外父喜，并送其妹回门去。午前张李仙来，以《霞竹翁画册》十二幅求售，因念友谊，勉纳，送偿之，留便中饭而去。下午应墀自同川回，余致达夫一信已面交，传说溧阳、宜兴告危，常州告警，恶贼自南而北，不满三旬，又复大肆猖獗若此，我吴可为虑也，惟吁天求免，且缓大劫为幸！

初四日(4月24日)　半晴，西南风极狂。暇阅浙江新墨，下午录出良方数则。有人自关外来，确知官兵于南杜猪婆塘得一胜仗，常州西门外又得一胜仗。贼匪据溧阳，城外民房大毁，现亦退出，窜至东坝，欲蹂躏溧水故地，吾乡贸易在彼者大被惊吓。甚矣，吾吴家居在乡者，已有天堂地狱之别，言之甚寒心也。小云先生为应墀改试作均竣事，轻圆流利，真得小题三昧法，钦佩，钦佩！

初五日(4月25日)　雨，大雷电，暖而潮湿，未卜起晴。暇抄良方，拟刻入《双惜要言》后。下午阅薛慰农同门房卷，佳作林立。作札致松兄，应墀试艺，小云先生欲他斟酌，极佩先生虚怀下问。

初六日(4月26日)　晴朗。饭后命应墀至冠溪贺董梅村芹樽。松兄现往平湖，文札交大嫂。燕泥狼藉，命小童洒涤，稍觉堂宇一净。徐蓉江特来贺，遂留便中饭，内外一人主持，亦颇周折。下午回去，谈次间确知五孝廉大作威福。甚矣，人不可以肆志也。闻北风又恶，苏城严防，不知作何吉局？闷闷。夏仿仙今日到馆，至秋翁馆中长谈。

初七日(4月27日)　晴朗。饭后夏仿仙衣冠来贺，长谈而回。

二儿日上不甚安适,命至芦墟徐若然处调治。暇抄戒烟良方,批圈薛公房墨,作札书就,待寄费吉甫,拘苦不惬意之至。

初八日(4月28日) 雨,稍有风。录良方载在《双惜要言》后,已毕事。应墀欲恭录《帝君惜字功罪律》在前,极是! 而惜谷文未见前篇,尚须搜辑。暇阅浙墨。闻关外风鹤甚紧,杭城复有谣言,可怕之至!

初九日(4月29日) 晴。饭后到北舍桂轩处,欲告借杭线袍套,二十日后来拿,渠已面允。同梦书茗饮茶肆,知日上南北均有风鹤,渠明日有事到江。归来,作一札致慎甫,请帖并费吉甫处复函、帖目封好,同托慎兄转达。捉船兵差,络绎不绝,甚不能专去也。下午凌古泉、徐吟梅特来道喜,不敢当,廿六日须补请。

初十日(4月30日) 雨,阴,下午略有晴意。上午敬誊大士鸾谕及萨祖师乩谕,作一案拟补刻在《救劫宝训》后。下午作书致外父,明日送去。暇阅浙墨。

十一日(5月1日) 晴。上午抄苏词,阅文。下午校应墀所录《惜字惜米宝训箴言》。接外父回信,知常州贼匪退远六十里,宜兴未失,衢州有被围之信,江山县失守,从此南北疲于奔命矣。小云接王巽斋到杭施米拾骸之信,于是月初三日到渠府上,房屋依然,嫂侄无恙,贼匪到过,恰未上楼,深为小云庆也。巽斋可谓患难交矣,余亦佩其厚道。内人十三日归家。

十二日(5月2日) 晴热。饭后舟至芦川薇人馆中长谈,主人陆松华兄丈出见,极真恳,谈及去岁荐卷堂备,不胜怆惜,所谓老大自伤也。出来,至铜匠会,贺夏竹君芹樽,主人蓉山款接周至。晤袁憩棠、穆斋、凌馨生、吴梅史、许少安、花卿、竹溪诸君,余忝坐第二席,从主人命,与陈松生同桌。松生系得珊先夫子之堂弟,谈及夫子后人,只剩一嗣孙,式微甚矣。酒肴杜办,丰盛之至,余狂饮,席散,归家未晚,大有醉至。是日据憩棠云,抚浙使者简命潘星斋,俟到任后,王雪轩专督两省军饷。严州、江山告警,广信被陷,常州解围,已退六十

里，然南北奔驱，我兵疲甚，终难望不别生枝节也，奈何！夜间作一要
札复外父。

十三日(5月3日)　晴热，潮湿万分。饭后钱芸山本路来报，迎
送喜单亦预写好，均在二加堂上高贴，平望、盛泽明日去补报矣。以
应奎二儿巨字七号落卷交还，院试作头篇单圈，二篇圈一段，诗圈一
句，因谕其潜心用功，且望来科岁试。中午设六篑款报友。下午东北
风大吼，渐冷。内人晚间回来，外父约十九日到溪。

十四日(5月4日)　雨，阴冷终日。饭后命丁仆持请帖，由本路
报船送梨川、平川、盛泽诸亲友。至秋伊馆中长谈，闻杭州城内外日
午后即鬼哭风凄，街无行人，水不可饮，西湖水每担数百文，此种光
景，闻之寒心。吾辈安居无恙，不作一件利施周急事，真天垂佑而敢
负也！因发愿小有所为，已札致某丈，然同志者甚寥寥也。暇阅《桂
宫梯》，愿照蒋君所刻印送十部，此愿今岁不可不急了也，特记之。凌
古泉下午自江回，慎兄寄一口信，知日上有柬书来，为条银预撮请叙，
者种公事今岁不可枚举，可奈何！

十五日(5月5日)　雨，终日冷。朝上夏云峰来报全录，设六肴
酌之。开发六十八①，钱六两四钱，小喜连舟②人四百文、米一斗给之
去。吟泉来自东玲，知三日前在江，常州信甚不佳，见何制军奏稿云
云。招两兄来，商办一切，章程难定。终日与吟泉谈论，夜宿揽胜楼。
今日遣陈朗兄洪家滩定窑货，知店主老翁今年九十二岁，耳半聪，目
甚明，步履如常，犹谈及吾家先祖先大人，真硕果仅存也。难得之事，
因纪之。

十六日(5月6日)　晴。留吟泉盘桓一日，暇与长谈。下午，报
船自平盛回，幸昨日不捉船，平稳无事，今晨闻又大闹矣。殷二式表
嫂赏给甚厚，并留饭，情可感谢也。郑理卿家亦留饭两席，均费扰亲

---

① "六十八"原文为符号 ⸙。卷九，第328页。
② "舟"原文右下角有符号 ⸙。卷九，第328页。

友之至。晚间补昨日立夏,与小翁、吟泉小酌。闻蕉如夫人晚姊有病,甚紧,日上须遣人问之。

十七日(5月7日)　晴朗。本路报事已毕,而芸山所望颇奢,尚无头绪。午前蔡秋丞甥特来道喜,知云生旧恙复发,现已平复。中饭市远,颇草草。畅谈京洛事,会试总裁周、全、杜,题"大学之道""植其杖而芸,子路拱而立""定于一""聚米为山",恐不确,午后去。松兄回信来,试草点定几字,极简净圆美。诗另做两首,知"推敲"之"推",在十灰不在四支,支韵则推寻、推求、推测之类。甚矣,韵学须讲究也。子屏已回自平湖,浙东警信已确,贼之可恶如此!

十八日(5月8日)　雨。饭后率奎儿至芦川徐石然处诊脉处方,用大补、消痰、降气诸品。午后回家,落落不能坐定,书房内昨日应犀试笔。

十九日(5月9日)　晴。饭后命仆洒扫堂上,适外父同黄吟翁光顾,并蒙外父多赐应犀芹仪,感谢铭心,将何以报之。宝善内弟今日到馆,拜从小云读书。下午絮谈,夜间在书房内团叙小饮,极适意,外父同吟海宿在书楼上。

二十日(5月10日)　晴。上午抄誊新刻一页半。迟盛子馀丈不来,与外父、吟海絮谈论文。晚间同步田间,颇饶野趣。

廿一日(5月11日)　晴。饭后命工人家中收拾一切,作札致松兄。吟翁要回府,固留之,且俟缓日。接甘朝士回信,试草可寄刻,即作一信,连样本底稿封好,明日仍由北舍航船寄去。午刻率应犀衣冠先拜谢芸师,入学旧例也。暇与吟翁、外父畅论古今。

廿二日(5月12日)　风,下午雨。饭后送吟翁回梨,坚订廿五日来。松兄、屏侄来。子屏新自平湖回,以感事诗见示。午前,盛子馀姑丈来,即邀小云、外父、松琴、屏侄团叙养树堂。晚间,松兄去,余邀子馀丈至笔谏堂,登楼,应犀新房相视安吉,莫如西首偏间安床,靠东着壁不落空为利,楼梯开不得,仍旧与老房同出入也。夜间絮谈,止宿书楼。

廿三日（5月13日） 晴，风极狂。外父、子翁丈素斋。上午安排枸条椅凳，烦外父书门对二副。下午剧谈，阅子屏感事诗，极豪激。乙兄、羹梅来关照要事。

廿四日（5月14日） 晴。饭后邻老怀翁特来道喜，羹梅处顾色目来，即去应酬，软语约期而返。沈竹堂老姨表兄自牛马墩来，不相叙者六年矣，渠近日颇平安，蚕桑课农为业，真小桃源也。留中饭便酌之，絮谈欢甚，因蚕事忙，不肯止宿，约秋间再来，郑重送之。子馀内姑丈自家船来，下午亦去。余位置两厅，以备芹樽款客。

廿五日（5月15日） 半晴，下午、夜间雨。饭后慎甫在羹梅处，余去谈论一切，适凌新亲来送入学蓝衫、雀顶，礼物糕粽丰甚。丽生自来贺喜，衣冠在丈石山房接陪款之。邱九丈、黄吟海老表兄自梨来，恰好陪丽生兄。中午馆菜，设两席，在瑞荆堂酌请，饮酒极欢。丽生颇豪爽，留止宿，欣然俯允。位置丈石山房，夜间酌乡邻，左席二，右席一，左在二加堂上，张灯燕客，目前不易得之境也。席散，与诸亲友快谈，一鼓后始就寝。

廿六日（5月16日） 晴。早起，开正门后率应墀穿公服祀先，祠堂内敬谨叩拜。松琴兄、薇人、子屏、渊甫、四、二侄均来贺。饭后蒙诸亲友增光，纷纷而至。中午二加设五席，款谢汤先生，瑞荆堂六席，款待诸亲友。丽生、徐少卿、陶庚芬皆新客，脱略形迹，在书房内团叙一席，诸侄陪饮，亦甚超乎流俗也。今午共十四席，叙亲友六十二人，蓬荜增辉，鄙人喜幸何如！凌丽生始肯再宿，既而忽思归，余父子亲送谢之。诸亲朋亦各散，一一偕两兄送出大门。留者外父、吟翁、吴蕉如、殷安斋、冯子芬、松兄、薇人、子屏两侄。夜间补款本村亲友，在二加堂三席，拇战豪饮，一鼓散席，余就寝已二鼓后矣，不觉疲倦十分。是日接吴少松、张李仙、费芸舫、吉甫信，都蒙雅意殷拳。闻北信又移营败北，兵差过境，人舟骚扰，行路为难。吉甫兄弟所赐皆珍品，缓日当修札致谢。

廿七日（5月17日） 晴。饭后蕉如、安斋回去。中午馆主送菜两席,余在书房与先生、外父、黄吟翁、松兄、两倕畅饮,一席则账房诸公团叙。下午松兄回港,夜间与吟翁饮火酒,食粥,颇适。倦甚,早眠。

廿八日(5月18日)　晴。饭后备舟送外父、吟翁回梨。沈慎兄来,约初一日上去回复前途,一茶即返。家中收拾物件,开发服役人工,极繁琐之至。冯子芬仍留,暇与谈天,惜别有所嗜,不合吾意也。终日碌碌,虚度长日,将奈何?夜间亦早寝。

廿九日(5月19日)　晴朗,有风。终日静养,子芬在旁,以戒烟方与之,未识能回心否也?始食蚕豆饭,未免过饱,下午醋睡,甚非养身所宜,后宜戒之。夜间不觉疲乏。

卅日(5月20日)　晴朗。饭后冯子芬回去,乙溪兄来谈,知大倕四月末有行聘事,欲往苏办货,然兵差南北,捉船难行,余甚不敢往也。午后稍暇,得静坐,阅《木鸡书屋文集》半本,渐觉神明清爽。

四　月

四月初一日(5月21日)　晴朗。上午恭录关圣帝君《救劫宝训》一页半,拟汇刊在《救劫宝训》中。松兄信来,付成陶米一石。下午始登请酒后一应账目。暇阅《木鸡书屋文集》。客有谈溧阳失守事,各村落焚烧之惨,闻之战栗,况目睹流离者乎!张玉良督师,号璧田,殿臣之外一名将也。

初二日(5月22日)　晴雨参半。上午录清《宝训》辟疫丹方,属应墀另誊,汇订在《救劫宝训》中,以便补刊印送。中午接冯甥信,以墨匣古墨送应墀,芹分之外,礼独厚也。寄示会试全录一张,会元徐致祥,江苏嘉兴人。江浙共中三十九名,秦涣、汪国凤联捷,统共中二百馀名,知名士亦不乏焉。梦书自江回,惊闻丹阳廿九日失守,难民进关者不下数万人,混杂之俦,保无奸细?二张在常保守,僧王带兵数万有南援之信,此时人家,十分危急,可怕之至!

初三日(5月23日)　半晴。是日江、震两学迎送,乡间到者寥寥,行路维艰,虚行故事而已。午后吉算内出入总登,头绪甚繁,料理颇难应手也。粗算一遍,未合龙门,此事不能再缓矣。

初四日(5月24日)　雨终日。闻苏城迁徙纷纷,太湖有蕉湖船数百,均是土匪乘间思劫夺者,倘风声日紧,乡间亦难安堵矣,危甚。上午作账吉查,姑尽人事。下午阅《木鸡书屋文集》。书房内奎儿考后第一期作文,墀侄亦作一篇。

初五日(5月25日)　晴,上午微雨。传闻汹汹,苏城已闭,逃兵放火,迁者船尾相衔,且说戚墅堰、江阴、常熟均有警信,贼匪似有环出常州之意。何制军共云回苏,初三日进城。昨夜有城外失火,胥门、枫桥、齐门一带均遭其厄,非常惊惶,在顷刻之间,不知日上作何光景也。遇灾而惧,未识天能再宥吴民否,危急之甚!

初六日(5月26日)　晴,下午雨。慎兄昨日到乡,在西小港。吴蕉如特来托寄衣箱,辞之,留中饭即去。晚姊来,势难不留。苏城之症,危险万分,阳九之厄,其将成乎?慎兄总串已来,外父有札致小云,遣舟来载,内弟同归,梨人亦多有谋迁者。乙兄来,谈论未来事,无一善策。秋翁之言,不便行也。一说薛布政到苏,势稍定,然不足恃。徐抚军惶惶无计,拆毁南濠一带,兵勇即动手放火,其谋事乖张可知矣。张殿臣不知下落,张璧田为何制军所留,遂致失机,今则驻扎无锡,危如累卵,大可痛恨者,此也!

初七日(5月27日)　晴热,下午大阵雨。慎甫兄来,一茶即去。传说吴江昨夜火光烛天,未识有变否。有人来云,江阴失守,常熟紧甚。苏城自薛勤棠到后,人心略定。初五日上午,六门洞开,大放居民出城,然奸细混入不少,城外房屋、财帛焚劫一空,恐终难保也。是日至十六,阖家斋素,遇灾戒惧,求减劫于万分,未知我家根基何如也。盛泽郑理卿之母邱氏率其庶母暨媳陈氏暂托寒家,然此地非乐土安宅,姑留之,各图天命,未来事不及料也。邱姨氏一饭即去,乘一小舟,文肩一家,亦重任也。盛泽亦为谣言所惑,迁徙一空。晚间得一佳音,知薛公带勇大杀广东匪贼,号称逃兵在苏放火者。吴江邑尊昨获城中奸细马姓,共正法十三人。惟闻常熟有真长毛,薛公已往剿办矣,风声略定,能转危为安,大幸,大幸。

初八日(5月28日)　微阴,无雨。饭后王谱琴特来,欲寄衣箱,
辞之。招秋伊来,与之商,允之,留素斋中饭,夜粥,褻甚。畅谈终日,
论时事,意见颇合,渠旧岁为两先人办葬事,自营生圹,用脱沙三河土
法,极道地。夜间同秋翁至孙家汇,是日接子屏信,所闻相同。

初九日(5月29日)　晴。饭后有邻人昨日自苏回,知城门洞
开,大势略定,城河内妇女、幼儿投河死者不少,广东匪徒尚有数千未
剿除,闻尽是李龄泰名下散出,在山塘一带焚劫,未识日后何如也。
二张公无恙,常州闻退三十里,长发曾在奔牛,常熟无失守之厄。曾
侍郎涤生先生来苏办事,此公颇有名望也。

初十日(5月30日)　阴。朝上诵咒。上午松琴兄来,因素斋,
饭于乙兄处。下午畅谈时事,知常州新得一胜仗,赵振祚率土兵之力
也。贼匪丹阳现已退出,江阴、宜兴均未失陷,似乎苏城稍安,然元气
已伤,无兵无饷,终难保无虞。先人续集诗稿二册、《白门游纪》一本,
属兄时事稍定严校一过,不然,设有不虞,属兄珍藏之。晚间始返棹。

十一日(5月31日)　阴,无雨。饭后虔诵神咒毕,作札致外父,
明日去载先生。同里金翁慕潮特送应墀入学礼,笔、墨、文、笺四种,
当作札答谢之。下午略登去岁账务。暇阅《木鸡书屋文集》。

十二日(6月1日)　晴。饭后诵咒,午前作札致金慕潮,谢渠送
入学礼也。连书匣致寄紫云处。午后又确闻苏城警信,奸细乎？逃
兵乎？均无剿办之人。闻吴江昨杀廿馀名,夏逆已绞决,乡镇亦有逃
兵击死者,恐自此不能安居矣,闷极。小云到馆,外父有札来,尚未悉
知苏信。

十三日(6月2日)　晴。朝上诵神咒,饭后盛泽有人来,知逃兵
络绎过塘上,郑氏内眷目前不能去,暂驻而已。闻苏城不知若何下
落,西北上望之,烟氛炽甚。下午知梨川昨日下午罢市,杀逃兵十四
名。平望昨夜各家惊惶,吴蕉如家内眷亦来,礼难不留。村中匪类,
口碑鸥张,有韩姓,安徽怀宁人,号万盛者,竟欲谋之,其人奔告,实无

计可救援也,可悯之至！未识能保无事否？今日闻时事危险万分,恐省垣亦困甚也,奈何！

十四日(6月3日) 晴。上午钱中兄来,谈及诸事,日后甚多棘手。下午正欲诵经咒,三大侄来,传闻骇甚。少顷,慎兄、中兄均来,的知苏城昨日晨刻之变,本地风声甚不佳。谈及御侮之事,一无善策,吾辈日后不知作何光景也。浩叹而已！

十五日(6月4日) 晴,愁云满目。朝上送先生、大弟回去。子屏侄来,所闻皆同,不料目睹者等大劫。饭后外父遣舟来载,接手札,知昨夜镇上粗安,即作复之,并致郑理卿一札。邱使初去,理卿、寅卿母子皆来,欣知已安顿盛家廊近乡姚家浜,离家字港四里左右,今宵在余家住宿,明晨吉行,此地断不可久居也。本路钱云山来索喜钱,可谓不及今矣。

十六日(6月5日) 阴雨凄凄。饭后松兄来,请乙兄议事,毫无下策可施。理卿家眷回去,余不放心,备舟同行,先至池亭,后至家港,定主平安吉题差可释肩。安排一切,即开船至大港,松兄亦自余处归,问之,仍道旁筑室也。到家未晚。

十七日(6月6日) 半阴雨。上午中兄来,知土匪已将蜂起,不可救药。安邻无术,恐并不受羁縻,欲安排一至狡者,已远飏起事矣。生不逢辰,不知将何了局也。亦皆二儿出门晚回,尚属平安。

十八日(6月7日) 雨晴参半。上午在萃和议事,所费防守之数,约计一月千金,章程照廿九年虽略变通,然恐无益,苟且急救以靖乡人而已。慎兄来,留宿夜谈,颇植善根,真有腠蔧而不识也。

十九日(6月8日) 燥热。用乡人二百,每名十四①,防船八只,每七十②,除老幼不入籍,昼守夜查,似与各镇办路稍异,实则不足取法也。

---

① "十四"原文为符号丨乂。卷九,第332页。
② "七十"原文为符号卝。卷九,第332页。

二十日(**6月9日**)　晴。慎兄昨夜回东玲,传述两邑尊暂住城中,无兵可守,尚有团练二百名,城守营王极力办事,土匪斩获二名,尚暂安靖。苏城长发已踞,沿村掳掠,并闻江邑边境已有难民逃至吾乡,人心大小俱惶惶。蕉如已代觅一枝,廿二日往。大嫂旧病将发,不肯同患难,姑听之至陈思,然际此世局,有何乐土?吁,愚甚也。村中有自苏近塘逃来者,确知长发逢人即杀,财物一空,言之惨然。

廿一日(**6月10日**)　晴。饭后钱中兄来,议及村中诸事,已觉措置维艰。中午在乙溪处发防卫费第一期,约计人乙佰七十八名,钱共一百卅千左右。下午有苏城迁逃在村者,招之来,徐姓老翁,号小洄,父子妻媳八人无一失散,云初四日在北濠,逃至尧峰山村薛家湾,十六、七大被长毛搜劫抢掠,十八日香山、洞庭两处起议,人人皆兵,擒杀长毛数畜,追至横塘,恐被报复,逃至于此,家财衣服一空,幸骨肉团叙耳。夜间远村失火,湖中有神灯,讹传有盗,村民惊恐,并有逃至船中者。枪声不绝,余则镇定不动声色。

廿二日(**6月11日**)　上午大风雨。命蕉如之郎到平望通知一切。中兄来,论防盗之方,诸多掣肘,何况御贼匪!中午后谨庭兄来,言多不尽不实,有求,如愿而去。蕉如来,知平镇迁徙一空,久不成市,幸江提军自杭带兵二千五百来援,稍有官法。论晚姊迁居陈思,亦以为是。晚间慎兄自江回,确知江军门已到江,未识能援苏进兵否。两邑尊已有安民告示颁发乡镇,贼匪已进城闭门,被香山匠作及居民同心杀败故也。

廿三日(**6月12日**)　半晴。饭后送蕉如回平,稍带家中物件来,作迁居计。是日耳中稍觉清净,暂图苟安,实则一无可恃也。

廿四日(**6月13日**)　晴。饭后札致外父,遣二儿去,与钱中兄同甲议事,言大而夸,腹心难测。甚矣,此局无限制,恐破财而仍吃惊也,奈何?松兄有信来,传说长发已进吴江城,焚烧房屋,遥望光焰,红在西南。二儿自梨回,面谒外父,知江公有移营梨川之信,则溃败不足恃可知矣。两处传说皆同,大事已去,吾等受劫,不知伊于何底也。

廿五日(6 月 14 日)　晴。饭后至萃和与两兄议事,知人情又变,还来确知北圻沿塘一带已被贼匪焚烧,平望恐亦不免。迟蕉如不至,悬悬,然人舟不通,无可如何也。中兄来,商议睦邻看守之外,初一日起,再每灶一家发米三升,一月为度,急允之,尚恐此篇文字做不完也。下午慎兄来,传闻之言,道路相同,只好得过且过也。夜间不能安寝。

廿六日(6 月 15 日)　晴。饭后望烽烟在正南,知嘉禾一带已遭惨劫矣。正在疑虑间,夏仿仙自梨来,镇上昨日尚安靖,知平望贼匪已到,灰烧房屋不少,亦不停留,吾乡尚可缓劫,然人心惶恐,盗匪蜂聚,终亦难免。殷选之率枪船打仗,不利而逃,此公已矫矫不群矣。是日发防御费第二期,费钱一佰四十四千二百文,余处独办,此时急宜散财也。

廿七日(6 月 16 日)　晴。饭后闻平望下乡数村均被焚烧,梨镇惊惶,罢市则确,若长毛已到,则未的实也。总之,色象不佳,吾辈流离生存莫必,何论其他。午前陈思有船来,大嫂痴疾半真半假,姑且暂住彼处,大侄儿侍之。

廿八日(6 月 17 日)　晴热。饭前子屏来,传说相同。芸舫兄弟住居费老玉家,了然自方尖逃来,房屋都抛却矣。吴少松亦住方尖,大病可怜,然亦音信难通也。上午晚大姊移居陈思顾氏,能安乐为幸。中午应墀自陈思来,知大嫂旧病稍痊,然尚留八七分,得过且过而已。嘉兴长发已到,杀戮重甚,传说六里舍焚烧一空,以不确为幸。给米查户毕,嘱诸相好书票,倘得各乡镇未遭屠毒,此地尚可苟延也。羹梅自梨回,晤王谱琴,踉跄而逃,确知六里舍已被土贼匪放火,渠家房屋难望保全,梨镇团练尚认真。

廿九日(6 月 18 日)　晴热。饭后墀侄儿仍至陈思,陈兆兄之侄自大河港逃来,渠家七口,男人脱逃者二,女子三人俱被掳夫,兆兄房屋已被灰烬,可惨,可惧。

五　月

五月初一日（6月19日）　晴。饭后给村人米，仍归四角，每人每烟突每日三升，五日一期，乙兄处先发。中午后舟至大港上，芸舫家人来，确知城中长毛已去，只剩病毛四名。芸舫家房屋无恙，贼到过，搜括而退，其下人两次遇贼脱逃，被一刀背，任雄卿从容殉节，死得光明正大。王赋梅亦被贼戕，赴水死，其馀掳者亦不少。吁，可畏也！回来，夜与秋伊谈，知湖州两得胜仗，杭城亦不得进，贼烽或可稍挫。慎兄家，贼到而一无所失，救难民十一人之报也。

初二日（6月20日）　半晴，热极。下午大风，微雨。是日发看守第三期，在羹处，约百五十千左右。遥望烟火，正东复炽，不知此惨何处又遭。闻平望沿乡一带放火，均是新珠枪船，已擒获，立杀破案矣。

初三日（6月21日）　半晴，是日夏至节。午前冯子芬来，恰好所存之物交还，中饭而去。慎兄在萃和堂，知江城并无病毛，所掳之人大半壮年读书者，王羡门兄弟五人与焉。闻曾涤生先生率兵援苏，费玉及韩、彭诸人由周庄接引，此举未识有成否。传说湖州贼匪大败，现已逃至王江泾。是日祭先，衣冠拜叩，想被难人家已不暇举此盛典矣。

初四日（6月22日）　雨酣注终日，秧田蛙跳，农人恰好插青，秋成有望，若贼不到，真乐土也，恐一乡无此福耳。闻平川、吴江贼匪又盘踞焚掠，大约杭城败还又分窜也，深虑延蔓难图。接子屏信，就所问答之。费芸舫有信致余，凄楚之言，不忍卒读。

初五日（6月23日）　晴。饭后由大港上寄到邱外父初二日札，知梨川防堵尚紧急，芥字港迁处不甚妥，已仍归梨镇矣。中兄在萃和堂议防守，暗中布置之费甚巨，然亦断难息肩。长毛王江泾平望一带盘踞依然，可畏迫近也。中午祭先，焚化神咒，所诵《救劫宝训》四愿，际此时局，惟有一诚吁天而已。下午略饮，颇有醉意。今日城中及被难之乡岂能尚饮蒲觞？局外思之，倍觉寒心。有邻人三月中被贼关外掳去，今日在平望逸归，据云昨夜在中水港殷宅脱逃。贼已探得大兵到苏，明日起行，大队要据吴江城，石门败而南窜，苏城毛贼尚有数万，果若然，我邑必为蹂躏矣。闻南京、丹阳有收复之信。

初六日(6月24日)　晴。发米第二期，余处独办。中午钱中兄来谈，星伯侄、吴江周文石亦至，俱留中饭。文老在谢天港，土匪日逼，不能居，昨日暂避大港上，两手空空，赠之而去。若星伯，则买菜求益也，果与之，此时不屑向他计较也。中兄论防守事，势不能已，幸贼未至，果尽人力。闻盛泽镇被土匪焚劫。是日修容养须，前日为功名而去，今日为性命而留。吁，我须之不幸也。闻焦湖船匪焚掠南汇（不确），离梨里不满十里，风鹤紧迫，将何以免？

初七日(6月25日)　雨。昨日作札拟致外父。上午发第四期看守费，计钱乙佰六十七千三百文，如此浩大，犹难固保。下午静坐，探知梨川无恙，盛泽已有贼匪，焚烧不甚利害。

初八日(6月26日)　晴。饭后率二儿至梨川，登敬承堂，外父出见，眷属已自芥字港迁回，郑甥全家亦寄居。姚家浜为盗数设计脱归，可知乡间一无浮里也。盛川昨日忽听匪人进贡，衣冠中何负心若此，依然诛求无厌！踉跄而归，此镇恐不保矣。钦差闻瑞昌似即杭州将军，并领十都统自南援北，嘉禾之贼大队过塘，王江泾、平川、黄溪一带又被蹂躏，见人即掳，可怕之至。扰外父中饭，小芸、吟海下午略叙，归家极早。出分湖尚平安，然此处搬场船被劫不少。

初九日(6月27日)　晴。饭后诵《救劫文》《楞严咒》，闻贼匪仍蜂叙平川不前，梨里一大关隘也。北舍开花鼓场，匪人藏垢，不久必被其累。离余家不远，思之可骇。

初十日(6月28日)　晴。饭后叶子音来，所议公请邑令事多窒碍难行，只好不预闻。留之中饭，不肯，长谈时事而去。下午中兄来议合村事，姑试谋之，能成为妙。闻同川长温毛已近界，乡勇追获一毛，夺船四只而退，然此镇危甚也。

十一日(6月29日)　晴。饭后羹处给米。午后慎兄来,知同川昨日是土匪冒充,已枭首六人,馀三人命其哄出馀党,扫除巢穴,真救时辣手也。有人自芦川来,抄示周庄公局一信,知曾国藩两江总督,何督拿问,薛焕暂署江督,借哦啰斯兵二万,四钦差、两提军带领侍卫兵勇由海道进援,曾公带兵五千已驻镇江,果若是,长毛可聚而歼旃,然吾苏一郡生民涂炭,吾邑适受其冲,奈何?

十二日(6月30日)　雨。昨夜村人谋一饱暖而思挟邪者,罚之出钱,极爽快,人心不良若此,恐劫运乡间亦难免也。是日,乙处发看守钱第五期。下午至大港上,芸舫昆季、李星槎诸迁客均在座,谈及江城我辈中人被贼掳去极多,沈寅斋兄弟亦遭此厄。传说梨川斩获长毛六畜,人心警戒万分。晚归,梦书自北舍回,述晤吴觉如,惊闻蕉如被掳惨然,不料忠厚人竟罹大灾,能不确为幸,否则不堪设想矣。晤梅六,十一日费玉到彼托办枪船,钦差曾公已到枫桥,京兵已进福山口,大约回兵戴皮帽,齐约署督薛公十五日进剿,以手加额,能得早复苏城为吾民幸。

十三日(7月1日)　晴。饭后率两儿具衣冠,奉酒肉、香纸,至广阳庵虔祝武帝圣诞,并虔叩大士灵签,得九十九,中下,先凶后吉之兆。吾乡果能免劫,事平后毋虚此愿也。下午静坐,村中获一乞丐,发甚长,诘之,颠而弱,当释之。

十四日(7月2日)　晴。上午送信至港上。少顷,子屏回复,知梨川尚属苟安。午前陈厚安来,确知十二日青浦失守,是上海红头馀党,并非长毛,然势焰已不可遏,珠家阁亦被焚烧,金泽有焦湖船百余,颇不安靖。本村公办团练,各家写数捐钱米,余家资助米钱,共合成数一百石四百千,阳面看来,极称义举,若至事急,无益也。西南复有烟火,驾舟探听,至尤家港而回,的知梨川无恙,所焚烧者仍平望近塘一带。沈慎兄来自梨川,知镇上诸荐揸极镇定,颇有羊叔之风规也,一茶后即回东玲。

十五日(7月3日)　晴。是日斋素,适大嫂以呵婢事相责,不觉激余之怒，虽痴嫂之不情，实余涵养之无术，且于佛家犯一"嗔"字，后须自惩，罚诵《大悲咒》百遍，记过自忏。下午族人四暨范五均来，讨厌，一稍旧，一严拒，然初次开场，难免不大兴口舌也。今晚陶少山来，田上一带决计进贡，是何居心？由周庄寄来抄读上谕，知江苏省城四月十三日并无接仗失守，系学政、漕督所奏，曾国藩着即统领劲旅驰赴省垣救援，大约大军已到，然天语和平，何也？

十六日(7月4日)　晴。发米第四期，余处独办。钱中兄来谈下月防守，势不能缓，人不能减，只好将计就计，能得平安用尽大为幸事也。倘大兵不到，终无救药，中饭而去。接松兄札，所闻大同小异。下午秋翁来谈，愁惨之语使人寒心。传说北尺、下塘以及施家库均被焚烧，后知北匪复犨。

十七日(7月5日)　晴。发看守费第六期，一月已满，同人公议再办一月，所费甚巨，然贼氛迫近，援兵遥遥，势难立脚，不得不竭尽人事，虽资财用尽，亦甘心焉。有村人自上海来，的知哦啰嘶借兵之说都属子虚。曾制军已由镇江渡海，进浏河口，驻扎太仓。薛布政已率北来之兵六百在上海地方与长毛接仗，先胜后败，互有杀伤，现在驻野鸡墩，上海、太仓交界之所，以备曾公后援。信如所言，吴江腹背均是长毛，平望虽探得无贼，而浙省之兵并无来救援者，我辈虽在乡，其祸恐不测也，思之，废书三叹！

十八日(7月6日)　晴。饭后中兄来，欲谈时事，适费芸舫、李星槎来访，松兄同至，乱离时友朋兄弟相叙，亦颇不易。置酒便肴，畅论终日，知方尖一带已不可住，叶石湖滩避难船骈集，同里镇吃紧甚也，北舍恐亦惶惶矣。

十九日(7月7日)　晴。饭后钱中兄来，论长毛逼近同川，实剥肤之灾。上午剧谈，一无善策。午前祀先，逊村公忌日，衣冠虔拜。下午接外父自大港上寄来一信，梨镇尚苟安。传说京兵大半子虚，惟归安令廖与赵竹生领兵五千扎营震泽镇已确，然平望无兵守驻，梨镇总胆怯也。吴少松自方尖上十七日夜半见火光而逃，昨夜在叶石湖滩舟中止宿，又见长毛有船经过，大约注心同川。今日同川不知消息，据松兄信来，同川有雪巷沈诵莲援助兵勇三百，大获胜仗，以确为幸。要之，信息日紧，同川决不可疏虞也。

二十日(7月8日)　晴。饭后作札致松兄，接回字，传说嘉兴十八日戌刻收复，按之道路之言，决未确实，并有陈军门忠愍公孙升山，叙把斗山众五千克复金陵，老长毛尽已斩首，现在会同曾制军兵直抵苏城，果若是，吴民劫外之福，恐事皆子虚也。下午钱中兄来，约计防守费须一月二千缗，真大苦费，然能支持长发不到，犹与被难诸家天渊之判也，竭尽人事，未识天命何如？晚间西张港被北舍舱船六华廷子抢掠船只三号，财物无数，无敌而还。吁，此时人心乱极矣。

廿一日(7月9日)　晴。饭后发米第五期，乙羹处给。即同梦书至东玲，慎兄有恙已愈，座间晤马友眉、赵龙田，亦逃自大濠，避难于此。此间乡人各安耕凿，绝无游手好闲喜讲长毛来者，以理度之，此间可免贼至也。细谈良久而返。闻昨日平川大兵已南来，率白旗，挈枪船，三面会剿，大得胜仗，杀长毛数百。今日自朝至中午，西南角炮声不绝，大约平川大兵又得胜仗，能得驻扎平望，渐冀收复吴江城，我辈稍有立脚，否则即长毛不来，土匪蜂起，亦力难支持矣。钱中兄来，详述一切，亦以此言为然。闻雪巷乡勇与同川斗气，几乎分散，幸田邑尊在同川竭力劝解，可免失势。晚间西南角复有火烟冒起，不知主何吉凶，明日当有的信。晚间，传说赵竺生在震泽镇扎营，获长毛四人，一真者斩之，三被掳苏人释之。探知贼在平望，老长毛五百，新者一千，火药已尽，其头目在凌纬裳家，如僧寺内一炮在门内，要留心，馀皆虚设而已。赵公探知实情，今日捷抵平川，以大炮轰之，釜底之鱼，一仗焚尽，现已逐出平川，逃者寥寥，游魂则在北尺，此信闻之大喜。自四月初四至今，始稍见天日，但祝浙兵急收嘉兴，两路夹攻，则吴江之贼匪首尾不能相顾，大事有成矣。

廿二日(7月10日)　雨。饭后乙处发续看守第一期。暇阅《木鸡书屋骈文》，今始终卷，其中感时之作，论古之篇，写景之什，无美不臻，惜陶令闲情，不无可议耳。烽火连天，犹得披卷饱读，福已无涯矣。下午在莘和与中兄论事，知北舍一带，群盗聚薮，白日行劫尚要以钱赎物。雪巷沈昨夜有盗，擒十一人，拿枪船三只，皆玩湾、新珠、北舍一方人，如此光景，我辈之家实朝不保暮。仰望浙兵南下，收复江城，渐图省垣，庶几有救也？

廿三日(7月11日) 东北风，雨。上午静坐，闻昨夜东玲有枪匪之警，掳徐船二只，不知谁何主使。莘塔十九日亦受匪徒舱船之累，可骇之至。下午孙蓉卿来，彼处已办买静求安之策，不过图眼前而已，然此辈无异长毛也。传说平川长毛仍有遗孽，土兵、官军已扎营矣，然不一鼓歼旃，后患乌可测？颇为忧惧。无聊中且阅《木鸡书屋诗集》。

廿四日(7月12日) 晴。午前晚姊、大甥来自陈思，欲探蕉如踪迹，无路可走，只好缓商，幼如暂留余处，晚姊仍回陈思。下午羹梅自梨回，实知湖勇仍驻扎震泽镇，平望长毛惟凌氏之宅已毁巢穴，馀孽未殄歼尽，恐仍贻腹心之患也。闻常州、无锡收复，领兵不知何人？上谕一道，亦有传抄之误，我辈甚难安枕也。枪船到处掠劫，可怕。夜间有警，不寐者四鼓，幸无事。

廿五日(7月13日) 晴热。饭后中兄来，即去，始知昨夜颠末。淮真侄来，老而贫病，人极忠厚，略赒之。下午静坐，望大兵毫无影响，奈何？思之，恐我辈难免流离之苦也！

廿六日(7月14日) 晴热。饭后给村人米，一月圆满收票。清晨至中午西南炮声不绝，复有烟起，大约仍在平望，不知是何处官兵。能不为灞上军最妙，否则仍难惩创也。梅老来，知其渭阳被横逆事，细诘本末，人情可骇，目前只好买静求安也，一茶即去。秋翁来谈。下午精神疲乏，意念百感交集。

廿七日(7月15日) 晴热。饭后发看守费第二月第二期，钱中兄来长谈，酌商一切。闻平望昨日大得胜仗，仍赵竺生领兵，长毛公馆焚烧略尽，逃至梨川，被擒者五十馀人，立斩三名，馀皆短毛被掳，拟取保释放,善政也。胜仗以确为幸!

廿八日(**7月16日**)　晴。朝上诵咒,饭后至秋伊馆中谈。下午秋伊来,畅谈半日,所论国家取士误于时文,诚然!然欲变通其法,如汉法专尚保举,亦不妥甚。惟言救急杀贼,省垣属之大帅,县城责之本地土豪便宜行事,能得破一城池,赏以四品京衔,似乎可用。然事定生事,亦形窒碍,所谓"纸上谈兵",空言何补也!

廿九日(**7月17日**)　晴热。饭后松琴来信,欣知平望廿七日赵公又得全胜,房屋炮轰,城隍庙亦已毁烬,长毛死者千馀,逃而被村人击毙者又数百。王江泾长毛来援,尽被朱法大歼尽,现在赵公守乌尧桥,馀兵守大坝口。又闻曾国藩已南下,果若是,我邑尚有生机,然掳去连妇女死于平望者已数百口,遭此大劫,可哀之至!晚大姊来,确知蕉如被掳,此人罹此大厄,骇然。目前无路可寻,且房屋全被灰烬,不得已陈思迁还,暂留全处。李星槎赠诗一律,恰非寻常笔墨,惜肠枯墨净,无以和之。晚间,传说车坊失守,误于枪船先逃,贼匪轰炮极利害,同川大警,甚难支持。沈仲连有逃至莘塔之说,局面又一变,吾辈惊魂何时得定也?身子不如适,刮痧尚未安,早寝。晨起大泻,稍愈。

六　月

六月初一日(**7月18日**)　晴。静养安睡,不吃,颇清。中午食粥,有味。乙兄来谈,讹言四起,几乎不能立脚。钱中兄来议事,目前只得静以待之也。松兄有札来,成陶米付讫,传闻略同。平川有浙江刘总戎来驻扎,其兵颇不整齐,民间又一累也。终日静坐,思之,殊觉惊心动魄。

初二日(**7月19日**)　晴。朝上子屏来,确知同川失守。顾广川在港上住宿,今晨到梨,昨日在舟中,目视火光而逃,实因焦湖船向导开炮,勇不能支,并乘下午不备,以至仓猝无所措。沈仲连带炮、带勇、带枪船,坐巨船数十号,已逃至崇明去,此第一先着,我辈无此机缘力量,只好坐以待之。午前中兄来议事,尚无头绪,又传莘塔吃紧,不确为幸。晚间得实信,同里车坊贼俱退出,浙兵日上已将嘉兴打破(西门)。沈仲莲出海之说子虚,现已带勇回雪巷,人心略定。

初三日(7月20日)　晴。朝上衣冠请香烛,家祠内叩拜,神厨总位为鼠所污,命二儿昨日缮写,今晨亲自修洁整齐,稍展微忱,然不敬孰甚焉。羹梅处发看守第三期。陶少山来,知王江泾一带瘟毛之势衰极,今日浙兵进剿,可聚而歼焉。松兄有信来,即答复,传说彼此互有同异。

初四日(7月21日)　晴,昨夜热极,汗流如雨,身子略健。午前陈厚安自白荡湾来,始见署两江总督薛公告示,确知大帅是曾公,到苏与否,尚无实耗。松郡被薛公剿退,前廿六日克复,今日攻打青浦,此直东一路佳音也。王江泾长毛不满千名,穷无所归,剃头仅留一米囤。昨少山来,知浙江兵已扎营彼处,见火光昼夜焚烧,大约已可杀尽,且无毛不瘟,刻刻思逃,此直南佳音也。陆建之搬住白荡湾,其堂兄某,前月廿七日自苏逃归,确知伪英王、中王已逃出关外,城中众长毛乱甚,瘟甚,大有可克之势,惜无人敢去耳。吴江长毛,苏城新拨四五千,声势未衰,殊为可虑,均厚安云云。下午钱中兄来,传说吴江长毛已退至苏州,江城收复,两邑尊已进城。虽昨日松兄亦有是说,恐我邑无此机缘速捷,姑志之,静候佳音。同川决计无长毛,而抢劫一空,无可团练,甚为西北角一虚着,总望大兵早到江城为幸。

初五日(7月22日)　晴。朝上食粥,胃口仍不佳,腹中亦不舒徐。上午,夏仿仙至一兄处,即去,不及一晤。下午作札致外父,连前两纸并封,实无便即寄也。正悬念间,外父由大港上寄下信四件,内冯子芬二札,徐渌卿一札致一兄。梨人欲办平望掩埋,并河中、破屋中浮尸、缢尸,且此月底设坛,广作普济,诚救劫大善事。死者大可怜,生者岂忍坐视,当竭周襄之。

初六日(7月23日)　晴,大暑节。身子略健,饭后作札致意外父。始食西瓜,甘甚,恰好清理内热。中午应时,略煮面半碗,以酒佐食。下午吉郎二弟自硖石来,知嘉兴三塔张玉良已扎营,廿九日大得胜仗,特患埋伏,不敢进城。各路乡勇团练极认真,乡人带戟而锄,见瘟毛即杀,已畏之如虎。有土棍△爬王四,极出力,大约槛中之兕,无能为矣。惟今日传闻,八尺塘上复有瘟毛散出扎营,大为吾乡之患也,俟即日探听。王江泾瘟毛剿净与否,亦无实耗。

初七日(7月24日) 晴。朝起,喧传逃兵已至芦川,人情汹汹,几难立脚。饭后,盛川桢伯家金管来,余至乙兄处探听,知初五日夜半,贼匪由北尺蜂拥至平望,官兵冲散,贼匪至三里桥塘上扎住兵,均系李龄太、刘李山所领,纷纷逃窜,并未接仗。盛川桢伯家逃避长田,办贡马少良亦逃,并未一死。法大、孙七曾至王江泾打瘟毛,无分胜负而散,官兵亦不接应,今逃至芦川者,即三里桥之兵也,兵之无用如是!传说捉船,村人惊惶万分。以前三札托金叔寄梨川邱府,今日不能去,梨川又吃紧矣。下午确知兵船已开,闻至西塘,尚未滋事,然民船掳去者已多矣。札致松兄,回条云,王江泾贼匪南北来援,声势又振。赵竹生因长兴有贼,调还湖州,并闻贼匪一枝过震泽塘,两路夹攻,危险之至。钱中兄来,谈及时事,束手无策,日上未识能苟安否,以后甚难支持也。

初八日(7月25日) 晴。饭后发看守第四期。正在叙议时,惊闻瘟毛已到梨川,逃难者纷纷东下。下午邱外父同叔丈家眷暨郑氏均来,确知贼匪四面环攻,炮极利害,兵力不支,以致守战俱困而陷。闻死伤甚众,幸邱氏有船,后门出来,已见贼匪,人口尚无恙,村人惊惶万分,办船下米作逃计。夜间守卫甚严,女眷皆下船,余与账房诸公终夜不眠,远望火光,梨川一带犹烈。

初九日(7月26日) 晴热。朝上蔡云生带勇而来,二妹亦已逃出,尚在长田,乙兄即办枪船接之,多甥随至,馀则尚无下落。少顷,梨川局中诸公均至萃和堂,留兵勇一饭而去,细述贼势,万难抵当,午后始知贼匪已于昨日晚倏退回平。正在拟似之间,陶少山来,知嘉兴官兵大得胜仗,贼在平者均去救援,惊心稍定。女眷夜间不下船,余与大儿、郑氏两甥守夜。

初十日(7月27日) 阴雨,渐凉。邱氏叫枪船到梨去探,午后回来。知贼去后,昨日土匪人家搬运一空,今日兵勇略叙,擒杀土匪数十人,劫夺之风略定。邱氏搜掠殆尽,米粮未动,房屋不致焚烧,尚为幸事。徐茹香被戕死于河,冯绥之被掳,死生未卜,汤小云坚执不迁徙,以致小世兄掳去,手受重伤,痛哉!阖镇死者不下五六百人,女人尤甚。呜呼,大劫临头,惨不忍言矣!云生一家骨肉团叙,绝处逢生,据述数端,均此公积善之报也。夜与邱氏谈论。午前董达夫来,迁在同川下乡,阙之而去。

十一日(7月28日) 晴,不甚热。外父至石家舍去望顾氏五姨。晚间梨川探船回,知夜间土匪乘人家未回,搜索无遗,邱氏诸公均无完肤。下岸房屋焚烧极多,晚间市无行人,不能复兴矣,甚为诸迁客愁闷。

十二日(7月29日) 半阴晴。与诸公谈论,一无好怀。北舍枪船又复横行,此地断难暂避,已关照诸公。自恨不能患难救援,又不能一枝托庇,抱惭颇甚,然亦无如何也。

十三日(7月30日) 朝上送诸公下船,不禁挥涕,茫茫世界,无一片干净土将安所之也。饭后发本村看守第五期。钱中兄来,知昨日之言,几隳枪船计中,幸迁客均去,可无事矣。沈宝文来畅谈,至晚而去。

十四日(7月31日) 晴热。闷坐,知昨日同川贼匪又到,掳人即去。外父昨午来,知昨晚暂泊池亭,舟中住宿,苦甚也。

十五日(8月1日) 晴,又雨。昨晚大雨,甘足之至,今日凉甚。收拾一切,不惯习劳,几乎力不能支。下午有寒热,早眠,疲惫之至。

十六日(8月2日) 晴热。朝上寒热已凉,晚起,略健。适秋丞、晋之至萃和堂,知梨川人烟不叙,虚惊极重,万难回家。冯绥之同沈老玉被掳,行至锡卓兜,均投水,一则贼匪救出,绥之不屈,竟殒命于此,可惨,可惨。天乎,何不超脱之也!与云生、二妹畅谈。

十七日(8月3日)　晴。饭后至云生处谈,梨川船来,人仍不叙。传说嘉兴收复,未知的否。下午疲甚,似有暑热,身子不健如此,将何以逃难耶?寒甚,似乎疟象,即眠,黄昏后汗出淋漓而解。

十八日(8月4日)　晴热。饭后邱外父自扎网港来,昨日梨川去过,甚传贼毛又到,实则谣言,惟不成市而已。子屏有信来,即以此说复之。上午发本村看守第六期,余与外父谈,不及照应。胃气不佳,仍食粥。留邱岳素斋中饭,仍回扎网港,小屋三间,仅免露处,与余相较,又判天渊,恐福不足以当之也,警省之至。

十九日(8月5日)　晴热。是日大士菩萨诞辰,斋素,诵佛号神咒,祈求东乡一带减灾十分之一,人口房屋无恙,佛法护佑多矣。午前疟来,即眠,大寒大热,至夜始清解,然精神、胃口极惫。晚间接吟老信,朱涛兄来,留之住宿。

二十日(8月6日)　晴。晚起,胃气仍不佳,湿热留滞也。饭后送听兄到北舍,余不能接陪,命二儿转致润之。玖丈自大港来,权住竹淇处方厅,较之船居略安,然终难以为常也,奈何!借棕垫一只,欲留中饭,客气不肯,即去。前致子屏札,知中途浮沉未到。下午静坐,颇形委顿。

廿一日(8月7日)　晴。饭后静坐,渐觉冷气逼人,即上楼眠。午后热甚,晚间汗解,胃气极不开,旧存白藕粉,食之如甘露仙浆,再食又不对,奈何!湿热留恋,舌苔白而微黄,其势不能即愈也。是日酉刻立秋,终日东南风。

廿二日(8月8日)　晴。汗气满床,早起。朝上食粥,无味。中午进饭半碗,亦不甚佳,委顿之象,有难形容者,可称无用。日上贼踪,幸不注意乡镇,故暂得安寝。

廿三日(8月9日)　晴,大风终日。上午疟又来,即寝,不甚寒,略轻,思食中饭,三口后竟难下咽。下午渐凉,饮粉藕汤,极有味。际此变局,犹得如此养病,福大难当,可不自警乎?是日,乙兄处发此月守卫费第一期,不及照应矣。

廿四日(8月10日) 晴。早起略健,胃气仍不佳。上午作札致外父,命二儿代书。下午静坐,无聊之极。

廿五日(8月11日) 晴热。饭后送札至扎网港,午前舟回,外父到梨,略修家中门户,夜间仍回彼处,然焦苦甚矣。今日始确知英夷至天津打仗,大败而回上海,甚为我朝生色,然夷人以后必勾通长毛,肆行无忌,于大局有益,而于苏松小民甚有害也。疟疾不来,差强人意,而精神疲倦依然,奈何?

廿六日(8月12日) 晴。身稍健,饭后中兄来谈,知瘟毛气焰日张,欲望剿灭,俟如河清,吾辈几无托身处,可悲!梨里人来,知已办贡事,亦不得已之极,然恐诛求无厌也,为之奈何!

廿七日(8月13日) 晴。饭后至萃和堂与云生谈,彼此均无好怀,嗟叹而已。昨日讹言,贼匪欲到芦川,人人惊骇,无路可逃。余则无可奈何,一委诸命,能得买静求安,幸甚焉,恐吾东乡尚无此福分。传说硖石已攻陷,团练之难恃如此!

廿八日(8月14日) 晴,东北风,渐凉。是日发是月看守第二期,乙兄来,羹梅不到。传说芦川尚安静,亦已成贡议矣。晚雨,颇凉。夜间大雨时行,极酣注。

廿九日(8月15日) 阴,上午又大雨,良苗怀新,农人慰望,秋成丰实可卜,安得王师之至亦若是耶?日上土匪枪船横行肆劫,贼匪近在三四十里间,乡村一带,处处危土,而天时调和,仍如太平之日,一无沴戾,是何机变,令人不解。岂天心仁爱,犹以年谷之熟救济斯民乎?果尔,尚幸事也。

卅日(8月16日) 晴。饭后至萃和堂,与云生、秋伊谈,适王桢伯有信来,知廿五日长毛又到盛川,掳人杀人,只不放火,一时许而散。查知此自平望来也,贡者已费万金,仍无厌足意,虎狼岂有饱时耶!秋丞、晋之两甥来,知梨川贡至平,费钱百千文,头月给单而还,可叹也。又确闻贼匪由长兴进攻杭,十九日突至关上,幸闽浙制军率福建兵至,廿二日杀退,杭州可以无虑,而嘉兴仍不能剿退,看此情形,浙省可免十分蹂躏。

七 月

七月初一日(8月17日) 半晴。朝起衣冠东厨司命神前、家祠内率儿侄拈香虔叩,祈求大局无恙,不胜悚栗之至！饭后阅《韩桂林尚书年谱》一卷毕,暇则静坐,所闻则多异词。

初二日(8月18日) 晴。饭后齿痛,软甚,静养。下午中兄来谈,知芦川所办之事尚为妥协,至我村以后内外□事处处棘手,思之良久,实无善策也,俟即日再商。

初三日(8月19日) 晴朗,稍热,无风。饭后敬诵神咒《宝训》。下午齿痛甚,发本村看守此月第三期,不能到羹处照应矣。闻盛泽枪匪法大被孙七擒斩,兄弟二人俱受首,搜获赃财十馀万,所谓恶贯已满,凶人即死于凶人手也。

初四日(8月20日) 半晴,上、下午大雨。午后云生来谈,齿牙痛甚,几乎刻不能缓,殊败兴也。少松来,接松琴兄信,先大人诗稿续集暨《白门游草》与李星槎细细校阅,感谢殊深,即复谢之。梨川船回来,知外父已迁回,日上身体稍抱时恙,已略愈。接信,知意兴尚佳也。

初五日(8月21日) 晴。朝上诵《宝训》神咒,饭后齿痛略减,校读先人诗集,松兄、星槎看得极细密。下午与云生谈,外间一切浮议置之不闻不见,静以俟命而已。

初六日(8月22日) 晴,下午雷,不雨。终日齿痛不休,钱中兄来,亦未与议事。先君子诗稿两册已校读毕,松兄、星槎均能直笔斟酌,感谢之至。惟时局至此,付雕难以定期,思之凄楚,反恨前日之蹉跎也。惟谨谨藏诸箧中,以待时来再商。

初七日(8月23日) 晴,略热。饭后齿痛稍痊,校读先君子《白门游草》,松琴、星槎酌改几字,极尽善,可作定本也。接子屏信,所传闻者大同小异。是日,稍曝架上书,累坠之至。今日辰刻交处暑节,晚间雨,颇凉,真极时天气也,其如寇氛日恶乎?

初八日(8月24日) 晴,中午大雨。饭后发此月看守第四期,余处独办。下午与中兄持某议,下月暂停事,略有端倪,然瘟毛不退,其害有不可胜言者,至村中事,择尤狡者安置之,馀则或停或减,尚可商酌。至大局若何,甚难逆料,尽我所为,安心俟命而已。

初九日(8月25日) 半晴,昨夜雷雨。上午作札拟致子屏侄,下午舟至陆家桥,时徐竹汀姊丈避难赁凌氏屋以居,久疟兼郁症,于今晨物故,因去探丧。至则两甥于灵次见,谈及后事,一切楚楚,明日戌时入殓,即于近地租田举殡,凌氏之待亲串厚甚矣。

初十日(8月26日) 晴,昨夜冷甚。上午作札拟致外父。至萃和堂,中兄在,知下月看守停止,又成画饼,可谓受人节制也。下午至陆家桥,送徐竹汀入殓,择在寅时,预拜而已,晚间始返。

十一日(8月27日) 晴,连日西北风,冷甚,可穿夹衣。遣人至梨望外父,下午舟回。接来谕,知近体已愈,惟脾气未固。接汤小云信,借悉手上伤痕右手最重,至今尚难屈伸。乱后光景,言之可惨。梨川二次贡事,亦得其详。子屏亦有札来,得悉常州有赵伯厚宫赞领兵扎住,嘉兴于初三日大得胜仗,轰大炮,城裂三十馀丈,然不能进攻出城,殊不足恃,但祝早早克复,庶渐有转机耳。夜间已眠,惊传直东有贼,合村惊惶不眠,且有逃至舟中者。钱中兄来,探知芦川无恙,惟枪船最多,以长毛在后吓人,镇上人不为所诳,现已散去。余和衣略睡,三鼓后复说东南有火光,极利害,遣人至桥上望,计路尚远,约在西塘一带,大约今夜可无事,决计不下船,上楼安息,然已终夜不成眠矣。

十二日(8月28日) 晴,凉甚。饭后子屏有信来,昨夜之惊,彼处无闻,大约贼从东路过者,即作复之。晚间工人袁圣业从孙家浜彼处来,确知贼由淀山湖竃荡至金泽,尚不掳掠,索典内洋四千。开船,趁顺风过夹港里,放火杀人,以至白荡湾陈思各村落家家受惊逃避,今日上午始过完,船约千馀,云至嘉善、嘉兴去,此股系上海回来青浦分出者,可怜彼处又遭惨劫矣。传说西塘贼过掳掠,火光尚未熄,可怕,可哀也。

十三日(8月29日)　晴。今日发本村看守,是月第五期,在乙兄处。账房内缺人,不及照应。下午静坐,际此世界,不知作何了局,奈何!晚间,传说芦川近地韩上荡有贼船过,附近村落又复惊惶,徐探之,是捕风捉影之谈,人情如是,恐终难免也。

十四日(8月30日)　晴,渐热。传说芦川今日有匪徒装长毛到镇,幸居民相识,擒其人,毁其船而定。中午祀先致享,虔诵神咒《救劫宝训》两愿,于先人之前焚送,一申追荐,一求合村免劫。此时一瓣心香得申祷祝,已非易处福分,区区微忱,不可不尽也。致子屏一札已寄去,晚间接回信,要《大悲咒》一本,菖蒲数瓣。

十五日(8月31日)　微晴。朝上诵大悲咒。午前中兄、乙兄来,知日上讹言四起,各村惊惶,吾村匪人复有乞米请益之说,口碑不好,拟借境应之。传说八桨匪船在分湖驶过,莘塔不成市,不知此月中作何景状?令人辄唤奈何也!午后作札致外父,云老要明日到梨,故关照一切近况。

十六日(9月1日)　晴。朝上诵《救劫宝训》。上午阅《留茆盦尺牍》终卷。传说西塘被陷,烧者十之三,掠去财物无算。伪中头目在彼处,芦川买静求安,双管齐下,甚道地也。以后恐各处顺从,否则必遭荼毒也,可深浩叹!

十七日(9月2日)　晴。饭后袁荻洲来送朱卷,并蒙致芹仪湖笔十帖,以出门辞,二儿接陪,一茶去,云在方家浜迁寓,能得稍平,当答送之。午前慎兄来,不见几五旬,颜色尚不致憔悴,留中饭,畅谈,宿在揽胜阁,备述城中光景惨然。梦书晚来,知北舍议贡事极卤莽,恐不能买静求安,思之可虑,未识以后何如。

十八日(9月3日)　半晴。饭后发此月看守第六期,余处承办。有墅偅同案友沈寅甫来送试卷兼致芹仪,同吴少松来,余辞以疾,命儿辈接陪,留饭,因渠被难在乡,答芹分略重,下午去。沈慎兄今晨饭后去，暇当再叙。传闻时事，各处进贡，金泽贡后仍被骚扰，将奈何？

十九日(9月4日) 雨。午前外父有信来，知已迁回镇上，近体有小恙未愈。江夏所商已交付，镇上粗安。闻平川头目换人，前往禾郡，寄孥乡间，亦大奇事。村人略有成议，未识何日举行，下策亦未易妥办也。

二十日(9月5日) 风雨。上午札致子屏，邱信暨《大悲咒》一同寄去，午前接渠父子回信，知费氏昆季为宾兴钱两金散给不妥，纷纷来嬲，已避去。九丈明日迁回，有谢函，极周到，棕垫亦还，收到。子屏大肯皈依大士菩萨。松兄论贡不善，极是，然势有不能已者，从众而已。村人来，已有成议，传说大兵已到奔牛，南京收复，其说恐不确。下午秋老来，谈及枪匪，各村受累，并云莫不善于贡，后患无穷，所料亦确，然能免烧房屋，亦大善事也。祈天垂宥，并无善策，并痛知陈良叔致哀书于雪亭。张大帅殿臣，大营溃后，兵饷已绝，亲兵一千二百名，几乎战殁殆尽，张公投水而死。万里长城坏于何桂清手，参之肉其足食乎！此信的确，东南难望生色，恨甚，惨甚。

廿一日(9月6日) 晴。村人敬神演剧，尚有升平景象。传说芦川长毛要设公馆，贻祸无穷，然无方禁止，只好委心运会而已。苏州被难，徐公小洲翁来谈，知是老宿学，周文宗时取佾生，及门颇多，有入学而登贤书者，经书开笔多教就，仍习小儿科，劝渠急贴招子，或者道行尚可接济，否则冻饿难继也，稍润之而回。

廿二日(9月7日) 晴，白露节。上午抄咒静坐。下午至萃和堂，晤钱中兄，知日上吾家有万难处置事，无可落肩，只好求佛庇佑也，然终难如愿，奈何！梦侄去，亦为此事，只好说远飏矣。

廿三日(9月8日) 晴。朝上松兄来，便饭。梦侄亦回，谈及此事，一无善策，出相后断不好看。梦侄仍去探信，松兄午前回去。午前静坐以待之。午后中兄来长谈，至傍晚去，所云际此世局，能保房屋、人口已大幸事，财必散尽，犹恐事事荆棘。旨哉，斯言！

廿四日(9月9日) 晴。朝上诵咒《宝训》。蒙松兄关照，十口公仍在北厍与匪类为伍，恐不能不算计，劝进场，极是。然左碍右碍无可措手，传示两兄而已，了无主见。午间冯甥来，知梨川昨夜又吃空惊，一饭而去。中兄来谈，悉前事，仍难解散。闻北边丹阳有大兵守住，领兵不知何人。嘉兴主帅周副相祖培，将则张玉良、刘提督。上海已退出，薛署督领兵攻昆山，夷兵攻青浦。长毛在金泽镇上者三人已剃发逃去矣。惟我邑仍作网底之鱼，不动不迁，不前不后，真难望转机也。

廿五日（**9 月 10 日**）　雨。早桂已馥芬鼻端，田禾试花，高低皆可望有成。天时极和，奈人事不修，兵戈满目，血流尸积，惨劫难销，奈何！静坐，深防十口公至。下午梦书、中兄来请两兄议事，为官者既勾结匪徒为盗魁，我辈之家焉望暂保！宜和不宜击，尚可保卫乡人也，言之发指。夜间大雨。

廿六日（**9 月 11 日**）　阴，大雨阵阵降。朝上诵经课。饭后子屏来探听前事，松兄之意，极关切也，然而入手颇难，耗财无论矣，且静俟之。闻嘉兴廿四日官军得胜仗，又被一败仗。又闻主浙江军务者瑞将军，主江南军务者张小坡，曾公实授两江制军。下午小三翁浩千、逃官伪令某，率领诸枪匪到余三家，以田令为魁，硬索不遂，劫船劫人，村人不服，几欲接仗，幸中兄早遣惠公劝解。乙处工人出来，船三只（余一）劫去，两造无伤，大幸，大幸。变生仓猝，慎兄、子屏在座，惊扰而去。夜雨甚，与村人议事，以买静为苟且可计。载梦书出来，二老到巢穴所讲约，明日出来调停，此事误于大弗贝，又因病受欺，言之发指，至三鼓始假寐。

廿七日（**9 月 12 日**）　风雨终日。闷坐，与中兄谈心，知日后宵小算计，无人可敌，吾辈之累不仅长发，思之不堪设想。晚间船送还，召二竖，问其落肩否？子虚以对。梦书还，知旦老不值手，愤甚。此番事已失势，又被匪类弄法，不可收拾矣。愚弟兄不才，固然，而大老、二老亦不能辞其咎，可叹虚掷而多支节，恨甚也。

廿八日（**9 月 13 日**）　晴。发看守此月第二期，余处办给米代

钱。中兄来,亦以此事被不良人弄得十分瓦解。午前慎兄来,荷探听
一切,羞颜告之。福、元二老来索物色,凑给之,实则气愤难发。下午
慎兄去,仍在旧处。夜间二老以假心腹出力办事告余,余漫听而漫
信之。

廿九日(**9 月 14 日**) 晴。饭后舟至梨川,早到,进前面市河,两
岸市房自流下浜起至唐桥止,一片灰烬,惨目伤心之至。登敬承堂,
琴书无恙,几案依然,此是积善之报,而原气已伤,无可补救。外父出
见,已知此事,略述一番,浩叹而已。梨镇目前可苟安,长毛往来,市
人不惊不禁,店未开,渐成小市,即走候汤先生,伤痕全愈,述及遇难
得脱光景,可怜!思之,胆为之落。还来,饭于敬承堂,与外父絮谈,
良久始返,到家尚早,一路多枪船场子,此辈害人不小,将何以除之?

八　月

八月初一日(**9 月 15 日**) 晴。早起司命神前、祠堂内焚香虔
拜,祈求苟延暂安,缓劫宽宥,不胜祷祝。又给村人米,各家五斗,中
兄代司其事,感甚,劳甚。终日碌碌,诵咒闷坐。下午秋伊来谈,芸老
有戒心,已回去。

初二日(**9 月 16 日**) 晴。饭后二妹来絮话,知乱后难还家,不
胜焦虑,下午静坐。中兄下午来谈,闻见日非,言之胆落。

初三日(**9 月 17 日**) 晴。东厨司命神诞辰,阖家净素,余敬诵
《大悲》《楞严》神咒。中午向灶君前备香烛锭焚化,祈求乡间宥劫,人
口房屋无恙,私愿未识能垂鉴否。下午作札,拟致松兄。

初四日(**9 月 18 日**) 晴。上午抄咒,静坐,连日有人来寻,以出
门避之。下午秋伊来谈,知同川顾氏在石家舍者吃惊一空,现已迁回
矣。松兄有回字,感事诗极之切。

初五日(**9 月 19 日**) 晴。早桂复香,终日和暖。饭后诵《宝训》
神咒,二公来,付讫掷水事。下午与二儿收拾旧书,闻长毛冲破嘉兴
大营,新市、练市、乌镇俱破,到杭仍败于城下。

初六日(9月20日)　晴。朝上诵《宝训》《普门品》。上午作禀拟致邱外父,暇至乙兄处略谈论时事,十分决裂,恐终难保。秋伊仍在馆中。阅《西湖志》,下午静坐。

初七日(9月21日)　雨沾濡终日。上午诵《宝训》神咒。下午阅《熙朝新语》。梨川舟回,接外父札,近体渐佳。梨镇日上苟安,传说贼匪由南下北,塘上过者日不下万。齐门徐氏团练攻苏城,大得胜仗,以白帽为号。晚间有人来,倏又将起风波,急何能择?将计就计应之,留宿而去。余生平每受诬而无告,此之谓也。

初八日(9月22日)　雨终日,闷闷。至萃和,告之故,共识其伪,然冤家不可结也。余心事竟无可谅,郁甚也。

初九日(9月23日)　雨终日。是日发此月看守第四期,余处办。谨二兄来,同饭于账房,如愿去。下午与中兄谈,筹商一切,未识稍有益于万一否。苟安之计,亦甚难也。今日秋分节。

初十日(9月24日)　阴,无雨。朝上诵《宝训》神咒。午后阅《熙朝新语》。陈兆兄来谈,传说长毛自南而北者已数万,近次各镇苛求无已,吾辈真求欲苟安不得,匪人当道,寸步难行,惟有吞声饮恨而已。

十一日(9月25日)　雨。饭后静坐,下午闻长毛已到芦墟,用事人请来恐吓镇乡,从今以后村村受累无穷。适中兄至萃和,与两兄议事,不能同心协力,实家事之最难调停者。

十二日(9月26日)　晴。午前与中兄商酌一切,恐两兄依然不允,只好吾行吾便矣。下午去再劝一番,以尽我心,此后非常之变恐叠至矣,奈何!

十三日(9月27日)　晴。饭后有人来,确知长毛在芦镇骚扰不堪,亟命往探听,能得不来为幸。

十四日(9月28日)　晴。朝上诵《救劫宝训》神咒。饭后乙兄处发钱。探听得长毛已吊还平望,嘉兴官兵大得胜仗,北头官兵收复丹阳,伪中王已被薛制军用计斩首,能得官兵奋勇夹攻,聚而歼旃,吾

吴尚有生机，倘失此机会，其害伊于何底？谨谨祈天叩首，宽宥一方
生民，万幸，万祷！

十五日(9月29日)　阴晴参半。朝上持诵《宝训》经卷。饭后
有人来谈，知乱世可骇听闻，恩将仇报，不仅在异姓也。澄清何日，拭
目难期，倘竟天降奇殃，无复脱离之日，我辈之家，恐难苟安。佳节今
宵，红巾满地，虽未遭劫，恐惧益深，甚无好怀也。身子疲软，闷闷
而已。

十六日(9月30日)　晴热。朝上诵神咒《宝训》。午前有人来，
为不可名事相串，虽似不关余，而结底一本同伤，因力劝之不行，大约
事属子虚，可真可假，此时办事，欲求平安而不得也，可怕，可怕！夜
间与账房内共酌，一无兴趣。

十七日(10月1日)　晴热。饭后传说长毛又延塘下乡汤大坝、
华字港一带放火、杀人、掳人，烟头甚近。余适疟作，留中兄中饭，议
事匆匆而散。正思稍眠出汗，惊闻叠至，大长、东长、鸭头湾均有逃难
来者。少顷，叶子音同省三侄孙一家女眷一叶小舟踉跄而至，村人皆
惊，内中奸细颇有跃跃之势，形诸面目，余不能寝，起与理论，借船而
去。复合四角，给米下船，以备路粮，实则不能羁縻也。余略部叙，夜
粥后探听北舍情形。省三去而复来，知当内出面，到坨垛港与长毛刘
姓头目讲定送洋一千，不到镇上，势似略定。终夜不寝，大雷雨即止，
余汗出淋漓，不自知身体之健与否也。此毛从吴江而来，平望馆中不
管，且北舍枪匪叙在各荡口，逃难船过先遭荼毒，梅万雄被匪擒去。
入内房，抢坐船，财物一空，如此光景，我乡即长毛不到，亦逃生无路
也，思之怕甚。是夜尚苟安过去。

十八日(10月2日)　阴雨，冷甚。饭后知长毛已延下塘望北回
去。中兄来，谈及枪匪，风声恶甚，无策可施。晚间又得一紧信，乙老
招同议事，余不得已出一题目，未识能做否？神思疲倦，不顾惊惶，定
心熟睡。

十九日(10月3日)　晴。饭后发看守第六期，以米代钱，村人

之悍者颇费词说,减价许之,复于所存廿个外,每人总给八百始圆场。略酌头上人,以后名簿散而不留,各人自谋生理,不再看守矣。村人多贪而不知足,得钱浪入浪出,恐以后仍难不为匪类,此事我尽我心,后患不能顾也。闻芦川长毛到而复去。夜间晤大公,知此中算计尚可弥缝。

二十日(10 月 4 日)　晴。朝诵《宝训》经卷,午前苏家港朱文叔来,从宽给之而去,大局如此,不能思前算后也。下午闻硖石一带团练冲破,焚杀极惨,贼匪大队上南落北均各数万,关外无锡一县尽是长毛,江阴又复破陷,大兵守住镇江,不来援救,奈何? 吴中劫数,恐不能即尽也。

廿一日(10 月 5 日)　晴。朝上诵《宝训》神咒。中午先继母顾太夫人忌日致祭,焚化经咒,祈资冥福,兼祷平安。是日陪某中饭,计颇机警,办事妥贴,目前短毛似可稍静矣。午后与中兄谈论而散,倏见华字港复有逃难船来,知长毛复延塘两次掳掠,此番劫米、劫人,放火尚少,又各吃惊。晚间探知实信,传说北舍不到,欲往梨里扰攘,似尚可苟安,然自后风波益紧,夜间断难安寝。

廿二日(10 月 6 日)　半阴。朝上诵《宝训》神咒。上午吴又谷自葫芦兜来,留便中饭,探蕉如杳无音耗,晚大姊宜别寻枝栖,余处断难安堵也。约九月中回复,能得稍缓须臾,不遭大难为幸。确传梨川长毛已到数十名,索费二千五百,大受厥累,恐日后请益不已。日不暇给,又遭荼毒,乡间亦从而继之矣。大劫临头,稍减万分为幸!

廿三日(10 月 7 日)　晴。朝上诵经《宝训》。中兄来谈,留中饭。下午至萃和算公账,以后另起,能得诸事买静求安为幸。回来,见直南近地又起烟头,未识何处又复罹劫,可怕之至! 工人今日刘收香珠稻,天时丰穰,高低皆熟,惜人事至此,恐抱景公之叹。宝文来谈,晚去。

廿四日(10 月 8 日)　晴。朝上诵《宝训》神咒。上午札致松兄,即得回信,所闻皆同。复札致凌百川,近日渠家搬至上洋避乱,路上平安,赀重无恙,欣慰之至。现住夷房坝韦宅,极安逸,我家无此大手段,围困不知何日解也。慎兄来,即去。今日烟头稍远,闻局中有人来,必有所索。

廿五日(10月9日) 晴。朝上诵《宝训》神咒忏悔。上午钱中兄来,知瘟毛蓄志,仍要攻杭,由北进南,黑旗头目在梨,各镇使费,俱已讲通,或者可苟安目前,惟蓄发之令已下,又点董事九人,恐日上又有一波起也。吴少松由同里来,据说虚惊时有,留宿揽胜阁。

廿六日(10月10日) 半晴热,晚桂又开,馥郁袭人。少松传述城中光景,可惨无比。饭后送渠至北舍,由航至同川,绨袍赠之,今冬可以御寒矣。余家侥幸能保,许渠日后再赒之。少间阅姚氏《晚学斋文集》。

廿七日(10月11日) 晴。朝上诵《宝训》神咒。上午中兄在萃和议事,传述之言,大骇听闻,人心之险险于天,不应如此操戈相向也。乙老怒形于色,余谢之,如此藩篱不密,大非计也。羹老到彼处探一信,意欲将计就之,冤仇不较也,未识如何,闷闷不乐。晚间羹回,当面尚不咄叱,然未割根,今日约再去。三鼓时,传说有盗,合村惊惶,起问之,都是子虚。晚起,始知鸭头湾土匪放火,以至邻村皆逃,北舍一带尤甚焉。

廿八日(10月12日) 晴,西风峭劲,冷甚。朝上诵经《宝训》。上午阅《姚古文》。传说一友为被累事求解,此事既不善办,又多节枝,拟住他所,辞之不晤为是。

廿九日(10月13日) 晴燥。朝上诵《宝训》经卷。上午阅《姚文》卷九。下午欲探时事,当询羹老,未识能有下台否。一卷书消磨于极变之日,此福已难消受矣。晚至羹处,知尚未去走一回。

九 月

九月初一日(10月14日) 晴。朝上诵《宝训》神咒。饭后衣冠东厨司命神前、家祠内拈香虔叩,能得人口、屋宅平安,默佑多矣,他无所祝,亦不敢望。暇阅《姚丈古文》卷十一。

初二日(10月15日)　晴,略有变意。朝上诵《宝训》神咒。上午作札拟致外父,久不得音耗,想梨川有长毛,亦难苟安在家焉。《姚丈古文》今日阅毕,纯正之作,渊乎有味,谓之接惜抱后固宜。吾邑沈南一古文已刻,读之不知气息孰似。外事无信息,得过且过也。

初三日(10月16日)　晴。朝上诵《宝训》经卷。饭后遣人持札至梨,凌氏老太太遣下人沈锦发自上海来探问,据说赁夷人栈房,东门外二摆渡口,与二混合住,八楼八底,目前有夷兵万馀守住,安甚。余家无此大手笔,只好世守兹土,听天有命也。下午接邱丈回札,欣悉近体已健,廿三日吃虚惊下船,乡官讲通后即回家。日上长毛已去,可苟安也。至羹处,知前事昨日出去,本题不谈,恐日后仍难免词说,既如是,姑待之。芦川长毛昨日过境,闻将至枫泾。费老玉已穿黄马褂矣。

初四日(10月17日)　晴。朝上诵经《宝训》。上午传说长毛又在芦川掳人舟,午后探知已去,新剃头者不便。下午两兄来招议事,如此难做题目,将何以完卷? 两路夹攻,此身真在荆棘中矣。夜间叙议,其人虽不变心,尚虑未能马到成功。

初五日(10月18日)　淡晴,西北风,冷甚。朝上诵神咒《宝训》,齿痛甚。慎老来,欲至同川,即去。悬悬此事,尚未回音。

初六日(10月19日)　阴,有变意。上午至乙老处,知前事未回复,能得调停讲和为上策,否则目前不堪问闻。午后中兄来谈,知此事有奸细,此则最为难办,今日又出去,未识能有成议否。慎兄自思古浜来,金氏两次逢贼匪,过门不入,可知此中均有定数。

初七日(10月20日)　雨终日。朝上诵《宝训》经卷。午后雨窗闷坐,心中惴惴,中处又无音信,奈何? 闻芦川长毛又到十馀名,不暇供给,如之奈何!

初八日(10月21日)　雨,东北风,不起晴。朝上诵《宝训》神咒,村人敬神,雅奏一日,庶可谢夏秋间庙上污秽、守看人停宿之愆。

闻金少岩之母九十一岁,其夫人为枪船拖去受惊,日上均故,幸寿器皆有,尚可楚楚殓送,然少岩孙幼年老,遭此惨况,实人生万难处之境也。中兄仍无回音,其事大约不妙。

九月初九日(10月22日) 阴雨,暖。朝上诵咒。饭后衣冠至本庙观音大士前、刘王神前焚香虔叩。回至中兄处略谈,知前事虽去赶办,尚无头绪。接百川上海初三日信,慰余一切,于人情上颇周到,知寓在头摆渡西和记韦宅二百〇八号,付酒资四钱而去。

初十日(10月23日) 阴雨终日。是日霜降,朝上诵经咒。饭后萃和来招议事,乙兄出门,羮来陪中兄商酌,只好讲和买静。招此人与谈,出去讲张,然望奢怨众,颇难动笔。

十一日(10月24日) 阴雨仍不住点。朝上诵经咒。饭后仍到萃和,中兄先在,知已揭晓,中间人亦来会,吃力万分,目前无如何,只好听之,以求数日之安。欲海无边,得过且过而已。

十二日(10月25日) 阴雨,终日渐沥,于早稻收成有碍。朝上诵经《宝训》,上午略阅时文,下午重阅黄鹤翁骈体文,排遣一切,聊偷一日之安。

十三日(10月26日) 雨仍不止,阴晦之气与时势相合。朝上诵《宝训》神咒。上午阅近墨。下午阅《鹤楼集》。时事无所闻,倘一探听,必有骇然者。晚间钱中兄来谈,传说薛制军有信,要剿贼匪、枪匪,特又恐不确耳。

十四日(10月27日) 雨,河水顿涨二三尺,亦时令之反常也。阴云满布,令人愁闷。朝上诵《宝训》神咒。迟某人不至,不知何故。

十五日(10月28日) 半阴,雨稍止。朝上诵《宝训》经卷。上午其人来会,将计就计做去,然长毛不退,终难保也。下午略坐定,看书无味。

十六日(10月29日) 复雨终日,防复有水灾之厄,吾人不胜恐惧。朝上诵经《宝训》。饭后慎兄来谈,留便中饭。谈及苏人逃难在东玲者丁安然,年廿七,五月中遇贼,刀斩其项不死,处处逢凶化吉,皆由其人常斋念佛，财帛不苟之报。然仅以身免，父死妻投井，留一子，名再生，他日此人决不落薄也，故特记之。

　　十七日（10月30日）　大雾，雨仍不停点，西风不透。朝上诵咒《宝训》。上午吴忆谷来，大姊租屋葫壶兜，拟廿七日迁去，蕉如仍无音耗，可怜，留便中饭而去。日上传说上海有大兵到，以真为幸。乙兄大儿子应祉明日吉期，新亲同川徐氏已被灾，前月送女来，明日合卺，诸事草草，不开门，不宴客，时势使然，不能不尔也，言之可叹！

　　十八日（10月31日）　西风不透，下午又雨。河水弥漫，田禾浸烂，将出芽，可虑之至。朝上闻笑山师物故，即去探丧，入帷视之，面如生，寿六十五岁。际此时局，老年人能不流离，安处而卒，已是吾师诚厚之报。衣衾诸物颇整齐，为子者送终，当然也。子屏侄来，知钱君俨六月中出京，正值僧王内召桂良办天津夷务决裂之时，两亲王暨肃慎郡公执掌军机，忌功偾事，言之可叹。京兵断难南下，经略曾国藩在安徽逗留不进，参勘徽池防剿大臣张蒂后，省城倏又被陷，种种不善经办处，虽天为之，亦实人为之也。浙抚王有龄极好，杭城无恐，渠航海由宁波至杭，由杭至乡，虽得海运差出来，至江邑地面，枪匪抢劫一空，嘉善长毛已据，不能回家，此公亦进退维谷也。留中饭而去。未刻，应祉侄草草合卺成礼，无一贺客，率子侄辈与两兄祭先，吃便夜饭而还。雨声点滴，又转东风，起晴无望，闷惧不成寐。

　　十九日（11月1日）　仍雨，东风。朝上诵神咒《宝训》。上午闷坐无聊。新得张小海、戴子式疾终凶耗，两人皆有交谊，遭难郁死，有志未伸，思之十分可怕也。下午雨又滴檐，杞人之忧，其何以解？是日大士菩萨圣诞，素斋。

　　二十日（11月2日）　东北风，雨又大，终日不息点，水涨不已，可危，可惧。朝上至东浜送笑山师大殓，饭于账房，略为酬应，宾客中晤许竹溪，知盛川张梦莲去世，年卅左右，才美，命蹇，人正，天何酷与善良为难？为之悲悼者久之。上午回家，雨如注，恐长毛、短毛外又增一忧也。夜雨终宵。

廿一日(11月3日) 雨仍未息点,颇暖。朝上诵经卷《宝训》。午后坐雨无聊,阅黄鹤楼骈体。闻芦川昨日长毛回平捉船。

廿二日(11月4日) 西北风,雨稍止,然未起晴,奈何! 朝上诵《宝训》壹愿毕,经五卷。上午静坐,惊闻徐甥蓉江昨日凶信,疾是伤寒变病兼忧郁。三月之内,惨连两代,遭贼难,痛父死,家财罄尽,人生万难处之境莫过于此! 丽江二甥支撑一切,大难,大难! 思之,为蓉江父子悲,并为被难诸家痛也。

廿三日(11月5日) 西北风渐劲,饭后起晴,欣喜过望。朝上诵经咒。上午有恶客来,作假呆掷与之,以免口舌,下午回去,闷闷而已。

廿四日(11月6日) 晴。朝上出吊于本村徐氏,实则其老太太之妹苏城孙氏,传闻之误几成话柄,含和一拜,扰饭而返。以后遇诸事,须探听切实为主。午前祭先,曾大父杏传公忌日,公性嗜蟹,旧例用完全之蟹致享,薰恐多伤物命,作羹代之。虔诚叩拜,默求平安。中兄在萃和商议一切。

廿五日(11月7日) 晴朗,此月中第一日也。朝上诵《宝训》神咒。是日午时立冬。暇阅《鹤翁骈文三集》。

廿六日(11月8日) 半晴,下午复有变意。朝上诵经《宝训》,上午闻西北有炮声,欣闻薛制军自上海率兵已收复青浦,今日有进攻吴江之说。传言牛长泾塘上官兵船绎络而过,大约要复吴江之说有因也。短毛枪匪至北毗油车港打劫,被村人擒获匪徒八名,船两只,沉毙于河,大快人心。日上枪匪虽到彼处报复焚烧,然大势颇衰,逆首小三已逃。但祝天心厌乱,贼匪早早剿灭,土匪一一授首,东乡一带尚有几村可保也! 是日至萃和,候匪陈献宾讲解说合,至夜不来,此辈必别有事故,官兵声势所张故也,然亦岂能忘情?

廿七日(11月9日) 雨,复阴。朝上诵经《宝训》。饭后有人来,知青浦收复之确而可信。长瘟数百毛,逃至他处者多,斩获者少,然亦可喜天日复见。雨不止点,可虑,可愁。接陆涵斋告急信,子掳身病,现居东村小五相家,一无所借,贫士之最苦者也,拟作札薄润之。晚间到萃和,宝官来,陪之饮,怀老四、元张均至,同坐,此等人当道,豺性难驯,含忍言欢,俯首下心,亦不得已之极也。深黄昏去。

廿八日(11月10日) 西风,起晴,心为之爽。朝上诵《宝训》神咒。暇阅鹤楼骈体文。下午偶与应奎读时文数篇,此调不谈久矣,未识日后何时用得着。烽烟满目,弦诵之声未易闻也。

廿九日(11月11日) 晴。朝上诵《宝训》神咒。饭后送吴氏晚大姊迁居葫芦兜,资之行。夫被掳,子木讷无才,平望住屋已烧,无可回并无可望,一家四口嗷嗷,将何以继也?午前汤小云来,外父有札,欣知两家人口俱平安,惟小云被难时几乎不免,述及刀加颈时,此生脱免,已庆更生,子掳财空,夫复何言!长毛在梨,时来时往,时多时少,剃发不准。青浦、加定虽有收复之信,尚恐不确。省斋三丈病危甚,可怜,大约逃难后风寒所致,能得无事为祝。下午小云回去,衣箱交还,只剩铺陈。沽酒略饮,余颇有醉意,能得出月两毛均安靖,当到梨望之。外父信上传说,近闻严州失守,从徽州背攻杭城,长毛注意杭州,故有此举。平川一带贼踪稍安靖,则其大兵必然望北,严、徽之陷合诸钱君俨之说,似非无因,一波未平,一波又起。吁,可畏哉!

卅日(11月12日) 转西北风,天意开晴,农人有望。朝上诵《宝训》经卷。暇阅《鹤楼文三集》。

十 月

十月初一日(11月13日) 晴。朝上西北风,晴老有望。虔诵经咒。饭后衣冠虔拈香烛,东厨司命神前、家祠内拜叩,默求平安,免吃惊吓为幸。上午阅鹤翁骈文,下午应墀自陈思回来,大嫂要十一月初到家。兄嗣外祖斗翁,年已八旬,精神尚好,同饭于彼处,饭量亦佳,真乡里灵光也。据说青浦有官兵五千,打仗收复之信尚未的确,金泽贡局已撤,此是佳音。又传说伪忠王、英王,一于前八月廿三,一于九月初六出关时被团练乡兵擒斩,苏城无主,果若是,我吴渐有生机，特恐仍旧子虚耳，然传说亦好！

初二日(11月14日)　晴。朝上诵《宝训》神咒。饭后中兄来，知青浦决计东出，领兵官向奎打两仗，胜负未分，如此一邑，尚难即望成功，奈何！范省父子来，资以米钱二千。东易七公又来，费二枚，不上岸。下午沈慎兄、凌古泉来，定冬一仓，用不足，以米自济，减价成交①。中兄处有言，夫己氏二公已安排矣。

初三日(11月15日)　晴。朝上诵《宝训》神咒。上午出冬照应。下午静坐。闻长毛芦川来往自如，青浦不出之弊也。

初四日(11月16日)　晴暖，正好课工人刈稻。朝上诵《宝训》神咒。暇则阅《鹤楼文四集》。心绪纷扰，缘接梦书侄昨日信，知同里有不肖生员钟某，九月中长毛考取伪举人，在镇颇作威福，其婿赵，系小六相之米行伙，写信关照，云此月中奉忠王令，要下乡掳掠。北舍惊惶，夜间各家宿于舟中。此信若确，东乡一带必受荼毒，无可救援，惟祈佛菩萨慈悲缓劫，尚可苟安，不然又有十分惊吓也，奈何，奈何？

初五日(11月17日)　晴暖。朝上诵《宝训》经卷。上午阅《鹤楼文集》。闻昨日芦川长毛掳人，如铁工、木工之类。梨川东胜堂、城隍庙竟作馆子，恐其势又炽，言之悚然。

初六日(11月18日)　阴，北风未烈，似有变意。朝上诵《宝训》经卷。饭后命工人收稻，行步田间，见鹦鹉粒圆，蟹穗实绽，较之去年，丰稔不减，奈贼氛日恶，镇上讹言四起，乡间人心好乱，终难赋乐郊之计为可虑耳。昨晚陆涵斋妻陈氏踉跄而来，惊知涵斋昨晨病故，居停圣裕，至上海，其子(圣裕子)幼甚，同来，一无措办，又无亲朋相商，处乱离之最苦境者。余与涵斋交虽未深，睹斯凄惨形状，不忍坐视，因资之，实则于义勉强，于理当然也。闻忠王已回南，青浦毛兵吊足，初三日有冲陷松江之信，得之乡人自南桥来，见妇女逃难者纷纷，此信若确，官兵何足恃哉！秋翁已到馆，长谈馆中，下午不觉益短也。

———————

①　"成交"后原文有符号漶、𠃌、圸。卷九，第351页。

初七日(11月19日)　阴,无雨。朝上诵《宝训》神咒。上午阅《木鸡书屋文集》。下午静坐。孙秋翁来长谈,借《初》《有学集》两套去。

初八日(11月20日)　晴,东北风颇狂。朝上诵《宝训》神咒。上午阅鹤楼文。中午十月节祀先,荐香珠米饭,今岁得尝此味,亦颇不易,幸祖宗荫庇,尚可安居,莫大之恩,愧无以报,敬志之,以祈格外默佑。下午静坐,闻芦川长毛极多,并有打馆子之说,真腹心之患也。

初九日(11月21日)　雨,暖甚。朝上诵《宝训》经卷。上午耕畲来下货。下午有公局帖来,钟某名片官号请酒,明日公座,极十分枝节也,当公议妥办为要。闻赵竹生又打震泽塘,殊属无益于我乡。

初十日(11月22日)　雨风终日。朝上诵《宝训》经卷。上午至萃和堂议事,未识此人可能压所欲否。且命之往,恐回来必有说话也。午后作札拟致外父,明日命内人去。夜间风雨不息,水才退又涨。

十一日(11月23日)　西风渐劲,雨止未晴。朝上沈宝文来,留便饭,交摺持米钱去。上午为毛氏诛求在友庆叙议,虎豺之性,济以鸥鹨助力,日后终难鸠居,今且将计就计也,可惧之至。早饭后,命内子至梨外父家问起居,患难中聚首颇不易,晚间始回,知外父家上下俱平安,梨毛虽多,较诸芦川光景差胜。

十二日(11月24日)　西北风大吼,渐冷。朝上诵《宝训》神咒。饭后吉算经咒账,另纸寄奉外父。是月十六日,紫筼禅庵普济本邑被难孤魂早生乐土。下午阅鹤楼文第五集。是日微雪,夜间寒甚,痛思被难诸家无衣无食,号泣无告,吾曹目前真福地矣。

十三日(11月25日)　晴,朝起有冰,冷风未息。诵《宝训》经卷,补缺数后。碌碌终日无事,不能看书,心思不定故也。

十四日(11月26日)　晴,朝上冷甚。饭后遣人至梨,作札致外父,经咒账写明缴奉,并略致御寒之具,被难人家际此骤寒,惨何可言!午后至秋伊馆中长谈。晚间接外父回信,情词周至,云此月中要来溪一回。闻长毛钟良玉气焰方张,竟坐城隍神之轿,鼓吹排仗游街。

十五日(11月27日) 晴。朝上诵《宝训》神咒。饭后阅《木鸡书屋文》五集。架上诸书,多为虫蛀,命两儿略为翻检,然蠹饱者众矣,甚矣,收弃之难也。

十六日(11月28日) 晴朗。朝上诵《宝训》神咒。上午出冬,略照应。梦书侄来,谈及北舍短毛依然顽梗,青浦自官兵败后,长毛又冲至东乡各镇掳掠,可怜之至!

十七日(11月29日) 晴,东风要变。朝上诵《宝训》经卷。上午中兄在萃和略叙,此人究无慈悲心,与中兄谈议,颇难羁縻到底,奈何!下午略坐定,心绪纷如。

十八日(11月30日) 晴。朝上诵《宝训》经卷。上午略阅《辽史拾遗》,晒一遍。下午阅《木鸡书屋文五集》。闻长毛芦川南栅已设关,利获千金,才三日耳,民资那得不竭?

十九日(12月1日) 晴。朝上诵《宝训》经卷。上午吴漪谷来,张李仙有信、对联书就,札中云云,颇不平正,此时正供,急款不继,安能兼顾?只好辞而听之。留中饭,中兄同席,下午长谈,无兴,晚间去。

二十日(12月2日) 晴暖。朝上诵《宝训》。上午中兄又来,为局中要事请渠,不得不去。沈慎兄来畅谈,中午留饭,所云俱有识见。下午至两兄处,晚回东玲。

廿一日(12月3日) 晴暖。朝上诵《宝训》神咒。饭后中兄来谈,知昨日到局,似乎尚有话会,随题做去可也。下午阅《木鸡书屋文集》卷五。传说富阳、馀杭失守,杭城告警,贼匪之气焰日张,吾辈何日复见天日也?长毛今冬定要收粮,租米无着,奈何!

廿二日(12月4日) 晴暖。朝上诵《宝训》经卷。饭后少侄妻来,似痴似騃,恰晓得要钱,以斗米二百给之。下午益芝侄来,有求而去。闻桐川有警,细探之,尚无确信,因日上长毛又大队上南,此说子虚为幸,恐此月中未必一无惊吓也。《木鸡书屋全集》已阅毕第二遍矣。

　　廿三日(12月5日)　晴暖之至。朝上诵《宝训》经卷。饭后顾萃虞来,知长毛又从四安路冲破馀杭新城,直抵杭省城垣,城中警甚,然终不能胜仗,王雪轩中丞之计穷矣,当今一名臣也。上海满地红毛,生意极旺,究非乐土。吾邑实无恢复之机,言之十分可叹。留中饭,略买珍品而去。有人来买软糕,美甚,云自东乡叶谢镇翻来。接杨斗翁十五日所发信,为家嫂事,责有烦言,当忍受之而已。

　　廿四日(12月6日)　晴暖,大雾,午后始熄。朝饭后,小舟冒雾到梨川,午前登敬承堂,外父适与汪福堂叙话,知长毛头目钟姓在地藏殿,缙绅、耆民均已见过,极谦和,云是湖南举人。告示安民,极工丽,极体恤,一派仁义道德之言,阅之,几乎圣主复生,直则皆伪也。租粮拟办,尚未定见,恐虎政难堪。稍坐,走候蔡云生,登楼谈叙,形容憔悴,嗽虽止而痰极多,神思疲倦,心境之病难以速愈,一茶后即返。街上多长毛往来,异服怪状,真妖孽也。与小云、希鼎、外父同席。下午将开船,失足半溺于水,又与外父告借衣服始行,此事余实不小心也,戒之!约外父章程定见后来溪一回为要。晚间到家,知张李仙来过。

　　廿五日(12月7日)　晴。朝上诵《宝训》神咒。上午陈思三官来,大嫂约初三日去载。午前李仙又来,留中饭,应酬之而去,此时人情周旋为难也。碌碌终日,无一好怀。

　　廿六日(12月8日)　半阴,无雨。朝上诵《宝训》神咒。上午曹氏表姊来话旧,留中饭。牙肿疼痛,极不适意,静坐终日。

　　廿七日(12月9日)　阴晴参半。朝上齿痛,停课。下午芦局来请,因同两兄出去议事,至木行内生江处,晤顾馀庭、黄森甫、周赋苹,谈及粮租章程,一无成见,俟后议,与陈松乔略谈而回。

　　廿八日(12月10日)　阴雨。朝上诵《宝训》经卷。饭后中兄来,知长毛伪诏已来,可笑之至,断不能成事也,惟大劫未满而已。沈慎甫同徐紫云、大鹏兄弟来,为找田事,可称不时,然人情上勉从之,书契,留中饭而去。终日碌碌,心不能聚。

廿九日(12月11日) 终日阴冻,似欲酿雪发风。朝上诵《宝训》经卷。饭后阅《元遗山诗集》,心殊不静,俗尘满胸故也。闻下横舍、炼树桥、牛马墩一带村落,被贼匪于廿二三日间掳掠焚烧,死伤极众,未识沈白眉表兄家若何下落。乱后音信难通,深为渠家焦急也,能得房屋、人口无恙为幸,家资未必能保也。晚间谨二兄来,为其三寡媳有所商事,如愿而去。吴江有友人来,实不能兼顾,避之,此时酬应,不綦难哉!

十一月

十一月初吉日(12月12日) 晴。朝上诵《宝训》经卷。饭后衣冠焚香,虔叩东厨司命神前、祠堂内拜祷,能得默佑平安,不遭大劫,不独一家之幸也。午前有成米交易①,尚称得价也。暇则碌碌,不能坐定。作札写就答杨斗翁,此中措辞易生枝节,须斟酌之。

初二日(12月13日) 晴。朝上诵《宝训》经卷。饭后元音来,下米去。午前接外父札,知梨局租粮已定,馆主俞公之意,皆照额三折,租收四斗半,内归粮六升,局费内扣。公局收租概用折色,先归租,俟业主收清票,租户持执照票完粮。某日收某等圩,预为悬牌,被焚、被水没之圩概行豁免,被掳者减半。盛川章程,每亩每月收钱乙佰十文,闻收十个月,除完粮局费外给还业主,似不甚妥,不若梨川之一无拖带也,未识芦局作何办理。闻钟公已到北舍安民,云不逗留。晚间有人传说在荡口经过,枪船百馀作乡导回梨,尚属安静,旗帜鲜明,极体面。

初三日(12月14日) 晴阴参半。朝上诵《宝训》神咒。上午梦书来,知到梨议租粮,面会俞公,所说与昨所闻合符,惟各乡官多嫌经

---

① "交易"后原文有符号 阣。卷九,第353页。

费不敷,尚有变计。午前乙溪来,谈及今冬租粮甚多掣肘,无论各局归开,无可调度,即以公解公,亦难藏事,奈何?本村今日写门牌,每张五百,恐别有说话在中处也。大嫂自陈思回,身子已健。

初四日(12月15日) 风兼雨,尖冷。上午诵《宝训》经卷。下午至芦川会生江,探听租粮,毫无头绪。至局中,晤玉老,言多不尽不实,略坐,吃茶而返。至周氏,粟香不值,晤赋苹、王森甫、袁畹洲、王玉生、俞少甫丈,主其家长谈。晚间回家。

初五日(12月16日) 晴。朝上旷课。上午同乙溪至北舍桂轩处,诸侄均见。言及租务,于大局仍无把握,长谈而返。三大相公来,所谈之事窒碍难行。中饭后,借《兰台六种》《临症指南》两书,共廿本而去。至乙处,与中兄酌商一切。

初六日(12月17日) 晴。旷课。饭后莲波四大表兄为其子八官故,特来相商,念其忠厚急难,应资之。此时门户开销减无可减,遇此等事,又难一毛不拔,所谓应世维艰也。心绪碌碌,不能坐定。闻凌二堤翁故于东乡庄家巷典内,去甚健,一夕无病而逝,外间颇有物议,二堤如此结局,亦非全福也。世界如此,尚何言哉!齿痛异常,多食甜物之弊,宜自节之。

初七日(12月18日) 晴。朝上诵《宝训》经卷。饭后与儿辈论文,天崇国初好墨裁,其源流之分,在气息间辨之,略举一二篇示之,似能领会。此事在目前,竟似弃物,然终岂无用者?儿辈当自勉且借以解闷也。暇阅《元遗山集》。慎兄来,晚至萃和,晤中兄,局索门牌钱。

初八日(12月19日) 晴。朝上诵《宝训》神咒。上午大港四大、二两侄来,探问租粮事,实无头绪。闻松兄有小恙。初五日梨川为苏州长毛兵过荡口,又吃空潮头,赖馆主俞公经政司弹压而定。梦书来,知北舍诸侄都以霸术取巧办事,租米西角,渠竟先欲收粮,吾辈租米何着?芦局亦无一定章程,愁闷之至。

初九日(12月20日) 西北风狂吼,阴冷。朝上诵《宝训》神咒。

上午阅《元遗山诗》,心绪如麻,一无好怀。

初十日(12月21日) 北风狂吼,冷甚。朝上诵《宝训》经咒,未完课。饭后有乡老为报田数进来,尚为循理,留之中饭,以札寄松兄。有汤大霸老表兄周老聘,八月中为长毛掳去,此月初送归,云在吴江周家白场头馆内,其主汪姓,待之颇好,尚不吃苦,以老年教书眼花,给路票到同里而回。善人天佑,理不爽也,赒之而去。今日冬至,祠堂内致祭,薰主之,厅上设享,两儿襄之,际此世局,犹幸安居,祖宗之荫庇多矣,必当丰洁诚敬,以尽微忱。碌碌终日,不遑坐定。

十一日(12月22日) 晴。朝上诵《宝训》未完。饭后各催甲进来,为报田数,了无主张,人云亦云而已。下午静坐,不看书,心不定也。闻长毛石门又打败仗,桐乡、濮院大遭焚掠。

十二日(12月23日) 晴。朝上诵《宝训》经卷。午前接子屏信,知松兄有恙未痊。善邑外吴江归陶庄袁孝廉,办粮一斗六升三,折价两元六角,租米议五六斗,有田家颇难过去。中兄来谈,知芦局催报数甚紧,留中饭。议报田一事进退虚实两难。下午至友庆,慎兄在座,谈至良久,知局中又有信来,其人约明日至,恐难受商量也。一无把握,闷闷。

十三日(12月24日) 晴冷。朝上诵《宝训》经卷。上午命相好姑抄田数,被水绝户注明,馀则不敢应,然此事受累已甚也。下午劳兰生来,知八月中在施家库连船被掳,在田间身被数枪,脑门几凿破,绝而复苏,乡人救醒,全家散而复聚,现迁赵田,资财一空,赒米一石而去。此时实爱莫能助也,可怜!

十四日(12月25日) 雨,暖甚。朝上诵《宝训》神咒。上午乙老来议,为报田之事,以不应为要着,至于水灾,则彰明较著者也。属相好抄账,明日不能不出去。前接子屏信,惊闻仲湘翁、陈子松皆物故,龙蛇之厄一至于此,伤哉!两公不逢时也。子松前梨川受惊,子掳,身被数创,尤为惨不可言。

十五日(12月26日) 半晴暖。朝上旷课。下午同两兄至芦局报数,交玉老手,原账取还,此事不得已而为之,倘日后一无生色,被累不可胜言。晚间始还。

十六日(12月27日)　晴。朝上诵《宝训》神咒。午后王谱琴来,留便饭,渠家已被难,现居梨川陈宅,财物一空,欲稍张罗以作生计,勉应之而去。慎兄亦来,传述有红夷包打苏城之信,果若是,又一番骚扰。今冬租米全无着,恐吃惊不浅也,奈何?

十七日(12月28日)　雨。弥陀佛生日。朝上诵《宝训》经卷,素斋。上午与乙溪谈论延师,能得稍有生色,以仍旧为是。下午中兄陪邻怀老来,请枭卅石,允之,与之畅谈,亦时势之不得不应酬也,可叹!

十八日(12月29日)　晴不老洁。朝上课《宝训》未完。饭后舟至大港候松兄,时适染恙,昨服叶绶卿药,大便已解,呕逆亦止,可望早痊也。竹淇亦见过,子屏侄传说沪上极平安,英夷天津和议已成,不堪闻问。借夷攻长毛,其说非子虚,要之,非皇上之善策,不得已而为之耳。嘉善孝廉顾梦花助长毛苛逼小户,粮米每石八千,众乡人不服,已率众入城,斩其首,分三段,一家三代遇害,斯人罪大恶极,报施不爽之至。闻长毛亦被众怒,暂避出城。二式表兄家眷在溇上久无音耗。秦子蟾在溪港上被贼掳去,云可取赎,此信得之赵子安云。

十九日(12月30日)　雨,东北风,颇冷,雨霰。朝上诵《宝训》经卷。中兄来,为报田数,虚情不得。局中复有所索,招两兄议,此事不能不应酬也。下午拟到局报数,为风雨所阻,不果往,因嘱朗兄再将田数细核,分折账数篇,明日不能不去也。

二十日(12月31日)　阴,无雨,风狂甚。朝上旷课。饭后汇齐诸帐,约到局报数。下午同两兄至芦局中,数台上黄老庆尚有旧情,托渠报灾注册,尚首肯,松乔则圆甚也,给凭每亩十文。复同乙兄候馀庭,知粮米每△三百文,一应在内,已照俞公所议倍收。租仍四斗五升,开销不够,然此大局,亦不便与之辩也。拟停三日领照及旗,姑试行之。慎兄在陆老仁店中谈论片刻,因齿痛,不能久叙。晚间归家,心绪恶劣之至。

廿一日(1861年1月1日) 晴冷。朝上诵《宝训》神咒。饭后闲坐,适外父自梨来,欣慰之至。知梨局租粮公收(斗半),局中人作主,业主须俟粮务开销有馀方始去领,看来所得不偿所失,余已置之度外,庶免受后累也,外父亦以为是。絮语一切,知镇上粗安,只顾目前,后日难料也。留中饭,情话良久始返棹,约岁底有暇当到梨一回也。下午至蓉卿馆中谈。晚间慎兄来,探听梨里局务即返。

廿二日(1月2日) 晴。朝上旷课。饭后命相好至局领照凭。午前静坐,心断难聚。下午谨二兄来,语多聒耳,不忍听闻,如所商而去。世局如此,将何了吉也?可叹不辰!

廿三日(1月3日) 晴暖,似有变意。朝上旷课,歉甚。饭后接子屏信,松兄近恙未痊,欲觅参,两家一有而不在家,一无,余近有参须,不甚佳,以二钱送复之。中兄来议今冬收租,系不得已而为之,能不赔累已为大幸,然以后必然田上起捐,可虑之至。拟初一日起限,至初五四斗五升,初六至初十五斗,尚须斟酌减去三二升。乙兄亦会过,廿五左右必须通知各田保,限单发不出,口说而已,未识能进场否?世局之变如此,终无了局,奈何?闻北舍、莘塔着佃办粮,租米无着矣。晚间接子屏信,知松兄病势不轻,欲请同川严惕庵,来借快船,余处无有,乙兄处借往。

廿四日(1月4日) 阴,北风渐肃。朝上诵《楞严咒》三遍。饭后同陈兆兄叔侄至港上,见松兄神思不清,语多心境,大有虚脱之象。少顷,叶绥卿来诊视,据云脉象弦而不实,眼花昏暗,神不守舍,虽进参剂温补之品,服之似适,终须安神方有转机,连拟一方加减,未识如何。据云症系神衰原虚,断非虚夹邪之症也,能得转危为安,方是吾家之福。余与绥老谈,知二式家眷在乔娄吴氏,自七月中得信平安后,至今不通音耗。选之迁在奉贤城中,其太夫人赵氏于十月廿四日去世,甚矣,全福之难享也。午前绥卿去,余亦回家。

廿五日(1月5日) 阴,似欲酿雪。今日始属相好开船催租,拟初一日起限。今冬为长毛收粮,若不取租,赋于何着?不得已而为之。思我朝涵养二佰年，一旦至是，言之可痛！朝诵《宝训》神咒，暇阅《元遗山先生集》。昨日闻炮声，云短毛争斗打仗。下午接大港上条子，惊知松琴兄殁于廿四日亥时，享年五十一岁，即同乙大兄去探丧，至则视之面如生，不觉放声大恸。兄于余行辈中最称投契，从今又失一手足，谁能诲余不逮也？且子屏年尚未壮，际此世局，担荷大难，将何以振起家声？悲悼之至！临殁无一言及后事。严惕庵来诊脉，与绶卿同置方，不及服药，已痰升而逝。总之，兄之病，虚而受惊所致，若无贼逼，尚可苟延也。晤子玖丈乔梓，晚间返棹。

廿六日（1月6日） 阴，北风寒甚。朝上诵《宝训》神咒。饭后舟至大港襄松琴丧事，一切笔墨，玖丈写作，赵子翰撰一副。余与松兄情深痛切，不能无言，亦哭挽成联。谨二兄主持出入，虽因时事艰难一应减省，然杂乱无章，未免俭不中礼，惟棺木生江处办，廿一洋一千，尚属楚楚。午前费芸舫特来探吊，倍留中饭，气色颇佳，现住梨川当房内，举家康健，苟安而已。下午客去，余还。

廿七日（1月7日） 薄晴，西北风，冷甚。晓起，同两兄至港上送松琴，卯时入殓，至则将殓毕。亲邻来吊，余兄弟接陪，承值无人，诸事草草，不成体统，甚为松兄悲也。沈慎兄特来，深感渠意。午前举殡，浮厝于大义圩殷家汇旧享堂旁，感此世局，触处生悲，为吾宗失一良士，为屏儿增一挫折，以后茫茫世界，将何了局？不特叹子屏怀才暂屈也。送殡回港，百端交集，日后谁为排难解纷也。下午襄理开发一切，同两兄还家。闻北厍短毛至同里送帖闹事，长毛局被打散，生擒长毛八名，镇上受惊，北舍亦纷纷迁逃，恐又惹起干戈。闻超天燕熊公在费玉处，梅亦去调停，未识能无事否。

廿八日（1月8日） 雨，东风，昨夜有雪。朝上旷课，饭后钱中兄来，云短毛事，熊公在芦镇，费大亦去调停，或者可以无事，以新收照粮米样式见示。雨绵绵，大碍租事，奈何！下午闷坐，闻蔡云生病又增剧，可虑之至。

廿九日（1月9日） 雨。朝上诵《宝训》经卷。饭后中兄来谈，知北库短毛与长毛争斗事,费玉已与熊公讲和,擒获八毛放还,短毛枪匪五名正法,目前可以无事。傻北舍传一警信,正疑惑间,羹梅自北舍回,吃一空潮头,妇女挤踏落河者已纷纷,如此讹言,真作孽也。总之,苟安亦非易事。今日始有来折租,每亩一千文,未识能进场否。暇阅《遗山集》。

三十日(1月10日)　雨绵绵不止,殊为愁闷。朝上课《宝训》经卷。饭后有出仓事,碌碌,折租渐渐而来,约十馀户。下午齿痛甚,风热兼蛀所致也,静养而已。

十二月

十二月初一日(1月11日)　雨,未卜起晴。水又涨五寸,低区尚有遗穗,租事安能催紧?朝上碌碌。饭后衣冠率两儿东厨司命神前、家祠内拈香虔叩,默祈平安,缓免东南一方大劫。租赋有着,不胜奢望恭祷,暇诵神咒《宝训》。上午有来折租者,照昨日价收之,如此阴雨,乡人借可推挽,可闷之至。

初二日(1月12日)　晴,西风。朝上诵神咒,饭后惊悉梨川蔡云生卅日亥时疾终,初四日寅时大殓。云生与余亲串而兼交谊,素性刚直,遭时之变,竟致不起,悲伤之至,恐日后诸甥支持不易也,奈何!上午还租纷纷,米、钱并收,尚为踊跃。午前慎兄来,留便中饭,畅谈而去。梦书侄来借船。北舍惊惶如故,受累不浅,不知能讲和否。夜酌账房诸公。

初三日(1月13日)　阴冷。朝上开船,上午到梨,后门衣冠上岸,探云生丧,二妹哭见,据云临殁之夕,异香满室,神思不乱,后事谆嘱诸甥周详,且云生平不作恶事,死事或不殒落。余启幕视之,面瘦而貌不改,端庄如常,不觉垂泪。退至厅上,应酬乏人。视匠治椟,木色极干,当今此货已不易得也。午前走至敬承堂,长毛满街,行人如蚁,至则外父出见,近体康健,可慰。晤小云,抄徐子敏所述《异梦记》,知江浙虽遭大劫,神人时切救援,奈人心不悔,恐未能即平复也。一茶后仍回蔡氏，至灵前拜奠，预送入殓而返。舟行，西北风狂吼，幸舟人对手，平稳到家。是日收租乙百馀千文，黄昏后吉账，冷甚。

初四日(1月14日)　晴，冷甚，点水皆冰。终日收租百千文。大富圩始来还租，除娄滩亦步落不遵常例外，馀皆四斗七，每亩一千，大约今冬粮事有着也。吉账已不早矣。

初五日(1月15日)　阴晴参半，极冷。朝上旷课，饭后还租鹿绎而来，有相慰藉者，有代余踌躇来岁用度无着者，咸以重见肃清，祈早灭贼为幸。尚见人情，东乡犹有古道。下午秋翁来剧谈。晚间共收折米钱洋乙佰八十馀千文，在目前世界，已为极盛矣。一鼓时吉账，拟再放头限三日。

初六日(1月16日)　晴朗。朝上旷课。饭后四倥、沙老在乙处来，知又将发闹，未识能不破面否。可闷。收租终日，玉字、大富恐以后成色不佳，晚间吉账，五六十千文。中兄又有所请而去。

初七日(1月17日)　晴。朝上旷课。饭后正在收租，谨二兄来，为四官借贷事哓哓终日，晚间始落肩。齿因大痛，此种子弟，恐终不了。朝上子屏有信来，语极凄楚，原参送还，所需孝服实无存者，作复之。慎兄晚自周庄来，知北舍短毛已落肩，非惟不办，长毛反收用之，日后地方上抢掠，此辈为先，受害何已也。闻新棣、珠泾两大镇新遭焚掠，宝山解围，红毛之力也。终日收租六十馀千文。长莳石脚讲定，照大例再让七升，八百五十到限，归八五折，二十日止，乙兄所定也。夜间闷坐，早眠。

初八日(1月18日)　又雨，大碍收租。朝上诵《宝训》经卷。终日收租五十千左右，阴雨所阻也。现算田数已千亩，而现钱不过八百千左右，粮银而外开销勉强，日用所需来年无着，际此变局，得过且过已为大幸，多取何益！凡事当退一步想。

初九日(1月19日)　半晴。朝上旷课，饭后在限厅上收租。下午梦书来，短毛一事，罚米一千石讲和过去，恐此米仍出之民间，以后受枪匪之累恐不浅也。终日收钱四十馀千文。

初十日(1月20日) 晴。朝上诵佛号,终日收租十馀石,钱三十千文。夜间夔乙来关照,北厍租务动情,除着佃办粮外,每升三斗三升,加上仓二升,折价二千三百,拟十五日起限,未识有成色否。能如芦局,尚可开销。

十一日(1月21日) 东北风,阴,似有酿雪意。终日收租二十馀千文。闻北舍复有警,短毛之害人如是。桑林一镇初六日被陷。

十二日(1月22日) 晴冷,下午阴冻,微有雪。朝上诵经卷。终日收租寥寥,不过二户。中兄来谈,局中催粮有札,拟十五日去。有徐悦堂西塘伪官来请柬,殊为枝节,且未识此公何意也。当斟酌应之。晚间账船回,知北舍一带口碑不好,恐租米无起色也。

十三日(1月23日) 晴。朝上旷课。饭后吴少松来,知来岁馆地仍旧,聊可慰吃饭有着,留中饭,稍润之而去。下午候有北舍枪船来送帖,索借甚巨,强悍万分,殊为棘手。与两兄议,夔去指点一人,恐未必解围,即肯点头,亦隳其局中,然无奈何也,闷极。夜间晤夔,其人议论尚为正大。

十四日(1月24日) 晴。饭后同中兄二公到芦局完粮,付钱百千,洋五十四①,见长毛催督光景,别有世界。局中人如蚁叙,财赋之逼,竟归乌有,浩叹之至。与中兄饭于舟中。走候周粟香,知杜门不出,近况尚安。晚间还,齿痛,心境恶劣之至。

十五日(1月25日) 又雨,乡人借口可不还租。午前慎兄来谈,留便中饭,下午始还,云明日要至西塘贺徐悦老,恰好致分。昨日收租卅馀千,今日寂寂无有,心绪纷如,不能看书。

十六日(1月26日) 阴雨终日。饭后属吉老至局中,心绪纷如,无聊中看大儿倅学算法。晚间吉老回,云局粮钱数有加五十之议。

① "五十四"原文为符号𢁭。卷九,第357页。

十七日(1 月 27 日)　仍阴。饭后诵《宝训》神咒,嘱吉老再去到局完粮。钱中兄下午来谈,所议皆能中肯,然长毛不退,吾辈之家即竭力弥缝,终难保守,况目前枝节甚多,大难了吉也,惟尽人事以待天命而已。命墀侄作札禀外祖,兼询近况。传说上海长毛又到,警甚。夜闻炮声,在西南角。

十八日(1 月 28 日)　始得开晴。朝上命人至梨望外父,兼致岁时馈遗之物,两家能得苟安燕居,此例不可省也。昨有湖州笔客王逸亭来,渠家社里村尚未失守,然虚惊颇多。湖州七县已陷其五,惟归安在府城无恙,乌程乡村太半毁烬,可骇之至也。慎兄晚来,留夜饭,长谈而去。接外父回札,知近日粗安,租务局收只领三千文,将何以继?

十九日(1 月 29 日)　又雨,闷甚。水不冬涸,来年不知作何光景。饭后正欲诵《宝训》将毕,谨二兄来,为成衣七官借贷请益,哓哓不已,殊属此公不善经理,因为数尚少,含忍允之,且愈知忠厚人处处吃亏也。留中饭而去。下午雨又绵绵,中心愁闷,困坐小斋,对书而不能观,闻长毛复大队上南。晚间中兄同二老来,知枪匪又复猖獗,覆雨翻云,办理殊难。乙处吃夜粥,一鼓时始回寝。

二十日(1 月 30 日)　西风大吼,兼有雪花。饭后同乙至羹处问疾,斟酌一是,略有把握。拟至芦局商议调停,风大作,冷甚,不果行。中兄至萃和,所议极是,俟明日去,未识能平安过去否,亦只好听其自然也。

廿一日(1 月 31 日)　晴,冷冻,朝上微有雪花。饭后同中兄舟至芦局,找完吉田亩,松乔陪至玉老处议事,徐莘山、陆春山均在。豢养短毛,特设保卫局,亦不得已羁縻之术,然老宝非其人,恐出钱浩大,而于地方未必安靖,而骑虎之势,有成无散,姑试行之而已。玉老外极圆到,送帖之事似肯出力调停。松乔往来舟次,传言相劝,乙始下场,尚为阳面。二老以馒头一镇相饷,只好扰之。晚间舟回,倏别有枝节语相传,余含糊应之,即告两公,相议不之听,倘再问极,亦不能直言相对矣。心绪纷如,即早眠。

廿二日(2月1日) 晴冷。饭后补诵神咒。渊甫四侄来,所商多窒碍处,辞之即去。一处复有累事,初开场,以后实无善策,可虑之至。下午同钱中兄至乙处团吉一账,颇费辞说。

廿三日(2月2日) 半晴。饭后虔诵《宝训》神咒。今日夜间恭送灶神升天,诚心焚化,祈求销灾于万一。晚间衣冠拜叩送灶,循例吃圆团,此福今岁不易享受矣。

廿四日(2月3日) 朝起见雪,恰好尚在腊中,来岁丰年有望。饭后一溪招商议一累事,极难措手,且俟出去探一回。上午外父家遣使来望,诸多费扰惠赐,示札关注一切。徐子敏《述梦记》已刻好,分送同人,特存数纸。大士灵签抄示,胜溪得大吉,薰意益形恐惧,当虔诚修省,不负菩萨救援之至意为要,即作札禀复之。下午雪霁,尚未起晴,静坐一室,心中默祷开岁平安,不胜奢望。

十二月廿五日(2月4日) 甲申,阴,是日丑正二刻立春。朝饭后诵《宝训》经卷,素斋终日。上午至友庆,烦龚梅之襟兄嘉兴吴绣梅起河图洛书数,以卜开岁此地可居否,遇谦九三,坤初六,爻辞明示,凡事小心谨慎或者可保,谨循之,以俟他日吉凶何如。是日莘塔局有还租米者,四斗二升,折二四①,扣粮算讫。中兄亦素斋,留之中饭,长谈而去。两公到梨,未识所干何如,能有头绪为妙!晚晤乙老,知其人虽似肯办,然亦不足恃,未识究竟有成否。

廿六日(2月5日) 阴,微雨,暖甚。朝上诵经。饭后有来还租者,仍照头限收之。当此变端百出,诸佃尚能踊跃,余已满愿,何可再言请益也?下午北舍三官堂老僧来收字纸,云是天台出身,极诚实,肯修清规,来年将灰带过海,拟再给资送之。

廿七日(2月6日) 大雨,阴雾终日,潮湿异常。雨水太多,不知来春作何景象也?雨窗闷坐,情怀恶劣之至。能得日上无大周折,

---

① "二四"原文为符号化。卷九,第361页。

平安度岁，已为大幸。未雨绸缪之事，惜无同志，奈何！慎兄来谈，雨间大风雨，留宿书楼，余襆被陪之，所论时事与余心心相印。乙羹明日至梨干办累事，势不能已，总以吃亏了吉为要，慎兄亦以为然。今岁此等枝节恐不一也。

　　廿八日（2月7日）　西北风大吼，渐冷。两兄借船至梨，破浪而行，殊为受苦，未识能妥协否。陪慎兄朝饭，上午始去。今夜拟酌账房诸公，开发一切，自己用度，田上无叨光也。终日阴冻，夜间账房诸公略奉一杯，能得始终安居已大庆幸，财如水流恐不尽不休也。明日各送回府，账务用费，遭此大变之局，浩如河海，不忍一一吉算。

　　廿九日（2月8日）　阴冷。饭后诸公各备舟回去，惟留振老侄度岁。上午松乔来，为局事，不能不应酬，羹处接陪而去。昨日乙公所干事尚有头绪可寻，惟冒风而去，颇为懊恼，然尚不幸中之大幸也。持账相与对核，余与嫂处无瓜葛，不好派钱。

　　三十日（2月9日）　晴朗，为此月中第一日。饭后虔诵《宝训》神咒，具一疏，今夜祀先，荐资冥福。上午沈吟泉表侄来自东玲，恰好度岁烦渠照应，暇则张挂先人神像。今岁遭此厄运，吾乡一带幸未遭临大劫，已为人生难得之境，得过且过，愁闷何为！今夜如此光景，深赖祖宗福庇，自问有何功德享此也？晚间祀先毕，与吟泉对饮尽欢，但祝开岁早早收复，各镇各乡人口、家宅无恙，则天心厌乱，人心悔祸，或者大劫暗销，升平共享，不胜祷求恳切之至。庚申腊月卅日除夕，时安氏谨书。是夜星斗灿然。

咸丰十一年(辛酉,1861)

一 月

辛酉元旦①(**2月10日**)　庚寅日。朝起红日一轮,东北风终日。皇天或者厌乱,渐息干戈,先以大熟年,苏民命乎? 不胜祷祈之至。率墀侄、奎儿拜如来佛,东厨司命、家祠内叩谒。饭后至羹梅友庆堂,拜当年先世神像,次行家人拜贺礼毕,与两兄茶话片时。今岁新年得此团聚,粗安无恙,已叨祖宗福庇无涯。羹梅姻亲陶少山、吴绣梅衣冠来贺,茶话而去。绣老长于河洛数,云卜大局,今岁可望官兵收复。下午率儿侄辈舟至大港拜贺,至焦桐吟馆,子屏出见,对之不胜凄然。余少甫挽松兄一对,写作俱佳。各房俱到,晤迁客赵子翰。晚间回家,是日诚心斋素,夜间补诵经咒《宝训》,祈求免遭大劫。终日晴朗,风色亦佳。

初二日(2月11日)　雨,暖。朝饭后诵经卷《宝训》。午前竹淇弟、薇人三大侄孙来,羹处轮年,畅谈而回。终日静坐。

初三日(2月12日)　北风,水涨,渐晴。朝饭后诵《宝训》神咒。午前静坐。下午祀先,收拾神像,衣冠虔接灶神。午前纷纷雨霰,似有雪意,钱中兄衣冠来贺。

初四日(2月13日)　晴朗可喜。饭后诵《宝训》神咒。午前招陶少山、吴绣梅、羹老吃年酒,略具粗肴相款。绣翁洪量,余勉力陪之,渠饮十巨杯始有酒意,人极和平寻乐,余席散后颓然矣,命奎儿扶

---

①　原件第2册,书衣左侧墨笔题"辛酉日登",右侧墨笔题"咸丰十一年"。

绣翁回友庆。夜间醉甚，早眠。

初五日(2月14日)　晴，冷甚。早起衣冠接财神、五路神，今岁不求发财，但祈平安出财过去，不至即形拮据、贫困为幸，此余之立愿也。午前阴冻极寒，与儿辈小饮。量水今日始退二分。

初六日(2月15日)　阴雨。旷课。饭后观村人出猛将赛会，西浜值年，六角行香，不至街镇，甚为妥协，今岁睹此光景，平安无事，神力护持多矣。但祈来岁阖村仍得举此盛典，不胜祷叩之至！下午静坐，与吟泉谈论一切，水退二三分。乙、羹两公招议公账，殊属所派不公，语多讥诮，不欢而散。晚间同两公在萃和堂，酌大、二两贝子，中兄亦来，终席只谈风月，外面极圆，未识居心何如？亦仅就题做题而已。雨终夜，闷不安寐。

初七日(2月16日)　雨又终日。愁绪无聊，自朝至暮与吟泉谈心，极言处今之世，酬应极难，凡事不可不顾虑，惜愚兄弟不才，兼之志趣不同，办事颇不能应手，何以免他人嘲笑也？惟两公所干岁底一事，极凑手尽善。

初八日(2月17日)　略有晴意，水涨三分。饭后诵《宝训》经卷。杨斗翁今岁八帙华诞，嫂意代仪，从其请致祝。下午至钱中兄处拜年，明日拟至梨川贺外父。久阴，稻柴大涨价，非佳瑞也。桂轩同陈渌斐来，一茶即去。羹梅留饭，下午衣冠答之，闻在上海见过上谕，张殿臣恤典甚优，加太子太保衔，谥忠△公，旧岁三月廿八在丹阳殉节。长城万里，坏于何桂清之手，参之肉其足食乎？又闻王有龄保奏桂清，皇上大怒，谓徇私情而忘大义，大约要正法，真英明之主也。晚间，至钱中兄处拜□，所论中肯，与吟泉所见相同。

初九日(2月18日)　晴，西北风。早起，饭后率埠侄舟至梨川，拜贺外父。午前到后河上岸，衣冠叩贺外父新喜，相见欢然，杖履颇健，惟杂事纷集，甚为应接不暇。一茶后至汤小翁处，适旧居已迁，仍在蒯宅，尚宽绰可住。小夫人亦见，言及小世兄掳而未归，颇为凄然。茶后回邱敬承堂，街上衣冠不能着矣。中饭，外父仍具杯酌，小云、省丈、外父、内弟同席,略饮即饭,兴致不佳也。惨闻今晨味梅大叔丈去世,即探丧,预拜送殓。老年忧郁而逝,自后到邱氏,伤渠弱一个,能不为之悲也? 附身之物,上年预办,极佳,应甫堂内弟未雨绸缪所致,真佳子弟,味丈可谓有子矣。外父有客在堂,不及告辞而返,到家尚未晚。

初十日(2月19日) 晴朗,为今岁第一日。饭后命应墀随其嗣母至陈思,拜祝杨斗翁今日生辰华诞。八旬老翁,不易多得,闻因世局不佳,并不举觞,余致烛分恭祝之。中午陆立人侄婿来,羹梅属陪饮,吴绣翁答席,扰之。立人致墀侄芹分,璧谢之。据云接上海的信,日上要打攻青浦,官兵已扎营城外,僧王大兵已抵徐州,从彭氏得信,果若是,尚有生机。下午墀回,云斗翁精神尚健,设寿星官,吃渠酒面,余分不受。

十一日(2月20日) 晴朗。饭后陆立人来长谈,渠与潘东园凤仪相识,潘前年避居苏家港,现居海门,时有信来,官场信息相通,始知省城陷时殉节者一抚军、一中军、一府教授张进士,一吴县,馀皆逃窜偷生。藩司蔡公最不近情,然亦在逃官之例,可叹也。午前金少谷来,便服拜贺。下午沈吉翁衣冠来,谢之不敢,长谈而去。暇则拜答大贝子,恰不值。碌碌终日,心绪不静之至。

十二日(2月21日) 晴朗。饭后诵《宝训》神咒,上午招陆立人、金少谷来谈,中午留饭,小饮。下午与吟泉谈论书札,行款通文须讲究脱乡方能出客,以《知味轩尺牍》示之。

十三日(2月22日) 晴朗。饭后诵《宝训》经卷。上午梨川下乡染红港佃户来,云梨局只管粮米,租米不管,特来通达。余决意不报,租米还不还听之而已,留之饭而去。下午命奎儿作札致凌百川,拟明日由莘塔寄上海,未识即达否。

十四日(2月23日) 阴雨。饭后诵《宝训》神咒经卷,圣裕侄来拜年。下午孙蓉卿衣冠来,午前子屏侄来,羹梅留饭。星伯侄来,为今岁欲习医求帮,所望太奢,恐慎老来亦难办到,且再商,给舟资而去。子屏满腔不得意，欲言不及言，下午长谈而去。村人大贝子开场，请女弹词，大坏风俗人心，势不能禁，咨嗟而已。

十五日（2月24日） 饭后开晴。同乙兄舟至芦川，至生江处拜年，长谈时事而回。馀庭至苏未返，买静求安，此行亦要紧。复至祈安局，玉老出见，晓芹在旁，只谈风月，公事尚未见其所欲也。宝老处留片托至，茶话而返。下午沈宝文便服来拜节，欲留夜饭，客气不肯，晚去。夜间观村人烧田财，火光极红，可望丰年。芦局求城隍灵签，先凶后吉，今岁可望神佑，重见天日，祈祷之至。是夜微云，星月尚佳。

十六日（2月25日） 晴。饭后吴甥幼如来，其寄居仍在葫芦兜，据晚姊来云，此乡风俗人情不甚佳，枪匪之累亦多，渠家亦稍波及。传说蕉如在苏，有人被掳逃来，与渠同馆，然究不知何头目名下统领。后有的音，当代为一筹，未识缘有否。潘卿老备礼来，中兄亦来，在账房内同席。送晚姊米石、饼二，以后接济维艰，奈何！下午客去，与中兄谈，知大贝勒已出题目，然余不主动笔，且待明日。

十七日（2月26日） 风雨，下午有雪，极冷。饭后至东易答拜宝文，师母出见，聒聒之谈，听之不忍，一茶即返。在萃和堂议公事，乙老意甚乖张，好做之题不肯循题布置，恐以后枝枝节节益形债事，自用不才无如此公。今岁即长毛稍靖，吾辈难卜安居，况龚处先赋解维，其机已露，犹以余为胆怯。甚矣，同心之难也。下午金笺代为商酌，将计就计，恐前途不满意，从此多事矣，可虑可虑。晚与吟泉谈，识见甚合，奈空言无补乎！

十八日（2月27日） 晴。饭后诵宝神咒，以祈昨日之事挽回于万一，未识天佑吾家否。下午静坐，吉甫到寓。

十九日（2月28日） 晴。饭后诵《宝训》神咒。梦书来，知馀皇一节今已送回，然其子语极猖獗，恐终有负而走者，其机已露矣。其母循良之极，到余处还租米，八百一△收之，留渠中饭，略款之，当今之世不得不然也。下午以便票关白子屏，梦书去，约廿六日来。

二十日(3月1日)　雨,阴。饭后诵《宝训》神咒经卷。与吟泉谈,适慎兄来,羹梅留中饭。下午在萃和堂谈论公事,余亦俯听,因时事如此,家中公账以和为贵也。星伯来,学医求帮,所望甚奢,恐所议不成。晚间慎兄回东玲,约廿二日来。

廿一日(3月2日)　阴冷。饭后诵经卷。同乙老舟至芦川,见北栅长毛又设关,民利一网打尽矣。到局,玉老托病不见,与意中人论及保卫两局捐疏,略悉端倪,约渠明日出来,茶叙后即返。与两兄议,明早再去,必须定见,否则恐有变卦,两公亦以为然。下午雨霰,闻赵竺生大兵已扎营镇泽,以确为幸。

廿二日(3月3日)　雨终日不息点。饭后诵神咒毕,与乙兄舟至芦川,先生老处商议,一茶后到局。两疏与玉老、晓芹、松老细论详说始落肩,每月二钱数,不能再让,始写定立揭支取,此事尚差强人意也。下午回家,先大人今日忌日致祭,谨具经咒焚化,聊申孺慕。

廿三日(3月4日)　半阴。饭后子屏侄来,午前沈慎兄来,即留中饭,共席酌之。下午至萃和,大贝勒借修桥、修船写疏为名进来赴宴,金戈同来,乙落场,尚不至作文,口气隔绝。处此时世,无何如也。慎兄下午回东玲,不及送矣。

廿四日(3月5日)　晴朗。是日交惊蛰节。饭后诵经初完,外父率宝善内弟鼓棹而来,即欣然接见之,杖履健甚,慰快之至。中午招吟泉同席,言及客夏光景,可惊可愕!犹幸两家敝庐无恙,已荷皇天之福,然今岁必须扩清,庶可苟全田宅,未识天能宽佑东南一方小民否。下午留止,外父欣然肯从,剪烛谈心,此中训迪,裨益多多。夜一鼓止宿堂楼上。

廿五日(3月6日)　晴。朝上起来即与外父絮谈,朝餐后回棹,二月中同小云到溪住宿为约。郑氏两甥补送墀侄芹仪,哂留,旌使谢之。午前后,谨二兄来,所谈皆陈陈相因,应酬勉听之,云至两家,晚间又来,始去。终日碌碌,毫无趣味。

廿六日(3月7日)　晴。饭后有北舍三官堂僧广舟来收字纸,据云二月中要至普陀过海沉送，出资一元，将字灰并纸付与之。午前，北舍局杨坟头半爿港还租，实租七折，二六算收。下午有青修族侄孙来告急，姑应之。账房诸公不仍来齐，吟泉照应，颇合意。

廿七日（3月8日）　晴。饭后在账房内与吟泉谈论，两儿乘兴试笔作文，晚间脱稿。阅之，各能罗罗清楚，尚为今岁第一快意事。下午在萃和堂，中兄亦在坐，二贝子久候不到，属意公谢而返。

廿八日（3月9日）　晴朗，风极尖利。饭后欲诵《宝训》未完，适北库、莘塔两局还租，吉老一手，殊觉忙甚。下午拟《壮悔堂文稿》，留在案头翻阅。

廿九日（3月10日）　晴朗。饭后诵神咒，上午有北舍局租米来还，过户收之。午前，二贝子在萃和，中兄亦在座，事虽圆全，恐日后仍多枝节也，能不至大起风波为幸。益芝侄来，云要至同川，求助舟资，姑念今岁初次，与二青蚨而去。暇阅《壮悔堂文集》。

二　月

二月初一日（3月11日）　晴朗，渐有春意。饭后衣冠拈香烛，虔拜东厨司命尊神、家祠，祈求减灾免劫，不胜祷祝，虔诵经咒。暇阅《壮悔堂文》。朗相父子去载不来，约期初四五日间自到溪。夜间粗酌账房诸公，以了年事。收租十馀千文。

初二日（3月12日）　晴，春意盎然。饭后收租，至晚十馀千。接子屏信，约期至俞骞处，即作复。下午张竹娱、李仙同来，以书画商，却而稍润之，一茶而去。上午闻炮声，甚迩。

初三日（3月13日）　半晴。饭后诵经毕，率应墀、应奎衣冠至广阳庵拈香烛，至文帝、武帝前叩头拜祝，默求保佑免劫，复至观音菩萨前叩头拈香，求三十签，下下。日上甚有戒心，签诀灵验之至，未识能免灾厄否。回来，莘塔局收租要讨租凭，只好不管，仍空讲而去。下午沈慎老、中老来斟酌一事，以镇静为要着。星伯来嬲，恐其事依然画饼。是日文昌帝君诞辰，素斋。

初四日(3月14日) 半晴。饭后收租寥寥。暇阅《壮悔堂文集》,文气浩瀚,才情横溢,洵明末一大名家也。与吟泉谈,知昨日所指都是雪桥,然亦不易消融,慎之慎之。

初五日(3月15日) 半晴。饭后北舍东村有来还租,莘局各佃又以给凭为请,与羹商,以不办为上着,渠定识实高于余。蔡秋丞来,留茶畅叙,乙处留饭,容颜枯槁,深怜惜之。际此世局,孤露之身殊大难也。

初六日(3月16日) 晴朗。饭后诵《宝训》经卷。午前朗相父子来寓,述及家有累事,不克皆留,下午朗返,安留。星伯又来,所托之人不值,不得越姐以请,留之饭而去。与吟泉谈。终日租米寂寂。阅《壮悔堂文》。

初七日(3月17日) 阴。饭后诵神咒四十遍,先母沈孺人今日忌日,设祭焚化,祈资冥福。爱山堂侄昨日朝上生故,渠家道渐好,遭此逆境,其子恐难支持,真不幸也。逸骧堂兄年近八旬,故于正月十△日,兄弟行又弱一个,均堪叹也。莘塔局佃又以请凭相告,只好听之。周庄局有来还租,四七①折,二十七②收之。暇阅《壮悔堂文》。

初八日(3月18日) 微雨。饭后诵《宝训》神咒,暇阅《壮悔文》,略识涯涘。遣使至外父处问候,命奎儿代修一禀。晚间舟回,接外父回札,知上粗安,东洞庭几陷而退,王副将殉之,山上完全,山下人死极众,甚可危也,馀则一无佳音。

初九日(3月19日) 晴朗。是日春丁卯,不雨,今岁可望有秋,欣喜天公尚佑吴民也。暇与吟泉谈,阅《壮悔堂文集》。北舍局收租三四户。

初十日(3月20日) 晴,春分,风尖甚。饭后至乙羹处议一事,诵《宝训》经卷。午前佐字佃户以请领凭复来相商,仍不收租,听之。

① "四七"原文为符号𢁄。卷九,第372页。
② "二十七"原文为符号𢆡。卷九,第372页。

暇阅《遗山诗集》。芦局收租二户。下午老甫来谈,为玉成一事,以和为贵。

十一日(3月21日) 晴。饭后诵经咒。午前有蒯氏堂姊来,辞不见,怀真侄媳求恤氂一会,允之。星伯侄为习医求帮,慎兄亦来,便中饭后同至萃和,出数贴之,尚难成全,约十三日同谨老来,未识可弥缝过去否也。晚间慎兄返棹,由东浜接凌百川正月廿八日所发信,知松郡有官兵驻扎,芜湖、六合传闻收复,仇人有委署青浦训导之信,馀则寂寂无佳音。

十二日(3月22日) 百花生日,晴朗无纤云。饭后诵《宝训》神咒。午前有凌氏老妪自上海回,知彼处居大不易,且时时有虚警,若后再不安,有迁至崇明之说。甚矣,目前无干净土、安乐窝也。暇阅《遗山诗集》《壮悔堂文》。

十三日(3月23日) 晴。饭后谨二兄率星伯来,慎兄亦来,为习医求帮,与两兄再三相商,饭于余处,下午始落肩,言明按期支取,先付几千。晚始回去,慎兄亦回东玲。是日接叶绥卿信,知殷表侄家迁至桥楼后,因去岁十一月中贼踪甚迩,又迁湖滨南麻地方,合家人口尚安全,忻慰之至。

十四日(3月24日) 晴。饭后诵《宝训》神咒。属吟泉起稿复绥卿,甚饰容。北舍局又以租凭来魙,此事后有口舌。梦书语言不干净,与两兄商,以静镇为主,然亦难靠,只好作信天翁而已。下午张元之来,如意而返,暇则闷坐。

十五日(3月25日) 雨。饭后诵《宝训》经卷。正欲作札复子屏,适子屏同费吉甫、李咏裳之弟星槎来访,咏裳、葵卿现迁北西程地方,上海乡镇也,亦不甚安靖。星槎同其妇翁周逸甫迁居盛泽斜桥头,吉甫迁住梨川,各诉别后光景,悲感交集。置酒款留,知己谈心,甚为欣幸。星槎借《古文类纂》初印本八部去,绥卿回信稿即属子屏代书面寄。吉甫云有同里人王芹圃,实心行善事,一贫士,分文不染,现办掩埋、施粥等项,始终不倦,此人食报未有艾也。下午仍回大港,因小宝官与卜二今日芦川汇打,胜败未分,各乡亦不能安堵,慎重言别而已。是日破戒吃荤饮酒,抱疚之至。

十六日(3月26日)　雨风终日。饭后静坐,昨日饮酒过醉,胃气不清,午后方适。下午与吟泉长谈,闻芦局已调停,四喜出来。

十七日(3月27日)　半晴。饭后诵《宝训》神咒。午前芦局汪益亭来收数,即付讫二月数。宝官一说未和,卜氏败,镇上悚栗之至(长毛亦动手),云去请费玉,今日可到,骑虎之势,不知将何以了结也。下午金笺来,所商夙愿已偿其半矣,江河日下,仍恐决裂,吾辈处今之势,实狼狈之极。下午安顿一切,拟明日赴梨川,家中一切难做题目只好暂时搁笔。

十八日(3月28日)　晴。饭后舟至梨川,由后河到邱氏,外父出见,吟兴极佳,小云亦在馆中,即同中饭。下午舟至蔡氏云老灵前,心敬致享,以冬春一石送二妹,在内厅絮语,凄楚不忍久听,即辞还。省三丈处略叙,复至夏氏补吊笑梅,仿仙出见,容颜憔悴,心境不堪,一茶而返。仍回邱氏,与小云、外父谈心,黄吟海亦来话旧,乱后第一次见面,幼子被掳,长女殉难,述及当日情节惨不忍言,现存二子仍自课读。房屋精好者被烧,只存平屋数间聊庇风雨,家中长物一空,幸吟老达观一切,尚不作穷途之哭也。夜间同席小饮,吾辈以诸君相较,叨祖宗福荫深矣。遇灾而惧,将何以保全之? 一鼓后就寝,与顾希鼎同榻四楼上。

十九日(3月29日)　半晴。是日观音大士圣诞,邱氏合家素斋。余饭后叩拜观世音菩萨,祈恳格外大发慈悲,拜赐灵签,倘得苟安,均佛默佑。得五十签,上上,顺帆把舵,已明示诸事小心为要,拜谢而退。中午素斋,余欲还,天雨,外父固留,因听命。仍招吟海来谈,外父吟兴甚佳,昨日招至五峰园闲眺,花木依然,人家元气伤极,有感于怀,成一律示外父,因论诗、改诗,此种清兴,不谈一载矣。上午费芸舫、李星槎过访,星槎侨居九丈处,以后可常聚首也。夜雨谈心,二鼓而寝。闻芦川事已议和,长毛参赞而成也。

二十日(3月30日)　阴。饭后辞外父还家,中午始到。下午谨庭父子又以不入耳之言相告,厌甚,俟其良心再现时以好语导之,始将计就计而退。甚矣,欲壑难填也。

廿一日(3月31日)　雨止,狂风吼终日。饭后乙兄值年,率两儿、侄辈至西房、南玲两圩,曾大父师孟公、大父逊村公墓上祭扫,午前毕事。自遭乱后,人家流离颠沛十有八九,吾家幸蒙先德福庇,人口房屋无恙,犹得举行此典,大非易事,但祈日后仍得阖家团叙,年年祭扫无旷,不胜祷祈冀望,未识能如愿否。慎兄来谈,为大风所阻,留宿账楼上。中午陪慎兄,乙兄招饮散福酒不及往,命应墀、应奎代去,饱饫而还。

廿二日(4月1日)　稍晴,风仍未息。饭后慎兄返,悬悬于陈厚安昨日还家未来。下午风始息,接子屏信,李星槎有便札致余,所撰《冯授之传》,老当简净,日后一大家也。授之得此,可传不朽。晚间厚安回,知昨日为风所阻。

廿三日(4月2日)　晴朗。饭后拟作札致凌丽生。下午舟至孙家汇,出吊于陆氏。清明冷节,乡间补吊甚行,衣冠济济,此象不行于镇上,可叹!主人友常,旧友绍棠之子,家境从容,真田家乐事也。款待甚恭,茶后至秋伊家中畅谈,桑麻场圃,琴瑟诗书,今岁虽不教读,尚可苦读。扰渠小点,畅论钱牧斋诗,薄暮始返。

廿四日(4月3日)　阴,微雨。饭后范五老以不入耳之言来嬲,厌甚,冷听之。下午率应墀、应奎先大人南玲墓上祭扫,松楸依然,拜奠而返,但求来岁仍能支持保守,先人荫庇无涯矣。暇写一信致丽生,待寄。局中玉老来,应之而去,如此开销,继济为难。

廿五日(4月4日)　雨。饭后范五老送回去,二贝子来,据述渠心怀不良,要起风波,看来以后难免辞说也,且俟之。中午清明节祀先,祠堂内设享,余主之,厅上命两儿代祭,兼祀黄太宜人忌日,灌酒焚锭,聊尽追慕之诚而已。望川侄遣人来领老祭费七千,即付之。下午闷坐,与吟泉谈。

廿六日(4月5日) 昨雨终夜,今幸开霁,晴朗终日。饭后羹兄值年备舟,同乙兄、两侄至北舍扫墓,始祖春江公坟前枪船停满,势焰炽甚,不可犯。谨兄年最长,不到,余弟兄以次祭奠毕,至长浜心园公墓上,回至东木桥头六世祖敬湖公墓上,复开船舟至"角"字高祖君彩公墓前。祭奠毕事,仍到北舍老三房,望川、玉川、遂川侄当祭家团叙,饮散福酒,共八席,五十人,菜极丰盛,当此食物加倍昂贵,犹能如此,侄辈真贫而好礼者也。宴饮欢甚,余与元音、裕堂之侄二大相同席,谈及烽烟满目,人家流离,遭劫之惨十有八九,吾家犹幸,阖族无恙,祭扫饮福,先人庇荫,无德可报,但祈来岁仍幸苟安,举行祭典,不胜冀望。下午候叶子音,略谈即辞返。至范行,同梦侄往,元音约至别室,南荣在座,茶叙,述及五老无礼无赖,望兄仍给之,以免大兴口角。薄暮而归,知弹铗遣伯持札来,诸事不尽不实,所谓枝节太多,闷闷。

廿七日(4月6日) 晴。饭后候有巢匪枪船,董镳同二贝子进来硬索,余同至一溪处,含糊约期而去。大风狂起,不识能收舵否。然局主不可不相诉也,此是成败一大转关也,不胜愤闷,然终须佛护救援。

廿八日(4月7日) 阴,下午雨。朝上坐小舟至梨里,饭后到弹铗处望之,至床前略有所赠,虽不满其欲壑,亦聊尽吾意也。吃小点心而回。至徐氏竹汀灵前代享致拜,丽江甥、听堂姻侄接陪中饭,丽生信件面交丽江带至上海,闻两家迁居上洋,尚平安也。下午雨甚,挂帆,舟人穿雨具而行,到家甚早。子屏侄在座,以前年诗稿示余,留存案头,《惜抱轩文》告借去。少翁处托求笔墨,即面付,以《南乙古文》三册借余展阅,晚去。羹招,关示昨日之事,似可平复。

廿九日(4月8日) 半晴。饭后阅《南乙文》。下午闻五老又来,闷甚,静以待之。晚间羹来酌商,以了吉为是,否则恐生节外枝。

卅日(4月9日) 晴朗和暖,春光明媚时也。朝上舟至北舍范行,五老适在,尚慰余心,四兄坚留饭,扰之。拉元老同归,与之商暗渡陈仓之事,渠颇玲珑,留之中饭,代插五朵花,托之而返,未识能妥协否。慎之慎之。凡事当百忍，人情可畏也。暇阅《南一文稿》。

三　月

三月初一日（4月10日）　晴。朝上与吟泉谈。饭后衣冠拈香，虔拜东厨司命尊神，家祠内行礼，祈求平安，此地可居是望。虔诵《救劫宝训》经咒，能得消灾，不吃惊吓，幸何如之！吟泉云云，非子虚也。暇阅《南乙文稿》。朗相今日去载来。

初二日（4月11日）　晴。饭后与吟泉谈，确知村恶又有大文章做，题难破的，不胜忧闷。羹招来，知近地为标事又复炽扇，恐尚有词说也，支持分发大不易，为之三叹。《南一古文》阅毕，悦目而近道，美不胜收。暇又阅其《当湖弟子传》。

初三日（4月12日）　晴朗。饭后诵经咒。上午董达夫从金泽陆雪亭处来，同来者有王次伯，据云其本姓叔祖，名家榛，实不相识也。以抄本《尔雅笺注》（名新义）四册送余，《毛诗通义》二本亦见还，云自遭寇后已被长毛抛在家中地上矣。述及海盐二月廿七失守，陈梁叔旧岁九月中亦病故，文人之厄可痛如此。陈子松家、凌氏兄弟许帮每年卅五千可过去。达夫贫不能自存，欲至上海寻袁荻洲。俱留之饭，赠舟资一元而去。下午中兄来谈，云局中之事可无枝节，稍有村恶少，托安排之，此亦无如何也。贼焰甚张，恐民不聊生矣。《当湖弟子传》阅毕。

初四日（4月13日）　阴，无雨。饭后诵《宝训》经咒。暇阅子屏前年诗，极悲壮浑雄，将来此子所造难量也，因题数语，待寄。下午谨庭同星伯来，为习医取帮。属慎兄同至萃和，复还，略坐，谨父子先去，慎兄晚送归东玲。

初五日（4月14日）　阴，无雨。昨夜腹痛水泻，倦甚。晚起，午前下楼，阅《元遗山诗》。下午曹大表姊来话旧。

初六日（4月15日）　风风雨雨终日。饭后诵《宝训》神咒毕，静坐无聊，读《元遗山诗》半卷，侯公子文数篇。子屏诗已阅竟，伤时之作,沉着雄浑,他年吾邑一大家也,快甚。然自松兄见背后,子屏人事日剧,际此乱世,亦是文人多厄,又为之深悲云。

初七日(4月16日) 晴朗。饭后诵《宝训》神咒毕,命两儿搬养馀斋内书籍在瑞荆堂上安顿。适殷表侄安斋来,知初五日由南麻近地北庄趁船至盛,由盛趁船至梨,始达池亭住宿,一见后知渠家骨肉均各无恙,闻之欣慰万分。北庄虽有枪船土豪,于本地却不惊扰,人情尚可,惟前月廿九日颇有贼匪来打先锋,被本地打退,目前似可且住。赵竺生被酒色而病,瑞将军有物故之说,谱经有降级之信,言之皆可痛惜也。安斋已无家可归,云今岁尚可度过。羹梅处留中饭,余处留夜饭止宿。据云何桂清、王有龄以要君之术保奏三次,始遵赏六品衔,国事如此不振可知矣。安斋夜宿揽胜阁。

初八日(4月17日) 晴。饭后安斋仍回池亭,上午录子屏诗数首,午前乙羹来招,知前事又要发觉,因局中日上委靡不振所致,此时可危,实无可倚也,不得已,且嘱人探听出去,然恐枝节难免,闷甚。

初九日(4月18日) 晴。早上初起来,闻董老标率枪船十数,前后左右窥伺者又二十馀只汹涌而来,器械俱全。余得信后,不开门,即至羹处,邻人俱至,竭力劝解,渠辈始不动手,然乙溪吃惊极重,内楼闯入,相好三人几加以刀,被拖领寻主者数次,余弟兄只得会面,不通接应,邻人护持讲解,势稍定,即密遣人由后门出,另唤船赴局奔诉。有青老大、王老大、刘老大,皆巢匪之猎鹜,持械骚扰前后门及乙处厅堂,邻人延迟,论数至八五,几不能再减,逼现交,拖迟,又相持两时,局中始发船来。王帅挈长公两人,奉陈公令来押还,迎至萃和,设茶点一坐,传标用令押去,始其锋稍挫,大帮枪船皆回芦而散。松公、王帅累商,同两公到局,余在家照应。周老聘、沈果斋在羹处中饭,应酬之。钱中兄下午余处谈论,此事全赖邻人之力,局中之应手,全在邻人软留详劝,否则恐不及也。惊魂略定,灯后候两兄不归,心甚慌,遣船探听,良久始同还,知陈公颇肯出力,质辨严谕老标不得滋事,复猛济以宽,松公、黄大叔竭力调停,减至二数尚未允,托松公从敛羁縻之,今夜可保无事矣。报局兆兄肝胆忠义,可嘉之至。一鼓后和衣而睡,此乱后匪徒在余家横行索勒,今番最悍者也。

初十日(4月19日)　半晴。饭后两公复出去,因松公要至梨川,上午立等了吉者也,余仍不往。子屏信来,探问昨事,属儿辈述复之。诗稿缴还,慎兄亦来,详问昨事颠末,皆亲族中谊之最关切者,感谢之。长谈,兼论局中更张,绸缪之事全在主者,得人大不易也。欲留中饭,坚辞而返。下午羹回,述此等恐变诈百出,急宜廓清,以吉释此案。即出去,候至夜半未返,月明候雷,微雨即止,余与乙兄子侄辈皆不寝。村人大起讹言,小家多搬运,逃避下船,出门,夜听对河人家观望聚语纷纷。甚矣,恶少之不良也。守之天明,即遣船往,朝上与坐船同归,羹老未返,属下午去载。大致楚楚,尚有瓜葛未斩,因大雷电,昨夜不遣舟回,宿于元茂,极是也。

十一日(4月20日)　晴。饭后诵经咒祈安,熟睡上楼,午前起来,神气始清。知朝上有同川伪官传伪檄,旧学书张△来示十三日在城开考,以搬上洋辞之,稍出资以遂所求,可骇也。晚间羹始自局中还,诸事从权了释,居间乔公大叔吃力之至。总之,宵小下石,万难措办也。团防保卫闻又重兴,特恐其数不继,倘迟之数月,天日不见,终未易安静,奈何。

十二日(4月21日)　晴。晚起,因连日不寐故也。饭后羹复出去,稍有未了者吉清之。上午冯小山来,知子芬甥病势紧甚,托渠来商后事,可怜孰甚,义不容辞,应其急,不饭而去,渠家颠运极矣。下午静坐。晚间羹归,局中诸事了结,颇见才干明敏,并有胆气,惟所布置村中恶少未免太紧,不合余意。

十三日(4月22日)　晴。饭后诵《宝训》经咒毕,复与羹商,略有更张,然终不善,姑试行之。即至乙处,唤其人来,外面似尚恭顺,然其心终不测,亦只好随题做题而已,暇则仍阅《遗山诗》。

十四日(4月23日)　阴,微雨。牡丹盛开,日前作诗纪之。饭后诵《宝训》神咒。午前有同川生来,以出门辞避之,阅四忆堂九哀诗、遗山七律诗。有人从长毛馆中拾残经字纸,极秽亵破碎者交余,当与儿子谨谨收理,然仍恐抛遗不敬,为之奈何。闻日上平湖大得胜仗,乍浦被陷。晚间金笺来,知日上宵小又起风波,不可救药,商议良久,一筹莫展。梨川舟回,知冯甥病已不起。接外父札,知一切苟安,所示云云,天道不爽,然此人可怜也。

十五日(4月24日) 晴。饭后诵《宝训》神咒,普济愿单命儿填写。午前惊接冯甥报条,知没于昨日戌时,明日卯时入殓,余不忍往,命儿辈明日去,此子家运惨极矣。晚间慎来,谈及御侮之事无策可谋,余姑献下策,两公亦不为然,复痛言任运流弊之极,则各默默。慎公去,余始还。

十六日(4月25日) 晴热,昨雨终夜,润物之至。朝餐后,内人率二儿至外家盘桓几日,应墀同往,命去送子芬入殓。暇则诵《宝训》经咒,祈求平安。下午同乙至北舍局,因紫有信来也,至则各怪均叙,双言未收租者要报田数花户,局收自十七起不能门收,只好从俗办理,与桂轩略谈而返。应墀自梨回,知外祖家均安善,冯氏墀去送吊,甥媳严氏亦见,复有请益之辞,当再看光景应之。羹亦梨回,致分俞公,极探访详察之至,此公才出余上百倍,特识量不远耳。

十七日(4月26日) 晴热。饭后舟至大港,子屏讨租出去,晤谨老,韵生娘娘出来,以田数报与否告之,云另开韵生户,附余处报,他日能领不能领我不管也,即返。下午羹梅至北舍局,余账三篇,连小祭三百三十三△,韵生寄讨十二△七分在内,此项恐付流水矣,可叹!暇阅《壮悔堂诗集》,不惬意,仍看《遗山诗》。晚间羹还,知北舍办事之人心怀叵测,眈眈之势,甚无厌也。

十八日(4月27日) 晴热,下午有雷阵。饭后诵《宝训》神咒经卷。下午乙溪至北舍收回田账,诸侄阳面无他,实则心必顶恨,恐从此短毛外又结一不解之环矣,无可转圆,为之奈何!

十九日(4月28日) 阴雨。昨夜大风雨,今日又寒。饭后诵《宝训》神咒,暇则阅《元遗山诗》。下午与墀侄儿理字纸,谈及御侮无人,两公又胆大,不肯未雨绸缪,此地终难安居,思之令人短气。

二十日(4月29日)　晴朗。饭后诵《宝训》神咒。午前谨兄来,为北舍报田事探问,余难出议论,听之。冯小山又来,为子芬身后开销窘甚,复有所商,悯而又阙之。留中饭,云不食米谷,以酒饷之,下午回去。此种应酬,万难固却,然甚不能支持也,奈何。

廿一日(4月30日)　半晴。饭后诵《宝训》神咒经卷,候有沈廷高京片来,云是局中人,未知其故,问之来人,亦佯示不识,大约又有题目出来矣。午前沈莲波表兄来,妻病媳疾,似有所求,然只好听之,以此种应酬难开端也,留之中饭,不肯,赠糕一包而去。羹自芦回,问以局中之片亦未知,大约为红粉之局写疏。

廿二日(5月1日)　晴朗。饭后诵《宝训》经卷。上午沈白眉自牛马墩来,始知渠家去年八月中被掳一空,九月初妻丧子死,言之可惨,留渠中饭,有商而去,云秋间再来。今岁续娶,势不能缓,渠家已被难,不得已任侄辈别途取售,或者处此世界,可以无虞。下午沈慎兄来谈,所商云云与鄙见恰合,约廿五日同赴梨川。接子屏信,命应墀复之。

廿三日(5月2日)　晴朗。饭后诵《宝训》神咒。午前大义、西摇浜始有来还租米者,下午与应墀拾字纸,琐破万分,须宽时候悉心理之。暇阅《元遗山诗》绝句。

廿四日(5月3日)　晴朗。饭后诵《宝训》神咒。上午梨川外父家唤舟来探听,接二儿禀,欣慰壹是,即作字白之,内人大约要出月来。暇阅《遗山诗》绝句。

廿五日(5月4日)　晴暖。朝上慎兄来,留朝餐后驾小舟同往梨川,至邱氏后河登敬承堂,外父见后,留慎兄中饭。先同慎兄至街上走候王谱琴,在聚五陈氏稍谈即回,夏信盛店内略坐,见长毛满街行,其所携衣服皆平湖、乍浦劫掠来,居民昏昏,争买如鹜,他日此地必受其屠毒也。午前同饭于敬承,小云同席。下午同游五峰园,花木浓茂,惜不遇时。李星槎来谈,知咏裳所居北新常,因海盐陷后亦颇不安。畅谈半晌始辞外父回,内人约初八日去载。舟行至叶家埭,慎兄欲会吴兰舟,登岸,树林翁蔚,瓦屋两椽,真隐士桃源也。看所临画象而返,到家尚早,慎兄即还东玲。

廿六日(5月5日)　晴热。是日亥时立夏。饭后诵经卷。上午作札致子屏,羹有公事至局中,二贝子来,所言皆触处起风波之事,恨甚而无如何也。以好言辞饰而去,闷甚。阅《遗山集》。羹回,知局事阴阳面不能即了,明日当再出去,将计就计,村中投石,势不能解,两兄办事,终嫌太刻边,非御侮上计也。子屏有回信来。

廿七日(5月6日)　晴,昨夜大雷雨。饭后诵《宝训》经卷。午前暇阅《遗山诗》,收理字纸,不觉下午,倦,假寐。晚间羹回,局事了而未了。晤谦斋,据云日上晚晴时有双龙斗日,下复有月暗吞,日光摇动,明而始昧之变。

廿八日(5月7日)　晴朗。饭后诵《宝训》神咒。梅墩是日不演剧、不烧香,乡人尚知遇变安静也。下午理字纸,暇有乡老来谈,日上徭役重兴,苛派骚扰,即不来打先锋,民亦不能有生计,长叹而已。

廿九日(5月8日)　阴雨。饭后诵《宝训》神咒。至羹处谈,知昨日至贞丰里,见弗贝公,上匾开印,芦局致贺,场面极阔,未识此辈气运何独佳? 其所凭依者厚也。以陶公沚村四十自寿诗见寄,即依元韵和之,工拙不计也。下午接子屏信,以子松诗文托寄凌氏,此事极郑重也,即作复之。暇阅子松诗文。

卅日(5月9日)　阴,细雨。朝上诵经毕,即阅子松先生诗文,下午终卷,文宗曾子固,诗则逼近昌黎,虽寥寥,亦卓卓可传也。凌氏昆季谋付雕,且鬻其家甚厚,可钦也。命应墀作书致丽生,并将其稿固封,明后日当速至莘塔,托渠家即寄,想必无误也。暇复细阅子松集之最佳者,惜无善书,不能录也。倏有古姓文札,指名二人投递,云南局发来,阅之,风波又大起矣。与羹商,明日且去探听,然办理极难。

四　月

四月初一日（5月10日）　风雨大作。饭后虔诵《宝训》经卷神咒毕，拈香烛，叩求哀祷东厨司命尊神，家祠内亦拈香虔拜，际此世运，甚难保守，惟祈房屋、人口无恙。目前公事尚可措办，不至十分吃惊，庇佑多矣，未识能得过且过否，闷甚。仍读《遗山诗》。羹回，知此事毫无头绪，且恐急难缓图也。

初二日（5月11日）　阴，潮湿。饭后诵《宝训》神咒。朗相自莘塔还，丽生信面托唐蔼江，据云即日寄沪，彼处亦有劝捐五千银之信，磬老吃重拘管，势亦不得不尔。莘塔陈思村有余公验尸一事，吏胥陆岳亭勒派红粉，众人持械斩死，天道彰彰之至，然彼村受惊不浅。廿八日，苏长兄要来打先锋，至花泾港，大雷雨而返，此地劫数尚未到，然终恐不免。慎兄来，长谈半晌，晚去。

初三日（5月12日）　阴雨。饭后诵《宝训》神咒。上午至两公处论事，大以局事无把握，可虑。贞丰之行，决宜预为地步，捐事不在内也，诸事均无了结，奈何。中午始食蚕豆饭，村人凶恶无知，牵牛食未绽之荚，如此人情，劫运其能免乎？可叹！下午与应墀理字纸，暇阅《遗山集》。

初四日（5月13日）　阴。饭后诵《宝训》神咒。午前吴晚姊率甥男女自葫芦兜来，姑留之，蕉如仍无音耗。午后两公处议事，知捐事局中未见明文，大约宵小构成此大波澜，明日不能不出去也，闷闷。上海捐事，永义七千落肩，凌氏未有头绪，磬生之说，讹传而已。

初五日（5月14日）　阴。饭后诵《宝训》神咒毕，至蓉卿馆中长谈，知羹已到芦，适陆立人来，骇知所串古姓一项望愿甚奢，即日后不得已而落场，从此后患叠兴，不能居住矣。闻缪沛霖僭据寿州，翁抚、蒋臬尽为所杀，僭号赵，又名正世元。大兵无望，即迁亦踏踏无所之也，共相嗟叹，一无善策。下午羹回，立人始去，知局事仍难把握，其构衅之一点水，欲设法羁縻之。芦川色面不佳。

初六日(5月15日)　阴。朝饭后诵经,适有所售,应照之。下午,韵生侄媳来,此妇贞洁可敬,以寄讨租米钱给之,共先收十△○一分五厘,每亩除净未扣银,归七百五十三文,共付钱七千六百四十文,云银后算。慎兄自同里来,以莼菜相饷,云光景平平,并有苏州野长毛来,附镇村落被掳,吴江之毛打退。北舍有自平望来者,以礼款之。如此世界,危乎殆哉!

初七日(5月16日)　晴。饭后诵《宝训》神咒,暇阅《遗山诗》二遍,五古一卷毕。闻北舍长毛仍未回平,不知何故,可虑之至。有梨川蒯氏港上堂姊,年老无子,修书告急,文理极通,未知何人代笔。当议赒之为是,所谓"远处烧香,不如近地作功济也"。拟致书外父,明日去载内人。如此世局,进退维谷,真令辄唤奈何!

初八日(5月17日)　晴。饭后诵经咒《宝训》。是日佛诞,素斋。遣舟人去载内人,下午舟回,接二儿信,梨镇粗安,外父适有小恙,再命陪侍几天,未回。慎兄在羹处长谈,知苗兵各省暨外洋均传檄文,语极正大。镇江官兵大至,芦关陈公已命抵北,余公亦然。少岩家被巢匪明老劫掠一空,仍要勒索,此风一开,各家齿寒矣。

初九日(5月18日)　雨。饭后诵《宝训》神咒,暇阅《遗山诗》。下午子屏来,正拟畅谈,适萃和沈雅堂来,官话半响,约渠明日到局。

初十日(5月19日)　晴。饭后有人为耕佃事进来,以仍耕让息,留饭慰之而去。羹去到局,午后局中复有札来,无非要钱公办而已。羹此去恐仍不足以餍心也。碌碌终日。羹晚回,到局,润以一月,知古公又到,必然捐数又要发觉,局中尚未出亮,且亦莫测端倪也,深虑之。

十一日(5月20日)　晴。饭后诵《宝训》经卷。至羹谈,知西塘有野毛,并无官兵,吾民奚自苏乎?镇上去探听,闷坐,阅《元遗山诗》七古。风烈,晚间即止。今春豆荚①滋肥,尚未长绽,已尽为邻人

---

① 豆荚,疑为"豆荚"。卷九,第378页。下同。

偷摘,可惜天生嘉物,暴殄无遗,亦杀运之馀波所致也。

十二日(5月21日)　雨,潮湿之极。饭后命工人拂拭堂中燕泥雀窠。殷大表侄安斋来,云近迁浮娄倪氏,叶竹某介绍,绶卿之所指甚为妥洽,告借棕垫一副,架二副,中饭而去。晚间羹回,知古公事尚无大变卦,明日且去了理红粉一事,以后事不可料,随题做题,然皆棘手难办。杭湖城中有三月桂花盛开之异,何吉何凶,实不能逆料。

十三日(5月22日)　昨夜大雨,今晚开霁。饭后诵《宝训》神经卷。暇阅《渔洋山人年谱》。下午羹至局中,慎兄来谈,晚去。羹回,了一事,然古公不去,终难安然。

十四日(5月23日)　晴而不朗。饭后诵《宝训》神咒,暇阅《遗山诗》七古。下午倏有张四元枪匪有片来,以打长毛为名,又要索勒,此事无可落场,只好听其骚扰也,可叹可虑。今日大传官兵已到西塘,恐不实也。接子屏信,即复之。

十五日(5月24日)　晴。饭后诵《宝训》神咒。午前有长公来查号,村恶少接陪,众夌出钱而去。下午中兄来谈,言及时事,万难措手,不知作若何景况?目前之不克安居,犹是天锡之福,旨哉是论!

十六日(5月25日)　大雨终日。饭后小舟至梨,行至汾湖,遇长毛,似欲操舟掳人,幸船小行速,得避之,不然吃惊不小也。至后河登岸,外父曳杖出见,意兴尚佳,前日小恙已愈。知长毛至溇上打先锋,四去四败,钟被沈三擒获,买情偷放,可恶之至。镇上大半剃头,长公出手,枪匪吓退,罗、龚二人出令,两不办,善政也。目前粗安。小云在馆中,以修面致,同中饭,下午雨复盛,在内室与外父长谈,二儿侍坐,已作文一期,内人初二归家。论御侮之事,无一善策,将如之何?雨稍止即开船,风雨又大作,到家未晚,即关照羹梅一切。

十七日(5月26日)　雨。饭后诵《宝训》神咒毕,正欲理字纸,金戈在萃和,大弗贝继来,所说云云,不可尽却,俟羹回熟商。知北头官兵大得胜仗,宜兴有复信,丹阳我兵已扎驻。下午又至萃和,中老细议,多含和语,晚去。与两公争论此事,意见两歧,总是算小一面,然受此辈累即在此,可叹!

十八日(5月27日) 又阴,水已渐长尺馀矣。饭后诵《宝训》神咒。有人自菱湖来,述及团练之严,彼处枪匪尚受官兵节制,打毛颇出力。正闷坐,子屏侄同俞丈少甫特来过访,即欣然出见,丈今年七十一,避难到芦,在黄玉生家,嗣子客冬病亡,遗腹孙今春又殇,天丰其才,倍厄其遇,老人处境不堪之至!幸胸怀尚旷,随遇可安,蒙以王椒畦临平原字、明莫云卿墨山水见赠,所求题画箑柄均就,并赐墀儿山水墨团扇,写作俱佳,可称三绝。中午留饭小酌,纵谈半晌,颇忘日上宵小百般构衅也。晚间慎重而别,以京腿、斗冬折腰答琼。客初去,萃和又来请议,金戈在,知贝子欲壑极大,就余处此事竟如愿相偿,以塞其口为先着。奈两公识见褊狭,恐防决裂,即不得已弥缝之,彼之衔恨益深,余不取也。齿痛甚,黄昏后还,所议仍画饼也。

十九日(5月28日) 半阴晴。齿仍痛,罢课,细玩少翁书画,非名手不办。少翁新接上海吴晓帆,方伯之公子,亡其号,诗札字极老劲,诗亦阔大,闻年方廿七,已刻诗六卷,钦赐举人,真佳公子而兼名士,钦佩之至!下午中老来谈,知监河之贷已许三元及第,然终不足以塞宵小之口。齿痛,寒热,懒甚,早眠。

二十日(5月29日) 阴。昨夜雨不息声,幸不大耳。朝上出汗,神气尚未清,熟睡不食,至午前始起来。饭一盂,有味,齿痛稍解,精神颇委,静坐无聊之至。夜又早眠。

廿一日(5月30日) 晴阴参半。朝起,身体稍健,中兄来关照一切,知芦川短毛为夺关事恐又起争斗,成败不知谁是也?小官港短毛亦设关,羹处有客买老油,劫住船只,经求大贝子,化钱四千落肩。云北舍港一帮,此事前拒其请,后又费其手,正所谓"堕于计中"也,不作事不偶如此,将奈何。饭后中兄又来,如议,一过肩而去。今日直东有烟头起,不知何处又遭焚劫,惨甚惧甚。晚间盛传官兵已到胥塘,适谦斋自芦回,知局中探得胥塘决计有官兵,秋毫无犯,押各家开店,焚去馆子三所,芦川长公大半回梨、回平,成败未可知,青浦收复亦无的信。灯下作札致外父,关照近状。

廿二日(5 月 31 日）　半阴晴。饭后遣舟至梨,虔诵《宝训》神咒,祈求官兵早早成事,东南各乡各镇免遭大劫。陶少山自蛎壳港来,知西塘之兵自上海来,领兵曾提军秉中,杭州有兵灵芝领带,夹攻嘉兴、嘉善,西塘不过经过而已,现已到嘉善矣,芦川目前可保无事。倏又传说芦川长毛又到数百,不知作何举动。羹趁季眉伻船到芦探听。下午倏大风雨,潮湿之气一洗而空,晚间风稍息,雨止。梨川舟回,知今日舟去,在紫树下港口有长公二名趁船,幸不凶顽,平安无事,然以后行路难矣。外父有回札,梨镇龚公仍旧开印演剧,内人初二日归家。求大士签,上上。

廿三日(6 月 1 日）　雨终日,水骤涨。饭后中心憧扰,辍课。羹老昨在镇,阻风止宿,今午始回。确知西塘之兵自余汇、洙泾专为掳财而来,始至,尚安靖,继则长毛逃去,馆子中暨人家财物掳掠殆尽,加善长毛出来即退去,又被城中毛搜括而去,官兵并不攻嘉善,不知何处逸去?平望长毛闻之,率三四百人由芦至西塘,搜索星零物件,甚至爨火之具一扫而空,特不放火耳。芦镇昨夜各家出卧具供毛夜宿,陈骈生家有十馀名借宿,幸内室未进。两日之费,出自局中,非四五百千文不济用。周庄去探,知老翁处上海并无文书来,重振之说,杳不可期,闻之骇然,恐以后各镇均不能保,不独西塘受其惨也,奈何奈何! 终日闷坐,时事万难为矣。

廿四日(6 月 2 日）　渐渐起晴。饭后诵《宝训》神咒毕,闻羹处二贝子在收栅钱、油火工钱,一半付讫,工则以后不管,所最狠心者,印上之洋,索勒饱欲,可恶之至,然此种人,当今无如何也。适郁小轩、松乔来,为古公事,日上必须调停润色以斩截之,不然一点头又要细细合药,腓其言。羹约明日出去,饭于羹处。下午率应墀理字纸,阅《元遗山稿》七古卷四。

廿五日(6 月 3 日）　半晴。饭后诵《宝训》经卷。羹又赴芦,未识能妥洽办理否。老玉、稚堂又有柬来,约明日叙,未非出帐之款,思之愁绝。欲阅《遗山诗》,心纷不能展卷。晚间羹回,古事略有头绪。老贝子处已回,知官兵毫无音响,且下乡者志在掠财物,非为杀贼来也。

廿六日(6月4日)　昨雨不息声,今仍点滴,春花收场大有碍。饭后辍课,羹复至芦料理古毛,且听消息。无聊中作赠俞少翁诗二律,了无警句,应酬而已。羹回,知此项尚未了清。雨终夜不绝声。

廿七日(6月5日)　又终日雨,水涨又数寸,倘再遭水灾,民无了遗矣,可怕。饭后诵《宝训》神咒。闷坐对雨,心境纷如。午前翘夫人来,知梨川米大涨,欲售卅数,辞之,十数落肩。只打一己算盘,吃亏应之,要照时价减总数一千余文,小虎名不虚传也。下午又坐雨愁绝,夜间雨始息点。

廿八日(6月6日)　半晴,雨止,农人插秧有望,目前可喜之境也。堂中燕泥狼藉,麻雀据巢,工人洒扫拂拭之,眉宇一清。诵神咒数遍毕,静坐,心仍纷扰,奈何! 有人传说胥塘自官兵遁后,长毛四次掳掠,空空一镇,长毛倘再盘踞,芦川危甚矣。青浦未出,官兵围住,珠家阁亦扎官营,金泽目前清净之至。

廿九日(6月7日)　有风,防复雨,河水复涨,奈何。诵《宝训》神咒。饭后邻人至港上,以札诗致子屏,午后接渠回信,知今日有毛撑船,出洋七枚完吉。谨老失去衣服一箱,此事四房、五房均吃一惊,村乡如此,益难苟安矣。苗沛霖有据登莱之说,上海了无佳音,奈何奈何! 谦自局回,知金陵四月十六天大雨雹,湖州大得胜仗,长毛死者纷纷。

五　月

五月初一日(6月8日)　晴朗,水灾可免,吴民复邀天佑。饭后拈香烛,虔叩东厨司命尊神,祠堂内默祷免劫,不吃惊吓,能得苟安居住则万幸矣。虔诵《宝训》神咒经卷毕,作札致外父,候二贝子传言潘某有借舟之举,伺连三家,谁肯出头? 吁! 风波又复起矣,可奈何。

下午至两公处，论及此事，羹有小恙，溪云无落台。

初二日（6月9日）　晴朗。饭后诵《宝训》神咒。舟至梨去载内子，札致外父。局中徐海门来，知古毛又到，各家不同心，倘然竟翻复，咆哮而来，吃惊不小。羹小恙已愈，与商且遣人去探听，如果煽惑，其祸无穷。午前内人自梨回家，接外父札，知颖公又复开征，每△四升，作上下条银，价色未定。镇上粗安，晚间局还，知古公处甫里家办事之人老实而未见机，颇费词说。明日再当出去料理，庶少生枝节。二儿拟至梨，负笈陪读，望后看光景去，外祖之命也。

初三日（6月10日）　又微雨，起晴难望。饭后诵《宝训》神咒。午前有人来，稍有所得，以济乏用。下午雨中闷坐。

初四日（6月11日）　晴朗。早起同谦由芦赴周，午前到，泊西栅，走至城隍庙前竹篱内候节甫，渠父病，拨忙同至恒昇庄内，见主人沚邨、叔楠乔梓，均是美少年。子当家务，父作诗自适，四十初度诗和韵已汇成集。四叔在座，与商攀稽，命其倅贝香往探，知在家，四丈命主人静老陪见之，在掇转庙前入其室，通寒暄，老而长，不多言。蒙款待极恭，先茶点，次留饭，扰之，梅村世倅陪饮，蒋、陶两公亦极雅意，命酒七篚用享。饭罢，主人处告辞，不见代申，梅生送出门，即同至陶公家致意四丈。沚老约康侯、绍生同辈五六人茶叙小肆，畅谈流连两刻，告谢而返。往候雪山，不在局，即顺帆返棹，过北舍小泊，到家极早。回复两公，知谨老来过。

初五日（6月12日）　晴。饭后诵《宝训》神咒。命仆洒扫厅上。午前家中午节祭先毕，接子屏信，借悉费八兄在港，约渠明日同来，兼接少丈信，此公雅意拳拳。子屏所改诗极稳惬，此事才高一着，令人服手也。中午小酌，食黄鱼，如此光景，眼前即是福地，未识日后能免大劫否。昨日见周庄郑氏乩仙降坛谕，当敬遵也。下午誊诗，致俞丈兼作一札，久不习书，苦于姜芽龟手。谦斋来，算公账而去。

初六日（6月13日）　晴。旷课，迟吉兄不来。上午恭录周庄镇应元坛祖师谕，并药茶仙方。久不作楷，手拙之至。谨老来，又如求而去,此事实日不暇给也。下午静坐。

　　初七日(6月14日)　晴朗。饭后诵《宝训》经卷。上午录仙谕方一张,幼如甥字迹娟秀可爱,命录一张。下午至两公处,至巢湖人初五日至五娘港上又去勒作,局出面,十四①数落肩。沈铁山大受龚毛之累,三点水之作威,亦本人之不见机也。工人朱五官无端辞去,心为摇小船所惑也,人心之难测如此,用人不甚可怕乎? 能得此人不忘旧为福。

　　初八日(6月15日)　晴。饭后诵经卷《宝训》,谨录蓝祖程真人乩谕一张。下午子屏侄来谈,日上要往上洋,云至梨川见毛文,有移营芦镇之举,此事行,大家不保,未识能禀辞否。因此欲行未果,吉兄亦同往,爱日挽恒馀,而立已转致,物件不存,注明而已。晚间始还,闻江西有全省收复之信,衢州告紧。

　　初九日(6月16日)　晴热,此月中第一日。饭后舟至芦川,抽闲半日,特至黄玉生家答俞丈、少甫,至则畅谈,同至楼上,周粟香亦来畅叙。少翁以奚铁生墨牡丹、仿云林山水精品暨文衡山粗笔浓墨山水、淡墨《折柳送别图》手卷长幅见示,真墨宝也。蒙款小点,中午设不托小酌,粟香、玉生同席。下午复同至森甫处,见森甫临摹隶书大字,功夫不懈,宜以精进见劲也。镇上有扎营之说,此举若不能辞,各家惶恐,此中有数,未识能挽回否。舟来,即告辞而返。是行也,一资眼福,一豁尘襟,几忘贼寇之当前也。过东玲,晤吟泉,慎兄他往,即返,到家,知慎兄在萃和,又畅叙。渠近日为兄子代办生后事,所费极大,然义不能辞,一切周详。此公行事,均可自超大劫也,钦佩之至。晚间回去,《秦淮忆月图》存在少丈处,求题。

　　初十日(6月17日)　晴热。旷课,饭后录乩仙谕一张,暇阅《元遗山诗》古乐府,心思仍不叙。

　　十一日(6月18日)　晴。饭后诵《宝训》神咒。上午陈兆兄来

---

①　"十四"原文为符号乂。卷九,第381页。

谈,其戚某新自江西收复后,长毛冲散,由浙东逃回,王抚军出谕给路凭,得以不死。据其人自旧岁四月中掳去,由江北至江西,时时从头目出去打仗,入人家,见妇女从不奸淫,见难民从不杀,放之令逃,作此善事,故得万死一生,莫谓天道不昭彰也,书此聊以自警!热甚,宛如伏中,阅《两般秋雨庵杂记》。

十二日(6月19日) 晴热,大有暑天气象。饭后诵《宝训》神咒,《宝训》两愿谨谨诵毕。大嫂来自陈思,工人去载时适逢长毛,幸空船无坐舱,不然吃惊不小也。碌碌终日,下午劳公来,辞之。与大儿理字纸,一斛散钱从何处穿去?责任不轻,未识能免大过否。霉烂之字,最易亵渎,谨之慎之!

十三日(6月20日) 晴,淡日,稍凉。昨日更时大雷电,雨如注,少顷,怪风大作,屋宇震动。余已眠,特起来,窗槅摇摇,瓦如飞下,幸片时即止,否则必有罹灾,此风余自幼至今未尝逢也。晓起,知余处堂楼屋脊瓴及灶下突厥皆坍塌,二加正厅上亦然。村中陈姓大榆树连根起,压坍张姓小屋一所,幸人口无恙。旁村如此,亦多有之。此灾似皇天为民先加惩创,以后不知主何故也。因特记之。饭后不具衣冠,穿夏长衫,具蔬果、香、酒、烛至庙阳庵叩拜文帝、武帝,今日武帝圣诞,旧例用只鸡块肉,此次拜祝,不敢奉敬,因帝君皈依释氏,不忍特杀。余家人父子素斋一日,并将所诵《救劫宝训》具疏在家焚化,以祈销灾于万一,特恐微忱矢愿不急切耳,警甚警甚。下午兰生又来,就交谊世情而论当济其急,为一善,然此公非谨守绳墨者,此例一开,难免买菜求益,只好忍而辞之,实则亦当记一过也。心绪碌碌,不能坐定,复闻昨夜之风,大港上老屋后墙亦皆倒在田中。

十四日(6月21日) 阴雨。饭后诵《宝训》经卷,是日夏至,西北风颇凉。中午祀先设享,能得苟安,均先人庇福也。闻芦川毛公关上红夷丝船过亦要完税,拘夷二人。今日有夷人火轮小船过,居民惊惶,恐起争端,实则两不相照也,因之吃一空惊,以后能各无事为幸。陆友常来,付券而去,除嫂处有消寒小数,余则无所叨光也,未识稍有请益否？余于此道淡于古井水矣。

十五日(6月22日)　晴。饭后诵《宝训》神咒,录乩坛仙谕一张。下午与大儿理字纸,愈零星愈烦恼,碌碌仍不能展卷。二儿偶有小恙,神气不旺,前日外祖谕令负笈从游,恐又不果,秋以为期矣。

十六日(6月23日)　晴。饭后舟至梨川,午前登敬承堂,外父出见,杖履颇健,以乩仙茶、药方、鸾谕寄示,药方拟合半料。小云在馆中,以冬粲一石致之,时市中米价腾跃,均为浙中菱湖买涨,市上每升半百,余减二文,犹为极贱。中午同外父、小云同餐,下午话旧,晚返,舟过清风桥,孙家场子极盛,此时正若辈得意之秋也。到家尚未上灯,传说金衢失守,金失而复得,诸葛寿焘团练之力也,此公与吾乡袁太史相识,甚有经济材,人亦公正,浙东得此公保障可以无虞矣。

十七日(6月24日)　晴朗,不甚热。饭后诵《宝训》神咒,暇阅《浪迹丛谈》《遗山翁诗》。

十八日(6月25日)　晴热。饭后诵《宝训》神经卷,暇阅梁茝(芷)林《浪迹丛谈》《元遗山律诗》。两三日内颇清净,恐此福亦不易常有也,倘再得此月清闲,大为幸事。

十九日(6月26日)　上午大雨,水涨寸馀,幸下午起晴。饭后诵《宝训》经卷。是日先祖逊村公忌日,中午致祭。午后无事,与两儿论文,余以得诸周先师"多读《国初》不如多读《天崇》"谕之两儿,尚能首领,此是近日家庭间不易得之境也,故特记之。暇阅《遗山诗》。

二十日(6月27日)　晴,尚潮湿。饭后诵《宝训》神咒,上午偶阅《浪迹丛谈》,下午闲坐。闻芦川有红毛火轮船与长毛讲论,日前曾夺其丝故也。各店罢市,此事以和为贵,一动干戈,生灵涂炭矣,可虑之至。下午慎甫来谈,拟尽一心事,付卅而托办。局中吴老玉、姚莲舫来,知为调停两毛事,又为长毛所累,勒局索洋二数,赎还红毛所掳在船之长毛八名,不得已而应之。火轮船未开,已向通事说明,交洋、交毛言定矣。此项又出资地方,恐以后毛之诛求无厌,可危之至。晚间,慎兄回,局人亦有求而去。

廿一日(6月28日) 雨,终日冷。饭后诵《宝训》神咒。闻芦事归吉,实一四五数,报名二数。总之,无论多寡,贻祸无穷也。下午正欲与大儿理字,师母来,要乞贷监河之请,其价只肯而立,十五之期要亏,现在之价卅千,余之吃亏无告一至于此,然势不能理论,忍听之而已。思之闷甚,心不甘也,未识此累何时能脱。麻雀据燕巢,衔毛及柴,狼藉之至,因而破其巢,毁其卵,既而悔之。今日二儿阅《感应篇》,照圣训定记一大过,后须自慎,弗再犯!

廿二日(6月29日) 半晴。饭后诵《宝训》经卷。闻子丝家抢获枪匪干犯,其从者二头目到莘局讲归吉,大约不肯准办。此辈一纵,不可复制,甚为可惜之机也。局中为两毛事,一波未平,一波又起,有廷纪来片请,大约诸开销又不够用,恐芦镇难以豢养,可保以后终有大惊吓。思之,其祸不小,不独出财不能如愿,奈何?

廿三日(6月30日) 晴,下午阵雨。饭后诵《宝训》经卷。午前邱外父遣人持札来,芦局两毛事,传闻异词,特来垂询,并度异日情事,益甚掣肘,谕欲挽回,全凭佛力,目前持诵之功,万不可懈,当谨佩斯言!即作禀复之。闻金华、兰溪大被贼陷,死伤甚众,陈墓镇上茆湖官兵已去,以不扎营为生民幸。梦书侄仍旧今日回去,约六月中来。

廿四日(7月1日) 晴,下午又雨。饭后诵《宝训》神咒,午前松少来,渠现馆小月,尚可苦过,留便中饭,送米折腰而去。有蛮女来强籴米,收钱付五,还定而讫,又要搲定,硬存钱四千[①]有零而返,无可理论,听之而已。羹老还自芦,还知红毛之事本地出洋八百番了结,然后患甚不测,未识天意何如。

廿五日(7月2日) 阴晴参半。饭后诵宝神咒。下午与应墀理字,零星碎字借可理清,秽亵之字尚未洗湔洁净,此事不能草草,或天假之暇,得以收拾,不致抛弃,庶可免大过,心甚凉焉。闻北舍枪匪翁

---

① “四千”原文为符号[illegible]。卷九,第382页。

镐迁,孙氏已拿获至盛川,可望正法。此人自去岁至今,抢劫人家之
案以百计,最可惨者,奸淫妇女,城中被难之家迁徙在乡,人船财物掳
掠一空,复要勒钱始放人舟,否则竟有被伤者。行舟掠物,逃难劫财,
如虎无厌,天假手于孙氏,一朝而灭,人心快然。天罚森严,莫谓际此
世局,国法不伸,彼苍之罚恶,丝毫不爽,书此,以作劝惩之殷鉴可也。
阵雨时来,未望老晴。

廿六日(7月3日) 晴。朝上子屏侄来,知渠沪上廿四日趁盛
川孙冠卿船还,细审情形,南北佳音绝无,镇江有张殿臣名下名将冯
之纲守住,然只能自保,不能动手远征。薛公军饷捐输充裕,无援苏
之意,虽每日得饷二十万,半充囊橐,亦无恢复之志。凌氏在夷场,目
前极安。两孝廉免捐,磬生大受捐累,管押勒迫,处之坦然,此人大有
胆气,现已火气退净,六七百金可以了事,尚未首肯。此事一由于渠
家不义气,二由于沈子宣大作威福。迁客在彼地者,纷华靡丽甚于昔
日,洋街市面闹于苏城十倍,彼处他年必有大劫。凌氏以余家不迁为
拙,惟殷补金自天津来上,在选之团防局中。子屏谒见,询余家自去
岁至今情形,倍谆谆,不以不迁为不是。明日为太夫人治丧,秋间要
至乡办葬,或枉过亦未可知。杨太史钦命董事,人尚和易可亲。总
之,一到上洋,世界肃清,几忘遍地长毛也。花捐之局,上海县刘清天
力阻不行,谈及官场事,可笑之至,何日升平,了无期望,奈何?杨太
史家眷在长渠,有口信要面致恭甫,一饭即往,尚未详言其细也。是
日辍课,抄仙谕一页。下午静坐,知巢匪又拉长毛各处劫米船。吾镇
之患,此其剥肤。金华有收复之信。

廿七日(7月4日) 晴。饭后诵《宝训》神咒。上午抄仙谕,楷
书一本订好。下午羹自芦回,知局事十分决裂。有痴妇、匪人相鬩,
心绪恶劣之至。闻珠家阁官兵失利,西城、石塘一带被毛焚掠一空,
金泽罢市,人家搬运纷纷。其矣,官兵之不足恃也,未识金泽能免
劫否。

廿八日(7月5日) 晴朗。饭后诵《宝训》经卷,暇理案上诸书,

大厅上洗涤尘垢,耳目一清。闻金泽可以买和,不焚掠,北舍孙局告示已贴,翁土匪已正法,大快人心。廿六日夜间又见长星,其光一直,长丈馀,星明而大,从西北射东南,灭长毛者,其在是星乎?然升平未有期也,奈何! 晚间阅《唐诗别裁》。

廿九日(7月6日)　晴,热甚。饭后诵《宝训》神咒,钱中兄来,账房内便饭,长谈而去。日上有收银之信,初一日起限。北舍日上安静之至,惩一足以警百也。作便简与子屏。晚间竹弟来,知遭横逆内侮。甚矣,家长之不可无也,言之慨然。

卅日(7月7日)　晴热。饭后诵《宝训》神咒。下午有人传菱湖镇廿六日被陷,官兵之不足恃如此! 长毛之灭未有期也。是日交小暑节,略曝案头书。

六　月

六月初一日(7月8日)　晴热,西南风。朝上率应墀、应奎拈香烛,虔叩东厨司命尊神暨家祠内,默祈免遭大劫,此地一方平安居住,不胜祷望。饭后焚旃檀香,虔诵《宝训》经卷。下午热甚,静坐。

初二日(7月9日)　晴热,汗不离手。饭后诵《宝训》经卷,闻金泽昨日官兵又到,焚烧市稍房屋,掳人船,劫米,两时许即回泖湖,思之,深堪痛恨! 是近日之大害,尚不在长毛,两路夹攻,将何以生全乎? 芦局又开征,每△二百七十文,只作一忙算,人心之谋利如此,大劫将何以转? 吾恐天日重见遥遥无期也。晚间乘凉,二儿忽咳鲜血数口,初则纯红,继而稍止,后又咳,则色紫,瘀滞之所积,幸不甚嗽,不带痰,大约自去岁至今颇有积劳处,且喜用心看《天崇》文。天气炎热,不知自量,因之心火上升,乘时而发,病宜静养,药石无功。是夜恰安眠,即止。

初三日(7月10日)　晴。早起,二儿云昨夜甚适,今日朝上略嗽,痰中带紫红色,幸亦不多。据云昨发,初一口似从心中喷出,馀则甚爽,且服白茅根汤,以和中顺气,或者可渐愈也。饭后诵《宝训》神咒。下午至两公处谈论。北舍局已还租者,佃户来者,不得算偿条银。芦局亦开征①,不准注灾,未免办事太顶真,然亦无如何也。终日愁闷之至,不能观书。

初四日(7月11日) 晴。饭后正思诵功课,沈锦老来,语多支离,坚辞之而去,亦不虑后也,不肯吃中饭而去。下午补神咒,心有戒惧也。阵雨倏至,夜间颇凉,二儿渐平复。北舍各佃纷纷来算,价二十六②,未还租者不算。

初五日(7月12日) 晴。朝上倏起风波,有人勾通宝匪,两公处船维解其二,无可理论,听之而已,此事恐亦不能不波及也,言之堪痛。午后接子屏信,日上要来候船,当便载之。今日因累担搁,明日必须到局,了有名之费。

初六日(7月13日) 晴,热甚。朝上乙兄赴芦,属吉同往。饭后诵《宝训》经卷。初起一草札,命大儿动笔,拟致殷谱经。午前有人来持札请商,此例难开,以到局避之。下午钱中兄来,所云知余处亦难免风波。晚间,乙兄回,解舟一事诉局,空言无补,且后累不浅也。存局之洋扣六外,馀则照票算清,价二十六③,票钱十六④,洋照前存价十八⑤,似尚直落也。

初七日(7月14日) 晴。饭后商改谱处札底,《松陵诗征》前编寻出一部,谱经所托求也。暇诵《宝训》佛号。下午拟书殷札,草草书就。是日余处馀皇又被大贝子妾硬借去。

初八日(7月15日) 晴热。饭后诵《宝训》经卷,命遣舟载子屏来。阅近作和汃村诗、挽陈梁叔诗,均极老壮雄浑。谱经之信即托寄沪,殷诗征前论一部,陆续诗征一部同寄,谱老所托也。谈时事,办土

---

① "开征"后原文有符号⼁⼆。卷九,第383页。
②③ "二十八"原文为符号⼁⼁。卷九,第384页。
④ "十六"原文为符号⼿。卷九,第384页。
⑤ "十八"原文为符号⼿。卷九,第384页。

匪,孙局可恃,巢匪则无可制。中饭对饮火酒,颇极竹林之乐,然去岁今日,梨川被陷时也,思之惨然。下午慎兄自同川来,有江城老翁沈香泉焦琴,年七十八岁,善大六壬,云长星起在斗牛之区,他日剿长毛,扬州有人起义,长毛灭净,必由上海而逃,其地断非乐土,不可居也。书之以俟应与否?同川施粥局王芹圃,舆论翕然,其发源则苏人顾听芦,属办接济,顾虽迁客,尚有馀资行此善事。长毛到渠所迁渔巷村,过门不入,可知为善无不报也,书此自警。晚间子屏送还,慎兄亦去,两公所论多画饼,甚矣,临渴掘井之难也。

初九日(7月16日) 晴,热极,汗不停止。饭后诵《宝训》神咒。查登近帐,作一书,拟致沚村。下午雷阵雨,顿觉心地清凉。明日有芦局三老人祝寿,酌拟应酬之。

初十日(7月17日) 晴,仍热,稍爽。饭后诵《宝训》神咒。局中寿张、陈、袁三老人,羹去致贺。与陶沚村信书就。下午始沐浴,尘垢一清,未识如此世界亦能有此一日否也。暇阅唐诗。

十一日(7月18日) 晴。饭后诵《宝训》神咒。观羹处下米,时价极昂,三元二三左右。村人串通乡愚大肆咆哮,幸米客孙局保卫,发威而散,吾村之恶薄如此!下午有客来,辞之而去。慎兄来,以区区善根托植,亦不过处此大劫了尽我心而已,然所办得人,不无小补。

十二日(7月19日) 晴,仍炎热。饭后诵《宝训》经卷。下午与两儿论时事,极不易处置。暇阅唐诗。朝上子屏来,寄到邱外父代办药茶十分之四两包来,谱经信今日托恭甫寄上,一茶即去。

十三日(7月20日) 晴,炎暑,西南风。饭后诵《宝训》神咒。以沚村信、诗话诗交羹。下午闲坐,与两儿论诗。谦来,告以所干,若只云溪一语,诉亦无益,必有所点缀,转圆为中策,否则恐一波又起也。渠亦以余计为然,特三人不同意见耳。

十四日(7月21日) 晴,稍凉。饭后诵神咒。中午命振侄至北舍赴叶老会酌。下午静坐,闻芦川长毛又捉红毛米船,皆巢匪为之,恐吾镇之祸终起此辈。

十五日(7月22日) 晴。饭后诵《宝训》经卷。午后两公相招,知局中无人作主,公道办事断无足恃。北头要去,亦只好秀才人情,不去小题大做,余意不甚以为是。总之,源头不清,浑流甚难疏导也,馀波甚横,听之无奈而已,酬蹉无策而返。与两儿始食西瓜,品非佳者,已足消暑,饱啖之。

十六日(7月23日) 晴朗,是日交大暑节。昨晚慎兄自同川回,携得荷叶端砚一方,背有"频罗庵老人家藏"手迹,"金冬心镌制"字样,试之,极细润发墨。王鉴宫笔墨山水六幅、徐俟斋画石八幅,共十帧,已缺其二,款题"为龙湫山人而作"。砚索价六元,处今之世,尚嫌昂贵。王画不知真赝,恰极古淡。徐石离奇古怪,的真妙品。磨砚作数字,光彩异常。画共索价二三之间,且留案头,他日还之。摹拂展现,竟尔旷课,可惜也,亦歉甚也。暇阅唐人诗。

十七日(7月24日) 晴。饭后诵《宝训》经卷。上午热甚,乘凉。下午乙招商议,知巢匪又有馀波,皆本地奸细所教,不先弥缝,至今不可救药。龚已北往,未识有策否。俟来再议,可闷之至。晚回,叙晤,知所遇之人均极纯正,奈老翁病甚,且因题目难做依然画饼。

十八日(7月25日) 晴,下午有变意。饭后诵《宝训》神咒。龚招,为本村买茶叶恶少,只好将计就计,与二老议和,圆通办理而进场。遇叶竹琴,应酬接谈。是日又饱啖西瓜。

十九日(7月26日) 晴。饭后忽雨阵,颇畅,下午又雨。诵《宝训》经卷。是日观音大士诞辰,余家老小均素斋,命二儿敬填周庄普济愿单,适孙秋伊来,畅谈时事诗文,留便中饭,下午始回去。晤陈兆翁,据云娄上又被贼匪攻陷,江正人团练头吴鸣皋受伤,仍乞援湖州,未识的否,言之惨然!

二十日(7月27日) 晴热。饭后诵《宝训》经卷,暇作便札致外父。下午阅唐诗。

廿一日(7月28日) 晴,下午阵雨。饭后诵《宝训》神咒。下午与两小儿论救劫之方,须要随时植善根,戒谨恐惧,心口不相符,无益也。此论极须猛省,然立脚功夫,下手为难,当逐时矫自己之病为是。昨日萃和下米,大受宵小之凌辱,然总由自己不肯行一"恕"字。

廿二日(7月29日)　阴,终日大雨时行时止,极酣畅之至。饭后诵《宝训》神咒,暇作札与子屏,想此事可托也。下午与两公议,乙公长叹而已,羹拟月底启行,至子丝公处,未识能有机缘否。

廿三日(7月30日)　阴,无雨,昨日夜凉甚。饭后诵《宝训》经卷。谨庭来,又如求而去,语言无味之至。是日遣人至梨川望外父,应元坛普济中元经咒单,诵持填写寄去。晚间舟回,接外父信,欣幸粗安,渠家栋宇租与芸、吉两公,贤主嘉宾,合宜之至。托合痧药、红灵丹均已寄来。

廿四日(7月31日)　上午雨,下午晴。饭后诵《宝训》经卷。子屏回信来,招更同商,从渠中策,下午复之,知侄今日杜煎药茶。暇阅朱丈西生、姚丈春翁诗文集。闽兰放花五枝,携至堂中供养,实乱离时一大清福也。

廿五日(8月1日)　晴,复热。饭后诵《宝训》神咒。下午谨老之三媳妇俞氏,赒以青蚨二千、斗米而去,如此有求,此房枝节太多,谨老何不知厌足也,可叹!暇阅《知止堂文集》。是夜二儿又发旧恙,吐鲜色者五六口,云从胃中出,尚爽,极热,幸即止。夜间安眠熟睡之至,饮鲜藕汁,极适口。

廿六日(8月2日)　晴热。饭后诵《宝训》神咒。下午吴绣梅来谈,饮以火酒,渠量极佳,而客气之至。羹至芦局去,回来知巢匪与宝匪有隙。

廿七日(8月3日)　晴热。饭后诵《宝训》神咒。下午接子屏信,以药茶半料寄余,付钱九十五[①],又一半托念佛号,缓日寄还。有要事,即复之。晚间,慎兄来谈,以痧药、药茶与之,约月初再来。羹至北,贺老翁之小君。二儿之恙,乡人以金水草和陈酒冲服,求大士

---

　　① "九十五"原文为符号 𢏗。卷九,第385页。

神签可服,因姑试饮之,云此草出东乡花地上。大嫂处产龟卵三,晚大姊云,极滋阴、降火、消暑热,即以热水温熟,啖二枚,云极妥适。

廿八日(8月4日)　晴。饭后接子屏信,知陶庄镇及近乡被嘉善长毛打先锋,逃难者纷纷,日上不出门为是,所代谋云云,亦甚周详也,即复之。正在诵神咒,倏讹言四起,徐察之,是逃难船来泊近村,并无长毛,然惊惶之至,少顷即定,如此虚潮头,当是吾乡之幸。下午静坐,阅《知止堂文集》,闻长毛已回加善城,分湖南掠劫十馀村落。

廿九日(8月5日)　晴热之极。饭后诵大悲咒,为药茶发心乙佰遍圆满。有人来,云陶庄镇被掳极惨,家家一空,死者十馀,掳去者百馀,此是大劫又一总算,可怜之甚。吾镇不来,目前大幸事,吾辈宜何如警惕?然镇上为红夷赔垫事,通事又变卦,谈定八百,忽要加至千三,夷人颇不怿,约三日后到镇再议,恐此事不落肩,必受两毛之累,难卜安堵也,但卜天心仁爱,暂缓吾镇大劫,幸甚祷甚。暇阅张铁甫《小安乐窝文集》。晚间更馀,阵雨畅甚,丰年可望。

七　月

七月初一日(8月6日)　晴热。朝上谨具香烛,司命神前、家祠内叩首,祈求长毛安静,免遭大劫,得过且过为幸。饭后诵《宝训》神咒。午前有蛮妇来嬲,忍耐如所望而去。阅张铁甫古文。

初二日(8月7日)　晴。昨夜子时立秋,黄昏时大雷雨,未秋而凉,良苗怀新。饭后诵《宝训》经卷。有人来谈陶庄被掳事,可惨之至。下午略具瓜果立秋,此种优暇光景,福不易享,思之悚然。阅《小安乐窝文》,知此老阆深博大。

初三日(8月8日)　晴,下午风凉。饭后诵《宝训》神咒,作便札复子屏,茶药寄还。暇阅铁甫文毕,复阅《黄陶庵文集》。二儿欲同读,止之,令其静坐养气。

初四日(8月9日)　晴。饭后诵《宝训》神咒。午前陶少山来,知唎壳港南汇一带惊惶万分,不能住,特到羹处。下午坟丁来,坟上之树,短毛、长毛声言日上要来截去,特通知,无可如何,只好听之,思之痛甚,无力保护,一至于此。晚间,传说芦川枪船极多,不知何故。恐又有潮头来,后探知徐某到镇会荡公并无他患。

初五日(8月10日) 晴。饭后诵《宝训》经卷。吟泉、建才来自东玲,借场晒衣,留中饭,与吟老终日畅谈。裁衣七侄来告借,殊属周济为难,晚回去,未落题。

初六日(8月11日) 晴。饭后舟至梨川,午前登敬承堂,外父出见,近体甚健,希鼎襟弟亦见过。小云先生仍课内弟,来岁云云势难再请,且暂分手,亦不得已之至也,思之浩叹而已。托外父致意一切,镇上尚苟安。湖州固守难攻,娄上团练势不能支。捐事,梨镇已议请。中午与外父、小云同饭,晚间絮谈始回,到家黄昏时矣。

初七日(8月12日) 晴,稍热。饭后诵《宝训》神咒。晤羹老,昨回,所干之事极顺手,孙秋翁在羹处权课。接子屏信,为讹言所误,托至周庄探信,即作复之,无容张皇。下午至芦,欲候少甫丈。至玉生处,知近抱恙,不见客。与粟香长谈,野毛先锋之说亦有是谣,然亦半属子虚。镇上捐事昨日亦已议过,大约即日发动。回至茶肆,吉老已干局事,谦老回即开船,到家,慎甫亦来,为乡民讹言所煽,到余家探一实信,人心好乱如此!古砚、画册缴还。

初八日(8月13日) 晴。饭后诵《宝训》神咒。午前长铗小公信来,贷冬一石,付潘妪而去。羹来谈论,南北两人,我辈有不得不依之势,当两处一同走候,深韪其言。心中热甚,不能看书。

初九日(8月14日) 晴。饭后诵《宝训》神咒。上午沈廷高来,知龚毛已到镇,捐事发觉矣。下午慎甫来,长谈回去。羹自北舍来,即到芦探听,一鼓还,知讲诞妄语,本题不出亮多少。

初十日(8月15日) 阴,雷,微雨。饭后诵神咒。羹复至芦,朝上劳兰生来,周以二金而去。与秋伊谈论。暇阅《经世文编》兵制。晚间羹回,知雅堂主事,出数甚巨,以好语慰之。昨日进来,乙老几乎冒昧起衅,甚矣,此辈气焰方张也。

十一日(8月16日) 晴热。饭后诵《宝训》神咒。下午少松在羹处有商,代为落肩,暇阅陶庵古文。

十二日(8月17日) 晴极。饭后诵《宝训》经卷。午后阅陶庵古文,齿痛甚。适沈慎兄来自同川,携示古帖,名人手迹,且存案头。羹今日又到芦,晚回,知东易公大作威福,一时难以进言,须时时到局,相机行事。羹触暑,不甚适。余是夜齿痛亦剧。

十三日(8月18日) 晴,酷暑无异伏中。晚起,齿痛渐解。饭后至羹处,昨夜寒热已凉,静养几天可望复元。下午遣相好至芦探听,余身子亦懒,静坐而已,与秋伊谈论二次。

十四日(8月19日) 晴,稍凉,昨夜大风雨也。饭后诵神咒,中午祀先,焚化经咒,祈追荐资冥。谨老父子来,呫呫之谈,可厌之极。下午至羹处,适有疟疾,谦特进来关照局事,甚不妥协,现在竟无门径可寻也,踌躇之至。

十五日(8月20日) 晴。饭后诵经卷《宝训》。午前慎兄来谈,招乙来会议一摸索法,羹云有别头绪,不果,然渠意极关切也。下午秋伊亦来谈,余不甚适,似有暑湿留滞。晚间,客去即眠,夜间月明如水,周庄普济甚佳。

十六日(8月21日) 晴热。晚起,汗解不透,不多食,内室静养。谦来关照局中,荡颖公自苏来安民,实则密拿宝匪,现已设计锁获,大快人心。龚颖要调,东易气势稍挫。夜间早眠,又大雨即止,大雷电、大风亦即止。

十七日(8月22日) 晴热。晚起,仍少气力,不能多食。命圬人筑灶,工料皆数倍于前。秋伊来谈,即去。局中来请,羹不能往,和亭去。晚间谦来,知荡公已会通南北两人擒办巢匪,今已正法一名,即三月中到溪处滋事者。局中已去请苏门绅士偕往,恐受宝匪之累,必须未雨绸缪。晓来嘱意 切,似尚凑巧,慎兄乞炒药而去。余服四枝药茶五钱,极爽利,汗亦淋漓。夜复雨,不畅,极凉。

十八日(8月23日) 晴。乙早泛至盛,谦赴芦。余昨夜兴到,拟一四启,终夜不成寐,疲甚,可知逞性不得也。羹招关照一事,此人极周到,羹疟仍未止。夜间早眠,火生,虽安眠三四更,不甚适,口苦,舌色黄腻。午前谦丈人持札来,知梨川局捐亦五花八马之至,命大儿代修一禀,余附纸详述情形。是日已交处暑节。

十九日(8月24日)　晴。早起静坐,暑热尚未清,体未复原,裁衣七侄又来,以病辞见之。有所求,命振侄酌给之,所谓可怜不足惜也。局中东易又差人来催东账,设词复之。晚间乙老回,知芦局所去请之人办事不得力,多做题外意,可叹干事甚难! 此种地方,必须左右得人衬托也,局事之不应手如此!

二十日(8月25日)　晴热如故。晚起,身仍不健,饭后诵神咒,误以为廿一日,不恭之至,只算预诵可也。念局事,懊恼之至。和老已出去,晚回。谦复,知兴公权领代庖,已允许,廿二日来排场,在局中作一调停计,似亦四方无碍。十九日接王谱琴信,为其子托寻蒙馆事,亦大难办,当复之。

廿一日(8月26日)　晴热。晚起,辍课,仍未复元。羹处问信,知尚未止,须必调养也。接子屏信,托润一枚。谨老来,即命二儿与之,余实厌听聒聒,辞以近恙。终日静坐,一无好怀,夜间早眠。

廿二日(8月27日)　晴热。晚起,精神仍疲,迟梦书不来,糊涂了事,莫如此人。闻芦巢匪仍不妥协,苏门之来,半属子虚,可虑之至。村人大贝子,名为酬神演戏,实则聚博,肆行不轨。余因病不出门,戒两儿、甥女亦不许一观。阅陶庵文数篇。

廿三日(8月28日)　晴热。体中仍不健爽,晚起,闲坐。午后慎兄来,从同川骨董家见示董字古帖、雪滩钓叟图、李光地告变疏,均不易睹之品也。芦回,知排场事多属子虚,颜多公已复出山矣,芦局断难生色也。与慎谈,晚去。

廿四日(8月29日)　晴热。晚起,身轻健。因村中演剧避嚣,借恙辞却一切,暇阅陶庵文。

廿五日(8月30日)　阴,渐凉。晚起,身已无恙,而疲倦如故,可知偷懒益懒也。暇阅陶庵文。村恶少演剧,闻明日止,然乡人已若狂矣。

廿六日(8月31日) 半晴,东北风渐凉。昨夜微雨,蟋蟀秋声已盈阶下矣。早起,饭后诵《宝训》经咒,暇阅陶庵文,《经世文》兵法一门。闻颜多公尚未出来,而芦局保卫倏然寂然,后患可虑之甚焉,奈何! 大嫂处是日命圬人筑灶,工钱一千文。

廿七日(9月1日) 晴,有风,未凉。晚起,辍课。饭后出旧岁租米冬一小囤,卅五石,价三百三十八分①。外间米价已松,然尚要每升五十五②文,依然昂于去年也。开销无着,饭米之外不得不粜,未识今岁能大熟否? 终日碌碌,略阅案头书。

廿八日(9月2日) 晴,微风,早稻已吐华矣。晚起,元音侄来,成稻成交而去。龚老疟疾已愈。终日心不叙,纷扰之至,不能看书。谦还,知捐事东易公仍然混不见底,未有落场处。

廿九日(9月3日) 晴。饭后诵《宝训》神咒,暇阅黄陶庵文毕,《吾师录》今日看起,下午看《经世文》兵法篇。

卅日(9月4日) 晴。饭后诵《宝训》神咒,至龚处略谈。午前戴芝香表叔来,年已七十二岁,精力尚可,备原价三百八十五③,取赎"汝"字圩田二△一分二厘,亦当今不易得之遭,吾家账房甚难见之奇遇也。因留便饭,搜寻原契一纸,方单二张交与之,副契收还,面清讫而去。痴侄媳来,呵之而去。下午慎兄自同川来,知湖州长毛仍攻不进,洞庭山被掳极惨,官兵依然无好音,兰溪一枝现又冲出,宁、绍告警,以不确为幸。

① "二百二十八分"原文为符号烎。卷九,第388页。
② "五十五"原文为符号玏。卷九,第388页。
③ "三百八十五"原文为符号煲。卷九,第388页。

八　月

八月初一日(9月5日)　晴,燥朗。朝上率两儿拈香,虔叩东厨司命、家祠内祖先,祈求平安,免吃惊吓,不胜默祝之至。饭后出冬,以应所需。下午张小憨来,为幼如甥亲事,宜及早团叙。小憨,其外舅也,小叙而去,约能得平靖在家,九月九日到余处作持螯之会,未识能如愿否?碌碌不能坐定。

初二日(9月6日)　晴,下午雷声,微有阵雨。饭后诵神咒毕,照应出谷事。吟泉来,留盘桓几日。益芝四侄来,有所商,又应之。晚间大风,凉甚。

初三日(9月7日)　阴,自朝至暮大风,雨亦酣畅。饭后诵《宝训》神咒。是日东厨司命尊神生诞,阖家净素。中午香烛谨具,蔬果虔祭,宝训一愿焚化。下午与吟泉谈心,齿痛甚,略登账务。是日夜间冷甚。

初四日(9月8日)　晴朗,西风颇肃。饭后照应出冬粲,已变价无馀矣。日上如芦川土匪高某、北舍土匪狭港里某某,均被城北出来擒拿正法,地面似稍安靖,然断不足恃也。殷安斋表侄来,云新自沪上回,在渠从伯公馆中盘桓月馀。接谱翁七月廿三日信,知余处所寄之信,从沈小香处寄到,阅之,欣感交集。安斋,余送冬米乙石,以洋致,余力辞之,留渠中饭而去。齿痛稍缓,然馀波未净,涨痛依然也。是日丑初交白露节。

初五日(9月9日)　晴。齿痛甚,终日闷坐,云湄大嫂来,余卧楼未见,内人应接之,云来告急,念其年老,今岁初次,稍润之而去。夜间齿疼发闹,不能安寝。

初六日(9月10日)　晴。晚起,齿痛依然,涨疼不便饮食,舟至芦川就医陈骍生。至则骍老视家眷赵田去,其徒许公处方,用针透刺,血溃脓来,云是牙痛,未能即愈,沫敷药稍松。骍生还,略谈而返。终日昏昏,下午服药,李仙有信,目瘤牙痛不能阅也。夜间早眠。

初七日(9月11日) 晴,略阴。齿痛稍止,涨木依然。局中又有信来催,羹同谦出去。陆立人来,同孙蓉卿候余畅谈,下午复至挹翠轩又谈,知金泽设立官兵局,雪亭董其事,以珠家阁某廪生被难时文示余,笔段颇佳,然亦游戏笔墨也。羹回,知溺器决已出来,巢匪头目又在镇游行,真机事不密,办事不善之至。捐事仍然画饼,不知作何了局。

初八日(9月12日) 阴,似有风发之象。饭后诵神咒,暇阅《皇朝经世文》兵法下卷,齿痛稍松。

初九日(9月13日) 阴。饭后诵《宝训》经卷,暇阅《经世文》。命大儿作札禀外祖,属吟泉作一信复王谱琴。下午与吟泉畅谈。

初十日(9月14日) 阴雨。饭后诵《宝训》经卷,遣人舟至梨川,暇阅《经世文》兵法两卷毕,复阅黄先生《吾师录》。下午舟回,接外父信,知近体平安,镇上亦略安靖,盛川两毛争一镇,现可调停,然惊惶暗迁者甚多,日上可无事也。

十一日(9月15日) 雨,久阴,稻试花有碍。饭后诵《宝训》,照料出谷,从此底货一空矣。暇阅《陶庵先生自鉴录》卷二。闻局中又来催缴,未知两公主意若何。

十二日(9月16日) 晴,恰好养稻。饭后谨庭同三大侄来,为两兄处告贷预支,聒聒厌听,午前又至,正似疟作,勉辞之,此公真得陇望蜀也。下午至萃公议,局中信见示,必须筹画,然又恐忙不及也,所议云云,极是。闻南汇、奉贤又陷于毛,禾中、嘉善所去,掳掠为主,大约城池未失。

十三日(9月17日) 晴暖,极宜稻试花。饭后诵《宝训》神咒,阅《乐潜堂诗稿》。瞽侄来,又给米五斗,余辞病未见。萃塔有警,为孙局场中颖氏来赌闹事,正法二名,故有此警,未识能调停否。桂花早者始香。

十四日(9月18日) 雨,东北风,又凉。饭后诵《宝训》神咒,暇阅《乐潜堂诗集》。羹自北头来,据云所干之事尚属凑巧,未识究竟何如。

十五日(9月19日) 雨终日。饭后诵《宝训》神咒，暇阅《皇朝经世文》兵法第一遍二集。下午陈兆兄来闲谈，颇解寂。嘉兴神道设教，长公误传官兵至，自相杀于夜间者甚众，未知确否。中秋无月，夜间桂花香甚，寂寂清玩，已是鄙人清福。闻芦局溺器物放还后，在镇送帖请酒勒借，恐波及者甚众也。终夜风雨不已。

十六日(9月20日) 又雨，下午稍有晴意。饭后诵《宝训》经卷。午后慎兄来谈，晚间还去。

十七日(9月21日) 晴朗。饭后诵《宝训》神咒，暇阅《乐潜堂诗》十页，黄四、六两篇。午前局中东易以伪札来，可恶之极，然亦无可如何。下午命人出去探视，不知合何药也。处今之世，待小人极难。夜间酧账房诸公，吟泉亦留之同饮，时食物昂贵，肉每斤二百文，鱼虾七八十文一斤，草草治具，以补中秋，余则一无兴致。闻北页仍无音信，看来不应手，闷闷。

十八日(9月22日) 阴，微雨。饭后诵神咒。上午龚又到局应接，此等人易于寻隙，殊属难办。暇阅《木鸡书屋骈文》。下午晚大姊要日上回芦兜，以石米、二青蚨应之，此事亦甚不了局。龚晚回，知局捐事东易作法如故，仍难落肩。夜雨，水涨。

十九日(9月23日) 大雨终日不息点。朝起，知河水大涨，底田籼稻有碍收刈。代龚作王桢伯一书，多隐语，未易直出也。闷坐对雨，一无好怀，阅《乐潜堂诗》十页。是日已刻交秋分节，风雨终日，夜仍不息声。

二十日(9月24日) 朝上风雨如故。饭后诵《宝训》神咒毕，忽天青云霁，红日一轮照朗桂花枝上，欣喜田禾无恙，可卜今岁有秋。下午与吟泉畅谈，初阅《知止堂诗集》艮翁诗，一册阅完。龚自北回贺，述及主人翁颇能投契，似可应手，并谈及应酬语言之难。

二十一日(9月25日) 晴朗可喜。饭后备舟送晚大姊回葫芦。慎兄同其婿王麟书来，一茶即去，云至同里。午前书经咒，资荐先继母顾太孺人，今日忌日致祭，率儿拜跪，凄愁难溯。龚以陶翠坪《息庐图册》属题,当酬应之。

廿二日(9月26日)　半晴。饭后诵《宝训》经卷。上午阅《酉生诗集》。下午成七古一首,题菉坪《息庐图》草稿,与吟泉谈心。晚间羹回,知诸事掣肘,欲行饵法,未识受钓否。拟明日再往。夜成《洞仙歌》一阕,复题《息庐图》,代蓉卿作也。

廿三日(9月27日)　晴。饭后录清诗稿,暇属谦斋代写。下午羹自局回,颖氏用人处略有头绪,办事极不容易,乔公居间,甚抽忙吃力也。

廿四日(9月28日)　雨,又冷。饭后诵《宝训》神咒。午前谨兄闻在东,奎来,辞以疟疾。局中复以龚颖来请,后知未到,下午更去,未识可免枝节否。事之难料理如是。暇阅《知止堂集》。

廿五日(9月29日)　晴朗。饭后诵《宝训》神咒。上午慎兄为星伯习医事贴费特来,余抱病见之,以了此债。慎兄、谨老即去,吟泉亦回。下午静坐,阅艮、洁两公诗。

廿六日(9月30日)　晴。饭后诵《宝训》神咒。上午羹来,约北行,尚未定议。局中又到,传说龚颖今日至,下午又出去,甚不能一日清净也,闷甚。阅酉生诗,因有干不能入味。是日食不托。更晚回,拟所干事明日去了吉,然支离之节疏解不易。溺器匣又有言,恐风波又起,此时持家之难如此!夜雨凄然。

廿七日(10月1日)　雨,下午稍晴。饭后诵《宝训》神咒,暇阅《木鸡书屋骈文》《艮甫诗集》。菉坪图册谦斋楷书写好,盖印待寄。

廿八日(10月2日)　大雨终日。清晨欲有所往,不果。饭后诵《宝训》神咒。羹来谈述局事,措办为难,现虽有头绪,而屈抑于此人者不少,思之愤闷。暇阅壮烈伯许斋先生两李公传,均阮文达公所撰。下午慎兄来,接子屏信,时事一无好音,吾家不肖子不受提挈,昧良已甚,恐日后大兴辞说,亦无奈何也,可叹!

廿九日(10月3日)　雨,下午稍止。朝上同羹至北头,幸雨不大,饭于舟中,饭后已到,泊于恒升行前。着屐至南栅寻积甫,茶叙上和轩,复同至沚村处,四丈亦来。酌议后,老翁已招来羹兄,同交一切。老翁诸事点头,不到局。贝老留饭,即叙在沚村处,老翁作东而返,与沚村乔梓、四丈畅谈,菉坪其侄图亦面缴。知上海日上大传鼎湖之信,颖族掠劫东乡,金山、奉贤告变,现在大队已退攻湖州,上海可无虞矣。总之,天昏地暗,难望昭昭也。菜极丰,饱饫告辞。沚村二郎仲苹十月廿四日吉期,当贺。复与积甫茶叙,重托一切而还。归舟顺帆,到家傍晚,复与两公议事,师母来,约渠初二日过贷。

九　月

　　九月初一日(10 月 4 日)　晴,可喜水灾不成。朝上拈香烛,拜叩灶神、家祠,祈求不吃惊吓,公私无事,平安是望。饭后诵《宝训》神咒毕,金戈来,约渠初三来说话。殷达泉来,商冬二担,价共分六百[①],因佛银不佳,付米,约渠异日归款,留饭而去。是日属工人收香珠稻,登清账务,碌碌之至。

　　初二日(10 月 5 日)　晴,顿热,潮甚,防又有风雨。饭后诵《宝训》经卷。午前师母来,持摺贱枭,登账如数应之,并留中饭。下午更约南头即日去,心绪纷纷,掩卷不观。

　　初三日(10 月 6 日)　阴,微雨,西风渐冷。饭后诵《宝训》经卷,暇阅酉生诗。下午部叙行李,明日拟同更老至舜湖,命大儿作禀,代致外祖关照之。

　　初四日(10 月 7 日)　晴。早起同更兄登舟,饭于舟中,到梨小泊,天亦开晴。走陆家荡,见一路庙宇拆毁殆尽。过三里桥,颖关筑一小城,望台、水栅俱全,盘查而过。到盛午前,泊舟斜桥,登宝爵斋,桢伯、仲贻、叔美出见,即留中饭。下午余至郑甥家下榻,即同至孙局,场面极阔,诸相好皆吾辈中人,主人出外,夜间桢伯酌余昆季,叙谈数刻。至郑氏,寅卿以今古体诗见示,诸作均有法度气势,真隽才

---

① "分六百"原文为符号 **ㄅﾉㄥ** 。卷九,第 391 页。

也。夜宿洗我蓬心楼上,终夜为燥虱所扰,暖不成眠。

初五日(10月8日) 雨。早起,与郑氏东宾李芷江、周少岩谈。理卿出来,小点后即至桢伯处,同仲荫老、马少良、江渌生、孙织仙吃羊肉面,大佳。理卿亦来,复著饮良久。赴局,主人已回,谒扰后无寒暄语,略坐出来,仍饭于桢伯处。下午雨仍潺潺,夜间接局中诸相好叙于宝爵斋,余两人特叫饭菜一席款之,饮酒谈心,颇不岑寂。客散,余回郑氏已一鼓矣。

初六日(10月9日) 晴。起来,郑甥留吃面,甚畅。至桢伯处,复与羹兄、仲贻三昆季、杨昆生至酒楼,再面叙茶叙,余两人作东,晤史侣江,云开古器店在此。赴局,主人骑射未回,宾客伺候者已纷纷矣。少顷回,略在传经堂中小坐,仍至桢伯处中饭,夜粥后再赴局,与诸相好谈天。见主人之弟,年十六,技勇与主人相亚,在账房中畅叙,蒙回时亲送出门。回至郑氏,理卿已醅睡,与芷江略谈而眠。知湖州赵竺生又大得胜仗,长公死者无数,并伤一大头目。是日在相好处见上海传抄明文,惨得七月十七日寅刻鼎湖之痛,诏谕六大臣务政,匡源、杜翰,汉臣中所知悉者,立○○皇长子为皇太子,凡我臣民,其哀痛为何如耶!

初七日(10月10日) 半晴。起来,与理卿同至宝爵斋桢伯处朝饭,即同著饮,荫老同叙。羹独赴局干事,与主人谈,蒙点头。桢伯诸人同为参赞,桢伯并述余送《圣武记》,拳拳之意,殊深感激。余茶散后,理卿招饮,菜极丰腆(实初六日),同席仲荫翁、仲贻三弟、羹兄、理卿、寅卿也。寅卿以其友仲博山之郎,年甫十四,号淳生,古今体诸作相示,余阅之,激气流行,论断有识,语必惊人,目空千古,他年盛世奇才也,为之拍案叫绝者久之。席散后,复至野旷处著饮,知镇上今日有败毛过,颇吃虚惊,幸尚无事。夜粥于王氏,余回郑宿。

初八日(10月11日) 起来,同理卿、芷江、少岩涌兴吃面,理卿作东,复著饮良久。回至宝爵斋中,羹已自局还,草稿主人阅过,改处颇当,其动笔桢老,其誉真质老,均亲友之情厚也。中饭于桢伯处,仲贻以旧作窗课相示,阅数篇,是趋时而有工力者,书法挺劲可爱。下午街上闲游,阛阓稠密如苏城南濠,实乱后此地一大都会也。有经营中人匡三叔者,年六旬,颇诚挚。见荫庭,复茶叙,知自北舍还。晚至局中,相好、主人均出门,托荫庭、桢伯告辞矣。夜间宿郑氏,尚早。

初九日(10 月 12 日) 晴冷,东北风。羹兄早来寻余,即起来,理卿欲留饭,羹老急欲归,不及相扰,即告辞。至王氏,桢伯昆季拉理卿暨余兄弟复作东吃羊肉面,连日醉饱,甚抱不安,理卿、王氏三昆季同送登舟,告谢而别。遇石尤风,幸舟小,到梨尚早。至徐氏,见竹汀夫人,晚大姊辞后第一次相见也,絮语客岁苦况,愁惨之至。余走至中市,登敬承堂,外父、小云、希鼎同席,中饭扰之。外父甚欲留余止宿,余出门多日,断难再作闲游,即告辞,约望后外父过余家盘桓。将出门,晤费吉甫、李星槎,略谈而行,仍至徐氏,同羹兄、徐氏外甥女同舟而返。到家将晚,见乙老,知日上诸事丛集,陆立人两次相遇,所最抱歉者,殷谱翁有便条致余,初七日在浮泾,初八日晚间伏载还申,不得一叙,懊恼此行失此良晤。夜间心绪纷如,不能坐定,早眠。重阳佳节,那有登高之兴耶?

初十日(10 月 13 日) 晴冷。晚起,饭后至萃和,晤凌耕云侄婿同三侄女,昨自上海到乙老处。少顷,羹舟载立人已来,知林、陆两委员已回珠泾。陆雪亭致余乙札,颇好事而不相谅,此事既不由本县董事,复不奉薛抚军行文,曾提军不杀贼而专筹饷,于例相违,且此种公事,诛求无厌,断难应酬。已托立人面复雪老,余家只好就本县劝捐,越俎代庖,断难勉力也。下午立人去,余仍怅怅,一无头绪。

十一日(10 月 14 日) 晴朗。饭后录书出门后日记,邀凌耕云来谈,不至,知已赴同川亲串家。金戈来谈,账房中饭,复至堂楼下谈心探问,含糊应之。二贝复付而立元宝印,知大贝子出月又有动情,村上之累未尽也,然无如之何,听之而已。终日碌碌,更又赴芦。

十二日(10 月 15 日) 晴暖。饭后检旧书,已为鼠蚀,重包过。港上瞽侄来,复以折腰数与之。作札致谱经,并道出门失迓之愆。心仍碌碌不定,二儿稍有寒热,元气不旺之故也。

十三日(10月16日)　阴。饭后诵《宝训》经卷。午前孙局濠老有信来关照,即酌复之,匆促甚不舒徐也。下午子屏来,云病初痊,谨老拉渠至乙龚处,亦不得已也,约即日过余作终日谈。嫁期十一月十一日,只好草草。

十四日(10月17日)　晴。饭后诵《宝训》神咒,上午至乙龚处,知敬老昨日慎兄落场。下午舟至浮溇,看殷二式三嫂,二表侄至南麻,大表侄在寓,小屋二椽,一小阁,下是羊栏,卧房湫溢,潮湿之至,此种光景,见之可怜。吾辈高居先人旧庐,何福当之?谱经初七日到彼,初九清晨即回上海,余寄一信,面托三嫂,未识能达否。三嫂述迁徙之苦,家事之乖,言不能尽。总之,日后不平,亦难过度也。舟回尚早,秋伊来权馆,云近疾新痊,略谈而返。

十五日(10月18日)　晴。饭后诵《宝训》神咒。上午圈阅《木鸡书屋文》初集。下午与秋伊谈,示以《乐潜堂诗集》。局中东易又有信来,更明日出去,大约不能不破格相就也,闷闷。

十六日(10月19日)　晴阴参半。饭后诵《宝训》神经。午前子屏来谈,留渠中饭,畅谈一切,渠近体大亏,必须调补,劝其诗文且暂停做。借去庄红阶《却老编》一书,小云所存,转阅不妨,晚间去。龚回,知局中又有预支米款一事,实日不暇给也。

十七日(10月20日)　雨。饭后诵《宝训》经卷。上午招凌耕云侄婿来,谈及上洋繁华如故,屋价极昂,居之亦颇不易,中午留饭酌之。午前谦自局中来,知溺器一事尚不妥洽,恐玉老断难进场,甚费踌躇。雨风终宵,水又大涨。

十八日(10月21日)　起晴,可喜。饭后诵《宝训》神咒,暇阅韩诗,穆相国精刻本。下午慎兄来谈,知明日要赴同川,托渠发愿一事尚属凑巧。夜间略坐定。

十九日(10月22日)　晴朗。饭后诵《宝训》神咒。秋伊来谈,谕大儿读《庄》《骚》,奈性鲁不近,且看善书,以正其心术。二儿旧恙似微发,须静养以俟之。暇阅韩诗精本。是日大士成道诞辰,素斋。

二十日(10月23日)　晴。是日酉刻霜降。饭后诵咒,拟作札致外父,适外父携杖而来,欣甚,即留信宿。午前仲荫翁、沈三弟、张荣春自盛局来,云要至永苍徐氏,乙兄留饭,持螯而已,褒甚也。下午客去,与外父絮谈,夜宿楼上。

廿一日(10月24日)　晴。饭后诵《宝训》神咒。午前接元之信,其弟涤庵来,不遇。下午外父以近作排律相示,并赋七律一章,即和之,甚得乱后重叙之乐。夜谈良久而寝。

廿二日(10月25日)　晴。饭后诵《宝训》神经卷,外父静坐作佛课,中午食不托,极适口。下午陪外父携杖田间,观工人收稼,黄云匝地,年称大有,惜时世纷扰,难望升平,徘徊久之而返。暇与外父絮谈,论诗文,实乱后一乐事也。

廿三日(10月26日)　晴,略有变意。饭后,外父欲返梨,遣舟送还,相约十月初余到镇上再叙。暇阅韩诗,不入味,因连日就谈,今日反寂寞也。晚间慎兄自同川回,云日前有野毛过境,家毛逐去,尚不滋事,即返,约明后日再来。

廿四日(10月27日)　晴。饭后诵《宝训》神咒。午前设祭,是日先曾祖师孟公忌日,相传嗜蟹,必设此品,奎儿以为无益于祖父,徒增杀业,不若止之,谨诵神咒超荐,从之。下午凌耕云来谈,晚间始去。

廿五日(10月28日)　晴,极热。饭后诵《宝训》,祇诵神咒,暇则晒旧书。适接陆雪亭信,遣渠相好陈爱山来,札中云云均是官话,并无体恤桑梓之谊,与两兄面辞之而去,然此后恐难免口舌风波也。窒碍难行,只好俟命。午后张元之有信来,以洋两饼交来人于宗元手,并附便札复之。耕云来谈,谦又自局中来,换数、收数枝节之至。龚梅来,示濠生来札,亦是左支右绌之极。雪亭信渠又讨去细观。

廿六日(10月29日)　晴,夜间大雨。朝上、饭后诵《宝训》神咒。上午慎兄来谈,正拟昨日之事,适陈爱山同林、陆两委员来,酌拟出见,即与羹兄同在养树堂上开谈,二令一味要劝,余一味情求,且云只好就捐本县,不能越境,无可落场,草草盘飧,以市远告之。下午,两公去,羹意太从刻,莫怪渠下船后所致戈戈不受也。一篇文字,不得灵窍,恐以后触处荆棘。客去,慎兄、耕云仍在座,均以落场处为大不妥。晚间慎去,灯前与大儿谈,颇费踌躇。

廿七日(10月30日)　雨,下午开霁。饭后诵《宝训》神咒,命大儿起《易》两课,均不甚吉,而到申办理云云,尤为不利。与两兄在杖石山房议事,仍然画饼,一无把握,奈何。下午耕云婿侄来絮话,颇解寂寥。

廿八日(10月31日)　晴。是日旷课,罪甚。上午阅绿漪轩骈文,系舒君,湖南人,名焘所撰,一本似非全稿。丁未年,其时不过廿一二岁,煌煌巨制,老当雄浑,真未易才也,惜字号不知。其父作安庆太守,未识此人今日在何处。下午耕云来谈,知潘公子东园,少未读书,极聪明,乡村路径荡口未到均知,然人是浮滑一派。惜匆匆即回萃和,未畅说沪事也。晚间叙议前事,依然筑室道旁。

廿九日(11月1日)　雨。饭后诵《宝训》神咒。上午静坐。下午耕云来谈天,借消雨闷。晚间羹自周庄回,知馀皇两事略有头绪,余处复有事与赏音翁相商,蒙翁竭力周旋,然人情交谊若此,真斯文扫地矣。

卅日(11月2日)　雨。饭后诵《宝训》神咒。上午静坐。念及土匪在近,官捐又扰,殊深焦急。下午耕云侄婿来谈,持螯小酌,畅谈迁居坐守均非善策,且安命以待之。

十　月

十月初一日(11月3日)　雨,终日滑滑。朝上焚香虔叩东厨司命、家祠内,谨谨拜求平安。此月中公私杂务多端,深恐惊吓吃风波,未识天心能佑否。饭后同羹至广阳庵,大弗贝开局,应酬之,至则鼓吹雅奏杂陈。午前老贝公来,接陪同席,菜极丰,同来者积甫、陈绍波。下午蒙至敝庐,萃和坐茶、设菜,坐而不下箸,即送下船。庵后演剧,云老贝公所荐,此事头绪初露,地方上恐又添一累也,只好静以俟之。

初二日(11月4日)　渐晴。饭后,凌耕云来谈,蓉卿亦至,以贺婚诗见示,均谈至午前而去。下午作两札,一致桢伯,一致仲荫兄。

初三日(11月5日)　阴,无雨。饭后诵《宝训》神咒。上午慎兄来长谈,中午小点,不留饭。下午耕云来谈,乙挽之而去。是日账房内有小累事,晚间始去。吟泉匆匆自港上吃星伯行医酒,亦不及叙谈也。

初四日(11月6日)　雨。朝上诵《宝训》经卷。饭后,耕云来谈。午后作和婚诗,写红笺上,甚不惬意。沚村之郎仲苹,廿四日吉期,故有此应酬。夜间与羹谈公事,为馀皇送还,老公出来,颜多处有开除,不得仍照旧章也。

初五日(11月7日)　起晴,西北风大好。饭后诵《宝训》神咒。上午与更谈定前数,此时只宜吃亏,兄弟间不宜口角也。广阳演剧,今日始止,然地方上又增一长累。耕云下午来谈,王、仲二信托更即日面致。是日庚申酉刻立冬。

初六日(11月8日)　晴。饭后耕云来谈,有不满意处,劝渠忍耐为是。终日谈天以解闷。羹自北回,所干尚妥洽。

初七日(11月9日)　晴。饭后诵《宝训》神咒。上午作一便跋,拟面还黄吟海旧所存试帖诗,专用武侯事者。下午耕云来谈,更明日赴舜湖去。

初捌日(11月10日)　阴,无雨,似欲发风。饭后诵《宝训》神咒,填写十月十五日梨川普济被难孤魂经咒单,拟即日汇呈外父。暇绿漪轩骈文,系湖南舒焘所著,惜单集,里居、字号不载。其文雄健,古气磅礴。其人贵公子,其年不过二十馀岁。通阅一遍,令人钦佩。

初九日(11月11日)　阴雨,早晚禾稼不能登场,亦有荒农政也。饭后诵《宝训》神咒,暇次李星槎去夏见赠一律,拟明日到梨答之。中午十月朝祀先,适谨庭来,祭毕,与之同饭,略有所商,下午始去。慎兄来谈,匆匆即返,云陶庄日上有警,为王家枪船杀毛起见,未知确否。

初十日(11月12日) 阴晴参半。饭后至梨川,舟中诵神咒。午前登敬承堂,外父携杖出见。与小云同中饭,小云处余于脩外略有致敬。外父留止宿,吟海来谈,以前所存试帖诗奉还,吟海自遭陷后心血只留此。夜间共小酌,芸舫昆季同寓邱氏,共来谈心,夜分始散,余宿四楼下,雨滴滴,终夜不绝声。闻浙省被围,萧山已陷,贼焰仍炽,而上海兵将不足恃。明年为祺祥元年,幼主当国,太后垂帘,甚切中兴之望,而时势若此,可叹可叹!

十一日(11月13日) 骤晴。朝粥后与小云、外父、玖丈聚谈,出门见龚示,赋每一斗四升正,耗一升四合,要白米,价六千,银正三百三十,耗七十,租见匡示,谕设三局,要镇上各家统办,不得私自下乡收取,真所谓一网打尽,暴横甚于次皿也。今岁收成不过七八分,水乡积水,淹没未收,如此章程,真民不聊生也。下午静坐,与诸君谈心,知田为累事,今始验也,各人各家均难吃饭。夜话更馀就寝。

十二日(11月14日) 晴,略冷。午前舟来,外父留中饭而返。又见龚示,银赋并收,可骇,悉索殆尽。归家尚早,顺帆。

十三日(11月15日) 晴,西北风,可望老晴。饭后诵经卷神咒。耕云来谈,留便中饭,见渠尊翁百川致一兄信,知丧制,二十七日不剃发,一月不嫁娶,余俱如旧制,新上已于八月中回銮。下午至萃和议租事,万难之至。

十四日(11月16日) 晴朗。饭后诵神咒。凌耕云上、下午来谈,有诸多不如意,余惟劝解而已。终日碌碌,只撰一对联。夜阅昌黎联句诸作,诘曲难读。

十五日(11月17日) 晴。饭后诵经卷。梨川所办普济今日圆满回向讫。午前吴以谷来,云渠老太太病在危急,欲有所商,余以上海之行避之,应墀出见,以内人所存零用者应之,此中虽有疑窦,亦吾尽吾心也。羹以北舍报田数相议,大约须略应酬,然此账一出,恐公事可牵制,殊非善计。下午耕云来谈,有两亭长进来,言及芦局业办,章程难出。

十六日(11月18日)　晴。饭后诵《宝训》经卷。下午耕云来谈,闻杨斗翁病甚重,大嫂明日去望,礼也。《木鸡书屋二集》今日始点完。金泽官兵数名骚扰,颇不安靖。

十七日(11月19日)　晴。饭后诵神咒。上午知三侄产一女而殇,侄女尚安,耕云不回上洋,尚凑巧也。接吴氏报条,蕉如之母李伯母昨日寿终邱寓,明日小殓领帖。慎兄来谈,所商诸事,极有斟酌,下午回去。大儿自陈思回,斗翁病体日上尚可支持。金泽官兵八桨船日增,人心惶惶之至。

十八日(11月20日)　晴。饭后诵《宝训》神咒。上午静坐。下午与两兄谈芦局租、粮两事,均无主张。晚间大儿自梨回,出吊于吴氏,又送晚大姊米五斗,至邱氏见外祖,知五姨病势不轻。

十九日(11月21日)　晴。饭后诵《宝训》神咒,午前接子屏信,知负舟一事,至孙局验旗放还,益知讨旗亦易误事也,总以面请为是。镇上甚传官兵要到,人情惶恐,此端雪老启之也。

二十日(11月22日)　晴。朝上内人至梨去望妹,饭后诵神咒。午前杨文伯有便条来,斗翁病不轻,要燕窝,以旧藏四只,四钱四分送之,洋两元掷还,命大儿作条复之。晚间内子回,知姨妹疮病颇剧。终日碌碌,未阅一书。

廿一日(11月23日)　晴。饭后凌耕云来,诵咒未完,敬老来,为痴侄媳事,余不能赞一词也。两兄同议,为芦局官兵若来,必须预备打点,然甚难觅其人。接子屏条,知周庄昨有官兵到,未识若何退兵?总之,两题并做,下笔益难。下午慎兄来,又有乡人自南回,知海宁、杭州一带民被长毛之惨惊心动魄,此地苟安,恐福不足以当之,后患可虑。

廿二日(11月24日)　饭后至羹处谈论,适费芸舫来,接外父信,未及作答。终日畅论,殊可解闷。招子屏不来,云有小恙。夜间芸舫宿书楼,命大儿陪之。

廿三日(11月25日) 朝起同芸舫、龚兄舟至周庄,时陶沚邨二郎仲苹吉期,故有此贺。至,则宾客满堂,主人引至新宅内坐席。下午,同芸兄访苣生,烟谈良久,复与诸同人茗饮。潘柱岩开店在桥头,生意尚可,意甚殷勤。慎兄到镇,在渠店中小叙,仍回芷邨处宴饮,共十席,桂岩同座,鼓吹盈耳,惜旧时衣冠不见,可叹!夜间复茗饮,回至陶氏,有上海搬回潘公在坐,恭悉○○○大行皇帝○○○,庙谥文宗献皇帝。曾帅具折,词颇推挽,难望攻苏。正谈论间,金泽官兵头目徐,用李镇片,到费局,周折之至。合昏甚晚。同芸兄、更老宿舟中,更声不绝,终夜不成寐。是日晤袁子诚,知憩棠在上洋未回。

廿四日(11月26日) 晴。早起与积甫、松老、芸舫福兴茶叙,沚村来邀吃早饭,复盛扰之,见壁间贺婚诗极多,少甫为上,庄兼伯次之,苣生四词亦佳。复至新房一认,果茶款客,午前告辞,分腿不受,祇领酒烛,极得体。下午到家,耕云来谈,与芸舫夜粥小饮,芸舫仍宿书楼。大儿同嫂至陈思,杨斗翁姻伯昨日巳时寿终,年正八帙,老成云亡,然际此世局,结果在家,尚是斗翁之福也。

廿五日(11月27日) 晴。饭后送芸舫回梨。耕云来谈,云明日回上海,出月仍要到乡,以杂货托买,暇则料理陈思去祭品。下午送芸舫舟回,接外父信,五姨妹病不轻减。夜间早眠。

廿六日(11月28日) 五鼓起来,清晨开船,到陈思极早。至则诸吊客纷来,衣冠济济,乱后甚难见之象。午前送殓,升炮排场,如此丧礼,均斗翁忠厚之报也。晤陈节生,知金泽官兵依然骚扰,家家抱怨无穷。下午返棹,夜晤龚梅,知芦局章程倏大更张,要开细账,诸事掣肘之至。

廿七日(11月29日) 饭后略诵神咒,回向了愿。墀侄自陈思回,知渠嗣母旧恙可不发,初五日归家。吟泉来谈终日,晚去,夜间略登账务。

廿八日(**11月30日**) 阴,微雨,大有风象。饭后诵《宝训》神咒,沈慎兄来谈,即去,云要至芦局。昨日龚颖赴局,所说云云,本地人为作俑,田之累事,正未已也。羹出去,未识能有机缘否。闷甚,不能看书。晚间羹回,租事毫无头绪,然亦不能不办。

廿九日(**12月1日**) 北风大吼,渐冷。饭后羹至芦,为官兵事,同人叙议,恐亦难做题目。略诵神咒,属账房抄账,诸甲纷来,多是正派人,以所办相商。下午作札致外父,命墀侄誊清,终日心绪纷如,知委心任运之难。晚回,知官样文章要独出心裁,事等画饼,且镇上诸君假公济私,殊属人心不古。

十一月

十一月初一日(**12月2日**) 晴。饭后率两儿谨拈香烛,虔叩东厨司命尊神暨家祠祖先,默祈平安,公私两事俱能妥洽,不吃惊吓,未识能佑否,恐惧之至。饭后至萃和谈前事,可称不公之极也。暇则持诵《宝训》神咒,下午与应墀敬焚字纸,尚未竣事。晚间接外父舟回之信,益钦老人镇定有功,然已受儿女之债。

初二日(**12月3日**) 晴。饭后焚字纸,今岁此事不暇再举,然所收秽纸尚多,焚晒洗净,易于狼藉,未识此愿能了否。北风颇冷,接外父手字,知五姨妹已于昨日未时故于邱氏,下午内人即去探丧,余明日去。灯下在萃和议事,知报田细数,诸事掣肘之至。

初三日(**12月4日**) 晴。朝饭后率应墀至梨,登敬承堂,外父出见,慰之。幼女之债,于今始完,老怀尚能达观也。顾墀生、希鼎舅婿暨其家昆从俱来,中饭后送殓,概不举动,惟用羽士八人而已。下午返棹,晚间复至萃和议事,所办极为周折。

初四日(**12月5日**) 晴。饭后诵《宝训》神咒。羹梅来谈,晚间吉自芦还,知领凭一节,仍然画饼。

初五日(**12月6日**) 晴暖,要防发风。饭后诵《宝训》神咒。孙蓉卿以近稿见示,细阅动笔还之。内人回,知梨川光景苟安。灯下与两公议租,石脚略定。是日交大雪节。

初六日(12月7日)　晴朗。饭后东路佃户有来还租,十五①租额让头限一斗,飞限三升,实收八斗四升;十四②租额,实收七斗八升飞限。十六日起头限,两房已关照,限让各家各法不能一例,如此办理,未识能进场否。大嫂自陈思回,旧羔可不发,幸甚!

初七日(12月8日)　晴暖。饭后诵经咒毕,陆立人来,为金泽官兵捐事,雪老甚怏怏,两委员欲文致,闻之发指,然权在彼手,无可如何。羹留中饭而去,是日立人甚乏兴也。余思此事,药已合成,无路可走,苦劝两公极早回头,庶不中其毒手,恨甚,且余悔不早绸缪也。

初八日(12月9日)　阴雨,暖,欲酿风。饭后诵《宝训》经卷,正思别干一事,适陈松乔、吴生江来,亦为金泽捐事。镇上凑数四百千,耽耽之意,仍在余家。两公俱来,再四踌躇,只好隳其计中,聊求免乡镇冲突。留便饭,任、渠两君明日到彼,相机行事,名为办公合出,实则挟骑虎难下之势相临,大约为数甚巨,快饱悬罄而已。晚间始去,未识能免反复否。思之,愤懑难平也。今日吉老自白毛墩收账还,旧租收讫,路上平安,侥幸之至,可见此乡人情尚有古风。

初九日(12月10日)　晴,北风吼甚。饭后诵神咒,终日闷坐。下午荣字人有来还限米者,让三升飞限收之。

初十日(12月11日)　晴暖。饭后欲诵神咒,适有还限米者,辍课。终日收租,连折四十六石有零,米共二十馀石,如此起色,亦乱后仅有光景。晚间慎兄来谈,未竟,松乔来自金泽,据云雪老意尚无他,草草落肩,均居间人办事,两路照应,断不至一方糜烂,一茶而去,明日早来。慎兄去,余未及送。闻芦局领凭尚有枝节,曾提台金泽不到,尚为安妥,澜路口已扎官兵大营,杭州尚未解围。

---

①　“十五”原文为符号 ⇂。卷九,第398页。
②　“十四”原文为符号 ⺄。卷九,第398页。

十一日（12月12日） 暖，微雨。饭后诵神咒甫毕，诸佃还租，米折各半，终日共收卅馀石。碌碌不能坐定。

十二日（12月13日） 雨终日，下午发风，不透。朝上诵神咒，饭后收租，终日廿馀石。晚间至秋伊馆中谈，适少秋自唐墅来，得常熟顾氏艘闻阁藏书数部，余略售数部，皆精本。据云渠家毁烬之馀，楼上所藏尚有数百卷，狼藉地下秽处者不可胜数，贼欲尽付一炬。倘有巨舟，俱可装载而归，惜无巨阁可庋，一以惜字，一以饱眼福也，思之怅怅，知此劫不独人遭之也。

十三日（12月14日） 雨，下午起晴，暖甚，恐不老当。饭后，各佃纷纷来还租，一切从宽收之，终日共收乙伯〇五石，米折兼半，知佃心未变也，然际此世局，终难安坐而食。吉账尚早，是日东邻大贝以馀皇还余，未识居心作何意向。且谣言纷纷，余以不解解之，但祈苟安而已。

十四日（12月15日） 雨，又暖，恐不老晴。朝饭后收租，终日逐渐而来，夜间吉账，共收乙伯卅馀石，米四十九石，馀皆折色。灯前酌账房诸公。是日，凌耕云来自上海，知杭城夷人帮守，可保无事，宁波城中焚烧殆尽。北场揭晓，吾邑黄子美高中，盛泽王永义，秋巢之郎亦中，均是部曹，甚可羡也。明年又改元"同治"，两太后垂帘务政，王大臣六人均被重谴，已见明文矣。馀则了无异闻。

十五日（12月16日） 阴，无雨。朝起至限厅收租，饭后诸佃踊跃而来，知佃心尚未涣散。慎兄来，以从宽劝余，匆匆即去。夜间吉账二鼓，共收二百有馀石，钱、洋参半，自飞限至今，共收五百六十馀石。乱后如此光景，亦非易致，余已满愿，敢不平心，拟再放飞限五日。慎兄约十八日过余赴梨。晚接外父信，知梨局租风甚不起色。接芸舫信，周详之至。

十六日（12月17日） 阴雨绵绵，东北风狂吼，难望起晴。终日收租寥寥，不过十馀石，拟宽限多放几天，恐不起色。是日接殷谱经十月廿九日上洋所发信，有岁底进京之语。耕云来谈，得抄读新圣上谕旨,用事专权宗室三人已用重典正法,又三人革职发遣,○○两宫垂帘,此新政之最严厉者也。○○上谕当抄出。松乔来,曾提军处已具禀,词甚妥洽。芦局出名四人,余亦随其后。

十七日(12 月 18 日)　阴雨绵绵,东北风仍狂,颇难起晴,殊觉有碍收租。终日共收卅馀石,恭录上谕两道。耕云下午来谈,即去。是日售得精本书数种,洋五元,命大儿即交蓉卿。夜间作一札致外父,命大儿作两书,一致谱经,一致百川。

十八日(12 月 19 日)　东北风益狂,雨淋漓,终日不绝点。河波狂沸,几绝行舟,租米一户不来,无怪也。雨中岑寂,书就殷、凌二君书,待寄。夜间略阅新得《芙蓉山馆诗集》。

十九日(12 月 20 日)　西北风,始起晴。终日收租四十馀石,下午耕云来谈,小酌。夜间极寒,迟慎甫不至。

二十日(12 月 21 日)　阴。饭后至两公处,知局中诸人多下石于余家,急宜和之为是,可叹也。终日收租五十馀石,夜间又雨,租收大有碍,拟再放飞限五日,未识进场否。灯下坐,雨,颇闷。

廿一日(12 月 22 日)　西北风,夜雨渐止,天色阴寒,颇冷。租米寂寂无人来。上午慎兄来,因日上风雨不能行动,挟纩之事俟一老晴即去缴局。因留中饭,并信及对联托交外父。此公有心人,决不迟缓,下午仍返东玲。是日寅刻交冬至令节,晚间祀先合祭,祠堂内享献余主之,厅上两儿襄之。夜间与两儿论目前救劫之法,无如为善、戒杀、放生、持诵三大纲也,甚韪其言。

廿二日(12 月 23 日)　晴,下午颇暖,恐天色又变。饭后在限厅上收租,终日共收五十馀石。午前陈松乔来,传知李游击札谕,又且请饷,虽明知无益,不能不办。欲留中饭,适有恶客两人来,羹梅招之去。子屏朝上有信来,《南乙古文》三册送还,即作便札复之。松老明日赴金泽,两张公坐索过夜,势难落肩,亦只好随机襄办也,思之闷闷。田之累事,一至于此!

廿三日(12 月 24 日)　阴,无雨。终日收租廿五石有零。凌耕云来谈，知渠明日伏载，要还上海，即以致百川暨殷谱翁两札面托呈寄。昨接许竹溪丈札，明日七十寿辰，今日赴局，以分复函送交。梦书自北厍来，知悦老施絮料千件至同川难民局，发此大善愿，实先获我心，不意今日竟出之于若辈手，奇甚喜甚。

廿四日(12月25日)　晴。饭后在限厅内收租，终日寥寥，不过十馀石。晚间羹自梨还，知租风不佳之至。午前招蒋节甫来，告以张氏之事，特先作札致赏翁，亦渠指示也。沚邨处以石刻小志、诗集等物送赠。凌耕云今日回至莘塔，云即赴申。今日有江东书陆老士来，据云妻病垂危，自上海沈公馆处还至同里，周以一洋始去。此类应酬，殊难概却也。

廿五日(12月26日)　晴，天有阴云。晚起，恐难老晴。饭后至限厅上，终日收租四十馀石。谨老来，又代痴侄媳支租三千，共四千，明年二月吉账，又润二枚而去。是日有乍浦逃难女人赖姓，淀青为业，被长毛一家冲散，夫死子掳，只存一女，在本村借居，甚难度日，对之令人哀惧，稍有所赒，然终不能救援之也，可怜可怕。

廿六日(12月27日)　阴雨，下午北风始厉。终日收租寥寥，不过八石有零。晤羹老，谈及局事，令人气愤，然其原亦由二公自取也，思之闷闷，烦懊之至。是月阴雨过多，决计宽飞限至月底矣。

廿七日(12月28日)　阴冷，西北风严厉。终日收租十馀石，命应墀作一四六札，尚可应酬。周庄领租由，梦书去，每张廿文。

廿八日(12月29日)　晴冷，几乎点水成冰。终日收租五十馀石。今日属吉解局，尚未了吉，不知明日羹老去进场何如，得免枝节为幸。

廿九日(12月30日)　晴冷，河水微冰。今日放飞限止，终日收租二十馀石，自开限至今，约收七成，佃心未变，尚是东乡之幸。际此世局，多取奚为？余亦满望矣。命舟至梨川，晚间舟人回，接外父回札，知慎兄尚未赴往，悬悬之至。黎局租收不过一二成，以此较彼，驯顽立见。吾乡人心风俗尚有可原，未识能减大劫几分否，不胜祷祝！

十二月

十二月初一日(12 月 31 日)　晴。饭后率两儿谨拈香烛,虔叩东厨司命尊神暨家祠内祖先,能得苟安居住均是神佑,不胜祷谢之至。接吟泉回条,知慎兄已由西小港赴梨,大约日上此事可赶办。今日头限,收租约十馀石。午前外父特遣舟来,寄到普济单,郑理卿致应墀一书即命大儿作答去。《海国图志》一书亦魏默生撰,郑甥向仲淳生转借,暇当急阅经世之书也。

初二日(1862 年 1 月 1 日)　晴。饭后在限厅上收租,终日共收十七石有零。张氏铁安云海送之去,并微润之,推念世谊,不以恶客待之,且不为已甚也。终日碌碌,开卷为难。

初三日(1 月 2 日)　晴。终日闲坐,收租一二户而已。晚间梦书账船还,知角字、在字、东月等圩催甲约即日进来,看大势,尚有肯还者。北舍之北,佃风已变,难以开收。日上伤风头眩,有瘀,适治始爽。

初四日(1 月 3 日)　晴。伤风咳嗽,不甚适意。东月佃户始来还租,高三斗,低二斗不等,只好收之,尚属佃风驯良。接费局信,知积甫、赏翁为人谋事可谓勤恳。中午祀先,是日先祖母周太孺人忌日也。晚间账船还,莘塔佃户皆肯还租,只须凭领,每△六十二,仰仙计巷佃风不堪,恐难有望。

初五日(1 月 4 日)　晴。身子稍健。饭后蓉卿抄示赵方伯竺生《湖城解围重九登高》五律一首,步韵和之。终日收租十馀石。杨松泉进来,交代长荞折租一小半,此人办事催甲中仅有也。命大儿作札复戴四丈。

初六日(1 月 5 日)　晴。终日收租廿余石。午前凌耕云来自上海,据云在家收租,述及○○今上,新政肃然,以同治元年历本寄余。曾帅涤生收复芜湖,经略四省,何桂清已拿问起解,英夷有帮攻苏城之说,其事能得奏准为幸。杭城大得胜仗,长毛头目死者数十,似乎大势稍佳,未知明年吾镇可安靖否。慎兄由梨自铜还,以〇〇圣庙俎豆二器托藏,所托之事均已赶办,且有一事逢凶化吉,莫谓此中报应不速,幸甚惧甚。晚间仍还东玲,戴丈信今日托羹寄。

初七日(1月6日) 晴。终日收租二十石。阅陶氏息庐、听松两图,一门风雅,吾家对之甚惭,即处境而论,彼可优游,余则日坐荆棘,无善可陈也。北库局田上又有公事,恐所收只好吉交,万难叨光。陈松乔、吴少江来,知官捐又复催缴,恐花样从此日出,思之烦闷,吾辈真日给不暇矣,奈何。羹留饭,付数而去。杭城传说不佳,不确为幸。金沙浜被毛打先锋。

初八日(1月7日) 大风,极冷。终日收租不过二户。阅陶氏听松、息庐两图。名作莫如俞少翁、秦桢、徐东山,即陶篆砰、诒孙诸位,一门风雅,甚为难得。余率题《风入松》一阕应酬之,暇当携至邱氏求题。羹梅晚晤,知局中算账尚难落肩,不知作何了吉。闻田上又复起捐,思之闷闷。夜间闻北舍吃一惊,败毛南回,幸即去,并传杭城廿八日贼毛攻破之信,骇甚!且说杀人如草,能得讹传为幸。

初九日(1月8日) 晴,冷甚。终日收租十馀石,羹处有族侄孙青手索借,从宽落肩。慎兄来,以刘子和画四幅十二帙见售,更于同川骨董家得圣庙豆俎二铜器收示,一吴江县詹文辉造,一邢晋置,酬以青蚨六百。他日收复吾邑,重修圣庙,敬当具禀送入,未识此愿能偿否。谨谨收拾,以尊彝器,一茶即去。

初十日(1月9日) 晴。终日收租二十馀石。杭城前月廿八失陷之信,讹传者众口一词,云城中绝粮,斗米一千,糠每升八十,因之不能死守。日上,长毛回者皆满载,传说在杭不能度食,四散遣发,芦川路过亦吃惊,幸尚无事。世局至此,尚何言哉!来年吾乡一带,大可危惧也。

十一日(1月10日) 晴。终日收租四十馀石。传说杭城未破,廿八日王抚军用计引之进城,杀死无算,今回者,败毛也。昨日过芦川,人民大吃惊吓,幸关毛驱押,尚不滋事。晚间吴少松来,据云小月之馆尚可仍旧,杭城之信凶多吉少。留之住宿,稍赠度岁之资,并勖渠固穷立品,未识能不面是否。

十二日(1月11日) 晴,风劲,极冷。终日收租三石馀。饭后送少松回至小月,稍赒之而去。午吴大晚姊同甥来,留中饭,据云近塘田亩租籽无着,难以糊口,赠白粢一石,仍回兜里,如此光景,援手维艰,奈何。晚间有朱妪善治痧,适之,体中始爽。

十三日(1月12日) 晴。终日收租十馀石。至蓉卿处,略改渠近作。下午伍伯来,知局中又有出账。晚间至萃和公议,明日羹须出去,公私两事,周折之至。

十四日(1月13日) 晴,稍暖。终日收租五石馀。羹至芦,晚回,知今日回杭之毛又到百馀人,杭城破否,究无实信,镇上颇甚惊惶,局中人会面而未了吉,且浮滑难靠,然只好将计就计。

十五日(1月14日) 雨,暖,防发风。饭后焚香持诵大悲神咒,终日收租十馀石。闻芦川路过之毛尚不滋事。明日稍安排行李,拟至梨里敬承堂邱氏。

十六日(1月15日) 雨。朝饭后舟至梨川,午前登敬承堂,外父欣然出见,谓悬望已数日矣。中午与小云同席,喜知小翁郎君自去岁被掳后,由南京逃至句容土桥北乡时庄村,樊祥高家为善留养。有修容匠张姓,在新常开店,南回,亦自彼处人。小世兄属渠寄信,适梨镇有小云之徒,朱小霞之弟,到新常籴米,遇张姓云云。朱公日上复至彼处,小云信已托寄。回来据朱公云,张剃头适有友丁姓,日上要回句容,信亦托彼寄与樊祥高,约明年二月中携送至梨,谢洋六元。此事绝处逢生,能如所约,小云亦喜出望外,但祈佛力护持,玉成为祷。下午至蔡氏妹处絮谈,看渠家道亦甚平平。回来与芸舫畅叙,陶氏二图面托题词。晚间黄吟海亦来小酌,知杭城决计未破,王中丞用计,诡言粮绝,开门放入,大队进城即行关闭,惜伪忠王门闸仅中马首,脱逃幸未被擒,大约劫数未满,迟之又久,然后诛之也。玖丈夜间亦来叙,租米大局三成,托书之对,字似石安,可称出色。一鼓后就寝，与内弟连床。

十七日（1月16日）　晴。晚起，暖甚。朝上略诵神咒，粥后与小云、芸舫再叙，以《庚申北略》及题壁诗见示，为英、法两夷就抚而作，阅之，知天子蒙尘，庸臣误国，实堪发指也。借归抄出，以作信史读。午前外父固留中饭，下午归舟，一帆风利，到家甚早，舟中敬读新刻吕祖师《醒世歌》。

十八日（1月17日）　晴，风稍劲。终日收租六七石。羹来谈，以谱老出名对联缴彼。下午慎兄来谈，在西邻收租，一茶即去。夜登账务。

十九日（1月18日）　晴冷。终日收租十馀石。下午金戈来谈，一派浮言，漫焉听之。晚间账船回，又传说杭城廿八日决计失守，日上颇多虚惊，胥塘搬场极多，嘉善有野毛到，攻夺城池，此说殊不可解。

二十日（1月19日）　阴，无雨。饭后诵经神咒。终日收租八石馀，闻芦局赋上有加无已，其横暴视胥吏凶十倍，田之为累，恐无穷也，奈何。羹梨去未回，局中必须早日了吉，以免别起风波。羹自梨回，知永苍徐少庚已收复常熟，然于兵法，此时动手，形势不甚利，恐彼此反受长毛荼毒。夜间见东南角火光烛天，不知何处又罹惨劫。上海告警，凌氏眷属有回乡者，能得夷兵保御，庶可相延。

廿一日（1月20日）　晴。饭后诵佛号神咒，终日收租五石馀。凌耕云同其母夫人至乙溪处暂住，知上海十六日长毛冲至城外，幸夷兵防堵，开炮始退，大约可以保守。惟黄浦夷兵要兵船驶进，不许民船逗留，故迁客有胆怯搬场者。苏城长毛防守甚严，断难进攻，今日烟头东北依然。羹梅回自芦局，知金泽被陷，官兵已逃，嘉善长毛祈天福陶已盘据金泽，焚烧房屋，火光不熄。尖田孙家浜亦被散冲之毛烧掠民房，其惨不可胜言。晚间陈厚安来自白荡湾，知昨夜渠家及合村逃跑纷纷，幸未冲到，大约可免目前之劫。苏家港一带多逃至莘塔，陆雪亭亦已远飏，未识陈、陆两家房屋能留否。作俑之人，害人不浅。吾乡幸尚安居,其福恐难消受,吾辈正恐惧修省之日也,思之惨甚!且大局如此,天日恐难即见,奈何奈何!

廿二日(1月21日) 晴。饭后持诵《救劫宝训》。终日收租十馀石,如此烽火密迩,尚有租米可收,此境未易消受也。近闻长毛已由直东向北去,芦局我乡近地,似可免遭荼毒,皆龚毛来押之力也。金泽贼尚未退,焚毁几半,陈、陆两家人口无恙,均已逃出,然房屋一空,言之寒心。尖田、孙家浜今日复被焚烧,惨甚。白荡湾一带亦可免祸。秋水潭费梧亭家大受巢匪之累,且云随长毛之后各处掳掠,其罪上通于天也。杭城决云失陷,永苍徐攻苏之计泄谋不行,大劫未满,长毛难灭,思之,危乎殆哉!

廿三日(1月22日) 晴。饭后持诵《弥陀经》,终日收租三石。闻孙家浜决计被烧,房屋所存无几。余处有袁姓二工人借余处小船往,至今未回,甚为焦虑。耕云来谈,亦多心境话,白荡湾一带仍有馀波,大约本地长毛及巢匪横行,深恐蔓延。晚间率两儿衣冠虔送东厨司命尊神上天奏事,焚香叩谢,一年托庇平安,均神默佑,能得来岁免遭大劫,长毛不到,房屋无恙,人口完全,神之保护,阖家感戴,薰父子不胜祷求,当时时改过迁善为要着,书此自警。

廿四日(1月23日) 雨,终日东北风,暖甚。饭后持诵大悲神咒,二袁工人回来,知渠两家屋尚未烧,东西一空,人口无恙。且袁金祥之屋,邻居被焚,其屋未烬,天之厚待好人,报施不爽。惟今日双库村土匪、巢匪依然横行,渠处仍多惊吓,不能进屋,可怜之至。嘉善长毛已回金泽镇,盘踞陈、陆住房。芦川姚天燕名下及巢匪宝公大打先锋,满载而归,米粮物件都要,彼处村落掠劫一空,吾乡幸免,殊属可危。租米今日一户未收,慎兄来谈,言及此次惨劫,大有巢燕之虞,不知明年作何景象也。一茶而去。

廿五日(1月24日) 大风,阴冷。是日素斋,持诵大悲神咒。午前外父遣使来,接札,甚愁愁于东路烽烟,即作一禀答之。芸舫有札,命迟儿代答,陶氏两图寄还,并泩村一信,当暂存觅寄。晚间羹自局还，知龚公赴金泽未还，诸颍纷争，大局未定，赋事都成画饼，且难了吉，殊深烦懊，且中间人甚不直捷，可疑可惧。

廿六日(1月25日)　晴，极冷。终日碌碌，心境恶劣，兼之齿痛，殊难遣怀。吉自局中回，知毛势益横，诸事掣肘。羹办事甚不妥洽，且又有大公费，可闷可叹。

廿七日(1月26日)　阴冷。晚起，齿痛略止。冷极，点水成冰。子屏侄来，匆匆即去。芸舫信面致，明日要至周庄。九兄致泚春信托寄，陶氏二图托题，云俟新年缴。瑞雪纷纷下，上天或者不绝下民生路，来年可卜丰年乎？厚安来，白荡湾无恙，双库陆氏被土、长、巢匪劫掠一空，龚公回梨，吾乡目前似可苟安。章练荡廿二日后探知无恙，官兵不足恃如此，可叹！耕云来谈，即去。账船自今日停止。

廿八日(1月27日)　大雪终日，尚未停花。围炉静坐，此福甚难抵当。逃难无屋，在船路宿诸家，此时寒冷即是地狱，思之，不胜涕下。开发一切工账及上仓一升，共十八石五斗四升，价三千算，诸公于此稍润行囊。夜酌账房诸君，余齿痛未痊不能饮，团叙陪之而已，一更馀葳事。夜登账目，冷甚，点笔成冰。

廿九日(1月28日)　仍大雪，门外深处丈馀，低处亦三四五尺，冷甚，无水不冰，若不即止，深虑瑞变为灾。港中雪冻，岸上迷路，舟与陆均不通，较诸道光廿一年更深三四尺，实不知天公作何幻境也？诸相好及短工人俱难回家，只好度岁。账房诸公均心事多端。

三十日(1月29日)　阴晴参半，幸大雪已止，可免成灾。平地五尺，高处丈馀不等，实数十年来所未有也。河港无处不冰冻，账房诸君甚难回去，只好留渠度岁，余处颇不寂寞，诸君皆无聊之甚。饭后命工人扫雪，庭中堆积如山，洒扫中堂，开岁余处值年，五代图、祖父母神像张挂瑞荆堂，先大人、两先母神像张挂养树堂，位置一切，均极楚楚，谢神祭先。夜间酌账房诸君，六人团叙，并慰旅况。余则阖家团坐，略饮屠苏。今岁发愿除夕不杀生，一切取诸市，颇为惬意。但祈来岁已遭劫者早早回乡，各图生意；未遭劫者，免受焚掠，房屋人口无恙。丰年可卜,劫运渐消,未识人心能转,天心厌乱否。更馀,星斗无光,默坐片时,祷祝升平,不胜私心悬望之至。自念一无功德,如此境界,居之甚难消受,惟愿早发慈祥心地,虔叩彼苍,俾吾乡人民仍有生路可寻,不徒自保,幸何如之? 遇灾而惧,杞人之忧,书此自警。辛酉腊月卅日,胜溪悟因主人柳兆薰敬识。

　　是夜二鼓时,星光璨然,皇天其或仍宥吴民,来年妖氛净扫,重庆升平乎? 发愿诚求之至!

同治元年（壬戌，1862）

一 月

同治元年，壬戌，新正初一日（1月30日） 早起，衣冠率应墀、应奎两儿侄拈香叩拜如来菩萨，并拈香烛叩拜东厨司命尊神暨家祠祖先。饭后，两兄子侄媳辈叙在瑞荆堂，余处值年，参拜先人神像毕，男女以次各行贺岁礼。茶话片时，谈及金泽一带逃难诸家，饥寒冻饿，苦况难言，余家兄弟仍得团叙，均托祖宗福庇，自今以后，宜随时培植，改过迁善，以祈免遭大劫为第一要着。能得在家居住，佛力护持，此福未易当也。是日甲申，红日当窗，至晚日光绚烂，上天谅必阴助新上，仍锡丰年，渐净贼氛乎？风从西北来，不开冻，账房诸公均难舟行回去，三房皆然，彼此各来贺岁。凌耕云暨其母夫人在一兄处度岁，亦衣冠来贺。上洋探得实信，尚可安堵。河冰下午益坚，大港上难去。诸客各回寓后，余拈香持诵《救劫宝训》经咒各数遍，默祷各处人口、房屋无恙。灯下《宝训》经咒始诵毕，寒冷万分，与家人谈究佛理，更馀就寝。是日余与家人素斋，外人不能也。

初二日（1月31日） 晚起，冷甚，河冰胶固。村上小儿踏冰而行，数十年来未见也。天色晴朗，饭后向阳处雪始销。沈吉翁回去，东浜之路始通。闻朝上雨木冰，余实未见。耕云来谈，是日一无所事，而心中纷扰，不克坐定，殊觉虚负之至。

初三日（2月1日） 晴，西北风大吼，雪又下，幸即止。河冻仍不开，严寒甚于昨日。饭后持诵经咒，偶阅杜诗，下午收拾先人神像致祭，晚间谨奉香烛迎接灶神。雪不销，冰柱长者尺馀。

初四日（2月2日）　晴朗，无风。寒冷如故，河冰益坚，冰柱长者三尺馀，雪不销。晚起，饭后持诵《宝训》初毕，凌耕云来谈，即留渠中饭，中午酹渠年物。陈兆兄在萃和过年，亦招渠同饮畅叙，共祝今岁能得苟安为幸。下午客去，与应墀拂拭先人神像收藏。

初五日（2月3日）　晴冷，仍不开冻，河冰厚者尺馀，至北厍可踏冰往。早起，循例接五路财神，衣冠虔叩，不祈发财，但求房屋身家克保，幸感无既。饭后诵《宝训》神咒佛号。耕云来，即返。友庆欲凿冰送一有病工人回去，至后港竟不能行而止，此事深可筹虑。静坐终日，雪略消，朝上有人呵气，须即凝冰，此事仍闻嘉庆年间有之。

初六日（2月4日）　雾即销，半晴，西南风，冰略解冻，荡中及远路仍不通行。是日辰刻初立春。饭后持诵佛号神咒，命应墀起河洛课，得豫之九四，似要诸事诚信托人，庶得行其志。卦象于有豫之时，复深戒之。变，得坤之初六，与上年变卦同，看来妖氛难息，诸事内当恐惧修省，外当思患预防。谨叩先圣，明示有兆，急宜随时省察。终日静坐，重裘略暖。

初七日（2月5日）　晴朗。饭后耕云来谈，去后，持诵佛号神咒，暇阅《海国图志》首卷及屠琴翁《病榻琐谈》。是日稍暖，冰始解，雪始销，然朝上尚有人踏冰至镇上者。日上颇传闻踏冰殒命，冒险自作孽，可畏之至。

初八日（2月6日）　晴朗。饭后欲持诵，耕云来，不果。客去后，抄录魏默生《海国图志》叙及条例十八条，其书六十卷，篇篇有用，因急欲还仲浮生，墀儿仅录数篇，割要殊多。是日雪大销，檐漏淙淙可听。河冰荡中已通，汊港依然胶滞。

初九日（2月7日）　晴暖，东北风。雪销如雨下，近地港通而荡尚未通。饭后持诵神咒，耕云来谈，性急欲往上海，而河冰阻滞难行。闻各镇已包头，令极严行，奈何！下午阅《海国图志》，心甚无聊，时事如此，尚何望哉？

初十日（2月8日）　晴。雪甚销融，冰路仍不大通，北舍有人朝上踏冰回者。饭后持诵《宝训》，适耕云来，属起河洛课。上海今岁甚平妥可居。路上行舟，目前似要留意，未识人事何如。有村老来，留之饮，据云如此严冻，嘉庆元年有之，雪深数尺，今年七十四矣，从未见也。下午抄《海国图志》中要语，暇阅《果报现录》。

十一日（2月9日）　晴朗。饭后始知各镇诸路皆通，惟近地荡中曾有冰滞。持诵经咒毕，耕云来谈，知颖氏今日为元旦。去帽之令甚严，惟闻盛川依然照旧。暇录《海国图志》要语。梦书今日始回去。

十二日（2月10日）　晴暖，东北风。冰路大通，雪销滴滴如雨。陈朗相父子今日始回白荡湾，账房内乏人照应，余与应墀互相看管，恰好抄录《海国图志》。耕云来谈，知上洋日上极安堵，渠要趁羹船至舜湖，贺子松弟十四日吉期。今日陈节生自陈思来贺岁，知金泽断难居住，渠房屋现被毛盘踞，家室一空，人口无恙，闻在周庄度岁，可悲可惧之至。

十三日（2月11日）　阴，无雨，东北风，不冻，雪大销融，颇暖。闻金泽又被官兵冲掠，西塘亦被烧两馆，芦局大警，此事听天有命，亦无可如何也！录《海国图志》地雷一门。下午至对河钱中兄处拜年，闲话吃茶而返，一、羹两公赴盛川孙局吃喜酒。

十四日（2月12日）　晴朗，屋上向南之雪渐已销尽。饭后持诵经卷，暇抄《图志》，在账房静坐。

十五日（2月13日）　晴朗。斋素，持诵经咒。饭后欲至大港，闻长毛在分湖，过浦家埭一带，颇惊惶，因不果。下午正在抄《图志》，适嘉善旧友王松契来，渠自庚申七月十二日城陷后，逃难三迁，家资罄尽，现居五娘子港，颇难过去。欲出门，亦茫茫无路，以近作诗、讨贼檄文相示，真奇才不遇也。留止宿，小饮，絮谈。是夜元宵，月色极佳，观村人烧田财，火光极红，丰年可卜，上天仍于甚怒之中慈宥救生民也，祈祷之全。

十六日（2月14日）　晴。饭后送王松契至五杨枝港，《激烈声》一本存余处，约能得苟安，三四月间来面缴。午前周聘兄来贺岁，账房内同席,下午回去。是日节录魏默生《海国图志》始竣事。

十七日(2月15日) 晴朗,春意渐盎然。饭后率两倕舟至大港贺岁,晤敬庭、竹淇并子屏诸倕,各房均到。子屏四大房茶话,赵子翰以近作相示,古风颇畅,蒙劳叙谈依依。陶氏两图已题就,寄存余处。子屏两作,虽应酬,然矫矫也。回来,抄河洛数,当寄小云。迟两公盛川未还,甚悬悬。起一课,得泰之六五,似可无妨,且俟之。有人来,述局中颇不甘心,看来不能不破费。吉老自东浜来谈,晚去,闻西塘官兵到而即去,掳掠如毛,最可惨者,妇女一馆皆被焚烧毙命,含冤造孽之至。

十八日(2月16日) 晴,西北风颇尖。饭后沈吟泉来,留之,下午有事回去。少顷,谨庭、竹淇暨子屏、渊甫诸倕来,赵子翰同来过访,吴梅仙倕倩亦来拜客。中午八人同席,子屏以近稿见示,阅之,局面独开,真所谓"穷而益工"也。下午回去,两兄盛川亦回,知局中喜事极阔,约二千号,在平时,虽大绅衿不能如是也。晚间薄醉,早眠。

十九日(2月17日) 晴,北风极冷。终日在账房校阅《海国图志》,明日拟至梨寄盛。下午吟泉来,留之住宿,夜间小酌吟泉、吉老。

二十日(2月18日) 晴。饭后舟至梨川,同应墀阅子屏诗。午前到后河,桥栅未开,用小船摆渡,墀倕身重不利便,与邱氏工人偶惊入水,幸身上半湿,强扶登岸,换借衣履,殊深歉仄。少顷,见外父、内弟拜年,小云即来招邀陪客。街上均要盘瓣①,包头之令尚松。至小云处,陪渠令亲陈墀仲,渠子乔生,小云婿也,虽经营,颇温雅。又一婿汪少严,满面玲珑,时道人也。墀仲极拘谨,古道君子,酒量颇宏。肴馔丰盛之至,余颇过饮。下午回至敬承,与外父、顾希鼎襟弟絮话。夜间小酌,子玖丈同来畅叙,读人日外父与小云、玖丈唱和近词并诗,知襟怀胜余十倍。夜与应墀同宿四楼上。今日小吃惊,皆卤莽所致,日后宜举足小心为要。

_____

① 瓣,疑为"辫"之笔误。卷九,第407页。

廿一日(2月19日) 晴。朝粥后与费芸舫、吉甫、黄吟海长谈，外父中午留饮，同席八人，极蒙款馔过丰，兵燹之馀，如此光景，极不易得也。闻昨日俞少翁在吉甫处，适去，不及晤。接李星槎旧腊廿五日盛川所发书，阅之，知景况平常，以所撰陈子松传述见示，所借姚刻《古文辞类纂》携至浦东，被寇陷失去。此书得辛垞寓目几遍，已可接姚氏薪传，失之虽可惜，既有古文家知音，则出借亦可幸，至物之去留无定，藏余处未必能保，置之不论可也。席散，余即告辞外父归家，芸舫寄子屏一信，当便送出。路过浮溇，到殷氏寓所，二式表嫂出见，两表侄均在家，一茶即返，到家上灯。接陆古鼎信，当即答之为要。金戈闻今日来过。

廿二日(2月20日) 晴朗，暖甚，重裘可卸。是日素期，先大人忌辰，中午致祭，焚化经卷，中心凄楚，终天抱恨，不孝难报。下午作两札，一复陆实甫，寄至东浜；一与子屏。晚间接子屏回信，日上要赴梨川。

廿三日(2月21日) 晴。朝起同羹梅至周庄，饭后到镇，晤节甫之尊公少钱。少顷，同节甫至陶氏，两图缴还，旋至公所拜商翁，诒孙、年康侯在座。复至老贝公所，知已出门，略坐，复至东恒升，子春暨郎叔南出见，蒙代老贝留中饭，子春、商隐、节甫六人同席，谈及杭城失守，官场竟不顾颜面，提台米、藩台林国桢降毛后，共至苏城过年，伪忠王着熊公今日至周庄，托老贝公护送上海以辱之。米逃官已泊舟在镇，林逃官伴王抚军灵柩已过西塘，今夜汇至老贝公处，护送到沪，闻之使人喷饭。少顷，老贝公到戴氏来请，略坐叙话，知毛与官已齐到，同至局中，欲看上岸，熊公恰迟迟未出来，余与羹梅兴尽开船，此事见之，可发指也。是日见毛所颁《士务律例》，皆系科场事，大旨奉耶稣教，文通理不通。节甫以对联求谦丈书，为渠尊翁少钱，行三，八十初度，并幼了，行六，升甫吉期合祝，当效命也。张问樵托同人题诗，寄余贡笺三四张，子春以老翁《东篱公述略》见示。

廿四日(2月22日) 晴暖，日色红而无光。饭后撰友人寿联句，拟一书复李辛垞。齿甚痛，与吟泉闲谈。夜间北风渐劲。

廿五日（2月23日）　半晴。饭后凌耕云来，知上海日上路行多被劫，家眷尚未去。殷达泉表侄来贺岁，今岁仍在浮溇。少顷，外父、小云先生率内弟幼谦同来，中午在养树堂，吟泉、大儿七人同席，下午达泉回去，小云、外父留住几日。剧谈，夜间小酌，极友朋之乐。是夜小云宿书楼，外父与两儿深谈佛理，同宿内楼上。西北风狂吼，渐冷。

廿六日（2月24日）　晴冷，有冰。饭后与小云、外父长谈，星伯侄来，语剌剌不休，多无味，有所求，润之而去。暇以笺对、寿喜联磨墨求外父一挥，老年笔力益苍劲。夜间小酌，浮一大白，甚酣畅，一鼓后就寝，闻有疫火。

廿七日（2月25日）　晴。饭后备舟，汤小翁、外父、内弟回梨，固留再宿一宵，不肯，约春夏间再来盘桓。午前至羹处算公账，吃亏如数付之，适仲荫庭自梨来，即在羹处年馔款之，余处特到厅上，应酬圆到，陪饮叙谈颇畅。下午回去，约二月初五六日间来再叙。晚间舟回，外父有回片来，善书、佛经、图章均收到，明日拟再遣人一往，因所书对联落款中脱一字，已用新笔抹去三字，增加四字，行间尚宽，甚不妨也。夜间早眠，疫火仍有。星槎信，托外父寄出。

廿八日（2月26日）　晴。饭后晒帽，未识衣冠可重振否也？思之闷极。星伯又来，为两房告贷事，无所遇而返。闲与吟泉谈，晚间接外父回片，对联脱字补写无痕。夜间略阅杜诗。

廿九日（2月27日）　雨，东南风，暖甚。饭后持诵《宝训》神咒佛号。午前出售糙米五十石，价二元九角，合钱四千二百一石，且销出以应所需。外父有信来，并托寄松郡华亭署中朱稚苹一复信，又代寄到殷谱翁信两函，一致子屏，开函知在是月廿三日在殷桥发，未识即油车港南汇地名否？书中情绪颇周挚，月杪即由海道进京，想此时已不在乡间矣，消息无从探问，怅怅，惜余懒甚，不及到彼一候。书内述及曾接曾太保信，二三月间南下，恐亦子虚。谱老匿迹韬声，一腹牢骚见于笔墨，亦无可如何也。下午陈节生来，知金泽仍不能居，欲寄居绮字港,极妥。

卅日(2月28日) 晴阴参半。饭后持诵神咒佛号。陈节生来谈,午后回陈思。账房内出栖三米,应接售之。午后孙容卿、金少谷侄婿来谈。

二 月

二月初一日(3月1日) 晴,寒。饭后拈香虔叩东厨司命尊神暨家祠祖先,祈求诸事苟安是望,又焚香持诵神咒佛号。下午惟与吟泉谈论。晚间羹自局回,恐所议之事周折而成画饼。是日庭中积雪始销尽。

初二日(3月2日) 晴。饭后沈慎兄来,一茶即去,云至泮水港有干,不留一饭,裹甚也。港上痴媳来,翾之不止,付钱五百而去。总之,谨老办事不妥之极。下午王仲奚同其弟叔眉来,夜陪在萃和堂同席,知盛川极安妥,持帽之令下而不行,保卫主人之力也。桢伯已往油车港倪氏保卫局中去。

初三日(3月3日) 阴,无雨。朝上拈香烛,在大厅上陈设,恭拜文帝圣诞,武帝前亦谨奉一瓣香,同供拜叩。广阳庙有土毛窟,不洁净,故于家中悬拜。是日,朝上陪仲奚在友庆处絮谈,拟邀仲奚余处中饭,坚留之,不肯,一茶后即返棹,裹甚也。午前吴甥幼如暨晚姊同来,送白粲一石,午餐而还。局中郁小轩、姚莲舫、陈松乔来,叙在萃和,款留设馔,预支两月祈安数,诸多公事尚未落肩,俟羹初七日出去定夺。总之,毛在,人家无完肤也。谈论至晚而去。接子屏回札,以《陶苣孙词稿》见示,灯下略阅,都有移情之作。

初四日(3月4日) 晴,朝上霏雪即止。是日斋素,补昨日圣诞斋期。阅苣生词,前多风流愁悒语,自乱后气格渐变苍古,境益进,心益宽,读之自知。下午益芝四官来,又润之,云有生意,今岁不再来,未必然也。羹自蚬江回,述所求一纸书,似不难即得,然恐不着力且难办,未识吉局如何? 深为筹虑。

初五日(3月5日)　晴暖。饭后持诵《宝训》神咒,暇阅杜诗精本五、七律。属吟泉录芑生词,夜间自抄几首。

初六日(3月6日)　晴。饭后诵《宝训》经卷。痴侄媳又来,即放舟自去载谨二兄来,至则痴子又去,此事日后当费辞说,留老谨中饭而去。哓哓之言,终日厌听也。夜间二小儿呕痰,咳嗽不止,精神疲惫之甚,思之,筹蹰万分。

初七日(3月7日)　晴。饭后命内人大士前求二儿签,服药为上,医则严惕安可用,并预书一禀致外父,请紫云庵僧代诵《金刚经》一千卷,祈求病体能愈,薰父子三人同发心普济也。陶少山、吴绣梅来谈,新自田上来,云彼处尚可居住,一茶即去。老四房裕堂侄来,云今岁老当祭,诸物皆贵,且有长毛关,行船百险。议各房不同叙,主祭者一家到坟头祭扫,此说极是,未识各房以为然否?有曹小圃之母顾氏表姊来,为叹气上有所求,念其年已七旬,留饭润之而去。谦来自局中,付数二,诸事均未了吉。是日先母沈太孺人忌日,午后致祭,薰素斋终日,焚化神咒百遍,稍申追荐。

初八日(3月8日)　晴。饭后持诵《宝训》神咒,痴侄媳来,命舟去载谨老,欲开船,彼已逸去。此事多周折,皆谨老办事不善也。晚间,舟自梨回,接外父回札,二儿祈病无恙,请诵金经千卷,已蒙代办。明日烦沈吟泉持慎甫札去请同川严惕安,夜间部叙伏载,此症须内外交修也。是夜二儿呛不已,又见红,终夜不安眠,余亦烦懊特甚。

初九日(3月9日)　晴。饭后欲持诵,乙兄来,述及二儿近体,未免失于调理,未识能渐服药轻减否。沈慎兄来,因留中饭,酌之,为二小儿病,深蒙关心详问。余终日闷闷,幸二小儿日间尚安,呛略减。

初十日(3月10日)　阴,下午微雨,夜间东风大吼。二儿自清晨至起来呛不已,气逆,步楼梯艰甚。饭后吟泉已回自同川,谈定严惕安即刻要到,请金八元,舟使乙千四百文。少顷,慎兄亦来,承蒙关切,感激之至。午前严惕安已至,一茶后,余书病原告之,诊脉极详细,据云心血亏虚已甚,吐血粉红色,血虚阴亏之象也。病须扶元治外感,不足以见速效,用台参须、西洋参、北沙参为君,川贝、十大功劳叶和汤诸品为臣,服之,胸中不涨,胃纳渐加,自可奏功也。持论整本清源之至,甚佩名不虚传。治方后,留中饭酌之,慎兄、乙溪、余与大儿同陪。人亦极切实,无医生习气,下午回去,倘服药得力,当再覆请也。慎翁亦回东玲,恰好羹梅处有十大功劳叶,鲜鲜煎汁调药,夜起更服之,尚安。因楼上举动气急,命内人及一妪陪二小儿安宿瑞荆堂西厢地板房。

十一日(3月11日) 阴,下午大雪,幸即止,起晴。早起,欣知二小儿昨夜服药甚能安睡,早起始醒,可望有转机。是日,坐在房中避风,呛亦略减,惟痰中尚带血一口,胃纳亦少,当再服药三剂,再请惕安调理。慎兄遣人来问,深蒙关切,即作复安谢之。夜间二儿服药,黄昏时嘱其早眠。

十二日(3月12日) 晴,渐冷渐暖。朝起知二儿昨夜服药尚安,惟因足肿痛兼寒,以致终夜不能眠。齿干燥,呛不已,虚火又升,脾气似泄,小便浑浊,形力疲,不便起来。痰中仍带粉红色,惟胃气尚佳,食粥、燕窝有味。总之,势不甚妥。嘱吟泉作札,明日再去请严惕安来覆诊,以便与之商斟。夜间仍服惕安方,略眠,恰适意之至。

十三日(3月13日) 早起晴。二儿后半夜嗽仍不缓,痰中血带粉红。清晨命工人持慎札、医金去请严惕安。饭后陪二儿,喜能成寐,呛亦稍减,惟神不安舍,呻吟惊悸之声不免,静以待之,或者此其转机。闻攻松江败毛回,东野鸭荡中舟行络绎,离余家不及半里,幸而不到,此亦二儿今日转危为安之一征也,祈祷之至!灯下惕安已到,述近状兼以堪受补剂告之。为二儿诊脉极周到,在厅上处方颇费经营,阴虚已极,用药扶元以培本,润肺以清气,达下以藏阳,仍用人参须、洋参、旋复花、代赭、十大功劳叶等品,今日仍服前方,明日接服今方。按脉象及案语极为危险,然能受补药,深望有回生之力,未识皇天能佑此子否。与惕安、吟泉同席,谈至二鼓惕安始下船。二儿是夜服药仍安,略寐二时,余则倦睡矣。

十四日(3月14日) 晴。晨起看二儿,据云清晨嗽呛,齿唇仍燥,饭后幸能安睡。终日倦疲,呛亦渐减,带粉红色者两口。胃气仍旧,恰有味,纳粥一碗,虚阳不上升,似可免意外之惊。熟睡两时许,甚为近日所难。夜一鼓,据云口燥,服惕安所拟方可望安神。

十五日(3月15日) 晴。晓起知二儿昨夜安睡,饭后呛甚艰难,不能寐,下午不思饮食,纳粥三口,云喉中干甚,舌燥,气渐促,恐症有变端。灯下舟请梦书来,据云此是精竭之形,断非喉科所能治,急进参汤,恐亦无效。与梦书同房,终夜不成寐。

十六日(3月16日) 晴。四鼓,老妪来唤,即起来,见二儿神色已变,气促声低,对余犹以手指口,舌已强矣。余以阿弥陀佛接引西方,须一心不乱告之,始则四大分离,继则渐能收肃,听母及兄念佛,欢喜而逝,时则十六日卯刻也。抚养十八年,竟似宾主分手,由余无福,不能留此佳儿,哭之恸。继而大儿以"吾弟暂来我家劝导一门"慰余,始恍然觉悟矣。位置厅上,安排俱定,衣以乃祖遗服,材木星宿之数,皆已从厚矣。择于十八日小殓,举殡在南玲圩坟屋中,亦甚安妥,惟未成立,不克成服为可悲耳。港上竹淇弟、子屏、星伯均来慰余,夜间痛饮三杯而眠。

十七日(3月17日) 早起。命舟至梨,作札致外父,辞长者,不敢赐慰。饭后沈宝文来,同饭于厅上。午前慎兄来,十分慰余,长谈至下午而去。午后内弟幼谦持外父信慰余,汤小云先生、费芸舫昆季有书致余,兼附唁分,诸亲友情重谊深,甚难为怀也。晚间二儿之柩运到,视之,木料干洁,做工亦佳,生江此番格外顶真,亦是二儿之福。夜间心郁甚,大儿以佛氏所谓吾弟非吾父真儿子,不过以十八年暂叙百家,　　　点化,吾父初不尽信禅学、心学,今岁新正一月中,哓哓兴办,致吾弟垂泪犹不听。至二月初,弟病已笃,吾父始颔之,即为之发心立愿,弟亦知之,然缘浅,从此弟已无憾,了然而去。吾弟之言,父能始终遵之,弟亦含笑。慈孝两尽,多哭多悲于弟无益,于父大有所损,何为哉?余始恍然有悟,心郁渐舒,安睡一鼓。

十八日(3月18日) 晴。三鼓起来,二儿入殓物件亲为检点,执事人草草齐到,卯时送殓,极从容。视之,面色不改,不觉放声大哭,十八年父子之恩自今日尽矣。殓毕,东、西邻齐来慰唁,北舍顺之、吉裳两侄孙,港上子屏、星伯、渊甫、成陶四侄,本村潘、钱、曹三家均遣子弟来,年幼,不成服,不出帖,蒙亲友均有礼,余惟致谢拜感而已。饭后,用大船一号,举殡于南玲圩祖茔祠堂偏屋,立乙山辛向,坐东朝西,登基在巳午之间,择午时,恰岁早一二刻也。是日讹传虚惊,幸分湖中无毛过,尚为安静。送者胞兄应墀、两房从兄从弟,设灵座,安于西书房。下午开发执事人等,夜间荤菜两席酬账房办事诸公,乙、羹、余陪之。诸事毕后,余则倦甚矣。幼谦内弟今日早去。

十九日(3月19日) 雨。晚起,是日大士诞辰,素斋。饭后洒扫一切,厅上略安顿,心又纷如,即停手,嘱吉老到镇料理账目。与吟泉谈心,论以后事诸多窒碍,为余踌躇,余亦了无把握,奈何!

二十日(3月20日) 阴,东北风,终日凄惨。饭后整顿厅上书籍、笔砚,心昏乱,一物不能照旧,姑置之。与吟泉谈,下午闷坐,一应本宅发开劳金,二儿之事从此多毕矣。蔡氏堂妹来慰余,长谈,知此月中为云生急办葬事,女人颇明大义。

廿一日(3月21日) 阴雨,下午略起晴。饭后与墀儿侄收整书册,位置左右,暇则静坐,天君略定。

廿二日(3月22日) 晴,朝上大雾。是日奎儿初七日之期,循例遣下人烧七香,凄然于怀。饭后始登清内账簿,奎儿之丧,约共费钱乙百十千左右,材木、衣服而外,诸事俱草草也,费用之加倍,时事之艰难若此!下午拟作札致谢外父、小云,心闷不果。墀儿今日为弟持诵阿弥陀佛,祈求往生净土。

廿三日(3月23日) 晴阴参半。饭后持诵《宝训》,为特杀开戒诵咒资荐。暇请云生堂妹来絮谈,中午酌之,余略饮三杯解闷。洗涤笔砚,尘垢一空,终日与堂妹畅谈,颇可破除俗见,并佩渠能知大义,余意中有两件必要干办之事,渠亦以为然。

廿四日(3月24日) 晴暖。饭后持诵《宝训》,诵经资杀生。作札致谢外父、小云、芸舫。下午慎兄来谈,晚去。谦自周庄回,所商之事窒碍难行,无怪也。

廿五日(3月25日) 阴雨。饭后遣妪持札呈外父。中午祀先,曾祖母黄太宜人忌日,暇辄心不安。广阳庵巢匪叙赌之事,能得不成为妙,此事二儿亡后,又一大心事也。晚接外父回札,知月底月初得闲光降。接郑甥理卿信,词极宛转,并致慰分,洵多礼也。

廿六日(3月26日) 晴。饭后诵《宝训》经卷。午前谨老来谈,刺刺不休,更增愁闷,中饭,又润之而去。下午徐竹汀夫人特遣幼子来唁,一茶而去。终日愁虑多端,甚无聊赖也。

廿七日(3月27日) 阴,东风狂吼。饭后持诵神咒,与吟泉谈,解闷。终日昏昏,一无头绪。是夜为二儿神回之期,羽士二人招魂致号,闻家人哭声,凄楚之至,不能成寐,终夜藏事。

廿八日(3月28日) 阴晴参半。昨夜早起,精神疲惫,饭后假寐熟睡,晤醒仍益悲愁。午前恰喜俞少翁丈、费吉甫同子屏、星伯两侄来慰,少翁以瞿画《古木名古槎图》暨《朱兰坡先生诗集》见赠,《秦淮忆月图》惠题四绝,极佳。《古查图》以先人别号相合,赠余最宜。畅谈,留便中饭,小酌,酒逢知己,余始放怀,畅三四杯。下午少丈、吉兄返芦,子屏仍留絮谈,以哭奎儿古诗三章赠慰,词极恳切祈望,非寻常韵言也,所谈均极痛痒相关。晚间小舟回送港上,王松契《激烈声》亦已寄还。

廿九日(3月29日) 晴,昨夜颇寒。晚起,饭后重阅子屏挽二儿诗,四古风,立言扼要得体,二儿梗概可存矣。瞿琴峰古木是大手笔,少翁题诗甚婉转情深。朱宫赞诗集《小万卷斋》十二本,前一册多应制之作,馀则起自嘉庆纪元,至道光乙未止,虽未展阅,定多杰构也。摩抚数翻,以志执友郑重之意。龚来谈本地事,甚为心患,未雨绸缪,谈何容易?下午静坐,无聊之甚,阅杜诗数页。晚间蒋积甫、陈松乔来慰余,并至二儿灵前拜吊,谢不敢当,一茶即回。龚梅处夜间叙谈,知周庄十二日大吃惊,老公买静求安而退,然乡村已焚掠数处矣,可知无地可称安乐。

三 月

三月初一日(3月30日) 晴。朝上率墀侄儿奉香烛,恭叩东厨司命尊神暨家祠祖先,能得苟安,不受流离之苦,均诸神默佑,不胜祈祷之至。邀蒋、陈二公早饭,不果,已至北厍矣。饭后,正欲持诵,外父、小翁扁舟来仿,小云致慰分,金经廿卷。外父撰慰联哭二儿,兼致香烛。蒙师长殷拳,情谊交至,真存殁俱感也。少顷,仲荫庭自芦来访,因长谈,中午同席,乡肴酌之,衰甚。下午荫庭回芦,携余《秦淮忆月图》及新得赵墨迹《陈情表》去,以董画、陈眉公字托龚梅销,恐亦无主。灯前与小云、外父小酌,情话至起更,同榻于大厅西厢房。

初二日(3月31日) 晴。晚起,朝饭后送外父、小云回梨,十分慰藉,铭感之至。客去,持诵经卷佛号,拟作札致俞少甫丈。下午闷坐,欲为二儿作事略,心纷不能下笔。

三月初三日(4月1日) 晴。晚起,饭后命墀侄儿随渠嗣母到陈思,祭奠杨斗翁清节。下午龚回,知孙局与巢匪争斗事,老贝公出来讲和,款粮亦已谈定。吉老现已出去算账,晚间回来,云均了吉。总之,此事居间人不直落。

初四日(4月2日) 晴暖。饭后命墀侄儿至芦,补吊黄竹丈老夫人,玉生之母也,并持札面候俞丈少翁。此心依然鱼鹿,不能坐定,午前大儿回,知少丈往周庄,信则面托玉生。登清账务,心烦之至。

初五日(4月3日) 晴暖,春气勃勃。饭后同乙兄舟至姚家埭,吊沈含珠表伯夫人杨老表伯母,两表兄雪山、雅山均在,拜奠后留茶,具中饭,补吊者纷纷,菜极丰腆,此时两公当颖令,人尚公正,家颇从容也。下午回至北舍,略停泊即开船到家。金堂外孙暨陈骈生四兄均来吊慰致枡,外孙即返,骈生留小酌,长谈。知守松江城有外夷人华迩,极勇巧,有大志,连得胜仗,皆渠功也。骈生不及饭,郑重慰余而去。是日循俗例为二儿上座亭,略一观瞻,呜咽悲深。

初六日(4月4日) 晴。饭后率墀儿侄至南玲圩先伯秀山公、先大人墓上祭扫,松柏桓桓,幸保无恙,惟瞻拜之下,回顾吾家子息倏弱一个,悲痛难言。奎儿停枢处,地极幽安,命墀儿侄酹酒,两妪哭奠之,良久返棹。午前殷达泉侄来慰奠,殊觉情重,留中饭,叙谈至晚而去。羹自局回,关照一切。

初七日(4月5日) 晴,暖甚,穿夹衣犹热。饭后同两兄率四侄舟至北舍,今日清明祭扫。先至老坟始迁祖春江公,木桥头敬湖公,长浜里心园公。闻杨坟头有关有毛,同族以为必不宜避,因同各房所坐之船前往,谨兄趁船,东北风极猛,舟人对手,破浪而行,颇有虚波颠荡,过关见毛,不避不查,径至“角”字君彩公墓前祭扫,是行极从容。是年当祭老四房,裕堂侄与小七房合办。初意,因时势不佳,食物昂贵,议停祭,同族不以为然,幸此番同庆平安,尚吾家祖先荫庇之福也。回来,叙在先从兄愚泉书楼上,谨庭暨两兄、梦书侄团叙两席,楼下六席,会叙者六十二人,饮散福酒,菜亦丰,不甚满,各物俱贵,无苛责也。饭后同梦书辈小叙茶棚,有弹唱生,厌听,兴尽而返,同乙溪至桂轩侄处畅谈而归。到家,清节祭先,大厅上命墀儿侄代敬酒,祠堂内余主之,各虔拜,至晚毕事。灯下静坐,思及二儿,不胜凄楚。

初八日(4月6日) 风雨大作,终日风狂如虎。饭后持诵神咒,终日萧条寂寞,观书、动笔两不果。

初九日(4月7日) 晴,下午又雨。饭后羹梅处轮年,余同两兄、子侄辈随往,至西房圩先曾祖杏传公坟上祭扫,回至南玲先祖逊村公墓前祭享,各以次拜叩。瞻顾松楸,不胜依慕,良久返棹。中午在羹梅处饮散福酒,两兄与余按齿坐,墀儿侄暨两房子侄辈随侍同饮,幸叨祖先福庇,举行祭典。目前人家,得此团叙甚为难得,但祝年年平安相继,吾家被泽无涯矣。共相祈望,畅饮而还。谨庭来,痴侄媳一事今付一千八百,所馀之钱作四个月付给清,前所付者,虽由谨手,亦归此项扣算,论定核实,殊多烦恼。晚间送谨兄回港。

初十日(4月8日) 阴雨。饭后持诵《宝训》经卷。顾萃虞来慰余,并致奠二儿灵前。中午留饭酌之,谈及上海夷兵,断不足恃,路上处处难行,畅叙而返。沈慎兄来谈,论事周详,深佩远到,晚间回东玲。

十一日(4月9日) 晴。饭后持诵经卷神咒。暇则为二儿叙事略,以久荒之笔,当心境不堪之际,铺叙平直,支离略坠,无一是处,脱稿后,当重改。下午与墀侄儿焚化字纸。

十二日(4月10日) 晴。饭后正欲持诵,适周庄费、戴、陶三家遣船来吊,冥仪不薄,来人沈茂元,枪头也,厚给之而去。晤蒋积甫,知老翁病可无妨。午前金少谷侄来慰吊,欲留饭,固辞,谢之而去。下午为二儿作略迹,脱稿后与大儿斟酌字句,大段略定,然恐不妥处尚多也,下笔荒芜如此,可叹!

十三日(4月11日) 晴。饭后持诵神咒毕,接子屏信,劝慰余处,言言休戚相关,情深骨肉,不过如是。俞少丈处有谢片,即作复,寄渠工人去。次儿事略,今始录清,当与小云、外父、子屏商酌为妥。下午袁憩棠特来慰,并致唁分,乱后第一次相见,渠杜门不出,今日之来,十分情重。畅谈时事,知上海一隅难望出手,官场如儿嬉,且视为利薮,英夷居心叵测,事事阳奉阴违,并以长公为奇货,帮攻之说亦难得力,茫茫大劫,不知何日承平也?言之浩叹!晚间回去,珍重而别,暇仍闷坐,无一好怀。

十四日(4月12日) 晴。饭后诵神咒《宝训》。上午晚大姊率幼如甥来唁,并慰余,留之中饭,幼如以经资荐二儿,尚见诚心,送冬米一石而去。下午焚化字纸,慎兄来谈,即去。作札致外父,二儿事略录清呈政,明日寄去。

十五日(4月13日) 晴。饭后持诵经卷。午前仲荫庭来,羹坞公留饭,下午余处长谈,风稍缓,欲留止宿,不果,应酬眉公字一副而去。碌碌终日,尘俗纷如,闻长毛过塘落北,田上一带又大打先锋,残破之馀犹不能保,思之可惧之至。

十六日(**4月14日**) 晴朗。饭后持诵神咒经卷。沈吟泉同其侄来,畅谈终日,留之中饭,晚去。闻官兵今日攻打青浦,炮声不绝。

十七日(**4月15日**) 晴。饭后作札拟致子屏,羹来,知局中又有事,明日乘贺吴寿出去,恐亦不易办也。午前徐石然来,大儿偶有微感,处方清理之。晚间账船还,接外父信,借领一切。闻焦湖人在莘塔又闹事,孙局擒三名,斩二名,此事又将大动干戈,能得大加惩创,不胜祷祝之至。

十八日(**4月16日**) 晴。饭后持诵神咒《宝训》。暇阅近人苏州彭仲山氏《无近名斋文钞》,笔颇奇恣傲岸,细谂之,即相国之胞弟,真邑有腠蔑而不识也,论则驳而不纯,不可以为训。晚间羹自局回,知所赶事不能不应酬。

十九日(**4月17日**) 晴。饭后诵神咒毕,以札致子屏,适子屏同竹淇来,长谈终日。以陶苣生之兄临川所画墨龙、五采金鱼遗笔,装好属题,其点睛,诒孙之所促成。无子,近嗣沚村子为后,沚村遍求同人题庄兼伯《金缕曲》一阕,妙绝,余无心填词,命子屏捉刀矣。晚去,子屏借施注《元遗山诗集》六本,此精本,不肯妄借。陶苣生欲借《词谱碎金》一书,当通情与之。子屏今日以庄子寿所作《闲气集》,吊江浙殉节诸公及诸闺秀,其子兼伯填词同咏。子寿以纪事体作诗,笔极苍凉古劲,真是他年信史必传之作。

二十日(**4月18日**) 雨,颇冷。饭后填词一阕,题陶临川遗画,兴到偶然动笔,未识是否。其画极佳,故为之,即录示子屏斟酌定夺。暇阅《无近名斋文稿》中卷,其议论有醇正处,有偏驳处,有断不可存处,其笔力佳甚,惜乎,不成大家!晚间中卷阅毕。

廿一日(**4月19日**) 半晴,热甚,下午大雨,闻雷声。是日为亡儿五七之期,延泗洲寺禅堂僧作佛事一永日,聊申超荐,循俗例散经,将晚始毕。持诵神咒经卷,心境不舒之至,夜间早眠。

廿二日(**4月20日**) 朝阴,晚晴。饭后持诵神咒。暇阅《彭仲山杂著》一卷,笔力、识力、气势俱美。复阅毛生甫《休复居文》,其光黝然,气息浑厚,然古奥荒目者读之,猝不得解,益信斯道之难。闻官军十九日收复青浦,传说毛穷自退,官兵尚未进城,曾营新拨之兵已到上海。

廿三日(**4月21日**) 阴,下午雨。饭后持诵《宝训》经卷。有沈元宣之子来讨叹气,从宽了给之。下午沈慎兄来长谈,晚送回东玲。羹自周庄来,知老贝公昨日申时故,在北头失一保御饵颖之人,恐巢匪辈乘间蜂起,在此老则为全福,明日拟同羹往吊之。

廿四日(**4月22日**) 雨如注。昨日夜间大雷电,阵雨。清晨同羹出吊贞丰老贝公,至则雨大作,登岸致奠,坐在外厅,诸怪俱集,不得已应酬。相识者朱福堂、赵静轩、金小春、董梅亭,荤荤款客,馀者皆素,蒋节甫在外襄事,不及谈。冒雨走至陶氏中恒升,戴赏翁在店,长谈,并谓目前地方,巢匪必乘间猖獗,驾驭为难。至颖氏,又见一篇大文章,诛求无已,种种棘手,未知天意能留此一方否。松乔来,同去茗饮,回来,节甫抽忙相陪,又匆匆去,沚邨、节甫固留中饭,扰之。《词谱碎金》,谢元淮默卿所撰,精刻五本,木套。陶艿生要阅,即交沚春转致之。雨稍止,告辞,开船到家尚早,稍整行李,明日拟至梨川。

廿五日(**4月23日**) 晴,热极。饭后舟至梨川,先至港上子屏处,略迹已改就,文气极沉郁顿措,可知此道非外家汉所能办。立言得体,不妥处删改大半,题画词亦改就。略坐即开船,到梨中午,外父出见,杖履安胜,希鼎襟弟亦在座,小云先生在馆中,遂同席。下午团叙五峰园,剧谈,九丈、三丈俱来谈,吉甫、芸舫亦至,复同九丈、希鼎茗饮茶肆,遇非意中人,略应叙谈,兴尽而返。夜间吟海亦来,复同小酌,极得友朋乐事。夜与外父剧谈,不觉三鼓后,与希鼎同榻。

廿六日(**4月24日**) 阴晴,潮湿,仍热,来衣难穿。晚起,属芸舫代书题画词,陶氏两图,外父、九丈诗、画、书均就。终日与小云、芸舫、吉甫畅叙,下午"同善录"中有"先天一目斗咒",抄录原委。夜间与邱氏诸君谈已往事,不觉悲感交集,夜眠仍不早。

廿七日(4 月 25 日) 晴热。饭后与小云谈,阅内弟文,甚有进境。家中船来,外父固留中饭而返,约四月中同小翁到乡。行至清风桥,有关,由紫树下而避之。舟中倦甚,到家未晚,有微雨。

廿八日(4 月 26 日) 晴,稍凉。饭后作一札并费信、临川画送交子屏,录清一目斗咒。星伯来,又复阙之,所言殊属无味,账房中饭。子屏有回字,略迹录清寄余。所闻上洋李星使朴俭森严,乘布轿,即日要大举行,与徐信相同,然恐成事不易。殷表嫂处遣内使来,所商似可凑手,有喜信。下午谦斋来,知金泽又设官兵局,芦川诸公不得不未雨绸缪。

廿九日(4 月 27 日) 雨。饭后持诵经卷神咒,录清近所传观音咒斗咒,休例不合处与大儿商酌,从其言,作定本。子屏所改略迹极有文体,大不妥处已改去,命大儿誊清本。作札拟致李星槎,求作诔文。昨日由子屏处接到俞少丈札,仲荫庭要信当复。《秦淮忆月图》,陶内史所题极佳,仲荫兄亦作长歌,暇须谢之。

卅日(4 月 28 日) 阴。饭后诵神咒,暇钞斗咒清本。下午命大儿录子屏所改应奎略迹,细阅之,文气沉郁顿挫,醇厚绵邈,知于此道极深,吾辈对之,能无赧颜乎?作札致辛垞,已就,有便当寄去。

四 月

四月初一日(4 月 29 日) 阴。饭后谨拈香烛,叩拜东厨司命尊神,祈平求安,能免惊惶,神佑良多。复虔谒家祠,拂拭鼠污,负疚万分。与墀儿拈香,净揩厨内,安置先灵,暇则持诵咒及佛号,抄清斗咒。下午沈吟泉来谈叙,晚间不及送之回去。谦自局回,知官兵又有润饰局文,可称无益,然不能竟拒之。

初二日(4 月 30 日) 晴。饭后诵神咒,斗咒清本午前抄完。局中老玉、松乔、小轩来,为官兵事务索勒豢养,此款银上借转,不得已含糊应之,且俟生江回来再商。在萃和留中饭,陪之,下午始去,乏兴之至。夜间小酌,亦聊以解闷。

初三日(5月1日) 晴热,潮湿异常。饭后持诵经卷,命墀侄儿填写普济佛单,抄一目斗咒。午前友庆处蒋节甫来,知老贝公后人尚可继起支持。以邱氏所题陶氏诗画图册寄交芝春,并以一目斗咒全文钞就者寄示周庄诸君。下午作两札,一致外父;一复仲荫庭。碌碌不能坐定,奈何!

初四日(5月2日) 阴,稍起燥,薄寒。饭后诵神咒,遣舟持札至梨,暇则楷书斗咒。下午作札致陶芝春,晚间舟自梨回,仍由紫树下避关。接外父回札,寄示申江达化坛大士乩谕十张,蒙佛宣示,将行大疫,及早回头,或可免此大劫,谨当分布信心者。昨夜梨镇信昌绸庄被盗,云是野毛。

初五日(5月3日) 半晴。饭后持诵神咒《宝训》,斗咒今日又抄就一本。账房内有租户顶田事,际此世局,彼惟便宜是占,不得已,忍气俯就之。田之累事,即小可见也,闷闷。今日是奎儿七终之期,命应墀祭奠之,思之,凄悲难解。

初六日(5月4日) 晴冷。饭后持诵神咒,十四日梨川普济今始了愿。暇录白衣咒,心不专,多差误,罪甚。墀侄儿自镇上徐若然处就诊还,合一丸方,可常服。闻芦关颖今又掳二三十人至杭,镇上清甚,心怀恶劣,略阅杜诗。谦自局还,知公私两事应接为难。

初七日(5月5日) 晴,雨,下午又晴。饭后持诵经卷神咒,暇抄大士神咒。下午阅杜诗、毛生甫文集。羹自局中去,回来当有辞说大出款。

初八日(5月6日) 寅刻立夏。晴,潮湿之至。朝上诵咒,饭后至中午候一人到萃和,不来。凌耕云昨自上海来,的知初三日寅刻官军收复嘉定城,夷兵之力,李星使至,衣青布袍,今则巍焕,军令森严,似有一番举动,果俟之。终日无聊,至蓉卿处谈,以挽二儿诗见示,颇感情重。羹又赴局,为公私事,殊属应接不暇,闷闷。聊饮火酒应节,晚间大风雷雨,羹到芦未回,一鼓后始到家。

初九日(5月7日)　晴朗。饭后诵《宝训》神咒。至乙羹处谈，知官样文章吉题，然日后局事十分支离也。回来少坐，知小贝公来拜客，送礼，三家各一分，十匣，一北腿。余即至萃和，局中老玉、松乔陪来，彼处金小春、李福堂、罗某是其用事，勇则二十人左右。有钟仁庆，余处佃户。蒋积甫，是宾中主。若何位置，均渠主张，小船二十条，极其体面。小贝公无坐性，余家三房宅内盘旋一转，余处厅上略坐即回萃和。设茶毕，设席三，又书房内一桌五簋，余与积老应酬之。两勇也，席散发水费，开船，时事如此，不得不降心相从也。桂轩在乙处说亲，耕云下午又来畅谈，知太仓有收复之信。

初十日(5月8日)　晴朗。饭后持诵神咒，公账算派钱洋，诸多不公之至，忍耐受之、听之。午前招地师潘桎年来，至北玲圩为二儿相安葬地，据云七十二丘内可用，南有来水，北有来水，港亦曲折，惟后面港稍远，地极安稳可用。拟立乙山辛向，兼乙卯一分，穴当点在头爿，四方无碍，决计定见用之。回来，留中饭小酌之，以一目斗咒全本送之，渠亦欣然。下午书化命，并全家八字与之，约后八月、九月初择期安葬，选期五月初选来，此事能赶紧了吉，亦是二儿之福，备舟送回。佩曾、果斋来谈，一茶去。子屏侄来，恰好以泄村诗信、余寄辛垞求文信面交托寄。子屏今岁为祖父、父母竭蹶营葬并寿域，极知大义，松琴有子，不仅在文名籍甚也。晚间去，有邻人来，知今日英夷攻昆山，太仓收复，然与今日子屏来自梨，接邱外父示余札不符，姑信之。梨川昨日有卜枪打长毛警信，周庄普济单七月期已收到，今日以周氏大帖庚吉送回，托子屏交送，此事如此收场，惨悲万分。

十一日(5月9日)　雨。饭后持诵《宝训》神咒。暇则谨书祠堂祖先总位两道，字拙手强，不恭之至。下午蓉卿、耕云来长谈，颇解岑寂，客去，改蓉卿挽二儿诗四首，颇惬意。陈兆兄来，知渠有不肖子，受累极甚，可叹。

十二日(5月10日)　半晴。饭后持诵神咒。上午顾萃虞来，为米售就①,廿四日来下,价之腾贵于斯极矣!暇录斗咒。下午耕云来谈,明日乙溪之第二子苐卿吉期,新亲凌氏自上洋已至莘塔,余家明日备小舟去接,际此世局,万难开门排场,聊以完备一婚事而已,思之,败兴之至!

十三日(5月11日)　晴,午后更佳。饭②率埠儿侄至乙溪处道喜,午前倪蓉堂来,中午在账房内两正席,闭门不能排场。未刻乙处去接新人船已自莘塔到岸,媒人桂轩、耕云侄倩同来,另一舟用轿上亲,用乐部四人,申刻合卺。余弟兄衣冠祭祖见礼,夜间设两席款媒,颇适意,饮酒。席散,至新房内茶叙,耕云辈戏闹,兴致极佳,余则索然,惟吃果品而已,归眠一鼓时。

十四日(5月12日)　晴。桂轩、耕云早来,余以来岁欲完埠侄儿之婚事,托桂轩作札至上海,关照新亲凌云汀,俟有回音再商。午前至莘和陪新客,凌乙谦之幼子来望朝,两席,余与孙蓉卿同坐,下午复茶叙新房。晚间耕云来谈。

十五日(5月13日)　半晴。饭后率应埠衣冠谨奉香烛,奉总位,安妥家祠,叩首而出。持诵经卷神咒毕,写录斗咒本,是日斋素。今夜在罗汉寺方丈内放焰口,为亡儿应奎普济超荐。接袁憩棠今日所发信,暇当一往。

十六日(5月14日)　晴朗。朝上诵咒,闻炮声甚近,正惊疑间,凌耕云来,知乙谦夫人已至乙溪处,莘塔昨夜有警,逃者纷纷。饭后,大嫂自陈思来,知昨日金泽又被西塘、嘉善毛打先锋,掳人甚众。老正自北厍来,知赵田亦甚惊惶,憩堂之太夫人已至北舍。谨庭又来,似因急借口,不与辩,付两枚而回。下午有人来自莘塔,的知金泽官兵已到,毛亦逃回,吾乡一带似可暂卜苟安。惟闻苏家港被巢匪、土匪掠劫三次,人幸无恙,此说以不确为祷!唇齿相依,思之寒心。昨

---

① "售就"后原文有符号ᒧᒧ𝒳。卷九,第417页。
② "饭"字后疑漏写"后"字。卷九,第417页。

日、今午均食蚕豆饭,翠珠玉粒,此福已大不易享矣。终日纷纷,不能静坐,青浦城的知十四日夷兵已攻复。夜间村人颇讹言,余家不为所摇,静以待之,幸尚无恙。

十七日(5月15日) 晴朗。饭后持诵神咒经卷,斗咒第三本抄毕。梦书自北舍回,确知此番打先锋,嘉善、胥塘长毛城北领路,三日期满,各回巢穴,秋水潭焚烧几半,言之惨然。苏家港被掳人船,房屋无恙,然元气伤尽矣。下午舟至东玲候慎兄,知肝疾初愈,长谈半晌而还。作札复袁憩堂,明日寄芦。

十八日(5月16日) 阴。饭后持诵《宝训》神咒。上午凌耕云来谈,命墀儿侄作札禀外父。闻嘉善长毛仍在西塘未退,芦川昨夜甚传官兵至,关毛逃尽,实则官兵不到,诸事虚空。下午焚字纸,与应墀分理,甚未易吉功。晚间蔡氏堂妹自梨里来,甚传昆山昨日卯刻收复,官兵欲攻平望,镇上迁避纷纷,明日当遣人到梨探听。

十九日(5月17日) 晴朗。饭后持诵神咒。遣舟至梨望外父,送豆,先生处二斗,白粢两筐,耕云趁船。下午师母来,白作监河之请,无一言体谅,言定十八松,先付八米冬,开仓与之,此数实吃亏而不能告人也。下午回去,闷坐。晚间舟回,接外父信,知昨日之惊,因芦毛一逃,借此波及,实则攻平之说、援湖之师多付子虚,昆山有贸易人到梨,的知盘踞安堵如故。以立夏诗见示,小云亦有送豆米谢札。李钦差之师并未举动,须俟曾国荃到镇江关照后再行定夺。傒苏之望,恐甚遥遥。

二十日(5月18日) 晴。饭后持诵神咒经卷,暇抄斗咒一页,与大儿焚理字纸。曹氏表姊来,留之止宿。下午蔡氏堂妹来话旧,云生葬事工程完毕,皆秋丞甥之怂恿成事也。碌碌仍难坐定。

廿一日(5月19日) 晴。饭后持诵《宝训》经卷。上午有枪匪顺法,挟官兵势又来恶魊,此事须关照局中,当有词说也。羹周庄去,回来当商酌。与应墀焚化字纸,下午知冯甥媳妇严氏今日病故,廿三日小殓,彼家一门,从此了结,思之可怜。羹回,述及长短事,诸多棘手。陈墓今日官兵冲到。

廿二日(5月20日) 晴。饭后持诵神咒《宝训》。邀蔡氏堂妹中午蚕豆饭,絮谈一切,老辈乾嘉间事尚能说述一二。下午舟人至梨,送冯甥媳殓分回,知镇上尚平安,北庠为田捐事追迫万分,羹约明日出去。芦局又为枪匪顺法官兵事,羹晚即到局,殊为席不暇暖。夜间斟酌田数,原议云云,诸多支节,明日须再商办。陈墓官兵索饷尚安静。芦川颖氏顿增数百,居心颇为不测。

廿三日(5月21日) 晴,下午风颇狂。饭后至羹处,已回,枪匪一节又破浪花二点。正欲持诵,吴老玉来,在萃和即付与了之。下午羹至北庠,为田捐事,亦为累坠,未识若何下落。痴侄媳又来嬲,此事进退两难,吾宗无人可知矣,且给钱百去,闷闷。是日斋素,持诵《宝训》神咒。羹晚回北庠,诸事荆棘,后有词说,然羹老所办亦不妥洽。

廿四日(5月22日) 晴朗。饭后持诵神咒佛号。上午写斗咒半页。下午与应墀焚化字纸。晚阅《杜诗镜铨》。

廿五日(5月23日) 晴朗。饭后持诵《宝训》神咒。北舍顾莲波又来,势甚滂涌,几乎不情,乙溪即回避,余与杏园好言解之,始约明日去料理。下午与大儿焚化字纸,慎甫来,长谈,晚去。羹自梨回,在萃和议论公事,余失言揭其隐私,勃然变色,实则外强中干,以公账事推余承办,理上讲不去,且与前言变卦。余为时势所屈,不愿阅墙,含忍应之始解围。此事吃亏,虽妻子亦难告也,闷闷久之。总之,公忠正直,末劫中无此人也。

廿六日(5月24日) 晴。饭后诵神咒佛号,萃虞来下冬,略照管。羹自北舍回,吃亏自遮门面过去,幸尚不至辱骂耳,此种光景,万难出头也。有沈又江来,辞以出门,留票一纸而去,阅之,极调曲也。芦局又来请,老和出去探听,如此供应,万难过日,且芦毛盘踞,不能设法退兵,总有大警。暇焚字纸。晚间老和自局还,知颖营尚可不扎,有药可吃,所费极巨。生江,黄老太发办,明日且去缴数探信。接徐丽江信,知方太沙系凌店周庄陶朗亭托船户张学贤办理,每载约五十块四千五百文,给饭一顿,丽江即日遣人到彼,谈定再复。徐甥办事,想老实,不虚望也。

廿七日(5月25日)　晴。饭后持诵神咒宝号。上午出冬,暇与大儿焚化字纸。命应墀代作札复子屏,为河沙事,适有便即送去。下午吴幼如甥来自葫兜,即留之,住宿账楼。局中和亭去,回来不知作何说话,深为焦急。晚间老和回芦川,色象不佳。南栅人家已被盘踞,可危之至。夜与大儿酌议余家大局,以迁避为干净。

廿八日(5月26日)　晴。饭后持诵神咒经卷,斗咒第四本抄毕,命吴甥与大儿焚化字纸。下午蔡氏二妹来,絮谈良久。至萃和与两公论家事、公事,如此形势,余谓万难支持,必须预为退步。周庄必要通声气,如万一作行遁计,彼处可商备一切也,犹豫未决。余虽粗有四柱,做此大文章亦甚难下笔,奈何。

廿九日(5月27日)　晴。饭后持诵神咒佛号,作一律,拟明日至周庄赠陶芝春。下午静坐,命儿及甥焚化字纸。闻芦局老人到苏呈图,求免扎营,恐尚不能允协。

五　月

五月初一日(5月28日)　晴。早起同羹梅至周庄,饭于舟中,饭后到,泊舟东恒升行前,即至南栅城隍庙前寻蒋积甫,晤其尊人少筬,与之商酌。即至局中(四金二点福一京一点),见金小春,知小主人王云桥尚高眠,一茶,求换旗而出。与节甫茗饮,石卿、李福老亦来,略叙应酬之,谈及陈墓被陷皆本地人居心不良,请官兵来,翻受挟制,以致颖族寻衅,蜂拥而来,官、颖同时掳掠,满载而去,言之深堪痛恨,然天道昭彰,起议人自被洋枪火毙矣。周庄布置极好,点缀安排不来,今已照常安堵矣。至中恒升,陶芝春、诒生、叔楠均见,商翁亦同来剧谈,蒙留饮,五篷相款,福堂小主人亦同坐。福堂官场极熟,办事灵敏之至。下午芝春邀至上和轩茗饮,适戴伯谷、康侯、苣生、诒生、沈戟门同来,畅谈极乐。庄兼伯亦来,苣生处西席,不相见者三年矣。芝春用昌黎十四监韵长排挽杨恭甫,极有法律,知此道已三折肱矣。以仙方、药茶托合,其方托寄子屏,良久始下船,一帆顺利,到家尚早。

初二日(5月29日) 晴。早起,拈香虔叩东厨司命尊神、家祠祖先,默求苟安居住。昨日出门,命应墀代叩,甚不恭也。饭后出冬,略照管。作札复子屏,为河沙事,适菊畦弟妇来,诉谨老不情理事,殊抱不平,然亦不能代为出气,缓谢之而已。徐丽江来,大好以子屏札面与之,云即日要到沪上,谈及大儿亲事,六太太意欲送去就婚,不肯下乡相商,余亦颔之。即留中饭,俟秋间回复再定可也。饭后即返,静坐半晌。

初三日(5月30日) 晴朗。饭后持诵《宝训》神咒。命小童扫洒厅上,尘垢为之一空,颇快心目。外父遣使持札来,知镇上粗安,欲内子往省,约二十日左右,作禀即复之,所传闻云云,彼此相同。局中开收银,其数甚大,北舍更不直落,殊堪昏闷。下午阅《杜诗镜铨》第十三卷,阒寂殊甚,因思奎儿之亡将近百日,逝者如斯,河清无日,不觉怆哭随之,掩卷不能阅。

初四日(5月31日) 晴。饭后持诵神咒,作五古一首,题《问樵图》。谨庭来,聒聒之谈,厌听殊甚。今年帮贴之数,不扣已算清,秋间若苟安,又要预借矣。闻芦颖筑土城扎营,万难挽回,东土从此不能完善矣。退步毫无,殊形焦急。子屏之信托谨老携去。下午慎兄来谈,与之相商,所见相同,长谈至晚而去。吉老自梨下乡回,佃户尚有天良,惟梨镇昨日吃空惊,乡间亦甚惶惶,所收不及半,约二十左右再往。

初五日(6月1日) 晴,有风。饭后持诵经卷神咒。闻芦川槐字港一带浮厝棺木均欲抛弃,善堂内设法限迁,然已厄及死骨,真大劫难挽,各村均派人役兴筑,如此田忙,颖竟不顾,令人浩叹无已也。中午祀先过节,犹幸苟安居住,皆祖宗默庇也。祭毕,略饮数杯,无兴之至。下午阅杜诗,思及时事,不胜恐惧,如此实逼,处此以下,终难免大惊惶,闷闷。

初六日(6月2日) 晴。饭后持诵神咒。下午舟至赵田,憩棠至沪上,不值,晤述甫于门首,发苍,须皤然,几不相识,不会面三年矣。登两行斋,琴书尘封,子丞出见,话乱后事,不堪回首。闻嘉定决计复失,被降毛内应,夷兵伤者甚多,死一大头目。青浦、松江告警,渠家欲迁沪,看此光景,游移未定,且俟憩棠回再商。晚归,殷达泉在,等候一回音,留之止宿,与余同榻,此子极沉静,无外好,可佳之至。

初七日(6月3日) 晴。留达泉再盘桓一日。羹昨自周庄回,接泚邨诗札,诒孙求画亦来,药茶三包亦寄到,资共四千二百五十六文。传说湖州初三危急,其说非无因,思之骇然,从此势运难望转机,奈何。闻芦颖扎营筑土城已停手,颖亦吊回,可卜暂时清净。和泚邨见赠次余元韵二首,了无深意,应酬之笔,了不惬心。王桢伯来,在羹处,遂同夜饭,长谈,知新正在油车港倪氏,与殷谱经畅叙半月馀,二月初旬由沪上夷船进京,余不得一叙,怅怅之至。

初八日(6月4日) 晴。朝上诵神咒。上午迟桢伯不至。下午送达泉回浮渌。桢伯晚来,夜间小酌之,羹同席,畅谈话旧,至起更还更处,知在油车港行道。倪氏亦近日大便家,办事勤敏周详,兴隆之至,拜谱经为师,深有远虑。主人其次号瑞谷,亦诸生。长者精于逐末,号秋谷。

初九日(6月5日) 晴。朝上诵神咒,上午候桢伯,知往北舍,命吴甥写《问樵图》。吟泉来谈,渠小恙初痊,不欲中饭。下午正与吟泉絮语,适俞少甫、徐鲁卿、许竹溪、吴仁斋从孙家汇访秋伊来,知芦镇近可无事,暂卜苟安。酌后小饮,谈论极畅,以药茶并方分送之,薄暮而返,约初十后去答。谦斋一来,生江出来,派到苏请撤防费共六十元,如数而去。夜与桢伯畅叙,闻湖州失陷在初三日,误由饷极粮尽,遣员至上海求救,薛公挟制不发,殊堪痛恨。赵竺生闻已自尽,吾辈闻之,能不痛哭乎?

初十日(6月6日)　晴朗。持诵佛号神咒。饭后与桢伯谈,有所商,代运一筹,午前回去,约十五日再来,同至周庄访陶氏昆季。下午谦斋到局算银,朗相同去,晚归了吉,尚能斩去葛藤。

十一日(6月7日)　晴。饭后闻苏颖过芦,镇上不便往,朝上持诵神咒。顾萃虞来谈,留之中饭。略阅杜诗,下午倦甚,昼眠,不自振拔之至。

十二日(6月8日)　晴燥,望雨不来。朝上持诵神咒,饭后闻芦毛已退,过东又打先锋,巢匪继之。午前厚安从莘塔迁油回,知双厍、秋水潭、陈思前村又吃惊。下午厚安归家,两工人载往,账船皆开,忽起空潮头,喧扰之声来自东浜,正欲济无人之际,秋水潭逃难船来,询之,因金泽被烧,颖族万人欲攻练塘,莘塔下午罢市,因从冠溪、陆家桥放船而至此,然此地非驯良之土,甚为诸公虑。余因工人皆他往,惊惶之至,幸是虚警,无恙,不然逃身且难,何论其他?思之骇甚!夜间工人回,知白荡湾甚幸无恙,五杨枝港被掳几尽,都是巢匪尾毛后,嘉善颖族继之,苏来之毛行至近练塘被官兵轰退,由三白荡回周庄,恐尚添毛复攻,芦川一带未必定也。

十三日(6月9日)　晴。朝上持诵神咒,饭后具蔬果、香烛至广阳庵,虔供武帝、文帝,兼致香烛拜大士菩萨,谨谨叩首,能免流离逃亡皆神佛默佑。回来,晤费氏西白兄,须苍,面老,几不相识,亦停泊余家。午后秋水潭一帮逃难船皆开,云家中罄尽,正在插种,不得不回家,可悯之至。顾和亭来,云局中吴晓芹、沈杏春辈出来施粥,余助米一石,此事乐从之至。

十四日(6月10日)　晴,风干,无雨,插种维艰。朝上持诵《宝训》神咒,暇抄斗咒半页。是日读《杜诗镜铨》第一遍终卷,杜公本末略知其概,能得今岁重阅一遍,是余今岁大幸事。流离满目,思之谈何容易!米价腾贵,每石七千,百年内从未有此昂贵,贫人糜食无从,奈何奈何!下午倏起空潮头,探之,了无踪迹,然下船者已多矣。闻莘塔八桨船仍未退,并有打馆子之说,今岁音信不佳,端倪已露矣,殊深焦闷。

十五日(**6 月 11 日**) 晴燥。饭后出冬,与邻友、邻人零拔纷纷,价四十五角①力十四,合钱七十二个②四毛,如此骤长缺货从来未有,秋黄之交将何以接济?亦日后一大患事,思之急甚。闻莘塔八桨船仍未开,白荡湾一带村落又被惊吓,其说未识确否。总之,"苟安"二字甚难必也。午后持诵神咒宝号。

十六日(**6 月 12 日**) 晴。饭后诵神咒宝号,抄斗咒小半页。下午,陈朗亭自白荡湾来,知彼处昨日朝饭后被毛掳掠,渠家人口趁船出逃,房屋幸无恙,今日回家,房内衣服、布帛,精者取,粗者弃,藏于僻者尚存。厨下什物不动,能得从此永免,犹可为善国也。明日要回去,叫船,以备不虞,贫士生涯已十分受累矣。该村被难者一人,受伤者二人,皆挟资而走,与之争夺受害。

十七日(**6 月 13 日**) 晴热,望雨不来,村人插种维艰。饭后诵经卷宝号。上午抄斗咒。下午阅杜诗末卷。闻莘塔镇今已开市,村人到彼,回来所述,想风声略静,过东之毛已去,不识借能无事否。子屏信来,要药茶,尚未付。并接李辛垞札,本欲由大港到溪,因初十日复有虚警,即回去,谇文已许长夏动笔矣。

十八日(**6 月 14 日**) 晴热,大似季夏光景。饭后持诵宝号经卷。韵生侄媳来,租米上馀八千○卅一文,付讫,又预食牛之数,应允之,此媳贞节驯良,余甚敬之也。子屏处命大儿侄作一复字,茶药分送两许。知谦丈人处虔合沪城,斗姥降方救劫回心丹当附合以济人,近日疫气已有,大可预置也。慎兄昨日来,知前往胥塘。嘉善之毛出城打先锋,已回去矣。下午热甚,静坐。晚间陈节生来自陈思,知彼处虚惊甚多,不能居住,欲至歧字港赁屋,眷属在大嫂处止宿。舟傍河干,人口甚多,宿在舟中者更觉蒸郁。炎天逃难,其苦如此,易地以观,真清凉世界矣。

---

① "四十五角"原文为符号 ㄣ角。卷九,第 422 页。
② "合钱"后原文有符号 ㄸ,"个"原文为符号 ㄑ。卷九,第 422 页。

十九日(**6 月 15 日**)　朝上湿云漠漠,少顷,时雨檐滴,惜即止不畅,开晴仍热。饭后持诵神咒。午前祀先,是日先祖忌日致祭。稍理账务,暇阅韩诗精本,《少陵集》已藏置厨内矣。下午雷声殷殷,微雨稍凉。王桢伯来,在羹处与之夜谈,并读赠陶子春五古七律,赠芑生词,写作俱佳,学有渊源,自惭不如之至。

二十日(**6 月 16 日**)　阴雨,朝泛。同王桢伯、孙仲甫、胡谦斋至周庄,饭于舟中,饭后泊舟东恒升行前,候芑孙,尚未起来。冒雨走至中恒升,晤诒生,谈叙。少顷,子春出见,以《问樵图》再步子春诗韵二律面交。子春殷勤之至,留食小点心,戴四叔、蒋积甫亦来就谈,知镇上安静两日,雪巷东易氏大受颖累,的知有人引勾进去,此是腹心之患,大有唇亡之虑,言之可怕。子春陪茗饮上和轩,复固留桢伯中饭,五簋相款,仲甫与焉,余陪饮,醉饱,费扰之至。时事,上海无声无臭,青浦城仅存焦土,北信颇有佳音,赵竺生夺围而出,走至宁国,未识确否。下午与主人告别,复至芑生处长谈,以近词、近诗见读。开船天倏霁,到家尚早。

廿一日(**6 月 17 日**)　阴雨。朝上持诵神咒,饭后迟桢伯不至,适子屏侄来,以所撰尊翁松琴先兄行述示余,笔底古洁,哀痛之情,言言道实,非寻常笔墨也。阅近稿,知日上有袁廉伯、许秋芦两君泊舟大港,因日前有惊信,不开船过访焉。袁系西江人,许系杭州人,袁与曾帅有旧,欲往投,此人长于古文,精理学,名凤桐。许系杭城大族,所藏亭林先生《兆域志》,即其家因城陷后此书亦不保矣。二人均往沪,萍踪适叙,亦奇事也。外父遣下人持札来,关切之至,以新合回心救劫丹十料分送,并抄示神方坛谕,余以丹之半致子屏,即命大儿作答。与子屏同饭,下午桢伯来谈,至晚间始去。身内不甚安适,早眠。

廿二日(**6 月 18 日**)　阴雨。朝上持诵神咒。饭后桢伯来谈,以沈紫珊处旂凭奉托。午前回羹处,倘不开棹,下午当再来谈也。下午知桢伯已去,余适有湿热感冒,括痧后仍不爽健,熟眠半昼一夜,闻风声雨声,酣畅之至。

廿三日（6月19日）　开晴，仍微雨。饭后始起来，口苦舌黄，中饭一碗，有味而不能多进，似须服药以驱之。下午腹闷、口苦，不适之至，阅《昌黎集》三四页，精神不能专注。

廿四日（6月20日）　晴热，下午似又欲雨。午前请徐石然来诊脉，处方疏散清理，先服二帖，胃口仍不佳。仲荫庭来，余处接留中饭，诿办金鱼差，出二元，办二大四小去，可笑之至。下午回梨，余因小恙，不及固留之。

廿五日（6月21日）　晴。体仍不适，卧楼。午前闻袁憩棠来，即披衣出见，知渠目前无迁居意，倘或日后决计要避上洋，约定与之同住也。留便中饭，余不能饮食，坐谈而已。客去，眠卧，胃口不清，暑湿留滞，舌黄口苦。

廿六日（6月22日）　雨晴参半。夏至节祀先，不能拜跪，命大儿代之。徐石然来诊脉，告以前服之药不甚对，食粥一两口，无味。

廿七日（6月23日）　晴热。病体仍不轻松，熟睡终日。

廿八日（6月24日）　晴热。卧在楼上，不思饮食，下午竹淇弟、子屏、薇人两侄来问讯。薇人命以代拟一方，据云湿热留滞，无甚大病，然亦不能即痊，所处之方，无要药通利，平庸而已。局中又有所商，命大儿至莘和面应之。

廿九日（6月25日）　阴雨，略凉。终日坐卧不安，无聊之至。

卅日（6月26日）　晴雨参半。胃仍不开，食粥一小碗。羹梅上楼来谈。

六　月

六月初一日（6月27日）　晴。晚起，仍不爽健，东厨司命神前、家祠内命应墀拈香代叩，不恭之至。服薇人增减方，毫不见效，明日拟至北舍，请苏医黄寿田。

初二日（6月28日）　晴，微雨。胃气依然不开，心胸闷甚。午前黄寿田来诊脉，据云暑邪在三焦之表，易治而难即奏功，用川朴、黄连为君，解湿去积滞诸品佐之，源既清，胃自开也。定方二帖，留饭而去。薇人又来，欲至西塘行医，苦无资，命大儿代润之而返。

初三日(6月29日)　晴，雨，正好农人趁雨种青，不至干旱难插。天爱下民，真同赤子，惟米价腾跃，每石须八千馀文，即遇七十老翁，亦云从未见此，无食者将何以度日？胃气略开。

初四日(6月30日)　晴朗。在楼上静养，食粥一盂。黄寿田又来复脉，专以清香、芳烈之品疏通，云肝气不动，此剂自投也。

初五日(7月1日)　晴热。晚饭后始下楼，食粉浆粥，尚有味。午前子屏来问候，在内室与之畅谈，中饭后去。闻禾湖颖头在盛泽相争夺，居民大惊，至有迁避者。羹梅自梨而返，不前往，尚能见机。

初六日(7月2日)　晴热终日。下楼食粥，静坐，中午循俗略食不托，无味即止。黄寿田来，专用和胃、开胃之品，处方五六帖，病源可肃清矣。谨庭来问，不及见。

初七日(7月3日)　晴。朝上食粥，颇佳，中午始食煨饭。下午慎兄自同川回来探问，承赐清盐、干面、薄荷糕诸品，谢领之。甚传曾太保克复金陵，恐多粉饰，难信，然听之，亦足使人快意。晚间回去。

初八日(7月4日)　晴热。命墀儿作禀致外父，并述近况，晚间接外父回信，知合家平安为慰。《问樵图》两词已题就，复以回心救劫丹三两见寄，并示上洋乩坛大士鸾谕，苦劝世人念佛、放生、施药，实心行善，庶大疫大兵或可免避，不然无生路矣，读之令人汗下。小云有札，欲觅折腰之数。

初九日(7月5日)　晴热。身体略健，命大儿裁札复陶沚邨，前月廿八日接渠信，昏睡未阅，今始披读，谦不敢当。寄和王桢伯诗词并佳，词则芑生笔墨，不愧名手。即托友庆寄，《问樵图》附寄。

初十日(7月6日)　晴朗。仍静坐内室，命大儿作书致桢伯，陶氏诗词一同封寄，十二日托友庆寄航，恐有浮沉之虑。羹已至盛，真两歧也。

十一日(7月7日)　晴，东北风，是日交小暑节，风色极佳。益芝侄来商贷，人不驯良，辞以疾，不见，犹哓哓不已，在账楼住宿，不去。

十二日(7月8日) 晴热。晚起，食粥两碗，极有味，下午食煨饭，亦能开胃，惟口苦疲软不能健如初耳。下午闻益侄归去，尚不至十分讨厌，然落题颇难。补登日记，手腕力弱之至。

十三日(7月9日) 晴朗。晚起，食粥，在内静坐。中午食菉豆面，有味。下午黄寿田来诊视，用健皮开胃之品，处方十帖，云可霍然矣。梦书同来，欲买一账船，定价九十千，合洋六十元，解缆一千文，约二十左右去看船。

十四日(7月10日) 晴，东北风极狂。朝上食粥，中午健饭二碗，身子渐有起色。账房内忽有以找价田事相覼者，辞以疾，似可暂退，日后恐终难免，可知余近年来瓜葛事甚多，闷闷。闻嘉善长毛又出来，分湖以南村落又被掠劫，并有欲至金泽之信。昨夜闻炮声甚近。

十五日(7月11日) 晴。朝上起来，拈香叩谒东厨司命暨家祠，粥后焚香，诵大士神咒，为周庄普济施用愿单，大儿填就，经咒尚未完也。羹梅今日自盛由梨回，知在盛屡吃虚惊，为禾颖以捉枪为名，实则在新常、严墓一带大打先锋，镇上亦颇惊惶暗迁。昨夜梨川亦有惊吓，今日不知若何。燕巢幕上，处处危机，可怕之至。欲查账上，疲倦，辍手。

十六日(7月12日) 晴，东北风极大。粥后补诵经卷神咒，暇登清半月内未登之账务。下午，舟自白毛墩还，知昨夜为禾颖欲捉卜氏枪船，又有虚惊，陈氏已逃他所，不知所往，可怜之至。若本地人，则仍居住，梨川尚无恙。是日风狂，舟人行至野鸭荡，橹断，幸无他虞，思之骇然。

十七日(7月13日) 晴朗。饭后持诵神咒佛号，慎兄来，留之终日，便中饭，畅谈，知胥塘颖族已逐去城北，据其所坐之位，城北即去松江，投李蔼堂。此辈朝秦暮楚易如反掌，可恶之至。晚间送慎兄回东玲。

十八日(7 月 14 日)　晴朗,未热。饭后持诵宝号神咒经卷,暇阅《于忠肃公集》。下午局中东易又有花头需索,势难坚拒。闻梨川为捉枪船颇甚惊惶,恐时局从此又一变。

十九日(7 月 15 日)　晴,渐热。饭后持诵神咒佛号,是日大士诞辰,斋素。闻周庄为官兵所冲,小贝公家大遭焚掠,镇上略动,看来时势日危一日矣。袁憩棠专舟遣人持札来,知振老关照,北兵已克雨花台,沪上亦甚安静,渠决计即日迁移,特来一问。余即作复,托作兔窟之计,想渠能代运一筹。下午作禀致外父,明日去遣人探问,并以此事告之。局中东易,羹老今日去会,势如豺虎,餍其所欲而止,言之殊深愤愤。意绪纷如,百感交集。

二十日(7 月 16 日)　晴朗。饭后诵经卷神咒,午前遣人至梨川外父家。午前作札与陶汕村,为周庄吃惊,必须致问。信即寄与羹梅,有便寄去。与大儿计谋行止,殊属万难。下午舟回,知梨川尚苟安,虚惊已定。外父因夜间防守过劳,适有小恙,现已轻松,回札周详之至。小翁处送冬五斗,恰无回信。

廿一日(7 月 17 日)　饭后时雨下降,惜不酣畅,终日阴。上午持诵神咒佛号,周庄普济发愿者今已回向,谨祝七月中能舒徐焚化为要。下午秋伊来谈,阔别半年,畅叙半晌,深为欣幸,晚间始去,借去汤小云所存《阅微草堂全集》一函去。账房有浦家埭张朝梁子文魁,号秋亭,以南玲圩田九△有○找绝,从权允之。此亦田上一小累也,成券即去。

廿二日(7 月 18 日)　晴,无风,始热,闻蝉声。作札觅寄徐丽江上海。暇阅于忠肃公奏议、诗文。薄暮雷声殷殷,可望阵雨,少顷大雨,天锡丰年之兆。

廿三日(7 月 19 日)　晴阴参半。饭后诵斗帝、文帝宝训,今岁十二遍,完一愿。上午孙莲溪来望余,并惠茶食十盒,火腿、蚕豆石,此人颇知恩义,留之中饭。今日斋期,不觉破戒,共饮火酒,罪甚也。所经手之件,云一须十月,一则八月中来了吉,下午始去。坟丁来说,知先严坟上斩与柏树一小株,其人朱家港摇枪船周万春,此事不能出头切责,然以下保卫为难,奈何!晚间羹自周庄还,知小贝公家大伤元气,均被朱大卤莽败事。官兵系新提军王,由拦路来,李抚军亦在彼处,曾秉中已卸事矣。巢匪李公亦要严办,周庄之巢穴一空,人家受惊纷纷,子春家亦稍波及,枪头均被官兵一扫,天道好还,宜哉,然恐从此多事。

廿四日(7月20日) 晴热。饭后诵《宝训》神咒。上午阅《于忠肃公集》完。下午闻北舍枪头至周庄去迎宝盖。一波未平,一波又起,吾恐东南大患由此而兴,此辈真令人痛恨也。

廿五日(7月21日) 晴,不甚热。上午闻颖氏在赵家港口过,幸不窜进,云自梨里来,至莘塔,专与枪船为难,居民无恙。下午闻北舍有警,未知下落。裁衣七官来,赒之始去,此人质地尚驯良也。韩诗初阅一遍,今始终卷。

廿六日(7月22日) 晴,大风。晚起,知北舍居民无恙,毛已回梨,来时专捉小船,然均远逃。饭后诵神咒。下午梦书来,所买之船交洋付讫,约渠初五日去载。明日交大暑节,拟至梨川问候外父。

廿七日(7月23日) 晨起晴,诵神咒。饭后舟至梨川,途中风猛水逆,凉甚。午前至梨邱氏后河登岸,外父即出见,近体已愈,稍未复原。小云在馆中,前所赠折腰始知巅末。中午围饮火酒并膏粱,不昧此者三年矣。下午风狂微雨,舟回,外父留余信宿。走至蔡氏堂妹处,途遇仲荫庭,二妹出见,知金生官今日至余处,正两歧也,絮谈良久而还。荫庭、王聘翁来候余,在敬承堂长谈,传说刘河口失陷,崇明、宝山吃紧事,以不确为幸。夜间又畅饮火酒,九叔同叙,四训未抄完,五斗之数已付讫矣。夜间凉甚,雨声滴滴,交大暑,宛如深秋。镇上疫气颇有染者,极骤难治。芸舫、吉甫出见,渠家有事,匆叙未畅。与幼谦内弟同榻,渠文已完篇,诗有性灵,书法极佳,真有造才也。

廿八日(7月24日) 晨起阴,极凉。略作诵课,即与外父絮谈一切,遭此世变,进止均难,即能苟安,终陷危机,言之闷闷也。上午与小云谈,下午又至蔡氏,知金生已回,坐久而还。今晨答访荫庭、聘五于周氏,即同荫庭至周氏五亩园张公省老品五寓所,品五寓一楼,面临荷池,有蔬有木,有花有石,亦目前不易得之境也。畅游,扰品五茶而返。晚间同小云、外父纳凉小饮,一鼓而寝。

廿九日(7月25日) 晴,稍热。朝上诵课后,外父以近诗见示,读之,律益细,笔益灵,此道三折肱矣。上午秋丞来,即去,芸舫出谈,托寄子屏一信。家中船来,外父固留中饭,并招吟海来谈,知左抚军由衢收复金华,然四乡村邑为毛糜烂之至,下午约外父中秋后再叙。镇上目前尚无惊吓,珍重而返,到家未晚。夜间两公来招,知北厍局又有硬索事,殊深发指,然亦不能不餍虎狼之求也,可叹!

卅日(7月26日) 半晴,下午又凉,欲雨。饭后诵神咒甫毕,谨老来,所谈皆余所不欲闻者,应之,败兴。留中饭在养树堂,又如愿而去。晚间补登日记、账务,碌碌终日。此月中实未尝干一事,思之歉然。

七 月

七月初一日(7月27日) 晴,渐热。朝上率应墀谨奉香烛,拜叩东厨司命尊神暨家祠。饭后诵神咒毕,查账务。下午乘新买之船至东玲,候慎甫乔梓,畅谈两刻,归家尚早,略阅《太白集》王注本。

初二日(7月28日) 晴,热甚,汗如雨下。饭后诵经卷神咒。终日所遇皆不如意人,所谈多不如意事,又嫌暑逼,少兴,碌碌不知作何事。略阅《李太白诗》,王琢庵所注,极详晰。

初三日(7月29日) 晴热,昨夜尤甚。饭后诵《宝训》神咒。上午慎兄来谈,即留素中饭,同食西瓜,甘美之至。闻芦荡中有蝗虫,能不食苗为幸。晚间始去。初浴爽甚,雨间略凉。

初四日(7月30日) 阴,朝上阵雨不畅。饭后诵神咒经卷。外间颇传宝盖至芦川,探之不得真耗,恐从此多事,扰害地方,莫此为甚,惜无人上禀抚军。稍缓须臾,以待机会。

初五日(**7月31日**) 阴雨,颇酣。饭后诵神咒。传闻芦川为小曾名下宝盖,劫掠全镇,大伤元气。午前有枪船过东去,村人惊惶万分,如吃空潮头。终日纷纷,恐此后日紧一日也,奈何!无聊中阅李杜诗。夜半二贝家讹言倏起,各家惊起,实则自怀虚心,捕风捉影,借以煽惑人心也。余四鼓亦起来,后知无他,仍和衣而眠。

初六日(**8月1日**) 阴雨。饭后诵神咒宝号。上午静坐,似无警信,然颖族游汛在芦,不知是何居心。镇上被掳之后几不成市,乡间旦夕皆是危机,未识目前能偷渡大海否,思之恐甚。

初七日(**8月2日**) 晴,仍不热。饭后持诵经卷神咒毕,适慎兄来,知芦镇此番大受冒充宝盖枪匪之累,家家破耗,森甫家受劫颇重,车当均然。幸关颖李姓甚通人情,且肯填昨日苏毛供应之费,今口押开店,目前似可过去无事。且有前任田令之仆邵二到东玲,详知绍兴光景,斗米一洋包村之说,实有其人,保障一方,且甚公正。邵二已由芦到上海回镇江矣。午前外父遣人持札来问,荷蒙关切之至,札上云云,殊觉人言可畏。传说常州六月廿九日克复,未识确否,即作回札,一一复之。下午阅《太白集》,琢崖所注,了当明亮之至。

初八日(**8月3日**) 晴阴参半。饭后诵《宝训》神咒。上午益芝侄来告急,哓哓咕咕,可怜不足惜。余阅杜诗一卷,两人在厅上楚囚相对,下午始告去,赒之,亦不过吾尽吾心而已,此辈恐支节无已也,世局如此,将何以堪?

初九日(**8月4日**) 半晴,晚间阵雨酣畅。饭后诵经卷宝号。午前谦斋、松乔为局务需索而来,不得不含忍应酬之。东易有片,可恶之极。谦、松二公大受曾三劫掠、刃伤之苦,幸小恙无妨。并知芦局公私交迫,所眈眈者不过寒家,劝余辈早作退步为目前要着,愚昆季深感其言,羹处陪留便饭而去。下午余与两兄略言退步,羹意相同。余舟至孙家汇候秋伊,并与孙莲溪商略东行,渠颇肯为余出力部叙。复候陆墨樵,篱东小筑,书画在室,良苗在野,开轩面圃,光极佳。

坐久,复至秋伊处略坐,与莲溪相约而返。下午回,松乔仍在龚处絮谈时事,实不堪闻问。傍晚大雨时至,夜不成寐,思小鸟迁枝,殊大不易。

初十日(8月5日) 晴。饭后正欲持诵,未毕,适邻友持倚翁札,此月初二日上洋所发,欣慰万分。倚翁于前月廿五日到沪,借住万丰号,其中三开间,楼房三进,平屋一进,前临街市,后面黄浦,租价昂极,日上略可部叙定当,为余运筹,关切深感。现有杨世富之船带来洋人保护,大可放心,余与邻友倪近昌约明日来定吉行之期。近昌送上洋蜜桃两筐,谢受之。下午复至孙家汇关照莲溪,付伊一元而返,此中调度须轻重适宜也。万丰住宅,须问水神阁北首两合糖栈便知。

十一日(8月6日) 晴。朝上诵神咒。饭后料理要务毕,适近昌来,订定十三日到彼候吉行。龚来谈,行止依然徊徘,余则以实告之。留近昌中饭,酒饮膏粱,极畅,下午珍重奉托而去。栗碌终日。

十二日(8月7日) 晴朗。朝上虔诵神咒,饭后至乙处,告以东行,有要语托问二侄,今日所发之信何日收到? 龚有札致丽江甥,已收存面交。回来,正欲整束行李,师母来索米,三大侄恶嬲来要钱,厌甚。一则收贱价洋次色十四[1],许渠冬米十石,续交而去;一则给洋二元始退。账房内又有沈桂亭,辞以出门不见,稍驱遣定当。中午祀先,因欲出门,故预致祭。下午部叙略定,敬拟今夜伏载吉行。

十二日夜半下行李毕[2],宿在自舟中。

---

① “十四”原文为符号 ㄨ。卷九,第427页。

② 原件第3册,瓷青纸书衣墨笔题“莳庵日记”,扉页左侧墨笔题“莳庵日记,同治元年七月至二年三月止”,右侧墨笔题“同治元年七月十二日至十二月三十日,同治二年正月至三月三十日止”。钤有“苏州市文物保管委员会珍藏”朱文长方印。为躲避战乱,是日,柳兆薰准备举家迁往上海。卷九,第440页。

十三日(8月8日)　黎明开船,由中珣荡过杨树兜,至田鸡浜,时不过清晓,倪近昌已在门前,邀至渠家,房宇虽不宽广,而有场有圃,淳朴敦厚之风依然近古,几忘世事日非也。晤其老人桂春,年七十一。一兄锦龙,亦在上洋行贾。一弟富昌,同来谈。扰近昌朝饭,为余特烹,余是日大士斋期,不能破例开荤,不安之至。聊徇情,饮高粱烧。饭后应墅之舟亦至,即会船友杨世富,人极诚实,云须少待。须臾,孙莲溪亦至,蒙送桃片羔,两帖托办之事如愿相偿,甚感谢也。上午过船,有公平洋行洋鬼子押载,人亦驯良,言语略通,其通事黄先生。下午泊舟芦川北栅,明日吉行,世富之兄世荣、弟世贵、世华,均有商船往来上洋。近昌送余茶点六匣,同至芦镇,余不上岸,在船静坐而已。夜间,黄森翁同来,赵田陈老汉同往,舟中颇不寂寞。

十四日(8月9日)　晴。朝上解维,报贝有票,不过南栅,由东路村结帮三十馀舟同行。东北风,舟大风逆,不能速行,由三家村过洪荡,泊舟荻枣,是日行十馀里。前面陆家港,不便停舟,据舟人云,此一路是匪盗出没之所,要过渔湾则无碍矣。洋鬼子押买来舟,洋旗每面一洋,不受则有鞭至出血者,皆通事所指使也。下午潮来,趁顺水行过陆家港,送钱不看船,至丁家栅外口夜泊。

十五日(8月10日)　晴。昨夜舟中月明如水,直照床头,船户以膏粱款客,并与森甫诸君剧谈,甚可解颐。清晨启行四五里,潮上停舟炊饭,饭后,适东南风脚力,正好扬帆,午前过渔湾,见官兵舱船东行,同帮船多,不受惊吓。中午过四镇止口,有官卡,见鬼子旗,不出钱□即放过,行里许,始出黄浦口,又行二三十里,过五舍,至豆腐浜,潮又来,即停舟等候。是日稍热,黄昏时至得胜官卡,泊舟停宿。夜间阵雨,大雷电,幸无风,安稳之至。是夜闻鼓角之声,知是处有营兵盘查,有洋人旗则不索钱,否则津吏扰嬲不已。

十六日(8月11日)　阴雨。晓起,舟人因早潮来,等候,饭后开船。西北风,尚可逆帆而行,廿四里至闵巷,十二里至闸港,又三十里至馒鲤觜口。舟人云,此地有风波,不好行船。又数里至龙虾湾,又

十馀里至南会馆,自得胜至南馆马头,共八十四里。午前潮来,正好
泊船海艇上,用摆渡船,与森甫诸君至水神阁马头上岸,行十数步至
袁憩翁寓所,在外洋行街洋药捐局对面,郭万丰主人,号昌安,所该之
房居住。房屋尚未收拾,即起随身行李,安置楼上,吃局竟扰憩棠。
稍闲,至间壁两合栈,述甫所居,兴官主人(广东人,号兴学)处暂寓。
夜间絮语,与述甫、憩棠、子丞、森甫商酌一切,略有头绪。

　　十七日(8月12日)　晴,上午阵雨淋漓。昨夜对楼纷扰,不能
安睡,早起。朝上至述甫寓中,言定与渠同寓,在新北门外新开河夷
场内,法兰西界上楼房五间,平屋两进,余居双股,即托渠日上收拾,
扰主人粥而返。上午大雨,搬运行李,衣箱、服件多有湿者,幸即开
晴,略晒无碍。汇置寄存,颇费经营。下午憩棠、森甫出门,余在寓所
高卧,属工人送信与丽江,羹梅所托也。少顷,凌云汀、徐丽江来谈,
渴慰之至,在楼上絮谈,并奉托一切,约明日到兴仁里奉候,彼处唤人
来挑物件,妥洽甚也。夜与诸君畅谈。

　　十八日(8月13日)　晴。朝起,确闻十六日卯刻收复青浦之
信。饭后,徐丽江有片来,唤渠家本宗叔脚班来挑衣箱物件,即押行
李同行。由外洋街过新开河桥,一路皆夷房,行三里许,如入七宝楼
台,目所未睹,又行里许,始至兴仁里第四条衖复号绸庄内,徐丽江已
在门首等候,云汀、雨亭均出见,蒙极殷勤相款。茶瓜后,以寄存之物
相托,徐渌卿、少卿乔梓同来畅谈,丽江固留中饭,扰之。少卿、丽江、
云汀昆季同席,乙谦、百川两亲家暨苇卿侄同来问候。下午至益谦、
百川寓中,伊成、听樵皆来就谈,并扰茶瓜。至渌卿、磬生寓所飞片,
因天晚不及再留,即告辞云汀,与下人行游洋街,从容返寓。王松溪
在寓就谈,欲趁舟同归,当与船户相商也。

　　十九日(8月14日)　晴热。晚起,上午静坐,船户杨世富来,约
明日午潮开船吉行。午后同述甫至新开河洋街烟店间壁看所定之
房,楼房五间,平屋三间,均已收拾楚楚矣。午后徐少卿来答余,所乘
之轿极华,长谈而去。徐丽江甥继至,在楼上絮语,极蒙照拂。述甫

来谈，身体渐健，渠日上可进所寓之宅矣。

　　二十日（**8月15日**）　晴热。朝起在寓静坐，舟人来关照，午潮开船。茆卿侄趁船归，其令岳乙谦陪来，真诚实君子也。余至述甫寓中谈心，约八月初旬到上，并奉托一切。午前告辞憩翁，坐麻济摆渡船至盐马头登舟，同行森甫乔梓、子丞五兄、茆卿侄暨余也。午潮来时解维，恰好东南风，一帆顺利，至得胜卡住宿。

　　廿乙日（**8月16日**）　晴热。朝行趁潮，西南风，一帆顺溜，过豆腐浜不过辰刻，至渔湾遇巢匪，幸船多，不至硬动手，索米船十二只、洋四百元而去，余辈尚不甚受惊。过陆家港索税，闻今晨被官冲突。午前到芦，适家中有船，即同羹梅、茆卿归家，知局中花样百出，可骇之至。

　　廿二日（**8月17日**）　晴热。饭后舟至大港上，以寄付之田交还少湄、韵生两侄媳，云湄大嫂、谨庭兄均见到，至子屏侄处略坐而还。下午至孙家汇候秋伊、莲溪，复至田基浜顿候船户，订定行期。近老留夜饭，并指画一切，感甚。回来已晚，至萃和堂议事，局中点水又来，明日不能不出去。

　　廿三日（**8月18日**）　晴，燥热。乙老饭后到局，未能免俗，不得不然，能得和协落肩为幸。命内人同应墀至梨川敬承堂叩辞外父，此行实万不得已也。余静坐休养，胃气欠佳，兼之脾泄，因日上饮食不匀所致。下午孙秋伊、徐鲁卿来候余，谆谆以凌益谦家馆事见托，稍坐即返，恰好以五斗米托鲁卿转致少甫家。晚间内人回来，知外父家老幼均安为慰。小云有信谢余，为送米酒故也。

　　廿四日（**8月19日**）　晴热，下午阵雨。吉老到局安排。上午屏侄来，恰好絮语阔衷，且以后同得平安为祝。三君六、二愿十二[1]，肋松二十[2]，均面交之，晚间始去。终日碌碌，殊无寸闲。

------

① "十二"原文为符号↑二。卷九，第442页。
② "二十"原文为符号₩。卷九，第442页。

廿五日(8月20日)　晴。饭后大嫂回陈思暂居,不能不听之,约秋冬到上。午前殷二式三嫂送婢朱氏与余,喜帖面交,正好帮助内子,感甚也。中午略款之,蕉如晚姊亦来,幼如同至,闻婚事在八九月间,此分虽不在家,亦须送也。慎兄来谈心,晚间始去,所买衣服三件,十四①元售之。中心鹿鹿,部叙维艰。

廿六日(8月21日)　晴。朝上至浜里,以物件交船户。午前慎兄、吟泉乔梓特来送余,絮语谈心,诸事均蒙照拂。外父亦来,恩感之至。竹淇弟自港上来,其心难测。中午同席,邱外父素斋。下午诸客均去,外父谆谆以小心谨慎为嘱,郑重而回。慎兄晚去,所代筹之事,铭谢无既。栗碌纷如,殊深谋画。

廿七日(8月22日)　晴。饭后安置行装,头绪纷繁,耐心检点。中午后,率应墀焚香,拜辞东厨司命尊神,设菜致祭家祠,分两席,默祷禀辞,此行实因内忧外患交迫,不得已而出此,非多事也。夜间酌辞账房诸相好,以账目交托耳东。夜间不眠,作名收暗度之计,工人尚肯同心出力,不露机关。眷属四鼓登舟,余与应墀清晨解维。

廿八日(8月23日)　晴。早上至浜上过船,近昌殷勤留饭,并送茶点,扰受之,殊深不安。倦甚,在舟暇寐。下午世华之舟亦来,与世富商谋一切,极为尽善。余与墀侄同舟,熟睡之至。

廿九日(8月24日)　朝行到芦南栅,办理后停舟东栅。探知路上来申颇不安静,须候大帮同行,停泊一天,极是极是。舟中懒甚,惟补登日记、行李而已。

八　月

八月初一日(8月25日)　晴。舟中纷纭,不克虔心持诵,惟与眷属斋素而已。朝起舟人吉行,行五十馀里至获枣,东风颇狂,不便前行,午前即停泊。同帮船二十馀号,洋鬼子共五名,船户即与前来

---

①　"十四"原文为符号 乂 。卷九,第442页。

之通事买旂合帮，闻是日前途来船均平安无事。晚间舟人复五六里，过陆家港，投报后不看船，至丁家栅外口止宿，适有枪船三四只，勒索更钱，每船一百，幸人众船多，不敢动手。探知前途盗薮被湖丝帮鬼子数十名打退，擒获枪船一只，解送上洋，同舟额手称庆。

初二日（8 月 26 日）　半晴，无雨。三鼓后西风渐起，舟人扬帆，合帮同行，朝上已出四镇止口。上午风利不顿潮，过闵巷不过午后，下午风息，至周浦塘候潮，晚间潮退解维，顺流而行，到南会馆停泊，初近点灯时候。此行平安无恙，侥幸之至，从此惊魂稍定矣。余适有疟疾，至晚亦愈。

初三日（8 月 27 日）　晴。饭后，余率墀儿侄雇渡船，由盐码头上岸，至新开河口，内眷之船已到。探知袁述翁已进新宅，恰好挈眷进寓，行李不用脚担，船友工人搬运，极零星劳顿之至。晚间杂物安排楚楚，余与应墀眠宿楼上。

初四日（8 月 28 日）　雷雨。朝上闻炮声，知毛匪进攻新闸，被抚军、外国兵轰退。朝起走候袁憩棠，回来疟疾又来，即高卧楼上，终日汗淋漓不止。是日行李搬完，余委顿不能照应。

初五日（8 月 29 日）　晴，晚间有雨。余委顿万分，静养在寓，与述甫絮谈，下午凌耕云来谈。是日与船户吉账，厚赏之。夜间食粥，无味。

初六日（8 月 30 日）　晴。朝起作札，待寄家中。慎兄一札，命墀儿代笔。粥后疟又来，即眠。至下午食鲜藕粉，有味，汗解淋漓，极爽快。凌雨亭、徐丽江甥来，起与长谈，至晚始去。是夜安眠。

初七日（8 月 31 日）　晴。朝上食粥，胃口不能照常。上午静坐，憩棠来长谈。下午朱朗卿来候述甫，同谈上洋时事，渠南门县前居住。凌百川遣妪以糕蹄见饷，谢受之。是日沈二回赵田，家信托寄，并致字近昌，取大皮帽笼。

初八日（9 月 1 日）　晴。晚起，食粥无味。上午陆述甫同其外翁钱笛渔来候袁述翁，余疟疾幸止，与述甫长谈考试事，犹令人兴致勃勃也。终日静坐。

初九日(9月2日)　晴,朝上雨。五鼓闻炮声不绝,晚起,食粥和以藕,有味,然胃口仍不佳。作札寄家中,外父、子屏两札命儿代笔,午后封就,拟即日属工人下乡,便取物件。闻子丞已来,乡间尚安,乙溪兄亦到。

初十日(9月3日)　晴,朝上天气寒甚。始食朝饭,略有味。上午静坐,午后命工人钱六官趁船到乡,作家信并致外父札,约有便船即上来。于述甫处晤乍浦沈莲谔,市津之灵敏者也。夜间不甚安寝。

十一日(9月4日)　晴。饭后命应墀至凌百川家探听一是,午前回来,知一溪兄今日登岸,在二摆渡方瑞和栈内,羹梅尚未出来。作札复徐鲁卿,为一谦家馆事已请黄杏春,欲荐无从矣。钱六官明日下乡,即带至生禄斋寄之。胃口仍不佳。

十二日(9月5日)　晴。夜间肝气大发,至旦始平。饭后静坐,不能观书。午前王松契来候余,一茶而去。下午食苹果,极开胃。

十三日(9月6日)　晴,极热。饭后同述甫至两合栈候兴官,号开学,知本洋决计不通用,须用夷洋,余存之洋贱卖,仍无售主,殊不便当。坐久,回至憩棠寓中长谈,晤褚聘岩。午前回来,精神疲惫,家人炊香珠饭,不过食一合。下午高卧,至晚始醒,懒惰如此,可笑也。

十四日(9月7日)　晴热如昨日。朝上食粥极适意,中午不食,以清其胃。终日高卧,暇与述甫谈。余面黄胃薄,病未痊也。晚间大雷阵雨。

十五日(9月8日)　晴,仍热。是日交白露节。朝上食粥,有味,上午略眠。应墀略有寒热,高卧。中午食抄米饭一盂,甚佳。终日静坐,畏热不能出门。是夜锣鼓喧天,爆竹之声不绝,盖海船上赏中秋也。

十六日(9月9日)　晴热,夜间稍凉。终日静坐,胃气颇舒。与述甫谈家事、考试事,甚可消遣。

十七日(9月10日)　晴。晚起,剃头,至兴圣街闲游,中午食饭、酱肉,大有味。夜间小酌,与家人辈略补中秋。晚间阵雨,宵凉。

十八日(9月11日)　晴,仍热。朝起胃不清,食粥。述甫家惠糖芋艿,极适口。午后炎日如火,断难出门,静坐而已。

十九日(9月12日)　晴,仍热。朝起食粥,胃气颇清,然皮气不健。金朴甫来,寓在吉祥街京口客寓,以府学老师傅公会试朱卷投送,一面不相识,殊觉难以应酬,果俟之,一茶即去。终日与述甫谈心,光明坦白中人也。中午食饭有味,下午畏热静坐。晚至黄浦滩,见抚标兵大排队伍在滩静候,询之,知接夷钦使,我朝优礼外国至矣。

二十日(9月13日)　晴,热甚,午后阵雨始稍凉。述甫以广东相好兴官处奇楠香相示,云此物出自生黎,其货的真,惜稍老,然一时已难觅,秤之,重九钱,索价六两,当分购之。终日无事静坐,不觉志昏气惰,奈何!

廿一日(9月14日)　晴,热极。饭后出门,略买食物,价昂物次,无一适口。是日先继母顾太孺人忌日,寓中设祭,聊尽微忱。下午,袁子丞、褚聘岩来谈,恰好销暑。接外父十二日所发之信,知梨川尚安,余所发之信尚未到。是夜大雷雨。

廿二日(9月15日)　阴,稍凉。饭后拟作札致账房诸相好,尚未寄出,适钱六官叫西浜夏凤山船搬运家用物件来,接朗相、吉翁暨邱外父、杨文伯诸札,知路上乡间一应平安,欣慰奚似。惟大嫂似有疟病,旧病复有欲发之势,未识能即痊否,殊切悬思也。下午静坐,颇适。

廿三日(9月16日)　阴冷异常,殊异前日。徐丽江昨日来谈,至晚始去。饭后,舟人叫驳船搬运家用物件,有脚担来嬲,出钱了之,位置一切,开销船户,午后始楚楚。龚梅兄同顾杏园来寓,渠在丽江处居住,下埭挈眷出来,知北阮日前颇不安静,思之,殊难吉场。长谈而去,午后静坐。

自八月廿四日(9月17日)起,连闰月至九月初十(10月3日)止　病痢四十馀日,胃口不开者十日,精神至今尚未复原,幸无大寒

热,尚可支持,勉强坐起,此病较卅年冬更剧,骨肉戌削,四肢无力,殊
觉可自怜也。日记不能动笔,登高后一日,兴致精神稍佳,拟欲补登,
又恐劳神,因述其大略于左。

曹春洲,苏人,一字实甫,其弟子芊,与凌氏同年,寓在夷场陆高
尖间壁,医精外科,内征亦看,请渠来诊治置方,服药七八帖,用柴胡
者二,于术、香燥之品常用,湿热驱尽,然味苦燥,胃口因之大困。且
墀儿亦有小恙,服渠药不对,呕泄依然,拟易之。

何丈古心,先人旧友也,年六旬,精神矍铄,寓在大同茶食店左
右,棋盘街顺手转湾小衖内,闰月初六日第一回请之,相见如旧,真老
辈也。诊脉后,云外邪几净,然皮胃弱极,不用滋补,则根本益虚,全
用滋补,恐运化无力,酌用高丽参、于术、香燥诸品,服四五帖,胃气渐
开,然下痢不止,神气疲倦。屡请处方,参则常用,馀皆轻清灵,不肯
用补。闰月底,胃气大开,又困于伤风,昼夜痰嗽不止,愈不宜滋补。
九月初八日,嗽渐止,复请古丈置方,始用大熟地培补诸品,云今后渐
有起色。下痢虽不止,常服于术,自有效也。现服渠方,胃气恰有增
无减,痰嗽渐止。前日夜间不安眠,登高之夜安睡适甚。

羹二兄八月廿△日上来,定寓兴仁里,与凌磬生同住。初五日顾
杏园携谦斋、陈朗翁家信来,知芦局花样百出,诸相好办理艰难,作札
相商,余病中一筹莫展。闰月初十日,羹梅回乡,命大儿作书复之。
钱六官之兄五官,名金林,闰月十九日携家中信并食物一包寄来,阅
之,知二小儿葬事工料已齐办。芦局公事,苛派殊甚,尚未落肩。五
官廿六日下乡,作札复朗相、慎兄,并谢之。然探听锦林至今在上,此
信能不浮沉否?

闰月初六日,黄军门至芦川打长毛,关毛皆退避,冲至汾河而返。
军令虽森严,军士枪船仍肆骚扰,镇上大受厥累,正法数名过去,然军
退毛来,民间大伤苛勒。

廿二日,生禄斋下人老虎沈大回去,托寄家中一信并慎札,未识
已收到否。

　　四接谦丈人信，病中不能即答，闰月中命大儿作一禀，托徐渌卿寄，九月初一日托徐丽江回梨又寄一禀。九月初三日接丈人回信并普济单，知渌卿之信已收到。初五日接郑理卿信，俞少甫丈寓在新关帝庙城中北门，屡欲造谒，因病不果。闰月中，特托袁子丞寄一信，并送吴公子所撰对联，殊觉谊重。日上闻翁下乡，病愈后须进城修候，敬谢之。

　　病中最烦恼者，闰月七日一奎、一竹自乡到寓索借，情难通，势难已，理难谕，楚囚相对者两日。因病甚，不能堪其聒，姑念一本之谊，如愿润之，然思之，甚不能平吾气也。

　　病中亲友来望余者，徐渌卿、少卿乔梓，渌卿不会客、不谒客多年，今来半晌，与余话旧，十分情挚也。凌百川、云汀、雨亭均来相望，耕云侄倩亦时来叙。徐甥丽江屡来相视，代筹一切，感谢之。费芸舫寓在盆汤衖沈梦叔宅，特来相访，情话半日而去。

闰八月

闰月廿六日（10月19日）　顾吉生自家中来，因留渠小酌，知局中东易大作威福，鲸吞虎视，乡人不堪其扰，余家传说相机下台，稍慰余悬念十分。

廿七日（10月20日）　陆立人同陈节生来，始知家嫂病体已愈，现在家中居住，即日仍要回陈思，劝之来申，似不肯点头，此中进止，殊觉两难，当命儿侄婉委曲折，下乡迎渠上来，未识其事能玉成否。应墀小恙亦渐愈。

九　月

九月初十日（11月1日）　久晴终日雨。前因伤风食蒸梨，大泻，然呛止，安眠，精神尚可支持，胃气无恙。袁述甫时来谈心，谓余病后饮食不谨慎，以后终须自为保重，真忠告良箴也。是日略补日记。嘉定收复后，传闻复有寇警。

十一日(11月2日) 雨,午后止,阴。昨夜服古心参地方,极妥当。晚起,闲坐,适陈五官趁沈福林船上来,接朗翁、慎翁信,知二小儿葬事初一日告竣,极为完固,可慰。坟上树木被毛斩伐,如何如何?局中开销浩大,甚难支持,当徐商闭户,恐不能到来春也。大嫂病已愈,知在家中,此番上来极安稳,差堪自慰。下午作信底,以便回复家中。

十二日(11月3日) 晴。昨夜不甚安眠,晚起。饭后沈福林叫驳船,趁早潮到河口,搬运家中寄来物件,皆件件缺不得,惜不及多带也。作家书,烦杂之至。闻一溪兄已上来,有恙,未起岸,当探问其详。由凌氏接到夔梅信、子屏信。李星槎为二儿作哀词,笔极老到,亦由子屏处寄来。

十三日(11月4日) 晴。晚起。上午作信底,述甫来谈,的知初七日、八日南路长毛过北,梨里镇尚未动手,下乡紫树下清风桥大肆焚掠,北舍略受惊,吾乡未识何如,思之寒心。下午作札致慎兄,手腕无力之至。

十四日(11月5日) 晴。晚起,食粥有味。上午作札致邱外父。述甫来,代筹一事,七十八①退夹三数。下午乡间船户来,确知初八日长毛过境,浦家埭、清风桥一带大遭焚掠,浮娄作馆遭毒最甚,闻之心惊魄动。夜间药、粥并进,腹涨大泻,幸尚安眠。

十五日(11月6日) 晴。晚起,食粥。借宁波相好李维舟大轿,乘至兴仁里口,吊凌二堤夫妇,至则腰脚软甚,门前、灵前两跌失仪。晤桂轩、百川、禄卿,新相识者嘉定秦少园。王春波来,陪之长谈。午前与知己数人团叙一席,沈子松在焉。菜丰,食之过分,回来腹痛大泻,不适之至。夜间食粥一盂,减量以清其胃,夜半后安睡照常矣。凌海香之郎十月初四吉期,当送分。

十六日(11月7日) 半晴。晚起,静坐,恰安适。作两札,烦恼

① "七十八"原文为符号**弎**。卷九,第448页。

之至，即停手高卧。中午食饭，以少节之，极有味。下午静养，王松契来长谈，渠仍寓公泰来栈。是夜下痢渐止，少食之效也。

十七日(11月8日)　晴，立冬。晚起，疲甚，足下无力，十五日出门应酬之馀波也，如此精神，岂能下乡？决计命墀儿侄代往矣。有梓人顾姓来装栏干把手，下午做半工①。作两札，甚勉强。夜间服药，适甚。

十八日(11月9日)　晴。晚起。上午赶紧作家信，下午静坐。木工又做一工，完吉。桂轩来，恰好以大儿喜事信面交之。耕云亦来，长谈而去。

十九日(11月10日)　晴。斋素。上午作家信，午后书好，甚烦杂，精神尚可支持。

二十日(11月11日)　晴。晚起。凌氏工人来，唤泥工明日作灶，英洋十一元，先付十元，可谓昂贵极矣。中午食香珠饭，极有味。下午顾萃娱来，恰好渠米已粜完，大儿廿五六间下乡，趁渠船去，约即日关照。凌海香、陆子商来寓，暇须答之。海香寓大约在杨泾桥左右，子商在二摆渡。

廿乙日(11月12日)　晴，是日庚午大吉。早起，看匠人筑灶，东南向稍偏西。午前斋星官纳妾朱氏开面，中饭饮福珍酒，如意。下午静坐，晚间祭灶，衣冠拜祷。夜间卧宿楼下，安睡之至。

廿二日(11月13日)　晴，暖甚。早起食点心、粥，始徐步至黄浦滩上，又觉耳目一新。店新开者极多，不及三月风景又变矣。归来腰脚疲甚，略卧。起，阅唐诗，深有会意处。下午静坐，闻金陵信息不佳，曾营被困，近地黄提军败于野鸡墩，苟安旦夕，殊不易得也。述甫翁送鸭一只，命工人即烹，留一碗，廿五祀先用，馀则夜间、中午，甚厌足焉。

廿三日(11月14日)　风雨，饭后即止。陆工人自乙溪寓中礼

---

① 旁有后加文字及符号"算一工，收、怡"。卷九，第448页。

拜里来,惊知二侄女年已长大,来申忽染时疾,昨夜酉时故,廿四日巳时殁。即命女妪去探丧,明日当命大儿往送殓。无聊中阅词数阕。

廿四日(11月15日) 雨,即止,北风渐厉,颇寒。日上口胃极佳,而四支尚无力,尚须静养也。饭后命大儿至乙溪处,送二侄女入殓。午前述甫来谈,知李抚军于四港口大得胜仗,自朝至暮,酣战不休,得之文官于今尤难。毛势仍猖獗,英兵已肯救嘉定急,在马路捉人当差,已确实矣。

廿五日(11月16日) 晴,稍暖。饭后顾萃虞来关照明后日开船,船户马维成、五阿爹,言定三人趁船,连饭钱共谈定大钱五千文,酒资四百文。午前师孟公忌辰,中午衣冠致祭。下午大儿部叙行李及送人物件,殊属烦杂。

廿六日(11月17日) 雨,下午稍霁。午后船户来关照,趁早潮明日吉行,即叫驳船至新马头下船。墀儿、钱六官、张姬下乡去,家信一大包面交之。

廿七日(11月18日) 晴,西北风,颇冷。朝上食粥及小点,极适意。钱六官、张姬自船边来,知货未装齐,须明早启行,墀儿在船中静候开帆。黄昏时,述甫来絮谈,知日上李抚军已解嘉定之危,大得胜仗,斩获长毛头目数名,毛众无算,抚军已回,此地可无虚惊矣。

廿八日(11月19日) 阴冷,风雨俱无。今晨墀儿开船,甚安稳。午中食淮面,以鸭汤为汁,真异味,可适口。袁述翁以大高丽参半斤,计银十二两见汇。房东杨启堂太记之伙王姓以租摺见投,明日来收房租,两月半,计规银①百十二两五钱。述翁已具银票,摺交余。余处总托,与彼四六折算,计六十七两五钱,年底小租总共七两,租顶二百七十两,房价五百四十两,巡捕费廿两,中加一算②。接陈朗翁

---

① 原文"规银"后有符号 𡥀。卷九,第450页。
② 原文"算"字后有符号 烑和妼。卷九,第450页。

遣钱五官来家信,知家中尚属平安,亲族局中支节甚多,甚难支持,决计闭户为是,并无别法。

廿九日(11月20日) 半晴,上午冷甚,有雪意。朝粥后,作札与陈老朗,决计收场,属其料理一切,古所云"不贪为宝",此公尚谨慎可托,馀子纷纷,都不足数,两时许书就,烦恼之至。闻吉生已上来,迟房租来收尚未至,当候之,以副述翁所托。

卅日(11月21日) 晴,渐暖。上午录李辛垞文,午前顾吉生自乡来,带白米,每担百多洋许,惟路上甚为跋涉耳。午后钱五官来,以致朗亭要信面寄之,给酒资三百文,大约初十日前可到。下午杨太记遣伙王志航来收房租,付元康票百十二两五钱,八月闰月减半算,九月二个半,收讫,摺上收明,摺亦付彼带去。

十 月

十月初吉日(11月22日) 朝起焚香拜谒东厨司命,粥后录东坡词一页。午前吉生同其侄念修,莘塔腌货坐庄恒记伙陈达夫来候,因同至畅兴馆吃包子,念修、陈公素不开荤,甚为虚邀。回至怀杜阁,反扰陈公茶,念修糖色。反寓午后,茶中楼每碗廿文,一应在内。

初二日(11月23日) 晴暖。饭后至午前录苏词一页。下午徐渌卿来谈,承蒙关照一切。晚间何古心来处方,云大段病体痊愈,惟元虚总须服温补之剂,处方甚完善,所许膏方明日上午去领。

初三日(11月24日) 阴,无雨。饭后录苏词一页。古心丈膏丸方已取来,下午走至外洋街,憩棠已于昨日回自练塘。黄生禄茶食已排场开手,即日开张,买茶点四匣,明日拟候俞少翁入城。

初四日(11月25日) 晴。饭后同袁子丞进小东门,由小东门大街至上海县前,茶室小叙,即向南行,路不能记,约二三里许至新关帝庙,过殿旁,登楼候俞少甫。时少丈疟疾兼痢,幸胃气尚可,不至十分潦倒,然家中境况已凄凉甚矣。病榻絮谈,知老翁神气尚可支持,坚留中饭,不得辞,扰之。同席者少丈同伴朱纯峰,洞庭山开张大东门德太绸铺叶又翁暨余与子丞也。馔极精洁,客中不易得之至。饭后告辞,复同子丞至新仓桥李抚军行台内候杨振翁,时有委员在座,不及顿候,留片而回。即行里许至城隍庙,徜徉片刻,佳处已为夷兵所扰,无可游览。即由城隍庙徜至何肇太茶叶店小坐,买茶数斤,出新北门反自寓中,子丞小叙即回。此行腰脚甚可,颇舒徐也。

初五日(11月26日) 晴。饭后作札致陶芷邨,拟托子丞寄去。下午至吉祥街天佑生堂,合古心丈所置膏丸方,一共在内钱五千八百卅四文。述甫托开鹿茸一对,资百四十,店中一对稍圆正,索银十七两五钱。全鹿丸一斤,价一千六百有零。有中鹿一只,十四日合修,厉振和先生手。

初六日(11月27日) 晴暖。饭后同述甫至两合,候兴官不值,还至憩翁寓所坐,所托益昌之件如数赶办,即会东翁子敏面领,甚费神也。回寓,邻友朱福林持梦书札来,即书答托寄。中午十月节致祭祀先,衣冠拜叩毕,饮福珍酒,极适意,下午复至憩棠寓中复谢之。生禄斋即日将开,买茶点数种,味极佳。

初七日(11月28日) 阴雨。饭后作和古心诗三首,脱稿得意,细阅,无佳处也。吉生、浩州来招,遂同子丞走三茅阁桥,到夷场新新楼吃局,吉生作东,精洁之至。回来到寓,凌磬生、廉叔来谢吊,长谈,以诗示之,改一字,极稳,李星垞文原本携去。下午至憩棠寓中,示以账,以宝还之,饱咽茶点而还。陶芷邨信托袁子丞面寄。

初八日(11月29日) 晴冷,风尖。饭后录古心丈感事诗,并和七绝四首并书一纸求正,四绝句即作移居自况亦可。静坐不出门,终日在寓。

初九日(11月30日) 晴阴参半。饭后由吉祥街过三茅阁桥,走旧夷场,木栅头转弯,出大街见如南山寿店,左首徜内候古心丈,答谢之。见其子继评,以诗和韵面呈,然客气不肯指瑕也。出来,走大街申成昌买酥糖,新新楼陆高荐买食物而还,未到寓。见沈雨春、汝梧生于路,云来候,失迎之至。下午顾念先来谈,约明日同春山、陆兄来叙。

初十日(12月1日) 雨。昨夜喉痛,起紫泡,出血而愈。清晨饮青盐灯草汤,亦是解毒清火一法。终日静养不出门,录苏词半页,校读先大人《养馀诗三集》一卷,抚今追昔,不胜凄然。

十一日(12月2日) 阴雨终日,不能出门。静坐,校读先大人《养馀斋二集》,抄苏词一页。憩棠有札来,代请何古心丈,时其尊夫人有恙,即命工人往,以原片、附片邀之,能得十全为上。闻黄生甫已出来,生禄斋已交易开张矣。下午黄森甫、陆春山来寓长谈,知杨世富之船已回家会过,大儿已安稳到家,大嫂仍无出来之意。闻羹梅兄有病,不甚轻松,殊为挂念。

十二日(12月3日) 阴雨稍止,泥涂滑滑。饭后蜡屐至憩棠寓中,知渠夫人昨服古心方,用人参、附子、炮姜、麦冬、于术、沉香诸重剂,夜得安眠,痢减,疾无妨,深为憩老幸。絮话久之,买生禄斋茶食而还。抄苏词一页,校先大人《养馀斋诗二集》毕。

十三日(12月4日) 阴,无雨,略开霁。暖甚,恰合小春,然终防不老晴也。饭后抄苏词一页,作诗七律一首拟赠王松契,下午校读先大人《养馀斋诗初集》。终日静坐,不出门。

十四日(12月5日) 阴暖,西风不透,将有大风信。饭后抄苏词一页,先大人诗集今日始第一遍校毕,追溯生平,恍于诗中如亲謦欬。暇拟重读动笔,以志弗忘旧德,且诗中大有可传句也。终日静坐,暇与述甫谈心。

十五日(12月6日) 晴。是日斋素。饭后抄录苏词一页,托述甫兑零用英洋。下午重读先大人诗初集,拟动笔志之。

十六日(12月7日) 复阴雨,终日泥涂滑滑,甚惮于行。寓中静坐,抄苏词一页,评读先大人诗《孤唱》《荆悴》二集已毕。

十七日(12月8日) 暴晴,下午又阴,要发风,不老当,暖甚。饭后走至外洋街,蜡屐声声,泥涂滑溇,甚觉咫尺之间行路难也。憩棠夫人日上又变病,恐防不测,殊为憩棠懊恼也。与森甫谈片时,买茶食而还。抄苏词半页,读圈先大人诗《得闲集》半卷。昨日已交大雪节,述甫夜间来谈,闻憩棠夫人陈氏黄昏时已故,甚为憩翁悲悼也。

十八日(12月9日)　阴,无雨。饭后正悬悬于乡间未来,午前恰好埠侄儿同钱六官坐世富船平安回沪,欣慰万分,顾萃虞另船同陪来。十六日朝上由田基浜至金泽,十七日闵巷止宿,今晨自南会馆上岸到寓,此行去回平稳,深荷佛力护持,拜祷不仅,当五体投地也。世富船明日搬运,萃娱明日上货,后日来寓回复。下午衣冠至憩棠寓中,探渠夫人丧,并慰解憩翁,看渠意态,尚能旷达。两时许回寓,与应埠絮话家常,知羹梅病势稍痊,可望今冬来申,然元气虚极。

十九日(12月10日)　略晴。饭后步至外洋街憩翁寓中,送渠夫人朱氏入殓,择期时申时。午前无聊,同述甫至两合兴官处长谈,午后与憩棠同饭于店中。下午工人来招,知杨世富、萃娱来寓,不及送而还。回寓,与杨老富、萃娱絮谈一切,搬运物件,殊属位置不易。老富船友出力相帮,尚得楚楚。

二十日(12月11日)　雨终日。晚起,饭后静坐,船户因雨点不住,停手搬运。下午写苏词一首。

廿一日(12月12日)　雨。昨夜点滴之声不绝,暖极。朝饭后,红日烘地,下午复有变象。午后杨世富叫驳船搬运物件到寓,大致楚楚,萃娱亦来,少顷,徐甥丽江来,知家中老幼出来各半,于十八日到沪,出月尚要到梨迎接渠太夫人也。长谈,一切要语已托渠转致令岳母矣,晚间回去。是日工人颇栗六。

廿二日(12月13日)　朝上雨,西北风渐肃。饭后点检物件,接外父、子屏,埠儿带来信,子屏以先人诗集暨《家珍集》共九册托收藏。终日泥涂不出门,作家信,复外父、子屏札草稿略定。闻羹梅近恙不甚轻松,复信颇费踌躇。

廿三日(12月14日)　晴,西北风劲甚,始见冰。饭后在寓静坐,下午述甫适有小恙,就卧室与之谈,已渐愈矣。森甫、陆三先生来寓,略坐谈,知生禄斋廿五日开张,公分雅奏,余托三先生搭贺派一分。

廿四日(12月15日)　又雨,东风,颇暖。饭后走至生禄斋买茶食,送凌、徐两家。下午作札寄羹梅、梦书,子屏、外父两札并诗亦已写就矣。

廿五日(12月16日)　昨夜雨,今晨北风未透。饭后,衣冠至外洋街贺生禄斋开店,至则与主人黄森甫、袁憩翁道喜,生意颇闹。午后正席,与朱仁甫、俞鲁卿、陶绮园、张钱庄,号茂生同席,大宴而返。是日听雅奏,此调不闻久矣。

廿六日(12月17日)　晴。早起,船户杨世富驳船来,检点运来物件,酒钱厚偿之。午前与世富、顾兰洲新新楼吃局,回来与兰洲吉算,明日回船,祝渠顺风利市为要。世富明日来算账。

廿七日(12月18日)　又阴,微雨。早起,船友搬运物件,驳船已到,留饭并酒,照账检点,一一尽数交清,厚给之而去。午后杨世富来算账,付讫,工人陈五官、老妪顾姓要趁渠船下乡,大约开船总在月底月初也。灯下作札致朗相并开账,烦琐之至,亲友信札亦已书就。

廿八日(12月19日)　晴,下午又有变意。上午顾吉生来,同至述甫处,时述甫旧恙复发,必须调理。下午走永安街,右手转弯上第三堍洋泾桥,一直过马路夷房,信丰栈转湾,至兴仁里第三条衖复号庄答云汀、雨亭,徐少卿在账房,亦答之。丽江亦出见,少坐,至对门徐禄卿处长谈,以两对托裱,一修外父重刻《楞严咒》,每字五文,印本每本要二百五十左右,禄卿办理,募资两元。回至云汀处长谈,知丽生新取教习觉罗,丽江即日要回梨迎太夫人上来,喜事吉选面领,金器诸账面托之。同至二摆渡湖州客栈所候百川,出见,长谈,知北上在新正,新例可先入场,后复试。荫周出见,以《萍游词钞》见示,当携寓细读,勉题之。复与耕云至伬女楼上絮谈,归来已上灯候矣。百川募陈柳翁眷属周恤,倘杨正甫有启来,许助半愿,每年三千文。

廿九日(12月20日)　雨,又暖。饭后封好家信,子屏一札托外

父寄,外父托办高丽参二两,同信寄封。吉生来,同至述甫处长谈,述
甫今日渐愈,少顷,汝梧生、憩棠来,略谈即去。余拉吉生、浩周、顾蔼
亭(泮水港)、黄森甫(宏揆子)、倪胜来、杨世富至新新楼畅饮,菜极精
洁,厚扰吉生两次矣。归寓,醉饱之至,复与述甫谈。灯下录清近作。

十一月

十一月初一日(12月21日)　西北风,晴。饭后至述甫处长谈,
今日身体渐健,谈兴颇佳。下午至生禄斋,晤森老、憩老,知前月廿七
日官兵又到芦川,恐民间又受公私之困,逃劫之惨,此事真无益于地
方也,言之,深为内地虑。

初二日(12月22日)　又阴雨终日,似有酿雪意。丁大之弟自
乡来,知官兵廿七日决计到芦,若何下落,恰尚未知。是日巳时交冬
至节,黄昏候衣冠祀先,合祠堂二先伯父家,寓中团设一席,焚香拜
叩,今日在寓苟安,皆先庇荫也。夜间饮散福酒,颇适意。阅凌荫周
《萍游词钞》毕,真绝妙隽才。

初三日(12月23日)　阴雨,点滴终日,不能出门。与述甫谈,
日上饭食颇佳,身子可冀复原矣。以鹿茸血片、软片劝余节前节后煎
服,携归,日上试服之。暇录荫周词,陶艾生《十愿窝词》摘录一本,大
儿家中带来,今日订好,读之,均可怡情。

初四日(12月24日)　半晴。夜间西南角红光烛天,不知何故。
中午顾吉生来寓,留中饭,小酌畅谈。张浩州来,知官兵到芦,毛即逃
避,追至沿田港,捉鸡撑船而还,可称儿戏,吾乡定受其累,思之闷闷。
下午客去,填《摸鱼子》一阕,题荫周《词钞》。

初五日(12月25日)　西北风,渐起晴。饭后,工人陈五官、老
妪顾妈趁杨世富船下乡,以致陈朗亭并亲友诸信面交之。外父信中
有高丽参二两在内,写词笺,题荫周《词钞》,下午读陶艾生《十愿窝
词》,妙甚,令人百读不厌也。古心丈遣下人以娄邑北场新科举人张
君礽杰朱卷来送,当答谢之。

初六日（12月26日） 北风肃肃，渐冷，有冰。饭后作札，并录近作，拟觅便寄李辛垞，初七日托沈梦叔寄。午后由渌卿处接到邱外父十月廿九所发之信，并有要信托寄汪黼卿，所商云云，殊为动静两难，海外之行，亦属举目无亲，思之踌躇之至，当与城北商复。渌卿寄到托修杨对一副。下午何古心来为大儿调理处方，并定膏资方，畅谈快甚，携先人《养馀斋诗》全部而返，张孝廉尖敬亦已托致矣。

初七日（12月27日） 晴，朝起见冰，极冷。朝饭后走至二摆渡候百川，不值，即至兴仁里口候磬生，畅谈，并渠新作快读，以稿携归。少顷，王植山、孙竹仙、百川、应洲、云汀均至，应洲词稿面缴，陶苣生词暨《秦淮忆月图》存在磬生处，求其叔侄词序文。磬生留中饭，下午拉渠先至集贤里答陆立人，复至盆汤衖赤金店对门吉丰土栈内候沈蒙粟，登楼，饱看渠书法，以大儿名片字样托写。旋至徐渌卿寓中，不值，见铸生，问汪黼卿，在兴圣街恒兴栈内，暇当寻之。还至磬生处，乘轿归寓。

初八日（12月28日） 晴，渐暖。饭后至两合兴官处取茸两对，一四十五①自用，一三十六②述用。顾吉生来寓归赵，云今日开船，大约开岁出来。桂轩来，一茶而去。下午与耕云、介侄、大儿茶叙怀杜阁，傍晚而返。

初九日（12月29日） 晴。饭后录磬生近作。下午至吉祥街天佑生堂，讲煎大儿所服膏资方，计钱六千四百九十文。下午与述甫谈，近体尚委顿。至生禄斋憩棠处，晤顾念修，知镇上官兵还后，又受毛劫掠之累，言之发指。约耕云，不至。

初十日（12月30日） 雨终日，暖甚。上午和湖郡赵竺生绝命诗四章元韵，暇至述甫处床头絮语。泥涂滑滑，不出门，静坐而已。

十一日（12月31日） 晴，似有发风之象。饭后与述甫谈，初传

---

① "四十五"原文为符号 🈐。卷九，第456页。

② "三十六"原文为符号 🈑。卷九，第456页。

闻嘉善收复之信。下午重阅《南唐史》注,录赵竺生绝命诗四章。

十二日(1863年1月1日)　晴。粥后与述甫谈,今日始起来,可望复原矣。下午至东兴圣街恒兴栈候汪黼卿,至则楼上絮谈,乱后不相见已三年矣,以邱外父信面交,询知崇明地方,人情风土朴实可居,房屋亦贱,食物亦非一无可买,外父居之,颇为合宜。即托渠代运一筹,如有成见,当即同复之。长谈而返,外父致余信亦面示之,此中本末,谅已明白矣。

十三日(1月2日)　晴。粥后写苏词一页,凌耕云、荫周来谈,荫周题余《秦淮忆月图》百字令一阕,曹君实甫题《卖花声》一阕,均佳。百川和余《移居诗》,极真切之至,因拉至新新楼小酌,极欢畅。回至山茅阁桥,沿洋泾浜东行衖内候答凌海香翁,知渠昨自乡间来。长毛依然盘踞,胥塘日上黄提军复出师进攻,因前回伤一蔡镇台也。回至寓,荫周携《朱竹垞词笺》一本去。汪黼卿来答,外父处一信致余送寄,因细述崇明风土,大可寄住,且有古传谚语"天下乱,崇明可避难"之语。长谈而去,夜与述甫谈。

十四日(1月3日)　阴雨,暖甚,防即日发风。饭后作札拟复外父。夷人来收巡捕费,又付三个月。徐渌卿遣人送下裱好对一副,资即付与来人。《楞严咒》刻资每字五文,印每本二百五十文,有片当复外父。

十五日(1月4日)　雨,东北风,尚难起晴。上午作札写就,连黼卿札一同封好,即日寄与外父以复之。下午与袁述甫谈。

十六日(1月5日)　晴。饭后誊苏词半页,写字颇不顺手。下午袁憩棠、沈笑梅乔梓来寓,一茶而去。复与憩棠絮谈,渠为夫人葬事,腊月中不能不下乡。晚间至述甫处,日上近体尚未霍然。

十七日(1月6日)　晴朗,有微冰。粥后誊苏词半页,下午至外洋街生禄斋候答沈啸梅,与熙翁长谈。闻松江为提小队长枪到金陵,未给口粮,因兹激变,城外内不通行,夷人守门,此事以平复、安抚为要。

十八日（1月7日） 晴朗。粥后写苏词半页，下午欲至兴仁里候渌卿，走至洋泾桥，适少卿来，即同回寓，畅谈而返。邱外父处信札即托寄信局到梨矣。所约之事，即日面来交付，暇与述甫絮语床头。

十九日（1月8日） 晴。粥后走永安街，洋泾第二桥头公太来栈拟答王松契，至则顿候良久，门仍不开，且东兴街昨夜火焚十馀家，夷人扳人救火，殊属可骇。因即回寓，憩棠来谈，下午至生禄斋，携三宝复之，所办之事，在川当手如得意，两人分润之，计数①百七十三两正。取憩翁处鹿茸半对而还，憩翁欲送余，不敢当，俟账上划算。

二十日（1月9日） 晴朗。粥后走至二摆渡吴兴客寓间壁，吊凌氏三房叶氏老太太除几领帖，至则晤所识者迮方春、顾莲溪、刘雪园，与陶琦园、耕云、莲溪同席，席散后，同莲溪至磬生处候渠尊翁光川，并收到邱外父初六日所发之信。光川上来，在得胜左近，特被崔苻。邱氏寄还余处洋布一匹，亦已波及，一笑置之，长谈而回。到寓，适述甫处请医家邵杏泉，第即就谈，观其处方，极合述甫近证，服之当有效也。

廿一日（1月10日） 晴朗。粥后命钱六官至兴仁里，以所复邱外父之札托顾光川回梨面致。徐少卿遣使暨其令侄来，并便札致余，即付物色去，暇录苏词半页。下午顾光川乔梓来候，一茶而去。

廿二日（1月11日） 晴朗。粥后阅《南唐书》十页，录苏词半页。下午徐少卿来，知今日广花七十四②，英洋七钱九分三厘，市面之活如此，长谈而去。述甫服药，甚有起色。

廿三日（1月12日） 晴，似有变意。饭后同大官、钱六官由小东门入城，至书坊内略买文章、新历，午前回寓。下午至生禄斋与憩棠长谈，知此地买树柴极难，须通军柴捐局董员方得舒徐回，其地在南门外茭草庵内。回寓，与述甫絮谈，今日服药甚妥协。

---

① "计数"后原文有符号﹟。卷九，第458页。
② "七十四"原文为符号㐅。卷九，第459页。

廿四日(1月13日)　晴暖。粥后正欲至生禄斋,适陈五官、顾妪趁杨世富船上来,接朗相、慎甫、吉甫、梦书信,知家中尚属苟安,惟开销不敷,甚难支持,亲族之应酬亦力难为继,奈何。外父亦有回信。羹梅二兄有札致余,病体略愈。乙溪处有信致凌乙谦,即送去。下午至兴仁里会邱,信面致。渌卿乔梓所托之件,知日上大松,不过七百二十三①,决计存于彼处,第汇零用二数而已。晚间回寓,与述甫长谈,夜间细阅家中相好致余札,诸事棘荆,办理不能下手,只好收场,听诸天命。

廿五日(1月14日)　雨终日绵绵不已。饭后作札草稿致家中诸相好,来年无力支持,岁暮只好闭户,思之实深闷闷。下午与述甫略谈,有事即返。终日暖甚,应有冷信。作便札,命钱六官致徐渌卿,本洋暨零找钱均已付讫。

廿六日(1月15日)　阴,微雨。粥后作札底,拟致梦书、外父、小云。船中所带物件,因天阴不能驳运。阅《南唐史》数页,意亦不能团注,即掩卷。下午在寓碌碌,不能静坐观书。

廿七日(1月16日)　晴,尚暖。饭后世富叫船到河口,驳进物件一一检点。上午作札致陈朗相,关照岁底闭户并一应开消。下午陈绍兄、郁小轩、褚聘岩来寓候述甫,即与之谈,一茶而去,知昨自乡间来。灯下又作札,致沈慎兄并吉老。

廿八日(1月17日)　晴,暖极。饭后作札致外父,小云信函草草,今日乡间亲友信件已书就,惟致朗相信内账未开好。桂轩处请酒喜帖寄与梦书札内,预托矣。晚间凌雨亭来,于袁述翁处有所商,谈付而去。灯下与墀儿书家信,内所列细账繁杂之至。

廿九日(1月18日)　暖甚。上午雨中杨世富船上船友来上栗柴,恰尚舒徐。下午述甫来谈,日上颇有起色。迟世华未开船,工人钱六官未去,家信未封。

---

①　"七百二十三"原文为符号 ⫶⊬ 。卷九,第459页。

十二月

十二月初一日（1月19日）　西北风渐峭,初有寒意。上午抄苏词半页,校先人诗稿三四页,适汪黼卿来寓谈,知明后日要回崇明度岁,来春到上,甚悬悬于邱岳未出来,并云不及等候矣,一茶而去。

初二日（1月20日）　晴。昨夜有雪,晓起积寸许,饭后欲出门,见晛雪消,泥涂滑滑,街上着屐难行,因回寓,抄苏词半页。下午校先大人诗五页,凌雨亭来,以券交述甫,少卿有字致余。雨亭去,与述甫谈,知金山卫大营又被长毛冲击,今日河下捉船极紧急,官兵欲去援救故也。

初三日（1月21日）　阴雨,泥滑滑,甚懒出门。上午杨世荣船主来寓谈,陶爱庐特着来候,长谈,知九月初家中大被过境长毛劫掠之累,现寓恒兴栈,来春势不能居,不得不迁,畅谈而回。顾兰洲自家中来,据云此次米船在三白荡受本地土毛分劫,出洋了吉,尚属危中得安,折本不论矣。留中饭而去。下午抄词半页,校诗数首。

初四日（1月22日）　阴雨终日,不能出门。饭后录苏词页半,家先大人《养馀斋初集》四卷今日校毕。晚间寓中祀先,祖母周太孺人今日忌辰也。

初五日（1月23日）　西北风颇峭,渐冷,晴朗。饭后与述甫谈,录苏词半页。下午杨世富来,搬运所带物件,今日已齐,明后日开船,钱六官决计趁渠船下乡。

初六日（1月24日）　晴。街上泥涂,仍不便行路。饭后着屐至兴圣街恒兴栈,晤其管帐顾梅溪,知黼卿昨日已回崇明,陶爱庐昨夜未回寓,答候之,不值。下午与述甫长谈,今日身体颇健,或可渐入佳境矣。暇录苏词一页,封好家信并梨信。晚间接徐丽江信,痛闻羹梅二兄于前月廿八日戌时身故,初二日领帖,即于日举殡,权厝于西房圩坟旁。不料八月廿三日来上,到寓一会,竟成长别。侄辈年幼无知,际此世局,乡间断不能住,来年搬运,无人料理,殊属触处荆棘。

葬事必须赶办,未识乙大兄在乡能于二嫂前力赞此事否。远隔二百,无胆到乡亲奠,伤哉! 是夜转辗不成寐,思此房门户,目前大难支持也。

初七日(1月25日) 朝起浓霜,晴暖。粥后至述甫处长谈,下午至生禄斋,晤汝梧生,知常熟长毛有投诚之信,传说官兵廿九日进城。

初八日(1月26日) 晴暖。粥后抄苏词半页,《南唐书》今日始阅完三主后妃列传。午前以家信总封一包,邱外父处信并历书、普济洋、徐信,命交钱六官下乡带去一一面交。闭户一节,家书外复面嘱六官从早、从善办理,来年灯节前后即命六官同丁大上来。今日趁世富船回去,候早潮,明晨吉行。

初九日(1月27日) 晴暖,似有变意。饭后理齐家中所带来帐目,大约收票兴隆票居多,此番所来,要紧者不与焉。下午述甫已起身,与之长谈,兼使大儿请教规除法。常熟投诚之信已确,闻说官兵已进城收复,后闻又被长毛围城,未识能解否。

初十日(1月28日) 晴暖极。粥后正欲录苏词,适凌耕云同介安侄来,雨亭亦来,问船捐章程却未知,即去。复同耕云率大侄墀儿,由新北门至老北门外,上三茅阁桥,走棋盘街,转湾至孙三馆楼上吃局。项间,柏川、荫周亦来,遂畅叙欢饮,柏川作东,厚扰之。回至百川寓中长谈,荫周以《琐窗秋梦图》嘱题,又同耕云、介庵至乙溪寓中,在礼拜里怡和新栈里面九康庄间壁。晤大嫂,絮语,因天晚,耕云回寓,余与大儿望南转湾,一直路,上第二塊洋泾桥,走永安街反寓。

十一日(1月29日) 仍晴暖。粥后录苏词半页。张浩舟来,约明日会划英洋还余。下午由盛川信局接郑理卿信,知外父现在理卿处盘桓,并接初七日外父所附一札,又接廿九日外父所发之信,由禄卿处凌氏工人送来。是日凌新亲遣工人先运乡间带来嫁妆物件到寓,屋宇湫溢,位置颇不容易。外父约明春上来,并致黼卿一札,当觅寄。

十二日(1月30日)　晴暖。粥后静坐,午前圣裕、小五相来寓,即同至鸣凤楼茗饮良久。渠于前月廿三日曾至港上问羹梅疾,据云谈论尚可,神色不佳。今闻此凶耗,不胜凄楚,羹梅盖有德于老圣者也。后同吃小点心,到寓略坐而去,云明日即要开船。下午张浩舟来还英洋,收讫,复有所托,与述甫三二分存之。客去,命大儿作札,一致乙溪大兄;一致朗相;一复邱外父,拟托浩舟回乡即寄送到家。

十三日(1月31日)　晴。粥后书外父札并家信,并封待寄,午后复作一札,拟与外父札同封,寄汪黼卿于崇明。暇则静坐。述甫日上已可出门奔走矣。

十四日(2月1日)　晴暖。粥后至恒兴栈中,晤管帐张先生,即以黼卿札托寄崇明,据云甚便。回寓,述甫来谈,承惠闽洋佳品。下午汝梧生来谈,絮语良久去。填《高阳台》一阕,题凌荫周《琐窗秋梦图》,久不作,颇生涩。

十五日(2月2日)　雨,似要发风。粥后与述甫谈。下午欲题荫周册页,手姜芽,拘挛之至,俟晴时再乞一页重写,素不善书,其不便如此。泥雨,不出门,静坐而已。

十六日(2月3日)　雨,东北风,仍暖。粥后录苏词半页,下午阅《南唐史》卷三列传。述甫来谈,知吉祥街夜间多贼,浩生店内竟被窃。甚矣,经营吃饭之难也。

十七日(2月4日)　晴,西北风。是日未刻立春。饭后录苏词《立春·减兰》一首。午后至生禄斋闲话半刻,顾兰洲来寓,即回,知米已粜完,此番不得利,大约明后日回去。前致念仙家信一函,复托兰州转寄,并与渠一便条,拟托渠向家中取钱百千存在渠处,来年带上。

十八日(2月5日)　晴,西北风,渐冷。上午录苏词一页。下午托述甫有所赶办,晚间接凌雨亭信,即复之,明日尚须另复。

十九日(2月6日)　晴,颇冷,有冰。饭后作札关照雨亭,午后又托述甫赶办一事。晚间雨亭来,面约明日到寓。述翁所办,亦约明日收齐。

二十日(2 月 7 日) 晴。粥后录苏词半页。下午雨亭来,付行李而去。夜间述甫来长谈。

廿一日(2 月 8 日) 阴,微雨。饭后阅《南唐史》,意不属,即止。下午秤柴照应。终日碌碌,不能坐定。

廿二日(2 月 9 日) 晴。饭后抄苏词半页。午后张小憨遣人屠福持札来,仍欲商飐不已,因以助葬为名,送英洋两元,作片复之。晚间述甫来谈,蒙送广东年羔,珍谢之至。

廿三日(2 月 10 日) 朝上微雨即止。上午与述甫谈,下午杨崇礼堂遣伙王志航来收房租银,即付元康庄票①,银百四十两,小租五两在内付讫,又加二两未付,十月、十一、十二月付讫。晚间衣冠率大儿恭送东厨司命尊神上升,谨设酒、蔬、果品,略做团子,以酬年例,想家中无人拜送,寓中故特具香烛供养,拜叩神前。夜间与家人吃团子,幸得在寓平安,均是神灵默庇,思之,愈难报称,不胜警悚之至。

廿四日(2 月 11 日) 晴暖。饭后录苏词半页。午后至生禄斋闲坐,知憩棠尚未出来,老瑞在乡亦未回上,店中生意清淡之至。至两合,在兴官楼上小坐而回。上海风土,今夜送灶,述甫处祀灶,送粢饵粉团,味佳甚。

廿五日(2 月 12 日) 晴。粥后录苏词一页,是日正编抄就,只剩续编未动手。下午至东首夷房前,就金陵人余姓谈相不甚微中,大儿就徽人于姓谈相,似乎尚得一二分。凌氏有女使来送年物,甚珍重。

廿六日(2 月 13 日) 雨,终日不能出门。上午与述甫谈天,下午静坐,思家中今日诸相好回去否,门户闭否,不知作何光景,殊切悬念。

廿七日(2 月 14 日) 雨,终日阴。粥后书好两札,一致殷谱经,一致凌荔生,拟托凌百川来春进京寄去。下午阅《南唐书》第四册终

---

① "票"字后原文有符号 。卷九,第 463 页。

卷。晚间凌雨亭来，以券交付，长谈而去。

廿八日(2月15日)　晴。粥后写过信一页，愈觉字迹恶劣，无可如之，只好任之。阅《南唐书》一二页，无兴，掩卷。暇与述甫长谈。下午萃和有女使来，知黼卿侄已来寓，乙大兄仍在家，大约为二二房无人照应，来春一同出来也。

廿九日(2月16日)　晴。粥后静坐，午前在述甫处谈天，憩棠适来，知昨夜到上，廿三日从樟练塘开船，知吾乡略有潮头，尚似苟安。芦川长毛亦少，赵田以东已归官兵地界，问梅公办事不甚平允。下午闲坐，吉算到寓后一切开销，约要八百千文左右，此地比长安居大不易，米珠薪桂，甚难调度，思之，甚费踌躇。

卅日(2月17日)　阴。粥后在寓静坐，与述甫剧谈话旧。午前衣冠祀神，下午徐氏有女使来送年物，知丽江甥昨日回沪。晚间中厅祭先，合祠堂内暨二先伯父母、先兄并祀焉。黄昏候，与家人团叙，饮屠苏酒，寓中如此光景，甚为不易得之境，家中今夜不堪闻问矣。夜间微雨，不见星斗，比邻爆竹之声，锣鼓之喧，颇为热闹，升平气象乎？不过粉饰而已，但祝来岁贼踪扫净，早日还家，是所至祷。除夕醉后，时安氏手书。

同治二年(癸亥,1863)

一 月

同治二年,正月初一日(2月18日) 晴朗。风从东北来,可望五谷大熟。朝起率大儿衣冠拜如来佛,灶神、祖先神位前拈香虔叩。饭后与述甫阖家贺岁,茶话良久。午前至生禄斋憩棠处拜年,沈啸梅乔梓均拜贺。看戏,着升官图,见何端叔亦在,几不相识矣。回寓,徐少卿、陆立人、凌云台(听樵郎)、泽卿(子方子,雪舟弟)均来贺岁。少卿乘轿,晶顶,阔乎阔乎!叙话留茶而去。先人神像,寓中湫溢,不能悬挂,与大儿展谒拂拭,仍谨收藏。是日,街上清闲,惟闻锣鼓喧闹。太仓去岁廿七日官兵不得手,现闻大英兵已出队,务祈得胜为要。

初二日(2月19日) 晴暖万分,重裘难着。饭后凌耕云、荫周、稚川同介庵来。荫周以词稿、诗稿二册见示,当留存细读,沈雨春、陆实甫、刘雪园均来。下午憩棠来畅谈,良久回寓。闲与述甫谈论,知上海风气,亲友贺岁初五前往来为多,故街上衣冠东西行者纷纷。一茶即回,并不请酒,且有飞片不见者,大约与乡镇相同。

初三日(2月20日) 晴朗,仍暖。饭后徐丽江来,即以凌氏新亲诸礼面托转致,云即至兴仁里,一茶而去。蘦卿侄来,问家中事,不甚明白晓畅。李淮舟、褚聘岩、顾莲溪均来。薇州,宁波人,于大东门开治茂栈。据云绍兴收复,在客冬十二月中。下午细阅荫周诗词稿,真绝妙隽才也。晚间江拙斋、陈云卿来贺述甫年,均出见之。云卿不相见者已十馀年,两鬓星星,几不相识。拙斋,胥塘人,极豪爽诚实,述甫尝啧啧称道之,畅叙而去。客去后,衣冠虔接东厨司命尊神。我辈虽逃避在外,寓中能得平安,均托神佑,此礼必不可废。

初四日(2月21日) 晴暖如昨日。饭后率墀儿由永安街走至二摆渡,贺凌百川年节,伊成、荫周均出见,一茶而返。复至怡和信栈里面五康庄间壁乙大嫂处贺年;复至陆立人处答,刘雪园、陈云卿均见;复拉立人至磬生处答顾莲溪,均不见,留片,即至兴仁里徐渌卿处长谈。回至凌云汀雨亭家拜贺,茶后即告辞。同立人出兴仁里始分路行,望南走大马路,上三茅阁桥,至吉祥街答褚聘岩,回寓已汗流浃背矣。下午至生禄斋,以英洋两元交瑞川之子大侄孙,其父寄在二侄处,尚有被头一条在耕云处,瑞川之子不在店,交陆三相手。回寓,与述甫闲谈,陶绮园来,云寓在隆庆里裁衣店内。去后,平湖叶勤谀先生来,久慕其名,未见其人,今始相识,云乱后至上虞,复不能居,始航海至上洋,今寓浦东,现寓太平街口升大茶栈内,长谈而去。与述甫约,明日去答之。

初五日(2月22日) 晴,东北风,清朗万分。五鼓时起来,循例接五路尊神,自宵达旦,街上爆竹之声不绝于耳。饭后同述甫走小东门外,上陆家石桥,至太平街内升大茶栈答叶勤谀先生,长谈。复出街,望望走黄浦滩大顺茶馆店间壁盐马头街内给茂号答李薇洲,屋宇精洁,琴、书、笛、笙满座,盖主人估而好客者,畅谈茶话,良久告辞。复望北行,至水神阁马头,走外洋街两合栈贺兴官年节,略坐返寓。午前凌雨亭来,下午磬生来,均即去,暇与述甫闲话。今岁连日晴爽,为数年来所未有,扫长毛,望中兴,吾辈焚香祝之。

初六日(2月23日) 阴,微雨终日。饭后命墀儿至董家渡丰茂蛋作内答徐丽江,约初十日到余寓中叙话。午后阅《南唐书》刘熙载传。晚间与述甫论文,写凌荫周图册,吃力之至。是日不出门,寓中静坐,街上衣冠贺年者已寥寥矣。

初七日(2月24日) 晴。人日。光景如此,定卜丰年人瑞。粥后阅《南唐书》潘佑、李平传,下午街上闲游,店半开齐。

初八日(2月25日) 晴,晚间微雨。饭后走棋盘街,大同茶食店转湾,药材店衖内贺何古心丈年节,至则晤凌云台,一茶而返。据云太仓现在官兵尚未动手,初二失利之说不确。下午与大儿小东门外闲游,归寓,俞丈少甫特来拜贺,城中远途到此,甚不敢当。精神矍铄,已幸复原,一茶而去。王紫卿来辞行,未遇。述甫今日至夷场,行路尚不艰难,剧谈良久。

初九日(2月26日) 雨,昨夜尤甚,下午始开霁。饭后作二札,一致叶绶卿,一致殷安斋。时闻达泉表侄忽得软疾,四肢不能举动,甚为可忧,故作二札致问,力劝二式表嫂延医急治之,其信当托徐丽江寄去。终日静坐,与墀儿侄论文,颇有至味。

初十日(2月27日) 晴朗。饭后阅《南唐书》第五卷终卷。午后走至兴仁里徐少卿处,约明后日回音。回寓晚间,徐渌卿自城中回,蒙到寓答贺长谈。据云,太仓已收兵不攻,胥塘丁家栅长毛颇多,章练一带紧急之至,然此路不可不通,深为可虑,一茶而去。

十乙日(2月28日) 晴朗。饭后静坐,午前徐丽江来畅谈,即留便中饭酌之。喜事诸礼,即与谈定,转致凌府代仪二百两,诸礼总函四十元,临门总犒四十两钱串,祠礼两元,道日四元,想凌氏必能原谅也。前托办账算讫,后托办未开账,另算。中午对饮,余不觉酗醉矣,下午始回去,与大儿门前徜徉。

十二日(3月1日) 晴暖,大有春意。饭后走至高墩基栅内送凌百川北上,至则晤伊成,知百川昨日已趁火轮船扬帆,赆仪不受,歉甚。即以所致丽生暨殷谱金信,托伊成转寄王紫卿,交与百川,并送紫卿赆仪一元即返。途中热甚,回寓汗流如雨。下午少卿来,所托之件已汇出立据。同至述甫处,长谈而去。

十三日(3月2日) 晴,春意益然。饭后北厍有船,柳富安持梦二相公信出来,开缄,知侄于初四日发,始知岁底家中廿五日闭户,诸相好取巧先去。工人钱六官大受乡邻凌辱,幸梦书尚留,独当一面,诸恶少始退,梦书乃回去。除夕日所寄钱六官处小船,又被恶邻撑至本村，可叹之至。梦书约二十日开船来上，钱六官届期恐不即来，思之，愤虑交集，须俟梦书来详问之。凌耕云来长谈，知百川所坐轮船每人三十两，下人二十两，殊为便宜。云汀来答，耕云始去，云汀一茶亦去。

十四日(3月3日)　阴，昨夜雨，稍冷。饭后书好墀侄儿喜事诸礼帖底账，并作札拟复梦书，下午开就，适述甫来谈，即与之斟酌，明日烦渠增光书写。

十五日(3月4日)　雨终日。饭后着屐至兴圣街买喜帖，回来属述甫书写，毕竟老手，一挥即就，字字适意。下午自写三帖，甚惭陋劣，幸凌氏诸事原谅也。今夜元宵，街上爆竹锣鼓颇形喧闹，奈雨甚，无月，殊乏意兴，惟与述甫晚间闲话。

十六日(3月5日)　晴，东北风，颇寒，闻昨夜有雪珠声。上午书帖五个，终不工整为歉。述甫廿七日长女出嫁，唤埠头吾乡人顾凤德来，叫定蒲鞋头船到章练塘，一应在内英洋十六元。吾乡船因怕捉船，概不出来，故昂贵若此。述甫婿，即刘雪园长子憩棠，下午来长谈。

十七日(3月6日)　又雨终日。饭后至述甫处长谈，渠为出嫁事即日要至章练塘，殊属劳人草草。阅《南唐书》第六卷数页，雨窗静坐，不能出门。晚间述甫又来谈。

十八日(3月7日)　晴朗可喜。粥后有裁衣来，指办一切。午前有埠头人吾乡顾凤德来，知太仓官兵日上又不得利，援兵即去，捉船甚紧。下午在门首，有邻人沈福林来上，知吾家闭户后，两邻人窃去家用物件甚众，思之痛愤，然实无如之何，只好听之。

十九日(3月8日)　晴朗。饭后送袁述甫回章练塘遣嫁，约月初回上，憩棠亦来，因盘谈良久。下午徐少卿来寓，有所约，廿七日当至彼寓一叙。传说直隶南宫县有警，胜克斋大得处分，一波未平，一波又起，真不可收拾之时也，思之焦闷，深抱杞忧。

二十日(3月9日)　阴，晚间又雨。饭后至生禄斋候黄森甫、陶吟士,知昨日泊舟杜家巷,轿至此间,乡间初旬开船,十一日到练塘,彼镇虚惊极多。午后工人钱六官、陈二叫西浜邱姓船上来,知渠在家中闭户时,深受乡人金六、盛五、陆三、夏福元、胡阿六凌辱之累,家用食件被乡人搬窃甚多,小船撑在费惠处。朗老诸事甚不直落,言之可愤,然时事如此,只好忍耐之。钱六官十七日开船,现在停泊塘口,有老妪三人在舟中,明日须设法趁航船摆来。接邱外父信,并小云、杨文伯札,知外父近体尚安,迁崇之议,问卜不吉,中止,目前不上来,且俟三四月,待时再商。徐渌卿来畅谈,恰好以外父信面缴。丽江有信来,即复之。大嫂近体甚健,然不肯上来。

廿一日(3月10日) 晴。饭后在寓静坐。下午苹侄自练塘来,行李在生禄斋,同沈雨春到寓,相见欢然,别后已六阅月,渠两代葬事已于去冬十一月十六日安办,竭尽心力,可嘉之至。灯下剪烛谈心,颇为欣慰,惟闻萃和为族事办得瓦解,思之可叹。

廿二日(3月11日) 晴,暖甚。饭后同苹侄至生禄斋,晤黄西垞乔梓,路遇王紫卿孝廉,即拉至茗饮鸣凤楼,畅叙,始知常熟日上官兵得一胜仗,紫卿廿六日由轮船进京。下午憩棠来,复同至新兴街衖内布捐局中候杨振甫太史,座间晤江邑令沈问梅之郎子美,一茶即回。是日先大人忌日,寓中设祭,不胜离乡追慕之感。子屏至盆汤衖沈梦粟处。

廿三日(3月12日) 晴。午后沈宝文来,与之茗叙怀杜阁松风楼,复至状元楼小酌,费钱千文有零,均不适口,此地浮费大适如此。回寓,与苹侄畅谈家事,棘手可叹!

廿四日(3月13日) 晴暖极,可穿夹衣。粥后顾莲溪来寓,即同子屏、莲溪进新北门,望西行约三里许,走小路至新关庙答俞少丈,畅叙良久。少翁精力已复原,拉至玉液清茗饮,朱仁峰及其郎子野均来,团坐良久始散,即同苹侄出新北门回寓。雨春来长谈,夜间与苹侄言及去年九月初九大起真潮头,逃至荣字三昼夜始回,当时情景,思之,可惊可惨。是晚,接何古心丈和余移居诗,及追和己亥年先大人寄赠原韵,毕竟老手,气息不凡。

廿五日(3月14日) 雨。终日不能出门,与子屏、大儿谈论名大家文,颇得乐趣。复谈目前形势,上海可暂,断不可常,茫茫世界,乐土难觅。现闻北直隶南宫有警,未知劫运何时已也。

廿六日(3月15日) 阴寒,无雨。子屏着屐出门,晚间未还。上午校对渌卿所托新翻《楞严经咒》,刻手远不如原本,其价加倍有加,惜不能细细静校,不过对阅三四遍而已。下午冷甚,夜间略饮家中所带之酒,亦无兴趣。

廿七日(3月16日) 半晴。饭后作札,拟托苹侄寄复邱外父,下午至兴仁里渌卿处谈天,少卿、雨亭、丽江均来。复至云汀处畅叙,唤苏人沈老惠来,包办喜事内六局人等,并官轿、彩轿、茶担等项,价色谈定,写账付彼,时晚即回。子屏昨榻磬生处,携磬生为余作《秦淮忆月记》,文极佳,佩服之至。

廿八日(3月17日) 晴朗可喜。饭后汪黼翁来寓,知昨自崇川到上,寓恒兴栈中,长谈,并接朱稚苹崇川信,并寄邱外父一札,均已收到。询知稚苹医道盛行,尚可过去。因徐渌卿以轿相招,不及与黼翁畅叙,余先出门,轿行至渌卿处,黄兰、铸生、子祥、少卿、丽江、雨亭均来谈天。少顷,李咏裳来,云自湖南汉阳来上,彼处全省肃清,吏治极好。咏裳神色颇佳,乱后第二次相见也。中午少卿请庄上执事田秉受,云是诸暨人,其人尚属诚实,余忝第二位座次,酒肴丰盛之至。席散长谈,步行而返。咏裳初三北行,来寓,一茶而去,匆匆,歉甚也。子屏略有小恙,属其静养不出门。子壮侄孙来,云十八日自北厍开船。是日为大儿送道日吉期,凌新亲留饭,犒赏极厚。

廿九日(3月18日) 晴。朝上至恒兴栈答汪黼卿,即以渌卿所托渠交家信面缴,黼卿即要进城,略谈即返。午前杨世富来,知一溪大兄、羹梅二嫂坐渠两船今日到沪。接慎甫信,札中云云,亦见热肠,然时势如此,断难遵彼行事。瑞川来,知梦书侄廿七日开船,想即日可到。俞少丈同李方亭、朱子野到寓畅谈。子屏今日已愈,走候李咏裳，不值，晤平湖孝廉张文新。是日接郑理卿廿四日信，以珠花一对作贺仪，托渠门前陶万丰布庄上孙珊洲寄上。大儿今日至大马路源丰洋货店内探听，适孙公他出，约明日去取。灯下作札拟复理卿，理卿札中夹一便条付孙公，取珠花，甚周密尽善也。

二　月

二月初一日(3月19日)　晴。饭后属墀儿至源丰店内寻孙珊洲，不值，约明日再往。午前走至怡和信栈内九康庄间壁乙溪兄处，见面后，道别后光景，可惊可惨。谈及羹梅二兄故时情形，不禁泣然涕下，幸兄面色尚未憔悴，岁底受累事，风波甚不易当也。局事略谈，此番出来，颇能虑周葆密也。耕云亦来，即同中饭于乙溪处，下午同耕云、陆立人至景升楼茗饮，立人作东，畅叙良久始回寓。子屏略有疟疾，尚轻。是日由盛川信局寄郑理卿信，先致谢悃。丽江、云汀来，不值，即回去，据大儿云，要进城。宝文来，亦未遇。

初二日(3月20日)　晴朗。早上至茂森栈候咏裳，又不值。午前憩棠来谈，适杨船户持局中信来，计甚狡狯，思之愤甚。午前凌伊成来谈，并商此事，与余意见相同。丽江亦来，即与同饭，一切账目均已算讫。下午宝文来，即与茗饮百花楼，并小饮，极适意。回寓，与苹侄絮语，灯下起一底稿，颇费经营。咏裳晚来，暂叙，面送赆仪即去，知明日由轮船北上。

初三日(3月21日)　晴。饭后开帖，以备喜事用。沈老惠来，定菜于悦安居，付定洋廿元。午后耕云来谈，黼翁来托寄家信，即去。梦书、丁度来，欣甚，慰甚，一切情由，详知其细。灯下作札，并汪、朱两信封好，托苹侄汇寄邱外父。

初四日(3月22日)　晴暖。饭后与梦侄、罗春山、胡老顺、徐船户茗饮，十午洞庭潘莘田来答子屏，不值，余代应酬，所赠极得体，厚谢之而去。下午与梦侄、大儿至大马路买靴帽，复至西马路茗饮一洞天，极豪畅。回来，邻友许姓来，即日要回家，以正月廿九信一封(正

月廿九)托寄费姓,以解钱六官支节事。子屏明日要趁憩棠船归家,
灯下絮语,约彼此苟安,秋间再来。邱外父处、黼翁处两信,朱稚苹札
同寄,托渠至梨面交。

初五日(3月23日)　阴,无雨。饭后送子屏趁憩棠船由章练塘
回家,终日静坐在寓,神疲之至。梦书至西马路庞望溪处。灯下交
账,不忍细阅,略为点检而已。

初六日(3月24日)　半晴,无雨。饭后命丁仆、工人老妪送五
盘至凌新亲,并补行纳币诸礼,迎娶诸开费均已送去。下午与顾杏园
茗饮百花楼并小饮。回寓,工人自凌府回,犒赏极优,回礼甚丰,媒金
即命丁仆送至桂轩暨丽江处。夜与梦书絮谈。

初七日(3月25日)　阴,朝上微雨。上午与罗春山、胡顺高、梦
书茗饮。下午同梦书、春山至兴仁里振隆庄上,春山要汇本洋划银,
命洋次二肩八十六①,大花七十六②,后兑九钱③,交易不成,总牵日上
市面,本洋大涨。回至凌云汀寓中,羹二嫂同住,因入内见之,言及羹
梅,不胜凄然。回寓已晚,今日先母沈太孺人忌日,寓中致祭,了尽孺
慕微忱。

初八日(3月26日)　大风,骤冷。饭后子丞、陶吟士来,下午顾
兰洲、张浩舟自乡来,蒙致贺仪,权领,不敢当。梦书彩蛋竟无售主,
颇费踌躇。桂轩来,借棕垫两只,架子一副,藤穿杌子二只,拷栳环椅
子二只,晚间回去。

初九日(3月27日)　晴冷,风尖。粥后为梦书彩蛋至兴仁里与
丽江商量,约晚间来复。丽江下午来,此事竟成画饼。灯下作要札,
拟复夫己氏,信上作初十日,待寄。

初十日(3月28日)　晴朗可喜。饭后唤木工为墀儿排床吉帐

---

①　"八十六"原文为符号𐌣。卷九,第472页。
②　"七十六"原文为符号𐌣。卷九,第472页。
③　"九钱"原文为符号𐌣。卷九,第472页。

良期。上午走至兴仁里,同丽江至悦安居小饮。沈老惠不值,即托馆中唤渠明日来寓,以便定见轿班。望朝正席,即托丽江定出。回寓,述甫来自章练塘,面色极佳,见之快甚。梦书至晚回寓,灯下与述甫絮谈,诸亲友赐贺分概行璧谢。是日,确知绍兴正月廿八日收复,浙东已得肃清矣。

十一日(3月29日)　晴朗。饭后饬家人楼上新房洒扫安排,诸亲友陆续来送礼致贺,谨登喜簿,诸事甚不道地也。明日凌新亲来送嫁妆,必须预为回使地步。夜间与植甫、梦书、啸琴侄孙絮谈。

十二日(3月30日)　晴。饭后陶吟士、黄森甫来谈。少顷,凌新亲运妆来,亲友兼送贺分,有璧,有颁礼存谢者。诸事纷纷,幸丽江来开发,尚属楚楚。中午以杜办五簋,款新亲行管,留丽江便中饭。下午邀桂轩,不到,丽江亦去。夜与述甫诸人团席絮饮,八盆五菜,其价四两,尚无可适口者,饰观而已。

十三日(3月31日)　晴朗可喜。饭后诸亲友来贺者纷纷,最客气者俞少甫、朱仁峰,一便饭即去,不及留正席,歉甚也。少丈赐款画扇并厚分,过推仍受之。中午三席,殷安斋亦适来,诸凌先生均至,有坐席,有即去者。午后鼓吹,行亲迎礼。黄森甫、沈雨春、汝梧生来贺,宴席陪之。席未散,新人已登门,云汀、雨亭来送亲,设茶款陪,送筵一席,即去。乙溪兄先去,二侄耕云、侄婿仍来贺兴。夜间宴客,丽江、桂轩亦回寓。亥刻,两新人合卺,祭先、花筵、见礼诸事毕,已四鼓。与耕云长谈至天明,耕云二侄始回去。是日正席,朝、晚共十席,连花筵在内。

十四日(4月1日)　晴。上午凌云汀、雨亭来望,设三席款之,拇战极欢,其价五元五角。下午新客回去,余已酒兴浓浓,尽量极欢矣。丽江、桂轩席散而去,耕云、乙溪亦回去,夜间不觉熟睡。

十五日(4月2日)　晴。晚起,饭后与梦书走至吉祥里,晤桂轩,与之约,交代而返。知殷安斋来过,寓在馀庆里小选公馆内。回寓,与述甫、梦书、啸琴侄孙长谈。此番喜事,述甫书簿登账,开发六局,诸事费神之至。夜间朝睡。

十六日(4月3日) 晴。饭后新妇回门,凌氏备轿两顶接去。午前以外舅所赐金经二百卷超荐二儿,设素菜,致祭焚化,屈指光阴,不觉一周期矣,思之凄然。晚间两新人乘轿自兴仁里回,夜间陪述甫诸人至新房吃茶,欢谈良久而睡。

十七日(4月4日) 晴。与梦书吉账,顾兰洲来过,与浩舟有约即去。下午悦安居馆上来算账,酒席无多,已费英洋乙百十馀元,此间浮费,大率类此。

十八日(4月5日) 半阴半晴,大似落沙天气。作札复慎老及夫己氏诸公。梦书回去,慎重小心,嘱其赶办,未识能应手否。是日清明节,家中祭扫诸事,扫地殆尽。寓中是夜款饮新亲、随从、诸仆姬,不及祭先。安斋、小选来寓,一茶而去。

十九日(4月6日) 雨。饭后唤轿三顶,送回新亲下大夫,余乘轿至馀庆里东首小衖内第二石库门内补吊殷选之,小选、安斋均出门,看来二公不甚妥协。终日静坐。

二十日(4月7日) 半阴,无雨。作札复朱稚苹。与述甫畅谈,开发本宅下人、老姬,诸事草草吉题。夜间设祭,与大儿衣冠拜跪毕,饮酒颇适。是夜二鼓始睡。

廿一日(4月8日) 晴朗。饭后至恒兴客栈候汪黼卿,恰好今日有人至崇明,朱稚苹信面托即寄,畅谈而返。寓中静坐,收拾纬帽、便帽。张浩舟来,与之茗饮,其弟衡洲撑梨里航船,住东栅孙信昌三货行,头期则逢五、逢十,每人趁船一千四百,饭钱每顿六十,上洋住泉漳会馆前,要寄信,须问太和楼茶馆。

廿二日(4月9日) 晴,半阴,颇热,大有变意。上午作札拟致邱外父,由航船寄。下午修容,须发一轻,在寓静坐。

廿三日(4月10日) 阴。昨夜大雨,并雷声初闻。饭后录凌磬生所作《秦淮忆月图记》,文极曲折,纡徐之致。下午与述甫畅谈往事,不禁情深境异,为之絮语者久之,灯下静坐。

廿四日(4月11日) 阴,无雨。饭后新妇十二朝见礼,辞之。凌氏遣使来望,胜糕两箱,兼具羹果,殊属多礼,微嫌浮费太多。下午至生禄斋,与森甫、孙友珊长谈。老瑞来,尚未销通,甚属不把吉。回寓与述甫絮语。耕云朝上来,约明日复之。

廿五日(4月12日) 起晴。饭后静坐。中午祀先,是日先曾祖母黄太宜人忌日。下午复录罄生所作《忆月图记》,细读之,此公笔墨究竟不凡,加以岁月,同辈中谁敢与之抗衡? 佩服之至! 终日迟凌耕云不至。

廿六日(4月13日) 晴阴参半。上午耕云来,所约之事不果,殊费一番周章。下午至振隆庄,知晚市英洋七千八百三十五[1]。少卿、雨亭、丽江、喻兰、子祥俱在,谈至良久而回。所托丽江划花七十,每元七百六十八[2]。夜间与述甫絮谈。

廿七日(4月14日) 晴。饭后黄森甫来寓,即与述甫同至新新楼小饮,一羹、一炒、八宝饭、烧买、高粱二两,已一洋,稍找回五十八[3]文而已。下午至振隆庄上长谈,中午市头七百八十三[4],晚市七百八十八[5],述做汇划七千八百七十五[6],未知明日松涨若何。余托少卿,如果明日七十九[7]分内,买一大数,初十为期。微雨稍停,即同森甫回来,各回寓,已点灯矣。

廿八日(4月15日) 雨终日,朝上雷电。上午与述甫谈。下午少卿遣郎一山持札来,有所商,即作札复之,约如息照市,明日来取。

---

① "七千八百三十五"原文为符号 **①** "七千八百三十五"原文为符号 ㄓ。卷九,第475页。

② "七百六十八"原文为 ㄓ。卷九,第475页。

③ "五十八"原文为符号 ㄓ。卷九,第475页。

④ "七百八十三"原文为符号 ㄓ。卷九,第475页。

⑤ "七百八十八"原文为符号 ㄓ。卷九,第475页。

⑥ "七千八百七十五"原文为符号 ㄓ。卷九,第475页。

⑦ "七十九"原文为符号 ㄓ。卷九,第475页。

英洋今饭后市七千八百三十五①，代办一万银根，初十为期，未识能有生色否。终日静坐，赏雨寓舍而已。晚间凌雨亭来会述甫，一茶而去。

廿九日（4 月 16 日）　晴朗。饭后少卿遣人持札来，即以元康三十五②票作字复付之。下午至振隆庄，知晚市七百八十五③。晤少卿、子祥，借知所商原委。至兴仁里与蓉卿长谈，晤陆立人，知渠到过苏家港，房屋无恙，二十日左右芦墟颇受虚惊，尚无实祸。周庄费局大兴干戈，已将巢湖匪焚杀殆尽，大快人心。回寓已晚。

卅日（4 月 17 日）　大雨终日，昨夜有雷。饭后送老妪三人及陈五官、陈二由邱孝法船下乡，寓中稍清，奈沙四、瞀二自乡搭船来，讨厌之至。楚囚相对，终日无可落场，只好静待之。夜间借宿，少卿持札来，命墀儿作复之。

三 月

三月初一日（4 月 18 日）　阴雨。饭后两累人重宽给与，即遣之去。黄森甫至述甫处，与之絮谈，借以解闷。下午接少卿札，知英洋汇划七百六十九④，现兑七百六十五⑤。公使船已到，"发财"二字，望之甚难。闲与述甫絮语。

初二日（4 月 19 日）　晴。朝上晒所挂对轴心。饭后作札拟致孙秋伊。下午由振隆庄至钱业公所，知英洋今日中市七百七十七⑥，晚市七百七十二厘⑦半。与少卿辈长谈，回寓晤袁子丞，知前月廿

---

① "七千八百三十五"原文为符号 。卷九，第 475 页。
② "三十五"原文为符号 。卷九，第 475 页。
③ "七百八十五"原文为符号 。卷九，第 475 页。
④ "七百六十九"原文为符号 。卷九，第 475 页。
⑤ "七百六十五"原文为符号 。卷九，第 475 页。
⑥ "七百七十七"原文为符号 。卷九，第 476 页。
⑦ "七百七十二厘"原文为符号 。卷九，第 476 页。

七、廿八官兵与毛匪打仗,互有胜败,北厍一带大遭长毛荼毒,官兵现在扎营汾湖,上洋、练塘援兵已去,我乡一带竟作战场,可惨之至。芦局吃毛饭者逃匿一空,此信由金泽枪船来,大约已确。

初三日(4月20日) 阴晴参半。饭后属墀儿录旧作,拟寄秋翁。下午在述甫处得实信,知官兵现在韩上荡,芦镇大吃惊,北厍、莘塔大被长毛掳掠,田鸡浜、孙家汇、西张港荼毒尤甚,现在若何,尚不知究竟。此信如确,我乡无焦类矣,思之骇然。今日朝市英洋七百六十九①,大儿晚间自振隆来,知晚市七百七十三厘②。太仓传闻克复,长毛自行逃出。

初四日(4月21日) 晴。饭后作七律一首,寄怀孙秋翁并近作同信,托蓉卿面致。下午至生禄斋,晤黄森翁,知北厍长毛放火,自西木桥至竹行头,被难者恐已不少。西张港盘踞两日,吾乡一带荼毒不浅。回寓,晤子丞,知上海书院甄别案已发,考举、副、贡、生、监七百馀名,取八十名,嘉善取四人,倪浩生名次最高,此事甚为粉饰。英洋价今日不知,传说七十七分八厘③。

初五日(4月22日) 晴,无日光。上午在寓,下午至振隆庄,墀儿同往。复至兴仁里,约蓉卿出来,与之茗饮三繁昌,以诗札托呈秋翁。知孙家汇一带被难颇酷,乡友孙莲溪,甚传跌伤,并有恶耗,能得不确为幸。至磬生处,以文录清托渠写在图上。与蓉卿絮语良久而散,知渠日上要回乡探闻家中消息,趁凌氏船即日下去。晤少卿,知今日晚市英洋初十期七十八分④,至钱业公所看簿,其说相同。回寓已点灯候矣。

初六日(4月23日) 雨终日。雨中饭后着屐走至高墩基,贺凌

---

① "七百六十九"原文为符号𫝵。卷九,第476页。
② "七百七十三厘"原文为符号𫝵。卷九,第476页。
③ "七十七分八厘"原文为符号𫝵。卷九,第476页。
④ "七十八分"原文为符号𫝵。卷九,第476页。

子方之郎雪舟续弦。至则见子方乔梓,道喜,一茶后即告辞。复至振隆庄贺少卿今日开庄,见当手田老秉,走街严先生,散伙吴九卿、华顺庆、赵先生。扰渠店中便中饭,请客缓日。英洋朝市七百八十六[①],中市八百八十四[②],晚市七千八百三十五[③]。回寓徐行,尚不吃力。接顾吉生信,其郎公安甫来,知西张港一带地方吃重惊,尚未被掳,北舍、芦墟大受毛累,尚未放火。孙莲溪竟尔跌死,据云怀洋在中,逃走失足,五脏受伤,可怜之至。

初七日(4月24日) 阴,无雨。上午静坐,作札复丽江。命埠儿至振隆庄,回来知英洋今日大松,饭后市七千七百七十五[④],昨日不卖出,悔恨无及矣。午后复命埠儿去探听,回,知午后市七千七百三十五[⑤],尚无售主,少卿意,谓买出现折,不如调二十期,贴还十日尺息,尚可希图侥幸,决计从之。晚市去代办,想无误也。

初八日(4月25日) 晴。饭后走至振隆庄,解宝两一千零八十七钱[⑥],以备英洋亏折之用,交子祥登入往来账上。知所买英洋现已调二十期,据云要贴六十两,二十日付,未识胜负何如。且找头要二百馀洋,殊属贪而自取其咎。至磬生处,晤费吉翁,知前月十八日由盛川趁船来上,现寓新关庙少丈处。畅谈良久,磬生转属青浦张酉山书所记《秦淮忆月图》,书法极佳。写就后,同袁述翁、黄森翁、磬生、酉山、吉甫至悦安居小酌,顾莲溪来,即同席。蚕豆子今日新尝,风味佳甚,馀则无可适口,已费青蚨二千四五百文矣。回至磬生处,念渠所作新乐府,才子之名,真真不愧! 晤王雪亭,知在振老处,已数年不

---

① "七百八十六"原文为符号 𝌆。卷九,第476页。
② "八百八十四"原文为符号 𝌆。卷九,第476页。
③ "七千八百三十五"原文为符号 𝌆。卷九,第476页。
④ "七千七百七十五"原文为符号 𝌆。卷九,第477页。
⑤ "七千七百三十五"原文为符号 𝌆。卷九,第477页。
⑥ "一千零八十七钱"原文为符号 𝌆。卷九,第477页。

见矣。复至振隆庄，知英开市七百六十九①，中市七千八百零五②。回寓后至生禄斋，晤憩棠兄，昨自练塘来，确知芦墟被掳极酷。述甫回寓，知英洋晚市七百八十四③收盘。

初九日(4月26日)　晴。饭后同钱六官进新北门，望西行，至新关庙候俞少翁，不值，食物二种托方翁转致少丈。晤其同伴铁笔李方翁，致声谢步，兼候仁峰而还。至玉液清茶肆，晤费吉翁、顾莲溪，同至间壁幽叙园吃抄面、鸡汤、高粱约六百文，极适意，莲溪作东，出北门而别。下午王松契来寓，同至醉白楼茗饮小酌，极畅叙而散。大儿、述甫自庄上回，知今日晚市英洋收盘七千七百九十五④，朝市七百八十四⑤，二十日期交易极少。

初十日(4月27日)　雨终日，闷坐不能出门。下午正与述甫闲谈，李薇州持票来，畅叙片刻，始送渠乘轿还。今日英洋南市，现兑七千七百三十五⑥，北市不知。

十一日(4月28日)　半晴。下午走至振隆庄，知今日英洋午市七百八十一厘⑦。略坐，即至耕云寓中，遂同耕云、稚川至醉白楼茗饮，晤海香，同叙。复见苏州帽铺店旧友金九峰，知现在城中四牌楼老金玉店中做伙，畅谈乱后事，不觉惊心动魄。回寓已晚。

十二日(4月29日)　阴，无雨。朝上未起来，适老谨父子光降，即起来陪叙，楚囚相对，终日与语，无一情理相通之谈，闷闷。今日英洋大松，中市七百七十二⑧。薇夜粥后，另居吉祥街子丞店中，谨则

---

① "七百六十九"原文为符号𢁷。卷九，第477页。
② "七千八百零五"原文为符号𬳶。卷九，第477页。
③ "七百八十四"原文为符号𬳽。卷九，第477页。
④ "七千七百九十五"原文为符号𬳺。卷九，第477页。
⑤ "七百八十四"原文为符号𬳽。卷九，第477页。
⑥ "七千七百二十五"原文为符号𬳴。卷九，第478页。
⑦ "七百八十一厘"原文为符号𬳿。卷九，第478页。
⑧ "七百七十二"原文为符号𬳲。卷九，第478页。

设榻中堂,殊觉受累。述翁婿女家人来,夜间絮话,聊以解闷。述婿刘,号健卿。

十三日(4月30日) 雨,终日不能出门,闷闷。与逆意人强唔就谈,殊属无兴之至。今日英洋七百六十九①,少卿为余出卖一数②,卅期,未识能斡补不足否。森甫八十一分③买出,七百六十八④补数,可多五六十洋,尚可差强人意。

十四日(5月1日) 阴,无雨。上午与谨老谈,下午与星茶叙,一派胡言,仍无头绪,不过客话而已。肇义当手,先生朱厚坤来代为述甫说出门,实则述甫在寓,心慌所致,可笑。始知英洋今日市七百七十三⑤。

十五日(5月2日) 晴阴参半。朝饭后墀儿夫妇至兴仁里外家省视,墀儿大约要盘桓几天,负心人依然顽梗。下午袁憩棠、费吉甫、顾莲溪来谈,费吉兄昨见孙学宪名如瑾行文,始知今月廿七日取齐,淮安汇考选拔由上海学章公取印结,备文赴考,十八日由沪赴通,再由通赴如皋。有青浦人张酉山,家眷在彼,取道水陆到淮。此行虽跋涉,殊属凑巧,即以铜墨匣、浙江己未薛公同门卷面付,再要《策学纂要》等书及庚申科试一等文,俟寻出后,十七日到寓付交。有败兴人在座,匆匆就谈而返。今日英洋闻七十七分⑥。

十六日(5月3日) 微雨即止。饭后至生禄斋,晤憩棠,略谈而返。遇吉生,与之明日有约,茗饮良久,同至庆昌兑现英洋而还。市

---

① "七白六十九"原文为符号 ♨。卷九,第478页。
② 旁有符号 ♩。卷九,第478页。
③ "八十一分"原文为符号 ♨。卷九,第478页。
④ "七百六十八"原文为符号 ♨。卷九,第478页。
⑤ "七百七十三"原文为符号 ♨。卷九,第478页。
⑥ "七十七分"原文为符号 ♨。卷九,第478页。

价七百六十六①,明抬二厘②。回寓,知大儿来过,吉甫文已寻出。下午,憩棠来,甚传太仓夷兵收复之信。至振隆,知今日中市卅期七百七十八③,兑现七百六十五④。回来,与不义人细谈,余则太松,彼则支节偏多,尚难下场。

十七日(5月4日)　晴。上午与族累人强谈,其父廿四千,廿五洋,其媳十元,含忍落肩。其子义不当借,不能遂其所欲,抑之明日再商。小云先生之婿陈乔生,自梨川初十开船到上,持外父二月初十、廿八、三月初四三信,展阅欣慰。渌卿信已遣人送去,汪、朱二札即日分送。子屏亦有信来,述近况,可悯之至。费芸舫亦寄一信,并托寄吉甫家言。下午吉甫到寓,一等文已寻付,其馀不便搜寻,只好听之,知明日同陶苣生趁火轮船至镇江,苣生托借铜规而去。阅芸舫家信,知前日在叶石湖,同舟九人遇风被溺,八人前船救出,一人竟遭难。芸舫在八人之中,大难不死,必有后福,前程正未可限量也,闻之骇然。太仓决计克复,闻有进攻昆新之信。

十八日(5月5日)　晴朗。饭后与不良子谈定十六⑤之数,一应发给落场,含忍破财,愤闷之至。到子壮侄孙处,收到梦侄信,所斡办极能置身局外,颇合余意。回寓,作两札,一致外父,一致芸舫,封好明日待寄。下午余少翁、朱仁峰来寓絮谈,一茶而去。孙莲溪之水客孙宏发来,确知莲溪跌伤而死,不胜怜悯之至。来查账,其子尚属有心人也,当作复之。

十九日(5月6日)　晴,有风,是日巳时立夏。饭后送谨老父子还乡,趁梨里陈乔生之船,船户系浦家埭人。乔生,稚仲之郎,经营精

①　"七百六十六"原文为符号 𝑥𝑥𝑥 。卷九,第478页。
②　"二厘"原文为符号 𝑥𝑥 。卷九,第478页。
③　"七百七十八"原文为符号 𝑥𝑥𝑥 。卷九,第479页。
④　"七百六十五"原文为符号 𝑥𝑥𝑥 。卷九,第479页。
⑤　"十六"原文为符号 𝑥 。卷九,第479页。

敏，人极恂恂，真佳子弟也。谨老父子此番虽未遂所欲，然所索已是大块文章，均由乙大兄善理不善，波及所致，言之可深痛恨。外父、芸舫信，昨日已面交乔生寄去。下午作札致孙莲溪之子大官，暇则倦甚，不觉昏昏昼睡。闻桂亭侄来，不遇。

二十日（5月7日）　朝上大雨如注，上午有风始止，颇蕴热。下午复作札致外父、蔡秋丞，待寄。梦书处亦拟复一信，暇则静坐。闻英洋价昨日涨，今日松，此种生意，甚不易做。晚间，述甫自振隆庄来，少卿寄信踏空，卅期已买出，补数七千六百六十五①。

廿一日（5月8日）　晴。饭后静坐，适陈五官自乡来，初三到陈思。知大嫂身体颇健，十七日趁船上来。大嫂犒赏新房工人极厚，墀儿夫妇见面钱，所赐隆盛之至。下午至振隆庄，知晚市七千六百零五②，初十期七百六十六③。复至渌卿寓中长谈，托撰祗树园八字对联，《楞严咒》本四五日内可揩齐，欲寄与外父，姑应之。回来已晚。

廿二日（5月9日）　下午雨。上午静坐，作便札并撰联拟句致徐渌卿。下午沿黄浦滩，过盐马头大东门外大马头，转湾南首新街上泰兴米行间壁，张浩周所开公正兴钱店内小坐，其当手姓沈，伙计姓陆。晤孙宏发，即以吊分并致莲溪之郎要信面交。世富烟店在大街上火腿店内，即与世富、吉生、浩周、顾九弟茗饮顺吉楼，热甚，扰浩舟茶。仍由原路还寓，恰好不逢雨。

廿三日（5月10日）　雨，泥滑滑，不便出门。与述甫谈，知今日英洋松至七千五百二十五④，此数真令人不能测度也。少卿为做买

---

①　"七千六百六十五"原文为符号𝌰。卷九，第479页。
②　"七千六百零五"原文为符号𝌰。卷九，第480页。
③　"七百六十六"原文为符号𝌰。卷九，第480页。
④　"七千五百二十五"原文为符号𝌰。卷九，第480页。

出五千①,余做又二千五②,初十期七百五十九③。

廿四日(5月11日) 晴。饭后至生禄斋买月饼,送徐少卿。中午食黄鱼,以醋合烹,味甚美。下午至振隆庄,知今日中市英洋七十六分④,卅期。大儿应墀同来,约少卿明日将本元三数到庄看过,以便随时换汇,现在只留一数,馀则和盘托出,所存已不成数矣。囊头只此,恐亦不能久持也,如何如何? 作信天翁可耳。

廿五日(5月12日) 晴。饭后迟少卿不至。中午始食蚕豆饭,甘美可口,然非家乡风味矣,思之,殊难为怀。午后子壮侄孙同叶子音来,即拉同醉白楼茗饮畅谈,知渠为嫁女来,寓西画锦里庞宅,良久回寓。接少卿札,即付本物三大数,余亦随至振隆,吴先生九卿,为分三等拣选,少卿观剧不遇。至钱业公所,知晚市洋价七百五十九⑤,初十七千六百五十五⑥,拟买三千,托严先生、墀儿在庄等候严公回音,余则回寓矣。述甫知庄上已代办三千两,七百六十六⑦。

廿六日(5月13日) 半晴。饭后静坐,作札拟致郑甥理卿。下午至振隆庄,知今日公司船已到,英洋来者百万,而价仍不松,晚市卅期七百五十九⑧,初十期七千六百三十五⑨。与少卿商,似乎不凑手,约明日回复,可知在人手者不易取携。无兴,还寓,接渌卿所致邱丈札,并寄《楞严咒》新翻刻本十四册,计二札,另一册致余。

廿七日(5月14日) 晴朗。上午封好信件,蔡、陈两札及徐信

---

① "五千"原文为符号 𠆤。卷九,第480页。
② "二千五"后原文有符号 𠃌。卷九,第480页。
③ "七百五十九"原文为符号 𣲘。卷九,第480页。
④ "七十六分"原文为符号 𣲘。卷九,第480页。
⑤ "七百五十九"原文为符号 𣲘。卷九,第480页。
⑥ "七千六百五十五"原文为符号 𣲘。卷九,第480页。
⑦ "七百六十六"原文为符号 𣲘。卷九,第480页。
⑧ "七百五十九"原文为符号 𣲘。卷九,第480页。
⑨ "七千六百三十五"原文为符号 𣲘。卷九,第480页。

同封在内，咒本附寄，一一安排定当。明日钱六官、张姬趁王桂芳船由梨回去，信件已属面呈邱外父。徐少卿有札来，收票名世之数，即作复，交渠令郎君，号一山。下午即将此票付与述翁，汇借李薇洲。下午汪黼卿到寓畅谈，知昨自崇邑来，彼处房屋已退。浙江藩司蒋有文来催，四五月间要往宁波去当差矣，此公一出山，崇邑之信无便寄，恰好以外父札及寄朱稚苹信面付之。崇邑祝秋波，一号子回，闻在恒兴栈中，暇拟往访之。客去，复作便禀复外父，详述黼翁原委，同前信并寄。英洋中市七千五百七十五①，卅期。七千六百二十五②，初十期。

廿八日(5月15日)　晴。饭后走至兴圣街恒兴栈中候祝秋波(一字子回)，答汪黼翁，秋波与周崿亭师之郎雨春，两亲家同川尚有房屋，已不能住，在崇明、海门接壤处北沙上，地名十〇图镇上，大有房屋田产，交易卖买，以步计，每一千步计△四△一分六厘六毛，种杂粮者，每△约四千文，种稻者每亩值百千文。祝氏世居于崇，迁居本是还乡，真桃源福地也。稚苹、外父与之信，秋翁已代寄出，在城内吴家衖刘宅长谈而返。下午至振隆，初十期又买二千五百两，七百六十八③，通牵归本要七百六十三④，晚市开盘七千六百九十五⑤，现在做踏空，尚要亏六厘⑥半，生意之难做如此。回寓，祝秋波来答，大谈崇邑租风、粮务，一时妙处，几不能解。崇明复要寄信，要问安仁栈开主陆耕山，庶可因黼翁出山，崇邑无的当人也。一茶而去。

廿九日(5月16日)　大雨终日。静坐在寓，阅路闰生《时艺

---

① "七千五百七十五"原文为符号。卷九，第481页。
② "七千六百二十五"原文为符号。卷九，第481页。
③ "七百六十八"原文为符号。卷九，第481页。
④ "七百六十三"原文为符号。卷九，第481页。
⑤ "七千六百九十五"原文为符号。卷九，第481页。
⑥ "六厘"原文为符号。卷九，第481页。

引》,理法清,句法谐,讲法精,为童子师及作小题者当奉为规枭。

卅日(5月17日) 雨止,尚阴。饭后阅《时艺引》,巳初翻一遍。午后与述甫谈,适谢心斋来,知英洋昨日七百六十三[1],晚市、朝市则七百七十一[2],今日朝市七百六十六[3]。东洋船昨又回来一只,洋约数万,否则昨日不能松。今日复涨,不知何故。生意发财,殊不容易。暇则静坐,大应墀在外家,其岳母宠留,明日尚要盘桓。拟遣丁仆明日面邀之,大约初三日必须回来,未识墀儿佥意何如。

---

① "七百六十三"原文为符号 ⅔ᵌ。卷九,第481页。
② "七百七十一"原文为符号 ⅓ᵗ。卷九,第481页。
③ "七百六十六"原文为符号 ⅓ᵗ。卷九,第481页。

同治三年(甲子,1864)

七 月

同治甲子三年[①],七月初一日(1864 年 8 月 2 日) 晴热。饭后焚香拜叩东厨司命神前暨家祠内毕,诵《救劫宝训》四遍,即舟至陈思望大嫂,至则正在发闹,语言龙杂,稍和解之。见梦花、少山、陈节生、两姑太太,始知日上仍不安静,问诸卜者,据云大将军星照命,十分利害,且要防金、水两克,现请羽士拜星禳解,未识能渐安适否,殊切焦思。劝之回家,不肯,只好从权且缓。素斋便中饭,郑重相嘱,暂与墀侄儿同归。晤其同居朱援之朗君之子,并陆氏兰生,归晚似有阵雨,即散。夜间,村人驱疫赛会,锣鼓之声,颇极喧阗。夜间无星,略雨即止。

初二日(8 月 3 日) 晴热。饭后张挂堂画款对,下午陈老朗来,即安居停,管理账务。吴幼如来,又以五斗米赒之,中饭后去。晚间沈吟泉来,以沈邑尊清查田数告示致余,当留存抄出,此事今冬看来要报出,暇当赶办。

初三日(8 月 4 日) 晴。饭后舟至梨川,午前登敬承堂与二太太话旧,复至园中候周兰翁,以所录邸报一本示之,云留置案头,不即还,断不为外人道。幼谦出见,知前期邑尊月课居然第一,絮谈,是日合镇礼忏醮让,馆中素餐。下午将所存书籍书厨翻还,《明史记事本末》十六本,兰坡借阅;《元秘塔》卅页,幼谦借临;《怀清堂诗》两部暨汤少宰会试墨迹卷交幼谦收存;余处亦存《怀清堂》一部。携幼谦字

---

① 原件第 4 册,瓷青纸书衣墨笔题"莳庵日记"。卷十,第 153 页。

课、月课及倪世兄月课卷归,即返棹,离家半里许,阵雨淋漓,到家即止,知三小姐来过,大嫂依然势不轻松,将如之何?是夜颇凉。

初四日(8月5日) 晴。终日检点书籍,一无所损,夜间乡人又傩。

初五日(8月6日) 晴。朝上顾念先、吉生竹林来,留之朝饭,长谈,还璧而去。子屏自西塘还,知拙老处竟作殷浩书空,此事本属孟浪,非意外也。与之畅论终日,并为代画一筹,薄暮始去。接许竹溪信,知此翁新有悼亡之痛,特来告急。

初六日(8月7日) 晴,东南风颇狂。与埠侄儿晒书,凌氏遣妪来,命作书致雨亭托办条参,为大嫂治病用。阅凌磬生近作三首。接江拙斋来信,回复词颇圆转,不知何人捉刀。是日申刻立秋。

初七日(8月8日) 晴,风狂稍息。饭后命埠侄儿至陈思省视大嫂,暇阅《明史纲目》。午后接子屏信,田氏文四篇收到,排沙椿碓亦回,各缺一。芸舫文一首,磬生文三首均缴还,所要壬子江南闱墨暨渠课文当俟异日再寄,作便札复之。陈思舟回,知大嫂略愈,尚难足恃,未识可无恙否。莘塔之参已有,即寄去矣。

初八日(8月9日) 晴,风稍息。饭后晒梨里所翻来之书,慎甫来长谈,留便中饭,以所抄田数呈报册式相示。晚间五侄自同川回,知凌少云请封,索价极昂,三十四元让至廿四,尚要另加杂费。慎甫与之旧交,明日特屈渠一请,慎甫承情俯允,明早清晨载渠同往,未识可稍减否。此事实不能为大嫂已也。慎翁晚回东玲。

初九日(8月10日) 晴,风息。饭后吟泉来谈,皮箱一只寄存。晒书,午前作札与郑理卿。周老品来,二斗一升,钱二百[①],七月中讫付。吟泉又来畅叙。晚间慎甫自同川回,少云处请封二十元,一应在内,特让四元,慎翁情面也,略谈即去。作便条关照大儿,明晨遣人示之。

---

① "二百"原文为符号弖。卷十,第154页。

初十日(8月11日)　晴。饭后曝书,暇阅子屏文,毕竟出人头地,其境地、笔力均不可及。少云今日必至陈思,大嫂未识可依方服药否。

十一日(8月12日)　晴,微雨即止。晒书出入数次,暇录子屏"观其所由"文,复阅路太史关中书院文,讲解字字金针玉律。下午复阅金诗。

十二日(8月13日)　晴。饭后舟至陈思,晤梦花、节生,大嫂在旁,语言依然龙杂,夜间恰能多睡,略安静轻减,惟初十日午后凌少云来,诊脉处方,用天竹、黄胆心、琥珀等剂,仍旧不肯服药,殊属可恨。莘塔之参,用过三枝,尚剩三枝,共两馀,投之似乎有效。老妪多驱逐,与两姑太太商,归家只好缓日。下午率墀侄儿回家,约二十左右再去。

十三日(8月14日)　晴。饭后晒书。中午中元预祀祖先。下午欲往东玲,适慎甫早来,即留便中饭,长谈时事,以宽一步即所以紧一层为应世法,其言当谨佩。康家浜大侄女来,叙谈片刻即去,慎翁晚小舟送去。

十四日(8月15日)　晴,西南风,颇热。饭后命内人率墀儿至梨川致祭外父灵前,思之凄然。内舅文字均寄还,此子文字定卜有成,惜稍染时习,先外父不及再行约束,自改为贵。午前接袁述甫信,知日上欲往练塘省其女爱产后光景,到溪相叙尚无日期,下午即作复待寄。

十五日(8月16日)　晴热。上午静坐,位置家用物件。下午将先大人所录置产底本阅之,一目了然,足征先人创业艰难,经营辛苦,若不肖性笨,又不务勤,殊难继守勿坠。今本邑清田之谕已颁,从事……于处①,颇觉头绪纷纭,不胜畏难之至。晚间大嫂倏自陈思来,陪者杨三姐官,神色自尚安静,未识能安居否也,去留且俟今夜定。

---

①　"从事"至"于处"疑有缺行。卷十,第154页。

十六日(8月17日) 晴热。饭后舟至北厍,适梦书至芦,不值,与省三茶棚茗饮良久,知新自陆又庭处习外科回来。午前至范行,元音侄款留中饭,素斋极佳。与佃友叶明章茗叙,复至梦书处,知舟人抹油大账船,翻小账船家伙已毕,即同老振回家,到则阵云已起,甘雨时澍,惜未畅足,然已可卜大有年。米价五元四五角,可以渐平,市上断屠,恐又开禁。大嫂今日未回陈思。

十七日(8月18日) 阴,微雨,凉风终日,大有秋意。上午正欲查账,谨老及訾二来,留之中饭,谨付十二,訾米五斗,一则共付三石,一则已付三十四千四百卅文,恐尚要九十之间也。去后,细阅先大人所录置产底本,眉目极清,然笨人尚嫌头绪繁,了之不易。

十八日(8月19日) 晴,颇有深秋景象。上午大嫂又回陈思。下午梦书来,所存之冬已粜,而洋未清,须约八月初十左右来。慎甫自江回,知报数已请委员设局城中,晚间均去。内子自梨回,知幼谦甚不妥洽,实无以慰先外父于地下。

十九日(8月20日) 晴朗。饭后正欲查账务,适角字潘竹君表兄之郎春泉表侄来,知近年在雪巷小沈管办租账,今已分手,其大郎公号少卿,向系课蒙,今欲改吃账饭,九年分在平望费局办故,年约三旬外,托为留意,约有信寄莘塔新开拆货店内潘一衡表侄转交,八月中无论有无,须复之。长谈,坚留中饭,不肯,即去。下午看置产底本,袁述甫、许竹溪两信均寄出,竹溪处封慰分一洋,应酬之。十七日接憩棠信,知即日赴沪,九月中回。

二十日(8月21日) 晴朗。唤圬人屋上作筑,暇则检厨中书,一一俱存,惟潮湿太甚,必须急晒。朝上出吊本村潘氏时昌之妻,下午钱老中来谈,胡谦斋亦来过。墀儿约子屏拜师,接渠回条,壬子全墨课文均收到,约廿四日朝上同往。并接雨亭信,来自上洋,托办人参已来,凌亲母兼惠苹果、京菜。

廿一日(8月22日) 晴朗。饭后晒书籍,阅版帖。中午钱老中来,遂与盛云龙留之同饭,云龙送鲜菱十馀斤,肉一蹄,茶食四,返二,馀则受之,略偿前年薄利,尚属有情。以苹果一筐十只送慎老。

廿二日(8月23日) 晴,下午微雨。今日交处暑节,天气极应时。终日翻阅厨中书,约略检点已遍,暇则静坐。

廿三日(8月24日) 晴。村人演剧报神,余则静坐。下午吟泉来谈,即去。晚间子屏来,大好畅叙论文,秋伊诗题就寄还。夜宿揽胜阁。

廿四日(8月25日) 晴。饭后同子屏率墀儿同舟至梨,具贽敬四元,朝卷十册,命墀儿拜芸舫为师。至则邱氏后门上岸,到芸舫所寓顾氏,命大儿衣冠拜叩,长谈,知吉甫七月初信已接到,寄文两首,在天津作,极高华典贵,抢元好墨裁,当暂留录出。芸舫置酒款留,与顾莲溪同席,下午复茗饮畅厅,良久始告辞。芸舫、子屏留在品五处,约迟日归。余则邱氏略坐即开船,到家尚早,知慎甫来过。梨川午前阵雨不畅,家中此时竟得甘霖寸许。

廿五日(8月26日) 晴朗。饭后静坐,录吉甫文一篇,读之,今科可以决中。午前袁述甫来,馈余蒸豚两桦、豆羹、熏鱼、茶食、米花,极为甘美厚重,余以慎甫所贻鸡、豆、藕答之。上洋房押租数已算,找洋还余,以其一转商,许之迟缴。畅谈,知渠家家事均已分讫,日后不得不别寻生发以支门户,此公才长而命塞如此!留之下榻,欣然相应,即在养馀斋扫除相坐。夜间略饮酒,长谈而寝。

廿六日(8月27日) 晴朗。终日在养树堂与述甫论文章,说世故,追念酬昔文会之盛,松巢在寒家伴读之勤,不禁欷嘘者久之。夜谈更馀。

廿七日(8月28日) 阴,略有风。饭后送述甫回赵田,大儿同往,约重九左右余至渠家再叙,大儿即便道至陈思望大嫂。文伯酬金十洋,已付彼面致。晚间墀侄儿来,知大嫂依然语言颠倒,惟神气已安,可以无患。归家未有日期,因相伴乏人,老妪未唤定也。慎甫来谈,即去。邑尊有催报田数谕帖,并有传董到城相商意,此事花样亦有变幻处,防不胜防,姑先干办田粮,已命朗老照清粮置产簿细细查抄,先自本村起。

廿八日(8月29日)　阴。饭后细查田单,一圩归一圩,庶查核尚易。下午略有雨,适牛马墩沈姨表兄祝唐来,相见絮谈,骇知渠家去岁秋间为平望毛贼所焚,屋宇尽成焦土,幸人口无恙,新娶之夫人已生子,二岁,自十一月底始舍舟回家,寄居邻人处。幸祝唐尚能达观,否则不堪回首矣,冬间欲搭一茅舍,乏资相商,略助之,难如渠意。夜间置酒款留,宿在揽胜阁。

廿九日(8月30日)　阵雨醋足,天气渐寒。饭后送祝堂至北舍,趁船回去,余作札致梦书,田捐执照及米洋已来。下午与朗相查对所报田数。是夜冷甚,颇似深秋。

卅日(8月31日)　晴朗。饭后略检田单,慎甫来谈,知邑尊为兵差过境,要各局张罗,洪、叶两公已到过生老处,一茶即去,约明日再来叙。下午静坐。晚与朗老对田数。

八　月

八月初一日(9月1日)　晴,下午微雨。朝上拈香烛拜叩,东厨司命神前暨家祠内拜叩。上午沈吟泉来,以漆工借漆嫁事件于荣桂堂,特来督看相叙。是日,欣闻王师于七月廿七日酉刻江浙会剿,克服湖州坚城,从此两省贼匪歼除殆尽,闻之,快慰奚似!惟游兵四散,昨夜北舍范洪元张酒店竟被抢劫,失去衣物财钱,此事甚可筹虑。下午与吟泉细谈,并与朗相对田数。

初二日(9月2日)　晴热。饭后理田单,第一次换排略遍。吴又江来,生江七年十二月十七所借一项将本归楚,票在乙溪处,约归来奉缴,利则让讫,留之中饭,不肯,即以柴捐十二千面缴而去。各圩圩甲来催报数,此事赶紧在前,尚恐局促。湖州决计退出,四安、广德依然骚扰,忠逆已随地正法其首,传示该逆所踞之地,吴江已传示过,大快人心。幼如甥来,又以五斗米给之。下午静坐,与朗相对账。

初三日(9月3日)　晴,昨夜大雨醋畅,可望秋收大熟。是日东厨司命神诞,合家净素,中午衣冠奉香烛拜叩。白毛墩圩甲沈、萧二人来,通知要抄田数。下午沈宝文来,长谈,至晚而去,欲中秋借灯,以残缺不能全辞之,盖此种器件易于碎破,不修即难用也。与朗相对账。

初四日(9月4日)　晴朗。饭后晒书,适孙秋伊先生来,携示曾帅奏克金陵城章本,读之,大快人心。因畅谈时事,中午酌酒,共庆升平,下午还去,奏稿暂留,约录出后与大稿题词写就同缴。元音侄来,知初一日行内被盗,所失尚属无几,幸甚。客去,读奏章,始知此次攻城曾国荃成大功,辛苦艰难,为我朝二百馀年来未有之巨寇。

初五日(9月5日)　上午晴,下午大雨。慎甫来谈,雨止而去。暇则抄录捷奏,此番开地道,提臣李臣典擒忠逆李秀成、洪逆秀全幼子洪仁达,提臣萧孚泗伪宫殿忠逆传令焚烧,悍贼拼死抵拒,死者、焚者、擒者、战毙者、溺河者不下十馀万人,恰无一降者,实古今希有之剧寇,奏云谓"久历戎行者所未见",洵乎言之不诬也。

初六日(9月6日)　阴,微有凉风。上午将金陵克复奏章抄毕,午前大嫂来,旧病已愈大半,尚有一二,然已可庆矣。下午仍回陈思,俟唤定老妪,此月中来。接徐少卿信,以吴少松课读甚宽,作札托转致。下午即修札于少松,切实申明此意,未识能副所望否。灯下复作札复少卿,秋翁诗稿题词写得极不如意,恃爱老面皮,不复再改写矣,奏章同封待寄。朗相清田数,第一册已书毕。

初七日(9月7日)　阴,下午微有雨。是日交白露节,雨非所宜,幸东南风,甚利稻试花。饭后作札复徐少卿,慎甫兄来,有震泽陈秋舫之弟东凡,要购求《震泽县志》,适案头有乾隆十一年知县陈公、同邑人倪翰林师孟、沈秀才果堂名彤所纂八本在,即以与之,此书新邑所必须,何必鄙吝以供蠹饱耶?慎兄携书去后,余校对北翊、大胜、小胜三圩单田,两合符节。闻俞少甫署加定学事,已到任矣。

初八日(9月8日)　晴阴参半。饭后清理田单,适倪近昌来算账,甚喜此人钱财不苟,清账肯呈明,留之中饭而去。下午沈氏女甥来,略谈即去。接吴少松莘溪馆中回札,以克复金陵上谕见读,曾氏昆弟同封侯伯,李臣典封子,萧孚泗封男,益佩宸赏允当。字数极多,然宜录出。

初九日(9月9日) 阴雨。闻芦墟赛会依旧兴闹,吟泉今日回去,约即日再来助余录田账副本。上午较理田单。下午至北舍会梦书,不值,省三出见,以十三日载梦书来溪办田务告之,一茶后,至范洪源小坐而返。

初十日(9月10日) 阴。上午较对田单第一册已毕,可即发外账,誊给各圩甲。闻日上米价顿昂,每石六元外矣。下午谨录上谕。接梦书信,十三日尚不来,所述报数到江事情未必切中流弊。

十一日(9月11日) 下午阵雨即止。元音偕来,粜饭米廿石,每石六元。闻湖州得胜,兵已回苏省,苏城胥门于是月初八日吉开,市头渐旺。终日抄上谕,已完功。

十二日(9月12日) 阴雨。大儿作文两篇誊完,连诗已费四日之功,殊为荒而苦矣,暇阅契券未毕。夜间大雨,殊非禾稼非宜,幸而即止。

十三日(9月13日) 渐起晴,西北风。终日闲坐,阅时文数篇。朗相大富圩田今日抄齐,明日可以对单。木樨渐有香气。

十四日(9月14日) 阴晴。饭后阅时文。下午阅郭诗话。夜酌账房诸公,四人同席,不觉醺醉。计自乱后出门,不开此会者已二载,今幸烟烽扫净,人屋无恙,团叙谈心,不胜默佑之感云。命大儿收检汤先生遗书,明日拟至梨里,为先外父周年礼忏,便当会小云之婿,陈稚仲之子乔生,面交之,思之,益怀山阳之痛,黄垆之悲。是夜木犀香甚,微雨,略有星月。

十五日(9月15日) 雨,终日阴冷。饭后率墀儿至梨,顺帆,到则雨甚,至邱氏,幼谦不知所往,至晚始见,殊失家法。与二太太话旧,相与太息者久之。下午至芸舫处,墀儿以文两篇呈政。顾莲溪留茶,长谈,以其子一龄出见,已哑哑欲语矣。晚间芸舫又来谈,以上谕及曾帅捷奏携去。接理卿信,据云曾帅出奏,十一月中江宁举行乡试,已见明文。问之芸舫,据云不知,惟贡院传说无恙。夜宿书楼,雨止。

十六日(9月16日)　晴朗可喜。梨里灯市赛会今日举行一昼夜,诸少年兴致浓浓,余则回忆前时,甚无情兴。上午顾莲溪来谈,同登晚安阁①,倪稼生一辈少年均来,观字课、会文、月课诸卷,梨川真秀气所钟也。命墀儿补吊汤师母,其婿陈乔生来寻余,以小云夫妇出殡无资相商,余以砖货料独任,帮贴学士之数许之,其洋此月中寄存邱氏二太太处,乔生来取,约九月初择日办理其葬事。有先生顶屋,价在蒯氏某人处,二年期满,有百卅千,可办理到杭安葬,未识翘生能不食言否也。翘生去后,余午后即还,留大儿在邱氏,与外祖明日礼忏三天,约二十日去载。是日玖叔见过,到家尚早,与朗相校对两日田账。

十七日(9月17日)　晴。上午阅时文一册,点完。下午少莲来谈,应酬之,略有所商,只好辞却。朗相第二本田册今日抄完,明日要细查田单。

十八日(9月18日)　晴朗。饭后校大富圩田单,适慎甫来谈,留便中饭,钱老中同席,论报数事,俟廿四五日间回江定夺,所托一节全数完赵,在晚近已为第一不苟人。托办销《震泽县志》八本,收洋四元,据云八都庄姓一老诸生要,未识即兼伯之父否。下午回去,吟泉约廿二三间去载,余要誊报数各圩发出册,奈外账两人均不能应手,故烦及之。

十九日(9月19日)　晴朗。饭后校对田单,金、尊两圩已毕,下午收拾所晒书,置诸架上,夜阅小说。

二十日(9月20日)　晴朗。上午晒书。午前"荒"字圩甲来催报田数,近地亦来,颇为所𤲃,约重阳边与之,此事业主恐亦难免重

---

①　阅,疑为"阁"。卷十,第160页。

报。敬庭之二媳来,以不见辞之。第二册抄好,校对已遍,缺单三张,惟"殿"字一张,不应不见,然欲重寻,烦恼之至。命舟至梨去载大儿,小云之权厝资十八①封好,命钱六官面交二太太收转致。晚间大儿回梨,知乡试一节决计十一月举行,奈荒废久而时景又极局促,大约不果一往也。礼忏,闻妙严师极顶真,焰口于十八日夜放,共废卅金。芸舫有俗事,文两首未看,有便札致余。

廿一日(9月21日) 晴朗。饭后晒书,适倪荣堂来送腌菜二鬶,酒则却还,亦世故中有意谊也。长谈,以叶田事托售,殊属非知心者,留饭不肯而去。墀儿今日至莘溪外家盘桓,午前敬之三媳及盲二来,一以三枚赒之,一以三斗给之,并言明今岁不再开销。下午接墀儿回禀,知凌氏业佃分报,佃户处听其所承种报出,并不与账,业主查粮另报,其法甚善。

廿二日(9月22日) 晴朗。饭后写普济愿单毕后,沈慎甫来谈,知报数一事,在上不过以收数钱为急,以云清理,若竟相反,当于即日到江探听后相复,不若自报,免受圩甲等重索也,午前即去。钱中兄来,则有业、佃相混两报之说,殊属不成公事。中午祀先,盖是日先继母忌日也,思之怅然。下午理单,多有当存而不见者,烦恼之至。

廿三日(9月23日) 晴朗,稍有风,无妨。上午查单,所不见者均在,欣然久之。至丈石山房,命工人斩刘恶木、树枝,棘荆尽去,甚觉豁然开朗。下午阅芸舫近作朝考卷,此人真玉堂人物也,明月前生何修得此?

廿四日(9月24日) 晴朗。上午始知萃和、友庆两房已自上海搬回到家,恰未会面。招沈吟泉来,烦渠录报数各圩零给册。七老相来,今日动手,午后录费芸舫窗稿一篇。晚间对田账,朗相第三册田数亦完篇,明日查单。

廿五日(9月25日) 晴,西北风太尖利,非养稻所宜。饭后至

_____

① "十八"原文为符号〼。卷十,第161页。

东账房会乙溪,以吴生江所还之洋面交,茶话片刻,看乙老形容憔悴
之至,复至友庆见羹二嫂,略坐而返。工人自陈思回,大嫂尚无归期,
语言仍带病根,总由见理不明之至。对南北四玲田单,缺一张。晚间
吟泉所抄大富,吉老所抄北玥、大胜均将毕,一一校对。

廿六日(9月26日)　晴,风稍息。饭后较理田单第三册,大义
圩少单两张,下午梅老来,停手。晚间对正零给之张,明日拟有贞丰
之行。

廿七日(9月27日)　晴暖。朝上舟行略寒,至周庄出吊费玉
成,上岸则衣冠济济,排场楚楚,接客支宾,均自勇壮营规,此老庸福
吉果竟能如此,其阴德莫大可知。饭于老屋,陶、戴诸君均在,徐东翁
长谈,戴伯谷送余,知十一月举行乡试,尚无的音。抚军爵宫保不调
换,因乔公松年安徽军务尚紧,不能到任故也。回至恒升,贻孙陪余,
子春在费处未晤,与戴赏翁长谈,精神依旧矍铄。租捐若何,三县尚
无章程,本县报田数紧急,大略相同。回至潘老桂店中憩坐,蒙渠款
接颇恭,并扰渠面东,蒋积甫特来叙话,大约月初要到胜溪。顺帆至
北舍范洪元行内略坐,到家未晚,与吟泉、朗亭对帐。

廿八日(9月28日)　晴朗。饭后闲坐,午后吟泉至东易,晚回,
述渠尊翁言,知昨自江回,催数甚紧,其式不要丘号,只要单数亩角,
佃户另开,承种某圩亩角两不相符,在九五外者不计,每亩五十,随册
同缴,不能稍暖①。余家之账要另抄过,幸底账已录,头绪尚清,然已
周折之至。慎甫即日到江,先在同川源源衣庄会头,明日须要问订一
日期,看来此行,出月必须亲往。是日,接总局洪、叶二公信,亦为催
报田数,述邑尊之意紧甚。大儿夫妇约初六日同来。

廿九日(9月29日)　晴。饭后查对田单,乙溪来谈,言及家事,
殊不惬意。吴幼如又来,米不能给,以三洋与之,然十月中恐又不能
接济急,奈何?下午至一溪外,以老祭产所收租息问之,渠意欲余处

---

①　暖,疑为"缓"。卷十,第162页。

算偿,今年归二大房冬间收租,余处报数,其费公出对派,如愿允之,免伤和气。羹二嫂处亦复言明,小祭亦归今冬大嫂处办,二年分所收租息即日算还,来年八月中交簿轮出。慎甫在萃和堂长谈,约天晴初四日到同会头报数,晚回东浜。灯下与吉老对今日所誊之账,吟泉嫌不合式,要重录过,甚属费手。梨川舟回,接郑理卿廿六日所发信,伴读之说竟成画饼,少兴之至。

卅日(9 月 30 日) 晴朗。朝上舟至梦书处,扰渠朝饭,约渠初五日去载,到溪报数账,必须誊清,未识渠能如约否。若再唐突,同事中万难交代,殊深切虑。回家,与朗亭对账,第四册告成,只剩"惠"字及两祭产未动手,嘱与吟泉共写"宽"字号报数账,吟誊朗算,甚属对手。下午舟至芦川,至木行内,晤又江,同至袁家浜,生老出见,云日上略有痢疾,长谈,以八年分二月中凭票一账面交,渠尚有客言申谢。候渠家西宾叶楚香,丰采依然,老翁先进去,又江陪余至木行前下船。到公盛,吉生在行内,恰好晤袁述甫,告渠日上有报数之举,不及到赵田相答,渠亦有申生之行出门,因同凌古泉、述甫、顾砚洗陈厅茗叙。俞又乔来谈,知省中饷捐章程已定,着业办理缴局,每亩六百六十,租米五六斗之数。畅叙,念先作东,回来倪近昌、凤来趁船,到家接费芸舫信,大儿之文改得极认真,极直笔,真名师也。言及饷捐,所闻大同小异。乡试大约改期,顺天头题"举尔所知"二句。学宪已换宜公,名振,汉军人,乙巳翰林。灯下与吉老对账。

九 月

九月初一日(10 月 1 日) 晴。朝上整衣冠,叩拜东厨司命尊神暨家祠内拈香。上午校对第四册田单。下午作字与墀儿,命其明日归家。与吟泉谈,今日及昨日已共抄田数四百馀亩,甚替梦书一肩也。灯下与吉甫对账,大富圩、甲浦、明德略与佃户账。暇则略书大富报田样式,为梦书抄写,免差地步。

初二日(10 月 2 日) 晴。上午与吟泉同抄田数,宝文来,停手,一茶而去,以旧墨一丸送墀儿。子屏、渊甫同来,闻报田数章程,中午与吟泉同饭,子屏文兴颇浓,所作约课文极认真,晚间子屏回去,莘塔舟回,墀儿归家,知雨亭已自上海回,略有小恙。

初三日(10月3日)　晴。饭后持物色,将老祭二年分租息面交乙溪,小祭面交羹二嫂。午后对田数,订齐田册,先报一千〇卅九亩六分六厘四毛,约须费八十洋左右。梅崖来,以洋四十元、田册一本,约六百亩左右托致慎老。吟泉明日要回东玲,余部叙一切,明日决计小舟先到同川。

初四日(10月4日)　晴暖。饭后驾小舟,行至同里不过中午,饭于舟中,泊舟升平桥,至源源衣庄寻沈慎甫,约明日到江。同至舟中,另停泊新田地孙升源米行前,开行号少山,慎翁之侄建才管账,时有兵行捉船之警,托渠照应。茗饮茶寮,知江邑报数不算清粮不过敛钱需索。同至街上闲行,市头兴旺,盛于曩时。行至斜桥头顾氏老屋,希鼎挹见,因至其家,絮谈良久,扰渠茶点,款待盈盈之至。出行寻裱画周文若,不遇,晤默卿之郎王子谅,据云至苏未回,以殷、钱二款对、何古丈送行移居诗,托子谅转交文若。慎甫拉邱、叶二公夜饭于馆上,慎甫作东,复邀至源源衣庄楼上同榻。开庄,号星卿。夜间安卧,较诸拳宿小舟已有上下床之判。终夜闻更鼓云点声,知水师提督驻扎公馆在焉。

初五日(10月5日)　晴。早茶后即同慎甫到江,坐小舟,一时许已出塘,见城外一片荆棘,并无片瓦留存,惨不忍睹。直至北门外,叫开水城门,余与慎甫步行进城,始见人踪。到邑尊公馆内清粮局报数,总书顾小云,眈眈之状更盛于前,如所欲每亩六十六文给之,尚嫌田数不齐,勒令十五之前一例缴清,含忍允之而退。至慎甫家中阅看,坍败不堪,修理为难。饮茗茶寮良久,聊无兴趣,惟见胥吏纷纷索钱而已。邑尊上省未回,下午回舟,朱小汀、张小松趁船,虚与委蛇而已。回同川傍晚,与慎甫吃便夜饭后至吴小兰处长谈,渠颇精于笔力。是夜仍宿衣庄楼上。

　　初六日(10月6日)　晴。与慎甫早茶后开船,到家尚早。大嫂遣人持札来,阅之,可喷饭,姑以米、洋命大儿作禀复之。至乙溪处,述慎老意,赶抄田数,初十日须到。梦书已来,恰好誊账,从便只报佃户、田数,单数且停,十五日左右拟报清,免其骚扰。朗相清单总册已完,此事头绪已清,亦非老手不办,甚惬余怀。夜间早眠。

　　初七日(10月7日)　晴。上午与七老相对账,吟泉来谈,留便中饭。下午顾淡春夫人袁氏表嫂来谈,春卅年分冬间仍以东胜圩单两张,借洋廿元,如数让利,将单契交还清讫,在此时,渠家光景甚属平常,表嫂了故夫欠项,不肯负人,已为世俗中矫矫不群,况女子身乎?絮语家常,给单而去。朗相清单五册对读已毕,明日要回去。大儿作顺天乡试题文极不得手,可知此道之难。

　　初八日(10月8日)　晴朗。饭后心绪纷如,不能坐定,看田账,亦心眼俱花,万难校对。略将清单册五本开写簿面收藏,以备来岁真欲清单地步。下午大儿呈所作文字,平、疲、庸三者俱有,将何以药石之?朗相回去,约廿六日去载。

　　初九日(10月9日)　晴,风尖利,颇冷。饭后至梨川致祭先外舅灵前,到则二太太出见,幼谦出外闲荡,依然野性。余拜奠帏前,后与二太太絮话良久,仍未归家。应甫、九叔来陪余中饭,始见其面,余不觉勃然,以法语、巽语兼饬之,恐仍阳奉阴违,总由九叔糊涂也。是日与九叔叙,败兴之至。下午芸舫来谈,知顺天试题"上老老"一句,"林放问礼之本"二句,"齐人有言曰"一节,"一洗万古凡马空",得"龙"字。前所传之题,讹言也。主考瑞、李两中堂,朱、罗两尚书。沈步青在弥陀港托芸翁作札,招渠伴读,晚归,不甚适意。

　　初十日(10月10日)　晴朗。饭后舟至苏家港,陆砚生翁今日治丧,出吊之,至则排场不丰不俭,素菜款客,甚佩渠家子弟知礼。晤袁述翁、沈吟泉,长谈,并瞻仰屋宇,有石、有池,有书房,真吾乡第一华宅,乱后得此,渠家根基厚甚也。舟回,对梦书□□□账,卤莽之至,殊不能放心即报出。

十一日(10月11日) 晴。上午查报田数,属梦书将上则田抄过半页。下午□对阅吉总数,适师母来,心肠太毒,要预算二年半子金,反复委言,始许照摺将本先提一百千,如数与之,付摺留存,明日属吉老登写,缓日面付。其意似已无更张,此事只好将计就计也。遭此时变,第一大难事,不知何时了此宿债,闷闷,恭待之而去。

十二日(10月12日) 晴朗。饭后查核所抄报数账,金少谷来谈,午前去。慎甫来,知乙溪自江回,报数一节,吾辈大约鱼肉,不能少缓。慎甫约余十九日去,索性报足,以免葛根。乙溪此番叶石湖中几乎遇盗,幸有后船,得免。慎老回东玲,余即招吉甫进来,属渠登昨日两摺。梦书又去,今岁租米大约局收。

十叁日(10月13日) 晴朗。饭后校对田单,适师母又来,提本一佰千,倏又变卦,原洋付还押存,即付十月初一日利四十千,以洋四十四元,钱四百文面与之,即属七老相登摺改摺,复以付摺面交,留便中饭,如愿而去,此事实一大难做题目也。下午将清单册细校完毕,只剩祭产未过目。

十四日(10月14日) 晴朗,朝雾极重。饭后同吉老至芦墟,以柴捐缴局,八月以前讫。公盛行中小坐,与田鸡浜诸公茶叙,回至耕畬行内会古泉,提及旧账,约廿八日进来,未识葫芦中何物,长谈而出来。吉生留馆中小酌,三百馀文扰渠东,晤钱子骧、周粟香,在夏二老相店中略坐,吉生行中复畅叙而返。归家,接芸舫北舍来信,文一篇直笔改好,真灵爽之至。大儿今日文期,笔仍拙滞,奈何? 十二日夜间,乙溪又得一孙,可喜。

十五日(10月15日) 晴朗,天气干燥,有碍晚稻。饭后检点祭产田单,今日清单之事始已告竣。账房内有相好来,应酬之。终日碌碌,墀儿之文,今日改过誊,迟钝如此,虽有佳文,不足制胜,况仍是本色乎? 必须用功,或冀寸进。

十六日(10月16日) 晴朗。饭后静坐,不能看书。午后有人自北舍来,传说十一月初八举行乡试,决计准行。值路已来,通报到北舍,闻之怦怦心动,然余父子老少俱荒,万难果于一往,以副盛典,殊属自负,思之,甚无兴趣。此事不趁余心,能得来春举行,若何舒徐,惜无挽回之术也。

十七日(10月17日)　晴,甚暖。饭后闲坐,阅《觚剩》一书。新妇自莘塔母家来,知扣关一事大约调停,乡试决计遵行,奈余父子馁于一往,所谓"叩之空空,闻之怦怦"也。雨亭之病已痊,少卿至金华未还。

十八日(10月18日)　晴燥,西风。东路田禾,虫伤大损,昨夜雷电,微雨即止,殊嫌太旱。饭后至东玲,慎甫约廿一日到江报数,即回。午前陆立人来谈并谢孝,一茶即去。暇录旧时所作时文,略改一二,以留鸿爪。

十九日(10月19日)　晴又暖,东南风。暇则抄汇旧时己未、壬子所作文及试帖,与大儿共商数字,可见此道一些自是便无获益。

二十日(10月20日)　晴燥,田家望雨甚急,而干暵若此,有碍收成,闻日上米价已腾跃矣。暇录窗课两篇,明日拟赴江报数,迟慎甫未到,晚来,止宿揽胜阁,明日早上同到江城。

廿一日(10月21日)　晴暖。朝上同慎甫下船,东南一帆顺风,日未午已到江城。至清粮局,以数及洋面缴总书顾小云,此番如其所欲,面目一变,与之委蛇而出。茶寮茗饮后,慎甫至总局,余在城北一带闲览,满地荆榛,沿途瓦砾,惨不可言。回至船中静坐,晚登岸,晤凌海香及其东席顾西庭,知租捐一事,县家要着业办,每亩八百许,令就近设局,随收随缴,官遣内丁取解,凌氏诸人深是此议,俟私议定后再行关照,然洪、叶二公,不以此议为然也。夜间慎兄到总抄账找洋,余与张梧亭谈,尚是公门中忠厚者。一鼓后,同慎兄宿舟中,终夜为蚊所扰,不能安寐。

廿二日(10月22日)　晴热。朝起与慎甫茗饮祥园,步至震邑公馆前,见告示,知科场事务均委昆字营黄臬宪办理,卷则取给江西支销局,号舍官房开工修葺,宽以四十日之期大功告竣。曾爵督已出

奏,十一月决计举行,奈不能随场观光,殊为人事所累,可恨!饭后,
慎甫登岸,余即解维,同川小泊即开,遇阵雨即止,舟中假寐,到家未
晚,知大嫂今日来过,仍回陈思,旧恙未清。接芸舫二十所发信,知吉
甫已自都门回,所荐沈步青来岁伴读,已接渠回札,欣然愿就,亦是一
要事。灯下作复草,明日拟先寄去。

　廿三日(10月23日)　雨,西北风,极合时宜,惜不畅遂。饭后
作札复芸舫,乙溪来谈,钱老中又来,停笔数次,以致书多举烛,下午
重写,蒋积甫特来相访,又停,应酬之。一书终日始就,如此钝拙,安
望入场?夜招蒋积甫便饭,不来,殊客气也。据积甫云,北闱已揭晓,
中者五人,谱翁郎、愚翁郎、金翁郎、费吉翁,其一不知,可知此道实至
名归。吾家子弟,无一人场,年年看人家子弟成名,殊属有负先人期
望之心,思之泪下。

　廿四日(10月24日)　仍晴,西北风。饭后倪近昌来,送蟹一
筐,昨日霜降,味正鲜美,破戒受之。是日曾大父杏传公忌日,中午致
祭,特荐此品,曾大父所嗜也,留近昌小酌持螯,有所商而去。沈吟泉
来长谈,传说北闱震邑别有事务行查,未知其细。桂轩侄来,知今科
南闱渠家弟、侄、子三人应试,分局收租,渠意亦以为然。旧岁田捐请
奖,开局上海乙佰六十千,准银一佰两,加费六两六钱,要现银。北场
五人高中,虽无的信,大约非讹,其一则周景涵,可知"有志者事竟
成也"。

　廿五日(10月25日)　阴,无雨。饭后录旧作,适吟泉来谈,中
饭而去。晚间吉老自草柳圩陆家港佃户处回,传述彼处房屋焚,田地
荒,所借种谷约冬间进来退田算还,成熟四亩,仅资糊口,断难还租,
只好免议。大儿文期,下午以草稿呈阅,无鞭逆中窍道着语,命渠重
改,此道要入彀,原不易也。

　廿六日(10月26日)　晴。朝卜细雨,颇酬注。饭后,梦书自张
家港以糙尖米求售,如数应之,抄旧文两篇。下午接袁憩棠十七日上
洋两合栈所发信,十一月乡试知已奏定,丛余辈就试,殊无以对故人,

思之，怏怏不乐。大儿真犬之庸者也，奈何？今日命渠再作课题，亦甚不足观，且文思迟钝，决计藏拙为是。乙溪自江回，北场始得实信，费吉甫四十名，吴仁杰七十六名，馀俱不知。

廿七日(10月27日)　西北风颇尖利。饭后至乙溪处，知江邑租饷若何分局尚未议定，抄文一篇，适陈绉波表侄同曹松泉来，了吉渠嗣母旧张，以大胜圩田底面弃绝余处。此自先人见背后持家至甲子年第一件开手事，非余本怀素愿，实借以完松泉夙逋。其价顶丰，殊觉不自量。

廿八日(10月28日)　晴朗。饭后录旧作一篇，系松巢所改，读之，不禁人琴之感。谨庭来，如数给其所欲，今岁付讫，知吉甫廿五日报到，新墨当行出色。去后，凌古泉来，谈及旧项依然话饼，留中饭而去，约俟变买田事，不过饰非，并俟慎老回来再谈，想亦滑甚不近情也。晚间曹松泉同陈绉波来，以大胜田八亩五分成交立券，前项让利折洋水了吉，夜间具肴略酌之，收单付物色而去。此事出自新创，然亦非余惬意事也，然不能不俯就。

廿九日(10月29日)　晴。饭后，梦书自张家港以尖米求售，交易而去。下午顾吉生来相商，勉强应之，然囊中已空空矣。灯下登账，明日命吉老梨里下乡去，未识旧租稍有收否。

十　月

十月初一日(10月30日)　晴。朝上奉香烛，拜叩东厨司命神暨家祠内敬谒。上午登录置产簿，录旧作一篇，作札与子屏，并致渠妹初三出阁花分。晚间回信来，费吉甫、吴望云两中原墨寄来，灯下急读之，吴以天分胜，笔如天马行空，南北皆利。吉甫以功夫胜，高华典重，适如其人，可知文章自有定价。并知愚翁郎子霖中副车三十八名，沈金翁郎中顺天籍三十八名，此事有志者自成也。急命墀儿录出，以为法程。

初二日(10月31日)　晴。饭后录吴望云闱墨。沈宝文来，谈及省试,眉飞色舞,留中饭得意而去。吴幼如来,以洋一元、米一斗给之,甚怏怏不如意。此子甚崛强不情,恕之,晚去。星伯来,尚无支吾,略谈而去。钱芸山来通知乡试,一切章程尚未定夺,遗才录科在何处亦无明文,余父子决计藏拙不去,已知照渠不报名矣。

初三日(11月1日)　晴。饭后正在摘录梦书所开出门后开销账,适梦书自江回,知饷捐一节,邑尊大权独揽,租务竟置不议,独设一局在芦墟,万难办理,余与百公均有念及之意,思之大难,只好借乡试为远飞之举,即命梦书舟至芦川寻钱云山,重要报名。下午沈吟泉来谈,传说乡试不果举行。晚间梦书回,知云山会见,约明晨过来。接芸舫信,又说乡试决计准行,黄琛圃郎要合伴,当命墀儿赴梨面复辞之。是日发憩棠上洋信,票捐二百千奉惠。余心如悬旌,明日拟到凌氏探听合伴。

初四日(11月2日)　晴。饭后至北舍,与双洲侄定伴,至则晤见,知渠伴中已有五人,添余六人,拟今日叫定本地船,讲来回约至减须要五六十千文。今晨钱芸山来,以贡职照面付,渠起文,先付四元,照则到金陵交余,大致尚属舒徐。录遗取不取听之,能消受三场辛苦亦甘心也。约初十到北舍,十一日吉行,一言订定,复与紫云、梦书茗叙良久而返。到家,徐丽江自莘塔来,所须之件先交一大半,馀俟上洋回来二十后交清。慎甫亦来,中午同留便中饭。下午丽江到东边,先去,慎甫自江回,知租事仍无善策章程。吉老自南斗来,籼米略收十馀石。

初五日(11月3日)　阴晴参半。饭后新妇回莘塔,时亲母有小恙,故去省视。录文并吉老新墨三篇。下午莘塔舟回自陈思,大嫂约十二日去载。

初六日(11月4日)　晴。饭后舟至梨川。午前至敬承略坐,知先外父安葬已择期十二月廿七日,届期必须抽忙督办。托购河沙,以洋四元,明日当至慎甫处商办。衣冠道费吉甫喜,至则八兄、九兄均出门,晤顾光川、莲溪乔梓,畅谈。晤沈步青,一见知为诚笃之士。回至敬承，与省三叔、兰坡同饭，知内弟依然不安靖，为之奈何！复至费氏，吉甫以片致余，蒙以京墨匣、京顶送余，所借脚本只存二本，此册幸非必不可去之物也。步青趁余船，灯前到家，留夜粥，榻在揽胜阁。渠家已迁居孙家汇，明日送渠回去，甚便也。

初七日（11月5日）　晴，西北风。朝上，子屏知余赴试，来絮谈一切，饭后去。袁憩翁来，知昨日到家，以柑、文橙及果唐、酱鸭送余，留渠絮语，戴少牧一说，姑妄允之。昨日回家，即日要到上，以饷捐票千馀串共九张付渠，托带至上，俟乡试余还再定报捐。黄琛圃、甘叔乔梓来，即同至北库，恰好张松盒不往，仍旧六人同伴，桂轩留小点心而回。双洲先有信致余，知抚军爵宫保十二日起程，赴省试者十一日到苏，汇帮同行，约定初十日自北库汇伴，午刻吉行。余趁琛圃船到家，琛圃回梨。殷安斋来自池亭，衣箱两只取去，与憩棠余处中饭而去，步青亦于下午小舟送至孙家汇。是日，张元之、竹娱、渊甫、子屏又来，元之要帮考费，以五经魁与之。终日应酬栗六，一切行李均未部叙。

初八日（11月6日）　晴。饭后至东玲会慎甫，以洋四元托办河沙。慎甫今来，即至东浜。下午将考具、书籍略为部叙，适凌丽生来，为划饷捐票不果，一茶即去，知江南主考已于前月廿三日恩准差出矣。晚间祀先，衣冠告辞，灶上亦于清晨拜叩。

初九日（11月7日）　晴。饭后写字，以验墨匣浓淡，子屏侄来，蒙以窗稿及抄本《文选》见借，长谈，中午小饮谈心，极见关切。行李诸件收拾汇登总簿，诸事楚楚。至乙溪处告辞，即同蔽卿侄来相送。子屏晚去，凌丽生送赆四元，不敢当，璧之。少卿、倪近昌、顾吉生均送茶点、莲心、腿诸品，甚愧不敢当，归来，思所以报之。明日饭后拟吉行，至北舍登舟，家事命墀侄儿暂为权理，账房诸公一一奉托。梦书来，即去，约明日在镇候余，以熏鸟、糕饼见惠。日记初十日后另登，金陵之行五十五日，初十日起程，十二月初五归家，另登日记，道人时记。

十月初十日① 吉行,船户吴岳林。

初十日(11月8日) 晴。由家中至北库,金甘叔由梨唤小舟已到,桂轩侄留中饭后同甘叔、子乔侄,吉裳、润之两侄孙开船,行至同里永安桥头泊船。

十一日(11月9日) 晴。朝上蒙金述卿置酒款留,上午即同述卿结伴,由同里至苏州,泊舟万年桥头恒盛油行前。

十二日(11月10日) 晴。顺帆同行,是夜由同川至锡山驿停泊。城外无屋,城内亦荒。

十三日(11月11日) 晴。顺风至常州,午后停泊。监临李爵抚舟同行,一路弁兵,各营接护,整齐严肃之至。常州城外俱荆棘,城内渐形楚楚。

十四日(11月12日) 晴热。顺帆至丹阳泊舟,城内颇好,夜有细雨。

十五日(11月13日) 雨。行至丹徒,上午即泊,知镇江口淤塞,风不顺,拟明日出口。

十六日(11月14日) 晴朗,无风。由丹徒出江口,过焦山门,波平如镜,泊舟江边,知排汇便民港均沙涨,不能行,钓鱼台一带尽是夷场,同人舟至江北,叫定江船,价廿二元,与梨里诸公两船分带对出。

十七日(11月15日) 晴。朝行不过二十馀里,无风,泊舟江心候风,至下午始扬帆,终夜行百馀里,四鼓至栖霞,略泊,一路均有兵船扎护。

十八日(11月16日) 朝行至燕子矶,不过辰巳之间。红船系镇江马姓船之最妥当者,带至下关始去。是夜停舟水西门,因晚,不上岸。

十九日(11月17日) 晴暖。早饭后进城,至怀清桥觅寓,即看

---

① 原件第5册,瓷青纸书衣墨笔题"莳庵日记",扉页书"莳庵日记,同治三年至四五年十一月止",从同治三年七月至同治十年七月。卷十,第9页。

定在怀清桥东首生生堂药材店对面衖内吴宅，河房一大间（全局河房只存一所），厨房独用，房金卅五元。是夜宿在寓中，六榻，尚宽畅。间壁叶绥卿昆玉、汝寅斋、张元之诸君寓焉。闻录科监临李宫保兼办，二十日取齐。

二十日（11月18日） 晴暖。在寓安顿行李，静坐。夜间微雨，连日蕴热，身子不健，与同人谈天，早睡。

廿一日（11月19日） 晴，稍冷。传说宜学宪不到，大约李宫保录科，有廿七在闱中统录之说。有上谕，北闱未中者准其重入南闱，吾邑殷小补、沈雨春、子霖诸公均已齐到。午前小补同其伴，吾邑应北闱陆策三来，长谈，倜傥之姿流露眉宇，一见决其非凡器。午后候蔡秋丞，晤沈雨春、子霖昆季。

廿二日（11月20日） 晴，朝起颇寒。饭后同甘叔、绥卿至斌升栈答小补，晤其西宾太仓杨君暨同考官卷安徽何君、无锡侯君，知上江已牌示，朱学宪在贡院内，廿五日贡、监生一同录科，下江宜学宪即日要案临。

廿三日（11月21日） 晴。朝起习字页半，饭后静坐。闻办考、学书均到，宜学宪明日登岸监临，代为悬牌，廿六日贡、监、生、教职官生在大贡院内一体录科。下江到者约计已有五千人，宜学宪已进公馆。晚间，学书钱芸山来，贡照收到，同考生五人，互吉亦已书押交付，江正到省者已百二十人左右。

廿四日（11月22日） 晴。早起书字半页，至贡院前看安徽朱学政进院，明日悬牌。上江录科，五鼓三炮点名，告示极宽，有文理粗通即可录取之谕。至小补寓中，畅谈而还。

廿五日（11月23日） 北风尖利，昨日暖极，大雨即止。早起，直至贡院大堂下见朱学政，年届七旬，人极和平。应试者均坐西大号，尚未点完，辰巳之间封门，同伴及余收拾考具，闻宜学宪尚未进院，大约明日未必录科，闻府学知已关照矣。晚间放头牌，生"老者安之"二句，正途"天下之父归之"二句，监"二三子！偃之言是也"，策

"干支"，诗"非淡泊无以明志"，"明"字八韵。闻净场已一鼓，是夜北风极寒。

廿六日（11月24日） 晴。今日下江宜学宪、下江六府录科点名尚早，余至大堂上一观，知场规极宽。晚间放头牌，生、贡正途"曰：'焉知贤才而举之'"二句，监"而后可以有为"，策"钱币"，诗"山气入夕佳"，"佳"字六韵，生免默圣谕。江震学师闻曾未到。

廿七日（11月25日） 晴，北风严厉之至，昨夜寒甚。朝起至贡院内闲游，知学宪已回公馆，告示毫无。回寓写字半页，静坐，诸同人均谓明日苏府要考，姑且收拾考具，以候学书的音。晚间云山来，知江震学师虽禀到，曾未悬牌。

廿八日（11月26日） 晴。饭后写字页半，下午芸山持文书来，并闻考生请自行验过，始知学宪考苏属，已悬牌，卅日在大贡院录科。

廿九日（11月27日） 晴朗。饭后同人收拾考具，甘叔目恙稍愈，望可以进场。李星槎、庄兼伯、郑理卿来，寓状元境全福巷，昨日从镇江抚军所办轮船来，云可不出资，王氏昆季同伴。

三十日（11月28日） 晴暖。四鼓时同人出门，至贡院前听点，恰好三炮。少顷开门，人数徐州、苏、太三属兼各府、州、县续到者均于是汇考，拥挤入头门。学宪和平，提调新办，毫无章程，以致东、中两路愈拥愈挤。苏州府属唱名，到者寥寥，甘叔照应，吉裳同述卿初次补到始进龙门，子乔、顺之不知挤在何处。余竭力至中路学宪前，恰值初点完苏府正途、贡、监，余即自行补到，验照、接卷进去，始知一概坐平江府大号，听其结伴自择，余始坐"仁"字十八号，后知诸同人均在"逸"字号，余复携考具搬至"逸"字十六号安顿。子乔补到已在午刻，润之亦到，归姚家巷，坐不能越次，同人后至者流汗气喘，自有考试以后，莫宽于此，亦莫乱于此也。封门出题已在午后，题生、贡正途"子游问孝"两章，策问"历代兵制"，诗"时有养"，"冬"字六韵。贡"默圣谕二行"，少三字。余振笔直书，手忙之极，犹在诸同人后，给烛三条，始尽誊真。放头牌已点灯，诸同人完卷俱在一鼓时，各人结伴出场。余交卷收照，复顿候多时，出场已一鼓后矣。同人吃夜饭后已极酣睡矣。监"所求乎朋友"二句，馀同。

十一月

十一月初一日（11月29日）　晴暖，大似八月天气。晚起，尚不至十分疲倦，饭后剃头、拷背，以疏其气。午前以扇面二张同润之至小补寓中求书，不值，留条而返，闲与同伴诸人剧谈。是日素斋。

初二日（11月30日）　晴暖。是日补录科，在学宪公馆尚有千馀人，各属尚未齐，明日可补，磬生与焉。至应州寓中，晤青浦王戟门，莘溪文会旧友也，见面几不相识。同陈亦亭至李星槎寓，兼伯、理卿、王桢伯、仲奚、张韵卿均相絮语，屋宇系方氏旧宅，及曲折宽大，惜半被毛贼损毁。

初三日（12月1日）　晴，热极。朝上同甘叔、润之、吉裳由文德桥左手转湾，望西南行，至买春楼小酌，点心及面均佳。回寓，知录科案已出，江正诸公及同寓均取，惟未默圣谕者尚待补出，余名在通属次取中。少顷，钱云山来，案亦见过。下午热不能行，在寓静坐。

初四日（12月2日）　阴，似有变意。朝上小补来长谈，下午略点考具，云山以三场原卷来要各人自写。是科曾、李两宫保办卷，捐廉分送各士子，颁示定式，误者不得即收，并不能调换，诸同人各先书印式，以便明晨印写。

初五日（12月3日）　阴。昨夜微雨，西北风，渐作冷。早起，余即亲书三场籍贯，三代年貌，系五行半页，又下半页一行，每行廿二字，照顶格低二字，第五行低一字，卷面上名字要算准，一行稍下到低，颇极小心，不能有误。书就后，芸山来取，即托投交卷局，幸尚无误。闻今科自书误者纷纷，局中竟不肯收，殊形周折。录科后，到者极多，今日学宪不能通情收考。钱子骧昨日来，今日尚未进场，庞小雅因病补录，昨日已与叶芸伯均收取矣。

初六日（12月4日）　阴，渐作冷风，仍不透。早上至贡院前，略添场中零物。是日迎试官,正刘琨,副平步青,监临李爵抚部,万启琛作提调,监试王。同寓润之、甘叔去看,闻昨日续到乙佰馀人,可免录科,一概进场,抚军之嘉惠士林深矣。晚间殷小谱来谈,约归时附舟。

初七日(12月5日)　阴。昨夜颇冷,西风不甚透。饭后点阅考具,随时收拾,以便明日进场。宫保已晓示点名时辰,悉照林文忠公原定章程,江正时辰,轮在午初,倘得办理尽善,可免拥挤。下午收拾完好,静坐休息。是夜有雨。

初八日(12月6日)　阴雨。晚起,看怀清桥牌饭后已悬,辰正雨淋淋,与同伴已初出门听点,岂知近贡院前拥挤不堪,雨湿透衣服,幸抚军德政,搭营帐数座以安顿士子。闻海门、如皋试卷误乱,名次及头、二场倒排,因是愈形忙促。前后时辰不准,饥寒交迫,了无松机,直至申酉之间始点苏属,人人疲倦,气力均惫。余入场接卷,坐平江府"以"字四十八号,收拾整齐,已子正矣。饥肠雷鸣,筋酸骨痛,衣鞋层层无干处,其苦得未尝有。

初九日(12月7日)　雨仍未止,晚间始晴。题目纸来,在寅卯之间,"叶公问政"两章,"有馀不敢尽""汤执中"二句,"桂树冬荣",得"风"字。题既堂皇阔大,余老荒之笔,自问无可制胜,随笔写去,至一鼓后,三艺俱成,作诗后,倦极即睡,至子正后,始起录草稿。

初十日(12月8日)　仍雨。朝上开号门,黄甘叔自前号来,知已完,将交卷矣。余即誊真,至午刻始完,手腕欲脱,交卷出场,同伴均在寓矣。吃饭甘甚,即早眠。

十一日(12月9日)　雨雪交作,时辰略准。饭后出寓听点,雪花大如鹅掌,幸不拥挤,午正后开点苏属,余坐平江府"礼"字九号,与嘉定夏漪生同号。炊煮初毕已点灯,雪飘未已,冷气逼人,幸号舍完固,雪之自孔入者尚少。题纸来,三更一点,"为文,为众"、"既勤垣墉"二句,"辣靼有奭"一句,"城小谷"、"天子命有司祈祀四海"至"井泉",随做随誊,余不把吉,篇幅不长,至子丑之间已脱稿,誊真三篇。寒冷异常,略睡,五鼓起来,砚笔俱冻,用火酒续誊,至十三日辰刻出场,恰好开晴,黄绵袄子煦煦可人。是夜熟睡。

十四日(12月12日) 阴,略暖,然积雪未消,秦淮河水仍未开冻。饭后出门听点,已末午初已点苏属,余进场,坐东龙腮"龙"字三十五号,恰好与虞山徐石英联号,畅谈乱后事,知渠家人口无恙,具庆承欢,雁行协吉,闭户读书,其福真无量也。口述头场文及经艺五篇,典贵高华,原本经史,其枕葄之功深矣,钦佩无任。谈至策题来始归号。

十五日(12月13日) 仍雨,黄昏后始开霁,初见月明如水。三鼓,策题来,一经学,二史学,三说文,四盐政,五江南山水分合缘起。随笔誊真,敷衍完卷,并不另稿,至酉刻,四篇誊完,略休息,续誊毕,漏二下。交卷后,在甬道至公堂下明远楼前徘徊观望,规模宏远,胸次豁然。复同号,收拾考具,视石英誊真四篇,俱是骈体,十对六七,渊博之才,余所未见,郑重话别始出场,诸同人均高卧矣。余疲倦之极,憩眠达旦。

十六日(12月14日) 复雨。晚起,饭后至彬森栈,约殷小谱明日同舟到乡。小谱初出场,认真之至,着屐至三山街,略买食物,带至下乡。虽兵燹之馀,房屋非旧,而市人颇形喧闹。回寓,衣湿淋漓,与同人絮语,早眠。

十七日(12月15日) 阴。朝起收拾行李,舟人已来挑运,少顷,小谱亦以行李至,与其师袁廉叔畅叙片刻,以扇属书,顷刻挥就。以近作录示,即随诸同人由通济门下船,行至水西门,试船拥挤难行,未晚即停泊,雨仍未止,风则东北。

十八日(12月16日) 阴,西南风。试船为坍桥所阻,进不过数丈,依旧拥塞不能行,无聊中,恰好小谱及邻舟叶蓉伯均以闱墨见读,时花样式,令人情怡,甚为钦佩!闻初六日续到诸公共计一百四十三人,宫保加恩先入场,今日补录科,吾邑钱子骧与焉。

十九日(12月17日) 阴冻。昨夜雨雪纷下,寒冷异常。晚起,船仍不见松动,静候,闷坐篷窗,殊难耐守。闻桥下水浅石险,船行索缆佐之,出桥只此一拱,故迟缓如此。传说有人禀曾帅,以令箭押,鱼贯而出,然亦势不能速。是日仍在水西门,行不过一丈,是夜雪下又寸馀。

二十日(12月18日)　阴冷,未见开晴。试船依旧拥挤,虽舟人竭力撑排,仍难尺进。见学宪今日出城登舟,闻驻淮上。下午船忽通行,上前二里许,已至坝桥前,各船鱼贯而进,艰难之至,我舟点灯时尚未前进,即止宿。天复雪,终夜寸馀。

廿乙日(12月19日)　阴冷。饭后诸试船鱼贯进桥门,我舟尚轻利一往,如矢脱于弦,爽快之至,前路宽舒,未刻过下关。是夜泊燕子矶,东北风,似有雪意,行至下关已点灯,即停泊。

廿二日(12月20日)　东北风尖甚。五鼓解维,至燕子矶试船均泊,舟子上岸买小菜,草棚数廛略成市,大非昔年光景矣。风未顺,尚迟开江,饭后正北风,舟人扬帆,颇为平稳,过栖霞,行至傍晚,东沟住泊,此地离仪真二三十里,去六合十二里。

廿三日(12月21日)　晴朗,西北风,是日冬至节。五鼓行,不过五里,舟人误为江心暗石所搁,牢固难动,同人俱起。饭后觅小舟,诸人过船,俟潮来,舟子下水,力掀排拔,同人亦以纤在小舟助力,始得幸脱,舟尚完好,幸甚。因操舟者力惫,不至仪征,仍回东沟止泊,小舟今天八百文,明日吉行,令其前行向导,能得仍来西北风则大妙矣。

廿四日(12月22日)　晴暖,西南风不大,虽不扬帆,颇为平稳。黎明开船,行二十五里至仪真,行五十里至瓜洲,城已坍废。又行三里至金山,一切残破,只留一塔。又行三里,过焦山门,古寺重新,草木生色。又行七里收丹徒口,试船停泊颇多,有云口内水浅不通,有云月河口可通,不必沿江而收江阴口。甘叔、小谱上岸探听,言人人殊,且俟明日再行定见。

廿五日(12月23日)　晴朗,西北风。朝上行三四里,拟进月河口,讵知口内水半涸,试船、商船拥挤难进,拟随常州船进江阴口,而我船又复搁浅,一时难于运动,同人均议暂停一日再定,甘叔、小谱复上岸探听。午后有邻舟试船,系江阴人,据云月河口水浅难往,小河口筑坝不通,要速行须出三山门,收江阴进口,拟结帮,明日与之同行。少顷,甘叔回舟,知小谱独出心裁,上岸步行到苏,神龙活虎,不可测量,然未免胆大心粗。闻带钱四百,洋一元,照及名片随身,馀物俱在舟中。出江阴口,同人以为不可,此议中止。叶绥卿、沈岭梅之船均至,亦以起旱为是,不走江阴,余则心无定见。是夜仍泊月河口外,风渐厉,江涛澎湃,震撼中宵。

廿六日(12月24日)　晴,西北风更狂。我舟离口尚隔三四舟,仍以水涸不得进,昏闷之至。闻岸上里许有镇名"涧壁",颇热闹,较丹徒镇略小。舟中闲谈,议及廿八日潮水能通,即行前进,否则到镇上另唤一舟,以便到苏,同人俱以为然。"涧壁"实名"谏壁",不知缘何得名。

廿七日(12月25日)　晴暖。朝上,我舟仍泊口外,不得进。金植卿作东,于镇上市羊脯作膳,味颇佳。饭后同人步至镇上,约里许,汊港浅而曲,非明后日江潮大涨甚难寸进,归期不能预定,而揭晓日期闻在月初,思之,万分踌躇。茗饮茶寮,闷坐良久,有昆山考友二十日到此地,株守至今,十分懊恼。复至仁兴买茶食,店伙周姓,能吴语,云未乱之前在苏开张,此地往来船只一月不过两汛,须俟东北风,初三潮涨方利通行,然亦不能尽准。同人起旱,过小舟,均以为不妥,议又未定。午前下船高卧,姑作信天翁。是日起汛,我舟进口不过数丈,大约起旱者纷纷矣。

廿八日(12月26日)　晴暖。晚起,诸同人咸以放榜期迩,不耐静守,相约今日姑待一天,明日倘依然无进境,不得不改途矣。闻江震诸人惟盛泽帮坐江船到苏,徐仙玖进江阴口,馀船均泊于此。甘叔上岸,馀则均闷坐舟中,看来今日仍无进路。有同来之舟办外帘,常州总捕王回南,其仆王升,系甘叔旧仆,据云放榜要十五左右,初一之说断乎不确。晚间潮水大涨,试船鱼贯前进,居然行半里,已过坝,离镇尚隔半里,起旱之议复息,大约初一日后可通行。紫树下之伴七人,三人在本船等候,馀则在闸口另唤小舟到苏,其价十一千五百文。本地车价,小者一千六百,大则二千四百,到常州卸,此是索价,尚未核实。

廿九日(12月27日)　霜浓,晴朗。早潮时,舟无寸进,前路拥塞可知。饭后诸同人沿江行至镇上,见曲港水浅,去来之舟帆樯林立,进往无门,不胜懊恼,到谏壁惠风园茗叙良久。至局中,拟商进计,阒无人在,大有趋避意,徘徊而返,路遇陶涤之,始知粤东织造过境,有令箭押丹徒县速通河道试船,令其前往,一概民商之船不得挤住。回至船边,已见本汛官及河快沿河弹押,舟人请顺风,给钱七百如前数,令市酒肉。晚饭后,潮水大来,诸试船鱼贯而进,有县差禁止他舟不许行,均排列岸边,极为清楚,不一时许行过石桥,恰无搁浅。黄昏后过谏壁镇,更馀过越河闸,其上设立卡局,复行十馀里,塘边诸舟停泊,因前舟传说获盗,人舟均拿住,我舟亦即泊焉。探问之,盗无器械,且有家眷,情亦未真,闻要送官,我辈当随处行方便,殊属多事。是日胸次豁然,自过江后第一如意也。剪烛畅谈而眠,时已二鼓。

卅日(12月28日)　晴朗。四鼓开船,舟子以纤塘上行,水浅而冰,其声烈烈,幸东南风暖甚,渐渐销释。辰刻过丹阳,城外荒无人烟,而城则长毛修筑完固,非复旧时坍破。午后过吕城,房屋焚烧略尽,市亦不聚。是日风和日朗,波平如镜,较之江行之险,其平坦奚啻霄壤。此地离奔牛廿里,常州卅里,所过大王庙、青阳铺均为盗薮出没之所。傍晚至奔牛,同行之舟愈少,黄昏时即行停泊,有栅、有卡,稍有市头。

十二月

十二月初一日(12月29日)　晴。朝行,东南风,霜浓,塘路有冰。午后暖甚,略停,饭后开船,巳刻到常州西门,泊舟毗陵驿,同人进城买竹篦、木梳等件即出城,余吃素面。下船,即复开,因南门开河筑坝难行,探问来舟,自龙潭子走吴家桥,要进小白家桥盘东门,则是白家桥旧路矣。纤行卅馀里,是晚泊舟徐胡桥,焚馀之屋尚存两三家,前有小村庄,即在桥口止宿,与叶绶卿另唤之舟同住,夜间居然有更栅。

初二日(12月30日)　晴,东南风。晨行过石桥者四,复行二十馀里,过小白家桥,即在白家桥左首出桥,已是官塘南行旧路。午前过戚墅堰,焚烧一空,人烟不聚,有南赣镇总兵越勇巴图鲁王统领开字全营驻扎于此,土城坚密,旗帜鲜明,最为严肃可观。是日见接报船,已前往旗上南汇县学。点灯时泊舟锡山驿,所过黄婆墩,山浜仅存基址,不留片瓦,旧时胜景,不堪追溯。甘叔入城剃头,回,知城中房屋什存一二,市头尚有,日上店肆渐渐兴筑。

初三日(12月31日)　西北风,顺帆晚行,有雾。饭前过北望亭,有卡及驻扎兵船,午前进浒墅关,两岸均是荆榛瓦砾,人市阒寂,令人感喟无任。过枫桥,光景与关相同,到大塘则渐形喧闹,阊门外渡僧桥头廛市盛于昔日。泊舟三元衕口,同人上岸各办物件,余至渡僧桥山塘街复号买南货,公盛买水果,所过店肆耳目一新,居然升平景象矣。晚晤理卿姨甥,知收小河口,亦是今日到苏。夜饭后,至太子马头,始得谱老告假到黎之信,其副考官已停泊马头北上矣。福建竟不能考,并有省城告急之说。同人畅叙舟中,二鼓就寝。

初四日(1865年1月1日)　晴,西北风颇壮。朝上,同人至山塘吃小包子,极佳,复买食物,步至山塘桥前而返。晚饭后开船,风愈大,扬帆饱驶,至同里永安桥,送直卿到家,固留夜饭,辞之。是夜泊舟东埭上。

初五日(1月2日)　晴,风顺而平。晓行,朝饭后已至北舍,子乔暨两侄孙均上岸,甘叔另唤小舟到梨,送之登舟,余坐原船到家。内人、大侄、儿、子妇俱平安,更喜大嫂旧恙全愈。自出门五十五日,诸俗务丛集,大儿筹画尚妥,租务各家开限六折取租,按石缴饷八百七十文。是夜酌账房诸公,乙溪兄、慎翁表兄来谈,得悉租事一切章程，憩棠连有信，大儿呈阅。

初六日(1月3日) 晴暖，东南风。早起至限厅上略阅租簿，所收不过三成，今岁颇觉迟延。饭后，舟至芦川通源行内，以微物送顾吉兄，喜晤袁述翁，茶叙良久，同至黄森翁处，恰好子屏亦来，畅谈科场事，并以场作示之。子屏亦以拟作示余，两大比，博大精深，以持之入场，许其入彀，视余文，尽是肤词矣。述甫作东，精肴相款，森主人同席，佳酿酬余，不觉醺然。下午舟至赵田，憩棠在家中，知报捐一节，其票汇在两合，以片存沈晓园庄，托交凌丽生，现已收到。余之日收司札，憩棠藏在行箧，本船初到河口，不便即取，缓日面交余可也。畅叙而返，到家已点灯后，安排物件，属梦书明日到江缴二次饷捐，并收条嘱渠取来。是日，大儿呈示何藏翁札，长至日在寓金泽北胜浜陈宅发，足疾未愈，举动需人，光景平常，拳拳于余颇挚。要询李星槎住居何处，秋闱得意否，托余代通一音。

初七日(1月4日) 晴。饭后舟至梨川，午前到敬承堂，幼谦荒游不归家，下午寻来，同九丈略为戒饬，送至兰坡书房内，未识以后能痛改前非否。以行李交还殷小补，送至徐宅，适渠乔梓扫墓未还，点灯后小补来请，余即往谒。谱经表兄相别已二十四年，颜色依然，须发半苍，絮语家常，颇为周挚。始知福建无恙，惟省城严守，不能办考，军门林文察已徇难，甚为可惜，左制军兵已到，可望无虞。以场作呈示，谬蒙期望，谈至二鼓始还。

初八日(1月5日) 晴。饭后至徐丽江甥处，以凌老亲母寿礼托渠上洋代办，知尚未还。复至官塘上汝宅答黄春圃，甘叔、元之均见过，一茶而返，饭于邱氏。下午开船，到家傍晚，租务日上未能踊跃。

初九日(1月6日) 晴，朝上颇冷。饭后冰路渐通，还租者继至，在限厅上坐观而已。下午袁憩棠来，其款缴而未清，以日收司文面还。蒙送燕菜四两，谢领之，晚间还去。梦书自江归，租饷已缴局，其收票仍未出清，约下埠，想不误事。

初拾日(1月7日) 晴。终日在限厅上督看收租。傍晚慎甫来,谈至二鼓下船,账房内吉账亦二鼓后矣。

十一日(1月8日)　晴。终日收租五十馀石,吉账颇晚,余就寝已二更馀,精神颇惫。

十二日(1月9日)　晴暖。是日收租寥寥,统计成色不过一半,开销颇大,甚费踌躇。有乡友倪姓,为钱债事托余至凌氏归吉,明日须一往,未识能顺手否。是夜吉账颇早,以片复沈晋生,要饷捐毛付之数,票一无存留,不能应酬矣。

十三日(1月10日)　阴,似有变意。饭后收租殊不踊跃,谨庭来,又有所求,俯允之。下午同倪姓舟至莘塔,到新街上祝三处代恳一旧债,晤其郎兰漪,颇不通情,不得已吃亏从之。为人谋,愈觉其难。磬生、丽生均见过。晚至田基浜复锦龙、富昌,此事颇不如愿也。到家黄昏,租事甚无起色。今日为凌亲母祝寿,家人做胜糕为颂,至三鼓始蒇事。

十四日(1月11日)　晴,颇冷。收租依然不能生色,宝文来,一茶而去。子屏有札,询南闱揭晓消息,以未知复之。是日备明日凌氏去寿礼,并贺荔生悬匾书帖并礼单,甚不擅长。

十五日(1月12日)　晴。饭后率子妇往莘塔,祝凌亲母寿并贺荔生、百川悬匾大喜。余另舟先去,登耕畬堂,墀儿亦至,拜太夫人寿,荔生昆季均见,各致贺。至磬生处,主人以茶相款,确今日子时出榜。磬生口诵闱墨,笔老气清,意新词润,三艺愈唱愈高,以此获中,夫复何愧! 自维余文,肤庸之极,安敢妄想? 是日亲朋毕至,雅奏和声,与余长谈者王戟门昆季。中午开宴,余与戟门同席,陪饮者主人听樵、海香,午后与诸公畅谈,陶芑生亦至,闻元作极佳,今日叙首,想必有得意中人。揭晓总在明后日得信,思之不胜盼望。归家点灯,是日收租乙佰馀亩,头限截数,明日当转二限。吉账二鼓后,统计六成。

十陆日(1月13日)　晴,东北风。是日二限,午前己、染两圩来还租,因被灾之区,格外让米,从宽每亩二千收之,大富、分湖滩亦渐上限。明日属梦书到江,再缴饷捐,朗亭书清数并吉账,颇夜深。

十七日(**1 月 14 日**)　阴,微雨即止,似有风雪意。终日收租寥寥,陈厚安帮忙,今日回去。朗老所谈,颇不直落。今日得中之家必然报到,乡间寂无音信,余不足论,甚为诸君悬悬。晚间墀儿自莘塔回,知今晨报落,江震共中六人,同里四人,樊祥伯、叶荣伯、王墀伯、一张云仙,不知名。梨里一蔡,必是秋丞。葫芦兜一张,必是元之。磬生、苣生、理卿、辛槎、小补均失望,颇为惋惜。是夜雨声淋淋,为农人喜,为下第诸公伤。

十八日(**1 月 15 日**)　阴雨终日,租务寥寂。有人昨晚自芦川来,确知钱子骧已中,元之得隽仍在传闻,未实。子骧之文,吾邑传诵,得荐出自中丞,亦已预悉在前月十四日,奇哉! 下午慎甫来,传说江正共中十人,同里四人,芦川钱、梨里汝,又一人不知姓,盛泽一,又一李、一陈,吾邑可称极盛,然失意尚多,奈何。

十九日(**1 月 16 日**)　晴,风冷。终日收租三四户,午后蔡秋丞家来报喜,确知高中十三名。江正两副,樊生保、张毓元,吴章木廷桂、庄人宝蒹伯、叶加树云伯、王偕达墀伯、钱子骧家骏、凌博庵子惟寅,十五日出榜。常州来条子,尚有未齐,解元不知。秋丞之中,可为渠家门第增光。

二十日(**1 月 17 日**)　晴,东北风。终日收租二十馀石,吴幼如来,以折腰数赒之。迟梦书江城未还,不知何故留滞。晚间梦书回来,收条已取。

廿一日(**1 月 18 日**)　晴。终日收租十馀石。

廿二日(**1 月 19 日**)　晴。终日收租二十馀石,晚间吉账颇迟。昨日下午,凌丽生衣冠来代慈谢寿,留便中饭,渠已捐郎中,余处饷票千馀两串,约明年新租上以票易票,晚间回去,云至紫树下。午前新妇回来,凌氏补送嫁妆、年礼。子屏侄来,畅谈半晌,渠卯年一定下场,功名志兴不以处境稍衰,他日科名,断推此子,可嘉可钦! 谈及意中人,今科得意者颇少,不胜扼腕,然有志竟成,不独张元之也。

廿三日(1月20日)　风稍厉,晴。终日收租十馀石。晚间衣冠虔送东司厨司命尊神,奠以酒果、粉团。自回家后,托庇平安,均蒙神佑,虔感无任!

廿四日(1月21日)　晴朗。终日收租二十馀石,自昨日截数,已收之田无论已清未清,登簿缴出。慎甫下午来,明日到江,即以物色二十二①及由单账面托之,匆匆即去,云至三古堂安排一切。明辰至梨川,先外舅廿七日安葬,必须亲送登基,兼之渠家乏人,义不容辞,必须照应几日。

廿五日(1月22日)　早饭后,舟至梨川敬承堂,知庶岳母率内弟已扶先外父之椁安顿坟头,余拟明日同地师陈向山后到。下午至秋丞甥处道二妹喜,欣然出见。阅全录,共中二百七十三名,陆仲山之郎名荧,初次以监观场,竟得获售,昨日补报,因常州失去条子故也。固留夜饭,辞之。至谱经表兄处,小谱出见,命至内厅避客燕见,长谈并留夜饭,颇蒙优渥。达泉亦在,与渠竹林乔梓同席,余与谱翁对饮,甚酣畅。以司照尽先前用试用训导名衔实收,托小谱到部补给吏部执照,荷蒙点头,以费十番面缴,如有馀费,吉甫、芸舫两孝廉代应,其照亦托渠南回得意时带来,此事如此相商,切实可靠也。絮谈情挚,黄昏回敬承,并约新年再叙,恭送荣行。是夜与庶外姑论家事,深为幼谦危。

廿六日(1月23日)　早起候吉甫、芸舫,均不值,与陈向山同饭。吉甫衣冠来奠外父,长安得意中人,情词愈谦,钦佩无任,约新年再叙。即开船,至施塔邱氏丙舍,先外舅灵椁昨已扶到,督工蒋公、程祥兄两人已率原办施姓匠作动工开圹。前年寿穴,用脱沙三和土,完固如石,外墙阔二尺,中墙尺六,堂子阔三尺,长九尺,中墙及前后均有锁口,仍遵遗命。安葬后,顶上灰四寸,打实二寸,打足二尺高始毕事。昨日微雨,今日开晴,坟工可望坚固。理卿姨甥亦

---

①　"二十二"原文为符号ⅡⅠ。卷十,第22页。

来,恂恂儒雅,诚笃灵敏,子弟之极出色者,夜与同榻在丙舍内报春草庐。

廿七日(1月24日) 晴暖。辰时衣冠送先外舅登基,祭菜一席,坟前恭奠,此番办理葬事不及督工,颇为抱歉,惟天缘甚佳,计廿九日坟工可以告竣,尚属舒齐。理卿后返,余同地师饭后到梨。接小谱札,谱翁以晶章一匣,自书大堂对一副见惠,所托小谱书对亦已收到,即作片谢复,所偿饭资三元同封,托汝六便璧。下午回棹,阅秋丞所寄全录,知解元江璧,吴县吴大澂、大衡兄弟同榜。到家未晚,诸事丛集,一应开销,约须乙佰卅馀元左右。租米今夜吉账不过七成,夜酌账房诸公,明日回去,开岁开收,共约早日齐来。

廿八日(1月25日) 晴朗。饭后送诸公回家,老朗约二十日来,颇自高位置。诸佃尚有来①租者,从权收之。老振与余,会计均不精,颇形局促。慎甫昨自江回,以收票三纸交余,自田上多算十文,馀俱不差,留中饭,坚不肯,即去,约新岁来。下午督工人洒扫庭除,二加堂上命墀儿整齐张挂二先伯父及先兄神像。

廿九日(1月26日) 晴暖。饭后修整枰桌,两厅均命工人拂拭,以便张挂老祭五代图、先祖父母、先父母神像,自乱后到沪,礼典缺如,能得重见升平,屋庐无恙,均托先人福庇无涯。上午衣冠虔拜,过年敬神,晚间在养树堂敬具酒肴祀先,祭毕后,家人子妇团坐欢饮。

今岁账务,涂糊不清,均为试事所迫。及至揭晓,又落孙山外,殊属名利两无所成,来岁宜重自整顿。大儿,勖其勉力读书,冀功名他日幸有成就,以为门户增光,若余,不敢妄想矣。夜间星斗烂然,来岁可卜丰稔。腊月廿九日一鼓后,时安主人书于听春楼。

---

① "来"字后疑漏写"还"字。卷十,第23页。

同治四年(乙丑,1865)

一 月

同治四年,春王正月,乙丑年,新春初一日(1865年1月27日)阴,微雨,岁朝东南风,定占五谷丰登。朝起衣冠拜如来佛,东厨司命、家祠内拈香。饭后乙溪兄率子、侄、孙养树堂拜先人神像,余处轮年,拜毕,各行贺岁礼,少长男女各以齿。与乙溪茶话。午后率墀侄儿、苇卿、升之四侄至大港上贺岁,渊甫四侄值年,谨庭出见,各房惟竹淇弟子屏侄处茶叙,子屏以吴章木中作原本三篇见示,全录刻本亦过目。渊甫留饮,菊颐弟妇出见,叙语良久。其孙,二侄所出,已四岁矣。晚归,点灯。

初二日(1月28日) 雨,暖而潮湿,下午有开霁意。饭后观村人出猛将会,乱后归家,重见丰乐之象也。子屏、薇人、渊甫、双喜随竹淇弟来贺岁,午席酗饮。子屏文兴极佳,颇不作第二人想,所改朱卷,笔极老当。谦斋来,一茶而去。晚间弟、侄回港,子屏携《墨选清腴》二册去。

初三日(1月29日) 阴,西北风,渐冷。今岁三朝不能晴晓,未识年令如何。静坐无客来,惟朝上羹梅之襟兄禾中吴绣眉来,现居田上,丰神照旧,家道亦渐起色,两子松枰、菊溪颇精什一,天之报善人正未有艾也,一茶而去。暇录尊、金、玉、富各佃欠单,尚有四五成未还,不知何故迟延。大异未乱时人心,今岁不得不顶真些,然已拖欠,恐难一半起色。晚间收藏先世神像,衣冠设祭。夜饮醇酒,不觉醺醉早眠,闻鸣铮声,知田间有疫火。

初四日（1 月 30 日）　阴，北风，午前似有晴意。下午率墀儿秋伊先生处贺岁，约十一二日间去翻书籍。臼床一只，连臼均携来，然已损坏，可知他人之物爱惜者少。回家，知黄甘叔来过，未茶即去。墀儿先回，虽下船答送，然褻甚也。明日拟至梨川。

初五日（1 月 31 日）　晓起晴朗，为新正第一日。循例接五路神，饭后舟至梨川，午前登敬承堂，于外父灵帷前叩拜，不胜呜咽。见庶外姑，知幼谦新岁尚为安静。复至九叔丈处，渠夫妇均见，今岁颇有入饩之望。邱吉庆（渠兄铸堂）寓在此，即贺岁，茶叙返。庶外姑具肴馔，九丈、应甫、幼谦同席。下午候吉甫、芸舫，并致脩仪尖敬，吴少松亦见，匆匆即回。至殷谱翁寓中贺禧，略致路菜四种，燕菜四两，借以送行。小谱亦出见，知日上避烦辞客，蒙留饮畅谈，灯节前驰驿荣行，不及再送，约后会有期，絮语至一鼓始回邱氏。是日在谱翁席上，晤郑厚甫明经，袁甸生、叶荣伯两孝廉。

初六日（2 月 1 日）　晴暖，可穿夹衣。饭后至邱省斋三丈处贺岁，同至陈小山世丈处话旧，深以幼谦不习上为虑。茶后至蔡氏二妹处贺禧，秋丞、进之诸甥均出见，秋丞行期尚未定夺，属渠赶早为上，二妹留饮，扰之。下午返棹，便过池亭，贺二式表嫂禧，两表侄亦皆出见，绶卿亦来，渠场作极佳而不得志，深为惋惜。到家傍晚，费八兄来送朱卷，夜间略款留，渠新恙初愈，涓滴不饮。夜谈极畅，宿在书楼上，襥被陪之。今日二费，即昔时二宋，长安得意，舍君其谁？漏二下始眠。

初七日（2 月 2 日）　晚起。昨夜雨，今晨未息点，颇称甘澍。吉甫起来即解维，因行期已迫，急欲到芦故也。午前西北风狂吼，蔡秋丞诸甥来贺岁，秋丞并辞行。吴幼如趁船同来，衣冠不具，劫后景况殊属可怜，而两家宅相云泥，相隔若此，不胜减色，思之，不乐之至。留渠中饭，夜宿账楼。

初八日（2 月 3 日）　阴，无雨。饭后命墀儿至莘塔外家拜年，并致荔生賅仪，暇录佃户欠单，不及一半，乙溪来谈。

初九日(2月4日) 阴,微雨,是日子时立春。饭后桂轩侄来拜年,一茶去。沈吟泉来,留之中饭,畅谈,见王、叶二新孝廉头篇,沈慎翁是月廿二有出阁事,须贺之,下午回去。

初十日(2月5日) 半晴。上午抄欠单。下午徐丽江甥率其弟来贺岁,萃和堂中饭,余往絮谈,见凌一谦兄孪生两郎,极为聪慧。接黄甘叔信,为乙溪处饷捐票不果,即复之,其札托丽江寄。晚拉丽江宴饮养树堂,剪烛谈心,复同榻于书楼,此子甚具干济才。墀儿至梨川拜年未回。

十一日(2月6日) 晴朗,春风吹面,颇不尖寒。丽江早起,饭于二嫂处,即回去。吟泉来,以蔡秋丞赙仪两封托丽江寄去,暇录欠单。大儿晚自梨回,在敬承与理卿叙,甚畅。夜半大雨,雷电交作,即止,尚为行非其时。

十二日(2月7日) 晴暖,潮湿,几如春暮光景。饭后抄录欠单,下午率墀儿至孙家汇候秋伊先生,前所托藏之书,荷承收拾多时,今幸完璧归赵,即将书厨、屏风、抬子一一装载满船,惟《元遗山诗注》全集六本,约三月中还,复借《金研香先生文稿》一部,畅谈一切,并以醇酒与余小酌。返家已夕阳在山,书籍尚未位置,暂存瑞荆堂。

十三日(2月8日) 阴,潮湿愈甚,晚间风发,仍不透。上午整理书籍。下午舟至东路村,送钱子骧喜并送赙仪,至则不值,晤其兄子苹。有曾帅名下在梨防堵颜镇总在,问之,是湘乡人,略与谈论,一茶而返,晤黄森甫、陈骈生、陆畹九诸君,复至东玲贺慎兄年,归家点灯。

十四日(2月9日) 昨夜雷电交作,大风,阴雨终日,然不甚寒峭。上午开写欠单。下午与大儿收藏《廿一史》在养树堂书厨中,颇形栗碌。

十五日(2月10日) 风雨绵绵,渐觉寒冷。上午抄欠单。下午收阅书籍,位置厨中,秋伊一一签头标明,真不负所托也。是夜元宵,风雨未止,星月无光,近年来无此寂寞景象,未识今岁作若何休咎,五谷何如,深抱杞忧。是夜寒甚,为新岁第一日。

十六日(2月11日) 阴冷,北风峭厉,积雪庭中。朝起铺玉几遍,自朝至暮,风雪交作,约下雪平地寸馀,三白兆丰年,未识应占否。然元宵佳节,败兴甚矣。秋伊处翻来之书,今日收藏事竣。

十七日(2月12日) 阴冷,点水成冰,得未曾有之寒信,雪下纷纷不已。围炉团坐,犹觉袖手不能出,日上必将河冻。无聊中阅元裕之《中州集》,终日雪下数寸,想是丰年之兆。

十八日(2月13日) 晴,略有红旭。朝起寒冷异常,研池、墨匣无不胶冻,自冬及今未有之冷信也。上午渐暖,风亦略息,检阅架上诸书。下午命大儿至北舍,约梦书早日来溪,晚间金少谷来拜年,一茶去。大儿回,梦书约廿三日去载。

十九日(2月14日) 阴,雪未消,冷比昨日稍减。上午将书房收拾位置,以便沈步青明日到馆。下午命墀儿至陈思探问嗣母安,晚间回,知大嫂眼病渐愈,缓日回家。余暇则抄录田租欠单,草率葳事,未识额租可免写否。灯下略坐定。

二十日(2月15日) 阴,无雨。上午沈步青兄到馆,午前略置酒款叙,步青量俭,清谈而已。学路来,知廿六日县考,我家惟桂轩子仲希一人,可谓曲高和寡。下午静坐,载朗相不来,约廿七日。

廿一日(2月16日) 阴,夜雨。上午在账房内看古诗合选,午后冯子延之子绣卿同其干仆包升来,面珠一颗,照十年分三月中子芬所借洋廿七元回去,惟洋水约缺十五千有零,包升以即日补洋十二元来,珠先去请,漫允之。合浦已迁,恐亦搭桥过去矣,一茶而去。知子延任蓬莱县,极得意。孙蓉卿陪乙溪处西席朱君再赓来,谈论良久,似亦精于五经者。

廿二日(2月17日) 阴,无雨。饭后至东玲,贺慎甫表兄出阁喜,至则略坐,因家中有客,即返。冯子延之二儿又来,为珠大小不对来调,又寻不见,付还原洋,交其包姓家人即去。吴少松自莘塔来,县考借考篮,孙蓉卿借墨匣,各与之,中午同席而去。内人晚间寻珠一颗,重七分,未知是否,颇有光彩,圆整,明日拟命大儿到梨,面问子延夫人。

廿三日(2月18日) 阴,无雨。饭后命大儿至梨,是日始有还租。至蓉卿处,取副榜张育元文读之,亦颇平平,姑属步青录出。子屏拟作重阅之,毕竟宝光四溢。下午阅金砚香文,拟读卅篇。晚间墀倅儿还,其珠面交子延夫人,据云原物无误,收洋共三十九元了吉之。始知沈啸梅自上海来信,今岁并无开科特恩,为儿辈用功起见,卯年颇甚舒徐,且子屏甚有望也。

廿四日(2月19日) 晴,雪后第一日。上午梦书来拜年,约廿七日去载。下午出下脚,终日碌碌,未能静坐。

廿五日(2月20日) 阴冷。终日阅金砚香文,选定卅五篇。吉老今日来溪。

廿六日(2月21日) 晴朗。饭后选定名家文共六十篇。书房内开课第一期,题"君子务本"二句,诗"共登青云梯"八韵。蓉卿自江回,知县考改期,大约饷捐即日又要紧催。下午元音倅同范三官来拜年,一茶去。作札拟致徐少卿,书好待寄。

廿七日(2月22日) 晴朗。饭后抄文半页。午前周老聘、殷安斋来拜年,在养树堂同酌之。知谱经廿一日出关,面见李宫保,确知今岁不复开科,明年或有。接子屏便片,即复之。账房诸公今日到齐,夜间略以年物款之。墀儿呈阅诗文,尚属妥洽,要难出色。步青颇有根底,诗则极佳。

廿八日(2月23日) 阴。饭后录文半篇,下午至北舍,探耽泉副室孙氏老太太丧,时嫡子桂轩已尊为继母,则当服三年丧,亦是从权推尊之情,惟丹卿前以庶母请封,则颇支节。陪顾光川水阁茗饮,赋梅倅同往,畅谈而返。夜间为孙蓉卿改一搭题,恰不费力。夜雨。

廿九日(2月24日) 阴雨。终日静坐无事,以缴租簿属朗亭补登。阅吴状元文。

三十日(**2 月 25 日**)　阴,微雨。朝上舟至北厍,送孙氏太太殓,晤陶涤之诸公。舟回,知殷梅士之郎年十六,号兰溪来拜年,子范接陪,茶至乙溪处,有请柬两副,一初三,一初五,未知何人之郎,宜至期去贺。今日贺家浜始有来还租米,碌碌不能坐定。

二 月

二月初一日(**2 月 26 日**)　阴,无雨。案头无历本,传说今日上丁。上午衣冠东厨司命神前、家祠内拈香,书房内第二期文课。沈慎翁来拜年,留之便中饭,渠齿痛不饮,以欠单托渠到江请开欠,共四百五十六户,十六页,又九户,每页廿八户。下午回至东浜,云明后日到城中。

初二日(**2 月 27 日**)　阴冷,昨夜似闻雨雹。账房有事应酬,不能坐定。下午阅书房内文课,步青作,功力悉敌。墀儿前半太空弱,后二颇有风调书卷。明日要出门,今日素斋,衣冠拈香预叩○○文帝华诞。

初三日(**2 月 28 日**)　阴冷异常,雪霰交下。饭后舟至长田上,贺殷实成之郎吉期,至则道其叔梅士蟾生及新人喜,与陶涤之、张松盫、叶绶卿诸公谈天,贺客纷纷至,有识有不识。中午宴客在蓉堂厅上,余承主人意,竟首席坐,与陶少琴同席,丁幼石陪余,不相见者十馀载,耳聋依然,丰采颇佳。传说严州有警,以不实为幸。席罢,复与梧生、月帆诸公谈论,还家未晚。账船已停,紧催为难,灯前为俗事作札与凌祝三。下午雪止,春花已大有碍。

初四日(**3 月 1 日**)　阴,微雨。上午静坐阅文。慎甫来,即要至江城,略坐即去。下午作去年用度账,尚未登清。

初五日(**3 月 2 日**)　阴,无雨,尚难起晴。饭后录旧日所作赋一篇示步青,暇阅文。命墀儿至长田上贺殷梅士郎吉期,晚归,知宾朋极盛,并有公分。

初六日(**3 月 3 日**)　阴,昨日夜间大雷电雨,今日仍难起晴,春花大有碍。暇阅幼时所读古馀先生所选古文四十篇,上口三四遍便可成诵默背,可知读书总在二十岁以前,今则无及矣。书房内第三期文期。

初七日(3月4日) 仍雨,阴冷,春花大碍,租风借端抗欠,奈何?上午在账房栗六,中午祀先,今日先母沈太孺人忌日,屈指星霜,殊呼负负!下午作札致子屏,墀儿课作呈求改正。是晚大雨终夜。

初八日(3月5日) 仍阴,饭后又大雨,昏闷无似。墀儿呈阅课作,连岁底所做四篇封好,因雨未寄,下午雨仍未止,阴晦终日。

初九日(3月6日) 阴雨又雨霰,终日冷晦,天象如此,春花不徒有碍,大熟未识何如,深为可虑!此月中租务难望。大港上呎尺,竟不能冒雨寄文,故封后仍停。子屏《为政以德》文墀儿录出,未及同封,阅之,毕竟十年梨花枪,出手无敌。下午沈慎甫自江回来,知县考仍无日期,一茶即去。

初十日(3月7日) 无雨,尚无开晴意。饭后命舟至港上,以文及信寄子屏,舟回,知适梨去,不值。下午至友庆,夔二先兄十八日领帖除几,相好已预行排置一切,余谓此事固须省办,然大致亦要楚楚。

十一日(3月8日) 又复阴雨终日,愁闷之至,书房内课期。上午阅吴状元文,下午碌碌,中有所触,追感不已。

拾二日(3月9日) 阴,东北风,花朝佳节,幸尚无雨。闻今岁三箕破,一在闰五月,未识可免水患否。上午阅文。下午慎甫来,云明日要至江城,即去。至萃和,墀儿呈课文,截题法多不合,殊为非是,若步青作,处处平中侧带,颇见匠心。甚矣,此道之难!惟中比所用字面尚有碍下处。晚间又雨,殊非吉征。

十三日(3月10日) 阴,下午似有起晴意,然冷甚。终日静坐,阅书院文及网监捷讲。明日命开账船,祝三之札即交吉老至田基浜,属倪姓送出。

十四日(3月11日) 晴,尚未老当,然已觉心目开朗。暇选书院文读本,老荒以简少为贵,颇费踌躇,致多割爱。上午乙溪来谈,羹梅丧事安排楚楚矣。

十五日(3月12日)　又阴雨终日,闷闷。终日静坐,阅书院文,适接何藏翁花朝日所发信,并以近作古风五律见示,前信封而未寄,歉然也。老翁足疾已愈,出月要迁至南栅,与雪老为邻,当觅便作答之。书房今日文期。

十六日(3月13日)　阴冷,西北风,尚无雨,未见起晴。饭后作札拟答何藏翁,至友庆看羹梅丧事内所悬匾额,有未妥者宜易,人言甚可畏也。慎甫自江回,以租欠签单交余,约天晴举行。碌碌终日,未坐定。

十七日(3月14日)　昨夜雨,未能开晴,并有雪珠。朝上子屏有札来,墀儿四篇课作均已动手改就,细阅之,高华沉着,理法清而词华富,儿辈得此教授获益良多,欣慰之至。下午在友庆接应诸宾。夜间陪步青去酧宴账房诸相好,雨雪交下,入夜稍息,寒甚。

十八日(3月15日)　朝起,恰好开晴,即至友庆应酬。饭后吊客纷来,一一谢答。晚间送羹二先兄入祠,诸至亲及大港、北舍诸侄、侄孙辈皆送,一拜而去者颇少,于谊尚厚。袁述甫来,不及絮谈为歉,何古心处答札面托陆子商寄去。夜间宴客,闻雅奏之声,不能娱耳,盖有伤于羹二兄之不能享大年也。邱幼谦、凌云汀余处下榻,陪云汀与立人、少谷两侄倩夜谈,至三鼓后始回就寝。

十九日(3月16日)　晴。晚起,王仲诒三兄自友庆来候余,一茶即去,云今日要回盛泽,衣冠答之。恒甫夫人陶氏晚四妹见过,约下半年来,人极贤良。中午酧云汀、幼谦,夜甚疲倦,早眠。

二十日(3月17日)　晴。饭后以英洋四元,托乙溪上洋去买大呢,云汀留之,明日回去。中午乙溪处酧云汀,夜间在书房内与云汀小酧,颇适。天又有变意。

廿一日(3月18日)　晴朗。上午有吴江水利厅陈公来催租捐,衣冠见之。知邑尊在镇,约即去缴捐,并要看日收簿,余处一无隐漏,一茶后即至账房内与之细阅,渠亦以为清楚,无可吹求,取条约期而去。午前陪云汀小酌,大有醺意。下午云汀回去,余至慎甫处,约明日到镇缴捐。

廿二日(3月19日) 晴,渐暖。饭后至东玲载慎甫到芦川,即赴局缴数,廿二之前一概缴清,取印收而回。欲答陈公,在局见之,辞不衣冠,以寿分一元交钱眉波局书转致,森甫、畹九均见过。至顾德裕,与春山、念先多福茗饮良久,念先、吉生邀至酒楼午酌,念先作东,六百八十文,扰之,复与衣庄内费老玉长谈。慎甫在陆店,另有船回,不及同舟,到家未晚。夜与幼谦闲谈,劝训交饬,看来似醉似醒。

廿三日(3月20日) 晴,朝上大雾,是日交春分节。陈朗亭旧病复发,委顿之至,饭后送渠回去。日上要开欠追租欠,殊属不凑手,只好自办。新妇今日回莘塔去省视。下午碌碌,拟欲坐定,心不能叙。徐少卿信,交新妇面致其姊。

廿四日(3月21日) 晴暖,大有春气。饭后录子屏代大儿试草内所作经文,古色古香,迥非庸手所能及。下午收拾衣履,晒而藏之,磨墨匣二只。

廿五日(3月22日) 晴朗,此月中第一日好天。春气勃然,重裘可卸。是日曾祖母黄太宜人忌日致祭,先人神像展晒谨藏,抄书院文一篇。日上欲开租欠,而还租者仍裹足不至,殊虚所望。

廿六日(3月23日) 晴暖。上午正欲抄文,适账房内有还租事,终日计论,颇嫌迟钝。甚矣,此道亦非熟谙不办。慎甫来,云明日赴江,匆匆即去。梦书携潘子云文四篇来,灯下与步青亟阅之,才气、笔气俱臻绝顶,此子今科进学不必言,充其所造即可考一等,卯科并可望中,书此以为左券。是日书房内文期。

廿七日(3月24日) 北风,阴,渐冷。终日静坐,还租寂然。抄书院课文一首,闲与幼谦叙话。大儿呈课艺,尚属妥贴。

廿八日(3月25日) 风雨终日,又复阴冷。饭后抄书院文一篇,幼谦以月课文抄示,笔极挺秀,虽其中尚有蓝本,要自善于变化,能得潜心一二载，所得岂仅一衿？奈习气不佳，痛改为难，未识夙根如何，挽回何日。因苦口劝之，似觉点头，且观后效。

廿九日（3月26日）　晴，风仍尖寒。饭后正欲抄文，适范差秋亭来自梨来，即以切脚付彼。明日开追仰仙陆启元"巧"字圩顽佃。下午略有还租，登账收。沈佩珍果斋来就谈，两耳重听，应酬之颇形吃力。

三　月

三月初一日（3月27日）　晴，风仍尖峭。朝上衣冠于东厨司命前、家祠内拈香拜叩，书房今日文期。上午吉老账船来自梨里，所收有加无加，只好听之，无可切其究竟。大富始有来还租，明日要去差追。属幼谦录书院文，蝇头小楷，精妙绝伦。

初二日（3月28日）　晴朗。饭后抄书院一篇，补抄者已竣事。谨庭同子屏来，云二嫂廿二日搬几，所求者因有事，如愿与之，与之长谈，同中饭，子屏复至书房内畅叙、阅文，大儿以窗课二篇求改，晚始回去。籴米依旧三石五斗。

初三日（3月29日）　晴朗。饭后具笔砚，属幼谦录周解元文，迟仰仙来归吉租欠不到。下午无聊静坐，阅书院文，上巳之辰，春光明媚，春熟有望矣。闻邑尊在乡镇催捐，书差虎威颇猛，余处签单亦及。

初四日（3月30日）　晴朗。饭后乙溪来自上洋，以所托买新闻墨、大呢送来，知沪上光景依然纷丽，福建信息不甚佳，馀无所闻。大富一带，始有还租，一一收之。下午始无事，拟即日自己誊清饷捐账。朗相回去，极不便当，新墨实无暇披阅。夜间誊捐租账。

初五日（3月31日）　晴，午前微有雨，即止。大富今日略有还租，仰仙明日复朝，未识能进场否。

初六日（4月1日）　晴朗。朝上慎甫有信来，关照签差事，知邑尊已回吴江。上午"巧"字催子来归结租欠，内账回去，外账船催，调度乏人，落肩殊觉草草。下午至芦川，补慰陈骈生四兄丧明之痛，至则骈生不在家，其二郎号诗庵应酬，人极圆到，一茶即返。到镇上与袁述甫茗叙良久，知嘉善现已县试，周二香之郎已作草案首，松巢郎稚松复在五十馀名，此子大可有望。慎甫趁船回东玲。

初七日(4月2日)　晴朗。饭后送步青解馆，约缓日自来。上午开租欠未进场，约期再办，差友回去。下午至田基浜，补吊倪近昌，不胜粉榆之感，其郎胜来，其弟富昌接陪颇恭，晤其戚同川朱九如，吾乡顾蔼亭过留饮食，菜极丰盛，不能却，扰之，回家点灯。

初八日(4月3日)　晴热，已是桃靥舒红、柳眉晕绿时候。饭后同乙溪大兄、介庵、莳卿、升之及五、六、七诸侄，余处办舟，先至西房圩杏传公坟上祭扫，回至南玲先祖先大人、先伯秀山公墓前祭奠，坟上松柏尽被土匪、长毛贼斩伐一空，幸而祠宇无恙，然墓门上坍塌，祠宇遍傍之柱损伤二更，今秋急宜修葺，与乙兄言之，似以为然。展拜焚楮而还，归家，吴幼如来，留饭，以五斗米给之。午前在养树堂与乙溪兄、介庵、四、五两侄饮散福祭酒，絮语长谈，不禁微醉。下午录清租捐已还之户。

初九(4月4日)　晴燥，东北风颇狂，然蕴热仍甚。午前清节祀先，养树堂上奠酒、焚楮拜叩，大侄儿主之，祠堂内祭奠始迁祖以下已祧之祖，余主之。祭毕，与幼谦同饮，不禁醺醺。下午略阅新科闱墨，元作浑厚，馀则各有制胜处。

初十日(4月5日)　阴，潮湿，是日清明。饭后同乙溪兄率大儿、升侄、四侄舟至北舍木桥头始迁祖坟上祭扫，乱后吾族此典未废，吾家自迁上海，两载未曾展拜，抱歉良多。至则大港上、大义诸弟侄、侄孙均到，雷声隐隐，雨点已洒。拜毕，至长浜敬湖公墓前、东木桥心园公墓前祭奠，雨湿淋漓。舟至"角"字君彩公坟上，到者寥寥。回叙于德恒处饮散福酒，共七席，余与乙溪、子屏同坐，菜极丰盛，醉饱而返。复至水阁楼，与乙溪兄、竹淇弟、关寿、心斋、梦书诸侄茗叙，薇人、子屏亦来畅谈。大儿窗课子屏看就一篇，改得极精湛。回家已傍晚,阴雨终日,未必起晴,夜与幼谦论文。

十一日(**4月6日**)　晴暖,潮甚,平地如水,可穿夹衣。上午大富顾佃开欠进来完吉,仍从宽收之,是日收数略多。下午慎甫来谈,约十四日去缴捐。夜间录李辛垞文半篇,誊算租账。

十二日(**4月7日**)　阴晴参半,雨不甚大,春花滋润。饭后邱幼谦家中来载,盘桓几一月,尚循规矩,约渠下半年来读书,面从,未识能践言否。携戊午、乙卯墨卷抄本及刘子和四幅去。午前即回,大风,下午、傍晚尤甚,潮湿之气尽行吹干,终日风阻,还租绝无。子屏有字致大儿,辛垞文暨新墨均携去。

十三日(**4月8日**)　晴朗。饭后吉算缴捐账,适签差复持朱符催缴。知府尊、江令均在同里迫催,吾乡一带无不受胥役之扰者,此时光景,其猛厉倍烈于未乱之前,可叹!约期明日出缴而去,然以后租米万难起色,而追呼之声仍恐不免,奈何。朗亭处遣人去问迅,知旧恙未愈,此月中未必能来,殊属与余心相左。心不定,略看时文,亦不得味。

十四日(**4月9日**)　阴晴参半。饭后拟属梦书去缴饷租捐,慎甫来谈,商酌未定,而邑尊又差持朱符专提余及两房,恶吏极狰狞,无声势,忍气受之,即同慎甫下午赴局,将已收之户照数完缴。委员陈公以邑尊之势挟余到江,勒令填清,余恐中其计,即允之。晚间到家,部叙一切,慎甫亦来,恰好同往,夜宿舟中。是日孙秋伊先生来,余为追呼所迫,不能叙谈衷曲,命大儿陪之终日。

十五日(**4月10日**)　晴。朝行,至同里极早,与慎老茶叙财神堂,知沈令已他往,即开船,到江茗饮祥园,辛秽之气令人不堪酬接。慎甫到总房探信,乙溪亦来,似此事虽狐假,而仍不难破钱和解者。灯下慎甫往来两次,即与孟青落肩,是日宿在舟中,了无好怀,不过吃亏以图目前清净,约十八日取物色算账。夜雨即止。

十六日(**4月11日**)　晴暖。饭于舟中,仍上岸茶叙,顿候慎甫。在城中闲步,一片瓦砾,甚难兴复。下午回同里,与慎甫同候少兰,其郎桂生、顺生仍在江城,晤徐鲁卿,茗叙迎园,知在浙江小金小酬处,还乡葬亲,贫士办此甚非易易,然其志可佳,其地即叶子谦所定,叔生之侄,年少而传乃叔之道者。夜泊新田地姚正茂行前,慎甫上岸。

十七日(4月12日) 晴暖。朝行,到家上午,开欠归吉者少,约期者多。梦书又他往,账房办事无人,殊属不能应手。下午检点一切,夜又伏载。

十八日(4月13日) 晴。朝行,到同里极早,即载慎老赴江,到总房交洋而出,知邑尊回署,府尊回苏,此事即日收帆,特馀波万难当耳。茗饮良久,复至孟青处,照未收亩角减租按钱划票,亏尽英豪锐气,如其所愿而止。晚间开船,到同里黄昏时候。

十九日(4月14日) 晴。早上与慎老茗饮茶寮,饭于舟中,到家午刻。送慎甫回家,梦老仍未来,糊涂不体谅之至。明日吉老同差船到南、北斗催租收取,虽叮属一番,然其心终难恃也。

二十日(4月15日) 晴。在账房收租两户。大儿至梨,为幼谦权宜吉事,徇情一往,虽不当贺,然亦礼在则然。内子昨日先去,梦书下午始来,并不问账情,可知无意于此事矣。子屏来谈,同饭于账房中,步青文三篇,点缀极好。

廿一日(4月16日) 阴晴参半。在账房与佃户催甲论租,收大义船中开欠两户,"尊"字一户,公账买耕牛一条,仍照旧莘和四分,友庆二分,养树四分开派。惟友庆既耕种尖角刁,贴钱一千,不派公账,未免不公,然羹老已物化,些些再与计较殊非所宜,听之可也。

廿二日(4月17日) 晴朗。饭后舟至梨川,命大儿至蔡氏送金生官除几。昙花一现,玉树即凋,思之,不胜凄然。南富来还租米,催甲叶庆龄颇为办事能干。邻姬自重固里就医回,接何鸿舫问问片,知尚拳拳鄙人。下午吴又江有信来,以其令表叔,吴江人,现住芦川周氏当房,包屺如翁荐在余处权理账务,即作札复之,四月初一日夫载,先来盘桓一月,然后定见。

廿三日(4月18日) 晴朗。饭后沈步青自来,大儿昨晚来自敬承堂,恰好今日开馆。终日收租寥寥,迟南、北斗账船未还,晚回,账情略可过去。是日颇热,夜间风雨。

廿四日(4月19日)　阴雨,并有风,下午均息。属梦书至分湖滩同差船追租,未识能如愿否。暇作四六禀并事实略迹,拟为大嫂请详给匾请奖,以稿与步青商酌,然后录清,再商诸法家。晚间内人回自梨里,知幼谦所娶夫人颇贤淑勤敏,大可持家,先外父家政或可勿替矣。

廿五日(4月20日)　晴。饭后静坐。午后蔡云翁夫人二妹来,与之絮谈良久。步青以四六禀改窜起头数句,毕竟诗赋好手,即属誊正。

廿六日(4月21日)　晴朗。饭后至芦墟吊吴翁生江,是日宾客满堂,子屏亦在座,以墨卷暨芸舫青江前月五日未上车之信关照,并还墨卷,晤徐鲁卿,知少丈初一日在镇领帖,讣亦已寄来。回兴盛行,吉生留小饮,述甫亦来就谈,不觉大醉。到家后,陈骈生来,大儿生一臀疽,据云要出毒处方,以禀稿示之,许以蒋寅舫大夫人请旌详稿示余。晚至萃和,与沈岭梅谈,知乙溪寿域今在大义已相定吉地。是日江、震两邑县考正场。

廿七日(4月22日)　下午风,阴。上午阅周解元文。下午慎甫来,知县试江邑二百馀人,虽经兵燹之后其数不减,可谓文教日蒸矣。约出月初五后同赴江城。

廿八日(4月23日)　晴。上午乙溪来谈,大先伯葬事簿面还,复借先大人葬事簿一本去。二妹来叙话,中午留饮陪之。县试题江"不曰坚乎""仁远乎哉,吾欲仁",正"可使有勇"至"足民"。账船同差船还,大富一带略有所收,然零欠极多。

廿九日(4月24日)　晴,风峭。开欠差追今日停止,计收账一成,然垫数万难弥补。师母来,要修玄武本庙,提本百千,凭摺与之,留之中饭而去。下午静坐,大儿因疽生停课,步青昨日作文,今日誊好。

四　月

四月初一日(4月25日)　晴朗。朝上拈香,饭后至芦墟南栅俞氏寓宅,少甫丈今日开吊,数年交好,今日必须拜奠。晤朱仁峰、倪又香,始知县考实数,江乙佰四十八人,正乙佰六十馀人,诗题"往来人影玉壶中",与沈雨春同席,略饭而返。停舟中市,顿候,买食物,载包卍如翁同舟到家。下午陈骈生来,复为大儿医疮,现已出毒,轻松,然尚须静养,处方,絮谈,以蒋寅舫母徐氏请旌底稿见示,恰好视为粉本。

初二日(4月26日)　晴暖。饭后慎甫来谈,即开船到江,约余初五日在江叙候,办理请奖事,暇将大嫂守节事实细细详叙,录清一册,以便与房书禀办,未识均合式否。

初三日(4月27日)　晴,稍有风。上午堂楼下换挂对联、堂画,即时洒扫。下午括痧,胸中始畅。与二妹谈心,自秋丞中后,蔗境颇甘。

初四日(4月28日)　晴,下午阴。明日拟至江城,知此番县试初复,前列诸公多是老手。新妇上午自母家归来。陈骈生来医大儿疮,已愈十之六七,处方而去。云青侄来,诉述与桂轩要算账,此事无可调停,只好谢之不论。

初五日(4月29日)　晴。饭后舟至同里,载慎甫赴江,泊舟城内,尚未晚,知今日二复,案首郑恭和,正、冯纲、王树萱。晤顾光川、陆谱琴、赵龙门,茗叙良久,晚饭于舟中。上岸至吴竹泉家,吟泉诸位已出场,题"食牛"至"曾不知食牛","卖剑买犊赋","团扇风前众绿香",得"堂"字。公议案元郑寅卿,无可敌手。

初六日(4月30日)　晚起,至慎甫寓中,与吟泉诸公同饭,竹泉烹治鳖鱼,味极美。至光川寓中,以家嫂请奖禀稿相商,据云,由学详县,申府达院,房费需索重重,不如径佟学宪案临具禀最为简捷,慎甫亦以为然,此番不出亮矣。闲游诸亲友寓中,索观郑寅卿文及经艺,功夫笔力、书卷心裁,色色俱臻绝顶,岱生家厚德载福,修此佳儿！念及应奎有志力学,竟至早夭,益增余痛,且益见余家之培植无方也,欣幸之馀,不胜自恨。夜间在吟泉寓中畅谈,与慎甫宿于舟中。

初七日(5月1日)　晴热。晚起至县前,同人咸集,与孙蓉卿茗叙未久,三复案已发,寅卿仍列第一,此番夺元,翕然公论。与沈谱笙途遇,知渠名列第七。到慎甫寓中,仍扰渠朝膳。开船,至同里中午,慎甫上岸,明日回家,余即解维,到家已晚。夜间腹中作涨,血痔大发,精神疲甚。

初八日(5月2日)　晴。晚起,不食朝饭,仍不知饥。子屏有札来探听考事,一一复之。中午始食蚕豆饭,甘美异常,然不敢尽量,因日上有积滞,运化颇不灵动。下午顾竹安、沈石修来谈。

初九日(5月3日)　晴朗。饭后有"尊"字佃理新旧租,从宽收之。下午静坐,然心纷如,不能开卷,略读小苏文论。

初十日(5月4日)　晴燥。饭后慎甫来,略坐即至东易。下午陈老朗来,旧恙已可全愈,是为难得。阅步青所抄金砚香文,特订好备读。

十一日(5月5日)　晴,是日立夏。上午闲坐。下午迟骈生不至。晚间沈宝文来谈,即同步青在养树堂迎夏,饮上洋所买高粱,香韵极佳。

十二日(5月6日)　晴暖,有风。上午静坐,作一起讲。下午静候陈骈生,晚来。大儿之疽已可合口,再服煎方四剂可以全愈。与之小酌,骈生不喜饮,一杯后叙谈片刻而返。

十三日(5月7日)　微雨即止。朝起,知陪步青之小僮卧榻前灯笼失火,离帐不及二三寸,幸而无他虞,且以秽水扑灭,得罪何可言状,思之,十分惊骇！此灾幸脱,不胜恐惧。午前慎甫北舍去,吟泉来谈,知三复题"告诸往","同学少年多不贱",末复作四起讲,一八韵诗。邑尊款待诸公,肴馔极华,共六十人,渠竹林名在四十左右,案元非陶即郑矣。谈至晚间,慎甫来,同去。府试廿六,九县正场。

十四日(5月8日)　晴燥,大有夏令。上午阅砚香文,下午昼长,不觉熟睡。孙蓉卿来,借驱睡魔,长谈考事而去。周老品来,公账北圻地租出一块,据吉老云,租户不佳,已成不可更变。老俸,乙溪已议减,每月二斗一升,钱三百,余处对半出。

十五日(5月9日)　晴,热甚。是日素斋,饭后衣冠拈香东厨司命神前、家祠内拜叩,复具香果,本庙刘佛前、西庵火神前叩谢。十二日夜间幸免大灾,只承默佑,不胜感激恐惧,以后宜格外小心谨慎,不可妄生匪念。梨川邱氏有女使来,知幼谦自完姻后颇能安静。大儿今日始作文脱稿,阅之尚妥,惟不敏捷,深为可虑。

十六日(5月10日)　阴。朝起密云,似有雨象。上午作楷百馀字,命大儿作试帖一首。下午甘霖大沛,春花滋润,今岁丰熟可卜,不胜私幸。夜复大雨酣畅。

十七日(5月11日)　阴,潮,闷热,宛似熟梅天气。终日录辛垞文一篇,久不作小楷,拘李艰苦之状见于行间,真如简斋所云,不善书者若小儿骑马,时防坠地也,此事无宿根,余父子均有此病。阴雨终日,间露新晴。

十八日(5月12日)　阴,并有阵雨,潮湿蕴热,竟同五月中旬。上午略阅时文。下午洗井田砚一方,系吴少松家旧物,前因急窘售余,今科能得入泮,约以此为芹仪。是日书房内文期。

十九日(5月13日)　阴,又复阵雨。终日静坐,下午大雷电,雨如注,阅书院文,写字半页。

二十日(5月14日)　阴,下午大雷电,阵雨。午后慎甫来谈,传说府试廿六有改期之信,因府尊赴金陵去未还。大仼儿自陈骅处就医还,疽虽合口,尚有硬肉未消,请至梨川,讨价八枚,舟资一千,约廿四日不到,廿五日必去,酬金尚须议减,然亦不能折半与之。甚矣,声价之昂也。抄示两邑前列案,郑、冯两君,翕然众论。慎甫借棕帽旧一个,半新时缨一套。

廿一日(5月15日)　半阴晴。饭后办享菜一席,遣丁仆至东易代叩,是日归。吴奥三姊安葬,礼当亲送,但负义人虽已下世,为先大人故,不可一拜,故从权遣叩,先三姊过去,亦不忍再述前事矣。下午梦书来,约明日下货出售。

廿二日(5月16日) 晴。饭后遣女使至东易,为丁氏姊今日封寿穴吉期,具星官素果致祝也。下午梦书米已下去,还船交物色。王谱琴表弟来自东易,数年不见,须发半苍,有表侄三,其大少君今科应小试,寓在梨川宋祥和纸栈内陈宅,人口无恙,尚可过去,谈及三古堂事,甚以题目为难下笔。

廿三日(5月17日) 晴朗。饭后慎甫来谈,知礼闱尚无信息,以吴望云朱卷见示,并读其尊翁殉难传,谱老出名,忠孝节义萃于一门,罹祸虽酷,天之报望云正未艾也,拭目俟之。大儿誊课文四篇,明日拟至梨川,过大港,面交子屏求改。

廿四日(5月18日) 晴朗。饭后同步青舟至梨川,过大港,以文四篇面交子屏。携薇人、子屏课作数篇,至舟中细阅。午前登敬承堂,恰好陈骈生亦至,即陪渠与二太太治疮,据云流痰脓溃,症由抑郁,医治药长,必须心境日开,佐以大补之品,方冀收功。余处憩棠所送鹿茸转送之,开方与高丽参、温通之药并进,留渠便中饭而返。礼闱揭晓,尚无的信。下午与黄吟海茗饮畅厅,晤冯卓斋翁、汪仲梅、黄赋梅、甫裳昆季,畅叙至晚,复与吟海小饮敬承堂,甫石、幼谦两弟同席。幼谦自新婚后颇能安静不出门,尚是先外舅冥冥中挽回遗泽,共祝始终学好为幸。夜阴,有雨。

廿五日(5月19日) 阴冷,终日细雨。上午走候徐渌卿,絮谈良久,以上谕蔡寿祺参奏恭亲王遵办一道见谈,颇见两宫权无旁贷。返,晤步青,知芸舫已中式,惟家信尚未接到。下午吟海又来长谈,总角之交,历久如新者,惟余与吟老而已。又至畅厅茶叙,吟海以冷未加衣而返。黄昏时,费氏家人马公来,知家信已到,急至渠家一阅,见八兄禀母喜书,并泥金报条,确知九兄高中廿四名,吴仁杰七十六名,江正两人。京脚子报条误作浙江人,并名亦误落一字,故报房不敢即报。今阅全录，凡我同人喜何可言！即索京信中所寄全录，嘱幼谦灯下一书。知放榜在十二日，家信脚子走递，会元廖鹤年，广州人，苏属共中七人。此事须由积累如费氏者，品学兼优，家世培植，天之报施正未艾也。与二太太畅谈，至一鼓眠。

廿六日(5月20日) 阴冷。饭后走候黄琛圃，甘叔、元之出见，知琛翁赴苏去。携甘叔文三首，归示大儿，约初四日有事至余家。复至徐丽江处略谈，丽江以雨亭表弟兄，渔巷村蒋秋霞荐至余家作东席，人约四旬，会计洋银均可，当留意，以备一筹。至邱氏中饭，食黄鱼，味极美。与步青同舟归，风雨交作，舟人勉力鼓棹而行，船中絮语，颇不寂寞。至大港上岸，以芸舫喜信报知子屏，相与共勉保重，有志卯科而返。到家傍晚，大儿文将近脱稿。

廿七日(5月21日) 晴冷，大风。身子不甚健旺，见人登第，不觉自悲故也。下午补日记，暇录子屏文。府试昨日九县通场，在新贡院中，前知仍分两场，廿八日江震、常昭，并有后五月院试取齐之说。

廿八日(5月22日) 晴朗终日。迟梦书不至。上午略看时文。下午至沈慎甫处，谈及黄琛圃处一事，初二三日间慎甫到梨面谈，初四日不必相约，当即复之。畅叙还，适叶绶卿光过，为殷达泉亲事，三表嫂意不亲迎，不送大盘，说合颇形周章，订明日到丽江处婉言进商。回舟即复，且吉期九月廿一日，而诸礼未谈，道日亦未定，时晚，绶卿即还去。

廿九日(5月23日) 晴朗。饭后舟行，阅江南新墨。午前至徐丽江处，请王氏姊过来，谈及三甥女亲事，殷三表嫂诸事从减，劝渠俯允，尚肯通情。复至黄甘叔处，缴文三篇，复以大儿文三篇就正，并关照前事。还，饭于丽江处，颇过费。下午舟至池亭复三嫂，绶卿夫妇在旁怂恿，始允迎娶，六月十一日道日，言定而返，到家已晚。

卅日(5月24日) 晴朗。饭后作札复丽江，梦书来，恰好寄航船，明日可到，梦书约初六日去载。暇阅闱墨，始看《群芳谱》，无不新鲜悦目。

五 月

五月初一日(5月25日) 阴,微雨。早起盥手焚香,饭后衣冠虔叩东厨司命神前暨家祠内焚香敬谒。前月十二夜间,倘非冥冥保佑,安能安居乐业至此?思之凛然。终日阅时文,抄子屏课艺。慎甫来谈,晚去倒单,闻已开局,当至城中探听。

初二日(5月26日) 晴。饭后命大儿再至陈骈生处转方,以期痊愈断根。昨日文期,草稿完而未誊,录薇人、子屏文两首,并为三大相点评文字。幼如来,复以折腰数与之。下午桂轩为凌祝三来商,以囊空辞之,即去。

初三日(5月27日) 晴朗。饭后子屏、薇人来,大儿文子屏改好一篇,极认真。薇人携文两篇见示,均是当行出色,不料此公文境一变至是,大可望考得起。中午书房内谈文小酌,与步青同饭,颇得论文之乐。晚间两俟还去,大儿又缴呈课作二篇,子屏文付还,薇人文两首留在案头。

初四日(5月28日) 晴朗。饭后命工人沬椅几小器件,步青假节,约初六日来。梦书来,有所商,就之,可知财在他人手,取携不便,约初七日下午去载。终日志气昏惰,不能坐定,可谓虚负此日,惭愧自疚。

初五日(5月29日) 晴热,大有夏景。上午作札,拟致何鸿舫。中午祀先毕,略具酒肴酬账房诸公。梦书亦来,有客定货,不成交而去。顾吉生来,略有所商而返。慎甫自江还,知倒单事颇形紧急。府试今日头覆,郑恭和第一,题"宰我、子贡。政事",次题"周人百亩而彻"。

初六日(5月30日) 晴热。饭后始属吉老开春花账,以田单底数属朗老、包老录一清副本,俟各圩单检定后立办粮户,然后赴江倒单,此事差不得,且一应代单、馀单均未商定办理,荒田亦无,若何呈报章程?上午点检本村田数,略已排齐矣。下午停手,略阅时文。

初七日(5月31日)　晴热。饭后检阅田单,一吉未终,适黄琛圃来畅谈,留便中饭。知吾邑会场荐者三人,一陆、一庄,一即琛翁郎子美,又复堂备,殊深抱屈。下午同至东玲候慎老,不值,回即返梨,田单一吉,底本略清。

初八日(6月1日)　晴,稍凉。上午出冬照应,梅冠伯来,略谈而去。下午慎老来,定见包卪老脩三十三①两,六十九②串,限内半股(此人不值),账上出亮三十两,来年肆月初一日为一年,再议。略坐,问渠倒单,若何一定章程,渠亦无主见,此事有不直落者,颇难动笔。

初九日(6月2日)　微雨,即晴。上午梦书自江回,知倒单之事局中诸吏亦无一定法则,看来此项亦非清公事,今冬断难吉题也。暇则检阅一田单,大富一圩朗亭理毕,眉目爽然,毕竟老办。余检点三吉,均已誊清。下午歇手,看时文、书院课艺。

初十日(6月3日)　朝上风雨,颇宜田事,下午开霁。梦书今日开春花账,已极迟迟。终日校阅田单之不直落者,一一注明,大富圩今日始毕事。晚阅书房课作,步青笔颇爽,惜稍空,墀儿后二尚可,后半不起看,由于笔钝。

十一日(6月4日)　晴朗。饭后检田单,大胜、北玡两圩始藏事,然一律告竣尚须宽以时日也。下午停笔,略阅文字。

十二日(6月5日)　晴朗。饭后正欲检查田单,陈诗庵来,为其姊夫陆仲卿有所商,辞之,知其弟号仲伟,亦已行道,一茶而去。下午袁憩棠来,欣知嘉兴试事,新进已考过,案出三张,共进嘉善一学乙佰○一名,袁氏四人多有获售。稚松今岁完篇,子丞久荒,周氏二人,陆氏一人均进,此是千载难遇之遭逢,且喜松巢有子。欲墀儿作试草,题"有德此有人"一句,应之。借襕衫一件去,连印花黄袄一条,长谈至晚而去。

---

①　"三十三"原文为符号卅。卷十,第44页。
②　"六十九"原文为符号𡥑。卷十,第44页。

十三日(**6 月 6 日**)　晴朗。饭后在厅上肃衣冠,拈香敬拜武帝圣诞。命墀儿作嘉善院试题并诗,憩翁所托,为稚松作试草底。暇阅田单数吉,观工人插种,此风是田家美景,自避寇迁沪,不及见者已二载矣。

十四日(**6 月 7 日**)　晴朗,微阴。饭后作札,同大儿文,拟与子屏一改,暇则校录田单。下午钱子骧同石修来,畅谈京洛事,渠意兴极佳,小酌火酒而去。明日欲至孙秋翁处,前日有札相订一叙,惜不能作诗赠之。

十五日(**6 月 8 日**)　晴朗。昨夜勉作古风一首。饭后驾小舟,同步青至孙汇候秋伊先生,并副所约,至则长谈终日,并蒙治肴沽酒相款,出示近作,比去年体格一新,此得友朋切磋之力,老而好学,断推此翁。以上海黄叔彝所刻《十家诗钞》见示,何古翁亦在选中,共两册携归,约廿三日缴还。廿四日到馆,临别约九月持蟿借过草堂。蓉卿自苏府试还,同舟到馆。

十六日(**6 月 9 日**)　晴朗。饭后校阅方单。午前接憩棠片,嘉善进数三案暨会墨同寄来,芸舫作轻倩合度,大合时妆。下午以课作两篇寄子屏,即收到课文三篇,动笔全改一篇,极眼快、手敏、笔辣之至,余二篇亦极认真合法。倪胜来来缴合账,持清票算,尚盈七十有馀,日后当谢之。夜阅子屏改本,录出一篇,以备展玩。

十七日(**6 月 10 日**)　晴朗。饭后阅查田单,金、尊、玉、富均已毕事,眼忽昏花,停手。下午子屏专足来,昨文两篇,捉刀之作已改就,极轻倩丰美,谬为称赞云可,即作札复之。明日欲赴梨川,可得芸老翰林信,状元崇绮,云是赛中堂子,取满人作魁,词科创见。

十八日(**6 月 11 日**)　晴朗。饭后同漆工至南禅庵,重装火神暨佛厨内三官大帝、元坛尊神塑象,共钱十四千,以尽微忱,聊以自责,然四月十三日之夜,要非可借此释冀幸也,遇灾化吉,倍觉警惧。检阅田单,下午作便札,并大儿、步青文同寄袁憩翁,用不用则听之,封好,明日寄至芦川。

十九日(6月12日) 晴。饭后检阅田单,誊录者不满十之半。中午祀先,先大父忌日也。下午慎甫回自苏城,知苏府试今日末复,三复题"倜兮",吟泉廿五名,末复不顿案,因捉船而还。捻匪北信稍佳,李宫保请摺帮办军务,曾帅接经略印矣。丽江昨自申江来,吾邑吴、费两君的入翰林,昨已报到矣。晚间回至莘塔,以殷达泉亲事所开吉期账面缴之。

二十日(6月13日) 晴,白燥风,不宜车水,似有旱象。上午检阅田单。下午写一诗并一札,拟即日复致秋伊。终日碌碌,晚阅墀儿课作,尚可过去,步青作,笔颇挺。

廿一日(6月14日) 晴朗。饭后正欲点阅田单,适总书顾小云来催倒单,延之厅上坐,略问章程,不尽可行,姑以已理清之田单面付之,约田八百九十馀亩,约月初上去即有。中午后,将东路之单一一登清毕事,命账房校查。吟泉来谈,知院试大约秋间,府试昨日四复毕事,学宪有先考常州、松江之信,至晚始回去。

廿二日(6月15日) 晴,渐热,开日。饭后检阅田单,第二册初毕。凌府为新妇怀孕催生,例用粽子、鸡子、糖、鱼等物,礼物颇为丰盛,厚犒来使而回,下午以粽、蛋等物分送亲邻。略阅新会墨,接子屏便条,确知芸老殿试二甲廿二名,朝考一等入选,庶常无疑,此系家信,益以见传闻之误,书之志喜。

廿三日(6月16日) 阴凉,微雨,终日尚未酣足,然已良苗怀新矣。校单数张,适谨庭为梦书来,子屏亦来,在书房内畅谈时文,均留中饭,谨庭先去,薇人有札,文一篇示余,咏楼文一篇改就托寄。子屏亦以文二篇相示,如其礼乐,文太高浑,恐非时下共赏。论文终日,至晚始去,约费吉甫回京时到梨畅叙。

廿四日(6月17日) 阴,终日微雨,颇见甘澍,特未畅遂。上午校看田单,头绪颇繁,下午停手。暇①新科会墨,惊人豁目之作,第十

---

① 据上下文,"暇"字后疑漏写"阅"字。卷十,第47页。

名为最，馀则或以词胜，或以调胜，或以格局胜，美不胜收，莫谓风气渐薄也，今科则更上一层矣。

廿五日(6月18日)　阴雨，颇寒，于新种之田最宜。上午检阅田单，下午登立户总数，颇觉眼花手忙。书房内文期，大儿诗则誊真，文则仅完草稿，命大儿夜间将文细改，略于灯下看会墨。

廿六日(6月19日)　阴，微雨。饭后检阅田单，颇形繁杂。下午梨川账船还，接费芸舫四月十四日揭晓复札，述及托补金翁领照一节，需用大印结，结先要费三十馀金，小费在外，此事意欲干办，当复托之。再，所托购书词，亦当代为留意。夜阅会墨。

廿七日(6月20日)　半晴。饭后检阅田单，至晚始停手，圩田之多者略已毕事。接憩棠二十日所发信，知禾中考试，昨日学宪起马，孙酉山现缺补廪。又接徐渌卿二十日札，为吴少松考后不到馆，托札去催，然实无的便可寄，暇当复之。

廿八日(6月21日)　夏至节。终日阴雨，田农休息志喜。上午理查田单，中午令节祀先荐新。谨庭之三媳妇来，略如其意给之。下午作复芸舫札，致谱经信、渌卿信初具底稿，颇觉词不达意。夜间略看文字。

廿九日(6月22日)　阴雨绵绵，田水汩汩可听。上午理查田单，梨里角初动手。下午因雨，欲至赵田贺新进喜，不果。晚始开霁，略阅时墨。

闰五月

闰五月初一日(6月23日)　晴朗。朝起盥手，东厨司命神前拈香。饭后衣冠虔拜，至家祠内拈香拜谒，见主位厨中为鼠所污，命工人以水净洗，然后将主位安整。接子屏信，课文改好一篇，作札复之。下午至赵田，道稚松、子丞喜，憩棠、友衫出见，长谈，稚松字迹极佳。阅拔贡榜，知沈梦粟、张玉山均与其选，所最便宜者，穆斋竟得恩贡，可谓科名得之无意者。归家傍晚。

初二日(**6月24日**)　阴晴参半。午前理阅田单,下午登清立户总账,急写半日,尚未藏事。吉生自芦来,知府试末复七人,后又另起,提三人再复,郑仍第一,吴二,殷三,可谓好事太守矣。灯下阅稚儿课作,尚充畅,奈脱稿迟迟,终非应世所宜。

初三日(**6月25日**)　阴晴参半,渐欲开霁。饭后至东玲,约慎甫明日到江,返后,点齐田单,此次共十四吉,约田一千二百①馀亩。前次二十吉,约八百九十馀亩,以后已直落者五百馀亩尚未理齐,未直落者乙百五十馀亩,均须细查来历,迟送局中矣。略暇,整理行李。

初四日(**6月26日**)　晴热。朝起,舟至东玲,同慎甫赴江,饭于舟中,一帆颇利,到江不过午初,即至南门顾局,啸云未出门,以单六百四十九张付之,检点毕,不肯多立户,改并颇多,新单未齐,先收二百廿五张,馀俟明日。长谈,甚做假诚人,不过讨好,为异日索费计耳。回至西门茗饮,有城中人吴梅生者,畅叙,傍晚下船,所相见者公门中人。夜宿舟中,蚊扰难寐,思长安得意之人,云泥不堪自问。

初五日(**6月27日**)　晴。起来上岸,茗饮同福,所遇之人,均非俦类,败兴回船中,同慎甫朝饭。上午突热,至顾局,单尚未齐,户头又多更换,属其抄账存根,最可恶者,惠下王局将大嫂处所分之户尽列于余处,混杂不清。乙溪适来,又等其面交小云,即同慎甫由雷尊殿衖内至王局,会其当手钱梅波,即命更正填注,尚不至十分留难。归途汗下如雨,仍茗叙西门良久,阵雨将来始登舟。雨已酣注,黄昏息点,夜眠稍凉,蚊扰亦减,前吉缺单十五张,面托小老代存,不再顿候。

初六日(**6月28日**)　半晴。早行至同川,尚未及辰,登岸至任厅茗饮,晤吴莲衣,知府试四复后另复每县三人,吴鹏年案首,郑第二,闻文名大振。费吉甫八兄已回南,吴望云与之信,入词馆后开销浩繁,托慎甫张罗,甚为难事。在行前顿慎甫良久始回,饭后开船,下

———————————

①　"二百"原文为符号ǯ。卷十,第48页。

午阵雨大作,恰好在泮水港避风雨,到家傍晚,送慎甫回东玲。是夜极凉。

  初七日(6月29日) 仍阴终日,阴雨潮湿,重作黄梅。饭后以复费芸舫暨致殷谱经信,将底稿属步青代誊真、封口,下午始藏事。新方单不及校对,属账房两公先对一遍,余将未报田单,已直落者一一理齐。陈老兆又抱丧明之痛,似续无望,年老无依,极穷民之无告者。此人尚非事事不可对人,而所遭酷惨,百倍凶人,殊不可解!哀怜之心,万难自已,日后此翁将何以位置之?

  初八日(6月30日) 晴朗,颇凉。书房内课文,暇则校录田单。作札,为达泉亲事复叶绶卿、丽江信,并绸色账一同封寄。下午接子屏回条,明日同往梨川贺费氏喜,并以京信及领照费面托吉兄汇寄,始知愚亭先生已归道山,文星倏落,凡我同人共深悲悼!

  初九日(7月1日) 朝行,雷雨。至大港上,子屏昨夜稍不如适,不及同往,即开船至池亭,以信寄叶绶卿。到梨尚早,衣冠贺费氏禧,吉甫出见,知前月十一日出京,由轮船到沪不过七日,以谱经致余信面交,领照一节待复即办,以洋五十元并致谱翁及芸舫信即托汇寄。谱翁为减赋、抽厘两大弊政据实直陈,其稿即向吉甫借来,以便抄录。芸舫秋后荣归,大儿文蒙到京点阅寄掷,并以亲书小楷惠之。吉翁复以时墨、会墨见惠,长谈而返。至敬承堂,二太太身不甚健,疮复翻疮,幼谦出见,尚称安静。不吃中饭即开船,复至池亭,上岸,三表嫂、绶卿均见,一茶而返。至大港,以芸舫信交子屏,不登岸,体已知略愈,到家未傍晚。

  初十日(7月2日) 大雨终日,闻碚石水发,我乡水亦涨二尺馀,起晴为妙。上午校阅田单,下午略阅文,大儿课作重做交卷,尚为充畅,然构思、脱稿均极迟迟,大非考前所宜,步青亦然,深为之虑。

  十一日(7月3日) 雨,晚间略有晴意。是日素斋,至本庙西庵拈香,借以完愿。西庵火帝、元坛、三官尊神命漆工装饰,今日完工,开光面,谨敬叩拜。还家,理齐田单,自名下直落者略毕。谱经奏稿属步青录出。

十二日(7月4日)　阴晴参半，可望起晴，能得从此水定雨歇，高低大熟之年也。终日校阅田单，公祭产亦已毕事，夜作札，拟致子屏。

十三日(7月5日)　晴，潮湿异常，尚有大雨。暇则检点田单之未直落者，颇踌躇。以文三首寄子屏改，下午接回信，近体尚未痊愈，心境不舒之故也。天气闷热，而步青夜间尚读文，可谓用功之至。

十四日(7月6日)　晴，闷热、潮湿如故。检点田单，将分倒补给——理清，然颇有难下手处，俟细查制产簿再商，然后赴局。慎甫来谈，知萧山、诸暨蛟水大发，人家屋上均有水，遭劫者又亿万人，天降大灾，言之可惧，携谱经奏稿而去。清田一事略须停手，日上必要对账。

十五日(7月7日)　阴，是日交小暑节，下午闻雷声，大为农家所忌，恐雨水尚有，昨夜已大雨，而潮湿依然。有乡人凌姓，抽赎长葑圩田乙△半，是逊村公祭产，其嗣父嘉庆廿三年兑在老账者，今则力田，渐致充盈，亦是乱后一盛事也。付洋以契契与之，其钱已分给萃和、友庆矣。终日碌碌，为米友出冬须照应，闻米价南头已平。

十六日(7月8日)　雨，冷，外边必有发水者。饭后与吉老对账，午后毕，不过奉行旧例，如欲效先大人之循名责实、发奸摘伏，不特时有不同，实才有不逮。朱赞赓、蓉卿至书房常谈，大儿呈阅课作，理法极合，惜无魄力，大抒议论，稳妥而已，万不出色。

十七日(7月9日)　晴，朝上微雨。饭后与梦书对账，下午始毕，欠户之多，莫如"惠"字及老祭。招朗相来，留之仍旧，渠意虽有推挽，亦只将计就计，因熟办无人也。金沙浜周氏来报入泮，俟送试草后答之。

十八日(7月10日)　阴雨终日，水又长数寸，未识岁有秋否。下午略阅文，心思不叙。吉老上午去，约六月初五日来。梦书至内絮谈，去留仍持两端，余取其账内无苟且仍留之，与之约今冬办账，秋间须预赶讨,若仍要干自己事,不如果于他图,再四踌躇,始以再办一年请,余则允之,其能不荒与否,尚难尽信也,明年要回去,至秋始来。赵田来报作名片,以会墨还袁憩棠。

十九日(7月11日) 晴,阴,略雨。饭后送朗相去,约六月初十日来,梦书亦回去,来无定期,似要作六月息矣。正欲登记未直落单,吟泉来谈,晚间送渠回东玲,借江南全闱墨去。吴望云来报,余父子称呼不分,统以世愚弟浑用,殊觉失体,然亦不足责,额而给来人以过去。

二十日(7月12日) 晴,仍极风凉。饭后查清单账,以便登记。梦书以菜子来,下午去。费芸舫家来送喜单,来使马公,略从厚以犒之而去。暇阅新科直省墨选。

廿一日(7月13日) 阴冷,外间必有发水,门前水又涨寸许。上午大儿至陈骈生处看疮,因臀疽复发,故必须拔其根。暇则查录田单之未直落者,略已登清,下午阅时文。

廿二日(7月14日) 晴,渐热。饭后录清后吉田单账,动笔不过一时许,差友范秋亭持粮厅薛名片来,为倒单点董,辞以出门他往。钱子骧来送朱卷,沈果斋兄同来,留之中饭,略具粗看款之,乡间不便,殊慢客也。长谈小饮,下午回去。终日碌碌,不能坐定。大儿呈课文,平妥,一无出色处,须重改。

廿三日(7月15日) 晴。饭后登录田单,午前洪元来,出冬照应,下午阅会墨新科。大儿改昨日文誊真,尚可念得起,臀疽作恙,大约要停课一二期。

廿四日(7月16日) 晴,蕴热炎酷,今夏第一日。潮湿异常,晚间又有阵雨。上午大儿就医骈生处,大约要出毒,须静养,旷课矣。午前录田单之有头绪者不及一页,粮厅薛公持片来,以到江辞之,此事竟用差及经造追,殊不情理,总由门面太无,鱼肉如此,不胜可叹,略花费而去。瞽二又给米乙石去,云八月终来,搭桥五斗。

廿五日(7月17日) 大雨,终日淋漓,晚间始霁。饭后抄补给单略备,属卍老抄誊,下午作札梦书,将已理齐之单烦渠缴局。舟回,约明日来,后日上去,暇阅新墨。步青回去,约廿八去载。

廿六日(7月18日) 阴,下午大雨,水今日顿涨二寸馀,能速起晴为幸,否则低区有碍矣。晚间略霁,然湿云漫天,未必老晴。上午理清欲缴田单及补填之户,均已登账矣,暇阅新墨。

廿七日(7月19日) 阴,潮湿,微雨绵绵不止,水又涨寸馀,殊非低区所宜。新妇弥月临盆,稳婆昨晚来,今日午后仍未达生,幸产母颇健,不妨稍迟,静以待之。内人昨夜达旦未寐,余并不守夜,略少眠,已觉疲倦,阅新墨消遣之,大儿臀疽亦未出脓。晚间雨又乱洒,殊深昏闷。是日酉刻雨初止,似欲开霁,家人报新妇产一女,颇肥硕,厥声喤喤,亦足差强人意。

廿八日(7月20日) 阴,雨水又涨,西风、北风狂吼,难望起晴,将无又有水患乎?闷闷。子屏来,畅谈终日,大儿"善人"两章文改大半篇,极发皇宏茂,自己又作二篇拟墨,一截一平,均可命中,急留备录,晚间回去。梦书来,以田单七吉二百四十一张,补给四十二张,细账一篇,簿一本,前吉账一纸,面托赴局交小云,匆匆即去,约明日下午放舟至北舍上去。子屏携毛叔美所刻《通鉴辑论》去。

廿九日(7月21日) 阴晴参半。上午复阅子屏改本拟作,毕竟截做者最为制胜。孙女今日三朝,循俗例以酒肉食家人。下午骈生来为大儿治疮,现已出毒,尚须拔其本,迟日收功。梦书下午已由北舍至江城。

卅日(7月22日) 阴晴参半,午后开霁,然潮湿异常,未必久霁。上午孙墨池来,留之中饭,不肯,即去。下午慎甫来长谈,晚去,日上要至同川,所云添花之事已携去。晚间孙、陆、潘三乡友来。卍老算账不能灵敏,看来限中万难拔载当一队。

六 月

六月初一日(7月23日) 晴,是日交大暑节,西南风,炎热,汗如雨下。饭后衣冠东厨神前、家祠内拈香叩谒,薇人侄来,为补廪事。杨学师已到任,前署嘉定,原学书公事精明,请渠来起文,可以不驳,浮费颇大,特相求,并持子屏信来。余谓此事,非寻常缓急可比,如所望许之,惟有所约,渠亦从命。梦书晚自江回,前吉田单已有,缺廿张,听一张,此番所报,据云户头不改,小云点头矣。三大公回去,子屏文寄还。

初二日(7月24日)　晴朗,热比昨日稍减。饭后检对新单张数,凌氏有内使来,接雨亭信,收复一切。下午静坐,与大儿讲论时事,不觉废书不观。

初三日(7月25日)　昨雨,晚晴,夜间大雷电,阵雨如注,朝上凉甚,河水又加涨。殷安斋、叶绶卿均有信来,安斋处账船寄存一年,今特摇去,完璧归赵,欣幸之至。一一作札致复,并作札丽江,通知十一日道日送币十端,不能请益,明、后日由航寄。

初四日(7月26日)　阴雨,水又涨,殊堪愁闷,以新会墨消遣。下午雨点未止,迟骈生不至,新田单倒来者属卍老校对一遍收藏。

初五日(7月27日)　阴,又大雨,下午稍止,稍低之区,均有水患,若不即止,恐成水灾,闷闷。上午静坐,作札去请王友杉,新妇日上产后略有感冒,寒热微微,拟药于易治之时,以图速效。明日命五官持札去,丽江一信同寄,恰不言及请医事。下午骈生来,大儿之疽尚迟奏功,谈及曾帅尚未北征,以兵力不足请摺另简,此老十分持重,精力亦不能继,甚为可虑。

初六日(7月28日)　晴,颇热,然潮础润如水,恐防尚有大雨之虞。中午与步青循例食不托,暇阅时墨卷。食西瓜,甘甚,每斤十一文。

初七日(7月29日)　阴晴参半,昨夜大雷电,风雨,水又涨,今晨仍未老晴。大富圩甲及各佃来,要踏水车,索装坝钱,勉应之,未识能挽回否,助钱而去,殊属关系非轻。上午王友杉来,为新妇诊脉处方,据云脉甚平正,惟须清理行血,消痰、驱风而已,留之中饭而去。

下午天又雨,愁甚,是晚阴晦,对之百感交集。

初八日(7月30日)　晴朗,东南风,是月中第一日好天气,水灾可不成矣,各圩索装坝钱者已纷纷。接子屏札并改课文一首,辛垞文三篇,周宇春文一篇,即作复之。阅改本,可谓良工心苦,辛垞文戛戛独造,其趋时者亦异俗工,并留之,属步青录出。暇阅《木鸡书屋诗集》。夜又阵雨。

初九日(7月31日)　晴热终日,复潮,恐防又阴。晒帽及零物之霉者,暇阅时墨。

初十日(8月1日)　晴热,潮湿异常,恐防复雨。上午详阅辛垞文,称快者数四。三大侄来,为补廪事,至同川去会老师,以月课文相示,极认真。有乡友来,陪之中饭。下午陈骍生来,大儿疮出毒,痛甚,尚未收效。并为小孙女治淤,以甘露根磨冲敷药,匆匆即去。是日载朗亭不来,约期廿四日。

十一日(8月2日)　晴,炎热,亦此月中第一日。饭后录子屏改大儿课文,展阅数次,当为称快。袁憩棠自苏来,知大吏虔心祷晴,抚军为谱老参查后又复顶奏,谱老又复密奏,○○○上谕批“知道了”,未识究竟若何。长叙,不吃中饭而返,日上到沪,中秋还约再叙。下午热极,汗如雨,始浴,垢污一新。晚接子屏札,辛垞文寄还。

十二日(8月3日)　晴朗,颇热。饭后碌碌,未能坐定,下午沈慎甫自江回来,收到“在”字单廿张,絮谈而返。

十三日(8月4日)　晴燥,炎热,辍卷不观。三大侄自同里回,知嘉定原办学书尚未到,约来后即起文,下午回去。包卍老今日回芦,约廿七八日去载。是夜不甚适,早眠,因汗而解。

十四日(8月5日)　晴热如昨。晚起,胸膈不舒,不吃朝饭,静养。登清零用账,暇阅墨卷。大儿作观风题初脱稿,代作一诗,要属步青誊真,请教子屏。

十五日(8月6日)　阴凉,昨夜大风,略雨,今日已有秋意。上午将大儿课文寄送子屏改,下午接回信,并收到前课文三篇,诗全披阅之,处处改得惬心贵当,真妙手苦心也,欣慰之至!身内不如适,似有小疟象,兼水泻一次。骈生来医大儿外症,据云脓出未净,尚迟收功,亦甚可厌。夜间疟来,至朝上热解而无汗。

十六日(8月7日) 阴凉,是日亥正立秋。晚起,疲软,胃口不佳,尚有痰湿留恋,未能即愈也。暇录子屏改笔一篇,快心之至。下午略具瓜果,与步青对酌,惜不能多饮高粱。晚间不食粥,不知饿,中夜腹中作胀,极不如意。

十七日(8月8日) 晴,不热。晚起,不欲食,略饮天花粉一碗,午后食粥,亦不甚佳。录子屏改本一篇,以消遣之。下午渐热,以票致子屏、薇人,一索葛袍,一以大题文的寄示之,子屏下午以观风题改本并拟作遣人送来,强执笔复之,改本恰合时妆,拟作魄力极大,此公功候十分矣。

十八日(8月9日) 晴热。晚起,虽无寒热,而昨夜胀红,血下如注,淋漓不已,胃口大不佳,看来难免医药。钱芸山持落卷来,在十二房,原批云"用词生凑,少自然",亦未必的确,然老荒之笔竟至于斯,夫复何言!晚间食粥一碗,腹中亦不甚饿。

十九日(8月10日) 晴热。饭后始起来,食粉汤一碗,中午食煨饭一钟,胃气渐复。是日为女孙预作弥月剃头,凌氏送礼来,极华阔,甚为过费。下午将糕、寿桃分派诸亲友,内子区处极罗罗清楚,然颇为俗事之不易周到者,余为薄病未痊,卧观而已。

二十日(8月11日) 晴,仍炎热。晚起,惊知桂轩之长子吉裳昨日来报,竟于十八日申时殁,此子上科荐,笔底极名隽,使得保养元真,一心用功,大可中得,今竟以呕血数载,无可医治,年不四旬而卒,桂轩之不幸,亦吾宗之不幸也,悲哉!是日静养,以便片致郑理卿。夜有阵雨,属工人至盛泽请王友杉。

廿一日(8月12日) 晴朗。朝起颇适,惟胃纳尚不佳,命工人至赵田送芹分,并札致子丞,述及不能应酬之故。上午王友杉来,为命余及新妇诊脉处方,余阴分颇亏,媳妇虽有疟象,总以滋阴、驱风为主,陪渠中饭而去,不觉疲倦。接幼谦信,二太太病极不轻,理卿亦有回条,渠家颇平安。赵田舟回,穆斋以恩贡卷见读。

廿二日(8月13日) 晴,热极。晚起,精神似略健,食粥一碗。上午顾吉生来看米,未成交,日上米价顿增。中午食煨饭一碗,恰有味。登清日上出账内簿。下午服药,静坐调养。晚间大雷电,雨如注,龙风狂吼,瓦屋皆震,吉老为账事至芦,一鼓始回,据云舟幸泊港内下风下毛锭,否则可危! 然此事未免太胆大。

廿三日(8月14日) 晴,不甚热。有乡人为倒单归吉旧账,从宽分期允之。下午候骈生来为大儿治疽,至晚不至。日上为女孙乳母颇费唇舌。

廿四日(8月15日) 晴,晚间似有阵雨。午后三大相来,补廪一事文书已出,所费约六七十元左右。骈生来治大儿之疮,出脓处用刀开,未识能即应手奏功否。

廿五日(8月16日) 晴朗,不甚炎热。身已略健,终日碌碌,不作一二件有益事,殊为碌碌自负。

廿六日(8月17日) 晴,东风,不甚热。饭后录清未交之单,斟酌一切,晒小厨内书,《皇甫府碑》元拓一本为鼠所损,殊可惜! 略阅时墨。

廿七日(8月18日) 晴朗,有风。饭后薇人、子屏来,为补廪事略有支吾,欲至同里,向其人斡回,未识可免辞说否。下午孙衡石来,以单十二张托倒换,抄账许之,送白粲折腰之数,受之无名,却之不可,权登之,约明日去付一张。暇阅郁彝斋先生稿,雄伟之作,至今尚可入彀。

廿八日(8月19日) 晴朗有风。上午检齐补遗分倒滩荒之单,写清底账,属朗亭对核,以便入秋后付局归吉,一旧账,付单一张,以后分期拔本,尚村农之驯谨者。下午果斋自江及苏回,据云省城内已渐热闹。

廿九日(8月20日) 阴晴参半,微雨。饭后磨墨匣,洗砚,耳目一新。下午迟骈生不至,三大相昨自铜回,补廪事略已安妥(存卅数,不拘时,面取),其用事人亦面会,和好无言。子屏处寄示一条,并寄到六月初九日费吉兄所发信,所托汇寄银两已办出,由永义东记汇寄到京,本洋五十元,每元六钱九分曹平,扣费五钱,实汇足银三十四两,此事大约必能如愿,吉翁真诚实君子也,暇当作复谢之。

七 月

七月初一日(8 月 21 日) 晴。饭后登清账务,衣冠东厨司命神前、家祠内拈香虔叩,作札拟至叶绥卿。下午,赵田袁阆仙之郎荆材来送试草,衣冠见之,年廿六岁,云嘉善明日决科,暇当致分作答。迟骈生不至,不解何故。

初二日(8 月 22 日) 晴,渐热。饭后致芹分周赋苹郎锦斋,下午陈骈生来医大儿之疽,据云毒已渐净,十日内可望收功。陈少香馆在钱氏,来长谈。骈生云,朱蔼堂于今夏殁于句容学署,文人命厄,一盘苜蓿尚不能安享,深为当今之文优而命薄者悲!

初三日(8 月 23 日) 晴朗,是日午刻交处暑节。吴幼如来,又以五斗赠之,据云办葬事,冬间向方不空,缓至来春举行矣。作札待寄费吉甫。

初四日(8 月 24 日) 晴热,有风。饭后阅《心香阁稿》。午前慎甫来谈,始知苏城一切时务,捻匪势已不甚焰,李宫保即日要回苏,晚间始回去。

初五日(8 月 25 日) 晴热。朝起接吴少松初三日梨川馆中所发信,来岁徐氏一席决计自辞,尚属知几,并关照二十日案临之信,云道房札致各学办考,与慎甫得之府尊面云要迟至冬间大相矛盾,未知孰是。即属步青作一札,与钱云山寄同里问之。复作札致徐渌卿,为少松来岁分手之事。又书一条致吟泉,属慎甫到江探听。封一芹分,谢教帖致袁荆材,寄芦墟吉生行中。考期如确,大儿疽未全愈,殊为荒芜可虑。是日大义怀真妻袁氏来取恤嫠会,仍以一千付之,面告渠来岁只出一会,三百六十文,不能多賙矣。

初六日(8月26日)　晴朗,热。饭后舟至八舍,同梦书至玩字吴氏,自先三姑母故后,不登门者廿六年。至则门户犹是,见庆二嫂请邀质二嫂过来,以大富圩合单分倒,问明户头,质二嫂以其二郎号洪生立户,并以账丘头田亩数面交质夫人,俟异日分倒有单后,由庆二嫂或梦书手转交质二嫂收拾,谈明后即还北舍,梦书留中饭,小饮。梦书适染三疟,明日值期,据云不甚冷,胃口略减,食粥有味,尚须静养。同至张维蕃行中,约渠茗饮,提及旧账,甜顺而狡滑,约八月中还其轻者,含和应之,长谈,回梦书行中。下午归棹,接丽江信,以换绸事相催,须复之。

初七日(8月27日)　晴,间作秋雨。饭后舟至梨里,登敬承堂,午前入问,二太太日上病情颇不轻,疮脓内溃难治,饮食甚减,与之谈论,神气颇清,然甚吃力,看来秋末难保无事。幼谦出见,神色尚安静,其心恐仍狐野,以文两篇相示,极成时式花样,奈不肯多做,终非所宜。陪留中饭,以吉甫、渌卿两信托沈六观寄出。下午开船至徐丽江处,复渠绸未换来,一茶后回舟解维至港上,子屏到芦川去,薇人出见,观潘子云文,出众才也,略谈即行,到家傍晚。

初八日(8月28日)　晴热。饭后登账,有村人吉找旧账,不加利,付单去。下午秋伊来谈,晚去,十一日要到江倒单,以考信探听的音托之。

初九日(8月29日)　晴热颇甚。上午阅《心香阁稿》,兼及新墨,命老正至芦办木料,以备修理用。下午陈骅生来,大儿之疽似可内销,即以生肌药敷之,速冀收功。考期,骅翁亦云二十取齐,此事最为大儿所不便,然只好果于一往,利不利听之而已。存药少许,略谈而去。

初十日(8月30日)　阴,微雨,新凉。上午有村人找吉旧账,单契交付。下午读时墨数篇,阅宋诗。晚间洗足,极爽。

十一日(8月31日)　晴朗,昨夜西风,凉甚。饭后接袁憩棠上海信,并惠佛手四枚,其大者三,玲珑可玩,有要事当作答,孙友珊附札云,足见是诚实君子,可信。宜乎,憩老托之也。下午作复憩棠,并致友珊关照之,晚间子屏有信来,知侄媳适患时疟,有所需用,支脩一半,宜也。作便札,并封好洋十元、佛手两只,交渠工人于四观带去。终日应酬作答事,不及展卷。是日始知浙江主试,正,瑞联;副,董兆奎。福建双丁,正,丁绍周。

十二日(9月1日)　晴朗。饭后命工人抹门楼窗格,倪胜来成货,四百七十五①售之,因屡受渠物件,聊以报之。是日村人作剧,听工人纵观,余与墀儿改定文字半篇,颇为惬心,余实指点,大儿动笔也。

十三日(9月2日)　晴,西风颇冷。饭后录文一篇,大富有人进来完吉一旧账。下午沈吟泉来,长谈至晚而去,考信亦如吴少松之言,未必确准,慎甫自苏十六回,当有实信。

十四日(9月3日)　雨,朝上颇寒,田禾渥注。暇录复瓿之物,以自展看,实不堪为外人道。下午命墀儿作策问一道。慎甫晚自苏回,确知是月廿六日取齐,学宪已换,刘蕴斋琨自轮船来,先考苏属,并有十月初八乡试之信。

十五日(9月4日)　晴,渐蕴热。饭后沈步青暂归家,约二三日即来。上午栗碌,无所专为,作札致骍生,剩便到芦,乞大膏药一颗。下午至港上,知子屏侄媳前患时症并小产,大受惊惶,延叶绶卿医治数次,现已渐愈矣。长谈,以文一篇,并北墨壬戌王作南元文命墀儿抄读。薇人至东玲去,因防阵雨,即回,路上遇薇人,略叙,大约考时要附舟。

十六日(9月5日)　大雨时行,渐凉。饭后录复瓿文,薇人来,接子屏札,为谨二兄老病初痊,需求旧例,如所请,以十四枚交薇人手带去,约定廿四日到余处,廿五日另坐一舟,同行到苏,即返。下午雨

---

① "四百七十五"原文为符号𡆥。卷十,第59页。

稍止,录子屏课文一篇,朗诵一遍,觉心胸豁然开朗。

十七日(9月6日) 阴雨,水涨数寸,下午颇闷热。午前慎甫来谈,江城渠有事先往,倒单余事竟俟余月初由江到苏料理,不吃点心,到东浜去。邱幼谦有信来,知二太太病甚沉重,特来请内人襄办一切,即作片,约明日下午往,未识能及见之否。绥卿有信来,约余十八或廿一二日间同至徐氏,谈定迎娶诸礼,余复以二十不到,廿一二日一定同往。下午誊抄旧作一篇付墀儿,步青午前到馆,幼谦文寄还。

十八日(9月7日) 阴雨终日,东北风,颇形涨水。朝上接邱氏报条,知庶外姑徐氏已于昨日申时寿终,可悲之至。无出子,所生两女皆早亡,命之多舛者,然自遭变乱,襄我外舅避难在外,扶外舅榇回家,去冬赶办葬事,今春又为嫡子成室,操家井井,亦女中之不群者,惜为幼谦多外好,约束之,势多窒碍,忧郁成疾卒,实幼谦之福不足以庇之也。日后此房家运,不知若何吉果,深切杞忧也。内人先去探丧,余明日去送殓。午前胜来下冬,照应之,下午吉账去。上午钱芸山来,通知学宪宜廿六日案临,传票上仍旧岁科并考。终日碌碌,先将内总登吉清。

十九日(9月8日) 阴雨潮湿,水大涨,较诸满时只少三四寸,可虑有碍秀稻。清晨舟至梨川,辰刻登敬承堂,巳刻送庶岳母徐氏入殓,颜色不改,一应附身之物俱从厚,排场亦大致楚楚,较之外舅故在杜行,诸事草率,此番尚属从容,亦二太太不幸中之幸也。出帖在制杖期,子功服,孙出名,晤顾希鼎褹弟、理卿姨甥及邱氏叔丈及诸弟。午前归家,到尚未晚,薇人侄来,约廿四吉行到苏,余允之。

二十日(9月9日) 阴雨潮热,水又涨寸许。饭后录清幂酒之物,共十篇,以存鸿爪,实不足为儿曹法,外人无论矣。下午作札,明日致梦书,约渠到溪,恐又要做三顾之请。顾吉生来归款,一茶即去。庭中早桂香气扑鼻,大儿作一文一诗,步青作赋一篇。

廿一日(9月10日) 朝雨,上午晴朗,晚间复雨。朝行到梨尚早,庶外姑今日开吊,稍稍排场,大可去得。拜奠后,应酬来客,见周应芝郎君荫袭公,颇倜傥。与汝荇溪、黄吟海长谈,吉甫来,知都中六月中信已来,并无开科之说。余幼乔外账一事已面回复。封门后吃中饭,下午返棹,一帆到家,颇捷,且不逢雨。接梦书字,疟疾已愈,四股无力,胃纳欠佳,八月初一日来交祭产簿后尚要回家静养。

廿二日(9月11日) 阴,朝晴复雨。饭后舟至池亭殷三表嫂处,为达泉姻事,欲与丽江谈定。三表嫂诸事简率,所开礼单多无"恕"字,同与丽江、叶绶卿商酌请益。即同绶卿同舟到梨,登怡云堂,丽江见出,谈及姻事,同见晚大姊,略有烦言。赖丽江诸事直落调停,一切不争长短,惟六礼小者增之,即与绶卿核定,丽江留饮,略款绶卿,扰之。下午返棹,仍至池亭泊舟。回复三表嫂,尚不能一一通情,婉道而始遵从。即开船,见龙取水,矫健变幻可观。到家傍晚,知凌丽生来,颇失剧谈,墀儿略款留中饭返,甚辀辖也。夜间作札复徐丽江,因有陪考,早复之,姻事可无烦辞说矣。

廿三日(9月12日) 晴朗,自十九日交白露后第一日好天气。上午率墀侄儿衣冠拈香,家祠内叩辞收拾,一应寓中要带物件登账。下午候三大相另舟来溪,以便明日清辰吉行,至晚未来,未知何故,行李且下船。晚点灯,薇人来,所叫之船颇宽敞,略谈下船。

廿四日(9月13日) 晴朗。五更起来,墀儿、步青均起,盥漱后唤工人搬行李登舟。红日一轮,风从东北来,即解维,两舟并行,到铜里,薇人上岸,知杨老师已赴苏伺候,改期之说不确。即开船,未申之间到苏,进葑门,沿城河行,由新学前转湾,泊舟官太尉桥。上岸,望南行,到桥转湾向西,经双塔寺前,进学院东辕门,入二门坐号内,号舍每条八人,尚觉舒徐。由大堂进景范堂,登楼观望,尚嫌官舍狭窄。出辕门觅寓,都不如适,即持慎甫片,进唐家巷寻顾悦岩一见,颇不落寞。地板房一间,灶下独用,棕垫五铺,言定洋钱十二元,明日登岸进寓,因今日收拾未完也。薇人补廪事,回文日上可有,补费先付,要出关打点道房。闻学宪廿一自泰州起程,起马牌已到,大约廿七进院。夜间步青分宿三大相舟中,余舟颇宽绰。

廿五日(9月14日) 晴朗。饭于舟中,上岸复至贡院内游览,观匾额,李宫保所撰。街上寥落,由西街穿至后街,稍觉店铺稠密。与步青、大儿茗饮碧云天良久,回至舟中中饭。薇人云,传闻学宪今日在无锡,明日进关,廿七日案临。下午运行李进寓,主人位置已楚楚,收拾安排,作札与陈朗亭,交钱六官明辰早开,约初三或初四日原舟上来。夜间蚊热,略谈,早眠。

廿六日(9月15日) 晴朗。饭后与薇人、沈健夫茗叙碧云天,陈子厚亦来,絮谈良久,午后王麟书、王寿云、余丽生同来寓此宅中。闻学宪已到马头,因试院中修整未完,初一日始进院,未识确否。邱九丈同汝寅斋寓在巷外,九丈廪事亦已办妥。

廿七日(9月16日) 晴热,略有雨。饭后在寓静坐,邱莲舫、吴少松来寓谈,寓在塔隐居间壁。下午至学院前,晤顾光川,邀至来寓,以大嫂请给□匾禀示之,据云式样均合,复同至光翁寓楼上絮谈,见渠郎君莲溪,诗、赋、文大可进得。回,同步青入学院上房徜徉,办差、铺陈一一华美。闻宜文宗已入关,明日到马头,未识即进院否,廿九日未必开考。在寓与余丽生谈,索书楷法,真时花美人,无投不利,近今好字极多,儿辈愈觉形秽矣。

廿八日(9月17日) 晴朗。饭后出门,知学宪已进院,章程不见悬牌,传说岁科四考,来年科预行考出。午后李星槎来谈良久,渠寓濂溪坊陆宅,门无贴头。是日同里诸公后帮又到,晤樊祥伯、吴莲漪,同沈锡卿来候步青,据云已见宜公奏章,岁科两次,决计四考。

廿九日(9月18日) 晴热。饭后衣冠具红禀,伺候学宪放告,为代大儿请嗣母给匾请奖。大嫂杨氏守节,年例久相符也。顿候良久,巳午之间始排场,大开门,学宪鼓吹坐堂,巡捕官至二门口收呈词,共三十七张,面致文巡捕官,并无仪注,须臾封门毕事。是日放告行香,明日并不开考。下午与陆谱翁、陈亦庭茗饮沁园,唔工听涛,知新进一场四案,老进两场两案,现岁预行来岁科考,旧岁旧科概置勿论,因甲子乡试已过也,其说颇有理。同里王棣花同寓。

卅日(9月19日) 晴热。饭后至贡院前,见学宪已悬牌。初一日生经古,初二童经古,初三府长元吴生正场岁案。上午叶绶卿、子谅来谈。下午陆谱琴、凌荫周、陈亦庭来,沈吟泉竹林已到,寓在东厢房。晚间袁述甫亦自江来,约明日到寓盘桓,借作局外闲观。

八　月

八月初一日(9月20日) 朝上卯时送沈步青进场,薇人补廪文书已来,学宪于七月初二日批准,可幸之至。朝上晴朗,知步青已出门听点,封门卯正后。闻学宪搜检极严,搜出者均逐出,言之悚然,四五十年无此严令也。寓中不吃饭,同陆仁翁、袁述翁茶叙面叙,至元妙观闲游茗饮,晤郁小轩、许松安,复由东街至絋茂布号刘益记候朱蓉安,不值,晤刘健卿、高竹堂。回,由临顿路回寓,述甫已到寓,蓉庵来,絮谈良久,同至试院前,头牌已放,"岁寒堂赋",以"及公回吴乃以名斋"为韵,"灯影秋江寺","江"字八韵。晚间步青出场,极得意,灯下与述翁絮语考事。

初二日(9月21日) 阴雨。是日童诗古,同寓进场三人。饭后颇倦,高眠。下午与老仁茗饮碧云天,二牌出场,知赋题"卫济川使鹤衔书赋",以"鹤与人熟听吟唔"为韵,"兰似君子"八韵,得"兰"字。述甫出门,晚间始回,夜雨淋淋,今夜府长元吴生进场,颇跋涉。

初三日(9月22日) 阴,阵雨。封门卯正,天已明。上午在寓静坐。下午雨点已歇,晚间雨又甚。放头牌不甚晚,题府"求善价而沽诸?子曰:'沽之哉'";吴"有为神农之言者许行";长"子曰:'有教无类'"两章;元"仲忽"至"季随"。经"蚤虫坯户",诗"墙头鹊语报秋晴",得"墙"字六韵。夜与述甫絮语,生经古已出案,江取王桢伯,正取陆策三、姚锡爵,俱正取,共廿八名,正钱梦莲,次取免复试。

初四日(9月23日) 阴雨终日。饭后至试院前,知今日生诗古复试,与王甘叔茗饮沁园,至西街古玩店内候凌氏昆季。回寓,知今日江正散给,薇人在寓画押,所派颇吉利,暇则端整明日大儿进场考果、考具。新进诗古案已出,江取叶兆荣,又山子,正取王树萱、任艾生、吴又觉。是日生诗古复试,"一闻妄语酬一缣",以"有能伺之,百不得一"为韵,"此地看花直到秋",得"秋"字。

初五日(9月24日) 晴朗,颇热。终夜不寐,与述甫絮语,四鼓头炮,应试者俱起来吃饭,未二炮即出门,在塔隐居茶寮顿候,未几二炮已放,时将近黎明,在寅卯之间。余送步青、薇人、墀侄儿进辕门后即回寓,略静坐,天亮净始闻三炮开点,封门已在卯正,自考以来,未有如是之迟迟者。上午同述甫至元妙观前东首大街绂茂布庄刘益记布寓暂坐,托朱蓉安办顾绣,极道地。扰刘健卿中饭,颇过费。回,同述甫、高祝堂、朱蓉安、健卿茗叙塔隐居,时已未正后,头牌放,薇人侄已出场,江"存乎人者,莫良于眸子";正"挟太山以超北海";常"冉有曰:'夫子为卫君乎'"至"何人也";昭"可与共学"至"可与适道";昆"止于信"至"绿竹漪漪";新"去圣人之世"四句。经"八月剥枣"二句,诗"所谓伊人",得"伊"字。场规极严而尚恕,挟带严搜,搜出者命跪求之,免究。均坐堂号,迩来此令不行久矣,宜公可谓顶真。四牌后墀儿、步青出场,应墀以文口质述甫,据云尚肯认真作文,两艺一诗并无大谬,可望招覆。夜饭后茗叙碧云天,笑语剧谈,诸公心事今夜稍宽。

初六日(9月25日) 晴,西北风。今日童诗古复试。清晨起来,拾行李登舟,拟暂归几日再上来。解维,一帆风利,午前过同里,晚间至北舍,泊舟会梦书,据云胃仍不开,日上拟调理,到溪无期。傍晚到家,诸事丛集,倦不能理,作便票关照慎甫,夜间早眠。

初七日(9月26日) 晴朗。是日江震新进二场,早起,作札致谨二兄及子屏。慎翁今日到江,面问考事,一一详述之,即去。新妇今日归省,午前接子屏回信,知日上伤风初愈,约明日来谈。又接费芸舫六月十九日都中所发信,所托信件已面致谱金,极周到之至。终日碌碌,不能坐定。

初八日(9月27日) 晴朗。今日复头场生,朝上写字一页,旧时所存汤致高七十文水笔极得手。上午账房有事,应酬之。迟子屏不来,未识何故,颇悬悬。下午略坐定,倦甚思眠,萎靡不振之至。

初九日(9月28日)　晴,下午阴,似有变意。今日考教官,未知二场生案出否,无从探听,颇盼望。终日无事,略展卷,作佛脚之抱。

初十日(9月29日)　晴热。吴、长、元三县新进正场,天气尚佳,自今以后,岁试正场已毕事。上午作便票致顾吉生,探听等第案,抄题目一纸寄陈骈生,明日工人去看会与之。下午磨墨匣作字。

十一日(9月30日)　雨终日,昨夜雷电风雨,水退又涨。今日二场生复试,江正新进出案,吾乡一带意中人未识均获售否,颇切于怀,明后日总可得信。芦墟会市,工人多出去,然为雨阻,殊属乏兴。

十二日(10月1日)　晴朗。今日新进头场复试,早起作字后至书房内,始知昨夜偷儿入室,观其踪迹,由内坐起外墙上,用竹竿升上,似非杜堂小窃可比,书厨内搜括几遍,羌无故实。至瑞荆堂后柜内,负钱二千文,复至东地板内倒厨搜箱,破衣不顾,携去布三匹,旧皮背心一件,仍上书房矮楼,穿灶屋而去。所失虽无多,然履霜坚冰,不胜恐惧,日上拟雇更夫巡夜,以尽人事,而出门在即,照应乏人,殊深筹虑。上午瞽二来,付以折腰之数,知梅冠百、陶毓仙均进,馀则不知。子屏到梨,逗留至今未返,即作便条,探渠考事,述甫在苏,知未回来。下午子屏有信来,并抄示等第新进两案,江一等十六名,正一等十八名,江第一金龙鼎,正第一陈大受,辛垀第七,桢伯第五,磬生第四,郁小轩第三,王听涛第二,沈步青第八,吴梅史九,余丽生第十,郑理卿十四,柳薇人第十六。正徐仙玖第二,陈申甫第四,吴晓钲第六,钱梦莲第八,陆策三第十,庞小雅十二,孙蓉卿、沈吟泉、陆立人、叶彤君、顾竹安均进。吴莲衣、吴桂生、王寿云正邑案上均进。子屏约明日来谈,日上二等案想已有,墀儿之文,中二比究太野,甚为可虑。题江"焉知来者"至"四十","夫明堂也者","击钵催诗",正未知。正连府卅,江连府卅四,正"而后劳其民",后知沈松契、刘健卿均进。

十三日(10月2日) 晴朗。饭后理杂务,适子屏侄来,身体颇健,节前后有事,约另舟廿二三日间赴苏。谈试事,有非局外所能预料者。中午顾吉生来,同在厅上小酌,适沈果斋来谈,持新进案,知蓉卿进在第三,絮谈而去。子屏明日要赴梨川,晚间回去,郑理卿姻事,顾氏已谐子屏作伐,托关照星槎。今日武生补考。

十四日(10月3日) 晴朗。上午至家祠内拂拭神厨,鼠矢污秽,必须塞其窦。沈吟泉来谈,知昨日自苏回,覆试题"如追放豚",经"凤凰来仪",诗"时令"。堚儿在寓安静,以茶叶、酱饼、衣袱寄之。吟泉借纬帽一只,絮谈考事,知学宪一切不体谅。留便中饭,下午回东玲,明日上去。今日二场新进复试,明日武外场。

十五日(10月4日) 晴朗。饭后作字一页,账房内有事,陪叙之。午前邱氏遣内使来,知幼谦已回自苏。下午有邻友潘时昌荐其堂侄名绍芳作更夫,年据云五十一,尚清健,言定明日来,先雕一月,言定每日工卅文。夜间月明如昼,粥罢步玩庭中,深望开岁秋收丰登。

十六日(10月5日) 晴,晚间略有变意。上午静坐。下午小舟至北厍会梦书,见则病原未退,今冬办账须要请帮手,渠意亦以为然。所荐内侄朱姓,据云人极妥当,恐不便出来,另寻难得其人,郑重托之,颇难凑合。所说限内相帮杨四官,有烟嗜,断不能用。筹躇再四,以陪考回来决定为约。回至范洪元,晤张竹江,略谈而返。夜间与郎亭论账务,深以今冬头绪不清为虑。

十七日(10月6日) 雨,西北风颇尖。饭后磨墨洗笔,指挥木工出料,为修换门前檐柱,命老正到芦买料。午前接儿侄两札,知堚儿取列二等廿二名。贡监录科须由县吏房验照起文,不能径由提调报名,特来禀,要早日上去,拟明日即赴苏,家中事托朗亭矣。薇人所致仲熙廿一日考期,已作便条,明日老正回去寄出。学宪科试,大约要紧,古学两场免考,先考新进,则贡监大约在月底,文书由县往返,亦颇跋涉,须到苏赶办。下午部叙行李,拟明日朝上发棹。此信昨晚苏寓发至芦川生禄斋,特叫船寄进来。兰楂侄布置亦颇勤敏,后知即潘子云回船寄来。

十八日(10月7日)　雨已止,清晨有晴意。朝起开船,无风,舟中远望颇觉波平如镜。午后到苏到寓,知今日武新进出案,茂甫震邑案上已进。至学路钱芸山处,不值,回寓晤樊祥伯,知县吏房沈石泉在寓中,即面开条子,托其由县起文,索东四元,据云去岁乡试有卷可不验照。夜与慎甫同寓,诸公谈心。

十九日(10月8日)　晴阴参半。饭后衣冠同寓诸公道喜。上午至观前鈜茂店内道刘雪园喜,其郎健卿亦见,长谈而回,略买物件,至船边,命工人明日回去。下午道沈谱笙、郑寅卿喜,晤陶苣生、李星槎,回至多贵桥头候张元之、叶友莲,均不值,叶桐君亦不见,致意道喜,梅冠百、蔡进之同寓,长谈道喜而回。墀儿略有感冒,静卧调养,作便条交朗亭,以二等案寄子屏。

二十日(10月9日)　晴朗。是日学宪奖赏,饭后诸公进院听奖,知等第新进案均不动,复卷前列者颇有不足评语,在后反多华批,新进亦然。余乘轿至侍其巷,候程竹君郎小竹,以茶点十匣相送,所托之事据云目前尚无机会,须待来年点缀语,余亦不乐就也。回来,与凌磬生、百川、周阆圃、薇人茗叙迎魁阁,良久回来。邱莲舫寓中坐久,其朗君寿人实年十六,明日科考进场矣,可羡之至。回寓,凌雨亭、孙蓉卿来,夜与慎甫絮语。

廿一日(10月10日)　晴,不甚朗。是日府长元吴第一场科考,三炮清晨,封门不早。饭后静坐,录一等文,与慎甫长谈。周竹岩来候步青,渠已补廪,现已考一等。晚间放头牌,题"季康子问:'仲由可使从政也与'"两章,策问"中兴名将",诗"瑞木成字",得"平"字六韵,均通场。吴少松来,同至试院前送戒士文《了凡四训》。放三牌,夕阳尚未尽下,颇冷。

廿二日(10月11日)　晴朗。晚起,饭后至试院前,见王棣香关照应墀,呈请嗣母杨氏给匾于号房簿内,八月十六日批准给"训昭获画"四字示奖,其贴在照墙者已被人揭去,此事差强人意,除学报外无须花费矣。即至顾光川处告知之,深感渠指教一切也。至书坊内,订经艺两册,决钱七十文,八科墨选正续六本,决钱二百八十文,均未付钱。下午盛省三来谈,馆在钮家巷蒋氏,即至迎魁阁茗饮,晤张松盦、陈虎生,与步青同回寓。今日补考"不使不仁者"二句,晋栾书"帅师救郑","山虚水深"六韵,得"深"字。复见牌示,考优生新例拔贡,考式分两场,吾邑已公举凌磬生矣。

廿三日(10月12日)　晴朗。是日忌辰,停考。饭后顺之、仲熙两侄孙来寓长谈,是日静养在寓,堚儿近体已健,明日江震、常昭科考正场,同考诸公安排考具,明日进场。更点牌,寅初头炮,寅正二炮,卯初三炮,属诸公早眠,余则守更,略睡。

廿四日(10月13日)　晴朗。四更起来,唤诸人起来,寅初头炮即吃饭,出门听点,时已天将明,顿候良久始发三炮,日出后始开门点名,封门辰刻,余回寓熟睡矣。上午起来,至试院前观望。下午与吴少松茗叙青云梯,候放牌。未正始开门,头牌人数颇多,题"才难,不其然乎",通场策问"漕运起于何代?倡于何人?其利弊,试详言之",诗题"续儿读《文选》",得"文"字六韵。薇人、沈吟泉诸同寓均出场,少顷,二三牌已放,堚儿同步青四牌出来,精神颇健,夜谈论文,与诸同人茗饮碧云天,一鼓后始眠。

廿五日(10月14日)　晴热。是日考各学优生第一场,共十三人,江凌磬生,震黄铸生。余饭后颇疲睡。下午凌百川来谈,碧云天茶叙,王谱琴、陈虎生亦来。谱琴大郎君,号楚卿已出考,次号未悉(青持),亦已开笔。回寓知三县案已发,首皆新进,府叶友莲第三,凌荫周第四。

廿六日(10月15日)　朗,晴暖。是日江正、常昭新进正场,天明后始开点,搜检极严,共驱出八人,江正居其七,一人掌责四十,均免究。封门已乡间饭后,从未有如是之迟晚者。午后蔡进之、郑寅卿、陈翼亭、吴梅史均来寓就谈,放头牌已傍晚,题江"而致美乎黻冕,卑宫室";正"木近仁章";常昭"非祭肉","则不孙,远之"。通场二题"夷子怃然为间","左手持螯",得"螯"字,放二牌已将近点灯矣。

廿七日(10 月 16 日)　阴晴参半。饭后疲倦,适李星槎来谈,即同茗饮碧云天,所诵场作可望抢元。同至辛垞寓所,携其书院文还寓,蒙被略眠。至出衕河口袁宅,候常熟卢兑庵,不值,留片而还。回来,知案已出,江李星垞第一,薇人第二,又香三,小轩四,潘氏子父联名,绶卿第七,仲甫十二,馀俱不知。正第一于宝善,蔡进之拾四,吴桂生廿二,决文颇难臆断。陶芝春来谈,渠寓在多贵桥。今日复上三县生员,凌雨亭、耕云、孙蓉卿、吴少松来,均不值,少松留文而去,阅之,尚念得过,然不稳,未识时运何如。

廿八日(10 月 17 日)　晴朗。是日长、元、吴、昆新童二场正场,封门极晚,已乡间饭后,闻曾有搜出者。寓中静坐,下午蔡进之来谈,余至辛垞寓中,以理卿所托办事转托辛垞办理矣。放头牌将近点灯,题"小人闲居","发乘矢"至"西子","然后求见长者乎"("以其乘舆"),"何足以臧","岁寒"。二题"一人虽听之","对竹思鹤",得"钱"字。明日薇人进场复试。

廿九日(10 月 18 日)　晴朗。饭后写字一页,闻今日复试封门已巳正光景。吴少松到寓絮谈,下午知江正案已发,少松仅取佾生,殊可太息,劝慰而别。至试院前看案,知江进十三,震进十五,仅进一科。陶毓仙、范咏山、顾莲溪及叶蔚君、仲熙侄孙均进,殊为可喜。薇人所保,财运颇通,晚间出场,题"麒麟之于走兽","蟹眼已过鱼眼生",得"苏"字。灯前顺芝、仲熙均来絮谈,贡监录科已悬牌,改期九月初二日。

八月三十日(10 月 19 日)　晴,下午有变意。是日考优第二场,上午至试院前观望,别无另牌悬示。回寓,樊祥伯来长谈,慎甫亦到。晚间知考优题《驺虞》解,策问"五经,多有韵文字,不独《诗经》为然,能详言之欤",诗"中流回头望云嶔",得"熙"字。夜雨,早眠。

九　月

九月初一日(**10 月 20 日**)　阴雨。早起衣冠进试院,是日江正、常昭新进复试,学宪坐堂点名,尚不甚晚。出来,与顾光川茗饮絮谈,渠郎莲溪贽仪约四十五①,送结未落肩。桂轩三侄连随八十,王景运卅、陶一十②,杨老运师财颇通。回寓,王听涛、李辛垞来谈,此二公均可补廪。凌雨亭来,以其亲蒋秋霞限内帮忙托荐,脩约十金,回家定见。下午命墀儿收拾考具,明日录科进场。

初二日(**10 月 21 日**)　晴,朝上大雾。五鼓起来吃饭,与樊祥百同至试院前,阒无人在。青云馆茗叙,良久始进院,大堂点名,正途通属十八人,监十五人,录科人数之少无逾此次。封门极晚,不查号,出题已在巳正。东贡"孝者,所以事君也",西监"居处恭,执事敬"二句,策问"保甲",诗"雨洗芭蕉叶上诗",得"蕉"字六韵,圣谕默写三行,少三字。余与祥百同坐,老荒之笔甚不可以对人,急做急誊,至酉刻始完,交卷后在大堂徘徊,顿候后一牌放尽始出场,堂上已灯烛辉煌矣。夜间与吟泉、青老茗叙碧云天,回来不觉虚火上升,终夜不能安寐。

初三日(**10 月 22 日**)　晴朗。早起桂轩侄率其子仲熙侄孙来会廪保,昨夜妄人来发闹,亦由自取。余精神疲倦,养息在寓,答樊、叶二公,适王次伯亦来谈,以朱卷见送,缓日当即答之。闻今日复二场新进题"不识可以继此而得见乎","肆成人有德,小子有造","露似真珠月似弓"。夜间大雨。

初四日(**10 月 23 日**)　阴。饭后率墀儿至观前,先到絃茂候朱蓉安,同渠代办物件。出门大雨,在酒肆小憩。由观前街左手转湾,至卧龙街衣庄上代朗相买皮褂一件,回至观前制办零物,回蓉安寓,扰渠面东,颇过费。下午同蓉安茗饮吉祥庐,回来已晚,知家中船已

---

①　"四十五"原文为符号 ✕ゟ。卷十,第 71 页。
②　"一十"原文为符号 ✝。卷十,第 71 页。

到。是日覆提考优生,洪楼坡拔贡汇考。是夜一鼓后发二、三等案,步青、薇人去看拆号,回去来,知江取廿一,正取廿九,步青第十,墀儿竟至浮沉,殊出意外。三大相看卷子,知细点一讲入手,馀竟不阅。是夜余父子辗转不能成寐,乏兴之至。终夜听雨,尽是愁声。

初五日(10月24日)　大雨终日。饭后率墀儿至观前,办家用物件,托蓉安所买绸缎均已办就,勤敏可嘉之至,与之茗饮而别。是日泥涂滑滑,着屐奔波,事与兴违,懊闷之极。下午回寓,收拾行李下船,墀儿先登舟,夜间告辞主人,与沈步兄仍榻寓中,明日返棹。一鼓将熟睡,樊祥伯持贡监案来,余幸在取中,何不以此名次易置儿辈为得益,踌躇久之而眠。

初六日(10月25日)　阴雨。是日奖赏,清晨起来,扑被下船,风雨均息,到家下午。雨又终夜不歇点。

初七日(10月26日)　大风,顿寒。饭后送沈步青回去,约二十日后到馆。孙女今日百日剃头留髻,已牙牙学语矣。

初八日(10月27日)　风渐息,开晴,冷甚。媳妇来①荤塔,下午至北舍会梦书,病已渐痊,然不能办账,与之谈,另行他途。

初九日(10月28日)　重阳。阴,下午雨。子屏特来,喜甚,快谈竟日,以浙江拟墨见示,极酣畅精实,知今科陆松华文字极佳,可以见售慰渠苦衷矣。

初十日(10月29日)　阴冷,晚晴。饭后舟至芦墟,特候陆松华,读其闱墨三艺一律,酣畅。首艺书卷、笔力、法脉无不臻于尽美,三则神气到底不懈,以此获中,名副其实,未识天命何如耳。松翁抱病入场,而文得春夏气,殊见福泽,畅谈预贺而还。闻揭晓在十三日,静听之。下午还家,以分答袁稚松,与子丞茗叙。

十一日(10月30日)　晴暖。饭后率墀儿至金泽北胜浜陈宅何古心寓中就医,一见后出示近作,精神意兴如旧,足疾亦已全愈。门

---

①　"来"字后疑漏写"自"字。卷十,第72页。

庭如市,不能多谈,余与大儿各求调理方而还。过陈思,大儿上岸问嗣母安,到家傍晚。

十二日(10月31日) 晴。饭后作札致凌雨亭,午前接复札,十五日回音,所荐之人尚未定。梦书来谈,所存一节,以晚米交易。下午蔡秋丞来送朱卷,匆匆一茶即返,萃和款留,并不来邀叙谈,差喜近体全愈。

十三日(11月1日) 晴阴参半。观工人刈稻登场,此景是避乱后第一件重见佳事,但卜岁岁丰登,吾侪尚可年年饱吃饭。出门后一应账目均已登清,今日录郑寅卿县府试复卷真本,隽才难得,后生可畏。晚间色目自江持单来,款以夜饭,付洋而去。是日始知浙闱揭晓,嘉善四正一副,城中孙元匡,天宁庄一朱,秀水沈梦粟亦传获中,松夫子仍落孙山外,决非文字之咎,命实厄之,为之何哉!可为穷年者浩叹。

十四日(11月2日) 晴暖。饭后录郑寅卿文,属账房查校昨日所来之单,观工人收稻纳囷中。

十五日(11月3日) 晴朗。饭后抄录小郑文,东账船始循例账内旧欠分稻。下午闲坐,服何古翁调理方,极安妥。

十六日(11月4日) 晴暖,有变意。上午录小郑文,笑师母来,留中饭,如所望而去。下午至东玲候慎甫,不值,与吟泉长谈,据说来年决有恩科,学宪初十尚在苏城,十六取齐镇江。

十七日(11月5日) 阴雨终日。饭后静坐,下午至北舍会梦书,定见帮忙吴家村人陈梅江,面晤其人,约初一日去载。回家已晚,墀儿率子妇自金泽回来,知何古翁至横塘去,欲就医,不值。

十八日(11月6日) 晴,渐转西风。饭后舟至东玲,晤慎甫后即至芦川,述甫在行,茶叙良久,回行絮语竟日。留中饭,特办一肴,畅饮三爵,极真率如意。顾兰州晚来,与之商请代办梦书租账,约明日回复。归家,丽江遣人来,谨庭亦来过。

十九日(11月7日) 晴朗。上午墨池、友常来,商就之。殷氏遣使持柬来请,即作札与绶卿,明日下午叙谈亲迎烦琐事。晚间顾吉生来,其郎兰洲帮办租账,决计肯接手,限内半股,约廿六日去载。傍晚兰洲自来,约初一日去载。

二十日(11月8日)　晴,水不退,下午风颇狂。子妇自金泽至莘塔盘桓,大儿回来,知何古心仍未到寓,余至池亭道绶卿喜,桐君出见,知已至紫树下,即开船至陶氏,庚芬接谒,知殷三表嫂家寓居渠处,堂宇精洁宽展,大可喜事排场。晤绶卿,以丽江信及代办杭线裙料发票交代绶老面致安斋,唐突即日付洋,达泉明日一切迎娶俗礼大约楚楚,可以不再费辞。晤吴溇上吴馨洲翁,颜色苍甚。

廿一日(11月9日)　晴朗。朝上命大儿同舟至徐丽江家送出阁,余至紫树下殷氏寓中道二式三表嫂暨达泉合卺喜,亲朋毕集,鼓吹喧阗,排场颇可过去。中午款媒,余居然首座,约共六七席,诸陶公均来贺。宴毕发迎,余与绶卿同舟到梨川徐氏,丽江极体谅,余入内,贺王氏晚姊喜,点灯候即座席款待冰人绶卿,散席即接亲人亲迎,鼓吹前导,亲船开不过黄昏,到岸上亲,时正子初,诸礼完毕,尚在四鼓,余宿吟士书房楼上。毓仙执弟子礼,极殷勤。

廿二日(11月10日)　晴暖。晚起,是日安斋吉期,新亲吴江金氏,现迁苏城,昨已送亲至梨顿候。傍晚新人到岸,即行合卺礼,余与诸亲友两新房茶话良久始眠。

廿三日(11月11日)　晴暖。晚起,诸同人送堂名,贺两表侄合卺礼成,公分送单,余亦忝居其列。中午陪金氏新客望朝,余与仁卿同席,不相见者几十年矣。下午返棹,到家傍晚。大儿至梨川,为外祖作佛事。

廿四日(11月12日)　阴,无雨。是日先曾祖杏传公忌日致祭,仍照旧例,荐用蟹,曾大父所嗜也。饭后,慎甫同凌古泉来谈旧账,留之中饭,终日画饼,此公甚不近人情。

廿五日(11月13日)　晴。饭后舟至梨载大儿,作一札寄辛垞,其课卷均交郑理卿。接子屏札,知松琴大嫂初九搬几,周敬斋试草暨黄聘五太夫人初三领帖,讣文均收到。黄昏后,大儿归自梨川,过长田上,送百庭三叔入祠,期在明日,送分不上岸,尚得体。

廿六日(11月14日) 晴,暖甚。饭后大儿呈示殷谱翁七月廿九日所发信,所托补领吏部试用照已办就寄来,细账三纸,极详明。并汇用张子蟠银卅两,家信一函,当即日到盛寄还。此事甚烦谱翁大才代办,然非费芸翁回南,随时催办,小心带护,亦不能如是之周详便捷也,到梨当先道喜,面谢之。是日,又接徐少卿九月初一日金华府署所发信,承送金腿、金枣,佳品也,当作札复谢之。

廿七日(11月15日) 阴雨。上午录庞小雅文,接吴少松廿五所发信,知陶氏之馆涤之去面定,修则而立,甚为合宜,梦书处明日须要回复旦卿另请矣。命小奚修整书房,尘垢一清。下午舟自莘塔回来,步青到馆,夜发西风。

廿八日(11月16日) 西北风极峭厉,终日怒号不息。拟选天国文暨墨卷数篇,以为暇日消闲地步,因取旧读本详阅之。夜间冷甚。

廿九日(11月17日) 晴,风仍不息。朝起有冰,大有严寒气象。终日静坐,选定《天崇国初文》卅篇。

十 月

十月初一日(11月18日) 晴朗,风始息,朝上仍有冰而冷。饭后衣冠拈香,至东厨司命神前暨家祠内叩拜,暇则选旧时所读墨卷五十余篇,然章法太乱,不及天国之醇粹。下午至顾竹安处道喜,渠欲借芹仪而祝寿,余两尽此心,先酬之,长谈而返,顾兰洲、陈梅江均到。李杏斋来,仍然画饼,约二十后再来。

初二日(11月19日) 晴,渐暖。饭后内人至梨,为先外父初六日除几领帖,循例先去祭飨,须有十余日逗留,管钥事则交新妇代掌,且借以学习也。去载朗亭船同,知卜有疟疾,约初十日左右来,必以速愈为妙。

初三日(11月20日) 早起大雾,饭后始红日暖晴。舟至梨川周氏,吊黄聘五之尊翁晓槎,至则宾客满堂,晤黄吟海、叶友莲,与又山、费吉甫同席,又山已委署无锡教谕,即日到任。饭罢,至费芸舫处道喜,并谢代领部照,顾光川亦来就谈,芸舫即日有苏城之行。回至邱氏,丧事一应已动手部叙,与汝芝泉、苕溪同中饭,下午回家,明日拟率墀儿同至敬承襄办。慎甫乔梓自江来,以实户册寄来,据云办漕章程一应未定,诸事周章,以欠单面缴托奉。

初四日(11月21日)　晴阴参半,暖甚。饭后率墀儿舟至梨,中午登敬承堂,祭轴一应诸礼先送,账房内汝芝泉司其事,苕溪翁亦来,扎彩装灯,诸事排场,极得体。对额对均九丈所办,且云外父新丧,逃在外,不能成礼,此番必须竭力以粉饰之。幼谦日上颇安静。下午至吴乔生处,道其郎新进喜,述卿亦出见,回至徐渌卿处絮谈,命墀儿道蔡进之喜。夜宿楼外楼。

初五日(11月22日)　微雨。饭后在账房内与司事诸公就谈,午前郑氏理卿、寅卿两甥来,祭文一道,据云沈绮亭所书,李辛槎所撰,写作均出色。外父一身行谊,备述并哀恳而极简当、真致,两甥于外祖已尽微忱,而余则无一言之纪,甚呼负负。夜间酌请镇上诸公,共六席,最长者陈小山姻丈,余与陆芝庭同席,芝庭租居邱氏内屋,业车而财丰,年少而有时好,据述被贼掳至杭百馀日,在斗门脱逃,言之惊心动魄,然能在莒之时不肯忘,则庶几矣。夜与两甥对榻就谈。

初六日(11月23日)　阴,无雨。五鼓起来与两甥唤执事人等一一位置,天明后始开大门,鼓吹升炮,为外父治丧半日。亲友群至,余与两甥率墀儿谢礼,大约乡镇诸公有交情者均到,惟盛泽王永义无人来,礼到而已。外父平日与彼交情颇厚,竟付流水,可称势利,洪氏亦难免议。下午掩丧除几,一鼓后鼓吹前导,送主入祠,本镇亲友送而始返者极多。诸事毕后,余始就寝,尚不至十分疲倦。

初七日(11月24日)　晴暖,回潮。晚起,饭后以大嫂给奖匾字,烦玖丈一书,极为合式。午前与黄吟海、顾希鼎茗叙,命墀儿同郑氏两甥至盛川,借道寅卿喜,以《湖海文传》、晶章、墨盒、京顶为礼,并送张子蟠。寄少庭家信一封,汇银卅两,必须交付着实,属理卿一同干办,约十一日回梨,随渠母到家。余下午返棹,上岸已近点灯。夜间西风狂吼。

初八日(11月25日) 晴,西风又冷。命账房诸公写租繇,今岁仍要用印,书廿户册,朗相尚未来,开限诸事纷无头绪,殊属烦闷不堪。

初九日(11月26日) 晴冷。饭后舟至大港,子屏偕母丁氏嫂暨媳黄氏除几,特来亲送。知北舍丹卿侄次子韵之于初六日身故,年未卅旬,以吸烟陨身,可为少年多嗜好者戒。元之、友莲、缓卿暨品五诸至世戚交均至,中午与沈吟泉同席,下午返家。知县中印由廿户册,似不能免,当先预办为妥。

初十日(11月27日) 阴,无雨,防有风。上午慎甫来谈,明日要到江,一切事宜当再探听。下午陈朗亭来,近体已愈,账务事可望舒徐。

十一日(11月28日) 阴雨。上午至一溪处探听租事,大约对额对折,书廿户册,自定行款,尚须斟酌。终日阴雨,似又要作冷。晚间墀儿随母回来,知盛川今午返棹。沈补笙处亦去道喜,蒙留饮。张子蟠信暨纹银卅两六钱二分①,面交其侄二庭之弟梦庭手,初九日取收条并托寄家信一封,到京交谱翁,始知子蟠游幕山西,作法家客,家况极寒,此举甚为两得方便。一切指点均理卿照应,尚属诸事老当。

十二日(11月29日) 阴。上午作草札拟复殷谱翁,尚未写真。梦书下午来,知廿户册要开清单数,尚未动手,据云不照由纸,拟明日先赶办几坼。梦书日上到江,先打印,且观合式与否,此事切不可草率。

十三日(11月30日) 晴阴参半。饭后作书复殷谱翁,誊真极拘谨而仍涂鸦致消。张少庭寄山西泽州凤台县子蟠家信,并初九日

---

① "二分"原文为符号丅。卷十,第77页。

少庭、梦庭所书收条一同封好,拟十六日到梨托费芸舫即寄到京,谢复之。终日赶此一事,殊觉拙于尺牍,不能敏捷之苦。灯下阅墀儿所选八铭文卅馀篇,命账房内书廿户册。

十四日(12月1日) 阴雨潮湿。上午与兰州对南北账限由,徐恒甫夫人有字来,要夑田上户粮田则,即作复之,约渠十七日来面付单契。中午补十月朝祀先冬祭。下午为大儿选定《八铭初集》文廿四篇,半于大题起径相通者录之。

十五日(12月2日) 阴雨,北风狂吼。上午检点四堂妹所分夑田单数,以便陶氏晚妹来面交之。接慎甫江城来信,知漕与捐尚未定出章程,廿户册要照方单数写。日上用印不甚多,下午闲坐。

十六日(12月3日) 晴朗。朝上舟至梨川,以信及诗托幼谦寄盛泽,并至费氏,芸舫出见,以覆殷谱经信暨张氏收条、家信并封托寄京师,据云转托王永义,今冬必到。蒙以京顶、京刀、墨匣、对联惠余,并借《缙绅录》秋季全部而返。至蔡晋之处,渠今日芹樽,酌请不多,贺二妹喜,听香来谈,不相叙者十馀年,渠佐浙学政吴阅卷,偶还,中午同席,大谈考政。共四筵,听香豪饮,余不能终席,辞还,时已傍晚。复至丽江处,还渠考时所借十元。复至紫树下,大儿以文八篇及辛垞、子屏课作寄还小雅。夜行,月色绝佳,到家深黄后矣。

十七日(12月4日) 晴暖。上午账房有人来,约廿四日进来取资。谨庭来,老例多算三千馀文而去,匆匆不及与细较。徐恒甫夫人陶氏妹来,以毁角两圩夑田,共七十九单,计田九十九亩七分有○,及干、徐两契面交之,乙溪同来检阅,此事可了却一重旧案矣。大嫂留中饭,酌款之,下午回去,余处亦存一细账,彼处付一总账数目。沈吟泉晚间来,为夑四侄作伐,夜间与渠絮谈。

十八日(12月5日) 晴暖。上午朱松生为田事来,辞之,设法始去。子屏来谈,论文终日,以答周敬斋片及京子摺扇托寄。四侄文定,夜陪冰人吟泉柳桥。

十九日(12月6日) 晴暖。饭后步青假馆,即同至孙汇道孙秋伊先生喜,至则乔梓出见,是日适正报全录来,茶话良久,邸报、研香文缴还,借紫正初、二集而归。

　　二十日(12月7日)　晴,似有变意。饭后账友写廿户册,编排略定,尚缺页头,且同繇纸上去用印,未识不书佃户,圩册不全,甚免辞说否? 暇阅天国文,部叙明日到江。

　　廿一日(12月8日)　晴。朝行,载梦书到江,至则中午后,到南门寻孟青,以租由廿户册示之,始知无册不能用印,不书佃户,不对租繇,又不能用印,言之再四,以已书办粮总数,补一行取租总数,不再填佃户,通情下埭用印。其未有廿户册者,照取租一一书明,以办粮清数填登簿面,此回不及赴局。回至祥园,与乙兄、慎甫茗饮良久,晤朱仁峰诸君,至舟中夜饭后,与梦书复至南门小云处坐良久,廿户册盖面无有,知减赋四成,上上一斗○七,合一勺○撮○壹○黍○稞,银则不减,七分有○。上上复恩减三成,此则酌办新漕之章程,而官吏各怀私见,狼贪日甚,吾辈鱼肉而已。回至北门钱子云处取廿户册盖面,晤李爽亭,知是树芬之郎,精悍有才,时人也。委蛇而返,至舟中早眠,思及租事歉收,粮事日狠,辗转不成寐。

　　廿二日(12月9日)　晴暖。早行到同里,与梦书早茶,即开船,到家午后,即以昨日所定规条,命诸相好分写廿户册赶办。蔡氏二妹来,絮谈半晌。

　　廿三日(12月10日)　晴。上午闲坐,作札,以廿户册并朱仁峰郎银分二十六①、京顶一,托子屏十一月十一日送去。大儿吉期,仁峰来贺,今其郎入学成婚,不可不答,封好觅寄。下午吟泉来谈,晚去,要近墨,少合意,以谱经所送庚子直省墨客诗、所选京板与之。

　　廿四日(12月11日)　晴。饭后阅时文,廿户册及办粮数诸公抄已将齐,总数尚未完,廿六日可以上去用印。接朱仁峰郎喜单请帖,王寿云喜单。

---

　　① “二十六”原文为符号⺊。卷十,第79页。

廿五日(12月12日)　晴。上午阅新墨,下午田数账册已登齐,然取租数总难与单数相符,势不能兼顾也。子屏来,欲至魏塘,即去。梦书晚来,命渠明日赴江,租由及廿户册均齐,即去用印。

廿六日(12月13日)　晴暖之至。饭后阅报数田粮,心不能了然,今岁泾造、混报、重报,理清颇费口舌,殊觉比作文尤难。下午谨老率茂甫来,在乙溪处颇不情,余处外面尚觉循规,晚去。

廿七日(12月14日)　晴,晚有变风光景。上午静坐。下午录新墨一篇。晚间梦书自江回,租由、用印均已舒齐。大儿自陈思还,约文伯明日胥塘去,为大嫂闰年办寿藏,朗相一同去,算小票又迟时日,大约要十一月十五起限。

廿八日(12月15日)　晴暖。饭后同陈朗亭至陈思,文伯顿候多时即开船,饭于舟中,风不顺,至胥塘已下午。泊舟北栅卧龙桥外胡氏油车门首,主人号学斋,即大嫂之姨甥婿,其兄蔼亭,均是年少而善白圭之术者。与文伯谈及来意,陪至渠所开板店内,相看多时,均不合意,渠始以旧所藏西木板相告,其料极合意,约明日定见。其板十四块,够用之至。出来,主人固留夜饭,辞之不能。登其堂,巍巍大厦,扰渠酒肴,同饮者其管账于嘉宾、于又泉、王月卿,绍酒极佳。文伯榻在书室内,主人复陪至大街茶楼畅叙。回来,余宿舟中,热甚。

廿九日(12月16日)　晴暖,微雨。朝起至街上剃头,回船中,主人以不托相饷,即请登岸,其板店当手伙顾椿斋亦来,看定西木十四块,龙缝天花板雕寿字,合工喜封一应在内,决实洋五十八元,据云其货的真,淡水干老,在亲中,不以生意论也。与椿老茗叙,扰学斋中饭,下午主人文伯同余街上闲游,店肆宏畅,百货齐集,真东南一巨镇也。至西栅,行三里许,候江拙斋,入门有客在,不复通报,致意而返。行街上,雨泥滑滑,学斋陪自田野径抄,见战垒萧萧,犹是逆贼遗迹。至赵厅,茶饮小憩,吃肉包子,极佳。回至学斋处已点灯,夜饮后,学斋之胞叔文卿出来絮谈,与余年相若,今岁渠父子俱入浙闽,甚谈闽中事。其西席,嘉兴人谢谷,人年少,新入饩,亦出见,谈至一鼓后余始下船。

卅日(12月17日) 晴暖,下午骤雨。朝起同朗相略买家用物件,回至学斋处长谈。寿器木工动手略就,属工从容合吉,约初六日来取藏。上午同文伯开船,饭于舟中,阵雨湿帆,到家下午。文伯在大嫂处盘桓,夜间略款之,命大儿陪宿,余就谈,一鼓始眠。夜间西风欲吼,此行颇值舒徐之候。

十一月

十一月初一日(12月18日) 西风未透,阴雨。饭后命开账船,发限由,十五日头限,照额对折,价每石三元,现作飞限算,石四额,只收五斗九升,昨日已开收矣。文伯至养树堂茶话,急欲返棹,早中饭后送渠回府,风尚未狂,是夜则西风猛厉矣。

初二日(12月19日) 西风未息,渐冷。饭后略有还租三户,衣冠至东厨司命神前、家祠内拈香叩头,补昨日未行礼。终日碌碌,陆友常、孙蘅石来商,应酬之,然此例来年不可不收。

初三日(12月20日) 晴,风渐息,然仍有变意。终日在账房内收租,是日共收米折卅馀石。顾莲溪家来报,借去大儿襴衫披肩一领,试草亦已送过,请束入泮日,大约不举动之所为也。朗亭小票未算准者尚多,日上能得从容办理为妙,然须寄之以烛。外账发限由,须初十内竣事。

初四日(12月21日) 晴暖。终日在账房照管收租,是日共收四十馀石。沈步青解节,去过冬至。吴乔生家十一日喜筵芹樽,有妪来请,束上楷法极佳,大儿真豚犬矣!终日碌碌,不能坐定。

初五日(12月22日) 阴雨,微雪,下午起晴。是日寅初交冬至节,午中祀先,合祭祠堂始迁祖以下四世,余主之,厅堂上祭高曾祖父,大儿主之。昨岁出门应试未回,未及躬亲祀典,颇歉于怀。下午慎甫来谈,欲明日赴江即返。子屏以浙江新闱墨见赠,明日将有胥塘之行,舟中可以详阅一遍。是日收租十馀石。

初六日(**12月23日**) 晴冷。饭后舟至胥塘镇,阅浙墨,清利者多,真力弥满者少,一帆顺利,到斜塘不过中午。胡学斋留中饭,辞之,与其伙顾椿老茗饮良久。回至学斋处夜饮,主人吹笛度曲,颇不寂寞,惜余非知音。夜谈一鼓,宿于舟中,颇寒。

初七日(**12月24日**) 晴。朝起与邻人操舟者茶叙赵厅,回来即至店中携寿器登舟。阅浙墨全卷,其中亦有可取者,不得尽以不足观了之。午前到家,将寿器安藏,恰极隐而不露。余为大嫂祝寿,大儿夫妇捧酒上寿,大嫂顾而乐之。步青已到馆,与步青吃寿面,对酌。是日收租连昨日四十馀石。

初八日(**12月25日**) 阴冻,微雪。是日始移账房至前厅,终日收租七十馀石,黄昏后吉账。

初九日(**12月26日**) 晴朗。终日在限厅上收租,共四十七石有零。晚间慎甫自江来,知两邑有开漕拣熟征收告示,每石四千五百文,银减三,每两二千四百文。漕折色,先给印,收复抚串,除恩减旧额四成外,又灾免四成,此其大略。一茶即去。

初十日(**12月27日**) 晴。饭后在限厅上收租,共乙百十三石有零,至黄昏后始吉账。是夜酬饮账房诸公,余陪之,一鼓就寝。

十一日(**12月28日**) 阴雨,颇暖。终日收租七十石有零,日上恐为风雨所阻,能得借晴几天,庶各佃无所借口。

十二日(**12月29日**) 阴雨,似欲发风。终日在限厅上照管,陶吟士、郎毓仙十七日芹樽,具柬来请。黄昏后吉账,共收租乙佰十七石有零,折色较多,因三元一石,乡人便利故也。夜雨淋淋,颇有碍于租事。

十三日(**12月30日**) 阴,无雨。闻乙溪续娶俞氏昨夜戌亥之间产一男,欣实易达,以此为丁旺,亦觉差强人意。饭后,还租者陆续而来,黄昏后吉账,共乙佰〇六石有零,明日能得天晴,可望踊跃,特收数太短,入不敷出耳。

十四日(**12月31日**) 阴晴参半。饭后各佃还租纷纷猬集,是日飞限满期,账房诸公手忙会计,米色杂潮,难与争辨,姑从宽收之,幸折色尚多,共收租二百廿石有零。夜间吉账约三鼓后,合总数略有差参,因生手多也。幸朗亭熟办,其数下日算准,可知有条不紊。此事亦难,账友各疲倦之至,就寝已子正后。

十五日(1866年1月1日)　阴冻。早起尚觉精神可以支持,终日收租五十馀石,颇甚从容,可补息昨日之劳。是日头限。

十六日(1月2日)　晴朗,天气颇暖。午后顾莲溪来,知迎送入学二十日、廿一日芹樽面请,一茶即去,留之止宿、夜饭,坚辞,客气,甚简亵也。是日收租十馀石,不识以后能日起色否。

十七日(1月3日)　阴暖。陶吟士家今日芹樽,大儿不肯往,余亦懒于应酬,以分及扇贺之。梦书、元英两侄来,同杨某与之同饭于鸭滩小筑。是日收租二十馀石,闻粮已开征,芦墟设局矣。

十八日(1月4日)　晴暖。终日收租九石有零,自开限以来今日最为清淡。订浙江新闱墨一部,为乳孙女陆姬之夫不肯其妇雇工纠结不已,明日拟遣换,交辞去之,此事亦易费辞说调停。

十九日(1月5日)　晴暖。终日收租寥寥,不过十馀石,乳姬陆妇唤其姑来,面交其夫,以免支离。栗栗碌碌,心不能定。大儿今日始作文一篇,草稿完,夜间作诗。

二十日(1月6日)　阴晴参半。终日收租十馀石,日上甚不踊跃。是日江正岁科新正迎入学,桂轩子仲希今日芹樽,命大儿往贺之。夜间偶阅近墨。

廿一日(1月7日)　阴晴,下午风色东北,似又作冷。慎甫来谈,留便中饭。顾光川家今日芹樽,命墀儿往贺。终日收租三十馀石。邱幼谦遣价来问,并有札,即作复之。郑理卿有信致于大儿。

廿二日(1月8日)　风雨交作,雪花微飘,惜不成点。终日寒冻,收租一石馀,自开限以来,未有如是之寂希者,暇录浙江新墨卷。

廿三日(1月9日)　西北风,微雪,冷甚,下午起晴。明日沈南翁太夫人叶太恭人开吊,命大儿代往。下午开船,先至梨川,止宿舟中,子屏同往。是日收租廿七石有零。

廿四日(1月10日) 晴,朝冷,午后颇暖。是日头限满期,再放五日,至初一日转二限。终日收租不甚拥挤,夜间吉账共六十九石有零。益芝四侄来,周以童冠之数,搭桥一洋,许以岁底给之。

廿五日(1月11日) 阴晴参半,西北风又狂。是日仍头限,终日收租二十馀石。下午薇人来,始知沈步青自十五日由馆中至芦、至梨,送顾莲溪,迎送到江,回至顾光川家饮芹樽,忽语言颠狂,大有心病,现又往同川去,甚为悬悬,明日须至其家关照之。

廿六日(1月12日) 晴朗。饭后同孙蓉卿至孙家汇关照其母夫人,告以沈步青自十五日馆中回去,廿一日在梨情形。余不上岸,蓉卿代为传述,复同舟至田基浜告其表兄孙拙卿,属其明日到梨、到同,寻觅步青踪迹,令其速回到家为是。下午以芹分致沈吟泉,不受,赠以吴钩松契一分则不壁,长谈,知慎老到梨未遇,回来未晚。是日收租三十馀石,米数较多,然杂丑不堪者多。

廿七日(1月13日) 晴,昨夜积雪盈寸,今日尚暖,已销净。终日收租六七石,开欠追租第一朝,闻催粮追呼颇紧。

廿八日(1月14日) 晴朗。在限厅闲坐,终日收租不过五石馀,如此散漫,到年成色必不佳。属朗亭抄录完粮户底账。

廿九日(1月15日) 晴朗。朝上孙拙卿来,关照沈步青昨自弥陀港张氏觅寻会面,现已回家,神气已清,不过疲倦,大慰余怀,目前且属其不必到馆。终日收租廿六石有零。

三十日(1月16日) 晴暖。今日放限止,开欠者吉收一户,馀尚未来,终日收租卅石左右,舌敝耳聋,殊不易办。灯前,慎甫来至萃和,据云局差请先应完条漕,约明日到东玲付洋,初五日上去。

十二月

十二月初一日(1月17日) 晴暖。今日转二限,饭后以《毛诗》一部至乙溪处,交胡谦斋至东玲交与慎翁。午前顾光川乔梓来,衣冠谢步,以厚礼送还蓝襴,殊为客气。留便中饭,小饮谈心,亵甚,下午回去。是日开欠归吉两户,共收租十六石有零。

初二日(1月18日)　晴,西北风尖冷。上午慎甫来,关照初六日赴江完粮。己、染两圩今来还租,是处被灾颇甚,因从宽每亩六斗二升,折一元八角六分收之。开欠又归吉一户,是日共收廿六石有零。

初三日(1月19日)　阴冷,微雪即止。终日收租不满十石,明日开欠拟复朝。慎甫下午来谈,即去。

初四日(1月20日)　阴,无雨。终日收租十石,开欠归吉一户。中午祀先,祖母周太孺人忌日致祭也。下午至东玲鲍漆工处,大嫂学宪旌奖匾已制就,特去携来,明年二月中悬挂,略须排场。

初五日(1月21日)　晴朗,稍冷。终日收租不过四五石,下午元音、顾吉生两行家均以糙米相售,一①平斛多二升四合,一②平斛多五升,其账一一算讫。朗相粮米账,所抄已有田一千八百亩○二亩有零,若上田四百四十二,费每石五十二算,约须银粮完钱八百馀千文。串账四纸,底账一纸,均已开明,拟明日到江完纳。夜间步叙一切,清晨开船。

初六日(1月22日)　晴朗。朝上开船到北舍,载梦书同行,到江下午。同慎甫持洋付总书顾小云,局书十号,设在一处,杂乱无章。粮户单账已倒者尚多不对,不能查核,以串账付周万复查,其价一例,连银及费上田四百四十四文,以次递减。回舟已晚,同慎甫饭于舟中。夜间持灯同梦侄至总局洪受甫处长谈,晤王紫卿兄,谈文,示近作,知是文坛健将。福建主考只存一丁,与受甫同年,携其所送洪全闱墨借观,下船二鼓。

初七日(1月23日)　阴,雪雨交作,下午雪止,雨转甚。未持雨

---

① "一"字后原文有符号𬤇。卷十,第83页。

② "一"字后原文有符号𬤇。卷十,第83页。

具,不便街行,冒湿至总,到局略查底数。晤周万,知日上断不能截串,且俟下回总算矣。至慎甫家中及王麟书局中叙谈,夜间辞慎甫,早下船。终夜蒙被听雨。

初八日(1月24日) 阴雨已止。早上解维,到同里起来,泊舟炊饭,西北风,饭后扬帆,到家午后。租米日上寥寥,不能成数。夜间略查账。

初九日(1月25日) 阴。终日收租六石。闻福建闱墨清真雅正,胜于浙墨。命大儿作文,自考后至今不过三期,残年只好草草过去,来年必须发愤做功夫,倘再优游,何望希图生色?夜间,一文一诗才得脱稿,尚须细改,此由天资、学力均拙之故。

初十日(1月26日) 阴晴参半。饭后始闻苐卿侄得一侄孙,约在巳午之间。乙兄今冬添子又生孙,可谓老运亨佳。终日收租十馀石。

十一日(1月27日) 晴朗。饭后以福建闱墨命大儿摘录数篇,清矫拔俗,为近科之最,质之子屏,未识以为何如。终日收租三四石,米色不堪之极,因穷苦户,故收之,然未免太宽。暇录甲子直省墨。

十二日(1月28日) 晴,东南风,暖甚,下午微雨即止。终日收租四石有零。甲子墨选今日抄完各直省,明日如暇,再抄江南五篇,以便合订便览。

十三日(1月29日) 晴暖,可穿夹衣。潮湿异常,日上必有大风雨,似非腊寒之正。终日收租五石左右,闻条银有告示,每钱让四十,未识确否。

十四日(1月30日) 阴晴参半。潮湿础润,暖气勃勃,春意盎然。上午开欠有来归吉,终日收租九石有馀。下午沈步青到馆,一应举止似可照旧,大约前所云云一时酒后发闹耳。夜间大雨,雷电交作,似非时令所宜。笔客王希亭来,乱后第一次,据云人屋无恙。

十五日(1月31日) 雨,西北风,渐冷。终日寂寂,租米未收一户。下午舟至慎甫处,约十八日到江完粮。晚间,接吴少松同里十三日所发信,知徐氏一地初八日解馆,其东翁昆弟交代处瓜葛未清,似要请益,虽有说以处之,终防作札依然画饼。

十六日(2月1日) 晴,西北风,颇尖厉。饭后作札致渌卿,为少松代言请益,以原信夹寄,恰好乙溪明日到梨,可面致之。开欠归吉一户,差人落肩,户头窘迫,宽办为是,周旋之而已。收租不满三石,暇录江南墨卷。顾吉生来,约十九日以糙更五十石见售。

十七日(2月2日) 阴冷,下午微雨雪。终日收租连船收七石有零,叙理粮银账,拟明日到江完清新赋。是夜有雪。

十八日(2月3日) 阴冷,北风。积雪盈寸,明日辰刻立春,正好在腊中三白,丰年之兆。江城拟明日去,且俟天晴。饭后乙溪来,渌卿处一札面致,以四元偿还少松,似可过去。即作信并洋封好,明日过同川当面致少松。终日寒冷,租米寂寂。

十九日(2月4日) 旭日当窗,晨起尚寒峭。携行李下船,至东玲载慎甫,同赴江城。是日辰刻立春,一轮红日,万象皆春,西北风尚尖厉。下午至同川,恐庞山湖不好行,即泊舟在姚正茂米行前止宿。是夜微雪,极寒。

二十日(2月5日) 晴,渐暖。朝上与慎甫茗叙福昌楼,饭后开船,到江不过上午。泊舟慎兄门首,即至总上,以洋及串账面交顾小云。据云截串须至年底,尚未算账。下午至局中,以闽墨面交洪受甫,子音亦见,始知显皇帝升祔礼成,来岁要开恩科,其说尚未见明文。夜与慎甫饭于舟中,慎甫在家止宿。

廿一日(2月6日) 晴。朝起霜浓如雪,沐手具衣冠,火神庙中叩头拈香,敬谢四月十二日夜蒙神默佑,销免大灾,特申微忱。回来陪慎兄面叙,即开船,到同里未至午刻,略办家中年物,下午无事,在正茂行前徜徉,夜仍宿在舟中。

廿二日(2月7日) 晴。朝上仍与慎兄茗叙。饭后开船,一帆顺利,午刻至东玲,送慎兄登岸,到家极早。知幼谦廿一日来过,家难起于本生骨肉,殊形棘手,思之,甚为可叹。租务,连日所收不过十馀石,数日间大约寂寂矣。夜间作札,略以鄙见之意致幼谦。

廿三日(2月8日) 晴。饭后舟至东玲会慎兄,托到江理串。晚间,余与大儿衣冠拜送司命尊神升天奏事。梨川舟回,知幼谦到盛度岁,亦是一法。宝文来,终日谈论。

廿四日(2月9日) 晴。终日无事,录江南闱墨,以札并腿、茶食六、蛋羔一篮送子屏,回札知开科一说尚未确实,回蛋羔并以福桔、年羔送孙女,殊属多情。

廿五日(2月10日) 晴暖。饭后录文一首。沈步青昨日解馆,送之。下午舟至南玲,看种树人补种逊村公墓上柏树七十九株,秀山公坟上四十五枝,先大人墓上乙佰〇四枝,从此葱秀成林,又须培植。瞻望松楸,深幸劫后诸叨福荫。夜间与之吉账,净存友庆及余处,返钱廿七两三钱,三年付清。终日碌碌。

廿六日(2月11日) 晴朗。饭后录江南闱墨,吴又如来,留之中饭,赠以折腰米,字典三本送之。午前袁憩棠来,知昨自申浦回,生意尚可,会馆决计停手,以小点心代饭,甚简慢也。下午回去,大嫂倐往陈思,究其何因,知小房老妪大兴口舌,明日须命大儿劝之来,此事极烦恼,甚防旧病发,思之闷闷。

廿七日(2月12日) 晴朗。终日在账房开销诸务,命大儿至陈思载嗣母,晚间□□回,仍不来,不胜踌躇,拟明日再往。夜酌诸房诸公,开销一切,约须□□洋,共乙百卅馀千,租米所收不过八成,共收田二千四百五六十亩,□□此项外一无进款,幸赖先人遗业,苟安过去,来岁必须大熟□□□转机。

廿八日(2月13日) 晴,东北风狂吼。饭后送账房诸公旋里,梦书昨□来定见陈公,朗相约廿五日去载,馀在十六、二十左右来。命工人洒扫庭除,暇作摘录新墨一引。大儿侄晚回,劝嗣母还,断不肯,决计在陈思度岁。仆妇多言尤,致兴大口舌,调停无事甚不容易。庄子"平安为福",思之益信,未识旧悉不发否。被人物议,余亦不能兼顾矣。内人亦不惬意,余则劝解之。夜间登账,留老振侄度岁。闻钲鼓声,甚急,知村上田间有疫火,闭门听之为是。

廿九日(2月14日) 晴阴参半。饭后命舟至陈思,以年物贻大嫂。舟回,知昨夜尚可安眠,旧恙可望平安不发,至幸至幸! 午前过年敬神,午后张挂先大人、先母神像于养树堂,先兄神像命墀侄儿张挂,明年大轮祭,在莘和承值,小祭友庆承办。夜间神像敬挂后祀先,应墀在大嫂处祀先。祭毕,家宴,子妇侍饮,小孙女在怀抱,已呀呀学语矣,顾之以喜,眼前境界均蒙先人馀荫,叨庇无涯,享受之,深惧过分,但望应墀来岁读书生色,年谷丰登,稻花香于九月,桂子荣报中秋,私心颂祷,不胜欣望之至。是夜星斗有光,一鼓后尤觉灿烂,春意已盎盎动人,莳庵主人除夕书于养树堂之西书房。

乙丑日记登于此,丙寅重起。

同治五年(丙寅, 1866)

一 月

同治五年,岁在丙寅,正月元旦(2月15日) 东北风,可望五谷丰熟。是日晴朗,下午略阴,然风色极佳。朝上衣冠拜如来佛,东厨司命神前暨祠堂内拈香虔叩。饭后率侄儿、子、妇先大人、先慈神像前叩拜,即至萃和堂乙溪处轮年,展拜五代图、先祖、先祖母神像,礼毕,与乙溪兄贺岁并贺添丁之喜,子侄辈男女以次受贺。乙兄率侄辈来拜先人像,茶话而去。命应墀同升侄、四侄舟至大港上贺岁。

初二日(2月16日) 晴暖胜于昨日。饭后率应墀至陈思拜贺大嫂年禧,至则文伯、梦花均见,知昨夜大嫂仍不安眠,见余,言语极纯粹,能得旧恙不发为妙,然须静养不生气,稍缓几日方肯归家,余心慰甚也。中午梦花留饮。下午至苏家港贺陆立人入学之喜,送兰修馆法帖、京顶、朝卷、款扇,渠兄弟均出门,不值,即返陈思,婉慰大嫂始回。到家未晚,知黄甘叔来过,留片即去。竹淇弟、子屏、薇人、渊甫来贺岁,老振陪茶,乙溪处留饭。

初三日(2月17日) 阴暖,下午雨霰。饭后,叶纬君彤君来送同怀试艺,一茶即去,固留午饭,不肯。梦书亦来贺岁,去后凌荔生来,午席畅饮,惜余量窄,不能与之对垒,夜间絮语,大谈京师北上,路过河边,苦如海外,非人所居者。宿书楼,大儿陪之。

初四日(2月18日) 阴,微雨。朝上润之。仲禧两侄孙来拜年,仲禧并送试草。饭后送丽生回去,墀侄儿即同至莘塔拜外家年。午前耕云侄婿来,下午大儿回自莘,谨展拜收藏先大人暨先兄起亭神像。

初五日(2月19日)　朝雾,晚晴,暖极,皮裘太重。朝起循例衣冠接五路神。饭后墀儿至梨川邱氏。下午沈吟泉来送试草,留之夜饭,晚去。大儿回,知母舅幼谦廿八归家,所筹一事草草落肩,芸舫师未见,吉叔出见,莲溪亦见,丽江处去过,约初十日要率殷达泉来拜客。

初六日(2月20日)　阴,潮湿而暖。大儿臀疽复发,佐家浜陆又庭处医治,回来,据云于本原无妨,须要拔管方痊。下午至乙溪处,谈及屋后之田,渠已顶出,余处要种,仍旧老车沟进水,各无词说。暇阅荔生与小汀改本,的合时尚,钱子方、徐子祥来过。

初七(2月21日)　人生日。是日东北风,朝阴多雾,午后雨,晚晴。下午舟至孙汇,以芹分贺秋伊世兄蓉卿。至则秋伊出见,长谈。步青亦衣冠来絮语,极得友朋叙首之乐。晚归,约明日到溪畅叙。

初八日(2月22日)　西北风,微雨。饭后作七律一首,待呈孙秋翁,午前不来,又次韵一首。顾妪自陈思来,知大嫂近日已得神安,一切起居尚未复原,归家尚无定期。凌一谦翁之三郎来拜节,一茶去。吴述卿来送试草,留之饮,不肯,即去。孙秋翁同沈步青、顾吉生乔梓来,相与杯酒言欢,极得友朋之乐。席散已晚,客去后,余大有醉意。

初九日(2月23日)　风雨终日。静坐阅丽生改本。午后陆又庭来,为大儿治臀疽,现虽出毒,而根深蒂固,拔管尚需时日,处方敷药,一茶后去。

初十日(2月24日)　阴冷,西北风,微雪即止。午前蔡进之甥来送试草,陆立人来拜贺,不送试艺,不请酒,老洁之至。吴幼如来,留之饮,下午同晋之去。徐丽江率殷达泉作甥婿拜客,持柬来,余书柬答之,乙溪处留饮。丽江之郎来,应墀夫妇内亲,留之止宿。是夜寒甚,有雪。

十一日(2月25日)　晴。朝起积雪盈庭,幸旭日重射,不一日,寸许白玉均归乌有。录荔生窗课两篇,笔极松尖。阅张元之科试文,嗟赏不置。以熊经略评卢忠愍公文评之,并录副本,待还子屏。

十二日(2月26日)　阴晴参半。饭后陶毓仙来送试草，一茶而去。午前费芸舫太史来送会试朱卷，顾莲溪同来，留之午饮，极得知己谈心之乐。留之止宿，不肯，下午去，云要至莘塔。袁稚松来，十九日吉期，具柬来请，匆匆即返。

十三日(2月27日)　雨，终日不息点。闭门无事，将新年诸亲友所送试草一一详阅，各见本领及师友父兄渊源。下午看《求是斋墨程》。

十四日(2月28日)　阴，冷峭，终日静坐。下午子屏有札致墀儿，为李五奎、薇人之外祖母办葬，公求伙助，即以两英洋作片复之。乙溪来谈，即去。陆又庭来治大儿臀痈，据云管深眼小，不能即拔，以霸药敷其外，并作丁消其内，俾皮谷有路，庶易治，再停三日则见路矣，处方扶元而去。

十五日(3月1日)　阴雨，下午大雪。元宵光景，颇形寂寞，未识今岁秋收何如，深抱杞忧。下午至东玲沈慎甫处拜年，适吴望云太史在座，雪下不已，未晚即返。是夜尚暖，雪积旋销。是夜二鼓星月清朗，残雪映之宛如旦昼，开窗一望，清景得未曾有，其转歉为丰之兆乎？

十六日(3月2日)　阴冷，无雨。朝后以片招子屏，适池亭上去，不值。午前沈吟泉、王麟书陪吴仁杰、望云太史来送朱卷，倜傥精悍之色现于眉宇，谈及淮上堵防提督陈国瑞，即手擒苗逆者，性暴而好杀人，独不近女色，近颇肯读书，于《孟子》极有体会入微处，作擘窠大字，龙跳虎卧，极有姿态，自号了庵，云要罢官下场，思点词林，仍要入山为僧，真异人也。以年菜酌之，谈论间颇不寂寞。饭未罢，王谱琴之郎号楚卿来拜年，余几不相识，未茶即去，慢其也。下午客去，天寒，余大有醉意。账房相好陈梅江今日来。

十七日(3月3日)　阴雨终日，颇峭寒。上午选定近墨。下午至北厍道梅冠伯喜，并送芹分、玩扇。回至梦书处，茶话而返。下午吴又江来，未茶即去。

十八日(3月4日)　阴雨。朝上开船至池亭,以分、扇、顶送叶绶卿两郎,一茶即开船。至梨里,雨甚,泊舟,先至蔡氏二妹处拜年,秋丞、多生出见,秋丞近体已愈,今岁课多生读书,极是。与二妹絮谈良久,至徐渌卿处答拜即返。至省斋叔岳处长谈,知又幼少不更事,恐日后难以支持门户。雨淋淋,街上不能行,舟至费氏,吉甫、光川出见,芸舫苏州去。至敬承,又幼同川去,即返。到家点灯,知谨庭来过。雨终夜不歇点。

拾九日(3月5日)　西北风,下午晴朗。饭后舟至赵田,贺袁稚松吉期,松太史芦川旧友均至,述甫、憩棠、子丞、穆斋、问樵均与道喜。陆芝田、刘健卿面送试卷,暇须寄答一分。粟香、子骧亦过来,余与陆立人同席。下午风息,还家未晚。

二十日(3月6日)　朝晴,午后东风狂吼,寒甚。午前谨二兄来,迟子屏不至,长谈,不吃中饭,如所请而去。下午静坐,天色又有变意。

廿一日(3月7日)　阴,下午雨不止。午前子屏衣冠来,甚好与之置酒谈心。中饭后,陆又庭来为大儿治疮,据云馀毒未尽,管可渐销,仍用猛药,使口外之腐消净,则可收功矣,处方而去。子屏以闽墨示之,大为击赏,谈文至晚回。是日沈少莲、曹松泉来拜年。

廿二日(3月8日)　大风,渐得起晴。饭后录墨卷一篇。是日先大人忌日致祭,追念遗容,不胜乌咽。先兄起亭亦于是日殁。墀儿疮未愈,不能拜跪,代为致祭。下午默坐,无聊之至。

廿三日(3月9日)　晴朗,自初十日后第一日好天。暇将甲子新墨微吟婉诵,亦觉时花美女,动人怡情。孙蓉卿、朱载赓昨日来过。

廿四日(3月10日)　晴朗。午前邱幼谦来,以朱稚苹表内兄去岁廿八日所发信寄余,阅之,知今岁在震邑叶公处作幕友,挈家均住城中小东门赵宅,暇当作答之。中午以年菜酌又幼,下午即去,谆属闭门读书,未识能听言否。衣冠答朱载赓。徐氏大嫂二月十七治丧,乙溪属撰对联,草拟数联与之。闻时事颇有警信,以不确为妙。

廿五日(3月11日) 晴,下午又有变意。是日账房诸公均已到齐,夜间略酌之。下午星伯特来拜年还套,沈吟泉同来,一茶长谈而去。六合、九江之说,总以不确为幸。暇作两书,拟复少卿、稚苹。夜间清理旧岁用度账,略已算吉。

廿六日(3月12日) 朝雨,晚渐起晴。上午录时墨一篇,下午阅时艺数首。沈子霖朱卷托蔡秋丞已寄到,读之,极合时样,可谓揣摩十分纯熟。

廿七日(3月13日) 晴朗,大有春光明媚之象。上午将旧存堂对略一整齐拂晒,暇录时墨。下午陆又亭为大儿治臀疽,毒略出净,坚块尚有未消,尚须治其馀波,然后收功。处方解毒,俟月初收功后再用扶原。

廿八日(3月14日) 晴朗渐暖。上午抄录时墨,午前大嫂遣使来,接文伯信,尚无归期,所出题目亦甚难做,姑且将计就计复之,以冀其早归,此事口舌犹未平也。下午钱芸山来送历书,一茶去,知常州二月初县考,松江二月廿六取齐案临。是日心绪纷如,不能如意,阅文亦毫无兴会。

廿九日(3月15日) 晴暖,皮裘必须卸。上午录时墨一篇,下午阅闽墨。大嫂处遣使去请,二月中仍不肯来,姑听之,俟三月归。

三十日(3月16日) 晴暖,大似暮春。饭后录彝斋文。午前慎甫来,以版串见寄,不及一半,户数差误颇难核准,已嘱朗相暇则细算。知邑尊追呼极火猛,现在同里坐催,时事尚属安靖。托建才办历书,蒙见惠,不肯算钱,暇当谢之。约初四日到江,以朱信托寄,欲留中饭,坚辞不肯,褒甚,午后回去。

二 月

二月初一日(3月17日) 阴,微雨,潮湿似黄梅天。饭后衣冠东厨司命神前、家祠内叩头拈香。上午写一札答朱稚苹,极恶劣,明日要写过,暇阅时文。账房内有退田事,从宽吉算。夜间大风挟雨兼雹,窗瓦皆震,至天明稍息。

初二日(3月18日)　晴朗,风亦渐和。上午重写朱信不差,封就。暇阅时文。瞽二来,付米折腰。

初三日(3月19日)　阴雨,风峭,渐寒。是日文帝圣诞,在家衣冠拈香,望空叩拜并素斋。上午作两札,一复答徐少卿金华,一致吴又江。慎甫到江,遣人来,即以朱稚苹信托寄。暇阅时墨。夜间大雨。

初四日(3月20日)　又雨,终日阴闷。录彝斋文一篇。暇阅读本文。夜雨不止,夜间雷电。

初五日(3月21日)　半晴,今日春分,西南风极狂。上午录郁稿文毕。遣妪至陈思,还,知大嫂近体颇健,三月初归家,至月初定期。

初六日(3月22日)　阴,又复风雨。上午录书院文一首。下午阅唐诗时艺。夜间汇吉去岁一年出入账,头绪略清。吴又江信今日寄出,为包公分手事预为关照。

初七日(3月23日)　阴,风雨终日,冷峭。昨夜雷电,水已顿涨三寸。上午致祭先母沈太孺人忌日。下午阅甲子江南墨。陆又庭来,为大儿治痔,上面收功,下面近肛处又起浮肿,防要出毒,可厌之至。处方内消,未识能解散否。是夜风狂。

初八日(3月24日)　始晴,颇寒。上午录新墨。是日接徐少卿金华信,纯用四六,居然一书记手矣。下午阅《东坡诗案》。

初九日(3月25日)　晴冷。饭后省三侄孙来,为孙女看眼丹,据云无甚要紧。是日媳妇挈孙女至外家去,循俗具糕盘往。包卍如来,云又江信已到,不待四月初即要分手,余听之,送之还去。暇阅时艺。

初十日(3月26日)　晴朗,为此月中好天气。上午录新墨。沈吟泉来谈,一茶即去。下午接江城慎兄来字,知版串将齐,俟慎兄十五左右回江面交。寄到租欠转牌二纸,一致一溪。

十一日(3月27日)　晴朗。饭后录文一篇。暇阅近墨。遣使至邱氏,晚回,接理卿寄还大儿所选定七家诗,寅卿所评极的当,并知其太夫人近抱瘦肿疾,殊不适,现在辛垞处方必须调治。

十二(3月28日)　花朝日。晴朗,风稍尖利,然已为近年来所难睹,今岁庶有秋乎?上午录文一篇毕后,沈步青来,恰好与之相订廿八日到馆,以秋伊次韵诗写寄。中午饭于养树堂。下午同至蓉卿馆中长谈,晚间步回去。传说湖北汉阳府有警。

十三日(3月29日)　阴,下午细雨,终日寒冷。上午录文一篇,适老表兄周老聘五衣冠来补拜年,问其年,适届七旬,老而独,恰老而健,怜之又复惜之。乙溪处轮年留饮,闻大醉而还。

十四日(3月30日)　阴晴参半。饭后乙溪来,为徐氏大嫂十七日治丧借去器用物件。下午两侄女来谈,一茶去,与大儿论读本简练揣摩法。

十五日(3月31日)　晴朗可喜。饭后至萃和,观丧事内一应排场均已楚楚。回来,录文两首,账房诸公均回去,惟老正独留照应门户。是日接沈谱笙试草,从骈生处来。

十六日(4月1日)　晴。饭后录文一篇,另录文一册,共廿二篇,订好。午前王韶九六表弟来,特补拜年,知祯伯仲奘于十八日甄别,已赴苏去。下午至乙溪处,略酬应宾客。夜间酌敬,共四席,账房诸公上座。蔡氏二妹来,多生同来,号访白。夜雨,有风。

十七日(4月2日)　晴朗。朝起同大儿至萃和,是日徐氏大嫂开吊,诸亲友来者一一应酬。袁憩棠来,陪之饭,知广东已平,江西不安靖。徐子祥来,以少卿信面之附寄。下午入祠,夜间宴客,共六席,回来深黄昏后。

十八日(4月3日)　晴,下午有变意。上午沈慎甫来,以版串交余,大约不缺相近,一茶即去。吴幼如来,以葬亲择日单见示,知在三月十三日以洋四十元①,钱八百文与之,此番为大姊安葬起见,故特助之。并晚大姊合葬,共两穴。是日招蔡氏堂二妹来中饭,絮谈竟日。

---

① "元"字后原文有符号 ㄓ。卷十,第94页。

十九日（**4月4日**） 风雨终日，下午尤甚，晚闻雷声。暇与大儿论文。

二十日（**4月5日**） 风雨终日，下午雨点稍止，是日清明节。饭后至乙溪处，率墀侄儿、蒂卿、介庵、充之侄舟至北厍，是年老三房大榕四兄当祭，即以祭扫费柒千付之。是年桂轩侄亦捐四千，永为定例。到则风狂雨骤，始迁祖暨心园公、敬湖公坟上惟主祭登岸，行灌洒焚帛礼，馀皆在船上叩拜而已。角字君彩公坟上，舟人不能行动，不及去，只好主祭明日补往矣。未至午前，即汇叙于大榕处，饮散福酒，共六席，约叙三十六人，余则居然首座，子侄辈执爵侑酒，菜颇丰盛。下午席散，与梦书、子屏、丹卿诸侄茗饮西茶楼，畅谈良久，以县志学校、水利二本寄薇人。复至桂轩书房中，观仲希侄孙近课四篇，筼坡改本，此子大题甚有造。回来，家中节日致祭，家祠内祭已祧之祖，余主之，厅上祭高曾祖父，应墀襄助之，祭毕已黄昏候矣。灯下部叙行李，明日拟至梨川送徐氏庶岳母安葬，是夜为风所伤，不适。

廿一日（**4月6日**） 晴，无风。朝起，舟行至梨，登敬承堂即开船，出荡南桥至四塔送徐氏庶外姑安葬，至则午后，已登基，即拜送，见开前所筑三和土寿穴，坚与石同，即属幼谦暨督工李梦仙以外父遗命封顶，须打足二尺高为度，未识能如所云办理。至丙舍报春草庐，陪地师虞莲溪羽士饮，理卿甥、希鼎襟弟均来送葬，同席。下午舟回，仍至梨里，宿于邱氏。观幼谦近作，水流花放，笔妙之至。与毓之内弟、省三丈、汝莒翁谈，见毓之书桌上有路润生先生所改《明文明》一册，是读明文极好本子。夜与幼谦茗饮，并听时工弹唱小说，其事大犯先外父之戒，属幼谦偶尔陶情则可，若常溺于此，必启荒淫之渐。夜宿楼外楼。郑理卿约初五左右来溪。

廿二日（**4月7日**） 阴，无雨。朝起至畅厅茗饮，招黄吟海来长谈，回来，顾希鼎与之同饭于幼谦处。复视紫玖丈疾，至榻前絮语，形瘦喉痛，夜有悼汗，已卧病五十馀日，深为可虑，珍重而别。舟回，到家午后，二妹来絮谈，大儿今日始坐定理旧业。

廿三日(4月8日) 雨，终日寒冷，且低水太多，深抱杞忧。饭后乙溪处办舟，同率应墀、应升、应祉、应闾儿侄辈至西房曾大父杏传公坟上祭扫，伯父养斋公在左，一同祭奠。复至南玲先大父逊村公墓上拜奠，幸雨稍止，衣帽不至尽湿。回来午后，乙溪处招饮散福酒，子侄辈以次坐，与乙溪对饮，大有醉意。兄今年六十，属渠不祝寿，能得大有年，租米必须让一斗，兄然之。饭毕，与二妹絮语，共望岁丰时平，岁岁欢行祭典为幸。

廿四日(4月9日) 又雨，可闷。饭后录文一篇。中午有佃户来归吉租欠，以牛车一具准底，不得已收之。命大儿录文誊真，去岁所作课艺自今以始，必须简练揣摩矣。暇阅时文。大嫂约要洋十馀元，初七日去载。

廿五日(4月10日) 晴朗可慰。饭后率墀侄儿至南玲圩先大人、先兄墓上祭扫，新补种松柏已渐有起发，自被土匪戕斩后，此番重加培植，思之悲欣交集，徘徊展拜而返。下午命应墀至北玲圩祭奠其弟应奎，屈指殁时，年已五载，他日须命墀侄儿继其香火，为之立后。今新岁抱孙之念，较功名更切，未识能如愿相偿否。此事应墀外，未可为外人道也。

廿六日(4月11日) 晴朗。饭后录时文一篇，招蔡氏二妹来絮谈。晚间沈慎甫来谈，即去。是日心绪纷如，看文亦无意趣。

廿七日(4月12日) 上午晴，下午又风雨，殊属雨水太多。暇录文，大儿誊真课作。账内为欠租退入田面事另行召佃，诸事甚费周章。兰州新当手，不能办理老当。

廿八日(4月13日) 风雨终日，对之闷闷。录文一篇后，吉算内登总账，差舛不清，殊觉心绪不宁。上午风狂雨骤，无可行动，下午稍息，命舟载步青，不来，约初三日白舟来。终终昏闷，不能阅文，未识今岁天时人事若何。开科与无，尚非吾辈切要事也。

廿九日(**4 月 14 日**)　阴,无雨,未风开晴,水已顿涨四寸馀。终日阅文,仍无心得,但见密云幂天,阴寒而已。

三　月

三月初一日(**4 月 15 日**)　晴朗可喜。饭后衣冠东厨司命神前、家祠内拈香。暇录时艺一首。下午理公账,兑契一纸,萃和顶田契一纸,面付一溪收拾。知沈岭梅来过,杭州及汉口均各安堵无恙,讹言可恶之至!

初二日(**4 月 16 日**)　晴朗。终日为田土事,不能阅文。下午慎甫来谈,即去。大儿今日动笔作文,下午才完草稿,尚须自己删改。夜间作诗。

初三日(**4 月 17 日**)　上巳。晴朗清旷,俗以此日不雨为可免水灾之验,书以志吴民之庆。上午录文。下午沈步青来自梨川,云要办葬事,尚须耽搁,约初十日到馆,晚仍回去。

初四日(**4 月 18 日**)　晴朗。饭后同吉老至芦川,以堂对、堂轴、书房对、奎儿像付钱艺香店裱过,决实九折,净钱五千四百七十二文,先付定钱一千,约十五左右去取。回至公盛行,吉生、述甫均他出,与乡老茗饮,殊觉少兴。饭于舟中,复至吴幼江处,以"琢"字佃户挑泥安置义冢上,与堂董吴仁斋说明。归家傍晚。

初五日(**4 月 19 日**)　晴朗。终日账房为田土事与之争长论短,殊无擅能之处,念其病贫孤,从丰找价给之。有黄某来,两房回避,余则见之,此事颇难开例。饭于账房而去,然闻要再来,姑待而任之。迟郑理卿不至,墀儿呈阅课艺,尚觉闳畅清晰,而脱稿迟迟。场中万无磨琢之功,须勖渠敏捷为要。

初六日(**4 月 20 日**)　晴,下午东风狂吼,有变意,微雨。底水太大,以晴为快。上午录文。下午阅新墨。

初七日(**4 月 21 日**)　阴雨,暖。饭后录文一首,作札致子屏,大儿课作誊寄八首篇,封好。午前大嫂来自陈思,近体颇健,慰甚。新

妇亦来①莘塔,补行新年礼,前嫌可以尽释矣。午后沈慎甫来,知沈
经筦新自都门回籍。江南乡试,拟补行科半,都中有此议论,未识外
省奏办否,长谈去。

初八日(4月22日)　晴朗,可免雨水,不觉喜形于色。上午录
文,以大儿课作寄子屏,接回字,知是月十九日子屏安葬母氏先大嫂,
摒挡一切,恐尚无暇动笔,县志两本已收回。命大儿作札,关照陈思
诸母舅,大嫂请奖悬匾择吉是月十八日,略排场一日。

初九日(4月23日)　晴朗清旷。饭后录文一篇,适沈吟泉领丝
行二张君来,一茶即去。吟泉留便中饭,谈艺终日,知近已作文二篇,
晚去,特以金花借赠。梅冠伯晚来送试草,即去。灯下阅其文,是子
屏改笔,前路警湛,后二为四十题,独开生面,吾人当奉作暮鼓晨钟。

初十日(4月24日)　风狂,又有变意。上午录文一首。下午静
坐,阅读本。自维老荒,不能用心,于此道益觉茫然,惟为陪儿辈下场
起见,此道尚不敢高阁不讲。

十一日(4月25日)　风雨终日。上午录新墨。下午沈步青到
馆。晚接吴少松信,以课文六篇相质,知在陶氏,文兴极佳。涤之昆
季,苏州甄别均得高取,可知极肯用功,墀儿闻之,能不惭愧?急以按
期做功夫勖之。

十二日(4月26日)　晴朗。饭后舟至梨川,午前至周禔庭家,
吴贻谷、幼如甥均等候,扰贻谷中饭,特设一席,未免过费。下午同贻
谷、幼如舟至平望,泊舟后溪中木桥头米市河。登岸,见房屋皆新,市
头稍聚,然焦土尚多。茗饮大茶馆,仿上海式。闲游街上,劫火之馀
尚有生聚气象,吃面均幼如、贻谷作东。夜与幼如同宿舟中。

十三日(4月27日)　晴朗。早行至堞楼头,地名石基斗,圩名
危字,皆在唐家湖滩,离平望九里。吴氏坟上泊舟,恰好值辰时,衣冠
送吴肖岩姻丈暨两大姊登茔,安葬余姊之柩幸完固无恙,馀皆不固,

***

① "来"字后疑漏写"自"字。卷十,第97页。

此番安土,可以稍慰先长姊矣。饭于坟丁家,回梨尚早。沈愚亭十八领帖,今日先吊,沈月帆接陪,一茶即返,始知今岁开科不果。至费吉甫处,与之长谈,蒙留中饭,谈文兴浓。芸舫在沪未回,大儿文三篇托吉老转交。下午至邱氏,适朱稚苹自吴江来,九丈病在危急,而幼谦观剧未回,可知日上又不妥致。陪稚苹絮语乱后事,吟海、省丈均至,夜饭于五峰园。幼谦始归,夜同稚苹宿楼外楼,已二鼓。稚苹医理极精,近日吾邑无此妙手。

十四日(4月28日) 晴,暖甚。早起同稚苹、幼谦茶寮叙话,吟海亦来。回,饭于敬承堂,即解维,邀稚苹同舟到溪,不过午前。适郑理卿甥亦自盛川来,恰好同席,略具杯盘。听稚苹言官场势利,人情险济,世网幻罗,机权不测,可解颐者多,可惊心者亦不少。夜饮颇畅,谈至二鼓就寝。苹老、郑甥均宿书楼。

十五日(4月29日) 晴,略有变意,下午微雨,阴暖之至。饭后备舟送稚苹回吴江寓,理卿话叙良久亦归去。倦甚,客去昼寝。下午作札致谨庭、子屏,大嫂悬匾之期,略为部叙排场。

十六日(4月30日) 晴朗。饭后录文一篇,科场虽未必有,此事何可置之高阁?晚间慎甫来,约廿一日到江同往。终日碌碌。

十七日(5月1日) 晴朗。饭后命工人二加堂洒扫修饰,排悬灯彩字画。终日部叙,至下午诸事排场楚楚矣。

十八日(5月2日) 晴朗可喜。饭后至二加堂,诸事齐备,即率大侄儿贺大嫂喜,衣冠命升炮鼓吹,上宜学宪所给"奖训昭荻"画匾,杨文伯、梦花暨凌耕云侄婿、小汀姻侄、大港薇人诸侄、沈吟泉表侄均来贺。中午宴客二加堂,五席,账房一席,内厅两席。下午梦花先返,留客听雅奏。夜间张灯,团叙四席,黄昏客去,二鼓奏班毕事,余父子就寝将近三鼓,不觉精神疲倦。

十九日(5月3日) 细雨终日。晚起,开发各项。午前许竹溪来,夔梅三侄女已定亲迮氏,中午陪渠友庆堂宴席,余倦甚,应酬而已。晚间祀先,黄昏招杨文伯、凌范甫养树堂夜饮,始食蚕豆饭,复与文伯卧室絮语。

二十日(5月4日)　晚起，倦甚。饭后与文伯谈。下午舟至梨川，邱紫玖叔丈十八日归道山，明日卯时入殓，今来探丧。登其堂，凄然。天赋隽才，既厄其遇又不能永其寿，后嗣不能振起，虑坏家风。夜与吉庆谈，共为扼腕。夜宿楼外楼，与省三丈、理卿姨甥同榻。

廿一日(5月5日)　晴。朝上衣冠送九丈入殓，排场楚楚，然善事事宜不堪设想。饭后与苕溪翁谈，幼谦日上又不安靖，须太山婉谕而密约之。即开船，到家中午。下午部叙账目，朗相已楚楚，明日拟到江算吉银米串。夜与文伯谈，大嫂处要多用月头钱，已与文伯言明，顺其意而允之，然此房门户，恐不易支持，得过且过，以求平安而已。文伯明日要归，与之话别而眠。

廿二日(5月6日)　晴，是日立夏节。饭后同慎甫到江，顺帆进城不过中午。梦书亦在江，至总，不接账，要赴各局成查户，因两房要紧，余处不动手。慎甫到家，余宿舟中。

廿三日(5月7日)　晴，热甚。城中演万寿戏，不及观。终日在局查账对户，差误者亦与更正，下午始以账交周寿云付截。暇在慎甫家中静坐。

廿四日(5月8日)　晴热，夹衣难穿。饭后至震邑叶公馆候朱稚苹，不值，回至其寓，已到署，相歧。表内嫂出见，絮谈乱后事，及邱氏近年老成凋谢，不觉唏嘘泣下。略坐回下塘，知今日版串不齐。吴望云新自杭州回，知东南发逆在广东嘉应州起事地方，被左宫保剿灭无遗，大功徐波，均庆告成，可喜之至。灯下苹老至舟边叙谈，去后雷电阵雨。

廿五日(5月9日)　阴，微雨，渐凉。饭后朱稚苹复至下塘长谈，以建曲二匣托寄盛川郑氏，并蒙送食物两种。回去后，同慎兄至总上，申已截齐，与周万算账收讫。慎甫在江逗留，余即开船，至同里午后，即停泊新田地米行前止宿焉。

廿六日(5月10日)　阴。朝饭后开船，一帆顺利，到家不过上

午。稚苹夫人亦由江来舍盘桓,幸开船尚早,安稳之至。下午狂风大
吼,雨亦随之,是日尚有寒意。

廿七日(5月11日) 晴热。大儿做约课题,今午始脱稿,即由
苹塔寄练塘,潘笃翁秉笔。

廿八日(5月12日) 晴热之至。北舍梅墩依旧演剧,工人均出
去观,余则神思疲倦,颇欲昼眠,不振可警。

廿九日(5月13日) 晴热,几同夏令。点窜吴少松课文,草草
了事,动笔艰涩之极,可知此道大不易,非用功不办。

四 月

四月初一日(5月14日) 略阴,夜间微雨。饭后衣冠拈香东厨
司命神前、家祠内叩首,作札并文寄与吴少松。子屏来,略坐即去,云
要至苹塔。坟工已完,大事可以释肩,以后一心用功矣。是日略看
时文。

初二日(5月15日) 渐开晴。上午抄时文新花样已毕事,大儿
文期,至晚一文、一诗草稿初完,然尚要细改,可知敏捷之难。是日食
蚕豆饭,极佳。

初三日(5月16日) 晴朗。饭后录新墨告竣后,顾念先来,为
凌古老账事,以田搭售,始开场,尚无头绪。中午留便饭,与之对饮,
不觉大醉。下午客去,极不如适,倦眠而愈。

初四日(5月17日) 阴,无雨,薄寒。朝起为长葑公账田派做
圩岸,只好萃和承办,余不合贴,因卅年余处独办过,今岁乙处轮收故
也。上午步青由芦至梨。下午碌碌,不能坐定。

初五日(5月18日) 朝上晦冥风雨,午后开晴。订好所选近墨
四十四篇,下午稍得坐定。

初六日(5月19日) 晴朗。饭后洒扫堂宇,鸟粪野马为之一
空,即此已为清净世界矣。暇作札致苹老,明日大儿至梨寄航。下午
略阅文。

初七日(5月20日) 阴雨,潮湿。饭后大儿陪表舅母至梨川敬承堂。终日静坐,然了无心得,发郑甥理卿信,高丽参四枝,二两二钱,建曲两匣,一同封寄。以近人所刻《诛心戒淫文》属幼谦写样,大儿发心重刻,此意极可嘉。晚间舟回,知省三丈大振家法,幼谦辈均督键户读书,能得一年或半载,必有功效。接理卿信,此月廿六日渠家有素事,特来关照。

初八日(5月21日) 晴朗。饭后略阅时文。下午梦书来,明日夔二先兄、乙大先嫂安葬大义圩,卯时登基,必须一送。

初九日(5月22日) 晨起率大儿舟至大义圩长浜,衣冠送夔二先兄、乙大嫂卯时安葬,其穴梨里沈岭梅所定,立乙山辛向,坐空朝实,山前有泽,左有浜,颇深,兜裹抱带,极曲折有致。乙溪兄于此卜吉营生矿,且与夔梅同择地,不另起炉灶,福由义集,颇合余意。登基后,送岭梅回去,留之朝饭,不肯,据云请择地者纷纷,无暇逗留也。回来,饭于萃和堂,两席,与诸侄婿谈论,午饭后客去斯毕事。沈吟泉来自江,知乡官奉旨要严办盛泽李姓,已正法。晚回东玲。

初十日(5月23日) 阴雨雷阵,终日潮湿,大似梅天。静坐,略作字。书房内文期。

十一日(5月24日) 天忽开晴,朗畅可喜。上午阅经艺。下午略坐定,书房内又文期。大儿要至外家去,故预行此。

十二日(5月25日) 阴,潮热如炎暑,下午微雨。饭后衣冠率墀儿至友庆萃和,祝乙溪兄暨夔二嫂寿。是日封寿穴,虽不排场,至亲如侄女辈均来称觞。午前吃面,下午陪周聘表兄辈饮宴,梦书亦来,共两席,晚间回。大儿在萃和吃夜饭。

十三日(5月26日) 阴冷,渐有干燥象。饭后圈阅经文,适子屏来,大儿文改就一篇,极顶真。以近作葬亲诗诸体见示,均见血性,非吟风弄月可比。谈文竟日,颇饶兴趣,秋间得暇,相约到馆课读。晚间益四侄来,贫而病,其人不足恤,仍如子屏所请给之,然终不了。傍晚始归,日上要赴苏,拜冯景翁为师。近作存留,要寄李星槎看。

十四日(5月27日)　阴雨,颇薄寒。饭后阅经文《春秋》。下午阅子屏改本,极笔歌墨舞之乐。晚间由芦墟接理卿初九日所发信,知姨姑太太病情不轻,颇为理卿踌躇。

十五日(5月28日)　晴朗清和。饭后阅经文。下午闲坐。闻五月中有开征条银之信,田上又多一出款。大儿呈阅课作,尚条邑明晰。

十六日(5月29日)　半晴,无雨。饭后大侄儿舟至莘塔外家,约有数日逗留,亦是息游一法。是日始食黄鱼。暇阅经文。

十七日(5月30日)　阴晴参半,风尖防变。上午接邱幼谦与大儿信,知理卿太夫人病情有日增之势。廿一日理卿要见喜完姻,告借衣服,当即作复。二十日命大儿同幼谦一往,明日当关照大儿,不能多住莘塔,十九日去载。

十捌日(5月31日)　晴朗。饭后阅经艺《诗经》,迟芦墟二公不至。午前邱氏又有船来,知二姑太太今晨气急欲脱,似难延至廿一日,然事出两难,只好先赶喜事,然后开楼,即札致幼谦,属关照郑氏。内人明日欲去探视,以便条与大儿,明天去载。

十九日(6月1日)　晴朗。早起,饭后内人舟至盛川望二姨妹,午前盛泽寅卿有信来,已请朱稚莘处方,用人参、鹿茸,余处已无,以所剩肉角半枝与其来使而去。念先来,仍然画饼。顾老庆来,属其择日建一牛栏,围场加高,一在是月廿八,一在七月廿六,留中饭而去。下午大儿来自莘塔,黄昏后盛川船回,内人要廿二日清晨去载,二姑太太病情略愈。

二十日(6月2日)　晴朗。终日栗六,不能坐定,不解何故。下午沈吟泉来谈,知慎甫尚在江,以召佃牌一张托吟泉到江办。

廿一日(6月3日)　晴朗。饭后命大儿由梨至盛。暇阅经文。南账春花今日始开。

廿二日(6月4日)　晴燥,西北风。饭后阅经文,诗艺已圈完。下午静坐,看近墨。晚间内人率大儿自盛泽回,二姑太太以理卿见喜完姻而病少愈。理卿有至性,可嘉之至。

廿三日(6月5日) 晴朗。饭后阅《书经》文。吴少松自紫树下馆中来,知宾主颇投契,以文四首相质,余荒而懒,不能效劳,已转托凌荔生动笔。下午命大儿作札致砺生,即行封寄。畅谈,饭于书房中,下午回去,约秋后再来叙。

廿四日(6月6日) 晴朗。饭后圈经艺。下午沈吟泉来谈,知芦墟初三、十六大起文会,潘筼翁秉笔,钱子骧作东道主,大有裨益,奈大儿笔性迟钝,当日虑不交卷,不敢往,可耻也。晚送回东玲。

廿五日(6月7日) 晴朗。饭后阅经文,暇略坐定,然心终不叙,了无所益,恐文字与家事两益其荒。元音下午来,定冬两困①,想日上市面必有风头起。接朱稚苹信,并送宫花、肉肚,晚间作札复之。表嫂关照初十日余处送回,此札拟明日托吟泉带去。

廿六日(6月8日) 晴,风极狂。饭后圈经文,东玲舟回,吟泉已上去,不及寄信。下午阅时文,笔客来,以一百文买紫毫乙枝。

廿七日(6月9日) 晴,风燥甚。饭后照应出冬,下午阅经文、时艺各两篇。胸膈不甚舒畅,饮高粱一杯,然此品与余气质颇不合。

廿八日(6月10日) 晴朗。饭后阅《书经》文两首,皆山青石赤,字皆奇者。筑一牛楯,择日今吉,即将公账之件移竖余处。有黄某来,念其乱时有德于此,再四恳请,给以三枚,留饭而去。下午观工人插秧,今夏二麦、菜豆均熟,天时亦正,可望大有年,行步田间,顾而乐斯光景!

廿九日(6月11日) 晴朗。饭后阅经文。邱氏下人来,寄朱稚苹信到江。下午略温旧业。

三十日(6月12日) 阴雨,正好插种,甘霖及时。上午吴幼如来,以葬事细账示余,极清楚,连蕉如共三穴,约每穴费钱十七千六百有零。留饭,复以八枚找付了吉之,兼复送米折腰数而去。下午略阅读本文四五篇。

---

① "两困"后原文有符号 ᠊᠊᠊。卷十,第102页。

五 月

五月初一日(6月13日) 阴雨终日。饭后衣冠东厨司命神前、家祠内拈香虔叩。上午《书经》文阅毕,下午静坐。书房内文期,大儿呈阅草稿,后二疲极,必要重做,可知此道之难,且先做八韵诗,明日誊文。

初二日(6月14日) 阴,无雨,田水滋足,尚未老晴。上午阅《易经》文,下午闲坐,又雨,命大儿改课作。

初三日(6月15日) 晴朗,略有阵雨。上午圈经艺,下午晒零星书籍,阅时墨数篇。晚间接郑氏报条,知理卿太夫人今日申时(巳午之间)身故,惜哉!巾帼丈夫,不能永年,实两姨甥之大不幸也!明日申时殓,初八开吊,内人理当往探,奈明日节午,家中料理,不能抽身,因从权而止,命大儿明辰早往探送。

初五日(6月17日) 阴,微雨。大儿早往盛川。上午阅星伯近作三篇,面目、气味又复一变,颇见用功之深。中午祀先毕,账房诸公略酌之。步青昨日解节,余不陪饮,自酌三四杯,不觉微醉。下午闲坐,略观《桃花扇传奇》。

初陆日(6月18日) 晴朗。饭后作两札,一致子屏,一致薇人,大儿课文六篇一同封寄。下午大儿回自盛泽,知昨日郑氏排场尚觉楚楚。暇与大儿论文。

初七日(6月19日) 晴,西北风。饭后命大儿复赴盛,明日姨母开吊,必须应酬之。至内人,余阻之不必往,徒劳悲伤,于事何补?大港两信已送出,暇录薇人文一篇。

初八日(6月20日) 晴朗,渐热。饭后正欲阅经文,适谨庭来,如所请予之,以子屏改本信并以苏郡名孝廉贝润生稿见示。谨兄去后,阅子屏改本,笔歌墨舞,局老词练,真儿辈对病良药,快甚!下午阅贝稿,文品极高。晚间大儿回自盛川,知郑氏今日开吊,约四百馀号。与辛垞长叙时事,尚无新闻。

初九日(**6月21日**)　晴,渐炎热。终日阅贝润生稿,晚间始毕。经术湛深,文品高洁,说理精细,制局醇正,然以之应世,前八行尚有太冷处,以之传世,通稿尚有太薄处,要之超出时贤万倍。质诸子屏,以为然否? 若大儿,则未识此中三昧也,书此以识勿谖。

初十日(**6月22日**)　晴,热逊昨日。是日夏至节,命舟送朱内表嫂回吴江。上午子屏、薇人来,各携近作见示。子屏文笔益超,薇人文品益粹,以此应试,其庶几乎! 中午祀先后,与两倕饭于厅上,论文终日,为目前第一快事。晚间回去,子屏以贝润生稿见惠,可免另抄矣。

拾一日(**6月23日**)　雨,终日潮湿,真是熟梅天气。午前慎甫自江来,知条银缓至秋后起征,徐州地界捻匪颇猖獗。下午舟人自江返棹,接朱稚莘信,极见周到。

十二日(**6月24日**)　阴雨,雷电,终日昏霾,雨水太多,低田难种。下午大风,阵雨。终日栗六,照应出冬。大儿做约课,晚间脱稿,甚不得手,为之闷闷。

十三日(**6月25日**)　阴雨终日,水又日涨,即晴为幸。上午静坐阅文,下午由芦墟接殷谱翁正月十六所发之信,知去冬所寄信已收到,旧岁粮赋,除恩减、灾减各四成外,其未垦之田一概豁免。何县家出谕依然蒙混,至今追呼未息也,思之可叹! 晚间大儿呈阅约课,仍不佳,再命重改。

十四日(**6月26日**)　渐晴。上午心绪躁闷,不能静坐。下午大儿呈示课作,略为清妥,即命誊真。如此作文,虽佳亦难为场中地步,以后总以敏捷为妙。

十五日(**6月27日**)　晴,晚间尤佳,可望长晴。上午阅文。下午以课卷两本寄至莘塔,接小汀回条,以约期卷仍不得见,可称迟迟。先事期课卷,于十七八日收齐汇寄。北账船回,仅够伙食,今夏春花虽熟,而佃穷风顽,毫无起色,殊出意计之外。

十六日(**6月28日**)　晴,天朗气清,低田可以无虞,为之一快。

上午阅读本文,下午略晒架上杂书。

十七日(6月29日)　晴。饭后重阅经文,下午读近墨。两账春花今夜毕事,所收不及上年之半,可知账必紧在冬。余心系两途,未免彼此皆荒,思之今秋要必整顿一番,否则宽宕极矣。晚间沈吟泉来谈,即去。

十八日(6月30日)　阴,有风,防变,然水不可来矣,深为之虑。饭后照应出冬,终日碌碌,不能静心。晚间微雨,即止为妙。夜雨,风不息。

十九日(7月1日)　风雨绵绵,终日不止点,水又涨二寸,若不及早开晴,水灾又成,大为焦急。惟望天宥吴民,变灾成熟,庶内忧外变不至交生,小民杞忧,不胜祈祷。是日先祖逊村公忌日,中午致祭,暇则闷闷愁坐。

二十日(7月2日)　阴晴参半,雨点尚不绝声,惟风已息。昨日颇冷,今始稍暖,可望水不成灾。水又涨三寸馀,大富圩已来索装坝钱矣。终日无事,略阅时文。

廿一日(7月3日)　阴晴不定,水又略涨寸许,然索装坝钱者已纷纷,能得即日开晴老当尚无大害。天心仁厚,未识能垂怜否。下午顾吉生来,定见其郎今冬办账,明议脩金①四十两,限内一股,均相允协,絮谈而去。刘健卿芹分一,陆芝田谢教帖一,京顶,作一片托袁述甫转寄,即交吉生带交。

廿二日(7月4日)　晴朗,可免水灾之厄,欣喜久之。上午阅经文,下午阅近墨。谨庭来,为四侄有求萃和事,余处来哓哓,殊属可厌,略酬接之而去。大儿连日文期,呈阅草稿均不出色,将如之何。

廿三日(7月5日)　晴,略潮湿,恐未必即幸长晴。饭后与吉老对账,终日而毕。晚间莘塔寄到以约期约课,急阅之,大儿幸在中十

---

① "脩金"后原文有符号 。卷十,第105页。

四人之列,然已仅免殿复,就文而论,以为幸矣。大约潘笘翁所取前三名均以笔力议论胜者,若精细说理亦无多尚焉。内人略有感冒,适痧而愈。

廿四日(7月6日)　晴。朝上有雾,潮湿之至,恐又有大雨。上午阅经文,下午闲坐。夜雷,微雨。

廿五日(7月7日)　上午晴热,潮湿之至。是日酉时交小暑节,下午大雷,作阵雨之势,大非时令所宜,为之踌躇久之,恐今秋难望十足也。终日昏闷,不能定心,晚间阵雨大作,幸即止。

廿六日(7月8日)　晴热。上午新妇率孙女归自外家,凌氏备周吉礼,糕团诸物,殊属不宜于夏令。习俗难移,不知珍惜,实增暴殄之罪也。孙女聪慧,已黄口作语,戏嬉可乐。中午惊闻蔡秋丞今晨卯时身故恶耗,不胜悲悼,吾堂妹将何以堪此逆境?蔡氏门祚何将振又蹶?今所望者,进之二甥。明日余不及亲往,命大儿去探丧送殓。

廿七日(7月9日)　晴热。朝饭后命大儿至梨送朗亭还家,约六月过二十后去载,留渠仍旧。语言之间颇不直落,因熟办账务乏人,含忍之。慎甫来,长谈终日,下午去。是日蕴热之至,大儿晚归。至港上,与子屏长谈,并接回信。

廿八日(7月10日)　晴热稍退。朝行饭于舟中,到梨尚早,到蔡氏送秋丞大殓,入慰二妹,相见大号痛,益见秋丞事母之诚,不觉代为伤心,实万难遭之境也。略坐,至厅上与雨春长谈,见其弟愚亭二郎志和,年十九,状貌倜傥不群,闻从贝润生做大场功夫,已可中得,真月帆之福也。饭后至敬承,邱幼谦群从,恂恂在园中,难得可喜,携近作两首归,到家尚未晚。

廿九日(7月11日)　晴热。终日无事,略阅会墨,心思纷扰,了不能定去取。闻袁稚松考一等第四,可现补,不胜欣羡,松巢可称有子!

六　月

六月初一日（7月12日）　晴，西南风，水渐退，可喜。饭后衣冠拈香东厨司命神前、家祠内虔叩。顾念先来谈古泉一账，从宽说合，略有头绪，约初十前同砚溪进来。终日燥热，略有俗事，不能坐定。

初二日（7月13日）　晴热。饭后阅辛亥士子梨川诸公约课，毕竟老手，师出无敌，若近日诸英少无有可与争锋者，为之服佩者久之。下午略坐定，咕哗，然心终不能深用，此道难以力争，随其意兴所到可也。晚间乘凉。

初三日（7月14日）　晴朗。上午录陈升甫文两篇。下午账房内略有俗事，酬应之。饭后舟至东玲，关照慎甫一事，知黄森甫店内被兵勇滋事，土人共起殴之，致兵受伤，此事虽鸣官，然于情节颇屈。甚矣，有斟酌之人颇少也。午前归家。

初四日（7月15日）　上午晴，下午阵雨。略阅读本文，书房内文期。下午阵雨即止。

初五日（7月16日）　阴凉。上午录子屏文，与升甫对校，旗鼓相当，子屏作浑厚过之，升甫作悍廉过之，要之两雄并峙，一秦一晋也。大儿呈阅课作，似有制胜处，奈脱稿迟迟，终非应试所宜，但目前实难变化其气质。晚接子屏信，以痧药三服分惠，贝润生为沈芝和选读本文目录并题目纸均抄来，并知费芸舫太夫人病势危笃。

初六日（7月17日）　阴，下午大雨即止，水则骤涨寸许。午前谨庭为益芝来，因病又阙给之。接费氏报条，惊知梁太夫人已寿终，可称全寿全福，特吉甫昆季素孝甚，未免悲伤耳。初八日大殓，必须一拜奠。是日接朱稚苹信，托办冬米、菜油，下午作札，拟托慎甫复寄之。梦书来谈，雨过即去。

初七日（7月18日）　晴热。饭后元音佺来下冬，沈慎甫、顾念先同凌古泉来归吉宿负，其佺砚溪亦来，交《毛诗》一部。田五亩九分有零，准本四百廿千，利卅年，馀年一概让讫，因在世交，从情俯允之。

晚间交单立契,其原契单即面交古泉,一笑了吉而去。是日俗事甚繁,心绪栗鹿。

初八日(7月19日)　晴,热甚。早起同沈步青舟至梨川,饭于舟中,送费大夫人梁氏世伯母大殓,至则亲友毕集,极排场。吉甫昆季极哀毁尽礼,可称至孝。款客用荤菜,余与百川同席,晤程紫垣郎,号听轩,知甘肃兰州回逆猖甚告警,捻逆在青江浦、凤阳一带滋扰,英夷亦极狂悖,此时正多难之秋,不得以苏省平安为一无足虑也。晤余鲁青、沈雨春、子屏侄,复畅谈一时许始告辞。至畅厅,解衣乘凉,与步青茗饮后始开船,到家极早。是日炎热之至,一动笔汗即淋漓。

初九日(7月20日)　阴晴参半,下午微雨,稍凉,水则大退,可喜。上午料理账目,头绪尚清。下午略阅近墨。

初十日(7月21日)　晴朗。饭后阅经文。下午泛阅近墨,略得坐定之暇。晚间阵雨即散。

十一日(7月22日)　晴热,水又退。饭后抄近人名作,汇齐订好。下午略讽诵,天热而止。

十二日(7月23日)　晴朗,西南风,是日午时交大暑节。饭后阅经文。下午沐浴,垢腻一清,快甚。晚间雷雨不成阵,即止。

十三日(7月24日)　晴,炎热而朗,为今夏第一日好天气。书房内作练塘约课,题系"毋意,毋必"四句。名作如林,欲制胜颇不易。至晚,大儿始脱稿,明日尚要细细自改。

十四日(7月25日)　晴,炎热。饭后磨墨匣,牙胀作痛,其蛀而无实者又复动摇,殊觉头角不适,食物不便为闷。终日闲坐,大儿课文可望较胜于前。阅周夫子、陈雨亭两作,则不可同日而语矣,然不剽袭,亦是一好处。

十五日(7月26日)　晴热而朗。齿痛已愈,一快。命工人将堂楼上窗槅脱下,洗净沐油。幸托先人庇荫,敝庐至今无恙,不得不深自爱惜保护,此是劫后第一大幸事也。下午将课卷两本至莘塔交凌荫周汇寄。细阅沈步青作,局法、笔力均佳,大儿文究嫌疲软,不如之至,惟后二有句病不妥,未识秉笔者以为何如。晚间大雷电,阵雨。莘塔船回,垛雨已在黄昏,接荫周票,先事期卷已看出,超取十二卷,第一许松安,荫周第二,步青第三,大儿第八,卷子未寄来。

十六日(7月27日) 阴晴参半,不甚热。上午账房有俗事,略应酬之。下午亦不能坐定,纷扰而已。是日始食西瓜,甘美,惜价太昂,三千左右。

十七日(7月28日) 晴朗。终日照应账房内俗事,梦书来,略为变通,以款抵款,然生意拙甚,终恐弥缝难遍。张星桥来,渠开米铺,号仁茂,在如僧寺外西塘街,以谨庭孙福官作荐学生意,似有头绪。沈吟泉来,下午畅谈,至晚送回东玲。

十八日(7月29日) 晴热。终日与顾兰州对北账新坐簿,颇觉头昏眼花,至晚始止。约课卷已寄来,交书房细看。

十九日(7月30日) 晴朗,极热。大士佛诞,素斋。饭后与兰州对账未毕,子屏侄来即止,论文终日,快甚。大儿近作改好三篇,高华、雄厚、爽快兼擅其长,名师也,可佩。来岁一席亦与谈定。渠近作留在案头一篇,至晚,饱啖西瓜而去。闻桂轩侄委署嘉定学,可望办考,手脚声气可云才长。

二十日(7月31日) 略阴,然炎热不减。终日登清内账,纷繁之至。北账对完,兰州暂归,约出月初去载。

廿一日(8月1日) 晴热,此月中所无。命坊人拆修露台,所费约须二十金。谨二兄来,其孙福畴学生意一事一应如意,约择初八日送渠到店,复帮铺陈费二洋而去,须即日关照前途。终日作札,一慰费氏昆季,一复答殷补翁,笔底荒芜,词不达意。甚矣,此事亦不擅长也,可愧之至!

廿二日(8月2日) 晴热愈炽。上午略阅近墨。下午沈慎甫来谈,明后日复要入城,以凌、曹两契托投税,契价二百四十千,先付洋二八后算,晚间回去。

廿三日(8月3日) 晴热,暑稍退。上午静坐,凌氏使来,接磬生札,为云汀家来岁辞倪浩生馆,既经介绍,理无可辞,暇当札致袁述甫兄弟,且凌氏待浩生极厚,因病今岁并送干脩,此种情谊亦世俗所希。复书一札慰费氏兄弟,矜持之至,姜芽愈拙,可丑之甚。下午再浴,一快。

廿四日(8月4日)　荷诞。晴热,无风,炎酷之至。上午作札致袁述甫昆季,午前顾吉生来,留之中饭,略饮,下午回去,即以袁氏札托寄,凌氏原信附寄。稚松已得补廪,可羡之甚。舟载陈朗亭回,云有小恙,须七月初十日欲来寓。是晚接何古心丈札,惓惓鄙人,知日上欲续选《青浦诗传》,已定稿,暇当复之。

廿五日(8月5日)　晴热。上午暑气蒸人,摇扇仍汗。下午略阅读本,书房内文期。晚间雷声隐隐,凉风从东来,当之颇爽,但望大雨时行。是夜仍无雨。

廿六日(8月6日)　晴,炎酷如故。上午略晒架上杂书。元音来,知日上米船免税,籼米大有济接而来,冬米依旧昂贵。晚间雷阵,仍无雨。

廿七日(8月7日)　晴热异常。上午阅读本,纯熟者绝少,可知当时做功夫爱博不专之弊,至今受累。下午大儿呈课艺两首,文均充畅有意议,奈脱稿迟迟,终非场屋所宜,颇为之虑。雷阵复起,然雨终不降,田禾未免太干,沛然下雨是望。傍晚甘霖大沛,虽不盈寸,然良苗已新,正未交秋之极好时令。

廿八日(8月8日)　晴阴参半,东北风,终日凉爽,是日寅正立秋,时令极正。午前郑理卿来为母谢孝,颜色沮丧,意兴大不如前,余好慰之。据云日上荐母诵经,斋素,可嘉之至。下午略具瓜果,与沈步青立秋小酌,理卿留宿养馀斋。是夜凉甚,大儿与理卿谈至二鼓就寝。

廿九日(8月9日)　晴,复热。理卿仍素斋,留渠中饭始回梨川,以芸舫札交沈六寄去。沈吟泉上午来谈,晚间回去,送西瓜五枚。邱幼谦是月十四日产一女,产母恰康强,可慰。

七 月

七月初一日(8月10日) 晴,西南风,不甚合宜。朝上衣冠东厨司命神前、家祠内拈香。上午登清账务,以两信送大港,一复谨庭,一致子屏,"子谓卫公子荆"二章文封寄还之。接子屏回信,以杜合金沙痧药一包属分送,即预带佩。家嫂分惠水蜜桃,食之,色香味均独出冠时。

初二日(8月11日) 晴,炎酷,得未尝有,幸风自东北来,尚无碍于田禾,然以日后渐凉为要。莘塔文昌阁凌氏起惜字文会,每愿七百文,会书五愿,先付钱一半,主其事者叶公(一舟子也),即交之。据云与凌氏亲所积字纸渠均收去,随时焚化是快。终日摇扇尚汗如雨,略静坐,阅近墨读本。

初三日(8月12日) 晴,炎炽如火,近年交秋后希有。上午吉算内总登,账房有事应酬,暇则因热静坐。

初四日(8月13日) 晴,西南风,炎酷更炽于昨日。饭后算吉内总登,账房内略有俗事酬接。吴甥幼如来,账房内便中饭,复以折腰数与之而去。接袁憩棠信,稚松食饩事已妥办,极是,以一等一二金、顾两君文寄示。浩生凌氏来年一席已转致辞定。热甚,不能阅文。

初五日(8月14日) 晴,炎酷如故。上午算吉内总登,热甚,约略静坐。大儿作文且图完卷,明日细改,因热从宽也。下午又沐浴,垢腻一清,然汗仍如雨注。是夜雷电大风,特不能大沛甘霖。介庵侄之第二子,方二岁,久病而殇,可惜!颇聪慧。

初六日(8月15日) 晴,稍凉。腹中稍不适,泻一次而止。中午吉算内总账,盘查有误,由于会计不精之故,姑贪懒了吉之。下午静坐,大儿呈课作,颇能制胜,奈稍有粉本,且不敏捷,终非应试所宜。夜半大风、雷电,雨檐漏下,惜不滂沛,然已夜凉如水矣。

初七日(8月16日) 阴晴参半,阵雨又下,即止,炎暑大退。谨庭在萃和,三大侄、薇人来,以子屏所选八铭近墨寄还大儿,以近作一小题文、一大题文相质,各擅胜场。同饭于书房中,下午谨廷急要归,即去。暇则磨墨匣,写字三行,浓淡恰相宜。夜间雷雨,甘霖大沛,良苗怀新,今岁其大有秋乎,快甚!

初八日(8月17日) 晴,颇凉。上午略坐定。下午玩字吴二表嫂来,参军蛮语,酬接为难,聒聒不已,凭几应之,略给之而去,颇为败兴。

初九日(8月18日) 晴朗,不甚热。上午略阅读本,适谨庭来,为益芝侄病在危急有所商,如所议即去。下午静坐,阅近墨,命人至洪家滩窑上定砖瓦。

初十日(8月19日) 晴朗。上午孙墨池来,"玩"字吴灿霞四兄为"忠"字田来,以后查许之。华珍同来,中午墨池留之书房内同餐。下午陈老朗来,近体已健,可以照常办事。终日碌碌,作复何古翁一札,殊觉写作俱不佳。

十一日(8月20日) 晴朗。饭后孙秋翁来,快谈终日,中午小酌,颇得知己话旧之乐。《元遗山诗注全集》伊翁缴还,来岁就雪溪沈氏聘,极得人地相宜。晚间同步青回去,何古心札即托寄交。

十二日(8月21日) 晴朗,热。上午阅读本文,邱氏有内史来,知幼谦日上又不甚安静,殊为可虑,拟来年招之来读书,未识肯否。昨日秋翁以徐双翁《耐寒庐悼亡诗》中"鸭心"二字是何出典,托他日面问之,故记出。诗云"鸭心偏系迢迢梦,鱼腹空传叠叠书",时双翁客粤东,故云。

十三日(8月22日) 晴热。上午略晒架上书籍,《元遗山施注全集》重晒过。下午略阅读本,村人演剧,在东浜敬神,工人俱往观。书房内大儿文期。

十四日(8月23日) 晴,又炎热。今日西刻交处暑节,未免暑气未退。上午静坐阅文。中午预作中元祀先。下午阅《元遗山诗集》。

十五日(8月24日) 晴,热甚。午前张星桥遣伙来下冬,约谨庭之孙二十日到店习业,当即作札关照。下午阵雨时行,虽不酣畅,然暑气大退,较诸昨夜冰炭悬殊矣。是夜乙溪第三幼子未周殇。

十六日(8月25日)　晴,仍热。饭后作札,一致谨庭,关照其孙福畴学生意,二十日到店,一致其师张星桥,暇则静坐阅文。夜间阵雨时行,甘澍清凉。

十七日(8月26日)　晴朗,虽热而清风徐来。上午以信寄谨庭、阿福,二十日到平望仁茂米店学生意,张星桥一札即交谨庭二十日带去。暇阅时艺《小仓山房尺牍》新刊注本。

十八日(8月27日)　晴,西北风,不甚热。饭后步青到馆,午前沈宝文来谈,未中饭即去。下午阅《简斋尺牍》。闻下河水发,牛庄亦有灾变。夜间风劲,凉甚。

十九日(8月28日)　晴凉,可穿单衣。终日静坐,阅《简斋同人尺牍》注本。

二十日(8月29日)　晴阴参半,凉甚,大有深秋景象。饭后作字,午前复约李某不来,可知其狡狯。终日心绪纷然,不能坐定,《随园尺牍》初阅一过。书房内文题期。

廿一日(8月30日)　半晴,风凉。饭后看甲子江南墨,圈《小仓山尺牍》。下午静坐,看时艺数篇。

廿二日(8月31日)　阴雨终日,颇冷。上午抄录墨卷一篇。下午沈吟泉来谈,并以近作一首见示,属寄星伯改,又改本两篇暂存。慎甫在江城寄一口信来,朱稚苹要冬米一石,如慎处日上有便船当寄去,谈至晚间始去。大儿续以约题,子屏改本后二比,阅之,尚觉可续貂。

廿三日(9月1日)　阴雨。饭后抄江南奎墨一篇。午后略读文,然心不凝聚,终无益。下午闲坐,与大儿论文,阅《元遗山诗集》。晚晴。

廿四日(9月2日)　晴朗。饭后阅袁尺牍。午前邱氏遣使沈六持汝苕翁札来,知幼谦日上不妥协,来岁读书拟与倪稼生、沈子和两家合请潘笤翁，两家出脩，幼谦供膳，似乎幼谦所费反过于两家，然能得聘定大是幼谦之福，即作名片复笤翁，以为极是。惟笤翁教法太严，恐幼谦不服，须善言告之，能得首肯始为两协，约渠月初到镇再商。下午至北舍，拉梦书同候张老维，不值，与梦书茗饮，良久而返。

廿五日(9月3日)　阴雨，晚晴。上午作一名片，与朱稚苹并米一石待寄，慎甫船上去，评阅薇人文两篇。西城李某约而仍不来，其心颇不可测。下午略坐定，阅时艺。

廿六日(9月4日)　阴雨。拟欲增筑围墙，因天雨而止。终日小风凉雨，无事，阅《元遗山集》第二册七古。

廿七日(9月5日)　雨晴参半。饭后舟至梨川，登敬承堂尚早，幼谦出见，日上颇安静。以来岁聘请潘笤翁告之，渠意亦以为然，即招渠令岳汝苕翁来，省斋三丈亦到，商定后即属笤翁关照沈月帆具关书修札，专足至章练塘聘定为要。中午与笤翁、省丈五峰园同席小饮，畅叙颇欢。观幼谦近作一篇，书法已出人头地，约幼谦灯节后来溪盘桓，渠亦欣然。下午返，到家傍晚，步青已到馆。

廿八日(9月6日)　晴朗。朝上命圬人修筑增高墙垣，第一日开工，午前李某同中来清理旧账，以田抵偿，人狡田次，论辨再三，略有端倪，约看田后定见。慎兄来谈终日，所托方单一张已倒就，渠即日要到江，以朱稚苹米托寄，晚回东玲。

廿九日(9月7日)　朝雨即晴。饭后有人央倪锦老来清吉旧账，从宽落肩让讫。殷氏知数金清波之弟蔼亭来，云达泉处已分手，托荐金少岩家办账，即作札面与，应酬之而去。下午杨某来算中肖租米，仍笼络之，渠意欣然，然此老狡而蠹，终不易驱遣也。终日碌碌，不得坐定。

卅日(9月8日)　卯时交白露。半晴半雨，地上潮湿，时令尚未正，且今日雨亦有碍干稻始花。终日略坐定，督看圬人筑墙。晚接吴少松信，以陆补琴所看文四篇见示。陶氏一席，加修仍旧，颇慰予怀。

八 月

八月初一日(**9 月 9 日**)　晴,惟风西北,然朗而和,于稻无妨。饭后衣冠东厨神前、家祠内拈香拜叩。上午以丈石山房所存《全唐文》翻至厅上,日上必须翻阅曝晒,然已有损坏处。下午慎甫来,粮米账一应算讫,闻今年上忙条银三县已开征,想节前后此款难免。

初二日(**9 月 10 日**)　晴朗。饭后晒《全唐文》,作两札,一致子屏,大儿文四篇寄去。一复吴少松,以先大人行略传文并少松文封寄,交陶毓仙。午前张百穆来,定冬下卅石,每五元①○三,秋黄不接时昂贵如此。凌雨亭遣专足持札来,收到一切,即作片略复之。碌碌终日,未能稍定。大儿自陆又庭处来,据云臀疽虽发,可以内消。费氏昆季来谢孝,不敢当,辞之,留帖即去。

初三日(**9 月 11 日**)　阴晴各半,幸无雨。上午登清粮银杂账。媳妇至莘塔归省,舟回,接范甫片,以是月约课卷两本寄来,并关照前期名次,大儿第一,荫周第二,步青第九,卷子尚未寄到。是期文题"思天下之人"至"如此",诗题"丹雀衔禾"。下午略阅时艺。

初四日(**9 月 12 日**)　上午阴雨,下午晴朗。至北舍同梦书约张某茶叙,论旧款,老顽而狡,约二十、廿一日进来讲话,未识可落肩否。回来,接小汀条子,收到莘溪新友约课,被寄来之舟浸水,篇篇皆湿,夜间页页翻过,三凌君文均佳。

初五日(**9 月 13 日**)　晴朗。饭后晒《全唐文》,书房内做约课。潘映梅夫人持子屏札来,以摺写付恤贫一会去。又接子屏回札,以芸舫所阅大儿文三篇掷还,看得极顶真,特不改耳。丁后,当谅之。下午顾竹安来,应酬之,极呐如吃力之致,如所请而去。别议一事,力却之,免生事端,许其日后完璧返赵。

初六日(**9 月 14 日**)　晴朗,为是月第一日。饭后晒《全唐文》。

---

①　"五元"原文为符号 *疋*。卷十,第 113 页。

午后谨庭同子屏来,为沙四侄贫而病,万难度日,议定益老两家自九月起每月给两洋五百文,见子屏条付,十二月止,余处亦然,复另给三元,谨庭手,然此事终不了局也。谨庭先归,余留子屏止宿,子屏以梨川约课文属大儿誊真,明日要寄去。慎兄来,略谈,送回东玲,莘溪约课卷题暨前期课文一并寄去。子屏夜间畅谈,榻在养馀斋。

初七日(9月15日) 晴朗。饭后送子屏回港,约课卷誊真带去。是日羹梅处三侄女受连氏行聘,冰人许竹翁、赵龙翁、顾槐川、顾健甫,中午设两席款之,余陪龙门畅谈。竹翁夫人九月九日除几,面关照,知潘笪翁刘氏一席决计仍旧。下午送冰人后,蔡氏二妹来谈,意境不堪,余深慰之。"思天下之民"期课卷大儿誊好,拟明日寄交范甫。大儿文平妥(五六七八九十间),步青文后二大可压卷,大儿文断非敌手。志之,以观秉笔法眼。

初八日(9月16日) 晴朗。朝上请曹三先生来为女孙治惊,昨夜大啼,今日已安。据云有伏暑,防胎疟,处方而去。上午录清内账,磨墨。下午略观时墨,命账房相好至仙仰。踏田回来,知田佃均美者甚少,此事实鸡肋也。一△必要调。

初九日(9月17日) 晴朗。饭后晒《全唐文》,六百七十二后缺四卷,计一本,遍寻书架不见,殊形懊恼可惜。暇则略阅时艺。

初十日(9月18日) 晴朗,东南风,极利稻花秀实。《全唐文》今日晒完,共二百三十九本,缺一本不全,可称缺憾。下午沈吟泉来,慎翁来谈,晚间送回来秀桥,吟泉文三篇即面交老翁。

十一日(9月19日) 晴,下午略有变意。芦墟赛会灯节,工人尽去出游,泥作停工。晒《文献通考》,蛀甚,已非全璧。午前吉生来,看菜子即去。终日静坐,书房文期,大儿脱稿仍旧迟迟,积习难改。

十二日(9月20日) 晴朗,颇燥。饭后《小仓山尺牍》。下午静坐,看时文数篇。胃气不甚舒徐。

十三日(9月21日) 晴朗。饭后阅袁尺牍,看读本文数篇。下午媳妇来自莘塔,毋意期课卷收到,超取十二卷,次取十四卷,听五卷,即交大儿细细观摩。

十四日(9月22日)　阴雨,西北风。饭后凌古泉同侄月江、央中朱尚贤进来,以田九△有零归吉旧账,准作二百四十千文,因其境况平常,亏本让讫。中午留便饭,下午立契,交还原契单而去。终日碌碌,无能坐定。夜酌账房诸公暨步青,与步青谈文,略饮,预赏中秋。夜间钱芸山持凌馨生札来,知鲍学宪十二日取齐。松江凌氏有族中请奖事,来取底稿,命芸山到松给办,即寻家嫂底稿与之。留在书房内陪步青小酌。

十五日(9月23日)　秋分节。上午阴,微雨,下午开朗,可望老晴,惜西北风稍大,秀晚稻欠利。饭后录查倒单、未来账及各局粮银误算账,拟到江查办。下午舟至来秀桥,慎甫新迁处,约到城中,因吟泉喉疾初愈,尚难定期。终日碌碌,晚间返自来秀桥。是夜月色极佳,可预卜来岁大有年。

十六日(9月24日)　晴朗。饭后略阅课卷,荫周文极出色,大儿文万不及也,阅毕,封好待寄。晒《文献通考》,虽蛀,尚可阅。厨下架潮甚,竟出白蚁,旧杂书蛀得不可收拾,实无善策以处此。蔡氏二妹寄一口信,廿四日会酌。晚间观工人收香珠稻,今岁籼、旱二种可望倍收。是夜月蚀。

十七日(9月25日)　晴朗。饭后慎甫到江,以冬米一石、便札托寄送朱稚苹。《文献通考》今日晒毕,虽蛀,尚可看得,杂书如《北梦琐言》、王定保《摭言》、《乾凿度》、李郑两《易》,则不可收拾矣。大儿自佐家浜陆又亭处制丸而还,据云可以内消。凌氏有条来,知雨夫人沈氏昨日产前身故,明日小殓,大儿下午即往。

十八日(9月26日)　晴。清晨子妇至莘塔送渠三嫂入殓。上午晒丛书极蛀者。谨庭有票交成陶,来索取前所许再帮福畴洋一元,罄米余处已帮三石,较两房已多付五斗,来年已与言明宜减半给之。晚间大儿同媳妇均回来。

十九日(9月27日)　晴朗。围墙加高,花墙今日工始完,时令恰好凑手。上午晒杂书,命相好大富踏田,暇阅近墨。

廿日(9月28日)　晴朗。饭后晒杂书,午前子屏有字来,为之期约课,庞公照秉笔,只取六卷,为与言对勘者均不合式,其卷须要取来一观,闻有总评,论题颇有法眼。张玉山贡卷,子屏寄余,细阅之,极合时样妆。下午碌碌,与书房内论文,共以相题破的为难。

廿一日(9月29日)　晴,不甚朗。上午晒《通典》,虽蛀,可看。晚间大儿自陈思回,知大嫂昨日失足偶跌,尚不至受伤,夜间安眠,然已可骇甚矣。是日先继母顾太孺人忌日致祭。

廿二日(9月30日)　晴朗。上午沈吟泉同叶桐君来谈,欲留便中饭,因身子不甚如适而去。谨庭来,督米又付二斗,今岁叫讫,来岁拟减,两房共三石之数。大富丁姓来归旧账,以田作价,略有头绪而去。师母来,既作监河之请,又要减价,如所请与之并赔垫一款,亦书折付讫。书房内拟作约课,然秉笔既严,同人又非敌手,大不易出手也,姑作乘兴之师而已。

廿三日(10月1日)　晴朗。上午晒《通志》。午前大富丁、朱两姓兑田了吉旧账,越价免利成就之。其人虽乡农,颇知情理。大儿以梨川约卷示呈,尚平妥,无大谬,然难制胜,若步青作,则不敢褒贬。余眼光甚短,未识方家以为然否。明日拟先致子屏一阅。

廿四日(10月2日)　晴朗。早起,舟行至大港,以约课卷质诸子屏、薇人,以大儿文前八行颇可,中后则欠警。步青作前八行甚晦,中后警甚,特未识秉笔者若何看法。略谈即开船,至梨极早。到蔡氏,二妹暨晋之、多生诸甥出见,以课卷缴晋之收入,前期卷一并取来。二妹为多生完姻,特叙葵丘,共九人,到者乙兄、两侄、鲍氏二人、蔡介眉、鲍忆香,中午同席,菜极丰盛。散席后即解维,舟中阅庞楚渔先生秉笔约课卷,去取似与人异,不甚合余意也。到家傍晚。

廿五日(10月3日)　晴朗。饭后账房有客来会,去后晒《通志》,今日始竣事。沈吟泉来谈,并看梨川课卷,下午回去。大嫂来自陈思,所跌处略痛,然可喜无恙。终日碌碌,明日要至梨川吊徐禄卿夫人。约课卷可缴还晋之。

廿六日(**10月4日**)　晴朗。朝行至梨,舟中重阅课卷,仍觉不合庞公之意者,佳卷颇多。至则吊禄卿夫氏周氏,闻少卿金华回来,此番把势极阔,素局一饭,略应酬,与丽江酌话而还。约课卷至蔡氏交二妹手,还至邱氏中饭,幼谦固留止宿,吟海、省三丈同来絮谈。下午幼谦同至畅厅茗饮,听演传奇,殊觉乏味。夜与诸君五峰园谈心,宿于楼外楼。

廿七日(**10月5日**)　晴。晚起。上午属毓之诊脉处方,始知此道毓之颇用功,他日可以出手,苕溪丈、子屏来过。终日吟海、省三丈五峰园叙谈,夜间幼谦陪余絮语良久。

廿八日(**10月6日**)　晴朗。粥后同幼谦雇舟到溪,至则中午前,中饭在养树堂。吟泉来,约初五六日间到局完上忙。幼谦书楼止宿。

廿九日(**10月7日**)　晴朗。饭后属幼谦书扇,代秋翁书题"秦淮图",楷草均独出时流,隽才不易得,惜时习易染,无严父兄约束之耳。中午李杏斋同蔺石来,以不直落之田塞责,殊属狡甚,命其更换,再议此事,余亦不乐俯就也。闲与幼谦畅谈。

卅日(**10月8日**)　晴朗。饭后将所晒三通藏诸厨内。子屏来,以补录科起文一事略有头绪相商,余谓此亦一好机会,决计果于一往为是,谈至下午而返,"思天下之民"文留在案间。下午命大儿陪幼谦至北舍游憩,且候徐仙玖,灯前始回,知仙玖不值,晤桂轩,暂回嘉定。太仓十二取齐。

九　月

九月初一日(**10月9日**)　晴朗。饭后衣冠东厨司命神前、祠堂内敬叩拈香,以信关照子屏,恰有机会。谨庭来,老例付讫,一若牢不可减,同沙四之局一同付彼而去。下午子屏、幼谦家来载,送之归,约苏回来十六日去载再来盘桓,恰肯面从,未识其心何如。暇则静坐。

初二日（**10月10日**） 晴阴参半。饭后洒扫堂宇，更换遍对联堂轴，略坐定。下午吟泉来谈，知上忙条银今日各乡设局开征，约慎翁初六左右上去。账房有客来，半日应酬之。

初三日（**10月11日**） 晴朗，闻蝉声，殊觉鸣非其时。日上太干，殊非养稻好天气。上午静坐。下午至北舍，同梦书茗饮，复同至池家湾候张某，托病不出，其侄竹山，其侄又山出见，约病痊进来，搭桥唐突过去。晚归，接晋之信，前期约课卷看出，仍仙玖第一，晋之四，步青五，大儿十，共取十三卷，后期题已来。今日晤杨稚斋报房，知谱经吏部兼署礼部，凌小海可外放同知。朗相回家，约廿五六日去载，吴江约梦书初六日去。

初四日（**10月12日**） 阴，欲雨不下。饭后黄兰坡有信来，需催条银，少顷自来，以梨里去辞之。吟泉来谈，下午始去。李杏斋来，辞以吴江回来再商，然终不直落，以串账命梅江分局扣算。各圩甲以由单来，田数颇清。

初五日（**10月13日**） 阴，微雨。书房内做约课题，饭后计算各局条银。下午慎甫自同川回，约初七日同到同川，所托税契、倒单均收到，罗罗清楚之至。絮谈而回，夜间查户头田数。

初六日（**10月14日**） 晴。饭后舟载慎兄至芦川南栅局中付账完银，每△上七十三文，各乡户极踊跃。出来，与述甫絮谈茗叙，顾念先特邀至馆中，扰渠作东小酌，极适意。下午在公盛行中小坐，至晚再至局中算账截串。黄昏后，适西北狂风顿起，不能开船，慎甫在陆老仁店中夜饭，余亦同扰五大兄，可谓不速之客，可愧！与诸君夜话，慎兄宿陆店，七老相借宿念先店中，余则述甫陪余同榻公盛行楼上，听风听水，同心话旧，不觉漏已三下。是夜骤寒，新絮被暖似重裘，深感诸君情重。

初七日（**10月15日**） 晴朗，西风稍息。朝起颇冷，与陆二相借皮马褂，与陆春山、念先、慎兄、述甫同茗叙成厅，还至公盛行内，陆二兄留早饭，慎兄仍留镇上，约明日无风同往同川。开船到家尚早，至书房，大儿呈阅约课文，甚充畅，认题亦不爽。步青（百一名）作亦甚清高深稳，论其常，均可望前列，然庞公眼法难测度也。下午约计同川局完银总数。

初八日（**10月16日**）　风息，晴朗。饭后舟至东玲载慎甫同往同川，石尤风，午后始到，即持账到局，草头公初颇盛气相临，云山颇园，余亦淡漠相遭，相持久之始接应，以串账及洋计截。茗饮财神堂，约明日有串，见各圩甲纷纷赴拒，邑尊告条密密，然所行核实而仍不便民为惜。回至舟中夜饭，慎甫榻在行内，主人号顾芝生。

初九日（**10月17日**）　晴暖。朝上茗饮后，与慎甫李家馆吃面，极佳。略办家用物件，午前至局，串仍未齐，余即开船，途遇夏圩甲，知昨日卜差见临，此是草头作法，无声势，只好忍受之。到江进小东门候朱稚苹，知在署未回，表嫂出见，少顷稚苹回，以团扇送大儿，画红墨牡丹，一面作行书，可称双璧，谢面领之。絮谈良久，蒙以馆菜四肴、绍酒一壶相饷，香梗米作双弓，极饫而欢，至黄昏后下船，约冬间再叙。

初十日（**10月18日**）　晴。朝起稚苹又至船边约再饭，辞之，同至下塘略谈。余与王麟书同行，稚老又来送，极情真之致。开船，与麟书同饭舟中，到同尚早。到局，知串尚未齐，徜徉久之，下午始吉账，付洋，持串，还舟。略算细户，会计不精，颇觉忙扰，幸钱竹安二侄相助始毕事。夜饭后，又与慎兄诸人茗叙，遇谈相者，费钱廿三文，言颇微中。

十一日（**10月19日**）　晴。朝上与慎兄、麟书面叙。饭后开船，一帆风过泮水港，麟书上岸，到家不过上午。慎兄账房内便饭，送归，适徐少卿来，兼谢孝，渠自金华少老府署中回家，办理太夫人开吊易吉事，以腿、金华茶叶相惠。相别三年，丰采甚佳，知署中依托，颇得大阮之照拂也。略具酒肴相款，絮谈浙东事，颇不觉暑之移也。饭罢即返，知十月初旬仍要到金华，来年再回。昨日知益芝沙侄病故，子屏、谨庭来，所帮太巨，今冬虽可过去，来年妻孥仍无所着也，虽彼福薄,亦是余家增一累。闻江拙斋亦新归道山,在沪颇为莫逆,嗟悼久之。是日碌碌,一应账目不及登,早眠以休息之。

十二日(**10月20日**) 晴。饭后略阅子屏所改大儿文,面目又一变,以此投时,无往不利。命工人刈稻,闲步田泷,万宝告成,今秋早稻丰熟,可书大有。属账房查对串账,夜间余则登清内账,纷纭之至。

十三日(**10月21日**) 晴朗,干燥之极,望雨不下。昨晚接范甫信,"思天下"期课卷已看出,卷子未来,超取十卷,潘志云第一,应周五,步青七,大儿十,文气清而欠光昌,取在此已属情面。饭后命大儿至陈思贺陈节生续娶喜,下午吟泉来,以续完同局条银账奉托渠尊翁代完。是日观工人收稻,田家景况,可谱《豳风》,但卜来岁仍庆有秋,幸何如之!徘徊观望久之,惜目前太旱,村农车水,家家辛苦。

十四日(**10月22日**) 晴。饭后沈吟泉来谈,留之中饭,下午始去。夜间略阅看本,此心纷纭,愈觉不能有得。

十五日(**10月23日**) 阴晴参半,微雨即止。饭后与大儿庋藏《全唐文》在书架上,一应书籍,略加整顿。步青到馆,命吉老至芦补完条银。

十六日(**10月24日**) 阴雨,终日绵绵,惜不酣畅,然已可滋长田禾。昨夜间五鼓地微动,幸即止。是日凌氏为新妇催生来,不无过费,下午略阅读本。

十七日(**10月25日**) 阴,微雨,闷热。饭后接进之札,前期约课已看出,卷未寄来,共取八卷,步青第二,大儿五名。下期题"子贡问曰:'有一言'"至"其恕乎""手香新喜绿橙搓",即以题关照子屏、薇人,接回字,子屏所干之事尚无端倪,恐防不果。徐仙玖双洲处一席已分手,欲至金华,薇人托一荐,当为作札。下午略坐定,晚间账房有人来会。终日碌碌而已。

十八日(**10月26日**) 雾,饭后晴暖。作札致双洲侄,为荐薇人馆事,恰好下午梦书家工人沈姓来,即转寄。正欲披阅旧文,适杏斋李姓同中两孙进来归吉旧账,以田十五亩吉题,此事俯就不待言,恐田不佳耳,姑成交立契,至夜一鼓,留饭而去,中所应廿元即付,文元暂借去。

十九日(10月27日)　阴晴参半。饭后账房有人来,应酬之,殊属乏兴。终日栗碌,心不能定。

二十日(10月28日)　阴,西北风,骤寒。终日无事,略展卷,代倩约课诗一首。账船去砟稻,吉票而归,尚觉得手。是夜忽水泻,大约感寒。

廿一日(10月29日)　阴冷,下午略霁。饭后从萃和接到禊湖约课行义期,正在披阅,慎兄来谈,知同川十九回来,约明日至梨,余处另船廿三日去,留中饭,不肯,午前去至东浜。是日书房内做"子贡"期课题,前期文前列代为录出,第一魄力颇大。

廿二日(10月30日)　雨,即开晴。饭后课卷阅毕,午前大儿呈示"子贡"期课文,通体清晰谐畅,可望一取。若前后,则不敢必至,别有讲家之说,亦难臆料。总之,稳妥而已,即命速誊交卷。阅步青文,亦甚挺健。

廿三日(10月31日)　阴雨终日。上午属吉老部叙由单,午后至梨局完条银,以札致幼谦,招渠来乡,大约不负所约。命大儿封好约课卷,明日由北舍寄梨川。暇阅读本。

廿四日(11月1日)　雨止,暴晴,颇暖。朝起舟行至金泽,出吊陆琴泉夫人沈氏表姊,表甥子商今番颇排场,领帖两日兼除几。至则陆萃之接陪,与朱小石同席。传说上洋夷人极不安靖,抚军已提兵防备接仗,此巨大要务,生民、国运于兹系焉。饭罢与杨文伯、陆谱琴谈叙而返,到家下午。是日先曾大父杏传公忌日,祀用蟹,曾大父素嗜也,命儿子代祭,薰不及展拜,负歉罪甚。

廿五日(11月2日)　阴雨,下午风转西北,复要作冷。上午看旧文,午后芦墟黄森甫来束请议事,知江北灾黎已发百廿口到镇,此事赈恤,不能推挽,惜同心秉公办事,实难其人,殊属独立无助,然明后日不得不出去相机定夺。

廿六日(11月3日)　晴朗,西北风渐寒。上午梦书来下货,约易米以代,念其生意艰难,从宽允之,然拖泥带水不少。午前邱幼谦从账船来,甚如余所望,欣留盘桓。夜间在书房与步青、幼谦小饮持螯。

廿七日(11月4日)　晴朗。饭后阅书院文,命大儿录清窗课,属幼谦恭书《孚佑帝君戒淫文》一篇,大儿发心重刊送人,楷法挺秀可学。夜与谈论,从前习气渐见悔悟,可嘉之至。

廿八日(11月5日)　晴朗,东南风,正好农人收禾。饭后同吉老、幼谦舟至芦川,公盛行前泊舟,会述甫,知黄森甫赴江见邑尊请示,至一切写疏章程毫无定见,灾民现在安顿泗洲寺,闻皆有船,不甚鹄面。与幼谦、述甫茶叙成厅良久,复至馆中小酌,俱述甫费作东。下午至森甫家候之,子亨出见,知森老尚未回江,诸事托述甫转致而回,到家尚早。是月戊戌,是夜和暖,是日甲申,星斗灿烂,幼谦所佩洋表,恰值戌正(甲戌),家人报新妇产一男,颇能达生,初诞时新妇颇受惊,幸片刻间转危为安,视之肥硕,厥声喤喤,不胜欣喜,先为家嫂贺得孙之庆。夜至四鼓略就寝,不能寐。

廿九日(11月6日)　晴暖。朝起,饭后命丁仆至凌府,略具代仪去报生。下午舟回,凌亲母厚致汤饼,代仪相报,愧不能当,权受之。夜间与幼谦、步青小酌,虽不开汤饼筵,聊借杯盘,亲朋欢叙,亦自觉简陋可愧也。是夜里甜乡酣甚。

十　月

十月初一日(11月7日)　晴。饭后衣冠率墀儿东厨司命神前、家祠内叩谢添丁。午前沈吟泉来,黄森甫有条来请,下午出去,始知灾民　事芦局忽分疆界,镇归镇,乡归乡,余硬作董,派大口十六,小口四,殊属不公,与之熟商贴办,明日再议。

初二日(11月8日)　晴。饭后至来秀桥,为三古堂难民商议派写几口，托慎兄转述，约明日回复。下午至芦墟泗洲寺菊隐山房，少番诸人咸在，知陆述甫所派难民带回镇上，代发一期，其数廿口，因无派处，亦未谈定。余处约明日同三古堂再议，然亦不能多替一肩。与述甫茶叙而返，到家知慎兄来过。夜间钱中兄来，其言滑甚，即半口亦甚牵强，可知要人出钱之难！

初三日（11月9日）　阴，西北风渐厉。饭后顾竹安、沈慎甫同沈氏堂姨婶，即顾小怀之妻来。道光十五年间，礼田姨丈出名，借钱四十千文，有中兽圩田单书契抵押，钱实小怀之母用，单与七二表嫂合，现在贫、寡、病者三代，竹安又不能理直，余即送还原契单，以清理其事，实因亲中不得已而了吉之，非余之沽名，亦非竹安之恳情也。一茶，付单毁契而去。留慎兄中饭，三古堂数已允两口半，待果斋来定见。新妇产后略有淤滞，请芦墟邱希庄之子心葵来诊视，据云无甚病，服通利药两帖可愈。晚接子乔信，薇人一席不果，当即日复之。

初四日（11月10日）　阴，西北风狂吼，终日不息声，欲往芦川不果。暇则检点新置田产，要税契倒单者开明数目户头，以便慎兄到江做推收，终日始毕事。新妇服药，仍未通利，可见邱公之庸，拟重换女科。幼谦欲归，为风所阻。

初五日（11月11日）　晴，风仍不息。饭后幼谦仍留之不去，然未免恋家之情深，而作宾之兴尽矣。作两札，一致薇人，复双洲一席，不果；一致子屏。晚间范差自江来，知后期难民续到又五百名，邑尊特谕，初六日起大口卅文，小口十五文，然恐余处极难支持。

初六日（11月12日）　晴，风息。饭后送邱幼谦回梨，凌雨亭夫人开吊，大儿往莘塔住宿一宵，余与乙兄、钱、顾二公到芦，至泗洲寺发难民口钱，遵邑尊告条，每口减十文，不肯接钱，复至森甫处，与之商议同发。中午馆中吃饭后，属钱、顾二公同往发，下午回镇，知难民仍不肯领，可称强悍，非善良。与慎兄晚间略叙即返，到家点灯，陈朗亭已来，腰间作痛，仍未全愈。

初七日（11月13日）　晴朗。上午接进之信，知"有一言"期课卷尚未看出,下期题"君子之德风"四句,十五日齐卷,以后停课矣。下午女科岳老婆来,知新妇产后受惊,血走皮经,故淤不下,现发症子将齐,脉象平稳,处方三帖,可以渐愈。大儿回自莘塔,晚间大嫂自金泽何藏翁处诊脉回,特赠余一诗,不忘鄙人,其情真挚,当作札答之。

初八日(11月14日)　晴。饭后慎甫来,即去,略谈。下午谨庭来,一茶去,以两札与薇、屏两侄,面寄之,暇则坐定片刻。

初九日(11月15日)　晴。饭后略阅近人时墨,毕竟子屏功力悉敌,非时辈少年所能及。下午吟泉来谈,晚去。

初十日(11月16日)　晴暖。饭后子屏来,恰好以余新作《得孙诗》草稿相商,斟酌数句,此诗楚楚可观。行义文拟作太浑厚,不惬余意。书房内中饭,剧谈终日,颇乐。慎兄同倪赐麟来,略谈而去。子屏晚归。

十一日(11月17日)　晴暖。饭后同两账房相好至芦川候森甫不值,以所应灾民数廿三日起,廿九日止,六千六百七十五文交沈老奎收讫。午前至泗洲寺,同局发灾民十日口粮,两期遵谕三十,尚无敢异言,可知官法可恃。回来与慎甫、两账相好饭于馆中,下午与袁述甫茶叙,知陆述甫到江见邑尊,已持谕将所派苏家港难民廿口内拨十口至莘塔局,大快私情。此人办事极灵敏小心,善于词说,余兄弟万不及也。晚间回家,岳妪已来,为新妇诊脉处方,据方症子渐回,淤露渐通,服药四五帖可望平安全愈。留夜饭,船中住宿而去。

十二日(11月18日)　晴,西风渐肃。朝上命大儿至黎答徐少卿,以约课笔资七百七十文面交蔡进之。至乙溪处,问以限内石脚六折左右,尚未定夺,俟十五六日间复余。吟泉来谈,晚去。接顾竹安贺余《得孙诗》,张星桥有札相商,均当作复。墀儿晚归,少卿十八日至金华。

十三日(11月19日)　晴朗。饭后作次韵诗,和答何藏翁,录清《得孙诗》五古廿韵,以示墀儿。与账房商定,初一日起限。

十四日(11月20日)　晴暖。饭后在账房与兰洲对限由。下午作札复福建子谢之,亦周旋世故之道。晚间苕卿侄来关照,粮米八折,条银七成实足,复有衙门杂项捐款。此说若确,租米加一成尚难过起,且俟探听实信再定章程。

十五日(11 月 21 日)　晴暖。饭后与吉老对限由,下午梦书、元音两侄为老维旧账以田相抵,田与佃均平平,且其数不符,俟明日再商,此人真老奸也! 傍晚去。

十六日(11 月 22 日)　晴朗。饭后命人至芦发灾民钱。下午梦书来,知张某之事尚无妥洽,可称老滑凶狠。明日命开账船发限由。

十七日(11 月 23 日)　晴朗,干燥而暖。饭后至芦墟公盛籴糙米,连捐用要二元六角九分。与顾念先茶叙且招饮,颇极接陪周到。下午晤松华先生,茗叙成厅,大谈文章,意兴不衰,并欲索观大儿课作,意甚真挚,可钦之至。述甫自同川还,复茗谈片刻,晚间载米还家。

十八日(11 月 24 日)　阴,无雨,似欲发风。饭后谨庭来,为来岁幼女遣嫁又要通情,以理谕,以情言,均同木石,不得已以照七年分八元预支二元应之,约廿二日子屏来取,殊属日不暇给,不知饫餍也,可谓江河日下,午前去。慎甫自江回,知新粮大约八折,条银照额再征五成,同里收租最长者,九斗二升六合到限,因与乙兄议定,限内石脚六折半,余处议再让添丁喜米每亩三升,归十四①额飞限七斗四升,十五②飞限八斗六升,实租八折,外让照去年色,此其大略也。折价拟二元四角五分,一茶而去,廿二三日间又要到江去做推收。

十九日(11 月 25 日)　晴燥,西北风极猛。作便片并大儿窗课六篇请教陆松华。终日碌碌,不自知其何所为,殊属虚度可笑。

二十日(11 月 26 日)　晴,西北风极尖利,渐作冷信。饭后至友庆,羹二先兄三侄女廿二日出阁,今日连氏来送五盘,冰人许竹溪丈、

---

① “十四”原文为符号 ⿰ 。卷十,第 125 页。
② “十五”原文为符号 ⿰ 。卷十,第 125 页。

赵龙门翁、沈吟泉。中午设二席款之,余陪龙门。下午客去,一应指挥一溪主之,余坐观而已,夜饭后更馀始回就寝。客来者仿白甥、少谷侄婿而外,尚有未到者。

廿一日(11月27日) 晴朗。朝上至友庆看运妆至南传连氏,上午无事,来道喜者沈吟泉而已。下午丽江甥、王仲奚均至,张老维来归吉旧账,老滑而凶,以田准抵,略贴洋钱,居间人已极吃力,立契成交让讫,留夜饭而去,另一项约十二月十五日来归吉。在厅上同梦书、元音、钱中和同席,回去已一鼓矣。

廿二日(11月28日) 晴朗可喜。朝上至友庆应酬宾客,午前祭先,中午萃和堂宴客六席,晚间亲迎船来,张灯款媒三席,命北舍大港诸侄陪之,黄昏后亲迎船开,就寝已一鼓。

廿三日(11月29日) 晴。饭后命两账船开发限由,终日碌碌,今日始有还飞限者,折价两元四角五分。夜间登清账务。

廿四日(11月30日) 晴朗。上午略阅《天崇文》,下午碌碌,可知冬间杂事多,于此道益不□究心矣。

廿五日(12月1日) 晴暖。终日收租十八石有零,折者不及半,因米价贱而作价稍昂也。下午沈吟泉来谈,以维蕃东奎契单托慎翁倒税。

廿六日(12月2日) 阴,似欲发风。终日收租四十馀石,南账船限由始发讫,折色居半,米所收尚可过去。

廿七日(12月3日) 晴,西风渐紧。是日始移两房至限厅上。上午各佃还租颇形踊跃,下午风狂,来者寥寥,"尊"字米色极潮。终日收租六十馀石,夜间酌饮账房诸公,余颇微醺。

廿八日(12月4日) 晴朗。早起至限厅上,终日收租,各佃陆续而来,米色"尊"字潮杂者多,馀尚可看过。至夜几一鼓吉账,共收米二百〇九石有零,米折各半。是日小孙弥月,尚未剃头,拟十一月中举动,概不请客,惟各佃每亩让三升,以希培泽。谨庭兄今日在乙兄处,特来面致铃仪,蒙欲申贺,却之不恭,敬受之,舟人略送巾红舟力。谨兄不肯便饭，大儿陪之限厅上茶叙而去，多谢而深抱歉怀也。子屏亦厚致钤仪，有片致余，亦从权受之，然余深愧，一笑。

廿九日(12月5日)　朝起至限厅收租，终日应接不暇，至夜间二鼓后吉账，共收米连折色居半二百九十石有零，是劫后第一年，如斯踊跃，诸公尚觉罗罗清楚，不致神疲意倦。就寝已将近子正。

卅日(12月6日)　晴暖。朝起各佃已顿候收租，终日拥挤，未尝稍闲。至三鼓吉账，共收租四百乙石有零，存仓未斛者百馀石，余与诸公均极疲劳，此种光景久不目睹，惟米色今日极潮杂，亦急何能择矣？各圩皆来，惟长葑不到，有蠹催杨某霸阻，此事尚待踌躇。飞限期今日满。

十一月

十一月初一日(12月7日)　阴，似欲发风。朝起尚不至十分疲惫，饭后衣冠虔叩东厨司命神前暨家祠内。终日收存仓及头限米乙百十石有零，夜间吉账颇早，是夜酣睡之至。

初二日(12月8日)　晴，风透而不甚冷。晚起，终日收租寥寥，不过十二石有零。沈吟泉来谈。

初三日(12月9日)　晴朗。饭后送沈步青舟至梨川顾氏租局，终日收租四十馀石，夜间吉账甚早。

初四日(12月10日)　晴朗。终日收租四十五石有零，折色益少，米色愈丑，此亦积渐难返，退不胜退也。梦书来，即去。夜间登清账务，文字且置高阁。

初五日(12月11日)　晴。饭后接到慎甫所办竿欠单，知江城已回。终日收租六十馀石，大富浦家埭米色极次，可恶之至。闻莘塔凌氏概收折色，石脚折价俱昂，余则无渠声势，然平心而论，下凌佃户，实心不能忍。

初六日(12月12日)　晴朗。饭后钱老中来，午前长葑杨催来，同老中至乙兄处谈定石脚，下中每亩五斗四，头限上上七斗，折价每石二元四角,归每亩一元三角。其人老而霸,因劝乙兄曲从之,然此方租风日坏矣,不过将计就计办理,日后终当整顿也。终日收租卅馀石,折色不过三之一。夜间静坐,诸事均与愿违,思之闷闷。

初七日(12月13日)　晴暖。饭后至乙溪处略谈,终日收租八十馀石,折色极少。染洪港来,米色虽潮杂,尚可过去。齿牙作痛,殊不适意。

初八日(12月14日)　晴。终日收租乙百馀石,夜间吉账,折色极少,米色则潮杂不堪,殊不惬意。晚间慎甫来谈,留之夜饭。知新漕八折收,条银又收五成,折价仍旧四千五,殊属太浮。刘河工银又每亩加廿文,黄昏后回去。

初九日(12月15日)　阴,北风渐峭寒,似欲酿雪。终日收租五十馀石。许家港来,此方佃风穷而顽,米色潮湿,恶状万分,可恶之极,然积习难更,择户收之,退者一户,究亦不足以惩戒也。夜间早眠,步青已到馆。

初十日(12月16日)　阴冷,昨夜伤风,不能蚤起。是日头限满期,终日收租乙佰十石有零。夜间吉账不过黄昏,拟再放限五日,约收田账已在七成左右,惟米色潮杂,实难整顿,折色银粮,尚未够数。

十一日(12月17日)　阴冻,半晴。饭后作札关照芦局,为派发难民棉絮,不过周旋世故而已。终日收租,仍作头限算,约共收卅馀石。

十二日(12月18日)　晴朗,一月不雨,未免太干,有碍春花,且防春阴。今日租米寥寥,所收不满十石,夜登账务,略阅《制义集腋》。大儿今日文期,至夜不过草稿完,迟钝若此,深为之虑,须勘渠痛改积习。

十三日(12月19日)　晴朗如昨。终日收租五石有馀,以后残棋罢局,不能成数矣。午前呉幼如甥来,复以折腰数给之,今冬讨去。蔡氏仿白甥廿九日吉期,遣眷来请。大儿连日文期,夜阅草稿,平疲无气岸,甚不惬心,已命重做。

十四日(**12月20日**)　晴。终日收租三石有馀,殊为稀寂。步青已得馆,接顾莲溪信,来岁聘课芸舫之侄,脩金廿八一徒,此馆颇为人地相宜。

十五日(**12月21日**)　晴燥,不雨几两月,春花大有碍,殊切焦思。终日收租五十馀石,长莠居多,老奸办事狯而颇干,然利息已大减,徒有轻粮之名而已。县小差石松持谕来,又续派难民十口来,此事必须到江求见邑尊出谕,邻圩协济,否则有加无已,殊非后日办公所宜,然余不才,甚觉脱手为难。

十六日(**12月22日**)　晴燥。饭后舟至芦川,泊舟行前,至生禄斋寻黄森甫诸公,知往苏家港去,不值。与述甫相叙,絮语酌商公事,拟明日赴江,照所拟办理,未识如愿否。中午扰述甫、吉生东,馆中小饮,颇有醉意。今日给发难民口钱,絮棉尚未办齐,未给。下午归家,冬至节祀先,家祠内薰侍祭始迁祖、已祧祖以下,中堂命墀儿侍祭高曾祖父四代,至黄昏毕事。今日收租卅馀石,己、染两圩已来,概折色价让每石二元三角,石脚每亩八十二升①。据催子云,照梨川办理,石脚已较去年加二斗矣。

十七日(**12月23日**)　晴热。饭后舟赴江城,行至半路,吟泉舟适遇,即过船同往。下午到江,是日适值开仓,邑尊忙甚,衣冠谒见,辞以转会稿案。门工获松亭,开账许另派董,减余处五口,在金字、西张港、孙家汇、田基浜等处给养,出署寻仓房王砚亭,令速起稿,时已点灯,船中夜饭,是夜宿在吟泉家中,热不能寐,与吟泉絮语。

十八日(**12月24日**)　早起至茶寮,与果斋、吟泉茗饮后至朱稚苹处,表夫人出见,补子两副已办就,并赐小孙女耍货。回至吟泉家,稚苹同来,复长谈,此公具隽才,诗、画、词、札、字均妙,惜优于才而啬于遇,亦世界一大缺事。终日徜徉,等候谕帖不至。夜扰果斋,菜饭极佳,至一鼓,砚亭始以谕帖至,费东一洋过去。署中公事,不易办如

---

　　①　"八十二升"原文为符号䀠。卷十,第128页。

此！是夜稍安眠。

十九日(12月25日)　晴,大雾。早上扑被出城,行至同里稍停泊即开,顺帆到家不过下午,至一溪处,告渠所以然,晚送吟泉至来秀桥。

二十日(12月26日)　晴。饭后至芦川会吴幼江,唤难民来,以谕帖转交潘某,此事始了吉。回至顾店,与砚修茗饮,谈及此事,大不合意,然亦不能照应也,若有词说,听之而已。回来午后。日上租米寥寥,始开欠。

廿一日(12月27日)　晴暖。饭后在限厅收租不过五石有零。下午至北厍会梦书,不值,以辞陈梅江事属省山转致其弟,晚归。是日发灾民口钱,闻鞠汛点名,颇不愿余处当差。灾民顾善庆妻病,寻医觅药,幼江虽张罗,亦不直落,公事掣肘,总由门第无人支持,故言之可恨！

廿二日(12月28日)　晴暖。终日收租十五石有零,开欠归吉一户。仰山新佃始有来还租,然尚有未来者,恐不得免开追。

廿三日(12月29日)　晴暖。终日在限厅收租五石有零。顾念先、孙蓉卿、秋山均来过,慎甫下午来谈,约月底到同完漕银。大儿呈阅课作,笔颇丰腴,题旨亦得,此月中六期惟此尚可,此事之难如此,来春勖渠发愤,庶有进境。

廿四日(12月30日)　晴。饭后在限厅上收租寂寂,下午至芦与陆松华茗饮,谈文良久。大儿文颇蒙青眼期望,然甚难副其所奖许。会吴幼江,不值,以难民事托晓琴转致。回来点灯,夜与大儿论时事,闻粮米今日减价,每石四千二百文,未知确否。

廿五日(12月31日)　晴暖几如仲春,皮裘用不着。仰仙新佃始来还租,开欠归吉一户。命大儿整齐厅上,换挂对轴,明日长孙双满月吉期剃头,概不请酒,惟凌氏外家来,略具酒肴。

廿六日(1867年1月1日)　风劲冷。朝起略部叙堂上,午前凌氏来,为大孙做双满月,彩衣、珠帽、胜糕均极华美,余衣冠抱念曾孙剃头。夜间两房祀先,参谒两房家祠,命抱见大嫂,嗣祖母大开怀抱,顾而乐之。范甫来贺,中午特设一席款之,余与墀儿陪饮谈文,不觉过饮。范甫,凌氏之出众子弟也,但望念孙他日亦似之。下午以糕桃分送两邻亲友,留范甫止宿,论文极中肯。接子屏回字,窗课改就五篇。夜间略酌账房诸公,鱼肉村酒而已。

廿七日(1月2日)　晴,稍冷,望雪又不下。上午送范甫回去,以正菜一席送凌亲母老太太。是日收租仍二限,共收十四石有零,行欠停止。慎甫自梨回,谈少顷即去,约廿九日到芦完新漕,每石决计减价三百文,苏州大乡绅之力也。

廿八日(1月3日)　晴。终日在限厅收租八斗有零,自开限以来,未有如斯之稀少者。朗亭芦川、莘塔两局串账、由单均开齐,拟明日到镇上完缴。暇则略阅子屏改本,必中者一篇。

廿九日(1月4日)　晴。饭后载慎甫,舟至芦川南栅局前停泊,入局完下忙银五成,新漕八折加三斗耗,脚费每五十二[1],每石四十二[2],河工银每亩廿文,持由单交顾小云手算,共付洋四百四十三元[3],找回钱五百三十七文[4]讫,其串缓日托慎甫去取。出来,与慎兄两房知数小酌馆叙,复与钱竹安至幼江处,为难民顾姓伤一大女口。还,幼江开发一切费,略坐后,又与陆春山、慎兄茗饮,回家点灯。知王兰坡同川局有信来催。又,昨日接袁甸生尊翁初五日寿帖。仰仙沈明传新佃,米来不清,退出,此户必须进场为妙。

三十日(1月5日)　阴晴参半,略有变意,倏又老晴,久不雨,春花大碍。终日收租寥寥,午前袁稚松持憩棠廿三上洋所发信来,为栈中急用欲筹名世之数,谈何容易?只好辞之。留之中饭,恐此子亦未

---

① "五十二"原文为符号 𠫔。卷十,第130页。
② "四十二"原文为符号 𡭴。卷十,第130页。
③ "元"字后原文有符号 �。卷十,第130页。
④ "五百三十七文"原文为符号 㿬。卷十,第130页。

必一心用功。下午回去,明日拟至同川完新漕银。蔡访白昨日吉期,命墀儿往贺。二限今日截数,大儿晚归,在幼谦处止宿,芸舫及徐丽江均会过。

十二月

十二月初一日(1月6日)　晴。饭后至东玲,载慎甫到同川局,风不狂,午后已至,泊舟财神堂前。入局,晤王书吏,知北舍已分局,吾乡一带均归彼处,徒劳跋涉,朝令暮改,纷更如是。与慎甫小点后,停宿正茂行前。是夜大风,微雪兼雨即止。后闻乡间有疫火。

初二日(1月7日)　晴,大风,终日不能行动。朝上晤沈步青在同,即与慎甫茗饮彩凤,饭于舟中,风仍不息,同步青徜徉镇上咏仙居茶室,颇有苏式。闻江城南门廿九日夜大火灾,顾书吏家席卷,风燥久不雨,今冬宜格外小心。是夜仍宿舟中,慎甫宿行内,茆卿暨两知数已来,遇石尤风,猛力鼓行,然究胆大不宜。

初三日(1月8日)　晴,风渐息。饭后慎兄、步青趁茆侄船回北舍,折粮账暨物色即托慎兄付柜。余开船入城,午前泊舟北门内,以糕桃、白粢送朱稚苹,登其寓,蒙留中饭,叙谈。下午同至下塘,意欲租定慎甫之屋迁住,两公均合意,不计租价,邀余居间谈定后,稚苹到署,余则徘徊城内,一片瓦砾,都是劫馀景象。虽名为官开河道,实则非顶真公事也。饭于舟中,黄昏后稚苹以租契一纸、洋两元托交慎甫即回去,始睡。

初四日(1月9日)　晴朗。朝行同川,稍泊即开,一帆顺利,到北舍午前。入局,知折色慎兄昨已付算收讫。候梦书不值,与桂轩叙语,谈及署嘉定学事,颇为得意。到家午后,慎甫来,即以租契面交,送之回来秀桥。今日先祖母周太孺人忌日,夜间致祭,并略酌步青。

初五日(1月10日)　晴朗。饭后送沈步青解节,伴读两年,不胜情重。闻已迁居同川新田地刘宅,来岁馆于费氏,以师作地主,机缘颇好。用功若此,定望高发,珍重而去。新增之田,仰仙已可进场,开催行差从此停止。大儿命渠理书,一切功课不与督责,"发愤"二字,未识来年若何。夜间登清账务,明日始开账船。

初六日(1月11日) 阴晴参半,略有变意。终日碌碌,读秋伊见赠次古丈韵诗,读先大人游西湖日记的笔,墨花犹新,音容不见已十六年矣,思之泣然,不胜悲感。是夜始闻雨声。接幼谦回条,借到米白两副,代办紫毫笔三枝,应钱四百文。

初七日(1月12日) 阴雨。饭后衣冠凭空于厅堂上具香烛,虔拜火神,默求保佑消灾。近闻沈溯芬家惨遭回禄,言之寒心。终日闲坐,略查租欠全户。甘霖时降,万物皆苏,不雨已两月,从此春花有转机矣。霢霂竟日,为之欣喜。是夜传说屋上有君子,终夜警寝。

初八日(1月13日) 晴暖,尚未得天时之正。子妇至金泽何古心处调理,大儿陪往。终日收租寂寂,略摘零欠账,以备查考。下午沈吟泉来谈,即去。

初九日(1月14日) 阴,似欲酿雪。终日在限厅,节录租米零欠,租则依然闃寂。夜间略阅杂书。

初十日(1月15日) 东北风大吼,雪雨交下,于时令大为合宜。终日登录念孙弥月账,所受亲友羔仪、铃物不可记。前年大儿满月时,先大人悉一一登于薰婚礼簿上,展阅旧账,不胜今昔之感,殊抱蹉跎之歎。光阴迅速,墀儿当及时努力也。下午雪积略盈寸,夜间风雪又交下。

十一日(1月16日) 晴。晚起,积雪二寸馀,大快冷冻,为今岁第一日,从此春花有望矣。饭后同吉老、和亭舟至芦川发难民钱,余至局中完粮,芦局找吉ोळ。回与陆春山、王耕馀茗叙,述甫见过,叙谈匆匆。出来,与二公面叙小酌,稍解寒气。下午粮串齐,又与倪某茗叙,风峭日淡,大有冰冻天气。归舟未晚,冷更烈,夜间点水成冰。

十二日(1月17日) 晚起。严寒,水始冰,幸已晴朗,可不胶冻。上午点滴成冰,不能动笔,下午稍暖,然雪等伴不销同。率大儿至北舍局,收版串已齐。回,与梦书侄茗叙良久,未之一说似不虚慌,然断不能足数。晚归,夜间略登账,冰又冻。

十三日(1月18日) 晴朗,红日一轮射窗隙,然冷气逼人,港中冰厚寸许。下午欲至来秀桥慎甫处,冰路不通,返。终日阅《武功馀记》,略识本朝一代名将。晚间略暖,檐雪仍冻。

十四日(1月19日) 晴,河水仍冻。饭后渐暖,始通冰路,下午新妇归自莘塔。终日阅《圣武馀记》。

十五日(1月20日) 晴朗,积雪宿冰几乎销尽。下午舟至东玲候慎兄,不值,知赴吴江,与吟泉略谈而返,明日拟赴梨局完粮。

十六日(1月21日) 晴,暖甚。饭后同吉老赴梨,午后到镇至局完银粮,取条算讫后饭于舟中。与吉老茗饮后至敬承堂,晤幼谦,知日上颇安静。到园小坐,走候费芸舫,在元芝书房长谈,并书大嫂请旌节略,亲族邻圩人名结,恳求芸舫札致王仙根,寄与采访局董彭复斋,以便直达汇奏,不由同里分局,如此赶办,庶岁底即有回信。蒙芸舫点头寄苏,此事倘得成全,实深感激也。回来仍到园中,省丈乔梓、李梦仙来谈,夜间幼谦留止宿,同席小酌,一鼓时寝于四楼下,酒酣气热,颇不安寐。

十七日(1月22日) 晴,仍暖,潮湿,有变象。朝起与吉老茗饮后仍回邱氏,以《得孙诗》属幼谦录书笺纸,顿觉诗为增色。上午芸舫来谈,至五峰畅叙,托报旌节已发,书与王仙根寄苏矣,且云回信来再关照,诚恳之情令人起敬。知日上吉翁赶办坟工,诸事栗碌,良久回去。中饭园中后,知串已齐,即开船至丽江处,有所转商,颇不顺手,可知通财缓急之难。一茶即解维,到家昏黄。

十八日(1月23日) 阴,微雨。昨接陈骍生札,为采访节孝,属以《续志》《小识》呈局,即作札复之,并检王旭翁《松陵见闻录》四册、赵眉翁《江正人物续志》三册、先人《分湖小识》二册,暨连青翁《潜德编》二册一并封寄。因余处乡,寄航不便,且与分局诸人不相识,故详述源委,以此转托之。骍生留心文献,志切阐发,钦佩奚似。且余心粗事烦,为善切实之功实推让之。终日碌碌,下午书就封好。

十九日（1月24日） 阴雨。饭后以书专寄陈骈翁，想必能转办成全。下午载沈吟泉至北舍完银粮廿八户，余在茶寮顿候良久，吉老、吟泉始抄串算讫，从此吉题矣。复同茗叙，还，登舟，雨颇甚，送吟泉归家已将近昏黄。骈生处有回片。

二十日（1月25日） 阴雨，东北风颇劲，然未必作冷。上午磨墨匣，作字数行，下午阅《武备馀记》。

廿一日（1月26日） 晴朗。饭后舟至芦川发难民钱，以钱九千四百五十文面会吴幼江，属渠代发一月，因新年无暇应办也。相属而返，至公盛行，顾吉生陪茗叙，陪小酌，皆渠东，扰之。下午走候陈骈生，谈及采访一事，知分局须由本学师在同川转报，司其事者叶仲甫，骈生亦不相熟。今镇上所接皆由子骧转托，且展限两月，前所寄之书且俟来春择一人主其事报学，恐此事成画饼。含和略谈而返，到家下午。

廿二日（1月27日） 晴朗。上午阅《武备馀记》，有李杏斋进来算银粮、查推收，抄账立票与之，留中饭而去，下午默坐。

廿三日（1月28日） 晴朗。饭后命大儿至梦书处，回，约廿五日进来，未识不慌否。闻慎甫自江回，抱恙颇不安，即日须问之。晚间衣冠具香果、疏酒恭送东厨司命神升天，率大儿虔拜叩谢，灯下循例吃粉团。

廿四日（1月29日） 阴雨。朝起惊闻沈慎甫六表兄昨夜戌时病故，饭后即至来秀桥去探丧，见吟泉，到堂下抚之，不觉大恸。述及自吴江回来得病，症是冬瘟，邪不达，由内陷，变起仓卒，积久力衰所致。慎兄自与订交后，一应粮银、县前诸杂务经手者，根牢蒂实，一丝不苟，且好排难解纷。逃难后，力葬同体兄弟叔侄几及二十馀口，虽不读书，颇明大义，今则吾党又少一着力人矣，思之，不胜凄然。寿六十有七，渠家择期廿六日入殓。上午始归家，下午诸务丛集，邱氏遣人来问，接费芸舫信，作札致子屏。

廿五日（1月30日） 晴暖。饭后以书并食物四种，连桂羔、蹄、鸭蒸一送子屏，并以片致陈骈生，取回前所寄书。因昨日芸舫信来，并示总局彭复斋书，大嫂请旌业已登册汇案，俟来岁秋间题奏，并要《小识》《续志》《潜德编》，此事不可担搁，特专舟函致之。下午舟回，骈生有片、书俱来。子屏有回条，匆匆作复，即至善城完粮，受三四橘匣送小孙，蒸鸭不受，太客气。下午作札与芸舫，书就封好待寄。

廿六日^①(1月31日)　晴，略冷。饭后至来秀桥，巳时送慎甫入殓，视之，面已改常，不胜呜咽！衣衾附身之物俱从厚，吟泉亦极哀痛尽礼，惟村居屋隘，不能排场，殊不饰观。宝文暨东易诸从侄俱至，馀则客甚寥寥。中午与诸公饭于场中，下午返棹，俗务纷集，懒不及理。

廿七日(2月1日)　阴冷。是日慎甫治丧，朝起舟至往吊，客来，一一应酬之。陪叶绶卿、赵龙门饭，午前出殡，与诸客送至北玲生矿之旁，从此交全始终，自谓可以无负矣，怅然而返。下午归家，接徐丽江信，所商一款竟成画饼，可知求财之难，人情之险，以后出入宜格外留心。遣使至邱幼谦处，以《潜德编》《续志》《小识》《松陵闻见录》列女一卷交费芸舫汇寄总局，采搜汇请，此事借芸舫力可释仔肩。

廿八日(2月2日)　阴冷。饭后至账房，属朗亭开发一切，限内共收田二千六百七十馀亩，照旧一升按股分折。是日，各项开销约须足钱乙佰卅馀千左右，进款租米外无一可再筹，若非未雨绸缪，几乎要作债台之避。甚矣，支持之不易也！夜间酌款诸相好，吉账则已黄昏后。一鼓后，诸事始毕，内账不及登清，不觉酣睡。

廿九日(2月3日)　阴雨。饭后送诸相好回去，其来均要新年过二十日后，独留老正侄过年照管。下午舟至来秀桥，以要事致意吟泉，相对极凄然，不能久坐，即回。接子屏侄札，大儿文又改就两篇，善邑粮事尚未了吉，命大儿作复之。暇修一札，拟致殷补翁。

卅日(2月4日)　除夕，未刻立春。终日晴朗，来岁丰熟，已有预兆可望。饭后率堰川衣冠敬神过年，命工人洒扫庭除，下午悬供先

---

① 　根据上下文，"廿五日"当为"廿六日"。卷十，第134页。

严慈神像于养树堂，大当祭开岁友庆值年，小当祭二加值年，命墀儿司其事。暇与墀儿论说新岁适逢乡试之年，必须洗除因循不振之习，立志发愤，于"功名"二字渐有生色，是立身处事第一要着，未识能如所勖否。夜间率墀儿衣冠祀先，终岁平安，实蒙福庇，但卜年年顺利，幸何如之，不胜预祷。一鼓后，饮屠苏酒，家宴内厅，小孙已哑哑戏笑学语，孙女牵衣觅梨枣，陪侍在旁，顾而乐之。是夜星斗颇灿烂，其丰登之左券乎？皇天慈爱，定福吴民，书此以作先声之应，丙寅腊月卅日二鼓，时安主人书。

同治六年(丁卯,1867)

一 月

同治六年[①],春王正月,岁在丁卯,初一日(2月5日) 朝起晴朗无纤云,风从东北来,可卜五谷大熟,喜甚。盥沐衣冠,拜如来佛,东厨司命神前、家祠内均各拈香虔叩。饭后率儿孙辈至友庆充之侄处拜五代图、先祖、先祖母神像,与乙溪大兄贺岁,诸子侄暨侄媳均来拜贺,男女以次。礼毕,至萃和堂一溪处茶话,一溪及诸侄亦至养树堂共拜先人遗像,复茶叙片时而还。命墀侄儿、介安、充之舟至大港上贺岁,竹淇弟处值年,留饮而返。终日风和日暖,数年中所希见。

初二日(2月6日) 阴雨,西北风颇峭。饭后闲坐,午前叶彤君来贺年,一茶略谈即返。大港上竹淇弟、子屏、薇人、渊甫来,子屏索大嫂请旌事略去,为秋园大先嫂余氏、侄媳沈氏年例相符,拟到苏补请。一茶后与友庆充之处一同中饭,絮语良久,下午始回。

初三日(2月7日) 晴朗。饭后观村人出猛将刘神赛会,命墀儿至陈思贺年。午前陈思杨又山来,陪至大嫂处留饭,恰好徐恒甫郎二甥来,即拉同席,问,年十龄,读《孟子》,与之语书房内事及杂务,均能了了,此则子弟之伶俐者也。志之,以观他日何如。晚间大儿回。

初四日(2月8日) 晴暖甚,裘衣可卸。饭后命墀儿至北舍,上午凌耕云、徐丽江、徐一山均来贺岁,一茶即去,萃和留饭。下午吴幼如来,初次衣冠,因时晚,留之止宿揽胜阁。在养树堂夜饭,点灯后祀

先,敬收藏先人遗像。

初五日(2月9日) 阴雨,热甚,饭后始开霁。村人赛会今始毕事。午前顾兰洲来,因今晨循例接五路财神,中午留之饮酒,在账房同叙,余颇有酣意。

初六日(2月10日) 西北风,朝上雨即止,终日作冷,不开晴。饭后意欲静坐而心不聚,下午舟至孙家汇,贺秋伊先生年节,以《得孙诗》录呈,蒙置酒小酌,洗尽新年旧套,纵谈时事,臧否人物,旁及家常,颇得知己谈心,酒酣耳热。晚间归,约初九日到舍再叙。大儿所录《海国图识》一本已还。

初七日(2月11日) 上午略晴,下午雨雪交作,人日如是,殊非佳景。下午舟至芦墟,至木行前吴幼江处拜年,不值,留片而返。至生禄斋黄森甫处略坐,复至顾念修店内少叙,又至凌耕畬、陆松华家,均不坐,留片而已。应酬毕,与吉生茶话,徐苹山来会茶东,絮语良久始开船,到家傍晚,雪已渐积。夜与大儿谈《海国图志》。

初八日(2月12日) 晴。朝起积雪渐消,春风虽尖冷,恰含春暖。命墀儿代作一札,致黄琛圃、殷谱翁信托渠由家信附寄较为着实,上午封好,即交韡卿拜节寄去。葵卿侄来拜年,是日念孙百日留角,抱之拜星官,颇觉头角峥嵘,顾而乐之。午前凌丽生来,钱子方、孙蓉卿、元音侄、范三官均来,一茶后即去,不肯中饭,金氏二甥亦然,独留丽生午席,对饮谈心,于论文、持家、处世诸务,所见皆相吻合,可称心心相印者矣。惜欲至紫树下,不及止宿,饭罢即去。谱经信,芾卿不至平川,仍未寄。

初九日(2月13日) 晴,风尖利。上午孙秋伊来絮语谈心,及为真率,中午留饭,年物而已,殊无兼味。顾杏园、沈六弟来,知吉母舅恙已全愈,可慰。命大儿至池亭,午前回。孙秋翁下午送回去,约午节再叙。桂轩侄来,谈及前署嘉定时,秦氏进三人,两人科岁一等第一,鲍学宪有"娄东三凤"之誉,一茶而去。

初十日(2月14日) 阴雨,潮湿,下午风陡狂。饭后命大儿至梨川诸亲友家拜年,暇录子屏改本,正在动笔,薇人适来,留之便饭。持子屏票,以乃翁嫁事相商,在正月廿二日,如愿而去。黄子木、金少谷来,均未坐即去。表侄王楚卿来,见之几不相识,见片知是谱琴郎,年廿五,人极循谨,以馆课兼应小试,渠家现迁梨川蒯文思堂大庙西首双龙泉茶室内,留之晚饭,云至东浜止宿。薇人以"事君尽礼"两章拟题相告,据云得诸小除夕梦中,是江南首题。志之,以俟异日。夜间风雨。

十一日(2月15日) 阴,北风尖冷。终日闭门无客至,阅子屏所改大儿文,精警者居多,未识今科有生色否。晚间沈果斋来拜年,一茶而去。大儿点灯后自梨回,知邱幼谦母舅盛泽去,闻年兴极浓,颇不安静。二月中学宪行文,有县考之说。

十二日(2月16日) 春丁卯。上午晴,下午雨,有碍五谷收成。惟京师有象鸣之瑞,云主大熟,且自乾隆以后,久无此异端,书之以俟他日。饭后命大儿至凌氏岳母家贺年,女孙同往,约十四日去载。上午蔡访白、龙生两甥来,知渠家旧岁租米尚可。阴雨终夜。

十三日(2月17日) 阴,无雨。午前吴幼江来,留之中饭,两人对酌颇酣,下午回至大港。黄琛圃郎在萃和,特来飞片而身不到。

十四日(2月18日) 阴,西北风狂吼。上午沈咏楼来,留之中饭,以同川顾芝生新正初五日信见示,所荐叶韶卿作东席,二十八[①]两左右,一应俱是,约节后去载。即嘱咏楼代书一片复芝生,约廿一日去载,兼属咏楼之尊翁建才侄寄去作介绍。下午舟至来秀桥吟泉寓中,慎兄灵前特衣冠一拜,不胜凄然。与吟泉絮谈而回,天漠漠似欲酿雪,颇寒。

十五日(2月19日) 阴冷。上午查去岁租米,各户清与欠底账,以便一目了然。村人交会货,立账稽查,下午命舟去载墀儿。今夜元宵,云翳星月,似非年谷顺成之兆,能不应验是为大幸,默祷之

---

① "二十八"原文为符号〢〦。卷十,第294页。

至。大儿晚归，携借凌丽生《文海探骊》三十本，约场后缴还。是夜一鼓后月色朦胧，光彩尚可照人。

十六日(2月20日)　晴。饭后至友庆，三侄女回门，侄婿号迬广海，中午设两席款之，余与乙兄陪饮，新客是酒中大户，拇战兴豪，余颇颓然。晚间朱稚苹自江来，果斋处补子二付已办就，夜间年菜酌之，絮语一鼓，谈官场事，"势利"二字外无一是处，比之畜生道，洵然。

十七日(2月21日)　晴朗可喜。饭后陪朱稚苹至来秀桥吊沈慎翁，渠在江租住慎翁房屋，故特来致礼。吟泉出见，略坐即返，稚兄即回江，约二月中奉答。袁憩棠来，畅达夷务，知各处立馆已准，此事不可收拾。捻匪、回匪猖獗，西北、关中告警，若官场信息，则仍粉饰。《文海探骊》托渠上洋构办二部。殷安斋来，与憩棠同席，饭罢即去。迬广海来拜客，陆立人来拜年，一一茶话应酬之。立人精悍之气见于眉间，真持家一出色子弟也，甚佩之。下午作片，以补服、钱二百交还沈果斋。

十捌日(2月22日)　晴，下午阴，颇寒。上午持名柬答迬广海，与陆立人同叙，午前至乙溪处陪请新客，一盛泽沈，芾卿侄婿，一广海。设两席，余陪广海，与蓉卿同坐，菜极丰，酒极醇，不觉过饮。下午席散回，沈吉翁母舅来，身已康健，可喜，约廿七日来。命大儿会梦书，所约仍无切实语，此事只好将计就计。

十九日(2月23日)　晴，渐觉春光明媚。上午顾吉生、顾念先来，留之中饭，固辞不肯，一茶即去，殊觉慢甚。午前在瑞荆堂酌迬广海侄婿，立人昨日稍有不适，今晨已去，孙蓉卿同席，充之、介安两侄陪饮，余量不宏，不能多饮。席散，谈及秦老师之郎鲁卿，现升道员，可谓仕途通达。席罢，茶叙始回友庆，明日要至梨川拜客。

二十日(2月24日)　晴朗。饭后拂拭先人遗像，以待晒好谨藏。暇阅凌荫周窗课文，此公笔力、工夫均已揣摩纯熟，丁卯科有命，一定破壁飞去，可称子弟中之隽才，羡慕之至。大儿与之相较，不如甚也。下午命墀儿至赵田答袁憩棠，自后年务可吉，明日须要开馆。

廿一日(2月25日)　阴雨。上午录文一篇,命墀儿整理书房。午后同里舟回,叶韶卿到寓,年廿九岁,胞兄世昌号愚亭,堂兄少梅名邦骧,现住永安桥陈家牌楼内,向在嘉定典内学生意出身,因辞归家,人极恂恂,酒烟都不吃。

廿二日(2月26日)　阴雨绵绵,渐觉潮湿。饭后舟至大港贺谨庭二兄女出嫁喜,至则贺客阒寂,知因新人患疮,改期三月。与谨兄床前叙话,知福官已自平望回,张星桥颇合用,惟同伙芹香之郎不佳,恐为所诱。余谓合意与否,谨兄自主之,始决计愿就,约出月初五左右到平面送关书,余作见立,书花押。复至竹淇处拜年,子屏在梨,约期二月初三到馆,谨兄贺分不受,畅谈而返。到溪中午,下午祀先大人,今日忌日,屈指星霜,见背十八年矣,思之乌咽,显扬有志惟望墀儿读书稍有生色。

廿三日(2月27日)　阴,无雨。上午略坐定,下午梦书侄来,知行事十分决裂,言之可胜浩叹,长谈而去。王桢伯、韶九昆季来贺岁,夜间至萃和答之,即陪饮同席,知郑氏弟兄正月十三日已开课,聚友会文,可嘉之至,畅叙而返。夜与墀儿论处世不易,必须发愤读书为要。顾兰州今日到寓。

廿四日(2月28日)　阴雨,终日春寒。饭后至萃和与桢伯长谈,留之来叙,不肯而去。二月十四日渠弟韶九吉期来请,暇拟贺之。今日接钱子骧信,以其侄黼卿郎荐作东席并邀文会,当即日复之。下午略阅时墨,心不能聚。

廿五日(3月1日)　阴雨,颇冷。饭后略静坐,身体不甚健适,静养以和其气,暇录荫周文一篇。下午陈朗亭来寓,沈吟泉自北库来,邀至舟中絮语,借悉粮务近情。

廿六日(3月2日)　晴朗无比。饭后洗墨砚、涤旧笔,颇觉云水光中洗眼。作札复钱子骧,下午属兰州到芦发难民。午前邱幼谦来拜年,接徐少卿金华初二日所发与大儿信,中午以年菜款留,下午回去,约二月初十后到溪读书,明日拜从贝先生为师。

廿七日(3月3日) 又阴冷。饭后札致子屏，订二月初七日到馆。墀儿今日始动笔改窗课，暇则略温读本文，然心不聚，内外魔交战不已。

廿八日(3月4日) 晴朗。饭后静坐，下午至北库局理版串，一例清讫。与梦书茶叙良久，复至范洪元会元英俟。张星桥来关照福官习业，不必送至平望店中，约初一二日径至池家湾送关书拜师可也。明日拟即复谨庭，归家未晚。

廿九日(3月5日) 晴朗明媚。朝上接子屏信，日上要赴善邑找吉粮米，约初七日到馆，恰好先得我心，饭后即以前札并致谨庭信遣人复之。子屏来信云，接潘莘田札，知金陵号舍已广三千，去冬工竣，此事闻之，无论录科与否，均各欣慰。谨庭回札，适如辛桥所约。下午略录近人名作，墀儿改文一篇，至晚脱稿，未免太迟，以后须深自摩励，敏捷为要。

二　月

二月初一日(3月6日) 晴，风尖劲，是日交惊蛰节。饭后衣冠东厨司命神前、家祠内拈香虔拜。上午略温熟文，顺口，录新会墨一篇，心仍碌碌不定。

初二日(3月7日) 晴。饭后账房有干，略照应，暇录会墨一篇。沈吉翁今日到，账房诸公始来齐，夜间略以年菜酌之。

初三日(3月8日) 阴雨。是日文帝圣诞，斋素。饭后敬拈香烛，率墀儿在书房内衣冠向几案前谨谨叩首，礼毕后，即命墀儿开课，第一期作文题"子路问政"至"举贤才"，诗题"五星聚奎"，得"奎"字。暇录会墨三篇毕，略诵时艺墨选，晚阅应墀草稿，练局而未练词，功夫未到。

初四日(3月9日) 仍阴，微雨。饭后墀侄儿至佐家浜陆又庭处看股疽，下午回，据云易治，惟要出毒，定方解散。晚间县役持邑尊谕，为发遣难民回籍预发半月口粮，二月廿五日为止，押送到江资遣，明日须到芦商酌办理。

初五日(3月10日) 阴,无雨,春暖气盎。上午略坐定,下午同乙溪到芦,会吴又江、黄森甫,约初十日同到江城交代遣发灾民,其是月初六日一期亦托又江开发,热销细账俟缓日同芦局一同呈县。与顾念先、吉生小饮茶叙,均渠会东,归来已晚。夜间略将给发灾民细账册子若何填写作一式样,属朗亭细算清数,以俟报销。此事虽不要紧,然关系公案文字,不可不熟筹妥恰。

初六日(3月11日) 风,晴朗。饭后沈吟泉来,昨日托渠向沈三古堂取贴办灾民三大口数,其钱今日收到,据云佩老与渠夫人均无辞说推诿,一茶即去,留之中饭坚不肯。大壄儿至陆又庭处再看股疽,中午回,知已出毒,再一回可全愈矣。

初七日(3月12日) 晴朗。饭后遣舟载子屏到馆,午前同其仲弟文藻负箧而来,中午略具杯盘,在养树堂酌敬子屏,余则杯酒言欢,大有醉意。惟相勖简练揣摩,秋间省试得意为幸,是日即行开馆。今日致祭,先母沈孺人忌日也。余因子屏来,不觉开禁,然于心负疚实甚也。壄儿呈前日开课文草稿,子屏许可,未识以后能副所望否。

初八日(3月13日) 阴,潮湿,复有变意。饭后叶友莲来访子屏,即同至书房长谈,中午小酌,留中饭,下午回去。叙语良久,颇能直言人是否,然心病颇深,甚为之虑。夜间略阅时墨。

初九日(3月14日) 晴,风颇尖。饭后属朗相录清报留养灾民总账,下午至芦墟会吴幼江,约定明日开船到江,以底账示之,呈报与否,俟入城再商,渠处已另录花名册两纸。森甫不值,与袁憩堂、顾念先茶叙良久而返。由赵田接到刘健卿所寄"思天下之民"约课卷全册,归来即交壄儿看。潘子云文出色,大儿笔平,置之第十已幸。

初十日(3月15日) 晴暖。饭后命舟赴江,午后到下塘,衣冠拜朱稚翁节,见其嫂夫人,少顷,稚翁同其署中人到寓,稍谈,余即出门。至县前,黄森甫、陈少蕃、吴又江、顾竹坡、陆立人均至,会黄砚亭,交代难民口数,云明日修文起解。回至祥园,与诸君茗叙良久,回舟中少息,持灯至稚翁寓所长谈,一鼓后宿于舟中。

十一日(3月16日) 晴暖,裘衣可卸。朝上与芦墟诸君茗叙后,至稚翁处食渠芡实粥,极佳。命五相持钱发给难民半月口粮,同诸同人至砚亭处付东,共二洋。吴又江代付难民措材带回费一洋,此事从此了吉,云可不报销。中午稚苹留饮,以时鲜江鲚一品相对畅饮,极得味,饱啖而后饭,复与诸君炉头小酌。夜与稚苹又剧谈,此公天赋隽才,奈奔走衣食,可谓"英雄无用武地"。夜宿几二鼓。

十二(3月17日) 花朝佳日。晴和,东风,为数年来希见,今秋可卜丰登矣。朝上与诸君茗叙,朱稚苹处朝粥。上午芦镇诸公为邑尊上德政牌、万民宝盖,实则黄森翁做搭题借径,立人既应其列,余亦势难却却。午前鼓吹前导,送至堂上献爵,邑侯答揖请见,同至花厅公揖,以次坐,所谈不尽风月,受茶后即告辞。送出暖阁,即至下塘稚翁寓中,邑侯来答,辞挡驾,送酒一席。在森甫舟中略坐饮,回至稚翁寓中告辞,内表嫂约四月初八日放舟去请。开船已晚,泊舟同里,又与诸公茗叙。夜在森甫舟中,与少蕃、立人大谈考事,一鼓就寝。

十三日(3月18日) 晴,东北风稍狂。清晨开船,到北舍尚早,与维老、梦书茗叙。午前到家,大儿至佐家浜复看股疽,回来知可渐愈。子屏示昨日课文,极圆湛,极精微广大。大儿作,拘苦不出色,命渠不必再改,速誊交卷。是日接理卿信,正月廿五日发,望余王氏喜事畅叙,恰又不果,怅甚也。夜间略登出门后账目。

十四日(3月19日) 晴朗。饭后作两札,复理卿、稚苹。中午子屏阅就墀儿文,今岁第一篇。余则终日碌碌,心猿颇作怪。

十五日(3月20日) 晴朗。朝上卸皮裘,未免受寒,不适。上午略温读本,下午疲倦,不觉昼寝,然非养生之道,以后宜戒之。

十六日(3月21日) 晴朗。饭后舟赴梨川,登敬承堂,邱幼谦出见,五峰园中饭,梦仙、毓之同席。下午至徐渌卿处长谈,骇知冯子延家作令亏空逸逃,昨日邑尊已奉文查抄家产入官,言之令人警悟可畏。复至王谱琴处,见渠嫂夫人,不值谱琴,与渠二郎青持叙谈片刻而返。至费芸舫处，光川乔梓亦见，候沈步青，一室啸歌，兼与名师朝夕叙，今科大有众中翘然持出之兆。畅叙而回敬承，夜宿四楼下。

十七日(3月22日)　晴热，下午始闻雷声，阵雨至夜而息。朝上同幼谦至畅厅茶叙，王谱琴亦为余在，特来茗叙。中午幼谦酬敬渠师贝润生先生，余与令岳汝苕溪丈作陪。午前自四福馆中来，一见极谦和，望而知其阅历深者，其徒周禹臣、沈子穌同来。幼谦款师，菜极华，惜润生翁不饮酒，清谈而已，席散略坐而去。夜读润生改幼谦文，益钦老眼无花。是日接理卿信，发理卿札，并以锡箔及札寄吴江朱稚苹。

十八日(3月23日)　晴。朝上与黄吟翁、省三丈、幼谦茗叙龙泉，良久同回敬承。上午徐渌卿至五峰园与余长谈，知镇上文风日盛，士习日坏，余谓此皆父兄之教不先所致，未识渌卿以为然否。家中船来，中饭后余欲归，幼谦固留再宿一宵，同到胜溪，余难却情，应之。复与省三丈、吟海茗叙畅厅，回来，苕翁丈来谈，至黄昏后始回去。是夜与幼谦絮语良久，一鼓就寝。

十九日(3月24日)　晴朗。朝粥后与幼谦同舟归，到家午前，书房内同席，墀儿呈昨日约课文，誉好，尚能认真作文。子屏亦以昨所作见示，练局新而正，是绝妙魁作。下午与子屏、幼谦谈文，夜间幼谦同宿书楼。芸舫有信寄子屏，请撰太夫人挽联已就，省三丈托芸舫代报渠太夫人李氏节行，已面交吉甫八兄转致，即寄到苏。

二十日(3月25日)　晴朗，作寒食地步，颇寒。属幼谦代录子屏文近稿两首，乙溪来谈，为沙四侄媳恤孤事，义难推却。下午元音侄来，代归吉一旧账，付契券而了其事。夜间登清出门后内账。

廿一日(3月26日)　阴，风雨颇冷。饭后薇人侄来，以近作并元之作见示，急读称快，谈文颇有讲究。书房内中饭，下午同子屏回去。幼谦书子屏窗课一篇，小楷精妙绝伦。

廿二日(3月27日)　晴朗。饭后与幼谦步田间，菜花已布黄金。中午子屏自家中来，沙四侄媳谨庭有票来，议定恤孤贴米终年四石五斗,今日乙兄处先付。邱幼谦家中船来载,送之回去,约三月二十日后来读书,未识能践约否。子屏携薛淮生遗稿见示,急读之,共三十篇,面目较乡墨大变,可选读者得半。

廿三日(3月28日)　风尖,半晴。上午沈吟泉来,即去。朱稚苹有条,要索计寿乔诗稿,搜寻颇不易。今日大儿文期,阅子屏前期改本,绝妙好词,大儿原本多语病,一一摘出。下午略坐定,心仍不能专聚为难。

廿四日(3月29日)　阴晴参半,渐暖。上午略阅时墨,下午至书房。墀儿昨日文尚未誊完,工拙不论,诗犹未做,殊属迟钝万分,不得不严加呵斥,以冀痛改前非,未识异日能变化气质否。思之不胜可虑,闷甚。明日不命作文,且读以熟其机。

廿五日(3月30日)　晴暖,春气盎然。是日致祭,先曾祖母黄太宜人忌日也。下午略谈时文,阅子屏昨日课文,雄厚之中兼流走,今岁笔墨又一变,今科有望矣,心窃喜之。

廿六日(3月31日)　晴朗。饭后朗亭回去,约出月十八日来。墀儿随嗣母至金泽,探渠嗣姨母陆五姑太太丧,回来下午。传说回捻猖獗,湖北大骚动,九江有警,此信闻之,大为全局虑,未识秋试时何如?子屏改大儿文几全篇,亦可命中。

廿七日(4月1日)　阴。饭后子屏假节,约初十日自船来。大儿至金泽,送五姨母入殓,以"思天下民"约课卷交补山转寄,是日风狂甚,回来傍晚。暇阅癸卯、甲辰两年家中会课卷,拟摘录一本,如对二十年前诸旧友。

廿八日(4月2日)　晴。饭后命墀儿至盛泽,清节致祭郑氏姨母。午前狂风陡起,午后舟回,行至尤家港而返,此是出门要事,尚不至于冒险。终日碌碌,唯录会课文一篇,暇与大儿论文。

廿九日(4月3日)　雨,风稍息。朝上至东浜吊沈泽山先堂母舅高太夫人,晤宝文、吟泉诸公,即与同饭。还来,账房有顶田面事成交。节前东席回者过半,惟老正及叶公留。终日冷甚,录会课文一篇。

三十日(4月4日) 阴,无雨。饭后率墀儿随乙溪兄率诸侄、侄孙至西房圩先曾祖、先伯坟上祭扫,又至南玲坟上祭扫先祖父母、先仲伯父、先严慈两大人,弟兄、子侄互相奠酒,颇得古人因祭办分联情之意。回来,家祠内祭已祧祖妣,余主之,厅上祭高祖下四代,命墀儿襄之。祭毕,充之四侄轮年,团叙三房兄弟、叔侄暨介安侄之子大侄孙饮散福酒,同席七人,欢语家常,菜亦丰盛,不觉大醉。下午复命大儿至北玲,祭渠亡弟应奎。终日栗碌,夜间早息,闲与大儿论文。

三 月

三月初一日(4月5日) 雨,今日清明节。饭后率大儿、介安、充之、茞卿诸侄至北舍,到则雨稍息,木桥头始迁祖春江公坟上祭扫,族中诸弟、侄辈均至。复至长浜里敬湖公坟上祭扫,回至东木桥心园公墓前祭奠,即开船至"角"字君彩公墓前祭拜,见坟上荆棘丛生,佃户陈元龙已故,久废挑修,殊属不安,然任其责者,阖族均系焉,而慨然肯出资力挑修者,卒无人,太息久之。祭扫毕,雨密下,回至北舍老四房小锦之子长林侄孙处饮散福酒,团叙者四十馀人,共七席,诸兄未至,余忝首座,竹淇次之,梦书同席,菜亦从丰。长林业沙,甚勉力焉。饮毕,梦书陪茗叙,与竹淇、薇人又畅叙,回来未晚。明日拟命大儿重至盛泽。

初二日(4月6日) 阴雨,颇寒。饭后墀儿至盛泽,此循俗例,果于一往。终日闭门无事,上午录癸卯会课,毕竟松巢是文坛健将,少年轻薄者岂易造此境界?下午读新墨数篇,颇有所得。

初三日(4月7日) 踏青节,晴。终日静坐,抄阅会课、时墨。下午风狂,迟大儿盛泽未还。夜阅《通鉴》列传。

初四日(4月8日) 半晴。饭后抄录癸卯会课,下午略阅时墨。晚间墀儿自盛泽回,知在寅卿处逗留两宿,与李星槎畅叙,晤理卿师张欣木翁。辛垞酹欣木,大儿陪饮,知盛泽诸公文兴极浓,有约课题,薛慰翁秉笔,相招入社,携辛垞文数首归。今日到梨,幼谦祭扫去,不值。理卿在外家,恰好在邱氏又叙,约三月十七八日同辛垞到余处叙。

初五日(4月9日)　晴,渐暖。上午录郑理卿文一篇,心思、做功、运用均洗净俗尘,大儿相较,殊觉无盐献丑,不禁羡极生妒矣。今日大儿书房内略坐定,余则心仍纷如,不解何故。

初六日(4月10日)　晴暖。朝饭后改存旧会课作一篇,沈吟泉来谈,意兴大减,留中饭而返。下午至芦墟泗洲寺菊隐山房定门衲礼忏,至则僧雏尽赴应,见牌上须至四月十二日后始有空日,约香火十五日出来再会。候吴幼江不值。至公盛米行久坐开船,到家傍晚,知九江鲍军门已扎驻,信息渐佳。

初七日(4月11日)　晴暖。饭后抄录会课,暇阅新墨。下午梦书同何又泉来,知敏上、惠上单费小云有搭桥处,现在补给单已有,约二十日后亲自赴局去取,特来节外生枝。与两房共帮十数,言明以后补报,不再费词说,如愿而去。知公门内事不易办也如此!然此其小焉者也。

初八日(4月12日)　晴热,春意蓬勃,绵衣亦难穿。大儿文期,磬生约课题下午草稿才完,尚须细改。上午录会课文,暇阅新墨读本。

初九日(4月13日)　晴,昨夜大风,稍冷。饭后大儿呈示诗文,此期颇充畅,有局度而笔仍不跳脱。孙蓉卿已到馆来谈,秋翁命转借《留荫盦尺牍》四本到雪溪,约端节还,略论文,眼界颇高。终日碌碌,不能坐定。邑尊有谕,要报销留养细数。

初十日(4月14日)　晴。是日甲子成日大吉,合坼者筑灶。大儿有事至莘塔,下午回,晤袁憩棠,知九江防堵严密,定可无恙。安徽捻逆亦已解围,浙江游兵滋事,并无他故,湖北黄州亦已收复,信息大佳。迟子屏今日到馆约而不来。薛慰翁约课题两期已寄交凌范甫散卷。

十一日(4月15日)　半晴,昨晚阵雨即止。接袁憩棠初六日所发信,从顾德裕寄来,托办《艺林菽珍》共三十八本,系广东板,仍然模糊不称意,价八元五角,当即复之。下午遣舟载子屏,晚接回条,知青浦昨日归,约明日自舟到馆。

十二日(4月16日) 晴,未朗。饭后录课文半篇。午前子屏到馆,知在青浦钱令君研相待极优,安省和州有警,风声不甚佳。曾帅已至金陵,尚可坐镇,若小曾,则一败不复有为矣。英夷亦甚不安静,未识大江南北民命何如。以《胡文忠公全集》六册见示,急宜披阅,以识时务。

十三日(4月17日) 阴,微雨。上午吟泉来谈,气仍沮丧,久坐而去。正欲坐定,谨庭来,以赘二子阿金事相诉,虽龙图难断,何况子屏? 必欲拉之去,同饭于书房,如所请而归。子屏约明日去载,大败文兴。碌碌终日,心绪纷如。

十四日(4月18日) 晴阴参半。上午点阅《胡文定公本传》,国史馆所撰。午前子屏来,大儿作盛泽约课题文已脱稿,大致楚楚。

十五日(4月19日) 晴朗,不甚暖。朝起斋素,饭后衣冠至南祥庵火帝神前、大士佛前拈香虔叩。据大嫂所述,夜梦火帝现前示戒,此心凛凛,默祈宥过,叩庇平安是祷。回来阅《胡文忠公年谱》,功绩所昭,令人钦慕。命相好至芦泗洲寺门衲定忏三日,经·日,四月十三日起,十六日圆满。费氏梁太夫人明日治丧,拟明日清晨率墀儿同子屏侄往吊。

十六日(4月20日) 晴朗。朝饭后同子屏率大侄儿至梨里吊费世伯母梁太宜人,至则排场极阔,亲朋显客毕至,余与汝寅斋同席后应酬宾客,厅借邱氏敬承堂。中午陪凌丽生至五峰园谈天,诸举毕至,李辛垞、郑氏昆季亦来,以"夫达也者"期约课交于辛垞。下午看沈啸翁点神主,左右二相则凌丽生、王紫卿,升座提朱,皇皇大典,吉甫昆弟可谓尽哀尽礼。夜陪啸梅酬敬,客去掩丧,余与辛垞诸公茶室叙话,下榻邱氏楼外楼。子屏、辛垞、大儿、理卿、寅卿联榻,谈至一鼓后,余则先寝。闻辛垞诸公议论风生,终夜未息声。

十七日（4月21日） 晴，微热。昨夜略雨，朝起同辛垞、子屏茗叙后，邱吉卿招辛垞诸人面叙，肴极精洁，仍幼谦作东。回来，衣冠至费氏，送太夫人葬，今日发引，一拜而返。庄兼伯来候辛垞，在五峰园幼谦留中饭，下午拉辛垞、理卿同舟到溪，舟中阅辛垞"夫达也者"两节文，举重若轻，子屏万无此笔。小郑文亦极时好墨裁，秋试得意，当轼目俟之。到家傍晚，夜酌李、郑二君，杯酒言欢，颇不寂寞，惜余疲倦早眠，二公同子屏宿书楼。

十八日（4月22日） 晴朗。晚起，终日与辛垞纵酒论文，兼谈世故，快慰通畅，一宣数年积愫。辛垞时艺，天马行空，祥麟现世，意态非常。理卿厄于失恃，处境大难，恰仍用功不懈。夜间谈狐说鬼，语言无忌，一鼓就寝。

十九日（4月23日） 晴暖。上午以舜湖约课卷"以后若何寄处"各书一条，记存京袋中。下午备舟送李、郑二君回梨里，夜早眠，因连日应酬，疲甚也。

二十日（4月24日） 晴。饭后沈吟泉来，吴又江亦至，吟泉传致数语即去，留又江书房内中饭，以难民报销事核清册托之报县。下午客去，始略坐定。

廿一日（4月25日） 晴燥。饭后至乙溪兄处论俗事，回来静坐片时，心神一清，阅《胡文忠公集》。

廿二日（4月26日） 晴燥加热，大有夏令。上午竹淇弟来，以办先六从伯父葬事相商，义不容辞，竭力如愿应之，下午回去。碌碌终日。

廿三日（4月27日） 晴热，夹衣亦用不着。上午沈吟泉来谈，饭于书房，下午回去。子屏约课文今始脱稿，阅之浑厚精练，实与辛垞作流动轻利，旗鼓相当，可称一时劲敌。大儿下午限做誊八韵诗一首。

廿四日（4月28日） 晴热，有风。大儿做"三里之城"约课，题颇棘手，终日不能脱稿，偶从宽不之限，然终非为场屋计也。碌碌不能用心,鞭策为难。属朗亭录清补给单底账。

廿五日(4月29日) 阴,风雨终日,颇寒。饭后同乙溪邀吟泉到芦局中寻顾书办某,不值。回至赵三园茗叙良久,至又江店中,又不值,以报销难民留养册托晓琴转致汇寄。晤钱子骏、夏二老相,略谈而返。到家午后,大儿课文已脱稿,阅之,颇能切题敷佐,惟稍欠风华开拓,然限于题界,不能大做也,未识盛泽诸公何如。下午略静坐。

廿六日(4月30日) 阴晴参半,下午开朗。终日闲坐,阅时艺。大儿课文誊真,同子屏作封好,拟明晨由北舍寄梨到盛,交李辛垞收存,汇寄杭城慰农山长秉笔。

廿七日(5月1日) 晴朗。饭后同乙溪、吟泉到芦,顾色目又不在局。回至茶寮闲坐,述甫来长谈,知禾中四月中要院试科考。到家午后,始食蚕豆饭,极佳。下午吟泉又来谈,约初六日同到江,去后,录会课文旧作一篇。

廿八日(5月2日) 上午晴,下午雨。是日梅墩依旧演剧,工人循例往观。笑师母有所预商,吉老手如数登摺与之。竹淇弟来,为葬亲田面,大义不果,欲大富一带余处田内一看,允之,中饭而去。暇录子屏约课作一篇,妄评之,以俟慰农若何看法。

廿九日(5月3日) 晴朗,风颇狂。饭后录李辛垞义一首,暇则静坐。

四 月

四月初一日(5月4日) 晴朗。饭后衣冠东厨司命神前、家祠内拈香拜叩,账房有事,辍读。下午竹淇弟来,以择吉在余账内东渭圩廿二丘田二△二分起种相商,即允之,俟初三日再来以田调田成交,此事六先从伯面上义不容不推让也。终日碌碌,若无暇,实心不静之故。

初二日(5月5日) 晴,不甚朗。饭后书房内文期,下午申刻大儿草稿初完,阅之,中段大草率,馀尚通畅,亟须细改。暇阅时艺。

初三日（5月6日）　晴，热甚，是日立夏巳刻。饭后阅子屏文，极发皇周密。午前竹淇同谨庭来，即属账房书券，以东义二△四分易余处东渭起种田二△二分，以安葬确斋六先伯父暨梅溪弟，此事义分攸关，不得以私情相待也，竹淇想亦知之。中午饭于养树堂，各书押竣事，蓉米，谨庭议定二石，三媳三元付谨手，据云冬间要请益。晚间略具杯盘，同子屏、竹淇立夏小酌，子屏暂假馆几日，同回去。

初四日（5月7日）　晴朗，颇热。饭后至乙溪处，以昨日竹淇弟换田事持券画押告之。回来查登田单清账，以便到江赴局取领。适顾念先来，以鲥鱼半条相饷，即命烹庖，中午与之高粱对酌，银鳞玉色，味美于回，适口朵颐之至。闻价自苏来，每斤一百四十①，酬以值，坚不肯，受之，可谓老饕，畅谈回去。东渭佃户顾仁富同其叔来，以田面付钱取赎，其契乾隆四十二年以遗失立笔据了吉之，此乡人极醇厚，安葬得之，可谓安妥。闻竹淇以官话吓之，殊属侮弱，可笑也。梦书来，略谈而去。终日栗碌，不克坐定。

初五日（5月8日）　半阴，渐觉轻暖轻寒。上午略翻时艺。午后和尚官来，竹淇命取帮葬费，如数予之而去。子屏到馆，约须初十日后，暇则整齐账目，拟明日到江理清田单，约沈吟泉同往。

初六日（5月9日）　晴朗。饭后至来秀桥载吟泉同赴江城，午后进北门，水涸，舟易搁浅，强而复行，在下塘外口泊舟。先至吟泉家候朱稚苹，以计寿乔《一隅草堂全集》两套送之，时在署未回，即同乙兄、吟泉至南门顾局，知补遗单已截数人家完过粮，而旧单未倒者一概作废，即以遗单补给，照田给户，此事在官场大清楚，而民间仍不便，可见吏胥狡计。以所商面给小云，所托推收似尚应手。出至大东门紫石街善后局宅，寻何局又泉不见，以单推收属其当手任心梅注册标记，查对失单，一一无误，惟付给尚无日期，新单不能再倒，推收可做。出来至县前已晚，以召佃牌托朱小汀赶办。回至舟中夜饭，稚苹

_____

① "一百四十"原文为符号 𘟡。卷十，第306页。

知已寻候数次不值,以石首鱼、官菜四碗并佳酒见饷饫之,复至稚苹处略坐而返。余宿舟中,吟泉上岸。

初七日(5月10日) 晴朗。饭后上岸,与稚苹闲谈后至各局看失单数,知均填送未发,大约此番皆不能理。终日在荒城中东寻西觅,晚至何局收单一张而了事,不及再顿候矣。晚间同吟泉、王麟书饭于舟中,稚苹所送石首鱼、玫瑰高粱,甚可口也。稚老又至舟中来谈,可谓应酬圆到。

初八日(5月11日) 晴朗。饭后上岸,吟泉迟日到乡,稚苹表内嫂,内人招之来舍,余舟载之。余告辞稚苹,趁乙溪兄船归,同里泊舟半日,到家傍晚。夜吃蚕豆饭,未免过饱不受用。

初九日(5月12日) 半晴,风尖薄寒。大儿文期,终日栗六,不能坐定,傍晚大儿呈草稿,平妥而疲,须细改。遣妪至邱氏,知幼谦以本生母九太太染病未能远离不来为辞。接郑理卿信,盛泽诸公约课卷寄来,即付大儿读之,余尚未寓目。

初十日(5月13日) 晴。昨夜雨,今渐开朗。偶阅盛泽诸公文,多宝船,真珠塔,令人目不给赏。大儿誊真课作,平分六比,妥洽而仍不警策。

十一日(5月14日) 晴朗。饭后新妇率虎孙、女孙至萃塔外家,大虎孙初次作外孙,略办礼仪,并遵凌府条约,糕用代封,简便之至。午后费芸翁太史来叩谢,款茶叙话,据云中饭已用,留之不肯,一茶即去,褒甚也。终日心绪纷如,与大儿论文,且以眼高手硬为戒。

十二日(5月15日) 晴,下午略有变意。上午录旧会课,下午将旧读本翻阅数篇。明日荐祖礼忏,饬工人扫洒经堂。托朱小汀办召佃牌,已由芦墟收到。

十三日(5月16日) 晴朗。饭后至东渭,衣冠送确斋先六从伯安葬,恰好到时已刻登基,一拜而返。是地后面坐天花荡太远,前面一小样,有来水,有去水,而案不全,以余观之,平妥而已。子屏约十七日到馆。是日延泗洲寺门袖僧礼忏,祠堂内荐祖,主行竹岩者,似尚不至放浪,然究是酒肉僧。余家恰阖门净素,忏堂在荣桂堂。夜间回去。

十四日(5月17日)　半晴。饭后衣冠礼佛,暇录盛泽约课文一篇。终日心绪纷甚,可知此心无镇定功夫。

十五日(5月18日)　晴朗。今日礼忏三日圆满,晚间延僧焚化冥仪,荐先回向,事毕,不甚晚,略具蔬果款之。沈吟泉来谈,即去。

十六日(5月19日)　晴朗。是日大嫂处复延僧诵经一日,追荐先伯父母暨起亭先兄,嗣孙应墀出名,了尽妇女之忱而已。终日栗碌,夜间略听法曲以娱耳,一黄昏竣事,身体颇疲倦。子屏有信来,约十九日到馆。

十七日(5月20日)　风雨终日。晚起,胃气不清,似有积滞,以神曲汤饮之,稍和,然饮食仍不旺。终日略坐定,录盛泽会约课文一篇,磨墨盒两只。

十八日(5月21日)　晴热,蕴炎,大有熟梅时令。朝上接李辛垞与子屏信,知"夫达期"已看出,先将名次、批语暨下两期题目寄示,杨素安一,陶子方二,郑寅卿三,子屏五,薇人四,大儿六。薇人评语极华,子屏次之,大儿又次之,此邦健将,难与争锋。终日录约课文毕事,明日去载子屏,并示以题。

十九日(5月22日)　晴热,燥甚。饭后以题卷寄薇人,午前子屏到馆,知坟工已渐竣工事。沈吟泉来,终日清谈,心境似稍开展,晚始去。

二十日(5月23日)　阴,微雨。是日书房内约课文期,大儿昨日下午试笔机已作一篇,今再重做细改,然题目是"苟有我用"三章,力量单弱,制胜为难。至晚草稿略定,终嫌不得手,子屏尚未脱稿。今日已由北库寄信辛垞,约两期课卷并交,可谓极意经营,迟之又迟,然嫌非场屋所宜。

廿一日(5月24日)　晴,大风终日,燥而干象也。上午略坐定,阅文,心不聚。下午星伯同吟泉来谈,星伯课文已交卷,急阅之,通体举重若轻,词气亦极圆湛,作法局法均佳,大儿万无此气象光昌也。略商改后比总做处,属另誊,则完璧矣。谈至晚去,约廿七八日间卷子寄来。

廿二日(5月25日) 晴朗。饭录会课一篇①,暇阅读本,略有体味。子屏文初脱稿,力量颇大,总处尤能使三章血脉融合,佳构也。是日始开春花账,今岁春熟收成不过五成,蚕豆、菜子尤见歉收,账情恐不能起色,旱象已见,尚不得天时之正,虑人功愈形竭蹶,所望者,插青时甘霖时澍耳。

廿三日(5月26日) 晴朗,有风。饭后录旧会课一篇,大儿作约课文,题"友也者"至"五人也",拟两期并寄,至晚脱稿,尚须细改。子屏文今日细阅之,神似二方,大气盘旋,宜其脱稿不易,然为场屋起见,万万不必如是,总以走松路为讨好,子屏亦以为然。晚间沈吟泉来,夜与子屏小酌谈心。

廿四日(5月27日) 阴雨。饭后录旧会课文一篇,暇阅近墨。下午大儿呈阅"友也者"至"五人也"草稿,通体平妥,然不出色之至,万难制胜,拼作殿军,属其誊真,且"苟有用我"三章亦不着痛痒,殊为踌躇也。

廿五日(5月28日) 晴朗,有风。饭后竹淇、薇人来,知葬事工程完竣,即以坟田新单托做推收,已付局注册告之,新单不能再倒,当面交竹淇收拾。薇人重誊卷已交,阅之,改处愈醇。书房内中饭,下午沈吟泉来,一同晚去。大儿誊课卷第四期,子屏改处极佳。

廿六日(5月29日) 晴朗。饭后阅子屏点窜大儿约课文,只照原本润色不多,已觉通体声情激越,有胎息,有声韵,大可称当行矣。下午誊就,拟明后日寄盛。是日子妇率虎孙暨孙女自莘塔归家,大孙已牙牙作笑语,顾而乐之。

廿七日(5月30日) 阴晴参半。饭后录旧会课文一首,作便片

---

① 据上下文,"饭"字后疑漏写"后"字。卷十,第307页。

寄邱幼谦,明日同约课卷一同寄梨。下午神思疲倦,不觉昼寝,昏惰之甚,不可习以为常,慎之戒之。终日碌碌未坐定。

廿八日(5月31日)　晴。上午抄录会课文一首,阅子屏改大儿窗课一篇,动笔者大半,决可入彀。下午薇人同张元之来候子屏,读元之近作,清秀在骨,研练入神,足见天分、人力两尽其妙,稿高苹野,定赋鹿鸣,可预贺也。长谈至晚而去。

廿九日(6月1日)　晴,渐热。上午略阅时艺,适吴少松同庞小雅、薇人侄来候子屏,小雅以近作见示,读之,珠圆玉润,真绝妙时样妆,今科命中技也,留之书房便中饭,长谈至晚而去。小雅文留存四篇,携子屏"子之燕居"文一篇,约节后寄还,属录芸舫文两首,余许之寄示。

五　月

五月初一日(6月2日)　晴,渐热。朝起盥手,持诵神咒,饭后衣冠东厨司命神前、家祠内拈香拜叩。是日书房内文期,脱稿尚不迟迟,大儿文平妥,阅子屏文,脱口如生,运笔尖妙,可谓不负题神矣,为之击节不置。暇观工人插秧种田,今岁黄梅嫌太旱。

初二日(6月3日)　晴朗。无事,然不能坐定,仅录子屏近作两首。

初三日(6月4日)　略阴,无雨。饭后阅近墨。下午沈果斋同吟泉来,长谈至晚去,耳聋与语,应酬之颇吃力。

初四日(6月5日)　晴,昨夜雨,今止。下午阅子屏今岁所作,气魄才识力均已造于十分,秋试大可有望,命中之技,渠已各擅所长矣。抄录数篇,为之欣望不置。

初五日(6月6日)　晴朗。饭后翻阅旧会课。中午祀先过节。午后与子屏书房内小酌谈心,大有酣意。孙蓉卿同陆老人来,一茶去。秋翁还余《留荫盒尺牍》,张小憨托携《分湖小志》一部,约明后日到溪来谈。今日重午,适交芒种节。

初六日(**6月7日**)　晴朗。饭后阅《胡文忠公集》半部,今已竣卷。下午将近墨略温习。晚间吟泉来谈,即去。

初七日(**6月8日**)　晴朗。上午录会课文一首,下午兴致甚不佳,掩卷闷坐,愈无聊,不解何故。翻阅小说,以当消遣,子屏亦略有感冒。

初八日(**6月9日**)　晴燥,村农车水极为辛苦,望雨不来,大有旱象。终日静坐,阅文数篇。接邱吉卿、李辛垞与子屏信,知两期课卷已收到,惟"夫达期"廿一日已由理卿处封寄,何以至今未来?殊悬悬。吉卿处结伴,四人外尚少同志,子屏身尚未健,须静养之,拟廿二三日间同至梨川合试伴。

初九日(**6月10日**)　阴,微雨未酣,尚望大沛。上午作札致费芸舫,大儿录文五篇就质,明后日当寄梨。子屏近体渐愈,犹须静养。终日无事,录庞小雅文一篇。

初十日(**6月11日**)　大雨淋漓,晚间始开霁。村农抃舞,借可插青,无忧岁旱,我吴可预庆丰年,不胜欣慰。上午录旧会课。下午账房有客应酬,碌碌不能坐定,芸舫处文已寄出。

十一日(**6月12日**)　晴朗。饭后略静坐,午前邱幼谦家遣人来问,知幼谦尚安静,惟约渠过来读书,依然畏难不肯。盛泽约课卷亦寄到,日上为邱幼谦担搁,故迟迟。朱稚翁初四日所发信亦由邱处今日寄来,约渠夫人日上回江。下午阅课文,佳作林列,慰翁看得极严、极细,恰极平允,急录三篇,明日将卷寄星伯一阅。

十二日(**6月13日**)　阴晴参半,潮湿。饭后以课卷寄示薇人,舟回,薇人以近作两篇并储①同人文见示,子屏昨作"管仲相桓公"四句题文,再易稿见阅,局紧、词湛、法密,斯题得斯文,毫发无遗憾矣。大儿亦拈是题,终日不能脱稿,大约为其所压,下笔愈难。终日录阅约课,<u>盛泽</u>诸公,洵名手也,钦佩之至。

---

①　储,疑为"诸"之笔误。卷十,第309页。

十三日（**6 月 14 日**）　上午大雨，下午晴。饭后录会卷一篇，大儿呈阅课文，颇充畅，微嫌迟迟。春花账今日毕事，所收不成数，莫如今夏，大约冬间成色稍佳。是日衣冠拈香烛，在中堂恭叩〇〇武帝圣诞。

十四日（**6 月 15 日**）　晴，渐热。饭后东浜沈氏女甥来，留之。沈吟泉同王麟书来长谈，书房内便中饭，携"夫达期"约课文四篇，下午回去。终日碌碌，作札复朱稚苹。

十五日（**6 月 16 日**）　晴热，大有夏令。饭后录旧会课文。下午略坐定，然心总不能贯叙，于作文之道益茫无头绪。今科逐队进场，殊觉丑态百端，然忍以老面皮处之。

十六日（**6 月 17 日**）　阴，上午阵雨，大雷。饭后命舟送朱内表嫂回吴江，复稚苹札即托面致。下午由北库寄到盛泽"三里之城"课卷五本，辛垞一，寅卿二，大儿三，子方、溯韩四、五。下两期课题已来，并接芸舫札，大儿文五篇已改就，极改得认真，感谢之至。晚间账房有事，不及细阅。

十七日（**6 月 18 日**）　晴，骤热，大有炎令。上午作札并文及课题致薇人，及接回字，问非所对，前期课卷亦不寄回，殊属涂糊可笑。下午以课题另作一札，寄北舍陈翼亭。暇阅"三里之城"课卷，辛垞、寅卿均盘盘大才，微嫌语多过界，急录之，以广才识。细阅芸舫改本，极灵动，极风华，恰级精细，不愧名手也，钦佩之至，大儿当奉为换骨丹。

十八日（**6 月 19 日**）　晴热。书房内作约课文期，账房照应出冬，终日不能坐定。

十九日（**6 月 20 日**）　晴热，较昨日稍减。是日先大父忌日，中午致祭。暇阅莘塔约课文，可采者略酌录之。

二十日（**6 月 21 日**）　阴，下午阵雨。以盛泽约课"夫达期"遣人送北舍陈翼亭阅。终日与兰州对南账，书房内做盛泽约课题，构思迟迟，殊觉争胜之心太重。

廿一日(6月22日) 晴,不甚热。是日夏至节,不甚炎热。中午祀先,暇与吉老对东账,下午毕事,不觉精神疲倦。阅书房内大儿做"子曰:'可也'",合下一节题"拘苦不能超脱",因随笔拈示夹缝两大比,笔机颇不滞,惟无精意,此其所以荒而无成也。大儿笔不开展,一遇灵动题便不能于题外、题中畅所欲言,思之闷闷。是日西南风。

廿二日(6月23日) 晴热。饭后与子屏至梨里,午前登敬承堂,幼谦、毓之均见,午饭于诸华香处,省三丈亦来,时苏州陆九芝翁寓在邱氏作医室,子屏同候之,邀谈同席。下午至邱吉卿处商酌试伴,四人外尚未订定。复同子屏候吉甫昆季,畅谈至傍晚,步青亦见,携其文还敬承。子屏宿外家,余卧楼外楼,蚊扰不成寐。

廿三日(6月24日) 晴热。朝起费芸舫来谈,少顷沈步青、顾莲溪来谈。昨读步青文,气局灵动,面目较前又一变,芸舫为之秉笔,煞费苦心,今科定脱颖而出矣。粥后,邱吉翁同芸舫至园中畅叙,上午同子屏、省三丈至月帆处,托印《诛心律》已寄来五百本,再托印五百本,拟带金陵传送,先付资十五元,后算。复与雨春长叙,知子和已由上赴京,应京兆试,即托雨春寄殷谱翁信一函。坐良久,同至西栅沈岭梅处订伴,恰好与雨春、岭梅、师竹合伴,自船叫定后,即约吉行日期。读岭翁近作,毕竟名下无虚语,今科定飞去矣。回至吉卿处复之。复到费氏,与吉甫、芸舫畅谈,邱吉翁敦请夜饭,恰之不恭。晚至德芬,知极过费,具盛馔,扰之。与陆九芝、子屏、邱应甫、幼谦主人同席,殷勤欢饮,极为醉饱。至黄昏后席散回寓,极闷热,汗下如雨,幼谦倏然文兴大发,决计要下场,订伴同行,余义不能推诿,许之,惟勖渠及早抱佛脚为要,幼谦亦点头。

廿四日(6月25日) 炎热依然。早起费吉甫来谈,以红灵丹、痧药托施乡间。去后,与九芝谈,追论庚申春仲渠在杭州围城陷贼时光景,可惊可惨,今则尽是馀生矣。午前舟来,余中饭后至徐丽江处以事相商,似乎尚肯前往,然未必能出力相助也。回来,省三丈、吉卿送登舟,至大港上与子屏上岸。薇人两文已脱稿交卷,阅之,均当行之作,可见此道已深。到家未晚,墀儿"今天下"文极圆畅,可喜,属其明日速誊。

廿五日(6月26日) 晴,下午似有变意,潮湿,大似黄梅。终日阅租簿,将欠头酌要,以备秋间发办。下午与朗相定见办账,此番尚为真率,不作翻案文。吟泉来谈,晚去。微雨,颇不热。

廿六日(6月27日) 大雨终日。检查内坐簿租账,亦非草草所能了事。下午雨不息点,与子屏谈论。接陈翼亭课卷,当即日汇寄。

廿七日(6月28日) 雨淋漓不止,幸底水涸,故无虑。饭后陈朗亭、顾兰州回去,一约六月二十来,一约廿五日去载,子屏亦假馆,初六七日间自舟来。暇作三札,一致李辛垞,一致郑理卿,一致邱吉卿。下午命墀儿封好课卷,明日由北舍寄梨,共计七卷。

廿八日(6月29日) 雨止,未开晴。朝上寄约课卷至北舍,饭后本路钱芸山来,知今科乡试报名六月中要截数,余即关照余家父子均要应试,一茶而去。暇录旧会课卷,将竣事矣。大儿作排律一首,题松,恰不迟迟。

廿九日(6月30日) 阴晴参半。上校阅租账簿五册,已讫未清,略作记认,今初毕事,亦持家事之最不可糊涂者也。沈吟泉来,略谈即去。下午阅时墨读本数篇,局承何又泉来,补给失单特送来,额外又酬之而去,尚少失单三张,画、怀、贤三圩。

卅日(7月1日) 晴,炎热,潮湿之至。饭后与墀儿检点周峙夫子改本,录一总目,其中都是玉律金科,恨某不肖,有负师门培植,未识儿辈他日于此道略有生色否。下午订好,略阅近墨。夜间阵雨。

六　月

六月初一日(7月2日) 晴热。上午录癸卯、甲辰两年所叙会课卷,汇抄一册,今日始完竣。朝起衣冠拈香东厨司命神前、家祠内虔叩,暇诵大士神咒回向,下午闲坐。闻昨夜芦墟一带龙风降灾,村庄上屋舍都折坏,更奇骇者,舟泊被复,人卷空际者三,一则落在苗田,未死,伤甚,二则不知卷在何处,亦近年来希闻之变。

初二日(7月3日) 阴,有雨,终日仍潮。上午静坐。下午吴少松来,为租屋事相商,应之。携近作见示,颇有进境,欲转致薇人一评阅。长谈,傍晚而去。

初三日(7月4日) 雨终日,必有他处发水,故冷,似非夏令之正。终日风雨,闭户闲坐,阅文。

初四日(7月5日) 晴热,仍潮湿。上午阅吴少松近作,颇有可取处,而大不妥处亦时有,作便条当交薇人。下午阅芸舫旧作,笔力矫健,毕竟不凡。暇则披阅时艺。

初五日(7月6日) 晴,炎热,仍潮。账房有俗事并出仓冬照料,终日未坐定。是夜热甚,宛如正伏。

初六日(7月7日) 晴,倏又北风其凛,潮湿渐燥。上午命工人收拾一切器件,霉腐者整顿之。中午徇俗例食不托,接朱稚苹回片,知其居停,六月中要卸事,大约稚翁要随行至靖江,家眷暂留江城,表嫂七月初二三日可到乡间。终日营营,略阅读本,心仍纷如。夜间阵雨交作,在未交小暑之前。

初七日(7月8日) 阴。是日子刻交小暑节,终日又潮,下午电雷阵雨大作,为俗例小暑节所忌,能得渐渐起晴为妙。上午以信寄袁懿棠。下午接徐丽江初五所发信,所约之事在月底,未识能不画饼否。迟子屏未到馆,录吉甫文一篇,暇则杂览近作。

初八日(7月9日) 晴。上午照应出冬,迟子屏不来。下午阵雨又作,未免雨水太多。大儿文期,以题之可运机者试之,速脱稿,晚间誊真,阅之,机局颇熟,录遗场中得此一片清机,可望幸取。

初九日(7月10日) 晴,昨夜又大雨。饭后舟载子屏,上午兄弟同来,近体颇健,已作文一篇矣。账房内有乡人赎田事,其人勤俭,近已小康,亦劫后一祥瑞事,收值付新单而去。

初十日(7月11日) 晴朗,小暑后第一日。饭后率墀儿晒新印《诛心律》。下午收藏行箧,以便带至金陵。暇则检点文集、经艺、策料、诗韵,汇齐一处,均要登账,庶临行一览即是,然颇栗六。

十一日(7月12日)　又微雨,终日阴冷,不合时令。上午沈吉老同船户顾景扬进来,讲乡试雇渠船,讨价百洋,舟资不包,极昂贵难定,以搭桥应之,俟覆梨川诸公再商,大约一应在内总要周士之数,考费之大,即此可见。下午略坐定,而心如悬旌,奈何。

十二日(7月13日)　终日阴雨,晚间大风,颇寒,必外间有发水之征。下午吉翁来关照船价,决实一应在内洋八十八元,未免船大而价昂,未敢专主,明日须至梨与诸公商酌,然后定见。

十三日(7月14日)　终日雨。饭后冒雨至梨川,午前同吉卿至沈啸梅处,雨春亦出见,谈及试船价昂,雨春尚犹夷,啸翁以为舍此他叫殊形周折,不若忍其价而早日定见为是。略谈,知山东颇不安靖,李宫保扎守徐州。回至敬承,以《胡文忠公全集》六本面交陆九芝,子屏所托也。幼谦今日文期,知乡试决计勇往,可嘉。吉卿、九芝均来就谈,下午即返棹,幼谦约二十日来伴读,到家未晚。是日接李辛垞、郑理卿初一、初六日回信。

十四日(7月15日)　又雨,低区渐将淹水。上午沈吉翁同船户顾景扬进来,讲定大快船至金陵,试毕回来卸载,一应在内决实八十六元,洋不论松涨。立承揽、付定洋而去。择定七月初三到乡,初四到镇,即约同伴吉行。是夜又阵雨雷电。

十五日(7月16日)　阴,又风雨终日,水涨四寸,若不开晴,低区告灾矣,闷闷。饭后焚化家中字篓所积字纸,以便带至江中。吟泉自江回来谈,知震令已更,稚苹日上随叶令将至靖江。下午雨仍不息,舟送吟泉回去。终日栗六,作札致芸舫,大儿呈改课文六篇、诗四首、"夫达期"期约课卷寄还辛垞,明日均由北舍航寄。是日大雨,水骤涨五寸。

十六日(7月17日)　开晴,喜甚,深感上天默宥吴民,高低无碍。上午薇人来谈,特商考费,余从优帮之,两房亦然,然尚不够,可知贫士之难,谈至下午回去。邱幼谦家遣使持札来,始知顾光川由同里老师处得信,鲍学宪文书已到,录科初八取齐,此月廿七八日间必要开船,即片复幼谦,廿一日到镇面商。是日略有委顿。

十七日(7月18日) 晴朗。饭后作札致吴少松。下午略静坐。晚接费芸舫信,关照考期,殊见情切。接陈翼亭致大儿信,录致贞丰约课一名,陆公文当行出色,翼公真诚实君子也。

十八日(7月19日) 晴热。饭后录陈墓人陆沁斋文,笔尖意湛,局圆手熟,真时妆新样,此公殆即将脱颖而出矣。书之,以决老眼究亦荒芜否。即作札复之,以考期穿早告之,"夫达期"卷亦附寄还。账房略有事应酬,翼亭信下午即寄出。书房内文期,大儿交卷尚早,文亦清妥。子屏另题,做一改一,均极高华沉着,即脱稿亦颇赶紧。夜间复有雨阵,即止。

十九日(7月20日) 晴热。朝上默诵大士神咒,妄冀所祈如愿。是日大士佛诞,当持斋。午前顾吉生来,知余将应试,以月饼、元羔见惠,殊见应酬圆到,然受之愧甚。留之中饭,酌以高粱,不觉陪之破戒,不恭之至。下午回去,账房有俗务,栗碌终日。

二十日(7月21日) 晴,不甚热。饭后以题命大儿试笔,子屏同做,兼作一诗,限半日完稿。下午梅冠伯来谈,即送子屏行,一时许返棹,书房内文与诗均完,尚未晚,因客至,明日誊真。

廿一日(7月22日) 晴朗。饭后同子屏至梨川,到已中午,饭于幼谦处,复至吉卿所,不值,即至芸舫处畅谈。大儿文已阅就,极蒙鼓励,改处甚佳。吉甫、步青均见,步青以课作出示,读之,面目、笔机均又一变,今科可得意矣。雨春、子屏均来,谈及开船日期,仍无定论,拟即托芸翁作札至同里探一实信,如初八之说确,决计廿八启行,俟廿四日专舟关照,同人均以为然。余复至蔡氏二妹处谈,畅吃西瓜而返,还来即开船,到家傍晚。

廿二日(7月23日) 晴朗,是日酉刻交大暑节,然颇凉。饭后吟泉来,以恭下局失单、新单四张送交即去。终日碌碌,心绪纷如。

廿三日(7月24日) 晴朗,不甚热。是日斋期,火帝圣诞。上午舟送子屏解馆,收拾书箧,还去整顿行李,但求自今以往彼此得意,如愿相偿,不胜祷望,珍重暂分而去。余舟至南禅庵,衣冠拈香火神座下、大士佛前、三官帝所虔叩,出门后家中、客中诸事平安,默叩而返。子屏关照沈明府决科题"大哉!尧之为君"一节,诗题得句"将成功",散卷廿五缴,此番寒士不无小补。大儿文期试笔,辰正后动手,申正文诗均誊真,尚属舒徐。

廿四日(7月25日)　晴朗,风凉。账房有客,俗事纷集,照料应酬几乎亦终日无暇。迟梨川覆信未至,大约廿八可免启行。梦书侄来,颜色沮惨,生意窘迫,徒负不美之名而无其实。大嫂处一款延约,终难结题,可为不善经营者炯戒。

廿五日(7月26日)　晴朗,热而不闷。饭后由北舍接费芸舫昨日所发信,知初八取齐之说不确,录科大帮初四启行,即作札关照子屏,初三上午来溪,初四日到梨约同伴登舟,日上似稍舒徐。午前子屏以回条见覆,并以决科文寄示,阅之,机局流动,气宇堂皇,可知作文无须极意经营,此作入场,大可入彀。是日与大儿整理书籍。

廿六日(7月27日)　晴热,大暑中第一日。上午略坐定,凌氏遣使来致赆仪,愧不敢当,却之不恭,权领谢之。下午本路钱芸山来,以贡照还子屏,据云取齐并无定期,江、震两邑连正科举到者约二百馀人,此番人数必多,幸号舍已添,录科者尚不至十分紧隘,然总须小心。芸山即赴大港,据云初四动身。

廿七日(7月28日)　晴,热甚。朝上子屏来,以芸舫看本三篇示余,知此时花样大忌脑满肠肥,坐论片刻,同饭而去。今日至芦川叶楚芗馆中,朝饭后订杂抄文一册,下午始浴,尘垢一空。大儿作排律一首。

廿八日(7月29日)　晴热。饭后子屏、薇人两侄来,为酒店五侄妇病故,无以为殓,即同至乙兄处共商,给与费二十数而去。此侄颇驯良,自食其力,奈实命不犹何!午后郑理卿有信致大儿,专使来,大儿文期,余即作片复之。大嫂处已缴半数,息四矣。闻理卿有心患,寅卿夫人抱恙略痊,而应试尚未决定,可知人世事不能一一如意也。下午略展卷,而心益游骑无归,即掩卷乘凉。

廿九日(7月30日) 晴,炎热。朝上倪某来,与之同饭,应酬之,谈生意而去。大儿改旧作,下午阅之,颇能完善。暇则略阅时艺新墨。晚间仍热。

七 月

七月初一日(7月31日) 晴热。早起焚香诵神咒,饭后衣冠拈香东厨司命神前、家祠内虔叩,暇则将家事略为料理,以账交陈朗翁一一出门后登记。衣服、书集、家用带往物件立簿登载,殊为烦琐,幸沈六已自梨来,可以襄助部叙,俟明日再商。

初二日(8月1日) 晴,炎热无偶。饭后衣冠率墀儿家祠内叩辞。上午与沈仆部叙一切。下午诸事楚楚,以公账簿交沈六,命渠开船后总理之。此番所叫之船不甚宽畅,夜间安顿铺位恐不甚舒徐,然亦只好戴热行矣,未识同伴能恕余办事不周否。

初三日(8月2日) 晴热愈甚。饭后率墀儿乙大兄处告辞,告借陈雨亭文一册,长谈,大兄亦来话别。上午子屏携行李来,中午祀先,祭毕,与子屏小酌散福。傍晚船到,即将行李一一登舟,子屏同两仆先伏载,余与墀儿清晨启行。午前稚苹、朱表嫂来自吴江,知稚苹靖江因天热未行。

初四日(8月3日) 晴朗。早起率大儿扑被登舟,恰好顺风,扬帆解维,上午到梨,泊舟城隍庙前。同子屏率墀儿至西栅候沈岭梅翁,约即关照邱吉翁、沈雨春兄、汝师竹兄,即运行李到舟,午中约共登舟相叙。余复至邱幼谦处约会同行,饭于幼谦所,即与同伴吉行。是夜泊舟八尺,八榻一舟,热气熏蒸,同人有终夜不安寐者,欷甚欷甚。

初五日(8月4日) 晴热稍间。朝行,恰好顺风,饭后至吴江,入城到县领护照,中午开船,扬帆快行,到苏颇早。泊舟阊门中水街口,夜热难寐,诸同人分半至专诸巷乾泰栈中宿。

初六日(8月5日)　晴热。饭后入城,至亦西堂书坊略买文籍,命下人预办寓中食用之物,余与邱吉翁茶寮小憩,颇得清闲。下午在舟中乘凉。

初七日(8月6日)　晴朗。朝行风利,不过中午至无锡,不泊舟。下午阵雨即止,是夜至常州白家桥停宿。

初八日(8月7日)　晴朗。东风扬帆,常州花市屋舍照常,不及游览。是日兼程,至丹阳界张官渡停泊,闻此地未经贼焚,颇为难得。夜间村人作盂兰会。

初九日(8月8日)　晴热。风半利,不及中午已至镇江,由西门行至北门江滩停舟,与诸同人登岸,至望江楼茗饮,知新开河已通,惟今日风不东北,不便至便民港,且宿江滩。是日巳刻立秋。

初十日(8月9日)　晴朗,仍泊镇江。朝起,同人步行江滩三里至排渗进新开河口,风不甚顺,夜宿高山庙左右,时已更馀,凉风陡起。

十一日(8月10日)　朝行过龙潭,上午泊栖霞,西南风不顺,不能行。十一日风不顺,停,守风(由京口起程至新开河)。

十二日(8月11日)　至栖霞。

十三日(8月12日)　由栖霞唤下人至金陵叫轿子,晚回来,明日同人决计起早。

十四日(8月13日)　四鼓起来,乘轿者四,余与幼谦、雨春、子屏;跨驴者二,岭翁、吉翁;坐小车者二,师竹、墀儿。巳刻轿先到,午刻均至(行四十里,绕北门尖、庞尖),进太平门,行十馀里至贡院前觅寓,看定在淮清桥东首水衖口秦宅,主人号紫垣,平屋三间,屋价极昂,决洋四十元。夜间在寓安榻,同人均极疲惫。

十五日(8月14日)　晴,热极。在寓休息,在馆中吃饭,均不能适口。

十六日(8月15日)　晴热如故,雷阵不成雨。是日鲍学宪进南门新考棚,年内正月中本地已考过。船户进来,欣知昨日风雨渡江,幸已进口,风起,平安无事。

　　十七日(8月16日)　晴热益炽,不出门。沈宝文来谈,知学宪已牌示,十八日苏、松、扬、海录遗。安排大儿进场考具。

　　十八日(8月17日)　晴,热甚。四更起来吃饭,陪同人出门,唤一荡湖船由文德桥过武定桥,泊舟至学院前,恰好三炮开点进院,苏属到者不过十之六,各属亦然,封门已卯刻。回寓休息,下午乘舟候考,拉子屏、雨春、幼谦同往,未刻放头牌,题通场"察言而观色"至"在邦必达",策问"汉唐两代得人之法",诗"譬海出明珠",得"才"字。三牌领梅出来,少顷吉翁出场,四牌师竹出场,最迟堲儿亦出来。回寓,与诸同人小酌夜谈,今日幸人数不齐,号不坐足,非然暑气逼人,颇难尝试。是夜汝寅斋独行至寓,明日进来同伴。

　　十九日(8月18日)　晴热,下午大雨,稍凉。同人在寓静养,是日补岁考。

　　二十日(8月19日)　晴热稍间,中午颇炽。凌磬生来约同寓,与主人定夺而去。是日二场录科淮、徐、镇、通。

　　廿一日(8月20日)　晴,仍热。是日三场录科江、常、太,知常州一府卷册未到,均须待补,待案未出。

　　廿二日(8月21日)　晴热,中午后阵雷未雨。清晨值路钱云山持案来,知昨夜四鼓出,同寓均得录取,堲儿正取四名,侥幸之至。明晨贡监录科,子屏、幼谦进场,沈宝文、叶友莲、曹星来均来就谈。

　　廿三日(8月22日)　晴热,中午阵不成雨。朝上子屏、幼谦进场,闻封门已在巳刻,未刻去接考,头牌申刻始放,正途"非由外铄我也"二句,诗"古镜照神"。监"圣人先得我心之所同然耳",诗"雨馀采蘋",策问"时文源流"。二牌幼谦出来,四牌后子屏出来。夜谈场作,均极认真。

　　廿四日(8月23日)　晴热如故,午前阵雨仍不成。朝上汝寅斋进场补录遗,午后上元刘雨生、汝霖来候,以近作暨决科文见示,读之,知是此间好手。下午放牌,知合属补录遗题"度,然后知长短"至

"心为甚",诗"天路横秋水",得"明"字。是夜大雨,暑气全销。

廿五日(8月24日) 大雨半日,凉甚。朝上沈雨春以教职进场,小开门进,封门极晚。下午答顾光川,回来路遇王桢伯,申刻雨春出场,题"多闻,择其善者而从之"二句,"梧桐雨滴夜生凉",贡"躬行君子"至"吾岂敢",监"进,吾往也"至"而不惰者"。

廿六日(8月25日) 上午雨,下午晴。候贡监案未出,下午答刘健卿、高竹堂、叶友莲、沈宝文。回来,至大贡院畅游,登明远楼远眺,时修葺功将竣。

廿七日(8月26日) 晴,无雨。饭后乘舟由东望北行,过大通桥,至通济桥泊舟,走北门大街,行里许,游妙相庵,同游者汝师竹、邱幼谦、沈雨春、子屏侄,庵僧号月昙,能诗文、工书,与之谈,知是倚势接官场中人,略述劫后此庵本末,知"屈子祠"已改为"怀德祠",作小曾长生地矣。婆娑亭阁,荷香满地,真清凉佳胜处也。吃庵僧斋,傍晚而返。

廿八日(8月27日) 晴,不热。清晨钱芸山来,知贡监案已出,子屏正取合属廿二,幼谦正取合属第二,欣慰之至。饭后略办考具。下午黄聘五到寓,候王桢伯昆季不值。

廿九日(8月28日) 雨,下午始晴。补案已发,江正诸人大约可望全取。李辛垞来寓畅谈,约课四期均携来。

八 月

八月初一日(8月29日) 晴。饭后在寓写卷面三场,余则幼谦代笔,敏捷可钦。闻主试刘、王两公已到,可无改期之虑。陶苣生来畅叙,闻言解颐。

初二日(8月30日) 晴。清晨薇人侄、张元之诸公来寓,知昨自龙潭起旱来,颇为道路崎岖,跋涉难走,匆匆觅寓而去。上午三场卷托钱芸山交局,取收票而还。潘莘田又来谈,元之、薇人即将场卷填写。

初三日(8月31日) 晴,颇凉。饭后乘舆,走驴子大街,上桥转湾至洞庭会馆答潘莘田,长谈而返。下午张元之、叶绶卿来,知寓已定在石铺街。客未去,余则熟睡,不恭之至。晚间至三山街闲游。

初四日(9月1日) 晴,颇热,中午尤甚。饭后至润之侄孙寓中,同陈翼亭候叶绶卿,回至三元茶室茗饮。下午收拾考具,在寓息养。

初五日(9月2日) 晴。饭后在寓安息。下午潘莘田请饮,辞之,子屏独往,余与同人至南门程府教官处领吴江宾兴,以卷票为凭,每人三元。回至四美楼茗饮,归寓未晚。

初六日(9月3日) 晴。饭后同人至状元境看迎试官,在顾光川寓中静候,午前均齐,正主试刘,年五旬,副主试王,年颇少,其面麻而黑胖,纵观之而返。下午在寓收拾考具。

初七日(9月4日) 晴热。饭后至张元之处,喜知昨夜小恙全愈,回,答沈步青、沈补笙、李辛垞。午后命大儿收拾考具,如新燕学飞,颇费教习。阅曾中堂新定章程,知照旧章略具变通。江震派在第九起,以悬灯九碗为式,大约可免拥挤。

初八日(9月5日) 晴热。晚起,吃早饭,知悬灯不过四起,在寓静候,吃中饭始悬八起灯,同人出门听点,雨春以教职在十四起,且在寓息养。至第九起江正开点,人数齐来,颇不争先拥后。余接卷,坐西"生"字五十六号,子屏、薇人、墀儿所坐均不相远,是科实到一万七千馀人。余收拾号舍,静养早眠,封号已二鼓。

初九日(9月6日) 晴热。子正后题纸已来,"子曰:'修己以敬'"至"修己以安百姓"第二句,"有弗辨"四句,"省刑罚"三句,"江面山楼月照时",得"楼"字。余随做随写,题既不对手,放笔为之,了无得失之见存于心。至是夜三鼓,三篇草稿已具,熟眠两时许。

初十日(9月7日) 晴,仍热。清晨号门开,子屏持卷来,知草已完,余至墀儿"号"字号内,知三篇草稿亦具,余即回本号誊真,手僵甚,颇坚于作字,至午后始完卷缴堂。大儿作字更坚于余,点灯时始交卷。余先出场，墀儿继出场，同寓诸君均得意早出来矣。

十一日(9月8日)　晴热不减大暑。熟眠晚起，是日点名颇速，早中饭后未及巳正，苏属已开点，余偕同人出门，恰好听点。接卷，余坐东"剑"字四十号，墀儿坐供给所"吉"字号，收拾号具，虽热仍好眠。

十二日(9月9日)　晴热更甚。三鼓后经题来，"兼三才而两之，故六"至"三才之道也"，"瑶琨"至"惟木"，"制彼裳衣"二句，"晋侯使士匄来聘"，"乃劝种麦"二句，即动手做，至夜誊真三篇，五篇草稿已完，即息灯早眠。

十三日(9月10日)　晴热。天明开号门，视墀儿，亦誊三篇，回号急誊交卷，与大儿相继出场，时在辰巳之间。

十四日(9月11日)　晴，炎热可畏。中饭后不及巳正，余与同人均出去听点，送考可至二门口。接卷，余坐东"露"字十号，恰好与润之侄孙同号，子屏、大儿均坐"平江府"。余煮茗爨饭，颇极舒徐。

十五日(9月12日)　晴热。三鼓后策题至，一问"经学"，二问"史学"，三问"文选"，四问"兵制"，五问"漕运"，随手誊做。至下午号门开，热更甚，余休息半时，至晚始尽誊真。至"持"字号视大儿，亦将誊完。余交卷在二鼓，不出场，宿号玩月，清境得未曾有，口占一绝云："两道文光射斗牛，三场试毕兴犹遒。与儿同玩闱中月，谁是朱衣暗点头？"熟眠，至天明出场。

十六日(9月13日)　晴热。余清晨出来，墀儿继之，三场身体安健，不胜叩谢冥冥护持之力。午前大阵雨，始凉，与同人畅谈至夜，熟眠之至。

十七日(9月14日)　阴，微雨，渐冷。饭后叫荡河船，与邱吉翁率墀儿重游妙相庵，至则游人颇多，晤嘉定章清甫之侄伯杏(约记号杏初、杏伯)，知清翁之郎叔芸均下场，乱后未曾相见，渠则现馆上洋。絮语良久，颇极恂恂，闲游茶叙，至晚而归。是日大有秋意。

十八日(9月15日)　阴雨。饭后与诸同人收拾行李，唤两舟由寓出水西门，至龙潭珠登舟，因风雨不开船。

十九日(**9月16日**)　仍阴。由水西门至下关,仍因东北风不顺停泊。

二十日(**9月17日**)　舟至燕子矶,风雨不常,仍不开江。

廿一日(**9月18日**)　阴晴不定。诸试船帆樯云集,风仍东北,不便开江,在船无聊,手谈竟日。

廿二日(**9月19日**)　阴晴参半。三鼓无风,舟子开行大江,稳渡如平地,诸君子均安眠不觉。是日欲开晴,风不顺,行至高资营泊舟。

廿三日(**9月20日**)　晴朗。清晨解维,午前至江滩,同人步自沿江,惟吉翁薄病初愈,在船静坐。一路均是夷房,江山之要全为夷人踞守。午后入西门略买物件,坐船已渡江来,恰好登舟。夜泊西门外。

廿四日(**9月21日**)　晴热。朝行高卧,晚起,在舟中约计同伴公账,如一斛散钱无从算串,幸汝寅卿精于会计,已得纲领,日后可以分账矣。暇与同人剧谈,夜泊凌口镇。

廿五日(**9月22日**)　晴,颇热。清晨舟行,午后至常州,泊舟西门,同人至花市略买妆物,入城闲游,茗饮回舟,夜宿毗陵驿,此番常州光景较甲子年又一新矣。

廿六日(**9月23日**)　晴。朝行由常州开船,风渐顺,至无锡不过中午。同人游黄婆墩,时新修葺,颇闳壮,登楼一望,城内城外均在眼界中,即鼓兴游惠山,由山浜登上,房舍祠宇渐有新葺,游人成市。至惠山寺,知已改昭忠祠,楼台亭殿无不曲折如意,且皆劫后奉旨修成者。挹罗汉泉,同人掬饮,复至第二泉处茗饮,清香甘冽,尘怀一洗,游既久之,风景较昔为更佳。买要货而还,夜泊锡山驿。

廿七日(**9月24日**)　晴。朝起拉同人入西门吃面,名不副实,风味大不佳,颇不餍饫。子屏至东门小娄巷候旧友杜晋斋,午前还,始开船,傍晚入关,泊舟浒墅。

廿八日(**9月25日**)　清晨解维,到阊门不过早饭。微雨,诸公均着屐入城，幸即开霁。余与师竹、墀儿金阊市中略办物件，午后至东来馆(王大唐上)三人小酌，极适口之至。傍晚还舟，与诸公夜谈而眠。

廿九日(9月26日)　西风开霁。朝行，恰好一帆风利，过吴江不过早饭，小住，雨春入城即还，开船，风愈顺利。舟中拆派公账，汝寅斋独司其事，井井有条，一丝不紊，每八股正派费约卅五千文左右，自己零用不在内，各汇算告竣，已到梨里镇，先送岭梅到府，雨春次之，幼谦、师竹、寅斋又次之。余与子屏、墀儿在邱氏小住，幼谦留夜饭，持鳌小饮，品五、芸舫均来叙谈。晤陆九芝兄，得读其郎君凤若①闱艺三首，极合新样妆，可卜高魁。夜宿舟中。

卅日(9月27日)　晴朗。破晚行，清晨已至大港，送子屏上岸即开帆，风利，平安到家不过巳刻。小孙、孙女迎于门，内人、子妇均庆安善，行李检点后，即将舟人开发，略有烦言，另赏之而去。夜间不觉精神之疲，与账房诸公畅谈，一鼓就寝。

九　月

九月初一日(9月28日)　晴。饭后率墀儿衣冠拈香至东厨司命神前、祠堂内叩首，敬谢神灵默佑来往平安，身子康健，不胜感祷，且今科酷暑异常，场中患病不测者不少，思之，颇深戒惧。上午至乙溪兄处就谈，知前月十五苕卿侄媳产后病故，家中忽失一健妇，心境颇恶。孙蓉卿、苕卿侄均来就谈，沈宝文亦来，闱艺三篇誊真示余。首艺以好礼定局，大可偏师制胜，三艺两大比议论正大，笔力天矫，此公定非凡手也。中午小酌叙谈，下午回去，闱艺存余处。

初二日(9月29日)　晴朗。终日将考具、行李一一收拾整理，颇形栗六，不耐烦琐，黄昏后疲惫甚矣。

---

①　凤若，疑为"凤石"，即陆润庠(1841—1915)，字凤石，元和(今江苏苏州)人。同治十三年(1874)状元。

初三日(9月30日)　雨。命工人刈香珠稻，与墀儿登清公私考账，付账房备登。复将出门后一应账目逐一查阅，幸陈朗兄登载清楚，阅之，尚可领会，然尘俗纷积，料理已颇不易。

初四日(10月1日)　晴阴不定，上午微雨。朝饭后作札复朱稚苹，时稚苹随叶令已至靖江，嫂夫人在余处盘桓，初七日送还江城，故乘便复之。细阅账目，朗相头绪颇清，可以一目了然，然内账簿尚未誊清，譬如又写一场卷子，不胜畏难。阴雨终日，养稻恰宜。

初五日(10月2日)　阴雨。上午薇人、子屏两侄来，均以闱艺相质。薇人文一讲后稍平，子屏通体闳畅精湛，未识彼苍之意若何。中午置酒谈心，颇有兴会，下午去。晚间稚苹趁吟泉船来，知自靖江初一日起程，昨日到江，夜谈颇剧。知捻匪北信不甚佳，且靖江迫近江北，江路十里，回湍逆流，利济维艰，不乐久就此席，去就未定，可知依人之不易。留宿书房，余则齿牙作痛，早眠。

初六日(10月3日)　仍阴，潮热，下午大雨。饭后沈吟泉、佩二兄来，恰好中午与稚苹同席，下午吟泉、佩老回，与稚老畅谈苏州逸事，大可解颐。晚间陆立人来，知试回到家已多日矣。夜与稚苹谈，齿痛渐愈。

初七日(10月4日)　西风，渐开霁。饭后遣舟送稚苹暨其夫人还江，珍重而别。邱幼谦处作一便条，遣人往问，余齿痛未愈，不及与诸同伴贺兴矣。客去，静坐，颇得闲趣。晚间舟回，知幼谦日上与同伴诸公酌饮望榜，兴致颇佳。理卿甥夫妇抱病，闻之代为踌躇。

初八日(10月5日)　阴，无雨。饭后至乙溪兄处长谈，知近抱心疾，兼染类疟，劝其及早调理，庶不致成老病，未识能看开否。终日心猿意马，未干一事，而身体委顿，精神疲倦之至。

重九日(10月6日)　起晴，可望一冬晴暖。终日抄誊内账，几忘登高佳节。下午吟泉来谈，晚去。

初十日(10月7日)　晴朗。上午孙秋翁来，恰好知己谈心，知到馆在十八日。沈笛生要刻《阴骘文》时文，张小憨欲作注解，借去

《阴骘文广义》三本去。午饭于其亲串处,下午又就谈,傍晚始去,暇与墀儿收拾考篮、书籍,闻放榜在十二日,未知吾邑几人得意。

十一日(10月8日)　晴朗。饭后录登内坐簿,老账今日誊清。午前谨二兄来,如数付讫而去。知子屏在梨未还。

十二日(10月9日)　晴暖,是日交寒露节,东北风,尚于晚稻无碍。终日静坐,一应内账均已登讫,一快。今日始将旧欠,在田砟稻,有名无实,簿子上好看而已。

十三日(10月10日)　晴朗。饭后吴幼如甥来,喜知近日得一男,已弥月矣,送寿桃,留中饭而去。下午顾吉生来,知浙榜尚未揭晓。去后,有人自北厍来,知报船三只,由三白荡去,想南闸已亮,吾乡东路自有得意人,未能速知为憾。

十四日(10月11日)　晴,渐热,颇潮,要防雨。终日无事,阅《明史纲目》。传说揭晓在十三日子时,昨日所言半是讹言,姑妄听而置之。

十五日(10月12日)　晴,东南风,气不肃,颇暖。沈吟泉来谈,留之中饭,晚去。

十六日(10月13日)　晴热。饭后静坐,阅吴桥生所刻《唐诗三百首》初选,午刻闻锣声,报船已进港,急一探问。本路钱芸山船已到岸,知余名幸售(揭晓在十四日寅时),官京报等色目均留之在瑞荆堂,请乙溪兄、吉甫母舅与之讲折弥封,岂知中渠反间计(下午电雷雨),似乎常船已来,决非副榜。自午至申,始讲定正廿元,奎廿四,若副只六元,未与谈定。余父子急欲先睹为快,即衣冠望北设香案,叩头谢恩讫,折视竟副榜三十一名,得陇望蜀,反深懊悔,乙兄暨子侄辈均婉慰余,譬如竟落孙山外,姑且循例,夜间款酌之。谨二兄、竹淇弟、渊甫侄均关切来问,得实信,薇人、子屏竟见弃,又遭屈抑,兴尽而去。是夜留吟泉宿余家,子正后就寝,辗转不成寐,若大儿,则气度颇佳,夜半时已鼻息如雷矣。

十七日(10月14日)　晴热。阅昨日报上抄来草榜,知江正两邑六正两副,若陈翼亭、张元之、钱芝田,皆意中所祈望者也,若余头颅如许,仅登篚席,不胜不知足之感。饭后蒙乙大兄、两房侄辈衣冠来贺,孙秋翁先生、陈兆翁表兄继之,殊愧余怀,中午设席酬之。客去后,报船上索四项小费及点心钱。检阅先大人所抄殷、沈两家旧账,名目有增无减,余则以不算举人婉拒之。谈至一鼓,不落肩而眠,则中夜醋睡矣。梦书、元英两侄今日亦来。

十八日(10月15日)　阴雨。饭后陶庚芬、殷安斋、吴少松、沈果斋均来,留酌之,下午回去。厅上悬喜单,两房送报,碌碌终日,颇惮应酬之烦。张元之闱墨原本,少松抄示,先读为快,暇与吟泉抄酬应墀入学时开报亲友旧账。

十九日(10月16日)　阴雨。饭后命丁仆东浜领报,王谱琴表弟孙蓉卿来贺,中午酌之,颇得清闲絮谈。下午乙溪来长谈,接芸舫太史今日来札,蒙以乡先达中副者相励,益愧推崇过当。悇悇于子屏下第,不觉为之太息饮恨,深感交情之厚。是日报大港上接子屏回条,知怀抱尚能旷达,崇阅全录,恰未到。

二十日(10月17日)　阴,潮湿。清晨命墀儿至北舍,吊兰查从侄之丧。钱子方来,一茶即去,据云要至北舍贺紫云郎新婚。暇作札答芸舫。下午开报泮水港七二表嫂,诸事从丰,甚勉力也。迟全录报未至。

廿一日(10月18日)　阴雨。饭后陈翼亭来,蔡访白甥先至,少顷叶绥卿来,面有喜色,始知昨夜报到二百六十六名,因条子"吴江"误写"庐江"所致,可称失意后极得意矣,抄录旧账,匆匆即去。凌丽生继至(十一月初十请酒),与翼亭畅谈半日,中饭后翼亭、访白皆去。丽生留止宿,絮语家常,颇得亲朋之乐。夜宿书楼上,墀儿陪之。

廿二日(10月19日)　晚起。与丽生谈天,知来年决计要会试。饭后回去,约今冬再叙,命丁仆至梨川报亲友。午前邱幼谦、吉卿同来,吉卿小恙初愈,此来最为有屈诸公所难。午席酌之,颇为简亵,下午回,云要至子屏处慰叙,交情至此,钦佩之至。下午来报全录,正主未到，一概不开发，解元颜驯，扬州人。共中二百八十五名，副四十七名。晚间李辛垞特买舟来，欣慰奚似。辛翁高视阔步，一种豪爽之趣，万不可及。竹淇弟、金官侄孙同来，恰好留夜饭陪辛垞。竹淇去后与辛垞絮语良久，宿在书楼，大儿陪之。

廿三日(10月20日)　晴，热甚。饭后辛垞回至大港慰子屏，索渠文，欣然肯借光寄示。午前东浜三晚姊同顾氏甥女来，具礼相贺，愧不敢当。中午与少莲表侄同饮，下午三姊与甥女均去。吟泉回自池亭，携绶卿闱墨真本来，急读之，不愧老作手，钦佩之极。夜间芦川、梨里报船均回，颇费诸亲友报金。

廿四日(10月21日)　阴雨。饭后报北舍、大义亲友族中，约计一两日大报可以竣事。是日曾祖师孟公忌日致祭，曾祖嗜蟹，祭必用之。终日清闲，借以休息。复倪浩生信，并《养馀斋诗集》一册，浩生前用大四六书致，余实草率，无以报命也。

廿五日(10月22日)　半阴，西风不透。上午命墀儿抄旁支履历，以便发各房续登，再从侄孙辈谨阅家谱并先大人底本，苦心祈望，思之泣下。午前孙墨池诸友来，金从外孙、桂轩侄率从侄孙润之、述廷、丹卿来，均留之中饭。倪浩生复信并诗稿托外侄孙寄渠师。下午客去，以老大房履历属桂轩填写，大义附托，桂轩欣然肯从事。接荔生信，二凌君文已来，所托之事不谐，颇费筹躇。晚间薇人侄来，失意之馀尚能旷达，重慰之，益深下科联群继起之望，留夜饭去。钱云山来，明日小报亦须动手。

廿六日(10月23日)　阴，无雨。饭后迍广海侄婿、沈云星、范表侄、张伯木暨陆、潘两友、渊甫、子屏侄均来，分两席酌之。下午客去，与子屏絮语，颇能放怀，余婉解之，望渠午科得意。官报杨芳庭来道喜，以全录草本见示，云清本须与同门卷补报，留酌之，一切均未开谈。子屏、渊甫夜饭后去，以履历托填。北场未得确音。

廿七日(10月24日)　阴，微雨。饭后舟至池亭道叶绶卿喜。至则清冷如冰，极为难得。绶卿出见，座中晤凌森甫，一茶即告辞。

至葫芦兜道张元之喜,至则正在上喜单、贴门条,极喧闹之时,元之暨其叔小憩八兄、竹愚大兄均出道贺,子屏、渊甫两倕先来,蒙置酒款留,极知己谈心之乐。菜颇丰盛,席散大有醉意。元之大报已落肩,洋廿六元,其馀零费尚未开发。还家,知顾吉生、袁述甫、陶涤之、凌耕云、大义云青倕均来道喜,大儿接陪。述翁不及留宿,涤之客气不及留饭,颇歉然。今日报亲友,各处已毕事,明日当酌请开发之,然颇费辞说。

廿八日(10月25日) 晴。饭后两倪公、沈溯芬、张元之、竹娱均来道喜,小孙是日周岁,外家准糕帽并另办糕团,颇为过费厚礼。率小虎孙拜星官,试以所欲取则先取顶暨持文房诸物,顾而乐之。中午酌客,下午客去,绶卿有信来,即复之。夜间瑞荆堂两席,账房一席,酌敬官学等报色目,乙溪、诸倕、蓉卿、吟泉均陪之,留吟止宿。酒罢,略将贴报报金诸数与杨芳廷开谈,所望甚奢,万难落肩,就寝已二鼓。

廿九日(10月26日) 阴。饭后杨梦花四兄来,中午酌陪之。探本路芸山言,杨报房仍奢望无松机,只好需以时日,以柔克之,然颇讨厌。

十 月

十月初一日(10月27日) 晴。饭后衣冠率墀儿东厨司命神前、家祠内拈香叩首,暇录荫周、磬生文,借光子潮、省三。两倕孙来道喜,留之中饭,省三仍欲应小试,其志堪佳。吟泉来,与芳廷谈贴报,仍无松势,尚需时日,吟泉留止宿。由吉翁处接到辛垞文两篇,辛垞因其五郎病,心绪不能从容。

初二日(10月28日) 晴,潮湿。上午录朱卷底本,适许竹溪执丈来,年七十三,耳聪目明,甚为难得,留中饭,饮酒极坦率,如量而止,并能啖肉善饭,寿者相,先大人交友中鲁灵光矣。下午回去。夜与杨老芳谈报金,铺张其词,递增其数,至一鼓后始有端倪。

初三日（10月29日）　晴热。饭后命墀儿至黄森甫处,贺其郎子木吉期。午前周老品表兄来,留之中饭,老病不能多饮,赒之而去。杨报房正数,吟泉与乙大兄代为落肩,全堂喜单始上齐,一切零星开发名目极多,尚未给发,夜间从宽一一给赏之,一切项款均可了吉矣。

初四日（10月30日）　雾,晴热甚于昨日。饭后官、学两报房均叩谢回船,诸事从厚,似乎尚如渠意,从此可免喧闹之声矣。梅冠伯来,留之中饭,絮谈良久,暇以朱卷底稿命苻卿侄誊真,拟至梨请教费芸翁秉笔。

初五日（10月31日）　阴雨。饭后命墀儿至莘塔外家,暇录本支履历,略已齐备。下午接凌丽生信,所托之事已得允谐,幸甚。晚间南京人俞克善,据云江藩简房,来报同门喜单暨全录,余卷出江苏试用县（十三房）。广西兴安县张师名振镳房,现在金陵当武闱差,公馆在苏学士街,当拜谒之。给来报人洋六元,钱二百,酒饭一顿而去。

初六日（11月1日）　阴雨终日,西风渐冷。上午陆畹九、顾寿生、徐丽江来,均留之中饭。畹九已创成《家谱》六卷,其志可嘉。下午畹九去,丽江至莘塔,余亦大有醉意。

初七日（11月2日）　西北风,渐冷,已开晴。上午录张元之文一篇。下午舟至大港,与子屏长谈半晌。以札致薇人,时在紫溪代钱芝田权课,晚归。于子屏处复借《胡文忠公奏疏尺牍》两册。

初八日（11月3日）　晴朗。饭后重阅《胡文忠公集》。大儿回自莘塔,适陆立人来,置酒酌叙,极亲朋絮谈乐事,致分,璧之。下午回至友庆。

初九日（11月4日）　晴。饭后舟至梨川,午前登敬承堂,适幼谦至同,不值,晤李梦仙、应甫内弟。下午以朱卷底本示费芸翁改润,知吉甫小恙初愈,不出见。与芸舫、步老长谈,步青见屈,慰之,渠仍埋头用功,他日功名何可限量！晚至谱琴表弟处长谈,两表侄楚卿、青持俱应试,薇人认保已面允。回来点灯后,夜宿楼外楼。

初十日（11月5日）　晴。上午汝丈茗溪衣冠来贺,谢之,省丈亦来絮谈,中午同席,下午走候沈雨春,其尊翁啸梅先生出见,畅叙良久。晤殷梅士,知谱经已出京,小谱中定七日,而被太老师地山公抽出,仍挑誉录第一,岂命中又该迟一科乎?太息久之。回来,幼谦已返,夜间重阅闱艺,圆湛清华,置之新墨,已为上乘,惜之,又郑重勉之,絮语一鼓就寝。

十一日(11月6日)　晴。饭后至五峰园,芸舫来谈,一茶即去。下午遣价持札来,启之,谦不动笔,指点数处而已。见房师礼节及三艺加评均蒙指教代拟。上午汝师竹、茗翁、沈雨春、邱吉翁、黄吟翁、省三丈均至园中就谈,主人留中饭,吉翁先去。夜间余略设席,款叙共七人,诸公被屈,意兴不衰,相约下科仍同伴也。席散复谈,就寝已晚。

十二日(11月7日)　风颇狂。饭后唤一小舟回,午前到家。徐恒甫郎二甥来,留之同饭,蔡氏二妹亦来相贺,絮语久之。下午片致吟泉,明日同舟到江。晚间祀先,灯下部叙推收账目,甚不耐烦。

十三日(11月8日)　晴,西北风。饭后载吟泉同舟,下午到同川,泊舟新田地,至陈家牌楼内寻何又泉,以误填"画"字一△由单退还销册,渠已听命。缺单仍未理齐,与之茗饮财神堂,诸色目均来应酬。晤金芝庭,知粮米九折已定,折价议减,尚未出亮。晚饭,舟中住宿。

十四日(11月9日)　晴冷。清晨赴江,入城泊下塘,朱稚苹在寓,靖江之行尚无日期,畅叙终日,扰渠中饭面粥。以旧时所画花草册见示,古逸之趣,时人难步后尘。暇与吟泉至各局略做推收。又泉约而不来,失单、倒单均未收到。晚间仍与稚苹夜谈,齿痛寒甚,黄昏后即登舟高卧。

十五日(11月10日)　晴,东南风,渐暖。朝上盥沐,具衣冠至火帝庙拈香虔叩,回来即开船,始见浓霜。饭后到同川略泊,到家午后,送吟泉回去。是日齿痛甚,夜粥后即扑被眠。

十六日(11月11日)　晴。晚起,苕卿侄来关照租米六折,初一日起限,余未定期。终日碌碌,下午与蔡氏二妹絮谈,留之夜饭,齿痛未止。

十七日(11月12日) 晴朗。饭后内子至邱氏盘桓,明日庶岳母徐孺人撤几,不可不一送,内政命媳妇学习代理,余明日亦欲亲往也。墀儿酌录汤师所改小讲二十个,子屏所托,为二侄初学式样。薇人侄来,为保事,祈多多益善,然实至者亦不多。吴又江来道喜,恰好同陪中饭。薇人回去,命大儿作札子屏,朱卷再当商酌,即托寄去。

十八日(11月13日) 晴暖。饭后舟至梨川,午前登敬承堂,时庶岳母徐孺人撤几,必须一送。至则晤郑理卿甥,知渠夫人病未痊,寅卿亦未霍然,殊为否运之极,一饭即返,兴致大不佳,甚无怪也。下午诸亲友均至,岭翁诸君俱见过,幼谦喜排场,开道执事齐备,亦是孝思。黄昏后,鼓吹送入祠,一鼓后就寝。

十九日(11月14日) 晴,昨夜西北风大吼,颇冷。朝粥后与黄吟海茗叙良久。上午开船,内人约廿三日回来,到家中午后,知昨日陶毓仙来道喜,少松一同来。接黄芑生同年信,元之同子屏昨日亦来。接小憨信,诸新孝廉约至泰州填亲供,元之颇涩于囊,然欲借润,颇难张罗,并有俗事要调遣,墀儿应酬亦觉圆到为难,暇当斟酌复之。夜阅《家谱》,明日拟至北舍一清查。

二十日(11月15日) 晴朗,颇暖。饭后舟至北舍寻元英、裕堂、赋梅三侄,将老二房、老三房侄孙一辈一一查明填注,大约可以楚楚。复同梦书至桂轩处,丹卿、紫云暨润之、仲僖两侄均见,知仲僖卷在第五房张荐,主考评语亦佳,通体墨笔单圈,写一"备"字,深为可惜。因勉奖之,能得午科生色,尚在青□,不胜欣望。还至洪元米行中吃小点心,颇适意。下午与梦书、元英、赋梅茗饮东茶馆,久之返棹。吟泉来,以仲僖卷携归示之。

廿一日(11月16日) 阴,渐又作冷,风未透。终日录清履历不及十之半,已觉手忙,幸先大人已有定本,增润其间已甚不易,未识誊清后能合式否。朗亮亭已先来,开限定期十一月初十,庶诸事舒齐。

夜有雨。

廿二日(11月17日)　晴朗,可不变阴。终日录履历,命大儿誊清,明日可以了吉。夜作札致子屏,招之来,与之再商定本。接吴少松十九日信,黄苣生文蒙录示。

廿三日(11月18日)　晴。饭后抄履历初完,适潘桂岩表侄特来道喜,须发皆苍,宛如老叟。渠年五十三,现在迁居周庄,奉佛清修,颇得闲趣。留之中饭,以报单八张托渠分致陶、戴两家,下午还去。吟泉来谈,知胜墩吴鹤轩之弟中武举,今日报到。传说解元吾邑自嘉庆后此科不登久矣,可谓盛事。子屏改朱卷已取来,阅之,尽惬意,可作定本用矣。仲僖文托元英寄去。大儿陪大嫂古翁处就诊回,此老近有疟疾。王叔彝所选同人诗录二册缴还。

廿四日(11月19日)　晴暖。饭后舟至赵田,贺述甫三女出阁,至则述甫、稚松均出见,憩棠上洋未还,晤张问樵、沈俊生、刘健卿诸公,中午与俊生同席。下午亲迎船同里任氏已来,送嫁事毕始还,到家傍午。

廿五日(11月20日)　晴暖。饭后录黄憩生中作,札致吴少松,待寄。命墀儿誊真履历,颇能罗罗清疏,行辈排匀,样式合格,明日可告竣矣。

廿六日(11月21日)　晴,仍暖。终日无事,录陶苣生文一篇,阅《胡文忠公集》一卷。大儿录履历已完,校对大致不误,文剩二三篇,约月底可赴苏。

廿七日(11月22日)　晴,仍暖。饭后阅《胡文忠公全集》,二卷已阅遍。晚间陶赋秋来道喜,一茶即去,颇简亵。少松信暨苣生文、浙墨还涤之,一并奉寄。初十县考之说据云不确。

廿八日(11月23日)　晴暖。饭后账房有客应酬,始有来还飞限者,六折再让喜米五升一△,折价一元七角,今岁真谷贱伤农也。朱卷底本大儿今始誊好,明日拟由梨赴苏部叙一切,恰不能删繁就简。

廿九日(11月24日) 晴。清晨西北风大吼,终日不息声,欲赴梨川不能前行,以样本属孙蓉卿一校,晚来谈,据云无讹字。气肃渐冷,已是严冬气象。

卅日(11月25日) 晴朗,南风。饭后舟至梨川,午前登敬承堂,幼谦出见。陆九芝翁已自金华如意回,同中饭。下午以朱卷底本烦费吉翁一阅,晚间取还,要改一字。时芸舫到各处租局,吉兄近体已全愈矣。候省三丈不值,以所募棉衣絮十番交叔理内弟手,归未登账。还至茶寮,省三丈、黄吟翁、陈小山丈均在座,畅叙久之,吟翁一事已面复矣。夜粥后,与省丈、幼谦又长谈,唤定龚三官船,明日赴苏,沈仆同往,夜间伏载,早眠。

十一月

十一月初一日(11月26日) 晴。五鼓由梨解维,南风颇顺,行至北尺起来早饭,出塘陡起北风,舟人扯纤行,至吴江泊舟垂虹亭,入城茗饮良久,复由长桥至学宫前闲游。下午舟中静坐,风仍未息,不及赴苏,只好住宿一宵矣。晤学书陶梅亭,知荐卷单已有,江共五人,柳埔森、叶嘉棣、叶世昌,两人不及记(沈宝芬、范守勋)。震十馀人,于宝善堂备,馀所记忆徐宝澍、冯纲、陶元治而已。

初二日(11月27日) 晴。清晨由江开船,饭后过尹山桥,西北风大吼,舟子竭力操舟,至午前始进葑门,由新学前转湾行,泊舟钮家巷即登岸至绒茂布庄,以茶点候送朱蓉安不值。还,至临顿路毛上珍丽记刻字店,以朱卷底本与之,店主益庭出门,其伙王梅溪当手,言定文章每字二文,履历不论大小字,每二文五毛,订连四纸黄蜡笺面,红双线红签条,每本三十二文,作纸每廿六文,付定洋十元①,约写样后寄北舍航船校对后,然后上板,再寄样本不误,然后印订。复至元妙观前略买物件,还舟,知船中为游兵所扰,沈六通失去棉马褂长衫,殊

---

① "元"字后原文有符号 ㄪ 。卷十,第330页。

堪惊异,后须小心。夜宿舟中。

初三日(11月28日)　晴。起来上岸,在潘东园家候沈谱笙,不值,即至絃茂布庄候朱蓉安,与之茗叙吉祥庐,久之始还船。复同沈仆走卧龙街至府前,再问侍其巷,至程小竹处,托渠验部照,注册副贡出身,即动笔录底,约岁底由司洋院索两处房费二十四元,先付十元,约岁底上来找吉。渠为藩司明察,得此润色,极肯点头。回至学士街寻房师,不值,由城隍庙前行回船中,腰脚软甚。夜与沈仆复茗饮吉祥庐。

初四日(11月29日)　晴。舟中饭后至兵马司桥同仁和南货略办物件,晤其伙徐吉甫,十年分避难寓在大胜者,蒙极殷勤,其老翁小舟已作故,其兄在桐油行亦发财,劫后重逢,彼此惊喜交集矣。即望西行,由卧龙街至阊门外沐泰山办丸料,人和代吉翁办零绸。茶寮小憩,由元妙观回舟,至都亭桥毛上珍,与之说定寄样本。到船静坐,足力疲惫之至。

初五日(11月30日)　晴暖。朝上登岸吃面,上午命沈仆买零物,余至元妙观程公祠闲游半日,与徐吉甫茗饮,絮语在乡避乱后,到苏帮伙开店情形,情极真挚,并送礼物,可愧、可钦之至。下午与朱蓉安茗叙吉祥庐,晤练塘钱如山,蓉安以湖笔、全墨见赠,受谢之。黄昏后,与老锦太伙徐子山茗饮长春台,极畅。下船计账,诸物均办,明晨可以开船矣。

初六日(12月1日)　晴朗。清晨出葑门,西北风大而不狂,饭后到同川,小泊即开,片帆顺利,到家午后。惊知郑寅卿二甥于昨日因久病变幻,倏尔身故,闻之伤心,为之涕下,不独为渠家痛失一人才也。大儿子于午后开船往送殓,此行殊为不得意,非寻常应酬可比也。日内限租略有起色,今夜吉账,约收乙佰馀石,前数日约二百馀石。

初七日(12月2日)　晴朗。终日在限厅收租,黄昏后吉账,约收乙百馀石,尚不甚忙。子屏有信来,知日上略感时疟,现已渐愈矣,匆匆作复之。陆九芝为充之四侄治血证,处方后特来候余,一揭即解维,褒甚。据云由络伤所致,可望收效。去后,阅方用犀角、生地,乙溪以为凉,不宜服,余谓此方对症用药,服之大有益,问之羹二嫂,亦不为然。甚矣,决断之无人也,可叹!

初八日(12月3日) 晴朗。终日在限厅收租尚不寂寞,二鼓后吉账,共二百卅七石有零,折者半,至米色仍潮杂,半因年令,半则乡人心狠,以为易欺所致。大儿午前回自盛川,明日寅卿领唁,仍拟往吊应酬。述及寅卿临危不乱,赋诗五章而逝,李星槎、杨利叔诸君送殓者无不流涕,此子凤根极厚,奈渠家无福,丧此贤子弟,思之殊令人悲愤交集也。

初九日(12月4日) 晴暖。大儿清晨又往盛川,今日飞限满期,各佃因米杂不顶真,石脚又短,折者听便,颇形踊跃。夜半后问吉账,约计存仓未斛共四百馀石,诸相好各神疲口干矣。余在限照料收米,午前正忙紧时,袁憩翁、顾念先同来道喜。憩棠新自上洋回,生意甚佳,蒙送礼物,谢受之。长谈留中饭,下午回去,即日仍要到沪。客去后,余照看收租,并不劳心,而已疲倦。

初十日(12月5日) 晴。晚起。上午在限厅收租,是日头限,所收不过十馀石,斛存仓米七十馀石,晚间吉账甚早。大儿回自盛川,送寅卿出殡,述其自挽匾对及诗,其志大,其命舛,言之真为斯文痛也。

十一日(12月6日) 晴暖。终日收租二十馀石,太觉清闲。下午作札复孙秋翁,即托蓉卿寄出。夜间补酌账房诸公,不觉微有醉意。

十二日(12月7日) 晴暖。终日收租寥寥,不满十石。合十全大补丸,请同春堂药店伙朱姓进来煎膏,夜止之宿。

十三日(12月8日) 晴暖,朝上大雾。饭后大儿陪嗣母至金泽何藏翁处调理处方。终日收租十馀石,下午陈骍生来道喜,一茶即去。夜间微雨即止,大有旱象。

十四日(12月9日) 晴,西北风不透,仍暖。终日收租卅馀石,日上太觉清闲。

十五日(12月10日) 晴暖。终日收租,夜间吉账共四十八石有零。接张元之请柬,十九日悬匾开贺。

十六日(12月11日) 晴。饭后接叶绶卿廿五日请柬,并便片泐复,以江南全墨见赠,知填亲供在南京,鲍学宪尚未卸任。下午钱芸山以落卷寄还,大儿批亦清适,后二比单圈。子屏卷备荐批"笔情条鬯",次三亦称诗佳,三艺均单圈,可惜之至,为报事上酬之而去。终日收租二十馀石。

十七日(12月12日) 晴暖。终日收租,夜间吉账,共收七十馀石。苌莳催蠹杨某已来,老而病,含忍让之,大例外又减每亩九升,殊属无可开除,言之可愤。

十八日(12月13日) 晴暖,天气太旱。终日收租,黄昏吉账,共收乙百八石有零,颇觉诸事舒齐。夜间略阅江南全墨,大不如甲子,无怪指摘多口也。

十九日(12月14日) 晴暖。张元之悬匾,命墀儿往贺,归来下午,知梨里冯赞卿家大遭回禄,几乎房屋所保无多,闻之惊骇,不胜战兢。周氏、邱氏受惊而幸无恙,晤见黄甘叔、汝师竹、叶绶卿、陈冀亭、凌丽生诸君。是日头限截数,夜间吉账甚早,共收九十馀石,颇不拥挤,自初一日至今,约收账七成,石脚短,折价贱,今年可称熟荒。通盘筹算,有名无实,而开销浩大,支持为难。

二十日(12月15日) 晴,晚间似欲发风。今日二限,共收租卅馀石。子屏有信来,为谨庭之孙福官生疗求医,欲饮两元,即作札复给之。凌丽生来,留饮,午饭,渠锐意北上,作会墨文六篇,皆时样妆,春闱有预兆矣。留在案头细读,岁底缴还,畅谈文字而去,余不觉大有醉意矣。

廿一日(12月16日) 晴,大风。终日收租不过五石馀。上午阅浙江闱墨,各擅胜场,宜乎众论翕然。下午沈吟泉来谈,傍晚回去。

廿二日(12月17日)　风息，仍晴暖。终日收租稀寂，仅八石有零。江浙墨卷已重阅一遍，拟暇日摘录数篇。小虎孙种花请曹春山先生，余家旧交也，现已圆锭，所谓状元太平花也，为之欣慰。毛上珍刻字店催信已发，目前接徐少卿前月十六日金华所发贺信，副榜字眼极多，可称道地，暇当答之。

廿三日(12月18日)　晴暖。上午阅《胡文忠公集》，照陶子方本圈点。终日收租四石有零，以后不能踊跃矣。下午局差来发由单，知新漕下忙九折完纳，价每石三千二百五十二文，娄河工每亩十文，出月云再要加二百，此是权术，大有支吾处。

廿四日(12月19日)　晴朗。朝上曹三先生来为小虎孙看花，喜已固绽吉蒂，廿六日约来酌酬之，并可酬神谢花矣。是日收租二十馀石，户多零星，颇费词说。

廿五日(12月20日)　晴朗。饭后舟至池亭贺叶绶卿同年悬匾喜，至则主人乔梓出见，并祝年世伯母徐太夫人寿，宾朋满座，雅奏和鸣，可称热闹。中午余与凌升甫、沈福门、吟泉、吴幼如同席，兼晤黄聘五、陈小山丈，陶氏、殷氏诸昆季，刘应芝、黄苣生两同年，黄西垞老同案。晚间会酌，余辞之而返，到家未晚。朱卷样本已寄到，大儿校阅，知履历及文均有差误处，须改正寄去上板。碌碌终日，夜间登账，出款浩大，将何以支持之？闷闷。张元之见过，会于葵邱，不能不应酬之。

廿六日(12月21日)　晴暖。阅凌丽生窗课，评点三篇，不觉老荒献丑。是日己、染二圩催甲来还租，均折色，欠头两户，全欠不过零星，尚属办事得手。下午黄苣生来送朱卷，盘飧不具，一茶即去，亵甚，不安之至。小虎孙今日谢花，夜酌种痘先生曹春山，厚酬之，因花号状元，幸庆平安无恙也。絮语良久而去，余则颇有醺意。

廿七日(12月22日)　晴暖。饭后作便札寄毛上珍刻字店，朱卷样本大儿校对改政，下午由北舍寄出。是日未刻冬至令节。终日收租寥寥，批阅凌丽生文六篇告竣，此公笔底已极纯熟矣。夜间冬节致祭,祠堂内祭已祧之祖,余主之,厅上祭高曾祖父,大儿襄事。祭毕,时已黄昏,颇极舒齐。

廿八日(**12月23日**) 晴。饭后桂亭侄衣冠来道喜,留之便饭,不肯,一茶略谈而去。下午吟泉来谈,约初五日左右付局完漕。终日收租十馀石而已。

廿九日(**12月24日**) 晴,暖甚,太旱,春花有碍。中午局书金小春来,吟泉与偕,欲通情先完,余亦不之拒,即付物色乙百五十元。由单五户,约田四百数十亩,面给之,俟月初出来找吉,一茶顿候而去,吟泉亦还。是日二限满,终日收租卅五石有馀。是夜吉账,约八成外数,再放十日二限,大约所收亦寥寥矣。暇录荔生文一篇。

卅日(**12月25日**) 晴暖。饭后沈补笙衣冠来道喜并致分,谢璧之,匆匆一茶即去,坚不肯中饭,褒甚,云要至芦墟问其母舅陈骈翁病,故急不能留。客去,余齿痛甚,略有寒热,下午蒙被高卧,稍安。

十二月

十二月初一日(**12月26日**) 晴暖。晚起,齿仍痛,唇目俱肿,愈甚。命大儿至东厨司命神前、家祠内拈香代叩。午前张元之来送朱卷,勉陪之中饭,葵邱之举,如渠意应之,缘此中别有交谊也。客去,早眠。

初二日(**12月27日**) 晴,热甚,日色太红,似有变象。载省三侄孙来治齿痛,据云已成牙疔,以刀刺之,毒血即流,尚未熟,处方而去。终日静坐,不适,略有寒热。夜间有风。

初三日(**12月28日**) 阴,雪花微下,大是瑞景。齿痛未松,下午渐冷,夜早眠,雪仍未止。

初四日(**12月29日**) 晚起,阴,知昨夜雪霏寸许,从此春熟有望矣。齿痛稍减,陈翼亭来送朱卷,命大儿陪之中饭,余坐谈而已,相约来年如果不赴礼部试,要至余处读书,虚怀励志,了无凡近举人习气,钦佩之至。下午回去。省三来复视牙疔,破毒,血脓淋淋,据云再服药两剂可以全愈,据方而去。晚间积雪已消,仍极暖,未卜老晴。

初五日(12月30日) 晴暖。齿痛渐愈,避风忌嘴不出门。属七老相同沈吟泉至北库局完新漕及下忙银,计五十三户。午前叶绥卿来送朱卷,略谈,一茶即去。

初六日(12月31日) 阴暖,无雨。饭后仍属吉老、吟泉至芦局完银两粮米。下午盛泽浙江榜张君欣木来送朱卷,谈及令高足寅卿之变,共相扼腕太息。欣木学优品端,实吾党可师可友之士,上海一别倏已四载。絮语,留之夜饭,蒙以新刻江注《近思录》,系王定九序,吴棠跋,台州府丁寿昌所刊,并近日钱唐丁氏所刻《朱子分年课程》两书见惠,夜谈良久下船,据云明日要到上海。

初七日(1868年1月1日) 阴暖,似要发风。饭后无事,阅元程端礼所辑《读书分年日程》,古人读书用切实至愚法,所以二十以后已无书不览,今则俗学摽窃,此事已广陵散矣,掩卷不胜叹息!

初八日(1月2日) 雨,晚间北风狂吼,是今冬第一次冷信。作便条,封还凌荔生,文六篇均可中式。下午子屏侄来,近体渐愈,租务亦可,谨庭托有所商,给之。谈及嘉善县凌横征暴敛,当今第一贪酷吏,人人思食其肉,可恨! 至晚始去。

初九日(1月3日) 晴朗,风颇猛厉,略冷。终日无事,阅《读书分年日程》上卷、浙江闱墨。作札寄苏毛上珍,催朱卷样本未发出。

初十日(1月4日) 晴朗,朝上颇寒,有冰。毛上珍信今日寄北舍航船,未识样本即来否。暇阅《分年日程》第二卷,作札欲致郑理卿。

十一日(1月5日) 阴雨终日,似欲发风作冷。终日无事,阅山阳丁氏新刻江注《近思录》第三卷,言齐家之事,义理明晰平易,兼于经义有所解。理卿处一信已书就,待寄。

十二日(1月6日) 阴雨,终日潮湿,大雾,必有大风信。阅《近思录》一卷,圈《胡文忠公集》奏稿两篇。

十三日(1月7日) 阴雨酽注,西风未透,未即起晴。终日雨窗无事,阅《近思录》一卷,抄录郑甥寅卿文一首,如此才华,竟尔早逝,不禁掩卷三叹,气数如此,义理难言矣,奈何奈何!

十四日(1月8日) 阴,西北风大吼,终日微雨,狂风晦暝,似欲酿雪作冻。阅《近思录》一卷。下午围炉静坐,大儿文期今冬仅做三篇,圈阅《胡文忠公奏稿》已完。

十五日(1月9日) 晴,西风仍狂,可免冰胶。阅《胡文忠公集》书牍。迟毛上珍刻字店样本不至,颇为迟延,拟日上由梨赴苏催之。账船是夜停摇。

十六日(1月10日) 晴,西北风仍狂吼。上午静坐,下午至北厍局找完粮银十四户,金小春不值,李彩生算,取局收而还。与梦书茗饮良久,归家傍晚,冷甚,明日拟部叙由梨赴苏。大儿呈阅所改近课,均能稳妥,利于院试。

十七日(1月11日) 晴,风息,仍寒。饭后同吉母舅舟至梨川,午前泊舟东栅,饭于舟中,即烦吉翁至梨局完粮银九户。余至敬承,知幼谦昨自苏回,游兴颇浓,恐荒本业。与应甫略谈,即至芸舫处,在步青馆中畅叙,憨棠兄信面致,为王松契托求书法。致大儿修敬,坚辞不肯受。夜间沈仆来,船已叫定,不及伏载。夜与幼谦、应甫絮语,宿在陆芝九①所寓斗室中。芸舫来谈谦璧脩仪即去。

十八日(1月12日) 早起,霜浓,晴朗,西北风。即扑被登舟,至北坼略有冰,略行迂道,过吴江午后,到苏酉刻,即赶进葑门,泊停城内住宿,不及到观前矣。

十九日(1月13日) 晴暖,早上略有冰。由城内行坝基桥转湾,过新学前再转湾,至钮家巷泊舟,即上岸至毛上珍,晤开店镒廷,知样印本于十四日寄北舍,恰未收到,不得已属渠再刷印本速校,以便即日印齐。余率沈六通至同盛祥徐吉甫处略办南货,并由顾家桥一直过西,至府前左手转湾上南,至侍其巷程小竹处,所托之事知已

---

① 陆芝九,疑为"陆九芝"之笔误。卷十,第335页。

办好，以藩宪批禀并底稿示余，付东长谈而回。至布政司传事房探问张振璜老师公馆，据云在江宁藩司试用，并不在苏，即由学士街至城隍庙前，过观前还船，即动笔校对朱卷刻本，大致不甚差，履历上要补改多字，约廿一日下午印齐，未识能赶办否。夜间下船颇早。

二十日(1月14日)　晴暖，朝上霜浓。晚起，饭于舟中，因足为新跰所伤，不能行，命沈仆至阊门，余徜徉馆前，无聊之至，因回钮家巷，至潘东园新葺宜春梅圃养金鱼处纵观良久，梅与百花及鱼均可发客，可谓雅人而有童心利心者。夜至毛上珍取先印好朱卷十本，虽已校改，差误尚多，然无如何矣。店主以新刻善书见示，内有丁卯科《棘闱炯戒录》，阅之，足以警劝好色贪财之辈，极为有益。

廿一日(1月15日)　阴，无雨，似有变象。饭于舟中，上岸以朱卷送朱蓉安，不值，即回，复至观前略买要货杂物。毛上珍印朱卷四百本须要明日办齐。舟中、岸上闲游、静坐而已。夜与沈仆茗饮。

廿二日(1月16日)　晴暖。朝上吃面，观前街临顿路略买年物，复至观中婆娑茗饮，还船，阅《碧螺山人诗集》，毛上珍新刻，系横泾金明经子春所著，诗则颇有根柢，字则善写《说文》。夜与毛上珍算账，印齐朱卷四百本，回船将近一鼓，明日可以返棹矣。夜看来账，差算钱乙千二百文，竹纸五十本，订印草率不堪，此店不可相与也。

廿三日(1月17日)　晴暖，东南风，雾湿将变。朝上出城发棹，至同里午刻，略买物件即开，舟中阅金子春诗，大有作法，亦是近时一手。黄昏到家，知师母暨朱松生来过，今岁又多账外费，殊不在意中，闷闷。

廿四日(1月18日)　晴暖如昨。饭后衣冠东厨司命神前拈香补叩，昨日命儿代送，甚不恭，聊尽诚敬。午前舟至龙泾答陈翼亭，并送朱卷，入城不值，其尊翁莲舟接谈，诚朴古君子也，一茶即返。晚间作札拟答黄苣生，写好待寄。终日碌碌。

廿五日(1月19日)　晴暖。饭后舟至池亭答叶绶卿并致赙，至则桐君出见，知亦赴江，陶毓仙在座，恰好以黄憩生信暨朱卷、赙仪托渠新年面致友莲处,朱卷转致彤君,一茶而返。复至葫芦兜答张元之,不值,亦到江,其郎及竹娱接陪,竹娱处朱卷面送。至沈溯翁处送卷,不值,投卷而返。回至大港,子屏叔侄均嘉善去,以朱卷交二侄,略坐而还。到家,薇人来,未返。吴蛮三嫂来打抽丰,不见,命薇人婉谕,偿其礼物而去。薇人晚去,到江保结略商,如愿与之,言定新进上扣算。朱松生为田事,夜未落肩。

廿六日(1月20日)　阴,无雨。饭后朱松生田事,念其岁暮贫窭,与之了结而去。终日田催甲来算账要钱,下午沈师母来,提本四十千,凭摺属吉老登载与之,其养树存摺面付收拾,余处但留支摺,以下若何结局,听诸理数而已。日上出款浩大,进款毫无,读《唐风》蟋蟀之章,喟然兴叹。朱卷样本今日始寄到,北舍航船不足恃如此!

廿七日(1月21日)　阴雨终日。饭后命人至芦墟还店账,暇录丁藩司详底,拟托凌丽生至京到部注册。邱氏遣内使来,知幼谦仍不安静,殊为渠可惜。吉翁、芸翁均有回片来,吉翁余所致食物留璧参半,尚嫌客气。接理卿信致大儿,知已卜居西庙西,新年进宅,稍慰余怀。陶子方朱卷寄来,新年当答之。

廿八日(1月22日)　阴,无雨,西北风颇尖厉。上午略闲坐,适子屏来谈,善邑粮务,略已了吉,买仓收二元六角,完米一石二斗七升,较江苏稍公道,然邑令之酷较江更甚。畅谈晚去,吟泉亦傍晚还来秀桥。是日发付人工束脩,约须钱八十余千文外。夜酌账房诸公,一鼓竣事,费用浩大,今年为最。夜陪酌诸相好,大有醉意,明日各送回家。韶卿还同,约新正廿一二日间去载。

廿九日(1月23日)　阴冷,东北风,下午雪下,寒更甚。饭后各相好回去,朗相约正月廿八来。终日闲静,阅新刻《玉历抄传》已两遍,触目惊心,我辈以后不可不信因果。暇阅《胡文忠公书牍》。

三十日(1月24日)　除夕。晴朗,大异咋日寒冷。饭后命工人洒扫庭除堂宇,上午衣冠率墀侄儿敬神过年。沈吟泉来,略谈即去。下午谨张挂先人神像,来岁余处轮祭当年,五代图暨逊村公像悬在瑞荆堂，先严慈大人悬挂养树堂。夜间张灯祀先，祭毕，阖家团叙家宴，小虎孙、女孙均戏笑觅梨枣，顾而乐之。夜饭饮屠苏酒，不觉逾量，自维今岁诸事平安，默叨祖荫○○佛护，侥幸过分，殊愧未能修德以报之，寸衷自问，当随时修省以祈年年顺利，不胜默祷。是夜星斗皎洁烂然，来岁可望大有年。丁卯大除夕，时安氏谨记于养馀斋之外书房，并与墀侄儿共相警策。终夜到明，星斗粲烂，烂若云霞。

晚清珍稀稿本日记

主编——

徐雁平
马忠文

（清）柳兆薰 著

李红英 整理

柳兆薰日记

（贰）

凤凰出版社

同治七年（戊辰，1868）

一　月

同治七年，岁在戊辰，春王正月元旦（1月25日）　东北风，终日晴朗，可卜五谷丰穰，不胜欣望。黎明起来谨诵佛号毕，东厨司命神前、家祠内率墀侄儿衣冠拈香虔叩，并拜弥勒佛诞辰生。饭后乙溪率两房侄来瑞荆堂拜展先人神像，行贺岁礼，男女以次。与乙兄茶话，复至萃和堂叙谈。上午率应祉、应嵩暨墀儿至大港上贺岁，并送朱卷，薇人、子屏、渊甫诸侄，竹淇弟均见，知诸新孝廉邑尊处已讲定赆仪各五十元矣，并闻有恩科之说。皇上大昏礼成，普天同庆。与子屏诸侄交勉而还。是日颇暖，未必能连日老晴。

初二日（1月26日）　晴朗。村人出赛会敬刘王，本村轮年，村中人家稀少，余家要派一半，三日走会唤人，每人乙百文，余处要派十八人，如数应之。上午竹淇弟、子屏、茂甫、瞀二侄来贺岁并致贺分，璧之，中午团叙，年菜酌之。袁问樵来贺，拉同席畅叙，未终席而去，先携朱卷一本，晚间竹淇诸侄俱回去。

初三日（1月27日）　晴朗异常，三朝红日，可望大丰年矣。上午工人尽出去走会，不能行动。暇作两札，一致殷谱经督学，一致徐少卿金华，尚未缮写。徐恒甫郎五甥来，友庆轮年。下午范桂馨表侄、元音侄均来贺岁。叶彤君来，一茶即去，知绶卿北上，要过灯节。

初四日（1月28日）　晴朗。饭后阅《胡文忠公全集》书牍，杨文伯郎少伯来，年二十岁，在胥塘胡学斋处习业，人颇玲珑。孙蓉卿、沈吟泉来，茶后即去。吟泉饭于一溪处，亦未留饮，约异日再来。暇书致殷谱经札,极拘谨不适意之至。晚间祀先,谨收藏遗像。闻村人赛会械斗,有受重伤者,此种刁暴强梁恶习,惜无势位重惩而禁止之。

初五日(1月29日)　阴,无雨。朝起在账房内循例接五路财神,饭后与大儿拂拭先人神像,以便晒好收藏。舟至东浜三古堂送朱卷,恰好吟泉亦至,佩二表兄果斋来陪,各房卷子交佩二兄分发。茶后至吉甫表母舅处送卷拜年,复同吟泉至宝文处,师母出见,扰其莲心汤、茶点而还。饭于晚三姊处,果斋、吟泉同席。下午至孙秋翁处畅谈两时许,以《胡文忠公全集》示之。晚告辞,约三月中假节来溪再叙。

初六日(1月30日)　晴朗。饭后至泮水港顾寿生表侄处送朱卷,七二表嫂出见,堂宇依然,不到已十年矣。表侄附畹九处读书,人似聪颖而实失学,年已十六龄矣。至竹安处、沈松溪处、芝堂处送卷,竹安陪至七二表嫂处留中饭,盛扰之,颇过费。竹安同舟至北厍范桂馨表侄处贺岁,元音侄见过,一茶后至梦书、梅冠伯处茶叙。复至桂轩侄处,凌磬生昆季在座,畅谈良久,桂轩去冬大病,现已复原更健,可喜可庆也。傍晚回家,知王谱琴表弟、袁稚松、徐丽江率其妹婿王锦伯均来过,谱琴余处留饮。灯下作札复徐少卿,颇不拘苦。

初七日(1月31日)　人日,晴朗可喜。饭后舟至芦川各亲友处拜年、送卷,先至公盛行顾吉生处略坐,即由北陆松华处起,至南栅陈骈生处止,一镇送遍,吉生先约留饮,赴扰之,极脱略适意。袁述甫晤见,茶叙良久。由陆畹九处晤汝师竹,知邱幼谦考正场即回,题江“而升”至“其争也”,震“思问忿”。下午还,沈吉翁、顾兰洲来过,约廿五、廿六日来,凌荔生、吴幼如均来贺岁,夜留饮,与荔生畅谈会试,揣摩捷诀,极中肯。谈至一鼓,宿于书楼,大儿陪之。

初八日(2月1日)　晴,风略狂。饭后与丽生同舟到陆家桥凌伊人处送卷,伊人三疟,未见,荫周接陪,一茶即返。舟至莘塔,云汀昆季各致一卷,荔生处致赆,并托到部注册底稿暨补领部照日期均载明,与陶子方两赆仪同封,到京投送,其费书明,托渠代应心照。至磬生处,不见,各房卷分送挂号而已。百川抱恙,闻说不轻,必须日上有转机为妙。海香、雨亭接陪,中午同席,荔生设盛肴相款,颇厚费不安。宴饮醉饱,席散告辞。至南传迓广海处,不值,临海出见,赵龙门处一卷托寄。到家傍晚,知紫云侄、迓广海来过。

初九日(2月2日)　阴雨终日。朝上将朱卷一本封寄殷谱经,并札待寄安徽学政任上。上午舟至陈思,杨文伯梦花出见,一茶即告辞,与文伯乞副元陶璿朱卷,金陵人,逃难时寓其家者也。至苏家港,扰陆立人中饭,其兄实甫出门未晤。絮语家常,极朴素、适真之至。下午至赵田,雨甚,在述甫、子丞处畅谈,因泥滑,各房不及亲到,卷子托述甫分送。孙友衫、倪浩生均未见,亦托述甫矣。到家傍晚,夜饮,不觉玉山聩然。

初十日(2月3日)　阴,无雨,风不甚狂,下午略有晴意。饭后舟至紫树下,先候陶爱庐不见,涤之出陪,知县试初复案已出,第一程昌寿,二名施竹卿侄,三名邱幼谦,夏仿仙第十,正吴少松第十,昨日考初复。茶后至对河殷安斋处拜贺,二式表嫂出见,较异时已满面春风矣。达泉县试名在三十左右,安斋以谱经家信见示,知九月十六出京,北路不好行,十一月初九到省,十六接印。余与绶卿仍蒙关切齿及,余即以致谱经札、朱卷托寄,据云日上要发家信。晤吴式如表叔,知三月中要至谱经任上去。陶少琴、毓仙处均到,小雅一卷,少松一卷,均面托转致。一茶后安斋招饮,与式如同席。梅士蟾生处两卷,亦转托安斋矣。下午至康家浜、杨墅两处,少岩接陪,长谈,极殷勤。兰谷不见,少谷出见,两侄女亦均出见,还家已点灯矣。近地一带送卷已遍。

十一日(2月4日)　阴,无雨,朝上雨霰,似欲酿雪,即止。终日阴冻,是日立春在戌刻。饭后命大儿至莘塔外家拜贺王升甫、周粟香,梦书、丹卿、葵卿三侄均来过,茶后均还,森甫、粟香固留之饮,不肯,陆立人侄倩凌一谦郎亦来答,丹卿转致张侣仙朱卷一本,县试初覆题"劳心者治人"二句,"绥万邦,屡丰年"经题,"春从何处来"诗题,实到不过七十馀人。终日闲坐,不暇观书。晚间由对河钱姓接陈翼亭札,知北上行止未定,意欲来余家,三月中到馆读书,可称好学。蒙致荸荠两饼,权领之,作札复谢,明日由莘塔寄。

十二日(2月5日)　阴雨,颇寒。饭后略阅《胡文忠公集》。叶绶卿有信来,取会项并致分,受复之,交来人张仆手。金从外孙来,其祖少岩具柬谢教且致仪,姑谨领之。薇人来,知此番此保甚多,可望倍收其利,约院试同伴,长谈至晚而去。大儿回自莘塔,传说府试廿五取齐,院试二月廿五取齐。

十三日(2月6日)　阴,风雨终日。闭门无客来,与大儿理齐梨川、盛泽、平望所送诸亲友卷子。

十四日(2月7日)　阴晴参半,西风颇猛。饭后至对河钱中和处拜年,茶话而还。午前周聘五老表兄来,年已七十二,去冬老病,现已新痊,留之年菜,饮酒、饭量均逾中人,斯为寿者相,难得也,以朱卷面与之,下午回去。晚间凌云台来,知头复案已出,邱幼谦第一,吴少松第六,留之夜饭,辞之而去。

十五日(2月8日)　晴朗。饭后舟至大义老大房送朱卷,翰青一,云青一,保和一,问亭一,本不该送,即易保和,至则如璋子翰青接陪,其侄桂亭子春禄亦出见,问亭暨兰亭诸侄均来,款接颇恭。茶后还北舍修容,极适意,返家,知泗洲寺门僧竹岩来拜年,并具厚礼,固却不能,均受之。吟泉、凌范甫来,均以年菜酌之。范甫县试不甚得意,舍之归,即到余家开馆读书,其好学有志可嘉。云艇昆季以《凌忠介公集》、蕉叶白砚,背有稼堂先生铭,作贺仪,殊为情厚而脱俗,领之。是夜元宵,月光如昼,夜观烧田财,其光红,丰年之兆有明征矣。

十六日(2月9日)　晴,东北风,略有变象。饭后扑被至梨川徐丽江处,午前到,不值,晚大姊出见,一茶即开船。出荡南桥至舜湖,到已傍晚,闻郑理卿已迁居西庙大街丁宅,登其堂,理卿出见,知阖家大小已庆康健,寅卿妇坍而能起,前此之宅,形家言凶,不可居,有明征矣。见寅卿遗像,对之不觉凄然。理卿陪至沈谱笙处送卷,不值而返。置酒话旧,悲喜交集,谈至一鼓始下船就寝。夜雨。

十七日(2月10日)　雨终日。饭于理卿处,上午舟至斜桥头,行敦仁里至二宜堂,王氏仲奚出见,茶叙片刻,仲贻欲留饭,辞之而出。复至阳春衕周承恩堂候李辛垞,晤其太山周逸甫翁,辛垞兄、咏裳新自湖南还,不相见者五年矣,辛垞置盛馔相款,不安之至,同席者周逸翁、郑理卿、陈思然同门,沈梦粟、辛垞昆季,酒醋菜饱,情话未已,甚得友朋之乐。晚间席罢,还至理卿处夜粥,甚适意。二鼓后始登舟告辞,理卿约即日来乡,仲贻复有片招饮,辞之。沈补笙以浙闱全墨见赠,辛垞复惠《胡文忠公全集》。

十八日(2月11日)　微雨即止。朝行至平望始眠起,饭于舟中,至中木桥臼床店内徐宅黄琛圃翁处送卷,甘叔、元之两人出见,与琛翁絮谈良久而别。知都中客岁颇歉,盗贼蜂起,子美补缺尚需时日,会试则下场也。到梨川中午,至船长浜徐氏,恒甫弟秀甫接陪,大甥出见,颇能读书有造,晚四妹殷勤留饮,扰之。下午至沈岭梅、刘允之处送卷,均不值。至蔡氏二妹处贺年,访白甥出见,长谈片刻,二妹明日招饮元之。至黄西垞处,亦不值。过东至邱省三丈处拜节,毓之内弟县试已还,阅其复卷,今科必进。述幼谦三复仍第一,然不安静,已为县公所不喜,恐未必拔案元,如何如何。此公颇可谓善于作文而不善于自好也。与三丈略谈,因晚告辞,至敬承堂已点灯,幼谦县试未还,应甫陪同夜饭,榻于九芝翁所寓斗室中,与应甫夜谈,话家常事,深以支持门户为不易,辛苦操持,尚可节俭过去,深佩应甫多才而仍谨饬,味梅叔丈可谓有子承家矣,但愿幼谦与之竞爽。

十九日(2月12日)　晴朗。饭后至应甫、邱吉翁、费吉甫、芸舫、沈步青、顾光川处送卷贺岁,略坐,过西至沈啸梅、徐渌卿处略坐,茶叙,以朱卷信交渌卿寄金华少岩、少卿,借以致复。中午蔡氏二妹留饮,访白、晋之两甥招黄西垞、邱兰芬同席,看馔极华,然终嫌过费。下午回敬承堂,幼谦内弟试毕已还,阅其文,极佳。费吉甫诸君来答,并招夜饮,适子屏侄亦至,抽忙同至蒯宅汤小云先生令祖汪少鹤处谋办小翁葬事,少鹤不值,见其夫人小云令爱,约商定后再复。余与子屏即赴吉甫、芸舫之约,顾光翁同席,夜饮谈心,余太觉语言无忌,后须慎之。回与幼谦谈县试事,一鼓就寝。

二十日(2月13日)　晴。饭后至黄吟海表弟老友处,路遇,呈卷,面辞,渠家内颇窄隘也。至汝苕翁、寅斋、蘅洲处,有见有不见。中午赴幼谦年菜相酌,吟海、省三丈、应甫、幼谦、李梦仙同席。下午与吟海诸公茗饮,听弹词,一曲未终,已得县试正案之信,施兆书第一,幼谦第二,兴尽而返,以好言慰藉幼谦,望其府试抢元,然余所望于幼谦者,文字尚其末也。夜间絮谈而眠。

廿一日(2月14日)　晴。晚起,家中船来,粥后舟至王谱琴表弟处贺其二令郎青持吉礼,谱琴乔梓出见,扰其朝饭正席。上午赴沈啸梅两次招饮之约,至则啸梅、雨春款陪,畅谈时事,午席同饮者邱吉卿、汝寅斋、余与啸梅乔梓,菜丰腹饱,不能多饮,饫其盛意而已,下午告借新《缙绅录》一函而返。复登敬承堂,告辞幼谦归家,吉兄招饮,不能再赴,谢辞之。到家傍晚,得凌百川十九日物化之信,老友凋残,不胜山阳之感。

廿二日(2月15日)　阴晴参半。饭后命大儿至莘塔,送凌百川翁入殓。余不出门,休养一日。晚间大儿同范甫来。

廿三日(2月16日)　晴兼雨,潮甚,春意盎然。饭后舟至金泽候何古翁丈,至则藏翁出见,晤其长君伯英暨其徒唐淇园、张毓卿,古丈殷勤留饮。先读旧岁所作诗,以农隐十首为足,继陶储后。中午同席畅饮,大肉肥鱼,朴茂之风,古谊尚存,然味之佳而真,西乡具华筵者亦不让焉,蒙以姚执丈《樗寮先生全集》见惠,并陈梁叔《蓬莱阁诗》亦赠余。告别后,复至陈节生处,到家点灯。

廿四日(2月17日)　晴暖。饭后舟行至周庄后港车间壁陈氏潘桂岩表侄处,寓在此数年,颇可过去,即拉渠到镇上,戴氏、陶氏苣生赴苏不值,馀则有见有不见。回至桂岩处留饮,戴莪生、伯谷、陶怡生、蒋积甫来答,复畅叙良久始还,归家黄昏候矣。

廿五日(2月18日) 晴。晚起,送卷事已竣,栗六者半月矣。饭后命沈仆归梨,书房内今日开课作文。知日上吴又江、袁子丞、翰青侄、沈宝文均来过,午前圣裕侄来,午后邱省斋三丈、幼谦内弟、黄吟海表兄、顾希鼎襟弟、郑理卿姨甥同舟来答,并致贺仪,一一辞谢之,即以年菜酌饮,极知己欢谈之乐。晚间客去,理卿独留,榻在书楼上,谈至二鼓始就寝。

廿六日(2月19日) 晴,潮甚,暖甚。终日与理卿谈论文字,议经济,并及应酬世故,均与余心相印合,且见识大有过人处,具此隽才,前程难量,真儿辈之畏友,钦佩不置,惜稍染时好,为余所不喜,然尚能节而有制,不失之滥,亦时流之矫矫也。相与勉之,理卿亦不以为迂言也。

廿七日(2月20日) 晴暖,皮裘可卸。以家藏字画与理卿赏玩,暇则置酒高谈,颇尽肺腑所欲出。得陈骈生廿五日凶闻,共相悯惜。

廿八日(2月21日) 晴暖。饭后舟送郑理卿回去,先到梨川,约四月中再来逗留畅叙。上午沈吟泉叔侄来,书房内文期,终日碌碌。

廿九日(2月22日) 晴热,潮湿熏蒸,日红而晕,必有大风。闻捻匪山东肃清,李宫保已封侯,北上诸君已至上海,轮船日上将开,若北路则焚毁之馀断难冒昧出进。朝上舟至芦川,送陈骈生入殓,回至泗洲寺答竹岩上人,复至镇上与吉生、袁憩棠畅叙茗饮,并扰吉生小酌。下午与袁述甫茗谈良久,论及家事,仍难谐和,境与性两限之也,即以复憩棠。归家,西风大吼,又渐作冷,夜雨。

二 月

二月初一日(2月23日) 阴,春风狂吼终日。朝起诵经咒,饭后衣冠虔叩拈香,东厨司命神前暨家祠内一一敬谒。下午凌范甫回去,传说府试初五江正头场。沈吟泉自北舍来,以板串十四户交代,据云色目尚有词说,只好听其出题来相机酌办,不可不留心,总以有下台为是。

初二日(2月24日) 阴,风雨大作,寒甚如冬。上午静坐。下午舟至大港会子屏,以汤小云婿汪少鹤致余信示子屏,信中以不到杭州,附近择地营葬为便。子屏愿送地,在善邑桃庄一带,即日相视,如有安妥地再商葬资,赶办一切。长谈而返,并收到钱芝田朱卷一本,张元之致余贺分一元,费喜翁托寄陈翼亭分一件。

初三日(2月25日) 阴雨,复潮。昨夜风雨颇狂,始闻雷声。今日斋素,饭后衣冠率墀儿在瑞荆堂虔奉香烛,恭拜文昌帝君,虔祝圣诞,以尽微忱。下午略坐定,录陶芑生《无双谱》试帖。

初四日(2月26日) 阴,风狂雨骤。终日春寒,闭门无事,录芑生排律,阅《胡文忠全集》。夜间汇算客岁用款,浮大颇甚。

初伍日(2月27日) 阴。昨夜西风狂似虎,至今日尚未息,寒似严冬。今日贱子五十生辰,上午静坐,虔诵大士神咒,略尽微忱。下午阅时文读卷,故业荒芜久矣,稍一开展,为儿辈论文地步。

初六日(2月28日) 略起晴,仍阴寒。暇录陶芑生《无双谱》,大儿誊真今岁课作两篇,俟再誊一篇,寄子屏改阅。

初七日(2月29日) 晴朗,为二月中第一日。今朝先母沈太孺人忌日,中午致祭,拟诵《弥陀经》廿卷,略申追荐哀思。适沈吟泉来,未及终卷,明日必须补诵。吟泉同中饭,晚间借江南全闱墨去。

初八日(3月1日) 晴,风厉而尖,仍防有变。饭后补诵《阿弥陀经》卷,计二十遍已完,即具草疏回向焚化。先母沈太孺人去世五十年矣,借申乌哺之私,然恐不能壹念诚心,不足以资冥福,奈何!大儿今日文期,府试正场昨日已毕事,未识邱幼谦、吴少松诸君能得意否?下午略展卷坐定。账船今日循例开催,然亦无几。晚由账船从芦墟来,接吴少松信,并试作前列文五篇,暇当细阅,动笔复之。

初九日(3月2日) 阴雨,潮湿。暇录芑生试帖,大儿昨日作文呈阅,尚觉机圆词畅。

初十日(3月3日)　阴,无雨。朝上吉算去年用款,浮大异常,殊难樽节为虑。上午抄录苣生词。下午略阅读卷。

十一日(3月4日)　晴朗,下午北风骤寒。录陶苣生试帖将完。下午沈吟泉来谈,知府试初五头场,昨日江震二场,可称迟迟。晚去,家中粮食今始盖藏毕事,屡丰之望,颇深祷祝。

十二日(3月5日)　阴雨,终日未见开晴。花朝佳节,不免对之增欷,未识今秋丰熟如何,书以志之。苣生试帖今日抄毕,此公隽才,论古有识,即此诗与赋亦足以传后。吾辈无一艺胜长,徒饱食虚度,思及之,万难自信,负负何言哉!终日静坐。

十三日(3月6日)　北风尖厉如刀,严寒甚于去冬,为今春第一冷信。饭后至孙蓉卿馆中畅谈,暇则评阅吴少松县试一正四复文,俱极功深养到,今科院试必赋采芹,心甚喜而望之。

十四日(3月7日)　略晴而阴寒颇甚。上午子屏侄来,知日上为汤小云翁择葬地,在陶庄近地,一名大陶圩,一名小庄圩,皆可用。已自绘图,拟二十日同至梨川,请教沈岭翁定夺,再与其婿汪、陈二公谈定,然后择日动手赶办。因畅谈终日,携姚丈春翁全集而去。

十五日(3月8日)　阴晴参半,冷甚。下午微雪,作札覆吴少松,待寄。

十六日(3月9日)　雨,昨夜有霰,终日淋滴不止,寒较昨日稍减。今朝是奎儿亡日,屈指离怀抱不见者已七年矣,中午祀之,命虎孙拜跪,以冀忆其音容,他日必当命㷸儿为之立后也,思之凄然。暇阅《苣生赋稿》。

十七日(3月10日)　阴晴参半,东北风颇狂,仍寒。终日无事,阅苣生赋,真前生慧业独修。晚间吟泉来谈,知明日要入城,以冬米折腰数赠朱稚苹家,即托吟泉转交。

十八日(3月11日)　阴晴不定,寒冷如故。今日大孙女谢痘花,中午酬敬种痘先生曹春山,颇喜状元安平,与之谈论半日,下午席散始去,甚有醉意。今日始知江震府试正场题"举于版筑之间,胶鬲",正下一截,学宪有先考太属,十五取齐之说。

十九日(3月12日)　晴而不朗,春风扇和,暖气如云,而潮湿异常,处处础润。朝上略作佛课,暇阅苣生律赋一遍初毕,尚要重读。下午又雨,不止。

二十日(3月13日)　朝上雨雨风风不已,因懒出门,饭后作一条致子屏,约廿六日同赴梨川。舟至大港,知子屏已于十八日到梨,在镇候余,未免两歧,然明后日余均未暇,拟廿四日相叙,恐彼悬望又返矣,思之,不胜跋涉,然亦只好姑待,知日上已为汤小翁作墓表,先睹为快。下午豁然开朗,可望老晴,明日拟即往梨里,以符前日所订,且可赶办小翁葬事。

廿一日(3月14日)　朝晴,饭后东北风,一帆到梨,颇早,即至虎泾衢顾寓,子屏出见,同至周赐福间壁会小云之婿陈乔生,并以葬地图相示,相约即日择期,以汤、陈两家八字选吉,能得月初动工最好,因汪、陈二公均出门效劳,不能久待。回至沈雨春处谈天,《缙绅录》缴还,恰好岭梅亦来,商小云葬地,亦以小陶圩为佳。谈及北上诸公,轮船浙江诸君大遭冰劫,京城正月戒严,现在勤王之师四至,捻逆已退入深州,官兵连得胜仗,似可安堵,计偕者折回颇多,此说以子虚为幸。雨忽淋漓不止,至暮始返敬承堂,与陆九芝同夜粥,畅谈医事,一鼓就寝,宿于舟中。

廿二日(3月15日)　复雨,阴冷。朝起与衣店内费玉翁邻友面叙茗谈,均费扰之,其侄锦山、静山皆以勤业自立,尚可小康。回至敬承,复与陆九翁谈,晤应甫、毓之两内弟,知幼谦正场第二,二复第三,颇有夺元之望,然司勋之嗜好太浓,余之所虑者,不在考试之难出人头地,而在精神浪掷,身子恐易不适,将如之何,不胜太息久之。子屏来,同舟回港,俟芸夫子葬期择定,再到梨商办一切。吉卿、步青亦匆匆叙过,到港上子屏处略坐,到家傍晚。

廿三日(3月16日)　阴寒。饭后至芦墟,是日潘箬坡先生开吊,昔年属叨教诲,必须亲奠。至则晤许竹溪世叔、陶氏昆季,知吴少松二复第二,大有夺元之望。沈宝文同席,即以办小云先生葬事告之。回至吴又江店内定灰,与顾念先诸公茗叙,并扰渠小酌。袁问樵、稚松来,长谈而返,到家下午。

廿四日(3月17日) 阴,寒冷异常,难望起晴,下午又雨。子珪圩高祖君彩公坟上荆棘荒芜,命现佃陈元龙之侄德春及催甲姚茂荣剪棘、挑泥、培固,计共包工四千五百文,先付二千五百,馀二千祭扫日给付,其费不派公账,余处发愿修理,聊尽木本水源之谊。天下事派钱最难也,书示墀儿知之。终日静坐。

廿五日(3月18日) 忽得晴朗,渐卜老晴,可免春阴。中午致祭,曾祖母黄太宜人忌日。夜至萃和,苇卿侄续娶,今日纳币梨川汝氏,乙溪兄招饮陪媒,设两席酌之。始知邱幼谦三覆上第一,其才甚为可爱。

廿六日(3月19日) 晴,东北风复狂吼,下午略有变意。上午录试帖诗,理制题一门,以备大儿学步讽诵。适沈宝文来谈,以白玉钩蟠龙式样面致作贺仪,情挚难却,受领之,并以小云先生葬事相商,承许帮费四千,其钱日上不凑手,过清明缴,余姑允之。留酌之,长谈,下午始返。

廿七日(3月20日) 阴晴,潮湿异常,下午雷电,大雨淋漓。午后同两知数至北庠,为"禽"字圩乙佰七十八丘乙亩八分小祭田被佃户马振林挑基造屋侵地二分,特传圩甲、佃户经绳正界,其基侵占的有四至可认,不得不与理论,约明日进来议罚调换,姑将计就计酌办,实则佃户乡愚无知,不识时务所为,若遇好事业主,则佃户被累不浅矣。与诸乡人茗叙久之,冒雨归家。

廿八日(3月21日) 半晴,昨日交春分节。饭后元音侄同马振林暨中间人进来,至友庆讲谈,许以所造屋基连田一△八分兑售于彼,先将新旧租米算清,田价再议,尚无端倪。友庆留中饭,约明日进来再商办,略以题目出于元音。范甫到馆,知二复后略有个适而述,吴少松亦抱病未终场,目前颇为小挫。末复廿四,廿九正案,幼谦未识若何,能得夺元为要。院试闻先考松,有四月初十取齐之说。

廿九日(3月22日)　晴,颇寒。上午阅《胡文忠公本传年谱》。下午为马姓田事租米算讫,田价已开,居间者毫无主张,薄暮而返,约明后日进来再谈。公彩公墓今日动工挑泥,荆棘已剪除净尽。

卅日(3月23日)　阴寒。上午阅《胡文忠公全集》年谱。下午马佃居间人进来讲田价,至黄昏始落肩,立契论中金,颇费辞说,至夜半始蒇事回去。此番既成人之美,又得越价,可称惬心贵当。取之有方,而彼出钱不怨也。友庆处回来,就寝已三鼓矣。

三　月

三月初一日(3月24日)　阴,微雨即止,终日寒冷。吟泉来长谈,晚去。饭后衣冠向东厨司命神前、家祠内拈香叩拜,下午元音偕率马振林进来,余即以小祭公产新单,"禽"字圩上田一△七分百七十八丘之田兑绝与之,此事从此了吉矣。终日碌碌,不能坐定。

初二日(3月25日)　又阴,难望起晴,今岁雨水未免太多。终日无事,为大儿录理制题试帖,闲观近人时艺。

初三日(3月26日)　阴晴参半,踏青佳节,尚嫌寒冷。俗有"今日不雨,可免水患"之谚,能得即日起晴为妙。终日闲坐,观凌范甫文,心思笔力均极超超,洵渠家千里驹也,可畏之至。

初四日(3月27日)　晴,渐有起色。饭后凌范甫至金泽就医,下午薇人来谈,知子屏赴梨未还,适钱芸山持正案来,沈文煜第一,邱师潘仍第二。在幼谦,仍以不能夺元少兴,然院试必进,暂屈卢后,甚无妨也。以学宪观风题并卷催做,约初十日薇人到江认武保缴卷。范甫回来,知松江初十取齐,苏属取齐文书尚未到府,薇人、吟泉均晚去。

初五日(3月28日)　晴朗,风狂而尖。书房内代庖做观风题。上午余鲁青九丈衣冠来贺,并惠《左忠毅光斗忠贞懋第全集》,左青持所刻者作贺礼,祗领之。絮谈良久,欲留便饭,坚辞,茶话而去,褒甚也。下午录近人试帖数首,为儿辈观摩。

初六日(3月29日)　晴朗可喜。上午无事,《胡文忠公全集》第一册阅毕,略将《左忠贞公全集》翻阅,知宏光时奉使入燕,议和不屈死者,其人当与文信国并传,暇当细阅一遍。范甫呈示昨日代庖文,笔力、词气俱出人头地,此子岂池中物耶!甚艳羡渠家生此玉树。

初七日(3月30日)　晴朗。饭后阅《左忠贞公奏议》。下午墀儿至大港,以文交薇人,晚还,观风题颇能斟酌尽善。子屏在梨未返,小云先生葬期仍未知悉,能得预为部叙为妙。

初八日(3月31日)　阴,下午复雨,未卜长晴,颇为扫墓时所不便。饭后至龙泾,陈翼亭祖母太夫人治丧吊奠。渠家颇排场,宾客盈堂,晤陆补山、董梅村、张伯木。饭毕,略坐开船,至"角"字看高祖君彩公坟上挑泥,始知昨日有醉汉杨鉴明在坟头滋扰,即诉知圩甲朱祥生呵责之,其人即来伏罪,姑恕之。观其人,是少年无聊者,村人议罚钱一千,余含和应之而已。此乡风俗夙有阻挠恶薄名,然是人实愚而无知者也,在坟上命挑泥者剪除恶木而还。归家雨甚,知坟工明日尚难挑竣,安得即日开晴,以了斯愿。

初九日(4月1日)　又阴,微雨。上午录陶苣生诗,适子屏侄来,知小云先生葬期岭公择定,是月十八日卯刻开金井,申刻登基,其两婿处已知照,约定十七日风雨无阻,提材舟至坟头,余与子屏亦订定十七日同到彼处督办。泥作包工已谈定,搭厂一应事尚须即日部叙,但卜天晴,诸事尚属舒齐。作小云先生墓表文,阅之,亦极洁净明要。大儿文阅就三篇,改一篇,观风卷誊好,即托转交薇人,畅谈终日而返。夜雨绵绵,明日扫墓虑有碍。是日接李辛垞二月廿七日所发信,始知邱幼谦试还抱恙,颇有虚夹邪之势,幸陆九芝一手医药处方,可渐有瘳。此事余早知其难免,然小惩大诫,尚庆无妨。

初十日(4月2日)　又雨。终日泥滑滑,未能行动,欲至西房南玲祭扫,竟尔中止,且俟明日举行。日上为大儿录试帖中理制夹写数学等题二十馀首,今始录竣。夜间清节祀先,余主祭祠堂内已祧之祖,厅上祭高曾祖父,墀儿襄事,祭毕,饮散福酒,余大有醉意。

十一日(4月3日)　晴朗可喜,风雨稍狂厉。饭后余处备舟当年,至西房圩曾祖杏传公、南玲圩先祖逊村公、先考妣暨先兄坟上扫奠,乙大兄以齿痛,充之四侄以近恙,俱不往。同去者介庵大从侄、莆卿二从侄、羹二房五、六、七诸从侄及余与墀儿,拜奠毕,瞻望补种之柏树,尚茂顺可观,徘徊久之而返。中午乙大兄、四侄不来,与同往祭扫。诸侄饮散福酒,叙于养树堂,各尽欢而散。下午命墀儿至北玲,祭奠其弟应奎,余则饮酒微醉,不觉玉山颓矣。

十二日(4月4日)　清明节。晴朗无比,近年希睹。今岁老五房大当祭,轮值充之四侄,命渠安设飨菜四席,另舟先往,余与介庵、莆卿、小大侄孙、应墀同舟至北舍中木桥始迁祖春江、怡禅公坟上祭扫,诸兄弟、侄、侄孙、曾孙辈均至,有议及挑泥种树,族中有力者公办,余甚是之。长浜里敬湖公墓上,余出资挑泥,梦书督办。东木桥心园公坟亦余出资挑泥,元音侄督办。均能培固,而元音所办尤笃实。祭奠毕,至高祖"角"字子珪圩墓上祭扫,所唤本地人挑筑,工始完,尚未修顶,命再培泥数畚以竣之。祭拜者少长以次,略以粽食给挑泥人而还。是日咸叙友庆堂,共十席,会宴者六十馀人,可称繁衍。大榕四兄首席,乙溪兄次之,余与竹淇弟又次之,饮散福酒,尽欢而散。余与北舍、大义诸侄商,探知春江坟旁地,在大港上成陶侄办粮者,有豪强欲兼并,何弗及其既发,吾族出资公得之,以备他日扩充计,诸侄均以为然,约即日议定复余。桂轩侄以双款堂画作贺礼送余,茂甫侄办两代葬事,有所商,如愿应之,以报先四从伯双南公之德。与子屏诸侄畅谈,渠还港上已薄暮矣。

十三日(4月5日)　晴朗,渐暖。饭后沈吟泉来谈,关照一节,当布置以了吉之,匆匆即回去,暇作札复李辛垞,待寄。下午接谨二兄信,草覆之。录子屏作汤小云墓表,其事实前后有倒置处,然改正今法颇难,当与之商。

十四日(4月6日)　晴暖,春意益然,裘衣可卸。饭后舟至吴又江处定砖货瓦,照知葬事日期,一应货料十七日送到大陶圩坟头。至公盛,与吉生、陆二兄茗饮而还,到家中午。适孙秋翁来谈,即与同饭,畅叙,至晚携辛垱所送《胡文忠公全集》去,约端午再叙。接子屏信,知搭厂茂甫定去,恰好一举两得,并托到梨陈翘生处再须坚定十七日枢船必须要到坟头,可称周密。

十五日(4月7日) 晴。上午至北舍,约诸侄各房派数,下午至大港成陶处成交。余午后即至子屏处商议一切,同至春晖堂谨庭床前,唤成陶及五、七两侄,谕以急办葬事,故建此议,俱听命。少顷,梦书、葵卿、元音三侄皆来,北舍之数略已派定,即命薇人执笔,立合族议据,以上禽圩成陶管业地一分一厘三毛兑绝于老五房,作为春江公坟旁祭产,其兑价八十四千,非办云湄两世葬事不得支取。单及据公议存余处,余义不容辞,且以成先大人之志,谨谨执管。事毕归,黄昏后矣,风大作,防雨。

十六日(4月8日) 阴雨终日。饭后至梨敬承堂,晤应甫,知幼谦近恙初痊,尚须调养,登楼与之絮语,并阅试作,渠意似已觉悟,慰甚慰甚。静养至院试前,大可复原,此是进机也。复至陈翘生处,欣知其外父小云翁暨配王孺人两枢已于十四日送至大陶圩坟田暂权停,甚见赶事勤敏,天良不昧。还,饭于敬承,与九芝、应甫同席,复与幼谦谈论,珍重而返,雨春处洋表已借来。风雨归舟,到家薄暮,部叙办葬必须之件,颇零杂。明日已与子屏约,同舟至坟头照管。

十七日(4月9日) 晴朗。饭后舟至大港载子屏同行。舟中阅所改墓表,尽善美矣。过分湖,平如掌,午前到坟头,地名大陶圩新浜。搭厂上砖瓦灰沙,颇觉舒徐。子屏之佃户袁家埭人袁莲卿,士族而务农,年少恰醇朴,其催子萧家圩人萧九信甫则滑而狡者。夜宿舟中,热极。

十八日(4月10日) 晴朗,终日大风。卯刻破土,唤泥作开金井,至未刻底已做好,小云之婿陈翘生夫妇同来,享菜一席,穿葬服,颇能尽礼,其长婿汪某竟不到,非人类可数。应墀上午另舟从家中来,至申刻沈岭梅翁自陶庄特来准向,立甲山庚向,准时提两枢登基,汇葬者余与子屏、墀儿、岭翁暨其婿陈子翘生而已。晚间翘生即以享菜款客,设席厂中,于礼颇周到。诸事毕,与岭公舟中复絮语而始分舟,将近一鼓熟眠,则风雨大作矣。

十九日(4月11日)　上午晴热。朝上动手砌墙身,饭后命少云侄孙督工,余与子屏至陶庄茗饮。下午雷电风雨大作,厂陋,雨如漏下,不能兴作,踏灰一皮即停工。夜间骤寒。

二十日(4月12日)　晴朗终日。上午茂甫来,补葺厂漏,尚属周到。午后岭梅来招陶庄茗叙,徜徉久之。还步田间,知此地浜曲周密,萦绕有情,岭公所言,多成格局,真不虚也。泥作打工极顶真。夜与子屏絮语舟中,眠已一鼓矣。

廿一日(4月13日)　朝雨即止,夜又雨,坟工已可打平墙身。与子屏闲步对面顾家坟间壁,有田二泾,据云曹家田村人承种,形势极佳,然不易购。复趁岭公船至陶庄茗叙,观村人赛会,炉头小饮而还。晤金少眉,本地人,芦墟文会旧友,见几不相识,大谈试事,并知嘉府新举复试信息。

廿二日(4月14日)　晴朗终日。是日坟工打顶,明日可告成。家中舟来,诸事托子屏圆满照应,余先归,同子屏复至陶庄茗饮后始开船,到家中午,知姨表兄沈白眉暨凌应舟俱来过。下午至乙溪处,以公张议单示之。碌碌终日,夜早眠,熟睡矣。

廿三日(4月15日)　晴朗。上午阅《左忠毅公集》。下午至芦算灰瓦砖账讫。与袁述甫茗叙,看渠心境不甚佳。回来,少云侄孙坟头督工之船亦返,小云先生葬事今午竣工,子屏交登一应账目,诸事均渠出力,可欣可钦之至!薇人自江保武童还,始知会试题"畏大人、畏圣人之言""君子未有不如此"二句,"其尊德东道"三句(有误:"以余观于夫子,贤于尧、舜远矣"),诗则记不清楚。学宪案临决计初五,约渠初二日到溪。接吴少松信,知近体康健,可喜,十三日已到馆,太属题目开载明白之至。

廿四日(**4 月 16 日**) 晴朗,渐热。饭后结算小云先生葬事一切账目。上午沈吟泉、省三侄孙来,留之中饭,省三即去,吟泉絮谈,晚返。应磬七侄文定杨墅金月樵之孙女,龚二嫂招陪冰人夜饮,共两席。

廿五日(**4 月 17 日**) 晴闷,潮湿,大有夏令,将雨象。终日静坐,阅《左忠毅公奏稿》。

廿六日(**4 月 18 日**) 晴,热甚,下午阵雨。午后凌海艿来,蒙以诗集、分致贺,殊不敢当。一茶絮语,知凌丽生二月十五自天津发信,始悉京中尚安堵,海中风雨交作,幸各平安无恙。坚留之夜饭,不肯,即去。雷阵大作,褒甚并歉甚。

廿七日(**4 月 19 日**) 晴朗,不热。饭后沈果斋二表兄来,吟泉陪之,耳重听,与之语极吃力,养树堂中饭,精神颇健,尚称矍铄,下午回去。成陶侄来,知葬地岭梅相定,在新城圩自田,在面半亩,亦与佃户八千购定,此事大好,可即日动工矣,欣慰久之。果斋以扇属书,极难出手,姑留之到苏,以觅代庖。

廿八日(**4 月 20 日**) 阴,阵雨交作,潮湿异常。茂甫侄来,取帮葬资即去。今日大嫂处延泗洲寺禅堂僧拨云等九位作佛事,因六十自寿散经拜忏荐祖,此事在女身,若视为必有之说,姑循俗应之。终日指挥,亦颇栗碌。

廿九日(**4 月 21 日**) 晴,不甚朗。大嫂处礼忏第二日。饭后舟至钟珥珣浜兜送双南先四伯菊畦从弟安葬,其地有浜有兜,坐空向实,立癸丁向,亦岭梅所定,甚称吉壤。午刻登基后即至港上,陪客中饭,设两席,颇丰。下午至谨庭处,约定明日同薇人至北厍,取齐田价即办云湄两世葬事,子屏有外家助葬事不能办,言定竹淇经手办理,此中颇费辞说。调停毕始回家,知今日杨梦花来祝大嫂寿,甚有礼也。墀儿文四篇面交子屏速阅。

卅日(**4 月 22 日**) 晴朗,颇热,雨微下,午后晴明。是日天赦,大嫂作佛事第三日,大悲忏圆满,姑从妇女之见,散经化船。夜间斋僧,余处略备寿礼贺大嫂。诸事纷纷,黄昏后始完竣,与范甫谈天。

四 月

四月初一日(4月23日) 晴,燥热而潮,石础含润如水。朝起静坐,饭后率墀儿衣冠拈香,拜叩东厨司命神前暨家祠内。岁试初五取齐,拟初三日上去,特此告谒。上午虔诵经咒。下午至大港,以成陶田价余三房之数一并缴讫,此事从此可释肩矣,慰甚。

初二日(4月24日) 晴,热甚,恰合夏令。上午阅《左忠毅公集》。下午收拾行李并寓中应带之件,颇繁琐。晚间薇人侄来,宿在舟中,余与应墀拟明日清晨登舟吉行。

初三日(4月25日) 晴热,炎暑薰蒸。朝上率大儿登舟,顺风,平稳如掌,午后已进葑门,泊舟燕支桥,至西街定寓卢宅,薇人府试时旧寓也。谈定房金四洋,坐起公用,今日房间尚未收拾,夜间扑被西边房中。茗饮徜徉,饭于船上,至夜卧于暂寓,颇觉闷热不安寐。

初四日(4月26日) 晴热更甚。上午元妙观前闲步。午后将行李位置东边所租之寓,三榻外下人两榻,尚舒徐。至试院内观上房,陈设已备,学宪起马牌已到矣。夜间阵雨,三鼓后渐觉寒冷。

初五日(4月27日) 阴,微雨。上午在寓。下午至临顿路,以朱卷属毛镒亭重印。回至试院前探听,知学宪已到马头,明日进院案临,余则不能久待,黄昏时风雨略定,即回舟中高卧。

初六日(4月28日) 阴晴参半。清晨即解维出城,东北风不狂,缓行。下午到家,知大嫂旧恙复发,今日延羽士禳星礼拜,昨夜祷献,诸事无人主持,颇费踌躇,能得早愈为妙。

初七日(4月29日) 阴,无雨。上午略静坐。午后延金泽唐淇园为大嫂诊脉处方,以安神、补气、降火为主,用高丽、肉桂,未识对诊否,姑试之,以冀后效。淇园现考一等十三名,颇悉童学宪考政外严而内宽,惟经题稍生尔,一茶而去。

初八日(4月30日) 晴朗无纤云。大嫂昨夜未服药而安眠,欣幸旧恙可不大发,日臻平复矣。凌耕云侄婿来送贺礼,权受之。暇则录清昨岁场作,以存鸿爪,实不堪为外人道,谨藏拙。

初九日(5月1日) 晴朗。终日在萃和应酬,茝卿二侄明日吉期,部叙一切,夜间请邻。

初十日(5月2日) 晴,夜雨颇骤,幸即止。朝起即至萃和道一溪兄喜,饭后新亲送妆来,中午鼓吹,款媒六席,亲朋来贺,均留之。下午发迎船开,与朱锦甫长谈。夜间一鼓后,余还就寝,知亲迎船归在亥子之间。

十乙日(5月3日) 晴,颇冷。是日朝上祭先,中午新亲暨凌氏均来望朝,共设五席宴客,亲友公分送玉成小堂名一班贺主人。夜间又宴会,正在弦管喧阗,共聆雅奏,而岳山婿乡大肆口角,甚为败兴。此事两有嫌隙,特借题发挥,骏者适堕其彀中耳,可叹可叹!诸事毕已夜半,还来熟睡矣。

十二日(5月4日) 晴冷。饭后徐砚生、铸生衣冠来贺并致分,谢领之。丽江甥来谈,知午后要归去,所托之事约上半年了吉回复。新举人覆试题"修己以敬",闻黄芑生一等第一。迟唐淇园不至。

十三日(5月5日) 晴朗清和。是日未刻立夏,约计岁试今日二场生正场,此时午后正文战酣畅时也。闱中原本三篇今始录就,下午以高粱酒应时自酌,适唐淇园来,为大嫂处方毕,复小酌叙谈。接何藏翁信,为刻稿鸠资,分四十股,每股五元,暇当复之。

十四日(5月6日) 晴朗。上午沈吟泉来谈,即去。暇录闱中二场经文,并部叙到苏一应要办物件。

十五日(5月7日) 晴,风稍狂。上午略静坐。下午蔡氏二妹来絮谈。接墀儿十二日灯前所发信,知江震、常昭、昆新于十二日岁试,题"仲弓为季氏宰,问政"一句,经题"其敬心感者"至"以廉",诗"烟渚云帆处处通",得"通"字。头场案已出,凌荫周、朱杏生均一等。诗古生取沈步青、范咏山、李怀川。新进江正昨日正场,生今日统覆试,余明日要上去,大约试事已舒齐矣。拟清晨发棹。

十六日(5月8日) 晴朗。清晨登舟,恰好顺帆,饭后同川小泊,叶韶卿上岸,约十四日去载。午后到苏,至学院前,知今日长元吴新进正场,放头牌,题"宾不顾矣,入公门","不履阈,过位","似不足者,摄齐"。头场江正题"吾与回言终日,不违",正"如愚。退"。大儿暨薇人均一等招复,墀儿第三,薇人十二,第一则李我泉,余丽生第四,沈步青第五。昨日覆试题"求,尔何如"两节,恰极舒齐,相与共观出案。稠人拥挤,墀儿钞各相好坐号详阅,欣知邱幼谦、沈咏楼、费柳桥、吴少松、夏仿仙、顾希鼎均获售。晚间始见全案,江连广额卅四名,正连两科廿八名,吾乡进者三人,镇上惟黄子木而已。晚宿寓中,絮谈考政,知学宪性极宽和,绛泽徐小舟(希溪),名浩,册报七十九岁,薇人所保,亦得获售,甚为瑞事。

十七日(5月9日) 晴热,下午微雨。饭后徜徉考棚前,至邱幼谦寓中道喜,与汝苕翁谈及赘事,知学师袁公所望甚奢。朱稚苹昨日来谈,今趁余舟还江。

十八日(5月10日) 阴晴参半。日将午,头场新进始进院覆试,邱、黄、顾三家赘仪独阔,言之令人不平。晚间放牌,题"有德者必有言"二句,经"风雨凄凄"二句,诗忘记("共登青云梯")。吴长元二场新进今日出案,刘雪园之三郎号培之已进元和学。

十九日(5月11日) 晴热甚,已似仲夏节。周阆圃馆在燕支桥张氏,以朱卷送之,絮谈片刻。李辛垞来寓。

二十日(5月12日) 晴热,潮湿。三县新进今日覆试,昆新同场,封门几将过午,学宪照拂学师至矣。今日始确得会榜信,元蔡以瑞,德清人。吴县共中七人,皆知名士,吴清卿等与焉。常熟一名赵霖,江则张元之联捷,中五十五名。秀水陶子方亦联捷,乙佰卅名,甚为吾党生色。

廿一日(5月13日) 阴,下午大雨。今日本武外场,因雨改内场步箭。渐冷。

廿二日(5月14日) 又阴。外场又改内场步箭。在寓静养,泥滑滑不能行。

廿三日(5月15日) 晴。武岁考内场,余由观前过都亭桥,至阊门大街略买物件,瓶罄而返,腰脚俱疲矣。

廿四日(5月16日) 阴晴参半。是日出武童案,乙溪兄、沈吟泉到寓长谈,晚间一等正案已出,墀儿第五,沈步青第三,王仲诒第二,李怀川仍第一。大儿名上尚有四缺,不肯尽出贡,补缺一事恐成画饼。

廿五日(5月17日) 晴热。是日总覆新进并覆武童,学宪于临点不到者扣二名,及赘仪落肩,满遂廪保老师之欲,求请开补,即复之,可谓和平圆通极矣。家中舟来,朱稚翁自江趁船到苏。

廿六日(5月18日) 晴朗。是日奖赏二等,仍免到候。午前鼓吹开门,先生,后新进,墀儿覆卷评语颇华。余至堂上纵观久之,诸生行三揖礼,参见礼毕,鼓吹送出。下午命大儿至观前都亭桥杂办家中物件,夜间收拾部叙,明日吉行返棹。

廿七日(5月19日) 晴。早起将行李运至船中,即率墀儿、薇人登舟,饭于舟中。下午到家,知大嫂渐庆平安,可慰之至。薇人即送回去。

廿八日(5月20日) 晴热。食昨所买鲥鱼,尚未变味。会置行李并总吉考账,大儿算核之,颇形栗六。

廿九日(5月21日) 晴热。上午作札致子屏,以托办考篮、痧药、诗笺、鸡帚并郑理卿寄渠信一通,《海国图识》廿四本寄去。下午子屏同张竹娱、元之侄、葵卿来,为元之礼闱报捷后京中所需,沈涤生已为部叙,家中略有所商,勉应之而去。

闰四月

闰四月初一日(5月22日) 晴热。饭后率墀儿衣冠东厨司命神前、家祠内拈香虔叩。下午子屏来谈,论及考事,升沉无定,相与感喟久之。答理卿一札,颇有见道语。

初二日(5月23日)　晴热,晚间阵雨,大风雷电,稍觉清凉。沈吟泉上午来谈。下午始将出门后一应账目登清,胸中为之一快。

初三日(5月24日)　阴,北风,雨颇骤寒。饭后舟至芦墟,到局会顾色目,截串一事,其情可恶,而语言婉甚,彼此搭桥,似断仍连而始出来。至公盛,与吉生对饮,扰之,复与述甫、砚仙、吉生茶饮新开楼,絮语良久而归。到家尚有醉意,不甚适,静坐久之,稍舒泰。

初四日(5月25日)　晴。饭后舟至梨川,登敬承堂,至则幼谦赴盛川,不值,应甫接陪。下午入内厅,见其新郎君甫弥月,头角嵚然,决是读书种子,欣喜异常。顾莲溪来谈,蒙其尊翁以扇两握贺赠。同至步青馆中,吉甫、芸舫出见,大儿试作面呈之,步青亦以试作文赋两首寄示大儿,长谈至晚回。夜与九芝畅谈,渠高足胡蔚宾郎子渔今日到馆,同在座,恂恂好学士也。一鼓就寝,与九芝联榻。

初五日(5月26日)　朝雨晚晴。饭后至吉卿处絮谈,芸舫来答,墀儿文已评阅发还,借张香涛朱卷一本,以全金扇求书。午后幼谦仍未还家,余因返棹,到家未晚。

初六日(5月27日)　晴朗。上午细读张探花朱卷,三场十四艺,博古之才,世恐无匹。接黄森甫信,以子木试草求改,日上必须作札辞之。阅原本,清机徐引,的是有造之才。

初七日(5月28日)　晴朗。上午舟至龙泾候陈翼亭,至则出见,出,知近体渐愈,约五月初十日屈渠到溪伴读,彼处自舟来,言定铺陈自带。蒙固留中饭,扰之,两人小酌,颇适意。下午归家,朱稚苹表嫂已自苏来,知状元洪钧大约已确。暇答黄森甫札,试艺加评缴还,动笔则万不敢胜其任。

初八日(5月29日)　晴朗。终日无事,录张之洞朱卷一篇,暇阅宋诗。

初九日(5月30日)　晴朗。上午略晒书籍,录张香涛文一篇。下午郑理卿自梨川来,畅谈时事,知状头的系洪钧,是铭之之子;探花王,湖南;榜眼王文瑞,山西人;传胪许杭州,馀尚未知。夜谈良久,宿在书楼上。

初十日(5月31日)　晴朗。上午沈吟泉来,遂留与理卿同中饭。下午与理卿闲谈,以余所笺东坡词示之。夜间大儿与理卿谈兴颇浓,余倦,早眠。

十一日(6月1日)　晴,略有风。饭后送理卿回梨,约幼谦芹樽时再叙。客去无事,录张之洞朱卷一篇。春花账今日始开,菜子颇有年,豆则丰歉随地,不能大熟。

十二日(6月2日)　晴。饭后录张之洞朱卷一篇。下午凌耕云来,知会试诸君即日回南,叶绥卿荐卷,凌荔生、陆来仙堂备,可惜之至。即同孙蓉卿陪至萃和堂备礼,阳修旧好,一茶而去。余不过备员,下台而已。与蓉卿细谈此事本末,深畏涉世周旋之难,而干事之不易。晚间吴少松家来报喜单,厚犒之,若两房,则薄如秋雪,余所不取。

十三日(6月3日)　晴,风燥。饭后录张之洞文一篇,暇阅苏诗。

十四日(6月4日)　晴朗。上午略静坐,下午邱幼谦家来报喜单,并接渠信,作片复之,学书、舟人馆菜各一席酌之,犒之而去。碌碌终日。

十五日(6月5日)　晴朗,风燥。张探花文今日录毕,经文、策问拟亦全录,特苦作字顽劣,不能多写。下午闲坐,心猿意马,毫无定向,皆由懒惰不肯用一定功夫所致,奈何自策殊乏坚志?

十六日(6月6日)　晴,稍热。饭后录张之洞经艺。闲步田间,观工人插青,良苗怀新,深望有年。下午沈吟泉来谈,至晚而去。

十七日(6月7日)　晴,下午阵雨即止。上午录张之洞经义一篇。下午阅《陈康祺墨选仅见》第一册,适账房有事,辍读,甚为败兴。

十八日(6月8日)　晴,下午又阵雨。阅《新墨仅见》,暇与大儿论文,须知风尚不可不讲究。

十九日(6月9日)　阴，下午阵雨酾澍，恰无风雨，晚间蛙吹两部，正得田家乐景。遣妪至莘塔，知凌丽生尚未出京，大约捐官之兴方浓。范甫亦初十到馆，张香涛经艺录就两首矣。

二十日(6月10日)　晴阴参半。饭后舟至梨川敬承堂，幼谦、应甫出见，知报事尚未完竣。芹樽已择定廿四日开贺，前说一事已成画饼，几等儿戏，亦可以见世情之薄，而张罗之不易。中午与陆九芝同席，以其令郎凤石岁试一等一名诸作见示，真及时新样妆也。芸舫来，略谈即去，知日上有信致余，要借《汉书》《江震人物续志》。知吴望云已留馆，一等廿四名，题"询于刍荛"赋，"以先民有言"二句为韵，诗时令杜句。下午舟回，晚至大港登岸，子屏小恙初愈，尚未复原，到家傍晚。

廿一日(6月11日)　朝上风雨大作，晚略晴。暇阅彭氏所刻朱子《小学》，颇有所得，吾辈当以此书日置案头讽诵，庶为人道理不致大相背谬。晚间大雨即止，潮甚。

廿二日(6月12日)　晴，渐热，潮湿之至，已是热梅天气。上午将书厨命工撤开洗净，知其下有白蚁穴，幸除其类，可不蔓衍，然所损书籍污亵不堪，甚非惜字之理，负疚之甚，以下宜随时检点，故特书自警。终日碌碌，两账船今日吉账，所收寥寥，不见成色。沈吟泉晚来，知嘉属院试周粟香郎已进，闻之颇喜。

廿三日(6月13日)　晴朗。朝上大儿接幼谦舅氏札，要借扑飞、风带、雀顶、金花。明日芹樽，内人饭后先往梨，余与墀儿拟明日去贺喜。下午吟泉来谈，晚去。夜间略端整芹仪、铃仪双喜贺礼。

廿四日(6月14日)　晴，朝上颇寒。朝上率大儿至梨，一帆风，不及两许已到，登敬承堂，排场颇阔，灯彩点缀，甚见文雅。道幼谦喜，叔丈省翁托以足疾不出见，九叔、岳母处同去道贺。少顷，贺客纷至，子屏亦来，即陪王巽翁朝饭，不相见者已十年，渠则精神极佳，五十之年，老亲在堂，子侄辈科甲鹊起，孙二，已读书，真人生之荣福也，何修得此！其来有自，愿各努力。中午玉成雅奏，款客请师，设独席者三,一贝润翁;二黄吟翁;三吴少翁。共十一席,敬承堂则设七席,余陪贝润翁。凌磬生亦来同席,始知丽生荐中,五日复弃去,可惜之至,日上已回家,甚不得意。张元之得主事,陶子方得翰林,均已确实。吴县五人翰林,冯与张则主事知县。席散已晚,极热。夜间六席,饮弥月酒,诸客拇战,兴致甚佳,余则热不能饮,菜虽佳而腹不能容,清谈顾曲而已。席散阵起,风雨大作,复听弦管小曲,至二鼓始毕事,与陆九芝翁连榻,终夜雷雨。

廿五日(6月15日) 复雨。晚起,与九芝谈天,饭后黄吟翁来与谈,为报事所嬲,甚不能畅。上午雨稍止,开霁,家中船来,下午归家,大儿、内人尚留,约廿八日还家。

廿六日(6月16日) 晴,已渐开霁。饭后命小僮拂拭堂上燕泥,耳目一新。录张之洞经文半篇,传说此公在湖南学政任上凌虐士子,奉旨离任严办,可知恃才骄傲,万不能保全。甚矣,才华学问,必须有德量者方能载之,甚为此公惜也。下午又雨,未免雨水太多,即晴为妙。

廿七日(6月17日) 晴朗。饭后舟至芦川,道黄森甫郎子木入学喜,至则雅奏和声,宾朋毕集,与袁氏竹林畅谈嘉府试事,知徐学宪外极严,而内实宽和。少顷,余同陆松华、陈翼亭、叶绶卿诸君至周粟香处,道渠郎君彦臣新入学喜。还至亦有秋阁,复与出都诸君略谈京洛事,知绶卿入都时,轮船中颇受风波雨雪之险。中午主人延客宴饮,共六席,余与陶少琴同席,陆松翁陪饮。席散,复与陶氏、袁氏昆季茗叙客厅,毓仙、稚松均以大儿试作索观,可愧也。述甫以枇杷惠余,憩棠约五月中见过。归家傍晚,夜雨未息。

廿八日(6月18日) 阴,复雨终日,水涨四五寸,须望即止为要。午前内子率墀儿自梨还,因无风,故能安稳。终日碌碌,未干一事.

廿九日(6月19日) 开晴,喜免水来,我吴农其有秋乎?饭后录张之洞经文一首,阅大儿呈示陆凤石赋论杂作时艺,此公已具不凡

才,他日定作玉堂人物,犬儿何敢追步后尘? 不胜可畏! 迟凌荔生约
而不至,盘飧市远,颇为虚掷。下午荔生自梨来,欣然畅叙,蒙以新会
墨直省墨选、诸馆阁名手所书《太上感应篇》、京新式顶见惠,均当奉
领谢之。今科竟以首荐见遗,殊不平,下科定卜飞鸣。夜饮对酌,大
有醺意。知捻逆已被四大帅围剿,未识能聚而歼之否。若都中,则恬
熙如故也。一鼓后就寝书楼,大儿陪之。

五 月

五月初一日(6 月 20 日)　晴。早至厨下盥手,目不能斋,此心
歉然,明日须补。陪丽生早饭,略定今岁书房功课,未识能如约否?
畅谈至下午而返,约秋间再来叙。客去,阅新墨,大致格式一律较乙
丑科风尚又小变。

初二日(6 月 21 日)　晴。是日夏至节,东南风甚佳,可免水患。
饭后衣冠东厨司命神前、祠堂内拈香补叩首。上午虔诵神咒。下午
阅新会墨。适吟泉来谈,晚去。徐小溪为报事来问,一茶即去。

初三日(6 月 22 日)　晴热,潮湿之至。上午诵经咒。中午夏至
节祀先。下午新科会墨加圈阅竟,大约词旨研练,局度端整,兼以荡
飏有神之笔出之,斯为合式,弩张剑拔,断不行矣。书之以示墀儿,实
不可为外人道。

初四日(6 月 23 日)　晴热,仍潮湿。饭后与少云在厅上焚化白
蚁所蛀书,中午毕事,虽于书多割爱,然亦无可如何,只好投以一炬,
以除其害。下午阅新会墨。夜雷雨。

初五日(6 月 24 日)　阴,无雨。上午阅新会墨第二遍。中午端
节祀先毕,以黄鱼下酒,略应佳节,微有醺意。下午阅宋人诗半卷。

初六日(6 月 25 日)　阴晴参半,潮湿稍减。饭后墀儿至莘塔外
家盘桓,约初八去载。暇录张之洞经文半篇,阅新会墨之尤佳者,动
笔圈识之。日上心猿意马,于文字了无所得,不解何故。

初七日(6 月 26 日)　阴雨,略寒,风稍狂。上午录张之洞经义。

下午阅直省新选墨萃,大约河南、湖南、四川、山西均多博大昌明之作,福建、江西次之,广东、广西亦甚佳,顺天少出色之作,江南、浙江不在论列之中。浙江出人头地者多,江南亦足制胜,湖北亦不甚警策。

初八日(**6月27日**)　又阴雨,颇寒,下午始开霁。终日无事,阅各省乡墨,不能动目,辍卷。适沈吟泉处乞得石菖蒲,以宜兴瓦盆叠石子种之,借作消遣法。

初九日(**6月28日**)　复阴雨。饭后录张之洞经艺,直省乡墨看完河南、四川、山西三省。下午大儿自莘塔回,知凌范甫略抱小恙,明日未能即到馆。陈翼亭处当作片,遣舟载之。

初十日(**6月29日**)　风雨终日,阴晦。饭后录张之洞经义半篇。午前朱稚苹内表兄自江城来,恰好陈翼亭亦到馆,即在养树堂同席酌之,翼亭不饮,余与稚苹对酌颇酣。下午陪稚苹至来秀桥道沈咏楼喜,吟泉竹林出见,一茶而返。夜间与稚苹谈庚申年陷贼时及脱逃流离光景,惊心动魄,我辈幸免,当无忘在莒日也。更馀就寝,书楼上与翼亭联榻。

十一日(**6月30日**)　风雨渐息,可望开晴。余起来时,稚苹已早起,在书房内徜徉,谈及官场,语可解颐。饭后稚苹回去,云要到敬承堂贺幼谦入泮喜。客去,颇闲,阅近墨及《左忠毅公集》。

十二日(**7月1日**)　晴朗。上午子屏来谈,知近体渐复原,以今岁所作古文见示,畅论一切。午饭于书房内,适顾吉生来,同席小饮。是日媳妇率虎孙、女孙回来,知凌范甫抱恙未瘥,到馆尚须缓日。子屏晚去,以康刻《古文辞类纂》全部告借。

十三日(**7月2日**)　晴。上午照应出冬。下午与顾兰州对租账,未毕,适薇人伾来,知日上医道颇不寂寞,发疹、霍乱、类疟之病颇多,谈论至晚去。

十四日(**7月3日**)　晴朗。饭后与兰州对账毕,复与吉老对东账,下午亦竣事。吴少松有信来,要借蓝衫披肩,即作复与之。翼亭大儿至莘塔,晚归,墀儿兼至陈思省嗣母,并以前报节孝事彭福斋信示之。前梦花一信,阅之可笑也,然嫂氏仍狐疑未释,回家未有日期。

十五日(7月4日)　晴朗。饭后敬诵经咒毕,收拾旧岁诸同年所送朱卷。暇则心绪纷如,百端交集,静坐排遣之,尚觉烦懊恼纠扰于怀。

十六日(7月5日)　阴,下午微雨。饭后送朱内表嫂回吴江,暇阅直省乡墨湖南毕,极佳。下午账房略有事,辍读。

十七日(7月6日)　阴,微雨,是日斋期。饭后虔诵经咒。下午略阅近墨广东省墨选,并阅《胡文忠集》第三遍。

十八日(7月7日)　阴,大雨,水涨。是日交小暑节,幸无雷声,或者不再做黄梅?然不炎热,尚失时令之正,饮食起居当知慎。暇阅广东新墨,不甚惬意。下午神思疲倦,掩卷闲坐,精神仍不振起,复阅《胡文忠集》。

十九日(7月8日)　开晴,可喜。饭后新闱墨二册阅毕,先付墀儿,暇当续阅湖北、福建、江西、江南、直隶、浙江。今日先大父逊村公忌日,中午致祭。下午阅《胡文忠公集》。

二十日(7月9日)　复阴,微雨。饭后顾兰州去,约六月二十日来。上午录张之洞经艺半篇,暇阅《胡文忠公集》。适顾色目来,欲于银上预有所商,拒之,软语久之,始以契四张托渠投税,略另润之而去,此等人绝之太甚,亦非吾辈所宜也。大嫂在陈思,致米去,知尚康健。

廿一日(7月10日)　又雨,水涨二寸,下午渐止。暇录张香涛经文。午后钱中老来长谈,元之家来报主事。乙溪上午来谈。

廿二日(7月11日)　又大雨,终日不停点。水又涨三寸,低区已将被淹,颇切杞人之忧,但祝即日起晴为安,此时水万不可再来也。桂轩侄上午来,略有事,一茶即去,知杜藩司新章,教职试用一途仍不分廪增附,换考到皖委署。今日书房内大儿文期初试笔,晚间脱稿,阅之,平妥不出色。

廿三日(7月12日)　骤晴,潮湿依然,尚有变意,颇闷热。饭后接吴少松请柬并札,是月廿七日芹樽,并寄示范咏山一等第一文。账房内出冬定货照应,终日不能坐定。下午与朗亭谈约,仍旧再推而再留始允余,不似去年直爽,然为渠计,若不得不高其声价也。

廿四日(7月13日)　朗晴可喜,水患可幸免。饭后账房内出冬,适吟泉来谈,中饭于书房。下午薇人来寻吟泉,复长谈,晚间同去。

廿五日(7月14日)　晴朗胜于昨日。饭后送陈朗兄来去,约六月廿八日去载。部叙吴、顾、周三家芹礼,又从芦墟接到沈晋芬廿七日芹樽请柬,只好缓日补送。暇录张之洞经义,下午阅《胡文忠公全集》。

廿六日(7月15日)　晴,不甚热。饭后东北风,一帆饱挂,到同里不过午前。饭于舟中,停泊德春桥西堍南旗杆王宅中衔,先候吴少松,知渠部叙颇忙,即望东行十馀家,衣冠贺顾希鼎襟弟入泮喜。渠处略坐,同至新田地祝宅候庞小雅,知余丽笙为小雅处西宾,畅谈,携两公近作归船,小雅两艺托寄芸舫。复同希鼎、小雅仓场衔茗饮良久,小雅还,希鼎邀留夜饭,颇过费。陪余者叶少梅、沈养吾、希鼎、苹甫,点灯散席,余微醉告辞。复至少松处絮谈,夜宿舟中,颇凉。

廿七日(7月16日)　晴朗,稍热。朝起希鼎至舟中来谈,以请柬暨试草面致,云不到乡,略坐还。余即衣冠贺少松,是日略排场,贫士生涯已极不易。夜间计芹仪,以公济公,尚不有绌。镇上诸亲友纷纷来贺,中午余与钱芝田、王寿云、莲漪同席,菜亦颇丰。席散后,芝田、樊祥伯、叶蓉伯约仓场衔茗饮,至则群贤毕集,相与委蛇久之,然余总不能慎言为歉。回至少松处,复留饮,同叙者沈寅甫、刘如轩、叶子谦诸公,畅饮颇适。夜间告辞少松,一鼓下船。

廿八日(7月17日)　晴,风略狂,下午阵雨即止。朝行颇凉,到家午前。是日周粟香郎号彦臣芹樽,命墀儿往贺,晚回,大醉,甚非暑天所宜,后当戒之。

廿九日(7月18日)　阴晴参半,东北风狂吼,水退又涨,大有风潮之象。上午闲坐,下午大儿补作排律及第二期课文,阅之,较第一期稍胜。终夜大风未息。

卅日(7月19日)　阴晴,阵雨不定,风至上午息,下午又雨,晚霁。终日静坐,胡文忠书集圈毕,张探花经文录毕,拟再录策五道。

六 月

六月初一日(7月20日)　晴朗可喜。饭后衣冠东厨司命神前、祠堂内拈香虔叩。上午讽诵经咒,暇录张之洞策,阅新墨数篇。晚间由吟泉回舟接朱稚翁札,知照皖捐事银数查明,较京捐又减对折,可称公道,然余加捐亦非急切事,暇当作复也。

初二日(7月21日)　晴朗,东北风,不甚热。饭后金小春、沈云卿来,为银粮事要商,余婉绝之而去,此事似难开例,然恐吏胥之算计未即已也,姑待之。下午顾吉生定冬来叙,此时米价极贱,亦难望有起色,与之成交而返。碌碌终日,不能坐定。

初三日(7月22日)　晴朗,是日子刻交大暑节,朝上东北风,晚西南。上午录张之洞策半道,作札待复朱稚苹,晒厨中杂书。晚接子屏札,知日上自梨回,接吉卿信,托合紫金丹、太乙丹均寄到,计资两元,并示两方,可称周密。周逸甫郎报单亦由吉翁处寄到。

初四日(7月23日)　晴,渐炎热,蝉鸣高树巅矣。饭后晒先大人初印诗集,大半被蛀虫所损。账房内成冬三仓,今岁均不得价,现已贱售,所存无几,然余无奢望,但祝年年米价不昂,吾辈尚可饱吃饭也。暇录张之洞策第三道,新直省乡墨今日阅毕,即交书房内看。

初五日(7月24日)　晴,颇热。书房内文期。是日应酬账房出稻事,碌碌终日,未得坐定。初食西瓜,不甚佳,受乡人之赚也。略阅《胡文忠集》。

初六日(7月25日)　晴,炎热,是今月第一日。传说湖州溧阳山中出蛟,沪渎潮汛大发,风又烈,都成灾,吴民天锡之福多矣,恐无以报答之。上午作两札,一致费芸舫,小雅文封寄;一致邱吉卿,奉还药资三元,写好待寄。略晒厨中书,中午食不托,翼亭疟后忌,又不能饮,独酌对谈而已。下午略阅旧时所选墨卷。

初七日(7月26日) 晴,炎热颇甚。饭后晒厨中书,照应出冬。午前朱云山特持串来嬲,不得已应酬之,言明以后不截,搭桥过去,缘此等人绝之太甚断非所宜,委蛇久之而去。下午挥汗如雨,不能坐定。

初八日(7月27日) 晴,炎热酷烈。上午照应出冬,以邱、费两札托吉老到梨投寄。下午淋漓挥汗,不能坐定,终夜不凉。

初九日(7月28日) 晴,炎热如昨。书厨下架诸书俱晒好,标签以藏之。午后接子屏札,费吉甫处太乙丹、天中茶、卧龙丹、痧药、红灵丹均寄到,浮于一洋之数,大约存心施济也,子屏处分数服去,作便条复之。暇将诸药收藏备送,此事亦须亲自经手,庶免潮湿之患。

初十日(7月29日) 晴热。上午照管出冬,午前大嫂陈思遣姬来取洋米,如数付之。陈节生以画扇见赠,即作片答之。暇阅《切问斋文钞》三篇,以《日知录》十二本、《困学纪闻》六本付书房内陈翼亭、墀儿阅看。

十一日(7月30日) 晴朗,炎暑稍间。上午晒楼上所藏书籍、碑帖,暇略静坐,录张之洞策第五道。下午隐隐有雷声,阅《胡文忠公全集》批牍。晚间大风颇凉,夜微阵雨。

十二日(7月31日) 晴,不明朗,暑气渐退。饭后将《阿文成年谱》晒好,同《清献日记》均藏诸楼。顾吉生、念仙来长谈,留之养树堂午饭小酌,钱中老同席。念仙新自苏来,传说冯景亭太史新归道山(后知受诬,可笑),教子成名,年臻中寿,可无遗憾,然植德于乡间,尚无闻焉。客去,查登账目,殊嫌不能静坐观书。是夜凉甚,风潮之讯。

十三日(8月1日) 晴朗,渐炎热。朝上顾吉生来下冬货,终日出售,下午竣事,夜粥而去。吟泉新自江回,谈论终日。书房内文期,翼亭亦动笔第一期,墀儿第四期。

十四日(8月2日)　晴,不甚热。饭后照应出冬,暇作一札与子屏,将大儿文草四篇,子屏所示古文四篇,一寄还,一求点定。下午似有雷阵,纳凉闲坐而已。

十五日(8月3日)　晴,不甚炎热。饭后以课文信送子屏,下午吴少松表弟来送试卷,蒙增光具柬作为授业,薰何敢当?少松之得以成立,汤先生小云之教,先大人栽培之功,少松不忘先人恩,具香烛先大人祠内叩头志谢,不胜感激,薰亦衣冠谢答之。此事追今思昔,殊增存殁之感也。留夜粥小酌,榻在书房内,絮语乘凉,一鼓就寝。

十六日(8月4日)　晴凉。朝上略具杯柈,在养树堂酌少松,翼亭同席,知此番试卷费芸舫秉笔。上午少松去,云要至大港紫树下梨川平望,事毕即要到馆。下午读翼翁近作,并共阅子屏文。

十七日(8月5日)　晴朗。饭后将张之洞探花朱卷三场一并抄竣,订好以备观览。午前接浩生倪秀才信,初二日所发信,蒙以问业相称,并以古风赠余,作为贺章,愧不敢当,暇须答谢之。账房有出冬事照理,从此无馀粟矣。省三侄孙晚来,为媳妇治牙痛,送之回去。

十八日(8月6日)　晴朗。上午翻阅《紫藤花馆法帖》,一无所损。下午略阅旧读本,点《胡文忠公批牍》。

十九日(8月7日)　晴朗,下午东北风。朝上接子屏信,大儿文均阅就,看好两篇,动笔改一篇,均极精细圆湛,可喜之至。今日大士菩萨圣诞,斋素,在厅上恭设香案叩拜,复虔诵经咒,自尽区区诚敬,若祈福,实不敢也。是日申刻立秋,翼亭不能饮,余斋戒,相与共啖瓜果,应时而已。

二十日(8月8日)　晴朗。上午抄杂文半篇,暇阅《胡文忠批牍》。下午始浴,尘垢一空,快甚。

廿一日(8月9日)　晴,下午阵微雨,颇凉。饭后陈翼亭两弟来载,即回去,约自己船来。逊村公坟屋明日动工修理,余经办,部叙一切。暇阅《胡文忠批牍》。

廿二日(8月10日)　晴朗,颇凉。朝上至南玲坟头,率泥、木两作衣冠起土动工,余处先供饭,值工两日,然后交班两房,周而复始。上午袁子丞来,以家事相诉,明日许渠到镇与述甫、憩棠一谈,然调停骨肉十分难事,匆匆略谈去。下午略静坐,阅《诒晋斋法帖》十六册。

廿三日(8月11日) 阴晴微雨,大有秋意。饭后舟至芦川,公盛行前泊船候述甫,知近得三疟,颇觉委顿。子丞亦来,与述甫略谈前事,以身欠健旺,不能到苏为词,亦是真情,然欲料理一切,非妙手空空所能办,须憩棠张罗之,已面托念仙转致三兄,未识能如望否,茗饮久之而还。由陶氏酱园接紫溪殷两表侄信,知三表嫂近体欠安,递到殷谱翁庐州考棚内闰四月初七日所发寄余复信,蒙奖贺而兼致惜,殊觉可愧,现已实授礼部右侍郎矣。归舟颇早,书房内文期。

廿四日(8月12日) 晴朗,仍凉。饭后作札复谢倪浩生,略作四六启,然于此道实不工也。暇则磨墨盒子,以倪札托乙溪寄出。心绪纷扰,不能坐定。

廿五日(8月13日) 阴凉,可夹衣。下午抄录近墨。下午省三来为女孙治热癍。晚间甘雨酬澍,吟泉来谈,借雨盖而去。

廿六日(8月14日) 晴朗似中秋。昨晚接吴少松信,吴翰林殿卷《明僮录》等均收到,《登瀛社稿》翻在苏州扫叶山房刻矣。又接顾竹安信,以诗稿乞点定,并托书扇面,可谓强人以所不习。暇即写一角,恶劣之至,了以释责,均当复之。下午略阅近人时墨。

廿七日(8月15日) 阴,微雨。上午凌范甫到馆。下午以扇寄还竹安。薇人侄来,以所改试草见示,神理完足,字句间略加润色斟酌则尽善矣。谨老处老例,有条来取,即作字算讫,交薇人致之,晚去。吴少松处充之助两元,当觅的便寄交。

廿八日(8月16日) 阴雨,凉,穿夹衣,似非时令之正。上午偶摹时书字样,下午载朗亭未来,云有类疟,约七月十二日去载。书房内大儿文期。

廿九日(8月17日) 晴,略热,似夏令,日上不得时令之正可知。上午摹录字样,适袁憩棠、顾砚仙来,为调停子丞事,约初二日到镇再议,然事仍恐不谐,尽吾心而已。憩翁以武夷名茶两小瓶见惠,真珍品也,欲留中饭,坚辞而去。晚间沈吉翁来,约初五不来,十六日去载,蒙以水蜜桃惠赠。

七 月

七月初一日(8月18日) 晴,渐热,东北风,颇合时令。饭后衣冠拈香烛,东厨司命神前、家祠内叩头,并虔诵经咒毕,录时墨一篇,下午点阅《胡文忠公批牍》。

初二日(8月19日) 晴。饭后舟至芦川,与子丞、砚仙茶叙,先将渠家参商处转圆一番,即同会憩棠,劝释嫌疑,幸各能俯就,从此消去一应外侮矣。吉生留饮,述甫、憩棠、子丞、稚松同席。下午舟回,至南玲看修理坟屋,工已过半矣。归家,接子屏札,知近生热瘄,出毒而未收功,要奏本纸及所撰邱玖翁挽联句,均未阅复。是日中午颇炎热。

初三日(8月20日) 晴朗,稍觉风凉。饭后作札复子屏,并以憩棠所惠武彝茶分送一瓶。下午子屏覆信亦至,约初十日同至梨川。暇阅《胡文忠公批牍》,晒厨中书,今初动手。

初四日(8月21日) 晴朗,颇热,幸有风,不闷。上午晒书,录近墨一篇。下午阅《切问斋文钞》学术一门,于世道人心煞有关系,非仅文以人传也。

初五日(8月22日) 仍晴热。上午晒书,录时墨一篇。下午点阅《胡文忠批牍》。

初六日(8月23日) 晴热,是日交处暑节。逊村公坟屋今始修理竣事,先伯先大人墓上可以次动工矣。暇则晒书,阅《切问斋文钞》。下午又浴,为之一快。

初七日(8月24日) 晴,有风,不甚热。上午作札拟致吴少松,暇阅《范家集略》,共三册,系锡山秦坊所辑,宜日披阅数条,以为吾人居家自警。观书房内习字,如儿童骑马,无一刻能自振,可笑也。此道须笔资,又须功夫。

初八日(8月25日) 晴,欲阴不成雨。饭后命墀儿至陈思省其嗣母,下午还来,知近体平安可慰。以彭复斋致芸舫札,开照节孝事已题奏,须俟年终奉旨之信示梦花转述。暇阅《切问斋文钞》《胡文忠批牍》。大嫂关照十一日回家,自家船去载。

初九日(8月26日) 晴朗。上午阅《范家集略》半卷。接子屏来条,日上颈上生疖,不能明日赴梨,特关照。下午黄子木来送试草,衣冠见之,一茶去,知张元之初三日已回家。

初十日(8月27日) 晴。朝行,至紫溪小泊,以洋信并会墨送还吴少松即开船,至梨川甚早。登敬承堂,幼谦初起来,出见,以唐赋面请陆九芝选定,即走至北栅候沈岭梅,以茶点、一北腿酬之,为汤先生定地择向故也。畅谈时事,知捻匪事已复差将军专办矣。一茶,还至费芸舫处,墀儿文并彭复斋信面呈,吉甫亦出见,蒙留中饭,俞幼翘同席,幼谦处不及扰之矣。乞大殿卷一、摺子一,书法均出人头地。步青在馆,未及见,以张之洞朱卷托芸老转还之。还至幼谦处,又坐定,托写扇面三,先收其二,均妙手无双。适陆九翁已看证还,唐赋蒙即选定收还,芸舫处托选馆赋,约与文看定后同寄。即开船,阵雨已来,在船略躲避,即止。行至大港尚早,子屏出见,颈疖已出毒,渐松。携张元之朱卷开船,千佛名经,捧诵三艺,均有根柢而仍合时尚者,读完船到家,将傍晚,村人今日演剧敬神,时尚未散场也。

十一日(8月28日) 晴阴无定,略有阵雨。上午阅《范家集略》第一册,钞录甲子闱墨福建二篇。村人演剧第二台,两房上下人俱出观,独余父子不出门,范甫亦然,颇有弦歌不辍之乐。大嫂今午自陈思归。

十二日(8月29日) 晴,略凉。饭后命墀儿往莘塔,时凌百川夫人潘氏昨日故,今先去送殓,明日可不去矣,范甫同往。下午大儿回,范甫不来,礼也。余下午舟至南玲圩先大人墓上瞻望,时命圬人修葺,门墙一新,连先祖、先伯墓门暨丙舍均竣工,可免坏败之虞。诸事余为之经理,乙兄竟不管,惟派工料钱而已,此事余实义不庸推挽也。公账之难办如此,何况不及吾家者乎?陈朗亭兄亦已到寓。

十三日(8月30日)　阴晴参半。饭后命工人捉桂叶板包虫,蠹害尽除,可免剥蚀之患,为之一快。吟泉来长谈,留中饭,下午始去。闻今日吾邑上忙开征,正在秋黄不济之候。

十四日(8月31日)　阴雨终日。饭后钞录丁卯闱墨一篇。中午中元节祀先。下午校阅租簿,另立简便册。终日凉甚,已似中秋后矣。

十五日(9月1日)　晴朗可喜。上午节录丁卯闱墨,元作则全钞。下午校阅租簿,"信"字号已毕。晒架上书,展玩所藏九成宫,翻宋拓旧帖二部。顾色目持由单来,余未之见,意欲请饷,账房相好婉谢之,渠竟换局同川北库。

十六日(9月2日)　晴,不甚朗。饭后子妇还莘塔省母。上午晒书,抄录时艺。下午查对租账。沈吉翁今日到账房,暇点《胡文忠批牍》。

十七日(9月3日)　晴朗。饭后晒书,钞闱墨一篇。下午校对租簿,适有金陵人钱士荣来,据云省提塘以磨勘条子来报,且云有人奏,新例特恩遵奉磨勘上取者,正以知县用,副以教谕用,余幸厕其列,然榜名书号,上谕未见,恐或子虚。以条还之,留饭一顿,给钱四百文而去,且俟杨报房来,见奉明文,再行开销。渠亦无辞以对,此事殊出意表,异哉所闻!

十八日(9月4日)　晴朗,颇燥,早稻秀花垂颖,时令大合宜。饭后晒书,录新墨一篇,点阅《胡文忠公批牍》竣事,命圬人筑漏修葺。

十九日(9月5日)　晴,晚间略雨。上午抄录闱墨四川元作一篇,极佳。下午陈少香来谈,晚去。

二十日(9月6日)　晴,朝雨即止,颇凉。早桂吐花,禅香可爱。上午录新墨一首。午前局书金小春来,搭桥漫应而去。吟泉下午来谈,书房内文期。

廿一日(9月7日) 晴,上午阵雨,是日酉刻交白露节。午前陈翌亭兄到馆,絮谈一是,知近日周庄有文社课,屡冠其曹者董梅村,文已十分火候矣,甚羡佩之。下午接子屏回字,头疖略愈,约廿四五日间到溪。

廿二日(9月8日) 晴朗。饭后晒书,《通志》两套蛀甚,不能收拾,幸新蠹尚无。暇阅竹安诗,略批评,明日可以藏事矣。校对租簿旧欠,尚有一册未完。

廿三日(9月9日) 晴朗。饭后晒《通志》四册。大儿至莘塔省其外姑,凌母近有小恙,范甫、翌亭同往。午前邱幼谦有片来,为徐骏生、骥生昆弟借蓝衫,新者墀儿收藏,即以余旧者用青布包,作片复借之。校租账未毕,竹安诗已阅就,当动笔书读语还之。大儿回来已晚,欣知捻匪全股荡平,深为我国家庆贺,大功告成,生民安业。

廿四日(9月10日) 晴,下午阴,欲雨,似有风信。饭后墀儿恭呈昨日由凌氏抄到,沪上十二日所到,本月初三日内阁恭录上谕,欣悉李鸿章英翰奏报,六月二十八日督率官兵将士潘鼎新、刘铭传、刘松山、郭松林、陈国瑞等汇追包抄捻逆于高唐州地方,四面截杀,回窝无路,生擒逆首张揔愚之子张赃儿,各头目老贼三四千名全股荡平,惟张揔愚投水淹毙,尚须根究生死下落等谕。读竟,不禁抃舞,为○○○两宫○○圣上庆睹升平,从此南北息兵,八方无事矣。恭缮一道,以转示各亲友。下午校对摘录租簿欠户亦已竣事。

廿五日(9月11日) 晴。上午子屏侄来谈,携示所撰先从嫂行略及所作梨里诸公试帖诗课,楷法、文辞俱美。下午同舟偕翼亭至芦葫兜贺张元之喜,至则元之出见,畅谈京洛事,叶绶卿亦来,复絮语良久,携会试、殿试题名全录而归。知送朱卷,要过中秋出来矣。至大港上,同子屏登岸,略坐即开船,到家已点灯矣。

廿六日(9月12日) 朝雨晚晴。饭后收拾所晒《通志》,作札致顾竹安,并渠诗稿略为评点,以便寄还,草草了事。下午为叶达泉代为昆山县观风题"清丈议",文及经,范甫、翼亭促刀。书房内今日文期。

廿七日(**9月13日**) 晴，下午阵雨即止。上午接到芸舫信，并寄还墀儿课文五篇，急披读之，改处极跳脱、极新湛，原本弊病处严加批摘，不胜感佩，即付大儿细心体绎，自有受益处。暇录新会墨一篇，以便条致沈吟泉。

廿八日(**9月14日**) 晴朗。饭后同吟泉至芦墟局完上忙银缴数后，茗叙良久。还至公盛，饭于舟中，下午又同述甫诸君茗谈，述甫三疟略轻，要乞奇楠香少许，便当与之。还家未晚，吟泉来秀桥上岸。

廿九日(**9月15日**) 晴，晚间微雨。上午录新墨一篇。下午至北厍局完银，与吟泉、元音侄茗叙良久而还，吟泉送归寓居。接子屏字，上午所寄芸舫改本已阅毕，特送回，另改一首，三比精湛绝伦。

八 月

八月初一日(**9月16日**) 晴朗。早起盥漱，虔诵经咒大士神咒，饭后衣冠东厨司命神前、家祠内拈香叩谒。暇则洗笔、磨墨匣，录许竹云会墨一首，复阅《胡文忠公书牍》。

初二日(**9月17日**) 晴，西北风稍厉，于晚稻试花欠利。上午沈吟泉来谈，始知江邑沈宰已卸任，新令尹汪，是舜湖局员捐班之红者。下午至萃和，碌碌终日而已。

初三日(**9月18日**) 晴朗。饭后晒《通志》已完，是日灶神圣诞，阖家净素，午前具衣冠，拈香具酒果虔祀。暇阅《周忠介公年谱》。大儿略有暑热，委顿，在楼静养。

初四日(**9月19日**) 晴。饭后将所抄近墨订好，以便观览，大抵皆时样妆式也。墀儿类疟，须调养以待其愈，媳妇回自莘塔。

初五日(**9月20日**) 晴朗，晒《通考》。上午星伯来，为墀儿处方，用厚朴，温通、清暑之剂。书房中饭，长谈，晚间送回去。是日早晚凉甚。

初六日(**9月21日**) 晴，不甚朗。饭后作数楷书，上午阅《范家集略》数条。大儿疟又来，稍轻。下午阅点《胡文忠公集》书牍数页。

初七日(9月22日) 晴朗。饭后陈翼亭因疟疾间发,兼有感冒,舟送回去,范甫省视祖母同归。午前薇人因本港有人请视,特来覆大儿脉,据云外感已清,略须调治,处方而去,其意可感也。下午阅新选近墨,颇耐余怀。

初八日(9月23日) 晴朗,风稍猛。饭后晒《文献通考》全部,今始藏事,只剩《通典》未晒毕。接东浜沈果斋表兄凶闻,知昨日午时寿终,明日入殓,后日领吊,必须亲往,从此渠家老成凋谢尽矣,代为悲悼。暇阅《范家集略》。

初九日(9月24日) 阴雨时洒时止,颇凉。饭后至东浜,探果斋二表兄丧,即送殓,与渠东床钱子骧谈,知捻匪荡平,李公加太保大学士,赏假五月后奉命征办回匪,前提塘报磨勘选用,一应是伪,可笑可骇! 回来后,适薇人侄来,与之同中饭,再与大儿斟酌一方,都是清暑化湿之品。下午遣舟送回,日上道况颇可。

初十日(9月25日) 阴,微雨,凉甚。早上舟至东浜吊奠沈果斋二表兄,至则尚早,来客颇希,良久斯纷至,余与孙蓉卿、张百木同席,晤褚聘岩,知自上洋陕甘粮台回,三省捻逆一律荡平,贵州省苗匪李公元度平定,云南刘公岳昭收复,可庆大功渐次告成矣。回来上午,碌碌终日。

十一日(9月26日) 阴晴不定。饭后同吟泉到北厍局理银串廿户,一茶而返。吟泉中饭后即还,明日拟至梨川,欲作踏灯之游。暇阅《胡文忠集》书牍。

十二日(9月27日) 晴,不甚朗。欲至梨里,以体不甚适,迟一日去。饭后阅所录新科闱墨,皆时样妆者。午前吴幼如家遣使问惠,兼以问安套语信致余,阅之不无马脚即露,然在此子幼年失学,能如是,已为难得可喜矣,以片答之。下午阅《范家集略》第二本。

十三日(9月28日) 晴朗。饭后舟至梨川,午前到,先至局中完条银,当手徐朗亭,书李实希(亭甫),取小票还。登敬承堂,幼谦出见,与陆九芝同饭,即自留宿,拟作踏灯游。下午幼谦、应甫、汝苕翁同至城隍庙闲游,时新修葺,规模颇肃。入宫门,看陈设骨董,灯彩亦丽。晤沈岭梅、刘允之同年,诸君徜徉久之,薄暮返。夜与九芝同榻门楼,终夜微雨。

十四日(9月29日)　阴雨终日,冷甚。饭后候邱吉卿,与省斋三丈、吟海三兄茶寮畅叙,追溯敬随外父在时,往来皆老成人,今则光景全非,不胜今昔之感。下午至费芸舫处长谈,步青在馆中,食饩在即矣,可羡。吉甫、莲溪亦出相见,携莲溪诗课卷而还。是夜虽雨,无赛会,各家点灯一回。与九芝谈,读其近作,知是此道作手,以《秦淮忆月图》示之,并求作第二图记。

十五日(9月30日)　晴。饭后芸舫来谈,上午与省三丈、毓之茶话良久,还,主人以酒肴款客,主人疟疾不出陪,九芝不能饮,两人相对,不及三蕉而饭,殊败兴也。与顾光川镇上闲游,避热就僻,颇得野趣。会来诸神出巡,一切规模与劫前不相上下,而人游如蚁灯如云,恰又盛焉。与陶氏弟兄茶饮,憩生同年兴致极佳。夜间同陆九翁踏月看灯,尚不寂寞。吴少松宿在黄元芝处,夜间畅叙,蒙以新刻《登瀛社稿》两部见寄。是夜三鼓后眠,尚不疲倦之至。

十六日(10月1日)　晴朗。粥后,吴少松来谈,《明僮录》面缴。至徐渌卿处候之,凌氏昆季咸在,少卿新自金华回,谈论尚未畅,扰其朝膳而回。中饭后余游兴不佳,家中船来即解维,一帆风利,到家未晚。夜酌账房诸公,在楼上玩月良久而眠。晚桂大开,犀香触处。

十七日(10月2日)　晴。晚起,上午闲坐。午后孙秋伊先生自梨回,特顾余,知来岁馆在朱锦甫家,可谓宾主两得,一茶匆匆即返。朱稚苹自江城遣急足来,阅信,知渠夫人缪氏嫂抱沉疴,恐不测,有所商,即作复之,明日须至城中一视之。

十八日(10月3日)　晴。饭后开船,舟中细阅《登瀛社稿》,文皆留京南中诸名手会课作,花样又一新矣。下午入城,到朱稚苹寓中,知朱嫂病在危急,稚老以异乡客且乏东道主,颇形拮据,然附身物已诸事楚楚,大非易事。略帮之而别,至松陵书院新明府汪公馆前瞻视良久,回船,月色极佳,夜舟宿城中。

十九日(**10月4日**) 晴。清晨发棹,至同里略泊舟,风帆颇利,午中到家。昨日东浜沈芝谷公先母舅侧室李氏二太太寿终,年八十五岁,今日入殓,命墀儿往吊送之,从此东易尊长左右俱尽矣。

二十日(**10月5日**) 阴晴参半,似要作风信。上午拂拭书案,出门数日,尘埃满矣。谨庭遣其二孙福昌来,以赒恤其三媳之洋面绐,换洋一亦调与之。闻双喜侄抱痧子症,颇重,发而不透,深为子屏虑。

廿一日(**10月6日**) 阴,微雨,似欲作冷。是日先继母顾太孺人忌日,屈指见背十有九年,抚育之恩负负莫报,中午致祭不胜呜咽。下午吟泉来谈,至晚始去。

廿二日(**10月7日**) 晴。饭后阅《登瀛文稿》,晒书,今日《通典》晒毕,蛀甚。三通自此晒完,尚可免日后蠹鱼之饱。下午略静坐。

廿三日(**10月8日**) 阴晴无雨,是日交寒露节,东风。饭后媳妇率虎孙、大女孙至莘塔省视。三通全部收藏书厨中,虽有旧蛀,尚可展视,不至蔓延。上午阅登瀛文。下午阅《胡文忠年谱》。

廿四日(**10月9日**) 阴雨终日。饭后点评《登瀛文稿》。下午金小春来,约渠初头上到局找完,所谓催租败兴也,一茶即去。暇则点阅《胡文忠公年谱》。

廿五日(**10月10日**) 微雨竟日。上午补点《胡文忠公书牍》,暇阅读本文,并读《唐诗别裁》七古。

廿六日(**10月11日**) 微雨。朝上接子屏字,知双喜侄出疹不透,病势不轻,不能出门,属理卿太夫人撤几代致一分,即作复之。饭后阅《登瀛文稿》,下午命大儿部叙一切,拟明日由梨至盛,由盛回梨,应酬三四日。暇则补点《胡文忠书牍》。

廿七日(**10月12日**) 晴朗而暖。饭后命墀儿由梨至盛,明日送郑氏姨母入祠。今日至徐丽江处,复至邱氏,幼谦前约同往。上午阅近墨。下午读《唐诗别裁》,沈井芬芹分今已交大儿面送去。

廿八日(10月13日) 晴暖可喜。饭后接同川叶韶卿信,约出月十二三日去载,因其兄愚亭病虽略痊,霜降节尚可虑也。今日补晒书案头书,须一二日始可竣事。《胡文忠公全集》点阅一遍始完,此书当重阅,于知人论世深有益。暇阅《唐诗别裁》五古。

廿九日(10月14日) 阴,无甚大雨,朝上颇暖。朝饭后倏起西北风,下午尤劲,渐增肃杀之气,不觉寒冽顿至矣。上午接朱稚苹廿五所发信,惊知朱表嫂廿二日已寿终于松陵,亦近日大家中一贤妇人也,可为稚老悲悼。稚苹此时,吴江万难安栖,云出月迁回苏城悬桥巷天宫寺前,并托代作挽联及小传,实难塞责应命。暇阅《文忠集》《唐诗别裁》。晚晴,风尚怒号,迟盛泽舟未还。

卅日(10月15日) 晴朗,朝上寒甚。舟至紫树下,送陶谱琴夫人张氏老太太大殓。渠家颇排场,与庞小雅同素席,晤施子瑜、沈溯芬、殷安斋、黄憩生、凌丽生诸君。回至大港上,子屏、薇人、竹淇出见,知双喜侄病疹已透发,可渐愈,服邱吉卿、薇人所定方有效。略谈片刻而还,到家中午,账房有归吉旧款,从松收落肩,让利还本而去。知乡友朱孔昭子从虞先生读书,颇自好,现将完篇,可嘉之至。因同窗曹生已入武康学,诸童均各观摩有志,此事亦乡塾中万分秀出者,故特记之。

九　月

九月初一日(10月16日) 晴。朝起盥沐,饭后衣冠拈香,叩谒东厨司命暨家祠毕,虔诵经咒,以尽微忱。暇阅《唐诗别裁》乐天乐府七古,字字关系人心风俗,即作格言读亦可,甚勿以俗而轻诵之。

初二日(10月17日) 晴朗可喜。饭后晒案头所架书,楚楚可竣厥事,然统计所藏,不过一半。甚矣,读之难而收拾亦不易也。今日梨里徐少卿子一山吉期,命舟到梨送贺分并载大儿明日回。暇阅《胡文忠公集》《唐诗》七言。

初三日(10月18日) 晴朗。饭后拾袭架上书,孙蓉卿来长谈,暇阅《登瀛社稿》新墨卷。下午闲坐。大儿晚间自梨归，徐氏今午望朝，陪新客沈雨春。请教陆九翁处一方，用柴胡消湿热之品，颇惬余怀，想必服之有效。李咏裳以海天楼诗答卷，芸舫所借书已还，只剩《后汉书》尚留。

初四日（10月19日） 晴朗。饭后晒旧帖残书。至乙溪处，以田事相商，渠意以为然。复至羹二嫂处，告以小祭田有田可补置，且俟看明再定。下午顾总书来，以银串五户裁商，即应给之。以后公事，亦略与谈定找吉，含和委蛇而去，此等事不能预定，随机筹办可也。终日碌碌，不能坐定。

初五日（10月20日） 晴暖。饭后晒映雪堂旧帖及今岁友人所送答朱卷诗文集。下午将袁憩翁所送武彝茶，以苹果片、玫瑰花点缀烹饮，色香味俱佳，然未免煊客夺主，聊以志一时清闲之福。暇阅《唐诗》七古李杜之作。

初六日（10月21日） 上午晴暖，下午雨，要防发风。饭后以便条复子屏，大儿袍套告借去。下午舟至北舍局，完银三十二户，与局书沈云卿茶叙水阁楼，应酬絮谈，回家将点灯。

初七日（10月22日） 阴，无雨，蚊飞绕鬓，似欲发风。上午有佃户来归吉旧租，从宽吉收之。下午墀儿呈示陆凤石书院作"平捻匪贺表拟"，渠尊翁九芝转寄也，急阅之，煌煌大文字，特录之，以夸眼福，资考证。

初八日（10月23日） 阴晴不定，西北风渐厉。昨夜雨止，作冷。是日交霜降节，命账房相好小祭积欠者砟稻，下午刈稻归，瘦如雄鸡尾，有名无实，不过账簿增光而已。抄陆凤石表文七古完，并志一读款，此子定不凡材也。碌碌终日不定。

初九日（10月24日） 重阳。终日雨，天公未卜老晴。饭后略阅时艺，下午舟至芦墟局完银十七户。暇与袁憩棠、顾吉生茗饮良久，回来将点灯矣。奉托到沪查办一节，即作一片，命墀儿抄底，明日封好寄芦。

初十日(**10 月 25 日**)　阴晴不定,微雨绵绵。朝行至梨,出吊于顾氏,子屏外家拙安翁夫妇领帖,因讠卜应酬之。费吉兄、顾莲溪接陪,饭后至芸舫处略坐,以答袁青持郎贝稿托致。复至邱幼谦处,出见,惊知所得之郎未半岁而新殇,大为可惜,慰之,兴尽而回。九芝出门回,以凤石表文面交。在街上吃小点而归,到家未晚,惊悉桂轩侄昨日酉时病故,寿正六十岁,福尚不足,大有竹林之感。

十一日(**10 月 26 日**)　阴雨绵绵终日,早稻有碍登场。饭后恭录平定捻匪上谕,东易沈女甥来,留之。吟泉自江回,知朱稚苹已搬迁回苏,如有信,由火神庙顾羽士处转寄,税契件顾总书处已如数收到。落落终日,拟作札复稚苹,亦未动笔。

十二日(**10 月 27 日**)　晴,风未透发。饭后命墀儿至北厍亦政堂送桂轩侄入殓,明日大殓不去矣。下午吟泉来,知村人有不道地者,在条银局滋生口舌,命渠兄来劝道一番,即日同吟泉去收场。甚矣,胥吏之可恶也,急宜远避之。

十三日(**10 月 28 日**)　晴朗。上午阅近墨。下午读《唐诗别裁》。

十四日(**10 月 29 日**)　晴朗。饭后闲坐。午前陈翼亭到馆,近体已复原矣。晚间吟泉自北舍来,照悉东邻人一事,已向局找吉落肩矣,匆匆即回去。

十五日(**10 月 30 日**)　晴,朔风颇劲。饭后至大嫂处,探知金泽陈节生家初五夜被盗受伤,所失甚巨,此皆遣散兵勇无业无归所致,言之寒心,暇则作札复朱稚苹。下午观工人刈稻,趁天晴也。

十六日(**10 月 31 日**)　晴朗。饭后子屏来,畅谈终日,论及医家各立门户,人家有病,此时用药,大难对证,此道非切脉、审症、多读书而能通变者万不可为,劝余且读《内经类纂》《本草从新》《兰台六种》,庶略有头绪,然谈何容易!晚间回去,观工人收稻登场,一片黄云,雀声噪晚,真田家丰乐事也。吟泉来,约渠廿一二日间余到江,吟泉十九日上去。

十七日(11月1日)　晴朗。饭后接袁憩棠上洋十三所发信,关照陕捐事,暇当复之。下午舟载薇人来,为墀儿处方诊脉,据云湿热留恋,只有消化法,无攻驱法,用三苓汤,柴胡不宜再服。甚矣,此道言人人殊,愈难分优绌也。总之,大儿前服九芝方亦恰好,此时宜服薇人方为正宗也。长谈晚去,稚苹信已封就。

十八日(11月2日)　晴朗。饭后静坐,阅《范家集略》。下午沈吟泉来,谈至晚去。明日同乙溪入城,余约廿一日到江。

十九日(11月3日)　晴暖,恰好早禾登场。饭后与沈女甥话旧,明日回去。暇阅丁卯乡墨,兼查《本草从新》,知柴胡一味,不特表邪,兼可和衷。威灵仙,驱风太霸之药,不宜多用,九芝所用柴胡并不谬。甚矣,医家门户之见太深。

二十日(11月4日)　晴暖。朝上大雾,饭后开霁。下午顾吉生来谈,客去,部叙一应账目,明日拟到江。

廿一日(11月5日)　晴暖。饭后顺帆赴江,午后进北门,泊舟下塘,吟泉在门顿候。小坐,同吴桂生茗饮祥园,回来至舟中夜饭,复至吟泉处闲谈。梦书侄同朱小汀来,即以欠单面交小汀即办,付洋而去。始知翼亭一事所托非人,声败利无,大受宵小欺诬,言之可叹!宿舟中,终夜闻柝声甚紧。

廿二日(11月6日)　晴,朝上大雾,终日极暖。与沈吟泉、吴桂生面叙茗饮,均扰桂生。徜徉久之,至宽下局书处与唐云斋面谈,销去北斗多数一亩,渠亦无支离语。晤梦书、潘杏斋,复茶叙,杏斋谈翼老事,甚骇听闻,可知忠厚人易被欺弄,今则事不可为,属梦书姑且落肩,然决裂已甚矣。夜与吟泉茗饮而眠。

廿三日(11月7日)　阴,朝上微雨。饭后同吟泉回,舟至同川,泊舟寻何又泉,至永安桥陈家牌楼内,不值,复至财神堂局内寻顾小云,亦不值,以敏下推收账托杨忆香留账收办,何局且俟月初再来面谈。回至茶园内小叙,同川诸名贤毕集,项稻香、金朴甫几不相识,知周粟香已选浙江乐清县教官。开船至北舍理银串,即行,雨甚,到家黄昏,知翼亭昨已回家料理,范甫今日到馆,吟泉宿在账楼。

廿四日(11月8日)　微雨终日。吟泉饭后舟送回去,约月初再到江。埠儿疟疾又发,甚为讨厌,姑耐心静养,以俟其自愈。栗六不能坐定,然实无事。前廿二日在城火神庙叩头拈香,以朱稚苹信面托羽士顾贞卿寄苏。

廿五日(11月9日)　晴,仍暖。饭后作札致薇人,招渠来溪。中午致祭先曾大父杏传公,补昨日忌辰,祀用蟹,曾大父所嗜也。午前竹淇弟同薇人来谈,同饭于养树堂。竹淇家中有事,先去,薇人为大儿处方,用香燥、清暑、消痰之品,大约妥当。接子屏条,为谨老病后预支事,勉应之,作字复子屏,薇人转交。下午回去,钱老中来,以子方捐监托寄,先示履历一纸。夜间与范甫持螯对饮,纵谈天下事,极豪快。

廿六日(11月10日)　阴雨。饭后略阅时艺,暇则作札拟复袁憩棠。午前媳妇率小虎孙、大女孙回自莘塔。翼亭自江回到馆,所赶之事虽了吉,然终嫌布局、收题均不合式。子屏信来,告借种羊、缎套去。

廿七日(11月11日)　西风不透,晴阴参半。上午阅《本草从新》《范家集略》。下午书札录捐例,待寄复袁憩翁,暇读唐诗。

廿八日(11月12日)　晴,风颇狂,不甚冷。饭后阅《本草从新》。午前吟泉来谈,晚去,约初二日天晴同赴同里。

廿九日(11月13日)　晴朗。饭后静坐,阅《本草从新》。下午舟至北厍会元音、梦书、丹卿诸侄,以所得"禽"字圩上田基乙分一厘三毛,立君彩公祭户,办其粮银老五房轮祭公办,来年轮在老大房紫筠,其坟旁馀地略有出产,作始祖春江公坟上种树用,诸侄均以为然。茶叙良久而返,归来独酌持螯,颇得闲趣。

十　月

十月初一日(11月14日)　晴,西风略尖。早起盥沐,虔诵经咒,饭后衣冠东厨司命神前、家祠内拈香叩谒。下午载薇人来,为埠儿处方,据云湿热尚未净,不便即用清补,用开胃诸品,定方而去。

初二日(11月15日) 阴晴参半。饭后载吟泉舟至同里,一帆风利,午后即到,泊舟陈家牌楼前,寻何又泉不值,回至新田地万福昌茗饮,晤杏生之弟朱生香,知倪又香已作古,李怀川可现补廪缺。夜宿舟中,极热,微雨。

初三日(11月16日) 又阴雨。朝起同吟泉茗话良久,至吉利桥头吃汤团,极佳。复寻何局书,良久始见,以推收账重户面托渠查扣收推,领单三张,酬之而返,此事谅不至再不到根矣。微雨开船,送沈吟泉到江,至已点灯,余不上岸,吟泉宿家中。

初四日(11月17日) 阴,又雨。朝上开船,东北风,张帆而行,到家不过中午,惊知郑理卿姨甥倏于初二日辰刻身故,邱又谦并渠家知照信均不及先到,今日成殓不及送,拟明日往吊。是夜颇不成寐,为理卿惜,为渠家惜,又为吾道惜!一年之内,哲弟难兄均遭摧折,天道太觉无情矣!

初五日(11月18日) 又微雨。饭后舟至盛泽,东风颇顺,到不过午后。登其堂,凄然泪下,知昨入殓时,亲朋来送者无不同声一哭。晤其令岳张秉兰,知理卿病起于初四日,因痢而剧,实由庚申后叠遭大故,心境不堪,精力之耗已非一日,临去神色不乱,以家事托秉兰,以外事托李子江,勖两雏延师读书,念佛而逝,年仅二十八,呜呼,伤哉!沈谱笙、晋芬、子和均来襄事,明日领帖。夜饭后余宿舟中,心境顿形恶劣,又复苦雨凄风,终宵辗转。

初六日(11月19日) 雨。朝起至郑氏,一应排场颇饰观而极勉力,亲朋来吊者无不太息流涕。晤李星槎诸君,索然兴尽。辛垞挽句语太激烈,若沈梦粟则情辞兼挚矣。午前未掩丧,余至灵前长揖而返。到梨,邱幼谦夫妇亦自郑氏还,夙疾未净,嗜好又多,殊为渠虑,劝其及早调治为要。至芸舫处,子屏在座,谈及理卿,共相扼腕。夜粥于邱氏,应甫来谈,宿于舟中。

初七日(11月20日)　上午到家,知大儿类疟,近又屡发,殊深烦厌。接何古翁信,欲帮助刻诗资,当亲往应之。劳神数日,是夜熟眠。

初八日(11月21日)　风雨,颇不起晴。饭后苇卿二侄来,询及今冬租务照五年分六五折,或廿五或初一日起限,折价每石一元六角,章程略定,然年岁不及五年,高低均有收也。大嫂今年六十初度,二加账内格外让寿米每亩五升。午后陈朗亭已来,赶办尚属舒齐。在梨接朱稚苹札,知内表嫂夫人初十日在师林寺开吊,势无暇往,作札待寄,以关照之,非余之慢慢句。暇阅《唐诗别裁》七绝句。

初九日(11月22日)　风雨大作,起晴未卜。暇则补登日记,为采访节孝事,有徐氏贞女,未详里居,作片拟托叶绥卿探访续报。

初十日(11月23日)　晴,西北风,渐冷。午前十月朝祀先致祭,暇阅凌范甫昨所作窗课文,笔力、思路迥不犹人,此子定非池中物也,可羡!

十一日(11月24日)　晴。朝行至梨,时蔡秋丞甥开吊撒几,特去揖奠,至则排场楚楚,晤沈子和、雨春、汝师竹、刘允之诸君。回至徐渌卿处絮谈,为旧东宾汝学山翁,渌卿办渠两世葬事,欲余帮费,特助两元交之。学翁正直无私,先大人所钦敬者也。留饭,辞之,复至邱省斋三丈处谈天,为施棉衣当舍二或三元,下回面交。至幼谦处,近体霍然,然属渠须要调理。略坐开船,至池亭上候叶绥卿,以所记徐氏贞女略书本末,托渠细探开报,此事如能不埋没,亦心中一大快事也,绥卿亦已许允查复矣。会试《题名录》托寄元之,告借夏季《搢绅录》全函,到家点灯。

十二日(11月25日)　西北风极厉,微雪。饭后即晴,寒甚,以《搢绅录》示大儿养疴消遣。下午莘塔舟载翼亭,范甫同去,明日百川翁治丧,属襄事也。翼亭约十一月中到馆。

十三日(11月26日)　晴冷,有冰,风稍息。朝行至莘塔吊奠百川老友,至则排场极阔,提主黄春波封翁,相礼汪、曹两孝廉。余终日应酬,宾朋纷至,晤袁甸生、叶绶卿、周粟香、黄戟门、陆谱琴、倪浩生诸君,袁憩棠信托稚松本栈即寄,以朱稚苹札面托孙得芝到苏觅寄,地名列于后,未识不浮沉否。午后费芸舫、顾连溪来,接陪之。申刻发引送葬,余不及往。归家不甚适意,急泻而愈。是日寒甚,重裘且未暖。

十四日(11月27日)　晴暖。暇阅凌氏行略,系磬生动笔,处处简峭有法,百川翁真孝友节义中人也,惜未登上寿,不无遗憾。吟泉来谈,据云近日体不甚适,不吃中饭即去,余劝其调治为要。晚间局书沈雪卿来,复嬲完银六洋而去。

十五日(11月28日)　晴暖,东北风,防变。朝饭后舟至金泽,访候何古心丈,时刻《知生集》诗五卷,样本已有,每字连写刻一个八毫,欲赋将佰,以十金助之,大约丈诗起自庚寅,迄今戊辰,可得十卷,实东乡一巨手也。经其事者姚壮之。至则谈论竟日,意兴极佳,扰渠中饭,同坐者张竹翁暨其侄九思,并属处一调理方。知斡山草堂已筑就,生圹亦成,明年可归故里矣。下午辞归,不觉已晚,到家点灯。

十六日(11月29日)　晴暖。饭后至莘塔,凌子方翁领帖吊奠之。晤汝寅斋、陶涤之诸公,与陈翼亭、叶楚香同席,回,与翼亭茗叙,郁小轩亦来,茶罢,归家中午。下午唐淇园来,为大嫂、应墀处方调理。终日碌碌,账房内账船今日开,起限定期十一月初一日起头限。

十七日(11月30日)　晴朗。饭后阅唐诗五律,下午磨墨匣,暇与墀儿论文。今秋为病魔所扰,至今外感已清,元气未复,尚须调养,不能坐定。

十八日(12月1日)　晴朗。饭后沈吟泉来谈,午前即去。下午阅《简斋尺牍》,心绪纷如,无一用心处。观书无味,下午又微雨。

十九日(12月2日)　阴雨,晚间西北风大吼。饭后子屏侄来,述及沈步青为补廪一事,所商之途太迂拙,墀儿亦不乐从也,即作札托子屏婉复之。畅谈中饭,下午至莘和,回即归,以装套《清献日记》送之,渠有所转赠也。以堂对八言一副托沈梦叔写,留片在内,即交子屏转求之。

二十日(12月3日) 晴,西风已透。终日无事,阅《本草从新》,唐诗五言体不过消遣,聊不用心。

廿一日(12月4日) 晴朗。上午静坐,阅读卷。下午为叶公来岁事作札,拟关照顾芝生。心思不聚,浮躁特甚,略观《小学外集》。

廿二日(12月5日) 晴暖,恰合小春。上午蒂卿来关照限内折价,每石一元七角。午后徐小溪翁来送试草,邀之厅上坐,精神矍铄,可望寿榜,钦羡之,茶叙长谈而去。下午至北舍同春堂药铺,以十全丸合膏半料,阿膏自办外,共计钱二千六百文,约廿四日持药进来煎合。与梦书长叙茶寮,至晚而归。

廿三日(12月6日) 晴暖,东北风,防不老晴。上午阅《清献日记》。是日始有来还飞限者,共收十馀石。晚间吉老自梨里归,折价略商变通,姑从之。

廿四日(12月7日) 晴朗。上午阅日记第一本完。下午孙蓉卿来谈,以沈飐生所刻周氏所集《阴骘文》时文,蔡铁耕所撰《阴骘文》试帖,连广文青霞所撰《韵学急就章》见惠,俱领之。是日合膏丸方半料,一鼓后毕事。

廿五日(12月8日) 朝雾,晚晴。饭后在账房内督看收租,终日收共三十馀石。下午凌范甫到馆,暇阅《清献日记》第二册。

廿六日(12月9日) 晴,暖甚,皮裘可卸,防风雨。终日收租不过三十馀石,夜酌账房诸公,余陪之,不觉微醉。

廿七日(12月10日) 微雨,似欲做风信。终日在限厅上督收租米,夜间吉账,共收乙佰馀石,折色居多,若米则仍多潮杂也。

廿八日(12月11日) 阴,无雨,风仍不透。上午接子屏回信并步青原札,匆匆粗阅之,即交墀儿看,此事终非踏实脚根做,宜妥商,却之为是。终日收租不甚拥挤,夜间吉账,共收乙百四十馀石,折者十之七,未识明后两日何如。

廿九日(12月12日) 晴而不朗。朝上起来即至限厅收租,各佃颇形踊跃,诸相好手不停算,余亦应接不暇,至夜三鼓吉账,共收三百石左右,折色大半,若本色,则仍多潮杂不顶真。接吴少松信,知来岁设帐吴门包衙前何氏,以邱氏谢师一项托催致。又接子屏札,关照一事,足征定识,决计婉谢之为要。

三十日(**12 月 13 日**)　晴阴无雨,不甚明朗。朝起至限厅,各佃已陆续而来,还折色者柜上算,还米谷者余收之。终日纷忙督收,几无暇刻,至夜三鼓时吉账,共收三百二十馀石,诸相好已忙甚疲惫矣。自飞限今日截数,约计总收九百馀石,成色不及去年,而石脚已加斗馀,未识头限内能有起色否?余眠已在三鼓后,倦甚,然尚可支撑过去。

十一月

十一月初一日(**12 月 14 日**)　晴。朝上不能早起,饭后始衣冠拈香,叩拜东厨司命神前暨家祠内叩谒。终日收租四十馀石,存仓居半,是日始起头限。下午沈吟泉、宝文均来就谈,晚去,始知丁抚已定新赋,征实无缓,可谓不恤民矣。夜间吉账及早,熟眠,适甚。

初二日(**12 月 15 日**)　晴。上午钱中和来,以昨接袁憩棠信示之,其郎子方纳监一事已托办在陕捐局,廿四日上兑领照矣。终日收租卅馀石,两日清闲以息数日之劳。

初三日(**12 月 16 日**)　晴朗,西北风,可望久晴。终日收租十馀石,日上太觉清闲。下午与范甫、墀儿略论文,范甫近作语语惊人。

初四日(**12 月 17 日**)　晴冷。午前翼亭到馆,终日收租不满二十石,知日上米价渐涨。夜与翼亭絮语,知张元之十一日悬匾,今冬颇有生发处。

初五日(**12 月 18 日**)　晴和。终日在限厅收租,夜间吉账八十馀石,折色者多,自开限至今,略有五成账矣。午后张元之来送朱卷并具请柬,跟人不用,尚觉率真,留之夜饭,坚辞,略具茶点,坐谈片刻而返,云要至子屏处。

初六日(**12 月 19 日**)　晴朗。终日收租六十馀石,所收米色已极潮杂矣，一时整理为难，如北账路角甚不佳也。晚间吟泉同差周松亭以金局书片来催完馀银，复以两馀应给之而去。吟泉步还寓，略知新漕九五折，价每石三千〇五十二，连脚费在内，□□□否。

初七日(**12月20日**)　晴暖，微雨即止。终日收租六十馀石，夜间吉账，初抵去年，飞限截□□□不若五年分可知矣，未识以后能踊跃否也。

初八日(**12月21日**)　阴，微雨即止。终日收租□十馀石，折者渐希，若米色则潮杂甚矣，殊不忍用辣手顶真办理。是日戌刻冬至令节，中午祀先，祠堂内祭始迁祖下已祧之祖，余主之，厅上祭高曾祖父，墀儿襄事。下午吟泉来谈，即去。

初九日(**12月22日**)　晴暖。终日在限厅上收租，诸佃误以今日为头限截数，颇形踊跃，二鼓馀吉账，共收二百四十馀石，折者大半，若米，则潮杂甚也。总之，此事一味宽容，亦易受其欺弄。余眠时几夜半，诸相好亦多疲惫，钱数有差遗五六百文者，清查为难。

初十日(**12月23日**)　阴，下午雨。终日收租乙百二十馀石，吉账一鼓后。拟再放头限五日，以图起色。夜眠时，余疲倦甚矣。

十一日(**12月24日**)　晴暖。饭后同翼亭至葫芦兜，贺张元之悬匾之喜。至则鼓吹喧阗，执事前道，元之公服谒祠还，贺见之，宾朋云集，可称阔兮红兮。午前宴集，余忝首座，是日晤丁幼石老同案，与之隔席同坐。席散，复与钱芝田、叶绶卿、朱锦甫、薇人、子屏侄絮语，邱吉卿、幼谦亦见，吴少松略叙语，即以前札面致幼谦，子屏以陆九芝札寄余。沈梦叔堂对书就，极认真写，增光之至。邱九丈十九撒几开吊，讣文亦收到。

十二日(**12月25日**)　雨晴参半，日色殷红，春意盎然，似违时令。终日收租不过三石馀，自开限以来未有如此寂寥者。下午乙溪来谈，知日上米价腾涨，须每石好者一元九角有零。夜间西风渐吼。

十三日(**12月26日**)　东北风，雨不止，似有酿雪之意，暖甚。饭后从公盛行寄到袁憩棠初九日所发信，钱、潘两监部照均寄来，并复余捐例一纸,俱见周密。钱中兄处即唤渠来将照面领,暇则书明两家捐纳年月,以便代为注册。终日静闲,收折租二石馀,憩翁处即日当去面缴代应洋款。晚间接黄玉生札,以款画花卉四幅见赠,意欲张罗,暇当答润之。

十四日(12月27日) 晴暖。终日收租三十馀石,潘绍坤来,以监照面给之。下午吉生来,言定交易白米一数,价二元〇二厘。钱芸山来报子范一等喜单,报优费四元付讫,谈及廪事,知李我泉尚出文。

十五日(12月28日) 风雪终日,出门寸步难行。今日头限截数,无怪寂寂也。西邻有丧其母而无告者,商贷厚恤之,吾人处此境地理当如是,若必锱铢较,甚不愿也。暇作复黄玉生书,知先执丈竹翁葬有期,以分致之,并略润之。晚间积雪如玉。

十六日(12月29日) 晴,昨夜雪止,西风终日狂吼,冷甚,点水成冰,今冬第一冷信也。围炉终日,日记阅毕,兼接阅《年谱》。

十七日(12月30日) 晴朗,西北风刚劲严寒,为近年所希见。水滴即冻,须上凝冰,围炉静坐,犹形战栗。顾吉生昨夜来止宿,以白米斛售,留中饭而去。黄玉生札即托寄,画资绋仪在内。

十八日(12月31日) 晴冷,西风仍峭,河中俱冰冻。下午欲舟至赵田,行未出港而返,为冰所胶也。终日袖手,笔砚呵之始开,近年来希有之冷信也。暇阅《陆清献年谱》,系吴光西所辑最详。

十九日(1869年1月1日) 晴朗,风渐息,寒冷如故。是日梨川邱紫玖叔丈领帖撤几,河中冰胶益坚,竟不能往,歉如也。数日内还租寂无,恰可静坐,暇阅《陆年谱》上卷。

二十日(1月2日) 晴朗,西北风,仍不开冻,冷则稍减。静坐,还租仍寂然,阅《清献年谱》,吴辑,下卷已毕,纪事论说最详,然不及仪封张师载所编为简要得宜,因复详阅参校。

廿一日(1月3日) 晴朗,稍暖,开冻尚未,不能远行。终日静坐,再阅《清献家藏刊本年谱》,杨开基所纂者,最出在后。以《张本年谱》交翼亭看。

廿二日(1月4日) 晴,浓霜。饭后欲登舟至赵田,仍以冰路不通而返。是日东风,若有变意,下午小舟可至芦墟,余懒不出门,阅《吴本陆年谱》。

廿三日(1月5日) 晴暖,朝上大雾,饭后始清霁。今日冰路始通,有来还租者,仍以放头限收之。下午舟至大港,子屏适自梨里还,十九日吊于邱氏,冰阻耽搁数日,托札致沈步青,前议不果,谢之,知费氏撤几在十二月十一日。谈至晚而归,知新漕由单已来,竟办全数,大非年令所堪,抚民者寂不恤民瘼,恐有江河日下之势,可叹!若租务成色,则大不如客冬,民何以堪?

廿四日(1月6日) 晴暖。饭后舟至梨川,午前至蔡氏,贺蔡氏二妹三女甥出阁喜。晋之、仿白、宾之诸甥俱出见,午席与黄西垞同坐,下午与二妹絮谈,夜间宴客八席。席散,沈氏即来亲迎,执事排场极阔,新客子和,年少能文,择婿如是,亦大佳矣。诸礼毕时不过一鼓,余榻楼上,宾之甥来陪宿。是日晤蔡氏西宾吴绮生,今科案元入泮,晓钲之侄,谦谦君子也。

廿五日(1月7日) 晴朗。朝上与进之茗饮,晤沈月帆、陆莱仙、周咏之。饭后告辞二妹登舟,至邱氏,以九丈两分袖致应甫,并道冰阻歉忱。复至街上办杂物,纷屑之至,还,饭于邱幼谦处,晤画家苏人浦紫涵,笔颇苍古。下午走候邱省三丈,时有小恙,至床前,叙谈良久,所托转致一事,是理题细巧不易做。暇与梦仙茗饮,快晤吟海,畅谈至晚。夜与幼谦絮语,嗜好已深,殊难自克。葵邱一事,十一日约叙,已面许之,一鼓后宿舟中。

廿六日(1月8日) 晴暖。舟中晚起,饭后开船,到家中午。以叶绶卿所评约课卷面交范甫,惊知凌一谦翁无病猝逝,纯厚长者也,惜之。

廿七日(1月9日) 晴,东南风稍狂。饭后同范甫至莘塔送一议翁大殓,至则雨亭接陪,中饭后晤磬生,略叙,即开船至赵田,适憩棠他适,随即开船至白荡湾候之,复同舟回赵田,以潘、钱两家洋面缴,并以履历朱卷托渠到局报捐,阁中升衔以三二数面致后算,扰渠新婚喜果而回,约办妥后岁底归家面致一切。到家点灯,随闻陈翼亭已解馆矣。

廿八日(1月10日)　阴,下午雨。终日收租不过十馀石。下午吟泉来谈,知局书沈云卿廿四日来过,约月初出去完漕,是日始行差追。夜间略坐定,补登日记。

廿九日(1月11日)　晴。终日收租卅石左右,省三侄孙为墀儿看臀疽,已开出脓。张梧亭持吴江邑尊亲催单来,余约初一日出去,吏胥之急急追呼竟如此!

卅日(1月12日)　阴,微雨,晚间北风渐劲。今日为风雨所阻,头限虽放,仍属寥寥,夜间吉账,所收不过二十馀石。自开限至今,所收未满八成,殊不起色也。下午属吟泉到局,至北厍完银漕五成。子屏、竹淇来,知谨二兄病颇危急,商办后事,同至乙溪兄处,议厚帮之,如所请而还。中午同饭,下午长谈,至晚始去。此事当不念前情,我辈略可过去,理当如是,非故博宽厚之名也,书此为儿辈勖。

十二月

同治七年①,岁次戊辰,十二月初一日(1月13日)　阴雨而暖,要防发风。朝起盥手,虔诵白衣观音神咒,饭后衣冠拈香东厨司命神前、家祠内叩首。是日转二限,因雨阻,收租寂寂。雨窗无事,因题陆九芝《采药图》五言古风一首,初脱稿,似颇惬意,当携示子屏改定为是。

初二日(1月14日)　阴晴参半。终日收租十馀石。范甫来,述及陶爱庐翁子涤之新故,深为渠家惜。黄琛圃郎子美新取军机,京报已到,一喜一悲,两家相去天渊,缺陷世界有憾如是,为之太息久之。

初三日(1月15日)　晴。饭后舟至芦川,同吟泉到局完漕银,

① 原件第8册,书衣墨笔题"戊辰日记,勤笔免思"。

局书张森甫手。出来至裱画店，以堂轴三、幅片五交徐艺香裱修，计钱二千左右，约二十日去取。复至张厅茗饮良久，吟泉不来，后知与莘和同饭矣。走候黄森甫，略谈，幼谦扇尚未写。与吉老吃小点，后至顾念先处小酌，粟香、子骧、穆斋均在座，穆斋署教分水，颇能发生一切。接袁憩棠沪上卅日所发信，所托捐升衔一事似有头绪，惟有日收，不能即领照，尚须向局员王竹鸥商酌，足见办事周到，此事须年内回家面复。顿候吟泉不见，知已坐自家账船回去，沈宝文趁船同归。到家黄昏，知今日己、染两圩来还租，所收不过七成，尚须账船督差追催。是日收租四十馀石。

初四日(**1 月 16 日**)　晴暖而潮，大有作冷之意。终日收租寥寥，有开欠者归吉一户。下午吟泉来谈，晚去。是日先祖母周太孺人忌日致祭，适周表兄聘五来，格外周以度岁资，亦饮水思源之意。

初五日(**1 月 17 日**)　阴暖，微雨。终日收租七八石，开欠尚有未归吉者。暇阅《清献吴本年谱》，省三来为大儿治臀疽，据云再一回可望收功，晚送回去。

初六日(**1 月 18 日**)　阴，无雨。终日闲静，还租阒然，暇阅《陆年谱》吴本。是夜微霰。

初七日(**1 月 19 日**)　阴，微雪即止。终日收租五六石。上午凌荔生来，留之中饭，畅谈一切，许以《三鱼堂文集》借示，下午回去，云至紫树下止宿。暇阅《惜抱文集》，接星伯信，知谨庭之疾仍未轻减。

初八日(**1 月 20 日**)　晴朗可喜。上午略阅惜抱文中庐江郡县考，收租寂寂。下午舟至北厍局完漕银廿六户，局书沈云卿他往，取收条及前吉版串而出。与顾竹安茗饮，后至范洪源略坐，以星伯口信托元音转致张星桥而还。归家尚早，晚至大嫂处，略有口舌，排解之。甚矣，仆妇之可恶也。心颇闷闷，只好逆来顺受之。

初九日(**1 月 21 日**)　阴冻，颇冷。终日收石^①二石馀，省三来视

---

①　收石，疑为"收租"之笔误。卷十，第 393 页。

墀儿臀疽,云可收口奏功,与之同中饭而去。暇阅《惜抱文集》。

初十日(**1月22日**)　阴雨终日,似欲发风未透。上午闲坐,阅《姚惜抱文集》。下午至芦墟粮局,又完廿户,取收条而出。与吉生父子茗叙,吟泉亦来谈,约十二日到蔡再叙。归家已晚,明日拟同吉老到梨川部叙一切。

十一日(**1月23日**)　阴,无雨。饭后同账船至梨,午前登敬承堂,幼谦叙葵邱,中午设席,连首会合八,不全到,邱吉卿得会,余与同人交钱而讫。晚至费氏送世年伯母梁太夫人撒几,至则顾光川、沈青如陪余,夜间预送入祠,余与子屏至帏前拜送,此番一概不排场,而动与古人犹有哀思之意极合,可作梨川表式,甚钦之。回来,幼谦尚在镇上闲游,与应甫谈,颇为幼谦虑。一鼓就寝,宿东门楼,终夜雨。

十二日(**1月24日**)　又雨。朝上与应甫茗叙。上午至街上略办年货。下午与吉老茶叙,知差追租务己、染两圩甚不起色,梨局粮银已于昨日略完讫。夜与幼谦在内絮谈,应甫在旁,苦劝无惑迷途,颇肯面从,未识能有定识定力否。谈至二鼓就寝,夜雨颇甚。

十三日(**1月25日**)　上午阴,下午已渐起晴。上午乞幼谦书窗心四幅,随意挥毫,俱极敏妙,其才可爱也。家中船来,中饭后作片与芸舫,略送金腿乡味两种作芹敬脩仪,简陋可愧。拉幼谦同到乡,不肯,坚订新年作平原之留。开船下午,到家傍晚,知袁憩棠来过,在昨日,并送多珍,所托之事已办就,甚见赤心代谋,惟此中尚有未周到处,须要补题方善,当再与之面商。

十四日(**1月26日**)　晴朗。朝上吉生来,饭后出去,即作札复憩棠,约十六日到镇叙商。终日懒甚,阅范甫初作律赋,极见心思、笔力。夜间欲登出门后一应内账,不胜畏难,未讫事。晚接谨庭二兄凶信,今日未时,寿六十三。子屏属金官来,要前所云丧费,有信致余及乙兄,即如数付之而去。

十五日(**1月27日**)　阴,无雨。饭后至港上探谨庭丧,春晖堂小坐,子屏办事,知衣服坐身有此帮费,大可楚楚。星伯尚有请益之思,殊属非礼。与子屏略谈而返,择期十八日寅时殓,即日领帖出殡。

十六日(1月28日) 阴。饭后舟至芦川公盛行候袁憩棠,少顷,憩棠出来,以钱氏腿、酒,余处微礼面致,代办高丽参银并移文费均算讫。局中所云找付,亏银四十六两五钱,先汇致憩棠六十枚,即托札致局中,悉如所请,俟来春到沪带照改正,然后出咨是托。吉生留中饭,扰渠酒食,颇费。沈骏生同叙,下午复同茗饮始回,到家甚早。接费芸舫昨日信,颇见周到。

十七日(1月29日) 阴雨。终日在限厅闲坐,摘录租账全欠、零欠,较去冬实多其数,此时不过八成有馀,殊见年令之歉,而漕务全征,深恨令威苛政。夜间略阅惜抱文。

十八日(1月30日) 晴朗可爱。朝起率大侄、五侄至大港上,送谨二兄入殓,是日领帖,余略应酬,宾客陆松华、张元之,亲则沈溯芬,均自来吊,尚存古谊。中午掩丧、举殡,送至大门而止。回至账房,与竹淇、子屏谈,此番开销,大可敷衍,惟薇人名利目前两失,甚可筹躇。归家下午,碌碌终日,未坐定。

十九日(1月31日) 阴雨绵绵,未卜起晴。收租一户,终日在限厅上摘阅租欠,下午始竣事,全欠、零欠各账多有,殊见今岁之不足。有邻人沈姓来嬲,以不恶而严待之,尚未落肩。

二十日(2月1日) 阴雨又竟日。范甫午后解节回去,招吟泉,梨去不来。下午舟至北舍局,又完十三户,已八八折矣。局书沈云卿不值,以年物送省三侄孙,酬其为大儿、孙女治痘,故从厚(冬腿、栗二、枣一、布二),与元英茶叙而返。打米短工今夜算账,因今冬糙米所存无多。

廿一日(2月2日) 晴,复阴,无雨。终日在限厅收租一户,学书钱芸山、礼房沈少兰未送新历书,酬其值而去。知学宪行文,来年二月初一日县考。夜间账船还,略有所收。

廿二日(2月3日) 阴雨,终日不息点,殊非春花所宜,未识来岁何如,闷闷。以札致子屏并送年物(橘十六、匣二、糕四、腿一),账船上带去。竟日静坐,阅《惜抱文集》,湛然经籍之光,蔼然道德之言,为隆嘉间海内一大家,信然!

廿三日(2月4日)　阴雨又终日。是日丑初立春,朝上东风,尚合时令,惟雨水太多,甚非春熟所宜。《惜抱轩文集》前后共五册,今初阅毕,拟再重读一遍。上午一溪来谈,晚间率墀儿虔奉香烛蔬果,敬预送灶神升天奏事,礼毕,循例与家人食粉团。

廿四(2月5日)　小除夕,丁卯,微雨。上午无事,重读《姚姬传先生文集》,兼阅先大人手书《读苏笔记》,并与墀儿披阅《缙绅录》。日上有恶少,岁暮欲奢求,只好严拒之,若前日之邻人无赖者,已从优给之矣。

廿五日(2月6日)　开晴可喜。饭后同吟泉至芦局,找完银漕又十户,已九折矣,张升甫手。回至张厅茗饮良久,郁小轩来同叙,知今日到过胜溪候余,探其意,为廪事可商,余则婉谢之而已。至街上,晤许竹溪世丈,固留小酌,与吟泉同扰之。登梦鸥阁,不到已十余年,琴书无恙,竹丈年已七十五,甚可敬谢也。下午返棹,送吟泉归家,回来已晚,知子屏来过,为跛五佺急商,墀儿如所请付出三元。账船还,又接子屏回条,颇客气,回礼酱鸭一只,甚见多情。

廿六日(2月7日)　晴,西北风狂吼。饭后部叙年务琐屑事,心烦而费颇多。邱氏遣内使来,知幼谦迷途如旧,因风大,留之宿。终日碌碌。

廿七日(2月8日)　阴晴参半。终日催甲及店中来算账,及午而讫。适有世谊不良子署来,余以不见严待之,即属吉老为下台之计含忍许之而去,此种子弟真不足惜也。夜间账房诸公算脚米,分派照旧,黄昏后酌之,明日各送回家。今冬租务所收不过八成半,而出款反浮于昔,门户支持殊非易易。一鼓后寝,大有醉意。

廿八日(2月9日)　晴暖,略有春意。上午送账房诸公回去,朗亭约廿五去载。命工人涤扫几案,尘垢一空。周聘兄又来,留中饭,以斗米百钱给之,虽不知足,究系穷苦,非昨日之人可比。下午沈吟泉来谈，以芦局串缴余，至晚而去。

廿九日（**2月10日**）　除夕。终日晴朗可喜，东南风。饭后率墀儿衣冠在厅上虔供祀神，诸事均护平安，不胜叩谢、感激、恐惧之至。下午敬挂先大人、先慈遗像，大轮年在乙溪处。夜间张灯祀先，祭毕，家人团叙，饮屠苏酒，余不觉微酡。今岁稻熟不如去年，租收不过八成半，而大漕反办全征，殊非民力所堪，但望来岁丰稔倍收，吾辈尚可支持。应墀须发愤用功，于功名冀有寸进，庶可稍惬私衷。开科之说，尚无明文，然勖儿努力读书之志未敢一日稍懈也，应墀其勉之。是夜星斗灿烂，爆竹喧阗，大有更新气象。戊辰除夕更馀，时安主人书。

同治八年(己巳,1869)

一 月

同治八年,岁次己巳,正月初一日(2月11日) 元旦。东北风转东南,可符谚占五谷大熟之语。朝起衣冠拜佛,东厨司命神前、祠堂内拈香虔叩。饭后率墀儿、念孙至萃和堂,乙溪大兄处轮年,拜五代图、先祖慈遗像,拜毕,行贺岁礼,予与大兄、子侄男女以次受贺。茶叙后,复至二加堂拜二先伯遗像,乙溪率子侄同至养树堂拜谒先严慈遗挂,茶话良久而返。午后墀儿同介庵五侄至大港上拜年,点灯后还,知二房金官侄孙轮年留饮,颇见周挚。终日雨,不见开晴,而风色颇佳。

初二日(2月12日) 朝雨,西北风,至晚开晴,可喜。上午无客来,与墀儿论文,阅《姚惜抱文集》。午后竹淇弟、子屏、渊甫、成陶侄来贺岁,茶话片刻,回至萃和堂留中饭。

初三日(2月13日) 晴朗。饭后静坐,阅《惜抱文集》初编第二册。午前杨诚卿来贺年,文伯侄也,一茶至大嫂处留饮。下午祀先致敬,拟明日谨藏先人遗像。

初四日(2月14日) 丙子开大吉,晴明终日,可欣。今晨庚寅(恰在寅正)时媳妇又产一男,肥硕声煌,仰赖先人遗泽,再索得男,当立为应奎之后,余夫妇顾而乐之。命墀儿随时培植,以为他日门户增光,不胜私冀。饭后舟至杨墅,金兰谷翁去岁廿八寿终,今晚入殓,因在姻亲,特去一送。晤蔡进之、仿白、凌荫周诸君,知梨川镇上各家年兴极浓,风气大坏。归家,凌荔生、沈吟泉来贺岁,墀儿留饭,已散席,匆匆叙谈而去,至夜酣睡矣。

初五日(2月15日) 晴朗终日。朝起循例在账房接五路财神,饭后观村人出刘猛将赛会。午前钱子方、潘绍坤、叶桐君均来贺年,徐恒甫五郎甥亦来,墀儿陪之,大嫂处值年留饮。昨日凌丽生以《三鱼堂文集》暨《治嘉遗绩》借示,此书极当细阅,以景仰先贤于万一。

初六日(2月16日) 晴朗。上午无客来。下午观村人赛会收场,尚无斗殴等事。晚间余丽生自梅里到同叫船来,留之夜饭,止宿揽胜阁。为代凌磬生考贡事,须拉墀儿同往一谈,此事双关,只当先尽人事。

初七日(2月17日) 朝晴。朝上陪俪生吃饭,上午墀儿同俪生至莘塔一拜外母年节,一会磬生,商谈出贡代考事。中午陡起西北狂风,候至点灯不至,大约风阻留宿矣。下午徐甥新甫来,晚间王楚卿表侄自东浜来,据云并不客气,留止宿,遣之使来,殊属无礼,可笑。夜以年菜酌之,宿在账楼上,询其所学,仍庭训而应小试,一洵洵诚实佳子弟也,可取之至。

初八日(2月18日) 晴朗,风渐息。王楚卿以课作就阅,功夫、笔力均未两优,然其乃翁谱老改笔极佳,及今用力,尚可成就。饭后送渠回去,接子屏信,为福二侄到店事,要关至定期送去,即作复之。吴甥幼如来拜年,中午陪酌之,即去。元音侄、范桂秋表侄、沈吉翁表母舅均来,吉翁约廿四日去载。午后墀儿同余俪生自莘塔回,知磬生会过,考贡一节均俪生出费,不复再送果敬,在世情以为极雅道,然考贡道房费、至泰州盘费、老师贽仪、文书出学费均要俪生担当,亦殊周章之至,未识此中办理如何。因天时已晚,再留止宿畅谈两日,知此公他日玉堂人物也。

初九日(2月19日) 晴。朝上朱锦甫来,为敬承房屋事略有传述语,一茶即去。饭后俪生回同,拟即向老师开谈,未识妥否。上午蔡仿白陪从甥婿沈子和来拜客,用名柬,受之,一茶后乙兄留饮,明日拟招饮答之。下午葵卿侄、润芝侄孙来,即以福二官到店事商之,葵卿以复前途再定期托转述。墀儿至陈思去,晚归。

初十日(**2月20日**) 晴暖,略有变意。饭后率墀侄具柬答沈子和,并招渠午席,蔡仿白同来,酌以年菜,谈论驯雅,熟于京洛掌故,真故家之杰出子弟也,可羡之至,席散即回梨。午前孙蓉卿、陆立人来过,兰州来过,约廿二日去载。晚间元音侄陪大义云青侄之子号子祥来,定见帮账缺,脩六十九①,卅两限内半股,十六日去载,付定洋两元而去。灯下阅凌荫周处借来去年七、八、九三月邸报。

十一日(**2月21日**) 晴朗。上午阅邸报,殷达泉来,一茶仍回乙溪处留饮。下午舟至孙家汇拜孙秋伊先生节,茶话移时,极得论世知人之雅,良朋谅直之情,此老同辈中不易得也。蒙以觉阿上人新刻诗稿《江弢叔诗集》见赠,谢领之。京报一大札一并示阅,至晚始回。

十二日(**2月22日**) 晴朗。饭后命墀儿舟至梨川各亲友家拜贺年禧。上午金从外甥随其母来贺岁,与侄女茶话久之。下午凌云台来,一茶即去。暇阅《伏敔堂集》,是王仲则复生,惜用笔太尖刻。宜乎,位不显而福薄。

十三日(**2月23日**) 东北风,颇晴峭。饭后墀儿自梨回,昨夜宿在舟中,饭于丽江处,丽江到莘,不值,新甫接陪。午前费吉翁来谈,留之中饭,畅谈梨镇新风,大以城北太守为失体,论及幼谦,深为可惜,均于鄙见相同,下午回至芦川外家。客去,阅邸报。

十四日(**2月24日**) 阴晴参半,颇寒峭。午前胡谦斋来拜年,有挽作相商,余托婉谢之。此时余实囊空,仅能敷衍自己,谅不谅不计也。客去,阅江弢叔《伏敔堂诗》,戏笑怒骂,尽成文章,可谓独开生面,然刘四骂人,聊无含蓄,其品更在两当轩下,未识诗家以为何如。

十五日(**2月25日**) 晴朗。上午周粟香来,知二月初二日赴温州乐清学训导任,特来辞行,一茶匆匆即去,挽之年例小酌,竟客气不肯,甚歉如也。是夜元宵,月色颇佳。观村人烧田财,火焰甚红,可望

_____

① "六十九"原文为符号 山夂 。卷十,第398页。

今岁五谷丰登,私心祷祀求之。

十六日(2月26日)　阴晴参半。上午连广海、杨少伯来,下午接袁憩棠初十所发信,为其侄孙绍高欲托荐钱氏一席,须得供膳,恐不果,明日当一问即复之。暇阅《弢叔诗集》,子祥侄孙今日到寓。

十七日(2月27日)　阴晴参半,午前阴惨,北风雪下,幸即止,开晴,渐和暖。午刻顾莲溪自莘塔还来,一茶即去。下午舟至赵田候袁憩棠,絮谈茶话,晤孙酉山、沈莲生。憩翁月底到沪,约廿一日过我草堂,所托之事已发信到局。复同至述甫处,出见,知渠旧恙渐轻,然面色不甚佳,谈兴亦减,尚望有起色为幸。晤张问樵、刘健卿,茶叙良久而返,到家傍晚。钱氏一席已请定,即复憩棠。

十八日(2月28日)　晴。上午阅江弢叔诗,有泗洲寺门衲竹岩来拜谒,并具厚礼,姑受之。茶话片时,知去冬寺僧大兴土木,约月初访之。下午至芦墟答周粟香,且致赙仪,不值,其郎彦臣接陪,少年英发,可嘉之至。回至顾德裕、砚仙处贺岁,略坐,同述甫至公盛行吉生处贺年,吉生、砚仙留小酌,与述甫畅谈,至晚归家。夜间作去岁零用账。

十九日(3月1日)　晴朗,渐有春意。潘如明来,托报捐监生两名。下午墀儿至池亭上叶绶卿处贺年,晚归,不值,晤其郎蔚君。是夜一鼓有幽火,锣声哄哄者数处。

二十日(3月2日)　阴,微雨,春意盎然。上午阅《三鱼堂文稿》。下午命墀儿北厍去拜年。袁憩棠来,据云明晨即要赴沪,故明日之约不及践,一茶略叙,即以洋七十、履历一纸并以余照请局更正,一一面托,俟二月中返棹致余,匆匆即去,并以腿、鸭见惠,甚褒憩老而谢盛礼也。墀儿回,传说县试初一日要改期。

廿一日(3月3日)　雨,终日潮润,始闻雷声隐隐。暇阅《惜抱轩文集》《三鱼堂全集》数篇。下午省三侄孙来为小孙看牙疳,据云雪口甚轻,非口黄也,敷药长谈,送之回去。是夜一鼓时家人报有盗,明火,凿二、三房后门,余命鸣锣,传知各房,幸即逸散,始略部叙一切而眠。斯事颇费筹躇,未识以后能安堵否?

廿二日(3月4日)　阴雨,狂风,终日晦冥。上午乙溪来谈,论及昨夜事,情节似村中恶少,唤圩甲来,以烟灯、茶馆谕令要禁为属,然亦只尽人事而已。午前设祭,先大人忌日,见背以来倏过春秋廿载,显扬无日,思之呜咽。暇阅姚先生文集,醇厚严密,允推大家。

廿三日(3月5日)　阴雨,颇春寒。午前先霰后雪,飞花六出,幸即止,而雨绵绵竟日矣。顾兰州到寓,暇则静坐,邸报阅毕,兼读《三鱼堂文稿》。

廿四日(3月6日)　上午阴雨,飞雪即止,下午起晴。午前凌范甫来,知县试决计二月初一日,不及来读书,携书册,年菜酌之,下午回去。晚间王仲贻暨其侄桢伯子勤若来贺岁,一茶即回萃和。乙溪招陪夜饮,絮谈至起更而返,言及出贡事,渠意似肯通情,然李怀川详文未出,空谈无补,且俟头绪清后再商。

廿五日(3月7日)　晴朗。朝上与仲诒谈,匆匆未尽欲言,邀之酌饮,客气不来,上午回去,不及送之。午前陈翼亭到馆,恰好顾砚仙亦来,在养树堂年菜酌之。张星桥来,即邀同席,余颇有酣意。客去,与翼亭絮语。陈朗亭翁今日到寓。

廿六日(3月8日)　雨,颇寒。上午沈吟泉来谈,留之中饭,下午送回来秀桥。知粮局已涨价五百,未能忘情于余,后当请益也。吉翁亦到寓,诸公已齐,夜以年菜陪酌之。

廿七日(3月9日)　风雨,下午起晴。埠儿今日始开馆坐定,荒芜半年矣,勖渠须作佛脚之抱。终日无事,《惜抱文集》两遍终卷,大约序文古劲,碑志简要,且隆嘉间人物略见一斑,惜为俗牵,不及详读。《三鱼堂文集》阅至第五卷。

廿八日(3月10日)　晴朗可喜。终日无事,将旧岁出入总账逐一登清,殊形烦琐。以大嫂处补其缺,弥觉撙节之难。下午阅三鱼堂公牍文字,实可作理学书读,不胜景仰之私。

廿九日(3月11日)　晴朗。上午将二加出入账按月登记,有绌无优，殊非量入为出之道，思之实无善策。今日账船始开，暇阅《三鱼堂文集》奏议、策论。

卅日(3月12日)　晴，风颇料峭。上午查核二加用账，尚未清讫。下午阅三鱼堂策论四篇，《登瀛文稿》今始重阅。

二 月

二月初一日(3月13日)　阴，潮湿，微雨。朝起盥沐，静坐，饭后衣冠拈香东厨司命神前、家祠内拜叩。上午诵经咒毕，充之侄来，为春间起造楼房，二加东面间壁略有碍，要折修相商。下午至大嫂处告知之，随观地形，似亦无容更张，且俟动工再拟。暇阅新墨卷。

初二日(3月14日)　阴晴参半，风太狂。上午出冬照看。下午阅《三鱼堂文集》策论，并阅时墨。

初三日(3月15日)　阴，不雨，颇寒。书房内今日素斋，命墀儿同翼翁试笔作文。饭后衣冠率应墀拈香烛，在瑞荆堂中设案，恭叩文帝圣诞，以尽微忱。下午沈吟泉来谈，知江城初五后去。暇阅新墨，灯前墀儿呈阅文稿，尚觉从容自如，笔机不滞。

初四日(3月16日)　上午风雨，下午雨止，风稍息。午后舟至芦川答泗洲寺门僧，以冬米白粲一石赠之，稍偿前日所送礼物。扰渠清茶，观其所造楼房寮舍，极坚致高畅，亦俗僧之杰出也。主号竹岩，徒孙景云用中，畅语久之。回至公顺行内，吉生出外，与陆二兄、顾蓝田茗叙而回。市上寂然，路无醉人，到家点灯后矣。

初五日(3月17日)　暖，晴而不朗。饭后率墀儿至梨川，午前登敬承堂补贺岁，邱幼谦出见。茶后至德芬，九太太出见，应甫亦来，茶话良久。回至邱吉卿处小坐，幼谦招午饮。下午至邱省斋三丈处絮谈，知毓之堂内弟以心境不佳未应县试，略代张罗，劝其补考，尚徘徊未决。回来，内厅少憩，与墀儿、幼谦同至五峰园，尘封草荒，颇非昔日觞咏盛景，欲寻汤小翁先生杂文，扫地尽矣，不胜怅怅。夜与应甫斗室叙语，知幼谦今岁甚安静可嘉。县试今日初复，正场江"其在宗庙朝廷,便便言",次"得天下英才而教育之",诗"澹云微雨杏花天"。震"君子之过也",二诗不记。初覆沈大椿第一,张、汝二公前茅,馀不知。夜与墀儿宿门楼,有微雨。

初六日(3月18日)　下午雨,终夜滴点不绝声。朝上吉卿兄邀面叙,至金源馆,厚扰之,太觉客气、过费不安,复与吉翁茶叙良久而返。至费吉甫处畅谈,知芸舫到苏,前议建两邑节孝祠事略有端倪,以公致王巽斋信底见示。中午后墀儿、幼谦同舟回来,未至已雨甚矣,晚到,夜酌幼谦养树堂,翼亭同席。幼谦宿在书楼,翼亭陪之,可解寂寞。夜眠一鼓后,知顾小云今日来过。

初七日(3月19日)　大风,下午稍息,渐有晴意。朝上命墀儿至北库吊梦书侄媳兼慰梦书,上午回,持正场十名案,欣知凌范甫第三,初复题次节"今王鼓乐于此"三句,明日复二复,大约初十后即要出正案。是日先母沈太孺人忌日致祭,见背五十一年矣,痛无以报罔极之恩。暇阅邱幼谦、贝润生所改试艺底,与幼谦在书房内论字学。

初八日(3月20日)　阴晴不定,风尖厉。上午子屏来谈,留同幼谦、翼亭中饭,畅论诗文,颇不寂寞,阅近作古今体诗,知此道阅历深矣。以薛慰翁藤花馆课蒙草见示,亦时样妆也。晚间回去,冷甚。

初九日(3月21日)　阴冷,下午雨,幸即止,然春花有碍矣。上午袁憨棠来,所托捐中书照已填正,并以咨文底抄示,潘、张两监照亦来,恰好即交如明带去付讫。中午略置酒款留,此公办事切实可靠之至,甚感也。絮谈时事,知回匪在潼关颇猖獗,若沪上繁华如故,惟城中贾云阶先生修《上海志》,文庙丁祭,舞佾歌乐,演习成书,甚见礼文之美。晚间回去,颇雨。

初十日(3月22日)　阴冷,微雨终日。幼谦无可消遣,选录《登瀛社稿》数篇,作科考佛脚抱,此公之笔尽似之,以此入场,定卜婆弧先登。志之,以俟后效。暇阅《三鱼堂文集》。

十一日(3月23日)　晴朗可喜。上午略静坐,阅《三鱼堂文集》

说经论。下午薇人侄来，念其窘，略如所商应之，勖其固穷立品为要，未识不虚所望否。絮谈，晚去。邱幼谦、翼亭午后赴芦闲游，大儿陪之，晚归。知县试昨日三复毕事，正案未出，范甫仍在五名前，案首非金即程，沈子均未必稳拔。

十二日（3月24日）　花朝佳节。阴雨绵绵，殊败人意兴，未识今岁年令何如？须要丰熟，庶有生计，望之切甚。上午静坐。下午沈吟泉来长谈，晚因雨，舟送回去。

十三日（3月25日）　阴，狂风终日，至夜未息。暇作札并录诗草答复陆九芝，俟幼谦还托致。以扇两把属幼谦书，一两面字，一细楷，不及两时许，均告竣，真不易材也。暇与絮语，勉其深自珍重，毋再溺迷途为望，渠亦不以余言为河汉。

十四日（3月26日）　晴朗。昨夜微雪，颇冷。上午大儿陪幼谦、翼亭至莘塔闲游，午前凌范甫来到馆，知县试正案初十夜间出，案首金榜第即朴甫之郎，渠第二，可望府试抡元。下午与谈考事，知阅文者一拔贡，一举人，均湖北人，文前列批评极华，即不复者皆有批语，尚属顶真。幼谦晚归。

十五日（3月27日）　晴朗。上午观幼谦书团扇小楷，妙绝无双，下午阅凌范甫考作，复试两艺俱见心灵手敏、才大力厚，此公定非池中物，若仅卜今科采芹，犹为皮相，少年英锐，吾辈惭愧多矣。晚间吟泉来谈，即去。

十六日（3月28日）　晴朗，渐有春意，此月中第一佳日，春燕已来寻旧宇。暇阅新墨，观幼谦写录《登瀛社稿》，精楷可爱。是日致祭奎儿，命小虎孙拜叩之，他日当以慕孙主其香火，屈指离怀已八载矣，言念及之，悲感交集。

十七日（3月29日）　晴，中午后大风。幼谦家船来，因风留之，渠则归心如箭矣。终日无事，与之闲谈，夜宿舟中，不肯再留，因敦劝其节用保身，犹可为善，未识能回头否？若渠考试，无投不利，余深服渠天资不可及也。阅范甫考作，共相击节。

十八日(3月30日)　晴,风渐息。朝上命墀侄至斜塘补吊胡学斋,大嫂处姻亲也。上午陈翼亭家来载,送之解馆,约月初自舟来。顾吉生来谈,知钱子骧委署丹徒学,赵霞峰为之打点。下午子屏自冠溪来,以辛垞札示余,所许让缺一事,俟俪生有头绪,三四月间面商一是,即以捐例示之,知冯学士有修府志一议,各县请一二人,我邑渠与辛垞与焉,余怂从其聘,子屏尚在徘徊,携觉阿诗稿全部去。灯前应墀回,云渠家款待颇客气。

十九日(3月31日)　上午晴暖潮湿,夜雨。饭后拂拭几案,换挂堂画款对,尘垢一空。是日素斋,持诵白衣观世音神咒三愿。下午吟泉来谈,即去。终日纷纷,心不能定。

二十日(4月1日)　晴朗可喜。饭后乙溪兄处轮年备舟,率子侄、侄孙辈共十人至西房曾祖、南玲祖坟上祭扫,时逊村公坟屋新修,松柏补种并茂,瞻望徘徊。礼毕,祭奠而返,始于蒂卿侄处见江震县试全案。中午率墀侄儿至萃和堂饮散福酒,与乙溪对饮,子侄、侄孙辈长幼以齿坐,团叙八人,菜亦丰盛,极欢醉饱而散席。与乙兄絮谈,但祝年年平顺,此事典礼繁衍日盛,斯为家庭乐境,乙兄亦以余言为然。回来,潘姓因捐事送礼物,并收到止报费六元,俟赴江代为办理。朗亭去,约三月十六日去载。

廿一日(4月2日)　晴,风略狂。饭后应墀至萃塔补吊凌石麟,亦大嫂处姻串也,范甫同往,下午俱回。知青浦丈田董事私改步弓,现已揭破其奸,拟合邑重步,前此均不准。甚矣,作县之不易,而地方公正人之不易得也。

廿二日(4月3日)　晴暖,蜂燕益闹,渐觉皮裘太重,然未卜老晴。上午静坐,夜间清节祀先,祠堂内祭始迁祖春江公以下已祧之祖,余主之,厅上祀高曾祖父,应墀襄事,祭毕,饮散福酒,不觉陶然。暇阅《苏诗王注集成》。

廿三日(4月4日)　上午晴暖,下午又雨。饭后率应墀至南玲圩二伯父、先兄坟上祭扫,墀侄主之,先大人、先母墓前奠酒,余主之,儿侄辈随拜于坟前,后瞻望松柏久之而返。下午命墀侄儿至北玲祭奠应奎,不见者八年矣,幸渠嗣子慕曾今已呱呱啼笑,可慰奎儿于地下矣,思之啾然。暇阅庚申日记,可惊之事言之难尽,今幸逃劫外,祖宗庇荫,恩深无量,益当培植以储之,甚不可居安忘危也,特自警策,并以勖应墀共勉之为要。

廿四日(4月5日) 晴霁终日,是日清明节。饭后率应墀随乙溪大兄暨侄辈、侄孙舟至北库祭扫,先至始迁祖春江公坟前汇祭,次七世祖心园公,次六世祖敬湖公,次角字五世祖君彩公。祭毕,回至老大房紫筠侄处轮祭,饮散福酒,共十席,汇叙者六十人,余与乙溪、大榕两兄、竹淇弟共四人并坐,侄辈、侄孙、侄曾孙辈均以次团叙,菜颇丰盛,陪余者紫筠父子、古愚老侄,宴会尽欢而散。时春江公坟上新种树、挑泥,资则乙兄认一半,仲僖侄孙四千,馀则老祭上因紫云无须此钱,以此找吉,承办者元英侄。坟后隙地丹卿侄略有侵僭,与之说明,立界时从树边让出三尺,渠尚无蛮语,未识能如所约否也。回至水阁,茶叙良久,归家傍晚。

廿五日(4月6日) 晴朗可喜。饭后静坐,阅新科墨选数篇,苏诗《倅杭集》一卷。始命墀儿重理旧业,以为科考地步,不可再事因循是勖。灯下始算出入细账,以俟稽查。是日黄太宜人、先曾祖母忌日致祭。

廿六日(4月7日) 晴,风狂,骤寒,略有变意。暇阅苏诗,元英侄来,知春江公坟上挑泥工竣,共工十七千有零,乙溪、充之两房出钱一半,馀则仲僖四千,缺钱四千三百六十四文,老祭田款七千上借支讫。吾宗殷实之家不少,而肯为祖宗出钱者其难如此。甚矣,读书明理之不易也,可叹!

廿七日(4月8日) 阴雨,下午略开霁。上午阅时墨。下午步至友庆,时有土木之功,审安居已卸去,欲改造楼房,其壁与二加堂合,通情暂拆隔墙,以便立竖柱。凌范甫家中载去,初一日应府试。暇阅苏诗《倅杭集》。

廿八日(4月9日)　阴雨终日。上午阅时艺近选,下午有孙庄人潘星岩,以西阡圩上田四△九分三厘三毛出售,即兑绝起种,作为秀山公小祭,与友庆合出钱成交立契而去,此项即补去春出兑"禽"字田上一△七分之数,虽得越价,以此衷益,亦足差强人意。单契存在余处。

廿九日(4月10日)　阴,微雨又终日。上午阅苏诗。下午为小祭新制西阡之田,唤原佃户进来换顶契,以清理其事,照原契取租作五亩,断不可再浮以累佃,一以免口舌,一以正心术,理当如是也。

三十日(4月11日)　斜风密雨,菜花大有损碍,春熟难望十分矣。潘如明来,以张姓止报洋托余,并送礼物,受之有愧。暇阅《苏诗集成》,听墀儿理《尚书》,《召诰》《洛诰》《多士》佶屈聱牙,几乎不能成诵,均由幼时上书时不能加功多读所致,以后课孙,宜少上多诵为要,预识之,应墀亦以为然。

三　月

三月初一日(4月12日)　晴,不甚朗,颇冷。朝起盥沐,虔诵神咒《救劫宝训》,追思庚申之乱,愈觉凛然。饭后衣冠东厨司命神前、家祠内拈香拜叩。羹二嫂处兴造楼房,缺青石填基,命胡谦老来,要借用十五块,言定日后照数照大样买还,通情允之。此种事,无甚出进,何必效世俗不通方便,自坏心术也? 书之,以告墀侄儿,使知其理。

初二日(4月13日)　晴而不朗。上午阅时艺。下午阅苏诗《倅杭集》,此卷多脍炙人口之作。夜间动手算清内账,颇嫌头绪不清。是日大儿文期。

初三日(4月14日)　晴朗终日,东风极狂。是日踏青佳节,俗说今日无雨水灾可免。大儿呈阅文草,作蝴蝶格,充畅稳称,惜笔稍平。碌碌终日,阅诗文均无体会处,掩卷闲坐,默诵大士神咒。

初四日(4月15日)　晴暖,裘衣可卸。上午略看《苏诗集成》。

下午金泽唐绮园来为媳妇产后处一调理方，墀儿用补中益气方，均用高丽参。知府试今日江震二场，借去《四库全书总目》五十二、三两本，医家类，云有的便寄还。账船还，知北路催甲侵弊多端，日后必须惩办，当思设法以处之。夜间雷雨。

　　初五日(4 月 16 日)　阴雨。终日无事，阅新墨数篇，读苏诗至熙宁六年，《倅杭》下卷。

　　初六日(4 月 17 日)　阴雨，骤寒。上午阅新科墨卷，下午阅《苏诗集成》。与孙蓉卿谈，渠以考政为厌事，殊觉咄咄称怪。

　　初七日(4 月 18 日)　上午雨，晚间始渐开霁。暇阅新闱墨、《苏诗集成》《三鱼堂全集》，覆阅书札，都与人辨道语。

　　初八日(4 月 19 日)　又阴雨，麦熟大碍，甚非时令所宜，寒甚，不胜杞忧。上午庆如三侄媳来，如例赒之而去。暇阅新墨数篇，复阅苏诗五页。

　　初九日(4 月 20 日)　开晴终日。饭后舟至赵田，时袁憩翁夫人陈氏明日开吊，因预慰奠之。憩棠出见，知此事略排场，不丰不俭，极为得体。固留中饭，叶楚芗、孙酉翁、张问樵同席，归棹未晚。吟泉来谈，适芦局书张森甫来，又恳完两户算吉，与之谈定不截矣，未识如约否。吟泉晚去。

　　初十日(4 月 21 日)　晴朗，为此月中第一日。是日慕曾二孙双弥月剃胎发，凌氏遣使来，以喜糕见贺，小房内铃仪颇厚，甚为多礼。午前余衣冠抱慕孙剃头拜星官，并叩拜东厨司命之神，参谒家祠，慕孙已学作笑语，顾而乐之。中午余率墀儿、两孙祀先。事毕，余略饮，极为欢畅，诸家人均犒赏之。账房内略有俗事应酬，羹二嫂处今日竖屋上梁，略随俗准钱贺兴。夜招饮，辞不往，暇则静坐，不及看书。夜间复来请，勉就之，与蓉卿同席。

　　十一日(4 月 22 日)　风颇狂，幸怡渐晴。上午略阅新墨。下午读《苏诗集成》在常润道中诸作。吉老来，述东易七老复欲不情来嬲，只好静以待，婉以拒，谍者疑即谋主也，可恨无善策以遣之。

十二日(4月23日)　晴。饭后阅墨选数篇,读苏诗由杭守密卷。午后吟泉同局书北库柜上沈云卿来,又恳完三石四斗有零,付物色而去,言明不再请益矣,委蛇久之始讫事。下午吟泉又来谈,知府试江震头题"得见君子者""得见有恒者",馀则不知。梨川舟回,欣悉幼谦日上极安静。

十三日(4月24日)　晴朗。是日斋素,饭后虔诵宝训神咒。课毕,查算去岁出入内总登,头绪仍不清,此由懒吉,拙于会计之故。下午子屏有字来,寄到花线书卅本,步青处贺分璧还,即付书资作复之。

十四日(4月25日)　晴暖,牡丹盛开。余家内庭有玉留春一株,开花二十馀朵,极卯酒天香之雅,惜无诗以咏之,辜负此花矣。上午算吉内总账,数不合符,殊难再事握筹,糊涂完卷而已,可笑。蒂卿侄来,知府试次题"老者衣帛食肉"二句,"杨柳楼台",得"春"字。头覆凌范甫案首,可称名副其实。吾乡袁寅卿、陆怡(云)生均前列,陶鲲为诸童攻讦,竟不得入场。此番考试,必有新闻可资谈柄者。

十五日(4月26日)　晴朗,天气极正。饭后无事,静阅时艺,兼读苏诗《超然集》。下午登吉内账,虽有差误,不及再算矣,自愧甚也,以后须两月一吉为要。

十六日(4月27日)　晴朗,风略狂。上午取旧藏《石刻拔萃》两匣翻阅,尚少蛀蠹,然潮湿损坏多矣,今夏必须重加拂拭。暇阅苏诗和文洋川卅首,是先生集中绝句之最认真者,且诗题多出于此。朗亭载不来,复约廿六。

十七日(4月28日)　阴雨又潮湿。上午洗墨砚,录写官样履历手本一纸,以备急就章用,然恐是非非想也,可笑。暇阅墨选,《苏诗集成》密州任内之作。

十八日(4月29日)　晴。饭后一帆风顺,到梨川极早,登怡云堂,时徐丽江甥四妹出阁,贺之并道晚大姊王氏喜。晤蔡氏进之、仿白两甥,叶笠山、沈溯汾二老兄丈,知府试头复题"不如乐之者"至"可以语上也",经"敬敷五教,在宽",诗"绿满窗前草不除"。中午宴客六席,余与笠山翁同席,与溯翁遥对,二老叶则八十二岁,沈则七十九,强饮健饭如少年,钦羡久之。席散,归家未晚,适吴江殷澍生(其婿黄元芝)自同川来,知乱后现寓苏城胥门,为周崎亭夫子、师母沈太夫人暨雨春世兄夫妇,渠家三世兄之庶母(寓同川谢家桥),要安葬两代,并为小世兄成婚。渠,雨春婿也,特来相商资助,余义不容辞,即尽力以三数应之,先付一半,俟安葬有期,澍生以信照寄余,其数寄存费芸舫处转致为约,谈定后,畅论前年流离奔走之苦,令人悚然。留夜粥,止宿账楼上。

十九日(4月30日) 晴。留饭,澍生陪之,即告辞,云仍要至梨与芸舫昆季相商,亦周门两世弟子也。客去后,子屏来畅叙,终日而去。相约盛川之行,俟余与余俪生会叙,或有端倪再行办理,子屏亦以为妥,未识何如。此事成与否亦有定数,不能强也。

二十日(5月1日) 晴爽,略有风。饭后晒石刻一函,阅近选时艺。下午读苏诗《彭城集》十页,不觉昼长倦睡,略卧片刻,复读陆稼书先生古文数篇。

廿一日(5月2日) 晴,大风时止时起。饭后媳妇暂归省母,廿四日还。上午阅苏诗。下午至来秀桥送沈慎甫六表兄除几,从此生存之谊两尽,然不胜山阳之感。至则晤王麟书、褚聘岩诸人,知府试头复案已出,题目二复"愿无代善"至"子之志"①,"直庐应许到金坡"赋,"鸣鸠乳燕青春深"诗题。范甫第二,县元第一仍可有望。与同人略坐席而返。谍者又以东易相悚,只好听渠出题来,看来难免大口舌也,此皆余之六张五角处,不胜累事。

廿二日(5月3日) 晴朗。饭后杨报房稚斋来,即以所托监生

---

① "愿无伐善"语出《论语·公冶长》。此处作"愿无代善",疑为笔误。卷十,第408页。

面谈止报,除潘姓一名不管外,其馀三名,每名六元,先付六元,馀十二元俟条子到后找付,以出吉单开明与之而去。知陶琨攻考一事已可弥缝,甚见财可通神。暇阅苏诗徐州任上作。

廿三日(5月4日) 晴热而爽,大有夏令。饭后翻阅碑帖两匣,尚无损蚀。暇读苏诗五页,与大儿读先友袁松巢文,纯熟挺拔,以之应世仍无投不利,为之感慨、钦服久之。

廿四日(5月5日) 晴朗,稍热。饭后至友庆,登楼望充之四侄疾,阅唐绮园方案,骇知症已十分危急,属作札绮园,改换几味,实无益也。现在喉痛,火升不眠,汗雨,恐不久淹,因与二嫂论后事,相与嗟叹久之。适金少谷来,同蓉卿絮谈而还。邱氏遣使来,接陆九芝信,笔墨极佳,颇见周到。媳妇归自莘塔,三复昨日,名次未知。是日戌刻立夏,略循例饮烧酒,始食蚕豆饭。终日碌碌。

廿五日(5月6日) 晴朗,略有风。饭后以便片致吟泉,约廿七日同赴江,回条来,知明日先进城,暇阅《苏诗集成》。大儿改窗课呈示,理题说得颇清楚。

廿六日(5月7日) 晴朗。饭后略阅近墨。下午吟泉来谈,约明日仍同舟赴江。陈朗兄下午到寓,知府试三复仍范甫第一,题"言忠信"二句,"平地丹梯甲乙高"。据说尚有一复,范甫定元可必矣。晚部叙一切,明日到江。

廿七日(5月8日) 晴朗。饭后舟至吴江,与沈吟泉、咏楼同舟,颇解寂寞。下午入城,泊舟下塘,至县前徜徉,邑尊赴苏,衙前清甚。茶叙后至吟泉家絮谈,夜宿舟中。

廿八日(5月9日) 朝雨晚晴。是日沈慎翁家奉主入祠,诸弟兄叔侄均至,衣冠彬彬,颇服渠家谨遵礼教。为田事具禀誊清后,即托范差送署,小费六钱。吟泉留中饭,下午复茗叙,约吟泉明日同赴苏。

廿九日(5月10日) 晴。朝上同吟泉登舟,即出城,到苏午前。由葑门进城,泊舟燕子桥,登岸至西街,与卢氏女主人定见考寓,渠家亦无异言。至元妙观茶叙良久,吟泉略买物件,走莲溪坊,寻江震考寓公所,房屋极宽敞,考客阒无一人,知廿七日正案已出矣。夜与吟泉同宿舟中。

卅日(5月11日) 晴热。饭后同吟泉沁园茗饮良久,由西街走至府前,寻侍其巷,在元坛庙街尽头左手转湾即是,候藩房程小竹,絮语良久,知我学部选已有,名林廷锡,系江宁人,尚未到省。试用班内余名贡班在第二缺,通班在十二缺,秋春之间可望委署,郑重托之,示以寄信处并秋间陪考再来奉候而返。复走府学前,看九县正案已被惜字局揭尽,颇为懊恼。复茶饮歇脚,缓行还舟,腰脚十分疲软矣。稍憩,复上岸闲游,至考寓公所,于地上得江邑前列案,欣知凌范甫第一,震邑案元盛世赓。

四 月

四月初一日(5月12日) 晴暖。饭于舟中后,以钱六百唤轿一肩,具束行装,至盘门新桥巷谒赵霞峰明府,一见颜色无异二十年前,意兴甚佳,历谈任溧阳四载,兴利除弊,与民休息诸善政,且以操守心术为居官第一要事,当今实循吏之最矣,不胜钦佩。现在未服阕,仍候补当差,以朱卷呈送并写劳绩一纸,属渠相机照拂。长谈告还,欲来答留饮,均辞之。还舟,静憩半时,吟泉已自阊门还,诸物已齐,遂闲游半日,至夜登舟,长谈,一鼓就寝。明日可以返江矣。

初二日(5月13日) 晴热。舟行,晚起,到江上午。吟泉登岸,少顷即同解维,到同川,泊舟新田地,至余侣笙馆中候之。始知李、沈两缺尚未开补,侣笙代考罄生贡,老师处略与渠郎子容谈定,现在尚未出文,此中颇有谣啄,未得其真,欲趁舟至莘塔一决,余即允之。与之茗饮良久,晤王麟书,大谈江震府试时闹事纷纷,陶昆为廪童所攻,尚未补考。甚矣,义利之辨,能不蔽者鲜也。夜间仍宿舟中。

初三日(5月14日) 晴。朝上同侣笙、吟泉茗叙后,即饭于舟中,石尤风逆,舟行颇迟,三人谈天,甚可解寂。午后泊舟北舍,小点茶寮,又坐片刻,到家下午。吟泉即送归,与余侣笙商酌廪事,甚叹些小功名,艰如鲇鱼缘竹。侣笙夜宿书楼。

初四日(5月15日)　晴热甚。饭后墀儿陪余俪笙至凌氏会磬生,余即至友庆望充侄,登楼问之,神气尚清,然胃气几绝,势不能挽,惟延时日而已,深惜之。回来略坐,睡味已甜。下午吟泉来,恰好谈天解睡。晚间墀儿同侣笙回自莘塔,磬生来叙终日,悉照前议,一无异言,可知贝箕之谗,皆同人之忌心也,可畏可笑。夜间小酌,惜侣笙不能饮。

初五日(5月16日)　晴,仍燥热。饭后送余侣笙回同,约考贡文,部叙将行时即关照一信。钱芸山来自莘塔,据说吴江学出贡科分,乱后难稽一定次序,已详学宪请示矣。余侣笙即赶办,亦须俟回文到后方可举行,约计时日,尚可不出限。捐贡关缺以领照之日为始,不以验照之日为始,未识确否。以考贡出文有日,即来知会为托,然此公办事,非勤敏可靠者也,示知府试全案而去。以札致子屏侄,舟回,知赴周庄,须明后日归。碌碌数日,疲甚,夜早寝,熟睡适甚。

初六日(5月17日)　晴阴参半,恰好清和。饭后子屏有札来,知周庄未去前,梨回所寄节孝○○○恩准之说,芸老已札致彭复斋。建祠一说,抚宪已准提所存馀款矣,此皆费氏昆弟实心办事处。蔡氏二妹来谈,为四侄病急,特来一问,足见周到。吟泉来谈,晚去。

初七日(5月18日)　晴阴清和。饭后磨墨盒,订墨鲭,粗阅几篇,颇能副侯鲭之名。迟子屏不至,明日拟载之。大儿呈阅自改窗课两篇,极充畅合式。下午殷澍生陪周雨春之三令郎,号铜士名继均来,知两代葬事已于前月廿八日赶办,余处所帮葬事费全数付之,并送朱卷,留澍生夜粥,絮谈周家乱后一切事,感慨久之始返,宿舟中。

初八日(5月19日)　阴晴不定。昨夜阵雨酣畅,俗名今日是浴佛日,不宜雨,雨则麦熟有碍。上午载子屏舟回,又不值,知昨赴斜塘去,牵于俗事,亦颇不能安坐。暇则阅苏诗元丰元年在徐州任上诸作。

初九日(5月20日)　晴阴参半。饭后凌范甫到馆,携考作全卷相示,击节读之,英锐之气逼人眉宇,钦快之甚。少顷,子屏亦来,以补廪出缺事托与李辛垞相商,一应事宜,总以余侣笙考贡有行期,然后赶办上兑为妥,子屏亦以为然,约望后到盛,与辛老言定再覆。中午小酌谈心,觉阿诗缴还,《杨园先生备忘录》借阅,畅叙终日,晚携范甫文而去。

初十日(5月21日)　晴热,恰如初夏气候。饭后读《苏诗集成》,账房有田事找价,辞却之去,然终难免。暇阅《三鱼堂文集》,掩卷几欲昼睡,力开倦眼始幸得免,精神不自振如此,胸中俗尘万斗,读书了无会意处。

十一日(5月22日)　晴热。是日寅时,充之四侄竟遭不测,羹二嫂抚之如己出,二十年鞠育竟同泡影,不见成立,家门之不幸如此,甚可悼也!择于十三日成殓举殡,分居卑幼,礼当如是。与孙蓉卿絮谈良久,午后怅怅而而①返,心绪恶劣,闷闷。有感于我家子弟不能繁衍,无以为门第光也。

十二日(5月23日)　晴,炎热如五月中旬。终日在友庆应酬,诸至戚如徐、蔡二甥,迮、金两侄婿,均来探丧,陆立人在苏未至,其配晚侄女亲到。陪沈吟泉诸公夜饭,黄昏后始归就寝。上午有书贾吴自莘塔来,据云在上洋开坊,号绿荫堂,以一元五角置书房杂文暨《三鱼堂全集》一部。

十三日(5月24日)　风雨作冷,大殊昨日。朝起寅刻送充之四侄入殓,即领唁,亲友到者甚希,分属卑幼故也。午前举殡,余与乙大兄送至大门外,命子侄辈送至南玲祖茔旁丙舍,事毕而返。夜酌账房诸公司事者,与墀儿侄共陪之,设两席,席散还,颇疲倦,盖此举实乏兴也。

十四日(5月25日)　晴朗。晚起,饭后校阅新买《三鱼堂文集》,坏板颇多,当以丽生本补正。是日慕曾小孙百日留角齐寿星,命

---

①　此处疑多写一"而"字。卷十,第411页。

之学拜，笑语咿咿，抱之，甚解人意，可望他日读书成立。下午翼亭到馆，传知梨川大火灾，顾光翁家颇遭其厄，芸舫全家寄居，必大受惊，闻之寒心，能得不大罹咎为幸。拟即日至梨一探问，并为邱幼谦庆。

十五日(5月26日)　晴朗。饭后略坐定，校对《三鱼堂文集》。午前接竹淇札，并萃和有梨川的信，始惨知顾光翁家竟遭回禄，传说楼房两进俱毁，费氏亦罹其祸，惟店面无恙。子屏已去相吊，芸舫昆季何不幸遇此！

十六日(5月27日)　晴，晚雨。饭后赴梨，午前登敬承堂，幼谦各庙酬神拈香去。黄吟海来，备述一切，为幼谦惊喜交至。即至费氏，适遇子屏偕同往，芸舫、吉甫出见，知火由顾氏起，光川已焦头烂额，惨不可言。楼房精华俱烬，费氏亦波及一空，惟神像、诰命文契无恙，可奇者，所赶办贞节全册无一散失，此中有天护也。芸老所借余处《后汉书》葛板、《姚惜抱文集》原板亦罹其厄，日上要迁盛川去，慰藉久之而返。饭于敬承堂，陆九芝在寓，特来接陪，幼谦已还，汝茗翁同席，知此番保护汝氏之力居多，以遇灾而惧勉勖幼谦，颇韪余言。下午同幼谦与黄吟海、费玉兄茗叙畅谈，论及顾氏，不深骇畏。甚矣，放利多怨也。归家傍晚，舟中阅《杨园先生训子录》。

十七日(5月28日)　阴晴参半。饭后顾砚仙来，即去。昨遇子屏，欣知大嫂所报贞节已奉○○旨○○恩准。江震清册、彭复翁一札致芸舫，在子屏处，即日抄寄。辛垞处履历已来，诸事谈妥，但祈考贡回文一无阻碍，事可成就矣。人事已尽，未识天意何如，姑待之。暇阅《杨园先生备忘录》，校对《三鱼堂文集》。

十八日(5月29日)　晴，渐热。饭后补《三鱼堂文集》，新买有缺文处，照荔生本补录。下午沈吟泉来谈，傍晚去。

十九日(5月30日)　晴朗，稍炎。上午抄补《三鱼堂文集》文篇半，暇阅《备忘录》下卷五页。昼长不觉睡魔来，勉拒之，犹不克免，终由志气不振。

二十日(5月31日)　阴晴参半。上午校补《三鱼堂文集》竣事，荔生本可便寄还矣。暇阅苏诗至罢徐州任、赴湖州、过松陵诸作。晚雨，春花虽不能倍收，已大半登场。

廿一日(6月1日)　微雨即晴，潮甚，有风。饭后登载今春秀山公所补置之田，内簿登清，若余处所续置者仍未誊载，因循懒惰，无如余之持家政也，甚非宜。暇阅苏诗，《杨园先生备忘录》一遍初阅毕。下午阴晦复雨。

廿二日(6月2日)　晴，有风，渐燥。饭后媳妇回莘塔归省，禀明即日来。暇阅苏诗由台狱谪居黄州诸作。下午阅近墨。

廿三日(6月3日)　晴朗。饭后札致子屏，因翼亭有作柯事，故备述之，未识天缘何如。春花账今日始开，未卜成色若何。吟泉来谈，上午即去，述及东易人情风俗恶劣不堪，言之令人浩叹，其源由于无恒业也。暇阅新墨。

廿四日(6月4日)　晴，渐热。饭后阅苏诗。下午正欲静坐，子屏来谈，以姻事相商，不能决，且俟翼老去一回再行定见。以多怨文见示，有感而发，慨乎言之！晚去。

廿五日(6月5日)　晴，不甚朗。饭后翼亭同范甫，余处备舟至金泽候陆谱琴，即以子屏妹帖请与补山，暇阅苏诗《黄州集》。下午行欠差役范子卿来，以余所禀"琄"字田，押令谢佃耕种牌面寄示，以舟资四百给之，所说名字钱一千五百，则不当如所请。甚矣，衙役之惯飐也。晚间舟自金泽回，翼亭有字复余，俟明日卜吉后，唤船归来回音，大约此事克谐矣。

廿六日(6月6日)　晴，下午大雨，至夜始息，颇寒。上午子屏来谈，以《采访局领旌贞节妇女总册》见示，知礼部于七年十二月初五日具题，初七日奉○○旨，依议每县建一总坊，给银卅两，家起亭大嫂已得荣与，甚慰。并接到总局彭复斋致费太史书，知此案郭伯荫任内，六年秋间具详，第一次已迟至三年矣，各家均宜开单响报为是。清册二本，俟录出后缴还子屏转寄费氏。以近作文见示，畅谈终日。午后翼亭、范甫唤舟回，补山姻事俟卜吉后初十前回复。雨风大作，留子屏止宿书楼,絮语,一鼓而眠。

　　廿七日(**6月7日**)　渐开晴,可喜。朝上翼亭家中有事来载,约节后即到馆。饭后子屏回去,暇录旌表册,观工人插秧种田,蛙闹水心,鹭飞牛背,绝妙田家景也。万宝告成之兆,吾于斯卜之,不胜祷祝。

　　廿八日(**6月8日**)　晴朗。饭后磨墨匣,终日静坐,抄录旌表册、礼部奏疏,明日可以竣事矣。

　　廿九日(**6月9日**)　晴朗。朝上将旌表册抄毕、订好,饭后接余侣笙同里廿五日所发信,知照考贡一事均已妥办,拟月初亲同学书去赶考,捐贡须以验照之日开缺,特属合办到徐验照,庶经费稍减,当从其说。上午凌丽生来谈,《陆清献政绩纪》一本面缴,渠于古书颇能详考置买。新妇少顷另舟来,留之中饭,畅谈一切,下午回去。余即舟至赵田,恰好憩棠在家,以李辛垞捐贡履历面托,憩翁承情,肯即赴沪报捐,以物色交付之。与孙西翁长谈考政暨补廪事,此番似颇凑巧,以丁祭新章刻式见惠,憩翁约月初捐就后即复余。归家未晚,子屏有信来,命墀儿即复之,并以余侣笙信相关照。栗六终日,齿牙略痛。

五　月

　　五月初一日(**6月10日**)　晴,东南风颇狂燥。朝起盥沐,虔诵大士神咒,饭后衣冠于东厨司命神前、家祠内拈香虔叩。录陶苣生同年赋一篇,此公此事,必传无疑,实于顾、吴二公移貌取神。账房内有人来售冬米,成交,此时实不甚得价,然用度颇广,故允其请。

　　初二日(**6月11日**)　上午晴,下午微雨即止,风西南略狂,亦即息。饭后照应出货,吟泉来谈终日,下午雨作始归。暇录苣生赋半篇。

　　初三日(**6月12日**)　阴雨,下午开霁。饭后虔诵经咒,上午录苣生赋篇半,下午阅苏诗《黄州集》。

　　初四日(**6月13日**)　阴,无雨。饭后舟载梦书来,为少云侄孙在余账房不能遵规,几惑迷途,叱去之,以为不安靖者戒。留梦书中饭长谈,同载还,与梦书约,倘少云能改过,日后再商,此事实不能不尔也。书房内大儿文期,草稿终日始完。下午袁憩翁来自沪上,以贡单两张面致,初二日填给,可谓速捷无偶,极感情意之重,非常人所能赶办也,一茶后,畅谈而去。适吟泉来,惊知同里有毕姓者,谋为不轨,幸败露,两县邑尊已获首匪两名正法,并搜得妖籍,其党散布者可渐密拿无事。闻之骇然,不独为我邑称庆也,然城中同里暗迁纷纷,不便即上去,大约余侣笙考贡尚不及行动,姑待之,然甚为踌躇也。吟泉晚去,夜间饱咽憩棠所惠鲫鱼,银鳞玉鲙,鲜美异常,阖家饱德。

初五日(6月14日) 阴雨终日。上午录户部国子监贡照底。中午祀先毕,饮天中令节酒,不觉酣醉昼寝,殊觉懒惰,志气不振。

初六日(6月15日) 晨雷,阴雨终日。上午录芑生赋。下午作便札并旌表册文两篇,由账船寄复子屏,日上不便赴同,殊悬悬。暇阅苏诗《黄州集》,大雨终夜。

初七日(6月16日) 晨起雨渐止,潮湿础润,晴阴不定,恰是黄梅天气,尚不能即卜老晴也。上午录芑生赋一篇。暇读《张杨园先生年谱》,系道光庚子年桐城苏惇元厚子氏所辑,方东树植之有序。闻先生全集,书肆索价极昂,读是书,亦可知先生大概矣。风雨交作,中午开霁,正田功极忙时也。闻同川日上极安静,前事已在惠泉山捣其巢穴矣。

初八日(6月17日) 晴朗可喜。上午至乙溪处探听同里消息,知甚安静,暇录芑生赋四篇已完。下午北库局书沈云卿以县印帖预撮条银来商,坚辞之,至两房去,应酬之,此事以能却为妙。星伯同福官来,知其先生平望米店要另开,合伴觅人,实难张罗。星伯在书房内畅谈而去,以补廪事相商,与余意见却合。

初九日(6月18日) 晴朗可喜。饭后张森甫局书来,预撮一事,亦辞却之,暇录芑生院课杂作。下午顾吉生来,一茶即去。晚间账船均回,所收无几,北账尤甚。

初十日(**6月19日**)　晴朗。饭后录苣生《苏州竹枝词》,绝妙风人遗旨。子屏来谈,以近作文暨所写朝考字见示,文则有为而言,恰有方稿气,字渐整湛,絮谈半晌,下午回去。吟泉来,订定明日到同,畅叙至晚归。

十一日(**6月20日**)　晴朗。饭后载吟泉赴同,一帆顺利,午前已到,寻钱芸山茗叙,知学宪现考淮安(海州已考),有回江阴过夏之说,此说恐未的确。磐生考贡公结未具,此事学书索费耳,老师处文书已肯出矣,余即赶催之,尚多延约语,可称不能干紧。下午会余侣笙,据云史春泉约二十边持文到苏,若再穿早,彼甚牵强,学书之不足靠如此!侣笙心中亦甚焦急也。茗叙长谈,至晚又叙,以叶蓉伯条转示,探知学宪二十后要回江阴,一定二十启行,以路费合出相商,余即允之,以赶催学书早日动身为目前最要事。芸山亦已关照,启行之前到余处面谈,同行为是,想可不误事也。寻吴少松,复著饮良久,渠馆在包衙前云间胡子帆家,馆金学徒均是中平,宾主颇相得也。晚回去,余宿舟中,不能安寐。吟泉至王麟书处借宿。

十二日(**6月21日**)　晴,是日夏至节。早起寻侣笙同庞小雅茗叙,小雅健于作文,是同辈之最可畏者,携渠书院作两篇归示墀儿。少顷,少松、吟泉均至,芸山亦来,与小雅谈文良久始回舟,侣笙复以早行为属,不得听学书迟迟,芸山亦复重催之,大约总要二十左右也。侣笙先回馆,少松亦回,约院试时畅叙。饭后至南埭略办用物,晤金八愚,虚与委蛇,办就后即开船。与吟泉畅论涉世、应事此时大不易,下午到家,即送吟泉回寓。此番赶办似尚顺手,以后能得学书早行动,可望幸成,然总须芸山来溪,始有启行实信也,不胜祷望之至。夜间略登账目即寝,极酣睡矣。

十三日(**6月22日**)　晴朗。是日斋素。饭后衣冠率应墀拈香烛,在正厅上叩首,恭祝关圣帝君尊○○圣诞,并诵《救劫宝训》四十遍。下午静坐,欲至港上,人舟均未暇。

十四日(**6月23日**)　晴朗。上午补录陶苣生赋一篇。中午补夏至节祀先,祭毕,适绛泽徐小溪老翁来,为探问耆英榜例,盖老翁来科八十一岁,似与例符,余以且俟科试时向道房查例,如竟合符,再筹各衙门经费,老翁亦以为然。留之中饭,且以卯科江西所办寿榜刘坤一奏邸抄与之,畅谈而去。小翁诚实古君子也,如果合例,当襄成其事,亦吾乡文瑞之实征,罕遇也。欲会子屏,又不果。

十五日(6月24日)　晴朗。上午虔诵白衣大士神咒。下午舟至大港焦桐馆,子屏、薇人两侄俱在,畅谈半晌,阅二侄文,头绪尚清,勖渠用功,尚可有造,以补廪事相商,深以学书为不足恃,余侣笙考贡,必须早日动身为要。薇人所示道房抄来江邑出贡单,仍难挨算,只好存而不论,携旧墨卷一册,晚归。子屏欲借墨鲭,当便寄之。春花账今日摇毕,所收仅供盘费,民贫可知矣。夜间作札,催侣笙早日行动,未识如所期否?此信十六日清晨寄北厍。

十六日(6月25日)　阴,微雨,下午开霁。饭后录芑生文毕事。大儿呈阅昨日所作,尚觉清圆,以后以笔机敏捷为考前要诀。下午阅苏诗,离黄州卷将阅就矣。子屏有字来,借去墨鲭二册,戊辰闱墨一本。阅范甫昨日所作约课,笔力开展天矫,局度浑成精密,文情丰腴新艳,洵博大光昌之作。儿子局促辕下,焉敢与之驰驱?不胜钦佩!

十七日(6月26日)　阴雨终日,颇见寒象。饭后斋素,持诵大士神咒。暇录庞小雅文一篇,阅苏诗自黄移汝至金陵与王荆公唱和卷。

十八日(6月27日)　大雨终日,河水顿涨近尺,下午仍淋淋不止,殊窃抱杞忧,能得不再点滴为幸,然恐不能即已也。暇则合芑生文、赋、诗,汇订在子屏、辛垞文中,亦聊以消遣。闷坐,灯下阅苏诗四页。

十九日(6月28日)　上午晴,下午复雨,水涨尺馀矣,闷闷。是日先大父逊村公忌日致祭,重阅《陆清献年谱》张本。夜间大雨如注,甚为可危。

二十日(6月29日)　又阴雨,水涨四五寸,若不开晴,低区有碍,深切虑之,潮湿仍如故。终日无聊之至,阅苏诗五页,掩卷静坐,雨点不寂声,惟心祝早日开霁而已。晚间又作札催余侣笙。

二十一日(6月30日) 忽得晴霁,快幸何如!余侣笙札饭后寄北舍,想明日必到,未识能即得回音否,殊深焦急。上午阅苏诗五页,下午读《三鱼堂尺牍》。水势与去年仲夏相埒,能得长晴,吴民之福也。下午陈翼亭到馆,以凌荔生所藏《张杨园集》十六种借余,并以渠友周庄徐揽香翁所托,欲借抄《文献通考》正续钞二十三、四两卷,未识余处有否,当查考复之。

二十二日(7月1日) 晴朗。饭后细读《杨园全集》,知原本海昌范鲲所刻,全集已毁无存,萧山朱黄中刻本亦不印,今所存者,禾中朱薇佩所校,海昌祝人斋所选订十六种,板在平湖屈乐馀家,即此本是也。其全书范本,今不易得,闻荔生尚藏全部,甚可宝也,然祝本已撷其精华矣,当详细读之以消夏。是日始开卷读《经正录》。晚间天色略有变意,甚闷虑,并以不得余侣笙复信为急。

廿三日(7月2日) 天又阴,斜风细雨,殊败人意兴。上午大富圩已来索装坝钱,照旧例以四千给之,能得从此不来,幸甚,闷闷何如。暇读《杨园愿学纪》,言言切中吾人身心,极平淡,恰极精纯。下午雨又猛注,不胜隐忧。夜大雨,水涨如旧。

廿四日(7月3日) 阴,潮湿,细雨绵绵,望晴难卜。朝上接余侣笙廿二日所发信,阅之,事竟大翻前辙,行期仍无,并有全数奉商之语,断难应填,明日拟到同面谢却之。饭后至子屏处,商酌云云,亦与余见相合。甚矣,人事之不可料也,言之闷闷,长谈而返,终日一无好怀。雨仍不止,不知作何吉局。

廿五日(7月4日) 天忽起晴,西北风,不胜欣幸,皇天庇佑吴民至矣。饭后舟至同里,舟中阅江弢叔诗。中午后泊舟新田地,适余侣笙在旁顿候,至舟絮语,知文书已出,磬生处保吉已抄来,尚缺费三四十番相商,并无全数借填之意,余即以事得成全,许助而立,渠甚欣然,即招云路茶寮共叙。侣笙意欲云山同往,出学费亦谈定,现十二元,赊欠八元,拟即日叫船到苏转文长行,学师处赞敬补费同付与否,尚须蓉伯一谈。学宪现临通州,回江阴与泰州尚须到苏查实,此事似有头绪,但祝考贡科分不误,限期能计来岁闰月宽至六月底,可望玉成矣,不胜祷求之至。史春泉亦晤见,决计三人同往。茗饮良久,复至侣笙馆中略坐回舟,夜气清凉,宿于舟中。

廿六日(7月5日) 晴,西南风。朝上与云山茶叙,据云船已叫定,决计廿八日到苏,属渠早日出关为要。侣笙所需卅数与云山汇转暂存余处,俟回来付与云山。少顷,余侣竹亦来,属渠考贡必需亲往,断不可如咏山固执。小雅亦来,文两篇面缴,口诵十八期师课作,饱满周到,真健将也,良谈久之,与侣笙郑重相属始登舟。饭后开船,到家中午。下午作札拟面托袁憩棠,未雨绸缪,明日能面会为妥。碌碌终日,夜间熟睡。

廿七日(7月6日) 又阴雨,幸不猛注。上午命墀儿至大港,以禀事复子屏,回来知子屏小恙尚未愈。下午舟至赵田,欲以前事托憩棠布置,适憩棠金泽去,以札面托稚松、孙酉山转述,此计能得不行为妙,然亦不可不预为踌躇也。与酉翁谈,知补禀岁案,来年有闰,计至六月底不误,侣笙赶紧即行,似可尚在限内也。一茶回,到则孙蓉卿在书房,长谈而去。

廿八日(7月7日) 酉时交小暑节。风自西南来,不热,又阴雨,殊非气候之正。饭后雨不停点,深切虑之。静坐,读《张杨园先生备忘录》,未识余侣笙今日到苏否。下午仍未止点,殊非所宜。晚间雨又大作,颇可为虑。

廿九日(7月8日) 阴晴参半,水又涨半寸。上午似有开晴意,下午又微雨。暇阅《张杨园先生备忘录》卷三,志气昏惰,不觉昼眠,须戒之。书房内文期。

六 月

六月初一日(7月9日) 阴冷,大非时令所宜。饭后衣冠拈香,虔叩东厨司命神前暨家祠内,礼毕,虔诵大士神咒三百六十遍,意有所求,今始完愿,特恐心不能诚一,凛之凛之。上午账房内有田价找绝事,俯允之,实则非所堪也。憩棠之甥陆漪生以湖丝相贷,辞之。下午大雨,水势又恐不定,如之奈何,闷闷。暇阅《杨园先生备忘》第二册第三卷。晚间水又涨二寸馀,幸勿再来,为有可救。

初二日(7月10日)　朝上大雷电,大雨如瀑下,自朝至午,水又骤涨四五寸,可骇之至,幸下午略有晴意,可望水不成灾,然低区被淹不少矣。余处金、尊、玉、富诸圩,索装坝钱者纷至矣,殊增焦急。范甫今日回去。

初三日(7月11日)　忽得晴明,欣喜过望,惟潮湿异常,恐尚不能久晴,然皇天默佑多矣。索装坝钱佃户以低田被淹来报者尚纷纷,终日不能静坐,仅阅杨园文致友人书一卷。

初四日(7月12日)　晴朗,潮湿亦渐退,可望老晴矣。饭后与吉老对东账,半日而毕,不过寓目一遍,实则种种情弊万难搜摘也,可知干办外事亦甚不易。下午阅《杨园先生文集》第二卷,苏诗阅至由文登内召舍人任内诸作。晚间雷电阵雨,幸不甚狂,即止。黄昏又大雨,震雷可惧。水势又涨,不独低区竟防淹殁,农人踏水车昼夜不遑,犹防无效,不胜忧时念切。

初五日(7月13日)　阴晴不定。上午细雨密下,乡人已有烦言,若不即日起晴,虑水患将及高田,如之奈何。上午与兰州对南账,半日了吉,实心绪纷如,不能一一审详也。下午雨始息点,似有开晴好消息,然水已又涨一寸,总祈即止为转机。

初六日(7月14日)　阴,幸无雨,然不热,可穿夹衣,甚非时令之正。水势不退,村人踏水车护圩堤,甚防风大,危乎可殆。梨里下乡亦来索装坝钱,大胜圩亦已动车,恐偏灾将成,不深忧切。中午食不托,翼亭略有小恙,忌食。终日闷坐,一心默望早日起晴。

初七日(7月15日)　上午略晴,下午雷电又阵雨,西南风,水稍退而又增,至晚风紧雨密,圩堤防裂,殊非佳兆,忧思顿急,奈何。黄昏前雨点稍停,喜有转机之象。

初八日(7月16日)　晴朗气爽,一洗数日阴霾之象,忭庆何如,从此农人有望矣!西南风,水渐退,快慰良久。上午较阅租账内坐簿,下午招陈朗亭进来,与之定见冬间来年此番尚不至过作推敲之势,然近日东席亦不易用人也。暇阅苏诗《内翰集》、《三鱼堂古文》。

初九日(7月17日)　晴朗。饭后照应出货,此时米价未腾,然田之被淹者已多,恐日后必涨,能得平平为妥。水退寸馀,甚慰。终日账房有事,碌碌未能坐定。

初十日(7月18日)　晴热,恰合炎暑时令。东南风,水退几一寸,中低之田或可望补种。上午较查租簿。下午阅杨园学规及问答语。大儿文期,晚呈阅,尚圆畅。

十一日(7月19日)　晴朗,水又退寸馀。饭后送朗亭回去,约七月十八日去载。命木工修理楼上披水板,损坏颇多,阴雨所致也。吟泉来谈,书房内同饭,晚间送还来秀桥。

十二日(7月20日)　晴,炎热,为今夏第一日。水又退寸许,中低区大可补种。书房内文期,题系贞丰约课。上午校对租簿竣事,暇阅《杨园集》言行见闻录,晚间又读苏诗《内翰集》五页。夜间余田内被邻人偷拔苗几亩馀,探得其家非尽穷而无告者,虽无可如何,然亦见乡间恶薄,难以情感。

十三日(7月21日)　晴热异常,大好天时。西南风,水又退寸馀。饭后阅《杨园集》近古录。午前翼亭回去。下午顾兰州归家,约廿八日去载。夜间偷苗群至,余田中挖去者又亩许,家人欲执而究之,余不许,盖此中有可大可小是非,纵之,斯与余无大损。

十四日(7月22日)　晴朗,热甚。饭后命工人割苗,稍以绝其望,此则余独创新意也。当今处乡欲无事,须如此办理,德化谈何容易?势禁更大不可,慎之!暇磨墨匣,阅《杨园近古录》卷二,余侣笙未识今日能得到学宪驻临所否,祈早日玉成为要。是日西南风,水又退,晚间墀儿呈阅约课艺,颇能坚光切响。

十五日(7月23日)　晴朗,不甚炎酷,西南风,水已共退尺馀矣,是日卯刻交大暑节。上午阅《杨园集》近古录,下午阅《苏诗集成》元祐内召第二卷。始食西瓜,夜间热极,汗下如雨,几难成寐,月色极佳。

十六日(7月24日)　晴朗,炎热如故,挥扇乘凉,无风可拂。上午翼亭到馆,传说沈问翁要摄震泽县事,暇阅《杨园集》近鉴一卷。下午静坐,犹嫌暑热逼人。

十七日(7月25日)　晴热,较昨日稍减。饭后阅《杨园集》丧祭杂说,苏诗五页。下午接北舍老二房报条,惊知甫眉三从侄十六日丑时病故,年未满六旬(大房轮年往吊),是腹贾而醇谨者,可惜之甚,吾族中如此等人已不易多得矣。晚间始浴,垢腻一新,殊为爽朗。

十八日(7月26日)　晴,炎酷如火。朝上属吉老至梨川办桐油、竹轩,以备修船用。东矮楼上楼板腐坏颇多,修理颇费工本。上午阅《杨园集》农书,躬耕之能事备载矣。下午略阅近墨,热甚,掩卷乘凉,惜风微。

十九日(7月27日)　晴热,昨夜尤酷。是日斋素,大士佛诞,朝上虔诵白衣神咒二百四十遍。上午在养树中堂谨具香烛,率墀儿衣冠叩拜,以展微忱,暇阅《杨园农书》。下午阵雨,大好甘霖时降,数日炎暑,如服一剂清凉,消除殆尽,不胜欣快。夜间凉甚。

二十日(7月28日)　晴朗,雨后不甚炎暑。饭后阅《杨园农书》,苏诗阅至元祐三年,坡公额礼闱贡举事后诗。下午晒阅《四库全书目录》乙百十二本,尚不至蠹鱼全损,所蛀者天地头而已。晚间乘凉,闲坐。

廿一日(7月29日)　晴,复炎热。清晨接子屏札并墀儿课文五篇,动笔改两篇,极超妙,家秋园嫂氏姑媳节孝,知事节异常,彭复斋已另册请奖,事入邑乘,办理尽善,可慰苦衷。贵州、山东两省补行乡试,此时事之大可喜者。费氏昆季欲建两邑节孝祠募捐,余以应许矣,俟子屏来面定数之长短,匆匆作复,以笺纸数章与之,渠有所用也。上午阅《杨园农书》下卷。午后阅子屏改本,意义超妙。墀儿原本总失之平,勘渠熟复之。

廿二日(7月30日) 晴,炎暑。饭后晒《四库全书目录》乙百十二本竣事,厨中一架杂书收拾一清。孙蘅石、陆某来,留之中饭,蘅石乞《分湖小志》一部去。阵雷雨微,下午炎热渐退矣,暇阅《农书》。夜复雨即止,渐凉。

廿三日(7月31日) 晴,不甚暑。朝上素斋,虔诵神咒。上午阅《农书》终卷,《杨园先生全集》今日一遍初阅毕。下午阅时艺,闲坐。夜间大风,微雨,凉甚。

廿四日(8月1日) 晴朗,复热。朝上由北库接到余侣笙二十日同川所发信,欣知学宪在江阴,侣笙补办陪贡文始转文,十二日出关,十四到江阴投文,十六日考出,十七日给贡单,二十日回同,并关照限期六月三十日止,捐出缺者,以限内给照之日为始。钱云山约廿四日来,今尚未到,此事闻之,始为慰藉,拟即日以贡单交云山赴验,补且略缓,未识诸事如愿否,总祈玉成为望!是日斋素,补诵神咒,以完心愿。上午大义兰亭偬以其胞兄希贤相荐,年约四十,同许宗云来,余约八月初回复,兰亭系云青胞弟。晚间阵雨如注,终夜颇凉。

廿五日(8月2日) 晴热。上午作札致子屏,命工人将堂楼下窗扇蜕下,洗净抹油,不觉气宇一爽。下午子屏回字来,以限内验照为是。迟云山不来,拟明日专札专舟去催,然恐此月中不及到江阴矣,未识可不误否。晚间局书沈云卿同吟泉来,嬲之不已,再借十元,言明银上扣算而去。此等处,严拒非所宜,应酬之,终防失脚,殊非万全处。

廿六日(8月3日) 晴热,不甚酷。上午阅《切问斋文钞》荒政积谷卷。午后同川舟回,知钱芸山抱腹痼疾,故迟迟未来,约今日必到。晚间云山来,以余侣笙札致磬生暨贡单托寄,阅贡单,十六日给,系同治壬戌年补行咸丰五年乙卯恩贡,题"文质彬彬,然后君子",经"禾易长亩,终善且有",诗"烈日方知竹气寒"八韵,其费旧例计银四十四两,银作十六①,洋加水,约合七十馀洋,连小费须归八十左右,若倩人代考,又增价须洋十元,范咏山代考陆谱翁缺,竟出此数,学书此番无甚沾光。大儿为辛垞验照,云山虽抱恙,决计无妨,已定廿八日前赴,索费较考贡更大,因货卖当时,俯允之。留渠夜粥,明日再商。

廿七日(8月4日) 晴朗,颇凉。留云山朝饭,看渠气色颇佳。饭后以捐照两张、物色百十、侣笙处贴费而立,作札面交,渠订定明日出关,初五后回棹面复,惟其数尚不惬意,回来要请益,搭桥应之,重托而往。上午莘塔有女使来,恰好命大儿作札,以磬生贡照寄交之,此等要件,不便存留也。终日栗碌之至。昨日上午顾莲溪来,述渠尊翁之意,欲叙葵邱,其数大衍,余以得半应之,会帖坚辞仍留,以十八日不及往告之,或前或后缴数,食西瓜而去,云至莘塔。夜间凉甚。

廿八日(8月5日) 西北风,凉似中秋,朝雨,晚始霁。上午阅《切问斋文钞》。下午预作一四六禀,拟上本邑,备而不用为妙。大儿呈约课孟艺文,尚觉理法双清。

廿九日(8月6日) 晴朗,凉甚。上午命木工修理丈石山房门榍,中多白蚁,虽多洗涤,未净其穴,殊为急不能了,得过且过而已。朝上子屏有信来,费吉兄施药依旧办理,甚不可及,惠苹果、佛手三枚,谢受之。暇作楷誊清昨日禀,艰难不适之至,此事殊形恶劣,幸不应试,尚可藏拙。下午阅苏诗《知诰集》。

三十日(8月7日) 倏又终日大雨,东北风,水又涨二寸馀,殊虑天时不测。终日闲坐,是日亥刻立秋,穿夹衣而食瓜果,亦非时令之正。下午稍徇例赏秋,略饮火酒一杯,陈翼翁量无涓滴,相对少兴。晚间雨仍不止,难望起晴。钱芸山今日未识能到江阴否,惓望之至。

七 月

七月初一日(8月8日) 朝起略有晴意,晚得老晴,可喜之至,

---

① “十六”原文为符号𠃋。卷十,第421页。

然水已骤涨三寸馀矣。饭后衣冠拈香,东厨司命神前暨家祠内叩谒,诵经咒数遍,暇阅苏诗三页,《切问斋文钞》两篇。吟泉来谈,晚去。大儿以约课文两篇送子屏阅改,然后誊真,约初三日去取,舟还,知子屏在家。

初二日(8月9日) 又微雨终日,水涨又寸馀。上午阅苏诗《帅杭集》始开卷,暇阅《切问斋文钞》教家类,极宜三复,以为居家法。晚间又阵雨,难望明日老晴。

初三日(8月10日) 晴阴参半,微雨略洒,水略涨,至晚始有开晴意。饭后命墀儿至梨徐丽江处有所商,未识稍如所望否。下午接到江邑汪明府照会一角,谕作北厍帮办积谷董事,此系旦卿侄所推荐,似可不必推诿,盖责任均可旦卿当之,袖手旁观似亦无妨,须再熟酌之。傍晚大儿归自梨,所商不遂,可知任人之难,念渠近有家难,姑恕之,且约冬以为期。子屏所阅文二篇已面领,头篇亦以为当行,略改数句,皆担斤两。

初四日(8月11日) 朝上大雨雷电,幸即止,渐渐起晴。上午阅《切问斋文钞》风俗类,下午闲坐。

初五日(8月12日) 晴,炎热,然潮湿无比,恐防尚有雨水。上午阅苏诗《帅杭集》五页,下午阅《切问斋文钞》风俗类半卷。下午顾兰洲来,吉老回去,约廿一日去载。

初六日(8月13日) 晴热。上午阅《切问斋文钞》风俗门毕,吴甥幼如来,书房内中饭,下午回去,略有所商,允之,因此子课蒙苦励,尚肯学好,非浮浪子弟不可提携也。是日再沐浴,不啻服清凉剂,爽朗得未曾有。

初七日(8月14日) 晴朗。饭后作书复顾莲溪,拟明日寄,昨有信来,此事势难如愿,余之对友朋情已至矣。乙溪大兄来谈,论及丽江家事,母子之间嫌隙已成,万难调处,可知处后母之逆境转移谈何容易?此家庭之变,除分析无题目。下午阅《切问斋文钞》财赋类。晚间又有阵雨,尚微。

初八日(8月15日) 晴朗,不甚炎。上午阅《切问斋文钞》财赋类卷一完。下午迟钱云山江阴未回,颇切悬望。

初九日(8月16日) 晴朗,颇凉,水渐退。传闻扬州月初发水丈馀,未识即退否。上午阅《切问斋文钞》漕政类。下午闲坐,心不能定,扰扰多端,殊非自己检束之法。

初十日(8月17日) 晴,不甚热。饭后至蓉卿馆中谈,知渠尊翁明日相约枉过,回来命工人堂楼下抹油,此屋自先大人见背后,今始再加整理,言念堂构,庇荫无涯,甚勿忘创造艰辛也。子屏来谈,以近作数篇见示,均极风华朴茂,兼擅胜长,快佩久之。畅谈至晚去,约明日再来。

十一日(8月18日) 阵雨时逢,阴晴不定。饭后孙秋伊先生来,欣知近日身颇康强,丰采焕然,剧谈终日,深慰阔衷。来岁朱氏一席仍旧,两徒极循良聪颖,宾主相得也。子屏为秋翁复来,中午同席,晚间送归孙家汇,子屏亦去。竹淇弟有女许字斜塘朱,其夫已入学,未婚病故,女矢志奔丧,现已适朱氏,侍其姑,其志可嘉,其命可悯,志其事亦吾族光焉。

十二日(8月19日) 晴,微雨时洒,大有秋凉气象。上午闲坐,村人演剧,兰孙女、念曾孙特许其在船一观,幼少弛其禁,似不妨耳,工人皆往。下午翼亭家中来载解节,约考后到馆矣,暇阅《切问斋文钞》财赋类终卷。

十三日(8月20日) 晴,颇凉。是日斋素,朝上虔诵大士神咒回向讫,适接钱芸山信,知未开船之前遭其子病故,抑郁无聊,其痼疾因之未愈,迟延之故甚可原谅。初九日发信,约十五日之前赴江阴,殊切焦思,因作札明日属顾兰洲到同面会之,观其气色,催渠速往,未识以后诸事能应手办就否也。万事甚难逆料如斯,必祈如愿为慰。暇阅《切问斋文钞》选举类,终日心猿意马。

十四日(8月21日) 上午晴朗,下午微雨。朝上属顾兰州到同面会钱芸山,暇阅《切问斋文钞》吏治类,中午中元节祀先致祭,下午兰州已回。据云芸山已会过，据云现服苏寓孟河费公之婿药，颇对，神色颇佳，无寒热，行走尚便，约定十六日开船赴江阴，此事须祝平安、两全其美为要，祈切之至。晚间雨霁，闲坐不观书，明日拟作札复子屏。

十五日(8月22日)　晴朗。饭后作札与子屏，并大儿文五篇，下午寄送大港，暇阅《切问斋文钞》刑名类半卷。命墀儿誊真红禀，以便到江为积谷事面辞汪明府，尚无舛落，稍有误句，可以淹饰。

十六日(8月23日)　晴朗。饭后正在门首闲步，适凌荔生来，快谈终日，深得亲朋之乐。渠新得《资治通鉴》全部，潘稼堂先生批本，真至宝也。借余《分年日程》二本已还，并以屈刻杨园全部六本，余所赠荔生者转送余，又送陆雪亭近刻《杨园先生文集》，未收于全集者二本，徐俟斋先生《读史稗语》二本，深感雅意。余以桐城苏惇元子之厚所辑《杨园先生年谱》一册送之，复借余旧藏《松陵文献》，潘樫章先生所辑者三册，因旧有朱圈，欲作过本，至晚而去。

十七日(8月24日)　晴，上午略热，下午有阵风而雨微。上午有曹菊圃夫人顾氏表姊，年七十七矣，子俱不在，孙及曾孙各自营生，不能养老，因前有瓜葛，留饭，赒之二，一英一本而去。陶赋秋来，为郎藕龄九月婚吉，预借蟒袍，略谈，一茶去。袁憩棠来，承情关照前事，正在絮谈，适吴老师之二世兄海岳自盛泽持辛垞札来，所商云云似非正格，约廿二三间相覆，固留，不肯止宿，委蛇而去。憩棠不及送而返，明日拟至同一问芸山，能得已赴江阴最为妙着。

十八日(8月25日)　晴而热，下午阵雨。五鼓起来，命舟至同，顺帆行，到镇不过饭后。至芸山家一问，知十六日未去，登楼望之，与之谈，神色无恙，因日上针灸，腹大泻，身极疲软，食淡腹松，静养可望渐愈，惟出门断不能，即将物件收还，俟学宪案临时补验矣。并知新学师李今日公座，乍来之子，可笑可骇。即开船，到家下午，恰幸阵雨未逢。裕堂侄为受诬事属到公一吹拂，以相机办理应之，然不足恃也。约二十日到江叙。

十九日(8月26日)　晴朗,昨夜大雨,水涨二寸。上午阅《杨园先生陈订顾校年谱》毕,接子屏札,与余意见相同,下午命大儿面复之。梦书、元音侄为少云侄孙事曲劝终局,姑从宽允之,言定如无大过,以来年二三月为度,束脩不得多支,除年终急用外不得过千文,未识能改过效力否也,约八月初一日去载。陈朗亭今日来溪。

二十日(8月27日)　晴。饭后载吟泉赴江,风微而逆,午前过同,傍晚到江。至下塘吟泉处小憩,探知邑尊明日上省,即衣冠进谒,即出见,年四旬馀,号镜涵,极谦和,以禀面辞,似允未允,云照会暂留,此事再商,长谈告辞,送出头门。夜与吟泉絮语,宿舟中。

廿一日(8月28日)　晴,中午颇热,早晚甚凉。饭后同吟泉候赵龙翁絮谈,其东翁即高足黄叔美也。茶寮乘凉良久,至县前,确知汪令晋省未还,已藩牌悬示,沈问梅决计回任矣,民乐吏怨,口碑不爽。至杨报房小坐,晤张侣仙同年,略叙,尚客气。稚斋来,知科试行文已到,十三日案结苏郡。报节孝事,与芳廷谈定廿九或初一日来乡开报。

廿二日(8月29日)　清晨解维,到同极早,泊舟庄家浜。吟泉上岸,同至黄麟书处絮谈,论及廪事,以到江阴赶办为是,扰渠点心而返。即回至钱芸山处,知痼疾尚无起色,与之商酌,陶梅亭代往,余亦同行。以凌磬生札交侣笙,在舟中商议,亦以同到江阴为是。少顷,陶梅亭来茶叙,定期廿六日到同,另唤一舟廿七日启行。梅亭订定后即开船,石尤风,到家点灯后。吟泉顺路归家,并约江阴同往。

廿三日(8月30日)　晴。饭后舟至北舍,子屏在梅氏应酬,招至水阁茶叙,约定廿五日率墀儿至盛川辛垞处面谢,所商一切,均以为妥。即返棹,下午闲憩静养,荔生来,小酌畅叙,傍晚始回。

廿四日(8月31日)　晴。饭后登清账目,作札致李辛垞,芸舫一札命大儿代笔。明日清晨至大港载子屏同至盛川。下午与墀儿部叙一切,吟泉来谈,即去,云要至乙溪处。

廿五日(9月1日)　阴晴参半。朝上命墀儿由大港载子屏赴李辛垞处,余有札致辛老并费吉甫同年。今日东风,顺帆到盛,可望未晚也。上午衣冠东厨司命神前、家祠内拈香告辞,明日有江阴之行,下午部叙一切,检点行李。阴雨骤寒,北风颇紧,似有发水象,若行盛川,则极顺利。夜间风声极狂。

廿六日(9月2日)　晴,饭后渐朗。朝上舒齐行李,饭后载吟泉开船,东北风半顺,扬帆到同不过午后,即会钱芸山、陶梅亭,知船已叫定,船户金奎,报船熟悉者也。夜同梅亭、吟泉舟中夜饭,即行伏载。

廿七日(9月3日)　阴,微雨。五鼓开船,东北风,挂帆半顺,到苏不过中午,泊阊门外山塘桥,与吟泉、梅亭茶寮闲叙,因泥滑不进城,岸边散步而已。昨夜蚊扰,终夜不寐,是夜酣眠。

廿八日(9月4日)　微雨。朝上由阊门开船,饭后出关,关上已成市。东北风颇紧,到无锡已傍晚,夜泊黄婆墩北门。

廿九日(9月5日)　东北风,晚晴。朝上舟人暂停开船,由北门高桥行白汤圩,午前过青阳镇,下午过阅人桥,晚霁,过习射桥,又行廿馀里,两岸水深林密,虽遭兵燹之馀,风景恰与吾乡不同。又行十里馀,始进江阴南门,泊舟学院前,已黄昏后矣。不上岸,夜饭后三人眠谈,终夜蚊扰,不成寐,诘朝始酣睡。

八　月

八月初一日(9月6日)　晴。晚起,至学院前观望,衙门系劫后照旧基重建。茶肆小憩,忽密雨蒙蒙,即至船中朝饭。上午梅亭至陈湘渔处付照投验,谈定后即付物色至渠家中,回来,据云已赶紧送稿,明日夜间可以付文讫事矣。雨终日不止,着屐至茶寮赏雨,吃面颇佳。还船团叙,闲谈而已,夜仍蚊扰,雨声终夜。

初二日(9月7日)　晚起,雨初晴。饭后同吟泉、梅亭由学院看新修号舍后至北门外望君山茶饮江滩,回,复茶肆坐良久。探听得祝氏在南门大宅,前门作协镇公馆,出进在后门,至其家,无门丁,一读书者出来,知两同年系弟兄,一名誉彬,号秉规,一名善诒,号勖人,今日均不在家,约明日往候之。傍晚回船,点灯后梅亭亦自陈雪舟处来(名锡周,号湘渔),贡照已验,贡单亦给,札一角,仰学同付,诸事舒齐,明日可以开船矣。夜仍蚊扰,恰安睡。

初三日(9月8日) 雨又终日。清晨解维,出南门,饭后至青青镇小泊,风顺扬帆,到无锡不过午后。畅游惠泉山,至昭忠祠憩坐观望,颇揽全山胜景,回至第二泉处茗饮,雨甚,久留。晚间雨稍息始下山开船,是夜泊舟北门止宿。

初四日(9月9日) 又雨。朝上茗叙后开船,风半顺,下午至浒关停泊,与同人闲步,已成市,惟阴雨不止,已断屠矣。是夜宿关上,因日来不成安卧,忽呕吐二次,服紫金丹始安,然不成眠。

初五日(9月10日) 又大雨终日。朝上小泊闾门,茶后略买物件即开船,雨中扬帆颇畅,到同午后,即望钱云山,病体略松,然不能办考,一切托陶梅亭矣(后知十三日作古,惜哉)。与梅亭茶叙而返,约考时筹办一切。夜与吟泉宿舟中,听雨终夜。余侣笙假馆,不值,禀文因补增缺未备文被驳,学书之不值一钱如此!庞小雅到舟中絮谈,一一告知转述矣。

初六日(9月11日) 雨初止,开霁可喜,然水已涨三寸如旧矣,即退为妙。西北风,顺帆到家,吟泉另舟送归。知朱稚苹仍在吴江署中,暂住吟泉宅,以食物四种、名片、便启致余。墀儿在舜湖,辛垞款留两日。吉甫为大儿禀事颇费筹躇。子屏妹姻事,陆氏已定,余以便启送致,知今日往梨,明日归家。翼亭为执柯事,初二日招子屏来,在余处叙过,来年墀儿伴读,翼亭转荐董梅村,已谈定矣。下午至乙溪处谈论,深以家中用人约束为难。夜间食粥早眠,黑甜乡乐甚。

初七日(9月12日) 晴,略雨即朗。饭后墀儿呈示场前炼笔文两篇,尚念得过,命代作一札覆辛垞,待寄。辛垞以《古文辞类纂》,康刻,有圈点送余,偿还乱时所借原本失于兵燹者也,亦是善本。午前翼亭专舟致子屏及大儿札,关照侄女已联姻陆补珊,十一日文定,侄女可谓得佳婿矣,作便片复之。暇作大儿考优看语,大言不惭,难以符实,此事虚声纯蹈,亦习气使然也,为之赧颜者久之。桂香扑鼻,得闲清赏。晚接袁憩棠初三日所发信,要借《采访局贞节》全册,当答寄之。

初八日(9月13日) 晴朗。饭后作札并节孝全册寄与憩棠。上午舟人去载薇人为大儿处方,略有感冒寒热,考前急须清理。子屏亦来,录科起文托余明日到江同辛垞办理,到苏约同寓,二十左右来,中午同饭畅谈,晚间回去。

初九日(9月14日) 阴,微雨。饭后开船赴江,午后进城泊下塘,即至三元茶室寻杨稚斋,以照两纸办起文,费言定各三元,先付两元,到苏付讫。回至吟泉处会稚苹,并以仪补吊表内嫂。稚老不见者一年,丰采依然,此来重入问公之幕,宾主甚相得也,扰渠小点,剧谈至夜分始告辞,照二纸,稚斋缴还,诸事舒齐矣。夜卧舟中,颇闻风雨。

初十日(9月15日) 开船极早,同川小泊即扬帆行,正西风颇紧,绕道归家,正在中午,恰好晴明。薇人、吟泉在瑞荆堂闲谈,大儿小恙渐愈,薇人处方仍主通利,以期速痊。知昨日荔生来,专为薇人馆事,可得六十四数,尚以欲带一徒为辞,此事恐难如愿。

十一日(9月16日) 又雨,可虑。饭后阅《张杨园补集》四卷,陆雪亭所刻者。下午将考寓中应带之物略为部叙,袁憩棠信并节孝册已寄芦公盛,今秋有丁抚禁止赛会示,芦镇寂寂,亦节浮费之一端也。丁公此举,差为利民。

十二日(9月17日) 阴雨,午霁,潮湿如黄梅,难望老晴。子屏有札来问,即答之,交渠来人吟园手。终日登汇到苏一应寓中物件,颇繁琐。墀儿近体全愈,明日诘朝登舟,行李夜间即发。薇人晚来,凌氏一席已定,脩资、节仪五十六千文,另带一徒,磬、荔二公之力也。咏楼处喜帖,当到苏面致。

十三日(9月18日) 晴,东北风。清晨率墀儿登舟,扬帆行至尹山桥,风雨雷电大作,稍泊,舟中饭,略霁即开。西风,下午入城至西街卢宅,女主人已等候矣,起铺陈,宿寓中,旧时王谢,颇切依依。

十四日(9月19日) 晴终日。朝起饭于舟中,位置行李毕,至胡公馆候庞小雅、余丽生,知侣生补文已出,潘莘田观察亦寓在内,畅谈良久,以札托寄子屏。凌磬生、荔生来关照一切,颇见关切。至颜家巷庞芸皋家候费芸舫,颇擅园林之胜,与大儿坐赏久之。是日学院进院,刘雪园、陆立人、陈翼亭来过。

十五日(9月20日) 晴热极,下午雨。是日学宪谒圣放告,上午衣冠具柬率墀儿至李养贤和老师处,以详补廪文请老师含之,因此缺开在前任老师时,其赞仪吴公当分润也。少顷,吴师兄子容来,其费亦未开谈,委蛇而退。至王桢伯昆季寓所候之,略坐还寓。陶梅亭学书来,留之中饭,扣实数,以不急要补对之。因陶琨一事若轮派保,非义之事不敢与也。下午走候刘雪园,畅谈良久,玉树三株,恂恂可爱,钦慕之至。以大儿补廪事目前不可性急,吴子容来,求为吹嘘相托,渠亦深以为然。回来,吴少松在寓絮谈,以十九日来寓同进场许之。

十六日(9月21日) 半晴,微雨。辰初开点生古学,今科考诗赋者,一拔贡陶苣生,一道员潘莘田,实数年来未有之盛。荔生来长谈,早饭而去。翼亭来谈,即去。午刻放牌,"祭坊水庸"赋,以"防必因地,沟必因水"为韵;"欲清诗思更焚香"赋,以题为韵;"溪静鹭忘飞",得"忘"字八韵;"王旦寇准优劣论"。下午率墀儿至观前二林堂买笔,毛上珍刻字店印善书,携《玉律钞传》三十本而返。费芸翁来寓,不值。晚间顾希鼎来同寓,灯下顾苹甫、莲溪来谈,知今日作两赋者寥寥。黄甘叔亦来过。

十七日(9月22日) 阴雨。是日童诗古题"惠迪吉"赋,以"民之所欲,天必从之"为韵("天之所助者,顺也");"香满一轮中"赋,以题为韵;"清泉瀑布如棋子",得"清"字;"郑罕虎论"。下午以《双惜要言》刻本误字属店主改正,黄聘午、余侣笙来寓,与沈宝文茗饮心园良久,回来答黄聘五,不值。与潘莘田长谈,读其昨日祭坊赋,堂皇冠冕,其郎号苚棠,赋与书法均佳,犬儿愧不如也。与芸舫考棚前略叙,晤莘田,同至寓中又絮谈,携其文与赋,夜与儿子共读,钦佩久之。黄甘叔来谈,匆匆即去。

十八日(9月23日)　晴。是日府长元吴科考正场,三炮五更一点,封门已清晨矣。饭后至潘莘田寓中长谈,以赋文还之,并读近作,真文坛健将也。与荔生、翼亭、立人至观中茶叙良久,还,晤朱蓉安,托办之件极公道。回来,头牌已放,题府"退而省其私"至"察其所安";长"君子不器,子贡问君子";元"不知为不知"至"阙疑";吴"言寡尤"至"举直"。策问"代田区田得失",诗"旧俗吴三让",得"吴"字六韵。诗赋案出,陶苢生正二名,潘莘田备二名,江取沈步青,备九名,共取廿名,第一新阳朱培元,名下真无虚誉也。董梅村、陆补山、星槎、邱幼谦均会过。

十九日(9月24日)　阴晴参半。是日生经古覆试。饭后荔生来谈,梅村、补山来谈。下午吴少松自阊门馆中来寓就榻,沈宝文亦来,闻更点仍照前场,五更一点开门,今日赋题"欧阳子方夜读书"赋,以题为韵;"战功高后数文章",得"高"字八韵。夜间属与考诸公早眠,余则守夜,夜雨即止。

二十日(9月25日)　晴。五更一点三炮,已率同人到院,复候良久始开门,余俟堰儿点进始还寓就寝,天已微明始封门。晚起,与陆谱翁、陈翼亭、凌荔生沁园茗叙,上午略阅陆谱琴所看约课,中午到试院前徜徉,与秦琢甫立谈,不相叙者数年矣。午刻头牌已放,江"才难"至"之际";震"富哉言乎"至"舜有天下";常"禹无间"至"饮食";昭"而尽力乎沟洫"二句;昆"殷因于夏"至"所损";新"周因于殷"至"所损"。"三传异同得失","一声何处送书雁",得"声"字六韵。三牌后少松、宝文出场,五牌后大儿亦出场,夜饭后,同人各念考作,大儿文大致似亦楚楚,余与宝文同榻卧。

廿一日(9月26日)　晴阴参半。饭后同少松至观前茗饮,略办绸缎,还来,吟泉来谈,中饭后出门闲游。上场案已发,府学江正覆者五人,凌荫周第八,朱杏生廿二,馀尚未悉。元和第一仍陆凤石,真文坛飞将也。家中船已到,润之侄孙录科已来,携约课文去。迟辛垞、子屏未至。是日补岁考,"愿无伐善"二句,"与治同道罔不兴","冷露无声湿桂花",得"秋"字。

廿二日(9月27日)　雨终日。今日江正常昭新进正场,封门较前场略早。饭后与陆谱琴、陈翼亭茗饮碧云天,晤朱元吉、徐揽香,对桌见昆山朱怡卿。回来,至刘雪园寓中长谈,以前事托其郎健卿转述。午后沈宝文来,即同至试院前,少顷,头牌已放,江"夫子哂之,求,尔何如";震"以俟君子,赤,尔何如";常"安见方六七十,如五六十而非邦者也";昭"惟赤则非邦也与"。"二圣人之于民",诗"政(心)平则民和(政自和)",得"平(和)"字。二场案随发,大儿"衣"字六号,幸列第三,稍觉差强人意。拆号后见全案,江第一沈晋㻛,第二王庚元,第四周履,董其骏第九,余侣笙十一,沈禄康十六,顾苹甫十八。正一名严保太,亦覆十八,不及全录。命墀儿默圣谕经文,抄录一纸,收拾考篮,明日进场覆试。余则迟子苹不至,明日必须归家追之。夜间部叙行李,清晨拟发棹。

廿三日(9月28日)　晴朗。五鼓起来饱餐,清晨墀儿至辕门听候覆试开点,尚未开门,衣冠者已济济矣。余即登舟,顺帆行,极畅快,舟中谨阅新刻《文昌帝君图说》。上午过同里,不泊,不过下午已到大港,知子屏同辛垞昨日启行,今日必到寓,可无误期之虑矣。与竹淇弟、薇人侄略谈考政而还,到家尚早,是夜熟睡矣。

廿四日(9月29日)　晴朗终日。饭后略将账目登记,是日出江正新进案,未识吾乡几人得意。暇则疲倦静坐,适薇人侄来,与同中饭,到苏托办一事,未知故人情重否,姑竭力转致之,长谈,晚去。

廿五日(9月30日)　晴朗。饭后顺帆,到梨极早,登敬承堂,省三丈、毓之诸弟俱见,知幼谦尚未归家,二、三等案已见过,幼谦名列三等第七,与沈吟泉联名,甚不得意,寄家信,索饷,据云明日去载。

入内，见幼夫人，为少松一事颇多蛮语，余忍耐解喻之，始允所请羊皮之数，看来此夫人亦非贤内助也。与省三丈诸公同饭，言及家事，甚为浩叹，未知幼谦迷途何日能返。毓之托寄吴少松信当面致之。生覆试题"宪问耻"全章两节，颇极精细繁重难做。新进镇上寂寂，大约昨日未发案。归家未晚，夜间补酌账房诸公中秋佳节，余不能多饮，然已酣饱。是日贡监录科，辛垞、子屏想必得意。

廿六日（10月1日）　又微雨，水退一寸。上午闲坐，大嫂归自陈思。中午补祀先继母顾太孺人廿一日忌辰，拜祭之馀，不胜追感。下午部叙行李，拟明日到苏。今日是新进复试，乡间仍寂寂无之音。

廿七日（10月2日）　清晨解维，晴朗风和，到苏不过午后。到寓，知考优昨日头场共十三人，大儿写作尚能合式，惟硬改一字似不惬意，然欲此途进身极难。儿辈观场，何介意也？题二，头"见善如不及"，次"王犹作用为善"。贡监录科题，"汤之于伊尹，学焉"，监"桓公之于管仲，学焉"，策问"屯田"，诗"荐客惟求转借书"，得"书"字。是日二场童出案，头场新进覆试，凌范甫第一拨府，名手果不凡也。吾乡进者沈莲生、陆苹之，镇上殊形寂寞。江广额共进廿名，正照旧十五。夜与辛垞、子屏剧谈，明日考优二场。

廿八日（10月3日）　晴，略雨即止。辰刻送墀儿进场，学宪二门公座点名，各人面诵年貌、籍贯，向学宪一揖而进，高声清朗者不过一二人。回来，与辛垞、子屏茗饮沁园，至凌寓、沈寓、刘雪园寓道喜，其郎应芝已进江学，以补事五数面托雪园，看来吴子容世兄尚不肯落肩也。薇人侄亦在苏，其徒莲生贽仪五十元，甚不吃亏也。夜间与子屏谈及今午晤见余同案徐石英，虞山名士也，学通经术，兼精堪舆，惜为人太觉虚矫，余亦深以为然。二鼓时，大儿出场，"肇十有二州"解，"三通得失"策问，"星象风云喜共和"诗题八韵。墀儿经略有见解，策问作骈语，出以断制，惜误一字，硬改一字，然辛苦四场甚不草率，大可差强人意矣。夜间熟睡。

廿九日（10月4日）　晴朗。朝上与辛垞、大儿茗饮沁园，子屏略不适意,在寓静养。是日长元吴昆新新进覆试,封门已午后,赘仪不落肩者尚有十馀人,学宪只管收考,谕册结补送,甚为得体,若各学师,则旧规失尽矣,世风不古由学校,言之可叹! 暇与潘莘田谈,读渠录科作饱满圆湛,可谓顶真矣。闲游终日,夜间薇人来,始知录科案已出,通属贡取五十六名,陶苣生第一,潘莘田第二,李辛垞十一,陆谱琴廿一,子屏廿二。监取十七名,高竹堂如堂第一,柳润之昌霖十三,此番吾寓可称如愿。今日轿至侍其巷候程小竹,据云余名贡班第一缺,通班第七缺,来春可望委署。委蛇久之,托渠照拂而返。周庄陶寓道喜,泄村、怡生之子均入学,不晤,见泄村郎叔楠,渠是孙丞班浙江候补,告假暂归。

九 月

九月初一日(10月5日) 晴。是日新进总覆,朝上费芸舫、陶苣生、陈肖卓诸君来谈,不及入场一观,饭后封门,不逾时已放牌,余与墀儿在辕门口分送善书,晤肖卓郎子鹤年侄,善书,蒙襄理分布。夜间潘莘田来谈,云明日还山。一等覆案已出,王庚元第一,沈步青第二,墀儿仍幸列第三,郑寿保第四,可望顶补,馀则各有更动。步青、苹甫与余茗叙沁园良久。

初二日(10月6日) 晴。朝上与辛垞茗饮沁园,良久回寓。饭后衣冠入试院观已进新进今日奖赏,墀儿覆卷评语圈点均华,诸生免参谒,行三揖礼,新进行三拜礼,学宪起立拱手,谦甚也。礼毕,鼓吹升炮,送出头门,亦诸君一日之荣也。文宗考优者,前日二场,各送渠令先公童君槐文赋稿一部,印刻纸张极佳,归家后可以细读。晚与沈吟泉、凌荔生、薇人侄茗叙望月楼,潘东园所建,尚有孩气,辛垞今日同盛川诸君夜间伏载回去。陶学书来为墀儿补廪出文,李养和老师颇极拳拳,旧老师之郎海岳尚欲阻挠,不与落肩而去。

初三日(10月7日) 晴。朝上同子屏率墀儿至芸舫寓中絮谈,亭池花石,耐人欣赏。盘桓未久,薇人在寓遣人来请,知补事代为谈定,大小贽仪一应在内决洋六十元,批准后同刘雪园到同川李老师处面交,旧任若何分润余不管也。雪园处即同关照,此事多费十元,甚不见吴海岳情。留薇人在寓,余与子屏舟至阊门买绸布零件,到人和振记与李莲叔(溪)者交易,琐屑纷纭,不明会计,诸货难免价昂。奔走终日,腰脚疲甚,若子屏适有感冒,其疲惫更甚于余也,可笑,惟墀儿意兴极佳。舟回,到寓已黄昏后,更馀陶梅亭持本学请补详文来,余一一校看,上下首结一纸,又复误写,即命更正补写,学书之不足恃如此! 补写看后,始命投院,房费谈定四十元,此事头绪始清矣。

初四日(10月8日) 晴。是日学宪起马出棚考太仓。朝上墀儿至元妙观前杂办家中货物,良久回寓。与凌氏诸君约共游刘园,余办船两只,荔生办菜两席,子屏小恙初愈,不往,同游者十一人,陶芑生、薇人侄与焉。余与芑生、伊人、海香、薇人同舟,由娄门出徐门,至阊门上星桥,两舟同泊,行瓦砾中半里入刘园,自辛亥年至此已二十馀载,花木依然,光景非昔,门首一带被贼拆毁,幸楠木厅松桧合株大十馀围者均无恙。临荷池,抚桂石,茶饮良久,樨香扑鼻,颇饶清兴。夕阳在山,登舟畅饮,与同人极欢而归。回寓黄昏后,余今日游兴最佳,亦鼓舞儿辈考事后从宽之一端也。家中舟已到。

初五日(10月9日) 晴。晚起,子屏亦渐轻健,在寓休息一日,收拾行李下船,诸事渐觉楚楚。下午无事,率墀儿同两侄畅叙望月楼,茶味团团,最得热闹中清闲之乐。晚归,寓主人设席饯行,菜极丰盛,小主人及高姓者同饮,微醉而散。此举是女主人抽丰,然其情颇挚也,临行当酌酬之。

初六日(10月10日) 晴。朝上率墀儿同两侄登舟解维,风恬浪静,舟平如掌,到家不过下午,送薇人、子屏两侄还港,家中老幼均庆平安。大嫂前有小恙,延医调治,现亦全愈,甚慰余怀,是夜不觉憩睡。

初七日(10月11日) 晴。晚起,一应行李位置收拾亦颇费手。上午至乙溪兄处叙谈,喜知近体日臻康健,连服大熟地之效也。家中账目一时不能登清,碌碌终日,闲散而已。吴江上忙已开征,柜书亦均来嬲,拟明日到芦应酬之。

初八日(10月12日) 晴。饭后到芦局完条银,至局中与张森甫算讫。回至张厅,同顾念先茗饮,晤俞鲁青丈,谈论良久,复扰乡友酒食。袁憩棠自沪归到镇,复与茗叙,以食物两种送述甫,时述老在家,托念先转寄,晚间还家。

重九日(10月13日) 朝雨即止,晚晴终日。饭后载吟泉同往北厍,到局与局书沈云卿算清十五户,暇同茗叙仁和楼。下午复与梦书侄茗谈良久,晤丹卿侄,知邑尊沈问翁有照会印簿致余两人,此事当再禀辞,盖积谷虽善举而经费无着,条规未立,殊觉草创为难。晚间吟泉顺便送归家,余亦返棹。

初十日(10月14日) 晴。上午将呈邑尊禀底录清,暇命儿辈誊真,以便入城面投,约七百馀字,书之譬如誊文文①一篇。考试账目略一核算,尚未清理。

十一日(10月15日) 晴朗。命圬人修葺屋面,最得晴燥有功。接陶赋秋札,蟒袍一副借去,兼致请帖,当贺之。是日始登清出门后一应账目。

十二日(10月16日) 晴朗可喜。抄录陶芑生覆试赋一篇,布局遣词绝妙,惟嫌其中略有萧瑟语,不合应试体裁,指示大儿,不可为外人道也。终日无事,静坐而已。

十三日(10月17日) 晴,不甚朗。饭后磨墨匣,开水笔,颇能得手。以分致陶,遣人送去。明日命开账船,两账合伴,今岁低区荒熟不一,不可不预为勘定也。考内用账尚未核清。下午吟泉来谈,晚去。

十四日(10月18日) 上午晴,下午有变意。暇录子屏文两篇,所印善书谨谨晒好,上邑尊红禀命大儿誊就,尚能不误一字。飞蚊绕

---

① 文文,疑为"作文"之误。卷十,第434页。

鬓,几难动笔。夜雨即止,齿痛甚,大约风火所致。

十五日(10月19日)　阴,无雨。饭后衣冠率墀儿东厨司命神前、家祠内拈香虔叩,暇命大儿算吉苏寓考用及家中所买货物,汇登计数讫,尚能有条不紊,若余则懒甚焉,终日清闲无事,齿痛略减。

十六日(10月20日)　阴。午前凌丽生自紫树下来,畅叙终日。下午风雨大作,舟不能行,留之止宿书楼,大儿陪之。述及书坊内有《大学衍义补》节抄精本,索价三元,新刻《郡国利病书》《方舆图记》,倘价在三十元内,两书拟合购之,范甫刻试草时,当到苏商办也。近日荔生颇欲藏书。

十七日(10月21日)　晴,下午复有变意,秋风刚厉,今日初寒。饭后荔生回去,暇阅《杨园先生方订陈本年谱》,荔生携《湖南公檄英夷文》去。

十八日(10月22日)　昨夜雨即止,今日晴朗。终日闲坐,有乡友来,姑应接之,暇阅《杨园年谱》、《切问斋文钞》荒政编卷一。

十九日(10月23日)　晴,今日交霜降节。上午阅《切问斋文钞》,下午读《陆子年谱》,收拾一应书及所买纸章。

二十日(10月24日)　晴,天气颇肃寒。上午顾吉生来,留之吃面小酌,下午回去。周聘兄来,莘和留饭,照老例酬之。部叙到江一应帐目,拟明日上去,邑尊昨日知在芦墟北厍同委员蒋公勘荒。沈石琴家来报,兼致请柬,廿四日当命墀儿往贺。

廿一日(10月25日)　晴朗。饭后载吟泉赴江,过北厍小泊,以照会及印簿交于丹卿侄收执,丹卿尚未眠起,晤仲禧、润之两侄孙,托代致,录科案及禀辞底均示之。开船絮谈,中午后到同,泊舟菜荡浜,至财神堂局内候朱稚苹,知家眷现寓谢家桥,渠征收重地,不能离局也,以食物数种答之。吟泉另宿王麟书家,余以税契过户事面托顾小云色目,暇与稚老絮谈至夜,并陪同听弹唱,更馀宿舟中。

廿二日(10月26日)　晴暖。朝上与稚苹茗谈仓场衔,晤顾希鼎襟弟,良久回来始开船,到江上午。至书院内谒沈邑尊君,知今日公出。至章练塘,接帖姓郭者,与之递送禀辞启,交稿案而还。与沈吟泉茗叙茶寮,晤梅文卿、金伯卿,皆是赵龙门先生高足。茶罢,即至黄叔美家候龙翁,始知本徒慢师,一切供奉均拂情理,龙翁耐守一年始告退,其度量万不可及。夜晤凌荔生,明日赴苏,此来亦禀辞董事,复茶叙良久回船,吟泉同宿舟中。

廿三日(10月27日) 朝上肃衣冠、奉香烛至火神庙虔叩,回来即解维。天晴气朗,恰好农人收割,到同里饭后,泊舟北馆候李养和老师,渠暂作公馆于此。欣知墀儿廪文学宪于九月初六日批准,初九由太仓马递,十三日老师接到回文,其回文在学书处,老师以门簿示余,颇见为人之直爽。絮谈欲留饭,告辞,并告以回文见后始交贽敬,旧任若何分润不管也。烂树头小泊,候庞小雅、余侣笙,长谈,座间晤沈恂如,真循循一极好子弟也。索三君老作,均以他日寄示为辞,承示小雅书院课文,明镜快刀,极为出色,此公断非池中物也。回船,稚老处略坐即出,以觉阿诗稿索寄。舟至南棣,略买家中物,复回,停泊新田地,吟泉略有事停留,余至万福昌茶室闲饮良久。晚间吟泉始回舟,夜饭后复至彩凤茗叙,是夜仍同宿舟中。

廿四日(10月28日) 晴,露霜极重。至南棣买菜始开船,一帆风利,到家上午。接子屏札,墀儿覆试作改得稳炼万分,拳拳以廪事为问,约明后日来谈。与吟泉同中饭,晚间送之回来秀桥,墀儿亦自沈石琴家芹樽还,知嘉兴现在院试,赵田小试去一人,进一人,可谓矢无虚发矣。憩棠已至上洋,稚松辈等第考信未知悉。

廿五日(10月29日) 晴朗,和暖。晚起,饭后补登日记。中午祀先,曾大父昨日忌讳,因出门,今日补祭。师孟赠大夫生平嗜蟹,祭必用此品,然两家知此旧典者鲜矣,薰尝闻之先府君,书此以示墀儿,当毋忘口泽也。午后散福持螯,不觉颓然。子屏有字来,即复之。

廿六日(10月30日) 晴朗。饭后媳妇至莘塔省亲并道喜,两孙男暨孙女均随往焉,暇则将所应完条银属朗老核数,以便逐时到局付之。下午与大儿论文,以趋时为上,然理法柱意亦不可不讲究,勖其虚心用功为槐忙要策。

廿七日(10 月 31 日)　晴朗。饭后至孙蓉卿馆中谈,适子屏来,即回。畅叙终日,中午持鳌小酌,晚至萃和。还,知所议遣嫁叙葵邱一说只许两合一分,初五日持钱十四千现交赴席,余亦以一应之,甚勉力也。所托二梦公合书团扇已来,极是大名家手段。归时傍晚矣。

廿八日(11 月 1 日)　晴暖,东北风,防变。上午阅《切问斋文钞》,下午阅张、陆两先生《年谱》各半卷。桂花重开,清香馥郁扑鼻,书以志喜。飞蚊成雷,似非时令之正也。

廿九日(11 月 2 日)　晴朗。饭后北库局签差来,可谓不知几,漫言应之即去。泗洲寺门僧竹岩来,所约一说颇不爽期,可称把急,受其茶点,一茶而退,因有县中人在座也。朱云山来,阳为追银,实则以照会与乙兄,此事森老指点也,未识可告退否,委蛇长谈而去,银约月初去找。下午命丁仆挂堂轴、对联,不觉焕然一新,今岁门窗抹油拭拂后,此其第一次润泽也。

卅日(11 月 3 日)　晴暖。饭后阅《切问斋文集》。乙溪来,为派芦局积谷董事要具禀,以老病辞,此种公事以能卸为妙,未识能推出否。上午凌范甫府学来报,以问业称,殊可愧也。府学门斗张吉人来,以廪生验照事探问,云货买当时,须要宝乙只,约七十左右,自己考出贡四十左右,可知吾邑此项是极好差。照余前年例,加小房折红厚酬之,一茶而去。下午将《四库全书目录》晒好,庋藏书厨中架,尚无大损。

十 月

十月初一日(11 月 4 日)　阴,风雨不透,然颇顺时令。苇卿饭后以禀辞示,阅之,尚妥当,简质可用。吟泉来谈,云明日同乙兄赴江,以香篮、觉阿诗稿四本并小札寄与稚苹。是日清晨起盥,虔诵大

士神咒,饭后率墀儿衣冠虔叩东厨司命神前暨家祠内拈香肃拜,暇阅
《切问斋文钞》保甲荒政卷毕。

初二日(11月5日)　昨夜雨,今晴,恰好滋养晚禾。朝上刘雪
园家来报,夏金官来,以李辛垞出学使费英洋十元给之,据云应墀批
准补廪文,十三四日间已见过。饭后舟至芦局,完银七户,付洋卅一
元,张森甫手,照余账多银一两,想朗老误算也。与小轩茗叙,据述所
赶公案颇为得计,然恐多口,难以自掩,一笑听之。回至公盛行,吉生
留小酌,复同中老茗饮,兼晤徐苹山老世兄。回来未晚,嘉兴考试,赵
田所进者穆斋之郎,新出考即入泮,可称如愿矣。

初三日(11月6日)　晴,西北风狂吼,初寒颇厉。暇阅《程氏分
年日程》十页,张、陆两先生《年谱》十页,《切问斋文钞》理学部文五
篇,甚得无事读书之乐。

初四日(11月7日)　晴,西北风尚狂猛。饭后舟至北舍局,又
完银廿二户,适顾色目小云在局,尚有请益之言,以再加四两许之,渠
欲壑尚未盈也。与沈云卿茗叙仁和楼,略有限止,长谈而退。还至洪
源,晤顾老竹兄,又茶叙,略润炉头而返。归家至乙兄处,知自江还,
所禀暨照会印簿已投,问公因欲晋省接新臬,故未见也。余禀已蒙批
准另谕,九月廿四日期,未识乙老能如愿否。

初五日(11月8日)　晴朗,风稍息。饭后同吉老至梨川,午前
到局完银四户,回至杨家桥江西馆内,两人吃蟹面,极佳。复茗饮,始
属吉老至账内,余至敬承堂,邱幼谦出见,省三丈、毓之均在座,毓之
弟医道尚可。吉卿夜间来谈,更时止宿门楼。

初六日(11月9日)　晴暖。朝粥后候吉兄略坐回同,李梦仙、
省斋三丈舟至紫筠禅庵,不到者已十五年矣,劫后庵僧妙严募资重
修,花木依然,而护香火者大半古人,外舅诵修之所,鸿爪无存,盖匾
对被劫后名人新书,旧时邱氏笔墨都化烟云,不胜人琴之感。余衣冠
拈香虔拜大士像前,与诸同人妙公读贤两师畅论今昔,并扰素斋、佳
茗,盘桓久之而还。与吉卿同候沈步青不值,回至新桥候沈雨春,又

不值，与渠尊公笑梅长谈而返。夜与幼谦絮论家常，劝其痛自节省浮费，毋溺侠邪，面从而已，未必真醒也，然文兴颇浓，未识槐黄时能作举子忙否？恐被聪明自误也，祈望深之。

初七日（11 月 10 日）　晴朗。昨晚步青来过，索渠考作仍不能得。朝上沈月帆三兄来答，略有心愿托渠代办，渠欣然从事，亦是大有心人。饭后沈雨春来，畅谈半日，论文谈考，刺刺不休，是功名中人之极热者，用功如此，庚科定卜高魁，钦佩无任。客去后，至应甫内弟处问疾，见之神色顿非前时，甚为焦虑。邱氏少年老成，应甫为最，能得天护善人，是所深祷，慰藉久之而返。中饭后，再婉劝幼谦早日回头，渠似以为不谬云。归舟风静，到家未晚，知董梅村、余侣笙均有信来，所托严心田、庞小雅考作均寄到。翼亭年兄初六日到馆，凌范甫今日来过，试艺托书评语，增光之至。夜与翼亭絮谈良久。

初八日（11 月 11 日）　晴朗。饭后乙大兄来议租务，今岁东路不让，照旧，西路除水淹无收外，须照旧冬让米每亩五升不等，余以多至八升为止，届时定见答之，渠亦以为然。今日斥回一工人孙四，益信外内肃然肯受约束，为处家极难事。至书房内索观考作，严心田两艺理法双清，笔力老健，此公不学时世妆，而亦不背时，得力名家文已深，可为诸考作之冠。吴太史清卿评约课文，翼亭寄到，余尚无暇细阅。

初九日（11 月 12 日）　晴朗。饭后摘录租账内所看灾田，一一照所看者记认，虽难为定评，然大致不远矣，此等灾田，租难有望。中午十月朝祀先，祭毕，饮福酒，颇酣。下午细阅周庄陶氏所聚约课卷，吴清卿太史秉笔，甚觉和平中正，笔之最佳者无过凌范甫、朱元吉两公，断非池中物也，馀亦各擅胜长。阅至夜分始藏事。

初十日（11 月 13 日）　晴朗。饭后摘录注灾租簿，半日始毕。吟泉来谈，即回东浜去。午后吉老持师母摺来，赔付如数。暇阅《程氏分年日程》，古人用笃实功，一刻不放过，所以卅岁以前已成大儒，如我辈因循怠惰，旋作旋辍，阅之，不胜赧颜，然俗学相沿，不以为迂者鲜矣。

十一日(11月14日) 晴朗。上午将陆、张两先生《年谱》晒好,庋诸楼上,今秋已阅二遍,得其纲领,从此可重阅《三鱼堂全集》《杨园全集》矣。晚间唐绮园来,为大嫂及余斟酌两膏方并一煎方,书毕已黄昏,即陪至书房持螯小酌,夜粥,亵甚也。畅谈松郡考政,青浦第一,熊纯叔老手,矢无虚发,唐蔚人第五,王小官第七,名下固无虚誉。金泽镇上进一王姓,不甚有名。谈及一鼓始送下船。

十二日(11月15日) 晴朗。饭后命墀儿至莘塔道喜,并作甥馆之留。上午录墨卷一篇。下午书贾王益亭来,买大紫毫二枝,每枝二钱,小紫毫一枝,每三十二,索价太浮,其笔未必道地也,姑应酬之。夜间阅《杨园经正录》。

十三日(11月16日) 晴朗,天时略干,然低区却好收禾,若高低今岁颇庆丰登,天宥吴民之慝甚至矣。上午略坐,阅新墨。下午孙蓉卿至书房长谈,向晚而去。

十四日(11月17日) 晴,颇暖,农人望雨种菜甚切。上午录新墨一篇。下午阅《经正录》,作札致子屏。

十五日(11月18日) 阴,下午微雨,未能酾注。上午录新墨一篇,暇阅《三鱼堂文集》。以札致寄子屏,接回字,约十九、二十日来,日上为赵子翰葬事相地颇费跋涉,可谓不负死友矣。夜间阅《分年日程》,晚又晴,望雨终虚。

十六日(11月19日) 西北风大吼,渐要作冷。上午录新墨篇半,苕卿二侄来,告以开限日期,余处决计十一月初五各圩除勘灾未定外,一例照旧。大富踏水车最勤苦,又让五升,叶步落灾重,每亩实收头限五斗,大义彼处让五升未定,听之。下午阅毛应琯明府《宰娄随笔》,此公有毛剥皮之名,大约勤苦俭约是其本领,实心爱民、不矫不暴则未也,然其书大可为做县官箴规。阅讫,以示翼亭同年,为他日居官准则。

十七日(11月20日) 晴,风仍猛烈,渐有肃杀气。上午出冬照看,暇录新墨一篇。下午阅《杨园愿学记》终卷,觉字字句句近理切已,令人百读不厌。

十八日(11月21日) 晴,风息,渐暖。上午录新墨一篇未完,适子屏来会翼亭,为姻事,陆氏未有迎娶期,约廿一日到莘,面商谱老。知侄处公账轮当,北尺次田已变价乙百八十千,公议不分,即移圆厅木料修理心正堂,此举甚合大义,拟今冬办理,子屏主裁之,亦见渠调停之善。晚间携《杨园年谱》顾方本去。

十九日(11月22日) 晴,不甚朗。饭后录新墨二篇,莘塔遣人来,接大儿禀,云艇要借蟒袍,以陶赋秋借去未还,属渠家至紫树下转索复之。周庄约课卷寄交范甫,金朴甫家有芹樽请柬,廿一日至凌氏,当寄一分转托,暇阅《三鱼堂文集》尺牍半卷。

二十日(11月23日) 阴暖,似又欲发风。上午录江南新墨一篇,暇则部叙明日至凌氏道喜芹仪、礼文,金寅阶一银分亦即封寄。堭儿有字来,云艇要借灯两堂,排须俱全,即付之。蓉卿来谈,明日同翼亭趁舟至莘塔,后又云两舟去。

廿一日(11月24日) 晴朗可爱。饭后同翼亭舟至莘塔道凌范甫入学芹樽喜,至则先贺乃翁云艇暨两叔荔生、雨亭,晤相识者沈石琴、沈溯芬翁、叶达泉、董梅村、袁稚松诸公,达泉设帐凌氏,改小试妙手,子屏弟、二侄今冬受业学文。今日子屏面致门人帖,少顷,陆谱琴、倪浩生两师俱到,行铺单谢师礼,即设席,两先生首二席,余忝第四席,陪倪浩生,浩生旧病未脱根,考试不得进场,又困于境,可谓怀才不偶矣,甚怜惜之。与南传二顾公同席,是三圻先生之曾侄孙,贾而有志读书,谈及旧闻,犹存古道。是日玉成雅奏,鼓吹休明,极一时宾朋之盛。席散,又与陆谱琴长谈,陶赋秋特关照租事。晚间返棹,归傍晚,翼亭为主人所留,止宿,闻是日九县迎入学吉日。大儿约廿四日同翼亭还书房。

廿二日(11月25日) 晴暖,朝上大雾。饭后录新墨两篇,明日可以吉题矣。午前后邻人有田事,为其祖母故而求售了吉夗逋者,越价受之。此事须放宽一层,庶无怨言。

廿三日(11 月 26 日) 晴暖。饭后略有俗事应酬,暇录新墨将竣。有常君佩衮者,山西名解元也,急将头场三艺录出以示墀儿,如此有笔有书,议论识力俱出人头地,真未易才也,他日必大发,识之,以深景仰。

廿四日(11 月 27 日) 晴暖。上午批评新墨,尚未毕。下午吟泉自江来,租欠单已转到,乙溪事亦得批准告退,灾缓计数不过九折,丁抚大不协于众口。晚间墀儿自莘塔归,荔生以《大学衍义》送余,甚为惬意。陶赋秋来还蟒袍,兼致茶点十匣,作片谢留之。

廿五日(11 月 28 日) 晴,午前大风。饭后舟至梨川,昨接邱应甫凶信,今去探丧送殓。应甫极谨饬有材,一无嗜好,年仅卅七,竟以嗽疾误服补剂而至不起,甚为渠阖家门户乏正人惜。遗孤二,尚无自立志,幼谦茫昧如故,与辛垞、吉卿、省三丈谈,叹息久之。今日未时成殓,先至帷前拜送,因风不息,不能久留,午后即返。风虽大,不甚狂,舟人趁顺行,尚平稳。舟中阅《大学衍义》,至晚而归。

廿六日(11 月 29 日) 晴,风渐息。今日徐荔江幼妹出阁,命墀儿往贺。昨晨陶梅亭学书持墀儿补文来,阅之,确知学宪九月初六日批准,初八日自太仓发递,十三日到学,留饭一顿,付清补费酬劳而去,梅亭此番所进极肥矣。本路何人接办,尚未定见。上午有来还飞限者,翼亭来自家中,下午局书沈云卿来,又完三户,计银四两有馀而去。今日新墨评点已毕事,订在看本中,亦是夙好难忘之一端。灯下墀儿回自梨里。

廿七日(11 月 30 日) 晴暖甚,防有风,雨终不下。今日有以米来还者,顺便收之。大义石脚限内又让三升,较莘和似稍划一。暇阅《大学衍义》,略翻一过,终当详看。

廿八日(12 月 1 日) 阴,无雨。终日收租陆续而来,约收卅馀石,折者居多。鹿鹿不能坐定,夜间酌饮账房诸公,陪之,颇有酣意。

廿九日(12 月 2 日) 朝上微雨即止,晴暖愈甚。饭后在账房,终日收租乙百〇七石有零,收米者卅七石有馀,夜间吉账尚早。下午芦局书朱云山来,此吏最狡滑,又嬲完银四两四钱有零,馀存一两,局中算差内扣,颇费烦言始允。

十一月

十一月初一日(12 月 3 日)　阴,东风未透,微雨终日,大好润泽群生。朝起盥口,虔诵大士神咒,饭后在限厅收租,夜间吉账卅馀石。乙大兄为租事来谈,有人以通财事嬲商,坚辞之而去,此事开手大可寒心,日后宜为收计,庶不为人所制,然亦颇费经营,慎之慎之。

初二日(12 月 4 日)　阴,北风,寒雨终日萧萧。租米均为风雨阻止,夜间吉账不过廿石有零,望即起晴,庶两日内尚有起色。暇阅金寅阶试艺,头篇颇能轻圆流利。

初三日(12 月 5 日)　晴,冻云未开,东北风仍吼。上午微雪即止,迟媳妇、小孙辈莘塔未还,大约为风所阻。终日收租尚不寂寞,一鼓后吉账,连折色共收乙百五十馀石。因账上折数略有差误,故夜间颇觉迟迟。

初四日(12 月 6 日)　阴晴参半,风亦渐息。是日飞限满期,自朝至暮输租者颇形踊跃,余则主管收米,账房主公①各司折色。夜间吉账几至四鼓,共收四百馀石(实收四百卅二),折者居其三,自劫后至今未有如斯之争先恐后者,惟大富、北汀因新圩甲稍梗,尚未开收,能得潜移默化为妙,其他均顺手也。余与账房诸公眠息将近鸡鸣,各人辛苦甚矣。是日媳妇率两孙暨孙女来自莘塔外家。

初五日(12 月 7 日)　阴雨,大雪节,颇冷,似欲酿雪。朝上起来,宿睡未醒,昨夜眠时已近黎明矣,精神尚可支持。今日转头限,尚有放飞者,终日謷腾如醉,夜间吉账赶早,尚收五十馀石,约共八十左右。是夜早眠,以养息之。

初六日(12 月 8 日)　晴朗。晚起,精神已可复元。终日在限厅

---

①　账房主公,疑为"账房诸公"之笔误。卷十,第 442 页。

上收租不过十馀石。下午乙溪、吟泉来谈,吟泉晚去,命墀儿作札致费芸舫并呈考作,俟便到梨,由永和信局寄苏寓。

初七日(12月9日) 晴朗。饭后在限厅上收租,大富、北汀诸佃均至,可知小人离间之言断不可昧信,以权术好言慰之,可幸无事矣。终日收租七十二石有零。上午载薇人侄来,为内人、墀儿处拟调理方,据云脉气均和平,先服煎方,再拟调补膏方,晚间送回去。

初捌日(12月10日) 晴朗。终日收租不过五十馀石,日上米市价大涨,限内折租特加一角。子屏有信致大儿,命即复之,所赶办赵子翰葬事,地已择定,其资尚未措齐,此事颇见子屏笃于故交,勇于行义。

初九日(12月11日) 晴朗。终日在限厅上收租,夜间吉账,共收七十二石有零,欠找零者渐有,颇多辞说。是日顾吉生来出冬售货,本路代办沈菊亭来报补廪等第喜单,与墀儿酌定优给之,留便饭一顿,又代席一金,欢喜而去。此举能为来科秋试先声,不胜奢望默祷。

初十日(12月12日) 晴。终日收租不甚忙,夜间吉账共四十馀石。是日照管出冬,价仍贱售,身体略不如适,大约伤风,略疲。

十一日(12月13日) 阴雨终日。晚起,颇形委顿,食粥有味,渐健。是日阻雨,收租寥寥,不过十馀石而已。

十二日(12月14日) 阴,雾,似有发风景象。细雨绵绵,诸佃仍阻于雨,所收不过二十馀石。墀儿昨日动笔作文第一课,二孙种状元花,仍倩曹春山先生昨日来种苗。夜间阅《大学衍义》。

十三日(12月15日) 阴,无雨,西风不透,难望起晴。租事为天阴阻隔,甚不起色,终日所收五十馀石,尚缺其一。是日接薇人信,并致刘雪园一札,为托张罗金姓保事,即复之。蔡仿白家廿四日会酌送帖,暇当赴其约。

十四日(12月16日) 晴暖,朝雾,似欲发风。是日头限满期,午前诸佃陆续而来,不甚拥挤,夜间吉账一鼓后,共收乙佰五十馀石,是开限至今不满六成，共收数乙千四百馀石，折色居多，本色不及四百石，拟再放头限五日以鼓励之，未识能踊跃否。市上米价腾涨，英洋约二元五角。西风夜吼。

十五日(12月17日)　晴，风渐息。是日放头限，收租尚不寂寞，夜间吉账约六十馀石。暇则措置芹仪，明日拟至章栋塘刘雪园处贺喜。

十六日(12月18日)　晴朗，西北风。饭后开船，舟中阅《大学衍义》，午前过金泽南路，又行十馀里至大箭头，又行数里过叶舍荡，又数里至章练塘镇东外口。问之土人，此处至陶家埭不过三里，然须潮来始可进港。镇上不停泊，少顷已到，恰好趁潮进去，其港曲而藏，其村富而朴，种洳田务农者多，绝无游民，真仁里也。登门，知雪园松江去，不值，健卿、荫之在镇未归，其三郎培之出见，衣冠致贺，恂恂佳子弟也。固留止宿，以余扑被安置后厅，引谒其西席珠家阁老明经周仲冕先生，名纶，一见如故。同席夜饭，酒半，健卿归，荫之尚留钱氏外家，以薇人札面致之，据云可考吴江者金、万二姓四人，然已为捷足者得一矣。絮谈至夜二鼓，论文并示窗课，其师则余同年顾莲号香园者也。改本急读良久，健卿陪余同榻，情极拳拳，余睡时已夜半矣。

十七日(12月19日)　晚起，与周仲翁谈，知其郎青邑名手，现考第二顶补，名莲生。仲翁长于小试，年六旬外，童颜春盎，望而知为有道之士。以潘篑浦先生养生书赠余，并云导引多年，齿、目、耳均能如少年，钦羡久之。朝粥后余欲归，港无寸水，又扰渠中饭，亦与先生同席，下午潮水来始告辞。健卿以其尊人雪翁所刻《守练日记》赠，并携顾香园改本暨松江名孝廉徐式如名良珏《万言集》，科试苏属考作而还，舟中阅所赠诸书，不知时之已晚，趁顺潮行，至金泽停宿已黄昏候矣。夜饭后眠极早，酣睡矣。

十八日(12月20日)　晴暖。朝上霜极浓，篷窗安卧，到芦镇始起来。饭于舟中，与顾念仙茗饮后开船，到家上午。知吴老师之郎海岳来过,催赘仪,墀儿接陪,以过节到同川许之。是日收租二十馀石,两日内亦不寂寂。墀儿呈示课作第二期,夜间略登账务。

十九日(12月21日)　晴暖,防发风。是日放头限满期,终日在限厅收租,渐觉零星,米色亦渐潮杂,夜间吉账,共收七十五石有零,自开限至今,共收一千六百有零石,约账六成,以后恐渐艰难矣。而粮米缓征,闻不肯宽办,殊觉守吴使者非民父母也,可叹!饭后招薇人侄来,为内人转方调理,据云原气颇佳,即不服膏方亦可,定煎方,谈至晚间送归。午前蒋积甫来,有所商,谢之。吟吟①晚来,知日上收租紧要,同川不及同往矣。

二十日(12月22日)　阴,无雨。是日转二限,终日所收十五石左右。午后,吴海岳又来索催赘仪,意欲背李老师而独收其利,余以两边情谊,不能偏向,不便私付,嬲之不已,始约廿七日余到同川李任处面交,此亦海岳之不解事也,一笑送之去。今日丑刻交冬至节,夜间家祭,祠堂内祭已祧之祖,余司献爵奉盛,大厅上祀高曾祖父四代,命墀儿小孙襄事随拜,祭毕,与翼翁饮散福酒,颇有醉意。

廿乙日(12月23日)　阴,欲酿雪而未成。终日收租十馀石,闲甚,下午阅近抄新科墨选。

廿二日(12月24日)　阴,无雨。终日收租寂寂,不过二石,尚未吉账,殊见以后收数之难。午后凌范甫到馆,絮谈良久,以叶达翁所改子屏弟、二侄文见示,阅之,轻圆流利,小试利矢,若非子屏润饰,原本亦大可望有成,为之欣喜久之。夜间略静坐。

廿三日(12月25日)　阴,无雨。终日收租卅馀石,书房内文课第三期,作便简并达泉改本,明日到梨便致子屏。

廿四日(12月26日)　阴,天欲酿寒而仍暖。饭后舟至梨川,过大港,以文、信寄子屏。午前至蔡氏,赴仿白甥会酌,见二堂妹,絮谈良久,少顷,同人均到,得会者金少谷(恬波)兄,余与乙兄同席,进之

---

① 吟吟,疑为"吟泉"之笔误。卷十,第444页。

甥陪余，饮五六杯，尽量而饭，已微酣矣。至朱锦甫处，与渠西席老友孙秋翁畅叙，拉至茶寮茗谈，至点灯而回。携沈步青考作两首，秋翁所转示，云可勿还。复与二妹畅话家常，见甥婿沈子和，陪余夜饭，循谨雅饬，媚学能文，真他日玉堂人物也，甚钦羡之。谈至一鼓，二妹留止宿，辞之，夜卧舟中。

廿五日（12月27日）　阴，下午雨，暖甚，即日要防风信。早起泊舟堂桥，饭于舟中，与邻友费玉翁絮谈。至敬承，阒无人，坐良久，始知今晨幼谦夫人临盆索坎得二女，奇事，亦乏兴事。幼谦即出来，略叙慰而始返。至徐丽江甥处，约渠茶叙，知家事仍不和，大约来春非析居不可，约余十二月二十左右相过从，劝谕之，似尚不以为非。开船，阅《备忘录》十页，字字金针玉律。到家下午，雨甚绵绵。沈吟泉在限厅上，始知新漕决计全征，不得不归怨于新令尹也，略坐而去。二孙种状元花，甚兴旺，曹三先生来看，云甚安妥，略嫌浆水不足，服温补方以托之，即可稳惬矣，姑听之。日上收租尚不寂寂。夜间略登日记。接刘雪园十八所发信，谢余并致海岳意，约廿八日到同，至李老师处三面同缴贽仪，甚见周密。

廿六日（12月28日）　晴，西风，仍不做冷。终日在限厅上，所收租米不满十石。晚间墀儿自紫溪陶庚芬处会酌归，示会规簿，似颇公气，盖头会全缴后，二会至十四会均减半卸收，则散会出数渐轻，亦均乐从也。薇人侄来，知竹淇弟廿九日有遣嫁事，作札告借环红两块，即覆之去。

廿七日（12月29日）　晴。朝上曹三先生来视二孙痘花，知昨夜脾泄，恐防气虚下溢，处方二剂，用参、芪、术、肉桂、鹿角，温补之药以托之，颇费踌躇。留饭，去后余至同川，舟中阅《还读轩墨选》，遇石尤风，到已下午，即至蒋家桥司衙候前老师吴公，年七十，奉佛，夜间禅坐，神识清而世务不明，与之谈无味。少顷，其郎海岳来，即同至庄家浜李老师处缴贽仪，至则辞不见，问渠家人，始知新旧分账，昨日颇有口角，海岳诳言至是始露。良久，渠郎恬生出见，又与海岳争论，余处赞敬不便即送。黄昏后下船,送海岳归寓,明日再商。是夜宿舟中,甚乏兴,辗转不寐。

廿八日(12月30日)　晴,霜浓甚。朝起舟至彩塘浜财神堂候朱稚莘,以扇托画,并以黄烟、香珠斗米、茶食送之,始确知江邑漕粮出示全征,闻之骇然。今之有司真所谓莫以告也!价年内三千九百一石,年外四千四百,积谷缓收,可知具文。与稚老茗谈,晤金丈秋史,朴甫之尊人也,年七十五,精神矍铄,得见文孙寅阶入学,真人生不易得之境也。正在絮谈,吴海岳又来,知金八愚调停,新旧之间可无嫌隙,即会八愚翁,拉岳老同至李养贤老师公馆,三面现缴洋五十元,李老师出见,亦无支词,八愚权收,俟新进赞仪分定,此项仍归前任,李老师人尚近情也,一揖而退,墀儿补廪事从此吉题矣,可称辛苦艰难。还船,略买杂物即解维,到家下午,知慕孙痘症昨日颇不安,幸服温补之品,脾泄已止,花点转红,可以平安,闻之惊心始定,不胜祷祝,喜幸何如!先人荫庇之德不可忘也。今日定方,至用高丽参、鹿茸,属顾兰州至西塘张位育堂汇来半角,茸片不多,已费洋四十八元,幸今日大势已定,转危为安,此品可无需用矣。夜至一鼓,安眠之至。

廿九日(12月31日)　晴暖。朝上曹三先生来看慕孙花,为余称喜,可保全功,参茸贵品,无须服用,处方解毒温通,轻松之至,一茶即去。终日收租不满二石,余亦安心任之,能不开追为妙。今日稍闲,接子屏手条,拳拳于小孙痘花,足征关切。

卅日(1870年1月1日)　晴暖。饭后至限厅,收租寥寥,有北盈顽佃吴耀山,米色潮杂并欠找头,今姑恕之,来年必当惩办,以儆刁风。曹三先生又来视二孙花,现已回,均幸平复,处方补原解毒,留之中饭,约渠初二日谢花来叙。

十二月

十二月初一日(1月2日)　晴暖。朝起盥沐,虔诵经咒,饭后衣冠东厨司命神前、家祠内拈香叩头,恭谢默佑。终日收租不满十石。下午沈吟泉来，絮谈良久始回。灯下阅陶苫生赋，小品神妙无偶。

初二日（1月3日） 阴，下午雨，似欲酿雪。上午梨川下乡己、染两圩来还租，照去年又让五升，每亩八斗，英洋每石二元二角，从宽收之，然所收不过七成内，未识以后能有成否。此处被灾后又水淹，吉题不易也。是日慕孙谢痘花，曹三先生来，中午酌之，厚酬其劳，此番不用桑虫提浆，而用温补升托，故得脾泄渐止，转险症为平安，侥幸甚矣。接吴幼如札，喜其前月又得一男，禀上通文硬写，然尚可念得去，此子能如是，亦足差强人意。夜间祀先谢痘，与墀儿衣冠虔拜。陈翼亭两载盘桓，今日解节，送之返棹，情甚依依。

初三日（1月4日） 阴，雾，微雨，北风，必将作冷。终日收租十馀石。暇阅《还读轩墨选》，善本也。范甫仍在书房内与大儿酌选新墨，今日文课第四期。

初四日（1月5日） 大风，上午晦冥，酿雪未成，下午开晴，渐冷。是日收租一户，明日始命开账船，暇将墀儿补廪总费汇登入学册上，其费名世之数又加十四元，劫后出款如此巨重，余勉力极矣，万望大儿有志上进，来科安翼稍有生色，庶可慰先祖读书之夙愿，未识根基何如，总之万不可自画也。是日书房内文课第五期并做。午刻祀先，周太孺人忌日致祭。

初五日（1月6日） 晴，昨夜风息，今晨点水成冰。终日收租二户，大约为严寒所阻。大儿呈课作，通体稳妥，未见挺拔警策，似难出人头地。岁底悠忽过去，来春必须发愤，庶天资绌者，犹可以学力补之也，勉之为望。

初六日（1月7日） 晴，朝上薄冰，颇冷。晴朗终日，下午渐暖。是日收租六石馀，零欠甚多，不得已明日差追。吟泉来长谈，约明日同至北厍局完漕。夜间阅《三鱼堂文集》。

初七日（1月8日） 晴暖。上午在限厅上收租四户，约米五六石。招吟泉来同中饭，下午同至北厍局完新漕下忙银，约四成，局书沈云卿不值,赴柜完十九户,取收条讫,与吟泉茗叙良久而还,归已点灯。大儿同往,会梦书不值,晤省山侄孙,转述大嫂之意,约渠进来是托。

初八日(1月9日) 朝上浓霜,终日晴暖。饭后至来秀桥载吟泉,同赴芦局完漕银,局书朱云山不值,张森甫、钱梅波手,先完四成,十三户,取前所截上银不入号串八户而去。大儿同往,至钱艺香裱画店裱杜印殿卷九十本,每本五页,言定每本装订部面金,钱五十文,又零九十页,每页五文,又《四书集注》一部,小四书四种托裱,价未谈定。言定殿卷来年正月二十工竣,先付定洋一元。交付后至张厅茗饮,晤袁憩棠,畅谈良久,言及家事,慨然于调停骨肉之难。同至公盛行楼上又叙,扰陆二相厚斋馄饨。复率塈儿同吟泉至许竹溪四丈处,竹丈年七十五,面童眉苍,真寿者相也。登梦鸥阁,徜徉久之,携《梦鸥图名人题咏》而归,余家与丈真三世交矣。返棹已点灯后。

初九日(1月10日) 朝大雾,终日晴暖如初春。收租四户,欲开逋者都进来还新租,开欠者似可以免,仍应酬三四朝差追而已,暇阅《大学衍义》远佞篇终。

初十日(1月11日) 北风骤寒,上午雨雪霏霏,即止,欲晴未透。阅许竹溪丈《梦鸥阁图》,先大人作七古题之遗墨存焉,有感于怀,率赋七律一首,拟赠之。暇阅《三鱼堂文外集》。收租,今日三户而已。

拾壹日(1月12日) 阴冷,昨夜雪积不及二三分,然已应令成瑞。上午大富、玉字两圩甲来找零还租,布以抵数,米色杂潮不堪,因俱零星,勉强收之,真有名无实也。终日在限厅闲坐,吟泉晚来,即去,头吉串及顾色目税契均收到。

十二日(1月13日) 阴冻,点水皆冰,寒不减于昨岁十一月中。终日寥寂,租事无有过而来者,天寒所致,然亦见账务之荒。元音侄来,定见子祥侄孙来岁仍用,脩三十五①,出亮三十三②,二两暗致,然此公亦非干练能任事者,未识日后长进否。总之,此席得人为难。

十三日(1月14日)　晴朗,上午冰冻,下午渐暖。饭后至蓉卿馆中长谈,来岁已设帐北库马氏矣。终日租米寂寂。中午子屏有札来,即作复之,知代办赵子翰葬事,已得拮据成就。为遣嫁事,明日往苏。芸舫信件、扇面、大儿考作、窗课,一一转寄收到。诵芸舫信,谦奖太过,殊形自愧,其札冬至后两日发。暇阅看本,大约以机流、神旺、词腴为趋时花样,板重处均不看好,命大儿细味之,其期望之意甚殷,来岁必须孟进,能得不负师门为幸。

十四日(1月15日)　晴暖,朝上霜浓。终日收租三户,碌碌不能静坐。夜阅《三鱼堂外集》策问。

十五日(1月16日)　晴暖。终日收租不满三石,暇录陶苊生赋一篇。下午欲至北舍局完粮,适凌荔生来,因不往,与荔生畅谈,知近自苏来,新得罗熊融旧府志十二本,洋四十四元。据闻苏城乱后,仅存此一部,石志修时曾觅得之,近仍出于渠亲串家。又于吴觉初处借得明人史策《吴江志》抄本,阖邑仅存此本。余处告借汲古阁朱批《史记》十二本,云须一年过评始回。以新刻《平定粤匪纪略》群玉斋摆板见示,共十本十八卷,又附记四卷,以前五本借余,后五本新年再借,索价两洋,大约番半可售。急置案头,先睹为快,絮谈至晚而去。

十六日(1月17日)　晴暖。饭后舟至芦局完粮十二户,以《梦鸥阁图》并诗面缴竹溪四丈,匆匆即告辞。走至公盛行内,与顾吉生、砚仙茗叙,适袁稚松来,畅叙良久,吉生邀至酒馆面叙,稚松同往,吉生费扰之。稚松年少翩翩,书法极佳,真有造才,巢太史之遗泽孔长也。下午回家未晚,吟泉自梨来,又絮语良久去。

十七日(1月18日)　晴朗。终日收租三户,北账船今日夜间

---

①　"三十五"原文为符号𠯼。卷十,第448页。
②　"三十三"原文为符号𠄠。卷十,第448页。

止,不复开,所收殊不成数。下午舟至北舍局完漕十二户,与云卿茗叙人和楼,委蛇久之,此等周旋,为田园屈节也。归家未晚,夜阅《平寇纪略》,篇首有宦官伯相序文,杜小舫方伯一人手笔,叙次简明,有首尾相应法,煌煌一大朝章,为方略馆不可无之书。

十八日(1月19日) 晴暖。终日寂然无一户,东账船自梨回,所收长浜十馀番而止,以后船收亦无有矣。今日薇人仓皇来诉,室中勃溪诟谇,脱辀难堪,欲余处暂住以避其锋,因留之账楼止宿,可谓极家庭之变矣,言之可叹!

十九日(1月20日) 晴暖。饭后舟至梨川,阅《平定粤匪记略》至咸丰七年湖北一律肃清止,已午刻,泊舟唐桥,走至局中,完漕银五户,已八三折,晤柜上毛丽江、局书李实甫。回至丰盛办年货,先付账,暇与黄吟海老表弟、邻友费玉翁茗叙良久,夕阳将下,始到船中。夜饭后邱幼谦到船中絮谈,邀止宿,谢之,略坐去。终夜安卧,闻柝声、巡夜鼓鼙声,甚紧急。

二十日(1月21日) 晴,浓霜。朝上略办年物,饭后至费辰山衣店,邀其叔玉翁暨吟海茗叙移时,话旧谈心,甚多兴趣。至幼谦处,知所产二女者已早遣嫁,亦甚无所损。租务不过六成,日上尚安静。汝苕丈、澳之内弟同中饭,颇醉饱。下午幼谦邀同澳之听畅厅弹词,琵琶一曲甚圆妙,然非余所好,应酬茗叙而已。晚回,与澳之谈医理,颇能小心谨慎,为境所困,不能不出手,祝渠十全为上。夜粥后,又与幼谦絮谈,属渠年兴不要发痴,未识能如所望否。午前串已齐,走取之,黄昏后仍宿舟中。

廿一日(1月22日) 晴暖。朝起又买年物,计账讫即开船,到家上午。接丽生与大儿札,以书贾吴龙甫所携《杨园全集》十六种见示,索价十六元,虽昂甚,然亦不能不俯就之。又托告借《石刻拔萃》总目一函去,言定一月还,不误事也。薇人昨日为追呼而去,其外家二蛮嫂竟来过,一味蛮话,护其所生悍妇,此等妇人,已非人类,内人以不解解之,殊为不平也。终日催甲算账纷纷,夜间登清账务,碌碌不能闲坐。

廿二日(1月23日)　晴朗。饭后在限厅,命将诸佃存米存洋之数一一吉算。终日收租二户,所存者都欠找零,年令乎,人情乎?颇难亿度也。上午凌荔生自梨回来,知所示《杨园集》的是范刻,三十馀卷,且有乌程渠家凌氏图记("传经堂觉鲁图章"),欲以所旧存范刻同板卅馀卷者对调,已许之,付洋十元,又英六元,大儿处回转后算。又借去康刻《古文辞类纂》两套去,云要照本圈过。留小酌,畅饮极欢。下午同其侄范甫解节归,范甫在余家读书两载,文笔奇横,举止安详,是少年子弟之杰出者,前程莫量,拭目俟之。来岁在家用功,实大儿之益友也,郑重勉之而去。

廿三日(1月24日)　东北风,下午雨。饭后同吟泉至芦局,又完四户银米。局书朱云山不值,已完足八成数目,闻彼尚有后言,只好听渠犬吠而已。回至许竹溪四丈处畅叙,以青蚨四百文托丈办一肴一碟酒面,三人酹饮,极适意。下午雨甚,始告辞。又至公盛,与述甫略叙而还,归家将点灯,即肃衣冠,率大儿奉香烛酒果,虔送灶神、东厨司命上升,礼毕,循例与家人食粉团。

廿四日(1月25日)　小除夕。阴,微风雨。上午至乙溪兄处,以昨日接少松表弟信示之,欲呼将伯略济之,共商作札寄复。午后薇人侄来,携襆被去,差喜室内略安静,可免乖违矣。吴少松适自同来,知今冬为其郎病医药,岁暮窘甚,必须商贷,至乙兄处,已助之,余亦如其数赒之。絮谈,留夜粥,一黄昏后始还去,宿于舟中。人事彼此纷纷,不能多留也。

廿五日(1月26日)　晴朗。上午孙蓉卿为俗事来,笑却之,絮谈良久去。下午舟至北舍,又完银米六户,沈云卿拉同茗饮仁和楼,以七八数为未足,再商请益,嬲不已,权许之,吟泉亦在,与之酹商,拟明日了吉之。竹安老翁病已痊,亦来茶叙,真难得也。云卿以新历书一大一小见送,秋风之局当答之。回至洪元略坐,梦书亦来,约明日至大嫂处,未识应期否?与埠儿同归,已傍晚矣。

廿六日(1月27日)　晴朗。饭后接徐丽江札,即作复之,尚不食言,惟不如数耳。午前子屏侄来谈,絮语,中饭,晚始去。有平湖张海门之侄号子敬者,年少喜读先儒书,谆索《清献日记》要读,因检家藏本与之,吾邑无此佳士也。以姚大也旧本《杨园年谱》见示,顾访溪本亦缴还,以胶菜二、福吉六惠余,因笑受之。吟泉托渠赴北库局,又完五户,八折已足,据说云卿他往,"吉题"二字已托转述,晚送回去。

廿七日(1月28日)　晴朗。上午略将内账、粮务限收登算,下午命账房内吉算支款限脚米,共需费乙百千文左右,门户支持,大不易当。有葫芦兜张眉峰郎来,欲商叹气,辞以不见,其人暂去,恐不免再来缠扰,静俟之。夜酌账房诸公,余颇有醉意,一应账目均未登清,懒甚,酣眠。

廿八日(1月29日)　晴暖。饭后送账房诸公回去,朗亭约新正廿六,子祥约十八日去载。张朗又来,询知是子谦翁二郎号云海,失业、吃洋烟,无聊之至,人尚驯良,因略阋之而去。子屏处以筐答贻厚回而返,甚客气也。吉翁自索账归,其人竟作避台不见,明日虽当重催,然不稳之至,人情之窘而伪可知!此事本非善策也,思之可骇,后当自图改计,因警书之。

廿九日(1月30日)　除夕。晴朗可喜。上午具蔬果、牲醴敬神,衣冠肃拜,下午命工人洒扫庭除,整拭几案,张挂先严慈两大人遗像。大嫂处明岁轮年,五代图暨先祖慈遗像张挂二加堂,命墀儿敬持之。晚间祭祀先人,虎孙随学拜跪,祭毕,与子妇家人团坐吃年饭,两孙同随,笑语咿哑,甚得天伦之乐。今岁诸事均可如愿,余又何求?惟处顺境,益宜修省,当与墀儿交勉之。且来岁又逢大比,读书努力或托先人之荫冀有生色,不胜为儿辈暨屏侄期望,此事须向源头培植也,谨志此心,不可自懈。是夜星斗灿烂,爆竹声喧,村舍尚不寂寞,来岁丰盈,卜云其吉,人家根本之源,务在农谷顺盛成,私心甚为奢望云。己巳腊月除夕,时安主人谨记。

同治九年(庚午,1870)

一 月

同治九年,岁在庚午,正月初一日(1月31日) 元旦。晴暖,终日东南风,长养万物,五谷丰穰,今岁可必矣,祷祀祝之。朝起肃衣冠,拈香叩拜弥勒佛,谒叩东厨司命尊神暨家祠。饭后团叙二加堂,拜先人神像毕,与乙溪大兄行贺岁,子、侄、侄孙、孙女,男女以次拜谒受贺,复至萃和、友庆拜两先伯神像,乙兄率侄、侄孙辈亦来拜先严慈遗像,各茶话久之而返。暇则虔诵神咒《救劫宝训》,不敢求福,特自省察。命应墀同两侄至大港上贺年,星伯轮当,归家未晚。

初二日(2月1日) 晴暖甚,重裘可卸。饭观村人出猛将刘王赛会,午前竹淇弟、子屏、茂甫、薇人诸侄来贺岁,大嫂处轮年,在丈石山房年菜款留,余与应墀陪之,饮酒颇欢。晚回,竹淇携《分湖小识》一部去。

初三日(2月2日) 晴朗,暖似三春,卸裘犹嫌蓬勃。村人走会,随俗观之。上午钱中兄、孙蓉卿均来贺岁。暇阅《杨园全集》,定是范刻初印本,共三十卷,非祝刻十六种可比,劫后绝无仅有之书也,当珍惜之。晚间祀先,明日当谨收先人神像。

初四日(2月3日) 晴暖尤甚。饭后率墀儿拂拭先人神像,谨谨收藏。上午凌耕云侄婿来,一茶回萃和。沈吉甫堂舅氏亦来贺岁,茶话片时去,约廿六日去载。是日慕曾二孙周岁,拜星官,试以文房笔砚,特取京顶、算盘,此儿他日勉望读书承家,怀抱试语,不胜欣幸,当与大儿随时培植之。暇阅《杨园近古录》。

初五日(2月4日)　阴,西北风,渐渐又作冷。是日卯正刻立春,三鼓同家人起来,盥手沐面,今岁独早,循例在账房内拈香接五路顺风财神。饭后命墀儿至紫溪殷寓达泉、安斋暨表伯母处贺岁,晚归,知安斋出门,达泉陪饮。暇则《近古录》阅毕,阅《言行见闻录》。夜有疫火,村人鸣锣驱之,后半夜大雷电雨雹,甚非时令之正。

初六日(2月5日)　阴雨终日,北风颇峭。上午闲坐,阅《杨园言行见闻录》。午前周老聘表兄来,留之中饭,大嫂处轮值,适老表兄挫腰不适意,不能多饮,年已七十四矣,然善尚健饭,一饭即去,甚悯之。沈吟泉暨侄咏楼来拜节,留之夜饭,絮谈颇畅,灯前晚去。

初七(2月6日)　人日。阴,雨霰,北风寒峭。上午录北墨一首,午后徐丽江甥率其郎祢甥来,吴幼如甥亦来,因风雨,共留止宿,大儿陪之,夜间年菜酌饮,极话旧之乐。丽江家事仍难调停,可谓极人生之变矣,观其见机为要着,谈及一鼓,就寝书楼。

初八日(2月7日)　开晴,可免春雪。饭后徐、吴两甥均回去。幼如为其父蕉如托石塘龚姓代为报出殉难,大约三四月间忠义局部文可回,倘邀恤典,当代为查办恤荫事例。午后天复阴变,范桂馨表侄、元音侄均来,汝志达在萃和,亦来贺岁,命墀儿答之。晚间凌荔生率侄范甫来贺岁并送试艺,夜饮,年菜款之,极知己谈心之乐。相励两家子弟努力前程为望,然寒家无出众子弟,两房并读书种未出,玉树森森,独让君家,不胜羡慕,谈至一鼓,就寝书楼。雪大作,纷纷积寸许矣,寒甚,风峭。

初九日(2月8日)　阴冻,雪止。饭后与荔生谈论,以殿板绵连纸初印《四书》一部送之,甚合渠意。《平定粤匪纪略》五本缴还,中饭后归家。是日徐氏两甥婿汝、王二公来拜谒,具柬款茶即还,乙兄处留饭,新甫甥陪来,探知丽江昨日回去尚不失礼,余与墀儿即作柬答拜之。与乙溪谈及荔江家事,甚叹棘手。

初十日(2月9日)　晴朗,雪销。上午闲坐,无客来,录北墨一首。下午舟至孙家汇候秋伊先生,茶话良久,兴不颓唐,欲告借姚《左传》一部,为馆徒点读本,约后节过余面取。晚归,至对河钱老中处答拜,回,知袁穆斋郎来送试草,并不亲到,不过遣价持十三日芹樽请柬而已。

十一日(2月10日)　晴朗,寒峭。饭后命墀侄儿由池亭至梨川诸亲友家贺年,大约有信宿之留。是日蔡仿白甥、龙生甥暨金氏侄女率外侄孙大官均来过,与侄女絮谈,知金少岩翁病尚介危与安之间,须春暖后方可奏功,侄女事舅,颇以孝闻。下午,陆立人侄婿来,将五侄不能读书处痛述一番,未识今岁西席黄子敦能稍顶真否也?客去,阅《杨园见闻录》。

十二日(2月11日)　阴雨,颇寒。上午录新墨一篇。终日无客来,足音跫然。闲坐,阅《杨园见闻录》末卷,《三鱼堂外集》策问。

十三日(2月12日)　上午晴,下午雨。饭后族兄大榕来,欲以田事相商,婉谢之,此例难开,嬲之不已而去。上午殷达泉来拜年,大嫂处留中饭,陪之,此子尚谨饬,可以保家。下午回紫树下,平望现已制屋,不久可回旧地矣,此劫后人家之最难者。袁穆斋郎二山今日芹樽,以银分致送。叶绶卿来,絮谈良久,留之夜饭,客气而去。朱锦甫来,一茶即至秋伊处,歉不能答。薇人来,问到馆期,有所商,应之。墀儿晚归,因船挤,今午饭于丽江处。邱幼谦约十七日来,闻今岁极安静可嘉。

十四日(2月13日)　阴,无雨。上午静坐,阅《杨园见闻录》。下午竹淇弟陪其新婚谢锡侯来拜客,系稚圭孝廉之子,青年媚学能文,上科已入学,翩翩佳子弟也。茶叙,拟款以年菜,竹淇坚辞,长谈而去。上午金少谷侄婿来过。晚间润芝侄孙来,吾族今科有望者,此子亦在指数之中,论及乡试,兴致颇浓,勉奖之而去。

十五日(2月14日)　阴,无雨,东北风颇峭。饭后命子侄辈具柬答谢锡侯侄倩,回至来秀桥答拜吟泉叔侄。下午命应墀至冠溪董梅村家贺岁,并约廿四日到馆,晚归,知梅村已如期约定。今夜元宵,风狂甚,烧田财者为风不能举火,因是寂然,不知主乎征应。夜一鼓后星月颇佳。

十六日（2月15日）　阴，昨夜霏雪，寒甚。饭后舟至西张港贺顾吉生六郎新婚，至则见吉生乔梓并其侄砚仙，中午在书房内特设一席，与袁憩翁、褚襄卿诸君同坐，菜颇丰腴，主人劝饮，因严寒，不觉过分，兰州约廿六日去载。席散归家，雪又纷飞，是日阴冻甚于冬令。

十七日（2月16日）　晴朗。朝起寒峭，点水成冰，下午渐暖。饭后命墀儿至北舍本宗拜年，午刻归。迟幼谦不至，暇阅《杨园见闻录》十页，计算一年出入账，头绪纷如，约略仅自记数而已。

十八日（2月17日）　晴朗，春寒依旧。饭后命墀儿率小虎孙、女孙至莘塔凌氏外家拜贺。午前邱幼谦内弟来，年菜酌之，留止宿，不肯，据云明日要至盛川。二十日开馆课，两弟兼坐定，作六月之息，能得始终如此自课，其志可嘉，今科甚有佳兆，能得不虚所望为祷，下午回去，约清节后来盘桓几日。晚间小虎孙、兰孙女回自莘溪，大儿约二十日去载。

十九日（2月18日）　晴，渐有暖意。饭后无事，录新墨两篇。周老品来，留之中饭，健饮饱餐，前日挫腰之恙已得霍然，欣幸之至，蜩之而去。吉老来，述夫己氏不情之话，闻之喷饭，然无可如何，只好静以听之，能得渐移默化，不玷师门，不胜祷祝。未识此中夙因何如，当凭理以自处无过为要。

二十日（2月19日）　晴朗，东风，仍峭冷。上午闲坐，将新墨送酌毕，共十二篇汇订，此所谓嗜痂之癖也。下午羹二嫂处西席金泽黄子敦先生到馆，接陪拜师，夜间酌敬之，且以五、六、七三侄失学告之，未识能顶真稍知字义否。墀儿晚间回自莘塔陈思杨母舅家，贺岁已去过，《平定粤匪纪略》十本荔生已寄来，且知前托购《杨园全集》，的是范北溟所刻原本，真异宝也。

廿一日（2月20日）　晴朗，风仍紧厉。上午黄子敦来答谒，下午沈莲生来送试艺，顾莲溪来自梨川，云即要至莘塔，均一茶去。墀儿下午至芦川徐艺香裱画店内取所裱殿试卷并算裱书账，晚归，知艺香到苏,不值,其伙约月初去取裱本。

廿二日(2月21日) 晴,稍暖。是日先大人忌日,中午致祭,自见背以来,倏忽二十一载,追报无由,乌私莫遂。终日无事无客,静坐无聊,不胜风木之悲。

廿三日(2月22日) 晴朗。饭后将旧岁租账摘酌全欠诸户,以便查讨。上午沈吟泉来谈,留之中饭,至晚回去。适王桢伯率朗勤石来贺岁,茶后即回萃和,余率大儿衣冠答之,乙溪邀余陪饮。夜间剧谈,知镇上诸公今岁仍叙约课,沈梦粟在家不出门。谈至一鼓,送渠登舟始返。

廿四日(2月23日) 晴朗,朝上大雾。饭后酌摘"惠"字租欠账毕,董梅村已来自冠溪,中午略办菜酌之,命苐卿侄来同席陪之。梅村酒量较胜于余,对饮尽量而饭,余略有醺意矣。是日即命墀儿开馆,下午黄子敦来答梅村。

廿五日(2月24日) 晴暖。饭后至泮水港顾杏园家贺范桂馨表侄吉期,见范四姨表嫂,时寄寓杏园家也。与姨大表姊赵氏话旧,午席后,俟亲迎船开归家。是日晤大义七侄、仲云侄孙。丁楚生来拜年,茶叙片刻,明日当至萃和答之。

廿六日(2月25日) 晴,昨夜狂风,至晨而息。上午酌查租欠账目,下午顾兰洲、沈吉翁均到寓。陈朗亭载而未来,约初十日去载,知适有感冒未起来,未识能即愈否,颇为渠踌躇。夜间以年菜酌账房诸公,以循旧例。

廿七日(2月26日) 阴晦终日,似落沙天气。上午摘录租欠账便览,下午竣事。乙溪来谈,知丽江后母徐氏来过,伦常之变,难以理喻,倘今春再不调处分析,必成大衅隙,此事丽江亦有不善措置处,所谓调和骨肉十分难,相与叹息久之。夜间有疫火,村人鸣钲驱之。

廿八日(2月27日) 天气晴和,上午东北风,下午渐息。今日松琴五侄女出嫁于陆氏,新人补珊,翩翩年少,能文,真佳耦也。饭后命应墀同苐卿侄到港去送嫁,子屏以兄主嫁事掁挡一切,甚不为易。

暇则录清去岁用账,较戌年又浮用乙百馀千,门户支持大难肩承,思欲樽节,实无善策,奈何?书以自警。大儿回时将二鼓,知今日晤见王梦仙,字课一说,沈梦粟决计肯看。

廿九日(2月28日)　晴和,大有春意。上午录清二加出账,下午马友眉来,一茶回去。饭后孙墨池亦来过,所约之事二月二十日进来,欲将计就计应之,然吉题已大难事。

卅日(3月1日)　晴暖。饭后将二加出入账录清,有亏无盈,愈知大嫂门户支撑不易,然非可以言论,不过代为咨嗟而已。下午沈吟泉来自同里,知今科吾邑下北场者已有三人,吴莲漪、任幼莲、范蕊仙,长谈,携所存稿本还去。晚间董梅生、墀儿自芦墟归,钱艺香所裱殿卷均携还,存多宝塔,翻本一、零本一,言定价二千。大四书一部,小四书四本,言定价一千八百文(托毛太二层)。又乌丝五色笺乙伯张,每张念五文,约不计时日,限定年底齐集。

二　月

二月初一日(3月2日)　晴朗。朝起盥手,虔诵大士神咒,饭后衣冠敬奉香烛,拜叩东厨司命神前暨家祠。上午查登去年账务。下午阅新墨卷。与董梅村论字学,渠是善书者,故写殿卷易工。

初二日(3月3日)　阴冷,下午风雨。上午将两房出入账一一核算登竣,以长补短,免绌为难,但愿今岁丰收,尚可过去,若为有备无患计,则未有也,书以自警,然"节省"二字,甚无术以遵之,如何如何?暇阅新科墨选。

初三日(3月4日)　阴,微雨。饭后率墀儿衣冠在瑞荆堂设香案奉香烛叩首,谨祝文帝圣诞。是日书房内斋素,以致微忱。即开课第一期作文,余则虔诵大士神咒、《帝君阴骘文》数遍,暇则作札拟致费芸舫。下午潘映眉夫人陆氏以一文会来收,问其年七十二矣,俯仰均无,贫困可悯,即如数付之。闻苏城两书院甄别亦在今日。

初四日(3月5日)　阴晴参半,无雨渐暖。上午拟作札致陶苣生,两时始毕,颇费经营,然总多俗气也,此事亦须有来历,为之尚易,若强求之,难工也。董梅村课作誊完,阅之,发皇整练,法脉亦清,此公时文火候已深,可望脱颖而出矣,甚佩之。墀儿亦呈课艺,理法亦是,词句太弱,且起比不甚合法,恐非梅村对手也,因益励其加功为要。暇阅新科墨选。

初五日(3月6日) 晴而不朗,终日东风颇紧。饭后作七古一首,题胡心敷《淀滨寄隐图》,梅村之友人也,应酬而已,实无好意,暇当属梅村书以寄还之。下午阅《杨园文集》。

初六日(3月7日) 晴,西北风甚狂厉。上午书清致陶芑生札,颇谨持,姜芽手劣,半晌始缮好,然甚不适意也。下午阅《杨园先生文集》书札一类,夜阅时艺。

初七日(3月8日) 晴朗,风仍尖利。饭后有乡人来赎田,一△一分六厘八厘,持新单而去,推收且俟秋间。是日先母沈太孺人忌日致祭,春秋见背五十二年矣,追忆生我,不胜惨痛,因虔诵大士神咒,以展微忱。吟泉来谈,书房内中饭,至薄暮始去,以钱梦莲文见示。

初八日(3月9日) 晴暖,渐有春意。上午检查田券,颇极繁琐,费两时之久,尚未竣事,明日当再从事。下午阅《杨园先生文集》,并阅新闱墨。是日书房内第二期文课。

初九日(3月10日) 晴,春意盎然。上午检查契券,始寻出已赎者欲付还,借清头绪。下午阅梅村课艺"提敬字",擘分两大比,功力悉敌,场中得此可决抡魁。大儿亦"提敬字"八比立局,不免局促辕下矣,以后宜勿就此难路,戒之勉之。暇阅《杨园先生文集》,夜阅《平定粤匪纪略》。

初十日(3月11日) 阴晴参半,北风颇紧峭。大嫂金泽陈氏亲串家去,约廿九日去载。上午查清续置田产,以便汇登置产簿,亦须宽以时日始能从容。下午读《杨园文集》,陈朗亭来,近体已健,甚为欣幸。账房诸公今日始齐,明日拟开春账。

十一日(3月12日) 阴,无雨,风仍料峭。饭后查清续置田产,头绪已清，明日当再誊整，庶可付账房一目了然。此等事亦治家之要务，不可再事因循致日后模糊也。暇阅《木鸡书屋骈体文》，亦是近日一种应酬不可缺之文字。

十二日(3月13日)　花朝。昨夜微雨，沾润之至，今日阴，微晴又微雨。上午录清续置产数，下午无兴而止。子屏有条来，善邑漕务已清，明日欲至陶庄催租，益芝媳侄付米五斗，作条以小云先生坟上挑泥托之预办。春寒终日，不能看书，与赵姨表姊范氏话旧。

十三日(3月14日)　晴，西北风颇寒。上午忽阴，下雪即止，复开霁。誊清续置产账，颇畏难，不能速即了事。下午阅《木鸡书屋骈文》，书房内文课第三期。

十四日(3月15日)　晴，渐暖。上午抄录续置田产簿始毕事，暇阅《杨园集》与张佩葱问答语，多关系正学。范姨表姊回去，约下半年再来。夜阅书房内课艺两篇，均有擅场处，然工力悉敌，塈儿甚不如梅村，问诸子屏，未识以为何如。

十五日(3月16日)　晴和，正好仲春天气。上午谨拂先人神像，置庭展晒，以备收藏。子屏有条来，今日往陶庄讨账，须两三日逗留，回来到溪，下午可不往矣。下午沈吟泉来谈，晚去。

十六日(3月17日)　上午晴，下午雨，甚极时也。是日奎儿去世九周载矣，中午祀之，命念孙、慕孙拜奠之，他日当以慕孙主其祀，牙牙学语，对之转悲为幸。暇诵大士神咒毕，阅《杨园集》，张佩葱问答语阅竟，夜阅黄鹤楼骈文。

十七日(3月18日)　朝晴，倏阴，终日北风，骤寒，昨夜雨即止。上午登查田账，头绪略清。下午阅新墨。夜阅《杨园文集》。

十八日(3月19日)　阴冷终日。上午阅钱梦莲书院文，明珠鲜露朗润无匹，抄录一首，儿辈当观其笔法。朱云山来，为漕尾软魖两时许，又完涨价四十四①，四石有零，已八四三折矣，此事用猛不得，

---

　　①　"四十四"原文为符号𢵧。卷十，第458页。

柔克为妥,然以后不得再过限矣,酬应良久而去。书房内今日文课第四期,夜阅黄鹤翁骈文书序。

十九日(3 月 20 日)　晴朗。饭后拈香烛、具衣冠,恭叩大士佛诞,斋素,虔诵神咒一愿。上午凌荔生来谈,代办新翻《宣公奏议》《震泽县倪志》二书,英洋四元付之,《平定粤匪纪略》十本无须再看,还之,畅谈竟日而返。知范甫与咏楼三六文期极用功,儿辈有愧多矣。墀儿呈阅课作,不过平妥,梅村亦不出色。荔生嫌墀儿笔太平实,不能夺目,泂然,然变化气质,极非旦夕之功,循序渐进而已。

二十日(3 月 21 日)　晴暖,春盎。朝上子屏有字来,知自陶庄回,略有感冒,照会汤先生。坟上挑泥已与佃户袁顺元谈定,包工连饭每日二百文,约三人二十工,督办廿五前后,余处遣人舟办理,然须雨为妙。大儿文三篇,即作复寄之。饭后舟至芦川,陪潘宏卿至南玲先人坟上格向,为河口订桩选日,云须小满后四月节方可平安顺利动工。渠有事,送至高字港上岸,以阖家八字与之,约月底月初去取选单。复至芦川,袁述甫匆匆一见即去,知有手谈之兴。与顾吉生暨乡友茗叙而返,归家下午,沈吉老已自梨回,妙手空空,可知春账之难。有催甲沈尚达,乳之下、心之旁生一疮,有孔成管,痛苦三年,医药无效,有人以大红三鲜丹,六七十文,命之敷在太平膏上贴患处,初出赤水,后出厚脓,换十数次后,竟得收功,病体霍然。此丹药店皆有之,甚得奇效,志之,以问良外科家,如遇毒疮对症,以此传之,亦济世之一方便也。夜阅《宣公奏议》。

廿一日(3 月 22 日)　晴暖。上午有朱家港陈雨春进来,为其堂弟同春葬亲,以其祖前所兑中琢圩田抽赎二分,收钱三千六百文,副契上注明,正契在羹二嫂处,属谦斋检出一并注明,此事彼处情理均周到,当玉成之。孙墨池来,所约具半,只好将计就计允其请,馀约五月节后进来,未识不爽否? 下午碌碌,不能看书。

廿二日(3 月 23 日)　晴暖干燥,春光明媚矣。饭后将大书厨内书画一级晒遍,暇则录登田账,欲了吉之,心烦而止。看董梅村写殿卷五开,如书凤尾诺,一学即工,此公字学可望玉堂,大儿万难步后尘也。下午阅《杨园集》《宣公奏议》。

廿三日(3月24日) 晴暖,夹衣犹热,宛似暮春天气。上午出吊于南传连氏,广海侄倩母夫人唐氏领帖也,至则晤其本宗老方接陪,与凌云汀、许松安、王老燮同席,润芝、仲禧两侄孙亦在座,知紫阳甄别仍未出案。回来中午,下午不觉睡魔相扰,至黄子敦书房长谈以却之。文期今日第五课。

廿四日(3月25日) 晴暖竟如初夏。饭后舟至东阳吊沈果斋二表嫂袁氏,今日初丧领帖,晤袁穆斋、问樵、稚松诸君,略坐谈。丁氏三姊请见,与之絮语,谈及家难,所谓破巢之下必无完卵,可太息痛恨而无筹可展者,此类是也。留茶,片刻而返。午后作便札关照子屏,小云先生挑坟,无雨不能动工。大儿呈阅课艺,笔颇挺而少蕴酿,梅村作尚圆湛,而未甚出色。读所录叶绶翁改本,后二比吾无同然矣,此事非学养兼优难臻美善。终日碌碌,不能坐定。

廿五日(3月26日) 半阴半晴,春花望雨甚切。饭后以便信送子屏,回来接手条,知明后日有过谈之约。先曾祖母黄太宜人忌日,中午致祭。下午阅《杨园年谱》十页,文集数页。接叶友莲字课卷两本,大者合式,小者不合式,然此公已极健笔矣。

廿六日(3月27日) 阴,下午微雨沾涊,霡霂尚未酣澍。终日静坐,阅《杨园年谱》《全集》各十馀页。观梅村写字,殿卷、朝卷均合式,特欠纯熟光润耳,多书几本,便出人头地矣。迟子屏不至。

廿七日(3月28日) 晴,昨夜雨,尚不畅,今日仍干燥。饭后送董梅村假节,约初六七日间来。接邱幼谦字课卷两本,系五弟诵舆所写,极圆劲,他日一大书家也。幼谦致大儿信,竟不肯写。又接叶绶翁改本,梅村已去,急阅之,改虽不多而颇入时,因原本已臻纯粹,甚难下笔。办粮续册草本已告竣,暇阅《陆宣公奏议》,《杨园续刻》第一册亦读竟。

廿八日(3月29日) 阴,颇寒。上午阅《杨园年谱》十馀页,适子屏来谈,以所改潘芾堂文两篇见示,极欲描时,然终骨多于肉,非仅向墨卷讨生活者可比。论文竟日,至晚而返,到馆约初十左右,尚须俟扫墓时订定。南玲坟上竖桩木,潘宏卿择定五月初乙日卯时动工。

廿九日(3月30日)　阴,昨夜雨极润泽,终日寒冷如初春。读《杨园集》十馀页,《年谱》半卷。下午闲坐,大嫂归自金泽。

卅日(3月31日)　昨夜风雨终宵,今日阴冷,风尤料峭。竟日无事,阅《杨园年谱全集》,并《木鸡书屋骈文》五集终卷,颇得披览胜兴。

三　月

三月初一日(4月1日)　阴冷无雨。朝起盥手漱口,虔诵大士神咒,饭后率墀儿衣冠东厨司命神前、家祠内拈香虔叩。暇阅《陆宣公奏议》《杨园文集》各一卷。观大儿写字课朝卷,小楷尚可入彀,惟笔姿拙耳。

初二日(4月2日)　阴雨。欲汤小云先生小陶圩坟上挑泥,不果。饭后墀侄儿至南玲秀山公坟上祭扫,二、三房友庆当年值办。暇阅《杨园年谱》,顾访溪所校陈梓本完卷,又阅《全集》十页,《木鸡书屋骈文》五篇。夜阅新科墨卷。

初三日(4月3日)　阴,微雨。上午命墀儿至紫树下补吊陶少琴,晚回,知荔生亦往,同席,毓仙接陪。暇阅《宣公奏议》《杨园文集》。灯前清节祀先,祠堂内祭已祧之祖,余主之,厅上祭曾祖以下四代,墀儿襄祀,小虎孙学拜跪焉,顾而乐之。祭毕,饮散福酒,夜间不觉微醉。吉老账船自梨回,仍空无所有,可知春账有名无实,目前拟停催矣。

初四日(4月4日)　阴雨,恰符寒食节。饭后率墀侄儿、念曾大孙、兰英孙女至南玲圩先严慈大人墓上祭扫,至则雨甚,不能在坟前祭奠,因携飨菜酒饭,设祭坟屋中堂,率儿孙辈叩拜成礼而返。午后雷电,阴冷,明日难望起晴。暇读《杨园文集》半卷。

初五日(4月5日)　晴朗可喜，是日清明。饭后率应墀、苇卿、介庵五侄舟至北庌，先于始迁祖坟上祭扫，春江、怡禅公两代毕，至长浜六世祖敬湖公，马、吴两太孺人墓上祭奠，复至东木桥七世祖心园公坟上，次至"角"字五祖君彩公墓前祭享，聚者五十人。回至南港本宗大屋内，圣裕侄所寄居者团叙。今年主祭老二房鹭起，三兄之子心斋侄承办，饮散福酒八席，乙兄、大榕兄均不到，余忝首座，陪余者梦书、坤元、元音三侄，少琴侄曾孙，圣裕子五大侄孙侑酒焉，极欢而散。复与子屏、薇人诸侄茗叙水阁楼，墀儿文，子屏动笔两篇，改得极稳当，照原本润饰，诸病悉除矣。携子屏所转寄《采访总局旌表节孝刻式》全册四本致余，彭复斋所刻，费吉甫兄所送，归家急阅一过，先人《分湖小识》所采节烈均已收入，真阐扬大善举也。曹三先生携吴文木手条来，为其子天花未透，要汇用毛鹿茸片三钱，即以所剩全只作片付曹春山去，未识能救急否也，祈有效为幸。

初六日(4月6日)　晴暖。上午照应出冬，与顾吉生小酌，作札托致袁憩棠，因费吉甫询问陕捐例，故及之。下午命墀儿至北玲致祭，应奎、念曾、虎孙、兰英孙女均往拜奠，想奎儿地下有灵，亦顾之而心慰也，然余怀不胜凄然。

初七日(4月7日)　阴，微雨。饭后同乙溪大兄率应祉、应祥、应嵩、侄儿应墀至西房先曾祖师孟公坟上祭扫，至则风雨大作，稍待，始登岸拜奠，雨又淋漓，未免不恭，瞻视，负疚殊深。回至南玲圩先祖逊村公、先伯父秀山公、先兄起亭公墓上祭奠，雨又甚，即在祠堂内设香案两席拜叩，尚得从容成礼。返至丈石山房大嫂处轮年，与大兄、子侄辈共七人团叙，饮散福酒，颇得友于之乐。惟勖子侄辈谨守家风，读书治生，世世勿替为要。曾祖坟旁为獾豸所穴，视之甚深，俟天晴当填土驱塞之。

初八日(4月8日)　阴，无雨。上午账房内有退田事，将租作顶，复给钱五两，穷佃从宽办理，如此为善。下午静坐，读《杨园文集》十页，《木鸡书屋骈文》五首。

初九日(4月9日) 阴,无雨。上午检登田契账,失书者多矣,清理为难。董梅村今日到馆。命工人西房坟上塞獾穴回,据云其窟不深,已填固,无虑后患矣。吉老来,所述一事殊为急非其时,然不能不勉从其请,姑俟之。下午阅《杨园文集》卷五终。黄昏后少云侄孙自大陶圩汤先生坟上督工还,知挑泥工竣,共廿六工,费钱五千二百,又酒钱二百文,据云连拜坛基,颇开阔坚致。

初十日(4月10日) 晴朗终日。上午阅《杨园续集》二本终卷。舟载薇人侄来,为墀儿处丸方,以理湿、化痰、补中、顺气为主,书房内便中饭。下午吟泉来谈,言及某公忽被吏议。甚矣,不安分之自贻伊戚也,可畏哉!至晚,送薇人回去,瞽目者付给米一挑随带去,吟泉亦返。

十一日(4月11日) 晴朗融和。饭后阅《杨园文集》第一卷,《木鸡书屋骈文》三、四、五集,终卷当重读,初、二集暇拟评点一过。观书房内大儿写殿卷尚属认真。下午阅新科墨选。

十二日(4月12日) 晴朗和暖。饭后命应墀至陈思,祝大嫂同父弟梦花舅氏筑生圹自寿,故特往。暇阅《杨园文集》卷一,晒《朱子文集》语类十本,惜有蛀损。大侄儿晚回,知梦花处今日略排场,复至莘塔,范甫、荔生均他往,不值。

十三日(4月13日) 阴,微雨。上午阅《杨园文集》第三卷,暇阅旧读本墨选。

十四日(4月14日) 晴暖,渐潮湿。饭后袁憩棠同顾砚仙来,畅谈半日,留之便中饭,颇得友朋情话之乐,以青蔗见贻,谢领之,知此月欲至上洋,陕甘捐例俟探听后即复也。下午回去,接凌范甫字课卷,今日收齐共大小十四卷,大字以唐右泉为最,梅村、邱诵舆次之。小字以颂舆为最,梅村次之,未识梦叔以为何如,姑先识之。可知此道十分合式为难。

十五日(4月15日) 阴雨终日。饭后阅《杨园文集》第四卷。午后观大儿预写第二期字课大卷,四月中则专意作时文,不再纷心矣。此事讲究，原非正功课，然间断文期甚非所宜，以后当有以节制之，暇阅旧读本。今日左车门脱，不觉老态渐增。

十六日(4月16日)　阴冷，有风。上午点阅《陆宣公奏议》本传，《杨园文集》卷五。下午吉老来，为预支事，如愿付之，此累未识何日能已，且恐他日口舌多端，惟守经以俟之而已，能得不涉雀角为师门幸事，思之殊为闷闷。下午碌碌，不能坐定，心纷故也。

十七日(4月17日)　阴雨，终日寒冷。饭后阅《杨园文集》卷五终卷，共十八卷，今岁初春阅起，今始遍读一过。有"玩"字吴蛮表嫂来恶贷，见而严却之，留之中饭，复嬲不已，以一元四百给之而去，此等逆妇实可怜不足惜也。下午纷如，不能看书，闲坐而已。书房内今日文期第六课。

十八日(4月18日)　阴雨。上午点阅《宣公奏议》本传，下午舟至大港候陆谐珊侄倩，至则衣冠出见，尚嫌客气，与子屏、竹淇畅谈。大儿文子屏全改一篇，极得题外神理，不粘不脱，可为拘滞者开无数法门，携补珊文四篇，絮谈至晚而归。《姚春翁诗文全集》子屏亦已缴还，灯下阅书房内课作，大儿文总少灵警意，不过就题敷衍而已。

十九日(4月19日)　起晴。饭后点阅《陆宣公奏议》十页。子屏同其妹倩陆谱山来谈，衣冠修谒辞之，中午在书房内略具酒肴相款，不作新客礼，亵而率，甚觉脱套，因旧相识，谅不嫌也。论文终日，黄子敦亦来谈，晚间回港，云明日归家，不及相答，留近作四篇，颇精实，令兄谱琴翁改处、眉批处均见筋节，大儿当潜玩之。

二十日(4月20日)　晴暖，恰好暮春天气。饭后点阅宣公《旧唐史本传》十页，大儿呈示课艺，充畅端整，尚嫌板滞，因取旧窗课中酌录发皇流动数篇，俾习之以变其局面，然亦未必能功夫日进也，无闲人工可耳。今日书房内第七期文课。

廿一日(4月21日)　阴晴参半，潮湿渐干。饭后点阅《宣公本传》，暇录旧酌本，下午起比将竣事，子屏遣吟园来，关照日上略有小恙，须静养，一定廿四日自舟来到馆，墨卷中锋、受恒受渐斋南翁古文均收到。大儿呈课作，此期笔尚警挺。夜读《杨园备忘录》。

廿二日(**4月22日**) 阴，无雨。上午为儿辈酌看本，中比尚未就，未免太贪多，然割爱难也。下午辍笔，已觉眼昏，此事颇陆离易惑。暇读《杨园备忘录》，《陆宣公本传》点阅毕。

廿三日(**4月23日**) 晴热潮湿，似有夏令。终日酌抄旧文中比完，后比初动手，约尚有三四日功夫，自笑作牛马走，殊无谓也。夜阅《备忘录》。

廿四日(**4月24日**) 阴，潮湿郁热之至。饭后抄录酌本后比。上午子屏率其季弟双喜到馆，书房内位置书册大致楚楚，万祈秋试得意，不胜预祷。恰好凌荔生来，中午略具酒肴相款，畅谈竟日，极得相叙之乐。晚荔生回去，苏城之行约四月十六日余处备舟同往。朗亭今日回去，约四月廿一日去载。

廿五日(**4月25日**) 阴，北风骤寒。饭后抄录酌本后比尚未蒇事。属子屏作札致蒙叔，评阅字课并致吉卿信托传递，兼为乡试合伴，其中有委曲，须预为说明订定，未识吉卿肯担承否。暇读《杨园备忘录》。

廿六日(**4月26日**) 阴。上午摘抄酌本后比，如故友袁松巢文，究竟功力悉敌，急登之，仍觉花样常新。下午沈吟泉来，长谈而去。晚接袁憩棠沪上廿三日所发信，关照陕捐例亦抄来，知彼处军务甚不妥协，已有命李中堂接办矣。明日拟至梨川，命墀儿封就字课卷，以便寄盛。

廿七日(**4月27日**) 半晴半雨。饭后舟至梨川，至池亭小泊，梅村课作已寄绥兄，即开船，舟中望见华字戏台，极装潢整齐，闻对额均叶氏手笔，集五经成语，颇擅一邑之胜。到梨中午，登敬承堂，邱幼谦至华字观剧，工人、女仆均往，幼夫人自具庖事，颇为纷忙。与省三丈、毓之堂内弟、陈子蟾、李梦仙同席，下午衣冠具香烛补吊徐渌卿三兄，拜奠后少卿出见，絮谈良久，知葬事已赶紧办就，开吊且缓，甚见办事勤敏周密。渠五月中仍要至金华，大约出月乡间要来谢也。还至邱氏,吉卿兄来谈,即以字课卷托寄到盛,并面致子屏札,复详述一番。吉兄已知其中曲折,决计订定与吉翁同伴,毓仙处,堺儿面复之另行,余家子屏、堺儿、董梅村,连吉翁已定四人,如有同志,再添两三人为妙,伙食叫船亦余处承办。灯前幼谦始还,内厅夜粥,又与省三丈畅谈,一鼓后始至门楼位置卧具安寝。

廿八日(4月28日)　朝雨,晚晴。朝粥后至邱吉兄处答候,昨所托字课今已觅航妥寄。吉翁殷殷劝余秋试同往,余愧甚,婉谢之。上午至周岐庭宅中,吴甥幼如课蒙在此,以《四书不二字样》二本,并大儿标明手摺三个,属渠书方楷三千,纸、墨、笔均具交之,与渠叔忆谷叙谈而返。下午至畅厅茶叙,幼谦同往,团饮者黄吟海老表弟、省三丈、李梦仙诸君,颇闻鸟语之声,可以解寂,日将夕始回,适甚。属幼谦书健卿所托团扇,半楷半草,极飞舞圆健,可佩。夜复絮语,欣知今岁颇安静课弟,奖励之,亦甚近情,秋风得意,拭目俟之。一鼓后就寝。

廿九日(4月29日)　晴朗。晚起,吉翁已来,拉往面叙小酌卯饮,甚不安,厚扰之,又复茶叙,移时始还邱氏。家中船已来,幼谦固留中饭,因至园中小憩,登晚安阁,观陆鹤道人园记墨迹。诵舆五内弟在阁上读书,人颇外静,做文半篇,书法已成家,文气亦清利流走,可望来岁即赋采芹,甚欣幸焉。吉卿复来谈,以札复子屏,并云黄元芝可订同伴,已有经魁之数矣。下午返棹,幼谦约月初到乡信宿,恐未必实,姑听之。舟中读《杨园训子语》,字字金科玉律。到家未晚,书房内第八期文课。子屏小恙未愈,而文兴甚佳,全改大儿文一篇,以时下花样运以精理名言,阅者那得不首肯?揣摩家当奉为圭臬,堺儿宜详复之。

卅日(4月30日)　阴晴参半,无雨。上午抄录酌本后比。下午大儿呈昨课作清草稿,笔平局滞,由于无笔力隽思,故一遇灵动题便束手,可知东涂西抹不济事也,甚为渠筹蹰,日后气机须旺为要。碌碌终日。

四 月

四月初一日(5月1日) 阴寒,欲雨。朝起虔诵经咒,饭后衣冠东厨司命神前、家祠内拈香叩谒,暇录酌本后比,择其气象峥嵘者命大儿揣摩。茞卿侄来,斟酌殷分,权其轻重,以适乎中。

初二日(5月2日) 晴朗。饭后酌录旧时看读本,墨卷后比、吉比、收段,下午毕事,共计十四页,即交与大儿作馀功看,虽非揣摩正宗,然精华已尽在此中矣。一片热心,未识墀儿能稍慰祈望否。暇读《杨园备忘录》。

初三日(5月3日) 朝上阵雨,下午起晴。饭后命墀儿至莘塔贺凌海香女出阁,暇则圈阅《木鸡书屋骈体文》。晚间大儿回,携范甫近作数篇,据说极出色。明日平望殷小选夫人领唁,又命墀儿至彼处应酬。夜间伏载,俾免起朝行。

初四日(5月4日) 晴朗。饭后舟至芦墟,时陈骈生四兄服阕治丧,往吊之,至则晤周粟香、徐鲁青、张秉兰诸君,叶友莲、袁憩棠亦见过,就谈,秉兰为理卿家事拟叙葵邱,以了夙逋,所论极是,俟有头绪再致余一札。今日排场极阔,世侄仲威、诗盦可称尽礼,行略送示,读子方、辛垞二君传文墓志。回至公盛,述甫留中饭(健卿文、扇面寄),极率真,复与憩棠、砚仙茶饮,憩棠以曾相国致夷官书见示,归舟读之,洋洋数千言,极有关运会一大文字也。到家阅子屏改大儿前课文,局格花样变而愈新,今科子屏可操必中之权矣,灯下熟复数过,欣喜久之。

初五日(5月5日) 阴,无雨。饭后至乙溪兄处,以憩棠所托事转致。暇阅曾相国书,点读一遍,拟随便录出。中午始食蚕豆饭,甘美异常。墀儿回自平望,今日至陶毓仙处,分伴一说已面致矣。阅范甫、罄牛近作,有意义,有声调,时妆好墨裁,大儿辈殊觉形骸自秽,读之,不禁爱极生妒。夜雨,春花滋润。

初六日(5月6日) 晴朗。饭后作札复费吉甫,书就待寄。是日丑刻立夏,下午与梅村、子屏酌酒迎夏,谈论半时,微醉而罢。昼长颇倦,暂卧片刻,志气昏惰,以后宜切戒之。

初七日(5月7日) 晴热,渐有夏令。上午作札致费芸舫,以粉红洒金纸托书楹联,拟到苏时或不遇代面。适竹淇弟来,畅谈终日,至晚而去。暇阅《受恒受渐斋文钞》。吉甫信明日由北库寄梨,托邱六兄转寄盛泽斜桥埭下费恭寿栈内。

初八日(5月8日) 阴,无雨,颇风燥。饭后媳妇率念孙、慕孙、兰女孙至凌氏外家去省侍。暇至二加堂检旧藏《清献公日记》,板口幸无遗缺,因命账房诸公携板拂拭,挨正记数,排列在厅上案间,拟到苏续印,此事已存心久矣,今当发坊流通,以彰正学。下午沈吟泉来谈,晚去。朝上仲僖侄孙来,通知桂轩侄十七日治丧安葬,当命儿侄辈是日应酬之。

初九日(5月9日) 大雨终日不息点。上午录曾爵相夷使书一小半。下午点阅《木鸡书屋骈文》二篇。夜读《初学备忘录》将终卷。

初十日(5月10日) 雨止,下午渐起晴。终日录《曾爵相与英夷使威妥玛书》,约二千七百馀字,评点快读数过,是绝大有关世运文字,不可不收藏也。是日书房内文课第九期。

十一日(5月11日) 晴朗。朝上起来略受寒,上午点阅《木鸡书屋骈文》三篇。中饭后身体忽作冷,即蒙被而卧,至晚始得汗解,此感冒之极轻者,然已不适矣。卧养不起来,终夜倦眠,一鼓时有叩门声,询知是庭洞潘莘田来会子屏,因已晚,辞以明日请见。

十二日(5月12日) 晴朗,颇热。朝起已得无恙,莘田已具束登堂,余命墀儿衣冠先出见,余继之,知昨由梨川为当务来,绕道到此,文兴极浓,近作四篇见读,圆熟万分。谈极时事,知李中堂接办陕甘军务,刘军门松山决计殉节,张曜接补,并以扬州张化子推命相书相示,云此人算命已有神晤处,惜其人已作古矣。留之朝饭,略具杯酒款之,上午同子屏还梨而别。今晨徐少卿来谢孝,在养树坐谈,并送金腿,连小房三枚,受之,留同朝饭,坚辞,一茶而去,云要至莘塔。

客去,终日闲坐,精神尚可。曾相书已今日由芦寄还憩棠。

十三日(5月13日) 晴暖。上午点阅黄鹤楼骈文二篇,阅姚先生晚学斋古文。中午后复患寒,知是类疟,即就寝,冷极而热,至黄昏时,汗出淋漓不止,恰好熟睡。

十四日(5月14日) 晴朗。晚起,疲甚,饮食略减,终日节饮食以养之。作片致凌荔生,十六日不果往,约以即愈,廿一日仍同至苏。静养默坐,南乙翁古文已阅毕。夜为蚊扰,不得安眠。

十五日(5月15日) 晴,不甚朗。朝起疲甚,饭后静坐养树堂西厢,读姚先生古文。午前闲息,以俟疟之或复来,午后寒作,上楼卧一时许始得汗,至晚而热净,此次稍轻,而食粥无味则甚于前。大儿以子屏所寄字课卷示余,蒙叔批评精细,均兼示人以从入之方,此举似非无益事也。梅村均第一,允协舆评,大儿均第二,大有愧矣。

十六日(5月16日) 晴热,大有夏令。晚起,饮食颇减,尚知味,静养以冀渐安。子屏上午到馆,知服吉卿方颇有效。为黄聘五代办当务,与潘莘田论脩仪分润,甚费词说。子屏为友谋,可称笃实,不避嫌疑。

十七日(5月17日) 晴朗,微有风。晚起,精力甚惫,食粥静坐,阅《晚学斋文集》。午前后疟幸不来,然脚力全无,郡中之行不果往矣。是日桂轩侄开吊安葬,命墀儿往,晚归,知今日排场尚可,宾客亦众,仲僖侄孙是有外才而能干事者。以字课卷示凌范甫,据云观者如堵墙,阅后即封寄周庄陶仲苹。梅冠百已去候过,合伴之说,大约难以强同,此人执滞,吾素谅之。

十八日(5月18日) 晴,麦燥风甚于昨日。今日书房文课第十期。晚起,颇适,然精力尚未复元。粥后闲坐,阅子屏前课文,极鲜露明珠之胜,然一再易稿,究嫌太觉迟迟,如此种文字能脱稿不大点窜,则场中无投不利矣。书房内均有此弊,须速矫之。暇阅《樗寮诗话》,所论和平正大。

十九日(5月19日) 晴,略热,有风。晚起,食粥,胃渐复。上午阅姚先生诗话,下午命仆拂拭几案,收换堂轴款对,燕泥雀巢扫洗一空,耳目为之一快。墀儿呈阅课稿,大段亦是,终嫌不能灵敏,甚不惬余意。

二十日(5月20日)　晴热,东南风颇大。饭后由北舍寄到藩房程小竹十六日所发信,照会钱子骧丹徒一缺,现将提补沛县实缺,凭限六月十五日到任,所出之缺余名顶委,特关照即日到苏议办一切。今岁彼处无考政,虽属有名无实,然不能不往,拟廿二日先到苏一谈,亦不能作奇货之居也。诸事思之头绪纷繁,姑自镇定,筹商出处。

廿一日(5月21日)　阴,郁热似欲雨。饭后登记到苏所欲置者,一一书之,下午部叙行李,亦甚栗碌。是日见费芸舫与子屏书,知鄂中之行初七回苏,述江行一路胜景,令人动壮游之兴。其书十七日吴门发。

廿二日(5月22日)　阴,朝雨。朝上即同顾兰州带丁仆登舟,东风,饭于舟中,一帆顺利,到同上午。小泊财神堂,与朱稚苹局中长谈,知团扇尚未画就,约回舟有,前月有弄瓦之兴,即告辞。命仆探知吴少松,仍在何子万家书馆,住山塘桥塯岭南会馆,馆况窘甚。即解维,雨淋淋,张帆饱驶,到苏未刻后,进盘门,泊舟府前,雨中登岸,至道前街同吉庆客栈定寓,小楼一间,主仆两人,每客每日五十文,即起行李,仍部叙回舟。夜饭后,与丁仆到寓,主人沈来源,金生之叔也。夜眠甚早,雨仍不息点。

廿三日(5月23日)　阴雨终日。朝上饭于舟中,后与兰州茗饮良久,轿至府前皖肖局,与吴道生谈定捐监一名,付洋取条,约明日换照。即至侍其巷候程小竹,絮谈一是,约余五月十五日左右上来,俟月初悬牌后再发信致余,当届期上来领委牌,可于六月初吉行上任。以丹徒苦缺犹索费昂贵不已,因初次出山难脱滑吏手,含容允之,扰渠小点心而回。下午复与兰州茶叙,船中夜饭,到寓早眠。今日程小竹云,贵抚新奏定章程,教职贡班一缺,十七省搭贵州省通选,部议已准,开从前未有之例。苦寒士奔走之身,殊失体恤之义,厉政也。

廿四日(5月24日) 晴朗。饭后轿至颜家巷庞太康栈候费芸舫太史，蒙留中饭，杯酒絮谈，极知心之乐，印陆日记已许代办，下埠带板奉托。回寓静坐，适黄琛翁乔梓来同寓，约明日畅叙。晚间兰州自阊门办货还，大约不道地人，与之交易事事吃亏，姑弗论，明日再商。

廿五日(5月25日) 晴朗。朝上与黄琛翁茶叙谈心，饭后轿至山塘桥岭南会馆，与吴少松茶话良久，所商同行，渠甚欣然，约过节来乡面定。还寓闲坐，复行走，略办杂用诸物，下午独茗饮翠凤楼，极闲适。回来，知程小竹来答，不值，留片。兰州阊门办物件，早回，与之茗饮。夜饭后又与琛翁絮语，以三月内邸报见示，余以曾相国示夷人书奉阅。

廿六日(5月26日) 阴，晚晴。饭后同兰州由观前至阊门杂办物件，适吴少松自寓来答，还，拉之同行，至洋货店交易，极市井，难与计较便宜。午后吃面茗叙，由养育巷回寓，脚腰疲甚矣。夜与黄子美甘叔絮谈，子美人极谦和近情，适告暇省亲回籍。

廿七日(5月27日) 朝雨即晴。饭后与琛翁谈天，以邸报缴还子眉，托书一扇还家寄，是日零星物件均已办齐。下午与兰州茗饮，夜间与房主兰元算账酬宿，行李先行下船，仍宿寓中，拟明日言旋。晚间费芸舫同王仙根来谈，知印箱已蒙办就，印日记约每部三百文左右。夜与黄琛圃乔梓三人暨沈兰元茗叙万春楼，絮谈良久。

廿八日(5月28日) 晴，朝雨即止。朝上自寓登舟，饭后开船，恰好西风张帆，到同中午。至财神堂索稚苹团扇，画极山木苍老，并题赠一诗送行，增光感谢。匆匆叙谈不解维，又挂帆快行，到家未刻，至书房内，知子屏改文一篇，墀儿课文亦一首。是夜酣睡。

廿九日(5月29日) 朝阴，饭后开晴。上午将所买物件检点收拾，午前凌荔生来，以书贾吴龙甫所携《石刻拔萃》首函缴还，竟难觅售主。留之中饭，以鲥鱼置酒，书房内小酌，至下午始还紫树下去。索《分湖小识》一部，云庾芬要看。印陆日记，芸舫处下半年若何取板还？亦托荔生部叙。

五　月

五月初一日(5月30日)　晴朗。五鼓起来,盥沐衣冠,舟至南玲先大人墓前,祀土、兴工、定桩,将岸前用旧船板填土筑起,以代石驳,礼毕而返。饭后虔诵神咒,东厨司命神前暨家祠内拈香叩拜。下午复至南玲观工人挑泥填土以平之,晚间诸工可以告竣,稍慰乌私。至沈吟泉处长谈,欣知慎甫表兄已于前月廿三日安葬,以托捐监照面缴并致馀洋,其堂兄梅霞亦在座,此事差堪释肩矣。书房内文期第十二课。夜间早眠。

初二日(5月31日)　晴朗。饭后晒大书厨下架旧书账目,下午位置,颇极整齐。中午后薇人来谈,晚去。知昨日解节,竹淇侄六和以小讲起比,薇人所改见示,原本尚通,特少心思,肯用功,可望有成。

初三日(6月1日)　阴,北风,下午雨。晚起,饭后送子屏解节回港,下午送董梅村回家,均约十一日左右自舟来。暇则登清苏去账务,阅姚先生古文。

初四日(6月2日)　阴雨。上午作札暨大儿试帖,略有所赠,拟寄致陶苣生,由莘塔转寄去。下午舟至芦川,墀儿、兰洲同往,至则雨甚,大儿托钱艺香裱书帖,余寻葵卿侄张厅茶叙,修容久坐。复至黄森甫处,觅沈仆不果,适粟香在座,絮语而返,粟香此月中要还乐清任。至公盛又徜徉久之,雨点渐息始开船,到家未晚。

重午节日(6月3日)　上午阴,微雨,晚晴。饭后润芝侄孙来,据云乡试船已叫定,伴中只有三人欲合伴,墀儿已另定矣,絮谈而去。中午祀先,祭毕,饮酒自赏,不过三爵,已觉醺醺。下午昼长,倦睡片刻,似非养生之宜,以后当自警却之。春花两账拟明日齐开。

初六日(6月4日)　晴朗可喜。饭后墀儿舟至莘塔外家去,上午沈仆老虎来保荐下人王二,据云前长浜人,年二十五岁,有家室,旧在生禄斋服役,又跟过潘赟翁,言定衣服行李一应在内每月工钱二千六百文,约十四日进来,先付工钱五个月,厚赏老虎而去。下午芾卿侄陪孙蓉卿二世兄来长谈，知其尊人秋翁尚未解节。大儿莘塔晚归，媳妇、两孙十五日回家。荔生以夏服朝珠见赠，然须穿过。苣生洋信已托荔生寄。

初七日(6月5日)　又阴，无雨。晚起，精神颇委，养生之道未谨焉。上午由北厍寄到费芸舫初二日所发信，知应敏斋廉访欲重刻《杨园先生全集》，书局董事彭复斋因芸舫所述，欲索观余处原本，此事宜应与否，当与子屏一决。暇阅《晚学斋文稿》。晚间吴少松自同来，留之止宿揽胜阁，夜粥，小酌谈心，颇得情话之乐。丹徒同行作伴，少松欣然愿往。

初八日(6月6日)　晴朗。饭后舟至黎川，顺帆而行，到则泊舟丰成南货居前，在舟中午饭后，以茶点、南腿送邱吉卿兄，并烦诊脉，据云尚有湿热须理，然后接服清补，蒙处一方。絮谈良久，知试船已叫定，船户薛裕传，讲来还带江在内制钱六十三千文，同伴六人，余家书房内三人，吉卿、陈仲葵，说明吴少松到镇江登舟，回来起岸。并传说提考优生两名，一王仲诒，一则墀儿，未识确否。还至敬承，幼谦夫妇均见，知日上尚安静。吉兄复来答，省试诸事一应奉托，取字课卷始解维。接李梦仙信，所荐邱幼莲现在无缺，暇须覆之。到家未晚，吟泉、咏楼在座，又畅谈而去。夜与少松小酌，约二十左右同至郡中。

初九日(6月7日)　晴朗，稍热。饭后舟送少松还同里，并托探听提考事。上午略登账目。下午闲坐。春花两账，头埭初归，收数寥寥，殊不够伙食用，思之颇闷。晚由北厍寄到黄子眉札，欲趁舟同至京口，可知近人情而行恕道之难，暇当复谢之。

初十日(6月8日)　阴，下午微雨。上午作札复黄子眉，即封就，由范洪源转交润之侄孙寄递，想可不致浮沉。下午顾吉生来谈，匆匆即去。是日观工人种田，一鞭叱犊，四野鸣蛙，甚得田家朴趣。但祝满箩满车丰年穰穰，我辈衣食之资庶乎有赖，为之祷祀祈之。晚间梅雨不止。

十一日(6月9日)　晴。上午作札复李梦仙，待寄。观工人插秧工竣,明日仍可开账船,《晚学斋文》今日第一遍可阅完矣。

十二日(6月10日) 晴。饭后谨将《杨园》《清献》两集陈于庭曝晒。上午子屏率双喜侄到馆,近体已得复元,可欣之至。下午阅子屏改大儿文一篇,极精密圆湛。迟梅村不至。

十三日(6月11日) 阴雨终日。上午竹淇弟来会子屏,长谈竟日,论及贫士支持门户大不易易。下午董梅村雨中到馆,今日始尝子屏处潘莘田所惠山中白枇杷,甜如蜜,色如玉,真佳果也。

十四日(6月12日) 阴雨。上午接吴少松同川十一日所发信,确知学宪提考优行文已到,江两名,墀儿暨王仲诒兄。长元两名,大约周恂卿、陆石凤。此番结伴,与录遗诸公同行,尚为凑巧。书房内今日勤习字课,此段功夫了吉后,仍当按期课文,切不可再因循,墀儿暨梅村、子屏宜共勉之。下午预行部叙苏去一应账目。

十五日(6月13日) 阴晴参半。上午点圈《木鸡书屋骈文》三篇,书房内字课卷两期并写讫事,先将第二期卷属子屏作札致沈蒙叔定甲乙,明日由账船寄梨,暇翻阅《姚先生诗话》。沈仆孝贤来,欣知所患疮已全愈,大可陪考,约六月底到胜溪。

十六日(6月14日) 上午大雨雷电,阴晦,下午始息点,略有晴意。饭后略登租账,去冬至今每亩不过七斗一升,田息之薄如此,而开销颇浮,甚难自节,殊非备豫之策,思之闷闷。暇点鹤楼骈文,《姚先生诗话》今日读毕。

十七日(6月15日) 阴晦参半,下午有开晴意,渐热,潮湿痧霾恰如其令。上午点阅《木鸡书屋骈文》三篇。下午读《晚学斋文集》第二遍。晚间坐听书房内读文章,抑扬节奏,颇有兴会。

十八日(6月16日) 昨夜风雨,今日仍阴。上午点阅黄鹤楼骈文两篇,适陈翼亭来谈,置酒絮语,颇慰渴思。馆况知尚可过去,下午始还。黄子敦来,知秋试伴已订定七人。今日中午致祭,先大父逊村公明日祭忌,因欲出门,故预祭。客去,部叙苏去行李,亦颇栗碌。春花两账草草吉题,其荒也,竟如余文,可称草率从事。

十九日(6月17日) 开晴。饭后解维,恰好东风,顺帆到同不过午前,至得春桥南旗杆王宅载少松同行,饭于舟中。行至尹山桥,转西风,舟人鼓棹前行,进城泊舟石颜桥,仍寓同吉庆,地房一间,消湿潮而颇爽垲。安排行李后已薄暮,夜饭后与少松茗饮万春楼,始还就寝。

二十日(6月18日) 晴热,大有夏令。饭后同少松茗饮,至侍其巷候小竹,絮谈,知丹徒一缺已有实授之人,尚未查确,另有机会,所需颇奢,余亦未能应之,含和再商,后日定见。蒙留饮,其弟升甫同席。有金山优贡丁卯科所拔朝考一等四名,以教职用,现以委试用考到,黄名昭瑜号景伊,住居地名五舍,同在座,年三十一,极倜傥可钦。酒间谈论,颇知取优贡之难。席散即告辞,至黄君东正大寓中候之,蒙以近作四篇见示,清刚隽上,定是彼处好手,欲索朝卷,许寄示,未识如愿否。夜饭后,金朴甫来谈,现馆复茂顾听庐家。

廿一日(6月19日) 晴朗,热减昨日。饭后至复茂庄候金朴甫,絮谈良久,其郎寅阶在座,回,同少松至颜家巷候费芸舫,子屏文信面交,以《陆清献年谱》赠之。日记两部,一存芸舫处,一交世经堂开店侯姓作印本样子,芸翁手,谈定补印每部毛太双线,订价二佰八十文,共印乙佰部,六月十五之前印齐,明日到船边取板。蒙留中饭,畅叙谈心,以浙江嘉兴人李宗庚优贡朝卷转示堠儿,师门期望之心甚切。下午同芸舫至孙衙前书局候彭复斋、刘卯生两君,《杨园全集》据云并不献应廉访,不过欲请教万斛泉先生一商(号思涌,又号清轩),看毕后,仍寄存芸翁处交还,已允许明日奉上矣。傍晚芸翁归,余亦还寓,知金山黄君景伊留片候过,不值。

廿二日(6月20日) 晴热不减昨日。朝上芸舫有信来,日记书板十一札来挑去,收到致子屏回札,《杨园全集》十二本即作片附送去。上午再至侍其巷,小竹即出见,知青溪一缺机缘难凑。丹徒后任所选沈樾亦无实消息,约六月中悬牌后再致余信,然后定行期。即告辞,茗饮茶寮。回寓,知黄景伊又来过,即赴彼寓,与之絮谈,恂恂笃雅君子也,知与刘雪园家有连,可以后彼此通音问,坐话片刻而还。中午后热甚,不便行走。少松自阊门回,汗淋漓,与之茗叙汇园乘凉。晚间彭复斋来答候,诚朴之至,令人心钦。略坐回去,约《杨园集》呈请万思翁阅竟即寄存芸舫处。于芸翁处接到沈梦粟所书惠团扇,如获至珍,欣喜之甚。

廿三日(6月21日)　晴热,不异酷暑。饭后同少松戴笠行日中,由养育巷走长春(生)巷转湾向卧龙街,至察院前买零星物件,热不可耐,入观中茶饮,乘凉良久始出。复婆娑街上,与少松至松鹤楼吃面,再入观茶叙,始以零物托少松办理。余至颜家巷芸舫处谈心,知今日已到寓来答,托买《经典释文》及《小学》两种已送至寓。芸老进京行期未定,絮谈一是,颇畅,因阵雷倏起,不敢久留,即出行,急甚。到寓风雨大作,少松亦至,恰好不至沾湿,连日酷暑之气一洗而空。晚间风雨稍息,收拾行李,明日可以归家。夜间与少松、王谱琴茗叙桥楼,回寓清凉酣睡。是日交夏至节。

廿四日(6月22日)　早起。少松赶紧至阊门,取子范所托买卷子廿本,急回,已阵雨如注,稍待,雨中登舟,半刻已开晴。饭于舟中毕,即解维出城,风不顺,舟中少松算吉所买账,尚清楚。至中午已到同川,送少松登岸,约月初载渠来乡。即开船,风渐紧,暑热复炽,舟子鼓行而前,到家黄昏。墀儿今午自紫树下会酌归,呈示陶庚芬致余信,并以京腿、莲桂赠余行,颇过费客气,暇当作札答谢。

廿五日(6月23日)　晴朗,因风不至炎热。墀儿课文两期并做,一未脱稿。子屏示昨所作文,尖新警湛,可许场中夺魁。位置一应,颇烦恼。大嫂来茶话,亦以佳礼送行,殊见真挚,然愧甚过费也。终日碌碌,不能片刻坐定。夜与子屏、梅村纳凉絮语。

廿六日(6月24日)　晴,风从西来,颇狂。上午登清一应账目,初了事,袁憩棠衣冠来送行,并致嘉贶,受茶、璧腿,坐谈良久,留之中饭,固辞,约廿八日到镇团叙即还,歉甚也。下午阵雨即止,夜间颇凉。

廿七日(**6 月 25 日**)　晴热炎酷。饭后接沈蒙叔字课第二期,大卷黄苣生第一,梅村第二,墀儿第五,陆浩第三。白摺梅村第一,苣生第二,墀儿第六,本本批评极精细。邱吉卿惠金腿、彩蛋,并致书送行,殷拳之情,祇领增愧。上午潘莘田来候子屏,留之便饭,止宿在书楼,畅谈终日,并读近墨,的是好手。下午兴到,写殿朝卷各半页,斟酌子屏文一首,均见应试擅长之技。谈至黄昏,余父子就寝,若书房内,清谈夜半后矣。

廿八日(**6 月 26 日**)　晴,炎暑甚于昨日。饭后送潘莘田至梨里,余即舟至芦川,以蒙叔新书《江震节孝祠石刻》并字一页、芸舫对一副交钱艺香裱,约六月中取。回至公盛,与吉生茗叙,袁憩棠、问樵均至,以舟载钱子骧出来,少顷即至,详问丹徒情形,知今岁毫无出息,学租系训导夏公轮年,其人狡狠异常,万难分肥,只有岁底补廪出贡略有资润,然恐捷足先得,届期未必余适操其权也,为之怅惜者久之。渠有信,临行时欲寄托,并许酌开同寅上台诸公姓氏号款致余。中午顾吉生留饮,菜极精洁,憩棠不善饮,絮谈,余与子骧大小杯对饮颇豪。下午又与诸公茶饮,夕阳将下始归棹。到家,知幼谦今日衣冠来送行,并致多仪,且肯欣然止宿,甚感渠意。夜谈纳凉,幼谦留宿书楼。

廿九日(**6 月 27 日**)　晴热如故。上午略登账目。下午与幼谦絮语,且观渠书朝殿卷,精妙绝伦,惜有嗜好,不能挽徊,殊为缺陷事。终日碌碌,摇扇犹热,欲作札答谢吉卿,不果动笔,因观幼谦作楷,任顺自然,益觉畏难,姜牙敛尽矣。

卅日(**6 月 28 日**)　晴,炎暑仍酷。饭后乙溪大兄来谈,知日上至徐丽江家调停分爨事已有头绪,可免母子乖违,大是不易。暇作两谢札,一致邱吉卿,一致陶庚芬,下午书就,拙劣万分。陶札属幼谦重写过,疏落大方,殊羡渠手笔之美。幼谦书字课,朝卷、殿卷均及出色。董梅村家来载,下午回去。

五月日记书竣,六月重起另,时安记。

六 月

同治九年①**，岁在庚午，六月初一日**（6 月 29 日） 丙申，晴热，颇爽。早起盥沐，饭后衣冠虔奉香烛，东厨司命神前、家祠内叩谒。上午诵神咒数遍，暇阅《木鸡书屋文》二编半卷。下午观邱幼谦书殿卷，挺劲圆润，实能出人头地，甚羡渠字学之优。子屏刚改墀儿窗课一篇，极见筋节。

初二日（6 月 30 日） 晴，炎热。饭后舟送邱幼谦回梨，苦劝稍节洋烟以保惜千金之躯，然恐未必即回头也，深切虑之。吉卿、庚芬两信即寄出。上午与兰州对南北账，下午草率了吉，属渠秋后留心催办，未识能应手否。下午代办本路沈菊亭来，以李养贤老师传单关照墀儿提优，知学宪行文七月二十取齐省城，听候悬牌汇考，以早日动身相属，预给卷子费两枚而去。天忽雷阵，风雨不狂，一时许即止。由凌氏女使来，接到陶苣生廿六日所惠复札，读之令人感愧无地，然故人期望殷拳，已情见乎辞矣。托捉刀张老师谢禀稿亦寄到，真四六好手，能细切不肤也。

初三日（7 月 1 日） 晴，昨夜较凉，今日亦不十分炎暑。清晨命舟载吴少松来溪，饭后与吉老对东南账，半日竣事，大觉奉行具文，可笑。账房陈、沈、顾三君特送钱行礼，受之殊觉情文太重。碌碌终日，诸事均不能整理，坐销暑昼，为之奈何。晚间略有阵雨，恰好少松已来，可免风雨之虞矣。《胡文忠公集》辛垞所选者，已交幼谦，借省三丈阅看（共八本）。

初四日（7 月 2 日） 阴，朝上阵雨，终日清凉。饭后招陈朗亭进来，与之定见，且以出门后一切事务托暂总理，尚不至十分做作，即与言定仍旧。暇录清苣生所代作房师禀，属少松誊真稿底，再商寄用。下午梅冠伯至书房谈天，以近作见示，发皇秀丽，大是中才，惜人太执

---

① 原件第 9 册，书衣墨笔题"庚午日记，荷月起"。

固,难与同伴,畅谈而去。闻大港上雷击毙一女人,天谴总由自作,冥冥不爽如此(后知痧疫,误闻)。

初五日(7月3日) 阴冷,可穿夹衣,上午雨,晚有霁意。上午誊清禀稿,手腕欲脱。下午沈吟泉来谈,晚去。

初六日(7月4日) 阴冷,东北风,穿夹衣却未甚热,外间必有发水之处,幸本地尚不至暴雨怒降。上午至对河钱中兄处问疾,入卧室,榻前与之谈,神气清朗,语言有叙,而气促骨瘦,寒热微蒸,此是老熟之症,恐难起色。幸有子克家,后事齐办,诸可无虑矣,安慰之而返,暇则将租账内欠户一切记识,以便冬间发办,亦家事之最关切者也。下午至黄子敦馆中叙谈,知渠秋试,月初起程。大儿昨日文期今始誊真,随题衍义,了不出色。子屏亦作一课两大比,气盛言宜,南闱制胜之技不过如是,养其度以待命而已,此事得失究不尽由文字,儿辈当自培植为要。中午循例食不托,饮火酒,与书房诸公谈论颇畅。

初七日(7月5日) 晴朗,一洗连日阴寒之象。上午正在摘录租账,适凌磬生同范甫来溪,磬生以近墨见示,忽古忽今,各擅胜长,甚见天姿学力之优,拭目以俟佳音。中午略置酒款留,子屏亦以文就商,各相钦佩。是日谈兴甚畅,至晚始去。

初八日(7月6日) 晴朗,不甚热。饭后摘录租欠账,尚未了吉。下午阅子屏改墀儿近作两篇,照原本润色几处,便觉切实可观。书房内今日又补做一期,至秋试起程前不过再四期而已,磨厉以须,诸君各自努力。暇阅《小学篡注》。

初九日(7月7日) 上午不甚晴,下午忽然开朗。今日交小暑节,可望自此长晴,且无水灾之厄矣。饭后接钱子骧初五所发信,荷蒙以丹徒人物风俗开单缕示,倍征关注殷拳,暇当即答复谢之。下午陪少松至乙溪兄叙话,所商沈仆借用陪考竟尔不能通情,亦不强其所难。书房课文誊真,大儿平正通达而已。梅村两大比十荡十决,才思横溢,定卜飞去得意。字课第三期,大小卷各廿本,明日由北厍寄黎,仍托邱吉卿转达蒙叔。

初十日(7月8日)　晴,下午阵雨,大雷电。上午作书复答子骧,即书红笺,待寄,计三页,尚不至十分局促。子屏以课文见示,亦两大比局,根底醇厚,气象峥嵘,场中夺奎妙品也,今科可卜矢无虚发矣,快慰久之。

十一日(7月9日)　晴朗终日。上午点阅《木鸡书屋骈文》六篇,暇则稽登出入账。下午评圈子屏文两篇,才思横溢,的是南闱夺魁妙手。书房内补课一期,以后再作三期正课。

十二日(7月10日)　晴朗,仍不炎热。上午圈阅《木鸡书屋骈文》三集半卷,将竣业。下午顾吉生来送赆仪,璧谢之,絮谈而去,以钱子骧答书托寄。沈仆孝贤自盛泽来,理卿姨甥媳张氏命送行程,殊征多礼,受半回之,明日命趁航船还去,约沈仆月初到溪陪考。

十三日(7月11日)　晴,仍不热。上午点阅《木鸡书屋骈文》三集下册。下午阅《国朝三家文钞》汪钝翁文。

十四日(7月12日)　仍阴晴不定,可穿单衣。上阅《木鸡书屋骈文》,点六篇。暇阅汪钝翁文,可悉前明人物。是日未刻,闻对河钱中和五兄卒,邻里老友竟弱一个,殊为可悼,幸长子克家,大可支恃门户,所不足者,年仅五十八,未抵中寿,婚嫁未尽了耳,里中又失一练达之人,亦不无可憾。

十五日(7月13日)　晴阴仍不定。饭后衣冠至对河探钱中兄丧,抚其孤子方慰之。主丧事者孙蓉卿,略坐而返,知明日成殓,后日开吊。暇阅《钝翁文钞》志传,颇悉遗闻佚事。书房内文期,黄昏时盛泽王梦仙叩门来会子屏,年少才多,气和情厚,秉烛谈至一鼓后,欲留止宿,固辞,仍宿舟中。

十六日(7月14日)　阴雨,终日凉风,宛如秋中。闻江北水发,吾乡得免,殊为幸事。朝上命大儿邀梦仙上来,在养树堂略坐,以所求沈梦粟书法六页转缴,"江震节孝祠"梦粟所书,芸舫所记,已勒石,送余一张。典厘月捐归文庙,修理工程亦蒙抚宪批准拨留,此事芸舫暨王巽斋之力居多,即邀子屏到芦墟北库典中收捐,留之便饭,又固辞,即去。是日斋素,客去略坐定,吟泉来谈终日。下午因雨,晚间备舟送之回来秀桥。

十七日(7月15日)　仍阴雨,不开晴,暑气全无。朝上出吊于钱氏,至灵前拜奠后,即与同人素饭,坐谈良久,见今日阖村均来吊,颇知平日周旋之善。一切排场俱极楚楚,润芝侄孙亦至,知新邑尊观风题"君子平其政"二句,似酷烈一流。午前归家,子屏亦到馆。下午阅钝翁文数篇。

十八日(7月16日)　阴,东北风,又雨,冷可穿重衣,时令乖常之甚。他时非田禾受灾,即疾病随之,能不为人事之所逆料则幸甚。上午洗案头诸砚,积垢一空,为之爽快。暇阅《木鸡书屋骈文》《汪钝翁集》。灯下由北厍接到沈蒙叔所评字课卷(十二发,十六由梨寄),大小各卅本,邱幼谦两第一,墀儿两第六,梅村白摺第二,大卷第四,子屏小卷第三,大卷第二。余作东道主,共三期,连纸张润笔约共费洋十二元,所搜好书法不满廿本。蒙叔批评,如良医对病发药,允推江浙第一名家。

十九日(7月17日)　晴兼雨即止,渐热,始有夏暑气象。是日斋素,大士佛诞,在厅上恭奉香烛,衣冠叩首,暇则默诵神咒以志皈依微忱。书房内文课题"过位"两节,老辈相传午科上题出"乡党",故备拟之,实则天几难测,未必准也。下午阅《钝翁文钞》上卷。

二十日(7月18日)　晴朗,不甚暑热。上午点阅黄骈体文。下午阅《钝翁文钞》首卷毕。大儿文脱稿,清楚而已,不能出色,所作试帖诗,不熨贴之至,场中若此,恐不能掩阅者之目。甚矣,诗有别肠。湄村文颇擅胜场,少松亦可。

廿一日(7月19日)　晴,渐热,下午又雷电阵雨。上午出冬照应,碌碌终日,稍闲,阅《钝翁文钞》中卷,是日初读竟。

廿二日(7月20日)　上午阴雨,下午晴朗。饭后批阅子屏近作两篇,为之翕然称快者久之。如此发皇隽永研练,今科可卜脱颖而出矣。书房今日文课,晚间墀儿脱稿呈示,理境题能清澈,亦是场中便宜,然力量总不厚,加功为要。命渠入闱,只好尽人事,余此番甚无奢望也。暇阅《魏叔子文钞》。

廿三日(7月21日)　得晴热而朗,此月中第一日好天气。上午登清连日账务,暇观子屏改本,处处能点铁成金,揣摩家奉之为上乘,洵不诬也,未识今科能愿望相偿否,不胜盼祷。晚间舟人自莘塔还,荔生片示,以何藏翁新刻诗稿两部见寄,从唐淇园处转递来。淇园亦有片致余,声言何丈拳拳,且印资尚缺,故不及多送,暇宜答谢之。陶苊生改墀儿试帖卅首,亦已动笔看完寄还,读之,鼓舞处、指示处煞费苦心,甚为下学益智药也,钦佩感谢,命大儿细心寻绎为要。

廿四日(7月22日)　晴热,甚朗爽。饭后由北舍接到藩房程公廿二日所发信,知丹徒一缺现已悬牌,特来关照,拟即日赴苏与之相商,可缓则缓,否则七月初五左右必须赴任。下午送子屏归家预行部叙行李,约初四日试船由溪到港,同行赴梨,初五日结伴启行,郑重相属而去。半载叙首,墀儿叨教颇深也! 暇作札致钱子骧,恰好顾吉生进来,即托寄朗亭,拟初一日去载,亦预作一札关照。碌碌终日。

廿五日(7月23日)　庚申。是日正东南风,巳刻交大暑节,晴朗暑热。上午至北厍仲僖侄孙处告借蓝呢大轿一顶,蒙仲僖一诺无辞,将轿上一应物件搜寻见付,甚感渠情。携轿出门,步至梦书处,不值,与省三侄孙谈,知廿八日丁抚军决科。复至范洪源,晤局书沈云卿,与之坐语,知新令尹要征漕尾,以猛烈用事,然公事颇难了了,委蛇久之,梦书亦来,絮谈良久而返。下午初食西瓜,始浴,均是爽利快事。乘凉,略部叙到苏行李。

廿六日(7月24日)　晴爽,暑热。上午顾吉生来出冬,略陪应一切。沈吟泉来谈终日,晚去。内账暇即登载,苏城去一应行装均为部叙,拟明日早发。

廿七日(7月25日)　晴爽,东南风。朝上即扑被登舟,恰好一帆顺利,快行如飞,中午后已进城,仍寓同吉庆,即起行李,位置顿候,颇迟迟。晤叶蓉伯、袁甸生两孝廉,知昨日决科题"其不善者恶之"至

"器之",诗"而后乃今可图南","处置拐子"论,"吏治民隐相表里"策。如此出题,可发一笑。今日因收拾房间迟缓,不能干事。

廿八日(7月26日)　晴热尚爽。饭后至侍其巷小竹处,知牌已悬定,六月廿五日为始,不能再延,惟实授沈樾文凭已到,限八月十五,现已行查去矣。约明日晚刻到彼处,取委文、红檄,相约初七吉行,十六公座接印。匆匆即还寓,复舟至葑门颜家巷庞太康栈候费芸舫,并致赆仪,絮谈良久,扰渠中饭。催世经堂侯砚亭所印日记,存店十部,王巽斋、芸翁共廿部,袁荻洲已取送两部,刘卯生、彭复斋各一部,李辛垞两部,太仓陆君以《陆年谱》《彭甘亭笔记》换一部,此五部均归芸舫处,约定明日下午书订齐送同吉庆,板口已在芸翁处,约晚间即挑来,余处共归五十八部。芸翁进京,大约在九月中,以各省主试单抄录,郑重告辞,回寓未晚。昨晚接子屏廿六日梨川所发信,关照乡试同伴诸公,择吉初三启行,儿辈初二日必须到黎,余拟赶紧一切事务,初一日能即归家最为两便。

廿九日(7月27日)　晴朗,东南风颇大。清晨饭于舟中,即放船至阊门外,沿河口泊舟,到黄永茂船埠行号"玉加"者,系东浜人所开,看定丹阳船一号,船户赵昌泰,叫定送到镇江,煤炭旗灯一应在内,决定英洋八元五角,酒资言定加五百,初四日放大胜装载,初七日吉行,写票付定洋,扰凌姓茶东讫事。入城略买零物,吃面后即登舟,由阊门内行,归寓不过中午。日记板口昨夜芸舫遣使挑来,并送礼物,有片致余,今日下午要到寓,未识可不客气否。晚间世经堂侯老砚挑送《日记》五十八部,《先正事略》廿四本,付力钱,即位置舟中。《文坛博钞》板子不好,退还,付收条而去。点灯时,至侍其巷再候小竹,即出见,委札、红谕、履历禀,均一一面缴,复指示到任时若何规则,详聆之而还寓。始知到任限期,新例四十日,而此说不肯预为明言,殊见手法。若余以后事宜,当谨慎自持为要。夜间收拾行李,拟明日归家。

七　月

七月初一日(7月28日)　晴朗,东南风。朝起即携行李登舟,饭于舟中,出城舟子鼓力操舟,石尤风亦从而受命,到同川中午,略泊即行。舟中阅新购《先正事略》,系湖南李元度所撰,分类别门,体例甚佳,舟中消遣,并忘炎热纡迟也。到家傍晚,知试船尚未到,墀儿行李均已部叙。凌耕云昨日来过,并送牙茶、京腿,甚感渠多礼情深。

初二日(7月29日)　晴朗,炎热。饭后至大嫂处话旧,知前日抱小恙,今已霍然,不胜欣慰祷祝。少顷,试船已至,董梅村亦至,一应行李检点发出。子屏前有信来,在港等候。乙溪来谈,中午略具杯酒饯吴少松、董梅村行。命墀儿禀辞嗣母珍重眠食为要。即送少松、梅村同墀儿登舟吉行,三场文字得意是望。苐卿侄同来送行,以余履历、红禀小楷属渠一书。余至友庆,预于羹二嫂处辞行。试船开至大港,载子屏同至梨川,明日同伴邱吉卿、陈仲葵登舟,即行发解。

初三日(7月30日)　晴热,稍间昨日,东北风。饭后至乙溪大兄处告辞,絮谈良久返。苐卿禀书、履历已写就,颇能敏捷端楷。上午将一应账目补登。下午部叙书籍。大兄、羹二嫂处均来送赆仪,颇隆,不作客气,受之。晚间吟泉来谈,江城事一切托之,晚去。

初四日(7月31日)　晴,东南风,颇热。所叫之船辰刻已到,甚为凑手。终日部叙行装,编列号簿,碌碌万分,然总须明日安排定当。午后郭莲君来为大嫂诊脉处方,温通为主,日上肝胃气已渐平复,欣幸万分,然尚须调理,庶得早日复原也,陪之叙谈而去。大嫂遣妪厚致赆仪,不胜感谢,领之。内账总吉,尚未书明。

初五日(8月1日)　晴朗。饭后吉生来,即去,暇则检点一应行李,大致楚楚。中午穿衣冠,东厨司命神前拈香叩头,预行告辞,大嫂处、家祠内亦叩辞,余处家祠设飧共祭,小虎孙随同拜跪,默叩平安,虔心祷祝。祭毕,告辞退,陪酌账房诸公,诸事费心照应是托。下午沐浴,登清内账,以后另立簿,属陈朗亭来报。晚间乘凉,颇畅。

初六日(8月2日)　晴热,东南北风。蔡氏堂妹寄送京腿、茶点,颇见情挚。诸亲友家颇有来致赆仪,礼物则受,洋则璧完。上午沈氏晚三姊特来送行,致糕篮,甚感情真,中午略具菜酌款之,留之止宿,不肯,约十月中再来叙话。下午发行李,位置两舟,自舟烦沈吉甫堂母舅同往,照簿点清,只剩随身物件,明日辰刻发运,即平安登程。

初七日(8月3日)　晴热。朝起发行李,饭后衣冠告辞家人,即吉行,蒙乙溪大兄、沈松溪、诸侄、侄孙均来送登舟。东南风不甚大,张帆行,下午西北风,与吉甫母舅两舟同行,至晚始泊阊门外北濠,上岸至粥店,与吉翁同食粥。登舟乘凉,极热,然恰安眠。

初八日(8月4日)　晴热。饭后同吉老入阊门,略买零物,茶叙良久。至舟中,炎热难坐,复同吉老中午吃面,出城,水阁乘凉,茗饮极快畅。晤陆星槎、潘莘田,始知江南主试,正吴凤藻,副夏同善,殷谱翁有奉派监临之信。夷务极猖獗,丁抚军已奉命至天津帮办,时事曷胜浩叹!晚至莘田舟中,候之不值,晤其郎君苕棠、稚莘及其亲朱诗麟,子屏徒也,略叙而出。是日与陆星槎畅叙水阁,夜早眠,仍热。是夜与吉老吉账,明日分舟同行。

初九日(8月5日)　晴热稍间。朝上五鼓开船,饭后出关,午后阵雨,稍停,雨止即开,西北风,舟中以陈切丈《寿松堂诗话》消遣。申刻至无锡,泊舟北门,入城至大成坊巷杨义方家候权西席费吉甫年兄,到门,知昨已还苏,怅怅留片而还。是夜泊宿黄婆墩,月色水光荡漾中流,颇有画景,凉甚。

初十日(8月6日)　晴,忽转西北风。朝晨开行,不能扬帆,余舟附所叫之舟后,助之行纤,家中舟子鼓行而前,气喘汗雨犹不顺手,可知此道亦非业精于勤不能,一笑可悟。下午风尤猛,夜宿常州,到时申酉之间,泊舟毗陵驿花市,与吉老茶叙,入西门街市徜徉而还舟。

十一日(8月7日)　晴,西北风,颇有秋意,可穿夹衣,晚间稍热。风不顺,舟子自朝至暮系纤塘岸行,颇不省力,舟中阅《寿松堂诗话》四卷毕。晚至丹阳,泊舟东门,上岸修容,还已点灯。

十二日（8月8日） 晴，是日寅刻立秋。五鼓开船，东南风不甚大，扬帆而仍系纤行。饭后阵雨清凉，即止仍霁，水湍急甚，路更弯环高下，鼓力向前，至丹徒镇已下午。未时复雨，闻雷，又转西北风，极猛烈。少闲，雨息点，风狂依然，颇凉。行至申刻，始抵镇江西门官马头，与吉翁相商，因时不早，明日上岸。

十三日（8月9日） 晴朗。昨夜新凉如水，今复炎热。饭后命王仆入城，随吉翁始发红谕，余在舟中，阅《广广事类赋》，候良久，吉翁回，始知副斋夏公未去送考，书斗大半金陵去。午后有本学门斗孙根、吴澜、王钰来叩见，谕渠速寻公馆，以便接印。复属吉翁率仆随门斗寻觅，灯下还来，知门斗甚狡猾，公馆略有头绪而不惬意，拟明日候夏公再行定见。

十四日（8月10日） 晴朗，热爽。朝上发一便字，由凌范甫试船经过，托关照墀儿。饭后轿至府学内候夏副斋次宾，渠以公服出见，遵礼节也。絮谈良久，已知其为人，求指教，亦无甚心腹语。告辞出，即至高公书院前面衖内袁宅觅公馆，平屋三间，厨、灶、井全，家伙借用，决定押租英洋四元，房价每月三千二百，又有小租三千二百送用。此处屋少而价昂，只好俯就之。轿子言明暂寄高公书院，地虽不过数武，然不受用，后当再商。书斗大半去办考，留者吴澜及孙根之子可伺候，馀俱以金陵为逋逃薮矣。以履历交吴澜，云要转托县书办起稿，上任日期择吉十八日，云有衙署破屋三间可接印，教官之苦况受欺如此！拟明日起行李，即赶紧扫洁是属。回船习书一履历禀，据次滨云，未到任之前，先要预日禀到府、道两宪。

十五日（8月11日） 晴。运行李，叫轿到寓，约行五里路始到，平屋卑陋，聊为随遇而安之计。夏副斋又到寓，公服来答，辞之不获，长谈而去。寓中一应位置均无头绪，厨灶宜迁在靠南一间，已择定十八动工，略为安顿始还船。夜与船户算账，尚直落，明日进寓，今夜仍宿舟中。

十六日（8月12日） 晴。舟中自家船上吃饭，叫轿夫三名，乘

自己带来之轿，衣冠进寓，略安排一应行李，即穿公服到县拜问，辞以
公出。到府禀到，蒋公请见，尚谦和。到道，沈公不见，履历一，面递，
均不受。与刑钱李一仙长谈，见面不相识，相别卅馀年矣，颇问梨镇
诸家光景。回来，公服答夏次翁，又絮语，蒙指示一切。今日门斗吴
澜跟轿，孙根之子孙祥来伺候。夜作札示大儿，十九日吴澜要到金
陵，即可谕之面送。江南考官，正铭安，副林天麟(临)，可知潘莘田亦
未得实信。夜饭寓中，一鼓就寝，尚安眠。

　　十七日(8月13日)　晴朗，西北风。朝起未免受寒，不甚如适。
今日无事静坐，与吉甫从舅絮谈，聊解寂寞。孙祥来伺候竟日，知此
次接印书办毕姓，到金陵乖避，无人承办，以致香烛谒圣亦要自办，可
叹之甚。下午稍觉舒畅，作札，拟舟回关照程小竹，此番竟吃他苦
如是！

　　十八日(8月14日)　晴朗。饭后公服谒○○○至圣先师庙，是
崇圣祠改建，两庑无有，县学之荒凉，即此可见。午时副堂遣号房吴
云携印交来，即在公馆中设香案，三跪九叩首接印，来伺候者门斗孙
祥、吴澜两名，一无仪文，可谓清冷。来道喜者，夏副斋暨其郎(侄)、
令祖(吴)三人，又有府学汪、陆两老师之世兄暨其亲邱公(汪之亲，字
玉符)亲到。李益仙飞片，洋药委员杨公约略亲到，以片辞之。是日
两门斗略有犒赏，墀儿信面谕吴门斗到金陵亲送。吉翁从母舅来寓，
颇烦照应，至午后以小有不适意回船，若余精神，甚可支持。早眠，闻
传呼声，知丹徒县汪渔翁来答拜，即当驾。

　　十九日(8月15日)　晴，渐热。饭后穿公服，乘四人轿先至县
答拜汪渔垞明府，知系萧山人，长谈始告辞。谒本府、本道，均不见，
拜候各同寅，见者水利厅程俊，三枫泾人，牙厘总办吴德甫，安徽宁国
人。回城至宁绸捐局，钱子骧托寄张少朴(亦系安徽人)信即交吾苏
司事人吴姓，约记号静芳，系吴杏春之堂弟手，殷勤接语，云少朴已至
金陵去应试，其尊人在此地，可面致。略坐，复至满城拜都统富公，不
见，至同年善广家候之，出见，系少年，号子居，行三，其年伯亦孝廉，

陪其兄去乡试。昨日开船，人似极遵规矩，送出时云当以朱卷相交易，至参时，衙门周公出见，少年而有儒将风度，云仍驻扎平望吴江。又有卫守府赵公号芝轩亦出见，长谈，均系湖南长沙人，本地绅衿只有城外吴六符接见，馀俱飞片，有出辞当驾者。回寓下午，知李益仙到过，看房屋，太息而去。灯下作家信，并寄程小竹一札初动笔，次滨以金陵办考处稿详覆文来，即用印，絮语良久去。两信书就，计一鼓就寝，大为蚊所扰。

二十日(8月16日)　晴，又热，晚上颇凉。饭后有粮厅钱公来答，号芸轩，系南浔人，五月中到任，长谈而去。饭后上府、道两衙门，均挂号不见。回来，吴六符亲来答拜，下午有同年唐沐来答，长谈，知系镇江人，籍贯吴县，号握三，长谈，知渠所居相去不远。沈吉甫从舅明日回去，以所作致乙溪、朗相信，并致程小竹札托同带去，且示家人余身安健，临去颇甚依依。此番甚费他相助为力，幸前小恙，余已知其平安无妨矣。夜仍蚊扰，恰安眠。

廿一日(8月17日)　晴明，仍热，夜尚凉。饭后有恤嫠董事柳星湖名树霖来答，问其籍，不是浙江，其尊人仍任句容学，尚康健，子骧托寄陆纯青札已面烦星湖转致。吴德甫来答，略谈。去后，有府知厅吴德辉来答，号理斋，宁国籍，苏州人，极玲圆，知与程小竹交好，以禀藩宪帖示之，云可用，实应酬而已，日上出差，要江北去。星湖云，湖北发水，已改期乡试，江南亦有改期之说，云平江府姚家巷两处号舍尚有积水，此说以不确为幸，考优(知在廿七)仍在贡监后。下午水利厅程俊三来答，正在畅叙乡情，府刑幕蒋一亭来答，程公先退，因乡谊未送。与一翁谈，知夷务尚不至十分决裂，蒋公以老辈自居，来答格外，一仙面上也。客去，携委札至夏次翁处，烦请起稿，振笔直书，恰合样式，知此道外行一开口即差。长谈而返，回来知府书启吴少蓂亦亲来答过，灯下将先报到任日期申府录清一道。

廿二日(8月18日)　晴，风转东北，似有雨象。饭后镇绸捐局吴静芳来答，系苏人，言语相通，云与钱子骧极交好。客去后，以文稿示夏次翁,又嫌样式不合,指点一一始誉好,又不尽如式,姑又走至夏公馆与之商,晤其侄竹堂,知次翁今日略有小恙,不出见,传语云尚可用(此是圆通话)。明日拟用印,已预属竹堂写封面官衔。总之,作冷官,公牍式样亦须预知,余此番吃尽苦楚矣。毕书办之可恶,恨不得送县痛责之。

廿三日(8月19日) 甘雨终日,畅甚。饭后以移、申官封请夏世兄竹堂开衔,上午书好送来,恰颇适意合式,余对之愧甚也,又嫌移、申文内款式、名衔不整齐,书过半开,妄试行之。下午乘小轿至道衙门益仙兄处请教,至则出见,据云日上有小恙,今日略愈,蒙动手斟酌申藩宪一禀,始知次老非尽善。此次移县申府公文,姑且弗再改,他日见幕府代为说明,甚感渠情意,长谈而返。晚上用印,拟明日去投。蒋本府带印到苏,即日删本府要来,吾辈迎接,又要费轿钱,可叹。今日身子较健,饮食寒暖当倍小心。

廿四日(8月20日) 又雨,终日酣畅,西北风颇寒。饭后将移、申两文差孙祥投递。删本府即日要到,新履历抽暇写好,正在寂寞,适邱幼谦内弟来,欣知家中老幼平安。少顷,黄聘五来,又顷,沈雨春、子和昆弟同来,知家中十八日开船,畅叙谈心,颇得他乡遇亲知之乐。留便中饭,适润之侄孙、黄甘叔、顾苹甫亦来,云已吃中饭,客舍座中隘,不及留,甚歉然。下午润芝一伴先去,聘阿至道中亦去,幼谦、二沈公又叙谈,同去。今日守风不开江,相约试毕还来快图遇合,共谈佳文,珍重而别,今日自出门后第一惬心事。

廿五日(8月21日) 雨稍息点。饭后写好申禀藩司文,似比前日略入彀。午前开霁,接到金陵政大源记信局墀儿廿一日所发信,欣知同寓诸公录遗高取,快慰万分。禀中详述初十日到龙泽,即由龙潭附近东阳镇雇轿驴,于十一日抵金陵,少松、仲遂亦于是渡江进城,寓在状元境聚贤客栈,屋甚干燥,十八日录遗,二十发案,所取统打八折,吾邑到者不过一半。廿四贡监,廿六补遗,廿八考优,学宪监临,利涉桥一带暨供给所号舍尚有积水,若水不再来,可不改迟。大儿身体颇健,子屏亦有信,在寓略嫌水土不服,不甚安适,似可无妨。阅之,稍慰老怀,即作一复信,拟即日仍由局中寄去,属渠小心寒暖饮食为要,信资给七十文而去。下午用印,为副堂回复领祭丁银。灯下接丹徒移文,为催旌表、具结、看复等因,明日当示副堂。

廿六日(8月22日) 晴朗,然房中极形潮湿。昨夜肝胃气不和,腹中涨满,久之始平,终夜尚能安睡。今日静坐,服药茶太乙丹,颇舒畅,然饮食大减矣,默祷即安为福。上午满洲都统富大人名升来答,即辞当驾,满大员可谓知礼,闲坐斗室,即昨日县中略有公事,亦不去关白副堂。下午有洋药捐局委员孙,名家澄来答拜,叙知是寿洲人,约略号秋潭,一茶即去。

廿七日(8月23日) 晴朗,渐热。饭后持县移文并余所申藩宪文,欲走至副堂处示之,路遇吴云,知未起来,即交渠手转致,并烦夏世兄开申封衔面,未识应手否。少顷即来,知是次翁手书,甚敏速也。寄墀儿一札,即命孙祥付局寄去,明日考优,此信到时优榜已揭晓矣。无聊中作遣兴十首。此缺无可奢望,迟之又久,费愈不支,拟未满三月之前,决然告病回家为上策,此意当再与知己商之而后行。是日交处暑在酉刻,下午录清所作京江遣怀诗十首。命孙祥信局投信,一去不来,此人之滑即此可见。晚间仍凉,外间闻天津夷务甚不安静,余归思愈切矣。灯下孙祥回来,收到镇政大收条,复收到墀儿廿三日一禀,知吴澜已于廿三日到过寓,诸君同寓,均庆平安。号中起水者已千馀间,若能就此而止,尚可免改期之虑。

廿八日(8月24日) 晴。朝上颇热,未识考优点名早否。辰刻,善广同年来答拜,知行三,号子居,年伯春元,癸卯举人,年廿五,以朱卷赐读,即以朱卷答正,始知余是副榜,愧甚。长谈,人极驯雅,其兄善彰今科亦下场,惜言语官音杂土,不甚清楚,与钱子骧极莫逆。昨夜县中有移文,关照采访节孝,现已到院,当录底。今日颇闻金陵谣言,在二十五日,以不确为大家福,余亦无容焦急,惟当到署中探听为实。是日命孙祥发申报藩宪文,驿在小西门外。夜间谣言愈甚,并有停科之信,闻之惊疑无措。夜间申藩文孙祥回,始知虽有其事,城中尚称安堵,为之稍慰。

廿九日(8月25日)　晴热颇甚。朝上作一札示墀儿,探听金陵实信,命王仆送闸口政大信局,取收条回,知往来信息照常。上午黄子美同年特来见访,欣知家中廿三开船,昨日到沈仲复道宪署中盘桓,确得金陵实信,骇知交趾公廿五日决计被刺,现在梅方伯护理,城中盘查紧急,尚称安靖,为之益慰。畅叙乡情,沽酒小酌,今日不舒畅之情,因之一解,约初一日去答拜。送登轿后,即走至夏次滨处,以今日县中催取申报移文示之,据云不要复,即日由金陵总局催毕书办办理,大约初十边可以办到,其言似尚可听,絮谈而返。

卅日(8月26日)　晴热。饭后阅此间送看邸报,知河南、山东、山西三省主考选教职单,知孙元匡已选镇海教谕,书谕单发示毕书办,催办移、申等文,即命吴云送示夏副堂,烦开封面。今日身子略舒,月初三天应酬颇嫌栗六。下午夏次滨来谈天,知吴云所送尚未收到,夜食熝鸡,胃口大开,然尚不能饱啖。灯下吴云来传语云,与书办不得用移封,仍取好皮封一只,复开信面,移文时加条寄金陵,姑忍许之,然甚失体。夜间房主勃溪,厌甚恨甚,因之肝疾大发,终夜未寐。

八　月

八月初一日(8月27日)　雨,阴。清晨即起盥沐,吃糕数片,即乘轿至圣庙官厅伺候行香,久之,道宪、邑尊、参府同通杂职均至,随班行礼,复至城隍庙、关圣庙行礼,送道宪登轿后,复上道宪衙门候官厅,久之传见。余初见,递手本,跪叩三礼均答,此次未穿花衣,实失体,略语即退,至二堂站候,又送至宅门而止。复进答黄子美,候李挹仙,与之畅谈,适客来,不能再叙而还。归寓,食素粥,胃气极和。复至县学○○○圣庙拈香行礼,副堂诡,余不往,然余礼当如斯。是日精神尚可支持,一应拜跪进退幸无大失体,然劳瘁甚矣。官场势利巧滑如此,吾辈如何可做?心益厌薄矣。

初二日(8月28日)　阴,无雨。昨夜颇得安眠,今日道宪停止宣讲圣谕,吾辈借得休息一天。饭后预写新太守到任履历本,尚能舒齐。今夜仲丁祭圣,终夜不得眠。下午食粥,未夜暂寝,以麻养之。

初三日(8月29日)　阴。灯下假寐,一鼓起,稍坐即吃饭,乘轿至县学,助祭者十馀人,均本地乡绅子弟、职员,秀才甚少,举人亦来,相识者柳星湖,接谈款曲,一庚子乙科杨稚云,名履泰,字知安,云是此间时文好手,一见通姓名,亦甚落寞。稍顷,县令后至,副堂先至,又有千府两员,即报起鼓,换朝服,庭中祭奠,有通赞,有纠仪,尚楚楚成礼。祭毕,至府学助祭,教授陆浩翁,已出差取租初回,文武各官前后均至,在官厅坐谈良久道宪沈公始到,即起鼓排班,由寅门左入中庭祭圣,设庭燎,有通赞,有分赞,有纠仪,有站班,各生相礼,规模颇肃。通赞即杨孝廉,音声洪亮,馀则不知。是役也,与新定章程颇相合,唯欠古乐舞佾耳。余分献西庑,登降三次,拜跪尚不失规。祭毕,至官厅更衣,即送道宪登舆,各官均还。余归寓即熟睡,至上午起来食粥,仍遵家中约,斋素,是日灶神生日,家内均斋素也。本学副堂、府学副堂均来送胙肉(牛二斤,羊一蹄,肉二三斤),牛羊分与门斗孙祥十斤(牛十斤,羊一腿,肉五六斤,一腿),猪肉以二斤许二分,一送同居叶姓,一送房东老妇,馀则腌以储之。受○○○大圣人之福,不可不谨领○○○神贶也。是日下午大雨,甚快新凉。痔疾大发,而便较畅,据今晨叶经厅(松阳人,名维垣,通医书,号仲兰,五六旬,而精悍现于眉宇)云,从此一夏湿热自下而达,可望胃口渐开,暑病不生,为之一慰。

初四日(8月30日)　晴朗。晏起以致府正陆浩翁来拜答,竟致当驾不能见,嫌甚,当即日答之。闻新本府蒯今日到马头,在未时,又要出城迎接。上午静养,录清所作遣怀十咏小引,是日身体颇健,食胙肉亦有味。前府学吴月樵来长谈,知是常州人,现已寄居镇江药师庵地方,年六旬,与之商酌,颇有真话,此公可交也。下午伺候新本府到,未刻同夏、陆两君乘轿至南门马头,下船禀见即请会,三人同行礼,呈手本履历,蒯子翁颇问此间教缺如何,余以实对,为之太息。又问府学书院规条若何,似颇能体恤吾辈。坐久始告辞,送至船头始回,进城后,即至府学答陆浩翁,辞未见,以后可便服就谈矣。今日胃口渐开。

初五日(8月31日)　晴热。饭后静坐,接墀儿初三日所发信,知金陵一是平安,唯考优已悬牌改期,或俟场后出闱,八月下旬九月初旬再听牌示,甚不舒徐。无论考资多不敷,即同伴谁能相俟?大儿意在专守,大约少松肯陪伴,余亦未便止之,即作一札,命王义即由政大寄去,或留或还,与子屏斟酌定当为要,若以余意,舍之为上。此番大儿归期要在九月中,倘榜信一亮,将何以情为?思之不胜辗转,且作黄金瓦掷可也。下午至府学正堂陆法翁处谈天,知渠新有添丁弄孙之喜,弥月时同寅当贺,扰渠面食,颇佳。渠是辛卯乙科,宿迁人,大有山东风气矣。还至夏副堂处,不值,以县中所移六月、终月报文面交吴云手而返。

初六日(9月1日)　晴热。饭后静养,适夏次翁来谈。下午申刻乘轿至府贺蒯太尊上任道喜,先至官厅,群公毕叙,第一班先传见邑令、夏副堂、粮厅、知厅及赵卫官,第二班传见陆府学及余、丹徒巡厅及洋药委员杨、孙二公,与孙公论夷务,馀俱无所问,委蛇谢茶而退。送至二堂谢还,即便道候知厅吴理斋,正欲畅谈,洋药委员杨公来,略坐而归。夜间思作家书,尚未写完。

初七日(9月2日)　晴热。饭后将家信写完封好,墀儿信暨录遗案都封在内,下午命王仆送至闸口,仍寄政大信局转寄苏州全盛,转交芦墟全盛,托公盛吉生翁速送大胜港柳,取收条,付钱一百,想可必到也。静坐无聊,再录遣怀诗一纸,以俟试毕还来视我诸君子。

初八日(9月3日)　晴朗,略有风,不甚热。清晨至官厅伺候本府文庙、文昌、关庙拈香,到者三教官,本县经厅、捕厅、教官三处站班,即送上轿,至各官又有多处伺候。还来食粥,上午至夏次翁处,为八月中月报事,今晨已许代办合报,故复面托,值其高卧未起,与其侄竹堂絮语而返。中午后欲出去拜客，候孙祥久不至，不觉熟睡，因而中止。今日是省试头场，大好天气，计此时儿侄辈均已进场入号矣，念甚。

初九日(9月4日) 晴朗，不甚炎热。今日上午静坐无事，思场中诸公此时正头篇经营时也。写一履历手本待用，脱一字，似尚可滑得过。暇阅《事类通编》半卷，命仆市食物数种，绝少佳者，可知此地之朴。晚间，夏次翁来长谈，适大雨，冒雨而去。是夜风雨终宵，而秋蚊颇扰，几不成寝，然较诸矮屋诸公闲适已百倍。

初十日(9月5日) 阴，朝上仍雨，中午渐息点，然颇骤寒，可穿绵褙。未识儿侄辈何时出场？能得文字惬意，不胜私望。今日闲坐，既无兴看书，又不能出门会客。一门斗狡诈难制，借雨具去而不来，无聊闷坐，不料学官之苦一至于此。晚间又复阴雨不止。

十一日(9月6日) 阴雨终日，二场诸公泥涂甚矣。朝上接蒯太尊委札二，一委十二日海昭节公祠省牲，次早致祭，十七日委代祭城南林世二公墓。一切礼节均未明悉，因作片致副堂，借用吴云跟往，借知时刻均由孙祥不可用，门斗未来，故多此周折也。终日冷，颇似季秋，暇阅李次青《先正事略》首卷。孙祥晚来，雨具都还，婉言赏遣之而去。

十二日(9月7日) 晴朗可喜，然甚寒凉，二场诸公之福也。上午静坐，阅《先正事略》第二册，竟如亲睹名臣嘉言懿行。下午走至夏副堂处探问委祭事宜，特传县礼房姓吴来问，据云今日省牲可不必去，明日清晨要拈香早往。海公祠在西门大街，系夷人陷镇江时以都统殉难者，其同时殉难诸人亦皆祔祭焉。借以一问，可省轿钱二百馀文矣，略谈而返。晚间有长洲同年戴毅甫名锡钧来候，据云住在钮家巷，是蒯太尊门生，特来进谒，寓闸口杨韶和翁洋药委员公馆内，匆匆因晚即去，暇当答之。

十三日(9月8日) 晴朗。二场诸君出来者想必舒徐。清晨乘轿向西行一里馀，至旗营海昭节公祠，代太尊秋祭，行三叩首礼，祔祭者另一祠颇新,聿礼亦如前,助祭迎接者都旗人,有戴蓝顶者,款茶而返。下午坐小轿至府,候同乡陈雪庐,据号房云尚未来,其徒周君在,不知何处人,以片候之而返。便道候叶薇翁,亦不值,即还寓,阅《先正事略》数传。今日交白露节,晚间夏次翁来谈天。

十四日(9月9日) 晴朗,是三场进场好天气。上午阅《先正事略》第七卷。下午夏次翁来,接到毕书办所办报移申到任日期文书稿一,誊真移文一,申报履历册并结七套,即烦次翁用印,于今日填写日期,交吴云送丹徒县值日承行,收存交内署。次翁借去《先正事略》卷首、卷二两本换阅。由毕书办通报头场题目"周公谓鲁公曰"一章,"修道之谓教"至"可离,非道也","而况于亲炙之者乎","千古江山北固多",得"多"字。想是题极堂皇冠冕,子屏、梅村大可发挥底蕴,若墀儿,亦甚易于完卷,特未识墀儿是日能得手否也。书之,以俟面阅场作。

十五日(9月10日) 晴朗。朝上大雾,清晨衣冠至文庙官厅伺候,少顷,蒯太尊、沈道台均至,三庙拈香后,同官即至府、道两衙门贺节,均辞不见。还来,接钱子骧苏州寓中初三所发信,复以陆莼青札托寄,渠现考验,九月赴任,当由此地约面晤,且有未完事件,俟陆信面交后当作札复之,是日颇有府中小使费及抽丰。下午同乡皖捐委员谢达人来答拜,长谈,知渠即日要回苏,官场气味,见面益背矣。晚间夏次滨来招饮,赴扰之,五簋四盆四小盆,参鸭颇精洁,大似吾乡风味。杯酒絮谈极真率,其侄竹堂陪饮,人甚恂恂,尽欢散席,鸣谢而返。回寓,黄昏未深,今夜四鼓秋祭关圣,各官又要陪祭站班,以《清献日记》一部送次翁。夜月颇佳,同寓诸君想均三场得意,儿侄辈未识仍宿号中否。制军知已简放,曾中堂回任,考优恐需时日,不如即归为妙。

十六日(9月11日) 晴,稍暖,不甚朗。四鼓起来,具朝服伺候官厅,始与叶经厅薇翁谈,继则本府周参将均至,听参将与蒯太尊论当年攻打太仓,渠亦得大功,用炮用洋枪诸火器拼死争先诸略,殊觉眉飞色舞。周年少,极勇悍,而人颇温雅。坐久,沈道台始至,即同到高公书院关庙行礼,祀典与文庙同,我○朝钦崇关圣,新例颁行如斯。祭毕,送府、道上轿始还。今日沈道台面说浙江闱题"不以其道得之"至"去仁","德辅如毛"二句,"孔子曰:'大哉,尧之为君也'",诗不知。其题小样不及江南远甚。终日昏睡,下午始得精神照旧,明日又有委祭出城之役。

　　十七日(9月12日)　晴朗。早饭后乘小轿出南门,行山田沟潭间,高下栗六四五里,至竹林寺之麓僧舍庄篷内坐,住僧定安出迎供茶,复进点心,即同步行上山,山之中腰,寺有斋堂新建,颇高爽,可望焦山。僧引道,左行百馀步,荒棘破屋尽,江宁知府勇号瑚松额"巴鲁图刘公讳存厚之墓"在焉,咸丰八年四月立,有碑有石祭坛,垒砖为坟,尚不荒芜,即叩首而还。至扬州府知府世公讳焜墓(隔一山头),幕友林君晓山讳桂森之墓,一甚远,一略近,僧不肯指引,门斗吴云往视,还报,据云垒土为之,有碑而无石祭案,荒棘周遭,几难攀上。世公碑己未三月立,林君,四川大宁人,咸丰五年从征镇江,八月五日殁于戎幕,墓记之创始于李太守。下山,在寺之庄屋府吏设素菜四品,礼生作乐,行三叩首礼,望空遥祭,据旧例如斯,不肯上山亲奠焉。礼毕,吃僧素斋,从者皆扰之,酬钱而返。其僧有庄田五百亩,似颇丰腴。还,入西门,至旗营东左司山公馆候陆莼青,又不值,以子骧书暨前书所交何日收到,诘其从者而归。今日幸晴明,费钱当苦差尚不怨。

　　十八日(9月13日)　晴朗。上午静坐。午前沈宝文来自金陵,知昨日渡江,三场颇得意,头篇以醇正短兵胜,合上下江实进场人数乙万九千五百名,已搭蓬号五百,上江录科尤紧。略置酒,絮谈良久而去,以口信平安托寄家中。客去,乘轿出西门,至闸口清记栈间壁答戴毅甫同年并洋药委员杨常翁(号润和),公馆极似夷房,此处大异城中之苦。艺甫健于文,以拟作两篇见示,一旧作,一新构,其新作花样极合时式,大约此公敏于为文,以词气胜者也。杨公(杨号韶和)是徽籍而苏人，畅谈良久，以朱卷交易而告辞。回寓，陆星槎、黄子敦、陈二翁自试回过访，因时晚不能畅叙，一茶即去。据星槎云，考优悬牌十八，此说不确。晚间，本学门斗吴澜来，确知上江已牌示廿五矣，下江想亦不甚悬殊，此事甚讨厌，未识墀儿意见若何。幸同寓诸公均得意试毕，未识能稍待几日同还否也，思之颇悬悬。儿侄辈身体颇健，子屏文能出色否，即日当可快阅矣。江苏学政已放彭久馀，夏副堂特来关照。

十九日(9月14日)　晴朗，渐热。上午持柬候府副堂汪和卿，新自送考还，其次令郎药阶以闱艺见示，阅之，花样笔路极合式，售与不售难以预决，畅谈委蛇而返。录药阶闱艺一篇，以观后日。迟同伴诸君不来，大约为墀儿考优未见牌示实信所牵制，此途大儿万难决胜，徒费浪战，殊不知自量也。夜间作札复子骧，是日下午汪和卿即来答，据云殷补金出题目极任性乖张。

二十日(9月15日)　晴。饭后封好复钱子骧札，本学门斗七名来，以谕单交孙根，明日为始，四日一轮班。正在岑寂，邱幼谦、沈雨春、子和来，少顷子屏、湄村亦来，略具酒食，留中饭。幼谦示闱艺，读之，花样新鲜，讲下一段用诰诫体，分四比，用字眼亦不讨厌，后二比全脱江璧调，则稚调铿锵，珠圆玉润矣。子屏文大处落墨，摆脱一切，然走狭路，竟欲与十八奎争先后。大儿呈禀并首艺，颇能斟酌饱满，无懈可攻，传说二、三场亦甚认真，有收卷官廖公颇赏其文，三场至号中，属其不必作实策。人事既尽，修身俟命而已，惟考优须在九月初旬，当再作札命渠考后即回镇，万不可看榜。吴少松、沈六在寓陪之，尚胜余之寂寞也。剧谈半日，子和兄弟、湄村先去，子屏意兴尚佳，以子骧信暨家中口信面托之。晚间同幼谦乘轿送登舟，千万珍重，耳听好音是望。陆莼青有信复子骧，诸君已去，且暂留存。

廿一日(9月16日)　晴热，下午似有变意。昨夜不甚安寐，脾气亦不佳。饭后作札示墀儿，谕以试后即回，不要看榜，封后即交门斗王钰寄政大信局，取收条而还。以大儿闱作请教夏次翁，蒙加圈谬称许。下午略睡，以养精神。有皖捐司事吴道生，系少松兄弟行，来寻少松，长谈而去。

廿二日(**9 月 17 日**)　晴。倏起痢疾，昼夜二十馀次。夏次翁来谈，勉应之，以今晨接到凌范甫信并闱艺示之，颇为见赏。

廿三日(**9 月 18 日**)　晴。下痢稍减，精神大萎顿。汪和翁来，索大儿文去。

廿四日(**9 月 19 日**)　晴热。痢渐止，饮食大减，卧床终日。

廿五日(**9 月 20 日**)　晴热。痢仍二三次，此缺决然要舍去。

廿六日(**9 月 21 日**)　大雨半天，下午始晴。毕书办来谒，好语赏之去。汪和翁又来问，蒙批赏大儿文并欲誊呈沈道台。是日食粥，大有味，夜间可免登厕。

廿七日(**9 月 22 日**)　晴。告假五天，痢减两回，然忽变白，寒湿之气，积滞尚多。是日始吃饭半碗，粥碗半。吴道生下午在床次长谈。

廿八日(**9 月 23 日**)　晴。白痢如故，夜恰安眠。传毕书办来，以府中札三件交之，一件为钱教谕交代事未得复音，然先须申复。据云考优已悬牌初一日，未知确实否。晚间次翁来谈，知月报讲乡约，两人合出文书，余初五、初十，副十二、廿二，看来报病之说目前难以举行，俟墀儿回来与之商定，初十后出亮为是。

廿九日(**9 月 24 日**)　晴朗。昨夜不甚安睡，惟白痢带粪，似有运变之机。终日静养，饭及油清汤尚适口。上午汪和翁来问，房中絮谈，知关上有府学生员带货闹事之件，幸道台宽办，然已受累矣。戴毅甫又来索扇，实难对之。毕书办来送稿，今日身体又疲软，不能增健，闷闷。

九　月

九月初一日(**9 月 25 日**)　晴，闷热，即日要起风。闻明日换戴暖帽，因请假，不上辕门。晚起，昨夜尚安眠，精神略爽，朝上食粉汤，中午食饭一碗，颇有味，痢亦略止。今日倘能考优，天气尚好。下午由知厅接到竹老信,知此缺不能不叙满三月,孰知余投去之念已决,无容复设饵也。

初二日(9月26日)　晴,仍潮湿蕴热。今日换戴暖帽,颇不及时。身体略健,而痢白一次犹未止,舌色白腻,口中尚无滋味,午饭一餐而已。明日蒯太尊生辰,陆皓翁派祝寿礼单,阅过,同寅今日已去祝贺,余请假似可不往,然明日万难再免,愈见此缺应酬之繁,万不能做,况柔弱如余,甚难支持。晚间阵雨大作,始有凉意。

初三日(9月27日)　晴阴参半。吴云来,知蒯太尊不受贺礼,昨日教官登堂(即暖寿),概辞见,今日只须命门斗盛昌持揭挂号而已。上午戴毅甫来长谈,知其人有书生骏气,即日持老师太尊书到沪营求会试盘费,其扇已许带至乡间,请吴江诸同年写就后或寄陆凤石,或寄北上诸公,絮语而别。接墀儿金陵廿五日所发信,知考优悬牌初四日倘不写差,颇不自量欲看榜,约计到镇,无风须在初十左右,到家九月中,正在揭晓时,将何以为情?殊谓浪战求胜,非万全之计也,然亦只好听之。阅邸报,顺天题“季康子问:‘仲由可使从政’”二章,“故天之生物”二句,“禹、稷、颜子,皆然”,“人语中含乐岁声”。马督一案着张之万会审,恤典极优。夜间早眠,仍下痢一次,胃纳尚不旺。

初四日(9月28日)　阴晴参半。今日各属优生汇考,未识墀儿未得心应手否,甚悬念之。下午走至汪和翁处谈天,以请开缺底禀相商,蒙删改数字,颇妥。回来,脚力尚不疲,晚间雨甚,今夜诸公出场,泥涂甚矣,幸一鼓后雨点渐息,未识墀儿出场何时,能免写差否。

初五日(9月29日)　晴,略雨即止。上午闲坐。下午至夏次滨处以禀稿示之。据云告病求开缺须委正印官验看申复,然后批准,既需时日,且太着迹,与之相商,曷若因病暂请告假回籍,日后如不愿做,由地方申详,亦无碍。上房届期亦需商通,犹恐有辞说,不得已姑从之,且还家再筹。为余点易数处,益征老手,即以稿用红白禀交毕书办即日誊送。坐久还寓,陆皓翁来视余,其人似极真挚,亦以此事相商，云暂请为是，惟云到家假满，可以告病痊，而资斧难措，无以束装，即求开缺，恐此句话公牍上万难说出，含之而已，长谈而去。是夜辗转反侧，上半夜甚不安寐。

初六日(9月30日)　阴。上午闲阅《先正事略》，毕书办来送稿，增几句，都是经节，此吏甚有才，明白公事，惜驾驭之颇难耳。下午夏次翁来谈，云继告资斧不给一说，大可形诸禀牍，姑再商之。并述此间书斗易于为奸侮弄，为详审一事，为之骇闻，余益当急流勇退矣。去后，雨甚，终夜不息，恰安寝。陆皓翁有请柬来，九月九日其孙弥月，当贺之。

初七日(10月1日)　雨终日，下午稍息点。晚起，白癞尚未止。暇阅《先正事略》。中午食青鱼，饭极有味。迟毕书办不来用印，极见因人成事之难。吴道生来长谈，去后，毕书办遣弟以暂行请假回籍红白禀来(大人安禀，又红白封)，同申封用印，命即填，初七日速投送府。

初八日(10月2日)　天已开晴。晨起接墀儿初五日晨发一禀，急阅之，知初四将军汇考优，十一点半钟封门，题"颜渊问为邦"至"行夏之时"，经"大夫以法相序"至"是谓大顺"，策"宋元明理学源流"。大儿七点钟出场，据云，其时场中尚有十馀人，文足三页，策足两页，勾股俱算准到底，策做四六，亦算准到底，共八页，无涂改。优榜初七或初八出，秋榜十五日出，人事已尽，未识福命如何。儿辈大约今日开船，初十左右可到镇。既得此禀，老怀稍慰，今午可加一餐矣。汪和翁来谈，知蒯太尊已于昨日赴金陵汇审马督事，告假一节，须回来批，又需时日，闷闷。闻道台回，知放榜期在十七日。下午闲坐，归期遥遥难定，且善自排遣为要。

重九日(10月3日)　晴朗。上午闲坐。中午府学陆灏翁招饮令孙弥月酒食，余与次翁合送礼，午后衣冠往贺，汪和翁、夏次翁、本地董事陈子坚(附贡知县)咸在，即卸衣冠剧谈，少顷坐席，菜极丰满，余未免过多浮量，未识于脾气有碍否。有本学生员刘桂森等，为试还带货,关上闹事,道宪从宽办理,已移县由学戒饬,此事须与同寅协恭办理为妥。饮罢复谈始还,和翁来商此事,余亦以心腹告之。今日登高节,尚不寂寞。夜间腹涨,贪食之故,幸不下痢。

初十日(10月4日) 晴,北风颇大,开江恐犹豫。迟儿辈不来,由风阻也。是日出传单一纸,传生员刘桂森、杨步瀛、谢恩洪到学戒饬,以便完税移县结案,此事须次翁左右之,余实不动心,碌碌以冀成事而已。下午至夏次翁处商公事,未及见,有周焕文片来请,即还来,谒见后,知陈雪翁之高足,旧籍吴江,现入宜兴学,号诚甫,传述李一翁之意,用禀牍暂请告假,不能批准,不得已俟太尊回衙面禀暂请告假,并烦诚甫从中吹拂,或可面许。余亦只好将计就计,见机行事而已,一茶去,后日必须答之。客去,次翁来,恰好刘、谢、杨三生已传到,以片请县示,免其监,同发落,明日到副堂处再商下文。三生去,次翁亦回,略办酒食,夜间独酌。

十一日(10月5日) 晴暖,东南风不狂。朝上和翁来,余以昨日情形实告之。上午毕书办同府礼房袁义之来索交代费,酬以二枚。刘庚来禀,知次老以灏老推做作主,所开价甚奢,然此事吉题总有面与底之分。甚矣,宽恕之难行而羶途之难近也。余无权,随之上下,甚非本心,听之而已。迟大儿未回,颇切悬思。下午寂坐无聊,吴道生又来长谈。是夜子刻陡起东北风,念及儿辈,不能安寝。

十二日(10月6日) 阴,风仍狂。早起走至和翁处,探听优贡信,未全悉,惟昨日之事已成就,余安享其利,同寅之力也。饭后轿至府答周诚甫,即进见,托渠太尊到后面为吹嘘,再关照余面禀暂归,能得玉成为妙,渠似点头。回来,心绪纷如,适吴少松、墀儿已到,欣喜万分,知出优贡榜后为仲奚搭桥,以致登舟迟迟,直至初十始行,十一日走新开河,今晨始至钓鳌矶,摆渡走至城中。阅优榜,苏属陆凤石正贡,周恂卿仍旧陪贡,馀无论矣。中午置酒絮谈,下午唤轿夫至江边挑运少松行李,位置楚楚。夜谈良久,余与墀儿同寝,自出门两月,今夜为第一天伦乐事。明日再商另唤一舟,送墀儿由镇到家。陆灏翁来谈,匆匆即去。

十三日(10月7日) 阴晴不定,风犹未全息。朝起即饭,命埠儿同少松具名片,衣冠至学中三同寅处拜谒,少顷,汪和翁来衣冠答,颇客气。复属少松同大儿、王仆出城叫船,拟即过船,今夜伏载,颇形栗六。刘庚来,以县、府两学合详文移县用印,此事刘生少不经事,以致费累重重,可矜也。夏次翁絮谈,衣冠来答。晚间少松同埠儿回,知船已叫定西门金登之船行手关快一只,刘姓人,送到芦墟乡间卸载,三元六百。前船算账,即叫担由江口走至西门过船,终日奔走,王仲奚误人也。夜间絮谈考事,仍与大儿同眠,明日饭后送渠登舟。

十四日(10月8日) 昨夜雨,今起晴。饭后埠儿坐余轿出城,登舟吉行,谕渠小心风水,赶紧回家,到后即便禀寄一信为要。府吏房项静堂来,以前禀已发拟批相商,似颇妥洽,未识内署能准否,姑试行之。以报到任费两英面酬,云即日再复余,委蛇而去。下午命王义同刘庚至闹口福昌庄,以票交易而还。陆世兄持尊人灏翁片来答大儿少松,一茶即去。与少松闲谈,聊解岑寂。

十五日(10月9日) 西北风。因告假免上辕门,晚起,毕书办遣弟来抄大儿名及籍贯,即属少松录示同伴诸君名姓一纸托之,未识能有佳音。确知十七日放榜,此间今日接报。终日晴朗,风稍大,埠儿回去风颇顺利。上午同少松至夏次翁处谈天,渠有公事,匆匆即返。复至汪和翁处(二药阶),阅渠二令郎(芝房)北场闱艺,词气清腴妍练,惜入手不合法,字迹极佳。双双玉树,和翁之福也,颇愧豚儿不若!论及放榜,十七此地决计得信。汪和翁来谈,望郎登科之心甚切。

十六日(10月10日) 阴晴参半,北风未透,似有变意。上午与少松闲谈解寂,今日讲乡约,余因假不往。闻道宪委粮通判代至,亦是具文。午后吴道生来,拉少松茶叙。下午余至陆灏翁处谈天,益悉渠性坦白,并知蒯太尊昨夜二鼓回衙,后知丁中丞过境,太尊即日要回。

十七日(10月11日) 晴朗。饭后汪和翁来约出去探榜,未至西门大街,知此间县号房接报已回,丹徒一学中正十二名,副三名,尹公保第六,最高李慎儒,殿撰之长子,又一李姓,其父亦教官赵亨赵秉镕,一丁未查实。副柳塈元,一张未知名,一旗人,善广(正榜)之兄,馀未详悉。回至和翁处絮谈,吴理翁洲上催粮来,谈追呼事甚娓娓,余意不属。客去,与和翁踌躇万分,大约两家子弟今日不得信,已虚望矣。回寓,属少松写好寄张老师一便信,一骈禀并封套,极敏捷。下午至次翁处,探听苏属亦无消息,罢兴而归,适戴毅甫同杨韶翁之戚颜子亨来,互探苏属好音,亦无实信。毅甫即日要至沪上,相约明日见全录互相关照,恐未必能即得也。客去,静坐,姑作东坡看棋观为适意。墀儿今日大约在苏,到家极早须明日中午,乡间未必已出亮,极代为悬思。

十八日(**10月12日**) 晴朗。饭后不得金陵郭瑞田专信,儿侄辈今科又落孙山外,可叹可惜,并深为子屏悲。日后年力益长,心境益非,将何时得出头路也?闷闷。吴道生来问江震诸君喜信,亦全无。下午无聊之极,同少松至西门皖捐局招道生友方茶室茗饮,命渠仆至县探问全录,回报亦未见,长谈而返。腰脚疲甚,夜间愁绪万端,幸少松一室谈心,尚可稍解。夏次翁来,以京江书院后面出租移文稿见示,同寅府学均不动笔,我侪唯有画行而已。去后,无聊即眠,汪和卿扣门而来,以所钞苏属全录见示,急阅之,江震连苏府学共中五人,钱梦莲、沈恩荣、柳昌霖、黄璨、朱元善,吾宗竟中润之,奇极!益为子屏垂涕,然润之得中,犹足差强人意,愿与吾儿吾侄来科共勉之,目前甚弗存恔心为要。与少松连床慰藉良久,恰得安眠。

十九日(**10月13日**) 晴暖。早起再阅全录,真千佛名经也。饭后至和翁处谈论,互相太息,渠尚有北场可望也。云今科三县所中都知名士,解元是荆溪许时中,吾学前任宜兴徐斗山亦已高中。还来,吴道生来探问吾邑佳音,即以前所抄示之,据云郑寿保、庞庆麟亦有中信,未识确否?和翁以宝晋书院小课见示,亦未能悉心细阅,暇与少松絮谈劫前乱后事,犹觉惊心动魄,此时下第,已是人生福地,退一步想,尚可自解。晚间项静堂来关照告假回籍已批不准,明日再与周公商定,以便太尊回来面禀。夏次翁来,知昨夜有穷劣老生周得其,县移发学收管,今已取保两生员出去,此间多事如此!陆灏翁遣片来,道柳姓高中喜,可怪可笑。

二十日(10月14日) 晴朗。饭后轿至府署内候周诚甫,知太尊回来尚无日期,相商欲走稳路,必须面禀回籍,托渠力为吹嘘,一俟到后即来关照,未识应手否。坐间晤新知厅邓君,复略谈而出,项公处亦已面复之。回寓闲坐,不出门。昨日大士斋期,不恭忘怀,今日补斋以自惩,终日唯与少松话旧而已。

廿一日(10月15日) 晴。饭后汪和翁以题名全录官本见示,正三百五名,副四十四名,知名士如刘传福、柳商贤、陈熙治、庞鸿文、庞钟湖、陆溶,皆夙慕者焉。丁卯副同年连捷者陆继辉、陈士翘。正在絮谈,旗生延清来谒,并送优贡喜单,渠以陪贡第一而补正贡,且为旗籍独创,其进身之路,更易举人,见之年少,恂恂书生也。客去,以马递封用印寄铜山张老师朱卷谢启便信,下午属少松亲送交京口驿。余至和翁处,粗阅新闱墨,元作以补周书之遗意立局,分四大比,以蔡仲之命贴亲,以立政之篇贴大臣,以周官一篇贴故旧,以君陈一册贴无求,似乎经荄纷纶,然非余所好。二名酣畅圆熟墨卷,六名尹恭保五光十色,才气极大,亦难揣摩。钱锡庚作,开讲从微子说起,落下文八士作一段收,通体感慨苍茫,峭拔严整,大可读得。其馀花样齐备,目不暇给,大约较丁卯浙江尚逊一筹,俟汪世兄阅竟再借。出来,至夏次翁处谈天,还,与少松灯前细语考试事,无凭有凭,总以用功多读多做为秘诀。

廿二日(10月16日) 晴而不朗。饭后属少松录宝晋书院经义赋两三篇,午后汪和翁来,以全闱墨见借,并面邀廿四日请客招陪,辞之不能,面谢允之。下午同少松看闱墨廿馀篇,元作仍不惬心,尹恭保、钱锡庚一浓一峭,足压全墨,大约今科全局较胜丁卯,鄙见如是,尚当质诸高明。

廿三日(10月17日)　晴。上午阅闱墨一遍初完,再当细阅,全墨文颇醇正,即间有变格偏锋,亦无奇怪之词,可揣摩也。下午走候汪和翁不值,与大世兄略谈闱墨而还。

廿四日(10月18日)　晴朗。饭后少松摘钞新墨,其中最入时者望江檀球、吴县盛大琛。最新颖者丹徒赵亨、吴县吴鋆,馀则各擅胜长,几乎美不胜搜。闻蒯太尊昨夜已回衙,未识余事谐否。下午周公通札,似乎已可进言,且俟明日再商。晚间汪和翁邀酌陪饮,府知厅邓芥园、经厅朱少芸、前知厅吴理斋、捕厅王槐庵,菜极丰盛,一鼓始回。

廿五日(10月19日)　晴朗。饭后同汪和翁乘轿上府衙门,蒯太尊传见,即同汪渔垞明府、和翁同寅进见,以次禀事,余即面禀赏假回籍一个月,调理措办资斧,蒙许允即叩辞而退。复同上道辕,即传请见,沈仲复道宪与汪雨翁细谈公事,复向余两人为关上事,前七生不即领货,有意阻挠公事,似乎发怒,余不便即进言,俟至请茶始婉禀求假几天,即蒙俯准,甚便宜也。回来中饭后,即至夏、汪、陆三同寅处告辞,并面请明日到寓小酌便叙,均蒙增光面许。回寓,属少松作札复钱子骧,至河桥街仁和园定菜,较吾乡昂贵两倍。余晚上衣冠至县中告辞,以适有小恙不见,即回。夜与少松谈官场事,周旋颇难。

廿六日(10月20日)　晴朗。上午至汪和翁处谈天,以钱、陆两信托代面致。回来略检点行李账,午前邀客,午后三同寅均至,即坐席,灏翁首座,和翁次之,夏滨翁又次之,余与少松陪座,侑酒絮谈,尽欢而散,菜尚不至慢客。滨老以全闱墨送大儿,和翁亦以全闱墨见贻,并托到苏委办浙省全墨、江西全闱墨,必须如所请为是。晚间客去,即暂告辞。

廿七日(10月21日)　晴朗。饭后属少松同王仆至西门外雇船,余在寓收拾行李,今晨已命仆暂交印,夏副堂权理矣。暇则复阅墨卷,大约今科多用功知名士,文格偏正并收,而醇厚挺拔者始得脱颖而出,儿辈文万难与之争胜。得失寸心知,毋得怨尤,归时宜勉勖之。晚间汪和翁来送行,略坐去,夏次翁亦来送,并托买盛泽湖绉,棕色皮袍料一件,雪青绉纱、二蓝绉纱各二尺,另有账当代办,长谈而去。少松回,知船已叫定,江撵子送到家决钱六千六百文。金登之行写票,明日上午发行李启行。陆灏翁以片来送,所借闱墨不能即还,听之。

廿八日(10月22日) 晴暖。早起整顿行李齐备,少松属买零物,因路远,颇劳奔走。朝饭极迟,午前始唤轿夫、挑夫搬运行装,颇形繁缛。少松先登舟押点行装,余乘小轿出南门,坐所雇之船甚宽畅,即吉行。灯前泊舟新丰,已行四十里,与少松小酌篷窗,亦出门暂归一乐事也。

廿九日(10月23日) 晴暖,东南风。五鼓启行,辰刻至丹阳,由东门城河穿出西门,城中光景似胜丹徒。上午至凌口,适钱子骧赴新任,舟相遇,略通要言,不及停泊,蒙以墀儿二十日所发信寄示。知渠十八日平安抵家,家中老幼均康健,惟介安侄媳于十七日又产故,深为乙大兄悲失一贤妇媳。乡间于十九日清晨得润芝喜信,传说黄灿副榜,不确。下午过吕城,舟人稍泊即开,灯前舟宿奔牛,与少松夜话谈心,自七月初七日出门,至今日始接墀儿家信,大慰私衷。钱子翁此来可谓凑巧。

十 月

十月初一日(10月24日) 朝上开船,大雨,西北风不大。辰刻抵常州花市,略泊即张帆行,雨止风微,帆仍不畅,舟子复纤行,午刻过戚墅堰,暖甚,日上必有大顺风。晚间风力愈微,不能抵无锡,行至洛社停宿。

初二日(10月25日) 朝上大雾,饭后始晴,已抵无锡,稍泊舟,买食物即解维。正北风,挂帆行,尚觉便利。至申刻进浒墅关,舟中略阅闱墨,无格不收,各极经营能事,以墨圈记数篇,归示墀儿。夜行一鼓始泊阊门外南濠船马头,欲进城至书坊,因时晚不及,属少松登岸略买食物,明日急欲归棹,但祝一帆风利为要。夜眠二鼓。

初三日(10月26日) 晴暖。朝上开船,行至尹山忽转东南石尤风,舟行笨重,不便于棹楫缩纤而行,迟而吃力,今日不能到家,不胜闷闷。晚间始抵同川,只好停宿焉。由南埭上岸至新田地候庞小雅,不值,晤其西宾董玉书,回至少松家中,欣知渠家老幼均安,与金莘农叙谈良久,复至茶寮同少松茗饮、修容,恰好晤钱竹安,知乙溪大兄日上心境恶劣,介庵亦在外家。与竹安茶叙,相约明日如风不顺,要趁大兄船先归。

初四日(10月27日) 晴热。朝上风仍东北,与少松上岸,吉利桥头吃汤团,妙甚。还,晤钱竹安,即放本舟来过载,属少松押载徐行,余舟稍泊,俟介庵侄外家还即开船,风虽未顺,舟行极飞速,下午到家。大嫂、内人均庆平安,还家第一乐事。至乙大兄处话旧,精神尚可,胸襟亦能旷达,慰安之而已。至羹二嫂处问候,诸侄均在书房,即出候黄子敦先生,坐谈片刻还。适㙺儿自凌氏贺婚归,媳妇、诸孙仍留外家,均庆安健。黄昏时,所叫之船始到,明日起行李,少松留宿账楼上。

初五日(10月28日) 晴,蕴热。朝起检点行李,颇觉位置栗六。朝饭后,乙大兄暨诸侄、子登、顾杏园均来叙话,子登借闹墨而去。下午同少松至大港,子屏即出见,互相慰藉,言及下第之苦,登科之幸,不觉垂涕,余谓不必作女儿态,酉科勉力为之,安知高魁不即在吾侄耶?遂破涕为笑。与竹淇弟畅谈而返,是夜倦甚,早眠。

初六日(10月29日) 西风大吼,夜雨不畅。吾乡年谷顺成,低区尤庆倍收,吾辈衣食之源乐兹攸赖。终日阴风未透发,饭后舟至北厍亦政堂贺紫筠侄有子登科之喜,紫筠、润之即衣冠出见,谈论间尚不忘本来面目,余即谓之此番独得正榜,吾族增光,然实耽泉先兄积累所致,此后诸事汝乔梓当退一步,忍耐为是,渠意似不以余言为孟浪,杯酒款留,与徐又吟同席。紫筠以履历低稿见示,此是子乔秉笔,其中旁支,所书职衔,略有不合式,余亦无心更张,详阅一遍而已。报喜人等均在,紫筠属余与杨芳廷代为落肩八十之数,极为丰盛矣。还,至梦书处,不值,乞省三药膏数张。复至范洪源,与元音絮语而归。夜与少松谈及今日之行,可谓周旋世故,如是而已。

初七日(10月30日)　阴雨复暖。朝饭后接子屏与墀儿札,所以勉励期望之者,情真语挚,然子屏心境恶劣万分,甚难以千万语言为之解破也,太息奈何! 明日会酌当赴之,借与诸同人婉言劝解。今日静坐,臀疽痛甚,家中账目,纷如猬集,无暇过目,惟检点条银,各局已完八七层之数,恐尚不能满此辈欲壑也。下午补登日记。

初八日(10月31日)　阴雨。饭后同苃卿侄舟至大港,与子屏畅谈,胸次尚能宽展,良久,梅冠伯、吴又江、吴梅仙均至,迟吉翁不来,即摇会,梅冠老得,算讫付钱即坐席,菜丰满自办,余不觉过饮。归时黄昏,臀疽大痛。

初九日(11月1日)　阴晴参半。上午招北舍省三侄孙来治臀疽,据云溃而未透,湿热下注不能托,处方清解,留之中饭,下午送还去,以履历款式要更正书示润芝,未识能应命否。

初十日(11月2日)　阴,午后晴朗。晚起,臀疽大作闹,命舟请陆又庭。下午凌荔生来,勉强应之,实兴致不佳也,晚去。又庭来诊脉处方,开溃敷药,据云根盘颇大,馀毒难尽,托治之,尚须时日,定方后略谈去。是夜脓溃,稍松。

十一日(11月3日)　阴。命舟朝上送少松回同,廿六日去载相约。终日坐卧静养,痛渐止,毒亦出,尚不能大溃。下午服煎方,敷膏药,殊形累坠。

十二日(11月4日)　晴,西风颇紧。晚起,脾气不坚,疮毒出而不爽,胃口甚佳。午前,徐丽江自莘来,略谈即去。终日坐卧,一应内外诸务糊涂未及理。晚间沈吟泉、咏楼来谈。

十三日(11月5日)　风雨大作,大有初冬气象。疽痛稍减,脓肿未能即止,尚须调治。下午墀儿舟至大港,与薇人商酌一清理方,且与子屏畅谈，以开怀抱。是日命舟去载陈朗亭，今冬开限必须赶早。

十四日(11月6日)　风雨仍如昨。晚起，因风账船未开。昨由芦川接钱子骧初二镇江舟次所发信，关照前信已收，交代事可迟不复，并作札寄其兄子凭一封托寄，其中学租册印串属便寻出致余。大儿昨自大港回，由辛垞处得浙江全墨，欲以江南全墨交易相看，偶阅之，拟作、魁作迥不寻常。宜乎、舆论翕然也。疽痛渐平，拟再请又庭一回。

十五日(11月7日)　晴，风渐息。终日与吟泉谈论。下午陆又庭来视臀疽，据云毒出未净，不宜急切收功，处方用药而去。夜间略检点账目出入，朗亭所另登极清楚。

十六日(11月8日)　晴，风尚紧。饭后命丁仆至梨川盛泽，明日周逸甫治丧，不及亲往，致分而已。以片并江南全墨致李辛垞，与之对调，邱吉卿、幼谦暨蔡、郑各亲串家略送镇江微物。终日闲坐，乙溪为丽江分爨事到梨，租务章程尚未定见。

十七日(11月9日)　阴，北风作冷未透。暇与大儿查算家中出入账，头绪为之一清。大嫂来话叙，日上身体颇渐复元，属渠再请郭莲君服调理药，以培补之。

十八日(11月10日)　晴朗可喜。上午闲坐，臀疽渐销，尚缓收口，以期毒净。午前媳妇回自莘塔，念孙、慕孙、大女孙均归，慕孙学语已清楚，念孙拟于是月廿七日延少松开学，顾兹笑语嬉戏，颇饶乐趣。

十九日(11月11日)　晴朗。饭后与大儿共观吴幼如所书念孙入小学方字二千，精严端楷，他日可作字样写，此子书法造就大成，惜乎幼年失学也，为之叹赏不置。下午闲坐，观念孙理字，其父母课之也。

二十日(11月12日)　晴朗。上午孙墨池来，一味闲话延约，财落他人手，其难如此！命大儿誊清出入账，今冬家事不能不照管，本业颇荒也。

廿一日(11月13日)　阴,北风未透。饭后乙溪兄来谈,述及为丽江分析家事,啧有繁言,今则调停已有头绪,属起分书底,当即起草。议及今年冬租,照去年加半折,一石四斗,额七折,除让高低一例定于闰十月十五日起限。下午草成徐氏分书稿,大约四柱,可不差也。

廿二日(11月14日)　晴阴参半。饭后墀儿至莘塔请吃望朝酒,至乙溪处以分书底面交之。吟泉来谈,留便中饭。下午吉生来,略谈即去。暇则检点近日所抽赎田单契券。

廿三日(11月15日)　晴。饭后钱子芳来谈,以子骧所寄渠兄子凭信托明日到镇转交。下午墀儿归自莘溪,午前竹淇弟、子屏侄来剀谈,置酒便酌,颇有天伦之乐。跛五侄托告急,余谓赒之难继,不如张罗仍作垆头旧业,庶今冬可暂过去。以五羊皮给之,未识能略有生发也?子屏告借《古文辞类纂》康刻圈点本二套去,云将以所借金陵刻本校对过圈动笔,甚合余意也。至晚还港,约闰月中再叙。

廿四日(11月16日)　晴朗。上午闲坐,元音侄来,谈及吾宗近事,始知身败名裂,众口铄金,万难以势力争也,大节之不可不谨如此,可畏哉!

廿五日(11月17日)　阴,无雨,北风狂吼,又将作冷。上午闲坐,命墀儿收拾书房,位置几席书籍,以便廿七日念孙入小学。屈指丁未年大儿入学延汤小云先生为师,光阴弹指,宛如昨日,培植根本,努力读书,实有望于后来之秀,故谨志之,不敢忘先大人遗泽。

廿六日(11月18日)　晴朗,渐冷。饭后命仆拂拭厅上,大快尘垢一空。子屏来,略谈即去,据云要至北库,明、后回再过我。下午作札致费吉甫,书就后即托子屏面致。

廿七日(11月19日)　晴暖和朗。饭后整拭书房,午前凌丽生家办念曾上学礼来,荔生衣冠来贺,恰好吴少松已自同川来,即命念曾拜师,余公服同荔生送之上学,墀儿亦衣冠随余进书房。念曾今日识字,拣选"肇基宗正学,培植在蒙养"十字,盖余所期望于孙辈者不仅在科第也。上口尚易,他日可望有成,勉期之。中午后设一席,酌敬少松,荔生暨余父子陪之,余是日始饮,夜复持螯与荔生剧谈,几二鼓,留宿书楼。

廿八日(11月20日)　晴朗。朝上与少松、荔生同饭,上午在养树堂,荔生索观宋拓九成帖,据云一好,翻宋本,一赝本,不值几钱。复详阅旧帖,乡先辈暨先大人所藏名人尺牍,怡赏久之。下午荔生还家,借去宜兴吴仲伦《初月楼诗文全集》十本。晚间吟泉自城中归,推收账,顾色目发刁不做,可恶之至,且俟明年秋余满任还再论。

廿九日(11月21日)　晴暖。饭后费翠岩进来,持子屏札,为沈佃归吉欠事,因账房内有不便,约期初一日进来讲论。上①芦墟、北库两局书同吟泉进来,条银又嬲完四两六钱有零去,此事与之吉题矣,此等人亦只好以礼貌待之。两书去后,与吟泉便中饭,絮谈良久始还来秀桥。

卅日(11月22日)　晴,朝上大雾。上午补登日记,于少松书房得读朱杏生中作,妥帖而不排纍,所谓命待文者,此种文字是也,然亦切弗易视之。终日无事闲坐,略将应带丹徒物件登记。

闰十月

闰十月初一日(11月23日)　晴暖。清晨起来盥手,虔诵大士神咒,饭后衣冠东厨司命神前、家祠内拈香叩谒。上午大富沈姓佃户央中进来归吉旧租,从宽算讫,此事可免开追矣,为之一快。吟泉来谈,书房便饭。下午客去,闲静无事。

初二日(11月24日)　晴暖,又要防作冷。终日无事,不觉昼睡,偶为之,非养身所宜,当自警。

初三日(11月25日)　晴暖,无风。饭后命舟去载薇人,午前来,为余处方诊脉,据云日上有积滞,处方温通、平肝、化湿,复为子妇

---

①　"上"字后疑漏写"午"字。卷十,第510页。

处方,专以清灵销化喉疯为主,十帖后方事调理为妥。书房内便中饭,下午匆匆即回,送到馆,留字致子屏,当便寄去。

初四日(11月26日) 阴,北风未透。饭后作便条待寄子屏,暇阅《陆清献年谱》,系芸舫所送。有太仓人,忘其姓氏,以日记托对调者,其本清献令子宸征婿李铉所辑(又金山张金城本,已送芸舫,四月中余同日记初印本送,已寄还,收到),近日太仓新重雕版,似较余处所藏吴本、张本详略得宜,然总以张师载本为最善。是日始有来还飞限米者。

初五日(11月27日) 阴,北风渐肃。朝上衣冠至本庙大士佛前、叁官神前、刘猛将神前拈香虔叩,并预告辞,祈求出门后内外人等平安为祝为要。终日闲坐,阅吴光酉所辑《清献年谱》,详备定本上册。子屏处信并大儿托李咏裳杭州书局代办书房内书账一并寄去。

初六日(11月28日) 阴雨终日,大好时令。上午子屏来,快叙剧谈,日上兴致尚佳,功名之念终不能淡然相忘,酉科仍要入闱,以决必胜。余谓此事,吾侄无须用功,培植源头,彼苍终不相负也,与吾儿共勉之。夜间留宿书楼。

初七日(11月29日) 阴,雨止。饭后子屏回去,即要到梨,吉甫处信件托面致,约月初得暇再来溪谭叙,预送余至丹徒。今日限緜约计可发毕,暇则仍阅《清献年谱》,第一册阅毕。因思古大儒无处不留心,无日不读书,我辈饱食终日,无所用心,能无愧乎?

初八日(11月30日) 阴,微雨。昨晚接薇人致大儿信,知县试决计悬牌二十日,大儿代薇人认保,约十七日同入城。饭后属少松作札关照汪和卿县考信,拟明日寄局。是日渐有来还飞限者,共收二十馀石,折价一元八角本洋。大儿至陈思道杨二房表弟新婚喜,晚归。裁衣七侄来告急,又赒之,并作条致子屏通知县试信。

初九日(12月1日) 风雨。上午静坐,阅吴刻《陆子年谱》。下午至芦墟,拟以汪和卿信面送全盛信局寄镇江,未识能速达否。到芦寄永和信局,付钱二百八十文,云即日由苏寄,若全盛价更昂,要三百

八十。与钱子凭、陆厚斋等茗叙而返，子凭云所要丹徒印票欠册无从
寻觅，此事当付诸流水矣。昨日始知江震武闱中式信，江费松琴，震
吴鹤轩，共中两科乙百七十八名，吾乡自康熙年吾村沈姓中后，费其
继起，亦异数也。

初十日**(12 月 2 日)** 晴和。饭后东易晚三姊来话旧，留之中
饭，至晚而去，约明秋余满任后归家再来叙。是日共收租米六十馀
石，约折四米二。夜酌账房诸公，余今冬回任，一切租务谆属料理，未
识能黾勉从公否。余陪饮，大有醉意。

十一日**(12 月 3 日)** 晴和。朝上子屏信来，吉甫在梨已叙过，
书局内仍要杨园《近鉴》《近古》《见闻录》三种，即检全集内三册，借之
校对，云校毕仍交吉甫手送还。饭后本学李养翁专舟遣其使秦姓，送
到丹徒副斋初四日所发信，并收到张金门老师铜山县中回信，即作
复，给舟资、茶金而去。阅夏次翁信，欣知老生陈德麒一案可免斥革，
删太尊调江宁，钱太尊初八日公座，廪生中缺已调补一名（杨正钧），
大约学中事尚简，余决计仲冬初旬就道，当作札复次滨。是日收租百
七十馀石，折色仍多，夜间吉账尚早。

十二日**(12 月 4 日)** 晴暖。饭后在限厅上收租，适董湄村来，
至书房内剧谭，中午置酒小酌，渠胸怀尚能旷达，下午回去，借江南全
闱墨一部，以戴毅甫扇托渠代元之、翼亭两方，书就后由莘塔寄还，再
命大儿封寄翼亭入都转送毅甫，此举余其为微生高乎？一笑。是日
收租乙石①五十馀石，夜间吉账仍早。

十三日**(12 月 5 日)** 晴朗。终日收租，各佃颇形踊跃，南北斗
已来，均折色，惟只用英洋，不贴水。苌葑石脚仍照余照所定短额，不
得再让，惟大富浦甲名下颇多辞说，冬间防不顺手，然亦只好将计就
计矣。是日共收租四百十馀石，夜间吉账将及三鼓，余精神尚可支
持，不倦。

---

① 乙石，疑为"乙百"之笔误。卷十，第 512 页。

十四日(12月6日)　晴暖。朝起即至限厅收租,各佃争先恐后,自朝至暮,余验看米色,潮杂颇多,可知人情不古,从宽收之。账房诸公管算折数,均无暇刻,夜间吉账几三鼓后,共收四百八十馀石,余腰脚颇疲,账房诸执事亦辛苦万分矣。是夜四鼓时就寝。

十五日(12月7日)　西风狂吼,阴,渐作冷。晚起,至限厅,是日起头限,仅收存仓米四十馀石。诸佃阻风,来者一户,据朗亭云,自开限至今日,已共收乙千三百馀石,约有四五成收数,近年来未有如是之踊跃乐输者,足见年令之丰,能得天佑吴民常歌"多黍多稌"章,幸何如之!夜间属诸公早眠,以息数日之劳。

十六日(12月8日)　晴,复渐暖。上午在限厅上收租,终日不过卅馀石。午前薇人来,中饭后为余斟酌一膏方,及随时增减方,媳妇亦定一膏方,大嫂处酌定一煎方,在渠颇及经营,明日同赴江城,为县试事。墀儿代渠认保画押,来年有进数,每名让多分少,余为薇侄计,亦甚体恤矣,我辈处族谊,分当如是也。晚间凌荫周亦来趁船,夜粥后畅谈科场事,甚为荫周太息。更馀,两人先伏载。

十七日(12月9日)　晴暖。朝上墀儿登舟,三人同赴江,命渠公事毕后谒见李老师,托寄夏次翁处马递信一封。终日收租寥寥,不过二十馀石。至一溪处絮语,知丽江处分析事已一切了吉矣,此事为母舅者颇任劳任怨。

十八日(12月10日)　晴朗。终日在限厅收租不满十石,今日可称闲极矣。午前吟泉来,江邑开租签书牌文已收到,二十后即可行追矣,匆匆即回去。

十九日(12月11日)　晴暖。今夜县试进场,可无虞风雨。饭后在养树堂上衣冠拈香叩头,预致大士菩萨十一月十九日斋期,恐届期在丹徒寓中,不能一心顶礼也。终日收租五十馀石,渐有零欠贫户。

二十日(12月12日)　晴和。终日在限厅收租约共五十馀石,米色渐多潮杂。晚间迟大儿江城未还,黄昏后,大儿同薇人回,荫周已送回家,所认保者十六名,丹徒信已面托李老师马递,并知大陶、小陶新举廪生同心阻闹。甚矣,作事不可不谨,出言不可不慎,两家受人指摘,咎无可辞。吾辈志之,借以警世之有身家而作事不轨者,其被累竟如斯! 谈至一鼓就寝。

廿一日(12月13日)　晴暖。终日收租五十馀石,折色渐少,下午送薇人回大港。臀疽愈后,右边又复发痛,不忌酒肉之故也。少松假馆,为郎君种花,夜间伏载,约初八日唤舟来。拟初十日余束装吉行。

廿二日(12月14日)　晴,下午有变意。终日在限厅共收租乙百○五石,念孙其父代课,共识九百字,再课一百,当命墀儿暂停课,来春岁试佛脚之抱,不可不急。

廿三日(12月15日)　晴暖。终日在限厅,因疮痛不能行走,命大儿督收米数,至夜吉账,共收乙佰零三四石。载省三来治疮,用刀开其肿处,未熟,颇痛,处方敷药而去。

廿四日(12月16日)　晴和。终日在限厅照看各佃输租,尚不寂寞,惟米色潮甚,多方欺我,可恶之至,此皆宽之流弊也,然余亦忍受之。夜间吉账一鼓,共收二百卅馀石,已足七成数。自开限至今,共收二千零八十馀石,近年来希有之盛,因再放五日头限,以期多多益善。

廿五日(12月17日)　晴,朝上大雾。是日仍放头限,收数不过四五石。下午北风狂吼,黄子敦来谈。

廿六日(12月18日)　晴,风亦息。终日收租五六石,始行开追。午前载省山来治疮,开处脓大溃,红肿渐平,大有松机,复处方敷药,留饭而去,据云月初可望收功。

廿七日(12月19日)　晴暖。终日收租不满十石,大儿至莘塔道凌海芗郎吉期喜。吴幼如家遣人持札来,欲办乃翁殉节议荫事,不特措资无着,且前托人开报,职衔未叙,会试诸公并无人可托,即作片复之。俟忠义局奉有明文,再图申复,目前只好从缓,实情如斯,非余之吝财也。王仆支工安家,据云求签大吉,决计愿随,约初十日同至苏,初二日遣舟去载。

廿八日(12月20日)　晴朗。饭后润之侄孙来送朱卷,在书房内叙谈良久,十一月初十日悬匾来请柬,当命儿侄辈去应酬。留之便饭,客气即送出门,至萃和堂去。留朱卷十本,意欲带至丹徒,然此番公车,甚为渠寒心,特无从排解为歉。去后,阅朱卷,三艺均出色,知是张元之改本。终日收租卅馀石,开欠进场一户。

廿九日(12月21日)　晴。饭后西北风狂吼,终日收租不过二三石,风所阻也。命墀儿写履历禀,以便到镇谒新太尊钱公,大小不甚匀称,此事亦须熟办,方到恰好地步。

十一月

十一月初一日(12月22日)　晴。朝起盥手,虔诵大士神咒,饭后衣冠东厨司命神前、祠堂内拈香叩首。终日收租卅馀石,颇有零欠,米色潮杂无论矣。下午答黄子敦,叙话片时,渠明日假节。夜间登清账务,出门行李尚未整理。

初二日(12月23日)　阴冻,西北风,上午略霏雪即止。饭后命墀儿出吊于紫树下陶氏,回来知阻考一事尚未谈妥。终日收租一户,夜间补昨日冬至祀先,祠堂内合祭始迁祖以下四代,主拜献者余与两孙,厅上祭高曾祖父,墀儿襄祀,余祭毕拜叩,竣事食菜饭,极有味。

初三日(12月24日)　晴,风仍尖利。饭后乙溪兄来谈,知昨日蔡氏摇会仍未得,暇则略将出门应带之物登账。命墀儿学做赋一篇,题是"中和节献农书",以题为韵,未识能成篇段否。此事恐急就章,亦难应手也,试之而已,能得完篇即可来年出手。租务约有八成,共收二千贰百馀石,惟"己"字、"染"字尚未来还。出门在即,一应账目托账房诸公料理,大儿总其全,余则叙束行装为要。膏方今夜亦已煎成。

初四日(12月25日)　晴和。饭后衣冠拈香东厨司命神前、家祠内预行虔叩,告辞回任,拟初十日吉行。上午凌荔生自紫树下来,正在絮谈，费吉甫八兄自梨来，絮语衷曲，大以吾宗公车北上事为可虑。接芸舫闰月所发信，颇极殷拳。略具留饭，吉兄急欲赴芦先去，荔生亦归家。夜间作札致子屏。

初五日(12月26日)　晴。饭后将子屏信同吉甫、芸舫、梦粟三札遣人送去。载省三来视，据云可以收功，敷药留膏而去。吴少松自同唤舟来，知近抱尿血之症，今就伤科看，始知膀胱受伤，断非本原，然急须调治。镇江目前难去，且俟愈后再商上来，不得已允之，借四枚而去。余此行仍寂寞，思之闷闷。蔡氏堂二妹来叙话，送礼颇厚，絮谈至晚始还萃和。子扬二侄县试复终，闻之喜甚。夜阅墀儿所学赋稿，通体清妥，岁试大可观场。

初六日(12月27日)　晴暖。饭后札致芸舫，作覆即交墀儿暂存，待寄都中。上午催甲算账，归吉开欠，颇形繁杂。下午部叙行李衣箱、御寒春服，大致楚楚。

初七日(12月28日)　晴和。饭后招二姑太太来，中饭款留。凌荔生来，知府试已改早五日，墀儿拟趁凌氏舟到苏，因荫周家有喜事，托代画押，荔生陪考同去故也。以胡文忠公官相国所序全集见赠，调取陆朗甫《切问斋文抄》，诚端所删刻本一部，《日记》一部，《小识》一部，《郭公年谱》一本，欲送黎明府，下午回去。与蔡氏二妹絮语。

初八日(12月29日)　晴暖，晚间风发。饭后与墀儿登载行李账，适竹淇弟、子屏侄来送行话叙，均以诗见赠，竹淇并送糟油一瓶。中午置酒絮语，余不能饮，健饭而已。下午回去，一应行李约略备登，米盐酱油琐屑万分，然缺一不带即不受用，缺之清苦即此可见。梨里、长浜今始还租，尚多零欠，全户约期来找，未识能应手否。

初九日(12月30日)　晴和。饭后至乙大兄处告辞，与二妹、大侄女絮语良久，回至夔二嫂、起大嫂处叙话告辞，大嫂送糖色南枣，甚感渠意。下午发行李，颇栗六，夜间谆属家人诸事小心谨慎，内人颇能任事也。墀儿、虎孙、账房诸公均送登舟，余与顾兰州同伏载。

初十日(12月31日)　晴朗万分。清晨解维,恰好无风,午刻过同川,黄昏到苏,泊舟阊门外万人马头左右,不上岸,与兰州絮语而已。

十一日(1871年1月1日)　昨夜雪盈寸即销,今日晴,倍朗。朝上与顾船行大昌絮谈,扰渠茶面,颇不安。饭后托黄玉加叫轿,至侍其巷口复茂钱庄内候金朴甫,知府试改早之说不确,余省却莳门一走矣。复示闰月邸报,知丹徒已开选举班,王蕴华委蛇良久始告辞,即乘便至程小竹处晤见,以丹徒苦况相告,渠亦深知,然已骗人财物不相顾矣。实选缺,渠亦得信,云是太仓人,余告以不到,须商办考,到则瓜期有代,免余辛苦受累,早日到家,归期可计,大是乐事两便可也。相叙久之始相辞,轿回舟中。下午徜徉河畔,一应物件兰州去办。

十二日(1月2日)　晴。朝上与黄玉加茶叙,探知丹阳运河水缩难行,到镇江须由奔牛小河口出大江乙百六十里进新闸,决计渠行,写定黄撑子船,船户赵文高,云是召伯人,其父子老操舟,看似妥当。决定开江在内,送进公馆,洋五元二角,明日过载。饭后同兰州进阊门,略买寓中零物,劳劳终日,腰脚尚可。夜间茶叙远山阁,味颇醇醲,回舟熟睡。

十三日(1月3日)　晴暖。朝饭后即过载,检点行李,一主两仆同行,船颇宽畅,余坐船中,作便家札示覆墀儿。夜间兰州诸事办齐,与之吉账,命家中舟明日回去,絮语良久始回所叫之船,颇能安寝。

十四日(1月4日)　晴。五鼓开船吉行,到关上起来,恰好东南风,挂帆而行,尚快心胸。舟中补登日记,有扬人在苏经营,搭船后舱,听之一客终日诵《金刚经》,心颇敬之。余以所借凌荔生处《医学心悟》、唐诗消遣。早过无锡,黄昏后至潘莳浦(洛社)停宿焉。

十五日(1月5日)　阴,微雨兼雪,下午始止。五鼓开船,仍东风,张帆行,饭后过常州,水渐缩,未刻过奔牛,即由镇口转湾,行二十里,水益小,舟人纤行,至一小镇名石桥湾(螺蛳湾)停泊,时已黄昏候矣。

十六日(1月6日) 晴,仍东南风。五鼓开行,水浅路狭,来往船多,撑纤搅关,诸力俱用,仍不得出口,停泊半天,殊为负此好顺风,此地真不愧谓小河也。晚间潮来,舟复行,船挤其间,甚难快利。一鼓时,潮始大来,舟人乘夜行,来船愈挤,舟人嘈闹,几至争角,幸力阻之无事。又行十馀里始清旷,再撑十馀里始至江口卡所停宿,时不过二鼓后也。

十七日(1月7日) 晴。朝起过卡(即小河镇),泊舟江干,奈西北风,不能开江,坐待竟日,殊无聊赖,以新刻初选唐诗、《医学心悟》消寂。同舟塔船一姓王(即诵经者),镇江人,在苏经营,一姓简,与之略谈诗文,以润之朱卷赠之,云是湖南善化人,在苏李军门处教读,亦有干到镇,颇嗜吟诗,惜语言不甚通晓。

十八日(1月8日) 晴朗,恰好南风兼东。平明出江口,沿滩行,一帆饱张,风颇顺利。与简君谈,知号小珊,名忠峻,善化上舍生而有志下场者。少顷,舟人两帆兼驶,仍平稳如掌,怀为之快。帆行五十里,船右远处有山,舟人云是龟山,须循其旁而行,至与船对面,云即是月河口,已行百里馀矣。晚间过龟山,风转北,不顺,舟子挽纤盘江行,黄昏时泊舟江滩船帮中,据同舟王客(生,江洲人)云,此地即陆生洲,离焦山二十里,然须出大江口,非顺风不能飞渡。

十九日(1月9日) 阴,昨夜微雨即止。舟人晓行,至江北生江州,王客到家上岸,复盘江北行,西北风,幸不狂,纤桨兼用,行十馀里,江南即月河口,又十馀里,南岸即丹徒口,又出大江,复盘滩行十馀里始见焦山,进口时西北风渐紧,江涛汹涌,不是昨日平稳矣。简小珊不及等,在丹徒口起岸,倩人持行李走至镇江,夜间趁轮船欲至安庆(读其诗二首),郑重而别。下午因舟妇将生产,仍停泊江干,焦山虽在望,然此地尚是丹徒口,即驻宿,仍未进口。黄昏时,潮上风顺,舟人复鼓力行十五里,始至焦山门停宿焉。

二十日(1月10日) 晴朗,朝上霜浓雾重。清晨舟进焦山,复由甘露寺沿江行七八里,至西门江口马头泊舟,即命王仆先进城,良久始传轿夫、挑夫，吴云父子出来伺候，余饭后乘轿进城到公馆，恰好余处上房已搬至对面东向三间，余所安宿已铺地板，尚惬余意。少顷，行李俱至，检点位置，颇费周章，上午、午后安排始定。晚间夏次翁来谈，以食物四种送之，托纳粟者（共七名）履历面交。夜饭后，次滨以张思福一名部监照两纸先送来，移本县文一角亦照过，即仍送夏处，已判定二十日发马递到吴江矣。是夜颇能安适。

廿一日（1月11日）　阴雨，发风不透。朝起欲上府道禀，到，知均到江边送丁抚，因不果往。饭后汪和卿来叙，亦以土宜三种送之，渐墨面交芑生，全稿特送一部。下午至次老处长谈，纳粟七名照文均收到，以物色贰分托买绸缎面交之，至晚始回，借江西、四川两省全墨来看。

廿二日（1月12日）　下午复阴雨。朝粥后乘轿、穿花衣、具履历禀见钱太尊，蒙即传见，行三叩一揖礼，均答，人极谦和，颇优待教职，并询吴江前后令尹，献茶而退。后上道宪衙门，辞以高卧未起，与挹仙翁长谈，知渠新病初痊，以香珠米、土宜、茶叶四种送之，渠恰思香珠煮粥，甚合意也。还，至丹徒县，辞不见，归寓。次滨送印来，杨生补廪贽仪六元六角并绸账均算清，纳粟小费每名一千一百四十，共计七千九百八十，亦扣讫。下午至汪和卿处谈天，携陆凤石优贡卷归，本地尹、邹两生朱卷、名帖亦由次翁处寄到。今日上午便道候前府学吴月翁，知渠古文手，系吴仲伦先生族侄，云初月楼文笔大拘束，想渠大手笔也。以近作两种见贻，当详复之。

廿三日（1月13日）　阴，无雨。昨夜不甚安寝，今日饭量稍减，大约水土不服之故也。上午阅江西彭学宪闱墨，声希味淡，殊未惬心。有胡生观甫具柬来，云号螺青，占北籍入学，欲推归丹徒本学，已大费经营，由学申院达部，部文已准来镇，催本学申复，其部费、上房费有府吏房项静堂包揽把持，而胡生不能自主，亦不便告之也。生去，下午余至次滨处，适项公在座，谈及贽敬，游移其辞。日上夏次滨要回江阴，其数万难即论定也，此事亦喜得之意外。汪和翁来，不值，至其署,适其三郎蒨台以府试十名文见示,轻圆流利,来年必进。江震改期必确,题目已知,江"述"、震"信",二题"而有光辉",诗"左右修竹"。絮语而还。

廿四日(1月14日) 晴朗,西风略紧。上午录江西元墨三篇,连诗拟寄交墀儿阅。午前有本地新孝廉陈世伟来送朱卷,年廿五,本科新进,其尊人江都教谕,缺每年得千金,可羡也,一茶,以润之朱卷送之而去。下午书办来送稿,夜间细阅,有几件必须录底者,少松不来,无人动笔,殊为苦事。

廿五日(1月15日) 晴冷。晏起。上午稿卷阅竟,头绪略清。下午阅邸报。夜间作札示墀儿。

廿六日(1月16日) 晴冷,砚水皆冰。上午封好家信寄示墀儿,有本地新举人赵亨来送朱卷,辞不见,暇读其文,三艺均佳。下午汪和翁来谈天,以先君生传墓铭诔文石刻送之,絮谈而去,说及本地生员皆薄情,不足交。夜间刘庚来送稿,以前稿并文十件命交书办,夜间又接县移文录底。

廿七日(1月17日) 晴,稍暖。上午命王仆将家信封好,寄政大信局,到苏投黄永茂船行转寄到家,暇录四川、江西闱墨二篇。下午至和翁处谈天,适有本地应贡廪生汪融号友山来,以昨日杨生一事详述一番,虽有券据投税,而匿单一节忽自坐实,递禀命换不收,看来此案不能不提究矣,镇江人之騃而不晓事如此!夜间判传单录底,明日差刘庚行,若何结题,实无把握。

廿八日(1月18日) 晴暖。粥后毕书办来禀事,上午朱经厅少云来,知杨生仍不肯服罪,只好即日解县。下午汪和卿来,余再以此事相商,亦与鄙见相符,长谈,以《小识》《华野年谱》赠之。晚间李挹仙来絮谈,送《清献日记》一部,渠岁底要回宜兴。暇录闱墨二篇。

廿九日(1月19日) 晴暖。晚起,粥后录四川闱墨二篇。下午有本地孝廉方正戴姓老翁,名号不知来谈,哓哓以城中若开河道,有碍风水,且致夷人乘船进城,余笑颔之,一茶即去。细思开河则血脉流通，火灾可捍御，若夷人要进城，即不开河，亦可猖獗，无怪拂众议而不取信于官场也，其见之迂拙可知。闻其家颇多出仕，且自陈喜作古文，曾中堂与之善，饬道送义学干脩。

卅日（1月20日）　晴暖。饭后录江西闱墨二篇。下午至汪和卿处谈天，适接渠三世兄蒨台府初复第三文见示，文极畅达，年仅十七，隽才也，携回加评。是日传到杨生以禀请移，又不合，复改呈始准之，即饬书办备文，夜间移县，此事不过开场，尚难吉题。汪友山来，禀内请改删几句，从之，细思此处必须要删去，以泯无言为是。苏府试头复廿八出案。

十二月

十二月初一日（1月21日）　阴晴参半。朝起上轿至官厅，少顷，钱太尊来，随同至〇〇〇圣庙行香行礼，其〇〇〇武庙另委麟海防、汪丹徒城隍庙行香，余辈均不往，即上府衙门，太尊送沈道宪赴金陵，伺候良久未回，余即挂号先归。至县学〇〇〇圣庙拈香行礼，还公馆未晚。上午录江西闱墨竣事，不觉疲倦，假寐片刻。下午阅邸报，夜早寝。晚间吴云来禀，十二月中免讲圣谕，可省一肩轿钱矣。

初二日（1月22日）　晴，西北风狂吼，几乎瓦石均飞。今日杜门，吴、刘两门斗来，禀知杨生一案大约可免提究，并代毕书办借去考贡印卷洋六元，暇录四川拟墨一篇。汪和翁下午来长谈，颇解岑寂。

初三日（1月23日）　晴，严寒，点水成冰，下午稍暖。走至和翁处，不值，与药阶大世兄畅谈考政，渠志在来年，必要食饩有志，自无不遂也。回来，路见邑尊告示，此地上田一斗〇八合，开征年内每亩四百六十七，计算已四千一百五十六（正二十七加十五①，脚五十六②），吾苏未识一律办否，大约有加无减也。

---

① "二十七"原文为符号⳽，"十五"原文为符号⅛。卷十，第520页。
② "五十六"原文为符号⅘。卷十，第520页。

初四日(1月24日)　晴冷,砚仍有冰。上午取何藏翁诗刻本详阅校正,此老毕竟出笔不同庸俗。下午汪和翁来谈,以《丹徒志》第二卷《古迹山水考》一门见示,大好作卧游,云可过年缴还,晚去。今日所新发臀疽,腐肉始出,然尚未收功,坐卧要留心,甚不便当也。

初五日(1月25日)　阴冻。晚起,粥后阅《丹徒志》,如游金、焦两山间,暇读藏翁诗两卷终。下午乘轿至道署候李挹仙不值,怅怅而返。今有本地新举人吴艭来送朱卷,辞不见。阅其文,仁、义、礼、知分四比,亦颇清晰。

初六日(1月26日)　阴,仍冷。晚起,今日钱太尊月课,宝晋书院孝廉生童汪和翁监院伺候,余无此好差使也。饭后录四川闱墨一首,接到延青优贡卷,号养之,具门生帖,且有请酒柬,久被房东老妪置在尘埃中,可笑也。有督修镇城委员寓在余前所居之房,彼此通谒,知是湖州新市人,开口一味官场话,姓字尚在模糊中。

初七日(1月27日)　阴,无雨。上午抄录四川闱墨一篇,校读何藏翁诗半卷。下午汪和翁处谈天,至晚归。灯下阅渠三世兄蓓台府试二复第四文,此子年少才隽,他日所造,乌可限量!吾郡府试初三毕事。

初八日(1月28日)　晴朗,颇寒峭。上午录四川闱墨毕,不复为儿辈作牛马走矣。暇阅藏翁诗,是温厚和平一派,宜其得寿者相,间与城工委员隔窗谈,知城河内外,汪丹徒独任开,十三日动工。运河又罢议,委员纷纷谋得此差者乙伯馀人中留五人,又是画饼,微员之苦如是!

初九日(1月29日)　晴朗,寒冷如昨。粥后汪和翁来絮谈,去后校阅藏翁诗,下午读《唐诗别裁》,旅居虽寂,颇得闲趣。

初十日(1月30日)　阴,无雨,北风颇狂。上午阅校《藏翁诗稿》四卷已卒业。下午走至汪和翁处谈天,适接渠三郎蓓台苏发家信,府试正案第二,以其末复文携归加墨,笔气、做功、文情兼擅其长,年仅十七,具此隽才,决非池中物,采芹操券不待言,甚羡之,墀儿断无此天资也,和翁后福正未可量！迟家信不至,颇悬悬。

十一日(1月31日)　阴晴参半,夜间东南风狂吼,微雨而止。上午摘录《丹徒县志》山水门,暇阅校藏翁诗第五卷。接程小竹信,阅之,不过贺年通套话,了无心腹。下午王捕厅槐菴衣冠来谈候,知小竹信从渠处寄来,渠甘肃人,十年于兹,缺苦而劣,与吾邑朱仁峰有旧。客去后,阅唐诗,夜间作骈札拟答小竹,楚楚构就。

十二日(2月1日)　晴暖。朝上录清骈贺稿。上午摘录《丹徒志》。下午汪和翁来谈,晚间同至陆灏翁处奉候。渠新自洲上催租还,云尚要到洲,封印时还,见其批评江西墨卷,是于此道三折肱。

十三日(2月2日)　晴暖万分,春意盎然。粥后摘录《丹徒志》焦山。下午至汪和翁处,拉同到县候钱谷杨竹山,辞以头痛不见,因之账房鲍漫山处亦不去,兴尽而返。仍至和翁处茗饮谈天,归寓,谈及庚申之变,渠辛酉到任,每事吉星照庇,及今思之,翻多惊骇,甚毋忘在莒之日也。

十四日(2月3日)　晴朗。晚起,县礼房属吴云来请示去随迎春,辞之。教官无仪仗吏役伺候,与之为伍,甚非所甘心,况吾苏无此例也,和翁亦不往。闻迎春府县出来,县甚排场。上午书答程小竹贺札,封就待寄,暇录《丹徒志》金、焦两山,如游一次。下午汪和翁惠苏食物两种(两世兄考试毕,已回),极见多情,谢领之,回片。毕书办来禀事,以青蚨四百赏之,为钦赐恩榜全卷抄来,故酬之,亦颇客气,此种人断宜加以小惠。闻丹徒今科恩准副榜两名,可见此地人根基厚于吴中苏属也。

十五日(2月4日)　阴,朝上尚未冷,午后风雨大作,渐有寒意。是日午时立春,终日景象昏暗,未知来年主何吉凶也。四鼓起来盥沐,黎明至官厅伺候,仍分班行香,余与汪和翁、朱经厅随沈道宪〇〇〇文庙文昌庭行礼,即上府、道两衙门,均以新春花衣来贺,辞不受而退。余步至县学,拈香叩头,回寓未晚。上午汪二世兄芝房衣冠来谒,渠由通事衙门保举,应北场试,现在告假回籍,陪弟府试新回,仪表秀发,此子他日未可量也,絮谈京洛事而去。同居委员徐叔良来谈。下午作书示墀儿,不觉心重语长,刺刺不休,自余到后未接家信,故严督之,不胜盼望。

十六日(2月5日) 阴,昨夜雨不停点,颇形酣畅。上午封好家信,拟由马递到吴江学李老师处转送到家,老师处作一便片致候,明日再顿一天当即发递,暇录《丹徒志》,校阅《何藏翁诗稿》。下午毕书办来送稿,用印出单,勒催考贡,此事必须严催,然总须夏公来,然后落肩,庶彼此允协,余实备员且署事,无能识此中深浅,可笑庸懦。

十七日(2月6日) 上午晴,下午阴。粥后拜答汪二世兄,略坐,即走至四衙答王槐荪,以答程小竹贺札面托寄苏,未识到否。渠日上有督办开河公事,不及久谈而还。有袁光斗者来谒,据云其弟袁光璧第二缺补廪,日上有小恙,在新丰就医,家在扬州,当即日入城赶办考贡事,先来致意。暇录《丹徒志》名山一门毕。下午吴月耕先生来答,絮谈,并怜余度岁寂寥,邀余至其寓守岁宴饮,极感其情,然诸多不便,面谢辞之,以《郭华野年谱》《清献日记》《先人诗集初刻》及墓志传文石刻赠之,渠所作姊氏事略有献疑处,似以为然。不以老辈自居,极见古道照人。以子屏所作汤先生墓表就正携去,惜时晚,不及畅谈,匆匆即去。余以为此公可交也,谨识之。

十八日(2月7日) 晴。朝上见雪,尚能应时,惜不盈寸。朝粥后封好家信,命吴云投送驿递到吴江学转寄,暇摘录《丹徒志》古迹。午前由姑苏福兴信局接到墀儿初十日所发信,快慰家中老幼均庆平安,并知墀儿落卷第八房符兆鹏呈荐,房批极华,堂批"中二凝重有力,前后尚少精采,次明白,三平实"。诗不脱首二字,似尚非知己,盖此文前八行颇有作意。二、三批"得是",诗"天教雄割据"一大点。甚矣,试帖诗稍触目不得。凌磬生与儿同房被荐,堂批亦好,竟以诗"纷割据"三字被放,可惜也。子屏卷十四房,阅一讲,以"欠精湛"三字了之,可笑,可骇。来年就馆赐福,八十元带一徒,极合宜。子扬考后寄在余家书房,大儿已许之矣。下午再作一札,以慰其心,拟明日寄信局。自出门后，今日始接家禀，快慰万分。吴少松近体已得愈，尚未复元，大约要来春到镇矣。

十九日(2月8日)　晴朗，朝上浓霜。粥后命王仆以家信寄政大信局到苏，托黄永茂转寄到家，想接到在岁暮矣，暇录《丹徒志·瘗鹤铭》全文。下午至汪和翁处谈天，渠家子弟尚间日作文，颇为近时所难。携其长君文归，灯下阅之，其师宝晋山长扬州刘漫卿太史改本颇合时近情，原本笔头颇清，功夫思力均优，大可望中矣，甚羡之。有镇绸捐局张、柳二公托寄钱子骧两札，余灯下亦作一札致子骧，用印判封，明日递驿。

二十日(2月9日)　晴阴参半，无雨。粥后以马递封交吴云投驿送沛县学。上午摘录《丹徒志》古迹门毕，正在无聊，适吴少松来，欣喜万分，知初十日到过胜溪，与墀儿商酌一切，逗留一宿回同，十三日到苏，十五叫船，十六长行，十九日到丹阳，今日四鼓上车，到公馆不过午后，近体已得愈，可知前所患者伤气，非本原也。絮谈一切，可慰寂寞。夏次翁今日亦到，黄昏时候之，匆匆即返。今日用印发文移县请俸银。

廿一日(2月10日)　阴晴参半。是日午刻封印，书办遣弟以封条、开印条、连升单呈用印实贴，门斗来者六人，亦具文遣辞免，一无开赏，此间颇为简净。闲录《丹徒志》，略已摘毕，与少松絮谈，甚可解寂。灯前李世骏、袁光璧、刘用康三生来谒，请补廪，据云考贡三人略已谈妥，未识明日考贡三名学中来过肩否。一茶出去，尚无头绪，明日再商。

廿二日(2月11日)　晴。晚起，粥后校摘《丹徒志》毕，以药阶文及志面交和翁，携藩礼房沈吟槎所送两本新历还。有本地赵彦传号省吾来候，送所注《宋近体诗刻》二卷，余以《清献日记》《分湖小识》答之，据云赵季梅是其堂兄。午前少松作札示墀儿，余于信尾略书数行复之，即命仆投寄信局。回来，知岁底已不收，改封马递，拟明日仍寄江学老师。灯前夏次翁来谈，知考贡一节，邹、汪、殷三君与应补者已有成言,下二名罗慎生、王权谈不妥,亦与张、潘二君在城谈费,未知能多多益善否。去后,次老之婿吴应机来谈,云靖江籍,家住东台,明日回去,特告辞,以润之朱卷与之,江西闱墨亦取去。黄昏候,吴云来(若上宪用,遵用空白),以预用空白戳记封好马递封,命明日投送驿站,至李老师处托转送到家。

廿三日(2月12日) 阴,微雨。上午校阅《藏翁诗稿》,复阅赵省吾所送《宋诗近体注》,先将草本订好。下午吴世兄竹堂来关照,考贡三人已谈定。晚间夏公馆遣人来缴贡赀。灯下吴澜来,叩知情事,为之太息,可知官与斗,无才均不可为也。与少松剧谈解颐。

廿四日(2月13日) 阴雨终日。午前书办来,用考贡文、移印文结册,均四,结则每名独多两张,计咸丰戊午岁贡邹增元起,应充考○○恩岁者六名,今惟邹增元、汪融、殷宗洛、张锡琳备文送考,若藩河霖、茅邦彦尚可游焉。今日移县,明日申府,及早须廿六赴往,幸此地旱路到江阴两日程,可不误事,然甚亟亟矣。下午与少松谈天,暇阅《近体宋诗注》。小除夕寂寂,大异家中热闹,幸少松来,尚可宽怀。

廿五日(2月14日) 风雨终日。上午有越河闸官倪晋号枚卜来候,云是杭州人,年六十二岁,久在南河投效,此时河员已裁汰略尽。汪和翁来探听考贡,知府学现在来谈者三人,尚未起文,未识有成否。即去。下午穿屐至夏次翁处,关照之事只好贱买,明日取洋,贡赀已付清。李生世骏号青霞在座,人颇恂恂,是顶补廪缺者,在扬州设帐,明岁尚无砚所,此地移县、申府、投文均自己去办,可称练达。明日必须启行,看渠深属踌躇。

廿六日(2月15日) 晴,西北风。粥后阅宋诗,属少松磨墨匣洗砚,尘垢一空。下午至汪和翁处谈,知府学贡两名,收一虚廪,已谈妥。今日起文申府颇局促,若吾县学四名考贡已于今日由江船起程,恰好顺水西北风,明日可到,为之欣喜。

廿七日(2月16日) 阴冷,西北风,晚间雪纷下。上午汪和翁来谈,知府学考贡已动身,由丹阳行内河,尚恐不及夏世兄。竹堂来缴一项，如数收之，惟少随礼，此余之不老洁也，一笑置之。下午与少松略饮火酒，聊以御寒，接吴月耕先生札，汤先生墓表文已还，颇见赏，命改作碣，从之。并论先君墓志，文体极好，援引古人体例，非深于此道者不能道只字，甚敬佩之，暇当作复道谢。

廿八日（2月17日） 阴，昨夜雪微甚。上午前任学宜兴徐理山来送朱卷，当驾辞。夏次翁家来送糕团，受之。房东送礼，受半回之。下午陆灏翁来长谈，约初一日同答拜徐理翁，合致分，彼此均省。俸银今始领到，夜间作札致吴月翁，并以南一《受恒受渐斋文》借示，封好，明日当送去。

廿九日（2月18日） 阴冻，微晴，上午雪花微霏。朝上吃夏所送糕团，味美宛如家乡。上午次滨来絮谈，午前书办来用印，为胡生推归一事，申府并学宪知此项费，传说穆天子多用马七匹，一笑置之。今夜除夕，颇寒，以书并南一文送吴月翁。灯前与少松快谈，客中略具杯盘，同少松对饮屠苏酒，极欢畅，几忘客况岑寂。一鼓略眠，四鼓又要伺候上司，冷官非余所乐为，略尝此中况味，明年但望瓜期代早，归家课子教孙，不胜祷祝。是夜星斗尚灿烂光辉，辛年可卜有秋，此则鄙人谋生至计，较为官之心更切也。天福吴民，想能如愿。庚午岁除夕，蒔庵道人书于京江旅舍。

同治十年(辛未,1871)

一 月

同治十年,岁在辛未,春王正月初吉日(2月19日) 晴冷终日,滴水成冰,西北风。因思西属秋,北主藏,天其默庇吴民,年庆有秋,农卜盖藏乎?心祝之。三鼓起来饱餐,四鼓乘轿至万寿宫,太尊以下均至,黎明沈道宪亦至,阖城文武官齐集,即随班望○○阕,行三跪九叩礼,均朝服。礼毕,即回至府学,○○○文庙、○○○文昌、○○○武庙、府城隍庙、○○水、火二庙,随班行礼,均穿花衣。回至官厅略坐,送府、道两宪登轿,即上道辕门,钱太尊领袖,率各属员至花厅,与道宪团拜叩贺即出。上府汪丹徒首领,与太尊团拜叩贺,太尊极谦圆,今日免至道衙门久候,太尊之力焉,亦即辞出,顺路各同寅衙门飞片贺岁,均当驾。余与夏副堂至县学行香行礼,回公馆略坐,陆灏翁、汪和翁公服亲来贺,未及奉茶即去。汪、夏诸世兄均亲至,本地绅士亲到者颜子嘉,馀则彼此飞片。余即至府学答拜,陆灏翁路遇,作揖辞。汪和翁处略坐,至夏次翁处,晤渠俖竹堂,知已高卧,辞未见。回公馆卸公服,吃中饭,甘甚矣。下午静坐,客亦希来,片到者多。早夜饭后,与少松絮语即睡,酣寝之至。

初二日(2月20日) 晴朗。晏起。上午闲坐,亦无客来。中午与少松对酌,颇适。下午同少松闲步至西门,始闻爆竹锣鼓声。人家衣服华美者寥寥,知人情颇尚俭,友方茶社茗饮而返。至汪和翁处谈天,渠世兄辈已读文,声闻户外,此是鸾凤之音,吾邑即老辈亦未有如此用功者,钦佩之至。回来,知夏次翁公服来答,未晤。夜复与少松小饮,醋适十分。灯下补登日记始就寝。

初三日(**2月21日**) 阴冻,天雨雪,终日不盈寸。上午阅《名臣事略》至江忠烈公,又校读《藏翁何丈诗稿》。下午闭门闲坐,风雪中寸步不能行。夜与少松销寒对酌,早眠。

初四日(**2月22日**) 阴,无雨,渐暖。晚起。上午阅《名臣事略》毕,当重阅一遍。汪和翁来谈,以一门拜从新作律诗六首请定甲乙,即圈定,下午缴还,题是"喜见云章第一篇",首选有"蓬莱真管领,李杜敢随肩"句,询之,是和翁之作,老凤必竟胜雏凤也,一笑。复至夏次翁处絮谈良久,蒙款年茶点,大谈因果报应及渠家乡先生轶事,并知周恂卿得中副车,童学宪之力居多,携和卿旧岁所作试帖一卷归,灯下读之,知于此道三折肱矣。

初五日(**2月23日**) 朝上微雪即止,一轮红日晚晴尤朗。昨夜颇闻爆竹声,然近邻寂然。朝上与少松饮五路财神酒,甚醋畅。上午校阅《何藏翁诗稿》,《名臣事略》自赵忠节止,一本复阅毕。下午同少松闲步至城隍庙,今日烧香颇众,徊观久之而返。夜读汪和翁试帖。

初六日(**2月24日**) 晴朗,为开岁第一天。上午有刘生成恕来谒,云住药师庵,在西门杂货店作伙,状貌魁梧,议论风生,知外才必优,然断非真读书人也。客去后,阅《名臣事略》,道光中叶后林文忠公一辈人物。下午夏副堂以《观风卷》四十六本来用印,即交书办备文申送,学宪略阅十馀本,以王权、戴鼎元、丁立贤等为优。周伯义此间极有文名,文不醇正,若赋则为首选矣。夜与少松谈论文字,吾苏究胜于丹徒也。跣足,极畅快舒展。

初七(**2月25日**) 人日,晴和明朗。上午阅《名臣事略》半卷,校读何藏翁诗。下午至汪和翁处谈天,知渠世兄辈今日文课,限三个时辰交卷,和老诗课已第三期脱稿,甚羡之。复同至夏次翁谈论,徐理翁初九苹尊具柬来请,二公皆赴约同往,拟作老饕应之。是日渐觉春意盎然勃发。

初八日(**2月26日**) 阴晴参半。上午校阅《何藏翁诗稿》,适和

翁以家课诗文下问,即动笔阅评三篇,其大世兄文端庄流利,岁试必
售之作,字迹亦佳。下午送还和翁,即同步至药师庵吴月翁处拜年,
长谈还。复同至府署候书启吴少农,又絮谈,返寓已夕阳在山矣。灯
下评定试帖六首,此间送考贡已回,廿九考竣,府学廿九一夜考毕,倩
人者多花六元,约共五十馀元一名,门斗王钰云云。学宪出棚在初七
丁祭后。

初九日(2月27日)　晴朗终日,渐暖。上午作片,以所评诗还
和卿,暇阅《名臣事略》已终卷,当续阅《名儒》。张锡琳号永书,同李
青霞来谒,求出补廪文,诸事尚未妥谈。知学宪年底违和,出棚无的
期,考贡费连倩人作文每名五十元,题"日日新"二句,经"春日迟迟"
二句,诗"思发在花前"。幸张公起早,故赶得到,略谈而去。徐理翁
请酒并未来邀,竟为所诳,可知此公不过春风人情,狡而难与者也。
官场情况大底如斯,可骇哉!明日再去探听若何。下午少松试笔初
脱稿,阅之,尚有宜斟酌处。

初十日(2月28日)　晴朗,东风狂吼。上午评阅少松文颇充
畅。闭门无一客来,终日阅《名儒事略》一卷。请客一事夏、汪二公同
然画饼,可笑。

十一日(3月1日)　颇阴冷。上午校阅《何藏翁诗稿》。下午阅
《名儒事略》。晚间汪和翁、夏次翁来谈,知昨日文课次翁秉笔,李生
补事尚未谈妥,此间人狡滑之至,灯下回去。闻学宪性极拘谨,公事
万难通融,此番考贡幸廿八赶到,廿九始得考出也。

十二日(3月2日)　晴暖可喜。粥后汪和卿以诗课七首来,去
后即评阅,和老作究为工力悉敌,延清作亦佳甚。暇作家书寄示墀
儿,不觉言之琐屑,然意犹未尽也。李养翁处亦作一札通候,属少松
代笔。下午以诗缴还和卿,知今日又是文课,略谈即去。和翁以京师
诵事三品员《乘楂笔记》相示,携之归。又至夏次翁处,谈及补廪事,
知此间廪生多不羽翼老师,甚有甘为逢蒙者,言之可愤!李生又来,
仍然画饼,看来此番广种薄收矣。缺之无一善状如此,久居益非所愿

也。晚回，少松家书亦修好，安排封签马递封，明日拟送驿中投递。

十三日(3月3日) 晴暖。上午命吴云以马递文投驿站，由吴江学寄家信与墀儿。上午阅《乘楂笔记》，系内务府郎中斌椿所著，命使外国，以志风土道里，大可作《齐谐记》看。下午至陆灏翁处谈天，弥信此翁古道照人。还，汪和翁来，以延清号养之(字子澄)试帖两首请编入课，真谦抑君子也。夜阅之，决计直笔，此公诗笔佳甚。

十四日(3月4日) 晴暖。上午以延子澄试帖缴还和翁，《藏翁诗稿》今始阅毕。下午与少松闲行西门友方茶社茗饮，街上年景都无，回至宁绸捐局候司事吴静芳，长谈，见其同事张少朴之子诵仙(三)，回来，街上晤见张永书，以李生赍仪立谈，始吐六元六角之言，人情之狠若是，余仍不是，两歧其说而散。晚间赵省吾来谈，宛似季梅，闻其学甚博，人断非敦厚者。闻明日道宪六点钟行香。

十五日(3月5日) 晴阴参半。五鼓起来，黎明出去赴官厅，同僚及海防均至，少顷，道宪来，例穿花衣，仍分班行香，县主城隍庙，海防麟公主武庙，余辈随道宪文庙、文昌行礼毕，即上宪道衙门，辞谦不见。钱太尊赴金陵贺节，免往，回公馆恰好朝粥。上午《乘楂笔记》阅毕，奇奇怪怪，大有可观。汪和翁以诗课来，即评阅之，仍以和老原唱为最，延青次之，下午送还。少松偶伤风，不甚适，闲谈半晌消遣，夜早眠，此地元宵寂寂。

十六日(3月6日) 阴晴仍似昨日。上午阅《名儒事略》毕，其中遗落数页，系陆清献诸先生，买书之难如是！吴少松伤风未醒，须静养得汗乃解。午前接墀儿所寄福昌局两次家信，欣阅之，一由客冬廿八，一由新正初八发，黄永茂并封，初十日寄局。家中老幼一是平安，快慰万分，粮银亦均完讫，租务计实收九成，劫后第一年丰足也。详阅来禀，前信均到，惟十二月十九日一信由政大寄永茂，尚未收到，幸有凭票，当去一查，暇俟开印后再发一信，未识届期岁考有的音否？下午刘庚来用印，申详学宪，为朱生锡苄改名丙炎，小费二百卅一。刘庚未邀，当试之。

十七日(3月7日)　晴而未朗。粥后走至汪和卿处谈天,携前期诗课而归,现做九青韵"鹭春锄",题颇难下手,和老已脱稿,读之极工稳。回寓,接子骧沛县初八日所发信,阅之,知初到极苦,席地眠食者累月,幸彼处绅士极优待老师,现居歌风书院,极宽敞,诸事舒齐,且有此闲乐之语,不去会试,想境况渐佳矣。下午走至镇绸捐局候吴静芳、张重臣,以子骧致柳生牲春号镜波信致之,少顷,镜波出见,观其举止,亦非善良,所云汇寄一项,柳生亦无成言,姑俟之,待其来,然后覆子骧。回来静坐,与少松闲话,是日渐健。

十八日(3月8日)　晴朗。上午接县移文,二月廿二日县试,当关照副堂,传门斗通知,移文交书办。汪和翁来谈,絮语良久去,暇则重阅《医学心悟》,拟用朱笔点其要处。下午同汪和翁至陆灏翁处畅谈,以昨日之书面缴,初意不以为然,婉语之始大开悟。总之,同寅之谊,体面不伤为要,余断不敢兴口舌、操戈矛也,然此事沈芥老甚不恕道,无怪灏老发恼也。其中指使者不书。

十九日(3月9日)　阴,夜雾。上午重阅《医学心悟》四页,汪和翁以诗课来评阅,延清为最,和翁次之,共六本,读竟加评即送还。下午夏次翁处谈天,接县移文,奉府颁到书局新刻○○○圣谕十六条《附律易解》一书,饬学朔望宣讲,系七年上待郎[①]胡肇智呈进,前颍州府教授夏炘所撰,奉○○○颁行各省者,夏系婺源人。祭丁一事,办理牛羊祭品,琐屑恐不周,一切托次翁矣,晚携《附律易解》一书恭阅一过。

二十日(3月10日)　阴雨霡霖。上午阅《医学心悟》五页,本县汪雨垞具柬招明日春茗候叙,适陆灏翁遣使约璧谢,托持名帖往辞不能,仍约申刻赴姑允之。汪和翁来谈,与之商,云此新年老例,明日相约同去。下午录《附律易解》第十四条一则,灯下阅《文苑名人事略》数页。少松近体渐健,慰甚。

———————

①　待郎,疑为"侍郎"之笔误。卷十,第532页。

廿一日(3月11日) 阴,微雨。是日午时开印,府学闻略有排场,若县学则寂寂,门斗循例来道喜,均辞之。上午阅《名儒文苑事略》半页。晚间步至和翁处候县来邀,次翁亦到,灏翁竟辞。三人衣冠,不穿公服(因忌辰),持雨伞至县花厅,渔垞明府已出见,面揖缴请柬,奉茶后即坐席,圆枱八人,教官三人外,知厅、经厅、主簿、捕厅暨主人,八大菜,六小,十六回,菜极丰满,饮酒随量。黄昏后散席,雨甚,乘轿归,到寓热甚,汗淋漓,与少松絮谈,以畅其机始就寝。

廿二日(3月12日) 阴雨终日。是日先大人二十一年忌日,寓中不及致祭,素斋一天,以尽孺慕微忱,想家中今日堚儿及两孙必能代余拜跪致礼也,思之怅然。上午以冬米八九升作片送朱经厅少云,朱,嘉兴人,故思乡味。有旗人春元年伯(善广父)来候,辞之,暇阅《文苑事略》十馀页,夜雨不息。

廿三日(3月13日) 阴雨又终日。静坐无事,阅《遗逸事略》数人,皆前明不肯出仕之名人也。少松课文一篇,半天草稿完,尚不迟滞。中午两人对酌高粱,颇醋适。

廿四日(3月14日) 晴朗。上午评阅少松文并汪和翁处诗课十首,即缴还,诗题既不易,佳构颇多,仍以和翁为最,延清作太组织也。午前接到堚儿十六日同川所发信,李老师十七日发递,阅之欣慰,家中老幼俱安,并知府学施拥伯、孙织仙均补廪,县学两邑牢固不动,此事难易悬殊如此!大儿十分幸获,功名之不可失时,益信。

廿五日(3月15日) 晴,不甚朗。下午东风颇峭。上午封寄家信,命仆交政大信局,由苏永茂船行转寄到家,堚儿收阅,并取收票回,兼查客冬十二月十九一信未到。午前由马递接藩房小竹廿一日信,知瓜代有期,太原公已在苏考验矣。屈指归期当在三月,与少松酌,外间且弗张明,庶补廪一款或可稍润行囊,此事适如吾愿,不办考甚不妨也,譬如过夏虚望。下午同少松拉和翁茗饮畅叙,知药阶现赴扬州梅花书院甄别,芝房明日赴上洋铸造局。"名利"二字,难弟难兄,兼擅其长,足征子弟多才,一笑。回寓未晚。

廿六日(**3 月 16 日**)　阴雨终日,颇冷。粥后阅《医学心悟》五页,《隐逸循吏事略》一本毕。上午汪和翁来,以旧作代庖书院文一卷见示,当受而徐读之。看余两人中饭,复谈而去。吴云以领县丁祭银回批用印,即以洋转交副堂办,虽有微利,余不擅长也。下午无兴观书,与同寓徐、李二公谈。

廿七日(**3 月 17 日**)　阴,下午复雨,颇似春寒多雨景象。粥后点《医学心悟》,阅《循良事略》数页。晚间坐谈,且示少松丁卯闱中原本,相与捧腹一笑,并信此道有凭而无凭,我人谨当修身俟命而已。

廿八(**3 月 18 日**)　昨夜终宵雨,今日渐喜开晴。粥后点阅《医学心悟》四页,《循吏事略》四五人。午前由全昌顺苏信局接到墀儿二十日所发信,欣知家中壹是平安,治疟药五粒并方寄来,即送交和翁。考期仍无实音,大儿年务初毕,想日上可作文抱佛脚矣。账房内过年老振、少云两人,子祥十六日到,馀须二月中齐集。并惊闻顾吉生岁底作古,归时又失一幼时老友,良可悲也。暇阅和老代庖书院文,是圆熟清真一派,余自愧无其天分。

廿九日(**3 月 19 日**)　晴朗可爱。粥后点阅《医学心悟》四页,少松属作文,以熟其机。上午读杜诗数首。午后汪和翁来约,至西门松涛茶叙,谈心良久始回。归寓,夏次翁在座,复畅叙至点灯去,知此间考贡单均给还,十二月廿九开缺矣。

卅日(**3 月 20 日**)　阴,无雨,朝上颇暖。饭后东北风极峭,又有变意。终日静坐,少松作排律一首,极工稳。阅邸报,元旦恩诏未见明文,前浙江学政徐树敏奏请张杨园先生祔祀○○○圣庙两庑,此奏士论翕然,非前此妄请特开制科致降四级之可比也,特录之。

二　月

二月初一日(**3 月 21 日**)　晴朗可爱。清晨至○○○圣庙官厅,伺候道宪○○○文庙、文昌行香毕,即上道宪衙门,官厅内县、同、通均集,先传见县、同、通第一班,传见教官委员,送茶叙谈,知县学由亩捐起造稟，抚宪批准，然须三年内动工，并知钱太尊即日要卸任，蒋太尊仍还本任。辞出上府，钱太尊即传见，看渠兴致不佳，受茶而退。回公馆已十一点钟，朝粥后评阅少松文。下午至汪和翁处，看药阶安定书院"言近指远"一节甄别文，理法、手法均密。复至夏次翁处长谈，知汪和翁已属作札，至江阴道房问谢培之苏属案临的期，以息外间告病谣言。晚还，关照少松归家之期，且迟至初十左右再商。

初二日(3月22日)　晴。朝上点阅《医学心悟》四页。上午作家信示墀儿，俟探得考期即发。中午与少松正在小酌，适汪和翁持苏信来，荷蒙关照学宪于是月初五日取齐，并以诗课、药阶近作相示。余于客去后即动笔，较排甲乙，送缴少松，幸早部叙。余复于家书中再述数语，托少松连朱卷历书十本、监照七副面交墀儿。明晨少松同汪氏兄弟早至丹阳，然后再商叫船，车一辆已托和翁唤定，此行尚舒齐，微汪氏几为谣言所误。少松行李都收拾，夜谈早眠，相期努力得意，月底月初回来。

初三日(3月23日)　晴，东南风终日狂吼。四鼓起来，五鼓后走至官厅，伺候道宪沈仲复翁致祭文帝，各官均朝服，行九叩首又三献礼。祭毕还，天色晴明，寓中恭拈香烛，与少松同拜叩，敬照家中素斋。与少松同朝餐毕，即送渠登车吉行，与汪氏弟兄、邱玉符同伴行，车夫颇不驯，幸同伴多人，尚可驾驭，价至丹阳三百四十，至渡口再加百廿文，大约须至凌口水路方通，拟合雇，分两舟同行，因汪氏有眷归省，即彼处亦多不便。此番少松幸有同伴，否则车夫顽悍，余甚踌躇，行路之难若此！上午点《医学心悟》五页，略假寐而兴。下午至汪和翁处谈天，以慰寂寥。两家子弟各望考时如愿得意，若药阶，文笔纯熟，如此用功，吾乡希有，定卜脱颖而出也，识之以俟佳音。回寓未晚，虔诵神咒各数遍，以尽微忱，夜早寝。

初四日(3月24日)　晴，不甚朗。晚起，昨为风毒所感，面颊上略肿，然亦不妨。粥后点《医学心悟》四页，和翁来谈，以二世兄芝房沪上家稟见示，知已安稳到局，铸造总办冯道即留译西书，每月二十金,不甚忙,暇仍理举业,真恂恂佳子弟也。终日不出门,以《乘楂笔记》消遣摘录。晚间和翁遣使以药阶车回禀堂上便条关照,知昨酉刻抵凌口,雇船每趸九百,共二千七百文,船甚宽敞,少松竟许附舟,药阶甚通方便,和翁可谓热心矣,阅之,慰甚。是日风息。

初五日(3月25日)　晴,暖意盎然,皮裘可卸。粥后点阅《医学心悟》,抄录《乘楂笔记》一页。下午至汪和翁处叙谈,知十五咸诗已做就,复同至夏次翁处畅谈,并论及彼处庚申年团练事,知江阴为常熟屏藩,益信。明日夜间丁祭,例应具柬请县,二点钟出去,至门斗伺候,日上大半远飏,哓哓不已,不过来者王钰一名,此地之一无规条如此!

初六日(3月26日)　阴晴不定,上午大风陡起,飞雨随之,幸即止,内地行路尚可无虞。暇阅《医学心悟》一卷点毕,《孝义事略》亦阅毕,抄录笔记一页。今夜丁祭,夜半当赴县学,来伺候者盛昌,助祭诸生要留酒面,余亦不管,次滨承之。灯下夜饭,和衣假寐。

初七日(3月27日)　晴朗。三鼓起来,沐盥后即乘轿至南门崇圣殿祭〇〇〇至圣,良久,主祭汪县令来,即同行礼,助祭诸生衿十馀人,一应规模楚楚。礼毕,送县登轿,即回至府学官厅,太尊以下文武十二员均至,伺候良久,道宪始来,即随班入〇〇〇圣庙行礼。此番赞礼诸生,音声不及仲秋洪大,然尚一律严肃。事竣,天已明亮,送道宪,各员均因忌辰卸去朝服、公服始回。终日精神渐疲,昼寝数时,亦不安睡甜适,始知血气不及昔时矣。今辰先母沈太孺人忌日,寓中斋素,聊志哀思。分胙肉来,不即食。下午和翁来谈,大解寂寞,借去《名臣事略》三本。又接吴月翁书,以近作两册见示,当详读之。《先人诗集》《清献日记》均蒙另纸一一校正,非精心稽古,乌能详引如此?书中指示古文书题、体例,若以余为可言者(世兄应麟),深愧之。晚间次翁送示谢培之回信,的知学宪病犹未全愈,定于二月廿八起马,三月初一日案临,明日当作两信寄墀儿,一由马递,一由信局,庶无不到也。此事传讹一至于此!

初八日(3月28日) 晴暖,明媚,为今岁第一天。五鼓起来,乘轿至城隍庙伺候道宪祭神祇坛,少顷,沈仲翁至,即在后殿具朝服,行三跪九叩礼,同到者一捕厅、一县令、一教授,可知此事虽同委大可取巧。事毕还寓,作两札关照墀儿,一由政大信局,命王仆今日下午即寄送,一由驿明日出寄,仍递江学转寄,如此两管齐下,月望前后可必到矣。封开信面,亦颇艰于作字,可笑。皮裘午后卸去尚嫌热,春气蓬蓬然矣。终日静养,食胙肉,极有味,○○圣德之饫人深矣,特愧无以称职。晚间夏次翁来谈,以墀儿字卷示之,据云大可合式,写得好,目前黑润足矣,只欠配搭匀称。夜尚热,早寝。

初九日(3月29日) 五鼓起来,盥洗毕,即走至高公书院候伺道台祭武帝,大尊请假不来,夏训导亦高卧,馀则均在座。少顷,沈道至,随班行礼,人多地狭,拜跪几无容足处。还来天初明,假寐片刻始起来食粥,是日热甚,绵衣犹流汗。以马递封交吴云投驿,送至李老师处转寄墀儿,谅必即到,考期可共知矣。下午至汪和翁处谈憩良久,复至夏次翁处,论及昨夜张锟书述李生之言,共相发指,此地读书人竟是化外顽夫,善弯逢蒙之弓矣。此项赞仪,余置之脑后,倘县试余不卸事,当传渠来呵斥之,相与太息久之,缺之一钱不值如此!回来解衣磅礴,犹闷闷。有本地陈子坚来片请用印马递,应酬之。

初十日(3月30日) 阴,无雨。复有祭典,不出去。晚起。上午点《医学心悟》四页,抄日记半页。中午沽酒独酌仍无兴趣。下午假寐片刻,起来,精神颇疲倦,口苦有黄苔,似微有内热,大约无聊岑寂所致也,善自排遣为要。灯下朱经厅以片来,借去《杨园备忘录》一本。

十一日(3月31日) 晴,狂风终日,扬沙飞石,瓦屋多震,大有北陆景象。晚起,齿微痛,衣被暖故,今已易之矣。暇阅《医学心悟》,抄录《乘楂日记》三页。午前接墀儿二月初二所发禀言(自福兴来),知考事乡间未得实信,账户诸公陈朗翁初六始到齐,兰州自吉生物故,家事不和,并多逋负,闻之骇然,可知做生意人多是空中楼阁。余财运不通,为之波及,殊出意外。子屏亦有信问候,托买幼婢,后问诸和翁,甚难办理。午后接少松初八日由江学来信,知初六到苏,初七抵家,约三四日到胜溪,关照右军公于初一考验,来期不远,补廪费如此留难,只好安心让之,以自张风骨矣。少松如再改期,必起文上来,然廿八之说,药阶已有禀示堂上,蒙转阅,大约必准,届期恐彼此悬悬,殊足耐人愁闷,然亦只好听之,信天翁而已。和翁来谈,同至考棚观览,规模宏壮,惜院试仍赴金坛,殊为可惜。晚间,陆灏翁来细话家常,知其世兄甚孝,极得家庭乐事,闻之钦佩。

十二(4月1日) 花朝日。晴朗,无风,是年谷丰登之兆。粥后点医书四页,抄日记三页后,牙齿痛甚,大约风热所致。独坐无聊,心绪颇为恶劣。新任公未识即到否,思乡之念甚切。

十三日(4月2日) 晴朗。昨夜齿痛甚,今始略愈。上午点阅《医学心悟》六页。卢生润生(号荫亭)来见,余以李生不循礼告之,为之图讳,然有此一段口舌,目前颇难出文,事之在我手与否?只好听之。暇抄日记二页。下午至和卿处略谈,渠不甚舒适,即出来与次翁长谈,亦无补廪可下台处。复至陆灏翁处絮语良久,和翁亦来商公事,又叙茶而还,知下午李挹仙翁来候过,当答之。

十四日(4月3日) 晴热。粥后点《医学心悟》四页,正在徘徊,新任王君蕴华已来拜会,仪仗颇阔,知居太仓城中,甲子一榜,号实庵,与芸舫相习,久在潘玉泉家教读,人似温文近人情。明日接印,谈及补廪,大为余不平,云当代办,然恐口惠,姑再试之。客去,即作信寄政大,催少松速即上来,以便料理归装,此事多劳往来,考期传讹之误,亦足见财运不通。下午汪和翁来问,略坐即去。灯下陆灏翁来,谈心良久,足征厚意,然所商云云,亦未合余意。夜间又作一信示埠儿,催少松明日由驿递至李老师处,亦双管齐下之意。传书办速起文移县,领俸金,竟置不理,可恶万分! 罗润森又来,余以旧令尹告之,只好不管矣。

十五日(4月4日) 晴明,清明令节。余家始迁祖以下五代祭扫,老三房公办,想墀儿辈必去合祭,散福饮也。归期未定,思之湫然。今日道宪甄别宝晋书院,生童共千馀人,此地人情无礼而文风颇优,余是退院僧,免上堂值班矣。午刻,新任具柬请印,即命家人持柬将印送去,回来知颇排场,人似有威可畏,余家人赏钱未领着,即此可见其心难与婉商。陆灏翁有字关照,余劝不必开口,分润廪事,余仍不能如其言,明日姑试之。下午走至道署,与李仙翁絮语良久,并扰渠面,谈及先姊丈冯仰山葬事,余颇有心,无人经理,他日挹仙回里,可以出场办理,渠亦点头,未识异日能了此愿否,预识之。回来傍晚,夏次老竟不来,此人世态毕露矣。今午复寄一信与大儿,命吴云投驿,催少松上来,大约及早须要廿五后到,诸事不应心如此! 领俸移文,朝上毕书办弟送来,用印即投县。

十六日(4月5日) 晴,晚雨即止。今日清明,昨余传讹。粥后汪和翁来谈,欲购《陶芑生诗文赋全集》,余又送之,絮语代余筹划,足见情深,无论成与否也。去后,王实翁又衣冠来拜,略语廪事,确知应补者目前均远飏,人情狡狯,此为极矣,实庵虽仍如前议,然恐代余垫送断不能也,此亦世情之常,无足怪。总之,余此来皆劫财运,夫复何言! 暇录《乘楂笔记》四页,虑不能全抄。下午衣冠走至城隍庙答拜新任,先预辞行,一茶委蛇而出。私衷不谈,其人似非渭姜可比者,然心之光明与否万不能测。还寓,录吴月翁文一篇,查日记校正,应改者多,甚佩之。书院课题,生"敬老慈幼"二句,童"五谷熟",诗"踏青郊外是垂阳"。场中又几闹事,幸道台和平,自责家丁而散,士习可知矣。

十七日(4月6日) 晴而不朗。粥后命吴云持名柬禀帖,道、府两宪禀辞,各同寅辞行,从此官场事可了矣。府学灏翁、和翁具柬,十九日饯行,当赴之,暇点医学,抄日记,作即事诗六首,连前共十六绝句,以舒怀抱,且识此地士类之恶,非人情所堪,携归以为吾乡戒也。下午走候陆灏翁,少顷,次翁亦来,初时落寞,继尚殷勤,知廪事已肯出七元七角,李生点头,实翁未允,此地士子可恶如此! 余不动声色,依旧圆和,以俟下场如何。回来已晚,灯下推敲近作,录清草稿,此来得此数诗,聊以吉题,然官运之不通已如此。

十八日(4月7日)　晴朗。粥后点医书四页,抄《乘楂日记》两页半。下午走至药师庵候吴月翁,絮谈,为余叹息,然余实无恋兹土也。以《寿松堂诗话》,陈切翁附刻《留爪集》奉赠,以结文字缘。近作数首示之,渠不置褒贬,余即收还。以同年李雨人弟东台教云甫札见示,欲索家刻,明日月翁赴宴,当以日记、郭年谱转致之。回来,汪和翁同赵省吾来谈,余以其徒张蕴书不情事告之,实则虚张其气,于吾无权,无益于事也,絮语半时回去。

十九日(4月8日)　晴朗。朝上恭请香烛,大士诞辰,寓中衣冠虔叩并诵神咒,朝餐素斋,聊致微忱。暇录《乘楂日记》两页。汪和翁、陆灏翁共折柬相招饯行,余即赴之。先往,客均未至,与和卿谈心,知实庵意,欲以吐馀者释责,未必竟如此,然亦意计中事也,姑俟他出题大小再商弃取。总之,面上未必能过去也,去任之不名一钱莫如余。少顷,灏翁、王君、次老并吴月翁均到,即坐席,余以旧令尹忝居首座,亦不辞,畅饮,知实翁涓滴,本题不谈,菜亦丰满。日记、年谱,李云翁所索,已交月翁,《乘楂日记》汪和翁送余,谢受之,免再抄录。散席,邀实翁来寓谈,语颇诚实,蒯太尊任太仓时大赏其才,然胸中有成竹,并不露一语,亦不便径直谈,余之进退两难如此,絮语家常话而去。

二十日(4月9日)　晴朗。晚起,今日补斋期。粥后点阅《医学心悟》五页,录李中堂奏请"以元儒刘静修从祀"一摺。朱少云经厅处讨还《杨园训子备忘》一书,蒙以风鸡报赠冬米,书亦即还。下午拟走至次老处探信,适赵省吾在座,闻其言语,即退出。回来,不觉酣睡片时。晚间有年侄李云甫之郎廪生李慎侯号友侨来候,问其年廿五,相貌丰满,人亦恂恂,异于此间犷悍色样,不愧大家子弟。其来陪弟应县试,云安东缺亦清冷,所致家刻二种已收到。今日上午接墀儿初十所发家信,知吴少松尚未到溪,考期亦未通知,卸事知余在即,拟节后属顾兰州上来，能若是赶办，兰州月内到后，少松大可应试，不必到镇矣。未识十四、十五之信接到时，能得凑巧否。日上只好安心俟之，能得月初动身已为赶早，然迟亦不能再待。

廿一日(4月10日) 晴热，绵衣尚重。上午录清近作。中午沽酒独酌以自消遣。暇阅《先正事略》经学门诸大儒，我辈真自愧一丁不识矣。汪和翁晚来谈，知今日蒋太尊回任，明日接印，苏州甄别题"子曰：'弟子入则孝'"二章。丹徒县试今夜进场，更点极早，闻有不准给烛之谕，想亦具文耳。此地考客寓者纷纷，县盖印三百人，府盖印二百七八十人，此例吾苏所无，县学太偏枯矣。

二十二日(4月11日) 晴热甚于昨天。闻县试在考棚内，封门极早，不过四鼓。晚起，粥后点《医学心悟》五页，走候赵省吾不值，留片答之，李世兄处亦然。下午至次翁处长谈，应酬颇圆，然王公心腹，彼必知之，亦不肯告余。大谈因果，并述地方人多健讼，为庄姓侙生送考一案，省吾为首，上控至督，三年始罢云云。回，与陆灏翁絮谈，知府学盖印一事实老颇有词说，灏老不肯让，恐亦无成事也。回寓点灯，三牌尚未放，寓中诸童已纷纷出场，似较吾苏为敏捷。

二十三日(4月12日) 晴热，宛如初夏景象，夹衣犹嫌汗下。闻县试首题"混混"二字。粥后《医学心悟》第二本点讫，馀俟归家再阅。有本地星湖之弟镜波之兄柳小江来问行期，欲以子骧所托汇寄之物寄余，颇累坠转折，然亦只好允之。略谈去，午刻月翁以赠行诗八截句送余，情意殷拳，非因泛泛，此行结一文字缘，幸甚矣。先人续刻诗，当觅便寄奉。同年李云甫《安东竹枝词》卅首寄示，可不还，读之令人增居夷之感，可知荒恶之俗江南已如此！暇作札答谢月翁，拟明日送去，余归期在月初，并告之，且致歉忱。晚间稍凉，皮衣均收拾在箱。

廿四日(4月13日) 晴朗而不燥热。朝上封好月翁信，吃粥，汪和翁来谈，正在絮语，少松适自马陵同张桂森来，不胜狂喜。知家中十九日接余十五日所发马递信，局信两次未到，大儿十六所发信，少松带来,少松二十到苏,由永茂船行叫定常州船,昨日至凌口候余回去,屈指廿八日可启行。和翁去后,余即行装至王实翁处告辞,畅谈颇殷勤。李世骏一名已补七元七角,实翁以八元送余,以后不管,情面上大可过去,即允之。还至和翁处辞行,并以实翁之言,八元之数和翁处汇借,均蒙点头,略坐而还。与少松谈,惊知日上殷安斋凶闻,大是渠家厄运。谱老夫人今日开吊,余家来传知,大儿两处慰吊,日上应酬颇忙。下午至次翁、灏翁处辞行,次老在和翁处,不值,灏翁与县学有盖印公事口舌,略谈即返。将书籍先行整理,和翁以(要日记,后寄)头绳、花粉送行,情意厚甚,谢领之。夜属少松早眠,连日奔波,颇劳之。月翁处信亦送去。

廿五日(4月14日) 晴,朝上雷雨即止。上午实翁来答,八元之数面致,和翁所张罗也。畅叙去,次翁同实翁具柬相招饯别,廿七日当扰之。午刻与少松小酌,极适,下午次翁来谈,畅语良久去。命吴云持柬至县,传夫头陈姓来,叫定车轿夫廿一名,廿八日清晨吉行,县给条,每名官价三百六十,至青阳铺卸送登舟。少松属至西门略买红绳、香粉,余至灏翁处,与之剖别府县公事,次翁所托也,我辈交情始终以和解为是。

廿六日(4月15日) 朝雾,微雨,大风西北,终日颇寒。粥后收拾行李,属少松登记,大约位置楚楚。汪和卿衣冠来答,以家书、伏包洋件属寄初春巷天宫寺西院药阶世兄手,扇面两张,书楷已就,谢领之,略坐即去。午刻与少松小饮,江鲚鱼甚美。下午闲坐絮谈,恬适之至。

廿七日(4月16日) 北风,阴,下午雨,至晚略息点。上午同少松整理行装,一一登账。午前次翁来邀,即赴宴,柬即面璧。正、副二公作东道主,余首座,陪余者灏翁、和翁,本地董陈子坚,菜极丰美,酒亦旨醇,拇战畅饮,谐谈花月而散。晚间揖谢,着展回寓,未识明日能行否。柳生牲春以信并本洋廿元托寄子骧,俟归时将洋信面致渠兄子凭。夜间早眠,门斗来送,均辞之。

廿八日（**4月17日**）　朝上尚阴，泥途滑滑，不能开车，决拟明日早行。上午夏竹堂衣冠来送，汪和翁复来谈，以陆挺之信托寄药阶。灏翁昨夜来谈，均极情重。下午与少松茗饮松涛，回来天气已晴朗矣，夏次翁又来话别，絮语良久去。李雨香来，不值，晚上其叔挹仙以洋信六元、二十一元两件托寄梦仙、朱子才、叶锦堂，一一收拾，颇费位置，明晨拟早行。

廿九日（**4月18日**）　朝雾甚浓。四鼓同丹徒初复诸童起来饱餐，清晨夫车均齐，即装载行李，夫头押之，颇不哗，余乘轿，少松率仆坐车，同出南门，号房吴云送至城外返。行至官塘桥茶尖，又行廿五里至马陵饭尖，晤湖南左姓，自江阴来，确知学宪昨已起马。又茶尖一处，行廿四里至丹阳，进西门，出北门，又茶寮小憩，少松良久始来，复同茶叙。此间店市远胜镇江城内，出城见开运河，役徒千夫，河内无寸水。又行十馀里，将到青阳铺，晤见船户，即指点泊舟处，下轿，卸登行李，运至舟中无误。车头给一片，至夏公馆领赏钱三百文，又另赏乙佰文，给轿夫车价而去。时尚未晚，舟即开行，至凌口停泊。夜饭与少松絮语，劳逸顿殊矣。是夜热甚，大雷雨，此行颇为凑巧。

三十日（**4月19日**）　晴朗。朝上开行，恰好西北风，张帆捷驶，上午过常州，至白家桥小泊，买竹厨一顶，下午风更急，行如飞，是日行乙百四十里，傍晚洛社住宿。天颇寒，幸随身衣服带足。

三　月

三月初一日（**4月20日**）　晴，东南风。朝至无锡西门停泊，与少松上岸吃面，颇佳，舟人买菜毕即开船，风不顺，舟行以纤，甚不迅速。下午更紧，夕阳未下，至望亭即停宿焉。今日欲游惠山，限于行程，不果。

初二日（**4月21日**）　狂风猛雨，终日不麻。舟人饭后纤行二十里，已衣湿力疲，下午至浒关，艰于行，即停泊，竟不得至阊门，万事不能逆料如此！蓬窗闷坐，殊觉无聊，惟与少松闲话而已。街上湿甚，不能散步。

初三日(4月22日) 辰刻泊舟阊门外万人马头(王实安信付局,取收条),即同少松吃面、茗饮,风景、食物均佳,大非镇江可比矣。上午唤小舟,同少松、王仆扑被由娄斋进葑门,至燕支桥登岸,到卢宅考寓晤凌荫周,知学宪今日考生诗古,范甫、墀儿均在场中。中饭后微雨,与少松着屐由兵马司桥转湾,至初春巷面晤邱玉符,即以洋信衣包面交蒨台、玉符手。即回至沁园茗饮,汗流浃背,憩坐良久,与金朴甫长谈。回寓,药阶兄已出场,同其弟芝房、蒨台及邱世兄来答,略坐去。题"双柑斗酒听黄骊"赋,以"诗肠鼓吹,俗耳针砭"为韵,虽戴仲茗事,据说刘后村诗句。"守口如瓶"诗题,"兰亭怀古",不拘体韵。学宪极和平,大堂点名,不搜检。傍晚范甫、大儿同出场,范甫观风超等第一,赋可望取。墀儿初次观场,赋亦无大疵。与诸凌公畅叙谈心,江正二场初九日,少松恰好可不欠考。夜与薇人同宿一房,骇知陶事又发觉,幸墀儿与荫周不具名。

初四日(4月23日) 微雨终日。童诗古墀儿喝保者四人,今日略搜,坐二门点名("芙蓉花下及第"赋,以题为韵)。早饭后命墀儿略买食物,即唤一舟,出城仍回原舟,命朱仆到寓伺候。暇与玉加德昌应酬茗叙,回船颇不适意,似有痧,夜间食粥调胃,尚能安寝。

初五日(4月24日) 阴。清晨解维,余晚起,胃气仍未平,朝餐半碗,服紫金锭渐安。上午过同川,下午雷电阵雨,舟笨重,篙工衣湿不肯行,未刻至北毗村停宿,离家十二里,竟难飞渡,此行可称迟滞。篷窗对雨,愈切乡思。

初六日(4月25日) 阴,无雨。朝上西北风,一帆顺利,朝饭后已到家,大嫂、内人、孙辈、媳妇均庆平安,是作客还乡第一乐事。行李运至堂楼下,舟人哓哓索贴舟资,又另酬一千五百文始去。上午将犀零物件先行收拾,下午至乙大兄处絮谈,知介安亲事已定,渠日上有意外不测事,幸吉人默佑,一无风波,可畏哉!形颜颇癯,似精神逊于昔年。与友庆西席黄子登长谈,龚二嫂、大嫂处均话旧,还来齿痛甚，大约风火所感，夜间早眠以麻养之。

初七日（**4 月 26 日**） 阴，上午大雨，下午稍息点。齿痛渐减，作札复钱子骧，拟明日面交渠兄子凭。黄子登、顾杏园来候，子登以王肖庵致渠札见示，为述庵司寇《金石萃编》一书，渠孙逸少翁募资重刻，每股十元，余以得半许之。此种文字应酬，不能固却，然亦不能不自立限制，实因谋生不易故也。整顿几案，略将笔砚位置。

初八日（**4 月 27 日**） 阴。朝上衣冠叩谒东厨司命神前暨家祠，饭后舟至芦川，以余复子骧信并柳生洋信面交其兄子凭讫。与陆厚斋、顾念先茶叙，复与袁述甫、憩棠、沈骏生畅叙蔡厅，知头场岁试题"巽与之言"一句，"学于古训乃有获"，"富贵应须置身早"。明日江震二场，能得天晴为幸。谈及顾吉生故后，遍负累累，一切都是空中楼阁，言之可骇。念先留小饮，扰之，下午兴尽返，至孙家汇候秋伊翁，又不值，即归棹，到家未晚。

初九日（**4 月 28 日**） 阴，微雨，下午略开霁。昨夜进场时颇寒，齿复作痛，颇扰清兴。上午动笔录清诗稿，午后孙秋翁扁舟来访（今年七旬大庆），絮语半晌，老友阔别，相叙谈心，至乐也。知"双柑听鹂事""切苏双塔寺"，沈步青知之，云收入新府志，果若是，步青必取。此时头、二牌已放，未识少松、犀儿何时出场，题目好做否，甚为悬念，乡间得信须俟十五左右，能得早悉佳音，不胜私祷。秋翁晚去，云十六日到馆，约重午再叙。

初十日（**4 月 29 日**） 晴朗，是此月中第一好天气。清晨衣冠至本庙刘王神前、大士佛前拈香虔叩，饭后率小虎孙至西北房南玲圩曾大父、大父、先父母墓前设享祭扫，特穿公服，以尽微忱，以申孺慕，徘徊久之而返。中午祠堂内合祀，此行平安无事，祖先庇荫之福也。祭毕，与账房诸公小酌谈心，齿痛幸止，略饮三杯，下午颇有醺意。钱子方来谈，是吾村子弟循谨有才之冠。

十一日（**4 月 30 日**） 阴冷。饭后乙溪兄来谈，云江正昨日头场新进，未识穿前否，余处亦无的信。絮语，日上身体渐健。下午微雨，孙藕石进来,欲以船偿逋,姑许之,约四月初进来讲话。顾兰州到寓,形容槁甚,其尊人积逋毫无头绪了吉,可深浩叹,即此两事,均令人懊恼也。白云苍狗,变幻可畏。

十二日(5月1日) 阴,潮湿。朝上大雷电,阵雨如注,午前始息点,略开霁。上午将遣怀诗十六首录一清稿,课虎孙理字,共识九百,明日第二遍可理转。中午食自做馄饨,颇有风味。今日未识江震新进头场否,二场生案必已发,儿辈来禀未寄到,甚切悬思。

十三日(5月2日) 晴,渐暖。上午凌荔生来谈,置酒畅谈,以新勒石,沈蒙叔所书,荔生撰陶涤之传见赠。岁试古学案,江取沈步青、李怀川二王公,正取王寿云,两场生案均未知悉。范甫未归,想必得意,明日渠家如有信托即示知。下午回去,晚间家人自莘塔来,知范甫已归家,接墀儿十二日禀,知寓中复试惟凌荫周一等五名。二场案已发,江第一余锦澜,沈文煜三名,酉科选拔有人矣。震第一沈宝椿,均复十八名。此番儿辈甚少兴,家中船约十五上去载。十二头场童题"樊迟未达","能与人规矩","文必己出",明日乡间进者必有信息。岁试题"有命焉"至"谓性也","肇牵车牛"至"用酒","流莺比邻"。

十四日(5月3日) 晴朗,和暖。饭后命仆以头绳、香粉、南腿、茶叶作一片致仲禧侄孙,送还大轿全顶,凌氏欲借,不得作微生高,故了吉之,以免辗转瓜葛。王仆还,无回条,无使力,可知后辈遇事从刻,一无情绪如此!媳妇率两孙暨孙女至莘塔归省,暇作札致墀儿,明日命舟到苏。

十五日(5月4日) 晴朗。朝上两局书云山、朗亭来,柔嬲不已(许十,未付,十五①讫),又各请益而去。此时为安静计,只徇私不能徇公矣,然亦适见余之懦。饭后至乙溪处,以局刻《十三经》,新订好者还之。终日闲暇,补阅《先正事略》八、九两卷,以后拟重阅一遍。新进案寂寂无声。

---

① "十五"原文为符号18。卷十,第544页。

十六日（5月5日） 阴雨，终日潮湿如黄梅。饭后乙溪处抄案来，案首洪乃琳，小三元，我邑久无，可谓渠家增光。江连拨府廿一，正连拨府十四名，袁寅卿、凌稚川、汝韵泉均进，昨日发案，今日复试。凌氏昨日午刻报到，傍晚上去，甚为局促。墀儿认派，确知者凌、汝二公，馀尚未悉。暇则查阅外内总登账，朗相另簿登记者，十五日止截数，即以簿交余，以后照常办理。墀儿所登，前月廿五日止，尚无甚大错误。出门半载，有此细账，头绪颇清。丹徒用账另记，亦已吉清，约亏本一佰五十元左右。晚由北舍寄到墀儿十一出场后所发信，知渠六点钟出来，未免太迟。府学叶彤君第廿，元和汪药阶一等第一，并正取古学十二名，酉科可望选拔，钦羡之至，益知用功自有实效。

十七日（5月6日） 阴，潮湿更甚，无处不如雨点。朝上轻雷复大雨，下午开霁，然蕴热，未必老晴。墀儿未识今日自苏回船否。辰刻立夏，中午食蚕豆饭，甘美异常。下午略饮高粱，赏夏以应时。暇阅《三家文钞》壮悔堂文。

十八日（5月7日） 阴，潮湿如故。饭后雷声隐隐，大雨如注，下午仍不息点。暇阅壮悔堂文。迟墀儿未归，想今日无风，尚可开船。晚间墀儿到家，今日大雨后解维，昨日大可开船，诸事为薇人留恋所误。薇人托保者进账甚薄，今已另舟归，二等案仍未出，殊深悬望。汪学赟仪约有五百金，凌九十，张梦舟郎林吉乙百十五（汝三十二元），震梅文卿最阔，不过六十元。大儿处认代一派二，亦恐有名无实。明日至莘塔贺喜后，廿三日仍要赴苏，廪保中尚有未了事也，亦甚多此一番跋涉。夜念场作，颇清晰认真，此番不复试，人事已尽矣。

十九日（5月8日） 阴，大雨终日，晦霾潮湿，水日涨，计初旬至今已尺馀矣，起晴为妙。上午大儿收拾行李，下午舟至莘溪，明日范甫吉期，故预往盘桓以贺之。雨淋漓不止，暇阅壮悔堂文。

二十日（5月9日） 西北风，忽然开朗，终日晴明。饭后舟至莘塔贺凌范甫新婚喜，登其堂，排场极阔，雅奏小玉成，洋洋可听。荔生、雨亭暨新人出见，惟范甫尊人云艇小恙初痊，服辛垞方调理，辞见客。贺客不多,中午四席,座未满。认新房,新建之楼雅整舒畅,位置得宜,与海香、磬生、荔生畅谈,知吾宗会试竟不得覆试进场。子美信已出来,咎由自取,又愚不见机,可畏哉! 清议之不容如此。下午客都散,余亦告辞,归家未晚。

廿一日(5月10日)　晴朗。饭后将所带还靴鞋一一曝于庭,暇作两札,一致汪和卿《陆清献日记》一部,一致吴月耕先大人诗初续刻二部奉送,墀儿廿三日赴苏,可面致汪世兄药阶也。下午闲坐。

廿二日(5月11日)　阴晴不定。终日雷声隐隐,下午阵雨,又复蕴热。上午顾念修同其堂弟季常来,乃翁所负,念修肩其半,渠兄弟兰舟、季常肩其半,一在三年之内,一无定期吉了,如此草草俯就,以全生死之交,然余吃亏实甚也,言之可叹! 中午留之便饭,与念修饮高粱谈心,颇见念修竹林之谊。晚间墀儿自莘塔回,恰好阵雨未逢,今夜伏载,挈朱仆又要赴苏料理新进诸事。

廿三日(5月12日)　阴,西北风不狂,渐向晴。大儿到苏当亦未晚。上午蔡仿白有字来,为宾之明日吉期借去蟒服一领。暇阅《先正事略》名臣开国诸公。中午食蚕豆饭,已饱绽,大可适口。宾之喜事,拟明日赴梨借贺之,并与诸亲友话旧。晚间,沈吟泉来谈,因雨始去。

廿四日(5月13日)　阴,微雨。饭后舟至梨花里道蔡宾之甥喜,至则亲朋满座,进之、仿白诸甥均出见,至内厅,贺堂妹云生夫人,叙话良久出来。与沈子和、蔡听香絮语,晤蔡介眉,昨自苏回,知二等案已见过,大儿约在前列。晚间宴客六席,余与沈子篝同座,拇战侑酒,兴致颇佳。席散,亲迎船已回,即吉亲,诸事完备约在三鼓,余二鼓后就寝在云生新宅,与渠妹婿大桥头袁公同榻。

廿五日(5月14日)　晴朗。晚起,仍至下岸芙初旧宅观两新人回门,始吃朝饭,此番诸事从减,晋之甥干事极明敏也。舟至敬承堂,邱幼谦内弟即出见,招李梦仙来,以挹仙洋信两封面交,知镇江已有信来,家中悬望久矣。朱子才不在梨,故专交梦仙,以了吉之。子屏在周氏设帐,有信来,即招之。中午幼谦客气,特设一席款余,与梦仙、子屏、毓之内弟八人团叙五峰园,旧地重游,故人如黄吟海亦来絮语,花木清幽,洵为乐事,饮酒随量,较之寂处客舍舒畅百倍矣。下午幼谦复邀诸同人茶寮听弹词,颇可解颐,良久回,毓之、吟海试帖诗与唱和甚佳,诵阅数首,尚未窥全豹也。幼谦以考作见示,清晰圆畅,三名前文不过如是,今列二等十四,甚有屈也。谈至一鼓始寝,榻在四楼下,幼谦扑被相陪,甚见多情。吉卿六兄下午亦去候过。

廿六日(5月15日) 晴热。饭后至顾氏候光川乔梓,渠家华厦重建已成,虽被灾,元气无伤。下午光川招同茗饮,絮语颇能适真。回,与幼谦至红蕉馆子屏馆中,周氏弟兄,一号雨人,不见,一号慕乔,来谒,均渠徒也。子屏导引书斋,花木、竹石、画幅无一不位置得宜,大家气宇固不凡也。阅子屏所改慕乔赋两篇,极认真而不背时,徜徉久之而返。接大儿廿四辰刻所发全盛信,知奖赏尚未悬牌,归期在廿八九日间。二等案寄示,江五十名,正卅一名,大儿名列第二,沈吟泉第十,吴少松正廿四。吉卿、雨春、黄元芝均来就谈,知会试题"信近于义"一章,"人一能之"至"此道矣","天下之善士"二句,诗题有"莺"字,听未细悉。覆试朱杏生一等十五,馀俱无恙,题"孙以出之"至"君子哉",殿补"使诸大夫国人皆有所矜式",湖南举子有误入孟子口气者,不列等。诗题"开屏翠光滴",不知何咏? 诸人均至,点灯始散,夜与幼谦絮谈,日上极安静闭门,一家和气致祥,大慰余怀。

廿七日(5月16日) 晴朗。饭后至沈雨春处答之,渠尊人啸梅二兄欣然出见,畅谈久之,雨春苜蓿盘兴颇浓。复至徐少卿家候之,渠心境不佳,所话无实际语。回至敬承堂中饭,下午告辞幼谦而返,到家未晚。灯下局书朱云山来,以十数与之,初则尚有胥吏气,见余面色不然,始委蛇谈别事,收领而去。是夜齿微痛,恰能安睡。

廿八日(5月17日) 晴而不朗,西北风,不寒。晚起,齿痛渐愈。顾兰舟饭后暂回去,看渠病势甚不轻松,大为寒心。暇至大嫂处絮语,日上服文伯方,颇安,夜间亦安睡,筋骨亦不作痛,惟饮食尚不旺,拟仍请文伯来,熟商清理。回来补登日记,夜间登清日上内账。

廿九日(5月18日) 阴晴参半。上午闲坐。午前杨文伯大兄来,阔别数载,老友谈心,陪之午餐,不觉过饮。为大嫂处方,以开胃、消痰、通温为主,元气虽亏,目前不能用补,余意亦以为然。叙谈,留宿二加堂西厢,至一鼓余始还,大嫂服药亦适。大儿自苏归,知昨日奖赏,今辰发棹,风逆,郁小轩、董梅邨趁船,故迟迟。汪药阶取古学而列二等前茅,蒨台进而玉符被落,亦甚少兴,所寄书札,廿六日面交大世兄手,惟道喜而不送礼,儿辈应酬甚不圆到。呈示周阆圃六世兄札,先师白庵所选,启秀初编,欲重谋梓人,特商措资,当酌复之。

四 月

四月初一日(5月19日) 阴晴不定,幸无雨。朝起不及拈香,陪文伯饭,食苏所带鲥鱼,味略宿。留文伯盘桓,以画扇就正,颇得雅赏一切。下午惊闻顾兰舟凶信,为之悲伤,渠家寡幼将何度日,重痛之。夜与文伯谈心,墀儿陪宿。

初二日(5月20日) 晴热。终日与文伯闲谈,并携旧藏字画书札供消遣鉴赏,大嫂服渠方,极安妥,可喜。闻日上各局追呼颇紧。下午接少松今所发信,约初六七日间到馆,捐监止报六洋之数难减,当收齐复之。

初三日(5月21日) 晴,蕴热。朝上命大儿往吊顾兰舟,归述诸事草草,言之凄然。上午与文伯谈论,下午回去,约初九日再来为大嫂复诊调治。有礼房顾松卿者,真伪未知,拉浮娄潘如明来嬲捐监止报注册费,命大儿婉却之。当即日作札探问少松其人虚实,即交杨报房分派,以了其事,此等使费一不老到,易杂葛藤,乡愚虽虽,奚知焉,一笑。晚间欲作阵雨未成,阅吾邑岁试前列文,说理未见清真,平平者多。

初四日(5月22日) 阴雨终日,朝上北风,颇寒。饭后作一札,并五官纳监事止报托吴少松办理。暇与墀儿论文,陶苣生所改赋,因材而施,读之可称良工心苦。

　　初五日(5 月 23 日)　阴,无雨,然尚未老晴。饭后大儿至凌氏望云汀近状,朗亭同往到家,以文伯所荐,令其子厚安先接办北账春花毕,言定脩十两,今日约定来期。吟泉同钱朗亭来,复要请益,坚拒之即返,恐尚有词说也,然亦不得不尔。孙文元同衡石来,空言无补,再约十一日进来面议。心绪颇恶劣,以《先正事略》消遣。下午不觉昼寝,大非养生所宜。吟泉又来谈,恰好解睡。晚间大儿回,述云汀病势大有起色,辛垞调治之力颇灵。厚安约初七八日间去载。

　　初六日(5 月 24 日)　晴。饭后命舟至同里,以止报费、脩洋、折腰米并信致少松,托办止报注册,约期十九日到馆。是日介庵侄定婚,续娶于陈氏云卿之女,纳采吉期。大嫂服文伯桂枝方,火升,昨夜竟夕不寐,恐旧恙复发,因请郭莲君来诊视,用归身、麦冬、夜交藤等药,尚恐未得降火安神之要,复作札请李辛垞后日来,未识能奏效否。夜饮萃和堂,陪冰人。

　　初七日(5 月 25 日)　阴。朝上接吴少松回札,大嫂服莲君药,颇能安寝一时许,相火亦不上升,甚慰。暇阅《先正事略》第二本名臣。陈厚安已来溪,盛泽舟回,接辛垞回片,明日上午一定来。

　　初八日(5 月 26 日)　晴朗。饭后接蓉卿信,荐外账,当即日辞复之。午前李辛垞来,为大嫂诊脉处方,据云此时本原背脊痛不能兼顾,温补易升提亦不能用,只宜通胃平肝,以降其气,用姜制小川连、姜渣等剂,以降为通,未识肝木能渐平否,定三四剂后再商。中午略具馆菜酌之,以近作见示,两人对饮,余大有酣意。下午凌云汀来邀请,携余遣怀、月翁送行诸作而去,蒙叔堂对笔资两洋,即托面致。大嫂循俗用羽士禳星,是夜星斗极光明可喜。

　　初九日(5 月 27 日)　晴朗。大嫂昨夜仍不安寝,辛垞温凉之方尚不对,午前文伯来复诊,与之相商,颇费踌躇,斟酌滋阴一方,未必合宜。中午陪饮,谓此症倘再不能寐,殊形棘手,且尽人事待之。文伯去后,知仍服郭莲君方,以有效为祷。心绪纷如,草作一札复孙蓉卿,即寄。

初十日(5月28日)　晴热,大有夏令,可穿单衫。朝上知大嫂昨夜得安寝两时许,欣幸万分,大约旧恙可望不大发,可计日冀早愈矣。上午阅《三家文》朝宗集,孙墨池来候,既无心了吉,拒之不见。大儿呈录场中原本三艺,颇见认真,能尽人事,阅之喜甚,若名次前后无容计较,盖西科拔贡已有注意人,此席恰本难争也。

拾壹日(5月29日)　晴热。饭后乙溪大兄来谈。上午孙蘅石进来,以生意船一只重抵旧款,余无如之何,只好吃亏收之。语约颇多,甚为烦恼,因之下午客去,牙齿大痛,几于坐立不安。夜间烦燥不能寐,幸一鼓时出紫血数口始松得安,然颊上肿甚,大约牙痛感时而发也。

十二日(5月30日)　晴,仍炎热。晚起,齿痛已减,然饮食尚不便。大嫂日上渐得向安,不胜欣慰。是日闲散,以纾气机。

十三日(5月31日)　阴晴参半,下午似有将雨之势。齿痛稍减而未愈,终日碌碌,未得坐定,与大儿闲谈考政。

十四日(6月1日)　阴,昨夜阵雨,上午北风,骤凉。吟泉来谈,留之中饭,晚间回去。媳妇因风尚未归自莘塔,齿痛犹有馀波,春花账明日始开。

十五日(6月2日)　阴雨未霁。饭后检查田契,近有人欲回赎者,暇与墀儿论徐斗文朱卷,颇各持意见,不相合,然论文必须从刻,为更上一层。下午阅《先正事略》卷二。

十六日(6月3日)　晴炎,大是熟梅天气。上午媳妇率两孙回家,陈节生来省视大嫂,命大儿陪之,中饭后去。心绪纷如,不干一事,又不能看书,心猿意马,可笑栗六。

十七日(6月4日)　阴,下午阵雨即止。饭后竹淇弟、子屏侄来谈,留中饭,絮语,晚去。跛五侄度食维艰,议恤米,余处每年贰石,今岁折洋先付一石,下半年付清,明年支米,不遵再折,竹淇携《陆清献日记》一部去。子屏明日到馆,约子扬侄十九日来溪读书。

十八日(6月5日)　阴雨终日不止。上午《侯朝宗文》阅选一卷毕,嫌其尚有霸气,今日重阅钝翁文,始开卷。下午停账船,命去载少松明日到馆。虎孙理字,其父课文。雨蒙蒙,处处沾润,尚于田事太早。

十九日(6月6日) 开晴,可喜。午前吴少松自同里来,即命虎孙入学开馆。中午略具肴馔酬少松,招沈吟泉来陪同席,并谈定今岁脩金。下午又与吟老絮谈,知会榜同川尚未得信。吟泉晚去。

二十日(6月7日) 阴,微雨。上午阅《先正事略》第二卷终。下午读陶苢生所改大儿律赋两篇,以唐律运时尚,气机设色,开合动荡,无美不臻,且眉批处尽是金科玉律,儿辈得此,教益良多,惟勖墀儿多方讲求为要,未识今岁能做几篇否,勉之是望。

廿一日(6月8日) 朝雨即止,渐开晴,北风颇凉。上午阅《汪钝翁文钞》。下午子扬侄负笈来溪读书。

廿二日(6月9日) 晴朗。饭后墀儿往莘塔,是日凌稚川芹樽,故往贺之,今夜要止宿外家。暇阅《先正事略》第四册,并《钝翁文钞》。

廿三日(6月10日) 复阴雨。闻日前嘉兴城内出蛟,城根坍数丈,飞出城,挟水行,覆溺航船人数多名,亦一奇灾也。上午阅《先正事略》第四册。下午补录考试用账及苏办物件,殊觉靡费者多,益知家中人勖之节省为难。晚间墀儿归自莘溪,知礼闱吾邑脱科,苏传说中一名,新阳中朱缉甫成熙,真老名士也。

廿四日(6月11日) 雨风不止,颇非水乡插种所宜。由北舍航船接到子屏馆中信,知散馆是月十八日,芸舫日上想必留馆,诸事舒齐矣,惟吉甫之中仍非确实为惜。寄示震泽第一沈梦庚文,甚不惬意。暇阅《钝翁文钞》。夜与墀儿查登内账,头绪颇繁。

廿五日(6月12日) 晴朗可喜。上午观工人插种,闲步田间,绣罫鳞塍,翠畴鹭拍,归田之乐,此景最真,但望大有频书,年年共享丰穰之庆为快。下午阅《先正事略》第七卷于清端公传,卓卓独超,真不愧"清廉"二字也。

廿六日(**6 月 13 日**) 晴朗万分。饭后阅《先正事略》七卷终,又阅《钝翁文钞》文四篇。中午邱幼谦作札并遣女使来,借去纱花衣、凉珠连匣、连包各一,为蔡氏点主襄仪用,即作片复与之。吴月翁所赠《曹秋岳诗集》八本,重订晒好,藏皮书厨中,并札在内,永言思之,以征爱吾挚意。

廿七日(**6 月 14 日**) 晴朗。饭后阅《先正事略》第八卷。下午读《钝翁文钞》志墓文,所载女人懿德,笔飞墨舞,字字入情入理,每于琐屑处见古茂,议论处传神妙,国朝初年允推此老作手。

廿八日(**6 月 15 日**) 骤热,潮湿。上午乙溪来谈,暇阅《钝翁文钞》,志表之文读毕,又阅《先正事略》第八卷上册。内账命墀儿总吉,今夜可以了事。

廿九日(**6 月 16 日**) 晴。昨日阵雨,黄昏后始凉。今日尚不炎热,小虎孙略有不适,停课。黄子敦有试事,赴松江解馆。羹二嫂命六、七两侄至余书房,少松权课。暇阅《先正事略》姚公启圣传,得悉平台本末。

三十日(**6 月 17 日**) 晴朗。饭后接子屏由梨馆中所发信,为议䁋陈厚甫子女事,即日当复之。厚甫与余交甚浅,故后虽属可怜,然博济非吾辈所宜,酌量应酬,聊尽人情而已。暇阅《钝翁文钞》。日上懒甚,一应账目均未清理。

五 月

五月初一日(**6 月 18 日**) 晴朗。朝起盥沐,诵大士神咒。饭后衣冠司命神前、家祠内拈香,暇作札答复子屏,待寄。下午阅《先正事略》第九卷毕。

初二日(**6 月 19 日**) 阴,北风渐凉。饭后阅《先正事略》第十卷,《钝翁文钞》上册阅竟。小虎孙略受寒,不适,停课已三天,俟其渐愈复原,然后督课。下午雨。

初三日(**6 月 20 日**) 阴,闷热,下午雷阵雨。饭后吟泉同局书朗亭来，又以五羊皮润之去。留吟泉中饭，适吴幼如甥来，据云梨里为卡事，乡人哄闹，今日罢市，恐不能安然无事也。袁寅卿今日芹樽，命墀儿往贺之，晚归，得悉会试新闻识。

初四日(6月21日)　阴晴参半。饭后命舟载薇人来为虎孙诊脉，据云湿热兼感，处方温通、开胃，下午同子扬回去。终日碌碌，未曾片刻坐定。

初五日(6月22日)　晴，略热。今日卯初二刻夏至节，端午节逢夏至，六十花甲中仅见，吾辈幸适逢，亦可庆也。中午衣冠率儿辈祀先，市中适乏黄鱼荐新，亦近年所未曾有，殊欠风味。祭毕，与少松对饮赏节，颇为酣适，闲阅《桃花扇传奇》已遍。

初六日(6月23日)　闷热潮湿。上午正在阅《钝翁文钞》，适陈翼翁扁舟来访，知今科文字颇得意，惜不见赏。复试点一字，仍列二等前六十馀名，以洪殿撰殿卷《登瀛社稿》续编、金京顶见惠。中午便饭，略置酒，畅谈京洛事，下午始回，约秋间再叙。

初七日(6月24日)　晴热，大似炎夏。饭后命墀儿至梨里汝琴舫家贺其郎入学喜，兼至邱幼谦家逗留。上午徐老翁、小溪来问俗事，却之，兼探听寿榜如何办法，余以丹徒所抄稿示之，俟科试后酌办赴学具呈并文移县，长谈而去。命舟载三大侄薇人来为小虎孙诊脉，照前方加减，清火、理湿，据云可渐平复。书房内谈文，中饭，下午送回大港。

初八日(6月25日)　晴，炎热，汗淋漓。上午阅《先正事略》十一卷毕。下午心烦闲坐，不看书。

初九日(6月26日)　晴热而爽，东南风，于田家种后最宜。饭后将旧岁续印日记晒而庋之，然尚未干燥得宜。暇阅陶苣生改凌范甫赋三篇，嘱少松录之，并眉批、总批，皆度人针也。下午重阅《觚剩》一书。命舟至梨川载墀儿，晚归，欣知费芸舫留馆，甚可为天分优、功力勤者劝。后知家信已到，吉甫未归，一等第四名，廿八日引见，授职京报已来，恐伪，不大开发。

初十日(**6月27日**) 晴，炎热如正伏。饭后大儿赴紫溪会酌，梦粟堂对已书就，从子屏处寄来。阅子屏改周雨人文，洪小三元文亦抄示，阅之可见师弟渊源。暇阅《钝翁文钞》，《古文辞类纂》两套子屏已寄还。下午接陈翼翁寄示芸舫殿卷半页，陈、许合稿两册，阅论文数则，时极矣，然令好高者喷饭。

十一日(**6月28日**) 晴，炎热可畏。饭后阅《先正事略》第十二卷，命墀儿整理书册，渐当坐定作夏课，且可收此放心，此月中当课文、赋各一。下午读《钝翁文钞》。

十二日(**6月29日**) 晴，炎热如炽。昨夜挥汗不停，近年希有也。饭后翻阅荔生所换来胡文忠公湖北刊本全集三十二册，煌煌巨制，较江南本多三之二，当晒好展读之。暇阅《先正事略》十二卷《殷军门传略》，武臣有经济如此公亦希见。下午阵雨即止，热仍如故。

十三日(**6月30日**) 晴，炎暑颇甚。饭后孙墨池来，空言无补，姑将顺之，俟渠六七月间抄账来。下午郭莲君来诊大嫂脉，制方专用攻肝理气药，只宜一二剂，不得多服，伤本原。暇将《胡文忠公全集》翻阅一遍，不能详读，因头绪繁重也。阵雨即止，仍未招凉。

十四日(**7月1日**) 晴热未减。上午阅《先正事略》鄂文端、张文和两相国传。悬挂沈梦粟新书堂楹帖，字略小，不甚堂皇。下午复雷阵雨，渐有凉意。春花账今日停手，仅够盘费，无所馀润，此事总以在限内紧催为要着。

十五日(**7月2日**) 晴朗，下午阵雨大酣畅。暇阅《先正事略》，卷十二将告终，《钝翁文钞》《明史列传》第二卷。夜间略凉，连日炎暑渐退。

十六日(**7月3日**) 阴，无雨，东北风，终日颇凉。暇阅《先正事略》第十三卷，《胡文忠全集》奏稿略阅数册，得收复九江，三河战败诸实迹。

十七日(**7月4日**) 晴朗，仍北风其凉。上午与吉老对东账，半日而毕，不过虚行故事，若要随时稽察，防弊催欠，区区难以制胜也。

下午点阅《医学心悟》第三册完卷。

十八日(7月5日)　晴,仍北风,凉爽。上午与陈厚安对南北账,至午后毕事。下午黄子敦到馆来谈,知松属考事已毕,十六日奖赏文生童,武案另起发落,善政也。熊纯叔仍一等第一名,名下矢无虚发,佩甚。吟泉来,畅叙半晌,晚去。今由子登处确悉何丈古心于是日初旬归道山,老成凋谢,执友云亡,不胜悲悼。

十九日(7月6日)　晴朗。上午命仆厅中洒扫,中午祀先,大父逊村公忌日也。祭毕,接钱子骧四月十六日所发沛县学中信,并步余元韵十六首,述怀寄忆,颇得彼处近状亦甚平平。墀儿今日书房开课,晚答黄子敦,絮语而返,朗老乔梓联办亦与谈定。

二十日(7月7日)　阴晴参半,不甚热,可穿单衣。是日交小暑节。上午摘录租欠要账,下午停止。墀儿呈示昨日诗文,尚属妥协。暇阅《钝翁文钞》。

廿一日(7月8日)　阴,微雨半天,渐开霁。上午摘录租欠账。下午阅《钝翁文钞》第三册。

廿二日(7月9日)　晴而阴,下午略热。上午摘录租欠账。下午阅《钝翁文钞》三册数篇。

廿三日(7月10日)　晴朗,渐暑而爽。朝上汝氏来报,颇见其迂而不脱洒。饭后送朗亭乔梓回去,一约出月二十来,一约七月初旬来。暇摘录租欠账毕事。下午《先正事略》第十五卷阅毕,《钝翁文钞》又阅数首。

廿四日(7月11日)　晴朗,暑而多风。上午查租户承佃账。下午阅《先正事略》第十六卷。

廿五日(7月12日)　晴朗,有风,暑不酷。上午查阅租户的种账。下午阅《钝翁文钞》序文。

廿六日(7月13日)　晴朗,下午阵雨,暗晦。饭后查阅租户账欠,至午后始毕事。上午子屏遣人持札并费吉甫回京后所惠书,知子屏解节后,日上为冠伯牵率至江,颇以为苦。芸舫留馆,京报、上谕均见过,一等第四。陶子方已散县令。大儿所托买物件——办齐,并开清账,此老办事极为精密,并惠余翠花、京顶、朝卷、石拓暨芸舫散馆大卷子,精妙绝伦,暇当修札——复谢之。是日下午雷电交作,不能坐定看书。夜间颇凉,会墨暨顺天庚午闱墨子屏已寄来,在书房内,余未暇阅也。

廿七日(7月14日) 上午晴,下午又阵雨。饭后舟载凌新甫来,为小虎孙看惊,据云受寒而起,寒热已一百不解,此儿体质颇弱,明日即已汗解,尚须请渠复看。大儿做赋第一期,其题苃生所出。暇阅《文忠公全集》。

廿八日(7月15日) 晴朗。饭后仍请凌公来为小虎孙看惊,知昨夜寒热凉而不凉,终夜不得安寝,饮食希少,颇似疟而非疟,姑静俟之,以候其症之所自来,能勿药有喜为幸也。大嫂日上亦不得安,视之面色甚正,而食少痞痛,必须服药,庶有转机,已苦劝之矣。终日心绪纷如,欲修札谢吉甫而亦不能动笔,闷闷而已。家人请为虎孙祷,从俗许之。

廿九日(7月16日) 晴朗。小虎孙昨夜颇能安寐,胃口渐开,惟下午又似有疟象,听之。上午阅《胡文忠公全集》。下午《先正事略》第十七卷阅竟,然心不专,行云流水而已。

三十日(7月17日) 晴朗,不甚炎热。饭后拟答吉甫书,尚未写,情兴不佳故也。明日拟专舟去请李辛垞,大嫂日上症变多端,面目多有黄疸之象,饮食极减,精神委顿,未识辛老能有转移之术否,思之踌躇。下午阅《钝翁文钞》。

六 月

六月初一日(7月18日) 阴晴参半,不甚炎热。朝起盥沐,虔诵经咒,饭后衣冠东厨司命神前、家祠内拈香拜叩。至大嫂处,视之,面黄而尚光润明亮,及早一意调治,可望告痊。暇书一札致答费吉甫,封就待寄,不善书,益形恶劣。《胡文忠全集》略翻一遍,未完,此书须详阅方有头绪,躁心人未易领会也。晚间辛垞来为大嫂详诊处方,用辛香诸品,以伏龙干代水,颇费斟酌,因攻敛、大温、养补俱碍,一时几无下手处也。以粥酒谈心,甚亵之,至二鼓下船,明日凌氏复诊。

初二日(7月19日) 晴,不甚朗。晚起出恭,大发痔痛。上午子屏来,畅谈终日,知两徒均到杭赴试,可有半月之闲,晚归,吉甫信托寄。是夜疲倦之至。

初三日(7月20日) 晚起,仍阴晴参半。大嫂服药半剂,仍涨满不对,因命大儿抽出归、芍二味略滋补者,再服半剂,未识能安妥否,思之焦闷。暇阅《先正事略》第十八卷,《钝翁文钞》序文。是日食西瓜,已甘美矣。

初四日(7月21日) 晴,渐炎热。大嫂昨日服药颇少安,今日尚未见进境。饭后少松舟至子屏处谈天,下午还。接汝韵泉答大儿书,此子为认保为图赖,其言狡而有理。总之,薇人之办理不善也,一笑置之。暇阅《先正事略》沈归愚、庄滋圃传,《钝翁文钞》。

初五日(7月22日) 晴热。饭后走视大嫂,日上胀满略松,黄气渐退,而眼白黄又增,未识究竟若何,拟后日再请李辛垞为要。上午照应出冬,米石二元,已为得价,米之贱值可知矣。碌碌终日,未曾坐定。

初六日(7月23日) 晴热。今日交大暑节(憩棠洋、信由七老相寄顾德裕)。上午墀儿来述嗣母之言,昨夜不安寐,不以辛垞药为然,左右近人惑之也,可恨!不得已仍请莲君来诊治,下午始到,专作黄疸阳症看,用陈菌为君,辛垞亦议及之,因病由脾败,治当由源以及委,莲君专治表,譬如作文,仅做题面。姑以二剂试之,恐未必于源痞块能兼顾也。妇人浸润之言,不听,难矣哉!中午与少松对食不托,颇有味。

初七日(7月24日) 晴热,下午似有变意。接子屏札,托吉卿合太乙丹已来。周氏二徒,一新进拨府,一一等十四,可望食饩,颇得意,即作复之。下午有费玉昆子顺孙来赎"尊"字圩田九亩四分有零,即钱子方之亲,陪其堂姑费钱氏持嘉庆廿四年副券来验,因检正契二纸,新方单两张,面交讫。此事颇为劫后仅见,惜老玉已卒,其媳孤,其孙幼,然得此精产,亦足以自给矣。秋间当以此数田亩另制补足之。

初八日(7月25日)　晴,不甚燥热。上午知大嫂服莲君方无效,且胃气大坏,几乎呕逆。辛垞既有二监,为难不用,拟明日去请严惕安,酌诊处方,然心无恒,宵小眩听,总与此症大不宜,思之恨甚也。终日纷纭,看《先正事略》班、鄂二公传,亦不能了了。

初九日(7月26日)　晴热而爽。饭后至大嫂处问视,知昨夜尚安,然不服药终不能收效,已命少云至同去请严惕安。元恺之数仅减其二,船钱二贯(两),昂矣哉!下午阅《先正事略》第十九终卷。晚间始浴,称快。

初十日(7月27日)　晴朗,有风东北来。朝上顾某来,见之,不待渠开口,借以十元,塔桥税起契上看,以大富单该倒还朱大泾七分者与之,欣然而去。知黎令已调空,后任金匮调来余姓,云是幕友出身。乙溪来问大嫂,即去,少顷,严惕安来,陪至大嫂房诊脉,良久回至厅上处方,用旋覆代赭汤加减,据云目前症已八分,急以抑木、培土、安神、理湿为要,如略有见效,庶免肝厥,疸系阴黄,然病之源不在此也,定方三剂再商。长谈,留便晚、朝饭而去。方似玲珑,稍嫌杂霸,未识服之能安减否。终日碌碌,不能观书。

十一日(7月28日)　晴热而爽。饭后知大嫂昨服惕庵方,终夜安神,腹中不涨,并能下气转动,甚为欣喜,但能连服有效,此症尚可渐痊也,心祝之。上午照应出冬,下午略登账务。

十二日(7月29日)　晴朗,晚间阵雨未成,颇风凉。上午大嫂处有内亲女人来问病,渠家携樽来,甚见体谅,然赀果回力已废中人十日之用。吟泉来谈终日,晚去,知渠家事亦甚有不能明言之苦。

十三日(7月30日)　晴朗而爽。上午照应出冬,大嫂因昨客来不无纷扰,又不安寐,服惕安方尚妥。命大儿略述病情,明日属子祥去转方,能得渐有起色是望。暇阅《先正事略》第二十卷。

十四日(7月31日)　晴朗,热而爽。饭后乙溪来问大嫂近状,午前杨梦花同侄顺卿来视大嫂,陪之中饭,下午回去。今日病情不增不减,惕安处转方,劝之多服以求效。

十五日(8月1日)　晴热多风。大嫂昨夜安胀参半,今服惕安转方,用绵茵、陈天青、地白叶草,炒于术、金斛,炙鳖甲等剂,未识妥否。暇阅《钝翁文钞》第二卷。

十六日(8月2日)　晴朗,不甚炎。饭后闻龚二嫂命七侄为大嫂祝寿拜星官,一笑听之。《胡文忠公全集》奏稿、书牍今始翻阅一过,略得头绪,惜训愚,不能记其大概为歉。《钝翁文》第二册序文书阅讫,行状传尚未寓目。

十七日(8月3日)　晴朗,不炎热,下午疏雨即止。命舟至莘塔去载兰女孙,阅《先正事略》第廿二卷。兰女孙未来,约明日。

十八日(8月4日)　晴朗,不炎暑,下午阵雨即止。上午凌荔生来,畅叙小酌,快谈至晚回去,《得月楼集》《松陵文献》两部均还,只剩《史记》未过圈点,缓邀,约秋后再来叙。孙女,外祖母仍留,未归。

十九日(8月5日)　晴阴参半,略闷热。上午照应出冬,暇阅《初月楼文稿》,兴致不佳,掩卷闲坐。是日大士佛诞,仍在中堂供奉香烛,虔叩斋素,不敢忘皈依微忱。

二十日(8月6日)　晴朗。上午周老聘来问大嫂近恙,此人尚有古道,略受之,略偿其值。下午陈厚安到寓,述其乃翁初六来溪,近日略患伤风,届期可全愈矣。是日阅《先正事略》廿二卷毕,与墀儿论齐家之道,一时急切整肃,于势颇有难行,要在慎之于始,然少年定识能有几何,宜慎筹之。

廿一日(8月7日)　晴朗,东南风颇凉。饭后照应出冬。午前严惕安来,复为大嫂诊脉制方,仍用旋覆代赭加减,据云抑木扶土、安痞理湿,目前要务,补剂甚难投也,定方十全后再商。是日颇形栗六,留惕安□便中饭,置酒絮谈,下午回去。

廿二日(8月8日) 晴朗,无暑热,是日巳刻立秋。朝上接子屏札致墀儿,渠已到馆,其徒慕乔决已补廪,年少可羡。子扬略有小恙,回去。大嫂昨服惕安方,平平无效,且俟今夜服药何如,思之踌躇。下午与少松小酌赏秋,终日东南风,甚合时令。

廿三日(8月9日) 晴,东北风,终日凉甚。秋雨轻洒,不畅即止。大嫂昨夜服药尚安妥,然痞块不动,难云有效。暇阅《钝翁文钞》三册初读遍,《先正事略》名臣阅至廿四卷。

廿四日(8月10日) 晴阴不定,终日凉风轻试,阵雨时来,于田禾最宜。暇阅《魏叔子文钞》,于甲申事记载颇详,然文气如谏果,余不嗜也。大嫂服药平平,而鲜实效,大为愁虑。今日又有内亲来问疾,媳妇陪之。

廿五日(8月11日) 阴雨终日,不甚热,大有秋意矣。饭后至大嫂处相问,知夜间颇安,面上黄气渐退,似有起色,而痞块不动,胃纳仍希,终不妥致,婉劝服药,冀其转机是祝。暇阅《叔子文钞》,《先正事略》名臣第廿四卷。

廿六日(8月12日) 晴朗,仍东风,不甚热。饭后知大嫂昨夜不甚安,几至呕逆者数次,似乎压气之药亦无效验,殊深焦闷,奈何。暇阅《魏叔子文钞》,《先正事略》陶文毅公传。

廿七日(8月13日) 晴朗,略热。大嫂昨夜尚安,然痞块依然未下。暇阅《魏叔子文钞》。下午食瓜,甘美异常。

廿八日(8月14日) 晴,风息,渐热。饭后账房内有成冬米者,即定交易,此时高下均可望有秋。价贱售,虽不得利,亦甘心焉。大嫂昨夜又不安寝,看来现服之药甚不得力,拟再请易方,以图后效,甚觉棘手也,闷闷。暇阅《初月楼文稿》,心不聚,下午束书不观。

廿九日(8月15日) 晴,颇蕴热。饭后张吟园持子屏札来,托买杭城书局所刻《三鱼堂全集》两册已寄来,系绵纸连四印,银杏夹板,极精致,急阅之,文集、读礼、志疑、三鱼堂剩言、年谱外,将先大人所刻日记照样重刊,均是浙抚军杨公所纂定,杨公有跋识,柳刻不敢掠美，一应照旧，盛感流传至意。惟云原板已遭兵燹，则是传闻之讹耳。此书吾家宜再购一部珍藏之，所谓合之则两美也，快慰之至。少松拟明日解馆，约十二三日去载。大嫂今日尚安，然疲软亦非佳处，即属少云同至铜川，再请惕安来酌方，以图转机。

七　月

七月初一日(8月16日)　晴热。朝起送少松解节，即去请严惕庵，闻家嫂昨夜颇安，稍慰。饭后衣冠拈香，谒东厨司命神前暨家祠，朝上虔诵大士神咒。下午吟泉来畅谈，晚去。北舍局补截版串，足见胥吏之狠，约八成半左右矣。是夜大风雨，颇酣畅，良苗怀新。

初二日(8月17日)　晴阴而不甚凉。饭后阅《名臣事略》宣、文两朝诸公，其赫赫者以林文忠公为最。午前惕庵来，即陪至大嫂处诊脉，知黄色已渐退，而神疲痞坚，舌苔白垢粗，脉无力不弦，胃纳仍希，方用肉桂、于术，以温通为主，定三帖后如对症，加长条参须钱五分，未识痞块能消动否。总之，此症目前尚未收帆也。留中饭对酌，下午回去。晚间又有阵雨，栗六，聊无兴趣。

初三日(8月18日)　晴，雨后渐凉。大嫂昨夜服药颇能安妥，然胃纳极微，神思疲倦，尚无起色可恃，只尽人事而已。暇阅《魏叔子文钞》下册，《名臣事略》第廿六卷，都是粤匪起事，殉节诸公实录。

初四日(8月19日)　阴凉，阵雨时至。朝上属厚安至斜塘位育堂配药，大嫂服温通之剂颇能对症，而神思疲惫不能在床坐起，似当接服补剂，未识能不胀满否。村人演剧，聚观者人行如蚁，余则闭户，阅《名臣事略》第廿六卷罗、李二公传，然日上心绪纷繁，看书亦浮，不能一线到底。

初五日(8月20日)　晴热如正伏。大嫂服药虽安，而虚象叠现，殊少佳境，拟今夜服参须，未识能受补否，言之愀然。吉老来观剧，长谈，约十七日去载。暇阅《叔子文钞》。

初六日(8月21日)　晴。昨夜阵雨颇畅，今日渐凉。大嫂服药不见松机,大有虚沉之象,殊令人无药可施,奈何。下午陈老朗已来,终日踌躇,无暇展卷。

初七(8月22日) 乞巧日,昨夜风,雷雨,今颇晴明。饭后至大嫂处问候,知昨服肉桂胸中颇好,而口干苔白碎,神气甚清而戌削疲惫,不能多饮粥汤,终嫌此症未易奏功。回来,作便片,明日至桃庄关照文伯,邀渠同来,再请惕安相商。复札答子屏,即寄北厍。午前照应出冬,下午又成交一仓,今岁已贱售了吉矣。碌碌终日,不能静坐。

初八日(8月23日) 晴朗,下午复阵雨醅注。饭后乙溪来问大嫂疾,知昨夜胃纳颇佳,而今晨神疲口燥,纳希如旧,欲望转机,殊乏良策。惕老已去请,并札致文伯,约明日自陶庄来,同酌调剂之方,以图有效,未识有缘否。上午董梅村来,因留便饭,邑叙,下午回去。紫溪一席欲再带一徒,主人翁尚未允许,托墀儿吹嘘,然亦恐齿牙无力也。碌碌心纷之至。

初九日(8月24日) 阴雨终日,秋凉。饭后严惕安来,即至大嫂处诊脉,知昨夜纳粥即呕,神疲口干不知味,舌色灰粗,幸未烽,脉象不弦带空,据云肉桂不能用。少顷,文伯来,良久,共定参须四磨饮,以攻为治,兼扶元,若三剂后仍不见松,无路可投矣,然本原疲惫如此,恐亦无力能御之,医家不过以此塞责耳,思之可虑,姑尽人事以图天命。制方毕,略具酒肴午饭,惕安先去,文伯旋去。终日踌躇,但祝略有转机,尚可用药,余心思纷甚矣。晚间未服药,又呕,今夜命子妇必须陪侍。

初十日(8月25日) 晴朗,昨夜凉似中秋后。朝上知大嫂昨宵服汤头饮,尚安,而神疲体重,痞块依然,虽尚可饮汤粥,不得谓有转机,且俟之。暇阅《国初四大儒事略》,煌煌大文章也。兰女孙归自外家,聪秀之气溢于眉宇,差足慰予老怀。

十一日(8月26日) 晴,不甚朗。饭后乙溪来问大嫂疾,兼述五佺横逆滋事,吾家不应有此败类子弟,可叹!乙溪去后,余视大嫂,知昨夜尚安,然神乏纳减,痞块仍不松动,万难稍有起色,可危之甚。

午前作札复少松,约十六日去载,昨有信来,十三日有事不能到馆,然余处无人斟酌办事,亦万难再缓,不胜踌躇。闻大嫂呕逆一次,奈何。终日纷如,了无好怀。

十二日(8月27日)　晴朗。朝上知大嫂呕逆三次,并见络血,饭后大便自下,尚黑结,而腹中仍不通畅,不能稍纳,症已危急,惟便不虚脱,尚冀迟延,遍体焦灼,真火渐炽,苦甚矣。家中略收拾,以恐不虞,敦谕子妇夜间小心陪侍,药则暂停。终日繁杂,余亦颇惫。

十三日(8月28日)　晴热。朝上走视大嫂,知昨夜呕逆数次,舌干而汤米不能进,神气颇清,见余尚作酬应语,而胃气渐闭,闻今晨又便,形如败酱,恐终难以挽回,可悯可叹,令人辄唤奈何!上午照应出冬,作札复致少松,相约即日唤舟到馆。吉老来,凭摺支师款,赔付之,未知何年圆满功德也,闷闷终日。接子屏札,即日归家祀先,知天津水大发。晚间大嫂病笃,忽面谕墀儿,欲以羹二嫂处七侄并嗣,余承命,不敢不允,但既有此心,何不早早出亮?免余任劳任怨多年,思之殊不甘心,然余心实可告无负也。

十四日(8月29日)　晴闷,颇热。朝上以大嫂之命告知一溪兄,一笑置之,他日正多繁杂事相商焉。大嫂上午奄奄一息,余嘱羹二嫂暨媳妇端整后事,大儿侍床侧,余在二加堂修理督办洒扫,心中郁郁,亦无如何也。是日申刻,大嫂竟寿终,呜呼!应墀不获永侍慈颜,错抑至此为痛。傍晚大兄来,共议三朝丧事,羹二嫂前言明,此番一切费用,仍余填应,大嫂账上支取。命谦斋赴芦选日,各相好均来办事。苕卿侄写报条,独当一面,择于十六日酉时入殓,十八大殓,开账明日各处通知。诸事舒齐已四鼓矣,余略就寝。

十五日(8月30日)　晴热万分,夜间大雨雷电。饭后亲族已有来探丧者,属子屏代撰挽联额数幅,谦斋书之。少松已自同来,报丁嗣内艰一事,已属条致本路沈菊亭矣。下午办事诸公均各自镇上回,附身之物一一办齐。夜间女泥数班作佛事,喧闹可厌。余照应一切,三鼓后始就寝,腰脚疲甚矣。

十六日(8月31日) 阴晴参半,晚间阵雨更甚。上午诸亲友均来探丧、送殓,杨文伯、梦花两舅氏亦至,因天气蕴热,死者已变色臭秽,共商参前三时,中午即成殓,已难为六局人等动手矣。下午排场诸事,颇觉纷繁,夜间女妮更闹,余与文伯兄弟在书楼上榻前谈心,大嫂平时诸事不体谅,均悉余之苦衷,一一心心相印,是夜四鼓暂眠。

十七日(9月1日) 晴热。夜间大雷电,雨下如瀑布。饭后命执事人灵前排场一切,稍暇与乙大兄、杨文伯昆季、吴少松共议□家事及丧葬事宜,言人人殊,迄无定论,不得已目前仍余主管,内事羹二嫂代办,七终后□□不议析矣,思之可叹。是夜女尼仍闹,余眠略早。

十八日(9月2日) 晴热。清晨排场开门,诸亲友来□□奠者络绎不绝,余谢客应酬颇形栗六。邱幼谦来,陪至余处略谈片刻。中饭后封门大殓,停枢中堂西偏,因地园内空屋方向不通,权且安置于此,今冬葬事急宜干办也。下午设灵笔谏堂,诸客均去,留者惟蔡、吴、金诸甥。夜间酌敬账房诸公,共四席,吟泉、子屏、薇人夜饭后去,余照应门户,二鼓后就寝。

十九日(9月3日) 晴,不甚热。饭后至二加账房,开发六局项款,尚有本宅未经开销。夜间馆上送算账酒四席,即款酌办事诸公。与蔡氏堂妹絮语,大嫂诸事不能体恤,均已洞鉴。余二十年辛苦付之流水,以后事羹二嫂当任其细小,不得事无内外一应余主持也。连日疲惫,今日熟眠。

二十日(9月4日) 晴。晚起,午后吴甥幼如趁蔡二妹船回去,是日大嫂初七,俗例一切事羹二嫂襄办。

廿一日(9月5日) 阴,微雨。饭后略静养。下午正在酌发本宅工人,竹淇同子屏来,有所商,属至大兄处,回来妥议。以后公款,乙溪一股,余股半,羹二房股半,不得再照旧章,余即如议应之。夜间齿痛,及早而愈。

七月廿二日(9月6日) 晴。因齿痛初愈,起来极晚。属少松将二大房分析后出入账逐一统算分明,庶余交代时可呈出公议。

廿三日(9月7日)　晴。仍晚起,上午接翼亭致墀侄信件,余代复璧之,内有碑刻二种托售,大约翼亭未识墀侄猝遭嗣母大故也。终日心绪纷如。

廿四日(9月8日)　晴,阴,微雨,是日午刻交白露节。下午补登一应账目,大嫂丧事内余填付洋二百四十五元,又分洋十二元,零用簿上开销一切费用,只净存洋一元,钱二千馀,神回后,此项已恐不够用,如何再能支持? 可叹!

廿五日(9月9日)　晴朗。饭后查摘二加庚申后三年余代应出款,不觉心烦意乱,齿牙大痛。下午黄子敦来谈。

廿六日(9月10日)　晴热。是日大嫂神回之期,延羽士五人念旹经,下午接旹,事毕傍晚。上午查摘劫时所填款目,庚申、辛酉两年草草登齐,出款已巨甚矣。

廿七日(9月11日)　晴热。终日查摘二加劫时未出之账,至壬戌年冬,略有端倪,惟内外两账万难合符,与诸相好商,道光年间之账残缺不全,外账以廿九、卅年为始,尚可清查,斩去一切纠葛。少松内账一手经理,费半月功或可告竣也,思之纷如。是日接子屏与应墀札,所以慰勉之者甚挚,莫谓大言炎炎也。

廿八日(9月12日)　晴热。饭后闲坐,命应墀眷清三年未出之账,俟诸账汇齐,大嫂七终后,当请文伯兄弟来议分析也。诸事思之,百感交集。

廿九日(9月13日)　热,潮湿。上午雨降如布,洋洋半时许始止,复晴。终日属少松、子祥算内外二加总账,求其合符,颇费会计。此事徒费计较,又不能含糊,均大嫂所报余,言之可恨,然亦只好吾不负人而已。

三十日(9月14日)　晴,仍热,稍朗。少松与子祥终日计算二加用账,合龙尚稽时日。沈吟泉来谈,下午回去,知自江城回,新令尹已公座,一切章程改经易辙,从此弊政百端,民间追呼日迫,小户不能如前得沾实惠矣。闻条银已改大户入城完纳,言之殊形不便也。

八　月

　　同治十年①,岁在辛未,八月初一日(9月15日)　晴,蕴热异常,防有大雨。朝上盥沐诵神咒,饭后衣冠东厨司命神前、家祠内拈香虔叩。碌碌终日,无心看书,心猿意马,收拾为难。命子范录二加未派诸大款,日后分居,理当扣偿。子扬侄今日到馆,子屏有字来,庆如侄媳三洋今岁不派小公账,已如数给之。

　　初二日(9月16日)　晴朗。饭后查登账目,少松计算二加总账,已至咸丰九年,属渠一手经理,然后再商一切。暇阅魏叔子文,亦不能悉心体会。夜间少松肝气大发,饮奇楠香抹,括痧而愈。

　　初三日(9月17日)　晴,蕴热甚。是日灶神生诞,阖家净素,旧例也。少松愈而未健。同治三年以后之账查尚未清,暂停一二日以麻息之。午前炎闷,略检书账目,不觉头昏目暗,下午始清爽,闲坐以畅其机。

　　初四日(9月18日)　晴朗,热甚,大似暑天。饭后与应墀吉算劫乱时所出具款,已草草汇齐。少松近体已霍然,再停一天,然后动笔,庶彼此舒齐。暇阅叔子文。

　　初五日(9月19日)　晴朗,仍热甚。传闻昨日苏城出火龙,人家被灾,可惧!午前范氏赵姨姊来舍盘桓,邱氏遣女使来请看灯。周聘兄来,照新例所派酬之。下午补登二加甲子账,以后可以一线到底。少松今日与子祥谈算二加四年以后账,不数日可以草稿吉题,然复算一盘,亦不易也。

　　初六日(9月20日)　晴,仍热甚,似非时令之正。且晚稻已试花,如此炎灼,防焦而不圆实。补登账目略已录清,少松所盘之账两三日内亦可初试完卷。下午闲坐无聊,明日有事至梨花里。

───────────────

　　①　原件第10册,书衣墨笔题"门号簿改作日记,勤笔免思,辛未桂月起",扉页墨笔题"同治九年七月丹徒学吉立"。

初七日(9月21日)　晴,蕴热。朝上同厚安登舟,饭于舟中。上午至梨川吊蔡进之嗣母之丧,晤蔡听香、周咏之,热甚,略坐席即返。至大庙候虞连溪法师,以南玲圩大嫂寿穴向方示之,据云十月初十之前,无日可选,坚约无风雨二十日来舍准向,定日安葬。渠有法事,不及久谈,茶叙而去。至子屏馆中畅谈,中午同厚安合顺吃面,人众物劣,忍饥充之。阵雨忽来,雷风交作,顿觉清凉,俄顷即霁,仍回子屏馆中畅叙。所谈未雨绸缪之事,甚韪之,当徐商。下午厚安办货已齐,即开船,舟中凉甚,到家傍晚。子扬侄其姊来请到芦观灯。

初八日(9月22日)　阴,无雨,清爽万分。饭后至乙溪处,知介庵侄前患乾霍乱,甚烈,服薇人药,已渐愈。告以二加出入账目,初次核算已遍,亏项甚巨。再属少松复算清后录簿登查,俟分拆时出亮,公议为要。终日纷纭,了难坐定观书。

初九日(9月23日)　阴,无雨,渐寒,夹衣犹冷。上午略登账务。下午与赵大姊话家常,兼评论一切,不觉言之琐琐。

初十日(9月24日)　晴,渐清朗应候。上午观少松所录二加清账,眉目一清澈底,甚见外才之优。下午阅《叔子文钞》。晚观少松、子祥对账,于廿八、廿九钩笋斗角处合准为难。

十一日(9月25日)　阴,微雨,渐冷。朝起舟至葫芦兜,吊沈老表兄溯芬之丧。闻年已八旬加一,有子有孙有寿,是乡老中之一生无遗憾者也。至则排场楚楚,陪余同席者张稚谦、沈榕斋,絮语良久。闻元之尚高卧,未见客。饭罢,晤叶友莲,略谈而返。回家上午,心绪纷纷,甚碌碌,不知所为。少松复算二加账,头绪渐清矣。接董梅村札,慰余父子颇挚,以夏季《缙绅录》寄示。

十二日(9月26日)　晴阴不定,气颇清爽。终日披阅《缙绅录》,深慨京官一途升迁非易。下午看少松算账,查核颇忙。是夜预作中秋,酌账房诸公,侑酒不陪,与少松另席在书房内,两人对饮谈心,尽醉始罢。

十三日(9月27日)　阴晴参半,恰甚清爽。上午大嫂之姨甥女西塘胡门陈氏来,五七上神亭办飨菜糕,颇不寒俭,偿以衣服、脚炉、铜盆,亦各尽其礼而已。留之中饭,下午归去。少松、子祥吉算二加四十年之出入账,今始圆满,约亏三千串左右,而四项款目尚未开列,将何以了吉之,闷闷。

十四日(9月28日)　阴雨,终日清朗。饭后内人回至邱氏,赴幼谦内弟观灯之约。是日延泗州寺门僧竹岩八位,为大嫂五七礼忏,一切中馈羹二嫂主持,其开销仍余填应,且俟七终再议分办,事既至此,一时实难释肩也。总之,任劳任怨,此心惟□尽而已。

十五日(9月29日)　阴雨终日。清晨备舟,吴少松送回同川,约廿四日去载,应埠送之,余尚高卧未起。桂香扑鼻,微雨润禾,好年丰天气。今夜即无月色,亦甚清旷,是夜微雨,尚有月光。

十六日(9月30日)　阴,无雨。是日大嫂处礼忏第三日,黄灯候圆满,照料终日,殊觉纷纭无谓。夜间尚有月光,今年中秋意兴索然。

十七日(10月1日)　阴雨,略晴,西风渐逼。今日颇清闲,而观书如嚼蜡,心野不叙故也,唯静座臭木稚香而已。有木牌楼陈建武世兄之妻来,未尝一通音问,谢以出门不见,久之始去,然恐万难忘情也。

十八日(10月2日)　阴晴不定,尚无雨。饭后命工人捉桂虫、摘桂花,亦一快事。暇阅《叔子文集》,将终卷。

十九日(10月3日)　晴朗,为中秋后第一天,惜下午略有变意。上午阅《叔子文钞》书序,毕竟语有独到处。午后吟泉来谈,晚去,知县中开征尚无章程,在城在乡亦无定期。总之,改弦易辙,断不能由旧也。姑听之,再商办理。

二十日(10月4日)　晴朗可人。饭后闲坐,阅江羧叔诗数页,适虞莲溪法师已如约来,一茶后即坐其船同至南玲圩准向,知决计是艮坤向兼寅申三分,据云今岁通利。回来,至丈石山房小坐,约选日在十二月初七交腊后,定吉葬,主葬八字一纸面交,约九月初十日去取选单。以馆菜大五簋一席酌之,渠酒兴颇佳,惜留量未畅。大谈镇上诸君,兼知殷谱翁家葬事亦渠定日,在腊月二十日。饭罢,送之回舟,约登基日再来。今日天晴,此来适如余望也。

廿一日(10月5日)　晴燥,西风狂吼,渐肃烈。是日先继母顾太孺人忌日致祭,荐用菱肉作饭,先继母所嗜也。见背已二十二年,思之凄然,莫申罔极。中午率儿孙辈拜跪致敬,聊尽孺忱。

廿二日(10月6日)　晴朗,西风仍厉。终日闲坐,阅꽃叔诗。日上寒暖不均,伤风微嗽不止,亦颇委顿。

廿三日(10月7日)　阴,似有变意。饭后属厚安覆算二加出入账,据云洋款皆准,钱数颇见参差,当俟少松来,问之始明,此事万不可受人指摘也。是日余伤风仍未愈,一切俱懒,殊乏兴。

廿四日(10月8日)　朝上风雨大作,不及舟至同川载少松,下午略息,尚未起晴。是日伤风渐愈,暇阅江꽃叔诗,戏笑怒骂尽是文章,惜太刻毒,宜其不录也。闻昨夜黄昏候芦墟中市有盗,抢获者四人,云是巡盐船匪,可怪可警也。年令丰稔尚如斯,况稍歉乎!

廿五日(10月9日)　晴,半朗。上午陈建武之妻凌氏同其内侄女小凌氏又来,询知的系得珊先业师嗣媳,建武殁已多年,有子已冠又故,惮老无依,特来商助,余以三枚如愿与之,云不再来恳,留便饭而去。惟探知先业师尚未葬,此心歉然,然此事目前万难开以心腹。传闻凌氏亦非真贤淑者也,志之,以俟机缘。下午连广海来,以青霞翁请公禀到学列祀乡贤底稿见示,知系任来峰手笔,颇干净,惟事实未列,不合式。余以管见相告,若论公评,此翁名尚甚不愧也。晚间同川舟回,少松以俗事羁身,有条致余,暂缓到馆,行李先来。

廿六日(10月10日)　半阴晴。饭后闲坐,午前内子自梨邱氏回,接寄到汝韵泉试艺,系蔡进之改本。灯下又接周雨人试艺,系贝润生改本,一以时胜,一以法胜,均投时利矢,而轻重难易之间大相殊悬。

廿七日(10月11日) 晴朗。饭后舟至芦葫兜,贺张元之郎子廉吉期,至则道主人父子喜。贺客群来,几无广座可容,即邀坐席,余忝首座,与冠伯、幼谦同席,酒数巡。饭罢,与邱吉卿、叶绥卿、子屏侄略谈,诸客几无托足处,因即辞出开船,到家极早。是日又为大嫂延门僧,礼忏事。

廿八日(10月12日) 晴,不甚朗。上午闲坐。下午吴少松到馆,趁船由莘唤船来。薇人侄自莘和堂诊脉回,知介安侄疟变白症,苔灰汗微,尚未透发,症似不轻。谈至晚,回莘和止宿。

廿九日(10月13日) 晴,稍暖。昨夜刮痧,胸胃渐清。饭后视介安疾,昨颇不安,症点未透故也。寒热甚微,肝经颇动,未识能即透否? 甚不轻松。薇人拟方,并请顾医定药。是日大嫂处忏圆满,照应一切,黄昏后始竣事。

九 月

九月初一日(10月14日) 雨,不甚倾盆。饭后走视介庵,昨服薇人羚角牛谤,白症渐透,舌台亦渐润,可望转机,慰甚。回来,衣冠拈香东厨司命神前、家祠内虔叩,暇仍碌碌。子祥所算钱款无一不差,可谓卤莽从事,且俟厚安复准,然后誊清,前册只好作底册而已。

初二日(10月15日) 复阴雨淋淋,终日不止。上午阅江弢叔诗。厚安与少松下午复算二加钱款,不准者多,今日尚难竣事。

初三日(10月16日) 晴朗,颇暖。是日大嫂七终,延本村俗道士五人礼忏一天,以尽俗例。少松与厚安吉算之账今始合龙,颇费周章。甚矣,会计当之,难能而可贵也。碌碌终日,夜一鼓账始复准吉齐。

初四日(10月17日) 晴朗万分。暇阅江弢叔诗,作札答董湄村,所示《搢绅录》拟寄还。少松课徒之馀,誊清二加账,者番手笔重劳,子祥之私心自用也。

初五日(10月18日) 晴朗可喜。饭后命应墀同七侄至陈思叩谢,并请诸舅氏约期来分析,下午回。据墀儿禀,惟六舅在,馀俱未遇,十六之期未必如约,且俟金泽语来再订日期。人事迁延,恐不免也,思之亦颇不如愿,闷闷。

初六日(10月19日)　晴暖。上午正在无聊,适子屏来谈,所托做题目已具草稿,阅之,甚得题旨,且俟斟酌尽善,然后誊政巨公,目前可不急急也。中午略置酒絮语,适孙蓉卿来,欣知渠尊翁秋伊先生近病剧而得愈,慰甚,取《分湖小识》一部去。子屏高徒暨洪小三元均寄送试草,洪答以日记,周以先人诗稿、《小识》答之,晚去,约重九后再来叙。是日薇人亦自萃和诊介安脉来,媳妇略有肝气,属定一方,即匆匆解节回去。

初七日(10月20日)　阴,微雨。上午阅洪琢君小三元试艺,知是其师王仲诒改本,满足之至。毋乃少性灵,然场屋颇利也。今日携兰女孙上学识字,欣然弗勉强,可喜。下午读叕叔诗。

初八日(10月21日)　晴阴参半。上午乙溪来谈。暇读江叕叔诗。闻江邑尊有调任之信,恐尚未确,然诸事更张,已难为其继矣。

初九(10月22日)　重阳日,清朗晴丽。上午读叕叔诗,在三十岁前后作,都精湛之语构就,非如后半牢骚之气满布纸上。下午将凉帽晒好收拾,登高佳节寂寞,颇惬幽怀。

初十(10月23日)　晴。上午有某氏女,日前蛊弄先嫂,起衅余家者也。循例设飨来,不之礼,璧却之。于世情为非,于诛心为是,此事敏煞风景,亦万不能已也。暇读叕叔诗,甚见精警。

十乙日(10月24日)　晴暖。上午读江叕叔诗第一册,正在精神团结时,出色之作甚多。晚间顾杏园自梨回,虞莲溪处选葬单已取来,择定十二月初九巳正刻启土,十二日午初发引,未初二刻安葬登位,十三日巳初二刻安石版,十八日吉顶,至十五日午初二刻封金门,似可不拘。用葬书铺陈天星到宫,此则形家钞胥技也,姑听之。是日霜降节,董湄村信件已寄秦德茂。

十二日(10月25日)　雨,终日潮蕴。上午阅叕叔诗。下午命工人扫除二加堂,明日陈节生家来荐拜大悲忏。饭后朗相回去,约十月初二日去载。终日栗六,心绪仍纷如。大儿欲作嗣母行略,尚未脱稿,雨至夜尚未息点。闻米价渐昂,有浮海至天津之说。黄昏时大雨倾注,一时许稍停檐漏,一鼓后墀儿以嗣母行略呈示,阅之,大段体例叙事不乖于法,惟字句间未尽妥,当与子屏、辛垞细加商酌,然后付刊焉。

十三日(10月26日)　晴热。是日泗洲寺禅门僧来礼大悲忏,节生家外荐焉。江弢叔诗四册今始阅遍,拟再加圈重读,以为消遣。预作一片致辛垞,求改行述。

十四日(10月27日)　阴晴不定,无雨。上午圈阅弢叔诗第一册。下午重阅《三家文》《钝翁文钞》。

十五日(10月28日)　阴雨仍终日。上午圈弢叔诗四卷。中午陈节生家遣子百继来,大嫂座前素菜致飨,因风雨,留之止宿余处书楼。暇阅《钝翁文钞》。

十六日(10月29日)　阴雨又终日,西风渐肃。暇阅弢叔诗四卷、五卷毕。下午接凌氏条,惊知雨亭续娶夫人又故,明日小殓,十九日大殓,明日媳妇要去探丧。晚间陈思舟回,梦花四兄约期二十或廿一日去载。

十七日(10月30日)　晴朗可喜。饭后媳妇率小虎孙至莘塔送雨夫人入殓,下午子屏、薇人两侄自莘和堂回,薇人为其妻母吴氏蛮嫂欲安葬帮告,已公议,共予十二千文,届期薇人来取。以墀儿所拟嗣母行述示之,据云大体无妨,字句间尚须斟酌,且两处文法大难无语病,已携至馆中细改。余复作片托寄辛垞,共相修润为要。晚间回去,二十左右各到馆矣。

十八日(10月31日)　晴朗。晚起,不甚适,括痧略愈,少食以静养之。暇则批读弢叔诗。

十九日(11月1日)　晴,东南风,下午复有变意。饭后大儿至莘溪,送雨夫人大殓,余至莘和约乙溪,明日梦花来后,二加堂会议。

是日大士佛诞,斋素,在中堂虔奉香烛,望空叩首并诵神咒,以展微忱。晚间大儿夫妇回,述及雨夫人病症,恶血入肺经,是产症之最危者,寻常医书所不载也。又述夏秋间人患霍乱症,以马粪为上,猪粪次之,取少许炙灰成性,泡汤,服之立愈。此方传自杭州,吾乡人服之,愈者屡矣。

二十日(11月2日)　晴朗。饭后阅《钝翁文钞》。午后杨梦花自陈思来,夜间略具杯酒酌之,请乙溪、少松陪之饮,止宿余处书楼上,絮语,略述一是。一应账目均未出亮,且俟明日开谈公议。

廿一日(11月3日)　晴,朝上颇严寒。上午以二加一应出入账邀同梦花、少松、乙溪面交羹二嫂,一概置之不理,蛮语不入耳,殊骇听闻,此事了无头绪。今日札致文伯,午前舟自桃庄回,约明日叫船来,姑清谈以俟之。夜陪梦花楼上絮语,一鼓就寝。

廿二日(11月4日)　晴暖。饭后在丈石山房,与梦花、少松絮谈,午前文伯来自桃庄,中午略具杯盘酌叙,所另账目,二竖虽到,略看不算,余亦从此过肩。下午文伯昆季同乙老、少松至二二房,羹嫂出见,蛮语愈多,不能入耳,殊堪发指。文伯置不理,即回。夜间在楼上细谈,看大势万难分断,且议葬、丧二款,然后再缓议分析。

廿三日(11月5日)　晴。饭后文伯昆季又至羹嫂处,告以分析且俟来年,葬、丧二事复不肯直落出钱,姑提内记一款,劝余经手代办,租务亦然。文伯即回桃庄,余与梦花、少松在书楼纵谈一是。午前徐恒甫之子来作花飨,礼也,余不见,命儿辈陪之,舟人、从者均留饭。是夜絮谈颇深。

廿四日(11月6日)　晴。上午梦花又请羹嫂来,告以葬、丧时两家账房合办结账,不得推挽,分析愈谈愈远,目前不果矣。留中饭后送梦花回府,此事竟成画饼。女人之蛮,二竖之潜,其患若是,思之可愤。是夜早眠。

廿五日(11月7日)　晴暖。上午略登内账。下午观工人获稻,黄云满地,碧色一天,闲步田间,颇见丰年景象,惜余心境不佳何。

廿六日(11月8日) 晴和。终日无事,批读殁叔诗第二册。是日交立冬节。

廿七日(11月9日) 阴晴不定,北风渐厉。上午阅殁叔诗,未动笔。下午闲坐。今日两账船初开,晚归,略有还者。夜与小虎孙指讲《养蒙图说》,尚未领会。甚矣,聪颖弟子之难也。

廿八日(11月10日) 晴阴参半,北风兼东,有变意。终日批圈殁叔诗第二册,以庭中所捋烟脂叶子粘置画盆,作彩色笔,点诗极鲜艳。

廿九日(11月11日) 阴雨终日,晚稻收获甚有碍。晚起,颇适。上午与钱子方、元音佺叙话。下午以三色笔点读江殁叔诗一卷,甚有体味处。夜雨犹甚,黄昏时不息点。

三十日(11月12日) 晴,西风渐振。饭后圈阅殁叔诗,正在动笔,吟泉来谈,留之书斋中饭,下午至莘和。确知新令尹自改旧章后,入城完条银,日上几于绝无,却毫不严催,不解若何本领,殊可骇异!约渠初十左右赴江。客去,定大嫂葬事内大船三号,其价照旧加两倍外,可知此时人家作事,费用皆浮大矣。

十 月

十月初一日(11月13日) 晴。饭后衣冠东厨司命神前、家祠内拈香虔叩。吉老自大湖收租还,知催甲席姓,颇猖獗,已用蚀钱一千六百三十文。甚矣,悬家远,非美产也。暇阅圈殁叔诗一卷,未完。

初二日(11月14日) 阴雨,上午北风渐劲。中午十月朝祀先,与少松对酌颇酣。午后风忽狂,舟去载朗亭未还,阻风故也,能不受惊为幸。暇阅殁叔诗,第二册圈竟。

初三日(11月15日) 晴,风渐息,冷甚。午前朗亭来,知昨夜舟人在渠家过夜。接荔生与墀儿札,知范甫日前大病几殆,幸留辛垞屡出奇方应变,始得转危为安,大为渠家称庆,然闻之犹骇然也。暇阅殁叔诗第三册,二卷圈毕。

初四日(11月16日)　晴暖。饭后属两房相好至东路村窰上定葬事石灰,至晚始归,合账之事所以难办,然此其开端也。暇读彀叔诗第三册,尚未圈完。

初五日(11月17日)　晴,北风未暖。饭后墀儿至莘塔,范甫病愈,望之并话旧。午前本学路沈菊亭来,钱芸山妻欲叙葵邱三千,含和未应之,且看大概。以墀儿观风卷见缴,取特等一名,评语颇佳,余阅之,知陶芑生作刀,两文极认真,赋亦工丽典切,然赋多单点处,亦非知音也,付之一笑。略叙谈而去,云至莘塔。晚间大儿回来,述范甫症变百出,辛垞随机应变,真聪明万分也。

初六日(11月18日)　晴暖。饭后沈吟泉来,今日入城探听完银章程,俟回来,吾辈再商上去。命相好至芦、梨两处,以洋易钱,备完银用。暇则批读彀叔诗,初刻三册已毕,续刻一册亦已动笔将竣,颇自惬品题。

初七日(11月19日)　晴朗,朝上始见浓霜。上午略登账务。暇则仍批读彀诗续集,尚未终卷。

初八日(11月20日)　晴暖,晚稻日上尽可登场。江彀叔诗四册,穷半月之功,今日下午始校读用五色笔批评葳事,自以谓能得作者意旨所在,暇当再复读之。

初九日(11月21日)　晴暖,朝上大雾。饭后吟泉来,昨自江回,知晤费(未)公,有日上移樽就教之说,可谓办事纷无定章。留书房中饭。少松来岁修金,贤人之数谈定,附带不准。下午黄子登来谈。

初十日(11月22日)　晴暖。饭后至乙溪处议今冬租务,照年令应略加三五升,从宽照旧,以冀账房诸公易办理。起头限十一月初一日,议定而还。暇阅《竹垞词集》李注,不能动情,盖此调不弹久矣。

十一日(11月23日)　晴暖。饭后凌荔生来,知辛垞昨在彼家为范甫调理,今约异舟同来,谈良久。辛垞至,为余诊脉制膏方,用甘和养血之品,谓余本原无恙,营血大亏故也。媳妇亦附诊,当服琼玉膏。邻人老姬复证两方毕,略置酒中饭,絮谈良久,以墀儿所作嗣母行述相商,草稿携去,饭罢匆匆即去,云今夜梨川止宿,当会子屏,荔生亦去。今日颇得友朋之乐,并深叹庸医害人,医理通微之难。

十二日(11月24日) 晴暖,不愧小春,然必有大风迅。终日无事,迟旺未不至,大约前议又中止。暇阅《钝翁文钞》,明日命少云至斜塘位育堂制膏料。

十三日(11月25日) 阴晴参半,似有发风之象。上午阅《古文辞类纂》,究竟汉文深厚难读。下午读《钝翁文钞》,则兴会飙举矣。明日两账发限縣开船。

十四日(11月26日) 晴,似日上可免发风。饭后以片字约吟泉后日入城,上午吟泉来谈,余处乏人操舟,属往东易雇借一工,未识如所请否。下午乙溪来关照,明日先同吟老赴江。碌碌终日难坐定。

十五日(11月27日) 阴晴不定,防即日有风。上午部叙到江一应要带之件。下午闲坐。夜间伏载在舟中,能得明日无风则幸甚矣。是夜雨风交作,舟中恰能安寐。

十六日(11月28日) 晴朗。清晨发棹,风尚未息,幸舟子鼓力前行,不嫌西北石尤风。舟上读欧文数篇,颇得其用意处。下午风渐微,已入城,即同乙老诸人出吊于顾,其子又亭出来,查对局簿,收取大富新倒分单两张。还,舟中夜谈毕,复同吟泉至朱云山处,以由单共抄串廿八户,连物色乙七八面缴之,委蛇久之而返,吟泉宿在家中。是夜舟泊下塘,篷窗颇暖。

十七日(11月29日) 晚起,霜浓。与吟泉共食不托,祥园茶叙,复晤旺未,长谈。出来,至木小桥头惠下王少云局内做推收,复以欠单面交殷啸春赶办。诸事舒齐后,徜徉至三天门,寺僧清源接见,憩谈久之。进城复茶话,黄昏候在吟泉家中与王麟书畅谈良久,知朱稚苹在苏卫道观前处州府潘公馆内,以一纸寄余,安砚无所,其眷属寄居吟泉所,甚见窘迫。吟泉舟已来,明日余先行矣。

十八日(11月30日) 晴阴参半。朝上出城,至同川小泊,略买食物,饭罢即开,到家下午。知飞限折租已开收,接陆九芝信,并寄渠郎报单、朝卷、请柬,甚羡渠继起得意,当作答贺之。夜间风雨又交作,此行尚凑巧。

十九日(12月1日) 晴朗,颇严寒,风已息矣。上午略登账务,适薇人来为墀儿定丸方,辛垞为余置膏方,酌改一味,颇是。絮谈终日。下午乙兄亦来,请合膏方,余处拟定,至晚始去。

二十日(12月2日) 晴朗。上午大富湖滩上已有来还飞限租者。暇拟作答九芝贺书,兴不佳,未就,盖彼得意,余失意,相形益自愧愤。暇磨墨匣,闲坐。

廿一日(12月3日) 晴朗。饭后略阅《古文类纂》。今日始有来还本色租者,因户次,米虽不佳,权收之。下午写答九芝书并贺分,竟如老秀才强还岁考,艰于作字,草草完卷一般,可笑。

廿二日(12月4日) 晴朗。是日共收租十馀石,请北库药店伙进来合膏料。暇阅王介甫谀墓文。

廿三日(12月5日) 晴,下午东风,似有变意。今日收租十馀石,本色者半,米色颇好。暇作一札,拟寄朱稚苹,聊述近况,然彼所处,极见无米为炊手段,以余相较,宽迫迥殊,所谓"退一步海阔天空"也,志以自警。

廿四日(12月6日) 阴,微雨,暖甚,要防发风。闻昨夜田基浜杨氏有郁攸之灾,工人吃烟不慎之故,冬令益宜小心防范也,谨凛为要。今日共收租二十馀石,夜间酌敬账房诸公,陪饮颇酣。

廿五(12月7日) 阴雨,东北风终日,难卜老晴。自朝至暮雨不息点,还租者寂寂,阅欧文志墓一类,颇知其命意之所在。

廿六日(12月8日) 阴,无雨,颇暖,日上必有大风迅。终日在限厅收租,至晚吉账,共收八十馀石,折色居多。墀儿今日子屏处会酌,归傍晚,知今日得彩者吴幼江。所拟行述,子屏与辛垞酌定,急阅之,文法古简得体,惟斗筲处尚不惬意,当再面商。复由屏偅处接费芸舫九月十五所发信,词旨圆婉,所以慰勉墀儿者甚挚,暇当作复以通音问。所送优贡朝考卷,松江朱公一本亦收到。

廿七日(12月9日) 阴冻，西风渐劲，上午见雪略晴。终日收租尚不寂寞，夜间吉账，共收乙佰四十馀石。夜眠一鼓后。

廿八日(12月10日) 晴，尚不甚冷。终日在限厅收租，各佃尚称踊跃，南北斗来，催甲沈尚达子叙山不甚驯良，折价瞒让三分，从宽允之，然此风恐牢不可破也。夜间吉账已二鼓后，约共收叁百九十馀石[①]，已甚忙。

廿九日(12月11日) 晴，上午尚暖，下午西风狂吼，午夜冻甚，风更严厉矣。自朝至暮，各佃还租争先恐后，至黄昏余始得少麻。吉账夜半，诸相好暨余尚不至十分疲倦，共收租四百二十馀石，统计总数乙千贰百馀石，较去年尚少一成账，然已四成多矣。余就寝已子候。

十一月

十一月初一日(12月12日) 晴，西风冷劲异常，水点成冰。晚起，饭后衣冠叩谒东厨司命神前暨家祠内。终日收存飞限米二十馀石，风阻，远者均不能来。乙兄来谈，知折价不复松。夜间吉账极早，诸相好劳辛多日，今夜借可安眠。

初二日(12月13日) 晴，西北风仍刚劲。严寒异常，若无日光，冰冻成矣。子妇欲归省，风阻不果。终日收租两户而已。

初三日(12月14日) 晴，风渐息，河港薄冰即释，下午渐暖。饭后媳妇率孙女、两孙至莘塔外家，约出月初旬归来。终日收租十馀石，少松明日要解馆。

初四日(12月15日) 晴暖。饭后送吴少松回同，约二十左右墀儿到苏同往去载。终日收租十馀石，颇嫌寂寞。

初五日(12月16日) 晴暖，朝上霜浓，各处河港有冰，上午渐解。午前邱幼谦自梨来，欣知日上存心戒烟，不胜快慰，姑能决然舍

---

① "石"字旁有符号呛。卷十一，第16页。

去,后福无涯。叙谈留便中饭,下午归,因服药不便,不及留,颇亵甚。镇上各家限内成色均平平,是日收租三十馀石。

初六日(**12月17日**)　晴朗,上午冰路尚未尽通。终日收租四十馀石。下午与圬者陈宝传言定大嫂安葬工作,尚属近情。

初七日(**12月18日**)　晴,上午西风狂吼,颇寒,下午渐息。终日收租九十馀石,远者多为风阻。裁衣七伕来商,赒之,然无恒业,恐难为继,奈何。

初八日(**12月19日**)　晴,朝上霜浓,冰路不通,上午渐通。午后始有还租者,下午颇觉应接不暇,然米色渐潮杂矣。夜间吉账,共收租乙佰廿八石有零,尚属舒齐。

初九日(**12月20日**)　晴暖。饭后在限厅收租,各路均至,米色渐次,折数渐希。南北斗小催子沈叙三颇横无礼,念其父无过,宽恕之。是日共收租乙佰九十馀石,夜间吉账,未至二鼓。

初十日(**12月21日**)　晴暖,而各处冰路至午前始通,亦甚希有。各佃还租碌续而来,至晚共收租乙佰八十馀石,夜间吉账不过一鼓后,自开限至今,共收租乙千九百馀石,已有七成数,惟折色不及去年耳。拟再宽头限五日,以期踊跃。

十一日(**12月22日**)　晴暖,潮湿,要防风雪。是日共收租连存仓二十馀石,颇觉阒如。未刻交冬至令节,夜间祀先,厅上祭祖考四代,墀儿陪祭襄事。祠堂内祭始迁祖以下已祧之祖,余主之,祭毕饮胙,甚为酬适。

十二日(**12月23日**)　晴暖。终日收租不满十石,饭后命墀儿至莘塔,与磬、荔二公面商行述。大儿晚归,知此中大有关碍,不得径逞私意,当与子屏熟商。

十三日(**12月24日**)　晴暖,大雾。终日收租二十馀石。晚间大儿自子屏处回,行述中不妥语均已改妥,益信此道断不可私心自用也。子屏有租事,不及日上来溪矣。

十四日(**12月25日**)　晴暖,大有春意,潮湿之至。终日收租五十馀石,折色极少,米色渐垤,此事不顶真,乡人易欺我也!

十五日(**12 月 26 日**)　阴,朝上雾,饭后西风渐紧,下午狂吼。终日收租廿三石有零,远者为风所阻也。放头限今日截数,共收二千〇九十九石左右,已足八成账矣。

十六日(**12 月 27 日**)　风从西北来,朝上雨雪,不翌时即止,午后风渐息,开霁,可免风信。是日转二限,为风雪所阻,终日阒如,闲与大儿筹议大嫂葬事,益信合办之难。

十七日(**12 月 28 日**)　晴朗,西北风,可免河冻。终日收租二十馀石。命舟至莘塔,午后回,接荔生信件,行述与罄生改数字,增一句,俱经节语,尽善美,已命墀儿速誊,可无拟议矣。当今讲究此道者,二三知己外,实皆痴汉也,益信古学之难能可贵。

十八日(**12 月 29 日**)　晴冷,西风严厉。终日收租七八石,风寒多阻故也。墀儿誊行述葳事,订好,即日赴苏刊刻。灯下细细校阅一遍,通体文理古朴,处处斗笋有法,大可呈政方家矣。

十九日(**12 月 30 日**)　晴朗,朝上霜浓,午后渐暖。饭后至乙溪处,以帖式示之。午后吟泉来谈,晚去,略知江邑收漕又要各乡镇设柜,专主大户,而小户仍旧着图,尽多中饱胥吏,可称措施乖方。黄子敦来谈,以其从妹号赐粟者求题图,漫应之。墀儿夜间伏载,明晨由同载少松赴苏。是日收租五六石。

二十日(**12 月 31 日**)　晴暖,霜重,午前各处冰路皆通。终日收租四十馀石,始有极次米垤交者,因户次,从权宽收之,然实受乡人之欺也,一笑置之。是日成《黄赐粟课子图》古风十二韵,应酬之作,不费经营也。

廿一日(**1872 年 1 月 1 日**)　晴暖。饭后接孙秋伊先生讣,惊知昨日申时寿终,年七十。闻在馆中因跌起病,似有中象,吾乡老辈从此凋零殆尽,与余颇能折行辈相交,思之可伤!明日欲赴梨,拟清晨亲自往吊,廿三日不及送殓矣,此亦《伤逝赋》中所谓"知心云亡"也。下午,薇人侄自莘塔假馆回,以汝生认保洋托进之一催。

廿二日(1月2日) 晴朗。清晨至孙家汇探秋翁丧,并预送殓,其孤蓉卿叩谢接见,无人应酬故也。克家有子,秋老可慰于九原矣,怅怅即返。饭后赴梨,中午至蔡氏,与二堂妹絮语良久,摇会得彩者鲍姓,进之有汤饼宴,不来,仿白兄弟与二三友同席,此番来宾颇少。饭罢,回至敬承堂,幼谦、毓之、李梦仙团叙小饮。夜饭毕,属幼谦代书图题,敏妙增光。幼谦竟能立志戒烟,已有明效,可庆可喜。絮谈至一鼓后,止宿四楼下。

廿三日(1月3日) 晴暖。朝起幼谦请食不托,极佳。复同至李厅茶叙,晤蔡进之,汝生一项竟如数填应,足见热心。回来,黄吟海、毓之复来叙语,适汝韵泉亦至,面交认保仪十五数,欲以派项一洋减算划让,殊非人情,以进之洋一元填足始了事,此中颇费周章,代庖人能无怨乎?上午登舟,回至紫树下陶庚芬处会酌,晤凌荔生诸君,是日余得彩,收如数,午后两席,余忝首座,荔生次之,殷达泉又次之。肴酒均佳,与荔生谈,不觉过饮,多失语,自戒。席散,开船至大港,以十六洋面交薇人收拾,此中苦况谅能心照。归家点灯,颇形粟六,夜眠早甚。

廿四日(1月4日) 晴暖,潮湿甚于昨天,日上又要防作冷迅。终日收租二户,岑寂无味,晚间行租差戴四来,述及廿二日本县开漕,仍由旧章,各乡设柜,始得题脑矣。一切数目尚未知悉。是夜有磷火,村人鸣钲声甚壮。

廿五日(1月5日) 阴晴不定,已作西风。终日收租二户,不满五石,殊觉清闲。夜间复有磷火,且闻怪鸟声,要防火烛,小心自警,能免灾异,不胜祷祝。

廿六日(1月6日) 雾,阴雨。终日收租寂寂。朝上虔诵《楞严咒》五遍,以志戒心。午后少松同墀儿自苏回,廿一到苏,昨夜回同,中间办事三日,一应俱齐,可称赶紧。樢樟木一担廿五斤,在香粉店中买,三洋六百五十,洋作千三,此项价虽昂,货非赝,尚为凑巧合用。夜与少松絮语,此番赴苏,终日无暇,一未耍游,颇费渠心力。

廿七日(1月7日)　阴雨,微雪,西风不甚透。终日收租五石馀,东账船晚自梨回,亦略有所收,约共十馀石。墀儿自莘塔晚归,托买之件均已缴讫。

廿八日(1月8日)　晴朗和暖,大异昨日。终日收租约共三十六七石左右。己、染两圩始来还租,催甲已换徐姓,仍从宽照旧九斗,不加收之,折价乙元七角二分算,大约后来亦难再增。账船日上始开。

廿九日(1月9日)　阴雨,颇暖。上午有朱某来为殷氏兴工借排沙板,辞以自己要用,不便。述及谱老现在坟上督工,安葬父母伯叔兄弟辈,可谓显扬遂志,吾辈闻之,曷胜愧羡!是日二限截数,终日收二十馀石,自开限至今共收二千三佰左右,成色八成以外,大可过去。明日开追,不过循旧例,但祝平安无事,各户早得归吉,是所至幸!

十二月

十二月初一日(1月10日)　阴,无雨,酿雪不成。是日出限,门收仍让二升,收租一石。账船归,又收二石五斗有零,米色次,不计也。朝上虔诵经咒,饭后衣冠东厨司命神前、家祠内拈香叩谒。终日碌碌,无心阅书,此道几喾然矣。

初二日(1月11日)　晴朗,和暖。终日在限厅闲坐,仅收一户。午后孙蓉卿来叩,属撰渠尊翁挽联,二十馀年交谊,不能无一言,特固陋不文自愧耳,且俟缓商以报之,一茶即去。

初三日(1月12日)　晴朗,霜浓,颇暖。终日收租十馀石,渐多尾欠。午前媳妇率两孙、兰女孙自莘塔回,虎孙略有感冒,大约寒暖不均故也。晚间接北舍条,知紫侄于昨日戌时寿终,得保始终,不罹奇殃,庸福颇厚,惜一念之差,得此非常之毁,为之深叹!吾人名节,可不慎哉!

初四日(1月13日)　晴阴不定。终日收租不满三石。午前祀先,先祖姚周太孺人忌日也。下午北舍局书唐云斋送由单来,新漕知一应照旧,条银上又完六户,付英洋廿七元,新赋约十五左右去完。子扬侄今日到馆。

初五日(1月14日)　晴朗,太暖。终日在限厅收租寥寥,开欠一户,从宽落肩,际此世局不能顶真。饭后命大儿同侄辈至北舍探丧送殓,礼尚往来,周旋世故而已。回来,知此番颇排场。

初六日(1月15日)　阴,西北风大吼,下午微雪,颇有寒意。饭后命人至北舍木行内,借木廿三根,下午运至坟头,以便兴工搭厂。合账事几乎唤呼不灵,然诸事余任其劳,势难推挽也,含忍为是。终日收租一户,开欠差追亦拟从此吉题矣。

初七日(1月16日)　晴,严寒,有冰。上午日中飞雪,片刻即止。命工人搬运物件至坟头,下午吟泉来谈,晚去,约十五左右赴局完粮银。收租二户,许家港极次户半欠不了,因贫,俯收之,此无可做办者也。晚间风息,可免河冻,坟工之最要祈望,未识如愿否。闻镇江前月廿八取齐院试。

初八日(1月17日)　晴朗,风亦渐息。饭后命人至芦川,杂办明日启土零物。终日闲坐限厅,寂无一户,差人蹶再行欠,因有政事,不再举动,且无行处,甚可笑也。

初九日(1月18日)　阴冷,幸无风雪。饭后率墀儿、七侄至南玲坟上,具香烛牲醴,启土祀神,即动工搭厂,主厂坟邻为之,灰厂自办,启土时正值巳正二刻,俟厂工动手,余与儿侄始回。晚间督工船回,知厂工均略竣事。是日虽寒,天气尚朗,诸事颇舒齐。

初十日(1月19日)　晴朗和暖,可喜。上午梦书来,愿至坟头督工效劳,受先嫂恩颇深,此以塞责,于情理上尚可过去。下午同至坟头,知泥作启土已铲至边墙,灰路矿石尽见,明日石工启版,不费经营矣,慰甚。

十一日(1月20日)　晴朗。饭后,二加厅上命工人扫除一切,并合两账房办事。安排粗定,子祥自坟上来,告知石工误开西边夏氏二太太实穴,不胜惊惶,余亦一时无措,拈阄至祠堂叩问指示。在靠东一穴,即至坟头添工启土,幸天暖人众,未至晚,寿穴石版已起好,完固如新,命泥作即将三和土踏底一皮,黄昏后竣事。此番虽惊动夏太硕人之灵,然无此一误,西边实穴永无结工,且知四十馀年棺木完好如故,亦不幸中之幸也。是日杨少山少伯顺卿、金泽陈节生郎已来,至夜一鼓,诸事整齐始就寝。

十二日(1月21日) 晴朗,暖甚。昨日朝起排场一切,饭后大船僧道乐部诸执事人已齐,未及午初即发引,余偕一溪暨诸宾送至坟上,午正先嫂灵柩登位,未初二刻安葬,有表有晷,时辰极准。虞莲溪命其徒号菊如者来准向,回来正菜请客中饭,下午众宾俱返,开发一切,天和时早,诸事舒齐之至。是夜一鼓余始安枕,从此墀儿大事可释仔肩一半矣。夜半发风,恰极凑巧。

十三日(1月22日) 西风,寒冷,日中飞雪,与昨日光景大异矣。饭后舟至来秀桥,时沈吟泉鼻疔走毒,危险异常,属渠家飞请陆又亭药治,庶可挽回。即至坟上,知石工于巳刻已安定石版,即命泥作添小工,分东、西两穴,并上灰踏打。天气寒冰,终日不过两层,欲速恐不坚固,卸厂限期难定也。回来,开发本宅工人,馆上送算账酒两席,夜酌两账房始毕事。

十四日(1月23日) 仍阴冷,欲下雪。下午舟至北舍局,完新漕条银一半数,廿户,价一应照旧①,惟加票钱每户十文,则新陋例也。回来邀请陆又亭,点灯始至,知吟泉疔疮略有转机,然毒仍未聚,一二日内尚险甚也。小虎孙适患痰核,上午省三诊视,所见相同,惟其师云不急治,恐体弱成病,则更上一层识力矣。处方用降气消痰药,适京买碯砂膏,贴之极有效也。一茶而去。是夜略有雪酿不成。

十五日(1月24日) 阴冷,仍飞雪不止。饭后舟至芦墟局,完新漕银十户,回至公盛与陆厚斋絮语。顾砚仙送福橘三斤,谢受之。

---

① 旁有符号 ᵰᵻ 。卷十一,第21页。

午中同吉甫食面。下午至泗洲寺禅堂,与拨云上人预定大嫂清节大悲忏一堂并焰口,二月十一至十三圆满。回来已近点灯,颇寒。

十六日(1月25日) 阴冷,终日飞雪寸馀,极合时令,惟坟工大有碍。沈六孝贤昨自盛川郑氏来,接理卿二郎号二诒信件,今晨送使作札覆之。姨甥媳颇能料理一切,目前孤寡,日后终有起色也。大儿自坟上回,知石板顶已打平,然天寒日短,吉工难定日期。欣知吟泉今日大有生机,渠家之福也,闻之慰甚。接蔡进之札,关书一封,修膳三十二,订定龙生甥来岁附读,不得已允之,少松处已言明脩金十六,膳归余处,后年二孙上学再议。下午雪愈盛,幸无风,可不冰冻。

十七日(1月26日) 晴朗。开门积雪满庭,是来岁丰年之兆。朝饭后舟至梨川,午前至局中,毛丽江、顾春堂手,算完新漕银五户,八七五①折叫讫。即回至蔡氏,二妹暨仿白、进之两甥出见,告以龙官附读关书接到,复谆属一切,絮谈而返,串托进之去领。至金顺馆吃鸭面,不佳,聊以充饥。登敬承堂,幼谦不见,入内厅,渠夫人述及幼谦日上又不安静,堂上护庇,恐烟戒不成,徒劳画饼,为之叹惜。久之,幼谦仍不晤,不及婉劝为歉。登舟下午,归家黄昏候。

十八日(1月27日) 晚起。天阴飞雪,饭后开晴,依然日中飘大点,奇甚!一时许始停。天暖,漏檐如雨矣。闻吟泉疗疮仍复变迁不定,可虑之甚。少松明日解年节,夜间置酒便饭酌之,今夜伏载,送至舟中。

十九日(1月28日) 晴而不朗。朝上闻吟泉疗又走毒内陷,无药可治,天乎,夺善人而厄之,悲何可言!饭后大富浦催算账,颇不自量,不果而去。墀儿自坟上还,知今日坟工可吉顶,卸厂须俟明日矣。子扬侄家中来载,下午回去。闻沈吟泉于黄昏时身故,可惨实甚,从此城中办事又少一切实可靠之人!渠家不幸,亦吾党不幸也,为之悲涕者久之。

---

① "八七五"原文为符号 **⅃⅄**。卷十一,第22页。

二十日(1月29日) 阴暖,大雪如掌下,上午即停,天暖即销,檐如雨滴。与梦书闲话,下午送渠回北舍,即同往到局,找完新漕银十三户,尹松亭手,前结串未来。与梦书茶叙,串三十三①户一并托之,回来点灯。

廿一日(1月30日) 阴暖,积雪已渐销净。上午南玲坟邻来算账,卸厂还木头,开发一切工项,坟工圆满,只剩来春挑泥。下午至来秀桥探沈吟泉丧,见慎甫六表嫂,对余大恸,无可慰藉,为之悲叹不已。闻两房兼祧并嗣松溪之郎,仍归大宗。咏楼以神道设教,虽属子虚,于理实该如此,闻之骇然。一茶即返,不觉意兴索然。

廿二日(1月31日) 晴阴参半。饭后至芦墟赴局找完银粮,张升甫手又算讫十二户,墀儿同往。回至钱艺香裱画店中,长谈后饭于舟中,子屏适来,同至张厅茶叙,知此行至魏塘完漕,子扬二侄明年带至馆中自课,畅叙长久始各登舟,约岁底有便再叙。归家未晚。

廿三日(2月1日) 晴寒。朝上命大儿吊奠沈吟泉,回来述及神凭事,言之悚听,虽曰天数,其中误着一棋,亦吟泉谋之不藏也,吾人临大事,益宜预筹万全。晚间衣冠奉酒果、香烛送东厨司命尊神升天吉期,礼毕,与儿孙辈循例食圆团,忆昨岁在丹徒无此热闹。

廿四日(2月2日) 小除夕。朝起严霜,有薄冰,颇寒,终日晴朗。饭后拟作札答费芸舫,属稿初定。晚闻爆竹声,知邻家送灶神矣。夜间登入限内账,头绪颇繁。

廿五日(2月3日) 晴朗。五鼓时凌氏舟来,接报条,惊知凌亲母朱太恭人昨夜亥时寿终,享年六十七,有子登科,有孙入学,儿孙满堂,可称全福,惟逼近岁尾,诸事局促,甚不能大排场为歉耳。子媳闻信,清晨即往。饭后墀儿率虎孙、牛孙女同去探丧,余则端整帖式礼物,后日亦须亲奠。下午,作札书复费芸翁,写就自观,倍觉字迹恶劣,不善书之累如此。

---

① "三十三"原文为符号耻。卷十一,第22页。

廿六日(2月4日)　阴晴参半,颇料峭。是日戌刻立春,东北风,于时令颇宜。账房内算店账,限内总收九成,大可过去。若同川一带租风日坏,而新漕追呼仍紧,有一印三官之谣,贤令尹甚难快睹也,似非吾邑所能堪。晚间朱稚苹自江来,知馆地尚未觅主,而胸襟开拓,不以贫累。留之夜饭,对饮酒醑,诙谐滑稽如故。一鼓后留宿书楼,颇寒。

廿七日(2月5日)　阴雨终日。朝上送稚苹登舟,渠欲至来秀桥吊寓主沈吟泉,仍返吴江度岁,来年栖托未定,郑重而别。饭后率慕孙至莘塔送凌亲母入殓,至则排场楚楚,迫于岁暮,到者惟至戚而已。午后素席款客,与江拙斋郎淇周同坐,自夷场相别几不相识矣。儿媳欲去送殡,明日归,余回家未甚晚。

廿八日(2月6日)　阴雨复终日。上午闲坐。午后墀儿夫妇还,述及荔生服阕后,大有出山之志,彼之境地,于京华尘土中最宜。是日开销内外工修暨限内脚米,约须佰仟文,出款诸账吉清。酌请账房,将近一鼓,余陪饮,颇有酣意。

廿九日(2月7日)　阴,东北风颇峭。饭后送诸相好还去,朗亭父子约廿四日去载,留过年者老振、少云。苕卿侄来请先人神像,来岁萃和堂轮年。

卅日(2月8日)　阴晴参半,幸无雨,终日西北风,颇寒劲。饭后,命工人扫洒庭除、堂宇、书案,耳目一新。郁小轩自同川老师处回,知廪银余令揞不发,可恶不恤寒士。述及苏属欲援西川学政,钟骏声新奏例,各分县增选拔一名,略有所商而去。中午酬神虔叩,下午谨悬先大人、沈、顾两太孺人遗像,起亭先兄像命墀儿张挂二加堂,小祭友庆值年,诸事楚楚整齐。晚间祭祀先祖考以上四世,祭毕,与家人、儿媳、两孙、孙女饮屠苏酒,家宴颇欢,余大有醉意。是夜恰有星斗(夜暗云遮),可卜来岁丰稔,并祝老幼平安康健,不胜祷求之至。辛未除夕,莳安主人笔记。

同治十一年(壬申,1872)

一 月

同治十一年,岁次壬申,正月元旦(2月9日) 阴晴参半,朝上西北风颇寒,上午则春旭开晴矣。朝起衣冠拜佛,东厨司命神前、家祠内拈香虔叩。饭后率儿孙辈至萃和堂,余穿公服拜五代图、逊村公遗像,礼毕,与乙溪兄贺岁,行团拜礼,男女以次来贺,余与乙兄受之。礼毕,茶话,乙兄亦率儿孙来拜先人神像,茶叙良久始还。下午墀儿同两侄至大港上贺岁,晚归,知子屏值年留饮。是日余虔诵神咒,以尽微忱。

初二日(2月10日) 晴朗,仍寒。饭后观村人出刘猛将神会,墀儿至陈思拜诸舅氏年,子屏、薇人、渊甫、稚竹诸侄来贺岁,萃和留饮。梨川徐听蕉甥媳来拜贺,友庆轮年,其母晚回,妹陶氏同来,余恰未见,来余处贺岁者二甥,号兰生,一茶还友庆。是日凌访溪、叶桐君、钱子方来过,芸舫京信面托子屏寄去。

初三日(2月11日) 晴而不朗。是日村人赛会第二日,忆昨岁在丹徒,纷纷雪下,与少松终日闲谈而已,益信平安家居是无量福分。终日无客来,不觉假寐片刻。晚间沈吉甫堂母舅来贺岁,谈及浜中博风极炽。

初四日(2月12日) 阴,雪朝积寸馀,即销,下午复大霙,西北风极峭冷。饭后杨少山来,二加留饮,墀川、七侄陪之,一切主持仍在余处。午后答少山,与之絮语良久始回去。迮广海来过,即答谒之。终日袖手闲坐,先大人、两母太孺人遗像今日谨谨收藏。

初五日(2月13日) 晴朗，西北风颇寒，然天清气和，为今春第一。五鼓盥沐起来，率墀儿循例接五路财神，迎送礼毕，天尚未明。饭后，命儿子至梨川诸亲友家贺岁，终日静养少食，以和其胃。老振侄除夕有失窃事，余则婉劝以安其心，然恐此侄老而求得，未必能勘透一切也，姑试解之而已。

初六日(2月14日) 晴朗可喜。饭后命虎孙念曾理字，为之讲解，略有领会，理八佰字，不识者每包难免。午前徐丽江来贺岁，一茶絮语即回萃和。下午墀儿自梨回，知昨午丽江留饮，宿于邱氏，知母舅幼谦新岁尚安静，惟烟嗜仍蹈旧辙矣。诸亲友家均过去叩贺，龙生甥约十九日到馆，仿白陪来。是日村人赛会毕事，夜颇寒，小饮甚适。

初七日(2月15日) 晴，西北风狂吼。上午闲坐，与墀儿评论近事，益信用人之难，且饥寒易起盗心，难免旁人指摘拟议，处家近日亦甚难预防也，可惧可惧！

初八日(2月16日) 晴朗，风息，颇寒。饭后媳妇率小虎孙至莘塔，约明日即回。上午殷达泉来贺岁，絮谈一切，知大姑母已于去腊安葬，十二月二十日也，其穴冯敬亭所定。谱老大事干就，克遂显扬矣。告知萃和轮年始回去，乙兄处留饮。凌稚川来送试卷，亦萃和接款。下午陆立人来，即至友庆答之。暇阅稚川试艺，的是陆谱老一色笔墨。大儿午后至北舍，晚归。

初九日(2月17日) 晴朗光明，虽曰天寒，已多春气。终日静坐无客来，始翻阅《先正事略》名儒文苑门。

初十日(2月18日) 晴朗。上午徐铸生郎倬云、金少谷均来过，午前吴甥又如来贺岁，年菜款留之。此子课蒙为业，薄田百亩，略可供饘粥，束身谨饬，一无恶习，虽不能读书，亦晚近佳子弟也。终日闲叙，夜留宿揽胜阁。

十一日(2月19日) 晴，东风略狂。饭后吴又如还梨川，约大嫂开吊时早日过来襄办。乙溪来闲谈，客去后，阅《先正事略》名儒事迹。下午元音侄、范桂秋来贺岁，桂秋之弟桂馨廿一日吉期，当贺之。

十二日(2月20日)　阴晴参半,下午似将雨,始暖。饭后胜裕侄来拜年,下午周老聘老表兄来,乙溪处留饮,金外甥孙星卿昆弟来,适余处袁憩棠亦来,星卿外翁也。略具酒肴,星卿客气不肯陪,一茶回萃和。余与憩翁畅谈,酒逢知己,颇惬胸怀。憩翁不能饮,三巡即饭,饭罢匆匆即回去。谈及安徽学政景其濬,苛索陋规,门丁殴逼,知县自尽,已革另放矣。家人之不严约束,主人使之,咎难自护! 义利之不明,受害若此!

十三日(2月21日)　阴晴参半。终日无客来,阅《名儒事略》一卷。

十四日(2月22日)　晴而不朗。饭后补书《姚春翁文集》中诸先贤赞文略迹,子屏所书者大半。余阅《先正事略》续补四人,惟张惕安先生事略未见,自维孤陋,不能博览为憾。暇则仍阅《文苑事略》一卷。下午春意盎然。

十五日(2月23日)　晴朗和煦,今夜元宵佳节,可望星斗光明矣。上午略查租账,下午阅《文苑事略》。命工人明日赴苏催毛上珍刻字店,友庆备舟、柴米,伙食钱仍大嫂账上取,此事万难推卸也。夜观村人烧田财,火光红甚,月明如昼,今秋可卜大有年,此其预兆。

十六日(2月24日)　阴,恰好水干雨下。上午略查租账务,适王仁子天喜来定大嫂丧事扎彩,即写账,连执事包定之,付洋五元①,约月初到梨面定进来排场日期。下午子祥侄孙始到账房。

十七日(2月25日)　阴,无雨,田泥颇润。饭后舟至赵田答候袁憩棠,至则渠乔梓叔侄均他往,甚败兴。问樵接陪,一茶即辞出。舟回芦墟,顾念先店中贺岁,蒙砚仙招黄楼茶话良久,适袁子丞自善邑回,又絮语,知渠现馆上洋,砚田尚可,而心境不甚佳。钱子骧明日重赴沛学任,闻首蓿盘甚有味,昨岁已获多金。郁少彝委署于潜,苦不胜一饱,即教职一途而亨屯不同如此! 相与一笑,归家未晚。陆芸

————————————

①　旁有符号**州**。卷十一,第26页。

生今日萃和开馆,来拜谒,一茶去。

十八日(2月26日) 阴晴参半。饭后片致子屏,约明日来溪陪饮。吴少松到馆,暇则摘录租账零欠一周,下午命舟去载少松。

十九日(2月27日) 晴朗和暖,恰好初春。上午子屏侄同沈咏楼来,少顷,吴少松已自同川来,蔡仿白率弟龙官亦至,即行拜师。中午酌敬少松,子屏、咏楼陪饮,杯酒絮语,颇得知己谈心之乐。知同川岁暮追呼极紧,县试已悬牌二月初一,子屏明日赴梨。与咏楼论及渠叔吟泉家事,相与扼腕太息,且调停妇姑为难。仿白饭于萃和,米串面缴余而还,子屏、咏楼谈至晚去。苏州船还,等候两日始印齐行述诸件,刻印尚楚楚。

二十日(2月28日) 阴,风渐狂,无雨。饭后查摘租账零欠并全欠,未收者尚二佰六七十亩,今春可望者寥寥矣。晚间王桢伯自萃和来贺岁,一茶即回。乙溪招陪饮,同席五人,少松、龙官均往。知沈子和为粮拘捕,已闻请革,生员虽武亦不准,彭学宪可恃,愈信读书不辱。谈至一鼓始回。

廿一日(2月29日) 阴,下午雨,终日风峭,寒甚。上午舟至泮水港,时范四表侄桂馨吉期,贺之。与沈榕斋、张伯木同席,醇酒丰肴,颇可醉饱。下午舟回,余已极酣,早眠。

廿二日(3月1日) 仍阴冷。是日先大人忌日,屈指见背已二十三年,回思昨岁在丹徒不及躬亲祭奠,今午致祭,益深悲咽。终日兴致索然,静坐自责,无以报答先人所期望者,儿孙辈读书自立为勖。

廿三日(3月2日) 阴,寒冷,雪微飘即销融。上午酌查租欠账,始汇齐,当另录以备查核。午后杨少伯自同川还,特来拜年,七侄、大儿二加陪饮,渠有事面会吴少松,饭后即返,余不及送矣。

廿四日(3月3日) 渐晴,西北风仍寒。饭后墀儿至梨川,拟宿丽江家,在地藏殿包僧礼忏三日,为外姑朱太恭人资荐。午后黄子登、翁友庆到馆特来,沈吉老、陈朗老乔梓今日均到账房,夜间年菜陪饮酌之。

廿五日(3月4日)　仍复阴晴不定。上午汇录租欠账。下午同少松答谒黄子登,闻陆立人在内,不出见,略谈而返。

廿六日(3月5日)　晴朗,东北风,吹面犹寒。饭后汇摘租欠账,至午后始竣事。接子屏字,知到馆改迟二月朔。庆如侄媳为其二儿倏患喉风,颇利害,以上半年所贴三元如数予之。墀儿今日去载,未回。子扬索考笔,实无觅处。暇阅《先正隐逸事略》。墀儿晚归,知邱舅氏仍无来信。

廿七日(3月6日)　始晴,初暖。饭后墀儿夫妇至莘塔,为外姑延僧放焰口。暇阅《先正事略》隐逸、循吏二门,知古人出处多不苟,处者性孤介,操守硁硁,出者负经济,政迹炳炳。吾辈饱暖自逸,一无所施,对古人无容身地矣。

廿八日(3月7日)　晴朗可喜。终日无事,阅《先正事略》经学诸巨公,读其书目已望洋生叹矣,益信穷经之难。

廿九日(3月8日)　晴暖,春风盎然矣。上午阅《先正事略》文苑毕,再看名儒言行,如亲謦欬。命舟载大儿夫妇,晚间墀儿归,知幼谦贽仪一款已面缴磬生。

二　月

二月初一日(3月9日)　晴暖,下午微雨即止。朝上诵经咒,饭后衣冠至东厨司命神前、家祠内拈香叩头。暇命墀儿录清磬生所撰大嫂丧事内挽对,以便即属谦老写好,然后分做。下午定讲跋豂倒厅三个,厅天井三个,余家料,用渠蒇篷,场上四架,均渠搭好,决实钱九千文,付定洋而去。

初二日(3月10日)　阴雨霏霏,颇润春花。命墀儿开列大太太讣底,即烦吴少松书款,因账房内无善书者也,大约两日可毕事,当即陆续发出。暇阅《先正事略》名儒门,复复读。

初三日(3月11日)　阴晴参半不定。是日素斋,饭后在瑞荆堂恭设香烛,与少松率蔡徒、墀儿、虎孙虔叩,敬祝帝君圣诞。暇读《帝君阴骘文》十遍,以志微忱。苕卿来关照,西房挑曾大父坟,每工乙佰四十文,较南玲减廿文,可以借知两村人情醇浇矣。下午重阅《先正文苑事略》。

初四日(3月12日) 晴,渐潮热,下午尤甚。饭后命工人搬运《石刻拔萃》,由丈石山房书架上位置在瑞荆堂东厢房,颇形干燥。终日翻运安顿,甚为碌碌。日上始命工人各亲友家送讣,谦斋对额已书就,当即属分做,而取巧贪便之心彼此不免,余亦难甚分畛域,合账之难办事如此!

初五日(3月13日) 阴,无雨。昨夜膏雨油然,终宵未息点,终日心猿意马,不能耐静坐而已。账房内动手做字尚楚楚。

初六日(3月14日) 阴晴参半,尚要防雨。饭后有汤图坝周汉文、紫筠来,据云是周老聘之远房侄,惨知周兄昨夜赴人家吉席,回来乘醉溺死于河,现叫一船捞起,一无措办。因与乙兄商定,同周氏二人属吉翁至吴又江店内助渠附身之物。晚间吉翁回,知已办就现成寿器一具,桐油抹好,决洋十元二百,又衣服三洋左右,均办齐,即交二周公原舟带去。明日命苕侄、㻛儿往吊,再付洋十元、米四斗,以了其事。据云,材砖决定在内,然恐二周公未能如命,与大儿商酌,明日去须再与之决实。吾人办事须如是,否则日久依然暴露,奈何!老品之结题若此,可伤哉!

初七日(3月15日) 晴朗。朝上接凌氏条,惊知云艇昨晚身故,初九殓即举殡,甚矣,酒之误人也。周聘五以醉毙,云艇以酒伤其身,虽修短有数,然皆不自爱惜所致也,吾辈当以为戒!㻛儿至汤图坝吊聘老,媳妇率虎孙先至萃塔探丧。今午先母沈太孺人忌日致祭,屈指见背五十四年,孺慕之私一日未尽,思之不胜乌咽!晚间㻛儿回,知今日权作丧主者汉文,留中饭,见其老母。汉文现同仰山至八尺买办,其洋面交紫云手,材砖一说面允办厝,未识能到根否。又见耀远表伯之媳,凤和表兄妻某氏,年六十七岁,亦贫寡无后,可怜!是奕勋表伯之堂侄媳也。大儿略抄世系来,故志之。

初八日(3月16日)　晴热。饭后同厚安至梨,办大嫂丧事绸对杂物,余至邱氏补拜年。午前登敬承堂,幼谦出见,欣知戒烟,日上仍能立志,省三丈亦在座。与毓之同至园中,婆娑花木,颇多嘉处,中午在园中同饭。下午幼谦内弟邀至新茶室茗饮,茶味甚佳,一切楼上位置尚未尽善。省丈约黄吟海同来,知己谈心,几忘热闹。县试两复案首均是王经伯,老手不愧。毓之为医觅食,竟不赴试,甚难劝驾。回来,团叙医室,幼谦客气,夜间具菜酌余,吟海首座,达卿内侄同陪饮,与省三丈辈醉谈无忌。黄昏后,吟海、省三乔梓均归,幼谦邀至内厅,又絮语良久。是夜宿在四楼下西次间,春气蓬蓬矣。

初九日(3月17日)　晴,东风颇紧,热极,将变。晚起,省三丈、毓之弟、吟海表兄已来就谈,袖试帖近作日课一首见示,知吟海诗兴极佳。镇上有马灯兴,所取名目甚可解颐,惜在初十夜,余无眼福。蒯士翁陈臬浙江,新正还乡极得意,谱老有召人之旨,景剑泉被逮进京,甚可为纵仆黩货之戒。家中船来,午后告辞。汝苕翁来,又复长谈,约幼谦十一日来溪盘桓。舟中半路逢阵雨,始闻雷声,幸无风,到家傍晚。墀儿夫妇为雷雨所阻,仍在莘塔未还。夜又细雨沾濡。

初十日(3月18日)　阴雨终日,上午大风。午前墀儿舟回,媳妇怯风,拟明日彼处备舟送归。白米今始春结,暇则磨墨匣三只,以待幼谦来,得便染翰。

十一日(3月19日)　晴朗。朝起,是日延泗洲禅堂僧九位,为大嫂清节礼大悲忏,一应余处供养,不开销二加公账,庶有主张。午候迟幼谦不至,大约马灯兴浓故也,此来失约,亦在意计之中。

十二日(3月20日)　晴朗,花朝佳节,风日清和。上午定新珠茶担,连灯十九堂,决实钱十二千五百,昂贵,较前先大人治丧账几加倍,此时人家作事难云大排场。午后迟幼谦竟不至,畏难耶,无心游戏耶?与老辈有约必践之风渺如皇古矣,可笑。

十三日(3月21日)　阴,下午雨。坟上挑泥,明日又不果,颇闷闷也。饭后薇人侄自周庄回,略谈即去,讪闻大港上面致。是日礼忏圆满,夜间请拨云僧作金刚上师放瑜珈焰口一堂,一上座,四班首,一应规模甚不草草。主座声音宏亮,提科亦不苟简从事,竣事二鼓后,尚忘疲惫。

十四日(3月22日)　阴雨终日,颇寒。晚起,不甚如适。上午疲倦,不觉昼寝,然仍不适意,可知精力渐衰。局书唐云斋来,闻要请益,以不见辞之,恐未必即能甘心。终日静养,夜间早眠。

十五日(3月23日)　阴冷,尚无雨。终日闲坐,偶检阅《循吏事略》以消遣。日上账业顶种田告退者纷纷,此是去冬谷贱伤农之明证,可为农夫叹!

十六日(3月24日)　晴,顿热,潮湿异常,蛰虫蠕动。上午闲坐,略阅近日《名臣传略》。是日奎亡儿十周年月日,中午设祭,命嗣子二孙慕曾拜奠,其兄应墀请妙严上人诵《华严经》全部,灼化冥资,以祈福保,思之尚深悲痛,惟望慕曾能读书成立,以稍慰奎儿苦心,实所默祷。大嫂丧事,今始排场。

十七日(3月25日)　晴热似暮春,绵衣卸去犹嫌汗下。上午命工人整理二加客房,唤缝人定绸对额,扎彩人役已来动手。午前邱幼谦率两位令嫒来,一盘桓,一下午原舟还,中午以村肴酌幼谦,介庵、荮卿二侄来陪饮,适吴甥幼如亦来,恰好同席。下午絮语谈心,夜间幼谦、幼如同宿书楼。

十八日(3月26日)　晴热、昏闷如初夏,下午雷电,微雨不成阵,尚难老晴。终日看幼谦书丧事内门状,敏捷老当,可知能者不难,吾辈只作壁上观,愧甚。下午幼谦欲至芦,因雨不果,然嗜好未尽除,苦甚,因略开禁以舒之。是日碌碌,二加厅上扎彩未齐,不及收除洒扫。

十九日(3月27日)　阴,陡然风雨,寒甚,不亚三冬。上午修整瑞荆堂客席,二加扎彩已齐,略为整顿几案,下午属账房包封力。友庆来二人,公账办事,甚不应手,然余亦尽吾所为而已。暇与幼谦絮语,书房内亦已收拾。

二十日(3月28日)　晴,风雨渐息。饭后一应二加位置齐备,午前坐账房,汝子泉翁已到,两账房合同办事,司事诸公均派定。午刻蔡氏、徐氏诸甥、仿白、进之、织云均至,蔡氏二妹亦先到,陈思诸舅到者惟少山六兄,族中子屏、薇人、稚竹、锦相暨北舍梦书、葵卿、元音均来应酬。夜间鼓吹、升炮、点灯,在二加堂待款司丧诸公,共八席。事毕息灯,余眠已一鼓。

廿一日(3月29日)　恰好晴朗。五鼓余起来,唤执事人役供奔走,清晨排场开门、升炮、鼓吹、喝道、迎丧牌,诸亲友陆续来吊,余在圆堂照应揖谢,讣而人分俱不到者金泽胡调卿,仅以分寄者顾思鲈,杨梦花今日亲到盘桓。午后掩丧,亦甚舒齐。夜间照昨款谢司事诸公,共五席,亲族中回去者已过半矣。席散,照应门户,余就寝将近二鼓,精力惫甚。

廿二日(3月30日)　晴。晨起候小便中矢血,不痛,大约积劳所致,幸一回即止。至丈石山房早饭,上午杨梦花、少伯、顺卿均回,余送谢之。终日与汝子翁斟酌开发六局人役,尚能丰俭适中,子泉亦颇就商议。下午本宅左右人工亦已开销完吉,夜间馆上送算账酒,共四席,两席偿之,菜极丰洁,诸事大概就理。余眠一鼓后,甚觉疲软,黑甜乡酣适之至。

廿三日(3月31日)　阴雨,幸无风。饭后送汝子泉回梨,幼谦、又如趁船,宾朋云散,门庭阒寂。终日命工人修整扫除,一应门户照旧。下午疲甚,夜送吴少松假馆灵同,伏载即安眠。

廿四日(4月1日)　晴,稍暖。上午命墀儿至南传,吊迓青翁之老夫人,即同媳妇率虎孙于凌氏外姑灵前设享致祭。下午墀儿回,知清节彼处吊客纷来,几乎应接不暇,若大嫂开吊已毕,省此一番浮费,且寒家无此旧例,可知风俗一乡已不相同。终日疲倦,夜间早眠。

廿五日(4月2日)　晴朗。晚起,今日精神渐爽,命陈厚安至梨了吉一应账目。陈朗翁吉算大嫂丧事一切开销,大约二百洋左右可以结题。媳妇率虎孙下午回自莘塔。暇则补书日记,若内账尚懒登清也。

廿六日(4月3日) 阴,风雨终日,颇寒。上午静养,大嫂清节,凌氏内亲石麟子暨荔生家均来飨祭,虽事近赘疣,足征多礼,来人留之中饭,回谢使者而去。夜间略登账目,尚不惮烦,阅《康济录》半卷。天寒,似下雪霰,尚微。

廿七日(4月4日) 阴,无雨,渐暖。是日清明。饭后乙溪处备舟,率蒂卿、介安五侄辈至北舍老坟头祭扫。今岁轮祭老四房裕堂侄、宝龄,宝珠字新甫侄孙当年合办,聚者四十馀人。先至始迁祖春江、怡禅公墓上扫奠毕,即至长浜五世祖敬湖公墓前拜奠,回至六世祖心园公东木桥前祭拜,路径颇狭,他日防临水,实未有以安置为歉。复汇至"角"字高祖君彩公墓前祭飨瞻拜。回来子屏、竹淇同舟,至北舍老四房逸骧先七兄小楼上饮散福,楼上两席,楼下六席,余与竹淇弟、桂亭侄同坐,醉饱絮谈,尽欢而散。复同子屏、竹淇、梦书、元英辈人和楼茶叙,知府试初六头场,并有传闻开科之说。傍晚回家,恰好家祭,祠堂内余主之,祭始迁祖以下四世,厅上祭高曾祖父,墀儿两孙襄祀。祭毕,复饮散福胙,顾孙辈笑语而乐之。是夜余略酣醉,精神颇不倦。

廿八日(4月5日) 复雨。终日闲静无事,阅《先正事略》近世名臣。闻二月初六江督曾中堂薨于位,大星陨地,东南失一保障之人,然此公实今之郭汾阳,一无遗憾,所稍可惜者,预闻天津和议耳。

廿九日(4月6日) 晴,陡然潮热异常。饭后乙溪大兄轮年当祭,备两舟,率子侄、侄孙先至西房圩曾大父师孟公坟上祭扫,时乙溪值办挑泥工竣,极为完固。祭毕,先伯养斋公坟上随同拜奠,复至南玲圩先大父逊村公墓前祭奠,瞻望松楸,成礼而返。适中午乙溪家中有客在,至夜始饮散福酒,余与乙溪并坐,墀儿与蒂卿、介安、六、七两侄以次序列,侑酒絮谈,亦颇得谢庭之乐。

三十日(4月7日) 晴,潮热如雨下,朝上闻雷,防有大雨。饭后,命墀儿同蒂侄至大义,吊云青侄媳张氏,即子祥之母也,今日领帖,故一往。下午率墀儿、虎孙、慕孙、兰孙女至南玲圩先严慈大人坟前祭扫,时春日烘土,拜奠后挥汗如雨,欲包工挑泥,因雨迁延不果,俟之来岁。大嫂新坟抔土未完,急命工人同二、三房就坟旁之土修筑完封,聊免风雨泥水漂零,然须两三日完工,急就章不过如是。复命墀儿率慕曾奎儿北玲圩墓前祭享,子庆有灵,当默佑嗣子慕孙早日成立为慰。所议一事,两三年内当为干办。

三　月

三月初一日(4月8日)　晴热,气湿蓬蓬甚于昨日,穿夹衣犹嫌体重。饭后衣冠东厨司命神前、家祠内拈香叩谒,暖诵大士神咒,以致微忱。上午陆畹九自芦镇来,云沈笑梅所托,为前分湖司萧公妻子回籍入蜀告帮,有疏簿,此则赒孤佳事,俾免流落异乡,即以四枚用公账"心正堂"名面缴,不得视为官场应酬套例也。一茶即去,云至苏家港。下午闲坐,几欲乘凉,晚闻雷,似有阵雨之象,黄昏雨雷电交作,恰不充畅。

初二日(4月9日)　仍晴,潮热如昨。终日无事,静坐,阅《先正事略》近时名臣。下午裕堂侄来领祭费,以"尊"字圩先人所定七千文给之。大嫂新坟今日工人楚楚挑竣。

初三日(4月10日)　晴而不朗,潮热稍减。终日闲静,迟李辛垞不至,阅近时《名臣事略》林文忠,实问世而生者也。晚大雷电,阵雨。

初四日(4月11日)　晴朗,昨夜风雨,今日颇爽。饭后有苌茮袁佃(冠良子士福)于余家公祭田内欲筑屋数间,因以五分让卖之,在轮年萃和处立合同契据给之。午前李辛查来诊余脉,据云肝木颇旺,用和中、滋阴、养血诸品定方,不拘帖数。念孙痰核未全销,小腹略涨,以疏通方剂其不足。方定后,置酒留中饭,渠戒饮,清谈而已。知开科之说永义京信来,大约不确。曾中堂赐谥"文正",恤典未加公爵。饭罢,未及畅谈即返,因紫树下陶爱翁忽有偏中之疾,急往调治故也。

初五日(4月12日)　晴而不朗,然爽甚。饭后阅庚午顺天墨数篇,读《小学韵语》一遍,阅《先正事略》序例。下午恭点《小学》后高愈所载《文公年谱》,颇得仰止先贤遗范,益深钦企。

初六日(4月13日)　终日雷电雨阵,至晚乃止。上午阅北墨数首。下午芦局张森甫来,又以三石三斗零了吉之,恐北舍亦不得免。暇读《小学》数页,重阅《先正事略》名臣传。

初七日(4月14日)　阴雨并风,终日寒峭不减三冬。上午阅顺天新墨毕,知是科风气大变,佳构颇多,若辛未会墨,则依旧和平中正矣。下午读点《小学》五页,《名臣事略》两篇。

初八日(4月15日)　略晴,仍寒冷。今日江震府试二场,饭后北库局钱朗亭来,又嬲完四十六斗①,以了却之②。暇阅辛未会墨,醇雅用功者多。下午阅名臣开国诸公传略。

初九日(4月16日)　晴朗可喜。终日闲坐,将敝裘数袭趁燥晒藏。暇阅《名臣传略》第二册。命舟至同载吴少松,晚间少松到馆。

初十日(4月17日)　晴朗万分。上午阅辛未会墨,佳作林立。下午乙溪来谈,暇阅《名臣事略》第二册。

十一日(4月18日)　晴,渐暖又渐潮。饭后与墀儿检阅书厨中画轴,潮蛀丛残者多,即捧出曝晒,以待重裱,先大人神像一并展拂。中午蔡甥子瑷到馆,暇阅《名臣传略》。晚间风紧,防变。

十二日(4月19日)　阴,复潮复暖,雨微微,下午息点。墀儿至芦川,以堂轴七副、先严慈小照二,交钱艺香裱修,回,知均要裱过,不能修补矣。是日接子屏馆中初四日所发信,劝余节劳,看书不必费心,实深关注,究之余近日闲散太甚,若云好学不倦,愧不敢当。

十三日(4月20日)　上午阴雨,暖,又复潮湿。上午选阅近科墨卷,虽不从事于此,而结习未忘,不忍高阁束之,殊堪自笑。下午阅

---

①　"四十六斗"原文为符号 ✗✗。卷十一,第33页。
②　旁有符号 ✗✗。卷十一,第33页。

《汉名臣事略》。

十四日(4月21日)　阴,潮湿异常,闷热。饭后点阅《小学外篇》数页。下午看《名臣事略》两传。雷声隐隐,防有阵雨,又阅近墨数篇,傍晚大雨至夜,潮霾依然。

十五日(4月22日)　晴,雨止,未燥。上午苕卿侄来,为介安侄后日吉期续娶来邀明日陪冰人。大富催甲来,为垦沈、杨三户荒田,给资召佃耕种,据云两年内尚不能收租,此费不能不取诸业主,谷贱伤农,此其明效,须祝屡丰为幸! 暇阅《名臣传略》。下午整备凌亲母送葬礼,㙟儿拟明日去。

十六日(4月23日)　阴,昨夜雨,今未开晴。饭后大儿同媳妇率两孙暨孙女至莘塔,凌老亲母十八日安葬,故有此行。下午衣冠至莘和陪媒,并应酬酌邻,宾客到者寥寥,惟诸甥而已。

十七日(4月24日)　半阴,下午起晴。朝上同少松、龙甥衣冠至乙溪大兄处,贺介庵侄续娶吉期。上午应酬贺客,即至亲到者不多。知府试初复题"虽曰未学"至"学则不固",江案首陆椿,即兰孙之郎。中午宴客四席,看午后亲迎,与薇人略谈片刻,贺客都返,在账房闲谈,颇嫌清冷。夜间月明如昼,二鼓亲迎船还,恰好子正合卺,少松所带洋表极准。诸礼毕,祭先花筵,结题已四鼓,余夫妇始还,不觉疲甚矣。

十八日(4月25日)　晴,上午微雨。晚起犹倦,饭后复至莘和,介庵之内兄弟来望朝,到者两人,一号韵候,即袁松巢之婿。一号少卿,云卿翁之幼子也。人均循循,午刻三席,酌敬之。余陪韵候,知云卿窗稿被难时均遭兵燹,可惜甚也。宴毕,新客即辞还,余与少松应酬事毕,归来在书房对食夜粥,味极醰醰,可知胃气之薄。黄昏早眠,黑甜乡酣甚矣。

十九日(4月26日)　天气晴朗,一洗连日昏霾。晚起,精神清爽照旧。终日碌碌,尚难座定,下午始以《名臣传略》消遣。

二十日(4月27日)　晴,东南风,复潮湿。朝上晚起。饭后阅

《靳文襄传略》,知其治河不主故说,神明变化,宜其食享河干,然非○○○圣祖力排众议,亦不能告厥成功,甚矣,臣良须君明也。命舟去载墀儿夫妇,因媳妇怯风,均未还,妇人胆怯若此,可笑无用!

廿一日(4月28日) 晴,东北风颇紧,潮湿渐退,然未卜老晴。上午录江南闱墨一篇,即丹徒前任徐理翁也,文笔尖新异常,子屏亦颇赏识之。下午点阅《小学》二页,《名臣传略》第二册阅竟。

廿二日(4月29日) 晴朗。上午墀儿夫妇率虎孙、慕孙、兰女孙来自莘塔。下午荔生自紫树下来,汲古阁《史记》已还,以新刻上海毛对山所著《墨馀录》见示,渠宦兴颇动,谈至二鼓始就寝书楼上。

廿三日(4月30日) 晴朗。与荔生又畅谈京洛事,下午始还去,《名臣事略》借去三册。

廿四日(5月1日) 晴朗如昨。先大人神像今始晒好收藏,招蔡氏二妹来中饭,絮语竟日。下午忽齿痛难忍,早寝。

廿五日(5月2日) 半晴,颇寒。齿痛未已,面左已肿,知是牙痛经春复发。终日昏昏欲睡,所食惟糜粥两次,幸无寒热,然不适已甚。

廿六日(5月3日) 仍阴冷,无雨。晚起,齿痛略止,尚未平复。终日闲坐,不观书,食粥以养胃,早眠以安神,不觉精力渐衰,已有老境。

廿七日(5月4日) 晴,渐暖。晚起,齿痛犹未全愈,然已略松。终日静坐,阅毛公《墨馀录》,纪近事,述旧闻,兼及夷务奇巧事,笔既蕴藉新秀,叙事亦体裁各当,近日说部书之必流传者。

廿八日(5月5日) 晴朗,恰好清和佳天气。饭后墀儿至黎,时徐渌卿姻仁兄除几领帖,令往吊之。在邱舅氏家盘桓一宿,明日返。下午乙溪来谈,携壶范常昭额去借用。是日未刻立夏,始食蚕豆饭,甘美可口,与少松立夏对酌,惜齿痛初愈,不能多饮火酒。梨川舟归,读渌卿翁家传,凌馨生撰,推波助澜,一无支蔓语,深钦佩之。

廿九日(5月6日) 晴热而朗。上午新选近墨十六科四十馀

篇,初录好,订汇一册,以作销闲嗜痂之供,特不可为外人道耳。终日
把阅,亦足怡情。命舟至梨载堰儿,晚归。知府试正案江府首殷兆煌
(述斋幼子),陆寿甫第二,王锦甫(伯)第三,朱元麟第九。诗赋好手,
吾乡竟无前列!

四 月

四月初一日(5月7日)　晴朗,热而燥。饭后衣冠至东厨司命
神前、家祠内拈香叩谒,虔诵白衣大士神咒一愿。暇阅《名臣事略》第
四册王文简公传。

初二日(5月8日)　晴朗而燥。齿又略痛并摇落,可厌,不便软
嚼,奈何?下午点《小学外篇》三页,《名臣事略》熊文端、顾八代传。
午后接盛泽王氏讣,惊知仲诒初一日身故,不知缘何猝病,变幻乃尔,
可骇甚也!闻今日入殓,初七日领帖,当亲往吊之。

初三日(5月9日)　晴,略有变意。饭后换挂堂轴款对,潮湿之
甚,当叠张藏,庶无所损,然颇累坠。乙溪来谈,为代拟王仲诒挽额
"珠树中摧去",暇点《小学外篇》三页,阅《名臣徐相国传略》。

初四日(5月10日)　晴阴参半。饭后拂拭堂轴对联,尚潮霾不
能收拾。为友庆侄代作挽联吊王仲诒,上联颇佳,惜下联不称,蠢然
如五官,实无从下笔也。暇阅《名臣传略》,点《小学外篇》三页。

初五日(5月11日)　阴,下午微雨。上午薇人来谈,留之中饭,
知此番保结因仲诒故后一转移更调,诸名次均下户,财运望通利颇
难,可信小小进款亦有前定也,一笑。谈至下午回去,荔生所借《名臣
传略》三册已还,有便,后册要续借。

初六日(5月12日)　昨夜雨,今辰略晴。上午《名臣事略》第四
册阅竟。下午舟至梨川,夜泊宿舟中,拟明晨至盛泽。登敬承堂,与
邱幼谦絮谈良久,适渠观剧还,与省三丈、毓之弟、邱吉卿共絮语,黄
昏后下船,雨零零碎碎未止。

初七日(5月13日)　阴,终日微雨时洒时息。清晨发棹,到盛

川起来,时辰刻未至,泊舟斜桥,由王氏后门登堂,至灵拜奠仲诒。晤桢伯,叙慰片语出,即邀座,张欣木陪饭,颇殷勤,知渠现馆永义新甫处,絮语浙江宁波丁学宪考选拔多寒士。李辛槎亦来叙谈,知仲诒之病竟是内陷,甚矣,洋烟之贻误也。晤王梦仙,颇觉嚣嚣。辛垞以所书扇面缴余,录送陶子方诗四首,写作均佳。饭罢,略坐开船,到梨午后,幼谦处吃面而还,归家未晚。托辛垞查张惕庵,知乾隆时进士,举鸿博,由翰林散知县,福建人,《皇朝经世文》中采文数篇,辛垞真不负考订矣!

初八日(5月14日) 晴,晚起。大儿至梨川送堂姨母氏琴舫夫人入殓,暇阅《名臣传略》第四册。今日五侄纳币陆兰生家,夜陪冰人立人侄婿,对此顽劣子弟,殊觉无光,饮酒不乐。梨川舟回,墀儿为幼谦所留,约后日去载。

初九日(5月15日) 晴,不甚朗。朝上晚起,因昨夜散席已二鼓后。上午阅近墨。下午点《小学外篇》三页,《名臣事略》第五册阅毕。

初十日(5月16日) 晴朗。朝上仍晚起,饭后适袁稚松来,留之絮语。闻嘉府十三日丁学宪案临,拔贡大约谢卿梅、孙酉山诸公,渠家后日赴试。少顷,顾砚仙自苏来,惠鲥鱼二斤许,即烹治,与砚仙、稚松共啖之。中午置酒大嚼,口福朵颐,甚为鲜美,然亦乡间不易得之品,惠我多矣。下午砚仙先去,稚松再谈始去,渠同店伙陈梅江自北舍催账回。晚间墀儿自梨归,知同里追呼甚急,于敬承晤钱梦莲云。

十一日(5月17日) 晴朗。饭后率墀儿将轴对再晒一次,适子屏来,快谈终日,论儿孙辈读书,自八岁入学始,照《程氏分年日程》节减其目,十年为度,中下之质亦不仅五经皆熟诵矣,断不可早开笔。言实近情,惜循序渐进,有恒之难耳,当识之以为孙辈勉。晚间回港,约午节后假馆再来叙。

十二日(5月18日) 晴朗。饭后率墀儿同检所晒款对,当重裱者甚多,一一整理之,潮霾之气满纸,颇难收拾也。念孙今日始把笔,师教之习字,余家三世不善书,深望此子后来居上,私心默祷之至。暇阅《名臣事略》。

十三日(5月19日) 晴朗。饭后阅《名臣事略》赵、张、王三将军传,知吴逆之乱,戡定之功,究推汉人。下午子屏同乙溪来,知到馆改期明日,所议之事只顾目前,暂救舆薪以杯水,终无善策,相与曲全,浩叹久之,晚间回去。

十四(5月20日) 神仙诞日,阴,微雨,稍冷,恰合麦寒天气。竟日闲坐,阅蓝施诸将《陈恪勤公传》,点读《小学外篇》四页。

十五日(5月21日) 晴朗。饭后命小奚扫拂几案,书房尘垢一空。暇阅《名臣事略》杨文定公传,以卷六至十一三册寄交凌荔生阅看。终日闲静,睡魔时来扰,心志不振故也,当思所以矫之,非用心读书不能去其弊。

十六日(5月22日) 晴朗。上午晒日记数十册。暇阅《辽小史》,叙事颇简古。点读《小学外篇》四页。

十七日(5月23日) 晴而不朗。上午阅闱墨。下午点读《小学外篇》,适凌荔生自紫溪回来,畅叙半天,《先正事略》三册缴还,以全书十八本,自卷十二至卷终借之,约五月中还。以近日邸报见示,晚间去。

十八日(5月24日) 晴朗,风燥。饭后晒新印日记数部。暇阅闱墨。下午点读《小学外篇》三页,心不专精,杂拉看《辽小史》初次毕。

十九日(5月25日) 晴朗。饭后将晒好续印日记廿七部收藏,并先人诗集校正一部,拟连日记送熊纯叔。上午舟载薇人俫来为念孙定方,据云痰核虽未销净,不必急急培其土、化其湿,夏间力日旺,则核自然平复,此是探本之论。定方颇稳适,长谈至下午,舟送回去。

二十日(5月26日) 朝上雨,晚渐晴。饭后,陆厚斋自公盛来絮谈,陪之同中饭,渠不烟不饮,是市津之矫然者,下午去。终日碌碌,不克坐定。

廿一日（5 月 27 日） 晴朗。晚起犹倦，几同痼疾，不能革怠，靡甚也。饭后阅新科墨选。下午点读《小学外篇》四页，阅《名臣赵勇略王忠武传略》。

廿二日（5 月 28 日） 晴雨不定，的是熟梅天气。西南风，骤热。饭后乙溪来，谈及五侄渐成败类习气，束缚之实无良法，此是吾家大不幸事也，言之奈何？终日碌碌，下午账房有找绝事，因所费尚少，允之，然照时价已大浮矣，田本之重如是！今日略有肝气，不能如意。

廿三日（5 月 29 日） 忽晴燥多风。上午阅《名臣韩文懿公传略》，晒案头书。下午与慕孙略讲《蒙养图说》，虽不能领会，颇可解颐，且收其放心。

廿四日（5 月 30 日） 晴朗。饭后有黎里局差来，面却之。知此事日上又紧，卖丝枭谷之谣，古今同慨，暇阅《名臣事略》甘忠果公传。下午墀儿至芦川钱艺香处，又以堂对四幅（陈、邱、卓、沈），小堂轴两帧（陆、吴）属裱修。

廿五日（5 月 31 日） 阴，微雨，北风骤寒。上午阅时墨。下午点读《小学外篇》三页，复阅《名臣姚熙之尚书事略》。春花账船拟明日两账同开，未识略有成色否。

廿六日（6 月 1 日） 阴雨终日。上午阅时墨。下午点读《小学外篇》三页，阅《名臣陆清献公传略》《初月楼文钞》。

廿七日（6 月 2 日） 阴，无雨。上午仍阅时墨数篇，示不忘所自也。下午《小学外篇》又点读四页。暇阅《初月楼文钞》，其所宗法悉桐城规范，讲求斯道，颇见醇正。

廿八日（6 月 3 日） 渐晴。上午碌碌。下午略阅《名臣事迹》王文简、熊文端传，又阅《初月楼文钞》，心烦不能聚，殊乏兴趣，可知俗念扰，无益看书也。晚间账船还，略有数斗菜子暨钱布。北舍局书钱朗亭又来嬲完十洋，约八百二十五①数，知俞令虎猛，至节前愈紧，朱

---

① "八百二十五"原文为符号 ⅏ 。卷十一，第 38 页。

某竟置之枑中矣。

廿九日(6月4日) 阴，无雨。上午披阅时艺。下午心颇闲静，阅《初月楼文稿》半卷。

卅日(6月5日) 晴，又阴雨。上午阅闱墨。下午阅《初月楼文钞》第一册终卷，文洁净澹宕，传记诸文竟似熙甫，世以小名家目之，固称。

五 月

五月初一日(6月6日) 晴朗。是日巳末午初日食一时许，光明可喜如恒。饭后诵神咒数遍，衣冠叩谒东厨司命神前暨家祠拈香，不能今晨早起，心歉如也。载北舍省三侄孙来为慕孙吹药，据云是喉风之最轻者，然须避风忌鲜味，庶早愈。饭于书房内，下午送回去。暇阅《初月楼文稿》第二册。

初二日(6月7日) 晴不甚朗。上午阅《初月楼文稿》志铭类。午前观工人播种，时也，麦陇云黄，雉乳雏而飞集；秧田水碧，蛙闹鼓而声喧。野人风趣，此为最真。闲步久之，我惟携酒劳农，预祝今秋大有年而已。暇点读《小学外篇》一册终卷。

初三日(6月8日) 朝上送吴少松解节回同，约十八日去载。朝阴雨，晚晴朗。午前吴甥幼如来，留之便饮絮语，下午回黎，此子勤于课蒙，能自刻苦，一无外好，亦子弟之极谨饬可嘉者。暇阅《初月楼文钞》第二册毕，再阅《杂著见闻录》，《小学内篇》今始动笔点读卷首三页。

初四日(6月9日) 晴。上午阅《初月楼》，《闻见录》第二卷，下午正在闃寂，董梅村偕陈翼亭过访，欣慰无任，快谈久之。知梅村今得补增，翼老周庄沈氏馆况尚可，夜略置酒闲话，颇各率真。止宿书楼，余先寝，墀儿与之纵谈，眠已二鼓后。是日，接袁稚松信，关白禾郡试事，渠家新进一，济川丈曾孙。等第复试二，一问樵，一大年，酉山先生第七。拔贡各县均第一嘉善吴绣虎，盛川竟拔两人，一沈绮亭,一王振之。新甫之郎均有文名,善书,新老可称有子,闻之羡甚。

初五日(6月10日) 晴朗。上午与翼亭、梅村絮谈,吾人叙首,贵得知心友也。午前端节祀先毕,即略具杯盘,饮董、陈二君,下午送之回至莘塔,约秋间再叙。是夜早眠,肝疾大发,多食黄鱼、白鸡所致,饮食之不可不慎如此!

初六日(6月11日) 晴,渐热。朝上晚起。上午阅《闻见录》一卷,肝气未平,少食以和之。下午闲坐,是日大嫂姻家外荐礼忏第一堂圆满,夜请拨云上人放焰口,命应墀接陪,照应门户,余不往观,早眠。

初七日(6月12日) 晴朗。日上肝气作闹,静养晚起。是日大嫂姨甥女陈氏来自斜塘胡,外荐大悲忏又三日,灵前致飨尚有礼,下午回去。阅《闻见录》第七卷,意兴不属,掩卷罢。

初八日(6月13日) 晴,东南风,水日退,农人车水为难。上午阅《见闻录》,大半都采之《三魏集》。下午乙溪来,论及五侄日益肆横不可制,余谓其始由不读书,其继由吾辈不早约束,今恐无及,然玷吾宗者必此子也,余与兄恐不能辞其责,奈何!因思吾家子弟,无出众才,总由无志读书,乙兄意不在是,愿与墀儿交勉之,无贻祖父羞为要!乙溪又述两房僮仆私作樗蒲戏,亦由防范不密,后当随时查察,修身、齐家之道,言之难矣哉!书此聊以自警。

初九日(6月14日) 晴,渐热。终日阅《闻见录》十卷,又阅《续录》第一卷。是日大嫂处礼忏圆满,夜间又请拨云上人放瑜珈焰口一堂,余略应酬,先就寝,毕事几夜半,门户命墀儿照料,少年处家最宜检心也。

初十日(6月15日) 雨,恰好插秧天气。晚起,饭后至二加堂,一应几案命工拂拭收拾,此时未分爨,只好仍余管领也。昨接吴少松初五所发信,欲以其郎带读附馆,此事义不容辞,惜不早定夺,致书室生徒坐地狭窄,来年慕孙上学,当再位置一切也。拟载时作书复之,暇阅《闻见续录》第二卷毕。

十一日(6月16日) 阴,微雨,颇滋润。终日闲坐,《闻见续录》第四卷阅毕。

十二日(6月17日) 晴,渐热。饭后内人至梨花里邱幼谦家盘桓,约廿四日还来。暇阅《闻见续录》第七卷竟,中采节烈女、畸隐之士居多。

十三日(6月18日) 上午晴,下午云漠漠,终夜大雨时行,农功攸赖。是日吴仲伦《初月楼集》阅竟,庋藏书厨中。随手抽读阮文达公《揅经室续再集》,经生家尚考据,气息俗甚,读之甚难惬心,聊过目一周而已。

十四日(6月19日) 阴,又竟日雨,酣足之至。终日又读《揅经室续再集》一遍,经术湛深,恂推当代巨手,而行文无法,气势又滞,恐非时下所喜。甚矣,说经与论理,道难一贯也。草茅下士,妄谈大人先生,刍荛亦有一得。灯下阅诗一卷,神似韩苏,不愧大家。

十五日(6月20日) 雨,下午开晴,水已涨半尺矣。饭后作札拟复少松。下午薇人自萃和来谈,知子屏赴杭陪考,其徒慕桥取诗赋合属第四,一等十三,此子赋笔本佳甚也。传知冒商者又逐出,谋事不臧,众怨所集,一至于此!晚去。账船回,已各路讨转,仅供盘费,一无成色,人情之穷顽乎,抑经理之不善乎?言之始信持筹握算之难!而限内不可不紧,此其明验。

十六日(6月21日) 阴雨,未开晴。是日午刻交夏至节,东北风。中午率儿孙祀先。暇阅遂宁《张船山诗集》,独抒性灵,自存面目,古今体均惬余意。

十七日(6月22日) 阴,仍东北风,梅雨终日,水又新添尺馀。从此即卜开晴,高低咸熟之兆也。明日拟舟载少松。暇读船山太守诗,哀梨并剪,爽快万分。雨蒙蒙终日不息,恐非低区所宜。

十八日(6月23日) 朝上风雨。欲载少松不果,饭后渐觉起晴,真天意悯农,雨旸时若也。暇阅船山诗,乞假后作。

十九日(6月24日) 晴朗可喜。上午蔡龙官自黎来馆,午前祀先大父逊村公,今日忌日致祭也。下午元音侄同沈南州来,成冬三仓,时平价贱,无能奢望矣。凌荔生同范甫来,畅谈半天,《先正事略》已回,并以邸报见示。荔生晚归,范甫留止宿,恰好少松已率其郎到馆,年八岁,似极玲利。夜间置酒,书房团叙,知范甫自苏回,颇有新闻,一兵变搜擒;二天师下降;三花甲重婚,言之娓娓可听。

二十日(6月25日)　晴朗。终日清闲,与范甫剧谈,兼阅邸报。晚间大儿自紫溪会酌回,知冒考一事商籍不通,于仁钱均得成就,甚矣,吾学之为鹬为獭也。

廿一日(6月26日)　晴而不朗。饭后照看出冬,暇阅邸报。下午与范甫絮谈。

廿二日(6月27日)　雨,阴冷可怪。上午拟拉范甫作芦川之行,因雨不果。终日在养树堂闲谈,阅邸报而已。

廿三日(6月28日)　复阴雨终日。饭后乙溪来谈,知新自沪上归,游兴极佳。下午薇人又来自萃和,与范甫叙谈良久始去。由子屏处收到《明纪》新刻一部,托费吉甫书局代购。知子屏在杭未还。

廿四日(6月29日)　朝雨,饭后渐开晴,可喜。午前内人归自梨川邱氏,知子屏已回自杭,范甫欲归,复留之,与之清谈,颇多逸趣。

廿五日(6月30日)　又阴,微雨。上午照看出冬,暇阅《明纪》、船山诗,与范甫论赋。念曾小虎孙今日始开卷读《小学韵语》。

廿六日(7月1日)　晴,渐热。终日碌碌,了无心赏,惟阅邸报,略展《明纪》三王附载始末而已。

廿七日(7月2日)　炎热晴朗,始有夏景。饭后走至乙溪处长谈,以沪上《新闻志》见示,携之归,阅之,较前耳目又一新。下午率墀儿同范甫至芦川茶寮闲叙,修发,颇觉畅快。久之,同至钱艺香处赏观版帖,以新裱九成宫、颜公三辞表一真、一草为上品,扰渠茶,清香扑鼻,较茶肆中销渴。回来,夕阳在山,夜在书房剧谈,热尚不减正伏。

廿八日(7月3日)　晴热,似昨日稍朗。上午阅《新闻志》,有可解颐者,有可发指者,夷人真狡狯也。下午舟送范甫回莘,约秋间再来叙,此子骏发龙伏,目前虽不得志,异日断非池中物也,拭目俟之。

廿九日(7月4日)　晴热而爽朗。由荔生处借来捐例两本,阅之,目为之眩。下午读张船山诗,则清风习习,大可怡情矣。晒案头书,尚未竟。

卅日(7月5日)　晴朗而热。上午照应出冬,下午登清账目,碌碌终日。所藏日记四十馀部今始晒竣,当庋收之,以赠有志斯道之士。

六　月

六月初一日(7月6日)　晴朗,仍炎热。朝上盥沐,衣冠东厨司命神前、家祠内拈香叩谒。饭后与吉老对东账,至下午始竣事,不过循例校查,实则有弊万难觉察也。湖边黎近,恐难深信,丁宁奖劝而已,精别实无此手段。暇则静坐,不能看书,心中尚难泰而安。

初二日(7月7日)　晴热,西南风。是日卯刻交小暑节。饭后与陈厚安对南北账,下午对毕,招渠乃翁朗老进来长谈,与之订定,尚不十分推卸,且颇有忠告之言,约即日要回家过夏。今日腹中不畅,大约肝气发,减食以养之。邸报分三个月排定。

初三日(7月8日)　晴,西风颇大,热减昨日。晚起,不甚健,腹胀甚,食粥半瓯,上午至晚忽大泻三四次,胸中渐适,然不能饭,尚未平复,"丹田难买六月泻",此说然否?终日闲坐以养之,束书不观。闻少松郎小肠气大发,终日叫号,带在馆中,乃翁颇受渠累。

初四日(7月9日)　晴热。痔疮大发,终日不能安坐,卧在内,中间痛而痒,殊为不适。朗相父子均回,厚安约七月初二日去载,乃翁要过节后定期来矣。是日水泻已止,夜间早眠,热更甚。

初五日(7月10日)　晴,炎热。痔痛依然,以象牙屑煎水洗之,亦无效,内热极盛。是日出冬,略应酬来人。

初六日(7月11日)　炎暑更酷。痔出血,略松,然仍痛楚,胃口亦减。中午家人食不托,余亦循例尝之,味甚佳,不敢尽量。闻少松郎近恙已愈,要吃面,势不能禁,竟餍其所欲,然甚非所宜。夜热如故。

初七日(7月12日)　晴,酷热。晚起,痔痛略缓。上午舟载薇人来诊脉,据云内热颇炽,小便赤短,须用川连以清心火,如所拟制方,未识即有效否。子屏同来,知杭城陪考时畅游西湖,甚有清兴。知冒籍一事,惟小陶另图民籍,馀则均归于商。有学书陆鉴,极通神变化,畅谈竟日,至晚送还。子屏七夕不解节,传说吾郡科试七月二十取齐。

初八日(7月13日)　晴热如昨,略爽,有风。朝上食粥。内热仍未退,痔血又溃,始得平复,然受其累已数日矣,今日始能安坐。上午服药,下午始吃西瓜,如服清凉散,心火沁凉,大为可口。是夜热甚,汗如雨下,凉席亦湿。

初九日(7月14日)　仍炎热,日炽如火。朝起,痔病亦渐愈,内热未减,饮食略增。在养树堂闲坐乘凉,略阅《明纪》新本。

初十日(7月15日)　酷暑晴燥。得未曾有痔痛今始全平。上午摘酌租欠账备查,下午粗阅《明纪》太祖一代二册完。炎热不能耐,晚间闻雷声,喜得阵雨,渐有风来助凉,良久仍不成阵,闷热依然,颇有旱暵之叹。

十一日(7月16日)　晴,炎暑略爽。上午摘录租欠账。下午阅《明史》成祖纪一册,父子两世皆以杀戮起家,绵及二百馀年,亦甚幸矣哉!

十二日(7月17日)　晴,暑不减,略有风,稍清朗。上午摘录租欠簿。下午阅《明史》洪熙、宣德二代,天下自此太平。永乐酷烈,何修得此孝子顺孙!

十三日(7月18日)　晴,仍炎暑。下午阵雨又不成,颇蒸郁。上午摘录租欠账,阅《明史》正统本纪。下午始浴,爽快绝伦。

十四日(7月19日)　晴,炎热稍减。饭后芦局张、钱两书来,又翻完十枚,此辈虽可恶,然不能绝之太峻也。闻俞令虎威犹未已,且无瓜代信。载省三侄孙来为虎小孙治热毒疮,据云不甚利害,三四日可出毒矣。书房中饭,下午送归。暇阅《明纪》英宗正统朝,善政渐希,王振用事,遂致土木之变,宜哉!晚间雷电雨阵仍不畅,然凉风习习矣。夜雨未息,枕簟清爽。

十五日(7月20日) 晴,仍暑热。饭后命工人堂楼上脱窗抹油,先人创业艰难,修理不可弛也。暇则摘登租欠账。下午仍阅《明史》景泰本纪,观其措置,迫上皇非出本心。

十六日(7月21日) 晴,不甚暑。上午摘录租欠账始竣事。下午阅《明纪》天顺复辟一册未终,适阵云四起,风雷交作,大雨时行,不胜快慰。从此良苗怀新,丰稔可卜矣。夜凉如秋。

十七日(7月22日) 阴晴参半,颇凉。下午复有阵雨,势不大即止。是日亥刻交大暑节,畅咽西瓜,凉入心脾。吴少松作文一篇,为动笔圈评,通体颇明白晓畅。上午阅《明史》成化本纪,非英明之主,昭昭在册。晚以船山诗遣兴。

十八日(7月23日) 晴,稍凉。上午阅《孝宗宏治本纪》两册未完,正臣信任,奸邪必斥,有明一代贤主,无可比拟,惜不永临天下!继以武宗,殊深太息。下午仍读《船山诗集》第三册。夜间复有阵雨,即止。

十九日(7月24日) 晴,上午凉甚。是日观音大士佛诞,斋素。在厅上具香烛,衣冠诵神咒虔叩,以展微忱。暇阅《武宗正德本纪》,刘奄江竖用事,有明元气已先伤于此。堂楼上窗槅抹油,今已装好,居然耳目亦一新矣。

二十日(7月25日) 晴朗,不甚热。上午阅《明史》正德本纪未终卷,适凌荔生来,知日上李辛垞寓在彼家,论医外兼论古文,欲选《松陵国朝文钞》,各处收罗,余先以老辈周意庭文(名振业)二册、顾蔚云文集连诗二册、先严《养馀斋文集》二册与之,馀俟再行搜访。借去上海赵仪佶《滤月轩诗文集》一本、《吴柯翁诗集》一本,以备查考。

清谈半晌,颇得友朋之乐,晚间回去。

廿一日(7月26日)　晴,不甚朗。上午照应出冬。暇阅《明纪》正德未完,自古淫荒之君未有如此,而能不失国,有明祖德宗功所庇也。下午有旧友唐秋士来买西瓜,十馀年不见,几不相识,闻在丹卿倅处效劳,年亦五十一矣,思之益增老大之感。

廿二日(7月27日)　晴,朝上颇凉,晚间又阵雨。命圬人修治下场坍屋仓舍。正德本纪阅完,接看世宗嘉靖,偏怒议礼,崇信奸相,尊奉方士,亦一无道君也。此册大半议大礼,阅之可厌。晚以船山诗消闲遣兴。

廿三日(7月28日)　晴,朝凉,已似秋风秋雨。上午阅嘉靖五年本纪,议礼邪说,帝已深信奉行,自后大小臣工无敢再进言矣。此事虽误于张桂,实则诸臣激之使然也,有明仗气节如此。下午闲坐,以船山诗讽诵数页。

廿四日(7月29日)　朝上、午前阵雨,下午晴。荷诞日,凉如秋后矣。暇阅《明纪》止嘉靖九年,张桂用事,善政全无,而议郊社分祀,皇后北郊亲蚕,颇以此粉饰太平,可鄙孰甚焉!晚诵船山诗至四册末,出守莱州时罢官矣。

廿五日(7月30日)　晴,朝上微雨,大暑中颇凉,亦非气候之正。阅《明纪》至嘉靖十五年,夏言将罢,严嵩渐用事,晚则掩卷闲坐。上午润芝来,以讣文底就质,足见虚心,即以余意正告之,想无甚大谬也。

廿六日(7月31日)　晴朗,不甚炎酷。暇阅《明纪》至嘉靖二十年,夏言被嵩阴伤,益无忌惮矣,阅之不胜发指!下午徐荔江自萃和来,谈及上洋,繁华更甚,较我党居夷时耳目又一新,此处断非安乐土也,食瓜畅谈而去。晚间复阅船山诗。

廿七日(8月1日)　阴晴参半,北风颇凉,似非暑伏所宜。暇阅《明纪》至嘉靖卅三年,时沈、杨二公相继罢,下狱,廷丈杀之,正老嵩得意之秋也,阅之毛骨为竦。上午凌稚川遣人来送入学时派保仪于大儿,礼尚往来,能如约不嫌其迟,谢领之。墀儿今日陪少松作文,不动笔者年馀矣,阅之,尚不甚荒谬。船山诗读至出守东莱。

廿八日(8月2日)　晴,时有阵雨即止。饭后为少松评昨作文字,略删改,恐多荒气。女孙兰保发红症,不适,载薇人来处方,用轻清托散诸品,据云尚未透发,明日须复视。书房内便饭,下午送回去。碌碌终日,未能坐定。

廿九日(8月3日)　晴,稍有暑令,然微雨尚不时飞洒。暇阅《明纪》至嘉靖四十六年终,当是时,严嵩父子新伏诛,徐阶草遗诏,政令一新,天下居然翘首望治,惜隆庆之不能永乎! 上午复招薇人来,女孙今日已渐愈,寒热虽未净,而症退胃开,再服四三剂可霍然矣。携贞丰约课卷见示,改得极佳而又认真,居然近日老坫坫矣,畅谈至下午而去。由北舍同里航接到朱稚苹五月廿六日信,知仍赋闲,现已定居苏城西百花巷顾宅,此信似存顾希鼎处,今始寄到。如与稚老面谈,然依托无主,殊费踌躇。

七　月

七月初一日(8月4日)　晴朗,西北风,不甚炎热。饭后衣冠东厨司命神前、家祠内拈香虔叩,暇阅《明纪》穆宗隆庆至六年,天下似稍又安,西北俺答和贡成受封,势亦渐弱,不数年而我圣朝肇兴,此其先几可见者也。船山诗读至罢郡寓苏,卷将终,而宦海亦已收帆矣。

初二日(8月5日)　晴,朝上凉甚。上午阅《明纪》万历初年,张江陵正当国用事,才相而非良相也。薇人复来为兰孙女诊脉处方,再服两剂已全愈矣,以改本文见示,真近时名师矣,下午送回去。是日不甚适,少食以节养之。陈厚安晚来,云乃翁朗老廿二日去载。

初三日(8月6日)　晴朗,颇有秋意。上午阅《明史》万历本纪十二年,张居正极盛而败,身后籍殁,不堪回首,可以戒大臣威福独擅者。下午在楼上检点旧文,《寸心楼文集》不见,寻出陈切庵、张渊甫、迍青霞遗文数篇,可便交荔生矣。

初四日(8月7日)　阴晴参半,下午将交秋令,雷雨作阵即止。上午阅《明纪》至万历十九年,时帝渐长,耽酒色,罢视朝,言路与执政水火门户,日争偾事。是日未刻立秋,与少松瓜果火酒小酌相赏,以所课文见示,尚须商改数处。

初五日(8月8日)　晴阴不定,下午复有阵雨。是日大嫂中元节预延泗州寺禅僧拜大悲忏三日,并放焰口,一应供养开销友庆主之,余不与焉。暇阅《明纪》至万历卅二年,时矿使四出,民穷财尽,天灾流行,妖书倏起,帝昏庸无知,晏安如故,所稍异于嘉靖者,于大臣不十分杀戮耳,然阅之已令人喷饭。下午掩卷闲坐。

初六日(8月9日)　晴阴仍不定,秋雨微洒。饭后改阅少松近作,增润者半,自觉此道未尽荒白。暇再翻阅万历本纪卅二年中,拒谏开矿,溺于深宫,无一善政,惟平播州、救朝鲜,武功尚未败坏。晚间诵船山诗数页。

初七日(8月10日)　昨夜阵雨,终宵不息点,今晨颇凉,秋雨又时行。上午阅《明纪》神宗卅二年终卷,接阅卅三年,尚未详绎。墀儿以"道之以政"两句文课作草稿呈示,充畅灵敏,尚称合式。是日二加忏事圆满,夜间仍请拨云大师放瑜珈焰口,一应门户命墀儿照管。明日龙生甥欲先解节,余同至梨,因仍早眠,不及往观毕事矣。

初八日(8月11日)　上午晴,下午阵雨雷电。饭后同龙生甥、厚安赴梨,午前进市河,舟挤不得行,同龙生步至蔡氏,热甚。见二妹,知仿白血证日前大发,近已止,眠食如常,然究以无病为福。进之二甥亦来畅谈,知震泽廪缺大动,已补至盛省三,第十名矣,震邑分县添拔一贡已奏准。二妹留饭,扰之始出。至敬承堂,幼谦出见,今日渠外家有素事出门,不及久谈,即言辞。至赐福,与子屏畅叙,双喜五侄文已有头绪,字迹端楷可喜,托买《江汉炳灵集》陈、许合稿,蒙见送。复同至虎泾衙费吉甫寓中问候,不相叙者一年矣。芸舫京信接至六月中,大婚礼诹定九月十五日庆成,皇太后有特开恩科之说,未识确否。少顷,沈步青来,满面春风,今科选拔劲敌也。吉甫固留絮语,因阵雨不及再谈,即告辞。子屏所借江、震两邑志在黄聘阿处,只索还《震邑志》八册,急忙登舟,行至东栅,阵雨大作,姑稍待,幸无风。雨稍息,舟人冒雨行,半途雨又作,不停桡,到家已黄昏后。时雨初霁,一路虫声唧唧,秋意爽然,热极已凉。

初九日(8月12日)　晴,下午又有微阵。朝上送少松父子解节回同,约廿一日去载。董梦翁骈文,书局内刘卯生司马任校刻镂板,余处许帮洋八元,吉甫许代应出,云止五十九篇。因忆先大人集未刻者,余仍求作后序当补登,以成六十篇之数。因命墀儿录出同集中所登先严《汰存集序》并寄卯生,庶无遗误焉。暇则登清内账,阅张太史《炳灵集》,怪怪奇奇,为开试牍未曾有之变格,当以才子文读之,亦一大观也。

初十日(8月13日)　阴晴参半,潮湿闷热胜于大暑。饭后翻阅《明纪》万历一朝四十八年毕,朝政废,党祸争,矿使横,边事坏,论者谓亡明者天启,孰知神宗实基之也。下午闲坐,以《炳灵集》消遣之。

十一日(8月14日)　晴,较昨日稍凉。饭后账房内交易四年陈稻,贱价售之,虽是丰熟之兆,然谷贱伤农,于此益见。阅《明纪》天启元年,魏进忠已骤用事,计杀王安,沈辽既陷,熊廷弼再起,三方建置之策,牵制于抚臣王化贞无效,皆兵部尚书张鸣鹤右化贞误之也,言之浩叹。下午阅《炳灵集》文数篇。

十二日(8月15日)　晴阴参半。饭后凉风倏起,炎暑又销。子妇率小虎孙至莘塔,中元节老太太几筵祭享,下午回来。终日账房有俗事,不能坐定,拟作书致子屏,未就,可称懒惰。

十三日(8月16日)　上午阵雨大作,下午起晴。命大儿录董梦翁养馀斋骈序两篇,并石刻诔文汇寄刘卯生。复作书复子屏,托费吉甫转寄。暇阅《明纪》天启五年,杨、左诸公已被逮,逆珰一网打尽,言之眦裂胆碎。

十四日(8月17日)　阴晴仍不定,下午稍朗。中午祀先,中元节时荐常礼也。暇阅《明纪》崇祯元、二、三年,帝多疑而性急,无知人之明,一言断之。天启朝已阅竟。

十五日(8月18日)　晴,风凉,下午复有阵雨。阅《明纪》崇祯朝四年,大清兵入关,献、闯二贼已起事,而帝始察,复任宦官如故,忠臣义士屈不得伸,言之浩叹。《炳灵集》阅至孟艺第一册。

十六日(8月19日)　晴朗,为此月中第一日。饭后阅《明纪》至崇祯八年,七年春,车箱峡之困,陈奇瑜受诈而逸,从此两贼不可制矣,可痛恨!下午阅《炳灵集》孟艺。

十七日(8月20日)　晴朗,东北风,不甚热。饭后作便片复竹淇,跋五佺米今岁折算给讫矣。暇阅《明纪》至崇祯十年,内奸相,外悍将、庸帅,良臣之言屡黜不用,欲平贼,其可得乎?下午阅《炳灵集》孟艺,甚有发皇杰出之作。

十八日(8月21日)　晴朗。饭后阅《明纪》至崇祯十三年,杨嗣昌出督师,军事已叠失机会,即尽反文灿故政已不能支,况复踵故智,参之肉,其足食乎?下午闲坐,腹中略有积滞,西瓜太凉,不宜多吃。

十九日(8月22日)　晴朗。上午接子屏札,因归家无多日,不及来溪,欲借节本《尔雅》,遍寻不见,以庆三佺媳所许三元给与,作复之。暇阅《明纪》至崇祯十五年,朝事、边事、中原事,决裂已极,即肯改弦易辙,亦难挽回,况帝之愎谏好疑如故乎?读之不胜太息痛恨!

二十日(8月23日)　晴朗。饭后阅《明纪》至崇祯十七年卷终,自古亡国之主,忧勤图治,无如庄烈帝之正大,然其致亡之道,虽曰天命,亦由人事,有天下者,毋徒恃察察为明,而可以自私自用为也。是书怀宗四年以后,稽亭贤孙良叔补纂,并附一二王事略本末一卷,真良史也,当续观之。下午寻得先大人倩友人所抄《寸心楼文稿》清本三册,喜甚,当汇寄荔生,选入《松陵文钞》中。

廿一日(8月24日)　晴朗。饭后阅《明纪》,福王南渡始末终卷,以后如爝火之光,奄奄即熄,而朝上奸人仍立党,驱逐正人,此风可恨,至我朝而根株始息焉。下午吴少松到馆,知震邑补廪诸人均已办就,学宪有八月十一起马之说。莘塔舟回,接荔生与大儿片,催取故乡文稿甚急。先大人文稿已缴还,选取八首,皆有关世道人心。

廿二日(8月25日) 晴朗。饭后阅《明纪》末册唐王始末终卷。下午陈朗亭到账房,《炳灵集》阅孟艺数篇。

廿三日(8月26日) 晴,颇风凉。饭后阅桂王始末未终卷。下午羹二嫂来,历述五佺败类事,不能以家法惩治,欲即日约束在书房,极是!然已宽纵在前,恐虎兕出逸,实无善策,殊为吾家玷也,甚堪痛恨。

廿四日(8月27日) 晴,不甚朗。饭后《明纪》桂王始末一卷阅毕,今夏得《明纪》全部,大可消暑,今始粗过目一遍矣。暇则整理窗口厨内书,一级初完,蛀损者已不少,甚矣,藏书不阅之受害如是也。标明一一,以待好查看。

廿五日(8月28日) 晴朗。饭后同乙溪大兄率败类子五佺送书房,敦交黄子登先生管束,并以夏楚一方面交先生,自后倘再放荡,痛加惩创是属,未识能稍安静否。回来检理书集,一一表记,下午讫事。最难得者,吴任臣《十国春秋》廿本,王晓庵《历学新法》一书六卷,系金山钱氏刻本,自序一篇,煌煌大文,急另存,当以携示凌荔生,为吾乡文献光。碌碌终日,未坐定。

廿六日(8月29日) 昨雨,今晴,恰好处暑天气。饭后在楼上书厨中寻检先大人所存逄先生《送平明府序文》,张渊甫为诸城李氏所撰家传刻本五篇,陈讱翁遗文八篇,子松一篇,以便交荔生选用。暇则翻阅旧藏晚香堂苏帖十二册,尚完好,不甚蛀。下午身子不甚适,连日栗六,检理书策故也,精神之渐衰可知。

廿七日(8月30日) 晴,下午更朗。饭后检阅法帖并时人石刻,下午率墀儿至莘塔,以《寸心楼文稿》三册、《晓庵新法》一册、《北溪诗文集》《赵氏诗存》暨渊甫、青霞、讱庵、子松、陆鹤道人文稿面交荔生，始知愚庵《松陵文征》渠处已有，惜为书贾所欺，残本耳。现有专集者廿九家，略全，杂录者数十家，已有其半，然网罗搜访大非易事，看来样本草稿今冬难齐也。辛垞在座，道况颇忙，以《瞿忠宣公全集》与之。少顷，熊纯叔出见，谦恭笃实，望而知为有道之士，以家刻三种《先人诗集》《左传经世钞》《爨馀丛话》奉赠，蒙以石庵石刻《夏节愍公集》见报，谨领之。畅谈文献，日暮而返，此行颇乐焉。

廿八日(8月31日)　阴晴参半。终日照应出冬，登清内账，碌碌未能坐定。

廿九日(9月1日)　晴朗，昨夜凉甚。上午翻阅《经训堂法帖》，尚无大蠹。下午舟至芦墟，欲会顾念先，托以俗事，适因出冬不及往，登舟即还。

卅日(9月2日)　晴朗万分。饭后舟至芦墟，南栅车中略坐即还北栅，与顾砚仙蔡厅茶叙良久，所托之事略谈，未有成说。晤陆松华老友，絮语片刻，还，同砚仙至公盛行，与袁述甫叙话良久，日上面色颇佳，兴致尚好。陆厚斋坚留中饭，辞之，茶点而还。归家午后，食不托，此行亦颇适意。

八　月

八月初一日(9月3日)　晴朗可喜。昨夜略有肝气，不成安寐。晚起，饭后衣冠东厨司命神前拈香拜谒，家祠因修葺，窗槅俱蜕去洗抹，几案未设，缓日完整后补谒矣。上午圈阅少松近作，是期文字颇佳，暇则点定《炳灵集》文中之极奇横者数篇。养馀斋中命工人抹油。下午拟阅《瞿忠宣公全集》，尚未潜心体究。

初二日(9月4日)　晴朗之至。饭后旧藏法帖翻阅一过，有松雪堂赵帖八本，文衡山小楷一本，的系佳本难得，宜珍弄之。终日心猿扰扰，不能观书，拟作书致费芸舫，亦无兴动笔。

初三日(9月5日)　晴朗。今日灶神圣诞，合家净素一日，从旧例也。中午虔设香果，衣冠拜祝。暇拟芸舫书简初就，明日缮清，不善作行书,其难如此。下午圈阅《炳灵集》三篇,《瞿忠宣公奏议》数篇。

初四日(9月6日) 晴热不减暑天。饭后誊写与费芸舫都中书,拘持拙劣,误脱易置,更数页而定,仍写得不如意,甚矣,不善书之苦也。缄封待寄,聊以唐突西子,殊自愧也。暇阅《瞿忠宣公集》。

初五日(9月7日) 晴朗,稍爽。饭后阅《瞿宣公集》。午前邱幼谦家遣内使来请看赛会,拟届期乘兴一游。下午圈评《炳灵集》,由东浜寄到赵田袁少峰、孙名焕新号明之者试草,读之极佳,大约是孙西山改本。

初六日(9月8日) 又晴热。昨日酉时交白露节,饭①检晒光漆厨内书,冯注《苏诗》全部竟复蛀二本,可惜也。王注《集成》尚无恙。下午圈阅《炳灵集》一本竟事,账房内有出冬事照应。晚间阵雨,甘霖大沛,甚慰农人之望,丰年之庆,此其明征,可喜之至。

初七日(9月9日) 阴晴参半,朝起凉甚矣。上午西北风,似有风潮之变。终日碌碌,惟将《苏诗注》两部拂拭收拾。是日羹二房六侄文定于梨川周氏,系季琴之女,式如、茂才之妹,作伐者蔡甥仿白。夜间同吴少松、龙生甥去赴宴,陪冰人西席黄子登。

初八日(9月10日) 晴朗,今晨凉甚矣。饭后龙官趁友庆船归家看灯,约十七日同余回溪。上午阅《炳灵集》文三篇,《忠宣公瞿集奏议》一卷毕(末一本)。沈吉翁到寓,凭摺一事书就,明日付。黄子登来谈。

初九日(9月11日) 晴朗,朝上夹衣犹冷。饭后阅《炳灵集》,下午阅《瞿忠宣公奏议》第一册。

初十日(9月12日) 又晴朗可喜。饭后晒小厨内书,今日可以告竣,然蛀坏不少,幸佳本尚无恙。暇阅《炳灵集》文三篇,《瞿忠宣公奏稿》第一卷读未竟。

---

① "饭"字后疑漏写"后"字。卷十一,第48页。

十一日(9月13日) 晴朗。上午照应出谷,下午阅《瞿忠宣奏议》《炳灵集》时文三篇。

十二日(9月14日) 晴朗。饭后点阅《炳灵集》文三篇。下午薇人侄来,知科试取齐是月十九日,长谈半晌,傍晚借葛袍一件去,为下学讲书用也,未知此番名利何如。

十三日(9月15日) 晴朗。饭后驾舟至梨花里,赴邱幼谦看灯之招,至则入内厅,即同幼谦同案便饭。下午复同幼谦步至西栅城隍庙观演小洪福文班,不听丝竹之音于今八年矣,升平景象欣得重睹。晤沈雨春、蔡听香、陈小山丈,台前鹄立,脚力大逊诸公,至戏演罢始还。候邱吉卿,晤赵龙门亦来踏灯。夜与幼谦絮语,榻在外书室,为蚊所扰,至三鼓后始得安睡。

十四日(9月16日) 朝起晴朗。至子屏馆中,晤其徒周雨人,真恂恂佳子弟也。吉甫在书局未回,芸舫京信托寄在子屏处。上午子屏复来叙谈,余则走至蔡氏,二妹出见,心境不佳,因仿白失血后证不见轻,龙、全两甥均出见,留饭,辞之。下午在邱氏门前观赛会,点灯后与赵龙门踏灯而游,至土地庙小憩,陈设极精。回来与叶绶卿茗饮泷泉,絮语极畅,渠今日陪侍太夫人出游,板舆之乐惟君独擅。分袂后复畅观夜会,踏月街头,至二鼓后就寝。

十五日(9月17日) 晴朗,略热。晚起。上午子屏复来就谈,渠育麟待诞,照料乏人,余劝以不去录科为是。今日游人如蚁,湖中颇有画舫。上午在门前闲观,下午同吟海老友复至庙上观剧,演毕,又观诸神排堂,颇能整齐严肃。回来徐步,吟海招茗饮,以息腰脚之疲。是夜幼谦设席宴赏,同座者吟海、省三丈暨余与主人而已,饮酒极酣。饭罢,吟海、省三丈复招泷泉茗饮畅叙,一鼓始回敬承。桂露沾衣,颇有冷意,夜会不及观毕,二鼓时已蒙被而眠,时街上灯光未阑,寝室中月光复如昼也。

十六日(9月18日) 晴朗,略热。上午同黄吟翁访邱毓之内弟,时毓之痢疾未痊,谈兴颇浓。陈小山丈年已七十五矣,适在座,谈文手舞足蹈,甚艳羡之。吴甥幼如特来招饮,辞之。还至敬承堂,同海老中饭。下午至东栅,两人小茶室茗叙,极幽畅。夜与省三丈、李梦仙复泷泉茗谈,适雨春、岭梅来,遂同座畅叙,一鼓后还。灯月之光如昼,而街上游人渐希,大不如昨夜之闹,而清景幽妙,得未曾有。同志诸人各回去,余则腰如折,脚力疲惫,不能久坐,即眠,时未二鼓。闻赛会事毕,东方已明。是夜余颇酣睡,锣声、喝道声、鼓吹声闻如不闻矣。

十七日(9月19日) 晴朗。上午子屏来谈,云明日解馆,黄吟海、李梦仙、省三丈均来就谈,家中船已至,中饭后告辞主人幼谦而返,是行也,意兴极佳,而精力大不如戊辰年矣。到家未晚,知熊纯叔、李辛垞、凌荔生来过,顷始去,甚失迎迓,歉甚。闻辛垞携去《奇症录》,荔生携去《吴独游诗稿》。是夜补酌东、西两席中秋,账房内酌酒,不陪,与少松对饮,墀儿陪侍,颇极酣鬯。少松明日回同,欲赴科试。

十八日(9月20日) 晴朗。少松闻朝上登舟,墀儿送之。是日余熟睡半天,几如重赴秋试三场毕时光景,可知游览亦是疲耗精神之一端,可笑也。终日昏昏,夜后早眠。

十九日(9月21日) 晴朗。是日辰刻地动,余始惊寝而起。饭后舟至莘塔,以叶横山《已畦集》文三册借于荔生。上午始登查账务。下午补录日记,精力始渐充复。

二十日(9月22日) 晴朗。饭后阅《炳灵集》第二本完,即走候黄子登,以此二册借阅之。是日紫侄开吊,朝上墀儿、蒂侄同去应酬,以无失敦厚之谊。闻此番润芝不甚排场,同年一概不讣,极见有病自知,胸中具有成竹。账房内为催一账往返数次,尚无成说,约明日居间进来,甚矣,贪之误事,而余自恨孟浪用事也,言之可戒!晚间墀儿自北舍本宗还,知今日题主黄琛翁,相则徐少卿、金紫亭。

廿一日(9月23日) 晴热。是日丑正交秋分节。上午作两札,拟一致辛垞,一致熊仁粟。仁粟一书颇谨持,以客气而兼有名望,对之言,不觉无容身处也。中午致祭先继母,今日见背,屈指顾太孺人去世已廿三年矣,风木之悲,思之益切,然显扬图报已无日矣,惟望儿孙辈勉之。以菱肉作饭致飨,顾太孺人所嗜也。下午阵雨雷电,秋禾所望,然尚不畅。

廿二日(9月24日) 晴朗,竟不雨。上午账房内陆某进来,约初十左右拉彼了此事,只得勉从之。下午阅熊纯叔所惠《述训》《养蒙》两编,系青浦薛氏所刊,上卷讲持家接物,下卷讲课蒙成童作文法,言言平易切近,可作家范看,甚有益也。

廿三日(9月25日) 晴朗。上午写好致熊仁粟书,并录渠序文一篇,东南一带今推作手矣。原稿示余者缴还,拟同封寄。下午阅《述训编》上、下两卷毕,言言与余性相合,真治家、治身不可不阅之书,暇拟圈读一过,以作准绳。

廿四日(9月26日) 晴热。饭后墀儿同七侄至杨墅,为羹梅大侄女嫁于金少谷者昨日病故,今日去探丧,且预送明晨入殓。暇阅《炳灵集》第一册。下午点阅《述训编》八页,《瞿忠宣公集》奏稿未阅竟。晚间凌荔生自紫溪来,代办《国朝文录》卅二本,六洋半,甚喜获此巨文。又送《三国志详节》四本,系明板绵纸。略谈片刻回去,大儿亦还。

廿五日(9月27日) 晴朗。上午圈点《述训编》《炳灵集》。暇将《国朝文录》《经世文编》对观体例,取舍各别,一尚才,一尚理,理足以统才,才究不足以穷理。吾辈无心用世,当以《文录》为宗,拟宽以时日详读之。下午步至田间,观工人收香珠稻,既备雁粮,又圆鹦粒,丰年之乐幸得叠逢,不胜颂祷焉。

廿六日(9月28日) 阴,微雨。饭后命大儿至杨墅吊金大侄女,由北舍航船寄到侍其巷程小竹信,阅之,知其女九月廿三遣嫁,具柬请,下午即作便信,封两枚预寄,以了此人情。胡谦斋后日欲赴苏,因即缄就,面托谦斋,交工人到侍其巷专送,想此寄最为妥便也。终日碌碌,虎孙理书代课一遍。

廿七日(**9月29日**)　晴阴参半,恰好养稻天气。上午阅《述训编》《炳灵集》,下午初阅《国朝文录》。闻江震古学取两沈、一余、一李,皆键将也。童昨正场,月底进者必有信。

廿八日(**9月30日**)　晴朗。上午阅《述训编》,作札拟致李辛垞。下午读《文录》奏议。

廿九日(**10月1日**)　极晴朗清肃。饭后圈点《述训编》《炳灵集》,下午读《文录》奏议类。江正新案无闻,乡居之陋如此。

九　月

九月初一日(**10月2日**)　晴朗。饭后衣冠东厨司命神前、祠堂内拈香叩谒,暇阅《文录》。下午至北库局完条银一半数,殷松亭手,洋价已短,多钱一千。回至水阁楼,招冠伯、文卿、二梅君茗饮,始知江震一等案第一,江任厘瓒,正吴恢杰。沈晋铤第三,余锦澜第四,刘标业第五,沈文煜第六,王壬泽第二。正王树萱第四,冯纲第二,盛钟岐第三,如是,则拔贡颇难拟矣。陶晋松、董其骏、蔡宝琨均列一等在后,不得意。新进案见过,长田殷氏叔侄,吾乡陆氏进三人,梦麟、寿甫与焉,芦墟许槐、南荸塔连桢均进,冠伯愤懑不平,文卿次之,文人不得意,无足怪。谈至茶罢而返,到家未晚。

初二日(**10月3日**)　晴朗。饭后同吉老到芦局,张森甫手,完银一半数算讫。至张厅茗饮良久,晤沈杏春,长谈,复与吉公食面。登楼,有乡友倪老拉同小饮,应酬之。食毕,蔡厅又同茗叙,扰之。晤陆老仁,沈慎翁旧友也,论及其家,互相悲叹,知袁穆斋已作古,自谓能通医书,因染痢自服生君、犀黄三剂殒命,甚矣,自慢不通变,贻误若斯,可为痛戒!下午归家,知李辛垞来,又失迎。荸塔已收期,今日返里,并欲至子屏处,特来为虎孙转方,感谢知交情绪之深,匆匆一茶即夫。前信墀儿面早,晚接吴少松信,知渠廿九回同,二等案尚未发,约初十日到馆,一等新进案均抄示,知在苏前发一信竟被浮沈。

初三日(**10月4日**)　晴朗,天似太旱,养稻不润。饭后墀儿夫妇率虎孙至莘塔,俗例十月朝致祭于外姑,例于重九前举行。暇课慕孙、课兰孙女识字理书,上午毕事。下午阅《文录》。晚间墀儿夫妇自莘塔回,知与纯叔同席,前信面致,并以左宫保志其老师暨夫人墓铭文两篇、陶子方到左大营后寄家书一长篇携来,文可不寄还,信要缴还荔生。灯下急读之,文真而朴,书写一路崎岖,如亲赴甘省一次,此种光景,言之寒心,何况当境!

初四日(10月5日)　晴朗,望雨不果。饭后作札与子屏,友庆黄子登明日解馆赴考,欲稚竹侄来权馆,故先关白之。下午抄录子方家书,评阅之,天之磨练英才,每先予之以苦,然大丈夫建功立业,此为发轫,吾即以左侯期之。晚间子屏回信来,知稚竹近体未愈,权馆不能,殊为诸侄虑,并知拔贡分县部文未到,愈难拟议。

初五日(10月6日)　晴朗,西北风颇肃,于养稻有碍,幸初七寒露,今日尚非所忌也。饭后内人至梨敬承堂幼谦家去盘桓,约月底月初回来。上午沈咏楼来谈,论及渠家事,触处生荆棘,实堪浩叹!留之中饭不肯,长谈而去。友庆权馆请定沈松溪,尚可差强人意,暇圈《炳灵集》,录陶子方书。

初六日(10月7日)　晴朗,风渐息。饭后抄录陶子方自陕甘安定营幕中所发书竣事,恰好陈翼亭同熊纯叔见过,畅谈一是,无所顾忌,若熊叔仍谦谦如不胜衣也。中午留便饭,酌酒相叙,极欢而散。纯叔近有信致予,尚未收到。下午为翼亭工人所催,未及畅论即回去,然此叙甚为真率,并得交良友,乐何如之!客去,颇有酣意矣。

初七日(10月8日)　晴朗。今日东南北风,于寒露为宜。上午录左侯墓志,其夫人文未完。下午沈松溪在友庆权馆来谈,知五官又至扬墅,殊叹出柙无禁。

初八日(10月9日)　晴朗。上午点《述训编》。下午读《文录》,知五侄今日在书房。

初九日(10月10日)　晴燥万分,重九无雨,可望一冬晴朗,惟晚稻非所宜耳。上午正在阅《文录》,适凌荔生自苏来,知拔贡榜初七日出,江王壬泽、震王树萱、府学王勋、余钟颖,馀俱不知。此番学宪竟无情面,然吾邑竟拔桢伯,亦是有定数。步青、俪生均不进场,沈恂如、彭学宪避嫌,若舍此,无可屈指者,奇甚怪甚!并以张纯卿所新刻《曾文忠公集》见示,当留在案头。熊纯叔信亦收到,读之,谦抑之词、刻实之语,令人汗下,略书片璧,谦谢之。畅谈终日,晚间回去,余颇有醉意矣。

初十日(10月11日)　晴朗。饭后将《曾文忠公集》略读一过,知恪确守桐城规范,不徒将才冠一代,实吾朝纯正大儒也。今日午后邻友钱中兄除几,命塈儿往送之。晚间吴少松来自同里,渠郎有胎疟,故不带至馆中。以江震二、三等案见示,知渠幸得科举,来年乡试大便矣。吾家仲禧、薇人均列二等,夜间畅谈考政,真无凭而有凭。彭公宽和之至。

十一日(10月12日)　晴暖。上午读曾公文,醇正中时有劲直气象,真大手笔也。下午闲步,体中不甚舒畅。

十二日(10月13日)　晴暖如昨。终日读《曾文忠公集》,至下午四卷始ச毕,命人订好,作两册,再复读。荔生属抄王北溪、朱铁门两先生文作选稿,即属少松动手。

十三日(10月14日)　晴热,非时所宜。早饭后舟至梨里,风顺,到甚早。先至局中完银,限于户已八成外矣。复至蔡氏,二妹族中有庆事,龙官同去贺,不及见,三甥女出见,引至楼上与仿白甥絮谈。现渠病体略痊,然冬间难望全愈,劝保重自养。龙甥约明日雇舟到馆,即出来,至敬承堂内厅,幼谦内弟已自苏回,考列二等已不得意,复稍遭横逆事,比匪之害,其效即验,然在幼谦可作前车之鉴也,以后劝其自惩云。内人前日略有头眩小恙,现已愈,此是本原有亏,今冬宜预调治也,约初二日归家。与幼谦同饭,饭罢省三丈复来,畅谈而返。舟行风逆,过大港登岸,子屏出见,知侄媳尚无分娩之信,匆匆开船,到家已点灯后矣。

十四日(10月15日)　晴热万分,穿夹衫犹有汗,非时之正也。

饭后至乙溪兄处谈天,适陆立人来,惊知渠家兰生昨竟作古,即新进寿甫之父也,人事不测可骇。五侄吉期万不能从权办理,然此中恐别生枝节,属立人缓日进言,能得转圜亦须来春矣。絮谈良久,下午返,余不及送。龙甥已到馆。

十五日(**10 月 16 日**)　晴,仍燥热。上午录左帅文一篇,暇则重读曾文正公文。闻陆氏寿甫有忽亲之举,即至羹二嫂处,告以五侄亲事大可从权办理,当即日再请立人来到彼开谈,十三日之期能得不改为妙。

十六日(**10 月 17 日**)　晴热如昨日。饭后录左季高文又一篇,未完。校对少松所抄王北溪先生文数首,又统读全集,其宗派甚正,笔亦醇厚,真吾邑先辈经师人师也,然此集流播不远,不朽之业,难乎其言之,可慨哉!

十七日(**10 月 18 日**)　阴,微雨,风渐肃,雨不沾足为歉。饭后抄录左季高文两篇,即订好,以陶子方信附后。上午薇人来谈,询以考政,事多蒙昧,可笑也。絮谈终日,晚去。此番财运亨利,意欲赶办先人葬事,尚见天良未昧,然恐不免波及,余欲成人之美,不甚拒之。

十八日(**10 月 19 日**)　天复晴,稻田缺雨,农人失望。上午王麟书自来秀桥来谈,论及渠外家,互相叹息。闻望云新升侍讲,官运极通,长谈回去。下午略登推收账,以便到江商办。

十九日(**10 月 20 日**)　晴朗。上午校读朱铁门文未完。顾杏园来自苏港,述陆大公之言,颇狡谲亦颇圆通,大约五侄吉期须俟新正办理矣。下午静坐,阅《文录》。

二十日(**10 月 21 日**)　阴,下午微雨。饭后校阅《铁箫庵文集》毕,又属少松录顾剑峰、迮青霞文二篇,沈云巢先生文一篇,外大父愚溪公、先大父逊村公欲借文以传,未识操选政者能从所请否。今日交霜降节。

廿一日(**10 月 22 日**)　阴晴参半,然无雨象。饭后点阅《养蒙编》。下午阅《文录》,以私意论之,亦有数篇陈言可删。

廿二日(10月23日) 阴,微雨。朝上有九江府德化县难民百馀口来,阅其本县批文并禀揭,知为湖堤水溢被灾(禀帖上书法甚佳),头上有武举、武生、廪生各一名,甚骇异。衣服甚觉楚楚,因其异乡,照大例从优恤之,可见外边人有义气而能吃苦也。暇阅《蒙养编》未完,下午阅《文录》。

廿三日(10月24日) 阴,无雨。饭后点阅《养蒙编》始竣事,当留案头,为持身课孙宝鉴,暇阅《文录》。下午观工人收稻,颇见丰年之乐。自今以始,岁其有为祝!

廿四日(10月25日) 阴雨甚微。上午读《曾文正公集》。中午祀先,曾大父师孟公忌日也,曾祖素嗜蟹,故祭必用之。下午复观工人纳稼,时也,鸠唤雨而仍晴,鸟养羞而足谷。黄云满野,顾而乐之,愿祝屡丰,以盈比户。凌荔生自紫溪来,王、顾、沈三先生暨朱先生文抄就者缴回,以《松陵文抄》目录、凡例见示,大致楚楚。惟先辈零篇残简,闻其人闻其集而无可搜罗者尚多,只好先录其可求者而存之,馀俟补编而已。以《南乙文》属少松抄录,时已晚,匆匆即去。

廿五日(10月26日) 晴朗,于早稻收获为宜。命墀儿朝上至梨,汝梧生今日治丧除几,故往吊之。接子屏札,急阅之,始知二十日子时得一女,产前后其母大艰难惊惶,现已平安,虽生女羞堪喜也。即书慰复之,并以董梦翁骈文刊本半卷、古文一卷,费吉甫所托寄余兼转致凌砺生,将古文收入文钞中,砺生前已许之矣。暇将梦翁散体文校读之,共二十篇,其气息似不逮沈南翁,要亦自成一队,不可不有之作也。下午毕事,暇拟复读之。大儿晚归,知邱幼谦初二日同内人来溪。

廿六日(10月27日) 阴,东南风,似有变意。饭后成校跋董梦翁文稿后数语,书之以质荔生,不得谓之文也。暇读《文录》。

廿七日(10月28日) 阴,无雨。今日余所种之田稻皆登场。饭后,账房内两陆公来,以田三亩有零,田底面并前所兑者找价杜绝余处,归吉一欠项,细筹之,倒亏钱一佰千文,无可奈何,忍就之,甚矣,贸利断非吾辈所善也,自后痛戒之。下午元音侄来,所谈一事去留尚未决,吾尽吾心,听之而已。碌碌终日,未坐定。

廿八日(10 月 29 日)　倏又晴朗,西风未透。上午略登收推账。暇阅《文录》,颇见先哲立言不苟。墀儿呈今日课文,于理境手法尚不爽,今秋共作五篇,颇不生疏,命渠冬间不必再做,从事律赋可也。

廿九日(10 月 30 日)　晴朗,风渐厉。上午略登置产账。下午读《文录》数篇,皆书生而上议时政,上宰辅书也。

卅日(10 月 31 日)　晴阴参半。朝上头痛,颇患寒。上午读《文录》孟远上政府书,颇非书生迂谈。下午至芦川局中,又完条银六户,已七成外,大儿同往。至钱艺香处,所裱堂局对联均完好,算账取还。回至公盛行,厚斋、砚仙招茗叙,至赵三园畅谈。念先即日要到苏,所约田事均面允,俟余江回,招渠进来成交。晤凌古翁,精神矍铄,絮语片刻而返,到家点灯。

十　月

十月初一日(11 月 1 日)　晴暖。饭后衣冠东厨司命神前、家祠内拈香叩谒,命小僮厅上几案拂拭,尘垢略尽,又将新裱轴对收换张挂,颇觉焕然,一切位置亦形栗六,甚矣,任劳之难也。下午略静坐。

初二日(11 月 2 日)　晴朗。上午阅《文录》。午前幼谦同内人来溪,即强留之,在堂楼下同中饭,幼谦不饮,余几独酌。下午絮谈,夜宿书楼。吉翁回自太湖滩,述及催甲侵吞刁顽,意欲来年绝之,不使经手,然须费一番口舌惩办之,一时鞭长莫及,思之颇棘手,无善策也。离家稍远非美产,信然!

初三日(11 月 3 日)　晴朗。饭后凌荔生来,以禀帖烦少松书,颇合式。长谈,意欲松陵文搜罗千篇,删其四,作定本,然刻资已巨甚矣。中午与幼谦共饭,饭罢即回去。下午观幼谦写殿策一开,并为余书楹联两幅,敏捷秀劲,可羡也。夜与絮谈,一鼓始眠。

初四日(11 月 4 日)　晴朗。朝上李辛垞来自莘塔,为余诊脉定膏方，以资阴养血为主，为念曾孙处方，以清补为主，且云久服可代膏。留之朝饭，匆匆即去，云至子屏处。顾砚仙同弟季常进来，以田五亩了吉旧项，从世谊面上从宽允之，彼则便宜无涯也。下午客去，观幼谦书殿卷文两开，精神、结构、墨彩均入妙品，真生前修到慧业也。闲与絮谈至晚，是夜早寝。

初五日（11月5日） 晴暖，大有小春意。饭后至乙溪处，约初八日赴江。中午十月朔祀先，以香珠米荐新。下午元音侄来，回复五官决计分手，咎由自取，余无憾焉。以幼谦对裱好悬挂，颇堂皇。暇观所书殿卷，今日晚间告竣，虽名翰林，不过如是，儿辈当奉为楷式。

初六日（11月6日） 晴朗。午后观幼谦为余书团扇并白摺子，均极出色当行，团扇反面尤不易书。下午顾竹安来，因嫁女为名，有所请勉，应之，与之谈，殊臭味之不相投也，一茶后去。夜间幼谦复书白摺，剧谈而寝。

初七日（11月7日） 晴暖。饭后邱氏舟来载幼谦，云要至紫树下道喜，因携白摺未写完者两本去，饭罢即返，此番颇匆匆，然在幼谦已苦无消遣兴矣，送之登舟。苇卿侄来，约江城后日往，余不能等，明日先行矣。子屏处会酌，命墀儿明日去赴席，少松约同往回同，欲催其郎到馆。暇阅《文录》并部叙江城去物件。

初八日（11月8日） 晴热，于时非正。饭后同少松、子祥侄孙赴江，东风向南，一帆顺利，到同午前。与少松茗叙财神堂，后少松到家，余即开船，不及未末已入城，泊舟下塘沈氏门首，大有山阳之感，盖吟泉下世几一年矣，其家惟云星一房住江旧宅焉。至县前徜徉，于茶寮中晤小春，渠昨有信致余，荐差人沈子芛，其承行欠单亦欲办理，已许之。茶罢，回船夜饭，复同子祥茗叙刘厅。是夜宿舟中，热甚，几不成寐。

初九日（11月9日） 阴，大西北风。朝饭后茗饮茶肆，即同子祥至各局做推收，何局在城隍庙沿河金如家，当手殷松卿。王局在小东门小木桥面晤少雪，顾局在南门，以账交杨意香，唐局在南城门口第一家。云斋以事羁苏，其当手杨又卿不在，以账并洋两元交其婿朱家港人陈霞卿，价未谈定，尚有塔桥，未识能应手否也。惟信上李稚云、顾仁卿手，在宣理桥吴荣江家，至其宅中，其人已赴梨局，不及办矣。复至南门沈云卿家，留茶叙话，差人子芗已会面谈定，略坐而去。天忽雨，大风更肃，下午在舟中无聊，以潘筼坡先生《养生诀》一编静阅，颇有可采。夜间雨甚，极寒，幸衣被多带。

初十日(11月10日)　倏晴朗。饭后在刘厅茶寮闲坐，良久下船。萃和友庆胡、钱两公来，昨为风阻，故迟迟。复至茶寮，招金小春来，以两房及余处欠单面致承办，付物色，略谈而还。即解维出城，到同傍晚，关照少松明日登舟。夜与邻人张富堂茶话，知同川租风坏极，不可挽回，真堪痛恨也。

十一日(11月11日)　晴，西北风，不甚狂。朝上少松已率其郎来，知疟疾已愈，茶叙小楼罢，至船中朝饭毕，即开行，风顺，到家不过中午，颇冷。下午至一溪处——述复之，渠日上身颇委顿，大有衰象，劝之急调治，今冬租务命侄辈料理为要。终日碌碌，夜寒，早眠。

十二日(11月12日)　晴，略暖。饭后命舟载朗亭不来，约期十八。初一日起限之说颇不舒徐，定期十一月初六日起头限，石脚一应照旧。夜间略登出门以后账，欣知汪药阶已拔贡，和卿可称有子继起，不胜欣羡。薇人在萃和来谈，即属渠为余夫妇定两调理方，辛垞膏方嫌太猛，缓日亦须商酌。

十三日(11月13日)　晴朗。饭后莳卿侄来议租事，余均不允所请，一则大滋口实，一则所加无几，而观望不前者多，不如一无更张之为无弊也。六侄自辛垞处就医回，据云是痞非痛，药力不能骤效，颇觉延迟荒功。甚矣，读书之无缘也，思之闷闷。暇阅《文录》。

十四日(11月14日)　晴暖。终日静坐，读《文录》数篇。下午大儿至芦川钱艺香处，略有裱糊物件，然非要务，殊觉无谓。潜心读书，自立课程，其不能遵命若此！

十五日(11月15日)　晴朗。饭后静坐，阅《文录》数篇，吾邑两张文已读过。下午芦局来找银,七九折①找讫,北舍同例,余亦知足矣,此事亦有分寸,不可贪无厌也。暇则仍读《曾文正公集》。

十六日(11月16日)　晴朗。饭后阅《文录》,黄雪堂来,荐其堂弟号坤祖者来帮忙过新年,脩定十两,限拆一千,约廿六左右去载。下午,墀儿至莘塔去盘桓,云渠家有分釁事。薇人去载不来,云略有小恙。辛垞方墀儿带去,且与荔生商定。

十七日(11月17日)　晴朗。饭后读《文录》。下午属账房诸公对小票限繙。《曾文正公集》今始重读第二遍终卷,略以私见标圈其目。

十八日(11月18日)　晴阴不定,有变意。上午读《文录》。下午陈朗亭已来,墀儿约明日归家。接荔生片,谓辛垞膏方滋血即所以柔肝,无容更张,明日遣人至胥塘位育堂办料矣。

十九日(11月19日)　晴朗。上午墀儿归自莘溪,知凌氏分析大局已定,暇读《文录》。下午王桢伯家来报拔贡,问渠下人,今冬不开贺,道喜可迟至新年矣。

二十日(11月20日)　晴朗,暖甚。是日亲友家芹樽数处,余独往苏家港贺陆实甫郎梦麟,至则实甫乔梓暨立人均出见,亲朋相识者,渠家西席叶达泉翁、黄子登、袁稚松、陈节生、陆星槎、凌范甫诸君,雅奏娱耳,诸事华而不奢,甚可式焉。书堂雅整,位置得宜,为吾乡之冠。中午宴客八席,余从主人命,忝列第三座。与达泉谈论,极知己之乐。知梦麟文书理甚清,他日有造才也,实甫有子矣。饮罢,热甚,复与实甫絮语当年在吾文会,追忆之同砚诸友得志飞腾者寥寥,已不胜今昔之感云。下午辞主人返棹,一帆顺利,到家未晚。

廿一日(11月21日)　晴,仍热,东南风颇狂。上午阅《文录》。下午墀儿以赋二篇至大港面商子屏阅定后,拟就正陶明经苣生,以曾文两册借与子屏阅看。

---

① "七九折"原文为符号🈂。卷十一,第57页。

廿二日(**11 月 22 日**)　阴,渐转北风,下午雨,极时也。是日交小雪节。上午阅《文录》。墀儿欲以赋呈陶芑生,因命作札代余就草,明日可缮好待寄矣。今日载药材店伙煎膏方,一鼓后竣事,五十后预自调治,此亦后天要着也。雨夜间颇鬯,风狂甚。

廿三日(**11 月 23 日**)　倏又晴朗。饭后至乙溪处,日上身渐健,调补弗迟。知仿白甥疾甚不佳,何渠家运之否也? 回来,写就致陶芑生札,待寄。暇阅《文录》胡稚威文,颇佶屈难读。

廿四日(**11 月 24 日**)　晴,下午风劲,似复作冷。终日无事,读《文录》刘海峰、王述庵诸先生作,则俱博大光昌,明白晓畅矣。夜间风狂吼,颇寒。

廿五日(**11 月 25 日**)　又晴朗,风息,朝上寒冷,闻略有冰。饭后媳妇率念曾、慕曾两孙暨兰女孙至莘塔盘桓,约初二归家。暇阅《文录》。是日大义圩始有来还飞限者,折价每石一元七角,米价市贱,不能再涨,颇于业、佃均不得益。

廿六日(**11 月 26 日**)　晴朗。饭后阅《文录》碑记数篇。午前帮忙黄先生来,年四十馀岁,略与叙谈,人似老实,特未知素性何如,姑俟试之。今日又收飞限折色十馀石。

廿七日(**11 月 27 日**)　阴,似有变象。上午阅《文录》胡稚威文,仍古奥难读。子屏遣人以札致余,所看赋两篇,一动笔三之一,深得此中三昧。厚安发限由,南账已毕,不过六日,赶紧可嘉。

廿八日(**11 月 28 日**)　晴朗,略有西风,未肃。上午读《文录》碑记类。渐有来还租者,终日共收二十馀石,米二石七斗有零耳。命账房诸公预行修扫限厅,明日始进去排场,一月之内恐无看书之暇矣,衣食在此,不得不从事。

廿九日(**11 月 29 日**)　晴朗,颇暖。饭后至限厅上照看,终日收租五十馀石,多是上上户,折数十之九五。夜间阅墀儿誊真赋两篇,诗十馀首,略一翻寻,大约字画不错,然不能逐一研求矣。

卅日(**11 月 30 日**)　晴暖太甚。终日在限厅收租,晚间吉账,共收乙佰十七石有零,米本色不过十之二。能得天晴,不起大风,飞限内成色可望丰盈,未识能如愿否。终日碌碌,不能片刻看书。

十一月

十一月初一日(12月1日)　晴暖。朝上衣冠东厨司命神前、家祠内拈香叩谒,饭后阅《文录》一篇。终日在限厅上收租,晚间吉账,共收八十四石有零,则本色大半,因日上米价大松故也。是日东账限繇始发遍。

初二日(12月2日)　晴暖。上午在限厅收租,大富各上户多来赶紧,约略奖劝之,与之中饭,絮语劳之。下午则竟寥寥,终日收租,不过七十四石有零。迟凌荔生不至。是夜酌请账房诸公,余陪之,颇有醺意。

初三日(12月3日)　晴朗。终日候荔生又不至,殊为失约。饭后各佃陆续来还租米,折略半,米色因忙不能顶真,二鼓后吉账,共收贰佰九十五石有零,尚属有条不紊。是日惊闻蔡仿白甥病故,明日入殓,后日领帖,余不暇一往,命大儿明晨去探丧,且慰堂姑母之痛。

初四日(12月4日)　晴暖万分。饭后还租者踊跃而来,余专收米,渐多潮杂,以宽欺余,姑且不顶真,至夜三鼓吉账,共收三佰八十馀石,余精神尚可支持。是日命墀儿至梨吊仿白并慰堂妹,至晚归。凌荔生同渠妹率两甥孙、甥孙女来自莘溪,余抽忙与之谈,与少松同席。陶苣生处诗赋、信件、修羊面托,携余处《王容介石集》四本去,据云国初吾邑有名人,《文录》选定者乙佰四十馀篇,荔生即日要至苏,请教张纯卿鉴审论定。

初五日(12月5日)　阴暖终日,雨颇沾足。上午还租者为雨所阻,来者甚希,下午雨中偏形拥挤,二鼓吉账,共收贰佰八十馀石,因雨少收佰馀石,存仓者五十馀石,自开飞限至今夜,共收乙千三百馀石,已五成账矣。知足不辱,余亦甚无奢望。

初六日(12月6日)　风渐肃,未透,阴,无雨。是日起头限,终日斛存仓米暨来还者共收米七十馀石,折价照旧,则竟寥寥矣。北库局书来,知即日要开仓,章程未定。下午薇人自乙溪处来,匆匆略谈,为内人定清补方而去。

初七日(12月7日)　晴暖。饭后与慕孙理字,尚能认识,可喜。终日在限厅徜徉,不过收租四十五石有零。夜间阅《文录》论辩类数篇。

初八日(12月8日)　晴暖。终日收租卅馀石。下午至乙溪处谈论,知日上精力渐佳,并骇传吾宗有悖伦事,言之可喷饭,不料此人任性竟如此!

初九日(12月9日)　晴暖。终日收租不过四十馀石,若米色潮杂,则每况愈下矣。夜阅《文录》数篇。

初十日(12月10日)　晴暖,不似冬天,亦非时令之正。终日收租五十馀石,甚不纷忙。夜间阅《文录》十五卷终。

十一日(12月11日)　晴朗,西北风,上午颇劲。诸佃为风阻,徘徊不前,终日仅收十五石左右,在限厅甚阒寂。夜阅《文录》数篇,洗足乃寝。

十二日(12月12日)　天复晴暖。终日收租七十六石有零,下午则闲甚矣,未识日后能渐踊跃否。夜间略以《文录》消遣。

十三日(12月13日)　晴暖。终日收租不过五十馀石。日上颇嫌观望,有新佃未过户,欲理直陈租,居间人为之横格,此事不得不追论也。其新佃,人是驯良,日后归吉当从宽落肩为要。夜阅《文录》序论类。

十四日(12月14日)　阴晴参半,西北风渐紧。终日共收租乙佰卅六石有零,黄昏后吉账,颇觉舒齐。折数渐少,米色渐低,户次下者无可如何,馀则余不顶真,甘受其欺所致也,一笑置之。夜阅《文录》两篇。

十五日(12月15日)　天又晴朗,风亦息。上午来还租者成市,至下午渐形希少,夜间吉账甚早,共收租乙佰十三石有零。自飞限至今夜,头限截数共收租乙千九百八十馀石,已七成半账矣。折色较去年大减,为价昂故耳。以后成色若何,尚难悬拟,能得平安过去,开欠各户进场,不胜祈祷之至。夜与少松小酌谈心,略有酣意。

十六日(12月16日) 阴,上午北风陡起。今日转二限,仅收二户,东西月催佃冒风来,又收二户,均从宽照头限算。下午风仍不息,石前佃户男妇阻风不能行,皆安排留之止宿。差人沈子艿来,以开欠签书交示,约东易先行,知新漕十九日开征,价每石三千六百,较去年仅减乙百文,河工积谷照旧。子屏、薇人两侄来,为薇人葬亲就商帮贴,以二六数允之,乙溪处以此数告之公出。书房内中饭,晚间风稍息,留之不肯始开船。《曾文正文集》缴还,董梦兰刻资八元即交子屏转寄吉甫矣。

十七日(12月17日) 晴朗,不甚寒冷。饭后侄孙春骙来诉家事,万难调停,骨肉之变一至于此,可骇! 然总由其父不父耳,且俟众议,慰之而去。终日收租五六石。墀儿今日动笔学作一赋,夜阅《文录》。

十八日(12月18日) 晴暖,朝上霜浓甚。终日收租二十馀石,渐多以布准折,明日始行开欠。墀儿赴紫溪会酌,晚归。由池亭叶绶卿处借《江震学册》全本,当即属吴少松由青岁案补抄起,至彭科案可以补完矣。

十九日(12月19日) 晴暖,东南风,将有冷信继至矣。饭后阅《叶氏学册》,抄至宜科案止,以后至彭今科案馀处均有底稿,只缺府、学两科案,然亦不难补齐矣。终日收租十馀石,蔡氏会酌,明日余不往,已托寄苐侄代交。夜阅《文录》。

二十日(12月20日) 晴暖如昨。饭后吾宗夫己氏来诉,姑勿深责,看来凶气已退,目前父子之间可安无事,劝谕之而返。此事渠十分幸免矣,可浩叹! 终日收租十五石左右。墀儿呈阅所作赋,颇能略识唐人门径。蔡氏会,余得彩,友庆代摇收到。

廿一日(12月21日) 晴暖,朝上重雾。终日收租不满十石,可称寂寞。是日戌刻交冬至节,夜间祀先,祠堂内祭已祧始迁祖以下,余主之,厅上祭高曾祖父四代,墀儿暨两孙拜跪襄事,祭毕散福,与少松书房内饮酒絮谈,大有酣意矣。

　　廿二日(12月22日)　晴暖。终日收租六石有零,开欠归吉一户。昨接熊纯叔信,先大人文集入选《文录》者,荷蒙直笔修饰,深感知己,而词意谦谦,若以为非后生任者,真君子人也。暇当作札谢之。

　　廿三日(12月23日)　晴暖。终日收租二十馀石,开欠两户,均归吉,其"肥"字一户从松办理,因居间人非善良,其中所欠曲折究缠,了吉之以省瓜葛,颇惬意也。夜阅周革亭文,是吾邑国初一大儒,宜荔生急欲抄录,其集系广平翁海琛先生校刊。

　　廿四日(12月24日)　晴,暖甚。终日收租三十石左右,有顽户,略与之论,然梗不率教,莽夫耳,姑恕之。是日接陈翼亭信,知开潆一事略有端倪。夜有磷火,闻村人鸣钲驱之,查日记,去年此夜亦有此征,奇异可志。惟老农相传,冬多磷火,来岁可卜丰年,果若是,亦麻祥之征,无庸怪异也。

　　廿五日(12月25日)　晴暖,重裘可卸,甚非天时之正。终日收租十九石左右,较去年成色尚少二百馀石,可见年丰民贫。裁衣七佺来,略阙之去,然终非久长良策。夜间略雨即止,要防发风。少松草亭文抄就,灯下较读未竣。

　　廿六日(12月26日)　晴阴参半,仍暖。终日收租七八石。饭后将《草亭集》阅遍,实国初一大家也。沈咏楼到馆路过,略谈即去。适荔生来,畅谈终日,《草亭集》缴还。《松陵文录》选定者已三百篇,先君子作《连三江传》,熊纯叔动笔增改,均极老当,真感知己厚谊也。已命墀儿录出,再取原本较阅,然后作札谢之。纯叔作《开潆议》,亦留存录读。"在"字圩开潆章程已定,禀词底并图均熊纯叔手定,属少松誊真。约砺生初四日由莘赴江,面谒万邑尊,请给告示,拟十二月初十破土兴工,余处低田,约计开去二分三厘,俟异日,另共立公户承办。晚间回去。

廿七日(**12 月 27 日**)　阴雨终日。收租米仅二斗,开限以来所未有也,可诧！读纯叔改先君子《迮三江传》,损益处均有法度,于满人名考据极详,洵无遗憾矣。拟作札谢之,尚未书就。夜阅《文录》数篇,少松禀及图均缮就。

廿八日(**12 月 28 日**)　倏又晴朗,朝上大雾,又暖。终日收租,连船收共廿九石有零。梨川下乡己、染两圩来还租,仍照旧九斗一△,折价每石一百六十六分①算,不过六七成数而已。下午至北厍局完新漕下忙,交柜书钱朗亭手,共十六户,约数一半内矣。晚归,墀儿呈阅所作《山中宰相赋》,尚能查用《南史》事。

廿九日(**12 月 29 日**)　晴朗。饭后在限厅稽核芦局粮银,拟下午去完,适春驿侄孙邀同竹淇弟来,恳至渠家调停骨肉,义不能辞。芦局已另属吉翁去完十一户,即坐来舟同往。先至北厍,且卿侄尚未朝餐,絮语良久始开船。到大义,先候古愚老侄,适云青、兰亭两侄同亲长张竹娱来,与之商定,然后登夫己氏之堂,将父子、妇姑劝谕一番,尚不至冥顽,明日春驿可平安,避居无事。此番能逢凶化吉,不致罹法,实吾宗大幸事,然贻笑已不少矣,咎由自取！谆谕以后六十老翁洗心改行为保家之道,渠似尚不以余言为恶。设两席款留,扰之,薄暮彼舟送归,先至大港,余到家已点灯候矣。墀儿今日至梨吊汝琴舫,已先还。

十二月

十二月初一日(**12 月 30 日**)　晴朗。今日限内吉数不过二千贰佰有零石,照去年尚少收佰馀石。账船始开,饭后衣冠东厨司命神前、家祠内拈香叩谒,下午始将答谢纯叔书修好,拟面致,收租三限,寥寥三四石而已。上午至乙溪兄处问候,近体无恙而少起色,心境烦恼自取,劝之恐不能善颐养也。

---

①　"一百六十六分"原文为符号 ⏗。卷十一,第 61 页。

初二日(12月31日)　晴,又暖。终日收租十七石有零。吴少松所抄录《江震学册》连《等第续册》一本,今日始录全订好,大惬余怀,不独劫后一重公案从此可免遗逸,即吾邑献章亦于此有稽也。

初三日(1873年1月1日)　阴,欲雨不成。终日收租十馀石,晚间两账船归,又收十馀石,惜一账欲停。拟明日下午到莘塔,约同砺生赴江,租务追讨不无稍懈。

初四日(1月2日)　晴而不朗,东北风,暖甚。上午部叙行李。中午祀先,先祖母周太孺人忌日致祭。下午舟至莘溪,砺生昆季暨范甫出见,以禀并纯叔所改传文、圩岸开浚议面缴,少顷,纯叔出见,叩谢之。长谈,复至咏楼馆中,邀同至纯叔馆中叙话。陶苣生郎号文伯,年十七,彬雅,执后辈礼甚恭,纯叔徒也。今科进俏生,工赋笔,将门多勇子,甚为苣生喜。夜间砺生特设席款余,甚不安,纯叔、夏桐生、主人竹林同座,酒间肆谈无忌,若纯叔温恭直谅,对之颇畏,然甚可亲。砺生所选《松陵文录》,纯叔鉴定者三百十七篇,均是吾邑必传之作,目录已略抄全。夜谈二鼓,同砺生登舟,诸客始各回去。

初五日(1月3日)　阴,风雨终日,五鼓前尤甚。余颇有歉心,砺生清晨即招上岸,复扰朝饭,因不果往,一切托砺生天晴后独去。纯叔以郭友松所画扇面送墀儿,笔墨极奇怪而老,甚不易得也,谢受之。携归安严可均(名《铁桥丛稿》)所作沈虹舟列传内《西征赋》,约乙万五千馀言,托少松全录。沈绮亭贡卷亦寄到,暇当答之。即开行,到家中午,适风雨又大作,此行殊属不凑巧,然得与纯叔畅叙,乐甚也。晚间风极大,微有雪。

初六日(1月4日)　阴冻,极寒,风狂震屋瓦,微下雪,略积瓦棱,惜不大。终日闭门围炉,阅《文录》数篇,青浦人孙耕远官局所刻《筑圩岸说》,不甚明了。夜间风仍不息,雪霏霏下。

初七日(1月5日)　起晴,风仍猛厉,舟楫难行。北账船在外不得归,欲以小舟至北舍买物食,不果。朝上积雪甚微,已停飘矣。昨夜本村张姓失火,烧毙一少年并牛畜,虽曰大数,亦由其人为酒醉所误，可怜焉。终日冷甚，点水成冰，拥袖坐，无一事，阅《文录》数篇。是夜风始息，寒甚，河水不成冰。

初八日(1月6日)　风和晴朗。终日在限厅，租仍寂寂，未收一户，可怪也。夜阅《文录》志铭、序文数篇。

初九日(1月7日)　阴，又有变象。日前开欠一户，今来归吉，以后从此吉题矣。终日阒寂，阅《文录》数首，墀儿拟再作一赋。

初十日(1月8日)　阴雨终日，似有酿雪之象。终日闭门无事，阅少松所抄沈虹舟《西征赋》，校对十馀页，未终。绿字赤文，诸多奇怪异闻，如读《秦中记》《西域图》，真大手笔文字也。大儿呈阅昨所作赋，叙事有法，敷陈亦妥，似无局促辕下之态。

十一日(1月9日)　又终日阴雨。闲寂无事，校读《西征赋》共廿五页，下午始竣，如到陕甘，一游全省。夜阅《文录》两篇。

十二日(1月10日)　雨止，阴如故，东北风，能下雪为妙。饭后舟至北舍局，又完漕银十六户。还至茶寮，与张云桥、胡农友茗叙，即开船，归家尚未午饭。下午阅《文录》暨曾文正公文，夜间略寒。

十三日(1月11日)　阴，东北风，颇有雪寒光景。饭后舟至芦局，又完漕银十一户，算讫后至张厅，与郁小轩茗饮、修容，畅叙良久，去岁之约略提及，竟付子虚矣。分手后，独自小点，颇适，又与顾砚仙茗谈。陆松翁来，畅谈一切，此老意兴不衰，来科尚欲下场，可羡也。至公盛，晤袁憩棠，昨自上洋归，据云大昏恩典已见，酉科广额大省五十名，儿辈闻之，大有向隅之感。松夫子要借《江汉炳灵集》，当寄示之。天色冥，雪下纷纷，归舟未晚。夜间小酌，以不托下之，酣畅甚。略登账务，不观书。

十四日(1月12日)　阴，朝起积雪寸许，可卜来岁丰稔。天不甚寒，上午微雨，已檐滴渐销矣。下午阴寒，又雨雪交下。墀儿改赋一篇，颇认真合律，暇无事，略阅《文录》。

十五日(1月13日)　西北风，渐开霁。上午清朗，积雪已销融净矣。与少松絮谈馆事，渠后日要假节。《文录》序跋类已阅毕，只剩传、状、赋、诔四本未读遍。终日清闲,静坐。

十六日(1月14日) 晴朗,然北风颇寒峭。终日收租一户,阒寂甚。暇阅《文录》张清恪公传,益见臣良悉本主圣,真千载一时也。夜间略具酒肴,与少松对酌谈心,极为酣适,明日送之假节回同。

十七日(1月15日) 雨雪交下。饭后少松不得回同,余先告辞,约明日送归,即同龙生冒雪到梨,行未及半,雪渐停飘,未午已至。到局完粮银四户,陆少甫手算,仁卿、春堂、两顾均不在,取小票而还。行中市,金顺馆吃面,颇可口。至赐福寻子屏,知已回。至蔡氏,与二妹絮语,婉解之。复由市登敬承,幼谦出见,少顷,省三丈、梦仙同来叙谈,知邱氏本宗,住桐乡白马里邱家浜者,十月中倏来通谱,彼处祠堂无恙,古松重青,人亦耕而兼读,衣服朴素,真仁里也。夜间幼谦留饮,毓之弟诗兴极佳,幼谦以新得名人札见示,谈至一鼓始下船,余宿舟中,雪夜颇暖。

十八日(1月16日) 朝起又雪,上午即止。清晨与进之甥龙泉茶叙良久,以领串八户托之,渠亦以芦局田托完。文兴、谈兴、取租兴均佳,此子来秋大可望也。别后,幼谦邀同食粥,适甚。买年物,颇繁屑。省丈乔梓、吟海来谈,不能畅矣。上午货办齐,幼谦留中饭,坚辞之,即开船,饭于舟中,到家下午,诸账不及登清,夜寒,早眠。少松今日回同,约新年定开馆期。

十九日(1月17日) 又阴雨。饭后至芦川局中,代进老完漕两户,取收条而返。回至张厅,与吉老茶饮,谈及公子,颇怀戒心,晤陈诗盒,询渠外家《北溪文稿》,据云无有,难搜矣。复步至北栅公盛行,陆厚斋以不托相饷,颇恶劣,然情重不能拒,咽之而已,又陪茶叙。袁子丞新自上洋来,憩棠以札致余,谨录大昏恩典广额,并未限定名数,大约不多。盘桓良久,又至徐蘋山店中话叙始开船,到家傍晚。接荔生信,知自江城郡城回,芑生信件并公呈均递寄。夜登账务,头绪尚未清。

二十日(1月18日) 阴,微雨。饭后至乙大兄处絮语,看来无甚病,而舌色粗干,大约精液渐劫,劝渠颐养,新年请辛垞调治为要。回来,作答邱毓之诗,次韵四首兼赠吟海,脱稿初就,败兴事来,不良子来探信,竟有坐索之势,及其末发,命大儿属吉公转圜弥缝之,虽大不如我意,居今之势,总以吃亏无事为福也,闷闷。下午缮录诗笺,拟寄幼谦以消遣之。夜登账务。

廿一日(1月19日)　朝上飞雪,饭后即晴,惜不能积雪满庭除也。邱氏有使来,即以诗札寄示幼谦。下午作札,拟明日寄子屏。暇阅《文录》。

廿二日(1月20日)　上午晴,下午复阴。终日碌碌,未干一事,可称无所用心。以微物遗子屏,并大儿赋草寄去,晚接回札,知渠庶祖母病尚未痊,殊为可虑。又寄到费芸舫太史十月十五日惠余书,情意颇恳,知皇上来年亲政后要补大考。新刻墨选不见诗赋,有同馆补辑之举,书尚未成,馀则日下见闻,寂寂不载。此书翻阅数过,如与故人三千里对语也,欣慰奚似!

廿三日(1月21日)　晴,不甚朗,颇寒。终日无事,阅《国朝文录》数首。晚间衣冠率儿孙谨具香酒果品送灶神上升,礼毕,循例食圆团,颇可口。夜登限内账,尚未清。

廿四日(1月22日)　小除夕,晴朗可喜。上午阅《文录》传文数篇。下午渔人网一鼋,约重已百斤外(百零七斤),出钱千四百文售之,夜放中流,颇为快事(惜惠而不终,复为渔人又去)。是夜限内账始录清。

廿五日(1月23日)　浓霜,朝晴。饭后涤砚洗笔,尘垢一空。暇阅《文录》传类数篇,明福王破国后事,颇得其详,实足补明史之缺焉。碌碌终日,殊觉未干一事。昨始交腊。

廿六日(1月24日)　晴朗。上午阅《文录》数篇,作便札待寄少松,预约新正廿四日开馆,二孙慕曾二月初一日上学。下午瑞荆堂上收换堂轴堂对,晚间吉老自梨乡"己"字空空归,殊堪骇诧。据云催甲徐锦并未侵用,约正月二十后进来再归十亩之数,馀欠无着,此处人户凋零,振顿为难,误在月初不紧追故也。成色之大异往年,实由于此耳!

廿七日(1 月 25 日) 晴朗。上午《国朝文录》粗阅一遍竣,惟赋、颂、祭、诔、箴、赞未过目,俟诸明年矣。此书体例悉衷类纂,且与《经世文编》相表里,实昭代巨制也。下午闲坐。

廿八日(1 月 26 日) 晴朗。今日账房内一应开发人工上仓脩金,约计需钱乙佰千文外,而租务成色较去年尚少收五六十石,因全欠颇多,米贱人穷所致,而开销万难稍减,支持门户大非易事,必须连岁丰登方可过去,未雨绸缪,实无善策也,儿辈当凛之。夜酌账房诸公,吉账完竣已在一鼓后,余亦略有酣意,明日送诸公回去。

廿九日(1 月 27 日) 东北风,阴晴参半。饭后北厍局书钱朗亭来,又完二户,计米四百七十八合①,已约八成内,与之决定吉题,恐尚来飜也。送账房诸公归,朗公父子约新正廿八,子祥约十四日,留过年者老侄振凡、黄先生而已。终日闲坐,略阅《文录》数首,夜登账务,尚未通盘吉算。

卅日(1 月 28 日) 除夕,西风,颇晴朗。饭后命工人洒扫庭阶,拂拭几案,整顿书籍。上午敬神过年,下午谨挂先严慈神像。是年五代图友庆值年张挂,二加堂上敬张秀山公遗像,仍归小当祭轮年也。诸事楚楚,夜间衣冠率儿孙祀先,拜跪、行礼、献酒,得庆平安,均是先人馀荫,不可不致丰腆以尽微忱。祭毕,家人团叙饮宴,墀儿、两孙侑酒维勤,顾而乐之。是夜星斗明朗,来年可卜丰稔,但愿儿孙勤学,内外诸事顺利,不胜祷祝之至。壬申除夕二鼓,时安主人书于养树堂西厢。又识,是夕,天上星辰以预庆大有年,终夜星明斗灿,为近年所希见。村中爆竹声自半夜起至达旦。

---

① "四百七十八合"原文为符号✕〢。卷十一,第 65 页。

同治十二年(癸酉,1873)

一　月

同治十二年,岁次癸酉,春王正月初一日(1月29日)　元旦。朝起风自东南来,转东北,晚间西北,可占五谷丰登。衣冠拜如来佛,复于东厨司命神前、家祠内率儿孙拈香叩谒。饭后至友庆值年,拜五代图、先祖逊村公、先祖母周太孺人神像,与子侄辈行贺礼,男女以次拜受之。茶话毕,至乙溪大兄处拜神像,贺新岁,时乙溪老恙未就瘥,絮谈似精力稍衰,劝渠静养,幸本原佳,滋补自易为力也。良久,还二加,拜先伯秀山公暨先兄起亭遗像,回至养树堂,诸侄、侄孙辈均来拜先人像,行贺礼,又茶话良久始各还。午前墀儿同五侄介庵至大港上贺岁,晚归,老六房值年,竹淇、梅溪夫人留饮。

初二日(1月30日)　晴,西北风,冷峭十分。饭后墀儿同七侄至陈思舅氏处拜年。上午观村人出刘猛将赛会。大港上子屏、薇人、渊甫、稚竹诸侄来贺年,友庆留饮,余处一茶即去。六侄不知应酬礼,甚矣,无人提携之苦也。暇阅姚选宋诗,亦不能悉心体会。

初三日(1月31日)　晴朗。水退五分,西北风,甚寒,河港有薄冰,幸太阳照临不成冻。午前凌仿溪来,一茶后回萃和。暇阅姚选宋诗,读至东坡。

初四日(2月1日)　晴朗,稍暖,西北风,水又退四分。午前杨少伯来贺岁,二加承办留饭,墀儿、七侄陪之,余略应酬即返。是日村人赛会事毕,恰平安不滋事。暇阅宋诗黄山谷。

初五日(2月2日)　晴朗,渐有春意,水退一分。五鼓起来盥沐,衣冠拈香循例接祀五路财神,祀毕始天明,默坐半时,颇寒,朝上有冰。饭后率墀儿谨将先人神像拂拭收藏,公账两轴必须裱过,特志之。村人交会货,检点录账。是日门无来客,新年甚形岑寂,暇读宋诗陆放翁。黄老雪来,其弟坤祖明日回去,约初十日去载,至米粮吉工三月初送归分手,又加钱六十九①,三两。

初六日(2月3日) 晴朗,水退三分。朝上初起,殷达泉表侄已来,知昨在池亭舟宿,述及渠去岁得一子,可喜。谱老到京已在大昏后,仅得上书房行走,补缺则未,为小谱病后所误也。小谱颇孝,其父与同寝处,而防闲甚峻,匆匆不尽欲言。大儿陪至友庆,朝饭即去。终日闲坐,上午钱子方来过,茶话良久,暇读陆放翁诗。

初七日(2月4日) 丁亥,水涨三分。朝上微雨,饭后墀儿至梨川徐氏贺岁,邱氏盘桓,约明日去载,后日回。亲友处应酬,此番可讫事也。是日子时立春,终日不甚晴朗。上午徐丽江、新甫来贺年,少顷,徐一山、子祥幼子亦来,谈及王景伯去岁粮务落肩,尚可过得去,此事不可撞破门面也。茶叙良久,回至萃和留饮。下午闲静,无客来,姚选宋诗阅遍。

初八日(2月5日) 晴暖,为今年第一天,水又退八分。饭后至乙溪处,在内室谈天,日上起居无兴,气力全无,幸眠食尚可,然精神自此衰矣。拟余至盛泽,即请李辛垞调治为要,絮语良久还。元音侄来拜年,留之中饭,渠侄有受诬事,相商落抬法,余谓言公断非宜,能得东君伏礼(恐难办到此),已大可过去,然实无上上策也,下午至子屏处再商量定夺。吉翁堂母舅来,茶叙片时,约廿八日到寓。暇阅苏诗。

初九日(2月6日) 阴暖,东北风,水又退三分。午前薇人来,留之中饭,去后,吴甥幼如来,又将年菜酌之,余颇酣,吴甥健饮善饮,如量而止,甚见精神佳胜。此子今岁仍叙徒周氏课蒙,自食其力,可

---

① "六十九"原文为符号𢎘。卷十一,第66页。

佳也。夜饮后,埕儿始自梨还(池亭上去过),幼谦母舅来乡仍难定约。又如宿在揽胜阁,是夜风雨。

初十日(2月7日) 阴,风雨已息,水退一寸三分。饭后送又如登舟,上午范桂秋表侄来谈论渠家事,颇深太息,一茶去。凌范甫陪渠妹婿陆梦麟来拜客送试草,中午特设一席酌款之,与范甫谈饮颇欢,若梦麟,真恂恂佳子弟也。明日拟至王桢伯处道拔贡喜,今晨接渠家条,知其庶母物故,余因不往。作札为乙大兄请李辛垞来诊脉,夜命大儿伏载,明日至二宜堂往吊应酬。

十一日(2月8日) 晴阴参半,水又退三分。上午无客来,阅宋诗。下午闲坐,夜间吉清去岁出款。

十二日(2月9日) 雨霰,阴,东北风,水涨四分。饭后苐卿侄来,以心腹之言告之,然一时亦无从下笔,甚矣,家庭之变未易处也。午前李辛垞来,陪至萃和为乙溪诊脉,方用黄连阿胶汤加减,据云脉见代象,老年所忌,肾脏大亏,心火上升,非安心调养,夏令恐难支持。服药十剂后,舌台渐润,能用参须则有起色矣。以年菜陪饮款之,下午同至余处,内人今日忽呕逆头眩,属即诊脉,知元气未伤,胃痰用事,肝木亦强,方用旋复、代赭、洋参、半夏、吴萸诸品,能得有效,可去洋参,用高丽一钱时服之。埕儿上午已自盛川归,夜间略具杯盘,命同陪饮,谈宴尽欢,畅叙至一鼓,留宿书楼。明晨有蛇垛朱氏邀请,即去,不及再叙矣。

十三日(2月10日) 风雨。朝上余未起来,辛垞已去,埕儿送之。上午风雨闭门,颇形寂寞。下午蔡氏二妹从乙溪处来,茶话良久,深以乙溪不早脱家为非计,今则老病缠绵,恐此事竟成画饼也,思之苦无善策。

十四日(2月11日) 西北风颇紧,渐有开晴之象。上午蔡氏二妹又来长谈,明日回去,约二月中再来为乙溪调停家事。中午子祥侄孙到寓,念孙乃父今日始与理字。

十五日(2月12日) 晴朗清和,为今岁第一良辰。上午王经伯来送试艺,余适修容,墀儿陪之,匆匆一茶即去,云至莘塔,坚留之中饭,不肯。客去,暇阅渠文,清真雅正,有老辈格律,首艺生硬,于法尚密,馀则均有做功意义,笔力知是叶子良改笔,老手固不虚誉也。是日下午,凌砺生自紫溪回,特来拜贺,知龙泾开溇,纯叔襄翼亭督工,北面隔圩又开一溇,从此低区无水患矣,后匆匆一茶即去,约廿四日来陪先生。是夜元宵,星月光明如昼,观村人烧田财,光焰红绚,今岁定卜倍有年矣。识之,以作左券。

十六日(2月13日) 晴朗。饭后至乙溪处问候,知连服辛垞黄连,心火渐降,舌色四边略润,可望转机。接少松昨日信,得悉十三日有添丁之喜,约到馆再迟数日,为调养产母,左右少人服事,当谅允之。下午连广海、陆立人两侄婿来,一一答之,并陪夜饭,时五侄有吉期,诸事楚楚矣。明日去送五盘,照例不当亲迎,此番从权,余家不任咎也,听之。

十七日(2月14日) 晴朗。清晨至友庆应酬,上午陆新亲来送嫁妆,余接陪诸亲友,夜间请邻三席。邱幼谦是日来贺岁(王楚卿亦于是日来,匆匆即去),余处止宿。

十八日(2月15日) 风和,晴暖。余早至友庆,上午道羹二嫂喜,贺客来者至戚不多,若族中则大义、北舍诸侄、侄孙均至,中午宴客共八席。下午五侄亲迎大船两号,殊觉铺张可厌。夜与殷达泉表侄、蔡晋之二甥宴谈极畅,三鼓亲迎船归,知金泽风俗人情恶簿,幸无事,不过损伤物件数种而已。合成四席,余亲酌酒,寅刻合卺,余已还,酣寝,不及照料矣。

十九日(2月16日) 晴暖,穿裘颇重。朝上祭先,乙大兄抱病不能应酬,一切余代支持。礼毕,花筵相谒,参见诸礼均循俗行之。午前陆新亲来望,到者两内兄寿甫、幹甫,人极恂恂,而以素服行此礼,可笑重权太甚。下午二正席,余送□一□敬之。晚间客去,留者惟蔡、徐、金三甥,连、陆、金三侄婿而已,谈宴甚欢。余疲甚,一鼓即眠,酣适之至。有客在,不可无主人,因命大儿接陪之。

二十日(2月17日) 晴冷。昨夜西北风烈甚,早起未息,点水成冰。舟至大港上,送五二太太节孝孺人成殓出殡,子屏庶祖母,年八十三,十七日寿终,此母贤而勤,操持苦节,余甚敬之。闻属纩时,鼻垂玉筋,白如绵,一长一短,其宿根岂凡人所能及?更可骇者,梅溪弟妇钱氏,年四旬,未满五十,亦于十七日去世,其病肝厥,无所出,竹淇二子承嗣。竹淇是日办后事,西塘未返,明日入殓,恐不及期,已改廿一日矣。余亦探丧一拜,是日晤友江补三谢锡侯诸侄婿,子屏形容枯槁,连日辛苦可知。回来饭后,至友庆料理六局开发,夜间馆上送算账酒,共四席,畅饮而罢。复至新房坐茶,观诸甥戏闹,余眼镜受伤,兴尽而返。是夜寒甚,早眠。

廿一日(2月18日) 晴,仍寒冻。饭后观友庆喜簿,此番请客并不广,而酒席之费竟至乙佰七十馀千之多,大抵工人统用六色,每桌九钱之故,以后章程宜改也。上午友庆客尽去,下午倏有藏舟一戏,闻之骇甚。蓉卿方去,复招之,使去探消息,晚回,知所望甚奢,万难餍欲,熟思审计,苦无善策。是日,朱景甫郎竹坪来送试草,人极英爽,竟不相识,后始知之。阅文后有庭训评语,实目所未睹。

廿二日(2月19日) 晴暖。饭后与儿子商议,为友庆作文定格局,已略可操纵矣(萃和西席费瑞卿来过)。今日属羹二嫂至东易□□是柔而实刚也,云明日回复。中午先大人忌日致祭,忽忽去世已二十五年矣,显扬无日,不胜祈望儿孙,思之悲痛。终日碌碌,补登日记。

廿三日(2月20日) 晴暖。饭后静坐,午前沈吉甫来调停负舟一事,孙蓉卿备菜飨之,草草落肩,虽失声势,女人当家只好破小财而忍大忿,儿侄辈不以为然,甚有远虑,若余则仅顾近忧矣。世风恶薄,竟至于此,可叹!下午舟虽送回,亦非增光也。灯下与蓉卿絮谈而返。

廿四日(2月21日) 晴暖,春气蓬蓬矣。朝上李辛垞来,余即至萃和陪之诊大兄脉,代象已去,似有转机,然须春夏之交平复不变方许安稳,处方仍用黄连、参须、阿胶,十剂后再商。陪朝饭后邀至余处,为内人定方,据云脉已平复,春令不宜温补,仍用清虚、降火诸品。一茶即去,要至莘塔候纯叔,约所荐高煦大布衣王公到馆日期。上午陈翼亭来,欣知"在"字开溇初八开工,十馀日毕事,均熊纯叔督办。复开东轸一溇,通至龙泾,从此低区无积水之患,计费钱二百馀千文,派余处不过三千馀,另加木桥疏十千。溇面阔一丈二尺,底九尺,深二尺七寸,划段派工,每段十四工,每工乙佰四十文,一无浮费。熊叔寓吾邑一年,经济文章已卓然可传,吾辈愧无馀地矣。中午以年菜酌之,畅谈快甚。翼亭此番干此利人公事,庶不负地方上尚有真读书人能任事也。下午回去,约春间再叙。

廿五日(2月22日)　晴暖,日色红而无光。终日静坐,昏昏欲睡,精神不振可知。有"禽"字圩甲来为开汝字浜,以一千八百文给之,数付一半,约工竣全数给付。

廿六日(2月23日)　阴,较昨日略寒,然无雨意,若河水则涸甚矣。上午登清两年出入账,亦持家不可不自警之一端也。下午砺生陪熊纯叔来贺岁,衣冠谒谢之,知自盛川回,辛垞处西席青浦大布衣王景云先生已到馆,二公同往陪之,一茶即去,不及畅谈,翌日当答拜。

廿七日(2月24日)　东北风,似有雨象。下午舟至莘塔答熊纯叔,至则雨亭接陪,知荔生昨偶感冒,不出来,罄生亦在书房,因并谈论,得悉陶子方题补皋兰首县,浙抚杨、左宫保交荐,从此仕途日亨通矣。杨园先生已得旨,从祀两庑,所刻新集,官局校刊不佳,应敏斋序,谭涤生廷献代笔,亦颇浮泛不切,纯翁云。一茶后返,到家点灯,夜间大雷电,惊蛰初七,尚非其时,夜雨醋注,则润如酥矣。

廿八日(2月25日)　阴雨,水可不涸。饭后命墀儿至康家浜,送金少岩入殓,七旬老翁,有孙成立可继,此老可无馀憾矣。晚回,知今日应酬乏人,客多枵腹,一切杂乱无章。甚矣,司事者不可私心自用也。今日陈厚安到寓,其父朗亭略有小恙,约初十日来。

廿九(2月26日)　晴朗,西北风极刚厉。饭后至乙溪处问候,日上姜炒黄连服之,反助火,元阴亏甚矣,已再请辛垞来治,恐用药亦难急奏效也,蹒躇之至。还来,命舟人载少松明日到馆,传说皇上廿六日亲政。是夜黄昏,星耀动多光,未知若何祯祥,私志之。暇则重阅《国朝文录》。

二　月

二月初一日(2月27日)　晴朗。饭后衣冠至东厨司命神前、家祠内拈香叩谒。朝上李辛垞来诊视乙溪,方用参须、牡蛎、龙骨,巧用犀角三分,以攻去心胞之火,方极玲珑,云再无效,难用药矣。陪之朝饭,余处略谈即去。上午吴少松率其郎到馆,少顷,凌砺生备高中两箱来为二孙上学,余特穿公服,携慕曾衣冠执贽,具帖拜师,兼送入塾,识"肇、基、宗、正、学"五字,上口颇易。中午酌敬少松,宴集养树堂,砺生同席,余与墀儿、苕卿侄陪之,酒兴极佳。下午留荔生止宿,余陪少松至两房拜年,兼答黄子登、费瑞卿两西席。夜与砺生剧谈,渊甫先生《积石山房文稿》携示三本,多三礼巨作,续与选均不易也。谈至更馀始就寝,砺生宿在书房。

初二日(2月28日)　晴冷如冬。上午与砺生谈论家常,当知祖宗创业之艰难,子孙遵循守之已是顺境,荒坠而习于匪僻,其何以为人?下午渠家来载,回去。夜间以年菜酌请账房诸公,从此年例毕矣。

初三日(3月1日)　阴晴参半。是日天帝圣诞,在大厅上恭具香烛,望宫叩头,率儿孙辈随礼。书房内素斋,以致微忱。中午蔡龙蜦到馆。暇阅《文录》。

初四日(3月2日)　阴晴不定,稍暖。饭后走问乙溪,日上连服犀参方,今日火升稍降,舌色折纹渐润,然精神委顿,难云日新有功,未识有转机否。午前顾莲溪来,以十五千葵邱数先缴,馀俟十五年秋缴清(苏、黔、甘统捐局,在阊门接驾桥),并致馈遗之物,略受之,留之中饭,不肯,一茶回去。下午闲坐,略阅《文录》。

初五日(3月3日)　晴朗,渐暖。上午闲坐,阅《文录》数篇。账房有二加出糙事,略照看,可谓斩去无数葛藤。下午后得闲静,两账船拟明日开收春账,未知能稍有起色否。

初六日(3月4日)　阴,细雨。终日闲静,阅王注《苏诗集成识馀》《国朝文录》奏议,以消遣春昼,然愧不能用心也。

初七日(3月5日)　阴晴参半,昨夜北风,今日颇寒。中午祀先,先母沈太孺人忌日,不孝见背倏已五十五年,图报无由,思之惭痛。午前凌范甫来,所托干办已上兑,在郡城苏、黔、甘三省统局内交易(局在接驾桥),换银托孙贯之。絮谈一是,留书房内便中饭,知何鸿舫凌氏请过,医金三十六元,医案极佳,开方尚不及薇人,言之一笑。下午砺生自紫溪回,略坐即同回去。

初八日(3月6日)　晴朗,尚寒。饭后同少松至萃和问乙溪疾,知连服犀参冬味汤,舌色潮润,火升亦降,似有转机,但须有力且不变迁为要耳,絮谈而返。下午陆厚斋来,茶叙片时去,暇阅《苏诗识馀》。晚间账船回,接陈翼亭、子屏侄手札,一以开溇告示抄底寄,一以题目交墀儿。

初九日(3月7日)　阴晴不定。上午重读纯叔《议开溇》文,并记其事,暇阅《苏海识馀》。下午读《国朝文录》奏议。

初十日(3月8日)　阴,微雨即止。上午阅《苏诗集成》。下午读《文录》奏议。陈朗亭今晚到寓,东账有看田议减租事,田在义冢旁,又账顶,受累之至(后议定,石五额算,每△让三斗二升),即勉强俯如所请。此田日久,终无起运也。

十一日(3月9日)　朝雾晚晴。上午读《文录》奏议。下午阅《苏海识馀》。大儿自乙溪伯处回,知连服犀味,火降其九,足见辛老用药有把握,然本原尚难即定当,姑俟夏令。

十二(3月10日)　风雨终日。花朝令节,未免煞风景,然河水涸甚,雨正及时也。陆寿甫寄送试草,其人在服中,此举实欠讲究,礼不当答,置之而已。暇阅《苏海识馀》。

十三日(**3月11日**)　晴朗,风渐息。上午阅《文录》《苏诗识馀》,俗念扰之,实无心得。

十四日(**3月12日**)　晴朗,渐有春意。上午袁憩棠同陆畹九来,以芦墟文会生童并课欲措资相商,余以今科大儿无分,童生未出,不能随兴为辞,忝列同乡,略助四五元则可,若派一股,则不愿也。畹九似有所不足,听之而已。憩棠以新裱家藏《明代名臣先贤图象》见示,小传可考者孙酉山,书撰过半,甚大观也,一茶絮谈而去。下午叶绥卿来,衣冠答拜年,故人情重,絮谈良久,精神较余更矍铄。郎君桐生,可望食饩高中,艳羡之。至晚回去,薇人来,所商帮渠先人葬费,如数给之,此事虽未免金上添花,然于敬老始终赒恤之谊可告完全,亦甚歉然于怀也。栗六终日,不能闲静。

十五日(**3月13日**)　阴冷,无雨。上午阅《苏诗集成》。午前李辛垞至萃和,即往陪之诊候乙溪脉象,日上甚有起色,弦签亦减,胃纳大佳,据云气分未损,病在心肝,用药参须外,仍参滋阴,能得夏令依然则奏效矣。中午同饭毕,招至余处为内人覆一诊,亦于肝木上柔滋阴分,且云心经无病也。有�楂东港朱姓邀请,即往,不及絮谈。局刻《杨园集》五十四卷见借,当细查目录,以余家本校对,方知其详。

十六日(**3月14日**)　晴暖,春气渐盎然。饭后将新刻《杨园集》(共十六本)合余家藏本细查,多愿学记、读书笔记、评厚语及问目四种,全集系兴国万清轩斛泉一手编定,余始知家所藏范刻乃姚四夏所抄存者,陆雪亭本乃海昌陈奉羲敬璋所抄录,陈抄有澉川吴复本序,从先生家抄出,陆刻吴序缺乙佰馀字,亦补全,可知陆刻本(似不全)非重,局中已另收陈氏本矣。若余所藏范刻,局中已悉收刻无遗,大为快事,惟祝刻有丧祭杂说。礼部议准从祀已入奏章中,今全刻只收丧葬杂录,而不载杂说,甚不合体,未识散在文集中否,俟后查。今日大儿率慕孙至陈仲威处治所患头疡,据云是肥疮,一时未易了。回来,适奎儿今日死忌,命慕孙同念孙拜跪致享,以申追思之情。

十七日(3月15日)　晴,东北风极峭,非若昨日温和。上午略阅《杨园读厚语》一卷,家中租坯米今日春竣。下午忽师母来,述及七公子壮甫病将垂毙,一事无着,商借而立数,坚不可少,口称三年归清,不得已应其急,余即以摺上数婉劝收还,以免异日口舌,渠亦似感动,未识日后能了此宿缘否,絮语而去。细思此事,惟以含忍化迹为妙,余之初心,甚不欲有伤师谊也,千万默祝。碌碌终日无好怀。

十八日(3月16日)　晴,北风颇寒。暇阅新刻《杨园全集》,知《丧祭杂说》一卷编列论说类中,并未遗漏,尤婿毒女事详揭帖中,得悉始末。范刻未全备,此书可称完善,拟费青蚨三千六百购之,真佳本也。终日寒冷如冬。

十九日(3月17日)　渐晴暖。是日大士佛诞,特斋素,虔诵神咒,以展微忱。饭后至乙兄处问候,欣知服辛垞方大有起色,惟面无病容,尚防火旺,劝渠安心调养,小心起居饮食,可望有瘳,絮语而还。暇阅《杨园集》,尚未得头绪,知《日省录》《淑艾录》《批朱子文集语类》《王学办群书笔记》数种,无从搜觅矣。

二十日(3月18日)　晴朗,略有风。饭后读《杨园集》与友人书,治身、处家、应事,字字金玉,言言切中时弊。吾人虽不能之,心向往之。作便札拟致子屏,下午静坐。

廿一日(3月19日)　阴雨。终日无事,读《杨园愿学记》。下午墀儿至子屏处谭论,晚回,知在馆中,文兴极佳,廿五日到馆,不及来溪。梨里诸公自开河公事外,又于杨家荡下风口议筑一坝,以免复舟之厄,估工千金,欲作集腋之举,大段已有囊家矣。此举于行舟大有益,真善事也。

廿二日(3月20日)　上午微雨,下午暴晴潮湿,是地气上腾之兆,渐暖。是日交春分节。上午略阅苏诗,下午略阅《文录》,实不能用心有得。大儿至乙溪伯处,以昨子屏之言告之,心疑而畏名,似不能慨然,听之不论。

廿三日(3月21日)　晴而不朗,潮湿稍减,尚防有雨。上午芇卿来谈。下午大儿复至子屏处,略以筑坝费凑缴。由梨川账船归,接徐乙山与堰儿、茆侄两札,亦为募修坝事。余谓茆卿,便当复之。

廿四日(3月22日)　骤寒,风雨终日。岑寂无聊,读苏诗数首,《文录》数篇以消遣之。

廿五日(3月23日)　雨渐止,尚未开霁。午刻祀先,曾祖母黄太宜人忌日也。祭毕,与少松小酌谈心。暇阅《杨园愿学记》,旧本所无,可与《备忘录》互证参观。

廿六日(3月24日)　晴而不朗。昨日谨庭二儿安葬,尚免风雨。上午阅《曾文正文集》。下午阅《文录》。大儿作札寄致翼亭,为开溇尚有善后事宜相商,拟由萃和寄莘塔凌氏,钱七百卅文附焉。

廿七日(3月25日)　晴,渐朗。上午读《三鱼堂集》。下午阅苏刻《杨园集》。

廿八日(3月26日)　晴朗。饭后大儿率慕孙至芦陈仲威家治头疡,已愈其半矣。下午茆卿来,所荐之人不甚合意,谈及生计,交接为难,须具知人之识为要。暇阅《文录》数篇,三鱼堂文阅竟二本,气势极雄,不徒以理学见长也。

廿九日(3月27日)　晴暖。上午阅《文录》《三鱼堂文集》。下午舟至南玲看挑坟,工包每人一百七十①,计用十二人,明日又添一工,先于秀山公墓大嫂祔穴挑起,今日余处督工,明日轮友庆,约三处共挑须十天工程,眺望片时而返。大儿今日动笔作赋,今春第一期也。

三　月

三月初一日(3月28日)　晴朗,风尖,仍不暖。饭后衣冠东厨司命神前、祠堂内拈香叩谒。堰儿呈昨赋草,层次清,曲折灵,惟词句尚欠敷腴耳。暇阅《三鱼堂文集》。下午大儿至南玲,看友庆挑坟督

----

①　"一百七十"原文为符号 **㪷**。卷十一,第73页。

工,晚归。明日余处人舟均不便,仍友庆督办。接芦墟文社启,初二十六,三月起生童并会,元之秉笔,余家实无此文兴。

初二日(3月29日) 晴朗。饭后陈朗亭回去,老病复发,颇不见轻,厚安陪之同往,礼也。账房内只留吉老、振侄两人,明日又要坟上督工,账房寂寂,竟似岁底,可怪也。暇阅《三鱼堂集》以消遣之。上午走候乙溪兄,已在房内步履,日上甚有起色也。

初三日(3月30日) 晴朗。朝上属吉翁至南玲督挑坟工。午前账房有退田事,吉翁经手,邀之回,午后墀儿去代看。是晚秀山公坟吉工,共四十八工,逊村公坟上已动手挑七工矣。退田事仍未了,田面受人欺如此! 午前荔生来,谈及种桑,已于陆家桥筑圃,倩湖州老桑工种植数亩,此事难于图始,后利无穷,然于余处实不能劝化乡人也,钦佩而已。书房内便中饭。下午竹淇弟、薇人侄来,竹淇轮当祭七千文算讫。薇人办葬事工竣,尚未挑泥,约初九还船。竹淇家有废田,甚欲种桑,荔生颇怂臾之。晚间砺生先去,竹淇、薇人又谈始返。明日逊村公坟上挑泥,友庆值年督工。今日下午余已遣工人芟去树枝荆棘,然尚须三日告完。

初四日(3月31日) 晴暖,蓬蓬气如釜,衣裘可卸矣。上午厚安来,知朗亭病日增笃,欲办后事,有所商,应之即去,恐此老精神尽矣。薇人属少松抄"周有大赍"二句题,余原本一篇,峙亭夫子改本一篇,原本敷泛,尚有入时处,改本意义极佳,面目已非,以此入场,均非必售之作,聊以鸿爪示之而已。子登昨日到馆,青邑科试已考过,题"一薛居州"二句,熊纯翁仍一等一名,名下固无虚誉,惜不考诗赋,倘非学台采访,未必定拔也,姑俟之。终日碌碌,不能看书,下午大儿作帖试四首,晚间脱稿,以练笔机。

初五日(4月1日) 晴朗,不至十分潮闷。大儿率六、七两侄至南玲秀山公墓上祭扫,先兄起亭公暨大嫂祔享仍归小祭二加轮办。上午读《文录》。下午点曾文两篇,读《三鱼堂文集》半卷。吴少松明日解清节,今夜伏载,送之登舟,约十八日去载。

初六日(4月2日) 晴暖万分,夹衣犹重。饭后率介庵、苐卿、友庆侄三人,莘和侄孙大官,至西房曾祖杏传公坟上祭扫,旧岁所挑泥已有坼缝,当暇修坚为要。回至南玲先大父逊村公墓前祭拜,泥尚未挑竣,工明日恐尚未完也。长幼以次拜奠毕,还家,知沈少愚、咏楼来过。吟泉即日安葬,诸弟兄合葬,共做十二穴,要借排沙,已许之。惊知陈朗亭昨日寅时身故,寿七十六,有子、有孙,亦又何求?惟念多年叙首,初八日拟亲往吊。午后至友庆饮散福酒,大儿暨两房侄、侄孙八人团坐,颇觉醉饱,席罢,与黄子登絮语良久归,尚有酣态也。

初七日(4月3日) 晴暖如烘,菜黄柳绿桃红,春色万分矣。饭后子妇率念曾、慕曾、兰女孙至外家,且于舅□云艇几筵前清节致飨,约初十日归。暇阅《文录》三篇,点曾文二篇,读三鱼堂文半卷。下午□□□南玲督看挑泥,晚归,知逊村公坟明日尚有半日工,凡为工七十矣。

初八日(4月4日) 晴暖,几如夏令。饭后舟至向荡湾吊奠陈朗亭,厚安兄弟出见,并无人应酬。述及临终,一无□□,可称善去,其老夫人至杭烧香,今日下午始追船还,真妇人之愚也!可笑。明日入殓开吊,不出殡,厚安云,前奉命,遵之。与画师陆某同中饭,饭毕复至灵前一拜返,到家极早,汗如雨下矣。逊村公墓上挑泥毕工,命大儿算派公账。大儿至北玲其弟子庆坟前祭扫回来,据云泥尚完固。

初九日(4月5日) 晴朗,略凉,有风而爽。是日清明节。饭后率大儿、苐侄暨六侄、七侄舟至北舍老坟头,泊舟少待,主祭竹淇弟即至,诸侄、侄孙辈渐集,始迁祖春江公并怡禅公墓前拜扫毕,走至长浜五世祖敬湖公墓前祭拜,复回至西木桥六世祖心园公墓前祭奠,又舟至"角"字圩高祖君彩公拜坛前,向墓拜祭,共到者四十馀丁。礼毕,共到大港上老五房竹淇弟处饮散福酒,在方柱厅八席,团叙者五十馀人,余与梦书并坐,饮宴极欢,惜肴为胡馆句办所误,不甚佳。饮毕,北舍、大义诸侄、侄孙均归,余复至子屏处茶话,薇人、竹淇复来就谈。墀儿赋四篇,子屏已动笔看就,蒙鼓舞,均看好,以芸舫所寄大婚礼节刻式两□借携归。今日欣知老二房端士公曾伯祖,暨从伯祖赤南公、从伯桐春凤春公于昨日安葬,抽虚地共十穴,从侄圣裕、锦斋、琴斋、心斋、两房诸侄于百馀年后拮据办理,尚识水源木本之谊,可嘉焉。到家未晚,清节祠堂内祭已祧祖,厅上祭高曾祖父,墀儿主二加祭事,拜跪奔走,余父子甚愧勤而不恭。祭毕,夜饭已将起更,是夜不甚安寝。

初十日(4月6日)　晴朗,东北风极狂,不甚热。昨因饮食过量,不甚适意。晚起,饭后率墀儿至南玲圩先大人,沈、顾两太孺人墓前祭扫。是日始于古查公坟上挑泥,先将篱笆培土拥护,大约尚有三四日工也。瞻望松楸,与大儿徘徊久之而返。终日碌碌,精神颇疲。

十一日(4月7日)　晴,又热。饭后属吉老至坟头督挑泥,芦墟局张森甫进来,又飘完四百一十三点五合①,付洋廿元②,多八百馀文,与之核截不再来,约数已八二成③左右矣。暇阅大婚礼节,繁缛万分。是日黄燮堂子号又堂始到账房学习。

十二日(4月8日)　风雨骤寒,坟工停止。终日闲坐,阅大婚礼节,不觉目眩心烦。下午闲散,甚无聊,雨渐止。

十三日(4月9日)　阴雨已止而仍寒。上午阅《文录》四首。下午命墀儿至大港上,与子屏商酌封请事,芸舫信底附阅,晚回,知吉甫日上有公事,忙甚。子屏明日要来,信底略改,能办与否,亦未详悉,姑试之。

十四日(4月10日)　又阴雨,挑泥停工。上午子屏来,畅叙终日,文兴极佳,为益芝侄之子学生意,帮帖钱公共四千文。谈及周雨人,气度闳大,前程难量。中饭略置酒絮语,下午回去,约二十左右到梨再叙,兼候费吉甫。

---

① "四百一十三点五合"原文为符号⚹。卷十一,第75页。
② "元"字后原文有符号⚹。卷十一,第75页。
③ "八二成"原文为符号⚹。卷十一,第75页。

十五日(**4 月 11 日**)　又阴雨。饭后作札拟致费芸舫,托办封事,手僵字拙,行款差误,再易而定,殊觉老丑无一善状也,心甚歉然。下午闲坐,略阅《文录》。

十六日(**4 月 12 日**)　又阴,微雨,下午开晴,渐暖。午前子祥到寓,下午命墀儿缮就履历一纸,与信同封,拟寄芸舫。有江湖无赖,由僧还俗,来乞怜,拒之不见,略破资送之到芦,云是皖九指使,甚矣,闭门谢名之难如是!暇阅《文录》数首。晚间有苏州修府志木渎人,姓名金兰,号芝卿者(即子春)来候,意有不料,辞之。以修府志仿单见示,欲采访者,后知由凌砺生处来一老翁也。由北舍典中张驾千寄□□□和卿郎药阶贡卷,和卿手封,而不通一札,殊欠礼,然余不能不答一仪。灯下读之,的系其师宣见三改笔,有根柢而不入时。

十七日(**4 月 13 日**)　晴朗,恰好暮春。上午陈翼亭来,知东畛溇口又开,深尺五,阔再几步,又开去田几分。"在"字圩又开转船湾八处,工程即日藏事,余处又派乙千七百馀文,又修添桥费八千,此则余处未免添花,姑如所请,长谈留便中饭而返,约廿八日到龙泾一叙。是日媳妇率两孙、兰大保归自莘塔,知范甫继母急病,已去请李辛垞矣。乙溪处可邀请。

十八日(**4 月 14 日**)　晴朗。饭后至西房圩,命三房工人挑同师孟公坟,因前年挑时挑工不固,必须重加护工也。还来,陪辛垞到乙溪兄处覆诊,喜已起来应酬,但须保养,病去十之八九矣。用前方加减,适辛垞略有感冒,不及饭而去。下午少松自同到馆,以金朴甫尊翁秋史世叔四月初三开吊讣文寄示,届期当致礼。

十九日(**4 月 15 日**)　阴雨,终日西北风狂吼,冷似三冬。欲于先府君坟上加泥筑固,竟不能施工,可怪也。终日闷坐,《三鱼堂文集》初阅毕,暇阅《文录》又数首。闻熊纯叔仍第一而不得拔贡,学宪赏之又复置之,非真知音也,然纯翁断不以此为损加。孙蓉卿自莘和来,在少松馆中略谈即去,云昨日到馆。

二十日(**4 月 16 日**)　晴朗仍寒。饭后舟至梨川,墀儿同往,东栅泊舟,墀儿答王经伯,余至中市买油桐子。少顷,大儿回,同食不托作点心,探知子屏未到馆,即至虎泾桥周宅候费吉甫并沈步青,以京信、履历托寄芸舫,物色百五即面交吉甫汇寄,恰好吉甫明日到苏,即可寄托办理,并知四十九两之数。来信并无限期,似尚凑巧也。学宫公事,吉甫明日赴县□工,京中已札致,大约陈蔡之厄不难解也。畅谈良久,《杨园集》已携归,有馀资,吉□□□学录六本同转售,知考差在五月,都中四月底当有复信矣。谢托而别,到邱氏□□□□,至桐乡本宗祠堂去春祭,与内侄达卿暨幼夫人叙话,墀儿答竹坪。朱新进已自蔡氏回,龙官约明日到馆,即归,一帆顺利,到家未晚。薇人在座,为帮其外家吴□庆伯表兄葬费,如前议,十四千①公账派结。今晨朗亭北舍局来,又嬲完廿元。余始开船,□□□益子祥,又给五元始落肩,言明十五公事,十元后扣而始吉题,约已八二半②外矣。

廿一日(4月17日) 晴朗。饭后遣人工督挑先府君坟,大约今日可以集事。暇阅《吾学录》,系南海吴荣光制军所辑,以家礼遵会典,使人知所从违,亦儒者遵王不可不看之书也,然已繁重难晓矣。

廿二日(4月18日) 晴阴半参。饭后至南玲圩,与坟邻讲定挑泥四日竣事,因坟旁起泥,开深若沟,不得不挑填以培坟丁之田,势不能不满其欲也。此番余处挑费要十六千六百六十文,要是一劳永逸事也。回,舟至北玲,看沈氏做坟,共十二穴,工程颇能坚固,沈吟泉从此安眠地下,哀哉!晤咏楼昆季竹林而返。下午暇阅《杨园集》。

廿三日(4月19日) 晴朗。饭后检阅浙江局刻《三鱼堂集》,差讹甚多,万不如苏刻《杨园集》,尚无大谬。账房有顶田事,减价给种,因今春米贱,田价甚难起色也。终日悠悠,心思不静,看书无所得。晚接子屏札并辛垞一笺,为《杨园集》前未缴还。子屏廿一日到馆,书局金子春翁已叙过,欲索《分湖志》先人诗集,当由子屏处汇寄。

---

① "十四千"原文为符号𣲷。卷十一,第76页。
② "八二半"原文为符号𣲷。卷十一,第76页。

廿四日(4月20日)　晴朗。饭后东易丁氏姊来,以梦香翁所作文字示余,□□□□石莲舫罗君看过,余阅之,题旨甚清,大可用得,惟欲双管齐下,后段尚须另做,约再商定后□□关照□□□语皆不平之境,然无如何也,留之中饭而去。下午寻觅先人诗稿,《分湖志》……遗稿,以便作札寄金子春。晚接陈翼亭信,约廿八日邀磬、砺二公……处叙。

廿五日(4月21日)　晴朗。上午作札与金子春,拟明日至梨,由子屏处汇寄到苏修志局《留爪集》九本。《有馀地诗》《守拙斋诗》,周寄林未刻遗稿暨苏人顾墨卿所撰《吴门表隐》一书,同家刻均附寄焉。午后接凌氏条,惊知云艇夫人杨恭人昨夜病故,症是下隔,大黄不下,大约烧酒腐干,坚积而不化,饮食之不可不谨如此!明日墀儿夫妇拟往吊并送殓,余欲出门,不能止宿矣。

廿六日(4月22日)　晴朗。饭后舟至梨川,午前登敬承堂。幼谦新自桐乡邱家浜谒祠还,省三丈诸君同往,述及彼处敦厚人情族谊,吾邑所无,且家饶蚕桑之利,阖族无败类之子,家规自宗文定后,世守耕读遗训,令人有桃源之慕焉。中饭后,与毓之同至周氏书塾,晤小西席黄骈生表侄,以致金子春书并诗集等书一大包托子屏汇寄到志书局。复同子屏龙泉茶叙久之,热甚而返。夜粥后,子屏又来絮语,宿楼外楼,时吉卿家有喜事,赵龙门、黄元芝诸公均来借榻,一鼓后仍热,不安寐。

廿七日(4月23日)　阴雨。晚起,粥后赵龙门来谈,今岁馆永义梦仙家,述及王氏子弟多俊秀可造,深见培植之长。少顷,走候吉卿并答之,中午幼谦酌余五峰园,同席者主人幼谦、省三丈、黄吟翁、毓之内弟,幼谦出示二如先生《树风图》,诗画多名人之作,徘徊花木,甚足怡情。复畅叙龙泉始返。夜与幼谦、毓之絮谈,谆劝毓之仍归原籍桐乡应试为妙。是夜仍与龙门诸公联榻。

廿八日(4月24日)　阴晴参半。上午子屏又来畅谈,携示"周有大赉"二句拟作,以新政□□□高华典赡,真好墨裁也。午前子屏拉幼谦、毓之金顺馆小酌,竟扰之。菜极精洁,余□有酣意。又茗叙龙泉,及畅适。还,至敬承,家中船已来,即告辞幼谦,约初十左右到溪来叙。携幼谦《簪花课女图》及汤小云先生前所藏渠高祖西涯公会试墨卷而归。舟中遇小雨,闻雷声,到家未晚。少顷,大儿自莘溪送云汀夫人举殡还,知与翼亭、纯叔相叙。

廿九日(4月25日) 晴朗。上午沈咏楼来谈,知葬事已告成,极以同室合办,不能一心为叹,书房内留便饭而去。下午倦甚。夜登出门后账务,尚不能逐一了清。

三十日(4月26日) 晴朗,不甚热。上午检阅田契,拟入城投税,并命账房开佃欠二户,欲签牌另召。终日鹿鹿,仅阅《文录》三篇。莳卿侄来,为少堂事复乃翁,即日谈定。清和月另起。

四 月

同治十二年①,岁在癸酉,四月初一日(4月27日) 晴朗,恰好清和。饭后衣冠至东厨司命神前、家祠内拈香叩谒。暇阅《文录》三首,重读《杨园先生全集》。

初二日(4月28日) 晴暖。上午整顿行李,拟由同里赴江城。下午开船,晚到,泊舟南埭。下午阴,略有风,舟中无聊,阅《木鸡书屋骈文》五集。夜雨大作,不成寐。

初三日(4月29日) 晨又大雨,即止。朝饭时舟至谢家桥,吊金朴甫尊人秋史翁,至则接陪者无一相识,应酬一饭而返。即解维入城,未到午刻已进北门,停泊上岸,寻金小春,其子柏卿亦见,少待,小春出来,以召佃牌二张、田契四张,一托签,一托税。牌东六百照旧,税契据云俞任起复加八文,每两每千九十二文,尾每四百付洋,复谈而出。徜徉县前,荒凉无聊,点心后与小春茗叙,晤吾乡陆老顺暨城

---

① 原件第11册,书衣左侧墨笔题"日记,癸酉清和月起",右侧墨笔题"同治十二年四月"。

中梦莲、桂生诸公,委蛇久之。回船略坐,夜饭后至老顺寓中絮谈,差人李大,其子少甫,颇足恭,略知县前近事。回至舟中,蚊热难寐,枕上拟作七古一章,题幼谦《簪花课女图》,尚未脱稿。

初四日(4月30日) 朝出城,到同起来,略买食物,饭后即开,到家午后。知慕孙至陆又亭处看头疡,项上又结成一热疖,痛甚,殊受累也。题幼谦诗初成,尚未斟酌尽妥,然颇能不通套也。夜倦,早眠。

初五日(5月1日) 晴,不甚热。上午阅《碧螺山馆诗》两页。下午舟至芦墟候黄森甫,以幼谦图求题隶书,蒙即挥就。絮谈,年已六旬,须渐苍,然渐臻老境。回,与陆厚斋、袁述甫、顾砚先茗叙,知大阡圩乡民有阻葬者,大骇听闻!此事不可不惩办,然陆老仁非有力者,殊难整理。复与述甫畅谈而归,到家接张元之昨日信,荐一东席,镇上人陆建秋,不知其细,余已有成见,当作作①札复谢之。

初六日(5月2日) 晴阴参半。上午读《文录》第七卷终。下午吉甫堂母舅来谈,旧恙渐痊,尚未复元,约十一日去载。述及锦江夫人营办两世葬告急,念孤寡无措,如所请赒之,聊尽世谊旧情而已,絮语而返。今午始食蚕豆饭,香珠碧玉,秀色可餐,甘美得未曾有。

初七日(5月3日) 阴,颇麦寒。饭后修札拟复张元之,待寄。下午蒂卿侄来,知幼谦女八字,请与二大侄孙开卜,甚吉,欲向幼谦处说合,并命墀儿请命舅氏定见可也。暇阅《文录》三篇,皆有用之文。

初八日(5月4日) 阴,寒甚,雨尚微。上午以复张元之札托芦墟生禄斋转寄。暇阅《文录》数篇,金子春诗半卷。墀儿率慕孙陈仲威处看疮回,据云湿热结成,不能不出毒,用药托之,殊未易旦夕收功。

初九日(5月5日) 晴朗。饭后阅《文录》三首,金子春诗数页。是日戌刻立夏,中午食蚕豆饭,下午与少松小酌,饮高粱以赏时应令,

---

① 此处疑多写一"作"字。卷十一,第86页。

絮谈,颇有醉意。

　　初十日(5月6日)　晴朗。朝上北舍局朗亭又来,又嬲借十五元去,决定不算公事,后要扣。少松作文第二期,余见猎心喜,作二比示之,尚充畅条达。墀儿率慕孙仲威处治疮来,据云疡难骤愈,疽可不出毒,何言之前后互异也? 良医之难觅如是! 暇阅《文录》《杨园集》。

　　十一日(5月7日)　晴,渐热,有夏令。上午点阅《碧螺山馆诗》终卷,此翁诗笔在储王杨陆之间,亦近日一作家也。下午舟载吉老,又以疾未瘳不来,殊非老年所宜也。心思闷闷,不能开卷,作札致子屏,并以诗商之改润。

　　十二日(5月8日)　阴晴,闷热,要防雨。饭后墀儿率慕孙至梨川张亮甫处看头疮,下午慕孙回,按方作黄水肥疮治,药用驱风化湿热,未识对否。大儿邱氏盘桓,后日去载。暇为少松点定昨日课作,并题金子春诗集后五古一首,颇惬意也。

　　十三日(5月9日)　晴阴半参,热稍退。昨夜微雨、大雷,河水又涸。上午重阅金子春诗,又读《文录》三首,观圬者重筑饭灶。下午颇疲倦,掩卷静坐。

　　十四日(5月10日)　阴,微雨终日,恰好养春花。《碧螺山馆诗》圈阅遍,即以所题诗写在册后。阅《文录》两篇,命舟载墀儿,晚间舟回,幼谦留之,约十七日去载。

　　十五日(5月11日)　晴朗可喜。上午读《文录》论三首,阅《杨园集》半卷。下午闲坐。

　　十六日(5月12日)　朝上有雨,晚晴。上午读《文录》三篇,圈曾文二首。下午读《杨园集》半卷,暇阅苏诗。

　　十七日(5月13日)　晴朗。饭后阅《文录》三篇,点曾文两首,适凌荔生同宋柄卿自紫溪来,以陶苣生致余札并改墀儿诗赋缴还,借去《胡文忠公全集》三十二本,以新购《砖塔铭》三洋交大儿代办。述及陶子方治文县,政声鹊起,现在擒盗、清田、兴学诸大事一一有成效矣。中午留便中饭,下午回去。读苣生改笔,批评详细、认真,改润处处皆金针度人也,欣佩之至。晚间墀儿自梨回,与子屏畅叙,知沈子和新得一男,三朝汤饼筵宴大开,墀儿去贺,大叨口福。

十八日(5月14日) 晴朗,略有风。饭后墀儿率慕孙又至梨川张韵生处看头疮,因项上肿结毒未消,必须早治以化之,未识能有效否。上午至乙溪处絮谈,时满面春风,渐可复原,辛垞之力也。下午作札复致陶苕生,草草定稿。幼谦约今日舟回同来,未识不爽否。题幼谦图,子屏改得极熨贴,录清一稿。晚间幼谦来,留之书楼止宿。

十九日(5月15日) 晴阴参半,下午较朗。饭后作答陶苕生,书已写就,拟墀儿到苏面致之。暇观幼谦为念孙写书法数章,极挥洒之乐事,字亦挺厚无匹。与幼谦絮谈终日,晚观乙溪家斜塘制椑归,木色粗松,做工亦毛,虽值贱二十七①元净,未免太自薄也,余意不然。

二十日(5月16日) 晴朗。饭后阅点《曾文正公文集》完,又阅《文录》三篇。下午墀儿同幼谦拟明日由莘塔载荔生同赴苏,部叙行李,明晨解维。

廿一日(5月17日) 晴朗。朝上墀儿同邱舅氏登舟,先至莘溪招荔生同行,今日东南风,可一帆顺利,未识到苏早否。暇阅《文录》三篇。下午与邻友潘时昌长谈,人甚坦白,而时运已过,未免日暮途穷,然三子均有恒业,可必有收成,为诚实者劝。

廿二日(5月18日) 晴朗可喜。饭后阅《文录》第十卷毕。凌氏有女使来,知昨日砺生并余舟而行,开船尚早,风平一帆悬稳,知己数人邕谭,乐何如之! 余今日适读《杨园集》,见其与故人子弟书,言言切实正大,亦乐之不已也。下午吉老来,病体渐愈,深慰素怀,大约可以复原矣。

廿三日(5月19日) 晴朗。终日闲坐无事,上午读《文录》三首,读《杨园集》书问一类终卷,下午阅江戣叔诗。灯前羹二嫂招商一

---

① "二十七"原文为符号〢〧。卷十一,第88页。

累事，无善策，只得静以待之，可下抬则下，然须在不宽不猛之间。

廿四日(5月20日)　晴朗。朝上苏州船回，知儿辈同凌寓专诸巷盈丰栈，约廿六日去载。上午阅《文录》三篇，下午读《杨园集》序文。

廿五日(5月21日)　晴燥，春花渐次登场。饭后点《木鸡书屋骈文》三首，阅《文录》张铁甫文四首。下午阅江谈叔诗十馀页，昼长不觉微倦欲睡，观书精神不提之故。适顾砚仙遣人以鲥鱼半条见惠，夜与少松酌酒尝之，虽隔宿，尚有风味，且感故人情重！

廿六日(5月22日)　晴燥颇热。饭后率慕孙至芦川陈仲威家治头疡，据头上渐可愈，项腔之核可不成，然尚有黄水毒未净，开方用黄连、茵陈，似太苦寒，且不服，用其抹药而返。仲威应酬圆转，求治者门如市，无暇絮谈。在舟中等候舟人买食物良久，归家午后矣，碌碌不及看书。

廿七日(5月23日)　晴朗。饭后知陆立人之妻凌氏继侄女昨日身故，报条上书"元配"，大谬，果尔是蔑弃余家侄女，抬位之举非亲也。以报条对其来人书判，璧还之，且告知其故，非主人意，司事者卤莽耳。甚矣，丧事不敢不谨也。余家附分以尽吾礼，明日不去送殓以惩之，此亦名教所在，不得不与辩。暇阅《文录》四篇，《杨园集》记文五首，又复阅谈叔诗半卷。

廿八日(5月24日)　晴，下午更佳。饭后阅《文录》管异之作三篇，《杨园文集》记阅毕。下午闲坐，东南风颇劲，未识今晚苏州归否。

廿九日(5月25日)　阴，微雨终日。朝上墀儿同幼谦自苏回，知昨日因风狂，在许家港止宿泊舟，出门小心，固当如是。所干之事恰好后劲，领到实题目而还，孙君贯之之力也，并有陈君志云(子筠)同办，始得头绪，甚惬意也。苏城市面本洋通用(加三分)，英洋极挑剔，庄用七千一百二十五①，市用七百一十三②左右。陶苣生处赋并

---

① "七千一百二十五"原文为符号 㭊。卷十一，第89页。

② "七百一十三"原文为符号 㭟。卷十一，第89页。

余札面缴,蒙置酒,畅叙终日。幼谦极安静,不过在孙衙前馆中观剧两日而已。终日碌碌,与幼谦闲谈,所买物件均未检点。

五 月

五月初一日(5月26日) 阴晴参半。饭后衣冠东厨司命神前、家祠内拈香叩谒。上午子屏来,快谈终日,渠近体已得康健,以费吉甫致渠札示余,银乙百零六两已汇京,书局内所要《百将图说》二本,《治嘉遗迹》《格言》各一本,《培远堂手札》一本,已取来致余,不必找钱,周师窗课目录一册,文五册,又另一册面借子屏作抢元秘籍,属弗为外人道。晚去,初六到馆。黄子登来谈,夜与幼谦絮语。

初二日(5月27日) 阴,雨晴不定。饭后略阅昨所得之书,均是有益身心之良则。午后幼谦家船早来,归去(以八言联纸属书),属其略节嗜好,稍抱佛脚,以作六月之息,珍重送之登舟。墀儿至斜塘胡氏,为嗣母礼佛事,拟便至禾郡,与之料理,以省支吾,大约须初四日回也。碌碌未曾坐定,灯下阅少松改子垂侄窗课四篇,"轻、清、灵"三字诀都到,真绝好拆字小题文也。

初三日(5月28日) 阴雨,东北风。饭后点阅《木鸡书屋骈文》上册完。暇阅陆清献《治嘉格言》《培远堂手札》,此治家、修身不可一日离之书也,当三复之。

初四日(5月29日) 阴雨。饭后阅《文录》三首,《杨园集说》五篇。下午阅《培远堂手札》。墀儿晚还,知昨夜在平湖界小镇,地名忠埭寺(寺名元通)中为嗣母作佛事,并放焰口,了此一番夙愿。胥塘胡氏亦去过,爱庭接陪,颇殷勤。

初五日(5月30日) 晴。饭后阅《文录》三篇,《杨园集说》二篇。中午端节祀先,祭毕,与少松书房内对饮,略具村肴款之。适本路沈菊亭来,命之同席,预有所商,应之三枚而去。下午与少松同候黄子登,茶话而返。书房内学生放节半日。

初六日(5月31日) 阴,饭后大雨,下午略止。是日始开春花账,未识所得何如,能有开销足矣。暇阅《文录》三首,《杨园集》数篇。下午疲甚,不觉昼睡,看书不提起精神之故也,可愧不用心!

初七日(6月1日) 晴,潮湿,防变。上午阅《文录》《杨园集》。下午录登苏去用账,尚未完事,意烦故也。陆清献《治嘉格言》一遍初阅毕。

初八日(6月2日) 晴,西北风,颇不热。是日余家所种麦(一△半)今始登场。饭后阅《文录》《杨园集》数篇。下午录清苏用账,此番不无浪掷,然亦是极要办事,不得以开销浩大责儿辈也。书此聊示来路不易,以自警省。

初九日(6月3日) 晴朗。上午阅《文录》《杨园集》第十九卷读毕。下午阅培远堂《陈文恭公手札》第二遍。晚间账船回,略有所收,仅免曳白而已。

初十日(6月4日) 晴朗。饭后由北舍航寄到子屏馆中札,知京信已于前月寄到,蒙费八兄抄寄家言,所费加"覃恩"字样,不过八十徐两。京捐费大,芸老已转托银号由外陕捐办理,往返五十徐天,照已到京,年终用○○宝领轴,亦甚舒齐,均已一一措办妥当,甚感酌省妥贴盛情也。吉甫处,暇当作札复之。上午吴甥幼如来,书房内留便中饭,以纯叔所送《述训编》一册转送之。子垂文,吴少松已改好,恰好托幼如面交子屏,下午回去,据云明日开馆,此子不染外间恶习,勤勤训蒙食力,可嘉之至!终日碌碌,不能坐定。闻考差在此月初十之前,想芸舫已得意考竣矣。

十一日(6月5日) 晴朗,水大退,要防旱年。饭后拟作札复子屏、吉甫,尚未就稿,适凌雨亭来,以纯叔致子屏、丁子轩暨墀儿书面交,快谈终日,中午略置酒畅叙,晚间回去。急阅纯叔改丁子轩古文三篇,倾到万分,不意丁幼石生此佳儿,倘能潜心学养,可继吾邑陈、沈二公后尘。问其年,未及弱冠,吾辈对之,能无汗下?以文命墀儿共阅,并论少年为学,有志上乘,竟如希世之宝矣。

十二日(6月6日) 晴朗。北风燥劲,水又退,甚非插种所宜。

墀儿至芦川,午前还。暇阅《文录》《杨园集》数篇,重阅《培远堂手札节存》。

十三日(6月7日) 晴,风略劲。上午作札,一致吉甫,一与子屏,书就未封。适凌砺生同陈翼亭来,便留中饭,无肴淡酒,叙谈颇适,所托之事,未识有机缘玉成否,幸待之。下午回去,翼亭明日即要到馆。

十四日(6月8日) 阴晴不定,微雨如丝。饭后阅《文录》《杨园集》数篇,暇观工人插种时也。燕掠泥而冲波,鸠呼晴而唤雨,蛙声阁阁,犊叱频频,徘徊麦陇,颇得田野真趣。虽稍旱米贱,终是丰年气象也,不胜祷祀期之。晚间又雨,恰好甘霖。

十五日(6月9日) 阴雨终日,大好渐渐插青,天之待吴民厚矣。终日闲暇,《文录》论类今日始读毕序跋一门。下午起又阅《杨园集》数篇,《治嘉格言》《培远堂手札节存》各数页。

十六日(6月10日) 阴,微雨。饭后内人至邱氏盘桓,约初二日归。子屏处信即寄去,内扇面一张,要托王梦仙(现往木渎,仍存子屏处)写纯叔暨改丁公古文信均附致。暇阅《文录》《杨园集》,下午阅《培远堂手札》,均有味乎其言之。晚间梨川舟回,接子屏回信,欲以子垂侄文暂请少松权为改削,少松已许之,当便复子屏。

十七日(6月11日) 阴雨终日,潮湿之至,大好梅黄时节,家家便利插青也。朝上送少松假馆回同,约廿九日去载,墀儿送登舟,余尚未起来也。上午点完《木鸡书屋骈文》五集,尚有三集当续点,暇阅《杨园集》《陈文恭公手札》。两孙墀儿权课之。

十八日(6月12日) 阴晴参半。饭后点阅《木鸡书屋三集》,又读《文录》数首,《杨园集》阅至问目。下午阅《培远堂手札》《清献治嘉格言》。

十九日(6月13日) 仍阴雨终日。饭后点阅《木鸡书屋骈文》,又阅《文录》数篇。中午祀先,大父逊村公忌日也,因时设祭,与念曾孙辈谨陈先泽所自来。下午静坐,深自咎语言不密慎,以致使令之际都不能指挥如意,然已言出不及矣,惟后当警饬为是!中心扰扰,不能坐定。工人插种,今日毕事。

二十日(6月14日)　阴雨终日。昨夜大雨沾湴,农人免龟坼之叹矣。饭后墀儿至莘塔,以《四书全注》句读本请教熊纯翁指定,以为孙辈课读定本,硕儒在近,不可交臂失之。上午权课到书房,念孙读《大学》一首,慕孙理字三包,课毕,以《圣迹图》命两孙并观,始粗知至圣来历及四配十哲诸大典。晚间墀儿自莘回,荔生处《纲目》廿本已借到。纯叔为先大人删润《戚爱贻传稿》寄来,读之应有尽有,应无尽无,实吾邑《文录》中谈修志者不可少之文,深感文字之缘无间存殁,增光多矣。

廿一日(6月15日)　半阴晴,雨止,大好黄梅天气。饭后点《木鸡书屋文》骈体三集,又读《文录》四篇,《杨园集》问目数页,钞录纯翁所改戚君传略。久不作楷,僵甚,至下午始缮就,当谨藏在先大人遗稿中。

廿二日(6月16日)　上午阴,下午晴。饭后阅《文录》三篇,《杨园集》问目暨《文恭公手札节存》均读毕。下午作札拟复子屏并寄砺生处,所借《纲目》廿本转寄。丁子轩书中述纯叔意有未尽善处,拟命墀儿重缮,始无罅漏。甚矣,立言不可私心自用,致被后生指摘也,警之,改之!

廿三日(6月17日)　晴,潮湿稍减,尚未朗燥。饭后阅《文录》,《杨园集》《言行闻见录》今日读起。下午点读《治嘉格言》《培远堂手札》。

廿四日(6月18日)　晴朗,东北风,始燥。饭后点阅《木鸡书屋骈文》,子屏信并《纲目》廿本今由东账船寄梨。北账今日摇遍停止,所得无几,仅够盘费而已。暇阅《文录》三篇,《杨园见闻录》十页。下午芦局张森甫来,又嬲借英洋八元而去。据云邑尊不更调,震邑今冬衙署可建。

廿五日(6月19日)　晴,不甚朗。饭后点阅骈文,阅《文录》四篇,又阅《杨园见闻录》。下午点读《治嘉格言》《培远堂手札节存》。

廿六日(**6月20日**)　晴朗。饭后点《木鸡书屋骈文》,《国朝文录》卷十五阅毕,续阅十六卷序跋类。下午心中有欲商事,恐成两歧,意甚不决,碌碌不能坐定,仅阅《杨园集见闻录》数页而已。

廿七日(**6月21日**)　晴朗,东北风。昨夜大雨雷电,日顷而止,农人庆,商人愁,大好景象也。上午点阅《骈文》《格言》《文恭手札》,《文录》读四篇,尽得意文字。中午交夏至节,祀先,率儿孙拜跪襄事。下午阅《见闻录》数页,招厚安谈论账务,内外不更张,甚见其人深沉无浅见。

廿八日(**6月22日**)　晴朗。饭后点阅《骈文》《格言》《文恭手札》。下午阅《文录》数篇后,又阅《杨园闻见录》数页。

廿九日(**6月23日**)　晴朗。饭后点《骈文》《格言》《培远堂手札》,《杨园集见闻录》阅毕,续阅《经正录》。下午阅《文录》,吴少松适已到馆,恰好避阵,知江震学宫续建明伦堂宫墙已动工。晚间雷电又大雨,俄顷止。少松云考差在五月十二日。

三十日(**6月24日**)　晴朗。饭后黎里局顾仁卿来,又嬲借四枚而去,因有推收事欲办,且初次过来,故应之。暇则点读《骈文》《格言》《手札》,《杨园经正录》阅遍。下午又读《文录》四篇,体中似受寒,不甚适,掩卷,静坐以养之,便可畅快,然饮食总宜小心也。

六　月

六月初一日(**6月25日**)　晴朗。饭后衣冠拈香东厨司命神前、家祠内叩谒,接子屏梨川馆中所发信,并子垂文六篇转交少松,芸舫京中四月廿六日所发信一并寄到,所托请封已由银号于外陕甘捐局付银上兑,其照约五十天到京,仍托芸老岁底领轴,每轴十三两未付,照费银一两二钱已付,办事切实可靠,当得暇先修札致谢也。子屏文兴颇佳,伴尚未定,六月中回里时约来叙也。暇读《文录》五篇,俱是望溪文,论经有特识,真不苟之作。点阅《骈文》《手札》,下午掩卷。

东账归，从此春花毕事，所得无几。

初二日(6月26日) 晴朗。饭后点《木鸡书屋骈文》《文恭公手札》，《文录》方望溪文又读七篇，皆读书得闲，绝大议论。中午内人自邱氏回，知幼谦又不能安静，殊深太息，作便启略规之。沈子和家铃分寄交，又接费吉甫信，知日上旋里，考差题"君子义以为上"，经"知人则哲，能官人"，诗"讲易见天心"。文庙工程已奉抚批，暂借藩款四千串动工，典捐照旧，均是吉甫奔走挽回之力，惟统盘计算，尚少六七千串，恐一时万难筹划奏功耳，暇当答复之。

初三日(6月27日) 晴朗。饭后点阅《木鸡书屋骈文》三集上册完，欲作复费吉甫兄弟书，未就，因账房内有俗事要应酬。下午沈南洲来成冬两仓，价每石一元八角四分半，价贱极，足征风雨调顺，然吾辈之家，颇为此而暗亏，时势使然，无可奈何也！碌碌终日，不能坐定。

初四日(6月28日) 晴朗。饭后点阅《木鸡书屋骈文》三集下册，暇作两书答费吉甫、芸舫，略就，尚未缮好。下午读《初学备忘录》十二页。

初五日(6月29日) 晴阴而燥。上午点阅《骈文》《治嘉格言》《文恭手札》，《初学备忘录》阅毕，是杨园一生精到之作。下午磨墨匣，作答吉甫信，写好而错一字，甚不惬意。元音侄来，为子祥内账谈定，到年未识如何，能得有恒为妙。

初六日(6月30日) 阴晴参半，间以微雨，东风凉甚，因闰尚不失时正。饭后点《骈文》，缮写芸舫书，未就，错落差误颇多，不善书之受苦如是。中午略置酒与少松对酌，食不托，穿夹衫略有汗，亦近年所希有。下午闲坐，阅近鉴数页，可惊可戒，然非《杨园集》中精警之处也，不过因其婿不肖，有为而言耳。

初七日(7月1日) 阴，渐潮湿，似有雨象。饭后点阅《骈文》，正欲作书续昨日信件，适王桢伯来送贡卷，衣冠见之，一茶还萃和。下午走答之，略谈，送之登舟。少顷，李辛垞来为乙大兄调理，方用养阴,可常服,复邀之至养树堂茶叙而去。《杨园集》十六本面缴还。

初八日(7月2日) 阴雨,闷热,大有暑令。饭后墀儿至紫溪,时其僚婿陶庚芬有悼亡之戚,故慰之并送殓。终日碌碌,有出冬事应酬。与沈南洲叙谈,芸舫信今始写就,拘苦之累真如小儿骑快马,倾跌可虞也。

初九日(7月3日) 晴热,渐觉炎暑。饭后徐瀚波来,持熊纯翁信致墀儿,托点《论语》,句读极有讲究,从此家塾得善本矣。涵波人极真实,惜字局经理始得人,以字纸付之,长谈而去。沈南洲来照应出冬,又栗六终日。晚接子屏条,王梦仙扇书就寄来,临赵实褚,妙甚。

初十日(7月4日) 晴热稍减昨日。饭后与陈厚安对南北账,下午毕事,不过奉行故事而已。终日纷然,不开卷,略登账务。

十一日(7月5日) 晴,略热。饭后点《骈文》《治嘉格言》《文恭公手札》。下午读《文录》三篇,阅《备忘录》数页。陈浚庵回去,约后六月初六日去载。晚闻念曾大孙读书声,颇乐之。

十二日(7月6日) 晴热。饭后点阅《治嘉格言》《陈文恭手札》,又读《备忘录》五页,照应出冬。下午不能坐定,晚间阵雨,良苗怀新。

十三日(7月7日) 晴热,是日交小暑节。饭后点阅《骈文》《治嘉格言》《文恭公手札》,又阅《备忘录》数页,《国朝文录》四篇。下午修札致熊纯叔,书就,俟墀儿到莘溪面呈之。

十四日(7月8日) 晴热。饭后与吉翁对东账,尚未完,适子屏来,畅谈终日,知即日要到馆,约后六月廿五后回即赴乡试,伴已订定,与叶锦堂诸君同行。晚间回去,芸舫、吉甫两札即托子屏寄梨,以扇托竹淇之亲谢稚圭画,竹淇处兼以片致之。子垂文少松改就四篇,亦面缴矣。

十五日(7月9日) 晴朗,不甚热。饭后照应出冬。下午阅《国朝文录》第十九卷终,暇当接阅第二十卷。苕卿侄来,以竹安堂兄鸣山荐办帮内账,约月终探听复之。

十六日(7月10日) 阴,微雨,颇凉,似有风潮之信。饭后与吉甫对东账,草草毕事,与之言定。絮谈,属子祥即日动笔换坐簿,此事万难卤莽也。下午摘录"信"字号佃户现欠总目,碌碌终日,不及开卷。

十七日(7月11日) 阴晴参半,北风凉甚,外边必有水发象。上午,元英侄来,又成交冬米仓半,今夏米多贱售,以后价即昂,亦无货可待矣。摘录租欠账,"恭"字号亦完。下午与子祥、吉甫细对新换内坐簿,略有差误,要重写,田数尚未算准,此亦振衣提领之一端,万不能草率也。大约有三四日功夫,斯初告竣。

十八日(7月12日) 晴朗,朝起凉甚。饭后渐有炎令,然夹衣可穿,望雨不来,难免旱象。《陆清献公治嘉格言》今始点毕,真齐家切要之书也。终日对坐簿账,至下午歇手,该算尚难划一。甚矣,"会计当"岂易言哉?

十九日(7月13日) 阴晴参半。是日斋素,○○大士佛菩萨圣诞,在养树堂中衣冠拈香虔叩。上午对信、宽两册内坐簿,田数已算准,适薇人来谈,即停止,与薇人论文,以近作一篇相质,大可夺魁,知贞丰看约课十二人,以熊觉生、陶又村二公文为最。下午墀儿至莘塔,纯叔信命面呈,薇人晚去,约乡试前再来叙。

二十日(7月14日) 晴朗,颇凉。终日与吉老、子祥对内坐簿,至下午四册俱对毕,田数算准,只剩"惠"字停,重录且俟缓日矣。有几页必须换过,即命子祥得暇再录欠户,然后复校,字迹不佳,姑弗论矣。接薇人回条,陆氏酬款,墀儿昨至凌氏为之转寄也。碌碌朝慕,不得闲坐看书。

廿一日(7月15日) 晴,风凉。饭后招钱子方来谈,托伊探听一事,此子颇有干事治家才,亦近日子弟之可冀起家者也。暇则点阅《文恭公手札》《黄鹤楼骈文》,下午继阅《文录》第二十卷。闻关外不得雨,田未种半,日上米价渐腾长。

廿二日(7月16日) 晴朗,风凉如昨。饭后修饰吴少松先进全章题文,应弦合拍,大可中式,今日举子文字不过如是,不必精宣题蕴也,圈好朗诵还之。暇则点阅《骈文》《文恭公手札节存》,《备忘录》上册今始阅毕。由北厍寄到子屏札,子垂文四篇即交少松,太乙丹乙佰粒亦收到,并悉云贵所差主试。

廿三日(7月17日) 晴朗,仍凉。饭后点阅《骈文》《文恭公手札节存》,又阅《文录》三篇,始读《杨园备忘录》下册十页。今日初食西瓜,已甘美可口矣。

廿四日(7月18日) 晴,仍凉。饭后同吉翁率墀儿至芦墟,公盛行略泊,余至中市候黄玉生,以先大嫂神像属其加朱,裙改绿,约八月初面取,再酬润笔一元,茶话而出。知周粟香六月中回乐清学任,一主一仆行,凄寂之甚。回至赵三园,与袁述甫、陆厚斋、钱子凭、子方茗叙,述甫气色甚佳,子凭托以察听,言颇诚实。墀儿自钱艺香处回,即同吉老饭于馆中,肥肉清汤亦颇适口。下午复茗叙茶园,与袁憩棠长谈,知新自上洋回。东门一带昕宵不夜,繁华之劫将来,已有浴池出血之异,生意亦外有馀而已。复与述甫楼上长谈,十一月初八为其郎莲征完姻,当贺之。少顷,墀儿自寺上回,忏期已定,禅堂内九月初二大嫂除几忏,十月初六至初八圆满,诸事舒齐始开船,到家傍晚。

廿五日(7月19日) 晴,略热。饭后点阅《骈文》《培远堂手札节存》。下午阅《文录》四篇,《备忘录》十页。大儿为少松捉刀一小题文,颇念得去。内人略有寒热,呕数次,幸不泻,可望弗药有喜,大约朝上贪凉之误也。

廿六日(7月20日) 晴燥,渐热,有旱象。饭后正欲点阅《骈文》,适薇老来,述及其徒庭训,命作迁怒论,大放厥词,万难施教,言之可怜可叹!何厄运自造如是乎?长谈,慰解之,至晚而去,并为之扼腕终日也。是日内人近感已愈,可喜不服药矣。

廿七日(7月21日) 晴,风燥而凉,水又退寸许。饭后点阅《木

鸡书屋骈文》三集完卷,从此全集自初至五,一遍过目矣。暇则摘录
"敏"字号租欠账佃户花名。载省三侄孙来,为媳妇治指上热毒,据云
是疔之至轻者,略忌嘴敷药,可不出毒而愈,下午送之回去。大儿率
慕孙至奇字港汝秋江处就诊问,据云黄水疮结毒延蔓,一时不能奏
功,须俟秋凉方愈,定方亦不过清凉解毒敷抹药,未识能有效否。

廿八日(7月22日) 晴朗,风益狂燥,望雨不来,市中米价日腾
跃矣。饭后点阅黄鹤楼《左国闲吟》绝句百章,可以长论古之识。暇
则摘录租欠户,尚有二册未翻阅。又看少松改双喜小题文三篇,及时
小试好花样,且得"轻、清、灵"三字诀。

廿九日(7月23日) 晴朗,东风仍狂,凉甚。是日卯刻交大暑
节。饭后照应出冬,时因北路旱荒,米价日涨,余处所出之货,贩客可
赢每石六七角,食言居奇,吾辈不肯为,然所亏已多。总之,无定识,
财运不通之至,只好一笑置之。下午登内账,碌碌终日。

闰六月

闰六月初一日(7月24日) 晴朗,风从东来,仍凉甚。饭后衣
冠东厨司命神前、家祠内拈香叩谒,点阅《文恭公手札节存》《备忘录》
五页。苏城万盛原号来下冬,价二十二角①,尚是贱售,时价已二元
五六角,人心囤积使然。近地苗禾尚未有碍,米价之难料如是!来伙
项积卿,年少,不吃洋烟,亦经纪之矫矫者。下午张立斋来为媳妇看
疔,据云在指中名蛇腹,虽不十分利害,然要受痛出毒,定方敷药而
去。终日栗六,未能静坐。

初二日(7月25日) 晴朗,风渐息,水又退,较丙辰年仅多二寸
矣。倪蓉堂来下冬,成交半月外,每石顿赢七角,余之不幸,客之幸
也。零拔饭米蜂至,幸门以内之人可以分解也,一笑置之。叙谈话
旧,应酬之。子屏处墀儿代作复,约二十左右到梨面谈要言,即托元

---

① "二十二角"原文为符号⚡。卷十一,第95页。

音侄由北舍航船明日即寄。

初三日(**7月26日**)　晴朗,始息风,渐炎热,水又退,旱象已成。闻芦墟、北库、莘塔三镇今始断屠,若城中,则久出示矣。上午登清内账,暇阅《文录》四篇,点《左国闲吟》绝句、《陈文恭公手札节存》,以消长日,以云用心,自愧不能。

初四日(**7月27日**)　晴朗,无风,颇热。饭后至乙溪处闲谈,以所荐之人属苐侄转致回复,知日上米价已三元左右矣。回来,点《陈文恭公手札节存》共三卷,已阅毕,当置案头,以备省览。下午张立斋又来为媳妇治疗,日上毒已聚,特疗脚未熟难拔,当须缓两三日始可收功。苐卿侄来谈,以要事命禀堂上即日赶办,免生枝节为妥。苐卿携《治嘉格言》去看,甚是佳兆。

初五日(**7月28日**)　晴热。清晨袁憩棠遣人持片来,知日上有癣疾,不能到溪相叙,以上洋水蜜桃四篮、佛手八只见赠,即作片谢答。来人迫促,草率复之。是日炎甚,挥汗不已,为今夏第一天。阅《国朝文录》四篇,点《左国闲吟》六页,暇则闲坐,不及展卷。以蜜桃二篮、佛手六只,下午作便片遣人转送凌砺生。

初六日(**7月29日**)　晴热,望雨不来,较丙辰年仅多一寸水。饭后点阅《左国闲吟》绝句毕,读《备忘录》五页,《文录》三篇。与米客沈南州谈,米价已涨至每石三元矣,然尚未定。

初七日(**7月30日**)　晴,炎热无匹,蕴隆之甚。闻西乡已得雨,米价渐松,而吾村尚切云霓之望,港水秽臭,几不可饮,拟载河水以通利之为妥。上午点阅黄鹤楼近体诗,古风咏古,颇可备采。下午张立斋为媳妇治疗处方,毒已出,疗脚认痛未出,再迟,听其自然化去矣,一荼而返。暇读《文录》四篇,热甚,乘凉掩卷。

初八日(**7月31日**)　晴,炎热,无雨。港中人可徒涉,较丙辰年旱涸,水去无几矣。上午陈厚安来寓,知米价大松,每石不过二元半,官闻出示,不许过境,虽非正本清源之论,然大势不日进不已,未始非救急之一策也。暇阅鹤楼古今体诗,咏古大可看得,又读《文恭公手札》数页,《文录》序文四篇。下午始浴,荡涤垢污,为之一快。今日初吃荡中所载水。

初九日(8月1日) 晴热。上午点阅黄鹤楼诗集,未完,大约此公咏古颇有识力。下午立斋来,媳妇疔疮出毒拔根,可以收功,略谈而去。芾卿所荐钱明山已定见①,约初六日去载,言明到年再商去留。晚间大雨时行约一时许,既沾既足,今秋可望大有年,天之待吴民厚矣。夜间凉如水,不胜欣慰之至。

初十日(8月2日) 上午晴,中午复阵雨即止,下午复晴,全是清凉世界矣。饭后点读《木鸡书屋诗集》毕事,略作一跋,以志岁月。《国朝文录》序跋类廿一卷读竟,当续读廿二卷,仍序跋类,《备忘录》又阅五页。

十一日(8月3日) 阴。上午又雨,下午晴,渐有暑意,然夜间可盖单夹被矣。饭后为吴少松改润"樊迟问知"两章拟题,颇得意,原本间架亦好,以此入闱,大可获售,文实能举重若轻也。暇阅《文录》第廿二卷序文四篇,《备忘录》六页,《胡文忠公集》又覆阅半卷毕。

十二日(8月4日) 晴,渐热。朝上由北厍接子屏馆中信,初十日发,双喜文三篇又转求少松改。子屏"志于道"全章文寄来,阅之,熟极而流,可无投不利也。主试现差七省,惟四川张之洞名在意计中。芸舫来信,今科出自圣裁,虽军机不能赞一词。浙江学政现差胡瑞澜,谱老即署兵侍,胡公缺也。墀儿饭后至莘塔。暇阅《文录》五篇,《备忘录》十页,下午阅《胡文忠公集》。晚间墀儿回是莘塔,接纯翁手片,以喜雨诗八绝见示,伤农恤佃之心见于笔墨中,真仁人之言也。

十三日(8月5日) 晴朗。饭后摘录"宽"字号租欠,束书不观。下午欲和纯叔《悯农诗》,苦无意思料作,未果,此事本不可卤莽图之也。

---

① 旁有符号 𭣉、廿二、比。卷十一,第97页。

十四日(8月6日)　晴,渐热。上午酌录租欠"宽"字号毕。下午成《悯旱诗》,用纯叔韵六章,如新乐府体,未识合古法否,且俟细改脱稿。有内使自徐丽江处来,知梨里日上又复断屠。

十五日(8月7日)　晴,蕴热,是日戌正立秋。饭后脱稿,成《悯农望雨诗》六章,拟纯叔处可存则答之。欲酌"惠"字租欠账,适竹淇来诉述家事,余谓此中是非曲直且勿论,总以和好、无伤师生竹林之谊为是,竹弟亦甚不以为非,当俟子屏来,共调停之,相与在书房内剧谈。下午略具瓜果火酒,与少松、竹淇共赏新秋。阵云欲起,竹淇始回去,以稚竹文七篇属墀儿代庖,勉接之,阅之,如得潜心,似非一窍不通者也。晚间渴望大雨时行,恐难如愿,至夜,雨仍不来,星月灿然。

十六日(8月8日)　晴热。饭后莳卿来商一事,以尽得之为要着,未识人事如愿否。此中亦有定数,所当尽者人事耳。终日摘录租欠账,眼为之花,至下午始完卷,此亦家事之万难糊涂也。现在大旱,幸无大伤,未知秋收能卜有年否。我辈欲饱吃饭,不胜祷祀祈之。

十七日(8月9日)　晴热。饭后谨将先大人《养馀斋诗集》圈读,每一命题、一纪年、一遣词,如闻庭训,深痛音容已邈,不得面质此中三昧,言之泣然。下午邀张立斋来,虎孙耳旁起一疽,疼痛,据云是黄水疔,目前须忌嘴,缓两三日要出疔脚始愈。治以聚毒药,俟熟后再看,大约今岁时令使然也,敷药而去。暇读《文录》姚姬传先生文四篇。

十八日(8月10日)　晴热,望雨不来,幸水略涨二寸许。饭后圈读先大人诗《养馀斋》二集,尽道光十年所作。下午阅《文恭公手札》,《备忘录》六页,《文录》三篇。

十九日(8月11日)　晴。上午热,下午阴,微雨不成阵,然渐凉。饭后阅《备忘录》六页,《文录》两篇,圈读先大人二集诗半卷。下午观少松所改双喜小题文,清妙无匹。明日余至梨,拟即寄还子屏。

二十日(8月12日)　晴热,午后甘霖渥注,大慰农望。饭后舟至梨川,午前登敬承堂,喜吟海三兄、省斋三丈均在,堂内弟莲舫亦在座,莲舫来岁尚在馆地未定。少顷,幼谦出见,神色颇佳,云墨卷仅课二篇,有江湖熊公推算流年煞运,独透今科可望必中,因与诸同人大笑,预为贺之。吟海、毓之诗兴大佳。中午主人留便饮,子屏亦来谈。芸大史尚未得佳信,崇绮公特旨与考差,可望得大省分。子屏约廿六后解馆,当即来溪调停俺师一事。试伴两舟,与幼谦同行,到镇江再商,极妥善。下午雨稍止,即告辞,幼谦郑重而别,约试后再叙。开船,一路凉甚,到家将傍晚。

廿一日(8月13日) 阴,微雨即止,凉似中秋时候。饭后圈读《养馀斋诗》二集,下午苇卿来絮语,尚深知涉世治家之难,读书教子之不易。

廿二日(8月14日) 晴朗。饭后儿辈以二十日陆畹九所来专舟信呈示,阅之,为芦墟文会已毕事,索求帮贴,前不老洁,率尔漫应,不当食言,然此举实明珠弹雀,无益空掷也。此信不能答,俟面会而聊塞其意可也。暇读《文录》四篇,圈《养馀斋诗》二集。下午阅《备忘录》。

廿三日(8月15日) 晴朗。饭后阅《杨园备忘录》,今始终卷,拟接阅《近古录》,尚未开卷,暇圈读先大人诗二集。下午苇卿来商一事,略有头绪,余以胡文忠公之言告之,凡事料到六七成,即须放胆为之,不惜财,不疑人,速于赶办,庶不坐失机宜致生后悔。苇侄甚不以斯言为河汉,即日当举行之。

廿四日(8月16日) 晴,略热。饭后阅《近古录》十二页,圈读《养馀斋诗》二集,终壬辰年。下午读《文录》三篇,后又阅《胡文忠公集》数页。

廿五日(8月17日) 晴热。饭后至乙大兄处长谈,回复所干之事已谐,可起草作文誊真,以原本略命苇卿删定,然后付书,絮语而返。圈读先大人诗半卷,下午阅《近古录》十页,《文录》三篇。天忽阴,似有阵雨。夜雨,南风不甚凉,然已良苗怀新矣。

廿六日(8月18日) 晴热。饭后唤芾侄来,校正吉老所誊文,无大误,约明日去加章。由北库寄到子屏廿六日所发信,知薇老到馆中去谈过,讲和不肯,亦无怪也。少松文两篇看得极华,余诗亦略改,不甚惬意,然亦无兴再改。上午录清诗稿,下午札致纯叔(廿九日寄出),一并待寄封好。诗仍不佳,不像乐府,不过聊以释责耳,不足云诗也。碌碌终日,只阅《近古录》数页。

廿七日(8月19日) 阴,昨夜大雨,今又甘霖叠降,丰年之兆也,可喜之甚。饭后圈读先大人诗集,至道光十四年冬间所作。下午渐有开霁意,读《文录》三篇,《近古录》数页。

廿八日(8月20日) 晴,不甚朗,秋意满庭芳矣。饭后同吉老至萃和交卷,此事三场试毕,大为之慰。回来,圈读先大人诗至甲午冬乙未夏。下午芾卿来,絮语移时,此子于治家接物尚知甘苦,历练以老其才可也。《文录》昨读竟序跋类,拟接阅奏议中卷。

廿九日(8月21日) 晴朗。饭后圈读先大人诗二集毕,接读三集。下午阅《近古录》一卷终,二卷尚未寓目。

卅日(8月22日) 晴,颇热。饭后圈读先大人诗三集十页,适子屏自家中来,知廿六日解馆,气色甚佳,文兴旺甚,以近作数篇见示,花样一新矣。与邱幼谦两人初四日自梨里启行,至镇江再合吴江伴叫江船渡江矣。起早,俟届期再商,此法甚善。畅谈终日,晚间珍重而去。芸舫于又六月初三日以书寄余,今日子屏由吉甫处寄来,托请封典收到,执照在安徽总局捐银号手(五月十九上兑),到京于六月十四日,在吏部验封司验过,岁底用宝,来春妥寄敕轴,其馀银已汇还在王永义,尚未收到(廿六两四钱耳),京中一应费均开除矣。办事敏勤,可感也。浙江主考,正徐致祥,副宝廷,宗室旗人。

七 月

七月初一日(8月23日) 晴,略热。是日交处暑节,闻米价大有松机。饭后衣冠东厨司命神前暨家祠内拈香叩谒。上午圈读先大人诗三集数页,下午读《国朝文录》奏议三首,暇阅《近古录》。

初二日(8月24日)　晴热。饭后圈读《养馀斋诗》三集,终道光十七年分。午前载薇人来为虎孙诊脉,据云湿热颇多,拟方以清理之。谈及师弟,事不能谐,且俟试后再商。下午送之回港,告借《艺林珠玉》廿四本,子屏所要镇江夏、汪二公信及墀儿窗课钞本两册亦托转交矣,约初十左右相商再来。

初三日(8月25日)　晴热。终日在账房内对"信"字号租欠,至下午始毕事。是日村中演剧,工人皆出观。接凌砺生信,《古文汇钞》已从雪溪购出,《松陵文钞》又增数篇好文字,以严秋田算推子平书寄还。过去者,竟多验,毋谓其术平常也。丁子轩所借《纲目》廿本缴还,连夹板借去,又借《人物志》连续四本,《铜里先哲志》二本。

初四日(8月26日)　晴,略雨即止。饭后对账,不半日已竣事,要丝丝入扣、内外一心亦不易也,姑含之咎在内,性不和谐。下午与少松絮语,渠明日解节,同伴十二日启行,于修外别有所商,允之。贫士考费,张罗甚非易事也。汪药阶贡卷、赆仪即托少松到金陵面致。

初五日(8月27日)　晴朗。饭后送少松解节回同,约试事毕回,早日到馆,两孙墀儿权课矣。上午圈读先大人诗三集,中午黄子登来,要去省试,借去号帟、铜风炉两事。下午读《文录》三篇,始以《湖海文传》碑志文翻阅,知两书所取路径各异,一尚才华,一遵理法也。

初六日(8月28日)　晴朗。饭后圈读先大人诗三集,至己亥年。适凌荔生同陈翼翁来,快谈终日。中午略置酒小饮,以东钤"在"字开溇报销细账清册二本、禀一见示,均纯叔手笔,惟现在又须续开,禀内田亩开去者尚须稍盈几分,庶无后患。东钤册上尚须补填亩数为是,约八月二十到江同见邑尊,以了此公事。续开者,又派余出钱二十千面缴翼亭,明日开工。江南主试正刘老师有铭,副黄自元,戊辰榜眼,畅叙至晚始去帮忙。钱明山今日到寓,年约四旬左右,人似老实,未知究竟若何。《胡文忠公全集》收还。

初七日(**8月29日**) 晴朗,燥烈。饭后陈厚安回去,约廿七日去载,暇阅先大人诗三集。苕卿来谈良久。下午读《文录》奏议三篇,《湖海文传》墓志略阅一二篇。昨少松有信来,知子屏为幼谦担搁,至今日开船,极踌躇之至。主试所闻相同。

初八日(**8月30日**) 晴朗。饭后命工人捉桂树上负榖蠹虫,去十分之九,为之一快。暇则圈读先大人诗三集,《文录》三十三卷阅毕,接读三十四卷奏议及书。下午陆厚斋来,应酬之,碌碌不能坐定。

初九日(**8月31日**) 晴朗。饭后圈读先大人诗三集第一册完。下午薇人来商,复添花应之,云十六日赴试开船,以的拟题近作见示,颇紧密合度,谈至晚而去。

初十日(**9月1日**) 晴朗,望雨不来,早稻已将试花矣。上午圈校先大人诗三集第四册。下午读《文录》三十四卷奏议策未完,《近古录》又阅六页。

十一日(**9月2日**) 晴朗。饭后圈读先大人诗集,至甲辰年终。下午读《文录》朱止泉治河议三策,知放河北流,乾隆间名人如黄中、陈公均已持此议,今则明效大验矣。又阅《近古录》数页。

十二日(**9月3日**) 晴朗,西北风,省试诸公颇不顺于行。饭后圈读先大人诗三集至乙巳年。下午读《文录》奏议类完,接读书类,又阅《近古录》数页。

十三日(**9月4日**) 阴雨,西北风,幸不狂暴,早禾无伤。饭后圈读先大人诗集至丙午年。下午读《文录》四篇,又阅《近古录》至第四卷。

十四日(**9月5日**) 阴雨,略闷热,然风仍西北。饭后圈读先大人诗三集至丙午年终卷,谨志岁月,如重聆训诲,不胜追感之戚,午前始竣事。中午预作中元节祭祀先人,率儿孙拜荐如礼,祀毕,与蔡甥龙官共饮散福酒。下午略有醉意,闲坐而已,不观书,夜始略亲灯火。

十五日(**9月6日**) 渐起晴,风仍西北。饭后阅《湖海文传》志铭。下午读《文录》四篇,又间阅《近古录》第四卷。

十六日(9月7日)　晴朗。是日夜子刻交白露,则自朝至暮尚是秋后气节。饭后校改先大人诗集内误字,阅《湖海文传》行状传文。下午读《文录》五篇,又阅《近古录》五页。

十七日(9月8日)　晴朗,颇燥。饭后阅《湖海文传》。下午读《文录》五篇,又阅《近古录》五页,心外鹜,不能静会文中妙义。

十八日(9月9日)　晴朗,朝雨即止。上午阅《湖海文传》。下午《国朝文录》三十六卷读毕。杏园来关照,"道也者"。十月初十已定出,一应在内八两正。暇又阅《近古录》居官卷四五页。

十九日(9月10日)　晴朗万分。饭后阅《湖海文传》公卿志铭。下午读《文录》书类,有国初○○仁宗朝越人孟远者,屡上诸名公论时事书,洋洋万言,气瀚言切,莫以迂疏无补厌弃之,然欲一一遵之,当其时已难行,恐亦不过书生愤激之谈耳。当悉心再读,以观其大旨。

二十日(9月11日)　晴,朝上西北风,甚不利于稻试花,幸不甚狂,或可无害。上午谦斋来谈,有所商,允之。暇作《松陵文录》后序,半日脱稿,颇得意,未识可用否,俟再商改妥后方示砺生,请教纯叔为快耳。下午阅《文录》杂记四篇。

廿一日(9月12日)　晴,渐冷,仍北风峭劲。饭后磨墨匣,誊清昨日书《文录》后一篇,细阅之,尚有未惬当处,必须再改,然一时不能动笔。甚矣,此事之难也。下午神颇疲倦,仅阅《文录》中"孟远上魏总宪"第二书一篇,计七页,言虽难行,然贾长沙之流也。

廿二日(9月13日)　阴雨终日,东北风冷甚,几如重阳。晚稻正欲试花,遭此摧折,所伤必多,甚非农民之福,深抱杞忧。上午在账房对阅恭、宽东账两号,至下午始停,尚未毕事。暇阅《文录》"孟远上于北溟书"暨"宋长洲相国书"两大篇,均是痛哭流涕之文,必须省览。

廿三日(9月14日)　风转东南,雨渐止而潮湿甚,难望老晴。上午对东账,至中午始毕,大约无甚遗脱,若欲一一周到,恐未能也,姑置之,以了此更新簿故事。下午读《文录》碑记四篇,又阅《近古录》数页,至晚间始阅竣,当接阅《训子语》。

廿四日(9月15日) 晴朗,东南风,大好试花天气。饭后阅《湖海文传》,拟作札致费吉甫。下午凌雨亭来,畅谈半晌,至晚而去,知辛垞已收期回盛泽矣,馀无所闻。

廿五日(9月16日) 晴热,傍要变,桂花已渐馥郁矣。上午缮一书致复费吉甫,待寄,暇阅《湖海文传》。下午阅《文录》书类三篇,又阅《训子语》数页。

廿六日(9月17日) 晴朗。饭后修饰一文字,以待商办,初誊稿,适陈厚安来,知新遭渠胞弟之变,明日不能抽身,约初十左右自来,了祭产账而去。上午元英同丹卿侄来,欲以渠子玉官余处附读,以书房内实不能容坚辞之,长谈而回。下午碌碌,心不定,不能看书。

廿七日(9月18日) 阴雨。昨夜大雷雨,田水盈寸,幸无大风,不碍稻试花,至下午始有晴意。饭后阅《湖海文传》,适陆畹九复遣人以书来,并缴还《沈志》十六本,辞意宛转,书法极佳。索文会贴费,意急而词圆,真隽才也。即作札,以英洋伍元封寄,以了其事。甚矣,应酬之难也。来人据云姓任,面交之。暇阅《文录》三十八卷完,接阅三十九卷书类,《训子语》上卷亦阅毕。

廿八日(9月19日) 晴朗,无纤云。饭后阅《湖海文传》,都节烈事。上午阅《文录》碑记、书类,下午阅书类,胡天游文不合意,接阅《训子语》下册。

廿九日(9月20日) 晴朗。饭后墀儿率慕孙至祖家港陆又亭处看眼疝,午后回,据云轻甚,可不成,以清轻药置方疗之。暇阅《湖海文传》下册,六本略遍,传志外经籍、说文、碑版、金石文字,实不能细读,当再阅名人传状。碌碌不肯尽心看书,奈何?

三十日(9月21日) 晴朗气爽,桂林风香,黄雪已纷纷下矣,若晚桂尚未也。饭后略登账务,阅《湖海文传》陈黄中治河书三篇。下午阅《文录》书类刘海峰文,《训子语》又阅数页。

八 月

八月初一日(9 月 22 日) 晴朗。饭后衣冠东厨司命神前、家祠内拈香叩谒。上午阅《湖海文传》书类半卷,《文录》碑记一册阅毕,又阅书类朱梅崖文,极曲折而又能畅能达,然无渠笔力,余性不喜也。《训子语》又读数页,皆切于人伦事物,甚惬余怀。

初二日(9 月 23 日) 晴朗。饭后送龙甥回家,约月底月初到馆。上午钱子方持券来赎田,二十八亩有零,此是渠家好消息,当即日检单与之。吴甥幼如来,留之小饮,下午回去,略有所商,允之,此子诚实,谅非诳我者也。述及黄聘五新归道山,可惊惜之至。暇阅《文录》林穆庵文数篇,议论纯粹,望而知为端人,惜名位不大显耳。是日交秋分节,吉甫信今日寄梨。

初三日(9 月 24 日) 昨夜雨,今日阴晴不定。饭后阅《湖海文传》,多考证稽古之学,寻绎为难,不若《文录》之平易近情也。是日东厨司命神诞,阖家净素,中午衣冠率儿孙拈香虔谒,以尽微忱。下午子方来谈田事,此子极老洁而头绪清,可教可大起家,欣望之,以卜异日左券。

初四日(9 月 25 日) 晴朗。上午为钱子方检查回赎契券田单,颇费校核之劳,至下午与墀儿彻底清查,始有头绪。甚矣,余登载之不清也,此事之不擅长如此!下午凌丽生来谈,知杨振甫得山东差,浙江副主考有沉溺之变。昨日龙甥抄示江正录遗案,题"有放心而不知求合"下一节,两邑所取甚少,吾乡惟凌稚川、梅文卿,均次取。今晚元音侄同任启祥进来,据云老坟上其子因赛会恃众伐树,丹卿欲惩办之,已赴江,念老翁再三恳求,情愿种还,服礼免究。余念乡愚,恕之,即为作札致丹卿,不必禀官,有谓余宽者,余不顾也。适丽生在,亦赜余言,想此事无须已甚也。晚间荔生始去,借去《培远堂手札节存》一本。

初五日(9 月 26 日) 晴朗。上午以田单原契面交钱子方,以了其事，粮俟到江推过，又命子祥总算大胜东北房办粮，田数、单数尚合符不误，余登账实自愧不清楚也。下午阅《文录》书记类数篇。

初六日(9月27日) 晴而不朗。饭后将先人置产簿一一登记，某某何年取赎，及新单册注明某田某单何年赎出，此亦家事之万不可糊涂者也。暇阅《文录》王述庵书，所论及正大光明，卓然有道之言。《训子语》尚未阅毕。墀儿至北库，应酬谦老会酌。

初七日(9月28日) 晴朗。是日痔患略发，脾气不固，颇讨厌。饭后略登清内账，暇阅《湖海文传》，多广所闻。下午阅《文录》老姚文数篇，皆卓卓传颂者。《训子语》今日读遍，齐家、修身之道备于是书矣。

初八日(9月29日) 晴热颇甚。脾气欠佳，少食以制之。饭后舟至梨川，舟中阅《曾文钞》，午前泊舟东龙泉，恰好同谓公竹林茗饮，知兴起大先兄宏化庵文社旧友，年已七十三，发半苍，甚矍铄也。以文互相质证，知老手已部叙定，余即以所拟改者付之待商。至金顺小饮，颇适，晤张竹娱，略叙寒暄，复至龙泉茗叙，告别。走候费吉甫不值，知在江未还。复至蔡氏，二妹出见，絮语，两甥都不见，考政无可探听也。怅怅而返，即开船，微雨，热甚，不能观书。晚到家，知砺生、翼亭来过，大儿陪之，知东轸查明丘头，决计在十二丘内，可即日关照前途代办矣。开溇复商贴费十四元，因有事托筹，添花遵奉。在养树堂畅叙半日而返，江行约定二十日同行矣。

初九日(9月30日) 阴雨终日，西北风陡冷。昨夜脾尚不固，不安寝，今晨熟睡，晚起，食粥颇适口。与墀儿谭论一是，暇阅《文录》记文数篇。下午苗卿来谈，以古文试之，读尚能句读。

初十日(10月1日) 晴朗，北风渐透，寒如九月矣。饭后略登账务，上忙银已开征，局书顾又亭已持由单来。午前赵姨表姊来，留之盘桓，暇阅《文录》罗、汪、彭三家文数篇，接阅杨园《补农书》。

十一日(10月2日) 晴朗，北风仍峭，肃然皆秋声矣。饭后抄录熊觉生会课文，典丽鬶皇，腹笥便便，据翼亭云，亲见戛戛自造，一无依傍，少年不易见之文，今科可望必中矣。下午阅《文录》书类四篇，又阅《补农书》上册。工人今日多至芦川观赛会。

十二日(10月3日)　晴，渐暖。饭后又重录熊生文一篇，此才此年，甚艳羡之。暇阅《文录》二大篇，《农书》上册数页。

十三日(10月4日)　晴朗。饭后钱子方以推收账托余，颇见取巧。暇阅《文录》四十一卷毕，接阅四十二卷书类，《农书》上册阅竟。

十四日(10月5日)　晴朗。饭后阅《湖海文传》。下午阅《文录》四十二卷，内有程含章《驳友人论海防时务书》，极通晓爽快之至。吉翁来，以翼亭所托事，蒙前途慨允，许以执信见付，暇当即日代为成交。厚安适红眼精痛，载之未来，约二十左右到溪矣。晚间周铜士小世兄来，余不见，大儿接陪之。据云，观其举止，似不妥当，以完姻张罗请以厚分，面致之而去，似尚不满意也，亦不过尽吾微忱而已。

十五日(10月6日)　晴朗。饭后阅《湖海文传》。下午阅《文录》吾邑两张文。暇则闲步田间，观工人收刈香珠稻，时则黄云并茂，四野腾欢，白粲可餐，满家鼓腹，丰稔仍书，吴民之幸也，抑亦水乡之庆也，不胜欣喜之至。是夜中秋，月色佳甚。

十六日(10月7日)　阴晴参半，微雨即止。上午阅《湖海文传》。下午惊闻介庵侄媳猝病四日，发瘢不透，已内陷垂危。急至萃和，已于申时身故。此妇来吾家仅年馀，勤而贤，实介庵之不幸也。乙大兄心境恶甚，慰之，为之指挥一切而返。是夜补酌两房诸公，人数不齐，余陪之，酒佳甚，虽不多饮，已有醉意。

十七日(10月8日)　晴朗。饭后至萃和探陈氏侄媳丧，少兴之极，略坐而返。下午阅《文录》端木国瑚与阮相论说易葬书，文义奥衍之至。江浙试题略知，未尽实。

十八日(10月9日)　微雨。上午阅《湖海文传》，新田陈氏，义田义仓记，培植功勤，宜其子孙科甲连绵，甚钦羡之。下午至萃和，晚间送侄媳入殓，分居卑幼，除其外家兄弟内眷外，送者寥寥。木堇花耶，朝上露耶？甚可悯焉。今日始确知江南题"菲饮食"二句，"武王缵太王"至"之绪","巡狩者,巡所狩也"("以天下养"二句)。诗题不知,浙江仅知头题"人之过也"一节,江南诗题"波光摇海月"。

十九日(10月10日) 晴雨参半,下午风雨,冷甚。朝上至萃和应酬,亲友到者寥寥,午后出殡,侄媳陈氏权厝小胜圩,余送出大门而止。回来,知其弟兄姊妹颇不驯良,逼勒介庵侄,到房搜括一空,骇然如所欲而去。夜间陪酌账房三席,余父子回来尚早,到江行李楚楚舒齐矣。

二十日(10月11日) 晴暖。清晨起来即登舟,半时到莘塔,朝饭毕上岸,恰好荔生、翼亭已顿候,俟饭罢开船,同在余舟快谈一切,不觉路之遥也。下午到江,泊舟北门内,三人同至金小春处,以翼亭税契面托小春。知邑尊已自同回,丹卿侄进去见过,明日即可进谒矣。茶寮中晤陈愚安、竹卿两人,知愚庵出嗣小泉表母舅为孙,询知定嗣在同治八年,尚免涉讼。田则瓜分,房屋全归愚庵。书房内花木竹石无恙,闻之,尚慰山阳之感也。谓梦公已会叙,颇见老成持重。

廿一日(10月12日) 晴暖。饭后同翼亭、荔生茗饮祥园良久,至十一点钟,三人同进署,万邑尊兰翁即出见,人极平和,知略有感冒,以在字、东轸两圩开销清册二本及禀面呈,详览久之,始知原委,以开去田亩(十三△〇分)作何结局请定章程,筹商一切,始许摊入荒田,亦可免累,诸同人均以为然。复面禀出谕,敏上、敏下两局书注册做推收,毋得索费为请,亦已点头。余与翼老各禀请公事,均能应手。余处复详论利弊,颇见周知俗情。事毕,公揖退,送至堂檐下始卸衣冠,热甚,复茗叙祥园。下午步出大东门,至学前观重修学宫,匠工约百人。至洒扫局,董事均不在,只留司事一老翁,亦不应酬。至殿下及两庑徜徉瞻望,见文星阁已建峙,尚未完工,馀如崇圣殿、明伦堂工程不及十分之二。回城,夕阳在山,谓翁已来候,在馆中相邀,菜已定,辞之不得,甚歉然,与翼、荔二公共扰之。肴佳甚,畅饮欢然而出,始各登舟。是夜蚊扰,不能酣寝。

廿二日(10月13日) 晴热。清晨出城,到同里始起来,饭于舟中。上午同翼亭、荔生至三阳地酒店内,何局旧伙沈少云处。荔生理东轸失单,即检出,颇凑巧。至财神堂茗饮,王稚伯、叶蓉伯、袁甸生、金芝亭皆在,欢叙良久。复邀至酒楼畅饮,七人同席,蓉伯作东,共饮七斤,肆谈无忌,余亦醉甚。复陪至彩凤茗谈,至晚始散。夜间蓉伯、甸生又陪听书,一鼓言别。是夜熟睡矣。

廿三日(10 月 14 日) 晴热。朝上略买食物即解维,仍招荔生、翼亭同舟,以高粱酒与荔生对酌销闲,过北即观雪巷沈氏墓,规模颇宏,稍嫌冲露,然合上元局,渐入佳境。未中午已至东轸,红庙头泊舟,翼亭陪视两圩新潦,步行溇堤,约长二里许,环抱曲折有情。荔生新得之田,两漾渟顿,源远流长。翼翁代得之田,堤绕环之,合骑龙格。余虽不解地理,亦颇神往焉。相度良久,复至田家茶叙,珍重告辞,始各分道登舟。余到家下午,夜间早眠。

廿四日(10 月 15 日) 阴,无雨。饭后至乙溪处话叙,似乎精力尚可支持。下午招蔡氏二妹情话良久。终日碌碌,夜间疲倦之至。

廿五日(10 月 16 日) 阴雨沾润。饭后补登日记,一应出门账目尚未登查。招二妹来,陪之中饭,不觉过饮。下午属吉翁至北舍局八户完上忙①,四成三五②,酒后不能多动笔。

廿六日(10 月 17 日) 阴,微雨即止。饭后始登清出门以后之账,苻卿侄来,以陈氏夫己氏来书示余,忿甚,欲作答,阅之,笔底尖而虚,漏窦均补,大有刀笔气。余谓无可置办,以无是公解之,免滋口舌,斯为善策。下午仍属吉翁芦墟局完上忙条银四十九③,约六户,亦四成三半。凌雨亭有信来,即作复之。

廿七日(10 月 18 日) 晴朗,西北风。饭后墀儿改就稚竹弟文二篇,命舟人送大港,回来接子扬条,知子屏、薇人已至苏,大约今明

---

① 旁有符号引。卷十一,第 107 页。
② "五"字后原文有符号。卷十一,第 107 页。
③ "四十九"原文为符号。卷十一,第 107 页。

可归家,未识得意否,甚祈如愿。本港刘王庙前提修驳岸,潘时昌率扬石工来估工定见,此项大约须余家任十之九也。地方公事,究非浮费可比,允之。碌碌终日,仅阅《文录》记数篇。

廿八日(10月19日) 晴暖,防雨。饭后搬书房。少松试后尚未接信,甚悬悬,暇阅《文录》记并赠序。

廿九日(10月20日) 晴,西北风颇厉。上午阅《文录》记类下册毕,《杨园集》亦阅至末卷《训门人语》。接王桢伯悬圃请柬在九月初八日,可谓不先不后,恰好望榜时节也。

九 月

九月初一日(10月21日) 晴朗。饭后衣冠东厨司命神前暨家祠内叩谒拈香,命工铺陈经堂并谨悬先赠公、先母两太孺人神像,明日为先继母顾太孺人九秩冥寿礼大悲忏三日,一应诸事均备齐矣。午前,薇人、子屏到溪,知三场皆得意,以闱艺见示,快读之再三,薇人文老洁周密,子屏文处处精湛,时露宝光,前八行无懈可攻,后二柱意虽旧,裁句新甚,以文论之,均可幸中,未识命运何如耳,甚期望之。中午略置酒畅谈,知今科实到者二万零六百馀人,录遗向隔甚多,幸吾乡诸公均无不进场也。大谈秦淮光景,佳甚,至晚始去。大儿晚自莘溪来,砺生约初五日来叙。

初二日(10月22日) 晴朗。朝起,泗洲寺主僧文波率大众九僧已到,坛设荣桂堂。上午衣冠礼佛,叩谒先人神像,两房来送香烛而不到,午后龙甥到馆,衣冠来拜,余谢之并送冥仪。黄子登昨日到馆来畅谈闱场事,一茶去。迟少松不至并无信,甚悬悬。夜间僧回去后,早眠。

初三日(10月23日) 晴朗。是日礼忏中日,饭后两房诸侄均衣冠来拜先人神像,账房诸公暨东易晚姊来送冥仪,可感也。沈宝文特来畅谈,携示闱艺,读之笔不随俗,颇有精湛语,是能拔戟别成一队,可望入彀也。留之素斋,褒甚,欢叙至下午而去。今日由北舍航寄少松一札,催其叫船到馆。下午由北舍接少松初一日札,约初六到馆,恐两歧。适费瑞卿明日解节,又作一片,约其自来,不复去载矣。

初四日(10月24日) 晴朗。朝起,是日礼大悲忏第三日圆满,下午焚化冥镪具疏,为先祖父母、先考妣沈、顾两太孺人追资冥福,回向忏毕后,请泗洲禅僧拨云之徒明葵放瑜伽焰口一堂(音声闳亮),法事毕,已二鼓后矣。此虽俗例,亦不过稍尽孺慕之忱而已。照看门户,眠时三鼓。

初五日(10月25日) 晴朗。晚起,饭后谨收藏先人遗像,位置椅几照旧。上午凌荔生来,托谋一事,伊老处已成交,立券授余,惟单方未理,俟后付,甚惬余怀,殊感谢之。中午置酒便饭,畅叙至晚而去。约熊纯叔初九日同来登高,并探放榜之期,宴叙谈心。

初六日(10月26日) 晴朗。饭后又接少松信,约明日自同估舟来溪。命墀儿至梨川,今日堂内侄邱达卿完姻,故有此贺。上午至黄子登馆中,请读闱墨,颇充畅有馀,人言久荒,不确也,惟面目稍旧耳。暇阅《文录》赠序类。夜间墀儿归,接邱又谦头、二场各篇原本,快读之,不胜击节叹赏,今科决其必中,欣慰之至!

初七日(10月27日) 阴,略雨。命工人赶紧收稻,下午徐步田间,一片黄云,丰登足乐,然东乡稻多受伤,不及去年高下均歌大有也。上午细读又谦闱墨,首艺递做合法,通体新颖满足,次妥适,三愈唱愈高,精神到底不懈。诗雄壮,后场俱工,以鄙眼决之,可得九分,未识福命何如。急加评点,明日墀儿赴盛川先面归之。首艺,余已另录矣。迟少松未至,晚间始来,以镇江醋、惠泉酒见饷,大谈闱中事,知三场颇有冤报厄命者,天乎?人实自取也!

初八日(10月28日) 阴雨,上午风雨颇狂。墀儿昨夜伏载,今晨至舜湖,道王桢伯悬匾之喜,闻开筵演剧,大会宾朋,未识确否。终日闭门静坐,磨墨匣,录近所作《文录》后序,读杨园《训门人语》数页。

初九日(10月29日) 微雨,西风狂吼。上午墀儿自盛川顺帆归,知昨日宾朋贺者纷至,宴菜极丰,今日蚕花殿公分演剧,不预者听,因雨甚,宴散即辞主人而出。午前风渐息,砺生偕熊纯翁见过,快谈终日,谦抑之风令人畏敬,即招吴少松、黄子登陪之,同席六人。砺生载绍酒来,复佐以惠泉三白,畅饮尽欢,肴馔尚可不慢客,同人均有醺意,席散已晚。一茶后,纯翁即去,余竟大醉,不夜粥而早眠。是日迟薇、屏两侄不至,又谦文共相击节,闻放榜在十三日,未识确否。

初十日(10月30日) 晴朗。饭后苇卿侄来,知平望殷二式吴氏表嫂寿终,十二小殓,十三大殓,特来通知,当由轮年友庆往吊。《杨园先生全集》四十五卷昨始读遍,砺生以丁抚军所刊《牧令辑要》四册示余,暇阅《文录》四十五卷赠序类毕。纯叔以朱拓何子贞书联见贻。

十一日(10月31日) 晴朗。终日无事,饭后翻阅《牧令书辑要》,大约得之《经世文编》者十之四五。《国朝文录》赠序类阅竟,接阅四十六卷杂记类。佃户请看稻伤,东路颇有,然实按之伪者颇多。甚矣,人心之不古也。

十二日(11月1日) 晴朗。饭后誊录推收账,陈翼翁所托,当便至北舍局一查。暇阅《文录》杂记数篇,下午心不聚,掩卷。账房内今始出去斫散稻,不过免欠而已,聊无实际也。

十三日(11月2日) 晴朗。是日家中续种之田收获初毕,暇阅《文录》杂记数篇。下午有梨川冯吉卿来,余避辞之,急请见,墀儿出陪,询之,云是子芬之嗣子,一向游荡,恒业散尽,云现已就婚山东史氏,欲载妻同依外家,商借路费。墀儿坚辞,吉甫翁怂恿落肩,赠之四枚而去。此子是冯氏之不良,可怜不足惜,余实不愿瞅之,聊念亲情有此浪掷,实可为子弟败类者痛戒,书此以示惩警,非敢扬人之短也。夜与少松小饮谈心。

十四日(11月3日) 晴朗而暖。饭后薇人自莘塔回,知重阳之会因有小恙不来。子屏在家,未赴馆,传说十六日揭晓,不胜悬望。在书房内中饭,下午始去。午后余至北舍,又完条银九户,以所托推收面交顾又亭,大漕时推过。还,与元音侄两人茗饮而返。今日账房内至"世"字圩看稻,有佃户李兴中者,以在西爿沈业之田有伤者相诳,幸圩甲老实先说明,余田靠东之稻实无恙也,拟后日约三古堂相好同去,以彻底清查之。如此诈伪,指实后当小惩之。甚矣,乡氓之不古若也,志之以备查究,可诧也!

十五日(11月4日)　晴而不朗,有变意。朝上墀儿赴梨川,汝蘅洲夫人开吊,于东易沈氏有连,故命之往。上午阅《文录》记类,中午与少松对酌,不觉又醉,绍酒之烈如是!下午醺醺,掩卷。灯下墀儿回,知今日邱吉卿太夫人入殓,已致分亲送。又谦闱艺原稿先缴还,预贺,传说揭晓决计在今日,因亥子之交月蚀,十六之信,官场所忌,决不排场发榜也。

十六日(11月5日)　晴暖。上午阅《文录》类记下卷。下午率大儿至芦局,又完条银七户,钱梅波手。又至钱艺香裱画店,以先大兄暨大嫂神像合裱,属其合托心纸后,再交黄玉生加染颜色,添画绒单,然后裱好,约月初同对去取。回至公盛,晤陆松华老兄,大谈文字,并背诵旧作如流水,可钦可惜!知浙榜已揭晓,嘉善四名,在城在乡未查实。秀水则匠人港一王,汾湖司钱公之郎。绍兴亦中,江南则尚寂寂。今夜是诸君望眼欲穿也,归家已点灯。

十七日(11月6日)　晴朗。饭后莘塔有人来,传说江南已揭晓,凌磬生仅中副车(今晨报到),疑信莫决,即命墀儿至凌氏道喜,并探信以望知己。午前梨里局王秋海、庞榜花来算条银,即以五户一抄串,南富一户给洋与之。知梨里仅中一名,系船长浜小园之侄孙,名曰华,徐姓,年仅二十四,闻之咄咄称怪。匠人港决系王榜花(是振之)王永义(四十二名①),亦中一名谢卿梅,亦是副。下午墀儿自莘溪回,磬生副五名,可惜抑置。徐曰华九十一名,陈昌燧亦是副。我邑江正连副共三人,吾家子屏、薇人闻之,定为泪下,若磬生尚是差强人意(闻尚不至少兴),升老名利两全,便宜甚焉。松江知名士郭友松亦中,上三县只中七人,常昭十馀人,解元出休宁汪姓。夜与少松慰藉谈心,勖堚儿服阕后猛志用功,以博子科决一胜战。吾宗之不光久矣,功名且尽人事,其中若何操定算? 真可料而不可料,如今科所中,最难预决也,意中人一齐痛哭矣。

十八日(11月7日)　晴朗。饭后芾卿来,酌议减租,章程尚未定见。暇阅《古文录》杂记类四十七卷已毕,以后只馀碑志一门未展尽。中午与少松小酌对饮,不胜秀才康了之悲,为下第诸公十分呜咽! 拟明日同至子屏处慰解之,以舒郁怀。堚儿明日赴苏,请嗣母节孝位,今夜伏载,约五六天逗留。

十九日(11月8日)　晴暖,朝上东风,晚转西北。上午阅《湖海文录》铭志文一卷。下午同少松至大港上,子屏、薇人两侄出见,尚不至十分丧气。谈及徐日华今科得中,一师一叔祖,无心牵引,若是前缘宿定。甚矣,冥冥之报施,巧而奇也。子屏徒慕乔文极佳而亦不售,周咏之于浙榜亦中副,因止报,故不知,慰藉畅谈而返。夜与少松又小饮,酒兴颇减。

二十日(11月9日)　阴,微雨。上午少松以同邑吴元相达庵氏玉香阁文稿见示,急阅之,知与陈讱庵执丈极莫逆,文亦讱庵有眉批,笔势曲曲折折晓畅,惜多说部语,未成名家,其中如"震泽水利说""与陈仲亨讱丈书""徐淡人传",皆卓卓可传(与续志有碍,不能选),当便致砺生,以备采入《文录》。又有书陆芳坡逸事,云芳坡名志坚,布衣,莘塔人,乾隆朝南巡奏赋,赐大绢两端,著有《诗经正义》。查《分湖小识》,实逸其人,可知老辈有名而不彰者何可胜数! 其事虽不甚雅驯,亦当修饰之以传其人。下午日短,碌碌而已。

廿一日(11月10日)　阴,无雨。饭后至乙溪处,商定租米石脚,不论高低,每亩照上年统让五升,看灾者另议。回来,书吴达庵文稿后数语,以备与砺生酌采。阅《湖海文传》数篇志铭。下午阅《文录》碑铭类方望溪文毕。

廿二日(11月11日)　晴朗和暖。饭后有乡人自镇上来,知北场揭晓,江殷小谱,震庞小雅,未识确否,大约已得八九矣。人家子弟一一成名,吾宗有志未逮,能无愧乎?然当勖儿辈不甘心让人也。暇阅《文录》志铭类五十六卷毕,接阅五十七卷。

廿三日(11月12日)　晴朗。饭后莘塔来报喜单,据官报房云,北场庞已确实二百馀名,殷改名元,未接家报,尚未敢信。暇阅《文录》志铭类五十七卷,下午碌碌。

廿四日(11月13日)　晴朗。饭后属吉堂母舅书摺,交清子母,以了凤债。午前墀儿自苏回,知昨日下午开船,甚为赶紧。诸杂物均办齐,惟节孝位毛镒亭搭桥尚未刻就,约十月中旬由航寄下。《题名录》江南未有,仅买浙江载在新闻纸中。中午曾大父师孟赠公忌日致祭,祀用蟹,先曾大夫所嗜也。栗六终日,夜与少松持螯小酌。

廿五日(11月14日)　晴朗。饭后阅《湖海文传》志铭,皆名卿巨公。午后吉翁来回复,知东易师母一款如愿,一并算收付讫,摺俱收回,此事可免异日大兴口舌,可并对先师于地下矣,为之快慰奚似!似闻陆凤石新中式,可称矢无虚发,何少年亨达乃尔!

廿六日(11月15日)　晴朗。饭后舟至北厍局,又完银八户①。回至茶寮,修容茗饮,唤何局当手殷松卿来,以翼亭所托陶姓过户账交之,付洋一元讫。又,陈姓所托注销重户,又领失单四张,言定两洋八百文,余处交单,并销去重户资,日后确当,代付决实即回舟,到家尚未中饭。下午阅《文录》数篇,夜间括痧,颇爽,早眠。

廿七日(11月16日)　晴朗。饭后阅《湖海文传》志类数篇。上午招薇人侄来,为慕孙久痢,处方以温通药和解之。饭于书房,长谈,下午送回大港。知子屏日上到梨,心境恶劣万分,实无可解慰也。下午部叙行李,夜间伏载,明日由同赴江。

廿八日(11月17日)　晴暖。清晨解维,东风微和。饭后即到同川南棋杆吊奠王次伯之母夫人,至则排场极阔,宾客满堂,拜后即

----

① "户"字后原文有符号 ♯三。卷十一,第112页。

邀坐席,酌客荤菜。与袁甸生、钱芝田同席,吉甫八兄、金朴甫均见过。朴甫已受其徒芸舫河南学政任上阅文之聘。吉甫仍要会试,日上回梨即要赴苏。庞小雅中二百五十七名,殷小谱改名源,中三十几名,小雅日上已出京矣。饭罢略坐即告辞,到江午后,泊舟下塘。少顷,苇卿侄同竹安亦来,至王局小桥头做钱子芳推收,每亩一角。少云下乡,曹玉麒经手,即命渠查册开账,付洋而出。至北门南货店对门寻信上李稚云不值,回至金小春处,以"己"字分户账洋贰元转托税契,尚未进署,大约年底可用印。倒新单,内费未讲通,今年不办。抄示开溇公禀批,满纸套语,无一切实话,阅之令人喷饭,当转寄砺生,委蛇久之而返。至祥园,与苇卿、竹安茗饮,晤沈差芝香,知县前公事甚颓唐,不应手。点灯后回船夜饭,是夜暖甚,宿舟中。

廿九日(11月18日) 晴朗。朝起衣冠至火神庙拈香叩头,回船即开出城,饭后到同,稍泊即行,仍东南风,略有变意,幸风不狂。舟中阅《文录》志铭类五十九卷毕,到家下午。晚间墀儿自莘塔来,南北全录均见过,如陆凤石、孔广标皆北场中式。托砺生新单已来,然有馀田须倒开,只好暂存余处矣。

卅日(11月19日) 晴,北风略狂。上午作两札,一致砺生,一致翼亭,约初六日来溪,明日当专舟送交。下午补登日记,碌碌终日。

十 月

十月初一日(11月20日) 晴朗。朝上始见霜,初三已交小雪节矣。饭后衣冠东厨司命神前、家祠内拈香虔叩,上午阅《文录》第六十卷志类。胡稚威文诘屈古奥,自成一家言,然非正宗。下午遣舟送信至莘塔交砺生,两账发租縑,今日开船,先远地(二十日起限),馀俟初十日后再发,照去年每亩让五升,然收成恐难如旧年,能得进场为妙。

初二日(11月21日) 晴暖。饭后接陈翼翁昨日所发信,知北蟠圩又要开溇兴工,恐非县家所乐闻也。暇阅《湖海文传》志状类未终卷。下午阅《牧令书》。

初三日(**11月22日**)　晴朗。饭后率墀儿至芦川，公盛行前泊舟，同至黄玉生处，属渠将起亭先兄神像合补绒单并加润色，长谈话旧，以余小照烦其即动笔。登楼相视良久，初样绘就，须眉略似，眼光失步位，点睛不得神，云重画，约十二月中交余，并略谱景。回至馆中，同明山大儿吃点心，酒面尚可，而菜则不佳，充饥而已。下午与陆厚斋茗饮良久，归家傍晚。公账神像两轴已交钱艺香裱过，约岁底去取。

初四日(**11月23日**)　晴暖。朝上大儿同明山赴梨。暇阅《文录》铭类半卷，先大人《养馀斋诗集》今始重读终卷。黄昏后墀儿始自梨回，饭于丽江处，登敬承堂，幼谦出门未见。

初五日(**11月24日**)　晴朗，西风渐厉。中午十月朝祀先，适凌范甫同陈翼翁见过，絮谈半日，论及开潾公事，复禀时必须面谒，约十一月中解节时同到江商议。陈效山报销重户，俟接翼亭信无误，然后付洋。董梅村一事，俟致信后关照余，大约仅伴读彼尚不能济事。江南乡墨，云极精湛，一洗前数科陋习，浙江大不佳。书房内略置酒款留，晚间回去。"在"字高低田大约余处统让五升，差池其间，甚不妥也，已言明不能一例矣。

初六日(**11月25日**)　晴冷，朝上严霜。是日二加礼门徒忏三日，大嫂初十日除几，循俗例也。上午子屏来，畅谈终日，晚间回去，近体已健，怀抱顿开，志气弥振，拟明年料理弟婚事，后年游河南芸舫文幕，子科上决入北闱，再图大举，余深以为然。惟家庭之际，万难调停，只好听之。余《松陵后序》略动笔，交还。

初七日(**11月26日**)　晴暖。终日碌碌，略阅《文录》数篇。

初八日(**11月27日**)　晴朗而暖甚昨日。上午沈咏楼来谈，知董梅村伴读一事大约解节时可来，留之中饭，坚辞而去。是日大嫂除几，礼忏圆满，门僧夜间以酒肉饷之，两席，颇餍其所欲，可笑一无禅规也。事毕将近一鼓，门户大儿照应之。

初九日(11月28日)　阴,午后北风狂吼,未识明日能免雨否。上午唤两房工人二加堂略加排场拂拭,旧藏之灯一一悬挂,大致楚楚矣。午前大嫂之寄女陈胡氏来,灵前设享,礼当如是,款留之。下午于丈石山房设立账房,两家相好始叙办事。夜饭于二加堂,杨氏诸舅均未到,惟吴甥幼如已来,与少松同房,今日始见新闻墨。

初十日(11月29日)　晴朗,北风略厉。朝上至二加堂略部叙一切,上午诸亲眷渐来,东易晚姊自来,备礼颇丰。杨氏诸舅氏惟少山到,下午一拜即去,可怪也?凌丽生亲到。中午宴客四席,下午两邻连对河共六席,未至酉时即升炮鼓吹,撒儿,送入祠者幼如吴甥、秋谷徐甥暨两房诸侄,乙大兄、大港上竹淇弟、子屏、薇人、渊甫诸侄而已。夜间厅上亦四席,听羽士演曲,以解寂寞,不及一鼓,诸事告竣,照看门户后余始就寝,尚不劳顿也。

十一日(11月30日)　晴朗,颇寒。终日在二加堂收拾一切,与两房相好斟酌开发诸执事劳金,稍从丰。何小六送菜二席,复办两席,吴、徐两甥中饭后始去。馆上算菜约百两,诸务一应了吉日已晚矣。夜与少松回书房食粥,甚得味,是夜早眠。此番大嫂除几不甚排场,诸事颇舒徐也。

十二日(12月1日)　晴朗。饭后内人至梨里邱氏,先外父子谦先生十周年礼大悲忏,十五夜并放焰口,必须亲往,以展孝思。命子祥登清除几诸账,约乙佰廿千左右。终日碌碌,不能坐定。

十三日(12月2日)　晴朗,北风。饭后登清账目,补书日记。暇阅《文录》《湖海文传》,《文录》读至第六十三卷。

十四日(12月3日)　晴朗。饭后始有来还飞限租米,米八十二升①,折一元九角②收之。载薇人来,为慕孙医久痢,不值,云往芦墟去。终日碌碌,略阅《文录》数篇,以后收租,无暇看书矣。

---

①　"八十二升"原文为符号𤲒。卷十一,第115页。
②　"一元九角"原文为符号𤲒。卷十一,第115页。

十五日(12月4日)　晴朗。饭后墀儿至梨川,登敬承堂,拜外祖十周礼忏,约十七日同母俱归。是日收租三十馀石,两账发限由均告竣。

十六日(12月5日)　晴暖,防发风。饭后始至限厅收租,上午颇成市,下午岑寂,终日共收租七十馀石,折色较多。芦局书张森甫来,又完七户,约七成七左右,与之吉题。

十七日(12月6日)　晴朗。饭后至限厅收租,上午诸佃踊跃而来,终日共收租乙佰陆拾馀石。子祥新当手,未免诸事不甚舒齐,未识究竟如何。夜间略办一席酌之。是日淡春夫人七二表嫂来,与之抽忙絮语,知表侄寿生十一月初八日吉期,当贺之。告借衣服,下午回去。内人率大儿午前自梨还,接邱毓之札,知欲叙葵邱,宜复而应酬之。

十八日(12月7日)　晴朗。终日在限厅收租,夜间一鼓吉账,共收三百〇三石,约折色居其二,本色居其一。

十九日(12月8日)　晴暖。终日收租诸佃颇形踊跃,南北斗催甲沈尚达来,嫌折价太昂,与之讲论,只照梨川诸家一元八角二分算,一概不收本色,取其赶紧,含忍允之,然此例一开,年年费辞说矣。夜间吉账二鼓后,共收三百八十馀石,本色不过乙佰石左右。是夜再结实登账收数四佰廿四石有零,诸相好神疲矣。

二十日(12月9日)　晴朗,暖而干甚。朝起至限厅收租,余管收米,终日不能暂闲,诸佃因余忙,不及顶真,颇以潮杂米欺余,姑为年令不甚丰,含恕之。是夜吉账稍早,共实收米三百四十馀石。余精神尚可支持,诸相好甚能耐烦,结账不误。自开限至今,总共收数乙千三佰六十馀石,较上年颇能赶早。明日起头限矣。

廿一日(12月10日)　晴暖。晚起,饭后在限厅徜徉,颇觉清闲,终日收存仓暨头限米共五十馀石。是夜补登日记并限账毕,早眠,憩于黑乡,甜甚矣。

廿二日(12月11日)　晴暖。饭后招薇人来,为慕孙治久痢,处方仍用温通升提,据云必须渐止为妙,盖冬令脾木宜藏也。终日在限厅收租寥寥,有"世"字李兴中者,为看稻以熟作灾,罚还旧租一石过去,此事亦不为已甚也。薇人上午即去,云要至周庄,为初一日县试揽保武童,未免所望太奢。

廿三日(12月12日)　阴晴参半,要防发风。饭后吴少松解节,为其二郎种花,约初十左右自雇船到馆。墀儿同往,即赴苏城调办前货之不佳者,大约三四日逗留。终日收租五石馀,作札复邱澳之,应其会,少松札同封。

廿四日(12月13日)　晴暖如昨。终日在限厅收租不满十石,殊形稀寂。六、七两侄以诗六句示余,颇见心思,勉奖之。属其作字勤谨,不得潦草。

廿五日(12月14日)　晴朗,太暖,太干,河水涸甚。终日收租十五六石,未识后五天能有生色否。龙甥家中来载,留之中饭不肯,急归去,童心未化也。寄邱澳之札托渠寄往。

廿六日(12月15日)　晴暖,浓霜。饭后至限厅收租,终日不满二十石。上午招薇人来为慕孙处方,药以温通去积滞,据云久痢不止,要防肠风,以渐愈为妙。下午送之回去,即日要赴江县考画押。灯前墀儿自苏回,货均调齐,颇能赶紧。

廿七日(12月16日)　晴,风从西北来,渐峭。饭后在限厅收租,诸佃陆续而来,渐多讲话,终日共收卅七石有零。上午凌荔生来,以蒸鸭见饷,中午置酒,相共醉饱。以《松陵文录》定本十六册见示,吾邑煌煌大著作,均在是矣。拟来年写样,刻资甚巨,当赞成之。熊纯叔忽动弹冠,拟捐县丞,至陕甘以施其才。此公经纶可见,自有不凡,甚异事也,畅谈至晚回去。纯叔告借《胡文忠公全集》,辛垞札托荔生寄出,约初四日招渠来定膏方,《牧令书》六册缴还矣。

廿八日(12月17日)　晴,略阴,仍难望雨。终日收租四十七石,至下午则寂寂,未识明后两日能得踊跃否。朝上初阅江南闱墨,二名近科仅见之作,三、四亦极当行,馀尚未读。

廿九日(12月18日) 晴暖。饭后至限厅收租,午后近地蜂至,惟米色渐多潮杂,提及陈租,百无一应,灯后结算,共收租乙佰十五石有零。黄昏后诸务舒齐矣。

卅日(12月19日) 晴暖,朝上浓雾。饭后至限厅收租,近地诸佃陆续而来,惟南北斗不到,殊深诧异!终日粟六,米色朱家港极次,共收租乙佰廿四石有零。夜间吉账不过黄昏后,自开限至今,总收乙千八百廿四石左右,较去年虽少佰馀石,而减去每亩五升,并祭田百亩,成色颇胜,约计已七成半外矣。但愿自后顺利到年,来岁更祝丰盈,鄙人亦又何求?不胜祷祈之至!明日竟转二限矣。盛泽郑姨甥孙二诒遣沈六来,以札致余,物色十五亦已收到,命墀儿札复之。

十一月

十一月初一日(12月20日) 晴暖如仲春,大非时令之正。朝上重雾如雨,即止。饭后衣冠东厨司命神前、家祠内拈香叩谒。今日二限,终日收租不过十石之内。略展江南闱墨首艺数篇,除二、三、四名外,馀均不足揣摩。

初二日(12月21日) 晴阴,北风不透。属吉翁至梨催租,终日收租不满四石。上午金小春来,所谈托致东易一信,细思之,万难举行,暇当婉复之。闻昨日县试,江童纳结者二百馀名,可称渐盛,惟在善后局张宅凫试,颇形草率,一茶即去,云至莘塔。中午陪陆厚斋、钱悦老中饭,悦老是车家老买客,畅谈人情世故,极有理道可听。碌碌终日,未尝片坐。

初三日(12月22日) 丑刻交冬至节。昨夜亥时莆卿侄又得一男。上午在限厅收租,终日连"在"字共十馀石。午前陈翼亭来,持熊纯翁札,为"在"字低区再欲减租,以偿其开滠之苦,因商议再让一斗,在二限六斗收讫,想已不过分,若欲花收,参差不齐,余不为也。中午略置酒畅谈,知纯叔欲出山,而其家均不乐其往,属余复札劝止,姑听之,恐亦不能即回头也。晚去。黄昏后冬至节祀先,祠堂内祭已祧之祖,余主之,念孙襄拜跪,厅上祭高曾祖父四代,墀儿襄祀,慕孙学习礼拜,颇能数典,顾而乐之。祭毕,阖家饮散福,余眠时已颓然矣。

初四日(12月23日) 晴,仍暖。是日收租不满十石。上午作札致纯叔,自谓极婉转,未识能动听否。午后辛垞来,余与内人暨两孙各定膏方,谓余营卫热而脾气运动不塞。内人脉颇和,滋养金水已足矣。慕孙久痢,云脾土略伤,急治之以培土化积,免致中满。诸方就后,夜间置酒畅谈,颇有兴趣。知王西泉,八十七老翁新作古,极富贵寿考庸福,作挽语极合身分。谈至一鼓后登舟,以洋两元、大红堂对一副,作片录自撰句,托致沈蒙粟书之。

初五日(12月24日) 晴暖。饭后代墀儿赴紫溪会酌,至则到者寥寥,凌氏惟范甫往,得会者陶绮园。中午设两席,主人庚芬陪酌,余与范甫、殷达泉畅谈,知今科殷小谱之郎,年仅十五六,父子同下场,此事端让世家功课无间。菜不甚佳,席散归家已在黄昏候,知薇人来过,江邑廪生有新案欲补,催薇人出贡,此事恐吃太原亏。余侣笙决计捐出,刘镶业已补。

初六日(12月25日) 晴暖,皮裘可卸。上午墀儿至莘塔,纯翁信及书,《文录》后序面呈求政。晚间船回,为砺生款留,翼亭亦在彼处,约明日下午至龙泾去载,意欲相看新潨。午前南北斗催甲来,所收仍不起色,不过统六成,殊失所望,未识以后何如,共收租不满二十石。黄昏雨声滴滴,惜不畅,然正好诵杜甫句。

初七日(12月26日) 阴,大好雾雨终日。午前沈咏楼来,留之便中饭,絮谈而去。是日收租十馀石。墀儿晚归,知今日同翼亭、纯叔、砺生至"在"字相潨,可称鼓勇而前。定议初九兴工,续开广三尺,并开王家浜,纯叔已在龙泾督工矣。砺生以《曾文正奏议》八册见惠,深惬余愿。

初八日(12月27日) 风雨,幸下午渐止。饭后余至赵田,贺袁述甫郎吉礼。命墀儿至泮水港,顾七二表侄寿生今日成昏,七二表嫂继嗣抚孤,克见成立,必须贺之。舟中阅《文正奏议》,是绝大手笔,借可悉当年始终事务。至,则贺客多至戚,憩棠、问樵、子丞一一见过,属其婿刘健卿陪至述甫内房絮谈,欣知久痢初愈,面色已无病容,惟脚软不能见客,聊以谢应酬。见余喜甚,畅谈无忌,良久始出。中午宴客六席,憩棠作主,余忝首座,与陆芝田同席,知县考今日已初复后。宴罢,与憩棠谈,渠上洋栈务颇得利。一茶后告辞,归家尚未晚,埕儿亦已返棹矣。

初九日(12月28日) 晴朗,仍暖。终日在限厅收租不满十石,尾欠极多,许家港尤甚,恐难免差追。碌碌不得坐定。

初十日(12月29日) 晴,北风颇肃。是日二限截数,终日寂寥,所收不满五石,为近年所未有,民穷岁歉可知,大不如往岁。自开限至今日共总收不过乙千九百馀石,今冬成色难期如愿,殊深闷闷。晚间又收七石有零,差强人意。

十一日(12月30日) 阴,恰好细雨。终日东北风不透,收租二石,仍作二限算。以蔡氏会洋交苘卿带去,明日无兴赴酌矣。是日倩药材店伙高姓煎膏料服半,又虎孙全服,须明日葳事。暇阅《曾奏议》,《文录》六十五卷毕,接阅六十六卷。

十二日(12月31日) 雨,西北风兼东,狂吼,始有严寒气象,酿雪微飘,未识成否。饭后乙溪扶杖来谈,移时去,不登养树堂几一年矣。终日风雪,绝无一户来,始开欠,但求平安进场,断不敢苛追也。

十三日(1874年1月1日) 阴冻,点水成冰。昨夜积雪寸许,今惜停止,北风刚劲,终日围炉袖手,略阅《文正奏议》。

十四日(1月2日) 晴朗,冷如昨。积雪未销,围炉曝背,还租一户。下午杨梦花来,为二加分析事,羹二嫂授意,陆立人约之使来,余前已转致乙溪,冬间事忙,那能商办? 决俟明春岁试毕当关照来请矣。留宿絮谈,七侄陪之,夜间寒甚。

十五日(1月3日) 西北风,阴冻,点水皆冰。朝上陪梦花朝饭,复送之登舟。终日收租二户,新漕由单已来,价三千八百五十二,洋作八十,银上复以六元借顾又亭。欲登工人支账,研冰不果。

十六日(1月4日) 阴冻,河水渐冰。欲至芦川北舍,港多阻不通。终日袖手而坐,一无所事。

十七日(1月5日) 晴朗,寒冽,西北风厉甚,河面冰厚寸馀,汉港尤胶固难动。呵炉作数字,砚笔又复凝结。乙溪来谈,昨日破冰出门,应酬吊事,颇见今冬精神之健。寂坐无聊,阅《曾文正奏议》数首。

十八日(1月6日) 晴朗,西南风,稍暖,冰仍不开冻。村人有踏冰而至北舍者,危甚焉。终日袖手闲坐,略阅《曾文奏议》。

十九日(1月7日) 晴朗,西北风,冰冻仍不开,寒气尚烈。终日静坐,《曾文正公奏议》十卷粗阅一遍,伟哉,一代功臣,名真能副实焉!

二十日(1月8日) 晴阴参半,朝上霜浓。饭后渐暖,港水流通,河冰仍未解冻,欲至梨川,尚难飞渡,盖各处河道依然凝结也。静坐,略阅《文录》。

廿一日(1月9日) 晴朗。西北风又劲,各处冰路仍不通。命工人走至北舍买小菜,回来,知梨、同两镇航船均断,甚可怪也。无聊中阅《文录》传状数篇,六十八卷今始阅毕。

廿二日(1月10日) 晴暖。今日冰路始各处皆通,而租米仍无一户进来,皆数日冻阻,有所借口也,闷闷。暇始将《曾文正奏议》点读开手。

廿三日(1月11日) 晴暖,阴,下午微雨。终日岑寂,点阅《奏议》两篇。下午龙甥自梨来,知彼处冰路已通。迟少松同里未至,接进之信,为震邑补廪事,上下首大有更动,欲叙葵邱,以成其事,当允助之,俾得玉成,大约二十千之数。

廿四日(1月12日) 阴,昨夜雨,今止,西北风不烈,冰断尽解。账船今始开,属吉老至梨赶追己、染两圩租米,带差船同往领催,未识有进场否?饭后至北舍局完新漕银,顾又亭到江,殷松卿暨范姓手,算完十一户,付洋三百廿七元(一百二十七①元有图记),钱②九十文,其洋未看过,云其人未来,交明数目,取收条而还,至东茶寮茗饮、修容而归。到家中午,适吴少松同莘和西席合叫船来,知同里昨日始冰通,账房有东月催甲马秋海索催钱,两年租米不算(一年少乙千八百有〇),反要借洋四五元,其人语言虽无大谬,吃心太狠,叱之去,账则不算。甚矣,此辈亦难豢养也(今年支应一千四百左右)。收租之不可无势如此,未识日后能免惩办否? 思之实深愤闷。

廿五日(1 月 13 日) 晴暖终日。取《文录》六十九卷,阅看数篇,收租两石馀,不敌催甲索取酬劳之数。成色不佳,无如今年限内矣。命墀儿今日始坐定代作一札,拟致芸舫河南任内,尚未修饰缮写。

廿六日(1 月 14 日) 晴暖。饭后接庞小雅信,从莘塔寄来,为袁恬生故后,诸同人出来告帮以恤其后,当斟酌应酬之。是日收北账租,名为十馀石,实则拖欠居半,甚难做办也。下午差船自梨来,知己、染已开收,从此难望上限,虽由佃户之穷顽,实皆当账之懦弱,以后此两圩无起色日矣,思之闷闷。吾辈无势无才,无怪若此。

廿七日(1 月 15 日) 阴暖,雨雪交作,半日即消。饭后至限厅,为"玉"字开欠,费催子发刁,不同佃户进来,两女妇尚驯良,草草完吉。甚矣,难办也。晚间吉老进账,己、染两圩仍照旧九斗算,折价一元八角,似乎加五升船收,实则自下场也。据云佃风大变,此番仅收六成,似已费尽九牛之力矣,然如此办理终非善策。终日碌碌,未得坐定。

廿八日(1 月 16 日) 晴阴参半。终日在限厅闲坐,收米四五石,已有尾欠。暇则点阅《曾文奏议》数首。

廿九日(1 月 17 日) 晴朗,稍冷。终日闲静,无来还租者。吉

---

① "一百二十七"原文为符号 。卷十一,第 120 页。
② "钱"字后原文有符号 。卷十一,第 120 页。

算收数,自开限至今共收二千零九石,约八成半外,照去年少收乙佰九十餘石,减去让米五升,实少四五十石,查账尾欠,零欠极多,年令之不如去岁如此可见。曾文点阅一本讫,《文录》阅至七十卷。

十二月

十二月初一日(1月18日) 晴朗。饭后芦局张森甫来,算完七户,付英一百八十九元①,钱七百五十三。据云明日洋价要松每元廿文,未识其言不谎否,一茶即去。是日辰后,衣冠至东厨司命神前、家祠内拈香叩谒,收租则仍阒如。暇阅《文录》七十一卷,点《曾文奏议》两篇。墀儿今日始自动笔作文,晚呈草稿,颇觉充畅圆熟。

初二日(1月19日) 晴朗。终日在限厅,连船收六七石。公盛陆厚斋来,应酬之,知府试决计改期正月。碌碌不得坐定。

初三日(1月20日) 阴冻。上午收租一户,田九亩有零,陈租欠者约年内先归七斗,从宽免开追,明日又差追一朝,从此拟吉题不办矣。暇作札欲致子屏,略阅《文录》七十一卷传状类数篇。墀儿代庖改文两篇已草草交卷。晚间由芦墟接到王西泉翁讣文,初七日治丧,先严开吊时新甫仍到,礼尚往来,似亦不能不去。

初四日(1月21日) 晴朗。饭后磨墨匣,札致子屏,接回信,盛川之行欲附舟同往。载老薇来,为墀儿定伤风清肺方,慕孙方照辛垞加减,一服三剂,一服五剂,据云均可渐愈。长谈,下午送之回港。

初五日(1月22日) 晴朗。饭后缮修寄芸舫河南札并申贺,计四页,矜持之至,益形恶劣,然亦不能改换姜芽矣。昨接子屏回札,知沈啸梅翁已作故,明日大殓,虽不通知,既与子屏同行,不能不去一送。下午部叙一切,拟明日朝行。

初六日(1月23日) 晴暖。饭甚早,即登舟,至大港载子屏同行,谈论娓娓,不觉已到梨,即同至沈氏送啸梅翁入殓。排场虽阔,

---

① "一百八十九元"原文为符号 **玖**。卷十一,第120页。

然后福远逊王封翁。久之,事毕始饭,与蔡听翁同席,晤廊下盛木天,恂恂儒雅君子也。出门,同汝梦花登敬承堂,入内厅,稍顷,幼谦始出见,气色尚无憔悴容,拉同浤泉饮,省三丈、澳之、颂舆均来,畅论久之。回,饭于幼谦处,略设酒肴,颇率真,微有醉意。子屏已自顾氏来,又絮谈良久始下船。蓬窗叙语,二鼓后始就寝,暖热如春。

初七日(1月24日)　晴暖如昨。朝行晚起,至盛上午,由中浜登岸,照宪体设东西辕门(汪氏门前),入茶厅,中设黄幄诰命,吊客纷如,轩冕者多。江邑尊亦亲至,入幕奠后,有陪者邀至眉寿堂款座,同席多不熟识,与辛槎隔席谈。菜丰而华,用火海者二。饭罢,晤费吉甫,与之相商,照俟缓日奉托。芸舫信件暨缎二副,言明昨日面交老妪王姓矣,辛槎邀往,辞之。又晤张秉兰、王桢伯,略谈即出,诸君送之。是日排场阔冠一邑。回至梨已晚,决计泊舟不行,至蔡氏,二妹出见,进之亦来,欣知补廪事,捐者二名,考贡二名,已诸事舒徐矣。一茶即回舟,与子屏共饭舟中,夜则同至龙泉茗饮消遣,适邱幼谦、徐一山陪庞小雅来,畅谈京中近事。知左宫保肃州回逆肃清,现已入阁,此公春风满面,羡甚。畅叙良久,三君先返,余与子屏又坐谈片时始回舟,是夜颇能熟睡。

初八日(1月25日)　西风,阴,下午畅雨。朝行,与子屏和被细语家常,甚有难办而不可及之处。到港上不过辰刻,余不上岸。到家朝饭,有开欠事,其人顽而愚,略呵之,已得退田落肩。终日碌碌,是夜登账,早眠。接熊纯翁信,以胡心甫托荐朱慎伯安徽一席,当转托朱锦甫面述一切,以期有成。又接翼亭信,所托之事略有头绪,未识能如愿否。

初九日(1月26日)　阴,无雨。上午走候黄子登。下午舟至北舍局,又完粮银十七户,又亭不在,付殷松卿手算讫,七四折[①]左右

矣。茶寮独饮,与元音侄絮语片时而返,到家傍晚。

初十日(**1 月 27 日**)　阴晴参半,东风颇暖。饭后舟至芦墟赴局,钱梅坡手算又完十一户,约亦七五折①左右矣。张森甫有孝廉之厄,规避不见,取条收拾后至张厅茗饮,良久将罢,晤见沈骤卿、郁小轩,又茗叙委蛇,恰不谈本题,余甚防口舌也。还至酒楼小点,与乡人炉头小饮。至公盛,陆厚斋又留茶话,与陆松翁畅谈而返,归家将近点灯。开欠公事吉题,与差人项少卿算账,付支条,命交其头沈钰,此番尚喜安稳无事。上午曾至黄玉生处,属渠画余小照,约肖五六分,付笔资一洋,约来春二三月间谱景毕,即便交余。

十一日(**1 月 28 日**)　阴,微雨。上午至乙溪处,以明山来年之说关照苻卿。下午徐瀚波来收字纸,长谈,以疏钱千八百与之,并接熊纯叔信,以郭友松朱卷属送张罗,当应酬之。客去后,砺生自紫溪来,以东轸收出账交余,因时晚,匆匆一茶即去。袁甸生恤后事,余出五元面交砺生过去,此事尚非金上添花。

十二日(**1 月 29 日**)　阴,微雨。饭后舟至梨川,赴局完新漕九户,局书王秋海不见,陆少甫手算讫,七八折②左右,颇有辞说,余以租风太减,如此成色已勉力,搭桥过去。回,饭于舟中,复至费氏,吉甫出见,以照请验,到京办理领诰轴托之,其银即以前馀银廿六两有零销算。步青亦出见,絮谈良久,以芸舫考差试帖诗相示,取稿郑重而还。至蔡氏,二妹为族累迁在进之处,复走至进之馆中,又不值。还舟,汗流浃背,登敬承堂,省三丈、毓之弟陪至龙泉茗饮,吟海来谈,新恙霍然矣。点灯后还邱氏内宅,又谦留饮,又与省翁剪烛剧谈,一鼓时下船,雪花雨飘,夜颇冷。

十三日(**1 月 30 日**)　晴阴参半,雪花干飞,片时即止,下午霁朗矣。朝上与蔡进之甥茗叙龙泉,以粮串九户托理,补廪一事尚有周

---

①　“七五折”原文为符号 **𢀖**。卷十一,第 122 页。
②　“七八折”原文为符号 **𢀗**。卷十一,第 122 页。

折,未赴江阴考贡,已赶催前途矣。絮语良久,始还邱氏,朝粥后略办年物,登舟,时幼谦尚在高卧也。到家午后,颇嫌寒冷,作札复熊纯叔,托荐胡心勇于朱慎伯家,今晤张秋士,恐成画饼。郭友松朱卷,一洋答寄。

十四日(1月31日) 晴朗。饭后东账船自梨回,"己"字实收不过六成半账,此圩被累甚矣。暇修纯叔书,并答郭朱卷,一并封好待寄,聊以释责。碌碌终日,晚间薇人来,为考贡事,恐上下两名均非有力,要防不果。

十五日(2月1日) 晴朗。昨晚由北舍接朱稚苹苏城信,知靖江已回,现居吴县前直街福民桥南堍张宅,买画为业,目前尚可过去,然终无位置斯人之处,可叹也! 饭后,命石工略修驳岸,舟至莘塔,熊纯叔、翼亭两信并郭答分一并寄出矣。暇阅《湖海文传》志传略类,今日可阅毕矣。

十六日(2月2日) 晴朗。饭后将《湖海文传》晒好收藏,此文意在经学考证,经济议论家尚少发明,若余荒疏,实无意说经砭砭也。暇阅《文录》末二卷赋类,亦非余所好。

十七日(2月3日) 阴雨终日,颇极沾濡。闲暇无事,阅《文录》赋类,多选体难读。墀儿作观风赋,尚未脱稿,题是"数点梅花天地心",以题为韵。

十八日(2月4日) 阴暖。是日卯刻立春。上午凌范甫同董梅村来,以紫溪一席去就未决相商,同人均以为不然阻之,惟来岁安砚无方,甚难措置相宜为虑,姑再计之。书房内略置酒款留,长谈至下午而去,约新年再叙。碌碌终日。

十九日(2月5日) 渐有晴意,颇暖。上午至萃和,以蔡进之食饣合会钱二十千寄交苇卿侄带去,明日人舟均不能有便也。"玩"字吴三蛮表嫂来,姑念亲串,赒以一枚,此老妇逆于先三姑母,实不足惜也。大儿诗赋草稿已完,大致楚楚。《文录》赋类一卷略阅毕。

二十日(2月6日) 晴朗。饭后蔡龙甥趁萃和船先假馆还梨。

暇阅《文录》赋类,多汉魏选体,难悦目,略观大意而已。晚接又幼片,报知十七日巳刻诞育一男,母子均平安,阖家欣喜,余夫妇闻之,万分快慰。吴少松假年节在明日,不作客套设席,请以白粢、黄冬各五斗折送。夜间略置酒款谈,颇能适意。

廿一日(2月7日) 阴晴,下午开朗。饭后送吴少松假节回同,约新正十九日开馆。大儿欲动笔作观风,余权课两孙,一理字,一理《论语》数首,尚未毕,官报房杨稚斋同苏提塘史姓来报,慕孙中书封典,京条四张已齐。与稚斋讲报金,至夜间始谈定,贡监十二外,京捐两项共给卅数,折席一元,后文五元,船上喜封六佰,统计四十八①,此种超满,实无定价,想丰甚如愿矣。委仪告辞,殊觉花费太盛也,一笑置之。碌碌未坐定。

廿二日(2月8日) 阴雨。饭后略欲坐定,适陈翼翁来,欣知所托之产已谈定,其中颇费周折调停,现已妥协,新年成交,先付物色百卅。又北螭开涝,年头兴工;在字加筑圩岸,须俟春暖;棉衣之局,来年对半收,作发米用;沈涤孙之器,小贻累也。随在须资,已如愿助之,有账一纸,为托领失单,当转致殷公办理,未识能有头绪否。长谈,留便中饭,至晚而去。夜间登收限内出入账。

廿三日(2月9日) 阴雨,寒风终日。饭后墀儿观风“子曰弟子”全节题文成,通体以小学作主脑,文亦雄伟,有国初气,合作也(取超等三名)。上午凌荔生自紫溪回来,招之登堂,略置酒肴,畅谈至下午回去。晚间衣冠奉香烛酒果,恭送东厨司命升天奏事,拜跪神前。礼毕,与家人吃圆团,餍饫之至。

廿四日(2月10日) 小除夕。阴,西北风渐吼。饭后权课两孙理书及字,片时许即息,聊收半天放心而已。墀儿观风全卷草稿已定,论则非所长,馀则均可,拟即誊真,请教子屏。《国朝文录》杂著类今始阅全,略定弃取,看毕,已历一年矣。

---

① “四十八”原文为符号𢁖。卷十一,第124页。

廿五日(**2月11日**) 阴晴参半。饭后值路沈菊亭来,持养贤李老师札与墀儿,辞气谦冲,奖许过分,儿辈实不敢当,当益勉厥修而已。观风卷敢不竭力以承师命?以子屏落卷堂备荐批(十一房朱)示余,堂批简练揣摩,骨肉停匀,次三亦丰腴,诗娴雅,惟旁有复阅小批,首艺后二,惜未回抱上文,书一"备"字。子屏阅之,能无痛定益痛乎?送新历书而去。上午北舍局书顾又亭来,又嬲完五户,七石五斗有零,付洋三十五元①,钱一百卅文而去,已七八折外矣,来春恐尚不能忘情也。权课两孙小半日即放学,且俟新年后再课矣。《文录》八十二卷今始阅竣。

廿六日(**2月12日**) 晴朗。饭后墀儿观风卷誊完,正思到港,适喜子屏来,即面交求改,言及堂备,不胜扼腕太息,然无可奈何,且期丙科得意矣。中午后庞小雅来送朱卷,翩翩得志,子屏与大儿回避,余衣冠接见之。略具茶点,絮谈客套语,片时而去,云至莘塔。又与子屏长谈,至晚始去。余尿血病又发,幸一次不多,大约热血倒络所致,听之而已。

廿七日(**2月13日**) 晴阴参半,朔风颇尖。饭后为村人年初走会,余家老三房共派七十七人,除萃和、友庆分半派去,又二加派友庆五人二分半外,余处连二加要派十六人七分半,又自旧锣二人外(自工人七名,共旧敲锣二名),共唤人工九人,每日包饭,每人百四十文,照旧账已加四十文,以此推之,浮费日增可知矣。是日上仓各短工夜间算账。

廿八日(**2月14日**) 晴而不朗。饭后命工人修整瑞荆堂,以便悬挂轮年神像,《曾文正公集》点阅五册竟。账房诸公算支限规脩金,约需开销乙佰三十馀千文,租米虽减收,而米价照旧涨两角,诸公进款仍有盈无绌也。夜间吉账早,略办菜,余陪酌,因有小恙,不能多饮,然已酣矣。

----

① "三十五元"原文为符号 𠕜 。卷十一,第125页。

廿九日(2 月 15 日)　晴,颇寒。饭后送诸相好回去,子祥约十八,厚安约廿二,明山约二十到账房,留过年者黄少堂、振范老侄而已。终日寂寂闲坐,痔恙发,颇甚,不能起坐自如。

卅日(2 月 16 日)　阴,下午起晴。饭后命工人洒扫庭除,拂拭几席,尘埃一清,耳目为之一快。上午衣冠率儿孙虔拜祀神过年,诸事平安,皆冥漠默佑所致。下午谨挂先人遗像、五代图、先祖父母、先考妣诸图位置瑞荆、养树两厅。开岁余轮年,公账两轴皆新裱好重装,晚间祀先,全堂华烛,复率儿孙辈拜跪侑酒,祭毕,与家人团叙家宴,余戒饮,特进双杯,饱餐年饭。与墀儿论两孙读书,来年必须稍开聪明科是望。是夜星光略有云护,共祝新岁雨旸时若,吴人欢祝大有年,不胜祷祈之至。夜闻曝竹声,村人颇有丰稔气象,能得积假成真为幸。癸酉年除夕,时安主人识于养树堂之西书房。是夜二鼓后,星光灿烂,天宇清华,来年可卜大有秋矣。

同治十三年(甲戌,1874)

一　月

同治十三年,春王正月,岁次初甲戌正,新元旦(2月17日)晴。东南长养之风,可卜五谷大熟。平旦起,沐手,衣冠礼佛,即率儿孙辈东厨司命神前、家祠内拈香叩谒。饭后团叙瑞荆堂,少顷,乙溪大兄率子侄辈来拜谒五代图、逊村公、周太孺人神像,复拜先府君妣两太孺人遗像,礼毕,男女少长排次立,余与乙兄受家人贺拜禧。与大兄茶话片时,复至友庆拜秀山公,至萃和拜养斋公之神像,又茶叙情话而返。午前墀儿同蒂卿六侄至大港上拜年,晚归,知竹淇弟仍留饮。是日下午西北风,晚间略暖。

初二日(2月18日)　阴晴参半。饭后观村人出刘猛将神会,今年本村轮当执六执事者,余与二加名下共派十六人,自工人七名,又雇工九名,各役认定,不无畸轻畸重,然已分派,不能更张,总以无事为福。命墀儿照账各名唤定,勉强无哗。午前港上诸侄薇人、子屏、懋甫、稚竹来贺岁,两房拜年毕,余处当年留饮,余与大儿陪之,六人团坐,剧欢散席。与子屏论相术谈命,恰似无凭而有凭。

初三日(2月19日)　阴雨。是日交雨水节,村人赛会,因雨停止。上午凌甥大官来,叶肜君来自来秀桥,以《江震学册》全本交还,肜君新食饩,可为乃翁绶卿贺。欲留之,固辞,茶叙长谈而返。陆立人侄婿少顷亦来,其续娶顾氏同至友庆,欲请余见礼,却避之,与立人叙谈片时始还友庆。晚间衣冠迎接灶神,叩谒,复至瑞荆堂祀先,拟明日谨藏先人神像。

初四日(2月20日)　阴雨仍不止。饭后与墀儿收藏神像,拂拭久之。日上潮甚,俟天气晴明,必须晒曝。终日岑寂,惟船长浜徐甥秋谷来贺年,友庆留饭,余处一茶而已,此子油滑之极,惟闻笔底颇有造。

初五日(2月21日)　阴,微晴。四鼓起来盥沐,在账厅上循例接五路财神,修献礼毕,天尚未明,因凝神静坐,默诵大悲神咒数十遍,窗上始明朗。上午无客来,与诸孙游戏三昧,聊以娱情。《曾文正公集》圈毕七卷,金陵渐渐得手矣。下午墀儿至大港上,为岁考定寓事面托薇人府试时预筹之。

初六日(2月22日)　阴,无雨。上午凌丽生来畅谈,知陕甘肃州全省肃清,左帅已拜大学士,张朗斋得双翎都统衔。又知袁述甫于去岁廿九日竟物故,老友凋零,闻之悼叹。是日颇寒,中午酌以年菜,不觉畅饮过分,然暖甚矣。朱锦甫回信托便交纯翁,胡新勇之馆,决计不果。纯叔预考贡,已自江阴回,此例竟通。下午丽生回去,云至紫溪,约纯翁到莘塔再来余处畅叙。是日凌梦兰、钱子方来过。

初七日(2月23日)　晴而不朗,西北风峭甚。饭后村人赛会西转,下午回,均幸平安无事,明日晴朗,庶可完全酬神矣。午前迮广海倩婿来拜年,茶叙后回友庆。暇阅《曾文正公奏议》卷八。

初八日(2月24日)　晴朗明丽,为新岁第一好天气。是日村人赛会东转圆满,幸无酗酒滋事,殊堪欣慰。终日无客来,阅《曾文奏议》数篇。

初九日(2月25日)　晴朗,风略狂。上午葵卿倩来,徐丽江率子大官来,一茶后均回莘和,惟留徐祢甥余处中饭。下午阅《曾奏议》八卷未毕,录李中堂《复奏黄河北流后不能挽之使南》。

初十日(2月26日)　晴朗。饭后村人走会讫事,来算贴费,共一半,十六千六百,余处连二加笔记,共付钱六千〇卅七,如愿而去,浮费较七年分已大四五千矣。上午吴幼如甥来,中午酌之。莘和胡恬斋来,余答之。陈思杨二房仁卿至二加,大儿、七倩陪之。暇与幼如话旧,颇能课蒙自立,留宿揽胜阁。

十一日(2月27日) 晴,风略尖,下午渐暖。饭后率慕孙至西摇浜张立斋处治牙痛,以针破肿处,云须忌嘴即愈,扰茶而还。金氏两从甥孙来拜贺,一茶还莘和。墀儿同七侄陈思拜年,下午早还,知文伯往苏,不值。

十二日(2月28日) 阴雨,颇有春意。饭后墀儿至梨川诸亲友家拜贺,邱舅氏幼谦处住宿,并至平望,约有两三日逗留。终日无客来,点阅曾文《克复金陵疏》,不觉眉飞色舞,当年此公不知若何展折也?然谨慎而成,不得以谢公拟之。夜间略吉二加出入账。

十三日(3月1日) 阴,风雨终日。略查去岁出入账,尚可相抵,但祝今岁时和年丰为望。暇阅《曾奏议》,录李中堂《议河疏》。下午王韶九来,一茶后即回莘和,余衣冠答之。知桢伯进京在三月,谈论镇上租风渐坏,绸业颇有新起家者。据云阅《申报》,广西二毛有蠢动之警,连州告急,想小丑易平也。絮谈而返。

十四日(3月2日) 晴朗可喜。适子屏侄来,以费吉甫小令嫒庚吉请与念孙,能得天缘,克谐凤卜,余家仰攀至矣。约即日要回音,因吉翁二月初四公车北上也。以《蓬庵文钞》新翻家刻见赠,大儿所要芑生书院赋两篇亦蒙抄示。王寿云寄送贡卷,匆匆立谈即去,今日要至金泽也。终日无客来,以贡卷陶赋细细评读。晚上未点灯,墀儿来自梨里,知昨日赴平,达泉见过,邱幼谦到乡无期,尚能安静。费吉甫到盛,不值,赆仪及托办京货已托邱吉兄矣。诸亲友家年务均已了吉,此回到梨,颇能赶紧。

十五日(3月3日) 晴朗,蓬蓬然春意盎然矣,终日东南风。上午抄录李中堂《河务疏》略将一半,《曾文奏稿》点阅第八卷毕,读费太史心谷蓬庵文,情殷桑梓,志在君国,文实有体、有用,益钦渠家积累有自。晚间元宵,星月清丽,观村人烧田材,光明红艳,定卜今秋五谷丰登。

十六日(3月4日) 晴,暖甚,皮裘可卸,潮湿如春深,夜间初闻雷声,阵雨大作即止。饭后墀儿至莘塔拜年,唤两孙理书,野心重,不及严督之,即辍。午前邱又谦来贺岁,中午年菜酌之,适薇人来,恰好同席陪客。知府试江题"樊迟退",二题即县试"吾亦欲正人心",怪哉!又幼意在捐升顶戴,似乎尚无大费,留之止宿,不肯,约余二月初十往,贺渠生子弥月酒筵喜。客去尚早,薇人又谈始回。吉翁堂舅氏特衣冠来,约廿二日到寓。晚间墀儿来自莘溪,知子屏所请庚吉日子并无差误。夜间作札关照子屏,明晨即当送去。

十七日(3月5日) 阴,微雨,陡觉北风寒峭,与昨日冷暖大异。饭后由子屏处送信回,接改大儿观风卷,尽美善矣。上午权课两孙,今日始能朗诵熟书,闻之而喜。下午命墀儿代作一札致叶子谦,将费、陆两家庚吉烦渠开合,余复修书致吴少松,托其面致子谦,明日即遣舟到同,载少松来馆,庞小雅赆仪即送去。

十八日(3月6日) 雨,寒甚。饭后权课两孙,一理字四包,一理《论语》半卷,至生书,明日先生来开课矣。午后子祥侄孙到账房,始将去年用度账总吉登清,除浮费外,出入略相当。

十九日(3月7日) 阴雨又终日,颇寒。午前吴少松率其郎已到馆,所托叶子谦开合两庚吉,蒙渠回信,即为推算,均可作合,似乎夫星大透,云间较胜于长房,然以家法门第而论,实难舍彼而就此,拟明日命墀儿至莘塔,请凌益生再推排,然后定见,未识天缘何如。中午设席酌请少松,余不觉开禁过饮,饭毕,送两孙入学开馆以应吉日。下午费瑞卿来拜年,亦今日到馆,一茶絮谈而返。夜与少松畅谈,知府试初复案已出,县十名更调极多。夜雨仍未止点。

二十日(3月8日) 阴,无雨。上午命大儿至莘塔。暇则抄录李中堂《治河疏》,未及半页,适陈翼亭来,知日上北蟠开浚已竣事,即日要到馆,所托之事均已办就,甚见热心。惟田底前途尚未加绝,仅成活契,田面兑绝,而顶于租户契上少写田三分五厘六毛,未为尽善,已托渠即日再行妥办为要。中午酌以年菜,少松同席,饮毕,翼亭匆匆即回去,云要至莘塔。晚间墀儿来自莘溪,饭于荔生处,益生见过,费氏庚帖开合,念孙甚为合格,允谐凤卜,拟明日回复子屏。

廿一日(3月9日) 阴,昏霾终日,颇寒。上午点阅曾文第九卷,《治河疏》已录三之二。午前墀儿自港上回,子屏见过,约即日至梨说亲。日上吉甫赴郡未还,廿七之说要另择吉矣,亦托子屏候回音。下午略登账务。

廿二日(3月10日) 阴雨。昨夜大雨雹,大雷电,河水已涨数寸,然尚不嫌春涨之旺。上午钞录《治河疏》,明日可以蒇事。中午先大人赠君忌日致祭,指数见背二十五年矣,思之凄然。下午同少松至黄子登、费瑞卿两西席书房中答谒,一茶即返。茆卿倅来谈,良久始去。

廿三日(3月11日) 阴雨终日。是日丁卯,不宜雨水,姑志之,以验后来之应否。终日东北风,颇寒。上午抄录李中堂《治河疏》毕,当今之河防漕运,惟此立论不迁。《曾文正奏议》九卷点完,将从事于第十卷。下午账房诸公均来齐,夜间以年菜酌之,余陪饮,颇有酣意矣。

廿四日(3月12日) 阴,下午起晴,风渐息。饭后顾寿生表倅来拜年,人极玲珑颖秀,未识笔下何如。一茶后即去,云至芦川畹九处。初一日回门,要余处借账船,廿九即往,并告借皮袍一副,均许之,此子如能成立,亦余外家舅氏之福。午前竹淇弟来,因二月十六倅女出阁,欲叙一葵邱,每十二千文,余处照股会半,即成全之。畅谈中饭,晚间回港,约明日北舍胡馆叙酌。知子扬倅二复第九,未识能立定否,然甚可喜。终日碌碌,应酬而已。

廿五日(3月13日) 晴朗。饭后吉甫所送先人《蘧庵文钞》阅毕,《曾文奏议》阅至第十卷,正欲登舟至北舍赴竹淇会酌,适熊纯翁同砺生来,知江阴考贡在第二场,十二月廿九考出,正月初二又一场,仍作卅日出缺算,学宪可称通融,惟震邑倩人代考,文理荒疏,诗有大笑柄,莫怪发怒。指斥道房,几不准贡,幸再三禀求始许换卷誊改,是非新学宪之驳烈,实学中办事大糊涂之故,言之一粲。纯翁初八回

来，震邑贡单尚未领到，大约道房此番不得不多索费也。中午砺生移
樽来，三人畅谈，极文字饮之乐。纯翁意欲出门西北一走，且俟机缘
乃行，凌氏一席，已另荐徐伯贤，今亦到馆矣。下午客去，约春夏间有
便再来叙。吴达庵文，少松抄三篇，面交砺生，复携余所点阅《曾奏
议》九册去。是晚余大有醉态，早眠。

　　廿六日(3月14日)　阴晴参半，颇暖。昨日墀儿作文，因客来，
今日初完草稿，文机尚不滞。上午子屏侄来，以吉甫回信见示，决计
缔姻，以其二令嫒与念孙作合，明日文定，概不排场。余处备两礼，遣
舟送信，即行允谢两媒，子屏与少松亦不请往，俟吉翁八月中得意回
来当行茶枣传红礼也。如此简捷，甚合愚父子意。畅谈终日，中午略
办菜，在书房内小酌尽欢，晚间回去，知月初要到梨川盘桓。

　　廿七日(3月15日)　阴，微雨即止，东风略寒。饭后备文定道
日礼两福，命朱仆送至梨里费新亲，回来甚早，蒙留舟人使者五簋中
饭。答柬允谢，均吉翁手笔，楷法端庄流利，益服渠事事不苟，欣佩之
至。下午朱稚苹由苏自江来访，蒙觌多品，不见两足年，丰采依然，须
发苍甚。去秋自靖江回，仍赋闲居，买画度日，时时逍遥，时时窘困，
然傲骨仍依然也。畅谈留夜饮，雄辨惊人，相与话旧久之。一鼓登
舟，明日拟至邱又谦处，约院试时与余再叙。

　　廿八日(3月16日)　阴晴参半。上午元音侄同沈南洲来下二
加租糙，松溪夫人刘氏同来，谈及东易一节，余以不预闻却之，内厅略
坐而去。午前殷达泉来拜年，是诸亲友新年贺礼之殿军矣。留中饭，
絮谈，人极驯良，惜染烟习不肯戒矣。知谦老京中极得意，兼有陵寝
差。饭罢，留之止宿，不肯，云仍至池亭逗留。

　　廿九日(3月17日)　晴朗可喜。终日无客来，《曾文正公奏议》
十卷今始点阅读竟，已两阅月矣，明日当一并寄示荔生，校正此集，圈
点自谓颇有讲究，未识究竟若何，当质砺生，因同志甚少也。暇续读
曾文。

二 月

二月初一日(3月18日) 晴朗。饭后衣冠东厨司命神前、祠堂内拈香叩谒。墀儿观风卷誊好呈示,阅之,诸体经子屏改就,大可称善,然风檐寸晷,实无此许多琢磨功夫也,聊以试笔而已。以曾文第十卷寄交凌丽生,探听府试亦无实信,暇则重阅《切问斋文钞》。

初二日(3月19日) 又阴雨连绵。上午阅《切问斋文钞》。下午雨中舟至池亭,访叶绥卿同年,知今岁侍母,不上公车,渠郎桐君至江城保武童县考,府试昨日末覆,院试亦闻初十取齐,长谈良久始告辞,还家已近点灯。书房内今日赋期,大儿呈示草稿,大可念得去。

初三日(3月20日) 风,阴,微雨。饭后率墀儿衣冠,命两孙随后,在瑞荆堂供奉香烛,拜叩文帝圣诞,书房内斋素,谨申区区微忱。午前适薇人、子屏来,确知昨日复终,凌桐轩案首,钱公第二,正案未出。在书房内中饭,素餐,畅谈至晚而去。沈菊亭值路来通知岁试,马学宪决计初十取齐,正案府试仍无有,约薇人初八日上去,同舟与否,初七日回音。

初四日(3月21日) 又复阴雨,寒冷。上午将客冬内出入总结,从简登清,为之一快。去年有金上添花诸费,实亏颇巨,倘能幸遇丰年,当格外撙节之。下午墀儿至莘溪,三月中有要事赶办,当与砺生、雨亭商酌之也。晚归,知雨亭、荔生到苏不值,与范甫畅谈,正案仍无消息。

初五日(3月22日) 阴冷,大雨雪几盈寸,即消,然满地滑滑无干处。饭后至乙溪处,问钱竹安昨所寄,金小春来,税契共三件,所托沈尚达一契,八月二十日付者,账来而契失交,竹安亦不知,大约未付,当到江问之为要。甚矣,经手人之不经心也。是日书房文期,限随做随誊,以速捷为妙,晚间脱稿,诗未誊真。甚矣,风檐寸晷之难以出色也。晚接翼亭廿九日所发信,托办之事一一如愿,甚感热肠。

初六日(3月23日) 始有起晴意。上午舟载薇人来,为慕孙痢疾又发，属之处方，仍用温补升健法。下午回去，决计同寓，两舟行，初八日到苏。凌桐轩案首断不稳，大约钱青士矣。下午墀儿课试帖四首，借练笔机，苦难之至，若佳句则毫无，可笑不能诗。

初七日（3月24日） 又雨，春花大有碍。中午祀先，赠太孺人、先母沈太孺人忌日也，屈指计之，见背五十六年矣，拜献之馀，不胜罔极之悲。陈厚安回去，约廿六日去载。墀儿终日整顿考具、书籍、行李，与吴少松表叔夜间伏载，明日吉行赴试。黄昏时，送少松率墀儿登舟，雨仍不息点。

初八日（3月25日） 阴，晚间又雨，西北风，春熟大有碍。上午至北舍赴胡谦斋会酌，在其弟行九银店中叙两席，得会者浮溇倪福春。菜甚可口，饮罢与孙蓉卿茗叙，以其徒马少林考作廿名前示余，阅之，大有功夫，已嫌学时墨式而不干净，此番可望五六分进意，据其师云，此子颇不驯良。畅谈而还，到家点灯。

初九日（3月26日） 阴，下午复大雨，至夜始息。饭后舟至冠溪，预吊董梅村之尊翁聘伊，明日领帖。至则泥途滑滑，本家诸事均未舒齐，灵前一奠即返，又往莘塔买杂物。益生处选日已来，定于三月十二去招迎。顿候舟人良久始开船，归家下午。荫卿同金三甥在书房谈天，所做起比大有思路。适沈咏楼来，以罄生朱卷数本托寄，不再到，可称脱套。始知府正案元张子廉，凌桐轩四，钱青士五，凌博如十名，馀则均恰如分量。一茶即去，云十二日同凌氏到苏。

初十日（3月27日） 始开霁。早饭后同蔡龙生舟至梨里，龙甥到家，余衣冠至敬承堂贺邱又谦郎双弥月之喜。至则亲朋咸集，主人出见，并贺渠太夫人，少顷，又谦抱新郎君见客，聪秀硕大，是渠家读书种，外父积累之征，此子宜重整家风乎？祝之祈之！中午宴客共七席，黄吟海首座，次茗溪翁，余与汝寅斋絮谈，若同席，均非同道也。菜极饰观，如官场，畅饮如量，宴罢，客多染恶习，矫矫者周雨人辈数人而已。友骞情重，固留止宿，勉从之。与省三丈、毓之弟、吟海茗叙良久，点灯后还内厅夜粥，极适口，复畅谈一鼓。是夜宿楼外楼，汝六陪余。

十一日(3月28日) 晴朗可喜。晚起,食火肉面,佳甚。粥后与邱吉卿兄畅叙,渠郎寿生九世兄文笔颇美秀,毓之桐乡本家,许渠回籍应试,因略助以成其美。作文一篇,合式之至,想此去定得意也。吟海来谈,试帖兴浓甚,读之,甚佩此道圣手。中午同席,又畅饮,汝诵花同饭,子弟之极老成者,得之梨镇更难。下午友骞备舟送余归,约到苏再叙。还家未晚,接吴少松苏寓舟还信,知学宪初九日尚未临马头,大约明日进试院。

十二日(3月29日) 晴朗明媚,百花生朝,难得如此光景,想今年百谷丰登可必。饭后至乙溪处,以钱七百属蒂卿转致少堂,不在账上者,此数照前议补给。米粮今午上仓完竣(复仍照旧),当即致意分手。复至友庆,与子登长谈,以青浦钱、陆两公朱卷见示,均极当行。以二加扫墓事面命七侄。下午整顿行李,明日拟由江赴苏,夜间伏载。

十三日(3月30日) 晴暖。清晨舟已解维,恰好顺风东南。起来,饭于舟中,未到午刻已到江城,进北门,寻金小春前契,恰是失付,今即检交,以召佃牌两张连费给之。一茶即开船,一帆顺利,到苏不过未末申初,即进寓,知学宪今日行香讲书,明日生诗古。命墀儿收拾考具,今夜与叶锦堂、金寅阶同入场。

十四日(3月31日) 半晴。朝上复雨,即止,下午开霁,骤寒。平明送墀儿入城开点,辰初闻学宪搜检不甚严。与少松、蔡进之茗饮沁园,上午以节孝位五主面交毛镒庭,重复者命之重做,略呵责之,不甚苛求,吾辈待人当存"恕"字。下午放牌,赋题"花鸟萦红",以"九成宫东台山池"为韵,诗题"箫声吹暖卖饧天"八韵。晚间未点灯墀儿始出来,以草稿呈示,大段妥致,惜不出色耳。

十五日(4月1日) 晴朗。清晨送子扬进场,封门更晚。上午婆娑学院街,晤刘雪园,拉叙茗园,欢然道故,不相见者三年矣,腰脚之健胜余十倍,絮谈久之而别。下午放牌,题"三十六雨赋",以"太平之时,十日一雨"为韵,"鹊声穿树喜新晴"。子扬出场尚未晚,张元之寓亦甚近,夜间来过。

十六日(4月2日)　晴朗。是日府长元吴五学生正场,三炮五更二点,封门日略高。上午与凌古翁、郁小轩、沈宝文茗叙老景福,未刻放头牌,题"子曰,为政以德"一章,经"任贤勿贰"二句,诗"枕善而居"。诗古生案已出,江正取金寅斋,震正取盛省三。至元之寓中候之,其二郎亦英秀可喜。

十七日(4月3日)　晴暖。是日江震廪保画押,墀儿名次所派十三人中,梅、顾为最。文生今日补考,中午已放牌,题一考"其行己也恭",两考"其事上也敬",经"八音克谐",诗"修辞立诚"。午前朱稚苹来谈,匆匆即去,约便再叙。今夜江震、常昭、昆新二场,命墀儿收拾考具,属儿侄少松辈早眠,余守夜。闻叶锦堂寓中昨夜失窃,衣服取去颇多。

十八日(4月4日)　晴朗,不甚热。四鼓头炮,唤考客起来,二炮前吃饭,诸考客饭毕即出门。余在寓静坐,少顷放三炮开点,家人还始睡,封门黎明。是日晚起,子扬侄在寓作文,余饭后与叶达泉茗饮老景福,絮语谈心,知与余同庚,徜徉久之,还来头牌已放,上场案发,府学复殷、王、周,独凌荫周不与。诗古覆者亦不能全,甚可骇焉。题通场"吾十有五"至"耳顺",经"敬敷五教,在宽",诗"图书发古香"。朱稚苹同顾希鼎来谈,少顷,三牌薇人出来,四牌少松继之,酉初墀儿亦出场,知今日精神甚旺。置酒与少松畅饮,墀儿口念场作,题界清楚,措词布局亦颇认真,可谓不负今日之长,未识能复试否。

十九日(4月5日)　晴,暖甚。是日清明,覆生诗古。晚起,同少松茗饮沁园,晤顾希鼎。饭后与沈宝文茶叙老景芳,回来上午,覆试者已出场。"说诗解颐赋",以"匡说《诗》,解人颐"为韵,"花池春映日",得"池"字八韵。午前张秉兰来寓叙谈,当答之。下午丁子琴来絮语,言言笃实,非不通世务,何世人均以骇愚目之?以三枚告借补考费,允之,云便寄还子屏。是夜江震、常昭童进场,更点牌改早,五更一点三炮,命子扬侄早眠,薇侄、墀儿守夜。

　　二十日(4月6日)　晴朗。五更一点,儿辈送子扬进场,封门天已明。饭后同少松至申衙前(王二坊桥)看大雅文班,每人洋三角,坐场极适意,演得极可观。回来已点灯,子扬已出场,题"所求乎子,以事父",排四县,二题"言顾行"二句,诗"春寒花较迟"。生场覆试案已发,墀儿幸列第五,薇人十三,明日进场在黎明,子扬文前八行大可进得,未识能侥幸否。陶苣生来过,子范在寓陪之。

　　廿一日(4月7日)　晴暖。朝上薇人、墀儿同入场,封门晚甚。上午与沈步青茗叙老景芳,良久回来,覆试已有出场者。题"虽有其位"两段,诗题"五经鼓吹",得"经"字八韵。又与进之茗饮,渠复批不甚华。还途答张秉兰,渠批评颇佳,名次则十二矣。元之、幼谦均来过,申刻儿侄均出来,评语有华有不华。夜与少松、陆述甫、达泉畅叙景芳,颇得知心之乐。家中船已到,还寓收拾行李,明晨欲暂归家。(原评:"笔无停机,词无匿意。")

　　廿二日(4月8日)　雨,下午起晴。清晨同少松着屐登舟即开行,中午到同川,少松还家,约初三苏回之舟同考客还来到馆。舟即复行,东南石尤风,到家已黄昏候矣。

　　廿三日(4月9日)　晴,暴热。饭后至两房关照明日祭扫,舟至大港,晤金侄孙,喜悉子扬昨夜报到(第九名),子屏今晨已赴苏抄案而归,知凌桐轩、夏桐生、陆荻卿、梅冠伯郎(子和)均获售,丁子琴以府不录取补考,见赏宗工,更喜实至名归。下午风狂,至莘塔,砺生、雨亭、范甫均见,所商迎位一事转致听樵亲家,约三月十一日备舟请媒。畅谈,读《黎纯斋明府书》并《松陵文录》序,均有体裁,益佩其学之正。傍晚还家,补清明节家祭,祠堂内祭已祧之祖,余主献奠,厅上祭四代,两孙襄祀,颇能拜跪如仪,顾而乐之。夜间饮散福酒,余已过量,甚有醉态。

　　廿四日(4月10日)　晴热。午后暴风陡作,几碍行舟。是日江震头场童复试,饭后率两房侄、侄孙暨两孙至西房圩曾大父坟上祭扫,还至南玲先大父、先大人墓前祭奠。中午饮散福酒,侄暨侄孙辈饮叙六人,座以次,乙大兄及苇侄有客在,不会饮,余酒酣耳热,以读书修身齐家之法,浅近晓谕,多漠然,惟六侄、七侄似有会意,未识日后能稍有成否。甚矣,贤子弟之难得,真如祥麟威凤矣,可叹!

廿五日(4月11日) 晴和,风息。上午账房内略有俗事,中午祀先,曾王母黄太宜人忌日也。暇阅《嘉树山房集》,其后人曾孙张可人新印者,昨从苏(楷人)以六百四十文新购之。夜间略登出门后家中账务。

廿六日(4月12日) 阴,骤寒,西北风。上午权课两孙,一理生书,今春所上者,一理字两包。下午即放学,不能顶真也。碌碌终日,略阅《嘉树山房集》。

廿七日(4月13日) 晴朗,颇不暖。上午课虎孙理生、熟书一遍,下午停读。慕孙至奇字港治痈疮,因不理字。暇阅《嘉树山房集》,知宗法甚正,魄力似稍弱,然不愧名家焉。

廿八日(4月14日) 晴朗,渐暖。上午呼慕孙理字三百,因头有肥疮,痒甚,不肯再理而麻。阅《嘉树山房集》书类,极见根柢深厚,不得以力弱嫌之。顾又亭来,辞以他日再商,即回去。下午部叙行李,拟明日赴苏,今夜伏载。

廿九日(4月15日) 晴,西北风。朝行,舟中阅《曾文正集》,石尤风,舟人鼓力而行,至下午始进城到寓。晤儿侄辈,知一等新进案均不动,今日发武案,新进总复,明日奖赏,夜与子屏茗叙老锦芳。

三 月

三月初一日(4月16日) 晴朗。晨起小点后随诸生新进至学院大堂上看奖赏(学宪初二下午出院,案临太仓),巳初马学宪升堂给奖,覆卷生童一概不发,殊为可怪!诸生行三揖礼,新进行一二拜礼,学宪起身鼓吹,送出大门,大约初三起马考大仓。饭后率墀儿由甫桥直穿干将坊巷,至吴县前直街张宅答朱稚苹,墀儿托画之扇,约明日去取。蒙拉至养育巷口华茶肆内茗饮,晤吾邑幕客费莲卿,畅叙良久而返。又与盛省三茶叙沁园,晤费松琴。还寓,凌砺生在座,知今日上来,遂留便夜饭,后又茶叙兴园,丁子琴同往。还来,客去则熟睡矣。

初二日(4月17日)　晴朗。饭后凌砺生来寓,因同至孔副司巷候陶芑生,并贺渠郎文伯入学禧(分,客气,璧),蒙絮语,置酒畅谈,山肴野蔬,味胜八珍,极适意。下午同至望月茶叙,砺生《松陵文录》已与刻工毛酉山讲定,皂板每字写刻一应在内,一个四毛,芑生居间,写承揽矣。回寓稍座,芑生始去。子扬倅忽然见红,良久始止,大约郁结而发,急需静养。灯下,梅冠伯来,相谈乏味,然有子入学,继起森森,后福未可量。

初三日(4月18日)　晴朗。子屏、子扬急欲归家,为石尤风所阻不得,又不能行远,在近地闲游,殊无兴。饭后同薇人倅拉砺生同至申衙前园中,观大雅名班文戏,其东则薇人所作,颇可娱耳目。演毕,由城隍庙察院前走观前街万象春茗饮,久之回寓,主人抽丰设席,因招砺生暨同寓荫周、王少兰共饮,七子同坐,菜极佳,如量欢叙而止。是夜拾检行李及所买诸件,吉登草账,明日必须回家。苏城靡费地,非吾辈所宜留恋也。

初四日(4月19日)　晴,东南风仍不息。早起发行李,与子屏、子扬、薇人分舟解维,薇人畏风甚,绕道至江城行,可笑迂愚不近情。出城,饭于舟中,与墀儿论少年子弟出考必须父兄陪督,庶不至纵欲败度。风逆水紧,至同里已中午,即载少松乔梓同舟到馆。少松此番二等第三,虽有屈,尚可免徒陪辛苦而列一等后者。下午风愈劲,舟人鼓力行,到家一鼓候矣。是夜极酣睡,可知出门征逐断非吾辈所擅长。

初五日(4月20日)　阴,下午微雨,风始息。晚起,饭后整顿回苏行装,尚未位置一切,殊觉忙无头绪。下午至萃和堂,与风鉴家严秋田长谈,知渠讲三元,以三合为非正宗,示以南玲祖茔艮坤向兼寅申三分,大合渠所论格局,神奇其说,未敢尽信,长谈而回。

初六日(4月21日)　阴雨,潮热。饭后招严秋田来相宅。据云正屋癸丁兼丑未三分,墙门未丑兼丁癸三分,甚合上元局,来水亦收,惟衕门(以改照墙门为妙)不是未丑兼丁癸三分,不甚合式。账房不聚财,账桌如移向面东尚可得力。后门厕屋均佳,房灶亦吉,若论墀儿夫妇,宜住楼上靠东第二间,已属择吉,秋间移动。惟二加正厅堂楼大不佳,据云是空向。场上更楼,不利尤甚,今冬交腊急宜卸作平屋。复向笔谏楼上,东西作住房均无佳处,言之,似于过去多合。中午设菜酌之,谈之夜饭而回萃和,聆其议论,似尚肯直言,且有至性而阴行善事者。

初七日(4月22日)　阴晴参半。是日苏城张抚军在试院内甄别,两书院照学宪体,头门知府点名,二门抚军亲点,鱼贯而入,分东西坐号,恐抚军非科目出身,不能恪遵告诫也,志之,以验士习。饭后墀儿舟至梨川邱又谦、徐少卿两家,为十二幽昏事面请之。遣人至大港,知子屏到梨,不值,子扬见过,新恙似已渐痊,暇阅《嘉树山房集》。晚间墀儿自梨回,知毓之弟考桐乡原籍,呈谱收录,得草十名而不去复试,极是!幼谦及徐一山约十一日放舟去载。

初八日(4月23日)　晴朗。上午闲坐,阅《嘉树山房续集》。下午大儿至莘塔,适砺生自紫树下来,子屏亦来,因畅谈一切。欣知子扬血已止,神思气力均转,能得从此平安为妙。砺生先归,子屏晚去,余至萃和,与秋田翁长谈。据云乙兄生矿,乙辛单向,小局面吉顺。松兄大义之茔,艮坤单向大不佳(向水太远,且稍落空,以不应为妙),未识然否。惟所论隔灰葬法甚不擅长,大约为迁葬计耳。子屏携报单、账簿去。

初九日(4月24日)　晴朗,略寒。饭后命墀儿至芦墟,贺陈骈生幼子稚生完姻禧。下午余往大港,衣冠道子扬入学喜,昆弟均见,日上子扬面色不甚佳,幸前恙已不发。与竹淇、子屏、薇人、渊甫絮语,并面请十二日来溪,畅叙而返。适邻人有自重固里治病还者,接何鸿芬回片,略书数语问答,知尚不忘情于旧友。

初十日(4月25日) 晴暖。上午闲坐。下午命工人洒扫庭阶，整顿筵席，略挂灯彩，排场一切。十二日为奎亡儿、凌氏去招位入祠，故预为办备，明日当循例去载冰人，一应楚楚矣。夜间欲至萃和，与秋田翁叙论，渠今日至大港上相宅，候至黄昏未回，因不往。

十一日(4月26日) 晴朗。上午至萃和，知秋翁港上未回，以菲敬两枚并大儿八字属算五星单盘，交苇侄代致。下午凌范甫、邱幼谦、徐一山均来，并接澳之札。夜间略备馆菜，请客两席，诸公均在书楼止宿。

十二日(4月27日) 晴朗。朝起，饭后鼓吹，开门升炮，备大船一号，快船一号，至凌听樵家为亡次儿应奎迎渠次女凌氏次亡媳之位入祠，冰人徐一山、凌范甫，迎位之船开后，蒙亲友均来致贺，竹淇弟、薇人、子屏、渊甫诸侄，金官侄孙均到，北舍则葵卿、元音暨范桂芬表侄同来，凌砺生亦至，乙大家兄、两房诸侄均来贺。中午宴客五席，账房两席，下午冰人迎船已回，蒙亲家赏犒折妆，余处微礼不受，铺陈从华，均位置在幽婚房，即命次孙慕曾穿公服，拈香轿前，出门迎接，捧主入后厅，备菜宴祭，亲友均来拜送，余父子一一谢之。鼓吹祭毕，命慕曾捧其嗣母凌氏位入家祠，与渠嗣父应奎位并列，从此以似以续，以妥幽灵，余深有厚望焉。夜间点灯宴客，亦颇不寂寞。客去后，与少松、友谦、砺生、范甫、一山诸公畅谈良久，二鼓时始就寝，腰脚疲惫甚矣。

十三日(4月28日) 晴，比昨日更暖。饭后备舟送邱友骞、徐一山还梨。凌亲母朱太恭人廿三治丧，廿四升祠，砺生具族长柬邀余题主，屡辞不能，俯允之。左右襄事徐少卿、邱友骞，已面请定矣。少顷，凌砺生、范甫亦归。账房内、馆上算账，犒赏工人管家，约已共费钱乙佰千文外，此时作事不能减省若此！馆上送菜一席，夜酌账房诸公，余陪之，均不能多饮，早眠，酣睡，倦其矣。

十四日(4月29日) 晴，稍清朗。饭后慕孙至荡南蛎壳港许姓老妪家治头上肥疮。账房内喜簿上诸账登清，若余内账，如治梦丝，毫无把握动手。甚矣,事之因循贻误亦不少也。下午慕孙归,知老妪许,夫家苏州,江是其父姓,擅此技以渔利久矣,大约尚霸功,未识能奏效否。

十五日(4月30日) 晴暖已如夏令。上午将堂轴、堂画摊晒,颇形周折,暇阅《嘉树山房文集》一遍竣,其文俱洁净精微,不徒吾邑称名家也。下午登清出门后出入内账,不觉头绪一疏,然考账、喜事用账尚未细细过目,即此琐屑家务,糊涂不理,益服老辈勤敏精练,实不能黾勉相承,言之汗下。

十六日(5月1日) 晴,下午阴,微雨即止。饭后与墀儿拂拭先世神像及画轴楹联,位置在大书厨内中架,若夏间尚须重晒也。沈端恪公《励志录》一册,沈南一、陈梁叔、陈子松所校刊者,谨阅一过(复同《嘉树山房集》,答送磬生朱卷),暇拟将近刻印《感应篇赘言》谨读,借以警觉此心之陷溺。

十七日(5月2日) 阴,午前后雷雨,西风渐冷。上午陈老绍来,欲求荐书至兰畦凌氏,辞之而去。午前王桢伯至萃和,特来辞行,一茶回去后,下午衣冠答之。知朝考到京,择期是月廿四日赴沪,絮语良久而回,知此公颇明字学,可决其录用也。墀儿率慕孙晚自蛎壳港回,已与许妪包定十洋,先付一半,俟头上全愈后付清,未识能速奏效否?

十八日(5月3日) 晴朗。上午出冬①,此是倪某俯就循情者,时价不过二十五②角左右耳。昨闻桢伯之言,确悉初五日马学宪案临太仓,拜门神伏而不起,竟若坐化者,然万里不归魂,伤哉!暇阅《切问斋文钞》丧服考毕,续阅《葬说风俗》下。

十九日(5月4日) 晴朗。下午东南风略狂,要防雨。饭后媳妇率两孙暨孙女至凌氏母家,俗有除几前婿家祭奠之礼,谓之"暖

---

① "冬"字后原文有符号 。卷十一,第139页。
② "二十五"原文为符号 。卷十一,第139页。

座",故备飨先往焉。暇阅《切问斋文抄》葬祭礼文。

二十日(5月5日) 东南风,晴和,渐暖。上午阅《文钞》教家服官文,下午始将考用账及苏去买物零用账——过目,尚未登清,销费颇多,然尚非不正经事,故恕之。碌碌终日,不得静坐。

廿一日(5月6日) 阴,潮湿甚。饭后墀儿至莘塔凌氏,其外姑朱太恭人后日治丧,先去应酬襄事。下午正欲登账务,适子屏来,以所改子扬试艺相商,极合如题,熨贴之至。蒙代余作一跋,述课督原委,亦分当然,语颇干净而有分寸。是日丑刻立夏,恰好同至书房,与少松小酌絮谈,至晚而去。公账找缴三元,让半收讫矣。

廿二日(5月7日) 阴,忽北风,渐凉。上午静坐,阅《切问斋文钞》服官门。下午将苏去用账、考账——登清,不觉眉目为之一爽。闻太仓考事委新臬宪甲榜魏公代理考毕,亦是上宪方便法门,魏公一时际会,此说不确。

廿三日(5月8日) 晴。昨夜寒冷,今始渐暖。饭后同少松至莘溪出吊于凌氏,至则幕前总奠朱太恭人、云汀夫妇后,即至厅上应酬宾客,时来客尚希,少顷纷至,李辛垞、熊纯叔、陈翼亭诸公一见后不知何往,继知均叙在磬老处。翼亭以前过割之券面交,足征诚实,然诸事尚未清楚,约五月中面谈。与陆述甫、叶达泉同饭,畅谈良久,知上洋鬼子与宁波人大械斗,咈夷伤毙者七鬼,宁人亦有受伤者,现抚军张已提兵往沪,倘不能弹压,恐夷场从此瓦砾。事关重大,不知若何收拾也。中午后同少松归,到家不过午末未初也。碌碌不能静坐。

廿四日(5月9日) 晴朗,恰好夜间风雨。饭后舟至莘塔,到凌氏登堂,坐客寥寥,知辛垞诸君今晨已解维矣。至幕前吊唁雨亭夫人,礼毕,凌荫周、志云、韵峰接陪坐茶,少顷两襄事陆立人、邱幼谦均会叙,荫周引至咏楼书房,作官厅熊纯翁接谈屈陪,宴席罢更衣,穿公服,候掩丧,礼生呈礼节,主人设执事,鼓吹轿迎,至经畬堂出轿,入厢房,复坐茶,候礼生三点请升堂,排堂后两相参揖,由左出位,答二恭,孝子出幕跪，不避，执事人捧牍呈左相启牍，呈公案前，右相捧笔加朱，授正座，先题陷中，次粉面，以笔授左相归架，复如前递授墨笔，如前礼仍先陷中，再盖粉面，以主捧授右相，右授左，归牍授孝子，行三叩首礼退，主座出位，面向北避，不答，两相事复参揖，告辞始退堂。仍坐茶，主人设三席，宴客少坐即退，复登轿如前仪，送至官厅，换衣成礼始毕事。与磬生接陪沈春甫，时春甫奉讳初旋里，不到家乡几卅年，部曹久不补，仕途之苦，家计之贫，无如此公。人极真实爽快，一见如故，畅谈至晚。送凌母朱太恭人入祠，亲朋拜送毕，主人鼓乐宴客，共八席，余忝首座，春甫次之，幼谦又次之。席散，听堂奏演曲，二鼓后止宿东厢楼。砺生、雨亭、纯叔又畅谈，春甫所述京华事，为之太息。就寝已三鼓，诸客剧谈至鸡鸣，余实不能安寝。

廿五日(5月10日)　晚起，与主人同早饭。上午诸客均归，与纯叔畅叙，始晤西席徐伯咸。纯叔出门未定，在家课子侄。《文录》拙跋承谦，原稿不动笔，另拟相示，照原本存十之二，始觉波澜老成，序事严谨，感谢增光。然纯翁过分谦，余益汗颜矣。中午与纯叔畅饮醇酒，下午返棹。是日阴晴参半，到家未晚，夜早眠，倦甚矣。

廿六日(5月11日)　晴朗。晚起，上午梅冠伯家来送喜单，与杜秋波之侄索取府学等第案。芦局张森甫来，又嬲完四石有零，洋二十一元①，钱九百五十五文②，约归七八九③折左右矣。吴少松解馆，夜间送之登舟伏载，约四月初八日去载。

廿七日(5月12日)　晴。上午磨墨匣三只，录清纯叔改余后序两篇，益信此道动笔之难，实至名归，固不可以虚假释责也，自后宜多读书以自励，然老矣，无能为也矣。书此聊以自警，并为儿辈勖。

廿八日(5月13日)　晴和。俗亦名"天赦日"，梅墩东岳庙必演

---

①　"二十一元"原文为符号 饭。卷十一，第140页。
②　"九百五十五文"原文为符号 努。卷十一，第140页。
③　"七八九"原文为符号 嫩。卷十一，第140页。

剧,各人家工人都纵观,故有此名。上午又录后序一篇,作字艰苦,少时不学书,其受累若此!《感应篇赘言》下午读毕,又阅《切问斋文钞》选举门。

廿九日(5月14日) 阴,微雨。饭后复录后序一篇,松以握管,不能矫弊,反觉拘挛不好书,可知凡事积弊难更。暇阅《国朝文录》及《文钞》。命舟去载墀儿,晚始归,知两孙寄在伯咸馆中权课。

三十日(5月15日) 晴朗。上午再录后序一篇,手僵如故。下午,苇卿自盛泽来,传说上洋夷事已讲和,可免兴兵。会试总裁万青藜、李鸿藻、崇实、奎龄,题"君子坦荡荡","自诚明"二句,"君仁莫不仁"二句,"无逸图"诗题。学宪有放彭久馀之信,未识确否。

四 月

四月初一日(5月16日) 晴朗。饭后衣冠东厨司命神前、家祠内拈香叩谒,暇则检点架上《全唐文》一千卷,内鼠伤第一架内一册,缺五百七十四至七十六一册,馀尚完好,然所损者多,已非完本,殊深抱歉。盖藏书无楼,其弊必至此!碌碌未坐定。

初二日(5月17日) 晴朗。上午将《全唐文》率大儿位置在书架内,不觉眉目一清。暇阅《切问斋文钞》职官门。

初三日(5月18日) 晴热。饭后至乙溪处,属渠致意羹嫂二加分折事,十五日后可邀亲长谈议。下午命墀儿至北舍梅冠伯家道入学喜,取府学等第案而归。

初四日(5月19日) 晴朗,西北风颇狂。饭后墀儿至梨里邱又谦舅氏家盘桓,约初七日归。晒零星物件,甚燥烈,暇阅《国朝文录》。下午徐瀚波来收字纸,知现在近地兼办掩埋,以前所许愿十枚助之,约渠八月中送灰时再酬所费,总以多送出海为妥。

初五日(5月20日) 晴朗。今岁春熟,转歉成丰,麦可望倍收,未识以后如何,日上农人已播秧矣。终日碌碌,《切问斋文》选举门阅竟,接阅财赋。

初六日（5月21日） 晴朗，干燥。终日无事，随笔涂鸦，手腕僵硬，不能指挥如意，恶劣之至，知此道必须童而习之也。《文录》第三册阅毕。下午凌砺生自紫溪回来，一茶即去，确知江苏学政已简放林天临，福建长乐人，是玉堂之极红者。《文录》刻资已面付一数矣。

初七日（5月22日） 阴，东风颇劲，恰好微雨润泽。暇阅《切问斋文钞》田赋一类，颇多非经生腐谈。舟至梨川载墀儿，晚归，知晤吴涟漪，云林公是汉祭酒，现出学差，此缺杨振甫署理。

初八日（5月23日） 阴，微雨。上午阅近人朱卷，颇有出色之作。下午曹松泉来谈，渠在苏管粮食行作伙，甚得手。为有心安葬父母，以西阡圩田一△五分八厘九毛托补报粮，立户宗垣，当代为秋间赴局一办。长谈而去，约秋间下乡再叙。晚间龙甥趁萃和船来到馆中。

初九日（5月24日） 晴暖。饭后录子屏改拔贡卷文一篇，翻板好陈均堂也。下午少松率郎来自同里，暇阅《文录》两首，殊碌碌不能用心也。

初十日（5月25日） 晴朗。饭后命墀儿至陈思，赴杨文伯嗣舅氏会酌，暇录许竹芸墨卷一篇。下午懒甚，不觉昼眠半刻，殊非养生所宜，后当警戒除之为要。又阅《文录》数篇。

拾壹日（5月26日） 晴朗。上午抄陈、许两公乡会墨，今始告竣，以备揣摩家官样文章。下午媳妇率两孙暨大孙女来自莘溪，虎孙呈示在徐伯咸书房中习字，蒙先生教诲维勤，颇有进境。晚间，薇人自梅冠伯家道喜索饷回来，一茶即去。

十二日（5月27日） 阴，微雨。上午顾淡春夫人七二表嫂来，述及去冬为嗣子寿生完姻，逋负未理，欲叙葵首以了之，缘在至亲，不能不应酬允之，留之中饭而去。吉翁堂舅氏现患头疡，系偏头疽，托以毛鹿片，仍不甚痛而聚，大为可虑，且春花账在即，即幸无妨，亦难办理，思之悬甚。心绪纷如，不能坐定。

十三日（5月28日） 阴晴参半。饭后墀儿同少松至莘塔，贺凌海芗郎桐轩入学芹樽,少松盖课经业师也。下午严秋田自萃和来谈,述及前至三古堂沈氏,知堂楼正屋大不利,后有嗣者万不可居,宜一房住花厅,门户朝北出向,一房住日间(或账房间),另发楼尚可利于财丁,姑志之,以俟他日。且秋翁另有一单,书明授之也。畅叙数片,始回萃和。晚间少松自萃塔归,墀儿被客嬲酒,大醉呕吐,甚非出门应酬、保养饮食所宜,以后须痛戒之。

十四日(5月29日)　晴朗。饭后命工人至吉翁处问候,回来,知疽已肿痛出毒,可望收功为喜,暇阅《文钞》农政数篇。下午至萃和答严秋田,长谈,蒙为墀儿算丙子科命盘流年,据云是年文星、魁星入命宫,可望侥幸。余笑而应之曰"果若是,当为君特来悬匾致谢",未识然否? 姑识之,以为儿辈用功勖。又絮语,属择安床、卸更楼吉日而返。

十五日(5月30日)　晴,燥热,下午又甚,黄昏后大雨雷电,一时而止。陈翼翁同薇人侄来自萃溪,知昨日海芗家公贺,颇闹。墀儿至芦,自晚而返。留翼亭、薇人止宿书楼,畅谈终日,所托田竭力成交,惟与渠本家尚未了吉,约秋间同砺生续赶,其中头绪,颇不清楚,当与翼翁细商换券为妥。秋田翁处择吉两纸已来,即命大儿酬答之。夜谈至一鼓而寝。

十六日(5月31日)　晴而不朗,略潮热。饭后备舟送翼亭还萃塔,并为兰大孙女请庚吉于砺生大令郎,未识能天作之合否。大儿率慕孙至蛎壳港许妪家治头上黄水疮,现已愈十之七八,再欲敷药以去其根,薇人恰好趁船回港。下午苪卿侄来,知昨日秋田翁至钱子方家相宅,其向与余家同,门户均吉,上元大利也。以人事观之,其言泂然。

十七日(6月1日)　晴朗。饭后饬木工修楼梯,正在指挥,适沈春敷来访,衣冠见之,知今日自萃塔来,茶叙片时,留之不能,即告辞,云要至梨里访子屏。下午杨梦花来,二加止宿,叙谈久之,若本题若何做法? 尚未出主裁也。

十八日(6月2日)　晴，蕴热。饭后饬工人将堂楼户梯翻出，已有白蚁攒蛀，恰好命木工修理，楼下屏门一一开脱抹油，大为爽快。终日陪梦花四兄闲谈，无聊之至，晚间始与乙溪、少松商议，亦未见分犀手段。

十九日(6月3日)　晴，热甚。终日在二加陪杨梦花，上午羹二嫂出来见客，亦不过说几句分家套语，毫无边际。下午梦花、少松至萃和，乙溪随波逐浪，虽终日闲谈，不肯切实仔肩，看来此番仍不直落，延迟无补而已。甚矣，彼此体量之难！

二十日(6月4日)　晴朗，热仍如中夏。饭后吉翁郎来，喜知疮可渐渐收功，惟春花账万难办理，已属钱明兄代庖，然届歉收之年，又更生手，必无好成色，思之闷闷。上午将二加十年以后出入账摊示乙兄及梦花，以款抵款尚亏千金，历年饭米不在内。下午梦花、少松又至乙老处商议，仍无真心腹，余亦万难下台也，看来尚需时日。

二十一日(6月5日)　晴热不减，饭后梦花述昨日所谈，愈议愈远，羹嫂太觉不情，大有不果之势。中饭后三人又向彼处会议，仍无头绪可松，余只好听之，思思闷甚。

廿二日(6月6日)　晴阴，热稍减，昨夜雷雨不透。上午同少松、梦花并邀乙大兄至场上看围墙地步，开后门看二加起种田二亩，势皆偏于西，且围墙筑时，据老佃振范云，先大人让地六尺，以便友庆开后门，孰知友庆后筑围墙，竟不让转，其后门已在二加界上矣。此事姑置弗论，今日分析其田二△，若竟分半，大碍养树地界，可否转致羹二嫂，以此田二亩暨十年后馀花旧黄器抵偿亏款。下午三人复致意，乙兄浮沈，羹二嫂仍不通情，然余亦万难过去。甚矣，"吃亏"二字，非圣贤万不能忍。

廿三日(6月7日)　晴热，西南风终日狂甚。清晨以洋分致奠袁甸生乔梓，因热兼有事，不果往，专舟送去。今日始确知殷小谱、庞小雅南宫捷音，以便札待致子屏梨川馆中，大约意中人多下第矣，属探问苏府消息。午后乙老至丈石山房，与梦花半日楚囚相对，了无下落,余属乙兄致述羹嫂,决计明日且盘算亏账,以雪余诬,乙老又不肯,实令人烦闷也。陈翼翁,周庄沈氏高徒还蓝衫,送坛酒并试草,余答以芹仪使力,以片谢之而去。闻渠家专舟来,尚有古风。

廿四日(6月8日)　昨夜大风,阵雨片时而止,今日阴晴参半。饭后梦花家来载,屈留之。午前乙大兄来谈,羹嫂亦出见,盘账决不肯,一派官话,并有述事可笑处,益见其本性非狠戾者,言尽而退。下午乙兄与余商酌,始有端倪可听处,两人复至友庆谈议,未识上文能承清否,恐头绪尚繁重也。

廿五(6月9日)　晴朗可喜,昨夜雨亦酣畅。饭后命内人至梨川邱又谦家盘桓,约初十日后归。以札致子屏,探问会榜。暇至丈石山房,与梦花谈,知昨日之言又变卦,上文不肯承清,偏欲以楼上全抵,余属致意,大可通情,当以全场仓屋交易,两相持,仍然画饼。甚矣,宵小女人之难与共事也。晚间梦兄回自友庆,据述堂楼欲让中间,场屋靠西筑住,然大儿吃亏已甚,即议以田抵偿,亦颇不受用,俟再商。晚接子屏回札,知府城三县仅中四人,陆凤石、冯培之均在其中,特未见全录耳。

廿六日(6月10日)　晴朗。上午与梦花、乙兄闲谈,下午始略有成议,场靠西筑过,以圃围墙作直转湾,与场正对为界,馀地让转,并堂楼正间归于敬记,贴还签记本圩田八亩六分,亏款以后圃一路,田二△,并黄器租息抵偿。如此办理,余则削地,彼则益地添楼,含忍允之,免伤和气,未识羹嫂有反复否。夜谈一鼓就寝。

廿七日(6月11日)　晴热,西南风。上午徐乙山来,恰好命之场上准向,据筑场东西均无碍,惟腊中可动,来年不空,要迟至后年,留之中饭,下午回去。午后梦、乙两公又至友庆代述一切,大局楚楚,而走路门户船舫照旧,又不通情,妇人之不明理如此,可笑!

廿八日(6月12日)　晴热不减暑天。上午至丈石山房,知乙溪略有小不豫,今日罢议,不过与梦花终日闲谈而已。下午凌雨亭来,知砺生往苏未返。会榜苏城五人,刘传祺、陆、陈外,馀不知,冯则不确,畅谈两时而还。

廿九日(6月13日)　晴热,下午阵雨不成。上午在丈石山房与乙兄、梦兄闲谈商酌,下午羹二嫂亦至,将大嫂所存首饰、黄器并所授与媳妇者均呈堂公分,颇多词说,梦花搭匀后,余始从权代儿媳受领。总之,羹嫂甚非忠厚长者,事事极老到也。

五　月

五月初一日(6月14日)　阴晴参半,阵雨仍不下。上午衣冠东厨司命神前拈香毕,即邀同两兄暨羹嫂看墙,一弓之地决不通情。下午乙、梦二公复至友庆船舫及水阁,大儿均有四之一,因墙上有碍围墙,或账船及墙门东一间,现作厨者,调其一,又不通,看来只好罢议,相持时日而已。

初二日(6月15日)　阴晴参半,朝雨即止,殊觉清凉。上午在丈石山房闲谈,下午乙、梦二公又至友庆商议,坚执不通情,余亦万难含忍,不过旷日持久而已。晚间始闻有转圜意,河步水阁船舫,通同公用大账船一只(修理四分之一),照旧仍住,北账船他日待售未售之前,余权管理,坑厕未改拨之前,长房独用,下场一弓之地,他日筑腰墙时让转一块壁。如此不直落,均被宵小搬弄,以至吃力如此。

初三日(6月16日)　阴,饭后晴热。上午始属少松作分书草议,余与乙溪在丈石山房终日陪梦花剧谈,下午草议成,条规极明晰,周视两公,亦以为然。即命七官传示渠母,良久始回,略有更张添注,乙老所指点,余亦不怪也。惟腰墙欲另筑,前所筑者不更动,又是女人小算盘,余不过抛去工料一半,甘心应之,惟彼处形势大不合式,不得不以利害告之,是与不从,听便而已。此事讲论,持之十有六日始清头绪,然非余父子能退步相让,万难玉成也。分析之不易如此!

初四日(6月17日)　晴热稍减。杨梦花朝起急欲归家,饭后备舟送之回去,约八月初十后择期,略具杯盘相请,即将田产器用物件拈阄分定,此时仍在二加账上开销彼处门户。暇则静坐,毕竟余父子自恃处世接人大觉忠厚受欺。

初五日(6月18日) 晴热异常,不减正伏,实近年所希有。河水渐涸,农人插种维艰。饭后磨墨匣,试笔浓淡,亦颇有闲趣。午前节日祀先,午后略具杯盘蒲觞与少松书房内对酌谈心,聊赏令节。学徒放节半天,暇阅《胡文忠公奏疏》,略阅一周。

初六日(6月19日) 阴,凉甚,东北风,昨夜雷雨时行,恰好秧水酣足。续阅《胡文忠公尺牍》《文案》手批,今日始将历科朱卷、履历暨历科岁试卷,属少松汇订数巨册,颇觉头绪清楚,耳目为之一快。下午砺生有信致大儿,以《申报》题名录寄示,陆凤石竟得大魁,希奇之至,岂石膏救人,竟中状元之选乎?可为九芝翁贺喜,一笑。

初七日(6月20日) 晴朗,略阴,不热。上午钞录砺生所寄黎纯斋《松陵文录》序,甚为当今作手,惟惭余书楷甚苦耳。下午欣喜熊纯叔、陈翼亭、砺生诸公来自大港,少顷,子屏、李辛垞亦至,并收到费芸舫四月十五覃怀考棚中所发信,费吉甫四月十五在京将发大梁时便片,新墨特寄,为沈子和中道邀借,托领诰轴并验封照,一一代办完善,秋间回南面交,不胜快慰。畅谈至二鼓,留宿诸公在书楼北室。辛垞犹眉飞色舞,谈锋电发,令人捧腹不置也。大儿就寝已三鼓矣。

初八日(6月21日) 晴朗,是日交夏至节。晚起,诸公均在书房谈论,惟子屏、辛垞已归去,云各有事也。强留纯叔、翼亭、砺生再叙一天,以所藏尺牍、图画示纯叔,为消遣计。中午令节祀先,暇与纯翁辈置酒畅论,聆仁人之言亦如饮醇酒,不醉有味。夜谈一鼓始就寝。

初九日(6月22日) 晴朗,不热。饭后备舟送纯翁、翼翁、砺生回莘塔,以石刻裱好家珍传、表、诔、铭诸文送纯叔,并借去归批《史记》十二册。翼翁处田面契券二、票据一均面致,约秋间再叙。客去,补登日记,并查出入账,亦颇碌碌。

初十日(6月23日) 阴晴参半,东北风颇凉。上午手录《松陵文录》后序,纯叔所笔削者一篇,拟寄示河南督学公,若楷法则劣甚也。下午重阅《胡文忠宦黔书牍》。

十一日(**6月24日**) 阴晴参半,南风渐热。上午起草作答芸舫河南书,语多牢骚,似非应世所宜,然致之此公,尚不妨也。下午沈六弟漱缘来,要借船载吉翁去看疮,欣知日上渐渐收功,只须调理,甚为难得。碌碌未曾坐定。

十二日(**6月25日**) 阴晴参半,西风转凉。终日无事,阅《胡文忠宦黔书牍》毕,又阅《文录》朱止泉文。

十三日(**6月26日**) 阴晴参半。饭后邱省三丈专舟持书来,欣知澳之弟新入桐乡本籍学,一切开销无着,如负火债,羽书告急,即作书答之,帮助十洋,即交原舟人沈万丰带去。余自忖应酬烦,不能作白傅大裘,渠尚少目前十番左右,实难如愿相偿矣。大儿赴芦川,候小轩者再,应得之财,其难如是,而相商者,实不能须臾缓,可叹应世之难!下午毛上珍刻字店镒亭又特来,索前日所缺印善书资,留之账房楼上住宿。两人一姓许,以《文昌全书》索刻印,以力不能辞之。晚间,墀儿自芦归,知沈氏新进一项,被小轩借用,约五六日送还,恐未必如期也,可笑,亦逆及之矣。

十四日(**6月27日**) 晴热,潮湿异常。饭后子屏来,畅谈终日,至晚始去,子扬试艺已刻好见示。冬间欲为子扬办昏事,预拟葵邱,即允之,以助其成。

十五日(**6月28日**) 晴热如故。齿微痛,不甚适。饭后将东地板房柜两只出空,以便修铺。暇登账务,开销浩大,入款希微,谋生之难,谕儿辈当知警。《胡文忠书牍》又阅一册。下午由北舍航船寄到李老师信,关照墀儿收补廪缺,始知沈步青兄于五月初四日闻广西讣,补报丁外艰,新学宪俟探听履任实信即可申报,此可见养翁之关切,而本路所司何事,竟不前来,殊深懒惰可怪也。

十六日(**6月29日**) 晴热,西南风,上午颇狂。饭后墀儿至梨川赴蔡进之会酌。午前余赴紫溪陶庾芬会酌,至则凌砺生、殷达泉诸公均至,始知吾邑二进士,庞则告假,殷则回避,均未殿试。若论苏州,除戴毅甫外用外,馀均点庶常。砺生处欲致河南公信,已面述主稿矣。纯叔有信致墀儿,四书一本已校毕,并神夸铜里新到天台相士郑金斗,其所谈已往无不奇验。主人设两席款客,润芝得彩,好酒嘉肴,惜夏令不能多饮。与诸君畅谈,席间惟夸陆殿撰不真而已,席散,略坐开船,到家未晚。

十七日(6月30日) 阴晴参半。饭后阵雨虽不甚畅,亦可润苗消暑。墀儿昨自梨回,以沈子和所借、吉甫所寄赠新科会墨索还呈示,急读之,半日毕。元作闳畅饱满,虽有字句之疵,大可揣摩。二名高手奇隽,不入时,馀如朱百遂、刘传福、檀玑诸作,亦甚圆湛,大约风气无甚大变也。阅后交书房少松再阅之,花样文章,当以先睹为快也。下午碌碌,略读《文忠书牍》。

十八日(7月1日) 晴,又闷热。饭后命木工起地板房,墙门内间白蚁蠕蠕,蛀及楼上偏搁栅及壁里柱,命工捣其巢,投诸火,然其种犹未净也,可知先人创造大厦,后人守承欲完善亦不易。午后内人来自邱又谦家,知日上甚闭门安静。门前河口,倩网船去,宿积砖石,略可就深,西港口泥梗,欲派公办,无人相应。甚矣,公事之难也,一笑置之。

十九日(7月2日) 晴热。上午修缮答费芸舫河南督学书,行款尚不差,字迹拘挛,恶劣之至,然无如拙手,何也?共四页,俟大儿考作誊就,当即封寄。河口网船又淘半日,因淤泥难起即止,费青蚨四千馀文。下午焚柱壁白蚁,盈千累万,尚未净尽,此事如治盗贼,不能除根,甚可痛恨也。终日碌碌,不能静坐,是日先祖逊村君赠公忌日致祭。

二十日(7月3日) 晴阴各半。昨夜阵雨,今日饭后又雨,虽不畅,均是甘霖。上午顾局书又亭来,又嬲借十洋而去,约计已八成左右矣,据云两邑均不更动。下午阅《文录》。南北账春花今日止,不再催,所收大减去年,东账换生手代办更无论矣。

廿一日(7月4日) 晴朗,不甚热。上午阅《胡文忠书牍》至庚申年。下午封好寄费芸舫河南信，墀儿考作两篇暨《松陵文录》前、后序一并附致，即命大儿至大港面托子屏早日寄递为妙。信上书廿八日发，未迟也，未识吉甫秋间回南有惠音否。静坐，又阅《文录》数篇，是晚又阵雨不畅，墀儿略避雨，回来夕阳未下，知子屏在家，恰好即日同发河南信件。

廿二日（7月5日）　晴朗，热而不闷。终日无事，欲拆二加田数，又懒不能动手。今日命墀儿作文一篇，盖考后试笔第一期也，趁此好光阴，不肯按程课功，殊属可惜，未识今夏能稍振策否。因循坐误，安望有进境也，勉期之至。晚间草稿完，尚无荒气。

廿三日（7月6日）　晴热，下午又阵雨，颇畅。上午接砺生片，以致芸舫公信露申寄示，阅之，立言甚得体，且有古气，其字迹似徐伯咸代笔，颇轻灵。下午书一便片，加封即交送子屏汇寄。舟回，子屏有回条，恰好前信未发，即可汇齐同递矣。又接竹淇片，所托谢稚圭画扇已染就还，余玩之，极认真，而笔头非清灵一派者，当收藏之。是日命木工作书厨门，取架上诸书搬在厅上，甚栗碌。

廿四日（7月7日）　晴热，颇爽。是日交小暑节，东南风，喜无阵雨，可免再做黄梅。终日检点架上丛书，蛀蠹甚多，然难拾去不问。以《王注苏诗》，邵子湘所批者，字迹古雅可观，命子祥侄孙重装订，计十五册，真精本也。暇阅《胡文忠书牍》半卷。

廿五日（7月8日）　晴朗。闻昨日西南风，今则终日东北。昨晚汝苣生、啸山竹林衣冠来送试草，以天热懒穿夏服辞之。饭后命账房搭配二加田数，分圩不分佃，于推收似较直捷，然配匀无高下极难，尚未自定主裁，大约此议较优。元音进来成交冬货，以二百四十六分①连力售之，大致市价尚平。碌碌终日，不能静坐。

廿六日（7月9日）　晴而不朗。饭后看牛医治牛痧，脚上、舌底刺以针，据云可以无事，三日当愈，亦异哉！墀儿复至芦，三索郁公派

---

① "二百四十六分"原文为符号⤽。卷十一，第148页。

保钱,其人之不直落如是!中午后阵雨雷而不成,略阅《文忠书牍》,晚间始雨,不畅。大儿雨后自芦归,郁款又延约初五日到镇面交,可谓别人手中讨针线——难之又难。

廿七日(7月10日)　晴阴参半,下午爽朗。上午又成交冬货一仓①。饭后接子屏廿四日信,知中州之书连公件加函同封,托渠家报即递。冯申之昆弟,欲聘子屏修府志,主江震,限一年,未可苟马从事,不就为妥。拟条程三则,恐河南公未必皆从。暇阅《文录》三篇,《胡书牍》数首。

廿八日(7月11日)　阴,大雨两次,田水酬足。终日寒甚,可穿夹衣,外间必有发水处。终日饬木工装书厨门,丁丁之声不绝于耳,静坐为难。吴少松接家信,其次子抱病,急须调治,明日不能不假馆。

廿九日(7月12日)　上午大雨如注,沟浍皆盈,一时许即开晴。下午蝉声唶唶,夕阳明媚矣。朝上备舟送少松回同,来期俟信来。大儿送之登舟,两孙其父权课。终日闲静,略阅施、王二家《注苏诗》。

卅日(7月13日)　晴阴参半,小雨即止。终日夏云漠漠。上午阅《补注施氏苏诗》,下午阅《文忠书牍》《国朝文录》。

六　月

六月初一日(7月14日)　晴朗。昨夜大雨淋漓。饭后衣冠东厨司命神前、家祠内拈香叩谒。终日权课两孙理书识字,下午放学。墀儿课赋一篇,晚间草稿始完。

初二日(7月15日)　晴朗,不热。终日碌碌,账房内略有出进事应酬。虎孙略有感冒,旷课,墀儿补课试帖二首。始尝西瓜。

初三日(7月16日)　晴朗,仍凉。上午课慕孙理生、熟字三包,不能顶真,即止。中午墀儿率念孙自陆又亭处就医归,据云湿热颇多,颈上痰核累累,必须内消为妥,礞砂膏甚可用也,拟方化痰销湿,

---

①　"仓"字后原文有符号▯▯。卷十一,第148页。

且俟缓日再服,下午仍微有寒热,暇阅《胡文忠书牍》。晚间砺生自紫溪来谈,知我朝汇办日本剿台湾生番,钦差沈幼丹、蒋香泉,若潘蔚如,不过备员而已。子屏信携去,当面商纯叔,以定修志就否,因时不早,略谈匆匆而去。

初四日(7月17日)　晴朗,午前小雨即止。饭后与厚安对租簿账,半日毕事,不过奉行故事而已。约明日欲还家,欲请益,以田数今岁少入为辞,渠亦无言,然今冬当相机酌奖为妥。上午邱澳之家来报喜单,并以札谢余,以试草索改,则婉言却之。据述已非原本,必有人代为动笔,则更有嫌疑当避,况老荒之笔,何堪再献丑耶!即作便片,书一拜读评语,面交汝六呈复矣。终日心绪纷如,不能看书。

初五日(7月18日)　晴。中午骤雨,仍凉即止。饭后墀儿又至芦川,为催取所用派保费,殊为小题大做也,可叹!上午厚安回去,约廿五日去载,权课慕孙识字理字,念孙寒热仍未解,停课。下午放学,略阅《胡文忠批牍》。晚间墀儿自芦归,所约之款竟尔食言,反在子虚之数,此人情态早料及之,特忠厚者受其欺尔。

初六日(7月19日)　晴朗,东风狂扇,颇凉。饭后阅《胡文忠公全集》,批牍略遍,然粗心之至,未能得其精微,但觉兵政、吏治旋转一新而已。中午循例食不托,畅适之至。书房内大儿仍权课,虎孙略愈,尚辍读以避风。

初七日(7月20日)　晴朗,有风。上午阅先大人所录《初月楼闻见录》。中午载省三侄孙来为虎孙诊脉,据云风热蕴而发,满口多疳,吹药处方后饭于书房内,下午送之回去。适砺生携木工来相视书版架,欲仿做,因长谈,知书局修志一事,纯叔肯任其劳,当即札致子屏,字课卷寄去五本,余小影新裱,即属罄、砺二公题句,面交之。又为虎孙处方,以消内热清理为主,若痰核且缓治不论,至晚始归去。

初八日(7月21日)　晴,略热。饭后酌摘租簿欠账,照应账房内出冬。下午命墀儿札致子屏,关照纯叔修志事,即专舟送去。碌碌终日,《闻见录》,先人所手抄者阅毕。

初九日(7月22日)　晴热而爽。上午摘录租欠账。下午张立斋来为念孙治牙疳,据云肺、胃两火所致,须忌鲜甜之品,处方用羚角、石膏、射干,均在牙疳制火上用事,其他及本原不顾,似不敢用,姑置之。客去,畅食西瓜,此品今岁不高价,现值每斤七文而已。碌碌终日,晚间吉翁来谈,知偏头疽已愈,面上又起一疗,尚须医治,约十五日后遣人问讯,再订来期。

初十日(7月23日)　晴朗,东南风,不甚热,是日巳刻交大暑节。饭后接蔡进之信,为己、染田事,当即日面会之。上午沈菊亭来补等第喜单,谈及收补文书费,后无即顶补,其费独出不能过多,照常例五六番而已,留之书房内便中饭,与墀儿再三相鬩,以八枚给之始去,然尚未满望也。约学宪新任林公批准后,须以信关照,未识能不搭桥否?碌碌终日,无暇看书。晚间少松同其长郎趁萃和舟到馆,欣知其幼郎君已得全愈,甚慰余怀焉。

十一日(7月24日)　晴朗。饭后作札致蔡进之,并附田丘账一纸,未识能成交否,拟明日由北舍航船寄去。上午摘录租欠账。下午读苏诗数首,《文录》数篇。

十二日(7月25日)　晴朗,仍不热,中午略烈。饭后摘录租欠账,至午后四号均抄竣,惟“惠”字俟分定后再录,大约“敏”字号挂欠最多,成色最次。一因梨川下乡佃户顽抗,多被催甲欺隐,一因吉老春花不能亲往,代办生手之故,较之申年,甚不如焉。下午略阅《文录》《苏诗》。

十三日(7月26日)　晴朗,略热。饭后将旧藏《全唐文》晒过一遍,尚无大损坏,所不惬意者,遗去集中一卷耳。终日翻阅旧书,心纷如,了无会意。

十四日(7月27日)　晴热,大暑中第一好天气也。上午晒架上诸书,翻阅《历代名臣言行录》《干注苏诗集成》。下午乘凉,畅食西瓜,不看书。

十五日(7月28日)　晴,热甚,不愧号大暑,挥扇不停,汗犹如珠涌出。上午阅《苏诗集成》。下午辍读闲坐,始浴,觉垢体尘容快然清净,甚惬意事焉。

十六日(7月29日) 晴朗,热稍减,然犹炽,昨夜阵雨不成。上午阅《苏诗集成》,下午静坐,心纷然,欲读《文录》,了无所得。

十七日(7月30日) 晴朗,凉风未秋先至矣。上午读《苏诗集成》。下午略阅《文录》汪大绅文,是别一家派,似《淮南子》。墀儿至莘塔外家去,晚归。

十八日(7月31日) 晴阴参半。下午阵雨虽不甚畅,而凉意满天矣。饭后阅墀儿昨所携耕莘堂会课诸公文,均是当今少年妙手,若持以应世,则熊觉生之作无投不利,羡叹久之,此公必非久居池中物也。下午抄录河洛小数占法一纸,录竟,仍不得门径,聊存以备查而已。夜间大有新秋意味,晚间又小阵雨,永夜爽朗。

十九日(8月1日) 晴朗,不热。是日大士菩萨圣诞,在家设香案,衣冠虔叩,以尽微忱。上午阅《苏诗集成》。下午散坐。

二十日(8月2日) 晴朗。饭后忽眩晕,如痧,吃痧药,闻通关散适痧,渐平。终日静养,不看书,食粥,下午始霍然。

廿一日(8月3日) 晴朗,稍热。上午命工人堂楼檐下抹油。下午阅《历代名臣言行录》,墀儿作文第二期。

廿二日(8月4日) 晴,炎热,甚称伏天。上午略登账务,知凌氏伊成翁昨夜寿终,年六十六,误于烟嗜,不得享大耋,借哉①!酷暑,怕出门应酬,明晨命墀儿去探丧送殓矣。终日闲坐纳凉,尚嫌暑炽也。晚间大雷电,阵雨酣注,禾苗勃然,大有秋之象也,惟冬米则永无善价矣。

廿三日(8月5日) 阴,上午雨,下午略起晴。朝上墀儿至陆家桥送凌伊成翁入殓,午前返,据云排场尚楚楚。暇阅《苏诗集成》,亦不能静心体味。是日火帝圣诞,谨斋素,在中堂衣冠拈香烛虔叩。

---

① 借哉,疑为"惜哉"之笔误。卷十一,第151页。

廿四日(8月6日) 阴,下午又大阵雨,未免过多,非所宜。上午阅《苏诗集成》十页。下午坐观阵雨,略读《国朝文录》张铁甫先生文。

廿五日(8月7日) 阴晴不时,阵雨时来,昨夜尤甚。余所卧之床被漏,单被席帐湿者大半,终夜不得安寝,今日愈甚。北风其凉,头痛如戴物,畏风,略阅《名臣言行录》,不能用心。下午陈厚安到寓,大儿课赋一首,晚间草稿完。

廿六日(8月8日) 阴晴参半,微雨时行。是日寅刻立秋。上午阅《历代名臣言行录》。下午在书房内与少松对酌,并吃瓜果,相赏新秋,时炎暑退净,稍嫌雨水太多,然禾苗勃兴,可望秋收大有焉。

廿七日(8月9日) 天始晴朗,可喜。上午阅《名臣言行录》,下午阅《苏诗集成》,然无心得处,纷纷终日而已。

廿八日(8月10日) 晴朗。昨夜又微雨,大风,今日颇清爽。上午阅《名臣言行录》。下午墀儿率慕曾自奇字港汝公处治眼癣,腔多红涨,而有滋凶(是即眼癣),还,云以药抹之可渐愈。并路过大港,与子屏长谈,知新自松江钱太守君俨处归,遇江阴周君,现作书启,奇士也。又惊知费芸舫夫人袁宜人于五月二十日疾逝本衙门,时芸舫出棚未还,幸吉甫已到,诸事尚不至踉跄,日后当作札慰之,妇人福寿不能兼全如此!若芸舫则又得佳耦,不过期月,于大局仍无所关系也。识之以见仕宦得意人,亦有时而不能如意。

廿九日(8月11日) 晴而不朗,颇凉。上午阅《名臣言行录》。下午略读《苏诗集成》倅杭时所作。命小僮扫除厅上尘垢,拂拭几案,不觉耳目豁然开爽。暇则磨墨匣三器,均滋润可喜。

七 月

七月初一日(8月12日) 晴,潮湿而热,防尚有雨。上午衣冠东厨司命神前、家祠内拈香叩谒。暇阅《名臣言行录》,西汉略遍。迟同川叶子谦相约今日来午前尚未到,候至下午,足音仍跫然,未识前少松所致札浮沈否，抑竟爽约否？殊不可解。子屏遣人持信来，知日上略有感冒，不出门。子谦即来，亦不及邀，酬仪试草，当存代送。

初二日(8月13日)　晴朗，略热。饭后苕卿持进之札来，关照龙甥来岁家居课读延请凌亮生为师矣，甚好借此释无功之责。暇阅《名臣言行录》。中午后叶子谦自同川来畅谈，人颇坦适，与谈三元，似以为游移鲜据，不若三合之确有证示可凭也。略向阳宅，癸丁兼丑未三分，颇吉利。场上中更楼宜卸，围场腊中可筑，当属择吉。夜间略具酒肴酌之，少松同席，谈至黄昏后，少松书房内同榻。

初三日(8月14日)　晴朗。饭后龙甥先解馆，趁萃和船到梨，少松处余即致意，来年徒不增，十六千余认。墀儿陪子谦舟至南北玲向相阴宅，回来，知南玲局面安稳，文星水亦到堂，微嫌墓门前申水流冲稍急，宜门前多种树以蔽之。坟旁小屋，亦不尽善。北玲是乙辛兼卯酉向，地则无咎无誉，来年春间可动。并相楼上小房，墀儿夫妇宜住靠东里间，安床吉期八月初十日未时。下午颇热，静坐谈天至夜，知子谦于无锡、常熟、平湖一带大家相地甚多。

初四日(8月15日)　晴，仍热。饭后苕卿来，约子谦兄明日至萃和相视门户，知昨晤进之，余处己、染两圩已探听荒田太多，恐无受主，甚为累事也。与子谦清谈竟日，下午向灶基，亦甚合局。复向二加笔谏，癸丁兼丑未四分，三元家以为出卦空向，恐尚不准，三合家以五分为参错，若四分尽不妨，惟向南更楼大不利，卸之则此宅亦可安居，门前东北方坑厕亦须翻压恶方(未方)为是。夜间小酌，就寝亦早甚。

初五日(8月16日)　晴热。饭后陪叶子谦至萃和，命墀儿至大港，以子谦所择子扬吉期酌换巳时合卺，十八日发迎，回复子屏。中午乙溪兄处留子谦饮，下午友庆邀相门宅，夜饭于友庆二嫂家，余未陪之，命墀儿应接，同还，已黄昏后矣。

初六日(8月17日)　晴阴参半，风颇狂，下午阵雨即止。命圬人修筑屋面，颇不及时。饭后叶子谦回去，以筑墙、卸更楼、合宅庚吉与之选日。少松趁船解馆，约十九日去载，即送之登舟。接李养翁老师与墀儿信，收补文关照六月廿七日发递江阴，以新学宪林公观风题全纸命作，名目甚多。大儿欲做全卷，须宽时日，未识能应老师之所属否？客去后，略登内账，碌碌终日。

初七(8月18日)　喫巧日。晴，西南风，极热。昨夜大风即止，上午阅《国朝文录》朱止泉先生治河三策，诚千古不刊之至论，极以北徙为是。大儿权课两孙理字及书。下午又浴，颇爽快，暇则摇扇乘凉而已。

初八日(8月19日)　晴热。是日村人敬神演剧，余率两孙在水阁上纵观焉。喧扰终日，至夜犹未息。

初九日(8月20日)　仍晴热。是日敬神第二抬，聚泊东首，余处稍得静寂。此番村人俗名头角，共出戏钱卅馀千，又出开销杂费及浮费十二千有零，共四十二千馀文，较前番又多七千外矣。村无老成人，花靡不体谅若此，可叹也！余处派钱八千有零，笔记在内，不计较与之，免兴口舌而已。是日阵雨，夜间渐凉。

初十日(8月21日)　阴晴不定，凉意满庭。饭后略登内账，厚安回去，约廿四日去载。暇阅《苏诗集成》不满五页，不觉昏昏欲睡，可知此心之纷。下午掩卷，惟作字数行而已。

十一日(8月22日)　晴朗。饭后阅《苏诗集成》，两孙在旁，与之讲解，似若能领会，因随手抄一诗与之，从此互飘不已，其父唤之理书，翻觉心野不成诵。甚矣，课小儿当用正功夫，不可旁涉也，一笑置之。下午阅《文录》数首。晚间阵雨，无风，甘霖优渥，终夜不绝点。

十二日(8月23日)　阴，下午又阵雨，凉可穿夹衣矣。饭后墀儿至大港。莆卿来谈，知昨至梨，晤进之，托售之田不果，惟云剔荒买熟，田价冬缴，进之肯作授田翁，暇当将计就计以卸累。午前墀儿回，薇人活抱小恙，不能出门，子屏见过，欣知熊纯翁修志之馆(局)，冯氏昆季已允，并已关照纯翁矣。拔贡朝考，惟沈绮亭得覆试一等四名，可望内用，吾乡一带则寂寂无闻。甚矣，此途进身之难！陆九翁寄来殿撰喜单,从周赐福转交。碌碌终日,听雨闲坐而已,是日交处暑节。

十三日(8月24日) 阴晴不定,中午稍热。饭后阅《名臣言行》东汉录。下午读《苏诗集成》十页,又读《国朝文录》吴铤文数首。

十四日(8月25日) 晴朗可喜。饭后阅《名臣言行录》东汉巾帼传。中午预作中元节祀先,率儿孙拜跪行礼。下午阅《国朝文录》吴铤文,尚未读毕。

十五日(8月26日) 晴热不减正伏。上午阅《言行录》东汉已毕。下午读《文录》论辨类终卷,接阅序跋类。此心终觉纷如,无所资益也。

十六日(8月27日) 晴热、闷蕴不减大暑。终日心烦,不能观书,仅阅《言行录》后汉纪。午前元音侄来,所定之货迟延一月,价则大亏二角外,斛一退一,罚洋十元,却罢议另售。此事误在元音,然时势限之,不能不俯就,言定明日进来,此时有米之家坐守耗折,无人顾问,实谷贱伤农之明效也。如此交易,不准定议,前所未闻。

十七日(8月28日) 晴热,西南风,蕴闷,要防大雨。上午照应出冬一仓,照定时升合已亏三石外,然售者尚要折亏二十元左右,米商之无利若此,亦无怪成议悔罢也。暇将堂轴、先人神像一一重晒收藏,亦颇栗碌。是日束书不观,心仍纷如不定。

十八日(8月29日) 晴,仍热,望雨不来。上午阅《言行录》三国卷毕,当续阅东、西晋。午前沈吉翁堂母舅来寓,头疽全愈,气色颇佳,甚为可喜。午后接范甫与墀儿条,字课卷七本已来,徐伯咸为最,松郡廿六取齐。东夷窥伺吴淞,上海戒严,纯翁所借《史记》已过批,缴还原书。与大儿札,《论语》点本已告竣,删处都有讲究,非仅为便蒙也,当命墀儿修书谢之。碌碌仍未坐定。

十九日(8月30日) 晴朗,略凉,因昨夜阵雨故也。饭后命舟至同载少松,属明晨登舟,防下午又复阵雨,孰知不然,要知三思而行,庶无虞虑。上午阅《言行录》西晋纪,晚间略读《国朝文录》。

二十日(8月31日) 晴,颇清凉。饭后苇卿来,问伊明山修,确知言定到年六十九①钱三十六两,限规半股,余未免糊涂记不清矣。沈咏楼来谈,所托之事约廿五日间回复,留之中饭,坚不肯,一茶即去。上午少松率子到馆,接叶子谦信,词颇谦抑,卸更楼、筑墙择吉十二月初一日卯时破土,自上至下,未时即打夯,防不暇,当用初七丙子日巳时动夯,自北而南,诸事顺利。子屏处复有函,洋,璧,即作芹仪,此公真雅道照人也。碌碌终日,明晨拟至梨川。

二十一日(9月1日)　晴朗,不热。清晨率墀儿舟至梨里,顺风,饭后即到。至蔡氏,二妹出见,玉龙甥已到馆,宾之、进之亦即来,以己、染两圩托进之出售,约下午回复。与二妹絮谈,惨闻沈雨春于十五日午时物故,自知归期,挽对均亲撰,以子和之郎为嗣,不料啸梅翁家变之酷竟若此,可不伤哉!午前回至龙泉独坐茗饮,以糕点饥。至敬承堂,毓之、吟海均来就谈,毓之述桐乡考试事,费财多词说,而颇有文字之乐。读试作,老洁精密,非前所见改本可比,真所谓数日不见,刮目相待也。约十一日芹樽叙,当贺之。至内厅,幼谦晤叙,墀儿先在旁,颂华亦见过,少顷,蔡进之来,知田事谈定,售与徐秋泉,荒田奉送六亩九分有零,"己"字作卅亩算,"染"字照数,现钱交易,约廿八日到书院成交,此事若能脱滑,尚差强人意也。幼谦字课亦约廿八交卷。进之去后,复与吟海略谈始登舟,到家傍晚。

廿二日(9月2日)　晴朗,微雨即止。饭后至乙溪兄处,以八月初五送杨氏大嫂位至吴江节孝祠,以便与仲丁祭典、十八日分析两事关照友庆,还来,略登账务。暇阅《国朝文录》序跋类。

廿三日(9月3日)　阴。终日闻雷声而不雨,下午略开霁。饭后由子屏处乞得菖蒲数本,种在宜兴瓦盆内,颇觉青葱可爱。吴又如家遣使来望,并致书辞,禀所以不亲到之故,文理甚直络而多词,得之此子,颇觉自好而不易也,可喜可嘉。暇阅《文录》第十六卷。

廿四日(9月4日)　晴朗,略热。上午墀儿书字课卷,依样葫

---

①　"六十九"原文为符号𝅘𝅥。卷十一,第155页。

芦，仅成字匠而已。下午凌砺生来谈，知苏去已同纯叔回，府志专撰江震人物，馀门或无暇可不采访。砺生以《曾文正奏疏补遗》二本见贻，纯叔赠余周天爵谥文忠者《尺牍》一册，近刻石拓一种，暇当修札谢之。先以洋六元托砺生转交纯翁，欲求云间郭友松堂轴画，此项友松与纯叔有去岁张罗事，友松许代画退销，吾辈即以此济纯翁之乏也。长谈至晚而去，约九月初五同翼亭偕至江城做推收。

廿五日(9月5日)　晴朗。饭后正欲阅昨所得之书，适子屏率弟子扬衣冠来送试卷，两房即去复来，书房内便中饭，畅谈终日，至晚始回。子屏即日要赴苏办子扬婚事，择吉九月十九日芹樽合卺。

廿六日(9月6日)　阴，可穿夹衣，渐凉矣。饭后由北舍航寄到藩司房程小竹之父竹君翁讣文，八月初十开吊，此事似须应酬，然无暇，俟随时觅便寄分以了之。暇作两札，一致纯叔，一致苣生，起草而未缮就。墀儿字课已完卷，拟即日作观风拟赋一篇，未识能大段楚楚否？

廿七日(9月7日)　晴朗可爱。饭后与吉老补对东账，半日毕事，欠头太多，由于主司之人疮病，不能赶催。佃风，梨镇以西，北舍以北，顽欠不还所致也，欲一一整顿，实苦办事非其人，此亦势之无如何也。暇阅《曾文正续疏稿》新刻。墀儿赋晚间勉强脱稿，大半要改，须再费一日功夫。明日余拟赴梨成交。昨知桂轩侄媳继配朱氏，廿四日卒，廿八日开吊通知，当命大儿去应酬。

廿八日(9月8日)　晴朗，稍热，是日寅刻交白露节。朝上同子祥登舟，饭于舟中，上午到梨，至蔡氏二妹处，进之即来，知徐处已探听一切，云有荒田十七亩，颇有词说，不得已以十亩白送，进之又去刻实，始成交。即同进之至禊湖书院，晤徐秋泉及其弟桂芬，恂恂一读书子弟，毫无新孝廉气象，可佳也。进之书契甚敏捷，照原议又少十八千，仅得田价二百二十千有零，云明日到江城赴局推收，从此脱恶佃之累，甚惬余怀。秋泉设席酌余，菜颇丰洁，同席七人，凌亮生特来陪余，又一画家王屏之，与亮生畅谈饮酒，如量而散。回，同进之复至二妹处,略坐始告辞,至幼谦处厅内絮语,字课交卷,大约书法无能与敌。出来,晤吟海、毓之,又叙谈,毓之十一芹樽,已折柬相招矣。回舟开行,到家已点灯。墀儿今日至北舍同宗应酬,晤范甫,约初二日到彼处去交字课卷。

廿九日(9月9日) 晴朗。饭后正欲修缮纯叔、苣生两札,适咏楼来回复一事,竟不得通情。甚矣,坤主吝啬,难与共事也。絮语书房,中饭后始去,云明日到馆。下午始将两札书就,实恶劣不堪也。大儿赋改好,拟明日誊真。碌碌终日,一应账目未登。

三十日(9月10日) 晴朗,中午颇热。上午阅《曾文续奏议》。下午略登张务。晚间墀儿一赋一诗誊真,阅之,特嫌力量怯薄,若布局措词则甚清楚。

八 月

八月初一日(9月11日) 阴,上午大雷电,微雨,下午略起晴。饭后衣冠东厨司命神前、家厨内拈香叩谒。墀儿动笔做观风题文,构思布局,尚未脱稿,暇阅《曾文续奏疏》。命工人运木七十二根到后场,昨日芦川木行所售,每根十五管四分,询之系南货充西,故其价略比北舍得减。慕孙今日始上书,授读《小学韵语》,颇顺口成诵。

初二日(9月12日) 晴朗。饭后墀儿至莘塔,纯叔、苣生两信均发寄,脩五枚、大儿赋原本一并封缄,即同字课卷托范甫乘便寄苏,暇阅吾邑国初黄容圭庵所著《卓行录》。晚间大儿回,知寄苏当在节前后。

初三日(9月13日) 晴朗,略热。是日斋素,东厨司命神诞,午前衣冠奉香花酒果虔叩,以申微忱。下午竹淇弟来谈,探听初五送位同赴江,一应礼节,余以除轿钱外一切开销不派。长谈半晌,至晚始去,以稚竹近文五篇留存案头,知是咏楼所改。大儿文初脱稿,太冗长,尚须细改。

初四日(9月14日) 阴,风雨终日,恰不甚狂。上午阅《圭庵集》,是小名家,诗亦清雅。下午部叙行李,明日拟同少松率儿侄至江城,趁秋仲丁祭送先嫂杨孺人神位入节孝祠,两房各去一舟。

初五日(9月15日)　晴朗。朝上命舟至大港,请俞氏嫂、沈氏侄媳、王氏寿节母、副室五太太钱氏弟妇四位登舟。饭后命应墀、应磬衣冠捧嗣母杨氏位登舟,余与少松儿侄即开船,两舟同行,至北舍略泊,子扬、稚竹、渊甫另舟去送亦至,即并解维。下午舟至同里,嫌到江已晚,不如止宿为舒徐。吴少松率郎上岸,即随少松至东莱阁茶室,恰好叶子谦同在座,扰茶絮谈,以冬间朝西筑屋竖梁择期奉托。茶罢回舟,少松到家,余同子侄宿舟中。夜甚寒,幸无蚊,不须帐。

初六日(9月16日)　晴。朝起,少松已来,即开行,饭后到江,泊舟垂虹桥首。少松上岸,寻轿头、捐头、炮手、吹鼓手,至午前,诸执事齐备伺候,即排场开道,升炮鼓吹,两轿请位,余与子侄辈衣冠拈香,恭送大先嫂杨氏暨港上同宗诸节母同入节孝祠西庑神厨内,余与诸侄及儿辈拜谒安神毕始退。回船犒赏诸色目人等,颇繁闹,幸少松当手老洁,尚觉不甚哗,约费开销九千文左右。下午事竣,余率子侄辈仰瞻新建学宫及文星阁,复入城观剧,徜徉久之始回船行,仍泊舟同里涧川桥。子谦客气致分,命下人送还璧谢,托选竖梁吉期已送来,在十二月十二日午时。夜间同港上诸侄公酌少松,颇尽欢,惜菜不佳耳。复茶话良久始就船寝,夜甚秋凉。

初七日(9月17日)　晴朗。朝上同渊甫诸侄茗饮鹤阳楼,饭后少松率郎来自家中,即开船,顺帆,极畅快,未及上午已至北舍,同人茶叙水阁,适逢败兴人来谈,委蛇久之始诡辞回舟。命下人胡馆携菜,舟中小酌,秋纯作羹,佐以佳肴,渊甫同来畅饮,极适口,余已微醉矣。饭毕开行,到家甚早。

初八日(9月18日)　晴朗。饭后始登清出门后诸账目,梅甥子和来送试草,衣冠见之,一茶始去,以廿五日芹樽具束来请。下午,黄子登来谈,知松郡试事,林学宪极和平,场规极宽,惟点名不甚早,题目有难有易。熊鞠生取诗赋(第九),等第前后未知(后知第四),略谈考试事,不甚明晰,茶罢回友庆馆。

初九日(**9月19日**)　阴,微雨。上午阅《周文忠尺牍》上卷。下午阅《东坡诗王注集成》卷十一终卷。是夜凉甚,可亲灯火。

初十日(**9月20日**)　阴晴参半,下午微雨即止。饭后命工人移定堂楼上高梯,照旧安顿。是日墀儿夫妇安床,房则居东内间,外间移作坐起,一转移间,顿觉位置咸宜。木工史姓特来,从厚犒之回去,约二十日再来。昨夜略受寒,脾不健,少食以养之。碌碌终日,不能坐定,是夜早眠,泻两次,腹痛渐止。

十一日(**9月21日**)　晴朗。晚起,脾泄已愈,略软。邱澳之芹樽,懒不能赴,命墀儿去应酬。孙蓉卿前来,欲叙葵丘。今日会酌,命子祥往代,付钱十千,龙甥看灯,同大儿到梨。暇阅《周敬修尺牍》,语语锋芒,骂人太甚,宜当时有剥皮之名,然今无此捕盗能吏矣。灯下墀儿归,知今日叙者两席,渠陪首座陈小山二太翁。

十二日(**9月22日**)　晴,不甚朗。饭后登清内账。钱子方来,成冬两仓,价只每石二元,此时有米之家大受亏累。暇作札复陈翼翁,约定九月初五赴江,初四日下午载翼翁来,宿余家,拟明日由北舍寄周庄馆中。下午阅《周天爵尺牍》毕。

十三日(**9月23日**)　阴雨终日。翼亭信今由北舍寄周庄南栅沈三本堂。昨夜肝气痔血大发,今日交秋分节,精神尚可支持。终日照看出冬,与钱子方谈,当今寻常之家,一精明强干之子也。深喜钱中兄有佳后起,甚重之。

十四日(**9月24日**)　阴,微雨。暇阅《言行录》至晋十六国,下午墀儿观风文题始改就脱稿,呈阅之,觉铸词、练局、支对处处颇费经营,置之近时墨卷中,似亦可以起色,未识主试者以为何如。当再质之子屏,然后作为定稿。

十五日(**9月25日**)　阴,微雨终日。上午阅《苏诗集成》至十二卷,复读《国朝文录》第十九卷毕。桂香满鼻,庭院清幽,惜雨初止而夜少好月色,辜负此中秋也!

十六日(9月26日)　渐起晴,然颇潮湿。上午北舍局书唐云斋持由单来,知上忙已开征,约月底月初去应酬完,略谈而去,暇阅《言行录》《苏诗》。墀儿作《萧规曹随论》,尚有断制道着语。夜间补赏中秋,东、西两席账房酌酒,不陪饮。至书房,率墀儿陪宴少松,知己剧谭,互相酬劝,余不觉饮酒过量,已有醉态矣。

十七日(9月27日)　晴,潮湿甚,颇暖。上午圈阅《曾文续补疏》。下午至乙溪处,关照明日中午二加分析,拈阄定划田产。分书二本,吴少松已缮就,专候陈思诸舅氏来画押分授,子范七侄、敬甫各执守,略具杯盘,以成就此举。回来碌碌,夜与少松小酌,食不托。昨夜劣酒难适饮,今略以醇者补之。

十八日(9月28日)　阴,午前阵雨大作,潮湿依然。朝上羹二嫂处多亲串女使来,作俗例分家排场,大儿处偃旗息鼓,依旧门庭寂寂。饭后余父子至丈石山房,请乙大兄、吴少松两房子弟来叙,恰好扬梦花衣冠亦至,即持分书、田产簿命墀儿,磐侄衣冠祠堂前拈香,书"福""寿"两字,置瓶拈阄,墀儿得"寿"字,大胜等十五圩,七侄得"福"字,东北房等十六圩,即属少松填注在分书上,亲族各书押讫事,从此余于二加家事可以息肩。中午设三席宴客,不速来者陆立人侄倩,菜尚不至慢客。席散,羹二嫂复请梦花、乙大兄往,所谈二事实可笑,无非受账房愚弄,梦花谢不敏矣。留之止宿,坚不肯,即送登舟。诸客均去,余回已晚,夜与少松絮谈,犹觉过饮多食,不能即安寝。

十九日(9月29日)　晴热,潮湿更甚。上午乙溪来,为羹二嫂意欲急分衣箱物件,余谓此种琐屑有儿辈在,不得再涸余费心,因同少松命墀儿至二加,以大嫂丧葬入节孝祠至分析时细账,并馀洋八十二①,钱三千有零,面交羹二嫂手,家伙物件,俟暇缓日再议矣。终日栗碌,不能观书。

二十日(9月30日)　晴热潮湿,几如黄梅。上午圈阅《曾文续

---

①　"八十二"原文为符号㐅。卷十一,第160页。

奏议》,子屏以信寄示墀儿,知苏城已回,大宪欲奏修《江南一统志》,檄各县教官保举纂修,江学李养翁书荐聘凌磬老暨屏老,就否,特属一决。余谓官样文章,必受羁束,此如鸡肋,弃之为是。命儿作复之,云今日纯叔、翼亭约到港,故不能来溪。下午痔痛,静坐而已。

廿一日(10月1日)　忽东北风,骤寒,风雨终日,似有重阳光景。饭后阅《苏注集成》。中午祀先,继先母顾太孺人忌日也,屈指见背倏已二十六年,前岁是日适到江,未亲奠酒,今虽率儿孙得稍申时荐之忱,而音容难见,思之倍益凄然。祭毕,怅怅者久之。

廿二日(10月2日)　阴,微雨,又潮湿而暖,中秋竟变作黄梅矣。饭后内人舟至梨里幼谦处盘桓,约初三日彼舟还来。暇阅《言行录》《苏诗集成》,观木工修整蚁蛀梁柱,恰费多工。

廿三日(10月3日)　又阴雨,潮湿终日。饭后,蔡氏二妹自萃和来叙谈,午前徐一山来,为下场冬间欲筑仓屋五间,靠腰墙为之,卸更楼作一后门在西南,请渠正向,据云非正屋,可无碍,因决计出料定见。暇与大儿絮语风鉴,可知此事亦须略讲究,庶不致一无分晓。在书房内留便中饭,下午回去。今日出冬,门前水涨一尺,余则贱售,钱子方可得价也。外间必有水发处。

廿四日(10月4日)　西北风,大有晴意。饭后看木工量下场丈间,计五开间,每间约丈五,边间缩数尺,进深每间不过一丈,走廊六尺,天井四尺,惟腰墙絜至后场转湾,尚斜二尺五寸,前虽二加分书上议定筑齐,于墙门斜转不好看,只好让出二尺馀仓屋地步仍归友庆,余处后场仍作曲尺式砌定,不能内外絜齐。此事何妨相让,免兴口舌,余父子本不欲以尺寸僭人也,日后当邀乙兄来相视,以表余心。下午墀儿至大港,以观风题文草稿先请子屏一看,然后誊真求改,晚归,知子屏至北舍,未值。

廿五日(10月5日)　晴,不甚朗。饭后看木工出屋料。墀儿至北舍,先到同宗送丹卿侄妇入殓。梅冠伯郎今日芹樽,特来请,因贺之,晚间归,知子屏、梅村均见过,观风文亦就商,无大谬。

廿六日(10月6日)　晴朗可喜。饭后同少松率儿辈至萃和,是日介庵大侄续娶行聘,缔姻盛湖黄氏。午前盘船回,媒氏王桢伯、周南诵,余与大兄接冰人坐茶,时桢伯未出京,其郎瀛石代与之谈,已年少伶俐之至。新亲来送盘,船两号,从者六人,然所回者不过寻常物礼,袍套一幅而已。中午设三席款客,余陪南诵,知谢天港周氏,馆于黄者八年矣,人颇雅驯和平。传说我师已与东人开仗,似不利,颇受铁甲轮船所伤,圆明园决计停工。叙谈侑酒,菜不甚佳,尽欢而散,两冰人即回盛,送之登舟并送菜乙席,依样画葫芦法也。客去,余即回,添木料卅株①亦已办就矣。

廿七日(10月7日)　晴朗乍昨。上午定石工廿丈〇二尺,牵②半算,每丈做净六十九③,钱一两五钱,约下月齐。下午丁子轩世侄来送试草,见之,一茶即去,云要至凌砺生处,索顾访溪《悔过斋文集》二册,即检赠之。以札舟致子屏,属改观风题文,以杜阿膏四小块送之,时侄媳患痢血,急须此品之陈者,未识有效否。碌碌终日,可称无事而忙。

廿八日(10月8日)　晴朗,稍暖。上午石货、砖货上岸,略与讲论,颇形烦琐。暇则录清推收账,细绎陈翼翁来田数,粗有头绪可寻。埋儿今至莘塔,晚间始归,知砺生江城初五之行不果,因渠二郎抱恙未痊所致。灯下大儿札覆子屏,明日清晨送去,关照姚明益莘塔去请子屏夫人,可以邀请并见苏城劝善者。新刻顾晋叔所书朝考卷式,《感应》《阴骘》诸篇,极精秀可临摹。

廿九日(10月9日)　晴,颇燥热,昨日寒露,风色颇佳。上午圈阅《曾疏续刻》。下午读《苏诗集成》,复与大儿查对推收,仍不合龙,须俟翼亭来面问之。因命作札致翼翁,约定初四日上午去载,信由北舍寄周庄。

---

①　"株"字后原文有符号 。卷十一,第161页。
②　"牵"字前原文有符号 和 。卷十一,第161页。
③　"六十九"原文为符号 。卷十一,第161页。

九 月

九月初一日(10月10日) 上午晴热,下午阴雨,西北风渐作冷信。饭后衣冠东厨司命神前、祠堂内拈香叩谒。至乙溪处,略与二妹闲话,还来,元音侄来,欲买二加公账船,于范洪源与之谈定,洋三十四外加解缆一洋,明日来摇,此船万难合用,售之为干净。下午至北舍局完条银十户,又亭、云斋均不见,柜上庞榜花看洋,徐克人经手,算付洋七十七①元②,钱一百五十③,合四五折④,取收条而出。至范洪元闲坐久之,归家未晚,风雨已交至矣。

初二日(10月11日) 阴晴参半,渐冷。饭后率墀儿至芦川,余赴局完银五户,洋四十四元⑤,钱六文,亦四二折左右。张森甫见过,即出来,至黄玉生处,以先继母顾太孺人小照上属摹亡奎儿并亡次媳凌氏合像,洋八枚付讫,约十月中去取。一茶絮语后,即至馆中吃江西馄饨,味尚佳。复修容毕,始与顾砚仙、陆厚斋茶叙良久。出来,至公盛行,晤陆松华,又畅谈,渠处境不佳,而文兴仍勃勃。坐久之,将傍晚,墀儿始自董梅村馆中还,云小轩见过,约初八日须再候之,恐仍画饼。归家点灯后矣。

初三日(10月12日) 晴朗,昨夜颇寒。饭后登清账务后,磨墨匣三只,甚为浸润。午前内人来自梨川,所属幼谦书楹帖已来,大楷书颇见认真。子屏札致大儿,欲于喜事前借物件,即代作复应之。碌碌终日,不能静心。凌砺生忽丧其幼子,惜哉!江城渠不果往矣。晚接纯叔信,以青浦陆君莆申朱卷托张罗。

---

① "七十七"原文为符号 。卷十一,第162页。
② "元"字后原文有符号 。卷十一,第162页。
③ "一百五十"原文为符号 。卷十一,第162页。
④ "四五折"原文为符号 。卷十一,第162页。
⑤ "四十四元"原文为符号 。卷十一,第162页。

初四日(10月13日) 晴和。饭后遣舟去载陈翼亭。下午翼亭来,留宿书楼,絮语谈心,余部叙行李并推收账,约明日同入城。

初五日(10月14日) 晴,东北风,昨夜颇狂。饭后同翼翁拉子祥登舟,石尤风幸稍息,舟中闲谈,颇不寂寞。下午过同川,略泊,鼓行到江,泊北门,已傍晚,即至何局,寻渠当手殷松卿,云病在家,复至邓园寻,见之,托病不能办事。还,至又泉家,其妻颇能赶,属伙顾子峰酌账,杂乱无章,因天欲雨,约明日细查。还舟夜饭,雨声滴沥,夜话良久始寝。

初六日(10月15日) 阴雨,终日泥涂滑滑。朝上与翼亭、胡、钱诸公茗叙,饭后同至金小春处,以欠单交其子柏卿手。出来,至顾局、王局分户推收,均做清,每△一角,同人馆中小酌,颇解饥。复至何局,与又泉妻言明开溇公事,大漕时照县谕细数推清,今翼翁付两元,日后余处再付两元,倘再迟延,莫怪禀县严究。一一论定,始命其伙顾子风查各家推收田户数,亦每△一角,重誓清账,付洋讫。余处所托办补报者,先付一元,俟由单出来再付一元,亦一一点头。诸事清楚已将点灯,冒雨还至刘厅,茶叙良久,登舟夜饭,听雨终宵。

初七日(10月16日) 阴雨已止,仍不老晴。朝行出城,到同里极早,泊舟庄家浜。同翼亭茶叙仓场街,晤朱杏生、金芝亭,知沈春甫大病几危,已遗嘱预书,托孤于磬、砺二公,磬生到过,一一遵教,以安其心。砺生因伤子之戚,未暇,约即日去,言之使人感慨不平。茶罢,饭于舟中,复登岸,候春甫房主人芝亭,知春翁断不能见,片候而已,未识复有缘否。一切大事,赖朋友之力楚楚安排,略谈即出。与翼亭茶叙万福楼,停舟陆家棣,同候同年钱子恬兄,蒙殷勤款留,絮谈一时许,陪至财神堂,听马如飞弹唱,颇解颐。听毕,将点灯,复陪至馆中小酌。还,至子恬家剧谈,以近作见读,颇发皇如曩时。年已五旬,诸事顺手,惟纳妾待麟,较中进士心更切。人极和平率真,颇不满于其徒之为人,虽释褐入仕,舆论颇嫌其嚣薄。谈至二鼓始登舟,复夜雨,两人各熟睡矣。

初八日(**10 月 17 日**)　起晴,仍暖。朝上开船,到家上午。知费吉甫八兄初五日来过,先大父母、先严慈敕命两轴特缴代寄,祗领托买零件一一照办,并馀银开账付还,蒙送京顶、扇袋、朝卷,殊觉情厚不辞烦琐。知于八月初十河南起程,初一日到家。芸舫七月廿九出棚考河南府,自悼亡后,心境恶劣,时思故剑,髀肉为之瘦削。考政情弊多端,不得不严,然待士极优。墀儿考作,过蒙奖誉评还。儿辈是日设酌款之,少松陪饮,下午匆匆即返,云要至子屏处。墀儿今日晚自芦归,小轩规避到江,狡狯之极。芑生处有信致余,文赋代拟一篇,极顶真而合体裁,原本一一批教,甚感栽培厚意。所托翼翁之事,均已起草,属渠誉过。夜间畅谈,仍宿书楼。

重九日(**10 月 18 日**)　半阴,无雨。饭后送翼翁还至莘塔,约熊鞠生芹樽时再叙,墀儿同往,并慰凌砺生,暇则登清账务。晚归,述砺生顷自春甫处受托而归,据云脉气仅存奄奄一线,而神气清爽,一应后事,预自筹划,不乱丝毫,未识彼苍能保佑善人否,祷祀祈之。终日碌碌。

初十日(**10 月 19 日**)　阴雨终日。饭后补登日记。午前张子遴来送试草,知元之在家,十月中要办芹樽,一茶略叙即返,云要至子屏处。暇读其试艺,元之所改,篇篇入时,家学如此,未易限此子前程也,为之钦羡。

十一日(**10 月 20 日**)　西北风,下午开晴。饭后圈阅《曾文正公续集奏疏》二册始竣事。下午至乙溪处闲谈,知莳卿至盛川黄氏去说迎娶诸礼,尚未回来,阅王瀛石信,大约诸事尚近情,惟亲迎时要铺张喝道而已,可笑。晤倪蓉堂,絮谈而返。

十二日(**10 月 21 日**)　晴朗半日,下午阴,无雨。饭后莳卿来,知黄新亲诸礼已谈定。午前子屏信来,告借子扬喜事时物件,以三十年陈阿膏一两四钱送之,非情重不肯与之也。侄媳服辛垞方,似有起色矣。衣服熟商,即日来取,作札复之。以芸舫致侄信示余,并道来意,无心再答,留在案头,阅之,措辞情深,悲悼不已,似非矫强为之者,俟年底作答慰之,此时实无言可解也。东账下午自梨空回,殊为意料所不及。甚矣,佃风日坏矣。

十三日(10月22日)　阴晴参半。上午阅墀儿字课,白摺颇合式。又读熊鞠生试作,时花美女,令人生爱,揣摩到家矣。赋之娟秀明晰,尤不可及。下午六侄来,欲观芸舫信,草字不识多,与之讲解,似尚能悟会。东易颍川氏贫而寡独,以旧藏东井砚求售,如所请来价六枚给之,我辈遇此种可怜人,断不可倒要便宜也。砚极佳,摩挲久之。

十四日(10月23日)　晴朗。饭后媳妇率念曾、慕曾两孙及兰女孙至莘塔外家,慕曾并至听樵外祖家登门省视,略备礼物糕盘,以后来往则照老亲例矣。下午阅吉甫所送《临文便览》,照字学举隅,益为周密。《冰玉堂约》系芸舫刻于汴中,试士时给发各生者,照吴晴舫督浙时所刊又增四条,颇切于教养兼施之意。

十五日(10月24日)　晴朗。饭后洗涤新得东井砚,是紫端之中品,然已发墨有馀。顷闻日上沈春溥已作古,心实伤之,又惨闻渠郎七岁,相继病亡,一线之延,天竟靳之,人世可惊可悲之变,孰有甚于此者乎!磬、砺二公急往襄后事,足征朋友为五伦之一,抚养其二女自不待言,然五服之内无嫡宗,春翁竟作若敖氏,死将何以瞑目?为之涕下者久之!下午闲坐,因思天壤之内缺陷事,贫病死绝,未有如春翁之历遭者,修德必获报,其谓之何?

十六日(10月25日)　晴朗,颇暖。饭后札复黄玉生,为神像上不用珠。墀儿昨自芦还,小轩处一项仍是子虚,早料及之。预封芹分拟致两汝公,并谢教均安排。下午至莘和观望,一应排场均已楚楚,知新亲明日送妆。

十七日(10月26日)　晴阴参半。清晨新亲妆奁已送到,不过寻常物件,而随从极多,两媒王桢伯、周南诵均到,押妆两人,一即柳公蓉甫,是渠家内亲,设席鼓吹款待之,周公饭后即回。书奁颇计较,丰至八番始如愿,终是极闲。惟与桢伯畅谈京洛事及朝考、殿廷诸试,其中得失命为主,字迹亦有时而无权,此是桢老不得意之谈,颔之而已。谈至一鼓,与少松同回。是夜请酌冰人,张灯鼓乐,仅三席。

十八日(10月27日)　阴。饭后介庵侄至盛泽黄氏行亲迎礼,渠家新列门墙,喜空体面,迎娶要执事,即托桢伯盛泽唤夫役到彼迎送,即撤去大船两号,轿一官一彩,乙兄此番可称阔矣。终日寂寂,夜酌邻三席,事毕,与乙兄剧饮,大有醉意。回来二鼓,大雨淋漓矣。

十九日(10月28日)　阴,终日雨,下午西北风渐吼。饭后命墀儿至大港,应酬子扬侄芹樽喜筵,诸客贺者惟至亲,略未往来而特至者沈子和、汝韵泉、陈稼生三人。中午设四席酌客,下午客去。席散,留者徐铸生、汝志达。傍晚亲迎船归,来送者彼家六人,船则三号,柳公亦至,款茶送酒,酉初雨甚风紧,准时合卺,酌敬陪迎诸公,亦四席,余陪蓉卿、少松。张灯鼓吹,席罢即祭先,设花筵,未至二鼓,诸礼已毕,余随诸人至新房贺兴,见新人,复坐茶,因其简而不华,无可适口,均笑渠家喜做空中楼阁者,少兴而出。与乙大兄闲谈片刻,时未夜半,寒气逼人,率内人、儿辈回,颇能醋睡,不觉疲劳。

二十日(10月29日)　阴,西北风狂甚,渐有冬令气象。送亲船阻风不得行,借衣送酒,以尽地主之情。账房内吉算酒席,费已乙佰卅馀千矣。墀儿欲至莘塔贺雨亭续娶喜,亦不果去。饭后至莘和新房观望,仍以粗果款客,略坐而已。与徐铸生畅谈,陪客中饭,回来与少松絮语。夜间食粥,以和其胃。大儿往,饮算账酒回,云颇盛。

廿一日(10月30日)　渐晴,朝起颇寒。饭后墀儿至莘塔贺雨亭喜,知迎船昨日午后冒风开,今日下午已回。顾晋叔阅字课卷,甲乙已排定,徐柏贤第一,周慕桥第二,墀儿第三,邱友骞屈第四,董梅村屈在十名外,殊令人笑不可解。接翼亭信,所托事关照到莘暗中相办。招蔡氏二妹来,留中饭,絮谈竟日。北舍局唐云斋抱病来,又完五户,十馀两,付洋廿二,钱八百七十八文①,付由单而去,云新邑尊

---

① "八百七十八文"原文为符号𬘡。卷十一,第166页。

金调人尚未到任。吴少松明日解馆,今夜送之登舟伏载,约初六七日去载,暇则补登日记。

廿二日(10月31日)　晴朗。终日碌碌,未赶一事,殊自愧无所用心也。夜间略登账务。

廿三日(11月1日)　晴朗,风始息。饭后照应出冬。下午收拾靴帽。痔略痛,不能静坐,略阅苏诗。

廿四日(11月2日)　晴而暖。晚起,痔痛未止,始命工人获稻。中午致祭,先赠大夫曾祖师孟公忌日也,祀用蟹,曾祖所嗜,得之吾祖吾父云。下午闲坐,略阅《历代名臣言行录》,五代宋、齐两朝人物。

廿五日(11月3日)　晴,昨夜微雨即止。晚起,犹嫌痔痛。饭后接子屏便片,蓝衫、雀顶诸物,子扬新婚所用者均回,以喜果饷诸孙,作复谢之。下午窑户来送砖货,未齐。闲步田间,观工人获稻,时则宿雨初收,斜阳晚霁,拾遗群呼稚子,长养犹留稻孙,但祝丰年长欢,比岁不胜野人私望之至意云。暇阅苏诗,不能用心。

廿六日(11月4日)　晴朗。痔痛未已,殊觉不适。饭后有梨里局清书陆少甫来,人极咤异不驯,含忍之,约月初去完。甚矣,声势之不可无也。暇阅苏诗,纷纷无心得处。

廿七日(11月5日)　晴朗。饭后属账房三君校对新过二加分授"惠"字号内外租簿,余则不及过目矣。痔仍痛,用外治法,以土膏烟灰及渣煎注热水,在便桶内坐薫,极为爽快,未知即能提升全愈否,然已止痛十之七八矣。命舟至莘塔载埠儿,晚间舟回,接大儿禀,知媳妇前后白疹,现尚未回净,幸胃口尚可,神识亦清,因稚川处请辛垞拟邀诊视,与砺生商方用药,约初二日去载,殊切悬思。小二孙胎疟间日,势亦不甚轻松,因颇准,不便服药,只好听之。

廿八日(11月6日)　晴,西北风颇紧。饭后乙大兄来,关照明日黄氏来望朝,邀陪客,暇阅《名臣言行录》五代纪完,要重看。晚间王姬自莘塔回,知媳妇疹发未回净,寒热渐凉,神气颇清,李辛垞已诊脉处方,传述云可以渐愈,余心稍慰。慕孙胎疟已准,胃纳亦可,大儿未识初二日能归家否。痔痛今日略愈。

廿九日(11月7日)　晴朗。饭后衣冠至萃和,是日介庵之内弟黄来望朝,登门及早,乙大兄略排场,用茶房馆菜款待之。问其年十五,颇成长大,号荫城,现读《左传》。午前设一正一陪两席,余陪黄子登先生,菜极丰洁,席散即去。适颜竹村来,寄到严秋翁前日大儿托排《五星单盘》一本,归家阅之,辞繁甚,排至花甲后再起,每流年均有批评,似乎丙子科利而不甚全,己卯科定有吉兆,姑书之,以待后查,吾人修身俟命可也。

三十日(11月8日)　晴暖。饭后阅苏诗,徐州任内半卷,重阅《言行录》五代宋纪。下午闲坐,略读《曾文正公集》。痔痛已止,可冀复原矣。

十月初一日另本起。

十　月

同治十三年①,岁在甲戌,小春十月初一日(11月9日)　晴。是日庚午,传说是午太白星躔度太阳宫(后知在是月卅日),为四千馀年史册所未载(或云在夜,片时明亮如昼),以西法量之,云度日轮,并不直冲,否则天昏地黑矣(亦无甚可征,惟阴,稍暗而已)。余终日静观之,是日辰后日色微白,纤云翳之,午后日颇有光,虽有微云蒙覆,仍不碍光天化日,深庆圣天子从谏如流,乾纲独振,故能化灾为祥,亦为亘古所未有,书以志喜,不胜抃舞之至。终日阅《言行录》五代齐纪、《苏诗王注集成》。晚间西北风渐劲,略昏暗,是亦时令之常,不足异也。

初二日(11月10日)　晴朗。饭后至芦,赴局又完银八户,洋二八,钱四十文,约已七折矣,钱梅波手。知金邑尊今日公座,晤小轩,略叙,本题不谈。回至黄玉生处,以先赠君神像属加珠,约月初同前

---

①　原件第12册,书衣左侧墨笔题"日记,甲戌年小春月起",右侧墨笔题"同治十三年五月"。

轴去取。复至公盛略坐,适见袁芃升,以家庭竹林事谐和相劝。暇与乡友倪老胜吃江西面,极佳。小饮毕,茶叙赵三园,与陆松翁、徐苹山畅谈。下午归家,莘塔船已回,接墀儿禀,知媳妇疹回而复发,尚未净尽,现请辛垞,今尚未到。砺生因留商酌定方,约初七日去载。

初三日(11月11日) 晴朗。饭后乙溪来谈,议及限内租务,拟照去年每亩加五升,悉如十一年冬租数,照额七折,尚未出亮。询之野老之愿者,则云今岁早稻有损,晚禾实胜也。暇则静坐,以养此心,略阅《文录》奏议类。明日拟至梨花里。

初四日(11月12日) 晴。饭后舟至梨川,午前泊舟,至局中完银四户,十九元①,钱一百二十九文②,已七四折③,局书等均不见,吴、沈两人手。出来,饭于舟中,复登岸至敬承堂,邱又骞夫妇均往苏,知陆殿撰今日悬匾请酒,幼谦去贺,其夫人则便就医,甚为怅怅。因至寿恩堂答候费吉甫,沈步青亦出见,在吉甫书房长谈,知芸舫河南府已考毕,身子无恙,将案临汝州矣。以陆凤石朱卷殿策见赠,并借去冬《搢绅录》四册,见案头有京刻六朝唐宋小赋二本,精楷绝伦。吉甫今岁走八千里路,未免劳顿,体中略似不适,谈亦少兴,即辞出门,仍至邱氏,省三丈乔梓拉往新开茶室蓬莱阁茗饮,至则人闹如蚁,陈设颇华,大有上洋气象。晤徐一山弟兄(仲方),又畅谈风鉴,以子谦翁择日单相商,一无更张,惟动桩用初七卯时而已。一山作东,至灯上始散。毓之弟固留小饮,即至省丈所,三人团叙,极真率有兴,毓之特炊香珠米煮粥饷余,甚醰醰有味。日上毓弟医况甚佳,谈兴豪甚,至一鼓始告辞。毓之复陪余至船边,此情可感也。即眠舟中,暖甚,甚畅适。

初五日(11月13日) 晴。朝起,毓之已至舟边来候,余略买物件即同茗叙泷泉,复走至西栅江西馆内吃不托,亦毓之作东。回至德

---

① "十九元"原文为符号𢀖。卷十一,第178页。
② "一百二十九文"原文为符号𰀖。卷十一,第178页。
③ "七四折"原文为符号𰀖。卷十一,第178页。

芬候邱吉翁,絮谈不已,知辛垞昨日自莘塔回,因急欲归家,不能畅叙,即返敬承。毓之医室中与三丈又谈论刻许始告辞登舟,阅殿卷《搢绅录》,甚不寂寞。至港上看子屏,出见,知疟疾初愈,避风不出门,以陆九芝翁悬匾请柬示之,约合出一分,便致邱毓芝寄送。归家下午知墀儿昨日回来取丹丸,午后仍往外家,约初十日去载。媳妇疹子回而复发已三四次,幸寒热凉净,疹亦渐回,服辛垞方极如意。碌碌终日,账亦未登。

初六日(11月14日) 晴,似欲发风。账船至"忠"字刈稻,此是免欠法,甚觉有名无实。饭后至乙溪处议租石脚,仍游移无定。回来,阅顾晋叔所评字课卷,虽不能如蒙叔之顶真,而批论尚当。今日始补登日记,读陆殿撰会墨,颇不惬心,而试帖诗佳甚,真台阁体裁,端庄流丽,可为儿辈法也。碌碌仍不能看书。

初七日(11月15日) 晴朗。朝行至赵田,时袁穆斋开吊,往奠之。至则时候尚早,来客极希,晤稚松,并憩棠郎号稼田接陪,少顷,憩棠来谈,同饭毕,即至憩棠新宅畅叙,论及家事,参商之至。袁邨生习气不佳,母夫人护庇,恐难自立,余则竭友朋之谊,敦属扶持,未识大小既能得终谐否。论及东洋日本事,大约可以讲和,以《申报》一束借阅,约岁底连旧同缴,扰茶点而返,到家尚早。下午作札致少松(明日寄北舍),约十一二间去载。碌碌仍难坐定。

初八日(11月16日) 晴朗。饭后接子屏条,知近体愈而未复原。吉甫处有信致子屏,前略有小恙,旋即霍然,以子垂文托少松改润。王荪斋廿六开吊来讣,又须应酬。暇阅《申报》《言行录》梁纪,又看《王注苏诗》。

初九日(11月17日) 晴朗。饭后至葫芦兜贺张元之,时渠郎子遴芹樽请客。至则弦管盈耳,宾客满座,俱应酬之,晤邱友骞,知苏城初六日回。九芝翁家吇嗟阔兮,中午宴客六席,余忝首座,与薇人同席,酒罢席散,余告辞主人,即拉友骞同舟至余家,留盘桓,絮谈,颇不拘形迹。夜间秉烛话家常,一鼓时就寝,与余同榻。

初十日(**11 月 18 日**)　晴朗。饭后作札示墀儿,去载,暇与幼谦闲谈。午前蔡子谖到馆,接听香翁信,欲索前书石刻及日记、年谱等件,当寄之。下午墀儿率虎孙归家,知媳妇渐愈,慕孙胎疟未止,并患下体浮肿。据辛垞云,是湿热下注,服药须求速痊。夜谈一鼓就寝。

十一日(**11 月 19 日**)　晴朗。饭后接子屏条,十五日会酌。中午补十月朝祀先,以香珠米荐新。暇观邱友骞写字课朝卷,极圆润飞舞之妙。

十二日(**11 月 20 日**)　晴暖。终日看幼谦朝卷写就,精妙绝伦,馆阁他年妙手也。下午吴少松到馆,夜与幼谦剧谈,以分托寄陆状元,云即日有信致九芝翁。

十三日(**11 月 21 日**)　晴,仍暖。饭后由账船发限单,送友骞回梨。蔡龙甥到芦,请董杏溪到梨诊视晋之,闻晋之久痢,胃气不开,髀肉瘦削,甚不轻松,然董公庸之尤者,殊切深虑。晋老关系非浅,思之焦甚,未识渠家家运何如,不深祷祝。终日碌碌,未赶一事。今日北舍始有来还限米者。

十四日(**11 月 22 日**)　晴暖异常,宛如仲春。饭后阅《苏诗注》半卷。下午读《曾文正奏议》。晚间墀儿自莘塔回,知媳妇尚未全愈,时有微寒热,幸胃纳尚可。慕孙浮肿渐愈,疟疾亦轻。砺生往苏未返,陆莆申煦仪谢教一函即托熊菊孙寄达。

十五日(**11 月 23 日**)　阴暖如昨。饭后墀儿至大港赴子屏会酌,午后狂风陡起,未识今晚能归否?账房内有无赖人恶聻,目前未易落肩,思之闷闷,聊以苏诗消遣。晚间舟回,知从东转无荡尚可冒险行,然已未免胆大。闻此会邱吉卿得彩。

十六日(**11 月 24 日**)　阴冷。上午有微雪即止,西风仍终日吼。朝上账船守风归,接周慕乔与墀儿札,真翩翩年少公子,书作均佳。字课第二期,渠东道主卷子已来,幸为友骞查出,不作殷洪乔。终日静坐,阅《苏诗王注》。木工明日停手,甚觉偷惰。

十七日(**11 月 25 日**)　阴冷,北风仍厉,上午微雪旋止。昨夜石工与邻人口角,几酿事端,幸劝得解,今日稍罚以惩之。甚矣,一朝之忿可骇焉! 午后均送之回镇,余亦颇庆无事。碌碌终日,夜登内账。

十八日(11 月 26 日)　晴朗,西风仍狂吼,冷甚。终日无事,阅《名臣言行录》陈纪、《苏诗王注集成》。

十九日(11 月 27 日)　晴,稍暖。朝上略患头痛,不适。上午阅《言行录》隋纪、《苏诗集成注》。下午闲坐。墀儿今日至芦,晚归。索郁款,仍延约无期,此项竟成画饼,可叹! 晤见汝师竹,欣知蔡晋之恙略痊,可无他虞,深祝颂之。灯下读《曾文正公集》。

二十日(11 月 28 日)　晴朗。饭①阅《言行录》北魏纪、《苏诗集成注》,下午读朱止泉《治河三策》。墀儿晚间自莘塔回,知砺生苏去已旋里,欣悉媳妇近体渐愈,惟少力,尚艰坐起。慕孙胎疟未止,喜浮肿霍然,服辛垞方均安适。熊桐生有喜单请柬来,初三日芹樽,当贺之。

廿一日(11 月 29 日)　晴暖。饭后看《北魏纪》《苏诗注》。下午开发一无聊邻人,给资三千,因祖上有瓜葛也,此等人实无可位置处! 闻砺生苏来信,日本台事已贴费议和,不过将计就计,暂图目前不兴干戈,非长久善策也,然与兵作戎首,大吏亦万难担承,为苟安计,不过如是。

廿二日(11 月 30 日)　晴暖,朝上大雾。上午阅《北魏纪》毕,苏诗阅守湖起。下午阅《国朝文录》奏议下册。晚间龙甥来,知晋之日上复友涛方,痢已减,胃口亦开,可望渐愈,甚为欣慰。

廿三日(12 月 1 日)　晴朗。饭后北舍局唐云斋来,又完九户,卅三元②,钱一百一十九文③,已足七成四,与之吉题矣。暇阅《言行录》北周纪。下午子屏有信示大儿,关照舜湖之行不果,因日上复有小寒热也。分一,王、李两札当代致,命墀儿作复之。碌碌不能坐定。

---

① "饭"字后疑漏写"后"字。卷十一,第 181 页。
② "元"字后原文有符号。卷十一,第 181 页。
③ "一百一十九文"原文为符号。卷十一,第 181 页。

廿四日**(12月2日)**　晴暖。饭后至乙溪处,关照限内折价,每石十七①角。上午张森甫局书来,又完三户,四元,钱五百三十五②文,已七五折外矣,与之吉题,据云新任催科颇烈切。是日始有来还飞限者,约收十八石左右,夜酌请账房诸公,余陪之,颇有醉意。

廿五日**(12月3日)**　晴朗。饭后朝雾,始醒,墀儿至梨里,命明日同友謇舅氏赴盛川吊王巽斋,今日始至限厅收租,终日寥寥,不过七石有零。命老妪望媳妇,晚归,知今日又复寒热发作,大约坐起不慎之所致,然本原亏甚矣,颇为踌躇。二孙胎疟仍未止,四肢略带浮肿。终日在限厅,大约以后无暇观书。

廿六日**(12月4日)**　晴,东风,暖甚,要防发风。是日仅收租廿三石有零。终日在限厅,闲寂之至。

廿七日**(12月5日)**　晴暖。饭后至限厅收租,上午陆续而来,甚觉纷忙,下午稍闲,终日共收租乙佰四十馀石,本色不多,然米多下脚,不能如前,足征年令之欠丰足,夜间吉账甚早。晚上墀儿自梨回,知幼谦昨同赴盛,王氏排场不及前番,宾客中晤费吉甫、黄子美诸君。今日至蔡氏姑母处,知晋之前恙尚未轻松,现服辛垞方,极安妥,可望即日渐愈,然原气大亏矣。

廿八日**(12月6日)**　晴暖。终日在限厅收租,各佃不甚踊跃。梨川下乡来,每石一元六角六分算。夜间黄昏后吉账,共收贰佰四十馀石,明日深望不发风,尚可冀多多益善。

廿九日**(12月7日)**　阴,微雨,幸未起风。诸佃远者均来,终日颇忙。下午雨亦渐止,甚为踊跃输将,终日共收租四百卅一石有零,折色三之二。夜至二鼓后账房诸公始吉账就寝。

三十日**(12月8日)**　阴,幸无雨。饭后诸佃纷纷而来还租,上午颇拥挤,然零星者多,不如昨日之易于积累。账房诸公计算极繁,

---

① "十七"原文为符号`¦¦`。卷十一,第181页。
② "五百三十五"原文为符号`勿㐄`。卷十一,第181页。

夜至二鼓后吉账,共收三百十馀石,米数不多,已觉潮杂叠见。余精神颇旺,自廿四日起,今夜飞限截数计总收一千乙百七十石有零,尚可差强人意,较之去年尚少乙佰七十馀石,年令乎,人情乎?且俟头限再行冀望。

十一月

十一月初一日(12月9日) 昨夜微雨,今日午后开晴,西北风不透,颇和暖。终日在限厅上徜徉,仅收头限米二户,又收存仓八石有零,夜早吉账。今晨饭后衣冠东厨司命神前、家祠内拈香叩谒。

初二日(12月10日) 晴,西北风颇劲。饭后墀儿欲至莘塔,因风不果。由钱子方处接陈翼翁廿三日所发信,知熊纯翁明日悬贡匾,当与令侄采芹同贺,约彼处会叙,并相订止宿,且俟明日再商。今日风阻,仅收存仓二户。下午乙溪来长谈,论交际出入,尚从厚一边,恐侄辈不能如是。

初三日(12月11日) 晴,北风不甚狂。饭后命墀儿由莘塔至西蒲荡,贺纯叔竹林悬匾、采芹双喜。唐云斋来,又请益五羊皮,确知渌卿被县堂会掌责,可称强项吏駼孝廉,此事虽不能办,然已受辱矣。甚矣,人不可无才识也,言之可叹!终日收租五石馀,甚不见踊跃,未识以后若何。

初四日(12月12日) 晴暖。终日收租十五石左右,清闲甚焉。晚间,舟人自西蒲塘、莘塔回,知墀儿昨夜为纯叔、翼亭所留,今日同磬、砺二公还莘溪,约明日去戴①。灯下读熊桐生试草,通体作一笔书,机局之妙,为今科试作之冠,吾决此子不久亦将破壁飞去,益信子弟多才必世家,钦羡之至!

初五日(12月13日) 晴暖如春。终日收租连存仓五十馀石。子屏处请改诗、赋、札,今日寄出。晚间墀儿自莘溪回,知纯叔此番独

---

① 戴,疑为"载"之笔误。卷十一,第182页。

阔,酒席之费万难与分相抵,益信此公事事朴实,非世之喜空排场者可比也。

初六日(12 月 14 日)　仍晴暖。终日收租不过廿五石有零,今年成色恐难如愿。晚间墀儿自芦回,郁处派款仍属空谈,此项不甘心付子虚,然终难言实获。先人神像补珠,玉生已就领回,馀件钱艺香约岁底裱好。

初七日(12 月 15 日)　晴暖,欲发风,不果。终日收租共四十四石有零,头限今日略有起色。

初八日(12 月 16 日)　晴暖,中午略雨即止,下午阴。终日收租共八十九石五斗有零,米色潮杂无等,东玲朱家港尤甚,年令、人情两薄使然也。

初九日(12 月 17 日)　晴。饭后至限厅,诸佃还租远近均来,余专管收米,佳者绝少,因年岁非十足,从宽收之。夜间一鼓吉账,共收贰佰石左右。

初十日(12 月 18 日)　晴暖。饭后诸佃还租纷至,下午颇忙,米色之挘较昨尤甚。诸圩均到,独南北斗约而不来,可怪?终日共收租乙佰九十四石有零,夜间吉账未到二鼓,自开限至今总共收数乙仟七百五十馀石左右,田数相符去年,石脚又增五升,而收数反绌,岁丰不及往岁可知矣。拟头限再放五日,以宽诱之。

十一日(12 月 19 日)　阴暖,微雨。饭后墀儿至莘垞,拟请李辛垞为媳妇、慕孙定膏方,今夜止宿焉。终日收租一户,二石左右。中午,黄子登来谈,暇阅删大儿所作《吴中经学考》,约二千二佰馀字,删去百十馀字尚嫌冗长,然无可再节矣。读陶苣翁所捉刀文赋,毕竟绝大手笔,深得此中三昧。

十二日(12 月 20 日)　阴,东南风大吼,下午雨止,风亦息。迟辛垞未至,大约为风阻,未赴莘塔。终日寂寂,未收一户,乙大兄至限厅长谈良久。

十三日(12 月 21 日)　晴朗和暖,似乖令属于冬。饭后墀儿陪李辛垞自莘塔来,知昨为风所逗留。媳妇近体已愈,特未复原。慕孙胎疟时止时来,大约气虚易感。各定膏方、煎方、丸方数纸,看来归家须俟出月矣。诊余脉,气血两亏,内人脉象较胜于余,虎孙药于无病之先,各定膏方,以滋培养。中午略设肴馔款之,知已畅谈,颇有醉意。席罢,即送登舟,云要至大港望子屏。今日由萃和接盛泽郑慈谷(二诒)祢甥札,关照所约不果,竟俟明冬料理,尚属周到,姑俟之。晚接李老师札,催观风卷,此月中要缴,当作禀复,宽至出月初旬。

十四日(12月22日) 晴朗。是日辰刻交冬至令节。终日收租不满十石,碌碌了难坐定。夜间冬至祀先,祠堂内祭已祧之祖,余主之,厅上祭高曾祖父,墀儿襄祀,虎孙习仪拜跪,裸献颇能如礼。祭毕,饮散福酒,与少松对酌,甚有薰意,玉山颓然矣。

十五日(12月23日) 晴暖更甚。终日在限厅收租,尚不寂寞,灯下吉账,共收四十馀石。今夜放头限截数,自飞限算起,总计收数乙千八百四十馀石,数与去年头限相同。明日转二限,并应酬开欠,但愿户户进场,平安无事,不胜祷祈之至。

十六日(12月24日) 阴雨,西北风不透,仍暖。终日收租一户,作札复蔡听香翁,以所书先大人诔文、墓铭暨陆日记、郭年谱赠之。下午阅墀儿所作《黄运两河策》,考古证今,以导之入大清河,由北趋海为主,颇能畅所欲言,俟草稿脱后当质正子屏,然后誊真。

十七日(12月25日) 晴,昨夜风雪,及朝而止,惜不盈寸,见晛已消。终日收租不满十石,暇作札拟至费芸舫河南。

十八日(12月26日) 又晴暖。终日收租十馀石,抱布贸之为多,开欠归吉一户,暇阅墀儿所删考策,尚觉冗长,誊真时恐腕力欲脱。南北斗约廿二日进来,墀儿寄李老师禀今日发出寄北厍。

十九日(12月27日) 晴,西北风大吼,至晚未息。终日未收一户,袖手闲坐,略阅《国朝文录》书祟。夜间有冰冻意。

二十日(12月28日) 晴朗。饭后同蔡甥子瑷至梨里,中午到,泊舟蔡氏门首。入内厅,见二妹,欣知晋之甥痢疾已止,惟久病原虚,家事繁重，骤难静养复元。若二妹之待前氏子，则恩爱如己出，余甚敬之。乙大兄、六侄同来，午后会酌一席，饮罢，即拉两甥、金恬波茗饮蓬莱阁，晤徐少卿父子，知乙山辛向来年大空，恬波于租务井井有条。回来路遇听香翁，以石刻信、日记、年谱面交，又略谈片刻。夜间二妹留饭，絮语良久下船，辗转不成寐。

廿一日（12月29日）　晴，朝上浓霜，下午复雨发风。在船朝起，登岸晤子瑗，知晋之因烦燥不安，二妹已往视，决计请辛垞再来调理。余茶饮蓬莱阁，晤陈小山丈、蔡听香，款谈颇洽。又晤刘允之、沈月帆，始确知江邑时事。与子瑗吃江西面，佳甚。回来，又同子瑗登舟，略泊邱氏河头。幼谦初起来，取周慕侨字课三卷即开行，到家中午后，知日上收限租二十石，开欠两户，草草进场。夜早眠，倦甚，时情药伙丁公煎膏方，一鼓毕事。余不能久待，一应门户火烛儿辈检查矣。

廿二日（12月30日）　阴晴参半，北风颇寒。终日收租十馀石，头痛不甚适，闲观而已。两局新漕由单来，价每石三千四百五十二文。

廿三日（12月31日）　晴，稍暖。终日在限厅寂寂，仅收存仓一户，七石有零，南斗、北斗沈催约而不来，可知租风疲玩。

廿四日（1875年1月1日）　晴朗可喜。饭后磨墨匣，作札拟致陈翼翁。终日收租不满十石，南北斗约而不来，其情可恶。明日东账始开。

廿五日（1月2日）　晴暖。饭后在限厅，终日未收一户，可怪。午前，北厍局庞榜花来，即以由单十户完渠手，付物色连前二十元，共贰佰九十九枚，钱四百四十五[①]文面交之，约已完四五折数矣。始知"在"字公溇田收推未做，诡词相对，漫听之，且俟来年上忙，两元亦不付。下午缮札四页，拟寄芸舫河南，以不慰慰之，未识措词得当否。艰于作字，自愧恶劣之至，封就已傍晚矣。如在风檐寸晷，何以堪此！甚矣，书不工之苦也。夜阅《文录》数首，南账船明日始开。

---

① "四百四十五"原文为符号 **ⅲ**。卷十一，第184页。

廿六日(1月3日)　仍晴暖。终日收朱家港极次三户,米不成米矣。下午作札拟致袁憩棠,《申报》一大束当缴还之。墀儿观风卷今日始动手誊真。

廿七日(1月4日)　晴暖。饭后发翼亭信,由北舍寄周庄。南北斗沈催始来,所收寥寥,来则差强人意。约萧、沈两户(过陆者)三十日进来,未识不爽否?砺生特来畅叙,知媳妇、慕孙日上甚有起色,约十六日归家。欣知骔公一案,李制军大不以为然,大约可以不办,此公之幸也。书房内中饭,下午回去,以天籁阁铭"东井"紫端砚,前所得者转赠之。碌碌终日,颇觉其烦。

廿八日(1月5日)　晴朗。朝饭后即轻舟赴梨,上午已至清风桥,西栅泊舟,登蔡进之新宅,晤二妹,知晋之日上病又变迁,服辛垞方,初效,后不灵。登楼视之,神思清而色象不佳,昨气逆而胃不开,现服陶橘香、徐仙玖所定方,用人参、蛤蚧、牡砺,旋复代赭,昨服之,似乎略有转机,然气不舒,胃希纳,已为洋烟升提所误,危险万分,惟视渠家运何如耳。会酌两席,沈子和得彩。晤范咏三、子乔侄、沈子和、徐玖九、蔡介眉诸公,草草终席,人人少兴。并知今晨专舟来载子瑗,闻已到,余未晤也。宾之送余登舟,复在船等候舟人买物件,开行已晚,到家点灯后矣。

廿九日(1月6日)　晴朗。饭后作条拟致子屏,恰好子屏遣人以书示大儿,一考一策均阅过,无甚更改,属渠作速续誊而已,论则明日动手。接翼亭昨日信,甚愤"在"字推收不做,欲动公禀,当以原札示磬、励二公。下午至芦墟局完新漕五户,付洋一百七十三元①,钱一百三十二②,今日洋价作四十,恰多费三千四百文,殊觉迟延浪掷,约数已四七折③左右矣。回至公盛,晤憩棠、问樵,愤述家事,憩老劝

---

① "一百七十三元"原文为符号<u>陇</u>。卷十一,第185页。
② "一百三十二"原文为符号<u>巨</u>。卷十一,第185页。
③ "四七折"原文为符号<u>斑</u>。卷十一,第185页。

之，似可进言，无如手足竹林之不相谅。此事甚难调停，已谆属问樵兄处置为是。到家傍晚，今日收租五六石左右。

三十日(1月7日) 晴。终日在限厅，上午寂寂，下午开欠来归吉者颇觉饰观，未识以后能均如愿否？是日收租共十馀石，催甲算账颇有哓哓请益者。今夜二限截数，约共乙千九百九十石有零矣。

十二月

十二月初一日(1月8日) 晴暖如春。夜子正率墀儿、虎孙起来，候至卯初，洋表极准，衣冠至下场更楼北方，奉牲香烛祀土神，即命圬人动土兴工，事毕，天初明，不复寐，又衣冠东厨司命神前、祠堂内拈香虔叩。终日收租十馀石，说话相嬲颇多，米色尚可。夜间账船收租回，又五六石。诸事颇栗六，吉账亦不早，约起更，余即熟睡，甚甜适。

初二日(1月9日) 晴，西北风不透，仍暖。饭后苇卿侄来，所谈公辅一局，来年请益至五两，言明出亮四十两，暗转二两，惟所嗜，劝渠永戒为是，然未必能悬崖勒马，姑试之。终日无一户，在限厅督看水木贰作卸屋，明日更楼卸净矣。

初三日(1月10日) 晴，仍不甚冷。上午水木两作划地界，计丈间。命墀儿请乙大伯、少松表叔暨七弟至交界处公看，照外围横墙与内新筑横墙对直，余情愿让地二尺，庶于二房墙门不至太斜，其中间交界处作为公共夹衖，余屋滴水出在其中。公共看过后，即兴工定界，彼此庶无异言。总之，能让，则凡事皆可相安也。是日南北斗沈催已来，两户，一照出限算，一因过户(陆中和)新荒田，暂让每亩五升，后不为例。终日督看卸屋，下午地已出清，余足力颇酸。

初四日(1月11日) 仍晴暖。终日收租四石馀。圬人今日以线协地平、起夯沟，尺寸长短颇能划得井井有条。

初五日(1月12日) 阴，下午东北风，微雨。终日催甲算账，租米门收二户。两账船今日始停，约共统计收数九成左右，余又何求奢望？开欠不过循例应酬而已。水作夯沟开遍，但祝无大风雨，庶不致稽迟时日。墀儿观风卷今午始誊完,计廿八页半,六千八百馀字,无一脱误,颇尽心力为之。即作一禀封好,明日萃和至同,即托钱竹安面寄李老师公馆,以便汇解新学宪,此番转寄甚觉凑巧。

初六日(1月13日)　阴,朝上东北风,微雪即止。终日寂寂,袖手闲坐。木作仅做琐屑事务,动夯定磉且俟明日,未识能老晴否,姑作信天翁可也。暇阅《国朝文录》赠序数篇。

初七日(1月14日)　阴晴不定,下午重云漠漠,似有酿雪意,然余兴工,以不成为妙。夜间四鼓起来,洋表行止不甚准,约计盘香一盘扣完五个时辰,即唤工人起来,帮助泥作动夯,自北而南,举行毕,正值卯正初刻十二分,不甚爽也。余又静坐一炷香,天始明净。终日督工,磉石渐夯平,明日幸无雨,可固始基矣。租米不满三石,差人劂开欠,又应酬之。夜间早眠,耳中犹如闻呀吁之声。晚间,由苕卿侄处接蔡彬之信,欣悉进之近日胃纳渐开,气平痢止,可庆更生,为之称喜无量,益可信近来人参不尽赝本,补元气居然有功也。夜雨淋淋不已,幸夯工已赶紧告竣。

初八日(1月15日)　阴雨。终日石工泥作定磉石,因雨甚而止,暖甚,难望即晴。饭后率墀儿至芦墟赴局,又完十户,洋百〇四元①,钱②百五十三③,约已七四折④左右矣。取前串出来,至张厅茗饮良久,又至江西馆,同木作史某吃面以奖之。复至张楼茶饮,知郁老与大儿谈,余即回避,后知依然画饼,此中伎俩余早料及之,一笑。还至公盛久坐,大儿亦来,即开船,雨淋淋不息,到家傍晚。憩棠信并《申报》一大束已寄在公盛。

初九日(1月16日)　朝上微雨,午后西北风,渐起晴。终日收

---

① “百〇四元”原文为符号𣏢。卷十一,第187页。
② “钱”字前原义有符号𢆶。卷十一,第187页。
③ “百五十三”原文为符号𢪟。卷十一,第187页。
④ “七四折”原文为符号𤛼。卷十一,第187页。

开欠一户,督泥作定礁石,纵横已成屋间架,明日初基永固矣。

初十日(1月17日)　阴晴参半,天暖甚,尚防雨雪。饭后舟至北舍局,唐云斋不见,庞榜花手又完十三户,付洋百八十二①,钱②一千〇六十六文,已七三五六③折左右矣。与差友芝老茶叙仁和楼,托渠覆朝行欠,许余后日赶办,即回局付切脚,又属榜花查子规补报陈效山三寿两户田数,以计截账寄余,未识到根否。并知骣公一案,吉公出来已谈妥,此公之幸也。回至洪元,略坐即归,到家中午,泥木两作今日排场竖屋。碌碌终日,心不得闲。

十一日(1月18日)　西北风,起晴。今日仓屋五间均竖好,且俟明日吉时上正梁。泥作筑围墙基已尺许,颇能赶紧。上午梨里局书王秋海来,以陆少甫不循礼告之,渠颇肯为之低头,即恕之。付完五户,洋七十三元④,钱⑤七百十二文,与之吉题,已七八五⑥折矣,一茶送之始去。开欠有来归吉者从宽落肩,下午以便条寄北舍局,关照沈差明日不必复朝。庞榜花以陈姓补报计截数寄余一洋,当即日与之。竹淇弟来,书房内便中饭,絮谈至晚始去。裁衣七官,渠手又告急三枚,连前四枚,因竹老恳情,不与计较,且言定三千为萃和一往,俟再请益,甚觉反覆不定,为不甘心,然念岁暮,无以度日,亦殊谅之。终日栗六,稚竹文两首且留案头。

十二日(1月19日)　西北风,晴朗可喜。是日午正上正梁,泥木两作颇有赏犒,费青蚨二贯六百文,黄粢两钟,夜复以六簋酬款,似各欢呼如愿。终日在限厅督看,租米开欠又归吉一户。徐瀚波来收

---

① "百八十二"原文为符号 ⿰. 卷十一,第187页。
② "钱"字前有符号 ⿰. 卷十一,第187页。
③ "七三五六"原文为符号 ⿰. 卷十一,第187页。
④ "七十三元"原文为符号 ⿰. 卷十一,第187页。
⑤ "钱"字前有符号 ⿰. 卷十一,第187页。
⑥ "七八五"原文为符号 ⿰. 卷十一,第187页。

惜字费,长谈良久始去,此人作事切实可靠。苗卿侄来,关照公辅来年——如前约。

十三日(1月20日)　晴,下午阴冻,要防雪。是日泥作围墙砌平,木工椽子钉已大半,如天无风雪,明日可动手做屋脊。开欠进场两户,只馀一户未归吉,姑且缓图,不复开追,从此深喜平安无事,可以结题矣。暇作便札,待致吉甫。接范甫信,知字课卷看出,大卷、白摺均邱幼谦第一,徐伯野大卷第二,白摺第四,反在范甫下,墀儿大卷第七,白摺第八,恰如分量。

十四日(1月21日)　晴,不甚朗。终日北风,冷甚,盆水生冰。终日在限厅督看,租米仅收两户。是日木工屋面钉椽子已毕,泥作砌墙亦渐竣事,明日可专工筑脊。

十五日(1月22日)　晴朗,风息,冷比昨日稍减。终日收租二户,闲甚。泥作筑墙未毕,尚迟做脊。苗卿来谈,明日至梨送仿白甥除几,余致分焉,暇则夜阅《文录》杂记。

十六日(1月23日)　晴暖,风和可喜。是日泥作上瓦,修葺屋脊大致楚楚。饭后报房杨稚斋来,关照余加衔阁中请封两代,京报子在桐里,商量止报费,吴少松手。讲论良久,始谈定衔十枚,轴十四枚,又喜封四枚,舟人六百,共星宿之数,付清始去。午前凌砺生陪其妹率兰甥女、慕甥男自莘塔来,听樵五太爷家亦备礼送甥,余甚喜慕孙诸恙皆愈,媳妇亦渐渐原可即复,深谢砺生处方服药之功,畅谈至晚始去。顾晋叔字课卷均来,评语有当有不当,若墀儿卷,谬赞可愧。杨报房以十乙月十六日○○上谕抄示:"谨悉○○皇上有天花康吉之喜,中外臣工特沛○○殊恩,沈经笙赏戴双眼花翎。"吾苏○○本朝无二人,余条子即报沈宦所带来者,当恭录之。

十七日(1月24日)　晴暖。朝上有冰霜,浓甚。上午观圬人修筑屋面。午前子屏来谈,欣知近休甚健,惟任媳病体复原为难,示余李咏裳致吉甫信,十一月初四南阳试院发。知芸老考政,精神振刷,可慰怀念,岁底尚有光州、汝宁两棚未考,大约途中度岁,借释安仁之戚,吉老忙甚。芸老所帮《文录》刻资佰洋已寄存余处,当即觅便转交砺生,晚间始去。

十八日(1月25日)　晴朗。是日交腊。泥作屋面尚未完功,看来诸工告竣须俟来春。中午蔡子瑗甥来谢师告辞,欣知进之日上病已大愈,胃开痢止,可以坐起,难得转危为安,莫谓参药无功,然实渠家之福,留之中饭始返。明年请凌亮生在家,不复负笈来溪,勖之努力用功,未识能发愤否。晚间请朱梅眉来,为慕孙治足不利行,据云筋络略挫,踵胫无恙,抚摩之,贴两伤膏,云可望渐愈,一茶即去。吴少松明日解年节,夜间略具酒肴谈心,明日饭后回同,余将同往。

十九日(1月26日)　晴暖。饭后送少松乔梓解节,以黄粱、白粲各折腰为赠,舟中絮语,颇不寂寞。在船中饭后已到,少松起行李后陪余至园廊候李老师,并以《日记》《小识》送之,适老师他出,不见。还,至少松寓中略坐,又同至陆家埭费租局候吉甫,即将芸舫处信托寄河南,《搢绅录》一部寄存少松处。絮谈良久,钱芝翁亦出见,论缫公事,共相太息,虽幸无大风波,然年内无人作保,虑难即归。吉甫忙甚,要岁底还梨,长谈始告辞。与少松又茶叙鹤阳,还至舟夜饭,复至少松寓宅叙话留茶,看渠光景,度岁甚窘。

二十日(1月27日)　晴,仍暖。昨夜宿舟中,朝起霜浓,起来即拉少松茶叙仓场衖,晤沈寅甫暨在镇诸君,颇有谣言,京中事闻之诧愕。茶罢后至舟,具衣冠到园廊公所,是日沈春甫治丧,吊之。知砺生昨日到,主丧办事任又莲总理,友朋义举,我辈钦心,然春翁自此寂寂,令人生悲。长女归凌氏抚养,明日安葬,砺生又亲送到坟头,高谊薄云天矣。是日晤吉甫、蓉伯、陆道稼梅、陈仲蔡诸公,介眉自省中来,亲见部中蓝印文,若讹言之非无自者,姑妄信之。稍应酬始还,仍至少松处小坐即开船,一帆顺利,到家午后。即至萃和,以少松信件暨叶子谦友庆造屋吉帖面交苇卿。碌碌终日,一应账务未登。

廿一日(1月28日)　晴阴参半,下午北风狂吼。饭后舟至芦墟局,为蔡进之完漕两户,余又完一户,六斗有零。至钱艺香处,取子庆夫妇神像归。中午与蔡卿侄、沈咏楼吃面,又茶叙张厅,良久始登舟。狂风逆浪,舟子鼓力行,恰尚平稳,到家冷甚。夜间登清出门后内账。

廿二日(1月29日) 晴朗,风犹未息,冷甚。终日袖手闲坐,圬人筑室,大局已楚楚,修饰完工且俟明年矣。由乙大兄处,颜竹村自苏来抄示《申报》,确传十二月京中初五之事,变生仓猝,时事日非,幸已闻继承有主(惇邸之孙四岁),中外臣民当于痛切之馀共深爱戴,想年内总有明文,此时当仍以讹言置之。

廿三日(1月30日) 晴,又渐暖。暇作便札拟致子屏,墀儿权课念孙理书。晚间率儿孙辈衣冠敬奉香烛酒醴,恭送东厨司命尊神上升奏事。礼毕,家人辈叙吃圆团,余亦循例餍饫之。夜间略登账务。

廿四日(1月31日) 晴,小除夕,尚星朗。终日无事,下午略看念孙理书,多影响之词,按之不实,生不待言。甚矣,功课严密已无是良师矣。夜间略阅《文录》记类。

廿五日(2月1日) 晴朗。上午洗研磨墨匣,心境一清。下午砺生自紫溪回来,确知〇〇大行皇帝初五戌刻龙驭上宾,豆症变历七日,〇〇新天子恩诏已颁,年号未悉。闻江城于廿三日开读,一切礼节尚未见明文,我辈总以百日不剃发为是,一茶即去。接范甫札,抄录汇报大略相同,新岁拜贺繁文均可删停矣。

廿六日(2月2日) 阴晴参半。泥木两作今日停工,装修且俟来春。下午以年物并札致子屏,限内一应账今夜宜汇登。岁暮开销颇浩大,除租务外一无进款,量入为出殊非易易。晚间有人自芦回,传苏州省垣信,知廿三日迎春,廿七开读,想非子虚,与汇报之说同。

廿七日(2月3日) 晴暖。饭后北舍局差沈子香来,又完六户,付洋卅三元,钱①六百〇二②,约计已七八折足矣。确知江邑今日迎

---

① "钱"字前原文有符号❞。卷十一,第190页。

② "六百〇二"原文为符号❞。卷十一,第190页。

春,明日开读○○两诏,明年仍十四年,后年改元永平,不剃头之令明日为始。今日开销限规及相好修工人工,须费青蚨乙佰千左右(要佰洋),其馀出款不在内。夜酌账房诸公,明日送渠回去,一切账目尚未誊清。夜眠一鼓后。

廿八日(2月4日)　晴暖,是日午正立春。饭后备舟送诸相好归家,大约到齐要过二十矣。接少松昨日所发信,以县移学公文并抄示兵部火票到省寄来,确知百日不剃之令以大事之日为始,绅士百日不嫁娶,期年不作乐。开读日期尚无的音,大约在今日。永平之说,讹传不足凭,惟喜诏未颁,殊不解其故。终日命僮洒扫拂拭,一应书案均整齐。夜誊昨日诸账,殊觉繁琐,并知子祥登账甚有卤莽遗失处。

廿九日(2月5日)　晴朗,除夕,是日颇暖。上午乡间祀神过年,犹闻爆竹之声,若城中则寂然矣。终日闲甚,来岁萃和轮年,夜间祀先,权从乡俚无知,惟不敢穿天青套而已。祭毕,与家人团叙,略饮屠苏,儿孙陪坐,顾而乐之。但祝时和年丰,阖境平安,○○新天子气象聿新,则草莽之臣永庆○○升平,不胜康衢之私祷云。是夜星斗灿然,开岁定卜大有。时同治十三年十二月廿九日,时安主人书于养树堂西厢。

光绪元年(乙亥,1875)

一 月

光绪元年,岁次乙亥,春王正月初一日(2月6日) 晴,西北风颇肃,下午略阴。朝起盥沐,拈香虔叩东厨司命尊神、如来佛暨家祠内恭谒。饭后率儿孙辈至萃和堂,恭拜先代图像,礼毕,免行贺庆,少长以次各一揖而已。与乙大兄茶叙毕,即同回至二加养树再茶话,复命儿侄辈舟至大港。与诸竹林叙,兼探听时事。自前月二十日后至今,城中尚无接到颁行○○喜诏日期,年号亦未得详悉,可谓千古未有之变。北望○京华,不胜引领。晚回,知公账留饮,茂甫承办,所传闻亦多异词。

初二日(2月7日) 阴,东北风,冷甚,水涨寸馀,下午霏霰,似有酿雪意。上午杨少山来,仍衣冠,少顷港上子屏、薇人、茂甫、稚竹诸侄来,均便服,甚得体。少山、墀儿当年,命同七侄陪饮,大港上诸侄,萃和轮年留饭,余处茶叙,子屏借《紫竹山房全稿》去。是日乡人仍赛会,余命人传知盛家湾今日敬神仍循例大轿前鸣金,明日他处去,余家不敢违例,仍用要道,未识乡愚无知,能免词说否?夜寒,略饮,甚觉醺然。

初三日(2月8日) 阴,重云漠漠。终日无客来,岑寂之至。上午祀先,收藏祖先神像,接奉灶神、土地,传闻今岁光绪纪元,未识确否?

初四日(2月9日) 阴雨终日。饭后芾卿侄来谈,知有人自芦墟来,见江邑尊告示,的知今岁改元光绪。命墀儿至杨氏舅家,权从俗礼,若镇上则概不举行矣。暇阅《弟子箴言》一书,系先大人旧藏看本,动笔圈出,当谨读一过,以警身心。

初五日(2月10日)　复阴雨,终日不止,水涨二三寸。五鼓起来,循俗例在账房内接五路财神。竟日清闲,《国朝文录》五十三卷阅毕,当续读五十四卷碑志类。偶寻旧时辛酉、壬戌两年日记,处处惊心动魄,今幸得安居无恙,冥冥默佑,受福良多,以后宜恐惧修省,时加培护为要,切不可忘在莒之际也。《弟子箴言》一书亦宜详复,知天生一代伟人,其祖父积累有自也。晚间雪花纷下。

初六日(2月11日)　阴,雨止雪消,然北风峭甚,水又涨寸许。饭后正在岑寂无聊,适陈翼亭、熊纯叔见过,快谈留饮,半晌而还莘塔。今日纯翁有事,不及留止宿,约元宵节同砺生率其侄桐生见过,所托钞陈讱翁诗七卷,蒋静甫已写就,惜渠家催促甚,不及终卷。托熊纯翁求郭友松画,蒙以金、焦两山作横幅见赠,绝大手笔,可珍之至。客去,颇觉陶然。《弟子箴言》四本,纯翁借去。

初七(2月12日)　人日。阴晴参半,幸无雨,可望起晴。昨夜水又涨寸馀,终日无客来。墀儿督课念孙理书,余校阅讱翁诗一卷。夜间始将去岁出入之账查算,尚未握清头绪。

初八日(2月13日)　晴,谷诞。如此数日阴昏,今得明媚长晴,今岁可卜有秋,祈望之甚。暇则校读讱丈诗稿半卷,与慕孙理字一佰,书两页,适徐丽江甥自梨来,一茶回莘和中饭,知镇上各家年事多不往来,颇为循礼。

初九日(2月14日)　晴朗,是今春第一天。饭后乡人仍赛会,余家大轿前要道锣,遵国制停走,理直,乡愚虽蛮,不能夺也。暇校讱丈诗第三卷。下午元音侄、桂馨、范三表侄亦便服来,一茶,留之夜饭,客气不肯,长谈而去。

初十日(2月15日)　晴明可爱。是日乡人赛会毕,幸平安无事。午后蔡子瑗来,一茶,莘和留饭。可笑晋之贪饕,日上饮食不慎,又复寒热发作,胃滞甚,竟有小儿气象,殊非养生所宜。吉甫堂舅氏亦便服来谈,约廿二日到寓,暇校读切丈诗。

十一日(2月16日) 晴阴又参半。上午凌听樵家遣内使来致意,因今岁服色不便,不来拜贺,颇致馈遗,甚多情也,留使酒食而去。接翼亭信,知"角"字又开长溇,每亩派费五百,报销在外。三古堂贰亩八分,特属吹嘘,当代筹之。暇校阅陈丈诗第五卷。

十二日(2月17日) 阴,风雨终日,寂静如深山。校阅切丈诗至第六卷,读《国朝文录》第五十六卷毕。

十三日(2月18日) 仍风雨不止。上午札致子屏,舟回,接启复,十五日决计来溪相叙。知日上亦岑寂之至,一无所闻,暇校读切丈诗至第七卷,《文录》接读碑志类五十七卷。

十四日(2月19日) 仍阴寒,雨略止。是日校读陈切丈诗七卷初完,因作一跋以志巅末。羹二嫂遣五侄来,因今岁欲翻造楼房,恳借丈石山房作两侄读书处,因通情应之,余于此等事,前情颇不计较也。莘塔舟回,接砺生致大儿札,始知前日纯叔之约不过脱身应酬语,明日未必践约也。惟砺生十六有同川之行,或尚能顺道过溪,借作终日之谈,已先致意矣。夜寒小饮,颇有盎然之趣。

十五日(2月20日) 阴,又雨,午后大雪如鹅掌下,须臾即消止,元宵光景冷淡如此,不知今岁秋收若何,甚切虑之。暇则订好《寿松堂诗》七卷,余作一跋,亦书在卷首。砺生、子屏诸公,想为风雨所阻,不能践约矣,寂寞之至,略阅《文录》数首。

十六日(2月21日) 晴朗可喜。午前吴甥幼如遣使来望,并致稟,以国制不出门,甚有礼也。凌梦兰来,亦不衣冠,一茶还萃和。账房内铭三来,知镇上已见邑尊光绪元年告示,禁止各乡赛会,暇阅《文录》志铭类。

十七日(2月22日) 晴而不暖。水木两作今再动工修葺。上午权课念孙理《大学》五页,虽能背诵,终非极熟如流。葵卿侄、介安之新内弟荫臣来,始的知新上嗣位系醇邸之子,御名下一字"恬"字加三点。十一日开读喜诏(素诏亦是日开),葵卿并以刻式京报两诏见示,当留恭录之。下午碌碌,略读《文录》数首。晚接李老师示大儿信,今日由同寄来,关照二月初一日县试,尚在廿七日之内,决计要改期二月后半月。又同日接老师十三日所发信,亦示墀儿,关照考期并服色。又,其亲镇江赵君举茂才,欲续选国朝蔡芳三三十家时文,托觅吾邑顾调元、邱潜夫(即东湖先生)二家文稿,一缺初集,一缺一本。又的知新天子正月二十日登极,哀诏其时已到省矣,当命大儿便间覆禀答之。

十八日(2月23日)　晴,下午暖而又阴。饭后恭录两诏毕,适子屏来谈,以熊纯翁所作松琴先兄墓铭见示,读之,文气朴茂,然亦有赞扬过分处,当酌。非过分,是不甚肖其生平。近作时艺两篇,阅之,面目一新,的合时样妆,而胸中有物。复以邑尊修志事,二十请叙相商,云异日当婉谢复之。中午略以年菜酌之,颇能尽欢,各有醉意。下午又絮谈一切,傍晚始还港上。

十九日(2月24日)　又阴,东风颇尖。暇录子屏新岁所作文二篇,觉弹丸脱手极熟之妙,方能臻斯地步,如今岁有恩科,能得出一头地否,祝之。下午读《文录》六十卷志铭类。

二十日(2月25日)　阴。辰巳之间红日一轮,重华光丽,不一时许,重云翳之,下午雨雪交作,未识京师是日阴晴若何,姑识之。后闻是日佳甚,临朝严肃。饭后墀儿至梨里幼谦舅氏家止宿,上午权课念孙理《大学》数页,尚能背诵,不至如《论语》之生,课之半日放学,暇读《文录》志铭类六十二卷。

廿一日(2月26日)　阴,无雨。下午略有起晴意,昨夜颇有积雪,今已销净矣。上午课念孙《大学》理完,复诵《论语》,带书廿首二遍。今年自"兴于诗"起,以后责成业师督教矣。慕孙理字两包,下午均放学。王子登到馆来谈,一茶回至所借侄辈读书处丈石山房。晚间墀儿自梨归,昨夜宿在幼谦处,今日午后发棹。传说京洛事都不实,惟正法内侍两人,醇邸告病退藩,则已见《申报》。蔡进之服惕安枳实方,已得下解,大事可无妨,然危险甚矣。

廿二日(2月27日) 晴朗，今岁希见。中午祀先，先赠公今日忌日也，见背已二十有六年，显扬无日，思之泣然，惟勖儿孙辈读书继志，未识异日能稍慰先人之愿否。下午以札致子屏，舟回，《一潜居制艺》已借到，共十二卷，连应试续稿附刻乔梓竹林友朋在内。明日大儿作札寄李老师，因其戚赵君举欲备选，故代求，以期流传，未知能即回璧否？此是阐扬前辈事，不必私之于一家也。暇阅《文录》传数篇。

廿三日(2月28日) 晴朗。饭后命舟至同川去载少松，老师处文稿信件即托转呈。午前凌雨亭便服来，知磬、砺二公邓尉探梅未返，中午略备年菜款之，酒逢至戚，两人对饮絮谈，颇能适真陶然。席散，留之不得，晚间回去，东轸事面托之，约墀儿到莘代庖成交。

廿四日(3月1日) 阴雨，颇暖。上午子屏有字来，知已往梨里。午前吴少松馆中已到，中午特具杯肴酌之，两人对酬，尽欢终席，即命念孙、慕孙入学开卷，以应吉期。账房内子祥、吉翁已到，木工尚有数日装修，泥作已完工，特具香烛酬神，以尽拜祷微衷。

廿五日(3月2日) 阴晴参半，西北风颇尖厉。饭后至莘和，邀严秋翁过养树絮谈，中午以年菜酌之，知渠新置一盘，以《易》六十四卦，分三百八十四向，吉凶一准即了然，甚为简捷。云其秘巧在张惺贤《地理辨证疏》中，此法近人不讲久矣(其盘芦典，汪公所赠，汪得之张辛贤小门人苏典詹君，号郎耀)。下午复准笔谏，决计二八骑缝空向，无可做手，真令人不解当日何以若此做法？又畅谈片时始还莘和，墀儿、苇卿陪之，拟请看太平庄，因晚不及。

廿六日(3月3日) 晴朗，西北风，尚尖峭。饭后命墀儿至莘和陪秋田至来秀桥相视，还来，知今岁大可修造，于腊更顺利，至太平庄修理一节，不致褒贬，友庆一事，亦婉言谢之。甚矣，居间作介之难也。子屏有札来，日上在梨川外家盘桓，子谦处谢片、茶点当待面致。

廿七日(3月4日) 晴朗。饭后命账房至友庆，派新筑二加交界围墙公账工料。五侄俊卿大肆狂诞语，诉知羹二嫂幸尚明理，与前分书上所载并不食言,略戒饬之而返,此子实愚而懵懂也。下午墀儿至芦,以嗣祖秀山公神像托钱艺香裱过。陈厚安午后来,账房诸公已齐,夜间以年菜陪酌之。

廿八日(3月5日) 晴朗,始有春意盎然,皮裘可卸之象。上午叶子谦兄自同来,余处一茶后,六、七侄陪至友庆为新宅定向,吴少松同往,中饭陪饮。下午少松先回,知向已定,癸丁兼丑未四分,照二加已拈东一分便不骑缝,益佩子谦心地光明。是夜友庆留宿,余拟明日邀之。

廿九日(3月6日) 晴暖,春气蓬蓬。是日交惊蛰节。饭后叶子谦赴钱子方之招,下午回,知子方家壤宅均吉,葬事来年办,即命墀儿陪至北玲,为次媳安葬覆准向口,一定是乙山辛向兼卯酉三分,子谦择定三月初六破土,初七日至莘塔凌厅翁家丙舍内提柩,初九安葬,此事当速为料理也。复准二加笔谏向,云以三元大盘格正,是癸丁兼丑未四分,可免骑缝,现在中更楼卸去,此宅可住矣。复向余家厨屋,在正宅之坤方,压之极吉,欲添设更改,须俟四月择期动工。夜间,略具肴酌之,少松乔梓、介庵、苕卿两侄同陪,子谦不善饮,又略有小不适,絮谈良久始散。是夜子谦仍宿友庆,与黄子登同榻笔谏楼上。

三十日(3月7日) 阴,微雨,颇滋春花。终日无事,《文录》传状七十卷读毕。叶子谦今日乙大兄处邀往相视,未晤叙,灯下李辛垞、熊纯叔、凌砺生自大港上舟回,知子屏梨去未值,即请上岸。适叶子谦、黄子登亦来畅谈,至二鼓后,叶、黄二君先去,又与三君剪烛情话片时始止宿书楼上。确知先皇帝谥穆宗毅皇帝,垂帘后,朝政颇能肃清。砺生日前探梅邓尉俱饶清兴,又至常熟,备述虞山胜景。

二 月

二月初一日(3月8日) 阴,午后起晴。朝上略酌三君,不能卯饮,即饭。时辛老急欲回盛,凌、熊二公为修志事入城,不能久留,匆匆均云散矣。辛垞借去先君所手摘《沈志节略》二本去,余又以旧藏沈礼堂所续采乾嘉时《人物传略》一小本与之备辑。客去,叶子谦又来谈,留之中饭。下午子谦舟访子屏,少松同往,墀儿陪之。是日上午,东厨司命神前、家祠内补拈香叩谒。晚间子谦回来,知子屏午后已归家,述及港上宅向,子午兼癸丁三分,是上元大局面,丙午丁三字收足,惟宅后子位池必须填满,方于名利两利。闻竹淇、薇人均以为是,已开合宅八字请择吉矣。酬劳言明不取,甚钦情谊之重。

初二日(3月9日)　阴晴参半。午前叶子谦来谈,港上填池单已择定二月十六日动工,取文昌(今科大有望)阳贵阴贵到山到向,复同至友庆叙谈片时,余先返,知午后动夯。子谦要回去,命墀儿送之,约三月初七八日间到余处盘桓。芦局张森甫来,又完新漕两户,洋十二元①,钱六百五十三②,约已七八折③矣,与之吉题,未识有后言否。

初三日(3月10日)　阴雨,略晴,潮湿之气蒸蒸日上。是日文帝圣诞,书房内素斋。上午在瑞荆堂恭设香案,权命墀儿衣冠率两孙拈香叩拜,以尽微忱。《国朝文录》传铭类七十卷阅毕,赋箴诔祭拟不阅,暇当读书奏类,以重探此中旨趣。姚先生《晚学斋稿》今日重读,似嫌气味太淡。晚间王梦仙来叩谢,一茶即去,云至子屏处。

初四日(3月11日)　阴晴参半,潮湿更甚。迟邱友骞不至,终日阅《晚学斋文》,细绎之,毕竟曲折而有法。

初五日(3月12日)　阴雨,始雷电。偶检架上书,得毛盥三《宰娄随笔》,此公道光十八年仍莅吴江三月,为吏胥所欺而罢。阅其书,清廉勤慎,为道光三十年中所仅见之官,然矫枉过正,恐于今日亦有难行处。已书略迹由砺生寄纯叔,为之立传矣。暇阅《晚学斋文集》。

---

①　"元"字后原文有符号 卐 。卷十一,第195页。

②　"六百五十三"原文为符号 多 。卷十一,第195页。

③　"七八折"原文为符号 彁 。卷十一,第195页。

初六日(3月13日)　晴,不甚朗。上午阅《晚学斋文》。中午邱又谦率其大令嫒毛官同来,欣然肯止宿,在养馀斋盘桓,略具杯盘,置酒剧谭。知渠昨日见过《申报》,二十日新上登极诏内已宣布举行乙亥恩科,当勖儿辈努力用功,以尽人事为要。夜谈至一鼓后就寝。

初七日(3月14日)　阴,风雨雷电间之,片时即止。中午祀先,先赠太孺人沈太孺人忌日也。春晖莫报,屈指计之,见背五十七年矣。率儿孙致祭,不胜怆然,未识日后稍有生色否。惟当勉勖儿孙辈读书立志为要。暇观友骞书,白摺精楷。天气略寒。

初八日(3月15日)　阴,微雨,东风颇尖厉。终日无事,与又谦闲话,又观所写白摺小楷外,读《晚学斋文》毕,接读南乙翁古文,所谓统于一尊,别无二祖,继继绳绳,斯道得姚氏真传矣。

初九日(3月16日)　晴朗。饭后正欲阅南翁文,适子屏、薇人来,遂畅谭终日,至晚而去。后门池水决计遵叶子翁相,十六日兴工填满。薇人到江画县试结,约十二日两舟同往。传闻淮徐黄水南徙大决,水发倘未退,学宪有案临苏郡科试之说。子屏修志,已答书婉谢矣。两侄归,夜观友骞作书殿策开半。

初十日(3月17日)　阴晴参半。终日陪友骞闲话,观所写殿策又两开半。是日友庆竖堂楼正屋上梁,致糕代仪(八钱),不受。墀儿饭后至莘塔凌氏,毛令《宰娄随笔》一册面致砺生,晚归,知砺生苏去。范甫欲赴北闱,磬生畅谈虞山胜景。余之小照已取回,题绝句两首,仅示草稿,要烦又谦捉刀。

十一日(3月18日)　晴,不甚朗。上午读《受恒受渐斋文》毕。下午茞卿侄来,以黄少堂暗转一两托代交之。元音同马振林来,欲托到江税契,许以异日再商。暇观友骞写字,殿卷、朝卷今均告竣,较前所书更圆湛,真玉堂妙选也,钦佩之至。

十二日(3月19日)　晴,百花诞辰。上午极清朗,下午又雨。饭后墀儿由同赴江,代步青画县试押,大约需十五日还家。赵姨表姊来,为其郎翰卿表甥欲叙葵邱,以一会十贯允之。邱又谦家船来,上

午属代写余图磬生二绝句,中午后率其媛同还去,约暮春下旬余至敬
承逗留两三日再叙。南一文圈识其再佳者。晚间雨止,恰好又晴,丰
年之祝,其庶几乎!

十三日(3月20日)　晴朗。终日闲静,再阅小姚先生《晚学斋
文》。

十四日(3月21日)　晴,西南风,下午颇狂。是日交春分节。
暇阅《晚学斋文》《国朝先正事略》。

十五日(3月22日)　晴朗可爱。饭后阅《先正事略》一册完。
下午墀儿自江城回,知今日县试封门颇早,诸事安静,号炮已照例放,
昨日纳结共乙佰八十馀人。前谒李老师,知林学宪二月初八出棚,现
考江宁,大约科考须场后出榜矣。科试随棚录科之奏,闻已议准。沈
恂如有北闱之行,书院甄别题"君子贤其贤"至"殁世不忘也",诗题
"左皋右禹",极好时令题。

十六日(3月23日)　晴朗,略有风。墀儿昨自江回,候雨,足挫
筋,酸楚异常,两人扶上岸始能举步,然竟不能登楼,止宿楼下,能卧
则艰起,既起忽艰坐,延及两手,亦不便举动,幸胸中宽舒,饮食无恙,
急请朱梅峰来,下午始至。据云决系风热走入经络,摩按穴道,用针
刺之,盖以膏药,复诊脉处方,用活血祛风诸品,并云无大害,再看一
回可望即愈也。诊治后略谈即去,余心始慰。是日午后竹淇弟来谈,
约十九日会酌胡馆叙。裁衣七侳又代告帮一洋八百,益芝侳媳付去
折腰,账房内复有俗事,终日栗碌无暇。

十七日(3月24日)　晴暖,春气蓬蓬如釜上矣。上午略有田事
动笔,墀儿起立已渐愈,风热入络之说不谬也。下午蒙薇人特来问
视,子屏亦有札来,且虑伤科家用霸药,均感多情。并述及今○○上
重瞳,西人云中国将有○○圣人出,此其明征。薇人谈至傍晚而去。

十八日(3月25日)　晴朗而热,皮裘可卸。上午作两札,一致
沈步青,致意府试不进城,托保者薇人又转代,一致蔡甥子瑗。墀儿
今日步履渐胜。终日碌碌,未能坐定。

十九日(3月26日)　晴朗。饭后舟至北舍赴竹淇弟会酌，在仁和楼茗叙良久，晤竹淇婿谢锡侯，午前至胡馆①，亦政堂诸侄咸在，摇会得彩者子乔，议定会规减半交卸，头会仍出全，庶散会已得未得俱轻松。两席，余与锡侯并坐，酒佳而肴不甚适口。席散，复茶叙水阁楼，子乔作东，始知县试头题"东里子产润饰之"至"惠人也"，诗"八十丈虹晴卧影"，"虹"字。案首陆，不知其名。复谈论久之始下舟，收到元音侄所托马振林投税事，归家，知梅峰来过，照前方加减。

二十日(3月27日)　阴雨凄风，已有寒食意。终日清闲，与墀儿论乡试文体，总以用功尽人事为要着。赵翰卿来省母，仍以一会许之，不能再请益也。客去后，阅《先正事略》数讵公。

廿一日(3月28日)　阴，西北风狂吼，颇寒。终日闭门无事，重读《晚学斋文》半卷，又阅嘉道间《名臣传略》。墀儿步履渐照常，已可登楼矣。

廿二日(3月29日)　晴阴参半。饭后舟至吴江，无风，舟中阅《先正事略》近世名臣。下午进城，至书院前看二覆案，知今日封门，二复案首凌文伟，是叶锦堂高徒，子垂五十八，断难前列，凌忆庭十二，陆伯厚第八，马少林第七，均可有望升高。途遇徐秋谷甥，知正邑今日出案，渠复廿二，至其寓，拉陈升甫茗叙祥园，良久始散，复至金伯卿处，以召佃牌三张、一禀托写送，付二洋。略坐，至杨稚斋家中，以马姓两契托投税。据云此项归册房顾少云，先付物色十六，后算。蒙渠点灯陪至舟中始饭，夜宿大仓桥头。

廿三日(3月30日)　晴，大风。朝饭后始上岸，至傅家桥头费寓晤敏农，知渠师沈步青回同，今晚要到，以余札托面呈，关照府试保结，已另转托薇人。复至间壁，晤邱寿生、子垂侄，云昨夜二鼓出场，文尚惬意。又至凌、陆两家寓，叶达翁陪考，子弟如凌忆庭、博如、陆伯厚、梦岩、费省三，人均惝惝。与达泉畅谈良久，俱见情意恳挚。应

① 旁有符号 ☱、☷、☲、☶。卷十一，第197页。

酬事毕,出来,复至伯卿家,已见渠誊禀,改处亦合式,托渠赶办后封
寄北厍。诸事舒齐即开船,趁一帆风利,到同里极早,独茶饮鹤阳楼。
泊舟陆家埭,蒙钱芝田招叙,自晚至一鼓,絮谈率真,颇极友朋乐事。
以年嫂手制梅姜饷客,颇适口。芝田来岁决上公车,托觅小星,仍无
以报命。今日在祥园晤费莲卿,误认为朱仁峰,荒谬开罪,可笑。与
芝田话别登舟,约四月中再叙。仆被熟眠,已听二鼓矣。

　　廿四日(3月31日)　晴。朝上解维行,西北风渐紧,饭后狂吼,
风顺,舟行如马,忽雨冰块,到船即消,一刻而止。至北舍略泊,到家
尚未中饭。今日舟至西蒲塘,请纯翁之侄桐生来权课两孙,明日少松
要解节。下午风狂甚,晚间始来,据云午前开船,舟人略守风,尚不至
冒险。即以便肴酌之,人极恂恂,守后进礼颇恭,相貌清秀,真隽才
也。夜与少松同榻,知廿二日砺生来过。范甫北闱之志已决,文兴浓
甚,已作文三四篇矣。

　　廿五日(4月1日)　晴朗,东风渐暖。饭后送吴少松假节回同,
约初十或十一去载。桐生呈示令叔纯翁致余信,并惠《古小赋》二册、
《澳门纪略》两书,云此作贽,愧何敢当! 上午作札致子屏,下午送去,
适子屏有信来,关照明日五房老姨太太节母王太孺人除几,并转递到
费芸翁二月朔日河南所发信,欣知近体甚健,即日出棚按试许昌。岁
试毕,接办录科,甚无暇暑。拳拳子屏今科抢元,期望墀儿所以勉厉
之者,颇真切无浮文,甚感高谊也。然必须稍有生色,方为无负师门,
当以今夏竭尽人事为要。终日碌碌,不能坐定。

　　廿六日(4月2日)　晴朗又暖,皮裘可卸。上午接子乔信,所托
寄代购参条已办就,尚属诚实,即作札复之,俟到北舍面取。下午唐
云斋来,又黵完洋八枚,尚退有后言,不肯吉题。暇阅《澳门纪略》粗
终卷,又阅《先正事略》林文忠公传。墀儿今至莘塔,晚归,砺生、雨亭
均见,范甫尚无行期。

　　廿七日(4月3日)　晴暖。饭后阅《杨忠武传》,下午读《文录》
奏议。终日甚闲,而心仍不能静,益见用心看书之难。

　　廿八日(4月4日)　晴暖,绵衣犹汗。饭后乙大兄处备舟,率虎孙暨诸侄至西房圩曾大父杏传公墓上祭扫,先伯父养斋公同祭。还至南玲先大父逊村公坟头拜奠,坟丁修扫草木尚洁净。归家午前,惊知凌云台姻侄于廿六因蛊疾病故,实渠家之不幸,可悼!今日未时入殓,实缘家祭不便往,墀儿行走未能照常,只好俟明日率慕孙往吊矣。中午至萃和堂乙大兄处饮散福酒,设两席,乙兄首座,余次之,侄辈、侄孙暨虎孙辈序齿团叙,菜颇丰洁,酒亦醇旨,勖侄辈努力读书,今日畅饮为快,余亦颇酣。夜间清明节祀先,祠堂内祭已祧之祖,余主之,正厅上祭高曾祖父,墀儿两孙襄祀,二加厅上今日同祀。祭毕,与熊桐生在书房内馂馀小酌,桐生量洪,絮谈尽欢而散,余尽有醉态矣。

　　廿九日(4月5日)　晴阴参半,清明节。饭后乙溪值年备舟,余率芾卿、介安、六侄芋甫、二大侄孙至北舍老坟头始迁祖春江、怡禅公墓前祭扫,同宗均来,复顺道先至长浜五世祖敬湖公坟上拜奠,回至六世祖心园公东木桥墓前祭拜毕,即同诸舟开行,至"角"字高祖君彩公墓上祭扫,见坟上荆棘不除,泥土剥落,拜坛上地亦无人填平,时同到者四十八人,未闻有慨然思修整者,余心恻然,拟一二年内当于祭扫之前预为修土增培,今岁实不暇耳。祭毕,回至北舍西港口余家杏传公老屋,今老二房德恒侄所租住者团叙,圆堂上六席,内间两席,余与竹淇弟同席,诸侄心斋、佩玉、元音侑酒,时辈幼者,少琴之子,五六岁,已为余从元侄孙,居然五世矣。宴笑尽欢,菜丰而不适口,然诸侄、侄孙辈颇致敬焉。席散,至子乔侄处取参条八钱,付洋,絮谈,茶具而出,绣甫、顺芝均见过。复与诸侄茶叙仁和楼,知县案首夏公,系莘农同案之郎,年少擅诗赋,可佳。马少岭、梅文卿亦来,少岭以考作见示,文光润而有灵气,考取前列实不愧!傍晚还家,风陡起,墀儿率慕孙亦自莘塔送云台入殓归,砺生亦来陪叙。范甫北上,与任幼莲同行,大约三月下旬。

三 月

三月初一日(4月6日) 阴晴参半。昨夜大风,终日颇寒,重裘难卸。饭后衣冠拈香东厨司命神前、家祠内谒叩。上午碌碌,未能开卷,下午率墀儿检点当分授"福"字各圩方单,俟账簿上照数查明后即当交付磐侄。楚楚已理齐,尚未属子祥核算。

初二日(4月7日) 晴,不甚朗,仍寒。饭后率墀儿、两孙、二房五、六、七三侄至南玲圩先严慈、先伯父、先兄坟上祭扫,先大人墓地多干芦,当命坟丁剃除,瞻望松楸,不胜依慕,徘徊久之,焚冥资而返。由北舍寄到吴少松廿九日札,钞示县案廿名前及诸关切者,知夏勋臣第一,顾言第二,可望府首。马兆魁第四,陆煖第五,此事实无凭而有凭也。复同寄到张伯卿信,召佃牌三张,又饬差牌一张,均收接,可称把吉赶办。下午子祥校查该付七侄方单九十二页,据云照办粮收租簿丘址查正无误,暇当交出以清葛根。碌碌不能开卷。

初三(4月8日) 上巳辰,半晴,微雨即止。饭后至芦墟,赴赵翰卿姨表甥会酌,至则与其东翁沈杏春老友茗叙张厅,良久始赴馆上小楼席叙,时到者七人,陈二峰、许萱堂略有一面,馀未相识。与萱堂对酌,肴洁酒佳,颇有酣意。头会交钱十千,据翰卿云,二会减半卸,不复席叙,简省亦甚可也。饭后复茶饮张楼,与杏春、黄森甫畅谈,知黄子木决欲赴北闱,怕坐轮船,要结旱伴,殊属路稳而迂。晚间始同铭三归家,墀儿今日亦自莘塔送芸台出殡还,晤雨亭、磬生,知范甫部叙行囊赴苏,砺生至紫溪,熊鞠生北上之资同人已代为谋,大约可行,余父子甚愿玉成此事也。

初四日(4月9日) 晴朗。上午拟修札复纯叔,尚未书就。下午墀儿至芦墟钱艺香处,托裱念曾所读乡党另注本,时手足之恙尚未复元,东奔西走,似亦忙甚,可惜多少好光阴,悠游玩愒,殊非大比之年所宜,思之,实无把握,然发愤断非父师所能强,姑听之而已。中心不快,看书亦不入味。

初五日(**4 月 10 日**) 晴朗。饭后命舟至芦东路村去载石灰,以便北玲坟上用。暇阅《国朝文录》。下午杨少伯持其尊翁文伯信,并偕其亲梨川王寿海来,余因痔发不能见。王公在苏开店,托文伯有所商,余实不凑手,命墀儿代复,却之,云一茶即去,甚歉然也。

初六日(**4 月 11 日**) 晴朗。饭后衣冠率墀儿至北玲奉牲祀土神,时欲合葬次亡男奎儿夫妇,明日至凌氏提柩,故有此举。拜叩焚香毕,即命泥作动土包搭厂,观望半时许始还,时正值巳正也。还来,适子屏过谈,知初九日欲到红蕉馆课徒,侄媳旧恙仍未就痊,只好随时调理,不能急切即愈,安心俟之而已。渠意兴尚佳,纵谈一切,书房内与桐生同饭。下午凌砺生同渠侄范甫自家中来,知砺生昨至西蒲塘,以大衍之数面缴纯叔。鞠生行资已具,决计赴北闱,与范甫、任又莲结伴,十五日吉行赴沪,同志同学同少年,此行前程难量,甚钦羡之。传闻嘉顺皇后二月二十日大丧,已见《申报》,志烈可悲。与砺生、子屏又畅谈,良久始各归,留范甫止宿,夜间略具肴饯之行,桐生同席。范甫简练揣摩,此行志在必得,拭目期之。又谈至一鼓始就寝。

初七日(**4 月 12 日**) 晴朗而暖。饭后,范甫欲至苏家港陆氏辞行,不便再留,因珍重而别,想此行自能得意也。今日用大船一号,羽士五人,男女仆妇随行提灯,至莘塔凌听樵家十亩田内接次亡媳柩。清晨往,午前已来,即送至北玲坟头暂安置,复设享菜,命慕孙先行祭奠,片时许,诸事已毕,然后中饭。是日泥作开金井,盘瓦两皮做底,诸事均舒齐。下午略疲,静养,不看书。

初八日(**4 月 13 日**) 阴,夜大雷电,阵雨。上午正在闲坐,适子屏来,欲候叶子谦畅谈,欣知侄媳服朱眉峰养阴药,以《本草》所不载之止血白荆树花作引,颇有效验。大义坟池亦填,甚喜风水之说转移有凭,渠明日赴梨里周氏馆。下午叶子翁自八尺来,又絮语良久,子屏始去。夜间略酌子谦在养树堂,熊桐生同席,谈至一鼓就寝,子谦留宿书楼上。闻大行后国制,江邑已于是月初二日开读诏书,亦临奠廿七日而止。

初九日(4月14日)　朝上大风雨,上午风亦狂,午前风始息,朗晴。凌听翁家遣其二郎君苍洲来送渠姊葬,备礼颇周。中午叫馆菜,设两正席款之,叶子翁首座,苍洲、桐生次之,两房侄均来陪饮。席罢,又畅谈至酉初一刻,太阳光正晚照开霁,安葬次媳于北玲圩,乙山辛向兼卯酉三分,与次亡儿应奎同穴,子谦准向,送者子谦、苍洲外,两房诸侄亦同往,命墀儿率孙嗣子慕曾一一谢之,从此奎儿事圆满结果。回忆壬戌年避乱营葬,亲兄辈均在沪上,未曾来送,赖沈慎翁督工急葬,草草培土,得至今日,居然有子习仪谢客,余亦可破涕一笑矣。是夜留苍洲止宿,仍设两席款饮诸客,与子谦畅论久之始寝。子谦极爽朗适率,无世俗皮气,可订交也。

初十日(4月15日)　晴,不甚朗,暖寒恰好。晚起至书房,子谦为余家阴阳宅绘一总图,极详而约,一目了然。谓余言,先赠君南玲坟上东北角当多植槐柳,以遮申水(因水光太露)。又相视坑厕、牛宫,约八月择吉迁动。饭后凌苍洲先去,子谦明日有葬事,亦不能留,送之登舟,薄仪固却始受,甚多情也。客去,率墀儿至北玲看坟工用纯灰沙抱材打灰路,约一尺二寸,工甚厚而固,约圆满尚有五六日工。回来补登日记,修书答纯翁,始缮就,一应人工犒赏均未开发。初八日子屏借去《曾文正奏议》十册,又《续》二册,并知初二日开读○○今上正月二十日登极喜诏,乡间传闻之大讹竟如此!

十一日(4月16日)　晴朗万分。饭后北舍新换局书唐逸仙(云斋之侄)同庞榜花来,以邑尊修志照会派余总校寄余,并复请益,又嬲完十元,已八折外足,与之吉题而去。午后徐瀚波来谈,云今春掩埋已办六百馀具,较堂中似颇顶真,略助资面付,且谆属秋间送灰出海必须吾兄亲往。渠是刻实人,已点头矣,畅叙而别。吴少松率郎君下午到馆,知日上追呼虽紧,而非主人翁本意,不过恃符彖借纵欲壑耳,言之可叹!碌碌终日,未曾坐定。

十二日(4月17日)　晴朗。饭后始剃头,快甚,照省例穿早三日(闻京师十二)。备舟送桐生回西蒲塘寓,致纯叔信面托转呈,约端节再来代庖,未识得抽身否。下午薇人来借小账船,明日赴苏,闻府试十七日头场,墀儿作札致复步青,新进摺亦已面交,薇人画押矣。谈至傍晚返,约苏回再叙。

十三日(4月18日) 晴朗。饭后命舟至莘塔,送范甫北上赆仪,下午回来,接范甫回谢片,所借版帖、朱卷均收到,并以庞小雅朱卷见示。读其文,新而尖,云渠房师改笔。终日阅江邑沈志,头绪纷繁,未得要领。

十四日(4月19日) 晴朗。上午阅郭、陈二志,粗翻一过,一成于康熙廿三年,历一甲子后丁卯陈志始成(乾隆九年),迄今又历两甲子外,搜罗、采访、编纂似不能缓,未识稿本可渐有成否。下午看北玲坟工已将收顶,明日可告竣矣,幸无风雨,完固可慰。回来,适砺生来自紫溪,畅谈良久,并有八月入都之兴,未晚即去,云到家明日送范甫北上同赴苏,决计三人同伴,拜吴望云为师。调翁处一款已送,菊生行装楚楚部叙矣。

十五日(4月20日) 朝雨暮晴。饭后读《晚学斋文》数篇。下午率墀儿至莘和,同乙大兄将分授七任敬甫方单九十二张面交羹二嫂手讫,只剩北翊屋基合单一分一厘七毛未倒还,祭产单仍存余处。至契券,一时头绪纷如,不能即检,且俟异日矣。北玲坟工今日告成,共用石灰四十担,工料钱四十馀千文,此时费用较前难省,然坚致万分,可庆永固且安矣,故特志之。

十六日(4月21日) 天气朗爽,晴和。终日无事,阅《文录》《先正事略》《晚学斋文》各数篇,一应坟工发出犒赏均已了吉。

十七日(4月22日) 晴燥,暮春极好天气也。暇阅《名臣事略》,《文录》中陈司业所进经史札子数篇。闻各村演剧如故,官场阳禁而阴弛之,为无业细民起见,从权亦非宽纵也。

十八日(4月23日) 晴热,大有初夏气象。在中庭略晒轴对,暇阅《文录》《先正名臣事略》。下午由北舍接子屏周氏红蕉馆中十三、十六所发书,知任媳旧恙依然,前云服朱方有效者,来人饰言尔,殊无妙方以拯之。在馆中已开选新墨课徒本，作文尚未也。胎产金丹两丸，已由吉甫处寄到，甚感殷拳也。

　　十九日（4月24日）　晴朗。饭后偶阅时墨，亦足怡情动目，又阅《文录》策论数篇、《先正事略》鄂尔泰文端公传。下午"玩"字吴蛮三表嫂来，历诉衷情，似乎可矜在四独之中，然念当年忤逆我三姑母，实属不足怜惜。余不见，内人强觋之一洋而去，闻友庆出数亦如之。

　　二十日（4月25日）　阴，无雨，颇薄寒。暇阅《晚学斋文》第二遍初毕。苘卿侄昨自盛泽回，传说上洋电线报上又有西北讹言，此事以不实为○○新上福。省中○○大行后哀诏闻今日开读。

　　廿一日（4月26日）　阴，北风，雨沾濡终日，骤寒，颇似初春。风雨闭门，甚多闲静，阅《国朝文录》奏议、对策数篇。

　　廿二日（4月27日）　晴而冷，下午渐见老晴。上午接薇人信，舟已送还，渠二十回苏府，试十九二场，题江"选于众，举皋陶"，震下二句，二题"国家闲暇，及是时"，诗题"所宝惟贤"，国制尚未开读。下午凌桐轩来，补送试艺并谢吴少松师，长谈而去，知见过《申报》，讹言似非无因，运乎势乎，不可长治乎？令人骇甚。范甫诸君北上，择期今日由苏赴沪候轮船。晚间黎里舟回，接邱澳之信，关照黄吟海郎廿七日吉期，当往贺之。

　　廿三日（4月28日）　晴朗，不似昨日阴寒。上午由紫溪送到庞小雅朱卷，也算辞行，亦无信札，可称脱略，只好置之。其恤嫠摺（自陶氏来）亦未便无因应酬也，人情势利大都皆然，儿辈宜努力自勉。终日碌碌，心思不定。

　　廿四日（4月29日）　晴朗，颇爽。北玲坟上今日挑泥，每工包净乙佰六十文，约有工程三四日，饬少堂督之。偶检厨底书，得旧抄沈北溪刚中《分湖志》八卷，先大人手校增删初稿本，当谨藏之，惜无北溪原序文，难志造创原委。又有抄本《番易李先生仲公诗文集》数卷，是元至正间人，无可查考，略阅之，亦非大家，仍置之矣。心绪纷如，重读《晚学斋文稿》，初无所得。

廿五日(4月30日)　晴而不朗,终日落沙。上午马少山来,为渠家归吉一账,分票三期,来年五月了吉,因旧逋,从宽让允之,留便中饭而去。下午翻阅先大人《分湖小识》,始知沈志不过草创,当年搜罗详细,撰词谨严雅饬,实费数十年心血也。著述之难如此!由莘塔接熊纯翁十六所发信,谦抑如故,少松所托考松陵水平王庙神,另纸详复,甚悉巅末。

廿六日(5月1日)　晴朗。上午阅先大人《分湖小识》两册终卷。下午薇人来谈,知省中尚未开读,官员已剃头复摘缨矣,晚间始去,明日拟至梨川。

廿七日(5月2日)　阴,无雨。朝上赴梨,饭后已到。登敬承堂,晤省三丈乔梓并幼谦,知镇上大可衣冠,因先至子屏馆中,知初起来,尚未朝粥,谈及侄媳近恙依然未减,墀儿、少松均有信致,并以四月十二日金斝山〇〇吕祖师仙诞,开坛请乩,求方为商,渠欣然虔诚愿往,想自有机缘也。子垂侄已到馆,府试被放亦是奇事,略谈仍还敬承。同省三叔走至黄祥太,时老友唅海表兄二令郎骏生表侄完姻,特贺之,至则晤主人并渠老兄赋梅、新人之兄弟骈生、骐生,一一道贺。与黄元芝、汪黼卿长谈,吟海不请客,特为余设一席,与省翁同坐,黼卿陪余,絮谈久之始散席。黼卿宦海收帆,宦囊颇充,可以安享,实为难得。略坐,仍还敬承,欣知前所讹言不确,甚为我皇王庆。又与幼谦、省丈絮语片时始告辞登舟,到家未晚。接陈翼翁廿四所发信,讹余四月中独往江城,不约翼翁同去,殊为传言之误,暇当复之。倘渠不到,姑俟秋间。

廿八日(5月3日)　阴晴参半,东风狂,稍寒。今日梅墩东岳庙演剧,工人俱出游,俗名"小天赦日",旧例也。终日闲静,颇懒不振,暇读《晚学斋文》毕,接读访溪顾先生《悔过斋文集》。

廿九日(5月4日)　晴和爽朗之至。暇阅《先正事略》,又读顾先生文,说经硁硁,俱见实学,且合宋与汉而一之,初无偏倚,此两册日后必传之文,非仅得谓名家已也,不胜钦佩。书房内文期,大儿今岁科场前第一课,可谓不用功之甚者矣。晚间呈草稿,尚念得好听。

四　月

四月初一日(5月5日)　晴,晚间风狂,似有变意。饭后拈香东厨司命神前、家祠内叩谒,暇以朱点读《悔过斋文》经学四篇,又续读《国朝文录》书类数首。

初二日(5月6日)　阴雨滋润,春花大好。下午陡起狂风,挟雨而来,行舟可骇,不一时许即止,渐卜晚晴矣。饭后点读顾访溪丈文经学一类,略已句读,然白腹实难探其底蕴。中午始食蚕豆饭,香甘软嫩,真嘉味也。是日辰刻交立夏节,风定傍晚,与少松书房内小饮烧酒,以赏令节,复翼亭信亦已书就。

初三日(5月7日)　晴朗。昨夜风震撼,至今不息,亦夏令所希有。饭后欲至康家浜,金氏出吊,舟不能行,后闻两房舟行仍回,午后略缓,暇则点读顾丈古文,又接读《国朝文录》。去冬粮银账数命账房出清,约计统八折左右矣。

初四日(5月8日)　晴朗,渐暖。饭后舟至康家浜,时金少岩除几领帖,故往奠之。至则排场一应照平时,毫无国制摘缨之异,乡间迫于俗情,尚可从权,然非礼也。余换凉帽摘缨以自重,诸客暖帽颇多。晤陶庚芬、毓仙,知范甫诸公廿四长行,决计起旱,不坐轮船,小心极是。与袁憩棠同席畅谈,知日上看《申报》,又有谣言,究未知都中新政若何也。费芸舫有奏摺,约日后以《申报》见示(其大郎稼田亦见过),絮谈久之而返,到家午饭后。下午圈阅少松昨日所作时艺,揣摩纯熟之至,加评缴还。栗碌不能坐定,犀儿今日课律赋一篇,想入非非,科场之年,举子所不欲为也,可称创格。

初五日(5月9日)　微雨半晴,恰好清和天气。饭后点读顾丈《悔讨斋文集》。下午又重读《文录》书类四十二卷。

初六日(5月10日)　晴,下午阴,风狂欲雨。终日闲甚,顾丈古文上册点读毕,下午阅《先正事略》名臣传、《文录》四十三卷书类。

初七日(5 月 11 日)　阴雨终日,豆荚滋肥。上午点读顾丈文下册。下午阅《先正事略》二徐传。德高谤集,权重愆增,其二徐之谓乎?

初八日(5 月 12 日)　晴,潮热。上午点阅顾丈文下册,说经纷纶,益钦实学。由芦接袁憩棠信,以《申报》六纸见示,阅之,亦无甚要紧事。李制军调兵大约防夷,并无所传内变,讹言可恶。费芸舫遵懿旨言事,为捐纳宜先加考试,于时务亦非切要,且断难准行,不过奉行故事耳。暇读《文录》数首。晚间曹松泉来谈,以前存屋基分倒新单乙张面付还之,笔据未收。

初九日(5 月 13 日)　阴雨,较昨日顿寒,西北风,下午雨亦止。终日闲甚,点读顾丈文及《先正事略》于清端公传。

初十日(5 月 14 日)　晴朗,大异昨日。饭后点阅顾丈古文志传类,适凌砺生来,知昨自江城回,城中初九日开读大行皇后哀诏,亦哭临三日,廿七日除服,军民开读后一月不剃发,生贡有职等员不剃头者百日,以大事之日为始。都中安静,前言皆讹。《松陵文录》样本四册托校正,当急一读,然篇章错乱,误字亦多,甚不能卤莽从事也。书房内便饭小酌,下午即返,因仍寓紫溪,舟人不便,不能久留也。由北舍接子屏信(翼亭信已寄出),催产金丹十丸已收到,洋元半当还辛垞。金幓山之行,大约果于一往。

十一日(5 月 15 日)　阴晴参半。上午点读顾丈文志表类,暇则悉心校正《松陵文录》,篇文页数订得杂乱无章,难有几篇首尾不紊,令阅者五光十色,昏眩不定,可谓司事者不道地之甚,为之喷饭者久之。

十二日(5 月 16 日)　晴朗。上午点读顾访溪丈文。下午校阅《松陵文录》。近时以陈子松翁文为最,其情深语挚,经术湛深,似较沈南翁为优,钦佩久之。晚间北舍局唐云斋来,完数已足八成外,只好拒之不出手。

十三日(5 月 17 日)　晴朗。是月辛巳。是日己卯寅卯之交媳妇又产一女,恰与内人祖母同日生,产母易生,颇安健,余夫妇亦顾而乐之。昨夜仆妇人等终夜未少憩,余亦不能熟睡,今日倦甚矣。暇则校阅《松陵文录》。接子屏便条并字课卷,知十一日由梨赴金鳌山求吕祖师仙方,约有五六日逗留。

十四日(5月18日) 晴朗,大有夏景。上午校阅《松陵文录》,其文字难解者,以家藏集本查正其讹,可知藏书不可少也。产母甚平安,可慰,嘱服侍人总以小心为贵。下午碌碌,略阅《先正事略》。

十五日(5月19日) 晴暖。朝上本学路沈鞠亭持府试正案来,知案首陆煊,系雪亭之郎。凌溥第五,王小桢伯瀛石第十,马少岭十六,陆常仁、凌其椿、柳朝桢卅六、七、八,广荫则近后廿矣,然此不足凭,总以院试招覆为要。上午苮卿来谈,以《申报》六张携阅。暇则校勘《松陵文录》,将订差页数挨题标志,以便订正重校,殊觉眼昏心乱,若字差误且无论矣。

十六日(5月20日) 晴热似仲夏。终日编排《松陵文录》,其校过动笔者依类编订一册,其排题未分类者汇编一册,可以从容校看,其重复及首尾不全者另一册订之,可以不阅。天文一门亦另订,不能动笔,另商高明,以藏余拙。头绪略清,然已手忙目眩矣。

十七日(5月21日) 晴热。饭后点阅顾丈文三篇后,即将《松陵文录》订齐三大册,其不全复者另订一本,天文亦另一本,始觉心目为之一快。下午砺生来自紫溪,陶毓仙订秋闱同伴,即应许之。砺生日上志在时文,《文录》订好未校,天文一门决计请教青浦邱质夫,余处一册携去,畅谈至晚始回去,今日到家。

十八日(5月22日) 晴阴参半,然闷热特甚。上午点读访溪顾丈文二册竣事,汉儒宋贤合为一家,其言粹然无疵,真有道之文也,钦仰久之。暇则校读《松陵文录》计改亭《筹南五论》,煌煌经济大文。据昨日砺生云,先生作此文时年仅二十一,吾辈愧未曾读书,惶悚无地。

十九日(5月23日) 晴朗。上午校读《文录》计改亭《筹南论》第四篇暨鲈江先生文《农田议》,皆经世大文。下午阅《先正事略》句忠勇公传。

二十日(5月24日) 晴朗。上午校阅《松陵文录》《筹南论》五篇已完,校叶燮《太湖受水来源辨》,脱去十二句,已照《已畦集》录出,签眉纷然,挖补实难,将来此书出差误必多,甚见司事初校之难其人,即余亦非观书如月者也,为之闷闷。大儿录赋四篇,明日余拟至梨盘桓,欲呈政子屏,可称场前不急之务,一笑置之。

廿一日(5月25日) 晴热。饭后舟至梨川,舟中阅《文录》已校者。午前登敬承堂,幼谦出见,中午以馆菜酌余,颇嫌客气,省三丈、毓之同席。下午走候子屏,知十七日还自金盖山,其坛即名云巢,天下闻名,在湖州南门外二十馀里。晤坛弟子陈子翔,叩求仙方,今所赐者极灵异,药不过四味,真对证稳妥之品。侄媳妇叩求终身,甚难脱根,为善礼斗可也。为子扬叩求藕蔗浆两杯,更觉亲切,其地真仙凡隐士栖练处也,钦仰之至。遂同至龙泉茗饮,楼上热甚,幸李辛垞、吉甫、吉卿、黄吟海均至,畅谈久之,不嫌汗下。还至红蕉馆,以《文录》转交李辛翁重校,一册暂存子屏处,一册辛垞带去矣。县志凡例,辛老已具草,当与纯叔、砺生商定。还至邱氏已晚,宿四楼下,幼谦陪余,蚊扰,终夜不成寐。

廿二日(5月26日) 晴热甚昨日。晚起,朝粥后候吉卿六兄,长谈,晤沈岭翁,不相见者四载,丰采依然,文兴亦不衰。吟海来谈,同饭于敬承堂。下午复同吉翁、吟海、省三丈茗叙文思堂,蔡甥晋之亦在座,旧恙霍然,谈兴健甚,相与大庆更生。知镇上北闸两人,沈子和、徐仙九已择吉廿四日赴沪。至晚而返,是夜仍蚊扰。

廿三日(5月27日) 晴热如昨。朝上余尚熟眠,吟海至榻前起余,拉往龙泉茗叙,少顷,幼谦亦来,遂同往馆上吃面,复还龙泉茗话久之。子屏亦来,知昨日穰星前在山上,十四日夜已请高行坛弟子礼斗经,规模肃然。还,同友幼走候费吉甫,晤沈步青,知芸舫三月中考陈州府,有童生发狂,卷上题情诗后,作一冤单,知某女贞烈,某生欲犯之,不从,自尽,其贞魂特求昭雪。芸舫已饬学查复,俟申详后特允奏请旌表,某生从宽不究,第永戒不准应试。吾辈闻之,益信幽明无二理,士人暗室何一事可欺哉? 未失行者,益宜凛凛毋蹈为要! 畅谈良久还,饭于友幼处。下午至蔡氏,与二妹话旧,龙甥呈示两讲,颇直落,勉奖之,知凌寅(亮)生教法,极佩循循。晋之来,陪同文思堂茗饮,见北上诸公,送行者咸在座。晤陈仲逵,知即到馆。与沈子和略谈,即送行。与蔡听香畅谈修志事,良久,客稍散,王谱琴老表弟特邀余情话,又畅叙久之始出。路遇辛垞,知昨自纯叔、砺生处还,修志叙商大约在莘塔矣。《松陵文录》一册,辛垞任重校,毕后,转寄砺生矣。还敬承傍晚,至内厅与友幼话旧,并订同伴。终日奔走,烦甚而疲。夜间蚊扰略减,已酣睡,甚适。

　　廿四日(5月28日)　晚起,晴,午后雨不畅,渐凉。上午在毓之医室内与省三丈、吟海闲谈,子屏亦来,约月初解节,大儿赋、《文录》一册来溪面交,子屏先还馆,家中船已到,与吟海诸君同中饭,下午告辞主人即登舟,吟海、省丈、毓之、幼谦均多情相送。舟中倦甚,假寐,风顺,不两时已到家,知廿二日下午袁憩棠特来,并送厚仪,大儿接陪,有所商,儿辈以余出门难主为辞,固请,因至大伯父处,乞邻转致之。余闻之,甚歉然也。夜间大风雨,清凉可喜,早眠甜酣,得未曾有。

　　廿五日(5月29日)　晴阴参半,昨夜大雨,今日凉甚。饭后至乙溪处谈天,晤梅书田,招之来谈,并预订七夕后权馆之约。下午补登日记,夜间登清出门后账,颇觉碌碌终日。大儿是日文课仅完草稿而已,阅之,未见出色。

　　廿六日(5月30日)　晴朗,不热。上午复至萃和,以憩棠处款归交,仍划余处,回来作札致纯叔,明日拟去载熊桐生。暇则略校《文录》第三册。

　　廿七日(5月31日)　阴雨终日。上午校阅《文录》。午前熊桐生已自西蒲塘来,接纯叔同片,以沈梦粟、钟子琴所书浙人放生会记石刻见赠。暇阅《先正传略》。夜至书房谈天,少松拟明日假节。

　　廿八日(6月1日)　阴。清晨送少松回同,大儿送登舟,余熟眠,尚未起来,约初八九日到馆。终日梅雨淋漓,下午风又紧,惜太旱,农人尚未插种耳,然已酣足矣。上午校《文录》数篇。下午磨墨匣,笔砚一新。

廿九日(6月2日) 阴。昨夜大雨,河水骤涨尺馀,幸底水小,无妨。终日微雨,下午略有开霁意。上午校读《文录》数篇。下午阅《先正事略》。春花账船拟明日开,未识所收如何。

三十日(6月3日) 大好晴朗。饭后校阅《文录》数篇。下午作札复袁憩翁,明日寄芦。适凌雨亭来,知范甫诸君初七日在清江发信,又莲欲绕道至寿州乃兄营中,由河南赴京,因刘制军阅河工,估车不便故也。○○大行嘉顺皇后今日外省,二十七日释服。砺生明日搬还家,畅谭全晚始去。晚间芦局张森甫来,又劂四元而去,已八折足外矣。

五 月

五月初一日(6月4日) 晴朗,稍暖。上午衣冠东厨司命神前、家祠内拈香叩谒。暇则校阅《松陵文录》十馀篇,内沈果堂《释骨篇》甚难句读。下午闲坐,略读《先正事略》开国功臣传文数首。

初二日(6月5日) 晴,微雨即止,略热。上午校阅《松陵文录》第三册终卷,文多朴茂,又不见原本,差误、破句、讹字必多也,亦不过吾眼力自尽而已。接子屏馆中札,致墀儿,所以勉望之者甚挚,赋四篇已看来,日上尚未解节。下午孙蓉卿来谈,蕲石随至,欲托荐东席,甚难位置,幸此子烟已戒净,可嘉。未晚均回去。

初三日(6月6日) 阴雨终日,略寒,田水酣足,可趁此插种。终日碌碌,心不能聚,阅《先正事略》数传,亦不能终卷。晚间两账还来,略有所收。

初四日(6月7日) 阴,微雨,河水颇涨,不妨低区。饭后略阅《先正功臣传》首本,尚未终卷,适熊纯翁、陈翼亭、宋炳卿来自莘塔,快谈一切,留之止宿,三君均欣然下榻。中午略置酒畅论,知纯翁近为友朋多情故,偏遭无妄,安心受之。甚矣,轻薄子难以理论也,然团圆此事极难,作信天翁可也。修志事,凡例已定,夏间当动笔,贡举表余已许代排科分。下午不觉昼夏之长,夜谈一鼓,三君同宿书楼上。

初五日(6月8日)　阴晴参半。朝上与诸君同饭书房,上午剧谈,与纯翁共读访溪顾丈文,即以《悔过斋文》二册借纯翁携去,并为访溪作《寓贤志传》。中午祀先毕,粗具酒肴,佳节与诸君席叙养树堂,饮酒尽欢。下午书房内属桐生、两孙放节半天,余陪纯叔、翼亭、炳卿舟至大港候子屏,恰好今日解节归。薇人亦见,茶话快论,晚间拉子屏同三君还溪,夜间小酌,极适意。论修志事,两邑分界甚难,当以地为断,叙至一鼓后始登楼,余倦甚矣。闻子屏与纯翁共榻,对谈至天明。

初六日(6月9日)　晴朗。晚起,饭后备舟送纯叔、翼亭、炳卿三君至莘塔,约秋间再叙,约翼亭八月下旬同赴江城。客去,与子屏又絮谈,阅渠馆中课作,纯粹以精,投时利器,未识今科命运如何。必须入彀,以偿苦志是望!晚间亦备舟还港,补登日记,夜早眠,疲倦甚矣。

初七日(6月10日)　晴,潮湿,渐热。终日闲甚,钞录子屏课作,校《松陵文录》,子屏所阅还而未动笔者。下午掩卷,倦甚,不觉昼眠,暂时则可,以后宜自振摄,不得废弛偷惰若此!

初八日(6月11日)　阴。上午梅雨沾足,秧田多插青矣。晚间雨霁,可望开晴。上午校勘《文录》。下午录子屏文一篇。未晚,吴少松已率郎君到馆。墀儿今日文期,呈示草稿,尚充畅。

初九日(6月12日)　晴,潮热,大似初伏,有暑气。上午校阅《松陵文录》第三大册亦终卷,差讹、脱落、遗字颇多,一一改正,然心眼不快敏,重校必尚有讹字。甚矣,刻工之恶劣可恶也,暇当交还砺生以释责。下午又录子屏馆课文,夜与少松、桐生畅谈,桐生作松陵书院小课,赋笔佳甚。

初十日(6月13日)　阴。早起,饭后舟至梨川,拟赴蔡进之会酌,行至清风桥,风雨大作,两舟子力稍怯,因兴尽而返,其会资则交蒂卿带去。回来不过上午,风雨终日,暇则抄录子屏课作,极机局灵警之妙,此事已神明变化矣。下午懒倦,掩卷不观。

十一日(6月14日) 阴晴参半,梅雨时洒,潮湿异常。饭后送桐生至莘塔馆中,墀儿同往。今日凌云汀除儿,特应酬亲往一送,《松陵文录》两巨册缴还砺生又一册,径由辛垞处寄致莘塔,此番三册校对余颇费心力也。作便片附致砺生,暇录子屏课作亦毕,并为之商酌数字,未识当否。碌碌终日,略阅《国朝文录》。晚间墀儿自莘塔回,接陆畹九来公信,为邑尊捐廉重建杨忠节公祠欲递公禀,当便即复之。

十二日(6月15日) 晴阴无雨,潮湿尤甚。饭后作两札,一复畹九公信,一致子屏,暇则重录子屏文。蒂卿下午来谈,以畹九公信示之,使知与世周旋,推任皆难。

十三日(6月16日) 阴,上午雨,下午略起晴,然潮湿如故。今日小女孙弥月剃头,凌氏外家曾来送礼,糕盘之外,淮铃六元,即付小房夫妇收拾,以酒食略犒使者而去。九畹处一复信,即寄交砺生转送。暇则重录子屏文,"服周之冕"至"佞人"作,法密词湛,无瑕可攻,功力敷佐至此尽矣。碌碌终日,坐定时少。

十四日(6月17日) 阴,昨夜大雨如注,水则顿涨四五寸,幸下午雨霁,潮湿渐燥,可望起晴。北舍局又来嬲,拒之不见,然终恐不得免。暇则重录子屏文,《国朝文录》杂记类数篇,以销永昼,实则心不用也。晚间接桐生致墀儿信,知范甫诸君来信,至寿州任畹香营中,直至五月初二始由河南北上。台湾生番,知颇骚动。

十五日(6月18日) 阴晴参半,微雨即止。以墀儿文两篇并便书封寄子屏,其馆课已重录亦缴还,接回书,知即日到馆,新墨选录亦钞目见示。薇人日上颇有文兴,大约乡试欲去。暇则阅《先正事略》文苑隐逸传。

十六日(6月19日) 微雨,阴晴不定。上午钞录新墨数篇,以备披览,盖老阿婆不能忘情于时样妆也。下午闲甚,阅《先正事略》数传,颇欲懒眠,强制之。

十七日(6月20日)　阴,北风,微寒,未雨为幸。饭后抄录新墨,明日可以毕事。下午阅《先正事略》文苑传。下午又微雨,喜即止,夜又雨绵绵不已。

十八日(6月21日)　阴晴不定,潮湿异常。朝上大雨,幸崇朝即止,然河水又涨,甚非低区所宜。上午抄录张元之会墨。下午闲坐,略阅《文录》。晴开两时许,似又有雨象,昏闷之至,账船停摇,晚闻雷声,恐防大雨,少顷,挟风而来,幸即息点。

十九日(6月22日)　阴,是日寅刻交夏至令节。上午雷电又大雨,潮湿大减。终日雨绵绵不止,殊觉太多,不宜低区。中午祀先,并祭先大父逊村赠公忌日,抄录近墨并子屏文共十七篇,订好一册,以备案头翻阅。终日碌碌,此心不定。

二十日(6月23日)　阴晴参半,小雨时洒时止。终日清闲,上午阅新钞时墨,下午看《先正事略》遗逸传及《文录》杂记类,晚有晴意。

廿一日(6月24日)　阴,终日重云漠漠,雨不息点,傍晚尤甚,殊非低区所堪,未识明日能开雾否。饭后正在岑寂无聊,适凌砺生自芦川来,欣知昨日金邑尊来镇,同人已具禀,以余忝首,于本镇城隍庙花厅旁旧屋三楹改建切问书院,中奉陆朗甫先生栗主,以深向慕,以砺同学,邑尊欣然,已捐廉二百千(此项存典作花红)创始,其屋亦估价乙佰四十千,昨日兴工。砺生家捐助六十洋,劝余家亦捐六十洋,以为三镇之创,余即通知乙大兄如数应之。同中饭于书房,下午同舟到芦候凌古翁,同至陆畹九处商议此事。少顷,袁憩棠亦来,议以本镇米捐庙疏分半,约每年可得百千文作经费,其屋内桌凳器具约再少二三百千,议再筹捐,事在必成。两家之数缴清,交畹九办理。镇上各家因天晚,俟廿三日同人到庙公请再议,余即告辞,砺生亦归家,余回已点灯。雨势颇甚,幸黄昏略息,后复淋琅终夜。

廿二日(6月25日) 仍阴雨不息点,幸未狂澍,然水已平石岸,可虑之至。今科吾乡凌古翁,年届八十,可得寿榜,此正兴起书院,科名发祥之兆也。上午将前年丹徒所录学中文移稿寄奉,吾苏自道、咸、同三朝,未尝有举此大典,旧案无存,而吾乡实庆人瑞,不仅为古翁贺也。墀儿今午赴紫溪会酌,晚归,述及范甫寿州畹香营务处来信,知淮河水混,逆流淤浅难行,幸未渡淮,起旱至寿州,中途苦甚,舟则迟至,在淮几有复溺之虞。初三日由太湖唤车至颍州,长行赴京,而后伴轮船已于是①十二日从容到京矣。此中劳逸,判若天渊,何去何从,未行路者亦几难预定也。雨仍不止,令人愁闷。

廿三日(6月26日) 晴。昨夜大雨,今晨潮湿,南风骤热,尚不老晴,然得见黄袄子已为大幸。饭后舟至芦川,泊舟公盛,小坐,晤见沈宝文,略谈,知乡试已定伴,《申报》十六纸缴还憩棠,即舟行至畹九处,镇上诸公咸在,砺生、憩棠亦至。畹九志在重建杨公祠,芦墟诸公以书院名"切问"二字为不公,可以想见胸怀。砺生意颇不平,余调停之始和衷共事。书院缺费,俟乡间续筹,镇上似专办杨公祠,车典木园已请来捐,约得钱百千外,馀则各门第未书簿。中午两席火菜,余与陆松华、陈少蕃、许松安诸公同席,酒颇佳,惜不敢多饮。席散,以寿榜学中文稿面致凌古翁,并属渠即日到同谒李老师商办。热甚,已闻雷声,余与砺生不及再留,即辞诸公登舟,行未半里,阵雨大来,幸无风,安行到家,雨亦渐霁,已近点灯。潮湿渐减,闻大富、长荡诸圩甲已来索装坝钱,照八年减半与之,未识以后能免得否。

廿四日(6月27日) 阴,幸无雨。北风,水不多涨。上午阅昨日砺生所示范甫家信,详晰尖新,于风尘中得之尤难,吾家无此才隽子弟也,可慕可羡。属少松录之,以当卧游。由北舍接子屏馆中信,知云贵主试已见《申报》,毕保厘、张楷、张清华,一忘记。京中大考翰詹,吴宝恕子实一等第一,升侍讲学士。今日北舍局唐云斋又来黼完

---

① "是"字后疑漏写"月"字。卷十一,第211页。

四枚,已八一足外矣。

廿五日(**6月28日**)　晴阴未定,可免大雨。墀儿廿三文期,今日写字课大卷终,七页半,以后当勖其专心课文,以尽人事为要,未识今夏能有寸进否,勉之是贵。暇阅《国朝文录》杂记类。

廿六日(**6月29日**)　晴,石砠又复潮湿,恐不稳当。下午又闻雷声,当有阵雨也。水退半寸,可喜。上午砺生来,以纯叔札并前挪移之款缴清,并筹及书院开课宜在场前,庶可鼓舞诸生童。拟六月十八日请山长陆谱翁,即举行一期花红,三月饭食卷费两家捐办,余即欣然分任之,渠便中饭后即赴芦,与畹九商办。客去后,接子屏馆中来信,课艺两篇改得尽善尽美,并传述休宁大水,南头王典水亦大涨,我乡目前已为大幸矣。又封寄费吉翁致余信,慕曾貤请敕命一轴永义已寄到,今暂存子屏处。大考题"进善旌赋","所宝惟贤论","五凤十雨岁丰穰"七言八韵诗,考差题"荡荡乎,民无能名也"二句,"终始惟一,时乃日新","膏雨润公田",得"霖"字八韵。一等四名,吾苏如吴望云、刘叔涛辈均二等前列。主考已知,五省一一开单示知,当即作复谢候之。历碌终日,不能坐定。

廿七日(**6月30日**)　昨夜阵雨即止,今晴,仍潮闷。上午作两札,一致子屏,一复吉甫,详述近事,词繁笔滞,半日始封就,拟明日朱仆至梨面投。下午闲坐,略读《文录》记类。

廿八日(**7月1日**)　晴朗终日,始热,东南风颇正。书房内文期。上午闲坐。下午袁憩棠来,絮谈半晌,始知先贤之后不振,"切问"二字竟犯众忌,调停易"景贤"二字。余以为我辈为培植人才起见,不必咬文嚼字,即私易以释众疑亦无不可,当以此情转致砺生。又畅论一是,未晚回去,乞《分湖小识》一部,即与之。

廿九日(**7月2日**)　晴朗,热甚,大似正伏,水渐退,可喜。上午略阅《文录》。下午阅《先正事略》国初四大儒。墀儿呈示昨口课艺,虽少精蕴,颇有场面,可售幸焉。晚间复有阵雨,后散,不成。

六　月

六月初一日(7月3日)　晴热,挥汗不已,水渐退。大富湖滩上有复来嬲装坝钱者,坚拒之,可知人心日非,喜求益无厌也。饭后衣冠至东厨司命神前、祠堂内拈香虔谒,暇阅《国朝文录》杂记、《先正事略》名儒门。

初二日(7月4日)　晴热稍间,若昨夜酷暑,殊难耐受。上午阅《文录》碑记类。下午摇扇静坐,略阴,无阵雨。

初三日(7月5日)　晴朗终日。饭后舟至芦川,先以字课卷交钱艺香之徒周公订好切齐,即泊舟城隍庙,知三镇诸君齐集,陆朗甫中丞栗主,今晨恭送入书院,诸君已拜谒,余即肃衣冠虔叩。欣知邑尊有札来,因公不到,特封题作,今日开院官课,生"奋乎百世之上"至"亲炙之者乎",童"圣人,百世之师也,伯夷",诗题"师道立则善人多",得"多"字八、六韵,生童并集五十三人。畹九自江归,捐廉二百千已领到,存典生息。砺生昨有小恙,不果来。晤见馨生,知今日凌氏书房一顾空群。熊纯叔亦至,少顷,李辛垞自莘塔来,均衣冠续谒,镇上诸君咸在,袁憩翁亦率子侄来会,前日之言恰好冰释,"切问"二字堂皇共晓,可无闲言矣。中午五篦十二桌,其费仍两家捐办,殿上两席,与诸君剧谈饮酒,乐观其盛,陆立人亦率子侄辈来会课。下午陪辛垞、纯叔与馨生、畹九同至泗洲寺,相杨忠节祠旧址,在菊隐山房东首,地极宽敞。并入寺,观杨公殉难碑,又走寺西庑,敬瞻栗主,前苏抚陈大受"生气犹凛"匾尚悬挂,笔墨如新。至方丈,扰僧文波茶,歇凉闲话,久之始出。有本汛营官陈公,迎送颇殷勤,以片托畹九辞邑尊请柬,始与辛垞诸君告别,独拉憩棠茶寮解衣茗饮,晤沈晋生,又絮谈良久始开船,到家点灯后。墀儿今日亦文课,纯翁碑记两篇,代邑尊捉刀,已读过。

初四日(7月6日)　晴朗,微有凉风,不甚热。饭后命墀儿至莘塔望砺生,且属其如近体不能复元,明日江城钱邑尊之行,以辞弗往为节劳,暇阅《文录》碑记数篇。苇卿六佺来省昨日文会巅末,尚于此道不隔绝,然吾家人才不振,昨日与会者惟稚竹一人,振兴无术,不得不激厉之,俾日后稍有生色是望。晚间墀儿回,知辛垞、纯叔诸君咸在,砺生上午犹健谈,下午间日疟来,颇剧,明日江城不果往,磐生代去,大好避暑免褫襫。

初五日(7月7日) 阴晴参半,是日亥刻交小暑节。饭后雷电,西北风,阵雨大作,一时许即止,渐凉,下午开晴。六、七两佺以四韵诗呈示,尚可望做得通,略改,讲而还之,未必能领会也。墀儿以前日课艺稿呈示,弸中彪外,到底不懈,可望入彀,特恐场中无此功候耳。此中有命,无容多虑也。暇阅《文录》。

初六日(7月8日) 上午阴,阵雨,水顿涨寸许,外间必有发水处,下午略起晴。暇作两札,拟致子屏、陶苫生。六、七两佺以起讲及四韵诗求改,诗笔两佳,如无剿袭,他日可望以诗名。小讲一清妥,一不直落,改一以示之。中午与少松小酌,食不托,是日不热。

初七日(7月9日) 晴朗可喜,不甚热。饭后与吉老对东账,约计全欠零欠八十馀亩,则九成五矣,下午毕事,未免奉行旧例不能顶真也。暇阅《国朝文录》碑志类。

初八日(7月10日) 朝上大雨,颇冷,幸下午渐有开霁意。饭后同厚安对南账,午后始毕,约计全欠、零欠六十亩内,九七成左右。适子屏来,知杭州学宪已取齐科试,周氏两徒于初四日赴省考试,故暂假馆。慕曾追赠嗣父母敕命一轴亦面缴余,本应七品,该得两轴,以年幼尚迟封授。乡试尚未结伴,为张子遴同行,故多窒碍,拟明日与元老一决。墀儿课作三篇,恰好面缴呈改,畅谈至晚始回去,约月初将赴试之前再来溪唔叙。

初九日(7月11日) 晴,东风不热。饭后陈厚安回去,约七月初四去载。以昨日子屏所托费吉翁送《明纪》廿册于熊纯叔,即作片致砺生转寄,复以前年袁憩棠所送武夷茶,用剩大半饼送砺生,然臭之色香俱减矣。暇则摘录租欠账,六、七两佺复以起讲四韵诗求改,诗则佳甚,文则未甚直落,照原本改就还之。下午闲坐,内账尚未登清,可称懒惰。书房内文期。

初十日(7月12日)　终日大雨几不停点,水顿涨如未退时,倘再不起晴,区之低者无望补种,静坐观之,殊多危虑。上午摘录租欠账,下午登清内账,墀儿呈阅昨日课艺,平正通达而已,若出色则未也。暇则愁坐,无心观书。是日寒甚,可穿夹衣,大乖暑令之常。

十一日(7月13日)　豁然开晴,心目爽朗。饭后摘录租欠账。下午缮就致陶苕生书,俟墀儿赋两篇誊完当即寄出。暇阅《先正事略》名儒传。沈菊亭来道达乡试,知林学宪现考徐州未回。

十二日(7月14日)　晴朗。饭后摘录租欠账。下午黄子登来谈。碌碌终日,不能坐定。

十三日(7月15日)　晴朗,渐热,然尚潮湿,恐犹有雨水。饭后摘录租欠账,今午始毕事。今秋即能如天之福大有年,而低区已多淹殁,难望种清补熟,恐不能照旧收租矣。下午薇人来,乡试决计勇往,与子屏、张子遴、吴梅史、梅子和同行,可嘉之至,有所商(五送五借,冬还),允之,约月初来取。复往萃村友庆,至晚始回去。又接陆畹九今日所发信,知邑尊切问官课卷请山长陆谱翁代阅,送敬八元,花红共十二元,已取定生超四名,特六名,一等十二名。第一周彦臣,是粟香之郎。童上取六名,中取八名,次十五名,第一黄姓,不详何人。以案寄示,约十八日师课再叙。忠节祠已包工五佰千文,其资尚须集腋也。

十四日(7月16日)　晴,西北风,颇凉。饭后照应出冬,书房内文期,暇阅《先正事略》经学文苑传。墀儿呈示课艺稿,尚妥协。

十五日(7月17日)　东南风颇狂,微雨即止。上午阅《先正文苑传》。下午读《文录》志铭类。

十六日(7月18日)　晴朗,仍凉。上午作书拟答芸舫学使,语重情长,不觉言之刺刺。下午接子屏手条,知今日到馆,庆侄媳三元已付讫。暇阅《国朝文录》。

十七日(7月19日) 晴朗,水退寸馀。上午缮致费芸舫书,凡四页,行款尚无差讹,特字迹恶劣,求工益拙,一笔好书此生无缘矣,一笑,暇当即寄。下午阅《先正事略》经学传。

十八日(7月20日) 晴,颇热。饭后舟至芦墟,泊城隍庙前。至书院内,晤砺生、陆立人,知陆谱琴师课上怕衣冠不到,不谒先贤,殊属失体且衰诸同人兴。题寄来,生"切切"至"士矣",童"有弗问"至"弗措也",诗题"清如玉壶冰"。共五十二人,中午散饭包出,每人连菜六十文,甚不妥贴,前期邑尊花红统发,颇合大家欢。中午在殿上另一席,与砺生、立人、凌古翁、畹九同座,砺生疟疾初愈,不饮,惟余独酌数杯而已。古翁寿榜倏不就,且俟来年,旁人亦难劝驾,陶芑生信、大儿诗赋并酬仪已面交砺生转寄矣。雪溪一款,见徐少安代札写得极时貌,大约不至画饼。下午回北栅,与顾砚先茗叙,知前金已卸事,后金公十三日公座。畅谈半刻而返,到家点灯后。

十九日(7月21日) 阴雨雷电,颇凉。今日大士菩萨佛诞,在厅上奉香案,衣冠虔叩,并诵神咒,以尽微忱。竹淇弟来,畅谈半晌,书房内便饭。下午至萃和,为嘉善追陈银,迫甚,有商,允之。大儿呈示昨日课艺,尚得题旨,笔亦丰腴。晚间大阵雨。

二十日(7月22日) 昨夜复大阵雨,今始晴,颇炎热潮湿。上午读《先正事略》。下午阅《文录》。

廿一日(7月23日) 晴朗,不甚热。饭后拟查科第贡举表,恰好旭楼王丈所拟《松陵闻见录》已续沈志甲子年后,因挨次录书,以成草本,大约亦须一月功,庶可稍助纯叔诸君,当勉为之。下午停笔,阅《国朝文录》。

廿二日(7月24日) 晴朗。昨日交大暑,不甚炎酷。朝上命㞦儿至梨川,文四篇面呈子屏,并候又谦舅氏,通知乡试开船日期。费芸舫河南信即寄出,亦交子屏面致古甫。饭后录进上科第表,已可续接先大人所录道光中年,明日可以修至甲戌科矣。下午辗辘,不能坐定，冬米成交两仓，二百一十六分①力十文②，照此市面，难越价奢望。晚间墀儿自梨回，知子屏在馆中长谈，又谦亦会过。杭州冒籍仍通，梨川王姓进一人矣。

二十三日(7月25日)　晴朗。是日火帝神诞，在厅上衣冠恭设香案虔叩。今岁二月中，限厅内缝人不戒火，延絮被，蒙神默佑，旋即扑隐，理当戒慎斋素，以答神贶。暇则墀儿呈示子屏改本三篇，俱批好，原本有疵瑕处、不足处，一一斟酌尽善，真极好时样妆也。朗诵久之，心目俱快。上午录科第表至庚戌科，下午停笔，阅《先正事略》。

廿四日(7月26日)　晴，炎热，终日挥汗如雨，大好夏令也。昨知范甫诸公前月廿四日由颍州安稳到京，寓米市胡同关庙。饭后至午中，进士表录毕，已至甲戌科，遂由乾隆丁卯科起，续录举人表。墀儿以所改旧作呈示，颇能堂皇冠冕。下午始浴，吃西瓜，亦消夏时一大清福也。际此优闲时候，倍宜知足为要。

廿五日(7月27日)　晴热，炎酷。饭后录举人表。上午舟至北舍，赴孙蓉卿会酌，叙在湾龙馆，两席，菜颇精洁，惜天气太热，不能多啖。得彩者友庆，以后同人公议，散会上减半卸。茗饮仁和楼，与梅文卿畅谈论文，年只廿五，健文，赴秋试，前程难量也。下午归舟，到家未晚，终夜热甚，不能停扇。

廿六日(7月28日)　晴，仍酷热。墀儿改窗课两篇，今日寄子屏馆中，想航船必能寄到。吉甫堂舅氏上午来谈，所约之账付券明日去催，未识不虚否。暇录举人表至乾隆六十年乙卯科，下午停笔，略阅《文录》。

廿七日(7月29日)　晴，炎酷不减昨日。朝上墀儿至杨墅吊金少谷之续娶潘氏，舟回上午。举人表、《闻见录》收采止戊子科，今已录竣，明日当从辛卯科挨年登载，此事尚不难，以后贡举表则头绪不

---

① "二百一十六分"原文为符号𫝀。卷十一，第215页。
② "十文"原文为符号𧶠。卷十一，第215页。

清,欲排科分,恐不能朗若列眉矣,姑试为之,以尽续貂之技。下午热甚,停手,略阅《先正事略》。

廿八日(7月30日) 晴,酷热甚于昨日。上午录举人表,续至道光甲辰科,以炎热停笔。书房内文期。下午乘凉,复浴,爽快万分。暇阅《先正事略》。

廿九日(7月31日) 晴热,终日挥汗如雨,无一处不似釜上气。饭后照看出冬,举人表录至壬子科。下午欲登账务,以热搁笔,略阅《文录》。墀儿呈示课艺,细心阐发,不浮不迫,当行之作,特恐场中无此琢磨功夫耳。

七 月

七月初一日(8月1日) 晴,炎热不减昨日。饭后衣冠东厨司命神前、家祠内拈香虔叩。暇则录举人表至癸酉科,午后告竣,若五贡表,则道光六年以后如一斛散钱,无处穿起,甚难排科,且细校学册,将应贡推算,或有头绪。下午东风,热似稍减,然乘凉摇扇,汗犹未已。

初二日(8月2日) 晴,仍炎热。饭后检查学册,以便登考,然须细排历年科分为要。下午薇人来,知同伴五人,初六日吉行,子屏已假馆,现在整顿行李。恰好墀儿所改旧作两篇誊真寄子屏,可带至南京改好面缴。长谈,以近作两篇见示,老当并无荒气,晚间回去。郑重期之,所筹已可敷衍矣。

初三日(8月3日) 晴,仍热。饭后照看出冬,适唐云斋又来嬲借贰枚,知近日又欲征追漕米,新令尹之政如此!午前子屏有札致墀儿,课文六篇评就,改一篇,看好五篇,蒙鼓舞,谓今岁文有进机,甚期许,然奢望为难。因日上部行装,初六吉行,忙甚,不及来谈。少松处脩仪已寄致,即属少松作复,脥五恤米亦即折付。下午将贡举表人数录齐,以备查核登载。

初四日(8月4日) 晴朗万分,炎酷如昨。上午率朱仆焚化字纸,下午陈厚安到寓,接砺生信,学册四本已收还,知辛垞、纯叔叙在莘塔修志。纯翁任积贮、学校、田赋,皆头绪极繁者,可称勇于任事矣。明日墀儿同少松赴苏,雇定乡试坐船,约有五六日逗留。

初五日(8月5日)　晴热,无风。清晨送少松解节,并陪墀儿到苏叫定试船,虽无多日,而天气炎热,在苏应暂居客栈。回来,少松要到家部叙行李,约十六日去载,其郎君已另寄他处读书矣。上午在书房权课两孙理书,下午放学。将学册细细考校,出贡科分遗漏甚多,欲排清补就,一无差误实无把握,只好就吾所可知者载之,不能头绪不纷,然抱歉之至。

初六日(8月6日)　晴,下午阵雨,虽不畅,已觉清凉世界,炎暑渐减。饭后督课两孙理书。下午静坐,将科贡表考年分、人数细细推排,略有端绪可寻,鄙意谓补廪已久,而出贡年分未详者,宜从宽以意编推补录之为是,然尚遗失者多也。动笔之难如此!

初七日(8月7日)　乞巧。晴,不甚热,下午略有微雨,即止。饭后课两孙理书。下午始将科贡表另纸挨推录清,起自嘉庆庚辰,迄同治庚午,共得五十馀人,大约遗纪不多,而参误尚有,亦不过吾尽吾心而已。书迄,不觉眉目为之一清,以后只须誊录,可不用心。

初八日(8月8日)　晴朗,不甚热,是日辰时立秋,东北风。上午督课两孙理书。下午誊清科贡表,尚未竣事,停手,批阅吴少松近墨五经魁。接陆畹九札,知杨公祠雪溪捐款竟成画饼,此子实狡而憨。绎来札,似有波及乡间意,俟缓酌。初三文会,生、童仍有五十人,砺生于花红外,生送《曾文钞》,童送《小学纂注》,用意良深,恐非时文家所能领会也。

初九日(8月9日)　晴朗,中午炎热。朝上查登内账。上午督课两孙理书。下午始将贡举表一一录清,以后只须汇登科第表后,此事告成颇费搜寻,然遗误尚多,仅可作草创稿而已,俟汇齐后,当商之纯叔、辛垞、砺生三君,以订其误。晚间墀儿自苏回,知船已叫定,用南湾子式,言定来回旗灯煤炭一应在内三十六元,船户曹天福,准于十五日来乡。子屏、薇人晤见，初八日出关，船小颇不受用。是晚又接袁憩棠信，蒙关照江南主试，正周清瑞，己未广西临桂人。副王炳，号竹安，癸亥陕西南郑县人。

初十日(8月10日) 晴热。饭后权课两孙理书，墀儿作札关照同伴诸君，下午舟至赵田答候憩棠，并报以所买苏城时物三品。至则憩棠往金泽，不值，其郎稼田接至书房叙谈，其业师孙酉翁亦归家未晤。稼田年弱冠，人极恂恂，府试覆终，今科可望入泮。浙江主试正奎闰，副逢闰古。款茶后不能久待，即归，到家未晚。接陶苣生由莘塔寄到回候信，知秋试望后启行，未免太迟。

十一日(8月11日) 晴热，下午稍凉。饭后舟至梨川，午前登敬承堂，幼谦出见，知前日略有小恙，今已平复。省三丈、毓之弟略叙，即至内厅，与幼谦约法三章，订定十八日吉行，舟到即下行李登舟，无再留连。汝诵花在旁，长谈，同中饭，下午即告辞，主人郑重相送。舟中阅董梦翁《味无味斋文》，新由局中刻成，印得清楚之至。费吉甫以片寄余，今由幼谦处转交收到，他日当托吉老多印几部也。到家尚未点灯。

十二日(8月12日) 晴朗，颇热。上午照看出冬，适袁憩棠来，以前日未及晤叙，特来絮谈，复惠水蜜桃两篮，殊见多情，欲留中饭，坚辞要赴芦，不肯，絮话家常而去，褒甚也。京腿仍璧谢之。两孙放学。下午始动笔录清科第表二页。

十三日(8月13日) 晴，又热。饭后由北舍接少松昨日所发信，关照大家省试欲早两日启行，因外间以《申报》上廿五至廿九箕毕星与戈星过度，恐防大风雨，早日渡江为是。所叫之船，已作信催其速来，陶毓仙处，少松亦已关照。明日少松自雇船到馆，且俟渠来及苏船到乡，然后定当，目前似难即欲更张也。墀儿今日且试笔机，再作孟艺一首，两点半钟完草稿，阅之，亦颇充畅，二、三篇场中能如是，足矣。两孙上午略课之，下午科第表誊清一页。接砺生来札，去年曾借《震泽邑志》，已忘怀，又欲续借，即作复，托其查究在何人处，可笑也。吉老来谈,所备送之款已穿早付讫矣。栗六终日,不能坐定。

十四日(8月14日)　晴,炎热又炽。饭后命墀儿整理书籍行李,午前少松已自同川来,知所雇之舟已至北舍,明日进来,决计定见早一日启行,十七日约诸公叙在胜溪,夜间伏载,十八日径至苏州较为便捷,陶、邱两家明日当专舟约会。今日中午预作中元祀先,下午碌碌,略书科第表一页,晚间试船已到。

十五日(8月15日)　晴热颇甚,午前微雨即止,不成阵。饭后属少松作札关照毓仙、又谦,专舟送去。是日衣冠拈香,率墀儿于两家祠堂内暨东厨司命神前虔叩,默求省试往来诸事平安,不胜祷祝,诸维保佑是感!暇录科第表,乾嘉两朝已毕登矣。下午舟回,毓仙约定十七下午来溪,友骞约今晚即到,少顷,邱友骞已自雇船来,留宿书楼上。

十六日(8月16日)　晴热如昨,午间又微雨,即止。饭后录科第表至道光己亥科,与友骞闲话,以公账簿交少松,烦代管理,墀儿行李收拾一应楚楚矣。

十七日(8月17日)　阴晴参半,顿凉。饭后命工人引试船至苏家港载陆梦铃,午前雷雨交作,阵雨如注,忽霁,旋阴,又晴,秋气爽然矣。茆卿六侄特来相送,墀儿暨少松、友骞行李大半登舟。下午梦龄坐试船来,又少顷,毓仙来自家中,各人搬运行李讫,大雨时行。夜间团叙养树堂,略备酒肴酌饯,黄昏后送同伴诸君登舟,北风加厉,明日防不能开行。墀儿宿在头舱,颇适。是夜暑气净矣。

十八日(8月18日)　阴,西北风狂吼,大雨不停点。饭后试船始开,中午知泊在北舍守风,下午风更狂,万难行动,岂箕毕星已过度乎!思之闷甚,千祝明日息风,以便行路。课两孙半日,心思不能定,下午倦甚,已放学矣。

十九日(8月19日)　阴,西北风仍厉,冷甚,可穿夹衣。上午风雨中督课两孙半日,下午风渐息,雨亦止,大约试船可开行矣。下午录科第表至辛亥科,接金泽陈氏条,知节生之母杨节孝君十七日寿终,明日大殓,此番只好命七侄往奠送殓,一应准礼亦友庆承值派出。

二十日(8月20日) 晴,风息净,河水平如掌矣。上午权课两孙,忽头眩欲吐,似痧而甚轻,半时始愈。属厚安至北舍拔木料,约梅书田明日来权馆,当载之。知试船昨日午后始开,云由梨至平走官塘,可谓迂而稳,约计今日赶行仅能到苏,出关须廿二日,以后必得顺风相助,方能于廿九之前赶到,颇切悬望。下午闲坐,静养半天。

廿一日(8月21日) 晴朗,西北风。今日试船在苏买办,尚不至坐失顺风。饭后课两孙各上生书一首,午前权馆。梅书田来,余始可以释肩,略以课程告之。下午录科第表,已至甲子克复后矣。

廿二日(8月22日) 晴,西北风,下午有变意,能不成风潮为试船之妙。上午录举人癸酉科以前,其表已告竣,今科再续是望。午前袁憩棠来,知陆畹九、吴又江、顾竹坡诸公在乙大兄处为杨公祠募捐,即留憩棠书房便饭,后同至萃和,知凌氏以兰畦为辞,大约不捐,余谓既竭力于书院,不能于此项公事再任大数,言之请益再三,畹九动笔,由二十千又加十千,共三十千文,因同在乡梓,不能坐视,俯允之。此事多出十千,免滋口实。下午诸公始回去,此因余辈重谊,不能当场十分老洁也。回来已傍晚。

廿三日(8月23日) 晴,东北风,涨水不退。饭后由芦墟陶酱园接墀儿二十日酉刻苏州舟次所发禀,知十九下午北舍开船,泊同川,二十上午到苏,诸同人买办上岸,点灯已齐,明日五鼓开船,一早可出关,阅之欣慰之至,约计今日可到丹阳,但祝无大风,廿七八日间可到金陵矣。上午小女孙百日留发,已哑哑欲笑,顾之而喜。是日进士表已录至道光丙戌科。下午略看《文录》。夜间冷甚,夹被犹寒。

廿四日(8月24日) 晴朗,无风。饭后命女使至梨里邱氏,以片致复邱澳之,《分湖志》两部,一送澳之,一王熙龄所索,托转致。今日进士优、拔两表均录竣,订好,颇喜眉目一清,以后当续录恩、副、岁三表,惟恩、岁再当详考。终日手不停书。

廿五日(8月25日) 晴朗,东北风,江行尚利。饭后率慕孙至蛎壳港许妪处，看头边黄水疮微发，至则据老妪云，鼻上是疳疮，头上可免蔓衍，忌鲜物，付药两包，一治口疳。略坐开船，到家中饭后。录副贡表乾、嘉、道三朝竣事。

廿六日(8月26日)　阴晴参半，微雨即止，西北风，幸不狂，可望渡江。上午副贡表竣事，接录恩岁贡表，已至乾隆四十年后。下午停手，略阅《先正事略》经学诸公。

廿七日(8月27日)　上午晴，下午阴，微雨，无风，省试诸公可安稳到金陵矣。饭后录科贡表，下午停笔，已录至咸丰二年，明日可以告竣矣。今日柜书清书殷松卿、王漱泉来，由单送到，章程小变，北舍归并芦墟，局书张森甫、褚吟安"在"字公户推收据云已做，余处不差，如大概均能照账，当仍以贰元日后酬之，此事须关照翼亭也。下午闲坐。夜间灯下拟略观书。

廿八日(8月28日)　阴雨终日，幸无大风，于秋禾最宜。今日儿辈试船想已抵省可登岸矣，又于北舍航船接墀儿二十日信，关照出关，足见周密，然不及信局之速矣。饭后录科贡表，午后全册告成，订好，复校一遍，心目为之一快。此事幸有《王氏见闻录》可查，已费两月左右功夫矣，俟月初当至莘塔交卷。暇阅《文录》。

廿九日(8月29日)　东南风，暖甚，略潮。上午微雨，阴，下午晴，天无片云，毫无风雨惊人之象，可知天象难测，讹言实不足凭也，为之欣喜，并为应试诸公贺，今日可唱大东江也。饭后磨墨匣三只，作札书就，为公户推收关照陈翼亭。下午点阅《味无味斋骈文》，略读《文录》列传。接凌砺生信，蒙抄示前邑尊通详督抚建切问书院批禀，读刘制军批文，谆谆以砺实学，请名师，弗徒以科名词章为重，所以激劝人心者，大异俗吏之所谈，然遵切奉行，亦甚不易，盖人心之溺于俗学者久矣，非大有力者谁能兴起之？

卅日(8月30日)　上午晴，东北风，暖甚，又潮湿。上午汇录督、抚两批暨芦镇起建书院重复杨公祠公禀存底，暇阅纯叔古文三首，毕竟言皆有物，气息亦佳。下午雷声，有阵雨，不甚倾注。

八　月

八月初一日(8月31日)　上午晴暖。饭后衣冠东厨司命神前、家祠内拈香叩谒,暇录纯叔文三篇,毕竟气息不同俗手。下午风雨交作,顿凉爽,知风仍东北。略翻新、旧邑志,益信前辈动笔之严,考核之当。

初二日(9月1日)　阴,昨夜大风雨,终夕不止。朝上及上午风雨仍猛,东北风,水骤涨几尺许,若再不休,河水之涨已过其旧,恐稻花秀实大碍,甚非大有秋之兆也。上午录过科第表一页,点阅梦翁征君骈文,下午雨渐止,河涨仍不已。读《文录》数篇,心纷,了无所得。晚有晴意。

初三日(9月2日)　阴晴参半,西北风,水不甚涨,然已较前溢三四寸矣。是日灶神圣诞,阖家净素,中午具衣冠、奉香烛虔叩,以申微忱。暇则点阅《味无味斋骈文》五首,拟杨忠节祠、切问书院楹联,略成草句,俟子屏省试归,与之商定,然后出示同人。下午略阅《文录》。接畹九札,催捐数即以原札示乙兄。

初四日(9月3日)　晴,时有暴雨。饭后接黎里徐氏条,少卿夫人凌氏昨夜身故,明日巳时小殓,初六大殓,媳妇之长姊也。有折帛礼,明晨命媳妇亲往送殓,礼当如是。砺生处下午不及往,芾卿来谈,暇则点阅董征君骈文,兼读《文录》。翼亭处一信,昨由北舍寄周庄。

初五日(9月4日)　晴朗。上午重录切问书院记文,点阅董骈文。由北舍渔舟上接金螺翁明府初六日请酒柬,殊觉其来之无自,当谢之。下午暇读《文录》。晚间媳妇自黎里徐氏回,知今日颇排场,少卿款待新客用荤正菜,甚客气也。由邱氏接墀儿廿八日金陵寓中家报,知廿六日一点钟自栖霞趁顺风渡大江,泊龙江关未晚,廿七日进城,寓钓鱼巷薛宅,房价九元五角,计两间一小厨房,尚宽畅。子屏身子尚健,薇人亦见过,今日试卷已写就交纳矣。录遗八折取,尚可补贡监,廿八日进场,故录取无信。阅之慰甚,眠食俱安矣。此信颇速捷,信局之足恃如此。

初六日(9月5日)　上午晴,下午又复阵雨,潮湿。今日始将《味无味斋骈文》点校蒇事,略有刊误遗脱处,一一改正,要之近时之佳本也。下午苕卿来述,金陵多火灾,恐未确,惟本路办考沈菊亭竟归道山,殊属可悯。暇阅《文录》。

初七日(9月6日)　晴,燥热,西南风,潮甚。上午阅《味无味斋骈文》。下午舟至莘塔,以《科第举贡表》一册,《守练日记》一本,刘雪园所送,面交砺生,以备志中采入。至则晤宋炳卿,知李辛翁出门治症,纯叔归家未来,余处《震邑志》在纯叔处,可免浮沈。邑志列传诸门楚楚构就,家严传列文苑,松琴先兄附,辛垞、纯叔合撰,极周当。尚馀兵制、桥梁、墓域、列女诸篇未脱稿。纯翁文三首缴还(即附复纯翁),子屏致大儿信附内。梦兰征君骈文一册暂存砺生处,缓日还要印十部。凌范甫京信接至七月初十,知都中热甚,历年所无。录科初一,南皿到者极多,录科竟有不取者,亦历科所仅见。广东学政章出缺,吴子实简放,若吴望云则已补实祭酒矣。长谈,并示书院条程复禀,略有所商,因闻雷阵,即携《松陵文续录》,徐元圃所刻者一册告归,行至屠家栅,雷大震,雨阵纷至,幸无风,雨稍止即开行,到家傍晚。夜复雷雨继至,陡觉清凉。

初八日(9月7日)　阴晴参半。饭后略阅《松陵文录续编》,上午舟至北舍,赴胡谦斋会酌,与孙蓉卿及诸乡老茗叙仁和楼,良久至胡馆,叙两席,得彩者苕卿侄。菜尚鲜洁,余纵饮,颇适。中饭后复茶叙,晤金星卿从外孙,归家雨霁,尚早。今日省试诸子进场,寒暖恰好适中。朝上又接陆畹九札,以金邑尊照会致余,为查复书院善后事,云阅后要寄示袁憩棠。

初九日(9月8日)　晴朗,白露节,恰好交东南风,稻试花。饭后舟至芦墟赴局,完上忙条银,北舍带收共八户,五户张森甫手,取条而出。至陆畹九处,缴杨公祠卅千数,长谈,以陈梦翁先世叔所编《忠节公血书遗诗文》暨诸前辈题词共一册暂借,携归敬读。还,至江西馆中吃面,佳甚。路过生禄斋,晤黄森甫,知初四日接黄子牧金陵家信,录遗宽甚,彼寓子屏在内,生贡全取,惟两邑一生一监尚未补出。复与顾砚仙茗叙,知袁憩翁幼子抱恙,心境兼家事恶劣之至,余处照会已缴存在畹九处。归家早甚,知竹淇来过,为益芝之子从侄孙大病初愈欲调理相商,乙溪处给钱一千文云。

初十日(9月9日) 晴,略热。饭后登清内账,暇则谨展陈梦翁先执丈所汇集《杨忠节公事实传文诗词合编》,当节录之,以备文献。下午点校《松陵文续录》,雷声盈耳,有阵雨,想此时同伴诸君都得意出场,未识墀儿交卷略早否,甚念之。少顷,雷雨大作,一时许已天青气爽矣。夜间渐凉。

十一日(9月10日) 晴朗。早起,西北风颇凉,恰好省试诸公进二场。上午校阅《文录续编》,拟节录《杨忠节公事实》,适徐翰波来长谈,书房内便中饭,渠定于十五日送字纸灰至海昌塘出海,以舟资十枚助之,以申发愿之私。据云,此番积灰三百馀包,三年未送,借君实力举行,实一大快事也。下午始去。由北舍航船从同里吴少松家信中寄到墀儿廿九日金陵寓中所发信,并抄示江正录科案,题"问知"至"樊迟未达"贡监,"先名实者,为人也"贡,下二句监。案上只有正备取,次取未发案,上下江人数较上科少十之二三,可望统补,则初四补案之说确矣。陆梦麟家报,当便寄陶隆记儿辈,再发此信,尚可称处事周到。慕孙昨日已读《中庸》。

十二日(9月11日) 晴暖适中,不甚朗,东北风。上午节录《忠节公事实》一页半。下午阅《国朝文录》。

十三日(9月12日) 晴而不朗,稍暖,略有微雨,即止,省试诸公恰好出场也。上午抄录《忠节公事实》。下午阅《文录》。《松陵文续编》一卷已校毕,刻手较毛酉山颇胜一筹。晚间凌砺生自紫溪来,告借名人诗集,如扶雅堂《杨荻庵诗稿》、陈讱庵《寿松堂诗话》等集均借去(白矾纸只此一本,《盛湖诗萃》亦借),先大人初、二、三诗集并初刻即奉送《知止堂集》亦附去。开看窗口书厨,骇知白蚁满中级,书在底者,蛀无可救,不胜负疚,然已无可如何。略坐,一茶,砺生即持书去。将已蛀之书尽行翻出,明日当大惩创之。并知雨亭昨夜喜得一男。

十四日(9月13日) 晴朗。上午出书厨,将未蛀之书位置在书房东厢,蛀而难以收拾者,日记三四部,原本顾批一部,《洗冤录》套板四本,明人《累瓦诗集》。《丁敬集》,杭堇浦序,最为可惜。若《吴中唱和集》,陶中丞诸公所作,犹其次也,然字纸裛渎甚矣。上午与黄少堂焚化数本,馀未尽检点,且懊恼甚,姑俟明日再理矣。黄雪堂来,为友庆事啧有烦言,漫听而漫劝之。夜间月色皎好,入闱诸公未识意兴如何?是夜预赏中秋,账房诸公齐到,团叙一席,余酌酒不及陪。书房内余与梅书田对饮,余兴佳,絮谈闱中事并期望。诸知已已尽量,书田不善饮,清谈,略罄二三杯,竭欢散席,余大有醉态矣。

十五日(9月14日) 阴,上午西北风颇冷,雨频洒,幸即止,无碍稻秀花,然风色非稻花所宜。午前与黄又堂又焚蛀书,半日竣事,馀书虽多蛀坏,然不忍割爱矣。下午抄录连卪川所撰杨公祠骈文,嫌少六朝气息。蒂卿侄至书房,云上午在芦镇,江浙闱题尚无信息,今夜省试诸公都得意出场,余家子侄辈未识文兴如何,墀儿未识宿闱否?夜月尚清朗可玩,黄昏时纤云翳之,间以微雨,辜负此中秋佳节也。余将眠时二鼓,天宇澄清,月光皎若玻璃镜,惜寒风肃肃,不能开窗久玩。

十六日(9月15日) 晴,不甚朗。饭后泥木工来,动手出料,巳时在下场破土,衣冠祀神,将杂作屋卸清,拟加高尺五,外出走廊,二加墙门东首坑厕间起出填实,旧坑六只,余处前存二一并翻起,旧时友庆存一还清,故各携一半,以了旧账。其门抹油后锁闭,其匙今年余管,来年九月交付友庆轮管。未时下场,坑厕间命工人移动填土安置,有不能即安顿者,应时作样子,俟屋五间翻造后再行位置。据泥作云,既动土,可不拘时日也。终日指挥一切,颇不能坐定,是日初冷,可穿夹袄。由北舍接陈翼亭札,九月初十左右约定来溪,同赴江城。晚间苇卿自镇上来,仅知浙江乡试题,"子贡曰:'贫而无谄'"全节,"忠恕违道不远"一节,"天下大悦"至"武王烈",诗未知("浙东飞雨过江来")。

十七日(9月16日) 晴朗,渐暖。饭后登清内账,钞录《杨忠节事实》,芦墟前辈石岸、周邦翰作碑记,文极发皇,畅达详明,武举人笔下竟能如是!益钦老辈读书有志,为近世所无,大约是粟香上世也。下午始停手,观泥作卸下场屋,已出清。

十八日(9月17日) 晴朗可喜。饭后舟至芦墟,风由西北转东南,渐和暖,上岸到书院,西斋题"不如地利,地利","曲江观涛",会者廿八人,砺生、畹九亦至,絮谈良久,小轩、憩棠亦到,正在议及米捐仍照旧章,减半归书院。适江邑尊金螺翁至,以衣冠未具辞,不得,殿上便服共见。人颇洒脱,以修志经费每月五十千文,照前任议面许砺生,并大谈修志事。始知江南试题"子谓子夏曰:'女为君子儒'","斋庄中正"二句,三题未能详审。邑尊似云:"虽有镃基,不如待时",诗题"重与细论文",又谈片刻片,畹九衣冠送至轿前,余辈至头门而止。午后,在殿上与诸公团饮,吃中饭。下午余即携十八期会课一册归,到家甚早,即示书田。

十九日(9月18日) 晴朗可喜,暖甚。饭后抄录姚先生所作先大人《知误集序》(已面交),砺生要收入县志中,暇录《杨忠节事实》。中午账船自北舍拔木来,接由梨里邱氏所寄吴少松金陵寓中初十午刻出场后致余信,的知二题"官盛任使"二句(昨所传者误),三题"王子垫问曰"至"尚志",据云子屏、薇人文颇得意。子屏身子颇健,墀儿文亦见过,甚畅达,其时尚誊孟艺未出场,大约交卷不早矣。毓仙、幼谦均已出来,得此信息,颇慰余望。下午砺生、辛垞自紫溪来,略谈,携诸名人诗集头本去(共十六本),云将收入志中。送辛垞登舟,即日要回盛。

二十日(9月19日) 晴朗,暖甚,南风兼东,大好晚稻试花。暇录《杨忠节公烬馀诗文稿》。下午以少松昨日来札专舟寄示子扬二侄。是日下场屋五间已竖梁，照旧高一尺四寸，围墙拟加高二尺五寸①，能得此月中晴明至月初可以告竣。灰间决计用发圈式。

廿一日（9月20日）　晴暖，恍如初夏。饭后抄录《忠节公遗诗》及《书》，明日可完帙。中午祀先，先继母顾太孺人忌日致祭，屈指见背二十七年矣。光阴迅速，报效无由，叩奠之馀不胜凄咽。下午观圬人砌加高围墙，尚有三四日工程方能筑屋。

廿二日（9月21日）　晴热如故，风转西北。终日录《杨忠节公事略》暨今岁重建公禀，督抚批江邑尊禀底并后重建记，一一汇抄竣事，可以订入一册，亦是吾乡一大公举佳话也，为之一快。下午接黄琛圃封翁讣文，九月初二三日领帖，子美夫人贾氏附，届期当亲往吊奠，以应酬之。

廿三日（9月22日）　晴暖如昨，东南风。上午始将《杨忠节公事实》及今重建禀稿记文汇订一册，颇自信所节简易。暇则抄赵约亭先辈《乳初轩诗》，石琢堂序文一篇，艮甫、谦甫跋，其兄侄诗附后者，将跋一并抄出，以俟寄与凌砺生。白蚁所蛀书，初晒一遍。

廿四日（9月23日）　阴晴参半，下午微雨即止，东南风暖而大宜于稻。是日交秋分节，暇则录赵约亭《乳初轩诗集》中王铁甫后序，重校阅《忠节公事实》诗文。闻钱子骧请假旋里，明日当到镇一叙。是夜大阵雨，一黄昏后止。

廿五日（9月24日）　微雨，阴晴参半，西北风。上午试船归自金陵，吴少松、陆梦麟同墀儿上岸。知昨夜至梨川，送友骞到家，今晨到紫溪送陶毓仙，顺帆而来，颇觉敏捷。上各人行李，开发舟子曹姓，舟人嬲酒钱，请益数四始讫事。留梦麟书房内便中饭后，原船送至苏家港始卸载。暇与少松絮谈，知今科实到人数一万五千馀人，场内只有题诗写劣迹被贴者，并无伤命惨报。少松场作开拓闳畅，气盛言宜，可望夺魁。墀儿呈示三场原稿，阅之，均极认真，首艺以扩其量，

———————

①　旁有符号 ⼌ 。卷十一，第225页。

切子夏定局,词调均圆润。次三亦称诗佳,就文论文,可望侥幸于万一,特未识造化何如耳,一笑听之。夜间以新买镇江百花酒与少松、书田对酌,不尝此味五年矣,欢然尽兴。夜间送少松登舟,伏载到家,约初五日去载。

廿六日(9月25日) 晴朗。饭后墀儿以友骞舅氏元作携示,读之,知照下立局,通体断做入手,中比尤擅胜场,定可望中。并知友老场前见红数口,颇吃惊,服薇人方而止,三场身子康健,不胜欣喜。上午子屏、薇人来,共以闱艺见示。薇人作,大处落墨,扫尽一切门面语,通体发皇精湛,可望抢元,微嫌小讲太从阔处空行,然元局是当如此下笔。子屏作,风流自赏,处处精警,无一懈笔,大好魁局。此番吾宗定可奢望,决不虚也,私心共祝之! 中午小酌谈文,均极醅畅。下午回去,携墀儿三场原稿,拟明日就正张元之同年,未识渠眼以为何如。约子屏初七日到溪再叙。

廿七日(9月26日) 晴朗。饭后欲至芦川,适凌砺生来,不果往,所借诗文集十六册均还,顾晋叔所评字课两期亦寄到,以《续志》人物一册见示,当留案头,以便细阅再商。畅论终日,至晚始去,约初七日拉纯叔、辛老同来。中午王子登来探问乡试一切事,一茶亦去。范甫场后未接信,殷谱老正考官,头题"子曰:'有德者必有言'"一章。

廿八日(9月27日) 晴朗。饭后舟至芦墟,公盛行前泊舟,路遇畹九、砺生,即以会卷《杨忠节公事实》,陈梦翁所手录者面交还畹九,随同至耕畬候凌古翁,少顷,憩棠亦至,以米行拨捐一半归书院经费,各行家禀县稿商定,砺生到江面送。复同至张厅茶叙良久,又至江西馆吃面小酌,均畹九东,颇真率。回来,路遇沈宝文,略谈场作,适陆松华至,即同至渠家,读浙题场作,通体圆美紧湛,一无荒态,今科可望偿松华苦志矣。钱子骧亦来,不相叙者五年,鼻赤而色佳,知沛县学缺尚可过去。从看文者极多,文风陋甚,今利乡试仅十人,不登乡榜者九十馀年,若武科则连绵不绝,取之如拾芥。畅谈,读拟墨,眼高于顶,后二魄力亦大,置之房卷,则大好手,若时下,恐难遇赏音也。云来年要去会试,絮语不已,相别时夕阳在山,到家已黄昏后矣。

廿九日(9月28日) 晴朗可喜。饭后始将《续修邑志稿》详细展阅,有不惬余意处,签条标出,亦是愚人一得,不敢阿私之一助也。是否,备纯翁定夺。下午闲坐,观木作、圬人修葺,不过工程一半,幸天晴,功甚完固。

九 月

九月初一日(9月29日) 晴阴参半,暖甚,似将发风。饭后衣冠东厨司命神前、家祠内拈香叩谒。终日将《续志》一册统读终卷。孝友一门,数十人作一合传,得龙门笔法,且于志书中另开一径,变而不乖乎正,甚服辛垞笔力之神化也。下午部叙行李,明日拟梨赴平,且俟拉友骞同来。

初二日(9月30日) 晴朗。饭后同厚安赴梨,兼办物件。午前登敬承堂,幼谦出见,气色佳甚,此是中机,先缴还朱卷原稿,同至内厅中饭,字课卷托转交周慕侨。下午拉子屏、黄原芝彩凤楼茗饮,乡试镇上诸公毕集,知徐仙玖北场极得意,文已寄出来,沈宝文、吴述卿亦在座,畅叙良久始散。同子屏至原芝寓室,读闱艺,阅大精湛,确是南场好墨卷,若命到,必售无疑。晚回邱氏止宿,与友骞谈心,一鼓就寝。

初三日(10月1日) 晴朗。清晨起来即登舟,至平望不过早饭后,出安德桥,至西塘街停舟,时黄琛圃翁治丧第二天,兼吊其媳贾恭人。至则排场极阔,屋宇初新,可见琛翁之读书裕后。拜奠后,即有人陪留饭,与沈宝文同席,菜丰甚,绍酒极佳,惜吊丧,例不能多饮。席散即告辞,还梨尚早,与毓之乔梓略叙,友骞邀至内厅留中饭。下午厚安诸物办齐始复登舟。内人明日归家,约同友骞来溪。到家尚早,观筑围墙,工初就。

初四日(10月2日) 晴朗。饭后晒书,略将堂楼下书籍收检整顿。中午内人同友骞自梨来,即在厅上便中饭。下午顾寿生表侄来,云欲至外家应酬，告借华服，以适有事辞之，一茶即去。暇与友骞絮谈，夜间留宿书楼。是日饭后，送权馆梅书田还去，明日到同载少松。

初五日(10月3日) 晴朗。饭后权督两孙理生书带书，半日放学。中午陪友骞中饭，饭毕，少松已率渠郎来自同川。夜间在书房絮谈，桂榜佳音只在十日内，不知吾乡何人得意也。

初六日(10月4日) 晴朗。是日大孙女缔姻凌砺生之大令郎，上午文定，礼盘两盒来，媒人不到，甚率真。舟人、管家一席犒赏之，回允谢到门帖两副而去。暇观友骞写殿卷，属少松书写念孙初八日缠红礼帖。

初七日(10月5日) 晴朗。饭后舟至大港载冰人子屏，少顷，熊纯翁、凌砺生偕至，子屏、薇人亦至。下午李辛垞来自盛泽，畅谈修志事，稿本两册携来，就商子屏。夜间设两正席，吃望榜酒，佐以所沽惠泉，拇战飞觞，纯叔诸君饮兴豪甚，至一鼓始散席。诸君均设榻书楼，余就寝将近二鼓。

初八日(10月6日) 晴暖，夜间微雨即止。朝饭后发盘船，请冰人吴少松、子屏登舟，至黎里寿恩堂费氏，与念孙缔姻于吉甫次女，行缠红礼，准彩四端，茶枣两箱，诸礼称事。上午凌雨亭特来道喜，乙大兄亦扶杖至，砺生、辛垞暂归莘塔，午后即来，恰喜不失约。中午团叙一席，纯翁饮兴甚佳，惜下午疟作，不能坐席饮正酒。黄昏后盘船还，吉翁家特备舟送盘胜糕四箱，还盘礼丰甚，不敢当。来使两席，犒赏之而去，更可喜者，媒翁余又翘虽不到，而老友沈步翁欣然而至，盖在余家伴大儿读，屈指已十年矣。一鼓后张灯宴客，共三席，两房诸倕均来陪客，步青首座，少松次之，馀以齿坐。知吉甫今日事事亲裁，忙甚，不可企及。余陪少松、步青，诸君增光，仍拇战豪饮，极为快事。席散二鼓后，余照料一切，就寝已三鼓矣。若安排客榻，则大儿任之，余已玉山颓然矣。

初九日(10月7日) 晴暖。晚起，饭后纯叔、辛垞、砺生、雨亭均还莘塔，留步青、幼骞、子屏、薇人再宿一宵。终日以胜糕分送亲友,颇碌碌。夜间与诸君持螯小饮,极适意,论及揭晓在即,颇为意中人奢望。

初十日(10月8日)　阴晴参半。饭后送步青、友骞还梨,子屏、薇人亦欲归,适陈翼翁至,又看诸侄闹作,谈兴甚佳。中午又小酌谈文,甚得友朋乐事。下午两侄始还港,各努力,候佳音,翼亭留宿书楼。余连日应酬,不能夜谈,早眠,墀儿与少松、翼亭尚谈至一鼓后。

十一日(10月9日)　晴,无风,暖。饭后偕翼翁同舟赴江,闲论诸事,与鄙见颇合。傍晚到江,泊舟下塘,登岸至金柏卿家,以欠单并洋五元面付。三古堂单册二本,次日亦交承行陈秋霞,适辛老、纯叔、砺生亦在座,知为采访而来,官书一字未抄,吏胥之狡滑如此!即赴何局查公户推收,知未收者一分五厘,翼亭与之约,竟立陈廷瑞户,冬间见由单,付洋二元,此事讫清已三年矣。知局中私推收,公费未通,不肯做,至顾局亦然。还船夜饭后,茗饮祥园,砺生诸公亦至,絮语良久,一鼓后微雨纤沾,始各还舟就寝。

十二日(10月10日)　晴,仍暖。饭后同翼翁衣冠进县,答拜邑尊金螺翁,并送家刻三种。螺翁人极谦和,详询风俗,颇殷殷于民事。的知揭晓在十三日,杨提塘已去接报矣,畅论良久始告辞,邑侯即来答谒,当驾而返。暇与翼翁诸君茶寮小叙,午后余略办肴菜,在柏卿家酌纯翁诸君,持螯饮酒,各如量而止,砺生诸公要见前任金侯,始各分路行。又在祥园与柏卿、翼翁茶叙,黄昏后还船,早寝。

十三日(10月11日)　晴朗,东北风。朝上余至火神庙拈香叩谒毕,即开船,到同川不过早饭,即同翼翁至太平桥寻包松岩,谒见李养翁老师,以芦墟钱路托老师暂谕包瞿仙代办,与钱氏四六折账,老师点头,然钱氏未妥协也。回来,老师登舟来答,真笃实谦抑君子也。略谈,送登岸,即解维,顺帆行,到北舍午后,翼翁另唤舟归家。余以马振林所托税契二张,杨稚斋虽去接报,已办就,仍托元英转交,少钱五百七十三文尚未付,稚斋亦未收到,因马公有喜事也。交出后,即开船,到家甚早,俗事尘积不及理。今日费吉翁特遣知数吴梅塘持札来,有要事探听,当即日要复之。夜眠一鼓。

十四日(10月12日) 晴,西北风尖利,颇冷。饭后作两札,一答陶沚村,一复费吉甫,封好,明日有梨川友庆喜事之便即可寄出。晚间有人自梨里芦川来,知浙榜已揭晓,盛泽中一沈,未识蒙叔否(是谕云,非蒙叔)。嘉善三正一副,练塘中一鲁(不的实),今夜是吾乡举子成败升沈一大关头也,颇费筹蹰,夜寐几不能寝。若墀儿,已整理廿六科考取齐事务矣,一笑听之。

十五日(10月13日) 晴朗。是日苹甫六侄行聘,至梨里周氏。饭后衣冠道粲二嫂喜,回来,南场寂寂,甚为诸君虚望。不得已拆视徐一山六壬课,决子屏必中,馀均平平。然港上迟至今午未得捷音,亦未见课之神验。静坐无聊,殊深闷闷。晚间同少松至友庆,盘船自梨回,的知江震连府学共中五人(十二日放榜,十四晚到),黄元芝元之(六十①有○,文有凭)、顾友焘鹫峰(百廿九②)、徐世勋少庵(一百三十九③)、周龄鹤亭(正七十四④)、王树藩小同(八十二⑤),皆用功名熟人,惟小同、鹫峰略便宜,文字约略大小皆收,言命则信有八九也。若意中人如薇人、子屏辈仍一齐下泪。夜间酌媒三正席,余与少松、墀儿均酒兴索然,且祈努力丙子科。回来一鼓后,则肝气大发,不能安寐。

十六日(10月14日) 晴朗。上午正在无聊,薇人特来,知昨日砺生、纯叔、辛垞由梨里到港慰藉二公,始恍如梦觉。子屏置酒款留,破涕为笑,意兴不衰,再于子科决一酣战,相约科试同伴,廿四日襆被来,畅谈至晚始去。夜间看登内账,愁如纷丝。

---

① "六十"原文为符号 ⚡。卷十一,第230页。
② "百廿九"原文为符号 ⚡。卷十一,第230页。
③ "一百三十九"原文为符号 ⚡。卷十一,第230页。
④ "七十四"原文为符号 ⚡。卷十一,第230页。
⑤ "八十二"原文为符号 ⚡。卷十一,第230页。

十七日(10月15日)　晴朗。上午略将内账、乡试用账登清,殊叹浪掷,然以败度花费较之,尚可扪心无愧,惟期儿辈努力用功是勖。下午子屏同渊甫侄来谈,甚服子屏见道益深,一切时俗下第陋态不形于色,昨日砺生诸君所慰藉,可称海阔天空,录科约必去,知此志尚不懈也,畅叙至晚始回港。

十八日(10月16日)　晴朗。饭后续登内账,略渐清理,属账房相好至大富看低田稻色。墀儿始试笔作文,随做随誊,以速捷为妙,盖科试时日晷渐短也,必须练习,庶免局促。终日栗碌,不能坐定。晚间竹淇弟趁薇人治村人病同船来,慰谈一是。包瞿仙通知科考,持李老师谕来,以包达帮办钱路办公所馀,公议四六折账,然云山之妻甚不允洽,只好听之。点灯后诸人均去,墀儿呈示誊真之文,极圆熟轻利。

十九日(10月17日)　晴朗。饭后衣冠酬祀土神,因下场墙屋均已告竣也。暇录凌砺生所拟禀稿、书院条程,今岁虽不利于秋试,然志存远大,安知丙子科连镳勃发,不大有人在乎?儿辈且弗怨尤。下午闲坐,心仍纷如。

二十日(10月18日)　晴朗。饭后录书院条程未完。下午舟赴芦墟,赵翰卿姨表甥摇会,言定见彩分前后,余该第三会收。写定后,同徐苹山老世兄张厅茗叙,黄森甫、袁憩棠、顾砚仙均来畅谈,良久始散。复至局中取版串三吉,回来公盛小坐,晤见陆松华,慰无可慰,知下场已十五棘闱矣,言之泪下,然丙子科仍欲再决一胜战,未识彼苍能稍偿老翁苦志否。论及少年登第,共相艳羡,又久之始言别,归舟黄昏候矣。墀儿试赋八段,日光中誊就。

廿一日(10月19日)　晴朗。昨接翼亭寄墀儿札,蒙安慰,并抄示徐少庵中作,渠颇不惬意,余以千佛名经特钞读数过,实未见出色处,且多语疵,此道毕竟命居大半,文字实难尽有凭也,墀儿当知此理。终日碌碌,书院条程录竟。

廿二日(10月20日)　晴朗,略有风。终日闲坐无事,略阅《先正事略》循吏传,朱西生先生《知止堂文集》。墀儿复试笔,作一文一诗,文则日光中誊就,诗则做而未誊真。晚间由乙溪处得熊鞠生北场昨夜报捷信,为纯叔贺,深为范甫扼腕。

廿三日(10月21日) 饭后墀儿字致薇人,为保结事。舟回,知薇人同子扬廿五日另舟到苏,仍同寓,并接子屏信,以江浙全录酌抄见示,知常熟曾君表、昆山支少安均中,苏州三县仅中五人,贝允章年最少,吴县高魁。浙江廊下盛恺华,亦年少,系墨庄幼子。晚间接砺生致墀儿片,确知鞠孙中廿一名,吾邑闻范瑞轩亦中。今日由子屏处递到费芸舫彰德考棚所发致余信,现已科考,时八月廿八日也,望余家子侄登榜,其心甚切,孰知依然画饼。阅之,殊无以对知己,奈何!然此志终不敢稍懈,墀儿勉之。看人子弟渐成名,殊不甘心也。

廿四日(10月22日) 阴,昨夜发风未透,微雨亦止,渐冷。上午阅《知止堂文集》。中午祀先,是日先赠大夫杏传公曾大父忌日也。曾大父嗜蟹,故祭必设此,得之吾祖、吾父传述云。明日墀儿同吴少松赴苏应科试,部叙一切行李,夜间伏载,即送少松登舟,墀儿随之。明日无风,可早到也。

廿五日(10月23日) 晴暖,下午东南风。饭后课督两孙理近日所课之书,尚顺口,中午即放学。下午阅《知止堂文集》。晚间竹淇弟来,为裁衣七侄有所商而来,如所请给之,略谈即去,确知吾邑北闱范瑞轩亦中,非讹传也。

廿六日(10月24日) 阴雨,大好养稻天。上午账房内有俗事须照看,督课两孙理书,不能顶真,至午后即停课,明日随母至外家,又半月荒嬉矣。下午闲读《知止堂文集》,雅洁如其人品,记文酷似六朝小品。

廿七日(10月25日) 晴朗,颇暖。饭后媳妇率两孙至荤塔盘桓,并贺雨亭添丁弥月之喜,暇阅《知止堂文集》。下午苏州回船,接墀儿禀,知学宪尚未到马头,范瑞轩中式百廿三名。子扬有札并新墨寄老兄,急读新科文,元作殊不惬意,不解主意所在。二名尚圆足,馀则不南不北,似时非时,恐不足以满大江南北人望也。特书一条,明日一并寄子屏。墀儿仍寓卢宅。

廿八日(**10月26日**) 阴晴参半。饭后舟至西蒲塘,贺纯叔竹林喜,去余家不过十五六里,寓室、书舍颇精洁,纯翁出见,欣然开笑口,知北场复试在初五日。鞠孙高中后,家信未到,南元是秀水朱瑞祥,元和汪世兄药阶亦中,纯翁廿一日在青浦即得信。日上京报子在乡,折弥封十元,颇为贫士第一项浮费。官报尚未来也,看来此番开销难十分野简。中作已为翼亭携去,以松江名手徐秋崧下第文见示,读之高华朗润,可压全墨,然竟不中,命之难强如此!互相太息,携之而归。纯翁日上掩旗息鼓,特置酒留余,持螯畅谈,极真率,相与饮数大杯,醺然而返。下午告辞,到家尚早。

廿九日(**10月27日**) 晴朗,稍暖。饭后衣冠东厨司命神前、家祠内,因朔日出门,预行拈香叩谒。暇录徐秋崧先生闱墨原文,复读之,练词、练局、造句、命意,色色俱臻纯美,然竟有待下科,甚为文人痛惜也!蒂卿侄来谈论,示以中作并下第徐文,颇知优劣。下午迟港上子屏不至,部叙明日到苏行李,夜间伏载。是日接到袁稚松问安信并《申报》、北闱全录一纸,前所托也。

三十日(**10月28日**) 晴朗,西风。五鼓开船,晚起,无风,行到苏不过午后。至卢寓,少松诸君咸在,知昨日生诗古,墀儿进去,点名封门已十点钟,场中已多给烛,题"琴声调而天下治",以"钧谐以鸣,大小相益"为韵;"一点黄金铸秋橘",得"丸"字;乐府二,"飞轮来,花田叹"。今日童诗古"韩碑赋",以吏部文章"日月光"为韵。"放使干宵战风雨",得"成"字。寓中陈翼亭、沈步青均到过。

十 月

小春十月,十月初一日(**10月29日**) 晴暖,东南风。以札致子屏,原舟还即送,关照录科上来日期。是日府长吴元四学科试正场,闻封门五鼓。上午费吉翁诸君来候,与陈翼亭、叶子谦、赵秋生茗饮沁园,还来中饭。午后放头牌,府"德行"二字,以次排下,策问"吴郡或以吴会二字为两郡,试详其说"。"昆山积琼玉"。是日颇热,街上懒游,闻学宪搜检极严,场规甚宽。三牌生诗古案发,江取钱焕、沈增祥,震取盛钟岐。晚间盛省三来,谦冲之度,令人钦仰,长谈而去,明日要进院复试。

初二日(10 月 30 日)　阴雨。终日街上泥涂滑滑,懒于游行。是日复生诗古,题"前生相马方九皋赋",诗"风味可人终骨鲠",诗韵则不知。上午至对门费吉甫寓中长谈,晤彭复斋孝廉,数年不见,几不相识。与顾光川话旧,良久始回寓。江震新进今日散结,薇人、墀儿在寓画押,至晚始了事。童诗古案出,江震各取二名,一沈、一王,王是棣香世侄之子,年未成童,有隽才。下午风雨交作,渐冷,明日甚为诸公进场虑。命儿侄辈收拾考具,早眠,余与仆人守夜。与同寓师竹之弟漪竹絮谈,闻更点牌照上场,甚不早,未识能一应体谅否。

初三日(10 月 31 日)　晴朗可幸。昨夜风雨亦止,西北风,四鼓头炮,五鼓三炮,应试各生已先餐饭,出门听点,未几,余在寓中听已放炮开点,封门未天明。余熟睡晚起,在学院前徜徉,午后放头牌,江题"子曰:'大哉,尧之为君也'";震"巍巍乎! 唯天"至"则之";常昭以次搭下;昆"周之德"二句;新"子曰禹"一句。策问"三江同异",诗"晓出六鳌",得"豪"字。头牌薇人出场,少松、子扬次之,四牌墀儿出场,念场作,颇认真畅达。晚间朱稚苹来候,知仍在旧处。陶苣生来谈,畅饮,夜饭后始去。

初四日(11 月 1 日)　晴而不朗。朝上吉甫、步青来谈,饭后率墀儿、子扬同少松望月茗饮良久,由察院前至青家坊,又回至卧龙街,走养育巷,为子祥定茶枣匣。又由府前还走观前,略游元妙观内,出至南显子巷,畅游程公祠,还寓已晚,腰脚疲甚。今日复童诗古,"桂林之下无杂木赋","天晴远峰出"。明日江正、常昭新进正场,更点照上场。儿侄为新友唱保,守夜不寐,余早安寝。张子廉、丁子勤来谈,张以文胜,丁以策胜,皆妙年才隽之士也。

初五日(11月2日)　晴朗。墀儿、薇侄四鼓出门唱保,闻甚拥挤,封门尚未天明。上午徜徉试院前,与周竹岩茗叙老景舫,于吉甫寓中携刘卯生之尊人诗文刻本三种还。午后放头牌,江"公叔文子之臣",震"大夫撰",次"故民不失望也"至"加于民"。十年读书,晚间二场生案发,江第一钱焕,二叶兆蓉,三沈增祥,四邱文华,五顾苹甫,六王辛伯,八倪锦元,九沈咏楼。正案元盛省三,顶补王亦秋,共复十四名,薇人十一,墀儿不复试,甚属少兴。幼谦濮被来寓,以便明日进院。夜间与少松辈谈论,颇骇考试无凭而有凭。

初六日(11月3日)　晴暖。饭后少松回同川,复试封门已十点钟后,无聊中元妙观中游览,下午与翼亭茗饮老景芳。晚间寓中诸君出场,题"南宫适出"四句,"大木百围生远籁"。幼谦夜念场作,极佳。是晚子屏已来寓,与余同榻,与吉甫絮谈。

初七日(11月4日)　晴朗。朝上与袁憩翁、顾砚仙茗饮沁园,上午闲游金鱼园,又与周竹岩茶叙望月,絮语良久后,在元妙观中与王桢伯、王麟书茗饮片时,回来,上三县新进已出场。题五县都记不清,"群而不争";"子曰:'君子不以言'";"言孙";"子曰:'有德者,必有言'"等搭题。次"思事亲"二句,"箪瓢识颜乐"。黄昏时案发,凌博如、陆良士拨府,北舍梅书田、东路村钱青士俱进,馀均失望。江连恩广廿五,震十七,费敏农取倅生第一,吉甫败兴之至,明日归去矣。薇人利不甚佳,墀儿名下派进五人,寒士俱多。夜与子屏话考政,骇异之至,然文字无凭而若有凭。

初八日(11月5日)　晴朗,西北风。是日考优头场,九县共十七人,题"子曰为命"一章,二题"舟车所至"二句。今日新进诸君具晚生柬拜廪生,谒老师。今科震多上户,江学独次,诸新进赞仪颇费辞说,夜半尚未到齐。友骞今日濮被来寓,余与子屏终日闲游,朝上至贡院街候虞山老同案徐石英兄,丰采甚佳,渠年少余五岁,絮语片时而还。儿侄辈到老师公馆内讲赞敬,甚吃力,终夜落肩寥寥。

初九日(11月6日)　晴朗。晚起,诸新进赞仪均未讲定,吴江上户无有,凌博如(拨府)两堂四十四,陆良士(府)两堂百十,照旧账减去一倍外,颇觉便宜。若褚诵清九元六角,梅书田三十二元,较前减半,较褚则尚吃亏。余与子屏至学院大堂上瞻仰,迟至午刻始开点,封门未初。学宪极体谅日短,竟作一文一八韵诗,经免,未至点灯已放牌。题"或学而知之","及其知之","凝霜枫叶丹"诗题。是日至观前略买食物,家中船昨已来,明日要先归。部叙一切始竣事,与凌磐生、子屏、翼翁茶话良久,又夜间剧谈。上三县新进案黄昏后犹未出,余则登舟,宿在燕支桥头,颇安寝。

初十日(11月7日) 晴暖,东风,舟行不顺。是日考优第二场。晚起,阅刘卯生之父溧水大令诗文稿,知是道光间一循吏,散体、古今诗均有法度,若时文则大不时矣。舟中借以消遣,颇不寂寞。到家未晚,一应账务均懒登。

十一日(11月8日) 晴暖,恰好小春(立冬节)。饭后整顿几案,野马已踏遍矣。今日上三县新进复试,未识二等案已出否,殊切焦思。终日碌碌,未能坐定。夜间始略登内账,夜间多食,不舒之至。

十二日(11月9日) 晴暖。今日是贡监录科,正场考毕矣,拟明日遣舟到苏去载。上午乙溪大兄来谈,下午苕卿侄亦来,均询考试事。暇阅《知止堂文集》第一遍终卷。

十三日(11月10日) 晴阴参半。昨夜大雨即止,今日大西北风,骤寒。朝上登舟至梨里,吊邱吉卿之母邵太夫人,易服领贴。至则宾朋咸集,与费吉翁、李辛翁、俞鲁翁同席,荤菜,此番吉卿排场颇阔。厅上略应酬,晤徐仙玖,知熊鞠孙三场实策见赏于殷谱经。出来,茗饮泷泉,晤金星卿,辛垞亦来就谈,絮语良久始分袂。登舟即开,风颇狂,幸无大荡,尚安,舟中阅刘大令《钓蓬山馆诗集》,极和平典雅可诵,到家傍晚。今日苏郡新进总复,明日奖赏,试事完竣矣。

十四日(11月11日) 晴朗,风息,寒冷,恰好初冬。饭后命工人搬运书房物件,位置夹厢,拂拭整理,尘埃一扫而净,心目为之一快。暇阅《知止堂文集》。下午媳妇率念孙、慕孙来自莘塔,约先生明日到馆,停课已半月外矣,一冬必须无闲为妙,特志之。

十五日(11月12日)　晴朗,风又东北。上午袁憩棠来,絮谈片刻,有所商,允之而去。熊鞠生文,桐孙所抄示者,即转与袁稚松托致黄元之,苹分当代寄(已托交子屏)。午后迟少松不至,不知何故失约?傍晚墀儿犹未回苏,殊切悬望。暇阅《知止堂文集》。黄昏后,墀儿同子屏、薇人自苏归,知二、三等案十一日晚出,二等江放四十名,墀儿抑列三等五名,幸有科举,然甚惊骇矣。子扬二等廿一名,子屏录科通属第四,评语极华,差强人意。友骞降一名,列第五,颇不如愿。夜谈试事,咄咄称怪,留两侄书楼上止宿。

十六日(11月13日)　晴暖。饭后舟送薇人、子屏回大港,墀儿收整行装书籍,以新进第一王翼之文呈示,阅之,笔法做功俱妙,少年英杰也,王酉翁父子何修而得此佳子弟?欣佩久之!是日中午补十月朝祀先,暇录等第新进案,以备誊真学册。

十七日(11月14日)　晴暖,昨夜风雨,未透即止。上午权课两孙。下午少松到馆,因日上雇船昂贵,故候去载。今日芦墟、北库两局书来找条银,一完四户,分洋钱六十吉题,一付洋十元,搭桥过去。碌碌终日,不及开卷。

十八日(11月15日)　仍晴暖。牙痛作痛,大约风火所致,终日不适。暇录熊鞠孙中作,揣摩纯熟,破壁飞去,毕竟文有定价,又读《知止堂文集》数篇。

十九日(11月16日)　晴朗。饭后至乙大兄处议定开限收租石脚,每亩照去年让五升,因高区秋收歉薄,低田收成颇佳,既踏水车,不能不让,然梨、同两处大约照旧者多,长谈而还。暇录青浦徐秋菘下第文,读之(后闻堂备),有词采,有根底,竟落孙山外,吾辈代为太息,然积久必发,此公断不以明经终老也,子科拭目俟之。下午齿痛渐止,略阅《知止堂古文集》。

二十日(11月17日)　西北风,渐寒,乍雨即晴。暇录熊鞠孙中作及会课文,读之,令人欣羡不已。少年具闳博之才,前程实难限量,以儿辈较之,真井底蛙矣,愧煞愧煞。是日肝气大发,掩卷闷坐。晚接子屏回札,录科案正途贡抄来,知周慕乔浙闱又堂备,惜哉!

　　廿一日(11月18日)　晴朗。饭后命墀儿至芦川,贺陆畹九郎韵岩新婚喜,以堂轴三幅属钱艺香修裱,后知未值,交其徒周手。两账发限由,今明始开。中午李辛垞自莘塔来,为余定膏、煎方,以理湿热、平肝、清肺为主,滋补未宜。内人定方,以滋养金水、祛风为主。晚间墀儿回来,媳妇亦定一方,不用补腻之品。灯下持螯,佐以村酒,食粥,夜谈,至一鼓始下船,云明日回盛矣。今日由北舍航船寄到藩房讣文,知程小竹此月去世,廿八开吊,其弟升甫有信致余,当即日寄分为是。北舍当里二副已托北账船便寄矣。

　　廿二日(11月19日)　重云漠漠,阴晦终日,西北风渐劲,颇寒。终日闲坐,阅《知止堂文集》、《先正事略》孝义传。

　　廿三日(11月20日)　晴朗。饭后封就吊程小竹分洋,拟便由北舍航寄侍其巷,交程升甫。暇则点阅《味无味斋骈文》《知止堂古文》,又读黄鹤楼《木鸡书屋骈俪文》,静体之,各擅胜场。

　　廿四日(11月21日)　晴暖,阴,无雨。饭后点阅《味无味斋骈文》三首。午前至大港上赴子屏会酌,已收诸公俱不到,未摇者三会,本人、渊甫及余三人,余得彩全收,至第二会,议定将头会廿四千十人分派,十年为期,尚需再商。午后团叙一席,菜尚可口,饮酒尽欢而散。《曾文正公全集》收还,归家傍晚。今日子屏兴致尚佳。

　　廿五日(11月22日)　晴朗。饭后点《味无味斋骈文》,又读《知止堂文集》。下午账船发限由归,周庄金小山同东笺浜沈镂卿来访,墀儿应酬之,茶叙而去。碌碌终日。

　　廿六日(11月23日)　上午晴,下午阴,西北风陡紧,渐肃。终日点阅董骈文,《知止堂古文》两册读竟,明日当读补遗。

　　廿七日(11月24日)　晴朗,寒冷,是初冬极正天气。饭后点董骈文,读《知止堂续集》,又读《国朝文录》列传数篇。

　　廿八日(11月25日)　晴朗,略寒。饭后墀儿至莘塔,贺凌博如芹樽喜。暇阅《知止堂续编》毕，后当择其尤者标识之。上午惊知陈思杨文伯姻兄烟漏，自苏医寓归，今晨病故，后事空空，其嫂夫人来，招七侄下船商，急与羹二嫂合应之，明日儿侄辈当去送殓也。回忆自幼交好，如此结局，殊属可悲。下午梨局陆少甫来，完四户，十九①元，钱一百二十九②，已七成外矣，今日面目尚不至十分可恶。晚间埠儿归，接范甫都中十月初四信，知磨勘一事，梁僧宝大兴风波，后世事忌用，确系不谌，可笑之至，然亦不能不遵，若三场能十对五，可免议。

　　廿九日（11月26日）　晴朗。饭后乙大兄来谈折租事，上午始有还飞限者，石脚照去年每亩让五升，折价每石一元七角半。下午凌砺生来，以书院经费缺，拟公禀详请，俟文庙工竣，以芦川、北舍两典捐一半入书院，一半作宾兴，仍以余作案首，余因事归善后，不能过为卸肩，即允之。絮谈良久，以《文录》续刻样本一卷属校而去。晚间儿侄辈自陈思探文伯丧归，知入殓举殡均择在初一日，明日可不必去矣。

　　三十日（11月27日）　晴暖。饭后点董骈文数首及《知止堂文集》续编毕。庆如侄媳来，为其子福官完姻商贷，以十四千四股分派，给之而去，人极驯良，然如此出款多方，亦日不暇给也。思之，殊觉门户支持之难。暇则阅《孝义传》。

十一月

　　十一月初一日（11月28日）　晴暖。饭后衣冠东厨司命神前、家祠内拈香叩谒。今日账房始移限厅，终日收租十五石左右。埠儿今晨至陈思，送文伯杨舅氏入殓举殡，晚归，知今番诸事草草从简。午前邱友骞来，为补廪事，倪稼生要办考贡五人，埠儿在内，言定不

---

①　"十九"原文为符号 以 。卷十一，第236页。

②　"一百二十九"原文为符号 以 。卷十一，第236页。

须果敬,其馀四人,稼生肯认贴费,特须向王辛伯谈定若何派费?余甚怂恿之,约即日到盛,面与辛伯一决。留之止宿书楼,絮谈贡事,余并作札,另有事复郑二诒小姨孙,今日亦由友骞处接渠要信故也。

初二日(11月29日) 阴雨,西风不透。上午送幼谦还梨,约明日赴盛,墀儿初十前至梨,再探消息。终日在限厅收租,因阴雨,不甚踊跃,夜间吉账,共收七十石。是夜酬敬账房诸公,余陪饮,颇酣适。

初三日(11月30日) 起晴,西风不甚透。饭后至限厅督理收租,上午颇踊跃,折色较多,下午略清,至灯前共收贰佰六十馀石。夜间吉账,缺钱九百馀文,思之良久,仍未查清,诸同人就寝时已二鼓后,余尚不甚倦。

初四日(12月1日) 阴,东北风,下午雨,至夜不休。终日收租,陆续而来,甚不拥挤,下午尤清,为雨阻故也。夜间吉账一鼓,共收乙佰八十石左右,看光景,飞限成色难满千数矣。

初五日(12月2日) 阴冻,西北狂吼,乡人多为风阻,不能远来。终日收租甚清澹,夜间不及一鼓吉账,共收乙佰六十馀石。今夜飞限截数,总共收数不过七百馀石左右,为近年最短之数,一因阻风,然年令之歉收约略可见,未识头限内,翼幸有生色否。

初六日(12月3日) 晴朗,风息。终日在限厅收租,各佃昨为风阻,今颇陆续而来,尚不寂寞,然头限已转,不能再让,惟南北斗折色通情每石减五分收算。夜间吉账颇早,共收乙佰〇三石左右。北舍局王漱泉来,又完三户,银二千五百七十二①,付五羊皮,钱一百〇六②,与之吉题,约七成三四矣。

初七日(12月4日) 阴冻天,要防即日作冷。饭后在限厅收

---

① "二千五百七十二"原文为符号 **⿰⿱** 。卷十一,第237页。

② "一百〇六"原文为符号 **⿰** 。卷十一,第237页。

租,"荒"字催甲来,照南北斗算,终日尚不寂寥。夜间吉账,共收六十
馀石,惟茌葧论石脚尚未开收。催甲杨姓狡猾,意欲一人把持,然不
能俯就也。

初八日(12月5日) 晴暖,风仍西北。饭后墀儿舟至梨川邱友
骞舅氏处,探听补廪出贡消息,大约要逗留一宵。终日收租闲甚,夜
间吉账不过卅馀石。

初九日(12月6日) 晴暖。终日在限厅收租,夜间吉账,共收
二十八石有零。茌葧石脚,萃和议通,因踏水车久,格外再宽四日,仍
作飞限算,馀照大概章程始落肩。晚间墀儿自梨归,知友骞盛泽未
去,惟已面晤王瀛石,知辛伯二三之数肯出,惟无知己与之决定。稼
生亦叙过,其心甚急,然亦不便与辛伯谈,若友骞则胸无成竹,须闺中
筹饷有成款,始可与辛伯面议,事之成否不可知,且俟廿三日殷氏芹
樽,候桢伯一信再商,且届期辛伯处自见端倪也。办事玉成,其难
如此!

初十日(12月7日) 晴暖。终日在限厅收租,寥寂之至。夜间
结账仅十二石左右,今岁成色,大约不能如愿矣。《国朝先正事略》今
始重阅终卷。

十一日(12月8日) 晴暖。上午在限厅收租,颇不寂寞,下午
仅收一户,夜间吉账,约四十九石有零。今日载北厍药店官葛姓,煎
膏方半料,一鼓始竣,内人半料,且俟明日。

十二日(12月9日) 晴,又暖,要防即日发风。终日收租仍不
踊跃,夜间吉账,共收六十馀石有零。熊纯叔家来报北场喜单。

十三日(12月10日) 晴暖如小春。收租终日,未见拥挤,夜间
吉账六十二石有零,迟延观望,无如今岁。

十四日(12月11日) 晴朗,风略劲。终日收租,络续而来,梨
里下乡亦至,南北斗成色不甚佳,本地亦不能赶紧,夜间吉账,不过乙
佰三十八石有零,未识明日如何。

十五日(12月12日) 阴晴参半。朝上雪花团滚,一时许始止,

开晴。终日收租,忙甚,本色多于折数,若米色则次多佳少,不能顶真,且辞说短交,诸费唇舌,故不得从容斛收,年令之不佳可知。夜间吉账二鼓后,仅共收贰佰卅石左右,殊难满愿,自开限至今,共收乙千五百馀石,计数不过足七成,较去年收数实少一成,岁收之不足可知,然开销仍如旧,门户之支持谈何容易!

十六日(12月13日)　晴冷,西北风峭劲。是日转二限,现收三户,又收昨日存仓,共四十馀石。上午薇人来谈,告借皮套一件,约廿八日还。知江震荐卷单,正九卷,中四名,江八卷,中一名。邱友骞堂备,薇人房备,墀儿荐批极华,堂批两开峰。子屏不荐,批语笼通,此事之不能逆料已如此,况中式乎? 相与嗟叹久之。书房内中饭,下午回去。出贡一节,渠意甚欲玉成。

十七日(12月14日)　晴朗。饭后命墀儿至西小港,贺褚聘岩郎诵清芹樽喜。终日收租,连存仓共三十馀石,颇不寂寞,明日始循例开欠。晚间墀儿回,知今日宾客极多,酒肴亦丰。

十八日(12月15日)　晴朗。饭后开欠差人,叫到西力顽佃潘锦荣,人极崛强,无可调停,只好带县,即日送官比究。终日收租四十馀石,栗六无暇。下午凌雨亭札致墀儿,适赴紫溪会酌,即代作复,有记一项已珠还合浦矣。

十九日(12月16日)　晴暖。终日收租尚不阒寂,夜间吉账,共收六十石左右。蔡进之家明日会酌,无暇往赴,以六元①,钱叁佰七十四文寄苇卿侄带交。

二十日(12月17日)　晴朗,晚间风狂吼。终日收租约二十馀石,潘佃来讲归吉,甚难俯就,看来不能不追比矣。陆良士特属子屏作札来借襕衫扑肩,由其工人周姓付去。

廿一日(12月18日)　晴,西北风,冷烈终日。昨夜微觉地动,终日寒冷,围炉呵冻,犹觉点水成冰。租米无一户来,舟不能行也。

----

① 旁有符号ῆ。卷十一,第239页。

莳卿侄来谈,的知蒯士香是月初二日卒于杭州臬使任内,前程已竟,裕后无人,宦海春梦,一切皆空,如此结果,亦甚可惨!

廿二日(12月19日) 晴朗,风息,天气渐暖,虽有薄冰,可免地冻。终日收租一户,尚不清讫,潘佃之妻央中进来求恳,念其穷苦,从宽了结,且不使机括看破,即书手条交原差,同圩甲明日到江释放,此事必须如此,方可到底无误。

廿三日(12月20日) 晴朗而冰冻不开。饭后墀儿欲至长田上,贺殷丽泉芹樽禧,并探王桢伯信,因野鸭荡冰阻,不果往,殊觉机缘不凑。终日收租三户,连存仓三四日内结账,约共收二十馀石。莳卿侄以《申报》二十馀张交示,无聊中略阅数纸,借悉时事,知梁僧宝为磨勘犯众怒,已请告病开缺矣。

廿四日(12月21日) 晴,稍暖,东南风。朝上浓霜,河冰仍冻,欲赴梨川蔡二妹家会酌,又不果。上午在限厅静坐,阅《申报》。晚间冰路通,始有来还租者,共收七八石。

廿五日(12月22日) 晴朗,朝上大雾,西北风颇肃,冰路不甚皆通。是日未刻交冬至令节。晚间始有来还租米,约共收十馀石外。夜间冬至祀先,祠堂内祭已祧之祖,主祀者余,厅上祭高曾祖父,儿孙襄祀,互行灌献,并勖两孙习仪,余与大儿谨谨拜跪成礼,祭毕,与少松饮散福酒,余暨墀儿均有酣意。

廿六日(12月23日) 晴。仍放二限,开欠归吉一户。终日收租约共二十馀石,米色渐次,折色则绝无仅有矣。乙大兄来,公义典有所商,勉允之。

廿七日(12月24日) 晴朗。终日收租约二十馀石。饭后墀儿至北舍,贺梅书田入泮禧,晚归,知沈子均已叙过,闻可补廪,大喜肯效奔走。包瞿仙送还墀儿荐卷,系出第五房,即补县苏君超才,荐批绶带轻裘,饶有风度。次三稳,诗工,东堂批"文从字顺,尚欠精深",诗平。二、三场亦有房批,合而论之,所评皆是。总之,命运未通,勖渠努力正科。新漕由单来,价加每石百文,计三千五百五十二文(上年三千四),殊非年令所宜。洋价一千一百三十①五。北舍局王漱泉来,以何局所做开溇馀粮乙分五厘由纸示余,殷松卿处所许两元即托转给,云松卿亦托之,想必无误,故特赔垫了结之。

廿八日(12月25日) 晴暖,东南风,大雾崇朝。饭后墀儿至梨川邱氏,为友骞补廪事,势难迁延时日,拟明日赴盛,托王桢伯介绍,与王辛伯一决是否,须有三四日盘桓。终日在限厅,唇干口燥,不过收租三户,开欠又归吉一户,南北斗仍不进来,殊属懈弛可恶。

廿九日(12月26日) 晴暖如春,朝上又雾,地气潮湿,日上必有大冷信。终日收租不满六七石,洋折不见面,惟有催甲索劳金而已。今冬米价,此时贱极,故不觉熟中带荒,有田之家颇受厥累,思之,实难敷用,不胜闷闷。

卅日(12月27日) 晴,西风大吼,惟不甚狂。终日收租四五石,自开限至今,共收租乙千八百二十馀石,田取租今岁又减公产二百亩,成色邻近已八成半外,惟南北斗大不如前,催甲之狡、佃户之穷于此可见。下午至北库局完新漕六户,约三成半左右,当手殷松卿,以东轸在字、西蟠、北蟠等圩新单八张又三张,托寄信陈翼翁去领。黄昏时候墀儿已还,述昨至盛泽,桢伯款留,王辛伯叙过,沈健甫一缺已肯办认。今日回复倪稼生,翻不直落,然前关已通,稼生欲卸肩友骞身上,势有不能谅,稍稽时日,定然吐口,市津气用不着也。墀儿云,此事以不急急之,听其自然可也,大约事可有望成就。

十二月

十二月初一日(12月28日) 晴,又暖。饭后衣冠东厨司命神前、家祠内拈香叩谒。是日截限,让二升门收,终日约收八九石。南北斗催圩进来,所收不满六七石,据云馀难进场,不得不开欠追办。

---

① "一千一百三十"原文为符号▶。卷十一,第240页。

下午梨里局陆少甫进来，通情完五户，前银串已来，付洋七十三①元，钱②九百七十三文，与之吉题，书条而去，约已七七③折左右矣。

初二日(12月29日)　晴暖。终日收租一户，开欠归吉一户，明日开追南北斗。芦局张森甫来，付完五户，洋百三十一④元，钱百九十七⑤文，约已四成半左右矣。舟载薇人来，为虎孙夜出汗多，处方凑固肌肤。谈及补廪出贡事，稼生如此不直落，恐来春一时措手不及，拟教沈子均作札催之。嘉禾院试，永义子弟四人进完，可称如意。袁憩棠郎君稼田，年未弱冠，亦已获售，闻之令人羡甚。晚接子屏示墀儿信，董征君诗古文，刘卯生司马已于书局开琴，费吉甫寄声，欲余助四五枚，当允之。

初三日(12月30日)　阴晴参半，暖甚，要防作冷。终日所收不过四户，而短交拖欠都不直落，以后愈收愈难矣。栗碌之至，与之理论，自落场者多。

初四日(12月31日)　阴晴参半，暖似酿雪。南北斗开欠沈秀春一户草草进场，顾绍年一户存布尚未了算，此处租风大不如前，全欠除王姓一户催甲闸种外(钱、吴、萧三姓)，尚有八亩几分历年限收者，今岁难望限中岁底收清，一时整顿甚无善策，殊切闷思。中午祀先，周大母赠孺人忌日也。下午凌砺生来，谈及接婴贴乳，法良意美，特恐捐数不敷耳，畅谈片刻而返。

初五日(1876年1月1日)　阴雨。今日始开账船，终日暖甚，收租三户。上午徐瀚波来收惜字费，陪至乙大兄处，不值，苕卿出见，惜字又写两愿。至保婴一节，以来年为始，一应事宜，均托翰翁承办，

---

① "七十三"原文为符号**𡘍**。卷十一，第240页。
② "钱"字前原文有符号**𝼶**。卷十一，第240页。
③ "七七"原文为符号**𢁅**。卷十一，第240页。
④ "百三十一"原文为符号**𦰩**。卷十一，第241页。
⑤ "百九十七"原文为符号**𢧵**。卷十一，第241页。

絮语良久始去,云要至莘塔。下午接雨亭信,关照东轸田面已成售,即抄丘头作复之。晚间墀儿自北舍还,知沈子均已会过,当持札即日候倪稼生,反复开导,以冀其事之玉成,约梨还后再照复墀儿,未识能赶办否。

初六日(1月2日)　晴朗,西北风。终日岑寂,未收一户,齿痛,无聊之至,作札拟致陈翼亭,已托翰波转寄。

初七日(1月3日)　晴暖。昨夜齿大痛,终夜不寐,鼻唇皆肿,终日不出来,静坐内室,食粥而已。友骞专舟有信来,知子均在梨,介生会过,所谈派费略有头绪,而无人居间,欲余往,势有不能行,属少松代作札复之。

初八日(1月4日)　阴晴参半,下午微雨,兼有酿雪意。牙痛肿甚,痛稍止,身上寒甚,终日静坐不适。袁憩翁郎君明日嘉府送入学,来札告借蓝衫,孰知陆良士借用后又转借王听涛郎,迟至于今未归,不能应命,饬大儿作复之。

初九日(1月5日)　阴雨兼雪。上午薇人来,商酌贡事,午前载省三侄孙来,据云余所患牙疔,较痛更甚,以刀开治,血脓溃甚,肿痛始松,敷以药,方开川连等味两剂,云须避风忌鲜。恰好沈子均同来,知前在梨,稼生、幼谦、仙玖诸君汇谈廪费,略有头绪。相约薇人,明日余处备舟,子均同往,与友骞诸君一决,然后办事,余意亦以为然。是夜齿痛渐定,子均则薇人留宿,同归大港。

初十日(1月6日)　阴雨。昨夜寒雪盈寸,不崇朝已雨消过半矣。终日静坐,面盘肿痛渐减,惟胃纳欠佳,血脓屡出不止。日上船收限收略有十馀石,今日则寂无一户。

十一日(1月7日)　仍阴雨,牙疔渐平,然食淡忌嘴颇无味。上午略至限厅,午前邱友骞自办一舟,仍坐余舟同沈子均、薇人来,传述昨夜叙在友骞处,介牛、徐仙玖均来会议,知所谈出贡五名,惟墀儿不要果敬,馀人照例分送外,尚少浮费百洋。介生阳违而阴是,官面上王、沈、邱三人分大小股派出,实则介生一身担承,仙玖经手,似乎可靠。惟郁小轩出贡费，尚未谈定，相约明日墀儿、薇人陪子均到镇，面商核实，然后再约应补诸君谒学师、讲贽仪，余意以为如此办理，甚觉头绪清楚。夜间留宿书楼上，余略谈，仍不能久坐。

十二日(1月8日)　阴，微雨。饭后墀儿陪子均、薇人赴芦，余齿痛渐愈，留幼谦闲谈，甚以此事不肯赶办，恐防风雪所阻为虑。终日寂寂，租无一户。晚间沈子均、儿侄辈回来，述及小轩叙过，阳面似无不近情语，而所望二数牢不可破，幸子均用苦肉计代作主人翁，薇人以不劝出贡劝之，水穷山尽，墀儿担承，始得落肩，出面百五，阴加二五，取小轩三代圩邻亲族结底账而还，其数谈定，考贡后付讫。甚矣，应世周旋之，亦须有权变才也。夜谈良久而眠。

十三日(1月9日)　阴，风雨交作。诸君欲回不果，留之剧谈。计日上补廪诸君，欲再约盛泽王辛伯到梨，赴同办事，诸多局促，未识碧翁能俯从人愿否，一笑置之。今日北舍局王漱泉来，又完七户，付洋百六十七①元，钱②八百七十五③文，约已六成二左右矣。

十四日(1月10日)　晴朗可喜。饭后邱友骞拉薇人、沈子均同回梨，俟王辛伯到镇，同谒老师，讲贽仪，并约墀儿十六日赴梨，借探沈健甫消息，暨与王桢伯、徐玖翁面议派稼生诸君所贴考贡费，能得天晴相助，追赶起文，诸事尚冀舒齐，即送子均登舟。终日闲坐，租米并开欠者未来一户，下午风略狂，防再作冷。

十五日(1月11日)　晴朗，略有冰，风寒峭。终日收租一户，催甲有来算账，前所开西力地基，进场极佳，后可分户，罗罗清疏矣。下午同吴少松至黄子登馆中答候，一茶而返。

十六日(1月12日)　晴朗，风劲，器用上点水成冰，幸河水不冻。终日在限厅，大富开欠三户，与之唇干口燥，理论短长，始得草草

---

① "百六十七"原文为符号𢀖。卷十一，第242页。
② "钱"字旁有符号╞。卷十一，第242页。
③ "八百七十五"原文为符号𤂜。卷十一，第242页。

落肩,所未进长者,西菶一户。翼亭有信来,不复再开追,从此平安吉题矣。黄昏后大儿自梨里邱氏来,知吴述卿出贡已谈妥,今日徐仙玖、倪介生同至盛川会王星伯,如沈健甫亦已谈定,即拉辛伯到梨约会友蹇,请薇人赴老师处讲赞仪,追起文,如诸事一无阻滞,考贡已须俟新年矣。

十七日(1月13日)　阴冻终日,幸无大风。开欠陈振荣一户,亦草草归吉,从此诸佃幸免敲扑矣。吴少松明日解年节,夜间略具肴,命墀儿陪饮,余因齿痛后忌鲜物,坐谈絮语良久,不能多饮,约明朝饭后备舟送回同川。

十八日(1月14日)　阴冻,颇寒,似又欲酿雪。饭后率儿孙辈送少松师回同里寓中,约新正或二十或廿三到馆,并候考贡信。终日在限厅收租三户,催甲差人算账,颇栗碌。包门斗来,知仙玖到盛,回来尚无的音,所讲考贡补廪费太苛,渠意颇不乐从。李老师有札致墀儿,《一潜居制艺》缴还,即命作答,并缴○○○文庙祭器,捐十二元存老师处,封好,均有图记。

十九日(1月15日)　晴,渐有暖意。上午作札拟致子屏,并《乙潜居制艺》缴还,适薇人同沈咏楼来,探听梨里、盛泽杳无音信,咄咄称怪。留书房长谈,中饭。下午黄子登自梨回,述晤仙玖,盛川已回,王辛伯反多套语,约廿三日回复,此事迁延已极,倘来春学宪出棚,考贡请人更难,不如罢议,薇人深以为然。客去后,灯下作札,明日拟由信局寄梨里,关照邱友蹇以迟至来春决计不办为辞。此事要防变局,姑以拒之者催之,成与否实难预决也。

二十日(1月16日)　雾,晴不朗。饭后至芦局又完六户,八十八元[1],收钱三百二十五[2],已六八折足数矣。又托完零星,会计不

---

①　"八十八元"原文为符号🔣,"元"字后原文有符号🔣。卷十一,第244页。

②　"三百二十五"原文为符号🔣。卷十一,第244页。

明,差错数十文,夜间核算,颇费踌躇。局书褚吟安接陪甚恭,与之吃面,茶叙,委蛇久之而散。至钱艺香处,取秀山公神轴,恰好路遇包癯仙、郁小轩,又茶话,以昨日薇人之言告小轩。包门斗今日欲至梨,友骞信托面致,并嘱催介生赶办。又至顾砚仙处定过年猪,回至公盛小坐,知憩棠郎入学请酒在新正十二。归家傍晚,知友骞家遣女使持信来,大儿禀复,其言与子登所述又小异。王星伯独办健甫缺,已应允,惟欲作札上洋禀明堂上,廿二三日间奉复,当关照薇人。夜间东账船回,南北斗一无所收,殊觉年非一年,苦无善策以处置之。

廿一日(1月17日) 阴,似又欲酿雪。终日闲坐,租无一户,明日拟搬出,仍在外账房算账。夜间略登清内账务,束书不观一月有馀矣。

廿二日(1月18日) 阴,西北风,微雪不止,又欲作冷。欲往北厍找粮,人舟不便,止。饭后阅点《味无味斋骈文》始竣事,已读第二遍矣,会悟为难。账房今日搬出在外。下午雪霁,夜间星朗。

廿三日(1月19日) 阴晴参半,西北风颇尖厉。饭后至北厍局,又完漕银五户,四十一元①,钱六百四十三②文,已六九折左右矣。晤殷松卿,代陈翼翁领东轸"在"字新单五张,决钱一千而回。今晚衣冠敬送灶神升天奏事,虔奉酒果,拈香拜叩。礼毕,夜间循例阖家吃圆团,饱饫之至。

廿四日(1月20日) 晴而不朗。饭后洗笔磨墨匣,心目为之一快。暇阅《文录》。夜间登清账务。

廿五日(1月21日) 阴晴参半,冷甚。腊雪微飘,欲下不下。终日闲静,略阅《文录》《木鸡书屋骈文》。下午友骞同薇人来,知王辛伯处虽已谈定独办健甫一缺,而于补费尚欲两人帮贴,今日遣人专舟去请,如从所欲,即约明日到梨,廿七日共至同川讲赟仪,催起文,诸

---

① "四十一元"原文为符号 ,"元"字后原文有符号 。卷十一,第244页。
② "六百四十三"原文为符号 。卷十一,第244页。

事如得应手,转文须待来年。老薇还家已逼除夕,局促甚矣。介生一味市津,不肯赶紧讲定,谋事不臧如此,可闷也。老薇,余已嘱其果于一往,且尽人事,夜间留宿书楼。

廿六日(1月22日) 晴而不朗。饭后友骞回梨,薇人同往,即嘱赶办,未识机缘相凑否。命账房相好到芦镇办年物。租米吉账,连船收在内,共收实米乙千九百八十石左右,成色较可,惟南北斗大不如前,惩办为难,当手不得其人,甚不惬意耳。暇阅《文录》论辨类。

廿七日(1月23日) 晴朗可喜。饭后"玩"字吴三蛮嫂来告急,余薄其人,避之。至萃和告借二两,友庆三两,余处亦如友庆数给之,当年忤逆三姑母,甚不甘心阒恤也。今日账房支俏、短工、长工暨限规开销需乙佰二三十千文,进款折租大减,而出数难省,支持门户谈何容易!是夜酌敬账房诸公,余陪之,颇有醉意,就寝一鼓后。

廿八日(1月24日) 阴,下午雨。饭后送诸相好回去,约须正月二十、廿四、廿六始来齐。终日命仆洒扫庭除,拂拭几席,尘垢一空,心目为之一快。夜间登清内账,就寝颇迟。今晚薇人自同川回,特关照一切,知王辛伯虽同谒老师,刁诈万分,贽仪二十之外均要邱、倪二公贴补,薇人做得极吃力,三人共写乙佰九十之数,可称受尽辛伯挟制。考贡起文托老师催赶,江阴之行沈子均、吴少松两人同往押载,并代考两卷,薇人面托,均已允诺矣。新年属余作札致意少松,想无异议也。此事周折若斯,皆办事迟延之所致,若薇老,则竭尽心力矣。略坐即回大港。

廿九日(1月25日) 除夕。阴,微雨终日,东北风颇尖利。饭后衣冠拈香祀神过年,接子屏札,以吉六兄会钱四元①,钱四百廿十②缴清,接婴愿票亦照数算讫。下午敬展先赠君、先太两孺人遗像张挂

---

① "四元"原文为符号 。卷十一,第245页。
② "四百廿十"原文为符号 。卷十一,第245页。

养树堂,五代图、先祖父母神像张挂二加堂,墀儿当年,先兄嫂神像张挂笔谏堂,七侄抡年,夜间张灯祀先。祭毕,与家人团叙,饮屠苏酒,儿孙侑爵劝饮,顾而乐之。是夜喧,闻四邻尚有爆竹声,惜天阴,未见星斗,但祝开岁玉烛时调,频书大有,儿侄辈应正科秋试,私冀或有生色,老夫健饭读书,不胜奢望之至。时光绪元年十二月除夕,灯前时安氏主人书于养树堂之西书厢。

晚清珍稀稿本日记

主编——

徐雁平

马忠文

柳兆薰日记

（叁）

（清）柳兆薰 著

李红英 整理

凤凰出版社

光绪二年(丙子,1876)

一　月

光绪二年,岁在丙子,春王正月元旦(1月26日)　西北风狂吼,昨夜大雪积寸,三白兆丰年。正在腊中见此瑞雪,今岁可卜大有秋。寒甚,雪霏至夜始止。朝上衣冠率儿孙拜如来佛,东厨司命神、家祠内拈香叩谒。饭后叙在二加堂,与乙溪大兄率儿侄、孙辈、侄孙辈拜谒先人神像,男女以次,拜毕,与大兄行贺岁礼,并受儿孙、侄辈以次叩贺。至丈石山房茶话,复至两房茶叙,絮语良久,因风雪交作,欲至大港贺岁,不果。兄侄辈亦至养树堂谈论小坐,回去已中午后矣。余静坐片时,虔诵神咒,以致微忱。夜寒风猛,点水成冰,晚餐后早眠。

初二日(1月27日)　晴朗可喜,西北风猛厉异常。港中冰冻,水无一点不成冰,亦近年所希有。港上贺岁,仍因冰阻不能往。闲坐终日,苔侄同六、七侄来絮语,论及两侄今岁读书,固贵发愤,而择师尤贵宿学,苔卿深以为然。补书两日所记日记,幸墨匣尚未胶冻。夜间小饮,适甚,蓬蓬多春气矣。

初三日(1月28日)　晴朗可喜。风稍息,仍尖利,严寒,无一物不冰冻,河中冰积厚寸许,舟楫难通,呵冻书字,墨水皆胶。新年无一客来,亦奇事也,闲阅《曾文正公奏稿》。晚间接奉灶神,并具祭祀礼拜叩,明日谨谨收藏先人神像。

初四日(1月29日)　晴朗,河冰厚如镜面,各路难通,冷稍减。饭后率儿孙谨谨拂拭先人遗像,即备收存。暇阅苔卿所携来十一月中《申报》,内有先生岁底假馆时文调一篇,颇可解颐。

初五日(1月30日) 晴,稍暖,冰冻依然。早起循例接五路财神,在账房内拈香供奉。终日闲静,阅《曾文正公奏疏》暨《申报》。

初六日(1月31日) 晴朗,东风渐暖,开冻。闻芦墟已通行,北舍大港上依然冰塞。静坐,读《曾文正奏疏》,春意盎然。钱子方特来贺年。下午薇人、子扬、稚竹三侄,金官、茂甫子两侄孙来贺岁,船因冰路不尽通,从盛家湾步来。以年菜酌之,老薇因冰急欲回去,殊未尽杯酒之欢,云明日有便舟到同少松处,即仓猝作札关照,草率可笑,封就,即托薇人寄出。

初七日(2月1日) 人生日。晴阴参半,东风解冻,各路皆通。饭后命儿侄辈至大港上贺岁。上午观村人出刘猛将神赛会。午前徐丽江来拜年,莘和留饭,大谈王锦伯事。寄到王沁伯杭籍入泮试草。暇阅《文正奏疏》。晚间儿辈归,知老大房成陶当年,留饮团叙在竹淇处,子屏患风,见而不同席。

初八日(2月2日) 阴,下午微雨。饭后复观村人赛会。午前杨少山之郎来贺年,问渠年十六,在渔巷村王氏读书,人极灵敏,言考试事了了,子弟之有造者。七侄抢年留饮,下午薇人侄来,知昨晤稼生。学书因冰阻未来,促即日邀之辨文。介庵之外父黄文甫率子荫臣来贺岁,一茶即回莘和,余即衣冠答之,应酬极圆,此翁所以能首创巨资也,相与款叙而返。

初九日(2月3日) 阴雨终日。饭后墀儿至梨川,命贺邱友骞新禧。明日至盛川,贺王桢伯郎芹樽喜,须十一日归,并探听考贡一节。午前叶桐君来,谈及吴述卿出贡果仪,已半供樗蒲兴矣,亦是一笑柄。留之饮,坚辞,至外家即去。下午略课两孙理书,一诵背《论语》二十页,生书读至"子夏博学"章;一背《中庸》十一页,生书读至"九经"章。未晚即放学。

初十日(2月4日) 略有晴意。是日酉刻立春,终日岑寂,无一客来。下午课两孙理书各十馀页而止。

十一日(2月5日) 阴晴参半,下午又雨,黄昏后发风始止。午前吴幼如甥来,中午与之对酌,颇适,此子一无嗜好,课蒙自立,然亦受族累,相商殊乏御侮之术。晚间墀儿随邱友骞舅氏来自梨川,知昨日王桢伯家芹樽甚闹。包门斗同徐书办已在梨里起文书,夏少松往盛取辛伯考资,未识肯付否。友骞、介生、仙九手,于补费、贡费与门斗一应谈妥,惟薇人另款,墀儿手,大受吃力不讨好,辗转调停,友骞始允,而薇侄则不知此中实有曲折也,一笑任之。夜酌友骞,幼如同席,饮酒尽欢,一鼓后留宿揽胜阁。

十二日(2月6日) 晴朗,西北风吼,颇寒。饭后吴幼如回梨,余冒风往赵田贺老友袁憩棠郎稼田芹樽喜,至则宾朋满座,雅奏和声,主人酬应几无一刻闲。中午宴客约共八席,菜极丰腆,憩翁此番阔分之至。余与许松安、袁寅卿同席,与陆松翁老友谈心,共羡后辈英才雀起,吾侪老马无用为可憾!饮酒如量,席散,东书厢茶话,见壁间悬孙酉山所书《历朝统系年号图》八幅,非静细人不能作此精妙小楷,已托憩翁欲求重书,未识肯下墨否。又与袁问樵告借《登瀛诗稿》三集,小本两册。主人固留止宿,辞之,风渐息,归家未晚。夜与友骞谈心,甚虑学书辈转文迟迟,若至江阴,学宪一出棚,则其费更巨,当急急催之。

十三日(2月7日) 晴朗。饭后墀儿至平川贺岁,友骞趁舟回梨,考贡赴江阴,已命墀儿面候倪稼生,急催学书转文为要。适薇人来候信,告以前事,颇为侄受委曲,说明后,薇老亦不能再有支辞,约梨回到港面付。元音亦来过,薇人尚未还家,恰好吴少松自同里买舟来,详述考贡事。包瘤仙尚未回同,众书辈耽耽虎视,欲壑未饱,起程无日,肯到江阴,唯少松、子均仍如前约,若沈又斋,尚未稳去也。办事之难如此!中午酌少松,薇人同席,诸事鼎托少松赶催学书,殊属切实可靠。下午少松收拾窗课文集数种(十四种),借往一用,其舟先回,留少松止宿,商办壹是,夜间两人对饮,颇适。此番烦少松当苦差,往来能侥幸一无阻滞,亦须十馀天,已属少松启行有期,再发信关照。夜宿揽胜阁。

十四日(2月8日)　阴晴参半。朝上陪少松同饭,适介庵侄欲至同川外家,恰好少松趁舟归棹。客去,上午无人来,补书日记。下午略课两孙,一理《大学》半本,一《论语》"里仁"理完。蔡子瑗来贺岁,一茶至北舍。进之粮银串四户托交,馀钱五百四十七文俟面付。灯下,墀儿回,知达泉款接甚殷,取谱经所记墓阡石刻一幅,今日回梨。镇上亲串贺岁已了事,考贡文书办齐,包门斗今日回同,述及面候稼生,依然狡狯,此人真不可交也。

十五日(2月9日)　晴朗,元宵佳节,顺时可喜。上午凌梦兰来,一茶回萃和。陈翼翁来,特以所托租馀交讫,何局新单五张亦即面缴,并约五月中来成交前事,真诚实热心人也。絮谈良久,以年菜酌之,论及新孝廉锋芒太露,不改常者鲜矣。下午回去,约纯翁家悬匾再叙。墀儿下午至港上,以薇人处周折之款代应面缴。甚矣,代人居间之十分吃力也,可笑可叹!晚观村人烧田财,红焰烛天,今秋可卜大丰年。夜月清朗无比。

十六日(2月10日)　晴朗,渐暖。上午凌听樵亲家二郎苍舟来贺年,略带新气,以年菜稍丰酌之,看其举止诚实,一无世间外好,保家之主也。团饮颇欢,下午回去。墀儿作札致少松,考贡文书须关照加一岁,其信明日由北舍航船寄同。

十七日(2月11日)　晴而不朗,东风略尖。饭后墀儿率慕曾二孙至凌氏外家贺新禧。上午范桂馨表侄来。客去闲甚,校阅董梦兰征君新刻诗七卷毕,刘卯生司马集资而成,闻古文亦已付手民矣。

十八日(2月12日)　阴雨潮湿,大有春意,晚间风颇狂。朝上徐少庵来送朱卷辞行,恰好殷达泉亦来,以年菜共酌之。席罢,墀儿陪至萃和,回来,客皆去,达泉要至池亭上,少庵云至张元之处,即具赆仪,命儿侄辈至舟中答谢之。余处适凌砺生来贺岁,絮谈震泽学为赆仪不遂所欲,忽维陶氏之舟,咄咄怪事,真斯文扫地矣,此事实万难下台。中午年菜奉酌,儿孙辈陪客劝饮,颇能如量适意。下午砺生至紫溪,商办维舟一事,余处实无暇止宿。夜间略算去年出入账,尚未算准，未识能敷衍过去否。

十九日(2月13日)　渐晴。终日无客来，阅《曾文正奏议》。下午命墀儿答拜叶绶卿父子，又至紫溪会陶毓仙，关照沈子均现欲赴江阴考贡，到馆须迟至二月初旬矣。下午由北舍接吴少松、沈子均十七日信，知学书今日(十七日)赴苏转文，约代考贡诸君二十日由同启行到苏，等候赴江阴。又接友骞信，关照薇人，已向介生支取郁款五十之数，日后付薇人之款要划转大衍，此事彼此通便，甚不妨也。

二十日(2月14日)　晴朗。饭后摘酌去冬租欠户，以备查览，并检算去年出入账，尚不致大亏，然平安无事，不能预备一年之蓄，亦非良策。总之，权奇居积，自有一番经营，吾辈甚愧书生计拙也。下午墀儿至北舍，请梅书田来权课两孙，晚回，知书田约廿四日自备舟到馆。

廿乙日(2月15日)　东北风颇尖利。暇阅《文录》。账房内子祥侄孙始来。下午雨。

廿二日(2月16日)　阴雨，东北风终日。是日祀先，不孝先赠公忌日也，屈指见背二十七年矣，不孝垂老无成，深负先赠公期望，勉勖儿孙读书继志，以增门户光为幸。暇阅《文录》，并书采访节贞妇女数人略迹，以备修志续登。墀儿今日始权课两孙理书。

廿三日(2月17日)　阴雨。终日潮湿，未知即日能起晴否。暇阅《木鸡书屋骈文》《国朝文录》。午后金星卿来，一茶回萃和，闻此子今岁仍欲就小试，从蔡进之看文，以持家之子作负笈之徒，其志深堪佳尚。

廿四日(2月18日)　阴，雨渐止，西北风略吼未透。上午闲甚，略阅曾文。中午迟梅书田约而不来，不解何故。墀儿下午仍权课两孙。晚间陈厚安来，梅书田亦来自北舍，夜间以年菜酌之，明日开馆。

廿五日(2月19日)　阴，无雨，风西北亦渐息，颇寒。上午黄子登到馆，特衣冠来候，一茶回馆中。下午无事，阅《曾文奏议续集》。

廿六日(2月20日)　阴,东北风,又雨,似欲酿雪。上午书便札,以《登瀛社稿》两册,由芦寄还袁问樵。今日始将出入两账一律录清,暇阅《国朝文录》,《曾文奏议续集》完。晚间茞卿以《申报》寄示,云其费连航船酒钱在内,每月一两。

廿七日(2月21日)　阴,又雨,颇春寒。上午静坐,阅《申报》,祇悉皇上择吉于四月廿一日在毓庆宫读书,教读师傅一夏公同善,一翁公同龢。杨乃武一案已奉上谕,准浙江绅士汪树屏等公叩提解刑部办理,从此可以祛云雾而见青天矣。下午费瑞卿自萃和馆中来拜候,知吴少松诸君于廿一日赴苏,特未悉出关日期,大约日上计已到江阴,渠家二郎于廿四日谢花全愈,闻之欣慰。一茶长谈,始回馆中。

廿八日(2月22日)　开晴,不甚朗,西北风。饭后命墀儿至紫溪,贺陶爱庐孙幹臣芹樽喜。暇阅《申报》,夷场之事无奇不有。北舍局王漱泉来,又找完粮银三户,付十九元①,钱五百六十四②文去,已七成四足矣。下午读《文录》数篇。

廿九日(2月23日)　晴朗万分,为下旬第一日。饭后衣冠率墀儿至黄子登、费瑞卿两西席处答谒,茶话片时而返。账房内有西埼圩佃户沈姓,退绝田面贴钱了结者,俯允之,书券而去。下午披阅顾湘洲所绘《从祀先贤图记》六册,实吾党不可少之书。

三十日(2月24日)　阴,微雨终日。上午略阅《文录》数篇。午后黄沆芝来送朱卷,衣冠见之,一茶至萃和,即命墀儿答送公账赆仪,云明日动身,由上海公车北上。

二　月

二月初一日(2月25日)　晚晴,朝上西北风,亦晚息。饭后衣冠东厨司命神前、家祠内拈香虔叩,暇作札复陆畹九。金邑尊初三切

---

　　①　"元"字后原文有符号 ⟋⟍ 。卷十一,第250页。
　　②　"五百六十四"原文为符号 ⿱ 。卷十一,第250页。

问书院开课见招,辞以不到,明日托砺生寄致。由北舍航船寄到吴少松廿二日苏城信,知府房转文是日始竣,约即是午出关,倘无风雨逗留,学宪幸未出棚,日上可冀考出,归期当在上丁初五左右,引领望之,务祝平安是喜。下午阅《文录》数篇。

初二日(2 月 26 日)　晴,不甚朗。饭后墀儿至莘塔,以东轸田事托雨亭照议吉题。暇读《文录》程廷祚郊社问答论两篇,倍觉爽朗明达。账房诸公惟钱明山犹约明日到寓,夜间以年菜循例酌之,陪饮,如量而止。

初三日(2 月 27 日)　晴朗可喜。是日书房内斋素。饭后在家中瑞荆堂谨供奉香烛,余同梅书田衣冠率墀儿、两孙虔叩,恭颂○○文帝圣诞,以尽微忱。暇阅《国朝文录》卷九。昨日墀儿至莘,收还《震泽邑志》八本,《访翁文集》两本,熊纯翁作一跋并标识数篇,读是集者,可略窥门径矣,当珍秘之。

初四日(2 月 28 日)　又阴,夜间微雨。上午略阅《木鸡书屋骈文》二集。下午闲坐,迟吴少松无回信到乡,殊切悬望。芦墟局张森甫来,又完二户,付洋廿一元[①],钱六百○四[②]文,已七成六七左右矣。

初五日(2 月 29 日)　阴,微雨即止。饭后命墀儿至黎里船长浜,贺徐秋谷二甥吉期,要明日回来。上午薇人侄来探听江阴信息,并有所商,余云须俟友骞信到方付。书房内留便中饭,即去,云要至北舍。去无几时,适北账船由芦墟回,寄到吴少松在江阴廿九日二鼓所发信,从全盛信局递来,急阅之,知诸君廿五日到江投文,即道房陈湘渔亦云,前四页均合例,惟吴鹏年要改甲戌岁,廿九日巳刻进院考试,题"温故而知新"二句,经"自今以始,岁其有",诗"春寒花较迟",得"迟"字八韵。学宪既出题,即传唤至堂上,面谕云"所考之贡,文书均不合例,本当驳回,另备详文补送,然后收考。姑念生等路远,且多

---

①　"元"字后原文有符号𝄀。卷十一,第 250 页。

②　"六百○四"原文为符号𝄀。卷十一,第 250 页。

贫士，暂行收考，文书仰斗带回，速即更正来院"云云（后知饬府仰学更正，另加廿四元），并面背各人履历始退。是日出场一鼓，学宪有亲笔改正恩岁例一纸抄示，其原单在子均处，信上云："归棹当在初三四日间，学书尚有一番往来，改文转府，申送到院，然后给贡单，投补廪文书，方可吉题。"甚矣，公事明白者鲜，虽道房老吏犹靠不稳也。薇侄幸甚，改升作同治五年补行咸丰十年庚申恩贡；墀儿略抑，改作同治九年庚午岁贡；沈健甫改作同治五年丙寅岁贡；郁小轩改作同治九年庚午补行咸丰十一年辛酉恩；吴述卿改作同治十三年甲戌补行同治四年乙丑恩贡。学宪可谓顶真，公事善体私情矣。林公又亲笔注云"元年岁贡，查无合例，应滥"云云，未识即壬戌岁否，当再问明。

初六日（3月1日）　晴而不朗。饭后薇人来，示以少松信，始知学宪之意（少松据道房云，恩可推升，岁不能推，故壬戌无合例），因现出之贡与年例补廪日期均倒置，故特删去壬戌岁贡一缺，以庚申恩推升较为直捷，然如墀儿不得出恩，殊觉非本心所悦从，可知小小功名亦有定数，不能勉强。薇侄去后，适子屏同辛垞来，畅谈乐甚，以乡菜略酌之，尽欢而散，辛垞要至砺生处，即回。又与子屏絮语良久，渠十三日赴周氏馆，晚间回去。墀儿自梨徐氏回，即衣冠率儿孙辈祀先，明日先母沈太孺人忌日，今夜从权预祭，因初七日友庆苹甫六侄有喜事应酬，诸多不便故也。屈指见背五十八年矣，思之凄然，今日中午破戒宴客，殊歉于怀。

初七日（3月2日）　晴。是日六侄新亲家周氏来送妆，朝上衣冠陪梅书田至友庆道喜，饭后，书田适有足疾，不能应酬，送之回去。午前周氏来送妆奁，丰俭适中，已非易办。亲友来者王桢伯、韶九昆弟、殷达泉表侄、孙蓉卿兄、连、金、陆三侄婿均留下榻。徐秋谷甥新婚后来外祖家，循例祭先并道喜，晚饭后即去，蔡进之、子瑗两甥亦早至，均在萃和盘桓。夜间先请邻，席散款媒，宴客共六席，灯彩鼓乐，颇形喧闹，与诸君剧谈饮酒，颇适意。一鼓后诸事舒徐，始回就寝。

初八日(3月3日) 晴朗和暖,可喜,叶子谦选日可称神应。朝上至友庆道羹二嫂禧,应酬一切,早饭后安排六侄亲迎礼,冰人去者苕卿侄、蔡子瑗,大船两号,闻新亲家要执事,亦已托沈月翁唤定矣(是日付洋卅一元)。开行颇早,上午道喜客来者寥寥,族中大义惟子祥昨去今来,港上子屏、薇人、茂甫、稚竹、金相诸人来,北舍来者元音、葵卿两侄,丹卿子号述庭,子韶子号虞卿,一侄孙、一侄曾孙而已,熊鞠孙朱卷、请柬恰好面交述庭。中午宴客亦六席,吴少松、徐丽江乔梓亦至,始悉少松初五日回同,贡单在江阴,初二日已给,学宪传唤背履历,论公事在花厅上,以客礼相见,应对圆转,使公事不致窒碍,皆少松一人力也。下午客都去,与桢伯、进之、少松诸君剧谈考试事,益信功名自有前定,即一恩一岁,亦难以人力争胜如是!夜间张灯宴客,戌亥之交亲船已回,诸事尚能体谅,即鼓吹上亲,行合卺礼,恰好亥正时辰,表极准。少顷,祭先、花筵、相见诸礼一夜均毕,余疲甚,回来和衣就寝,已近黎明矣。

初九日(3月4日) 上午晴朗,下午略有风雨。朝上勉强起来,即至友庆,乙兄疲甚,懒于应酬,命余权作主人翁。是日望朝,行问宜礼,亲客两人,一式如、一介生,均新媳兄弟,杭籍诸生也。昨夜送亲已到,鼓吹常服挂珠接之,即酌请,盛肴三席,众客陪者两厅亦三席,未吃饭即告辞,诸亲友亦各东西云散。王侦伯以其郎君试艺面致,下半日掩旗息鼓,闭门如平时矣。余与孙蓉卿剧谈,并至新房坐茶,所具茶品不甚精细,无兴而返。夜间吃算账酒三席,肴虽佳,已嚼蜡矣。黄昏后,复同诸公新房内小坐,款茶良久始同少松率儿孙辈俱归,时已二鼓,黑甜乡酣甚矣。后闻金少谷、陆立人至新房大闹,新妇已卸妆,敲门,仓皇逃避,虽由五侄慢客起衅,然两娇客亦太觉意气用事,一笑置之。

初十日(3月5日) 阴雨兼风。晚起,倦眼犹未全醒。饭后吴少松开馆,两孙始入学。终日栗碌,未能坐定,略阅熊鞠孙朱卷,次三佳甚,首艺起讲、中比改处不甚惬意。闻五策进呈,文名颇振,此子要防联捷。夜间早眠，精神始复元。

十一日(3月6日) 阴，下午又雨。终日无事，中午特设一席，以少松所惠惠泉酒酌敬少松开馆，絮语畅饮，惜酒清而味甜俗，须以汾湖酒镶十之六方能香冽有味。席散，少松回书房，念孙、慕孙今夜始略读夜书。

十二日(3月7日) 花朝，细雨终日。饭后命墀儿至港上，贺庆如侄媳子福官吉期，招蔡二妹来话旧中饭，适包瘤仙来报，面缴贡单并条子、红封、开写喜单，渠虽明知不得恩贡，无从奢望，然恳喜钱软嬲不已，留之书房内便饭小饮。下午上喜单，贴门条，两房亦去送报（每一两）。诸事毕，始由少松手落肩，正数六十八①，钱四两，折席一千。舟人喜封，鸣锣开笔七百文，又嬲船钱一两，条子一洋，喜魁米一斗。瘤仙犹请益不已，再以一年廪银六洋给之，内中搭桥一洋始还去。此番除廪银外，花费钱十两左右，然墀儿不得恩贡，殊不得意也，余则以发愤求中勖之。夜眠一鼓后，内账数日不登，已诸事丛集。

十三日(3月8日) 晴朗。饭后以贡单交付墀儿收拾，昨包门斗呈缴观风卷，墀儿列超等第一，可称赘疣虚名，一钱不值矣，然林公有加批，极称赏，一笑置之。终日碌碌，夜登内账，心烦之至。

十四日(3月9日) 阴，颇寒。上午阅少松代考一文、一经、一诗，颇圆熟认真，略润色归之。下午招蔡氏二妹来闲话。

十五日(3月10日) 晴朗万分。饭后舟至西蒲塘，贺熊纯叔侄鞠孙悬匾喜，至则奏曲喧阗，宾朋盈座，纯叔、桐孙殷勤款接，余与叶绥卿同年以齿并座，陪客则凌砺生、陈翼亭、任又莲、叶仲甫诸君也。菜则自办，丰满之至，宴谭畅饮，久之散席，余不客气，自留，与诸君快论半晌。新识者胡新甫、诸元吉诸人。夜与董梅村同席，张灯宴客奏曲，菜仍正席，纯叔此番寒酸气洗尽矣。周庄来者，素识则陶怡生，新知则叶厚甫及南传顾秋山也。主人拇战侑酒，诸人和之，豪饮至无算

---

① "六十八"原文为符号 ꓷꓸ。卷十一，第253页。

爵,一鼓后始罢。纯叔邀游孔宅并慧日寺探梅,诸客都不愿往,惟任又莲颇乐从游,然未必果往也。与诸君玩月听曲久之,始不告辞主人登舟止宿,时已二鼓。又一鼓,又莲、砺生始闻下船,未识明日东行否。

十六日(3月11日) 阴晴参半,兼有风,万不如昨日之佳。清晨发棹,饭于舟中,到家上午,知薇侄来报,各家出报金六钱。昨有江北难民,半多游勇,极强悍,给米三石七斗始平安无事散去,此辈纷至沓来,深防多盗贼之警。中午祭祀亡次男应奎,命两孙拜奠,屈计离膝下者已十五年,须俟慕孙读书继志,以释余感时追怀之痛。

十七日(3月12日) 暂晴又阴,无雨。饭后薇人遣其侄金相(缵卿)持札来,又取友骞所赠果仪洋二十元,即作片如数给之,如此不节,后难为继。甚矣,内助非人之不知体谅也,甚为薇人此番遣嫁浪掷。中午独酌,颇有酣意,下午略阅《文录》三江考。下午砺生自紫溪来,知伤犯尊长一案已从宽不办,亲书笔据最为要策,一茶即去,云日上要去省中。

十八日(3月13日) 阴雨兼风。朝上袁稼田来送试草,乡间市远,不能留饭,一茶即去,云要至练塘。所托憩棠上洋买书三种已收到,代应洋一元七角未付,并送广东柑子十枚,暇当面谢之。饭后至芦墟切问书院,会者生五人,童二十馀人,题"子贡问友"两章,童"忠告而善道之","红杏枝头春意闹",得"红"字。山长陆谱翁仍不到,司事者多因风雨不至,余城隍神前拈香叩头后独立独行,徜徉书院内及新葺斗姆阁久之,了无兴趣,与不识姓字同会诸君共吃中饭。下午风雨渐息,舟人始自镇上来,即登舟至陆腕九处,凌砺生、磬生俱在座,大谈两邑修城隍庙及送杨忠节栗主日期,公事而返,归家将近点灯矣。

十九日(3月14日) 上午风,下午晴朗。终日翻阅新买《吴中平冠纪略》《儒林外史》,一是小说家流,一是当年邸报,均有可观。下午又招二妹闲话,渠明日归梨。

二十日(3月15日)　晴朗。终日闲坐,阅《儒林外史》一两回,以浑科道俗眼俗情,骂人之酷无如此种,妙在无一雅致事,生出无数波澜来,暇当细看一遍。

廿一日(3月16日)　晴暖而朗,南风略狂。饭后同少松率莘卿、安甫两侄至大港上,贺薇人侄悬贡匾喜,并送其女出阁。至则见渠悬灯彩,奏堂名,排场齐整,老薇此番可称阔兮(巳刻上匾)。中午宾朋麇至,方柱厅设八席,拉余挂珠定席,少松首座,褚听秋次之,张竹娱、冯咏莪又次之,余与子屏陪竹娱,奏乐宴客,颇不寂寞。邱友骞亦到,知倪介生贺礼极重,此人可称利害,能先声夺人。凌荫周、袁憩棠、子丞均至,余以二洋还憩棠,馀洋三角托买《浙中平寇记》。下午客都去,陈翼亭、袁稚松自戴氏亲迎船来,又宴谈良久。灯齐傍晚,戴婿上堂奠雁,诸亲友兼送出阁,侄孙女可称兼逢其盛。夜间又张灯宴客,听雅奏杂唱,又三正席,客留者张子遴、叶彤君、褚听秋伯谷、竹林诸君拇战豪饮,席散一鼓时。又小坐,听堂名,茶叙而回,到家将近二鼓,热甚不能即寝。今日应酬极栗碌。

廿二日(3月17日)　阴雨,终日潮湿。老薇昨日极有天缘,亲朋贺分略可馀润三四十千文。闲坐犹倦,可知渐有老态,筋力大不如前。

廿三日(3月18日)　晴朗。今日墀儿始试笔作夏课第一期,题是子屏出来。终日无事,阅《儒林外史》,不觉放不下手,因此书虽是小说,恰有炎凉世态,看破端倪大道理,其面俗,其底则精深可玩也,然正经书抛弃多矣。晚间墀儿呈阅草稿,平妥而已,未见出色。

廿四日(3月19日)　晴朗,颇不暖。终日闲坐,贪看《儒林外史》不能释手。甚矣,小说之溺人深也。

廿五日(3月20日)　阴晴参半。饭后略阅《圣迹图》,《儒林外史》束之不观。上午竹淇来谈,一茶即去,关照廿八日会酌。中午祀先,黄太宜人先曾祖母忌日也。下午闲坐,是日交春分节。

廿六日(3月21日)　晴,渐有春气蓬蓬,东风微狂。朝上尿血证又发,愈已逾年,未识本原亏乎,抑湿热下注经络倒行乎? 吾不得而知,听之可也,然终日身子略觉疲软。上午位置书厨在西矮楼,端整明日往黎邱、王两贺分,亦颇栗碌。属少松抄黄吟海文二篇,邱玖翁改,要面还之。拟后日在邱氏友骞处盘桓,借与诸君畅叙。是日墀儿文期,晚间呈示草稿典制题,不翻类书,强从腹中搜索,尚不至羌无故实,可喜也!

廿七日(3月22日) 晴晓,暖甚。饭后舟至梨川西栅,贺王谱琴老表弟令嫒出阁喜,谱琴不请客,中午为余特设一席,陪客相识者周式如。下午至男家邱氏,时则借用敬承堂,灯彩排场,局面颇阔。至则贺吉卿六兄乔梓禧,幼谦亦见过,时则宾客满堂,应接不暇。夜间张灯奏乐宴客,共八席,余与沈步青并座,诸客饮酒豪甚。席散,行亲迎礼,开道鼓吹执事亦颇整齐可观。余热甚,不耐应酬,亲迎未还,余已高卧,与子屏、辛垞同榻在四楼下,时已二鼓。终夜人声喧闹,不得安寝。

廿八日(3月23日) 晴,更暖,夹袍皮套犹汗流浃背。早起与子屏、辛垞龙泉茗叙,知吉卿外圆内方,近与元老有忠告数谏之义,甚深钦佩。回来,与赵龙门陪新客望朝王谱琴表弟,客去,诸同人复公分雅奏,贺主人兴者四十馀人,蔡听香主爵敬主人,定两席。主人夜间复张灯奏乐,答客亦八席,余与陈升甫同席,拇战豪饮,余坐观之。酒肠亦生芒角,量最宏者莫如蔡介眉、徐仙玖、朱子泉。席散二鼓,复乘兴与仙玖诸公认新房,恢谐坐茶。余倦甚,先还,即酣寝,时已三鼓矣。

廿九日(3月24日) 晴暖潮湿。朝粥后至子屏馆中略坐,即拉同往候费吉甫,缴还董征君样本诗刻三卷。适黄子眉来,复絮谈良久。还敬承,吉卿留中饭。下午吉甫、子眉来邀余龙泉茗饮,子屏、友骞均来陪,少顷,辛垞复来自需泽,絮谈至傍晚始散。夜间吉翁留吃算账酒,三席,余与汪福堂并坐,菜肴佳甚,又拇战尽兴,二鼓后始眠,与子屏、辛垞又同榻。

三十日(3 月 25 日)　阴,发风,又夜雨,略寒。朝上与子屏、辛垞复茶叙,辛垞今日要至莘塔。上午与省三丈乔梓、黄吟翁畅谈,并抄奉吟海旧存窗稿二篇,复读吟海近作试帖。中午友骞又酌饮,吟海诸人团叙。下午舟来,风狂,主人固留,不得归,又与诸同人茗叙半天。回来,看吉卿堂上坐茶,佳儿佳妇,共庆齐眉,此境真天伦乐事也。夜与友骞絮谈家事而眠。

三　月

三月初一日(3 月 26 日)　半阴,西北风狂吼,顿冷。朝粥后告辞主人登舟,风虽狂,舟人穿小路,靠上风滩行,颇安稳,到家中午。碌碌半天,一应账务均未检点,早眠,醋适之至。

初二日(3 月 27 日)　晴朗。饭后送少松解馆回同,约十八日去载。下午闲坐,夜间始略登查账务。上午权课两孙理书。

初三日(3 月 28 日)　上巳佳辰,晴而不朗。上午补登日记,午前载梅书田权馆已来,暇阅《申报》。昨日大儿文课,晚间呈阅草稿,颇能驭重若轻,得虚者实之、实者虚之之法。

初四日(3 月 29 日)　晴朗可喜。终日清闲无事,略阅《国朝文录》,下午不觉疲倦思睡,志气昏惰可知矣。

初五日(3 月 30 日)　晴而不朗。饭后,命慕孙至莘塔凌云台舅氏处清节致祭,晚归,知大醉,吐唾,此子天性嗜酒,大非所宜,以后当严戒禁饬之。下午将友骞所赠玲珑盆石栽种菖蒲小柏,鞠躬布置,腰脊酸甚,益叹腰脚大不如前,衰态日增,奈何! 老三房蔡卿侄当祭来,知高祖君彩公“角”字坟上挑泥工竣,费钱五千,余家公出,葵卿承办,尚知敬祖尊宗大义,可嘉之至。

初六日(3 月 31 日)　阴雨,恰好是寒食,作冷。终日闲甚,摩娑花石,颇足怡情。略阅《文录》数首。下午倦甚,昼寝片刻,偶一为之,不可为例,若日日如此,有碍养生。

初七日(4 月 1 日)　阴,恰好无雨。上午率墀儿、两孙暨两房侄

辈、侄孙辈先至西房先曾祖杏传公坟前祭扫,祭毕,即至南玲坟头先
大父母暨先父母逊村赠君、周太孺人、古查赠君、沈、顾两太孺人前祭
奠,培土固坚,松楸无恙,瞻望久之,焚帛而返。中午在养树堂邀饮散
福酒,团叙两席,共十二人,乙大兄与余并座,儿孙侄并侄孙辈序齿而
坐,絮语家常,尽欢而散,颇得家庭天伦之乐。乙大兄腰脚大不如前,
因昨雨泥滑,不能亲往,余轮年承办,诸事尚可楚楚。下午微雨。

　　初八日(4月2日)　渐开晴。上午无事,静坐,阅《申报》。下午
命墀儿率两孙一女孙至北玲圩应奎夫妇坟上祭扫,屈指去岁合葬已
忽忽一对年矣,但望慕孙读书成立,庶慰渠嗣父苦志,祷祀祈之。

　　初九日(4月3日)　晴朗,西北风。饭后墀儿同磬侄往吊于金
泽陈氏,时其嗣姨母杨节孝太君治丧安葬,故有此行。终日汇录采访
守节贞妇女十馀人,以便寄与砺生总录,然自嫌挂一漏万。

　　初十日(4月4日)　晴朗。今日清明节,难得如此温和恰好天
气。饭后余处备舟,率墀儿、蒂卿、苹甫、安甫、大大官、二大官三侄两
侄孙至北舍始迁祖春江公、怡禅公墓前祭扫,复顺道先至长浜五世祖
敬湖公坟上祭拜,回至东木桥六世祖心园公墓前祭奠,两坟土剥荆
丛,来年必须挑修。祭毕,至"角"字高祖君彩公坟前拜扫,时新挑泥,
喜见气象一新,大榕四兄主爵献酒,余次之,竹淇弟又次之,馀皆诸
侄、侄孙、侄曾孙少长咸集。回至北舍葵卿侄老三房轮祭家团叙,饮
散福酒,共九席,会者五十馀人,余与竹淇同坐,菜极丰满,欢饮如量
而散。复同竹淇、子屏、薇人、元音、葵卿茶叙仁和楼,始知润芝侄孙
会试覆试在二月廿三日(题"无为而治者"二句),取列二等中,尚可差
强人意,免费辞说矣。徜徉久之而还,到家尚早。

　　十一日(4月5日)　晴,不甚朗,有风。上午为梅书田代选墨卷
读本,姑就老身所昔历者圈出备商,实则此时花样一新,不必拘此成
法矣。晚间补清节祀先,祠堂内祭已祧之祖,余主之,厅上祭高曾祖
父四代,余主祭,而儿孙辈襄事,拜跪有仪,不致隮越,顾而余为之一
笑。夜与梅书田小饮,颇觉陶然。

十二日(4月6日)　阴晴参半。饭后无事,略阅《文录》,适子屏自港上来,知明日到馆谈文论事,终日颇得竹林之乐。晚间回去,约四月中还家再叙。

十三日(4月7日)　阴晴参半。饭后饬朱仆换挂堂轴楹联,颇觉耳目一新,又为大女孙兰宝讲定办嫁妆下房物料,零星之至。下午略坐定,阅《文录》。晚间由北舍寄到李老师与墀儿札,以上海冯道台新建求志书院春季题目刻式一本,命各县举、贡、生、童备卷做缴,题分十二类,与科举之学无涉,大约吾邑愿做与课者无人焉。命墀儿即日辞覆李老师,以释来请之意。

十四日(4月8日)　晴朗,万分和煦。饭后在瑞荆堂庭中晒堂轴、先人神像。暇阅《文录》。

十五日(4月9日)　晴朗和暖,蓬蓬如釜上气矣。上午静坐,重晒堂轴、神像。暇阅《文录》。

十六日(4月10日)　阴晴参半,昨夜雨风,今止,略寒。是日延门徒僧,泗州寺房头八僧(主者景元,用中)念《金刚经》八十卷,为亡儿媳子庆夫妇超荐,嗣子慕曾出名。未至夜已诵毕,略作佛事,点佛灯,一黄昏诸事告竣,以荤菜酌之酒肉僧,适如其所嗜,真所谓奉行故事,费钱即功德也,一笑! 送与青蚨一应在内五两。

十七日(4月11日)　阴晴参半。今日北厍有戏,工人都出去游观。暇阅《文录》四五篇。

十八日(4月12日)　晴朗可爱。上午阅《文录》。下午吴少松率其郎君已自同川来到馆,接王听涛、沈子均、詹朗耀复墀儿诸札,子均已叙葵邱,无需请益,原洋璧谢,足征此君之不苟。

十九日(4月13日)　晴热。饭后舟至吴江,一帆顺利,先至北舍吊梅冠伯之母,书田同往,即解权馆节,约七夕后再请。晤子垂侄、梅文卿诸人,一饭即开行,到江城午后,泊舟下塘,寻金伯钦,不值,拉杨稚斋茗叙祥园,前年税找钱付讫,又托税东赟契三纸,契价五十三两,先付洋四元,后算。始见《申报》,总裁董恂,副崇绮、桑春荣、黄倬,陆凤石亦差内帘,茗饮良久还船。夜间热甚,不成寐。

二十日(4月14日) 晴,仍热。清晨衣冠至火神庙、城隍庙拈香,饭后走至周大雅堂寓宅,吊金朴甫老友,时其郎寅阶排场颇阔,饭客以荤菜,晤费吉甫、王寿云、李怀川、叶锦堂诸君,略知会试题。陪客留饭毕,即还船卸衣冠,汗如雨下矣。少顷,复寻伯钦,又不值,以召佃一纸、钱六佰面交其继母柳氏侄孙女,小坐,因热略有不适,似痧,还船休息。独往瑞仙园纳凉,茗饮始如意,城中无事难逗留,登舟开往同里。中午不食,以清胃气。泊同川南埭极早,不上岸。拟作札致凌范甫,知任又莲、冯咏莪即日要赴北闱。夜仍热,不能安寐。

廿一日(4月15日) 晴,略阴,夜则微雨颇滋。晚起,饭后开船,逆风,到家中饭后,适砺生在座,畅谈至晚始去。以保婴刻式规条见示,始尽悉会试头场题《康诰》曰:'克明德'"至"天之明德,施于有政"二句,"惟义所在","南山晓翠若浮来",得"来"字。砺生明日下午要同纯叔至同里,送任又莲北上,灯下缮好寄凌范甫信。

廿二日(4月16日) 阴雨,渐寒。饭后命墀儿至梨川,吊奠沈啸梅雨春乔梓,要至邱友骞处止宿,复专舟以范甫信送交砺生,即日寄京。碌碌终日,夜间始登清出门后账。

廿三日(4月17日) 阴雨,下午渐霁。饭后净砚石,磨墨匣,尘垢一清。以学册属少松续登,俟今秋乡榜题名毕,当再另书一册。暇阅《文录》。晚间墀儿自梨里回来,述及元之一事,耳东出场俟大翻案。总之,利欲薰心,则口舌大兴,士大夫作事何一无主张若此?可叹可笑。

廿四日(4月18日) 朝雨,晚晴。饭后舟去载薇人,上午来,即同墀儿至芦,料吉郁小轩处一款,恐尚多词说。薇人处一事,力劝之不得牛事,未识有落场否。晚间墀儿自大港回,送薇人上岸,到家已黄昏后。述及小轩晤叙,扣款付缴尚肯迁就,说话都在情理中。适包门斗来,友骞信即托渠带去,先探一介生门面话,然后诸人同往相商,诸公补廪批文于二月卅日批准,此事从此吉题矣,惟墀儿与介生尚有馀言。

廿五日(4月19日) 晴阴参半。上午略阅《文录》。下午徐瀚波来,知日上近地一带已办掩埋九十具,钱尽而止。絮谈良久而去,约八月中到海昌送字灰再来商议。

廿六日(4月20日) 阴晴仍参半。暇则读《文录》魏叔子、顾祖禹两家文,俱见经世之学。墀儿今日文期,题是"理致",极细密难说。晚间呈草稿,细阅之,深入显出,法密机圆,当行文字不过如是,惟嫌题中"问"字似少做,且看子屏以为何如。

廿七日(4月21日) 阴,风雨终日。闭门无事,阅《文录》及黄鹤楼骈文各一卷。

廿八日(4月22日) 晴,风仍不息。饭后子祥回去,约二十日来。北舍局王漱泉进来,又完三户,与之吉题(一户扣银),付洋十三元①,钱八百六十一②文,委蛇而去,约已七成六七矣。今日梅墩无戏,议以此钱作造庙公捐,颇为有益。终日纷纭,心不能用,《儒林外史》一部已阅竟,仍看《文录》数篇。下午风息,渐暖。

廿九日(4月23日) 晴暖。上午晒书一板,下午收进,将前窗口之厨翻至西矮楼皮藏。墀儿今又文期,舟载钱铭三又不来,约初六日自到,殊无以对同事,据舟人云戒烟,则其情尚可原也,姑试俟之。暇阅《国朝文录》方氏文一卷,其读经解义,识见独超,始知古文须根本经术,而又不为所泥,乃成大家。晚间墀儿呈示文稿,尚能作官样文章,堂皇冠冕。

四月另起。

---

① "元"字后原文有符号 。卷十一,第259页。
② "八百六十一"原文为符号 。卷十一,第259页。

四 月

光绪二年①**,岁在丙子,清和四月初一日(4月24日)** 晴暖。饭后衣冠东厨司命神前、家祠内拈香虔谒。暇则点看《吴中平寇记》,又读《国朝文录》,晒书一板,下午收藏楼上。

初二日(4月25日) 上午晴,下午阴,潮湿,发风,将复雨。上午点阅《平寇记》。下午看《文录》,恰好未雨,所晒之书已收好,藏庋矮楼。

初三日(4月26日) 朝上风雨,饭后渐息,略有晴意。上午舟至芦川贺郁小轩悬恩贡匾喜,至则雅奏喧阗,主人春风满座,晤陈诗盦、顾菊坡、许松安、陈少蕃诸君。少顷,陆畹九自书院来,知今日文题,生"道听而途说"二句,童"而途说",诗"文必己出"。中午宴客七席,余与营哨官湘潭邵君同坐。下午告辞,至赵三园与陆厚斋、顾念仙、纪常茗叙,适袁子丞自小轩处来,又絮谈良久始散,到家将点灯。命墀儿今日至许庄,吊陈小泉夫人李氏表舅母太夫人,知相叙识者袁稼田、陆立人。

初四日(4月27日) 阴雨终日,颇麦寒。饭后点阅《吴中平寇记略》。友骞相约今日来溪,迟至午后,始率渠令嫒毛官来,留之盘桓,榻在养馀斋中,絮语,颇不寂寞,渠补廪本路已报过。

初五日(4月28日) 阴寒,微雨,至晚始止。上午看友骞磨墨匣,闲话终日,兼点看《吴中平寇记》。是夜请紫筠庵净素僧妙严上人为子庆夫妇修荐,在荣桂堂上施放焰口一坛,嗣子慕曾出名。一正座,四班手,声音不洪亮而尚认真,然香金已加倍矣。是夜毕佛事,就寝已夜半。

初六日(4月29日) 晴,渐暖。倦甚,酣眠,起来已饭后。上午

---

① 原件第13册,书衣左侧墨笔题"日记,丙子清和月起",下小字云"勤笔免思,道人题"。

凌砺生来,持纯叔、辛垞书,探闻采访并贡举表、节孝、灾祥等事,即以所闻及所采节孝,识之笔者交砺生转登。凌桐轩要合伴省识[①],俟缓日面复。熊鞠孙有信复墀儿,谦抑之怀令人景羡。砺生下午回去,与友骞清谈,至夜早眠。

初七日(4月30日) 晴朗,清和。饭后莳卿来谈,点《平寇记》第二册,暇观友骞书条幅,极笔歌墨舞之乐。大富演剧,工人大半往观。账房内钱铭三屡失约不到,殊觉太自适,难服众同事。

初八日(5月1日) 晴朗。饭后招钱子芳来,询知其大郎负笈从袁大年读书,忽得妖疾而归,余属之至金盖山,十四日吕祖神诞,乞求仙方为要药,未识能发愿否。若去,则子屏已先往,可为之引导也。暇点阅《平寇记略》,已将近克复苏城矣。下午观友骞为友人书《洛神赋》小楷扇面,精妙绝伦。夜复絮语家常,阅《申报》。

初九日(5月2日) 晴暖。饭后正观友骞作楷书,适黄吟海老友来,述及元老处一事,可免言公,惟渠乔梓既入彀中,万难卸释,相商无善策,似宜镇定,以观其变,目前张皇无济也,吟老深以为然。留之止宿,略具杯盘情话,以消永昼,夜与少松同榻书楼。

初十日(5月3日) 晴阴参半。上午与吟海剧谈。中午在书房与客共食蚕豆饭,清嫩未绽,色香味均佳,真乡村绝妙品物也。友骞家遣舟来载,为日上略有追呼须了,吟海亦不肯留,师弟同归。下午送之登舟,吟海乞去唐诗五七选本、《学堂日记》各一册。夜间倦甚,早眠。

十一日(5月4日) 朝阴,饭后起晴。上午点阅《吴中平寇记略》。下午村人为修广阳庙山墙并屋面,约三十馀千左右,外间已写十馀千,要余三家凑捐二十千文,已照会乙大兄如数允之矣。

十二日(5月5日) 阴雨,午后始开霁。上午点阅《吴中平寇记略》。中午又食蚕豆饭,清芬甘嫩,味美于回。是日午刻立夏,下午与

---

① 省识,疑为"省试"之笔误。卷十一,第268页。

少松对饮高粱,以赏时令。

十三日(5月6日) 晴朗。饭后点阅《平寇记》。暇阅《文录》数篇。是日晒书一板,收藏楼上。二小孙女今日做暮岁,已呱然作笑学语矣,略有所赐,抚而乐之。

十四日(5月7日) 阴晴参半,昨夜微雨,豆麦菜均滋润。饭后墀儿至莘塔会雨亭,要算吉所托东轸田事。暇则点阅《吴中平寇纪略》,今始竣事。当年浩劫,阅之可惊可泣,今得重睹○○升平,皆诸将帅血战之力也,吾辈幸得安居,不可忘其所自,故特志之。下午又读《文录》数篇。墀儿晚间回,知熊鞠孙闱艺已见过,极圆熟合式之至,未识命中否。

十五日(5月8日) 阴雨终日。暇阅《文录》数首。夜登内账,凌氏处托了吉东轸田事,今始清楚。

十六日(5月9日) 阴雨终日,尚难望即晴。上午点完钱塘张炳所书《磨盾馀闻》《白氏家训》一册。下午莘塔有船来,以冯秋谷丈《尊古斋诗集》四卷寄示,熊纯叔备书原委,以商采入志中。《文苑传》冯丈诗,虽未细读,其所往来者洪更生、吴谷人、张船山诸先生,想渊源有自,非斗方名士可比也。偶检架上书,故特为采访及之。

十七日(5月10日) 晴朗万分。饭后读《文录》序跋类毕。今日晒书一板,藏在楼上。墀儿作贡卷经文,涂泽终日,颇觉华赡。

十八日(5月11日) 晴,下午朗甚。暇阅《国朝文录》奏议类。终日闲静,晚间接到陆亮士试艺三篇,读之,才情横溢,笔意爽快,此种笔墨,近时希见,当探问何人秉笔。公叔文子之臣篇,疑是潘志云手笔。

十九日(5月12日) 晴朗。饭后阅《廿二史》感应篇,初点一页,适薇人侄来,据云所赶大义一事可以落肩,不为已甚,未识能即知足否。书房内同中饭,下午贡果上又付廿元而去。陶幹臣来,关照同汝贻生、凌桐轩、董梅村、吴少松夫子决与墀儿订伴乡试,六人同行,恰好人数酌中,一茶回去。黄子登从馆中来谈,据云亮士试草是其师周雪荪改笔，余则未敢尽信。客去，收书一板，藏诸楼。

二十日(5月13日)　阴晴参半，晒书未透，不能收藏。上午阅朱伯康词，适茀卿持《申报》至，确知熊鞠孙春闱联捷，少年英锐，中必叠双，固由天资绝人，抑亦乃翁积累所致，勿谓文真能夺命也。吾邑传说沈渌卿一名，尚在信疑未的之间。墀儿作贡卷首艺，集腋而成，颇有道着语，然在场中尚虑矜持过甚。由北舍接子屏馆中十八日所发信，知金盖山之行已回，为侄媳祈方四味，清灵之极，兼坛谕放生，与药物相辅而行，并为墀儿求吕祖师灵签，问功名，蒙赐第一签，上上。神意未可预测，果能侥幸，自宜即日发心做几件有益事，量力为之为要。谨谨识之，不敢不勖渠敬导也。

廿一日(5月14日)　阴，微雨即止，颇潮湿。上午点阅朱伯康孝廉词句。下午读《文录》奏议类。晚间六侄自梨回，据云已见《申报》，江震中两人，一沈渌卿，一钱梦莲，可称文运佳而气运更佳。

廿二日(5月15日)　阴晴参半。上午点阅伯康词毕，笔未尖新，较孙月坡词逊甚，因跋数语，以志缘起。午后袁憩翁来，愤愤以垄断事相诉，余谓君变起骨肉，旁人因而得利，其事非彼谋主，总当原情说和通气为是。憩翁颇肯转圆，特未知彼处意见若何耳。畅谈未返，适陈翼翁同熊纯翁来，的悉鞠孙中式乙佰六十名，官报京脚已来，有所商，允之，云后叙蔡邱奉赵。留便点心，裹甚，又快谈良久，憩棠先还，翼翁、纯翁亦登舟，翼亭约后五月初二后再叙。纯翁以《余莲村年谱》及《劝善》新戏本见赠，托点《孟子注》，先缴还二本。

廿三日(5月16日)　晴而不朗。饭后阅《余莲村先生年谱》，实心为善，苦口劝人，其委曲之衷，较潘功甫、汪石心而愈切，真救世仁人也。午刻始见《申报》全录，共中新贡士二百九十九名，苏属十人，城中四，常昭四，江震二。苏州如王君朴臣、同年吴君福保、丹徒赵树禾、海盐周君式如名景曾、嘉兴朱善祥、松江沈霖溥、常熟殷李尧、庞鸿文、钱禄泰同年，均获售焉。会元陆殿鹏，江苏兴化人。墀儿誊真贡卷，明日余赴梨蔡氏会酌，当面交子屏改正。

廿四日(5月17日) 晴朗,颇热。饭后舟至梨里,舟中阅余莲村所撰《新传奇同科报》,科名果报不爽,理固如是。午前泊舟赐福,恰好子屏在馆中,以墀儿文面缴并示《同科报》。知周式如决计中式,惊知张元之有次子之丧,心境不佳,略谈即返,约初二日解节,初三来溪相叙。至蔡氏二妹,子瑗甥见过,时欲叙一葵邱,摒挡子瑗昏事,余与大兄、侄辈竭力成之。少顷,沈子和、蔡介眉均至,会酌二席,余与子和、介眉剧谈。子和后五月赴京应北闱,知冯咏莪于初十日已到京,三场条对大约须十之五。镇上今日演剧,举国若狂,惟渠家西席凌亮生决计不往,足见功课之严。饮酒如量,席散,复与介眉、子和畅叙始登舟,开船,风颇不顺,又阅《莲村年谱》,其门人薛君等所撰。到家傍晚。

廿五日(5月18日) 阴,风雨终日,陡觉麦寒。闭门无事,阅余莲村道情,救世婆心,更于劝善书外别开一种笔墨,其仔肩善事,亦云曲而挚矣,不胜钦佩。暇阅伯康、月坡两家词并《文录》奏议。晚间开斋。

廿六日(5月19日) 晴朗可喜,恰好又晒书一板,暇阅《文录》。明日梨川之行,薇人有约不肯去,下午墀儿至港上促之,回来,知晤竹二叔。日上薇人夫妻反目,咎由自取,今日不值,云往葫芦兜慰张元之,不返。据说张子辛明日出殡,拟命墀儿往唁,并面订薇老到梨日期,再回复郁、沈二公,此事颇周章,不得不归咎于薇侄也。晚接睕九信,为初二日送杨忠节公入祠,邑尊若来主祭,商办一切。

廿七日(5月20日) 甚晴燥。饭后又晒书一板,暇阅余莲村《得一录》。墀儿命至葫芦兜,吊张郎子辛并慰元之兄,晚回,知元之抑郁过分,颇难解怀。薇人、子屏均至,薇人既有脱辐之嗟,复为朋友丧明慰解盘桓,目前不得抽身,已再约初七日载之到梨。子均处特去关照小轩,不及即复,明日亦须通知,庶不两歧,此事看来亦难如愿,有落场为是幸。

廿八日(5月21日) 晴热,大有夏令。饭后舟至赵田,时日老友袁述甫除服领帖,故亲往拜奠,至则排场楚楚,憩棠、子丞均不见,稚松接应陪饭,又略谈家政,思之,不胜山阳之感。回至芦墟,寻陆畹九不值,无聊中与张老增茗饮张厅,良久出来。路遇小轩,知墀儿信已收到,初七日坚约赴梨,云畹九他出,即以杜撰杨公祠初二祭品托致意畹老,又茶叙而返。舟中颇热,下午到家,凌砺生在座,新自沪上归,以东洋箸两札、《平浙记略》《东西和约》两书见赠,大谈沪上光景,机器局、铁甲轮船均亲往视,傍晚始去。终日栗碌之至。

廿九日(5月22日) 晴朗,昨夜风雨,稍寒。上午赴北库孙蓉卿会酌,叙者九人,在酒馆团饮两席,菜颇可口,得彩者茾卿侄。下午复茗叙仁和楼,与梅书田、文卿昆季絮谈良久,傍晚回家。

五 月

五月初一日(5月23日) 晴朗万分。饭后衣冠东厨司命神前、家祠内拈香叩谒。暇则始以《平浙纪略》一书点阅一卷。下午又晒书,收藏一板。《文录》奏议详读数篇。

初二日(5月24日) 晴朗,颇热。饭后舟至芦墟,泊舟泗洲寺前,知金邑尊昨夜已到,今在杨公祠,即衣冠谒见,镇上诸君咸集。少顷,凌磬生、砺生亦至,即恭送忠节公入祠,补春祭,邑尊示礼节。是日主祭官、助祭绅士均可用补服挂珠,祭品蔬果外,用羊一、牲一,牲则借,羊用粉饰,行一跪三叩礼,升炮奏乐。赞礼烦磬生,读祝烦郁小轩,与祭者二十二人,衣冠济济,八十老翁夏士翁亦来,观者如堵墙,实国朝二百四十八年来吾镇盛典焉。杨忠节公于是日殉难,故众议以是日送栗主为宜。祭毕,邑尊回舟,余同憩棠、畹九、磬、砺二公到舟送谢,并送菜一席。邑尊谦抑体谅,不肯受,且云专送同人。余与诸君辞谢上岸,邑尊即扬帆回城矣。复入祠中观瞻,畹九以所送邑尊菜,与助祭未散诸君散福团饮。下午回镇,与诸君茗饮张厅,黄森甫、袁寅卿、顾竹坡、陆立人咸在,畅谈良久,均以躬逢其盛为幸。归家傍晚,祭费五股派,已面缴畹九矣。知家中竹淇来过,裁衣七官已给二洋,亦竹手,云下半年再须此数。是夜发风,消凉。

初三日(5月25日)　晴朗。上午略点阅《平浙记》。下午子屏自大港同叶子谦来,欣留止宿,即烦子谦相视笔谏堂西楼下,西厢换一壁里柱,择日在腊中,并小公账出楼梯,装退堂门,择日在来春二月,各写八字与之。向毕,在书房内絮谈一切,知子屏调停元老事,馀波极曲折。夜间书房内同席,略具肴酌之,谈至二鼓,同宿书楼,余先就寝。

初四日(5月26日)　晴,渐热。朝上苇卿邀子谦朝饭。上午子谦由康家浜相宅还家,送之登舟。暇与子屏畅论一是,述及一戚友,贫无以继炊,约暗中长年以米二石存在渠之至亲处周济之,至医道兴隆而止,拉余集成,合六石之数,以安其心,余欣然应之。今岁减半,即付讫焉,益佩子屏赤心待友。谈至下午,送之回港,到馆约在十五后。是夜倦甚,账目不能登清。

初五日(5月27日)　晴朗可喜。上午阅《平浙记略》,卷二圈毕。中午衣冠端节荐先祭祀,时镇上无黄鱼可买,殊属乏时鲜之味可以适口。书房内略具村肴,与少松赏节对饮,颇觉陶然。两孙放节半日,下午辍读,余亦醺醺。接阅《申报》,见状元曹鸿勋,山东潍县人;探花冯文蔚,浙江归安;榜眼王,传胪吴,一山东,一山西。

初六日(5月28日)　晴热,大有暑令。上午接凌砺生信,约初八日到江,恭饯金螺翁卸事回任昆山,新邑尊陈翰先于十一日接印,暇则点阅《平浙纪略》半卷。是日晒蛀书一板,不能收藏,只好放在瑞荆堂桌子上。

初七日(5月29日)　晴热,大有炎令。上午陆畹九至泮水港吊顾竹安,以札致余,约明日同赴江公饯金邑尊。暇阅点《平浙纪略》卷四毕。苇卿侄以《申报》《殿试甲第金榜题名录》见示,江浙有名士多列二甲,熊鞠孙、钱梦莲均不殿试,更有奇者,山东杨际清书法本佳,进呈十本时将其卷之首页一并弥封,大臣不敢擅折,奏明请旨,竟抑列二甲末,二百年来科场未有之事(进呈十一本)! 可知冥冥中位置难强，沈渌卿亦列二甲中。下午炎热，检点到江衣冠，已汗流浃背矣。

初八日(5月30日) 晴朗，热稍减。饭后舟赴吴江，顺帆，午后进城泊舟，晤陈翼亭，知砺、磬二公、纯叔、辛垞昨夜已到，先已进谒投柬，适陆畹九亦至，同余复谒邑尊金螺翁，即请见，略谈面邀告辞。与诸君茗叙，知今夜公钱，位置在城隍庙新花厅，菜定小厨房，六大六小，茶炉酒杯均砺生带来。晚间同人至公所伺候，本城请客来陪，到者惟叶锦堂，点灯候螺翁已至，同人衣冠出园门接坐，即排两席，邑尊谦抑，不肯正坐，两桌并坐，余执爵敬上，纯翁首陪，馀以齿座。邑尊以留别诗五律赐读，写作俱佳，意甚拳拳于修庙、修志二事。菜饰观不甚佳，而科头饮酒，笑谈无忌，几忘父母官在上也。宴毕献茶，邑尊回，知卸事在月之十一日，送之登轿，禀明不及恭送行旌到省矣。同人又茶话始散，余到船已二鼓后，多饮，渴甚，不能安寝。

初九日(5月31日) 晴，不甚热。朝上茗饮茶寮，诸君咸集。饭后以公费交二凌公(七股开除)，并知邑尊有书致谢，邑志稿本亦缴来，贴费付讫，似欲急于开雕，然尚需斟酌也。约纯叔秋间同至重固里访候何舫老。上午开船，同里略泊舟，石尤风，到家傍晚。墀儿禀知梨里之行，初八返棹，初九日夜宿友骞处，薇人、小轩同往，沈子均托病不肯去，其冷于事后可知矣。倪稼生尚有情理可通，草草落肩，仍自贴数枚以了口舌。总之，此事儿辈谋事不臧，几乎不能下台，以后宜痛戒之，以深阅历。

初十日(6月1日) 晴朗。饭后补登日记。暇则点阅，点《平浙记略》，读《文录》数篇。下午候黄子登，墀儿至芦墟，郁小轩一项今始吉题矣。

十一日(6月2日) 晴热，今日始开春花账。饭后点阅《平浙纪略》卷五毕。砺生来，于两房有所商。命墀儿关照苫卿面谈。熊纯叔有片来，归赵前款会项即于此扣付。徐瀚波来收字纸，即留同中饭，大谈送字灰、保婴诸事，奉行不得其人，流弊难以枚举。晚间瀚波回至大港候子屏，砺生亦去，汉翔先从兄于道光廿六年，知县方心简任内举"乡饮耆宾",有匾,命老振侄即去抄奉,收入新志。

十二日(6月3日) 晴朗。饭后至乙溪兄处絮谈,回,阅点《平浙记略》第六卷毕,中皆受降事,多于用剿。午前子屏侄自庄家圩来,瀚波未值,知子扬日上血证大发,现虽已止,而精神委顿,乡试行止殊难预定,因此子科名之心颇热也。谈至晚间始去,云到馆在二十日左右,代赊廿会,每六十文,又新兴四位,均付讫。

十三日(6月4日) 晴炎,干燥。上午点阅《平浙纪略》第七卷,暇则登清内账,读《文录》。砺生为友庆事有片来,即复之。墀儿今日文期,改旧作。

十四日(6月5日) 晴阴参半,上午闻雷声,阵雨未果。点阅《平浙纪略》克复湖州卷七毕。下午有苏州来信,云沈寅甫所托专递,急阅之,知寅甫之东府房王步青,其戚金庆生系藩房,为书院提典捐,县详已到,特托招呼。余即作一片致砺生,原信并交转阅,即属来人谢姓,系金氏管家,面呈莘塔凌氏,其事似可准办,惟房费似作奇货耳。晚间大沛甘霖,农人抃舞,春花账略有所收。

十五日(6月6日) 阴。昨雨终夜,今日上午仍阵雨不止,秧田酣足,大好,下午开晴。暇则点阅《平浙纪略》第八卷毕。下午略读《文录》奏议数篇。

十六日(6月7日) 晴,不甚燥,颇似黄梅。饭后点阅《平浙纪略》第九卷毕,左公之疏,多有可采。下午心猿意马,甚难坐定看书。

十七日(6月8日) 阴晴参半,不甚炎热。饭后点阅《平浙纪略》第十卷毕。午前《申报》从蒂卿处来,左相西陲颇传恶耗,以不实为幸。朝考等第亦刻出,苏府殷李尧、庞鸿文一等最高,章志坚次之,王炳燮二等,沈恩荣三等廿三,恐此公难入词曹,徐则均无可阅。

十八日(6月9日) 晴,东风,颇不热。饭后点阅《平浙纪略》第十一卷毕。下午命墀儿至大港上,以窗课呈子屏,兼看子扬近体何如,晚归,知子扬血证日上不发,子屏明日到馆。灯下又接阅《申报》,欣知左相西陲无恙,甚为大局幸。

十九日(6月10日)　阴晴参半。上午点阅《平浙纪略》第十二卷未毕。先祖赠公逊村府君今日忌日,中午致祭。下午大港上福官号心田来,据云金星卿家出一账缺,求作书推荐,汝苣生已为之先客,即应与之。终日碌碌,未能坐定。墀儿今日文期,夜间呈示草稿,颇能铢两均平,功力悉敌,然闱中犹恐无此暇功。

二十日(6月11日)　晴朗。饭后点阅《平浙纪略》十二卷毕,武功竟矣,以后四卷,不过善后军需馀事。下午至田间观工人插种,时也,梅雨晴初,秧田水足,蛙声阁阁,犊叱频频,丰稔之兆,此其先几,顾而乐之。

廿一日(6月12日)　阴晴参半,东北风狂甚,下午微雨。饭后点《平浙纪略》卷十三,皆纪抚恤善后事。下午读《文录》奏议下册。吴少松明日要解节。

廿二日(6月13日)　阴,大雨终日,几不息点,农人趁此大好插青。欲送少松回同,雨,不果行。暇将《浙中平寇纪》一书十四、十五、十六全卷点完,并于眉间批其纲领,颇快目焉。墀儿誊近作两篇,拟由账船寄梨,呈子屏改正。

廿三日(6月14日)　昨夜风雨大作,今喜开晴,惟东北风尚未息。吴少松饭后始备舟送回同,约初六日去载,暇阅常熟潘子昭文稿,费吉甫所送,此公书理清极,惜面张大古,难动时目。下午梅书田权馆已来,两孙明日授之生书矣。

廿四日(6月15日)　阴晴参半,恰好养苗。上午阅潘子昭时文五篇,适吴甥幼如来,留书房内中饭,所抄之文两册完缴,又续借钞资二枚而去。心益扰扰,不能坐定观书,殊不得自克,奈何?

廿五日(6月16日)　阴,幸无大雨。饭后阅子昭稿文五篇,无一惬意,暇读《文录》书类。接子屏馆中札,儿辈近作已收到,贡卷尚初动笔,未改就,所托钞之文已来。墀儿今日至莘塔,送凌少山夫人大殓并候熊桐孙,晚归,知纯叔已归家,桐孙见过。读渠近作,气魄、笔力大异凡庸,他日可冀当今二苏。晚间阅《申报》,上三县章吴馆选,两王知县、常昭殷、庞翰林,钱、李部属,吾邑沈禄卿亦部曹,惟上县汪公则竟归班。

廿六日(6月17日) 复阴雨终日。饭后读惟是堂潘文五篇,得意称快者一首。暇读《文录》,复阅钦点单,知王朴臣、沈霖溥甚好以知县用。墀儿今日文期,晚间呈示草稿,循题布局,尚能畅达。夜雨不止,已嫌太多。

廿七日(6月18日) 阴,终日大雨不止,潮湿之至,的是黄梅光景。水涨甚,若不起晴,低区有碍矣。饭后读点子昭文五篇,惬意者三篇。下午账船回,略有所收,南北斗约账九五成色。豆麦略收,若菜子统计不满二石五斗,因价昂贵,乡人不愿准折,亦近年来所希有。晚间略可望晴。

廿八日(6月19日) 喜得开晴。饭后点读子昭文稿五篇,合意者三篇,丁卯荐卷文,极切题界,不丝不溢,终嫌面目不能合时。甚矣,应世与传世异也。下午略读《文录》书类。

廿九日(6月20日) 复阴雨潮湿,西南风。饭后作片致蔡进之,缴五会钱一分,会柬昨日寄到,期在廿七,以致两歧,可见航船寄信亦难如约不爽。暇阅点潘子昭文五篇,合意者亦三。下午阅《文录》。墀儿今日文期,晚阅草稿,做得极认真,略有过火语。

卅日(6月21日) 阴,又雨。朝上西南风,午后西北风,潮湿渐爽,雨亦渐止,可望开晴。饭后点子昭文二篇,适肝气稍发,又不惬意,即掩卷。是日巳刻交夏至令节,中午祀先设祭,祭毕,与书田对酌,颇适意。暇读《国朝文录》书类。

闰五月

闰五月初一日(6月22日) 天始起晴。饭后衣冠东厨司命神前,祠堂内拈香叩谒。上午点阅潘子昭文稿四篇,首肯者三。下午读《文录》书类。

初二日(6月23日) 晴朗。饭后点阅子昭文四篇,惬意一散一整。下午读《文录》,心纷扰不能聚,故未得其闆奥。

初三日(**6 月 24 日**)　阴晴参半。饭后阅点子昭文四首,惬当者亦二。看《申报》,四川学政张之洞《奏川省考试弊窦》,奇怪百出不测,竟有闻所未闻者,拟设法禁止,亦时政之最新者。下午仍读《文录》,不能会心,因偶患肝气,身子不适,大约略受寒气。

初四日(**6 月 25 日**)　晴朗,始有暑令气象。饭后由北舍航船寄到子屏文札一通,墀儿贡卷窗课共五篇,均改就,急阅之,改处认真周密,字字金科玉律,真时下名师也。暇阅子昭文四篇,惬当者三。下午检阅东轸田亩单数,自己头绪始清,然后好与翼翁做交易。墀儿今日赴紫溪会酌,晚间回来,盛传彼处一带有剪辫子一事,黄又堂目见一童,剪去大半,咄咄称怪。

初五日(**6 月 26 日**)　晴朗,小雨即止。饭后将潘子昭文稿点阅完功,特识一跋,以深景仰,此公不愧今之名家,然持以应世,恐多不利。甚矣,太酒元羹,人之喜嗜者无有焉。暇则再阅子屏改本,贡卷一讲,诗复字均须改,馀则字字皆金玉也。迟陈翼翁不至,未识明日能不爽约否。

初六日(**6 月 27 日**)　晴朗。上午将余莲村得一善全书逐项翻阅一过,暇当参看其要处,以便力所能为者勉遵之。下午吴少松率其郎君来自同川,知镇上剪辫一事日上已绝踪。陆厚斋来谈,有所商,先付。成交冬米一仓,价二十二①,力十四②,以时价论,似已如意,若日后,则未知松涨。

初七日(**6 月 28 日**)　阴,上午雨,幸下午起晴,然天气太寒,防多雨水。上午照应出仓稻,下午碌碌,亦未坐定,略阅《得一录》惜字会章程。

初八日(**6 月 29 日**)　又雨,阴晴参半。朝上知苻卿侄今晨丑时

---

① "二十二"原文为符号 。卷十一,第 277 页。
② "十四"原文为符号 。卷十一,第 277 页。

(日子极佳)又得一男,为之志喜。饭后送梅书田回去,约七夕再来权课。上午阅《得一录》惜字惜谷章程,略备。下午与陆厚斋絮谈,渠是经营之最出色者,碌碌未曾坐定。

初九日(6月30日) 晴朗终日。饭后阅点《得一录》荒政门。下午作札致子屏,为墀儿贡卷内一讲要斟酌,诗复一字,均须改易,命录清本与近课五篇同寄。暇又阅《文录》。

初十日(7月1日) 晴朗。饭后阅《得一录》荒政门。下午阅《文录》数篇,即辍。闻芦墟公盛行小伙陆姓,今晨辫子剪去,镇上如是者三人,皆童年,可知《申报》所云不谬,咄咄称怪,以镇定听之而已。子屏处文信寄出。

十一日(7月2日) 晴朗。饭后阅《申报》,知西江南昌省城大水,吾苏雨旸时若,吴民邀天之福厚甚。又阅分部单,沈渌卿得户部,阅未毕,适陈翼翁来,以托办东轸田两契面缴,计田九△八分六厘二,仅书契上田八△七分五厘三毛,少田一△一分〇九毛,且会租票未立,佃户数开不出,必有差误,因以一契五△三分五厘(他日要收还始毁)三毛一张掷还,托查明佃户数重写,其自售一契三△四分,受领之。契价俟秋间付(纯翁有屈执笔),并以细账一纸,原代单契三纸付示存渠处。甚矣,田土精明,儒生无此会计也。约九月初同纯叔由余处两舟到江,此事可望缴清。中午书房内留同中饭,畅谈新墨,知菊孙现馆殷谱翁处,课其两孙。下午回去,云到馆后再发一信关照,未识即能查明否也。碌碌终日。

十二日(7月3日) 晴朗,渐热。饭后阅《得一录》救荒篇,适《申报》来,阅之,知云南交涉事大不妥协,在京公使威公已到沪,甚有寻衅兴事、要索之端,颇为可叹。云贵主考已有差单,江苏甘泉顾君奎则为黔省正考官。墀儿今日以"庸孟"题作两艺,借练笔机,申刻两艺俱完,以草稿来呈,点阅之,尚觉有典有则,不蔓不支,以此作次三艺,大可起得矣。

十三日(7月4日) 晴朗。饭后阅《得一录》施粥门,利弊详悉之至。下午凌砺生来谈，知书院一节尚未批准，现抚院房有札到县饬查，须即日到江禀邑尊，再请照禀复详，恐有周折也。刊字当候瀚波来商办，以摆板新会墨吴、顾赋合刻小本见赠，晚间回去。急读闱艺朱、赵两篇，极精警圆湛，出色之至。泮水港两顾节妇略迹已面交砺生，据云即日总局要汇详到院。

十四日（7月5日）　晴朗。饭后阅《得一录》保婴蚕桑篇。下午略读《文录》，登清内账。吾村有惰农不肖子，假作剪辫，自动手，以图赖佣工钱，不复去做，闻之发上指。人心之诈伪百出一至于此，几乎可因剪辫而别图生发，则妖贼亦为所弄，记之，以见吾乡人情实难整顿。

十五日（7月6日）　晴朗，渐炎热。饭后阅《得一录》伐蛟驱蝗门。下午统看全会墨，可揣摩者只有会元起比及十五名朱善祥全篇，馀则无论可否，笔则无有不圆熟者，可知此道虽曰命，用功人总可十得八九也。识之，以为儿辈勖。

十六日（7月7日）　晴朗，略热。饭后阅《得一录》勤俭篇，此乃备荒探源之论（昨陈邑尊命柬书张二持柬，十八日请酌叙，以片壁辞，谢之去）。暇则以砺生所送会墨小本点圈细读，至晚始竣事，大约风气与前科略变，精心果力，与江南好墨卷相近者颇多。墀儿今日文期，晚呈草稿，阅之，笔颇挺拔，尚少圆润处。此作余不惬意，当质子屏。

十七日（7月8日）　晴朗。昨日交小暑节，今仍东南风，渐热，始闻蝉声。饭后与陈厚安对账南北两路，至中午藏事，此不过循旧法，参看欠户多少，若欲顶真办事，总在当手得人。据云统牵成色已得九六折，全欠不满三十亩，尚差强人意也。下午闲坐，略阅《申报》论中外事，令人太息。

十八日（7月9日）　晴朗，炎热，大有夏令。饭后与吉老对东西两账，至午而毕，约计全欠五六七十亩左右，成色则九五折左右，但祝年年丰熟，吾辈赖祖父所贻，尚可吃饭也。下午略阅《文录》赠序类。

十九日(7月10日) 晴朗,颇热而尚爽。饭后磨墨匣三只,颇润泽,下午闲坐。晚间薇人侄来,知欲寓莘塔行医,乡试未定,贡单先存余处,且同起文,看其处境,似窘甚,不可解。由北舍寄到子屏回信,贡卷一讲已改就,急阅之,则尽善矣。厚安今日回去,约十六日去载。

二十日(7月11日) 晴热。上午照应出冬。下午始将墀儿贡卷履历照余朱卷本钞录,以备赴苏发刻,此事深望重印于冬,不胜默祷。晚间颇炎闷,一应账务未查。

廿乙日(7月12日) 晴热。饭后查登内账,暇钞履历,颇自愧小字端楷难书。下午闲坐,略读《文录》,"玩"字吴二蛮嫂来,不之见,此妇尝忤逆我三姑母,故不之礼。闻乙大兄处给以一两,亦如数与之,以释其嬲,然实不甘心焉。书房内文期,晚间呈示草稿,墀儿此课尚能认真,后二总做更见力量。

廿贰日(7月13日) 晴热。饭后钞录履历,至午后始略竣事,明日可以完草矣,苦于作字艰强之至。下午芾卿来,呈示江邑尊陈公信,为催庙捐,欲候回音。闻此信从芦墟寄来,必有人指教者,余家公事孤立无助如此!友庆一说,命面呈禀堂上矣。碌碌终日,心绪颇繁。

廿三日(7月14日) 晴朗,热而甚炎。饭后录履历,至午前完篇,即命墀儿与少松同阅,一俟商定当即誊真作为定本。下午闲坐,阅《申报》,知江西大水灾,自前月二十日起至今月朔日,房坍人淹不可数计,天灾流行,为之悚惧,吴民何幸,得免此厄与!

廿四日(7月15日) 晴朗,不甚热。上午起草拟复新令尹,尚待斟酌,未缮,下午摘酌租欠,眼花而止。阅《申报》,知新科曹殿撰,莱州巨富,现因彼处旱荒,开仓赈谷,真德门佳话也。

廿五日(7月16日) 晴朗而不炎热。上午摘录租米欠账,下午停笔,略阅《文录》赠序类。晚接陆畹九信,为邑庙捐事,约廿七日到镇一叙,大约此数不能不见几写定也。

廿六日(7月17日) 晴,不甚朗,身子不能爽快。饭后写答邑尊信完后，即持示乙大兄，并商论一切。堮儿贡卷文与履历均誉好，下午命至莘塔与磬、砺二公商酌，并探听到江公事。开船未几，适砺生同翰波来，欣知今日与潘少岩、徐少甫到大胜一带括字、拾字，检收颇能细心，可嘉之至。括字费议定每年五元，莘和亦然，余处先付三元，又买掩埋鳌资十三元，即日瀚翁要至无锡定办，新邑尊性情政事并信所由来，亦已借悉一是。晚间括字两公竣，均回去，接纯叔信，以刘融斋《文概》一书、祁文藻隶书扇面见赠，暇当答谢之。

廿七日(7月18日) 阴晴不定，阵雨时至，天颇寒，不似夏令。饭后率苗卿侄至芦墟，先至陆畹九处，以复邑尊书代封托递。畹九以江邑照会二角示余，一存余处，一托寄费、洪两公，为切问书院移款事，欲○○○文庙董汇复始准，恐多周折也。出来，至城隍庙花厅，黄森甫、吴又江、顾竹坡咸在，清谈半天，仅有典友汪获斋来书捐八十，此人颇明风鉴，与子屏极熟情。下午车园木行——书定捐数，畹九始臒，余开价八十，同人劝捐劝增，始以六十千之数书定，未免不为人后，急公所诮，然畹九在镇，力有难为处颇多，故不与之相左也。复与同人茶叙始散，到家傍晚。今日腹痛，似有积滞，终日少食，尚未平和，夜寐不甚适。

廿八日(7月19日) 晴阴参半，天始炎热，至夜仍凛。晚起，朝上腹泻一次，仍时有小痛，食粥三顿，胃气不旺，虽无大害，然颇不适。上午阅堮儿昨日课文草，作法极合，后二略弱，并合掌要改。子屏改本五篇适寄到，急阅之，字字斟酌尽善，真今之名师也，为之一快。下午作札复陈翼翁，明日由北舍寄周庄。东轸田数遗漏十七丘，一△三分有零，以清账寄示之。此公虽来自田间，颇不擅长，可笑。子屏有札与堮儿，约月底解馆，月初来叙。

廿九日(7月20日) 晴朗，热而爽。饭后余始食粥，胃渐和，然昨夜肝气大发，尚未平复，暇作札，写好答谢纯翁，待寄。周庄信已发出，下午摘录租欠账一册，心烦而止。《艺概》一书，今始披阅。堮儿今日文期，凑足此月六课之数。

六 月

六月初一日(7月21日)　晴,炎热颇甚,下午阵云漠漠,虽未成雨,渐觉清凉。今晨肝气始平,然尚有内热。饭后衣冠东厨司命神前、祠堂内拈香叩谒,暇则登清内账,摘录租欠一册。下午闲坐,阅《申报》,知十一日两广福建主试已差江苏王綝在内。

初二日(7月22日)　晴而凉,昨夜大雨颇澍,是日亥刻交大暑节。上午作札,询子扬侄近体,舟回传口信,云子屏尚未假馆到家,到后当来溪。暇则摘录租欠册,中午始竣事,此亦在家务之中万不可忽者。下午偶阅《文录》赠序类暨《艺概》一书。傍晚天又作阵雨势。

初三日(7月23日)　晴朗而不甚炎热。上午拟致芸舫河南书,具草而修缮尚未,颇能畅所欲言。下午阅融斋《艺概》一书,此公本领甚大,可称无艺不精,暇当圈读一过。

初四日(7月24日)　晴,中午风雨仍凉。饭后缮答费芸舫书,共笺四页,用心誊写,尚脱一字。甚矣,好翰林一笔不差之难,若字之愈书愈强,愈拘愈拙无论矣。书竟,掷笔一叹!下午接砺生与墀儿信,知日上从黎里红蕉馆中来,子屏偕之解馆到家,贡卷履历颇有就商可采处。暇阅《文录》。

初五日(7月25日)　晴朗,昨夜大风雨,幸清晨已止。上午正在望子屏来,恰喜适至,知与纯叔、砺生畅叙两日,吉甫处复禀书院,似已领情,照会今日即交子屏转致吉甫,贡卷暨墀儿课文三篇亦面交子屏矣。中午书房内小饮火酒,颇畅怀抱,到馆在初十日后,约墀儿十三四日间来梨再叙,谭至晚间始回去。

初六日(7月26日)　晴朗,稍热,始象伏天。上午阅《艺概》。中午循俗例食不托,与少松对饮火酒,略有酣意。下午闲坐,略读《文录》。

初七日(7月27日)　晴,不甚热。饭后阅《艺概》一书,适由北舍接陈翼亭回信并账一纸，头绪仍不得清，与儿辈共绎之，始知调与薛姓之田一△四分，未偿田价，今则并在三△四分内，情当偿田价，作三△四分算，而契上当重写，只作二△。至另托售薛姓、沈姓田，今由陈归于余处，要写六亩四分有零实数，庶不致装头换面。单契不符，此事当再作札复之，七月中来溪面谈，定夺后，九月中到江时两契重立可也。田土出进，其纷难理如此！下午始食西瓜，已甜甘可口，碌碌无心坐定，阅《申报》，知陆凤石已得湖南副考官差矣。

初八日(7月28日)　阴晴参半，东风颇凉。上午作札拟便复翼亭，如此详析言之，谅或可照办。接畹九信，要催庙捐。下午闲阅《文录》。墀儿今日文期，题既笨重，文亦恐难对手。晚间呈阅草稿，颇能举重若轻，握题之要。

初九日(7月29日)　晴，略热，仍风凉。朝上接梨里徐条子，惊悉恒甫之长子织云甥久劳病故，友庆当年，群侄皆去送殓。饭后舟至芦墟畹九处缴庙捐，洋廿五元①，合卅千之数。絮谈良久，蒙陪茶叙，森甫亦就座剧谈，畹九复留酒馆小饮，饭毕始分手。下午走至黄玉生处候周粟香，即出见，相别五六年，须发之白与余等，知乐清学中缺尚可做，惟僻在海滨，一主一仆度日如年，殊形寂寞，八月中即要销假，再满任得保举已不欲出山矣。郑重而别，复至公盛，与陆厚斋、顾砚仙等茗叙片时始开船，到家未晚。

初十日(7月30日)　晴，略热，仍有风。上午登清账目之在内者，周庄信已寄出，暇作便札，拟致费吉翁。下午详阅《艺概》，书房内文期，题是"典制兼口气"。

十一日(7月31日)　晴，仍风凉。西瓜每担不过五佰六七十文，天气不热故也。饭后墀儿呈阅文稿，通体典丽，局调谐和，是题正格也。上午阅《艺概》。下午看《文录》。包瘤仙门斗来，通知乡试启行日期，录科起文决计自办，一茶即去。接畹九信，要查国朝赐谥诸

---

① "元"字后原文有符号 ⇅ 。卷十一，第281页。

公,暇当复之。

十二日(8月1日)　晴,稍热。朝上吴江水利厅陈公来,辞之不得,始衣冠见之,知是海宁人,号生谷,实授粮河厅,为邑庙催捐缴数,昨自莘塔北舍来,人是老吏,两郎皆入学,余以舍间之数并入芦镇,彼尚含糊也。以《小识》《日记》赠之,委蛇久之,告以村中欲出夜会,宜唤圩甲立禁,未识能肯传谕否。一茶而去,云要至畹九处。上午作札,一复畹九问谥法,一复丁子勤欲辞梅馆另觅,余以仍旧劝之,盖此子不合时宜,甚难位置也。砺生处亦有信当转递。下午闲坐,食瓜,略读《文录》。

十三日(8月2日)　晴,仍风凉,中午阵雨即止。上午始将《艺概》一书从头看去,此书论各体俱有法律意义存乎其间,根柢既深,词旨亦茂,未易卤莽从事也。下午复读《文录》序记类。

十四日(8月3日)　阴,微雨,下午开霁。昨夜大风,挟雨而来,声震屋瓦。上午阅子屏所录乙亥各省墨,广东为上,江西亦有骨力,馀则簇簇生新,恰好时样妆,无所谓元局、奎局也。下午闲坐,颇凉,读《文录》杂记四十七卷终。墀儿今日文期,仍是典制。

十五日(8月4日)　阴晴参半,复阵雨即止,略热。饭后墀儿呈阅草稿,尚能以涂泽为工,若出色则未也(改得极工丽)。下午薇人侄来,乡试决计果于一往,所商虽不合理,究系正经用,已俯允之,约廿六日来,以近作昨日书房对题见示,已降格趋时,然老手固自不凡,眉目为之一清。谭至晚间而去。

十六日(8月5日)　始起晴,是大暑第一天正令。上午阅《艺概》,读《竹垞词》。下午仍阅《文录》类记。墀儿誊真窗课并改旧作共五篇,拟明日至黎呈正子屏,兼候邱友骞、费吉甫,陈厚安今晚已来。

十七日(8月6日)　晴朗,渐如炎天。朝上墀儿舟至梨里,费芸舫河南信件已面托吉甫转递。上午阅《竹垞词》并刘《艺概》。下午读《文录》数篇。晚间墀儿自梨归,知子屏、吉甫、友骞均畅叙过,邱吉卿郎寿生发痘,频危而安,几庆更生,甚可为善人必获报者劝。书院请划典捐一项恐成画饼,又乖公议,文庙董事已凭公禀复,不能如愿矣。甚矣,公事难趁一己私见也,戒之慎之是要。

十八日(8月7日) 晴,不甚热,东南风竟日。饭后阅子屏改本,有夹里,有面张,洵为无美不臻,真投时利矢也,快甚。有乩坛仙方,吉甫从苏抄来,云今岁要防多烂喉痧,预服此方可免。方用经冬桑叶、芦菔甲叶、桔梗、甘草等品,加以马勃,极平稳,已制数剂,外内家人可共服之。是日未刻立秋,书房内与少松赏秋小饮,终日碌碌,不能坐定,薄暮已微醺矣。

十九日(8月8日) 晴朗,大好天气。饭后衣冠在厅上谨具香烛,恭叩祝大士菩萨佛诞,并诵神咒,以尽微忱。上午礼毕,闲坐,渐觉腹痛不适,即眠,呕逆大作,兼带药气,大约昨日食瓜、豆糕、烧酒,积滞所致,呕出后始清,惟肝气未平,至夜始食粥汤,恰有味,然仍不知饿,早眠,夜间颇安。

二十日(8月9日) 晴朗,颇似正伏。晚起,朝上食粥以和其胃,积食渐销,肝气尚未平复。上午阅《艺概》,始终第一遍。中午食饭一匕,尚不涨满。是日墀儿仍练笔机,作《庸》《孟》艺两篇,晚间呈阅草稿,庸艺气象发皇,笔力尤厚。孟艺平中带侧,题旨题面均合,场中得此,只须头篇出色矣。吴少松亦作庸艺,誊真,读之,觉魄力稍逊,而词华过之。

廿一日(8月10日) 晴,颇炎热。饭后芾侄来谈,详述倩友一事,颇见勇敢任事。暇读《竹垞词》消暑,吉翁堂舅氏已到寓。晚间大风,恰好无雨,渐凉。

廿二日(8月11日) 晴朗,不甚热。饭后接子屏转致费吉甫信,书局内刘卯生司马要索《分湖小识》两部,即便作片,检出两部,拟廿六日儿辈到江封交王寿云转寄,亦吉甫之意也。读《竹垞词》已竟,《江湖载酒集》两本,下午阅《文录》杂记。墀儿今日课一文一诗,誊真卷子上,亦练笔机,急就章之一法。晚间交卷,详阅,文气充畅有馀,诗颇工稳,一名科举,似可幸获,期切望之。

廿三日(8月12日) 晴朗,略有风。是日斋素,因今晨南方火帝尊神圣诞,肃衣冠,向空阙虔叩,以尽微忱。上午董梅村自馆中来,并携近作,读之,觉面目较前大换,时样妆中仍露劲气,功候已深,可望挽强命中。絮谈,书房内小饮,下午回去,约同伴试船开时再畅叙。

廿四日(8月13日) 阴,无雨,大有秋意。饭后命墀儿收拾衣服、书籍,一应行李预先部叙,拟廿六日送少松解节,由同赴江起文,即到苏叫定试船,初三四日吉行,庶不局促。上午薇人来,又告借试费八枚,如此进款,尚形竭蹶,殊难为继,萃和亦如愿相偿。谈至下午而去,云开船在初三日,起文已托儿辈矣。

廿五日(8月14日) 晴,颇热。上午命墀儿收集三场学问并到苏一应账目,吴少松明日即解七夕节,同行。接熊纯叔信,致儿辈,以托买新出《续策学纂要》二部见赠,给贫一口,当允之,暇当作答代谢。下午作札致梅冠伯,为子和同伴,特预告约。终日碌碌,不能坐定。

廿六日(8月15日) 晴朗,东南风。五鼓起来,送吴少松应试解馆,即同墀儿到苏叫船,解维后天始明亮,约有四五日逗留。饭后权课两孙理书,午后即放学,书太浮生,督之,甚不耐烦,暇阅《静志居词集》。晚间徐瀚波自梨收灰回,其下人顾春涛特持子屏札至,知子屏意在放生了愿。墀儿窗课五篇改就,急读之,无美不臻,今科可望出人头地矣,欣盼之至。

廿七日(8月16日) 晴朗,稍热。朝上复将子屏改笔寻绎数四,益觉色香味俱佳,快得名师。上午权课两孙理书,下午放学闲坐,始浴,甚快,污垢一空。冠伯一信已寄去,拟作札复子屏。

廿八日(8月17日) 晴朗,颇热,朝晚恰凉。饭后课两孙理书,下午即止,修札待覆子屏,俟墀儿回来即寄。

廿九日(8月18日) 晴热如暑夏,早晚幸凉。饭后课两孙理书,下午即放。楼上窗槅抹油,恰好不逢雨,已装好。暇则闲坐,略阅《文录》。

七　月

七月初一日(8月19日)　晴朗，东南风，颇凉。饭后衣冠东厨司命神前、家祠内拈香叩谒。上午账房有归吉旧账缴清，单票付讫，两孙停课。午后墀儿已自同里回来，知昨晚由苏probable同，廿六日到苏甚早，试船已叫定第三号"满江红"，船户襄阳人汪先才，言定一应在内英洋五十七元，酒钱另给，日上船放至同里汤家桥，诸同人初四日到同取齐吉行，起文已托杨稚斋办好。吴少翁另办一事亦已取照办好矣。下午墀儿修札，各处关照同伴初四日吉行，明日专舟送去，颇形栗碌。

初二日(8月20日)　晴朗。饭后命墀儿衣冠两房家祠内拈香叩谒。上午权课两孙。下午薇人侄来，知明日同伴取齐启行，贡单面付还。去后，砺生来，大谈放生事，颇能得其要领。以范甫闰月十八日所发信寄余，确知三场对策十得其五，大为体面，然仍以架空为上，究之中不中，仍重头场，无能以此制胜，儿辈须遵之。范甫文名噪甚，寄会课文两首，据令叔云，已揣摩弹丸脱手，今科定卜高中矣，闻之慰甚。晚上砺生回去。

初三日(8月21日)　晴朗。是日村人演剧，两孙停课，听其游览。终日墀儿修整考具，开齐行李账，亦几无暇晷，两房侄辈均来相送。下午接子屏信，知即日解节，所雇定之船即去年儿辈所坐之曹天福也，然船不着行写票，似非余意以为然，便当复之。晚间命朱仆将一应行李、公账物件下船，以便明日早行到同。

初四日(8月22日)　晴朗。清晨命墀儿赴省应试，登舟，朱仆随往，恰好东南，一帆顺利，如同伴已齐，到苏未晚，试船在同里伺候。饭后作两札，一致梅书田，约初七日来权馆。一致子屏，关照一切。北舍局书王云卿(斋)来，知是湘帆之子，上忙已关征，持邑尊书至，一味官话，要早张罗，约以十七日先应酬少许，信则携示乙大兄。村人演剧第二抬，两孙仍往观，余则静坐，暇亦随众婆娑其间。

初五日(8月23日) 晴朗。饭后略课两孙理书,中午送应试。到同之舟回,知昨日同伴均齐,午刻开船,趁顺风,大约到苏停泊未晚。下午邻友潘时昌来,以新印花线书《学堂日记》赠之。蒂卿同六、七两侄来,并以窗课诗文两大卷请正,暇当详阅,大约七胜于六,均可教也。

初六日(8月24日) 晴朗,仍东南风。饭后权课两孙,颇不肯赶紧理书,生而浮无论矣。详阅两侄课艺,有顺有不顺,间有出色处,恐不免抄袭也,暇当讲论还之。下午放学,明日交托权馆梅先生统理一遍,然后上书。蒂侄携示《申报》,始悉江南主考,正龚自闳(阁学),副边宝泉(给事中)。陕西正洪钧,副陈钦。即札致子屏,专舟送至大港,晚间舟回,知子屏须初十解馆。子扬有复禀,金陵之行择期十八日。

初七日(8月25日) 乞巧,处暑初四已交。饭后徐瀚波来收字纸,长谈,据云送灰到海昌,八月十四五日动身(要会蒂卿,不值),送灰费、刮字费已付讫,米贵上先付三元,后算(留之饭,不肯,去)。上午载梅书田,舟回,不来,云有客,约明日自舟到溪。午刻颇热,早晚颇凉,终日栗碌未坐定,阅《申报》两纸,晚接邱友骞札,知子屏今日解节,与之同伴,十八日发程。

初八日(8月26日) 阴雨,北风,骤冷。饭后权课两孙,恰好午前梅书田来,即行交托。下午袁憩棠来,并惠苹果乙篮,谢领之,絮谈并道家事,似非诳语。总之,众口铄金尔,渠家应试子侄辈四人。雨稍霁,始辞归,云要到镇上。

初九日(8月27日) 阴晴参半,早起颇有秋意。饭后西南风,渐暖。终日闲坐,略阅竹垞《茶烟阁体物词》。

初十日(8月28日) 晴暖,尚有炎意,风西南,下午东北。上午略登账务。下午蒂卿同七侄来,以课文掷还,略与讲解,浆厉之而去,暇阅《竹垞词》第四本《体物集》。

十一日(8月29日) 晴燥,东北风,颇有秋高气爽之意。上午改七侄课作大半篇,就原本应增者增,应删者删,应润者润,颇自谓得初学引进法门,质诸梅书田后,下午面讲交还之。暇阅《竹垞词》。今日应试诸同伴,未识渡江否。

十二日(8月30日)　晴爽,仍东北风。上午阅《竹垞咏物词》。下午又浴,已觉太凉不及时。暇读《文录》杂记类。

十三日(8月31日)　晴热。上午点阅文类《艺概》五六页,偶开东书厨第二顶中级,白蚁已累累,窜入《文献通考》、《通典》四册,适当其厄,急翻出,下午命两孙相助焚化作字灰,不胜惋惜,然无如何也!略晒未检点,腰脚愈甚,适凌砺生来谈,确知苏城、无锡一带又讹言四起,夜间锣声不绝,然了无实迹,殊为不祥。畅谈良久,傍晚始去。

十四日(9月1日)　晴热,颇有夏令。上午命工人将书厨撤开,扫尘垢,犹见白蚁蟠据,一鼓空之,然终未尽,可恶之至。中午中元节设筵祀先二加厅上,两孙襄事,尚能拜跪如仪。下午六、七两侄各以课文请正,阅之,颇有可取,暇当润色还之。碌碌终日。

十五日(9月2日)　晴热如昨。饭后兴到,为两侄各改课文两大半篇,即唤之来,指点详说还之。适子屏来,即以改本示之,据云颇合时宜,尚无老荒气习。子屏田累,统共弃兑于汝师竹,甚为快事,因此在黎逗留至十一日始解馆。省试定于十八日发程,十七日同伴叙于港上,诸事已安排楚楚矣。外间讹言不尽子虚,薇人自常州有信来,同舟似乎夜有惊压事,若薇人则身颇强健,得此信,疑窦尽释矣。畅谈至晚,珍重而还,约得意归来,快读元作。

十六日(9月3日)　晴热不退。上午陈翼翁来,以东轸圩两契,托成交者面致余,田数八亩四分六厘二毛,仅少六厘二毛,取租与单始符,此事极承情相让,深感之。并烦纯叔、丽生居间,朱元吉执笔,增光之至。江城之行,约九月初四、五、六日间同往,八月底作札订定,来年公车决计北上,有志。絮谈,书房内便中饭,下午匆匆即回去。少顷,砺生来,知书贾吴龙甫在镇,余处《三通》、《通典》不全,《通志》二百卷不缺,亦蛀甚,《文献通考》两册为白蚁所蚀,已焚化,所存者亦蚀甚。砺生肯代为销去,欣然将全书蛀书满载一船,与龙甫交易,售后余发愿捐洋十元存善局,未识如意否。然从此免遭虫劫,余亦快甚也。大谈毁淫书事,晚间载书而归,东轸田契上已费神书押矣。

十七日(9月4日)　晴,仍热。饭后闲坐,适北舍局书王云卿来,应酬完银四户(二成外),付洋四十四元①,钱六十八文②,算吉而去。下午翻阅《志娱室法帖》(实"娱志居"),梁山舟所书,恰好完善,又喜是初拓拓本,甚可玩也。晒书一板,均无虫蛀,栗六终日。阅《申报》,关外有妖术夜间魇人之异,其风沿流于乡,今夜村人鸣锣,终夜不绝声,探之似真似假,大半子虚,亦讹言之所未尝有,不知何时能清净于耳。

十八日(9月5日)　晴热,颇似酷暑,亦非时令之正。饭后阅《志娱室法帖》,一匣尽善无损。下午略阅《竹垞词》第四册咏物。

十九日(9月6日)　晴热依然。昨夜村人仍鸣锣不已,今日闻浦家埭本地人庞玉如者,竟入天主教,村人异之,搜其室,竟得妖物类数种,现闻村人锁驻其家口,逼令开荤食肉,竟不肯,可知其党遍布村落,作祟惑人,可痛恨也。上午点《艺概》数页。下午读《文录》至碑记类。

二十日(9月7日)　晴热如昨,是日申刻交白露节。夜间村人鸣金如故,达旦不能安寐,然问之了无踪迹,可怪之甚。偶阅《申报》,叠载怪异,几遍数省,内引《蚓庵琐语》,禾人王振甫所纪,前明及国初均有此怪,未被魇之前,急诵天蓬咒,其怪自绝,因录之,以授孙辈读诵。上午披阅法帖数本。下午读《竹垞词》。

廿一日(9月8日)　晴热不减。昨夜村人鸣金仍不息,余以《申报》所载七日换一方,此地虚惊可免告之,未识能解乡人之惑否?上

---

①　"元"字后原文有符号 扎 。卷十一,第287页。
②　"六十八文"原文为符号 峻 。卷十一,第287页。

午翻架上书，欣得浙省癸卯同门卷，龚主试闱墨三篇，急读之，颇清真雅正，不尚才华，想其法眼颇高也。龚公，号雨菽，亦是己卯生。下午略雨即止，读《竹垞词》《国朝文录》碑记类。

廿二日（9月9日）　晴燥，难雨。饭后属吉老到镇，以米样托售，孰知贱等泥沙，无有顾而问者，可称谷贱伤农。迟金陵无信来，甚切盼望。昨夜村中仍鸣锣，守至天明，一无惊魇，若镇上则出夜会，捕风捉影之至。上午晒书，暇阅《竹垞词》蕃锦集。下午张森甫芦局书来，完上忙三户，付洋卅元①（三成足），钱三百文而去。照会一角，与费、陆公共，知为庙捐事又欲请益，余不拆阅，属森甫交陆实甫，此事恐要费辞说也，将计就计为是。

廿三日（9月10日）　晴热而稍爽。饭后阅《申报》，欣知西陲闰五月金顺于玛纳斯城得一胜仗，苏垣妖术讹言仍未息，吾乡村人夜尚鸣金，恰喜平安。山左、山右、河南三省主试于初八日见放，汪柳门得河南正。暇则披阅惕甫先生《渊雅堂全集》，尚完好，无续蛀。下午读《竹垞词》始毕卷。

廿四日（9月11日）　晴热，晚间尚凉。上午检读《渊雅堂书传文》并晒书一板。今日讹言稍息，吾村人心略定，锣声今夜渐息。下午凌砚溪之子梧生进来，成交冬米一仓，只二元〇五分加落，可称贱极矣。晚接畹九信，关照分捐公事，并示县中所予照会，殊觉措置为难。

廿五日（9月12日）　晴，昨夜热甚。诘朝西北风颇骤，渐有寒意，风至晚未息。饭后至乙溪处，示以畹九信，甚以此事吉题为难。回来，作札致畹九，姑置之不能办，缴还照会，然终无把握也，信拟明日寄去。下午费瑞卿来谈，以金陵不即得来信，彼此悬悬，殊殷盼望。客去，无聊静坐，少兴之至，终日纷纭，未阅一书。

廿六日（9月13日）　晴朗，西风肃甚，可夹衣。饭后由芦墟全

---

① "元"字后原文有符号🝆。卷十一，第288页。

盛信局接到墀儿十七日金陵寓中来信,欣知初六日出关,十四日出大江,十五日泊水西门,十六日进城,寓大贡院东栅门外胡宅,朝北门面平屋二间,房金廿四元,恰好十八日苏、松、太录遗,同伴诸君一是平安,谣言毫无。得此实信,老怀宽解矣,计日上贡监录科亦已考过,后信当在初八、九、十日间。上午照应出冬,凌梧生进来,古泉孙也。暇阅《渊雅堂文集》。

廿七日(9月14日) 晴爽,仍西风,夹衣可穿。上午晒书一板。下午作札拟致凌砺生,明日送去。暇阅《渊雅堂文集》。子祥今日上午去载,迟至晚间始来。

廿八日(9月15日) 晴朗如令。饭后阅《渊雅堂文集》,甫开卷,适北舍裕堂、元音两从侄率其侄孙媳某氏、侄孙均贤来,诉知裕堂胞侄聘如之子长春在时,将自己上下店屋归并裕堂,长春故后,其妻颇勤俭,有所积,所生一子均贤,抚养渐长,习染店业,在徐祥太,亦颇能勤敏务正,将前所弃房屋向裕堂照契取赎,裕堂前年得屋后,下岸、驳岸改造,因有所费,约计七十千,欲均贤偿还,均贤之母不肯,致费辞说。余谓论理论情各有一是,劝裕堂推念同胞之谊,女人刻苦赎产亦非易事,谕之照数折偿,以和解其事。裕堂似乎肯松,均贤母尚未吐口,命之至乙大兄族长处调妥,大约总可了吉,益可见北舍同宗颇有起色。下午复同来关照,下岸四十八千上,乙溪断一本一利,相劝落肩。莘塔舟回,知砺生西蒲塘去,无回音。碌碌终日,未能坐定。范姨表姊自芦来,晚间亦去。

廿九日(9月16日) 晴燥,和暖,风仍西北。终日无事,晒书一板外,详读《渊雅堂文集》,笔气雄灏,实有不可一世之概,其狂中之有道者乎? 今世苏郡久无此人物矣。东书厨书今晚始晒遍。

卅日(9月17日) 晴朗,不热。饭后又晒书一板,将已晒之书收藏厨内,暇阅《渊雅堂集》。中午由北厍寄到墀儿金陵廿三日所发信,附吴少松家报中来,欣知录科同伴均高取,梅村正取三名,少松备取二名,梅子和府学备取四十名,所未取者两邑连府仅十有三人,大约均可补取。题"君子引而不发"一节，"平籴"策，"赏月延秋桂"诗题。贡监录科在廿六日，大约得信总在初六七日间。金陵安静之至，讹言一说，亦知传苏常，其法以女人裤裆蒙面即醒。即持信示费瑞卿，以慰其望。回来，砺生已在堂，欣悉破《三通》售去，得洋廿四元，即捐十元作善事。谈及芦局公事，万不可听其请益，致误大局，婉言辞之为要，畅谈至晚而去。以吴清卿之太翁所刻《立愿消灾胜邪单》见示，当敬阅往慕，以尽微忱。

八　月

八月初一日（9 月 18 日）　晴朗，早稻已结穗，晚稻恰在试花，未秀齐，风从东北来。饭后衣冠东厨司命神前、家祠内拈香虔叩，上午晒小书厨内书一板，虫旧蛀颇多，暇阅《渊雅堂集》，颇有兴会。庭中早桂初花，香气扑鼻。

初二日（9 月 19 日）　阴晴参半。终日无事，读《渊雅堂文集》书传类。下午阴云四覆，可望甘霖，然檐漏甫下，忽又止点，已觉膏润多矣，务祈大雨滂沱，以茂我禾稼。

初三日（9 月 20 日）　阴，然望雨不成，下午又有晴意。闻老农云，禾稼已十分畅茂。饭后陆厚斋来，强成交冬米顶色一仓，价仍二元零五厘力十四，米之贱无馀望如此！是日东厨司命神诞，阖家净素，中午衣冠虔奉酒果、香烛叩首，以致微忱。暇阅《渊雅堂古文集》两卷。

初四日（9 月 21 日）　晴而不朗，恰好养稻。上午凌梧生来，又仍原价成交冬米两仓，岂知市面日上颇佳，下午来问者麇至，已无及矣，财运之欠亨如此！碌碌终日，略阅《渊雅堂文集》志铭之作。

初五日（9 月 22 日）　阴，终日无雨，若昨夜，则甘霖大沛，晚稻酣润之至。饭后照应出冬，可称贱售。阅《申报》，知和议已成，满饱虎狼之欲，殊堪发指。下午登清内账，略读《渊雅堂文集》。

初六日（9 月 23 日）　晴朗，爽快之至，是日交秋分节。上午阅

《渊雅堂文集》。午刻由芦墟接墀儿金陵寓中廿九日所发家信,知墀儿廿六日七点钟出场,题"离娄之明"二句,策问"铨选向循资格,可变通否?"诗题"水镜无私",得"明"字。场中晤王桢伯、陶苣生。廿八日发案,墀儿通属备取九名,江取第二。王桢伯正取一名,柳振华备取三名。以贡监生全案抄示,江正待取者连府八名,大约人数不多,初一日总可补取也。同伴诸君各各平安,得此佳音,余眠食俱安,不胜欣慰。下午梨局周云槎、沈云卿进来,完四户,付洋十九元①,钱一百廿七②文,略谈而去。终日碌碌未坐定,子屏、邱友骞知廿七日已平安到省。

初七日(9月24日) 晴朗。饭后晒小厨内书已遍。上午阅《渊雅堂文集》。北库局书王筠卿来,又完上忙五户,付洋卅九元③,钱六百八十五文而去,已四成半外矣。下午苐卿来谈,并问金陵信。是日稍热,碌碌不能久坐。

初八日(9月25日) 阴,上午尚晴,下午微雨,吾邑进场诸公可免泥途滑滑。饭后子垂信来,探听金陵消息,即复之。子屏有信到梨,尚未收接。是日至北舍赴谦斋会酌,得彩者浮涨商人,两席,菜颇可口。与孙蓉卿畅谈,下午复茶叙仁和楼。接野王公寄札,所转商云云,详阅之,慷慨难言,只好鄙吝置之。归家已傍晚,适徐瀚翁持纯叔札至,蒙《孟子》五本注均删定,以新刻见得斋倭中堂所序《孝弟图》两册,梁溪孙希朱所辑《身范》四本见赠,皆案头所不可无之书。留瀚翁吃夜粥,襄甚。迟苐卿不至,灯下略谈,送之登舟,云送字纸灰至海昌,十四日动身。

初九日(9月26日) 晴朗,大好天气。饭后略登内账务。上午作札拟致覆熊纯翁,属蒙惠书,并点定《四书》,不可不谢,以申微忱。中午后缮就,明日寄莘塔,颇自觉谨持之至。下午阅《惕甫文集》。夜

---

① ③ "元"字后原文有符号 ↳ 。卷十一,第290页。
② "一百廿七"原文为符号 ⅶ 。卷十一,第290页。

与两孙讲说《孝弟图》。

初十日(9月27日) 晴燥。饭后磨墨匣,作数字,发纯叔信,阅梅书田近作,亦颇有造,下午读《惕甫文集》。今日南闱出场,寒暖适中,未识同伴诸君暨墀儿何时出来,吾宗子侄辈文均得意否,念甚。

十一日(9月28日) 晴而不朗,午后西北风狂甚。上午阅《惕甫文集》,知颇留心于漕弊,然在今日均是陈言。下午费瑞卿来谈,多齐东野话,笑听之。沈云松至账房,会之,心怀叵测(怀烟一小盒),语尚未破口,坚拒忍待之,然终是师累也,难即落抬,晚间以好言遣去之,题目已有,面掌上尚不至不情。吉老后至,夫己氏已回,始备述一二,可胜浩叹。

十二日(9月29日) 晴朗。昨夜西风严肃,未识进场诸公衣服多带否。饭后书田家中有舟来载,云要至平,约十四日自舟到馆。上午权课两孙理带书、读生书各乙佰遍,下午从宽放学,阅《申报》三纸。晚间有西邻沈氏,场圃桃树着花,余往观之,灼然在旧范上发,特未开足耳,殊非时令之正,故特记之。

十三日(9月30日) 晴朗,渐暖。饭后权课两孙读生书又乙佰遍,未及中午即放学。吴二表嫂又来,云要制后事,㸃借二枚,未免太松,反受友庆后言,殊深自悔,闻莘和仅给一两。甚矣,忠厚人难做,不独蛮嫂一事也。吉甫来述,横逆之加,亦余凤累难解,思之愤愤。下午观工人收香珠稻,满野黄云,颇有丰稔气象,徘徊陇亩,聊自排遣。

十四日(10月1日) 晴朗,和煦,诸公进三场,恰好寒暖适中。饭后课两孙上生书一首,各读乙佰遍即止,放学。是日出冬两仓照应,价则贱售,而一应开销万难从减,况宵小下石,耽耽之势,从而弥甚,殊为支持不易。暇阅《惕甫文集》杂著。

十五日(10月2日) 晴暖,三场大好天气。上午权课两孙理带书、读生书,载梅书田不来,知未归家,在梨花里看灯,兴致特佳,下午放学,读《惕甫文》杂著。夜间月色佳甚,闱中同伴出场者几人?晚间由芦墟接墀儿金陵寓中初五日所发禀,知录遗补案初一至初四叠次发出,吾邑被弃者皆收,惟遗一名,因策中"我皇上"从"我"字抬头,万不能张罗也。寓中同人各各康健,甚慰悬望。

十六日(10月3日) 晴而不朗,和暖适中。饭后属吉老了结不良子前生夙债,费至弱冠,取收条而还。浪掷可愤,然无奈何也,受累不知何时能满。暇课两孙理书十馀页,各上生书一首,适书田唤舟到馆,知踏灯连夜,颇形疲倦。下午苕卿来,浙闱题已见《申报》,"子曰:'君子不可小知'"二句,"序爵"二段,"圣人,百世之师"一章,"荷花夜开风露香",若江南则尚寂寂。夜酌东西席账房诸公,不及陪,余与书田对饮,书田不能多饮,尽欢而散。是夜略阴,月色万不如昨夜(一鼓后月色朗甚,开窗赏玩久之),未识少松诸君暨墀儿三场何时出来。

十七日(10月4日) 晴燥,似乎太干,非养稻所宜。上午晒案头书一板。暇读《渊雅堂文集》杂著。

十八日(10月5日) 晴朗,东北风,颇燥热。饭后又晒案头书一板,从此楚楚告竣。苕卿侄来,传江南题"子张问明"一章,不确。午前苕侄携《申报》至,始确悉江南试题"子贡曰:'有美玉于斯'"全章(蕴酿含蓄之至),"旅酬下为上"四句,"秋省敛而助不给"一句,诗题"依旧青山绿树多",得"舟"字。题极堂皇冠冕,可见本领,未识吾宗儿侄辈均得手否。急盼回来,详阅为慰。子屏此番似有先机,可望得意,千万祝之!

十九日(10月6日) 晴朗,东南风,颇暖。饭后作札致子垂,以题目关照,并托试船归时即寄示一音。暇录各直省主考学政单。是日王惕甫《渊雅堂文集》阅竟,并阅其夫人曹墨琴《写韵楼小稿》。

二十日(10月7日) 晴。晚热,东南风,晚桂香又扑鼻矣。上午《写韵楼文稿》粗阅毕,于碑帖颇有考证。午刻苕侄抄示江南二场题,经义在不难不易之间。是日始读秦侍郎《小岘山文集》。晚间砺生自紫溪来,以《学堂日记》图画轴八幅见交,一茶即去。

廿一日(10月8日) 阴,望雨仍不至。饭后读《秦小岘先生文集》。中午祀先致祭,是日先继母赠孺人顾太孺人忌日也,屈指见背倏忽已二十八年矣,报效无由,不胜呜咽。祭用菱肉香珠饭,先继母所嗜也,奉养不逮,聊尽乌哺私情,实深负痛。率两孙拜献,尚能如礼。下午掇读静坐,今日交寒露节。

廿二日(10月9日)　阴,微雨即止,终日北风。饭后阅《秦小岘文集》。下午荐卿邀以《申报》见示,知江南三场题"经学、史学、兵制、文体、地理",顺天头场题"抑为之不厌"至"云尔已矣","是故君子居上不骄"至"足以兴","禹、稷当平世"至"贤之",诗"秋风起兮白云飞",得"辞"字。凌范甫北场题此番极对手,颇殷期望。

廿三日(10月10日)　晴,昨夜微雨略润,终日西北风狂震,渐寒肃,乡试诸公回帆,总以守风为妥。饭后将续制田产细账并收推数一一登清,甚觉头眩目昏,可知此事不擅长。午后略楚楚记载讫事,仍阅《秦小岘先生文集》以销烦闷,亦顿快耳目一清。接邑尊书,要办保甲,约入城面商,已昨日过期,且难奉行。

廿四日(10月11日)　晴,西北风稍息。终日闲甚,阅《申报》,知浙江严办搜检,江南有遗才不取士子,归途击盗,救一布商,其人"勇、知、仁"三全,实奇才,可冠多士,而竟不遇若此,可称屈抑。暇读《小岘山人文集》。

廿五日(10月12日)　晴暖风和。上午陆畹九来,云日上要至江城回复保甲并缴庙捐,以全数相恳,即付讫,相约如后有烦言,惟渠回答,不再来嬲,一茶即去,要至苏家港。知今日镇上试船尚无回来,暇阅《小岘山人文集》。

廿六日(10月13日)　晴朗。上午略登内账。暇阅《小岘山人文集》。午后账船回来,接薇人信,欣知今日趁梅文卿船到家,并关照墀儿三场身体颇健,文字亦极认真,以闱墨呈阅,通体以"子贡不受命,夫子顺命"作主,恰是此题真注脚,文气雍容华贵,一洗平时高浑之习,大可幸中。阅竟,不胜快慰之至。

廿七日(10月14日)　晴朗。上午阅《小岘先生文集》续稿。中午后墀儿叫本地船自苏归来,因原船笨大不便,诸同伴另叫两舟各归。墀儿昨夜送少松回同,今日由冠溪莘塔送董、凌两君登岸,公账一一讫事,尚称赶捷。行李位置略收拾,即取三场原稿呈阅,详论久之,头篇"不看低子贡",循题布置,句调圆美,然不甚出色,其病在平,无气岸,二、三篇经文均充畅。三场与陶芑生、苏名士经师袁小庵并伴联做,每道十对七八,十分认真,至十六晚间始出场。此番尚能不负所行,若中与否,仍须造物主持,万难预必。子屏文极堂皇闳畅,子扬二场身子不健,头场文闻亦佳甚,余尚未见。灯前在书房内以所沽镇江百花酒与书田对饮,絮论今科场事,知少年子弟必要父兄陪考,方不为人所诱。余酣甚,已满量矣,夜眠一鼓。

廿八日(10月15日) 晴暖。饭后将墀儿三场细细覆校,似乎一无疵累,策条封处,据云原书亦多查对。复阅头篇,虽不出色,而音调响亮,处处合拍,非孟浪从事者可比,似乎尚可作妄幸想,静以待之,一笑。下午乙溪兄来谈,详问闱中事,费瑞卿亦来过。碌碌终日,无暇坐定。

廿九日(10月16日) 阴晴参半,欲雨不果。饭后由书田处得读渠兄文卿闱墨,心思笔力迥异凡手,文亦华贵不枯,惜后二有袭旧语,篇幅亦太长,未识能中式否。暇阅《小岘山人续集》。墀儿饭后至莘塔,晚归,知凌桐轩文回环两大比,大气盘旅①,大有中机。

九 月

九月初一日(10月17日) 晴暖。饭后衣冠率墀儿至东厨司命神前、家祠内拈香叩谒。芦局张森甫来,又完银七户,付洋三十六②元③,钱九百二十六④文,已六成半足矣。上午薇人、子屏、子扬同来,

---

① 盘旅,疑为"盘旋"之笔误。卷十一,第294页。
② "三十六"原义为符号 艸。卷十一,第294页。
③ "元"字后原文有符号 𦥑。卷十一,第294页。
④ "九百二十六"原文为符号 𣱥。卷十一,第294页。

阅子屏文,通体精气内涵,宝光外露,真能以名家稿作时样妆者。复阅子扬头篇,显黪呈露,千人共赏之作,至二、三篇,有声、有调、有色,余看人家应试多矣,二、三能若是出色,实所罕睹,不胜欣喜。此番看来,此子于科场最利,特未识吾宗气运何如耳,拭目俟之。畅谈竟日,至灯前始去,知子屏日上要至梨里。

初二日(10月18日) 晴热。饭后舟赴梨川,午前登敬承堂,友骞出见,毓之、唫海均在座,读闱墨,圆湛纯熟,真目下当行文,较上科优甚,若命则不可知也。少顷,吉卿携文来读,短篇精湛墨卷。友骞同毓之及余至金顺酒楼小酌,极适口醰畅。回,候吉甫八兄,以埠儿札并代送元卷、馀洋面缴,絮语良久,知沈步青尊人初六日治丧,余处讣文不知寄在何处。芸老约冬间回籍,后任瞿公,年仅廿九,真神仙中人也。回来,又与吉六兄长谈,知渠令祖张清士,文极得意,吉翁之作,可望亚元。夜至内厅吃香珠米粥,与友骞又絮语论文,余就寝已一鼓矣。

初三日(10月19日) 晴暖。晚起,至龙泉拉唫海茗叙,顾光川特来畅谈,会洋昨已收讫。回至敬承,唫海、友骞、吉卿又畅叙,以张清士闱作见示(竟中,气盛笔锐故也),精锐绝伦,何今科佳文之多也。毓之亦来谈,中午与唫海、汝诵花同席,下午告辞友骞,静候佳音,珍重而别,到家傍晚。

初四日(10月20日) 仍晴热。上午略登账务,查检推收底账,明日拟赴江城。下午率埠儿舟至芦墟陆畹九处,知到江进县见过承上文云云,借可接做。晤袁问樵兄,知浙闱搜检不办,馀则与《申报》所列严办之处皆同,渠文似颇得意。回来,与顾砚仙茗叙,复至公盛略谈即开船,到家傍晚。

初五日(10月21日) 晴暖。饭后舟至吴江,恰好东南风,一帆顺利,到同里中午,泊舟得春桥头厘捐局右,过吴少松寓中,晤见,略谈,相约舟回到馆,并于前书中得读闱艺,充畅之至。即开行,至庄家浜预吊步青尊人湘周翁,步青叩见,一茶告辞。趁顺风开行,到江极早,泊舟仓桥登岸,即见陈翼翁,知同熊纯叔来,两舟颇近,略茶叙,同至何局,付单两张,开账分倒并做推收,庞榜花手,谈定每亩一角。倒新单,每张二百文,托查底册一一清楚,翼亭、纯翁经手,分户甚多,亦一一立清花户,付洋交讫,惟方单钱俟见单再算。相待良久,回船已点灯后。夜饭后复与两君茶寮畅谈,知任又莲、凌范甫北场已到家,夜宿舟中已一鼓,暖甚,夜半微雨。

初六日(10月22日) 阴雨颇滋,惜不畅,中午前已开霁。饭后同熊、陈二君候吴鹤轩不值,留片而还。至杨稚斋处,复以契三纸托投税,先付洋十元,后算。据云前吉三纸,送稿而尚未用印,知江南接报,明日吉行。出来,至金柏卿家,以欠单交洋面付,复同翼翁至何局,往返数次始取清账,一切吉题。中午同两君馆中小酌,下午茶叙祥园,晤朱杏春、叶锦堂,夜至纯翁舟中,快谈畅饮乡人酒,臧否人物,未免酒后多失言,夜寝尚早。

初七日(10月23日) 复晴。饭后同纯翁、翼翁衣冠谒见邑尊陈翰翁,即请见,以“在”字等水车让米二斗,公禀呈示,并求出谕告知各业户。论及芦局庙捐欲求翻案者,丹卿侄子之意,余以芦局艰难告之,似可无容更张矣。复论及邑志,意在急欲告成,纯翁云,目前尚须参酌。谈论间,似尚谦和可商酌,授茶告辞,蒙送出大门,登舟即开,到同中午。晤见少松,约明日登舟到馆。出来,预吊张侣仙同年,初十日治丧,世兄采谷出见,人似不妥当,一茶,略述侣仙翁致病缘由而出。至陆家埭候钱芝翁,絮语良久,颇殷勤,后始知此公心境不佳,甚有季常之厄,云有俗事,不及陪茶叙。出门,至财神堂茶室中,群贤毕集,晤任又莲、叶荣伯,又莲以北闱元作见读,揣摩合式,必售之器。畅论良久,纯叔、翼亭至又莲家,余与少松同回,复至其寓絮语,灯前始还舟。是日热甚,里衣汗浃矣。

初八日(10月24日) 晴热。朝卜少松约至仓场衙茶饮,晤朱杏春、吴莲侬,莲侬由哈密归,赴秋试,足行万里路,略谈塞外事而还。即邀少松乔梓登舟,饭于舟中,复遇顺帆,到北舍午后。登舟,茶饮水阁楼，梅文卿适至，又畅谈试事，渠闱艺甚得意也。到家尚早，知日上无客来，惟迟范甫不至。

初九日（10月25日）　重阳令节，天极晴燥。闻北闱今日放榜，饭后送梅书田归家。上午补登日记。下午工人始刈稻，未毕。陪少松同候黄子登、费瑞卿两西席，见乙大兄，知日上身体略又委顿。适袁憩棠来，不及多坐即回，知有所商，允之，就谈良久始去。闻浙江十三日放榜。

初十日（10月26日）　晴朗。上午略登内账。下午北舍局书王云卿来，又完六户，已六成八左右，计现完十五两①有零，付洋卅二元②，又借八洋后算而去（已七成外）。暇观工人收稻，时则黄云满陇，绣壤歌丰，遗秉拾穗，贫民可免啼饥，但祝年年有此多多光景，是所至望，何乐如之！徘徊久之而返。

十一日（10月27日）　晴朗。饭后芦墟有信来，传说浙闱揭晓，嘉善仅中一名，系金沙浜周粟香之侄，号春霆，未识确否。少顷，子屏来，问之，寂无所闻，恐尚未的。以费芸舫回札见寄，知在场后发，尚有考优未出榜。试牍刊就，现请张清恪从祀孔庙并刻全集，归期大约在冬间，期望儿侄辈侥幸，情颇真挚，能得不虚为幸。子屏日上自梨回，屡起诸葛马前数，灵应与否，可卜之于即日，姑识之。谈至下午而返，放生摺且暂存，以俟书定后交与苐卿。

十二日（10月28日）　晴朗。饭后墀儿率慕孙至莘塔，贺凌听樵亲家令郎苍舟明日吉期。少顷，范甫自北舍来（廿二出京，初三到家），相别年馀，丰采佳甚，知三场做满策，意在必中。出示头场首艺，读之，题神惟肖惟妙，此揣摩十二分火候，论文夺魁，可卜操券，即属少松录出，可省售后重抄。畅谈京洛事，知出门辛苦，万不及家乡安乐。中午略办菜酌之，少松同席，尽欢而散。下午回去，云要至苏家

---

　　①　"十五两"原文为符号𝄪。卷十一，第296页。
　　②　"元"字后原文有符号𝄪。卷十一，第296页。

港,不及再留。

十三日(**10 月 29 日**) 晴朗终日。饭后登清儿辈金陵考试用及苏办杂物账,至午后始竣事。闻南场出榜,在今日登此开销账,作呼庐一掷可也,书竟不觉哑然。暇阅《秦小岘续集》。晚间由北舍接两邑尊照会,与当裹合,为修城捐公事,亦只好置之不论。

十四日(**10 月 30 日**) 朝上晴,上午始阴,重云漠漠,甘霖时降,惜尚不畅。暇阅《小岘先生续集》,始得详悉初公彭龄、陈公用光家世。传说浙闱元出平湖,秀水两正一副,系王江泾吴姓父子同榜;嘉善二名,一城中,一即周君春霆;南闱尚寂寂,盼望殊殷。晚间墀儿率慕孙归自莘塔,传说秀水同榜者是吴翠峰乔梓,翠峰系乙卯副车,待子成名,科名前有定数,难得有此佳话,若南场,则仍无所闻,望眼欲穿矣。

十五日(**10 月 31 日**) 又晴朗。上午闲坐,无心看书,下午依然,恐近地一带均落孙山外矣,思之闷甚,又为子屏辈辄唤奈何!晚间有人自芦回,知江正约中六人,惟梨里张清士昨夜报到是的确,馀则未详姓氏。文字无凭而有凭如此,子屏最为扼腕,若墀儿今科文本太平实,望之初不甚切,已励志立愿,功行交勉,卯科上再决一胜战,此志不肯衰也,故特记之。

十六日(**11 月 1 日**) 晴朗。饭后重阅《小岘山人文集》,心境不佳,了无所得。中午莳卿从同里抄榜来,的知江震共中四名半,正陈熊四名,江钱焕八名,张鸣驹廿五名,王文毓百五十五名龙尾,副洪乃琳十八名。今科皆知名用功之士,甚可为儿辈下第劝。下午李辛槎至莘和,为乙大兄调理,据云阳盛阴亏之症,目前万难滋补,用降清寒润之品,铁石斛为君,黄连、阿胶为佐,引以鸡子黄,想可渐效也。处方毕,陪饮,灯下招之来谈,论及子屏,无可劝解。畅论一切,一鼓下船,云清晨要至莘塔探范甫北场消息,同来约就余,再为余老夫妇处膏丸方。

十七日(**11 月 2 日**) 晴朗。饭后闲坐。上午李辛垞来自莘溪,知北闱仍无实信，砺生已自苏回。三县知名中式者有刘传祁，陶芑生仍下第。为余夫妇处煎方一，膏方二，以滋阴平肝为主，猛补之剂一概不用。留之中午便饭，畅饮镇江酒，尽欢而止，下午即去，云要至大港慰望子屏，朋友之情可称挚矣。终日碌碌，此心歉然，不胜康了之感。

十八日(11月3日) 阴，风雨终日，西风严厉。饭后查阅公账轮祭田产。暇则重阅《小岘山人文集》。下午风愈猛，薇人侄破浪来，为六、七侄应试廪保事，一托凌荫周，一托叶彤君，此风捷足先得，友骞尚轮不着也。北场揭晓，知任又莲仅中副车，此信云得之周慕桥，大约非虚。接子屏信，字字切实明理，一无怨尤之态，尚欣墀儿下第后犹有同志针贬其不是处，寻绎之，真下科夺命金丹也。屏侄意志不衰，大约尚可作冯妇。晚间风又狂，留薇人止宿书楼，剪灯愁语，一肚牢骚，虽以西江水涤之，恐不能尽也。下第苦况，为之垂涕，谈久冷甚，余始就寝。

十九日(11月4日) 晴朗，风渐息，大有寒意。是日凌伊人翁治丧除几，墀儿分当往，余防下第后语多愤激，致兴口舌，借风怕羞止之(无颜对至亲)。薇人饭后归，《儒林外史》八本借寄子屏，暇拟作札复慰之。晚间苕卿自莘塔还，确知北场亦十三日放榜，苏府仅中潘蔚如郎一名，并任又莲副榜亦子虚。甚矣，何北场获隽之难也？书此，不胜为范甫诸君悲涕。是日余怀愈为之愁闷，不能观书。

二十日(11月5日) 晴朗。饭后苕卿侄来谈，传说徐仙玖在北闱得病，近忽增剧，殊为可虑，以不确为幸。上午修札慰子屏，待寄，下午持片封润笔一元，欲求蔡听翁书大红堂对，廿二日子瑷甥吉期，当命墀儿面致之。暇阅《小岘先生文集》。

廿一日(11月6日) 晴朗，西北风狂吼，终日颇寒劲。饭后由莘和来，得见江南全录，苏属连副共中二十一人，上三县除刘傅祁外，均不知名。解元杨黻荣，怀远岁贡，闻说年已六十一岁矣(添收常熟翁官卷，此系讹传，《申报》已更正，非副)。副元仪征刘寿曾，仍旧副，亦近科所无，其弟贵曾亦是同榜副，可谓家瑞而未发透。终日闲坐，阅《小岘先生文集》。

廿二日(11月7日) 晴,不甚朗,风息,颇寒,面盆上朝晨有冰。饭后命埠儿至梨川,时蔡子瑗从甥吉期,余懒应酬,不往,故命之道姑母喜,留船止宿。账房有田事,马少山手,垂成不果,可怪也。终日静坐,读《小岘山人文集》第一册,未完。

廿三日(11月8日) 晴朗。终日阅《小岘山人文集》卷三毕。迟埠儿梨里去未归,晚间还,知今日吃蔡氏望朝酒,吉甫翁仍在家,会过,惨悉徐仙玖登高日卒于京师会馆,冯咏莪始终不离,其人可嘉。仙玖如此结局,天乎人乎?厄之太酷!又知北榜中式,上县五人,两潘,一顺之孙;一王;一尤,先甲府学老名士;一顾新昌,大约晋叔兄弟辈。若南场解元,系老枪妙手。

廿四日(11月9日) 晴燥。饭后阅《小岘先生文集》第二册。中午祀先,先曾大父赠大夫杏传公忌日也,祭品用蟹,先曾大父所嗜,祀毕,与少松对饮颇酣。传闻长田上殷梅士家有祝融之警,言之悚然。今秋风日燥烈,均宜思患预防。

廿五日(11月10日) 晴暖终日。上午至乙大兄处谈天,商及租米石脚,尚无头绪,喜日上服辛垞方大有起色。回来,子屏在座,絮语,意气和平,聊无怨愤,卯科兴致不衰,益征学问精进处制田无凑手。论及贸迁,余不以为然,盖非此道中人也,稳路走为是。晚归,约初一日会酌再叙,放生摺及余所书札面致之。

廿六日(11月11日) 晴暖。饭后作札拟致袁憩棠,为薇人馆事。午前徐丽江自萃和来谈,问候,一茶仍回萃和,云即要回去。暇阅《小岘山人文集》第一册。

廿七日(11月12日) 阴晴参半,北风无雨。饭后命埠儿同两侄至北舍,时丹卿侄妇金氏领帖,礼当应酬,故因渠家通知特去。暇阅《小岘文集》。下午埠儿回,知今日宾客不甚多,款宾以素,丹卿处境,分当如是。晤徐梦花诸人,云今科闱墨管稿最宜,四六小讲颇不利。

廿八日(11月13日) 阴雨。上午磨墨匣,颇滋润。墀儿同蒂卿复至北舍,丹卿侄妇今日除几,故从乙大兄命,又有此应酬。本路包瞿仙来,通知初四日县试,属至友庆关照六、七两侄,今岁初次观场,黄子登先生陪考,未识二子考运何如,能作一覆文童已幸甚矣。碌碌终日,未得坐定。

廿九日(11月14日) 阴,终日微雨,土泥滋润。上午阅《小岘先生文集》。下午接憩棠回信,薇人设帐一席竟成画饼,颇无位置处。适薇老来,即此以覆之,云江城不去,两侄保事已托凌、叶二君矣。晚至友庆,即去。

三十日(11月15日) 阴,无雨。饭后仍阅《小岘山人文集》。终日碌碌,下午闲坐,闻六、七侄赴县试,明日到江,与陆氏同伴。晚间北舍局书王云卿来,又完六户,又两抄串,前预付八洋①,今找三元②,钱八百③零四文,约计七成二三,搭桥过去,且俟后图。

十 月

十月初一日(11月16日) 阴雨终日,颇极酣畅。饭后衣冠东厨司命神前、家祠内拈香叩谒。上午同二侄蒂卿舟至大港,赴子屏会酌,余交重会,后年只剩一期,已得分头,每人七百文。至则晤梅冠伯、吴又江两侄倩,余先至竹淇处谈天,阅稚竹文数篇,词头太多,句法有不妥处,看来必须虚心用功。县试同子垂、梅小四甥明日雇舟到江,此时人舟甚忙,诸多不便也。回来,在焦桐馆叙酌,共七人,菜尚可口,饮酒如量而止。饭毕略坐,携子扬二三篇而归,到家点灯后矣。雨仍未息,要防发风。

初二日(11月17日) 阴,微雨未息,北风难透。暇录子扬二三

---

① "洋"字旁原文有符号 ⏋。卷十一,第300页。
② "元"字后原文有符号 ⏋。卷十一,第300页。
③ "八百"原文为符号 ⏋。卷十一,第300页。

篇未毕,中午十月朝祀先,与少松祭后小酌。下午至萃和乙溪处,议今冬限内收租,每亩加五升,石脚照十三年分,年令丰稔亦相等,虽晚稻略有干损,而终岁所需,似难从减,若乙大兄今岁七旬①,已让寿米一斗矣。

初三日(11月18日) 晴,西北风稍狂。饭后舟至赵田,贺袁憩棠郎稼田吉期。至则宾客盈门,晤陆松华、黄玉生、费侣仙诸君,知袁稚松被荐而仍不售,可惜! 与松华畅谈,云浙江闱墨其佳。至憩棠书房内,赏秋菊贵种。中午宴客共八席,余与陆芝田同坐,絮语袁氏家事,菜极丰满可口。下午主人道认新房,且留止宿,辞之,又与袁寅卿絮谈,良久而归,到家傍晚。灯下,李辛垞至萃和,复为乙大兄定膏方,据云外感全无,只须清补滋阴。又陪饮畅谈,渠十六日乃郎喜事,当贺之。一鼓时送之登舟,云无暇逗留。

初四日(11月19日) 晴暖。上午墀儿至莘塔,贺凌述卿续婚喜。暇则录子屏、子扬闱艺原稿,终日而竟。平心论之,文有宝光,又有骨力,趋时而仍不背古。传说今科江南多佳构,想未必有逾于此,真令人不解其故。甚矣,文其如命何? 晚间墀儿回,知范甫北场出房,荐批郭从矩云"刊去浮词,独标精液",二、三亦批足,被奎龄批斥"首清顺,二三稍薄",可笑批得隔壁,闻之愈形懊恼。

初五日(11月20日) 晴朗。饭后内人至梨里邱氏敬承堂盘桓,约十五日归家,暇阅《秦小岘侍郎文集》六卷,今始读竟。下午子屏自萃和来谈,恰好札复丁子勤,馆事不果所望,即托子屏觅寄,匆匆叙语即去。明日两账始开船发限縣,定期廿一日起限。

初六日(11月21日) 晴而不朗。朝上至友庆,晤杏园,知送考初回,题江已冠"则吾未之有得"至"兴仁",次通场"请复之"至"反命曰",诗"田畯至喜",得"诗"字。次题颇绝带,两倅恐不得截题窍法也。云四牌出场,实到乙佰九十馀名,正题已冠"大夫僎与文子",实

---

① 七甸,疑为"七旬"之笔误。卷十一,第300页。

到乙佰十三人,初八日复试。上午账房有俗事,芦局张森甫来,又完四户,付九元①,钱五百一十七②文,与之吉题,已七成四外矣。下午命墀儿作公议启,为来年修谱、修桥等公费,议自今岁限内起,每亩捐钱五十文,汇齐至岁底,另存生息,以备支用。作草稿示乙大兄,如无增改,即书于账簿之首。碌碌终日,夜登内账,不能看书。

初七日(11 月 22 日)　晴,颇暖。终日无事,因翻阅《小岘先生诗集》,不能细读,大约于苏骋为近,且多伦纪缠绵之作,卓然一大家也,当与王楞伽诗并看。

初八日(11 月 23 日)　晴朗。饭后苕卿来谈,云县试初复,尚未得信。暇阅《秦小岘诗集》。下午由北舍接到钱梦莲会试朱卷,岁底当答之,读其文,清爽健锐,恰如其人。

初九日(11 月 24 日)　晴暖。饭后将阅读《小岘诗集》,适竹淇弟来谈,知县试今日初复,案首陆石樵之郎,子垂侄第二,稚竹三图,苹甫六侄二图,鸿甫七侄不复,殊觉意料所不及,可一笑也。留之书房中饭,长谈至晚而去。裁衣七侄,渠经手,今岁又给二枚,云共前四数,不再请益矣。

初十日(11 月 25 日)　晴暖。饭后徐瀚波翁来,至村中发绵絮,暇邀之絮谈。放生半会,卖书馀资捐作温寒,一一付之托办。另有所商,即同苕侄面付,并命墀儿作复砺生,一茶后去。下午略读《小岘侍郎诗集》,官至二品告归,其诗本性恬淡。昨接县中照会,切问书院准俟○○文庙告竣,抽提两典作经费,此事非余谋主,然以后恐宾与诸公大兴口舌。

十一日(11 月 26 日)　晴暖,朝雾。饭后接凌磬、砺二公信,探听租米石脚,即作片,原船复之。二公意欲不加,然余竟作俑矣。暇阅《小岘诗集》,已将告归矣。下午友庆两侄自江回,知初复题"信乎,

----

夫子不言,不笑,不取乎",经"君子以成德"二句,"枫落吴江小雪天"。共复七十馀人,案首仍陆鸿渐(逵),子垂第五,稚竹廿八,若六侄不再复,实意中之事,勉之慰之而去。

十二日(11月27日)　晴朗,略暖。终日闲坐,阅《小岘诗集》,归田后多游山怀旧怡情之作。厚安北账发縠纸,今日始完。

十三日(11月28日)　晴暖之至,要防发风。饭后北舍翁家港始有来还飞限租者,折价议定每石一元七角半收之。秦侍郎诗翻阅竟,续翻读《王铁甫诗集》。东账吉老发限縠,今晚亦毕。

十四日(11月29日)　阴,微雨即止。饭后苇侄来谈,为限内折价欲请益,余急止之而罢,此事万不可着着胜人,且石脚已加,若再无松机,甚非宽政也,儿辈须知之。暇阅《铁甫诗》,才华富赡,似较胜于秦。

十五日(11月30日)　阴,微雨终日,东北风未透。朝上命墀儿舟至大港载子屏,先至梨川吊奠徐玖仙治丧,复至盛川同子屏贺辛垞郎明日吉期,大约须盘桓两日,十七日始返。饭后正欲阅《王铁甫诗集》,适接陆畹九信,为新到淮北饥民四十馀名,县尊发在芦镇留养,议与莘塔合办,今日邀齐议事。下午即同苇卿侄出去,至则苏家港、秋水潭阒无人到,惟闻畹九顷同凌砺生到江,大约亦为此事。晤渠郎韵岩,复终自江回,知二覆案首陈少聋,陆第三,想不能夺矣。子垂第七,稚竹廿名外,邱、费均可望前列。回至公盛,久坐始归,内人今日亦自敬承堂回家。

十六日(12月1日)　阴,仍雨终日。饭后各佃颇有来①限米者,为盐城县难民百馀名所阻,米不便收,仅收折色,夜间吉账,共收五十馀石。难民颇强悍,给米共二石而去,今冬公私交扰,恐此项开销亦甚不资也。上午率介庵、鸿轩两侄至大港,送梅溪弟妇钱节孺人除几入祠,至则宾客无人,唯见竹淇之婿谢锡侯而已。子垂、稚竹昨日复

---

①　此处疑漏写"还"字。卷十一,第302页。

终回来，正案尚无出，梅小四官亦得覆毕，此子可教也。中午与锡侯暨诸侄同饭毕，即归，金相镶卿侄孙送陈酒一坛，约三四十斤，受之，日后当礼尚往来也。到家灯前，碌碌终日。

十七日(12月2日) 阴雨竟日。今日始在限厅收租，终日各佃络续而来，夜间吉账，共收乙佰十八石有零。夜酹账房诸公，余陪之，饮锦相昨所送酒，醇厚之极，略带俗气，余已酣甚矣。墀儿晚自盛泽归，知辛垞此番阔甚，咏裳见过，自河南归，略有足疾。梦粟悼亡，郁甚。若庄兼伯，则名利兼收，甚如愿也。

十八日(12月3日) 阴，下午微雨。终日在限厅收租，自朝至暮各佃颇形踊跃，夜间吉账二鼓，共收租三百十馀石有零。因南账合数不准，再三覆算仍未凑数，合龙门尚无大亏，故迟之又久也。夜眠二鼓后矣。

十九日(12月4日) 仍阴雨，晚始有晴意。各佃远者不能来，近地尚能赶紧赴限，夜至二鼓后吉账，共收米数二百八十八石有另，折色居多。

二十日(12月5日) 晴朗，颇暖。清晨乙大兄特来，关照折价已加一角，余以谓欠理，不从命。饭后各佃闻知折价不加，颇形踊跃，自朝至暮，账房诸公几乎应接不暇，至夜，各佃始散去，吉账已三鼓，共收四百四十馀石，本色不过九十石左右。南北斗"荒"字均进来，价折一律，历年情让之弊今略除去，聊以自解。夜眠已近四鼓，今年飞限成色颇佳。

廿一日(12月6日) 晴朗。饭后墀儿复至芦墟会畹九，因昨到镇，所议留养之数，县派已不公，陆立人复不顾大局，渠家轻一肩，则吾家愈偏重，势难力任。关照之，复作札与立人、磬生，约明日重议。今日限内折价加五分，终日寂寂，所收不过两三户。夜间倦甚，早眠。接立人回条，明日决计赴镇再议。是日午刻，日中雨雪。

廿二日(12月7日) 朗晴。饭后同苇卿侄率墀儿到芦墟陆畹九处，至则磬生、立人咸在，论及留养公事，乡间宜减三口，莘塔添一，芦镇添二,磬生只认一,畹九二名坚不允从,若立人则于七口之中反欲照前议再减,只允口半。自上午至茶叙,了无增损,竟成画饼罢议。甚矣,与人共事,公私兼顾之难也。明日发钱,畹九代填,未识日后作何结题。余以三口半面许畹九,亦未成议,各人均散,余与侄辈还家已点灯后。

廿三日(12月8日) 晴,西北风,稍冷。饭后北厍局书王云卿来,与之吉账,另商而去。云开征大漕在初四日,价每石加二百廿,未识确否。终日在限厅收租廿五石左右。命大儿至两房收公捐,余处另登一簿,以备稽查。

廿四日(12月9日) 晴,西北风稍肃。饭后在限厅收租,至夜结账二十馀石。上午邱友骞处特遣人来(□已来),持吴莲漪致少松信,欲招致江西学幕,据云不过百金,作教读。余即转交少松,问其行止,且谓"吾弟此行,余不便阻留,惟余处代庖,须择定意中人方可从权"。恰好少松明日同黄子登陪友庆两侄赴府试到同,面会莲依,一决从违,即日复余为约。

廿五日(12月10日) 晴暖,东南风,又要防雨雪。饭后送吴少松陪考到同,至友庆顿候陆氏,同往不至,先行开船。大约昨日薇人来信,改期廿八之说得之包门斗,非子虚也。下午薇人自荫周处特来关照廿八取齐,初一日头场,礼房误看文书,以至门斗以讹传误,考事之疏忽若此,可笑也。然侄辈已上去,不过穿早两日耳。是日约收租实三十石左右。

廿六日(12月11日) 晴暖如春,即日要防变。终日收租不过二十石内。由北舍寄到毛上珍镒庭所刻贡卷样本,墀儿抑于岁贡,意不愿刻送,余则聊以解嘲,代为勘正一遍,大约差字不多。日昨,子屏寄示江浙闱艺,粗阅之,浙江可敌丁卯,元作出人头地,不愧榜首。若江南,皆假高不入调之文,甚少可选。元作看题布局,的是好手,而过性者,所谓老贡生文字,难冀入时人之目,以私意论之,浙则春华,江则有惭秋实也。问之子屏,以为然否。

廿七日(**12 月 12 日**)　晴朗。终日在限厅收租,米色渐形潮杂,收本色五十馀石,谷布鸡杂物,共收洋八十馀石,夜间吉账尚早。接凌磬生信,知照留养公事两镇统办,乡间俟续派再议。此次归镇捐办,其议极正大,倘有复至,乡间吃重,亦不能再推诿矣。姑听之,以图漏网。

廿八日(**12 月 13 日**)　晴暖。终日在限厅收租,甚不拥挤,殊觉清闲。夜间吉账不过六十馀石,颇失望也。友庆送考舟回,接少松信,知江西之行不果。府试初三头场,初五江震二场,早去五六天,皆薇人误听道路之言所致也,一笑置之。

廿九日(**12 月 14 日**)　晴暖。终日收租,在限厅照应,米数约五十馀石,渐多潮湿,自朝至暮,恰不寂寞。夜间吉账已一鼓后,约共收连折乙佰六十馀石左右。是日招北舍药店官王先生(号子庚)来合膏方,留之止宿。

三十日(**12 月 15 日**)　阴晴参半,暖甚。饭后在限厅收租,各佃陆续进来,仍折色居多。南北斗催甲进来,还数不多,尚能遵令,渐有短欠而费辞说者,可知年令并不稔于去年,以布代米亦今岁独多,自朝至暮共收米连折数不过一佰九十馀石,吉账已二鼓后,亏钱串太多,必当账者不留心。自飞限至今,共收数乙千八百六十馀石左右,计田数已八成账矣。

十一月

十一月初一日(**12 月 16 日**)　阴雨,西北风未透。饭后衣冠东厨司命神前、家厨内拈香叩谒。今日转二限,终日收租一户。下午乙大兄来谈,精神颇佳,深赖药饵调补。暇阅江南闱墨,颇能清真雅正,特调不入时,难动揣摩家之目。

初二日(**12 月 17 日**)　复晴朗。终日收租一户,闲寂之至。

初三日(**12 月 18 日**)　晴,西北风。终日收租折一户。晚间凌砺生来,勤勤惜字,谈谈娓娓,以切问书院照汇抄示之,一应代应账目算清,以《劝戒近录》翻刻本送余,因时晚,留之不肯,匆匆回去,知彼处租务亦成色八数矣。

初四日(12月19日)　晴朗且暖。终日收租十馀石,又有过路难民,给米石五,钱三百,此项开除,乡间实无相助,殊受其累。下午同厚安至芦墟探听米价,已两元外,殊不便告籴。至畹九处谈论片刻,知续派灾民已见照会,自关外来,恐乡间亦必波及,已约渠如到再议。回来,公盛小坐即开船,到家傍晚。

初五日(12月20日)　晴阴参半,要防发风。终日收租四五石,米色不堪,孤苦之户居多。明日循例开欠,能得户户进场为幸。

初六日(12月21日)　阴,微雨,东北风,是日戌刻交冬至令节。终日收租五六石,布折,贫苦居多。夜间祀先,祠堂内祭已祧之祖,余主灌献,厅上祭高曾祖父,儿孙辈襄事,颇能拜跪如仪。祭毕,夜饮散福酒,与儿孙团饮,余已醉态满量矣。

初七日(12月22日)　晴朗。朝上至北舍吊奠范姨表嫂,留素饭毕,茶寮小坐,晤曹松泉,略坐谈而归。终日收租十馀左右,零欠多矣。下午芦墟续派灾民到乡,万不能留,即作片复畹九,仍着来项圩甲领回到镇,其计甚狡,即命大儿带侄至莘塔会罄生,明日往芦,相机行事。黄昏后儿辈归,罄生会过,续到者亦廿一名,并知雪巷已派,似难分任,此事明日汇议颇不易释肩也,俟到时再定。

初八日(12月23日)　晴暖。饭后率带卿侄至芦陆畹九处,以昨日硬押灾民无礼责之,渠阳为谢愆过去,然后谈公事,仍以前后两镇统办,且俟罄生出来再议。略坐出,至市上茶点,复与沈杏春兄茶叙良久,时已下午。知罄老已到,始派定莘塔廿三,芦墟廿九,余处十口,苏家港一带八口,余允以九口,一作不情,罚项不认。又与畹九争论,余则理壮不为屈,罄生落肩一口,阴划莘塔贴办,始各言欢而散。以洋五元面付畹九后算,以十日为期,始各言旋,到家黄昏后矣。是日收租约十馀石。

初九日(12月24日)　晴朗。饭后始知昨日墀儿自紫溪会酌归,述及沈子均来信,此次府试江震与常昭文童为争号板大闹,几至罢考,幸李太尊和平,江震另于初七日特试一场始无事,然叶锦堂已受重伤矣,士习不堪竟如此!终日收租,开欠归吉一户,夜间结账,共收四十馀石。

初十日(12月25日)　晴朗。终日收租,上午颇不寂寞,下午寥寥。南北斗"荒"字催甲均来,惟零欠全欠尚多,开欠归吉又一户,夜间结账,共收六十馀石,布折竟有二十馀石,本色不满十石左右。自开限至今,共收米数二千零五六十石(实二千○五十石左右),成色已将近九折,甚为惬意。惟折色太贱,不无折耗太重。

十一日(12月26日)　晴朗,颇暖。是日转三限,终日收租三户,开欠又归吉一户。暇阅《申报》,快知杨乃武一案已得刑部昭雪。

十二日(12月27日)　晴朗。终日在限厅收租,寥寥仅两三户而已。上午接吴少松致友庆信,初七日考江震,题"恭敬"二字,"子产"章分两县,至今未出案,云十四日仍九县总覆,大约尚有闹事馀波须调停,如此迟延,徒费旅资,不如速归为愈,约十四日放舟去载。

十三日(12月28日)　晴暖之至。终日收六七石,租数布贸居多。府试题是"恭,其事上也敬,其养民也",二题诗不知。

十四日(12月29日)　晴朗。终日收租十馀石,闲甚,略阅《渊雅堂诗集》。

十五日(12月30日)　晴暖。饭后至北舍局完漕银,王云卿出外,有柜上瘦生者潘姓接应,即先完七户,价三千六百五十二文,照去年加百,算付洋二百七十一元①,钱八百九十二文,已足四成,前所移四十元亦扣讫。取条而还,尚未中午,是日收租十馀石。小孙女今日种痘谢花,甚喜平安康健。

十六日(12月31日)　晴朗,略有东北风,然仍无雨意。终日收租十馀石。上午有海州难民来索米,至三家,四石四斗而去。此辈云

---

①　"元"字后原文有符号├人。卷十一,第306页。

是旧岁闹事者,强悍老江湖,殊觉难乎为继。夜酌种花曹三先生,此公系吾家两世回春手,儿孙陪饮,情话良久,极酣畅而散,余亦酪酊之至矣。

十七日(1877年1月1日) 晴,西北风狂吼竟日,尚未严寒。为风阻,租米无一户来。午前苹甫、鸿轩两侄自苏回,知十二日出案,子垂侄第十,稚竹六十几名,苹甫八十几名,益征考试难料。十四日仍九县总覆,分东西坐。争闹一案,府尊宽容不办,只将常熟首事之人舟子薄惩,以释江震廪生殴伤之气,然风闻吾邑起衅之由,则长髯公升老也,言之可叹。少松信来,约廿二日去载。

十八日(1月2日) 晴朗,略有冰。饭后舟至梨里,午前泊亭子桥,赴蔡进之甥会酌,至则诸人咸在,得彩者袁佩卿。设两席,酒菜均不甚佳,与范咏山、沈子和同坐絮谈。席散后,至堂妹处坐谈良久,傍晚至邱氏,友骞在苏未返,舅嫂留夜粥,请毓之弟陪余,夜谈未久即登船,宿于舟中,颇暖,适终夜闻街柝声,镇上人家施放焰口,闻钟鼓声。

十九日(1月3日) 晴暖。早起,自舟中独至龙泉茗饮,适黄吟海来,就谈良久而出。饭于舟中,即开船,阅《王铁甫诗》一卷,已到家。今日颇有来还租,约收十馀石。东轸新田草草结题,然已有零欠,骤难顶真,自落场而已。

二十日(1月4日) 晴阴参半,似将酿雪。今日三限截数,门庭阒然,只收一户。暇阅《渊雅堂诗集》,已将读遍矣。

廿一日(1月5日) 晴暖。饭后至乙溪处,以蔡氏二妹处末会钱寄交,明日不去。终日收存仓米三户,已两户不清。属吉翁至芦局完粮银六户,付洋乙佰六十三元①,找入钱五百十八文,已四成三四。洋价今日减十文,恰又赔送钱一千六百三十文,赶事迟缓,致受此亏,可知余不勇速之咎,只好一笑掷之。

廿二日(1月6日) 晴朗。朝上同介庵侄至北舍吊奠再仲(从)

①　"元"字后原文有符号⅓。卷十一,第306页。

兄大榕,号赓扬,十九日寿终,今日领帖,兄弟行中又弱一个,思之凄然。回来,终日租米无一户。下午吴少松到馆,江西学幕教习冷淡,决计不往。府试二复,江案首施锡采,子垂仍在十名前,墀儿落卷领出,在第五房,阅至起比,批"少沉着",似非过谬。子屏备荐批"明净而欠精警(采)",薇人阅一讲,均属可笑之至。

廿三日(1月7日)　晴暖,霜重。今日始开账船,终日限内寂寂无收,开欠一户,亦无归吉之势。难民又来,出米二石二斗,殊无了局。《渊雅堂诗集》阅完,重读《文集》。

廿四日(1月8日)　晴暖更甚,似非时令之正。终日收租两户,差追所来者。乙大兄来谈,丰采颇佳。暇则阅王铁甫散体文。

廿五日(1月9日)　晴暖。终日在限厅,收租寥寥,照应出下脚,颇得价。东账船晚归,略有所收,米折均有。明日差追南北斗,因成色不佳,颇受催甲蒙蔽。

廿六日(1月10日)　晴暖如初春。终日岑寂无一事,读《王惕甫文集》半卷,几乎疲倦欲假寐,可知精神不能振起,读文亦不克退睡魔耳。

廿七日(1月11日)　晴暖如昨。上午闲坐,限收一户,不过还米一半,因路远,其妇又蛮甚,从宽听之。开欠仰仙村,草草落场,实当账者不应手,以后不办矣。下午至北舍局又完新漕银八户,付洋一百六十九①元②,钱七百八十六文③,王云卿又不值,已六成二三矣。与元音侄茶叙仁和楼,良久而还,尚未点灯。

廿八日(1月12日)　阴,东北风,似欲酿雪。饭后舟至芦川局中,又完漕银四户,付洋九十三元④,钱六百十七文,已六成半矣。还

---

① "一百六十九"原文为符号 山。卷十一,第307页。
② "元"字后原文有符号 廿。卷十一,第307页。
③ "七百八十六文"原文为符号 糸。卷十一,第307页。
④ "元"字后原文有符号 。卷十一,第307页。

至钱艺香处,以蔡听香所书款堂对托裱,约二十后有。出来,至张厅,独坐茗饮良久,又至江西馆吃面。下午与顾砚仙茶叙,絮谈毕始开船,已风雪交作,到家未晚,开欠已与张伙算账矣。

廿九日(1月13日) 倏晴霁,稍冷,西北风。终日租无一户来。下午顾砚仙过我,有所商,允之,亦周旋应世之难却者,略坐即返。接子屏回复墀儿札,知费芸舫十九日抵苏,约初二日同往修谒。子垂二复案上第六,稚竹十五名,正案尚未出,案首大约非施即彭,吾家二子尚足差强人意也,闻之颇喜。

十二月

十二月初一日(1月14日) 晴朗,西北风,严寒,为今冬第一日。饭后衣冠东厨司命神前、家祠内拈香叩谒。终日寂寂,租无一户,暇则重阅《渊雅堂文集》序类。晚间南账船还,略有所收。

初二日(1月15日) 阴,无风,防风雪。苏行不果,终日寂寂无事,阅《渊雅堂文集》二册粗毕。

初三日(1月16日) 上午微阴,下午略晴,西北风略劲。恐子屏怯于风,苏去又不果开船,可笑。终日闲寂,然心不能静专,阅惕甫文,亦无所得。

初四日(1月17日) 晴暖。饭后命墀儿赴苏谒芸夫子,先至港上载子屏同往,大约有六七天逗留。上午黎里局王漱泉进来,据云帮办周云槎,照去年完五户,付洋七十八元①,钱三百九十四文,已七成八足矣,取收条送之去。是日收东顾租米三户,折价不加,佃户颇沾实惠。中午先祖母周太孺人忌日致祭,二加命两孙拜献。碌碌终日,不得坐定。

初五日(1月18日) 东南风,晴暖万分。终日无租进来,无聊中读《惕甫文集》序,适"玩"字吴三蛮嫂来,硬借口无礼,乖戾之极,痴

---

① "元"字后原文有符号 ⊱ 。卷十一,第308页。

横蛮泼,殊难理论。下午竟满所愿,二洋又一洋坏,账房内落肩而去,甚堪发指,然无如何也。妇人之难养如是(乖气要避),可恨!可度外置之。

初六日(1月19日)　阴,微雨,仍暖。上午凌砺生来,便留中饭,谈及《文录》要刻序文、凡例,鄙人之作,特托钞刊。余谓小传亦宜刻出,并云县志亦要动手,然未必告竣,惟此番金泽收拾字灰功德最大。下午回去,云由紫溪至盛泽。晚间墀儿回,恰好此行芸太史在江城,到乡省墓,寓在王寿云处,昨夜谈至三鼓始分手,云扫墓毕后到黎川略住几天,即要入省城公馆内居住。为渠夫人觅地,极踌躇。河南今岁旱荒,路上虽钦使非兵卫不能行,一切考政均未提及,开岁再当候之。今日又有过路难民,破费米竟至三石之多。

初七日(1月20日)　晴,仍暖,昨夜雨,不甚沾足。饭后至萃和,知乙大兄日上略有感冒,尚轻。昨儿辈携示正案,江彭乃照第一,震案首徐秋谷甥,子垂第七,稚竹十七名,均可有望。暇阅《申报》、《惕甫文》序。

初八日(1月21日)　晴暖,东北风,能得酿雪为妙。饭后属钱老明到芦,以灾民数洋八元①面交陆畹九。陆厚斋进来上米,闲谈货殖,娓娓可听,下午回去。东账船晚自南北斗回,账情颇形减色,所收寥寥。米则陆姓闸种一石二斗,砻糠居多,殊觉年非一年,甚难整顿。催甲既霸,当账实不得力,思之闷闷,统牵不过捌成左右而已。

初九日(1月22日)　阴雨终日。无聊中读铁甫文,亦无味。今日又有海州难民百馀人,闻极强悍,初拟合村派米,余家一半,后又村人不肯,余家三石四斗,钱、徐一石一斗(后闻不确,钱二斗,东浜九斗),共四石五斗,未识确否。然圩甲之妻夏妪已诩诩居功矣。事之独立无助于斯可见。

初十日(1月23日)　阴,微雨。终日寂寂,亦无心看书。略阅

---

①　"元"字后原文有符号 ⼘⼎。卷十一,第309页。

《申报》,颇有奇异可观。两账船今始停开,就近地而论,成色颇佳。

十一日(1月24日) 阴雨而风不透,仍暖,是日交腊。上午包癯仙来送历书,中午薇人来,书房内留饭,谈及卒岁颇窘,来年苦无安顿之所,殊深焦思。所商五经,允之,如数而去,然实难以为继也,奈何?暇阅《王惕甫文集》。

十二日(1月25日) 阴,西北风颇肃,似欲酿雪而未成。二加略有修理,观泥木作换料,柱脚上白蚁已蠕蠕欲动。暇阅《惕甫文集》。

十三日(1月26日) 又晴朗终日,无下雪意。今日二加修葺,安顿楼梯,墀儿多事,颇肯克己,以楼板之长者与友庆调其短,期于各适所用。惟欲以公账椅子属其独修,以偿所赢,孰知羹二嫂大不情理,坚执不从,且啧有烦言,余愤甚,欲与理论,不成事体。命子祥代复,以度外置之。甚矣,妇人难与共事也,转愤为笑过去。暇阅《惕甫文集》。

十四日(1月27日) 阴晴参半。笔谏堂西厢今日动工换修壁里柱,幸无白蚁,接过二尺有馀,已坚致如新,尚喜费省工逸。下午徐瀚波来收惜字费,一应托办之事付洋三十九算讫,一茶而去。终日碌碌,心境不舒畅。

十五日(1月28日) 阴,上午飞雪称瑞,下午雨即消。今日上仓工毕,较前冬少一半,而租折乡人颇沾实利,短工舂米,一应算账。曹三先生来,为慕孙处方一剂,据云痧子已见头面,尚未透达,以避风忌食鲜物为要,明日须复诊也。碌碌终日。

十六日(1月29日) 阴,上午大雪几盈寸,惜暖风吹之,不半日销尽,然已称瑞矣,下午有开霁像。曹三先生来为慕孙看诊,知痧渐透头面,而两颧未畅达,再服和中解化方一帖,云可回净尽,约十八日再来。暇读《惕甫文集》。晚接蔡进之信,欲托完芦局两户粮银。

十七日(1月30日) 又阴雨,下午尤其,北风不甚冷。暇阅《惕甫文集》。午后黄子登来谈,话别,来岁分手,借此告辞(送《日记》《小志》各一部),颇敦古礼。茚卿来,絮语良久,以友庆前日之事告之,答钱梦老朱卷、谢教并赆仪一函,托少松到江面致。

十八日(1月31日)　阴雨终日,颇畅。午前曹三先生来,又为慕孙处方,知痧症已回,惟音稍嘶,痰嗽未和,用和中清理汤,服二剂可全愈矣。下午北舍局书王云卿来,又完九户,付洋五十四[1]元,钱九百五十四文[2],已七成三足矣。明日吴少松解年节,略具便肴小酌,两人对饮,酣畅之至。慕孙日上辍读,念孙生书,上至"淳于髡"章"离娄"卷。少松处代仪送白米、冬春各五斗。

十九日(2月1日)　阴,东北风,下午又雨。饭后送少松假馆回同,约新正二十日到馆。午前杨稚斋来,交回税契三结,叶厚甫处亦代应讫,总付找洋六元[3],收回钱八百文,一茶而去。下午又有难民,颇强狡,费钱一千,米二石五斗而去。一饭,顷又有续至,诈云非一帮(后知安静,不开发即去),颇费辞说,复开发,殊难不了,深受其累。

二十日(2月2日)　阴终日。上午雨雪交加,不崇朝即销净,然犹在腊尾,称瑞也。暇则寂无一事,以《惕甫文集》传铭消遣阅读,尚能得其命意之所在。

廿一日(2月3日)　阴雨终日,颇滋畅,惜少雪耳。账船复开,不过奉行故事,实无可催取也。暇阅《文录》、《惕甫文》序各半卷。

廿二日(2月4日)　上午阴,微雨雪,下午开朗,是日子刻立春。饭后舟至芦墟局,又完三户,付洋廿七元[4],钱五百三十六[5]文,已七三折足矣,进之所托亦完讫,取收条而回。至钱艺香处,堂对未裱齐,约廿六日去取。还至公盛,陆厚斋邀至馆上小饮,与沈南洲诸人同叙,饮毕,又茶话张厅,沈杏翁亦来絮语,盘桓久之而归,到家已点灯矣。

---

①　"五十四"原文为符号 𝖺 。卷十一,第310页。
②　"九百五十四文"原文为符号 𝖺 。卷十一,第310页。
③　"元"字后原文有符号 。卷十一,第310页。
④　"元"字后原文有符号 。卷十一,第310页。
⑤　"五百三十六"原文为符号 𝖺 。卷十一,第310页。

廿三日(2月5日) 上午晴,下午又雨。饭后子屏来谈,少顷,陈翼翁亦来,中午略置酒絮谈,下午雨甚兼风,均留止宿。夜谈一鼓,两人同榻书楼,情话颇长。是晚余父子衣冠虔奉香烛酒果恭送灶神升天奏事,循例,夜与子屏共食圆团。

廿四日(2月6日) 小除夕。朝起风狂甚,雨则渐息,又留翼亭小住,畅谈一切,明年春闱决计果于一往,兼筹苜蓿生涯,以为结束,余甚怂恿之。中饭后决欲归家,田价付讫,叶厚甫处税契一纸亦面转交,送之登舟,云新年得暇要来再叙。客去后,又与子屏絮话家常,情真虑切,然余竹林亦空抱杞忧,为之浩叹耳。夜间留子屏仍宿书楼,眠已一鼓。

廿五日(2月7日) 阴晴参半。饭后送子屏回港,河南全墨暂留案头,董征君续刻诗文,刘卯生由吉甫处转寄十本,印资后算。舟回,子屏饷余酒,谢受之。曹三先生来为念孙、兰孙女诊视痧证,据云念孙痧点已见,若兰宝或是重伤风,均以发透之药治之,并约明日再来。是日又有难民三群接至,殊觉应接不暇。夜间账务纷沓,一时登清殊形畏难。甚矣,拙于会计之苦也。一鼓后,头绪尚未分吉,疲倦而眠。

廿六日(2月8日) 晴,略有冰。饭后属相好至芦墟算店账,买杂物。上午曹三先生来诊视虎孙,知头面已透,脚底未齐,兰女孙痧证已透,尚须保护使暖,均以清透药治之,约明日再来看。是日难民又来三群,给米三石三斗始去,殊属费大不了。墀儿身子亦不甚健,要防连发,讨厌之至。烦扰终日,内账略已结清。

廿七日(2月9日) 大雪终日如掌舞,惜已交春,不及令矣。饭后,曹三先生来诊念孙,痧已透,馀邪未退,仍须服温通清疏之品一剂。兰孙已渐愈,可不服药,小女孙已现痧点,以汤头药研末饮之。墀儿昨夜虽得汗解,仍防发痧,约明日再来诊视。岁暮事忙,殊增烦闷也。今日开销限内一切工账,约须青蚨乙佰二三十千文。限内租米实收二千二百五十石左右,成色不为不佳,然浮费滋多,颇难节省,将何以支持之？夜酌账房诸公，余陪饮，甚有醉意，就寝一鼓，一应内账尚未登清。

廿八日（2月10日）　阴，微雪，昨日积雪已销净，泥途滑滑矣。饭后送诸相好回去，陈约廿六，钱约十六，子祥约二十日，吉翁年头看，老振仍守账房，少堂卅日上午去载。曹三先生来诊视墀儿，痧子现而未透，脉火痰多，治以疏透消痰，明日仍须复诊也。虎孙已渐平安，服药两剂后可以奏效矣。子屏有信，为庆三侄媳给洋三元作预支，即书片封交之。栗六年尾，一身兼理，无人相助，劳顿纷烦之至，夜间略登账务。是日又有难民，共给二石六斗，最后又一群，一石五斗，源源而来，将何以为继？明日又预须籴米矣。

廿九日（2月11日）　晴，西北风颇劲，雪渐消净。饭后三先生来诊视墀儿，痧点已见头面，尚未畅达，汗与痰均不多出，云有积滞，故虽下便，腹仍不松，用大力、槟榔、厚朴诸品，未识能即和解否。约明日再来。除夕犹与药炉相对，亦生平未历之境，思之烦闷。砺生有信来关照墀儿，归两房子金并惠芽茶、洋糖，即代作复。是日难民又来两群，视余家为奇货，人口犹是，特换头目数名冒索，又共费米二石。瓶已罄，又特告籴于公盛次糙三石，已费洋六元，殊难填此辈贪腹也，言之可愤。下午稍闲，命工人拭拂两厅，五代图暨祖父母神像张挂瑞荆堂，先赠公暨两母孺人明日张挂养树堂，先兄嫂张挂笔谏堂，亡次男夫妇神影位置在书房。墀儿痧证尚未平复，万难代劳，余不得不亲自检点，并预为料理，以分除夕之劳，亦历年所未曾遇之周折也，不胜栗碌。

卅日（2月12日）　除夕，颇晴朗。早起，知墀儿昨夜不安，虽汗不透，痧点仍未畅，痰欲出难出，神不得安，舌干，不便语言，积滞下而不畅，恐防变迁，即飞舟去请邱吉卿。饭后，痰稍出，略安。曹三先生来诊视，据云病在少阴，清凉之品万不能用，开方而去，约初二日再来，并欲先示吉卿方，姑许之，今日之方暂停，踌躇之至。余自省无大作恶事，想无大惊吓也，然总须头面大透为妥。上午衣冠虔奉香烛祀神过年,先大人两先妣孺人神像谨谨展挂,专待吉卿。闻又有难民,费米石六而去,真日不暇给也。午前吉翁来为墀儿诊视,益信痧点来而不透,幸脉虽细而有根,处方用升麻、葛根加减。三先生厚朴误用,以致舌干,能得下便不频泄,总可透达收功,然余心急甚矣。留之中饭,苐卿陪之而去,约初二日再来,已面允矣。晚间二加祀先,余代儿辈献酒拜祝,祭毕,养树堂祀先,余诚心拜献,儿孙辈均不能行礼矣,歉甚。一鼓时,诸事舒齐,余尚不致十分劳顿,是夜星斗光彩佳甚,可望来岁丰年,杞人祷祈之至。

光绪三年(丁丑,1877)

一 月

光绪三年,岁在丁丑,初一日(2 月 13 日) 晴,四鼓时墀儿忽变证(昨日晚间已不成寐,齿焦,的是热毒内陷,渠已急甚,许愿),汗出头面,真气已将散尽,自知不起,语言异常,云有鬼卒持报单来(昨日发愿,欲重刻《玉历钞传》),请作玉皇香案吏,不能终养。余夫妇涕泣叩求祖宗祠堂内,渠亦情急,云难救治,急飞请吉卿,又一舟载凌砺生。少顷,已内陷发狂,余与朱仆持之,幸免身不在床。饭后乙大兄率两房子弟来拜先人神像,贺岁礼一概删除,余始知此证冬温为主(廿六、廿七日麻黄、犀角并用,或者可救,然无此良医),痧发尚是馀波,然医家昨日尚见不到,何瞆瞆也?苐卿侄已去请吴仰如来诊视,亦无决断。砺生上午来,病者目直视,已不能言。吉卿午前至,云脉已无,渐近吸止,两人拟方用升麻、犀角,药到煎就,病人已不欲饮,即能饮,亦无及。余方寸乱甚,送吉卿,命侄辈留砺生商酌一切,云难挽回,姑飞舟去请李辛垞,两人相对浩叹而已。延至戌刻,痰上升,犹低声命点香烛,竟别余夫妇而去,犹念上午时急诵佛号,此时四大分离,忽然瞑目,梦耶真耶?天翻地复,大祸倏临,是余积愆所致?家运极否,号救无门,是夜痛如心割矣,呜呼!辛垞二鼓时来,属砺生辞之不上岸,厅上侄辈代为收拾,神像一一收藏,抱罪良深。四鼓后,余倦甚,略眠,亦惟枕上饮泣而已。

初二日(2 月 14 日) 晴,大风,寒甚。清晨命子祥至盛泽买衣服料,属钱子方至西塘办材木,均大兄、侄辈代为主持。饭后权将死者设幕于养树内厅，港上竹淇弟、薇人、渊甫、子屏侄均来探丧，慰余皆相见泣，子屏号泣尤甚。晚间蒙两房相好均到，上灯时吴少松冲风来自同里，登岸即大号泣，是夜三鼓发报条，定殓期，诸事略有头绪。砺生下午回去。

初三日(2月15日)　晴，仍冰。村人走会，另唤短工。饭后属诸相好到镇办事，友骞、毓芝两弟暨诵庚内弟、达卿内侄、黄吟海遣郎骐生均来慰探，友骞、毓之对余大恸，凌菊亭、范甫继至，皆涕泪交挥。朝中饭后，诸公俱去，友骞特留。是夜子祥来自盛泽，子方来自西塘，衣衾、棺木渐具，余心略定传神，蔡月槎留宿书楼。

初四日(2月16日)　晴，略暖。饭后略命工人排场一切，蒙诸亲友均至陈思，杨氏亦命两表弟来，最关切者亲如蔡氏二妹，友如熊纯叔、陈翼亭，均宛转慰劝，谓死者已矣，存者两孤，二女婚嫁，教抚责在余一身，必须达观，抚弄孙成立，庶可绵先人之绪于一线，余亦恍然有悟。友骞代书联额，下午趁徐一山船暂去，是夜稍寐，精神疲极，账房诸公或有达旦者。

初五日(2月17日)　晴，仍冷。是日一切附身、附棺之物均已齐办，明日举殓，择定辰时。饭后陆寿甫、徐丽江诸公来，董梅村、袁憩棠特至书室慰余，相对泪下，情难自禁。是夜作佛事，凌氏外荐。

初六日(2月18日)　晴，下午大风震撼，雪花微飘，几乎点水成冰。四鼓起来，唤齐工作人等举动入殓，天微明，升炮提柩，傅土作成衣，先着衣冠补服，次着衾，余夫妇忍泪相事，毫不苟且，亲丁则念曾痧证初回，难以起坐，权且不送，亲族除两房兄弟外，关切万分莫如吴少松、子屏从侄，墀儿入殓后复一看，面如生，不解何故。两目略有光，不闭，余痛而不哭，默祝抚之始合眼，从此父子长别，抚孙成立责在余老人一身矣。亲友劝余不复视，始殓毕成事，即略排场，大殓受吊，余痛定思痛，承诸亲友来唁，只好回避不应酬。新亲凌砺生率孙婿来奠，费吉甫亦亲自来慰奠，必欲见余，始至内厅叙话，不觉声泪俱下，情深言切，一一感谢而别。中午后始举殡，权厝在正屋旁南场外

旁屋,立丁癸向,颇空无碍,余亦放心。灵座设在笔谏堂正厅,礼当如
是。诸事初毕,风大作,亲友不能去者凌氏雨亭、范甫、殷达泉、吴幼
如、蔡子瑗竹林(定甫)、蔡月查、邱友骞、梅书田子和,均设榻安顿。
夜复与诸亲友勉强叙谈,一鼓后忍割愁肠,门户不及照应,与友骞同
床,黑甜乡酣甚矣。

初七日(2月19日) 晴。朝上陪诸君朝饭。上午送各亲友回,
均蒙宽慰,益增凄然。终日账房内开销各项略已楚楚。夜间馆上送
两席,办一席,酬谢诸公,陪之强饮,明日两房诸相好均要回去,承情
之至。惟谦斋有事,昨日先回,仅书铭旌而已。夜尚酣寐。

初八日(2月20日) 晴,稍暖。终日与少松知己谈心,今岁猝
遭逆境,变生仓卒,自惟祖泽不应受此重谴,岂余别有隐恶,干怒鬼
神,欲求其故而不得,只自惧家运式微而已。中午与少松小酌解愁,
适有难民盘踞南玲坟屋,又复败兴,少松同侄辈速往,已得驱出无扰。
闻莘塔初一日难民大加惩创,或者凶焰可望稍衰。

初九日(2月21日) 晴,稍暖。终日与少松谈论,罕譬多方。
中午又复小饮,始得强颜开笑口。

初十日(2月22日) 晴,骤暖,重裘可卸。是日子范神回之期,
循俗例命村中羽士念经作法,终日而毕。夜间戌刻,闻家人寡孤招
魂,哭泣之声亦尚能抑制,不大痛。子屏有慰札致余,语重心长,均如
余所欲言,益钦关切情真。

十一日(2月23日) 阴。饭后属厚安至梨里买办寡媳、孤孙素
衣服布料,少松趁船至大港上贺岁。午后北风陡作,雪花如掌舞,冷
甚。晚间两公各归,始慰余心。

十二日(2月24日) 略有雪,仍冷峭异常。午前厚安归家,不
能再留,约廿二日到寓。始将子范三朝丧费账簿略一检查,约须费制
钱四百千文左右。子祥侄孙出入账登得不清楚,只恨余帮助乏人,亦
不忍责备也。

十三日(2月25日) 晴朗。饭后备舟送少松回同,并托到苏买

生漆,了子范书坊刻字店内未了事。考事月初在即,两孙痧证初愈,保养为要,尚不能读书,约少松师二月廿八日到馆,相慰而去(始有人传,南玲村人筑水栅,大不利于余家之说),子祥亦去,留者钱铭三。无聊中始登清内账,方寸尚不至如初二三日之乱。

十四日(2月26日)　晴朗终日。抚摩两孙,长者知哀,次则唤唤,始补登大变后日记。

十五日(2月27日)　日记重起。是日晴暖。朝起衣冠在账房内恭接五路财神,自今日元宵始,重做人家特求利市。下午恭接灶神到堂,不胜修省凛惧之至,暇与大兄闲话,兄为余心境亦甚恶劣。苇卿侄到芦候陆畹九,昨有信来,又缴留养捐数。

十六日(2月28日)　晴,东北风颇尖。饭后元音侄来叙话,渠范氏得力之伙,惜无贤主人同心创业,然能不分手,尚是古道可风。子祥今日始到账房。晚间张立斋来,为慕孙肾囊上湿热调药敷治,不复处方。

十七日(3月1日)　始晴暖。饭后铭三回去,约廿三去载。葵卿侄来谈,下午吉七堂母舅到寓,慰解一是。

十八日(3月2日)　晴,东北风颇尖。饭后始与朱仆拂拭先人遗像,谨谨收藏,今岁遭此大变,亵渎罪甚。午前王臻伯郎瀛石同渠叔韶九由萃和来拜年,兼吊墀儿,辞之不得,竟受其拜奠,虽揖谢之,究不敢当。一茶还,萃和留饮,余即往答之,应酬良久始还。终日凄其,此境耐久难解也,奈何?

十九日(3月3日)　阴晴参半,颇冷。上午有难民来,费钱三百五十文而去,似乎凶焰虽衰。少顷,凌砺生来慰谈,中午留饮,招苇卿陪之,畅谈善举,颇解余怀,酒兴亦彼此酣适,以董征君诗文一部送之,携去《蒙养图说》,欲商之缪君启泉删节翻刻,未识成否。《玉历钞传》代子范完愿翻刻小本,先付砺生定洋廿元,李辛老处酬仪亦送出,晚间始去,约两孙入学时再来叙。二月初三日芦墟开乩坛,因写都图乡贯,薰出名,禀叩亡儿应墀来去因缘,是日须斋戒。

二十日(3月4日) 阴,西北风,午前陡狂,先之以雪珠,颇寒。终日萧条愁惨,欲舟去载黄又堂,回,不果行。小舟至芦买办,亦未早还,殊殷挂念。

廿乙日(3月5日) 晴,风渐息。是日亡儿三七之期,延梨里宝纶庵禅僧入位,礼净土忏三日,主僧松龄,尚修戒律。黄少堂是日来,栗碌终日。

廿二日(3月6日) 晴朗。是日礼忏第二日,中午祀先,先赠公忌日,哀慕之馀,兼增悼痛,不料不肖见背二十八年,倏遭大变,门祚式微,竟为意想所不到,先人有灵,当亦哀而怜之,伏祈默佑不肖垂老之年,抚教两孙成立,庶家声书香或可不替,泣奠叩求,五内如割矣。是日有难民过路,给钱二百廿八文而去。陈厚安下午到寓,衣冠拜年,礼也。费瑞卿今日到馆,接少松十九日信,所托办到苏应买之件略已齐备,书中谆谆劝慰,可感之至。

廿三日(3月7日) 晴暖终日。下午曹松泉来慰余,语颇真挚。是日礼忏圆满,夜请主僧雨亭放焰口一堂,音声威仪尚可,夜半而毕。余照门户,尚无倦容。

廿四日(3月8日) 阴雨。晚起,饭后率两孙、朱仆书房内收拾,见墀儿书桌上书籍狼戾,墨痕磨剩者未干,不觉放声大哭,继思之,事至此,无可奈何,不如置之为妙,因强自拭泪而出。是日始成哭儿诗十章,事略一通,下笔颇不迟。

廿五日(3月9日) 阴,微雨终日。饭后始率两孙进书房,略坐定,理书半日即放学,收其心而已,功课姑不论。下午友庆六侄陪其师项琢香来候,余与渠家有世谊,人极谦静,相貌英爽浑厚,嘉善名廪生也,年三十九,略谈,未尽衷曲,一茶而去。阅初次改本,颇轻松入时。

廿六日(3月10日) 晴,颇寒。饭后仍课两孙理书半日。下午始录清哭子诗并事略,心神恍惚之至。

廿七日(3月11日) 晴朗。饭后正在权课两孙,适陶苣生专舟来慰，并撰绸联挽句、香烛至灵前拜奠，止之不能，谢受之。相见彼此下泪，难下一转语，挽句内有"君去定然主东岳"，扬之过分，恐遭冥罚，然益征痛切。即以芑翁之舟载子屏，适又他往，不值，甚惘然。留之中饭，放怀畅饮，颇忘丧明大恸。渠精神大减，去岁冬间大病，今未复原，此来实万分情重也。饮罢即开船，烟兴毫无，云至砺生处止宿，余亦不能过留，以俚句述衷并事略呈改，云当与砺生共酌，客去后益凄然。是日接幼谦书，渠郎种花得状元，今日谢豆，闻之颇慰。

廿八日(3月12日)　阴雨。饭后仍课两孙理书，背未终卷，子屏侄特来见慰，以作墀儿传稿见示，所序处，声音笑貌一一如其人，死者得此可不朽矣。俟缮清后，再示纯叔诸君，余亦以诗略迹示之，并带还改添斟酌。终日絮谈，不作悲戚语，大约论理论数两难兼全，至晚始去，约初八九日再来。

廿九日(3月13日)　晴。饭后衣冠答两西席。上午凌新孙婿来，循例上座亭，木漆雕装，匾对颇饰观，缋菜一席，糕两盘亦丰盛，然于死者无益也。接辛垞慰余札，仍以大言增余恸。孙婿号恕甫，年十四岁，极英伟，与之语，大有老成人气象，砺生可称有子。中午备菜酌敬之，命两侄孙陪之，对之有愧，思之，伤吾家无佳子弟，余亦陪饮以消愁。下午客去，以凌氏上亭子糕分送亲友，幸预部叙，不致周章，然此项携送，实不祥莫大焉！

三十日(3月14日)　晴。饭后课两孙理书半日，作札复少松，到苏调买物件，明日寄，瑞卿回同的便也。下午接沈步青凶耗，知以弱症就医重固，行至金泽，于廿八日卒于舟中，不能回租舍，明日殓于同仁堂。上有老母，下无孤儿，家无素积，天下伤心惨目之境有如是耶？自悲并为渠偏亲悲也！以分半洋寄舟人王瑞高(九)而去。静坐思之，不胜嗟悼。

二　月

二月初一日(3月15日)　晴朗。饭后衣冠东厨司命神前、家祠内拈香叩头,恭求自后默保平安无事。念曾为亡父诵《心经》半天,慕曾理书不满十页,中午兴尽即放学。以二加奉祀单命念曾照旧钞录,从前竟有差误增添,今始更正,墀儿非卤莽者(后知有殇口,一位不差),不应荒谬如是,此其图谶乎?可恨可痛!老振嗣子志耕来,即以渠嗣父年来老迈,姑留之由告之,聊尽吾心,无容过虑。下午费瑞卿来答,茶叙片时,知明日回同,托致少松信件。

初二日(3月16日)　晴。饭后课两孙理书,中午又作辍不读,下午姑放学,目前苦难兼责也。无聊中又补作哭子诗二首,于交友一节略述及,然字字血泪矣。是日渐暖。

初三日(3月17日)　晴朗。是日为亡儿礼忏三日(门徒七僧),自今日起,素斋亦三日。饭后为亡儿在三官堂请乩听宣谕,衣冠东厨司命神前拈香默叩,并率两孙在瑞荆堂上恭设香烛,虔祝文帝圣诞,以祈两孙读书长进。旧岁此日,正父子团叙时也,今则不敢奢望矣,思之呜咽!午前李辛垞来补吊(自莘塔来),辞之不得,至墀儿灵前,谢受之,蒙以豁达语见慰,然人非木石,乌能对之恝置?一茶即去,云徐新甫有急症请治,势不能留,以述哀诗草携示之始登舟。终日纷纭,理书不及,命念曾誊真《述哀诗》十二章,字迹尚楚楚。

初四日(3月18日)　晴朗和煦,草木发阳,而死者不可复生矣,思之增恸。是日门僧礼梁王忏第二日,奉行具文而已,有何规矩可数?终日闲寂,课两孙理书半天,下午命工人搬运物件,位置安顿,尚得其宜。

初五日(3月19日)　晴暖,始闻雷声,微雨即止。今日亡儿五七之期,门僧九人礼忏圆满。黄昏后诸事均毕,门户尚好照管。上午徐瀚波翁特来补吊,谢受之,并抄示允明坛乩谕,始知墀儿前世男身,高第,作诸恶孽,后得回头,创一善局,化导一方,以此仍转男身,为良家子弟,今世并无恶过,得垂拔擢,前愆冰释,今在冥府都察案下为校籍修文之职,立功提携,尚可升迁。读之毛骨俱悚,瀚翁谓冥职万难为,须商一超升之路,幸列文宫,庶免罪戾。余甚是言,约四月十四日开坛,再相机设法发心立愿,以玉成后缘是托。蒙以佛家三世说慰解情真,非个中人不喻也,余亦挂念渐释矣。留素中饭后复长谈,苉卿亦来絮语,至晚始各回去,寻常事件仍照旧一一奉托矣。

初六日(3月20日)　晴,骤热,潮湿。下午有风,微雨未透。上午权课两孙,略顶真,至下午始歇。本路包瞿仙来自友庆,通知院试十五日取齐,特来候余,辞不见,免伤余怀。是日遣女仆至邱氏致友蹇便字,吴少松昨有回信来,大约廿八日可以开馆。晚间接徐新甫从甥今日卯时凶耗,年才廿六,子女全无,病亦冬春温,变幻不治,思之,倍益悲伤。初八日入殓,当致一分唁从大姊。

初七日(3月21日)　晴,日淡,落沙。饭后正欲课孙,适东浜晚三姊来慰余,共诉愁衷,不胜嗟叹,然以彼相较,余之处境犹望回甘有日,徒涕何为? 因止泪自解。三姊素斋,便留之,下午回去,约四月中来盘桓。中午祀先,先母沈太孺人忌日也,屈指见背五十九年矣,不自料不肖男晚年又遭大变,拜献之馀,益增心痛。下午接陆畹九札,留养灾民此月截数,特开账来算,约找五千馀文,即属苉卿侄日上了结之。

初八日(3月22日)　阴,仍落沙,下午大雷电,阵雨即止。终日无客来,课两孙理书,至晚放学,今日略可多理几首,然终难顶真熟背。

初九日(3月23日)　阴,微雨,忽寒冷异常。朝上寻得叶子谦所绘《东轸图》,全题在握。饭后命铭老至北舍,赴谦斋会酌,此是亡儿出名,思之增痛,食不下咽矣。终日无事,课两孙理书,颇可遣愁。

初十日(3月24日)　晴朗。终日在书房内课两孙理书,慕孙肾囊上湿气大发,颇延蔓,坐立皆不舒,不能认真。

十一日(3月25日)　晴朗。饭后老夫妇为些小事几至脱辐,既则相对而泣,互相劝慰,忍耐解之,此种极苦之味,余生平实未曾尝也,言之心痛。暇课两孙理书,晚间放学。今日略将其父未理之书一遍粗完,适请陆又庭来,为慕孙治阴囊湿热,处方五帖,敷以解毒止痒之药,未识奏效否。一茶即去,此时医之最忙而发财者也。

十二日(3月26日) 花朝。晴,西北风狂吼。对此令节,黯然神伤,自后良辰美景,余无乐事矣,奈何?终日课孙理书,下午粗毕即放。夜课以诗,略与讲平仄。

十三日(3月27日) 晴朗。迟子屏不至。上午课两孙理书,慕孙书已理毕,略读旧岁所上生书,未十遍,略因敷药倦痛,即放。念孙完《小学》,未下午亦放学。无聊中走候项琢香,适暂还去,不值,因阅七侄文,尚有思路,知十七日赴苏,要同少松齐赴约(陪考),在同川等候,已见回信。

十四日(3月28日) 晴朗,下午稍变。饭后课两孙理书,兼读昨日所课旧生书,与之讲解,念曾似颇能会悟,未晚即放,不苟督也。午前张子遴奉元之同年命,特来补吊,盖去春渠弟子恫故,亡儿曾去慰唁,不料今日竟作礼尚往来,思之惨烈惊骇,何人事之不测也?蒙子遴情切,安慰周至,余怀乌能释然?一茶,略谈试事即去,不能留饭,云要至殷氏道喜,甚歉然也。了屏有信来问慰,因课弟功忙,考前不及抽身践约,俟考毕即来畅谈,意甚恳到,即作札复答之。

十五日(3月29日) 阴雨终日,颇有寒意。上午课两孙理书,略照常功背毕,下午先读昨所课之书,背过,拟明日各上生书,余经手重课起。放学后,走候项琢翁,阅改本,的好轻鲜时样妆,略谈而返。

十六日(3月30日) 晴,略暖。饭后课孙理书,下午读新上生书各十遍,即放学,明日礼忏,兼有清节祭扫诸事,似难按程顶真。上午芾侄来,以公义典摺交余收存,馀洋七元,钱一百○一文仍存芾侄处,俟瀚波来,凑足十千作字纸捐。苹甫、鸿轩两侄来告辞,明日赴院试,略指示考规而去,此番观场,万难有望,念及膝下应试无人,不知书香何时能接,不胜凄楚。午前陆睕九特来补吊,可称应酬周到,含泪陪之,蒙渠解慰,益增余痛,固留中饭,云有事兼欲即赴陪考,一茶谢之而去。今日是亡次儿应奎忌日,命两孙祭奠,余不忍看,不料忽倏十六年,老年人又添一非常大变,命耶?家运耶?抑别有作孽受罚耶？转展自维，老泪挥难止矣。两孙稚幼，未知何日可稍释余悲。

十七日(3月31日)　晴暖。是日为亡长男墀儿七终礼普佛三日，今日为始，并徇俗例完经，主僧即仍延宝纶庵主松龄也。阖家净素，以尽微忱，然余逆境至是极矣。两孙停课礼佛。

十八日(4月1日)　晴阴参半。上午正欲权课两孙，吴幼如、徐秋谷两甥特办菜，亡儿灵前清节致祭。因礼忏，家中净素，权从弗受荤，谨领纸锭，受吊而已。中午亦以素菜留饭，得毋怪不近情乎？幼如老实，秋谷新考府元，十九日得意应院试，颇有矜张之态，似非子弟所宜，下午各回去。由徐瀚波舟人春涛寄到王梦仙挽联，极沈痛惨烈之至。是夜仍放焰口，主座即雨亭僧，六班首，夜半始毕事。天阴欲雨，色颇愁惨。

十九日(4月2日)　晴，暖甚。饭后沈咏楼、孙文渊来补吊，一茶即去，因净素不敢留也。上午略课两孙，下午佛事圆满，至黄昏事毕。明日邱又谦家外荐大悲忏一日，仍八僧，原班另起，友骞已遣其长女荣官来止宿矣。是夜早眠，咏楼约月初来再叙。亡儿今日七终，闻媳妇哭声，心肠欲裂，两孙仍嬉戏，奈何？

二十日(4月3日)　阴，下午微雨。上午顾光川命孙少莲，是莲溪之大郎，墀儿寄男，特来设飨，荤菜极华，备冥仪极盛，惜净素，不敢破戒陈设，领情受谢而已。中午以素正菜陪酌之，另用果仪代席送下船。年十六岁，人颇驯谨，是沈步青弟子，光川之福，一比较，三代俱全，倍增余痛，下午回去。是日邱舅氏家外荐一日，九僧，夜间并放焰口一堂，首座班手均照旧，夜半始竣事，余照应门户，势不得眠，精神尚可，惟懊恼大息不置。

廿一日(4月4日)　晴朗。今日俗例起清明，蒙亲友家多来祭奠亡儿，东易沈氏、梨里邱氏均遣女使来，友骞令嫒今日午后始去。饭后费瑞卿自馆中来补吊，午前凌砺生设飨来亲奠，《玉历钞传》小板已刻就，印十本，特携一本至灵座前，交呈完愿，此事大惬余怀，并欲再结来生善缘，相对一笑。中午具菜酌敬瑞卿、砺生，饮酒尽量，砺老诚心为善，几以此事为性命，保婴一会，又代亡儿半会，俱缴讫，《玉历》刻资又付五十元，共交七十元，所缺无几。下午客均回去，约砺生廿八日来陪先生。今午陪客，介庵、苐卿两侄来。

廿二日(4月5日) 晴朗，略有风而暖。今日苹甫六侄寅刻得生一男，闻之，可为羹二嫂回甘致贺。是日正清明，余处备船，两房三侄至北舍祭扫老坟，当祭则老四房元音也。余遭家变，骨肉未寒，几无颜可对祖先，权且失礼，含泪不往，思之惨痛。中午清节祀先，祠堂内祭已祧之祖，厅上祭高曾祖父，两孙襄祀，尚克如礼，念孙颇能数典而详世系，二加祭祀位次始得更正。下午媳妇率两孙暨孙女至下场亡儿殡宫内祭奠，余亦忍而不往，免两老人大哭一场。夜间痛饮颇酣，正欲预书日记，适徐丽江甥率子寄男繁友灵前设馐，祭毕留饮，谈及其弟新甫故后，承嗣渠郎，诸事颇费口舌，幸渠才长，不受族中反间，然委曲受尽矣。客去后始祭祀，黄昏而毕。

廿三日(4月6日) 阴，微雨。昨夜三鼓后大雨，闻江震生今日二场，夜间入场诸公难免风雨拥挤。上午闲坐，谨阅《玉历钞传》，拟稍暇于亡儿灵座前焚化一部，完愿并发心，今岁代刷印百部，分送同人。午前凌听樵郎苍舟特来设馐致祭，备礼颇盛，中午办菜酌敬，絮谈至席罢即回去，人极忠厚，驯谨可喜。连日应酬诸亲友，老年人逆境何不幸降罚如是！

廿四日(4月7日) 阴雨，潮甚，微闻雷声。上午凌雨亭来祭奠，接陪絮谈，中午两人对饮，如量而罢，清节事从此结题。下午雨亭回去，即率两孙至南玲圩先大人、两先妣太孺人坟前祭扫，风景犹是，人物已非，先灵有知，能无顾不肖而怜泣乎？凄然久之而返。是日热甚，棉衣难着。

廿五日(4月8日) 晴，仍热，是日江震童正场。饭后率两房子弟、侄孙先至西房师孟公墓前祭扫，还至南玲先大父逊村公墓前祭奠，先伯秀山公虽非抡祭当年，先兄起亭公今归念曾嗣孙承办，因同祭扫行礼焉。回家，在养树堂散福，乙大兄辞不至，介庵、苐卿、峻卿

暨两侄孙咸至，适港上竹淇弟、薇人侄来望余，恰好八人同席。下午
絮语，论及亡儿之变，均为悲叹，然无可奈何，只得自慰自排而已。下
午又致祭，黄太宜人忌日也。薇人欲趁友庆船至苏探听考事，竹淇家
中船不至，留之夜粥，止宿书楼，谈论将近一鼓，余无好怀，相对不胜
呜咽。

　　廿六日（4月9日）　阴雨，下午西风渐肃。渊甫朝上来载竹叔，
均留朝饭而去，蒙竭诚劝慰，感谢无已。终日课两孙理书，上生书，至
晚放学。因账房有田事，作辍，不能准功课，幼者如约，长孙《孟子》常
课未竟，即上生书，读顺口而已。

　　廿七日（4月10日）　阴晴参半。朝上素斋一顿，谨于《玉历钞
传》簿面上书"都图乡贯"，代亡儿完愿缘由并发心，今岁再印送乙佰
部，以资冥福，并祈保佑阖宅平安。于灵座前用字纸氆焚化，以了将
死所属因果，以后余亦不敢再痛哭矣。饭后张森甫局书来，又完二
户，付洋十七元①，钱一百四十二文②，约七成七数（七成六三半），与
之吉题。竹淇处会酌，命子祥代赴，暇仍课两孙读昨所上之书，不及
百遍，颇熟，若理书尚难准课，下午放学。苕卿抄题目纸来，始知江新
进"水由地中行，江"；"市讥而不征，泽"；"动乎四体"，通场二题，诗
"青山在县门"，得"门"字通场，学宪以题中字分四县，颇巧。江题能
读《禹贡注》，尚有做处。甚矣，细注之不可不读也。灯下六、七两侄
来自郡中，略念场作，羌无故实，兼有官话，终难奢望。

　　廿八日（4月11日）　晴朗。饭后王云卿来，又完五户，付洋三
十二元，又借四元，与之吉账，约七成六二半数。上午凌砺生来，知南
莘塔迳苣堂之子已进，馀则不知，絮谈诸善事，益钦向往之诚。中午，
吴少松到馆，率两孙叩谒，以后教督功课，不厌不倦，身家成败之关，
惟先生是赖矣。抄示新进案，港上两侄竟落孙山，殊出意外，益信书

――――――――――

　　①　"元"字后原文有符号凤。卷十一，第322页。
　　②　"一百四十二文"原文为符号龇。卷十一，第322页。

卷不可无,意中人除吉卿郎、吉甫侄外,均不相识。芦进二陈,双舍进二陆,芸生则久屈始伸。畅谈考事,知江正老进题"而乐尧舜之道焉"至"非其义也,非其道也。"正"犹是以乐尧舜之道哉"至"往聘之",经"正德、利用、厚生、惟和",通场诗题"柳花浓染衣"。江第一范家麟,友篝四名,正第一夏宝恒,馀多不知。茶毕,酌敬先生,特设一席,砺生陪饮,余始尽欢适意。下午两孙始进书房开课,未晚放学。少松复至养树堂,与砺生叙话,一鼓后与砺生同宿书楼。

廿九日(4月12日) 晴朗。朝上同砺生书房内陪之朝餐,上午砺生回至紫溪,欲赶办毁淫画事,余甚怂恿之,印送《玉历》百本,已面托之。暇则登清近账,晚与少松絮语。

三十日(4月13日) 阴晴参半,下午微雨,颇寒。饭后陪二孙、大孙女至左家浜陆又亭处就诊,处方而还,据云慕孙湿热尚未净,兰孙女喉疬可不成,但气质弱,以后须滋补方愈,目前虽不大发,即服药,亦未易脱根也,回来中午。下午无聊,与乙大兄絮谈片刻,取《玉历》大本两册归来校阅,大约余刻小板极简详,若附经验良方,大本子较备。

三 月

三月初一日(4月14日) 晴朗。饭后衣冠东厨司命神前、家祠内拈香叩谒,上午略登账务毕,适顾念先来,与之小酌谈心,亦颇畅快,知袁憩棠初六七日间要来望余。下午老振侄来,看其举动,精神尚可,姑留之,以尽余忠厚之怀,约廿四日去载,子祥亦归,十七日来。致书约子屏来溪,且探考信,晚接回信,知子垂与陆鸿逵均取佾生,差喜可作科试张本。

初二日(4月15日) 阴,微雨,略暖。饭后命念曾同友庆三侄南玲秀山公墓上补祭扫。暇则敬校《玉历钞传》小本,略有刊误。下午孙蓉卿同陆鹤林进来了吉一账,数言讫事,约友庆喜事后来书券,允之而去。

初三日(4月16日)　上巳之辰。阴晴参半,微雨即止。终日闲甚,翻阅旧时子平,均言余命硬,妻宫不利,并无克子之说,大数难越六十九,今若此遭变,已往不甚应,未来愈不可知,理当恐惧修身俟命而已。惟十年好运蹉跎空过,未作一善事,固宜受福过灾生之报,思之疚甚也,以后将何以补救之?殊无把握,特书志咎。下午阅《名臣》列传。

初四日(4月17日)　西北风,晴,潮湿渐干。上午校阅《玉历钞传》粗竟,因补书“吃生烟”“毒蛇咬”两方,属砺生刷印时补刊为要。下午无事,取砺生所送《格言联璧》详览,系山阴金君兰生所辑。

初五日(4月18日)　晴朗,渐暖。饭后率慕孙、兰女孙至佐家浜复诊,女孙喉痛渐愈,二孙下部仍然延蔓,适又亭以小恙不出见,其侄子清代处方,照原略加减,取敷药而还,到家午饭后。下午心绪欠舒,不能强坐定,修书拟明日致砺生,《玉历》校过本托寄书坊,并欲补刊两方以传世,印资十二元亦附致,拟印乙佰部外,馀作放生买龟物用,此亦了愿,不敢祈福,谨求减祸而已。碌碌无好怀,心境万难宽舒也,奈何?

初六日(4月19日)　晴朗。饭后封书件交砺生,与朱仆晒厨中画轴、对联。午前邱友骞家命毛官内侄女墀儿灵前夏至设享,俗所谓“送夏床帐也”,思之增痛。知友骞尚未归家,保结约得二十馀番,廪生真做得过也。苏卿侄来更换公账存摺,暇阅《格言联璧》,语极警切。

初七日(4月20日)　晴朗。饭后与朱仆晒画、对联,蛀者已三、四幅,与何古心翁唱和在沪上诗亦遭其劫。终日昏懞,无一好怀,欲看书亦少兴。迟子屏不来。

初八日(4月21日)　晴,渐热。饭后晒画轴、对联,大可惜者徐高士画山水墨梅,一则蛀甚,然尚可修。下午子屏侄如约来盘桓,携酒盈瓶,夜酌,絮谈快甚,留宿书楼,谈兴浓甚,一鼓始眠。

初九日(4月22日)　晴,不甚朗燥。饭后同子屏候项琢香,适还家,不值,即返。与子屏谈及四月中欲至金斡山,拟再请乩,为墀儿问冥况。下午子屏至萃和谈天,夜在书房小酌,畅谈近起更。

初十日(4月23日)　风雨不甚狂。饭后小孙、大孙女、老仆妇陪至佐家浜复诊,回来午后,知又亭自看。上午与子屏畅谈,两房侄均来就话,子屏四月中要至金斡山谒宗坛,为叩墀儿冥况特拟两禀,一荐先灵,恭求坛弟子礼斗。一请乩谕,发愿分年,奉行善事,以冀合宅平安,即预托子屏代叩办理,放生会八愿付讫。澥老之郎已得长庠入泮,渠了不为喜,诚心为善不麻,实堪钦佩。埋掩上多费十五元,子屏与苐侄及余略为了吉。下午备舟送子屏回港,约芸老十二三日下乡陪之同来,送之登舟,此来慰余,实深关切。暇作札待复毛上珍镒亭,贡卷多印五十本,阅之伤心,然亦不能不收存。至《赘言》刻资,尚少四十馀千文,与余处旧账不符,是否墀儿所托办者,约渠来乡让情算讫,以了葛藤,思之益凄痛也。子屏手,费吉甫借去《吴江沈志》十六本,云要查科第。

十一日(4月24日)　晴阴半参,下午西北风,渐起燥。饭后羹二嫂来,欲借丈石山房作七侄喜事账房,并柏椅等件,通情允之。如余目前处逆境,益宜通方便,睦本支,万不可以小嫌启衅,与之话家常而去。暇则磨三墨匣,以浸润之。自去冬至今,大变猝遭,苦累尔干焦甚矣,聊滋之,以解其窘。碌碌终日,心绪纷扰之至。

十二日(4月25日)　阴,无雨,颇不暖。饭后录出今岁江震新进案一纸,夹存学册内,以后清本须俟两孙出考,谨当缮续,未识吾家书香能接否。气数难知,栽培宜预,书此以当左券,不作悲悼语,聊壮志气,以冀回天,不胜祈望之至。暇阅《惕甫文集》书类。迟芸舫不至。

十三日(4月26日)　晴朗,渐暖。饭后重晒字画轴,似宜逐一重阅,庶免蛀蠹,然被坏多矣。暇读《惕甫文集》。午后候芸太史,仍不来,略办菜肴,变味多矣。乡间市远,难以速客如此。未刻将雨,隐闻雷声,适芸舫同兄吉甫自东顾扫墓而来,迎之登堂,率两孙谒见,邀少松接陪。芸老相别六七年，新养髯，状貌丰肥，此来彼此情真心痛，又蒙亲至墀儿灵前焚香拜奠，余不忍，亲答拜，负罪师长多矣。又承厚贶曾伯侯款对、京包扇袋四件、怀庆地黄膏四大块、南阳绸茧一端、笔墨两束、试牍八部、《徐双翁诗赋》八本，彼此强开笑口，大谈河南考政。夜间略以所办菜团坐酌之，八兄不能多饮，九兄已尽量，又剪烛畅论一切，至一鼓时，留宿书楼，是夜热甚。

十四日（4月27日）　晴而潮热。朝起至书房，吉甫、芸舫已起来，欲留朝饭，坚不允，云扫墓事未毕，兼欲即赴大港上看子屏，以如前约，略具点心，又絮谈片刻，郑重送之登舟而去。上午客别，静坐无聊，余之处境颠连若此，梦耶真耶？实无颜以对知己，令人欲哭不成哭也，呜呼，伤矣！终日愁闷之极。毛上珍信已寄托芸老，暇作书复凌砺生，待寄。

十五日（4月28日）　晴热。饭后与先生、少松、念孙看晒画对，以备收藏。暇读《渊雅堂文集》传文类。

十六日（4月29日）　晴，颇热。饭后率两孙展晒画轴对联，今日略已遍及。中午始食蚕豆饭，祠堂内荐新亲供，可痛墀儿不及食新，思之泪下。芾卿来传述黄骈生呕血物故，吟海老友新抱丧明之戚，暇当礼答致慰。人事变幻不可测如此，庄子所以云"平为福也"。

十七日（4月30日）　阴，雷雨终日，颇似黄梅。饭后命念孙收藏画轴对联，以刘文清手迹、梁山舟法书石刻两匣，纪评苏诗，殷谱老所赠水晶图章两大方，送与凌恕甫孙婿，并札致砺生，《中州校士录》《徐双螺诗赋》新刻附致。上午子妇率两孙至莘塔盘桓，兼送云艇葬，睹此回素衣而往，两老人触目伤心，泪难禁止。孙辈戏嬉，毫无戚形，虽年幼不足责，益叹目前替力之难。终日怅怅，夜与少松痛饮。

十八日（5月1日）　晴朗，不甚热。饭后略晒画对。今日鸿轩七侄行五路盘礼，来取二加堂轴、竹筠先大兄款对，屈指计之五十馀年矣，至于今始有结果，前因夙定，思之，不堪耐想，姑置之。下午叶子谦来自同里，一茶后即舟至南玲，少松同往。向先府君墓上，骇知辛戌字上去冬村人筑栅,虽交腊,恰犯都天太岁,墀儿、寅生适当其厄,是真气数,无心无福者灾及。已往不可追,以后于栅上毫无关碍,惟坟斜角对河钟翔珣圩口申光水反照,大不利,急宜种茭芦二丈以蔽之(作斜角式),坟旁靠东水口多植杨柳,庶无流弊,永免血证,当一一遵。回至南兽圩,向新得之田两爿一大垅,沿田港绕之,水从李公漾来,云小局面颇秀而稳,返至本村,向修小庙,腊月可动工。约廿四日到东轸定向,仍议立乙辛兼卯酉,若如三元家言,卯酉兼乙辛,于巽龙有碍,断不宜做。余以后冀求安稳,不敢萌妄想,谨当如所论定见,不游移矣。夜间馆菜酌之,少松乔梓同席。灯下与子谦斟酌坟工丈尺砖灰物料,少松录账,极精明简要之至,谈至一黄昏后,同少松止宿书楼。

十九日(5月2日) 晴朗。朝上陪少松、子谦朝饭,以阖家八字单与之,请子谦选日兼营余老夫妇寿圹,大约在明年春间举动。子谦即辞还,今日要至康家浜。客去,蒙少松录清子谦所开工料账,已握其要矣。碌碌终日,夜陪少松至二加宴饮,是夜请邻,余无兴,概不应酬。下午蔡子瑷来谈,知小举人徐桂芬为粮米,县家押之晋省,大吃风波,不见机无才,自贻伊戚如此!

二十日(5月3日) 晴热,夜间雷电阵雨,幸无大风。朝上至二加,应酬七侄吉期,道羹二嫂喜,蔗境回甘,向平愿毕,亦人生庸福之至乐也。上午金新亲来送妆,中午款媒八席,下午亲迎,均乙溪主持,余服色不便,不能代劳。暇与王桢伯、杭琢香、少松、子屏、薇人、殷达泉剧谈,尚不寂寞。夜将半,子正亲船还,始行合卺礼,余兴尽不及观,归来即就寝。闻羹二嫂在二加堂受拜,颇不知大义礼。夜昏黑,大港诸侄暨吴幼如甥不请而来道喜,皆余处下榻。

廿一日(5月4日) 晴阴参半,风则下午颇肃。饭后祭先花筵,余与执爵之列,乙溪长,礼当让兄主爵。顾视陪祭,不觉心为之痛。中午新客来问宜,是新人之叔,其弟梧生在承服中,不便来。设陪宴四席,承亲友增光,暖房用雅奏,余欲排遣消愁。闻"玩"字三蛮嫂至乙溪处(此中颇有孽缘,当耐辱解之),欲寻余衅,语言大不情理,幸乙溪乔梓设法排解,公账给之而去,闻之,饭为之喷,何能饮酒?下午悒郁之至,对客不能强颜谈笑矣。夜间暖房款客共六席,余虽陪客劝酒,实心中无乐境,席散即返,与老妻愁语,彼此互慰而已,幸是夜尚能安眠,然其苦不减正月中也。闻诸亲友听曲贺兴,毕事在后半夜。

廿二日(5月5日) 略晴不暖。晚起,上午孙蓉卿来,成交一田事,在书房中畅叙良久。下午与少松对饮高粱,是日酉刻立夏,夜复至二加饮算账酒,菜虽佳,味如嚼蜡,饭罢即归。新房内设茶,不能应酬矣,是夜早眠熟睡。

廿三日(5月6日) 晴朗。饭后登清内账。暇至乙溪处就谈。下午补登日记三日,明晨拟至东轸送凌云艇安葬。终日无事,此心稍定。

廿四日(5月7日) 晴朗,东北风,颇寒。朝行,饭于舟中,同吴少松、陆厚安至东轸圩,泊舟齐姚湾,送凌云汀安葬,凌氏昆季晤见,略排场,喝道送葬,时辰未至,叶子谦兄即请余同至头丬定向,在薛彩堂彩明和官所种田内,立乙山辛向,坐东朝西,来水在坤,即村名大港上,后面坐浜颇深,是巽龙结穴,均听子谦兄主政,余不敢妄议更张。向椿春定,时已巳正一刻,衣冠拜送登基,媳妇率两孙亦至,诸事略毕,余舟回,泊大港,不及告辞主人。仍在舟中午餐,复登岸看形势,始胸中雪亮。又至凌氏坟头,与潘少岩叙谈,观泥作打工,似不甚顶真,徜徉久之而返,到家下午,尚觉舒齐未晚。

廿五日(5月8日) 晴,渐热。上午略计去岁年总入款,似有头绪,到午辍笔。正在无聊,甚喜邱友骞率其大令媛毛官来,絮语解闷,并读考作,圆湛之至。复同少松在养树堂剧谈,夜与友骞同榻内楼。是日凌氏三侄女来自萃和,特来慰问。

廿六日(5月9日) 晴热。饭后始于友骞处见《江震等第全案》,录出夹存学册内,以备续登。终日与友骞话旧絮语,然谈兴大不如前。是日堂轴、对联始晒竣。

廿七日(5月10日)　晴,颇闷热,下午微雨。饭后观友骞书扇,下午同少松、友骞舟至北厍仁和楼茶室闲叙,修容剃头,尘垢为之一清。回来未晚,微雨尚未沾衣,夜与少松、友老小酌。

廿八日(5月11日)　晴热,潮湿,大似黄梅。昨雨终夜滋润,上午观友骞书扇作楷,并录考作与余。下午闲谈,昼长,颇有倦容,若友骞烟后精神尚振。

廿九日(5月12日)　晴朗,东北风。昨夜大雨,今日清凉之至。饭后友骞欲回,因风固留之,闲话终日,颇得至戚相关之乐。夜同少松小酌谈心。

四　月

四月初一日(5月13日)　晴朗,不燥热。饭后邱友骞回去,送之登舟,约五月中再来顾我。衣冠东厨司命神前、家祠内拈香虔叩,暇则虔诵白衣观音神咒,先回向三百遍,忆幼时有极大隐匿,罪不胜诛,谨拟此月中默诵乙千二百遍,以祈稍赎前愆,并为先继母顾太孺人求资冥福,未识此罪可减等否,思之惧甚。下午阅《滦阳消夏录》第二册。

初二日(5月14日)　阴晴参半。朝上阵雨,饭后在楼上略计去岁出款,亦略有头绪,总之,年谷大熟,尚可敷衍过去,若欲居积则万不能,家运颠厄至此,安敢奢望!然门面太大,浮费难减,将何以为不虞之备?自今以后,一心常祝丰年,遇事时存善念,其持家之宝筏乎?书以自警。暇阅《滦阳消夏录》,颇有至理,非徒寓笔于谈狐说鬼也。

初三日(5月15日)　晴阴不定,的是麦寒气候。饭后同少松、厚安至南玲圹上斜角对河南小中圩,唤网船李阿三讲种茭芦,决钱一千,明日动手,只能于沿岸一丈内种植,若欲开种二丈,兜转斜角,水深难植,姑试行之,以俟三年推广补满,未识如愿能偿余否?事之不顺手,大率类此。暇阅晓岚先生《如是我闻》,下午无兴,闷坐。

初四日(5月16日)　晴而不朗,仍麦寒。上午厚安自南玲来,知南小中口水深浪激，茭芦虽种，难期透发速茂，且来往船多，所界绳竹均已窃去，实征风俗之偷，不深愤愤，姑尽人事以待来年再种，思之闷闷。下午薇人侄来谈，日上已定寓莘塔行医，安家相商，如数允之，余心境若此，谁肯原谅苦衷？不过我尽我心而已，谈至傍晚而去。媳妇、两孙约初六日归家。

初五日（5月17日）　晴朗，西北风尚寒。饭后有人来述，昨所种茭芦绳界一夜拔尽，愤欲传圩甲与之理论，继思地不在余界，恐争不直，决计忍置之。明年坟前多植杨柳，以遮蔽之为妥，余之无声势，所图辄阻若此，可恨也，奈何！下午，曹松泉自苏来谈，知新太守谭公，颇能雷厉风行，以玫瑰花百朵见惠，并示《申报》数纸，谈至傍晚而去。

初六日（5月18日）　晴。今日重筑灶，工一千八百文。天气颇佳，午前媳妇率两孙暨幼孙女归家，砺生同来，畅谈半永昼，颇可消遣，下午回去。余至乙兄处，以砺老所托转述，又絮语而回。暇阅《槐西杂志》。

初七日（5月19日）　晴，渐暖。上午赵姨表姊自北厍来望余，多情话旧慰藉。下午子屏来，知金簳山之行初十日由黎同吉甫发棹，十三日上山，家中宜净素三日，以尽微忱。略谈未晚即返，约回来先以信致余，重托而去。匆匆碌碌，终日此心不定。

初八日（5月20日）　晴朗。饭后晒堂轴，并取亡儿新印贡卷八十馀本，拭泪曝晒，以备存藏鸿爪之迹，永示两孙。暇阅《槐西杂志》。

初九日（5月21日）　晴朗终日。饭后晒藏墀儿贡卷及去年乡试时场中所带药物丸散，一一检视，不觉又为大恸，然已往难追，徒伤老人心，于生者何益？割爱强置之为是，此余不德，遭此前孽，当忏悔一切已恐不及矣，思之痛甚！下午凌砺生有札来，即转致乙大兄作札答复，交来人李孝德持去。

初十日（5月22日）　晴，东南风极大，下午似将阴。饭后命仆养树堂中拂拭几案，始将书籍，正月中遭变乱堆者逐一排整，然尚不及十之半。下午苕卿来谈,论及周老聘葬事,当商之翰波腊中一相视,思筹代办,苕卿颇以为然,特先志之。暇阅晓岚《如是我闻》《姑妄听之》两种。

十一日(5月23日) 晴朗。饭后在厅上整理书籍,亦令人触景生悲,仍悉置之。暇阅晓岚先生《姑妄听之》卷十七。

十二日(5月24日) 晴朗,渐热。是日余始斋素,为托子屏昨日开船至金鳌山叩问墀儿冥况,并拟请在坛诸弟子虔诚礼斗一天,以尽追荐祖先微忱,兼资冥福。下午徐瀚波来谈,知掩埋以天热停手,畅论半晌,颇为切实可听。渠现已迁居南莘塔,晚回,约夏秋再叙。

十三日(5月25日) 晴,渐热。是日阖家斋素,饭后率两孙衣冠东厨司命神前、祠堂内拈香虔叩,为亡儿应墀引到宗坛,叩问冥况,特此望空遥达,以祈谕示。今午苹甫六侄生子瑞麟双弥月,闻用奏班清音宴客,未免少不更事。踵务增华,开吾家所未有,然势不能禁,姑听之。余以请乩斋戒,辞不应酬,实则一无好怀也。少松去贺,中午赴宴,回来,始知赵田袁述甫之郎莲征,号苊生,已入嘉善学,闻之颇喜。晚间蔡氏二妹来自友庆,絮谈,甚慰寂寞。顺芝侄孙此番会试得进场。

十四日(5月26日) 晴朗,略热。饭后率两孙衣冠在正厅上恭设香案,虔祝孚佑帝君圣诞,上午默诵大悲神咒。下午金星卿自友庆来,长谈半晌,此子持家少年老成,一洗世间浮薄气习,可嘉之至。以河南试牍赠之,晚回萃和。

十五日(5月27日) 晴暖。饭后率两孙衣冠东厨司命神前、家祠内拈香叩求,引导亡儿应墀之灵到云巢宗坛恭听乩谕。下午砺生来谈,于友庆有所商,晚去。少松家遣舟来载,渠次郎痧证重发,势不见轻,不能不去调治,即辞去,约日上有信来关照平安,并示到馆之期。

十六日(5月28日) 晴朗。饭后持诵大悲神咒未毕,至书房内权课两孙上生书各一首,与之讲,似略点头,申刻放学,余亦不耐再坐。

十七日(5月29日)　晴朗。今日始开春花船账。朝上子屏遣人持信来,知昨晚到家,详示到坛叩求墀儿冥况,蒙赐十九签,有螟蛉有子之谕,末云人间事事报平安。又叩求分年愿行善举,蒙吕祖师特赏枇杷二枚,使参悟仙机元妙,恭绎之,似此子非真子,孙则真孙。枇杷两枚,似乎能力行善事,两孙尚可望收成结果,益当恐惧遵行。至礼斗超荐,彼处无此例,改作礼忏则可,然今年蚕事颇忙,坛弟子十五日均散去,只好罢议。前存之款,子屏已缴还,当作别用矣,匆匆作复。饭后持诵大悲咒二百遍圆满回向,谨谨超资先大人、先母沈太孺人冥福,并焚香叩领仙果,与两孙分食之,暇则权课两孙理书,终日未毕,继之以夜,可知顶真之难。

十八日(5月30日)　晴朗,不甚热。饭后课两孙理带书,上生书,与之讲解,下午读百遍完即放学,免理熟书,余亦借此休息焉。徐秋谷、邱寿生今日芹樽,遣人去送分,余今岁概不应酬。

十九日(5月31日)　晴朗。饭后登清内账后,即课两孙理书,照先生常课不加,略认真些,已至未末竣事,尚不能全熟也,奈何?即放学,夜讲《小学》两页。

二十日(6月1日)　晴热。上午何局顾子丰来,以东轸分倒之单七张面缴,每张二百文,钱即算讫,从此凌姓、陈姓分倒之田均清楚矣。暇课两孙上生书,早放。晚间账船回。

廿一日(6月2日)　晴,渐炎。昨日账船略有所收。朝上吴少松十七日灯下所发信,今始由北舍寄到,知渠次郎痧证似发不透,又似斑,似伤寒下痢,病证虽经一候,尚未平复,到馆之期难约。少松意欲子垂侄代庖,且候少松二十后再发一信,始定或权或否,日上余尚空闲,略可督课也。是日课理书半日,下午停,余借此登清内账。今日始于苇卿处见抄录会榜,会元广东刘秉哲,吾邑周鹤亭中式七十一名,九县如翁斌孙、吴大衡、管高福均见售,余略观,命念曾抄录,不应手,触悲而止。暇则预书一札,并方单待致凌荫周,尚未寄出。

廿二日(6月3日)　晴,暴热异常,终日西南风。饭后率慕孙至蜊壳港,念孙同往,其地在汾湖之南十馀里。至则许老妪出见,云久病未诠,看视慕孙头上旧恙复发,据云不妨,抹药可即愈。视下部,则云不早治,防成琇球风,难以去根,讲包好洋四元,搭桥一元,命其子号云桥诊脉处方,亦颇妥洽,云家传专治瘰疬眼科诸外证。取抹药两包,约廿六日再往而还。归途饭于舟中,顺风到家未刻,即命工人携书案,明日在瑞荆堂读书。碌碌不能督课,姑放学一天。

廿三日(6月4日) 晴,炎热稍减。终日督课两孙,至晚放学。下午接少松二十日信,惊悉渠次郎竟于是日去世,空花一现,徒增悲伤,亦中年以后大不幸事。即至瑞卿馆中,互相嗟悼,回来作札劝解,拟明日寄北舍,且订到馆日期。代庖一说,姑从缓商。

廿四日(6月5日) 晴,炎热,大有旱象,且似初伏气候。上午课两孙上生书,下午即停课。内人明日要至邱友骞家盘桓,料理一切。账船第二埠回来,菜子全无,馀尚有收。

廿五日(6月6日) 晴朗。昨夜大风雷,竟无雨,今日颇凉。饭后内人至邱氏敬承堂闲散几日,约初十左右归家(七日),暇则课两孙上生书,慕孙今日始读"述而"卷。下午功课毕,观念孙书仆人蒲扇、摺叠扇,此子他日不患不能书,聊开笑口。

廿六日(6月7日) 晴,西南风,又热。饭后率慕孙又至蜊壳港,念孙同往,至则晤见许妪母子,其母包看,决定付洋四元,取上下抹药,云以后可不亲来,遣人讨药即付,并云可以治断根不发,未识能否。稍坐,渠长郎云樵即云桥送登舟,始知其子现应嘉善小试。回来,饭于舟中,到家未刻,知瑞卿明日解馆,即再致少松信,预订到馆日期。暇课两孙熟读生书三十遍始放,时尚未晚,磨墨匣三只,颇润泽。

廿七日(6月8日) 阴,略雨,不畅。饭后课两孙理书,下午功课毕,略谈生书数遍即放。瑞卿解节,舟回,接少松信,约定初六日叫船来馆,甚慰悬望。

廿八日(6月9日) 阴晴参半,颇凉。上午课两孙上书,读未毕,适陈翼亭同董梅村特来望余,甚感情深。翼老文极得意而不见赏,颇不甘心,后科大挑仍要下场,捐教须尽选前,费须五百金,亦不果办。梅村从馆中来,近体佳甚。中午略置酒款留,絮语颇欢,下午回去。翼老略送京货,受之。东轸新单四张,面交讫,代应钱八百八十文,约秋间仍拉梅村来盘桓再畅叙。客去,账船还,停课。

廿九日(6月10日)　阴。终日梅雨酣畅,颇从农愿,正可趁此插种矣。闭门无事,正好课孙,次孙理书后,上生书一首,颇从容。虎孙竟日理书,诘屈不熟,常课理毕,时已未末,余亦烦倦,即放学。

五　月

五月初一日(6月11日)　晴,稍热。饭后衣冠东厨司命神前、家祠内叩谒。上午正欲权课,适子屏侄来,少顷,凌范甫亦至,恰好中午略置酒,畅谈终日。子屏募一摺,为盛廊诸生徐君号范田中年失明,上有老母双瞽,下有一子有弱证,两弟亦皆瞽者,前以教读为业,今万不能自存,侄因盛氏代为集资周急,余处募捐两枚,允之。接荔生信,《玉历钞传》后印乙佰本已来,续补良方救急亦已印刻,子屏携去十二本,又告借《国朝文录》三十二本。荫周处信并新单托范甫面寄,谈至傍晚,两人始均回去。

初二日(6月12日)　晴而不朗,略热。饭后课慕孙理蜕书,读生书一百遍即放。虎孙略有不适,姑停课。下午空闲,叶子谦选安葬封寿圹吉期,昨由子屏处寄来,详阅之,戊寅年三月十五日乙丑午时祀神破土,开金井,卯时搭厂,十七日丁卯巳时先提余姜朱氏柩到东轸,廿六丙子日辰时发引墀儿之柩到坟头,申初三刻安葬,或先于巳时余夫妇暨媳妇封寿穴,或用申正一刻亦安吉,此则时日之不可不遵者也。若今冬挑泥破土(高一尺),择于十一月初五日卯时,似可不必拘定。略书之,以便按时筹办工料。

初三日(6月13日)　晴朗。饭后督课两孙,下午从宽放学,闲坐看孙辈磨墨匣,写印殿卷,念孙笔姿挺甚,他日可望有成,尚可破涕一笑。两账船明日停开，种田大约以后可吉题。菜子三斗有零，豆多至十六七石，均历年所未见。

初四日(6月14日)　晴朗，颇爽。饭后课两孙理书，读生书从宽，下午功课均毕，写印殿卷半开即放学。晚上散步田间，观工人插种田亩，风景犹是，而余心境实不堪回首，不过强自节抑而已。

初五日(6月15日)　晴朗，不甚热。是日令节，两孙放学，不课。中午祀先，率两孙拜献毕即独酌，苦赏端阳，痛饮数杯而罢，若思及去岁，则不堪回首(设想)矣，凄然者终日。

初六日(6月16日)　阴晴参半。饭后课两孙理脱书，上生书，读百遍已午后矣。迟少松到馆约今日买舟而来至未刻仍不到，殊切悬悬，不知何故，姑且放学。下午接王谱琴表弟讣，惊知昨日生故，明日寅刻入殓，初九日开吊。沈氏舅家群从姨表又弱一个，只留余福薄之人顽然健在，思之，凄然不乐。明日拟到梨送殓并拜奠，顺便赴蔡氏会酌。

初七日(6月17日)　晴朗。早起，舟行至梨，饭后到镇，泊舟闻诗堂陈宅。吊王谱琴表弟，时已入殓，其半子邱寿生应酬，知病由心境喉脾，不能医治，寿生陪饭毕，余又摘缨拜奠，悲痛而返。出门至邱氏，友謇固留止宿，辞之，知内人即刻返棹，适吟海、汝寅斋、毓之弟、省三丈均在座，又畅谈久之，告辞主人，不别众客而出。至蔡氏，与二妹絮谈，惨知吴翠峰之郎感时疾，卒于京师，年仅十九，未昏，何造物之前福后祸如是也？中午会酌两席，余与子和、少谷同坐，菜亦平平，然已满量，是日得彩者金少蟾。略坐始开船，到家傍晚，知吴少松仍未到馆，何故担搁，甚切悬思。

初八日(6月18日)　晴热。饭后课两孙上生书一首，各读四十遍，有事即停。由萃和见示殿试甲第榜，状元王仁湛，闽县人。探花，华亭人朱赓扬，均有名好字。上午孙婿凌恕甫来，墀儿座前夏至祭飨，并具粽子四盘，殊为费扰。中午以家菜酌之，两孙、二大侄孙同座，及余陪之，与之论善书诸事，颇有向慕意，于不得意中对之，尚可解闷。晚间回去,以所续印《玉历钞传》十五本托交渠尊人代送。诸事碌碌,只好停课。

初九日(**6月19日**) 晴,渐炎热。饭后照应出冬。暇课两孙背脱书,又读生书一百遍,余则略登内账,已积压多日矣。北舍局王筠卿来,又情借洋六元,连前四元,共计十数,搭桥银上扣算而去。下午恰好吴少松趁瑞卿船同到馆,絮谈一切,尚能达观,然已人财两失矣,不胜少兴。两孙略坐即放,以后祈先生必须顶真是托。

初十日(**6月20日**) 晴朗,略热。上午略闲坐。午后子屏有信来,庆三偔媳要取冬间常例三枚,即作复给之。少顷,苏州毛刻字镒庭来,留之应酬常谈,在书房内少松判算塦儿所刻《感应篇赘言》未了之账,言定六折,贡卷七千找讫,共计洋廿七元①,一应了讫,彼亦无言。亡儿处渠备吊礼,受之,欲请吊则辞,留书房内同夜饭,即止宿书楼,此亦诗文之交,始终不失信,然余思之,心痛甚矣。

十一日(**6月21日**) 晴热,风从西北来,朝上西南,是日交夏至节。饭后送毛镒庭还北舍,廿七洋外又送钱三百文,云趁航到苏。上午在账房与陈雨春闲谈。中午夏至节祀先,两孙随拜,思及亡儿,不胜惨悼。下午略登账务,因中午与少松小饮,薄醉,倦甚,不能动笔。

十二日(**6月22日**) 晴热而燥。饭后始登清内账。暇则东翻西阅,于书儿难择所从,下午略定,重阅《曾文正公文集》。

十三日(**6月23日**) 晴朗而热。饭后至乙溪处闲谈。下午静坐,略读曾文。是日始传说顾莲溪病故,甚为乃翁光川悲伤,然其致病之由已非猝至,虽曰有命,为子弟者总以保身为要!

十四日(**6月24日**) 阴晴参半,上午微雨即止。饭后元英进来成交冬米,每石贰元七角力七文,似颇得价,商人防旱望涨,恐不然也。终日无事,读曾文,阅《先正事略》。

十五日(**6月25日**) 晴热如初伏。终日照应出冬三仓,日上市

---

① "元"字后原文有符号↕。卷十一,第333页。

价腾涨,余处之米,讲定贰元七角者,申三分加力,总十二,梅冠伯与元音斗皮气也,亦是一余账房中卖买未有之事,故特记。上午曹三先生来为少松大郎诊视,据云痧子已来,面部未透,然甚平稳,只须避风不下泄,再俟明日处方两三剂可全愈矣。碌碌终日,不得闲坐。

十六日(6月26日) 晴热稍减。少松郎昨夜呕,哕泄不安,上午三先生又来诊,知证是湿热,痧子已发,是带脚,开方温通,不骤效则有之,大象平安,下午服药渐安,余始定心,仍请三先生明日来复视也。午前砺生来谈,知救烟仁济堂方已办到,日上开局,照本稍减施人。费氏之册不果献,即以十二洋作捐资,一转移而事功数倍,颇快余心。熊鞠生、周鹤亭朝考俱一等前列,可望词林。《玉历钞传》七十馀本奉托带去施送,接婴钱二千文缴出,中午书房内饮玫瑰火酒,甚畅,晚间回去,两孙停课,因少松陪郎公,无暇。

十七日(6月27日) 阴,终日清凉。上午时雨沛然,农人忭舞。饭后乙大兄同瑞卿来望少松郎,恰好曹三先生亦至,诊脉,欣知诸病渐退,再服香燥药两帖可全愈矣,甚为少松慰庆。余仍权课,俗务颇多,午前砺生有信,立候相商即复。作札初毕,鸿轩七侄陪徐秋谷甥来送试草,又衣冠应酬,叙谈颇久,以渠家《双螺翁诗赋》两册赠之,仍回友庆留饮,理书不及,只上生书各一首,未晚即放学。

十八日(6月28日) 阴,微雨即止,农人不愁秧水缺矣。终日少松陪郎君在楼上,余又为权课,功课略松,晚间放学。闻友庆两侄今日至切问书院文会,虽是不废学,然究务名,无好样可法。

十九日(6月29日) 阴,微雨即止,颇寒,可穿夹衣。今日少松郎渐轻健,余因账房有事,少松教课两孙,余不代庖矣。馆后照应出冬,终日不得坐定,时甘雨叠降,米价已平。中午祀先,逊村公赠君先大父今日忌辰,率两孙拜奠如礼。

二十日(6月30日) 阴雨终日,颇甚沾濡。饭后偶取家谱,登载一家人口生卒年月日时,书罢不禁泪下,当年先大人刻谱时,岂料不肖命薄若此? 以后振兴,实难有望,但祈天假不肖几年,俾得重修有日，一生心事遂矣，此外何敢妄求乎？书此以冀其成。暇则碌碌，观书无味。

廿一日(7月1日)　阴，上午微雨，略晴，又变潮湿闷热，下午又阵雨如注，一时许即止，大约可望渐晴。饭后阅《先正事略》。午前大义桂亭之仲子号仲云侄孙来（人不驯），欲商葵邱，了宿负，余委婉辞之，固嬲不已，仍拒之而去，此例若开，族中不胜应酬矣，处世之难如此！下午无聊之至，略读曾文。

廿二日(7月2日)　阴晴参半。阵雨不大畅，即止，然潮湿依旧，尚不老晴，即阴多雨，于农犹有益。是日袁述甫之郎虺生芹樽，余懒应酬，照憩棠郎依旧致分，以尽余情。终日闷坐，略阅《先正事略》。竟日雷声隐隐。

廿三日(7月3日)　阴，终日烈风猛雨，下午尤甚，风从东北来，朝西窗户无一处不漏湿者，对河人家屋角杨树被折，亦近年所希见。远处必有水发，蛟出成灾，吾乡实幸而免耳。厄坐无聊，略读《先正事略》及曾文，晚间风稍息，查知二加堂屋脊鸱吻及余堂楼上脊各折一，鸿轩侄灶天井中枣树亦折，兼坏两边墙身，外边河路上受灾必多矣，均是风灾纪异，傍晚已有晴意。

廿四日(7月4日)　晴热而蕴温，尚要防雨。饭后与陈厚安对南北账，子祥略有差误，即改正。中午略毕事，统计全欠不过五十亩内，可称账情办得出色，颇奖励之，明日要暂归矣。朱锦甫之郎号荫乔寄送试草，阅之，颇合小试正案。下午至乙溪处长谈，以南玲逊村公墓木风折十七枝，秀山公坟上折柏七株，相商即日买竹，唤三房工人扶起培植，余适抢年，势难推卸，乙老深以为然。回来碌碌，无心看书。

廿五日(7月5日)　晴热而潮。饭后略登内账。午后包瘪仙持李老师抄示县移来，为恩岁贡生棋區银两，每名十四两九钱三分三厘，自同治八年起，藩司有札，可凭照领取，特来关照，余谓亡儿处听本路向杨稚斋设法办理（能领亦奉送，大约已故，周折），若欲具禀，则伤心实甚,不忍预闻。总之,领与不领,吾不管也。略谈,看子垂俏生卷而去。少顷,凌砺生来,知发兑戒烟极真(贞)草片,生意源源,几难为继,特来相商接办之资,以三月为度,余与莳卿均应酬措办。另买四十二个头两洋,廿一个头卅片另送,须俟诚济堂明日续到,后日去取。畅谈此药灵验和平,至晚而去。

廿六日(7月6日) 晴热潮湿,尚欠老晴。先祖坟屋略修葺,柏树略培土使固,三房工人公任力作,一日而毕,颇嫌草率也。终日心纷身闲,略读《先正事略》及曾文。晚间梨川邱氏忽叫船来,述说友骞内弟病急垂危,飞恳余夫妇急往,惊骇万分,即襆被先开行,到梨黄昏候,未及登岸,已悉今日申时身故,余惊惨无措,即点灯入内幕,抚之大哭,梦耶真耶? 何面上、头上犹有温气也? 汝诵华止余哭,陪入四楼下详述一切。知病起霍乱,廿四日上午犹与汝锦堂书扇,下午自茶室归即不适,四肢已冷,脉弱而伏,毓之、吉卿两医互争不决,昨夜迟疑不服药,今日中午李辛楂来,虽重用桂附、人参,已缓不济急矣,临终气惨,烟脱瘾,不能入口,无一语及家事,竟抛寡妻孤儿而逝,痛哉,鸦片之害人也! 与诵华至账房斟酌后事,诵华才长手敏,衣衾附身之物一应去办定当,择于廿七日戌时入殓,卅日大殓。出殡一项,关系重大,复与诵华商之幼谦夫人,以不停为妥,决于卅日下午权寄地藏殿内矣。三鼓后就寝,终夜蚊扰不能寐,思之益增余戚,何邱氏三世积累,仅留此五龄弱息也?

廿七日(7月7日) 晴热。朝起即唤船归家,半路遇家中船,知内人昨夜已得信,特来探丧。余到家部叙吊礼,与少松互相太息,早中饭后,即坐原船赴梨,到时不过未刻,账房主持则请汪福堂,一切附身附棺之物均齐办。蟒袍邱少仙嘉兴去办,已来,朝帽、披肩均极鲜明,戌时入殓,一应排场执事全备,汝诵华周到之至。余衣冠送殓,视之,面仍如生,不觉又为之怆。捬莘荪者,又谦谱兄也,垂泪视殓,至事毕始回去,可称生死之交,为之钦敬。是夜余请松龄和尚代放焰口,上台后余即眠,尚安寝,时已三鼓。

廿八日(**7 月 8 日**)　晴热。早起至敬承堂,与诸公谈天,深叹邱氏子弟如诵舆、吏光两堂内弟、达卿堂内侄均染烟劫,不胜感慨。下午与省三丈、黄吟海、汝茗溪翁茗叙龙泉,极凉畅。夜间毓之、吉卿两人口角,毓老主凉,黄连为君,吉卿主温,桂附为君,论病情该从吉老,若谓澳之有心迟误,未免诛心太甚。总之,病是的,医是矢,中不中皆非尔力也。余心痛甚,排解而散,无聊即就眠,终夜蚊扰,不安适。

廿九日(**7 月 9 日**)　晴热略减。终日闲谈,上午仍与原伴诸君茶话泷泉,有旧友费静山倍致殷勤。下午在账房内看福堂、诵华部叙排场,又看吟海三令郎骐生书挽联,句则汝寅斋所撰,骐生字极圆秀。夜间,诸亲友代幼谦仍作佛事,颇不寂寞,余早眠,为蚊所扰,终夜不合眼,火上升,尚不疲倦。

三十日(**7 月 10 日**)　晴,不甚热。朝起,是日友骞大殓受吊,余衣冠在敬承堂应酬,来吊者镇上多后辈,所熟识者不过十之一,可知老辈日渐凋零。午前念孙自家中来,余亲率拜奠毕,蒙亲友之关切者共相称赞,然难释余思子之痛。下午命念曾先归,余夫妇送殡,为之凄然。发引至地藏殿,用僧道六执事掌号开道,汝诵华排场整肃,悉如死者素愿,然如此结场,益增旁观太息,何天付之才,反厄其年,使邱氏佳子弟无发扬之一日也?忝在至戚,欲止泪而不能矣,伤哉!夜间事毕,在镇至戚均回,余与郑理卿之长郎姨甥孙号公若同榻,年十七,人极伶俐,应酬圆到,闻已完篇,来科应试,顾之而喜,然理卿夫人张氏节母已艰苦备尝矣。情话久之始就寝,是夜尚安眠,精神不至十分疲惫。

六 月

六月初一日(**7 月 11 日**)　晴朗,不甚热。饭后家中舟来,余与内人同返,毓之、诵舆、庐仙诸堂内弟送余登舟,一路颇凉,到家午后。少顷,凌砺生来,知戒烟一事服之甚灵,门庭成市,然存药无几,恐难接济,诚济堂又不应手,深有断粮之厄,拟明日亲自到苏,与之讲定三个月源源而来,庶无误事。复唤苇卿来商酌局资,长谈而去。始知陆立人病在垂危,症与又幼相似,上午证脉已细,虽四肢未厥冷,然已气喘,恐非药石所能救矣。总之,烟之害人如是!

初二日(7月12日) 阴冷,风雨幸不甚大。饭后至乙大兄房中絮谈,知日上有疟疾,食少胸热,须静养调治。还来,拭拂几案,登清内账,稍涤愁怀。午前惊知陆立人侄婿昨日身故,今岁意中人何多赴台?天乎人乎?吾不得而知,然士君子尽其常,总以保身为主(明日成殓,致分)。余连日应酬,不及亲吊矣。终日碌碌,不能坐定。

初三日(7月13日) 晴朗,不炎热。饭后同少松至乙溪处问候,知昨夜疟复来,寒热甚重,今已凉净,现请吴养如服药处方,用厚朴、黄连,未识能减轻否。老年人总以开胃即健为贵。回来,补登日记始完。第二次食西瓜,甚佳,传闻今岁此物不当令。

初四日(7月14日) 晴朗,炎热。饭后少松父子趁萃和船暂回同川,送之登舟,复至乙溪处问候,知昨日寒热不来,可望渐愈。回至友庆,观七侄落卷,尚可有造,无大谬。回来,适子屏来谈,欣慰万分,论及又谦,互相嗟悼。徐莼田募捐一节,苇卿已办就,洋摺并交,知此公嗷嗷已久矣。墀儿事略已删润,极得体,所作传文,声音笑貌酷如其人,得此出色不朽之作,余心悲戚可渐释然。中午便饭,两人对饮高粱,极适意。下午子屏至萃和,回来又谈,晚间始去,约砺生苏回再示之信,庶戒烟一事梨川可照办,此月中有便再顾我。夜有阵雨。

初五日(7月15日) 阴,饭后阵雨大作,幸风不狂。暇阅费敏农试草,并重看子屏所作传文,情真、语挚、笔健,可无遗憾,事略尚有可商处。课两孙理脱书,读生书,下午少松率大郎来自同里,余恰好交卸,碌碌未坐定。

初六日(7月16日) 阴,终日风雨颇盛,下午渐息。上午誊真子屏所改广川事略一通,尚不至十分心酸难动笔。中午与少松循例对酌,吃水面,披夹衣,尚不觉汗流浃背,亦近年所希,恐非时令之正。下午略读曾文。

初七日(7月17日)　渐晴，尚非时令炎暑之正。上午重录事略，尚可作楷书，若念曾所书传文，究嫌多小儿气习。下午起草拟致熊纯叔书，贺渠令侄入词林，兼求为亡儿作墓志铭，两家相较，判若天渊，思之痛哉！暇读曾文。

初八日(7月18日)　阴晴参半，阵雨时至，初伏犹穿夹衣，非正令也。上午修缮致纯叔书，尚未封好，待寄。终日闷坐，追悼友骞，吾心孔悲。下午略读《曾文正公文集》。

初九日(7月19日)　晴，不甚朗，仍潮，不甚热。上午阅《先正事略》傅忠毅公传，适徐瀚波来谈，掩埋毙资、括字费均付讫，云七月初到无锡去。欣知诚济堂戒烟片初六日起已定每日千片(萃千片，芦三百)，专舟接济，极贞草堂中亦与洋人定出四千元，一礼拜一送，可冀源源不竭。砺生苏州幸未去，初四日夜间霍乱大作，泄至百馀次，自定方，一周时而愈，真所谓吉人天佑也。以辟瘟丹十定见送，欲留中饭，坚辞，事忙而去。下午略登账务，念曾重录其父传，字虽多小儿体，尚可恕，拟连事略一并封寄熊纯叔。

初十日(7月20日)　晴朗，下午始有夏令。饭饭①舟至莘塔，登堂晤雨亭、范甫，知砺生日上渐能平复，惟身体软弱，懒于见客。据云病由食积，初四日夜痛几不支，痢亦不止，至食大黄、枳实、槟榔，胸腹始通，非平素气体坚实，恐难撑定。甚矣，饮食之宜慎也，一笑。纯叔信面交范甫即致桐生，见鞠生与范甫两书，得意之中语杂诙谐，此子笔墨趋时松隽，始悉今科朝考有闽中老名士谢章铤，论中大谈时事洋务，几列四等，可知狂则放弃矣。少顷，徐瀚波、凌磬生、袁子丞均来就谈，磬生烟已戒尽，风采焕然。现在局中千片一日，尽可销售。中午主人设席款余，颇形客气，六人同席，略饮即饭。下午薇人亦自家中来，看来日上生意渐旺，谆属耐守，又略坐始告辞，到家极早。

十一日(7月21日)　晴，渐热。饭后作札拟致子屏，详述莘塔

---

①　饭饭，疑为"饭后"之笔误。卷十一，第339页。

戒烟局情形,下午重录子屏作墀儿家传一篇。碌碌终日,此心纷如,不能略看书。

十二日(7月22日) 晴热。饭后与吉甫堂舅氏对东账,至午草草毕事,约全欠,据云亦在五十亩内,南北斗不过九成账,殊难起色。午前"玩"字吴三蛮嫂来,无一语不出情理外,其狠如狼、毒如蝎,余只好避之,唤苇卿来周旋,平心息气劝解之,公账共出七洋二百四十给之。亲戚告帮,亦事之常,而恶口诬人,使之心痛,实难甘心受之。总之,皆夙因,千万含忍之为妥,郁郁终日。子屏信,友庆钱大送去,始见蝗虫成群飞下,幸不致大伤禾苗。

十三日(7月23日) 上午雨,下午开晴。始闻村人鸣锣驱蝗,大局尚不致有碍。上午摘录租欠账,下午略登内账,仍栗六终日。

十四日(7月24日) 晴,渐热。饭后走候乙溪,絮语良久,日上诸恙均退,身子略软,回来摘录租欠账。下午杭琢香至书房来谈,应接之,客去,略阅《先正事略》。今日蝗飞渐希,已多过境去,草根竹叶逢之一空,若苗叶实无大伤,天之佑我村民亦甚厚矣哉!

十五日(7月25日) 晴,略热。饭后衣冠东厨司命神前、家祠内拈香补叩谒。上午摘录租欠账。下午阅《先正事略》。

十六日(7月26日) 阴晴参半。昨夜大阵雨,终日凉甚,甚非大暑所宜。上午摘阅租欠账,命木工起东矮楼楼板,多为白蚁所坏,要换者四长条,更可恨者,驾壁一横梁为所蛀空,似巢穴之所在者,因循不治,不料流毒竟如是之酷,然其根株恐犹未拔尽也,特识之,以戒后来。暇阅曾文,意欲熟复之而不能。

十七日(7月27日) 晴。昨夜凉,盖薄絮被犹寒,实数十年中所未有,今日仍不暑热。上午摘录租欠账始毕事,下午碌碌,未做一件用心事,可愧也。

十八日(7月28日) 仍阴,微雨,不热,大非正暑所宜。饭后倏头眩,作呕泛状,半刻而定,刮痧始愈。终日食粥以和胃,略软,下午略登内账。

　　十九日(7月29日)　晴朗,略有夏令。是日斋素,在厅上衣冠拈香虔叩,祝观音大士圣诞并诵神咒,以自尽微忱求忏悔。至杭琢香书房坐谈,知昨日文会,诸生童携卷而归,无一交卷,殊属不成事体,题系"无伤也"二句,尚不甚难。观两侄文,平妥而翻腾之法全不解。下午始将去年出入账算准录清,年令难保常丰,而殊乏预筹之策,甚切杞忧,奈何? 接瀚翁信,知日上自苏回,一路以石灰浇捕蝗虫,其心可云苦矣。托买蒲垫、高粱已寄来,顾春涛略以酒资酬之,瀚翁处尚缺数百文。

　　二十日(7月30日)　仍阴晴不定,不炎热。是日始誊清去岁出入之账,眉目朗然,阅之,当思持危保泰,支持门户之难,而益悉谋生之不易,况余之变故倏生,深惧无以仰对先人,而下贻孙稚,惟不敢稍形放失,以冀慕年略顺耳,言之泪下。晚间微雨不成阵,陈厚安雨前到寓,知莘塔车门外广收蝗虫及遗种,今亦渐希矣。烟药局生意渐清,戒者不愿,多借口不甚灵效以饰其非。甚矣,劫运之未满也!

　　二十一日(7月31日)　晴,不甚朗,略热不炎。饭后始将来年筹办东轸生圹工料章程另立一簿,以便随时登载。午后接子屏来书,详述一切,子扬之郎名祖谷者,甫三岁,以乏乳哺,病至十九日而殇,可称讨债鬼,债尽而去,子屏视如子,能不悲伤? 戒烟一事,北库已发办,梨里特拟章程致周雨人兄弟,劝早发心开局。莘塔已续到六千,粮饷充足,北库梨里大可就近转购,救世之心可云切矣,特未识劫运何如耳。纯叔处余信未接到,所改子屏作已由侄处寄示,余俟录出改本后底稿当还子屏,匆匆作答之。暇读纯翁改笔,处处俱见法则,此道真老手也,一一遵录备藏。碌碌未看一书。

　　廿二日(8月1日)　上午略雨即晴,渐有暑令。午前北舍局书王云卿来,银上又恳告借十五枚,连前十元,言定开截时算。下午又有阵雨,即止,晚间厚安、铭三自东路村还,来年坟工、砖货、石灰已定,出价尚公道,惟洋银须预交清。

廿三日(8月2日) 上午晴热,下午又阴,似将阵雨。是日火帝圣诞,在厅上恭设香案,衣冠虔叩,奢望默佑平安,兼求一乡太平。暇读先大人诗初集一卷,并阅《先正事略》。

廿四日(8月3日) 晴朗,不炎热。上午重录家传,纯叔看本似可不必再多改矣。暇阅续家大人诗、《先正事略》。

廿五日(8月4日) 晴,稍热而爽,今夏第一好天气。暇阅曾文,读先大人初集诗。初闻陶爱庐翁廿四日归道山,今日入殓。是翁谦谨一世,乡里称善人,而老境恶劣,有贤子而中道殂,幼子顽犷未成立,家庭变故频生,万无乐境,代为悲伤。幸有孙读书入学,书香可继,曾孙亦已双双成列,似可差强人意,然此种境地,已磨折人多矣。全福难邀,书此借以自警,不徒为爱庐翁感慨也!下午静坐,无兴观书矣,闷闷。

廿六日(8月5日) 下午又阵雨,凉甚。上午润芝侄孙来探听捐教试用事宜,余一一如所闻告之,总之,藩房程升甫法力甚大也,一茶略谈而去。吉甫堂母舅来絮谈,述及东阳又有棘手题目来请教,余谓此时虽老荒,到得在场,不能不相题完卷。总之,鸹音难革,自墀儿去世后,局面又大衰矣,可恨无撑持善策也,思之泣下。午后作札拟致子屏,心境恶甚,不能看书。

廿七日(8月6日) 晴朗,仍凉。终日闲甚,读先大人诗初集,已至前丁丑年矣。下午略阅《先正事略》。命陈厚安至东路村还窑上所定砖灰钱洋,缴者九分,所存无几。

廿八日(8月7日) 晴,略热,午后雨,即止,是日戌刻立秋。饭后以札致子屏,接回禀,知子扬侄媳尚未分娩。极贞片服之有流弊,亦未详悉,纯叔看本已寄回矣。昨日偶拟书院文一篇,今日录出示少松动笔阅过,据云出落处俱见筋节,笔底亦少荒气,当转示友庆两侄以诱掖之。杭啄翁改本当取阅,接幼谦郎来春官出名信,知七中颇作佛事,亡灵屡来着响异,思之可悲。晚间颇凉,在书房内与少松赏秋,对饮高粱,不觉过量,万种愁怀几乎涤之一空,破悲为乐,须赖友朋劝叙也。徐瀚波来,述及东省青州荒歉,今又无秋,买男剥树之苦已见谢绥之来札,砺老拯救心殷,意呼将伯,鄙意则以为救近不救远,实有鞭长莫及、沧海一粟之叹！况苏沪既有大善人,似不少此区区,余与芾卿忍而置之矣。蔡月槎绘墀儿像已来,神肖九分,不愧名手。与瀚翁絮谈良久而别,云即刻至子屏处夜叙。

廿九日(8月8日)　晴,仍凉,间有微雨。上午阅杭啄香改本,极清灵易学,两侄原本七胜于六,然终不条直丝丝入扣也。暇阅《先正事略》及曾文。

七　月

七月初一日(8月9日)　晴朗,始有暑意。饭后衣冠东厨司命神前、家祠内拈香叩谒,暇阅《先正事略》,读先大人诗初集。木工今日始补装楼板。

初二日(8月10日)　晴,渐炎热。饭后舟至芦墟会黄玉生,以月槎所画神像属补襟(约八月初有),酬仪面送。渠所三朝内画者已毕工,特取还,略谈而出。复舟至钱艺香处,以亡儿小照托裱。查所存之书,只有《五经字样》三本未裱托,《四书》《孟子》七本未动手,"述而"至"子路"收还,"卫灵公"至"阳货"约八月初同字样,徐先生所写者廿二章及小照一并面缴,馀如《五经字》《孟子》及今所付放生石刻,年终汇付,亦略谈而返。还,至顾德裕候砚先,恰好袁憩棠亦来,即同至桥楼茗饮,在座费松生初面叙,畅谈良久,极畅适。憩棠留至行内楼上小饮,砚仙陪余对酌,颇真适。饭毕,又拉砚仙候陆畹九,知戒烟局生意尚有十之三四,浙省亦有梅抚军禁令。畹九戒后,饮食顿增,毫无弊端,惟尚未断瘾,每日一片。谈及蝗子丛生,恐贻后患,现在收买,亦无款可久支,不如且止。又叙谈,食瓜,晤潘箓坡先生之孙小雅世兄,英秀非常,他日发品也(路遇渊甫侄,子扬得一女,败兴之至)。又小坐,出即登舟,到家未晚。

初三日(8月11日)　晴热似伏天。饭后至友庆,知啄香率七侄鸿轩至书院会课,六侄足疾未往,先生出题留课文。先大人初集诗今日读毕。是日本村演剧,工人多去往观。是夜阵雨,顿凉。

初四日(8月12日)　晴,因昨大雨,终日清凉。饭后至啄香书室中,知昨文会,生童各六人,又因阵雨各携卷而归。阅七侄作,惟前半有道破语,不合法,馀尚清顺,暇读先大人诗二集。当日大兄亡后,哭子悲伤(是年乙丑,今岁丁丑,奇哉),不料不及十年,不肖又遭此厄,天何不佑余家耶!抑别有隐匿,使佳子弟不能永年,以当其咎耶?书此益痛门第之衰。

初五日(8月13日)　晴朗,西北风凉甚,可穿夹衣。终日齿痛,懒甚,是初二日在镇贪吃羊肉之故,有此发闹?可知食物不可不慎。上午略读先大人诗二集,下午闲坐。

初六日(8月14日)　晴朗,颇爽。今日齿痛渐愈。饭后钱子方来谈,要取赎道光九年所兑之田十七亩有零,屈指计之,已四十九年矣,子弟成立,为先人光,理宜如是,然余思之,益叹门祚之衰,未识两孤孙如何支撑于异日也,许渠明日来交易。下午查契检单,颇觉繁闷,终日不坐定,暇与元音侄话旧,渠一片忠心,而无贤主可依,殊深太息!姑劝暂仍其旧,使彼家有吃饭处。接吴幼如信,以《金刚经》百卷疏荐亡儿中元节,甚感渠情。

初七日(8月15日)　晴朗,仍凉爽。上午闲坐,读先大人诗二集。下午钱子芳来取赎田亩,除北玡一亩○五厘通情找价杜绝,另立契不赎外,馀均照数通情取赎,原契付缴,副契系先大人手笔,收还,方单约即日来检去。此种兴隆气象,实近年所罕见,余家门不幸,对之增惭。

初八日(8月16日)　阴,微雨即止,颇有寒意。饭后送少松解节还同,约二十日去载,余至书房,权课两孙理书,生书免上,下午即放学。虎孙书浮滑而生涩,平日不顶真听背可知,是非心心相印也,可叹!终日碌碌,聊无好怀,是夜寒凉,绵被可盖。

初九日(8月17日)　晴,渐热并潮湿。饭后课两孙理书,至午照先生常课始毕,下午读诗数首,即从宽放学。是日账房内潘客来成交更稻,价每担一元二角五分,落四文,约即日有信来秤,惟物色约迟一月,暇读先大人二集诗。

初十日(8月18日)　晴朗,不甚炎。饭后率两孙至东书房,寻其父旧所用剩之笔晒之,又不觉怆然致恸。顾晋叔所摹《皇甫碑》全册亦寻见,恰好收藏,命孙辈日后临之。上午理书,至未刻而毕,即不耐烦,放学。吉老来,传述东易又有题目出来,既不体谅苦衷,只好应之,以尽开八祝敬。

十一日(8月19日)　阴雨,颇凉。饭后出仓稻,略照看,然客至不能兼及。闻说铭老略有循情处,至算账升合,较前年短缺。甚矣,不能心心相印也,奈何? 两孙各上生书一首。上午凌雨亭三兄来,为堙儿中元节特来衣冠设馔致祭,中午以乡菜酌敬之,两孙陪侍,饮酒如量,几亡今日为此不得意事也。谈及戒烟局生意,穿买各镇尚流通,又絮谈良久回去,客散后,不觉凄然。晚间两孙停课,接陆畹九信,知在杨公祠收买蝻种,托通晓乡人捕捉出售,此亦官样文字。

十二日(8月20日)　阴,朝上雷声隐隐,阵雨颇盛,至午始止。是日凌恕甫孙婿、徐蘩友甥孙均来,堙儿灵前中元祭馔,即辍权课陪之,止哀,游戏与之谈。中午设席留饮,男大侄孙叫来同席。蘩友年十七,云初学作文半篇。砺生忧切蝗灾,因之头痛不果来云,午后各送之回去。接许松安昨日所发信,以乩坛仙方所合药茶一料,共计三包,合资四千○三十文寄送,暇当答复,并还代应合资。

十三日(8月21日)　阴,朝上大雷雨,终日不停点,凉甚,可穿夹衣,实数十年来所未有。昨日家人于夜间亡儿灵前预作中元节祭奠,闻哭声,悲难自禁,然俗例万难免也,为之呜咽者良久。饭后课两孙理书,下午始毕,从宽放学,虎孙《论语》生涩之至。晚间作札复谢许松安,药茶资关照即日面寄。

十四日(8月22日)　始晴朗,然不暑热,仍如八月天也。饭后检点时疫方,始知□□所合者玉科救急丹,非药茶也,可自愧糊涂之至。命包好,每服一钱,存在账房内施送。暇课两孙理书,中午中元令节祀先,二加则命念曾主之。下午略松,课早放,偶阅龙门所选小题《探骊集》内文四篇,圈出,拟与六、七两倥讲论指示之。

十五日(8月23日) 晴朗。中元节凉甚,宛如中秋节。饭后课两孙理书,下午即毕,略课诗放学,若熟书则仍滑而不熟也。暇则批评《探骊集》,以时文二比教两孙口念,颇能入调,聊以此解闷自嘲。

十六日(8月24日) 晴朗。朝上,钱子方来,以新单十三张面交,只剩推收,俟九月赴江代做。饭后课督两孙理书,难得半日熟书、生书均照常课讫,下午放学,招鸿轩、苹甫来讲文四篇,以《探骊集》与之,并示近作各一首,均有心思,特不光妥,奖砺之,长谈而去。目前两子弟似皆有造,特难望速成耳。接许松安信,关照所合者丹丸非药茶,不得误服一钱误人,足钦诚笃之至。

十七日(8月25日) 晴朗,略热。饭后课两孙理书,适吉郎六弟来诉家事,余不问,姑权应所商而去。下午课毕,且与之讲《读史论略》一页而放,时尚未晚也。是日遣内使至黎望邱氏,回,知孤寡均安,惟满目悲凉,述之可惨耳。

十八日(8月26日) 晴朗。终日权课,未晚即放学。上午芦局张森甫来,情商十枚,云上银上扣,允之而去,此种应酬,实万难却之不顾也。

十九日(8月27日) 晴朗,略有暑热气,而早桂已香气扑鼻矣。上午仍权两孙理书,而不能照现读之书一遍理转,下午略读生书即放。适金星卿从外甥来,絮谈良久始去,此子颇能老成,惜限于质,欲读书入学,尚须刻苦,然已是佳子弟。

二十日(8月28日) 晴,仍炎朗。是日课两孙各上生书一首,理书则停止,复略与之讲《史学蒙求》。下午吴少松率子到馆,知日上谭太守各镇巡查,烟禁甚严,拿获者不论何人,均杖责即释,可称明而简。

廿一日(8月29日) 晴朗。上午阅《三字经》,始知是书宋儒王伯厚撰,康熙年间王相晋升氏笺注,极详明简括,最便童诵,因句读加朱,当为两孙讲解,实五经诸书之总钥也,开卷有益如是。下午毕事,洗澡代浴,为之一快。

廿二日(8月30日)　晴,略热。饭后至乙溪处絮谈,芾卿侄略有小恙初愈,尚须调治,属渠保养为要。适蔡氏二妹来,又絮语良久而返。暇则翻阅《先正事略》,心纷如,不能定焉。

廿三日(8月31日)　晴朗。饭后略阅傅文忠、阿文成两传,用朱笔点句。下午迟砺生不至,命舟札致子屏,问芸夫人葬期。余同陈厚安至芦墟寻候许松安,恰好面晤,即以玉科急救丹资面缴之,路上不及细谈,走至陆畹九处长谈,知蝗蝻现已停收,费已五十馀千无着。出来,至桥楼茶室,约陈诗盦至,托渠代办坟工方太沙,约即日信复定当,茶叙良久始散。与袁憩棠同至公盛行,又小坐始解维,到家尚未点灯,知砺生来过,在书房叙谈片刻□□,云明日要至苏,欲与彭诚济商加减极贞草方,可谓诚心济世矣。另,据二亦收到,又转交熊纯翁七月望日所封信并石刻一章,墓铭亦撰就,快慰之至,容俟明日细细披读。子屏回信亦来,芸夫人葬期初二日子刻登基,约廿九日到溪即启行,如得暇,廿五六日要来畅谈。

廿四日(9月1日)　晴。饭后至乙溪处长谈,缴付昨日砺生原券。回来,属少松钞录纯叔所作墓铭,三复之,笔底谨严,妙在是纯叔所做亡儿墓文,不能移置他人。水利上架空敷陈,亦颇疏畅有情(实让人之善,以为己之善),铭作变骚体,尤古感动人,当今不得不以此事推表矣。以周君英号寿陔所书《毁淫祠碑石记》见示,并云若请此公石刻赵公(书丹),亦纯叔相好,许代为承办,所费不过二十馀番,可以今冬拓好,且徐徐商酌再复纯老。下午接凌雨亭信,名世收到,加子三金不取,同原券交来人作答复缴之。碌碌终日,不能静坐。

廿五日(9月2日)　阴,无雨。终日静坐,用朱笔点阅《先正事略》钞本未句读者,下午停笔,闲散而已。

廿六日(9月3日)　晴朗。饭后点阅《先正事略》钞本,至下午一册完。接子屏札,即作复,约渠廿九日清晨来溪,饭后同舟赴江。跛五佟折给一挑,付洋二元①,钱八百文,裁衣七佟竹手下半年二元一并付交子屏矣,纯翁志铭文稿亦即寄阅。

廿七日(9月4日) 阴雨终日,然不大,无碍早稻试花。暇则点阅《先正事略》钞本,皆乾嘉朝极有名望之巨公。

廿八日(9月5日) 阴晴参半,微雨即止。钞本《先正事略》两册今始点校完。账房内振凡老佟年……近感风寒,极委顿,甚虑延及本源,备舟送还北舍本宅,未识调理有瘳否。此去甚为悬悬,亦付之碧翁主持而已。下午部叙行李,拟明日同子屏赴吴江之郭村名珠村,送芸夫人袁安人葬。

廿九日(9月6日) 晴。朝上子屏襆被携具来,饭后同行,舟中共阅纯老文,略有商定,惟铭词收句原本既不醒,酌改处亦与上文不呼吸,须徐徐与辛垞诸君再拟。以近文两首见示,气局均佳,亦可称近时作手。到江下午,散步茶寮,晤县前人,知明日开征,局书颇有更动。出来,至城隍庙,焕然一新,工程坚致,徜徉久之,适吴鹤轩来,留至花厅长谈,始知庙工将告竣,吾乡捐数不缺。薄暮雨,鹤轩命工人携伞送归舟,明日珠村里亦去。夜雨不止,舟中两人卧谈,幸有船帐,不致蚊扰。

八 月

光绪三年②,八月初一日(9月7日) 晴。朝上舟中起来,同子屏登岸,茶饮小楼,久之回舟。出北门,至戴坊头,过七里港,出太湖,其中港路歧义,误行四五里,问明,云此去一里即名珠村里。至则小桥曲折,泊舟费氏新圩,已将近浜底。登费氏新筑墓舍,厅屋宏敞,吉甫、芸舫已于昨晚自苏来,廿八日排场灵鹫寺,三大宪以下均来送殡

---

① "元"字后原文有符号 ⸙。卷十一,第347页。

② 原件第14册。

行礼,两袁宜人之枢已在丙舍中,并设幕,略似开吊,主人设席留朝饭。自午至酉,宾客麇至,惟两县托事不至。余与袁青士一见如旧,实则叙亲外表婿也。两郎,一号韵花,一号韵珂,均亭亭玉立,非凡器,见之益增余痛。以纯叔铭文与青士相商,本存吉甫处。暇与风鉴岭梅兄长谈,同至墓前相视,知立丁山癸向,前有浜有案,浜极深,右转后坐浜左转,又后则尽是芦苇。太湖青山绿水,环绕有情,去支硎山不过三四里,历历在望,岭公以为极合上元式,真佳城也。入甬道,至拜坛,甚宽畅。临视穴前,知用三和土筑成,泥作亦是熟办,中则芸舫寿藏,左右则两袁宜人之穴焉。芸舫自作墓铭□,惠拓本数章,原石今夜实做埋幽矣。夜间款客四席,余与朱锦甫大谈官场,知□□袁宜人发引出城,吁嗟阔兮。戌刻传执事开道,将两宜人枢安置坟前,候至子……登基安葬,复设幕,亲友以次拜送,先时数刻,排场祀后土,读祝计公熙亭,举□行礼张翁梦周也。事毕,回舟已丑初矣,复被蚊扰,不成寐,若子屏,则鼻声已如雷。

　　初二日(9月8日)　晴,渐热。朝上开船,不及告辞主人,余复熟睡,至同里余始起来,小泊,不登岸。朝饭毕,趁西风顺行,到家不过未刻。留子屏书房夜宿,余颇疲倦,夜间不能多谈即就寝,极酣适之至。

　　初三日(9月9日)　晴热。是日东厨司命神诞,合家素斋,中午衣冠率两孙灶神前叩祝。饭后同子屏至乙大兄处,以杨稚斋所来税契四纸面缴,少钱四千馀文,俟九月中入城归还之。即送子屏归家,作便札托寄辛垞,熊文原稿就商,草草封就,其中词语几多不贯。甚矣,急就章之难也。暇则补登日记,接横逆札,思之,是前生夙累,不能不偿,且筹将计就计之法以解之,然亦不能不大费厥词也。下午走候杭啄香,适陪七侄赴文会,以芸舫所作墓铭交六侄转致先生。

　　初四日(9月10日)　晴,恰好早稻试花。下午舟至芦川黄玉生处,携神像补襟恰可过去,原相面上着色处似有微损,未识玉生着潮否。询之云,原纸薄故,衬以裱托纸,如旧也。落寞,略谈而出。至裱画店,钱艺香有小恙,不出见,以墀儿神像面交其徒周如香手,约九月中来取。小照、字样、《论语》均裱就,店中尚存《孟子》全部,石刻一种,《五经字样》三本,约年终汇算。回至桥楼□□赵翰卿,约徐蘋山老友茶饮畅叙,蘋老长子久亡,长孙现年十六,幼子有三,少者八岁,各抱苦衷,互相解慰,所谓"同病则相怜"也。吴友江亦来陪坐,叙谈良久始散,即登舟,到家尚未点灯。

初五日(9月11日)　晴。饭后重录《事略》一页,暇阅《先正事略》。命吉公至东易送节礼,并招抚横逆事,未识有头绪否。思之,悲愤难名,总是前生孽缘未解。

初六日(9月12日)　阴雨,幸无大风,终日渐寒。闭门静坐,无聊之至,略阅《先正事略》二杨传。下午苦侄来,论及持家御侮之不易。

初七日(9月13日)　下午晴,上午微雨。午前赴北厍胡谦斋会酌,至则茗叙仁和楼,剃头,与孙蓉卿诸人谈,良久至何馆家中,设两席,团叙,得彩者倪耀春。菜极精洁,餍饫而止,复茶叙草棚始返。到家,知徐瀚波来过,送字灰费弱冠数,由少松面缴,云十三四日间装载至海昌。

初八日(9月14日)　晴朗,为此月第一日。终日闷坐,乏兴,略阅《先正事略》道光朝名臣。

初九日(9月15日)　晴阴参半。饭后内人至梨敬承堂盘桓,约廿六日还来。上午无聊,读先大人诗集。下午陈翼翁同新庶常熊鞠生特来望余,并送朱卷,兼惠小紫铜墨匣一,徽墨二。知前月廿二上轮船,月初到家,其叔纯翁,现在龙潭馆中。留便饭后,大谈胪唱盛典,引见礼节,颇仰天颜,冲龄天纵。夜间置酒,略具肴酌敬,少松出来同席,谈至黄昏后,就宿书楼,余始出来。此来甚慰岑寂,然看人家子弟成名,余家日前无望,不胜悲从中来,背人饮泣。

初十日(9月16日)　晴朗之至。朝上同客饭于书房。上午鞠孙至池亭补吊叶太夫人,余与翼亭畅谈一是,并约九月初五同至江城,余即作札致凌磬生,约偕往,托翼亭今晚面交。下午鞠孙回来,即告辞,翼翁亦同去,云即要至莘塔。昨与鞠生谈,颇悉其师殷谱老丧明后一应光景。

十一日(9月17日)　阴晴参半。饭后查二加有人赎田账,知此契存在友庆,今则全归七侄,幸置产簿注明,否则竟无头绪可寻,账之不可懒登竟如是。暇读鞠生会试朱卷,真时花美人,令人见而生羡。少顷,横逆者来,恰以礼貌待之,留之中饭,不肯,如所望,吉老落肩,仍如去秋之数,弱冠面付。此时欲求无事,不能不屈抑以与之,念及前情,今岁益增痛恨矣。凤业之负,何时可了?惟有痛自忏悔而已。终日闷坐,无可解怀。晚间金星卿自莘和来谈,此子颇勤勤恳恳。

十二日(9月18日)　阴雨。终日无事,阅《先正事略》已至粤寇殉节诸名臣。

十三日(9月19日)　阴雨,仍未开晴。上午阅《先正事略》暨读先大人诗集。下午乙溪兄来谈,知余处前遭横逆,今亦波及,为保家屈节计,不得不商解急之法,思之可叹也。

十四日(9月20日)　晴阴参半,尚未卜老晴也。午前接陈诗盒信,坟工河沙五百挽已代定用方太,船户陈德华持札进来,要先付洋二十元,俟来春兴工载齐后再算。即作札复诗盒,以洋与之。暇阅莘和所来《申报》,敬悉穆宗升祔礼已议入○○○太庙,同室增龛,谨奉○○○太后懿旨遵行矣。

十五日(9月21日)　阴,无雨,微晴。夜间尚有月色可观,不负令节矣。终日看《申报》,可称上洋界内无奇不有。

十六日(9月22日)　晴朗,为是月第一好天气。终日详阅《申报》,夜间补酌东西两席,余陪少松在书房内对饮,如量而止,念及墀儿去岁此日闱中做实策,因而中暑毒,为致病之由,不胜凄惋,那有豪兴?不过对人强作谈笑耳。闻是夜月蚀在卯刻,黄昏时颇皎洁可观。

十七日(9月23日)　晴朗可喜。是日搬进书房,在楼下西厢,命两孙夜间略读书片刻。终日碌碌,上午芦局张升甫来,完上忙银三户,付洋卅五元①,钱一千零三十二②,前款算讫,约三成半数。下午,北舍局周云槎、王漱泉来,完六户,付洋五十四元③,钱四百廿五文,云卿前账云理直,目前不扣,约数三成。暇则略阅《申报》。

十八日(9月24日) 晴朗。饭后成交冬米一仓,价二元八角一分,颇得价。始有佃户以蝗虫伤灾来请看,暇与吴少松表弟检点墀儿书籍窗稿,忍情强制不哀,细心查阅,赖少松率两孙徐徐位置,大考应用之籍归一箱,大小考可均用之书、文、诗又归一箱,其大题历年文稿、赋稿及酌本绵纸精本、卷袋、卷子归在拜匣内,均有标记,随手封好,收藏在养树堂东矮楼上。其小试窗课读本暨乡试朱卷、荐卷、观风超等原卷,则存留锁好在瑞荆堂东书房书厨内,他日两孙幸有知,能文出应试,可以了然,次第举阅矣。费一日之力,少松襄助之功,不致一斛散钱无从串好,亦不得意之中差强人意事,破涕一笑,无庸再挂愁肠矣,碌碌终日而止。是夜不安寐,至后半夜始交睫。

十九日(9月25日) 晴而不甚朗。饭后照应出冬,晒前年字课卷,真所谓俯仰之间已成陈迹,思之可叹!上午喜凌范甫来谈,中午书房内便酌小饮,渠有旧恙见红,现得全愈,然容颜颇憔悴,以视鞠生,难免目前云泥之判,幸尚豁达,可不拘滞,不然戚戚矣。畅谈至下午后始回去。

二十日(9月26日) 晴朗终日。暇则晒阅字课卷,以存亡儿历年习字遗迹,下午收藏瑞荆堂第三顶书厨内。其芸夫子、吴子实诸公极佳朝卷则藏在第二顶书厨中级。

廿一日(9月27日) 晴朗万分。饭后将以墀儿荐卷、观风原卷、一应杂文、小试历年窗课并其弟奎儿窗课、小题读本一一检出,统晒一过(友骞试作三篇并乩谕二则,一并存在荐卷内),仍收存东书房书厨内。《事类赋》精刻本、分类诗题及卷子均在焉。乙溪兄来谈,论

---

① ③ "元"字后原文有符号 ▶: 。卷十一,第355页。

② "一千零三十二"原文为符号 ▶: 。卷十一,第355页。

及横逆事,真前世夙负难了吉也,可叹可恨! 是日先继母顾太孺人忌日致祭,饭用鲜菱,先继母所嗜也。率两孙拜献,以尽微忱,屈指见背二十九年,不特显扬无日,不料不肖今日竟遭非常逆境若此,思之,痛益增痛矣。辍书不阅终日。

　　廿二日(9月28日) 晴朗和暖。晚桂已开,清香扑鼻。上午招曹三先生来,为念孙处方二剂,据云湿热积滞所致,药须温通,水泻虽渐止,不下痢为上,一茶即去。暇则翻阅《古文辞类纂》志铭一门,益知此道初识门径为难,何敢动笔为之?

　　廿三日(9月29日) 晴暖。终日无事,观圬人筑漏,略读《古文辞类纂》杂记门。

　　二十四日(9月30日) 晴朗。朝上出吊于东邻潘翁时昌,寿七十有五矣,境虽先丰晚啬,然有子三,均成立,有孙有曾孙,有八十一岁之胞兄在堂,可以老死无憾。余对之,益伤家庭多变,然深冀天假之年,如翁之寿,吾愿足矣。与凌砚溪辈同饭而归。上午谨晒先人遗像,又复潮湿如春。暇阅《类纂》柳子厚文。

　　廿五日(10月1日) 晴暖之至。饭后率朱仆理清厨顶板上旧账,蛀难阅者捆扎一包,又一蒲包,当送交徐瀚波焚化惜字局,其馀旧存租账、零用杂账备存查,不甚蛀者略晒,收藏破洋箱内,顿觉耳目一新。上午润芝侄孙来,知赴苏会程升甫,办试用事诸多周折需索,此辈靠司房吃饭,其技俩不过如是。下午梨里局顾仁卿来,照旧以四户□□元与之,付洋十九元①,钱一千零八十一②,取收条而去,彼以为甚通方便也。晚接子屏来信,纯叔所作墓铭,经子屏、芸舫、辛垞三人斟酌尽当,可作定本矣。

　　廿六日(10月2日) 晴朗终日。饭后作三札,一复纯叔;一复子屏;一致砺生,至下午始毕事。内人午前自梨归,知邱氏孤幼均康健。

---

　　① "元"字后原文有符号🕀。卷十一,第356页。
　　② "一千零八十一"原文为符号🕀。卷十一,第356页。

廿七日(**10月3日**) 晴朗。上午重录纯老所作志铭文一通,另订清本,读之,处处惬当矣。子屏札今日送去,得回禀,知先有信已寄纯翁。下午录记钱芝芳所托推收账,暇阅《类纂》欧文。

廿八日(**10月4日**) 阴晴参半。饭后曹三先生来为大孙女处方,现用温通,一俟寒热净后再用凉解。去后,至大兄乙溪处,以横逆一事劝其含忍落肩,渠亦不得不俯就,当转致吉老,以不到为妙,相与嗟叹久之而返。暇阅《类纂》三苏文,则无句章棘语矣。今日始命两账看"是"字、"忠"字佃户所报蝗灾,回来,知"忠"字徐佃云我竟尔捏报。

廿九日(**10月5日**) 晴而不朗。饭后,内人复至邱氏,循俗例十月朝祭奠友骞,此行可称于理不顺、于情难已,复何言哉?暇阅《类纂》欧阳文。苕卿来谈,以纯叔余所致信示之,尚能了然于口。晒书一板,日记略有所损者六部,藏堂楼下,《广广事类赋》乙百卷、《韵字经义训诂》小本全部晒毕后仍藏瑞荆堂朝西第四厨内下级。内人归来已各点灯,黄昏候矣。

三十日(**10月6日**) 晴朗。饭后曹三先生来为兰女孙诊视定方,用清理,寒热渐凉,可渐平复矣。遣舟以札致凌砺生,熊纯叔复函即托寄龙潭馆中,此信迟至四十馀日始发,因转示辛垞诸君商酌,故不能骤答耳,暇阅王介夫志铭文。下午接砺生回书,知为江北灾民事于府中新上条程。

九 月

九月初一日(**10月7日**) 晴朗。饭后冠带至东厨司命神前暨家祠内拈香叩谒,暇阅王介甫、归熙甫两家文。念孙今日《孟子》读完,始接上《诗经》朱注,并录小序,若注,除赋、兴、比、诵外,概不读也,特志岁月,以图日进。顾纪常来,接袁熟老札,有所商,即面付之。

初二日(**10月8日**) 晴朗如昨。上午阅欧文,晒《史记》。下午徐瀚翁来,破账簿两包付之一空,借免亵字。邱氏托请乩谕,疏底并香资面交，约十一二日间回复，绵衣上略有发心，欲寻茝卿，不值，一茶絮谈而去。暇录子屏旧作一篇，细批通篇作法，拟与六、七两倥揣摩。

初三日(10月9日) 晴朗。饭后晒藏凉帽，换暖。暇则略阅古文。下午走候杭啄香，絮谈而还。碌碌终日。

初四日(10月10日) 晴朗。饭后西北风狂吼，略登账务。午前凌恕甫破风来，为亡儿十月朝致祭，为之怃然不安。中午略具家肴，与两孙陪酌之。下午风仍不息，留之止宿，知凌磬老明日江城爽约不去，未悉禀底其否？已关照翼老否？殊无端倪，可知与人共事之难。余则部叙明日到江行李。是夜风狂甚，与恕甫夜谈，渠喜铁笔，以先人所倩聋石翁图章两方赠之，与孙辈同宿房中。

初五日(10月11日) 晴朗。早起，寒甚，似初冬，西风仍猛烈。欲赴江，践翼亭之约，舟不得行，恕甫亦不能归，留之，闲谈终日，两孙陪之在书房内坐论徜徉而已。少松乔梓日上略有些感冒，明日无风，要同余舟回同川解节几天。

初六日(10月12日) 晴，风息。饭后恕甫另舟送归，余与少松乔梓同舟赴江，中午后始到同，少松疟疾已来，即登岸到家，余在舟中饭后又开行，到江已不早，泊舟大仓桥，等至良久，茝卿之船亦来，即同茗饮，已点灯候矣。翼翁杳然不来，与钱竹安、茝倥茶话久之，还船夜饭，无聊之至，即就寝。

初七日(10月13日) 晴，渐暖。朝上与倥辈茗叙，饭后同至杨稚斋处，茝倥以税契相托，回处①金柏卿处，以欠单交之，始知陈翼翁初五日同董梅村南传船冒风而来，昨日上午已去，留片在柏卿处。据云磬、励二公属渠不必进署递公呈，实不解其何故。又云，为鞠孙事急往禾郡，不及等候。磬老有札致余，禀底拟就，颇洁要可用，然既托故不来，余亦不便独擅进递，目前只好罢议，愈以见和衷共济之难，此

———————————

① 回处，疑为"回至"之笔误。卷十一，第358页。

行甚怅怅也。姑舍是,与苇伲赶办各局推收,王少云手、庞榜花手均办就,惟顾局无人在家,走三回,竟仍不见其人,可恨也! 暇与苇伲、钱竹安瞻视城隍庙,时工程已将竣矣。与金柏卿辈茗饮,又与竹安小饮,酒味劣甚,少兴。夜间又茗叙祥园,良久回船,是夜不能安睡。

初八日(10月14日)　晴暖。朝起,苇伲之船已开,余盥沐后,衣冠至火帝庙拈香叩头毕亦开船出城,至同川泊舟得春桥下候少松,知昨日疟轻,其郎疟亦仍来,到馆俟信来,难定期。即辞出,略再泊停始开行,东南逆风颇紧,到家将晚,时吴甥幼如来望余,留之止宿,夜话。接陆畹九信,约初十同赴江城,为蝗灾芦局独重,欲递公禀,其稿示余,以浙江飞来为出路,颇可用,然余不耐烦,明日拟辞之。夜眠颇早。

初九(10月15日)　登高日,阴晴参半。昨夜微雨,惜即止。饭后幼如回梨,有所商,以魁数应之而去。上午略课两孙理生书。下午至芦会陆畹九,以禀底交还。知磬生有信,明日之行又变卦,云须业主具禀,如不准,董事方志面禀,道理甚大,然无人领袖,恐此事仍同画饼,益见公事之难共也。长谈而返,归家点灯。

初十日(10月16日)　晴暖之至。账房内渐多来报蝗灾。饭后课两孙,前节所上书统理一遍,下午写字,读诗十首,从松即放。是日厚安荐短工许明发,到年八两①,一应在内,暇阅六、七两伲杭先生改本。

十一日(10月17日)　晴暖。饭后权课两孙理书半日。暇阅杭先生改笔,清浓小大皆宜,真时下好手也。下午徐瀚翁来,以抄录乩谕、友等冥况相示,阅之,毛骨俱寒,悚然可惧。欲再超荐,须俟来春,长谈而去,云仍要到坛。录清乩谕,封寄是托。

十二日(10月18日)　阴,始微雨,惜未畅即止。饭后课两孙理

---

① 　旁有符号ᐱ。卷十一,第359页。

书,至中午后始命写字,即放学。是日北厍①、芦墟②两局书来,一完四户,四十二元③,钱三百八十④。一完三户,十八⑤,钱四百六十二⑥,约六成以外矣。碌碌终日,不能看书。晚间两侄以近作就质,尚念得去,与之讲论并还窗稿。

十三日(10 月 19 日)　晴暖。上午权课两孙理书,至下午仍放学,免上生书。茝卿来,知莘塔凌氏为蝗灾递送公呈,昨日专舟送县矣。暇阅《官幕同舟录》,系震泽费山寿友棠甫同治丁卯年所刻之书,牧民者常置案头,可备法戒。

十四日(10 月 20 日)　晴,乍雨,一刻而止。今日西北风颇肃,上午照常课两(生)孙理书,下午仍从宽放学。接瀚波寄示一札,知叩问友老冥况,初十日再奉乩谕,用善书中明唐皋故事,乩仙点化世人,隐讽而不显揭,可称玄妙!益信阴骘万不可亏,损名折算不爽若斯,吾人虽未实蹈此愆,愈当省戒!

十五日(10 月 21 日)　晴朗。上午仍课两孙理书,下午即停。暇作札致陈翼翁,约廿六日同访纯叔,尚无的便可寄,始命相好就近看蝗灾。

十六日(10 月 22 日)　晴,略有风。饭后命舟至梨,以信、乩谕及经资七元、六元寄交邱氏内侄寿伯收阅(本日原洋收回),暇课两孙理书半日。午后接子屏札,告借喜事物件,即修书复之,陈翼亭札即托便寄。跛侄预支一事姑且拒之。又同寄到邱澳之信,关照病僧不能诵经,可知此事亦须有缘。

①　旁有符号ᒪ。卷十一,第 359 页。
②　旁有符号ᒪᦚ。卷十一,第 359 页。
③　"四十二元"原文为符号ᶝᦚ,后有符号ᵇᶜ。卷十一,第 359 页。
④　"三百八十"原文为符号ᶰᵘ。卷十一,第 359 页。
⑤　"十八"原文为符号ᶜᵇ。卷十一,第 359 页。
⑥　"四百六十二"原文为符号ᶰᶜᶜ。卷十一,第 359 页。

十七日(**10 月 23 日**) 晴阴参半,然终嫌无雨。饭后课两孙理书半日,下午略读生书即放。晚间看稻账船回来,知南玲圩稻色不佳,然蝗虫灾不重。

十八日(**10 月 24 日**) 晴,西北风渐寒。饭后仍权课两孙理书,下午放学。两账看蝗灾,知多捏报,然日上稻色颇受风伤,难望如去年丰足。明日要去西张港分稻,人舟颇忙。灯下接吴少松信,知已全愈,约廿二到馆。又接畹九札,约明天赴江商报蝗灾公事,进谒邑尊,势难不往,拟十九日部叙一切,夜间伏载,以随其后,然老年无替肩之人,思之伤甚!

十九日(**10 月 25 日**) 晴,西北风。上午课两孙理带书,各上生书一首,下午仍放学。暇则检点赴江一应物件,明日拟早行,宿于舟中。

二十日(**10 月 26 日**) 晴,风西北,甚微。五鼓开船,行过长白荡始起来,到江午前,至天兴楼茶室,晤畹九、磬生,知因风乍到,恰好以江北流民请谕禁强横禀属金柏卿誊真,即衣冠至公馆内谒邑尊陈翰翁,在客厅上等候稍刻始出来,余以禀呈送。瀚翁云,新奉大宪谕,各路流民概不给路凭,以寻常告示搪塞,三人同禀缘由,乃允发。另谕交稿案,并谈及陆鸿等环禀蝗灾,虽由浙来,亦例不能准报,商之再四,始许因稻瘟偏灾,上请减漕而已。又略谈一切,似以稀讼省事为乐。谈罢告辞,蒙送出头门,少顷来答,即当驾辞。各卸衣冠,与磬生、畹九馆中小酌,极欢畅,晚饭后又与诸公茶饮。至顾局推收,面交又亭漕内做讫,难民告示面托金柏卿。此行颇觉舒齐,一鼓回船就寝。

廿一日(**10 月 27 日**) 晴,无风。平明出城,到同川泊舟始早饭。登岸候少松,知行李已部叙,渠郎疟疾又来,迟日到馆矣。略坐,即同少松登舟,闲谈颇不寂寞。午饭后,已至北舍,在仁和楼与少松又茗叙。振范侄已得霍然老健,约十月中去载。到家尚未晚,知梅书田来候,余不值,至萃和留中饭而去,甚怅怅也。

廿二日(10月28日)　晴暖。饭后至乙溪处谈天,回来磨墨匣三套,颇浸润。薛国兴来,为东轸坟地上挑泥,月初农工未毕,不便动作,竟俟来春二月初,先约期兴工,若十一月初五日应选吉单动手,则不包本地人,余家雇人自办矣。大谈陈翼翁、熊菊孙近所赶事,留之中饭而去。晚接砺生札,知沪上已归,又往金泽,舍田芸人亦颇自笑,廿四五日到梨,欲便视余。云艇葬簿已来,阅之,草率难稽。

廿三日(10月29日)　晴暖,有小春景象。饭后略登一应内账,始觉头绪一清。终日清闲无事,暇读先大人诗集暨《先正事略》儒林传。

廿四日(10月30日)　晴。上午略有微雨,即止,似有酿风之象。是日子屏之季弟子垂三侄成婚吉期,饭后嘱少松率两孙从权趋贺,余是不得意人,甚怕应酬语言失次也。今日亲友家喜事甚多,均致分而已,暇则以厅上白蚁所蛀书翻藏厨中,然来春必须搬出重晒,恐防再蔓难图也。无聊中略读《先正》儒林诸公传。下午少松率两徒均回,知此番宾客甚寥寥。翼亭约廿六日自港上去载杭啄香来谈,一茶而去。

廿五日(10月31日)　晴,朝上似有变象,倏又清朗。饭后补昨日祀先,盖先曾大父赠大夫师孟公忌日也,祭必用蟹,先曾祖所嗜也。暇则闲步田间,观工人收获。今岁既遭蝗灾,丰稔减色,余又家庭遭变,心境恶劣,万不如往年之乐庆田家作歌申颂矣,为之嗟痛者久之,略阅《儒林传》《古文类纂》。下午陆厚斋来,有商而去,知新米价二元七角,有日长之势。迟砺生不至,书此未完,适砺生来,恰好为媳妇、小孙处调理方,意欲即归,甚喜陈翼翁同丁子勤来自大港,坚定明日访纯叔于龙潭,因均留止宿于书楼。夜间少松出来,同席小酌,谈至一鼓时就寝。

廿六日(11月1日)　晴暖。饭后同砺生、翼亭、子勤登舟,至南传沽舟略泊,开至莘塔,送砺生回府即解维,东北风逆,至下午始到金泽,舟人云,前行路径不熟,不如停宿为稳。泊舟南圣浜桥头,三人同登丽水台小叙,茗饮良久。黄戟门兄来谈,致殷勤,几不相识,复同候陆谱琴,丰采颇佳。书室在一小楼,座间晤星槎兄,絮谈片刻,还舟夜饭,复至丽水台茶叙,南传顾一夔兄在此开腌蜡店,翼亭之戚也。畅叙良久,始知是执友顾三坻世丈先生之从侄孙。夜宿舟中,热甚,三人皆挥汗,不安寐。是夜略雨,颇润。

廿七日(11月2日) 阴晴参半,微雨即止,幸不发风。天明开船,过万圩荡,即淀湖之支流,又行十馀里,已至珠街阁,东乡一巨镇,始起来,稍泊,舟中三人早饭,问土人,至龙潭不过五六里,即开船,路生,迂行十馀里始至焉。是处一村落,人居不甚稠密,主人潘姓,号镜波,青邑诸生。登其堂,屋宇朴质,主人往松郡,不值,小主人纯叔之徒导引至书斋,见纯翁高座,批读《五代史》,相叙欢甚。余即以勒石事,付资廿六元——面托代办,其字大小,携样仿照。蒙留馆餐毕,纯叔兴豪情挚,云此处入城不过数里,即襆被同游,舟中剧谈片刻,已近城,导入东门,泊舟积谷仓前,即纯老修志局。登堂,气宇闳畅,仓内有谷四万馀石,司事二人,一方姓老翁,号立斋。一谈君,号筱友,邑诸生。艺菊满圃,时初位置在书斋内,异种、名种目所希睹。纯翁竟作东道主,唤肴酌余,忝列首座,六人同席,胡君,辛甫旧识也,谈君筱友则新交。灯下看菊影万千变化,饮酒如量而止。夜饭后纯叔又导至玉壶春茗叙,良久始回。余与子勤宿舟中,纯叔、翼亭起岸止宿,仓中斋舍颇精整焉。

廿八日(11月3日) 阴晴参半。朝上纯翁招入酒楼吃羊肉面,味颇鲜洁,无腥酸气,云此间有名食品也。余欲告辞,纯翁又拉往重固里,云此去出北门不过二九路,并许同往,又以余所赠酒一坛转惠何鸿舫。即登舟,徐徐泛棹,纯叔又惠蒸黄雀,舟中小酌,剧论片时,已至其门,知何老八一三期,今日门庭求诊者正如市。登堂,其长郎虚石搀陪,知初开诊,不能会客,即邀至后堂一小亭陪饭陪饮,见其门人二,一苏人顾峨士,一宝山人蒋剑人。先生之二郎,号小剑,又号仲侯,年弱冠,是老鸿之婿,始知老鸿三子,幼者神童入学已不在,其次号右韩,往郡中,不见。长公子虚石,年三十六,工算学,能书画,擅长竹石,人极轩昂,是四杰一流人物,惜稍露耳,然余对之增痛矣。小剑工时女梅花,小诗及词(兼通夷语),门下多才,令人生畏。饭罢,老友鸿舫始出来,不见面二十年矣,自号鸿鬐,鬖鬖者长至腹,若道逢,不相识矣。略叙寒暄,悲喜交集,欲作三日之留,余姑许之夜谈,即告辞,应酬门诊五十馀号,余与纯翁诸君出游福泉山,一培塿,泉井亦涸,无足观。欲游陆机祠墓,因雨至不果。到镇小憩茶寮,知土人颇以平之之子号九思者为上。还来,仍坐亭中,怀桐庐,小桥流水,环抱有情,宜乎,代出名医也。晚间点灯宴客,厚扰之,八人同席,有菱湖人孙君若愚,上海丝茶阔客也,位次余下。席未半,鸿鬐出来,别坐,独酌畅谈,语多晋人风味,恢谐无忌。出豆腐一品饷客,云其法传自宋中丞牧仲,于老年无齿为宜。席散,鬐翁仍独酌,余又与之絮说家常及劫前劫后事,深以此地起义杀贼擒王为第一快心事,馀多慰藉语,无一不隽妙怡情。谈至夜半,蒙留宿,与子勤同房,纯翁、翼翁又别一房,主人始进去,可称周挚。余被酒自伤,终夜不得安适。

廿九日(11月4日)　阴雨。余早起,鬐翁亦出来就谈,以《虊山草堂图》见示,图是令先尊书田老伯所作,名人题咏,笔墨如新。又以《虹亭太史诗》草稿真迹,张渊甫中年所书欧字真书诗册暨张叔未、杨聋石笔谈墨本出赏,均是鬐老逃难时斯须不离之物也,传观久之。吃朝粥后,欲再留,固辞之,仍订来年重阳再来福泉访旧,郑重而别。舟回,纯翁又固留入青城,重至仓中赏菊,又添名品数种,约叠起菊山已五十馀盆矣。风雨交作,纯翁情重,既扰菊主人筱翁家祭中饭,翼翁作东,夜间又置肴赏菊,新甫仍来,方公亦入席。是夜酒逢知己,会开真率,拇战助兴,余欢甚,畅饮尽量而散,又畅谈久之,始与子勤下船酣寝。纯翁、翼翁仍宿仓中。终夜西风大吼。

十　月

十月初一日(11月5日)　阴,又雨,早起风息。翼亭下船,纯叔仍留,候砺生至即告辞纯翁开行出城。上午过珠街阁始早饭,风渐紧,翼翁畏风,有戒心,余与子勤歌倚小令以遣兴。下午至金泽又略泊,待舟人炊饭,三人复茶叙。登舟饭毕,鼓棹行,雨渐盛,至晚始至莘塔,翼亭登岸,余欲即开,砺生冒雨固留,始登其堂,扰渠夜膳,咏楼、磬生、雨亭均来就谈,一鼓后回船,颇酣寝。

初二日(11月6日) 又雨。早行,到家始洗面,位检行李毕,与子勤饭于少松书房内。上午备舟送子勤到梨,借去《娄姚先生全集》,以《日记》、《小识》、先人全诗稿转送袁青士。《周文忠公集》一本,纯叔所赠,余复转送子勤。客去后,唤蒂卿来,以昨日砺生所还物件面交。中午补十月朝祀先,率两孙拜献。下午芦局张森甫来,又付洋十五元①后算。账房又有客来,诸事纷集,万不如出门之乐矣。雨终日不息点,夜早寝,颇酣熟。

初三日(11月7日) 阴。饭后略登内账。午前北库局周云槎来,又完十一户,付洋卅五元②,钱百六十八文③内扣,云卿处洋十元,约七成二外,与之吉题矣。略阅《西使日程》,郭云(筠)仙所撰,昨自砺生处借来者。

初四日(11月8日) 又阴雨。饭后始补登日记。今日徐少卿夫人开吊除几,念孙姨母也,朝上命之往奠,下午归来甚早,知砺老已往青浦。

初五日(11月9日) 又阴雨。饭后补登日记始毕,《使西纪程》阅竟,大约留意于各国海口形势,纪其地,又纪其开垦富强之由,而于风景不甚铺记,然已张外国之威风矣。暇又阅《乘楂笔记》以参考。下午蒂卿侄来谈。

初六日(11月10日) 倏晴,西北风,不甚透。饭后至乙溪兄处,以前月晚九所寄来邑尊酌禁江北流民告示两张属糊裱实帖,聊示

---

① ② "元"字后原文有符号卅 。卷十一,第363页。
③ "百六十八文"原文为符号楼 。卷十一,第363页。

虚声。暇则重阅《乘楂日记》一书,笔墨颇不俗,当再以《使西纪程》互参之。

初七日(11月11日) 晴朗可喜。饭后抄录纯叔代金螺青明府所作《重建江震昭灵侯庙碑记》,文笔庄重而动宕,迎送神曲,切定吾邑为之,尤为典雅,原文及信纯叔托致子屏。邱氏遣女使来问,知寡幼皆平安。暇则仍阅《乘楂笔记》,与《使西纪程》不能合考,大约前尚修词,后皆纪实,道里地名当以郭为准。云日上颇患痔疮痛,不便行坐。

初八日(11月12日) 晴,暖甚。饭后闲坐,痔痛甚,下午似有感冒,寒热不能支,即眠,至夜半得汗而解,然痔犹未愈。

初九日(11月13日) 阴,微雨,又防发风。晚起,尚无恙,痔痛亦缓。暇则略阅《先正事略》名儒传。

初十日(11月14日) 晴朗,北风不猛。饭后命念曾同鸿轩七侄至陈思,时杨芳仲之夫人周氏寿终,今日送殓,不能不有应酬,然益增余思儿之痛。暇则至乙溪处,议定限内新租照去年每亩让五升,余处为内人六十初度,又让五升,聊以恤佃祝寿。回至杭琢香馆中絮谈,以片字复凌砺生,券据四纸均缴讫,《墨馀录》一书,茞卿处借来,拟重阅。

十一日(11月15日) 阴,大雨竟日,甚有伤于晚禾之未登场者。《使西纪程》二册阅竟,略志数语于简端,甚佩其考核精详,而甚惜其尊夷太盛也。暇阅《墨馀录》一书,下午惊得徐少卿昨夜身故信,颇哀之。此公始荣后枯悴,末年遭家不造,多忧抑语,若以速死为幸者。吁,吾于渠家骨肉之间悉其故矣,既自伤,复深悼之。渠家十三小殓,十四大殓,当命念孙明日去探丧且预送殓,此种应酬,至戚甚难废也,然旷课又一日矣。

十二日(11月16日) 晴朗。饭后命念曾赴梨里徐氏吊奠。暇阅毛对山《墨馀录》。点灯后念孙始归,因今日开船晚也,问之同席者均不相识,年幼无知,无足怪也。

十三日(11月17日) 阴。饭后至芦墟,时吴又江之太夫人开吊,余故亲奠,至则排场颇阔,素菜亦佳,与子屏絮谈,以纯叔信并《邑庙记》面致。晤陆谱山,即与同席,复与畹九谈良久,以三古堂欲请难民告示托之。回至张厅茶饮,又与沈杏春慰叙,殷勤而散,归舟,雨大作,舟人到家衣袜尽湿矣。碌碌终日。

十四日(11月18日) 阴,下午西北风烈甚。砺生自梨徐氏送殓归,因风过余,恰好止宿剧谈,叙饮书房,论及洋务,甚以为天方授楚,未可与争,全赖出使大臣,和而不失大体,斯可敷衍过去耳。谈至一鼓,与少松同宿书楼。

十五日(11月19日) 晴朗,风渐息。饭后砺生为余诊脉,斟酌辛垞旧方,只添一味云茯苓。借去《乘槎笔记》一册而去,云有新刻洋书数种,明日可借阅。芦局张森甫来,又找洋七元,内二元送(五元可截可不截),前吉四户,开账补截,钱一百廿八付讫,约七成二五数,与之吉题矣。暇阅《墨馀录》。

十六日(11月20日) 晴,又东北风,防变,然晚禾多未登场也。终日无事,仍阅《墨馀录》。下午陈厚安自家来,砺生又寄示新刻《星轺指掌》四本、《沪游杂记》亦四册,足资近日海外见闻、中朝掌故矣。

十七日(11月21日) 晴,晚起,似可不至再阴。饭后乙溪兄来谈,议及开限,决计初一日,石脚不复更张矣,一茶而去。暇阅新书,知《星轺指掌》一书系中外会典,通洋后不可少之书,然昏闷难悦目,若《沪游杂记》(武陵葛理斋撰),则五花八马,局面一新,胜于身到洋场周知百倍,览此则繁华之劫至矣尽矣。

十八日(11月22日) 阴,微雨。上午正欲翻阅《星轺指掌》,适"玩"字三蛮表嫂又来,其含沙射石、诬罔恶言依然故态,余只好含忍回避,属苻卿来,以好言周旋。至下午,多方婉导,始听落肩,公账给以六枚而去,思之愤甚!然欲平安过去,不能不委曲以承之,书以自警。

十九日(11月23日) 阴,无雨,北风紧吼,可望起晴。终日无事,《墨馀录》已披阅一过矣。暇作札致凌雨亭,询问"在"字低田石脚。

二十日(11月24日)　晴而暖,难卜老晴。饭后舟至大港,赴子屏会酌,此番此会圆满,只剩后叙一新会未卸。至则惟晤梅冠伯,馀无到者,与子屏、薇人长谈,知子扬近日服邱毓之方,葶苈、竹蓉、赭石,压气开肺药,咳呛颇减,未识日后有效否?又至竹淇处叙话,良久始回焦桐馆团饮,肴菜平平,酒则如量而止,饭毕又茶话良久而返,到家未点灯。

廿一日(11月25日)　晴朗,为日上第一好天气。饭后仍展阅《先正事略》经学传,以札致凌雨亭,探问"在"字低田收数。下午接范甫回信,两叔均不在家,代复收数,理明事达,决计从之。余处让米一斗外,头限竟收六斗六升矣。

廿二日(11月26日)　又阴晴不定。饭后王云卿来,所借之款搭桥延约,姑听之,恐终成画饼也。上午略翻《先正事略》经学传已完,然无心细看。下午茝卿侄来谈,知日上糙米价涨至三洋二角外。

廿三日(11月27日)　阴,朔风栗栗,初有寒意。终日闲坐无聊,愁怀难释,闷甚,聊以《事略》文苑传作排遣,然徒增太息也。

廿四日(11月28日)　晴,北风颇厉。暇阅《事略》文苑传,已尽乾嘉时名人矣。命舟至同川载少松大郎君,下午已来,甚喜诸恙都愈。

廿五日(11月29日)　又阴,幸微雨即止,然未必老晴。饭后始有来还飞限租米折色者,价二元八角。终日收三户,即至乙溪处关照,长谈而返。东账船发籹纸,自梨归,两账均葳事矣。暇则阅《事略》遗逸传。

廿六日(11月30日)　阴雨终日,大碍晚禾未登场。西风渐紧,尚未狂吼,饭后吴二蛮嫂来,言语较其妹甚和平,然余仍回避,茝卿来周旋,以青蚨六千给之,留之中饭而去,似尚在情理之中。余所不甘心者,三蛮嫂耳!是日尚收租二户。暇阅《遗逸传》。

廿七日(12月1日) 晴朗。账房始搬在限厅,终日收租颇不寂寞,下午始清。励生有信来,探问折价,即作答之,云日上莘镇米价已涨至三元三角。夜间吉账,约收九十馀石,若本色米仅一石五斗。灯下酌陪账房诸公,思及去年父子团叙,今忽形影俱冥,不觉对酒不乐,夜寝尚早。

廿八日(12月2日) 晴暖。终日在限厅收租,不如昨日成市,夜间吉账不过七十馀石。是日有江北流民四十馀口,示以县中告示,似尚驯良,公账给钱六百文而去。

廿九日(12月3日) 晴朗,颇暖。饭后在限厅收租,各佃陆续而来,折色居多,米则仅收一石有零。南北斗"荒"字两催子来,为折价欲让,相持不下,至下午始算账落肩,此例可知松不得稍些,免滋口说。甚矣,收数之难通情也。是夜二鼓前吉账,共收二百四五十石左右,闻市上米价略减。

卅日(12月4日) 晴朗。朝起至限厅督收租米,账房诸相好手、口、笔均未稍停,诸佃为蝗灾、稻伤灾有让有不让,甚费辞说,至点灯始停收,夜间三鼓后吉账,共收三百三十五石左右,稻作米五六石,本色米五六石,馀俱折色。自先大人创限以来,数十年未有变局若斯之新者,特书此,以志时势之不同。余精神尚可支持,就寝已将近四鼓矣。

十一月

十一月初一日(12月5日) 晴暖,东南风。饭后晚起,犹有倦容。是日转头限,终日收租,连存仓不过十馀石。陈思文夫人来,命七侄至舟中酬应之,免伤情谊。是夜早眠,黑甜乡酣甚矣。

初二日(12月6日) 阴,西北风狂吼。终日在限厅未收一户,亦一希有事也。作札拟致陆畹九,为三古堂托请流民告示。接陈翼翁信,关照新自吴门回,已联名呈禀谭太守,亦为江北流民沿村滋扰请转详抚军出示严禁,足见此公热心任地方上公事,暇当作复,并探问上宪告示已有否。

初三日(12月7日) 晴，又暖，防变。终日收租不过十石左右，米仅石馀。"荒"字催甲来，仍从宽照飞限收，明日不准，然公事尚不过三四成而已。

初四日(12月8日) 晴，又暖，东北风。终日收租二十三四石，本色三户，米潮杂之甚，姑从宽收之。以书致陈翼亭，由薛国兴寄。夜间略静坐片刻。

初五日(12月9日) 晴，西北风。饭后舟至东轸圩，带工人应选日吉期挑泥动工，至则向穴场上衣冠具香虔叩，毕，相度形势，东西地形颇佳，惟嫌南北田圹稍狭。来年二月挑泥(后三前八)，东西七丈内(十一丈千)，南北五丈内(九丈千少一尺)，够矣。有女人在徐腰湾者，与大港上向余争论挑工，余以三七，照陈老爷所议许之，届时尚有词说也，姑婉言退之。徘徊良久始回船，饭于舟中，顺风，到家不过下午。是日收租十七八石，本色两户。

初六日(12月10日) 晴朗。上午在限厅收租，终日共收十七八石。午前费芸舫特来奉访，欣然出见，知前月十二日由轮船出京，廿五日到苏，昨日到梨，详述覆命召见，得瞻○○天颜，苏省蝗灾，两宫详问颇切。絮谈一是，近日状貌颇丰，大约进京尚无定期，鸾凤之续已有属意矣。留之止宿，不肯。早夜饭，村菜酌之，未刻即辞去，云仍回梨里，约明年新正余入城奉答再叙，同席者吴少松、费瑞卿、余及两孙也。灯下接陆畹九复函，以江邑抄奉抚宪"严禁江北流民滋扰告示"一张特寄，当即转交沈三古堂，借此释责矣。

初七日(12月11日) 晴暖，东南风，又防作变。饭后接砺生札，亦寄到抄奉宪示告条一张，从此江北流民可免沿乡骚扰矣。并知江邑尊奉李爵相札，饬各属协筹山西荒赈，约各镇董事初八日入城汇议，然难下手，能免预闻为妙，恐终难免辞说也，姑俟之。终日收租二十三石，有以沙拌谷相欺者，略惩戒，折短收之，可知乡愚心怀欺诈，世风不古如是。

初八日(12月12日) 阴雨终日,下午西风发不透,颇暖。昨夜子刻有人闻雷声,亦非时令之正。是日为风雨所阻,收租不过五十石左右,成色较去年大减。薛国兴进来,语言谎妄,此人来年办坟工恐靠不住,当于来春商之翼亭,派定一切,庶免支节为要。

初九日(12月13日) 阴晴参半,仍暖。终日收租不过百佰零三四石,内收米本色十九石有零。天工阴雨,乡人出货维艰,莫怪不能踊跃。夜间吉账甚早。

初十日(12月14日) 阴,无雨,潮暖异常。饭后各佃陆续上限,因天时太阴,出米不及,终日收本色米四十馀石,谷作米三十馀石,馀皆折色。夜间二鼓吉账,共收乙佰八十多石,成色较往年大减,决计再宽头限五日,倘得老晴,可望略有起色。

十一日(12月15日) 阴晴参半。终日收放头限米三户,不满四石。养闲无事,略阅《先正事略》循吏传。

十二日(12月16日) 阴,微雨。终日收租十馀石,寥寂之至。北舍局周云槎、王漱泉持新漕由单来,知折价每石四千〇五十二文,下忙银减价二千一百文,有所商,应之而去。下午凌砺生来絮谈,书房内夜饭,一鼓候下船,明日要赴梨吊徐少卿之丧,始知山右筹捐各镇已派定二百千,若何办措,尚无定章,恐不得免也。救灾恤邻,道固应尔。

十三日(12月17日) 阴雨终日,东北风不已。是日徐少卿开吊,欲命念曾往,因风雨,其母姑息,不令出门,乃命朱仆代叩。饭后至乙溪处商酌,如此阴雨,须宽限至二十日方有成效,不然仍无济事也,兄意亦以为然。竟日收折色一户,三石馀,殊觉天时难强。暇阅《循吏传》毕,接阅《节义孝友》。

十四日(12月18日) 阴,无雨,西北风冷而未透。终日收租八九石,"荒"字北胜人种在浙境者可以进场矣。上午竹淇弟、子屏侄来,为成陶侄之妻昨日病故,无以为殓,商筹仍照成陶之例四十千公助之,据云乙溪已允,余亦不复与之再论矣(后知太松,九折至矣)。惟此款之出,殊属意外,甚觉恤族无公费为难。书房内便中饭,长谈而去。

十五日(**12 月 19 日**)　晴,下午又阴。终日收租不过七十三石有零,谷居多,米十石左右。天工未卜老晴,租务甚难起色,拟再宽头限五石,未识何如。南北斗虽来,寥寥三户,知北斗圩甲有夺催鸠居之意,尚未解纷进场也。是日收数虽稀,颇多词说,夜间吉账不及一鼓时候。上午孙婿凌恕甫于亡儿座前冬至致祭,余抽忙陪饮,下午回去,倍觉思之凄然。

十六日(**12 月 20 日**)　又阴雨,北风,似有酿雪之象。头限虽放,终日只收存仓米一户十一石,甚觉天时与人事两不相协,将如之何? 终日闲寂,是日阴寒,无聊之甚。

十七日(**12 月 21 日**)　阴晴参半,西北风,寒甚。微云漠漠,酿雪未成,下午略有晴意。终日收租十石左右,远者因风多不来。

十八日(**12 月 22 日**)　晴,仍寒冷,然无冰雪,复无望。是日丑刻交冬至节。租米终日倏无一户,亦近年希有之事。有汾阳庵僧敬事来,云曾同续贤住紫筠庵,今则移住汾干,以续贤所诵《华严经》全部为墀儿超荐,具疏特来,并吊奠灵前,领谢之。余托再诵《华严经》一部,为内人发心荐祖用,明年二月去领,以香金、茶礼优酬之而去。芦局张森甫持由单来,即应其急,完新漕银三户,价四千零五十二①,银价奉宪减二百算,共付洋乙百三十三元②,钱七百五十七文,已三成外矣。下午冬节供奉祀先,二加两孙主之,祠堂合祭,厅上祭四代,余主灌献,两孙襄祀,至夜而毕。左右顾,惨失儿曹,并闻媳妇祭奠亡儿,哭声甚哀,不胜五内震悼,虽祭毕与少松饮酒,亦甚闷郁,无复如往年之欢乐矣,凄然久之而寝。

十九日(**12 月 23 日**)　晴朗。朝起寒甚,水始冰。终日收租三十二石左右,尚不寂寞。吴幼如来,留之书房内中饭,以乞米帖一禀见示,颇通,赠之三枚而去。

---

① "四千零五十二"原文为符号 ⿰⿱⿱. 卷十一,第 369 页。
② "元"字后原文有符号 ⿰⿱⿱. 卷十一,第 369 页。

二十日(**12 月 24 日**)　阴寒,朝起喜见瑞雪,飘至午后始止,已积三寸许,来岁可免蝗灾,并可卜丰登有兆。终日寒冷,恰不至十分冰冻,租米则寂无一户。至乙溪处谈论,如此积阴,租务万难起色,头限决计放至月底,或者尚冀踊跃。暇则闲坐无聊,《先正事略》孝义传略阅竟,重阅《王铁甫先生全集》。

廿一日(**12 月 25 日**)　晴朗,下午向阳处雪始销融。终日收租三四户,凌砺生有信来,即作答并券交还之。

廿二日(**12 月 26 日**)　阴,无雨,雪销渐净,然不老晴。终日只收米石许,可称闲寂无聊。七侄以文来质,尚有思路,何出落荒谬若此? 可知书理未曾参究。晚间吉老账船回,述及"户"字欠租一事涉及寡居,难以猛办,以不出亮为是。

廿三日(**12 月 27 日**)　阴,又微雨,下霰,难卜起晴,殊有碍于租事。暇则查明账务,限内又寂无一户来,愁闷之至,明日略检行李,拟至梨川。晚间陆畹九来,为山西协赈捐来相商,即唤苇卿来,写定四十千文,现缴付讫,似较庙捐减半算浮盈十千,然亦义在则然,不能一一计较也。点灯前回去,公账即行派开。

廿四日(**12 月 28 日**)　晴阴参半。饭后舟至梨川,到则午前。市中船挤,余先上岸,走至蔡氏二妹处,略谈坐,即同宾之甥至杨家桥头赴进之会酌,至则同人均在,得彩者鲍生,来年冬可以圆满,此番以不得为妙。午后分两席坐,余与沈子和同席,酒肴平平,如量而止。饭毕登舟,泊舟邱氏门首,适徐丽江来寻余,同至龙泉茗饮,絮语家事,触处荆棘,万难纷理,幸前夜隔河小屋火警即熄,尚可告慰。刺刺不休,至点灯始分手。余回,登敬承堂,澳之堂内弟陪入内厅,见友骞夫人,相对凄然,不能慰一词。孤幼均见,各无恙,澳之陪同夜粥,又谈论一切,起更前下船,宿舟中,是夜暖甚,不甚安寐。

廿五日(**12 月 29 日**)　晴暖。天初明,船中早起更衣。朝上至龙泉洗面茗坐,恰好顾光川亦来,相与絮谈,论及丧子之痛,彼此同病相怜,复放抱嬉言无忌。述及吉甫近况,渠嫂酸疾难医,久之、黄吟

海、澳之弟均来叙，又论说一切，始回敬承朝粥。上午走候费吉甫，见
渠容貌较前略瘦，幸嫂夫人旧恙虽发已平，茶话片时而还，仍在邱氏
内厅与汝诵华、澳之同中饭，是午始略有酒兴。下午回棹，过大港，见
子屏，始知子扬节后血证狂吐，惊甚，廿一日请辛垞来，连服参地、乌
胶、血竭诸大补剂，现在血始止，胃纳渐可，然元气大伤，终难复原，子
屏为之极踌躇，然无妙方可急瘳也，以后但祈天永命而已。一茶而
返，到家将晚，两日略收二十馀石。是夜早眠，仍暖。

廿六日（12月30日）　晴暖更甚，非天时之正。终日收租八九
石外，暇则补登日记，阅《渊雅堂诗集》。

廿七日（12月31日）　阴，东北风，雨霏不已，殊碍租务。上午
北舍局王漱泉来，付洋一百卅七①元②，前账六十内扣，共完六户，已
三成半矣。终日收租一户，租账已上冬春一仓，后吉凑数遥遥无期。
现在短工停止，俟有米再开白，亦从来未有之变局，故特志之。

廿八日（1878年1月1日）　阴雨终日，兼飞霰，难望起晴。蔡
氏会酌无兴往，寄交芾侄。是日收租六七石，米谷参半，均大富圩人，
哓哓不已，从宽收之。

廿九日（1月2日）　阴，西北风。朝上雪珠错落如梧子大，竟日
大雪，几至盈尺，实近年未有之瑞。放限二十日，竟成虚惠，终日为雪
阻，俟无一户，惟将存包未结账登收而已。暇甚，恰不冻，阅《渊雅堂
诗集》。

十二月

十二月初一日（1月3日）　阴。昨夜又雪，已一尺有馀矣，租务
甚有碍。来年定卜丰穰，书以志瑞。今日仍无一户，自开限后至昨日
吉账仅收七成三，亦历年所未有，以后到年，恐为冰雪所阻不能起色，

---

①　"一百卅七"原文为符号𧷡。卷十一，第371页。

②　"元"字后原文有符号𢀖。卷十一，第371页。

实无如何也！一笑听之。是日雪止不销,天气亦不极寒,饭后衣冠东厨司命神前、家祠内叩谒。暇读《渊雅堂集》,正在京得意之时,诗极豪迈。

初二日(1月4日) 晴朗。早起寒甚,点水成冰,今岁未有如此奇冷者,呵冻作字,犹难下笔。终日西北风,雪积未消。饭后梨局顾仁卿来,先完四户,付洋六十六元,钱一百三十四①,所剩一户未完,恐亦不能过去,因北斗租米未动,故略迟之。是日收租十馀石,仍照头限算。茚卿侄来,知蔡氏之会余处得彩代收,特开账来交。碌碌不能坐定,墨匣内亦复冰胶。

初三日(1月5日) 阴晴参半,下午寒甚,河水成冰。欲至北舍市食物,一路冰冻,不通而止。门巷寂寂,袖手闲坐,读《渊雅堂诗集》一卷,时将出京赴华亭学舍矣。

初四日(1月6日) 阴。昨夜复雪,积至二寸许。终日雨雪交下,幸正西风,不甚冷,河中已开冻,然租务从此阗衰,不能起色矣。乡人薪贵,竟有米难炊之虑。终日闭门闲坐,读《渊雅堂诗》消遣。中午祀先,大母周太孺人忌日也,与两孙拜献,以展微忱。入夜风雪依然,恰不甚冷。

初五日(1月7日) 晴朗,雪始停飘,又积三四寸,西北风劲峭,点滴成冰,河港均欲冻,尚可敲冰入市,明日难行矣。终日见风,十指几裂,围炉闲坐,仍读《渊雅堂诗集》,夜间砚池皆冰。

初六日(1月8日) 晴朗,寒冽,西北风,河港一例皆作碧玻璃,此景多年不见。终日拥炉袖手,仍读《渊雅堂诗集》。

初七日(1月9日) 晴朗。冷气较昨日似稍减,然河冰积雪依然冻沍不开,围炉略呵气作数字,墨匣即冰凝矣,仍以铁甫诗消遣。

初八日(1月10日) 晴朗,寒气稍减,然河冰仍不开冻,砚池水烘后犹凝,市上尚不能往来也。是日《渊雅堂编年诗集》读竟,即题五

---

① "一百三十四"原文为符号 **𢽥**。卷十一,第371页。

古一首于后,山中无物,颇栩栩自得意,可笑之甚。

初九日(1月11日) 晴朗。是日红日虽高,朔风颇厉,河冰凝固不开,笔砚亦胶,殊堪焦闷,无聊中读《渊雅堂文集》消遣。

初十日(1月12日) 晴朗,朝上浓霜,寒凛之至。终日各处河路仍冰固不通,家中食物无从上市,几有缺乏之虞。自辛酉岁大雪后再未遇此奇寒。无聊拥炉坐,仍读《渊雅堂文集》书记篇。闲课工人中庭扫雪,然犹等伴未销者多。

十一日(1月13日) 晴朗。檐前雪渐作雨下,冷亦稍减,而河冻仍不开,时老佴振凡有老病,欲辞归北舍老屋,命工人敲冰出港,已厚如三寸石,荡中无论矣。姑命人今夜陪侍,以安其起居,若欲送之还,恐今后日万难飞渡也。芦墟已通,作片致晼九,若冰通,顾寿生表佴十七日去载,为两孙权馆课地。暇则仍读《惕甫文稿》,然心绪纷如,不能如昨日之有味矣。砚冻,烘后始开,门庭寂阒,几如高坐深山,亦近年所未遇。

十二日(1月14日) 阴晴参半,东北风,似有解冻之兆,然向阴之雪依然凝结不动。饭后命工人探北舍路,知迂道可通,有人进来,的知同里航船亦已路过,惟苏城仍不能无冰阻,日上若得雨,则各处无碍矣。终日寒气稍减,砚池烘后亦渐冰释,暇仍读《惕甫文集》。

十三日(1月15日) 晴,东南风,渐暖。昨夜又霏雪,积几二寸馀,上午始止,真所谓快雪初晴也。老佴振范自道光四年分至余家效劳,迄今五十三年矣,诚笃谨慎,已为近世相好中所无,今以老病日衰,特辞余去,不能再留。年今八十三,鳏独无子(胞侄子耕新得子,当为立后嗣,嗣子子壮),嗣孙又未成立,殊觉寿不敌福,备舟送之还,与念孙并扶之登舟(从此先大人旧相好辞去尽矣),忆及余家四世事,不禁凄然泪下,以好言慰之,珍重而别。下午晴朗万分,雪销如雨下,仍以《惕甫文集》消遣。

十四日(1月16日) 晴,黄绵袄子,和煦终日,积雪雨下,屋都床床漏,然冰路近地仍有未通处。门庭岑寂,无一人过问,暇读《惕甫文稿》书传类。

十五日(1月17日) 阴晴参半,不及昨日和暖。朝饭后张森甫来,又完四户,付洋九十六①,钱百九十二文,已五成三矣。南北斗来,又收田十馀亩,然亩角多种之户尚多未动,看来终难起色。六侄来,知东易又出旧题,看其势,岁暮不能不做,外侮之难御如是。夜间略置酒肴,与少松小饮,絮语一切,明日送假年节,两孙功课,一读《诗经》至"大东"章,一读"卫灵公"开卷。

十六日(1月18日) 阴冷终日。饭后率两孙送吴少松夫子解节回同,约新年正月廿一二日间同到苏城,后到馆。上午略课两孙理蜕书,至午后放学。顾绶生表侄权馆,约十八日去载。下午走候杭琢香,絮语不及一时许,已晚始回。是日寒极,不减大雪时候,要防复冰胶。

十七日(1月19日) 晴朗,寒甚,滴水皆冰,幸暖日当窗,雪略消释。上午权课两孙理书,未至午,徐瀚翁来絮语,知掩埋冰冻万难办理,且俟来春,其费已预付矣,一应账目,均开清数算讫。留之中饭,下午回去,约廿四后再来候苫侄。是日北舍局王漱泉来,又完六户,付洋二百二十二②元,钱九十九文③,已六成一二矣。夜间略登账务,砚池皆冰。

十八日(1月20日) 晴朗,略暖,河冰又有凝固处。上午顾绶生表侄来自泮水港,年二十五,人似驯谨,以两孙理书功课明示之,余始交卸,要之收其放心,不严督也。是日南玲始有还租,共收本色六石有零。

十九日(1月21日) 晴,下午略阴,终日寒甚。河中冰路又复多阻,寂寂门庭,租无一户。下午动笔改阅顾绶生近作两篇,此子文

---

① "九十六"原文为符号〥⊥。卷十一,第373页。

② "二百二十二"原文为符号〢〢〢。卷十一,第373页。

③ "九十九文"原文为符号〤〤。卷十一,第373页。

字略有功夫，字迹亦可，惜无人讲解，诸多疵累不妥，然非弃才也。夜间评定，复一一面示之，似能虚受。

二十日（1月22日）　阴，寒气稍减，雪积仍旧不销。租米略收三四户，子屏侄以字来，为庆三侄媳预支三元，作札如数寄给，子屏前有信在账船内，尚未收到，暇阅《王铁甫文稿》序文。下午阴寒，又复雪花六出，未免縢六兴太浓。

廿一日（1月23日）　晴朗，喜不再雪，南风开冻。饭后舟至南玲先人坟上，沿河种植杨柳计廿二株，惟湾角尚缺，已命坟丁再补植五六株，即唤圩甲来，分拊本地人不得攀折，如无所损，三年内可成荫矣。即至芦川，为冰阻，绕道行三四里，先泊舟南栅，与艺香斋算裱画账，未清，且俟来年。回至顾德裕略坐，复著饮赵三园，袁憩棠、稚松、顾砚仙、陆苹山咸在，畅谈良久，憩棠复招至公盛楼上便饭小饮，极酣适。下午复同至桥楼茶叙，陆畹九、袁寅卿均见，以芸太史所撰石刻送畹九，纵谈移时始开船，归家点灯后。由账船上接子屏信，知子扬近体略可支持，以殷谱老哭子文从芸舫处转寄，灯下读之，不胜凄然。

廿三日（1月25日）　晴暖如早春，雪消如大雨下，不一日可融净矣，潮湿屋漏几无干处。上午收租约十馀石，作子屏札，停笔者三次，下午始书就。晚间衣冠率两孙谨奉香果酒烛虔叩，送东厨司命尊神今夜升天奏事，祈求以后人口平安，不胜恐惧默祝。夜间与顾绶生循例食圆团，如量而止。是日由北舍接吴江邑尊信并照会捐簿，为山西筹捐，另欲委办，此中必有人指使，已自商定，当作覆，缴还捐簿，禀明不能再办之故，持家之不易支撑若是！

廿四日（1月26日）　晴暖如昨日，积雪渐销无几矣。租米约收六七石，以覆邑尊信底示诸侄，告以门户之支持大难，肖小下石者多，将何以堪之？黄玉生特来相商，书券应酬之，未识能明年如约否。为顾绶生又点定文字一篇，似尚可有造。晚间南玲坟屋内闻有流民滋扰，急命舟同两侄、一相好往，尚安静，不强横，唤圩甲来，命其炊爨后不得停留止宿而返。子屏处灯下接回札，以怀庆地膏送子扬，所贻年物登半而返,金腿复以陈酒廿斤相饷,殊觉客气而多情。

廿五日(1月27日)　半阴晴,西北风,非如昨日之暖。租务终日寂寂,账船虽开无益。上午作札,为前事关照陆畹九。暇与乙兄絮谈,太息子侄辈相助乏人,外侮实颇难御,将何以堪之? 碌碌终日,了无意兴。

廿六日(1月28日)　阴,无雨,东北风,颇寒厉。限厅初收拾,仍搬在外账房。一人到镇买办,账船又开,支门户者只剩一人,收租两户,出进甚跋涉。徐瀚翁来会芾卿,一茶即去,以苏郡赈河南来信传观,阅之,似较毛劫更重,然所携万串不过沧海一粟,现在从河北济源动手,殊觉杯水即竭,将何以为继? 以保婴钱七百存留,俟张姓产后给发。终日闲忙,不得一坐定。

廿七日(1月29日)　阴,大雨终日,潮湿颇似三春。终日晦冥,风雨不已,如此残年,租米无望矣。出账浩繁,并有不在意计之中,思之闷甚。姑以《铁甫文集》消闲,序文读竟,甚有兴会。

廿八日(1月30日)　阴,西北风,终日寒峭,且似微欲酿雪。饭后备舟送顾绶生回去,约新正十二日再来权课十天。今日开销诸相好及工人脩金、工钱及限内上仓旧规,约需费百洋外,租务仅七成八,殊叹入不敷出。夜间略酌敬账房诸公,余陪饮,勉欢谈笑,实则老怀十分恶劣。东易寿仪已封就,明日托吉老转致,乙大兄处亦然,论谊当然,论情实诛求无已也,姑尽吾分而已。是夜一应账目不及登清,一鼓时即眠。

廿九日(1月31日)　晴朗可喜。饭后送诸相好回去,祥约十七,明约十八,厚约二十,吉约新年面定来期。上午督僮仆拂拭椅几,洒扫厅堂,位置一切,颇觉积尘一空。下午芦局徐仰先来,恳再完纳,付北玲一户,洋廿元①,透钱一千二百卅三,明年再算。夜间登录内账,一鼓后不耐烦,尚未结题即眠。

---

①　"元"字后原文有符号 **ㄣㄥ**。卷十一,第375页。

卅日（2月1日）　除夕。饭后与念孙算结外、内账，似尚灵清可喜。午前率两孙衣冠拈香祀神过年，悬挂先大人、先妣两太孺人神像在厅上，老当年、两小当年均不轮余，稍得免忙碌一是。夜间仍旧悬灯祭先，率两孙拜献如礼，久之始毕事。家人团坐，吃年夜饭，虽有孙辈侍，思及去岁墀儿今日正在危急之始，不觉老泪难干，不能欢饮尽量矣，但愿两孙读书成立，年谷岁岁丰登，不胜恐惧祈求之至。是夜间星斗暗中渐灿，一鼓后更有光芒（后知终夜云翳，稍见星光），或者天佑吴民，蝗灾消而大有频书乎？识之，以当野人之颂。时在丁丑除夕起初更，厄道人时安氏书于养树堂之西厢楼下小书室。

光绪四年(戊寅,1878)

一　月

光绪四年,岁次戊寅,春王正月初一日(2月2日)　阴晴参半,下午颇暖,潮润,更有晴意,东风及令,可卜丰熟有兆。朝起拜如来佛,拈香衣冠东厨司命神前、家祠内虔叩,饭后率念曾、慕曾两孙至萃和堂轮年拜先世遗像毕,与大兄行贺岁礼,侄辈、侄孙行均以次叩贺,抑情强受之,与乙大兄茶话久之。回至友庆,拜先伯秀山公神像,又茶坐,始回养树堂。大兄亦率侄辈来拜先人像,茶话家常,畅谈而返。是日亡儿子范殁忌周年,家人祭奠,闻媳妇哭声恍若新丧,五内欲割,惨不忍言,幸晚间侄辈来谈,稍解愁闷。夜间微雨,大雾,无聊,早眠。

初二日(2月3日)　阴,昨夜雨,今始停点,西北风料峭,不似昨日和暖矣。朝上念曾大孙以天竹、蜡梅、水仙位置一香几上,求作一诗,即以"岁寒三友"故典告之(后知松、竹、梅为三友),戏拈八韵,略以试帖法与之讲论。饭后命两孙同诸侄至大港上贺岁,此种应酬,老人不再当差矣。晚间两孙回,知薇人抢年留饮,酒菜颇丰,并从稚竹处转寄到顾访溪先生世兄蟾客札,以《访翁文集》重刻本二册见赠,知续集王晓莲方伯刻于楚中,尚未断手,《四礼权疑》一书,欲谋刊板,求商任资,余实不能,稍助则可,暇当复之。

初三日(2月4日)　晴阴参半,是日卯刻立春,风仍西北,寒峭。上午凌小甥孙耕云郎同母来拜年。午前港上薇人、子屏、渊甫、稚竹诸侄来贺岁,茶话片时,乙溪处留饮。以邑尊信复底示子屏,酌改几字,甚得要旨,可知此事必需细细商酌为是。下午无客来。晚间衣冠接奉灶神后祀先,明日谨收先人神像。

初四日(2月5日)　晴明,西北风冷甚,朝上有薄冰,昨夜霏雪珠即止。上午命朱仆换挂堂轴,亡儿期年满矣,礼宜从吉,思之,实万难释悲。暇则誊缮复邑尊札,例须楷书,抬头、行款勉强不误,若侄辈代笔,恐难如意也。书签待封,颇觉谨持。午前陆立人嗣子时盦来拜年,一茶回友庆,年二十一岁,已应试一次,人似佻达一流。晚间独酌,聊借消寒。

初五日(2月6日)　晴朗万分。朝起循例衣冠拈香接五路财神在账房内,饭后苻卿来谈,知昨日自莘塔来,以砺生所携苏城谢绥之《豫省奇荒铁泪图》刻本传示劝捐,每愿乙佰文,聊发慈心,开簿集腋,借以交卷。大约砺老二月中要同李秋亭赴豫办赈,仁人用心,不辞劳瘁,可敬之至。午前观村人出刘猛将赛会,去年此日,正天翻地覆时也,今则惊魂稍定,然思之,倍增悲咽。门庭寂寂,无客来谈,殊乏兴趣,终日风尖有冰。

初六日(2月7日)　晴,渐暖。上午连广海、徐秋谷甥来拜年,一茶回友庆,馀无过而问者,何寂寥若斯?暇阅《访溪先生集》内札记数页,蔼然儒者之言。

初七日(2月8日)　阴,大雪竟日。今是人日,不知主何灾祥。饭后殷达泉表侄、徐丽江、蔡子瑗甥、金星卿侄甥孙来自莘和,据云日上梨镇盛传京师有讹言,以齐东不确为幸。下午金少谷、陆楠甫来自友庆,均一一应酬,颇觉拜跪劳碌。是夜又独酌消寒。

初八日(2月9日)　阴雾,无雨,雪消,檐漏如雨竟日。饭后始命两孙至莘塔舅氏家拜年,以洋五元命面交砺舅,存南发茂米店,转给孤贫朱洪茂妻,翼亭所托焉,暇则读访溪先生新印文集。午前友骞两女公子特来,对之不觉心悲,留中饭而去,约明日余到镇。下午介庵之内弟黄荫臣来,一茶回莘和。晚间两孙归,知砺生河南之行二月中志在必往,可为吾党勇于为善之倡。

初九日(2月10日)　阴,西北风不透。朝上冒雨登舟,中午雨

甚，淋漓竟日，到梨饭后，登敬承堂，阒寂无一人，入内厅始见内侄寄
子寿伯暨其母女，坐定，凄凉之至，堂内侄少仙来陪。一茶后，走至费
吉甫处贺岁，恰好昨自苏来，芸舫亦见，沈岭翁在座，叙谈，客去后，始
以复邑尊信件及捐册托代交卷，并述原委，吉老一一首肯。喜悉省中
恬熙如故，讹言实出梨镇，不胜忻诧之至。论及豫赈，苏城已筹二万
串，严、袁、蒋三公已赴汴梁试办河北矣，然终以款少人众为虞。固留
饮，辞之，吃小点心而返。吉甫有信件、药料珍品致子屏，芸舫有信致
砺生，均一是收到。仍至邱氏内厅，澳之堂内弟暨少仙陪饮，了无兴
趣。饭罢，略坐即开船，行至澜桥，为舟人误买物件调换停一时许始
复行，到家黄昏人静矣。舟中阅访溪说经之文，根柢深醇之至，风雨
终夜不息声。

初十日(2月11日)　阴冷，朝上又霁雪，幸即止。上午苻侄来
谈，知各处为豫省筹赈多踊跃。午前胡蟾仙(恬斋子)、金梧生、徐益
山均来，一茶去后，又留一山絮语，约二月中余到镇，托渠定执事，襄
办亡儿举殡安葬事，又谈片刻始还莘和。接子屏回信，费件收到，子
扬乩谕不甚佳，当竭尽人事以冀回天。

十一日(2月12日)　晴和，为今春第一天。饭后子屏来谈，少
顷，凌沧洲来，又片时许凌砺老始来，正在茶话，凌梦兰亦来自莘和，
略谈后苻卿邀回留饮，中午六人团叙，以年菜酌沧、砺两公，两孙陪
饮，谈及河南事，砺生处筹款不多，万金尚难圆满，然有此善缘，不能
不去，姑竭力为之耳。行期在二月中，子屏、苻卿亦有所募，然终杯水
之不若。余与大兄聊以《毛诗》一部，弱冠成人赠行，不过稍尽恻隐之
心于万一耳。饮酒甚畅，席散后沧洲先与砺生、屏侄又剧谈，傍晚始
各辞归，约十六日菊生处再叙。是日范桂馨表侄亦来，知北舍昨夜京
货店任姓被盗，大约盐枭，可骇之至。

十二日(2月13日)　晴朗。饭后遣舟去载顾寿生表侄来权馆，
午前至，中午在厅上酌以年菜。下午命两孙进书房仍课理书。暇阅
《访溪先生文集》。

十三日（2月14日）　朝雪，颇寒，晚晴，销融殆尽。饭后至乙溪处谈天，回来，钱子方来拜年，适凌雨亭亦至，中午酌以年菜，两孙陪饮，绶生同席，絮谈饮酒颇能真率，论及豫赈各处踊跃，知人心或可默换天心也。傍晚辞归，碌碌竟日，无暇坐定。

十四日（2月15日）　晴，不甚朗。饭后略坐定，适范氏姨表姊来望余，留之。午前吴幼如甥来拜年，中午绶叔暨余两孙同席，饮酒颇适。终日闲话，留宿幼如在书楼西厢，是日颇觉春寒。

十五日（2月16日）　阴，下午雨。元宵佳节，殊乏星月光，不知今岁秋收若何，深切杞忧。饭后送幼如甥回去，约三月廿五送墀儿葬再来。终日寂静，阅铁甫文，亦殊意兴不属，闷坐而已。

十六日（2月17日）　阴晴参半，夜雨淋漓，兼又霏雪。饭后舟至西蒲塘，贺熊纯叔之侄鞠生庶常悬匾开贺禧，至则宾朋纷至，鼓吹喧阗，主人应接不暇，随到随留饮，犹无暇席，余与砺生、任又莲、叶仲甫诸君团叙一席。终日在书房内与翼亭、友莲、徐揽香诸君剧谈，知河南募数，同里镇颇有成款，盛川、周庄、黎里诸君甚隔膜相视也，砺生与纯叔决计二月初同往。夜饮如量，有昆山王小山主事者，鞠生同年友也，现居角泽镇，年少貌丰，应酬周到，他日此公前程莫量也。余此来万不得已，追念家门，不觉背人饮泣，强颜谈笑，自觉凄然。一鼓下船，滑滑泥途，殊无好兴，主人饮酒甚豪，不及告辞也。知所托墓铭书丹已竟，勒石犹未动手（此事托桐生）。是夜暖甚，不能安睡。

十七日（2月18日）　阴，微雨即止，知昨夜雪花狂舞。晚起，请陈翼翁同船，开行至徐腰湾陶寿福家，招薛国兴来，谈定东轸坟工包搭厂两个，包挑泥小工十七名，厂则一应在内七折，钱四十三两，小工包净，每工一百七十文，写定承揽，竟烦翼亭见立，大约诸事可期安稳，约天晴二月初六先来挑泥。事毕，与翼亭同饭舟中，即送翼亭回府，余衣冠上岸贺岁，又茶话片时，翼亭留饮，固辞之始开行，到家午后。是日知徐砚生来过，不值。子祥侄孙今始到账房，今辰丁卯，不觉微雨破戒。

十八日(2月19日)　又阴，下午又雪，殊非春和之景。上午磨墨匣，补登日记。午前王韶九瀛石来拜年，一茶回萃和，即衣冠去答，陪之坐席，略饮絮谈，下午送之登舟，回来，钱铭三到寓。

十九日(2月20日)　阴，无雨，颇觉春寒。饭后送范姨表姊回芦。终日纷扰，心不定，阅《渊雅堂文集》志传终。

二十日(2月21日)　晴而不老，下午略有变意。终日闲坐，仍略阅铁甫文。下午沈吉甫堂母舅到寓，闲话片时，有苌葑人杨万春者，大升子，富春弟，欲在余家做工，李老惠荐，当探听，然后用之。

廿一日(2月22日)　又阴雨终日，天时不佳之至。上午蒂卿来谈，知砺生现已赴苏。午前陈厚安自唤船来到寓，荐工人陈三官，号富堂，荡田湾人，年约三旬外，即与定见，约廿六日来。下午至乙溪处，问及李老惠，知昨日所荐竟是脱空，可笑人情之险。与乙兄闲话家常，乏味少兴而归，夜酌账房诸公，略陪饮。明日部叙行李，朝上祭奠先大人忌日后，拟由同川载吴少松赴苏答谒芸舫。

廿二日(2月23日)　阴雨终日。饭后送顾绶升回去到乡馆，薰祭奠先人后即登舟，冒雨行，阅《灵芬馆诗话》。下午到同，泊舟得春桥头，至邵宅吴少松表弟处拜年，絮谈良久，扰渠小点心，固留夜饭，辞之，余先回船，少松黄昏后襆被下船，同宿篷窗，雨始止。

廿三日(2月24日)　晴。朝行，晚起，与少松略卯饮消遣，东南风颇顺，不及中午已进蔀门，泊舟青龙桥。中饭后，同少松衣冠登岸，步至碧城坊巷不过数十武，登门通谒，芸舫即欣然出见，云已扫榻相待矣，即不辞，起行李，留宿在厅厢间。夜酌余两人，菜极精洁，陈设华而不靡，仆人亦驯谨，芸舫侑酒畅饮，不觉过量，又剪烛谈心，漏雨下始就寝，极酣适。

廿四日(2月25日)　晴朗可喜。饭后属少松至阊门略办物件，余与芸老闲谈，适客来拜会，余避厢房内，以芸老所示《曾文正公事略》，王道定安所撰者消遣，客去后，始与芸老大谈河南考试事。下午砺生亦来就谈，知河南之行择吉初三日，筹赈已万串外，请抚军咨文及欲请提沙船捐一款，已托芸老明日面呈到院矣，雪巷与之分班，极有斟酌。夜间芸老留诸君夜饭，同席六人，金小苏郎现馆郡中，亦在座，砺生筹赈心切，不能多饮，畅谈时事，颇无顾忌。席散后，砺生回寓，桃花河谢绥之家，余与芸老又情话良久始寝。

廿五日(2月26日)　晴朗。饭后同少松至观前街略买物件，撵花木亦已办就，价每担三千，暇则徜徉元妙观中。毛镒庭特来茶叙致殷勤，所印名片承情奉送。闲游竟日，至夜始回芸舫宅中，夜复絮谈，以密件知己相示，颇资眼福，深叹官场恶习，矫矫自厉者即群相诟病。以捐资刻印《张清恪公集》四套见惠，云得诸公家后人，书香不绝。又以都中诸翰林所书《二十四孝图》暨芸老督学公堂所撰楹帖朱拓本见赠，谈至二鼓始就寝。是日大风，夜间大雨。

廿六日(2月27日)　晚晴，西风颇紧。饭后告辞芸舫，固留，谢却，依依情重，芸老亲送至巷门外而别，并欲告借《切问斋文集》，渠家黄门公字轴已许缴还，均当检出奉寄。途遇吉甫八兄，同岭梅来苏，略叙而别，余因泥途滑滑，不耐奔走。少松诸物件已略办齐，余在舟中稍顿候，午后开船出城，风顺，一路闲谈，以村酒消遣，点灯后始至同里，少松上岸，余仍宿舟中。《顾访溪续集》新刻于楚，芸老代蟾客转送。

廿七日(2月28日)　晴，西北风颇紧。饭后少松率渠郎君兰生登舟到馆，稍停泊开行，中午饭于舟中，午后到家，余率两孙衣冠出迎，茶后陪至两家拜贺，瑞卿、琢香两西席均见过。夜间在养树堂酌敬先生，命芾侄来陪饮。是夜春寒，宴饮颇酣，剪烛谈心，一鼓时始回书房，明日开馆。

廿八日(3月1日)　晴朗。饭后啄香、瑞卿两西席来答，在书房内应酬之。客去后，收拾书籍，查算苏用之账，头绪不清，至晚始合龙门。甚矣，会计不精之苦也。碌碌终日，夜亦早眠，作札便复丁半香。

廿九日(3月2日)　晴，今日始开账船。上午略阅《曾文正公事略》，下午子屏有信来，以票索取接婴代赊愿钱，探问砺生河南行期，以洋十元托代缴愿赈,一一作札复之。晚间天有变意。

三十日(3月3日) 阴雨,东北风。上午补登日记,始检阅《正谊堂清恪文集》,芸舫此举,甚有益于士习。下午舟至莘塔,风颇猛,至则始知砺生尚未苏回,雨亭、范甫出见,以芾侄所募《铁泪图》捐数,连汝韵泉所集在内约共百洋,暨子屏之款一并面缴雨亭转汇。并悉陆述甫(实甫)所募竟有六百馀之多,赆仪三封亦面致,且关照行期匆匆,不必来溪矣。畅谈、吃面而返,到家尚早。是日早辰,苹甫六侄之子未及期,患惊风中痰而殇,友庆侄孙目前不蕃育,殊为可惜也。

二　月

二月初一日(3月4日) 阴雨。前月雨水太多,若不开晴,春花大有碍。饭后衣冠东厨司命神前、祠堂内拈香叩谒。终日闲坐,日记补登已毕,《文正公事略》阅过半。

初二日(3月5日) 又阴雨,郁闷之至。暇则始阅《正谊堂文集》,其中误字颇多,今岁当就鄙眼所及,随读随校。下午又翻阅《悔过斋续集》。账船回来,略有所收,惜天阴,多可借口。

初三日(3月6日) 西风,天始起晴,可喜。饭后率两孙衣冠拈香,在瑞荆堂望空叩首,恭祝文帝圣诞,书房内斋素,以尽微忱,兼祈求孙辈读书有成,不胜戒惧之至。暇读《访溪先生文续集》。大富始有进来还租者,仍照二限,寿米不让收之。

初四日(3月7日) 晴朗可喜。终日无事,读《访溪续集》初一过,语语精纯,字字中正,经学、理学合为一手,具所存均有关系教化,决非苟作,不愧当今完儒,崇祀乡贤,知公论自在人心也。下午又阅《正谊堂文集》。

初五日(3月8日) 晴朗可喜。饭后正欲作札复顾蟾客、费芸舫,属稿初意,接砺生来札,河南之行明日定期,匆匆不及告辞为言,即片复之。又接陆畹九字,知照初八戊祭杨公祠。午前吴幼如甥特衣冠来,备礼物为余祝六十生辰,实深惊讶,余此时有可吊无可贺,思之怆然！但甥辈至情，万难固却，免强听渠拜祝。中午留在书房内吃面，特酌之，余亦陶然一醉，竟自忘其境之悲痛也，下午厚答之始回去。明日属老铭至东轸去督坟工挑泥，东西约九丈，南北约五丈左右。碌碌终日，废书不观。

　　初六日(3月9日)　晴，下午略变，微雨。挑泥正在吃紧，深望雨师不降。终日碌碌，略阅《正谊堂奏疏》。账船晚归，北收二洋千钱，东则无有，大约春账万难起色。

　　初七日(3月10日)　阴，无雨。上午略阅《正谊堂文集》。北舍局伙王漱泉来，又完五户，付洋五十一元[①]，钱七百六十二文，已六七成数，恐犹不免请益，委蛇而去。中午设祭，先母赠孺人沈太孺人忌日也，见背不肖六十年，不料门祚如是！率两孙拜献，不胜凄痛期望之至。暇则缮书复顾蟾客明经札，共四页，写差重誊二页，至夜始讫事。字拙钝，竟如老秀才考一场岁考，手腕欲脱矣。下午与杭啄香长谈。

　　初八日(3月11日)　晴朗，和暖。饭后舟至芦川，同人恭祭杨忠节公祠，是日戊祭，至则同人均未到，至陆畹九处畅谈，复同至泗洲寺，则凌磬生、镇上诸君咸集，知叶巡厅委祭不到，权以本汛陈敬亭外委主祭，读祝灌献，均能如礼。中午复在祠中散福，酌敬外委、畹九、磬生、少蕃、竹坡、又江与余共陪之，余颇有醉意。席散，畹九邀松安诸君至切问书院议事，磬老略定规条，十八日开课，郁老所收一月米捐数只好不计。畹九账和盘托出，以后司月轮管，砺生所填司房费还四十二元，欠七十元，馀洋二十五元，钱十千文，余经手，交义成车徐紫绥手。即开船，已点灯，到家黄昏后。复至乙大兄处，陪辛垞今日为乙兄趁脉处方，用洋参、生地、鸡子黄诸品，均以降火为主。与五兄絮谈同席，又良久始送辛垞下船。是夜热甚，不安寝，眠已二鼓。东趁挑泥三十八工，恰好今日午后已竣事。

---

　　① "元"字后原文有符号 ⬚ 。卷十一，第381页。

初九日(3月12日)　晴而不朗,风紧甚,要防变。上午封就寄顾蟾客书,尚未即寄。昨日据磬生云,乡人所云蝻复生者,不是蝻,云见《捕蝗说》中,是名土狗子,一名闻声惊,凡雪后之年,此物出则能食蝻殆尽。适余在祠中获见一只,其形蚱蜢,其翼已过尾,其股红,蝗则万难如此速长也。果其说确,可幸不成灾矣。今日始略有来还租。蒂卿来,述一事,宵小构衅,外侮御难,虽非大敌,已无策可破矣。总之,余家之受欺,可恨!下午召之来,依然顽梗不化,深叹刁风日长,奈何?

初十日(3月13日)　晴朗万分。饭后胡谦斋来,始将不肖子弟至友庆从优落肩,可叹也!午前赴北厍谦斋所叙会酌,先茶饮仁和楼,午后在胡馆两席,余交重会,无羡得彩,菜鲜洁,旨酒颇酣,与孙蓉卿长谈,渠处境极不佳也。归家傍晚。

十一日(3月14日)　晴朗。饭后同厚安舟至芦川,先泊舟泗洲寺前,请陈敬亭外委踏看南玲坟前所种柳条廿二株,被村中匪类拔窃殆尽,蒙渠有松江之行,即乘舟抽忙同往。到则传圩甲朱兴中之母,坟丁朱二观,略加惩究,从宽罚,令如数补种,限两日具结完案。外委始回,余到家中饭后,复至陈公处,具仪面谢,渠颇道地,始璧终受,送余殷勤而还。到公盛,与顾纪常定白米百石,价三元五角二分送到,天长斛子卸过。与沈南洲、张新桥茶叙良久始开船,到家傍晚矣。

十二日(3月15日)　晴朗,花朝日颇佳。上午芦局张森甫来,又完二户,付洋卅一元①,钱二百廿三②,约计六成六七折。招蔡氏二妹来,款叙终日,颇惬余怀,内厅留酌,至晚始去。回萃和,吉老自南北斗来,尚有所收,惟石脚参差,后来难办,弊端乎,抑才不逮乎?实不能应手,奈何?

---

①　"元"字后原文有符号 $\mathcal{P}$ 。卷十一,第382页。
②　"二百廿三"原文为符号 。卷十一,第382页。

十三日(3月16日)　晴,下午稍阴。上午略有还租米来,仍让五升收之。薛国兴进来,又支十六元,厂上共付二十元矣。磨墨匣,欲修札复芸舫,碌碌不果缮写。下午略阅《张清恪文集》,奏疏及书类将完。是日南玲圩甲、坟丁进来,杨柳条照数补好,出甘结一张,草草结案。

十四日(3月17日)　晴朗终日。租米竟无一户,寂甚,因缮写复费芸舫书三页,共遗二字,不耐重书,即检《切问斋文集》《文钞》暨前许缴还给事公鹤江先生手迹行书一轴,实两家翰墨奇缘,余书之恶劣迂拙不及计也。《文钞》十本,非初印,甚完好,拟即奉赠矣。下午读《清恪文集》第二册。

十五日(3月18日)　晴朗。饭后始将费芸舫、顾蟾客两信暨日记、文钞、文集、字轴一并封就待寄。终日收租,连折色约共十五六石,是为今春第一天,略忙。暇阅《正谊堂文集》序文,点《悔过斋续集》三篇。

十六日(3月19日)　阴晴参半,微雨即止。饭后有徐州睢宁县流民百馀口自南玲来,先至对河,兼有小车,挨户强派一宿两饭,虽不滋事,而此风一开,颇虑后患,明日必波及,拟与头目讲论,给钱驱之去,未识能妥滑否也。租米仅收四石左右,开欠者约而不来。暇阅《清恪文集》。次儿今日亡忌,命两孙拜祭,思之凄痛难已。晚间遣人与流民头打话,给钱四千,言定明日不来,尚免看守逗留之累(炊爨之劳亦免),办理颇妥,今夜则宿在对河人家。

十七日(3月20日)　晴朗。昨日流民西浜索饭,东浜索钱,头目数人囊橐皆饱,从此开游放之端,不愿安居故乡矣,甚非养民辑奸之本计也,奈何?终日收租五六石,开欠者仍不归吉,殊觉行差不得力。暇阅《清恪公集》,序文未完。

十八日(3月21日)　晴暖之至。终日收租八九石,开欠一户亦得照账算清,大可过去,惟乙兄处所开顽佃邱禹卿,自恃监生,挺身而出,势不能不到江提比。苇卿未尝因公上堂,要防顽佃说谎,当堂传问,乙溪踌躇,余许抽忙到江相机办理,未识应手否。暇则部叙行李,不能坐定。

十九日(3月22日) 晴朗。朝上同苇侄下船,舟中与苇卿草拟一禀,述明原委,免渠支节,略得头绪,苇卿录清。东南风顺利,到江中饭,即至承行金柏卿处,原差来述顽佃情形,即解到,余衣冠持誊清禀进谒翰翁,值渠午睡未醒,簿厅陈生谷出见,以禀面呈并示红契求惩办,似略点头。即出来,热甚汗流,茗饮小楼乘凉,知费吉翁亦在江,即至王寿云家候之,絮谈,回至柏卿处,复招茶叙,知已发捕厅即比,属柏卿去会,并谈堂费,捕厅胆小,复请县中示,至夜始座。柏卿回述,该佃颇狡喙,责五十后始允照亩角还租,限五日不还再比,尚属差强人意。余与苇卿始还船夜饭,絮谈今日若不进署禀明,几被他谎言支离,中渠诡计。是夜宿舟中,因热不能安寝。

二十日(3月23日) 晴热,蓬蓬如釜上气,皮衣难用,卸去犹热。朝上吉甫来招,茗叙天馨楼,知邑尊今日春酒酌敬城中诸公,柬房亦来请,辞之不得,约一同进署。茶罢,复走候陈粮厅,长谈良久始回船。苇卿来关照,昨日邱佃朝堂邑尊又比过,限廿七日缴数具状,详听一切,似全凭顽佃言计算,适中其计矣。翰翁仁慈如此,吾辈当小心罢事为是。少顷,柬书来邀,即衣冠同吉老、寿云进内,见翰翁揖谢,钱梦莲亦来,即遵命以齿坐席,余实愧居首,比佃事,致谢之外难进一辞,盖已先入为主矣。粮厅、邑尊六人同席,饮酒如量,菜极华美,八大八小,散席款茶,辞谢而出。复至吉甫处絮谈公事,应手之难,吉甫即刻要还同,分手后与苇侄细商此事,善后无策,只好将计就计。至柏卿处,托渠开发一切相机办理始还舟夜饭。是夜子刻,雷雨即止,尚能安睡。

廿一日(3月24日) 晴热甚于昨。朝行,至同川始起来,略泊即开,舟中与苇侄细话家常,深叹读书应世吾家乏才,将何以御侮?刺刺不休,午后不觉已到家,略将前事述乙兄听一番即回本宅。知日上南北斗已来,为加五升大费辞说,皆办赈不明敏之故。近地租务大有起色,可以进场。接子屏、磬生、雨亭信,芸舫所书对联已来,磬生续办豫省接济,然恐难以为继。雨亭述砺生常州回信,同行七人,一路抚军派炮船护送,大约可保平安。夜读芸舫所示次子屏韵四律,冷淡隽妙,似乎无志出山。一应账目不看,早眠,安适之至。

廿二日(3月25日) 晴,落沙,午前起大风。租务日上本色居多。下午招蔡氏二妹来絮谈。夜间略登账务,作复芸舫一便函,夜眠一鼓后。

廿三日(3月26日) 晴,仍落沙。上午收租六七石。午饭时适子屏来谈,甚喜,询知子扬近体,自服丹方,辛垲方,气逆咳呛略平,倘无变迁,犹可挽回。畅叙至晚,携《养馀斋诗》初、二、三集去,并许为老夫作七古长篇六十寿诗见祝。

廿四日(3月27日) 朝晴,下午大雷雨,至晚而止。朝饭后同厚安到梨买办,顺风,泊舟镇上不过巳初。余至徐少卿家衣冠补吊,至则益三、仲芳均不在家,裕兰四兄、铸生姻兄接陪,拜奠后,即唤天喜来,约定三月廿五日下午到大胜,一应执事、衔牌均托渠叫定,与裕兰竹林絮谈良久始告辞,留饭不过委蛇而已,裕兰殷勤送登舟。复至邱氏,坐内厅,幼夫人出见,以昨日子屏所谈神道设教劝渠安葬本生,幼夫人欣然听命,并云昨日正议此事,已久有此心,大约明年可以举动,余暗中喜甚,可知元机皆人心所呵吸,此中自有神明鉴察也。扰渠点心后,又走候费吉甫,以芸舫信件、字轴并顾信三件托寄,絮谈茶话,甚觉情重。因雨,舟人来辞催,不及多留,出门即开船,还家尚未点灯,知今日尚有还租押差召佃事,犹可自下台。

廿五日(3月28日) 雨,寒甚。终日租米无一户来,大约成色八成四五,以后寥寥无几矣。中午祀曾祖母黄太宜人,忌日致祭。下午竹淇弟来,今岁未曾相叙,约廿九日北库会酌,絮谈至晚而去。夜间录登内账,颇不耐烦。

廿六日(3月29日) 阴,微风细雨。终日阒寂,点读《访溪续集》,《正谊堂集》阅至序文毕。虎孙上午随友庆诸侄南玲祭扫。晚间改阅七侄搭题文一篇,动笔者十之一,尚于接笋处见筋节,举隅以示之。

廿七日(3月30日) 晴朗,上午西北风颇冷,下午始息。饭后命念曾大孙至梨里,祭奠顾莲溪姨丈,并慰光川太翁,此事竟至礼尚往来,实两家之大不幸也,思之可痛。暇以正谊堂第三套消遣,论治河、议荒政。午后颇倦,假寐片时,精神不振可知矣。未傍晚,虎孙已回,述及光川翁出见并陪饮,絮语两家四世交情,极蒙优待。

廿八日(3月31日) 晴而不朗,东北风峭甚。上午北厍局书周云槎来,又完四户,付洋卅三元①,钱一千零十一文②,七成一二足,且与叫吃,然恐尚要请益也。暇阅《正谊堂文集》治河一大篇,议论与人迥异,然颇有独得处。下午阅书中诸先贤传,大广见闻。

廿九日(4月1日) 晴热之至。饭后内人至梨里,幼谦灵前清节设飨,思之增痛,回来尚未点灯。上午同苇侄至北厍会酌,竹淇所卸也,与竹淇仁和楼茶叙良久始至胡馆,得彩者苇卿,菜两席,极丰,同席者亦政堂诸侄孙也。饮罢,复至草棚茶话,旦卿、梦书两侄均来叙,旦侄六十三,梦侄六十八,精神则梦侄为优。回来未晚,曹松泉来,刺刺不休,深厌所诉之事,大出情理外。今日雨亭家遣使致祭亡儿,殊属礼繁。夜阅雨亭来札,知豫赈援济又得一万二千金外,深幸绝处逢生。少松今日解节,约十二日去载,夜眠一鼓。

三十日(4月2日) 晴热万分,潮湿如梅雨后。饭后至乙溪兄处,以昨所接金伯钦信,商论邱佃事,吴鹤翁肯出来,田面吐退,贴找而立之数,阳面似乎吃亏,实则从此脱累,大可落肩。苇卿先以札复伯钦,约初四五日到江面谈。上午课两孙理此节所上之书,慕孙颇不熟,下午放学,作书复雨亭,续筹难办。夜登账务,碌碌终日,租米春就者今日上仓已毕。

① "元"字后原文有符号⼘。卷十一,第385页。
② "一千零十一文"原文为符号⼘。卷十一,第385页。

三　月

三月初一日（**4月3日**）　阴，下午大雷电，风雨交作，冷甚，大异昨日。饭后率虎孙至萃和轮年，备舟率两房侄辈、侄孙辈先至西房圩杏传公坟前祭扫，先伯父养斋公墓上一同致祭，复顺道至南玲圩先祖逊村公坟头祭奠拜献，以次行礼，余居辈行之长，小毛二侄孙年六龄，最幼。回来，适凌恕甫孙婿家又至亡儿灵前清节致飨，余忍不再哭，中午酌敬恕甫，语多放达，知乃翁砺生到汴后，尚未接信，以苔侄所来徐彦生《铁泪图》捐洋二十三元，并余复信属面呈令叔雨亭。客去后，雷雨交作，幸无大风。夜间率两孙至萃和堂饮散福酒，共两席，余与乙大兄暨侄辈、侄孙辈挨次而坐，饮酒如量，家族兴趣万不如丙子之年乐矣。今日县试正场，六、七两侄尚可应试有望，未识此番复终有分否？回来尚能安睡，不动心境。

初二日（**4月4日**）　阴，风紧，雨渐止。饭后命工人洒扫庭堂，会置抬桌，瑞荆堂陈设六席，养树堂四席，以备明日老当祭五房诸侄、侄孙、曾孙辈来汇饮散福，半日排场楚楚。下午雨，冷甚，但祈明日清明不雨起晴，为余三十年抢祭之幸。苔卿携示二月十三日《申报》，欣知回疆南、北、西八城克复，直抵和阗，大功告成，惟最悍逆回白彦虎尚未就擒，大约终必追获。左相由伯爵加封二等侯，刘锦棠二等男，其馀将帅论功行赏有差，我皇上天威又震耀古今矣，为之额首相庆者久之。

初三日（**4月5日**）　清明，终日冷雨酸风，光景不佳，难称上巳良辰。饭后命念曾、慕曾同苔卿诸侄备船三只，飨菜四席，至北厍老当祭抢年上坟，余备菜十一席，价从其丰，岂料天不助余兴，余正在家整理一切，茶担亦来，不及中午，诸船均回，云风雨泥途，坟湾、东木桥、长浜里三处草草焚纸祭扫，若角字，万难再往。老大房两侄均不到，老五房竹淇弟、薇人、子屏侄亦不来，诸侄中惟四房元音、大房希贤同诸侄、侄孙、侄曾辈到余处散福而已，两厅共坐六席，叙者三十五人,风雨误人,败兴若是！前厅渊甫、茂甫两侄尚能豪饮,后厅元音不饮,余与希贤四侄及旦卿之孙,韵之之子号申如者对饮,无算爵而罢,席散茶叙后,均各送之回去。夜间祭祀祖先,祠堂内一席,养树堂祭四代又一席,余率两孙灌献,尚能尽礼。祭毕,已深黄昏,余腰脚犹未疲惫,眠时一鼓,雨点仍不息。

初四日(4月6日) 细雨终日,仍不起晴。饭后余复备舟,率两房三侄、受章侄暨两孙至"角"字先高祖君彩公坟上补祭扫,至,适雨停点,余主爵三奠,诸侄、侄孙辈以次行礼,颇甚从容,不至如昨日之草率。祭毕回家,不过中午,恰好二加堂上念曾祀先。下午率两孙至南玲先父母赠君、赠两孺人墓前祭奠,细雨湿衣,拜献尚不潦草。夜间设两席,招两房诸侄、侄孙辈复饮散福,乙大兄不肯来,余适触境生悲,不能如前日之多饮,絮话家常,如量而止。诸侄归后,夜雨淋浪,益增愁闷,幸疲倦,夜眠尚酣。

初五日(4月7日) 阴,无雨,略有开霁意,河水已顿涨二尺矣。上午率两孙位置书籍几案,恰好依然如旧,下午课理新上之书,不及晚已放学。夜间略登账务,此番余三十年一抢祭,格外从厚,费酒菜、粽子等品约计足钱三十千文左右,奈风雨阻人,会饮极少,余遭际之多屯竟如斯,可叹也！晚接砺生前月十四日泊舟扬州湾头信,知一路顺风渡江,同行瞿君星五,熟办青州赈务,此去可云佐理有人,日上想已到汴,即日可以开办矣。

初六日(4月8日) 阴,阵雨,大雷电。终日潮湿,河水又涨数寸,春水之大,余目所未睹。上午略课两孙理带书,芾卿以县试初覆案见示,案首淦甫陆桢,子垂第四,陆常仁第五,大约两陆一案首,一十名可望,子垂可望三名前。题目"虽多"至"其身正",二题"与民并耕而食"二句,诗题"落花水面皆文章",得"章"字。吾家二子,大约尚复。午前载薇人侄来,为慕孙定调理方,大约以开胃、健脾、止伤风为主,云可服五六剂,留之中饭,长谈,下午送之回去。是日始阅《清恪文集》第三册铭传类。

初七日(4月9日)　阴，似有开晴意，中午又雷雨，幸即止。饭后念孙略有感冒，停课，正课慕孙理书一卷未毕，适袁子丞来候余，并送京带头、京顶、殿试策，汇刻"三鼎甲"字样两大本，知由广东运陵工银差十二月到京，二月十六出京，廿九到家，此行甚为得意，县丞验看领凭仍在粤东，诸事已办竣。殷谱老仍康健，范瑞轩灵柩暨其夫人一同出来。京师旱甚，饥民载道，幸回疆肃清，白彦虎亦已就擒，红旗报捷，黄子美章京得赏军功，谈论官场诸大老事，娓娓动听。尚有馂馀宿菜，留之小饮，并托作一札面商磬生，特恐人微言轻耳。下午告辞，云至莘塔止宿。是月二十即赴轮船要到省，郑重致谢而别，匆匆犹未尽言也。天已晚，余欲往芦川，已不果。

初八日(4月10日)　阴，晚间又大阵雨，殊虑春花淹殁。上午正欲权课两孙，甫开卷，徐瀚翁来，知身已康健，因天未起晴，掩埋万难动手，势不能急赶，孤米上先付洋五元，长谈，留之便中饭而去，云要至梨川。客去后，余舟往芦墟，以芸舫两对属艺香裱，一即朱拓，言明裱就后送晥九，《五经字样》及《孟子》均拓好，携归。复至晥九处，以楹联两副属书，河南试牍亦送一部。出来，至赵翰卿处，面交会钱十千，云已摇定，余要七年分收。又至公盛会顾季常，安葬时用脚班亦未谈定，大约据为奇货，不肯贱售(易雇也)。雨中开船至东路村，会窑户钱稚卿，适有信致余，为送砖瓦不认货底，语不驯良，此等市津小人，何足与较，好言慰之，始允明日无雨货齐，余甚不欲求全故责也。归途雷雨交作，幸无风，到家将近点灯。碌碌终日，颇自叹事不应手。

初九日(4月11日)　暴晴，潮湿如雨下，暖甚，天时之不老晴可立待。上午权课两孙理书不多，曹松泉有会酌，命人代往。下午放学，暇阅《正谊堂杂文》，部叙葬事需用物件，明日属厚安到梨买办，殊属琐屑之至。

初十日(4月12日)　朝雨即晴，潮湿略干。上午课两孙理书各一本，下午放学，适苕卿自江回，知鹤轩未遇，前事尚未开谈。县试今日末复,应衡四十六,应磬十二,初复上曾列第五,广荫第四,朝桢三十四,案首大约陆桢。吾家两侄此番应试尚可差强人意,并知初八日观音山出蛟,绍兴发水丈馀。凌砺生在徐州为谭观察所留,欲分赈银,就地开发河南逃荒饥民,势难专救济源矣。子屏以《曾文正杂著》两册见示。

十一日(4月13日) 仍雨,潮湿。昨日少松寄苇侄口信,十二日不必去载,十四同叶子谦来溪。上午权课两孙仍理书,下午不耐静坐即停,灯下听两孙一读史略,一读唐诗,于失意之时略饶生趣。

十二日(4月14日) 又阴雨潮湿,殊切殷忧。上午仍权课,命人至莘塔买办,下午放学。莘塔舟回,得阅砺生十七日山阳所发家信,知身颇健饭,子屏处所借洋表已来,知为余作六十寿诗初脱稿,暇阅《曾文正杂著》。曹松泉来谈,应酬之,颇厌,幸即回去,要讨还所存西阡旧单一纸,当徐检觅。晚间雨甚,一时许,适两侄自江回,知正案已出,案首陆桢,常仁第二,子垂第五,磬侄抑至廿名,衡侄四十五,稚竹三十名,似颇公允。

十三日(4月15日) 阴雨终日不息点。坟工在即,甚切焦思,必祈明日开晴庶可办事。饭后课两孙理书半册后即读生书四十遍而止。下午检齐坟工上应用物件,属钱、陈两相好去督工,两账船同陈泥作之头宝传午刻先去到东轸住宿,以便明日排场搭厂,诸事栗六,然终望天意老晴,免累泥途是祝!暇阅《曾文杂著》,益佩此公随处留心,无一息宽放也。

十四日(4月16日) 仍阴雨不止,较昨日稍佳。饭后拨家伙、物件、砖料至坟头,大约每日均需搬运。课两孙读生书,午前吴少松叫船自同来到馆,知叶子谦今午有坟工政事,约须晚间来溪。坟头上货之船已回,厂工因雨颇不凑手,略吃虚惊,以后万祈千万平安是祷。约计倘不起晴,须后日竣工也,踌躇之至!晚间叶子谦兄来,夜间略备家肴酌之,屈吴少松陪饮,即留宿书楼上,与少松联榻长谈,知回疆虽庆收复,而伊黎仍被俄夷占据未还。夜雨绵绵终夜,思之闷甚。

十五日（4月17日）　阴，上午东南风大作，似有开晴意。饭后同子谦、少松舟至东轸起土，至则细雨适止，恰好两厂将近搭好，灰厂并连，搭出两架，陈翼翁已相候良久，判加足钱七千。泥泞万分，幸携先人所遗杖，着屐而行，始免倾跌。午时奉牲，衣冠虔叩土神，默祝平安，不胜迫切祷求。祭毕，喜见云开天霁，子谦兄准向定穴，谨立乙辛兼卯酉向，余寿穴居中，左内人寿穴居边，右朱姜实穴，前二寸又右墀儿实穴，前三寸又右凌氏媳妇寿穴居边，颇宽舒。泥作即开金井动工，午前后幸见日光，与子谦、翼亭、薛国兴同饭于厂后所搭之厅。饭毕，子谦即回同，云有赶，约廿五日再来相叙。复与翼亭絮谈，此番赖渠扶持之力，土人颇称安静，又坐，天复将雨始与翼亭分手。余同少松登舟，大雨适至，到家略停点，已傍晚矣。夜雨淋漓，雷电交作，难望起晴，祷祈心切。是夜雨下如注，终夜不息声，河水又顿涨三四寸，甚抱杞忧。

十六日（4月18日）　喜晴，中午尤佳，殊觉愁闷为之一开。饭后拨运砖货至坟上，回来，知石灰已到，可无旷工，暇候杭琢翁长谈，并述袁稚松梦见乃翁松巢，训戒严切，并属代慰余丧子。奇事，久钦地下老友，犹念老不死之旧交也，书以志异。回来，接子屏信，为跛五侄作索米帖，并以七古长篇祝余六十初度诗，以纪事杂诙谐，仿苏体，侄近日适读《东坡集》也。又转寄到芸舫初十日致余札，知近生疡于头，敷药而愈。又属关照雨亭，渠旧仆沈福，现随砺生者，清江得病送还，殁于舟次，其附身之具已到吴江，一切料理妥帖矣。可知不得考终牖下，似有定数，可惊可惧！下午作札拟复雨亭。

十七日（4月19日）　晴朗，下午尤胜，可望老晴，不胜欣幸。巳刻至南玲，提朱氏姜之材至坟头，焚楮设牲以招之，材底已有朽痕，此举安眠，实渠魂之福。到东轸不过午前，翼亭已顿候，感激之至。是日灰已秤过，乙百六十五担，泥工球瓦已扫平，明日可以做底矣，甚幸天工凑巧。与翼翁长谈，薛国兴亦来督工，颇出力。同翼翁、国老饭于厂厅，翼翁先回，余徜徉久之而返，到家犹未傍晚，知袁憩棠来过，因余不在家,未上岸。

十八日(4月20日) 阴晴参半。上午微雨幸即止,然虑不得老晴,颇切祈晴之望。上午装砖货到坟头,下午回来,知泥作今始动桩锤打底。接老铭字,所上河砂半泥拌售,万不能用,已退还三载,将家中所存之砂装载换用,益叹人心不古!已作便条,明日到芦,与原经手陈诗盦商换,速载为要。暇则点阅《悔过斋续集》,已竟半册。凌雨亭信送去,接回札,知家中砺生自廿五发信清江后,尚未接得到豫续函。

十九日(4月21日) 朝雾,上午始起晴。饭后舟至东轸,知张又卿处石灰船已到,与之相商,明日秤过,尚肯领情。此番砂泥竟不能用,大吃陈诗盦之亏,渠为贩子所诳,实无以对余也。现与又卿约定,另办三百挽,未识何如。中午又卿、薛庚老相好督工同饭,下午看泥作上灰,底现打实二寸三分,已一日半有馀,尚不甚惬心,大约须廿四日填墙身,陈泥作亦不甚靠得住。雨适至,老铭已自芦还,即开船,到家傍晚,雨亦停点,明日必须老晴是祝!

二十日(4月22日) 晴朗,喜见此月第一天。暇则自撰生圹文并箴,午后脱稿,阅之,颇自矜文笔不枯干,即属少松录清后与子屏商改。下午坟头船回,知石灰已上空,河沙亦载到(船户孙孝元),工作颇极舒齐。内人是日至梨,预循俗例夏至前致祭幼谦内弟,去年此月二十后犹来余处信宿慰余,今倏作古,人身如草头露,可怕哉!晚间内子回同,幼谦大女公子毛官到余家盘桓。

廿乙日(4月23日) 晴朗可喜。饭后舟至东轸,并载翼翁到坟头谈天,且示以昨日之文。是日泥作桩底已五寸半,属渠三日内赶做四皮,足一尺,庶廿五日可做墙身,加犏大牢一次,欣然应命。中午同翼翁、薛国老饭于厂厅,翼翁欲观剧,先归,余俟上灰后始还,到家极早,知"玩"字吴二蛮嫂已光降,芾卿落肩,共五洋二百,仍饭余处,故态依然,今日余幸避之也。又知"户"字陈寡租米一户,圩甲朱永祥暨其弟耀堂进来,以风车一、船头棚一、水关一准折过去,且言定今冬租米仍着圩督种催讨,亦尚差强人意。栗六终日,不及坐定。

廿二日(4月24日)　晴朗,可称和蔼天。饭后至乙溪处略坐,欣知日上身体大有起色。还来,誊真生圹文一页半,遗失一字,略订好,属少松篆字题签,儿气未除,不觉失笑。下午张森甫来,又完"世"字一户,付洋十四元①,钱七百八十一②,约略七成已叫讫,渠意尚欲请益,余许下月报以五羊皮而去。坟工砖货今已运讫。暇阅《曾文杂录》。

廿三日(4月25日)　阴,东北风,微雨即止,颇润春花。饭后舟至东轸坟头,适见泥作上灰,今晚桩足,约计足九寸,颇坚致,明日再上灰,桩至明日晚间可足一尺,底已告竣,廿五日可砌做墙身矣。小工又欲观剧,各犒青蚨一百文作折荤用,始不停工,肯顶真。甚矣,小费之难算也。与督工相好薛国兴同饭厂厅后,又看工作一班停手动工后乃回棹,小雨顺风,到家早甚,颇极舒徐。夜阅《清恪公讲义》两章。

廿四日(4月26日)　晴朗无纤云,可喜。饭后命工人至二加堂扫除收拾,整顿抬桌,略些排场,大约楚楚可坐。午前东易晚三姊遣女使来,为余祝寿斋星官,糕面、果饵各具,余此番概谢亲友,不敢受贺,兹则备礼而来,万难却却。果优犒来人,以酒食喜封,中午余与少松吃面对酌,以饫盛情,实则处境遭屯,难云可乐也,思之增感。《清恪公讲议》今日看毕,栗碌无好怀。

廿五日(4月27日)　晴热。饭后账房搬至丈石山房。午前徐一山、丽江、蔡子瑷、吴幼如、子屏、薇人诸公均至,下午一应诸色人目均至,夜间共五席,团坐账房、二加堂两处(叶子谦黄昏时始至)。与蒂卿侄酌定执事单,两房相好咸来相助,明日倘幸天晴,发引舒徐之至。余照应宾客,兼看门户,夜眠几二鼓,腰脚略酸。

---

①　"元"字后原文有符号𢆶。卷十一,第391页。

②　"七百八十一"原文为符号𮦂。卷十一,第391页。

　　廿六日(4月28日)　晴朗,热甚昨日,恰好青天无纤毫云障。朝上大船脚班、乐部、羽士等均齐集,饭后略排班排场,巳初发引,脚班抬柩极平稳,余衣冠摘缨送出大门,不复举哀。用大船两号、小船四号开导作葬仪,蒙亲友送葬者均至坟头,而媳妇以暴疾不能往,实深内疚,不仅无以对亲友也,从权呼负负而已。是日风顺,带伙食,备中饭一餐,简便慢客。开船后,子屏、薇人以小船橹不坚利即归,堂侄元音迟至不及送,甚好留之谈天,以消寂寞。中午畅饮,略假寐。送葬船吴甥幼如、金甥星卿、杭君啄香已先还,知到坟头极早,安葬申初,时辰颇准。陈翼翁在厂中,早来弹压,诸事安静之至。回来,又遇顺风(尚未点灯),余闻之有喜无悲,何皇天之默佑我家也!少顷,诸亲、诸侄均回来,两孙已扶神亭入灵座矣。吴少翁蒙去照拂一切,知到坟上者凌雨亭、凌苍洲暨恕甫孙婿(小云台)、范甫弟三官(石麟子)、袁朏生、陈稚生,陈外委敬亭拜奠而去,不及招留。费吉甫、顾少溪荷承亲送,来宿余家。夜间发开执事人等,徐一山尚有卤莽处。二加堂谢客六席,余陪徐瀚翁、叶了谦,二君来自坟头,明日有赶,不能住宿,即率两孙亲送登舟,子翁处心仪亦已面致申谢矣。饮毕,又与诸君畅叙,咸谓此番葬事侥幸十分顺利。一鼓后,诸君均就榻余家,余又照看灯火,眠时二鼓,身颇健旺,然终夜不克酣睡。

　　廿七日(4月29日)　晴热又甚。朝起与费吉甫畅谈书楼上,晚饭后吉甫、顾少溪先去,亲友均归,独留吴甥幼如。午前邱氏内侄备寿轴、桃糕诸礼隆盛为余夫妇补祝,颇不谅余苦衷,浮靡无益,然既来之,情难却却,厚犒来使,兼具果仪分致一内侄、两内侄女。中午与少松、幼如、苇卿、鸿轩在书房吃面饮酒,极豪畅,兼以面分送两房、两邻。下午时两孙自东轸暖坟还,知午时封固寿兆,时辰极准。凌氏亦来祝寿,均璧谢。夜间馆主备算账酒三席,与诸侄、诸相好团坐,余略陪坐,不能饮矣。此番酒菜之费八十馀千文,一应开销,坟工不在内,已须二百千文左右。甚矣,举动稍阔之难也。诸事毕后,余脚力疲甚,一鼓后安寝,恰幸终夜酣适,夜风微雨。

廿八日(4月30日)　阴雨,下午起晴。饭后嘱幼如缮录生圹文暨墀儿铭传,至乙溪处谈论,苊侄明日赴江,邱佃事又有变迁,当亟商之鹤轩,未识能草草完吉否？凌氏三家又备礼券来,余作札致雨亭辞谢,并约辛垞来溪,为媳妇调理。夜间早眠。

廿九日(5月1日)　开晴,西北风颇寒冷,然已起燥,可望长晴。清晨李辛垞已自莘塔来,知砺夫人病势渐轻,可冀收功平安,天神默佑善人之报也。先至乙溪兄处调治,方用理湿、清火、开胃,然云棘手,难期有效。回来,为媳妇处方,以清虚导郁为主,香燥非宜。畅谈留朝饭,以生圹文录求携去改正。顾蟾客又以《访丈续集》见赠,即托转送子屏,饭毕回去,云至大港看子扬。暇属吴甥录旧作,此子硬文理未贯,时多差误。是日欲看东轸坟工,不果,据运货舟回,云实域踏平,大、小工均去观剧,停手。

四　月

四月初一日(5月2日)　晴朗可喜。朝起西风颇麦寒,辰刻衣冠东厨司命神前、家祠内拈香虔叩,葬事默佑平安,不胜感谢。饭后备舟送幼如甥还梨,兼兑洋坯,余即舟至东轸,知泥作今日实域始做平,下午动手桩灰路,如做齐墙身,须要三尺五寸,顶实域筑二尺高,寿圹顶以河沙踏实,用砖斜砌,然后培泥,计毕工当在十五左右矣。饭于厂厅,下午上灰后即归,舟中假寐,可知昼长,到家甚早。

初二日(5月3日)　晴朗。饭后薇人来为其外姑吴二蛮嫂办寿器,三家共帮洋十四元,均付薇人手经理,余处派洋五元二角半亦缴出,此项相商尚在情理之中,非如三蛮之恶索也(可悲)。薇人去后,凌雨亭来,欣悉砺生夫人昨日礼斗,乩谕已允延寿赐方,益信实心为善,感应如响,令人钦慕。砺生家信昨始接到,十一日到省,十二日谒见中丞星使,纯叔诸君暂住归德,即日晋省,住江苏会馆。砺生十三夜发信,一切情形惨不忍睹,详在公信暨致纯叔条拟中。砺生即日往凤阳,与畹香商办米豆杂粮,带银一万去,以三千金付陈留县丞李海帆,该处尚可采办钱米,以八千金留存军需局委员李耆翁作接济。砺老到皖后,籴粮俟有头绪,即着潘少安押运,自己速驰河北济源一带,同纯翁诸君查赈开办。有钱在手,尚且艰难辛苦如此,况手无寸铁,与才不足以展布耶? 感佩万分! 已属少松照录来稿矣。长谈,留便饭,下午回去,两老人事之忙亦是大有功德也。碌碌终日,葬事开销账概未登清,吾辈真弃才无用也! 思之惭甚。

初三日(5月4日) 朝雨即晴。饭后正在作札致子屏,适陈翼翁来,畅谈半日,并斟酌坟工事宜,遵教十三元分送。下午回去,始将葬簿查核,此番除坟工不在内,已须二百千内开销,可知浮费之难减也。晚间莳卿自江回,始知瓜葛甚多,邱佃狡狯之至,并知有改科则诳买之事。与少松灯下细商,甚无出路,明日再拟。

初四日(5月5日) 晴朗。莳卿饭后赴江,与少松约略商定,总以不经官,断免其拖累,能得调处,立一公同换据,其单不究,存在号承,日后倒过,再为妥当,多费几钱犹小也,坚属相机办理而去。上午始将近日内账一应登清,欲寄子屏信,无舟不果。下午倦甚,昼寝,真朽木不可雕。暇阅《清恪公牍文集》。

初五日(5月6日) 晴朗。是日子刻立夏,以河南续捐卅二元,钱百四十文并公信,札致子屏转交莘溪,接回札,知子扬日上略有咳嗽,无甚变迁。暇阅两侄杭先生改本,无处不佳,真良师也。府试十二头场,两侄初九日上去,决计独伴,蓉卿陪考,颇合余意。下午与少松对酌玫瑰高粱,借此赏夏,适意之至。

初六日(5月7日) 阴,微雨滋润。饭后舟至东轸坟头,据陈厚安云,昨日张又卿所上之灰,细石散灰居多,万难适用,勉应四十担,馀则退还,可知人情不古,市中交易公道难行,明日需催换送到坟,否则泥作要闲旷无生活矣,办事可托之难如是! 饭于厂中,知今日上灰第一作,共计墙身打高一尺六七寸,不过工程之半,石灰看来要添,陈泥作亦未估准,竣事须早至十六日矣。下午略有风雨,归家极早。

初七日(5月8日) 朝雨,晚晴,恰好清和。饭后莳卿昨自江回,知邱佃一事,前云贴钱退佃,今已罢议。叶箭庭出来,伪改丘则一段,从宽不究,单存局,田退还,邱佃偿还业主田价、税契费二十千文,如钱不凑手,另以上田更换,馀田尽行吐退,约明日到江落肩。如此吉场,甚不拖累,且知吾辈不肯挤人于法网也,闻之深慰。上午同吉老至芦,属渠赴东路村催窑户下灰到坟头,以便顿用。余与沈杏村茶叙谈心,老翁今年七十三矣,精神矍铄,子经营,孙读书,年十八,已应试矣。人有古风,蒙多情慰藉,不胜钦感。茶罢,吉老已回,晤又卿,已许下午雇船载灰至坟头,可不误事。与吉老、孙文渊到馆吃面小酌,扰老文东。又与赵翰卿茶叙,憩棠恰来寻余,坚属渠遵信坛方,立愿忏悔布施,同堂和睦,以为稚松祈疾,或者邪魔可退,未识能挽回宿孽否?絮语良久而别。又至公盛略坐,开船,到家极早,至乙溪处谈论邱佃事,甚以早发觉为幸。

初八日(5月9日)　晴朗,稍热。饭后舟至梨里赴徐丽江会酌,至则晤殷达泉,以生圹文示之,渠阅毕后,请以原稿携归,似尚情切。又至书房内候叶子谅先生,今岁七旬,精神略惫,絮语而出。复至内厅与王氏姊话旧,同是丧子之老亲,渠尚有前出子丽江,大好撑持门户,然女人不明大义,总以丽江为不是,将如之何?中午两席,余与陆望川、徐秋谷、丽江同席,共叙十人,交首会钱各三十千文,饮酒如量,菜不甚适口。下午告辞晚姊归,丽江以媳妇存摺面交,其息算至去年冬间。沈云斋趁船,颇解寂,到家未晚。吉老已自坟头还,知张又卿所到之石灰仍次,勉受六十担,退还廿担,拟不与交易,自至陈墓采办,然不在行,难脱渠手,拟明日仍至芦墟酌办,此事恰为渠受小周折。

初九日(5月10日)　晴热潮湿。朝上属吉老至芦再定石灰,中午始食蚕豆饭,甘美香软,乡间美味,下午磨墨匣,涤笔加新绵。六、七两侄以文呈政,七侄颇能圆润如法,陆侄文不合法,两人之优劣显然可见。府试江正抢在第三场,十六日,渠家十二日上去未迟,各勉励奖之。吉老亦回,石灰共定五十担,仍由又卿手,四十担与灰船定价六元四角,又十担散灰,又卿硬搭十担,退换不调,余出昂价,似乎算盘均渠一人胜,然势在必成,只好俯就之,况功在九仞以上乎? 一笑听之。云明日上午必到坟头,暇阅《清恪文集》告示。

初十日(5月11日) 晴,昨夜大雷阵雨即止,午后西北风起,潮热大减。饭后同吉老舟过西张港,视砚先疾,病似春温,幸素体颇实,症过一候,症斑微见不透,汗亦潮润,人则神色口讲均正,可望收功,然缓卿用熟石膏、寒水石,病者服之,即体战劲欲厥,得汗而解,未识是否? 至东轸尚早,饭于厂厅,泥作打工,离墙身尚有七八寸,踏平须俟十二日。专候灰船,良久始到,又卿同来,余不与较,如前议,次灰搭用十担,秤过缺七十斤,灰船上秤,见好灰四十六担,即化用,颇佳,以后顶上尽可顶真做,料已敷足有馀。此番张窑,余周旋之,而坟工石灰不再他办,似亦两便,舒徐之至。凡事不可不存恕道,其效可见。舟还风顺,尚未点灯。知苇卿为邱佃事进场颇顺手,一应落肩矣。

十一日(5月12日) 阴雨滋润,豆荚初肥,正养春花好天气。饭后苇卿侄来,以邱佃吐退契见示,颇极周密。友庆两侄来告辞,明日赴府试,独伴蓉卿陪考,甚合宜,奖励之而去。下午倦甚,不觉昼寝半时,甚非养生所宜。无聊中至友庆,与诸侄谈论片刻。暇阅《清恪文集》告示类,法则尽善矣,特恐奉行不得法反滋骚扰。甚矣,坐言起行之难! 托陆畹九所书楹联两副,一行楷,一隶书,均寄到。

十二日(5月13日) 晴而不朗,西风落沙。传闻江震十四日二场,则今日上去颇形局促。终日闲甚,又誊真生圹文一篇,作字拘苦之至。暇阅《清恪文集》告示。

十三日(5月14日) 晴朗起燥,朝上颇寒。饭后舟至东轸,知泥作做墙身初踏平,明板上尚少五寸灰,目前以土吉围之,犹可过去。至实域顶上初上灰,两作若欲打至三尺高,灰断不够用,陈泥作之无眼力可知。明日拟属厚安到芦,添灰十担,河沙十五挽,未识惬心否。甚矣,工料之难估也。中午饭于厂厅,下午即返棹。是日下午小工观剧停手,泥作仍做全工。《清恪文集》告示阅至抚苏末册。

十四日(5月15日)　晴朗,略有风。朝上厚安已自东轸来,饭后即赴芦去办石灰,未识应手否。终日闲暇,点读《访丈续集》文四首,《曾文正事略》十页,《清恪文集》告示类尚未阅竟。晚间工人自坟上原船还,知所办石灰河沙均已如数。

十五日(5月16日)　晴朗,多白燥风。饭后舟至东轸(昨日翼翁到过),知泥作打顶将近一尺,两边寿域已培泥沙安护,惟顶上再要筑高一尺五寸,尚缺石灰十担,河沙十挽,拟明日即由坟头属厚安到芦再办。泥作估料不准,何茫昧若此? 大约完工须俟十八日矣,未识天工能始终保佑否,千万祝之! 饭于厂厅,下午即返,到家甚早,《清恪文集》告示类犹未阅竟。友庆送考船回,始确知江震、昆新今夜进场。

十六日(5月17日)　阴雨潮湿,下午西风,又渐冷。终日风雨,坟头添料甚不凑手。上午点阅《曾文正事略》十馀页。下午阅《张清恪集》告示,末册犹未竟。

十七日(5月18日)　晴朗,西北风,昨日之雨颇形滋润可喜。饭后始将正谊堂《张清恪公文集》共二十册粗粗校读完竣,暇则点阅《悔过斋续集》《曾文正事略》十馀页。下午工人小舟自东轸坟头来,知昨日添用石灰沙泥赶早到镇,回来上齐始大雨,甚为凑巧。今日泥作封顶卸厂,明日可望工竣,只须挑泥,尚有两三日工程耳,幸得天晴,诸事冥冥默佑一切平安,不胜欣喜恐惧之至,书以自警。

十八日(5月19日)　晴朗可喜。饭后舟至东轸,知厂已卸讫,木头还行,断者自用,泥作铺顶寿穴实域处用大砖三行界开,以便异日易于启认。午后用沙泥种吉祥草封顶,共计顶上实高二尺三四寸,泥作工竣,只馀挑泥小工,约计二十日亦可告成,不胜欣幸。下午同佃户暨薛国兴议定,坟基五百四十稻把,去饶租米一亩二分,春花偿还钱四千文,薛虎官去岁点穴处未垦种,让还租米六斗,一应厂账约事毕进来算付,余始开船,到家极早。凌雨亭以信致余,并示抄寄河南两信,纯翁于前月廿七日汴城会馆发信,已定车辆,即日渡河至济源查赈。砺生亦于廿七日在亳州发信,专候任畹香来商办籴粮(廿七日已得见畹翁矣),托渠用勇照护,至正阳关由潘、陈二君验押,至陈留县曲兴集由李海帆派押至赵庄济源县界,以待开放。待赈者望眼欲穿,办赈者无翼能飞,流离哀惨情形详在原札,不能悉述。甚矣,苏郡真天堂,二公真有回天手段也。日上约计可以放赈,诸公心力交瘁矣,钦佩无任! 尚望诸事妥密,多活数万人是祝! 雨亭来信,知徐瀚翁于十六日到苏,又缴《铁泪图》捐洋四百廿八元矣。终日栗六,不能安坐。

十九日(5 月 20 日) 晴朗,稍热。饭后点阅《曾文正事略》十馀页,《访溪丈续集》四篇,作札拟复凌雨亭。坟上一应家伙均载归,只留账船两只在彼督看挑泥工,大约须廿一日圆满。

二十日(5 月 21 日) 晴热,朝雾,大有夏令。饭后北舍局书周云槎来,又完北官一户,计钱一千五百七十四①左右,付洋十五元②,又另借廿元,共三十五元与之叫讫,大约已七成六矣。去后,芦局张森甫来,前串一户未收到,又借洋十元,亦与之叫讫,大约七成五左右矣,此时必须与之斩截也。暇阅《曾文正事略》,点完两册,又点读《访丈续集》五篇,浮沈终日,不能多用心,殊自惰不能整饬。晚间陈、钱二君自坟头还,知小工挑泥,午后吉功,诸事甚幸平安,惟庚老探听不协舆情。

廿一日(5 月 22 日) 晴爽。上午薛国兴、陶寿福进来算厂账,照后议加十两给之,看夜两人,原定每夜七十,请益至九十,亦俯就之,厂木断二根奉送,又一根计钱扣算。庚老尚肯遵命,又暗中润饰之,始极欣悦。一应柴钱算讫,找付洋十六元③,钱三千〇六十文,留

---

① "一千五百七十四"原文为符号 ▨ 。卷十一,第 397 页。

② "丨五元"原文为符号 ▨ ,"元"字后原文有符号 ▨ 。卷十一,第 397 页。

③ "元"字后原文有符号 ▨ 。卷十一,第 398 页。

之酒饭肉食而去。总之，此等人笼络为要，况开工至讫事十分安协耶！一切小节，甚不必与之计较也。暇则点读《访丈续集》文四篇，《曾文正事略》十页。

廿二日(5月23日) 朝上大电雷阵雨，上午渐渐起晴，西北风颇紧。午前点《访溪丈续集》，校对初完，又点《曾文正事略》十页。午后详阅坟工用账，一应发出工料尚未算讫，此时如一斛散钱，甚难吉题。会计不明，其糊涂难精核，必受累若此，且俟缓日总登矣。碌碌不能看书者半天。

廿三日(5月24日) 晴朗。饭后属厚安督工人坟上敲泥，趁此雨后，可望坚固。至乙溪兄处问候，知日上身体略健，欲请李辛翁来调理，因赴江去，今犹未到。凌雨亭昨夜亦有信来，欲邀之到莘为砺夫人调治也。上午点阅《曾文正事略》第三册完，念曾今日《诗经》读毕，拟接读《尚书》。下午闲坐，不觉又昼睡，《正谊堂文集》又重读书序类。

廿四日(5月25日) 晴朗。饭后点阅《曾文正事略》十页。知李辛垞已至莘和，即陪之乙大兄诊脉处方，用清火、养阴诸品，写二方接服，据云大象甚有起色，但须降火颐养，可冀无恙。陪之中饭，始悉府试正场江题"臧武仲"，震题"臧文仲"，廿二日同三县复试。江案首柳广荫，稚竹十六，渠郎十五，馀俱不知，初复题江"规矩"，震"多取之"，上三县则"不以规矩"，则"寡与之"，所谓"自取之也"。经题"玉不琢"四句，尚未出案。下午回去，即至莘塔，明日至大港，兼视子扬。回来，接振范老侄凶闻，廿三日辰时寿终，年八十四岁，廿五日申时成殓，廿七日开吊，余明日当亲去探丧，以尽数十年宾主之忱、竹林之谊。此老虽孤独，然寿则合族不可及，思之怆然。暇以《正谊堂文集》消遣。

廿五日(5月26日) 阴。饭后大电雷雨作，幸不大，尚可行动，即舟至北库，探振凡侄丧，入幕三揖，视之，因天热，面部已变样矣。晤其亲生女顾云，廿三日辰刻神气犹清，思饮茶，痰升而逝。回至客堂内,梦书、坤元两老侄暨省三侄孙均见,索视帖子,以亲侄子耕之子,仅一龄者立为嗣子子庄后,作承重孙成服,于礼极正。以数十年经营之资作丧葬费,绰绰有馀,余闻慰甚,可不为之悲伤矣。因天欲复雨,不及送殓,略坐即回棹,到家犹未中午,已起晴。下午点阅《曾文正事略》十馀页,《正谊堂文集》重读数首。

廿六日(5月27日) 晴朗之至,略嫌风狂。上午陈泥作宝传始来算工账清讫,陈窑来算石灰账,因河沙太次,欲罚当手许子松,徘徊不允而去。接磬生信,告借筹饷捐例两册,本砺生处借来,即作片复之,即转缴。并知豫捐甚有起色,自四月初十日止,苏、沪、扬三处已共解缴七万九千元,尚有九千未解。砺生诸君自往济源后,尚未接到家信,筹赈星使袁小午竟殁于省城,可称善终。顾彦仙发心捐款,大约子虚。今日点阅《曾文正公事略》四册已毕,暇阅《正谊堂文》序类。慕曾今日《论语》读完,明日接上《孟子》。

廿七日(5月28日) 晴热。朝上命念曾至北舍吊振范老侄,并念数十载宾主之谊,设祭致享焉。午前回来,知府试二复案首陆桢,子垂第二,尚可有望,馀均不知。下午至芦墟,以朱拓《二十四孝图》属艺香裱,前对未装就,付洋又二元,约下回出来,托订《礼记》而出。至畹九处,不值,与顾蓝田茗叙,知砚仙病体重发再愈,大庆更生。晤松华先生,畅谈,知嘉善一等第一周粟香之郎彦臣,余闻之因羡生悲。少顷,憩棠亦来,以稚松《述梦记》示余,痛悉老友松巢地下犹托慰余丧子之戚,并欣知日上稚松妖疾渐轻,可望解释(冀得愈),谈及此段因果,大奇诧。据憩棠日上请一嘉兴人姓徐,能至阴司查律,袁汝锡前数十世系洪武二年事,前生是易州涞水人,姓郑名文熊,奸一女子房氏,至缢死,后力行几件大善事,冤魂不能报复,今生根器甚厚,奈近年顿昧前因,贪心利欲,不惜字谷,故沉冤得乘间来扰,吞金咽絮,皆冤魂所指使,幸禄命犹可延,先泽未尽,故絮得因金而便解,倘肯发心痛改,力行善事,并以《金刚经》超度冤魂,至六月初七日后经忏圆满,可望解冤释结。日上稚松神气亦渐清矣,闻之毛骨俱悚,又畅谈一切始还,到家未晚。

廿八日(5月29日) 阴,微雨即止,大好养菜天。上午顾纪常来,与之大谈生意事。下午抄录袁稚松所作《纪梦琐言》,笔情雅丽,颇近《聊斋》,并另记渠得病所由,层层推演,借以警后生而观后效云。是日束书不观。

廿九日(5月30日) 阴雨,潮湿终日。上午点读《顾访溪丈初集》文稿,劫后重刊之本,若劫前朱观察所刻,访丈亲送,熊纯叔校过,因取互勘,得竟四篇。暇则再录袁稚松《纪梦述病琐言》暨《清恪文集》序类。

三十日(5月31日) 阴晴参半,颇觉麦寒。上午点读《访丈初集》文四篇,下午碌碌,看《清恪文集》序类,无味。心绪纷如,悲从中来,亦不解其何故,强制自遣而已。

五 月

五月初一日(6月1日) 晴朗可喜。饭后衣冠东厨司命神前、家祠内叩谒,暇则点读《访溪丈初集》文四篇,皆粹然儒者之言,《清恪集》传类又重阅数篇。下午窑户张又卿来算石灰账,十担七十斤不扣,从宽不与较,一笑而去。

初二日(6月2日) 晴朗。饭后至乙溪处,见苹侄苏来家禀,知府试正场案苹侄廿,鸿侄八十二。头复案鸿侄升至廿八,苹侄抑至廿二,廿六日二复,大约可望复终,子垂可望案首,试验之。回来,公盛成交冬货一仓,价三元三角力七文,因去年所春黑粒居多,故特贱售。暇阅访丈文,点四篇。下午作札待致凌雨亭,探问豫事并还葬簿,稚松《述梦述异记》附抄寄示之。碌碌终日,少松明日要解节。晚间友庆二侄归,知昨日末复,作二起讲一论。江复五十名,正四十名,案首仍陆桢,子垂第三,苹侄不复,七侄四十馀名,殊属事有不可料。上县滋事童生已发学,将大戒饬。

初三日(6月3日) 晴朗。饭后送少松解端节,约十八日去载,正欲权课两孙理书,适竹淇弟来,始知跛五侄昨日物故,一子尚幼,一无措办,又思余三家帮恤殓费。余处留便饭,闲谈,下午同至乙溪处,照成陶数议减,以三十四千数与之,即凑付竹淇手而去。孙蓉卿自友庆陪考还来,为吉郎事又到友庆处,万难周旋,与乃翁相商,给之两洋,余填一洋,唤之来,略训饬之始落肩。此事在乃翁为无颜,在余家亦他日小累,何不肖向下若此? 可叹! 俗事闹人,败兴之至。晚间蓉卿话旧谈心,终日纷扰,乏佳趣。

初四日(6月4日)　晴朗。上午权课两孙理书,至午后写字始放学。暇阅《清恪集》,知其于河防独出卓识,非随众率循可拟。无聊中至东账房,适谦斋来,大议论及因果报应事,余亦确有所闻,实非无稽浮谈。

初五日(6月5日)　晴朗。饭后命两孙理生书五首,即放节辍课。凌雨亭信来,为关照辛垞明日渠家请,乙溪兄可便邀,即转致。知日上服药大佳,无须诊视,作片复之,并以前札及《述梦述异记》、葬簿同寄交来人顾姓转呈,又抄示砺生四月初七日在省城中发信。畹香于初一日会晤,运粮之说十分艰难,现在曲兴已有商贩运往,决计由皖营以银易钱,极合算。李海帆三千之杂粮已办就(在曲兴集),即日砺生诸君渡河至济源查赈矣,一俟放赈有定章,再寄后信,闻之,益佩诸公筹济苦心,精神才力几乎劳瘁告困,然文字只做得前半篇也。办赈之难,为前此所未有! 中午率两孙祀先拜献,又闻媳妇祭奠亡儿,哭声悲惨,不觉心为之恻,抑情节哀。午后祭毕独酌,大啖黄鱼,又醉甚,糊涂痴聋过去。是日上午,略阅清恪公治河公移,下午废书不观。

初六日(6月6日)　阴,下午微雨。上午权课两孙理书各一半卷,明日随母至莘塔外家盘桓,虽各带书去,谅必偷闲嬉戏,并此功课无之,亦只好受其诳矣。今日出仓,略照看,卸九四折,以贱售为见机。下午陈诗盦来算石灰账,沙泥上折罚钱四千,馀照账算讫,长谈而去。因在世交,不能与之十分计较,然沙泥上吃渠亏亦不浅也,一笑置之。碌碌终日，不能坐定。

初七日（6月7日）　晴，不甚朗，略带梅寒。饭后两孙随母至莘塔，约十九日回家，以札致雨亭，托定菜油。暇至友庆，观两侄考作，不得题要者尚多，若七侄规矩文，颇念得去，《访丈初集》文又点读四篇。属厚安至三镇上还木头、腌货账，自此葬簿账费用若干可合龙门。下午又阅《文正奏疏》，莘塔舟回，接到凌荫周贡卷，读其文，清新警湛，出色利时。

初八日（6月8日）　晴。饭后点《张清恪公讲义》，《访丈初集》说经文两篇，学博而义正，当今无此作手矣。暇至友庆观二侄文，一复，一不复，覆终者既不佳，不复者愈觉拙滞不通，今科难望侥幸也。成就子弟一衿，其难若是！下午查登葬事内外簿，子祥结算，余不及查覆，共计约用钱合洋九百五六十元可以讫事，从此仔肩可释一半，思之，悲痛之馀不胜幸慰。此番诸事核实无大浮费，然已成巨款矣。

初九日（6月9日）　朝雨晚晴，村农正好插秧。昨日循例开春花账，今夏菜收歉薄，半淹于水，麦收尚可，恐各佃多可借口，万难起色也。上午至乙大兄处谈天，近服辛垞方，大有起色。暇则点读《访丈初集》文六篇，《清恪讲义》三章。下午阅《曾文正奏疏》。

初十日（6月10日）　晴朗。饭后点《清恪讲艺》三章，《访丈初集》点读前半册竟。鸿轩七侄来，呈示所自改考作，一正场，一二复，尚能如题布局，特欠功夫，字句之类亦复不少，发愤用功，庶有进境。据云有人自港上来，子垂三侄正案上决计案首，闻之喜甚，可为吾家两侄作好榜样也。下午碌碌，不坐定。

十一日（6月11日）　晴热，大有夏令。饭后舟至梨，赴蔡氏会酌，至则子瑗甥、二妹出见，入内厅，茶话良久，进之甥亦来谈，府试正案镇上亦未见，江第一决计子垂无疑。少顷，诸客均至，得彩者一大兄，设两席，菜尚可口，余与沈月帆、蔡介眉同席，饮酒如量，席散，略坐即登舟。前时路遇蔡听香，立谈颇殷勤，欲索读殷谱老哭子文（容日寄去），许有便寄示。在舟顿候舟人买物件，良久始开行，未晚至大港上。登焦桐馆,阒无人,稍待,子屏始出来,前中毒风,嘴歪已愈。子扬旧恙不发,略有脾泄土克之患,幸尚轻松。子垂亦见,喜气盈面,奖嘉之。始见全案,属抄廿名前,稚竹十六,七侄卅八,六侄五十一,邱诵舆廿一名,以正场文录示,余即携归。茶叙片时亟归,以《曾文正事略》借子屏,渠处有《文正诗》二册,余特借读,薇人亦见过。到家已点灯,两账还来,略有所收。夜早眠,心触悲绪,不得安寝。

十二日(6月12日) 晴热如昨。饭后细评阅子垂拔案首正场文,措词布局照下处处警练,笔亦老当,以此抢元,不愧之至。不见渠文不过一年,何功深养到若此?大约后半是阿兄润色,难必场中真面目也。即至友庆,交与两侄看,其中可揣摩处甚多也。还来,略登账目。暇则初阅《曾文正诗集》。

十三日(6月13日) 晴燥而热。饭后七侄来谈,勖以及时努力,理四书、读熟文为要。《张清恪公讲义》二十章今始点毕,又点《访溪丈初集》四篇序文。下午细读《曾文正诗集》,大气磅礴,神龙活虎,不可端倪,此种大手笔,久未之见,然体会极难,俟详绎之。

十四日(6月14日) 晴朗。上午点读《访丈初集》文六首,预作札,为定菜油拟致凌雨亭。下午阅《曾文正诗》,知从昌黎入手而别成目面者,然初阅,不悦目之至,不觉神疲假寐。适包癯仙持正案来始醒,知吴县童生沈姓,辱骂府尊一则,传文师廪保,坐大堂戒饬,掌责四十即发落,并不扣考,钱伯叔可称宽恕之至。晚间陆畹九来,为河南官捐事,又要循例,余谓先写镇上,乡间只好不管,畅谈片时而去(约许十千文),看来此项亦不免也。杨公祠公派三百十一文,面付讫。

十五日(6月15日) 晴朗。饭后点读《访丈初集》文六首,以《正谊堂文集》内讲艺二十章共两册借与六、七两侄看,约四十日还。与杭啄香长谈禾中试事,渠颇名利两得。又至乙溪处关照河南官捐事,恐不免。下午阅《曾文正诗》一册竟,接读下册,大约如昌黎所谓崛强一种,目无馀子之概已于言外见之。晚间徐瀚波同其徒梁公甫奎来收字纸,查保婴,并收疏①,知六月初有汴城之行,雪巷之所许大愿也,成与否不可知,然瀚老势难推却,不得不部叙行装以待。袁稚松之恙未痊,憩老立愿不坚,可恶之至。九月中开坛,不礼忏,以河南捐代普济,余为友骞亡内弟亦略发心②。河南施疫丹,余助八元,括字费③、掩埋续贴费(十元)一并付讫,共四九之数,约果往,再来一叙。长谈,留夜粥,黄昏后始宿舟中。苐卿由江自同归,面晤少松,尿血之证已渐得愈,到馆须迟至廿六日去载。

十六日(6月16日) 晴,渐炎热。上午点《访丈初集》文六篇。下午苐卿来谈,欲托徐砚生晋捐新例,报捐监经历,约须四百洋左右,颇怂惠之。是日停账船,工人插种已毕,《曾文正诗》下册亦读竟,当再复读。

十七日(6月17日) 晴朗。上午略有雨即止。暇则点读《访丈初集》文六篇。下午磨墨匣,即作致凌砺生河南信,缮就封好,俟十九日寄,篇幅长而字迹恶劣,不适意之至。甚矣,不善书之苦也。书中无要语,惟秋间望其速归而已。

十八日(6月18日) 微雨即晴。上午点阅《访丈初集》文四篇,铭类初开卷。下午略读《曾文正诗》,适凌雨亭遣人持札来关照油价,即作片复。明日余处备舟载媳妇、孙辈归家,不必约期过留。致砺生河南信,并油洋六十元均交老和手寄上,又蒙抄示纯叔四月十四日在济源屏山书院所发信,现在粮运已到,拟即日分四路查户口,俟有眉目,急思随查随放。一路将毙待毙饥民,言之惨甚,吾辈现居之境神仙福地矣,而一无设施,殊觉过分难消,若纯叔诸君与砺生不惮炎暑,入山查赈,砺老又专办皖北,独任其难(此事传误,指以前事也),余辈闻之,五体投地。宜乎,○○神明默佑,造福无穷也。书以自警,不胜

----

① 旁有符号❙ㄨ。卷十一,第403页。
② 旁有符号Ｆ。卷十一,第403页。
③ 旁有符号ㄣ。卷十一,第403页。

钦羡。灯下接到老友何鸿舫寿言并初十日来札,由陈稚生处转寄,并赠一诗,读之,情深谊切,如与良朋对谭话旧,暇当作札先致谢,然苦乏便鸿,容俟答信写就后再商。

十九日(6月19日) 晴朗。饭后展阅鸿舫寿联,知集禊帖八言相赠,字极苍秀,非凡品,暇作次韵七律致谢,草稿略就。点读《访丈初集》文又四首,只剩一卷未阅。中午祀先,大父逊村公忌日也,灌献之事,孙辈未回,一身主之。下午莘塔舟回,知媳妇、两孙廿一日归家,并示砺生四月十三日在汴城发信,拟十六日开车,渡河至济,连日为大风大雨所阻,仆夫况瘁,身亦不适,服衰药,蒙被得大汗而解,现已康健启行。至济源公信,阅之,伤心惨目,似非阳间世界,一时查办,甚苦措手不及,且俟后信速得放赈日期为慰。现云四野黄沙,白骨遍地,垂毙者得食树皮、草根已是大幸,可望更生。呜呼! 吾辈饱暖,实万难消受。晚间苕卿来谈,无意中集成一愿,稍惬余怀。

二十日(6月20日) 阴晴参半,下午阵雨即止。饭后舟至梨里,先到费吉翁处谈论,以河南公信示之,论及济源保难孩一事,欣然渠亦许助百洋,约即日信致芸舫,关照谢绥之捐缴,并悉江邑官捐源委,一茶而告辞,此行自喜有益。舟至蔡进之处赴会酌,以谱老哭子文暨余悼痛亡儿等件同封寄听香一看。得会者苕侄,余收利一千,冬间收全,颇便宜。叙者寥寥一席,余与张兰江、倪稼生并坐,酒菜甚佳,惜天热不敢尽量,饭罢即返。复登敬承堂,与毓之絮语,略言近况,稍润之,渠似枯鱼得水游矣。入内厅,见幼谦夫人,内侄来春官亦出谒,诉论家常,凄然不能久坐,即出,毓之处略谈始开船,雨已止,风顺开行,到①傍晚矣。

廿一日(6月21日) 晴朗。饭后苕侄来缴大衍留养愿,并以徐彦生所募杭州人《铁泪图》洋托致雨亭,计洋百元,共二百元,即作札雨亭,属渠汇寄谢绥之,并以大题小做法劝其集腋广募,未识动心否。

---

① "到"字后疑漏写"家"字。卷十一,第404页。

午前媳妇率两孙自外家归,以熊鞠生挽亡儿律诗四幅转交,阅之,是应酬之件,不足重轻,且于余慰款尊谓不庄,可知其人断非重器。砺夫人现渐平安,可喜,以余札并洋二数,托其内使萧妪面呈雨老。中午夏至节祀先,率两孙拜献,下午修洁书房,拟明日督课,访丈文点读四篇。

廿二日(6月22日)　晴热,大有夏令。上午权课两孙,大者理《诗经》,幼者《中庸》,幼者《庸》书下半卷生甚,至未刻放学,半部犹未完,其平素不用心、督课不严可知。思欲整顿,实乏同心相助,可恨也!姑置之。暇则点读《访丈初集》下册,今日始竣事。重刊朱司马序文,后半篇荒谬可笑,官场糊涂之习即此可见。

廿三日(6月23日)　晴热,似有炎暑。终日权课,至下午始放学,慕曾《中庸》竟似生书,不知理时若何遗忽!俟少松到馆后,必须略改课程,否则不可收拾矣,思之闷闷。下午雨亭专舟来复,济局养孩彼处亦募百金,即日同砺、翰《铁泪图》捐八百洋汇缴,闻之,欣喜万分,不料此举竟有头绪也,即作复致钦慕之忱。北账晚归,略有所收,东账则仅供盘费,夏账之荒无逾于此,实因春花歉收故也。

廿四日(6月24日)　阴雨终日,恰好村农插青,天佑吴民至矣!或者借河南助赈之力,得以消灾?上午权课两孙理书,下午放学。暇读曾文正诗。

廿五日(6月25日)　阴,微雨。饭后权课两孙,一《诗经》,一《大学》,楚楚理毕,浮滑生涩难以枚举,聊以塞责而已。下午写字一页,欲再课之,已童心满面,不再肯读,含怒释放,其无志气可知,未识何日始肯用心,对之殊觉不乐也。上午苲卿来述,昨至大港望子扬,骇见其形瘦削,痰中带血淡色,四肢浮肿,正气全亏,断非药力所能挽回。子屏言之垂涕,看来不能收功,家运之否剥极矣!余闻之,不胜长叹,岂数有前定,竟难以理争耶?殊难为子屏宽解也,可叹息隐恨之至!暇作札拟答鸿舫,颇不能草草下笔。

廿六日(6月26日)　晴,不甚热。上午在书房内权课两孙理带书,各上生书一首,细讲一遍,已颇吃力,可知善诱之难。下午吴少松率渠郎君始到馆,欣知前恙已愈,仍由朱梅峰伤科处服药而就痊,亦奇异也。晚间由凌雨亭札中收到苏城善士新绘《河南福幼图》募本一册,属蒂倅张罗,笔墨哀惨,动人恻隐,合宅老幼女仆均发善心,明日当交蒂卿再募,以期即日交卷,然万难推广也,只好吾尽吾心而已。不意鄙人区区谋划,苏城大善士已早筹办,精思苦想,极力举行矣。

廿七日(6月27日) 晴朗,不甚热。饭后详阅《福幼图》,精妙得未曾有,适蒂倅来,即以图册与之,劝渠筹募,渠意甚不膜视也。终日无事,重读曾文正诗。

廿八日(6月28日) 晴朗。饭后缮一札,复谢何鸿舫,计三页,又次韵诗一首,生圹文一篇附致。书拙劣谨持,至午后始封就,觅便待寄,不善书之苦如是!蒂卿上午来缴《福幼图》,两房共得九元,连余处共二十元,恐此外万难推广矣。终日碌碌,不能看书。

廿九日(6月29日) 阴雨终日,东风颇凉。饭后作札拟复雨亭,忽吉老进来(顶一半,馀四股出),账房诸公《福幼图》上亦愿捐助一元,喜出意外,可知恻隐之心人人同具,一有所触,其几自动也。信已书就待寄,又重录生圹文一篇附致鸿舫,小格中虽非正书,亦甚拘苦不适意。下午重阅《曾文正诗集》二本,已竟事。

六 月

六月初一日(6月30日) 阴,微雨,潮甚。饭后衣冠东厨司命神前、家祠内拈香叩谒,午前凌雨亭专舟以济源砺生四月卅日来信抄示,知在济源邵源堡查户口(统县廿一堡),该堡十甲,极广极荒,人食驴粪,现在瞿星五、张松筠两人翻山越岭,仅查七甲,已得极贫户八千口。纯叔在赵庄押运粮,陈少兰在周家口押运钱,李玉书在省坐镇,仅此两三人,万难随查随放,拟俟一堡查毕,设法即赈一次,每人一月三百文,然后再查西阳堡暨别小堡,约计总户口,以邵源堡推之,共十五六万馀口。东南境有水,可种地,尚不在此数之内也,查放两难若此,砺生真独任其重矣。又来函云,济源一邑赈两月口粮,约须钱十万贯,若欲再筹籽种,善后事宜,已难接济。砺生欲推办邻邑,恐无此手段也,阅之欣佩之至,即以昨日之札并图加片、洋廿一元、钱三百文交与来人孙二官转呈矣。下午由瀚波舟人沈桂昌手寄到费吉甫来札,关照百洋已缴出,可称诚实,并问及舍间之款,当复之。据沈桂昌云,瀚波之徒梁甫奎,要同汪氏酱园伙,徽人张裕堂到豫帮办赈务,雪巷则又寂寂无闻,岂真不出旁人所料耶? 可笑,再俟之。碌碌终日,不克坐定。

初二日(7月1日)　骤热,晴,潮湿,无处不有霾痕。饭后子屏有信来,为庆侄媳预取冬季例规。以砺生昨来之信,苏城已经刻送,从吉甫处寄来,可称风行江浙矣。并悉子扬病体略减,然犹未敢谓即是转机,姑望之。上午作札拟复吉甫,凌氏有女使来,又接雨亭信,关照油价,亦作片复之。下午磨墨匣,略读《曾文正公诗集》以消遣。

初三日(7月2日)　晴热如正伏,时令极为正当。饭后舟至芦墟钱艺香处,以《礼记》十册托订,《文帝阴骘文》全图印章托裱轴心,茶叙片刻而出。复至陈仲威处畅谈半时,知其弟诗盦仍理旧业,寓期丁家栅,其季弟稚生寓期章练荡,其友张子瑜者(号在疑似之间),系何鸿舫高徒,亦寓医在练,青浦相近人,即以余致鸿髯信封交仲威,即致稚生托张公转递,想可即达,免虑浮沉。郑重奉托,又茶话而出,舟至公盛,季常邀至楼上坐并小酌,与其新市客人徽人朱秋潭同饮,并留中饭,适意之至。下午同季常、赵翰卿又茶叙,晤陆松华、徐苹山老友,又晤沈咏楼,复茶饮,知有贞丰(地名韩镇)近地朱姓山全老人,河南捐慨助,袖致二百金交与磬老,可称乐输。雪巷之说大约子虚,何鹜名如是,竟同儿戏! 客散登舟,到家傍晚。是夜热甚,吉甫复函已托公盛由航寄梨。

初四日(7月3日)　晴,热减昨日。饭后芾卿来谈。暇则补登日记,账房有客来,略应酬。下午读曾文正诗,亦不能坐定。晚间王漱泉来,为圈吉氏有急信相商,又借付洋八元,虽浪掷,然亦难即形却却。

初五日(7月4日)　阴晴参半,因昨晚大雨,颇凉。念孙似疟,停课。午前舟自莘塔迁油还,雨亭有信关照。昨日接到砺生五月十四日在济源所发家信,知赈事尚办得下去,一应章程在绥之处,尚未抄示。黄子登先生自友庆来访余,知镇上募捐陈节生最勇往,已得千馀金解省矣,并遣账房知数卫姓者,挟同徽人张裕堂到汴帮办赈豫事务。一茶回友庆,中饭后余即往答,又絮谈,送之登舟,知子登自梨里亲申家回,路过问候,可称不忘旧主人矣。碌碌不能专心看书。

初六日(7月5日)　上午阵雨,下午起晴。接子屏信,子扬病体有加无已,万难转机,闻之代为子屏愁闷,心绪亦有触而悲,然无如何也?作札明日复之,属其善自保爱为要。念孙疟再来,仍停课。中午循例与少松食不托,酒不佳,不能多饮,吃面。可穿单衣,汗不淋漓,亦非时令之正。下午封缮子屏札后,略以曾诗消闲,然心思不能凝聚,难揭其佳处。

初七日(7月6日)　晴热,尚潮湿。饭后以札寄示子屏,论破材中有尸口上所出对口菌,可医血疗不治之证,未识有是物否?上午陈雨春来成交更稻,每担五斗四升出米,价一元八角二分连力,迩年来久无此价。暇阅《曾文正文集》《诗集》,甚难潜心默究。

初八日(7月7日)　晴朗,申时交小暑节。上午接雨亭札,抄示砺生五月十四日济源所发公信,知邵源、西阳两堡已查清,瞿、张二公之力。于山谷中搜括殆尽,实该赈一万二千户,每口给钱一千,小口对半,因深山穷谷(馀保未查讫),驮运维艰(纯叔主其事),得此庶稍延数日之命(砺生二十后要往原武)。该处小米价每斗二千六百,馀无论矣。现在河北均得雨,涂中丞资遣难民回籍,俾及时插种,则发籽种,势不可缓。熊、凌二君又欲扩充,推赈修武、原武两邑,兼发籽种,恐南中无此巨款,接济万难应手,就此局面,要防不吉题。作札复雨亭,当商之芸舫、绥之、仙根,此时只有苏城倡捐市房一二月之一捷法,舍是,虽有千金万金愿凑之数,终不济事也。姑妄言之,以观后效。下午阅曾文消遣。

初九日(7月8日) 晴朗而热,今夏第一天。终日无事,以曾文消遣,不愧当今作手,此公真兼擅三不朽矣。下午苄卿侄来谈,知梨镇以一文愿写河南捐,极踊跃,已可得千金矣。云颜竹村来述,非虚语。

初十日(7月9日) 晴,仍热不可耐。饭后与厚安对南北账,奉行故事,至中午已毕事。渠明日要回去,新佫例支外,督看坟工颇出力,又另酬之。旧款十番,言明送三扣二,净欠羊皮之数。下午因热闲散,略阅《曾文正文集》,不能细读。

十一日(7月10日) 阴晴参半,热稍减而仍蕴闷。饭后陈厚安回去,约七月初十日到寓。上午与吉老对东西账,中午时始对毕,欠户极多,较去年在加倍外,最角一圩尤为化外,虽由各佃顽抗,要亦半由经理者不善催讨之故,言之可愤!未识今冬若何结题,实无以德威戒劝之。下午闲坐,仍读曾文一二篇,不能专心。是日始得食西瓜,味不甚佳,须再迟几天。晚由芦墟沈新茂接蔡听香书,所示诸作一一寄还,并肯直笔,足征老眼无花,书中语亦真挚可感也。

十二日(7月11日) 晴阴参半,颇凉。上午摘录租欠账一册。下午三复《曾文正文集》,年老,智慧愈钝,虽用心诵读,终不能顺口,背诵全茫无论矣。此事非少年万难进益也,书以志愧。

十三日(7月12日) 上午晴凉,下午北风,阵雨须臾即止,凉气销暑,大为时令之正。瑞荆堂西厢房又出白蚁,绕于柱下、书桌下,尚未延蔓,大开牖户,以宣其气,即日大加整顿,盖自墀儿亡后,不坐此室已一年有半矣,阴郁之气有感使然,思之,适增悲痛!上午摘录租欠南账。下午仍以曾文消闷。

十四日(7月13日) 晴,昨夜寒凉,可用絮薄被。饭后正欲翻书厨、驱白蚁、检点亡儿遗物,忽接子扬二侄凶闻,知殁于昨日酉时,急同少松、苄卿、苹甫往探丧。至则幕前长揖,不忍视之,犹忆甲戌春岁试时,与亡儿寓中对榻。子扬呕血起病,亡儿代为忧急,今未满五载,两人俱逝,一得年卅六,一得年廿九,后生多凋谢,老大益增伤矣。见子屏昆季形容俱悴,慰解之,知一应后事均已齐办,十五日子时成殓,十六日大殓举殡。回至焦桐吟馆,竹淇、薇人皆来就谈,咸谓子屏敦于手足,医药之资费用不惜,真近世所难。中午两桌素饭,客则画家王莘之,亲则梅冠百、吴梅林。知梨镇河南捐极顶真,苏城有统办田捐之议,每亩十文,莘之所云也。下午回家,怅怅失兴之至,陆厚斋来,略应酬之,絮谈而去。纷扰终日,不克坐定。

　　十五日(7月14日) 仍凉,阴晴参半。上午摘录租欠账又毕一簿,下午略登内账。至乙溪处谈天,日上气体颇佳,知苇侄今至莘塔,长谈而返。至友庆书房,先生归家,六侄同往莘塔,可称闲散不用功。七侄静坐作文,其志可嘉,携其近作而回。暇读曾文。

　　十六日(7月15日) 仍阴晴参半,稍热。朝上命念孙随两房伯叔苇卿、鸿轩至港上,送子扬大殓举殡。上午摘录租欠账又一册,午前费吉甫来自大港,少顷念曾亦归,留在书房内便饭。知砺生五月二十日家信已到,并知邵源、西阳两堡赈已办讫,时雨亦已屡降。苏城决计议定田捐每亩十文,九县统办,公信致下乡董事,潘顺芝、玉泉、顾子山、王仙根四人出名。芦墟致余与畹九两人,劝余不必推辞,余谓零星业主万难出数,近地一带亦难推广,因北舍、莘塔均有董事,只好就余家敷衍成小题而已,吉翁亦以为然。畅谈久之始回去,未识畹九镇上若何办理? 此事虽好,然办竣亦颇费力,因非官样文章,几同仰面求人,思之,实无紧捷之妙策也。碌碌终日,不能坐定。

　　十七日(7月16日) 晴,稍热。昨晚接畹九来札,兼示苏城致余两人公信,是两潘,一顾一冯,大约是培之,并刻式公启,言之痛切,使管业之家稍有天良,万难推卸,约明日至泗洲寺方丈约会公议。即至乙溪处,示以来信,明日拟同苇卿出去。今日陈雨春来秤更稻,上午正在照看,适徐瀚波同其徒梁公来,知雪巷弃田乙千八佰亩,与张朗斋挟资助赈汤阴,瀚波势难不去,同行有徽人张裕堂,是其同志,不取脩金,合则相助,不合则舍之而就砺生,识见甚高。瀚老此举,颇有豪侠气象,特未识办理何如,姑望之。三官堂乩坛修造净室,捐疏并洋四元,余即连簿缴还瀚老,孤米上又支付五元。余于瀚老此行,两家公送赈仪二元外,又与河南人略结善缘,四十六本数亦交瀚老带去,送灰事宜,梁公八月中代办。瀚老素斋,留之便饭,下午郑重而别,云行期总在月底。是日由瀚老转寄磬生致余信,以吾镇及乡多有善邑,青浦田捐事以住居为凭,不得妄分畛域,并以渠家为式,所议甚是!碌碌终日,不得坐定看书。

十八日(7月17日) 阴冷,大雨终日,外间必有发水处。闻江西景德一带大水,已见《申报》。饭后同苪侄至芦墟,先与顾纪常念仙茶叙,知镇上田捐一事舆论不谐,砚仙病后,亦无回头向善实意,良久,始冒雨至泗洲禅堂,畹九、磬生、实甫均在座。砺生家信已接至五月廿三,廿八云将至修武察看,济源山中赈已散讫,甘雨澍至七个时辰,欢声雷动,一切章程,缓之处公信亦被浮沉,未到雪巷之局。由轮船赴津,干谒宫相,大约必被截留,河南被泽,未必稳也。畅谈良久,镇上无有顾而问者,实甫先归,雨仍不止,由和尚处素面充饥。先将现在三家田数约计,连善邑、青浦在内,共二万三千馀亩。又谈久之,请目人已回来,均以雨不便叙推却,实则心皆秦越,已早有风声矣。畹九约缓日邀磬生及余到镇,只好沿门托钵,苦苦相求,如再不允,此则木石心肠,万难从事,余亦以为然,共相太息而散。至公盛略坐,晤陆松华,论及田捐,亦大不以为是。些小公事,防不进场,可叹芦蛮!工人买办已就,即开船,大雨如注,至夜仍不停点,到家尚未晚,此行败兴之至!

十九日(7月18日) 阴雨,仍不息声,寒可穿夹襦,大失时令之正。河水顿涨五六七寸,不及早晴朗,低洼之田有碍,恐田捐一事愈难成议,不胜祈望开霁。是日斋素,大士菩萨佛诞,饭后衣冠在厅上恭奉香烛,一心虔谒叩祝,以尽微忱,并持诵神咒,礼拜回向。暇则静坐,读曾文。下午雨注如故,思之愁闷。

二十日(7月19日) 晴朗终日。喜两日之雨,颇息农人之力。上午摘录租欠账,至午后始竣事。吉老回家,约七月初六日去载。张森甫来,又魆借洋十五元而去,言定五元送,十元银上扣。是日始多买西瓜,价每担一千百文,味甚佳矣。纷纷终日,不克坐定。

廿一日(7月20日)　晴朗可喜。饭后略登内账,作札拟明日致费吉甫,告以芦捐难成,且探听各处情形。下午洗砚,积墨尘障一空。暇读曾文,颇有兴会。

廿二日(7月21日)　阴晴参半,凉甚。昨夜始惊知徐丽江之仲子中官,出嗣新甫者,急患时症,三日而亡,丽江不幸,频遭困厄,兼受门内女人之诬,经此变中之变,殊觉有恨难申矣。饭后命老妪去探丧送殓,又一舟至邱氏,并以札寄费吉翁,暇阅曾文消遣。上午雷声隐隐,细雨滂沱,今日难望老晴。梨里舟回,知吉甫不在家。晚间由北库寄到吉甫札,知由江赴苏,将自己及亲友田数先缴若干,俾申报刻出,各镇耸动,其意甚善,并望吾乡照此办理。芸舫亦信致余,谆托此事,兼致札苇卿,坚属吹嘘,无如同志者少,无能效力推广,已详前札矣。

廿三日(7月22日)　晴而不朗,稍热。是日火帝诞辰,斋素。饭后衣冠奉香烛,在厅上望南叩头,默祈保佑各处平安。至乙溪大兄处,以芸舫札面交苇侄,先缴之说乙兄亦以为然。回来,即札致磬生、雨亭,商及此事,于芦中人大加呵骂,大不慎言,以后到镇,弗道为是,此所谓意气用事,适足以激人之怒,于公事大有碍也,戒之戒之! 下午略登账务,暇读曾文。

廿四日(7月23日)　晴朗,渐热,是日巳刻交大暑节。上午读曾文,下午闲散。接雨亭信,知日上略有小恙。油票已来,抄示砺生五月廿五致芸舫信,知查赈艰险,下人多病,幸皆无恙。现在西阳已放讫,邵原放三分之二,王屋及馀堡尚未动手。北乡一带,知县令宋霞翁已查赈,可不办。事毕,拟接办原武,原令高君云帆,第一良吏也,可惨者难孩局中有三儿,举止异常,一王锡祉,十四岁,牛舌村人,父孝廉,已故三载,有祖母七十馀岁,姊于三月间卖与河内皇甫家,幸知其家世,赠米送归,现有刘绅作代①,得嫁士族。二儿一李福印,十

---

①　作代,疑为"作伐"之笔误。卷十一,第411页。

一岁,读《诗经》。一李福翰,九岁,读《孟子》。砺生同年李庆昌,号世香之子也,住栲栳村,父于去夏病故,长兄继之,嫂则抚孤守节,以榆皮度日。二兄名福荣,年十六,在西乡课蒙养母,母现病月馀,砺生对之泪下,现略赠银送归其家,拟另筹一款专济衣冠中不能自存者,其法良而意美,谅苏人自有能应之也。纯翁十五日入山督赈,初到几乎无日不哭,形神顿瘦,现在复原,入山办事,勇往依然。天气渐热,昼则蝇声如牛,夜则虱猛如虎,诸君受苦不辞,岂欲成佛耶?志以申敬,作书附复在公信中,明日由梨转寄,因其舟已赴徐氏丽江处也。绥之处五月廿四日又续解银一万二千两。

廿五日(7月24日)　晴朗,热甚,大好时令。朝上命念孙至梨吊徐中官,并慰丽江,是日领唁,凌氏之信致磬生、雨亭者,即命转交渠家舟人带呈。上午磨墨匣,阅曾文。下午闲散,始浴,垢污一空。晚间念曾自梨回,知今日颇小排场,出帖,丽江父子兄弟降服出名,下行"孤子奉两代领唁",继嗣仍无异议,丽江所见甚远也。

廿六日(7月25日)　晴朗,炎酷终日,挥汗如雨。上午苕卿来谈,知梨里田捐亦不踊跃,示以廿五日砺生来信,暇读曾文,成诵为难。书房内略晒书。是夜热甚,挥扇卧犹汗下不克止。

廿七日(7月26日)　晴热,日炎如火伞照临,终日摇扇,犹不得凉。大啖西瓜,味甘甚。因思河南查赈诸公,攀崖越岭,困惫不辞,愈觉安居乐业之不易。暇读曾文消遣,始命工人前厅倭楼抹油。晚间雷电,阵雨不成,微点滴洒,已觉渐有凉意,若无此,暑气万难消解。

廿八日(7月27日)　晴热如故,下午尤烈。饭后喜子屏侄来,留之止宿,渠亦欣然应命。形容尚不至十分憔悴,惟因弟故,忧惊之后少腹忽胀闷,必须请医治之,此恙万不宜不愈也。《曾文正事略》四册已缴还。下午至萃和,夜与子屏剧谈,颇有至乐,言乎境遇,两人不堪自慰也。夜宿子屏书楼,与少松同榻。

廿九日(7月28日)　晴热而朗。上午作两札,一致辛垞,子屏日上要去就医,托面致。一复畹九,为芦墟田捐冰搁,约同面劝,须俟磬生到后方可三人同行,作走方僧。下午磬生有信复余,田捐乡间按数先缴,极以为是。《馈贫粮》一书蒙见赠,当以半元答之。暇与子屏絮语苦衷,兼及诗文,极从容闲适之至。夜就书房纳凉,谈论,未及一鼓就寝。

三十日(7月29日) 晴朗而热。饭后子屏告归,云今日至大义踏田,明后日由梨赴盛,《曾文正杂著》两册缴还,赒瞽放生会亦均付讫。周云槎持邑尊书来,为漕尾未了,托代吹嘘,一笑辞之,自问非分内事也。暇阅《馈贫粮》一书,头脚论荒,中杂尺牍,无甚深意,然如阎少司空《论灾乞贷书》,字字痛切,今之陆清献也,可敬之至!下午又浴,畅快无匹,从此俗污之身暂时清净。

七 月

七月初一日(7月30日) 晴热而爽。饭后衣冠拈香东厨司命神前、家祠内祗谒叩首,默冀保佑平安。上午作札,明日拟致凌雨亭,豫北灾荒,为贫士另筹一款,略尽寸衷,再施一数,以助砺生施用,亦遇灾而惧,聊自为两稚孙培植耳,然外间必以为有馀博济矣,一任之。暇阅《馈贫粮》一书,书资半元,亦托雨亭转交磬老矣。

初二日(7月31日) 阴,风雨终日,顿有秋凉之景象矣。上午遣使至莘塔,以札并书资本印百番,命费妪面呈雨亭。七侄携先生改本文来面质,尚有思路、词采,特工夫欠到耳。晚接磬生代雨亭回信,所付物色已收,雨亭略有小恙未全愈。砺生之婿王郎在荫周处读书,年廿一岁,倏患时痧症,廿九日病殁在陆桥书馆,砺夫人病初愈,不得不瞒其母女,此事雨亭焦急,万难调停,已作札至济源,催砺生八月中早日归来为要,办事之周章不顺手如此,岂亦天意耶?令人败兴!《馈贫粮》书资,磬生不受,仍还送余。是夜凉甚。

初三日(8月1日) 仍晴朗可喜。饭后接子屏札,辛垞已到过,定方。田事迟疑不决,作札坚催之。至一溪处谈天,知小耕芸之症已得平妥,可慰之至,明日拟再请辛垞。午前后顾季常、屠少江、梁甫奎来,接翰波信,知现往苏,雪巷主人豫行之局恐又不果,翰老进退维谷,大约另要结伴启程,庸妄子决不能实心赶事,可笑之至。碌碌终日,下午颇热。

初四日(8月2日)　晴,炎热。饭后札复子屏,由北厍寄到吉甫来函,知自城中缴田捐还,其最踊跃者莫如震川镇,已将告竣,馀均观望,未必欣然。顾蟾客有信致余,以《访丈全集》刷印集资是托,今当应酬之,云有全集送余,存在吉翁处,暇则起草拟复吉老及蟾客,汗下淋漓,尚未缮写。终日碌碌,难坐定,有爨下小僮褚阿虎,初二夜起病,寒热无汗,发病狂走,时邪内结,有风寒块现而不透,似再有症斑而难达。昨日送归,舌干焦而神色已异,饮以西瓜,作呕不效,今日下午已登鬼箓,其父出外,无别子,伤哉! 闻之惨然。此僮气体颇强壮,何倏忽乃尔? 真所谓造物与仇者,详思不明其故,徒增悲诧。

初五日(8月3日)　晴热,昨晚阵雨仍不凉。饭后褚僮之家,因其父不在家,又无母,商给洋二元以赒之。若代赊会,可市材木,乡人颇争意气,不愿领。上午作两札,一复吉甫,一复顾蟾客,待觅寄交。暇阅《馈贫粮》尺牍,邹钟泉笔墨佳甚。

初六日(8月4日)　晴朗。昨有风阵,颇凉。饭后有人欲赎田,检寻方单文券,尚有头绪不烦。子屏信来,服药不松动,须换方就诊到盛,下午即作复,明日寄去。暇阅《馈贫粮》尺牍,用朱点过。

初七(8月5日)　喫巧日,晴朗而热。饭后以札致子屏,莘塔有内使来,雨亭小恙未全愈,砺生夫人已悉,外感之变尚能旷怀。暇读《曾文正诗》,动笔圈数首。

初八日(8月6日)　晴,正午炎热之至。上午阅《馈贫粮》尺牍,下午圈读曾文正诗半卷。晚间又浴,爽快之极,尘秽涤净矣。是夜热不停汗。

初九日(8月7日)　晴,仍热甚。上午阅《馈贫粮》尺牍,曾文正诗圈读数首,甚得此老真色相。下午因热闲散,阵雨稍凉,不透。更夫陆景春,年六旬外,病是湿热留滞,下痢不透,非甚难调治者,而性贪凉,眠于地,汗不得达,唤之避风不听,内热益增,恐弄假成真,只好送之回去。

初十日(8月8日) 晴,西南风,终日热甚,是日丑时立秋,风色不甚及令。朝上率孙辈送吴少松假节还同,约廿一二日去载,以西瓜六枚赠之。饭后权课两孙理前日所上之书,一《孟子》,一《夏书·禹贡》,下午即放,不再督之矣。屠少江同其亲金山寿来赎大既南既田六亩一分,副契收还,正契及新单两张面交之,钱已算讫,其粮渠云托金紫亭去推收,上忙俟截出后向少江算,与少江长谈而去。此田是精产,照例不能不放赎也。陈厚安下午到寓。碌碌终日,仅圈读曾文正诗数首。接范甫来信,砺生日上未有信到,录示五月底《申报》两纸,俟细阅。

十一日(8月9日) 晴热如昨,炎赫可畏。朝起惊知更夫陆景春今晨故于其甥王砚生家(是伤寒下痢之危症),嗣子未定,大约须其甥主持。家有寡弟媳,又无近房,惸独一身,可怜之至,幸略有蓄积,已买地,今冬可望安葬。此老忠心耿耿,以后难觅其人矣,为之怆然。上午课孙理书。暇阅砺生五月二十日致公局信,知济源将次赈竣,决计接办原、修两邑,已来告急之书矣。又抄示豫抚六月二十致苏绅札,请禁匪徒贩买妇女,决已照办。论及砺生诸公,十分钦敬,惟筹资遣赎,仍须南中拨款。甚矣,筹银之难也。雨亭湿热,磬生足病,目前不能商办田捐,此篇文字未知何日交卷,闷闷。尺牍又点数篇,邹公实承平良吏也。下午放学闲散,翻书厨,位置西矮楼,将经史诸集与两孙藏庋之。是夜热甚。

十二日(8月10日) 晴。上午炎热如昨,课孙各理《禹贡》《孟子》一本。凌砺生家又遣使亡儿灵前中元再致飨,殊嫌浮费无益,不过又触老人悲痛,姑痴聋置之。接翰波信,知即日到苏,再候雪巷行期,看来事终不果。吉老来,又回复田事,即作札子屏催之,以期一决。下午挥汗又浴,毕后阵雨大至,挟以狂风迅雷,至晚始息点,顿觉世界清凉矣,始为之一快。夜间一味新凉。

十三日(**8 月 11 日**)　晴,上午清凉,下午又闷热。饭后内人往梨邱氏盘桓,兼为中元节友骞内弟灵前设素斋致飨,亦事逆而情难已者也。约月初归家,以札寄吉甫并帮《访溪丈全集》印资十六元,托吉老转交蟾客,封好,命舟人面送,暇则权课两孙理书。下午将东书房书籍位置西矮楼,率两孙搬运,并渠父杂文朱卷、同人考作,均照旧藏袭,颇能整齐,然余心事书香,未识何日能稍有生色也。祈天永命,修身俟之而已。晚间梨里舟回,接吉甫信,访丈《诗经详说》文初二集兼《补遗》,蟾客所送,共一套,极精,均收到。洋约即日寄苏,内人约八月初归家。

十四日(**8 月 12 日**)　晴热甚,炎赫可畏。上午仍权课两孙理书。子屏信来,田事大有游移更张,招苕卿来商,明日有赴梨之便再与之决取舍,然后回复前途。中午中元祀先,闻媳妇祭奠亡儿,哭声哀,又增悲惨,若两孙则仍依然戏嬉也,余亦忍而置之。闻子瑗蔡甥发疹未透,甚为二妹忧虑。下午热闷,放学闲散,略翻阅《访溪全集》。

十五日(**8 月 13 日**)　晴热,尚朗。饭后率两孙晒画轴神像,惜虫蛀画轴甚多,披阅移时,始略理书。下午又收画,磨墨匣,功课荒甚矣。碌碌终日,晚阅莘塔寄来绥之处"士"字号不入册收条,可知此事竟是独倡无和。又寄示纯叔六月二日济源来札,知济赈已毕,即日移局开办原武,砺生已于廿六日驰往,诸君雇车齐后即去,惟云"修武中有窒碍难行,或当别办一县",则不解何故。

十六日(**8 月 14 日**)　晴热。饭后率两孙收字画,又重晒字画,其蛀不能挂者裁去两头,将轴心另存待裱,暇课理书,则草率甚矣。下午接袁憩棠札,以苹果十枚见赠,欣知稚松旧恙已庆渐愈,暇当复谢之。迟子屏不来,前事恐成画饼。晚收字画轴,碌碌之至。

十七日(**8 月 15 日**)　阴晴参半。饭后接子屏来信,所议之事因不合算,决意罢议,复绝前途,然余终以为非计之得也。上午略课理书,下午拂拭字轴,悬挂堂对,两孙尚克从容相赞。暇作书覆致憩棠,一致谢,一为稚松事,须发心解释,庶病可脱根也。封就后,明晨即由萃和寄公盛。

十八日(**8月16日**) 晴阴参半,渐有凉风起。饭后率两孙收画轴,复将大厨所藏彻底出清,蠹蛀已不少矣。暇课理书,不能顶真,下午放学闲散。苇卿为公义有所商,即成数存之,云付摺而不立券。吉翁来,前田账交出,罢议。甚矣,与人成事之难!瑞卿来岁分手,欲另聘请,颇难其选。

十九日(**8月17日**) 阴晴参半。上午雷电大雨时行,禾苗勃然,丰年可卜,下午渐开霁。饭后命人将亡儿书室内《石刻拔萃》匣帖翻置厅上,以便抹油,扫荡白蚁,未识可净否。课两孙理书半日,下午闲放,点读曾文正诗数首。是夜新秋一味凉。

二十日(**8月18日**) 复阴晴参半,疏雨时下,晒书画颇不极时。上午权课理书,半卷而止,下午督率两孙卷收字画,多残破,择其尤佳者重裱,然颇费裱资也。暇则点读曾诗十馀首。子祥回去,约初八日去裁,明日命舟到同裁先生至馆。

廿一日(**8月19日**) 晴朗,中午颇热。饭后率两孙卷拂字画,仍藏大书厨中级,蛀而必当裱过者甚多,半日始毕事,颇烦恼也。午前吴幼如来,留之中饭,为亡儿钩写"岁进士"三字,颇工整,因迫于米盐,略如所请偿之,下午即去。接范甫信,田捐因磬生小恙,雨亭委顿,未及推办,先将余及渠家照数先缴,明后日徐子明到绥之处帮办即可带去。余命将两房及余处田数核算,计共缴洋四十八元①,钱一千七百廿文,作片复范甫,交来人顾姓寄奉矣。少松率渠郎下午到馆,两孙读前所上生书,今日过去,不及再上。此节余权课,甚不顶真。

廿二日(**8月20日**) 晴热,下午阵雨,渐凉。饭后登清内账。暇阅梨里文乐堂所刻《鹤道人石帖手稿》两册,虽蛀甚,字尚可看。下午起草拟复芸舫、吉甫两书,言之颇长。

---

① "元"字后原文有符号**㐫**。卷十一,第417页。

廿三日(8 月 21 日) 晴,不甚热。饭后书缮芸舫、吉甫两札,至下午始就,犹不惬意,拘谨更甚,不善书之苦若是! 明日尚欲更换一页也。终日束书不观。

廿四日(8 月 22 日) 晴朗。朝上复将前札写过二页,饭后始封好,宛如老秀才岁考一场矣,可笑考拙。上午苇卿来谈,略晒厨中旧书,蛀者不可收拾矣。下午略圈读《曾文正诗集》。

廿五日(8 月 23 日) 阴,下午雨,渐冷。今日巳刻交处暑节,极合宜。饭后持费札至乙兄处谈天,拟明日由苇卿至梨寄出,适报费吉甫来,回至养树堂相见,恰好即以前两札面呈吉甫,复以豫中诸君六月中来信,巳刻者见示,知继往者多人,济获办竣(经元仁大有名望),又欲推办林县、延津、阌乡暨河滨华离之地,现在六月,原武可告竣,修武仍从原议,一体赈给,大约每县四五万金可了事。苏城现拟仍办房捐,以枢廷之信外商抚军,想无人敢于阻挠。砺生五月底抱痢至原,筹办推赈事宜,勇往之至,想归兴未动也。留便中饭,畅谭一切,甚欣快,下午复絮谈,兼探一别事而去。芸舫信,云即寄,《吴江县志》十六本收回,《慎疾刍言》亦复乞四本。是晚复微雨,夜凉可盖絮被。

廿六日(8 月 24 日) 晴。朝上颇寒,饭后作札拟致凌雨亭,知雨亭寒湿重困未愈,故有此问,暇则披阅旧蛀书。下午接范甫信,以公信刻式见示,云今晨接到,余处可云捷足先得,即于信上续笔复之。雨亭近体仍未愈,磬生已可出门,午前至琢香馆中絮谈,携两侄文归阅,因考前作每日两文者二期,头篇均不妥,二篇大可去得。

廿七日(8 月 25 日) 阴雨,下午寒甚。饭后命舟至莘塔,札致雨亭并问近恙。上午载省三侄孙来,为兰大女孙治喉病,颇痛,据云是蛾而轻,已肿甚,处方用石斛、紫参之类,云服两帖兼包吹药少许。书房内便中饭,送之回去。苇卿来谈,接到范甫回信,知雨亭寒湿稍减,肝气大发,又请辛垞去矣,颇为踌躇。是日《曾文正诗集》始圈竟读完。

廿八日(8 月 26 日) 晴,午后颇暖。朝上畹九有信来,汇议,望出去。饭后即到镇,至畹九处,知田捐仍无成议。少顷,凌馨生亦来,共商只好作沿门托钵之计。三人共出门,先至黄森甫家,耳聋甚,叙话良久,始允写善邑田五百亩,七折收。出来,至周氏,研成不在家(彦成弟仲英),与敬斋谈,颇推托,后始写田三百五十亩,袁老彬亦如数,许松安五百亩,最不近情莫如沈雅南昆季,登其门,托不在家,下午至茶室晤见,始勉写二百五十亩,其田则三千左右也。畹九诸房写二百亩,大约无可推广,此则借免曳白。张朗斋局十二元,芦局总共不过三十馀千,镇上诸家田数现写不满四折,已小题大做如此,可叹也!饭于畹九处,颇适意。下午三人茶寮闲叙,晤徐少涵,知迁寓陈少蕃家。夕阳已晚始各归。畹九要借《馈贫粮》一书,已允之。至公盛少坐即开船,到家已点灯,余家田捐,绥之处收条,馨生已面交余。

廿九日(8月27日)　阴雨终日,借滋禾稼。上午略登账务。下午顾纪常来,成交冬米一仓一小囤,价三元三角力十四文,进籴白米时,每石三元五角二分,如此贱售,犹云时价不值,不过重情应酬而已,米价之日平可知。虽与居积有碍,实是丰年之兆,颇为可喜。

八　月

八月初一日(8月28日)　半阴,微雨,下午始有晴意。饭后衣冠东厨司命神前、家祠内拈香叩谒毕,即同陈厚安至北厍大图圩踏看地基田亩,时丹卿伡欲援例建积谷仓于余田之旁,恐防界限不清,后多词说,因唤圩甲马先生、佃户张树勋周围相视,始悉宏化庵之旁即仓基,其南即余张佃,其东作曲尺式,至庵之半,横截而北又是张佃,因立东、北、南界石三块,下加灰桩。据圩与佃均云已让仓基三四分,断无余处侵僭之虑。事毕到镇,与诸同人茶叙小饮,梦书、元音两伡相陪,谈论良久,请丹伡来叙,不肯,不知何故。下午又茶饮水阁,晤屠少江,颇殷勤,归家未晚,知袁憩棠来过,失迎,顿候久之而去。与少松叙晤,论及稚松冥案,不肯再发愿了吉,并多方搪塞,可笑之至。余不过尽友朋之谊而已,强之出疏钱,余亦不为也,以后可以不论。

初二日(8月29日)　晴朗之甚。饭后至琢香处絮谈,携六、七两侄文数首归阅,复至乙大兄处细话家常。下午阅琢香改本,处处恰好,原本此番虽有可取,然今科决难有望。碌碌终日,未看一书,《馈贫粮》已寄晼九矣。晚接范甫札,凌氏外荐,捐忏金十二元,焰口四元,冥衣楮定四元,余家贴饭僧洋六元,共廿六元,已寄交徐子明票上书明。又寄示豫中七月十三日凌熊严原武局中公信,两武将次办竣,又推办武陟、荥阳、郑州、孟县、延津十馀县,深虑广种薄收,不能尽善,且结场愈不易。河以北秋种稍迟,难望成熟,此是天数,诸公一以人力争之,看渠何等大手段。

初三日(8月30日)　晴朗,颇热。是日东厨司命尊神诞辰,合家净素,中午率两孙叩祝。上午作三札,一复凌听樵;一复凌范甫并还饭僧洋;一复费吉甫,颇忙半日手笔。七侄来谈,窗课面交之。碌碌终日。

初四日(8月31日)　晴朗,不热,早桂已闻香矣。命舟子饭后至莘塔听樵处,复信寄去,复范甫札并洋六元,饭僧作捐用谢帖附力金洋二元,均交范甫代致。此事省余无数周折,实逆境中一大快事也。暇读《周忠介公年谱》。下午接范甫回信,极周详,知雨亭渐渐原复,高丽参颇对症。砺生家信接至七月初旬,林县大雨雹,禾稼尽伤,有不能不赈之势,然万山周围亦颇畏难,不易动手。

初五日(9月1日)　晴,稍热。饭后舟至梨里,顺风,到甚早。登敬承堂,晤邱澳之内弟,略谭,知上道况颇佳。入内厅,见来春官气色瘦甚,知暑病尚未复原。内人约初九日归家,内人近日颇平安。澳之来陪饮,内嫂留吃面。与澳老谭,颇适,出示近作题图,亦甚老当,余以生圹文请教澳之留阅,约初九日缴还。下午走候吉甫,不值,以信代面。还,至赐福寻子屏,欣然同丁子勤畅谈片刻,子勤亦以豫赈广推为未善。子屏腹涨,是因惧伤肾气所致,现服乔生方,用补肾、养气之品,渐有松机。在周氏有友朋之乐,大约须灯节后还家也。反还邱氏,入内稍坐即开船,到家尚早。吴少松为莘和市房事还同,约有三日逗留。两孙今日停课。是日即接吉甫回信,亦以豫赈太广为未尽善。

初六日(9月2日)　晴,闷热。上午课两孙读生书各一佰遍,下午闲放。公盛下米,约而不来,遣舟问之,反无定期,姑听之。接徐小园报讣,初五日寿终,今日小殓,初九日大殓,今日不及往,须俟初九日余亲往吊。此翁享年八十有馀岁(四五六之间),子孙皆能成立,虽中有不足,已是全福(立曾孙承重,存一子乙孙一曾孙),从此江、正两邑嘉庆中诸生尽矣。《周忠介公年谱》今日读毕。

初七日(9月3日)　晴阴参半。饭后课两孙照常理书半日,下午迟先生不至,不能再课,闲放。在书房内东涂西抹,约略试之,破承题尚通。谦斋来谈,许以二大房置产簿示之,庶七侄分受之田得详原委。

初八日(9月4日)　晴朗。饭后课两孙理带书十首后,仍读前所上生书,约读百遍后再做一破承题。余赴北厍胡谦斋会酌,至则茗叙人和楼良久,与孙蓉卿长谈,汝苣生亦见过。将至胡馆坐席,恰好苇卿侄同吴少松、费瑞卿来自同里,即拉同席,共叙十六人,饮酒颇畅,菜亦丰洁,得彩者五侄。下午与两西席复茶叙草棚,余同子祥先归,未晚。少顷,少松亦到馆,两孙呈示破承题,阅之,尚通。夜与少松絮谈,益知人情险诈,非阅历深者触处皆荆棘,涉世交易愈难矣。

初九日(9月5日)　晴朗。朝行赴梨,至禅杖浜泊舟,送徐丈小园大殓,享寿八十二岁,排场不阔,仅楚楚。晤费吉甫,拜奠后与汝诵华、凌亮生同席,素菜亦不佳。饭毕即出,途遇顾光川,即同至吉甫处谈天。晤沈子和,知梨镇田捐似拟开办,吾邑协撰公,河南捐三百金,恭邸私助千金,谢绥之名已达贤王,可称红极,相与大笑,又谈久之而返。回船中即开行,到家极早,知内人已自敬承归,邱毓之折兰相赠,清香满室,可称情重。前件收回,批示处颇误会,何轻于动笔乃尔?

初十日(9月6日)　晴朗,下午略有微雨,即止。是日颇闲,读古文,看法帖,均无兴趣,心绪纷如,即抛却,闲散竟日。甚矣,志气昏惰也。

十一日(9月7日) 晴朗,稍热。终日清闲,略阅旧藏新订好《古文渊鉴》,系钦定本廿四,浩如烟海,实难尽心参阅,聊一过目已为难事。下午掩卷,心仍不定。

十二日(9月8日) 晴朗,是日交白露节,正好稻试花。饭后茆卿来谈,此子自此阅历,尚可干办俗事。终日翻看书厨中法帖,尚不致供蠹鱼之饱。晚间梁甫奎持翰老信来,知雪港实卖去田二千三百亩助赈,惟至天津,意在官捐。谒李爵相,大约豫省未必泽及,已于七月廿四日由沪赴津,翰老辞不往,尚不落呆相。余处两款已缴缓之,特交收条,甚见诚实。送字灰托梁公去,因雪溪别有托,奔走颇忙,不能兼顾。余处送灰愿洋已面付梁公,云十四日开船,至海昌不误,絮语片刻始回去,并云明日包灰船去三只。

十三日(9月9日) 阴,下午微雨。饭后检阅画片,翻古帖,点《韵史》半卷。下午闲散不看书。

十四日(9月10日) 晴朗,西北风颇肃。上午点《韵史》,只剩下卷,下午略复读《曾文正公诗集》。晚间吉老还,据云湖田全白无收。

十五日(9月11日) 中秋节。晴,不甚朗。上午将《韵史》一册点好,是书万不及《读史论略》,然两本似可令孙辈参观。暇将所存《董帖》十册,《古文渊鉴》廿四本,新订好者,暂藏堂楼下东面朝西书厨,然与蠹书为伍,来春必须翻易为妥。顾先生新印全书暨清献公局刻全集位置在书房西矮楼,极干燥,合宜之至。下午碌碌,拟阅《玉局人谱》,初开卷,未详绎,大约合三教为一,其所采辑颇有益于人心风俗。是夜浮云翳天,月色不甚皎好,后半夜望窗间颇有光彩。

十六日(9月12日) 阴晴参半,下午微雨即止。饭后照应出冬。暇阅《玉局人谱》,是湖城李师默所集。下午略登内账。是日北厍局周云查持上忙由单来,情完两户,付洋廿五元①,钱九百卅二文,八元未扣,且俟下次。夜间月色仍不明朗,微雨亦即止。

———————————

① "元"字后原文有符号 . 卷十一,第 421 页。

十七日(9月13日)　晴朗终日。上午抄录《人谱》中周忠介冢孙《讱斋先生传》,孝子之后又生孝子,拟汇集在《忠介年谱》中,而删去钱虞山《吴夫人寿序》,未识是否,敬请神定。张森甫持由单来,芦局已完五户,付洋卅六元①,钱一百五十文,前借十元扣讫。苊卿自梨看灯还,晤费吉甫,出示河南凌砺生七月廿四日公信,惊知怀庆一带自七月十五日起,至廿二日止,连日大风雨,沁水陡发,河内、武陟同时河决七八十丈,淹殁庄村无算,原武蝗灾,林县冰雹,救赈诸公疲于奔命,大有来源易竭,前功无补之虑。现在拟先赈给露处难民,若林县、原武已成无米之炊,言之痛哭,几乎束手。天灾之酷如此,思之寒心! 少顷,接吉甫北舍来信,又寄示砺老七月十四日在济源孔山给赈公函,详悉办理艰难,存款不继情由。莘塔亦以廿四日来函寄示,为之搔首,歇手无期,筹饷益窘矣,奈何? 夜循例补中秋节,粗酌东、西两席,余与孙辈陪饮,先生谈及河南灾变叠兴,不知彼苍待彼残黎何惨酷若此? 吾辈今日欢叙,真天堂矣! 尽兴微醉而罢。

十八日(9月14日)　晴朗。朝上,知少松终夜不安睡,因食鳗鱼,肝气大发,两块拥上成形,委顿之至。渠郎亦有小恙,因欲歇息几日,以图早愈。饭后备舟送之回同,约愈后雇舟自到馆。余欲自在闲适,竟不能即权作代庖,慕孙亦因吃食不匀致下泻,不能读,仅课念孙理带书十首,上生书一首,读百遍(有偷记遍之弊),下午从宽即放。暇录《周讱斋传》毕,夹存《周忠介年谱》内,以备删钱序,增此篇。接范甫札,以忏金捐赈收条缴寄,并抄示砺生七月初一日修武山中来信,名门孤寡一款布置尽善,日上若何,亦未接到八月信。晚间苊卿来谈,以少松所托信件交还之。

十九日(9月15日)　晴朗。饭后课念孙照常理书,至午前始毕。慕孙下泻已止,姑从宽停课,下午均放学,念孙学誉开讲。至友庆,以二大房烈记制产簿交谦老查,另录,分授磐侄。回来,搬书房,

---

① "元"字后原文有符号 🜍 。卷十一,第421页。

仍在西厢楼下读书,以先生来时夜课静密。晚间以家藏图书石分给两孙,其最宝贵者,何震所刊"半窗明月",勖念曾珍秘之,毋得轻示人。

二十日(9月16日) 晴朗。饭后至书房课两孙理带书,背生书,又各上书一首,约读九十遍,至下午即放学。暇阅《玉局人谱》。夜课两孙理唐诗。

廿一日(9月17日) 晴朗,西北风。朝上惊闻大义桂亭侄家昨夜厨下不戒于火,竟至席卷正屋几尽,仅存墙门一进,并烬毙一四岁孙女。虽由人事不谨,何天谴酷毒若此?甚可惧也!饭后课两孙照先生常功理书,半日而竟,下午从宽免上书,命之写字而放学。中午祀先,今辰先继母顾太孺人忌日,屈指见背已三十年,不特显扬无望,即门祚亦变故,出于非常,率两孙拜献,痛定之馀益深呜咽。祀用菱肉香珠饭,先太孺人之所嗜也,故不敢废。竟日心绪不舒,不能坐定。

廿二日(9月18日) 阴,下午始晴,东北风,上午细雨颇滋润。是日课孙辈背带书,上生书,各读百遍。童心颇重,不能顶真,可恨也,午后仍放学。是日潮湿而闷热,早桂又华。

廿三日(9月19日) 阴,终日狂风猛雨,东北风,水陆涨二三寸,正值晚稻试花,必大损伤,今秋难望十足大丰年,可惜可叹!思之闷甚。上午课两孙理书,下午写字放学,不能再与之提命矣。至琢香馆中长谈,携七侄文两篇还,细阅之,改本佳甚,原本都失题旨,万难进境,奈何?

廿四日(9月20日) 阴晴参半,下午风雨始止,河水已涨尺许,稻花所伤尤甚,未识天晴后能有挽回否。上午课两孙上生书,下午始放学,念孙要看《圣武记》,略与讲数页,夜课唐诗。

廿五日(9月21日) 晴朗。上午磨墨匣三只,课两孙理书,午后功毕,命写字,即放学,仍在书房内涂抹,夜课读制策一道。

廿六日(9月22日) 晴朗。昨夜露水极重,田禾损者或可滋养。饭后课两孙上生书,下午读毕,仍放。念孙尚肯誊文,慕孙教以习字,暇作札拟致范甫,并续有忏金捐赈。午后接翰老来札,知现在坛中拜忏，以八月初二李玉书汴省来函告急刻式者寄示，知局中现存银四千两，第九批解而未到者除划还别款，只剩发延津、武陟，已查难止之银二万两万难敷用。河决及赈武陟西路，非八万十万不能下手。又寄示胡小松，经璞山、耕阳昆弟灵宝公信，一路灾荒，更重河北，亦情切告急。此篇文字，恐不克完卷，砺生身肩重任，进退两难，思之，辄唤奈何，一筹莫展！

廿七日(9月23日)　晴朗，颇燥热。上午课两孙理书，下午停课，一写字，一眷起讲读本始完，可订好学习矣。暇阅《玉局人谱》中国初《黄孝子寻亲纪》，不胜悚敬！少松无信来，不识身体健否，到馆何日，念念。

廿八日(9月24日)　晴热。朝上起来拟赴芦川，倏由北库接金莘农同川廿六日急信，惊知吴少松病变垂危，即通知费瑞卿，饭后飞舟同往，到同午刻，登门闻哭声，骇悉今晨卯刻作古，梦耶真耶？抚之面如生，不觉大恸，心肠如割。见渠孤子暨表嫂母女，又不能不止泪痛慰之。晤莲衣、金莘农，略询病由，实因渠郎兰生感疾发厥，因惊所致，临殁肝块已散，时邪塞之，以致殒命。闻病危时思余不置，意在托孤，余胆大谊切，谨许肩承，以安存殁。并知一应后事虽已干办，费苦无着，即草一札飞致吉八兄，报条同去。余许归家与乙兄商定再来襄事，先以所带二十元面交费氏表嫂，即开船，舟中百感交集，不料先严抚长少松，竟不能食其报，仅延一线以存吴氏五房香火，不肖年老，肩此重任，深惧难以告成，不胜酸咽，自后惟尽人事而已，挽回气数不敢必也。到家黄昏后，蒂卿侄即来问，告之故，深以为然，约明日同舟去送殓，是夜辗转不成寐。归时，两孙呈示少夫子廿五日所发之函，挥泪阅之，字迹流利，语意周详，深幸兰生危而得安。少松亦自云肝疾已愈，相约稍迟买舟到馆，不料是夜决裂一至于斯。余垂暮之年，五角六张，固无足论，奈渠寡孤何依乎？又不觉悼痛之切！

廿九日(9月25日)　晴热，甚如暑夏。饭后同蒂卿舟赴同川，剧谈一切，稍解愁怀。至德春桥邵宅不过中午，入寓室，莘农乔梓(一述之，一修之)暨金芝亭侄号桂馨均来办事，独不见吴莲衣。棺木、衣衾均已楚楚，挽对余出名，袁东篱撰，金述之写，极痛切。少顷，费吉甫来，相对愕然，盖关切深则通套语删尽矣。招之舟中，解衣纳凉，汗始停止，与之斟酌少松身后事，吉老极为周密，知目前开销除余家共帮四数外，馀则一无所着，况渠至戚必能有济也。略有头绪即登岸，酉刻前送少松入殓，余又启幕视之，已不能认识矣，可悲可惨！从此永别，所谓盖棺论定，痛复何言！是夜与金莘农同席絮语，并知此番若无渠家乔梓襄办，竟不成丧事！热甚，不能久坐，与蒂卿同宿舟中，竟夜汗流如雨，幸尚安寐。

九 月

九月初一日(9月26日) 晴热甚于昨日。着衣冠，应酬丧事，殊属苦境。朝起，吉甫至船边招茶叙，知欲延徐揽翁，叶子谦已来回复，不果，此事早在意料不成之中。略坐，至吴氏，今日为少松开吊，排场楚楚，皆莘农为之主事，接应宾客张兰谷、沈酉庄(即又斋)，吊客镇上不皆到，虽莫逆如任又莲亦不见，子谦有事他往无论矣。芝亭亲至，与之谈善后事亦不关切。是日热甚，吉甫先归，余与酉庄闲话，午后掩丧，柩则殡寄存仁局，衣冠送出，出门始卸去。下午雷雨，看莘农诸君开发六局，夜间吉账，尚少二十五番左右，养生之款一无所着，令人焦急。余入内，劝慰表嫂一意抚孤，不可过哀，致此身反增疾病，则余益难仔肩矣。表嫂含泪应余，俟七终，命费斡生陪兰生到馆。又与金莘农、费瑞卿同吃夜粥，各相太息始登舟。夜雨，风不透，舟中蚊扰蕴热，竟夕不安寐。

初二日(9月27日) 阴雨，渐冷。清晨开船，晚起，始得清凉熟睡。与蒂卿剧谈销闷，并斟酌延师一事，颇难其人。将近北厍始起来吃饭，少顷，西北风，已至北厍泊舟，同蒂卿走候梅书田并其兄文卿，商及权馆，书田允许，其现课之徒文卿亦许并课，约十三日去载，余心略慰。即告辞，到家上午，入书房，大有物是人非之感。是日心境恶劣万分,两孙不及督课,夜间痛饮,早眠,酣适之至。

初三日(9月28日) 阴晴参半。上午课两孙读所上生书。下午舟至南传候董梅村,其东翁顾秋山陪接颇殷。茶后约梅村同舟到莘塔,至沈咏楼书房中,恰好磬生亦来,即以欲延梅村之说面商,详述原委,始知梅村来年更张,顾氏已大不然,万难再有迁就。三人公举诸元吉先生,余亦合意,约定明日梅、咏二公同至雪溪馆中面请,如有机缘,即速复余。复畅谈豫赈,吴抚军不准房捐,来源已竭,恐不得了,砺生归期无日。告辞,送梅村到馆,还家傍晚,是夜略坐片刻。

初四日(9月29日) 晴,又复潮热。朝上接子屏由梨来信,详述一切,至数千言,皆如余意中所欲达,可谓心心相印。惟侄腹涨尚未轻松,差喜眠食如常。推荐西席,适如昨日所欲延者,益信人品为重,公论在人,亦一大奇缘也。芾卿来,持示梅书田回信,知权课之约又复不果。余近日可称五角六张,此事且另商,不能预定矣。上午课两孙上书。下午率两孙至萃和,今日介庵郎久之侄孙行聘,乙大兄招饮陪媒,与之絮语至晚,精神委顿之至,烦琐依然,一无欢喜语,殊为乏兴。黄昏后盘船始回,陆氏颇野蛮,争论财物,致媒金多受完,深为骇咤。渠家冰人芸生不来,即设三席款待钱竹安,并无宾客,账房诸公亦不齐,与侄辈夜饮亦少佳兴,菜颇可餐,如量而止。归眠几二鼓。

初五日(9月30日) 晴,复潮热。上午课两孙理书。下午舟至芦川候钱艺香,见周世兄,知艺香旧恙复发,不能动手,所欲裱之画即携归。至畹九处絮谈,即属作札致嵩安,催田捐五千文,并约漆工孙姓二十后来乡做生活。回,与翰卿、砚先茗叙良久,回家未晚。接磬生札,关照昨日梅、咏二公专舟至雪巷,面会元吉,致意此事,大约甚有文字之缘,约重九前后回音信致磬老,即速寄余,阅之,不胜慰幸,未识可即日聘定否。

初六日(10月1日) 晴热依然。上午课两孙上生书,下午放学。始补登日记,芾卿来,知今日去请辛垞为堂上调理,约余去陪,至夜未至。

初七日(10月2日)　晴热更甚,几乎单衣难穿。朝上余初起来,知辛垞已至萃和,急往,见辛垞已为乙大兄证脉处方,用川连、姜炒、干石斛、元明粉诸品,云须理湿热、化痰,扶原尚非其时。介庵子亦证视,据云病颇夹杂,重则发痉,内热颇炽,腹痛下痢不畅,用大黄以下之,未识有转机否。陪之朝饭毕,邀至余处为余老夫妇定调理膏方,并为慕孙定健脾方,畅谈兼看字画生圹文,为余酌改面交。吉甫昨日信亦由辛翁寄到,为少松善后事,余处延师,拳拳意切,畅叙至午前而返。托渠到梨面述近情,意绪纷如,实不能即答也。下午热甚,停课,日记补登始全。

初八日(10月3日)　晴热如中夏。饭后率两孙衣冠东厨司命神前、家祠内焚香叩祷,明日拟至允元坛叩问友骞暨墀儿冥况。暇至书房将理书,适董梅村自馆中来,持元吉先生致磬生札,前途已辞去,决计肯就余家之馆,惟有堂弟一徒不能不带,梅村恳余成全之,无再游移,即烦梅村兄书定己卯岁年敬,谨具脩仪、节仪乙佰千文,从学三徒,附带一徒,余出名奉订,复作一书复磬生,关书转致,余心始定,惟权馆则仍难觅其人耳。快谭半日,极知己之乐,余斋素,破例以酒相陪,下午始郑重而别。余感风热伤风,咳嗽、塞鼻,不甚适意,休养半天,夜亦早眠。胸有热蕴,痰嗽乘之,得自然热汗而解。

初九日(10月4日)　晴,炎热,大违时令。朝起颇软。饭后率两孙至汾湖滩三官堂允明坛拈香叩谒,至则镇上暨周庄诸弟子咸在,见徐瀚翁,即率余暨念曾、慕曾到坛参叩,知所问墀儿冥况已蒙崔祖师昨夜开示,云前曾明谕,今则无拘无束,惟不能超升,今且免荐。邱友骞河南捐赈,翰波理忏均奖赏,准其超荐,若陆立人罪业尚轻,殷安斋在地狱,可以《文昌孝经》廿四部送人即准提超。若郁小轩,则在阿鼻地狱,万难超度,今夜借坛弟子诵经拜忏之力,仅于放焰口时一受甘露味而已,思之凛然。是日坛中人神均忙,夜间焰口两堂(后知雪溪沈氏作东),普济各省孤魂。鸾手陆友琴,写手陆友岩,沈幹甫乩判,戌刻大士临坛,诸佛诸神咸集,并谕诸司事整齐严肃,无得犯规。

求仙方者极多,韩真人至,与沈幹甫论医娓娓,真有宿缘也。自初四日起至今上午,乩谕重申,诗词论道已数万言,惜限于时刻,不能遍读为歉。闲观诸弟子礼大悲忏,威仪肃然,并知文案房抄写誊禀,几乎手不停笔。下午热益甚,不能久留,即命两孙进坛禀辞,一应乩谕托瀚翁矣。告归解维,到家傍晚。重九炎热,亦历年所未有。

初十日(10月5日) 阴雨。朝上西北风颇冷,较之昨日似隔一节,均是受病之原。饭后课两孙理书,至午而毕,午后放学习字。拟致书复吉甫、子屏。

十一日(10月6日) 晴,西北风仍尖厉。饭后课两孙背生书一首,又上生书一首,略读四十遍即停。命至对河,权且道钱芝方妹出阁喜,扰其喜酒,下午始归。是日吉甫、子屏两札均已缮就,子屏以赐福棉衣启托募,亦是豫赈之结题,然无可推广,只好掷还。晚间风息,颇薄寒。

十二日(10月7日) 阴晴参半。慕孙昨夜因风感冒,有寒热未解,姑且停课。饭后念孙理书,下午放学。苕倭来谈,知子屏在家,子垂倭媳忽抱恙,甚重。子屏倭妇亦在梨负恙,寒热不退,此心进退维谷,闻之踌躇。致子屏信及启已封好,即加书数语,遣舟至大港持问。少顷,接子屏回书,从容不迫,其季弟媳病势略定,而未见松动,明日又要赴梨视其夫人,劳人草草,大约陪考缓去矣。今日始誊录辛垞所改生圹文,有从有不从,尚未缮就。

十三日(10月8日) 晴,稍暖。朝上知慕孙寒热仍来,未凉,并腹痛,泻而不畅。上午课念孙上《金縢》一篇,与之讲,颇领会大局,辛垞文亦录清,再命念孙誊清。午前曹三先生来诊视慕孙,知已得汗解,尚有积滞湿邪未达,方用厚朴、荆芥一剂,再看消息。下午放学,《黄孝子寻亲记》始点完,命舟至梨邱氏,吉甫信已寄出。晚间吉甫回信来,以金陵抱愧翁《百一诗》,芸舫所寄来赠余,以试帖体专咏豫晋荒政助赈,并大肆刺金陵人不肯捐,亦是极有心人。又接润芝倭孙信,以沈琢卿荐,实不知其人,即作复寄去。

十四日（10月9日）　阴雨终日。上午课念孙理书，衡、磐两侄均持两文、两诗来，阅之，头篇均有可望，惜二篇有别字，文亦不甚条达，勉励之，命明日再做一文一诗。十七日开考船，下午曹三先生来诊视慕孙，现在寒热已汗解，红白痢颇瘥，方用川朴、槟榔、枳壳以达之，云痢稍止，一剂后要换方。

十五日（10月10日）　阴雨。朝上李辛垞自莘塔来，为乙大兄处方，略用清补、理湿、养阴，如洋参、川连、生地炭等品，较前颇有起色，大小官亦已渐愈。陪之朝饭毕，邀至余处，复为慕孙定方。知昨服曹三先生方，痢爽而渐缓，今以温通健脾为主，无须再攻，川朴、香附、神曲仍参加减焉。定方三帖，云可不服药，俟交冬令，接服前补剂可也。留之中饭，不肯，云要看视张子廉，近疾颇急，元之坚约复诊。客去，课念孙上《尚书》大诰一首，细讲明晓甚难。下午闲散。

十六日（10月11日）　阴雨，北风，渐寒。饭后复邀曹三先生来，慕孙昨夜略有寒热，痢亦未净，处方仍温通，极轻淡，云服二帖，并知张子廉病得痰吐而松，可无事。若元之，则已因惊发狂，胡乱之至，可笑毫无涵养之功。暇课念孙理书，下午闲放。友庆明日开考船，蓉卿、琢香陪考，迟之未至，以账托杏园转致蓉卿。七侄略有小恙，在房静养，何不早日调理？以即健为要事，侥幸之说且置度外。

十七日（10月12日）　晴，略暖。昨夜与蓉卿、琢香剧谈，今晨知七侄寒热已凉，早开船，两侄同赴苏应院试。慕孙已愈，念孙倏有寒热并下痢不畅，停课。欲至莘塔凌氏吊忆庭母氏除几领帖，亦不果往。余终日无聊，似颇委顿，录清誊真自营生圹文，亦复错落数字，不惬心。午前闻"玩"字吴三蛮嫂在萃和，未知若何落肩？必然诈横依然，余留心避之，不胜愤闷。晚间茆卿来关照，知羊皮之数加钱二百始去，其无礼不可以言语论！

十八日（10月13日）　阴晴参半。饭后，曹三先生来为两孙诊视处方，一则痢减而尚用枳壳、槟榔，若慕孙则渐可清补矣。据云张子廉病已下便，渐有起色，其子淇云用开窍消痰药奏效，医以厥阴视之,大谬,因是益知辨症之难。一茶即去,约明日再来,暇则再录自作生圹文。下午观工人收香珠稻,如此丰熟之年,尚有偷割稻穗之弊,可见人心不古,薄俗难移。

十九日(10月14日) 阴雨,西北风,时令颇正。上午静坐,再录生圹文毕。由莘塔寄到袁子丞广东八月廿九日所发致余信,知已两得差使,现委黄鼎站粮局委员,每月可得薪水四十金,得意之至,暇需作答,亦颇累余应酬笔墨也。午后曹三先生来,复为两孙诊视,念孙一二帖后可不服药,慕孙尚须调理健脾,余日上胃纳不旺,诸事懒惰,少食以和之,安心不服药,大约可无大病。晚间友庆送考船回,知今日童诗古,明日生正场,江震童廿四正场,廿六出案,廿九复试。七侄抱小恙回,今日寒热虽凉,大约不能进场,何几缘不凑如此? 余亦不劝再往。

二十日(10月15日) 阴晴参半。饭后至友庆,知七侄昨夜虽无寒热,然院试总以不赴为是。并知生诗古赋题是“昌黎送李愿盘谷序”,诗题“读书不求官”,得“官”字。文宗之淡于仕进可知! 复至乙大兄处絮谈,日上颇有起色,大小官久之亦已全愈,喜事诸事苻侄已楚楚完备矣,然乙兄烦琐如故,甚非宜也。暇阅《人谱》消遣,今日腹中渐松。

廿一日(10月16日) 晴暖如令。上午曹三先生来为念孙诊脉,云可不服药,慕孙定方健脾和胃,滋补且缓,略谈而去。下午至萃和闲观,一应排场楚楚。七侄是疟,昨日大寒大热而凉,廿四日正是疟期,万难应试,功名之不利竟如斯! 两孙今日始至书房东涂西抹。

廿二日(10月17日) 阴雨。饭后课两孙理书,至午而毕,即放学。下午至萃和闲观,介庵外家来送贺礼,颇阔,与苻卿酌给,厚犒来使。蔡氏二妹来,至余处略与话旧。晚间冰人送五盘回,陆氏诸礼似已谈妥,亲迎可不稽时。曹三先生诊视七侄,差喜红疹已现,此番幸不去赴试。今日江震生科试二场。

廿三日(10月18日) 晴暖。饭后至萃和,观苻侄修整一切,两账房相好始去办事。中午祀先，曾大父明日讳忌预祭，祀仍用蟹，先曾大夫师孟公所嗜也。夜间请邻，厅上三席，余代乙兄开壶定位。席散，与诸相好夜饮，菜颇不佳，归眠甚早。

廿四日（10月19日） 晴热，颇和朗。是日久之大侄孙吉期，余率两孙朝上即去应酬，乙大兄老病初愈，一概谢见客，即见，亦口称贺，免行礼。辰刻双庠陆氏新亲来送妆，颇能楚楚。饭后贺客渐至，余代接陪，腰脚为酸。中午款媒，厅上六席，余率新人定席八位。下午发迎，大船两号，闲与王韶九、徐梦琴、彦生、殷达泉剧谈，知江取古学两名，沈增祥、王曾诏。府学一等一名周福保，凌范甫十五，题府学"子张问：'士'"全章，馀俱不知。一鼓后亲迎船还，知颇体谅，不似前之多烦言，即行合卺礼，少顷祭先，余与大兄主爵致敬，祭毕，即坐花筵，事毕三鼓后，余率两孙先归，热甚，不能安寐。

廿五日（10月20日） 阴，略雨即止。朝上至萃和，饭后诸亲友多回去，留者徐彦生、凌梦兰、艾竹村，下午亦归。上午新亲舅弟来望朝，款设三席，宴饮颇适。午后客去净，门庭寂寂，夜吃馆上算账酒，则味同嚼蜡。早回，夜眠酣甚。是日曹三先生来诊视媳妇，据云寒热方张，要防发症。

廿六日（10月21日） 晴朗。是日久之夫妇回门。下午至萃和，与乙大兄闲谈，精神意兴佳甚。曹三先生来复诊媳妇，知症子已见，仍用荆芥、防风。晚间六侄同两先生自苏回，知江新进"仪封人请见，曰：'君子'"，震"子路愠见，曰：'君子'"，二题"毋自欺也"，诗"兰以秋芳"，得"芳"字。念破题小讲，不甚得窍，题颇易而笔不灵，决难奢望。江生题"子谓子贡曰"全章，震"子曰：'雍也'"至"可也"，简"（正童取四名，童诗古"陆绩怀橘"，以陆郎作客而怀橘乎？作字当押去声。江取顾韵伯，押韵上得法），策问"五经、九经、十三经，定于何时？"诗题不记。江一等十六名，第一王运昌，王选桂第四，王曾诏第五，沈增祥取诗古不复。震一等十名，第一盛省三，第二汝小山，文起讲犯下极不佳，竟列前茅？董梅村文众口交推，竟不复？与孙、杭两先生剧谈良久,益信考试有凭而无凭。

廿七日(**10 月 22 日**) 阴晴参半,要防发风。饭后三先生来,知媳妇症点渐齐,仍用温通之品。暇与两先生闲谈,至下午寂寂无信,知六侄无望,甚是意中之事,未识吾乡得意者几人。夜间乙大兄补酌蓉卿、琢香喜筵,命陪饮,颇少兴,如量而止。甚惜县元陆幹甫,病不能进场,真有定命哉?

廿八日(**10 月 23 日**) 晴暖。上午三先生来定方,知媳妇似类疟,症点渐回。课两孙上生书一首,余赴北厍子祥侄孙会酌,先至仁和楼茶叙,晤周吉甫,始知顾映伯进镇,上得招复者独一子垂拨府,陆伯厚、陆晓江、费省三均进,吾村东易沈选(笺)卿,名友鉴者亦进,馀则意中人多屈抑。是日叙在胡馆,会席两桌,菜颇丰洁。饮毕,至草棚茗叙,晤梦书老侄,即与订定冬间权馆,渠尚欣然,约初二日去载。因此缺竟乏意中人,故特与之相商,想一切功课,自能心心相谅也。晚与带侄同归。

廿九日(**10 月 24 日**) 阴晴参半。上午课两孙理书,下午放学。唤人至东浜觅全案,不得,可知彼处无人。暇则补登日记。

三十日(**10 月 25 日**) 阴,乍晴,即雨终日。饭后曹三先生来为媳妇复诊,知转疟疾,颇轻,症子亦渐退,方用石斛清香之品,又属其子淇云初二日来调理。带卿来,抄示全案,知梨里脱科,亦属希有。奇字港胡恬斋子步璜,年十八,得售,人所不料。张秉兰两郎同怀入学,当致贺。子垂拨府又多费贽仪一堂,即命念孙照案抄录一纸。暇则课两孙理书,慕孙书已理一转,念孙尚未周而复始,下午放学,凌氏两甥孙来戏嬉,尚有聪明之趣,在书房内又略坐半日始晚放。夜间两孙至萃和,观两代堂上见礼坐茶,此是人生家庭间最难得之乐事,余闻之,不觉伤怀,自嗟福薄!

十 月

十月初一日(**10 月 26 日**) 阴晴参半,下午渐佳。饭后衣冠东厨司命神前、家祠内叩谒,暇则权课两孙仍理书,下午课毕,命仆人拂拭几案,洒扫书室,楼上亦一一修整,明日当请梦俈来权馆,余当以师礼待之也。是日日记补登始全。晚间子屏信来,抄示全案极详细,江取佾生六名,龙光许公与焉,正取佾生四名,府第二张公居首(兰谷),并知此番佾生送考极便宜,廿名前极吃亏。近体仍有寒热,腹涨依然,送考托出不去,心境不甚佳,拳拳余处权馆,无可推荐,即作札草草复之,约初十左右道喜畅叙。

初二日(10月27日) 阴,微雨。饭后课两孙各上生书一首。曹淇云来为媳妇处方,据云馀邪未尽,仍用清胃理湿之品,方颇轻灵,慕孙方以健脾为主,清补且缓。午前梦书老俈欣然来权馆,语多谦下不自任,余云姑试之。今日读生书,明日不必再上,间以理书一天,则功夫自能从容,若后日上书,仍余任其责也,想可敷衍过去。即率两孙送至书房照常课读,夜间课诗读策,馀功不计论。今晚小女孙玉保惊风,寒热颇不轻,思之踌躇之至。

初三日(10月28日) 晴,西北风狂吼,渐有冬景。小女孙昨夜用急治方,细叶昌蒲、紫金定,煎汤半茶杯灌之,更馀始有转机,渐能语言,今日再请凌新甫治其经络,云可无妨,惟寒热不和,转疟为善。梦书今日课两孙专理书,生书带读尚可楚楚。晚间费瑞卿到馆,知吴少松倏已五七,其夫人患痫,其郎患痧兼惊风,幸医治早,可保平安,闻之凄惨之至。

初四日(10月29日) 晴,风息,始可穿皮衣。午后代梦俈上两孙生书各一首,梦俈《孟子》尚可讲导明晰。终日与蔡氏二妹絮语话旧,颇可消闲。夜读《曾文正诗集》。

初五日(10月30日) 晴,渐暖。饭后缮写作袁子丞复书,计三页,幸免差脱,然颇谨持,即封好待寄,适苕卿、苹甫来,示之,并命苕俈开信面,比余写得适意。抱愧翁《百一诗》今始圈阅毕,法律甚细,非漫赋新乐府也。

初六日(10月31日) 晴。饭后闲坐无一事。午前为念孙讲

《尚书》,颇吃力而不明畅,梦侄为慕孙讲《孟子》,极能句解字达,余可不费心。乙大兄上午扶杖来,不到养树堂半年矣,精神大佳,服辛垞方大有效,絮语久之而去。下午周铜士小世兄同其弟来,为弟婚事有商,辞以不在家即反,云至梨里,明日再来,大约不能免应酬。读书之加利如此,而余则尽付流水,言之泪下。心中闷甚,至友庆与侄辈剧谈至晚,百一抱愧翁试帖新诗持示六、七两侄,未识能看否?

　　初七日(11月1日)　晴暖。饭后稍欲坐定,适周铜士复来,见之,云年廿九,习举业,今科因病未应试,现从叶敬堂。观其举止,烟气薰蒸,必非佳子弟,为其弟剑蘋习画业,今冬成婚,欲张罗会事,余以减半许,再回恳情,始以八枚现交面致,一茶而去。恐所帮未必干正事也,亦吾尽吾心而已,据云吉甫兄弟各一会。下午观工人收稻,闲步田间,追思往事,风景已非,不胜悲悼,难说田家乐事,即回,不能久瞻,惟岁则大熟,吾辈吃饭无忧,为差强人意耳。

　　初八日(11月2日)　阴。上午闲坐,拟拉侄辈至港上,适竹淇、子屏至萃和,惊知薇人妻吴氏昨日以痢疾病故,一筹莫展,又欲相商,虽由医运不通,亦半由于自惰自满,不得已姑循前例稍减二千,共公出足钱三十八千帮之。萃和中饭,下午至余处落肩,至晚而去。此项出款,断非意想所及也,可叹!子屏述及学宪派河南捐,新进每名一洋,复试免经,文题"乐取于人以为善",其命意极好,且别倡一考试劝捐奇格。又以砺生八月廿七日中公信见示,大约今冬难以抽身,因办水灾更难于旱。

　　初九日(11月3日)　阴雨即止,潮湿暖甚。饭后,凌桐轩续娶致分,袁子丞复信即送萃塔坑砂栈,交严桐斋转寄广东梦书,辞言头痛,欲歇息几天,不能强留,即送还北舍,约二十日再来权课,想不爽约。暇则督课两孙各上生书一首,重为之讲,至晚背诵始放学。作辍之重,莫如今冬,晚与二妹话旧,云明日同梨。

　　初十日(11月4日)　阴雨。朝上命念曾随两房侄辈至港上,送薇人侄媳殓并吊奠,上午回来,以子屏札呈,余生圹文动笔增改处皆有法则在内,当尽遵之。寿诗亦补录,等第二、三科举等案子垂均抄来,此番二等取得极多。少顷,袁憩棠同顾纪常来,有所商,如数假之,留之中饭,置酒絮谈,颇极友朋乐事。下午回去,略课两孙理书,时已晚,未毕即歇手。

十一日(11月5日)　阴雨终日,又防作冷。课两孙各上书一首,暇录子屏所改生圹文一篇,命念孙重录,处处妥洽,作为定本可也。晚间放学。

十二日(11月6日)　阴雨依然,发风未透,殊碍早晚稻收获。终日磨墨匣,课两孙理书,背生书,接费吉甫初六所寄信,知少松郎兰生月底到馆,率之偕来。吾邑暨虞山诸君为前邑侯沈问梅呈请名宦,贱名亦滥列,特关照,此必是其少君子美手笔。甚矣,清名亦须借子孙张罗而成! 即作复答之,待寄。

十三日(11月7日)　阴,雨止,水涨尺馀,不发风难卜老晴。吉甫信由芦航船寄出,子垂家来报入学喜单,照旧账连二加七俵一两犒之。以片致子屏,暇课两孙上书各一首,《尚书·梓材》《孟子·公孙丑下》十五日可课毕,下午放学。天晴拟入城,督率无人,又要荒功几天矣。

十四日(11月8日)　晴,不甚朗。饭后正在课两孙理书,吴幼如甥来,即罢课,以亡儿贡匾再属其写上下款,以"式及长短"贡卷示之。为迁居,又有所商,复以四枚应之。中午补十月朝祀先,祭毕,在书房内与之对酌饮酒,言及少松,不胜悲叹。下午回去,荮俵来谈,约十六同到江。预讲《尚书·召诰》《孟子·滕文公》各一首,为出门功课之约。

十五日(11月9日)　晴而不朗。饭饭[①]课两孙读生书,下午背后再上《召诰》一首,共三首,慕孙《滕文公》亦然,与之讲论,以为出门后诵读之课。晚间放学,至琢香处絮谈,归来点灯,略部叙江城推收

---

① 饭饭,疑为"饭后"之笔误。卷十一,第433页。

田账,明日由萃和船与苇卿同行。

十六日(11月10日)　晴暖。饭后苇侄来,同舟赴江,恰好冬日东风,一帆顺利,到江下午。至金柏卿处,知渠疟疾未愈,以租欠单面交。知新邑尊陈,名家琮号又云,湖北人,现在下乡未回。稍坐,走至顾局,又亭新丧母,光景不佳,有所商,约以来乡做推收,颇应手。回至杨稚斋处,苇侄所捐盐课大使,止报费谈定十洋,尚不奢望。点灯良久下船,夜饭,絮语蓬窗始寝,热甚,有蚊,终夜不得安眠。

十七日(11月11日)　阴,微雨。朝上火神庙衣冠拈香,回至天馨楼茗饮,稚斋来谈,知新政不能严切,余欲谒见,云今日要回。上午至何局、王局看做推收,其价因代庖,万不能一角,王少云弟少卿最为面目可憎。诸事了吉,徜徉邑庙,其工程坚致,皆鹤轩之力也。复与苇侄茗叙祥园,小饮酒家。西北风狂吼,复与县前人茶叙,知邑尊风阻北库,万难回江,余亦不复等候。正在无聊,途遇汝诵花,复茗谈消寂。知同王瑞甫外从甥倩到苏捐封典,与之谭捐例,熟如数家珍,各乡镇已奉县谕起办米捐,由董缴谢绥之,每担四文,有此接济,豫赈始有吉题大妙手法。回船,风犹猛,渐有寒意,是夜颇能酣寝。沈氏欠单面交陈秋霞。

十八日(11月12日)　晴冷,风渐息。清晨出城,到同始起来,泊舟南栈,同苇侄走至少松家,不胜凄楚,见少夫人暨其郎莱生,知母子积病初愈,少松昨日七终,略安慰之,不能久坐,约莱生廿八日到馆,订定吉甫陪来,即辞出门。船中久待,舟人办家用食物齐始开船,西风犹紧,张帆而行,午前已至北舍。寻屠少江,以金姓上忙银代完算偿,并告以粮数尚未收过,少江极殷勤,拉至草棚茶叙,梦书、元音两侄亦来就谈,梦书约定二十日去载,并知米捐一项现已通行,北库二十日起厘矣。九县通办,有此一款,冬赈纡齐,办理尽善也。到家木晚,匆匆不及查功课,是夜早眠。

十九日(11月13日)　阴晴参半,又暖,防变。饭后权课两孙理书半日,下午略坐定,知所上之书尚未读熟,勉强背两首放学。饭后乙大兄来,精神大佳,可喜之甚,租米石脚约暂缓议定。晚接磬生便字,关照廿六日谢绥之太夫人寿诞,同人拟送寿礼作赈捐,当应酬以成善举。灯下补登日记。

二十日(11月14日)　阴,西风未透,晚间又雨,殊碍收获。饭后,两孙各预上生书一首,与之讲解至《洛诰》,余不能通晓,颇难以俗话达深文。上午梦书来权课,余借可息肩,暇则略登账务,作便札覆磬生,寿分拟与之合出,其数若干,托渠酌定。媳妇近体亦未复原,由介侄到盛之便约辛垞廿六日来定膏方。碌碌终日,夜间日记补登毕,略读曾文正公古今体数首诗。

光绪六年(庚辰,1880)

一 月

光绪六年[①],岁次庚辰,春王正月初一日(1880年2月10日)
阴晴参半,东北风,可望五谷丰登,是今岁第一颂祷之事。朝起拜如
来佛毕,率两孙衣冠拈香东厨司命神前暨两家祠堂内虔叩。饭后乙
大兄携杖率子侄、侄孙辈至余处抢年,团叙瑞荆堂,拜五代图、逊村公
周太孺人神像,并行贺岁礼,男女以次。礼毕,至养树堂茶话良久,心
境虽万分不佳,尚能达观一切,儿孙之福也。复同至友庆、萃和拜两
先伯遗像,又茶叙片时而返。余率两孙先严、先慈神前行礼后,略诵
神咒,因生疏不记遍而罢。是日略见太阳,夜间寒冷。

初二日(2月11日)　阴,又微雨,东北风。晚起,上午与六侄苹
甫闲话,于持家之道颇能了了,暇作书稿,拟寄费芸舫都中。晚间两
孙随介庵伯、鸿轩叔自大港上贺岁还,知子屏值年留饮。

初三日(2月12日)　渐喜开晴,东风尖甚。是日村人赛会抢
年,余家须唤工(每十四[②])及自己工人(七房另五人)要派十六人。
上午凌又耕、陆时醋两从甥孙来过,少顷,子屏、薇人、稚竹三侄,廷珍

---

① 　原件第15册,书衣左侧墨笔题"日记,庚辰年起,勤笔免思"。扉页有书
牌云"有艺堂,本号在姑苏元妙观东,醋坊桥西首,自造加工精选贡川毛鹿鲜艳
红化格账,凡士商赐顾者,须认明本号图记,庶不致误","庶不致误"下钤"货真
价实"白文圆印、"有艺堂制"朱文方印。
② 　"十四"原文为符号𝗫。卷十,第442页。

从侄孙均来,恰好凌砺生亦来贺岁,午后团叙一席,饮酒颇欢,因均熟习也。以救吞生烟广东木棉芦花两包分致,惜金泽陆迪卿以此短命,得信已迟三日,不能救渠一命也。晚间诸侄回去,留砺生止宿书楼,夜谈小试文,极钦佩诸元吉先生。今岁两孙拟学字,拜顾晋叔为师,砺生介绍,剧谈至一鼓就寝。

初四日(2月13日) 晴,渐暖。饭后送砺生还去,约春间顾晋叔来再叙。上午钱子方来茶叙,去后,顾少溪来自梨川,少顷,徐秋谷甥来,俊卿值年留饭。少溪,余处酌以年菜,其吉期择二月廿五正清节,殊觉咄咄称异。下午回至莘塔,客去后,余率两孙衣冠拈香处接灶神,礼毕祀先,明日拟谨谨收藏先人神像。灯下补登日记,大有盎然春意。

初五日(2月14日) 又阴雨,西北风,下午略霁。朝起循例在账房内虔接五路财神,饭后督两孙拂拭先人遗像,姑存在画厨中,目前潮湿,俟晴燥当一一曝晒。午刻蔡子瑗甥来拜年,因客春分析,送余茶点、京腿,却而仍受之,畅谈始还莘和。据云夏学宪考政极严,有正月取齐之说,并见《申报》,有裁额生员劣考四等之奏。暇以《乘槎笔记》销遣。

初六日(2月15日) 晴朗,为今岁第一天。闻昨夜子丑之间大雪即止。上午缮写致费芸舫书,计三页,幸无遗误。下午沈笺卿来谈良久,尚子弟之恂恂自好者。夜间查算昨岁出账,子祥总吉,多差误,殊属卤莽难托!

初七日(2月16日) 朝上晴朗。是日村人走会第三日,幸平安无事,不致械斗。上午连广海来,午前又谦大令爱来,留之止宿。迟澳之不至,又次原韵一五律赠之。夜又雨,淋琅不已,颇喜赛会事已毕,不再迁延。黄昏后略算出入账。

初八日(2月17日) 阴,雨已息点。昨日迟澳之不至,又次原韵诗询之。上午凌苍洲来,留之年菜,余与孙辈邀苹甫六侄陪酌之,苍洲不能饮,并无世间嗜好,亦流俗中一佳子弟也,余则畅谈陶然矣。

客去后，东北风颇尖，夜督两孙详算去年用账。

初九日（2 月 18 日）　阴雨终日，潮湿殊甚。上午村人轮会讫，索贴费，付余家股半，计钱四千二百五十二文而去。据云粮尚未完，须再后派也，中有浮费冒报不能清查，但求无事太平，不妨如愿相偿也。是日无客来，与乙大兄闲话，晚间一壶独酌，亦颇酣适。夜与两孙算登入账，仅免亏缺，用度浩大，较旧已多三之一，殊无预备不虞之术。

初十日（2 月 19 日）　阴雨，潮雾，终日无春和之象。上午静坐，无客来。午后峻卿五侄之内兄陆寿甫、绣甫来，一茶絮谈始回友庆。据云，学台有正月廿八江阴起马之说，升衬恩典已见明文，现任官虚衔皆作实用，监生捐自五年之前，应试者概免加足，未识确否，当问费吉甫。暇则部叙一切，拟挈大孙明日至梨平贺岁。晚间念孙以所作《胜溪老屋全图记》呈示，喜其东涂西抹尚有篇段，姑圈点奖借之。夜则去年出入账一一算清。

十一日（2 月 20 日）　阴，雨雪交作，幸无风。饭后率念孙至梨，幼谦大令爱同舟送归。午前登敬承堂，入内厅，见寿伯母子，恰好钱讯芳、郑公若在座，即同中饭。讯芳诚实聪颖，是一佳子弟，至公若，似有嗜好，余不甚爱之。下午余至费吉甫处贺年，相见絮谈，知芸舫到京已有信来，即以致芸舫信面托，并以慕孙科中注册托相机办理，象粪等件亦已开账寄洋托购，茶话良久而返敬承。与省三丈、澳之畅谈，人日不来，诗亦面奉，夜又同席。大孙至顾光川家，留饭，回来未晚，一鼓后始就寝，与大孙同榻。夜又雪飞雨甚，颇觉春寒。

十二日（2 月 21 日）　渐起晴，雪积寸许，即销。朝起吃小点心后，即率念孙开船至平望，行过杨家荡，见堤梗已成，行舟幸险可免。已刻泊舟中木桥周济昌间壁殷氏怀新堂新宅，登其堂，达泉表侄续娶回门至盛，不见，尚幸老友倪蓉堂在寓接陪，颇致殷勤款留，并周览合宅楼房，花厅布置尚不俗，与蓉堂畅饮而返。回梨，风顺未晚，又与顾光川龙泉茶叙，絮语欢畅，欣知吉甫续星之事已谐。夜间又与省三丈乔梓、胡心田、汝诵华饮酒剧谈，客散已二鼓，诵华又续谈良久，应世治家，此公井井矣。是夜倦甚，眠已三鼓。

十三日（2月22日） 晴，为今春第一天。朝餐后走至吉甫处谈天，知昨至敬承答过，十六日要赴吴门，计偕动身大约在二月初八后，珍重得意平安而别。为翰波商四口贷米，位置颇得当也。回来，又与省三丈乔梓畅叙，兼晤老翁陈西涯，闻此老饱学，处境清娱，劝之诵佛以修来生，极肯点头。中午内厅中饭后即率虎孙告辞登舟，至怡云堂徐氏，丽江甥出见，并复晤其婿钱信（恂）芳，一茶后即开船。传说凌雨亭新春抱恙，已请王振之医治，颇切悬思。到家未晚，日上无甚客来，夜间早卧，连日应酬已酣睡矣。

十四日（2月23日） 晴朗可喜。饭后先命念孙至莘塔贺诸舅新禧，并请雨三舅安。午前徐丽江来，欣知雨亭病由肝气积食，现已平复，不胜慰喜。丽江饭于乙溪处，下午复来，有所商，立券而去。晚间舟回，念孙为舅氏所留，约明日去载。灯下补登日记，一岁出入总账已誊清，虽无所馀，亦如老秀才还岁考一场，居然完卷矣。是日始确知夏学宪正月廿七取齐之信。

十五日（2月24日） 晴，下午略阴。饭后略坐定，至友庆观六、七两侄文，一入彀，一尚呆滞，难奢望。上午凌梦兰来，一茶回莘和。晚间，念孙归，知三母舅气冲已平，饮食甚微，王振之开方极轻清，蒙指教握管运腕法，且云极早从大字写起，小楷且停，尚可挽回积习。求书法两章，颇肯诱掖之也，此番得叙，甚为凑巧。夜间观烧田财，火光尚红，然不及去年明亮。元宵月色朦胧，略有云翳，祖孙三人论字，颇饶至乐。

十六日（2月25日） 阴，微雨。上午督两孙习字，尚能鼓舞有兴，又督两侄课文，以旧作示之式，限下午誊真，尚能如约，文亦通畅，于陈作运意不抄句，以后须速捷为要。吉老郎漱六来，知又失业，欲张罗以图到店暂帮，余以堂上来面商复之，留之账房中饭，此公真不了局也。心甚踌躇，夜间略查账目。

十七日(2月26日)　复阴,雨微杂雪。上午拟静坐避客,汝小山来送朱卷,辞之。少顷,徐一山来,一茶至萃和。吴幼如甥踽至,中午两人对酌,颇适,留之止宿揽胜阁。晚间两孙自萃塔外祖舅氏家贺节归,知雨三舅肝疾复发,胃纳极微,颇切悬系。携"沈逸楼"字样一册而来,闻临《褚圣教》两册存在彼处。夜与幼如谈,不甚有兴,早眠上楼,略查工账。

十捌日(2月27日)　又阴雨,潮湿。饭后率两孙开馆理带书,午后即停,学写大字,余实外教,不能赞一辞。至乙大兄处絮谈良久而返,观六、七两侄练习,每朝一起讲,颇通顺,可以望进。夜间查账未毕,一鼓后检点已竣。

十九日(2月28日)　阴,微雨,东北风狂而兼冷。上午课两孙理书,一册未完,适殷达泉来,云今日至自池亭,绶卿托道候,渠忽患一疮,起自阴囊上,云成是子痈,心境之疾,颇非小疽,幸精力尚可,服药可内消也。中午留饮,絮谈颇适,留之止宿,不肯,知有烟嗜,不便也。夜饭后又剧谈始送登舟,云仍还池亭。达泉续娶得健妇,门户支持可喜。询及日新堂中旧相识,如王君质甫、秦君泜船、赵君稚竹尚健在,思之,真劫后鲁灵光焉,老怀稍慰。

二十日(2月29日)　渐晴,风息。饭后媳妇至萃塔,兼问雨亭近恙。上午略督两孙理书,《左传》《诗经》《易经》,带书粗毕,午后放学。适萃塔船还,媳妇留宿,始知雨三兄病又变迁,肝厥不止,李辛垞、王振之均至,医巫毕集,未见轻松,症已九分,未识渠家福命何如,能得挽回为幸! 思之,十分急切也。下午整顿书室,明日去载诸先生到馆。晚间杭琢翁到馆来叙,确知考期廿七取齐,本路已来知照。

廿一日(3月1日)　晴朗可喜。饭后权督两孙理《易经》各半部,极生者已温遍矣,午前竣事,以后功课委任先生矣。遣人至萃,舟还,欣慰雨三兄病有转机,辛垞留伴在家,大可酌方调养,然须十日内气不上冲方庆稳固,媳妇约明日去载。下午吴莱生来,少顷,诸元吉先生亦至,余率两孙出拜见之,茶后至友庆候杭先生,又至萃和候今岁新西席沈达卿,秀水诸生,年少,极持重,寡言笑。回来已晚,即在厅上酹敬先生,学徒三人陪侍,余与元翁对酹絮谈,略酣,极为适意,又剧谈一黄昏始还书房,明日开馆。

廿二日(3月2日) 晴朗。上午静坐,是日先赠公忌日,中午设祭,屈指见背三十一年矣,迩来家运否甚,无望显扬,但祈孙辈有志读书,得稍成立,未识能略慰先人之心事否。思之,不胜隐痛! 下午子祥到胜溪,杭、沈两先生均至书房来答。媳妇自莘归,述及雨三兄病势十分沈重,肝风大动,几有朝不保暮之虑,为之奈何!

廿三日(3月3日) 晴朗可喜。终日闲坐无事,诸旋卿世兄到馆,钱铭三到寓。下午至友庆书房,知今日杭先生督课两文,七侄上午交卷一篇,续做次题。六侄一文,午后尚无誊完,似已非风檐所宜,勖渠不得再迟。即阅七侄文,大致楚楚,可望侥幸,未识运气何如。晚间又至杭先生处,七侄二篇已誊就,阅之,机旺神流,必进之作。六侄二篇尚未交卷,其头题文尚清顺。

廿四日(3月4日) 晴朗,天气尚寒。上午王韶九、瀛石竹林自莘和来拜年,茶叙即回,下午答之。据说王振之昨到莘塔,未识雨亭近体有转机否,不胜祷盼。回来,点阅《豫赈征信录》苏州局书札半册,以申钦佩。

廿五日(3月5日) 晴,不甚朗。上午静坐,点阅《征信录》书札数页。下午遣妪至莘,舟回,传说雨亭病势垂危,神气尚清,一应后事均自部叙,颇见凤根,急望其妹去,媳妇即飞棹往,未识能见及否,殊为扼腕太息也。吉老堂母舅已到寓,夜间复以年菜酹账房诸公,余陪饮,如量而止,无兴酣醉。

廿六日(3月6日) 晴朗,渐有春意。上午点阅《豫赈》苏州局书札将毕。午前漱六又来,乃翁吉老大怒,几无落场,余周旋给洋四元而去。此子不了,他日亦是一累,不独乃翁不能养也,目前暂图清净耳,实深太息! 下午碌碌,无兴观书。

廿七日(3月7日) 阴雨终日。朝上瀚波有信来,舟载元翁同其弟揽翁、渠郎尹甫赴苏应岁试,今日开行,尚可舒徐无误。饭后送元吉登舟,余即权课两孙理书,一《书经》,一《孟子》,下午掩卷,命读殿策四道,则真奉行故事而已。恕甫有片致虎孙,知渠家现请嘉兴人徐仪堂者,俗所谓"活无常"也,问雨亭病况,据称冥籍大限将终,虽立愿行善祈祷,恐难挽回。以亡儿生殁年月时日抄寄,托代叩冥况,专舟送去。友庆两侄今作两文,晚间观之,头篇久已交卷,二篇均要给烛,且文不甚佳,为之忧虑。瀚翁有信致余,并抄示岁朝○○○允明三教宗坛乩谕,似乎今岁江浙可免灾荒,谨谨藏之,以谢神贶,并知○○○赐"修己化人"墨鸾四大字。

廿八日(3月8日) 晴暖。上午课两孙理书,下午闲散。至友庆看两侄略论文,先生今日观剧,暂归,课文已交卷,所做两起讲恰可望进。回来,接吉甫廿五日所发信,以敏农夫人讣文见寄,当即具慰。吉翁荣行,二月初三日赴申,关照望云处一款,居间作梗,防付子虚,言之可叹! 灯下作札复之,不觉言语多牢骚不平也。芸九兄已于十二月十九日覆○○命,○○○两宫垂问颇详。

廿九日(3月9日) 晴。上午权课,下午命读策,理四遍即放。子屏自梨顾氏有舟至莘回,以札致余,兼接丁子勤信,为商葵邱,葬其祖石艻翁,此事幼石宜独任,不当累及亲友,况幼老尚有薄田,子勤馆谷颇丰乎! 但乃翁大失图,下辈盖愆,亦是好处,谊难有请而力却,以半会五千即作片托子屏转达。处此世界,焉得人人而悦之也? 致吉甫信已封就,即交来舟寄致八兄,颇为的便,敏农夫人附致唁分。

三十日(3月10日) 朝阴雨,午后起晴。饭后课两孙理书一本半,至下午停手。六侄、七侄来,知今晨仍各课起讲,阅之均妥,应院试,明晨赴苏。传说学宪明日进院,极舒徐,珍重祈望,甚切余怀。杭先生去陪考,孙蓉卿同往,又与两先生在书房絮谈而返。

二 月

二月初一日(3月11日) 晴朗。上午衣冠拈香东厨司命神前、家祠内叩谒。暇课两孙理书,下午停课。媳妇自莘归家,接恕甫致念孙札,欣知雨亭三兄病有转机,已走阳分,知热,皆徐君仪堂至冥府上禀,妻女借寿不准,砺生以自己善功划归乃弟,并许陈墓育婴堂上捐助千金,始准延寿三载再定增减。尤奇者,托问墀儿冥况,云时见面,在吴江城隍神案下,与曹姓名鸣皋同掌《稽功册》,百川翁则执掌《功过册》(问其状貌,一一相符),言之历历可骇。即复作一片,托砺生代致徐公,再问亡次儿应奎冥况。余老夫妇书八字,默发善愿,每年百千之数略做有益事,托查今生阳寿,专舟送去,亦媳妇之意也。夜间静坐,思及三世果报,冥历难欺,不胜战兢。徐瀚波来,当与之商。

初二日(3月12日) 晴朗,暖甚。上午权课两孙理书,未至暮即放,明后日大孙可理《孟子》,次孙《论语》可理完矣。孙衡石来,托荐友庆东席,辞之。圣裕五侄来,探听当祭租户,均留之中饭而去。下午陈厚安到寓,账房始齐,接砺生片,托仪堂所查冥事已抄来,应奎现已投生归安县陈光和家为男,今四岁,余则前世曲江尤姓,名庆生,业绸,六十一岁故,今生命中无子,因无大恶,得留血脉相传,六十七岁有厄,或尚可延。老妻连平孙氏女,守贞未嫁,茹素修行,卅一卒,今生寿可七十外。媳妇仁和殷氏女,名美增,十五卒,今生卅六大厄已过,今秋九月有小悔,后寿未肯定。念曾前生阳湖吉姓,名文荣,明经早卒,今生倘能积功行善,功名有望,寿亦可希六十外。慕曾生前桐乡沈姓,名荫,业油务,行善事,六十三卒,今生十九岁有关节,防见红,必须修积以冀延年。大孙女是苏州彭氏女,名奉珍,廿一岁未嫁卒,今生寿命绵长。姑另录于左,以冀修省,再望他日延年,不胜恐惧自警之至!来书已付两孙珍藏矣。雨亭今日大有生机,砺善人之功力也。

初三日(3月13日) 晴热,潮湿万分。是日○○文帝圣诞,书房内斋素。上午在瑞荆堂恭设香案,余衣冠率两孙、二弟子向中叩头虔祝,以致微忱。午前停课,余略诵经咒,为重九允明坛普济施用预记。下午课理书,两背后即放。天雨,至夜不止。接啄香先生苏寓回条,并寄示学宪长单,知明日生头场,初八日江震童头场,初十出案,十二覆试,如此急速,与试者不能不候案矣。初八舟上去,当札致啄翁等候为是。

初四日(3月14日)　晴朗,起燥。终日权课两孙理书,念孙书浮滑异常,照功课当大加惩创,姑息含忍过去,然终不能着实有益也,思之闷甚。碌碌,仅重点《征信录》。今日诸元翁辈府学进场,天气颇佳,若昨夜已泥途滑滑矣。

初五日(3月15日)　晴而又雨,终日颇寒。上午课两孙理书,一《孟子》,一《论语》将完,未晚即放。女仆自莘归,知雨亭病体虽收帆而尚未安稳,另纸所书不胜危惧,明日拟命念孙至凌氏请三母舅安,并商之二母舅,徐仪堂未识有挽回之术否。

初六日(3月16日)　晴朗。上午课慕孙理《论语》始完,下午停课。木工汪学书定大孙女嫁妆,写账付洋而去。晚间念孙回自莘塔,欣知雨三母舅今日病体能安睡,大有起色矣。徐公已回嘉兴,约十三日再到莘塔叩问先祖、先父冥况,条子已托砺公矣。范甫已归家,学宪场规极严,府学题"由尧舜至于汤"两节,经"散军郊射"四句,诗"勇士如鹰健欲飞",得"飞"字。诸元翁闻出场颇晚,文甚得意。

初七日(3月17日)　晴朗渐热。上午斋素,略诵经咒,中午祀先,吾母沈太孺人忌日也,见背六十二年矣,静念生平,无一事稍可报答,言之隐痛。下午略课理书,俗事问之即放。北舍局王漱泉来,又完二户,付洋十一元,钱九百九十文,已照上年成色不减矣。灯下拟作札致子屏,叶子谦所致一札今已寄去,知日上尚在梨川顾氏逗留。

初八日(3月18日)　晴朗,下午稍雨即止。今日江震童正场,未识两侄何时出来,文能入彀否,不胜祈望。上午权课两孙理书,慕孙明日可完。"玩"字吴三蛮嫂来,先至乙溪兄处,下午光降,余仍避之,乙大兄又来落场,依旧六洋二百给之而去。据乙大兄云,顽健凶戾如常,想夙世债未索清也,闷甚,反为取譬一笑。晚间恰好元翁已到馆,赠余《东莱博议》一部,知府一等案已发,共廿四人,袁宝璜第一,廪生居半,江正无人复试。甚矣,考一等之难也。学宪外严内宽,惟场规极重。灯下作札拟覆子屏。

初九日(3月19日)　晴,大风终日。昨夜雷电风雨交作,于时令颇协。上午斋素,略诵经咒。灯下读元夫子试作,首艺理法双清,经义天骨开张,尤见精神满腹,此番不甚得意,非战之罪也,益见场前决胜之难,加评佩服缴还之。

初十日(3月20日)　晴朗,颇寒。饭后赴芦,同人春祭杨忠节公,吴又江值办,外委陈敬亭代县主祭,助祭者五六人,行六叩首礼,袁憩翁读祝,稼田赞礼,奏乐升炮,颇不失规。晤见凌廉叔,今在坛中礼大悲忏三日,为雨亭前生妻解冤超荐,遵坛谕也。现在雨亭病体大有起色,坛上已赐方两次矣,言之甚钦砺善人回天之力。中午在祠中酹敬陈公,余与袁憩翁乔梓、周彦臣、陈稚生诸君陪之。席散,舟至艺香斋中,取俟斋画(山水)、陆芦墟字、孙晋灏对三件而还。以余课孙小照托裱,约四月初裱就。回至黄玉生小楼上,复以余老夫妇寿照烦渠绘全,亦约四月着色绘成来取。恰好周粟香、袁憩棠均在座,与粟香别五年,丰彩依然,须鬓略苍。乐清一缺,孤寂万分,幸郎君彦臣考后同往,尚喜陪侍有人也。回任三月初上去,畅谈珍重而别,即同憩老回至公盛小坐,晤袁二山,以和解憩棠甥舅事托之,并喜叶勤谀先生令郎新科已中浙榜,朱卷在憩棠处,大约吾辈须致敬也。又略谈登舟,到家傍晚,知两账略有所收,子屏信托又江寄梨矣。

十一日(3月21日)　晴和。朝起至饭后,望苏喜信寂然,大深咤异。上午看书乏味,直至午前本船始赶还,即走至友庆,晤六侄,始知昨夜黄昏出案,城门不开,直至天明出城。七侄幸进第一,润之郎名文潮列案末,狂喜万分,即收拾行李,中饭后添舟人飞行,一鼓时到苏,恰好城门未闭,衣冠到寓,与杭、孙两夫子商定一切,即走候廪生叶彤君、派保沈又斋,同谒李养翁老师,略谈即回寓,与彤君絮商,先许大衍之数。彤君往返数次,深恨被同宗之潜,再见老师,诸多变卦,进退两难,余与当柜范菊人、李怀川两公剖析缘由,诸事奉托,直至天明,两公硬落肩,票具赞敬大小六十五元,现送十元,忍怒过去。总之,此子不才不义,两言尽之矣。是夜余与两先生通宵不寐,渴甚略饥。

十二日(3月22日)　晴朗。朝上至试院场前,知各学册结未全,还寓,招马少林同吃进场晚饭,又盘桓良久,始进头门,知学宪复头场,四学文童中门点名,此例自申启贤后不行久矣。十一点钟始封门,与李怀川、叶彤君、沈又斋、凌磐生、沈寅甫、杭啄香、陆畹九诸君茗叙茶寮,余与啄翁倦甚,先归,即蒙被眠,恰又不能安寐,久之始起来,与啄翁至面馆小饮,又茶叙。润芝来,欲剖前言,益信不诬,余以不恶不严待之,添在同本,不为已甚而已。芦墟角进者五人,畹九郎号韵岩,取诗赋独阔;莘塔凌忆亭,少山子也;南传顾明伯宗一,夔翁孙也,均是亲交,熟悉。点灯时七侄已出场,题"言可复也",经"桃始华"二句,诗"小栏春暖午晴初",得"初"字。夏子松先生各人面试开讲,有误解"信"字,谆谆指教,重做仍不佳,亦不呵斥。七侄原评、加评均华甚,面试起讲亦甚点头,并有"加以学力,所至未可量,还家好好读书"之谕,亦荣甚也。是夜早眠,诸人酣睡,余仍辗转反侧,直至子刻始有倦意,精神似已疲甚矣。

十三日(3月23日)　晴朗。朝上同啄翁候陆畹九,饭后与同寓同川袁君爱庐(名汝英)老同案畅谈,不相见者四十一年矣(年六十四),询其近况,似尚可过去。长子已亡,幼子今岁入震泽学,名德舆,号黄九,年二十二。老同案尚健于作文,不甘给顶,今来尚还岁考,幼子入学,甚有喜色也。平居喜作小诗、小令,以菊代茶十年矣,颇得陶隐士气象,惟嗜烟,则与余趣味不侔也,现住得春桥旧宅,他日过同当访之。上午独游元妙观,谭署抚严禁妇女烧香,境况颇清。是夜在元和县前酒馆中酹敬廪保叶、沈两君,屈沈寅甫兄同叙,余与两先生、鸿轩侄七人团坐,菜亦可口,饮酒如量,尽欢而散,是夜则睡味佳甚矣。补记江正新进正场题,江"善述人之事者也,春",正"无非事者,春",次诗通场"孟子之滕,馆于上宫","扇枕温衾",得"黄"字。今日考教,面试各教官起讲,窘态毕露,题"既富矣,又何加焉"。明日复上三县、昆新文童。

十四日(3月24日) 晴朗。饭后在试院前晤见刘雪园健卿乔梓,即至其寓长谈,渠今岁进一胞侄,是元和县元雪老,五子,入泮者四,幼子、长孙来科出考,略不足意者,一子已去世耳。余家近岁颠沛光景渠均详悉,属余调停袁氏昆玉,可称心心相印。是日孙蓉卿暂归,余与杭先生率七侄至申衙前戏馆中看荣福文顶班,坐枪角至近,每人茶、瓜子、小点三角,观者甚众,晤见蔡进之,戏完复放焰火,余目所未睹。踏月归,腰脚颇酸,夜留本路包瞿仙同饭,辕门册结、喜卷、雀花诸费均谈定,英洋廿元,菜票一席则受之。是夜颇得安眠。

十五日(3月25日) 晴。朝上刘雪园来答,略谈即去。在门首书坊中看夏宗师出院下教场较骑射,貌清须黑有威,年不过四旬馀。正欲与啄翁观中徜徉,适家中船来,惊知凌雨亭三兄于十四日酉刻作古,竭人力不能回天,冥冥中真不可测哉!余复同杭啄翁走观前,略办洋灯、洋油、大笔,回来汗下如雨,稍息,即检行装登舟,真所谓乘兴来败兴归也。时已午后,舟子三人鼓力行,幸风不大,到家二鼓,媳妇、两孙今日下午已先去探丧矣。稍坐,即安寝。

十六日(3月26日) 晴暖,裌衣可卸。饭后至夔二嫂处转述一切,上午略具新亲礼,命家人代叩,探雨亭丧,余再撰额书帖,办干肴亭礼,明日当去亲奠。属子祥书大字,尚楚楚也。有乡人李云才同庚二来,欲顶东轸坟田,未定而去,庚二有谋种贱顶之心,居间极不得力。夜又早眠,始得照常酣适。

十七日(3月27日) 晴暖,大有暮春气象。饭后至莘塔吊奠凌雨亭,荫周接陪,余到灵前拜奠,如此中年又弱一个,深为砺生增手足之痛。渠家仍设茶、荤菜款待,同席荫周、月锄外,陶洗岩、袁子丞均来接谈,席散即告辞,磬、砺二公俱不见,以叶世兄朱卷七本,命朱大寻交磬生。归家中午,栗碌数天,精神颇惫。夜与元吉絮谈,益信考试无凭有凭。

十八日(3月28日) 晴。饭后始补登日记,检查出门后账目。蓉卿今日顺帆到苏,替杭先生归家赴禾郡府试保结,惜余游兴已倦,不及追随赴苏矣。今日武岁试出武童案,夜间略坐定,精神始照旧。

十九日(3月29日) 晴暖而爽。上午梨局陆少甫来,北斗一户不出串,依旧付洋廿元结题。暇读元吉祭妹文,古奥典博,当今作手。下午杭先生已自苏回,知今日巳刻新进总覆,托买朝裙女补服,道地之至。即送解节,原舟到芦。夜间动笔登内账。今日舟子至梨,接澳之字,以克蛇龟二枚见寄,其价三元。

二十日(3月30日) 晴,朝上风颇尖冷。昨日老二房鹭起子中和来领抢祭费七千,看来人甚忠厚,俗名倭六叔,在仲僖酱园内作伙。大义桂亭子号仲猷,云已入江武学,吾宗居然今岁得文、武三生焉。终日账房内有俗事,不得坐定,夜复登记内账。是晚热甚,潮湿,夹衣可穿。

廿一日(3月31日) 晴,西风渐寒。吴莱生今晨送回同,渠家日上有迁宅之举,奉母命摺上要预支四月十六千,大兄如数付之,到馆云舟回时定。上午至乙溪处絮谈,芾卿清节昨、今颇有吊客,诸元翁今亦往奠,不胜凄感。今日学宪奖赏,明日起马,诸新进自出考起至是日为极得意之候,以后再须用功方有进境。友庆接考船清晨已开,晚间媳妇率两孙归自莘塔,知仗砺生督责,颇勤于习字,不至荒嬉。

廿二日(4月1日) 晴阴参半,微雨即止。上午看翻刻《坐花志果》,念孙从凌氏携来,多卅年中事,大可惩劝。下午胡谦斋来,取墀儿入学旧谱以作底本。晚间七侄随蓉卿自苏归,知总复内上县后至者罚跪五人,新进复卷是日发看。磐侄批"通体匀称,经文略带稚气"。蔡进之覆卷潦草,诗有袭旧语,发落时大加呵责,名次则均不动。夜复与蓉卿絮谈而返,学宪今已出辕矣。

廿三日(4月2日) 阴晴不定,微雨不沾衣。饭后舟送元吉解节,约廿九日去载,余衣冠至友庆贺二嫂喜,两孙相随,即同从叔三人至南玲坟上祭扫,时中祭秀山公,五侄峻卿抢年,小祭起亭公,鸿轩七侄抢年。东轸薛见和同陶福寿母来,顶种坟田立契,从此可破庚二狡计矣。下午命两孙至北玲奎儿夫妇坟头祭扫,恰好回来始雨。暇阅《坐花志果》。

廿四日(4月3日)　晴朗,朝上寒甚。饭后率介庵大侄、友庆三侄、久之侄孙暨男大侄孙兄弟并余两孙,舟至西房曾祖赠大夫杏传公坟上祭扫,回至南玲先祖、先父赠公墓前祭奠,长幼拜跪以次,瞻望松楸,尚称茂郁,未识读书继起属自何子? 不胜凄感奢望! 祭毕,舟回未晚。下午接本县陈明府照会并札,奉谭署抚严谕要办保甲,禁鸦片,托保举邻甲排社长,以便本县复查。此事谭公在,事在必行,惟身居互乡,行之诸多违碍,俟砺生来,与之熟商,然后待覆。夜间设两席,招大兄及两房从侄、侄孙集养树堂饮散福酒,余与乙大兄对酒酬饮,少长以齿坐,叙者十一人,颇得尽欢。

廿五日(4月4日)　晴朗可喜,是日清明。饭后率介庵父子、友庆三侄暨余祖孙三人,备舟至北舍老坟头祭扫始迁祖春江公、怡禅公,至则当祭老二房,圣裕、中和暨诸侄、侄孙、侄曾孙咸集,余主爵献酒先拜,丹卿侄年最长次之,馀以齿行礼。祭毕,先至长浜祭五世祖敬湖公,回至东木桥祭六世祖心园公,复舟至"角"字祭高祖君彩公,则到者人数已不全,盖多在北舍逍遥也。坟之西首,泥土多卸,亦无人议及培补者,不过焚香烧楮,奉行故事而已。坟丁佃户老妇已故,现闸户陈得春子昆山颇不穷,租米先大人所定,每年一石,今岁始如数收讫,盖积欠已数十年矣。回至南港老屋,圣裕寓居,厅上团叙,余以修谱底本四册,老大房交润芝侄孙,老二房交圣裕侄,老三房交虞卿、仰先两侄曾孙手,老四房交新甫侄孙手,托查本支,约三月初五、六、七日余出来亲查清理,然后收还。是日散福酒十席,叙者约六十人,菜极丰满,圣裕年来境不佳,此番极勉力也。陪余饮者葵卿、元音诸侄,饮毕复至人和楼茶饮,子垂同往,知子屏在家,仍感小恙不出来,又与诸侄畅谈而返,到家未晚。是夜清节祀先,祠堂内祭已祧之

祖,厅上祭高曾祖父四代,余与两孙抢班盥献拜跪,甚觉舒徐。祭彻,
再饮散福,颇为醉饱。是夜酣眠。

廿六日(4月5日)　阴雨绵绵不已,于春花大得滋润。上午补
登日记,作札致邱澳之,帮渠禾中考试两枚,未识能鼓于一行否。明
日念孙至梨,命面致。下午略霁,念曾、慕曾两孙至东轸坟头祭奠乃
父墀儿暨余亡姜朱氏,幸无大雨,尚可拜献如礼。暇则点阅汪中《左
氏春秋释义》序文,老虎官所录,先生命抄者也,别字潦草颇有。

廿七日(4月6日)　雨止,阴晴参半。饭后命念孙至梨,贺顾光
川、孙少莲吉期,因是媳妇寄男,特办靴帽、荤盘、荖分见仪,喜糕两
盘,具礼从厚,命在邱氏止宿,未识能如约否。澳之洋信亦命面呈,并
约明日即归。北厍局书周云楂来,又付洋廿元讫,串可不全,前二
串亦未来,未识可了枝节否。暇课慕孙理《诗经》,心不在,至午即罢。
七侄来,以进学原本、先生改本两篇抄示,当付孙辈后日揣摩。下午
至友庆,与连广海絮谈良久而返,渠来道喜,赠以王铸庵所书《千字
文》两册。

廿八日(4月7日)　阴,夜雨。饭后课慕孙理《诗经》,新上带书
《鲁颂》一卷毕,午后辍课。下午接县中所发谭署抚禁烟告示两张,当
发圩甲实贴,看来此事不能不办。晚间念孙自梨回,知昨夜宿光川
家,与徐尹孚、磬二舅联榻,蒙磬老指教,佩服之至。顾氏此番喜简
省,贺客寥寥。接澳之回信,岁试尚在游移。下午吾宗新入武学者冒
昧来硬借,大为咤异,至晚不肯去,不得不呵责,子祥周旋始去。闻其
言,尚不甘心焉,只好随机发办,其中恐有人指使,门户支持甚不易
也,为之深慨!

廿九日(4月8日)　阴,潮湿闷热。上午闲坐,至乙溪处商酌一
事,只好如是卸肩。友庆报正案已来,坐舱夏少松、金官,船上费元发
子永顺。下午诸先生已到馆,竹淇处会酌,厚安出去,余交一重会,半
轻会,钱八千八百八十文,闻得彩者竹淇甥,朱姓。终日碌碌,不能看
书,江震等第案今全见,惟府学无有。

三　月

三月初一日(4月9日)　阴,潮湿,地上有水。上午大雨,蕴热,昨夜有雷,下午渐得风,热气略散。饭后衣冠东厨司命神前、家祠内拈香叩谒,暇作札,拟便关照磬生。七侄来报坐号正案,与念孙名下总一两八钱,犒赏之。下午招钱芝芳来谈,托办寿木,约十一二日间往西塘。

初二日(4月10日)　阴,风雨终日,下午渐冷,潮湿亦化。上午至友庆,知十八芹樽请帖已发,中午砺生冒风来,颇吃惊。少莲来,其家送酒上见男女仆从多人,均留中饭,恰好徐瀚波亦至,即同砺生、顾少莲同席,饮罢,少莲欲往莘塔,留之不能,仍开至莘,甚歉然也。暇与砺、瀚两君絮谈,余所祈祷发心,已面付账并物色,论及村中社长,一拘谨,一不妥,均不克任,已商定烦瀚翁兼理,贴还船只,不胜快慰,已关照磬老约期到江出亮矣。夜饭后瀚翁下船,砺生留书楼,与先生联榻,夜谈一鼓。

初三日(4月11日)　踏青节,起晴。饭后与砺生絮谈,雨亭所经手接婴票愿,余虽不知,只好了结算付,砺老手,保婴半愿,善人修双股之一,亦均付讫。晋叔将赴湖北彭芍亭之招,两孙习字,拟随恕甫从姚孟起。上午回去,日上欲由苏赴沪。俄国不能讲和,已与左帅开仗,互有胜负。直隶去冬又被水灾,谢局募劝愈难。下午至友庆看开报单账,甚防不周,此事甚繁琐也。晚接凌磬生回信,约十二日同赴江城,只好如期待之。

初四日(4月12日)　阴晴参半。上午大义乡人以田事求售,言定倏又求益,颇费词说,立券成交而去,莫谓乡民诚实可恃也。薇人来,又欲叙首会七千,今春尚有进款,犹不过去,将何以继?俯允之,友庆亦然,若乙兄半会,甚便宜也。子屏有信致候并缴谱系,罗罗清楚,不愧读书人。述近体,仍委顿畏风,足征凑理不固,以片复之,并示元吉哭妹文。荷泥田港丁梦芗翁,开八秩寿诞,十六日音觞柬请,并致同人寿启,当以分寄贺。由金少松处窃观郑公石落卷,头篇无书卷连络,二篇充畅,诗佳,大致笔头清楚,下科必进无疑。慕孙《尚书》三月初一日读起。

初五日(4月13日) 晴,北风颇尖。上午啄香馆中絮谈,出示张元之吴江新进题,拟作携归,读之,一讲起似稍累坠,一钓极有意,似嫌注疏气,其馀六比,理法清真,词意圆美熨贴,不愧老手,可作稿子看也。暇阅《东莱博议》。

初六日(4月14日) 阴冷,下午有雨,即止。饭后走至啄香馆中,七侄试艺头篇改得尽善尽美,真好手。报事由梨至平至盛,尚未周遍。下午七侄来,明日拟同啄翁赴苏,为外家代办蓝衫、雀顶,须六七日逗留,与之洋十四,又三元托办生漆、洋灯等件。《博议》阅至第四册,未毕。

初七日(4月15日) 阴雨终日。上午至友庆谈天,暇阅《博议》。下午两账船摇遍均归,一无所收,讨账之不勤耶?诸佃之窘恶(猰)耶?吾不得而知。总之,三春不如一冬,古老所言尽之矣。查谱,懒至北舍,又须迟至二十日后矣。

初八日(4月16日) 晴朗。饭后在友庆见青浦武举,陆实甫家亲串曹步青乡闱履历,默武经,三场中式弓刀石,实目所未睹。下午又去看拆报金,大约明后日报全,六申四十两左右。暇阅《博议》第五册。

初九日(4月17日) 晴朗可喜。上午闲坐,阅《东莱博议》。下午大孙接恕甫信,所托徐仪堂再查冥事,知先祖赠公道光廿八年投生合肥县李氏,男身,未识即在相府家中否。先大人赠公现在江苏司职掌兵房,凌雨亭并不受苦,在江苏省相请造册,然乎否乎?以此作通一音问亦无不可,一笑录之。友庆报事,明日可完全。

初十日(4月18日) 晴,渐暖。饭后饬仆换挂堂轴对联,耳目一新,盖为麻雀所啄,诸多损伤,甚可恨也!下午至友庆,晤见金星卿从外孙来道喜,知此番卷子头篇看得颇可,勉奖之而去,此子甚肯用功有志也。报事已竣,大报金少松许伊报金连贴共六十五两,尚未落肩,大约所望甚奢。夜阅《东莱博议》。

十一日(4月19日)　晴朗。上午闲坐,恰喜陈翼翁襆被而来,下午在书房内谈天,凌磬生来自平望,留便小饮,絮语至晚而返,均约明日两舟到江。夜粥后,磬生专舟来关照,知陈邑尊今日到莘,磬老见过,云明日至芦,回署尚须三四天。因与翼亭商,江城姑不往,明日朝上先至芦镇候谒。是夜翼翁宿书楼。

十二日(4月20日)　阴,西北风,渐冷。清晨同陈翼翁舟至芦墟,适陈邑尊已在局比粮,俟渠公事毕,到舟中进见,告渠大胜一带弟老不能办,保甲查烟,请谕徐瀚波兼理,已蒙录账允许,若龙泾地方,陈翼翁已领印簿,倩人代查。陈深谷同在舟中,与之委蛇,告辞而出,即至面馆充饥,后茗饮,均赵瀚卿作东。复至陆畹九处谈天良久,知镇上保甲已查遍,阅草簿,极清楚。畹九复拉张厅茶叙,馆中小酌,黄子亭同来作东道主,时已午后,各谢归。余同翼翁又往北舍局寻何局先生庞榜花,做子珪圩公局开溇推收,今日已于邑尊处具禀报销,付费四元,搭桥过去。顾局新卿翼亭托倒南役圩单一张,其费未给。公事毕,同此辈人和楼再茶叙,旦卿、圣裕两倕同来就谈,云家谱两册略已登载,约廿四日后去取。扰屠三先生少江茶东而返,到家将近点灯。是夜余颇畏春寒,与元吉、翼亭略谈即就寝。

十三日(4月21日)　阴雨,北风,下午开霁。饭后备祭礼糕品,命慕孙至莘塔,上雨三母舅神亭。上午陪翼亭至东书房候渠表弟沈达卿,与乙大兄絮语公事,携达卿鸳湖书院考作归,与元、翼二公共读之,拍案钦佩,是当今袁子才、汤海秋复生,吾党奇才也!意不能决,下午同两君至大港持示子屏,屏侄略观,亦以为侪辈无偶。子屏近体尚畏寒避风,与元老商拟一方清解,以后总须培补,畅谈医理而返,慕孙亦已归棹,砺二母舅同饭,确知苏城甚安堵无惊,讹言可恶。夜又早眠。

十四日(4月22日)　朝阴,中午大风,下午开晴,略息。饭后达卿来答,余颇自诩眼光不谬,卷子暂留。元简先生为嫁妹欲解馆,翼老同舟送归。上午略课两孙理脱书数首,下午辍读。摘达卿文数比,心思笔力大异时样妆,然面目尚须改换,庶利场屋,六侄来谈,亦以此告之。终日懒甚,无心看书,且颇春倦。

十五日(4月23日)　倏晴,渐暖,袄衣可卸。上午权课两孙理新上《左传》《书经》,及午而止。暇阅达卿课卷,发皇奥衍,兼擅其长,而语曲意深处尤多,吴山长、许太尊可称知己,然总非应试所宜,不料《广陵散》犹在人间也。粗阅一过,置之。砺生新送余莲村庶几堂《今乐曲本》,阅之,倍生忠孝之心,救世苦衷于此尽矣。晚间杭先生同七侄至自苏,蓝衫全办,省中光景颇见安舒。

十六日(4月24日)　晴暖,又复潮湿。上午略课孙辈理书,至午后仍辍课。吴莱生舟载到馆,知已迁居山阳地顾宅。羹二嫂来谈,商酌芹椿事宜。夏少云来报全录,夜至友庆开发。昨日余制老夫妇寿木吉期,烦钱芝芳、陈厚安至西塘督办,昨夜舟回,约廿一日去载归。达卿课卷命虎孙面缴,包瞿仙报本路亦至。

十七日(4月25日)　晴朗,渐热。饭后至友庆,本路报金谈不妥,全堂报单写就,先回去,缓日再商。看二加堂排场一切,明日芹椿宴客。午前余衣冠率磬侄请孙、杭两先生,行三叩首礼,在书房设独座,具红单,赀仪谢师,两君俱谦逊答拜。晚间两账房并合在丈石山房办事,夜请东、西两邻,共四席,余陪啄香、蓉卿在二加堂便席饮酒,极从容适意,至一鼓始率两孙回,就寝。是日凌听樵亲家有片来,为忆庭告借襕衫,恐人情不周,不复七侄托词,却之。

十八日(4月26日)　晴朗无风,午后热甚并潮湿。朝起略静坐,即率两孙衣冠至二加道羹二嫂喜,是日绿云奏班接待奎星。饭后贺客纷至,拜谢答叩,腰脚尚可,中午设十席款客,中堂设两独桌,请杭、孙两先生认保,叶彤君亦至,余公服定八席,彤君三席,陆畹九四席,第五席村中乡耆八十四岁老翁潘继昌,沈达卿六席,徐以齿挨坐,族中薇人、渊甫、稚梅、港上子屏以委顿不至(骧卿四人来),北舍各房暨新进伯埙同其叔述庭、绣甫均来,至亲应来而不到者蔡进之、徐秋谷,盛泽则臻伯之郎瀛石来贺,下午散席。客去,留者惟金梧生、吴幼如,夜间张灯听曲,宴客复设五席,卸去衣冠,颇极舒畅。至二鼓后终场,余归寝已夜半,人逢喜气精神旺,信然。

十九日(4 月 27 日)　阴,渐冷,雨即止。晚起,金伯钦来,所商一事婉却之,与幼如同饭,送归,约五月中来抄谱稿。上午倦甚,昼寝。下午至丈石山房看诸相好拆分封,此番酒席之费约百千文,受诸亲友分金六十馀千文,可称独阔。夜饮算账酒,团叙四席,余陪杭、孙两夫子剧饮,尽欢而散。是夜酣眠之至。

二十日(4 月 28 日)　阴晴参半,骤寒,可穿皮衣。饭后略课两孙理书,及午又辍,补登日记。夜登内账,属陈厚安再往西塘。

廿一日(4 月 29 日)　晴朗可喜。今日老夫妇寿器合就,午前已自西塘接归,暂安置墙门内间,孙男孙女穿红,循例拜星官,放花炮,吃寿酒,恰好邱寿伯家亦来斋星官,糕、桃、酒、面多盘祝敬,笑领之。达卿内侄、九太太亦有烛面,惟吉卿致礼不敢当,谢璧。两内侄女同来,略具果仪,一留,一还去。中午在账房内吃面饮酒,颇尽欢大醉。下午事毕,不觉酣眠,起来已晚。是日天气清和爽朗,赶办此事,颇自喜吉利。

廿二日(4 月 30 日)　晴燥,渐热。饭后命念孙至莘塔,道忆庭芹樽喜,唤漆工来,初次漆寿器。上午暂课慕孙理《易经》,午后即放。晚间念孙归,知今日宾客颇盛,酒菜不及余家,砺、磬二公已往沪游玩,会试头题"吾与回言"全章。姚凤笙字课已看出,批得极有法则,两孙颇蒙奖勉,字样各四,甚秀挺,大约欧兼褚。

廿三日(5 月 1 日)　晴朗。上午课孙理书,下午停读,尚肯勤写大字,正欲动笔,阅亡儿乙亥荐卷三场,为磬侄作揣摩样式。适省三侄孙来,托查老三房本支人口,尚能楚楚交卷。知渠父梦书老侄病莫能兴,以预作遗书两纸,分授长子暨寡媳杨氏,思患预防之道不得不然,余与大兄均书押,付之而去。夜间不能看书,早眠。

廿四日(5 月 2 日)　阴晴参半。上午仍权课,下午停读,命孙辈写字课样。七侄来，知自池亭归，绶卿父子均不值，以认保旧例洋转交绶夫人而归。堟儿乙亥闱卷三场小本点校已遍，面交七侄录出后缴还，作为三场样本。此余一片婆心，未识喻此意否？七公郎漱六在东账房缠扰，虽父出面，挥之使去，然终须破费，不得了局。有子如此，家运可知矣，为之浩叹！

廿五日（5月3日）　晴朗。饭后课两孙上生书毕，即至北舍赴子祥侄孙会酌，先到梦书老侄处，省三引至房，望之，形容瘦削，神气尚可，现服戈制半夏，颇有效，惟不能立坐长谈，则似非老年久病所宜。回至子乔五侄新宅畅谈，知顺芝不在家，托查老大房丁口，大约须俟初十左右来取。元音侄接陪良久，老二房一册，老四房一册，圣裕侄、新甫侄孙均书就，粗阅之，人丁生卒虽未登齐，然已楚楚，略有头绪。茶寮叙后，至胡馆摇会，得彩者子祥弟幼亭，共两席，菜尚可，余与兰亭六侄同席对饮，如量而止。下午复与与会诸人草棚茶饮，良久开船，到家未晚，知徐瀚波来过，新办旧宅保婴上又付洋四十元。迟诸先生不至，未识即日到馆否。

廿六日（5月4日）　晴朗。上午课两孙理带书，上生书各一首，督读半天，恰好元简先生自唤船到馆，借此交卸。下午至啄香馆中絮谈，看誊试草，知昨日顾一夔家芹樽，菜肴极盛。复至萃和与又耕谈，渠来外荐，拜大悲忏。苐侄已近周年，光阴迅速，死者长埋，思之令人深竹林之悲，并增西河之恸。夜间渐热，不能久坐。

廿七日（5月5日）　晴热，下午似有变象且潮湿。是日午刻立夏，暇则汇续家谱支系，略誊清五页，尚宜到北厍，未详生卒者随时续问，人丁则老二房甚不兴旺。下午与元简先生小饮高粱，借以赏夏，然均量窄，不能多饮以为快。今日始吃蚕豆饭，真极时珍鲜宝品也。

廿八日（5月6日）　晚晴朝雨，不寒不暖，正豆荚滋肥好天气。终日誊录谱系初稿清本，老二房丁口虽稀，尚未录全。晚间手酸而滞，歇手闲散，不善书之苦如是！

廿九日（5月7日）　晴朗。朝上接到润芝侄孙子伯埙试艺一本,殊叹送试草若是,草率极矣。阅之,下截有"春信重来"句,不觉失笑,无论于题,敷泛不切,如此不庄重语,何可入文? 秉笔者何俚鄙不斟酌(切不可告人,侮慢受口过,特记),将传为口实乎? 可戒可恨! 终日汇录谱系初稿,下午始将老二房一册订好告竣,复动手老四房一支,人口较多于老二房,然亦不茂盛。

三十日(5月8日) 晴朗。上午汇录老四房谱系,至下午手颤甚,不耐写,只好搁笔,走至友庆、萃和闲谈。六、七侄昨日文期,今均誊就;荸侄做搭题,仍不能头头是道;鸿侄初学大题,虽不佳,恰能文从字顺,天资学力益于此可判优绌。总之,笔路好是要紧! 晚间杭啄翁来谈,惊知洪乃琳遇崇作古京寓,渠翁福过灾生,天乎人乎? 此中因果,吾不得而测之,须问徐仪堂,方明报施不爽。

四 月

四月初一日(5月9日) 朝雨晚晴,大雷电,潮湿蕴热之至。饭后换凉缨,衣冠东厨司命神前、家祠内拈香叩谒。暇则汇录谱系,老四房一支尚未竣事。下午停手,略阅《坐花志果》第二遍。

初二日(5月10日) 阴晴参半,下午雷电微雨。终日闷热潮湿,夹衣难穿,大有暑令。暇则汇录谱系,老四房一支初告竣,将从事老三房,人丁繁衍,特少读书子弟,初阅之,几乎头绪不清,以后当细心挨算,庶几少长有序,此房一册最为吃重。下午因热停手,略阅《坐花志果》。

初三日(5月11日) 上午犹雨,下午始晴朗。饭后汇录老三房谱系,人口存殁,约计十日,未识能誊清否。下午歇手,端顿两处芹仪,一本宗伯埧,一陆韵岩,均归公账。叶勤谻先生令郎世兄,余处答谢一元,萃和、友庆合一元,拟明日便见袁憩棠托寄,即借交卷,封就暂存。

初四日(5月12日) 晴朗清爽,昨雨风雷电,半夜已过。饭后同俊卿至陆畹九家,虎孙随介庵至本宗北舍,均贺芹樽禧。余到尚早，贺主人乔梓后，在后厅坐，宾朋纷至，与凌荫周、陆梦铃、袁憩棠、叶友莲诸君畅谈，费侣仙亦来话旧，晤盛泽新进张梦莲之郎号伯荣（伯华），美少年也，细述洪琢君事，乃翁寿甫无心作孽，隐毙两命，致罹惨报，人当得意时，何可任性哉？中午筵宴，荫周师位之尊让避之，竟坐第二位，与叶彤君并坐。陪余者本镇沈君，号绮亭，在张朗斋家办账。始知张帅现守乌什，尚未开伏。席散即告辞，至艺香处，以朱寿轴及祭神总轴、顾晋叔字、志和画托裱，余立轴小照已取还。复至赵三园，与袁憩翁、徐苹山诸君又茶叙良久。叶先生世兄答敬二元面交憩老，苹山老友约十六日过余，并送糖果两瓶，感谢也。归家傍晚，知"玩"字三蛮表嫂又光过，六佺落肩，仍六洋二百，牢不可破，深叹此债何日能了。

初五日（5月13日） 晴朗。饭后汇录老三房谱系不及十之一，下午辍笔。昨日村人捕一鼋，以札询子屏，知梨里地藏殿放生池已公议不蓄，即载至分湖深处投之。晚间徐瀚波来，约二十左右来写保甲，现往梨里一带查保婴，括字五元付讫，孤米上先付十元而去。其友吴福堂同来，系苏州人，同办前年豫赈，曾游冥府，见地狱变相，即此人也。吞不饥丸致病死，因饥民不罹此丸之厄，录善还阳，言之凛凛。子屏近体略痊，约十五左右来溪一叙。

初六日（5月14日） 复阴雨，终日寒冷，最易受病。上午汇录谱系至九世而止，尚有四世未动手，不胜畏难。下午停笔闲坐，偶阅沈达卿鸳湖书院新考超等、特等文三篇，原评云"用笔奥衍，知心血多人数斛，旨哉定论"。此公发后得志，遇事必刻，吾于其文决之，文虽佳，吾不喜也，姑志之，以俟验。若元吉昨撰"子在齐"两章文，通体用古散行法，则头头是道，皆与人情不相远，出奇制胜，允推此公为正宗。

初七日（5月15日） 阴，又雨，终日仍寒。上午汇抄老三房谱系五页，至午后而止。元音倕来，以老四房清本示之，大约无甚差谬。暇阅庶几堂《今乐传奇》，婆心救世，然终嫌听正声则易倦，若《坐花志果》一书,则论断公平敏妙,最足以醒世。

初八日(5月16日)　晴,不甚朗。上午周云槎来,与之吉题,前二十外又付十五元,言定五送十银扣。暇则抄录谱系,士明堂兄一支人丁最为寥落,下午停笔,恰好凌砺生来,絮谈良久而去。渠新自上洋归,确知俄国大约不动戈干,仍须议和,崇地山在狱,万难赐白,各国为之缓颊也。权难独操,法不得行如此! 姚凤笙字样,寸大九成宫又来四页,第二期字课今已先寄去。灯下略阅《再生日记》。

初九日(5月17日)　晴朗,恰好清和天气。上午命工人收藏寿器,安置外场另屋中,能得邀天之福,老夫妇两具迟用数年,亦是大幸,不胜心祷。暇则汇录老三房谱系,至十一世尚未动笔,不过十分之七,可称蕃衍矣。下午停抄,以沈达卿课艺二篇欲试张元之眼力,先请教杭啄翁,亦以谓未经人道,目所未睹,然恐赏音终难遇也,仍击节久之而返。

初十日(5月18日)　晴朗。上午抄誊谱系六页,至下午而止。午前子祥侄孙来自大义,以子乔另抄老大房谱系一册并原册缴还,粗阅之,罗罗清楚,头绪不紊,虽书法不合须改正,尚似有心于此事也,其所生母求书事实当从之,然名分万难强也,当商之子屏。至耽泉翁,渠已书成事实,倏又追还原本,不知何故。总之,此事正大光明,可书则书,不敢刻亦不敢滥,实无私意存乎其间。耽泉先从兄谊当立小传,事略不来,听之而已。范姨表姊来话旧,留之盘桓。沈达卿课文两篇寄缴陆畹九。

十一日(5月19日)　晴朗。饭后即汇抄老三房谱系至十一世,十二世尚未动笔,下午歇手,约计明日可望竣事。暇则拟作耽泉翁家传,晚间脱稿,即请教诸元翁,据云文气尚旺,句法亦不俗,似可用得,即留案头,再求元老改削,然后商之子屏。灯下略阅余莲村先生笔墨。

十二日(5月20日)　晴朗,略热。饭后汇录老三房谱系十二至十三世,午前始录毕订好,此房人口最繁,然现存不过四十馀丁,因与子祥较对一遍,差误尚少。复同子祥统算五房丁口,实数不满乙佰五十馀丁,益见外省动计千丁,成大族为难。下午录清耽泉家传,即命虎孙课馀誊真,未识可用否。明日拟从事老大房谱系一册,虽有清本,尚须删改,且起头数页当补登也。此事初稿脱手,尚须宽以时日复查,亦是要诀,不得卤莽从事也,故特识,以便遵行。

十三日(5月21日) 晴,是日交小满节。上午誊录老大房端人公支八世以上,计两页半,始接联子乔所抄本,订齐,复略较一遍,删改繁文,作为初稿清本,暇可汇录老五房本支矣。下午账房内有田事议找绝,约明日成交,恰好以传文书一片托寄子屏。沈笺卿来候元夫子,顾季常亦来过,始知禾中岁试十八日取齐,杭啄翁已解馆矣。栗碌未坐定。

十四日(5月22日) 晴朗,略热。上午账房内有找价事,立契成交,此契尚是良田,未忍听其翻赎,故优价给之而杜绝,并留中饭而去。凌砺生专函来,欲商大款,即与友庆三侄合凑,如数复之,并约明日须亲自来携为要。暇则动手老五房谱系,头绪颇繁,幸子屏抄来底稿尚清,当小心详录也。誊真四页,手颤甚,即停止,晚间婆婆自适。

十五日(5月23日) 晴暖,大有夏令。饭后抄录谱系四页,适砺生来,即停手,畅谈,在书房内中午小酌,颇适意。七侄亦至,两券付一,即以物色二件面交,知日上要至谢绥之处,以信示余,直省赈捐尚要张罗。余处旧藏吴望云之祖(吴云墅)云墅先生致沈巢云先生书,裱好三页,拟送望云,托捐直赈三十元,未识能上钩否。即交砺生试送之,以观其心,题目出得上好也。到苏送姚凤生束脩洋一半,两人十二番,并托买书集物件。会试十一出榜,尚无吾邑佳音,散馆在十八日,谈至傍晚始去。倏有东浜潘景春妻氏唐,抚孤守节,廿八岁而夫亡,莘塔每月给钱七百文,现守五年矣。其夫弟洪春,逼其再醮木村沈阿五,唐氏矢志不从,特来相诉,余即唤圩甲母四老太婆来,以砺生欲禀县惩办,四老太婆力保无事,免差拖累相恳始还。灯下正欲作札商办此事,适砺生特遣翰老副手吴福堂来细查此事,余详告此中原委,福堂留夜粥后即至东浜圩甲处,声言局中要究办,如四老太婆力保后不逼醮,从此下枰,胜于差扰万倍也。惟福堂人极能干,云即日要办太湖救商事,恐瀚老无才,不能降服此人耳。

十六日(5月24日) 晴朗,颇燥热。上午正在汇录谱系,适老同砚徐蓣山来,欢然絮语家常,并以郁金香酒两瓶见惠。中午两人对酌,余已溢量,若蓣山,未尽陶然也,语言未忌。总之,吾两人各抱缺陷,但祈天假之年耳。饭罢即归,送登舟后余不觉大醉,登床呕吐一回胃气始清,又酣眠,至傍晚始起来。甚矣,酒非养生,贪饮宜戒,故特识之。

十七日(5月25日) 晴燥,大好赶收春花。饭后赶紧抄录谱系,至下午手腕僵甚始停。先君子辈行今俱抄毕,明日动手九世,然不过十之三而已也。灯下略阅《东莱吕氏博议》。晚间有人自北舍来,知范楚生已南宫报捷,喜气盈门,同声称庆,此时最难为怀者,洪受甫老翁耳。

十八日(5月26日) 晴朗,风燥。上午汇录老五房谱系,至午而止,九世尚未抄毕也。暇至友庆书房中,先生已赴禾中岁试,看改七佺大题文两篇,极圆畅入时。复至乙溪处谈天,议君彩公祭产再捐十亩,余三亩,大兄二亩,亦政堂老大房五亩,乙兄深以为然,未识旦卿弟兄以为何如,当至北舍商之。回,则登清田账,阅《博议》末卷。

十九日(5月27日) 晴,下午忽雷电作阵势,微雨而止。上午汇录老五房谱系,下午歇手,余兄弟行已钞毕,以后可动笔登载第十世,然功程不及过半,谅此月底总可竣事。暇阅《博议》,以切问书院课题寄交沈达卿,前期尚未看出。

二十日(5月28日) 晴朗。饭后送邱大官回梨,余即至芦先候黄玉生,于楼上略坐,余老夫妇寿像谱襟已就,阅之颇认真,言明款上扣送十元,出来即付钱艺香便即裱好。晋叔所临《皇甫君碑》已拓就取还,复以庞宝生对付裱。午前与徐苹山、顾季常、赵翰卿茗饮,中午赴翰卿会酌,菜是自烹,颇可口,得彩者季常。饮毕,复与袁憩常、顾砚先诸公茶叙,苹山六兄示余一异物,鳞尾似鲤,其坚介如铁,腹有茸毛,似狸,首如鼠,有耳,云得诸四吕村菜沟中,乡人捕获,已伤甚,其长二尺许,掬在手,软甚,不能捷奔,得水则甚喜,然非以水为命者,大概说穿山甲,吾以为不类,四足有爪,大有龙形,世无张华,谁能博考?姑识之,以夸眼福。又至洪昌酱园,以谱示中和侄,略问之,年月仍记不清,然渠家兄弟叔侄及所配可免歧误矣。又与憩棠絮谈而返,到家尚早。

廿一日(5月29日) 晴朗,晚间风燥,似有变意。上午汇录谱系,下午停钞,诸侄行尚未蒇事。遣使至莘塔,回来接砺生片,《求阙斋杂著》二十六本、洋灯、万年历均办就,寄来姚凤翁字课数册,均批示,大有讲家。字样九成宫两页寄示两孙,均蒙奖励,念孙尤为许可,不胜鼓舞欣喜。

廿二日(5月30日) 阴雨,略潮热。下午风从东北来,渐肃起晴。上午汇录谱系,余家本房十世尚未缮清,然书至此,不胜悲感,佳子弟三年之内倏丧其二,门祚之衰,将何以振?下午搁笔,略阅曾文正所选古文,实浩乎无涯也。赵姨表姊下午送回到镇,陈节生二郎公同入青浦学来报,吾家对之,益增惭愧减色。

廿三日(5月31日) 阴,北风终日,颇寒。上午正在汇钞谱系,适子屏侄同徐翰波暨其徒梁蟾香来,为之欣慰。中午在厅上小饮,下午瀚翁始动手写门牌、县印底册。子屏在书房与元老畅谈医理,晚间瀚波本港写毕,共乙佰二十馀家,馀则瀚波有事到梨,约廿八九日间来补查。夜粥后送瀚翁登舟,子屏与元吉联榻,又畅谈久之始寝。

廿四日(6月1日) 晴朗。上午同子屏校勘谱系书法,毕竟笔底高人一着。老五房抄至十世,正欲动手十一世,适沈达卿来谈,即歇手。晚间惊得梦书老侄凶闻,卒于廿三日未时,年七十,竹林辈又缺一介,不胜悲悼。廿六日巳时入殓,廿七领吊,当往一奠焉。夜间与子屏、元吉剧谈。

廿五日(6月2日) 晴朗。上午子屏校阅老三房清册,似多差误须查,余则汇誊老五房谱系。下午至北舍探梦书老侄丧,到灵帏前三揖而去,并无人接陪,与孤子省三侄孙语,知不食三日,吃黄烟三咽而逝,亦易死哉!一应殓礼排场楚楚,梦书有克家子,亦可无缺憾矣。回来尚早,即赶钞老五房谱系清册,至晚告竣。夜又与屏侄、元翁畅谈。

廿六日(6月3日) 晴朗,渐热。终日子屏校谱系清册五本初毕,改删处均见笔法,余则以意画支图,终日不成,拟明日同用心构写,庶可有条不紊。夜略置酒剧谈,余不能久坐,早眠。

廿七日(6月4日) 晴朗。朝上命念孙、介安侄至北舍吊奠梦书,上午回,传述排场颇能楚楚。与子屏斟酌宗支图,必须划格誊清,庶有纲领,如其法,子屏按支排写,续图五,已成其三,为之一快。晚间两账回来,略有所收,夜谈一黄昏,余先就寝。

廿八日(6月5日) 阴,下午微雨。以札致砺生,托定菜油。朝上先有信致余,特示《申报》会榜,急阅之,会元吴树菜,山东人。上三县中五人,常熟二人,陈啸卓同年之郎同翰与焉。午后子屏原图、续图一并录就,再商添凡例三条,此事居然草稿初完。夜复至书房剧谈,秀水吴翠峰兆基得中春榜,上科丧子,今科得意而归,益钦老兴不衰。

廿九日(6月6日) 晴。上午子屏复将谱系删节一番,以符体例,续增凡例三条,亦已定夺,抚养子一条权收而不案,亦不援例以泯其迹,大有深意,此事益信非卤莽者所能动笔也。下午曹松泉来谈,并送物件,带花洋皂,承情受之,实无以报,长谈应酬之。子屏在书房与元吉商节老五房一册,则谨严而尽善矣,夜谈颇畅。

三十日(6月7日) 晴朗。上午子屏复较老大房一册,书法均归一例,惟老三房尚须复查,不及详勘,其馀四册,似可为初抄定本。午后徐瀚波来,六角两圩均已书清,惟东浜沈氏不肯写,则听之,长谈而去。恰好凌砺生自梨回来,又畅论一是,定油票已面托,想可不至忘怀。吴望老处,药头不吃,其人之悭吝可知矣,谈至傍晚始去。夜又与吉、屏二公絮语,子屏谱事略告竣,凡例、小传及祭田续记归家补做矣。

五　月

五月初一日(6月8日) 晴朗。朝饭后,舟送子屏回港,约秋间俟有誊清定本再来溪盘桓,复校上册,并定下册,增益文辞是订,屏侄亦点头,知节后要往梨,可得吉甫回家消息矣。暇即衣冠东厨司命神前、家祠内拈香叩谒,至乙溪处,以子屏留条示之,为跛五侄孙学业到店要贽仪、蚊帐,告帮两元,便间到溪来领,大兄亦允许之矣。下午碌碌,无心坐定。两账船晚归,均略有所收。

初二日(6月9日) 晴朗万分,深宜时令。终日无事,始悉心圈点《曾文正尺牍》廿页,读杂选古文数篇,颇有意味。晚接瀚波札,户口二册,磬生托催,欲即汇交到县,即付之,夹一名片。

初三日(6月10日) 晴朗。上午点阅《曾公尺牍》一册初毕,《东莱博议》亦已粗阅一遍,拟再校读一次。下午至友庆,适叶竹琴在座,与之委蛇长谈。陈节生两郎明日芹樽,即托七侄致分。回来,砺生专舟来取门牌册,即作片复之,想磬生处两歧,未关照,故多此一番往来周折。

初四日(6月11日) 晴朗,渐热。上午点阅《曾尺牍》半卷,又重阅《博议》,下午翻阅《曾选杂钞》一卷。晚间账船归,接邑尊信,催缴门牌。又接陈翼翁札,朱品祥督种陈叙高田,当即饬插种,庶合廾李芳贤车水省力。吴幼如约十三四日来。

初五日(6月12日) 晴朗,不甚热。上午点阅《曾尺牍》十页。午前率两孙令节祀先,放学终日。中午在书房略办时鲜黄鱼,与元翁对酌,饮端午酒,极酣适舒畅。下午略醉,昼寝,黑甜乡最乐,起来将薄暮,不看书,徜徉竟日,闲步田间,观工人插种。夜粥后,徐丽江之郎縈友至萃和,招余议其弟媳鲍氏故,出帖定嗣,据云其曾祖母及王爱香均不欲别立他房,则议已定,他人何敢有后言,惟一应丧费欲索鲍氏所存现钱,恐势有所难劫,丽江须填应,则苦不资,丽江实进退两难也。出帖兼祧,固正例,即虚设承重,亦可说得去,惟构衅孔多,颇难理喻。乙大兄既不肯去,余则大可卸肩,告伊不与闻,留宿复乃翁,絮谈而返。

初六日(6 月 13 日)　阴晴参半,风厉不热。终日点阅《曾公尺牍》念页,翻阅《杂钞列传》,暇则再步田间,又观插秧播种,明日可毕工。

初七日(6 月 14 日)　阴雨终日,恰好农人趁水赶种。上午偶为徐丽江拟公议据,自谓立脚有定,措词无失,及示元吉,始悔语多矛楯,适足以启负者之心,几误乃公事,改之为贵。甚矣,刀笔吏未易为也,不胜自责。是日点《曾尺牍》十页,下午翻阅《曾选杂钞》志铭类。

初八日(6 月 15 日)　晴朗,天气与时令极为相称。今日始知三鼎甲,状元黄思永,江宁人;榜曹诒孙,茶陵;探谭鑫振,衡山;传戴彬元,直隶。熊菊生散馆知县,恰好展其所长。上午点阅《曾尺牍》第二册完,下午阅《曾文杂钞》传志翻遍。

初九日(6 月 16 日)　晴,略热。饭后至友庆,落肩本路包瞿仙报金、迎入学(十一日)、贴费,三共在内洋十八元,钱六百文,合三十两之数,尚为直落。周云查遣王漱泉来,又借洋五元,云银扣。去后,余舟至北舍,以谱系初钞本交元音侄,将老二、老四两房复查一遍,下午收还。即至老大房子乔五侄新宅内坐,大房一册并宗图、耽泉传一并存渠处,商酌一切,约十日内寄还。子乔阅之,似一应合渠意见,留中饭,扰之,絮谈,与渠父子、丹卿四侄共席。下午润之亦来就谈,又畅坐始出门,丹卿、润之陪至仁和楼茶叙,恰好元音、省三均来,以老三房一册交省三再复查,大约有此二次详核,大局可不谬矣。茶罢,归来尚未晚,念孙已自梨回,丽江所必须赶之件面示之,颇为称渠心。邱氏遣使来,接来春内侄出名信,为合开酱园有所商贷,明日须亲自一往。友庆三侄处物色三数已问定,合余处凑成名世,以余计之,似非惬心之作,须主张得人也。

初十日(**6月17日**) 阴,细雨竟日。饭后舟至梨里,从邱氏后门登岸,入见幼谦夫人,云顿候已久,即请汝诵华、徐信芳二公来谈,知此番与徐氏合账,有心腹人盘账重开,稳可得利。余即交物色如前数,信芳书券,并烦两公居间,好无外人在旁。余照入后,两公陪余中饭,絮语丽江承立事,甚不吃亏,惟目前须填款,终有着也。菊生散知县,已见明文,非传说。下午又畅谈,舟人催行,始告辞登舟,舟中倦甚,假寐片刻,到家傍晚。中午寿伯内侄同饭,云日上尚肯读书。

十一日(**6月18日**) 晴,潮湿做黄梅。上午将谱系已查清者补填,萍甫六侄来谈,论及周旋事务,尚不至十分懵懂。子屏与元吉札,李老师传示兵备道王公新任观风全题,均是经典之学,限六月汇解。下午闲坐,无心看书。

十二日(**6月19日**) 晴。饭后命慕孙至莘塔,为夏至节致祭舅翁雨亭公灵次,并以便字命面呈二母舅。上午点阅《曾尺牍》第三册,下午倦甚,昼寝颇酣,起则略阅曾选叙记。晚间慕孙回,接砺生字复,油票已定出,书与洋灯均算讫,寄上散馆单,菊生作殿改知县誊夹页之说,云是此公狯计。姚凤翁字课两孙均看出,批评详细之至。灯前杭先生来谈嘉禾考事,此君一等三名,而保结利不佳。忆庭试草寄到,荫老所改,大不妥者下截收处。

十三日(**6月20日**) 晴朗。内人倏患间日疟,已两次矣,幸得汗解,谅可即愈。张伯华寄送试草,当由陈仲威处答分。上午点阅《曾尺牍》,下午掩卷,不坐定。

十四日(**6月21日**) 晴而不热。是日交夏至节。上午点阅《曾尺牍》十馀页。午前吴幼如来,恰好留之钞谱,明日动手,书楼上住宿。中午令节祀先,率两孙拜献如礼。下午闲坐,略与幼如甥论字。夜看两孙写大字,门牌县中发来,已交圩甲散贴。

十五日(**6月22日**) 晴而不朗。上午看幼如抄谱,先从宗支图动手写起,暇则点阅《曾尺牍》数页。下午闲散,略阅《曾选百家文》叙记类数篇,内人疟疾复来,虽已汗解,殊形讨厌。

十六日(**6 月 23 日**)　阴,微雨。上午省三侄孙寄到老三房谱系一册,阅之,所复查者颇为详备,即作便札,明日寄示子屏校正书例,即可续誊,暇则圈点《曾尺牍》十页,晚间与幼如校对所誊谱系。

十七日(**6 月 24 日**)　渐晴。昨夜不得安寐,因内人疟疾复来,虽渐轻,尚多呕呃之声也。朝上晚起,精神略顿。上午点《曾尺牍》数页。下午闲散,略观《曾选百家文》杂记之类。账船回,信及谱交子垂手,子屏已往梨。

十八日(**6 月 25 日**)　晴朗,不甚热。饭后点阅《曾尺牍》三册初完。下午至杭啄香馆中絮谈,暇复翻阅《曾选百家文》碑记之属,于《石钟山记》大有考证,千古不磨矣。幼如抄谱四、二两房毕,始动手老五房本支。

十九日(**6 月 26 日**)　晴,渐热。饭后舟至梨里赴蔡氏会酌,早到,见子瑗甥,同入内厅,见二妹,颇健,絮谭家常,甚适。少顷,沈子和、蔡介眉均来就谈,晤见西席陈墨园,知渠令祖小山太翁现年八十一岁,近已抱病在床,衰象大见。中午两席,菜不见佳,余不饮,饭罢,即告辞二妹,出门走候吉甫,相见欣然,然不免尚有下第之感。恰好子屏、敏农均在座,子屏今晨有信致余,吉八兄本相约也。以芸舫四月十六手札致余,吴望老原信与吉甫,余亦见过,沈氏纠葛之事,虑不能清,余已面复吉老脑后置之矣。慕孙注册事可办,然须验照,目前缓办甚无妨。原洋缴还,托买墨匣(定做两只)、漂绵、象粪,均费手购就,欲算钱,坚不肯受,与殿策墨迹、新试帖、京顶一并送锡两孙,殊不安,权领之,日后理当奉赵也。八兄十八出都,廿七到沪,初三抵里,庶常单已见过,论及新科状头黄公,金陵陷时十一龄,阖门十二口暨及其祖父俱自尽,被掳,逃至常熟,钱氏收养之,始得读书有成,亦奇事也。三人谭兴极浓极佳,惜天骤热,有阵雨,只好辞归登舟,到家点灯。两孙见文房多宝,喜极欲狂,摩挲一黄昏不肯释手。是日余之先大父逊村公忌日,令两孙中午代祭,歉甚也。

二十日(**6 月 27 日**)　晴,暴热,短衣难御。终日浑汗,不能坐定,始见七侄试卷刻本,印得不甚佳,以费氏芹仪面交。下午沈达卿至书房长谈,书院文交卷,是期文字平平,岂目空馀子,不欲战耶?

廿一日(6月28日) 仍晴热,较昨稍逊。上午以便字致砺生,舟回,知日上复赴苏,暇则点阅《曾尺牍》,补登日记内账,下午洗足,颇适。十九日叶厚甫遣相好钱梅生便舟载石碑并修函一通,馀洋两元交余,石刻补手秦顺之极佳,惜原石顽劣,字多失神,秦君拓手非擅长,仅拓样本一纸,谨当裱藏,以志良朋拳拳之意。

廿二日(6月29日) 晴,仍热,午后阵雨即止,仍不得凉。昨夜为蚊所扰,几难成寐。上午点阅《曾尺牍》十馀页。下午翻阅《曾选经史百家文》末二册典志之类,虽以曾公之聪明诚笃,恐万不能成诵焉。晚又阵雨,稍风凉。

廿三日(6月30日) 晴凉,下午微阵即散。上午略点《曾尺牍》十馀页。下午预作致吉甫札,缴洋三元。前托办紫铜墨匣、湖漂绵、象粪,一概云送,实于礼不安,故仍奉还之。七侄试草三本即寄呈,以了受芹仪之谢。幼如老五房谱已抄毕,《曾选经史百家文》属渠题签,字极娟秀可爱。明日留渠再盘桓,廿五日送之还梨,约七夕节(二十后)再来续抄老大、老三两房谱系,屈指重阳节可望告竣矣。元吉为达卿捉刀,作书院选体文一首,读之,极古茂晓畅,真隽才也,敬佩之。

廿四日(7月1日) 阴雨凉甚,田水澍沾。上午点阅《曾尺牍》。下午闲散,粗阅《经史百家杂钞》首卷。晚接砺生片,知自苏回,姚先生字课已批出二本,又发六本来,诸小生会字课亦姚凤生秉笔定甲乙(仍任又莲看)。

廿五日(7月2日) 阴,上午大雨,农人抃庆,下午开霁。留幼如写大字课卷,毕竟老手,非邯郸学步所可及。两孙明日亦可交卷,未免多方趋巧。午前接老大房谱系,子乔并无回信,誊过几页缴还,似尚无大谬可从。续祭田捐账已开来,仲僖前捐五亩不计外,丹卿、子乔、润之、滋田又共捐五亩,余即捐"尊"字田三亩,乙大兄二亩,下午亲至萃和告之,属渠即日开账示余。碌碌终日,不能坐定。晚间,乙大兄来,以毕昂圩取租田二亩捐作君彩公祭产,开账交余,长谭而去。

廿六日(7月3日) 阴。饭①舟至梨川,即送幼如还家,中途大雨,幸无风,两人絮语,颇解岑寂。登怡云堂极早,丽江父子出见,以两孙大字样二册示蘩友,即欲留存取法,允渠缓日寄还。蘩友亦从凤笙,索取楷书两本带归,字课五本亦将交卷,以蘩友为上,大字欠讲究,倪小芥次之,汝小诵又次之。与丽江继母王氏姊絮谈,吉甫遣使复余今日札,洋三元掷还,不能再推却,只好权领之,然情太挚,大不安也。知子屏仍在顾氏未归,少顷,与会诸君均至,得彩者徐秋谷,两席,余首座,菜亦不甚佳,饮酒如量。饭后又与陶子诚谈,以字课五本又三册托潘少岩面交砺生,余亦即开船。天已开晴,到家尚早。是夜早眠,为蚊所扰,不得安卧。

廿七日(7月4日) 阴,上午大雨,未免雨水已太多。读元吉五经试帖五首,工力悉敌,是自大手笔,杂作之工不待言矣。下午录清田捐底账,以便登谱。晚间陆韵庵来送试草,示以字样,谈之娓娓,惜天将晚,一茶即去。曹松泉来,有所商,应酬之而去,云要至无锡做饼生意。

廿八日(7月5日) 天忽起晴,可喜。上午与陈厚安对南北账,下午已毕,即定仍旧,此公颇谨饬,然精力眼光亦稍衰矣。暇至乙兄处略谈,回来,读元老拟退之五箴,酷似韩公,可称笔力、心思均过时人百倍。

廿九日(7月6日) 晴,略热。饭后与吉老七公对东账,下午已毕,不过虚行循例而已,念渠无退步,仍挽留之,未识今冬勉强办事能支持否,不胜平安颂祷。暇则点阅《曾尺牍》,适凌砺生来自紫溪,畅谈字学,兴致娓娓。《文录》即日动笔校正修板,笔账算讫,携懿文斋紫铜墨匣一只去,云恕甫要借作样式,到苏定做(六月二十已收回)。

---

① "饭"字后疑漏写"后"字。卷十一,第472页。

目前县志,陈邑尊不肯刷印,殊非佳惠士林之意。

六 月

六月初一日(7月7日) 晚晴。是日寅刻交小暑节,五鼓雷电阵雨,上午雨犹未止。饭后衣冠东厨司命神前、家祠内拈香叩谒,暇则点阅《曾尺牍》第四册毕,接读第五册。下午徜徉无事,录清续捐祭田清粮数,以便登谱。

初二日(7月8日) 晴阴参半,小雨时来。饭后点读《曾书札》兼摘录欠租花户,下午略阅《经史百家杂抄》首卷。元吉以"执烛抱爇"解见示,详明典赅,吾党自熊纯公后作手允推此公,非过誉也,实公论也。

初三日(7月9日) 晴,渐热。昨夜肝气微发,大约受寒之故,少食以和其胃,渐平。上午点阅《曾尺牍》十馀页,下午翻阅《杂钞》论著之属。元吉以《三吴水利考》见读,条分缕析,参以己见论断之,大可坐言起行,此公非寻常占哔家所能望其项背,真有用才也。

初四日(7月10日) 晴,骤热,仍潮湿。上午略点《曾书札》,钞摘租欠账。下午闷甚,乘凉。晚同元简走候达卿,催渠速作一文一经,以己就之作示之,想渠亦不能推委也。夜又为蚊所扰,不得安卧。

初五日(7月11日) 阴晴参半,上午大雷震耳,倏起大风,顿凉。上午点《曾尺牍》,查登内账。下午子屏遣人以信致余,并以药丸暨札致元翁,兼问方症,元简一一答之,余亦略述一二作复。知昨自梨归,老三房谱系并小传暇当校正构稿,目前甚可从缓也。碌碌终日,无心看书,是夜凉甚。

初六日(7月12日) 阴,上午大雨雷电,终日凉甚。中午在书房内与元翁对饮烧酒,循例吃面,穿单衣而无甚汗,亦非时令所宜。是日,徐苓山老友寄送余纱便小瓜帽一只,醉肉一板,何情之厚而礼之赘也!一笑,姑受之,当思所以答,尚无可贻,俟诸异日。暇阅点《曾尺牍》十页。下午至啄香书房絮谈,还来心纷,不能展卷。

初七日(7月13日) 晴,可免水患矣,甚为可庆。上午摘录租欠,并点读《曾书札》。下午略阅《曾选杂钞》序跋之属。今日初尝西瓜,味略淡而甘,每斤十三文。

初八日(7月14日) 晴朗,仍不热。上午点阅《曾尺牍》第五册已毕。暇则摘录租欠账"宽"字号。下午略读《曾选百家杂抄》班书叙传原文。

初九日(7月15日) 阴晴参半,阵雨时行时止。上午摘查租账,点《曾尺牍》五页。下午登清内账,闲阅《曾选汉赋》,读元吉《宣公奏议》后跋,甚见笔法。

初十日(7月16日) 晴,无雨,然不甚热。上午酌录租欠,点阅《曾尺牍》。下午闲坐徜徉,略阅《汉赋》,味厚难咀咽,并多不解语。身中寒,略肝气不适,西瓜味颇佳,不能恣啖。

十一日(7月17日) 晴而不朗,朝上寒甚,可御棉衣,候似深秋,甚非时令之正。上午点阅《曾尺牍》,摘录租欠账,再两日可毕事。下午略阅《曾选百家》词赋之属,元吉兄代余点完《忠宣奏议》二十二卷,跋书在后,可称全璧。

十二日(7月18日) 晴朗,始有夏令气象。闻天津、广东发水,未识确否? 上午摘录租欠账,《曾尺牍》数页。下午徐瀚翁来,知新有抱孙之喜,谢局直隶捐颇不寂寞,日上要赴苏缴乡募零捐,新愿上又付洋卅元,为要办掩埋甏预定,长谈而去。账房有归款事,子祥失登账底,殊觉糊涂不可靠,须惩戒之,用人之难如是,愈觉际此世局,浮嚣者多,诚实者少,吾辈支持门户益形其难,思之,可痛恨!

十三日(7月19日) 晴,略热。上午摘录租欠摺,午前而毕,亦是持家必须流览查察之事。暇又点阅《曾尺牍》十馀页。下午登清内账。胸中不甚适,饮翰波所惠药茶,颇畅,晚则饱啖西瓜矣。晚接北舍条,惊知丹卿幼子玉溪卒于今日午时,误溺于烟,是子似不足惜,然丹卿老年遭此,殊难为怀! 旋接子乔无款字,知玉溪无子,已定芷均子其溁、禔庭子其澂兼嗣,其续聘一条,书属删去,极是。

十四日(7月20日)　晴而不朗,上午又阵雨即止,而不甚热。是日构成续修家谱后引,下午初脱稿,此事如有物在胸中,吐出一快,工拙不计矣。复录清,请教元夫子改正,然后再示子屏。暇阅《曾文正文集》。

十五日(7月21日)　又阴雨终日,不热,可穿单衣,咄咄怪事,大反夏常。是日斋素,上午略诵经咒,心跳动,不适而止,点《曾尺牍》十页,下午略读曾文以自遣。

十六日(7月22日)　上午阴雨,下午起晴,戌刻交大暑,仍无暑令,可怪!今日斋素,肝气略发,食粥尚适。命虎孙至北舍,唁丹卿丧明之戚,午前始归,闻陈邑尊有调更之信,未识确否。此公尚是循谨一派也。上午略诵经咒。下午作札拟复芸舫都中,似太繁文,用心于无益之地,然不如是不足以对良朋,非应酬套例可比也,一笑。晚间静坐,以舒其气。

十七日(7月23日)　又阴雨,颇寒,大乖夏令。上午元吉翁修改谱序,大致始得楚楚,为之一快,因自录清本一通,再交吴兰生录稿,以示子屏。下午阅曾选序跋,晚间沈达卿携四书经文两首来,读之,文则高浑而有气息,经则古色古香,颇似王农山,真奇才!观风卷得此始称全璧。灯下又与元翁击节相赏,略商一二字。

十八日(7月24日)　晴朗,仍凉。是日斋素,略诵经咒,点《曾尺牍》五页。下午同元翁至啄香馆中长谈,以观风全卷属七侄誊真,限十日为度,回来已晚。

十九日(7月25日)　始晴朗有夏气,然犹清凉。是日观音大士菩萨圣诞,斋素,在中堂设香案,衣冠恭叩,以致微忱。上午敬诵神咒。下午作札,一复谢叶厚甫,即交元翁七夕带寄;一致子屏,以后引请渠改商,明后日寄去。暇阅《曾选百家文》序跋之属,则颇明达好看。

二十日(7月26日)　晴朗,不甚热。上午缮写致芸舫札,拘谨不适意,差幸行款不差误耳。下午熊菊生、凌范甫、陈翼亭来,快谭哦夷西北事不可收拾，崇厚已出狱不杀，菊老出都，办本县请告近文书，八月初到京赴选，大约今冬可得缺。夜间在养树堂略办菜，酌敬之，招杭竹香、元夫子同席，饮酒剧谈无忌，此公吏治已精明，想治百里，是有一番经济，决不庸塌也。一鼓后始就寝书楼南小间。

廿一日(7月27日)　晴朗，仍不热。余晚起至书房，诸公均起来，知终夜为蚊所扰，游戏竟至达旦。托菊生到京买求阙斋弟子《述言记》，曾文正集中一类，未识肯办到否。上午诸公倦眼未醒，谭兴不浓，留之中饭始回莘塔，与菊生珍重而别，余亦倦甚，假寐片时。姚凤生批字册已来数本，极详密指示，可称善教字者。至任又莲看字课，眼光不准，诸小生辈颇不佩服，所寄字课册四本，阅后即缴还范甫。

廿二日(7月28日)　晴，略热。西瓜今岁大贱，惜不酷暑，不敢恣啖。上午点《曾尺牍》第六册毕，兼点《湿热经纬》一书四页，以札兼谱引专示子屏，即接回禀，知日上身体又委顿不舒，食入不化，何虚弱乃尔？约廿五六日间来溪一叙，大约无兴止宿，修谱事亦未赶竣。下午读《经史文选》序跋类，颇适口。

廿三日(7月29日)　晴朗，仍凉，可穿单衣。今日火帝圣诞，斋素，在中堂设香案，衣冠虔叩，以尽微忱，兼冀平安，不胜祷祝。上午略诵经咒，暇则点阅《曾书札》，下午以《曾选百家》序跋之属消遣。

廿四日(7月30日)　晴，昨雨，今日午后开霁，略有夏令。上午点读《曾尺牍》第七册，下午又翻阅《曾选百家文》诏令类。

廿五日(7月31日)　初晴爽，略有暑热气象。上午遣使至梨邱氏，以瓜相饷，吉甫处以书存问，芸舫都中复札一并附寄，家谱后引率尔录呈，真所谓"老面皮不知藏拙"也。吉翁处索借新县志，未识来否。午前点阅《曾书札》，午后略读《曾选百家文》诏令之属。晚间舟回，接费敏农回条，吉甫今日赴江公饯，陈邑尊卸事，县志遍觅不得，翼翁所乞红灵丹已来四十匣，即交诸先生转致，余亦取其十匣，以备分送。

廿六日(8月1日)　阴，下午又阵雨不止，至晚始有晴意，清凉依然。饭后六侄苹甫郎二小侄孙有寒热不解证,请元吉先生去看治,方用藿梗、莱服子,消暑去痰诸品,未识有效否。以吾决之,能得药性定灵验,果俟试之。上午点阅《曾书札》,下午略看《古文辞类纂》,姚选。迟子屏不至,不识近体如何,颇悬系。晚间陈厚安到寓。

廿七日(8月2日) 晴,不甚朗,亦不炎暑。上午点阅《曾尺牍》十馀页,暇略读《曾文选》,与姚选参观,此道不深,难分瑜亮。

廿八日(8月3日) 晴朗不热。饭后致片凌励生,舟回,知沪上未回,虑上行欠倒事尚未了,七侄观风全卷誊好,正在校阅。子屏遣使致书元夫子,知近日齿痛,懒于出门,即作札复之,并交观风卷。暇阅所改后引,极周挚详密,可免贻讥方家。代作祭田记,雅洁之至。小传四,文体均仿震川。于振凡、子扬两首,尤酷摩维肖,真吾家著作才也,不胜快慰。即携示元老,一读一击节,蒙改一二字,更臻妥善,此事必须高手斟酌也,余即日当自录清本以自怡。是日点读《曾尺牍》十馀页,下午再阅子屏所改撰诸文,不再看书。

廿九日(8月4日) 晴,北风凉甚。饭后点读《曾书札》十页,抄录家谱后引改本,计半日毕,楷书久不作,拘束不适之至。元简先生为余作《课孙翼后图记》,揄扬过分,愧不敢当!文则朴茂渊懿,大得名大家气息,不胜钦佩增光!略有献疑,俟与子屏酌定后当属元翁题书图上,以作韩公《五箴》读可也。碌碌终日,未曾开卷。

三十日(8月5日) 阴,昨夜大雨,今日大风,凉如深秋。饭后点阅《曾尺牍》第七册毕,抄《祭田记》《课孙图记》一,为之消遣一快。下午略读《曾百家文》奏议类。

七 月

七月初一日(8月6日) 始得晴朗。饭后送诸元翁先生解七夕节,送之登舟,约十七日去载,叶厚甫处谢函即托面致。衣冠东厨司命神前、家祠内拈香毕,权课两孙理书,从生书已上起,一《左传·襄公》中,一《尚书·洛诰》,各理一册,至午后而止。下午写临姚凤生字样,命吴莱生钞录谱中小传及续凡例,暇则闲适,不再观书。

初二日(8月7日)　晴朗。昨夜又大雨即止,今日颇爽,不甚热。是日未刻立秋,正值西北风,或者不至闷热。上午权课两孙课理书,至午后即放。六、七两俭来谈,示以谱序传文,近作各三首留在案。莱生命抄谱序传文亦竣事,明日亦要回同省母。下午酌饮高粱佛手酒,以应秋令。仍栗六竟日,晚接老友徐莘山札,见惠秋桃、花红各二十枚,愧无以报之。

初三日(8月8日)　晴朗。饭后课两孙理书,仍半日而放。清晨送莱生回同,约十八九日去载。下午莘塔舟回,接砺生条,《文录》补修已动工。日上范甫血证大发,现幸止,然非佳境。姚先生字样、批字均寄来,批评极精而严,大约弊在欹而不正,然改换颇难。七俭来谈,杭先生改本大小均绝妙,窗课三篇还之。砺生以吴中十五龄童子周备笙所画墨山水扇头两握送两孙,笔极清秀,亦奇艺也。

初四日(8月9日)　晴朗,略热。上午课念孙理书,慕孙略有委顿,停课。下午观两孙写大字,均肯用心,似已得姚师指授。终日闲散,暇作小札谢答徐莘山老世兄。

初五日(8月10日)　晴朗,似有热气。朝上由子屏处接费吉甫札,确知旧令尹年老麻致,新任龙公名苇,湖北人,军功班,月初到任。新志已寄至都中芸舫处,并要索借《石府志》,余处所无,只有《雅志》,暇当复之。大乙丹十丸俟便转寄元吉、翼老矣。子屏现服辛垞方,尚未复原,须初十后来溪,然尚难定。上午课理书半日,下午观两孙习大字,阅点《曾尺牍》数页。

初六日(8月11日)　晴,略热。上午课两孙理书,中午停课。陈雨春来定冬货,适老友徐莘山亦来,即在账房陪同中饭。雨春去,下午与莘山在书房内絮谈,携其中幼子来,年十三龄矣,似尚伶俐。莘老心境不甚佳,有所商,姑书券以应其急,谅不失信也,至晚始去。终日栗六,未展卷。

初七日(8月12日)　乞巧日,晴朗,始有暑令气象。上午权课两孙理书,中午薇人自莘回港,据云已收期,日上无有顾而问者,不得已而返旆,实则不能耐守。凌氏诸君,挽之不得,颇介介也,此子真所如辄左阻,穷途末路矣。留之中饭而去,甚可哀而不受人敬也,言之可叹,实无可位置也。下午两孙翻阅字画,蛀破实多,念孙另立一簿,可收拾者检齐藏之,不能裱者捆束弄之,甚觉眼目一清。碌碌不能坐定。

初八日(8月13日)　晴热,西南风,挥汗如雨。饭后课两孙上读策一道,各念遍,顺口后即停,检阅字画,兼晒神像。是日村人抢年敬神演剧,纵两孙往观,余亦在账楼上远望,无当意,徜徉久之而罢。

初九日(8月14日)　晴,昨夜大风,今日上午略雨即霁,稍凉。饭后课两孙策各一道,顺口后检阅神像,已临过而蛀破者今特晒过,收弄书厨上级。下午纵两孙观剧,余亦在水阁婆娑,不能掩耳静坐。晚间,砺生来自紫溪,略谈即返,知徐元圃修板已动手,老薇前日所述尽是子虚,自投荆棘,可恨之极!字课会不叙,大好省却一番闲杂功夫。

初十日(8月15日)　阴晴参半,上午雨即止,西北风又凉甚。饭后课两孙理书半日,下午上殿策一道,顺口后即停,各写大字十馀个始放学。余读古文数篇,一时兴到故也,复点阅《曾尺牍》十页。

十一日(8月16日)　晴朗,仍凉,可穿单衣。上午课理书,今岁所上将遍,下午看两孙习大字,风生新来字样廿个,亦已各书六十,订一册,明日至莘去缴。余则碌碌终日,仅点阅《曾尺牍》六页而已。

十二日(8月17日)　晴朗,已有秋爽之气。饭后命两孙至莘塔,中元节致祭雨三母舅几筵,颇有感时伤悼之戚。复作便条,命面呈二母舅。砺老《文录》修板又帮洋五十元,以催其成,磬老处作无成荐书亦寄去。暇则点阅《曾尺牍》十数页,《温热经纬》三叶。下午作便札复吉甫,待寄。今日不督课,颇清闲,晚间两孙归,知今日宾客颇多来会祭。范甫大吐后,精神委甚,携恕甫字课来,大小、笔力工整,两孙愧不能及。

十三日(8月18日) 晴,略热。上午仍课两孙理书,策四道午后上完,顺口。下午看写临凤生所发寸样大欧体楷书,则孙辈矜持太甚,几无把握落笔,余谓孙辈此体须痛下一番功夫,庶有进境。

十四日(8月19日) 晴,颇有炎热气象。上午课理书,今岁所上两孙已周一遍,不甚精熟,约可过去。策四道亦上毕,只求顺口。午前中元节祀先,与孙辈裸献将事。下午看习径寸楷书,一临一印均有骨力,老人实不能及,顾之颇喜。《曾公尺牍》点阅五页,《古文》读至十二卷奏议之属。晚间小浴,垢腻一清,快爽之至。

十五日(8月20日) 晴热,颇似正伏。上午督理书,读策论,以了权课之功。下午督看两孙写字,不满两页,可称游戏。七侄学书扇面,甚有笔姿,劝之从师习楷,应而不坚。栗碌终日,竟不坐定。

十六日(8月21日) 晴热。上午子屏以便信并老三房谱系册缴还,知日上面部赘下掀肿,大有热毒结叙气象,复以如不散消,须就外科,切弗因循是属。以《课孙图》暨传序原文寄去,再商定稿。暇课两孙读生书,下午习字,不肯认真多写,从宽听之。沈吉翁、马少山来,料理去冬一事,述及东易家难叠兴,不可收拾,言之发指,实爱莫能助,长谈应酬之,少兴之至,久之始送之回寓。七侄以家藏《九成宫》帖见示,后有王虚舟跋,是仿宋拓之佳本,余以为可临本之不可多得也,当质赏家,以定本之真赝。接吉甫片,《雅志》要寄阅。

十七日(8月22日) 晴朗,稍热。清晨命舟去载先生,饭后作札拟致励生,两孙命各读生书。六侄苹甫以善本《元秘塔》见示,神采均佳,视昨所示《九成宫》更为宝重。下午略在书房坐定,未晚,元翁已到馆,翼翁有便条致余,约至周庄近地白家港看灯,故人情重,余实无此兴会。

十八日(8月23日) 晴朗,略热。上午录《元简图记》,并观所抄明沈伯熙墓铭。下午札致砺生关照一是。晚间舟回,接砺老回字,一一心照,可称灵敏。苏去托凤生书隶对扇暨脩资均收到,两孙字课先来五本。沈达卿来候元翁,长谈,晚去。

十九日(8月24日) 晴朗,昨日已交处暑节。饭后属吉老以凌氏之券归交东易,暇则点读《曾公尺牍》十馀页。下午至乙溪处,以先府君墓域丘址,余向所录而遗失者问之,兄则捡谱示余,记载分明,即携归录出,为之一快,足见兄之记事敦固,余愧不及远甚也。是日午后,吴莱生已载到馆,碌碌仍难静坐。

二十日(8月25日) 晴,略蕴热。上午录清先大人《墓域考》,亦是极要紧事,暇则点阅《曾尺牍》第八册已毕。是日出冬照应,又成交二仓,每石二元,可称价贱伤农。

廿一日(8月26日) 阴晴参半,闷热,下午微雨。上午点阅《曾尺牍》第九册,迟吴幼如不至。下午磨墨匣,观漆工为大女孙漆嫁妆,仍碌碌未坐定。

廿二日(8月27日) 阴晴参半。上午点《曾尺牍》八页,《温热经纬》二页,录明沈伯熙墓志铭一篇,元简所示也。朝上接吴甥幼如信,为其郎患外证,不果即来,须俟节后,此事实不克赶紧竣功也,颇不如愿。下午略阅古文数篇。

廿三日(8月28日) 阴雨颇凉,下午渐霁。饭后点阅《曾尺牍》十页,适凌砺生载薇人来自大港,欲余介绍来年范甫、幼耕家合请薇老,即与坚定,脩节共五十六千文,学徒四,附徒一,十日一出茶叙,馀在书房勤课,除假节外不准逗留在家,薇俱一一允从,即送关书聘定,同在书房内便酌畅叙。下午砺生先归,携先人倩蒋霞竹所绘《濠上寻诗图》去,薇人余处备舟送还大港,但祝来年坐馆有恒心为要。子屏面肿,凌寿甫医治颇有效,闻之慰甚。碌碌终日,不能坐定。

廿四(8月29日) 阴雨终日,得此甘澍,禾稼益茂,定卜有秋,特谷贱伤农耳。上午点《曾尺牍》十馀页,《温热经纬》三页。下午观元简所临余家藏本《宋拓孟法师碑》全本,秀逸有神,暇则略观杂文。

廿五日(8月30日) 阴晴参半,昨夜颇寒。饭后点阅《曾尺牍》八页,《温热经纬》二页。中午徐挹山来辞行,知托人看验文凭已来,分发安徽候试用县丞,择其八月初九吉行,此公甚具小官才料,此去祝以仕途亨通是望！与之絮语，留之便饭，珍重致赆而别，渠即至莘塔舅氏处止宿。下午陈雨春来，先交钱洋，下货缓日，半以制钱代洋坯。客去，位置阿堵物，极栗碌，至晚始楚楚。

廿六日（8 月 31 日）　复阴雨终日。上午点阅《曾书札》十叶。下午至琢香馆中絮谈，暇阅《古文杂著》。夜观两孙习欧《九成宫》。

廿七日（9 月 1 日）　晴雾，略热。饭后同厚安至芦，以画字八轴、对八副交钱艺香裱，收回帖一本，刘子和画一册，所存者尚有寿像二，过年神屏一，今又付墓铭一，诸元翁所托裱《洛神赋》一，成亲王《无逸篇》一，均面教登账，又付洋两洋，茶话而出。至陈仲威处，见求医外证者纷纷，以张氏二少君芹分二托寄交。略谈出门，即至公盛，恰好袁憩翁、稚松均来，畅叙茶园，稚松近体已全愈，慰甚。憩棠又邀至行楼，顾季常留饮，砚仙亦来就谈，六人同席，畅饮极适。下午又茶叙，见县前人，略知龙公新政。杨世荣托买五加皮，饮津酒，蒙亲携交，久之始返，到家尚早。

廿八日（9 月 2 日）　晴，又略热。饭后以旧文示元简。上午点阅《曾尺牍》十页。下午至竹芗馆中絮谈，以乡试卷三篇涂改添注式示七侄，念孙近所检出也，约乡试后还余。还，则阅读古文，庭中早桂初香，芬芳扑鼻矣。

廿九日（9 月 3 日）　晴朗。饭后点阅《曾书札》十馀页。下午作札转致子屏，因今晨沈宝文由松江闵公处治眼科回，得晤潘道莘田，托致子屏一札，故拟即日遣人送去。阅莘田札，颇详细，此公宦运平常，因目疾告假，愈后仍要出山。李帅昆季不得于其兄，当投其弟，大约由湖北改往直省矣。其郎君苕棠、稚莘均就署馆，可以自食其力，现有四子五孙，家庭之庆方兴未艾也，甚羡之。

三十日（9 月 4 日）　晴朗，桂花香甚，寒暖适时。上午点阅《曾尺牍》第九册毕，即动手第十册，时苏城尚未收复。以札致子屏，接回书，知面部风毒尚未消净，寒热已愈，尚避风不出门，谱中序传诸文已转托辛垞改正矣。下午闲坐，懒于观书，此心总不能习静也。

八 月

八月初一日(9月5日) 晴。饭后衣冠东厨司命神前、家祠内拈香叩谒。暇则点阅《曾尺牍》第十册十页。下午以谱中祭产办粮,命子祥查核现在数,此事须余重录清本,约有数日功夫,以冀眉目一清。

初二日(9月6日) 晴朗万分。朝上命念孙赴梨川徐氏,时新甫甥夫妇开吊除几,故有此应酬,厚安同往,买杂物。上午点阅《曾尺牍》十馀页,以谱中小祭产田粮数托谦斋一查,册交六侄,晤叶竹琴,长谈解颐而返。下午略阅《曾文杂著》书牍类,《旧府志》三十二册特作片寄交费吉甫。晚间念孙归,知莘塔无人到,范甫旧恙复发,不得实信,颇悬悬,明日须问之。

初三日(9月7日) 晴。是日灶神生诞,家中循例净素。上午虔诵经咒,命念孙至莘省视范甫疾,以轻减为妙。下午闲坐,碌碌。晚上念曾回,述范甫病由虚火上升,血无可吐,辛圫方用生石膏、大熟地,服之,齿痛喉肿稍减,然无立脚,不足恃,深为可虑。

初四日(9月8日) 晴,颇热,昨日已交白露节,夜雨不大。上午照应出冬,点阅《曾尺牍》十馀页。下午洗足,颇快。暇则略阅《杂著》书牍类。

初五日(9月9日) 上午倏起西风,渐凉,微雨沾润即止,下午晴。暇则点阅《曾尺牍》十馀页,《温热经纬》上册点毕,接手下册。下午略读《古文杂著》数首。

初六日(9月10日) 晴朗。上午照应出冬,暇仍点阅《曾尺牍》十馀页。七侄鸿轩呈示字课一册,大致楚楚,然习气已深,笔力亦弱(高低笔划之间),恐姚凤翁必无佳评也,明日当寄交砺生带苏。碌碌终日,不能静坐。

初七日(9月11日) 晴朗。上午照看出冬,托谦斋查友庆祭产办粮已抄来,极清楚,从此《墓域考》一册全图在握,草稿下册完全,只须誊真矣,为之稍快。下午属吉老布置节敬一累,想无后言,甚非了事也,可奈何!暇则赶点《曾尺牍》十馀页,元简翁为余题刘子和画册诗十三首,有古风,有七五律句、小词,各擅胜长,读之,可浮一大白,并烦请渠书之上幅,可称双璧。栗六终日,仍不能静坐,七侄字课已片交砺生。

初八日(9月12日)　晴,略热。上午点阅《曾尺牍》第十册毕,接手第十一册。下午徐瀚波翁来谈,送字灰资十枚,至海昌付交,约二十后再来取,到坛叩求底禀,一茶回莘。念孙字课两册托寄,明日择期至南玲先人墓门前砌一围墙,动土打夯。迟叶子谦未至,想晚间必到,无失约之理也,姑俟之。至黄昏不来,颇讶之。

初九日(9月13日)　晴,仍热。朝起候子谦不至,即同厚安率泥工舟行到南玲坟头,于先大人墓门右边起土祀神,衣冠拜叩,动工恰值辰初,命泥作开沟量地,计筑就一丈八尺,指示一切而返。饭后正欲点《曾尺牍》,适叶子谦自同来,知昨日为其甥宋公病安排一是,迟至今晨始开船,即趁渠舟到坟头准向,知丈尺前后位置均恰好,惟水沟略搬进尺许,出暗洞,子谦所指点,并云从此申水永避,面前不种树亦永久妥善,如天之福,避凶趋吉,老夫暨两孙不胜感戴矣。回来,在养树堂畅谈,知新令尹德政未布,可称蕴蓄。○○○太皇太后圣疾已愈,九帅所荐阳曲县某令之功也。北舍局书已换胡世卿,不知其人。中午略办肴酌之,屈元简先生陪席略饮,饭罢,子谦告辞回同,心敬亦送至舟中,珍重而别。暇则略誊谱中《墓域祭田考》,此事拟有十馀天功夫,不及半页已停笔,傍晚矣。

初十日(9月14日)　参半阴晴,微雨即止,晚稻亦已试花矣。北舍局书何世卿、王漱泉挈伙持由单来。饭后点阅《曾文正尺牍》十页,下午誊谱《祭田考》二页,手僵而止,闲散不看书。昨,子谦云夏学政七月二十三日复故于澄江试院,江苏学政三任不终,亦大怪异。

十一日(9月15日)　晴朗。饭后内人舟至梨里敬承堂邱氏盘桓,阅亲戚之情话而已,看灯实无兴也。上午抄录誊真谱中《墓田考》

二页,点阅《曾尺牍》数页。下午欲再誊《祭田考》,适接子屏书并辛垞所改正诸作,即作复片交来人。知子屏风毒结蒂,尚未释然,气体不旺,明日至梨外家盘桓,借踏灯以解闷怀,甚好。子垂侄媳于初一日产一女,颇有风浪,请辛垞医治,亦渐平复,然非得意事也。暇阅辛垞所改序记传,不过数字,删四五行,均极老当不能易,甚佩之,一一遵从。

十二日(9月16日)　晴朗可喜。坟工因泥作要去看赛会停工,饭后闲暇,即载舟请元简夫子到芦看会,先至泗洲寺,在城隍公馆内徜徉,晤沈吟泉嗣子益卿,元翁门人也,颇循弟子礼。至菊隐山房,门僧用中陪茶,开钥观仰杨公祠,又至观音殿听玉成奏,与元翁闲坐良久。与袁寅卿絮谈解寂,渠现馆同川顾氏。放舟到镇,苹甫六侄同随,人声沸腾,街上万不能行走,至赵翰卿店内小坐,略办肴酌元简,竟扰翰卿。饮毕会过,同至桥楼茗饮,杭竹翁、徐少安、沈咏楼、凌磐生暨其长公子敏之均来,知范甫牙痛已减,咳呛犹时发,砺生苏州不去矣。快谈,颇得友朋叙晤之乐。余先返公盛行,观游人如蚁,夕阳、人影颇有意趣。久之,元简来,竹香、少安又坐谈半刻辞还,余与元简亦即登舟,归家已将点灯矣。是行也,虽不克踏月观灯,然亦差强人意。北舍局何世卿同漱泉又来过,上银已嬲完四户。

十三日(9月17日)　晴朗。饭后点阅《曾尺牍》五页,誊《祭田考》二页,过清辛垞改本。下午至南玲观筑墙工,位置颇妥贴,再两日可毕工矣。回来补登日记,已夕阳在山矣。是日慕孙略有寒热,停课。

十四日(9月18日)　晴朗。饭后点阅《曾尺牍》十馀页,抄誊《祭田考》数页,尚未书毕。下午闲坐,元翁以瞻仰杨忠节公祠诗并引见示,诗既阔大,引则考古得间,盖碑文微有传误也,真不愧考古之助。其矣,儒先集不可不读也。

十五日(9月19日)　中秋节。晴朗,稍热。上午点阅《曾尺牍》八页。下午抄誊《祭田考》,初有清本,田数复对核,大约不甚参差。

慕孙寒热不凉,似非疟疾,烦元夫子上楼诊视,云热势颇壮,幸颇有汗,处方清解升提,亦颇轻灵合度也,未识能渐愈否。心纷不克坐定,夜间月色甚佳。

十六日(9月20日)　晴朗。慕孙寒热已凉,汗亦大透,饭后仍烦先生诊视,定方略带清滋,倘不变疟,似可速愈。点阅《曾尺牍》五页,誊清《续捐田记》一首。下午将家谱下册增改仍旧者草本订就,请元翁一阅,如可不更改,即作样本矣。修谱大略,今始告竣,为之一快。今夜补中秋,略具酒肴,酌敬元翁夫子,陪饮如量,纵谈欢甚,是夜月色更佳,并可卜来年大有。

十七日(9月21日)　晴热如夏令。饭后衣冠至南玲坟上酬谢土神,毕工,回来理齐谱中《家乘》卷末文字,已汇聚楚楚。午前吴甥幼如来,下午动手抄录老大房世系。芦局朱静轩同王秋亭来,完付三户,计钱三十三千〇三十三文而去。碌碌终日,闷热之至。

十八日(9月22日)　晴朗,热气稍减,然仍有夏令。上午汇录续收《家乘》内行略、墓铭、传文、序、诔、杂文目共计三十篇,抄工颇繁。下午洗足,快甚。晚与幼如校对世系,已誊者八页,尚不迟钝也。

十九日(9月23日)　晴阴参半。昨夜发西风,渐凉。饭后去载薇人,午前来,慕孙昨日寒热又来,今晨未凉,烦为诊治。与元翁商,证系类疟湿热,方须清透、理湿、滋阴,定一服,生地且缓用,未识有效否。书房内长谈中饭,下午送回去。幼如抄谱,老大房一册已毕,甚赶紧。晚由北舍接到费吉甫札,欲于喜事时转托告借邱氏明角灯一堂,当便寄信,以取复音。

二十日(9月24日)　晴朗。昨日秋分,今晨颇寒。上午慕孙服元夫子生地、大黄、卷豆方,寒热大凉,大便通畅,可望渐愈,慰甚。暇则编次《家谱》卷数,分为十二,颇极纷更,始定,下午重书凡例。接陈翼翁札,约初四日到江,余实人舟不便,当即复,须十七八日方可抽身,未识翼翁肯待否。又接邱氏条,惊知省斋三丈于今日卯时身故,廿二日大殓,必须亲往一奠,毓老并有哀书告急致余,当酌许之。从此七子图中只剩老夫,可不惧哉!然此中自有定数,达观听之可也,思之不胜悲悼!

廿一日(9月25日) 晴朗,约比昨两天略热。上午思作经课,赵翰卿来,即辍。吴幼如暂回,周崎亭家今日定嗣立书,专舟载之往,约明日余到梨同来,未识能如约否。今日先继母顾太孺人忌期,祭用香珠菱肉饭,先继母所嗜也。屈指见背已三十二年,孤子现已白头,不胜隐痛。祭毕,留赵翰卿书房内中饭,有所商,书券而去。翼亭信即托渠寄叶太和转交,约翼翁九月十九到余家,二十同赴江,届时天气已凉,庶诸事舒徐。客去后,心绪纷如,万难坐定一展卷,即账目亦无心登载。

廿二日(9月26日) 晴朗。早起食粥后,舟至梨里陈宅,吊寓公邸省斋三叔丈,知已大殓,灵前叩拜,不觉凄然,盖同庚者又弱一个矣。入,慰毓之,葵邱不与,以避人言,面送四元,聊申数十年周旋雅意。据毓之云,病初起由时邪,继则精腋已涸,虽食西瓜两枚,凉解而胃气已绝,念佛而逝,哀哉!寿人堂内侄陪余一餐,余即告辞,回至敬承堂,知幼夫人送殡未返,寿伯内侄陪食中饭,内人为之看家,颇合宜。约初五日归家,即在内室作札复费吉甫,大灯借光,破例通情,书就封好,即属邱氏内使送去,以了此应酬事件。下午略坐,始同幼如甥下船返棹,到家未晚。夜与元老谈,题画十二首已书就,此册书画两美,可称双璧,兼有郑广文之长。

廿三日(9月27日) 晴朗,晚间东北风,渐凉。终日碌碌,上午登清内账,下午校对幼如所抄老三房谱系,未曾别阅一书,时已傍晚。

廿四日(9月28日) 阴,无雨,颇有秋意,然蚊声犹闹。上午点阅《曾尺牍》五页,幼如各房世系今日抄毕,即命续书原、后两序,凡例、原续十六条,明日可动手《家乘》矣。暇则略校《新谱宗支图》。

廿五日(9月29日) 阴雨。饭后将《家谱》已抄者排定卷帙,先装订三册,颇为一快。《家乘续编》即命幼如动手,计上、下卷,共文三十篇,恐重阳节前尚难告竣。暇则点阅《曾尺牍》,十一册始毕,当接点阅第十二册,金陵已克复,然公忧勤惕厉之心仍未尝一日忘也。

廿六日(9月30日)　阴,无雨。闻田稼有蚊,秀而不实,幸而不广,然已非高低无恙。上午点阅《曾尺牍》十二册,破金陵,封高爵,处处顺手矣。暇又点《温热经纬》三页。下午校对幼如所抄《家谱》,编录《家乘》,子屏文四篇均完。

廿七日(10月1日)　阴而闷热。饭后北舍局王潄老来,始知新邑尊颇顶真条忙,吾族不肖子适冲其锋,惩戒之,庶免渠再酿事端。暇则点阅《曾尺牍》十页。下午校正幼如所抄杂文,元简先生为余题写"课孙翼后图记",恰好满幅,笔势秀逸而飞舞,不胜宝贵增光。

廿八日(10月2日)　阴晴参半,晚桂飘香。饭后烦元夫子再诊视慕孙,方仍用清热开胃,据云湿渐清,热未全退,故方仍如前增减。暇则点阅《曾尺牍》十馀页。下午与幼如校对所抄行述,大约前半卷月初可望告竣。徐瀚翁来,普济经资与邱氏合,均面交付,今日云疟来,不能久坐,即返。

廿九日(10月3日)　晴朗,略因西风渐肃。饭后点阅《曾尺牍》十馀页。下午顾季常来成交冬米,每石一元九角八分力四文。据云田中出飞虫,小而黑,一食稻穗之浆,连柴多拈如灰,故老相传嘉庆九年曾有之,不如是之广也,租收恐不能照旧矣。晚与幼甥校对行述,尚未录毕。

九　月

九月初一日(10月4日)　晴朗,略热。饭后衣冠东厨司命神前、家祠内拈香叩谒,上午为普济虔诵神咒,尚未完课。徐丽江家遣女使为繁友吉期请客,托买之件尚缺送礼一件。慕孙又烦先生诊治,据云湿热犹未净,方用冬术、生熟米仁等品,未识能退热驱湿,渐渐复原否。账房内已有来请虫伤看稻者。下午工人刘香珠稻,余循行田间亲视之,其虫似虻又似小苍蝇,捉之即飞,敷满穗梗上则一片枯槁,真不知书名何物也。碌碌终日,不得坐定,幼如动手抄《家传》三四篇。

初二日(10月5日) 晴朗。饭后点阅《曾尺牍》六页。芦墟、北舍两局书进来,又完条银五十馀千文。各佃来请看稻者纷纷,殊非熟年佳兆,思之,颇深焦虑。下午登清内账,校对所抄墓铭文,时已晚,昨夜起,书房内始循例读夜书。

初三日(10月6日) 阴,无雨。朝上"高"字、"是"字等圩佃户来告看稻势,将已熟而酿成偏灾,以洋油浇灌溺之一法告之,未识有效否。上午点阅《曾尺牍》十馀页,金陵告克,兄弟封爵,以后事事吉利矣。下午与幼如校对所抄《家乘》文,尚有六篇未抄录,明日要告归,约重阳后来圆满。先将此二卷订成一册,合计四册,此事楚楚有成矣。

初四日(10月7日) 阴晴参半,无雨。终日各佃来请看稻者十馀户,查此虫即《春秋》所书"秋有螣,无不为灾者"。饭后送吴幼如回梨,所未抄六篇约重阳后再来补完。终日点阅《曾尺牍》三十馀页,第十二册阅点毕,即动手第十三册末本,以所抄《家乘续编》属元翁一阅,毕竟眼明手快,有所校正。

初五日(10月8日) 晴,颇燥热。饭后烦元夫子再视慕孙,馀热未净,再有微湿,方用和中、化痰、养滋之品。暇则点阅《曾尺牍》第十三册六页。午前内人归自梨里,邱氏之款已讫,息在存留上扣转,吉少一枚而已。下午作札拟致子屏,夜阅学福斋文,是日求看稻者仍多。

初六日(10月9日) 晴,仍热。终日各佃请看稻者蜂至,沿及富、玉等圩,殊深焦虑。上午点阅《曾尺牍》数页。下午走候乙大兄,知近体不旺,就医李辛垞已两次。以札致子屏,缴还渠处行述、墓铭等件。舟还,晤子垂,知渠五妹抱恙不轻,日内专舟由梨至金泽省视,又增一重心事,以平安为幸。坛上经咒,瀚波专舟倩沈桂昌来取,即缄,托交之。心绪不佳,纷扰难坐定。

初七日(10月10日) 晴热略减。终日各佃嬲看稻者纷喧不已,不知何时得止,殊为闷闷。上午照应出冬。暇则点阅《曾尺牍》十馀页，仍无心看书，扰扰而已。慕孙近体渐佳，惟精力不强健，复请元夫子诊视，方用党参、沙参、竹叶、莲子等品，略进滋补，大约十全为上矣。

初八日(10月11日)　阴雨颇沾足，然尚暖，未足杀虫。饭后元翁复为慕孙拟一方，清解方，因昨夜略有寒热，备酌服。元翁颔下起肿块，颇痛硬，似须外治，饭后送之假节回家，约十七八日买舟自到馆。念孙听之在书房与两世叔伴读习字，暂不权课，因得点阅《曾尺牍》又半卷。下午登记内账，子祥头绪不清，唤之重改。灯下送先生之舟始回，接元夫子便札，彼处虫灾亦重，关照尚未换暖帽，出门道喜颇累坠。

初九日(10月12日)　重九日。晴朗不复雨，非杀虫佳候。饭后率念曾至芦墟允明坛，时诸同人作普济佛事，余与邱氏施焰口一堂，普佛一日，全福寺僧悟一主持。晤瀚波坛长兄，知两家问冥况均先谕出，先君子已受生汪洋大善人家，先母沈氏且有后谕，言之凛凛。先继母顾氏、先外姑朱氏，均准荐拔。先外舅子谦公在坛庭效职，且蒙祖师许携蓬岛。即率念孙晋坛，免冠参叩，时求方极多，午正开沙，扶手毛香涵、陆杏斋，抄手沈淦夫，平沙沈福生，文案稽查经忏咒汪荻斋、朱锡卿、徐尹甫。沈亮之，蒙叔之堂弟，书法极佳，馀则诸君子有识有不识，不能全记名号矣。尤奇者，本汛陈君敬亭新收弟子，在坛礼大悲忏，锡谕以答之，问终身，云守王法，礼神明，蔗境恒甘等褒，颇佩羡之。中午与沈君福斋同席(要问徐翰翁，约纪香岩)，奉济师谕，素不忌酒。下午看诸公礼忏开鸾，恭悉天神均降，接候大士戌刻临坛超度饿鬼。夜饭后看悟一师焰口升座，余复参佛，晋坛叩辞，始与虎孙领其母所叩仙方而归。月明如昼，到家未及一鼓，知今日来瞗看稻者应接不暇，大富、东、西汀均纷至。

初十日(10月13日)　晴暖。上午各佃来邀看稻仍沓来纷至，凌砺生有札，遣使来归赵，检数作复，端整徐、费两家贺礼，开单书签，命虎孙学习，都不合式，频频写过，始差强人意。补登昨日日记，检换暖帽,知已换季,栗六都是琐事,不能静坐,夜复略登内账。

十一日(10月14日)　晴朗而热。饭后率念孙舟至梨里,到则甚早,道丽江乔梓喜,晚大姊回避不见,綮友是媳妇寄男,故礼从丰。与周崎亭絮语吴甥事,即不辞而出,至女家贺出阁喜,见吉甫叙话欣然,脱恰一切形骸。宾客寥寥,将坐席始见子屏,知昨自金泽来,颜色照常,云精力未振。中午宴客三席,余与冰人汝朗春同席,席罢,余将回,知徐氏已将来亲迎,始再留。与诸君畅谈虫灾事,拟各业报县,亦言人人殊。吉甫百忙中以新《吴江续志》八册见贻,云陈瀚仙转送熊菊生,可中道邀之也。未末新人已登门,酉刻合卺,吉甫诸事体谅,至新客坐茶余始辞,回邱氏,朱竹坪送余。是夜热甚,食粥,解衣乘凉,甚适,惟不能熟睡为苦。

十二日(10月15日)　晴,仍秋热。朝粥后与顾光川茶叙龙泉,知此番吉甫奁妆颇华,敏农办事勤敏精明,世家子弟所仅见,费氏继起有人矣。良久,丽江甥来请吃望朝酒,余即衣冠往,吉甫八兄已至,中午设三席宴新客,余陪吉甫,颇可不拘礼节。酒极醇旨,未终席,吉甫已告辞,余与诸君复畅饮尽欢。席散后,费氏已来接回门,观两新人登轿毕,余复畅认新房,陈设华美,丽江此番诸事如意矣。又座茶婆娑,观八十二叟陶松翁,新房所挂宫笔粗笔山水数幅,不胜佩羡。是晚仍回邱氏,食香珠粥,真今岁佳品。夜与寿伯内侄戏语,天姿尚好,可望读书。夜睡颇酣。

十三日(10月16日)　晴。晚起,尚未盥漱,吉甫、光川已来候,并邀至龙泉茗叙,絮语家常,知吉甫八兄此番嫁事尚能如意,惟奢望两婿读书成立,余闻是言,当为念孙警策也。茶罢,余仍回邱氏,约吉老二十到江同谒邑尊,未必如愿。中午幼谦夫人邀徐信芳,虎孙来自徐氏,中饭与邱寿荪四人同席,酒谈新房事,颇耳热。下午候舟人买物件,极迟迟,登舟将近未刻,幼如甥同来,到家已黄昏后矣。

十四日(10月17日)　晴朗。晚起,日上各佃进来,邀看稻者门限几踏破,两账船不得不开,坐舱两人同往。终日心绪纷扰,不能动笔,幼如《家乘》抄对两巨篇,顾季常来,如数付之。上午徐瀚波抄坛谕来,先父母似可超拔,所奇喜者外父在坛有谕云:"寄语佳婿,风云际会,事本非真,福田培植,留与孙耕。"虽不敢如所期望,当勉力遵之,付绵衣掩埋资而去。接元翁十二日发信,知前所患者竟成疗疮,尚未出毒,十八未必到馆,以速愈为妙,于慕孙极拳拳。晚间账船归,据云金、尊、玉尚轻,南玲颇重。灯下初阅新志。

十五日(10月18日)　晴。账船朝上即出去,各佃进来者终日仍纷纷不已。上午登清内账,补书日记,徐氏来送上见,留之中饭,回使一如顾氏。晚间校对《家乘》文两篇,明日可以告竣。晚间看稻归,东账高字、大千、西阡毕,灾白甚多,约计廿五六亩,恐多不实。南账金、玉毕,大富、南汀、河滩上亦毕,大约九折,不至蒙蔽子虚。的知上台已委员在芦墟、北舍一带勘灾矣,据说要圩甲抄灾分佃户、业主自田细数。

十六日(10月19日)　晴。饭后两账褛被舟宿过夜看稻,终日尚有进来补看重剔,然似渐缓矣。上午略课念孙理书,吴幼如抄《谱》今午始告成圆满,订成四册,俟月初到盛请教辛垞,以作定本付梓。明日王妈回周庄,即作便札致元简,渠疗愈否,亦甚悬悬。慕孙今日幸无寒热,然甚淹滞无力,服元简方已十剂矣,清补为是,外感似可不必过防,姑再服原方四五帖,以观进止。

十七日(10月20日)　晴朗。终日佃户来请看稻,虽不甚多,然已沿及东、西月,西北角一路几乎四面成灾,漏网甚少,殊切忧思。元简札已发出,幼如甥,渠家来载,即送之登舟。上午课念孙理书半日,下午偶校阅《新谱》四册,尚有失于检点处。甚矣,成书之难也。推之《吴江续志》,有条不紊,纯叔诸君真学识才兼至矣,吾辈能无愧乎?

十八日(10月21日)　晴朗,不发风。上午各佃仍有来覆剔看田者,只好忍拒之。午前舟载沈咏楼来,为慕孙调治,方用炙鳖甲、冬术、石斛,云尚须清透,党参且缓用。恰好诸元翁已买舟而来,所患之疸似疗非疗,已愈大半,慰甚。示之方,意见相合,云可五六剂。并知砺生苏城已回,邑尊告示颇极尖利,不满意于众绅,磬老不往谒,所代一纸即托抄为蓝本。留中饭,下午送回莘馆。晚间账船回,厚安处已楚楚,折头不甚重,并能赶办,若吉老,则年老精惫,诸多蒙蔽,且折头重而迟延,所看不及十之五六,殊不应手,以后拟并船帮办以了吉之。碌碌终日,心绪纷扰之至。

十九日(10月22日) 晴朗。饭后属相好看本港两圩灾,亦颇有重伤,来嬲看稻者仍不绝。上午陈翼亭、凌砺生相继来,翼翁留宿,明日同赴江城。砺老中午饮以火酒,携刘子和花草十二幅去,约一月归。《蒙养图说》又莲处已归赵,付直捐字标一元,又姚凤生处墨磨十一元,其洋由换洋十二元上扣。晚归,本路包瞿仙来募资葬,钱庆云山二代,从优助洋二元而去。翼亭宿书楼,元简疔疮尚有馀毒未净,工人今日收稻,未及往观,幸尚全熟无灾。

二十日(10月23日) 晴。饭后同翼亭舟行赴江。略阅《吴可读孤忠录》,砺生所送,是椒山文山之继轨,特幸逢盛世耳。下午到江,知吉甫已来,即至王寿云家候之,汇商一切,即衣冠进县谒龙邑尊,年约四旬,短小精悍,似不畏强御,不喜邑绅者,谈及虫灾,颇不着急,谓上宪欲加征熟田,何能体及偏灾?即委员查勘,亦是年例,初非专差,无可进言,略谈风月而出,思之可慨,今岁真租粮两困矣。下船夜饭后,复同翼翁茗叙祥园,金伯钦、沈差芝香均来叙话,并请听书,良久始回船。夜尚安眠,燥热。

廿一日(10月24日) 晴,仍热。朝上将起来,吉八兄已在茶园顿候,即登岸畅叙。晤金寅阶,知俄夷八月中颇猖獗,已召左相定战守。茶罢,吉甫回同扫墓,上午同翼亭至何局做推收,取新单,顾子丰当手,尚直落。子规立公户,为朱松生担误,即托具禀饬承,不夹帖,遵谕也。事毕,徜徉终日,无聊中观邑尊决案坐堂,甚见明敏疾恶之才。夜复听说书,张洪涛弹唱,尚可解闷。夜宿舟中,金伯钦来船叙话,东轸红契约十月下乡同交。是夜转西风,略肃,颇安睡,明日可早发矣。

　　廿二日（10 月 25 日）　晴，西北风颇紧。破晓出城，舟至同川两人始起来，即拉翼翁茶饮，食不托，舟人炊饭毕即开行，顺风极速，不过中午已到北舍。复同屠少江茗叙，元英佺同来，良久，又随翼翁赴粮局寻顾星卿，收新单，翼老性急，即另换舟还，余到家不过未末，知日上两账看稻未毕，各佃仍有续请复勘，一概拒之。元翁之疮尚未愈，慕孙服药渐有起色。心纷早眠，颇酣。

　　廿三日（10 月 26 日）　晴，西风颇肃。上午登清出门账，略阅看稻簿，已成灾者不能收租，不觉有偏灾之厄。略点《曾尺牍》末册，心境不佳，走至琢翁书房谈天，夜则略阅曾选《史记》列传。

　　廿四日（10 月 27 日）　晴，渐暖。饭后尚有梨川"荒"字来嬲看稻者，拒之。中午祀先，赠大夫杏传公曾大父忌日也，祭必用蟹，以申所嗜。今日大富有来还旧租者，福官同来，两人均非善良，虽米数不清，吉欠一元，从宽收之。元翁就医陈仲威，还来，知尚轻小之疽，现已出毒。暇则点阅《曾尺牍》十页，《吴可读孤忠录》遗疏一道。

　　廿五日（10 月 28 日）　晴朗复暖。嬲看稻者始希登门，账船尚未摇遍。上午舟载沈咏楼来，为慕孙处方调治，据云阴分内尚有馀热，须化之，方用驴膏、于术、生地，以清热滋养之。留之书房内便饭，畅谈，知范甫骨瘦如柴，难期速效。下午送之回芦。暇则点阅《曾尺牍》五页，新志元翁校正，讹字颇多，已将校遍矣。阅张之洞复奏吴可读一疏，则恺切详明，不似调停者依回两可，不愧名翰林！

　　廿六日（10 月 29 日）　晴暖。上午作便札并元简所校《吴江续志》八册寄与凌砺生，云照此修板刷印，未识应手否。暇阅《曾文正尺牍》十馀页，明后日十三册均可告竣。下午阅《孤忠录》汇议之摺未毕，夜读曾选《史记》列传。

　　廿七日（10 月 30 日）　阴晴参半，似欲发风。饭后舟至北舍赴子祥卸会，先至子乔处，以誊清之谱示之，渠处同宅人口有损无益，殊非盛事，命签记之。至渠长孙成立，新婚，三代同堂，则甚见家门之祥。谈及桂轩佺降乩事，颇信事奇而理正，命仲僖佺孙抄录一纸，絮

谈而出。中午会酌,得彩者徐某,饮酒如量而散。与张老竹、兰亭茗
叙人和楼,晤朱荫乔,亲至"荣"字看稻,真锦甫之福也,羡之而已。回
来,略有风,尚未晚,知衰憩棠有信来,季常等候而去。虎孙略有寒
热,停课,亦似湿热未清,要防留滞,讨厌。

廿八日(10月31日) 晴,西北风颇肃,然欠时雨。朝上至午前
俗事纷陈,应接不暇。北厍局王漱泉来,又完大胜、金字、大富三
户①,付洋廿七元②,钱六百十四文而去,与厚安言明春山到年,脩六
千九百文,一应在内。请元夫子上楼为两孙处方,一以清补化热,一
则专治湿热,未识略燥否。下午漆工算账,找钱二十馀千文而讫。栗
六终日,了无佳趣。

廿九日(11月1日) 晴,又渐暖。饭后至芦墟钱艺香店中,元
夫子托裱之帖暨亡儿墓铭均装就,对亦携归,只存七轴喜神等件,十
一月中去取。回,候徐蘋山,以疾不出见,其郎号芸谷及余家倩孙芷
芳转述,目前不能如期,延约十一月归款,谅老翁病痊决不相负也。
至赵三园、憩棠、咏楼、砚仙、纪常均来就谈,憩棠即约登店楼,赏菊留
饮,厚扰之,颇酣。憩棠云害稼之虫名虸蚄,忌马矢,并践踏可除之。
下午又茶叙,赵翰卿高粱见饷,良久始开船,到家尚未晚。

三十日(11月2日) 晴,复暖。上午圈点《曾文正公尺牍》十三
本,今始竣事,并识岁月,已一年功矣。元夫子为念孙换方,专治痰以
通下溲为主。下午略闲,阅曾选韩文书牍。

十 月

十月初一日(11月3日) 晴暖。朝饭后舟至梨川船长浜徐氏,
时重游泮宫,八十二岁老翁小园姻丈除几开吊,故亲奠之。拜奠后,
徐仲芳邀留饭,菜用半荤半素,排场不丰不俭,与黄原芝同席。席罢

---

① "户"字后原文有符号🈚。卷十一,第494页。
② "元"字后原文有符号卝。卷十一,第494页。

略坐,晤见蔡介眉诸君,出来,舟泊丰盛门首,独至龙泉茗饮,邱少仙同桌絮谈,店面已贴召租,可免唇舌。茶罢,至敬承内厅,以友庆券面交幼夫人,复至费吉甫处畅谈,以元简所撰紫玖叔丈外翁子谦先生传略,托吉翁转交吴望云收入《震邑新志》文苑,想可登列也。恰好子屏亦在座,知渠五妹病无转机,愁闷,至顾氏,亦无好怀,颜色憔悴,幸谈兴尚好。盛川之行,不及同往矣。吉甫以上三县诸大绅公禀大宪,为虫灾减租并请缓征底见示,云吴子实主稿,可见苏绅遇事不至畏缩。三点钟始告辞登舟,到家傍晚。袁憩棠以佳种名菊三盆见惠,暇当作札谢之。

十月初二日(11月4日)　晴,仍暖。饭后,舟载咏楼来为两孙处方,大孙诸恙渐平,只须销痰清养。慕孙昨日大寒热,今日下午始凉透,方用托阴清滋,冀渐复原。留之书房内中饭,畅谈,下午送回莘馆。论范甫之症,无药可施,砺生忽发奇想,饮以金汁,真对病良方也。余以为甚妙,试验之。蔡氏二妹来长谈,颇可解闷,至晚始回莘和,明日余拟至舜湖访李辛垞。

初三日(11月5日)　阴,下午微雨。饭后同厚安至盛泽,舟中阅曾选古文书牍,颇得意旨。过梨川顺风,略雨即止,到盛川不过未刻,泊舟斜桥漾,由朱家衖走阳春衖,铁皮墙门内候李辛翁,渠郎君健臣君先出见,知辛垞出门治病未返。健臣款接颇恭,并遣妪关照乃翁,不移时,辛垞已回,以《家谱》四册面托鉴定,《课孙图》亦当面求题,相见欢甚,即招王桢伯来陪余,均知己,可脱略形迹也。郑式如小姨孙特来邀余,辞之,知渠兄公若近体不适,且有心事难言,甚非所以安佳子弟也,奈何? 傍晚桢伯已来,辛垞客气,盛肴酌余,持螯佐酒,酒即余之所赠也。同席者渠乔梓沈丽江、桢伯暨余,辛老之侄葵翁郎,号寿岩(即景叔,科进正学第一),一见即去,云在厘局司事,应酬极圆到。饮酒过分,余不觉狂言无忌,后须戒之。二鼓后始告辞,约辛垞十四日过胜溪,已面允,题图、书签、家谱均于此时交卷。乔梓亲送登舟,殷勤特甚。是夜被酒齿痛,不能安寐,天明即起来。

初四日(11月6日) 晴暖。朝起同厚安茗饮茶寮,两人吃面,佳甚。余徘徊大街东庙、蚕王庙,此地繁华,真不愧小苏州。厚安会其郎,在酱园习伙,略办食物即开船,到梨中午。走候费吉翁,恰好子屏在座,骇知补珊夫人已于初一日夜作古,金汁寒甚,万难于虚体挽回。子屏欲往哭,吉甫止之,谓徒伤无益,此时不得不自爱多病之身,留以有待也。絮谈良久始回船开行,到家未晚,一应俗事置之不理。元简先生今午家中舟来载归,为其女抱病,看来势急。是夜酣眠之至。

初五日(11月7日) 晴,西风大吼。终日碌碌,补登日记外看稻账、内账,仍置不理。七老相自草柳议租还,受催甲欺太甚,明年拟决计弃之。下午与杭先生畅谈,起草作小四六启,谢袁憩棠送菊,命念孙缮写,尚可差强人意。

初六日(11月8日) 晴朗。上午正欲点阅《温病经纬》,适东易丁氏三姊来,陪在养树堂絮谈,述及家事,有服之侄胆敢兽行肆骂,令人发上指,既不治之以官,复无家法相助痛惩,虽武侯复生,无如何也,太息饮恨而已! 留之中饭,晚始回去,大衍未了,面缴讫,门户如此,断不可负。是日"玩"字蛮三表嫂又光降,苹甫六侄与之落肩,六洋二百竟成老例! 云精神顽健,恐此宿世债未易偿清也! 闷闷。午前接砺生乔梓札片,新志缴还,风生对已来,字样收到三册,七侄亦批还二册,似尚可教诲者。惟范甫病势沉重,厥象已形,无方可挽,闻之可惊,岂造物竟忌才乎? 现已请辛垞去矣。

初七日(11月9日) 晴朗。饭后至乙溪处,略拟限租章程,意见略相合。同蔡氏二妹督饬男大侄孙,未识能童心略化否。是日十月朝祀先,祭毕,招二妹来,留饮散福,至夜粥后始回萃和。情话家常,涉以诙谐,颇得白头弟妹相叙之乐。

初八日(11月10日) 晴朗。饭后始略清登内账,懒惰极矣。终日闲坐,翻阅新志人物传。念孙任其理书,不能亲督,未必能专心也。闻辛垞在莘塔,迟之不至。

初九日(11月11日) 晴朗,西风略肃。饭后,羹二嫂以食物精品数种致余，意为七侄入学事，足见多情，愧受之，一笑。以谢菊启送交袁憩棠，后闻在上洋未归。芦局清书顾稻香来，云是册房顾少云之弟，又完银二户，付洋六元①，钱五百十四文而去。暇阅新志节烈门，重复居多，然载笔者义当从宽删之，恐误而有冥祸，例宜如是也。是日始点阅《温热经纬》五页，今冬恐不竣事。

初十日（11月12日）　晴朗。饭后，媳妇至莘塔望范甫病，余至书房督大孙上《左传》第八本，生书一首。尚未坐定，适李辛垞来自莘塔，知范老之证万难轻减，不胜束手，媳妇回来亦云然，殊深嗟讶。辛老缴还图、志各一，题篆隶，苍老无比。絮谈一是，兼为慕孙定煎、膏两方，谓滋阴太久，以后宜兼顾阳分，用高丽参等品。余夫妇均定膏方，照前年加减，无甚出进。中午略具肴酌之，下午陪至莘和，为乙溪大兄定膏滋方。大侄孙媳产一女后寒热发疹，脾泄不固，处方颇不易，目前先理湿邪，方极轻清。回至余处，留夜粥，清谈，云日上治病极忙，《家谱》须得暇校正，不拘时日，足征知己从事不苟（要《忏摩录》一册），以《孤忠录》二本借阅，约与《谱》同缴。一鼓时始送登舟，是日谈兴颇浓。

十一日（11月13日）　晴朗。饭后始将看稻账与当手酌勘核定一遍，约灾伤无收者三百亩左右，只好除去，其馀石脚照去年每亩让五升，石四石五额一例，已与乙大兄议定矣，然乡人诈伪图欠者多，今岁租局不知若何结了也，甚不能易视之。上午督念孙读生书，下午从宽放学。

十二日（11月14日）　晴暖。饭后送吴莱生回同，乃翁少松表弟廿九日除几易吉，礼当一送，因届时限租纷忙，断难抽身，致分而已。日月如流，斯人已邈，思之凄然。又，是日由航接朱稚苹讣，知七月十三作古，年七十一，十月初八开吊，住富郎中巷，不知何门何处，万难致分，当与所寄邱氏一束忍歉浮沈矣，此公余前待之颇不薄也。

———————

①　"元"字后原文有符号┣╋。卷十一，第497页。

上午北舍局何世卿同王漱泉来吉账,又完六户,八两六钱〇六厘,付洋十七元①,收回钱廿二文,与之叫讫,已七成左右。看其人,狡而狠,非驯良,难防无后言。暇督念孙照先生常课理书,下午闲散。

　　十三日(11月15日)　晴暖。晚桂盛开,香芬一室,暖征也。上午课念孙上书一首,下午招蔡氏二妹来絮谈,晚接元简先生十二日信,知少女已殇,心绪不佳,颔下疮复肿大,尚未溃毒,到馆无期,或二三日稍愈,当买棹来溪。得此信,颇为悬悬。

　　十四日(11月16日)　晴暖尤甚。饭后督念孙理书,至午而毕,下午命习小楷,则以心不专,不肯多写也。乙大兄携杖来,知叶子谦来看苔卿坟地,约略已定在大义,为同里角租风有顽变,欲石脚再有所减,余以小票现多算定,更张颇难,只好如前议出亮,惟心中不可不存宽恤之心,以期进场,兄亦为然,絮谈家事而去。

　　十五日(11月17日)　晴朗,暖若春天。上午课念孙理带书,上生书,下午命习楷书,夜理《易经》新上者数首,限程宽甚也。碌碌无所用心,略翻新志而已。

　　十六日(11月18日)　晴暖依然。今晨两账始开船发限由,石脚照去年让五升,已出亮矣。虫伤半亩起灾,减白半亩以内随时增损,虽多说话,不顾也。然虑尚不能遵从,临时酌办矣。上午督课虎孙理书,浮滑者多,下午习字,听之。暇仍阅新县志。

　　十七日(11月19日)　阴,似有风象。饭后课念孙上《左传》第八本生书一首。午前元简先生到馆,欣知颔疽为风而发,已愈十之六七,徐揽香先生十二日已庆得子矣。少顷,沈咏楼来为慕孙诊脉处方,脉仍弦,方用东西洋参、金石斛,阴阳交济,仍以托阴为主,因服辛垞方不对,寒热头痛不已,午后凉,似尚嫌燥,故调剂若此。中饭后略谈即送回莘。招蔡氏二妹来,持螯絮谈。晚接砺生片,云范甫病在危急,万难挽回,言之惊骇,天乎,命乎,家运乎? 实不解彼苍忌才何如

---

　　①　"元"字后原文有符号**⊢⊬**。卷十一,第498页。

是之酷!《温热经纬》二本联辛垞抄本四册为咏楼借去,云代为过朱点好,不拘时日寄缴。

十八日(11月20日)　晴朗。饭后正欲遣人去问范甫,即惊得范甫凶耗,今日辰时作古,年只三十二,遗二男一女,从此砺生仔肩独重,手足伤尽矣。呜呼!范甫,尔竟死乎?尔死而有知乎?尔当讼之于天,谓生今之世宜不才,才者赋命,倾奇蹇塞,例当如斯乎?尔之死理数难推,知己亲朋能不同声一哭!将尽举笔砚而焚之乎?呜呼哀哉,夫复何言!终日意兴索然,意欲取《经史百家》曾选消遣,亦无味而止。

十九日(11月21日)　晴朗。饭后媳妇至莘塔探范甫丧,大约须送殡后归。上午竹淇来,知子屏不在家,余今日作札且缓寄。竹淇以两偅分据示余书押,长谈,书房内中饭,晚去。裁衣七偅预支来年两洋(友庆该派半元),面给。是日孙蓉卿来谈,以渠亲戚夺嗣事相商。晚间两账回,风闻佃风颇变迁,有浮言,只好听其自然,不为所惑。余处用人颇有大不妥处,思前算后,甚无善策,遣退之。甚矣,治家之难!

二十日(11月22日)　阴,始雨不润,西北风大吼,下午渐冷。暇阅曾选《百家文》,心纷无味,辍卷。闻今日巳刻范甫入殓,媳妇在莘送之,从此玉树长埋,令人增痛!终日无聊之至。

廿一日(11月23日)　晴,复暖。早饭后,念孙随元简夫子至莘塔送范甫大殓。暇阅《经史百家》曾选传志类,兼阅新县志。下午元翁先归,述砺生尚能达观,然意兴沮丧极矣。知县尊龙明府以血证辞官,来者螺青金公复任。日本人云在画扇已来,字与画均佳。晚间念孙随母同归,传述姚凤生先生能闭目写对联、作跋,古人无此手法,所谓巧由心运欤?所做机器墨磨恕甫已购就,奇巧神化之至。范甫今日出殡,送者无不下泪。

廿二日(11月24日)　晴暖。终日闲静无事,点阅新志赋役门,所录减粮章奏禁示,极详备核要,新志略已阅遍矣。暇则又阅曾选古文以消遣。

廿三日(11月25日)　大风终日，骤寒。上午以墀亡儿《黄运两河策》检出，求元翁改削，砺生属选入《文录》也，姑存之以留鸿爪。暇则翻阅《曾文正公奏疏》，然心不定，碌碌而已。曹松泉摇会，余收其一，差强人意。

廿四日(11月26日)　晴朗。终日西风仍吼，寒甚，水始冰。饭后至乙大兄处定限内折价，每石一元五角，岁既虫伤，又米贱伤农，今岁收租大不易也。至书房，与达卿絮谈而返。终日袖手无事，然不能静心观书，略阅《先正事略》孝义传，账船发限由始竣。

廿五日(11月27日)　晴朗，风始息。饭后烦元夫子上楼诊慕孙脉，据云诸恙俱平，惟右脉弱，起行步履无力，蒙开方略调治，接服膏方，然不读书已七十多日矣。《黄运两河策》改议，元翁变其局而贯串以论，已脱尽科举气，似可用得，命念孙录清再商。薇人来，欲补吊范甫，商借元套，允之，书房中饭，长谈而去。晚间子耕侄孙同元英侄来，为其嗣父振凡寿圹已自做而未安葬，殊属非是，余催之，特来告帮葬费，余则始终其事以答其忠，以十二元给之，似绰绰有馀，若除几费，则余谊不能相商，如数与之，送之回去。碌碌终日，租米折色"金"字是来①始来还两户。

廿六日(11月28日)　阴，下午始雪，颇称祥瑞，然于收租飞限有碍。今日账房始移限厅，终日收租十六石左右，内米四石不甚佳，从松收之。晚间雪犹未已，念孙所录《黄运议》初稿已就，元翁改局经营，大有文法，亡儿得借大笔，增光不朽矣，感何可言？

廿七日(11月29日)　快雪初晴，于春花大有益。饭后至厅收租，终日金、尊、玉、富诸佃陆续进来，"忠"字一圩四十馀亩，只剩三户未收，惟米色好者极少，因年歉，从宽收之。折色十居其六，晚间吉账，共收乙佰零五石左右。是夜酌敬账房诸公，余陪之，大有醉意。

---

①　是来，疑为"是日"之笔误。卷十一，第500页。

廿八日(11月30日) 晴暖。终日在限厅收租,尊、金、玉、富尚称踊跃,南北斗荒字亦至,惟东路虫灾颇重,观望者多。是夜二鼓吉账,共收二百三十二石左右,折色六成,余精神尚不甚惫。

廿九日(12月1日) 晴,更暖。自朝至暮,余在限厅督收本色,命念孙停课照应,东账"是"字一带亦来,余一时算小,将原看虫灾略加亩角,以致诸相好吃力多方,大费唇舌,究之所增无几,难以自润,实贪之一念误之也,思之歉然。米色大异往年,次色者过半,则仍从宽收之(本色乙佰十馀石)。上午各路均至,人极拥挤,共收本折色米三百七十馀石。吉账三鼓后,余眠时将近四鼓,精力幸可支持,所不足者,岁歉收薄,入不敷出,如此米贱,业佃两难耳。自开限至今夜吉数,共收七百卅馀石,历年之数此为最短。

十一月

十一月初一日(12月2日) 晴暖。晚起,余倦眼初醒,时已上午矣。衣冠东厨司命神前暨家祠内拈香叩谒,凌氏知数陆介甫昨自梨里回,接徐荔江信,昨日会酌,余处失约未到,知收会者雨夫人,并送会肴一席,一半分致乙大兄。暇则作札复荔江,并专舟送交会洋,明日遣人至梨以了之。终日收租寥寥,不过三四户,夜间诸相好倦甚,早眠。

初二日(12月3日) 晴暖。终日收限租三四石,洋则八元。慕孙今日始起来,在楼上略温旧书,差喜渐渐精神复原矣。晚间梨里舟回,接丽江收到会洋覆片,春间之款延约筹办,其外强中干可知矣。暇作札拟致荔生,今夜始服膏方。

初三日(12月4日) 晴暖。念孙呈示所眷《黄运两河议》,笔颇飞舞,字迹潦草之至,姑且作清本,明日缴寄砺生点阅详绎。大局详备,胸有定识,字句略有未老当处,不再商之元吉先生矣。终日收租三十五石,虫灾求减,几于户户皆然,大约照原看尚有所增,余之所议徒成画饼矣。夜眠尚早。

　　初四日(12 月 5 日)　晴暖。终日收租共三十四五石。午前接砺生回片,《黄运两河议》已蒙允刊入《文录》,现在修版,刻工未竣。灯下略阅《曾选百家文》。

　　初五日(12 月 6 日)　阴晴参半。终日收租,至夜吉账,共收本折色各半,六十石左右,比往年收百馀石更形吃力,皆以虫灾为由,纠鬻不已之故也,未识以后成色若何,思之闷闷。

　　初六日(12 月 7 日)　阴晴参半,西北风渐肃。终日收租九十馀石。迟砺生不至,午后吴莱生来自同里,是日始知北舍子潮之子,族侄曾孙虞卿于昨日未时身故,症系血劳,年未三旬,亦家运之极否也。闻无子,一女,有一弟尚未成婚。夜与元吉小酌,颇有醉意。

　　初七日(12 月 8 日)　晴,西北风紧甚且寒。终日收租不满七十石,为风所阻也。芦局朱静轩来吉账,照旧连祭产又完三户叫讫,已七成左右。下午北舍局王漱泉来,粮上预掇卅元①,约头期扣讫。始知新漕折价每石三千乙百文,十七日开仓,想必不诬。漕数比旧短千石,亦非无因。伤风,不甚适意,托袁憩棠上洋去办吕燕高丽,已寄到,缺洋三角三分,暇当作札谢致之。

　　初八日(12 月 9 日)　晴冷,西风颇肃。收租不跻,远者畏风故也。终日共收七十石左右,折色寥寥,米则潮杂白脐,绝少干圆者,年令之歉可知。夜间吉账,缺钱二百,总数共亏七百十馀文。今日颇不忙,不该若是,实不解其何误。

　　初九日(12 月 10 日)　晴暖。饭后在限厅收租,终日人言潮拥,借口虫灾,户户同声相应,其中不无诬饰,然大局灾歉是实。夜未一鼓吉账,共收乙佰四十五石左右,折色五十馀石,米色均多次极,白脐粃谷无一不备,南玲尤甚。"荒"字陆士希一户,既灾三亩四分,不该复收次色米,当账既懦,余亦失算,追悔莫及。是日灾白者约三十亩内,业田之薄歉无逾今年,然出款万难减省也,思之闷甚。

----

　　①　"元"字后原文有符号╊╼。卷十一,第 502 页。

初十日(12月11日) 晴暖。饭后至限厅收租,上午至晚,诸佃麇至,门庭如市,与之论灾,争长竞短,唇口几为之焦。南北斗虽来,公事甚不起色。是夜吉账二鼓后,共收乙佰七十五石外,折色差半,米色之不佳无论矣,诸相好精力亦疲,皆为诸佃以灾为借口也。是日余伤风,勉强支持,眠时近三鼓,黑甜乡酣甚矣。自开限至今截数,共乙千五百石左右。

十一日(12月12日) 晴暖。是日始转二限,余晚起,伤风略愈,终日收租连存仓二十馀石,夜眠颇早。

十二日(12月13日) 晴暖,昨夜微雨即止。饭后至乙溪处絮谈,始出亮,辞钱铭公。今日始循例开欠,能得户户进场,不胜祷祝。终日闲坐限厅,仅收两三户。

十三日(12月14日) 阴,微雨恰好。终日收存仓及二限米十馀石,开欠归吉一户。元简兄以新撰陶子春六十寿文脱稿见示,笔意淹雅流衍,酷似震川,此公已将成吾乡一家矣,佩服之至!为之略斟酌数字归之,并借渠所钞梨洲文详读。

十四日(12月15日) 晴,又暖。终日在限厅收租不满十石,然颇费功夫。接陈翼翁札,所托垦荒之田,已召佃有人,然须一年不收租,无可如何!暇当作札复之。倩元翁捉刀,次陶子春六十述怀诗已脱稿,大似余怀中所欲出者,余实无好兴也,增光之至,大可写寄矣。夜间略阅黄梨洲文。

十五日(12月16日) 阴雨终日,颇极时。斟酌子春寿诗数字,命念孙缮写红笺。徐瀚翁来,欣知元翁前月廿四五日间有添丁之喜。新愿二数付讫,预支买鬃洋卅元,前六月十二日付,来年扣算。终日收租二十石内,开欠四户,幸皆账房内归吉,然吃力颇甚,暇则作札待复陈翼翁。

十六日(12月17日) 阴,仍不雨。终日岑寂,收租不满五六石。暇则详读黄梨洲文。

十七日(12月18日) 阴雨终日,土膏沾润之至。限厅收租寂无一户,想为风雨所阻也。元简改祝寿文半篇,立言始能得体,不至诿失其实矣。暇阅《梨洲文集》。晚收一户,得鸭子乙佰零七。

十八日(**12 月 19 日**)　阴晴参半,西风颇肃。饭后至一溪处,以蔡氏会洋寄交墩头港。诸佃来空讲,似结伴图欠,先以理谕之,未识能进场否。佃风之变,此方为甚。终日收租不满十石,说话颇多,偏形吃力,不胜愁闷。灯下略阅梨洲文。龙泾人来还租,以复翼亭信寄之。

十九日(**12 月 20 日**)　晴朗。饭后与铜坑十三图人王茂祖讲东轸新生圹前种丈一柏树十枝,每枝六文四钱,丈四柏两支,每六钱,松树一丈种四枝,每乙钱五分,石楠二枝,每枝四钱,明日去种。墩头港佃户还租始讲通,每亩照原看略有增加,以洋代米略又情让零头升斗,大约可望进场。终日收租零屑多烦,夜间吉账,共收四十三石左右。今日命念孙至雨亭三母舅几案前冬至祭飨,晚归,知砺二母舅率恕甫赴苏,《松陵文录》现已刊就,即日苏回有印清样本,范甫之弟绣甫云。

二十日(**12 月 21 日**)　晴暖。终日收租尚不寂寞,夜间吉账,连存仓共收五十四石有零,南北斗竟不至,疲玩极矣。是日酉刻交冬至节,夜间祠堂内祭已祧之祖,慕孙尚未至楼下,厅祭高曾祖父,余与念孙抢班灌献拜跪,幼者不任劳,余则腰脚虽酸,尚耐奔走。祭毕,与元翁对酌三四杯,颇为酣适,一切不如意事,取譬销解之。夜眠一鼓,内账略登。

廿一日(**12 月 22 日**)　阴,似有风象。今日仍放二限,连存仓共收十馀石,是开限至今截数共收乙千七百石左右,田灾白者已叫讫二百馀亩矣。今岁入数,就目前而论已绌千洋,用度有增无减,实惧无以持其后,奈何?暇阅梨洲文一遍初终卷。

廿二日(**12 月 23 日**)　晴,西北风紧,寒气凛然。饭后至北厍赴孙蓉卿会酌,至则见局书辈初开新漕粮局,与蓉卿暨吾家诸佃茗叙人和楼良久,晤沈小波,云屠少江不在行内,有人云避债家居,余处之款防不进场，实余无识，妄托此人也。午后会酌两席，菜尚可口，得彩者沈云韶，实收五十四千文，扣席费四千，再有三会，此番已不出不交，下次得彩则收，否则亦得分头微利。饮酒如量，席散，茶叙片刻即归，到家已黄昏。是日限租寂无一户。

廿三日(12月24日) 晴，寒甚，为今冬第一天。河港薄冰，终日收租十四石有零，开欠者都不来，大约畏寒所致，暇阅《经史文选》舆图记。

廿四日(12月25日) 晴，渐有暖意。是日约共收十石左右，开欠归吉一户。两粮局以由单来，芦王秋亭手，先完"尊"字一户，付洋六十二元①，钱三百七十二文。北王漱泉手，完大胜、大富二户，前付洋卅元②，今找钱六十三千三百六十九文，价每石连脚费三千百五十二文。栗六竟日，无暇开卷。

廿五日(12月26日) 晴朗。终日收租十馀石，开欠多未归吉，南北斗开三户，草草进场一户，皆催子沈凤春包蒙不见现户之故，殊无法以驾驭之，吉老糊涂一至于此！是日梨局顾仁卿进来，照去冬完南斗、南富、荒字、殿字四户，付洋五十二元③，钱七百八十二文，言明北斗春间不完，未识能应手否，留收条而去。意绪纷如，开卷无味。

廿六日(12月27日) 晴，西北风狂吼，入夜愈甚，骤觉峭寒。终日收租十馀石，均折色，开欠归吉一户。吴茂兴，驯良之佃，为妻所延迟，然于彼则甚吃亏矣。暇阅《经史百家选》列传类。

廿七日(12月28日) 晴，河港始坚冰，风息，寒气凛然。终日围炉袖手，开欠归吉一户，期票而已，现交为难。暇阅《萧望之列传》。

廿八日(12月29日) 晴朗。河港冰厚寸许，荡中亦冻，欲至陆家桥致凌青士续娶贺分，竟以冰阻不果行，幸下午东北风，或不致连

---

① "元"字后原文有符号 ⎰。卷十一，第504页。
② "元"字后原文有符号 ⊨。卷十一，第504页。
③ "元"字后原文有符号 ⅓。卷十一，第504页。

日冰胶耳。租米寂无一户,上午至杭琢翁书房谈天。暇阅曾选《史记》列传。

廿九日(12月30日) 阴,下午微雨沾濡,冰路尚有未通处。终日收租五六石,闲甚,略阅曾选《汉书》列传。

十二月

十二月初一日(12月31日) 阴,雨雪盈寸犹不止,于春花大有沾益,颇称时瑞。饭后衣冠于东厨司命神前、家祠内拈香叩谒。慕孙今日始进书房理书,荒功一佰八日矣,幸近体康强,犹为可慰。终日租米寂无一户,以后竟似残棋罢局矣。暇阅曾选《汉书》列传,颇有头绪。

初二日(1881年1月1日) 晴冷,雪不融滴。终日收租二户,芦局朱静轩来,又完四户,付洋八十四元①,钱六百廿五文而去。晚间有客来,出见之,知是苏州朱稚苹长子,号若霞,年廿二岁,已成婚,随父靖江三载,夏间稚苹得中风病而卒,已于九月安葬,现仍住富郎中巷(吴县学后,养育小巷),境甚贫苦。备礼而来,留之夜粥,询其所业,仍学征收,兼通八法铁笔,然无主人可依也。余之近状,丧子颠厄,渠云不知,观其举动,颇伶俐,奈无恒业,可怜! 虎孙示之画,眼光极高,文理略有,絮谈一鼓,安置书楼上止宿。

初三日(1月2日) 晴暖,雪消如雨下。朝上陪若霞书房内朝饭,饭毕渠即告辞,余面致稚老奠分,并偿送礼酬共五羊,渠叩谢颇得体,送之登舟,云到同谒顾希鼎,渠曾受业也。租务略收北官二户。上午,凌砺生来,在书房畅谈,知渠苏回多日,《松陵文录》样本二十四卷已移来,求诸先生校勘。阅之,修工颇佳,尚有《续编》一册未刻竣,来年春初可望告成,余与吉甫许合印乙佰部。《续志》,砺老又手校正数字,或者可无大误,许印四部。中午置酒,谈论颇乐,晚始回去,一

---

① "元"字后原文有符号 ꙮ 。卷十一,第505页。

应账欠均算付讫。是日北厍局王漱泉来，又完南玲等四户，付洋百廿五元①，钱卅八文而去。灯下略阅《文录》，如一入宝山，美不胜收。砺老有功文献，心苦而事巨，必传之书也。余亦借资眼福，何幸何之！

初四日（1月3日） 晴暖，终日融雪，尚有冰。是日先祖妣周太孺人忌日致祭。收租六七石，北斗开欠草草归吉一户，数与催均不对手，只好如此落场。暇阅《文录》，兼改正砺生所校《续志》误字。

初五日（1月4日） 晴暖，尚有澌冰阻河。饭后至芦墟钱艺香店中算两年裱画账，老夫妇寿轴开价七元四角，太花色，一笑从之。馀账名九折算，洋抬八十，实则以讹传误，仅照原开之账一钱未折，洋亦仅照时价，共付廿一元，连前所付十元，草草吉讫，会计不明，为其所错如此！还，舟至畹九处，属渠录写诸元翁谒杨忠节公祠诗，拟明春丁祭揭诸壁间，絮谈而出，画轴、字对一应收全。独至市中吃馄饨，颇佳。复至祥太候苹山老友，托病不出见，其伙吴彩乔、许萱堂邀至店楼畅叙，骇知苹老逋负累累，几乎日不暇给，再四相商，姑了大衍一券，约二十日以染摺底销找足，先取十番而出，其券已先交吴、许两公矣，应酬通无之难信如是！复与赵甥茗叙片刻，以找憩棠零钱三百六十九文，书片寄公盛而还。到家傍晚，知元翁今日校《文录》天文类，大费苦心。

初六日（1月5日） 阴，微雨，要防发风。今日始停开欠，与差伙算账，未归吉者尚有三户，岁既荒歉，不得不从宽，听该佃来不来矣。租务寂寂，仅收升斗。属元翁今日停校《文录》一天，以养其神。书房内大孙始理书，二孙又略委顿停课，暇则略校虹舟先生《文录》内《西征赋》数页，尚不及三之一也。

初七日（1月6日） 晴。朝上始开账船，饭后北风狂甚。终日岑寂无一事，始将虹舟先生《西征赋》点完，如游陕、甘两省一次，才雄笔丽，纪事详明，不愧当时一大家！

---

① "元"字后原文有符号 ⟩·。卷十一，第506页。

初八日(1月7日) 晴暖,无风。上午接钱艺香信,关照前账误算三洋,属便交付,颇见诚实不欺。余于前付十洋上未除净故也,即作札便复之,俟余二十日面取。租米仍无一户,暇则点校《文录》末册三卷竣事,即交元翁,以后费渠心终校,余乐观其成矣。是日始详阅元吉所校正第一册。

初九日(1月8日) 晴朗,略有风。饭后至乙溪处絮语,言明公捐田租今冬暂存,来年新正欲于摺上先支洋二百元,作刻本谱系底资。艺香之信今日寄出,三洋之数约二十日面取。接子乔五侄信,其西席朱濂溪欲揽两孙保结,真不愧当今廪行,无论非其人并非其时,一笑置之,即答复。开欠草草归吉一户。暇阅《文录》第一册。

初十日(1月9日) 晴暖。终日纷扰不适,租务账船略有所收。上午"玩"字吴三蛮嫂又来,余急避之,六侄出门,烦乙大兄来,至下午落肩,仍公给六元二百文,若有定数,牢不可破,今岁已四次矣。据乙大兄云,彼老诈聋,颜色极佳,恐此宿债未易了吉也,思之喷饭。心绪恶闷,阅《文录》无味。

十一日(1月10日) 晴,又大风,渐寒。终日闲适,租米略收三户,《文录》两册阅毕,接阅第三册卷十序跋类。元翁校讹,颇有只眼独到处。

十二日(1月11日) 晴暖,风息,略有薄冰。终日清闲,租米略收二石外,虫灾让讫田数已三亩四分无收矣。暇阅《文录》第三册竟,美不胜搜。

十三日(1月12日) 晴暖无事,收租寂寂。始将《文录》第四册卷之十二校读毕,元简校正处颇费巨眼。于元翁处接陶子春谢函,惊知苎生五兄于是月作古,不知其日,此公于丁丑春初特来枉吊亡儿,兼慰余痛,不料竟于此后永成长别,此情此谊呜咽难忘。赋则卓卓可传,命则不满五十,卖文糊口,困寒未伸,惜无沉挚之笔作文以祭之,悲悼而已。

十四日(1月13日) 晴,河港水涸,略有冰。终日仅收租米石馀,灾让已三亩外。午前北庠局王漱泉来,又完北玥、大富、丧薪、东月、禽字五户,付洋百廿六元①,钱八十五文,已五成外矣。下午袁憨棠来,为江夏抵券暨单暂存余处,情难却,付本洋乙佰元,半年为期,作英归,渠书明经手不误,长谈而去。蒙送胶菜糟蛋,谢领之,殊无以为答,歉甚。晚间竹淇弟来,欣知稚竹旧恙全愈,送会柬,二十日叙。庆如三媳预支三洋,面付竹老手,匆匆叙谭即返。碌碌不能坐定,晚间北账略有所收,灯下略阅《文录》第五册。

十五日(1月14日)　晴暖,太旱。终日闲静,收租一户。《文录》第五册阅毕,接读第七册铭表志传类,若元翁全卷,已于十三日校竟,敏而详细,能得刊正,可免大谬。

十六日(1月15日)　晴暖似春。终日收租四户。暇则接阅《文录》第七册,齿微痛,掩卷,可知用心校对大费精力,益佩元老之勤不可及。

十七日(1月16日)　晴暖。终日闲甚,惟齿略痛。租米仅两三户,皆灾让之馀。是日《文录》第八册一并复校毕,拟删去王晓庵赋一篇,增董梦兰《徐瀹人墓志》一首(事竟不果),并属莱生录稿增订,以偿文人苦志,想砺生必不靳惜也。明日元简先生解馆,停北账船以送之归,另送黄粲一石,细布两端,以致开方医治慕孙微忧。夜间常膳,略具杯酒,与先生絮谈,惜齿痛不能多饮,然论艺谈心,酣适之至。念孙读至"昭公"第九本,慕孙半年停课,读至《尚书》君陈篇。

十八日(1月17日)　阴,防雨不雨,殊嫌干燥。饭后送诸先生解节旋里,约新正二十日开馆。昨夜牙痛发闹,上唇皆肿,幸痛已止。伴大孙书房理《左传》,坐诵不背,实无与顶真,暇则重阅《文录》,将《瀹人墓志》抄好订入,以示必刊之意,亦余聊申公义以报先执友。下午,芦局王秋亭来,又完钟玥珣、是、佐三户,付钱五十四千二百九十三文而去。终日闲坐不用心,以养其神。

---

①　"元"字后原文有符号﹜。卷十一,第507页。

十九日(1月18日)　晴。牙痛肿滞仍不松退,终日狂风不息,送先生船至晚未归,不胜疑虑。在书房闲坐,聊无兴趣。

二十日(1月19日)　晴,风小息。朝上送先生之舟已还,知昨夜避风南传,尚不吃惊,可慰。饭后舟至芦墟艺香斋,取还算误三洋。还至祥太,许萱堂、吴彩乔两公见过,面交染摺,找付花信风一票讫,二篇文字亦托续做,二公似亦允许,然字号要防易主,甚为颟老虑。复同赵翰卿、顾季常赵三园茗叙,骇知袁子丞五兄于十六日以气冲猝病物故上洋新栈,年四十六,上有老母,下有孤儿,图名求利,两无所成,中年而逝,与余执后辈礼,甚挚,为之悼痛,不能忘情。少顷,至公盛楼上吃小点心,憩三兄属郎君稼田商大疑取决进止,余云此事不能不奔赴,庶他日孝友无歉,稼田深以为然,已云明日陪侍到沪矣。齿肿痛甚,不克久坐即开船,到家下午。知竹淇弟卸会,为北舍诸侄拆抬不果而罢,甚非礼也。邱氏遣女使来,接盛泽郑式如二姨甥孙信,关照旧款不能全归,新年缴百洋存敬承,尚不失信,即起稿命念孙代答。来书字迹秀而整,已为幼年出色,然露马脚处甚诧异,恐非的笔也。终日为齿痛所困,夜间诸账懒登,早眠。

廿一日(1月20日)　晴暖,东南风,亦非时令之正。饭后送吴表侄莱生回同,约新正十九、二十、廿一日去载。邱使旋里,郑小甥复札即托寄盛,答回礼物三件(三元)。昨接子屏札,长篇累幅,语重心长,知日又略感冒,不出门。震泽徐小希公请王晓庵先生,祀乡贤欲列余名,吉甫关照,甚愿随后。李辛垞属校《家谱》,尚未寄下,属侄一催。致元简札并书,暂存面奉。伴念孙理《左传》一册,策四道,即放学。复子屏札具稿,命大孙代书,尚未缮就。今日牙肿忽溃血脓一钟,气札①大松,为之一快。夜间登内账,尚未竟事,养息早眠。是晚薇人来告急,姑给三枚,云今岁不该如是,预作孙辈来年改文笔资。

廿二日(1月21日)　晴,又发西风,尚不甚狂。上午至末,伴念

───────────

①　气札,疑为"气机"之笔误。卷十一,第509页。

孙《左传》理至"成公"而止,上策四道,一册已完,所见赠者,袁子丞县佐也,思之怆然。凌砺生家遣使来,复寄《吴江续志》四部,即片复之,其资未缴。适焕伯二侄孙来缴存摺,即以一部致其祖,乙大兄前许押销一部也(后收回)。齿肿已松,尚未全愈,致子屏札念孙已写就即封,内《忏摩录》一本托寄辛垞,并催《家谱》未寄。暇阅《三家医案》,子屏、元简两人所动笔。

廿三日(1月22日)　晴暖。饭后课念孙上制策四道毕,再命做一起讲,一入手,颇能明顺有气机,诗则四韵凑成,了无情趣。慕孙今日始进书房游玩。晚间,赵翰卿特买舟来,为屏山窘迫万分,将以店面抵憩棠处者,转划余处多抵,属作一札与憩棠商,余处交洋迟期一月,憩棠托病在家,明日亲往面述,恐事属不恕不果,姑如所请试之,匆匆即返。点灯时,率两孙衣冠拈香,恭送东厨司命尊神升天奏事,礼毕,循例食圆团,颇适口。齿肿渐愈,徐翰波今日来,一应账目算讫,留之中饭而去,子屏一札属面交,《忏摩录》附内,《温热经纬》二册咏楼代点校毕,连辛垞原书一并寄还矣。

廿四日(1月23日)　小除夕。晴,终日大风,不狂。书房内放学,收拾书籍,明岁重新。闲坐,养息竟日,技痒,为念孙改昨日起讲中四句,以示调须圆湛,不得寿星唱曲了事。略阅《三家医案》。

廿五日(1月24日)　晴朗,颇不寒。昨日闻芦镇北栅失火,小店毁者三四号。夜间叶家汇叶姓,因送灶,爆竹失火,被全灾者三家,皆余佃也,心甚悯之。旱甚,风烈水浅,凡在人家均宜小心谨慎以尽人事。是日北舍局王漱泉来,又完玉字、金、北盈三户,付洋二十元[①],钱卅千零二百廿七文,已足六成外矣,来年尚须请益也,姑将计就计过去。碌碌终日,不得坐定,账房始移至旧所。城北之事早决不谐,亦免枝节。

廿六日(1月25日)　晴暖。饭后乙大兄来,为限规荒田不除,

①　"元"字后原文有符号。卷十一,第510页。

大是恕道，俾诸相好无异言，当从之，絮谈而去。下午钱竹安来，请再留其兄，断难通情。去后，铭三自请，又坚拒，然空账万难弥补矣，此事不可不稍从其宽，用人之难退竟如此！心绪纷如，不能坐定，接赵、顾两人字，明日来谈前事，然只好立票，不能书契。晚接砺生片，以陈䎂丈诗稿三册见示，然非全稿，余处已有抄本。墨磨寄来，略有损处，机似牛车盘，尚可用得。两账船今日始停。

廿七日（1月26日） 阴，望雨甚切。上午顾季常、赵翰卿同屏山之郎云谷、老侄杏园进来，袁憩棠处蘋老所抵店契单三张，借契一纸，均蒙取来，余处即立抵借契一纸，付洋二数，馀二数二月初代还。憩棠处洋乙百五十，又余处五十交清后将袁契收讫，店摺收还，然后余处另再交易，诸同人皆以为然，即书契下押，憩棠处余亲书手条交季常带去，以作照据。诸事就绪，留中饭，便酌饮酒颇欢，并知憩棠日上抱恙，来势不轻，似冬温，现服咏楼方，胃大开，似可稳妥，今日已去请李辛垞矣，思之，颇不放心，明后日再当探一好消息也。栗六终日，客去，掩卷不观，观两孙弄墨磨，颇得机巧之法。

廿八日（1月27日） 晴，雨又不成，太暖。上午芦局王秋亭手来，又完世字、西力二户，付洋十元[①]，钱十三千九百〇六文，已六成五矣。终日栗碌，发销限规无收，二百廿六亩不除，又修工下落共须钱百千外，铭三宕空二千二百五十文无可弥补，只好白送。冬米一元，硬扣未必退无后言，且俟明日再看光景。此人吃烟，数年来余实不得其力，然待之不薄，负余多矣，以后用人须慎之。夜间酌敬之，陪饮实无好兴，应酬而已。灯下诸外、内账纷如，不能一一登清。

廿九日（1月28日） 晴，西北风颇峭。饭后送账房诸君回府，陈厚安初五日先来数日，子祥约十七，吉约廿一日去载。乙大兄处惩戒逆孙，从宽为之缓颊，实家门之不幸也。行差沈芝香来，如数付之，又欲告贷，岁歉难应酬，辞之。暇则闲坐，略阅《曾尺牍》。夜间登

---

① "元"字后原文有符号𢁉。卷十一，第510页。

清诸账，若欲吉清，则似老荒秀才最怕岁考。芦川舟回，知憩棠抱恙，尚未得愈，颇为之虑。以此公素无疾病，猝然寒热不已，冬春之交，老年人精力能御得住否？李辛垞闻已请过。

三十日（1月29日） 晴暖，终日春风拂面，似少严寒之象。上午洒扫庭除，率两孙衣冠拈香，奉牲醴敬神过年，虔祝利市。礼毕，张挂先府君、两先妣神像在养树堂，来岁大公祭，乙大兄抢年，秀山公七侄值年，先兄念孙当年，余处正厅可无须位置。夜间张灯祀先，良久彻俎，与老夫妇、两孙、两孙女团叙，吃年夜饭，强饮屠苏，聊自排遣，实则蔗境非甘也。今冬租收歉薄，较去年少值乙千二百贯，敬望开岁丰登，不虞水旱，庶吾辈俯仰有赖，否则将何以支持门户？饮毕，与两孙闲话，勖渠弟兄努力读书，庶不负先人期望，老祖拳拳之意此为最切！是夜星斗灿然，时雨未降，不胜望泽私衷翘企之至。时光绪六年十二月三十日二鼓，胜溪居士柳兆薰书于养树堂之西厢书舍。

光绪七年(辛巳,1881)

一 月

光绪七年,岁次辛巳,春王正月初一日(1月30日) 元旦。朝起晴朗,终日东北风,喜占五谷大熟,是吾辈切己要务。饭前率两孙衣冠拜如来佛后,东厨司命神前、家祠内拈香叩谒,饭后至乙溪大兄抡年处拜五代暨先祖、妣神像,参谒毕后,与乙大兄行岁贺礼,并受侄辈叩贺,男女少长以次。复茶叙片时,始至友庆二加拜先伯秀山公遗像,即再茶话,随乙大兄还养树叩拜先人遗像。余处具茶,情话良久始各还去。是日北风颇料峭,暇则静坐,诵楞严神咒十遍,预备秋九允明坛普济施用。两孙祀其父,今日忌辰,余置之不问,夜眠尚早。

初二日(1月31日) 晴暖,终日东南风,水涨寸许,朝上微雨即止。饭后命念孙随两房诸叔至大港上贺年,《东华录》两套,辛垞处所借《温热经纬》,均缴还子屏。观村人出刘猛将赛会。暇阅《曾文正公尺牍》。晚间念孙归,知竹淇处抡年留饮,子屏近体颇佳,《国朝文录》全部已收还。

初三日(2月1日) 朝上大雾,至饭后始开雾,日色黄淡,暖气盎然。上午凌又耕来,少顷,子屏、薇人、茂甫、稚梅诸侄来贺岁,抡年乙溪留饮,子屏气色极佳,慰甚,知近日颇浸淫于医书。下午陆幹(南)甫来自友庆,客去后,率两孙奉香烛,衣冠恭接灶神土地,碌碌终日,万难静坐。

初四日(2月2日) 阴,西北风渐肃。午前陆时盦侄甥孙暨陆又亭均来自友庆萃和,接陈绩生两郎同怀试艺,长伯骥,号逸帆,次仲翔,号达甫,年少取诗赋,考前列,两枝玉树,曷胜艳羡! 是日始阴雨,尚不甚畅,村人走会甫毕,可免滋事。晚间祭祀,明日谨将先人神像拂拭收藏,暇作札拟致辛垞,索催《家谱》一事,想医道忙甚,不暇从事。夜间风紧,雨雪交作,恰好尚是腊底。

初五日(2月3日)　晴朗可喜。是日子刻立春。朝起循例在账房内接五路财神,礼毕开门,见红日一轮照耀雪上,此景绝佳,大约今岁可卜丰年。饭后雪销,檐滴不止,约寸许渐净,春花极有益也。终日寂寂,略阅宋诗。下午子祥率其戚浦家埭人张春霞来,年恰五旬,云在同川金氏办租账多年,人似有才,非忠厚无用者,未识余能驾驭否,且听宾主缘分如何。姑即定见帮内账,脩四十两六文①,限规半股,后有更张再议。元音竹庐保荐,付子祥手,定洋两元②,一茶始去,约廿一日去载。晚间陈厚安来代看账房几日,因黄又堂有事欲去,甚感其情不漠视。

初六日(2月4日)　晴阴参半,雪销未净。终日碌碌,应酬来客,上午范桂馨来,略知张公底里,能不蹈旧辙为妙,余用人实失之轻躁也。午前后蔡子瑗、徐秋谷两甥来,萃和二加七侄留饮。夜间始算吉去年用账,浮费浩荡,对之百端交集。是晚顾寿生来,留之夜饭,坚不肯,骇知凌海香在渠处度岁,堂堂丈夫,为妻所出,缺陷世界,竟如是乎!

初七日(2月5日)　晴,西北风极尖利。饭后命念孙至莘塔母舅处叩贺新禧。曹松泉来,絮语生意事,似得意。少顷,殷达泉来,乙溪处留饮,知昨自池亭上来,常谈家事,似尚谨饬,奈有烟瘾乎! 茶话片时回萃和,下午闲阅宋诗姚选。晚间念孙归自莘塔,二舅氏乔梓见过,知二月初一日县试。

初八日(2月6日)　晴朗,寒气稍减。上午至乙溪处絮谈,属代

---

① "六文"原文为符号 **刀叉** 。卷十一,第513页。
② "元"字后原文有符号 **卜乙** 。卷十一,第513页。

作书致叶子谦,为苄卿葬事择期。上午吴幼如甥来贺岁,留之饮,颇适酣畅,命题老夫妇寿照轴签,颇工整,夜复絮谈置酒,余已不能饮矣。夜宿账楼揽胜阁。

初九日(2月7日) 晴,不甚暖。饭后幼如回去,云其女月之廿九出阁,即面致分。命虎孙至苏家港凌听翁家代慕孙拜年,回至陈思杨梦花舅祖处贺年。工人张桂芳,唤之操舟,崛强不听,咤之不从,不得已遣之不用,即毅然径去,事出意想之外,可知一饮一啄均有定数,可恶可笑。上午陆寿甫来自友庆,一茶即回,顷之,杨少山之郎幹甫来自陈思,即梦花之嗣子,年廿一岁,在同里屠吉太衣庄习业,满师仍留店,听其言论,观其举止,银洋会计皆可,嗜好亦不犯,能得始终不变,亦是佳子弟,何必读书? 中午酌以年菜,慕孙同席,谈论世故,同川人情风俗均娓娓入耳,是月十九日完姻请酒,当贺之,下午回去。晚间念孙回来,苏家港中饭,梦花处亦去过。夜间与两孙总吉出入账,竟实亏至九百馀千之多,虽阴行私祝兼筹嫁事、应酬诗文等项在内,然何至浩费若此? 遇灾而惧,无策善后,殊深焦急。辛垞信已托介侄寄出。

初十日(2月8日) 晴朗。饭后阒静无客来,命念孙书裱画签轴,尚楚楚。余处所藏《孟法师碑》,恕甫欲借观,调取彼处姚凤生所书《砖塔铭》《褚圣教》楷书。少顷,连大官、金梧生来,茶叙而去。暇阅《曾尺牍》第十二册,已金陵克复,大功告成矣。

十一日(2月9日) 晴暖,春气勃勃。饭后乙大兄来絮谈,去后寂寂无客来,殊觉少兴,明日不能再待,拟至梨川。浮溇叶竹勤之子号荣声者来自友庆,问其年廿七,现尚读书应试,前从叶彤君,现从张元之,据云小试文有叶勤谀先生所选《箧存草》七十馀篇,极理法清真,一茶而去。下午阅《曾尺牍》《宋人诗选》。晚间所借恕甫处姚凤生临褚《千字文》《砖塔铭》两本均来,时贤古装,真绝妙好字也,今岁亦拟面属各书一册。

十二日(2月10日) 晴,西北风渐肃。饭后阻风,懒于赴梨,实则舟子推诿,借图自适也,余之因循姑息,为之播弄竟如此。厚安备舟回去,约廿八日到寓。六侄苹甫来絮语,观念孙摹印《砖塔铭》,颇得笔法,暇阅《曾文正尺牍》诗集。午后金星卿来,欣悉乃丈袁憩翁病体客岁颇重,几至呕呃,梦异人授以倒豆一味,醒即煎服而愈,然日上形体瘦削,肝脾两经大不和,想必无妨也,甚为悬念。

十三日(2月11日) 晴朗。朝上由介庵处接辛垞回信,《谱牒》四册缴还,《孤忠录》《客山教士录》均收到。饭后率念孙同往梨川拜年,舟中阅辛老所动笔,删节俱见文法,俟见子屏,再商不能从者三处作为定本。午前登敬承堂,见澳之于书室,颔下留须,居然长髯公,云近号觉时,亦是箴砭之意。喜晤陈西涯老翁,好学健饭如旧,絮语片刻。念孙至顾光川家贺岁,余入内厅,舅嫂、内侄来春官均出见,吃小点心后余步至费吉甫处,相见欢然,《文录》先送阅,已略看过,校出"名社"二字系"民社"之误,为之大快。畅论一切,知吉六兄疗治邑尊三次,运气大通,颇见近效。回来,卸衣冠,光翁招至龙泉茶叙,极老弟兄真适相会之乐。良久,回邱氏,内嫂客气,夜间酌以盛肴,澳之陪饮,同席者汪子周、何心田、黄骐生,骐生是来官今岁授书师,谦不居首座,余心歉然。饮酒如量,客散后,澳之又去,独与心田絮语解颐,益叹为童子师之难。二鼓就寝,与念孙同榻,暖甚忘寒。

十四日(2月12日) 晴暖。早起,因两人分被同床,颇不宽适。朝上,吉甫来答,在厅畅话,良久始去,其婿徐縢友今日挈妇同归。砺生托推广《文录》印资,派吉老共五十部,勉强重情允许,计须洋四十二元,俟余代应便交,再托印县志四部,则须奉送矣。饭后,与顾少莲率念孙茗叙小楼,少顷,知郑公若在邱氏即还,晤叙后,公石以信一洋百元面交践约,吉少洋乙佰五十四元,来年新正找讫,足见渠母夫人知情重谊,不肯负人。与之论字,颇识版碑文字,近体亦渐复元,孟河费伯荣之孙医愈也。中午团叙,公石不善饮,饭罢即回盛,送之登舟后余步至龙泉,群贤毕集,与黄赋梅、邱莲舫、陈西涯畅叙。还至吉甫处,闭户不值,时已晚,回邱氏,知吉甫、光川邀叙,彼此两歧不得见,可笑也。夜间与澳之共食粥,佳甚,谈及去岁窘况,令人短气,贫士天厄,谓之何哉!念孙夜饮徐丽江处,回来未晚,又与澳老谈天,久之始就寝。

十五日(2月13日) 元宵佳节。微雨沾濡,颇宜春熟,惜不甚畅。是夜无星月,昨夜近地烧田财,颇旺。早上骐生约茗叙,为莱官脩金极孜孜必较,可称不自量,吟海若在,决不如是。回敬承,吉甫来就谈,缴还《文录》,甚资校正,《雅府志》三十二本亦收还,以金螺翁所书庙碑暨碑阴所拓三石刻见赠,茶话而返,约三月中再叙。饭后片招堂内弟邱庐仙来闲话,为邱氏租与渠郎少仙开店,门墙上下楼房关闭未出,颇费辞说。庐老尚是人情中人,婉言相商,甚见阳面一诺无异词,约即日出清,将计就计应之。中午同饭,颇欢,下午复同茗叙龙泉,良久告别,想此事可渐冰释矣。是日澳之陪往,与梨川诸公又剧谈,论蒯铁涯翁旧事,可资笑柄。晚回,独酌,澳之陪余,满面酸味,挹之心醉,剧论良久始散,借余元简所注《南唐》序文一册已抄出见还,夜眠尚酣。

十六日(2月14日) 晴。朝上无聊,率念孙茗饮龙泉,还来内厅朝饭毕,即告辞内嫂,内侄莱官、澳之堂内弟相送,出门登舟,到家中午,知十三日凌苍洲来,留饮,慕孙、七侄陪之,徐丽江十四日来过,大有睭其不在家而遥拜之意。碌碌半天,夜间倦甚,早眠,舒适之至。

十七日(2月15日) 阴雨终日,春花沾润之至。晚起,雨始檐漏有声,惜犹不畅。朝饭后命两孙督工洒扫书房,位置书籍,余则补登日记未毕。作札致子屏,专舟送去,下午接复禀,二十日招陪诸元翁,因连日有客在堂,竟不果来。渠亦失兴,约廿二三日间专诚来候元翁,借作一宵畅叙。下午接大义桂亭侄凶闻,知十六日亥时作古,病起骤发喉风,不过一周时,已肿烂不可治,昨专人来乞冰梅丸二枚,云已昏聩不能咽,人生可不修身自慎,以顺受其心哉(年六十九)?子祥去载,亦以同室有事不果来,夜始补登内账。

十八日(2月16日) 晴朗,略有风。饭后鸿侄来闲谈,迟顾少莲不至,日记补登竣事。叶子谦来自萃和,知昨在周庄,为陶芑生定葬选日,大约二月中要开吊,一茶即还乙大兄处,少顷,余答之,即陪中饭。蒂卿葬地定在大义,下午去定桩向,乙老自陪往,真逆境也,然此事余谓大兄不能不赶办。登舟后,余始还,略阅《曾尺牍》。存公义公款为修刻新谱,大兄今提交二百元存余处,已书摺矣,后当另登一簿,备书款目,以便公览。

　　十九日(2月17日)　晴,风颇尖利。饭后率慕孙至书房,课背《尚书》"君陈后",生书、脱书特此开场,午刻放学。上午命念孙至陈思,贺杨少山郎吉期,下午即返,云宾客都不相识,陈绩生父子亦不到,肴菜颇丰,默宴而已。夜间略看工脩账,命舟明日去载诸先生暨吴莱生。

　　二十日(2月18日)　晴而不朗。饭后率两孙先入书房整理书籍,上午凌砺生来,相见欢然,茶后以《文录》八册缴还,即翻阅一遍,见校正处,为之抃舞。中午以年菜相酌,渠齿痛,不能多饮,然谈兴颇浓,下午留之止宿,畅论字课,《孟法师碑》已缴还余处,申刻诸先生到馆,晚间吴莱生亦来。夜间酌敬先生,屈砺老陪饮,余命两孙、吴生侍席,六人团叙,谈《青浦县志》已告成,于熊九兄处借得刻本,字仿汲古式,极堂皇冠冕。熊纯翁鉴定,笔墨之佳无论矣。饮酒如量,谈至一鼓始同宿书楼,余是日脾气不健,泄泻三次,精神尚可,以人逢知己也,唯食量稍减。

　　廿一日(2月19日)　晴暖。晚起,朝上沈先生达卿来,元翁出见,一茶回萃和。饭后砺生齿痛大减,谭兴甚旺,中午书房内便酌,极酣畅。下午砺生回去,以吉甫所赠金胪翁所书大字"城隍庙碑"暨碑阴转送,所需《续志》余处汇转三部,便致吉老,帮印《文录》五十部亦面致允许。砺生处《续志》无多,欲零星续印,坊中颇艰难,须五十部始动手,故以此释责。客去,略阅《青浦志》,条例井然,无门不备,吾邑为之减色,然元翁所闻花费八千金,阅时至十易寒暑,开局采访,不惜多金,若吾邑有此巨款,亦何至让美于彼都人士也?书此,不胜掩卷太息。

廿二日(2 月 20 日) 晴朗。饭后正欲披阅《青邑志》,适王韶九率其侄瀛石、礼石来自萃和,礼石系仲诒长子,年十九,状貌伟秀,颇有后福,已出应试,仲诒有佳子弟矣,为之慰羡。茶叙回后,忽报"玩"字吴三蛮嫂又到,余急避之,以年礼馈,受答之,饮以年菜,下午六侄来落肩,给以三洋而去。此番颇吃情,恐是蛇足,为春间地步,得过且过而已。午前顾少溪来,絮语家常,极知世务,奈何不读书,非余所喜,余与两孙午酌之,以洋八元托之到苏买绸。下午回至萃塔,夜间祭祀,先大人今朝忌日,屈指见背倏已三十有二年,孤子不肖,年老无成,实不克答报万一于地下,大不敬,思之痛甚。终日碌碌,灯前略阅《青邑志》,门类均备。传闻邑尊十七日有病笃之耗,此疾终难医治。

廿三日(2 月 21 日) 晴朗,大有春气。上午乙大兄来谈,云王礼石弟兄均非尽善佳子弟。甚矣,以貌取人之难也。终日迟子屏不至,未解何故。暇则披览《青邑志》十二册一遍,即缴存元翁书房内,俟后再看。两志相校,吾不敢妄为轩轾,惟"烈女"一门,年月井然,总为列表眉目厘清,则吾邑续志万不能与之争胜,商订时何混杂若此?若新邑侯金君来,当再商排表重刻,并续刊补遗一门,未识辛老肯重办否?姑识之。夜间略登内账。

廿四日(2 月 22 日) 晴暖万分,几乎袭衣可卸,潮湿,未知能腾雨否?饭后查看账籍,子祥卤莽,甚难倚托。是日又迟子屏不至,奇异万端,未识近体若何,悬念之至。午后账房新相好张春霞来寓,年已五旬,似乎老练,不知底蕴何如,能免流弊否?此中作合有天缘,人力不能强也,姑试用之。终日暇甚,以《曾公尺牍》消遣。

廿五日(2 月 23 日) 晴暖如三月,发泄太早,必有奇冷。饭后衣冠陪元翁至友庆候祝香先生,茶叙后同至萃和答谒沈达卿,絮谈片刻回。读元翁代砺生所作《任莲史石刻画像记》,颇老当简峭,此公日后可成作手。账房有客来,应酬之,欣知袁憩棠病已全愈。下午闲甚,仍阅《曾公尺牍》末册。终日闷热,晚间微雨风发,拟作札致子屏,问其何为失约。邑尊闻决计金公回任。

廿六日(2月24日)　阴,终日西风,寒冷如冬令。昨夜雷乃发声,阵雨惜即止,不能酣足。上午《曾尺牍》一遍又读毕,拟再诵之。以"守公有恒"之训作札致子屏,明日待寄,元翁亦寄一札,言情、纪胜、论医,杂以诙谐,真良友相病发药之妙方也。下午念孙作信恕甫,即送去,书中多作古体字,未免作怪难人,因尚肯留心字典,故不禁。少顷,凌砺生来,为友庆事交易清讫,絮谈陶苎生家事,嫡子庶母大不谐,须诉子春兄弟为之调停,时晚,留之不肯,即回去,知日上刻字工徐元圃已到莘。上午杭竹艻来答,知江邑尊已另委,金公不回任。

廿七日(2月25日)　阴,昨夜微雪即止,终日细雨滋润,春花大宜,西北风颇寒。上午以札致子屏,方送去,适喜子屏已至,知陆补珊廿五始归,故不如约,留之书楼止宿,示近诗,多见道之言。入春精神略健,与元简畅谈医理,兼论名医治症凑巧为难。甚矣,命运临机为上药,医无权也。谈至一鼓,余始就寝。

廿八日(2月26日)　阴,细雨极滋。饭后无事,在书房与子屏、元老叙谈,得初阅杨利叔诗稿二册,系吾邑李君子远手抄,子屏近题五古两首其上,颇雄壮相称。终日两人论医,余难致一词。夜间酬敬账房诸君,余敬酒不陪。吉公今日去载,不至,甚忧衰惫。旋卿诸世兄今午到馆,闻苏城略有时疫。灯下略置酒,与先生、屏侄絮谈心,两人为慕孙酌拟调理方,甚见经营。

廿九日(2月27日)　阴,微雨。饭后作札拟致吉甫,并砺生属余处汇转《续志》三部,校本一部同寄,即托子屏。上午徐瀚波来,托子屏与莘甫六侄商让东轸生圹葬地,六侄似可照时价通情,惟佃户田面未绝,须托翼亭老友与之斩葛为要,瀚波深以为然,留之书房中饭而去,云明日要赴允明坛。下午子屏始动笔《家谱》凡例二条,辛垞批不妥,改得极醒妥,馀则有从有不从,不尽遵辛垞,以便简捷,免再鬐,虽不合法,不顾焉。夜间小酌,仍在书房听二公论医理深妙,余实门外汉,不得解,一笑置之。闻邑尊汪镜汀署已公座。

二 月

二月初一日(2 月 28 日) 阴,微雨,春花大润。饭后衣冠东厨司命神前、家祠内拈香叩谒,上午顾纪常来,欣知袁憩棠病已愈全,相约初四日至赵田访之,暇与子屏闲话,《家谱》已略定,动笔一遍,拟明日携归细阅。补撰厚堂公家传一篇作为定本,夜在书房校杨利叔诗,兼论医学精微,非有底蕴才识岂易从事?

初二日(3 月 1 日) 阴寒,下午又雨。饭后舟送子屏回港,此来相叙颇畅,云即日要至梨川。吉甫处信并《续志》四部,内连校本托寄,《家谱》携归,俟合传撰后有便交还。终日闲寂,抄录子屏所示《张之洞议驳俄夷奏稿》,几二千言,尚未写毕。阅《曾公书札》初册,接晼九札,通知初三切问开课,初六戊祭杨忠节公祠。

初三日(3 月 2 日) 阴,下午又雨。是日文帝圣诞,书房内斋素。饭后在正厅恭设香案,衣冠随先生率四徒衣冠叩谒,礼毕,惜因账房有俗事,不及作佛课为歉。下午抄录张之洞奏稿,尚未完,国有诤臣,我国家之福也!闻已议和,五年后再定,俄夷狡狯,此计不行矣,可叹!暇则仍以《曾文正尺牍》消遣。以片寄砺生,托渠广仁立揭,晚接砺生片,关照陶文伯年侄欲于二月十一日晚间为其先人芑生同年题主,是日领帖,十二日发引安葬,义不容辞,必需亲奠,惟具红柬,孝子出名,大为失礼。文伯不商诸族长,卤莽冒昧可知矣,甚为咤异。

初四日(3 月 3 日) 阴,东北风,雨水始涨,颇寒。饭后拟至赵田,已将登舟,以风狂雨骤而止。上午暇录张之洞奏稿始竣事,复读一遍止,今之贾长沙、陆忠州也。下午雨窗岑寂,以《曾文正公诗集》消遣。

初五日(3 月 4 日) 阴寒,下午大雪即止。饭后舟至芦川载顾季常同至赵田,候袁憩翁于新宅,至则郎君稼田先出见,晤其侄孙西席袁明之,少顷,憩棠欣然出来,时喜旧病全愈,略带伤风,知前所患者湿温未化,辛垞投以姜连、竹茹,极效,现惟形容略瘦耳。以代苹山款百五交清，券亦碎讫，手摺交还祥太。蒙留中饭絮谈，始悉和议，小曾侯所定，五年内仅花银五百万。左侯现已入关，松陵相国已谢世，事见《申报》。憩棠陪余，颇能健饭，饭毕，因雪大作，珍重告辞。还至芦川，复茗叙赵三园，以余处大衍收讫，让利之券交付许萱堂、吴彩乔手，代还摺契，一应清楚，余处之款约此月中重立押券付摺，惟利未谈定，恐苹老境窘，万难如愿，不过为老友代运一筹耳。晚归，接砺老、薇人札片，一为邱氏姻事，一致先生《史记》二十册。

初六日(3月5日)　阴寒，终日大雪不止。饭后稍待，冒雪舟至芦川泗洲寺前，戊祭杨忠节公入祠，乡间无人来，少顷，镇上诸公均到，惟委主祭官外委陈公不在署，一应祭品，畹九已排场铺陈，因同诸公权行公祭，沈斡甫赞礼，周彦臣读祝，行两跪六叩礼，鼓吹升炮，居然不失规。祭毕，雪仍霏霏不止，分设两席散福，畹九、玉生、子牧、竹坡陪余，天寒，畅饮如量。席散，陈敬亭复至，略叙登舟。至茶寮，与赵翰卿、沈咏楼又叙，同翰卿候老友徐屏山，忠厚人吃亏至此，言之可怜！渠虽卧床，实无病，借此作避债台耳。不忍久坐，相约此月二十日到余处换券，四年为期。即告辞，至王竹林长泰新染店，关照当手吴翠乔而出，时已晚，到家点灯后，此行益叹人生境地先甘后苦最为难当。

初七日(3月6日)　阴，寒冷异常。昨夜大雪积寸未销，终日袖手而已。元翁为慕孙处调理方，用"一甲复元饮"，参以化火燥湿，大约中肯，可以多服有益。作片致砺生，以札致畹九，缴沈达卿课卷，明后日觅寄。中午祀先母沈太孺人，今日忌日，见背已六十三年矣。来日苦短，罔极之恩莫报，追思默痛，实无以自存，不胜乌咽，如之奈何？率两孙拜奠毕，书以志感。下午至竹香馆中絮语，携六侄文归，阅之，拙滞太多，今科难望侥幸，为之思虑不置，暇阅《曾公诗集》，亦卓然一名大家也。厚安账船归，三日空无所有。晚由莘接姚先生字样，批字课，大孙中字极赞，小字瑕瑜参半。次孙中字批"挺秀而失间架"，小字"催"为何不写？

初八日(3月7日)　阴,午后霰下,幸即止。饭后至乙大兄处谈论,知蒂卿三月十六日未时安葬大义圹,初八日动工,一概不排场,分幼宜尔,然未免太尚老氏之学。莘侄来谈,勖以今岁必须用功,以冀幸博一衿。沈达卿课卷并郁夫人儒会一洋八十送交畹九,接回札,托转致萃和代赊会,今岁照旧是劝。暇阅《曾文正诗集》末册。是日寒过冬令,夜间又大雨雪几盈寸,大非时令所宜。念孙今始上生书,《昭公》第九本。

初九日(3月8日)　阴,仍寒,幸雪已止,檐漏滴滴矣。饭后袁子丞之大郎君号明哉,年十七,奉其母夫人之命来,欲余同至砺、磬二公处,妥商栈牌出租,每年议付厘金,必须照拂请益,余告以此事非中非证,不便同往,俟十一日到周庄陶氏,晤见二公,转述苦况,以冀玉成,是否,即复告之,渠亦深以为然。此子已略通世务,相叙片时而去。余因思凌氏弟兄断非薄情,未识能克己俯恤否,姑试之。暇则阅《曾公尺牍》《诗集》,以消寒气。晚间包瞿仙来,通知县试三月初一日。又,徐瀚翁信抄示允明坛乩谕,并赐示免疫良方。

初十日(3月9日)　阴雨终日,间以雪销,檐滴声注无干处,严寒依然。终日栗六,查登内账,安整行李、衣冠,书具吊仪,明日同诸元翁至周庄,不能不襆被而止宿,甚累坠也。以先严诗集初续刻《清献日记》托陶赉生所识东洋人,求其书去岁日本云在所画扇,其难遇也。元翁暨念孙均附求,未知赉生能转求否,姑恳之。暇阅《曾公诗集》末册。

十一日(3月10日)　阴,微雨。饭后同元吉舟至周庄北栅,吊奠陶苣生同年,至则泥途滑滑,本镇诸公多回去,排场楚楚,挽联多佳而切,子春、怡孙均殷勤接谒。佳子弟林立,仲苹、慎甫又偕小芝、卍书、爽轩、小苏暨子春长孙景阳,均杰出者也。陪余者戴康侯,幼时同考老友也,不相见者十馀年矣,年六十一,向平愿毕,两子均列庠,长稼生,次明之,卯科堂备廿四名,以二场未到被屈,惜哉!少顷,陆畹九、凌砺生皆至,云袁氏事须磬生主持,明、后日余当到莘面商,磬生婉劝,然如愿颇难。熊菊生已选易州涞水县,系小邑苦缺,告近之文仍未到部。褚聘岩郎胡西岩处用事人,号伯谷,人极道地,知渠翁新授补连山猺洞宜善司巡检,地系烟瘴,颇可威权办事。托怡生转乞日本人扇面,云其人将回国,号四桥,未识有缘否。文伯庶母事,芝春面许从长调处。与康侯话旧,恍如隔世,然颇喜渠有老妪气味。掩丧后时近点灯始行,题主礼屈砺生、康侯为左右二相,小排场,子弟襄事,略喝导升炮,颇简捷也。礼毕,易公服,主人设三公席谢客,陪宴者芝春弟兄、叔侄、祖孙,不胜艳羡。席散,与子春大谈志事。明日苕翁安葬,不及执绋,地亦叶子谦所定。终日相叙,约三月初七日晚刻至胜溪,一鼓后,始随元吉下船,是夜寒甚,舟中絮谈片刻始就寝。

十二日(3月11日) 阴晴参半,朝上大雪即止,花朝佳日,西北风寒甚。朝起,因泥滑不登岸,与元翁饭于舟中,炊毕开船,到家上午。求元翁斟换一调理方,潜阳育阴,极臻妥善,慕孙服之当有益也。是日,对岸钱芝方之郎吉期,命念孙去道喜,为渠辈拉之陪亲迎,甚非命之往也,可见好动不宜多,应酬荒功。夜归已二鼓后矣。

十三日(3月12日) 阴冷,细雨。饭后至竹芗馆中,以直捐代赈凤生所书"春夜宴桃李园"大字印刻一册交售七侄,每部五角,已面允应酬,回来重阅《青邑志》。下午凌砺生来,回复磬生意,子丞处租牌每年只许百千,当即日至赵田回覆子丞郎,其事恐多周折不谐,余亦不能再助一辞也,长谈而去。《文录》,余所损益都不从,碍于改板口也,听之。《文录》印资,连代应吉甫处一佰部,共付洋八十四元交讫,凤生字册亦付一元,搭桥过去。碌碌未能坐定看书。

十四日(3月13日) 寒冷终日,略有晴意。以《青浦县志》人物列传消遣竟昼,颇见笔法。

十五日(3月14日) 西风仍冷,朝上有冰,幸已开晴,可喜。下午欲至赵田,因寒不往,适袁郎明哉已来探信,告之前日砺生所述,势难如愿,劝渠亲去恳求,相机定议落肩为是,未识渠母能进言否。留之中饭,不肯,云即赴芦川与畹九相商。下午徐瀚波来,云即日开办掩埋,略谈而去。欲候子屏,新愿上共付七数,四掩用,三后宅保婴用。终日尚暇,《青邑志》人物传略已翻毕。

十六日(3月15日) 晴。饭后阅《青志杂录》。是日忘次奎儿死忌,命嗣子慕孙祭奠之,思之,犹增馀痛,但冀慕孙他日成立,以偿其苦志是望。下午至赵田补吊袁子丞,登来翰堂,不胜山阳之感,接陪者稚松、罔生暨孤子明哉,谈及栈事,取息请益,旁人进言为难,须明哉登门恳求,或者磬老情有难却。稚松精神犹弱,憩棠病后,据述亦未复原,茶话片刻,实乏佳兴,不忍久坐,即告辞,到家未晚。静言思之,吾辈中得意人不及什之一二也,委心任运而已。

十七日(3月16日) 晴朗可喜。饭后至竹芗书房中絮谈,携二侄文归,阅之,一滞拙,一则有腔调而欠切实,若先生改笔,则小大咸宜也。北厍局王漱泉来,又完东轸、东义、大义、长葑、东兽五户,付卅二[①]钱十九文而去,已七成左右,恐尚要再嬲。下午重阅《青邑志》职官传。

十八日(3月17日) 晴朗,风尖。终日闲甚,上午阅《青志杂传》,下午誊录去岁出入账,至晚而止,尚未录毕。接屠少江信,历诉去冬闭店不得意事,于余处颇为不负,略为圣裕侄所搭桥,然未成交,进退维我,彼亦难以无理,争作卖买主也,当即复之,以免支离。

十九日(3月18日) 晴朗。饭后作札复屠少江,即寄范洪源,云其人寓居同川。是日观音大士佛诞,特设香案,望西叩参并虔诵神咒,以尽微忱。吴幼如来,为嫁女后告急,预给重抄《家谱》资三枚,约四月下旬来溪抄录,书房内中饭而去。上午孙蓉卿来谈,关照屠少江之会钱,决计划转归余。少坐,即还友庆。下午南车来斛屠存菜子,仅八十一石九斗,净少本上洋廿八元,实余之卤莽自误也,后当慎之。接子屏来信,新自梨回,吉甫畅叙,寄到王寿云母夫人讣文一束,开吊入祠,期在是月廿五日,暇当一往。所附示芸舫为姊传石刻,文既真

① "二"字后原文有符号 。卷十一,第523页。

挚(龙文坡删改),字是曹殿撰所书,楷法挺秀出群。

二十日(3月19日)　又阴雨淋漓。饭后载吉老,又不来,恐成心病,难期复原,账之荒疏犹后也。乙大兄来谈,即去,知昨夜被窃而一无所失,门户之防,今春宜谨,不得自恃无妨也。迟芦川顾、赵二公不至,不解何故,姑俟明日。下午登清去年出入账,眉目一清,然实亏八百千,殊无以善其后,千万祝今岁丰年,或尚可弥缝支持,书以自警。心绪不佳,看书乏味。

廿一日(3月20日)　阴,微雨即止。饭后大风终日,颇寒,芦墟之约又不来,明日当出面询之,以换其券而收其息,未识能如愿否。无聊以酒满酌,不觉酣醉欲眠。暇以《青邑志》人物列传消遣。

廿二日(3月21日)　晴朗有风。饭后舟至芦墟,公盛泊舟,寻顾季常、赵翰卿,略茶叙,即同候徐蘋山老友,喜其形容不甚憔悴,今日始起来,历诉境况之窘,蔗味难甘,余一一宽解之,然终不能济其痼涸之疾,殊唤奈何!人极吃情,约明日命子佺进来换契起摺,每月向长泰支取,薄息一分,蘋老面上,请益不忍,姑听之,当手吴翠桥亦勉允,不能支吾也。絮谈而出,又同翰卿至其家,老姨表姊见余,茶话良久,又扰渠小点心始告辞。复与赵甥畅叙茶楼,晤沈福生、毛香岩,委蛇久之乃返,即开船,到家极早,碌碌而已。

廿三日(3月22日)　晴朗,渐暖。饭后袁明哉又来,述及同畹九到莘,晤见磬生,据云须诸友同族中长者俱至,方肯议定立摺支钱,果若是,余于子诚故友面上义不容辞,约渠廿七日约齐诸同人再行面商。甚矣,欲图卸肩之难也。明哉去后,徐杏园率弟屏山之郎云谷暨吴翠桥、许萱堂、顾季常、赵翰卿同来,上午清谈(前契缴还),余陪中饭,略小饮,下午如前议书券、下押、立摺、取息,翠乔手笔,付余而去,此事头绪始略清。客去,元翁寿张朗斋文已脱稿示余,急读之,洋洋千馀言,五光十色,切劲不浮,袁子才君其前生乎?钦佩之至。略斟酌一二处还之,可以寄示子屏,不负所托矣。夜间部叙明日到江行李。

廿四日(3月23日) 晴朗,渐暖。饭后舟至江城,船中阅《曾文正文集》,无风,午后进城,泊仓桥头王氏门首,寻金伯钦,见之。据其家云,近为城局负累,大抱心疾,即以乙大兄所托召佃牌二张属签办,语言极清,似多作伪,索前款并余处东轸税契,子虚以对,看来又要延宕,约明日再叙。无聊中茶楼独坐,晤沈月帆、蔡介眉,扰渠茶久之始徜徉城北。夕阳在山,登舟夜饭,时王寿云母夫人明日治丧。终夜更点不绝声,不得安寝。

廿五日(3月24日) 晴朗,稍暖。早起与叶子谦叙于茶楼,良久始散,始易衣冠出吊王氏费夫人,拜奠后,吴望云接陪,竟不相识,问渠姓氏,笑不答,有人冷笑指点,始哄得满堂大笑。甚矣,老眜之拙于应酬也。与之饭罢,见汪邑尊来,吴鹤轩接陪,又与望老絮语谈心,似不弃予,知退老之志已决。衣服朴古,似不改书生本色,颇异之。久之始告辞,再候伯钦,初邂后见,反安慰之,延约至秋自落场。甚矣,衙胥之不足信也。出来,至傅家桥头,看考试所借张氏房屋,极狭窄。晤杨稚斋办考,知县考又改期三月初三日。无聊中又独茗饮茶楼久之,随众至王氏,观吴望云题主,又看费夫人粟主,送入节孝祠,仪仗伟然,甚叹抚孤成立之荣。吉甫八兄,渠姊也。事毕,与吉甫叙于杨稚斋家,始知松陵相国予谥曰"文定",恰如其分。以徐小希致八兄信暨公请晓庵王先生入祀乡贤禀底与余备览,叙谈片刻始各还。是夜宿舟中,稍安睡,然春热,乏兴之至。

廿六日(3月25日) 晴热。朝行出城,至同披衣起坐,初见菜花黄嫩。炊饭后开船,顺风,到家中午。沈吉老堂舅氏已到账房,身体疲惫,难以办账,姑俟之。至乙大兄处详述一切,并候达卿,知元吉骈文读过,指陈处眼界极高,元老遵之,又改数句,愈见精劲。接砺生札,知苏回,桃坞直赈标开揭,念孙竟得大端砚一方,广三四寸,长八寸,文待诏、唐解元均有铭,姚凤生云"是蕉叶白之古而佳者",紫檀座,楠木匣,可值三十金,真异宝幸获。砺生戏欲讨贴绝,理当稍了愿心。碌碌下午,略开阅砺老所寄《晋赈征信录》。夜眠,酣适之至。

廿七日(3 月 26 日)　春气勃勃,晴暖万分。饭后阅《晋赈征信录》,又是一番光景,直赈亦渐于此开办。迟袁氏诸公至午不至,不解其由?听之。下午作便片致砺生,关照前事,婉劝磬生落肩为是,看来终不能免。暇则补登日记,未毕。

廿八日(3 月 27 日)　晴朗。饭后披阅晋直赈收款,又共三十馀万金,谢绥之真圣人桑孔也。午前袁明哉、稚松同张问樵、陆畹九、黄子享到余处,约同到莘商议此事,余即登舟,已中午,到镇,同人凤鸣馆小酌。饭毕,往候磬生,知渠两郎公痧证已平复,砺生亦至,以徐小希致吉甫札、公禀底示之,公禀暂存。陶苣生善后事,子春信复,万难调停,且缓商,余即开谈袁事,磬生极克己直落,即动笔重立租牌名,公议同据两纸,前议作废,每年贰百元,一数扣除子丞历年亏用,一数凭摺支取,作明哉母子用度,先支洋五十元,前零支五六千不算。磬生待亡友子诚仁至义尽,夫复何言!稚松不到,则别有机心。潘少安执笔,诸同人下押,交代清楚即告辞。袁氏诸君另唤船归,余坐原舟还,到家已黄昏后,此事吉题,甚钦凌氏厚德。

廿九日(3 月 28 日)　阴晴参半。饭后命两孙祭享三母舅范甫表兄,岁月逝矣,人琴凄邈,念及此,百感交集。上午至北舍赴竹淇弟会酌,余交轻重会,一全一半,得彩者鸿轩七侄。元简致子屏信并张寿文面托竹老转交,设两席,酒肴颇可口。下午茶叙,良久始散,到家未晚,两孙已归,知砺二母舅已陪恕甫应县试。灯下读达卿"集四书文赠元简",索阅寿文,大可解颐。达卿游戏笔墨,聪明绝世。

三十日(3 月 29 日)　晴朗。朝上起来,惊知昨夜书楼上被窃,元翁先生失取皮夹、绵单衣服多件,急探踪迹,始知由瑞荆堂东矮楼挖窗进,无所得,复由正屋逾至西矮楼,窗格挖坍,乃入先生卧楼,束包而去,先生冷暖衣袴几无所存,惟幸出客皮箱未动,然约新计旧须值三十金外,贫士将何以堪?已慰安其心,徐徐补偿,然不称心也。饭后,黄又堂陪先生至芦川、北厍典内查失票,下午归,毫无音响,且此贼非一人并有偷技,去路亦未得其迹,不胜骇惧,未识以后能幸免否？乙大兄来谈,亦云防不胜防,因村中匪类甚多也。终日踌躇,实无善策,惟遇小惩,益当大戒!

三 月

三月初一日(3月30日) 晴朗。饭后衣冠拈香东厨司命神前、家祠内叩谒。命坊人修理屋面,账房有佃退田,欠租难偿清,反助伊钱为迁厝之费,亦事之不得不然,非好事也。终日闲静,又以《天河赈局征信录》详细谨读。

初二日(3月31日) 晴,有风。饭后乙大兄处当祭,余率两孙暨两房侄、侄孙辈舟至西房圩曾大父先伯养斋公墓上祭扫,灌献拜跪,少长以齿。复至南玲圩先祖逊村赠公墓前扫祭,松柏茂荫,庇护泽深,未识后日子孙何人得遂显扬,聊报祖德于万一。余老矣,悲痛之馀益奢祈望! 还来,适沈达卿在元夫子馆中,又剧谈片刻而去。下午《晋直征信录》始阅毕。夜间率两孙至萃和堂乙大兄处饮散福酒,父子、兄弟、伯叔、侄子、侄孙团叙两席,共少长十一人,酣适而罢,始悉近地"尊"字有窝贼处,世风日下,防患愈难,实无威德以化之。

初三日(4月1日) 阴雨,夜间又雨,潮甚。饭后同元简先生舟至南莘塔徐瀚波寓,补唁旧冬悼亡之戚,至则翰翁赴积谷会,不值,两郎子敏、尹孚叩谢,令弟揽香接陪。少顷,陈翼翁亦至,二三知己相叙谈心,扰翰老中饭,颇客气具馔。下午席散告辞,即挈翼翁、揽翁同到镇上茶寮又畅谈,招薇人侄来自凌馆,欣知今岁文运亨通,尹孚凤巢,揽香徒秦姓,均从渠游。是日晤凌稚川、张叶裁,莲叔家西席,纯翁旧徒诸卧琴,剧谈戏语,茶兴颇浓,良久,翼亭、揽香同舟还,余与元翁亦即登舟,约揽香先生后日到溪再叙,归家傍晚。

初四日(4月2日) 晴阴参半。上午大雨,潮湿燥热,皮裘可卸。下午率两孙、七侄至南玲圩先赠公、先兄起亭墓卜祭扫,时新雨开霁,墓道已干,顾瞻先赠公坟前后暨新筑围墙,蔽遮申水,松楸蓊郁,风景颇佳,若欲显扬报称,则环顾群从,果属何人? 不胜老怀奢望。归来,以《曾文正诗集》消遣。沈吉翁自梨南北斗还,略有所收,约十三日再去。

初五日(4月3日)　晴朗,东南风。昨夜家人闻屋角有声,颇有虚弦之警,甚患防守之无术,将奈何?饭后命两孙舟至东轸北玲祭扫其亡父、嗣父暨余妾朱氏,午后还,述及东轸坟前南角偷去柏树一枝,此地无守坟之户,莫怪不能保护。夜间清节祀先,祠堂内祭桃祖,余主之,厅上祭高曾祖父,两孙襄之,尚克灌献拜跪如礼。祭毕,在书房内与元翁小饮,絮谈论文,颇各醋适,若论守望,则胸中均无把握。晚接凌恕甫与念孙信,知县试昨日归家,今日出案,明日复试,题"三思而后行"至"再",次题"急亲贤也",诗"闾阎旧日情"。通场乙百六七十人,地狭天热,臭气难闻。出场则大雨殁展,甚为苦境。此番不候复,大是便宜。

初六日(4月4日)　阴雨,是日清明节。昨夜楼屋上终夜有声,淅沥如怀沙散撮,家人守夜至晓,不得安寝,殊深戒心,然无策以御之,若何?饭后率念曾、鸿侄、介侄、焕伯侄孙、晋卿侄,大兄处办船,至北舍祭扫始迁祖,在坟湾泊舟,余与竹淇主爵,叙者五十馀人。祭毕,先至长浜祭五世祖,还至东木桥祭六世祖,再至"角"字祭高祖君彩公,则到者不满四十人矣,幸微雨初止,不至十分草率。回来,聚在当祭老三房子潮之子楚卿侄曾孙家,时楚卿兄虞卿去冬早卒,楚卿年二十,尚未成昏,殊叹凋弱!家道极可,新老祭田上均不领钱。散福酒,少长咸叙,共十席,菜颇丰满,余与竹淇并坐,陪余者云青老侄、仰仙侄曾孙,醉饱而散。复至仁和楼与诸侄茗饮,良久始归家,尚未点灯。今日新谱,子屏未交来,不克查校一切。夜间命一裁衣、一工人宿账楼下,以壮家人之胆。

初七日(4月5日)　起晴,初爽。昨夜安静,益疑前夜之响,特来窥伺,似非无因,暇以曾公古今体诗消遣。饭后唤"尊"字圩甲陆元勋妻进来,饰以邹氏窝贼,急当逐去,渠虽阳奉,未必如令。明日蒂卿侄大义开金井,下午至一溪处,知诸事安排楚楚。

初八日(**4 月 6 日**)　晴朗,上午风略大。饭后备舟送元简翁假节,约二十日去载,被窃之件赔偿弱冠,谦让再三始受(后缴三元),各尽雅道。至萃和,知子谦已自大义坟厂准向还,关照元老在东轸等候,相视新地,今夜仍还胜溪,乙大兄复有地求视也。暇则至书房,督权两孙一理《左传》,一理《易经》,下午即放,命之写字,夜各课读《启悟集》一篇,与之粗讲,似颇领会大意。

初九日(**4 月 7 日**)　晴暖而爽。上午在书房权课两孙理书。送先生之舟还,接元翁便札,所托陶贻孙转求东洋人四桥书两扇已来,字法北魏,颇喜古犷。张问樵要家刻忘寄,二十日当检出续致。下午命两孙习字誊文,夜间又课,上《启悟集》各一篇。

初十日(**4 月 8 日**)　晴朗。饭后命虎孙至赵田,出吊袁子诚领帖。慕孙略有委顿,停课,暇则略阅《史记》。下午念孙归,适凌砺生亦来自赵田,谈及芑生如夫人与嫡子文伯事,苏州陈子鹤出公信与磬、砺二公,谓万难同居,议得幼子读书,庶母给孤需费六十千文,欲下乡诸君亦任其半,磬老欲于保婴局息钱上支取(实则翰修),虽似取巧,然亦免恰一番出款,以桃代李,无伤也。以墀儿家传托求姚凤生书碑,并赠前家刻三种,想必能请教,特恐其费巨耳。花线书一洋缴出,长谈而去,夜间虎孙略读开讲。

十一日(**4 月 9 日**)　晴暖,下午防变。饭后课两孙理书,下午放学闲散。念孙学书楷习隶,录一扇面上,虽不入彀,尚可用功造就。灯上复各讲《启悟集》一篇。

十二日(**4 月 10 日**)　晴暖,已卸皮裘。上午课两孙理书,颇不顶真。乙大兄来,知坟工稍有周折,已布置妥善,益见人情之难测。芦局王秋亭来,又完"兵"字一户,付洋十元①,钱三百○一而去,尚未吉题,云邑尊不更。下午放学,沈漱六来,又有求于其父,托转意,大是难题目。夜间又各上《启悟》文一首。傍晚苹甫六侄自汀回,知今

---

①　"元"字后原文有符号𖡡。卷十一,第 529 页。

日未复,出场开船,邑尊设席颇华,题"以成",诗"三月绿杨时",渠现名廿七,尚可差强人意。

十三日(4月11日) 阴,西风薄寒。朝上为吉老圆全逆子,大可喷饭。上午督课两孙理书,下午命之录文,夜间讲上小题拆字。杭先生到馆,知正案已出,案元陆梦岩,述甫胞侄,苹甫名列十九,大有今科进机。

十四日(4月12日) 阴雨,颇寒。上午略课理书,下午各课一讲入手,均念得起。慕孙笔颇不平,因如原本意润色,复另拟一讲示之,夜课上《启悟》持字小题一篇,未毕。工人在限厅者未眠,闻屋上有声如捷足,自北而南,烛之无踪迹,终夜戒严,不胜受累。

十五日(4月13日) 晴朗,春意盎然。晚起,上午略课理书上文即辍,因虎孙略患目疾也,下午命慕孙录读本文一篇。读切问书院钱瀛仙第一之作,功候已到,花样恰好,达卿诸君万不如也。夜间与两孙略筹未雨绸缪之计,亦不过自尽人事。

十六日(4月14日) 晴朗温和。饭后至乙大兄处,是日苐二先侄安葬大义圩股家汇,一概不排场,在南玲提柩仅用小船。午前命念孙随友庆三侄至大义送葬,书房内辍读,慕孙稍有感冒不往。下午送葬船归,知登基准向未正,叶子谦兄亦回,凌氏、金氏诸甥暨汝子达均至,设两席款之,余陪子谦絮谈,至晚始还。此番俭不中礼,然分居卑幼,应该不举动,不得过多责备也。夜间静坐,以镇定其心,苐侄结束若此,总由余弟兄劳而无福。

十七日(4月15日) 忽阴雨,益喜昨日苐卿安葬,颇有天缘。饭后略课慕孙理《易经》三卦,即停,念孙目疾未愈,亦停课。金星卿同子谦郎宝培来谈,子谦为介庵择寿域,尚留莘和未去。下午至乙溪处谈论,知子谦已回莘,介侄寿地亦有所用。终日碌碌,夜间为慕孙讲拆字一篇。

十八日(4月16日) 晴朗,春暖。饭后课两孙理书,不及半日即放。下午至竹艻书房畅谈,晤其高足顾明伯、吴贞卿,贞卿县试第三,始知郑慈松第六。携六侄县试全文归,细阅之,正场颇认真,初复文颇不妥,乃一则八十多名,一则跳至四十馀名。甚矣,文卷佳者大约甚少,而阅卷则眼中多花矣,以后考试得失万难逆料。夜课读文拆字十一篇,草草上完。

十九日(4月17日) 晴朗,颇风燥而热。饭后正欲课两孙理书,《左传》新上两遍将周,《易经》上、下卦肴将毕,适老友徐苹山来,云特邀余明日至舜湖看双扬赛会,辞之,留之絮谈,旧病佯狂似已平复,复留之中饭小饮,酒不过斤外,已酩酊大醉,心境大发,不觉对余大恸。甚矣,先富后贫,人生最难处之遭。渠亦少兴辞归,扶送登舟,为之太息者久之。夜间略课读文,念孙目疾未全愈,明日命舟载先生,作便片致先生,张问樵所索石刻三种即托寄。

二十日(4月18日) 阴,风雨,下午略开霁。杏村、同川之舟均不果行,终日在书房为两孙润色一游戏文,有散有整,有开有合,有气势,有词采,有前后,有层次,举一隅反小试单句作法不外是矣,或谓非导之以正,诚然。而急欲开其心窍,不得不罕譬以喻之,知我罪我都不计矣。夜间命慕孙理拆字文,念孙仍以目疾暂停。

廿一日(4月19日) 晴暖。饭后在书房闲坐,命两孙各读生书,然亦不能顶真。乙溪来谈,知苕侄坟工颇坚固,尚不能即日告竣。下午吴莱孙来,知震泽案首系莲衣之子,初次应试。晚间元简先生到馆,托办洋器,价颇廉,然试之不甚灵,须明日熟练,何如?陶贻孙为念孙画扇,古劲雅秀,不愧当今名手。

廿二日(4月20日) 晴朗。昨夜四鼓屋上有声,如物坠,家人急起烛之,仍无端倪,可怪也!晚起,上午命黄又堂试铳,似尚应手,暇则抄录元简骈文,并书原注以消遣。夜间又试放洋铳,两孙、大女孙皆能出手,似可防备,然用之须要谨慎小心。

廿三日(4月21日) 晴而不朗。终日无事,录元简骈文,下午誊毕,朗诵一过,不特作者难,即录者亦不易。夜间放枪,仍多戒心,殊无善策,奈何!是日甚寒。

廿四日(**4 月 22 日**) 晴,渐暖,适患目赤疾。子屏同陈翼老、徐子敏下午来,至六侄苹甫处商办东轸田,为翰波翁生圹通情成交竟事,翼翁有事急归,子敏同去。子屏留宿书楼,《家谱》缴还,补《家传》,改《家乘》,均极有法,真作手也。

廿五日(**4 月 23 日**) 晴,仍热甚,如夏。上午至北舍赴曹松泉、子祥侄孙会酌,子祥处余得彩。下午又茗饮而归,目痛甚,不能看书作字。夜与子屏、元简剧谈,听唸子屏和辛诧两律,旗鼓相当,书在念孙扇头。

廿六日(**4 月 24 日**) 晴热。上午凌砺生来,在书房快谭半晌,论及前偷儿事,举家不安,商借莲叔处拳师瞿公一月,如相通情,初一日去载,子屏亦以为然。拟作《三先生合传》,以志斯事。砺生携绍酒一壶,中午书房内同人公饮,竭壶而散,余虽目痛,亦颇贪杯。下午砺生先归,子屏送之回港,稚竹病贫兼妻产,与大兄各赒五元以济其急,子屏约初十日再来决定新谱清稿。夜则目痛默坐,被酒故也。

廿七日(**4 月 25 日**) 阴,雷,晚雨,潮湿蕴热。上午"玩"字吴三蛮嫂又光降,余仍避之,下午六侄来落肩,给以公账五元五角又二百文而去,据云顽健依然,语言稍逊。晚间子屏专足撰示《三先生合传》,以龙门之文笔作游戏文章,诸元翁阅之大笑。夜间元翁补赞,遂成合璧无双。目仍痛,夜默坐。

廿八日(**4 月 26 日**) 阴晴参半,微雨,闷热。目大痛,不能看书作字。

廿九日(**4 月 27 日**) 阴雨,颇闷热。目痛略减,上午始登内账。下午读子屏所作《三先生合传》,不禁捧腹笑不止。

四 月

四月初一日(**4 月 28 日**) 晴,仍热。饭后命舟作字并《合传》寄凌砺生,托渠致商莲叔处,欲借拳师瞿先生一月,午后来,人颇朴实,年五十四,号云峰,上海陆家巷人,在刘郁膏令上海时带勇三年,以疾退营,始为教师。是日饭后衣冠东厨司命神前、家祠内拈香,并知今日苏省开读,大行慈安皇太后三月初十日哀诏,一切礼节未见。砺生寄示子屏《曾文全集》三册,当留数日一读。是夜在账房内略酌瞿先生,时尚未黑暗,乡人传说花墙上有贼走声(实则野猫跳走),烛之无有,弓影杯蛇,滋人疑惧,赖瞿先生在,得资镇定。

初二日(4月29日) 晴,东北风,颇寒。昨日慕孙《尚书》读完,初上《左传》,暇读曾文未见数篇,目疾渐愈,不敢多看书。

初三日(4月30日) 晴热,一如仲夏潮湿,地气尽泄。是日换用浅色堂对,以符功令。书房迁在瑞荆堂,暇则又阅曾文。下午走候沈达卿,示以《三先生合传》,相与大笑,击节不置。日记停数日,今始补登。

初四日(5月1日) 阴晴参半。昨夜雷阵雨,今凉。上午走视乙溪,不值。闻苇卿开吊除几,择期廿二。午后六侄来,示近课文,尚妥畅,嫌不跳脱而已。《曾文全集》今粗读毕,未见者篇篇俱佳。夜间略近灯火,乙溪归自盛泽,知开读哀诏尚无的期,须十八省同日举行。

初五日(5月2日) 阴晴参半。终日动笔勘校《家谱》世系,虽经竹淇、子屏改正,然尚有可商处一二,可知体例一丝不紊之难。未及一半,已眼花昏暗,停校,夜间再读曾文。

初六日(5月3日) 阴,雷雨终日。上午吴幼如来,欲即抄谱,辞以尚未校定,不能重誊。留之书房中饭,复给三元去,约五月十二日来,庶有定本可录。暇则校世系老五房总册始毕,照子屏更改处已不少矣。晚至杭竹翁处谈天,携其友人陆柳溪郎嘉邑县试覆卷四册归,年仅十七,文笔条畅,不似初学,真英才也。现列第三,所造正未可量,吴、诸二生读之,当必惭无置身地矣。碌碌终日,欲登清内账,仍因循不果。

初七日(5月4日) 阴,无雨,寒暖适中。饭后续校《家乘·墓域考》,竹淇从弟颇有更正得体处,今均从之。此事已定体例,然再须至北库一查,始于吾心歉然。上午账房内略有俗事,接龙邑尊讣文,无开吊日期,怪异之甚。下午登清内账,耳目一清,暇读曾文暨《家乘》,子屏所改易之作,实足增吾家光,然能读者几何?噫,可慨!沈达卿来候元简畅谈,携《家乘》末册去,此公颇知古文体格。

初八日(5月5日) 阴,阵雨,下午开霁。饭后至乙溪处,知苇卿倕领喑除几,知单已刊定廿二日,事在国制,二十七日中掩旗息鼓,不能排场。是日酉刻立夏,暇作便札致子屏,约订十五日去载来溪,再勘定《家谱》,曾文三册即封致,明日由账船寄交。下午与元翁对饮高粱以迎夏,颇酣适。夜间重谨读先大人《养馀斋诗初集》。

初九日(5月6日) 阴,昨夜雨骤甚,几涨数寸水。终日无聊,仍读先人初集。乙大兄命念孙为苇倕写挽对,勉强作竟,先生助成之,可知此等笔墨,亦非老练不办。

初十日(5月7日) 晴朗。眼光日上被酒略昏,上午无聊,以《曾尺牍》消遣。下午竹淇、子屏率裁衣六倕来,为渠为公账老屋将倾,不能蔽风雨,告帮脩费,乙大兄亦来,再三求益,共公借十六元①始落肩。裁衣余处元半,庆三倕媳余处二元二角半,今岁亦付讫,长谈至晚而去。子屏约十五日来溪,校定全谱,以作样本,曾文已接读,狂喜万分。碌碌心纷,不能静坐,是日始食蚕豆饭,今岁此品颇珍。

十一日(5月8日) 阴晴参半,略带麦寒。终日心纷,仅读先大人诗初集。下午沈达卿缴《家乘》末册,灯下披阅签示,改商处大有可从,且肯用心读一遍,此子他日大可与之论古,留俟屏倕酌定。

十二日(5月9日) 晴朗。饭后芦局朱静轩来,付洋廿元②,照去春只此北、东、丹三玲三户未算,与之吉题不截串,渠尚不肯斩葛,大约尚须请益也,委蛇而去。下午登清内账,暇阅《家乘》末册初终卷,大约讹字、俗字元翁校正之力居多,至修改字句,使章法整洁,不

---

① 旁有符号 ﹩。卷十一,第533页。
② "元"字后原文有符号 ﹢﹩。卷十一,第534页。

得不归功于屏侄,明日尚须动笔一遍,粗作定本,再要子屏修饰之,则庶几完善矣。夜间又读先大人诗二集。

十三日(5月10日) 晴朗。饭后北舍局王漱泉来,言明北官等三户虫灾不截,付洋卅元与之吉题,长谈而去。暇录元简四六文,付与念孙,下午阅《曾尺牍》,夜读先大人诗二集。

十四日(5月11日) 晴朗终日。上午闲坐。下午携《谱》至北舍,唤诸侄孙来,发条查明添报丁口年月,及已故者新厝何处。余至草棚,偕老侄元音茗饮,少顷,颂僖、润芝、春渌、省三诸侄孙皆来,一一持条回复注明,惟子康侄孙虚报一丁,殊属儿戏,可惩。复与胡石卿、陈松乔畅叙,闲话旧事,陈翼翁亦至,匆匆一叙即返棹。传说熊桐生新以时疾归道山,不胜惊讶,大是渠家缺陷事。日长,晚散,到家犹未点灯,此行似新近谱系头绪皆清,截至五月初一日止,不再改更。

十五日(5月12日) 阴晴参半。饭后登清内账,复将昨日所查谱系一一书明。午前子屏即乘所载之舟来,仍在书楼止宿,《家谱》明日动手细校。与元翁畅谈,下午与介庵侄、念孙商拟两方,一调理,一目疾,夜间三人在书房畅论《曾文全集》。念曾《左传》今日读完,始开上《古文观止》。食蚕豆饭,佳甚。

十六日(5月13日) 晴。上午子屏校正《家谱》,体例从此划一,此番必须更张也。乡人传说余家似有非常灾警,惶恐难备,只好尽人事以祈天宥。下午老友徐屏山来,有所商,复推情贷之,为数而立,不取券据,云八月归赵,未识能如约否。此公心地好而境地大难,实无以善其后,长谈而去,心病犹未全愈。夜在书房与子屏絮语,余则先寝。

十七日(5月14日) 阴雨带潮。终日子屏校斠《家谱》,与之商定一切,犹有未合体例处,只好从权定论,不再更张。明日拟再复阅,以尽厥衷。夜间共在书房,又畅论更馀而寝。

十八日(5月15日) 又阴雨而潮。子屏重伤风,略有寒热,避风在书楼静坐。饭后携《谱》重阅,余以曾文消遣。晚间子屏校《家谱》四册藏事，又略有改正不经心处，方臻无疵，并许补作先兄起亭公家传，以偿苦志，不胜感谢。脱稿尽可迟迟，他日寄示。

十九日(5月16日) 晴，潮湿。饭后在书房与子屏谈，伤风略醒，怕风依然，下午送之回港，曾文三册仍携去，相约《家谱》七月终誊清后再来细校一遍。子屏去后，至萃和，丧事内匾对都挂齐，有不雅观者急命去之。回来，心纷不能坐定，洗足，快甚。元简接纯叔堂弟九如兄，又号半畦信，确知熊桐生于四月初二日病故在家，菊生犹留滞津门未到任，《青浦县志》蒙九如兄见赠，当以《文录》谢答。

二十日(5月17日) 晴朗。上午至萃和观所易对联，尚无疵谬。下午以《曾公尺牍》消遣长昼。夜读先大人诗二集。

廿一日(5月18日) 晴热，潮湿，础如雨下。上午至萃和，观两厅悬挂挽联，一应位置楚楚，至亲如凌、金诸甥、徐彦生均至。下午杭竹芗、沈达卿来候诸先生，晚间同至乙大兄处，为明日苇卿领唁，特酌敬诸公，共四席，菜颇精洁，回来一鼓。

廿二日(5月19日) 晴热更甚，穿单袍犹汗下。清晨即率两孙至萃和堂应酬，时尚在国制未开读之中，遵例不鼓吹掌号，仅用金点，灵前一赞礼而已。宾客来者，大都凉帽摘缨，余与苹甫、鸿轩两倅招接诸宾极忙，幸尚来徐徐，或不至夹于款送。午后封门，即命撒儿，时风雨雷电骤至，诸事草率送入祠，不成礼矣。苇倅一生，从此结果，思之，尚有馀悲，幸乙大兄颇健，犹是侄孙辈之福也。至戚徐荔江遣子来，太自惰不情。殷达泉为风雨所阻，明晨始登堂，颇为抱歉。夜间复酌敬诸宾，共五席，诸事毕，余率诸孙回，不及二鼓，然脚酸力疲，夜眠酣适之至。凌砺生蒙来唁送，余处留宿，与诸元翁畅谈小题文。

廿三日(5月20日) 阴，微雨，骤寒。砺生，余处朝饭，借衣而去。暇至萃和，知宾客留者都归，诸事收拾照旧，回来倦甚，昼眠一刻始醒。下午至账房观拆分，此番一切减省，六局发费寥寥，较之五年余处办二加之事所费要减半。晚间金星卿来谈，此子老成年少，甚是保家良子弟。夜率孙辈、书房两生至萃和账房饮算账酒，元夫子辞不赴,余与杭、沈两先生同饮,共四席,菜甚可口,饱啖而返,回来已一鼓后矣。

廿四日(5月21日) 阴,仍麦寒。终日无事,闲坐,始以沈达卿所示《杨利叔祖母郑恭人节孝编》谨读一过,尚未终卷。集中所载,都名公巨儒所表扬,利叔极尽孝思矣。而利叔又处家庭之变,以至佯狂而死,岂名足贼福欤?抑天之报施有靳而不予欤?呜呼,吾不得而知之矣,为之太息者久之。下午又阅《曾公尺牍》,夜读徐揽香所抄寄刘庸斋撰《熊纯叔墓表》,笔劲、词严、法密,卓然大家,纯叔有灵,亦当首肯。

廿五日(5月22日) 阴雨终日,又寒。上午徐瀚翁来,知掩埋已做六七佰具,尚能顶真督办,留之书房内中饭,下午回去,新愿上一数缴讫,只存六十馀千,旧愿孤米先付十元,括字五元讫,又许助坛中斗忏、刻资十番,祈求讹言有灾,叩恳格外从宽恩免,不胜感谢。约五月十三到坛,恭叩武帝圣诞,上禀,言之凛凛,共付四十五元,有账交余。暇则录清《纯公墓表》文,字字核实,笔笔谨严,惜庸斋先生已去世,当今又少一作手矣。胸中略有不适,静坐调养。

廿六日(5月23日) 晴朗终日。昨夜肝气至朝上始平。上午闲坐,以《杨节母征诗文全编》披读,毕竟知名士,所作均佳,而利叔自题《风雨寒鸦图》后廿一首,尤为至性至情,必传之作。下午又以《曾公尺牍》消遣,是日少食,气体渐适。

廿七日(5月24日) 阴晴参半。上午重读《杨母节孝汇征编》《监利王子寿先生墓表文》,迥非凡手所及。午前梨局顾仁卿、芦局朱静轩均至,云汪邑尊决计委署,追呼甚迫,仁卿又付六元,尚未斩葛,静付十元叫讫,照去春已不远矣,此事无一定也。下午以《曾文正书札》消遣,夜读家大人诗二集竟。

廿八日(5月25日) 阴晴参半。饭后舟至芦川,赴赵翰卿会酌,至则与顾砚仙、季常、翰卿茗叙桥楼,始知苏城现已开读,讹言顿息。午前与翰卿母赵姨表姊话旧,还来坐席,两桌,菜颇丰盛,饮酒如量，沈咏楼陪余，言及近风流事，颇可解颐，余得会在冬季。下午又与诸同人茗饮，徐苹山老友亦来叙话，日上似无病矣。良久始散，归舟尚早，可知初夏日长，暇读先大人诗三集。

廿九日(5月26日) 晴，麦风颇大。上午作便札，拟明日送回瞿先生，即致凌砺生，催到苏取《文录》一书。下午走至竹芗书房絮语，取两侄课文回，细阅之，七侄平妥欠峭，六侄小题颇有生发，而不干净、不妥协处甚多，挟此求侥幸，恐尚难必，此事必用功发愤庶有进机。暇读先大人诗三集。

三十日(5月27日) 阴晴参半。饭后备舟送瞿云峰回莘，菲敬面致，破财运中多此耗费，实则甚无谓也。凌砺生处致书，并姚先生脩羊奉交。少顷，凌砺生持片载《松陵文录》来，亟检之，连吉甫一佰部已齐，内夹板连四各十部，另送余与吉甫各四部，又元简一部，子屏一部，即作片复讫。余即送元老竹纸一部，夹板一部，熊九如、叶厚甫各送夹板一部，二陶公送竹纸各一部。下午送沈达卿竹纸一部，纷纷馈饷，颇费评量。下午细阅之，印工、竹纸甚佳，连四夹板，价高而工次，真买椟弃珠也。送瞿公船回，又接砺老札，以老姚集《古文类纂》送元简，偿其校勘之劳。暇作札致子屏，以十部与之，另送夹板一部。碌碌终日，颇不能自逸。

五 月

五月初一日(5月28日) 阴晴参半。饭后备舟送元夫子解馆，时其令妹抱恙，今日邀沈咏楼同往诊治，到馆且俟信来再定。先生登舟后，余衣冠至东厨司命神前、家祠内拈香叩谒。上午课两孙理书，下午略课读文，已不肯用心矣。子屏处《文录》已送去，接回札，知前回时伤风衄血，现虽全愈，尚未复原。夜课读文，一黄昏即放学。《文录》粗阅，尚有讹字，然开雕至今已历八年矣。

初二日(5月29日) 晴朗不热。上午权课两孙理《左传》，下午未毕即辍。适竹淇弟来，为稚竹狂疾大发，现虽略定，而医药之费无措,欲商余家三房,势不能已,即陪至乙大兄处,适往金泽,不值,仍返余处。心境恶甚,闷谈久之而去,约初六日再来,虽不言短长,然日用外又添一出款矣,思之踌躇。弟去,余亦无好怀,两孙亦不及再课。检点《文录》五十四部,明日拟至梨交还吉甫。

初三日(5月30日) 晴朗。饭后舟至梨里,在茶室招徐丽江来谈,良久始及本题,约九月初归赵,姑再试之。出来,以馄饨、小点,有西蒙港徐节生作东。又至敬承约止宿,即到吉甫处长谈,知京中信来,诸事太平,苏城哀诏于前月廿八日开读,一切礼节如旧例(《文录》照数送讫),《文录》即日要寄京。回来,至邱氏五峰园看芟竹木,又同澳之茗饮龙泉,与吴少江表侄絮谈"玩"字事。回来,夜粥内厅,汝诵华、澳之陪余畅叙,一鼓始散,就寝。

初四日(5月31日) 晴,略热。饭后又至吉甫处絮谈,携曹殿撰书费节母家传裱本而回。与澳之谈诗,以《文录》一集送渠,一集托送陈西涯老翁,两孙书扇二托徐丸如夫人画梅。中午友骞夫人以鲥鱼作膳敬客,余与澳之饱啖,又送一段归遗细君,均饫盛情。饭后返棹,又招会丽江开行,到家未晚,早眠,颇不适。

初五日(6月1日) 晴,略热。是日书房内节日放学。中午祀先,与两孙灌献,拜跪如礼。午后在书房饮酒如量,下午日长如年,不觉酣睡。夜间呛甚,伤风,因连日多吃冰鲜所致。

初六日(6月2日) 晴,略闷热。饭后书房内出题,命学习,少顷,竹淇来余处略坐,即同至乙溪处长谈竟日,旁敲侧击,欲到题又翻腾,至中饭后始出题认真做,晚乃完篇,共二十六比,余甚畏难,如考一场矣。夕阳将下,始送之回港,余精神亦惫甚,早眠。

初七日(6月3日) 阴晴参半。晚起,伤风略愈。上午在书房内为两孙二生润色一讲,两半篇、一全篇,文均不佳,诗尚可,老荒之笔未识合法否。下午补登出门后日记。

初八日(6月4日) 阴晴、燥热不时。饭后权课两孙理书,下午略课读文即放学。六侄来,知谦斋病势不轻,方用犀角、连珠,王寿田所开,未识效否。暇以路润生《课蒙草》消遣,登清内账,冬漕至春完数均七成外矣。咳呛初平,然痰犹未净。

初九日(6月5日)　阴雨终日。上午课两孙理书,下午一上起讲,一命读拆字,一时许即放闲散,余亦不耐久也。暇读《训蒙草》,细针密缕,万非初学所能领解。咳嗽未全愈,夜间略阅《文录》。

初十日(6月6日)　阴晴参半,寒暖适中。饭后课两孙如昨日,下午念孙略读拆字,慕孙上起讲三,未后即放学。是晨惊悉胡谦斋昨夜病故,虽由枳实、枨(榔)桃妄攻所误,然原气久伤,不得良医,安所施挽回之术?甚矣,洞见垣一方之难也。此公在榔侄家管内账二十馀年,尚老成诚实,忠于所司,求之今世,此种相好已不可多得矣,故特识之。暇以《文录》消遣永昼,今明两账春花始开。

十一日(6月7日)　晴朗。朝上接子屏札,起亭先兄传文已撰就缮示,急阅之,扼一"志"字,为年少工文不得志于有司者,痛哭发挥,借此文以传起亭公,庶子孙略可记忆其苦心,甚快慰。熊鞠生信同寄到,知心境不佳,赴任在即,不复东来矣。此信可不答,即以片作复子屏。上午权课两孙,下午闲散,命莱生钞《起亭传》,编订《家乘》中"斠易"二字,似均妥协矣,元翁示之,似亦可无待再商也。六侄来谈,知谦斋一缺,有金龙生在,不再添人。

十二日(6月8日)　晴朗渐炎。上午权课两孙理书,下午略读文即放,余亦精神倦怠。翻校《文录》,元酒太羹,无味而辍。

十三日(6月9日)　晴热。饭后斋素,至芦允明坛恭祝武帝圣诞,至则徐翰翁诸君均至。中午随班迎驾侍坛,蒙诲谕以读书明理相勖(扶手陆友岩,墨扶手毛香涵),并锡墨鸾二十字,曰"日月无私照,雷霆不妄惊,天心明德感,宵小敢横行",尔当悬诸正室,以作镇家之宝,祗领叩头,不胜恐惧,日后愈难报称矣。又值熊纯叔先生到坛传训,述朱子诗曰"雀啄复百顾,燕寝无二心,量大福亦大,机深祸亦深",望谆劝家人三复,自无灾异。此中有元妙理,当遵先友良箴,时时警省。恭送先生出坛,复扰坛友斋而退,至镇上陆畹九处坐谈,以

《文录》一部相赠,复同至钱艺香店中小坐,以武帝墨谕至宝托裱堂轴,约廿七八日去收领,许松安亦同往。又畅谈,看字画而始开船,到家傍晚。接元夫子信,约十五日去载,渠患目赤,令妹病体尚未轻减。

十四日(6月10日) 晴热,梅风颇炎。饭后课两孙理书半册,即读先生前节所上生书二首,下午放学,洒扫书堂,耳目一新。暇作札复元简,明晨去载,茶点、二札托致前途,《吴江续志》《青邑志》陶沚春要借两月,亦由元翁转交。

十五日(6月11日) 阴晴参半,微雨即止。上午略督课两生读生书。午前徐瀚翁来,以熊纯叔先生降坛全谕抄示,当谨藏之,如对故人。渠郎尹孚到馆在船,即招上岸,留之书房中饭,下午回去。少顷,诸先生到馆,现患目疾,忌嘴,令妹之恙亦甚平平。知熊鞠生赴任,二十日启行。

十六日(6月12日) 晴热。饭后舟至梨川,赴蔡氏会酌,至则未午,与二妹絮话家常,且侈谈看双扬胜会,向平愿毕,如此陶情,实深艳羡。中午叙一席,不过吾家群从,子瑷甥陪饮,馀无客至,明岁圆满矣。饮罢略坐,颇热,即告辞,中市稍泊始开,舟中翻阅略遍《文录》,到家尚早,大有炎令。

十七日(6月13日) 晴,仍炎热。上午涤墨拭几,耳目一清。午前吴甥幼如买棹来,有急需,又赒一枚,殊为贫无厌,难乎其继。恕甫有信来,命念孙复之"研北"字样,应酬五册,付洋二元,姚凤生师也。下午命幼如动手重誊《家谱》世系。

十八日(6月14日) 昨夜阵雨,颇凉,晚开霁。终日校对所誊谱世系,老大房尚未终卷。暇阅《文录》,亦不能用心体会,掩卷茫然矣。

十九日(6月15日) 晴朗。上午芦局朱静轩来,又颙借洋八元,搭桥银上看,云再不开口矣。邑尊公账催粮函,一笑留之,委蛇而去。是日先祖逊村赠君讳辰,中午率孙致祭。闲观工人插秧耕种七亩有零之田,稼穑艰难,吾辈不可忘焉。谱系老大房今始钞毕校正,惜错简一行，不及再誊。余之卤莽，吴甥不任咎也。《文录》又略读数首。

二十日（**6月16日**） 晴朗。上午阅读《文录》。午后袁憩棠来，喜渠身体现已康强，惟面色太黑，略瘦，蒙送两孙广东罗扇二柄，糖色广饼二，塘栖枇杷二篮，领谢之。絮谈良久，以自撰《新构宗祠记》托求元夫子改正，《三先生合传》张寿文特携去，又情话家常，兼谈时务而去，以《文录》八册送之，并索先严《分湖小识》一部。客去，校对《家谱》世系，老二房亦抄竟。

廿一日（**6月17日**） 晴朗。饭后同子祥算核《家谱》祭产细数，一一改准，可作定本无误。上午凌砺生来，确知府试廿八取齐，江震约在初二三日间。以恕甫、姚凤生先生改本五篇见示，急阅之，原本既佳，改笔是小题圣手，均从明文中得力出来，并云凤生搁笔多年，特为恕甫破例，可称师弟心心相印。此种改本，久作广陵散矣，钦佩不置。中午书房便膳，惜无好酒以佐谈兴。下午又畅叙解颐，沈达卿来，又共叙多时始回去，达卿晚去，于《文录》颇有考正，属渠签记毕，互相商定。

廿二日（**6月18日**） 阴，微雨。朝上校对《谱》中世系，老三房已抄十之四矣。上午走候杭竹翁，谈片刻返。适包学书来通知府试，江震初四正场，王学宪六月十三取齐，海州连考淮徐，大约八月中苏属要院试矣。衡侄县试名列十四，但祝府院试亦如此名数为幸！暇则略阅《文录》。下午熟睡片时，精神委靡，甚非养生善法，以后当强制之为是。

廿三日（**6月19日**） 阴晴参半。上午校对《家谱》，老三房世系钞毕。下午又倦，昼睡片刻始起，强制之难如是！无聊，无所用心，读元简代改袁憩棠《祠堂记》，章法周密，文气朴茂，当今能以古文自任，并肯以直道待友朋者，允推元公矣。憩老何幸，得此修饰好文章！

廿四日（**6月20日**） 晴，不甚热。饭后至梨赴徐荔江会酌，一帆顺利，到则极早，诸客未至。同蘩友至书房，候西席老友叶子谅先生,年长余十岁,精神尚称矍铄,颇羡渠老而弥健。长谈话旧,犹见老辈风流,至将坐席始告辞。中午设两席,颇丰洁,得彩者陶子音子诚,知府试有分三场之说。饮酒如量,下午即返,登舟少待始开,舟中读先大人《养馀诗》初、二、三集始终卷。到家傍晚,两账略有所收,然南、北斗、荒字三圩宽疲滥纵极矣,更张颇费踌躇,然有不得不商之势。

廿五日(6月21日)　阴雨终日,上午阵雨颇澍。饭后登清内账,殊嫌草率。中午祀先,今日夏至节也,率两孙拜献如礼。暇则校对谱系,老四房抄毕,老五房亦已动手抄十馀页矣。腹痛积滞,昨日贪餍所致。

廿六日(6月22日)　阴晴参半。晚起,积滞不下,腹微痛,终日食粥,尚不适。是日兰大孙女嫁妆漆工告成,厚犒之而去。暇作两札,一致憩棠,一致子屏。元翁新撰芦墟《陈哑孝子传》录正,精神略疲,静养不看书,校对《家谱》数页,颇委顿,早眠。

廿七日(6月23日)　晴。晚起,食粥,胃气始和,积滞亦渐泻下。上午校对谱系,今日本支可以抄竣,暇则略阅《文录》。子屏处接回信,日上略有肝气,专阅医书消闷。元翁文,俟阅后专寄。下午校对老五房世系毕,明日动手抄第一册。

廿八日(6月24日)　晴,略燥热,中午阵雨即止。饭后同陈厚安舟至芦川,先到艺香裱画店中,祗领关圣帝君宝训。回至公盛,与顾季常、赵翰卿茗叙赵三园,少顷,袁憩棠、稼田、稚松父子叔侄均来候,以元翁所改《祠堂记》面缴,渠阅之,似甚惬意,所借合传、寿文均收回。徐屏山亦至,絮谈良久,憩棠邀至行中,添菜留饮,颇客气,知己畅谈,为之醉饱。饮毕,至楼上候新市徽州车伙朱秋潭,不相见一年,丰采益佳,复同憩棠诸君茶叙多时,晤孙蓉卿,即拉往走候陆松华先生,渠抱偏枯之疾,右手足不仁,能坐不能立者已一年,见余泪下不止,为之恻然,幸有寡孝媳秋山夫人极贤,扶持调护,不避嫌疑,大深钦敬。慰解之,则怀抱大开,谈文勃勃照旧矣。又谈片刻而返,至公盛,诸君都不见,即登舟,到家未晚,知子屏今日有信与元翁,所改文夜间粗阅之,毕竟妙手高一着。苹甫六侄来谈,云府试有江正头场之说,明日清晨吉行。

廿九日(6月25日) 晴燥,午前大阵雨即止。饭后登清内账,对校《家谱》序文,前、后凡例,今日宗支图、原续均可抄就,宗支图画线极难,幼如尚肯留心。下午重阅子屏所撰《归陆氏五妹墓文》,正而奇,哀而挚,合南丰、震川为一手,为之欣赏,急登《家乘》,为诸文之冠。晚又雷雨,赴试诸生颇嫌泥滑。

六 月

六月初一日(6月26日) 晴热带潮。饭后衣冠供奉关圣帝君,所锡《墨鸾宝训轴》张挂正厅瑞荆堂中,恭设香案,九叩首祗谢,复拈香东厨司命神前、家祠内虔叩,是日斋素,礼毕,校对《家谱·墓域考》,重钞一卷,首册世系已竣事矣。下午至友庆,知府试江震换初六,苹甫明日赴苏,与芦墟诸公合伴,杭先生陪考,现到镇,不值。栗六终日,不得静坐。

初二日(6月27日) 阴晴参半,闷热潮湿,午前后雷电阵雨颇畅,即止。晚起,与幼如对《墓域考》,明日第三册半本可望抄竣。暇阅《文录》,精神不振,似有内热蕴结不解,下午倦眠半刻始适。

初三日(6月28日) 阴晴参半,不热。饭后登清内账。午后幼如抄《家乘·墓域考》毕,后半不动,将新钞与原刻合订校好,约初七日回梨,明日动笔抄《续家乘》第四册,拟亦统抄一册,告竣须俟七夕再来矣。碌碌终日,不能静坐,晚雨又雷。

初四日(6月29日) 晴凉。晚起,精神颇疲。上午幼如钞录《家乘续编》第四册,子屏所改,涂乙不甚清,甥尚能会意不误。午后校对毕,停手,暇阅《文录》,不能用心。幼如属补作渠父母墓铭,分不当辞,然无笔力,恐不足胜其任,姑允之,以待兴到偶为,未识能践言否。

初五日(6月30日)　晴,始炎热。昨夜黄昏后西北角始见彗星,光射丈馀,不知主何变象。饭后校对所抄《家乘》二页,适喜子屏来,在书房与元翁论医终日,曾文三册亦已缴还,谈至晚去,云日上要往梨里盘桓,约归后再过胜溪,当取新钞《谱》细心复校。考船苏回,知江震今夜进场。

初六日(7月1日)　晴朗,不甚热。饭后校对《家乘》,现已誊清十页,即歇手,不即录,约幼如七月十五后再来续誊讫事,明日送之回梨开蒙馆。渠有《诗经通义》全部,余愿出一洋购之,据云明日原舟带来,未识能完善否?中午书房内循例食面,沽诸市中,颇不得味,幼如竟吃三碗半,可称不负此腹巨量兼人,为之欣羡不置。

初七日(7月2日)　晴炎,有暑令。饭后备舟送吴幼如回梨,订定中元后即来续抄。上午始读《曾文全集》,下午掩卷闲坐,心纷不定。晚间蕴郁,阵雨作而不来,接邱内侄禀延师一节,似属合意,当关照子屏。

初八日(7月3日)　下午阴,阵雨。上午晴,闷热终日。午前接竹茇苏寓信,知江震试题"勇者不必有仁。南宫适",正"为人蘧伯玉","伯夷之所树与","绿槐凉透碧蕉衫"。所云头复十二日,何太迟迟不体谅?稚竹之妻同其母来,要分家讨过度,此是情极,然室碍难行,以不在家避之。下午杨少伯有字来,知其弟荣卿病故,即招七侄来商酌,明日帮分四元以了之,虽不厌所求,只好听之而已。碌碌终日,一应账目未登,焉能静坐看书?

初九日(7月4日)　阴,终日大雨酣畅,凉甚。上午登录内账。暇读《曾文全集》,极欣赏无已。下午舟自陈思莘塔回,接砺生回片,知昨晚挈儿辈归,可谓遵约束、极见几,并不闲弃功夫矣,初学观场,理当如斯。姚先生批两孙字课暨字样均来,评语精细而兼鼓舞,小题正鹄诸件,因天雨不带来,其妥善。

初十日(7月5日)　又阴,微雨,凉甚。胃气不旺,精神颇疲。暇读《曾文全集》,甚有意味,拟择尤者六篇,为孙辈继《古文观止》后读本,以尊古文嫡派。晚间顾季常来,传《申报》,刻烟箱每件加税乙佰两,左相奏准,大见权宜经济。

十一日(7月6日)　晴朗,不甚热。饭后以新得古端砚,磨墨涤两砚,以其汁置铜墨匣中,为之一快。暇读《曾文正全集》未见诸文,又详阅一遍矣,无美不臻,今世大手笔,谁能逾之? 真堪三不朽矣。

十二日(7月7日)　晴朗,是日交小暑节,幸无雨。晚起,精神不健,暇读《曾文全集》。午前有笔客严文英持恕甫札来,知今日初复,江覆八十人,案首倪俊明,浮泼寿春之子;凌其梅第二,恕甫诸人均列头图;衡侄四十七,未识此番能跳否。正案首沈凤苞,吟泉嗣子。徐润生第二,少岩孙,闻此子文笔极佳,大约可望抢元。中午梨局顾润卿来,又孵四元叫讫,较去年仅减四枚而已。下午静坐,略热如令,曾文略阅遍。

十三日(7月8日)　阴雨,终日薄寒,可穿绵夹衣,大非时令之正,外间必有发水,不验为幸。上午登载内账。暇则重读《曾文正集》,拟精选十篇,为尝鼎一脔之用。

十四日(7月9日)　阴,潮湿,上午大雨仍寒,下午略有晴意。饭后与厚安对南北租账,奉行故事,不能审究致欠之由,半日而毕,奖之仍旧。下午莘塔舟回,接砺生回札,托办小题正鹄文暨别件均收到,并以《文录》小传,诸先生原校本寄示,大慰所望,即取清本,校阅《历法》五篇,一夏尽足消暑矣。

十五日(7月10日)　晴,渐热,仍潮湿。上午厚安回家,约七月十六日去载。与吉七老舅公对东账,欠头颇多,草草读毕已中午后,仍与之仍旧馆,大合渠意。年老姑容,未识始终康健,办事能不误余否? 一时更张,亦颇无位置斯人之处,不如求安目前,以图侥幸,然此事总祈吉人天相,保佑一切是祝! 午后芦局朱静轩又来,苦求告借六元而去,且云决计银上扣,此辈亦难十分坚拒也。碌碌无好怀,姑录《松陵文录作者爵里考》一页。

十六日(7月11日)　东南风,起晴,炎爽。上午照看出冬,暇录

《姓氏录》二页。今日国制百日预行期满,官场中下令剃发,余亦遵例去故更新,唤修发匠来,顷刻间不觉举头一轻,大是快事。终日碌碌,不得坐定。

十七日(7月12日) 晴热,甚爽。终日困倦不振,勉誊《姓氏录》二页,点《文录》两首。查登内账外,疲乏不能坐定看书,可谓不自鞭策已。

十八日(7月13日) 晴朗,不甚热。上午录《姓氏考》二页,已在乾嘉之际人文极盛时。下午点《筹南论》两篇,暇阅曾公文消遣。中午接恕甫信,头复案出,元沈,郑慈松第五,凌宝树第三,六侄莘甫仍不知复否,甚悬望,今晚可得信息,待之。傍晚,苏州船还,急候杭竹翁,知今晨二复,共复四十人,莘侄偶尔不兴,无足介意,总望努力用功,院试卜一覆耳。絮语而返,案首大约江沈宝钧、震徐润身矣。

十九日(7月14日) 晴朗,风凉。今日大士菩萨圣诞,斋素。上午衣冠恭奉香烛,在厅上设案遥叩,以致微忱,并诵经咒,预为普济用。暇录《姓氏考》一页半,下午闲散,略读曾文。晚间六侄来谈,益信考试有凭而难凭,运气亦要一大半。

二十日(7月15日) 又忽阴雨如黄梅,暑气全无,时令不正。上午誊《文录·姓氏爵里考》,午后始写毕,共七十九家,订好,阅之,了如指掌矣。诸元翁选换韵试帖乙佰七十首,从九家起,嫌多,欲余删减,殊觉盲人对镜——一无所见,姑读一遍,以指测海而已。暇点校《文录》一首,大风入夜不息声。

廿一日(7月16日) 阴晴参半。东北风狂吼终日,兼微雨,水涨尺许,似有近处出蛟之变。朝上由北舍接子屏在梨札致元简,觅得大红脑硇少许,此希世之宝也。怂恿回复子屏,当与元翁分得之。眼药亦合来,未识灵否。暇则抄录《文录》删去之文,《姓氏爵里考》阅删诸先生所选试帖诗若干首,再两三日可以毕事。出毓之处接陈西崖赠余诗两绝,因送《文录》,以此答谢。

廿二日(7月17日) 大风稍息未止,时有微雨,然无大风雨矣。

上午删校试帖毕,即交元翁以定去取。午前六、七两侄来,商定来年不设醴,文仍遥从,论学则不然,论境似不得不尔也,余亦万难强之,絮语而去。下午闲散,略点《文录》三四篇。

廿三日(7月18日)　晴,略有夏令。饭后略诵神咒,素斋,是日火帝神诞,敬奉香烛,设案衣冠虔叩,恭祈默佑村宅平安是祷!暇则抄录《姓氏爵里》清本,点《文录》两首。下午徐翰翁同坛友陆杏斋来,为其族中有两老寡,系蒙斋之妻妾,已出家作女黄冠,欲于广阳庵办资建造,以便居住相商,余对以此众人事,不能专管,且事属开倡,恐难善后却之,长谈而去。坛中墨鸾匾跋已做就,付翰翁手,洋五元,钱三百七十五文,以回心愿,另有账交余,颇清楚也。客去,碌碌不能静坐。

廿四日(7月19日)　晴朗,略炎。饭后抄《姓氏录》,又抄录租欠账,亦不过循例为之而已。午前"玩"字吴三蛮嫂又降临,老健依然,语言稍逊,余仍避之。六侄出门,下午乙大兄来落肩,共公给洋五元①,钱三百文而去,此债恐难了也。心纷不能看书,《唐诗三百首注》今始为孙辈点完,即给之。

廿五日(7月20日)　朝阴,后晴朗,不甚炎热。上午抄录《姓氏考》一页,摘录租欠账一册,下午点阅《文录》三篇,暇以曾文消遣。

廿六日(7月21日)　晴朗而热,恰好炎令。饭后重写《姓氏录》清本一页,摘录租欠账一册。吉公来谈,以安排不良子为将计就计法,一出丑愈难收拾,渠太息久之,深以为是,亦老境之最为可叹者也。下午点阅《文录》三首,仍以曾文消遣。

廿七日(7月22日)　晴朗,不甚炎。饭后接子屏由梨寄覆元简札,知友朋之乐颇佳,并寄到吉甫所赠同人太乙丹各十丸,痧药各五,红灵丹各卅瓶,暇当作札致谢。所须京购《曾文全集》,芸舫已有信复吉甫,由后便寄出,不胜快慰。黄学政现考徐州,新进于正场后日摘

---

①　"元"字后原文有符号卜彡。卷十一,第545页。

复倍于额者数人面试,限个半时辰,或起讲,或中后比,合式者然后第三日出案。此说咏裳家信中出来,渠现办考,谅无不确,然欲绝侥幸,或尚未必然也,姑识之。上午写誊《姓氏录》一页,摘抄租欠账一册,下午校点《文录》三首,以此消磨,空闲时尚有,已不能静心坐定。

廿八日(7月23日) 晴,不甚炎,时有凉风。饭后钞誊《文录·姓氏爵里考》一页,摘录租欠账又一册,今俱写毕,为之一快。今日丑初始交大暑节,下午初食西瓜,清凉沁心,大可消渴,暇则点校《文录》二首,仍以曾文消遣。慕孙疟疾日来,今尚未愈,已渐轻松。

廿九日(7月24日) 晴朗,炎热,此月第一日。饭后写《文录·姓氏考》一页,暇则起草拟致芸舫都中信,并便致吉甫二札,半日始毕。甚矣,余之拙于词令也。若即要誊真更畏难,姑俟之,或属之虎孙,未识能楚楚合式否。慕孙疟又来,尚不能速痊。下午闲散乘凉,热甚,终夜汗流不息。

三十日(7月25日) 晴朗,炎热甚于昨日。饭后缮札致吉甫,写毕不适,拟得暇重写。上午重誊《文录·姓氏考》,下午书竟,订好,从此备考,一目了矣。以原书一帙送与诸元翁,点校《文录》三篇,乘凉洗足,为之快然。晚有阵雨,酣澍,顿凉。

七 月

七月初一日(7月26日) 晴热稍减昨日。饭后衣冠关圣帝君鸾书前、东厨司命神前、家祠内拈香虔叩。暇取笺纸,缮书两札,一致芸舫都中,一与其兄吉甫。重写,至中午始毕,其艰难如誊一场岁考文字,幸不差,姑用之,拙劣无能藏其丑也,信面命念孙开写。午后校阅点《文录》三首,乘凉,闲散半晌。

初二日(7月27日) 晴朗,炎热颇炽。昨起腹中泄泻兼患痔,虽体甚舒畅,而坐立颇不安。便片致憩棠,托办《上海志》已来,以发价两洋还之。上午点校《文录》五篇,复翻阅《经史百家文》。下午闲散,略读《曾文全集》,亦不能专心也。

初三日(7月28日) 晴朗,炎热而正。晚起,脾泄未愈,积滞大通,究嫌克伐。上午校点《文录》十篇,初编卷五已完。命莱生以小字誊《家谱》传文两首,封寄芸太史,未识仍如序文不佳,置之不答否?下午闲坐,略阅曾选《庄子》文。晚间本路来示府正案,江元金祖泽,云紫庭子。震元沈凤苞(益卿),是吟泉嗣子,元翁旧徒。郑公石第二,许睿夫第七,李健臣五名,凌月锄第八,陆县元第十,苹甫侄四十七,凌恕甫、敏密兄弟卅至七十之间,馀尚未周知,包瞿仙云。王翼之新将补廪,而以疾卒,闻之骇然,大为棣香悲痛。

初四日(7月29日) 晴而朗,炎热如昨。晚起,脾泄未止,不便甚,幸胃气尚佳,不多食,啖西瓜,颇对胃口,然亦不敢多。上午点阅《文录》五首,略读曾选《庄子》。下午闲散,元翁以家信见示,喜其令妹服渠世兄啸渔(俗名小龙田)、淀人(陈墓之北)李达夫茂才方,已得大愈,证系伤风失表,医者误补,竟似干劳,达夫以桔梗、竹沥加蜜炙桂枝三分投之,痰已平服,体亦渐有起色,可知对方对证,莫谓药石无灵,特识之。

初五日(7月30日) 晴,炎热,颇爽。晚起,泄泻未已,服建陈曲,亦无速效。上午点阅《文录》五篇,适徐瀚翁来絮谈,并知初三日汪邑尊在元荡丈荡田,唐姓侵攒者始毁退,翼老诸公愤抑始伸。书房内中饭,又与元简畅叙,新愿所存六十馀千,上付洋四数,秋间赴锡买埋甏用。下午回去,知渠徒梁蟾香明日赴梨查保婴,即以吉甫、芸舫两信并封,托之投寄最为的便。晚间乘凉闲散。

初六日(7月31日) 晴,闷热,西南风,今夏第一天炎赫。上午校点《文录》三大篇,因热停笔。下午凌氏有女使来,恕甫有信,姚凤翁字课各来三册。渠郎君抱恙,心绪不佳,故字样亦无,必须速愈为要。念孙先生命做起讲,题既不易,文理亦颇不直落,无怪也。晚间雷电大阵雨,始觉稍凉,脾气仍不固,坐立跼蹐之至。是夜馀热仍未退,雨则大畅。

初七日(8月1日) 晴,不甚朗,颇凉。晚起,脾气仍不固,讨厌之至。上午略登出入内账,点校《文录》五篇,卷六已完。下午略读曾选古文,领会其旨极难。元翁以拟作"兄弟也"文见示,解铃系铃尽是妙理,是得题之真诠,文之上乘,非聪明人不能臻此地位。

初八日(8月2日) 晴热甚。晚起,脾气仍不坚,烦元夫子诊脉处方,云尚有积滞,以消导、通和诸品开方二服,未识即效否。上午校点《文录》五篇。下午张春霞回家,作便札致子屏,关照廷珍邱氏一席就否?船开未几,大风雨阵,颇清凉而醋足,未一时许又开晴矣。未晚,大港舟回,信致子垂,知子屏日上犹在梨,即日将返。

初九日(8月3日) 晴朗,不炎,昨夜颇凉。晚起,脾略健。以札致凌砺生,《文录·姓氏考》先还,点校《文录》五首,暇则读曾选古文《离骚》古赋,颇不能会心适口。晚接砺生回信,收到姚凤生新临《皇府君碑》石刻五册,刚健圆劲,大可学之无弊,价每册洋三角。

初十日(8月4日) 晴,上午微雨不常,昨夜雨颇甚,中午开霁。是日脾气颇健,点校《文录》第七卷毕。暇则翻阅曾选古文词赋,炳蔚纷纶,非读过《文选》者万难寓目。盛家湾敬神演戏,势不能禁,亦安置若辈免为盗贼之一术也。下午闲散。

十一日(8月5日) 晴热异常。饭后送诸先生假节,约廿五日去载。上午略课两孙理新上之书,不及一卷即放,下午听其观剧,以作游息借口。暇则校点《文录》五六首,阅顾晋叔所临《皇甫府君碑》,以旧石刻本校之,似胜于姚临,以其尚有真骨力也,然初学难摹,不如姚本尚有端倪可寻。心绪纷如,不能静坐。

十二日(8月6日) 晴热异常。饭后送吴莱生回同,约廿四五六日去载。是日因热,两孙停课,习字亦不勤。上午点阅《文录》七篇,下午闲散,始浴乘凉,垢污一空,大之大快。晚间雷阵未成,仍不凉。

十三日(8月7日) 晴,炎热。上午点校《文录》七篇,课两孙理书,一《古文》,一《左传》,阿虎读古文无声调,呵怒之,仍不能改其积习,殊属乏兴。下午观临姚帖,亦手僵而拙,大无进境,可叹!是日戌刻立秋,炎赫依然,畅啖西瓜,甚适口。夜饮高粱酒,以舒胸闷。

十四日(**8月8日**) 晴朗,炎热稍减昨日。上午略课,不顶真,暇则点校《文录》,卷八已完。中午中元节祀先,率两孙献灌如礼,下午闲散,观两孙临姚帖《皇甫君碑》,比昨日略有把握。

十五日(**8月9日**) 晴热异常。昨晚由北舍接费吉甫、吴幼如两札,幼如现往乌戍镇婿家看灯赛会,约闰月来溪。吉甫现在家,出月要赴苏,房屋事已渐交清,京信即日可寄,要《文录·姓氏考》。上午课两孙各理书半本,下午课临姚帖一页,后因热即放学。苹甫之郎六侄孙稚年,暑湿下痢,内热不凉,服戚又波方,用洋参、麦冬,似旱且滋腻,疾颇夹杂,药不对证,思之顾虑。世无良医,不过敷衍浪掷,可叹之至。是日仅点《文录》七首,闲散而已。

十六日(**8月10日**) 晴热如昨,下午略有阵雨,不凉。上午课孙理书,阿虎勉强读文,无益也。暇则点校《文录》五篇,略阅《上海志》。下午至友庆,适戚幼波、沈咏楼两医家均至,知六小侄孙昨夜食西瓜,极对胃口,内热化火之兆已现,咏楼主方用羚羊角、姜川连、石菖蒲等,云化火已露,幸厥象未见,或者犹可挽回,姑试之。甚矣,医者无先见之明也。戚公先去,咏楼送归莘塔,约渠明日再来复试。晚间雷雨不透,然暑气略退。

十七日(**8月11日**) 晴热如昨。饭后校点《文录》五篇,欲课两孙理书,适子屏同薇人、茂甫诸侄来,为廷珍侄孙敬承来岁馆事决计定见,属余即日作札,要商修金再加四千,合星宿之数,未识幼夫人肯请益否也。絮谈,知在梨十四日归,镇上颇有噤口症,不可挽回。薇人携示课徒文,均佳。中午书房留饭,略饮高粱,下午又畅论,同至友庆,咏楼已至,同薇人证视六小侄孙,急察详审,始悉疾在痰阻肝横,方以平肝、豁痰为主,昨所用之品,犹隔一层,医之难为竟如此!方定后,咏楼与侄辈均归,时已晚,余又作札邱内侄,关复廷珍馆事。是夜略凉。

十八日(**8月12日**) 晴,东北风颇凉。饭后舟至梨,以片暨《文录·姓氏考》寄示费吉甫,以札致邱寿伯,定见来岁延师之事。上午略课两孙理书,点校《文录》第九卷毕,下午课孙辈临字各二页。咏楼下午来诊视六小侄孙,神气已安,方仍如前,因热势未退,尚有痰阻也。梨舟晚归,知敬承有土木之修。澳之新抱丧明之痛,只存五官一子,可怜之至!

十九日(8月13日) 晴朗,东北风颇凉。上午略课孙辈理书,甚不顶真,《文录》点校六篇。下午听盲人弹唱八字,聊可解颐,命之选筑灶日期,择吉九月初十日四鼓丑时动手成基。

二十日(8月14日) 晴朗,东风颇凉。朝上凌梧生来,成交丰年两仓冬米,价每石二元〇二分连力,此时价贱如泥,万难与之争也。上午课两孙理书各一册,暇点校《文录》五首,兼阅《上海志》。下午闲散,督两孙课字二页。

二十一日(8月15日) 晴朗,有风不热。饭后命两孙收藏《石刻拔萃》,位置所修旧木函中,庋在东书房,照先大人目录一一检查拭拂,幸无大损,尚可展玩。暇则点阅《文录》七首,《上海志》初翻一遍,体例似不及《青浦志》之眉目双清。闻六小侄孙病有内陷象,神气大衰,咏楼来,几乎不肯开方,仍用羚角,皆误求仙方,乌梅之敛而难泄所致,不胜骇叹,败兴之至!下午闲散,陈厚安已到寓,吴莱生有字来,现患疟疾,廿五日不能来。晚接元简今晨信,知渠夫人因暑痧医药现已转疟,尚未见轻,俟平安后月初买棹到馆矣。日上心绪之纷,不言而喻。

廿二日(8月16日) 晴朗,仍风凉。是日服大蒜,脾气始免,日一二次。饭后走至友庆,知六小侄孙病仍不减,后闻卜家田请一婆经,开方湿通,补克纷投,愈难见效,凭诸天命而已。上午课理书,校点《文录》第四册,十卷已完。下午闲散,略阅曾选《经史文编》。

廿三日(8月17日) 阴,秋雨竟日,顿觉清凉。饭后略课理书,不顶真,点校《文录》四篇。张渊甫《论丧服书》,古奥而浑厚,难寻端倪,然不可废也。暇阅《上海县志》人物门,青浦多有收采者。下午观两孙临字书扇,尚肯用心。

廿四日(8月18日) 晴朗,风凉。饭后作复陆畹九,为书院缺费,欲支前余手存南车一款,特关照,亦是提公项周到一法,上午即托凌耕畲寄。杭竹翁到馆,略谈。六小侄孙病势不增不减,然终未稳。课两孙理书一节,所上者遍,明日拟上生书,暇则点校《文录》四篇,论丧祭大礼者完。吉老翁今日到寓,精神尚可。下午闲散。

廿五日(8月19日) 晴朗,颇不热。上午点校《文录》八篇,课两孙理带书,各上韩文、《左传》各一首,下午写字各两页即放学闲散。余下午涤砚磨墨匣,为之一快,暇则略阅曾选《经史百家文》。

廿六日(8月20日) 晴朗,热而颇爽。饭后子屏专舟来请元简,为其女疟后兼红痢欲商调治,惜不凑巧,即作复之,《兰台轨范》五册要查方亦代缴还。课两孙各上生书,亦不肯多读,下午即放学,强之写字二页已闲散矣。暇阅《经史文编》序跋类,始易解。

廿七日(8月21日) 晴朗,颇热而爽。饭后复接畹九信,欲余作札南车当帐徐子寿,庶领书院存项,无所推挽,亦是跟牢脚实一法,即如所请,作片致之。上午课两孙各上生书一首,点校《文录》三大篇,内"释骨"一篇最为古奥难解,以后皆文从字顺矣。下午放学闲散,略读曾选古文、《经史文编》。

廿八日(8月22日) 晴热如昨。饭后督焚白蚁字板,移书厨以避潮湿,为之一快。课两孙上书各一首,点校《文录》五首。下午看孙辈临姚帖,渐渐入彀,暇阅曾选文诏令类。

廿九日(8月23日) 晴热颇甚。饭后晒新印《文录》,课两孙各上生书,点校《文录》七篇。下午至竹芗书房略谈,知羹二嫂患腿疽,请陈仲威,即以畹九复信转托寄出。回来,观两孙换挂两厅字画、对轴,耳目为之一新,暇则闲散乘凉。是日交处暑节。

三十日(8月24日) 晴朗,仍热。今日脾气始照旧,淹缠已足一月矣。上午课两孙上书各一首,点《文录》八首,十五卷第五册毕,接校第六本传志类,甚轻松矣。元翁未识何日到馆,甚悬悬,渠夫人以早愈为慰!下午闲散,略阅曾文选,收所晒《文录》。

闰七月

闰七月初一日（8月25日）　晴朗，炎热。饭后衣冠关圣鸾书前、东厨司命神前、家祠内拈香虔叩。朝上子屏有信来，仍望元简去医治其令嫒痫疾，即复之，许其到馆即来。课两孙各上生书，带书不背。是日照看出冬两仓，凌梧生为仓底走样颇费辞说，听二石五斗始落肩，复戒司事者，今冬不得贪小。接吴莱生信，知患似三疟未愈，不能即到馆。又接费吉甫信，亦述及莱生疟未愈，《姓氏考》要抄出始还，日上为屋事要赴苏。碌碌终日，不能坐定。

初二日（8月26日）　晴热颇盛，下午略有风，不成阵，雨微即止。饭后课两孙各上生书，点校《文录》五篇。午后正欲作札致元夫子，恰好元简买舟同其弟到馆，渠夫人外感之证现已愈，幸元翁在家，服药不差，不胜欣喜。余书房内交代后登清内账，眉目一清。元翁以新修《昆新合志》见示，系汪道秉笔，其笔墨概可知矣。

初三日（8月27日）　晴，下午阵雨未畅，颇凉。饭后备舟，属元翁至大港赴子屏之招，复为权课两孙背带书、上生书各一首，暇则点校《文录》五篇。所印存《文录》廿九部今均晒毕。孙蓉卿来，为陆松华病，渠家酬商后事，婉却之，絮谈而去。《昆新县志》略翻，似无大不合式处。下午阵雨未至时元简已还，云定三方。子垂之女一岁，时疾颇剧，子屏女暨其妇均可调理渐愈矣。

初四日（8月28日）　阴。昨夜起，终日大风雨不止，几拔木害禾，北风陡冷，绵衣可穿。饭后点校《文录》九篇，已卷至十七矣。暇则阅《昆新志》艺文一卷，所记多有旧游处，大可怡情。张石云先执友文亦已读过，甚佳，并知渠父子已入《文苑传》。

初五日（8月29日）　大风稍息，朝起冷甚，可穿重绵衣。上午微雨，下午开晴，风始平，河水陡涨尺馀，无伤也。暇则点校《文录》七篇，终日翻阅《昆新志》艺文一卷毕，拟续翻诸列传。是晚惊悉凌博如以时疾故，年不满三十，惜哉！

初六日(8月30日)　阴晴参半,略暖,有风。上午吴幼如来,知近有伤幼女之痛,略有所商,即以一枚与之。午后即动手抄《家谱》杂文,余点校《文录》九篇,暇则披阅《昆新合志》列传,始知梨里东岳庙道士朱天麟出处本末,为永明大学士,卒于广西,谥文靖。

初七日(8月31日)　晴朗。饭后命念孙至莘塔,出吊凌博如堂舅氏。至乙溪兄处絮谈,议"玩"字吴三表嫂徐氏作古,明日致分仍公合,从此圆满,可免口舌矣。其寿则七十有九,惜无嗣,为三姑母痛。上午点校《文录》第六本完,接点第十八卷。下午元夫子又为子屏载去,医治其女疟疾,暇阅《昆新合志》列传。念孙晚归,砺生寄到《江县志》十五部,其十部托转寄费吉甫。

初八日(9月1日)　阴,终日微雨。上午点校《文录》九篇,暇阅《昆新志》杂记。是日账房内有佃户丁孝裕售田事,因田佃俱佳,特制之。幼如抄《家谱》,随手对读,可免大错。

初九日(9月2日)　阴,微雨,颇凉。上午点校《文录》九篇,幼如抄谱十一卷已完,接手末卷传铭、杂记类。下午阅《昆新合志》。

初十日(9月3日)　晴暖复潮湿。上午北库局王漱泉来,条银单应酬完南玲、大富三户,付洋四十四元①,钱四十六文去,前款十洋扣讫。暇则点校《文录》十篇,二十卷毕,接校廿一卷词赋类。下午阅《昆新合志》杂记,颇有可观。

十一日(9月4日)　晴,颇热。饭后至芦墟,吊老友陆君松华先生之丧,年七十四岁,有次子,立长孙主其事。拜奠后,观一应排场颇楚楚,与其门人袁憩棠絮谈,略坐席即告辞。又与憩棠茶寮畅叙,并邀至行楼小饮,陪余者憩棠、纪常、砚仙叔侄,下午又茗叙而返,知元翁又为子屏招往,视其爱女疾。与幼如校对所抄家谱文。

十二日(9月5日)　阴晴参半,朝雾,上午雨,颇热。上午舟至梨川,登敬承堂内厅,寿伯母子出见,谈及延师,即招汝诵华来,又邀

---

① "元"字后原文有符号卜彡。卷十一,第553页。

何心田相商。何氏附徒两人,邱氏供膳接送外,加脩金始请益至星宿
之数,余与子屏居间,未识廷珍侄孙能顶真讲导否也。午饭诵华陪
余,下午与澳之长谈,慰之以分,志气沮丧极矣。陈西涯亦见过,次韵
诗面致,渠来岁尚未定馆。两孙请九如女史画扇已收到,老笔纷披,
可贵也。即告辞,舟行不凉,晚泊大港以定馆事。复子屏,渠女服药
后痢仍不减,大约须请辛垞,然积痢甚讨厌也。到家点灯后,知杭、沈
两先生来过。

　　十三日(9月6日)　晴朗,东风热而颇爽。饭后点校《文录》赋
五篇,与幼如校读昨日所抄《家谱》,位置新书厨两顶在瑞荆堂东厢,
《文录》等书明日可以收藏。栗六不能坐定。

　　十四日(9月7日)　晴热,是日亥时交白露节。上午晒书,点校
《文录》至第八册廿二卷,赋类将毕。对读抄谱,明后日可竣事。下午
芦局张森甫来,应酬完尊、荣、忠三户,付洋廿九元①,钱五百四十五
文。栗六不能静坐。

　　十五日(9月8日)　晴朗,热稍减,桂花已香满林矣。上午点校
《文录》西征赋未完,午后走候竹芗,携两侄文而归。日上苹侄闲作两
文,鸿侄兼做策论。下午幼如《家谱》抄毕,即属账房订整,晚间顾季
常来完冬米,即托寄憩棠姚临《皇甫君碑》一裱本,言明送渠郎公。

　　十六日(9月9日)　晴朗,热而爽。饭后订好《家谱》,烦元翁重
校《家乘》一册,命吴甥抄选曾文十六篇,暇则校点《文录》至廿三卷,
赋类已毕。下午阅杭先生改本,小大咸宜,大题尤胜,即命念孙录出
一篇,以开思路。接吴莱生信,喜知疟疾已愈,约二十日去载。

　　十七日(9月10日)　晴热而爽,恰好稻试花天气。饭后校读
《文录》末册,未数篇,适袁憩棠来,絮谈一是,所代经手之件已归赵,
单券面付讫。唐姓之事,余不涉手,见砺老当致意,以了凡公。《宝坻
全书》二册托元简校勘,如有益于世,当怂渠刻板流传。中午书房便

──────────

　　①　"元"字后原文有符号〻。卷十一,第554页。

膳,小饮颇欢,下午又谈始回去,暇则圈点吴甥所抄曾文。

十八日(**9 月 11 日**)　晴朗,不甚燥热。饭后晒书,校点《松陵文录》廿四卷,八册今始竣事,已六十三日功矣。元翁所校出板口未改者二三字,余续校改正者又三四字,然差误尚不免也。下午圈点所抄曾文,又略阅《昆新合志》。

十九日(**9 月 12 日**)　晴阴参半,西风渐肃。饭后属账房算《家谱》字数,约共八万,复检昔年先人所刻《河东家乘》小引内作一跋并文二篇,命吴甥续抄补入。上午梨局顾仁卿来,通情完南北斗荒字、南富四户,付十八元①,钱二百四十五文而去。下午至友庆书房,阅六侄文,笔极滞钝,难望入彀。先生午睡,阅改本,大小题极佳而返。暇则圈校所录曾文,明日可以告竣。

二十日(**9 月 13 日**)　阴晴参半,西北风,微雨即止。上午以昨作《家乘》跋,烦元翁斟酌改定后,明日属吴甥抄录,并先赠君小引祭文二篇补订入新谱。暇则圈校曾文正公文,选得十八篇,下午幼如抄竣,颇端楷可喜,从此原文三册可还砺生矣。接薇人侄札,托谋钱氏附徒,即唤子芳来,问之,知须会信定夺,恐石樵处未必分手。下午至萃和书房候达卿,略谈而返。

廿一日(**9 月 14 日**)　晴。上午幼如《家谱》抄竣,即补订好。下午同元翁至大港,以《谱》四册属子屏细校一遍,然后付刻。至则子屏昆弟出见,复晤梅冠伯乔梓,子屏之女出,求元老诊脉处方,以余观之,气色大佳,痢血虽未止,无妨也。方用桂枝,温通去瘀而已。谈至傍晚而返,《谱》命校毕专寄。吴莱生疟疾已愈,午前到馆,欣慰之至。灯下接徐翰波信,以坛中所请治时疫方并药两服见寄。

廿二日(**9 月 15 日**)　晴,微雨即止。饭后送幼如甥还梨,赒以两枚,云近日疟疾复发,云甚轻,元翁给以一方而去。午前邱氏遣使,接寿伯札,欲商二十枚,即付施姁。下午砺生同翼亭来,哑孝子妻写

---

①　"元"字后原文有符号 ⊢彐 。卷十一,第 554 页。

缘,岁助一千文,洄溪时又并《敬业编》借去,《文录》元简校本、曾文三册缴还。考时到苏,托经手刻谱,时疫方托合药两元,以便备而不用。《续志》两洋五百七十亦缴讫。长谈至晚,始同翼亭回去,渠课子,文兴极浓。

廿三日(9月16日) 阴晴参半。饭后登清内账,改正《文录》三部。下午六佺以两中二比、两起比见示,颇圆熟可喜。接恕甫条,两洋合时疫药十六包暨梓脑二两均来,即以二包与六佺,二包与元翁。砺生今日赴雪溪候张元之,暇读曾文。

廿四日(9月17日) 晴朗。上午晒书,抄录时疫方数纸。下午子屏来载元翁,其女服肉桂后不增不减。子扬之女倏患厥冷,疾与时证相似,即以方并药二服与之,然有寒热,似不能即用,当与元老酌之。暇读曾文。

廿五日(9月18日) 阴,微雨终日,恰好养稻。上午虔诵大悲咒乙伯遍,为合时疫方,遵坛谕用,其馀四百遍属诸内人、大孙女矣。暇则改正《吴江县续志》误刻字,共藏四部,又一部初校本,又一部答送熊九如兄(仍送《青浦志》),即托元夫子转致,不再计数矣。碌碌至晚,可见日晷之短,夜间略近灯火。

廿六日(9月19日) 阴冷,风厉,颇似晚秋。终日空闲无事,快读曾公文。下午看《汉武内传》,诸先生处借来,事极荒唐,词甚冷隽,班孟坚借以讥帝昏妄,非真有此事也。

廿七日(9月20日) 又阴雨,幸不成风,晚稻无碍。账房有俗事略须照管,楼上棱栅亦已装好。闻陈雨春昨日物故,廿二日尚在账房便饭健谈,不知即系时疫,抑别有变症?言之毛发为竖。暇阅曾文数篇以消闲。

廿八日(9月21日) 又阴雨终日,虽无风灾,甚非秀稻所宜。饭后圈读曾文,又阅《尺牍》数首。元简以《二程集》残本,张伯行清恪公所刊,及近人浙水王伯莲所选《古文近道录》二册见示。下午子屏又船招元老去调理其女暨子扬养女方,云前服药颇形稳妥,谱系所涂改原本四册亦属带去。下午闲坐，偶读幼如抄选曾文精本，颇有得。

廿九日(**9 月 22 日**)　阴，微雨，下午始有晴意。上午照看出冬，下午登清内账。北舍局王漱泉来，又完大胜、大富、禽字三户，付洋十元①，钱廿一千五佰五十去，暇则圈读黎刻曾文上卷毕。

八　月

八月初一日(**9 月 23 日**)　起晴，可喜。饭后衣冠武帝墨鸾前、东厨司命神前、家祠内拈香叩谒，上午虔诵神咒，预备重九坛中超荐施用。暇阅曾文黎刻数篇，尺牍半卷，颇不能静心体会。

初二日(**9 月 24 日**)　晴朗，可喜。上午恭录五月十三日熊惠愍先生所赐坛谕，暇复圈读黎刻曾文。下午元夫子又被子屏招去，其女已喜全愈，闻子扬养女感症不轻，至黄昏不归，大约候叶绶卿来商定一方，因晚留宿。是日命两账至太湖滨草柳圩看稻，未晚即返，据云成熟约每亩一石外，种者三人，经手催子钟大德病甚，聊无成议，约九月初再往。沈吉翁云，在钟家晤溪港上秦子刚，知余与渠家有世交，大约是子蟾兄季辈，大德之子号富堂，今往湖上刈稻，不及见。

初三日(**9 月 25 日**)　晴朗。上午谨诵楞严神咒三十遍，至下午始毕。是日东厨司命神诞，合家循旧例净素一日。中午衣冠率两孙拈香奉酒果，虔叩敬祝，以尽微忱。元翁午前回自大港，子屏为侄女转方固留，今似略有转机，绶翁昨日叙过。书房内今夜始读夜书，未识先生课以何程，余不得妄参一议。

初四日(**9 月 26 日**)　晴朗。饭后晒书，圈读曾文《二李神道碑》，凛凛有生气。下午属吉公至东易师处解饷，此是万不可缓之款。走至友庆，视二侄文，七侄油滑平疲，未见佳处，六侄二文尚能圆熟无疵。夜读曾文。

初五日(**9 月 27 日**)　晴朗。饭后作片复袁憩棠，唐姓一事万难

---

①　"元"字后原文有符号 "𠃌"。卷十一，第 557 页。

调停。暇则晒苏、李两集,一蛀,一完好。下午圈校曾文碑记数篇。夜阅《先正事略》。

初六日(9月28日)　晴朗而暖。饭后又封寄袁憩棠一片,元简一札,缴还《宝坻政书》二册,删节处具得窍要,即代封觅寄。元翁适接渠妹婿信,知令妹病颇沉重,招之不能不往,特败意而荒课,两为不便,拟明日假馆,老夫又须代庖矣,殊为少兴。是日晒书,圈读曾公碑记文毕,暇阅《先正事略》。

初七日(9月29日)　晴朗,暖而正。饭后送元夫子解馆,到馆日期难约,须渠妹稍减,写信再定。余即权课两孙理脱书后即上生书,无精神与之较量熟书矣。上午圈读曾文,讲《说文》一篇,袁氏书已寄出。午前子屏遣人持札缴还《家谱》四册,原本四册亦还。欲请元老转方,颇不凑巧,幸两侄孙女一全愈,一转疟,均可放心,即作札复之。下午初阅谱系,子屏颇有校正,可知此道一毫粗莽不得。配聘子女,书法未一,尚须与子屏面商,若祭文两篇,元夫子不肯动笔,只好抽出不刻,俟来,面求之。夜在书房伴两孙读诗。

初八日(9月30日)　晴朗。饭后晒书,课两孙理脱书,上生书。午前徐荔江来归款,尚不失前约,托买小房上洋诸物均来,有账未算付,券则面付讫。前秋托办苏货,付洋五十元外约少七八元亦无账,未找算。匆匆即去,云要至莘塔,且镇上公醮素斋,疫时稍定,账俟今冬开斋再算,并知考期。吉甫来,苏信是月廿六日案临,前言多谬也。下午选圈曾公黎刻初藏事,颇惬意。

初九日(10月1日)　晴朗。上午权课两孙,午前徐瀚翁来长谈,蒙代求坛中所颁镇宅符,留书房内便饭,下午回去,送字灰十洋付讫。暇至友庆,知五侄至湖州有买妾事,奇甚莽甚。还来,又覆校《家谱》,似略有更张处,难云尽善,此事当再商子屏。

初十日(10月2日)　阴晴参半。饭后略校改谱系,课两孙上书。账房内略有俗事,适凌砺生同叶竹琴来,为七房谦记与莘和瓜葛,即陪至乙大兄处相商,以田了逋,其数太少,尚须请益,然不能计较多寡,乙谦家已不仅中落矣,彼此含和而退。砺生还至余处,竹琴固留之,客气而去。中午与砺老便酌谈文,兴致极佳,改笔非寻常家派,谈至下午而返。终日碌碌,略登内账。

十一日(10月3日)　晴朗万分。饭后工人多至芦墟看赛会,余实无兴,上午课两孙背脱书、上生书,暇则统阅世系。配聘一条,一例改归一式,庶免书法差参,下午毕事。新检旧藏《诗征》,属又堂订好,粗阅《姓氏》,与《文录》大有考证。夜读曾公文。

十二日(10月4日)　晴朗而暖。饭后课孙背带书、上生书。是日蛀旧书,蛀账簿晒毕包藏。下午步田间,观工人收香珠稻,惜被风损,难期坚实。稼穑之艰,知之稔矣,若读书之乐,作辍颇多,甚愧有志未逮。

十三日(10月5日)　晴朗。饭后晒厅厨内胡刻《文选》、祁刻《说文》等精本书。课两孙上书后,阅《袁诗征》名人小传。下午至友庆,观二侄文,苹甫作搭题一小讲,甚不妥,须戒之。鸿轩甚充畅,然气机尚滞,为念孙乞七侄所读《能与集》清本而还。胡谦老弟石卿来,为了老兄事,恳葵邱之叙七千,应酬许之。

十四日(10月6日)　晴朗。饭后晒书,课两孙背带书、上生书,迟先生不至,又无信来,殊切悬望。暇则点阅《家乘》传铭等文副本。下午芦局张森甫来,又完钟羽珣、是字、大阡三户,付足钱廿三千百廿四文而去。碌碌终日,此心纷然不静。

十五日(10月7日)　晴,不甚朗。饭后晒书,接元夫子十三日信,知渠妹已仙逝,元老悲劳之下寒热大作,类疟未准,到馆无期,意欲招陈翼翁代庖几日,余拟缓商,俟日上再作札省之。终日权课,殊无兴趣,《家乘》副本始点完。夜间月色云翳朦胧,不及去年清朗,未识来岁年令何如? 黄昏后微雨,一鼓后风雨交作。

十六日(10月8日)　雨止,阴,北风渐厉。饭后作札复元简,即寄北舍航船,至周庄迓信昌托陆师曾转送,想无不达。上午权课上生书,下午观两孙习大字,颇有笔力,可喜。

十七日(10月9日)　晴朗。饭后晒《经世文编》八十本,权课理脱书,上生书。下午又命两孙习大字,明后日拟寄莘,并致姚凤翁脩仪、桂月秋季洋各三元。夜读曾文。

十八日(10月10日)　阴,终日雨。上午课两孙背脱书、上生书,念孙今日《古文观止》读完,以后拟读时文,姑试开笔学文,未识能近情有思路否。来岁即能出考,已不早矣,望之颇切。下午至友庆,观二侄文,苹甫大有机势,然拙而不妥处十篇之中尚居其六,字迹亦劣。鸿轩词调圆和,气机太吃力,策不善敷衍,可笑也,均难望其必得意。有笔客倪湘波至书房,始知院试九月初二日取齐,已见牌示。暇则阅曾文。

十九日(10月11日)　又阴雨,终日秋蚊绕鬓颇多。饭①课慕孙背蜕书,上《左传》襄公至十五年。念孙背古文生蜕书后,姑始与之讲上《能与集》一篇。命工人收拾洒扫二加堂,明日为杨氏先大嫂十周年礼大悲忏三日,一应位置楚楚矣。暇读曾文,心浮不静。

二十日(10月12日)　无雨,略开晴。朝上三官堂主僧静成来,共八僧,忏场结在二加正厅,先兄嫂神像供奉在杖石山房。两孙略理书,停课。终日栗六,与竹芗先生谈论禾中试事,张文宗宽而体士之至。

廿一日(10月13日)　仍阴雨。是日礼忏第二天,两孙略理书而停课,余暇诵《弥陀经》廿卷。下午预作札,拟后日遣舟至颖村,面致元夫子,兼询近体,以释企望,且订到馆日期。终日仍碌碌。

二十二日(10月14日)　又阴雨终日,下午西风渐吼。上午略理书即停课,余诵《弥陀经》,五十卷之数初完。是日礼忏三日圆满,夜间诸僧散去尚早,照应门户,殊觉栗六。明日如无风雨交作,当持札遣舟至颖村问候诸先生。

廿三日(10月15日)　阴晴参半。饭后权课照常,胡石卿会酌

---

① "饭"字后疑漏写"后"字。卷十一,第560页。

命又堂代去。先继母顾太孺人廿一日忌辰，今日补祭，虽仍用菱肉香珠饭，然不恭已极，三十三年中一无报称无论矣，负负何言！下午颖村船回，欣接诸先生手书，知前日又患螺吊痧，幸即愈，惟类疟，寒热十三作犹未止，日上服药，渐见轻松，约初二日去载，略慰悬望。子屏专人字来，拳拳询问元翁，即以前言复之。科试初三日案临，先生后童，府学传单已到。

廿四日（10月16日） 又阴雨终日，冷甚。昨患伤风，鼻淋不适，幸胃纳无恙。饭后权课两孙，一理书，一上《能与集》。雨不止，颇愁闷。复阅《家谱》世系，欲寻错讹，眼花不得，只好听之，不能再校矣。

廿五日（10月17日） 西风，始起晴。晚起，伤风嗽痰不爽，略委顿。饭后略课两孙，理书不上。下午至友庆书房，携先生改本归，知包学书已来通知考期矣。夜间补中秋，酌账房诸公，余略陪坐，不能多饮，并鲜物不能饱啖，殊少兴致也。

廿六日（10月18日） 晴，西风已透，颇寒，风伤痰嗽亦渐爽利。上午课两孙理脱书，上生书，一讲上《能与集》。下午赵翰卿来，所商之事收息五皮，须俟来年仲春归赵，长谈而去。欲登内账，因循未果，夜则略开苏去账。

廿七日（10月19日） 晴朗。饭后晒书，明日可毕。课两孙，一理书，一理文，念孙亦略伤风。下午登清内账。夜阅《先正事略》国初四大儒传文。

廿八日（10月20日） 晴朗，今日晒书草草竣事。上午课慕孙背带书，上生书，念孙伤风委顿，停课。下午走候竹夫子，看莘侄首次课艺，勉强仅妥，可侥幸，然不稳也，且望运气何如耳。夜录苏州去买物件账，不擅长，畏难之至。

廿九日（10月21日） 晴朗。饭后晒收缨帽，大约已换季矣。上午课两孙，一理蜕书，上《左传》。一理古文，上《能与集》一篇。下午闻俊卿五侄自湖州买妾归，系账房相好金龙生熟于彼处，故自付洋下船,诸事安妥无支节,探之,云四川人熊氏,年十九岁,五年前卖于湖城章氏作婢,俊卿以洋三百二十四元买绝为妾,渠家东翁生意发财者(原契阅后焚毁,另书一八字喜帖,云彼处例如此),亦颇直落,五侄之幸也。余熟视之,精壮中姿,可卜生育,为之一笑。

卅日(10月22日) 晴朗。传闻五侄昨夜即幸妾进房,殊深咤异。上午权课两孙,一理书,一读文,然作辍颇多,童心未化。下午新买一账船,系得之杨墅金氏蓉大房,价乙佰四十一元,余登舟详看,颇坚致宽畅,甚合用也。夜阅《曾公尺牍》。

九 月

九月初一日(10月23日) 是日交霜降节,晴暖。饭后衣冠武帝书轴前、东厨司命神前、家祠内拈香叩谒,书齐经咒账及普济作佛事疏底并资暨绵衣资,包好,待寄徐瀚翁。上午候沈达卿,以《文录》点校本《袁诗征》示之,并属照渠本互校。书房内慕孙上生书,念孙命做起讲诗全首,与之讲题命意,下午始誊真,勉强直落,即改存之。栗碌终日,颇难闲坐。

初二日(10月24日) 晴朗。朝上命舟去载先生,上午课慕孙背蜕书,上生书。念孙古文《史》《汉》生极,督理终日一本始完,颇易生怒。下午颖村船回,知元翁病仍未痊,且寒热未止,不能坐起,承蒙渠尊人翰香翁作札,恳翼翁代权。舟人至龙泾面见翼翁,知亦有苏城之行,又不果来,余愁闷万分,且为元老久病元虚,代费踌躇,两孙荒课无论矣,何目前事机不顺若此? 然苏城之行,万不能缓,目前两孙只好听其自读自理,万难计功责效矣,思之,意兴索然,不觉迁怒家人。

初三日(10月25日) 晴朗。饭后命两孙各自理书,余无暇督课矣。至友庆,约会两侄明日清晨赴苏开考船,渠处杭先生陪考,一附舟钱青士,与七侄三人一舟,六侄余舟同往。下午部署行李亦颇琐屑,缺一不便。夜间略在书房静坐,诸世兄旋卿趁船回家,已许之矣。

初四日(**10 月 26 日**)　晴朗。清晨同旋卿、六侄登舟,风不大,下午已进葑门,即偕杭先生寻寓,仍定旧主人卢宅,门楼五榻,洋四元五角,即起行李。是日黄学院案临,公事已毕,夜与诸世兄仍宿舟中,热不成寐。

初五日(**10 月 27 日**)　晴朗。饭后旋卿唤舟至枫桥到家,余到寓,即候凌氏砺生昆弟至元妙观,烦得见斋吴先生号子贞居间,雅聚茶谈,招刻字开店徐元圃来讲刊《家谱》,言定白板每百二百文,序例宗图加倍算,须写承揽,始行定见,均彼此粗言定。复同磬、砺两公、杭先生酒楼小叙,复茶饮,买扇而归寓。是日生经古,赵大家续兄《汉书赋》,以十志未成,诏就东观续之为韵。

初六日(**10 月 28 日**)　晴朗。饭后唤舟至桃花河,即烦杭先生至闻门代办物件,余与磬、砺二公同访姚凤生先生,一见如故,入其室,左右图书,人极潇洒脱尘,年近四旬,以赵文敏墨迹手卷(泥金)暨《九成宫》示之,立别真赝,余所藏不足珍。另,所示黄子木所得赵字卷,大加称赏,云可值银三百金,墨宝也。蒙留便饭,精洁之至。两孙字样面呈,凤翁云,念曾雅饬,字形多欹侧,须力加变化。慕曾笔力放纵,加以学力,似可成家。以家藏法帖唐拓相示,真问道于盲也,久之始告辞。与二凌公茗叙荷花池,其地略有亭石,有碑记,其假山中有吾家洞庭君墓,叩谒之。久之,杭先生办货已齐,同登舟,回寓点灯后。今日府长元吴昆新生正场,题府学"德者,本也"二句,"姑苏之名,起于何时?疆域沿革若何",诗"秋菊兼糇粮"。夜与翼亭、陶仲苹茗叙。

初七日(**10 月 29 日**)　晴。同杭竹翁买皮箱,闲游元妙观。是日童诗古。

初八日(**10 月 30 日**)　晴。是日江震常昭生正场,余头炮起来,二炮后送钱青士、鸿轩七侄进场,栅门不开,人颇拥挤。回寓后已听三炮开点,时不过四鼓,余酣眠良久始天明,点名之早,无逾此公。饭后又游元妙观,命工人买杂物,明日开船还寓。闻姚凤翁在凌寓来答,即往候之,畅叙良久始分手,尚嫌客气不适。时午后,头排已放,知场规极宽,题江"父子主恩"二句,震"夫妇有别"二句,策问"吴中蚕桑",诗不记("马当助风")。鸿轩头排出场,青士继之。夜又茗叙,早眠。

初九日(10月31日) 晴。覆生经古,江正无有,皮箱买成下船,颇费辞说。是日又同杭先生至观前买杂物,价多抬高,余不耐烦,幸杭先生极道地,尚不吃亏。回寓尚早。

初十日(11月1日) 晴。徐元甫来,送刻谱承契,付定洋卅元①。是日江震常童头场,头炮起来,二炮后送苹甫六佺进场,人更拥挤,颇有踉跄入场者,封门不过四鼓后。晚起,饭后同竹芗至卧龙街,游顾子山所茸怡园,并补登高,亭台池馆,曲折清幽,更有鹦鹉、孔雀、野鹿、灰鹤以为点缀,徜徉久之而返。午后头排始放,题江"月也",正"风也",常"霓也",次"白雪之白"二句,诗"露色已成霜"。三排苹甫出场,夜念考作,认题颇清,二篇开讲更佳,诗颇能开合动荡,似有进机,即催促修拾考具,以备黄学宪新例(连夜阅文)先要提复。

十一日(11月2日) 阴,微雨。黎明闻炮声,知提覆牌已悬,少顷,学书已来报,六佺坐西"裳"字伍号,已提列廿一名。不及朝餐,即命六佺携考具至头门,听候开点。见各门斗乱奔,追寻本童,急如火速,辰刻已开点,震补到一名,江闲游在外不及入场者一名。即刻廪保唱名毕,已封门,不及两时许纷纷出场,题"鲁一变",限一炷香誊真。作复二比,每比八十字,少者不阅。学宪端坐,各童坐堂号,堂上四角设高抬,亲丁登抬左右望,片纸只字不能偷看,防范之严近科希有。六佺文颇充畅,似可免落孙山外。不及一时许,招覆案已出,江连府进廿名,正连府进十五,失意者江正各八人,补到者在其内,六佺幸列十四名,余不胜狂喜,在酒肆与杭竹翁、徐少庵各浮数大白而散

① "元"字后原文有符号⋈。卷十一,第564页。

（常熟府元文不切题，不进取佾）。雨甚，不能散步，又与凌荫周茗叙良久，渠徒顾文泉提而不进，极为败兴。夜作家书致羹二嫂，贺之。覆试在十六日，诸事舒徐，而余辗转不成寐，何也？大约喜极而悲前事之故也。

十二日（11月3日）　夜间阴雨。昭昆新三邑童正场，甚苦泥途滑滑。朝上与竹夫子候沈寅甫，即招茗叙，其郎号福生，年十七，初应试即入学，甚羡之。上午命苹侄具禀揭谒老师，具束拜廪保，新进老例也。苹侄认派均是叶彤君，可称利运亨通。午后放排，题"夜之所息，雨"，"天之高也，星"，"地之所载，日"，二题"如浮云"，诗"毋雷同"，均妙而难下笔。

十三日（11月4日）　晴。朝上出提复牌，题系"唐虞之际"，亦限后二比。与吾乡新进吴贞卿、许瑞甫叙谈，上午与郑公若茗饮，渠招复名次在前，盛泽两邑共进七人，相识者李辛垞郎健臣、佺景叙、沈子和郎刚甫，叙论良久始回。是会也，始识张秉兰郎仲猷、叔诒，梦莲郎伯华（幼曰季琴），均是恂恂佳子弟。

十四日（11月5日）　晴。考长元三场，题"拜下"，"执中"，"所食之粟"二句，"玉浦鲈鱼霜浦柑"，题略松矣。与许子俨、瑞甫暨其兄恂如茗叙迎春舫，回寓，彤君来答谢，谈及贽仪，难减五羊，劝照旧允之。属票书六十，现送十五，即先落肩。蔡进之来，其郎定甫已进正学，保结财源通利，真得意人也，告借五羊而去。

十五日（11月6日）　晴，风狂。提覆三场童，题"若太公望"。是日独游元妙观，回来徜徉试院前，夜则月明如昼。

十六日（11月7日）　晴。夜为邻寓陆梦岩讲贽所闹，终夜不安寐。郑公若贽仪四十八元，亦甚吃亏，若元简徒陈子槎五十元，则甚相称。辰刻送六侄进院覆试，余亦随至堂上，少顷，学宪开点发卷，虽有坐号，尽可结伴坐，似宽甚矣。六侄卷通体单圈兼细点，批有妥语，提复亦细点无批，公若批"篇幅不窘"。余阅后即出来，同竹夫子闲游观前并买杂物，至一阳楼吃蟹面，每客五十六，鲜洁之至。小酌而归，家中船已到,吴老明同来,甚便当。下午六侄出场,满面春风,公事告毕,从此得意闲游,稍偿数年辛苦。题"吾尝终日不食"至"以思",经免,诗"多文以为馈贫之粮"。夜间茶叙,早眠,适王麟书来,述及纠葛事,约新年同咏楼疏通,未识别有波折否。

十七日(11月8日) 吴县四场,童正场,题"尽信书","人之视己","规行矩步",得"仪"字。饭后同竹夫子、叶彤君茗叙迎春舫,晤沈寅甫,知平湖顾蟾客要来候余,明日须静俟之。终日闲步试院前,似乎游兴已倦,学书包瞿仙送菜一席,夜间即酌彤君,寓地狭隘,草率从事,甚不恭也,幸彤君世交,可不拘拘。寓中常来谈者陈逸帆、袁韵花、韵珂昆季,均子弟之极恂恂者。

十八日(11月9日) 晴热。提复四场童题"晋文公谲"。早上寻寅甫,不值,与杭先生茗饮迎春舫,适寅甫陪蟾客先生自余寓中来,知具冠道喜,并送《方子春全集》二,一作苹侄芹仪,不胜歉谢。复茶谈,不见三年,丰采益佳,且喜苜蓿盘。部选在即,谦抑情怀,吾邑希有,垂问余家子弟,读书甚殷,《文录》已见过,欲索两部,当由吉甫处转寄。絮语良久,始还馆中。余回寓,托明标代买食物下船,明日可以归家。午前亦具冠步至钮家巷王仙根家答顾蟾客,即出见,又谈片刻始回寓,复至观前,取纸货,两次奔走,汗流浃背,少休,收拾行李登舟。夜与先生茗叙沁园,复与张叔诒、郑公石畅谈始归,即告辞杭先生。陪考诸事一切托之,余即到舟伏载,热甚,不能安寐。

十九日(11月10日) 阴,无风。今日贡监录科考优头场,舟早出城。晚起,顺水流行,下午已到家,少顷,风雨大作,甚为凑巧。至羹梅二嫂处面述一切,渠似甚为感激。是夜早眠,则熟睡矣。

二十日(11月11日) 阴晴参半,北风颇寒。是日吴县兼三场童复试。饭后内人至黎里邱氏敬承堂盘桓,约十月初十日归家,余倦游而返,腰酸足疲,静卧半日,犹未原气来复。下午至沈达卿馆中大谈考政。是夜早眠,则酣睡足矣,然略带伤风。

廿一日(11月12日) 晴阴参半。是日考优二场。终日账房有俗事田事,颇不耐烦,应酬之。栗六疲倦,略登苏用账,早眠。

廿二日(11月13日)　晴。是日总覆新进,发落一等老进,暇命账房登清苏用账,差漏甚多,实余之疏忽也。命舟去载陈翼翁来权课,午前已到,知十二日亲到杏村候诸元简,旧恙初愈,胃口亦开,静养数日,约廿八日余舟去载,不胜快慰。灯下置酒,略酌翼亭,论文欢洽。

廿三日(11月14日)　晴。是日文宗发落新进,明日起马考太仓。阅翼翁所改念孙起讲,轻清圆易,不愧斫手。下午同至大港访子屏,知日上身体颇健,医理精细,来求治送诊纷纷,愈者居多,真妙手也。谈论至晚而归,约元简到馆后来畅叙。

廿四日(11月15日)　晴朗。饭后补登日记,两日始毕。上午作札致砺生,绍酒三甏,一奉送,二代办(托转呈姚世兄笤分),一洋未收。午前祀先,今日是先曾大父杏传公忌日,祭必用蟹,曾大父所嗜也。下午接砺生回札,云日日①上接吉甫信,国史欲修《文苑》《儒林》传,望将乡先生遗书送上,恐藏书家一去不还,未必肯呈出也。与翼亭候沈达卿长谈,回至友庆,知考船已归,六侄正案名列十六,学宪奖赏新进,出位答"三恭"论题,颇以"月也""霓也"为难,"霓也"并不得题窍,盖须从注中"虹见则止"句着想,旨哉,是言也。略与竹夫子谈,已点灯矣,甚匆匆也。接梨里汝氏苕溪翁讣,十月初五治丧除几,请余题主,谊列同案,分不能辞。

廿五日(11月16日)　阴晴参半,似将发风。饭后命虎孙作起讲,请翼翁太年伯改。上午同鸿轩七侄至北库,赴子祥侄孙会酌,茗叙人和楼,良久始赴席。余交重会十一千零十六文,得彩者张桂华,两席,菜极丰洁,余与张老竹同饮,如量而散。即开船,到家已将点灯。念孙小讲平疲,诗尚可取。苹甫六侄以食物致余,足征多情,一笑受之。

---

①　此处疑多写一"日"字。卷十一,第567页。

廿六日(11月17日) 晴,朝上寒甚,可衣裘。饭后至友庆,见芹樽喜谢帖,徐元圃发差不类,大深咤异,且传笑柄。六佺属余作札致元圃,烦吴明标上去更正,且要渠备礼以罚之。甚矣,凡事不可卤莽不检也。终日登载出门后及苏去一切账目,楚楚告竣,然差误尚多也,不能记,忍而置之矣。终日栗六,不能静坐。

廿七日(11月18日) 阴雨终日,似欲发风。饭后将出门后账目一应登清,至友庆看录开报各亲友款号,有旧账,颇简易。下午疲倦,略假寐。晚与翼翁絮语,明日去载诸先生,翼翁有札致元简。灯下略阅《古文近道录》。

廿八日(11月19日) 阴,风雨终日。上午至对河钱氏探中和夫人张氏嫂丧,昨午寿终,年六十八,有子有孙,家道隆隆,可称死无遗憾。下午登载江去推收账,查明单券。钱子方托补给大胜圩五分,遗失单殊无端倪可寻,只好缓办。张森甫来,又完上银四户,付钱十五千二百五十文叫讫。晚间诸元简先生来到馆,欣知诸恙渐愈,元气未复,家中老幼尚有馀波,然无妨也。夜粥后,书房内畅叙剧谈,神气颇旺。

廿九日(11月20日) 阴晴参半,西风冷透。上午部叙单契账,该倒还钱子芳大胜五分之单已寻出可办,适凌砺生来,书房畅叙,渠亦伤风咳呛。中午便饭,不能饮,以《十六家名人钞文集》(十六本)、汪氏所刻《先正名家唯是录》(三本)、《庆历文编》(十二本)、杭大中《镂冰集》(一本)赠之。北舍局王嗽泉来找讫,照旧计四千一百①十七文,许以《四书贯注讲义》,姚凤生新刻《学堂字样》相交易,甚便宜渠所得焉。晚回去,沈达卿来谈,缴还《文录》,多所校正,益钦读书得闲,佩服之。傍晚亦回去,夜间部就行李,明日同翼翁到江。

三十日(11月21日) 晴,西北风颇劲。饭后同翼亭、吴莱生赴江,逆风,舟人鼓力而行,午后始至同里。吴莱生回家省母,三疟复

---

① "四千一百"原文为符号𢆠。卷十一,第568页。

发，面色感冷甚滞，大约须静养，不能急急到馆。舟中剧谈，颇不寂寞。晚间入城，泊舟金伯钦门后，夜饭后与翼亭茗饮祥园，回来，翼亭上岸，榻伯钦家，余宿舟中，寒而仍暖。

十 月

十月初一日（11月22日） 晴，朝起颇寒，与翼亭茗叙茶楼。饭后同翼亭至各局做推收兼倒单，何局当手顾子丰、殷松卿，似尚切实可托。王局少云人亦不浮，付单、倒单似亦可靠。惟顾局又亭气习不佳，一派油滑，虽接单记推收，恐不能划一如所约也，姑与一洋，后算。诸事毕，与翼亭小点充饥，即同翼亭至南门出吊吴氏，时望云新赋悼亡，发讣初六，故先有此慰。望老出见叩谢，看渠华厦新成一座大第而心境不佳，不能畅谈，一茶告退。至杨稚斋处，以契四张、洋七元托投税，渠似欣然。伯钦五年之税虽交讫，难信托也。伯钦留夜饭，八宝鸭极佳，奈余量窄，与翼亭同，不能多啖也。夜又听弹唱，至祥园茶叙，一鼓后登舟就眠，始有浓霜。

初二日（11月23日） 晴。朝起衣冠至火神庙拈香虔叩平安，即偕翼翁登舟，到同泊舟，晤见少松夫人，知莱生到家，冒寒呕吐，现在寒热未凉，到馆且缓，余坚属渠不必服药，恐于三疟有碍也。翼亭至紫来桥叶氏馆中会徐揽香，蒙渠过船修候，余甚歉然，略谈即返。余亦开船，由同里湖屯村雪巷至泷泾送翼亭还家，认渠新屋，颇为简朴。即告辞，到家傍晚，知子屏三十日来，留宿一宵。元简类疟又发。

初三日（11月24日） 晴。饭后大风顿起，适袁憩棠同顾季裘来，不能归，留之中饭，有所商，立券允之，下午回去。至友庆，与莘甫论此番芹樽，只宜遵功令（后知功令无妨），平酒不奏乐，渠亦深以为然。学报至今未至，殊为懈惰。晚间部署衣冠品服，明日拟至梨川，先止宿邱氏，一应账目姑且缓登。

初四日（11月25日） 晴朗。饭后新账船赴梨，午前至敬承内厅，知内人因安阜当被灾，与邱氏仅隔顾氏一宅，颇吃一惊，于四鼓时出走五峰园后门,露处半时而返,余笑谓"小灾晦从此脱尽矣,颇可庆"。下午走候费吉甫,因到江未晤,甚怅怅。还,与顾光川茶叙畅谈,渠宅与陆氏安阜为贴邻,惊慌中克自镇定不搬,幸无恙,可贺也。回至敬承夜粥,与涣之堂内弟谈心,澳老境迫运蹇,医不开号数日,悯而略赒之,渠欣然以叶葵生所惠松化石一拳相赠,一若受之有名,可感,可叹。夜宿舟中。

初五日(11月26日)　晴朗。朝上因市喧不能成寐。起,至邱氏内厅吃朝粥,内人所代办,颇适意。上午舟至汝氏吊奠苕溪翁,同案又弱一个矣,思之凄然。时渠郎诵华排场颇阔,开费极省,真能人也。中午特设一席,款待极恭,陪余者叶子谅老友、刘韵之同年暨黄原芝、徐贵生两孝廉,畅谈考政为敷衍。宴毕,掩丧,渠家排设题主礼,从权换公服,发三点,座堂升炮,两相一为张青士,一为徐桂生,自启胺,至左右相,授笔换笔,点朱加墨,尚不失规。退堂后,三人至灵前行三叩礼,安神,然后复位,换吉服略坐,时未晚,已将除几,复入拜,即告辞,渠家以执事相送,礼也。回至邱氏,解衣闲散,甚为安适。夜复食粥,与内人闲话良久,俟两内侄女归家始下船,已倦甚矣。

初六日(11月27日)　阴,微雨。朝起与吴少江茗叙龙泉,良久始还邱氏内厅,朝饭澳之陪余,谈苦况刺刺不休,何命途之舛如是也?安慰之,恰难援手,姑且因穷以勖之而已。内人约初十归家,余即解维,一舟人类疟复来,过市后断难操舟,幸无风,一舟子鼓行而前,颇壮之,到家午后。苹甫六侄初五日开报,学书派史少春。元简先生近体略健,云不服药,静养以俟之。澳之所转托,如叶子谦来春到梨,欲求元简致意看覆祖茔,代为道述,未识有机缘否。夜间早眠,精神恰不甚疲。两账船明日始开发限籁,拟二十日起限,石脚照旧。

初七日(11月28日)　阴,无雨,西风不透。饭后登清内账,未毕,适徐瀚波来,于六侄处汇商东轸葬地三亩有零,兑价今始了吉,即陪至友庆交洋,苹侄即付讫单,因送芹仪,留之中饭,甚草草也。下午复至余处,新愿付洋十九元,馀钱六百有零作面东,今岁二数已讫。

客去后，内账登完，书房内先生课念孙一讲，诗四韵，尚能直落。

初八日(11月29日) 晴朗。饭后知友庆报船今往梨、盛、平，须三日始还，至亲精华俱在是，馀皆鳞爪矣。午前郑公石家来报，学书张值卿，留之中饭，两桌，复从丰，给六申，报金一两、代席一两而去，芹樽双喜尚未定也。子屏适有信来，日上将至梨，有诗文致元简，匆匆命虎孙代覆，约十三日去载来溪定老夫妇膏方。红硇一米粒计重一分，索价三四枚，姑存面缴值，书中未尽欲言，未识十三能如约否，终日栗六之至。

初九日(11月30日) 阴雨，甚暖，又似发风未透景象。终日甚闲，略阅曾文消遣，下午洗足，爽快之至。六侄以试艺底本誊真示孙辈，阅之，较场中改三之一，理法清真，似非侥幸获售者。甚矣，看文章亦势利也，且看杭先生改本若何圆妙。此题到恰好地位，戛戛乎其难之？

初十日(12月1日) 阴，微雨，西风仍未透。上午闲坐，读《曾文正公奏议》。午前内人来自梨川，邱氏内嫂以先岳子谦公暨岳母朱氏、庶外姑徐氏神像三尊、堂画一轴托钱艺香裱合轴，当同先赠君合像一并付装。因明日黄森甫翁开吊，余亲赴芦，故甚便也。夜间又读曾文。

十一日(12月2日) 晴朗。饭后同七侄至芦墟，吊奠黄森甫翁除几治丧。至则排场极阔，宾客满堂，坐久始与叶彤君、陶庚芬同席素餐，复与袁憩棠长谈始告退，以神局画面交艺香。在黄氏晤子垂侄，接子屏札，日上赴梨，十三日不能如约，念孙起讲诗改得极认真而佳，初学津梁在是。暇则与范姨表姊闲话，姊在吾家抱急病归，今则诸恙已平，相见不胜欣喜。又与赵翰卿、徐屏山老友小酌，回至赵三园茶叙，憩棠在座，晤见钱子骧广文，新自沛学告假还，不相见者七年，南人北相，须发略苍，首蓿盘知颇有味。归家傍晚，灯下阅森甫家传暨行述，经子屏笔削处合法，迥异寻常笔墨，此道吾侄不愧作手，余益自愧，不敢动笔，古文岂易言哉！

十二日(12月3日)　阴，微雨终日。饭后至友庆，知今日两船分报，一则专报大港、大义、北厍本宗，明日报本村，今夜酌请之，明夜可以大报竣事。终日无事，闲散亦不能看书。昨接吴莱生信，疟疾霍然，稍健即可到馆，为之狂喜不置。慕孙昨道四母舅完姻喜，被外祖听樵翁所留，约明日归家。

十三日(12月4日)　晴而不朗。上午闲坐，私阅本路所带落卷，南传顾文泉提覆卷大致妥甚，殊可惜也，然此子下岁可决必进。下午殷达泉特预来道喜，衣冠至余处，一茶后陪至友庆，少顷，即同中饭，五簋乡味，颇简率也。絮语良久，至夜膳便饮后始辞登舟，云明日要至池亭。杭竹翁已到馆，又谈，客去后开发大报史少春，本路包瞿仙一应照七俵账，大报连报金贴费七十五两六八串钱，本路共贴廿四两，迎送费六两如数与之，一笑回去，此番颇省力也。慕孙晚间已回自苏家港。

十四日(12月5日)　阴雨潮湿。上午闲坐。下午蔡氏二妹来谈并道喜，馈余蒸鸭，烹庖极佳，絮谈快甚，晚回莘和。两账船发限鬶已毕，接费吉甫信，《五羊县志》印资已收到，当便致砺生。

十五日(12月6日)　晴，似做冷。苹甫六俵明日芹樽，可望天缘凑巧。朝上作札拟复吉甫，上午杭竹翁来候元简，彼此以所改学徒试草相商，均各擅胜场。中午饭于友庆，陪先生迋广海小饮。下午余具衣冠，率六俵谢师致函敬，俱照旧规，厅上灯彩一应排场均楚楚。夜间请邻三正席，两账房办事人皆团叙，余与杭、孙两夫子又夜饮。周氏外家致靴帽、雀顶、糕粽诸仪，颇丰。归寝一鼓，夜间西风颇肃。

十六日(12月7日)　风息，天晴和暖。朝上率两孙衣冠至友庆，道羹二嫂喜，俵辈以次来贺。饭后亲朋渐至，午前毕集，分多幼辈行大礼，余一一答叩，腰为之折，足为之疲，殊形困惫。中午绎成雅奏，宴客款两夫子，余率六俵共定两厅十二席，元简先生避烦不出堂，书房内另设一席，恰好陈翼翁作陪客，薇人、子垂、金星卿同席，颇为闲适。账房两席不定（倪哲卿、许瑞甫、吴贞卿、叶少白，同案多到，蔡进之不到，定甫来），是日亲族叙贺者七十馀人，余酬应纷忙，汗流浃背，下午客散，始卸衣冠听曲。夜间张灯又宴客，则鼓吹休明，从容闲散矣。二鼓后奏曲始终，余精神尚为一振，因逢得意事，怀抱宽舒也。是夜归眠将近三鼓。

十七日（**12月8日**）　晴。晚起，腰脚之酸甚于昨日。饭后始至限厅收租，折价每石一元七角，于市价尚松，终日收折色合米六十馀石。夜率孙辈至友庆吃算账酒，菜虽丰，不能多饮矣。杭、孙两先生今日午后已回去。

十八日（**12月9日**）　晴暖。终日在限厅收租，各佃源源而来，三鼓吉账，共收三佰八十馀石，本色仅收二担，余则精神尚不至十分疲惫。

十九日（**12月10日**）　晴暖如春。朝上至限厅督收各佃赶飞限，颇形踊跃，南北斗荒字亦至，诸相好手不停算，尚嫌拥挤不退，米数余收不满五十石，夜至四鼓吉账，共收四百七十石左右，余则倦甚，勉强支持，鸡鸣始寝，则醋适无有过于此乡。自开限三天，统收九百馀石，已四成外足数矣。

二十日（**12月11日**）　晴，潮湿甚，要防作冷。睡至辰后起来，尚觉倦眼朦胧。今日起头限，终日收租三户，暇则始补登内账日记，夜粥后即早眠。

廿一日（**12月12日**）　阴，微雨终日，发风未透。是日限租寂寂，仅收存仓一户，吴幼如来，留之书房中饭，安阜被灾，渠亦波及，御寒窘乏，赒以三枚而去。夜则酌敬账房诸公，余陪饮，颇醉饱。今日养息，精力似能复旧。

廿二日（**12月13日**）　阴暖，下午见霰，防雪。终日收租三四石，账房内成交丹玲田三△三分，取其即收租息，故售之。夜间登清内账。

廿三日（**12月14日**）　晴。终日闲甚，收租不满十石，迟子屏不至。下午蔡氏二妹来絮语,明日要回梨,因渠前氏所出孙定甫廿五日芹樽开贺,不能再留也。灯下略阅《先正事略》儒林传。

廿四日(12月15日) 阴晴参半。终日收租十馀石。上午子屏偰襫被来,知十九日返自梨,代元翁改子槎试草,声光并茂,题旨的切,想是科改本此其最上乘。下午商定念曾膏煎方,用毓阴降火法,斟酌良久。夜间剧谈论医,甚为快乐,与先生连榻,眠时一鼓。

廿五日(12月16日) 阴晴参半。朝上命念孙至梨,贺蔡定甫芹樽喜。终日收租十馀石,余置不管,与子屏在书房谈论,烦屏偰定余老夫妇暨两孙膏方四、煎方二、元翁煎方亦一,谨慎周详,三焦并到,他医焉能如是尽善,甚感之也。夜谈一鼓始寝,北风颇劲。

廿六日(12月17日) 晴,西北风甚烈,留子屏再宿一宵。终日书房畅谈医理,此道已胜时医百倍矣。午前念孙还自梨川,昨夜宿舟中,于蔡氏不过应酬而已。由吉甫处接芸舫九月廿二日都中回信,《求阙斋文集》荷蒙见赠,此札由庄坚伯引见归托交,其文尚存震泽栈租局,吉甫致子屏信云云。《谱》中家传二,其稿亦递回,略动笔,颇谦谦自抑,书中无得意语,未识矫情否?夜又与屏偰先生剧谈,颇解颐,眠时一鼓,寒甚。租米仅收十馀石。

廿七日(12月18日) 晴冷,今冬第一天,水始有冰。饭后舟送子屏回港,红碯砂一分,云系徐氏物,托觅,付价洋一二元,《吴江沈志》十六本托转交吉甫。终日在限厅督收租米,晚间吉账四十九石有零,殊嫌观望,大约为天阴所阻,未识明后日何如。

廿八日(12月19日) 昨夜寒甚,饭后始晴暖。终日在限厅督收租米,陆续而来,甚不纷忙。夜至黄昏后已吉账,共收乙佰六十馀石,本色不过五十馀石,看来成色不能如所望矣。

廿九日(12月20日) 晴。朝起至限厅,饭后各佃还租赶限渐已成市,梨川下乡及远者均至。是日本色始多,米情潮湿杂苍不如往年,从宽收之。夜至三鼓后吉账,共收三百零八石,本色三之一,自开限至今,约共收乙千五百馀石,已有六成外账。明日转二限,余眠时亦三鼓后,精力尚不至十分疲惫。

十一月

十一月初一日(12月21日) 晴暖。晚起,饭后衣冠东厨司命神前、家祠内、关圣字轴前拈香叩谒。终日收二限米一户,收存仓米十馀石。下午颇疲倦,夜间登清内账,早眠。

初二日(12月22日) 晴,似将发风。终日收租,连存仓约共二十馀石。是日子正二刻交冬至节,夜间令节祀先,祠堂内祭已祧之祖,厅上祭高曾祖父,余主祭,两孙襄事,拜跪灌献,尚能从容如礼。祭毕,在书房内陪先生饮酒,时元翁新病初痊,余赖先人荫庇延麻散福,颇为欢洽。

初三日(12月23日) 晴,西北风颇峭。饭后开发杨报房、稚斋堂弟(少卿),某报顶带照旧账给之,尚要请益,余急欲赴芦,不及待,未识若何落肩。午前赴赵翰卿会酌,至则茗叙桥楼,与憩棠畅谈,复望翰卿母赵姨姨表姊,则甚喜近体已康强复原。午后会饮,设两席,共八人,余与陆老裕(松乔)、锦甫父子同席,菜颇丰洁。饮毕,复茶叙,适杭竹芗、少江昆季亦至,竹翁以所改吴生试艺相示,则愈唱愈高,与六侄作同一当行。茶罢,至信茂店中小坐,是期余当摇定收会,尚未齐全,该佰千足,内扣会席三千六百文,净少十洋,约即归(已归)。开船傍晚,到家黄昏后,西塘去办膏料已来。

初四日(12月24日) 晴朗。终日为俗务纠缠未了,租米约收二十石左右。以羊腿、食物送子屏,舟回接札,蒙以酥糖报惠,吉甫风毒口斜已渐轻愈。下午以札致砺生,元圃处写工爽约不来,许函催之。恕甫今日赴苏,贺姚世兄新婚喜。夜间略登内账,下午达卿在书房畅谈。

初五日(12月25日) 阴晴参半,终日收租三十石左右。是日请广仁堂伙来煎膏料三料半,须三日始毕。夜间略迟以继日,然余不能待矣。

初六日(**12 月 26 日**)　雨,西北风颇肃。朝上接畹九信,陈镜亭本汛患喉痛,欲乞冰梅丸,即作片以二枚专舟与之,此事苟可通方便,不可迟延也。终日为风雨所阻,收租仅折色两小户。夜间膏料犹未煎全。

初七日(**12 月 27 日**)　晴朗可喜。终日督收租兼营俗务,闲坐为难,晚间吉账,共收四十八石有零。煎膏方三料半,下午始毕事,杨伙明日送还。初制新皮襦,服之奇暖。

初八日(**12 月 28 日**)　阴,无雨,似欲酿雪。上午徐屏山老友至穿心港讨账去,路过望余,以莲芡、金福橘惠余,牛乳一壶,性不服,却之,以羊膏胶菜答之,留之饭,不暇,一茶即去。终日收租,颇费词说,吉老精神衰败之至,奈何?夜间吉账七十馀石,本色不过廿馀担。六侄以余前课亡儿《进学要诀》还余,即传授念曾大孙,未识他年能衣钵相承否,私心祝之。昨日所做起讲颇直遂不灵动,一衿之得愈不敢视为易事。

初九日(**12 月 29 日**)　晴朗,西风肃然。饭后预作札催徐元圃,写样工顾申之爽约至二十馀天不至,殊属懈弛可恶。"荣"字吴佃锁船一事,从松出票完吉,可免开欠。终日督收租米,夜间吉账,约共四十五石左右,本色不过十馀石,鸡布渐多。夜间《先正事略》文苑传略阅数篇。

初十日(**12 月 30 日**)　晴朗。朝上传闻东易师母张孺人前夜寿终,年八十有五,余处不来讣,咄咄怪事,闻十二日殓而开吊,余须亲往一拜。终日收租,疏而不密,远处不来,殊觉吃力而无成数,夜间吉账不过四十馀石,初愿尚多奢望也。自开限至今,统共收乙千八百二十馀石左右,数则八成以外,日后若何吉题,甚难臆断也。是日接费瑞卿信,知吴莱生病体似乎复发,甚不轻减,当作札再问之,以慰余悬望。又接懇棠信,《祠堂记》请贾云阶先生重做录示,当反复详读,以别其宗派。

十一日(**12 月 31 日**)　晴朗。是日仍放二限,南北斗田催来,仅收三户，终日不满十石。暇则以书致莱生，属其保养，到馆尽可迟迟。复作札复憩棠，所示《祠堂记》详阅之，无一合法，何门外汉乃尔？故告之不可用（姚字木刻送十页），复索阅元简所作，则相较优劣，奚啻霄壤。甚矣，此事不可无师承也。以余意私度之，贾云阶断不为此文，想捉刀所为也，一笑置之。灯下略阅《文苑传》。

十二日(1882年1月1日)　晴暖。饭后至东浜，拜奠张氏老师母，排场淹减，力不足，无怪也。有本家人接陪，同饮者三人，复略坐始归。闻宝文六世兄失明后病在垂危，言之可惨。回来，接砺生信，徐元圃率写样工顾申之来自苏州，知昨趁恕甫船到莘，元圃支洋即去，申之安排账楼止宿。正陪之中饭，接苏家港讣条，惊知听樵五太爷猝病两三天，于十一日戌刻寿终，年六十有九，前四五日尚以食物相馈送，梦耶，真耶？惊疑片刻始定。少顷，蔡定夫来送试草，一茶回莘和留饭，葵邱之具柬定廿二日。终日收租不满十石，晚间柬房来请开漕酒，回片辞之，又示藩司查教职，在籍有无事故，饬县详复，抄稿索资，给钱二百文。又有老二房从侄孙启声，失业无聊，给以三百挥之去。今日可称诸事丛集，幸徐丽江处会酌命念孙往，余在家尚可料理，否则纷无主张矣。夜间略坐定，犹从容不迫。

十三日(1月2日)　阴晴参半，暖防发风。终日收租五六石。梨局书顾仁卿来，知新漕每石三千三百五十二文（照旧加一百），恳情早完，以南、北斗、荒字、南富四户应之，殿字言明不截，付洋六十八元[①]、钱八百○一文而去。仁卿怯症已成，恐难愈，以广东陈皮一张送之，渠意欣然。吉翁来自东易，惊知云松四公子猝病两日而亡，孽由自作，吾辈可不惧哉！是晚两孙一自苏家港探外祖丧归，一回梨里，欣知敬承厅楼要开另押出租，大有起色。杭先生来候，扇已面送。

十四日(1月3日)　晴而即雨，终日暖甚。饭后至芦，泊舟艺香斋，知邱氏神像裱就而未装好，约定十二月初去取。还，赴孙蓉卿会

———

① "元"字后原文有符号｛ｂ。卷十一，第577页。

酌,知人数未齐,同蓉卿侄辈茗叙良久始至其店楼团叙。屠少江一会归余,后年坐末收,与钱子凭两人对摇,得彩者余,并得分头钱六百九十五文,后会尚须出钱六千二百五十文。收拾后始坐席,八人两桌,余与钱子苹、胡石卿同席,菜不甚佳,饮酒如量。饭毕,复茶叙赵三园,与沈咏楼长谈,始知凌听樵之症的系阳脱,熊菊生新政平平。归家已黄昏候,明日始循例开欠,只求平安户户归吉,不胜祷祝。

十五日(1月4日) 阴,无雨。终日收租十馀石。午前有"玩"字吴华珍(灿霞子)之妻盛氏,吴席珍之妻,堂侄孙女兰垞之女柳氏,同其侄子梅,查"忠"字圩田有一半未绝,要找价,余以来春细查再商辞之,留中饭而去,看来此款不能推诿。终日栗六,慕孙命至苏家港,明日送外祖听樵翁巳时入殓,又命念孙写挽额四大字"典型已邈",极有笔法,上下款小字不合格,姑恕之。晚读元简作范甫哀词,合仲景、昌黎为一手,创格也。又读达卿赠元简长歌,太白、长吉于今复见,两公可称当世奇才。竟日闷怀,为之一开。

十六日(1月5日) 阴,无雨。终日收租十馀石,鸡布、挂欠渐多。抄录元简文、达卿诗,可称两绝。顾申之写样谱第一册初毕,当一一细校。晚磨墨匣,浓汁浸润。灯下初校样本,略有差误。

十七日(1月6日) 东北风,雨终日,暖甚,似又将酿寒。朝上舟至苏家港,送听樵老亲家大殓,至则入灵拜奠,莲叔陪至梦羲草堂款座,屋宇精洁,大有山阳之感。渠家以新客荤菜相待,殊属不安,少顷,磬、砺二公均至,荫周亦接陪。将散席,陆谱琴先生亦至,不相见者三年,丰采益佳,年六十九,老秃无须,如对白头宫监重话开宝事也。元简文面交砺生,读之击节。谢绥之病已愈,有《告存诗》刻《申报》。又坐谈,始与谱夫子告辞,送殡,余不往,命慕孙去矣。即出门,回舟雨甚,到家中午。是日租米所收寥寥,开欠无归吉者,半为天雨所阻。夜间洗足,快甚。

十八日(1月7日) 阴,西风怒号,渐冷,飞雪崇朝即止。上午重校《家谱》第一册,差误处即命顾申之改正,然尚恐有遗漏也。慕孙中午归自苏家港,知昨晚送殡,颇苦泥途滑滑。下午至竹香馆中谈天,携同登录及六侄试艺样本,阅之,先生所改的合小试正宗,可法也。夜间略读《先正事略》文苑传,租米则寂寂。

十九日(1月8日)　晴,风仍紧切。上午元简家中为相视堂上寿域遣舟来载,中饭后即去,约五六日定地后即来。终日收租十馀石。下午郑公若来送试草并具柬,月之二十七日芹香双喜请酒,夜间具菜略款之,招六、七两侄、诸世兄,余祖孙七人同席,渠不饮,余略颜酡,尽欢而散,留之宿书楼,两孙与之畅谈至三鼓,余则先寝。灯下阅渠试草,大谬处二,不妥处不一而足,渠师王星伯徒负虚名。

二十日(1月9日)　晴暖。朝饭后送公若下舟,到梨送试草,喜事在即,万难多留。弱冠之年,翩翩入泮,余与孙辈艳羡之。余亦欲登舟赴梨,未出荡,见江湖难民蜂拥而来,约共千人,皆强壮,余即回家。云是安东县人,大半盐枭棍匪,已有头上人入限厅凶索,恃众万犯。唤圩甲讲至下午,始许两圩六角,共米廿四石,余家出十六石给之。与米不要,每石准一元七角半,共出洋四十二元。其八石价,圩甲派众户出洋(后不齐全),许明日贴还,始捉船放流别圩,众心稍安。自余祖父至今,未见凶横如此之甚者也,实无法以制之,大切杞忧。是日二限截数,昼忙夜吉,共收三十馀石,已八成半足数矣。

廿一日(1月10日)　晴冷,西风颇肃。终日收租寥寂。沈宝文世兄十九日卒,今日致分申敬,以彼其才,结果若是,可惧可惜!午前接子屏致元简书代复,日上又有疳痛外感,兴致尚佳。改旋卿文三篇,念孙起讲二,朗诵之,均是金科玉律。夜间略登内账。

廿二日(1月11日)　晴朗,朝上颇寒。饭后舟至梨川蔡氏,见子瑗,同入内室,与二妹畅谈,精神甚健。出来,至杨家桥头,定甫出见,进之回避,与会同者张兰江及余家三房,交会十千,设两席,余与刘韵之同年、凌亮生同席,有凌翼如郎号冠伯,年十三,《九经》《文选》已读毕,文亦完篇直落,貌丰满颖秀,大非凡器。饮毕,拉韵之李厅茶叙,进之、陈仲葵均在,喜晤蔡听香老友,两目失明,对之可悯,幸谈兴尚佳,各叙阔踪,慰藉而别。至邱氏,友内嫂见过,知胡氏已搬空,济隆分店月初开张。重登正楼,恍如隔世(出租当房),房屋新修,内嫂颇具一番干济才也,勖之以毋忘先泽,督课郎君来春官为要。夜间食粥,颇适,陪余者邱毓之、汝诵华,絮谈一鼓始各散。余宿舟中,炮船更鼓之声不绝,恰能安眠。

廿三日(1月12日) 晴暖。朝上与毓之茗叙泷泉,还至邱氏食粥,走候吉甫,又不值,云至桃庄就医,口斜未愈,目又肿,殊为不便,急愈为妙。复同诵华到粮局,书手已换王云卿,前十三日顾仁卿所收之洋,六十八钱八百零一文已对账,约月初领串,徐春泉亦会过。回至邱氏,路上人拥,为安阜开赎,邑尊、委员、营汛、炮船都来弹压,颇壮声势。与毓老又畅谈,同中饭,下午即告归,以找头洋六元,钱七百九十七还丽江,到家傍晚。日上租米略有所收,开欠均归吉,以后拟不再办。账务丛集,略登,早眠。

廿四日(1月13日) 晴暖,朝雾,又要作冷。饭后作札拟致辛垞,先贺渠郎入学喜,吉甫处亦以一札问候近体,端整郑氏芹葊双喜贺仪。午前芦局书张森甫来,完尊、荣、忠三户,付洋百十二元①,钱八百十三文,由单照旧。同之至友庆,前因口角,略低头过去,此种小人,何足与之计较?回到限厅,吴子梅同省三侄孙来,"忠"字圩未绝之产要找价,看来势不能免,草草与之言定,明日成交。又有顾芝堂来告帮安葬先人,酬以二枚而去,出款繁多,有意想所不到,言之踌躇难继,奈家人不知节用何?夜登内账,终日不得静坐。

廿五日(1月14日) 晴暖如昨。上午在限厅略收租米三四户,中午省三同吴子梅(述君子)、其堂弟宝书(席珍子)之母柳氏来,找绝"忠"字圩田十六亩二分,契上书绝价,钱十九仟文,实共连中金二十馀千文,下契注明遗失,斩葛俯就而去,此事实不能不花费也。闻仲僖侄孙家被火终夜,至朝而觉,房屋一无恙,此是冥冥有积累护救者,

---

① "元"字后原文有符号 **以**。卷十一,第580页。

不胜惊惧,复为庆贺,故特记之。碌碌终日,夜又登清内账。

廿六日(1月15日) 晴暖。饭后命念曾赴盛道郑氏双喜,《文录》夹套作礼,并致辛垞书,贺渠郎入泮,吉甫处亦致一书问近状,大约须后日归。终日秤柴,收租二户,校《谱》第三卷初毕,要重校。下午元简到馆,欣知所经营其事已谐,惟徐揽香妾所生之子新殇,凡在吾党闻之,实深扼腕。夜间略阅《先正》文苑传。

廿七日(1月16日) 晴暖,东北风。公石双喜颇有天缘(贺仪《松陵文录》夹板连四纸一部)。上午至友庆,六侄昨自苏回,试草仍徐元圃店中刻,活字每字一文半,未识道地否?又至一溪兄处,今岁限内公捐仍减半收,亦已面允。回来,收租二三户,挂欠居多,重校谱系卷二毕,即命改正。夜登苏买出账,浮费不可收拾,殊唤奈何!

廿八日(1月17日) 阴晴参半,防发风,微雨即止。终日收租二户,有北厍璟玉侄媳金氏,无子,而中年已寡,求賙恤,以族繁不敢开其例却之去,其人似驯良,婿即吴子梅,是必渠所指使也,余实惧善名之丛诟也,思之歉然。样谱三、四两卷毕,未校。夜间迟念孙不还,不知缘何逗留,殊为不遵出入之规。灯下略阅《文苑传》。

廿九日(1月18日) 晴朗。上午校阅样谱三、四卷初毕,申之今日停写养神。下午元简到港候子屏,不值即返。晚间念孙始自盛归,知昨在郑渊甫家中饭,兼望雨三舅母,仍宿公石处,并知公石芹樽,宾客数十席,菜甚华赡,至夜间合卺,新人不欢,贺客助兴,颇闹。辛垞处贺过,以信答余,谬奖,甚愧。新正十六日芹樽见招,当拉子屏去贺。费吉甫收复两信,以芸舫所赠《求阙斋文钞》见寄(《文录·姓氏考》还)。知桃庄就医,前恙未尽脱根,甚无妨也。夜间又登内账。

三十日(1月19日) 晴暖。终日收租二户,明日又需开欠,有一女催子从中作梗也。中午王漱泉来,又完大胜、玉字、大富三户,付洋百十七元,钱四百八十五而去,已四成数矣,申之今日仍停写。至北舍茶叙而归,重校《家谱》一卷,神疲掩卷,夜间略静坐。

十二月

十二月初一日(1月20日)　晴朗。饭后衣冠东厨司命神前、家祠内、武帝字轴前拈香叩谒，所开欠许佃竟投到，催子不来，有意相持，姑拘管北舍，能不比追下台为祷。上午凌励生来谈，少顷，子屏侄亦来，元老文钦佩之至，不易一字。励生以退守堂张船山先生墨迹见示，《吴江县续志》以一洋汇兑二部去，留书房中饭，畅叙竟日，晚始各还去。砺生日上要赴苏，姚凤翁处脩羊冬季已送讫，并欣知谢绥之病已全愈，甚可为力行善事者劝。

初二日(1月21日)　晴朗。是日始开账船，饭后大义曹三先生春山来，归吉开欠许佃，从宽落肩，即出条释放，大为快意，要之此等户头，万不宜过分至难了吉。账房内略有出、进事应酬，下午同元简至沈达卿处长谈，见其友姚砚贻名庆曾札及诗，大是出众之才，以所得曾文正李刻文集示之，即芸舫所赠也，约读毕即缴。夜阅《遗逸传》。

初三日(1月22日)　晴暖如仲春，裘衣难御，大非时令之正。账房限内门锁而失钱百文，大是怪事，人心之难防如是！梨里南北斗催子来，租米多尾欠不了，殊无善策以制之。"玩"字吴华珍妻盛氏同质夫妻於氏又来瞎闹，余以与汝家无瓜葛却之，渠亦无词相难，留便中饭，内人周旋以二百文、斗米释彼下台而去。甚矣，田产之不易置也。下午收限内田捐，每亩廿五文，三账房共收洋乙佰○六元，钱一千六百○六文，祭产不算。乙大兄大不公义，余亦不与之计较，其洋乙溪云暂存余处，作刻印谱续用，存摺不支，亦是一法。余亦另登清账，以待《家谱》告成，逐项开消，并示兄侄辈为要。终日昏沈，阳不潜藏所致，夜间登载诸账目，掩卷不观。

初四日(1月23日)　晴暖如昨。上午复校《家谱》三、四卷毕事，即命申之改正。租米差追两户始还，一不足数。是日先祖妣周太孺人忌日，中午致祭。下午略阅《隐逸传》。今日凌母朱太恭人祝阴寿,媳妇往,晚归。接砺生札,罄生有所商,当谋诸两房然后覆之。

初五日(1月24日)　晴,日色异常,仍奇暖,非正。上午以砺生札示两房,皆不允。归,作片待寄,只好余应酬其半矣。誊真子屏所撰伯姊祭文,入《家谱》,写楷字,艰苦不适之至,暇阅《先正事略》循吏传。东账归,略有所收。

初六日(1月25日)　阴,微雨,终日稍冷,西风不透。上午录子屏文,订入《家谱》清本,字略适意,暇阅《循吏传》。下午接砺生回片,所需之款约缓数日来取。晚间礼房顾松卿来送历书,以钱子芳兄弟报内艰条与之,给洋一元,钱四百文而去。此事虽具文,然情轻法重,有身家者不可不循例也。

初七日(1月26日)　晴朗,风息,仍不冰冻,暖甚矣。终日无事,抄录《逸民传》中王伦表先生《巢由尧舜论》,发前人所未发。生圹前补种柏树十二株,据种树人云,柏则损伤其四,松则全补,看来无人看守,万难兴茂,此事栽培当望诸孙辈,余无心督责矣。

初八日(1月27日)　阴晴参半,东北风,酿雪为妙。终日清闲,《先正事略》孝义传阅竟收藏。芦局顾稻香来,又完四户,西千、大千、西力、是字,共洋九十二元①,钱七百卅一文,已五成数矣。下午重阅曾选《百家文钞》。晚接蔡进之信,托完芦局粮,今不凑巧,殊讨厌。吴莱生已到馆,三疟似愈,尚未复原,能来,甚慰余怀。

初九日(1月28日)　阴,微雨,又暖甚。上午杨稚斋来送新书,托税四契已收到,找洋一元讫,特酌商三十枚,应酬之,此人断不负,故试之,衙前人不能不实与委蛇也。冬米上仓共三百五十馀石今日完竣,收米之少无过今冬限内,开追差费亦与之算账矣。《家谱》样本第六卷写毕,尚未悉心校对,接写《家乘》十一卷。《墓域考》未动手,亦听之。夜间略阅曾选文。

初十日(1月29日)　晴暖。夜三更时大雨雷震,甚乖时令。上

----

① "元"字后原文有符号【咒】。卷十一,第583页。

午初校谱系未毕,徐翰翁来,长谈中饭,今岁一应账目并买埋鬏一应算讫,新愿不许预支,以清界限。翰老未去,陆畹九同其侄友岩来访,云自南陆庵新建祠堂看工而来,今夜至张元之处送书院脩,乘便过余,以郁儒寡加闰一千三百,哑孝子母恤钱一千面托转给,絮谈而去。黄昏候,同元简先生至友庆处公饯杭竹芗先生,招沈达卿来陪,两徒同席,共八人,菜则东席吴明标烹庖,极得味。余又特开越酒,清香扑鼻,快谭无忌,饮酒如量而止,颇适意。宴罢又畅叙,回来一鼓后,即就寝,风雨已交作。

十一日(1月30日)　阴,无雨,西风不透。昨日之费四股开派,每三百廿二文,元翁一股归余。上午重校谱系,五、六两卷始完,差字尚少。下午始将前月难民派数催缴,五角仅收洋七元,钱千馀文,人情刁诈,圩甲老婆吃心太重,所决十四元竟难凑足,可恨!糊涂吃亏置之。夜间略阅曾文,登清内账。

十二日(1月31日)　阴雨。饭后冒雨至芦局,代蔡进之完内字圩粮银二户,顾稻香手算讫。出,至钱艺香裱店,取邱氏神像合轴一,岁朝图一,余处先人神像一轴,开账共付洋四元①算让讫。回至赵三园,与翰卿茗叙良久,又小酌始分手,恰好路遇王少云,托倒大胜两单均交付,此人极为老实。又公盛小坐,即开船,六侄试草,徐元圃已寄到,阅之,印本尚可看得。到家下午,雪花已如掌舞,约积寸许,极称祥瑞,来岁可望有年。夜间略登内账,明日拟赴梨。黄昏后雪已全消,天气不寒之故。

十三日(2月1日)　阴,雨雪交作,幸无大风。朝饭后舟至梨川,到时上午,泊舟局前,寻王云卿,知串已截,颇作推敲势,后见串,知殿字一户已代出串(共五户),叨情受领,云来年不为例,不得已允之。其钱六千二百五十二文,下乡来付,仁卿收条还之,余实当时不能老面情之咎也。出来,至邱氏毓之处叙谈,知济隆分典已领凭,十

---

①　"元"字后原文有符号 ⿰扌攴。卷十一,第583页。

八日开张,十六日请酒,余处有柬,已托致分,不到。其管账徽人吴,号益林,余亦不相识也。见厅上设柜,楼上置架,已焕然一新矣。入内,见幼夫人,诵华亦来陪余,一应善后事宜且容缓商。宗人府事问毓老,余不赞一词为是。午饭后(朗春同饭),时已不早,即告辞,六侄在外家,趁舟同归,颇不寂寞,到家黄昏候矣。雪止,雨仍点滴。

十四日(2月2日)　阴雨终日,风冷。上午又有难民之索,云是海门,二年冬已来过,仍给米四石五斗,照旧不肯再减,如愿予之,真江湖熟客也,可叹之至,殊无善策!暇读沈达卿《彗星赋》,选体已熟精矣。曾文缴还,夜间又重读。顷闻堃元从侄昨日寿终,年七十有四,已有讣条,然谱上不能登载矣。

十五日(2月3日)　晴,稍有风。上午略读曾选古文。下午陪元翁至达卿馆中,知明日解馆,新正新婚并致分。絮语良久,适杭竹香亦来就谈,解节亦在明日,不及送行矣。回来已晚,夜粥后,邱氏遣舟来载,知租房开典,宗人府均未作中,颇有词说,特请明日去议事,情谊不能不去排解,略悬议一章程,商之元翁,以为可行,未识能波平浪息否也。此事非余所长,殊费踌躇。

十六日(2月4日)　是日卯刻立春,晴朗可喜。饭后坐来船,到梨极早,晤毓之,始悉昨事本末,发愤之故,新典不周,无怪也。入内厅稍坐,诵华亦来,余之所议,卑无高论,断不可开,已别遣人游说之矣。即同毓老、诵华率莱春官贺新典,在邱氏堂楼下坐,接陪者当手徽人吴益林,管账洞庭周静轩,云与潘莘田有连。余与汪福堂长谈(王仲玉亦见过),沈月帆一见而已。中午款客四席,六大六小,在镇上则为华莱矣。余以远客,忝首座,与周禹人同席,静轩陪谈。始悉莘田境况不佳,而有佳子弟、佳园林,亦堪娱老。散席,卸衣冠,略坐,走候费吉甫,见其口斜目肿,颇惊讶,坐谈良久始复旧,云眠食照常,亦不畏风,然风热已现形,终须调治为妥。日上为学宫事又欲赴江,劳劳公事,静养为难。回来,在内厅食粥,颇适。典中伙李三第(爽亭郎,号鹤君)来请吃夜饭,辞之,夜与毓之、诵华又畅谈,一鼓后始寝,甚寒。

十七日(2月5日)　晚起,晴朗。走至园中,杂木芟尽,极爽目,几案位置颇楚楚。粥后顾少溪来邀,吉甫在渠家答余,又叙谈,扰光川小点心而返。子屏在顾氏,亦来五峰园就谈,邱氏内侄女烦渠诊脉定方,匆匆即去。余家船亦来,在敬承堂典前徜徉,居然新典,另换一番上元气象矣。在内厅同朗春中饭,诵华亦来,毓之今日在典中应酬,特来关照余前事似可冰释,颇慰余怀。九叔母来谈,又略应酬之,即告辞登舟,到家尚早,知廷珍侄孙,昨日乃翁茂甫率来拜师,叶少白来送试草,其文极佳。夜间不及登账,一鼓后始眠,仍寒冷。

十八日(2月6日)　晴朗终日。今日所租邱氏济隆分典开张,气象颇佳,未识宗人府能隐于无言乎,尚切悬思,以平安为祷。上午补登日记。下午介安侄来,吴莱生子金付出,其公摺利六十二元①,钱六佰九十六文,连摺仍存乙溪处,俟交公义登存,然后再以摺交余收存,乙大兄已允许。夜登账务。

十九日(2月7日)　晴朗,渐暖。上午校阅《家乘续编》十一卷,系先人行述。亡儿事略,对之触目伤心,一终卷不忍复校。下午过《文录》达卿校本,考证确实,未经人道。夜间以越酒与先生元翁对酌,清香猛烈,量窄易醉,先生明日解年节,旋卿来岁设帐苏郡,看文仍从阿兄,不再负笈。夜醉酣眠,一应账务不理,男大官焕伯来致徐砚生意,乞《松陵文录》一部去,异哉!

二十日(2月8日)　晴暖,大有春令。饭后送诸先生、诸世兄解馆。元翁约新正廿三日去请到馆,两孙大则命理《四书》,小则命理《书经》,余亦不及督课矣,用心与否听自为也。田催甲都来算账,余仍阅曾文消遣。夜登内账,颇不耐烦。

廿一日(2月9日)　晴暖太甚。饭后送吴莱生回同,约新正廿一二日去载。上午北厍局来,又完八户,付洋一百〇四元②,钱六百

---

①　"元"字后原文有符号⃞。卷十一,第587页。
②　"元"字后原文有符号⃞。卷十一,第587页。

卅三。芦局来完一户,洋十一元,钱九百四十四文,来岁所找无几矣。凌、邱两家均使馈岁,砺老有信,持磬老券来,名世之数即作片交阿和面呈。邱氏租当开张日,幸诸事平安,慰甚。姚先生字课批来,念孙奖饰太甚。谢绥之已复元,述病中光景,不寒而栗。接郑式如弥甥札,旧款延宕不缴是意中事,所惠之礼姑权收受。夜登账务,闲阅《曾札》。

廿二日(2月10日) 阴晴参半,风颇料峭。上午读曾选《经史百家文钞》至奏议之属卷十三毕,收藏东厨,十四卷书牍之属来年再读矣。下午洗足,颇快。暇阅《曾尺牍》。竹淇出嗣子,稚梅廿四日养媳完姻,减省法不得不如是,来请,告借衣服,假之,大约各房致分,无暇往贺。

廿三日(2月11日) 阴,无雨。上午阅《郭频翁诗话》,是先人所惠刻资,成此四卷,笔情雅洁之至。晚间率两孙衣冠虔奉香烛酒果叩谒,预送东厨司命尊神今夜子刻升天奏事,不胜战栗,祈祷之至。黄昏后循例食圆团,夜登限内出入账,租务已实收九成外矣。

廿四日(2月12日) 晴朗可喜。上午命工人扫除两厅,尘垢一空,余以清水涤砚,墨渖洗净,为之大快。下午命念曾随叔辈至大港道喜,中饭而归,云待媒尚有三席。暇阅曾文。今夜小除夕,星月颇佳。大孙见稚竹,已全愈,可喜。

廿五日(2月13日) 阴,北风,略尖冷。终日闲静无事,略阅《曾文尺牍》,两孙已放学矣。

廿六日(2月14日) 阴雨终日,潮湿颇润。饭后饬仆拂拭几案,始觉眼界一清,书集亦一一理整矣。接金伯钦今日北库舟次信,所负之款延至来岁三四月,乙大兄同此,是意料事,此等往来,岂能责其必践乎?一笑,姑记之,信存大兄处。暇阅曾文,七侄鸿轩以一洋汇套板连四纸《文录》一部去看,是大奇事。

廿七日(2月15日) 阴,昨夜大雨,至朝不息。饭后西风狂吼,雨点始止,似有晴意。终日账户吉账开销,计限规、脩工须制钱乙佰千内,进款则括尽无有矣,支持门户,大非易事!夜酌账房诸公,明日回去,顾申之同席,余陪饮,略有酣意,一应账目懒不克登。

廿八日(2月16日)　阴晴参半,西北风峭甚。饭后送账房诸公回去,春霞约初八日去载,子祥廿二,吉厚廿四。终日清闲,然心烦不能看书。顾申之写谱样至祭文止,停手,明年再试笔,尚馀《墓域考》、《家乘》卷十暨此卷十馀篇未开写,此种人亦有皮气,不能催也。账房内仅留又堂照管。夜间登清内账,极为繁琐。

廿九日(2月17日)　除夕,晴朗可爱,颇暖。饭后洁除几案,率两孙衣冠拈香,奉牲醴,在厅上祀神过年,凡百平安,均冥冥所默佑也,曷深感祷!下午谨张先人神像,明朝元旦大当年鸿轩七侄,先兄起亭公抡年亦归七侄,秀山公归苹甫六侄,余处闲甚。夜间张灯祭先,祭毕,与家人孙辈团叙,饮屠苏酒,强开怀抱以图微醉,实则枨触往事,心境非佳也。顾申之今日停写,留之过年,渠酒量颇闳,而亦能尽欢谦抑。是夜星斗光明,二鼓后颇有云翳,为近年所希见,来岁大有频书于此卜祝。吾辈老年无别望,但祈饱吃饭即为满愿,至两孙读书学文,能得思路稍开,老人庶亦开笑口,不胜勉勖之至。辛巳十二月大除夕,时安悟因生一鼓时书于养树堂之西书房。

光绪八年(壬午,1882)

一　月

光绪八年①,岁次壬午,正月初一日(2月18日)　元旦。晴,朝有薄雾,开雾后颇和暖,风从东北来(实西北风),农占五谷大熟,不胜欣望。朝起衣冠拜如来佛,即恭率两孙拈香,叩谒东厨司命尊神暨家祠。饭后复率孙辈至二加堂,拜谒五代图、先祖妣神像,鸿轩值年。拜毕,与乙大兄行贺岁礼,诸侄暨侄孙辈男女以次来庆贺,七侄留茶,笔谏堂位置颇佳,先兄亦渠抢年,秀山公则六侄鸿轩(苹甫)抢值。拜谒后,至萃和堂拜先伯养斋公神像,大兄亦来养树拜谒先人,均茶话良久始散。乙大兄步履照常,颇羡之。午后静坐,虔诵楞严神咒十遍,预作重九允明坛施用。暇阅曾文消遣。

初二日(2月19日)　晴暖如昨。饭后无客来,观村人出刘猛将赛会。暇则校阅家乘、传文、铭志,大致无甚谬讹。下午命两孙随伯叔辈至大港贺岁,晚归,知抢年老大房日丰号锦卿侄孙留饮,竹淇乔梓、子屏兄弟均见过。夜阅《曾尺牍》消遣。

初三日(2月20日)　阴晴参半,西北风渐肃。上午钱子芳来贺岁,凌幼赓来自萃和,一茶即去。少顷,大港上子屏、稚竹暨廷珍侄孙

---

①　原件第16册,书衣左侧墨笔题"日记,壬午年起,勤笔免思"。扉页有书牌云"有艺堂,本号在姑苏元妙观东,醋坊桥西首,自造加工精选贡川毛鹿鲜艳红花格账,凡士商赐顾者,须认明本号图记,庶不致误","庶不致误"下钤"货真价实"白文圆印、"有艺堂制"朱文方印。

均来拜贺，余以《家乘》二卷，已写就者托子屏复校，约十五日同赴盛川缴还。廷珍约十九日，大孙陪往，赴邱氏馆。絮谈片刻，七侄鸿轩值年留饮，回去。下午率两孙恭接○○东厨司命暨土地尊神。碌碌终日，看曾文乏味。

初四日(2 月 21 日)　晴朗，为初春第一天，西北风寒峭殊甚。上午，陆又亭、连广海均来贺岁，一茶回去。下午观村人收会，平安无事。晚间祀先，收藏先赠君神像。身闲心纷，终日仍不克看书，可称碌碌无益。

初五日(2 月 22 日)　晴朗可喜，西北风仍峭寒如昨，水平不涨。清晨率大孙起来，在账房内循例接五路财神。终日闲静，朗诵曾文寿序三篇，以消永昼，暇阅《曾尺牍》，账目则懒于动手计算。

初六日(2 月 23 日)　晴朗终日。昨夜倦甚，早眠，今仍晚起。上午陆时酣、陆楠甫来自友庆，徐秋谷同其侄(三官之子，十岁，即织云郎)亦来自友庆，六侄当年留饮。余处赵翰卿来，留之年菜，絮谈良久，知渠店务颇紧，欲再商葵邱，每廿千，恳情两会，余念此是转关成败之机，竭力扶之，约十四日交叙，未识能圆全不拆抬否。下午回去，夜间略阅账务，仍畏难不动笔，心境不舒，家人动静诸多拂意。

初七日(2 月 24 日)　晴和，清朗，东风，水退，是自有年之兆。饭后命两孙至莘塔贺岁，范桂馨来，一茶至芦墟，少顷，杨少伯之郎幹甫来，一茶回二加，七侄留饮，此子今岁仍在屠吉太衣庄，于同里诸公颇熟。少伯医况大通，在平湖有医仙之目，开方皆效，用药奇横，当笔则黎川汪镜仙，曾公运气之说信矣。午前凌范甫弟绣甫一号仲寅来，与大孙同庚，人颇厚重而灵，其师则薇人也，云作半篇与之谈，尚有头绪，中午年菜酌之，渠不饮，余则独酌，颇有醺意，下午回去，余假寐片刻，似入醉乡矣。晚间两孙回，知与二母舅同饮，意兴颇佳。夜则略读曾文，账目懒算。

初八日(2 月 25 日)　晴，不甚朗。朝上殷达泉表侄率其子徐甥来，七侄留饮，余处长谈，以《家谱》抄本稿示余，体与余家同，书法尚

多不合,云是景仙手笔,事属草创,华胄而非善本也。粗翻毕,面缴
之。上午徐丽江、蔡子瑗两甥亦来自萃和,茶叙而去。午后张春霞始
到账房,命两孙对校世系,心不静,未必一一勘正,不过借以释责耳,
督之沈静,实难。暇阅《曾尺牍》末册,夜始阅去年出入账,尚未与两
孙核算,畏难迁延之至。

初九日(2月26日) 晴朗可喜。饭后命慕孙至苏家港舅氏处,
接陆梦岩试草,阅之,系陆柳溪改笔,命意尖新,措词工雅,然初学实
难步武,不若杭先生之易学也。午前沈达卿来拜年,云昨夜在翼亭
家止宿,少顷,金梧生亦来,一茶回七侄处。复与达老卿叙,大兄留
饮,属陪之,借去《吴江续志》《乘槎笔记》,约廿四到馆还,席间询及
柳溪改本中用"仲尼持盖事",知出《家语》,与上句"离毕本仲尼语"
实一贯。甚矣,枵腹之难论文也。饮毕略谈,送之登州始归,夜查
账务。

初十日(2月27日) 阴,晚间微雨。上午闲坐,无客来。下午
徐仲芳来自萃和,一茶回去,谈及一山甘作逃官,不胜诧异太息。客
去后,正欲与两孙算吉去年用出账,适李健臣来送试草,欣然出见,留
之年菜晚饭,并读其试卷,知头篇谱夫子大笔,府县试乃翁乘兴拟作,
笔墨大异。恒流是食物中江瑶子,河豚别有佳味,余与两孙三人陪
饮,谈论一切。是子颇诚实而能用功者,其堂兄金粟试草亦已见过。
谈至深黄昏,送之登舟,约十六日渠家芹樽余往贺。健臣明日至金泽
谒师,是夜账用楚楚吉算,大约出入相符,幸租折多也,然已五千金
外,费用浩大,节省支持大不容易。

十一日(2月28日) 阴,雨止。上午顾绥生表侄来,知今岁仍
家居课蒙,留之中饭,坚辞,茶叙后即去,甚歉然也。陆寿甫、金星卿、
少蟾均来,一茶即回去。下午与两孙计算进款账,一出一入,所馀无
几,万不能弥缝辰年亏项,制节谨度之训怙守为难。是日《家乘续编》
申之写毕,动手《墓域考》,约告竣须迟至月底。晚又雨,暖甚,大有
春气。

十二日(3月1日) 斜风细雨,阴寒终日,闭门无客来。上午细校《家乘续编》,讹字改正,自谓用心静勘,然未必无误也。下午重录去年用账清数,大致略已楚楚,其难竟同考岁考一场,一笑。暇阅《曾尺牍》末卷,得意文字。

十三日(3月2日) 起晴,昨夜微雪,朝上有迹旋消,西风颇肃。上午,凌梦兰来,一茶回莘和。少顷,凌苍舟来,新为失怙之人,神色凄惨,对之可伤。中午以年菜酌之,将坐席,适王麟书来,邀之同席,酒间谈及瓜葛事,欲余至渠外家面商持券到江,余则辞以不便往,须俟吾侄疏通后告知咏楼,再商授受。麟书含和,余亦不着色相,畅饮剧谈而散,此事实太支离也,姑作罢议亦可(别有文章,亦看题做题)。下午苍洲回去,薇人特来拜年,又畅叙久之始回。夜间始吉清去年零用账。

十四日(3月3日) 晴朗。上午闲坐,《曾尺牍》今始阅毕。午前喜凌砺生来,畅谭无忌,酌以年菜,佐以绍酒,两孙侍席,余与砺老对饮,如量而止。述及客冬晤谢绥之,病中冥游,谒林少穆先生于沪上,揖之上座,呼之谓少穆兄,大惭不恭,先生亦不忤,奇甚也。下午告辞,云至大港候薇人、子屏,即宿舟中,明日赴梨,后日到盛贺辛老,又可再叙。碌碌终日,不克观书。明日亦要出门应酬,借与亲朋畅叙。

十五日(3月4日) 晴暖。(家中顾少溪、吴又如来,又如止一宿。)饭后舟至大港载子屏侄赴梨,至则余登邱氏敬承堂内厅,内侄、寿伯母子均出见,约夜饮。小点后至费吉甫处贺岁,长谈良久,适砺生、子屏亦来,知京信新岁已接,殷谱翁决计开缺致仕留京。晚回邱氏,与毓之畅叙。济隆典遣伙李鹤君固请,因同毓之扰渠典元宵节酒,共三席,菜极丰满,陪余者管总休宁程佐已,人颇文雅。夜饮甚适,席散,回邱氏内厅,又与毓老剧谈始登舟,子屏亦自顾氏回(汝诵花送腿、酒、茶叶诸礼璧一腿,谢之)。是夜,月明如昼,锣鼓声喧,闻村人烧田财极红亮,今岁可卜大有年乎?

十六日(3月5日)　晴朗和暖。朝行晚起,已到舜湖,泊舟斜桥漾,饭于舟中。即衣冠至李氏贺辛垞乔梓喜,其侄梦岩、金粟亦均出见,时尚早,贺客已麇至,主人延至书室叙谈。旧相识者庄兼伯、沈蒙粟、王梦仙诸君,新识者兼伯叔子封翁暨陈桂清诸君,余与砺生、吉甫、吉卿畅谈,听叶友莲滑稽寓言,满座为之解颐。中午设席宴客,主人举余首座,先生既不到,固辞不获,惭允其请。与梦粟同席,陪余者董梅邨,开怀饮酒,觥筹交错,拇战夺魁,余已微醉,未终席。邀郑式如弥姨甥至渠家贺岁,恰好老友张秉兰来陪余,九年不见,丰采依然。欲在郑氏夜饮避喧,金粟又来邀,今夜诸君公分,贺主人抱孙双喜,不得已始回李氏,则华堂宾客,灯烛粲然,又坐首席,与诸公哄饮,佐以小女郎挡子班清唱,继以老女校书朱淑真弹词。席散二鼓,回船即就寝,子屏亦酣醉矣。

十七日(3月6日)　晚起,晴朗。同子屏、砺生至斜桥衖口费氏租栈候吉甫,知昨夜敷王氏秘传药,约五六夜点完,未识有效否。扰其东席钱少兰朝粥,极合胃适口。王梦仙招饮,辞之。子屏如其约,余仍至郑氏,周视华堂,构造巍焕,劫后大不易也。公石、式如殷勤款接,其外祖秉兰已早至,请子屏诊视理卿夫人旧恙,开方与马佩之、辛垞相同,即同席,酒醇菜洁,秉兰乔梓、公石昆季,余家竹林团叙,饮酒谈心,至足乐也。席散,子屏赴王氏宴,余与秉兰翁谈心,少余一岁,三子均采芹,其季号季勤者,年十九,文字已可望中,天伦之乐岂有逾于此乎?秉翁又陪茶寮茗叙,良久始回。又扰郑氏早夜饭,始与秉翁、公石兄弟珍重告辞。辛垞已命次郎君久仲来招,至则砺生、子屏已在座,又夜饮,食粥,适意之至。陈桂清同席,与之谈,饱学诚笃君子人也。辛垞以拟作书院文见示,读之,才力识笔世无其偶,携之归,拟明晨返棹。沈蒙粟书札固请,情有难却,只好又贪口腹,扰大名士一席酒矣。谈至三鼓始登舟就寝。

十八日(3月7日)　晴朗风和。晚起,砺生过船谈,登岸,辛垞招往面叙,茶饮良久回李氏,见渠郎君四人,长健臣,次久仲,次惠叔,又次则幼子九郎，年九岁，天趣盎然。一应位置，均已收拾如旧，求诊者已纷纷矣。梦粟已来面邀，去后片刻，辛垞、砺生、子屏坐余舟至红坊湾赴渠约。登堂，则筵席已陈，满壁图书都是古版碑，门外汉不能赞一词。七人圆桌团叙，其郎采侯已是书家继起，不出见。陈渊甫连日相见，今亦同席。顾香士翁年六十六，梦老之妇翁也。菜则梦夫人手自烹调，精洁，无不适口，其佐酒一味，名吐铁，海中蜗牛也，隽永实所未尝。梦粟文兴极佳，携其拟作置怀。诸君欢饮兴浓，余则告辞主人逃席登舟。子屏仍留，时已申刻，即解维，到梨点灯，至邱氏关照西席明日到馆，即开行，舟中呕吐，胃气始清，大约连日醉饱所致。到家二鼓，是夜酣睡之至。

十九日（3月8日） 晴暖。晚起，饭后命念孙至梨邱氏徐氏，答拜顾少溪，并至大港载廷珍赴邱氏馆，课寿伯内侄。终日静养。上午倪蓉堂特自莘和来拜年，知在达泉账房，颇相得。

二十日（3月9日） 晴朗。饭后命慕孙至芦，同六侄贺陈诗龛郎小盒新婚喜。回来下午，知叶又莲翁亦到，谈兴之佳，无客不为之笑倒。精神仍未复原，夜又早眠。

廿一日（3月10日） 晴暖。晚起，适徐元圃来自莘塔，即留之年菜朝饭。乘便来载顾申之，尚有两卷未写完，不及待，余许其月底竣工后专舟送渠回苏，先携去样本卷一至卷六、十一至十二，约即上板，须六月中始可刻印完工，姑许之，又付刻资卅元，舟盘一元而去。晚间，念曾归自梨，一应亲友贺年礼毕，明日洒扫书房，当及时努力用功是勖。子屏趁船回港，约廿三日先生到馆来陪。夜间略登账务。

廿二日（3月11日） 晴暖，略有风。午前吴莱生来自同里，子祥到账房，王桢伯率其侄礼石自莘和来，一茶回去，下午答之。絮谈片刻，所谈幽怪事存而不论，以理决万万不应也。是日先赠君忌日，中午致祭，率孙辈灌献，以表微忱。见背三十有三年，寸晖莫报，光阴虚掷，思之凄然。终日碌碌，补登出门后日记。

廿三日（3月12日） 晴朗可爱。上午校对《家乘》卷九毕事。

午后元简先生到馆,余率两孙谒见,接渠高徒陈子槎试草,系子屏秉笔者,二月廿七芹榇,当贺之。少顷,子屏来,云终日候毓之,竟爽约,可怪! 夜间在养树堂酌敬先生与子屏学徒,六人同席,知己谈心,浅樽细酌,虽饮酒无多,极为适意。夜谈一鼓始寝,子屏留宿书楼。

廿四日(3月13日)　晴朗。上午在书房与子屏谈,午前邱毓之特买舟来,知昨日怕发风,不果行。少顷,内侄女毛官另舟来,均以年菜酌之。中午元简新徒李星北(怀川侄)负笈来游,拜师后,在厅上仍六人同席,剧谈饮酒,颇适意。下午子屏诊大孙女、内侄女脉,的知孙女非虫痛,毛内侄女非痨症,各处一方,毛官回去,留毓之止宿书楼,渠甚欣然。与元简、子屏畅论医道,并作一诗赠余,夜谈一鼓,余先就寝,三君子登楼,兴犹未艾也。

廿五日(3月14日)　阴晴不定,天似落沙。晚起,因伤风略不适,毓之与先生起来已久,上午在书房纵谈,并各诊脉,折衷毓之以验准否。午后中饭,又快论无忌。下午毓之先回,约先生中秋踏灯,子屏后归,携辛垞文九篇去。《家谱》写样,今日始告竣,校正讹字即属申之改正,犹防遗漏也。夜间懒甚,早眠。

廿六日(3月15日)　晴朗和煦。饭后作札致元圃,《家谱》样本卷七至卷十暨旧谱、套样、题签、板头,共计五纸,一并交顾申之,明日专舟送渠回苏,今夜伏载。接许睿甫试草,读之,是张元之改笔,名下究无虚语。夜间始登内账,今日书房内始开馆读书,日子大佳。沈达卿下午来谈。

廿七日(3月16日)　晴暖,春气勃勃,皮裘难御。饭后于元简处见熊鞠生致书,详述旌德情形,似勤于抚治,非同俗吏所为。余处一款,约今冬归赵,似尚有信义风,姑听之,即作书致复,颇扬颂之以鼓动其吏治之兴,元简亦有信也。是日杨少伯太夫人来,蔗境颇甘,闻于七侄处仍不能得亲戚之情话,以葬幼子为名,嬲借六洋而去。吉老堂舅氏已来,账房人齐,夜间酌敬之,余仍不能多饮。

廿八日(3月17日)　晴暖如春季,菜花黄矣,皮裘可卸。饭后七侄来收公出，知文伯夫人故态依然。甚矣，戾气之难格也。读元简与鞠生书，所以责望故人子者，甚周且挚。暇拟作札，一致沈蒙粟，一致李辛垞，尚未书就，碌碌心仍不定。接睕九札，初二日戊祭杨公祠，初三切问书院开课。送顾申之船点灯候已归，可称顺利、速捷，元圃有回字。

廿九日（3月18日）　晴暖，日黄无光，春风蓬蓬，居然暮春，必非时之正也。饭后缮书三札，一吉甫；一梦粟；一辛垞，均不适意，然拘苦已如老秀才考岁试一场矣。下午闲散，适叶子谦来自萃和，云今午在康家浜星卿处看分析房户，约明日至元简杏村定老先生寿域，可不陪。王新甫探问汤先生杭州坟墓，即以前所记出者录示之。邱毓之处欲看先世坟地，即作片托面致，云初二日尚可抽忙一行也。至书房长谈，晚饭于大兄处，夜宿舟中。

二　月

二月初一日（3月19日）　阴，下午西北风，起晴。昨夜雷雨，朝上风紧，骤寒，晚间仍需御裘。饭后衣冠东厨司命神前、家祠内拈香叩谒。终日重书沈梦粟信，三封三易，殊觉首鼠两端，用心于无谓处。书房内今始开课作文，大孙起讲尚通，诗大不妥。夜间略阅曾选《经史文钞》。

初二日（3月20日）　阴，微雨，仍寒。账船始开，饭后舟至芦川，公祭（是日戊△）杨忠节公祠，至则同人叙者十六人，乡间袁憩堂、凌磬生及余三人，砺生已同任又莲至上海。是日代主祭官讯地陈公敬亭，赞礼陆友岩，读祝许嵩安，献爵袁二山、沈幹甫（功令未便），鼓吹奏乐，行两跪六叩首礼，彬彬执事，无一失规。祭毕，散福两席，余陪陈敬翁、嵩安、友江、磬生同席，饭后至僧寮茶叙，复同陆韵函候其尊人睕九，因日上肝气，不出来，磬生、憩堂咸在座，议及书院行数，开销不敷，春花每担一文仍须拨入书院，憩堂已允许矣。小坐告辞，复与憩堂、陆厚斋、二山、赵翰卿茶叙赵三园，顾砚仙亦至，长谈片时许始登舟,归家未点灯。夜与先生复小酌。

初三日(3月21日) 西北风,略寒,天已起晴。是日书房内斋素。上午余衣冠率两孙在瑞荆堂恭设香案,随先生生徒敬祝文帝圣诞,行三跪九叩首礼。暇则翻阅曾选《经史百家文钞》,夜读曾文。慕孙今日始上书,"昭公五年,公如晋"读起。

初四日(3月22日) 晴,清朗无纤云,然稍干,春泥不滑也。饭后为金星卿母大侄女作分爨书底,即至萃和交与大兄。终日无事,读曾选文,不如昨日之有味,兴不到,心不叙故也。

初五日(3月23日) 晴朗,渐又暖。终日清闲,阅曾选古文,哀诔幽深,不易领会。下午接子屏字,辛垞文九篇收还。费敏农续弦,以柬请酒。欣知吉甫唇口之恙愈已大半,即作札同元简复之,约初九日载渠来溪,为大孙女复脉换方。梅家荡筑堤救溺,盛辛生募捐,子屏手,以洋一元了之。夜仍阅曾选文。

初六日(3月24日) 晴,不甚朗,略有风。上午省三侄孙之妻吴氏特来,渠祖母即余三姑母也,后无嗣,其坟墓坍塌将见棺,必须挑泥拥护,渠肯承办,甚义之。走商乙大兄,给付公账钱四千而去。吁,吴氏无人出来,今不忘其祖父母者乃在出嫁一女子,可感可叹!故详记之。暇阅曾文选传志之属,读《项羽本纪》,头绪繁,须读数四始会悟前后线索。

初七日(3月25日) 阴,微雨,颇滋春花。东轸寿域嘱厚安去督工,挑泥、培柟以速晴为妙。中午祀先,吾母沈太孺人忌日也,屈指见背六十四年矣,为不孝而殒身,欲显扬而无自,日月易逝,老大兴悲,环顾孙辈,未识何时成立,抚心隐痛,夫复何言!呜咽而已,志之,以为两孙勖。暇阅曾选古文《史记》列传。晚间阵雨,尚不畅,梨里舟回,接吉甫回札,知唇口之恙略已更正,敷药二次似有效,身体颇安适。以《江新志》殷谱翁所校正者,另录寄示,灯下略阅之,于职官、科第一应讹字颇能改正,首卷"宸翰"第二行不应低一格,大得体例,若故乡文献所阙,欲资以补益者则未也,暇当一一详录之。并知接徐小希信，王晓庵先生已奉旨准祀乡贤，不负同人一番吁禀，闻之欣慰。惟欲汇刻先生同集，全处无有，当复之。

初八日(3月26日) 晴朗，西北风颇肃。终日无事，过录殷谱翁《新志》校正本，下午藏事，此老精细校改，误字颇多，虽于体例文献无甚发明，而字句之间乌焉渐少，深佩谱翁老眼无花，精神犹旺也，甚景仰之。暇则略阅曾文选列传。

初九日(3月27日) 晴而不朗。饭后遣舟载子屏，即来为大孙女诊脉处方，与元翁商酌，方用平肝、降火、销痰诸品，约五六剂后再商换方。在书房与元老小酌畅谈，近所改古文两篇均有法度。晚间回港，以《分湖小识》改正叶氏先人附贡生一条，全本托转交叶友莲，以塞其责。晚间芦局张森甫来，又完世字、北玲两户，米五石七斗有零。付洋廿八元①，钱九百十四文，尚听兵字一户，已六成六七数，犹不能与之斩葛。碌碌不克坐定，夜间略登内账。

初十日(3月28日) 晴朗。朝上北舍局胡世卿、王漱泉来，完东兽、东义圩两户，付洋十一元②，钱三百八十四文，串共十户未截。又欲叙葵邱，每会廿千文。二月廿三日酌酒，以柬相委，只好应酬之，惟未出串，客春卅数，许以弱冠，尚未斩截，委蛇而去。饭后同厚安相视东轸生圹，柏廿四枝无恙，松八枝攀折难起发，挑泥未结工，拟雨后圹两旁南北各挑出稻场约一分有馀，以为他日扎杨树篱笆之基。定椿，包与佃户薛见和办理，面决工三千四百文，未识能顶真否？回来尚未中饭，下午略阅曾选古文《汉书》。东账船晚归，空无所有，殊为咤异，人情诈而穷乎？当手实老而懦也！

十一日(3月29日) 春丁卯。晴朗和暖，今岁可望无水灾。终日无事，阅曾文选《汉书》列传。晚间至书房，适沈达卿来长谈，渠考鸳湖书院甄别已回，以徐绳荪答试草礼，"河南试牍"字样，顾书，托饬寄。《文录》已看第二遍，质疑处甚叨其益，点灯时始去。

①② "元"字后原文有符号🕈。卷十二，第20页。

十二日(3月30日) 花朝。小雨，阴。上午接凌磬生片，以《申报》"黄学宪辨《申报》馆中诋其提复为多事"告示见寄，阅之，词直气壮，作以杜馆中清议之口。砺生已自沪归，又有青浦之行，不及认其华屋矣。账房有出菜成交事，略应酬其人，暇则钞录《文录》，诸、沈两先生校批。曾选文钞《汉书》列传未阅完。

十三日(3月31日) 晴朗。朝上载李、吴两生回去，莱生约廿二三日去载。上午七侄来谈，今科似有志入闱，苦无佳伴，余亦不甚怂恿也。两先生《文录》校正本今始摘齐，以示元简，尚有遗漏，幸元夫子已代录全。下午曹松泉来长谈，并送东洋手巾、皮皂，愧受之。夜间仍阅曾文选《汉书》列传。

十四日(4月1日) 晴，东北风颇尖。饭后命慕孙至苏家港，清明节祭奠其外祖凌听翁，甚有西河之感。暇则重录两先生《文录》校本，下午竣事，当以寄示费八兄转交云舫九兄京中。初停笔，子屏侄同沈达卿、苹侄至元翁馆中长谈，知为乙大家兄日上感冒，大委顿，特载来定方。子屏先去，达老晚回，慕孙回自苏家港，受风亦略有感冒，夜间停课。黄昏后雨。

十五日(4月2日) 阴晴参半，渐潮湿。上午七侄携文两篇，墨卷样式颇佳，此子倘肯加功，亦有造也。下午元音率老四房均贤侄曾孙来，领当祭新旧捐七千，三△每八百文，二千四百文又旧岁此捐，老三房楚卿侄曾孙未领。元音当手，支作始祖以下君彩公以上坟上泥挑用，均如数付之，共洋合钱十八千八百文，略谈而去。晚间又雨，适徐瀚波来，知廿一日开办掩埋，欲先支七数，明日付。书房内夜粥，谈至黄昏后始下船。慕孙感冒未全愈，明日莘塔不去。作札拟致砺生。

十六日(4月3日) 阴，风颇尖厉。留翰老书房朝饭，付新愿七数而去。凌雨亭几筵前遣女使致享，以沈、李两札并文与洋托砺生转寄，并致意愿甫，想不浮沈也。上午鸿轩七侄抡年备舟，余率念孙、两房侄辈、侄孙辈至西房圩曾大父、南玲圩先大父、先伯秀山公、先兄起亭公墓前祭扫，时宿雨初霁，拜奠尚不至泥途滑滑，良久始回。下午偶阅《班超传》，倦甚，假寐片刻。夜间七侄招饮散福酒，叙在二加堂，长幼两席，共九人，饮酒略酣。六侄乡试未决，七侄有志观光，勉奖之，大谭科场事而散。接恕甫信，砺生老青邑未还。夜大雷雨。

十七日（4月4日） 阴，雨止，西北风极狂，终日寒甚，下午复有雪珠。饭后至乙大兄处略谈，知服屏侄方大有起色。暇阅曾文选《后汉书》列传已毕。慕孙求先生处方，用平胃、消痰诸品。夜间清明节祀先，祠堂内祭已祧之主，余任灌献，厅上祭高曾祖父，两孙襄事，余惟拜奠而已。祭毕，饮散福酒，在书房内与先生对酌颇酣，解寒。夜雪初止，月明如昼。

十八日（4月5日） 晴而不朗，风已息，是日正清明。饭后七侄具舟，余率侄辈、孙辈、侄孙辈共八人，至北舍坟湾登舟，各房已渐集，竹淇未到。余主祭执爵，祭扫始迁祖春江公、怡禅公二代，乘便先至长浜祭奠五世祖敬湖公。出来，至东木桥祭奠六世祖心园公，即开船至"角"字祭奠高祖君彩公，叙者六十馀人，时新雨初霁，挑泥仅东木桥竣工，坟湾竟事，馀未动手。还，至当祭均贤侄曾孙家饮散福酒，共十二席，此番因添费，菜极丰盛，人数到者约共七十馀人。余与云青、元音、子乔诸老侄同席，春渌侄孙陪余对酌，极酣畅。论及坟湾旁张氏之屋要售，余公宗子乔等创议田捐，余不敢随声附和，甚虑经办无人，善后之难也。席散，复与诸侄辈茗叙人和楼，良久始登舟，到家尚未点灯。此行持先人所遗之杖，腰脚为之加健。

十九日（4月6日） 晴朗，朝上犹寒。饭后率念孙至南玲先赠君、先母两太孺人墓前祭扫，坟前东角泥略崩，命坟丁即日培护，松柏尚茂，瞻顾久之始叩别。回来，命念孙至北玲祭奠其叔，下午命至东轸奠其父及余姜朱氏。松楸之感，霜露之悲，枝叶之中伤，思之，百端交集，未识后日两孙克再振兴否，作信天翁可也。暇阅曾选韩文。慕孙渐愈，避风不出门。念孙归，述东轸儿童攫粽风炽，有一老者（是佃户）徐叙春，尤为可恶。

二十日（4月7日） 阴，微雨，仍寒。饭后检录乙丑录科之作，以示六、七两侄,文虽不佳,尚简净,一目了然,推之录遗格式亦不过如是。屈指陈迹已十七年矣,面目似不甚旧,思之,不觉溺人自笑。账房内略有俗事。东轸挑泥已竣工,薛见和进来,付钱讫,云要偿还春花,许以看估后再算。碌碌终日,阅曾选文,心不能聚便无味。

廿一日(4月8日) 晴阴参半,菜花已黄绽矣。上午至友庆看六侄课艺,笔平甚,词调富有。七侄命作"樊迟从游"两章书院课文,不果,畏难,无怪也。暇录元简所撰凌范甫哀词,并以范甫小试前列亲笔所录文示老元,所谓人死心不死也,言之悲叹!下午阅曾选韩文第二遍毕。

廿二日(4月9日) 晴暖,潮气蒸蒸,春光明媚矣。乍夜雷雨,今霁,然不清朗,易使人睡。终日无事,以曾选欧文消遣。明日舟载吴生,慕孙尚未复原,再求先生方,治以开豁湿痰。晚间乙大兄至书房,求元夫子清理方,谈片刻去。

廿三日(4月10日) 晴热,潮湿如雨下。上午至北舍,赴局友胡世卿会酌,至则与漱泉草棚茶叙。凌氏遣知数陶怡轩诸公米,磬生以札致余家,丹卿侄以此会三年卸清,约十五会,每年两期,各人分得六千六百六十文,今番头会办会席,以后不叙,并不起利,最为便捷,同人皆以为然(首会似尚不如意)。良久,吾家侄孙辈皆到局中,设两席,华甚,余与丹侄、朱爱溪、鲍子奇同席,饮酒照量,汗流浃背,殊属不适。席罢,又与丹老、漱老茶叙人和楼,则阵雨将至,稍坐即开船,到家傍晚,知凌砺生来过,与诸先生畅谈,金泽书院已创成,真大手笔也。以余北舍之行为不是,余实有不得已之势,万难易地皆然,思之自悼。东账船自梨归,收仅两枚,此处有江河日下之势,办事无人,殊难为继,可虑也。夜间大雷电,阵雨倾盆。闲坐灯下,心绪不佳之至。

廿四日(4月11日) 阴,微雨,仍潮湿异常。终日无事,补登日记,暇阅《屠宝铭诗集》、曾选欧、王墓铭。夜登内账。书房内生徒齐到,念孙学文至起比,词句多不直落,未识何时始能开悟。

廿五日(4月12日) 阴,西北风,严寒如冬令。午前先曾祖母黄太宜人忌日致祭。闲静无事，以曾选古文叙记之属消遣。

廿六日(4月13日)　晴朗，风仍不甚息。饭后送元夫子假节，约初九日到馆，舟则送至雪巷，明日其徒陈子槎芹樽谢师，故有此行。上午在书房伴两孙略理书理文，甚不顶真也。暇则略阅曾选叙记之文。夜登内账。

廿七日(4月14日)　晴朗，风颇尖利。饭后命念孙至雪溪(七侄同往)，贺陈子槎芹樽喜。终日闲甚，阅曾选叙记《通鉴》南北朝事，不能得其意趣。下午不禁熟睡，志气颓靡，自愧不能振作。念孙晚归，知今日宾客颇盛，诸先生居首席，明日还家，陈翼翁亦止宿。

廿八日(4月15日)　晴，略暖。上午在书房督课，殊愤旷课不率教。恕甫以牡丹四盆，代孙辈买，既无隙地，又乏闲人培植，甚嫌浮费不适用，然已不能退，只好置之不观。甚矣，子弟不肯潜心于学，外好之开此其见端，故必须惩戒之。终日为此事闷闷不乐，观书亦乏味。下午王漱老来，书卿一会，弱冠之数已全付矣。

廿九日(4月16日)　晴朗，渐暖。上午至北舍赴竹淇会酌，至则竹淇不至，稚竹、稚梅两侄来，在人和楼茗叙良久同人始叙，即至湾龙馆摇会，得彩者，余与鸿轩七侄对收，以后只剩三会矣。设两席，菜颇鲜洁。席散，又与丹卿侄茗叙谈，久之始归，到家尚早。星北托子屏合太乙丹一洋已作片面交稚竹转寄。稚竹近体照常，极为可喜。夜间戏作"樊迟从游"两章，一讲一入手，拟示六、七两侄，似乎大题尚能团得紧。

三十日(4月17日)　晴朗。昨夜不成寐，即将前题续成两大比，句法、筋骨尚不失位置，然可笑无益费精神，即命大孙录清，下午携示六、七两侄。终日书房督坐定，若功课，除习字外，甚懒驰也。午后昼寝，倦甚，酣眠片刻。夜间略登内账。

三　月

三月初一日(4月18日)　晴而不朗。饭后衣冠东厨司命神前、家祠内拈香叩谒,即至书房督课,一读文,一理书,半日尚能遵规矩,下午则闲散矣。暇阅曾文、屠宝铭诗消遣。

初二日(4月19日) 阴,终日细雨沾润,欲晒画,已出厨,仍不果。上午在书房督课,下午闲散,略阅曾选古文典志之属,末篇《考工记》,弓人、矢人极难读,姑置之,接阅末册,叙杂记之文。夜间又翻《曾文正公文集》,则头头是道矣。

初三日(4月20日) 晴暖,又复潮湿。饭后命慕孙至莘塔,为雨亭三兄将近服阕,以子婿礼外荐大悲忏三日,僧是三官堂静成。上午在书房具文督课,下午略阅曾选古文末册。晚间慕孙归,知砺生又往青浦,未还。

初四日(4月21日) 阴晴参半,西风颇薄寒。上午在书房,慕孙课理《左传》半本,甚不能背诵如流。念孙课作文小半篇,甚无词调、笔意可取,殊闷闷。下午闲散,屠宝铭诗一册阅竟,又读曾选古文杂记柳文数篇。

初五日(4月22日) 晴朗,风燥。上午督课两孙,一理《左传》,一读文,下午习字而外,听其闲散矣。暇阅近人金子春诗集、曾选古文杂记,以高粱酒独酌,甚适。

初六日(4月23日) 始晴朗,不复潮湿。上午坐书房督课,适吴甥幼如来,留之书房中饭,下午回去,先恳给付抄资三枚,约五月初来溪钞写半月,不再给资矣。客去,两孙闲散,仅写扇头一握。暇阅《曾公奏议》。

初七日(4月24日) 晴,下午略变。饭后课慕孙理《左传》半日,甚生涩,不顺背诵。念孙课文半篇,尚能用盲,左有思路。由莘塔接陆述甫信,为金泽新倡立书院调剂谱翁,义甚佳。意欲于余家三房募捐,恐不应手,当以此札示乙兄、诸侄,然后酌复。曾选《经史百家文》,今始终卷,然难得其法则,况文义乎?聊以销遣岁月耳,老年万无进境也,对之汗下而已。

初八日(4月25日) 晴,下午略阴,有风。上午在书房,两孙略坐定,则竟无功课矣。七侄来请调停六、五两侄口角,冥顽如俊卿,难以理喻,不过圆通略劝之,然终不率教也。以陆信示之,乙大兄在场,万难解囊,只好听之,述甫处似难答复。下午梨里局书王云卿来,串上找付六元①,洋水一千六百十八文不扣,又借洋十二元,以偿渠代顾局书领串垫款,将计就计过去。总之,余去岁付仁卿钱太松之咎,后要留心,此辈万难与之顶真也。碌碌终日,看书乏味。

初九日(**4月26日**) 阴雨,潮闷。上午略有俗事。下午作札复陆述甫,命念曾缮好待寄。余处捐十千,六、七两侄捐五千,苹侄今面允矣。少顷,元简先生到馆,知苏城未去,揽翁叙过。夜登账务。

初十日(**4月27日**) 阴晴参半,北风颇狂。上午捡寻旧契,半日始得。暇作札致吉甫,拟明日到梨寄去。《续志》缴还,并以《文录》,诸、沈两先生摘校一册与之。下午乙大兄来谈,良久始回,杖履照常,惟三月披裘,阳气太衰。夜录苏去零星账,尚不多,碌碌不能看书。

十一日(**4月28日**) 晴朗而热。饭后命舟至梨邱氏,以札致费吉甫,且候近况。暇阅先生改念孙近课三半篇,无一不佳,特恐不能领会耳。下午部署苏去行李,买物账虽不甚多,亦殊碌碌。甚矣,余之不善于此也。沈达卿来谈,晚间携余拟作去,可称爱及屋上乌,一笑。梨舟回,知吉翁苏去未回。又接砺生信,约十四五日招饮看牡丹,并托转邀子屏、元翁,如此雅集,不敢失兴,当如约往。苏城之行,拟俟看花后再定矣。夜登内账。

十二日(**4月29日**) 晴暖,午后大风陡起,又觉春寒。上午作札致子屏,订约赴砺生之招。舟回接复,日上彼处演剧,尚有宾留,拟十四下午来溪,十五同往,犹以怕风为词,不能多出门。暇作俚句一律,拟赠砺生,无聊中读曾选古文《庄子》,是天地有文字以来不可无此种笔墨。

---

① "元"字后原文有符号�。卷十二,第25页。

十三日(4月30日)　晴朗,风肃,不热。上午读《庄子》马蹄秋水篇,下午读曾文集,书房内文期。今日始食蚕豆饭,绿珠初绽,青玉堆盘,甘美得未曾有。

十四日(5月1日)　晴朗,渐热。上午闲散。下午苹甫六侄来缴金溪书院捐五千,合四洋五百廿文,当代存,得便转缴。迟子屏不至,殊悬望,暇阅曾选古文论著之属。晚间子屏来自葫芦兜,知明日张元之亦约同赴砺生,大女孙烦渠诊脉复方。夜宿书楼,畅谈一鼓,惊知曹春山先生新作古,惜哉! 近地今无此痘科也。

十五日(5月2日)　晴热。饭饭①同元简先生、子屏侄率两孙至莘塔,赴砺生之约,至则主人乔梓出见,延入新室,闳敞幽雅,四壁书画俱名手,前则书厅,围以宫窗,后一书室,三间,略小,然明窗净几,真有福读书处也。时法华牡丹数十种俱开齐,千红万紫,目不给赏。茶话良久,张元之同年始至,不见八九年,精神如旧,容颜老苍。携其幼子来,吾辈视之,家庭之乐,望尘不及。以余书院拟作示之,颇为首肯。中午九人同一圆枱,以余所赠越酒侑饮,元之颇知酒趣也,传壶谈心,尽欢而止。席散,元之烟兴与文兴勃发,以书院文相示,改笔认真而入时,不易得此山长也。砺生留子屏、陈翼亭陪元之止宿,又畅谈久之,始偕先生、孙辈登舟。告假《曾文正公年谱》四本、洋榻一只,携之归,许以琴枱相换。《家谱》样刻本二卷已寄来,刻得极清楚。到家傍晚,夜登内账,早眠,明日要校《家谱》,迟一日赴苏矣。

十六日(5月3日)　阴雨,潮湿。饭后校对《家谱》样本卷五、卷六,至午后始毕,一无错落,略有版口未剔清断文,然不多也。下午又点检行李,明日必须到江。初阅《曾公年谱》,较事略倍详,编辑系黎纯斋先生。慕孙命至苏家港致祭外祖夏至节,命晚归。是夜略坐定,早眠。今晚慕孙被诸舅氏留莘塔节信观剧,殊属荒功,明日须专舟载之。

---

① 饭饭,疑为"饭后"之笔误。卷十二,第26页。

十七日(5月4日) 晴,无风。饭后开船,以《曾公年谱》消遣,午后到江。入城寻金伯钦,晤其母,知伯钦往同,不值,以召佃牌账四名交其弟仲玉,并作一便条,云现在署内不办,甚奇事,只好听之,费亦未交。出来,至杨稚斋处略坐,以契连加绝四张托投税,前所借卅数扣算,复付洋十元①,后算,每千九十,似不肯再让。即出门,老县前徜徉,无聊之至。夜宿舟中,颇热。

十八日(5月5日) 立夏,晴朗。早上出城,风逆不大,到苏午刻,泊舟钮家巷,即上岸,走临顿路元圃店中(履付洋二十元②),以样本两卷缴存,托渠修好,再印清本示余。知卷三、卷四即日刻竣,可望此番印样带下,与渠万春楼茶叙,良久始还。即在徐森成皮箱店内定三大四小,决实洋十五元,先付定洋二元,要廿三日做好,只好俟之。此番余性急,明吃亏一元左右。至观前凌嘉禾茶食店,属其伙齐姓领至颜家巷裁衣店内住宅中,候渠家西席诸旋卿不值,知今日立夏放节闲游也。与工人观中茶饮,是日游人如蚁,殊乏兴。久之回船,登日记,适喜诸旋卿兄到船来寻,即同至玉楼春茶叙(其舅弟号莲生),始知主人系嘉兴人,少年多隽才,号敬清。谈片刻,因晚始返,绥之送至舟边始回馆,约明日再叙。

十九日(5月6日) 晴,不甚热。朝饭后与元圃茶叙玉楼春,回船无聊之至,恰好诸世兄绥之来,约至世经堂买书房文料,同至观前杏花春小酌,绍酒颇佳,菜亦鲜洁,余半酣矣。出来,同至卧龙街,绥之作东游怡园,时芍药盛开,杨柳线碧,群花环绕,翠竹森森,亭阁池石,位置无不有邱壑在中,令人欣赏怡情也。茶座久之,一应对联均是主人集宋词而成。孔雀一双,则翠尾已如屏,惜未见其起舞也。游玩两时许始出来,至绥之馆中小坐,以扇托其友苏人陆惕甫书画。绥之近画墨梅稿大可应酬,亦大奇事。略谈始回船,是夜安寝。

---

① "元"字后原文有符号 ⅛ 。卷十二,第27页。
② "元"字后原文有符号 ⊢ 。卷十二,第27页。

二十日(5月7日) 晴。朝上与元圃茶叙玉楼春,上午独游元妙观,无兴回舟。知王永义西席顾蟾客来候过,即至仙根书房中答之,以《文录》套板送之,六侄试草附呈。知昨日由盛回苏,不见数月(半年),丰采、意兴甚佳,略坐出来,约明日茶叙。下午又与元圃杏花春小酌始回舟,则大雨淋漓,一步不能行矣。是夜听雨终宵。

廿一日(5月8日) 晚晴。蟾客着屐至船边,即同茗叙望月,以《家谱》底稿示之,暂留书房。上午略买笔墨,即至颜巷石库门裁衣店内候绥之,蒙留中饭,其小东柴莲生来陪饮,年仅十五,老气横秋,两徒亦极驯良。酒菜精洁,惭扰之。下午三人同茗饮逍遥楼精舍,顾少莲无端遇合,恰喜吉甫在新宅督看修理,畅叙良久,又烦绥之同至馆东买缎鞋老式,莲生同讲折头便宜,此道须推后辈矣。回船未晚,夜饮高粱,热不成寐。

廿二日(5月9日) 晴热。朝上蟾客来邀,同候吉甫并作东面叙,由平江路行至混堂巷,登渠新宅,吉甫、敏农出见。蟾客略坐还馆,余则主人导引遍观新室,时则各色工匠修葺未完,督工则两东席刘耕莘、徐子敏。吉甫所居七进,敏农在后,云舫所居六进,诵华在后,左宗祠,右住宅,书室、花厅位置均有经纬,楼房四所,后河通畅,此种福地,所谓读书出头也。上午吉甫同余行,由大树巷上兵马司桥至观前,茗叙玉楼春,良久敏农始至,同赴杏花春小酌,三人欢饮,绍酒嘉肴,吉甫作东,厚扰之。又茶叙玉楼春,始同步还新宅,坐谈久之,吉老属子敏陪余还,又与子敏茶话望月始各分手。是夜因热,又不安寐。

廿三日(5月10日) 晴热,绵衣难御。朝上约顾蟾客茶叙玉楼春,顾少莲亦至,絮语良久,扰蟾客小点而还。《家谱》亦收回,蟾客颇有校正处。至凌嘉和略买茶食,还舟,蟾客又以片来招,即至馆中答之。蒙留馆餐,吉甫亦至,同席。西席五宾均出见,蟾老之外,一李纯斋瑞麟,昆山考试时曾见之;一沈北山梓,濮院人,辛酉拔贡,叙同年;一徐铁笙鹏飞,嘉兴人,云是兰史解元堂弟,与桂轩家有姻亚之戚;一钱桐甫,太仓人,不知名,年最少,颇漠视一切。饭毕,吉甫、蟾客约沈、徐、李三先生茶叙玉楼春精舍,剧谈笑语无忌,甚乐之。移时始告辞诸君而出,吉甫约四月初三日过余。至店中取皮箱,尚须少待,此行实为此留滞也。又至诸绥之馆中长谈,又同茗饮玉楼春,渠此番多情,送茶点八匣,两孙均有零物赠之,甚感谢也。要姚凤生字样全副,当由书房寄去,晚间始珍重而别。至徐元圃店中小坐,一应零账算讫,卷三、卷四初样本印出,卷五、卷六修好重印本亦交余。知姚凤生顷在望月,与渠茶叙交臂失之。回船傍晚,夜因本巷柴房失火惊起,幸水龙齐到,即熄,无恙。终夜热甚,仍不安卧。

　　廿四日(5月11日)　晴热如昨。朝起唤舟人上岸买冰鲜,略停泊,顾蟾翁又至船边,谆谆问昨夜受惊否,真情深足感也。立谈郑重而别,即开船出城,仍遇石尤风,绕道至江城已中午。登岸晤伯钦,云尚可办召佃牌,即以费二元给之,约十五日后下乡归赵,未识然否。即赶行,风略狂,两舟子鼓力前进,到家已将一鼓,略安顿行囊,即就寝。是夜酣适,得黑甜乡之乐。

　　廿五日(5月12日)　晴阴参半,下午微雨。晚起,昏昏终日,一应账务均不克了,懒惰可知。下午乙溪来谈,日上杖履颇适,夜则朝眠熟睡。

　　廿六日(5月13日)　晴热。饭后拟作札致子屏,约初三日来陪吉甫,渠在余处,立夏后一日还。尚未书就,适叶彤君来,为纳妾事属招吴明标来,托其说合,明标约廿八日至池亭复之,留之书房内便饭。知上科荐卷房师现任嘉定知县程,名其钰,号东序,有调吴江之说。下午还去,以《小识》二册托委婉说明,便致友莲。晚间子屏回信来,初三日如约襆被来,以醋鳖二送元简,细如米粒,得醋则游,亦足观也。夜登账务,心烦而止,初读元简新撰《海昌刺史汪母程太恭人八秩寿文》。慕侨托子屏转求古香时妆,愈愧吾辈枵腹。

　　廿七日(5月14日)　晴朗,下午略阴。上午两局来,王漱泉手又借洋廿五元(叫讫),搭桥五元。张森甫来,又借洋十五元叫讫,言明均不截串。终日碌碌，不能坐定，始将内账登清。晚间明标来，云彤君事目前不谐，余属渠明日复之。

廿八日(5月15日) 阴雨，午后风雨大作，恰应麦寒。饭后媳妇欲至莘盘桓，兼祥祭其兄雨亭，因风狂雨骤不果往。下午走候达卿，读其书院作两文，才气太大，仍不屑丝丝入扣。出来，与金氏大侄女叙话，渠家新分析，两子均可自立，大得息肩地步，然仍勤俭看不达，所谓有福不会享也，絮语而返。夜读元简代庖寿文，大才槃槃，吾邑无此作手，因录一篇藏之。

廿九日(5月16日) 阴晴不定。饭后媳妇率两孙至莘塔逗留，大约要半月旷课。终日闲静，校正《家谱》样本卷三、卷四，大约无甚差误，特字划略有未清，须修补耳。下午倦甚，昼寝一时许始爽。晚间借到砺生处《经史百家简编》二册，信券缴还，换洋二元，未调付寄来。

四 月

四月初一日(5月17日) 阴，微雨即止，西北风，薄寒。饭后衣冠东厨司命神前、家祠内衣冠叩谒。命仆洒扫养树堂，尘垢一空，暇阅《经史简编》，当寻绎其主意所在。碌碌竟日，此心不能静定。

初二日(5月18日) 晴朗，渐热。饭后命又堂赴北舍子祥会酌，余则端整礼轴分物，明日以新亲奠凌雨亭兼送入祠，祭轴已命成衣工做好矣，中书"德范犹钦"四字。下午闲坐，拟录《曾文正公年谱》内○○○上谕四疏，适报吴望云祭酒来，即衣冠迎见之，渠明日亦出吊凌氏，余处便道枉答，云已中饭，乡间无可款留也。茶话畅谈江西学政事，衣冠朴素，不异寒儒。吴莱生出见，渠叔父行也，示以文，无大诃斥，奖勉而已。所欲返赵一款，望云提及，余以须调停中间人，庶可后无支节告之，目前则彼此反难授受，一笑置之，然渠心实可谅也。傍晚送之登舟，云明日即欲回江，吉甫即来，亦不能屈之作陪客矣。夜间略登内账。

初三日(5月19日)　晴朗。饭后备祭礼,新亲老亲诸分,至莘塔,到则拜奠毕,有本家少年,忘其号(后知号幹夫),引至新室款茶,知望云在里书房早饭。朝上登岸,少顷,磬、砺二公均见,望云亦出来,略坐,即别回江。渠家欲以新亲奏乐定席,辞谢之,即与海香暨少年坐席,用荤菜款余,磬生亦来就谈,绍酒颇佳,饮尽之始终席。晤芦墟诸公,陆畹九约余初六日到镇,同议菜子行捐须袁憩堂点头始无阻碍。砺生以姚凤生所书应墀《家传》交代余阅之,"查"字误"香",必须改写,俟携归校对毕,然后托渠勒石寄去。酬仪从丰,弱冠已议定。砺生再要《文录》二部,送之,均约初八日同寄。婆娑久之,费吉甫始来,李辛垞亦至,又与叶仲甫、袁甸生郎端甫叙谈。午后掩丧,余又预送入祠,礼毕,即邀吉甫、辛垞来溪,至则子屏已到,良朋欢叙,子屏以近作传示辛垞,极赞佩。至夜在养树堂七人同席,略办菜肴饯饮吉甫,屈元简、辛垞作陪,厨子胡六烹庖,颇可口。酒用竹叶,颇清冽,饮酒笑谈无忌,是会乐甚焉。席散起更,又剧谈茶叙始留宿书楼西次间,吉甫、辛垞联榻,子屏仍宿书楼上,余亦倦甚矣。

初四日(5月20日)　阴,下午雨。朝起至书房,诸公已在瑞荆堂快谈,书房内朝饭,又略坐,辛垞先返,梦叔洋信昨由恕甫托寄,吉甫又絮语家事,传述尹孚顾氏一席来岁不谐。子屏来自友庆,吉甫始携之同至大港,顺道归,约余初十日到梨再叙。客去后,余疲甚,下午昼眠,起来补登日记,夜又早睡。

初五日(5月21日)　晴。晚起,犹是睡眼朦胧。上午磨墨匣三只,浓淡颇相间,校阅凤生所书《家传》,一古"查"字误"香",第九页"芥蒂"宜作"蒂芥",二字元简校正,能重写为妥。作札并酬送润笔从丰,商之砺生。下午碌碌,不敢又睡,阅曾选《简编》。晚接子屏札,庆三侄媳今岁三元,又徐纯田之弟亦是双瞀,两洋老例,今岁万难停给,以后以洋一元为长例,先与子屏说明,即作复并共洋五元交大业寄子屏矣。

初六日(5月22日)　晴朗。饭后舟至芦川,泊公盛行前,即以余舟去请袁憩翁,余走至畹九处顿候,少顷,憩堂已来,即同至南车候管账戴老松,知菜子三文,年年起捐,今始说明一文仍归书院。还至陈氏候杭竹翁,不值,东翁、仲威、稚生出见,知竹香昨往嘉善,茶叙片时,仲威导引至新筑书室,陈设华美雅驯。出来,至畹九处中饭,渠父子、憩堂同席,冰鲜旨酒,颇叨口福。下午同至赵三园茶叙,憩堂出力,传齐各行家,告以书院加修之故,自今夏起,一文春花万难并归庙疏。黄老白须亦至,似乎各无异言,其收数则仍由米行司月手,有开除则汇归畹九支取,一一说明。余则公事已毕,又与诸君畅叙始开船。憩堂欲换余处白荷种,其红荷一大缸已载归矣,即日当以白荷对调。到家傍晚,夜登日记。

初七日(5月23日) 晴燥,收菜极宜,惟闻蚕事大坏,歉收之至。上午作札拟致砺生,姚凤生所书《家传》酷似《皇甫府君碑》,改误字、勒石工,亦须托凤生一手经理,酬仪从丰弱冠,《文录》两部奉送,亦不算钱。下午至乙大兄处谈天,知苏游饱啖鲥鱼,余实无此口腹。暇阅《曾年谱》。

初八日(5月24日) 阴晴参半。饭后命舟至莘载大孙。札致砺生,《文录》姚书十三页并洋同寄。暇则校阅曾文选四十八篇,余即在全选中圈出,则一部可作两部用矣。下午念孙归,知明日砺生欲至苏凤生处,恕甫偕往。

初九日(5月25日) 阴晴不定,昨夜大雨即止。上午校阅曾选古文数篇。下午洗足,颇快。暇以《曾公年谱》消遣。明日拟至梨盘桓,约与子屏、吉甫相叙。

初十日(5月26日) 晴朗。饭后舟至梨川,午前登敬承堂,欣知蔚儒侄孙近已到馆,体亦全愈,寿伯母子均康健。在五峰园中饭,毓之暨先生同席。下午毓之拉往泷泉茶叙,群贤毕叙。王榜花近则改号访沂,几不相识。晤光川翁,知吉甫现往盛川未回。良久,至肜君书房,子屏已在周氏桓盘,又同回五峰园,与毓之畅谈,因元之寻子屏始去。夜与蔚儒联榻楼外楼,终夜为蚊所扰,不能寐。

十一日(5月27日)　晴朗。早起与毓之谈元翁祝寿文,《曾文正公诗集》三册,王晓庵请祀乡贤底禀、礼部议准崇祀明文,均被渠借去。上午邀子屏至五峰,为大内侄女处方诊脉,即同中饭。下午同候费吉甫,知迁期在是月十八日,诸事舒齐,所不惬意者,诵华不肯同迁,殊无善策位置之。是日上午徐丽江邀叙龙泉茗饮,良久始散。在吉甫处絮语移时,即请定明日红蕉馆公钱,余与雨人、子屏三人作东道主。晚还五峰园,又与毓之小饮,并粘韵戏作试帖八韵,抚掌大笑。是夜略安寐,蚊扰依然。

十二日(5月28日)　晴朗。朝上与蔚儒侄孙茗饮龙泉,勖渠养身、写字,作文且缓。回来,邱寿荪来候,朝粥后,同渠候其尊人吉卿,叙谈久之,意欲作费诵华说客,颇具热心。回敬承,吉甫、光川来在园中,又畅谈而去,约申刻赴宴。至毓之药室小坐,陈西崖特来候余,为前客应酬所阻,不克畅论,歉如也。下午同毓之至红蕉馆,子屏在座,渠家西席叶彤君亦出来,毛秋涵亦至,善气迎人,伟才破的,知非碌碌因人成事者。久之,吉甫始来。敏农为兄事所缠,不果至。周雨人因小恙新痊,出见即避席。点灯宴饮,毓之、彤君作陪,五人同席,菜用六大六小,庖丁钱姓,前金华太守处借来,与余处胡馆相较,不过略胜一筹。酒则绍兴,雨人沽自杭者,甚清冽。笑语无忌,一鼓始散席,与吉甫同归,珍重而别。是夜多饮过饱,蚊仍相扰,不得酣眠。

十三日(5月29日)　晴朗。晚起,粥后至子屏寓中,吉甫在座,询知诵华坚不肯同迁,不良子弟,无药可治,殊堪浩叹!与两人寒暄片时而别,子屏尚欲逗留也。回敬承,舟人已至,吉甫八兄处具柬送礼四种,十八日不及躬送矣。午饭后告辞内主人,毓之、寿伯亲送登舟,到家未晚。夜粥后倦甚即寝,睡乡安适,得未曾有。

十四日(5月30日)　晴。晚起,精神始复。饭后阅念孙近课六比,似略有进境,然不直落处尚多也。至友庆,晤两侄,知子垂来过,乡试伴略定。晤孙蓉卿,略谈而返。下午又贪睡片刻,起登日记。夜间略查内账,自愧糊涂,不能清结。

十五日(5月31日) 晴朗,干燥。上午点阅曾选《古文简编》过本。下午至乙大兄处略谈,回来又倦甚,昼寝。醒阅《曾公年谱》,夜间始登清内账。昨朝诸绥之寄惠玫瑰花二篓,便当作札谢之。

十六日(6月1日) 晴朗。上午点过曾选《古文简编》五篇。午后媳妇率慕孙归自莘塔,知砺生乔梓在苏未还。徐瀚波来谈,知办掩埋已告竣,新愿又付三数,旧愿米上先付十元,括字五元付讫,长谈至晚而去。明日循例开春花账。

十七日(6月2日) 阴雨,下午开霁,渐似黄梅。上午精神疲惫,又复贪睡片时。暇则点校曾选简本古文治安策全篇,颇有字义可解释。《曾公年谱》阅至末册。

十八日(6月3日) 晴朗,稍热。上午点阅过简本古文书牍类。下午作札致谢诸绥之,即交元翁便寄。沈达卿来谈,携其友姚念贻考作见示,才大笔锐,迥异恒流,然亦有未纯处。书房内文期,夜间昏昏早睡。

十九日(6月4日) 晴朗。晚起,终日不倦。上午点阅简本曾选古文。下午重阅姚公文,才气声调极佳,理法欠讲,质之元简,亦以为然。甚矣,此道亦须用苦功也。暇阅昌黎文消遣。

二十日(6月5日) 晴朗可喜。上午点校简本曾选古文《史记》三大篇。下午精神恍惚,意乱心烦,万难坐定看书,殊不解其所以然,大约不能镇定之故。两账船归,略有所收。

廿一日(6月6日) 阴晴参半,无雨,欲酿梅。上午校过本曾选《简编》霍光传十二页,接姚批两孙字课,又收到新刻电印《康熙字典》四册,价二元半,精致之极。下午同元翁候沈达卿,长谈半晌而返。读所题"姚砚贻小影记"元简一律,真所谓"两美并合",他人不能更赘一词。传闻昨夜芦墟潘文和烟店洋油上起火被灾,黄玉生、周粟香两家大遭其厄,大约事非子虚,言之寒心、戒惧之至。

廿二日(6月7日) 阴,梅雨终日,恰好插秧。上午点过《简编》曾选古文志铭类四篇。下午心纷不定,略阅昌黎文。

廿三日（**6月8日**）　阴雨终日，下午略有开霁意。上午校阅《古文简编》三大篇。下午又倦，昼睡片时，起则精神不振，粗阅曾选昌黎文。

廿四日（**6月9日**）　微雨，阴晴参半。上午点过《简编》"禹贡"、"史记·平准书"，下午碌碌，不能坐定看书。

廿五日（**6月10日**）　仍微雨终日，天气颇寒。是日始观工人插秧，平畴漠漠，蛙闹声声，簑笠成图，烟云护水，田家好景不可忘也。雨中观望久之，喜不能释。上午所校过曾选《简编古文》四十八篇已点毕，颇称善本。下午诸元翁以旧所抄吾乡前辈袁湘洲先生《十国词笺》一册见示，大资獭祭。袁之著作不传，即《分湖小识》别录传中亦未载，是书而详赡若是，仍淹殁不彰，吾辈对之，不胜悲惜。身后之名，即一乡一邑亦岂易言传耶？为之悼叹而已！余得此书，可醒睡魔数日矣。

廿六日（**6月11日**）　阴晴不定。昨徐太守少岩开吊致分，渠家送行述，阅之，尚无大谬，惟冒头装得极不好。上午查录《曾公年谱》，死事诸人得美谥约五十馀人。下午阅《十国词笺》，又阅大孙窗课，太枯寂，无话头，若先生所改，则笔笔灵动有色泽，有门径可寻，特恐不肯体会耳。

廿七日（**6月12日**）　晴朗。饭后同元简先生、陈厚安舟至芦川，同赵翰卿茗饮桥楼。适徐藻涵亦在座，即偕元翁、孙蓉卿诸公畅谈，良久，招藻涵与元翁登舟，泊陈仲威家门首，同候渠家西席杭竹芗先生。茶话片时，见其弟子陈秋槎、小盦两生文，均可望进，竹翁馆运颇亨也。即拉竹翁同舟至市中酒馆小饮，吃火菜五簋，竹老、藻涵量均大户，余与元翁助兴而已。翰卿亦来陪饮，菜尚鲜洁，叙饮颇畅，酒则竹翁作东。饭罢，宋静斋亦至，又五人茶话桥楼，乘兴走至三官堂，时坛中诸子均叙在鹤归来，与莲叔、福生、炳卿、香涵、友岩、幹甫清谈良久。分湖在望，鸾书满壁，真水乡、仙乡一幅绝妙图也。藻涵另有人招饮，留。余与杭先生出来，至信茂店中小坐，告辞杭竹翁，即同元翁归舟,到家傍晚,此行颇适意也。夜登日记,早眠。

廿八日(**6月13日**) 晴,渐热。上午略点读曾选《经史百家文钞》唐文,元简先生以所撰《淀山湖志》,沿革里至水道治水诸文见示,精核考证,源流井然,惜余坐井观天,望洋兴叹,若欲代为考校,则胸无寸书,何敢置一喙焉?钦佩而已。下午走至七侄馆中,携切问书院陆幹甫第一文归,阅之,功夫笔力、眼光手法,色色俱臻绝顶,殆将脱颖出乎?后生可畏也!志之,以俟秋试。夜登内账。

廿九日(**6月14日**) 晴热而朗。上午点阅曾选古文庄子、韩文。下午闲坐,无所用心,闻北库胡振甫木行昨夜被盗,斫伤三人,大约是盐枭,虽所失不满百金,然已雪上加霜矣,可骇也!

卅日(**6月15日**) 晴朗。饭后命人两厅换挂字画、堂轴,拂拭垢尘,耳目一清。午后接砺生片,以新自桃花庵拓来杨忠节公石像见赠,当装潢以藏祠中,暇阅点曾选庄子、韩文。下午闲散,不能静坐。顾纪常来定仓,即去。

五 月

五月初一日(**6月16日**) 阴晴参半,上午微雨,下午又雨,潮热,恰应黄梅。饭后衣冠东厨司命神前、瑞荆堂关圣乩书前、家祠内拈香叩谒,暇阅曾选庄子文,未点完,适鸿轩同薇人来定伴乡试,谆谆属渠照料领袖,切弗仍有少年嗜好为托,略谈即去。下午阅韩文二篇,接幼如札,关照其妇将生产,不能抽身来溪,一笑听之。南账船归,略有所收,明日停开。今日到莘定票油,札致砺生,姚先生脩仪六元托转致。

初二日(**6月17日**) 阴雨终日。饭后由北库寄到费吉甫廿八日苏城宅中来札,欣悉十八日酉刻进第,一是平安,其侄诵华已首肯,廿八日续迁同住,吉甫言之甚喜也。子屏处亦有信托寄。都中十五日考差,题"君子以文会友"二句,经"菁菁者莪"二句,"岩泉滴久石玲珑"八韵,完卷甚易也,暇当作札答之。上午点阅曾选古文,下午阅昌黎文三篇。今日精神委顿，掩卷闲坐。

初三日(6月18日)　上午大雨，下午始喜开晴。饭后点读曾选韩文传志初毕。午后拟起稿复芸舫、吉甫两札，一构思，心如废井。甚矣，笔底之不熟也，即此易复之言难达如是，而况于他乎？可愧也！夜间略阅曾文。日上迟徐元圃刻字样本不至，殊不解其何以又担搁，令人生恼。

初四日(6月19日)　渐喜起晴。上午作札致子屏，吉甫信附去，暇以曾选文阅点书札三。下午子屏回信来，知月底回家，其徒周慕侨决计下北闱。东账船回自梨川，略有所收。吉老公因病暂归，此老精力衰极，可虑之至，殊无善全之策，甚费踌躇。心绪纷如，不能坐定。昨六、七两俭自芦归，携沈达卿切问书院"今人乍见孺子"二句文第一见示，一讲起比外，余甚不喜，不及陆幹甫远甚。

初五日(6月20日)　晴，潮湿闷热。上午略点曾选韩文，元简钞孙可之全文订好见示，是唐末一大家，当详读之。中午端节祀先，率两孙献灌。祭毕，略办菜肴，与元翁快举蒲觞，尽欢如量而止。下午酣睡片时，极适。起来，以新买山人白枇杷润口，琼浆玉露，天生佳果，得饱啖亦征口福。是夜掩卷静坐。

初六日(6月21日)　晴热如暑天，潮湿之至，下午闻雷不成阵。饭后缮写吉甫、芸舫两札，苦窘不适，然已如写岁考卷一场矣。中午夏至节祀先，午后燥热无聊，适砺生来谈，知日上为书院缴捐四百千要至青浦。谱翁帮会七千，又书院捐连两俭十五千均缴讫，又商百元，长谈，晚去，《曾公年谱》暨《简编》亦缴还矣。

初七日(6月22日)　阴晴参半，潮闷如故，想必有大雨以涤之。饭后备舟送诸先生假节，约十九日去载。上午王漱泉来，又鬻借五枚而去，今岁应酬葵邱仍不便宜也。由漱老来，接金伯钦信，一派胡言，可欺以方，姑妄听而俟诸于秋。暇则在书房督课两孙，一读熟文，一理《左传》，至午后即放学。余则略登内账，无心坐定。

初八日(6月23日)　晴，潮热如昨。上午在书房督课，点阅曾选古文柳、李之作四篇。下午放学闲散,阅孙可之文三篇。晚间似有阵雨,雷电交作,雨势颇畅,是夜渐凉。

初九日(6月24日) 阴,微雨,潮气渐退,终日薄寒。有笔客倪湘波来,见沈采候书渠扇,不愧将门令子。上午略权课,下午放学,阅孙可之文数篇,笔峭而悍,有常人摹不到处,宜乎传后,若余则不喜此一派也。闲散半天,心绪纷如。

初十日(6月25日) 阴晴参半。饭后慕孙昨夜伤风,在楼静养,余与念孙略坐书房,欲开卷,传知竹淇夫人在内厅,即出见之,以诉家事赎田为名,有所商,留之中饭。下午招乙溪来,千言万语,良久始落肩,公账共借洋廿二元,一笑而去。履霜坚冰,其来有渐,言之寒心。甚矣,支持之不易也,实不知所以善其后? 晚间欲登内账,无心下笔。厚安北账已停开矣。

十一日(6月26日) 晴,略明朗。饭后率念孙坐书房,略课读,慕孙伤风,寒热未退,仍停课,中午李星北到馆。下午始克登清内账,粮米账亦吉清。梨里局一换当手,折头顿长,冬间当设法另议也。有老学书钱云山之姊,率其内侄钱氏赘婿少江来,欲将芦墟路仍归钱氏办,余谓须与瞿仙熟商,且俟县考时再公议,目前万不能向老师索还旧谕之单径与少江也。略谈而去,顾季常亦来,筹款即返。碌碌终日,殊难静坐。

十二日(6月27日) 晴朗。饭后舟至梨川,未午泊舟夏家桥头,寻顾少莲,以吉甫、芸舫两信托寄到苏,知吉甫迁后,诸事平安。还至邱氏内厅,知当已迁空,租价仍出一年。略坐,至花园,晤侄孙廷珍,近体无恙。邱寿荪出见,在晚安阁简练揣摩,即出来毓之处小坐,道况平窘,助之一枚而登舟。即放至蔡氏,晤进之、定甫乔梓,交会洋五元①,收回钱七百八十二文。少顷,与会者均至,摇会得彩进之老翁,秋试盘费富有。设两席,菜则杜办,大不适口。余与凌亮生同席,

---

① “元”字后原文有符号┡┛。卷十二,第38页。

饮酒颇酣。有凌翼如郎甘伯小世兄,年十四,《七经》《文选》读毕,开笔作半篇,已直落,余甚爱之。席散,进之陪至李园茶叙,与蔡听香老友畅谈良久,瞀目依然,意兴尚好。坐间晤朱子才、陈仲葵、沈月帆,散坐后,至邱氏又略勾留始开船,到家傍晚。是夜不成寐,作"子与人歌"小题文一首。

十三日(6月28日)　阴雨,终日寒甚,外间必有发水处。饭后衣冠拈香于武帝鸾书轴前,相与叩头致敬,恭祝圣诞,暇阅昨夜文,录清细校,似于题窍尚得。以星北所示"子与人歌"同题文详读之,但有词调,毫无理法,极不惬意也。昨念孙所课"登太山而小天下"文呈阅(勉强算完篇),尚无大谬。碌碌终日,内账不及登清。夜雨如注,颇虞水涨。

十四日(6月29日)　阴,微雨,可喜渐有晴意。上午在书房督课,阅曾选庐陵文始点毕,孙可之文亦读竟,句峭悍不浑厚,名家而已,非大家也。下午登清内账,闲散至夜。

十五日(6月30日)　阴,潮湿,难期起晴。上午舟载子屏来,为慕孙定方,用去湿、消痰诸品,云三剂后可愈。借知廷珍血证又发,似从肝胆而来,虑之为败兴。探听一事,大有江湖日下之势,甚无善策,可危也。中午在书房中饭,以高粱佐饮,絮谈薄醉而止,下午携孙可之文备舟送回。接恕甫札,徐丽江会柬收到,并寄示沈蒙叔一札。堂对两副,一还鸿轩,石刻一副惠余,披展之馀如对故人,不胜欣慰。

十六日(7月1日)　仍阴雨潮湿。上午点阅曾选古文临川归熙甫两家碑志已毕,书房课文三徒,下午阅之,莱生极得窍,念孙平而不能灵动,星北则于题尚远。题是"鸡鸣而起"次句,恰不易做。晚间茂甫侄来,请李星北至邱氏馆代廷珍权课一节,明日与余偕往,并知廷珍昨夜又发红,为踌躇不已,约诸先生二十日到港证视。茂甫满面心事,姑慰安之而去。碌碌不能静坐。

十七日(7月2日)　阴,微雨。饭后陪李星北至邱氏权馆,风顺一帆,不及上午已到。登敬承堂候毓之,略坐,余至内厅照覆又谦夫人,恰好汝诵华亦在座。复挈星北至五峰园,莱官、两胡生谒见,即日开读,诸事托邱寿生指示,盖夜间与之同榻也。回至内厅,莼荪以丹方仙鹤草(二钱)加童便(各一杯)、人乳、蔗汁、藕汁(白蜜)先后煎和热饮,云沈习之、黄元之均以此方立愈。草则汝家老坟有之,颇难识晒干者,已向周赐福觅得,舟回即可寄到,于此颇见寿生友谊。出来,至怡云堂徐丽江处会酌,少顷,同人咸集,三人摇会,得彩者陶姓,此番不收,下期大得便宜。设两席,菜极鲜盛,不觉过饱,余与丽江、殷达泉、陆望川同席。知繁友在平江路混堂巷西首费吉甫新宅,盘桓久之,迁居后一日,苏城官绅来道喜,车马隘巷,轩冕者多,可见读书之荣。饮罢即开船,过大港,以丹方、信件交渊甫,知廷珍吐红,今曾未止,到家未点灯。是日感冒炎风,夜卧不甚适。

十八日(7月3日) 阴,上午微雨,下午开晴,燥热。晚起,终日足酸神疲,出汗不畅,闲坐,午睡略适,胃气不旺。吉老公到寓,似尚暂可支持,然不足恃也。接又如信,妻尚未产,夏间不来矣。书房大加拂拭,眼界一清,明日先生到馆。

十九日(7月4日) 晴,潮湿。晚起,曾不适,略坐书房。中午祀先,今日是先大父逊村公赠君忌日,率两孙拜献如礼。下午疟疾来,手足寒甚,一时许始热。元简先生已到馆,出见之。接熊鞠苏四月信,知板舆迎养,颇遂乌私。丈田有志,欲办未果,意在搜隐匿,非加赋。严办光棍,颇得罪于巨室。甚矣,好官难做也。略谈即登楼安睡,汗解淋漓,食粥一碗,尚适。

二十日(7月5日) 阴,上午大雨,下午略止。晚起,胃气大减,静坐。下午沈达卿来候元简剧谈,似略吃力,共阅汪司业(柳门)撰蔚如封翁墓铭,体例不严,多谈禅说鬼处,虽字句古劲,似少师承,元简亦以为然。达卿切问初三课又取第一,原本渐近好墨裁,改本则更能出一头地,真针芥之投洽也。又谈而去。夜早眠,食粥无味。

廿一日(7月6日) 大雨终日。上午疟来,先时睡,寒噤不已,并呕,一时许始热,至夜汗解,胃气大减。

廿二日(7月7日)　大喜开晴。终日时瘥时起,食粥少而无味,夜眠尚安,大约可免服药。

廿三日(7月8日)　大风雨终日,水顿涨。是日疟疾大作,至晚始汗解,愁闷万分。

廿四日(7月9日)　幸风雨已止,水涨七八寸。各圩索装坝钱者喧嚷终日,余静卧,不能安适,烦诸先生服药处方,以理湿为主。

廿五日(7月10日)　晴。疟来,服元翁方,尚适。装坝索钱已遍大富、玉字、尊字、荣字等圩矣。

廿六日(7月11日)　晴。索装坝喧哄渐希,然梨里下乡南北斗荒字已至。顾季常来,知冬米顿涨三角。接服元翁方,用陈菌以去湿(云幸先治,否则要变黄疸),大对证,然胃气无味,满闷之至。徐元圃来,云阻雨在周庄,余懒不出见,命大孙付渠洋五十元,又舟盘一元而去。收到样本卷二至卷七之卷十,净少三卷,约六月底刻竣再来。

廿七日(7月12日)　晴。卧至中午,疟幸不来,服元翁方四剂,湿热已追至下焦,可冀渐愈,然胃口不开,食粥无味,羹二嫂、介安、鸿轩、苹甫均来问候。终日汗淋,无聊之至。

廿八日(7月13日)　晴。上午下楼,小坐养树堂,满地霾湿,不能久处,即上楼卧,疲惫之甚。

廿九日(7月14日)　晴热。余仍畏风,登楼卧坐,胃气略开,然弱甚,食炒米饭两三口已饱。大孙亦患湿热,停课,并求先生处方。

六　月

六月初一日(7月15日)　晴热。上午起来,仍未爽健,东厨司命神前、家祠内命二孙拈香代叩。中饭略贪腹即涨滞,不适之甚,夜间大下燥矢,已足十日矣,略松动。

初二日(7月16日)　晴热。终日坐卧不时,再求元翁处方和胃。大孙亦服先生第二方,大约湿温发于肺金,与余证相似而实不同,现亦大松矣。

初三日(7月17日)　晴热。身疲软,善卧,饮食仍不旺,服元翁方颇安妥。

初四日(7月18日)　晴热。上午始下楼,略动笔砚,补登日记,似乎精神略振,然胃气仍不能增,服元翁方已共六剂矣,未识能吉题否?

初五日(7月19日)　阴晴参半,下午雷阵雨降,顿凉,然非望雨之候,即晴为幸。晚起,食粥尚有味,然胃气尚不畅,再求元翁转置一方。养树堂几案拭拂尘霾,耳目一新,指示洒扫已觉委顿。是日始悉陶文伯五月廿四五日间卒病亡,年廿七,为先友苣生伤悼不已。此子虽无完行,而文笔出群,可望一中,何天付以聪明而厄以年寿? 真令人扼腕兴叹而深无穷之缺憾也! 是日兴致不佳之至。夜雨,幸不大注。

初六日(7月20日)　阴,大雨,水顿涨,已如旧退五寸之数,不深忧闷,下午略小,然不止点,奈何! 寒甚,可穿棉衣。中午陪先生循例吃馄饨,饮高粱,似有味,然亦不敢多食。下午略校新谱样本,精神意兴不周,暇要重校。

初七日(7月21日)　上午阴,下午大好开晴,可免水灾之厄矣。朝上食粥,午饭均有味。终日与吉老对账,下午毕事,姑权留之,告以冬间须请一帮办,虽不合渠意,然亦不能不预筹也。此中消息造化主之,未识能夕阳晚照好楼台否,此事惟祈默护为幸! 精神略健,晚间又服元翁所定方。

初八日(7月22日)　晴朗。晚起,食粥,精神略爽。念曾又感寒积滞,重求先生换方。终日闲静,略重校《家谱》样本卷二竣事。

初九日(7月23日)　晴热,东南风,辰刻交大暑节,颇及令。朝上食饭半盂,甚有味。上午与厚安对南北账,至下午始毕,承旧奖勉之,今岁租簿要更换也。暇校《家乘》样本两卷,《墓域考》竟事。初食西瓜,清凉甘美,心脾俱受益,价每担一千五百五十,此品因水大,不能多种,价不贱也。是日精神渐健。

初十日(7月24日) 阴晴参半。饭后校样本《家乘》卷九、卷十均蒇事。上午雷声隐隐,阵雨不成,幸甚焉。下午略有晴意,徐翰波来,留之书房中饭,长谈,付新愿上卅数,已共十三元①矣。据云,此月中要赴无锡预买掩埋髭。坛中《欲觉闻钟》一书,汪荻斋已付刻,仍如旧约,又助洋十元,今共付洋四十元而去。下午静坐以养息。

十一日(7月25日) 下午开晴,凉甚。饭后始将前月二十至今内账一一登清,为之一快。下午毕事,接子屏自梨来信致元翁,备述徽州大水灾及十二州县,金衢亦有发水处,吾乡不波及,幸甚矣。邱莲舫父子白鸽标骤发千金,曾公大橐之说,信有诸。叶朗君来,奉毛秋翁意出示谢绥之劝募单,严佑之诸君已往徽州赈灾,各处发单求集腋,余以本地亦有偏灾却之,实则力有所不及也,思之歉然。大约此时开口更难于四年分豫赈矣(北舍双老、冠老各助十元,奇矣哉),长谈而去。晚间静养。

十二日(7月26日) 晴,略热。上午又将内账一一校对讫,宿案始梨然矣。下午闲坐,勉题达卿友姚砚贻小影五律一,烦元翁写就以了之。念孙寒热时来,咳嗽未已,大便艰涩,又烦先生处方诊视,大约尚未能速愈也,姑俟之,旷课不计。

十三日(7月27日) 晴朗,不甚热,水退又寸馀。大孙服先生方,便下,类疟仍来。终日闲静,点阅刘庸斋《艺概》上册毕。

十四日(7月28日) 晴,仍不热。饭后公盛来,成交冬米两仓,一②在此时已为得价矣。暇则略阅古文,无味。下午六侄来谈,知七侄旧患遗精,发仍不止,秋试决计不往,余则深以为然。当命六侄关照子垂,一决辞伴。杭先生两帖亦交六侄代缴还。

---

① "十三元"原文为符号 **𢏟**。卷十二,第42页。
② "一"字后原文有符号 **𢏟** 和 **𣲗**。卷十二,第43页。

十五日(**7 月 29 日**)　晴,略炎热。饭后于东易戚氏送小浮石玲珑一盆,以供先生几案清赏。暇阅先大人所选韩文二册,精华尽于是,然领会体味实难,聊过目以广识见。接诸世兄信,《曾公全书》一百廿八本,十洋左右,渠可代办,余因其价太贱,防受书贾之欺,当再作札询之,然后定见。

十六日(**7 月 30 日**)　晴朗,略热。诸先生昨夜转筋,足痛不着地,颇委顿。慕孙复伤风,有寒热,停课。念孙亦未全愈,略带寒热痰呛,殊为讨厌。上午走至七侄处,据云旧恙初止,形容焦瘁,力阻乡试不去,已书致子垂,子垂亦以疟疾不往。今日专舟关照老薇,另行结伴,此事散场,余心慰甚。陆厚斋来,成交更稻,每担一元一角力七文,知冬米价已飞涨,砩石已卖过三元一角。碌碌终日,看韩、欧文均无味,下午闲散。

十七日(**7 月 31 日**)　晴,东北风极凉。饭后视元简,足痛略止,尚难履地,若念孙,则寒热已止,可冀渐入佳境。终日出冬照应,是日突有盐匪船停泊全村,约计乙佰四五十号,大小不等,静探之,知在芦川与浙江巡盐炮船械斗,互有损伤,趁顺风逃避至此。船船满载,急欲至下横扇卸货,售与东西两洞庭,可无虞别有异心,且本地人船亦在其中。下午一齐开完,庶可安心,然吾村从未有如此大帮停留,今始来,被渠熟悉,亦非佳事,然实无可奈何也! 听之时势气数而已。碌碌心纷,不能静坐。

十八日(**8 月 1 日**)　晴,间有阵雨,即止,东北风,凉甚。水不退,非时令所宜。今日斋素,略诵神咒。下午登清内账,阅欧文、碑文数篇。元翁足痛已渐愈,下楼。

十九日(**8 月 2 日**)　阴晴不定,下午阵雨两次,即止,风始息,仍不甚热。两孙感冒初愈,偕进书房。是日观音大士佛诞,斋素,中午供香案,虔叩以致微忱,并诵经咒,允明坛普济用,先回向。暇阅欧文志铭数篇,作札拟明日去载子屏。梨局王云卿来,托疾避之,此等人,目前暂不与相比为是。

二十日(8月3日) 阴,晨雨即止。终日大风,水又涨寸许,凉可穿夹衣,怪甚也。饭后舟载子屏,与之札,元简附书,语涉诙谐,句极奇峭。闽兰一盆,花盛开,赠之。舟还,接子垂札,知子屏仍在梨,要廿四五日归家,殊怅然。廷珍近体仍未健,可踌躇之至。风雨闭门无一事,暇阅欧文一卷,晚间始有晴意。

廿一日(8月4日) 开晴,凉甚如深秋,外间必有发水处,可怪也。上午包瞿仙来,知吾宗乡试不过二人,渠办考,初五启行。昨由子屏处借到《左恪靖侯杂著》一册,奇文异事(西北征回,东南平毛),以健笔出之,读之广人识见,亦一大手笔也。一遍初竟,再当细读。

廿二日(8月5日) 晴,仍西北风,盖三日矣。夜盖绵被絮褥,昼着夹絮袍。余自少至老,未尝于大暑中遇此光景,问诸父老,亦云然,变象如此,深抱杞忧。下午又地震,颇撼,片刻始止,可怪也。晚间风幸息,略有夏气。昨夜因冷,肝气发,少食始平。接翰老信,为汪涤斋租邱氏房屋事要减价。今日有舟至邱氏,惜已往,当作札另寄。暇则重读左相文暨储选欧文。

廿三日(8月6日) 晴,风始息,然仍不热。是日斋素,火帝圣诞,在中堂设香案虔叩,以祈合村太平。暇诵经咒,预回向,作普济用。大孙今始课文。以札致砺生,中午舟回,接复札,《曾公全书》目录已抄来,当即作札复诸世兄绥之,属其细心校检,庶不受书贾之欺。砺老代致卫君守廉启,为兴办莲湖保婴,求元简改削,甚易易也。碌碌不能坐定,欧文仅阅三篇。

廿四日(8月7日) 晴,仍不热。外间米价腾跃,已三洋二角馀矣。终日无事,作札致邱寿伯,传述汪涤斋租房事(廿五日涤斋来,即以信中云云面告之),明日由信茂寄梨。暇读左侯文、欧公文各数篇。

廿五日(8月8日) 晴,略热,是日子刻立秋。终日东北风,阵雨时来时止,饭后阅念孙窗课,先生改本耐人寻味,惜尚有涩处,不读故也。午前照应出更稻,前两年一仓斤两不对,少出米十馀石,大约上仓时重书一倍之失,可称司事者糊涂。下午薇人来,秋试决往,告帮五经魁之数,如愿与之,携余《樊迟从游》文一篇去,托买镇江酒五斤,未识如约来否。即同至书房陪元夫子赏秋,啖瓜果,饮高粱,谈文而去。碌碌此心不定。

廿六日(8月9日) 晴,东北风,仍凉。上午在厅上与子祥、厚安对新换内外坐簿,田数、邱址、欠数,此心不能不静细校阅,至午后,掩簿休息,明日再从事。略阅欧文数篇。

廿七日(8月10日) 晴,略热,然时多凉风。上午与内外账校对新坐簿,至中午后即止,已目为之花,换写者尚有数户已标出,此最易纷繁可厌,然不过目甚非治家握纲之道。下午剃头,一快。闲读欧文数篇。苹甫六侄所生女已周岁,今忽殇,病由痰风,已见惊象肝厥,惜哑哑已能笑语矣。

廿八日(8月11日) 晴,中午略热。朝上张星桥来,为平望行家要买冬春,即以一囤饭米找足八十石与之成交,价每石三元一角五分力十四,可谓蒸蒸日上矣,幸秋收尚有可望,否则贫民艰实可虞。上午校对内外坐簿"信"字号,至午后毕事,要更换者十馀户。下午闲散,阅欧公、左公文。念孙课文未誊完,忽起寒热,即停息。

廿九日(8月12日) 晴,略热。饭后校对内外坐簿,厚安账内至午后始竣事,眼目一新。有玉川子号子康,因失业在家,有所请,却之不见。族繁人众,此例难开。甚矣,好名之多累也。达卿来谈,秋试决计赴杭,以吴少松所抄《欣赏集》,多时人及吾家子侄辈所作,借与之,渠颇欣然,始知浙江主考,正许应骙,副朱琛。江南许庚身,副则不知(后知谭宗浚)。

三十日(8月13日) 晴,中午颇热,早晚颇凉。念孙寒热仍炽,稍进饮食即呕。上午载子屏,因亦有感冒不能来,仍烦元夫子诊视,云有湿痰化热,方用消痰,先治上焦,然后徐图。下午呕吐蛔虫一,似稍通适,然寒热尚未凉也。下午阅达卿书院第一文,此公(谭宗浚)以文气决之,今科当破壁飞去,特未识运气何如耳。今日水退寸许外。

七 月

七月初一日(8月14日) 晴,终日风凉。朝上北舍局王漱泉来,云开征上忙在初八日,预借洋十五元而去①,完时扣算。饭后衣冠东厨司命神前、关圣鸾训前、家祠内拈香叩谒。念孙寒热渐和,痰出大半,又复吐蚖,烦元夫子又诊视,方用黄连、吴萸,证是小伤寒,直中厥阴,兼挟本体痰湿,幸已大便透发,轻松大半,若作时疟论,则大谬。甚矣,见垣一方之难也。若元翁,则自谓幸得题旨,不敢轻视此道也。厚安、子祥均回去,一约廿二,一约十一日来,暇阅左恪靖、欧阳文忠两家文。

初二日(8月15日) 阴晴参半,西北风仍凉。上午烦元翁诊视念孙脉,方用川朴伴川连,以理湿、化浊为主。下午又似疟象,殊夹杂可厌也,静养以待之。暇阅左、欧两家文。

初三日(8月16日) 阴晴参半。昨夜雨甚大如注,终日仍凉。念孙转疟已轻,然犹有寒热来,气体尚惫,仍先生昨日方服之(兼烦候脉)。大港上庆如三侄媳持子屏札来,为其次子少如合伙开小店拆账,另开缺资,欲于其母岁例所剩三元预支,子屏保终岁决无异言,两房另有札亦然,因作札破例面给之。子屏处作片草复,欲问念孙近体,已由先生札另复详告之矣。屏侄近体亦未愈,昨适辛垞来,现服其方。暇则左恪靖候文点读毕,并读欧文一卷序记之作,都有兴趣。

初四日(8月17日) 晴,东北风,中午颇热。饭后烦元翁又诊念孙脉,昨夜寒热凉而未净,湿热留滞中下焦,方用青蒿、穹术、知母、泽泻、竹心等品。张星桥来,下冬八十石,略应酬之。是日村人对河演剧,书房慕孙不往观。下午沈达卿来,畅谈至晚去。

初五日(8月18日) 晴,东风,中午略热。饭后略登内账,是日村人仍演剧。下午沈达卿仍避喧来谈,恰好凌砺生亦来,以谢绥之筹

---

① "十五元"旁原文有符号卄。卷十二,第46页。

办皖赈元魁彩标见示,其票以每张十人,各助一元为率,约要各省募十万捐,以十之六助荒,以其四存庄,票中有中式,摊匀分给公车,筹捐之巧无以过是。砺生顿生一计,欲填补金溪书院亏项,愿捐四票,择秋试文行兼优者四人书名,言明不中则作好事捐项看,中则本人不分彩,以其分欲弥缝书院空填之数,达卿其一也,未识能大海探珠否,然其计亦取巧诡矣哉!谈至傍晚始各回去。左侯文已向砺生乞留,托买上洋地图、团扇二握,付洋一元。念孙今日寒热甚轻。

初六日(8月19日) 晴朗。饭后以苹果六枚札送子屏,接回信,欣知近体渐愈,约明日无风来谈。念孙寒热凉,舌苔黄腻亦渐退,仍服先生昨日方,暇阅欧文数篇。下午袁憩棠同黄子木来,以前姚凤笙所赏赵文敏楷书卷求售,俱自书所作古近体诗一十七首,后有倪云林、王叔明、吴匏庵跋,前用藏经纸裱,装以真古蜀锦,爱不忍释。憩棠居间,以英洋乙佰五十元得之,长谈而去。憩棠并送余金腿,苹果十枚,谢领之。今日自庆得墨宝,且憩棠有代经手百番,从此扣转,故不能却情,使子木尚有大衍之数可获也,若此卷,百洋够值。客去,与诸元翁明窗把玩,只算余输白鸽票一年,亦可相与大笑,藏之。

初七日(8月20日) 晴朗如昨,中午略热。饭后烦元翁诊念孙脉,寒热已凉,舌仍黄厚,适子屏上午来,复覆诊,与元翁商酌,仍用川术加减。子屏身体渐健,略瘦而已,留之止宿。与元翁终日畅谭医理,并示王孟音所批刻《霍乱条辨》二册,手过朱,极精。夜谈一黄昏余始就寝,二公兴尚浓也。

初八日(8月21日) 晴朗如中秋。终日在书房剧谈,并留子屏再宿一宵,渠亦欣然乐从。子屏新得杭州龚守正之长子名自珍,号定安诗文集,别开生面,非近人所能造,然颇不易读也。夜谈未久,余仍先寝。

初九日(8月22日) 晴凉,下午略阴。饭后舟送元简先生假节,以冬米一挑先赠之,贫士此时珠贵矣,约廿一日到馆。上午烦子屏侄诊念孙脉,舌苔黄渐退,寒热昨夜不来,方照元简加减,始用生白术。下午送回港，约十三日再要烦渠来转方。暇则候答达卿，云十五日假节，即赴秋试，长谈而去。与两侄女、乙大兄絮谈而返，乙大兄略有委顿，然甚轻也。栗碌数日，账目苦未登清。

初十日（8月23日）　晴凉，中午阵雨即止。饭后课慕孙理背《左传》，此节所上者，下午放学，听渠写大字，闲散。下午登清内账，七侄来，杭先生手募皖赈，白鸽彩票半元，应酬以了其事。

十一日（8月24日）　晴朗。上午，北舍局书胡书卿来，约渠明日即去，知初八日已开征上银。暇课慕孙背《左传》半册，下午书大字一册，闲散。子祥到账房，传说翰青堂侄年逾七旬，上吐血，下泻红，证难痊治。丁子勤散体文，子屏所转托元简为之删存定稿者，偶阅一册毕，皇皇经世之文，熟于新疆地名，论断颇见经纬，其鸿博实不可及，后辈实无与之相抗，甚钦佩之。

十二日（8月25日）　晴，略热。上午两局书来，北舍完玉富、南玲四户，付钱二十千○○廿四文，洋十八元①，前借十五加算扣讫。森局完忠、荣等三户，付钱十七千六百卅三文，洋十四元而去。暇阅丁子勤稿文，草草读竟，略定弃存。下午未晚，慕孙已自苏家港祭其外祖翁听樵公中元节回，云今日无客来。

十三日（8月26日）　晴，中午颇热，及令。上午载子屏来为念孙诊脉，再商一善后方，用清补、降火、去湿诸品，云服三剂后，妥适，白术可换于术钱五分，若鼻血不止，蔻仁可换茅根三钱。在书房中饭，以上高粱小酌，颇适意。下午乙大兄来邀，日上略有感冒，要定方，晚送回港，云十五后要至周氏代彤君权课。梨局王云卿来，诡示直落，不论既往，竟照旧完南、北、荒、南富四户，付洋十八元②，钱五百廿一文，书条作凭而去。此等人，万难与之背驰也。子屏云，丁子勤以三疟不赴试，今科又少一实策人矣。碌碌终日，不能静坐，夜热，

---

①　"元"字后原文有符号 ﾌ 。卷十二，第49页。
②　"元"字后原文有符号 ﾄ 。卷十二，第49页。

前月未曾有。

十四日(8月27日) 上午晴热,午后阵雨大作一时许,顿凉。饭后略权课慕孙理《左传》半册。中午中元节祀先,余主灌献,二加命慕孙代念孙权主拜献。祭毕,饮散福酒,慕孙大有醉态,所谓一日之弛不禁,懒甚。日上内账一应未登,下午又阵雨晦冥,至晚而止,月色皎然。

十五日(8月28日) 阴晴参半,微雨,颇凉。朝上桂亭之子叔廉来,始知渠胞伯古愚堂侄十四日午时已故,寿七十有八,理以嗣孙其蓉,春渌子重承祖丧,出帖无异议,但叔廉兄弟不无垂涎,意欲剖分其产,似亦俗情之常,无足怪,但此事当由亲长、房长酌断,余既非族长,万不能出议,坚辞之而去。古愚有寿,无家庭福,亦可怜也。上午课慕孙理《左传》,半日放学,余亦不能静坐看书。接吴又如信,日上要来。

十六日(8月29日) 阴凉,下午阵雨即止。饭后权课慕孙理《左传》,半日而止。朝上子屏专人信来,关照十八日要至赐福权馆。念孙方为之增减,日上鼻衄三发,白术拟去,加竹叶,如仍不止,白术要换鲜石斛,足见存心周挚,谢复之。午前看视俊卿五侄,忽发狂疾,舌苔灰色,未识何证,似甚不轻,即作一片去请李辛垞,属渠明日早到,他医难恃也。下午偶检旧箧,录甲子金陵寓中录科前试笔题文,以存鸿爪,阅之,总嫌笔腻,不合小试,然考遗才,可决必取矣。碌碌仍不能坐定。

十七日(8月30日) 晴,凉甚,西北风。饭后知俊卿病势已定,大约痰湿所阻,妄思不遂所致。上午略课慕孙理书,吴幼如来,留之抄元夫子所选注试帖诗,先抄目录,指示之,又酬安家一板。适李辛垞已至,陪之,渠上楼诊脉毕,亦云无妨,方用豁痰、泻火、去湿诸品。乙大兄又邀诊治,用黄连、洋参等药。回至友庆,陪中饮后邀至余处为念孙处调理方,用西洋参、川石斛、茅根等味,云养阴化鼻血不升,为善后要药,燥剂可不服。略谈,以新得赵文敏墨迹示之,云所见郑渊甫处文敏为父写神道碑草稿楷书相较,定知彼处所藏为伪,惟得价太昂耳。又茶话片刻始送登舟,碌碌仍不能坐定。

十八日(8月31日) 晴朗可喜。上午课慕孙理《左传》一册,幼如抄律诗选注自今日始。偶检书厨中旧课,亡奎儿所读古文四大册,是余与汤先生评选,吴少松所手抄者,事不满三十年,存者惟余一老人,追维曩昔,不胜山阳之感,家庭之悲!留此鸿爪,不忍束之高阁,当时时展阅之。

十九日(9月1日) 阴,中午阵雨。慕孙昨夜忽发寒热,停理书,可谓气体不坚实。终日闲坐,略读旧所选文。闻俊卿五侄狂颠依然,又去请李辛垞,实则湿热留滞,痰迷于心,兼有所思,不遂而然,豁其痰,镇其心,即渐轻矣。往事张皇,可笑也。

二十日(9月2日) 晴,略热。饭后至友庆,则辛垞已处方去矣,仍作颠迷看。五侄媳出见,诉述一事,余力阻不可,若谋事不臧,决定口舌大起,未识能觉迷否。甚矣,痴人之无福也,可恨此子不良。两孙今皆旷课,余纵观前所选古文,颇资识见。吴莱生今晚已载自同川到馆。

廿一日(9月3日) 阴,闷热。今晨去请诸先生,洒扫书房,尘垢一清。饭后五侄媳又来,诉述前事,余仍坚执不可,侄媳亦迷,不顾后患,竟欲如其所请,看来亦非贤妇。余以无涸吾耳,一切是非不管置之,后闻大兄亦如余言。甚矣,非家之祥也,可叹!午前邱氏遣女使来,持寿伯禀,知权馆袁又洲太宽,殊不讨好。接费吉甫是月十九日所发信,郡居平安,并悉余家老幼近状。谱老此月中由运河南旋,九月可到省中矣。下午诸元翁已到馆,前患脚上一疽亦自药愈。

廿二日(9月4日) 晴热,此月第一日。饭后传说痴人所想一事,西邻坚执不从,已罢议,侄媳之幸也。午前李星北已负笈到溪。下午小浴,垢污一洗,此身亦轻。栗六心不能静,桂花香已扑鼻。

廿三日(9月5日) 晴热如夏令。终日无事,阅《史记》钞本,了无心得。下午两侄来,仍论事如前所云,有人从中说合勾串,吾料依然画饼,口舌愈多,可怕!

廿四日(9月6日) 晴热。终日闲坐,阅《史记》列传选本,心纷无所得。下午两侄来谈,知彼所赶事,口舌即在目前,妇人无才,势必至自贻伊戚。晚间接叶绥卿昨日信,以其堂弟楣生、堂侄蔾仙托荐邱氏。甚矣,一馆未出,谋者已纷纷若是!

廿五日(9月7日) 晴热。上午,徐元圃同子梅亭持谱卷一至十一、十二样本来,刻工告竣,命渠先赴盛泽,明日回来取校本,匆匆即开船,一切未谈。又带寄诸世兄信,《曾文正公全书》十二套亦托元圃送到,价洋十三元三角,亦尚不昂。客去,校勘《家谱》卷首,其《家乘》末册即属元翁代校。下午毕事,作札复诸绥之。初阅曾书,的系湖南原板,惟纸工太率薄耳。夜以所闻告二侄,风波大起,恐无善策可了。

廿六日(9月8日) 晴。是日交白露节。饭后读《曾公神道碑》《墓志铭》,一李,一郭,郭文尤佳。痴人夫妇买邻女作妾,竟幸破财入门,无大口舌,六侄大费经营,从此受累至老。余上午至大兄处叹论此事,以为门祚之衰所致,然势难禁也。下午元圃回自盛泽,即以校本四册付之,并与之印本账一篇,约修齐后再印样本寄下,初十左右由航船寄来,未识能一一修改否?付洋六十元,舟盘一元,欲留小酌,坚辞而去,云至莘塔过夜(诸绥之洋信两件托带交,二十六①元)。印资亦略谈,布套外加六钱,昂甚也。客去,以曾集《经史百家》两套送与诸元翁,云日后以《唐诗英华集》,顾茂伦所撰相交易,并添杂书数种,余许之。

廿七日(9月9日) 阴,阵雨,一时许而止,顿觉清凉。念孙再求先生定一调理方,鼻衄之后,原气颇伤。终日闲静,阅《曾公日记类钞》,系湘潭王启原所编。下午洗足,颇快。

廿八日(9月10日) 阴,阵雨时至,下午起晴。饭后北厍局漱

---

① "二十六"原文为符号 ❙❙❧ 。卷十二,第52页。

老来，又完大胜禽字等六户，付洋廿元①，钱廿千○四百八十文而去。顾季常来，强定冬米一仓，平斛加五升半，力十文，价每石三元，日上米价大松矣。接恕甫片，渠乔梓亦略有痎疟未愈，团扇，一洋找讫，真浮费也。接汪涤斋信，述邱氏意，招看会，略有所商，书札极道地，字则书家，真经营场中之矫矫者，甚佩之。暇阅《曾公日记》格言。

廿九日(9月11日) 晴阴参半，微雨时洒。今晨腹痛，泄泻三次，大约感寒所致，幸通畅，少食而已。上午照应出冬，倘早粜一月，可多五十金。甚矣，财运之不利也，以后宜戒贪心，知足为是。暇阅曾公《御赐祭碑》，李公、郭公、刘公所撰神道碑、墓铭。吁，生荣死哀，古今无两。

八　月

八月初一日(9月12日) 阴晴参半，微雨时来。饭后衣冠关圣字轴前、东厨司命神前、家祠内拈香叩谒。上午作书复叶绶卿，为其堂兄楣生托荐馆，实无位置也。又作一书，拟致费吉甫，未写就，暇阅《曾文正公日记》类钞。

初二日(9月13日) 阴晴不定，微雨时洒，西北风猛厉竟日，晚稻试花，大有所损。昨夜肝气大发，终日少食以养之。饭后接子屏、毓之两札，坚请余及元翁踏灯信宿。由子屏信，始知录遗题"吾闻其语"二句，目前收取不过六折。下午春禄侄孙来，诉两弟为渠子定嗣后，要剖分古愚产业，若何落场相商。余谓此事，须房长丹卿出议，余不能断也。去后，略阅《曾公日记》分类，未毕。

初三日(9月14日) 晴朗可喜。是日灶神圣诞，阖家旧例净斋一天。饭后诵神咒，预为允明坛普济施用。中午余衣冠率两孙拈香具蔬果，虔叩灶神。下午吴幼如钞《律诗选》上平一册完，下平约九月二十后再来钞竣。留渠一天，初五日送还梨，曾集排次书目十册亦属

① "元"字后原文有符号〻。卷十二，第52页。

渠签标,庶可一览而明。碌碌竟日,仅毕阅《曾公日记》类钞二册。

初四日(9月15日) 上午雨,下午晴。饭后涤砚、磨墨匣、沥墨脂,眼目一清。作札复子屏,预订十四日来梨之约。暇则翻阅曾集诗选,目游五都之市,无从击赏下手。诸先生以明刻原印《唐荆川选汉书》五册致余,以答前送曾选《经史百家文》两套,即重装订而受之。

初五日(9月16日) 晴朗可悦。饭后舟送吴甥回梨,绥卿、子屏两札寄出。上午缮写致吉甫八兄书,待寄。暇则纵观曾选韩文公七古,虽聱牙,而会心处颇有意兴。元翁又以吾乡袁湘洲先生所咏《十国春秋词》钞本赠余。

初六日(9月17日) 晴而不朗,然秀稻好天气也。上午略登内账。暇阅曾选白乐天诗,颇怡情,然嫌失之稍俗。名人所评,岂诬哉!

初七日(9月18日) 晴朗。终日无事,阅曾选十八家,昌黎、东坡七古诗,皆惬余意,若山谷之崛强,吾尚不能体会。慕孙《左传》今日读毕,明日接上《古文观止》,念孙又烦先生调补换方。晚间张局书来,又完钟翔珣、高字、大千三户,付洋十一元①(内本二),钱十千○六百廿二文而去。

初八日(9月19日) 晴朗,下午阵雨即止,未识金陵同否。吾邑诸君雨前均进场矣。上午略登内账,暇则纵观曾选昌黎五古、太白七古,奇奇怪怪,惜无聪明智慧以体会之,真食牛而不克消化也,可愧。

初九日(9月20日) 阴晴参半,恰好无雨。上午与吉公、子祥对东账,半日停手,一册未毕。下午徐瀚波来送字灰费,十元付讫,言明目前借用,不赴海昌,明年正月底至普陀,一定补送不误事,足见老实不说谎。余谓黄浦海口断不宜往送,恐有名无实,以后仍归海昌为是,渠亦深以为然。孤贫米上又付五元,略谈而去,约九月初五再来。客去,以陶诗曾选五律消遣。

---

① "元"字后原文有符号〔。卷十二,第54页。

　　初十日(**9月21日**)　阴,微雨即止,北风渐肃。上午吉公、子祥同对东账内外坐簿,换易尚少。下午又停,只剩一册,明日可藏事。暇阅曾选陶靖节诗,可以怡情。

　　十一日(**9月22日**)　阴,微雨,无妨稻花。饭后与吉老公、子祥对校东账,午后始勘校竣事,为之一快。换过重书,校南账略少,命子祥即日补写、订好,再当一阅,未识能不卤莽否?下午陶诗读竟,若所选曹、鲍、二谢,其趣味幽深肃穆,不敢开读,先阅杜老七律。

　　十二日(**9月23日**)　阴,大雨终日,夜冷甚。风雨闭门,闲暇无事,恰好曾选杜诗七律粗读半册。中午吃香珠菱肉饭,风味得未曾有。

　　十三日(**9月24日**)　晴朗。上午略翻曾选曹子建、阮嗣宗两家诗,初开卷,适陈翼翁来践约,明日同往梨川作踏灯之游,留之书楼止宿。终日与之剧谈,夜分始息。

　　十四日(**9月25日**)　晴热。饭后陪元简、翼亭舟至梨川,未中午已到镇,两公、子屏留宿赐福周氏,余登敬承堂,毓之堂内弟恭候已久,延入中堂,时寿伯内侄之母旧宅新葺,灯彩焕然,特设一席,酌诸、陈两公,子屏、梅甥斐卿暨权课师袁又洲同饮。下午与毓之诸公舟至禊湖,庙上观剧,大章文班诸色均佳,一时许回镇,至赐福剧谈,晤叶绶卿同年,始知江南试题"子曰,小子何莫夫《诗》"两章,浙江题"后进于礼乐"合下一节。夜饭邱氏,元老、翼老、子屏同来,踏月观灯,兴致极佳。一鼓时,赛会将来,余略观即登楼高卧,陪余者徐信芳、蔚如侄孙,喜渠旧恙全愈,重阳前后可以到馆。

　　十五日(**9月26日**)　晴热,清朗。终日驰逐,候毛秋涵,知绶卿今日已回去。夜间内主人酌敬先生,权馆袁又洲首座,余陪饮次之,蔚如、信芳、毓之、寿伯又次之,诸、陈二公为子屏所留,席叙周氏。饮罢,乘兴,主人备舟踏灯观夜戏,回来二鼓,腰脚疲甚,不看夜会即就寝。

　　十六日(**9月27日**)　晴热如昨。饭后寻子屏,顺天试题"子曰,雍之言然"已悉。上午敬承二内侄女定亲徐氏,秋谷甥之侄织云之子,回礼具帖,颇不擅场。中午徐丽江见招,陪渠姻伯陶松石先生中饭,年已八十四,长余二十岁,兄事尚不敢与之谈。极脱略,精神矍铄,行不用杖,仍勤绘事,犹能不带镜,用宫笔,余十分羡之,然不敢步其后尘。以条幅八张托画山水,秋谷介绍八洋,纸章代办后算。同席者余与老翁外,徐秋谷、陶子诚、丽江乔梓,惜不能饮,如量而止。下午送松石翁登舟,余步回邱氏,夜则翼亭、元简、子屏同叙邱氏,复茶话泷泉,回来途遇徐屏山老友,又茗叙小楼,乏味而散。是夜夫人会,至四鼓始毕,余已酣寝在楼矣。蔚如侄孙今已回家。

十七日(**9月28日**) 晴。饭后在子屏馆中谈天,晤丁子刚、丁子勤昆弟,役心蟋蟀,与余颇落落。中午与苹山老友面叙小酌。下午至蔡氏二妹处话旧,六侄亦来,诉知大受痴兄之累,误在二嫂姑息并畏之。如此不良子,非痛惩恐遭横事,非二姑太太来亦无落场,二妹已面许来乡矣,茶话久之始返。夜与诸公茗饮,天气渐凉。

十八日(**9月29日**) 略阴,有风而寒。饭后舟来,欲归,毓之长跽固留,情有难却,允之,约家中船二十日再来载。终日与诸君茗叙谈天,薄暮至五峰园看兰内侄读书,知又洲是小圃之子,铁山先生之曾孙。夜有北风,颇肃,登楼与信方论文,颇洽,并携余旧作去,惜赋性浮滑,非驯良佳子弟。长谈至三鼓始酣睡。

十九日(**9月30日**) 微雨,晚晴。知四鼓有彗星起东南扫西北,天变示警,可惧!上午汪涤斋来相宅,余陪之,云后河一浜,楼外楼极得气上元,五峰园不宜作书室,正楼正厅亦佳。下午至子屏馆中谈天,晤东山朱诗舲,子屏旧徒也,与亡儿相识,亦遇余于考寓中,余实茫然,近作胡氏新典管总,阔甚,人似有才而诚实。少顷,至新典走候之,并历游新造当房,高大闳敞,迥冠一镇。回,与毓之茗叙小楼,晤张鲁山老翁,年六十九,与王谱琴家有连,并识先君子,颇致殷勤。余不敢扣其世系,后知葫芦兜人,新迁在镇。夜又与毓之、信芳、又洲剧谈而寝。

二十日(10月1日) 晴朗。上午舟来，中饭后告辞内主人，登舟，毓之以猫送余，欲易北舍熏鸟，一笑应之。行至东栅酒楼，子屏作东，酌诸、陈二君，恰好饮罢同归，到家将晚。夜间家中补中秋，酌敬诸先生，屈翼亭作陪，诸学生以次侍饮。酒罢，略谈即早眠。连日出游，精神均为之惫。

廿一日(10月2日) 晴。饭后送陈翼亭回去，先至砺生处说亲，并约九月十五先来溪，同赴江。上午接恕甫片，知姚凤翁在莘盘桓，即复之，明日当率孙辈往谒。

廿二日(10月3日) 晴。饭后率念孙、慕孙至莘塔，入新室，先晤恕甫，确知砺生为磬生栈闭被累事赴沪调度，归期无日，可叹托人之难。凤翁即出见，知心畅谈，不似去年之客气矣。以笔法面受两孙，亲批字课指教之，不胜心说诚服，惜先生在馆，念孙服药，不能信宿常侍为歉！晤陆星楂，知往苏，以催元圃信面托之。中午主人留饮，凤生翁量窄，涓滴不入口，余亦乏兴而饭。下午又絮谈良久始告辞，并约凤翁廿五日光顾草堂，已蒙面允，到家未晚。

廿三日(10月4日) 晴。饭后正欲登清内账，适竹淇弟来，搁笔与谈久之。欲抽旧款契上东乂新旧两单去出售，计田七△有零，即检与之，契上注明并许以善邑单调抵，辞之，长谈至晚而去。北舍局漱老又来，复完北珝、北盈、北官、禽字公祭四户，付洋十八元①，钱六百廿五文。晚间始登清内账，劳人草草，出款重重，深叹为家长之难！

廿四日(10月5日) 晴热万分。午前率念孙至乙大兄处，吃受莃侄大侄孙女五盘酒，婿即又耕凌氏侄孙甥也，亲上成亲，诸事简省，以余视之，犹以诸礼繁琐，具帖报采为难。中午两席款冰人潘少安、凌梦兰，余陪少安，谈及磬生事，急切难了，砺生亦被留滞，不得归，益叹聪明人竟被人欺弄若此，可骇可叹！下午盘船开，余还，西风夜始肃。

---

① "元"字后原文有符号 ⊷ 。卷十二，第57页。

廿五日(10月6日) 阴晴参半,微寒,无风。上午恕甫随姚凤生来,清谈竟日。人极脱洒,以家藏图册请鉴,仍以赵文敏墨迹为第一,决非赝本,二百金透值,馀则《砖塔铭》三页的真,惜缺二石,不能索善价。至近人书顾、郭、平三君,尚称赏,其他自郐以下矣。中午以馆菜酌之,尚可适口,屈元夫子作陪,一见如故。席散,凤生特求元夫子诊脉处方,似久慕名。晚间珍重告辞,余舟送至莘,尚要盘桓,邀月楂画照也。是日庞榜花来,大义、苌莩并徐姓另倒,共三单,均收到,找渠一洋而去。

廿六日(10月7日) 阴晴参半。上午元老为姚凤生定方,一去湿止淋,一调补,案病据经用药,颇费经营,用笺纸写,字亦娟秀挺拔脱俗。下午送去,晚间舟回,书对联两幅均来,一元老索求,一另备纸送酬,均写北体。另赠之字尤古茂生峭,愧余无学术以感佩之,未便白抄,不胜妒恨。灯下戏作柏梁体一章,拟赠毓老。补书日记,今晨始毕。

廿七日(10月8日) 晴和。终日无事,细将昨诗录清增改,请教元翁,略点窜一二字,以合音节,足征法密,谬为称许,实则乱写乱叙,不足道也。暇阅曾选白苏古风。慕孙类疟日日来,已三次矣,未识能渐愈否,殊见先天之弱,不能强之用功。

廿八日(10月9日) 晴,上午北风,下午又暖。饭后在账房补对两账,重书换过之户,一时许毕,已不胜心烦脑痛。午前薇人侄来,知廿六夜间到家,三场得意,然亦精神疲惫,尚未复元。以首艺并诗见示,读之,师道父道分两大比,平稳圆熟,支对极自然,小讲入手更佳。堂堂正正之旗,已征老手,命该中,则其文不碍,若云夺命,则犹未也,书此,以俟揭晓。蒙以镇江百花酒一中壶(三四斤)见饷,中午在书房与元老开酌,颇有醉意。论文谈科场事,上江裕抚军宽而无法,头场极拥挤,实到二万一千馀人,江、震两邑不满乙佰八十人。谈至傍晚始回港,灯下略改昨日拟赠澳之一诗。

廿九日(10月10日) 晴朗,北风。朝上略诵神咒,为重九普济之用。朝饭后屈先生登楼为慕孙诊脉处方,云是中外不固,邪气乘之,肝胆亦欠调和,定一帖试之,然今日神气独佳,寒热已不来矣,似无大病。终日读曾选苏公诗,颇惬意,赠毓之诗亦写就,惟贪易,通韵太多,未识柏梁体可作如是否,元老亦不言也。厚安来述,所索之款半归乌有,人之负心可骇!余之忠厚待人,不先逆亿,亦太疏忽不是。

三十日(10月11日) 晴。饭后略诵经咒,又烦先生为慕孙切脉处方,寒热已净矣。下午作片致砺生,探问磬生事,舟未回,接恕甫来字,知风火虽定,然巨大难了。明日凤生回苏,告借新账船送归,晚间命工人陈三观同往,以札催徐元圃样本,此番迟延,实属可恶,由余付洋太多,所存无几之误。是日下午,沈达卿来,元墨秘不示人,似甚得意三场实策。傍晚六侄同周式如来,述及痴侄事,诸事含忍,足见渠家忠厚,未识从此能免再起风波否?絮谈而回友庆,云明日归梨。

九 月

九月初一日(10月12日) 晴朗。朝上由梅文卿处封寄包瞿仙信,确知学宪行文,初一日县试,现在九县禀请展限,本府不敢私缓五日,亦无一定日期云云。星北今晨还家,托渠开三代与本路,先纳册结,倘准期,决计补考。榜前小试,事实创见。饭后诵楞严咒,诵毕,即借交卷。上午衣冠东厨司命神前、关圣鸾书轴前、家祠内拈香虔叩。终日碌碌,倪胜来进来,依然画饼,似属有心相负,可恨之至。下午接恕甫片,亦未提及考事。灯下至六侄处,与周式如谈天,知今日在芦亦得考信而无确期。萃和有出阁喜事,人舟两忙,意欲拉苹甫同往,亦以补考为稳妥,当再定,殊属周章。

初二日(10月13日) 晴朗。饭后略登清内账,至萃和观出嫁凌氏大孙女薄妆,繁琐之至,虽云草率,实具艰辛,真吾老兄不幸肩此责任也。明晨运妆,今夜请邻,余与大孙饭于大兄处,元夫子、莱生同往,达卿先生余未致赆,特惠藕粉,拜受自愧,惟恭祝捷音在即而已。

初三日(10月14日) 晴朗和暖。朝上衣冠率念孙至萃和道乙

大兄喜,知妆已清晨运去。终日贺客寥寥,因不请旁亲,兼考试子弟
多半到江矣。中午款客三席,账房两席,诸、沈两夫子外概不定位。
殷达泉来,一饭即归,知谱老还乡,坐船已到镇江。下午亲迎船来,一
点灯即下亲,脱却一切俗套,恕甫陪迎上岸,确见宋炳卿信,九县一准
初十日扃试,初七到松陵未迟。诸事毕,不及一鼓,颇有不烛息之惨,
是日应酬极省力,夜眠极酣。

　　初四日(10月15日)　晴,极暖,防变。饭后送姚凤生之船已
还,传述考期非廿一日即十一日,仍属两歧,拟明日赴江亲探为是。
萃和清晨望朝,中午两新人回门,设两席,款新婿幼耕,余陪沈、诸两
夫子,并谈前壬午科沈笑山业师,在余家瑞荆堂现作书室中,中新举
人故事以贺之,嚎谈无忌。是晚始接徐元圃信(卅日发),由赵信茂寄
到重印《家谱》,修好样本,订好四册,粗阅之,是能照改一一修整,尚
无草率,可喜。夜间萃和又招饮算账酒,余量满,不能再饮唉,元夫子
率两徒往以应之。灯下登清内账。

　　初五日(10月16日)　晴热。饭后同莱生赴江,到同里,吴生上
岸,余即开行。下午入城,至城隍庙前,路遇庞榜花,招呼至傅家桥头
张宅定寓,楼房朝北一大间,四榻,一下人,价昂,忍之。回至祥园,同
榜花茗饮,始确知考试廿一日正场,回义已转,在松陵书院扃试,诸童
生纷纷来者都归去矣。茶罢回舟,包瞿仙灯下来会,所言皆同。明日
两邑尊出示定期,托星北报名,据云未遇,即开三代与之,认保叶昌
第。夜睡颇早,热不成寐,谱样清本校讫,要修改者四字。

　　初六日(10月17日)　晴热。朝上茗饮良久,包瞿仙始来,又絮
谈,同登舟,饭于舟中,瞿仙趁船归同,舟中大谈乡试录遗事,初八日
出关报接新举人。片时许,泊舟德清桥任宅茶馆内,寻莱生母子,均
不值,云赴梨吃费氏喜酒。少顷开行,过李家港载星北,又知到同,约
初八到馆。顺帆至北舍,与范桂馨、元音老侄水阁茶叙,略谈即开船,
到家未晚。又知元翁夫人病,时疾不轻,今日上午得信即归,到馆无
速期,考试在即,殊深懊恼!念孙作搭截一篇,即走托沈达翁代改,甚

不得已也。灯下作札，一致徐元圃，样本附去，要再修改者四字（母、桥、诠、有等字）。一致陈翼翁，十六之约不果。是夜晚寝，醋适。

初七日（10月18日）　阴，上午微雨。饭后封好徐元圃信，并清样本四册，约是月二十后工竣，未必应手。上午徐瀚波来，絮谈片刻，知磬生事有何小松从中构难，经咒账并经资十四元交付（后知初十寄），恰好苏信即托寄赵信茂发出。瀚老去，宋炳卿特来访元简，惜不值，留之中饭，长谈熊旌德事，云缺极苦，撙节之，尚可岁馀千金。地方乡绅颇多，今科得试差、学政各一。以元老古文示之，甚钦其学而怜其困，考作似甚得意。下午辞归，陈翼亭信亦封就。大富、长菁看稻初毕。

初八日（10月19日）　阴，终日雨，寒冷作重阳。以课题命念孙饭后动笔，诗题用韩公句，晚间草稿初脱，阅之，拘苦万分，且不直落，如此无心思话头，欲作一覆，想实不可得，不胜闷愤。甚矣，造就中下子弟之难，而搭题之不可不做也，诗之不佳无论矣，姑略删改，使之誊真，余心已大失所望矣。灯下略阅苏诗以消愁，一无好怀，读之，亦无所得。达卿改念孙文，灯下细读数过，颇极认真。

初九日（10月20日）　晴暖而燥热。是日斋素，上午舟至允明坛，余入坛叩谒后至佛前膜拜，以棉衣费十洋，新愿廿洋交付瀚老，叶蓉伯母分托瀚老寄桐川，即晤见沈亮之、沈锡卿、汪涤斋、陈敬亭诸人。中午与袁稚松、少甫、又洲、沈福生、柄卿、毛香涵诸君同饭，知坛中拜净土忏，悟一和尚颇肯格外顶真，先兄乩判无须超荐，先嫂杨氏恩准超拔，夜放焰口，余不及待，叩辞而退。李星北同其叔祖柳塘来，李柳翁亦皈依弟子也。到镇，同星北、赵翰卿、顾季常茗叙桥楼，良久始同星北到家，尚未点灯。钱艺香店中应修之对一幅，应裱过字轴、画轴、石刻十一件，邱氏所托在内，一一交讫。袁又洲以澳之信寄余，夜阅之，有某君闱中半篇原作在中，欲决胜负，细读之，未见胜场，若命到，尚无碍于登榜，就文论文，不敢必也，姑妄试之。

初十日（10月21日）　阴，微雨，北风渐凉。饭后至梨里吊奠汝

寅斋，易吉领帖，同案友又弱一个。虽平素甚不相昵，不可不一拜，以
尽其忱。陪余者，沈子和诸公，一饭不饱即出。至邱氏，澳之出门治
病，陈西涯在座，少顷，澳之回，以熏鸟一篮、盐一包，《易猫诗》一章面
致之，相与大笑。始知昨见拟作出其手，并示全篇点题，后比总发更
佳，笔底颇不荒，甚恕而佩之。至内室，寿伯母子均健，大内侄女学画
有进境。饭于五峰，澳之、蔚如侄孙陪余，蔚如近体仍不复元，大为之
虑。下午至赐福看子屏，差喜日上身体全健，告以元简近况，匆匆即
回邱氏，知明日吉甫到梨，子屏故暂留。又与澳之略谈，携其文全篇
始登舟，一路顺帆，到家未点灯。

十一日(10 月 22 日)　阴，无雨，北风狂吼，气渐严肃。终日闲
甚，略登清内账，暇则阅读曾选苏诗绝句。书房今日始迁至瑞荆堂西
偏楼下暖室，慕孙近恙始痊愈。

十二日(10 月 23 日)　晴朗，北风寒冷。饭后闲坐。午前顾季
常来，知浙闱昨日揭晓，周粟香郎君彦臣昨夜报到，中式六十名，父母
俱庆，年仅三旬，粟香可称有子，且叔、侄、子三人皆登科，吾乡佳话，
余羡之，而不胜门户之悲，殊自悼也。留季常账房中饭，付三数，其一
憩棠所存，即托奉赵，并约渠月初同来，未识此事有头绪否。即此可
觇心术，姑试之。中午元简亦唤船来，喜渠夫人数剂即愈，惟令爱尚
未复元耳。下午读放翁诗，心有所浮慕，则于此了无所喜矣。晚接翼
亭回条，江城另去。吴莱生亦来自梨，南闱吾邑五人，亦非的信，今夜
甚为达卿、竹香诸君惜。

十三日(10 月 24 日)　阴冷，下午微雨。终日读曾选元遗山诗，
南闱不得实信，殊闷人。昨传同里三，盛泽二，未识吾友秉兰之郎得
售否？若吾乡则竟寂寂。慕孙今日始进书房理书。晚间步至田野，
观工人获稻，鸟雀声喧，儿童拾穗，但祝馀年岁岁见此丰年光景，则吾
愿已足，功名荣悴，何必萦怀哉！书以志庆。

十四日(10 月 25 日)　阴，微雨即止。饭后至乙大兄处，知昨至
辛垞处诊脉，辛老以所临张仙全碑锡念孙，后当作谢，阅之，似较沈遹

梅更苍劲。知南闱昨日尚未揭晓,今夜则应试者生死关头也。上午竹淇来,陪之清谈,出"过脉虚应"题,做之碍手。书房中同餐后,仍至乙溪处做老文章,良久同来讲话,依然抄袭旧样,共借廿二枚(一股五十五①),点灯始去,如此重叠,颇难为继。甚矣,暮年之苦累也。夜间代运一筹,为之寒心,是日无兴,阅放翁诗亦难遣闷。子垂昨夜得一男,深为子屏庆。

十五日(10月26日) 阴,下午微雨。终日寂寂,仍不得南闱诸君信,恐得意者少也。上午略登内账,读陆放翁绝句、曾公奏稿。凌氏遣使来,特送念曾考果,作吉祥语,受领之,不胜惭愧。砺生即日又要赴沪,馨老事仍相持不下,结题为难。

十六日(10月27日) 晴暖,防变。上午闲读苏诗,传说同里高中六人,不知姓名,亦恐子虚。下午七侄来谈,约渠十八日陪考同往,絮谈久之,论及前日事,酬应为难,实无善策以驾驭之,真会逢其适之不幸耳,可叹!下午洗足,快甚。夜仍阅苏诗。

十七日(10月28日) 阴,微雨,要防发风。上午乙大兄以欠单托付江,据云南闱同里中三人,一是沈恂如,大约已确,此事意中人大难决也。中午接子屏札,以得侄男为大喜,并以推收账一篇颇格搭托转交杨稚斋代办,恐不值,以原账带还复之。下午部叙行李,寓中应带之物一一检点,明日拟挈念曾暨吴、李二生同到江应县试。初学文,呀呀欲语,殊不直落,不过观场而已,思之,可叹亦可笑。约七侄同往。

十八日(10月29日) 晴暖。饭后率念孙、七侄、莱生、星北同赴江,至李家港,星北回家,约明日到,同川小泊中饭,到江极早。由小东门起岸,进寓位置行李,铺陈卧榻,极舒齐。夜饭舟中,祥园夜茶,始确悉江正中二人,又一副。江盛泽沈玉②叔郎宗棨(子彝),副

---

① "五十五"原文为符号 。卷十二,第63页。
② "玉"字旁原文有符号 。卷十二,第64页。

一名,夏勋臣,系莘农老友之少君,号又农。震沈①宗汾,号诵芬,梅
亭之子,震泽镇人,均意料所不及。玉叔郎及又农年最轻,甚羡之。
是夜回寓早眠。

十九日(10月30日) 晴。早起搬运家伙食物,命舟先回。早
茶祥园,回来略安顿一切,适费吉甫来长谈,知为学宫交卸事,在望云
家,明日要回苏。子屏推收账面托之,极为妥贴,省余赶办不周。同
候李老师,辞不见。吉翁即出门,云在吴鹤轩处。午前以公账签租欠
单面交金伯卿,洋五元付讫。少顷,吴望云来。下午至南门答望云,
又絮谈久之而出,途遇吉甫、吉卿,略叙返寓,知李怀川来过,星北到
寓。夜则茗饮祥园,李健臣来同叙,大以沈玉叔之郎此番得中机缘凑
合,以二场失写《春秋》"六月"二字,出场复混进补写免贴,甚咤异也。

二十日(10月31日) 晴暖极,要防发风。昨夜雨,朝上恕甫
来,即同至书院内相坐地,恰好来据者人尚希,即与凌氏大帮看定会
客厅、内舍一间,诸考客考篮安置在上,命凌氏工人看守之,此风劫后
起,近科尤甚,非若是,竟无坐地。出来,至庙内栖鹤山房看两学廪保
画结,诸少年廪生都不相识,寻见叶彤君,属渠所填念曾三代上补余
本生祖名。复至书院内闲游,与王少兰絮谈片刻,回来,以三古堂欠
单并洋面交陈秋涯手。夜上灯,命与考三人早眠,余与七侄守夜,鸿
轩兼看桌凳,庶不为强有力者所攫。灯下一鼓,风雨大作,顿寒,三鼓
头炮,唤考童起来,多着棉衣,吃饭即进场,凌氏诸少年亦到,据暖室
一间,共十一人。五更一点,汪邑尊因雨堂上点名,星北接卷后,余与
七侄始回寓酣寝。泥途滑滑,后至者桌凳几无着,今岁实到者二百卅
馀人。

廿一日(11月1日) 晴,西北风狂吼。晚起,同七侄茶叙祥园,
晤凌荫周、王少兰、叶锦堂诸君,题目已悉,"骥","非谓有乔木之谓
也","未冠","温故","采菊东篱下","陶"字。回寓,恰好见李老师,

① "沈"字旁原文有符号𠄏。卷十二,第64页。

以本路钱少江事，仍旧谕还钱氏包瞿仙，仍帮办一岁一科，以观后效，老师面许，府试出谕，此事为渠所㸍，翼亭与余经手，今日始可卸肩。下午至老县前闲游，晤叶锦堂，蒙殷勤会茶点，知李挹仙将还梨（其侄芋香），以冯氏葬事嘱作札托之。陈升老在别桌坐，余已不相识，彼此不接谈，亦异事也。归途至震邑署内候周式如，知渠东君下月将卸任，遇雨借盖而返。灯下陈诗盦来谈良久，雨淋淋不止，一鼓始放头牌，余畏雨，不出去接考，七侄同诗盦至书院前，亦无避雨处，良久，七侄回寓，知已在墙角叫应念孙与莱生，已交卷矣。二鼓后雨略止，二排始放，雨生携考具出场，星北另结伴作帮工，今夜不归寓矣。吃夜饭后，念孙今日精神颇不困惫，大为快慰，知作"温故"，乃翁旧稿二篇与诗，尚不至乞怜于人。三鼓时酣睡，寒甚。

廿二日（11月2日） 晴，下午微雨。孙辈竟日任其闲游，余至大仓桥三角井口寻顾又亭，付洋一元①，丹玲推收并单二倒三面属之，其费叫吃。金伯钦家小坐，所负之款，搭桥夜复，大约子虚。杨稚斋处看全录，知名士如袁宝璜已中高魁。回寓，家中船已到，接翼亭札，即至何局，庞榜花手，秋山户推收付洋一元照办，馀所托之事竟成画饼。甚矣，公门中人之难靠也。夜与同寓陶子音、徐蘩友茗叙祥园，良久回来，星北亦至，始眠。凌氏诸小昆弟均来，在寓畅谈。

廿三日（11月3日） 晴。朝起收拾行李，极栗六。良久，率念孙及吴、李两生下船，闻今日下午出案，不及顿候。饭于舟中，出城，西北风极顺，至同川吉利桥头泊船，吃汤团，味美甚。复茶叙漆园片刻，莱生自家回来即开船，张帆四叶，舟行如飞，快甚稳甚，到家下午。慕孙已进书房，知元翁同翼翁候子屏，信宿两宵，兼候张元之，甚以今科新中之作为不佳。吴甥廿一日来，注分韵试帖诗下册复动手。夜倦甚，早眠。

廿四日（11月4日） 晴朗。晚起，上午至乙大兄处长谈，复至

---

① "元"字后原文有符号 ⊁。卷十二，第66页。

书房候达卿,又谈论,赋性旷达,然亦不免有下第之悲。后知余前写便条有"谦不中礼"字样,竟是谶语,思之大惊,益自叹下笔之不谨。中午祀先,曾大父杏传赠公忌日也,祭必以蟹,曾大夫所嗜也。下午作札,拟复子屏收推事,吉甫已任之矣。夜又倦甚,早眠。

廿五日(11月5日) 晴暖。饭后将新做书板、木架两顶位置在瑞荆正厅后堂。午前舟至北厍,赴胡石卿会酌,至则吾宗子乔、仲僖、润之诸与会者皆叙人和楼茗饮,适见县试头复案,第一柳心城,子乔之孙,甚羡之。凌月锄第二,密之第八,敏之卅,恕甫九十二,念孙卅六,吴、李两生复在百廿名内,稚周、申如五六十左右,共复乙佰五十六。今日覆试,念孙藏拙,十分侥幸。至湾龙馆摇会,得彩者苹甫六侄,分两席,余与乙大兄、子乔同席,饮酒如量。翼翁今日亦会酌出来,恰好以推收已办单不能领面告之。下午至粮局寻顾新卿,大富圩新单四付洋领讫。又与丹卿略谈,开船,到家傍晚,知元翁下午到大港,骧卿侄孙急疾求治,以凉透药饮之,大约可以无妨。子屏、子垂均不在家,信已寄到,灯下补登日记。

廿六日(11月6日) 晴暖。饭后内人至邱氏盘桓,约十月十六日归家。上午由萃和得见江南《申报》全榜,苏州三县一府共中十五名左右,北榜不在内,可称极盛。账房有田事找绝,因其数不巨,俯就之。是日始登清内账,日记亦登毕。

廿七日(11月7日) 晴暖,下午起东北风,防变。终日碌碌,不能静坐。是日始循例在田分稻,以销旧欠。知尊字一带禾穗歉薄,实农贫无力故也。灯下略阅放翁诗。下午疲倦,不觉昼睡片时。

廿八日(11月8日) 晴朗,似可不雨。终日闲坐,阅黄山谷诗,毫不惬意。下午陈厚安自芦索款归(倪胜来),云其人竟欲负心,置之不理,人心之难测不料如此,吁,可恨也!然实自己太松之咎。

廿九日(11月9日) 晴,东北风,颇肃。饭后闻痴五侄大闹,羹二嫂来诉,既不立威,万难戒饬。上午至北厍赴子祥会酌,与乙大兄茶叙,大以痴侄事不可收拾。午后叙于胡馆,两席八人,得彩者余与乙大兄合,菜极佳,奈余胃大不适,略饮,吃小点即止。席散,兴不佳,即归,到家未晚。欣知子屏在书房,今自芦还,接余见招札即到溪,宿于书楼西厢,明日请定膏方。絮谈一黄昏,余先眠。

三十日(11月10日)　晴而不朗,北风仍厉。有王姓种树人来,命芟庭中桂树丛枝,简净明亮,爽照一堂,为之一快。上午子屏同元老商余与两孙膏方,先服煎剂,大约余宜滋阴、平肝、调胃,大孙宜降火、养阴,二孙宜养阴、扶阳、固脾,体各不同也。因有事急欲去,下午送还到港,约十月下旬再来定内人膏滋方。迟袁憩棠不至,暇阅曾选陆放翁七律,身子今始照常。北舍漱老来,又完中兽、大图、东义、大义、东新胜、东月等六户,付十二元①,钱三百卅文叫讫,东月、东新两户意欲抽,渠不肯,糊涂如所算过去,据云照旧,未查底账。

十　月

十月初一日(11月11日)　阴,微雨终日。饭后衣冠拈香东厨司命神前、家祠内叩谒。下午至乙大兄处商定开限日期,且论及五侄装痴横行,若叔伯行含忍,不小加惩创,恐遭意外事,兄亦以为然,当告之羹二嫂酌办。暇读放翁诗、昌黎文,曾公所选。

初二日(11月12日)　阴雨终日,有碍晚禾登场。上午作札催徐元圃,迟延不赶竣工,习气可恶(初五由芦寄)。暇阅曾选韩文,以《读书记》参校评语,可得为文线索。中午十月朝祀先,率大孙灌献,慕孙因小恙不与。下午服药,夜读陆放翁致仕以后诗,元翁灯下示所作丁子勤序文,并批评数条,自愧空(枵)腹难申一喙。

初三日(11月13日)　阴雨潮湿,河水又涨,颇碍农收。有约账不便,人舟不得开行,闷闷。终日以曾选韩文、韩诗消遣,下午接恕甫与念曾信,知初一日覆终,渠名现在廿四,敏之卅,案首叶俊英,系一亭之子。柳心城第三,凌密之第四,月锄第七,梅斐卿第八,究竟案元

---

① "元"字后原文有符号⟨⟩。卷十二,第68页。

何人,颇难拟也。凌氏共复终六人,共复六十四名,汪邑尊可称爱士,题目均不甚难,不及备登。磬生事,闻紧追,又堂会限半月调停,大费踌躇。

初四日(11月14日)　仍阴雨,潮湿而暖,日上必有大风。上午阅曾选昌黎五古粗毕,下午五侄媳同羹二嫂来,云五侄日上痴气颇清,可乘机谕之,余含忍允之,并示药方,是陆氏知数沈咏贤所定,从本原着想,最为平正。余至友庆,面谕俊卿,一无乱话,所约皆从,盖因日上火气已降,痰不迷心,疲软如其本体,故能一时暂清,然不足恃也,其妻、其母既宠骄之,旁虽有家长,万难治以家法也。与六、七两侄絮谈而还,知恕甫所抄三复案即是正案,叶公竟已夺元矣。灯下又读昌黎七古,吴幼如所抄之件均竣事。

初五日(11月15日)　又阴雨,东北风,田禾大碍登场。饭后送吴幼如还梨,又赒一元,曾难如其所望。上午接叶绶卿专舟来信,即婉复之,此事不敢闻与置之一词,因故剑已寻,荆州欲索,万难转周也。子垂之郎未弥月,病惊风,急甚,求救于元翁,下午即去,晚回,云用开泄汤头,甚难即见效。子屏在梨,无可商酌,殊棘手,未识此婴可保否?厚安自芦回,所索一款,有心见负,思之,恨恨无善策。夜读杜诗五律。

初六日(11月16日)　起晴,不发西风,仍防不能久晴。上午登内账,老年记性大耗,重差可笑。下午子垂来求先生转方,其婴儿夜半出啼,引药得性,惊风已定,可望保全,为之大喜。子垂去后,至萃和议开限石脚,与乙兄加减,意见不同,且俟明日再商,于此益见刚柔宽刻之各异,然余甘心懦弱,以留有馀地步为是。暇则阅杜诗,心不在,益无所得。

初七日(11月17日)　晴暖,细雨间作,总不老晴。饭后乙大兄复来议租加减,始定东路加五升,西北路照旧,苌葑、大富亦步落再减三升,虽不能无偏重偏轻,然西北路亦不吃亏矣。絮谈去,即以圩目账与子祥,小票可算定,明日发限緐,翼亭洋信由在字之便寄交。下午袁憩棠、顾纪常来,有所商,书两券通情。胜来事,面许调停,未识应手否。旧款面商,支吾且俟来年,可知要人合浦之难。灯下阅曾选杜诗七古,念孙呈示课作,题略难即拘苦无思路,为之闷闷,未知何日一旦豁然。接恕甫札,知砺生仍在上洋,事仍难了,乞得桃花坞《谢氏良方》小板一部,绥之所施印也。

初八日(11 月 18 日) 晴朗,下午又重云漠漠。终日闲甚,阅曾选苏诗七律。下午核算刻谱总账,存钱不满十千,故迟迟不来结算缴书,殊悔前此付钱太松。沈达卿在书房长谈,至晚始去。

初九日(11 月 19 日) 上午晴,下午又雨,大碍晚收与限租。饭后送元简先生假馆,约十六日去载。包瞿仙同钱少江来通知,府试廿一日头场,并示正案,念孙在一百○四名,吴、李二生均在此三十名内。下午薇人侄来,诉馆课吃力,供给萧然,是实情,然脚步太散,亦非虚言。告借夹呢套,破靴,云欲至梅氏道喜而去。胜来来辞,不见,因其所许太短,万难抵补,属添田弥补,央人来说,免伤和气,未识能有回心否。夜阅宋文,亦无领会得意处。念曾略有委顿,早眠,殊代踌躇。

初十日(11 月 20 日) 阴,无雨,北风渐寒肃。念孙已愈,差喜,命静养一天,停课。书房两生作文,余见猎,戏作拟题,一时许脱稿,文无意义,气机颇好,不足以示他人也。终日闲静,读曾选李杜七古。徐丽江家有内使来,知丽江前月底大病湿温,今已全愈,为之一慰,此人千金要躯也。灯下闲坐,仍读杜诗古风。

十一日(11 月 21 日) 阴雨终日,殊为狼藉田禾。上午痴五侄来,以方示余,仍是沈咏贤所定,颇妥洽。观其居起,似不致目前大发,后闻回去忽哭,则阴极又恐动阳,难保安静。午前徐瀚波来,留之中饭,新愿上付洋廿九找讫,贫米上又付洋五元[①],共二十元,米上后算。砺生已回,即日仍要到上,其事年前难了,以恕、敏、密三人府试

---

① “元”字后原文有符号 ⼁⼁。卷十二,第 70 页。

合伴见托,情难却,允之,然两不适意也,即书片示恕甫订定一切,见复为属。客去后,账船回,知东北角稻禾亦半在田,二十日起限太早,然亦难以更改。夜阅苏诗,无兴。

十二日(11月22日) 阴,无雨,未识能渐开晴否。禅杖浜徐氏弥甥定亲邱氏,明日缠红,具柬请虎孙作媒,因考前,以片辞之,留来舟饭一顿而去。两孙今日始进书房,大孙补作课题,阅之,眼界颇高,句调不熟,然尚能用心。余前日拟作,命慕孙录清复看,似乎机局流走利于院试,究竟题界能不过否。自难细辨,当质元夫子。暇读曾选太白诗。

十三日(11月23日) 又阴雨,潮甚。终日闲静,读太白古风七言,颇觉豪狂可喜。接包瞿仙来信,云府试取齐,穿前在十五日,开考仍廿一日,殊恐正场再要改期,属早日上去,甚见周到,然有此一言,反甚游移难坚定十九日开船,俟元翁来再商。

十四日(11月24日) 阴,北风大吼,然仍微雨。上午王漱泉来,新漕上情借廿元,闻邑尊要调程公东序,此事虽应酬,终非稳着,然势有难却也。世字李兴宗来还飞限租,折价二元一角算,此时米价实两角外也,酌中定价,再长,大不便农。念孙呈示课作,拘苦不入调,甚不如所望,然欲速不达,姑听之誊真。账船发限由,厚安已毕,七公明日赴梨。夜登内账,无心开卷。

十五日(11月25日) 晴朗,昨夜西风大透,今日寒甚。肝气,少食,今始平。上午读太白古风略遍。下午六、七两侄来,传说考期改早,十八头场,此信得之周式如,即作片,一致元夫子,明日去载,十七到苏。一致凌砺生,关照十六夜间伏载,同伴与否,即此示覆。如此更张赶紧,大约院试不远,余家子弟不过观场,无可无不可也。租米又收一户,夜间息风。

十六日(11月26日) 晴。朝上风不作,命舟至颖村载先生,饭后风又狂,然尚不碍行舟。午前内人率毛内大侄女来自敬承,据云行船尚稳。念孙竟得徐氏花红三元,余分其一。暇即命书房三生收拾考具行李，以日用簿交陪考苹甫六侄手，今夜拟俱伏载，一切家伙检点颇烦。晚间元简先生同凌砺生来，知在莘塔守风最为稳着。夜间絮谈，一黄昏念曾、吴、李两生先宿舟中，元夫子陪砺生仍在书楼下榻，明日登舟矣。

十七日(11月27日)　晴朗，无风。清晨起来，船上三考生亦起来，即送元夫子登舟，与六侄同往。上午与砺生畅谈，知日上又欲往申，为磬生竭力调停，不见功效，反多率意妄为，致多窒碍。甚矣，残刻而小聪明，难与共事也。中午以天津伽皮酒与砺生对饮，颇适，下午返棹，约上洋回来再叙。是日账房始设限厅，共收折色租十馀石。夜与慕孙讲试帖，上两首，早眠，苏去与凌氏三小弟兄同寓。

十八日(11月28日)　晴，西南风，渐暖。终日在限厅收租，不见拥挤，傍晚吉账已百十馀石有零，本色仅收二石三斗。五侄媳来商，欲为峻卿乩坛发愿，大是正路可行，未识究有心否？接翼亭与元老札，所托之事，大为可笑。甚矣，亦是痴想。

十九日(11月29日)　晴朗。清晨起来，诸佃已有守开门者，自辰至午后，各佃还租极形踊跃，统收折色米不动斛，诸相好笔不停算，犹极纷忙。南北斗已来，惟大富湖滩上无一户，可怪也？晚间送考船回，接元翁信，知本日晚上已起岸，寓定慧寺巷口陆宅楼上，极宽爽。徐元圃处有信来，《家谱》已与《家乘》四十部各已印齐，连板子装付，惟六十部有套未来，约舟上去即齐，所开之账，照余算浮二十馀千文，当再与之讲论。是夜三鼓吉账，共收租四佰九十六石有零，均是折色，幸钱数相准，尚觉易举。余是日精神颇不疲倦，子正后安寝。

二十日(11月30日)　晴朗，和暖。晚起，是日转头限。上午至乙溪处谈天，以新谱一部面致之，渠意实不在此。大富圩分湖滩经手人来，均照头限收算，欲通情一日，不能破例，昨日指使似非无因。下午将新谱书板乙佰五十三块珍藏新做书架内，却好留馀一级。终日收租三十馀石，始收本色十石有零。夜间早眠。

廿一日(12月1日)　晴暖。今日上五县府试正场，颇得阳和之乐。饭后作札拟寄瀚波,为五侄媳发心,欲求坛上忏悔,当便寄莘塔。查徐元圃所开刻印账,算差,少报九千文,会计事如何可不习不经心?终日闲甚,所收不满五六石,夜则酌敬账房,余陪饮,颇酣畅。

廿二日(12月2日) 晴暖。终日租务寂寂未收一户,乙溪兄来谈,于租务极顶真,言娓娓,余颇厌闻。明日江震二场今夜进场,颇不严寒,想此时桌板陪考诸公已各据守矣。

廿三日(12月3日) 晴暖。终日收租二户,不满八石,日上收获忙甚故也。正欲安排行李,明日赴苏,午刻接元翁苏寓二十日来信,知江震常昭改期,廿五日进场,九县总覆须在月杪,余拟初二日上去,诸事舒齐,至于覆不复,任其自然可也。元翁发信极为凑巧,院试有来年之说,大约不甚子虚。夜间略读李供奉诗七古,早眠。

廿四日(12月4日) 晴暖,朝上有雾。终日闲甚,钞录旧作,不胜敝帚之诮。先外父子谦先生甲寅年六十寿诞,曾作四六文并诗祝贺,屈指计之,几近二十七年,命慕孙录出,重阅之,大有沧桑之感、伤逝之悲!余虽幸存,骨肉之惨万难回首。午后邱氏来载内侄女过大港,求子屏转方,即作片,以《谱》一部、《家乘》二册与之,想亦借慰襄助之力,共庆此事告成矣。是日收租不满八石,夜课慕孙试帖,今夜念孙辈进场,天气差幸和暖。

廿五日(12月5日) 晴朗,北风渐肃。上午在限厅收租,苌葑催甲又嬲让三升始开折,终日收租约三十石左右,日上当渐忙也。夜课慕孙讲试帖,一鼓就寝,未识此时头牌放否,甚忆之。暇阅李杜古风。

廿六日(12月6日) 晴暖。朝饭后至限厅,玉富诸佃来,所收无几,而嬲灾欠找已无一户直落。甚矣,西路水灾歉收,万不如东角之丰稔也。终日收租四十馀石,始有收米谷布者。灯下课慕孙上试帖,细讲四首。

廿七日(12月7日) 晴暖如昨。终日收租六十馀石,内本色十馀石,下午寂寂,不见踊跃。夜间略读苏诗。

廿八日(12月8日) 阴,晚间西北风大吼,渐冷。饭后至限厅收租,初甚寂寞,午前始成市,来者纷集,染红港、北、胜均至,玉富一带水车受灾,鹏让看定之灾,有加无减,当账颇吃力也。始收本色及谷五十馀石,二鼓后吉账,共收钱洋布谷共合米二百七十一石有零,三鼓就寝,大有倦意。

廿九日(12月9日) 阴,略寒,西风渐透。晚起,自朝至暮,诸佃陆续而来,尚为赶紧,余收管本色,午后未曾息足,约计收米四十馀石,谷亦无多,馀俱折色。夜间足三鼓吉账,约共收三百二十馀石,拟明日仍放头限,初五为止,以期踊跃。夜眠子刻,余精神尚可支持,自开限至今约计六成半收数矣。

十一月

十一月初一日(12月10日) 阴,微雨即止,东风不甚冷。晚起,倦眼已醒,精力尚不疲乏。饭后衣冠东厨司命神前、家祠内叩谒。上午收存仓米十馀石,略有折色。下午安顿行李物件,明日赴苏,未识应试诸生今日得幸在场中覆试否,甚悬望之。子屏昨有信来,未答,以邵步青所著《四时医论》托买,未识已发坊否。夜间早登舟伏载,酣适之至。

初二日(12月11日) 阴,夜半大雨,五鼓北风狂吼。雨止,平明开船,终日石尤风,舟子三人鼓力行,晚间始至同里泊舟,夜饭后早眠,无聊之至。

初三日(12月12日) 晴朗,西北风仍狂。朝上开船,浪逆,打船头,舟人吃力之甚,申刻始进城到寓。知今日九县初复,念孙、兰生均不复,星北、诸绥之虽在场中,名次均在后,案元凌密之,敏之七十,大不得意。少顷,元夫子、苹伫均来自观中,夜饭后命苹伫率不覆两生登舟归家,余宿寓中,早眠。一鼓后始放头牌,诸生出场,在三牌题江"遵先王之法而过者",经、诗通场"丰年多黍多稌"三句,"云山经用始鲜明"。元夫子之亲朋张珊林、张潜生、李慕周来寓,余不及应酬矣,歉甚。

初四日(12月13日) 晴暖。朝上与诸元翁吃小包子,味极佳
(又一客,号竹君)。上午走至徐元圃店中吉账,知布套印谱六十部已
齐,差账改正,找付洋十八元,洋价照市不抬,一应名式不与之争减,
仅少四五佰文,又印刻京片不算,一笑两讫,竣工圆满。即同诸世兄、
李世兄、凌敏之茗叙玉楼春,良久还寓,阅诸绥之复试"虽存乎人者"
文,极佳,其东凌镜清初二日请酒,先生、莘侄、念曾盛扰之,极不安。
夜阅二凌密之、敏之文,则兴高采蔚,益佩后辈文才积薪居上,吾辈回
忆少年时,不胜惭怍。

初五日(12月14日) 晴。朝上茶叙巷口,知初七日出案,中饭
后衣冠走至萧家巷殷宅,谒谱翁老表兄,蒙即引至内厅,出见(九月十
二进第)。相别十七年,须发虽苍,谈笑依旧,惟步履不便,携杖而行,
犹难轻捷便。久在北方,回南水土不服,脾泄甚。长孙柯亭出见,英
伟非常。次孙号菊延,年十三,新从王更梅授经,未出见。历问家乡
旧侣,则大有桑沧之感。蒙留饭,则与之对饮,追维当年日新堂悟对
情形,悲感交集,此番予告荣归,吾邑盛事也。明年欲重刻《前后殷诗
征》,极怂恿之,乞《斋庄中正堂诗集》一部,子屏欲重乞,云须俟新年
续印矣。饮罢,又畅谈,始捧大集告辞,又必欲亲送出门,殊属谦而太
劳,约院试时再进谒。回至元圃店中,卸衣冠,稍休,步回寓已将点
灯,夜与元翁诸君畅论,一鼓就寝。

初六日(12月15日) 晴暖。饭后同星北至诸绥之馆中,邀同
茗饮,即至玉楼春茶话良久,徐元圃作东。出来,至观前,拉李、诸二
公略买物件,至晚回寓,夜间略有雨雪。

初七日(12月16日) 阴暖,雨雪交下,泥滑不出门。上午费八
兄来寓长谭,知日上有江城之行,兼答新邑尊,公私碌碌,不安家居。
昨候殷谱翁,以脾泄之疾辞,思之歉甚。回去后,家中船来,恰好关照
元圃布套新印谱六十部,即送载登舟,一应物件陆续下船,殊讨厌。
灯下出案,江,顾少兰第一,非好手。密之第二,敏之卅三,论文尚有
屈,然已险甚矣。震,吾乡顾雨三案首,星北、绥之不复,绥之甚败兴,

幸其友陆铁甫陪之归馆，珍重而别。一鼓后，元夫子拆算公账，归还敏、密二公，余可返棹矣。夜雪不止，寒甚，聊无兴趣。

初八日(12月17日)　阴。朝起雪三四寸，小点后行李俱下船，即同诸元翁夫子、李世兄登舟，朝中饭毕即顺帆开行，雪花如掌舞，舟人冻甚。至同里未晚，然万不能开行，泊舟德春桥止宿，寒甚。登岸，以吴莱生不率教处，诉其母夫人少松表嫂，其母恰未悉其详，未识以后能回心否，余与元夫子仔肩甚重也。夜间金莘农郎述之来舟，以摺恳恤嫠二会八百文书数，约吴兰生归同寄缴，后知不尽不实，然欺可以方，万难决裁。夜早眠，严寒，幸有火炉可温。

初九日(12月18日)　晴，红日一轮喜照船窗。晚起，舟行至李家港，送星北归家。朝饭后即顺帆开行，未至上午即已到家。念孙昨日至芦，贺陈仲威郎秋查新昏，留宿，至晚始归，位置新谱，安顿发开寄买物件，极纷扰之至。下午至乙大兄处略谈，知二限租米甚不踊跃。夜早眠，一应账务未寓目。

初十日(12月19日)　晴。终日纷忙，未理一事，可笑。烦元夫子代札子屏，明日去载。终日收租七十馀石，自开限至今仅足七成。夜间严寒，又早眠。

十一日(12月20日)　晴冷。上午舟载子屏来，午前已襆被来。与元简剧谈，下午诊余老夫妇脉，阖家老幼男女同元翁商定煎方、膏方，终日而毕。夜酌绍酒御寒，味清冽而未醇，似非陈者。夜谈一鼓，余先就寝。

十二日(12月21日)　晴，风尖猛，大有冰冻象。上午屏侄与元老写定膏方，极为详细(殷集借看)。下午舟送屏侄回港，以绍酒、金腿赠之，《谱》套板携去六部、《家乘》五部，张元之信托寄。夜则点水成冰，寒冷为近年希有。

十三日(12月22日)　晴，寒冷异常，幸有日光相煦，不致大河胶。终日收租尚不寂寞。始出清考用苏账，浮费买办，家人殊不体量。是日已交冬至令节，夜间祀先，祠堂内祭已祧之祖，正厅上祭高曾祖父四代,均余与两孙抢班灌献,适余足痛,跛倚临事,不敬孰甚焉。夜则奇寒,饮酒回春,新谱两部交乙大兄手,三部交苹甫六侄手珍藏,能细阅一遍(吾儿若在,决不如此),三房子弟恐竟无其人,益叹实学不讲,好读书之难,思之,潜然不乐。

十四日(12月23日) 阴晴参半,冷气稍减。饭后舟至芦川公盛,交昨日所籴糙米银洋,复至赵三园茗叙,少顷,袁憩棠稚松来,昨日相约,同至周氏道喜,即乘余舟往,以《家乘》送粟香。入门一片瓦砾,在新筑小室坐,知新贵砚臣去送朱卷,老翁欣然出见,一别三年,面多喜气,虽五十八,须发已苍,犹少年也。知近由乐清告假旋里,初十日乘轮船自沪到家,亲朋是日来贺纷纷。蒙留饮,其婿陆淦甫、其甥张梅生与其次郎仲英同席,与主人畅饮,不觉壶已易三,我辈中如粟香教子成名竟无其偶,贺之,转益自伤,然对得意中人亦竟自忘其丑矣。饭罢,复至多福茶楼茗谈,良久始告辞,以新谱套板赠袁憩棠,到家黄昏后矣。闻今日有临壁难民来,计六七十人,吾家给钱四洋四百而去,犹在小家投宿,人极驯良。

十五日(12月24日) 阴,不甚冷,雪花竟日飞舞,犹未畅下。终日收租三十馀石。补登日记,今日始默清,眉目一疏朗,然内账自出门后全未登清也,因循如余,坐一"懒"字。

十六日(12月25日) 晴朗,不复雪,可望老晴。终日租米寂寂,始将苏携新朱卷二本一一率性批评,莫谓此中多侥幸也。夜间始登内账,畏难之甚。

十七日(12月26日) 晴暖。上午在限厅略督收租,多托欠不清。下午舟至北厍,以新谱三部发老四房元英侄手,五部发老大房子乔侄手,适子乔之孙心城号禄申自苏回,知十五日覆终,江廿四人,震廿人,江赋场凌宝枢第一,心城第二,凌其梅六名,凌宝树十九名。震第一张鼎,号兴新,秋士之郎,大约案元已定矣。二复题"长息则事吾者也","冬岭秀孤松"赋,以题为韵,"俚儒朱墨开冬学",得"儒"字八韵,唐花限唐字七律二。末复题"夫子温良",免诗。长谈出来,与元音、葵卿茗叙仁和楼，复以《谱》两部交老三房葵卿手，一转交佩玉老侄。共发十部，徐则传唤到溪来领矣。旦卿老侄亦来茶话，知新漕价大约三千六百，惟加赋三千石，恐尚不尽不实，又畅叙片刻而还，到家将近点灯矣。

十八日(12月27日)　晴冷。是日北风大吼，又作寒讯。终日租米寂寂，仅收两户。是日始唤广仁(号玉泉)药伙李姓煎合家膏方，家伙物件，留宿安顿，颇栗六讨厌。夜登内账，手僵未同，颇视若畏途，一黄昏始毕事。

十九日(12月28日)　阴晴不定，风尖欲冻。上午凌密之以信致念曾，钞前列案并询一切，知密之又失去皮马挂，此寓不可租也。念孙片复，砺老已自家到苏赴沪，磬老冬间可以收场。徐瀚波特自坛中来，以所得乩方并符咒水亲致五侄，阅所判谕，似行善可望医治，已面勖渠照方虔诚斋服矣。回来，瀚翁即辞归莘，为此事特在坛礼斗二日。接丽江会帖，明日会酌，与蔡氏末会同日，当赴黎，兼吊张小海夫人除几领帖。碌碌心仍不定。

二十日(12月29日)　晴暖。饭后顺帆至梨，先赴张氏吊仲太夫人，一拜即出。晤徐少安，至敬承堂，入内厅见莱春母子。命工人至蔡氏，以子瑷甥末会洋十四元①交二姑太太。复舟至东徐氏，丽江父子出见，知渠家先生叶子谅老翁已故，寿七十四岁，教徒终身，贫寒到骨，子又不良，丧葬费皆出自及门，哀哉！少顷，与陶子诚对摇会，余得彩，又与陶子英、徐秋谷长谈，设两席，菜极丰洁，余饮酒如量。下午复还邱氏止宿，与蔚如茶叙，晤汪涤斋，知已迁邱宅矣。蔚如近体已健，慰甚。夜饭时，毓之来谈，赠以《河东家乘》，谈文一鼓，毓老始归去。是夜与汝益谦、蔚如连榻东厢房，冬暖如春。

廿一日(12月30日)　阴，潮湿如云雨，大雾半天。朝上与蔚如龙泉茗饮，晤胡心田、汪涤斋、吴少江诸君，粥后走至蔡氏，见二妹于

---

① "元"字后原文有符号 ☛。卷十二，第78页。

楼上,絮语良久。招进之来,以会洋四元钱四百面交之,属代摇,廿三日不到。回至邱氏中饭,毓老陪饮,悯其境,又助一枚。下午辞归,东栅泊舟,丽江处又小坐,会洋收全,三年中托买之账一应算讫,计找付洋卅二元①,钱三百七十文,头绪始清。少顷开船,西风渐紧,到家黄昏时。日上限内略有所收,南北斗虽来,尚难了吉,夜略登账,早眠。

廿二日(12月31日)　阴,午后雨霰即止,北风渐寒。是日"荒"字田催来,所收微几,始循例开欠,以能得户户归吉为幸。梨局书王云卿持单恳早完,允之,付南北斗荒字、南富四户,洋七十一元②,钱四百八十文,立收条而去。北厍局王漱泉亦来,付洋乙百二十元,扣借廿元,云后算。新漕价三千四百五十二文,下忙每两加乙佰文,云是海塘费。碌碌竟日,夜始登清内账,颇冷肃。

廿三日(1883年1月1日)　晴朗,西北风,寒峭甚。终日收租寂寂,似为风所阻。昨与沈达卿谈,赠之苏点《河东家乘》,知尚有误字未改,校书谈何容易!元简以新得马融《忠经》一册见示,世间已希刻本矣。冷甚,不能多看书卷。

廿四日(1月2日)　晴,西风已息,冷气稍衰。终日收租二十馀石,挂欠不清者多。念孙以所得凌密之二复文及赋呈示,命另录,余详阅之,笔力、工夫色色俱到,真隽材也。灯下略看求志书院古作,元老由沈达卿处借来,余辈真愧未曾读书。芦局张森甫来,先付乙佰洋。

廿五日(1月3日)　晴,略暖,风仍紧。终日不坐定,收租寥寥,开欠归吉一户,从松。诸先生之外翁张珊林之父作古,特来载,约初二三日间自来。北厍局王漱泉又来,付南玲、大富、禽字、东轸等六户完讫,正米五十石有零,又付洋乙佰元③,钱四百十六文而去。灯下略阅杂著。

---

① "元"字后原文有符号 $\mathbf{I3}$ 。卷十二,第79页。
② "元"字后原文有符号 $\mathbf{网}$ 。卷十二,第79页。
③ "元"字后原文有符号 $\mathbf{㟁}$ 。卷十二,第80页。

廿六日(1月4日)　晴，略暖。终日收租寥寥，开欠归吉一户，颇如望。上午周彦臣来送朱卷，出陪接之，恂恂年少，可爱可羡，茶话片刻告辞，乡间市远，无物款留，甚抱歉。下午茂甫侄来，为廷桢完姻在即告帮，辞之，复商葵邱，许以一会，应之，即去至两房商妥，然后定见，未识若何。总之，借例不可开，此事尚可借口也。栗六心纷，看书乏兴。

廿七日(1月5日)　晴冷，西风狂吼，入夜始息。上午乙大兄来谈，孳孳于求田问舍，贯以全副精神，窃笑不达。本路钱少江来送新书，兼示正案，第一凌密之，翕然众论！月锄仍如县试十一，未免小屈。敏之十七，可称后劲。李星北五十九，念曾百五十二，莱生百六十左右，柳心诚第三，差强人意。命诸生抄全案，以验院试前后进者几人。收租寂寥，尚来两户。书房内文期，诗题余所代出。求志书院文除算学不解外，馀则洋洋大观。夜阅念孙草稿，尚多不合语气、自相矛盾处，命自改之，略妥。

廿八日(1月6日)　晴暖，朝上浓霜。饭后课慕孙上古文一首，终日收租十馀石，多挂欠减灾之户。上午凌竹山处知数朱介眉持砺老片来，祝三五兄欲商贷千金，婉辞之。详叩缘由，知磬生累事已讲定下台，涉讼者三折，不涉讼者五折，即日砺生到沪，可望了结出来，惟实缺四千，胞叔不能不调度，恐欲卸肩而不得也。一茶介眉即去，密之县试复卷，念孙作札恕甫缴还之矣。纷心终日，不暇看书。

廿九日(1月7日)　晴朗。终日收租寥寥，南北斗亦不进来，开欠未归吉，明日要复。朝饭后课慕孙上古文一首，与念孙讲一诗题出典。午前吴甥幼如来，衣服寒俭，以绵裤赒之，复贷两元，此公恐穷不了，奈何！留饭而去，幼如携送《家谱》一部。夜阅求志书院文，经义、史学两门，莫谓挽近无人才。

三十日(1月8日)　晴暖可爱。终日收租零星之至，开欠差役至下午不到账房，一无公事，疲玩不成事，可不办矣。上午为慕孙上生书一首，书房文期，诗题代出，且拟作一首示之，双关题之法，不过如是。夜间洗足,快甚。

十二月

十二月初一日(1月9日) 晴暖。饭后衣冠东厨司命神前、祠堂内拈香叩谒。终日租米略有所收,进来者仍以三升让之,开欠尚无归吉,明日且至梨里下乡差追,亦恐不能着力。书房内阅念孙昨课文,尚通顺,慕孙上古文一首。暇阅《曾文正公日记》格言。

初二日(1月10日) 晴暖。终日收租一户,可称寂寂。上午课慕孙上《治安策》一首,迟诸先生不至,颇深悬望。中午萃和典伙方姓来,即以修谱公捐馀洋四十三元交乙溪手,登存公义摺上,又钱一千〇〇二文,暂存乙大兄处作公账。南玲坟屋抹油用交讫,并以清账示乙溪,从此修谱事一应工程圆满交卸,三年辛苦,一旦告成,不胜私慰之至。暇阅《曾文正日记》格言。开欠又归吉一户,芦局森手,又找洋四十元,只作零七十矣,完尊、忠、荣、佐、钟五圩,找钱一千〇廿八文而去。

初三日(1月11日) 晴暖。饭后与慕孙上古文一首,迟先生不至,不胜悬望。终日收租不满十户,多费口舌。北斗萧洪元,仅以约期,亲身搪塞,万难进场,不得已唤差人拘管,尚期有落抬不见官为幸,不胜默祷。有袁开嘉之子祖武,同侄庚生持西力下契求找价,田非美产,租米有无着者,坚却之而去,然恐未能忘情也。终日心绪纷如,看书乏味。

初四日(1月12日) 晴暖,略有风,防变。上午与慕孙上《治安策》又一首,拟三篇全读。接元夫子廿九日所发信,约初二日去载,中间递滞,今午始收到。中午祀先,周太孺人先祖妣忌日也,与孙辈灌献毕,下午命舟去载先生,明日可望早来。恰好元翁已自周庄雇船到溪,身体康强,甚为欣慰,并知此番泰山既颓,泰水旋涸,张珊林叠遭大故,殊非情境所能堪,可悲也。暇阅《曾公日记》格言下册。

初五日(1月13日) 阴,昨夜雨,即止,风发不透。终日收租一户,米不佳,拣半退收之。午前北舍局漱老来,又完大胜、玉、金、东渭、大义、两北盈、东月八户,正米三十一石有零,付洋百卅六,钱六百七十七文而去。洋价只作七十,据云尚未定局。闭户岑寂,阅《曾公日记》下册,多松动语。

初六日(1月14日)　晴暖。饭后同厚安至芦,余先至钱艺香店中取裱字轴十件,尚有堂轴两件未装齐,先付洋四元,约二十左右取齐算账。回至畹九处,不值,晤韵岩,以哑孝子母一千、郁夫人千二百文岁终赒恤托转交,共付洋贰元①,钱四十文存渠处,并送《河东家乘》二册,茶话而还,周彦臣赒仪亦送到矣。复茶叙赵三园,沈咏楼来长谈,精神委顿,气喘而急,甚忧不支,属珍养以待春回。出来,赴孙蓉卿会酌,余付重会钱六千二百五十文,得分头木,屠少江处亦归余,计一千三百十九文,一会两款归余收,共钱二千六百卅八,正款上扣除,今岁钱子方收,来年平交各五千,少江处一会五十千亦归余,别款抵偿矣,姑志之,以备稽查。分两席坐,酒菜均不佳,聊以充饥。饭罢即告辞,复至公盛楼上,烦季常居间,定见厚郎丽卿一席,脩②三十四两,限规半股,未识帮余得力否,姑试之。开船已晚,到家黄昏,殊碌碌也。

初七日(1月15日)　晴暖。今日徇例始开账船,终日在限厅照看,因账房乏人,故须伴之。上午南北斗催甲进来,萧佃洪源一户草草从松出票完吉,下午出条释放,不胜快慰,余平生从未请官追比佃户也。暇阅《曾公日记》游览门。夜读元简所撰《陆母徐节孝君墓志铭》。铁甫在苏,为其表兄徐君所请,古劲有法,余实不敢易一辞,钦佩而已,加圈缴还。

初八日(1月16日)　晴朗,晚间西风颇劲。终日在限厅收租一户,闲甚,阅元简所示《劲节楼图记》,所刻诗文词一册,枫桥徐君子云

---

①　"元"字后原文有符号。卷十二,第82页。
②　"脩"字后原文有符号。卷十二,第82页。

为其母徐节孝君所征求汇刻者,三吴名士,纪载颇多。下午阅《曾公杂著》。

初九日(1月17日) 晴冷。西风严肃,点水成冰。终日限厅闲坐,看《郭华野年谱》一册。租米寂无一户,看籴坯白米上仓,共二佰五十一石,邱氏所买十石在内。下午茂甫侄来,为廷桢完姻恳帮葵邱,余处会半,鸿轩亦然,两房各一会,乙兄太便宜矣,通情允之。送方高粱一瓶,谢受之,约十三日在芦叙酌,元翁有信致子屏。回来,接费吉甫信,莱生不率教事已转禀渠母,从宽免究,先生处当代为谢罪,此子不可不磨砺也,总祈改勉为幸。

初十日(1月18日) 晴,冷甚,无一点水不成冰,河中因风劲未凝,终日袖手,犹寒气逼人。租米寂无收,晚间两账归,略有洋及米。杨稚斋来送历书,托税两契,因汪任上不便,交还未办,原洋暨前借卅数缴还,具柬欲与两会廿枚,即应酬,如数付渠,长谈一切而去,卸不卸,漫听之而已。徐瀚翁来,保婴惜字费出账算讫,孤米又付五番,来年吉账,髶上预支十五。陶苣生幼子寡妾,砺生寄口信,给洋九元,由瀚波托秦公面交。磬生事,信来,不肯落肩。砺生伤风已愈,欲上去,尚犹豫,余谓既有松机,不上去为妙,托代转商,又絮谈而返。栗碌未阅一书。

十一日(1月19日) 晴朗,上午河冰不解,冷气犹甚,下午南风,冰渐释,寒气稍退。终日围炉,租收布折一户。与苹甫侄闲话家常,叹三房子弟读书继起之难,暇以《曾文正公年谱》消遣,砚池始开冻,书房内文期。

十二日(1月20日) 晴和。始有暖气,冰路亦通,然远处如仰仙计巷、染红港等催甲仍不来,终日仅收折色一户。暇阅《曾文正公年谱》第一册。

十三日(1月21日) 晴暖。饭后同乙大兄,苹、鸿两侄赴芦,懋甫侄约定会酌也。至则余走寻钱艺香画伙周世兄算账,照开票九五折,洋照市抬五十,持还轴又两顶,一应清讫。还来,知畹九寻余,同赵翰卿走询之，晤其郎韵岩，云日上肝气大发，不见客。为袁明哉向馨老取招牌租钱，托转致，投鼠忌器，万不能办，即谢绝之。又至赵三园茗饮，午后懋甫招叙胜来酒楼，一席八人，与者黄和卿、钱子苹、倪胜来，菜甚丰满，酒则变味难饮，如量而止。席散又茶叙，晤张子遴，略谈而归。到家傍晚，知计巷开欠计、姚两户，租米草草归吉，从此开追之佃太平进场，不胜狂喜。夜间登清内账，亦颇栗六。

　　十四日（1月22日）　晴和，东南风，吹面不寒。终日租无一户，阅元简所撰《徐节孝君墓铭》，孝子徐君子春所求也。《金溪书院记》代砺生作，二篇文各擅胜场，又经子屏润色，无一懈笔矣，甚佩之。暇以《曾文正年谱》消遣，账船归，略有所收。

　　十五日（1月23日）　阴，微雨即止，暖甚，潮湿，西风渐透，又防作冷。上午芦局森甫来，又完东玲、西千、大阡、是字四户（十八石有零），付洋八十三元①，钱六百廿四文而去。茂甫来，付会钱会半，计十八千七百五十文。暇录元简书院记文，又观所书《陆节孝君墓碑》，大有帖气，真能者无不擅长也。下午又以《曾文正日记》消遣。

　　十六日（1月24日）　阴雨终日，春花滋润，天气亦不寒。上午录文一篇，收租一户。下午同元简至达卿馆中畅谈，携其所作浙江学政观风、经解，请补颁文澜阁书籍拟表而归，夜阅之，真大才槃槃也。

　　十七日（1月25日）　阴，微雨已止，春花大滋生泽。终日租无一户，以《曾公年谱》省鉴，阅至末册，金陵将克复矣。有周庄炮船逃勇，伪称黄梅县难民，率领头目数人（究不知其多少），号称在邻圩投宿者一佰多人，软恳强索，圩甲夏许酬后文一金，讲论半日始落肩，给米四石五斗，准洋八番始去。此风大开欲壑，大吏不禁，必为后日地方无穷之害，吾辈无势孤立，实不胜焦危之至。夜间雨霰，深望腊雪降祥。

---

　　①　"元"字后原文有符号 ㄓ。卷十二，第84页。

十八日(1月26日) 阴,朝起积雪已盈寸矣,大为来岁丰年之兆。不甚寒,檐漏已销,上午北舍局漱泉来;又完北玗、大富、东义、东兽、在字六户,约米廿三石八斗有零,付洋乙佰零三元①,钱八百六十六文而去,已七成左右矣。晚间账船还,吉七公归自梨川下乡,一无所有,殊深咤异!人情恶诈,彼处虽甚,究系老不能办玩视所致。暇阅《曾公年谱》,灯下三册始竟。

十九日(1月27日) 晴,东北风颇峭,雪尽消融。终日闲坐,租收一户,催圩支销进不敌出,租务将近九成,日后几无有矣。暇复以曾公自著古文重读。元简以明刻唐荆川所选《汉书》列传六本,易余曾选《经史百家文钞》廿六卷,为余照葛板用朱笔圈点一遍,据云费三日半夜功,甚服渠心灵手敏,谨谢领之,为家藏善本。

二十日(1月28日) 阴,微雨。昨夜拟试帖一首,晨起录示两孙书房昨出此题,均欠解,其无诗情可知。上午邱、凌两家皆有女使来馈岁。砺生犹在沪上料理磬事,可望落肩。以片致砺生,姚凤生字脩六元托觅寄,邱氏两图裱就缴还。闲无一事,以曾公古文解寂。接郑式如札,所约归款又成画饼,可知返璧之难。

廿一日(1月29日) 阴暖潮湿如仲春,下午西风又大吼,气渐肃。终日账房催甲算账,求益无已,浦甲明德最老诈,决定每年连北汀所管催二百亩左右,酬加共钱十六千,今冬起,前所欠账一概勾除。荒字亦来三户,催甲不到,仍不得吉账,所欠颇多。暇以脩面送元夫子,明日解年节,照年例送白黄饭米一石外,又奉绍酒一坛、金脚一只,为两孙屡治定方,聊申芹敬。夜略置肴,佐以越酒,与元夫子小酌,清香扑鼻,絮语谈心,微醺,如量而止,颇饶乐趣也。夜登内账,甚怕出款之繁。元翁携去《家乘》五部,有套《家谱》一部,《家乘》一致厚甫,一送陶芷邨,即乞所修《周庄镇志》。

廿二日(1月30日) 阴晴不定,昨夜起西北风,今晨更狂猛。

---

① "元"字后原文有符号 ㊀。卷十二,第85页。

诸元翁欲归舟,不得行,暂止,且俟明日。以曾文选简本与之消遣,忽一足舒转不仁,颇不便行走,可异焉。子屏处元老有札托寄,阅之,名言隽语溢于行间,真逸才也。晚间风略息。暇阅曾公书札、诗文,夜又补登内账。

廿三日(1月31日)　阴晴参半,风始息。昨日夜间元简忽患足筋错转,酸痛呻吟,饭后备船送还,跛而登舟,可嘲以习凿公,岁暮受磨折,约新年如无考信二十日到馆。送先生开船后,吴、李两生亦各放学送归家,两孙任其在书房自闲自学,不再督课矣。终日收藏家谱书籍,无心看书,晚间衣冠拈香、具酒果恭送灶神升天奏事,两孙随同拜跪,灯下循例吃圆团,欢然饱啖。夜又登录内账出款。

廿四日(2月1日)　阴,终日大雪盈寸,大宜时令。饭后命念孙作起讲,入手虽无佳处,尚肯有志向上。暇阅曾公诗暨元翁所点《汉书》列传。是日不甚冰寒。

廿五日(2月2日)　晴朗,严寒,雪冻不消。终日无事,然胃气不旺,恶寒瑟缩,竟不耐看书,不解何以疲困若此,知人不可以常适意也。以元简札送子屏,接回片,知畏风软弱更甚于余,可笑也。

廿六日(2月3日)　晴朗,渐暖。终日闲静,略读《曾公文集》。芦局顾稻香手又完北玲、西力、兵字三户,付洋卅九元①,钱七百十八文而去,春完已无几矣。夜间总登限账出入,归并零用簿,亦殊手忙眼花。

廿七日(2月4日)　晴暖,是日午刻立春,和煦可人矣。终日短工算账,白米又上仓乙佰三十三石,租货一应吉工。有中州人李姓,游幕为业,持仁和县照会,因病欲归,各处商求伙助。余处特具款启,书中所云是四六之最陋者,资其仆三百文而去,亦穷途末路也,一叹。接吴莱生信,学宪有正月十五取齐之说,闻之懊恼。新年事忙,孙辈断难坐定,殊为急遽草率,徐再探听实信。夜登账务,纷繁之至,残年

_____

① "元"字后原文有符号 ᵱᵈ 。卷十二,第86页。

不克闲坐矣。

廿八日(2月5日)　晴朗,终日渐有春意。饭后命工人洒扫修涤两厅,新正余处轮年,必须预为部署,殊觉耳目一新。午后接条,惊知亡儿襟婿陶庚芬昨日身故,岁暮事冗,明日小殓,只好失礼致分,不及遣吊矣。账房诸公支脩算限规,今日出款甚巨,需百千文左右,门户支持谈何容易!夜酌账友,余陪饮,颇有醅意,然亦无甚佳兴也。灯下账务不及一一登清。

廿九日(2月6日)　复阴,微雨雪。饭后备舟送诸相好还家,子祥携谱六部去,子祥、七公均约新正十六日到账房,然七公必爽约。厚安同子丽卿约新年来再定日期,约在初十内。终日无事,闲看唐选《汉书》列传,夜登昨日出账,繁琐纷纭之至。有人传说凌砺生、磬生均于日上归自沪,想此事已可冰释矣,可慰。

三十日(2月7日)　晴朗可喜。上午率两孙衣冠拈香,奉神过年,下午悬挂先人神像、五代图、先祖父母张供瑞荆堂,先赠府君、先母继母沈、顾两太孺人位置养树堂,先伯父秀山公、先兄起亭公遗像张挂二加堂。明岁念曾轮年,老祭则余值年也。与两孙共襄事,亦殊碌碌少暇,然此事天经地义,万难委诸他人致多隔越。黄昏张灯祭先,率两孙灌献拜跪,以尽微忱。久之,始彻俎竣事,阖家老幼、两孙、孙女团坐吃屠苏酒,老夫妇亦略酡颜矣。今岁虽聊无惬意事,然庄子云"平安即是福",叨先人荫庇多矣,但祝来年岁庆大有,两孙读书、作文各有进境,是为至要,不胜祷祈之至。是夜星斗有光,丰亨之象已有先机,我辈支持门户,饱吃饭,能读书,所谓日夜祷祀以求者也。长言之,重申之,私心奢望,不能外此二事,未免痴翁被人一笑,书此以为两孙勖。光绪八年除夕一鼓后,悟因生蒔安氏识于养馀斋之西厢房。

光绪九年(癸未,1883)

一 月

光绪九年,岁次癸未,春王正月初一日(2月8日) 终日晴朗,风从西南来,长养之风,可卜五谷丰登。朝起拜参如来佛,即率两孙东厨司命神前、两房家祠内拈香叩谒。饭后侄辈、侄孙辈均至瑞荆堂团叙,乙大兄日上略有委顿,不来,余即率侄辈、侄孙辈拜谒先人神像。礼毕,受侄辈、侄孙、孙辈贺岁,男女以次至养树堂,各拜先赠君神像,茶话片时,同至二加,友庆亦然。又走候乙大兄,据云受寒胃弱,神气颇佳。至内厅拜先伯神像后,在萃和茶叙,久之始还。暇则持诵楞严神十遍,预为允明坛重九普济施用。功课略完,又以《汉书》列传消遣数页,夜则早寝。

初二日(2月9日) 晴,东风尖利。饭后两孙随莘侄至大港上贺岁,观村人出刘猛将神会。终日无客来,阅《汉书》李陵、陈汤、苏武三大传。晚间孙辈回自港上,知子屏近体仍不健旺,岁试府学传单已到,决计十五日取齐,诸先生处当即发信,十二日去载。夜阅殷谱翁《斋庄中正堂诗集》。

初三日(2月10日) 晴朗和暖。上午闲阅殷谱翁诗,不名一家,古诗尤豪纵。午前薇人、稚梅两侄,蔚儒侄孙来拜贺,适凌砺生亦至,中午七人同席,与砺老对饮颇欢,确知磬老尚未归家,岁底动一禀,大欠斟酌,可知私心自用,万难成事也,大约今春尚有辞说。谈及湖南王先谦新选《续古文辞类纂》,至曾文正公而止,砺老处已有,即托购之,并示所拟作,虽赏之题文,留在案头,当为孙辈法程。晚间始各回去，约苏城考时再叙，诸侄辈亦回港，即率两孙衣冠拈香虔接灶神土地。灯下又看谱老诗。

初四日（2月11日） 晴和终日，村人赛会圆满。午前金泽陆新甫来自友庆，知幹甫今科堂备，可惜！然此子太傲，安知非天之磨励之？暇阅谱老诗，正在升官、教授皇子时所作，多赓飏之什，华丽者多。

初五日（2月12日） 晴，略有风。朝起率念孙循例在账房拈香接五路财神，饭后谨谨收藏先人神像，命两孙至莘塔舅氏家贺岁。午前蔡子瑗来，茶话，絮语久之始回萃和。账房幼堂有事归家，约初七日来，照看乏人，颇不便当。两孙晚归，知砺二母舅不在家。暇阅谱老诗，在乱离时还家避难，所作大有可观。

初六日（2月13日） 阴，微雨终日，春花滋润。午前陆时柑、金、连三家侄甥孙均来，下午命念孙至陈思杨氏拜年，晚归，知大房少伯轮年，仍寓医平湖，未还。暇仍读谱老诗集，乱后还朝，恩眷愈隆，家庭多故，然笔端仍多春夏气。

初七日（2月14日） 阴，微雨，晚止，西北风又肃。饭后命念孙至梨里各亲串家去贺岁，宿邱氏，明日至平望中木桥当隔壁怀新堂殷氏，将开船，而达泉表侄已来自池亭，留之晚朝饭，两人对饮颇欢。饭罢，以令伯谱老集中哭渠父二式表兄五律四章示之，即属余录出携归，尚知不忘先德，可喜。乞余《家谱》有套一部去，云谱老今岁亦欲修谱也，略谈辞归，云今日欲往徐丽江家。午前金星卿侄孙甥来自萃和，客去，始阅毕谱翁《斋庄中正堂集》十五卷，才气到底极旺，福寿相也，拟点出佳处，重读一过。

初八日（2月15日） 阴暖无雨。上午吴甥幼如来，少顷，萃和凌梦兰来，友庆金梧生来，一茶去后，中午以年菜酌吴甥，慕孙陪饮，极絮谈酣畅之至。下午吴甥回去，约清节后重来，暇则重读谱老诗第七卷。夜间始与慕孙算吉去年用账，甚怕出款之巨。

初九日（2月16日） 阴晴参半。饭后范桂馨表侄来，接元夫子初八日信,约十一日去载,余信似尚未接到也。午前范姨表姊来,留之内厅中饭。凌幼耕来,仍照老亲,并不具帖拜客,少顷茶具而返。适徐秋谷甥率渠侄织云郎名则麟来,茶罢即留年菜,恰好包瞿仙来通知院试,始确知学使十二日起马,十五日案临,即留之同饮。量颇闳,饮毕已晚,均各开船。念孙已自梨回,各处贺岁均告竣,喜知费芸舫已升赞善。夜与慕孙稽查入款,今幸旧岁可免大亏。

初十日(2月17日)　阴,下午小阵雨,始闻雷声,尚非其时。午前徐丽江甥来,萃和留饮,余处絮谈始去,知其郎繁友已往吉甫处读书,真快得所依。命两孙修洁书房,今略坐定,明日去载先生。暇作赠殷谱经七律次韵二首,大有谀气,可笑。题就后,仍读其诗集,夜间细誊出入账。

十一日(2月18日)　阴,无雨。饭后命慕孙至苏家港凌苍洲舅氏家贺年,晚归。暇读谱老诗集至第十四卷,将收帆矣。傍晚元简诸先生到馆,欣悉足疾已全愈。夜间在养树堂酬敬先生,两孙侍席,并招苹甫来陪。鸿轩旧恙复发,大约要欠考,吾家子弟何无考兴若此?元翁约与六侄孙蓉卿十四日先往,大致不误考期矣。浅斟细酌,饮酒如量,极欢始散,又絮谈久之始还书房。

十二日(2月19日)　阴冷,下午雨霰。饭后命慕孙至港上,贺茂甫子廷珍侄孙吉期,晚归,知贺客相识寥寥。上午厚安郎号丽卿来,二十日完姻,约二月初四日到寓,老翁廿八日来。下午吴莱生买舟到馆,尚肯赶紧。念孙今日试笔一文一诗,未刻交卷。凌砺生来,通知恕甫吉期,九月初三吉衣账,俟考后开奉所商一事,出题甚好,特恐此老不肯做耳,姑奋笔为之,长谈晚去。谱老诗集今日第二遍读毕,拟赠二律,用红笺写好,姜芽可笑不自顾矣。夜间算准出款。

十三日(2月20日)　阴,昨夜大雨,今午始止。终日仍读殷谱老诗,夜间陪元夫子,六侄招饮,同席者两侄、孙蓉卿、钱青士,一鼓前即送先生登舟,同往者六侄、七侄、蓉卿、青士,明晨先吉行,赴苏候开考。

十四日（2月21日）　阴，无雨，西北风极尖冷，幸不甚狂，赴苏者可望进城。早起，以两文一诗题课念曾、吴莱生，饭后登吉去年出款总数。上午凌苍洲来贺岁，中午酬以年菜，余与慕孙陪饮，客则量窄，余祖孙均酣畅，苍洲一无世间嗜好，保家子弟也。申初，客去，念孙两文一诗已交卷，阅之，通而不顺，然通体无着眼可取，不过观场，仅图完卷而已，闷闷，一笑置之。夜间仍读殷谱经上书房课读得意诗。

十五日（2月22日）　阴雨连绵，元宵光景大异去年，未识岁令若何。饭后命念孙作一讲一诗，莱生同作，颇佳，念孙次之，然尚能得题窾。终日披读先大人诗集，中有题谱老廿五岁小照，用玉字韵，柏梁体，所期许者，今则一一明验，若不肖百无一成，对之泣呼负负。夜间仍读谱老诗。

十六日（2月23日）　朝起微有雪，即销，阴晴参半。上午顾寿生表侄来，少顷，李星北亦来，即留年菜，中饭酬之。书房内限做后二比，百六十馀字，虽终幅，然文气多不直落也。下午寿生到芦，明日结伴赴苏。晚间子祥侄孙、七老公均到账房，送考船亦回。接元翁札，知黄学宪昨日进院寄示场单，明日生古学，十八府四学正场，二十江震五学生二场，廿二江震常童正场。余挈孙辈明夜伏载，十八到寓，尚舒齐，寓在来青阁书坊对门蒋宅楼房，每榻一元，共八元，亦不甚昂。暇仍阅谱老诗集，避难后入朝之作，最多佳处。

十七日（2月24日）　阴冷，微雨即止，风仍西北，下午似有晴意。饭后以题课念孙、莱生，一讲入手，星北后二比，一时许誊真，阅之，念孙颇妥，莱生不佳，星北笔颇清顺。谱老诗今又阅竟，才气恢闳，无以台阁轻视之。下午整顿行李，夜率念孙、吴、李二生登舟伏载，明日早行。

十八日（2月25日）　晴朗。朝上解维，西风尚紧，舟中晏起，与诸新生联句销寂，行至点灯始进城，见试舟拥挤，泊岸极远。携杖到蒋寓，诸同人均在座，元简夫子府长元吴四学正场，知头排出来，因脾泄伤风,精神疲败,潦草完卷,何考运之不佳若是?题"大学之道"二句,经"其旂筏筏"四句,诗"隔年腊尽春犹寒",得"寒"字。絮谈寓楼,早眠。东厢是郑公若、李健臣寓。

十九日(2月26日) 晴朗。饭后同凌砺生衣冠走新学坊前,转湾平江路中左手,入混堂巷候费吉甫,殷勤出见,茶叙片时,欣知九兄一月两升,现已任右中允。与商一事,明知老翁不点头,然不能不开谈,即拉同至萧家巷谒殷谱翁表兄,先以诗呈政,蒙客气谬赞。坐谈久之,吾乡陆秋丞观察来,少顷,渠门生南陵优贡吴子序少君某公来,无闲可絮谈,即与砺生告辞而出,又过谦送出门,回寓下午。是夜江震常昭昆新六学生进场,余与元简守夜。

二十日(2月27日) 阴晴参半。夜间余略和衣假寐,子初起来,头炮已放,即命工人炊饭,未二炮即与进场诸生饱餐,二炮后即送两侄、钱青士、孙蓉卿进场,辕门已开,吴江可先进。余与元翁回寓,将寐,三炮已放,即开点,封门不过寅初,熟眠一时许始天明。晚起,同元简候徐揽香,同叙沁园茗饮,少顷,凌砺生来,费吉甫与其婿徐蘩友偕至,面邀至渠新第饮。余至则历认华堂花厅,久之,在书室精舍畅叙,又久之,顾蟾客先生亦至,时新选桐庐训导,二月到任,余与吉甫送贶作钱,满面春风。即团席,蟾翁首座,余次之,砺生次之,钱少兰又次之,陪饮者吉甫翁婿。菜用四大四小,极华美,非下乡所能办,绍酒颇醇,知心之友殷勤酬酢,不觉溢量。席散,蟾客告辞,砺生亦去,始同吉翁走至萧巷,见殷氏门首车马喧阗,万难谈心,吉甫告归,余亦回寓。二三排已放,两侄、二公相继出场,题江"尧舜之道"二句,震"文武之道"二句,经"东风解冻"三句,诗"温公警枕",得"圆"字。夜饭后余倦甚,早眠。

廿一日(2月28日) 阴,雨雪交作,泥途滑滑,一步不能出门,至凌氏寓略谈。终日闷坐,督孙辈收拾考具,顾希鼎来答,不相叙十馀年矣,明日尚须补考。今夜江震常新进正场,余复与侄辈守夜,雨雪仍不止。

廿二日(3月1日) 雨,阴终日。先大人忌日不在家,命慕孙摄祭,抱痛无极。夜半头炮,即催与试李、吴、念孙起来,饱餐后二炮已放,余怕跌不出门,两倅持雨具送入辕门,幸人数不拥挤,即在头门守候,可免雨漓。少顷,三炮即开点,封门将近五鼓。余熟睡晚起,雨仍不停点,小点后至凌寓与砺老谈,今日不得不开牍,即代唤轿乘坐。与吉甫商酌,属先往,坐行至殷氏,谱老出见,在花厅上携杖絮语,以先人《养馀斋诗集》面呈,渠亦甚欲再索。少顷,吉甫来,即开谈,老翁佯作痴聋不解事,详述之,仍谢不能。殷警仙来,后知亦为此事,语更斩截,余知不可强,只谈风月,扰渠茶点告辞,途中为彼代筹,莫怪不出一谋。复砺老后回寓,知头排已放,念曾、星北均出场,三排莱生出场,知场规极宽。江共苏正"乃仓",次通场"迟迟吾行也",诗"杏花春雨江南"。念孙虽不念考作,大约诸事舒齐,与窗下无异。观场初次,何用苛求,又何奢望?公事已毕,一笑置之。灯下恕甫来谈,极飞扬得意。是夜余又早眠,极酣。

廿三日(3月2日) 仍微雨。今午补岁考,天明听炮声,提复牌已挂,同伴去看,久之始回,知江提廿七,震提廿三,凌氏提四人,敏、密二公、月锄、稚周,吾家心城亦提,第一梅斐卿,极为允当。余携念曾着屐答诸绥之,至馆中,不值,留片即出。欲游观,少兴,同坐万象春茗饮,修发,极适。茶罢至杏花春,祖孙两人越酒对酌,肴菜均可口,饱啖而还。勖以科名得失,无凭有凭,循序用功,何畏不成!此番失意,理所应得,何足介怀!回寓,王仙根、费吉甫来答,吉甫热肠,又商仙根,似肯与口天通问,然恐春风人情,不足恃也(后闻竟得力)。客去,余至试场,见招复案已出,提复题"子之武城",梅仍第一,稚周与吾宗心城被点,甚败兴。沈晋芬郎吉裳亦获售,南二先生孙也。至凌寓看全案,芦镇进陈兼伯、沈少湘,均老手。江进十九,少一拨府,颇亏于上县。夜间收拾行李,家中船已到,明日可以归家,余又早眠。恕甫来谈,牢骚之至,相形之下,莫怪不平,然此子科案可望有成,目前抑之,正所以老其才而大伸之耳,砺老以为然否。

廿四日(3月3日)　仍细雨。是日复生员,董梅村一等第四,可望食饩。早起发行李毕,挈念孙、李、吴两生携杖掌雨具出城,元翁约明日归,此行可谓空无所得。登舟,早饭开行,无风,到家点灯,位置行装,即早睡,酣无比。

廿五日(3月4日)　早起,略晴又阴。上午至乙大兄处略谈,沈达翁衣冠来,畅谈考政及元翁癖有买书之乐。是日昭昆新童正场,终日碌碌,出门之账概未登清。黄昏时,元翁先生偕侄辈已自苏归,知今日开船极晚。

廿六日(3月5日)　又阴雨闷人。上午清闲,阅吉甫处所借《郎潜笔记》六本,系陈康祺所撰,大有益于时政并朝章国故,言之历历可据。下午同元简走答达卿,长谈而返。夜间补登日记,雨又淋漓不止。诸绥之今夜长元新进入场,大是苛政难事。

廿七日(3月6日)　阴,小雨,似渐有晴意。上午舟载子屏侄不来,闻瘦甚,畏风,何孱弱如此?下午偏以舟来请元老,襆被往,为其小侄治惊病。中午顾少溪来补贺岁,草草酌之,饭罢去,云至莘塔。夜间补登日记毕,考费账亦出清,特未登载耳。

廿八日(3月7日)　渐暖,始有晴意。上午阅陈康祺《郎潜纪闻》,诗文、经济咸擅胜,莫以夙工时艺短之。达卿来答元简,不值,长谈而去。晚间陈厚安到寓。是夜以春酒酌账房诸公,余陪饮,尽散而止,灯下始登内账。

廿九日(3月8日)　晴朗无比,大可轩眉。暇阅《郎潜纪闻》,可望终卷。北舍局王漱老来,又完芰葑一户,付洋十一元①,钱乙千〇六十九文,与之吉题。下午元简归自大港,知子垂之郎病屡变迁,两人随机转方,一夜三易,现已汗解思乳,可冀平安。医道之不能固执,其难若是!可志以自警。

---

①　"元"字后原文有符号𠯢。卷十二,第94页。

二 月

二月初一日(3月9日) 晴朗,渐有春意。是日考吴县新进,正场均毕矣。饭后衣冠谒东厨司命神暨家祠拈香叩头,始取新刻《家谱》摊晒,尚防潮蛀。《郎潜纪闻》已阅毕,大有可备掌故,元简持去一阅,暇则仍读《汉书》列传。

初二日(3月10日) 晴而不朗。《家谱》无套者晒竣。饭后同陈厚安至芦,修筑露台买木料,候陆畹九,韵岩陪至楼上絮语,欣知病已渐愈,烟戒又开。托以新裱杨忠节公石像施藏诸祠,以备初七戊祭谨挂,并明日书院开课,余均不及到。又长叙而出,与赵翰卿新开馆吃面,尚可适口,翰卿作东。复同至陈仲威家,拉竹芗杭夫子出来茶叙,适徐蘋山老世兄、兰亭侄均在座,畅叙良久始回北,竹芗又送余同行,辞之始别,余即登舟,到家傍晚。

初三日(3月11日) 晴朗。书房内斋素,上午在瑞荆堂恭设奉香案,衣冠同先生率诸学徒九叩首,虔祝文昌帝君圣诞。晒有套《家谱》十馀册,暇阅《汉书》列传。元夫子传述子屏言,惊知邱寿人昨冬物故,并无子,莲舫堂内弟何晚遭惨苦若此! 岂天真不佑善人耶? 气数难知,思之,代为痛哭。

初四日(3月12日) 晴暖。饭后晒《家谱》未了,书房内始重开课,念曾日未入,诗文均交卷,未免太不沈思构局,盖场后无须欲速也,俟明日阅之,大约曾不直落,暇阅放翁七律。陈厚安郎丽卿今始到寓,传说凌砺生陪考归,略有感冒,沪上未去,殊觉闷人。今日唤圬人拆卸堂楼上露台,欲除其漏,不得不改筑。

初五日(3月13日) 晴朗,为此月中第一天。终日得暇,《家谱》晒遍。午后叶子谦来自莘和,知为介安侄相视寿域在大义,尚无定见。候诸先生,一茶即去,云欲至周庄,有办葬事,行道极忙,新自嘉善来,为钱湘吟定葬地,可云阔矽。晚间叶厚甫有信来,日上徐揽翁疝气大发,欲元简医治,谊不能不往,专舟来载,夜间元翁宿舟中。

余至书房看三人课作,阿虎仍多官话,星北野气,莱生尚有道着语,殊叹一无进境,为之奈何!

初六日(3月14日) 晴朗。饭后晒案头杂书、修谱稿本、样本,略课慕孙背蜕书,上古文一篇,先生昨出题课三学生,大约存心为揽香转方,今日不来。芦局张森甫来,又完世字一户,付洋十二元①,钱八百〇七文,与之截串叫讫。暇阅方子春先生《生斋文集》,其徒王晓莲方伯所重刊,实嘉道间平湖理学名儒。

初七日(3月15日) 晴朗,春风极猛厉。饭后晒案上书,课慕孙理《易经》十卦,阅念孙课作,尚合语气不犯下。勤斋侄来领新谱一套。中午祭祀,先母沈太孺人忌日也,见背不孝六十五年矣,垂老无成,春晖莫报,思之,无地自容,仅率孙辈灌献如礼而已,馀则痛无可言。迟诸先生不来,岂为风所阻耶?抑揽香病有变迁耶?讶虑之至。暇读子春先生文集,理学名儒,天何竟斩其后?益叹数不可知,两庑特豚之典,造物甚妒之而不肯予以世俗之福也,言之浩叹!

初八日(3月16日) 晴朗,风略狂,然尚可行舟。饭后定顾如松大船,九月初一日晚来,初二日运送妆具,此为大孙女嫁事第一项开销。晒《曾文正公全集》,明日可告竣,课慕孙上古文一篇,理《易经》数卦,暇阅子春文集初毕。晚间迟先生不回,殊深疑诧,灯下始来,知揽香疝气仍未降,小便服元老方已通,昨夜受寒,胃又大痛,此时尚在危险之中,未识能渐收帆否,为之忧急不止。瀚老同来,约明日早谈,不上岸。

初九日(3月17日) 晴朗。饭后晒曾集全册已毕,又晒杂书,瀚波来谈,决计明后日送字灰至菩渡,费秀石代往经理,因渠弟揽翁病,万难拾而他出,极是。新愿上先付四十枚②,又掩埋上付照旧十元,共五数后算,一茶即去,因欲部叙送灰一事也。终日碌碌,略阅子

---

① "元"字后原文有符号㘴。卷十二,第95页。
② "枚"字后原文有符号忄。卷十二,第96页。

春诗集,是理学而有才藻者,大可观也。夜阅《曾公书札》。

初十日(3月18日)　晴暖,春气渐透。终日无事,率读方先生诗粗遍,大约才气情韵不类小家,非如渠谈理之菽粟布帛也。下午又阅《曾公续尺牍》,均前本所无,足资闻见。明日始循例开春账。

十一日(3月19日)　阴,上午雷雨,陡起大风,天气又肃。午倦暂眠,精神以暇逸而不振,阅《曾公书札》,全册中又添增六卷,为另本所无,大有可观。下午阅陆放翁七律、《生斋读易日识》。大兄日上有感冒,请李辛翁医治,定方后余处来长谈,兼访元老,夜间陪至萃和酌饮,谈至一鼓始登舟,云明日欲候子屏,并知近自苏归,有星卜瞽者马应龙,住珠明寺前设肆,极灵验。

十二日(3月20日)　花朝,开晴,大惬农情。饭后走问乙大兄在账房,面瘦咳呛外感,要虑中宫不旺,急清理为是。携二大姐官出嫁簿二本,命小陈录出,则一目了然矣。午前幼如甥来,以《诗经通义》属印抄,励生所托,先付两本,代给洋三元,约四月中交卷,再付二册,再给之数或二或三尚未谈定,书房内中饭而去,看其光景,仍窘甚也。暇则略阅《汉书》、宋诗陆放翁七律。

十三日(3月21日)　晴朗和润。饭后接叶厚甫札,惊知徐揽香先生竟于初十日酉刻作古,梦耶真耶? 天乎人乎? 沁园茶叙竟成长别,天不佑善,惨遭此酷,宜元简闻之,放声大哭也,可悲何可言尽!午前子屏有信来,庆如三倕媳上半年老例三元,如数付交来人,惟七角半、二角半搭一洋坏草草作复,渠体小恙,仍未脱然为累。札上述近时邱寿人、徐桂芬、费诵华均归道山,龙蛇之厄都在亲友,实骇听闻,暇阅放翁诗以遣闷。省三倕孙来,老三房新谱五部一并渠领,尚不以此事为赘疣,一茶而去,谈及同居多失业而溺于洋烟,可叹!

十四日(3月22日)　晴,东风颇狂,晚间略变,微雨。今日督圬匠铺露台面,须望再晴两日庶可竣工。下午竹淇弟来谈,通知廿九日卸会,裁衣七倕派付两洋,上半年年讫,益四倕媳先付米五斗,畅论风月,至晚始去。两账归,略有所收。接元老之外家张珊林名之椿父母告窆讣文,简而从朴,其式甚可为小排场者法。明日诸先生解节,当寄分应酬之。

十五日(3月23日) 阴雨斜风。饭后勉同元老开行,至周庄尚早,冒雨泊舟后港,登徐氏堂,拜奠揽香先生于灵座,不觉泪下,斯人已渺,吾道云亡矣。翰波、子敏出陪,少顷,叶厚甫来,谈及揽香临终神明不乱,然丧子之痛犹一提及,可悲孰甚。翰翁六郎尹甫承嗣,书香可继。三月十三安葬东轸,余千秋之邻也,翰波赶办极好。固留中饭,扰之,同席徐瀚翁乔梓外,厚甫暨其同居老翁沈暖香。元简饭毕后即催余告辞,恰好雨已止,安稳至杏村,送先生到家,约初五日来开馆,余亦登岸,候元简尊人翰香翁,年六十有六,又晤渠令弟景香翁,年五十二,新自苏城山塘来,要办老太太葬事。扰茶瞻仰而返,景翁趁船到镇,明日还苏。余到家将近黄昏,夜间为念孙讲文,不肯虚心听诲,颇动气难忍。

十六日(3月24日) 晴而不朗。上午督慕孙理古文,背诵半部。下午闲散,仍无佳趣,略读《元遗山诗》七律。

十七日(3月25日) 晴而不朗。命圬人修筑露台,今晚始竣事,料作坚致,惜前两日雨,筑底潮湿,不能一律干燥耳。课慕孙背理书半日,念孙今日文期,题目先生预示也。厚安账船停开,可称赶紧。暇则重阅殷谱经诗,方子春《读易日识》。

十八日(3月26日) 晴朗。饭后课慕孙理书半日,念孙呈示课文,前半不妥甚,后四比颇佳,诗亦工切。暇阅《元遗山诗》,《曾公续刻书札》点毕一册。

十九日(3月27日) 晴朗和畅。上午督课慕孙理《易经》数首,下午两孙各均习大字。接凌恕甫回札,姚先生来字样两种,批还慕孙字两册。东账船自黎还,羌无故实,田多荒芜,固由于佃风之刁诈,亦由于当手之老昧可欺,思之,了无善策。暇阅曾公新、旧《尺牍》。晚间有船户杨玉麟自苏城送顾光川太太至费氏回,传述吉甫八兄十五日忽起中风之证,初不能言,现已开口,倦疲之甚,不思饮食,余闻之,决计明日到苏问候起居,即坐原船往,并命人清晨至子屏处拉之同视。此事两家痛痒相关,必须神灵默佑,转危为安,祈切之至。

二十日(3月28日) 晴朗。早上载子屏舟回,知感冒畏风,万不能来,余饭后即独往,舟中懊悔万分,阅《曾公书札》,极无味。傍晚始进城,由新桥河泊费氏后门,登堂见敏农,述及吉甫为其大倅诵华故后,倅媳不驯良,感怒而起,十六日几防中风虚脱,不食不言一昼夜,幸有转机,今则渐能开口,小便不致无拦关,余闻之,惊喜参半。少顷,李辛垞已由观前还,同进内房视之,则见吉甫直目视余,一无所言,气息极低,而心中清朗,频以手相示,余大骇然。退晤问讯诸君子如顾光川、余鲁文、朱锦甫诸君,则金谓今日神色已大佳,君未知昨日之光景,更可骇也。朱小舫用人参附桂(上焦不对),不敢服,辛老用扶元、消湿化痰法,现服二剂,参则取诸鸿鑫,每钱廿二换,似略得力。据辛垞云,病在下焦、上焦,用药窒碍,诸维棘手。黄昏后七人同席夜饭,相对漠然。辛垞又进去复脉,云稍胜一筹,尚不足恃。吴望云拉同人昨日祈神,自书四六禀,与神侃侃据理争论,可谓硬汉。一鼓后,余偕辛垞下船,几不成寐,专望天明再听好消息。

廿乙日(3月29日) 晴暖如暮春。朝起登岸,晤敏农,知吉翁昨夜平平,即同辛垞入视之,差喜神色大佳,渐思食苹果粉汤,见余微笑,略应酬三四语,气低而清,舌已中边火黄,可知内有伏邪,温药不便投也。至书房,与朱锦甫畅谈,未免交浅言深。辛垞定方,照前加减,以参为主,以消痰化湿为佐,然总望胃气大开,夜得神安,体温微露热象为有把握。大便不来,小便已止,甚无妨也。问候诸亲友,均欣欣有喜色,余与辛老尚不放心也。吃小点后,即偕李五兄告辞,与敏农珍重而别,旋开船出城,到同里午后,风已息,即鼓行,恰好《曾札》末册亦阅毕。到家黄昏,知辛垞至萃和乙大兄调理,余倦甚,即熟睡,不能再去接陪。

廿二日(3月30日) 晴朗。饭后走候乙大兄,知服辛垞方颇有起色,辛垞清晨已去矣。上午作札复凌砺生,因渠昨日特来,于吉甫病情闻之急甚,属即详复稍有转机,以慰其心,并携示熊鞠生正月十二致余函。外洋乙佰十元两款交讫,砺生代出收条,暇当作答。查此款六年六月廿一日中面借七十元,又亡儿子范手。纯老送菊生北闱,借洋六十,内二十元扣存菊生处。请翰林诸公写刻《棘闱夺命录》,其事未成,洋则仍在菊生处,不申论特寄,缘起如此。下午接砺生回片,知明日欲由同赴江,吴莲衣母子吊分即托转寄,暇又作札致陈翼亭,详述近况,并以杨玉麟田事托之。晚间凌敏、密二公来报喜单,始见江震二、三等案,七侄列二等第七,六侄三等十一,今岁无出进,若科考则吃亏甚矣,姑志之。夜又倦甚,早眠。

廿三日(3月31日) 晴朗。上午补登日记,略干账房俗事,暇阅《元遗山诗》。通知明日公账祭扫,《斋庄中正堂集》昨为砺生携去。

廿四日(4月1日) 晴朗,渐暖。饭后率两房侄子、侄孙暨两孙,余处抢年备舫,先至西房杏传赠大夫墓上祭扫,回至南玲圩先祖逊村公坟头祭扫,先伯秀山公、先兄起亭公、先赠君古槎公祭坛前随同拜奠,长幼以次叩献。瞻望松楸,青苍无恙,徘徊久之而返。下午命北玲圩亡次奎儿墓上两孙去祭扫。裁衣七侄申甫来,领公祭费九千,如数给之。子屏信来,即作复。吉甫病情,李辛垞已详述,渠现服匏老方,或可即望痊安。夜饮散福酒,养树堂叙两席,乙大兄以夜倦不来,六侄苹甫适有俗事,叙者余祖孙、介庵父子、七侄鸿轩暨男、大侄孙七人,饮酒谈心,并论及家庭辑睦之难,尽欢而散,余亦酣甚矣。

廿五日(4月2日) 上午晴,下午时雨。朝上孙蓉卿来,欲再叙葵邱,每八千允之而去。饭后命两孙至东轸乃父墓前祭扫,归来恰未逢雨。杨玉麟来,以所致陈翼亭札面给之。今日黄太宜人先曾祖妣忌辰,夜间家祭,预享清明,祠堂内祭已祧之祖,正厅上祭高曾祖父四代,与两孙抢班灌献,尚克如礼。夜饮散福酒,又酣醉。暇作札致李辛翁,渠二令郎久仲初五日吉期来请,以分代面贺,告知有俗事,不克到盛。一鼓后,接梨里徐丽江专舟来信并费氏报条,惨悉吉甫八兄于廿四日未时去世,悲呆半刻,略镇定自宽,即属子祥书帖,准飨准额草草议定具仪,明日俟芦办新亲缠礼还,即率念曾去探丧,廿七日巳时成殓,未识赶得及否。终夜悲悼,不成寐。

廿六日(4月3日)　晴热异常。饭后率念孙登舟,添舟子鼓棹行,幸无风,申刻始泊费氏新桥河后岸,命仆招徐蘩友下船,知因天热,殓已改时辰卯间入殓,即换吉登门,在书房坐茶,陪余者朱慎伯弟敏叔。即易秦元服至幕前,三叩探丧,欲入视,不便,不得再睹八兄遗容,乌咽不能自己。再还书房,晤朱锦甫、吴望云诸君,相对无言,惟呼天不佑善人而已。嗣已定,两房双继,敏农初成服,即告辞还舟。终夜热甚,万难安睡。

廿七日(4月4日)　上午晴,下午阵雷风雨,骤寒。五鼓闻炮声,知吉翁已入殓,年仅五十,从此千秋永隔,丧我良朋,痛哉!即起来,至徐丽江舟中絮谈,并斟酌一切,饭于舟中。复率念孙登岸,书房小坐,陪余者董舒玉、晴霞先生孙也。念孙易缌服,率之灵前拜奠送殓,骇知苏城三朝丧礼极草草,即附身内葬法,亦极不讲究,费氏用同里土作成衣,尚不至草率从事。出正厅,仍回书房,晤顾光川、余鲁清、王仙根诸君,述及吉甫廿一日后口笑手舞,厥阴肝风大动(家事毫无所属,但云"写京信"三字),即不服良公凉药,亦断难挽回。王振之到,虽定方,在弥留时更无论矣。渠家以新客款余两席,陪余者吴望云、朱杏生、袁韵珂诸君,虽具杯酒,悲不成欢。芸九兄处京信,廿三、廿四日两发电报,现已得耗,其痛哭情形万难解慰,奈何?饭后复登堂吊灵,苏俗礼也。吊客在城,一概不留饭,亦是体恤丧家之一端,惟停柩不准向,万不可从,现已请形家来相视矣。大殓尚未举动,余即告辞,余鲁翁九丈相送,珍重而别。开船,泊舟钮家巷,风雨交作,率念孙茗饮玉楼春,又与丽江絮语片刻,始知八嫂夫人尚能节哀强持,于新婚礼一应辞却从简,极为体谅。茶寮久坐,复徜徉元妙观,登斗姆阁,又回至正殿问相者,其术不甚精,兴尽而返。登舟,阵风雷电大作,终夜震撼,辗转反侧,仍不酣睡。

廿八日(4月5日)　阴,今日清明节。斜风细雨,终日不休,幸西北顺风,清晨鼓棹出城,午后已到家。知慕孙昨至莘塔送凌范甫表兄入祠,因风被留。老五房公祭,余处备舟,往者介庵父子、六、七两侄,知叙在大港方柱厅,散福九席,尚不寂寞。夜间早眠,酣适终宵。

廿九日(4月6日)　开晴,仍寒。饭后至港上看子屏侄,即出见,虽病在木火上升,胃纳欠佳,而气色、舌苔润泽可喜。论吉甫事,相与太息,丧葬大事,须俟芸舫归办。侄作祭文数韵,哀痛而止,即托老侄详书吉甫一生事迹,欲求元老代余作祭文,侄云书就即寄,剧谈,略舒数日郁抱。午前还家,下午慕孙亦归,蔡氏二妹来絮话家常,颇可解闷。夜又酣眠,尚未醒朗,家中账目一切糊涂未理,可称懒废不振,然精神犹未复原。

三　月

三月初一日(4月7日)　晴朗。饭后衣冠东厨司命神前、家祠内拈香叩谒。暇则补登日记。夜间略查内外账。

初二日(4月8日)　晴而不朗。饭后至芦墟赴孙蓉卿会酌,至则与蓉卿茗叙赵园,拉沈咏楼剧谈,始悉磬生取保事未谈定,然已平稳无风波,益追悼费吉甫热心不置。又与赵翰卿茶话桥楼,晤识顾云峰。回至三官堂,同里人赵姓在此谈相,略有微中处。午后赴蓉卿店楼,交洋,团叙两席,余与杭竹翁同坐,酒肴均可,饭毕,复同竹夫子顾念先茶话,又与咏楼畅叙,渠两弟子同怀入学,春风满面,凤岂全消。传说熊菊生宦海兴波,以不切实为祝。情话良久,又在公盛晤袁憩棠,立谈片刻始登舟,到家黄昏时矣。灯下念孙呈今日课作,详绎之,既无意又无调,直不解所云,为之闷闷。是夜酣眠。

初三日(4月9日)　晴朗和暖。晚起,饭后正欲点阅《曾文正公续书札》,适徐丽江甥来,知今日欲赴上海,余处泊舟,商及磬生取保,欲勒彼栈戳记为证,万不能从,此行须与之力争,义不便徇情,持论颇当。留之中饭,绍酒对酌颇欢,并知费氏芸舫京信廿七日电报已到,云即日出京。下午回去，以洋十元托办日本小洋，一元托办夷酒，面交之。暇阅苏诗七绝，磨墨匣三盒，极浓淡惬意。

初四日(4月10日)　晴，晚朗，朝有雾。上午头痛，不甚适，中午饮高粱，酣醉昼寝，得汗而解。恰好凌砺生来谈，明日恕甫到苏，抄记五盘衣服账去办料，磬老以吴申甫书坊作保，颇合宜，此月中可以归家矣。畅谈而归，云日上不出门。晚间星北、莱生来，莱生代领念曾落卷，三正场院试文尚清通，不入调，诗妥甚，阅至头篇后比止，差强人意。夜读苏诗。

初五日(4月11日)　晴而不朗。上午属黄又堂换挂对联、堂轴，暇则点阅《曾公续书札》，读苏诗七绝。下午诸先生元翁到馆，渠郎君种牛痘已安稳谢花。先生之叔号亦香，绥之之父倏已作古，绥之从此不得专心读书矣，殊属可悯。

初六日(4月12日)　晴朗有风。上午至友庆，视七侄就医七子山顾姓，阅其脉案，荒谬绝伦，服其方三帖，益形委顿，五侄狂疾防将大发。还来，适钱子骧特来候余，知择期初八日回沛县学任启行，长谈久。须眉苍劲，年六十二，似略有老境，留之便饭，坚辞，珍重而别。下午疲倦欲睡，拟作复熊鞠生书，亦恍惚不克就，殊叹懒废已极。夜阅《汉书选》末册。

初七日(4月13日)　晴暖异常，裘衣可卸。饭后作札复熊菊生，即缮就封好，拟明日寄莘，托砺生觅寄青浦，交胡新甫松江试毕回旌带去，未识凑巧否。暇阅陆放翁七绝诗。元简诊视五侄狂疾，云防肝厥，殊非易治，然及早图之，尚可免决裂，特无主张耳。袁憩棠寄到仙鹤草一盆、红藕秧两种，仙鹤草治伤血初起，捣汁服之(用童便煎)，立愈，当备以施人。

初八日(4月14日)　阴雨，大雷电，骤寒如冬令。菊生信加片送交砺生转寄。饭后走候乙大兄，日上湿热委顿，老态日增，与大侄女闲话良久始返，即烦元夫子诊治处方，目前急须降火，未识能渐痊否。下午招六侄来，订定初十日赴苏，为大孙女办润嫁衣服皮货，一切托之，账目命子祥、钱子芳经理，余亦安心不看，暇仍以放翁诗消遣。七老公还自南北斗荒字，述及田多荒白，言之可喷饭，人情刁诈，蒙蔽此老实甚。

初九日(4月15日) 晴朗，仍不暖。上午点阅《曾公续书札》。下午部叙苏去物件，名世之数零赆三，属三人明日早行赴苏。夜仍阅放翁诗。

初十日(4月16日) 晴朗。朝上子祥、苹侄、钱子芳开行，同到苏，起岸作寓，约计须有十日之留。杨文伯夫人上午来，招七侄下船，不肯登岸。少伯医运颇可，而渠母无厌之求依然故态。七侄手，共给四洋，殊属非礼。念孙抢年，饭以酒肉，送至舟中，闻颇醉饱，可笑。此是女流之最不驯者，可戒也！七老相走回家，跌在桥头，扶之而归，颇吃一惊，此翁衰老不自谨，大为可虑，奈何！夜书费吉甫平生事略，备求元简作祭文，以抒余哀，文虽不入格，而事无虚饰，可信，至一鼓始脱稿。吁，不料余今岁动此等笔墨，实深悲诧。

十一日(4月17日) 阴，微雨终日。饭后录清昨日稿呈示元翁，求代捉刀。暇复节改原文，为吉甫作传体，自阅之，终嫌冗蔓无法，当再质政元老，可改则改，以自存底稿。经营终日，竟如初学作文，不解脉理何在，此事岂易为哉？实因与吉甫道谊交几三十年矣，不存梗概，殊愧无以对之耳。

十二日(4月18日) 阴，微雨终日。上午以传略质元翁，虽蒙改削，仍不惬意，命念孙缮后再商。倪胜来进来，所谈仍然画饼，然余已出亮，减田五亩有零矣，约廿五日再来妥商，恐未易进场也。看书乏味，心益纷纭。

十三日(4月19日) 阴晴参半。上午再将吉甫传略改易字句，命念孙录清。下午陪元老请沈咏楼为五侄同商一方，用生地元武版。晚间李辛垞来自萃和，为乙大兄视证，据云木旺原亏，必须培本降火。五侄、七侄均定方，一用大熟地、首乌，一用高丽参，云证虽异，而见效均难。在萃和陪之夜饭，又至余处与元翁畅谈，一鼓后始登舟，传略恰好呈政辛老带去改削寄还。是夜部叙行李,拟明日由吴江赴苏。

十四日(**4月20日**)　朝上雷雨,下午晴。饭后开船,无风,午前到江,泊舟仓桥,至茶寮,晤朱云山、杨稚斋诸人,坐谈,金伯钦亦至,即同到渠家,以召佃牌二张面付之,一洋亦缴讫,旧款略提,约下半年,滑甚也。出来,至江邑新任程公署前观望,规模颇阔,无聊徜徉,半天始下船。束书张二来,又以饬查教职单《申报》见示,给钱百五六十文始去。夜宿舟中,颇适。

十五日(**4月21日**)　晴暖。清晨开行,又无风,到苏极早。午初进阊门,泊停宝苏局前,寻至元和栈,诸公均出门买办,至点灯时始晤叙。夜间同至饭店小饮,极简省,复至栈前茶室畅谈,知此番办货极顶真,不惜探听之劳,惟诸事尚未措全,再须数日。余宿舟中,夜半雷雨。

十六日(**4月22日**)　朝雨即晴。即拉苹甫、子祥、子芳由寓赴大街小点后,至德永隆绸铺看货,当手杨姓,桑林人,号仁斋应酬,照价略有简折,然亦不甚虚悬,付定洋出门,至郑祥太皮铺算账取货。四人出阊门中饭,即上渡僧桥上塘大观园看文武京班,在楼上中厢坐,极适意,每人茶点三角。看至演毕出来,即回寓,已点灯。着屐终日,尚可行走,夜又茶叙,始回船安寝。

十七日(**4月23日**)　晴暖。朝上同诸公吃面后,即由阊门街走卧龙街,至元妙观买碗,在观茗饮久之,出来,途遇顾少溪,知渠在费氏,确悉芸舫十五日已到沪,今明回苏,想入门哭兄惨伤情形万难劝解,余不忍闻见,故不暇去候,姑俟治丧时细细謦慰之。与同人至杏花馆小酌,晤朱锦甫乔梓,所言芸舫将到,与少溪信同。以传略示朱竹坪,非敢献丑,欲借锦老详求吉甫事实耳。与锦甫絮语委蛇,并扰渠酒饭东六百文,不安难却。饮罢,婉谢之而别,与六侄至临顿路看吊礼冥器,殊陋甚,不办,只好仍照吾乡旧式矣。回至玉楼春,复同苹甫茶叙,极舒畅,仍由原路回寓,腰脚酸甚矣。晚间子祥、子方均自阊门回,夜又茶叙回船,颇不惮劳。

十八日(4月24日)　晴暖。小点后,同人至老人和震记绸铺看货,两老伙高云卿、汤梦园均在店,十馀年前相识也。梦园年六十六,款接话旧极殷勤,交易约九二成就后,特办菜置酒留饭。知梦园元和籍,住居养育巷,二子,一习幕,一读书,年十七岁,从名师,今春已应院试,名元章,号则忘却矣,似乎非一味市津者。饭毕,送出门,约再叙。余看戏兴佳,复邀同人仍至大观园畅看京腔文武班,走索腾空,神乎技矣,欣赏久之,曲将罢始返。又茗叙顺风阁,极豪畅,入城未点灯,到寓部叙已买物件带回。夜饭后,又茗饮片时登舟,约廿一日遣舟来载,想届时货已办齐矣。夜宿舟中,热甚,五鼓时阵雨大作。

十九日(4月25日)　晴热甚如初夏。朝上阵雨即止,潮湿无干燥处。清晨由葑门出城,避盘查也。晚起,上午到同,命舟人至少松家,知表嫂近体已愈,可慰游子之心。中饭后即开行,到家未晚。蔡氏二妹新自沪游还,述及游外国花园、天仙戏馆、海浦轮船,均资眼福,余实无此好机缘也。留渠夜饭畅谈,一鼓后,雷雨大作始回萃和,是夜酣睡无比。

二十日(4月26日)　晴热如故。厅上器物无一干净处。饭后接子屏札,知日上病体略愈,吉甫事实已书来,较余详甚。祭文已撰就,云颇尽哀,恰未寄示。昨始读元翁所代撰祭文,字句古茂,哀死而兼述行,体例既难,又不转韵,足征大手笔,其接笋处略有可商,颇难改易,当质诸子屏。若余读之,则古香古色,大为鄙人增光矣。暇则补书日记,读放翁绝句以舒其怀。拟明日赴梨盘桓,顺道看子屏。夜又酣寝。

廿一日(4月27日)　晴热无比,可穿夏衣,潮湿之气,枱桌尽浸润。饭后拟赴梨邱氏,先至大港,子屏出见,颜色尚可,怕风依旧,肝胃依然不和,殊非药石所能愈也。以元翁所代祭文属商几处,与余所见相同,传略亦托改删,约三四日遣人来取。渠所作祭文,通体言情,一字一泪,不能移置他人,交深笔妙故也,携之登舟,一读一击节。行至倪家埭,见邱又幼夫人之舟东行,询之,云日上有不寐病,欲求子屏定方，余即不往，陪之至港，子屏勉定一方，云可常服，其病亦在肝胆也。幼嫂去后，余又与子屏谈始归，到家午后，以元之信示元简，为子屏辗转捉刀代作序文，应酬文字，无甚讲究也。终日畏热，心绪纷如，夜又早寐。

廿二日(4月28日)　晴热，潮湿略减，已转西风。是日凌绣甫吉期，命两孙往贺，盘宿一宵，势难不应酬。暇则录子屏所书吉甫事实及所撰祭文，天何不佑吾党，失此良友！今晨接丽江信，确知费芸舫九兄十七日已到苏，余不往见，实情有所郁，大难彼此解慰耳。终日仍碌碌，此心不定。晚间阵雨，渐干爽。

廿三日(4月29日)　阴，终日阵雨雷电，上午尤甚，地气渐燥。暇录子屏祭吉甫文，读曾选八大家所撰祭文，陆放翁诗绝句。下午迟六侄辈苏城未回，晚间始归，知昨夜伏载，今晨出盘门，尚不被查，所寓之房，即让徐彦生、钱竹安萃和办货。夜邀钱子方六侄账房便夜饭，絮谈久之始各回去。两孙莘塔被留，舟载未归。

廿四日(4月30日)　饭后始起晴，干燥。张养吾郎号敏伯来送试草，衣冠见之，询，年廿五，忆丁巳春研香先生率养吾来送试艺，年仅十七，忽倏已见祖孙三代，书香依旧，真佳话可纪也。一茶辞去，余即面送芹仪半洋，渠书谢帖，颇老当也。敏伯来自子屏处，递到致元老书，祭文经络处改得尽善尽美，恰如吾意，即可作定本矣。子祥交示嫁事所登账目，约须六百五十馀金，益叹遣嫁事浮费可骇。终日目昏，心绪纷如，除阅看子屏祭文外，无一善状。两孙上午归自莘塔，知砺母舅日上又有沪上之行。

廿五日(5月1日)　晴朗。上午读元吉所代张元之序，沈六琴制艺奇奇怪怪，似魏默生一派文字，吾党罕见。下午作札复子屏，以元老所撰祭文再录清商定，然后写轴，元简文另札同封。晚间又接子屏条，催还自撰祭文，再录寄交元简缮写，元简不应命，似不能强渠所难，当再复之。北厍局王漱泉来，照旧不出串，付洋卅数与之叫讫，会钱上扣洋三元而去。倪胜来竟尔失约，其心狡狯，可恨！夜登内账，心纷不定。

廿六日(5月2日) 阴,微雨又潮湿。上午始结阅苏买遣嫁总账,实则如未寓目也,暇则略看放翁律诗。内人陪兰女孙至大港求子屏处方,诗文信面致,未晚即归,方用安土、平木之品,蒙留入内室,款留茶点,寄口信,所作祭文亦属吴幼如缮入轴矣。下午略有晴意。

廿七日(5月3日) 晴,西北风,倏冷,可穿皮衣。终日闲甚,读放翁七律诗,午后昼睡,志气不振,可戒。读元简改陶小泚购书会序,开合动荡,立言得体之至。夜登内账。

廿八日(5月4日) 晴朗。饭后舟至梨川徐氏丽江甥处,晤其西席张少江,兰江之子也。丽江招至内室,款留中饭,谈及芸舫归家哭兄抢地,头额几碎,下人男妇均为感泣。繁友尚未归,治丧约在四月中,一应大事多未议定。两人对饮,上洋托买之账交详算讫。微酣始登舟,到邱氏敬承,入内厅,寿伯母子均出见,服子屏方颇有效。复出门至周氏寻吴幼如,在后进,约渠三十日同到溪。书祭文两道,还,与毓之茗叙,境况窘甚,略借题助以一枚。夜则同饭,邱慕孙、杨恂如同席,谈近一鼓始就寝东厢,其权作西席恂如联榻相陪,人极恂恂,名实相副。

廿九日(5月5日) 晴。朝起与杨恂如茗叙泷泉,知是朱莲溪、薇人侄之徒。上午候邱吉卿,谈及吉甫,互相叹息。芸舫有焚答兄书,字字皆泪,论及祭文,以书官衔为宜于俗。坐久回敬承,汝诵华来谈,澳之亦至,幼夫人中午设席酌予,恂如、澳之、诵华陪饮。下午走至毛秋涵家候叶绶翁同年,絮谈良久,秋翁款接甚殷,并知绶卿寓在秋老处,挈家而来,医况极佳。告辞后,复同邱寿生茶话泷泉,晤黄骐生、澳之、畅谈而返。薄暮邱吉卿来答,即同夜饮剧谈,渠是吾党中得意人也,夜叙一鼓始散。是夜为蚊所扰,不得酣睡。

三十日(5月6日) 晴,是日卯刻立夏。朝上黄骐生来候,兼交洋十元,旧款重情让讫,即同至泷泉,适叶绶翁来答,遂邀同茗饮,畅叙而返。上午五峰园凭眺,阅恂如文,尚清通。家中船已来,中午恂如、汝益谦同饭,吴幼如亦至,寿伯母亦留同席。下午告辞,又如同登舟至大港候子屏,日上气又不舒,懒于出门,祭文行款一一商定携归,元翁处另有书致。到家未傍晚,夜在书房与元老谈,语无伦次,幸彼此无忌讳也。与先生尝新吃蚕豆饭,甘美香软,味逾八珍,真天生至宝,供人受用,而不辨其所从来也,以宝惜为生人第一要事。

四　月

四月初一日(5月7日)　雨,阴冷终日。饭后衣冠东厨司命神前、家祠内拈香叩谒,以祭轴并堂片生纸一张,余所送与子屏者,命账房算字数,弹粉线,余文十八行,每行连抬头计三十三字,每字约八分外。子屏文十四行,亦三十三字一行,每字约一寸左右,先写样底,明日命吴又如动笔。此事作手既难,写手亦不易,即竭尽心力,不过供世俗一览,并供不解文字指摘,于吉甫何裨?吁,可痛也。碌碌终日,夜颇酣眠安适。

初二日(5月8日)　晴,燥热,复回潮。饭后观幼如写子屏文,未至午刻已缮竣,生纸极化水,尚楚楚饰观,略嫌后行字线歪。沈漱泉来,嬲借一洋去,此子无才,又嗜烟,不养父,宜老翁深疾之也。午前至北库赴子祥会酌,七人两席,菜洁酒清,惜闷热过饱,茗饮良久始回。夜登内账未毕,不适意,早就寝,老年胃气弱甚。

初三日(5月9日)　阴,阵雨潮湿。午前幼如所书,余出名祭吉甫文轴已写就,端楷劲,胜前书数倍,良由字小、纸光、笔妙故也。是日胡石卿又卸会何馆,余胃薄不往,属厚安代摇,闻得彩者润芝。书房今日文期。

初四日(5月10日)　阴雨转冷,渐爽。命幼如预写费氏开吊素帖,颇合式。三房账友无善书者,不得不以此事相委。终日闲甚,读放翁诗以遣兴。幼如所抄《诗经通义》三册已毕,极精致,又付三册,云五月中可告成。

初五日(5月11日)　晴,又暖。饭后舟送吴幼如还梨,付《诗通义》卷七至十二终，兼赔付纸笔，洋三元代应讫，书仪一元亦代交，所抄之书约五月底去取来，不必亲自到溪。暇阅先生改本，有书有笔，无局不灵紧，真孙辈回生金丹也，特恐不能领会耳。楷书子屏文一篇，尚无错落，下午仍以放翁绝句消遣。兰大女孙烦元夫子转方，从肝络上着想。

初六日（5月12日）　阴雨终日，薄寒。陆放翁绝句今始阅竟。午后省三侄孙媳表侄女来，传述玩字一事，与席珍妻渺不相涉，何又再饶唇舌，一笑，理直置之。余即同厚安到芦，以祭文两道，一裱，一修，面交艺香，约十三日已就，可取还。回至赵三园，知胜来不在店，无可措词相责，即拉赵翰卿茗叙桥楼，与顾季常、沈咏楼畅谈，又晤徐屏山老世兄，笑语久之始开船，到家未晚。

初七日（5月13日）　阴，昨夜雨甚，今幸已止。晚起，接子屏札，并约元翁初十日过寄子垂子鸿年小侄孙，呼元老为干爷，当如所请到焦桐吟馆吃寿酒，欣然复之。芸九兄垂念鄙人，所致屏侄书，读之凄然。吉翁治丧尚未有期，大约在此月中。暇录清吉翁传略，以便面致芸老。下午薇人来，关照此馆来岁不坐，亦见几也。翰老、徐坚子特送坛上新刻《欲觉闻钟》一书，当谨校读。新愿上又付三数，孤米十数，括字五枚，长谈而去，云明日到坛。

初八日（5月14日）　阴，雷雨终日，菜花水太多，大碍春熟。上午作札金伯钦，催取召佃牌已一月矣，尚不寄来，此人洵不可托。终日昏闷懒睡，仅以《欲觉闻钟》消遣。

初九日（5月15日）　阴，微雨终日，若昨日大雷雨，水大涨，有碍春花，以渐起晴为幸。上午接金伯钦所办召佃牌两张，云邑尊上省数日，故略稽迟，尚不误事。下午徐瀚老特自坛中来，云昨日圣姥临坛，赐饮坛内外刊刻《欲觉闻钟》出资诸生神妙金丹（延年命□坛谕云云），特分送饷余，谢领之。夜间虔奉香烛，叩服之，色红香冽，殊觉何功得此大丹，水化一大杯，欣幸感愧无似。

初十日（5月16日）　晴朗可爱。饭后率鸿轩七侄随诸先生舟至大港，子屏、子垂即出见，抱鸿年小侄孙过寄诸元老，拜星官，吃寿星官酒，极欢喜。中午子垂特设席酬元翁，吃面，饮酒，笑谈无忌。子屏以《家谱》告成七古一章写赠余，并以慰复芸舫一信示余，言言切实婉劝，朋友至情，于斯益信。为七侄斟酌一方，极超，未识对证否。夜又留蚕豆饭而返，到家点灯，此行极适意。

十一日(5月17日) 晴朗可喜。饭后元夫子以刻寄到陶小泩与渠信见示，写作俱佳，字多从《说文》，真隽才也。以渠尊翁泩村兄所著新刻《周庄志》赠余，初阅，印刻极精，笔墨亦详，惜末帙《庚申见闻录》两卷载粤匪事，颇有首尾而语不避嫌，句多触目，以再删净为妙。甚矣，立言，贵有体也。元简亦以为然，奈驷不及舌何！终日披寻，甚销永昼睡梦。

十二日(5月18日) 晴阴参半，东南风颇尖利。上午至北库赴钱竹安会酌，至则茗饮人和楼。元音侄来长谈，知南港冯姓，雷震五岁小儿未死，惊警渠家任小儿狼藉饭食也。一乞丐为毒蛇(虺)所咬，几死，服蟾酥始活。中午叙饮胡馆，会者两席十人，得彩者叶竹勤，饮酒如量，菜则黄鱼水鸡，烹庖极佳。饭罢，复茶叙而归，夜颇寒，所食过饱，不甚适。

十三日(5月19日) 晴而不朗。终日闲无事，以《欲觉闻钟》《庚申见闻录》二书消遣，一是慈航，一是火坑，天堂地狱于斯可悟。艺香斋祭文裱好携来，极道地排匀，明日当即交子屏。

十四日(5月20日) 又阴雨终日，雨水似太多矣。闷坐无聊，略读陶诗，翻阅《周庄镇志》。下午芦局张森甫来，又借不串洋十五元，叫讫而去。

十五日(5月21日) 渐晴。饭后以札致子屏，并祭文裱就还之，接回札，知初十日后又伤风发热，现虽愈，气虚甚焉。七侄遗泄病大发，子屏、元简拟方均不灵，奈何？六侄昨夜丑卯之间又得一子，为之欣喜。由莘塔接费氏讣文，确知吉八兄廿二开吊，廿三举襄，余又有三两日极不如意之应酬焉。徐子敏有便札在内，略述芸舫廿七夜到家悲惨之情。暇以《周庄志》消遣。

十六日（5月22日）　晴而不朗，朝有微雨。饭后内子老荆至梨里邱氏敬承堂盘桓，约五月初二日归。暇则点阅《曾文正续札》，又读所选小谢诗，不甚领会。下午倦甚，昼眠片时，仍懒惰不振，可谓无志奋兴。

十七日（5月23日）　又阴雨，殊于春收有碍。终日闲静，而心益扰并疲倦，可自笑涵养克治全无。《欲觉闻钟》一书谨阅毕，读曾选鲍、谢诗五古，鲍则佳处难领，若小谢，颇有欣赏句也。阅亦不终卷，接读杜五古，则兴会淋漓矣。

十八日（5月24日）　晴朗终日，始晒暖帽，装换凉帽。暇读曾选杜诗五古，极有旨趣。晚又潮湿暴热，恐防阵雨。

十九日（5月25日）　阴雨竟日，晚有晴意。饭后命舟至梨里办干菜祭物，以绸轴命裁工制就，定"完行同钦"四大字及上下款。接子屏来札，以费氏吊礼祭文托寄，竟不能去，其精神之不振可知，殊非久病所宜，为之莫展一筹。即复之，陆畹九亦以分寄，知昨日书院童生到者颇多，生则寥寥，暇以杜诗消遣。下午洗足，快甚。接恕甫信，磬生事已了吉，二折算，现缴半折，即日放舟去载，砺生办理极好，可以挈弟归家矣。

二十日（5月26日）　晴爽，为此月中第一好天气。饭后阅念曾文，仍不直落爽快，若先生改笔处处合法，至后二比，大肆阒词，夷场大贾告老大官，读之当头一棒。暇阅杜诗五古、曾选下册。费吉翁处吊礼一一部叙，明晨率念孙、吴莱生同赴苏，此行伤心败兴，然万难已于一奠，可痛！

廿一日（5月27日）　晴朗。饭后率念曾、吴莱生同赴苏，一帆顺风，同川小泊，知莱生母少松夫人已先往，即开行，不及下午已进新桥河巷费氏后河，请徐繁友下船，属关照，不拘俗套，即登岸。少顷，朱锦甫衣冠来请，辞之。余率念孙穿元套至书房，见芸舫，对余涕泣相诉，谓八兄之病误于用补，大怨群医，余亦不能辨也。渠家仍以新

客礼款茶，略坐，复与芸舫谈，仍不能慰解，乃与吴望云畅谈。晚间款
司丧五席，规矩大异于乡，本城绅士请多不到，仅仙根王君办事极敏
干，席毕晚归。虎孙另坐一席，余忝首座，与金少苏、费瑞卿同席。是
日晤见者袁尚士、韵珂、韵花昆弟，极恂恂。倪润芝、康伯乔梓、余鲁
清文伯祖孙、钱梦莲、朱竹坪、荫乔兄弟。席散，又至书房与芸老谈
心，始略能宽譬，大约宜兴索然，俟八兄葬有地即当北上，取孥而归。
纳小星一节，余亦怂恿之矣。一鼓后，留宿芸舫新宅上房，余与小孙、
徐丽江三人联榻一房，终夜人声喧闹，不得安睡。是夜微雨。

  廿二日（**5月28日**） 晴朗和煦，吉翁治丧尚有天缘。朝起已闻
升炮开门，一应排场均照宪体，余即衣冠，命念孙易素，具祭肴，至灵
前拜奠，退至厅上，应接江震诸君。是日请陪官场者吴子实、吴培卿、
李景卿、钱君俨，接应众宾者王仙根、沈幹卿，极有条不紊。午前王侦
伯、郑渊甫、王诜乙、沈月帆、蔡介眉诸君均至，余引之后厅坐谈。有
归安钱礼部嗣仙，吴望老陪之，听其言论，是古冷渊博君子，甚景仰
之。中午饭于书房，均熟客，初识面者袁伯英、缤侯昆仲。沈北山同
年寻余叙话，言及去年同吉翁茶寮畅谈，不胜太息。送之出门，即走
至萧家巷候殷谱翁，因渠命令孙柯亭来招余也，至，则老翁携杖出见，
谈兴极佳，惟步履仍艰，坚留早夜饭，云以鲥鱼、玫瑰高粱饷余，扰之，
以《朴园赠别图》见示，深佩诸贤王优礼师傅，古史所载无此隆情焉。
柯亭题四大字，已是一翩翩好翰林，甚羡之。久之，酒肴均至，同席者
蔡介眉、李值清、谱翁祖孙暨余，值清考时旧相识，诙谐无忌，满座皆
欢，余亦几醉矣。饮罢谢辞，步还费氏，适将掩丧，知今日藩司以下皆
来吊，惟卫抚军以堂事不至。芸舫在书房正哭兄不乐，余与望云以游
戏事挑之，始略开颜。灯下，朱锦翁以敏农定嗣书见读，此中大有经
伟，虑周藻密，谨书押呈缴九兄。夜间又以正菜酌客，论及对联，以王
梦仙为最亲切。祭章百馀幅，以钱嗣仙"怀和长毕"四字，出陶征士诔
文者为雅饬。昨夜惊知顾少溪时症病变，光川老夫妇得信飞归，甚为
光川忧急。丽江已登舟，陪余者朱荫乔，二鼓时始寝，仍不安枕。

廿三日(5月29日) 晴。朝起接陪题主吴望云祭酒,二相事王仙根、沈北山两中书,俗套删除一切,仅升炮,排执事,接至灵前,三人三叩首,不再排堂,即在灵前北面另设香案,易吉不穿公服,望云立而点,两相递笔点朱加墨如常仪,即出位,三人再向灵前安神三叩,礼毕,甚为得体而超俗见。主人设两席款大宾,余陪二相,金谓此举苏城闻之以为骇听,沈幹卿亦同席。已初排场发引,极为显荣体面,众宾客至灵拜别,复执香送枢出大门,念曾随诸宾素服步送,余至后河登舟相送,不一里,已至城内昌善局,晤局主徐子春。少顷,吉翁灵枢已到,安置在佛殿左一间,面对大池,前临大河,花木水石大似名园,安妥万分。余率念孙复向吉翁帏前凄然拜别,告辞芸舫,劝渠卒哭宽怀而始行。开船至钮巷停泊,王鸿鬻堂办药料参须,七侄所托也。复率念孙至杏花村小酌,绍酒鲥鱼,适口充饥。出来,至颜巷凌宅候诸绥之,渠遭大故后,意兴、文兴大不如前,劝解之。同至观中三繁昌茶叙,絮谈良久,又渠作东,夕阳在山始同出来,舟中略坐,绥之乃还馆。是夜宿舟中,东风大作,仍不克熟睡。

廿四日(5月30日) 东南风大作。朝上顿买鲥鱼,饭后出城,舟子鼓行,石尤风猛,甚不得前。过同川,阵雨大作,余倦甚,舟中假寐,几不辨风雨之狂。行至李公漾,舟几迷路,复为菱竹所缠,舟人斩之始得前行。天水如墨,颇有戒心,幸舟人路熟,暗中摸索,平安到家已一鼓矣,以后断不可如此冒险,戒之警之。是夜酣睡适甚。

廿五日(5月31日) 阴雨潮湿。昨日接顾氏报条,少溪竟于廿四日卯刻作古,亦事变之伤心惨目者也。饭后命仆妇至顾氏探丧,并以札略复子屏。费八兄十四日遗札一封,九兄涕泣托递,且有另札致复余一事,读之,笔墨如新,人琴已杳,热心千古,难再得此良友矣,可悲孰甚! 终日昏睡,夜又早眠,此番应酬大耗精神。

廿六日(6月1日) 晚始起晴。饭后命念孙至梨送顾少溪入殓,并慰老翁光川,人生逆境无有惨于此者,闻成殓在申时,即在邱氏住宿一宵。上午走至乙大兄处长谈,甚喜精神大有起色。北库局王漱泉来，胡书卿出票，又商借卅数始去，无厌之求，万难却却。暇则补登日记，夜又倦甚，早眠。

廿七日（6月2日）　晴朗终日，暇阅杜诗五古。晚间念曾还自黎，大港路过，见子屏委顿之至，据述寒热已止，脾泄殊甚，此证似非药石所能愈，为之深虑。接澳之两札，禾中岁试告急商帮，现已开船，不及寄，俟的便当酌助二元以符前诺，此事又因辗转寄递，不能即润为歉。灯下登清账务，熟睡稍醒。

廿八日（6月3日）　晴朗。上午略阅杜诗。下午费中允芸舫衣冠来谢，余率两孙亦衣冠见之，知昨日在梨朱锦甫家，并慰顾光川老夫妇丧孙之痛，今特顺道来乡，不能久留，仍欲还梨，明日返苏。心境仍不佳，大谈家政，只好告假开缺，过夏入都，挈眷南还。取两孙书法观之，谬奖以为可成。留之晚饭，取芦火菜酌之，草草饰观，渠素不饮，饭毕即告辞。余同芸老至大港候子屏，彼此俱有心郁之证，言言相印，然相叙亦了无乐境也，茶话久之始送登舟还梨。子屏脾泄已愈，瘦削依然，约日上无寒热来港盘桓，恐依旧仍有周折也，珍重而还，已夕阳在屋顶矣。夜又早眠，念孙文期，草遽誊完。

廿九日（6月4日）　晴朗燥热，大有夏令。饭后照应出冬。暇阅曾选杜诗，不觉昏倦昼眠。夜登内账，蚊扰不已，早寝。

五　月

五月初一日（6月5日）　晴燥。饭后衣冠东厨司命神前、家祠内拈香叩谒，瑞荆堂恭奉关圣前年所锡鸾书，复肃香案虔叩。是日晒家藏字画堂轴，潮湿万分。暇读元翁所撰节烈文两篇，大有可观。今日始不昏睡，以杜诗七古消遣。

初二日（6月6日）　晴燥可喜。饭后谨晒先人神像，已霉潮无比，今幸展检无恙。昨日画轴收卷不及半，下午又神倦暂眠，暇读杜公七古，答邱澳老一札。

初三日（6月7日）　晴朗，略嫌风热。上午谨收庋已晒神像、字轴、对联,尚未晒竣。午前内子回自邱敬承,毓芝复信并洋两元即寄交施妪转送吉卿,快风阁捐摺情面助一洋亦交出。下午仍倦,昼寝,其累几牢不可破,杜诗七古尚未销闲阅毕。

初四日(6月8日) 晴朗,有风而燥。饭后收卷字画、对联藏之,未见日光者再曝之,明日事可粗毕矣。午后仍昏睡,暇阅汪石心所辑《贞孝节烈文编》,煌煌巨制也。两账船晚归,略有所收,仅供舟盘,可知春熟歉收。

初五日(6月9日) 晴,略阴,幸无雨。饭后诸元翁以节中年例所贻巾扇作四六谢启致余,且端书于笺,读之,古劲工雅,非近世所能,增光感惠多矣,即粘诸壁,以志勿谖。是日诸生放学,中午祀先毕,与先生对饮蒲觞,尽欢而止,下午醉眠,颇酣。家藏字画、对轴今始晒毕,已有潮蛀,完好为难,然堪悬挂者尚多也。

初六日(6月10日) 阴雨。上午舟人载余赴芦,以郭、陈对两副付艺香,一裱过,一修。回至公盛,晤新市车客休宁朱秋潭,茶叙话旧,不相见者已二年矣。晤袁憩棠,知稼田病颇不轻减,大为之虑。中午赵翰卿圆会两席,与顾季常对饮如量,饭后茶叙桥楼,沈益卿、顾云峰同叙。益卿抄示会元文,圆熟工畅,无怪洛阳纸贵,惜遗失,不记抛在何地?大增罪过,悔恨无及。茶罢,风雨大作,稍坐即开行,幸顺风,到家平安,尚未晚。是日晤咏楼,确知罄、砺二公归自沪上,诸事了吉矣。

初七日(6月11日) 阴,梅风蒲雨,终日薄寒。上午至友庆,与六、七两侄闲话,属七侄调息闭口、食湘莲以养疴,渠似肯从,未识能行之有恒否。闲读节烈文数篇,心纷不聚,复以杜诗消遣。子屏信来,即复之。脾泄仍未止,保婴代赊儒礜诸洋一应交讫。

初八日(6月12日) 阴雨,晚略起晴,雨水已太多矣。饭后媳妇至莘塔母家盘桓,约二十后归。终日疲倦思寝,精神不振,暇则以《节烈文编》、杜诗曾选七古消遣。

初九日(6月13日) 晴而不朗,东南风颇寒。终日身闲而心烦扰，并时思睡，昏惰甚矣。杜诗七古读竟，接阅乐天东坡七古诗选。

初十日(6月14日)　晴朗可喜。上午再晒案头残书。午前吴幼如来，留之中饭，为其大郎学衣庄生意商帮贴，义不容辞，助之三枚而去。《诗经通义》约赶抄，至六月初旬完功，寄在邱氏内宅，不得再迟，未识能如约否。暇阅苏白七古，睡魔始退。

十一日(6月15日)　晴而不朗。上午略点《曾公续尺牍》。适吴少松夫人费氏表嫂来自同里，讶之，延请入内坐，见之，始知渠郎莱生三疟愈后，忽起遗泄病，其母今始知之，前皆讳而不言，特来相看，属渠服药，父母爱子之心至矣。留便中饭，即辞还，莱生即烦诸先生诊脉，云肝阴大亏，略有外感且须清理，再治本原，药剂甚长，急须调理，何先后天不足若此？何能责以奋勉用功？为之闷闷。暇阅白乐天七古。晚间七公自梨下乡归，佃刁地荒，人老可欺，所收无几，殊属不可收拾。

十二日(6月16日)　晴阴参半，恰好黄梅天气。上午抄录子屏旧文一篇，以示两孙，其花样尚不旧也。下午沈笺卿至书房，与诸元翁畅谈，此子习闻时政，肯看古书，实吾乡之矫矫者，弗以轻佻薄之。久之，始还东浜。是日观工人种田，秧鼓牛背中歌声四起，预祝秋登丰穰，祷祀祈之，暇以乐天七古消遣永昼。

十三日(6月17日)　晴朗，倏燥热，大有夏令。上午点阅《曾公续尺牍》。有港南浜陈锦相妻唐氏来，略有瓜葛，念其贫寡，赒以两枚而去。书房内文期，下午徐尹孚来，以嗣父揽翁事略求元翁作传，实元翁授意也。留之书楼止宿，渠尊翁翰波在坛，拟明日到允明坛叩问揽香冥况，始同还家。夜间同在书房叙谈，余先寝。是日下午吉甫亲家嗣子敏农穿素特来谢吊，见之凄然，云自大港来，子屏近体畏寒已愈，夜间酌之火菜，人是玲珑干练。渠叔芸翁行止未定，葬地目前难看，若得老叔在家，人人严惮镇定。同席徐尹孚同为孤子，沁园一别，又成两世故交，可叹哉！渠不饮，席散，一鼓时辞下船，云明日由莘塔还苏。

十四日(6月18日) 晴热,当穿夏衣犹复汗流。暇则点阅《曾公续尺牍》。尹孚饭后回芦。下午沈达卿来谈,知禾中试事未竣,祁文宗颇有吾师文端公家法,士子服悦,渠因痢疾初四正场后即归,谈至晚始还馆。是夜学徒始不读夜书。

十五日(6月19日) 晴热如故,略有风,稍爽。终日闲坐,以白乐天诗消暑。子屏上午有信来载诸先生,鸿年小侄孙又患惊疾求治,何周折若此? 晚归,知渐平复,然气体不旺甚。

十六日(6月20日) 晴热,炎如正伏。饭后舟送诸先生解馆,约廿七日去载。上午略课慕孙理古文,下午闲放。《曾文正续书札》今始点阅终卷。晚间略有阵风,稍凉,两账船停开,今岁春花几无所收,亦近年所未有。

十七日(6月21日) 晴热如昨。饭后督慕孙理古文本半,下午勘两孙各习字。慕孙倏呈所作仙佛解,誊清示余,阅之,笔老理达,将古今仙佛书一脚踢翻,亦非少年惩劝世俗正宗,喜之仍复戒之。晚间雷雨大作,极好时令,而暑气不退,夜月上时稍凉。

十八日(6月22日) 晴朗,热稍减。上午督理慕孙古文,半部一周,当再重理,以蕲乎熟。甚矣,读书之难顶真也。是日交夏至节,率两孙中午祀先,拜献如礼,祭毕,饮散福酒,不觉醉眠。午后闻峻卿五侄妾盛氏以时疾卒,不医而祷,其误立见,可叹渠一家昏聩!

十九日(6月23日) 晴,复炎热。上午慕孙理古文,仅脱书。薇人侄来,云即到馆,特属致意砺生,来岁此席当辞。午前媳妇归自莘塔,即作复砺生,薇老预辞此馆矣。定油洋付讫,算差者余不管也。是日先祖逊村赠君忌辰,中午致祭,碌碌终日,了难坐定。夜又阵雨,苗则勃然。

二十日(6月24日) 晴热。饭后略登清内账,书房内文期,命慕孙至苏家港,追荐渠外祖听樵凌公大悲忏三日,今夜圆满,须去致祭也。接朱锦甫信,知芸九兄二十后航海进京,搬还家眷。炎暑进都,长途跋涉,是大苦事,然万不能挽留,听之而已。特属致信鄙人,不及作札送之，歉甚，仍复草复一函，属锦老代致下忱，然亦通套具也。命念孙缮写明日徐丽江处会酌，当即寄出。炎热挥汗，不能坐定，晚间又阵雨招凉，慕孙归自苏家港，恰好未逢阵。

廿一日（6月25日）　阴晴参半，午后、夜间又复阵雨，均即止。饭后舟至梨里赴徐丽江会酌，至则徐荔江出见，知蘩友在苏未还，芸舫行期渠亦未知，朱锦甫信即托寄，丽江继母出见话旧，精神尚好。是日两席圆会，晤陶子音，是毓仙之子，极恂恂，三百八十文还讫。与荔江、秋谷对酌，酒菜均好，饫醄而止。席散即开船，阵雷已散，到家尚早。晤七俚，知子屏为俚鸿年惊厥大发，症极险危，已特载诸元翁来商方，未识可救否，甚为子屏忧也。元翁寄信，初二日去载，文期将旷一课。夜凉早眠。

廿二日（6月26日）　阴雨终日。饭后阅念孙课作，不得法且无调，星北最佳。上午课慕孙理古文，明日可以上生书。下午闲散，未阅一书。账船自大港还，惊悉鸿年已殇，大难为子屏解怀。闻元翁犹未返，两人楚囚相对，殊增郁闷。

廿三日（6月27日）　晴凉。上午课慕孙理古文，讲上明文王阳明文一篇。暇阅曾文正、李爵相闱艺六篇，居然文坛健将。蔡定甫家会酌，命子祥往梨代摇。下午阅苏诗七古曾选。

廿四日（6月28日）　晴而不朗，然喜无雨象。上午抄宝相国墨裁一篇，课慕孙理古文、上明文一首。下午登清内账，暇以苏诗消遣。

廿五日（6月29日）　晴，不甚热。上午课慕孙理脱书，上唐荆川文一篇。念曾文期，题系先生所出。终日胃气满闷，少食以养之。六俚苹甫来谈，暇则略阅苏诗。

廿六日（6月30日）　晴朗，不甚热。上午课慕孙上古文一首两篇，理《国策》五首，钞曾文正会墨三艺。念孙呈示昨所作文，尚有心思，词句多有不妥处。下午汪石心所辑《贞孝节烈文编》始谨谨读毕，天地正直、严毅之气其萃于是编乎！

廿七日（7月1日）　晴朗，略热。上午课慕孙理脱书，上明文，钞录旧墨一篇。张森甫来,告借十元,云银上扣,此种田园应酬万难却却。下午略登内账,慕孙呈示所课起讲,笔颇曲折有意,未识有所本否,姑圈奖还之。暇阅苏诗。闻陆畹九病颇沈重,为之太息,安得幸有转机?

廿八日(7月2日)　晴朗,仍不热。上午课慕孙理书上书,抄殷谱老闻墨一篇。包瞿仙来自友庆,述及今岁办考进账甚肥,钱少江办事仍不能干,恐此路难脱渠手,一茶而去。下午略诵苏诗,心纷,毫不得益。

廿九日(7月3日)　晴阴不定,阵雨间作,幸即止,然河水已涨而不退矣。暇则钞录李爵相文一篇。慕孙课背脱书后,《古文观止》今始读毕五人墓碑事实,以旧藏《周忠介公年谱》检示之,借知忠义之在人,千古如生,不胜钦敬。慕曾旧岁八月初八读起,今完卷,以后学作文未识能有思路否,万分期望。午后仍以东坡曾选七古消遣,晚又雷电阵雨,片时始散。

六　月

六月初一日(7月4日)　晴朗,下午有阵风而无雨,颇不热。饭后衣冠东厨司命神前、家祠内暨瑞荆堂所悬供关帝鸾书,一一拈香恭叩。课慕孙背古文及读所上之文未熟者,下午听之。暇录李相闻作次艺,东坡七古今始楚楚读毕。确闻陆畹九病势转危为安,大慰大慰! 所立善愿可施行弗替,甚可为不信因果者劝。

初二日(7月5日)　阴晴不定,下午小雨即止。命仆人洒扫书房,慕孙古文今始背,余所录功臣曾、左、李闻艺今亦钞毕订好。午后,诸元翁到馆,以点石斋欲合股一千五百分,缩印《古今图书集成》议单见示,详阅之,照印不能久藏,余无意与此。接畹九家讣条,今晨去世,大数难以挽回,甚为悲悼败兴,知初六大殓,当致分代往。夜与元老剧谈。

初三日(7月6日)　晴朗。饭后与沈吉老公循例对账,下午而

毕,即开谈,婉辞之,仍设法隐图借润,一年为期,以安其心,渠亦万难
再有说话。实因年老,势不能再办,非余之忍弃旧人也,言之怆然,且
俟稳送归帆为祝。碌碌终日,无心开卷,略阅元简所借示,黄学宪刊
示各属诸生采访儒林文苑、循吏孝友事实著作,径送学院,备咨国史,
吾邑惜无人留心兹事。

初四日(7月7日)　晴,昨夜有阵雨,幸即止。今日戌刻交小暑
节。饭后同厚安对南北账,午前毕事,欠头似较往年多,须望今岁丰
登,庶可补救。与之仍旧,所借款约冬间分半归,此时不凑手,姑宽
之。渠明日要归家几天,嗷嗷待哺之况不问可知。下午略阅王维五
律诗,不耐味。晚又闻雷,非小暑所宜,幸终日无雨。

初五日(7月8日)　晴热。饭后点读荀子、韩非文两篇,适老友
徐屏山来,云至金家坝送其幼子学生意,饷余酒果,不能却,受之。谈
及畹九,扼腕太息,并知临神往时气极清,惜镇上已无此人矣。一茶
即去,约明日舟回再来小酌。陈厚安回去,约七月初二去载。暇读殷
谱老诗消暑,毕竟作手无俗调。

初六日(7月9日)　晴朗,下午略热,上午微雨即止。饭后摘录
东账租欠,迟屏山不至,后知寄信不到矣。以昨所惠之酒与元夫子,
中午吃不托对饮,不甚得味。下午顾季常来溪归款,以两事谆托之,
未识有以报命否。栗六不克坐定,以钦定《全唐文》二佰四十本缺一
本出厨,烦元翁检翻一过。

初七日(7月10日)　晴热。饭后摘录账欠一册未完,欲大便,
后重吃力异常,久之始下,犹不畅,然疲惫甚矣,阴液之亏显见。下午
六侄来谈,大以外御内治,一切有条不紊为难,此子可教也。暇以殷
谱老诗消暑。

初八日(7月11日)　晴热。饭后摘录东账租欠始毕。下午正
欲磨墨匣,竹淇弟媳来自萃和,至余处闲话,历诉稚竹病后苦境,以合
会为名,欲与四会,每会十五千,即至乙溪处商定,以一会应酬之。在
养树堂讲话良久,始许两会落肩,又易钱为洋,合而立之数,余处派十

一元二百七十七文,总数比旧以多八元,江湖日下,殊难为继,絮谈至晚而去。又与六佺重论此段文章,愈做笔愈超,不胜长叹,一无善后良策,为之奈何!

初九日(7月12日) 晴朗,热爽。饭后正欲录租欠,徐瀚翁来长谈,以洋两元托合太乙丹,以药茶膏十块见赠,新愿旧宅保婴又付卅数。渠斋素,中饭留之书房,下午回莘,知励生为磬生债尾又赴沪上。由元翁处接陆铁甫见惠画扇,极秀逸,以其戚示徐子翁所刻《二十四孝》五古一本分送,并募资续印,当应酬之。渠现馆侍其巷藩房程升甫家,现主人号觉生。客去,略录信字租欠,以殷谱老诗消闲。

初十日(7月13日) 晴热无风。上午接子屏札,欣知近体尚能排解强健,约十五左右来溪盘桓,即作复之。辛垞李五兄寄还余所示撰吉甫传略,不动笔,文之不佳可知。后增一段,竟似医案,亦不解是何体,一笑置之。信字号租欠一册已摘完,明日似可竣事。下午作札,一致芸舫,一寄敏农,芸老行期传说在此月初七,一说在八月中,故特询之。作字甚苦,尚未缮写,暇以谱老诗消暑。

十一日(7月14日) 晴,炎热,为此月第一天。下午雷声隐隐,恰未成阵。上午摘录南北账租欠,至午后一应录毕,为之一快。七公来,仍委蛇留之,明日许去讨约账,其心似尚无他。下午缮写致芸舫、敏农两札,不计工劣,恰好明日舟至梨里,托徐丽江饬局寄苏,甚为的便可靠。晚上洗足乘凉,爽朗万分,是夜热稍减。

十二日(7月15日) 晴,炎热,终日挥扇,汗犹如雨。心烦不能开卷,晚间始浴,宿垢一清,遍体轻爽。略以殷谱老庚申年诗消闷,是年诗多惊心恸哭处。未刻大雷电阵雨,得水已盈沟洫,良苗勃然,夜凉无匹。

十三日(7月16日) 晴,不甚热。上午略登内账,闲甚,以昌黎文温读三四篇,下午仍以殷诗小遣。慕孙初试作起讲两题六韵诗一首。晚间又微雨,不成阵。

十四日(7月17日) 上午阴晴不定,小雨,下午晴朗,颇凉。终日闲甚,批点曾选韩文数篇,读家大人初刻诗集,前癸未大水纪事之作。又阅谱老诗,毕竟吾邑大家,堪居一席,莫以官尊鄙之。夜又阵雨,夜半又雨雹,幸即止。

十五日(7月18日) 朝上又阵雨,午后已幸开晴。饭后舟送沈吉翁回府,年已七十八矣,老难办事,不得已而分手,彼此均有依依难言之况,珍重而别,殊凄然也。暇则点读韩文数首。凌恕甫有札来,定见潘铜匠钉嫁装。元翁以新撰《徐揽翁行述》见读,句古事真,暗修之士,不但不章,脱无斯文表之,余亦几以貌敬,可悲!吾党中又失一笃学君子矣,然竟不食其报,世界真缺陷哉!

十六日(7月19日) 阴雨崇朝,午后放晴。朝上谨诵大士神咒,点曾选韩文数篇。下午疲倦,走至友庆与六倕闲谈,见五倕容颜无恙,皮肉亦不瘦,胆怯慌见依然,以吾决之,今岁可保过去。碌碌至晚,不克观书。

十七日(7月20日) 晴,不甚热,水涨已如旧。饭后谨诵神咒,点读韩文曾选。下午闲散,以谱老诗消遣。

十八日(7月21日) 晴朗,颇凉,因昨夜有雨故也。饭后谨诵神咒初毕,曾选韩文亦点读完,拟续点欧苏文。下午仍以殷诗消遣闲日。晚间又雷阵大雨,似嫌过多,不宜夏令。是晚登楼,见龙下喷水而上,但见白烟一道,自野鸭荡盘旋而来,由袁家湾倏过东港口,从下浜仍下西荡而上,所经过房屋均被坏,大树亦拔,棺木浮厝提至空中掷下,一时人多吓呆。仆人周三家折损颇重,余家暨两邻幸无恙,亦从来目所未睹之灾,不胜畏惧侥幸之至,人口则均无所伤。

十九日(7月22日) 晴朗竟日。是日斋素,饭后持诵楞严咒,午前在养树堂恭设香案,衣冠虔叩祝观音大士佛诞。下午始食西瓜,味不甚佳,价每担二千二百左右,偏形昂贵。暇以谱老诗消遣。

二十日(7月23日) 晴朗,热爽。饭后点阅曾选苏文已毕。今日交大暑节,极合时令。午前以札致子屏,午后接回禀,略有感冒,已愈,约廿四五日间自舟到溪。又兼收到费九兄十七日所寄札,欣知在苏过夏,行期未定,且住房尚须重修,仍以吉翁旧例分惠诸同志太乙丹、红灵丹各数种,可称恪守旧章者矣,快慰之馀反增感慨！夜观五㑨家请羽士斋醮作法事,颇耐俗目一新。

廿乙日(7月24日) 晴朗,不甚热。饭后补诵楞严神咒五遍,阅陶小祉所作渠伯芑生行述,欲乞子屏作墓铭,元简所示余共赏。渠笔力遒劲,卅里之内又出一古文好手矣,甚羡祉郇翁多贤子。暇阅曾选《三国列传》,下午仍以殷诗消遣。徐苹山专舟信来,为渠孙月卿店中须商巨款,即作复婉谢之。

廿二日(7月25日) 晴朗,风凉。上午点读《班超全传》,略登内账。元简新作《殉难优人李孝子湘舟传》,绘声绘色,极尽能事,此人实堪千古也。腹中作痛,欲泻仍不畅下,殊觉终日不适,啖西瓜亦不嫌冷,似有热滞。晚间诸旋卿世兄来自周庄,云今午叙在凌恕甫处,留之夜粥,在书楼止宿,与乃兄联床。夜间鸿轩㑨来答,谈一鼓后始散就寝。

廿三日(7月26日) 晴朗之至,东风颇凉。上午与绥之谈,其馆留去尚未定见。凌嘉禾店运颇不佳,以文就正,乃兄元翁功夫大好,笔尚有拙滞处,诗则甚见工稳。絮语久之,渠吃雷斋,留之素饭,颇亵。论及陆铁甫为人正直恳挚,弗与之落落为是。下午回船周庄,明日趁便舟到苏,元翁致铁甫信件恰好面托绥之。余致渠尊人亦香翁奠分一番,聊尽薄忱,送之登舟,约秋冬有便再叙。今日火帝圣诞,斋素,在厅上恭设香案虔叩。下午补诵《阿弥陀经》十卷毕,洗研净笔,耳目因之一爽。

廿四日(7月27日) 晴,略热。饭后磨墨匣,写小楷,颇顺手。由苹甫手,托周泳之杭州大海货店买大黄鱼肚片一张,重廿五两有零,价十洋,云治遗精病,七㑨服之甚有效,故备用之。暇点曾选《汉书》萧望之传,仍阅殷谱老诗。昨接绥翁札,关照一事,足见朋老素契,不忍相欺。

廿五日(7月28日) 晴,渐热。上午点阅《汉书》曾选列传毕。

下午迟子屏不至，未识近体若何，殊系念。沈达卿在书房畅论，至晚始回去。

廿六日（7月29日） 晴朗，不甚热。上午接叶绶翁前所发信（廿九日由友庆寄复），推荐之人当作复婉辞之，云略已定见矣。暇录诸元翁所改徐揽香文，书费孝子事后，有声有色，近人罕能为也。下午以殷诗消闲。

廿七日（7月30日） 晴热而爽。上午登内账，曾选欧文点阅毕。下午又浴，极时令所宜，垢腻一空。暇以殷诗消暑。楼上卸窗抹油，幸不逢雨。

廿八日（7月31日） 晴热，伏中第一天。上午点阅马贵与《文献通考》序文，又阅郑夹漈《通志》序文。下午元翁所录樊宗师《绛守园池记》，请讲解一遍，仍多不能句读，仅得大意，文之古奥无逾于此，昌黎谓之"文从字顺"，何也？岂韩公惯见而别能会悟与？今之人万不能也，一笑置之，何苦研求？

廿九日（8月1日） 晴朗而热。上午手录樊宗师文，烦元翁再讲起讫，始略能领会，其落想造意固不凡也。下午子屏携行李来，喜甚，近日诸恙渐愈，大有起色矣，留之书楼后厢止宿。夜与元老剧谈，属渠早眠，毋再劳神为要。

三十日（8月2日） 晴热及时。上午略登内账。终日在书房与子屏畅谈，子屏为元简斟改徐揽香行述，尽善尽美，可知此事须与好手相商。

七 月

七月初一日（8月3日） 晴朗，略热。饭后衣冠东厨司命神前、家祠内暨关圣帝君乩书前拈香叩谒。上午重录樊宗师文，始有头绪。下午与子屏絮谈，并论唐文。

初二日（8月4日） 晴，不甚热，夜间风甚狂。上午凌砺生来，知新自沪上回，前事为磬生略均料吉。畅论极欢，中午在书房馆餐，以所惠姚老先生寿酒玫瑰高粱转饷,与元翁、子屏畅饮,大有味。下午回去,陆星楂郎芹分二开托寄,并托买《毛诗稽古编》《尔雅图》各种,公账小皮龙亦托办,付洋廿元。砺生去后,闻男大侄孙病,急视之,目直口不言,云吃西瓜倏变,似乎闷闭邪伏,不解何症。商请董梅村,时已晚,未识来否。夜间风雨大作,与先生、子屏共论医家治病识真之为大难。吴幼如来,恰好《诗经通义》抄毕,面缴砺生,又通情预给三元而去。

初三日(8月5日) 阴晴参半。朝上走视焕伯,欣知二鼓后始开口,梅村夜来定方,作邪入心包看,用犀角、菖蒲开泄法,似乎看题未准。神道设教,云苇卿侄附身,言不服其药,怪哉!余急详问男大官,云昨晚不省人事,今甚清爽,不发壮热,然未必可靠,总须汗解为妙。上午在书房与子屏谈论,略登清内账,烦子屏为兰大孙女处方,为新感略嗽,销痰清暑而已。下午苹甫来候子屏,畅谈去,知焕伯病尚稳当,可免惊吓。

初四日(8月6日) 阴,风雨渐止,水涨浮于五月,幸尚无大害于苗。饭后至萃和,欣知男大侄孙昨夜安甚,似无大病,甚为益大兄喜。可知症是肝经逢冷湿之物杂下,一时气厥使然,并非伏邪内陷也,医之难为若是!下午丁梧生来候子屏,所推荐渠弟益经,俟月之初十左右回复余定见,如彼合意,梧生当再来面议也,絮谈始回东浜。鸿轩来书房,请子屏诊脉,畅叙,渠近体尚可支持,然未克全愈。

初五日(8月7日) 阴雨,风略息。上午在书房与先生子屏谈天,下午同厚安至芦定嫁事脚炉,余与顾季常赵三园茗叙,云此番海潮水涨与田稻无碍。少顷,招董梅邨来,告以男大官病情缘起,略粉饰夸张之,渠甚欣然。良久,回公盛店楼,季常留同人小酌,翰卿、砚仙亦至,微醺告辞,归舟风雨,是夜颇新寒。

初六日(8月8日) 阴雨,西北风狂吼,下午略有晴意。饭后略登内账,以札致袁憩棠,渠郎稼田抱病,胃口尚好,老翁于食物禁忌多端,故特宽解之。是日辰刻立秋,下午在书房与先生子屏以玫瑰膏粱小酌赏秋,微醺颇适,笑言舒徐。西瓜设而不敢食,如此新凉,目所未睹,似非时令之正。

初七(8月9日) 乞巧日,晴朗。上午子屏为兰大女孙转方,伤风已略愈矣。下午子垂侄特遣人字致子屏,述廷珍回自馆中,血症大发不止,形神困惫,欲屈元夫子同去商方,势颇横决,不能不往,余处备舟到港,未识能救急略平否,思之可骇!李星北亦以疟疾送归。晚间子屏随元翁来,知廷桢吐血现已一大碗,面无人色,方用羚羊角压气诸品,然甚棘手。

初八日(8月10日) 晴而不朗。上午作札致芸舫,即写就托子屏同寄,颇费致辞,因渠心境太不佳,故特诙谐宽解,并劝渠八兄葬地定后即速进京,来春挈眷出来为是。茂甫推荐邱氏东席,亦作札致寿伯,托子屏同寄,此种应酬万难推却也。暇与子屏谈论,女孙丸方亦已商定矣。

初九日(8月11日) 大雨终日,寒冷异常。上午丁益经来候子屏,回复已就赐福东席,余处交臂失之,所转荐渠堂兄丁达泉,年已六旬,未悉其详,当问金星卿,以意度之,断非上驷也。客去后,在书房与子屏剧谈,鸿轩亦在座。

初十日(8月12日) 蕴热,下午阵雨不畅,潮甚。终日仍与子屏闲谈,明日回去,留之不可,此来幸喜精神略振。接半芗信,亦以达泉保荐,即作复信,云十五日后是否再复定见,未识有缘否。下午薇人字来,以张元之患痢,望子屏、元简即往,复以明日,似乎元简亦谊难却却。

十一日(8月13日) 晴朗而热。饭后子屏回港,云节后身体略健,当赴苏补吊吉甫,兼慰芸舫,元简同往,拟至葫芦兜同视张元之,兼为定方。六侄来谈,以近作见示,喜颇充畅。暇点曾选古文序类。书房内补文期,日上废弛甚,骤握笔,殊为苛政。未晚,诸先生已回,知廷珍血已缓而嗽未止,兼有痰沫,大势仍难稳当。张元之系温热湿阻,误服温药,痛甚,梅村昨用黄连,极通利,子屏、元老不过加减而已。并知费芸舫七月初三日在吴江有覆舟之厄,赖干仆从窗隙救出,大幸无恙,然知己闻之,大为胆落,日上未识若何,不便直询。并知昨日梨里镇为悦来当务,有官兵、盐枭击斗互伤重案。

十二日(8月14日) 晴,潮热。上午点阅《文献通考》小序,下午闲散。今日晒《钦定全唐文》,晚间遇阵雨,反增潮湿,明日要重晒。夜骤凉,飞蚊扰甚。

十三日(8月15日) 晴,仍潮湿。上午子屏信致诸先生,蔚如近体仍未止血,兼带凝滞痰沫,如何易治,转商一方,似仍难起色也,为之忧闷。兰大孙女暑湿类疟,烦元翁诊视,开方宣泄。下午对药至大港,以札致子屏,《郎潜笔记》六本借阅,庄红阶《却老编》已借来。接邱寿伯信,东席钱姓,余未素知其人,何敢妄断?当即作札婉谢之,云商汝诵华为是。

十四日(8月16日) 晴热。饭后烦先生诊视大孙女,方用化湿降达,兼平肝气,燥滋之药均不用,服之安甚。明日先生假节,当请董梅邨接治,以冀速愈。中午中元祀先,率两孙灌献如礼。下午作札复邱寿伯,曹松泉来,兼惠常熟竹器,长谈晚去,有所商,以预会应之,尚未遂所求。

十五日(8月17日) 天气晴闷。清晨吴莱生送回同,母夫人有信来,肝厥大发,代为深虑,以调理遗泄药二帖、大鱼肚二两送之。元夫子饭后送之假节,约月之廿八日去载。邱寿伯信亦已由芦寄梨,暇阅曾选欧文。下午董梅村来诊视兰大女孙,方用芳香开胃二帖,据云邪势已退矣,定方略谈即去,云要复诊张元之。客去后,觉措身闭汗,不甚适。

十六日(8月18日) 晴朗。晚起,昨日闭汗,蒙被早眠,今晨得汗始解,一不谨身便不受用如此,可不慎哉!上午点读曾选苏文,邱氏内使来,接寿伯信,外账已定见有人,可以复茂甫矣。余昨日札未接,其中曲折皆张姬不知言哓舌也,一笑。下午接憩棠信,稼田病有转机,可喜,所荐钱缉人实不合宜,即作复却之。是日闲散不用心。

十七日(**8月19日**)　晴朗。上午疟来即眠,下午得汗解,略疲。董梅村来诊视大女孙,诸恙已愈,开方清养,并烦梅邨调治余疟疾,上楼,床前絮谈,云暑湿尚未清,然轻甚毋妨。始知元夫子致渠信,来岁欲寻医行道辞馆,数年叙首,闻之骇然,即属梅村作札坚留,并加脩二十,以安其心,未识元老能挽留否。处方后,梅邨回。是夜为先生事终夜反侧不安。

十八日(**8月20日**)　晴朗。晚起,略顿,胃气无恙。上午以札致半芗,丁达泉决计试办,约二十后来溪面定。命虎孙代札与子屏,下午接子屏回札,亦以元简辞馆舍现就赊亦非稳计。蔚如大势略定,起色极难。杨恂如邱氏权馆,今岁亦已定当矣。七侄来谈,论及择师,与余主见相同。终日静养,服药一剂。

十九日(**8月21日**)　晴热。上午类疟来,大冷,呕吐,大热,下午汗淋漓而解。终日卧床,精神困惫。

二十日(**8月22日**)　晴热更甚。在楼终日卧养,胃气大不佳,惟饮杜磨藕粉汤。

廿一日(**8月23日**)　朝晴,上午大雷阵雨如注,下午狂风,水骤涨。是日出冬,不克照应,疟幸不来,然终日疲倦,食粥无味。

廿二日(**8月24日**)　大雨狂风,水涨过于夏初。终日在楼,卧起任意,仍疲,略思食,饭有味,风雨夜半始息。

廿三日(**8月25日**)　始起晴。上午下楼,意兴索然。夜间肝气大发,竟日坐卧不定。低田多受水灾,芟葑催甲来索踏水车钱,拒之而暗助一洋,以遂所欲。

廿四日(**8月26日**)　晴热。朝上食粥,勉下楼。上午丁半芗同其堂兄达泉二兄来,年已六旬,精力尚可,粗观举止,似诚实而短于才者。余处用人先重老成,即与丁半老谈定办东账一席,春花为满,脩六十九①,钱四十二两,限规一股,付定脩五洋,约八月十二日遣舟去

---

① "六十九"原文为符号 𡛥。卷十二,第 127 页。

载。留中饭,强陪之,知均不饮,半老特送茶点,权领之。下午还去,至东浜,晚间梅邨来诊余脉,方用芳香、化湿诸品,知元翁处已作札坚留,尚未接复,颇切悬望。长谈而去,是夜略安。

廿五日(8月27日) 仍晴热。饭后下楼,中午吃饭始有味,然尚未照常,嫁事细账一一交与子祥,明晨当同苹甫侄、钱子芳到苏采办,约有半月逗留,余不耐烦,仅总其成而已。终日静养,服药颇适。

廿六日(8月28日) 晴朗,略热。苏去朝上开船,恰喜顺风。上午登记内账,心颇烦扰,假寐片时始安。终日闲坐,略补登日记。精神仍未振,服梅村方第二剂,夜眠尚可。

廿七日(8月29日) 晴热而爽。朝上食粥,中午食饭有味而尚减其半。招介庵侄来,托黄锦记喜事内借环拨两红纽,命念孙代为作札。北舍局王漱老持由单来,知上忙已开征,辞以疾不见。五侄峻卿狂病又大发,殊难收拾。是日精力略强,日记补登毕事。

廿八日(8月30日) 晴热,中午尤似伏暑。是日饭量始增,下午饱啖西瓜,极适口。午后元简先生已到馆,湄邨信接到与否,不便询之,殊悬悬。暇读先大人诗前集。

廿九日(8月31日) 晴热。上午翻阅王先谦所编《续古文词类纂》,共八册,系借自凌砺生,新从元简处寄交,文则直接姚姬传至吴南屏,凡三十八家,亦大观也。午后接董梅村信,知元翁有札复渠,情意难却,再联一载,余颇感慰。下午沈达卿至书房谈天。

八 月

八月初一日(9月1日) 晴热如炎暑。饭后衣冠关帝乩书前、东厨司命神前、家祠内拈香叩谒。上午登清内账。暇则翻阅读《续古文辞类纂》,如入五都之市,众美毕臻。是日精神渐健。

初二日(9月2日) 晴朗。昨夜阵雨,今仍暑热。饭后舟至梨,以札致子屏,下午子屏以札来,述及竹淇病后窘状,依旧欲告贷去岁之数,即以札示乙大兄暨七侄,竟如所请,二十二元与之来人费宝秋,作复交托。此实意中事，且可以病缘饰，若援为成例则万难耳，思之，甚无良策，奈何？费芸舫已于前月廿五日入都，约九月中挈眷出京。八兄葬地已择吉壤，闻之稍慰，并告知张元之昨日作古，病由伏邪未达，阴精内铄，伤哉！终日心境不佳，看书乏味。明日舟至苏，诸元翁趁船同往。

初三日（9月3日）　晴，闷热。今晨赴苏，顺帆。是日家中净素，灶神华诞，旧例谨遵。中午衣冠率两孙奉香烛、酒果等品虔祝。腹微痛，脾不健，昨日多食西瓜之误。下午砺生来谈，论及书院事，今岁代元之终席，明年鄙意以为竟请吾兄作山长，砺生亦毅然不辞，絮语良久始回去。晚间风发，未识砺老已到否。

初四日（9月4日）　晴，昨夜阵雨不畅，今炎稍退。终日《续古文词类纂》披读消遣。七侄来谈，阅两孙近课，有妥，有不妥。

初五日（9月5日）　晴热如正伏。朝行至葫芦兜，送张元之同年大殓，吾乡失一时文大家，后生谁仰典型？为之感悼！晤杭竹芗、徐少安、汝怡生、禊生、小山诸公，又晤沈蓉斋，几不相识，见邱寿生，喜吉六兄乳疽收功，大为欣幸。陆韵岩接谈，以砺生来岁掌教事，命商在镇诸公。饭毕即返，路过大港看子屏，尚喜诸恙多愈，初十后可至禊湖。见芸舫信，前月初三在吴江舟次受水厄，信有之，此公已似见惯不惊，略谈即返，以香苹果十枚饷之。到家，凌氏通信之使已来，具行聘迎娶礼两副，受之，回遵谢到门两帖，舟使犒以酒食使金布钞，下午回去。李星北今日到馆，天气蕴热万分，元翁今晚未识苏回否。

初六日（9月6日）　晴朗，热稍退。昨夜迟诸先生苏未回，大约今晚同归与，暇阅《续古文词类纂》，作题秦顺之父《后溪春泛图》五古一首，当质诸先生，然后写去。下午洗足，颇快。黄昏后余已寝，诸先生、钱芝芳先自苏归，余即起，询先生，知芝芳腿上生疽，不能行走，六侄子祥亦因秋热疲于奔走，辛苦特甚，约船后日上去载。诸货来者大半，尚有定做未齐，须三五日逗留方可完。甚矣，嫁事琐屑，大不易办。

初七日(9月7日) 晴,又复炎热。朝起命将所办物件位置堂楼下,以便检点暂收。饭后至对河望钱芝芳,知腿上已肿,要防出毒受痛,为之深抱不安,絮谈而返。三局均来,漱老处多完一户,共大富、二南玲、玉字、大胜五户,付洋六十三元①,钱九十五文,先扣十五元。森甫处完忠、尊、荣三户,付洋卅一元②,钱四百卅五文,扣洋五元。黎局已调徐春亭、陆少甫来,照旧完南北斗荒字、南富四户,付洋十九元③,钱三百四十八文,各如愿而去,此辈若不应酬,亦不安静也。终日碌碌,不能坐定,明日命舟到苏载苹甫、子祥,以洋五十五元交张桂生带往,有货调换等候,大约须四五日方克完全归家。

初八日(9月8日) 晴阴参半,下午微雨。是日东北风,巳刻交白露节,暑气渐退。上午由徐荔江处接费芸舫十九日信,知北行又改期,大约月初动身,来春出京,颇以余言为然,纳妾一事,似已有物色矣。致子屏一札内,交代赊会洋贰元,钱二百,当觅便寄去。暇阅《续古文词类纂》书序类。

初九日(9月9日) 晴,略阴,微雨。饭后至乙大兄处,借出嫁请客目录,命账房录出,已得要领。上午陆韵岩来,为办先人丧葬欲叙葵邱十四,每会十五千,十月一卸,只好应酬允之。谈及砺老作山长,合镇翕然,一茶而去,云至苏家港,亦为此事。接沈益卿信,来岁无馆托荐,极难之事。暇以《续古文类纂》消遣。

初十日(9月10日) 晴朗,暑退。上午登清内账,阅两孙课文。慕孙做大半篇,笔颇超脱,念孙亦略有进境,可喜。暇阅《续古文类纂》吴南屏先生文,名下固无虚语也。日未晚,苹甫、子祥自苏顺帆归,诸货办齐,身体康健,快慰之甚。

十一日(9月11日) 晴朗,稍凉。饭后苹甫侄来谈,办出嫁事,颇费渠心。始知诸绥之与陆铁甫交不终,诸忠厚而陆时貌狡滑,诸馆

---

① "元"字后原文有符号♪。卷十二,第130页。

②③ "元"字后原文有符号☛。卷十二,第130页。

之不终局,陆未免下石,然诸不自立,致人言啧啧,亦自取焉。后生持世,易入歧途,可不戒哉!子祥以苏办清账交余,亦无心详阅也。碌碌终日,读《续类纂》,无兴趣。

十二日(9月12日) 晴朗,西风忽肃,暑气退净。朝上持诵经卷,为允明坛普济施用,草草完竟,甚不虔诚,聊尽吾心而已。终日披读《续古文类纂》,午后丁达泉二兄到寓,一应账务俟明日交付。是夜两孙始读夜书,余亦略亲灯火。

十三日(9月13日) 晴朗,昨夜凉甚。饭后徐瀚波来长谈,云欲至震泽下乡,平粜白粞作济荒,甚好,然须立定章程,庶有实惠而免纷扰,未识瀚翁能办得妥否。留之书房中饭,下午回去,新愿七数移去作粞本,毛秋翁所议另存,不果,已付讫矣。送字灰,仍如期至海昌,资十元又讫,又付孤米十元,共持九数而去矣。欲为先生调停一事,甚难下台,只好罢议,彼其之子亦狡矣哉。终日碌碌,晚间诸先生自港上视蔚如疾回,惊知脐气大动,真元欲脱,虽拟方补降,恐难挽回,为之叹宅运之不通而已,不胜悲愤!吴甥幼如来自梨里,孙女出嫁喜帖属渠书,前有札,妄有所求,稍呵责之而恕其穷。子屏初十日已挈眷到梨,踏灯兴动,宿恙都消,大为之欣幸。

十四日(9月14日) 阴晴参半。上午登清内账,命账房盘计垫箱青钱,命吴甥书回盘诸式帖目。栗六终日,夜间仅以唐诗消遣。

十五日(9月15日) 晴暖而爽。饭后磨墨匣,赵大姨表姊自芦来话旧,知梨川因盐匪滋事,官兵巡防,夜会停走,灯兴阑珊。下午公盛有人来,传说袁稼田病在危急,无望转机,甚为憩棠忧,不堪担此逆境。是夜月明千里,称此佳节。幼如动手,始书奁簿。

十六日(9月16日) 晴朗。饭后正欲翻《续古文类纂》,适薇人来诉,被两逆侄殴辱血流,势不得不鸣诸官,余亦不能劝止,忿愤而去。少顷,两逆侄亦来,余面责之,复细诘之,其中尚有不实处,大约不逊凌犯则有之,拳殴至血,似尚不敢。谕以国法尚在,汝曹如不甘禽兽同形,及早服罪或可从权过去,一经受杖无悔,两逆似尚不至倔强,含和而去,思之发指。总之,半由其身不正也,听之而已。家庭之变,一至于斯,大可痛恨! 晚间补中秋,酌敬东西席,余陪饮,诸先生、吴甥同席,尽欢而罢,余则略有醉态。

十七日(9月17日) 阴,微雨终日,始复凉。上午六侄来谈,惊悉稼田昨日朝时作古,年廿八,幸有一子一女,甚为憩棠悲悼,失此佳子弟! 终日栗碌,略整齐几案桌席,明日凌氏来行聘,兼送五盘,冰人陈翼翁,甚知己也。

十八日(9月18日) 天气晴和,可喜。饭后两厅略排场洒扫,两房侄、侄孙辈均衣冠至,未至午刻,凌氏盘船已到,冰人陈翼亭、徐益山迎至瑞荆堂坐茶,盘则位置养树堂,衣服十八副连五盘,首饰称是,大六礼廿四洋,六局总犒廿四两,诸礼均从减。余处靴帽回两副外,又袍套准仪四十洋,代糕十二,执柯十二,除所受礼五十元外,实添赔五十六元,可知女家难做也。午后厅上设两席,款两冰人,翼翁、诸元翁陪之,益山、李星北陪之,馀无客,仅诸侄、侄孙、孙辈侍饮而已。邱幼谦令爱毛小姐亦来,内厅特设一正席酌之。饭毕,又畅谈,诸礼回好送下船,始送两冰人登舟,时尚未晚也。是日诸事安舒,精神颇健,幼如衾簿亦已写毕,极饰观。夜间早眠。

十九日(9月19日) 阴雨终日,北风寒厉,早桂初香。是日出冬两仓,照应不克静坐。略阅《续古文类纂》。

二十日(9月20日) 晴和,桂香扑鼻。饭后命工人卸屏门长窗,将嫁妆全副位置后厅堂楼下,收拾家用案几桌椅,殊形栗碌,下午一应楚楚始略坐定。元简先生昨夜吐泻十馀次,似霍乱,幸今大势已定,自定服药方饮之,谅渐轻愈,然精神惫甚矣。凌氏彼此来请客,虚文往来,甚可笑也,然老亲礼势不能免,于世情似该若是。益山有信,即命念孙作复。老薇为逆侄事,茂甫为其子蔚如来求先生转方,据述被殴确实,势难下台。

廿一日(9月21日) 晴朗。饭后略登内账,至乙溪处絮语。中午祀先,先继母顾太孺人忌日也,祀以菱,先继母所嗜也。今岁菱贵,虽照旧炊煮作饭,奈有名无实何? 见背三十五年,迟暮光阴,报答益难,徒呼负负而已。下午曹松泉来谈,有所需,立券付而立而去,此公有贤子,想可不至失约也。暇读《续古文类纂》末册。

廿二日(9月22日)　晴和。饭后接港上条,痛知蔚如从侄孙竟于昨夜戌时去世,少妇重堂,无所出,实是不了事,为之悲悼久之。暇阅《续古文类纂》末册初毕。命吴甥书对联三幅,尚不草率。案上书籍始楚楚收拾,略有伤风不适。

廿三日(9月23日)　晴朗。饭后命舟至梨川请客,邱氏兼借灯。毛小姐还去,约初一日同弟兰官来。命两孙同九芝侄孙至大港,探蔚如丧兼送殓,下午回,述及薇人两逆侄已远飏,县已发差提究,此事须痛惩为要,即或从宽,亦须到江伏礼,未识薇人意究如何。子屏在梨顾氏,颇适。与元简札,述费芸舫初五上轮船,初九到津,值雨水,泥泞难行,乘舟至通,略有风波,现已安稳到京。

廿四日(9月24日)　晴和。上午同七侄舟至芦墟陆韵涵处会酌,至则诸人未到,惟陆梦岩在,恰好翼亭在镇相招,同董梅邨茗叙桥楼,絮谈良久,论及元翁来岁位置,甚合余意。回来,同人皆叙,砺生亦至,相识者王竹林、陆厚斋、黄子亨、凌忆庭、陈秋槎,连头会共十四人,十月一卸,二会各交半。两席酒肴极丰,余与砺生同座畅饮,饭后即返棹。今日家中砺生处致分,并靴帽喜糕四盘,羹果四盒,所谓锦上添花,可笑也。凌氏三秀才来送试草,合一本,极体面,余不值,两孙陪之书房茶叙而去。两孙今日文期恰好做完,慕孙居然完篇,上期搭题成篇,差幸清通可喜。晚间率两孙至萃和,吃介庵侄孙女受盘酒,联姻大桥袁氏,余陪冰人徐梦琴,与达卿畅叙,菜则不能多咽矣。饮罢,又与冰人蔡子瑗甥略谈而返,时不过深黄昏,婆娑内室,不敢早眠,恰甚舒适。

廿五日(9月25日)　晴朗。上午登清内账后,阅三新生试艺,钱觉莲所改最为清刚挺拔,荫周亦圆润,吾家老薇略疲矣。下午阅《续古文类纂》铭记。

廿六日(9月26日) 阴,无雨。上午凌氏女使来送花粉代仪,酒食款之。是日循例遣嫁前以钱填箱(三十二千,六十[1],廿两),准台面,本英各半,共二百元,新房零用四十元,一并交与媳妇手。下午,宋静斋查婴便道来候元夫子,在书房絮谈而去。幼如略有不适,未识能即愈否。

廿七日(9月27日) 晴和。饭后命工人复将嫁妆台桌位置两厅,尚未摆齐也。午后登清内账,七侄来长谈。暇阅《续古文类纂》。

廿八日(9月28日) 晴暖,桂花开盛,香气盈庭,拾好凉帽,晒收之,杜唐换暖帽以自便。嫁事物件初排场未齐,然仆妇辈已忙甚矣。两孙今日课诗文早毕,以后须俟嫁事毕后再开课。幼如疟疾又来,似轻,因有汗解也。

廿九日(9月29日) 晴阴参半,甚暖。饭后徐瀚波来致分,权受之,知震泽平粜白粞之局已成,特恐施之未尽善耳。重九普济费并经咒账均缴讫,恐渠是日未必在坛,茶叙而去。是日始不观书,指点位置一切,属相好到梨办新房茶果,两孙帮吴幼如开横单,铜锡夋具,殊觉终日栗六,不能坐定。

三十日(9月30日) 阴晴不定,风不透,微雨即止。自朝至暮不克坐定,嫁妆位置楚楚,一应装饰尚未全备。幼如疟疾又来,略轻,开单且俟明日。此番嫁资丰于老辈,非时势使然,溺爱甚,诸事万难从减,大愧家风不称。

九 月

九月初一日(10月1日) 晴朗终日。朝上衣冠东厨司命神前、祠堂内拈香叩谒。是日嫁妆一切办齐整设,俗语所谓"铺行嫁",乡邻观者如看多宝,两房内眷亦请来观,乙溪大兄扶杖而至。晚间大船一号已到,乐部诸色人目均传齐,客则无有,夜与诸先生、乙大兄、诸侄、

---

① "六十"原文为符号卝。卷十二,第134页。

侄孙辈饮酒,颇欢适,拟明日饭后送嫁妆至凌新亲。一鼓后照应门户
始寝。

初二日(10月2日)　晴和。朝上升炮开门,即命运妆,饭后开
船,大船、大账船共四号,上午闲甚,亲友多送添妆,或受或不受。中
午徐尹孚便服来,留之正席中饭。未至申刻,送妆船已回,犒使砺老
从丰,六申六拾两书夜,送吴甥八元,已奢望矣。晚间郑公石、式如两
昆玉同来,送添妆极精。夜间点灯定席,鼓吹请邻,共四席,暇与诸君
畅谈饮酒,一鼓就寝。

初三日(10月3日)　晴和无风。饭后蒙诸亲友均来贺喜,午刻
率孙侄辈循例祭先毕,内厅待嫁三席,东浜三姑太、邱氏大内侄女均
来贺,至亲蔡进之甥久不出来,亦同子瑗甥齐至,正厅款客六席,杭竹
翁亦蒙光降,其徒陈秋槎(仲威郎)同来,特挽之首座。余公服仅定两
席,馀则各敬酒而已。下午亲迎船已至,此番凌砺生排场执事独阔,冰
人陈翼翁、徐益山先登门,凌氏诸昆季均来道贺,特设两席待媒,款之
书房厅上。新亲宾客叩贺纷纷,余不能一一应酬矣。晚间灯齐,即传
执事开道催妆嫁,命虎孙接新客,恕甫茶厅出轿,坐茶书房,亦设两席
款待。礼毕,即行奠雁,命慕孙送大姊升彩轿,余亦公服送之出阁,颇
觉悲喜交集。亲迎船开,不过黄昏时候,余始与诸亲友畅饮,留者尚有
二郑、赵翰卿,颇不寂寞。一鼓后,始行息烛,闭门就寝,腰脚疲甚矣。

初四日(10月4日)　晴和可喜。朝上命两孙具帖办代礼数幅,
至凌氏问宜兼请归宁,余亦不能晏起。饭后略昼眠半时许,两孙已
回,知留饭,正菜极华,回门在即矣。与诸君子剧谈良久,午后始来,
凌氏仍用大船肩舆,即迎新孙婿恕甫夫妇登堂见礼,坐茶设席,一正
桌,三陪桌(菜烹炮极劣),账房在外。翼亭老同年同来陪饮,足征多
情助兴。宴毕,新亲家即以大船接归,余与两孙送之出门,时夕阳傍
晚红矣。夜复张灯,饮算账酒,瑞荆堂叙三席,蒙诸亲友助兴豪饮,拇
战角筋政,一洗人家出嫁后满目凄凉之态,大为快慰。二鼓后始照看
门户上楼,余酣睡颇适。

初五日(10月5日)　晴和。饭后诸客均回去,六局人等都未开发,收拾器具,账房明日搬移,极栗六万分。夜间内外均早眠。

初六日(10月6日)　晴暖。终日位置几案,卸藏灯彩,开销六局,精神倍觉疲惫。

初七日(10月7日)　晴,略有风。是日疲倦更甚,始整齐书策,一应账目,子祥尚未开发完吉,书房内始照旧坐定。

初八日(10月8日)　晴朗。饭后送诸先生解节,约廿一二日间去载。是日精神略复元,闲看《续古文类纂》序论。

初九日(10月9日)　重阳。晴和,连九天无风雨,目前少睹。饭后同李星北赴芦允明坛,泊舟鹤归来,至则斋素。余到坛拈香叩参毕,诸同人咸集,余发心追荐先人,并请悟一师念普佛一堂,焰口一坛,施济一切孤魂,费则余办。坛中诸弟子,旧相识者陆友岩、陆炳卿、毛香涵、沈淦甫、沈锡卿、张蘅州、周敬斋、陈敬亭、汪涤斋均来效力,沈亮之不来,坛弟子最长如徐瀚翁,任办震泽枭栖荒政,告假在外,毛秋涵翁特慕名到坛。新相识者陆友兰,云是朗夫先生旁支,善相人,特请教,似亦无决断语。中午饮酒吃斋,与毛秋翁同席畅谈。读乩谕,大士申刻临坛,不及恭迎,饭后即告辞到镇,与赵翰卿、董梅村茗叙陈厅。少顷,沈咏楼、顾季常均来,两公血证又发,均得平安照常,始知凌馨生意兴大不如前。谈至傍晚始开船,到家未点灯,知蔡氏二姑太太来过,为大桥喜事颇多词说。夜又早眠,账房一切发出开销是日始楚楚交卷。

初十日(10月10日)　晴和。饭后命工人装瑞荆屏门、养树堂窗格,一应照常,暇则补登日记,涤净墨匣笔砚,眉目一新,为之爽快。夜间略阅局刻《欧阳省堂校勘记》,是学堂不可少之书。

十一日(10月11日)　晴朗。上午略登内账,喜事账尚未登记。北局漱老来,又完大富、大义、东渭、金字等十户,共付洋四十五元①,

---

钱一千〇八十八文,十五元已扣讫矣。据缴讫,下午随新房左右侍者均送归,云昨夜堂上受礼坐茶(十六两),新房内共送茶、吃茶乙佰馀桌,每人拆犒赏十二两,洋三元,半开布钞在外,可云如所奢望矣。夜略阅《古文续纂》。

十二日(10月12日)　晴朗干燥,菊秋佳日也。上午账房内略有田事议价,未识能不受渠蒙蔽否,明日且去看田再定。书房内课一文二诗,惟两孙日光内交卷,诗非今日所成也,《校勘记》始用朱笔点住句读。

十三日(10月13日)　朝雨即晴,干燥依然。上午略登内账,命账房去看北玲田,还报二亩几来路不清,不可得。阅书房四生文课,慕孙笔最佳,惜多未达语。星北略妥,念孙次之,若莱生则疲散极矣,书此以俟先生评定。碌碌终日,恰难静坐。

十四日(10月14日)　晴朗异常。饭后遣使至凌氏十二朝,具糕盘,望大孙女,星北、莱生俱送归家。账房内购置北玲圩田七亩,立契成交,付足钱乙佰二十千〇七百五十文,每亩归十七千二百五十文,因有一单三亩五分〇六毛,在吴局未领立代单笔据,俟新原单交出,然后过户,想亦无甚枝节也,留之酒饭而去。《校勘记》略点数页,暇阅《曾公尺牍》以消遣。

十五日(10月15日)　晴朗干洁,始命工人刈稻。饭后命念孙至莘塔,贺凌磬生两郎芹樽禧。明日敏之合卺,雨三母舅表姊出阁,均须住宿致贺。月锄处亦致芹仪,殊觉应接不暇也。六侄自王礼石家道喜还,接郑公石札,为徐佩青托保事,前已得辛垞信,置之不答,今又叠鹏不已,殊厌烦渎,不得不即复之(复托寄黄掌卿)。下午书札待寄,言叶彤君已于重九后书取履历,势难更张矣。世风卑下若此,可笑。暇以《曾文正诗集》重读一过。

十六日(10月16日)　仍晴朗和暖,做喜事人家之幸。饭后略登清内账,走至莘和,观大侄孙女所摆嫁妆,已一切楚楚矣,与大兄叙谈而回。《校勘记》略点完《论语》。下午观工人收稻,晴旭当天,黄云满地,鸟雀声与儿童拾穗声相间,丰年之乐,此景最佳,但祝岁岁频书大有,不胜祷望。暇以曾公诗消遣。晚间,芦局森甫来,又完钟珝瑚、大西阡是字共四户,付洋廿五元①,钱二百廿六文,扣还五元而去。

十七日(10月17日) 晴,太暖,非时令之正。饭后登清内账,略读曾诗。下午至萃和,观运妆至大桥头,明晨早发。夜与慕孙饭于萃和账房。

十八日(10月18日) 阴晴参半,微微即止。送妆去,恰好往来顺风。昨夜略有脾泄。上午至萃和,客到寥寥,惟介安、黄氏内弟、文甫幼子掌卿昨日来。午间徐梦花来,与之畅谈,不见已四五年矣。晚上请邻,念曾归自莘塔。

十九日(10月19日) 阴晴参半,微雨洒润。朝上亲迎船已至,殊觉欲速不近情,即衣冠率两孙贺乙大兄喜。上午贺客至亲都至,应酬颇烦,新亲侄孙婿兄弟行袁韵珂名开骅特至养树堂,同子瑗甥候余,恂恂谦抑,他日必成大器。适值内厅将花筵祭先,不及款留,即送归大船。中午请客四正席,冰人徐梦琴、蔡子瑗,余代定席,馀俱送酒。下午客多去,又雨,傍晚送出阁,已点灯后矣。夜饭毕,又在账房叙谈,久之始回。工人张桂生霍乱大作,速载看痧治之,云近绞肠,幸手足皆暖,治之早,可无碍,然已惊惶矣。一鼓后就寝,雷雨大作,想亲船停泊北舍,不能再前。

二十日(10月20日) 仍阴,微雨,渐有寒意。四鼓后子祥侄孙亦患霍乱,呕泄大痛如前症,即请看痧,东浜凌姓开针治之,良久始定。余则随诸相好早起,疲惫竟日,所喜诸恙均甚平安,不胜侥幸。夜间大兄招饮算账酒,大孙略委顿,率次孙同往,两席皆丰,留量节饮,席散即归,是夜酣适之至。闻友庆相好工人亦染霍乱症,幸亦平稳,殊觉可异。

廿一日(10月21日) 开晴。晚起。上午补登日记。午前介安

---

① "元"字后原文有符号**叹**。卷十二,第139页。

望朝归,始知亲船夜行,剪网船横肆,心怀不良,幸鸣锣呼盗,前船接声始散,行舟深戒冒险。前在萃和接殷达泉信,知谱翁抱病颇重,思之可虑,未识能久享林泉之福否。终日栗碌,不能心定。晚间沈漱渌来,惊知渠老翁吉孚堂舅氏已于二十日作古,年七十有八,告助洋八元,即如数帮之,如此收场,尚可称两无所歉。

廿二日(10月22日)　晴热,夜半风起,始凉。上午徘徊一室,不能坐定。下午竹淇弟妇来,述及竹淇病肿垂危,持子屏札谋商后事,坚欲百两钱数,同至乙大兄处,两侄均来,与商减助,口紧不松,不与之决定,且俟不测再议,至晚回去,其心甚耽耽也。应贷之难,可叹无善策。元简先生到馆,两孙略有感冒,不进书房。夜谭屏逐一徒事,甚佩元箸超超,所谓无欲则可刚可柔也。

廿三日(10月23日)　阴,秋风不透。饭后漱六又来求益,出言不近情,呵之去,少顷,同其堂兄六公来,余即下台,找送吉翁束脩一年,始辞谢而退。人情不古,有子不贤,可胜浩叹。闻殷谱翁于十七日归真,如此结局,江震一人,略有缺憾,所谓"世上难逢十足事也",夫复何悲!下午查百忍录账,回复乙溪,为孙女弥月做团蒸定胜糕,至三鼓始休,实靡费暴殄。

廿四日(10月24日)　北风狂吼,阴寒初肃。朝上舟至东浜,吊奠沈吉甫堂母舅氏,从此缘满,老翁亦脱离苦海矣,为之凄然。其婿梁公云亭,金小苏家东席,旧相识,略接陪。饭后至晚三姊处话旧,扰渠茶点,历诉家事,荆棘丛中万难清理,只好坐以待尽矣。絮语久之还,家中糕事,蒸做竟日,尚未完工,夜至二鼓始毕。

廿五日(10月25日)　晴朗。终日碌碌,心绪纷如,殊觉无谓可笑。又观妇女做弥月团,亦竟日而毕。乡俗浮靡,此其为甚,然为家督者万难禁止,可叹!

廿六日(10月26日)　阴晴参半。饭后遣使至凌氏做弥月礼糕团,满盘满箱,两舟并载而往,以遂妇女之欢,以后当从减约为要。中午祀先,补祭先曾大夫杏传赠公廿四忌日,祭必用蟹,曾大父所嗜也,历奉先人命,不敢废。暇则略读《曾公诗集》。

廿七日(**10 月 27 日**) 阴雨竟日。朝上吃面,肝气大发,午后不食,略卧始安。饭后接港上条,痛知竹淇弟于廿六日卯刻作古,寂寂不出题,恐别有新意文章相难,诉之大兄,毋易视也。下午命念孙同两房侄辈先去探丧,明日巳时成殓,余礼当一送,奈身不健旺,只恐抱歉,心境恶劣之至。晚间孙辈自港上归,知子屏旧恙未全愈,今始自梨归,约即日来溪商谈此事。肝气晚略平。

廿八日(**10 月 28 日**) 阴晴参半,西风肃肃。饭后仍命孙侄辈送竹淇,巳时入殓,余以肝疾未平不克往,然心颇哀其境之贫而伤其计之拙也。下午回,知子屏明日大约要来。是日始循例砟散稻,以免租欠,暇则翻新谱,自去冬告成后,亡者四人,二老二少,少如、蔚如万不可死,而竟死矣,悲夫!添丁者三,尚不能两相平也,姑识之。无聊中以龚定盦古文翻阅其易解者。闻费芸舫挈眷将归自都门,念孙为其外父吉翁十月朝礼大悲忱,三十日至费府,作札复询徐縶友,一切礼文均托办。

廿九日(**10 月 29 日**) 阴雨,晴暖。饭后略坐定片时,子屏已来,色象颇佳,畏风而戴兜子,依然未复元,然尚喜谈兴无恙。至书房内,与元简畅谈,略饮高粱,饭食一碗而已。下午同至乙溪处,述及竹淇丧费,除售田外一无着款,恳情从丰,必不可少六十洋之数,似难再减,余与乙兄勉如所请,照股派付之,实所谓竭力帮扶也。思之,益叹门户支持之难!又谈始去,约出月二十后来定膏方。书房两孙文期,随做随改,夜阅之,未免草率从事。吴、李两生今晚到馆,大孙夜间伏载,明日赴苏,约初三日归家。芸九叔如已还,须趋谒之。

三十日(**10 月 30 日**) 阴,微雨,西风大吼,竟日不息。念孙自船中起来,命渠朝饭后小心开行,大约贾勇而前,只好至同里泊舟止宿矣。慕孙命同介安、苹甫两侄至大港,是日竹淇领吊举殡,必须应酬,午前回来,述及北舍大义诸侄、侄孙都至,族谊尚厚。终日闲坐无事,始读龚定盦文稿,是吴楚霸国,虽东诸侯均为之退避,然多难解之句。

十 月

十月初一日（10月31日） 晴朗，西北风仍大吼竟日，大有寒意。饭后衣冠东厨司命神前、家祠内拈香叩谒，乙大兄来谈，所商一事未识芦墟诸公肯代办否。即或通情，彼族定有一番争论，然已有符可恃矣。暇阅龚定安文稿。

初二日（11月1日） 晴朗，无风。终日闲坐，以定安文参观，甚难句读，大约思力深以庄列为宗派也。下午接子屏信，逆子之母庆三侄媳又欲预支春季三元，姑如所请，作片复子屏，鸿轩所派七角五分合在内，故二洋外又给一洋砭了之。灯下读《续古文类纂》书序一门。夜属丁达泉推算两孙八字，据云寿元有根，功名可望，能符所算，不胜侥幸，祷祀祝之。

初三日（11月2日） 晴朗，东北风。上午元翁以徐孝子《劲节楼诗文》重刊本校定后属一阅，草草报命。下午念孙归自苏，尚肯赶紧，知初一中午到，在费氏书房与纂友联榻两宵，忓事大不如下乡顶真。昨同徐子敏在观前略办杂用食物，接纂友回札，知芸九兄廿七上轮船，卅日到沪，初四日挈眷进大儒巷汪氏暂赁宅，如顾光川、朱锦甫诸公已迎候久矣。敏农现在梨川，明日须要回苏接令叔，忙遽之至。此番费氏款待太过优。

初四日（11月3日） 阴晴参半。上午六侄来谈，知有妄人欲无端硬索，虽无大力可肆，然须用猛拒之，难免无波折也，相机坐俟而已。暇阅定盒文、《古文类纂续刻》。

初五日（11月4日） 晴而不朗。终日闲坐，六侄来谈。暇阅龚文、《曾公诗集》。六侄云，彼其之子已呵之使去，要防再孊，然无能为也。

初六日（11月5日） 阴，似欲发风。闲坐竟日，以龚文、《续古文类纂》消遣，《欧阳省堂校勘记》上册点毕。下午洗足，快甚。

初七日（11月6日） 阴雨，尚不碍晚禾。终日阅龚文、曾诗，以消短景。丁达泉来自梨下乡,略有收,即归家,约十七日去载。

初八日(11月7日) 阴。上午欲赴钱竹老北舍会酌,雨甚,不果,代往。闲读曾文、曾诗,毕竟堂堂正正,无愧大家。于元简案头得见沈达卿所作姚砚贻哀辞,于《离骚》得其精液,近时流辈此其矫矫者,加评三复而归之。

初九日(11月8日) 晴暖,非冬令所宜。上午阅定盒文,可解不可解,子屏谓之"周秦剩子",泃然。下午袁憩棠同顾季常来,有所商,属书券允之,言及渠郎稼田,不禁涔涔泪下,多方宽譬之,终难释也,可悲!以黄子木所作《家传》相示,絮谈而去,灯下阅之,似尚简洁有法,略改数字妄断,当即日寄还。曹松泉晚来,复有所商,仍应之,未识今冬能践约否?碌碌不能静坐。

初十日(11月9日) 阴雨潮闷,有碍晚收。饭后六佺来谈,知昨日夫己氏又来,似不肯休罢,姑静俟之。作札复憩棠,《稼田传》寄还。下午张森甫来,又完北玲、丹玲、西力、新制北玲四户,共付十一元①,钱七百〇四文,与之叫讫。终日心纷,不能看书。

十一日(11月10日) 阴,微雨,仍暖。饭后同苹甫佺、钱竹安至芦,候许松安、陆韵涵,为防冬间难民强索,乡间难御,拟援东路村例,烦镇上代给贴钱,再请同镇上二公,余兄弟具禀县中,给告示二张,一存镇,一存乡,以为符信,松安以为可。议贴镇上钱四十主,约计大口加钱每六文,小口每三文,即拉诸公馆中小酌,吃点心后仍叙韵涵处,看东路村七年十月廿七前分湖司吴告示,拟稿禀县,斟酌略定,并烦韵涵誊清,以便余即日告江送投,此其大略也。书竟,时已晚,即告辞开船,到家点灯,知六佺处小累又到,并携儿止宿,殊无善策。后知不带幼,朝上倏去。

十二日(11月11日) 阴,无雨,西北风又吼,骤寒,江城欲往不果。饭后乙大兄来,苹甫亦来,谈及昨事,须未雨绸缪,然将伯之呼,

---

① "元"字后原文有符号凇。卷十二,第144页。

实无应也,奈何? 王漱泉朝来,又完北玥、东月、东新胜、大图四户,洋又付十四元①,钱三百七十四文吉题,复告借卅元,冬漕扣。此种搭题,恐终有渡不下处。暇则部叙行李,夜间伏载,明晨必须赴江。

十三日(11月12日)　阴,无雨,风略息。朝上至芦墟再寻许嵩安,因昨夜专舟寄条致余,关照难民数。镇上现大口发廿四,小口十二,添北玥在内,须要再加大六文,小三文,禀上误减,须更正。问明后即开船,逆风终日,万难速行。舟中阅《曾文正年谱》,傍晚至同里,夜不能行,即泊舟。

十四日(11月13日)　晴,风始息。朝上开船至江城,尚未九点钟,朝饭后上岸,杨稚斋即见,以禀底示之,云当略改重誊,夹帖即送,其费颇大,均托照办。复至金伯钦家,以欠单并费面共交洋五元,提旧款,云必料理,延约至二十后下乡半归,姑允之始出。暇则徜徉县前茶寮,路遇钱觉莲,招顾渠新宅畅谈,并读渠课徒得意之作五篇,有声调,有兴会,的时花样也,惜不及抄录之,扰茶而告辞。终日无聊,晚间六侄钱竹安始至,余不上岸,早眠。有人论梅冠老讼事,可笑也。

十五日(11月14日)　晴朗。清晨衣冠至火神庙拈香虔叩,复与竹安六侄茗叙。饭后至稚斋处,知禀昨送出,先付费五元后算,云俟有批语暨告示二道,即封寄芦墟。即下船出城,同川小泊,买小菜,旋张帆行,快利万分,到家下午。是夜颇冷。

十六日(11月15日)　晴朗可喜。上午作札子屏,约定到溪日期,邱小榕会钱即托寄。中午凌孙婿恕甫夫妇来,喜甚,以馆菜酌之,七侄、两孙陪饮,酌以陈绍酒,恕甫不饮,余醅甚矣。夜榻养馀斋中,命念孙陪宿,以近作示余,极顺而清,并善谋局,科试可决入彀矣。余早眠,不能寐,为恕甫拟改后二比两题,似尚不吃力。晚接子屏回条,约廿一日去载。

十七日(11月16日)　晴而不朗。早上知元简昨夜倏口出血十

---

① "元"字后原文有符号 ㈱。卷十二,第144页。

餘次,约计一大杯,急视之,知已愈,神色略疲,眠食无恙,大约气火上升所致,劝以不读药书,读放翁诗为饵补上策,未识能进言否。终日与恕甫论文,极乐,读张元之改本及所批讲,真上上金丹也。《广陵散》何人继响? 颇深悲悼! 是夜余又早眠,极酣适。

十八日(11月17日) 晴朗。饭后补登日记,上午吴幼如来,知自去后患赤痢,面瘦甚,吃鸦片硬住,原气大伤,求元夫子方,破格与之。中午与恕甫同席,酒量照常,饭食大减,餉以二洋始去,未识能即愈否。暇与恕甫剧谈,砺生以越酒饷余,谢领之。夜观恕甫作大字隶,颇见姚师笔法。

十九日(11月18日) 阴雨终日。与恕甫谈论,观其作友人札,敏捷不起草。午后被酒大醉,蒙被而眠,始醒,接蔡介眉信,欲索《日记》《小识》,在苏许之,竟忘记矣,又求《文录》一书,均许之。夜间作复,属恕甫代写书法,效板桥及北碑,奇怪而老,甚喜渠聪明变化也。明日始开账船,发限縣。天气潮暖。

二十日(11月19日) 阴雨终日,大碍登场晚禾。饭后略登内账,至乙大兄处,知二大侄孙女产后病破伤风,庸医无主张,病在不起,可恨之至。中午陪恕甫饮,又醉。下午接子屏札,又患形寒,须展限至廿四日始来。吉甫八公,芸老所作行述寄到,当先质诸元老。夜阅恕甫处新购《浇愁集》,骂人太甚,兼杂诲淫,大非聊斋可比,少年不阅为是。

二十一日(11月20日) 阴雨,下午略有晴意。饭后细阅吉公行述,芸老哀痛情深,言言纪实,略嫌太长,后幅大有可商处,当问诸子屏。暇观恕甫题画作诗词,俱能变化从心,异日可成大书家。今日饮不醉,闲阅《浇愁集》,笑谈毋忌。晚由凌砺生处接芸舫十八日同里所发信,知八兄葬地略定吉壤,索所撰行述,俟子屏来商定后当即速寄。

廿二日(11月21日) 晴暖。饭后预封复介眉信及《文录》《日记》《小识》,待寄,亦恕甫代开信签也。午前徐翰翁来,留之书房中饭,知办震泽秭赈极妥,欲推广,辞以难办,余处付洋三数,一旧愿棉衣;二新愿找足;三旧例预支掩埋髡,除支外净存五元,下午回去。以《浇愁集》消遣,心绪纷如。

廿三日(11 月 22 日)　晴暖。上午点《校勘记》。中午与恕甫饮,颇适。接子垂札,知子屏患牙肿,寒热,卧不起身,廿四日不能来,且难订期,殊怅怅。属恕甫作复,催缴吉公行述。夜与恕甫谈剑仙侠客,颇恣笑剧。

廿四日(11 月 23 日)　晴朗。上午阅大孙所录恕甫窗稿,张元之改本,字字称量而出,可称后无继响。暇观恕甫为六侄苹甫作隶,以《浇愁集》消遣。友耕妻大侄孙女竟以产后时症昨日去世,今日小殓,惜哉,梦短!

廿五日(11 月 24 日)　阴,微雨。朝上接子屏信,以吉公行述另改数条见示,并属元简复校,即托余处寄苏。欣知牙肿已退,寒热仍来,殊受累也。饭后至书房,元老即阅指示处,毕竟老眼无花。正欲作札复费芸舫,适砺生来,快甚。与元老商定陈节生行述后,畅谈竟日。中午招先生同渠乔梓同席养树堂,饮以绍酒,酌砺生四大斗,如量而止,至晚始回去,约十一月二十左右再来与先生畅叙也。是日余饮颇欢,夜观恕甫作隶。

廿六日(11 月 25 日)　复阴,微雨。饭后命念孙至莘,吊凌氏大侄孙女今日领唁出殡,为之凄然。暇则作书复费芸舫,吉公行述并子屏另拟三纸同封寄,信面亦烦恕甫大笔,明日至梨寄全盛信局较为便捷。略登内账,薇人侄来,云假馆居北厍,以避逆子,欲叙会五千六佰文,以数不多允之(十一月十二日),命陪恕甫中饭。大孙亦回,余复饮越酒,不醉有味。下午薇人去,夜间剧谈。

廿七日(11 月 26 日)　阴雨竟日,大碍禾稼未收。是日东路始有来还飞限租者,每一元七角半,于时价尚未便宜,此谷贱伤农,非丰年佳景。上午磨墨匣,极适意。中午酌敬孙倩凌恕甫,两侄、两孙陪饮,捗战助兴,颇不寂寞。

廿八日(11 月 27 日)　晴朗,西风,可卜老晴。朝上陪恕甫朝饭，以自撰旧楹联属恕甫回去书隶，复取旧藏文衡山水墨画行看卷赠之，真赝属姚凤生一决。上午送恕甫夫妇归家，糕团多盘，俗例可厌。客去拭几，整笔砚，收残字，耳目一空。终日收租十馀石，夜则登清内账。

廿九日（11月28日） 又阴雨，大碍限租。终日收折色三十馀石，米退一户，潮杂难收。饭后舟至港上看子屏，喜牙肿已愈，略未净，寒热全无矣。李辛垞昨夜路过畅谈，为之定方，谓其有凤风潜藏，用防风、川芎以驱之，佐以生地、二黄，未识能对证否，然舍此无门路也。以张元之墓志文见示，专从时文及交谊上着笔，无一溢分语，极淋漓感慨之至，辛垞大赞，又略谈而返。归，以文稿示元简，亦甚赏识，当命念孙录之，缓日缴还。下午又录元之改本一篇，夜阅小姚春木先生文稿。

三十日（11月29日） 又阴雨。饭后大兄来，知今日收数不踊跃，雨阻之故。暇录幼读乡墨一篇，改畅后比而诵之。吴兰生所抄《文录·姓氏考》十三页誊讫，夜间校正之。是日收折色租米乙佰石有零，东路较多，尚不寂寞。

十一月

十一月初一日（11月30日） 阴雨连绵，殊无晴意。稻在田中者尚有三之一，若不即日老晴，谷将出芽，农人熟荒，不仅限租减色也，甚抱杞忧。终日在限厅收租不满六石。饭后衣冠东厨司命神前、家祠内拈香虔叩，阅子屏、念孙所抄志铭文，加评作草札，觅便寄还。碌碌心纷，以后收租，无暇看书。

初二日（12月1日） 阴晴参半。终日无雨，在限厅督看收租，晚间吉账，约共收折色本色谷乙佰二十馀石，大富分湖滩始来。焕伯男大侄孙昨自苏盘门内佩莲巷马佩之处就医回，据云年六十六岁，人颇近情，证脉极细，以方示元简，知其王道，且云极早服药，蛊病可不成。夜间酌敬账房诸公，余陪饮颇欢，灯下登清内账。

初三日(12月2日)　西风,可卜老晴。终日在限厅上收督租米,来者碌逐,不见拥挤,天时所阻也。梨里角"荒"字北胜已来还租,夜间一黄昏吉账,约共收乙佰九十馀石,内本色十六七石,尚非过水稻米也。余身闲甚,一鼓后已高卧。

初四日(12月3日)　晴朗,西风已透,不甚冷。朝上至暮,各佃纷来,南北斗亦至,折色居多,米仅收十馀石,尚称踊跃,至晚则已寂寂,二鼓时吉账,共收三百六十馀石。余精神尚可支持,未至子正已酣睡。

初五日(12月4日)　晴,朝上始有浓霜。是日晚起,不疲。始起头限,尚不寂然,终日收折色十馀石外,暇烦元简诊脉,为余祖孙老夫妇四人定膏方。子屏昨有信来,近恙虽愈,尚不能出门也。夜间早眠以养息。

初六日(12月5日)　晴朗,西风寒劲。终日限租阒寂,仅收一户,大约禾未登者趁晴收获,冬令而田事颇忙,亦一变局也。诸先生膏方均商定,明日拟赴西塘位音配药料。夜登内账。

初七日(12月6日)　晴朗而冷,初有薄冰。终日限收二户,不满三石,可称寂静。暇以《龚定盦文集》消遣,其改议回疆,设立省城府县州名,是煌煌大制作。夜间略看时文,可称无谓。

初八日(12月7日)　晴朗和煦,农人获稻可毕工矣。终日收租五六石,暇录吴试牍旧文一篇,乙大兄来谈,的知梨川胡氏新典停闭,并有委员查盘,想军饷紧急,一时运变不灵,殊为骇异。夜阅《晚学斋文集》。

初九日(12月8日)　大雾,晴暖。朝上始知家中所畜耕牛两只,一老一幼稚,均于昨夜死于槛棚内,瘟疫乎?抑牧童蓥草不慎乎?殊深骇异!恻然闵之,命工人抬埋大胜圩余处荒田中,颇费人工。终日收租十七八石,暇录吴试牍文又一篇竣事,此之谓"结习难忘"也。夜间静坐省心,百感交集矣。

初十日(12月9日)　晴暖之至。终日收租不满三十馀石,未识明后日能渐兴旺否。子屏以札致元简,以鹿筋赠之,知日上畏寒,仍不出门,邱吉卿病势颇不轻。甚矣,保养之难。今日丰盛遣伙凌少卿来索账,先付洋五十元后算。据云面晤褚伯谷,胡西岩仅要提江海关银二十万两,洋人不通汇借,即行歇典廿八所,逐渐提银缴官,可称急自收藏图保末路,真大智肯见几。夜登内账。

十一日(12月10日)　晴暖,最宜种春花,春熟有望矣。终日收租不忙,仅十馀石,殊叹寂寥。晚间接芦局由单,知新漕米价三千三百文一石,较去年仅减乙佰,与时价大不符。总之,谷贱大伤农也。夜阅《曾文正日记》。

十二日(12月11日)　晴暖可爱。上午芦局张森甫来,先完新漕银尊、忠、荣三圩三户,付洋乙佰十五元①,钱一百八十三文而去。终日收租络绎,本色较多,晚间吉账,不过六十馀石,殊未踊跃。是夜唤药伙李公合膏料,余一鼓后始先寝。

十三日(12月12日)　晴暖。上午北舍王漱老来,由单未齐,先付洋二百卅元②,约二十左右来吉账,前借卅元扣讫。终日收租不忙,晚间吉账八十九石左右,大失所望,看来明日亦不能如愿相偿矣,其势不得不放限以宽之。夜间阅晚学斋文数篇,《曾文正日记》数页。

十四日(12月13日)　晴暖可喜。终日在限厅收租,人颇拥挤,各佃来者米、谷、布、鸡渐零杂,诸相好算折色,余专督收本色,米潮杂甚多,约收乙佰二十馀石,腰脚几疲,夜间二鼓后吉账,共收三百馀石。余就寝尚未夜半,精力勉可支持。

十五日(12月14日)　晴朗,西北风颇肃。今日仍放头限,收租尚不寂寞,连存仓夜间吉账共收乙佰十馀石。下午至乙大兄处,知杨稚斋已有信来,告示两账并谕圩甲一县札由芦寄到,照公禀减大口钱

---

① "元"字后原文有符号。卷十二,第149页。
② "元"字后原文有符号。卷十二,第150页。

二文,每发共廿八,小口减钱一文,每发共十四文,仍十五卅①,其告示萃和收挂,稚斋处其费尚添蛇足也。夜阅陶小沚赠石公四十寿言,原本既佳,元老改处尤胜。袁憩棠以百岁老翁酒,自制者一小瓶见惠,夜与元简共尝之,甘和芳润之至。

十六日(12月15日) 晴暖,无风。终日在限厅徜徉,约共收租十馀石。夜登内账,阅《曾文正日记》。

十七日(12月16日) 晴而不朗。饭后至芦川陆韵涵处,不值,见泮水港淡春顾七二表嫂,与之絮语而出。回至桥楼,招许松安茗叙,知难民告示镇上亦收到,言明以后准照新章办理,然防难民到乡仍崛强,须请汛员来束约弹压,即烦松安同至冬防局候陈敬亭外委,不值,一切托松安转致矣。是日赴孙蓉卿圆会会酌,先至陈厅茶叙,与袁憩棠谈论良久,午后酒馆团叙一席,扣会席四千,无乃太僭便宜,菜除羊肉外,均难适口。饮罢,至蓉卿店楼算账,此番余代收屠少江会,除席费扣去,净让四十六千,少江与蓉卿有瓜葛,扣去十元②,蓉卿借余洋八元亦扣还,仅收洋三十六元③又钱一百,一笑,忍亏了吉之,到家已点灯后矣。今日辰后,送元简先生假节,约廿五日去载。

十八日(12月17日) 晴暖。终日在限厅照看,两日吉账仅共收租四十馀石。暇命两孙钞录张元之改恕甫文及余旧读考墨卷,并自拟大小题文共十六篇订好,命慕孙书隶,名之曰"自课课孙钞",颇可取为程式。灯下略一吟诵,惬心。

十九日(12月18日) 阴,夜间闻雨霰声,似将酿雪。在限厅终日督看收租,远者不来,近者逐渐至,殊不拥挤,米色则潮杂甚矣,夜至一鼓时吉账,共收乙佰零五石馀。自开限至今,总数不满乙千八百石,成色不过七成,以后转二限,未识究竟若何。只好作信天翁,以静

---

① "十五"原文为符号✕。卷十二,第150页。
② "元"字后原文有符号✕。卷十二,第150页。
③ "元"字后原文有符号✕。卷十二,第150页。

俟之。

　　二十日(12 月 19 日)　阴,无雨,酿雪不成。今日有难民来,有船,多是老江湖,始以告示归镇给发晓之,犹略强硬不退,唤圩甲来,以片请汛员来弹压吓之,尚唯唯听谕而去。甚矣,官法犹足恃也,未识以后能妥协遵办否,然脚根已立矣。终日收租连存仓三十八石,尚可差强人意。夜阅课孙钞《曾公日记》。

　　廿一日(12 月 20 日)　晴朗竟日。仅收租米五石,七侄自苏城马佩之处就医回,以高粱两瓶见饷,笑受之。至书房,三生呈昨课作,莱生为上,慕孙次之,念孙又次之,虽均清妥,而莱生笔颇开展发皇。夜阅《曾文正日记》。

　　廿二日(12 月 21 日)　晴,朝上浓霜。饭后接殷氏大讣文,知谱翁侍郎十二月初三日治丧,初四日发引,阅哀启,承重孙柏龄出名,颇干净,届期当入城一奠,兼瞻一应规模,从此吾邑鲁灵光无复存矣。至鸿轩处,小恙复发,不见,阅马佩之方,亦未见胜人处。终日收租不满十石,明日循例开欠,能得户户进场,甚为大幸,祷祀祈之。夜阅《曾公日记》。

　　廿三日(12 月 22 日)　晴朗,西风,是日午刻交冬至令节。终日收租十五石左右。夜间冬节祀先,祠堂内祭已祧之祖,厅上祭高曾祖父四代,皆与两孙拜跪灌献,互相执事。祭毕,在书房内饮散福酒,与两孙一吴生论文讲字,颇极饮酒之乐,陶然酣醉矣。灯下略登清内账。

　　廿四日(12 月 23 日)　阴雨而暖。终日收租十馀石,差追仰先已来三户。七侄在书房谈天,面色不佳,现服马佩之方,尚须十分自已保养。夜阅元之改本数首。

　　廿五日(12 月 24 日)　晴暖,西风不透。终日收租十馀石,开欠进场一户,颇可过去。午前黄骐生表侄来自梨,留之中饭,絮谈,无甚要事,以渠尊人已清之款存券面缴而去,知来年馆未定,邱氏权馆一席,当问诸幼夫人。下午诸元翁到馆,近体康强,慰甚。晚接许嵩安札,关照海州沐阳难民到镇,董事汛员如县谕给发,大费词说,始遵约束,营圩看守,请另赏五百文,当如数寄与之。惟陈汛台敬亭不肯来乡弹压,以后公事恐不应手,俟再作札恳求,必须允请,而后可以安堵,已将此札面示乙大兄矣。灯下心纷,不能静坐看书。

廿六日(12月25日) 晴暖。饭后作札复谢许嵩安,书就后走示乙大兄,即托封寄,亦周旋世故之不可缺者也。更作两札,一致子屏,通致月初到苏,本日寄出。一复陆韵涵,关照荐人无缺。终日收租米布谷钱四十五石有零,开欠又归吉一户。黎局陆少甫来,完南北斗、荒字、殿字、南富五户,付洋七十六元①,钱二百四十八文,照去年多殿字一户,究以完为是,不与之固争,书收条而去。夜阅《续古文类纂》。

廿七日(12月26日) 晴暖。终日收租二十四五石,开欠低田从松,又归吉一户。杨少伯之母又来,停舟河干,因虎孙轮年,以中饭送下,七侄在芦,不谋面,索借颇奢,大约照旧落肩(共四元),殊属贪而讨慢。吴幼如病后来求元夫子调治给方,书房内中饭,周以两枚而去,实贫病可怜也。接子屏信,近体粗安,怕风依然,新撰陶苣生墓铭序与韵语,均极出色,当质诸元翁,尚未细绎。芸舫处有信托寄。夜阅续古文、苏诗。

廿八日(12月27日) 晴而暖。终日收租五十馀石,开欠又归吉一户。暇阅子屏所撰陶苣翁墓铭,文洁铭古,苣生文行借是可传矣。午前有从堂内侄邱嗣稚仙,行四,在莘塔分典中云悦来当,有苏人陆小松欲开顶,要合费芸舫一股,求为一言,已许到苏面询,是否即复?留之中饭,不肯,一茶辞去,是可见市津之趋势。夜开苏去买食物账,都是浮费难节,奈何!

廿九日(12月28日) 晴阴参半,暖甚如春。终日收租廿馀石,梨里下乡差追不来,狡甚,拟明日出月再放二限五日以俟之。下午部

① "元"字后原文有符号⌇⌇。卷十二,第152页。

叙行李，关照乙大兄今夜伏载，明日同往苏，初三日出吊于殷氏，徐元
圃处诸元翁托印之件均带去。今日东北风，明日能不转风为快，开欠
暂停手，收租事——托诸相好妥办矣。夜宿舟中，暖甚。

十二月

十二月初一日（12月29日） 晴冷，昨夜雨霰即止，西北风渐
吼，朝上更狂。家中拈香事已命虎孙代叩，清晨添舟人鼓行至泮水港
口，橹忽不坚，即回换舟，饭后仍开行，风仍不息，走小路，出新河口，
尚有软浪可畏，幸舟子道地，鼓行而前。晚泊同川，与乙大兄舟并停
得春桥畔，舟中读苏诗，颇适。

初二日（12月30日） 晴朗。朝行至苏，上午以刻印之件面交
徐元圃（其第二子号裕堂，长号梅生），云《文录·姓氏考》须来春动
手，二月工竣。走至大儒巷候费芸翁，欣然出见，以子屏文信面交，过
蒙挽留，行李已代为安顿矣。回船略部叙，复登岸，则芸老同吴望翁
已至殷氏，余即衣冠赴渠家请司丧柬，至则排场阔壮，赐物上谕毕陈，
与王仙根、李直清、王更梅诸公畅谈，挽联均仙根郎号次欧包写，书法
已成名手。夜坐席，先时须谒灵，达泉阖家已到，余席居次，云望二公
黄子美陪叙。席散，与芸望诸君同归，三人情话剧谈，芸翁特襥被陪
榻，谈至二鼓始寝，夜不成眠。

初三日（12月31日） 晴朗和暖。五鼓时，费、吴二君已起，盥
沐，至殷氏，余亦晨起，吃费家点心毕，即随乙大兄具礼具帖登殷氏
门，至灵前叩奠。回，坐正厅，终日应接江正相好，苏城乡绅可不照
接，阖城官自卫抚军以下皆至，大宾众宾势利趋炎之态，冷眼观之，可
笑。对联以望、芸二公、李直清明经为出色，馀则目不给赏。绅官均
不留饭，下午丧主始以盛肴款坐客。吴望翁招席，极适意，同坐者乙
大兄、沈月帆，最长李直清、王子眉、蔡介眉同席。望云作主，脱形骸，
酒如量而止。饭毕，客都散，余复徘徊官厅，细看御赐物件，颇资眼
福。晚同云望二公回大儒巷，芸九兄复具酒肴相款，则不能多饮矣。

黄昏略谈,均各就寝,极酣适。

初四日(1884年1月1日)　阴晴参半,幸无雨。朝上同望芸二公走至殷氏,送谱翁老表兄发引,暂安师林寺。至则尚早,看洪殿撰阁侍文卿题主,两相二秦公同胞同科新庶常,一号韶臣,一号佩鹤,均三旬内少年,厚重翩翩,可羡也。礼节简脱,事毕宴客,巳刻随诸公执香送殡,洪文卿亦在内,甚难请到。执事之阔,赐物之陈,丧车之丽,目所未睹,余与吴、费诸公排十人,鸿纛堂前路祭行礼,即坐云望二公船先至寺前恭候。此番灵舆,扎龙头龙尾,拆毁巷栅而行,不无骚扰。良久,丧舆始至,拜送在禅堂精舍始返。仍坐船至费氏,芸翁复置酒夜谭,与望翁剧饮如量。夜与望翁论及谱老小心谨慎,哀荣倍至,吾党失耆耇者,实为松陵减色。望翁侍病六七日,不愧欧门大弟子,述临殁乱言,名利打混,家国不忘,可浮一大白,谈至二鼓酣寝。

初五日(1月2日)　阴,无雨。朝上芸九兄以春饼作点,饱饫之至,即致谢告辞,以八兄善举洋款托交毛秋翁,徐瀚翁、望翁尚留,约新年下乡再叙,各珍重而别,蒙两公送至舟边,心抱不安。复至观前元圃店中小坐,登舟,上午出城,东南逆风,行至同川未刻,不敢前行,即停泊吉利桥,走望少松夫人费表嫂,身体颇健。回船夜饭,即眠。

初六日(1月3日)　阴,微雨,暖甚。清晨解维,上午到家,知日上租米颇不寂寞,诸务纷集概不理。夜间早眠,则酣适无偶,拟明日开账船。

初七日(1月4日)　阴,又转西风,昨夜雨霰即止。上午札致子屏,下午接回札,知日上身体平平,胃仍不旺。

初八日(1月5日)　晴暖。饭后同苹甫侄至芦川,候许松安写定山东捐缴钱十六千,已照典捐八折,陈镜翁处寿分节规托渠转致,茶叙而退。中午同六侄小点后,茶叙板桥楼,与沈咏楼、赵翰卿、袁懋棠畅叙,归家傍晚。

初九日(1月6日)　晴阴参半。日上租务已截限,共收约八成半数,开欠犹未已。下午凌厉生来,有所商,允之而去,略谈法事交兵,恐难收拾。皮龙已缴洋不成,姚凤生脩金送讫,恕甫、姚师被留未归,徐瀚翁处费寄洋三十七元即托转交。今午接邱吉卿初八日申刻凶闻,久病原虚,竟至不起,正人都逝,实可伤心,然继起已有人矣。

初十日(1月7日) 阴晴不定。终日收租寥寥。下午杨稚斋来,告示上找付两元,钱四百廿文而去。云初批不准,转禀始如所请,颇费周折,故照常例浮大,姑允之,庶冀公事应手。下午部叙行李,明日拟至邱氏盘桓,兼吊吉卿六兄。

十一日(1月8日) 晴冷。饭后同陈丽卿至梨,算出嫁年节年货账,到甚早,以洋五十元面交毛秋翁,叶绶翁尚未收期,略茶叙而出,即衣冠至吉卿灵前拜奠,昨日成殓,音容已邈,伤哉!孝子寿生出叩,黄原芝陪留中饭,不忍饱矣。回至邱氏内厅,卸衣冠,寿伯母子出见,小坐即走候顾光翁,慰问之,喜渠面课七龄曾孙,精神无恙,然非乐境也。谈谈半日而返,夜饭于邱氏,西席杨恂如、东宾钱一村陪饮,寿伯亦同座。夜与内嫂话家常,条理井井,汝诵花亦来同饭,即去,一鼓宿东厢,寒甚。

十二日(1月9日) 晴,浓霜,颇有冰。朝上即起来,同钱公至龙泉茗叙楼上,少顷,毛秋涵、叶绶卿、顾光川、吴少江诸君偕来答余,畅谈极欢,良久回邱氏,以要语课内侄,面致杨恂如。上午与毓老谈心,处境更窘于前,文恰不荒,无可设法,略翙之而已,然傲骨依然也。中饭后即开船,南货账算清,费洋乙佰馀元,可骇也。到家尚早,肝气略发,一切账目不理,早眠,暖适。

十三日(1月10日) 晴而不朗。终日无事,补登日记。下午沈达卿来畅谈,阅元简翁代砺生撰拟陆畹九行述,详略均合古法,此道岂易动笔哉?恕甫处寄致一札,舟还,知在姚先生处尚未归家。夜则登清内账。

十四日(1月11日) 阴晴不定,西北风不甚肃。朝上命大孙至金泽,吊奠陈节生表叔除几安葬。账房略有还租,然约者不来,难免开追。子屏以札致诸先生,阅之,意兴尚佳,身体欠健,胃仍不旺,食粥而已。元翁悬拟一滋补方,未识有效否。终日碌碌,不能观书,始为大孙女做年糕第一天。

十五日(1月12日)　晴暖。终日收租无一户,上午北舍局王漱泉来,又完北玥玉字、大义、东义、东轸、东渭、东兽、禽字等八户,付洋百〇九元①,钱百廿八文,絮谈栩栩而去。今岁冬间已完足矣,来春只留苌葑一户。书房内文期,大约今冬毕课。下午成衣七俣持子屏札来,为渠侄女新正出嫁告帮,共公账助钱八千。纷纷终日,静坐为难,夜间略读苏诗。

十六日(1月13日)　晴暖如春。开欠一户,几无下枰,势不能不复,以后能得草草进场为幸。今日为大女孙做岁节年糕第三天始竣事,浮靡蹧跶,莫此为甚,可惜可惧。暇作札覆金小甦,承托募捐,以两摺缴还,婉谢之。夜读苏诗。

十七日(1月14日)　晴暖。朝晚红光烛天,未识主乎休咎?今日开东月催子马秋海吞租欠,人叫来,交与差人收管,日后能得归吉为幸。终日栗六,夜略读苏诗。

十八日(1月15日)　晴而不甚朗。饭后以年糕四箱,诸礼称是至凌氏,作新妇馈岁仪,殊觉靡费,毫无实惠。下午有玩字吴宝书母席珍妻柳氏,率吴华珍妻盛氏来索吴氏上文,与余无涉,有原主已绝产业叹气,余呵责之,良久始去,然明日尚未忘情,颇形讨厌,只得静以俟之。晚间莘塔舟回,接恕甫信,词文而字整,砺生亦有券札寄余,述越南事,日形迫削,此事大关中华气运,非小劫也,为之奈何!心纷不能静坐。

十九日(1月16日)　阴,微雨,暖甚。上午吴粲霞妻顾氏、吴华珍妻盛氏又来,无情搭题,十分难做。下午载中人省三俣孙,不肯到,余亦不之怪也。两妇人幸不甚蛮,欲住宿,只好留之,好言解之,然万无彼此下台出路也,且俟子梅、省三到后再商,颇为闷闷。诸先生明

---

① "元"字后原文有符号ᓕ。卷十二,第156页。

日解节,酌以便菜,夜陪饮,甚尽欢而不醉,赠以黄粲乙石以代折盘。夜间登清内账。

二十日(1月17日) 晴朗,略有风。饭后送诸元翁先生解年节,送之登舟,约新正二十日去载开馆。以片致子屏,送大广橘八枚,接回片,知日上又感寒热,甚为之愁闷。吴妇之事仍难进场,中人与弃主均不来,此事颇多曲折。下午徐子敏持瀚翁札至,开账不明,姑付保婴惜字费洋十四元①,钱六百廿文清讫。米亏洋助贰元,又预借洋十元,后算,长谈而去。夜间闷坐,无兴。

廿一日(1月18日) 晴冷有薄冰。朝上舟送李、吴二生旋里(金信已托寄),莱生明年就六、七两侄课童侄孙馆,勉励之而去,课文仍从诸夫子。终日烦扰,无心静坐,若云租务成色,已九成外矣。吴老妇至北舍寻中人弃主,均不肯来,老妇留婿家,少者仍在,此事能得二人始终不来,大有松机,然明日大有一番唇舌,见机慎办为要。

廿二日(1月19日) 晴而不朗。上午忙甚,东邻许姓柴堆起火,幸白昼,救者人众,正屋无恙,然毁折物件已多矣。账房开欠来讲,约期而未归吉,其居间颇狡。邱氏女使来,接郑式如来札,约新正先归百番,存在邱舅家处,颇喜不失所信。午前,吴灿霞夫人顾氏率弃主吴子梅暨中人省三侄孙来,均留中饭,省三劝余忍给之,子美出名,立情借票一纸,以斩葛藤。复两面推挽,余始允再给钱十八千,甫成议,子美起心欲对分,然后画押。其家长幼口角,省三复劝余外给子梅钱三千五百,渠家内扣给子梅钱三千五百,子梅意外不劳,竟得钱七千文,余甚笑顾氏、盛氏两女人计拙,而所得无几也。子梅虽狡,而理甚直,为他人计,自获便宜,两妇人亦愚矣哉。若宝书母柳氏则忠厚有馀矣。立券交洋,其事始圆,同送之出门,以后可免口说,一笑置之。田产岂易言得利哉?姑识之,以详巅末。灯下略登内账。

廿三日(1月20日) 晴,东北风颇寒肃。终日收租寥寂,闲甚,

---

① "元"字后原文有符号𠆤。卷十二,第157页。

然无心看书。晚间衣冠率两孙具香烛酒菜，恭送东厨司命尊神升天奏事，拜送礼毕，循例与家人食圆团，颇餍饫。夜间略静坐。

廿四(1月21日) 小除夕日。阴晴参半，不甚寒。两孙遵先生出题，课诗文各一，无论工拙，甚喜有志。开欠东月马佃又楚楚归吉，开条释放，尚有一户在班房未了，甚望即日有落场为幸。终日碌碌，至夜始略读苏诗。

廿五日(1月22日) 阴晴不定，暖甚，非时令所宜。上午凌孙婿家遣女使来答馈岁仪，多文而少真意，姑以果仪报之。徐瀚翁遣子尹孚持细账来，其境况似甚窘，又于掩埋氅上预支十元，然于理上颇说不起也，其五元且留不付，略谈而去。下午沈笺卿来，以《史记》一半还诸先生，又以一半借去，慕孙手，先生所命也。长谈，据云彭宫保出师至琼州，双台不守，北宁已住大兵，刘谊一支兵不甚决裂，乞《河东家乘》一部而去。终日仍碌碌，夜间洗足，快甚。阅两孙课文，大则理清而词不圆，次则意刻而句太晦，然皆肯用心思，可喜也。

廿六日(1月23日) 阴，微雨竟日。饭后在限厅，租务寂寂，天花荡一户已保出私放，看来不进场，然开召欠，无碍租风。命慕孙代磨墨匣，看渠作隶楷，甚有规矩。账房今日始迁移旧地，夜间开年货茶食账，颇觉零星。

廿七日(1月24日) 阴，微雨，暖甚。上午乙大兄来话家常，账房内吉限账入零用簿，颇栗六。芦局张森甫来，又完北玲、西力、兵字、陈姓抄串北玲四户，付洋四十元①，钱三百四十七文，冬漕照旧完足矣。碌碌，无心静坐。

廿八日(1月25日) 阴，微雨竟日。上午六侄来谈，阅两孙课作，评论与余所见相同。终日吉算工账，冬米略已上仓春结，开销限规脩金工钱，约须制钱乙佰千文左右，若进款则羌无故实，门户支持大非易易！一黄昏后，诸账结清，即具乡肴酌敬账房诸公，余陪饮，颇

---

① "元"字后原文有符号〔图〕。卷十二，第158页。

酣,明日均要回去。夜间略阅账目,不及登记,眠近二鼓。

廿九日(**1月26日**) 阴雨,下午又有晴意,暖甚,望雪不成矣。饭后送诸相好各归家,厚安约十九来,子祥约廿一,达泉约廿九去载,留者黄又堂。命两孙帮看账房,终日闲静,得读梅伯言先生古文数篇。介庵来请轮年五代图、先祖妣神像两轴去。夜间登清内账,神疲手繁之至。是日接恕甫致孙辈信,以钦差彭大司马致浙闽督军何小松信抄示,洋洋数千言,忠谋勇毅之气勃然纸上,论法越事,非战不可制敌,实中夷又一大转机也。我朝老成宿将尚不乏人,谅可破法奸计,共庆○○中兴,因亟命两孙抄录底稿。

三十日(**1月27日**) 倏晴朗,暖比春中,非时之正。上午命工人洒扫庭阶,拂拭几案,耳目一新。午前率两孙衣冠具牲醴香烛,敬神过年。上午谨谨展挂先严慈神像在养树堂,大当祭在乙大兄处前厅,可不排场,晚间点灯祀先,率两孙拜献如礼。祭毕,与家人祖孙饮屠苏酒,吃年夜饭,大有醉态。今岁虽无可意事,差庆平安为福。黄昏候,星斗灿然,一洗红雾黑光之谣,万祝来年五谷丰登,大兵胜法,我辈幸作中兴老氓,不胜祷祈之至。癸未十二月三十除夕戌刻,悟因叟时安氏柳兆薰书于养树堂西厢书室。

晚清珍稀稿本日记

主编——

徐雁平
马忠文

（清）柳兆薰 著

李红英 整理

柳兆薰日记

（肆）

凤凰出版社

光绪十年(甲申,1884)

一 月

　　光绪十年①,岁在甲申,春王正月初一日(1月28日)　元旦。阴晴参半,微雨似雾即止。朝上东北,晚西风,可卜五谷大熟。终日颇暖,朝上率两孙衣冠拈香拜如来佛,家祠内、东厨司命神前俱拈香烛叩谒。饭后至乙大兄萃和堂,拜五代图、先祖妣、先伯神像,礼毕,与乙大兄行贺岁礼,两家侄辈、侄孙辈男女以次叩贺,均答受之。茶话良久,同乙大兄、子侄辈至友庆堂,拜先伯秀山公神像,又茶叙,同回养树堂,乙大兄亦拜余先赠君遗神,茶话又片时始各回去,诸侄辈随之,时已中午后矣。暇则持诵楞严咒十遍。六、七两侄来,又长谈,共阅彭大司马致何制军书,为乙大兄携去。夜眠颇早。

　　初二日(1月29日)　阴,东北风,渐冷。晚起,喜见腊雪,补一冬之缺陷,今岁可预祝大有年矣。饭后雪花如掌舞,介庵侄来招孙辈港上去贺岁,怕泥途滑滑不肯往,余亦不之强,然未免贪安大甚。终日无一客来,读东坡聚星堂禁体诗两首以消遣。下午雪止,颇有晴意,夜以一壶御寒,半醉陶然。晚间六侄辈自港回,喜知子屏入春体健,并接费芸舫条,托校《姓氏考》,有可商处,足征不苟,暇当查复。

　　初三日(1月30日)　阴,细雨终日。饭后查《松陵文录》字号官阶,知吴炎实字赤溟,非赤木,"坏"当作"抔",芸舫为是,当即作札复之。钱芝芳来,以呢料短袿酬之。午前稚竹、福官来,一茶后萃和留

---

① 原件第 17 册。

饮,知薇人今已回北舍。下午率两孙衣冠接灶神,夜间祀先,明日拟
谨藏先人神像。灯下读苏诗。

初四日(1月31日) 晴朗第一天。昨夜雪积二寸许,大合时
令,终日檐滴声不绝,饭后命两孙至莘塔贺岁。上午陆幹甫、金甥松
卿来自友庆,茶叙片时。薇人侄特自北舍来,友庆留饮,下午又来絮
语而去,今岁欲行医,而又欲课徒,恐难两得。暇以《王注苏诗集成》
消闲。晚间两孙归,知与二母舅畅饮越酒,砺生约初六日陪侄定甫过
余草堂。

初五日(2月1日) 阴晴参半,终日寒冷。朝起衣冠拈香,在账
房循例接五路财神,饭后命虎孙代写复费芸翁札。午前蔡子瑗同侄
条甫来自莘和,陆时酬来自友庆,即去,与子瑗茶叙长谈。下午以《王
注苏诗》略翻一册。

初六(2月2日) 阴冷严寒。饭后雪花六出,至夜已积三寸许,
犹未停点,上午雪略止。吴甥幼如来,少顷,邱内侄寿伯同其两姊来,
寿伯初次到余家,欲款之,适凌砺生、吴望云两舟同来,内人支持中
馈,忙不能分发,以年物略供,在内厅留饮,饭毕即还梨,因寿伯年幼,
不肯离母也。凌砺老止宿书楼,望老在船中,不起行李,明日欲往金
溪访陆谱翁,相约脱套。夜饮养树堂,点灯时六人同席,特开越酒一
坛,畅饮,两孙陪酌,笑谈无忌,至一鼓始罢。暖气回春,不知庭院已
堆盐也。二鼓后,风雪中送望翁登舟,约十七日到江,送渠先封翁花
南先生入忠义祠,此番具公启柬相请故也。砺生亦登书楼就寝,吴甥
陪宿,余颇醺而未大醉。

初七日(2月3日) 寒冻更甚。晚起,雪飞又如鹅掌下,万难行
舟,余即招望老登岸,终日赏瑞雪,谈京洛往事,令人称快。又开砺老
所送越酒,中午、夜席畅酌之,砺老已如量,望老尚客气谨持无醉意
也。又畅论至二鼓始散,望老仍宿舟中,戏以明日若雪,再留共饮,相
与大笑。是夜酣寝,忘恰严寒。

初八日(2月4日) 严寒。晚起,雪仍不止,庭中已积尺许。砺

生起来,又招望云草堂再饮,望老恐余瓶罄,以舟中所携越酒两壶相饷,中午又畅叙尽欢,然余酒犹未倒罄也。是日申刻立春,午后始有晴意。凌甥又赓特来自萃和,两公均动归思。饭罢,各送登舟,此叙实新年一大佳话也。余夜食粥以和胃,吴甥仍留宿账楼。

初九日(2月5日)　晴阴参半,寒甚如昨日。饭后送吴幼如回梨,终日雪未消融,午前徐甥秋谷来拜年,友庆留饮。下午又来,以嗣母名下遣回一内亲事商叙葵邱,足见取巧持家权谋用事,余以虎孙名下半会十二千五百文允之,友庆鸿轩在外,云二月叙缴,又絮谈而去。夜间补登日记,早眠。

初十日(2月6日)　冻冷,略有晴意,雪稍消动。饭后殷达泉来,一茶回萃和留饮,知岁暮颇受宵小之构。中午徐梦花来,云县试二月初二行文已到,茶叙即回萃和,云不止宿。介安之婿,大桥袁氏,号芝蕃今日回门,乙兄招陪饮,夜间设两席酌之,除凌婿外无一客,菜自办料,唤厨丁烹庖,极丰盛鲜洁,与两孙饱饫而返。夜仍寒甚。

十一日(2月7日)　晴朗,仍西风,冷冻。上午新客袁芝蕃来,一茶即回妇翁家。少顷,金星卿来自萃和,絮谈而去。下午书柬答拜袁侄孙婿,见宾客满堂,略应酬而退。夜间始略登内账。

十二日(2月8日)　晴朗,严寒,无水不冻,雪堆不动,檐下冰箸垂尺许。午前凌恕甫夫妇来贺年,以年菜酌之,恰好徐丽江甥来自萃和,即邀同席,恕甫不饮,余与丽江对酌,极醅而散。夜留恕甫下榻养馀斋,念孙陪之,谈至十二点钟始寝。余夜不能饮,只食粥清谭而已。

十三日(2月9日)　晴朗,略暖,雪消,檐滴有声。上午招袁芝蕃、凌幼赓两侄孙婿来谭,却好凌沧洲来自苏家港,中午八人同席,拇战畅饮,颇增豪趣。下午接子屏札,吴分香烛托致,知新年有眩聋之恙,现服镇降之药以制之,即愈为妙。夜间,乙大兄招恕甫饮,两孙陪往,黄昏后始回,畅谈剧笑,•鼓后余先寝,食粥,适甚。

十四日(2月10日)　晴,略暖,消雪。朝上袁憩棠来,以金腿中秃送余,却不能,愧受之。知迁葬事已赶办,尚未竣工。历诉家事,大难调停,然米行总以开张为妥。留之与恕甫同朝饭,饭后送恕甫夫妇回家过灯节,又与憩翁茶叙始送登舟,云要至行中盘账,吴分特托附寄。客去后,终日岑寂,夜间始与慕孙算出入账,约有数夜头绪始清,繁纷之至。

十五日(2月11日)　元宵佳节。阴晴参半,尚可差强人意。终日寒甚,雪略消融,饭后命念孙至梨川邱寿伯表叔家拜年,即逗宿一宵,年务可毕。上午凌梦兰来,茶叙即回萃和。接徐子敏信,所商大款谈何容易,即作片辞之。甚矣,虚名之易误人也。暇与慕孙算去年出入账,除嫁事二千金不在内,尚亏三佰馀千,持家欲节省,实无处着笔,颇抱宣子之忧,须望今岁大有年,或者尚可立脚。夜间中天月色颇朗耀,观村人烧田财,火色尚红。

十六日(2月12日)　阴,风转东南,略有暖气,雪消如雨注。上午吉看大孙女出阁簿,共合用通足钱二千八佰千文,至去冬岁底止,前所置办者尚不在此数内。吁,可骇哉!下午部叙行李,拟明日赴江。灯下念孙回自梨川,知昨夜宿邱氏,其权馆沈骏生同席,汝一谦兄弟陪榻,今午徐丽江招饮,稍迟,故归家已晚。

十七日(2月13日)　阴晴不定,仍寒,夜下木冰。饭后舟至吴江,舟中阅《苏诗总案》,晚到,泊南门外烧香河,与磬、砺二公联舟。灯下将眠,李辛垞之舟亦至,未及过谈。

十八日(2月14日)　晴朗,为今春第一天。饭后同二凌君衣冠至吴祭酒家,见排场阔甚,先至中堂花南先生神位前叩谒,望云回叩即出来,见诸宾咸集,官场亦至,惟吴江邑尊以上省未来,旧相识者如张欣木、陈桂清诸君咸在座,费芸舫、殷柯亭、王仙根、钱觉莲均招接,与凌磬生、沈月帆、蔡介眉同席。饮未毕,陆谱琴先生至,余又接陪之,同席者陆谱翁、周戌生、钱觉莲、庄兼伯、黄芝楣,谱翁别已三年,矍铄依旧,相叙欢然。饮毕,与芸舫、曹星兰立谈,又陪李养贤老师,确知县试改期三月初二,午正见排执事,送吴赠公入本学忠义祠。余坐船先行,见一路宾客如云,鼓吹盈耳,望云貂挂扶轿,此举是邑中第一显扬盛事,两学师公服站接神舆,不易逢之大典礼也。在学中始识吴溇张廉伯同年,年未四旬,保用知县,叙谈片刻,其人有用才也。少顷,诸宾入祠,行礼拜送毕,余还舟,仍泊南门,拟不登岸,望云固请,始再登堂。主人张灯雅奏宴客,见诸相知同在,热闹依然。夜间与费芸翁、任又莲、凌氏磬、砺兄弟团坐一席,菜极华,酒是望老江西带来越中之久陈者,味清香静,不觉与诸君角饮,逾量大醉,幸不乱耳。望老特留下榻,与芸老所宿对照,房宇固朴闳畅,木料皆运自江西也。帐被华美,陪榻王麟书,奈余烦懊,竟不安睡。

十九日(2 月 15 日) 阴雨即止,半晴。朝起即具衣冠至中堂,拜送吴母太夫人入节孝祠,不及应酬即告辞开船,到家傍晚。肝胃欠和,食粥早眠,尚安。

二十日(2 月 16 日) 晚起,晴。食硬饭,肝胃大不和,呕吐大作,即眠,泛溢十馀次,幸不下,无寒热,至夜半略安。子屏处已接回条,眩止而神不旺,不能出门。

廿一日(2 月 17 日) 晴。终日不起来,夜始食粥,遣舟去载先生,请董梅村来开方,平肝胃、理滞。晚间诸元翁到馆,恰好屈梅村下榻陪饮,夜酬先生在养树堂,命七倅同两孙陪坐,代敬先生。

廿二日(2 月 18 日) 阴(梅老饭后回)。是日先大人赠君忌日,屈指见背三十五年矣,去岁以在苏不与,今岁又以小恙不具衣冠,中午强起,焚香一叩,疚痛实深。夜间服药,早眠,胃始和。

廿三日(2 月 19 日) 阴雨终日。晚起下楼,始至书房与诸元翁拜节小叙。晚间吴莱生到友庆二加馆,李星北同来,七倅招饮,两孙同往。

廿四日(2 月 20 日) 晴暖,入学日。饭后吴莱生来谒师,中午至二加堂看六、七两倅孙小衣冠拜莱生师,上学,各识两字开馆。七大官口音颇清,似均可读书也,顾而乐之。夜酬吴、李两生在书房,余始小饮。

廿五日(2 月 21 日) 阴雨即止,终日薄寒。始补登日记,略读苏诗。下午沈达卿衣冠来候元简,长谈,晚去。由元翁处见陶仲苹过批惠定宇《后汉书》,南京局刻十六本,爱不忍释,然未可以计取也。灯下补登内账簿。

廿六日(2月22日)　晴冷,晚起,颇适。上午检阅吴江郭志八本,略晒,藏诸楼上。又取《切问斋集》,另录篇页头并原坏板几页,以便托人向东顾陆祠一查。回复费芸舫、陆韵庵,有札询行述填讳,即作复,与复袁憩棠还吴分札同托潘瑞坤子由义成坊即寄。下午陪诸元翁答沈达卿,长谈即晚,夜则誊清去冬出入账。

廿七日(2月23日)　晴朗。暇抄《切问斋文集》目录毕。午前徐翰波来,喜外症已愈,善兴仍浓,书房同饭,渠素斋,简甚。新愿上特付五十元①,云仍归旧宅保婴不动。送字灰支讫十洋,云二三月送出海盐口,此款云今岁不预支,又长谈而去。晚间叶子谦来,知为介庵相寿地,大约已定大义矣,明日尚要复看,一茶后还莘和,夜誊内账未竟。

廿八日(2月24日)　晴,西北风,峭寒如严冬。围炉坐拥犹少暖气,终日检阅先大人所手抄《城南夜话》《淮上纪闻》《东明录》三种,颇资闻见。书房内今始开课,夜誊内账,始出清。

廿九日(2月25日)　晴,初有暖意。上午略有不适,减食以养胃,夜间括痧始清。午前北厍王漱泉来,又完笺萝一户,付洋十一元②,钱陆佰四拾三文始叫讫。下午天花荡前所开召欠一户,草草约期进场,未识五羊之皮二月二十日能如数否,姑听之。晚间丁达泉到寓。

三十日(2月26日)　晴朗可人。终日闲适,始读苏诗半卷。诸元翁代子屏作陆畹九传,大纲提要,细目简举,古雅劲峭,不是应酬文字,可诵也。下午专舟寄港,晚接子屏回书,知眩晕已愈,怕风依然,

---

①　"元"字后原文有符号**冄**。卷十二,第169页。
②　"元"字后原文有符号**肶**。卷十二,第169页。

问心分店已闭,渠服药不便,心境殊欠佳。夜间汇登外账簿用款,一年一算,不可忽也。

二 月

二月初一日(2月27日) 晴暖可喜。饭后衣冠东厨司命神前、家祠内拈香叩谒。上午始将三年内出入账誊过一清,眉目犁然。接陆韵涵札,关照明日戊祭杨公祠,初三切问书院开课,均当一往。顾季常来,知公盛决计停歇,约即日归款,此基创造可惜,此举在憩棠实有不得不收兵之势。"花无常好,月无常圆",旨哉斯语!一茶即去,暇则仍读苏诗。晚闻芦墟潘文和烟店火灾,席卷一空,周粟香家内宅无恙,不及三年两遭此厄,周氏之福欤?文光之透欤?抑店运之否欤?吾不敢究其故。总之,此灾可惊可惧!

初二日(2月28日) 阴晴参半,下午佳甚。饭后舟至芦川,泊杨忠节公祠前,是日戊祭。少顷,镇上诸公咸至,祭品陆韵涵承办,凌氏磬生至,砺生以事不到。明日书院题目已封寄,午前排班,行两跪六叩首礼,主祭陈汎台,敬翁代县,读祝许嵩安,赞礼吴幼江,鼓吹焚帛,颇见彬彬。祭毕,余同凌磬生、许嵩安、袁憩棠、陆友岩舟至东顾,谒陆朗甫先生墓,一无规模,封土完好,入祠堂,则芜坏不堪,中一楹,供先生神主,《切问斋文集》板口乱堆破架,略检之,不朽腐者仅什之一。属友岩向先生后裔,现处蒙馆号飞帆者,移板至镇,略加清理,然后回复芸舫。惟四壁石刻,先生乔梓手笔,嵌在壁中者尚完好,题跋多是康乾大名家,吾乡迮三江先生、城中李玉舟先生,均有名迹在焉。最可惨者,朗甫先生碑文大字残缺倚墙角,一块完好者,为守祠老妪作爨火凳。嗟叹久之而出,仍回祠中饮散福酒,两席,余与嵩安、幼江、磬生陪陈镜亭。饭毕,用中和尚菊隐山房中,茶话片刻同人始散。余还镇上,又与磬老、憩老赵二园小叙,晤见沈咏楼、董梅村,畅谈移时,夕阳在山,到家傍晚。夜酌账房诸公,陈厚安已到寓,余陪坐,不能多饮矣。

初三日(2月29日)　晴朗。早起即饭,挈两孙、李星北舟至芦墟切问书院前,即登书院略徜徉。程邑尊开课题已寄到,题"切问"二字,童一句,生诗"顾名思义"六八韵,得"思"字。叙者十一人,均雅驯弗喧。余登斗姆阁,衣冠文武帝前拈香叩祝,复步至镇上,与赵翰卿茗叙,郑式如信已托寄至盛。晤袁憩棠、沈益卿,复至赵寓与老姨表姊话旧,扰渠素小点心而出。又同翰卿至书院,以郁小轩夫人一洋①乙百阙例面交许嵩安,留饭,以斋素辞之。又到镇茗叙,为憩棠与顾纪常调停行事,其中用亏,莫怪憩老不平也。解劝之,似尚重情,即分袂行。到院中,夕阳在山,三生均交卷,开船,到家黄昏后。是夜疲甚,早眠。

初四日(3月1日)　阴,下午雨。上午衣冠率两孙在正厅奉设香烛,为文帝补祝圣诞。纪常遣顾德兄来归款,让利六元八角,持券书讫缴之,知昨日二公见面,尚可消去痕迹。终日倦甚,下午昼寝,竟不能看一书,自叹精力之不振。

初五日(3月2日)　阴,微雨,西北风颇肃。今日循例始开春账,命陈丽卿订换《切问斋文集》部面,又《苏诗王注集成》亦须订过。暇阅白乐天古风,夜则登清内账。

初六日(3月3日)　阴,西北风大吼,寒如冬候。终日因牙痛作痛不能看书,仅翻阅汤雨生先生《怀忠录》二册,题名百馀家,存者不满十人,可叹年光之速。由恕甫处寄到姚先生所评字课,念孙楷书,慕孙隶书,极为鼓舞奖诱,慕孙楷法无一佳评,甚允当也。鸿轩七侄自苏归,以越酒一中坛见惠,近虽不能饮,然对之酒香扑鼻,不胜欣然。

初七日(3月4日)　晴,风息,渐暖。朝起齿痛渐愈,可免痛发作闹。今日先母沈太孺人忌日,见背已六十六年,不孝百事无成,惭言报答慈恩,但冀天假之年岁岁今朝率两孙致祭叩献,稍申孺慕之

---

①　"洋"字后原文有符号⼽。卷十二,第170页。

忧,则不胜悲感欣幸耳。晚间陈翼亭翁来自北厍老薇处,不客气,书楼止宿。夜与元翁置酒剧谈,甚为欢畅,余则先眠。

　　初八日(3月5日)　晴朗,渐有春意。饭后元简、翼亭同访子屏至港上,鸿轩侄随之。顾纪常同弟雨三来,述及行事交算可不亏空,生意分手,大约另起开张。副者,大有逢蒙之技,人情亦险哉!惟憩棠现丁内忧,此账目前难吉题也。一茶即去。下午同沈达卿至子屏处,见则春风满面,舌苔色正,诸恙均去,惟怕风依然,大为欣慰,畅谈久之。七佺方斟酌尽善,马佩之方尚隔一层,未识此番子屏、元老所定能中的否。晚归,所借《郎潜纪闻》已收还,夜在书房与翼老、元翁又谈天,一鼓先就寝。

　　初九日(3月6日)　阴,风雨终日。饭后舟至赵田,探午亭先生继配,余家族侄女柳太封君之丧,寿八十一,真年高无匹。至则张问樵、袁少甫陪余,憩棠出,叩见,略慰之,知明日入殓,一切未排场。渠家留中饭,与问樵又畅谈。下午由芦归家,时尚未晚。夜在书房与翼亭论近日外科,荒谬绝伦。

　　初十日(3月7日)　阴,朝上风雨兼雪,下午始开晴。翼亭怯风,又挽留之。终日闲坐清谈,下午诸、陈二公复访达卿,余属账房初订《补冯注苏诗》三十卷至四十五卷,蛀页各十数页,极称意。夜又在书房剧谈无忌,一鼓后先寝。是晚殷柯亭来谢孝,先至萃和,据乙大兄云,请过,不登堂,余处亦未亲临。遣下人致费芸舫札,徐小希学博转送《王晓庵先生诗文集》三册,馀托分送砺生、子屏,余亦欲延之,苦无酒肴,忍听之去,甚歉然也。

　　十一日(3月8日)　晴和可喜。饭后备舟送陈翼亭归龙泾,约三月中再叙。客去,至苹甫六侄楼上絮谈,知其臀上生疽,为庸医所误,毒仍不出,即意谓"涌泉疽",亦难识真,属其至苏马佩之治之为是。然用刀刺穴道系关,甚勿轻举为要。还来,略阅《苏诗识馀》,夜登内账,尚未动手。夜粥初毕,吴望翁来叩门,延之登堂,特衣冠来谢,并惠越酒一鐾,芽茶二娄,领谢之,且云夜饭已用,清谈则可。知殷谱翁十五御祭,府尊承办,廿一日安葬,大约乡间概不通知,芸舫不来乡,八兄葬地已延沈岭公定向择期。未及一鼓即下船,托抄沈礼堂《城南夜话事》四则,县试时寄交,以便采入《震邑志》。

十二日(3月9日) 花朝,晴,可喜,花布大熟。终日闲静,晒藏《冯注苏诗》(星实太史),抄录《城南夜话》两则,子屏所撰陶苣生墓铭半篇。下午阅《苏诗识馀》,夜则始登内账。

十三日(3月10日) 晴暖。上午抄录陶志铭《城南夜话》,适吴甥幼如来,欲往姻家道喜,借衣服,辞之,送棉襦一件,抄书上先给洋两元,书房内留中饭而去,清明后约再来取所钞书。下午赵翰卿来,前所商佰番面付,借角字潘淦伯田单六章,约五亩有零,立兑契,三年决定必归,明日补书契,未识能始终如约否,此事余实出力提携之也。长谈而去。沈潄六来,坚拒之,余尚念旧,不为已甚,给借青蚨四百文而去,然终了不事,姑留渠初次体面而已。碌碌终日,不能安心静坐。

十四日(3月11日) 阴,大风竟日,幸无雨。上午录陶志铭文毕,抄《城南夜话》未竟。下午作札拟致子屏,尚未书就。暇阅《苏诗总案》。

十五日(3月12日) 晴朗,颇不暖。《城南夜话》录事九则订好,当面复望老。作札致子屏,为念孙婚事拟来春举行,属到溪面商,即当作札转致芸九兄,书拟明日寄,恰好子屏处有人来,即同元老札、《王晓庵集》交来人送去。阅念孙课作,虚字眼忽,大呼应不贯,不胜骇异,因苦戒之,读文时须细细融会,庶矫其弊,否则永无条直时也。试期伊迩,为之奈何? 甚闷切。暇阅《苏诗总案》。

十六日(3月13日) 晴而未暖。上午有来归吉去冬开召欠而几无落场者,今特从松自下枏了吉之,面目上略可过去,为之一慰。是日奎儿亡期,命两孙祭奠,又为之凄然心痛,暇以《苏诗总案》消遣。

十七日(3月14日) 晴,下午忽春气蓬蓬,皮裘可卸。上午顾季常来,欲余同至赵田并算行务,即坐渠舟,邀其堂兄蓝田账伙偕往。至则憩棠、稚松素服出见,并具时点,杀鸡留饮,行内生财物件作四千千,憩老归并,始甚推却,继则九折一诺,季常该找现洋除净五百馀元,连存本在内,此番季常大得便宜,憩老甚吃情也。六人同席,袁明之陪代主人,告借《切问斋文集》原板初印一部,言留案头一月。又乞红荷秧两种归,到家傍晚。

十八日(3月15日)   晴热,潮湿。朝上率两孙、李星北至芦切问书院会课,到尚早,久之题目来,"一则以喜""春水斜如剪",与会者金云旧岁张元之出过,请试他题。又久之,韵涵、嵩安来,始公拟易"虽曰未学",会者西斋十四人,动笔已巳刻矣。余略就谈,走候陈仲威,并晤稚生,见就诊极忙,一茶而出。到镇上,与翰卿茗叙,中午小酌,季常、董梅村、翰卿四人对饮,极适意。下午又茶叙,招顾砚仙至,语言意兴大不如前,似有痰阻心疾,属渠小心行走。茶罢,同董、赵二公走至书院,知诸新进均完草稿,誊者过半。二君去后,院中瞻望片时三生始交卷,慕孙大佳,字面太不避忌,星北次之,念孙又次之,句多格格不条直,甚欠通也。登舟傍晚,到家点灯后。是夜热甚,大雨将至矣。

十九日(3月16日)   阴雨昏闷,始闻雷声,终日雨不止。上午誊录子屏所撰陶墓铭毕,校对《切问斋集》烂版数字。昨晤友岩,知陆氏后裔以原板作居奇,不肯流传在外,重刻费似太太[1],只好以罢议复芸舫矣。石刻亦然,惜哉,贤裔之愚而不振也,为之浩叹。暇阅《苏诗总案》,夜间登清内账。今日芦局张森甫来,又完世字一户,付洋十二元[2],钱四百廿一文,与之叫讫矣。

二十日(3月17日)   晴而不朗,颇寒。上午校补《切问斋文集》数页。李星北就婚归家,初一日吉期,不及往贺,仅致分仪而已。闭门寂静,再阅《苏诗总案》。

廿一日(3月18日)   晴,是日丁卯,无雨宜禾。上午本路钱少

---

① 　太太,疑为"太大"之笔误。卷十二,第174页。
② 　"元"字后原文有符号❡。卷十二,第174页。

江来,通知县试三月初二正场,暇则校改《切问斋集》第二册,大烂板已补正矣。下午由账船上接子屏回信,姻事姑徐商,日上又头齿作痛,大约须三月下旬考后来溪畅谭矣。《苏诗总案》尚未翻毕。

廿二日(3月19日)　春社,晴朗。上午校正《切问斋文集》第四册。以片致子屏,张同年挽联杜撰一副(典故误用,不及改,欺人耳),馀则简老属达卿捉刀交卷。下午子屏回信,关照竹夫人事,日上有信来,难免不破财,然甚难以为继,言之闷闷。午后曹松泉子少泉来谈,在练塘刻实做生意,大是起家子弟。絮谈而去,以黄烟一包送余,谢受之。闲阅《苏诗总案》,不能中止。

廿三日(3月20日)　晴,是日交春分节。上午校正《切问文集》第十卷,暇阅《苏诗总案》。午后子屏以长笺来,为竹夫人告急事,势不能不议常例,庶有限制,目前先要借弱冠之数,馀俟屏侄三月中来议定。急以此札示乙大兄、鸿轩七侄,姑以十四元[①],作钱十五千五百四十文给之。回作一信,颇费斟酌,复夹条,详做下半篇示之再商,洋与信交来人费大业面缴屏侄,始缓目前之急,然终非了事也,为之奈何?子屏改余挽张驾部录示,工切稳妥之至。心纷,开卷无味。

廿四日(3月21日)　始晴暖可人。上午校补《切问斋文集》第十六卷,连诗多竣事,大惬余怀。元简示余祭胡心敷文,鲸呿鼍吼,大放厥词,大似昌黎,真杰作也。子屏以片关照,昨日之件已收到,颇极周密。暇以《苏诗总案》消遣。

廿五日(3月22日)　阴,微雨骤寒。上午再校阅《切问斋文集》,极烂板处大约可以无误。暇则抄录元简昨撰之文,尚未竟。晚阅两孙今日课艺,大段尚得题窍,特欠修饰功耳,未识先生以为然否。

廿六日(3月23日)　晴,下午渐朗。饭后录毕元简所撰心敷祭文,苏诗全部并《总案》今始收藏停阅。今日买玩字朱西庄家耕牛一

---

① "元"字后原文有符号⚡。卷十二,第174页。

条,价洋廿二元,众云公道,此牛豢养余家,从此交好运矣。夜阅曾选苏诗。

廿七日(**3月24日**)　晴朗,渐暖。饭后送元简假节,约十六日去载。上午命两孙检考具,余终日搜寻家伙物件,备寓中用,检拾行李,登账,殊厌烦琐,约账房陈丽卿同去陪考,庶省余力。暇以苏诗消遣,夜则登清内账,拟明日朝上发棹赴江。

廿八日(**3月25日**)　阴,无雨。朝上率两孙、吴莱生同陈丽卿饭于家,即登舟,恰好顺风至同川,莱生略泊,归家省母即启行,到江午后,舟停小东门,定寓在斜桥金儒家,王绘声所住平屋两次间,颇修洁,言定连下人七榻,决洋六元。即起铺陈,位置一切,颇栗碌,余与钱廉伯、吴莱生宿东厢。夜饭后同人茗叙洪福园,与蔡进之絮谈良久,还寓即就寝。

廿九日(**3月26日**)　阴晴参半,晚微雨。晚饭后与丽卿茗饮祥园,徜徉书院内,桌凳已齐,复至两县前徘徊久之而回。下午郑式如、黄荫臣、徐繁友俱来过,晚间叶彤君来,以寓中四考客履历面交之,复同茗叙祥园听书说书。进之来同畅谈,回寓,知润芝侄孙来过,夜间恕甫来谈,留同夜饭,点灯送归。夜眠颇早。

三　月

三月初一日(3月27日)　阴晴参半,西北风颇狂,至夜略寒。清晨孙辈同同伴至书院,门未启,幸陈稚生大帮上来,由窦而入,始得据精舍二间,在上房西首。与凌恕甫结伴,共十馀人,考具随手携进,还来始吃小点心。余终日在书院内观望,见后至者坐场多不舒齐,此风吾邑甚不公道也。途遇钱梦翁,甚殷勤,邀明日过渠家,当如其约往候之。又晤老友周竹岩,丰采照旧,云设帐平望,来陪考,匆匆叙谈而已,未申衷曲也。又于大堂上晤庄兼伯、张廉伯,均有世兄应试。下午邑尊程序翁始进书院,人似和平,蔼然近情,一切陈设甚华美。至晚间,命与考四人早夜饭,先眠以养神,属丽卿与工人看守桌凳,余始返寓守夜,点名单,更点牌尚未悬示,余不及等候矣。

初二日(3月28日)　晴,冷甚。知头炮三更三点,即起来唤四生吃饭,携具进场,等候良久,五更三点三炮开点,天明还寓始封门,酣眠半天始起来。至洪福茶叙,晤张仲猷、童懋卿,题已悉,"求也问,闻斯行之"至"求也退",次"天之高也"二句,诗"青云羡鸟飞"。未冠,申申。震"雨露之所润"至"牛",次"辰系焉",诗"泽下尺",得"深"字。下午,觉莲亲自来招,即赴渠宴会,叙者吴望云、张廉伯、庄兼伯、夏子恒,莘农之堂弟,现寓太仓。金寅阶暨主人,越酒华菜,宴饮兴豪,黄昏散席。望云情重,携觉莲及余欲候放牌,徘徊两书院前,时头牌尚未放,邀至余寓略坐,酒始醒,二君携灯还家,余甚抱歉也。余和衣强睡,夜半四牌,四生始出场,知邑尊宽而有礼,各童均亲阅开讲、盖戳,文字若何余不暇问,属各酣眠养息。

初三日(3月29日)　晴朗,略暖。午前始起来,阅两孙草稿,似尚知作法,无大谬。是日上巳良辰,听其闲游。下午赴吴祭酒招饮,至则同人未集。阅《苏州府新志》江震人物志,先大人蒙已收载。赵眉山先生,收其书而遗其人,殊嫌疏忽。少顷,钱觉莲、庄兼伯至,张廉伯后至,知其训子甚严,吾乡无此家教。望翁携其五岁文郎出见,秀伟异常,连主人父子六人同席,酒杯景德窑所造,精雅绝伦。菜甚华美,从容宴饮,不负良辰,惜不能赋诗以纪事。至晚散席,辞还寓,尚不至大醉。是夜黑甜乡,适甚无比。

初四日(3月30日)　阴,微雨,至夜风雨交作。晚起,率念孙至郑式如寓,与张仲猷长谈,知案将发,即赴书院前,少待,案始出。覆四图二百人,元钱观吉,名手也。同寓皆复,念曾九十六[1],贻曾三十一,吴莱生九十四[2],钱廉伯五十,郑式如十六,凌恕甫二十。明日覆试,即据桌凳,命陈丽卿陪考坐守之。回寓已晚,费敏农来询,知

---

①　"九十六"原文为符号**弎**。卷十二,第176页。
②　"九十四"原文为符号**弐**。卷十二,第176页。

芸舫将来寻,辞之不得。夜饭后风狂雨骤,望云、芸舫同到寓,询问孙辈名次,甚见关切。滑滑泥途,殊深抱歉,谈叙片刻始送出门。属四生安睡,余和衣守夜,终夜未安眠。头炮尚未三鼓即唤考客起来,饱餐进场,时雨未止,余懒不送考矣。陪考工人回,天明已久始将封门。

初五日(3月31日) 阴。夜间大雨,早上坐家中船出城,昏睡不适,幸无风,到家下午,乙大兄、钱子芳均来探考信。余至友庆登楼看六侄,知马佩之处治疽已得要领,然不能急愈,坚属渠切弗游移,覆治为要。是夜早眠,熟睡始安神。

初六日(4月1日) 晴,西北风狂吼。饭后友庆备舟,率五侄至南玲先伯秀山公、西房先伯养斋公墓上祭扫,时七侄鸿轩旧恙复发,故不往。回来,复刘允之一札于初十日寄梨。子屏片来,询考事,即复之。下午部叙衣冠、祭品、祭章,明日至苏家港吊奠凌听樵五兄亲家,又须留宿,应酬渠家请题主。

初七日(4月2日) 晴朗。饭后备礼至苏家港,时凌听樵亲家除几治丧,故有此行。至则渠家以客礼款待,莲叔出接,磬生、陈翼亭陪席,闻砺生略有小恙不到。下午掩丧,排场点主,余愧作首座,陈翼翁、何农山屈作左右相,自升堂至点主归椟,退堂安神,幸不失规。事毕,同翼老至对河候陆述甫,述老少余一岁,相见慰甚,笑语颇欢,虽略有末疾,而家事息肩,较余逸甚,惜时晚不及畅叙。还,则主人家谢司丧请客,余又谬居首席。与叶子谦絮语,知初复题"皆薛居州也",经"稻曰嘉蔬"二句,诗"忽逢佳士与名山"。后知廿名前另题"他日由邹之任,见季子"。夜与翼翁、雪舟诸君联榻,尚安眠。

初八日(4月3日) 晴朗。晚起,与翼亭、子谦、磬生诸君畅谈,午后送听翁亲家安葬,用大船两号,鼓吹执事,仪仗颇伟。墓在陈思村,地极宽敞,立癸丁向,叶了谦所定。申刻还苏家港,已易吉,余至几前行礼,不及送入祠即归告辞,到家黄昏候。江城舟已还,接两孙禀,知今日二覆共复乙佰廿人,念孙七十三①,次孙四十九②,莱生八十四③,钱钦若四十六,郑式如第七,恕甫廿四,案元仍钱观吉,同伴皆留,差强人意。夜又懒甚,早眠。

初九日(4月4日)　朝阴,微雨即止,开朗。今日清明节,饭后萃和备船,率介侄父子、焕伯侄孙至北舍扫墓,始迁祖以下四世,至"角"字高祖君彩公墓前祭扫,见元英从侄承办挑泥,工尚完固。回至大义老大房希贤四从侄家抢祭,饮散福酒,共十席,叙者六十馀人,与薇人侄并坐宴谈,酒半酣而散,到家尚早。夜又不能坐定,即就寝。

初十日(4月5日)　晴暖竟日。命舟至江城候考,以刘允之复信、徐秋谷处半会交付七侄带梨。终日闲甚,始补登日记,夜登内账。

十一日(4月6日)　阴,风雨交作,终日不息。想县试今日末覆,未识四生能幸与否,抑风雨留滞否,甚为悬念。乙大兄抢祭,欲同往南玲西房扫墓,势不能举行,下午与之絮语。是日始略阅《王注苏诗》。

十二日(4月7日)　阴,寒冷异常,朝上西北风。饭后萃和备舟,率介安父子、男大官唤伯、毛官至西房曾祖杏传赠大夫、南玲先祖逊村赠公墓前祭扫,时宿雨初止,尚不至泥途滑滑。六、七两侄苏去,为两子种牛痘,两孙在江应试未归,到者寥寥莫如今岁。拜奠毕,归,午前又风雨兼雪,一时许即息,然尚未开晴也。迟江城考船未归,不解何以迟滞。晚间至萃和饮散福酒,连乙大兄父子祖孙暨余共七人,分两席,可谓菜浮于人。与乙大兄、焕伯对饮,菜亦精洁可口,尽酣而散。是夜颇寒,被酒早眠。

十三日(4月8日)　晴朗,西风不大。上午略阅苏诗。午后子屏有片来,为庆如三侄媳索给旧例三元,并询考事,即复与来人。未

---

① "七十三"原文为符号〤〤。卷十二,第177页。
② "四十九"原文为符号〤。卷十二,第177页。
③ "八十四"原文为符号〤。卷十二,第177页。

刻两孙归自吴江，知昨日四场覆终，以"吴江试毕"为题，作四讲，覆九十人，菜用十碗，可称阔极。现在案首郑慈谷，陶绍煌第二，钱观吉第三，拟元不出三人。念孙三十二，次孙七十，吴文勋七十二，李闻极补考复终五十外，甚为难得。钱钦若七十九，同寓完全，更喜出望外。夜属两孙早眠，连场辛苦必须养息。

十四日（4月9日）　晴朗。饭后两孙呈阅草案题目，知二复题"亦以其械器易粟者"，廿名前"不得于言"四句，"莼菜赋"，"明日是清明"，得"新"字八韵。"募建三高士启"，"镜剑七律"，三复题"道千乘之国"三章，廿名前四章，"自鸣钟"八韵，"范蠡论"，作论者免诗。呈考作，念孙"皆薛居州也"，作极佳，"道千乘"三章，总做颇见力量，惜欠功夫，四讲完善妥称，此番正场文极拘滞，馀则均有进机也，一笑。下午率两孙南玲先赠君古楂公墓前祭扫，瞻望松楸，乌私莫遂，徘徊凄感而返。北玲亡奎儿坟上即命两孙顺道祭奠。夜间补清节祀先，厅上祭高曾祖父四代，祠堂内合祭已祧之祖，与两孙抢班灌献，尚克如礼。祭毕，与孙辈共饮散福酒，均大有醉态。夜雨甚澍。

十五日（4月10日）　阴晴参半。终日闲静，大孙检余父子闱中《五经文》，大有合时之作，共五十篇。昨日吴甥幼如来，即命携归抄录，限廿六七日去取。余笺排苏东坡词亦命录副，给洋两元，以济其窘。夜欲登清内账，不果。傍晚老友徐屏山来，以孩儿蛏一筐馈余，乡味之驰名者，余实未尝其味。留之养树堂夜饭，揽胜阁止宿，健饭欢饮照量，欣知新病初愈，精神益佳，莫以痴笑之，年七十有一矣。

十六日（4月11日）　晴暖，皮裘可卸。饭陪屏山于厅上，屏老四碗半，余碗半，对之健羡。饭后屏翁辞归，舟送北舍仲僖处。上午碌碌，下午走候达卿，以花红元卷面交。还，知六倅自苏回，牛痘均种好，马佩之处复治臀疽，云可收口而无决断。夜饮苏沽越酒，与两孙同酹，极有味。明口去载先生。

十七日（4月12日）　阴晴参半。朝上舟至朱家港吊凌墨园老夫人，与顾季常同饭，归尚早。钱少江本路持正案来，案首钱观吉，郑慈谷第七,陈秋槎第十,柳文海十九,凌恕甫廿八,柳诒曾卅五,柳念曾七十八,吴文勋七十二,李闻极七十左右,钱钦若四十九,此番除廿名外,所定前后殊出意料之外。甚矣,考试之无凭也,一笑。府试决计初二头场,未识诸意中人胜负何如。县试卷费已与少江算付透支。未刻诸元翁携渠令郎小世兄到馆,元翁现患目疾未全愈。闻上三县考试犹未竣事,可称顶真不体量。夜与先生絮谈,早眠。殷谱翁灵舆十四日赐祭,十五日出城,现在已至鸭头湾渠家坟头,特来通知,廿二日子时安葬登位(二字大不妥)。

十八日(4月13日) 晴朗。饭后舟至芦墟,吊陆畹九表侄婿,今日领帖,奠者自乡而镇、而城、而营、而卡毕至,晤见许嵩安、董梅村、凌砺生诸公,砺生肝疾初愈,面色欠佳,略与应酬片刻,始同陆谱山中饭而出,拉赵翰卿、沈福生、徐屏山茗叙,久之而归。舟中阅凌砺生所转寄徐元圃店刻印《文录·姓氏考》乙佰八十本,可恶本本页叶订差,万难送人,当俟府试时一同带上,使之重订更正,殊不惬余意也。托姚凤生先生镌拓子范传文,勒工、裱手均佳,有衡吟馆唐仁斋所开发票寄示,凤翁现往清江,当先作札致谢,其刻资亦俟到苏问算。夜间拟作札致恕甫,详询勒石事,并开释一辨诬事以解渠疑,大约此道不至沈迷也,一笑置之。

十九日(4月14日) 阴晴不定,菜花已黄金布地矣。检查徐店所印《姓氏录》乙佰七十五本,无一不差,照本摺出,殊费手目,为之喷饭。写好与恕甫一札,柔以克之,或者巽言易说,冀其能改也。下午阅元圃所印老谱诗集卷首卷末,醇邸手札全刻,谦恭下士,虽达官犹难,况乎亲王,笔秀情真,实一翩翩好书记手也,大可展诵!夜登内账。

二十日(4月15日) 晴朗,稍暖。上午褚渊如持朱梅峰公信来,骇知大义仲猷、叔廉两从侄殴伯母、撑梅峰船,事已成讼,当以官法重惩之。败类子弟,目无法纪,实门风之不幸也,家法难治,浩叹谢之而已。暇阅谱老诗十六、十七两卷,至到家结束,可称神龙现首更现尾,吾邑一代完名归真之人舍君其谁？当再复读。

廿一日(4月16日) 晴暖。朝上北舍局王漱泉来,无串三十元面给,内扣胡书卿三会上钱三元。饭后至葫芦兜,张元之同年治丧吊之,至则晤黄仲玉、丁子勤、朱杏生、陈翼亭诸公。饭罢坐定,吴祭酒、费中允二公来,接陪之,即同两公、袁韵珂同至大港访子屏,笑谈留饭,屏侄气色颇佳,而畏风依然。芸老以八兄行述定本见商,读之凄然,知葬在后珠村里,择期四月廿九日寅时安土,殷侍郎处二公即往鸭头湾送葬,余家公账致分,不及往矣。是日叙谈颇适,客去,余又絮语,以谱老诗集册首卷尾送之。归家傍晚,夜登内账,似觉神疲。

廿二日(4月17日) 晴朗可喜。是日凌砺生大令媛出阁,饭后命念孙往贺,止宿。《王晓庵集》二部今日寄去,恕甫处一札命虎孙面致之。上午徐瀚翁来,震邑乡间济荒办得极实惠。中饭书房,三官堂许愿七千托缴讫,新愿上又付洋二十元而去(共已付七十①)。终日闲甚,略读苏诗。

廿三日(4月18日) 阴晴参半,颇佳。终日闲甚,以苏诗消遣。接吴甥幼如信,语不驯良,其贫可怜,其言可恶,当面饬之。晚间念孙归自母舅家,知昨日宾客尚不寂寞,今日望朝回门均了吉矣。府试改期无确音,姚凤生清江不上去,当面谢,不作札,今烦元简代起稿,竟是赘言无用。夜登内账。

廿四日(4月19日) 晴朗可喜。饭后命慕孙至大义,送介安侄媳元继配胡、徐、陈三氏安葬,地与日期均叶子谦所定,真协吉恰好天气。中午后送登基,慕孙陪客宴饮归,知今日宾客颇不寂寞,设两席,晤见徐梦花,云昨见《申报》,法越事内廷主战不主和,六部军机大得处分,恭邸退出,醇邸用事,云南(唐)、广西(张)两抚军拿问,阎敬舆、张之洞入军机,以手加额,我中华大有人在也。晚吃介庵封寿圹面,佐以高粱,大有兴味。暇读苏诗。

_____

① "七十"原文为符号艹。卷十二,第181页。

廿五日(**4月20日**) 晴暖。书房文期,竟日无事,略读苏诗,下午昼寝,懒甚。接子屏书,日上因督土木工,复感寒热,约廿七日无风到溪,恐不稳也。夜倦,不能多坐看书。晚间徐屏翁又至,仍留之对食粥,止宿账楼上。

廿六日(**4月21日**) 晴暖有夏令。上午暨中饭陪屏山老友闲话小酌,下午送之回芦,接回条云,铺被中忘失布袋一只玩物七件,遍寻不见,即作复,明晨寄示之,未免情痴善忘,一笑。梨川舟回,收幼如所抄经文四十篇,蝉联而下"页""叶"不分,已易差误难阅,兼之头场起讲多抄。甚矣,非此道难与共事也,此子之不适用如此!夜登内账。上午本路遣舟,告知府试改期,初四取齐,初八开考,想的信无误。

廿七日(**4月22日**) 晴,昨夜雷电风雨交作。上午为孙辈校正闱中经艺十五篇,可见余父子当日此道甚不潦草。下午至乙大兄处絮语,示以屠少江信,早知公账事漠不动心,子屏以信致余暨元老,怕风又不果来,且俟夏间再商。致芸老札,八兄行述,鼻烟壶一个,当面复之,匆匆作覆未尽欲言也。暇仍略读苏诗。东账自黎回,羌无故实,虽由办账之生疏,多缘人情之贪诈,一笑置之。

廿八日(**4月23日**) 晴和清朗,牡丹花,内厅、大厅正开在极盛时。校阅闱中经艺又廿五篇,午后始毕,眼花为之错晕。下午详读芸舫所撰吉公行述,清本既有文法,益以简老、屏侄所商,似无可再赞一词。晚接芸舫自梨来信,府试初八开考确切可靠。以行述中三代姚氏宜书为是,问诸简老亦以为然,可见此事不可一毫卤莽。

廿九日(**4月24日**) 晴暖如令。上午叔廉侄孙来,撑船一事理当伏罪送还,而原告所诉亦多不实,邑尊批"亲族调处",极好息讼。丹卿侄欲辞其责不能,余则婉却之。暇则披阅所抄经艺订本,大有敝帚千金之习。下午至七侄处絮语,近体尚安,两房小侄孙三人种牛痘均安稳而愈。稚竹处卸会,遣人代往。

四 月

四月初一日(4月25日) 阴晴参半,燥热异常。饭后东厨司命神前、家祠内衣冠拈香,正在静坐,子屏襥被来,欣然留之止宿书房,与元老酌定吉甫八兄行述。下午春渌侄孙来,旦卿侄意相招,奉邑尊照会,调停仲云、叔廉撑朱梅峰船息讼事,至则两造均集,竭力劝解梅峰始允。复为春渌剖断家事,目前均可相安。谈妥已黄昏,雷雨大作,不能归,宿旦侄所。两造先去,与旦侄絮语家常,刺刺不休,寝已夜半,几不成寐。

初二日(4月26日) 阴寒无雨。晚起,旦侄留饭而归。终日与子屏情话,日上已霍然,惟怕风如旧。夜谈,早眠。

初三日(4月27日) 晴。饭后诸元翁挈郎暂归,因欲拉渠同往陪考,故先安顿其小郎君。上午同子屏至乙大兄处,酌议關给竹夫人事,每年公送三十六千,春季、秋季凭子屏信支取,惟今后两年填空多项,不能如约,已找讫无存,谆谆以不得预支为界限,尚虑不能无后言。下午送子屏回港,芸舫处复札及行述当面致。晚间先生到馆,确知府试二场改期十二,然行李已部叙,无心迟往,拟明日早发。夜间登账,早眠。

初四日(4月28日) 晴朗。朝上率两孙、吴莱生同诸元简先生、陈丽卿赴苏,一帆顺风,到城定寓不过午后,寓蒋榆荫栈,主人号瞻屺。起行李,安顿楼上,决洋七元。夜寝尚早,先时同人茶叙沁园。

初五日(4月29日) 晴朗。上午以《姓氏考》乙佰七十五本交徐元圃重订,同诸先生、凌砺生至大儒巷候费芸舫,不值,以子屏札并行述稿、陆《切问斋文集》四厚本交其家人而返,复茶叙玉楼春,时考客到者寥寥。

初六日(4月30日) 晴热万分。上午复候芸舫,喜出见,坐定,以黄冈洪良品给谏号右丞所撰吉翁墓志文相示,知葬期在是月廿九日寅时,陪相地沈岭梅老友朝饭,畅叙阔衷,始返回寓。元翁亲友张珊林、昆山钱俊甫来候,以《文录》一部送俊甫,其人博学多才,近有志于经。

初七日(5月1日)　晴热依然,下午大雨,竟至黄昏略息。上午同砺生舟至桃花河候姚凤生先生,以鲟鱼肚半只、金腿谢送之,蒙留饮絮谈,以日本人寿生所与书札见示,写作均极古雅。家传拓本二百十册收还,石条暂留,托续拓,以二十本存风翁处。下午告辞,到寓雨来,适费芸舫、袁韵珂枉过,商定行述,借雨盖而去。是夜同寓昆新进场,喧闹竟夕,邱莲舫、周竹岩老友均来过。

初八日(5月2日)　阴雨骤寒,泥滑难行。与砺生小酌,在寓闲谈,芸舫条来,托致子屏札,并录志文相质。托韵珂书扇,蒙已即就,他日玉堂人物必属此公,以《家传》六本分赠之。一鼓后上五县正场头排已放,题"以则形形",五搭分出,二题"皆是也",诗"领鹤行吟积翠间"。终夜同寓出场,人声不绝。

初九日(5月3日)　雨,又寒冷。终日对雨闷坐,是日邱莲舫、袁子凡来谈,蔡子瑷亦来过。凌荫周来絮谈,下午与元老、砺生茗叙良久,回寓,阅念曾所拟起讲,清妥而欠爽。

初十日(5月4日)　起晴。上午各廪散结下押,与莲舫茶叙,晤张廉伯同年,絮谈久之,又晤叶彤君、殷警仙。芸九兄小令嫒有感冒,属韵珂来请元简翁诊治,回,云热在营分,急须清托。晚间张珊林、李达甫来候元老,以《家传》石刻分送之。

十一日(5月5日)　晴朗,是日立夏。朝上接芸舫片,惠考果并食物数种。欲烦元翁复诊,知昨服药颇有效。上午与诸同人进院,看守坐号一大间,共十四人,晤黄苣生同年、周竹岩老友(不是心泉)。明日下四县进场,江正诸君似尚肯相推相让。下午砺生同任又莲来寓,酌以高粱,似有醉态,夜间和衣假寐,四鼓二炮,送两孙、吴生、李生、劳襄卿进场,徘徊久之,五更开点、接卷,与元翁、陈丽卿回寓酣眠,天已明亮矣。

十二日(5月6日)　晴朗。晚起,张仲猷来谈,知郑式如考前感

冒,至今未愈,万难补考,只好嵌册,余以身重名轻为譬,且院试安知
不反独售也?絮语久之而去。张廉伯来候,以《家传》《姓氏考》送之。
饭后同元老至芸舫处,又为其嫒转方,大约病势已退,可称应手。出
来,与元翁闲游观中,茶叙回寓。夜间芸九兄特来候考,辞谢之,特留
家丁伺候,放头头①始去,题江正"自南自北",常昭"自西自东",次
"四方之政行焉",诗"眼看鱼变辞凡水"。三牌两孙、莱生均出场,休
息半刻,吃饭安睡,时已四鼓。

　　十三日(5月7日)　阴雨,无聊。晚间阅大孙文,首艺妥甚,惜
平仄调不谐,次"元朝"二字大不妥,百②险。二孙文多稚气,吴生中
比语自相矛盾,总之可危,得覆为幸。芸舫、敏农着屡来请元翁,势不
能不往。余持雨盖至凌寅,恕甫乔梓不值,答张仲猷,又不值,至袁子
安寓,与韵珂长谈而返。夜饮高粱解寂,早眠。

　　十四日(5月8日)　晴热,闻雷不雨。朝上片致芸舫,知渠嫒已
得汗解,并招元简饮,更转方善后,譬之考试,竟喜覆终矣。朝饭食鲥
鱼、蚕豆,大佳。下午同元老至芸舫处,复为诊脉,换清滋之品以养
阴。少顷,砺生亦来,芸老均留陪饮,韵珂暨主人五人同席,菜出家
庖,精洁异常,妙在不华饰而可口。饮罢辞归,到寓已点灯,知家中船
已到,两孙今日同恕甫舟谒姚师亦已回,蒙情重留饮。是夜上五县传
闻出案,终夕喧攘。

　　十五日(5月9日)　晴朗。饭后邀昆山西顾村钱俊甫兄同行,
属徐繁友导路,由平江路走尽会道馆街转湾,即仓街酱酒坊间壁候玉
峰旧主人李谱琴先生,至则欣然出见,相别十四五年,恍如隔世,知谱
琴久徙苏城,买屋居,砚田颇熟,年已五十六,有子悲殇,现已买妾待
年,尚未得子,虽齐眉,心境殊不佳,课徒之外兼修道术。长谈久之,
并问及子屏、薇人暨张元之、冯绥之诸人,一一详告存殁,不胜感慨。

----

①　头头,疑为"头牌"之笔误。卷十二,第184页。
②　"百"原文为符号ꝥ。卷十二,第184页。

邀留饭，辞之，同走出门，至混堂巷费吉翁八兄宅中候徐繁友，大有人琴之痛。款茶而出，与谱翁、俊翁畅叙得月楼，情话不已，扰谱琴茶点始各辞归，此行颇有兴趣，兼慰阔衷也。回寓，知上五县已出案，七折覆取。夜眠颇早。

十六日(5月10日) 晴朗，小雨即止。饭后率次孙、兰荪至元妙观闲游半日，骇知今日江阴县有逆伦案，请王命在元和县前看排堂，与常熟老同案徐石英兄立谈良久。渠少余三岁，尚未养须，已立侄入庠，有孙，云前年续弦，尚欲生子，故时时作少年状，为之开怀一笑而别。回寓，相传下四县将出案，仍不确，殊切悬望。夜寒，留砺生小饮畅谈。是夜雨淋不止。

十七日(5月11日) 阴雨，颇寒。上五县明日复试，桌凳依然争据。姚凤生翁雨中乘舆来答，云即日要至扬州，石拓账已算讫，洋每元照市抬五十文，存洋一元作续拓，单张后算，匆匆略谈即去。下午雨稍止，喧传将出案，等候久之，黄昏后始发，江首顾渊（锦）如，震首顾兴三，大孙三十四，二孙五十，吴文勋百○二，凌恕甫、李星北八十左右。意中人，佳文字，竟有落外者，甚矣，考试之难决也。夜间收拾行李，明日余拟先归，二场二十复试。

十八日(5月12日) 晴朗。朝起检行李即登舟，陪考诸事均托元翁。饭于舟中，解维顺帆，到家下午。与大女孙话旧情深，夜食粥，括痧，早眠酣适。

十九日(5月13日) 晴朗。晚起，上午走候沈达卿，畅谈，以石刻《家传》送之，两侄孙亦各与一，幼耕在座，又谈考政，知砺生尚未归。下午至大港，晤骧卿侄孙，知子屏十四日夫妇到梨盘桓，欣知身体尚健，《家传》十册留焦桐馆，芸舫札、八兄墓志加封作片，交骧卿明后日到梨面致，怅怅而返。家事如麻，懒不点检，夜仍早眠，麻养精神，然疲惫依然也。

二十日(5月14日) 晴朗万分。晚起，仍倦，钱竹安有会酌，遣人代赴。凌氏有女使来，砺生乔梓昨晚已归。恕甫致余札，尚无愤激语。今日覆试,未识两孙文兴若何,题以得解应手为幸。下午昼眠,起来始补登日记。夜看账目,未登清。乡人凌富华至重固里,何鸿舫老友以片书数语问候,殊感多情。

廿一日(5月15日)　晴朗。饭后遣使至凌氏,为绣甫兄弟分析,略致贺礼。暇则续补日记始毕。夜登内账未完。胃气始清,中午食蚕豆饭极有味。晚接子屏今日由梨回札,确知近体渐健,畏风依然,吉甫八兄葬期无风必到,能得如约为幸。

廿二日(5月16日)　晴暖,有风,将变。上午札致恕甫,石刻《家传》十册送留渠处,廿六日大孙女回去面交。吴幼如来,《苏词笺》一册钞就,留同吃蚕豆饭,怜渠贫而课蒙荒,又赒洋二元而去,约五月中不必来,或有抄录之件余到梨面付可也,石刻《家传》以四册送之。暇阅《制艺丛话》,昼长,又懒欲眠。

廿三日(5月17日)　阴晴参半,颇燥热。饭后阅《制艺丛话》,新购者,第一册甫终卷,适凌沧洲衣冠来谢,为其先太翁点主,并送绍酒、黄烟、茶腿(即转砺老),固却其半不得,惭领之。留之便中饭,沧洲不善饮,清谈琐事,借佐加餐而已。家用菜油七担即托相时定票。回去尚早,此子谨守门户,一无时俗好,甚为可嘉。客去,又略读《王注苏诗》,内账始登清,又将出门数日,端整送费吉甫葬礼,哲人萎兮,思之增悲!

廿四日(5月18日)　晴,昨夜大雨,今日大风,竟昼不息。上午,恕甫家来载大孙女,因风不果往,见渠寄内札,关照初覆题"子曰:'不逆诈'"全章,经诗未悉。忽出大题,亦逆亿所不及。下午检阅行李衣冠,拟明日早发到苏。夜则登吉内账,早眠。今日下午为恕甫载张妪,西塘船归,骇知舟去至下田庙,驶风转脚,不及下篷舟已半覆,舟人张桂生亦下水而几溺,尽力趁势始得登舟,万幸无恙,然衣履尽湿,不胜惊惧侥幸之至,以后痛戒,遇有大风,切弗冒险出行。

廿五日(5月19日)　晴朗。早上开船,恰好顺帆,到苏午后,即进寓,知二复案已出,江首金士方,震首叶应奎,名次更动极多。题

"子曰：'不逆诈'"一节，上县题"子曰：'尊贤使能'"全章，经"儒有席上之珍以代聘"一节，诗"静中悟得天机妙"六韵。念孙廿五，次孙卅四，星北六十八，共复七十人，廿七复试。与元翁茗叙沁园，知李谱琴来过。夜间上县昆新同寓出场，不能静寐，知上县初覆题"躩如也"，"过位"节，"碧纱笼赋"，以"而今始得碧纱笼"为韵，吴越之间有具区，七律四首，不记题。

廿六日（5月20日）　阴，无雨。上午率念孙舟至昌善局，预送吉甫八兄殡宫，明日发引，今夜念孙进场，抱歉不能送至坟头，故必须一拜。与芸老略谈，城中绅士都到，余与王仙根长谈，知其侄孙（敬之郎）年十七，已考嘉府案元，羡甚。主人留中饭，与沈旭初、徐子春诸君同席。下午回寓，二鼓后送两孙进场，先生丽卿陪往，余仅守夜，此番坐号宽，可不预先争据。

廿七日（5月21日）　阴雨，进场尤甚。三鼓头炮，封门天未明，雨略止。晚起，饭后与元夫子钱俊甫茗叙得月楼，晤周庄秦卍卿、芝房诸君，良久回寓。俊甫又长谈，润芝侄孙亦来絮语，灯未点，头排已放始各归去。题通场，其中"非尔力"句，"柳阴路曲赋"，以"门前垂柳赤栏桥"为韵，"不贪为宝"六韵，"兰亭、草庐、竹楼、栗里"七律，不拘韵。二排两孙出场，作四律，赋未习听。休息，食粥始眠，尚未夜半。

廿八日（5月22日）　阴，骤寒，下午雨甚。朝起略观念孙草稿，起比不妥，馀尚合作法。次孙出语颇清，中比有野话，复不复听之。朝上即同徐繁友、吴莱生舟至后珠村里送费吉甫八兄亲家，明日寅时安葬，繁友有舟引道，由五龙桥出太湖，进港数转湾，泊舟坟头，圩名上盈，系吴江界，墓门南向，丙舍两旁甬道、拜坛大具规模。立甲庚向，兼乙辛二分，地是沈岭梅先生所定，共八亩，前河测港，后开新浜抱主穴，形势大阔壮，形家言且勿论。至则坛前先拜行礼，观吴望翁祭酒祀后土之神。下午本邑尊程公来补奠，诸亲友如黄子美、吴鹤轩、庄兼伯、王仙根、梦仙、殷柯亭均至，新识者震泽陈秋舫、龚霭堂。子屏侄先一日陪岭公至，尚可补前年未到之憾，虽畏风，犹可支持。

夜则芸舫盛肴款客在席棚中，余与徐丽江、邱寿生本家瑟卿、棣花(安查郎)同席。是夜风雨寒甚，雨稍止即同莱生登舟，明日莱生拟随母氏回同，即到馆。

廿九日(5月23日)　喜得朝晴。四鼓时余即起，盥洗，具衣冠登岸，众宾皆集，寅初五刻渠家排执事，开导鼓吹，下窆安葬吉翁，恰好一轮红日照临。闻八嫂哭甚哀，转意九兄劝解之。诸亲友均送奠行，余亦上香拜别，又陪岭公朝饭始回舟，到寓不过中午，两孙、陈丽卿均至观前，正与元简絮语，其家特遣舟来载，知其令爱旧恙忽增，匆促即归。送元翁烈日登小舟，极为抱歉。下午守寓静坐，无聊之甚。夜与同寓昆山叶泾村人陈师海、昆山城中人龚述君茗叙沁园，五县案仍未出。

三十日(5月24日)　晴。晚起，饭后率次孙至如意阁茗饮，回来与元圃算账，《姓氏录》订好乙佰七十五本携归。下午走候芸舫，不值，以《姓氏录》廿本、扇面乙张交其家丁汤姓而返。二鼓时江正小案始见，念孙幸复廿三名，江首陈其蕃，震首叶应奎，江共复终卅五，正卅三。传说九县初二总覆，终夜喧攘不成寐，同寓陈君廿六，龚君廿五，大不得意，然较诸顾君念椿尚可差强人意。

五　月

五月初一日(5月25日)　晴热。朝上九县案始发，约共四百馀人，起来时，芸舫特衣冠来谢步，蒙索念孙考作观之，谆谆训饬，甚感厚意，云即要至坟头，约初三日再叙。上午与次孙茗饮玉楼春，虽不复，不介意也。晤沈咏韶、根黄兄弟。回，知大孙已与顾兴三、褚叔文结伴进场，夜间余守夜，和衣略睡，四鼓后二炮，即送至院中，三人合一桌凳，极舒徐。五更开点，接卷后余同丽卿二孙回寓，封门天未明。

初二日(5月26日)　晴，热甚。晚起，已上个，费敏农来寓，与之茗叙沁园，絮语坟工，知已将半，择期初八日圆顶。与丽卿、次孙雅叙茶话，徜徉片刻，回来，头牌已放，念孙与同寓均出场，题系九县各

出一人名,江则缺,正则武。略观念孙场作八股一段,颇有机调生发,
大异前场拘苦,为之欣望不已。

初三日(5月27日)　晴热。上午率念孙、次孙逍遥楼茗饮,晤
同寓张浦建中许君,知其郎因试抱恙,现喜平愈。晚间复率两孙谒芸
舫太夫子,蒙留饮,以三复原稿呈政,复蒙动笔,奖勉过实。同席袁上
池、志云两君。饮毕步归,恰好阵雨已止,气候渐凉。

初四日(5月28日)　凉爽,晴朗。朝上费芸翁又来话别,以团
扇、竹布、闽茶、建曲托送元简,余亦蒙惠建曲一包,珍重而去。上午
唤舟率两孙同陈丽卿出阊门,至满仙茶园看京装文武班,颇为欣赏,
每人正桌三角,极适意。回寓点灯,复沽酒剧饮,是夜酣睡。

初五日(5月29日)　晴朗。晓起收拾行李,栗碌万分,至八点
钟始率两孙同陪考丽卿等登舟,即解维出城,石尤风不甚猛,闲话,到
家尚未黄昏。是夜又安睡。

初六日(5月30日)　晴,北风颇狂。上午略位置书籍行李,殊
无头绪一一整顿。率两孙看六、七两侄近恙,六侄外证可免发闹,七
侄倏患大小便交乱,痛不可忍,今日略松,然元气大伤,甚无易视。中
午补节祀先,酌账房,适薇人侄持子屏信来,有所商,命之陪饮。下午
辨诬,姑恕之,恳借五洋而去,殊不了也。作便札拟复元简先生。

初七日(5月31日)　晴燥。上午命两孙修拭书房,移在瑞荆堂
中读书,稍息几天,重理旧业,耳目一新。徐翰翁来,留同中饭,新愿
上又付七十元,括①字五元,贴米亏二元,还岁底掇洋五元,净付七十
二元,絮谈而去。咏楼来谈,治七侄证,云大小肠几乎易位,甚难奏
效,以《家传》《姓氏考》各一本与之,又略谈而返。

初八日(6月1日)　晴爽。饭后舟至泗洲寺答陈景廷汛员,不
值,门徒用中和尚留茶。回至艺香斋,以新得邱澳之朗甫中丞字凤生
朱拓《家训》,蒙叔堂对托裱,以《家传》送之。又至沈咏楼新寓,即同

---

①　"括"字前有符号𐑨。卷十二,第190页。

翰卿、研仙、憩棠茶叙,顾纪常亦来,并扰砚仙酒东。下午又茗叙,梅村亦来就谈,诸先生信寄出,晚归,甚有醉态。是夜略阅账务,纷繁难下笔。

初九日(6月2日) 晴。上午李星北到馆,北舍局王漱老来,又立据借洋廿五元,言明银上扣,有例不能不应酬也。下午袁憩棠来,有所商,如约允之,长谈而去,以《家传》册四帖送渠群从。夜间账目仍未登,略补日记。

初十日(6月3日) 晴而不朗。终日懒甚,下午昼眠,明日循例开春花账,今夏春熟丰登,未识能略有起色否。晚间徐屏山来,为赵昌伯居间,所商弱冠,谊难峻却,姑书券付之,未识冬间能如约否,且试之。甚矣,酬应之繁也。夜又早眠。

十一日(6月4日) 晴冷。饭后视七倕病势未退,已去请辛垞。接诸先生初九信,知其小令媛已殇,即作札慰之,约十六日去载,明日寄北舍。午后费敏农衣冠来谢,匆匆即欲回黎,坚不肯一饭,略款小点而去,歉甚也。面致乃叔九兄札,扇面蒙书就,殷柯亭托转寄《前诗征》亦到。《切问斋文集》且存芸翁处,拟局刻,卫抚军未允,看来尚无机会。少顷,李辛垞五兄来,即同至七倕楼上诊脉,云尚有力,原气未尽伤,治专清大肠,方用枳壳、杏仁、鳖甲,引以乱发,颇费经营,未识有效否。治毕,陪饭,又邀至余处夜谈,大孙亦请给一方,清理胃气,兼理伤风。知中法已议和,退出北宁,不赔兵饷,云南通商,仍如其所欲而已。大谈时事,佐以高粱,此番叙首颇慰阔衷,以《殷谱翁续刻诗》二本、《姓氏考》五册、《家传》一帖赠之,一鼓后始送登舟。

十二日(6月5日) 阴晴参半。终日无事,补登日记始毕,账目仍懒未理。明日拟至梨花里盘桓两日,兼面复刘允之前日来札。

十三日(6月6日) 晴。上午顺帆至梨,登敬承堂邱氏内厅,寿伯内倕母子见出。中午与东西席杨恂如、钱 村同饭,下午同恂如、邱寿生走庙泾浜毛氏老宅寻候刘允之,不值,还至陈氏,与子屏长谈,时寓外家,邱澳之、陈西涯同在座,又絮语片时而还。灯下,邱寿生又来谈,此子恂恂,吉卿翁可称有继起。夜寝厅厢,颇安。是日吴又如为妻产男略不适,缺药资,又助一枚而去。

十四日(6月7日)　晴朗。晚起,粥后刘允之特来答,会钱十五千面交讫,约下午茶叙。客去,与澳之谈,医道略有过问,所助画资四元,子屏经手,彼此不提。子屏来,招之内厅,内嫂留同中饭。邱少榕、徐信芳陪饮。下午同子屏、刘允之、澳之、信芳茗叙泷泉,群贤毕集,张青士许赠以《姓氏录》,邱莲舫、兰芬许以《家传》分送。费敏农亦来就谈,知谢客已毕,明日回苏。傍晚回,陈西涯来候,在澳之医室讲《国语》,始知齐人伐燕"反其侵地柴夫、吠狗"二邑出处,相与大笑而散。于宓野林信局得见函报三期,以青蚨乙佰六十文购之,曾袭侯致李相书在内。夜无客来,早寝。

十五日(6月8日)　晴朗。晚起,上午至书房,阅杨恂如近作,即托转呈诸先生,又与澳之谈叙,兰芬亦来片谈,知其两郎均已应试。家中船来,午饭后告辞,到家尚早,知顾寿生来过,托荐其叔云桥友庆东席。七侄服辛垞方,大小便已通,大为欣幸。夜倦早眠,明日去载诸元翁。

十六日(6月9日)　阴,下午微雨及时。晚起,具衣冠率两孙东厨司命神前、家祠内拈香补叩谒。上午定售冬米一仓①,日上因旱颇有涨势。下午沈篯卿走候元翁,缴还《史记》,因雨始去,吾乡能看书,此子无二。稍顷,诸元翁率其小郎君到馆,尚能达观,身体康健。

十七日(6月10日)　晴燥,望雨不畅。上午偶阅《制艺丛话》,妄议朝廷取士必乘运会,乾嘉之文过性已多,置之近科闱中赏识必虚焉。下午同元简走候达卿,以《姓氏考》四本送之。余先回,心纷不聚,倦睡片时,账目仍不能登清,因循已极,明日拟率两孙、李星北赴切问会课。云桥、寿生又来,友庆账缺已面回绝,人地非宜,万难勉强。欲留中饭,坚辞,失望而去。

---

① "仓"字后原文有符号𠉂、𠉂。卷十二,第191页。

十八日(**6月11日**) 晴热。朝餐后率书房三生舟至芦川切问书院会课,镇上诸公渐至,叙者九人,题"舍馆未定",诗"修竹弹甘蕉",不知沈约有弹文,都不得解,题是苏寓试笔,改钞居半,此时重录,殊形省力。陆韵涵不到,无人可谈,走候陈仲威,以《家传》两册与其郎及侄。杭竹翁适自嘉兴解馆归,拉之到镇,茶寮畅叙,复酌以火菜,同席八人,苹甫、焕伯在焉。下午又茶话良久,始舟还书院,三生交卷已久,知今日有做两文一诗者,一沈二陈,甚认真焉。即开船,到家未晚,沈达卿在书房又絮谈而去。夜间熟睡。

十九日(**6月12日**) 晴热,大有炎令。饭后抄陈子松《读汉易学私记》一页,账目仍未清理,奈何? 中午先大父逊村赠君忌日,率两孙致祭。下午韶涵来,面致会柬,廿二日叙并关照为积谷事,与嵩安有违言,欲偕砺生调停,可见微利所在本相尽露,一笑允之,乞《家传》一册而去。夜间飞蚊绕鬓,几不能坐。

二十日(**6月13日**) 晴,闷热,下午似有变象。上午誊录《读易私记》一页。下午始动手登载出门后内账,不及一半,已烦扰搁笔。南账船归,金、尊、玉、富几乎空无所有,春熟虽丰,益见民生之窘,此固意中事,然有出无进,殊叹谋生之难,只好度外置之。碌碌终日,拟作书答芸舫亦未具稿。

廿一日(**6月14日**) 晴,略凉爽。上午照应出冬,兼账房有因借售田事,殊嫌烦琐不耐。下午略闲坐,补录《读易私记》一页,适本路钱少江持正案来,府元陈其藩,馀则颇有更动。念曾十七,李闻极四十五,贻曾五十五,吴文勋百○三①,以后场前决文万难定升降也,姑书之,以俟院试得意者何人。暇则略观癸未会墨,佳作林立,美不胜收。

廿二日(**6月15日**) 阴,下午时雨至,惜不畅。上午至芦赴陆韵岩会酌,凌砺生亦来自汀城,得悉近况,絮谈竟日。中午设两席,得

---

① "百○三"原文为符号㸸。卷十二,第192页。

彩者许苹记。与砺老畅饮,同坐者六俇、陆梦岩诸君,《家传》五本,《姓氏考》四十四本,费吉翁行述面致,前信附焉。沈咏楼处面候,差喜病可无妨,所商一事另纸书明,已面示砺老矣。下午同砺生走候许嵩安,茶叙西楼,所谈积谷出入坚不肯办,云仍归韵涵接手,未识其意究竟若何,不便再探,即以此言回复涵处始开船。到家傍晚,接子屏在梨寄札,知畏风依然,馀无恙。夜雨檐滴,虽未酣畅,大胜于无,吾家田事,秧已插青。

廿三日(6 月 16 日)　又晴朗,凉爽。上午拟作札三,一致费芸舫;一复子屏;一致李辛垞,明日当可缮写,畏难殊甚。下午始将出门后内账一一登清,大自快慰。书房内今日文期,未晚,一文一诗交卷。暇阅《王注苏诗》、新会墨。

廿四日(6 月 17 日)　阴晴参半。上午作札缮写三封,笔亦拘苦不适,听之,惟对芸舫自愧恶劣耳。下午闲散,略阅《制艺丛话》。

廿五日(6 月 18 日)　晴而不朗。饭后命黄又堂至梨赴蔡定甫会酌,费芸舫札附元简信即托全盛局寄苏。子屏处三札,一致辛垞,并寄寄①还画扇;一元翁复札,属面致;邱寿伯、汝益谦均又各送《家传》石刻一本。暇钞《汉易私记》一页。下午洗足,快甚。暇以曾选古文简本翻读一二篇。晚间梨川舟回,知今日得会者凌亮生。又接子屏札,通报费芸舫夫人廿四日卯时得一男,已告八兄几筵,立为爱继,此喜信今日由朱谨甫报知子屏与余,恰与余信大开笑口相符,闻之狂喜无量,暇再当作书先贺之。

廿六日(6 月 19 日)　阴,微雨即止,恰好时令。上午抄《读易汉学私记》一页,照看出冬。下午读曾选古文简本暨癸未会墨,大有实学极构。阅大孙私课两大比,题文笔喜不拘。

廿七日(6 月 20 日)　晴朗。上午钞《易学私记》一页,适凌砺生来,留之书房便酌畅谈,以青浦黄哲生名孝廉,其郎名诸生渊甫所撰

---

①　此处疑多写一"寄"字。卷十二,第 193 页。

行述,托诸先生代作墓志铭,经明行修之士,下笔为难,非元老不能任此大手笔,已允许之矣。畅论一切,复以姚惜抱所选名家文二册属幼如誊写,其资诸先生估定后余处代给,至将晚始辞去。碌碌不能坐定。

廿八日(6月21日) 晴热,西北风。饭后至乙大兄处,始惊知徐彦生昨日病亡,闻症类阴亏,医投凉剂,年四十九,上有七旬父母,有子而才不永年,甚为喻兰四兄抱无穷之痛。暇钞《读易私记》一页。中午夏至,节日祀先,率两孙灌献拜跪。下午闲坐,两账船已毕账,所收不及一分数,佃穷计狡,实无奈何也,听之而已。

廿九日(6月22日) 阴晴参半,闷热,下午阵雨即止。饭后命次孙至莘,送凌月锄夫人大殓,兼慰月锄表兄悼亡。上午杨恂如衣冠特来拜元简师,留书房中饭,以便札托寄子屏而去。下午慕孙回,以二母舅所改褚渊如"今之为关者"文呈示,可称痛快。暇则仍抄《读易私记》一页,夜间阵雨,风。

闰五月

闰五月初一日(6月23日) 阴雨沾足,颇凉。饭后衣冠,正厅上恭奉关圣帝君鸾书暨东厨司命神前、家祠内衣冠拈香叩谒,舟至莘匝菜油,定票七担半,每担六元三角。砺生处《制艺丛话》已借到,而代售水龙不来,此公可称不耐俗事。《易学私记》又抄一页,暇读时艺新墨、古文简本。

初二日(6月24日) 阴晴参半,无雨,不热。上午抄《读易汉学私记》一页。砺生处水龙取来,全副都坏,要重修过,殊受人欺。下午闲坐,心不定,略点《制艺丛话》。

初三日(6月25日) 时雨竟日,高低酣畅。朝起吃宿饭,即挈两孙、星北赴切问文会,至则门未开,候伺久之始入院,题目误发,又换调,片刻即来。西斋"此非距心之所得为也",东斋"大匠不为拙工"四句,诗题"大法小廉"。叙者仍九人,前期课卷看发,次孙一,念孙三名,居然赚奖钱五百、三百文。韵涵来谈,发散东斋卷,余亦雨中舟至镇上,与赵翰卿、董梅村茗叙长谈,六侄亦至,渠另有会酌。又在赵店与董梅村三人小酌吃面,极酣适,又茗饮久之始回书院。大孙、次孙、李生渐次誊完一文一诗交卷,余略阅之,念孙平妥无警湛语,次孙文大有出色处,可喜。即率登舟,雨仍不息点,到家将近傍晚,是夜早眠。

初四日(6月26日) 细雨间作,下午似渐开晴。终日闲坐,誊录子松《读易私记》一页。六侄来谈,携去《子范家传》五册。点《制艺丛话》六页,读简本古文数篇。

初五日(6月27日) 已喜开晴。上午抄《读易私记》一页。下午有村人陈富荣,欲至重固里求医何鸿舫,作书通问,并以《松陵文录》全部寄送之。有名士在心,写作俱拘滞,可知不善书之苦,草草封好待寄,暇阅时墨、《制艺丛话》以消遣。

初六日(6月28日) 晴朗。上午录《读汉学私记》一页。村人陈富荣之兄富华来,云八上挈弟就医重固,即以鸿舫信件并《文录》交寄之,想可必到。终日闲静,点阅《制艺丛话》。东洋人医书《经穴纂要》,看其图象,人之一身内外巨细毕呈矣。

初七日(6月29日) 阴。晚起,略带肝气不和竟日。饭后与陈厚安对南北租账,奉行故事,半日而毕。渠即日要还家,奖勉成效,仍旧留之。下午纷扰在心,仅点《制艺丛话》数页,不能静坐。舟自莘还,接恕甫与念孙信,确知熊鞠孙在旌德,于五月初六日八点钟被谋畔之匪数十人突入署,杀伤门供,劫去账房数百洋,两老太太受重伤,中子八岁陨命,幸鞠孙怀印逾墙而逃,仅腿伤一刀,现已缉获匪簿,邻县解到匪徒数名,即行正法,可免戕官,然受苦不少,未必得功,甚为之惊叹不已,故特志之。

初八日(6月30日) 阴,微雨竟日。饭后以沈达卿课卷封寄陆韵涵,其文一讲矫健,入手尤捷,后二比妙义环生,曲曲写出题内题外旨趣,真从名家得来者,必取第一无疑。书房课艺两文一诗,出题太晚,未免局促从事。与丁达泉对东南租账,午后草草毕事,人虽忠厚,恰是老实,联烦仍旧,脩与厚老等,四十四两,照去岁已益其二,想可安稳办事也。下午点《制艺丛话》一册已完,又阅癸未科会墨三篇,皆极时样妆。是日肝气渐平。

初九日(7月1日) 阴晴参半。饭后阅两孙昨课两艺,首艺次孙紧甚,可夺目,大孙平而未尽妥。次艺大孙佳,次孙滑甚,如能互易之,则一卷完善矣。暇抄《读易私记》一页,点《制艺丛话》数则。下午录旧自作练笔机文一首示两孙,文毫无精诣,特纯熟最利场屋风檐,又点阅会墨两篇,读苏诗数首。

初十日(7月2日) 晴朗,倏热。晚起,接何舫老鸿耉回札,始知渠家近被游匪白日抢劫,有湖州看病寓客失去千金,舫公请医在外,未逢,家人惊惶无措,幸未受伤。吃惊之后,夜书札,不草率,拳拳故人,致谢《文录》,情谊倍至。元简,久闻名,另书致余,转询徐灵胎有《内经补注》一书未刻,甚精,元老看过否?恰亦未见,可见此公非一味游戏也。得此复书,惊喜参半。上午元老以陶怡生翁扇两面寄缴,格变老苍,并示新撰黄哲生先生墓铭,文似王半山,而变化从心,益见魄力之厚,可云大手笔。下午以水龙资属达卿交还东阳氏,以了其事。癸未会墨今始阅竟。心纷终日,不克坐定。

十一日(7月3日) 晴而不热。上午抄《读易私记》半页,点《制艺丛话》数则,下午登清内账,略阅简本古文。陈厚安还家,约初八日去载。晚间接恕甫与孙辈札,知金泽下乡数村大被龙灾,得知县抚恤稍有生理,然死者数人,伤者数十人,亦是一大劫也。

十二日(7月4日) 晴,渐炎暑。饭后由全盛信局加封,寄到费芸舫初九日所寄书,得男告知,喜溢于书,大慰悬念。暇录自作经文一首。午前吴甥幼如来,书房中饭,以凌砺生所托抄姚选时文二百篇付之,每篇正体三十五文连纸,诸先生定价,余以罗隐、太平两同书属抄,均携之去,又给洋三元,言明一元书上扣,二元送。下午作复贺芸舫书,颇不能尽达所欲言,然亦无从缘饰矣,且俟明日缮写。栗六竟日。

十三日(7月5日)　晴,渐炎热。上午修书贺复费芸舫添丁大喜,计三页又八字一页同寄,不善作书,拘苦万状,竟是老秀才岁考一场矣。子屏处亦作便札,拟十六日专舟寄梨全盛局到苏,袁憩老书片,遣伙顾雪波归款,即作复,其券附缴讫。书房内又课两文,免诗,缴卷尚在日光中。下午略读《两都赋》,是夜颇热。

十四日(7月6日)　阴,闷热,上午雷电,又得大雨,下午又雨,渐觉清凉。暇抄《读易私记》半页,点阅《制艺丛话》十三终卷,《西都赋》始温读顺口。

十五日(7月7日)　阴晴不定,昨夜又大雨沾足。是日丑刻交小暑节。饭后丁达泉回去,约六月十五日来寓,抄录《读易私记》半页。明日闻苹甫六侄至梨,即以费芸舫、子屏两札面托之,一寄全盛局,一寄顾氏新安家。下午顾季常来,始详知中法和议不成,实因云南百姓疾法如世雠,为北宁大遭荼毒也。董梅村、赵翰卿索《家传》两册,即托转致之。由诸先生处接宋炳卿信,备悉熊旌德被盗巅末,竟是教匪谋变,现已有备,缉获数名矣。又见陶小祉代老翁复柳质卿设局禁烟书,婉约以为非急务,极明道通俗,急录之。晚间又闻雷声,将作阵雨势,恐非时令所宜。

十六日(7月8日)　阴晴仍不定,下午又闻雷声,特无大雨。上午抄《读易私记》半页,旧作经文一首,点《制艺丛话》六页。下午闲坐,略温《两都赋》,欲动手摘录租欠,手懒不果。接子屏梨去回札,知近体无恙,或在梨过夏,未可知。有长笺寄余,并缴还元简古文,尚未收到。

十七日(7月9日)　晴朗,风凉。上午抄录子松《读易私记》半页,点阅《制艺丛话》数页,知于乡党颇有考证。下午登清内账,略读《苏诗王注》。

十八日(7月10日)　晴朗,略热。饭后书房内课一文,两后二比限八十字外,一诗六韵,今日不赴文会。下午陆韵涵将前期课卷九本同寄示,阿虎二名,巳孙仍第一,陈秋槎三,星北四名,两孙又得花红九百文,可笑。暇抄《读易私记》半页,《制艺丛话》点阅六则。沈达卿至书房长谈,至晚去,欲摘租欠,卒卒仍未动手。子屏致元简长笺并志铭文亦收到,点窜数字,毕竟老手不凡。

十九日(7月11日) 晴朗。上午录旧自作经文一篇,抄《读易学私记》半页,《制艺丛话》论乡党点毕。下午摘录租欠账,不及十户即心烦搁笔,暇读《苏诗王注》。

二十日(7月12日) 晴,渐热而爽。饭后作便片并课卷九本寄还韵涵,以便院中传观。抄《读易汉学私记》正编二十页毕,补编七页即日动手,又抄《诗经》旧自作一篇。下午摘录租欠"恭"字号一册未完,停手,以东、西都赋温习消遣。

廿一日(7月13日) 晴热,爽朗。上午抄《读易私记》,补摘半页。子屏旧为子范拟作试艺经文一首,《诗经》通体四字韵,古香古色。试草已遭兵燹,此文从书包布中寻出,可称历劫不磨,急录之,以示两孙,不胜今昔之感!下午抄摘租欠东账"恭"字号毕,暇以东坡诗消遣之。

廿二日(7月14日) 阴,终日闻雷声,知将阵雨,特未布洒。上午抄《读易私记补》一页,录旧《诗经》文一篇。下午摘录"信"字号租欠,未及一半,心烦搁笔,暇则复温两都、前后赤壁四赋,以消长夏,然顺口而已,不能背诵,益叹年衰,记性、悟性两者俱涸。夜雷雨即止。

廿三日(7月15日) 喜开晴。饭后书房内先生仍课两文,诗明日补做,限申末交卷。暇抄《读易私记补》一页,《春秋》经文一篇,点阅《制艺丛话》数则。下午摘录租欠账,"信"字号毕,"宽"字明日动笔。晚间洗足,爽甚。

廿四日(7月16日) 晴朗而不热。上午抄《读易私记补》半页,并录自旧作《春秋》文一篇。下午录租欠"宽"字号未半,心烦停歇,闲散以适意,犹觉心纷不定。

廿五日(7月17日) 阴晴参半,凉甚,不宜小暑。饭后阅两孙课艺,大孙首艺起比多呓梦语,大不妥,馀尚头头是道,次诗佳甚。次孙笔路大佳,略空。尽人事而已,希望意外,实非其时。暇抄《易汉学私记补》半页,亡儿荐卷《礼记》文一篇。下午命子祥至芦办修船木料,"宽"字号租欠账今始摘毕。暇读扬雄《解嘲》文。

廿六日(**7月18日**)　晴,渐有暑令。上午舟至莘塔,诸先生代作志铭文交还砺生,抄录《读易汉学私记补》两页,拟欲明日毕工。抄自作旧时二场《礼记》文一篇,共录十六篇,连前所抄共计二十二篇,皆机圆调熟,易于初学乡试步武者,未识来科用得着否。妄冀之,惭为外人道。下午登查内账,接恕甫回札,传说学使已换许庚身,恐其说未确。姚凤生已归自扬州,托拓《家传》未裱本乙佰副已来,每副五十四文,除已付一洋外,当于八月节同两期脩仪一并寄缴之。墨迹原书一册裱得极精致,亦寄来,毕竟此公原书最浑厚可珍,此事从此结题,可悲,究是可喜?文字缘不易结也!

廿七日(**7月19日**)　上午晴,下午阵雨,阴热。饭后抄陈子松先生《读易汉学私记》廿八页终卷,作一跋,属账房订好,以备珍藏。自作旧时二场经文,选廿二篇亦订就,适凌砺生来,以元翁所代作黄君墓志文面商,字句增损,两人意见同,自臻美善,益见砺老此道眼力亦深。书房内便酌,纵谈极畅,知和议不成后我军得两胜仗,未识以后若何。下午因将起阵雨,即开船,少顷雨至,幸无风,自可安稳抵家。

廿八日(**7月20日**)　晴,不甚热。上午抄《初月楼古文绪论》一页,昨日砺生所寄示者,云此数条刻《海宁蒋氏丛书》中,吴仲伦集中并未见过,大约论古文源流尽于是矣。书房内文期,仍课一文一诗,两后比限八十字外。下午摘"敏"字租欠账半册,暇读《曾文正公文钞》选本。

廿九日(**7月21日**)　阴,不热,非时令之正。大雨成阵数次,势颇澍渥,下午始有转晴意。喉痛,火触郁滞而发,略不如意。上午钞吴仲伦《论文馀绪》二页,下午抄"敏"字号租欠毕,只剩"惠"字一册,明日接手。今日始食西瓜,味带酸,因物维其时,且与喉痛相宜,不嫌不佳,与孙辈饱啖之。暇则闲散,不观书。

六　月

六月初一日(7月22日)　晴,略有阵雨即止,东风太凉,是日戌刻交大暑节。饭后衣冠至关圣帝君鸾书前拈香行礼,东厨司命神前、家祠内以次虔叩,暇钞《初月楼论文》一页半,点《制义丛话》数则,皆考证典故之文。下午摘录"惠"字号租欠半册,明后日可望毕事。沈漱六来数次,今始见之,全渠体面,酬给一洋,留中饭一顿,好言遣之,此子实可怜不足恤也,奈何?今日又大啖所买西瓜,价每担一千百文,其味大佳,喉痛为之渐松。

初二日(7月23日)　晴朗,仍东南风而凉。今日喉痛稍愈,不吃鲜发物以降和之。上午抄吴先生论文一页半,点阅《制艺丛话》三叶,皆老辈厚重之文。"惠"字号租欠摘毕,尚有老公祭未录,且俟明日。暇读两都、前后赤壁赋,以舒其气。

初三日(7月24日)　阴雨,终日寒凉,大非时令之正,外间防有发水处。书房内课期一文一诗,上午抄吴先生论文一叶半,正文已完,只剩跋语未录,《制艺丛话》亦点阅数则,租欠账连公产今午摘毕,亦一大快爽事。下午六侄鸿轩(苹甫)来,以近作就正,两大比极圆畅,过奖之以鼓其兴,携余自课课孙草一册去,云要抄录几篇,一笑诺之,且告之曰"文虽无骨,然科试求科举,此亦救急灵丹",长谈而去。是日喉痛已愈。

初四日(7月25日)　阴晴参半。朝上微雨,下午开霁,渐有热象。饭后吴仲伦论文十纸始钞竟,订附钞选曾文后,颇合式。暇点《制艺丛话》五叶,甚难句读。下午凌沧洲持砺生札来,所商四数,书券假之。"犹为弃井"至"尧舜",课前期改本特寄示先生,粗阅之,轻灵巧快,兼擅其长。王麓台"大匠不为拙工"四句文亦寄到,恰尚未读。砺生为其叔竹山又索《松陵文录》一部去。苍洲略谈,携物色而去,云八月初至苏办弟昏事,且云学政并不更换,节前大约要案临。又由凌处接梨邱寿伯禀,庄兼伯家缔姻已卜吉,当致李辛垞一札讨回音,然后再定,此姻事能成,极佳。栗六不能静坐。

初五日(7月26日)　晴热,下午雷阵雨微。上午点阅《制艺丛话》,校正《东坡词笺》各五页。下午登清内账,略读曾文选,作便札复砺生,缴还麓台文,清灵隽妙,时手纵极力摹写万不能出其范围,达卿作宜其不喜也。

初六日(7月27日)　晴朗,有风,不甚热。上午点阅《制艺丛话》《苏词笺证校正》各数页,中午与先生、元翁吃不托对酌,循例而已,不甚得味。下午作札拟与李辛垞,为邱氏庄兼伯家姻事,尚未缮录,暇以《古文类纂续编》消遣。

初七日(7月28日)　晴朗,风凉,究非时令之正。上午点校《制艺丛话》《苏词笺》各数叶,作两札缮就,一致李辛老,一复邱寿伯。下午闲散,略阅曾文选简本。

初八日(7月29日)　晴,略热。上午点阅《制艺丛话》五页,以长笺致子屏侄,当面谈。下午畅啖西瓜,其甜如蜜,真天生佳品也。阅诸先生昨改两孙课文,极认真,极锋利,原本太觉平实无气,奈何犹作妄想,殊为之闷闷。

初九日(7月30日)　晴朗,仍凉。书房内文期改三六九,一文一诗。上午点《制艺丛话》第十四卷毕,《东坡词笺》亦点完上卷,下午正欲钞新入国史《儒林文苑》诸人,由芸舫处诸先生借抄目录,适李辛垞至萃和治乙溪大兄旧恙,据云真阴全亏,火升燥热,眠食不安,衰象大见,急平肝降火,尚冀苟安渐愈。陪之夜饮,即至余书房内与元简畅谈古文、医学,以新刻《古今医案》一书,共十厚本,发价二元四角一部惠余,元简处亦一分,真重人情也,感谢领之。谈至一鼓始送登舟,邱氏姻信恰好面致,大有机缘。辛垞云,前在梨已知吉卜信矣。

初十日(7月31日)　晴热而爽,始有炎令。清晨凌苍洲持砺生札,为车内菜子货多,欲暂移千金以应门售,余处代筹六数,友庆五房亦付四数书券,留朝饭,如愿而去。上午抄录《儒林文苑》诸人姓名,及午而毕,下午温东都各赋,颇顺口。阅辛垞所刻俞氏《古今医案》,

甚精要易读,倘略知其意,已得其中要领,当闲书看可也。

十一日(8月1日)　晴而不朗,颇炎热。饭后子屏由弟还家,遣人致书元简,知在红蕉馆过夏,兴致颇佳。费芸舫到梨叙过,其新郎极长养,乳量兼人,闻之欣慰。以新合红灵丹廿瓶、太乙丹十圆致余,元简、陈翼亭均惠及,年年感善人之赐。暇点《制艺丛话》、张纬馀《名儒记》,补录元简所增辑各数页。下午略登内账,作札复黄文甫邱氏姻事,恰好介安来,即托寄,暇以曾文消闲。

十二日(8月2日)　晴热,极合时令。上午点《制艺丛话》五页,《经学名儒记》补录竣事,只须点阅而已。下午始浴,垢腻一空,爽快得未曾有。暇以苏诗消遣。

十三日(8月3日)　晴热稍减昨日。饭后为九月普济略诵神咒备用,张纬馀所辑《经学名儒记》已增录点毕,《制艺丛话》亦点阅五页。下午复续札待寄子屏,暇则闲散不观书。

十四日(8月4日)　晴朗,略热。上午命工人扫洁堂宇,拂拭几席,居然耳目一新。午前凌恕甫同大孙女来,喜甚。恕甫馆之笔谏堂楼下夹厢,命虎孙夜间陪之。下午以窗课相质,原本既有性灵,老翁改本悉守先民法程,而仍不背乎时,初读之,目不给赏,姑待徐读而细参其妙,盘桓论文,亦饶乐趣也。夜谈,余不耐久,先就寝。

十五日(8月5日)　晴热。饭后舟至梨川,邱寿伯、子屏两札均寄出,点校《苏词笺注》《制艺丛话》各数页,暇观恕甫窗课,乃翁改笔,有夹里,有面章,有笔调,有心思,真小试名师也,甚佩之! 夜与纵谈。

十六日(8月6日)　晴,颇凉。是日斋素,饭后略诵神咒,书书[①]内课期一文一诗,恕甫兴到,异题同做,交卷均早,暇则点阅《制义丛话》五页。昨晚接子屏回札,欣知近体初健,在红蕉馆谈天,而未移寓。

十七日(8月7日)　晴朗,东北风,是日午正立秋。饭后点校

---

①　书书,疑为"书房"之笔误。卷十二,第203页。

《制艺丛话》《苏词笺》,磨洗墨匣,油污汰净始可写字。下午陪先生书房瓜果高粱赏秋,恕甫命两孙陪之,即景言情,颇有新凉之味。接幼如札,传观之,相与大笑,可作下酒物,其令痴呆不通可知矣。

十八日(8月8日) 晴朗,不闷热。是日斋素,饭后诵经咒数遍,暇则点校苏词、《制艺丛话》,不甚有兴会,掩卷。下午袁憩棠以片惠鲜荔枝数十枚,属恕甫作便片谢复,及与恕甫剖食之,不徒色香全无,酸臭之气满鼻,几难下咽,有名无实此为最甚,相与大笑而置之。和议,曾制军在沪,尚未定局,大约赔偿不免。苹甫来谈,答恕甫,论及痴五,日以打人为事,殊不可收拾,然无良策可制,不胜懊恼,至晚回去。

十九日(8月9日) 晴朗,清爽。是日观音大士佛诞,在中堂衣冠恭拈香烛虔祝。上午兼诵经咒,暇则校阅《苏词笺》《制义丛话》数页。下午闲散,书房内课两文一诗,凌恕甫一文一诗,均未至夜已齐交卷。夜与恕甫剧谈。

二十日(8月10日) 晴朗,不甚热。上午《苏词笺证》一册校正完竣,又校阅《制艺丛话》六页。接陆韵涵札,为帮办积谷事,许嵩安因丁母艰代禀添副,须与嵩安说明方可举行,砺生据云已许代为说项,请予亦随其后,当允之。下午闲散,接砺生回札,考期尚无实信。

廿一日(8月11日) 晴朗而凉。上午点阅《制艺丛话》第七卷,接子屏十九日自梨来信,知近体颇适,仍居外家,不寓红蕉馆。以吴鹤轩意欲重造南门三江石桥,估工万三千,除工程局支、两邑捐廉外,尚缺四千,欲分筹两县城乡,意注余家恐不得免,然总须与芦镇兼商,似不可独出一头地也,即走问一溪,亦无独断语,姑俟之。下午略登内账,无心看书,与恕甫闲谈而已。

廿二日(8月12日) 晴朗,略热。上午点校《制艺丛话》约十页。下午闲散,适沈达卿至书房,与之絮谈解寂。

廿三日(8月13日) 阴,微雨,骤凉,下午雷阵小雨即止。今日书房仍课两文,免诗,恕甫作一文,听便。是日火帝诞辰,持斋,在中堂恭拈香烛,虔祝圣诞,叩求平安。持诵经咒甫毕,适喜凌砺生来谈天。恕甫文午后即交卷,其前两文改得极合予意。招元翁至堂楼下一同中饭,以梅伯言《柏枧山房文集》借读,且存元简处。纵谈至晚始登舟,约初六日同至芦川商办陆韵涵一事,当先复韵涵。

廿四日（8 月 14 日）　阴,无雨,终日凉甚,可穿单衣。上午校阅《制艺丛话》五页,即动手录清元简所起禀。学宪呈缴连、陈、沈三公所撰书籍稿,先写定样式,当属恕甫眷真,梅红纸上书小楷,老花万不能也,然于官样究不入格,只好听之。栗六心纷,不能坐定。

廿五日（8 月 15 日）　晴朗,不热。上午校阅《制艺丛话》五页,下午略读东都、前后赤壁赋,闲散竟日。

廿六日（8 月 16 日）　阴雨畅澍,良苗勃然矣。下午息点,凉似中秋天气矣。书房内课后二长比八韵一首,限午交卷,阅之,虎孙不佳,慕孙颇条鬯,恕甫亦词华丰茂。诗题既难,均不妥。《制艺丛话》点阅第八卷。下午与芳公成交冬米一大仓,价二元一角三分,岁卜有秋,无望善价,贱售之亦甚甘心,然亏损多矣。思之,亦殊可惜也。暇则闲坐,与恕甫谈天。

廿七日(8 月 17 日)　阴晴参半,渐暖如初秋。上午点阅《制艺丛话》十馀页,照应出冬,升合颇长。下午略阅《续选古文类纂》。

廿八日(8 月 18 日)　晴阴不定,潮湿闷热而雨。饭后恕甫舟至莘塔,约晚间即来,去后,渠家有船来,达家信,老翁寄示前日所课改本,急读之,轻灵容易若此,洵妙手也。暇则点阅《制艺丛话》卷九十页,钞恕甫处姚凤翁所选《进学要诀》文二十七篇。下午鸿轩侄来谈天,兰生脩可略加,附徒难应酬,当复之。食西瓜,凉甚,得味,然已非时。恕甫晚回,知松江考贡回自江阴信,黄学宪八月中幼郎成亲,九月初三出棚,其信似确。

廿九日(8 月 19 日)　阴,阵雨雷电,终日潮湿昏闷。书房内课一文一诗,午后三点钟交卷,暇仅点阅《制艺丛话》十馀页。碌碌心纷,不能坐定。

三十日(**8 月 20 日**)　阴,又微雨竟日。上午点阅《制艺丛话》十页。下午六佺来谈,吴莱生来岁加脩,连节仪共廿八千,附徒不能带,明当覆之。晚间北舍局王漱泉来,知上忙已开征,斶借洋三十元[①],约七月二十前照头吉再算。

七　月

七月初一日(8 月 21 日)　晴,略热,晚间又有阵雨。饭后肃衣冠,拈香关圣鸾书前、东厨司命神前、家祠内虔叩。上午持诵神咒,为允明坛普济用,先回向。暇则点阅《制艺丛话》卷九初毕。下午读姚凤生为恕甫评定课作,益服眼光之高,持论之正。莱生来谈,一言已定,毋再游移。今日接汝诵华信,知庄兼伯昨来看亲,邱寿伯以疟疾未出见,云异日再来相攸,未识有缘否。闲与恕甫谈天。

初二日(8 月 22 日)　阴,无雨,凉甚。饭后接子屏自梨来信,知日上因凉又有感冒,虽昨日作札举动略可照常,已又受一番波折矣。节前归家,芸舫处回札已来,说送亲一事,八嫂谈不妥,意欲就婚,三朝回门,省恰诸多繁文浮费,且俟再商定见,不便即覆也。上午,吴幼如来,砺生所钞姚选时文尚未终卷,又斶付钞资四元,共付过五元,谈定二百五十一篇算,每篇三十五文,另钞录目奉送,约八千七百八十文,完卷后再找洋三元。诸先生所判,不得再有节支,然已昂贵极矣。子屏处即作小札,托幼如寄,云亲事须俟面谈。暇点《制艺丛话》第六卷八页。芸舫信云,黄学宪已出棚考镇江,八月回衙娶妇,九月案临苏郡,此实信也。星北已回家,恕甫兴到,明日欲同两孙赴切问书院会课。

初三日(8 月 23 日)　阴,阵雨,下午晴热,是日寅初交处暑。朝饭后挈两孙同恕甫至芦文会,到则门初开,同人后至,叙者十人,题"周公方且膺之","越裳献雉",得"朝"字。少顷,陆韵岩、陈少聋诸君

---

① "元"字后原文有符号`⌐`。卷十二,第 205 页。

均至,略叙,余先至镇上,与赵翰卿、董梅邨、顾砚仙茶叙良久,回至赵店小酌中饭,与诸公吃羊肉,佳甚。下午复至书院,知恕甫草稿已完,老大代誉。杭竹翁来候,又回镇上同茗饮,晤报房杨少卿,所说考期与所闻相同。又与竹翁絮语,知渠新出贡,名利兼全,张氏嘉禾一席仍旧。四点钟又至书院,三人同交卷,即回舟,到家点灯。小饮絮语,知今日文题颇有小机巧,极难如题位置,未识不乱话否。余倦甚,先眠。

初四日(8月24日) 阴晴参半,疏雨时洒即止,凉甚。上午点阅点《制义丛话》十页,磨墨匣颇得手。属恕甫书谢片致陶诒孙,并送画资一元。托元翁致《家传》三分,附送两陶公、叶君厚甫,暇以苏诗消遣。

初五日(8月25日) 晴朗,快意。饭后送元简先生假节,约廿一日去载。会课文先生全改,"之"字误解,说穿许行,高头讲章如是,未识砺生有同识见否,当问之。上午点阅《制艺丛话》十馀页。下午六、七两侄至恕甫房中剧谈,恕甫以装潢姚先生尺牍示余,余以先大人所裱《郭频伽尺牍》,钱梅溪题签者一册示之,足供清赏,亦游心之一法也。栗六俗事,不克坐定。

初六日(8月26日) 晴,颇有炎令。饭后舟至芦墟陆韵涵处,恰好凌砺生亦即至,即同至许嵩安家,以积谷董事韵涵具禀帮办,欲渠出名保举。嵩老意欲独办,推辞非本意,并不肯推荐韵岩,不愧老手意决,无可相商,姑以辞积谷董,另想法门,属磬老改禀复韵涵。中午韵涵留饭,与砺生对饮谈文,所改恕甫散行文不过一半,已完善出色矣。下午砺生先归,初三课文今始携去,题"误解说破许行",于法太疏,然亦可将计就计改也。余与韵涵又至赵店,同翰卿诸人茗叙良久始归,又携晼九《分湖三益图》归,韵涵欲求元翁题记,到家未晚。是日接邱菶苏信,庄氏连姻已成八九。又接沈咏楼札,欲叙葵邱,述病况甚惨,已允之。夜与恕甫小饮,剧谈。

初七日(8月27日) 晴朗如令。上午点阅《制艺丛话》卷四已毕。倪胜来到账房,谈及前项依然梦话,无意归吉,不过作一"到"字塞责而已。留之中饭,下午无落场而去,甚为可恶,为之闷坐,欲理登内账而不果。

初八日(8月28日)　阴,无雨。是日文期,各课一文一诗,三点钟均交卷,三人皆做散行体,阅之,各能用心断制,可喜也。暇点《制艺丛话》第一卷。下午登清账务。夜与恕甫小饮谈天。

初九日(8月29日)　阴晴参半。上午点阅《制艺丛话》首卷十页,下午略温汉赋。七侄来,与恕甫辈论文剧谈。晚接凌砺生书院拟作,读之,题解雪亮,议论风生,不胜钦佩,灯下亟命孙辈录出,以供揣摩妙诀。

初十日(8月30日)　晴阴参半,颇凉。上午点阅《制艺丛话》卷一毕,适徐瀚波来,留之中饭,畅谈,知自沪上来,法越事已在闽省开仗,吾兵稍挫,彼则颇伤,失一头目。谢绥之电报局云:"青浦龙灾,赈恤办得极好。"太乙丹合资,付洋二元,旧宅又付保婴卅数,共一七数矣。孤米上付十数,均俟冬间再算,约八月下旬再叙,又絮语而去。梨局徐春亭、顾子丰来,付完南斗、北斗、荒字、南富四户,洋十九元①,钱七百十六文,书收条而去。碌碌不能静坐。夜与恕甫孙辈小饮。

十一日(8月31日)　阴,下午微雨,大似白露天气。上午点《制艺丛话》卷二未毕,作札致砺生寄萃和,请十三日家课两文一诗题。下午闲宕,不观书。

十二日(9月1日)　上午雨,下午亦未起晴,凉甚,已穿夹衣。上午点阅《制艺丛话》,卷首已毕,始动笔末册卷二十二至廿四,尚有数日之功。下午仍闲散,与恕甫谈论,渠今日亦略有委顿。晚接砺生札,明日题目已来,会课拟文又增改前后,较畅而圆,实则初稿最为斩截。

---

① "元"字后原文有符号👆。卷十二,第208页。

十三日(**9月2日**) 阴晴参半,朝起颇凉。吴莱生已来自友庆,即唤三生起来,宣示题目,首艺"虽覆一篑,进",次"吾往矣",诗"又展芭蕉数尺阴"。少顷,梅冠伯来,知昨在砺生处夜谈,为钱债事有求长令金螺翁,砺生已作覆札与彼面投,所索《松陵文录》特汇一部,应酬之。交洋一元,固辞不得,受之,留同朝饭而去。语言恍惚,问非所对,可笑也。上午点阅《制艺丛话》十页,廿二卷未完,下午仍心纷,不能坐定。未点灯,四生已先后交卷,题既易做,四卷头二篇均无大谬,可喜。夜又与恕甫辈小酌,笑谈光景几如出场一般。

十四日(**9月3日**) 晴而不朗,昨夜大雨。上午点阅《制艺丛话》十页,已校至廿三卷矣。下午闲散。中午预作中元祀先,率两孙灌献。恕甫午后暂还家,课卷已携呈渠尊大人矣。晚间已回,书院卷十本无一合作,其细评另列拟作上,沈梦熊第一,取其入手不差,慕孙二,恕甫三,会曾六,阅之,均无当意,所谓棋子满盘,走差一着万难争胜也。夜凉蚊甚,尚不宜灯火。砺生以所买书估书页中夹有余家先高祖绚圃公传序示余,亟阅之,知是先从伯鹤汀公所撰手迹,惜未全,谨藏之新修谱内。

十五日(**9月4日**) 晴热如令。上午点阅《制艺丛话》至第廿四卷未毕。下午观恕甫写琴弦喜对、窗心砖文,喜其笔极倜傥,毫不拘滞。是日又食西瓜,凉沁肺腑,然究不宜畅啖为是。

十六日(**9月5日**) 晴热如盛夏,至晚已凉,早桂香渐芬郁矣。今日始将《制艺丛话》点校阅竟,共书廿四卷,即日再当覆阅为是。下午乘凉,与恕甫闲谈,李星北今日先到馆。

十七日(**9月6日**) 晴,午热,晚间阵雨,颇凉。上午作札子屏,拟由梨寄,还家与否亦无实信。张森甫来,完荣、尊、忠三户,付洋卅一元①,钱八百八十一文,先扣还洋五元而去。暇则再校《制艺丛话》讹字,则心不能聚,置之。

---

① "元"字后原文有符号↰。卷十二,第209页。

十八日(9月7日)　晴热,是日交白露节。朝上两孙同恕甫、星北赴芦文会。余饭后同六侄舟行到镇,以会洋面交沈咏楼,欣知病机已转,谈兴不减,以先人诗集、《华野年谱》《邱昼翁诗稿》《胜溪竹枝词》等集送渠消闲。少顷,磬生、莲叔、憩棠诸公均来问候,叙成葵邱十一人,似可安其心矣。余叙谈后先出,磬生以砺生所看四生课卷缴还,后阅之,改笔均能点石。舟至书院,知今日叙者十七人,莘塔珠家阁均至,题"有台澹灭明者",诗"行不由径"。略坐即回镇,以砺生所致要件面付陆韵涵,知今日避烦不出来。茶后复至陆云樵酱园中,赴沈咏楼会酌,共两席,菜亦丰盛,益卿、翰卿作陪,余与憩棠并坐,饮酒如量,饭后又与诸君茗叙,良久始散。复舟至书院,交卷者已纷纷。恕甫与文泉已先在茶寮,俟两孙、星北缴卷即出,又茗叙片刻始同登舟,到家尚未点灯。黄昏颇热,与恕甫辈略谈,就寝。

十九日(9月8日)　晴朗。朝上细读砺公改本,固均点化入神,而于恕甫、慕孙所改尤为精警夺目,知此道三折肱矣。上午将厨内所藏堂轴命两孙拂拭以代晒,下午收拾,霾气已退。栗六终日,无心观书,看恕甫题团扇,楷隶俱佳。晚接子屏回片,知明日旋里,身体初健。邱寿伯连姻庄蒹伯家,廿七通信定亲,张柳三荐西席沈幼亭,实不悉其何人。

二十日(9月9日)　阴晴参半。上午北舍局漱老来完大富二、南玲、玉胜五户,找洋三十三元①,钱九百九十五文,所掇之洋言明下次扣清而去。中午与恕甫辈汇食鳗鲤,饮酒大醉。下午昼寝,欲理账务,懒惰不能动笔,当自责也。书画轴命两孙卷拂收藏,为之一快。

廿一日(9月10日)　阴,秋雨时洒时止。上午阅近人新刻龙征君炳垣所辑《读书做人谱》,大有益于身心切实之学,暇则登清内账。接子屏遣人送信,知昨日归家,又因船中受风,咳呛间作,此身竟似重闺弱女,一步不能出门,可笑亦可怜也。欲以邱氏来岁一席作荐子

---

① "元"字后原文有符号卜。卷十二,第210页。

垂,即为修札致邱寿伯转禀堂上示复,未识有机缘否。子屏约静养稍健来溪,亦作便札复之,赠余佛手一枚,颇有雅意,嗅而纳之。下午重温《西都赋》,则极顺口矣。两孙、恕甫文期下午均交卷,诗亦不给烛。

廿二日(9月11日) 阴晴参半,微雨即止。上午阅龙君《读书做人谱》半卷,暇阅《续古文类纂》。下午诸元翁到馆,知从莘塔砺生处来,夜与先生絮语。

廿三日(9月12日) 阴晴不定,惟无雨。上午读陈梁叔《蓬莱阁诗钞》,极澹净,无烟火气,难卒领会也。下午沈达卿至元简书房絮谈半日,告借余处新校正《制艺丛话》共八册去(只借四册去),并托重校阅讹字讹句。

廿四日(9月13日) 晴朗,凉热适中。饭后有笔客庞春泉之婿范惠中来,恕甫介绍,颇与交易。暇读《蓬莱阁诗》半卷、《读书做人谱》数页、《续古文辞类纂》书序二类十馀篇。

廿五日(9月14日) 晴朗可喜。今日书房文期一文一诗,上午阅读陈良叔诗集八页。邱寿伯家专舟持信来,子垂作荐,渠堂上不合意,大抵别有嗜好之误人不浅,为之浩叹。下午作复子屏,即接回札,近体仍不健旺,约月初来溪,恐尚不稳,只好听之。碌碌终日,七侄来谈,夜与恕甫小饮玫瑰烧酒,谈心,渠今日亦文期作其二。

廿六日(9月15日) 朝雨即晴。朝饭后恕甫还莘塔,约即来,以《制艺丛话》八本还渠尊翁。暇读《蓬莱阁诗》八页,气息纯是昌黎《表忠录》本传,云诗学诚斋山谷非确也。下午以《续古文辞》消遣,恕甫晚来,知书院卷已看定甲乙,姚凤生月初有到莘之信。

廿七日(9月16日) 晴朗。饭后阅《蓬莱阁诗》卷二初毕,焕伯侄孙来,知乙大兄日上抱疟疾,颇委顿,急同走视之,神疲热壮,似不见轻,已飞棹请李辛垞,此证能不扰及中宫为妙,语言清而吃力,慰藉之而返。下午取书院卷子一阅,恕甫第一,大孙五名,次孙六名,文除第一外,第二大有可取,心绪不定,粗看大略而已。

廿八日(9月17日) 晴朗。朝起至莘和,知辛垞昨夜二鼓后到,诊脉用生茅术、川莲等味,服方后舌台化淡黄,大便已坚下,热已汗解,据云症系湿温,能转疟不大壮热为平正。复诊方,仍用茅术,云此为救急化湿要剂,他无效也。陪饭后至余处书房,与元简畅谈,携砺生"周公方且膺之"文而去,云有近作拟题"而利天下"文,当寄示。下午金星卿来自萃和,谈文久之始回。碌碌终日,无心静坐,辛垞以其次郎久仲托荐敬承一席。

廿九日(9月18日) 晴朗佳丽。饭后走问乙大兄,知昨晚类疟仍来,今微有汗未凉,舌台变黄而有纹,可知湿气已化,当服原方加减,以参消息。夜不安神,拟明日再请辛垞为是,与大侄女絮谈而返。书房内一文一诗,恕甫诗文早交卷,暇读《蓬莱阁集》《续古文辞》,心绪纷繁,读诗文了无心得。

八 月

八月初一日(9月19日) 晴朗。饭后衣冠关圣乩书前、东厨司命神前、家祠内拈香叩谒。走至萃和,知乙大兄昨夜寒热凉而未净,舌台据说黄而垢腻、中绛,神烦不安,其势未稳,今晨已覆请辛垞矣。接邱莲舫来札,传说余欲续选诗征,以其郎《寿人遗诗》一册托采,当作复辞谢之。暇读《蓬莱阁诗》八页,心纷掩卷。下午润之侄孙来,以条笺、对联转求芸舫一挥,絮谈而去。李辛翁来,即至萃和陪之诊视大兄病,热势初壮,舌台仍垢腻,未见淡黄,神气尚可,病机未退,方则斟酌良久,用厚朴、芦根清温之品,猛剂不投,虽可多服,尚恐无效。陪之夜饭,招至余处剧谈,元翁示之《青浦救灾记》,文似孙可之峭厉历落有致。痛说闽事大坏于船政,大臣怯懦无战志,而"利天下"文已抄示孙辈,谈至一鼓后下船。是夜酌凌恕甫七侄,两孙陪饮,拇战酣醉。

初二日(9月20日) 阴,下午微雨不止。饭后送恕甫归家盘桓五十日,作文八九篇,可称不虚此一番团叙。云明日到苏陪姚先生来萃,两孙修已送出。上午读陈良叔诗第四卷,吴幼如来,砺生托钞之件均就,即交恕甫带去,尚缺一本未交到,停手,余所付交之件俱未动笔,姑缓宽之。共付四元,二告急,一凌件酬讫,一为元夫子代应书,俟中秋寄下,留中饭而还。焕伯侄孙孙^①来,云乃祖病势未定,大切踌躇,余亦代为深忧。暇阅《古文辞》,大无兴趣。

初三日(9 月 21 日) 晴朗。是日东厨司命神诞,余朝上衣冠拈香叩祝,以尽微忱,不恭致疚。即舟至梨川横街,吊黄元芝之母夫人,奠毕,渠家留素饭,与陶绮园共席。回至厅,晤蔡介眉、黄芝楣诸人,费敏农亦来过。托芸九叔前道候,并订节后到苏面叙,即登舟至邱氏敬承内厅,寿伯母子出见,絮语,寿伯类疟,轻而未愈。庄氏文定吉期择十月廿一日,两孙蒙许执柯焉。与东西席杨恂如、钱一村同席,来岁西席大约陈福堂郎公恂如(号泽民),仍屈权课,余荐李久仲亦不果。欲候毓之,出门不见,传说道况略有起色,余即辞归,到家未晚。诸元翁今日处方,诊视乙大兄,云脉浮舌灰,大像不佳,闻之闷甚。少顷,两孙、李星北来自书院,叙者十一人,题"捆屦织席以为食",诗"海不扬波",均不做,夜早眠。

初四日(9 月 22 日) 阴,微雨,东北风,肃甚。是日余补素斋,持诵大悲咒佰遍完愿。上午率虎孙问候乙大兄,语言尚清,而神思不聚,昨夜颇剧,今已略定,舌台焦裂,四边绛色,略坐,慰之,亦甚恍惚。辛垞已去请,恐亦难必决无妨,可虑之至。午后凌梦兰来商办焕伯喜事赶紧举行,女家已去说合,可通,惟就婚不能从权,约明日再复定夺,此事余亦十分懊闷、栗六也。下午补登日记,静候李辛翁,傍晚来,即同诸先生至大兄房中诊视,舌色更觉尖黑中裂、后腻边绛,语言含和,气象益不佳,处方用人参、犀角亦无效也,尽人事而已。陪辛老夜饭,两先生同席,辛老以神道设教聊解闷。饭毕,送辛老登舟,余至账房,知焕伯赶办就婚事,女家已赁屋通情,择吉初七就亲,初八回门,一概不排场,未识能无事否。略指派始同先生还,时已近起更,略坐始眠,颇悬悬太息。

---

① 此处疑多写一"孙"字。卷十二,第 213 页。

初五日(9月23日)　阴,风雨竟日,下午略止点。饭后走候乙大兄,知服参、犀后,朝上略清,热势亦退,而舌之焦裂更甚,问之,语言气促,但云无所苦。今日子刻交秋分节,看来尚可支持几日,即烦诸元翁换方,重用台参,加减清火诸品,以冀万一。喜事一应账房买办,人舟忙甚。下午余驾轻舟至港看子屏,喜渠面色清润,外感渐退,现服药已停煎,只每朝咽铁丸二以润血,尚无效。清谈良久,托作札覆费芸翁,来年亲事均如所命,一切礼仪先祈酌示,余处亦开账相商矣,此事想易近情也。约节后来溪相叙而返,到家未晚,夜读苏诗。蔡氏二姑太今已飞棹来。

初六日(9月24日)　阴,上午雨,下午渐有晴意。饭后走问乙大兄,知今晨大便起来,扶之尚干而正色,亦无脱象。舌台略润,而焦色依然,且有点腐,语言短促,而神思未尽散,劝之服药不肯,以参汤润之,恐不得力,一线转关,终不足恃。余至账房,诸帖开齐,办事诸公颇敏捷。今日至凌祝三家送大五盘迎娶诸礼,明日借宅就亲均已谈妥,两三日赶办诸事,尚不至乱次以济。余下午回,明日到莘,船只随带物件大约楚楚安排定局矣。夜读苏诗消闷。

初七日(9月25日)　晴朗。饭后送焕伯侄孙至凌兰畦家就婚,陪之同往者苹甫六侄、金星卿侄孙甥暨家余处两孙而已。上午陪诸先生诊视乙溪大兄现象,脉尺尚有力,馀则几沈,气促甚,心清而几不能言,开方重用人参压气诸品,恐不济事。中午与元翁、达翁同饭莘和书房,下午正与蔡氏二妹闲谈,介安侄来自寝室,传说气喘不定,急视之,乙大兄已奄奄一息,延至申刻而终,寿七十有八岁。呜呼!从此友于之谊毕,痛哉!从权俟焕伯夫妇明日回门礼竟,然后发丧,一应丧礼,余亦心纷,尚未议定,晚间怅怅而归。

初八日(9月26日)　晴朗。饭后至莘和指派一切,午前焕伯夫妇回自莘塔,掩旗息鼓入门,参祠灶、祭先诸礼毕,中午请新妇花筵。诸至戚午餐后即发丧举哀,扶乙大兄遗体于后堂设幕,请阴阳家择日十一巳时小殓,十三日大殓,命孙辈、吴莱生书报条,一鼓时分付人

舟,明晨开讣各亲友家,诸事筹办舒齐,余与两孙回不过十一点钟
时候。

初九日(9月27日)　晴朗。朝上诸相好到镇买办丧用诸物,余
终日在萃和,探丧者徐丽江、徐少兰、黼白叔侄。丽江回,明日再来。
蔡月槎画史亦至,入幕钩摹,尚未变相。夜间附身诸件略齐,达翁、简
翁所撰挽联的切而佳。是夜余偕两孙早回。是日兰大女孙归,接恕
甫信,知已自苏回,姚凤生先生同至萃矣。

初十日(9月28日)　晴。终日在萃和应酬探丧诸至戚,夜间侄
女家外荐,延僧放焰口,挽对命两孙、鸿侄书就楚楚。

十一日(9月29日)　晴热。巳时举殓,用朝服衣衾,启视之,变
相可骇。蔡月查现摹,颇肖。从此苏家风雨无可对床共听,哀哉!送
殓诸至亲均至,尚不寂寞。

十二日(9月30日)　晴。稍闲,无酬接,礼房顾松卿来,院试行
文未到,要索劫后贡监注册保结,无可张罗,以慕曾捐照中书贡监应
之,糜费三洋而去。是夜早眠。

十三日(10月1日)　晴热。晨起至萃和排场大殓诸礼,灵前谢
宾客来吊,照接颇烦,新亲四家,凌砺生后至,两先生陪之。约十五日
到萃候姚凤翁,午后举殡,权厝在下圩浜口,用大船两号送丧,立癸丁
向,飨堂尚宽敞,亲戚送至殡宫均归。晚间开发六局,诸相好亦颇操
纵自如,余早还,夜间思及兄家后事,无善策,愁不成寐。

十四日(10月2日)　阴,风雨不已,乙大兄尚有天缘。上午照
应出冬米,下午疲甚,昼眠。夜吃萃和算账酒亦甚败兴,早还。

十五日(10月3日)　阴雨竟日。饭后率两孙同诸元翁舟至萃
塔,专候姚凤翁。登砺生退修室,凤生出见,丰采依然,谦抑更甚,新
刻绢本《兰亭》《唐李将军碑》均拓就。为恕甫改面课文,圆湛如少年。
切问前课卷代砺生定十一卷甲乙,蒙以次孙、大孙列一二,可愧也。
复认大女孙楼房三间,恕甫位置得宜,坐谈良久。砺生酌敬凤生中
秋,属陪宴,团叙九人,凤生涓滴不饮,余与主人对酌,如量而饭。下

午又絮语片时而返,约凤生先生十七日来溪小叙。两孙被舅氏留宿,余与元简翁归,将近点灯,是夜略有月色。

十六日(10月4日) 阴晴参半。上午作札兰畦荐徐尹孚,砺生所托也。招蔡氏二妹话旧,论及先大兄家事不胜太息,中饭小酌陪之。夜补中秋,酌敬东西席,余陪元翁饮,大有醉意。是夕黄昏,星月颇佳,夜半后风雨大作,潮湿净退,渐冷。

十七日(10月5日) 阴,风雨竟日。迟姚先生不至,怯风故也。午后似有晴意。上午补书日记。下午登清内账出入,耳目一爽,惟费用难节,可虑。夜以绍酒遣愁。

十八日(10月6日) 阴,无风雨。上午闲坐,扫径待客。少顷,砺生乔梓陪姚凤生先生至,两孙随还,蒙以隶书闭目书行对联各两副分赐两孙,均极神妙不测,规矩从心之态。元简出陪,以家藏法帖请鉴,《郎官碑记》翻刻不真,其唐《太监志铭》《灵飞经》的真原拓,惜《灵飞经》缺数页,否则值数十金。中午招达卿来,八人同席,凤翁无一勺量,余与砺生对饮绍酒,谈笑无忌,如量始散席,复以残坛酒饷砺老。下午未畅谈,凤翁已告辞,知两三日后回苏。客去,酣倦早眠,然终夜不渴。

十九日(10月7日) 又阴雨潮湿。上午抄录前余所选试帖难题,恕甫携去数年,今始检还。芦局顾稻香来,又完钟翔珣等四户,付洋廿五元[1],钱三百廿八文。北舍王漱泉来,又完中兽等九户,付洋四十二元,钱二百卅八文,前借五元、廿五元俱扣讫。下午录姚凤生"周公方且膺之"拟作(砺生),所谓棋高一着识见均超也,已订入课孙文中矣。闻顾光川家忽于十七日夜遭回录,内宅几尽,邱氏无恙,必大吃惊,明日拟至梨望之。

二十日(10月8日) 晴。朝饭后舟至梨川,登敬承堂,寿伯母子出见,喜幸房屋无恙,眷属暂避园内,水龙三条保护,汝诵花东席钱

---

[1] "元"字后原文有符号 ¹⁶。卷十二,第217页。

一村十分出力。走间壁,慰看顾光川,辞不见,卞实甫领看火场,楼房两进一片焦土。光翁昨自苏祝芸老寿还,尚不吃当夜苦,合家人口无恙,然已不堪回首矣。回,与毓老长谈,又晤陈西崖,共读毓老诗,知吟兴颇豪,医况略佳。少顷,余同杨恂如中饭,知费芸翁来候,即出见之,共为光川翁太息,老年境遇何至若此!芸老新患左手小痛,无大苦。敏农中秋日诞一男,新郎君已哑哑作笑语,均是可喜之事。明日即要回苏,手臂痛,子屏处不复札,约考时畅叙矣。余又与汝诵华略谈始回舟,过港上,始知子屏今日在梨顾氏外家,以毓老诗札、简老扇面、邱寿人《莺花馆诗》求题面交锦相,不登岸,到家尚未点灯。书房内课一文一诗,一后两大比酬应竟日,夜倦开卷。

廿一日(10月9日) 又阴雨潮湿。是日中午祀先,先继母顾太孺人忌日,屈指见背三十六年,报恩无日,仅以先继母所嗜香珠菱肉饭荐飨,以尽微忱。下午蔡氏二妹来谈天,述及痴五侄媳事,乱宗大咤异,以大义拒绝之,然恐萌芽已伏也,奈何?又论焕伯非保家之子,良然,殊深太息。闲作题徐整斋《扣舷集》四言诗一首,题徐子蓉墨蕉馆、邱寿人《莺花馆遗诗》五古一七律,一如欠债还清,聊以释责,工拙不计,灯下录求诸先生改正。

廿二日(10月10日) 又阴,无雨。上午点阅《蓬莱阁诗集》一遍初竟,昨作五古七律,似尚可见许于元老。下午登清内账,暇以苏诗消遣。

廿三日(10月11日) 晴朗而热。上午六侄来谈,知痴五媳事万难禁抑,只好不闻不见。下午沈笔卿来谈,知法逆又欲肆志北洋大沽口,吴清卿将出手矣。论及南洋防务竟同儿戏,何如璋、何璟之肉,其足食乎?然俱来京,无大罪,法亦疏矣。谈至傍晚始还,书房内又课一文一诗两大比。

廿四日(10月12日) 又阴雨,渐转西风。上午钞誊试帖诗首,作札徐铸生,与所题诗同《家乘》《家传》石刻同封,待寄,并扇面一张托画墨梅,聊以此赠之。下午焕伯侄孙来,惊知出嫁大桥袁氏三侄孙女,年十八,于今晨产后发症红白斑身故,出阁一载,倏成一世,介庵悼女不能不从权一往哭,焕伯陪之去,实代为伤心也。灯下略阅苏诗。

廿五日(10月13日)　又阴雨。饭后为大孙女至凌婿家催生,用粽子六箱,喜蛋千个,妇女辈糜费极矣,其如势难禁遏乎!以札复砺生,且探考期,暇钞试帖,重阅梁叔诗。下午子屏专札来,知昨日归家,近体差无恙,前日不知余与芸舫在梨也。匆促复之,来岁旋乡附读似不妥当,未识元翁可商择善而从否,已面告之矣。碌碌心纷不定,莘塔舟回,接恕甫札,知姚先生廿三回苏,砺生陪往。

廿六日(10月14日)　阴晴参半,终日西风猛厉,渐觉寒峭。上午钞排律诗一页,下午阅《续古文辞》。内人昨日偶患寒热呕吐,今日渐愈,大约可免周折。夜读苏诗,书房内三个时辰限作一文一诗,俱早交卷。

廿七日(10月15日)　晴朗,朝上风息,寒甚如初冬,午后稍暖。饭后舟至梨,徐铸生信件发出,暇录选试帖诗一页,重读陈梁叔诗数首。下午读曾公古文,内子间日疟略来,轻甚,可冀即愈。夜阅苏诗。

廿八日(10月16日)　晴朗和暖。上午钞选试帖一页,阅《制艺丛话》,观种树人修柏树,始觉高森无碍。下午登清内账,读曾公古文序数首,此公气魄醇厚,实冠今人。夜仍读《苏诗王注》。

廿九日(10月17日)　晴暖。上午钞毕所选试帖,理题双关,订作看本,原本交还两孙。书房内仍课一文一诗,念孙呈示昨夜拟作,大有气局,针对场中必售,略改以鼓舞之,并命录呈砺母舅。下午收晒凉帽,换装暖帽,曹松泉来谈,所约冬间筹归一款甚恐不稳,然不能不先与之订定也,益见应酬之难。闲话至晚去,夜仍以苏诗消遣。

三十日(10月18日)　又阴雨,可闷。饭后子屏专札来,邱寿人诗稿删存极当,日上身体仍畏风,其爱女感时疾,胫上起瘰疬,服药治方颇用心,来溪之期尚难定,即作复之。暇赋一律,拟赠邱澳之,颇得意。下午招蔡氏二妹来谈,知袁子蕃太夫人甚不驯良,介安三侄孙女产后忽不延医服药而死,伤哉!夜间静坐,不观书。

九　月

　九月初一日(10月19日)　又阴雨。饭后衣冠关圣鸾书前、东厨司命神前、家祠内拈香叩谒。上午丁氏晚姊来,特诉田产不满四百馀亩,逋负三千金,虽有神智,无能为力,意欲照原案定嗣出亮,余谓此事今定已晚,然再任迁延,愈不可收拾,此事出场须姓丁暗中布置,苟可力为,无不尽心,若张布当手,余实不能,太息久之,留素斋而去。下午达卿在书房谈天,暇作三札,一复邱莲舫;一与蔡子瑗核实大桥馆事;一与邱澳之。夜仍以苏诗消遣。

　初二日(10月20日)　朝雨,午后晴朗。凌磬生郎密之吉期,两孙以考前不愿往,只好分贺,志足佳也。暇录邱澳之诗,封好信面待寄。适徐瀚翁来,知在南麻倡立保婴局,又团叙人家骨肉夫妇致足乐也。留书房中饭,重九坛中普济经咒账,并作佛事、放焰口资十四元,又预支棉衣十元,均付讫。此番不孝仍发心超荐先府君、先妣沈、顾两太孺人,都图生卒年月日单亦俱抄托,下午回去,云要到子屏处。账房有田事,栗碌终日,夜略坐定。

　初三日(10月21日)　晴朗。堂楼屋面恰好圬人修筑,终日心纷,不能静坐看书。闲阅辛垞处元老所借《朝邑志》,拟钞录以观笔法之简,书房内课一文两后比。接陆氏条,知畹九夫人顾氏表侄女昨日身故,韵涵两载连遭大故,为之扼腕。夜间略读苏诗。

　初四日(10月22日)　晴朗可喜。上午钞《朝邑志》半页,暇阅《制艺丛话》。有邻人昼割稻穗,唤圩甲略惩罚之,然不足以慑其藐视之心也。晚接恕甫回札,云有人于府房内见学台行文,廿二日取齐案临,未识确否,大约不远矣。夜仍阅苏诗。

　初五日(10月23日)　晴朗。上午略登清内账、公账,水龙木工告竣,只须锡工修补。焕伯来谈,略述家事,尚可以有为,特恐不善坐以处之。以砺生所托,约即日面覆。下午钞《朝邑志》一页,夜仍读苏诗。

初六日(10月24日)　晴朗。饭后命慕孙至芦吊陆畹九夫人，暇钞《朝邑志》一页。书房内念孙课一文一诗，未晚交卷。下午凌砺生来自盛泽，知今午子屏留饭。喜子屏近体已健，铁丸似有效。口传芸舫信，知学宪廿二日取齐，已见明文。夜间略坐，砺生晚去。

初七日(10月25日)　晴朗。饭后元简先生假节，部叙考事，约十三日去载。子屏有信来，知薇人已在家，所托事一一复之，暇钞《朝邑志》一页。念孙略有不适，命之休息调养，要之用功不在一时也。子屏约初十后来，未识能如望否。碌碌不能静坐，夜间略阅苏诗。

初八日(10月26日)　晴朗，渐暖。饭后钞《朝邑志》一页。子屏条来，庆三俚媳欲预支来年春季一款三洋，作片如数给之。下午徐屏山同子五郎礼馀来，畅谈，欲有商，婉却之。此公又欲于北舍开店，空中楼阁，似难成事，甚为老翁不取也。以宜兴方壶赠之，颇合意，至晚始去。夜以苏诗消遣。

初九日(10月27日)　晴朗。饭后舟至芦川允明坛拈香参谒。是日薰发心追荐先府君，先母、继母两太孺人，延周庄全福寺僧礼大悲忏一日，夜间施放焰口一堂。今日坛中五百尊者均降，或偈四句，或诗一首，扶鸾舆写手，乩笔不停，手腕欲脱。午饭吃斋，与毛秋岩、毛香涵、汪涤斋诸君同席，邱澳之信件面托秋翁寄送。下午与董梅邨、赵翰卿、凌桐轩茶叙，良久还坛，知乩谕亥刻焰口施放，余不及恭候，先于大士前参叩而返。到家点灯，知本路钱少江已来，通知廿二日取齐。夜阅念孙文，句调题窍均不惬余意，大为踌躇，然时已迫，无从变化，只好听之。

初十日(10月28日)　阴雨。前日工人刘禾，今日欲收稻，不果，殊嫌不凑巧。上午至莱生书房，约两俚科试同伴，又到萃和账房，知今午杨墅大俚女家来上乙大先兄神亭，倏届五七，死者不可作，存者继起难望，哀哉！暇钞《朝邑志》一页。下午以酒消闷，不觉昏睡一时许。两孙今日课一文一诗，起阅之，念曾颇有书卷文调，慕曾更老当精湛，可喜。夜雨不止，潮甚，灯下略以《苏诗王注》消遣。

十一日(**10 月 29 日**) 阴雨潮湿竟日,有碍早禾收获。闲坐看雨,闷甚。上午钞《朝邑志》一页,下午阅《续古文辞类纂》,夜间心纷,阅苏诗无味。

十二日(**10 月 30 日**) 倏晴朗,可喜。饭后由梨川蔡氏接到大桥袁子蕃家封寄关书,聘请柳薇人,言定脩节六十千,膳徒一名归先生,此馆玉成,差强人意,拟即作札复老薇。暇钞《朝邑志》一页半,下午阅《续古文》。书房内课一文一诗,未刻念曾交卷,文甚骏峭可喜,诗不佳甚,重做尚可。慕曾夜间誊完,阅之发皇,诗流利可用。灯下仍读苏诗。

十三日(**10 月 31 日**) 又阴雨。上午札致薇人、子屏两侄,舟回,接子屏片,知薇人已往西塘,余札当加封即寄。明日子屏五十生辰,歉然无以贺也。午前吴又如来,权馆一说又复子虚,命运塞极,留饭,又略赒之而去。叶氏《医案存真》已抄毕,可交还先生。晚间诸元翁到馆,知科试已结伴周庄,灯下出示新作子屏五十寿序,笔怪而理甚正,此种庄列文字,余实未之见,然究系偏锋,非正格。

十四日(**11 月 1 日**) 半晴。上午顾纪常同侄兴三来,为行事有所商,以取信物立契告之,凭票不出进,约二十日再来。此种交易以不应酬为上,然须有所凭依也,留同中饭而去。暇钞《朝邑志》一页。终日心纷,不能闲静,夜间略读东坡诗。

十五日(**11 月 2 日**) 晴朗。饭后钞《朝邑志》一页,焕伯来,以吴票面交。午后子屏侄始来,春风盎面,善气迎人,云服铁丸后饭量渐增,似有效验。以《五十自寿诗》十章七古见示,融化李苏乐天为一,自出机杼,真飘飘有仙气,从前面目一变,足征学养兼优。以长生面、玫瑰酒小酌奉祝,夜榻书房,诙谐谈笑,未及一鼓,余先退就寝。

十六日(**11 月 3 日**) 忽又阴,终日雨不息点,余家田中稻久刈矣,竟不能登场,大有霉腐之虑。书房内仍课 文 诗,与子屏、元简在书室坐谈听雨,殊无兴趣,然尚可消闲。暇录《朝邑志》一页,又录县志《董梦兰先生列传》,拟以骈文诗集两册由李老师献黄学台,与前迋、陈、沈三公书籍同送。夜又剧谈，先眠。

十七日(11月4日)　阴，无雨，仍欠老晴。饭后钞《朝邑志》一页，凌氏来报生(今日成日，不将，极佳)，接恕甫信，大孙女今晨卯时添一男，并知产母身健，为之大喜快慰。礼来四福，加倍回敬，生女家之一无叨光如此！一笑。子屏上午在养树堂谈天，一应徐瞀，代赊加四会，去岁保婴，裁衣七佺诸款均算讫。夜与先生、屏佺小酌谈心，论及毓老，深叹其境之不易当。

十八日(11月5日)　昨夜雨，今始略有晴意。饭后钞《朝邑志》一页，丁达老回自湖滨，太湖田租收毛钱九洋，略可过去。下午沈达卿来候子屏，在书房谈天，专论医理，余实茫然，夜又畅论，将近一鼓矣，看来苏去同行又复迟疑。

十九日(11月6日)　无雨，尚未老晴。上午书房课一文一诗，未刻交卷，先生即动笔改好。与子屏在养树堂谈论诗文，薇人来自西塘，柴屑满头，计算拙幻，翻以所荐袁氏一席，为不足坐，余怒甚，谓汝之所云儿童之不若，将何以为师？子屏目视余，此事不谐，不如托病还关约，目前且回去三思，坚约廿三日由芦墟覆信致余，即行一决，含忍姑听之始去。今日恕甫家来送三朝汤饼，与元翁、屏佺酌酒饫之，论及薇人自投荆棘，永不出头矣，为之长叹。下午舟送子屏回港，苏郡行止廿三日回音。王漱泉又来找算北玗、大义、东月、大图、东新胜等五户，付洋十五元①，钱八百卅四文叫讫。夜送诸元翁伏载登舟，明日至周庄，结陶氏伴，赴科试先往。晚由子屏处接毓老诗札，又有长篇，庆闽师得胜三十韵，无暇和之，可愧。

二十日(11月7日)　晴，是日辰刻立冬。上午曹松泉、顾纪常来。暇钞《朝邑志》一页。下午至友庆，知六、七两佺廿二日赴苏，托渠定寓，余挈孙辈拟廿四日上去，庶较舒齐。夜阅苏东坡诗。

廿一日(11月8日)　阴，又雨竟日，早稻刘在田中者不可收拾

---

① "元"字后原文有符号 ㄅㄤ。卷十二，第224页。

矣。上午钞《朝邑志》,共计二十页告毕,即订好,真作志之简要佳
本也。下午至七侄处,知昨夜牙痛将发,痛甚,科试不果往,六侄同
周式如明日早行,略谈而返。暇则登清内账,头绪略清。夜间洗
足,快甚。

　　廿二日(11月9日)　西风,倏晴朗可喜。书房内仿场规卷子,
三生均作两文一诗全草稿,朝饭后动笔,至傍晚四个半时辰,念曾独
誊完交卷,慕曾、星北略未誊毕,以时计之,亦甚舒齐。上午作札欲致
子屏,适接薇人来信,属不还关约,此馆肯坐,尚是昏梦初醒,然来岁
难保无唇舌,姑听之。下午略检点考时应带之物,南账归,略有所收,
差强人意。夜读苏诗消遣。

　　廿三日(11月10日)　晴,西风颇肃。上午督工人赶紧收稻,今
岁狼戾甚矣。欲以札送子屏,适子屏特遣人以札来,苏不果往,芸九
兄处另有信托面致,匆匆加片,连昨日之札并交来人。李辛翁为久之
治病毕来谈,片刻即去,云闽事胜负相半,然全台海口不通,可虑。
《朝邑志》已面交,此叙甚不畅也。先曾大夫明日忌辰,因出门,今午
预祭,祭必以蟹,曾大夫之所嗜也。下午检点行李,琐烦之至,黄昏后
率两孙、李星北伏载登舟,似较晨行为适意,吴莱生已随六侄苹甫先
往,陪考仍与陈丽卿同行,一应账目交属之。

　　廿四日(11月11日)　晴。五鼓开船,恰好东南风,一帆顺利,
到苏不过一点钟。即至试院前,知六侄已定寓,照墙后面转湾,门有
照墙姜宅,共房砖地两间,中坐,起九榻,价洋九元二角。即起行李,
位置安顿毕,夕阳犹在山焉。是日考生经古,题"卜式半输家产助
边",诗"笔床茶灶一渔船",得"随"字。放三排元简始出场,已近点
灯。夜与周式如略谈即眠,颇适。

　　廿五日(11月12日)　夜雨,朝晴。朝起以陈、沈、迮三公著作
二札,幷《文录》两部,　呈黄学宪,　送李养贤老师,又以董梦兰《味
无味斋骈文》散体诗两集,又事实、志传所载录出托转呈。禀红帖附
至公馆,老师还胥门,不值,交其看守仆陈姓,适翁稚鸥亦为献书事在

座，略谈而出。至陶氏寓候元翁，始起来，昨日精神尚可，渠寓小沚昆弟失财骇听。又候邱莲舫，诗稿面交。与袁韵花叙谈，还寓，同陈仆并食物弥月礼、子屏札，子松先生《读易汉学私记》一册，走大儒巷，欲面贺费九兄，又以扫墓不值，怅怅而还。徜徉试院前，至陈家衖候叶彤君，子垂侄见过。还寓，张浦、陈师渔兄弟三人，并昆山龚述君来候，陈君恂恂，不敢当。下午徐繁友来谈，与之茗叙碧云舫。还，知生诗古已出案，江取金洽衡，震取赵铭忠，元和陶又阶与焉。是日童诗古，传说"声子班荆赋"，诗题不知。夜与同寓诸君畅谈，任又莲乔梓、褚渊如来，已定寓前进。

廿六日(11月13日)　阴雨，下午西北风，夜霾雨交作，寒甚。清晨，李老师着屐走行来答，俭实无雨，云所来书均收到，须重贴签条，后日小开门，面呈为妥，略谈而去。终日泥途滑滑，不能远行，与任又莲絮谈，未刻放牌，府学"博学之"五句，长吴元《学》《庸》《孟子》各五句，苦乐不均！策"两汉受学，各有师承。其举贡京师者，能历数其人否"，诗"霜染疏林坠水红"，得"疏"字。三牌诸元翁出场(二牌已出来)，至其寓候之，陶氏弟兄均出场，元翁今日精神颇振。略坐还寓，夜寒，与同人饮酒解寒，半醉，早眠，极暖，熟睡。

廿七日(11月14日)　晴冷。是日生诗古复试。朝上李老师又步来，关照书件，明天大开门，不能送，须至廿九日缴进，所复之书不换禀，不便抽出，作事谨慎可师，略坐即去。元翁来，同至彤君寓，知子垂侄略受寒，委顿，尚无妨。余即关照彤君，今日散结画押，本童不到，一切托钱路矣。念曾派沈又斋，贻曾派张乙青。元翁至阊门去，还答陈师渔，晤其两兄，一号文达，一号仰山。归寓，郑式如来谈，惊知老友张秉兰九月初作古，晨星落落，可悲！袁韵珂来，知芸老今日扫八兄墓，归来已晚。终日宾客不绝履，以《姓氏较刊记》送蔡介眉。是夜江震下六县进场，余与周式如守夜默谈，三更二点头炮，三更五点二炮，唤苹甫侄、钱青士起来吃进场饭，恰好三炮出门(四更二点)，细雨密密，进院头门，可免沾湿。送考还，余始安寝，封门约已近五鼓矣。

廿八日(**11 月 15 日**) 阴雨竟日，夜间寒甚。晚起，泥滑难行。邱莲舫来谈，明日此翁要补岁考，抱病入场，可怜文厄。午后叶肜君、子垂侄来寓絮谈，三点钟后头牌已放，始去看出等第前场案。二牌苹甫、青士均出场，题江"去谗"至"劝贤也"。六县分排，策问《孟子》一书，列入四子者，昉于何代，注者几家？试详其得失"，诗"鹭鸶飞立石棋盘"，得"亭"字，通场。夜冷饮酒，早眠。六侄精神场中尚可支持，不至旧恙大发。

廿九日(**11 月 16 日**) 阴，下午大雨。姚凤生先生同幼子世兄兴古斋开店姚心斋同来，所裱之件皆送到，装潢甚好，价实不廉，付洋，随姚先生冒雨回，欻然也。芸翁遣人送考果，吴件亦缴清，萃和券并余处收片均交来使付讫。是日补考，复一等生，明日江正常新进正场，夜间余同诸人守夜。

三十日(**11 月 17 日**) 阴，仍雨。子刻送孙辈进场，余不出门，封门尚未五鼓。晚起，同任又莲赴芸舫宴，补吃汤饼，小郎君抱见，已极聪慧，笑声似八兄，奇甚。九人同席，菜极鲜华，晤其内舅陆临孙，知来自镇江，新考吴县一等二名，人似朴茂可式。回寓，芸九兄属韵珂同来，头牌已放，两孙暨同寓均出场，题江"当洒扫应对"，正"自耕稼陶渔"，常则"礼乐征伐"，次诗通场"此谓唯仁人为能爱人"，"燕寝凝清香"六韵。袁韵珂奉九叔命，索念、虎孙场作，通体尚知照下，不呆诠，笔意平平，书卷亦少，颇难奢望。韵珂即回，恕甫三牌出来，阅草稿，笔极流利，两孙大不如，且姑勿论。吃夜饭，早眠。

十 月

十月初一日(**11 月 18 日**) 阴晴参半。朝上初寒，枕上听炮声，提复案已出(共提卅一名)，欣知同寓褚渊如、同窗李星北均提及，念曾亦幸提，名次在后(廿七)。即进院面试，是日复二场生，少顷封门，不及一时许均出场，题"假道于虞以伐虢"，防范严甚。午刻出招复案，同寓全璧，念曾又幸拨府，江连府共进廿二，震连府共进十五，袁韵珂九兄命在寓守候正案而去。府学书杜秋波之侄小汀来,云今夜报船要下乡,以札致子祥,家中船清晨早发,此番念孙侥幸,喜出望外。追念乃父前事,悲感交集,夜间反不能安寐。恕甫、莱生不幸有屈,十分慰藉之。恕甫意气不平,然尚能旷达。

初二日(11月19日)　晴。昭昆新童正场。饭后率念孙拜谒认派保彤君沈又斋,又斋处具晚生帖,后答拜璧束。谒府学杜、包两老师,禀称招覆文童,余匿不往。又与杜秋波学书谈,奉托一切。与彤君茗饮,商酌赞仪,恐难如县学,见几办理可也。诸元翁已暂还家,托词身不适,实欲避烦。

初三日(11月20日)　晴朗。是日考优头场,提覆昭昆新,题"乡人饮酒",昆山叶泾人,府试同寓友陈师渔进十二名,老手也。芸九兄衣冠来道喜,彼此欣幸,益征情挚。终日游观,夜与同寓周式如小饮,六侄亦留不归以助兴。

初四日(11月21日)　晴冷异常。晚起,殷柯亭衣冠来道贺。饭后走候彤君,知无端倪,须俟明日,即同彤君、子垂侄、褚诵清小酌茶叙。回至郑式如寓中,知明日归家,二、三等案已出,子垂幸有科举,苹侄失意,未刻星北随叔怀川自塘上避风,走二十里进城,勇不可及,合宿寓中。是日考长元吴三场童,题如"麻缕丝絮轻重同",一场难一场。夜则疲甚,早寝。

初五日(11月22日)　晴冷。提复长元题"是故以尧为君而有象",考优二场。上午闲散,下午同彤君至秋波处,授意一切,始有松机,夜间彤君回复已吉题,各四十有零数,差强人意。念孙略有感冒,食粥,早寝,余与丽卿和衣守夜。

初六日(11月23日)　晴朗。五鼓起来,辰刻送念孙进院覆试,先点新进,次点吴县提复("知穆公之可以有行也而相之"),坐号虽定,后知不查,原提卷、正卷发阅,念孙批"文气清顺,提卷有作意"。封门后,衣冠行装答殷柯亭、费芸舫,九兄又留饭,喜形于色。回寓疲甚,略眠,不及未末,念孙同星北出场,已健如黄犊矣,题"子与人歌而善",免经,诗"山形拱泮宫"。场规之宽几如会文。夜间收拾行李伏载,钱青士同舟,慕孙贡监录科起文照三纸,顾松卿已送验缴还。初十日录科,可从容进场,陆幹甫处已面托。

初七日(11月24日) 晴寒。是日选拔头场,早行晚起,顺风到家下午,一切账目暂置不理,已心纷体疲,夜早眠,酣适。修水龙工范锡江已来动手。

初八日(11月25日) 晴。是日复三场童,饭后接元简信,云感冒未清,不能如约赴苏。饭后作两札,一致子屏,一慰恕甫,子屏适有信来,辞意恳挚,又因臂痛,不克同往苏寓畅叙。鸿轩、介安两侄来,鸿轩始悉等第新进全案。晚接恕甫回禀,心境极牢骚,幸大孙女产后倏起风波,现庆平安。

初九日(11月26日) 晴,浓霜。是日考选拔二场,终日端整行李物色,颇繁费不赀。夜间伏载,宿舟中。明日录科,想慕孙今夜安排考具,早安眠矣。

初十日(11月27日) 晴。早行,到寓未晚,见拔贡榜结彩悬挂,江拔盛泽徐观荦,震拔城中赵铭忠,府两名,一拔同里杨敦复,余即衣冠贺元和汪三世兄和卿郎号荃台名凤瀛拔贡喜。到寓申刻,略坐,慕孙已出场,知与幹甫同座(大芝房,次药阶,四兰楣,赍仪辕门费面交讫),颇能照应,题正途"惟君子能由是路","俊秀与文子同升诸公",策问《汉书·艺文志》与迁《史》,得失若何",诗"来年共赴蓬莱会"六韵,圣谕默四行数字。砺生亦恰好昨日到寓,夜饮,联床絮语。

十一日(11月28日) 晴。辰刻总复新进定名次,念曾列府学二十名,半时许均出场,午刻奖赏一等生,拔贡另进谒。芸舫来谈,约十四日去报,夜在酒馆酌叶彤君暨同伴诸公。

十二日(11月29日) 晴朗。朝上陆幹甫来报信,贡监案已发,有行文到县,渠取合属第一,慕孙取吴江第二,狂喜出意外,即邀幹甫、楠甫、袁韵珂茗叙逍遥楼,良久始散,是日奖赏新进,学宪语极恳诚。下午候答芸舫,以念孙试卷呈政。是夜星北请酌同寓诸人在娄万和,砺生颇醉,星北即另舟回家。夜被酒火升,不能成寐。

十三日(11月30日) 晴。晚起,是日学宪起马考太仓。朝上凌砺翁辞归,昆山新拔贡钱俊甫先生衣冠来道喜,其弟奏云同来,略谈,意甚拳拳,彼此各书寄信地方而别。十一点钟率两孙、陈丽卿、寓主人姜听涛舟至阊门渡僧桥大观园观三台武班,黄昏始回。家中船已到,知芸太夫子于午刻来过,念孙原本蒙动笔优奖发还,诗另拟一首,可作定本,不胜感愧。拟作片,明日先谢之。

十四日(12月1日) 晴朗。晚起,午刻遣府学门斗至费府去报喜单,回蒙厚犒。下午复走谢芸九兄,告辞,试草所商彼此同心。谢绥之在坐,几不相识,畅论夷务,知法逆掣肘万分,归寓傍晚。收点行囊,复多买物件,浮费可厌,然不能省,奈何?夜早寝,拟明晨发棹。

十五日(12月2日) 晴朗。五鼓起来,九点钟率两孙同陈丽卿登舟解维出城,恰好东北风,挂帆顺利,到家四点钟。位置一切行李,早眠,酣适之至。

十六日(12月3日) 阴冷,有变象。饭后率两孙两处祠堂内衣冠拈香默叩。上午凌砺生来道喜,不敢当,知昨自诸元翁处回,欣悉精神颇好。星北仍订来年负笈,可称棋先一着。少顷,陆韵涵亦来,述许嵩安事,不直难对友朋,然无如何也。午刻同席,以绍酒款客,晚均回。砺生日上又要至上洋,夜间十月朝补祀先,夜饮散福,又酣眠神适。

十七日(12月4日) 晴朗。今始开账船,发限籲,定见石脚照旧,格外让米五升,每亩计算。以札致子屏,接回片,约十月初十日左右先生到馆时来叙。暇则细阅报亲友喜簿,以六、七两侄作底本,称呼各不相同,并多差漏,烦眩万分,即搁笔,明日再想。

十八日(12月5日) 北风阴寒。上午检查报单,亲友款篆楚楚竣事,且命丽卿录清,临期再定。焕伯来,以吴项二十元交付,所捐少记葬事洋十元,暂存余处,且俟年终登交公义典内。晚间曹松泉来谈。

十九日(12月6日) 晴冷。饭后内人至梨里邱氏盘桓几天，报单账酌齐，犹恐称谓差谬，当随时检点为是。至友庆看飞限收租，接幼如札，贫苦之言，可怜可厌。芦局来，又完佐、北玲，又北玲、丹玲、西力五户，付洋十三元①，回钱五十二文吉题。王漱泉来，避之，然终难免不下食。明日拟率念孙至敬承，吃寿伯文定喜酒。

二十日(12月7日) 晴朗。下午登邱氏来舟，率念孙同至敬承内厅，寿伯母子出见，明日缠红小盘一应诸礼，诵华兄齐办。点灯时，李辛垞遣郎久仲作代媒，夜间同宿东厢房，邱绶生来絮语。

廿一日(12月8日) 晴暖。朝起汝诵华同子泳池至，盘缎八端，诸礼从华。饭后开船两号，久仲、虎孙作行媒，至震泽庄兼伯府上，大约须明日回。暇与澳老谈今日作文，下午与之茶叙，又略阙其急。费芸翁适在顾氏招叙，关照同里俞氏须报徐瀚翁处，托寄贫米洋卅五元，明天至盛泽租局回苏。又絮谈始回邱氏，夜间食粥静养，然不安寝。

廿二日(12月9日) 晴朗，不寐。朝起与毓老谈文，兴甚豪。十一点钟盘船回，庄新亲回礼华而雅。两媒昨夜以官菜十大十小相款，夜间张灯宴客，共三席，余与汪涤斋并坐，又与萧勉夫、蒯荃孙并谈，饮酒咽肴，极适口。萧、蒯二君之郎今科均入学矣。席散，余不久谈，早眠，始得佳趣。

廿三日(12月10日) 晴。晚起，与寿生诸人同朝饭，稍坐，即同久仲告辞主人，余率孙，邱氏备舟送归，久仲弟惠叔补送见仪，道贺乃翁，虎孙兼得柯仪四元。到家午后，府学来报正案，款以五簋，约渠他往，初二开报而去。两账船发租粯已毕，明后日可开收。晚上苏家港船回，慕孙又被恕甫挽留，约廿五日同恕甫来。

廿四日(12月11日) 晴朗。是日始收租米，石脚照旧，格外让喜米五升。终日斟酌报亲友篆日，遗漏差误在所不免。洗净墨匣，耳

_____

① "元"字后原文有符号𢇛。卷十二，第231页。

目一新。六侄莱生晚来谈天。

廿五日(12月12日) 晴朗。今日账房始搬限厅,两日约共收折色乙佰石左右。午前内人来自梨里敬承,凌恕甫衣冠来道喜,次孙同归,留之下榻养馀斋,虎孙陪之,语及家事,颇能体惜堂上苦衷,心境多抑郁不舒,劝解之,略开笑口。考账簿外已登清,欲过内账,纷繁难动笔。

廿六日(12月13日) 晴,朝有浓霜。饭后蔡子瑷甥衣冠来道喜,留之中饭。午后连广海郎亦来,留之不肯,一茶后还友庆。是日收租六七十石,渐有本色,不佳。夜酌账房,余陪饮,颇有酗态。

廿七日(12月14日) 晴。饭后西北风大吼,远处租米不能来,夜间结账不满百石。是日补登日记,与恕甫清谈,静养早眠。

廿八日(12月15日) 晴朗。饭后督收租米,各佃纷集成市,梨里南北斗荒字均至。余管收本色米,多白稽散杂。诸相好管折色,余一步不能离斛上。陆厚斋来商,借四米三,抽忙应之。恕甫回家,余亦不及送。夜间三鼓吉账,共收五百四十馀石,本色不满一成。余卧时已四鼓矣,精神尚克支持。

廿九日(12月16日) 晴朗。终日在限厅督收,各佃仍踊跃,诸相好均神疲。余收米渐多潮杂,半由年令,半由积习滥收所致,可自愧也。夜间吉账几四鼓,共收五佰二十馀石,存仓不算,本色亦收乙佰四十馀石。余就寝四鼓后,腰酸脚软,疲惫之至,幸意兴尚好,不至倦不能强待,勉力支撑而已。

十一月

十一月初一日(12月17日) 晴朗,西风。晚起,倦眼初开,即衣冠拈香东厨司命神前、家祠内叩谒。饭后叶彤君又衣冠来道喜,留之中饭,以《家乘》二册赠渠尊翁,下午回去,云要至子屏处,约渠二十左右命虎孙到渠府上送赟。是日转头限,收存仓三十馀石,自开限至今吉算,已共收乙千四佰石有零,足六成账,可称急速如愿。夜倦,早眠。

初二日(12月18日)　晴冷,有冰。饭后余率两孙公服至砺生府上,贺渠乔梓小外曾孙弥月之喜,余处备衣服珠冠八盘,外观颇耀。砺老家不排场,特饮余绍酒,杜办鱼翅等菜,极情话宴饮之乐。论及夷务,和议难成,浙省大富家已劝捐军饷矣。下午至大孙女房内,知饮食起居渐可照旧,又见渠小郎君,头角峥嵘,不胜欢喜(谁知昙花一现,又成空果,世事变幻,可惊可悲)。茶话片时,两孙留宿,余即告辞,到家已黄昏后矣。迟府学报船未至。

初三日(12月19日)　晴。栗碌终日,收租不满十石,吴幼如来,据云湿热下注,得软脚疾,困穷之态,旧气满面,与之饭,赠布两端、佛银二枚而去。若虎孙幸进,渠竟不知,可笑不入时。夜间始补登内账,殊苦不易完卷。晚间报船始来,一姓秦,一杜少卿,舟人三名。两孙尚未还家。

初四日(12月20日)　晴。饭后补登日记,租米收数寥寥。命杜少卿在二加堂写报单,友庆、萃和今始开报,六、七两佽款报甚优。晚间两孙归自外家。

初五日(12月21日)　晴暖。今日开报南传莘塔,晚归,知雨三太太处款留中饭,酉刻交冬至令节,夜间祀先,祠堂内、正厅、二加堂三处致祭,与两孙交相襄事,拜跪灌献,尚不至草率从事。礼毕,饮散福酒,颇酣适。暇则作札致诸先生,约初八或十一日去载。

初六日(12月22日)　晴暖,霜浓。收租竟日不满十石。晚上报船回自颖村,元简不在家,老先生接信,南腿、风炉等件均收到,约十一日余舟去载。

初七日(12月23日)　晴暖。饭后开报梨、平、盛三处,须初九日船回。复舟至芦川观音堂,以弹压难民常规四元面送陈敬亭汛员,极谦让,茶话始出。赵翰卿上洋去,不值,与董梅村茶叙良久,始详悉沈咏楼前月初二作古,临危不乱,谆属家事,可怜!杭竹翁、袁憩棠亦来絮谈,午刻憩棠招余行上楼中小饮,颇扰酒菜,下午又同茗叙赵三园,袁明之、又洲亦至,知明之是少峰之孙,归家傍晚。今日收租三十馀石。下午凌苍洲来过,痴五俉处一款归讫,大好。一鼓后凌氏倏有舟来,传知砺生之孙惊风猝殇,闻之惊骇异常,想砺生乔梓此时不知痛悼者若何,为之不能安寐。

初八日(12月24日)　晴暖。终日收租五十馀石。午后顾纪常来,定白米乙百廿石,平斛加每石五升三合,价二元〇五分,日上米价颇腾涨。晚间老妪自凌氏送襁归,知砺生夫妇乔梓满堂不欢,当于先生到馆后载砺老来,以解其闷,子屏处已作札关照矣。夜间登内账未毕,日记今日始补记竣事。

初九日(12月25日)　晴,北风猛厉,骤寒。终日收租为风所阻,远者稀来,所收本色佳者绝少,黄昏时即吉账,共收钱洋鸡布米九十二石有零。中午以高粱御寒,颇酣适。

初十日(12月26日)　晴冷,风息。上午杜秋波来自周庄,探问报事,恰未与谈定。其俉少卿来自梨川,中午在养树堂以宾礼陪酌之而去。终日收租蝉联不绝,亦不拥挤,梨川下乡,望之不来,一鼓后吉账,共收乙佰九石有零,今日截数已八成账矣,内账亦渐补登讫,眉目可清,眠时二鼓。

十一日(12月27日)　晴朗。饭后至限厅,南北斗来,所收不满六石,终日不过十馀石而已。晚间元简翁到馆,陈翼亭同来,均蒙衣冠道喜,不敢当。元翁以郁金香酒惠余,夜饮颇适,剧谈考试,以资笑语。子屏处下午去报,回片约明日来,臂痛未愈。翼翁同先生下榻书楼,絮谈剪烛,余则早眠,然已一鼓后。

十二日(12月28日)　晚起,饭后元翁、翼翁同至大港望子屏,即邀之同来,臂痛未愈,意兴甚好。中午聚在养树堂,徐瀚翁来,即同小酌,下午砺生亦至,欣然下榻,忘却一应不如意事。夜间以砺生所带广东锅八人团叙小饮,极出新意而不甚费。翰翁处余付廿五十,新十米五氅,芸老所寄卅五元亦面付讫。翰老宿舟中,砺老诸人同榻书楼,剧谈,余先寝。

十三日(12月29日)　阴,微雪,北风颇峭。饭后欲报同里,不能开,改报芦镇及东浜三古堂,晚归,知晚祖姑母款待甚优。堂房沈篆生掷还报单,念孙自称表侄,余实不谬,不解何故。终日与诸公围炉畅叙,夜饮绍酒,以火锅消寒。子屏代述砺生意,欲代元翁来年权课两孙兼督子侄,余不能专主,须与元翁商妥然后再定,此策实可称翻空出奇。

十四日(12月30日)　晴冷,风息。是日报北舍本宗,至同里住宿,吴少松师母处、俞鲁青九太翁家均去开报。夜在书房剧谈,又与诸公设广东锅,饮砺生所带来之绍酒,味极清醇,消寒快事。改念孙试草亦砺老一力担承,可称善为人谋。

十五日(12月31日)　晴,渐暖,朝上河水凝冰。上午余率念孙衣冠具束,设红单独椅在瑞荆堂,请诸先生正座,呈贽敬(四十五)谢师,好是重来入学,不胜感激。下午许嵩安、顾竹坡特来,为三里桥开工劝捐公事,欲余家此番出数照典七折,因事小费不巨,即允许之,一茶而去。夜在养树堂请酌诸先生,屈翼、砺二公作陪宾,子屏侄、诸小世兄、余及两孙八人团席,砺生所带绍酒几至饮罄,极笑谈无忌。一鼓席散,余已陶然。

十六日(1885年1月1日)　晴暖。报船由紫溪池亭至长田,大约明日可以报竣。上午在书房絮语,中午又小饮,下午砺生、翼亭先去,代庖试草约廿二日去取,子屏亦继送归。膏方三张,已与元老商定,此番叙首,甚得宴饮之乐。夜间内账一一登清,亦是快事,自十一日至今,约共收租六十馀石,足八成半矣。

十七日(1月2日)　晴朗,北风颇劲。今日报本村左右邻,诸事告竣,报金未拆净,不过四十五两六八钱。账房内与之谈论,杜少卿所望甚奢,难与落肩,姑且今夜酌之,账房相好陪饮,明日再谈。终日闲静,租米无来者,适有便片致子屏,絮衣三件寄去。王更梅索题其先人"瘦梅守鹤庵"三十小影,其地即殉节所,已建祠旌恤矣。欲烦屏侄代庖一诗以塞责。

十八日(1月3日)　晴朗。上午染洪港来还租,沈催经手,多不如数,姑将计收之,约廿八日来找算,能不爽约?未必然也。今日始循例开欠,但祈平安,户户进场最为祷望。杜少卿依旧不开谈,下午金少松来报全录,始知慕孙录科吴江正取二名。夜与府学共席,五篑酌之,报金照六佺账,四两六钱,多喜封二百,米多一斗,如愿而去。顾纪常来,邱氏托籴白米廿石,已同仓买就矣。

十九日(1月4日)　晴暖,仍无变象。终日收租二十馀石,开欠未来归吉。下午王漱泉来,知新漕廿二开仓,价三千二百左右未定,故由单虽来,难算总数,通情再付洋乙佰五十元,连前付合二百元,约廿九日来,吉账而已。杜少卿处贴报依然相持不下,势难落肩,姑俟明日再议,可称年少口老,约照六佺账有加难减。

二十日(1月5日)　阴,时雨滋润。终日收租不满二十石,可称残棋罢局。子屏札来,代庖诗已就,即命次孙隶书写好。袁憨棠以百岁老翁酒一坛寄余,其工料两洋,前所托办,当缴还。下午本路钱少江来报,慕孙报科举喜单,有提塘条子,前所未有,夜间以五篑酌之,正数未开谈。两孙复卷均收到,府试批语颇华,次孙院试卷首艺点完,看得颇细。夜间杜少卿处正报始谈定,连迎送喜封一应在内贴足八十两,六十九①串钱,洋作每元②,照六、七两佺账仅多五两,似尚可过去。

廿一日(1月6日)　阴雨滋润,可喜。饭后开发杜少汀,即少卿,以洋兑钱,合洋五十元③,魁米舟人四斗,代彩折色另付,一笑而去。钱少江连次孙科举报单在内,合十六两,付洋十元有零。舟人米三斗,中饭后亦开销讫去,从此报事完竣,省却一番栗六,不胜快意,且合计两佺开除账尚无浮费添出也。夜阅何古心丈藏翁诗,颇闲适。

廿二日(1月7日)　西风加肃,渐有晴意。终日闲寂,开欠复差,亦难归吉,不得不再办,能有进场为祷。下午顾松卿至萃和,乙大

①　"六十九"原文为符号 🗠。卷十二,第236页。
②③　"元"字后原文有符号 ▶。卷十二,第236页。

兄报身故,介安报丁艰,不可再迟,以照三纸,书明年月日缴县,其费六元,似甚优给,然亦只好就之。夜读藏翁诗消闲,此老风格大有可取。

廿三日(1月8日) 阴,无雨。暇读《藏翁诗稿》,与余怀抱颇相惬。午前李星北衣冠具贽谢师,余处并致贺,云即日要赴苏刻试草,先生改作已面授矣。中午在书房以五簋略酌之而去,月初云要到馆。今日两孙始重开笔作文,题是"见小利则大事不成",诗八韵,夜间均交卷。接蔡定甫、刘允之会柬,允之并有札致贺,廿七、廿八并徐秋谷家廿六均会酌。晚接砺生札,明日要请先生为渠夫人治头痛伤风。试草已改就,灯下急读之,题神既得,句调细密洪亮,共八比,可作新墨读。提覆后二比益充畅流利,惟入手未扣欠紧,当与元翁商酌之再定,此事似不宜卤莽也。竟日收租仅三户。

廿四日(1月9日) 阴晴不定。饭后元夫子赴砺生招。终日闲寂,追提佃户凌富祥到账房,即交差人暂管,能得即日归吉,不胜祈祷。下午老薇侄来自北舍,知已收期,袁氏明年关书即行面付,属渠安静以博声名,未识能如约否。长谈而去。元翁晚归,知砺夫人暨大孙女各定煎、膏各两方,试草面酌数字作为定本,不再游移。今日命念孙下午至池亭上送叶彤君认保礼,找足四十五元(在苏付过廿元),知彤君在周氏馆,老翁绥卿出见,并悉其徒周雨人郎已进仁和学矣。

廿五日(1月10日) 阴雨。租米略有所收,然不清楚,词说多矣。开欠群字韩佃仍未归吉,只好放松,缓日自落场。午前官报杨少卿来报顶带,照六侄账,一两四钱,折吃六钱,喜封二百,米乙斗,并不争论,两时许即去,颇直落也。下午元翁舟至子屏处,以试艺相质,昨日凌罄生坚执不许改故也。晚归,略易数字调停过去,余实不惬心,重情听之,明日命念孙誊真作刻本底稿矣。灯下录诸元翁改星北文,共十二比,则机圆调熟,砺、罄二公所拟似难争胜,俟质深于此道者。暇作札致刘允之,廿八会酌拟遣人去。芦局张森甫来,付完新漕尊、荣、忠三户,洋乙佰十二元①,钱一百卅八文,价三千二百五十二文,较去年仅短一百文而已。

　　廿六日(1月11日)　阴,雨雪连绵终日不停,甚是冬间佳瑞。念孙以誊真试草,先生过目加华评呈校,余细阅之,重录一副,尚有商改两字。假道题两大比,笔笔锋锐有意义层出,大约似凌密之所作。暇阅何翁藏诗消遣,租米寂无一户。

　　廿七日(1月12日)　阴,无雨,晓起积雪寸馀,终日渐消,来岁丰年佳兆也。闲静无一事,以何藏翁诗消遣,大惬余怀抱。

　　廿八日(1月13日)　阴冷,雪止。饭后舟至芦川,同六侄候许嵩安,写吴江桥数公事,付洋二十元②,钱六百,合廿二千四百文,当数三十二,七折照车核定,略叙即出,艺香钱裱店亦算讫。与赵翰卿、董梅村茗叙桥楼,嵩安亦至,以诸先生试艺改本两篇相质,共赏念曾作,可知时眼无取过好。午后又与六侄翰卿小酌面馆毕,复招梅村、翰卿、陆厚斋茶叙,其券厚斋已书押矣。归家黄昏,有金家坝人马贵德来归吉,凌佃开欠,草草从松落肩,知何差松波十分作硬。

　　廿九日(1月14日)　晴冷。终日为五、六两侄各立门户,仓厅作账房,审安居作内坐起,二嫂出钱,各折板壁,暂权各分住,有事报去,仍公用账船,亦各贴洋认开。下午取三家分书,各书条款,余执笔书押,从权以谈笑劝谕五侄,幸尚无痴话。议毕书就已傍晚矣,韩佃开欠亦可归吉,幸甚喜甚。陈丽卿回自梨川,知代赴允之会酌,得彩者梅冠伯。夜间略登内账。

　　三十日(1月15日)　晴冷,朝上几乎点水成冰。终日收租四五石,上午梨局徐春亭来,算完南北斗等圩五户,殿字一户仍不肯抽,付洋七十三元③,钱五百五十三文而去。下午北舍局王漱泉来,共完大

---

　　① "元"字后原文有符号☗。卷十二,第238页。
　　② "元"字后原文有符号☗。卷十二,第238页。
　　③ "元"字后原文有符号☗。卷十二,第239页。

富等十户,找洋百〇三元①,钱九百四十三文,已六成左右数矣。晚间检点行李,拟明日同陈丽卿由江到苏,夜则登清内账,命慕孙代为续登。

十二月

十二月初一日(1月16日) 晴朗。朝上衣冠东厨司命神前、家祠内拈香叩谒。饭后同陈丽卿登舟,南风甚微,同里小泊即开行,到江下午,泊舟下塘候钱觉莲,书斋小坐谈文,即同至吴望云处,两家均以土宜越酒分赠。望云蒙留小饮,剪烛谈心,并读望翁自耕稼陶渔拟作,良久同觉莲回下塘,即告辞登舟,并面请二公芹樽光顾,均面许。

初二日(1月17日) 晴,东北风,朝上浓霜,舟中颇暖。清晨出北门,延塘行,到苏仅午刻,泊舟钮家巷,以试草样本交徐元圃子厚堂手,托即动手写宋体,约明日下午呈校。与元圃茗叙吃面毕,复同丽卿至老锦太交易暖帽皮冠,其伙金九思,劫前老友也,年六十七矣,颇致殷勤。芸九兄知余在,遣张、蔡二仆书片邀请下榻,辞以明日。是夜雪,舟中小饮,颇适。

初三日(1月18日) 晴,朝上雪止,街上屐齿声喧,泥滑难行。与陶子英亦团叙,试草杭竹香改,极圆美,亦交徐店刻印。是日城中迎新秀才,闻舆服美丽可观。上午独憩玉楼春松鹤楼。下午走候芸九兄,畅谈至夜分,座中晤金秋枰,几不相识,试艺清样蒙代校正,讹字始无。留饮,过客气,话旧情深,回舟已一鼓候。

初四日(1月19日) 晴暖。上午独游观,茗饮玉楼,小点松鹤。午后徐店芹樽谢帖均印齐,纸色、印刻工都不佳,所谓欲速则不得法也。回舟书费、殷请帖签,吴江四副即托费氏送。至芸舫处畅谈,夜又留饮,陪余者袁韵珂,子蕃、心虞均见过。王更梅来谈,所题令先人守鹤庵诗面缴,回船略早。

---

① "元"字后原文有符号⅓⁶ 。卷十二,第239页。

初五日(1月20日) 晴朗,仍暖。朝上芸舫亲至船边,邀同至松鹤楼食不托,玉楼春茶叙,袁韵珂、子蕃均相随,又徜徉观中,久之始还宅,芸老不嫌溷迹尘市,真破例难得也。又留中饭,絮语家常始告辞,以新印《小安乐窝文稿》四部见赠,元简、砺生、子屏各送一部。子屏处并有信,翰老处托寄洋卅元,即面请来春新正廿五日芹樽早日光临为约。出门后,与元圃算讫试卷账,零件托丽卿赶办,又独游观中,至晚还舟,诸物尚未齐。夜间暖甚,不安寝。

初六日(1月21日) 晴,西南风,不甚狂。早起,复与元圃茗叙玉楼春,坚约试卷印竣,十五左右即寄莘塔为要。诸物件亦买齐,饭于舟中,即解维出城,午后同川小泊,以口信关照吴莱生家。舟中无事,丽卿登算账目,余补登日记以消寂,到家未及一鼓,安顿行李即登楼酣睡。

初七日(1月22日) 阴暖,似欲酿雪。晚起,知日前吴幼如来过,未开谈。郑式如有信致余,欲仿辛垞式叙五百大葵邱,认定不摇,十月交卸,似不能却,姑俟其来再商。凌苍洲款项已来面交,大济渴用。以芸舫片面致莱生,约明日假节,办乃翁少松十四日葬事,公捐之款三十元面交莱生,此事得成,大慰余怀,并命念孙明日同莱生往叩,谢费师母少松表嫂。

初八日(1月23日) 晴暖。饭后虎孙已具贽到同,暇作札,一致砺生,一致子屏,并知子屏臂疾依然,殊为受累。是日租账白米春就上仓共四百五十八石,籴砟九十石不在内,以《小安乐窝文集》面送沈达卿,元老已先在座,长谈而返。是晚接藩房程竹孙信,十二月初一发,云京口出一缺可委署,可恶不指何学?已收之田,谁肯空耕?竟以儿戏待老夫耶!来春拟作一书,谢却之,不然恐嬲不已。

初九日(1月24日) 晴暖。上午札寄子屏,接复,知臂痛仍不减,服仙方亦无效,拟再请袁小石灸治,真所谓大千世界苦乐不均也。午后凌苍洲又来,恰好两券、砺生札面交,复代庖一项,苍公出名存单立票,付百六十之数而去。念孙回自同川,知昨夜师母留饮,用馆菜

款待,极优。夜则登清苏用内账,浮费难支,入泮总账亦登出,来年芹
樽开销再行续载,入不敷出,殊觉支持门户大非易事。

初十日(1月25日) 晴,西风颇肃。终日无事,命账房书请客
签条,照报单而损益行之。迟郑式如不至,大约畏风怯行。暇读何藏
翁诗集。晚间凌砺生以广东瓦锅寄下,子屏处亦办一套,价则不知。
是日书房内文期,自考后重开课,今第四期矣。

十一日(1月26日) 阴晴参半。上午检查请客签条,子祥所
书,尚有差误须改。诸先生以族人所托《玄秘塔》家藏本廿八页全册
求售,余以四枚得之,此帖似非明拓也,聊付两孙备观,余非所好也。
高丽参须四两,一元,亦应酬之。两账船归,略有所收。

十二日(1月27日) 晴朗,风尖。终日闲静无事。下午包瞿仙
来,欲格外报喜单,辞之,酬以六八钱一两而去。张森甫来,又完东
玲、大千、西千、是字、钟玥珣、佐字、北玲、陈淮江等七户,付洋百〇五
元①,钱百卅文,年内应完只剩三户矣。命虎孙至紫溪送陶庚芬入
祠,晚归。夜读藏斋诗消寂。

十三日(1月28日) 晴朗。饭后舟至梨,午前登敬承内厅,寿
伯母子出见,与杨恂如、钱一村同饭,又与毓之絮谈,示以试卷两篇,
俱叹赏。复至蔡氏与二妹絮语,良久始还。灯下作片复郑式如,余处
认第伍会,五十二元半,邱氏认第六会,四十七元半,此信明日由盛泽
航寄。邱氏有使往,此信接到,未识式如何以复吾。夜宿东厢房,极
安适。

十四日(1月29日) 晴冷。晚起,与杨恂如茗叙久之。朝粥
后,具衣冠致分,补贺蒯荃生郎韵侯芹樽喜,至则主人高卧未起,朱芝
田接陪,即辞,还邱氏。又与毓之谈论,主人留中饭,汝诵花又来谈,
托借芹樽灯彩,许张罗,即告辞。开船,到家未晚,在书房食李伤廉,
肝气大发。昨日砺牛来讨,今日饭后去,暇当作复。

---

① "元"字后原文有符号𣓌。卷十二,第241页。

十五日(1月30日)　晴阴参半,午前上天同云,似有雪意,即止。朝饭后舟至子屏处,商及木子负笈重来事,子屏亦无决断,拒绝为难,大约只好俯就,且俟明日载屏侄来,与先生言定,拜砺公为师,尚可约束,余趑其言,略谈即返,知子屏旧恙未减,意兴尚可。下午作札致砺生,另书此事原委,且防流弊。夜间在书房,竟以俯就之意告先生,始欣然解释,然非惬意事也,不得已免伤和气耳。灯下略登内账。

十六日(1月31日)　晴朗。饭后致脩元翁,又加商二十,来年在内另送黄白粲二石,以酬医劳,均如所请所望允之,甚觉情谊交挚,意气相融。午前子屏来,谈兴极佳。晚间由莘和寄到凌砺翁致屏侄片,知井上不愿咽李,坚辞之,元翁阅之,又不乐,几欲翻案,赖子屏劝解,元翁始恍然于友朋情重,弟子言轻,芥蒂都化。夜以家常菜酌敬元夫子,屏侄暨余两孙陪饮,笑言无忌,子屏同榻书楼,臂恙似略愈,一鼓就寝。是日薇人来,又嬲借三元而去。徐瀚老来,一切账目均算清,然尚似竭蹶。

十七日(2月1日)　晴而不朗,东北风颇尖,幸不狂。朝上由莘塔接到芸九兄苏信,元圃店中印订试卷三百本,纸墨印刻均佳。王更梅刻送念孙名号图章两方作芹仪,芸翁属作札谢,补送试卷请帖。朝饭后,送元简翁解节,约新正十一二日间弟子至师门,循例送呈试卷,并订来溪芹樽日期之约。上午与子屏谈心,论应世须刻已三分,若欲十分满足,如何行得通? 子屏深以为然。下午送子屏回港,约新正芹樽早叙。夜登内账,甚苦繁费。

十八日(2月2日)　晴朗无匹。终日无俗事,开靠东大书橱,上级书都为白蚁所伤,大为恶惜,亟同两孙搬运书籍,略为扫除,知《养馀斋诗》八十馀部,伤蛀十馀部,《简明目录》伤一本,尚可修,《戒士文》十馀部尽为所伤,馀尚无恙,拟稍暇将橱开卸移动,以除其源。堂楼下潮湿,不能藏书有明征矣,位置无地,十分懊闷。下午、夜间仍以何藏翁诗消遣。晚由大桥接邱莲舫札,寿人遗诗送十本,托分赠亲友,札中颇极殷勤雅意。两孙夜间点读曾大父《养馀斋诗集》,为之欣感不能已。

十九日(2月3日)　晴朗,是日子刻立春,又是一年矣,景象颇佳。上午命念孙书送试草,各亲友签条雅款,约二百四五十本,凡事豫则立,此其一端。午前后胡馆来定芹樽菜,正席三两一桌,名则美矣,未识能副其实,不至慢客否?先付定洋十元而去。暇读藏翁诗。

二十日(2月4日)　晴,东南风,恐防阴雨。上午命工人将大书厨移在庭前,搜白蚁之根,知自内蕴,一扫而空,明日能晴,再以滚油沃之,或者遗类其尽歼除乎?午前王漱泉来,复完北珝、玉字、东轸、东渭、大义、禽字、北盈七户,付洋百〇九元①,钱四百〇二文,今冬吉题,来春再留一户,絮谈而去。藏翁诗两册今始读竟,不愧雅音,夜间再阅,尚有意味可绎。

廿一日(2月5日)　阴晴参半,下午微雨。上午督工人以煎热桐油抹大书橱,或者蚁穴可以剔净。下午凌砺生来探问前事,一一告之,深荷见几之早,谋事之决,絮语而去。知任畹香为关款发钦命星使(崇绮、廖寿恒)查办,凌小海新授忠州知州,宦海升沉,令人不测若此。夜间洗足,暖甚,快适。晚间,东易晚姊命浦妪来,为笺卿急款告商大衍,如数应酬之,然余实不暇自给也。

廿二日(2月6日)　阴,微雨竟日,东北风,不甚冷峭。上午检阅念孙送试草,各家签条似无遗漏差误,然不敢自信也。下午无事,闲甚,读《曾文正公诗集》。

廿三日(2月7日)　阴,西北风渐透,无雨。上午作札拟新正寄费芸舫,芦局张森甫来,又完兵字、西力、北玲等三户,付洋三十七元②,钱八百六十三文,今冬吉讫。下午凌沧洲持砺生札来,知为找买市房叙五百大葵邱,余认定第三会,恕甫第四,余特恳让转在三,焕

---

①　"元"字后原文有符号⊢᠄。卷十二,第243页。
②　"元"字后原文有符号ⱶ᠄。卷十二,第243页。

伯命之来认定第五,馀皆凌氏砺生居首,约廿六日在苏家港会酌,絮谈而去。是夜余衣冠率两孙具酒果香烛,恭送灶神今夜预升天奏事,不胜恐惧祷祈之至,夜则循例食圆粉团,兼读《曾文正公诗集》。

廿四日(2月8日) 小除夕。晴,终日西风颇寒。昨又由北厍寄到程竹孙信,云委札已发存,曾不指何学,顿候谢委,是捉勒之技魎,大为踌躇,即命念孙缮录一复信,决计辞之,仍防后累。复书原委札致芸舫,并寄更梅,请帖试草托渠设法坚却,未识能有妙计否。惜局信船已停,早须过年初五发,倘得不落后着最妙。栗六封写,殊觉讨厌。下午郑式如来,旧款找清五十四元,契单明日可面付,新正初六吉期来请五百葵邱,明年二月期,余即划转预付,先辞后领,甚得体也。留之书房夜饭,留宿书楼,与两孙絮谈良久始寝,此子一无俗世外好,笔底亦极丰润,余甚爱之。

廿五日(2月9日) 晴朗,朝寒晚暖。早上以理卿姨甥同治五年旧款五佰千契单交还其次子式如完赵,十九年宿款一旦理讫,固由继起有人,然乃堂张氏守节,抚两孤成立,其操劳更可敬也。留之朝饭,辞还,携余家石刻《家传》两本去,云中午欲至邱氏,相约来春会酌再叙。客去,闲甚,以《曾文正公诗文集》消遣。

廿六日(2月10日) 晴朗。终日无事,以曾文正诗文消闲,其中寿序一门,更戏笑怒骂淋漓尽致。晚间慕孙自凌沧洲母舅处会酌归,交洋六十二元五角,立收据并会规,始终交洋六十二元半,至十三年十一月二十日竟收洋五佰元,此会合会者最为便宜,因只办酒席,薄利,亦可不赔也。菜则沧洲自出手,烹庖极佳。砺生乔梓均到,十会到齐现交者七。夜则登清内账。

廿七日(2月11日) 阴晴参半,上午微雪即止。饭后命工人位置大书橱照旧,与两孙收藏先大人诗集暨《简明目录》一应杂书,复检点一切,殊觉烦琐栗六。下午得闲,仍以《曾文正公诗文集》消遣。夜与两孙小酌,颇饶至乐。

廿八日(2月12日) 阴,无雨,似欲酿雪。上午命工人洒扫养树堂,拂拭几案,与两孙收整书籍,始觉耳目为之一新。今日发销账房限规、脩金、工账,须足钱八十千左右,若进款,自租折已收之外羌无故实,殊觉开销浩大,难以支撑。至租米收成,已九三四矣。账房内无短工算账,吉账极早,夜以年菜酌之,陪饮略酣,内账不及登载。

廿九日(2月13日) 微雨,上午下雪珠即止。上午饭后送诸相好各还家,独留又堂看账房,子祥约十六日去载,陈、丁二公约十七日齐来。暇则涤洗墨砚,宿垢都净。下午略读曾公诗。夜间登清内账。

三十日(2月14日) 晴,西北风,略有变象。饭后接杨稚斋信,知委署丹徒教谕条子十二月十九日已出来,通知止报,竟是硬捉做,大费踌躇。拟即作札,新年专舟到苏托芸老布置,免致决裂,未识能即点头否?殊悔不早计算也。上午循例衣冠尊神敬祀过年,下午与两孙谨挂先大夫、沈、顾两太孺人神像在养树堂,大当年五代图抢在俊卿五侄,起亭公阿虎抢年,张挂在二加堂。晚间张灯祭先,率两孙衣冠拜献,能得平安无事,均赖先人庇荫之福也,敢不竭诚报效?祭毕,同家人团叙,吃屠苏酒,两孙侑侍,顾而乐之,颇有醉态。是夜星斗有光,但祝颂来岁年丰兵戢,孙辈读书有志,文字长进,老人不胜期望焉。光绪甲申年十二月除夕,悟因老叟时安氏半醉书于养树堂之西厢书室。

光绪十一年(乙酉,1885)

一 月

光绪十一年,岁次乙酉,春王正月初一日(2月15日) 元旦。晴阴相济,西北风颇峭。早起率两孙衣冠拈香参如来佛,谒东厨司命神暨家祠毕。朝上持斋,饭后三房子侄、侄孙辈团叙友庆堂,拜五代图、先祖妣神像,男女以次,礼毕,复行权贺岁,乙大先兄未期,不敢当也。复至萃和拜先伯父像,乙大兄灵前亦行礼。焕伯以乃祖遗容,蔡月槎所绘见示,肖至十二分,惜不能言笑如去年,思之凄然。茶叙还,两房子弟亦至养树堂拜先赠君神像,又茶话片时始各还。午前命念孙随苹甫六侄至东浜拜年,兼送请帖客目试草,别房概不登门,回来未晚,云丁氏祖姑母灯节后要来。是日虔诵楞严神咒十遍,晚间两孙致祭乃父忌日,余以不闻不见痴聋置之。芸舫处信件,明日专舟送苏,程藩房复信亦托费宦转送。

初二日(2月16日) 阴雨竟日,中午微雪即止。饭后命念孙同峻卿五侄至大港贺岁,兼送试草芹樽请目,致老薇转达各房(老薇仍在北舍,未遇)。终日闲寂,聊作小楷半页消遣。中午与慕孙对饮高粱解寒。下午虎孙回,知老四房渊甫抢年留饮,子垂同席,子屏出见叙谈,意兴尚好,臂痛,袁小石针灸二次,略愈,想渐可照常也。夜间不观书,早眠。

初三日(2月17日) 晴朗第一天,可爱。饭后命两孙至凌氏舅家拜年,兼送试草请柬。午前渊甫、子垂两侄来贺岁,一茶回友庆,峻卿留饮。晚间衣冠虔接灶神土地,暇读曾文正公诗。两孙自莘回已近点灯,恰好苏去之船亦回。芸舫复书发后又致一书,其中代筹改复司房由彼出面,足征关切,明于公事想可了吉,明日拟再作一书覆之,十二三日间当往苏面商一吉题之法,不可再迟也,家食之吉,其难如是!

初四日(2月18日)　晴朗竟日。饭后看村人出猛将神赛会,以札再致费芸翁,拟由盛泽局寄,一切奉托,约定十三日到苏面商。午前陆时酬来,一茶回友庆,陆实甫预致芹分石刻墨图章,领受之。下午,念孙至陈思拜年,送卷请柬。晚间祀先,明日当谨收先人神像。灯下始登内账。

初五日(2月19日)　晴而不朗,终日东北风颇尖利。早起循例在账房内接五路财神,毕事,即命念孙舟至平望、盛泽、梨里贺年送试草,明日并贺郑式如新婚喜,大约须初九归家。是日收藏先赠君遗像。上午钱子泉、连广海均来过,广海云丹徒委署已见廿三日《申报》,悔不早与打话,或可省钱兼免辞说,今则不易收场也,不胜过虑。暇读《曾公诗集》。

初六日(2月20日)　阴冷,下午微雨,似欲酿雪。上午金少谷之嗣子号鹤亭来拜贺,试草、请柬二束即送交。凌幼赓侄孙婿亦来,一茶即回友庆萃和。范桂馨上午亦来过,昨岁行运颇佳,若马少林落拓吃烟,米行歇闭,乃父创业俱归流水,烟劫之误人如是,可胜叹哉!夜与慕孙吉算内账,亦甚惧河决难塞。

初七日(2月21日)　阴,终日微雨兼雪,料峭薄寒,无一客至。暇与慕孙读唐韩公、宋苏公、我朝曾公三篇石鼓歌诗,不愧鼎立成三,无可颉颃,曾侯真大手笔后劲也!夜间与次孙吉算出入账,连念孙考费入学在内,实亏乙千乙佰千文(合洋乙千元),今年又有婚事,用度万难节省,须得年谷大熟或可补苴其间,否则难以为继也。书此默祈,自警。

初八日(2月22日)　仍微雨不晴。上午读圈曾公诗,陆楠甫来自友庆,一茶,略谈即去,知青浦院试金泽进者四人,王戟门孙、唐淇园子与焉。下午接北厍条,惊知旦卿四老侄于初七日未时寿终,十一日小殓,十三日大殓,即知照两房,十三日各房子侄孙辈必须一往送。今日西浜交刘王会货,介安不传唤两邻同检点,殊觉粗忽。甚矣,乙大兄一故,事事无主张,不胜可叹。夜间与慕孙誊清出入账。

初九日(2月23日) 阴雨潮湿,夜间西北风狂吼。上午金星卿、蔡子瑷、调甫、袁子蕃、周式如、徐秋谷均自萃和、友庆来,一茶回去,金星卿、袁子蕃试草面致。凌沧洲来,余处留饮,与慕孙陪之,沧洲虽不饮,颇得尽亲戚之情话,下午回去,以金泽陈、陆请柬试卷托寄。余复至友庆答周式如,金梧孙在座,虽余处不来,亦以请柬试卷送交。晚间念孙归自梨,知在盛郑氏逗留三宿,式如喜事,亲朋公分,贺兴极佳。今日从邱氏至徐丽江处送试草,留饮,并由梨里信局接芸舫初五所发信,程藩房回札亦来,幸不挑剔,动禀缴委,索费栏干稍昂贵耳。芸老肯代办,索余再作一札,决一吉题,可不亲自到彼,不胜如愿。是夜风狂,早眠。

初十日(2月24日) 晴朗。饭后命慕孙至苏家港拜年,回来甚早。上午丁半香郎迪卿特自东浜来拜贺,并致芹分、茶食,权领之,留渠早、中饭而去,是子在米行管账,似甚恂恂。萃和凌江帆、汝子达均来过,暇作两札,一复程竹孙,一致芸九兄,物色并奉寄,托裁酌开销,以吉束此虚枯题,想无甚支节也。下午薇人侄特来拜贺(土月试草托寄),絮谈片刻,大赞试草改本为莫出其右。夜间吉登内账。

十一日(2月25日) 晴而不朗,终日无风。早上率念孙舟至颖村诸夫子处具柬呈试卷,礼该如此。至则上午,元翁乔梓欣然出见,延至新葺书室坐,坚留中饭,特治庖具佳肴相款,酒亦清洁,殊形费扰不安。暇以尊翁翰香先生中年所绘花草山水人物小品并堂轴数辐见赏,的是唐派,臻其能,可与近人陶松石翁鼎峙,惜因年老品高不肯动笔。翰翁长于一岁,有痰饮之症,然精神大可支持也。诸元翁三月起诊,寓周庄三本堂,二五八为期,暇日在家中,约余廿四日来溪,节前似可开馆几日也,俟再商。下午告辞,周庄小泊,陶戴叶试草请柬送去,过龙泾,陈翼翁不在家,因留片致候。试卷请柬亦送出,到家尚未点灯,知凌恕甫来拜年,下午回去,苏州不及同往。黄昏后命念孙伏载,明晨往苏姚先生处送贽,呈试卷请帖,约十五、十六日回家。程藩房复函并物色札致芸翁托转寄,未识能即了否。

十二日(2月26日)　晴阴参半。饭后又接袁畹洲札,无因相商,殊嫌唐突,当作札婉言谢复之。上午凌范甫之郎玉麟官初次来拜年,以年菜酌之,下午回去,此子年十四岁,从褚先生,《孟子》初完,质中下人,极驯,肯受教。暇圈读曾文正公诗消遣。今日东北风,到苏颇顺。

十三日(2月27日)　晴朗,西北风略大。朝上命慕孙至北库,同峻卿叔、介安伯偕往,送丹卿老侄大殓,年七旬,以无疾而终,其忠厚之报乎?上午回,知排场尚可。午前泮水港顾绥生表侄来,以年菜酌之,云要随凌小海至四川忠州帮幕,余甚怂恿之,下午辞归,请帖面致,试草须念孙亲送。暇阅《曾公文集》。

十四日(2月28日)　晴朗和暖,为今岁第一天。上午有本村潘绍坤子号星霞来拜贺,在车坊米行做管柜,人似妥致无外好。终日无客来,北舍请帖送出,同里苏去已托吴莱生发送。暇读唐选《汉书》列传,曾公诗圈竟一卷,兼读公文集。

十五日(3月1日)　晴而不朗。终日无客来,与六侄闲话,渠年务已毕,传说焕伯颇被人播弄,将来必至失财累身,可叹也。暇以《曾公诗文集》消遣。晚上念孙苏郡未回,大约为姚先生所留。夜间月色朦胧,观村人烧柴火田财,色极红,可卜今岁五谷丰登,奢望如愿,祷祀祈之。是日接吴又如信,知在乌镇度岁,写大字尚可生发,妄欲行医则大谬,当力阻之,以免害人。

十六日(3月2日)　晴暖竟日。朝饭后至芦陈仲威诗盦宅中,贺杭竹香出贡悬匾宴客,与钱子骧并坐,知渠沛县一席已请病假开缺,十一月中回家,可称知足。论及法事,镇海告紧,轮船援台已失其二。海运,英国、德国包而中变(防劫),大约白粮须河运,今春必大扰海口。陈翼亭、董梅邨暨镇上诸君都见过,陆韵涵要念孙书院新进捐,已面缴二元矣。中午雅奏款客,余又添居首座,子骧次之,共七席,菜系杜办,极可口。席散回镇,与赵翰卿茶叙,袁憩棠亦来谈,友岩、梅邨所托事面商憩老,尚未点头,姑听之。回家傍晚,念孙已自苏归,十四至姚师处,蒙款竟日,饱啖先生两次佳肴。十五日观剧,芸舫信洋送出,主人出门拜客,交其仆蔡(吉)姓。传闻法信与今日所传相同,从姚师处得来,较确。

十七日(3月3日) 上午晴,下午东风峭厉,防变。饭后东易丁氏姊来致芹仪道贺,留之内室中饭,下午回去,大约廿五不来,心境大不舒。嗣书稿,前所拟者面交之,未识赶办否。是日润芝侄孙率其子仲篪来送试草卷,芹樽已定,初三发柬难收,权在三官堂举行,似尚可过去,然究非礼,一茶回去。李星北来送试草,致芹分,午席以年菜酌之,下午回至大港,书笈均负归,云廿五有事不来,其令叔怀川似肯光过。今日酬应颇栗六,账房诸相好今日略齐来,夜间以年菜酌之,余陪饮,略酬。灯下又登内账。

十八日(3月4日) 阴,无雨,东北风峭劲,易于感冒。终日无事,略读曾公诗文。念孙连日出门,感受风伤,昨夜始得汗解,然仍委顿,未复原,后辈先后天尚不如老人之强旺也,可笑! 明日拟遣人至梨借灯彩物件,家中客铺已位置廿四榻。下午雨,微下霰,明日交惊蛰节。

十九日(3月5日) 晴,西北风,不甚寒。上午袁憩棠来,并备厚礼(腿、蛋)兼致分仪,却之不得,愧领之。少顷,吴幼如来,中午同席,絮语颇适,惜憩翁不会饮,下午回去,大约芹樽遣稚松来矣。恕甫午后来自梨,恰好盘桓,裹余位置琴书,夜宿养馀斋,命次孙陪之。大孙今日始见所发是水白痘,感冒风邪之最轻者,避风静养三四日可以全愈,不胜欣幸。吴甥留宿账楼。今日命人至梨,借灯兑洋砝八数,诸事楚楚。日上已有亲友来送芹仪。

二十日(3月6日) 晴阴不定。饭后命工人洒扫庭阶,位置几案,悬挂灯彩,诸事尚未舒齐。午前大孙女来自莘,邱内侄女来自梨。终日碌碌,夜与恕甫闲话兼登内账。

廿一日(3月7日)　晴,朝上微雨,下午清朗之至。命舟至莘告借物件,回,知砺生诸君廿四日光顾,暇则圈读曾公诗,卷二已毕。烦恕甫写隶书抱柱对,极老当飞舞。幼如写行楷屏门对,亦甚楚楚。夜与恕甫辈小酌,极适意。

廿二日(3月8日)　晴朗,西北风已息,不畏春寒。是日中午致祭,先赠公今日忌辰,适有客在堂,不能从容,略申哀慕之忱,思之增痛。屈指计之,见背已三十六年,显扬无望,负负何言? 徐户孚奉乃翁翰波兄命,特来致分预贺,情不能却,留之中饭而去,云明日至周庄就迮氏开门授徒馆。恕甫、慕孙代余悬挂轴对,位置两厅,均得其宜。账房相好排场一切,灯彩已茂盛可观,大约诸事略备矣。夜登内账。

廿三日(3月9日)　晴,下午略变。终日命工人修整拂拭堂楼下养树堂,与恕甫收拾笔砚书籍,位置客座,极有条不紊。念孙今已照旧,可望精神即复。晚间茶担馆庖已到,明日即有客至,不至一无措办。账房搬运丈石山房,夜间预封使力,一鼓后就寝。

廿四日(3月10日)　晴。午前子屏来,薇仁继至,诸元翁先生率小世兄来,凌砺生同沈咏韶、陈逸帆亦至,午刻率念孙两处家祠祀先,刘允之、邱澳之又同至,即设正席酬敬之。澳老以集葩诗句作歌见贺,已许止宿,席罢逃归,陶诒生以画贺,托先生面致。正在纷忙,蒯荃孙特至,又设正席酬之,陪者余与赵翰卿、沈益卿。晚间请邻三席,费芸翁同侄敏农、俞文伯来自苏,备礼极华,芸九兄并以魁星轴、京顶、端砚、文房四宝赐贺。夜间特设两席款新客,吴望翁、钱觉翁冒风登堂(赐礼隆盛),即添一席,同在养树堂款之,敏农、文伯另席书房款待。一鼓后诸君均增光留宿,意兴极佳,余在账房照应一切,不周处甚都,二鼓后始就寝。

廿五日(3月11日)　晴朗无风。朝起升炮开门,两班绎成雅奏均至,分设两厅庭中,余穿公服,念孙带金花、雀顶、蓝衫,披肩披红候客,饭后至午,芦、梨、平、盛四镇亲友均来贺,殷达泉来自平,殷柯亭来自苏,芝楣来自长田,余一一回礼答叩,颇劳而不委顿。午席宴客,分三厅,诸先生设独席,在二加堂款待。瑞荆堂叶绥卿同年首席,养树堂吴望云首席,菜虽添价六大六小,仍不道地,连书房、账房共二十三席,可称增光极盛,然款待不周,颇歉于怀。是日王梦仙、黄芝楣、朱锦甫、郑渊甫均是新客,初次登堂,至席散颇多还去,留者友则李怀川、李辛垞、董梅邨、吴望云、钱觉莲、费芸舫叔侄,亲则磬生、砺生、郑渊甫、黄芝楣、陈逸帆、沈咏韶,均蒙下榻。夜间张灯听曲,复宴客,仅五正席而已。鼓吹喧闹,诸君豪饮拇战,甚增雅兴,至二鼓后始圆场,余与两孙就寝已三鼓时矣。

廿六日(3月12日) 晴朗。又朝起,饭后诸亲友多辞归,余与两孙一一致谢,亲送登舟。留者诸先生、屏侄、赵翰卿暨又如、吴甥,恕甫亦随尊翁伯父暂还。终日卸灯,开发一切,栗碌万分。夜饮算账酒,共四席。袁子蕃侄孙婿偕来,至二鼓后始楚楚吉题,腰脚疲甚。

廿七日(3月13日) 晴暖。晚起,精神未复。饭后诸元翁先生还颖村,约不到馆,三月开诊,脩则二至分送,或自来馆中叙谈,或以书为凭,听便。少顷,屏侄、翰卿均归,终日收拾器物,送还亲友家灯彩物件,账房发犒尚未完竣,诸相好疲惫已甚。下午恕甫载梅满船而来,夜间小饮,食粥早眠,醰适之至。

廿八日(3月14日) 晴暖有风。账房始搬还旧处,有船至梨还灯,送糕粽,吴甥始去,今岁无馆,赒以两元。两孙与恕甫位置两书房,缀以水仙、盆梅、兰花,琴书尚未整齐。夜又与恕甫小饮,六、七两侄来,同席剧谈,闻东浜沈笺卿昨日以血证暴卒,其妇周庄陆氏(幸有子)吞烟随殉,亦节烈可钦事也。

廿九日(3月15日) 风雨连绵,恰好诸事舒齐。上午札致沈生咏韶,念孙代缮,缘前送《蛾术编》,回力轻,颇有怨言,故作书解借之,并送先人诗集、《小识》、陆日记、《家乘》、石刻《家传》数种。下午整理养树堂,书籍几案一应位置照常。藩房,芸老代为了结,费十四,张使犒另一元,以后可安我啸歌矣。闲与恕甫、莱生、六、七两侄赏梅絮谈,夜又早眠。

三十日(3月16日) 晴朗,春花滋润,可望倍收。惟法夷构兵,海运不通,米价日贱,商农受累,殊非我国家之福耳。昨日疲惫,今晨晚起,精神渐复。两书房孙辈与恕甫布置恰好,芹樽开销今始发清,尚未吉账,约计分百千外,又须实贴洋乙佰四十元左右,然此番排场极阔,亲朋光顾极多,虽花费实豪举也,书以自警,不胜欣感。暇与恕甫畅谈家事,论及持家撙节之难,少年子弟能受家长训诚为人家第一发兴气象。时老人特书,二月另起登记。

二 月

光绪十有一年①,岁次乙酉,二月初一日(3月17日) 晴暖,大有春气。饭后衣冠东厨司命神前暨家祠内拈香叩谒,暇则补登念孙芹樽后日记,账目则一应未登。与凌恕甫絮谈,烦渠初七八日间到苏,代办念孙婚事绸缎首饰。作札致叶子谦,托选念孙九月初旬就昏费氏暨八朝登堂、新人临门、开宴吉期,念孙日上赴江城,即可寄达矣。

初二日(3月18日) 晴朗和暖。晚饭后送恕甫夫妇回家,约渠尊翁砺生先生是月廿四日开馆,并订恕甫夫妇初六日去载,以便赴苏,沈咏韶信及书即托寄。夜间略阅内账,心纷不及登清。

初三日(3月19日) 晴暖如季春,裘衣嫌重。北舍润芝侄孙次郎仲箎在三官堂权设芹樽,命慕孙随伯叔辈去贺,余与念孙今日斋素,在瑞荆堂衣冠设香案,恭叩文昌帝君圣诞。午前接陆韵涵札,知今日请申邑尊切问书院开课,初八日戊祭杨忠节公祠。暇阅念孙芹樽喜簿,亲友所颁赐者,文以砺母舅所送《古文雅正》为上;典礼以吴望翁太世伯《文庙祀典考》为新;经以沈咏韶姻兄所送《蛾术编》为博。

---

① 原件第18册,书衣左侧墨笔题"日记,勤笔免思,乙酉年起"。

孙辈虽束于科举,限于质地,不能详阅此等书,然厚意不可不铭谢焉,故特识之。夜间始登芹樽用账,实须贴洋乙佰六十元左右。次孙晚归,知今日借老三房凤辉堂摆席,菜则不堪下箸。

初四日(3月20日) 五鼓风狂雨骤,雷声初发,大震,恰好终日晴朗,略嫌风未息耳。饭后念孙至莘贺幼赓续娶,并以本物色千二属砺老至沪调换,未识得价否。北舍王漱泉来,完装苻一户,东义一户,付洋四元(该五元三百),商不出串,共付洋十五元①,钱三百七十一文,与之吉春账而去。午前子屏有札来,为庆三侄媳预支冬季,共付洋六元,作札复之,并以芹樽开宴作长句见贺。适老二叔守风,下午无事,次韵书和同寄,亦一佳话也,工拙不暇计矣。切问书院开课题"攻乎异端"二句,诗"春寒花较迟"。卷子三本寄到,限五日交卷,未知慕孙、七侄肯做否。念孙晚归,夜宿舟中,明日至江城送试草,并答钱、吴二公。

初五日(3月21日) 晴朗。上午徐瀚波来絮谈,留中饭,云日上要办掩埋,余处新愿上旧宅保婴先付五数,掩埋先付二数而去。子屏又遣人致信竹二弟媳,常款上欲全支,余为稍留馀地,六千冬付,今特派付洋廿五元②(余十一元,钱五十文),钱二千文,合三十千之数,作札交费兰章而去,未识能无后言否。此事虽谊,不能不赒,然受累可厌也。暇则静坐无聊,慕孙呈示开课试笔题文,阅之,虽不出色,颇喜文从字顺。

初六日(3月22日) 晴暖,蓬蓬如釜上气,袭衣难御,防即日风雨。上午圈读曾公诗。午前念孙回自江,知钱觉莲新抱血证,勉强出见,意气尚可。吴望云特留饮畅叙,并率至学宫观诸生上丁习仪,优待之至。李星北处致贺分,以在同里馆中不值。介安侄来谈,款借二百元,面交余,约一月奉还。晚间凌恕甫夫妇来,黄昏后两舟伏载,明

---

① "元"字后原文有符号꜔。卷十二,第262页。
② "元"字后原文有符号ꜙ。卷十二,第263页。

日赴苏,叶子谦处信已寄出。念孙至费氏送试卷,丽卿同往,并陪恕甫寓同泰昌,办念孙吉期币物,大约须十日逗留,不能原舟先归,人事碌碌,坐定为难。

初七日(3月23日)　晴阴参半。昨夜发风,今日已息,渐肃,恰好东北风,到苏半顺,可冀进寅。上午老二房德恒侄之母顾氏率其孙品桢,小名福寿来领祭扫费,即以旧捐七千,新捐二千四百,合洋八元①,钱四百四十文给之。中午致祭,先母沈太孺人今日忌日也,见背不孝六十有七年矣,日月难追,悲痛何极,思之淅然,书以识感。暇阅吴祭酒所送《文庙祀典考》,今日正丁祭大典,终日纷纷,聊无兴致。

初八日(3月24日)　阴雨终日,东北风不狂,下午闻雷声。饭后舟至芦川,泊泗洲寺前,同人公祭杨公祠。少顷,镇上诸公均至,仍陆韵涵值办祭品,代主祭汛员陈敬翁,读祝文袁寅卿,赞礼吴又江,自上香至三献、两跪六叩首、焚燎,均无失礼。中午散福两席,镜亭以素斋辞,余与许嵩安、董梅村、吴又江、韵涵、寅卿诸君同席。席散,至菊隐山房,扰门徒心田和尚茶始回镇,又与赵翰卿、梅村、韵涵诸公茗叙,良久登舟,到家未晚。苏去已回一舟,知昨日上岸颇早。

初九日(3月25日)　阴冷似冬。终日无事,初阅《文庙祀典考》,庞宝生尚书奏呈纂集,真祀典集大成巨书也。遣舟至梨邱氏,李星北试草四卷寄去。张森甫来,又完芦局世字一户,付洋十二元②,钱八十五文吉题。

初十日(3月26日)　阴寒,微雨,下午略有晴意。终日清闲,圈读《曾文正诗集》第三卷未毕,阅《文庙祀典考》,从祀两庑、诸先儒先贤正史传文。

十一日(3月27日)　晴朗终日。今日始分荷花秧,极为茂盛。苏州船下午始还,约十四、十五两船先后上去载。据下人云,念孙费

---

①　"元"字后原文有符号✝✝。卷十二,第263页。
②　"元"字后原文有符号✝。卷十二,第264页。

氏留宿两夜,芸九爷亦特设席酌款,优待之至。午后由莘塔接沈咏韶回札,写作均极时,可称善于酬应,两孙均不如也,当慎之。暇阅《三壬室文稿》。

十二日(3月28日)　花朝。晴朗竟日,可望棉花大熟,东南之民饱暖有资矣。暇则静坐,圈读曾公诗第三卷毕,并阅《祀典考》中宋《李纲列传》,为之喟叹!有才而不遇时,并不遇主,益幸曾文正公之遭际,为一千载所未有。

十三日(3月29日)　阴,微雨。饭后至赵田出吊袁憩棠之太夫人,命妇柳氏族侄女,寿八十一矣,清节治丧,礼俗皆宜。至则晤黄子木、沈莲生、陆芝田诸君,又与刘健卿长谈,不相见二年矣,其尊人雪园翁颇康健。午席同沈子斐陪徐丽江甥,渠昨岁与憩翁连姻,今则作新亲家款待,以余熟情,故应接之,此番排场颇楚楚也。席散均告辞,黄子木索《家传》,当寄去。回至芦,与赵翰卿、董梅邨又小叙而返,到家未晚,明日遣舟至苏,人工颇不便,至唤短工始可先开一舟。

十四日(3月30日)　阴雨竟日。上午蔡氏二妹来自莘和,留之中饭小酌,絮语良久始还莘和。下午徐丽江亦自莘和祭享来余处小叙,媳妇托买上洋绸布付账,未识应手否。东账今日停开,略有所收,明日赴苏载恕甫诸人。

十五日(3月31日)　晴而不朗,仍寒冷。竟日闲静,圈阅曾公诗第四卷、《文庙祀典考》宋明先儒列传,又读曾君表《三壬室时文》数篇,极清湛遒劲之至。时下文,似当以此公为有骨有面。

十六日(4月1日)　晴而不朗,东北风不狂。上午静坐,阅从祀先儒宋史列传。下午恕甫夫妇、念孙、丽卿两舟均归自苏,此行聘礼诸币暨首饰具办齐,货市价不吃亏,恕甫夫妇之有干才,不料若是可嘉。夜间与恕甫絮谈苏事,小酌颇适,仍命念孙陪宿养馀斋。由苏回同,接叫子谦札,念曾吉期九月十一日在苏费氏合巹成婚,十八日回门,两新人登堂,计时颇极舒齐。

十七日(4月2日)　阴寒,风雨时作时止。由芸舫处寄到"东阿县"字样真贡胶四块,味略盐而甘,色明,平等人家不能得,似大可用,介安侄面托也,即与原洋俱交介侄,他日当问明价值奉赵。饭后峻卿抢年办船,率慕孙、六侄、毛官、久之两侄孙至西房曾祖杏传公、南玲先祖逊村公坟上祭扫,虽值雨雪交作,一时即止,尚不至草率从事。还,同恕甫中饭,饮绍酒,极有味。下午送渠夫妇还莘,约砺翁廿五日到馆。夜至友庆饮峻卿散福酒,子侄、侄孙辈七人两席,与六侄同坐话,五侄尚能安静,无兴,酒肴均不能多饮唉,回来将起更。

十八日(4月3日) 晴,闷热。终日潮湿,各处均如雨后,至夜略有风。饭后命念孙至陈思,杨梦花夫人清节致享,回来尚早。上午阅从祀先儒列传,至国朝张杨园先生而止,以后又有许、刘、张三大儒,不及载。下午招蔡氏二妹来话旧,论及莘和四月分析颇费周章,介安大房须另眼相看,余甚韪其言。夜登内账,苏州账未阅。

十九日(4月4日) 阴,微雨竟日,东北风,顿冷峭,易暖而寒。是日清明节,峻卿备舟至北舍,始迁祖至高祖,老二房品桢侄孙抢年祭扫,余懒畏寒不及往,去者念曾、慕曾、六、五两侄而已。介安房以父新清节祭奠,不当去,思及乙大先兄,凄然也。上午五侄媳来,历诉家事,余以痴聋置之。下午《从祀考》草草阅毕,两孙回来甚早,知高祖君彩公角字坟上以风雨咸不往,明日值年补祭。饮散福十馀席,尚不寂寞,孙辈晤子垂,知子屏现往梨川外家,顾氏葬事要渠督办。

二十日(4月5日) 阴寒,细雨竟日,难卜即晴。暇则点阅《曾公诗集》末卷,《文庙祀典考》再阅末册。切问书院课卷接到,题"子谓子产"两章,诗"心正则笔正"八韵。夜登苏账,实费洋六百八十六元左右,尚有皮货夹里绸未办,计在千金外矣,作事浩费若此,甚难裕如,可怕!

廿一日(4月6日) 阴,上午大雨难出门,下午始开霁,似可望晴。午后率两孙、鸿轩七侄至南玲圩先考、先妣墓前祭扫,先兄念曾抢年,即同致祭。时新雨初止,瞻望松楸,苍翠可挹,而时序又更,徘徊久之而返。夜间祀先,祠堂祭已桃之祖,厅上祭高曾祖父四代,与两孙递相灌献,尚不至草率行事。祭毕,与两孙饮散福酒,不觉陶然酣适,杯酒论文,饶有至乐。

廿二日(4月7日) 阴暖,潮湿异常,昨夜阵雨大雷电。晚起,由航船接郑式如信,阅之,知会酌月之廿五日举办,余处候送两束,一与念孙,殊属少不经事,不能体谅物力难处,即作札却之,并璧寅伯一束,余处会钱久已面交,廿五日并不往矣。公石妹初三日出阁,封致分洋同寄。下午将洋信送莘塔,航船寄盛,想明日可到,免渠奢望。舟回,载到牡丹花八盆。接砺生札,上洋已回,扫墓未毕,约廿七日到馆。今日招蔡氏二妹来,中饭絮语,至晚始回萃和。

廿三(4月8日) 阴雨终日,殊嫌太多,有碍春花。竟日闲甚,《曾公诗集》圈毕,重阅《文庙祀典考》《三壬室时文》初集。

廿四日(4月9日) 晴朗可喜。上午闲坐。下午蔡氏二妹同金氏侄女苐卿媳来,述及焕伯侄孙为徐石臣所诱,欲合开土行,遣伙陈嗣卿来逼,势非诉诸徐喻兰不了,甚叹老辈之不可无,絮谈久之而去。黄昏时,介安请余至萃和,知焕伯自芦醉归,大呵沈公,怀忿而去,此事非侄媳到盛亲求喻老万难下台,若焕伯则昏迷沈溺,可叹可恨! 回来书此,以为两孙鉴戒。是日吴又如又来,《武功志》钞就两本,一寄还诸元翁,辛坨原本在内。欲至乌镇行医,余以《温病条辨》《医经三字》两书赠之,又赒三元,中饭后去,未识能成运通否。账船自梨归,一无所得,阴雨好借口,亦无足怪,仅收洋一元而已。

廿五日(4月10日) 阴,上午风雨。至萃和,知苐卿侄妇已往盛泽,持昨两札示喻兰翁,盖一孙一侄之所为也,此计出二姑太,极妙。以信舟致砺生,先去载几案书籍。下午开晴,莘塔舟回,接恕甫札,知乃翁昨因感冒大发壮热,今尚未解,到馆难准期,闻之,颇不放心,廿七日当命孙辈先去问安,再订日期,以速愈为慰。夜饮高粱,颇酣。

廿六日(4月11日) 晴暖,潮湿更甚。饭后命两孙舟至东轸圩乃父墀儿墓上祭扫,下午命至北玲乃叔(嗣父)奎儿坟上祭扫,据云土封无恙，泥滑难行，为之心恻。蔡氏二妹来谈，知芾侄妇昨已至盛，诉诸喻兰，亦颇知乃孙赋白诡计，托渠料理，尚可收场，然以赋白较焕伯，犹为彼善于此，要亦非佳子弟也，絮谈久之始回。晚接钱子骧信，以陶小祉所作《沈笺卿妻陆烈妇传》见示，读之，详实朴茂，论尤切而佳，难与动笔相商，暇当复还之。

廿七日(4月12日) 阴，渐有晴意。饭后重阅陶小芷《陆烈妇传》，处处合法，略动数字已尽善，子骧所云不佳正其大佳处也。上午接郑式如回札，会规收据均收到，璧缴一会，亦颇自谢不周，甚圆到也。晚间，念孙回自莘，欣悉二母舅近体渐愈，谈兴亦佳，约初五左右定期到馆，托换之件如数收到，仅多五分而已。时事南败北胜不得了，粮运不通，议和亦无此说。

廿八日(4月13日) 又阴雨终日，昨夜大雷电。上午拟作札复钱子骧。下午徐喻兰至萃和，介安来请陪，知此来为料理土店事，极早歇闭，已须花费洋二百左右，对半认，已须百番，即如数允之，即托赶办。焕伯此番小惩大诫，能得回头尚是幸事。吁，人情可骇哉！夜陪夜饭，絮谈旧事，不相见者七年，长余九岁，矍铄胜余数倍，孙曾满堂，惜有佳子彦生昨年夏间猝亡，心境大不佳，然颇能达观。不善饮，饭毕又长谈，未及一鼓，送之登舟始回。

廿九日(4月14日) 起晴，可喜。上午作札复钱子骧，书就，附原文待寄，此道不敢妄肆雌黄。下午昼睡未醒，大港上福畴侄孙来，欲求荐生意于公盛，已许作信问憩棠，特恐无机缘耳(复回信无成)，聊试之，以尽吾心而已。暇阅《文庙祀典考》中圣门弟子记，琐屑不耐细绎，置之。

三　月

三月初一日(4月15日) 晴朗，东南风略狂。饭后衣冠东厨司命神前、家祠内拈香叩谒。上午念孙呈示课作一文一诗，诗甚工切，文前半清晰，后路无意义，然腔拍尚不失律，评奖还之。下午蔡氏二妹来长谈,知明日还梨,约萃和分析时早来。夜阅《陆宣公列传》。

初二日(4月16日) 阴晴参半。饭后命念孙至紫溪,贺陶子英亦园芹樽喜。暇则点毕陈梁叔《蓬莱阁诗集》,又点阅所钞《武功志》。下午念曾还,知晤密之,云砺老日上尚未全愈,以多动少静,不善颐养所致也。到馆尚无定期,殊深悬望。午后昼眠,精神始振,夜间略坐,心绪纷如。

初三日(4月17日) 踏青佳节。阴晴参半,上午微雨即止。饭后点阅康对山《武功志》卷一终。午前杨文伯夫人潘氏至二加,蒙致芹分半元,只好受之。媳妇避不见,虎孙抢年留中饭,七侄往杭,七侄媳陪之。羹二嫂来商,仍照九年例共给四洋而去。少伯寓医平湖,道况颇佳,此来实不知取厌之由,然实无如彼老面何也? 一笑。暇以从祀名儒列传消遣。

初四日(4月18日) 晴朗,春光明媚是月第一。上午点校《武功志》,下午读范文正、欧阳文忠两公列传。晚间念孙自莘归,知砺二母舅前因肝阳升旺,大吃风波,现已平复,反形疲软,证已平正,然静养需时,到馆遥无定期也。夜饮高粱,佐以不托,颇醰适。

初五日(4月19日) 阴晴参半,微雨即止。终日闲甚,点校《武功志》十页,阅《宋史名儒本传》,听两孙读文理《诗经》,颇饶乐趣。

初六日(4月20日) 晴暖。上午点校《武功志》官师列传,又重阅《制艺丛话》。书房内两孙始开课作文,题则余代出,以后须按期为要。下午走候沈达卿,示以陶小汪所作《沈烈妇传》,亦以谓简洁有法。知浙江刘学政因病开缺,科试无期。陈厚安到寓,接恕甫致念孙信,知砺生此番元气大伤,诸恙尚未全愈,到馆遥遥,不胜企望。夜阅名儒列传。

初七日(4月21日) 晴阴参半,下午风,有变。终日闲静,校阅《武功志》人物传,重阅《制艺丛话》。两孙呈示昨日课艺,似于题窍均得,诗亦工妥可喜。夜读曾公文,大富演剧,工人皆往观。

初八日(4月22日) 晴朗。上午恕甫札来,知砺生胃口大开,精神疲软未复,所荐苏人胡姓,洋铁做水落匠已来,即命堂楼上下动手,每丈约七角左右,铁钩在内。徐瀚翁来,日上大办掩埋,又付新愿(共百廿元)上洋五数,捐送字纸灰费洋十数,留之中饭,长谈而去。并云昨望硎生,已悉病渐有瘳矣。初三切问课期已寄到题目,两孙明日均肯补做。夜登内账。

初九日(4月23日)　晴朗。上午命泥作搭扶架,上堂楼上,下水沟水落颇敏捷,工成大半。午后吴少松表嫂来,为莱生已定亲浮萎倪氏蓉堂孙女大吉,即唤莱生到内厅,面以大帖交母氏,絮语片时,留之不肯即归。前至苏城费八嫂处,虎孙吉期已先面为道达矣。两孙会课文草稿已完,念孙两大比平正通达,次孙做两篇,一六比,一两对比,颇喜其文兴之勇,夜则共饮越酒以酬之。

初十日(4月24日)　晴朗。上午点阅《武功志》人物列传五页,下午纷纭,不能心聚坐定。看洋铁匠装水落注水,明日上午可告竣。慕孙又以会课散行见示,尚平妥可取,若昨作两大比,散漫不可誊。夜阅曾文。

十一日(4月25日)　晴朗。上午磨墨匣,校点《武功志》。下午洋铁匠工完算账,每丈六角半,铁钩每只二分,铁条捎子每根一分,共付洋廿一元,钱一百有零,送之回莘,生意颇旺相也。晚间接恕甫信,知硎生尚未起来,胃气未复,恰出题目两个,大约意兴尚可。夜阅宋儒名人列传,次孙誊书院文两首,一整一散,各有可取处。

十二日(4月26日)　晴暖,春盎,裘衣可卸。上午作札缮就,待寄费芸翁,关照念孙吉期,并属冰人吴莱生加函致意,开单先呈送,想马头开销一事当肯代办也,秋间再属子屏俟详询为是。暇则校阅《武功志》,并阅名儒列传、曾公诗文。

十三日(4月27日)　晴暖万分,裘衣难御。上午校阅《武功志》两卷三十二页毕事,此志简括,古今第一,然欲纂修江苏大县,万难如此下笔也。午前邱大小姐来,奉母命关照郑氏已又兴第九会,前式如来札诡言二诏者,实即邱氏敬承,可知要人家出钱之难,一笑置之。

下午回梨,余以芸舫处信件托寄全盛信局,想可即到也。夜阅宋儒《李纲列传》未竟。

十四日(4月28日) 晴。朝上初起来,大义兰亭六侄来,为家中起小楼一阁,与胞兄墨亭长侄所分授长子子祥者住居有碍,大兴口角,特来邀请劝断,即同往,其亲张桂华亦到,相视良久,确然子祥所居,他日万难改造起楼,再三硬断,将兰亭新造者缩进地步七八寸,其木料尚可小改,子祥处他日改楼开窗无碍矣。两造勉强相允,若兰亭似稍吃亏,然可免伤和气矣。兰亭留余中饭而归。下午大孙女来自莘塔,知砺翁近体渐愈,胃气亦通,可冀即日复元,闻之欣慰。书房内牡丹、山茶初开,兰花亦将放,命两孙作札恕甫,十七日招来赏花,未识有兴否?夜饮越酒,颇适。

十五日(4月29日) 晴朗有风,昨夜雷雨即止。朝接子屏条,裁衣七侄共给公账四洋,今岁已讫,时子屏在梨未还,接陆实甫信,为痴五侄打人,属戒饬,势实不能。上午至友庆,以书警之,然无益也。书房内群芳位置,有牡丹并蒂红,真国色也,念孙作七律一诗赏之。暇阅《朝邑志》,朝邑人韩五泉所撰者,较康对山《武功志》笔更谨严,宜古今称县志两绝也。夜读《李纲列传》。

十六日(4月30日) 晴朗可喜。上午看牡丹,步念孙韵作七律一首,待寄示砺生乔梓。午前率两孙至萃和,时带侄二侄女孙,适秋水潭费氏者,今日送大五盘,后日送亲,由中墙门出进,家中概不举动,服中礼当如是。冰人潘少岩、凌梦兰,设三席,书房款之,余与沈达卿同坐陪饮,了无兴致,席散,送客即返。今晨大义有人来,云是吾宗邻居,说子祥与叔仍有口舌,多妇人不经语,闻之不平。适子祥亦至,自知其过,恰好转圜。作一便条,付渠邻居,劝兰亭照旧兴造,不必生气,大约可落台。然子祥如此,于叔太无礼也。总之,私心自用,非驯良妥当子弟也,即此可见心术矣。夜阅《李纲木传》毕,为之太息,遭遇非其主。

十七日(5月1日) 晴朗。上午萃和送嫁妆至费氏,用大船一号,家中概不排场,明日出阁,用大船送亲亦然。午前恕甫来赏花,饮以越酒,佐以诗笺,畅谈酣适。下午回去,云辛垞别房请,砺老要趁便复脉调理,须陪之。徐丽江夫人大病,媳妇同大孙女去问讯,晚间舟回,媳妇母女留宿,据张姬云,大象不甚佳。邱氏回信去复之,并述大小姐来问郑式如再兴会事,早已回绝,不知缘何纠葛不清,可笑糊涂。

十八日(5月2日) 晴而薄寒。饭后舟至池亭吊叶友莲姻世五兄,时治丧已将除服矣。晤缓卿暨沈吉裳、陆友岩、王更梅诸公,略坐席还。中午率两孙饭于萃和,便服,不开正门,无宾客群从辈。送二侄孙女出阁,用大船送之港口,彼处来接,黄昏后诸事已毕,与沈达卿同席饮酒,絮谈颇畅,还来就寝二鼓时矣。晚间媳妇、大孙女知自梨归,丽江夫人脾胃两绝,甚为丽江危虑。

十九日(5月3日) 晴热而潮,晚间阵雨。终日闲坐,以家藏《御定古文渊鉴》廿四册携出待晒,一无损坏。自周秦迄宋,皆煌煌大文章,拟今夏略翻一过。夜阅宋儒列传。

二十日(5月4日) 晴阴不定,潮湿终日,地上及器皿如雨,闷热,必有大风雨,尚未发也。书房内文期,题是砺生所出,暇阅《古文渊鉴》,下午倦甚,昼寝始爽。今日有舟至邱氏,晚归,接芸舫昨日所发信,可称敏捷,诸事收照一应部署未定,从容缓商可也。夜读《曾公文集》,阵雨即止,颇畅。

廿一日(5月5日) 晴朗。上午作札致砺生,问候近况,约恕甫苏回先行到馆,砺生全愈后,然后来溪,想如此调停,彼此两便也。午前鸿轩七侄处后场柴堆忽然起火,不知其由,幸无风,乡邻救火甚力,公账水龙速装就继往,一时许即行扑灭,不胜神佑,感谢不尽。与两侄约,明日须敬谢火神,置酒请邻为是。是日酉刻立夏,与两孙饮高粱赏之,颇酣适。大孙女下午还萃,砺翁札面致。终日栗六,不能坐定。念孙呈示课文,甚平妥无疵,慕孙文极肯用意切题,惜功力未到,语多晦拙。

廿二日(5月6日) 晴朗。终日闲静,泛观《古文渊鉴》《制艺丛话》,下午疲倦,又昼寝片刻。

廿三日(5月7日) 晴朗清和。终日闲散,泛阅唐文《渊鉴》,心益纷,难辨家数纯杂。下午掩卷,为孙辈书院课代作八韵排律一首,以收放心。夜阅从祀宋儒本传至真西山先生。

廿四日(5月8日) 晴,闷热,下午雷电小雨,无风。迟恕甫未至。上午王漱泉来,付不串洋卅元,扣会三元①,如数而去,知新邑尊陈公已公座矣。闲阅《渊鉴》唐文四篇。晚间雨止,恕甫来,知砺翁精神渐复,索观《续古文辞类纂》八本。夜间同孙辈小酌畅谈,一鼓时登舟伏载,明日同陈丽卿赴苏,渠采办令妹嫁事,兼办念孙婚事新房物件,新人绸缎、皮货,所费实浮大难资措,然循俗难简也。

廿五日(5月9日) 阴,西北风,骤寒。苏行逆风,到须傍晚,圈《三壬室时文》两篇,阅《渊鉴》古文数首。中午始食蚕豆饭,碧玉青珠,色、香、味三者均臻上品,食之不觉过量。下午张森甫来,不串老例十五元付讫,夜读真先生《西山列传》。慕孙呈示书院课卷,颇超脱,无时下习气,然以之应试实非所宜。

廿六日(5月10日) 清朗可喜。终日翻阅《古文渊鉴》,下午掩卷散步,夜读宋儒《魏鹤山本传》。慕孙呈示课卷,其二文,监题之脑,破题之局,自是合作,惟略少点缀色泽,未识阅者磬老以为何如。

廿七日(5月11日) 晴,爽朗。饭后晒《杨园先生全集》,一无所损,是书局应藩司所新刻者,书目已全矣。下午金星卿来自萃和,略谈即返,云此月中已作文五篇,此子持家之暇刻苦作文,可嘉也。夜阅《鹤山先生传》初毕,续元明先儒未开卷。

廿八日(5月12日) 晴朗,不热。上午圈出《三壬室时文》,已选定毕事,下午略阅《古文渊鉴》,倦甚昼寝。晚间苏州船还,接恕甫与念孙信,知卡上出入需索甚紧,不便多带物件,明日要放大账船上,先装物件还,然后去载,殊跋涉也。夜读《陆秀夫列传》。

---

① "元"字后原文有符号🐾。卷十二,第272页。

廿九日(5月13日)　晴朗,渐热。上午晒《历朝名臣言行录》,续朱子所选者,尚无大蛀坏字。书房内文期,六侄来谈,并呈所作书院文,阅之,大致尚可,未见出色,乡试意欲去观场,余颇怂恿之,以坚其志。下午蔡氏二从妹来谈,为商萃和伯与侄分析事,当俟亲长徐喻兰到后派定四柱,想渠亦不能从偏也。夜阅元儒从祀本传。

四 月

四月初一日(5月14日)　阴,微雨,大好滋养春花。饭后衣冠东厨司命神前、家祠内拈香叩谒,上午翻阅《渊鉴》李习之文数篇。下午二姑太太来,关照萃和分析事,继嫂余氏一项公田另爨,已面与谈定,以后诸事易办矣。絮语始还,夜阅明儒入祀本传。

初二日(5月15日)　阴雨,颇麦寒。饭后接切问书院课卷,慕孙两期,一第六,一十一名,磬二母舅所代批,尚不至不屑教,以后宜勉之。莘塔有女使来,传说徐丽江夫人病势危在旦夕,甚为丽江甥忧,持家乏赶妇矣,将何以堪?暇阅《渊鉴》韩柳文,夜阅明儒从祀本传。苏州船自莘卸嫁事物回,接恕甫信,后日去载。

初三日(5月16日)　微雨,阴晴参半。上午接徐氏讣条,知丽江妻凌氏昨日病故,明日已时成殓,初六大殓,媳妇妹也,拟明晨去送殓,念孙下午先去探丧,略具礼,不用帖,从便,人事之不可测如此!暇阅韩文,略有头绪,夜登内账。

初四日(5月17日)　晴朗终日。媳妇清晨至梨徐氏,送丽江夫人入殓。由北厍接子屏寓梨顾氏信,知近体感冒痰呛渐愈,转示辛垞札,欲商借五百元,郑氏首会上扣转,那有馀钱可通缓急?只好以实情相告,秋间有喜事,自用不敷,婉谢之。晚间媳妇率念孙自梨回,知丽江内外一身主持,情殊可悯。碌碌终日,无心看书。

初五日(5月18日)　晴朗。上午作札复子屏,明日寄梨,此事不能犹豫也。暇阅《古文渊鉴》,夜阅明儒《黄忠节公本传》,登清内账。迟恕甫苏州未还。

初六日(5月19日) 晴朗。饭后陈丽卿还自苏,知昨夜莘塔止宿,恕甫到家,今日要赴梨,故不及来。午前招蔡氏二妹,留吃蚕豆饭,絮语久之。莘和分析,约喻兰今晚到,明日必须公派,余亦须去公议,不能闲坐矣。晚间念孙还自梨,恕甫、费敏农均见过,敏农文兴颇佳。夜登内账,苏州账均未出,所办新床极华,未免不称余家,然既恕甫格外赤心代办,只好一笑应之。

初七日(5月20日) 晴朗。上午至莘和候徐喻兰,为介安侄与茆卿侄继媳汝氏分析事,除乙大先兄继嫂俞氏拨膳田百亩自爨,两房贴还柴米外,馀俱自开销,粮银两房代完,介大侄分授长孙田百亩,其馀房屋、田产、仓屋两股拈阄均分,惟堂楼居中半间,汝氏侄媳愿以大仓一间连天井一个与介侄对调,归次房居住,亦均议定。老公账公事以后老三房三股派出,亦与两房暨二姑太蔡氏二妹说明,即属莘甫六侄起草公议分据及章程十八条,至晚间始草草书就。十一日拈阄定当,清本分书须俟稍暇属孙兰墀执笔也。此番诸事似尚和气省力。陪喻老中饭絮语,至晚始还。夜则碌碌,早眠。

初八日(5月21日) 晴朗,浴佛,天气颇佳。上午至莘和,始知喻兰已归家,此公自谓公事告成,无须依恋,老辈简捷每如此,与二妹絮谈而还。午前,徐瀚翁来,留之素饭,明日参坛,以芹樽时觉莲所送凤龙斤烛施贡坛中,孤米上付十元,括字五元付讫而去。下午顾纪常来归款,南腿两只送,不偿值,领谢而已。晚间两孙呈书院课作,念孙书卷富有,布局亦妥,惜通体调哑,由于欠功夫,不知时墨故也。慕孙词圆调熟,颇以笔胜。两篇名次须高低四五,书以待秉笔若何眼力?夜登苏办喜事账,又费洋三百二十元左右,尚未齐全,殊叹浮靡日甚。

初九日(5月22日) 晴炎,恰如夏令,始将暖帽晒好收藏。上午阅《曾文正诗集》。午前凌恕甫来,知中西和议又复背约,兵端难已。砺翁初起来,步履不便,余敦属节后到馆为两适,恕甫、绣甫约定十七日先来伴读。午席小酌蚕豆饭,美甚,下午絮谈始去。至友庆,与二姑太又长谈,知分析事略有变卦,茆二侄媳居心太狠。夜热,不能多坐矣。

初十日(5月23日)　阴晴参半,下午雷雨,潮闷万分。终日心纷,展卷无味。下午至萃和,为长孙田百亩,二侄媳欲减廿亩,已经前日议定,万难更张,始勉仍旧。与二妹、金氏大侄女话旧,深以介大侄忠厚万分,他日难以持家,熟思无善策,闲论而反。夜登内账及去冬粮银完数。

十一日(5月24日)　阴晴参半,上午微雨即止。饭后至萃和,分书缘起两册已写就亲族列款,午前至亲来致礼者都到,黄锦记为最阔,荫臣、掌卿弟兄俱至。余命家祠前拈香叩谒,介安同侄焕伯叩头,介侄阄"寿"字,焕伯阄"福"字,田产账房,照阄拈定登册,命取分书,属乙大继嫂余氏书押,介大侄暨汝氏继侄媳以次画诺,亲族到者相继书押,此事楚楚完卷,可免口舌矣。中午款客三席,徐丽江首座,与语相慰,心境不堪之至。余与徐仲芳同饮,菜乏味,越酒颇佳,如量散席。下午客去,留者尚有,夜设两席酬敬,余与兰生、蔡子瑗、金星卿兄弟同席。腹中略不适,臭红灵丹始愈。酒菜均佳,不敢多食,同慕孙回,十点钟后即酣眠。

十二日(5月25日)　晴暖。晚起,尚不委顿。终日闲坐,略阅《制艺丛话》,书房搬至瑞荆堂过夏。下午洗足,颇快爽,夜又早眠。

十三日(5月26日)　阴,潮湿,作黄梅天气。上午雷阵大雨,下午稍息。招蔡氏二妹、金、凌两侄女来话旧,知今日介安大房始抢当。夜阅从祀文庙道、咸、同三朝补祀诸名儒奏驳诸案例,第五十卷将毕。接子屏札,知近体仍未复原,拟今日还家,想为风雨所阻,必不果行。晚间子瑗来谈,点灯时即回萃和。

十四日(5月27日)　阴晴参半,颇麦寒。饭后舟至芦川允明坛,奉香烛叩祝孚佑帝君圣诞,至则到坛叩头,晤陆友岩、许梯云、周敬斋、汪涤斋、宋静斋、毛秋岩、徐瀚波诸君,同人叩求夏间救疫仙方,谨当与合一分坛弟子礼忏,降乩锡谕各有职司,不敢与闻。徜徉久之,始舟回镇上。至赵店,翰卿到苏,不值,与董湄郇茶叙,又垆头小

饮,佐以馄饨,颇适。下午再茗叙,孙蓉卿同在座,三人畅谈良久余始
登舟,到家未晚,不过五点钟。两孙文期草稿均完,尚不旷课。接老
三房条,惊知省三侄孙昨日病故,闷证,不过一周时,殊深骇惜。夜间
不能坐定,早眠。

　　十五日(5月28日) 晴朗。上午两孙呈示所作誊真文,均有意
义,惜调不谐畅。暇阅从祀诸儒或准或驳奏稿末卷,又读曾公诗文。

　　十六日(5月29日) 晴而不朗。饭后至北舍赴钱竹安会酌,先
在水阁楼茗叙,与钱芝芳、元音老侄、张鸿甫诸人闲谈,知新邑尊陈公
今日扃门试观风,四六告示颇工。午刻在胡馆会酌两席,得彩者钱芝
莲,菜颇可口,如量而饭。下午又与同人茶叙水阁,晤润芝、仲僖两侄
孙,谈叙良久始归,尚未傍晚。恕甫信来,约十八日渠夫妇先去载。
夜登内账,心绪纷如。

　　十七日(5月30日) 阴,阵雨,下午晴。饭后六侄来谈,知男大
侄孙又有小惩大诫事,幸而村人不敢过欺凌,得无恙,然此子不洗心,
终难保不生事也,相与太息久之。暇阅《制艺丛话》。下午昼寝,熟睡
半时始醒,精神之不振可警! 夜读曾文正古文。

　　十八日(5月31日) 阴,雷雨,潮湿异常。上午略阅《古文渊
鉴》《三壬室时文》。下午恕甫夫妇来,所托砺生换兑一节,找头暨原
票均收到。砺老月初到馆,恕甫先来伴读,止宿书楼,念孙陪之。阅
夏季《缙绅录》,乡间难觅。夜间小酌剧谈,余十一点钟就寝。

　　十九日(6月1日) 阴,微雨,下午略止,气候大似黄梅。终日
碌碌,不能观书。下午倦甚,又昼寝,无聊中观恕甫位置书集,孙辈作
字。夜则登清内账。

　　二十日(6月2日) 阴晴参半,未卜老晴。终日静坐,阅《古文
渊鉴》《曾文正公文集》,听书房读书、读文声,颇乐之。

　　廿　日(6月3日) 晴而不朗,天气薄寒。终日阅《渊鉴》中欧
文数篇,颇惬意,杂家文似可不观。下午命恕甫札致姚凤翁,专舟去
载碑石,送两孙脩敬。虎孙求书小楷,润笔付讫三元,共付九元,字课

两本亦寄去，拟明日遣人到苏。夜读曾文。

廿二日(**6月4日**) 晴朗可喜。上午略阅《渊鉴》韩文，招蔡氏二妹来谈，留中饭，论及焕伯如此昏聩无耻，必遭大辱，其母又复荷庇？恐变端不堪测度，有玷家声，为之奈何！碌碌不能静坐，夜读曾文数首。

廿三日(**6月5日**) 晴朗，是日交芒种节，春花菜子大熟。上午晒《曾文正公全集》，阅唐文两篇，下午倦甚，又昼眠，懒惰。晚间苏州船还，姚先生有信复恕甫，家传碑石三条载归，位置丈石山房后，从此愿了事竣矣。夜食苏买鲥鱼，佐以高粱，与孙辈、恕甫半醺饱啖，极佳味、嘉宾笑谈之乐，为之欣赏久之。

廿四日(**6月6日**) 晴朗。上午晒书，不坐定，下午倦眠，可称废弛。今日萃和新客费兰甫来，酌请三席，命两孙同恕甫往，陪饮之。晚间，念孙呈示昨所作书院题草稿，拘苦清晰，毫无发皇气象，必不在十名内也，然"知和而和"三句题，做醒爽快实难。夜阅曾文，登内账。

廿五日(**6月7日**) 阴晴参半。终日翻曾选古文西汉人奏议，下午慕孙呈示书院课作稿，笔颇清爽有别情，未识阅者以为何如。夜读曾文。

廿六日(**6月8日**) 阴雨潮湿，颇闷。今日始循例开春花账船，介安侄以分据，孙兰士所誊真者，两合同本属校正，其中"大公账以后三股派"一条三句删去，必有主谋，明日当详问之。使知此种机巧，我与友庆侄辈非不窥破也(后知焕伯意)。上午费兰甫侄孙倩来拜谒，衣冠见之，具茶与语尚不粗鄙。下午凌幼赓六侄在书房畅谈，暇阅曾选《经史百家文编》。

廿七日(**6月9日**) 昨夜大雨，今日半晴，有风，渐燥。午后费瑞卿专舟来自同，知少松夫人病风厥，一臂一足痛不可支，胃气不通，神不安，大象不佳，甚为兰生危虑。同至六侄处，招呼焕伯来，摺上又支三月资而去，未识能转轻而愈，使兰生得全骨肉否，闷闷。又传知钱觉莲尊兄昨已物故，明日成殓，此君与余近以道义交颇挚，闻此恶耗，悲悼难已。由北舍粮局递到藩司官封，拆阅之，批准缴委札禀由(正月廿七日)，红禀在内，藩房程竹孙以此为凭示，非妄取笔资者，一笑收存之。实则此缺夏季已选松江姚有彬举班矣。暇阅曾选《经史百家》刘向文。夜阅恕甫所藏名翰林白摺大卷，目不给赏。

廿八日(6月10日) 晴朗，晒架上书。终日点阅曾选《经史百家》汉文暨曾公古文。于恕甫处看家信，砺生关照初六日到馆，不胜欣喜慰望。暇观书房内三生写白摺字，倘能不间断用一年功，均可有成，为之开颜大笑。

廿九日(6月11日) 晴朗。终日闲甚，点阅《经史文编》陆宣公文数首，《曾公集》文三篇。账船晚归，略有所收，仅够开销。夜登内账。

三十日(6月12日) 晴朗，渐热。饭后命人换两厅堂轴对联，目中为之一新。正欲开卷，痴五倥同其内兄弟陆寿甫、幹甫、新甫来，诉及五倥殴妻数次，余以诙辞答之，服药以治其源，妻拳奉敬以治其委，相与一笑，彼痴公惟垂头不出一言，絮语茶叙而还。下午候达卿，知禾中试未毕，正场出案即归到馆，秀水拔贡，不出永义二王，特未识东、西两庄何者捷足先得耳。夜阅《曾公文集》。

五 月

五月初一日(6月13日) 晴阴参半，微雨即止而潮。饭后衣冠武帝鸾书前、东厨司命神前、家祠内拈香叩谒。暇阅贾长沙书疏文，圈读曾公文。书房两孙课期诗文各一，终日仅完草稿。下午食蔗浆枇杷，甘美适口之至。

初二日(6月14日) 阴雨潮闷竟日。上午北舍局漱老来，又票付洋廿五元，言明银扣。书房内看三生作书，颇英挺。两孙呈示课文，虎孙通体按部就班，小讲"非常之理"句杜撰不通，次孙甚有别情，后二太晦率，书以正秉笔者定。暇阅西汉文。两账船还，仅免空空，聊无成色。夜登内账，晚间莘塔舟回，砺生舟初十日自来，到馆又改期矣,欣知日上已动笔改小四叔文。

初三日(6月15日) 晴热,潮湿。上午圈读曾选古文。下午阅书房三生写中字,观恕甫所用墨磨,是姚先生所心制者。是日始停账船,督工人种田插秧。

初四日(6月16日) 阴,阵雨颇沾足,潮湿,的是黄梅天气。上午步至田间,观工人插种时也。一鞭犊叱,四野蛙鸣,云待垂黄,波光映碧,丰年篝车之满此其符兆乎?不胜祷祝。下午观书房三生竞写大字,恕甫为上乘,真姚门入室弟子也,两孙亦甚有笔法,对之怡情。夜读曾文,雨声不息点。

初五日(6月17日) 终日雨不止,潮湿太甚,农人嫌太省力。上午兴到,偶作书两页,印摹《砖塔铭》。中午端节衣冠祀先,午刻与恕甫孙辈赏节,饮越酒,颇醺适意。下午昼眠,起来,与恕甫辈闲谈。夜间辍读,静坐一点钟而已。

初六日(6月18日) 仍阴雨,下午略有晴意,河水已涨尺馀。终日阅《经史百家》宋文,心纷,一无所得,可知静定无功夫。夜间略登内账。

初七日(6月19日) 晚晴,炎热,潮湿之甚。暇则圈读东坡大文篇半,曾文四首,夜因天热,不看书。六侄晚来谈,云乡试决计要去观光,嘉善袁明哉已进,关照明日与七侄分二加大嫂所遗旧东西,以了一重公案。

初八日(6月20日) 阴晴参半,夜又雨不止,未免种田太易。昨夜大阵雨,潮湿渐燥。终日点读苏文一大篇,曾文四首。书房内两孙做书院课,恕甫初次试笔,傍晚一文一诗誊完,阅之,大致颇佳,两孙呈草稿,长题亦能扼要。七侄与念孙分派旧物,大孙女居间派搭,一应楚楚,从此吉题,可免口舌。夜雨,闷坐无聊,由陈逸帆处乞芭蕉数本栽种书房两旁,秀润可观。

初九日(6月21日) 仍阴雨潮热。是日未刻交夏至节,幸风非西南,可望即日起晴。上午写字数行,圈阅《经史百家》东汉书牍、曾文集数首。中午节日祀先,率两孙拜献如礼。下午观两孙临帖,恕甫刻图章,以销永昼。下午风竟从西南来,以水灾不准是望。

初十日(6月22日) 忽晴朗,然炎热潮湿颇甚,难期老晴。上午略整洁书案,以待朋来。午前凌砺翁载书而来,出谒之,春风满面,精神可望复原。两孙具柬迎谒,以后当以师礼事之。午后在养树堂款酌团叙,砺生特开禁小饮,絮谈颇适。饭毕始至书斋,位置琴书,欣知中法议和已成,台湾鸡笼亦退出,条约十款尚不失体。于砺翁书案上始得见刘孟容中丞《养晦堂文集》。夜又与砺老谈论,劝渠养息,早眠。

十一日(6月23日) 阴,潮湿。下午阵雨大作,虽只一时许停点,然河水已极汪洋矣。曾文圈读一本毕,即转示砺生,砺翁以刘公《霞仙文集》中家训书见示,粗读之,已觉字字传家宝筏,拟钞录之,以作两孙及老父座右铭看。下午六侄同沈达卿候砺生长谈,夜登内账,菜油八担已属沧洲六元三角定出。

十二日(6月24日) 晴热湿闷更甚。饭后舟至芦川,先与赵翰卿、董梅村茶叙良久,出,至陆韵涵处会酌,顿候人齐,得彩者陈仲威、黄荷亭。余与仲威同席,共两桌,菜不甚佳,饮酒如量而止。下午与六侄、杭竹翁茗谈颇畅,携书院第三期课卷看本归,所评两孙文适如其分。傍晚归家,知徐翰翁来过,保婴新愿上又付三数,蔡氏之会得彩者张少江。是夜热甚,不能久坐。

十三日(6月25日) 阴雨竟日,特不急注,清晨大雷电即止。下午同砺生至大港候访子屏,即出见,喜渠面目虽瘦,意兴甚佳,特本原一时难复耳!畅谈久之始回,约精神稍健即来溪信宿。是日书房内文期,夜登内账,出款费不可支,奈何?

十四(6月26日) 晴朗终日,可喜。上午点读古文、曾公文第二册。下午《申报》略阅,与砺生闲谈,渠读《左传》,颇有兴。

十五日(6月27日) 阴晴不定,水颇涨,外间必有发水者。磬老所批定会课书院卷两期寄示砺老,俱达卿第一,两孙虽在后,批评极当。终日观书房三生写大字，与砺老顾而乐之。暇阅《刘霞仙诗文集》，钦知是曾文正一类人。夜登内账。

十六日(6月28日)　阴，潮湿又甚，防有大雨。暇阅刘中丞文书札类，其才学不亚曾公也。终日照看出冬，九六斛卸，颇好。下午润芝、仲僖同费瘦石来会砺公，为典捐商拨事，余不置一词，恕甫午后暂归即来，可称赶紧。夜热，不能坐。

十七日(6月29日)　阴，无雨。北风气肃，潮湿退净，然寒暖不均，亦非时令之正。上午照看出稻，尚未毕事，司仓者不谨，霉腐出米二三石，殊属暴殄可惜。暇则圈读《史记》、曾文、刘集，适有章练塘之便，以念曾试草一本寄刘雪园。夜登内账，赵田袁明哉来报入学，始知刘学政回杭两日竟归道山，所谓"考终命"，可悲！

十八日(6月30日)　阴寒，微雨，非时令之正。饭后接子屏札，邱小榕处重会收到，廿四日要亲去说明会转，借去《续古文类纂》八本，何藏翁诗二册同交寄。终日照看出稻，次稻十一担，六折售之，甚为惬意。书房内文期，砺生今始动笔，改念孙文半篇，极新颖轻圆，真度人针也，不料此公一无生气。夜间括痧，身子始适。

十九日(7月1日)　阴，无雨，下午似有放晴意。上午砺翁批看慕孙文，颇加奖借，大抵鼓舞之意多，勖渠循序用功为要。中午祀先，先大父逊村赠君忌日也，率两孙拜献如礼。暇阅《霞仙中丞文集》，点读曾文两篇。夜登内账。

二十日(7月2日)　阴，微雨即止，日上可卜开晴。今日分龙，率两房侄辈衣冠虔祭所制太平水龙毕，合三房工人抬至河干试龙，不过喷水七八丈高，然已可观。中午公账开销，合赏工人饮酒食肉，约费三千文左右，谨祈岁岁平安是祝。暇阅《史记》项羽本纪，曾公、刘公文集，书房抄录刘公《戒子书》，极潦草，不精工。夜间略坐定。

廿一日(7月3日)　又阴雨。上午点阅《史记》《曾公文集》。由砺生处接到钱觉莲讣文，廿九日治丧，当亲往吊奠。又见《申报》，吾邑周鹤亭放贵州主考，浙江学政已放瞿鸿玑。下午，薇人侄来，知臀上患湿气疮,坐卧不便。明日到馆,深以此席为鸡肋,余以觅馆为难,耐心待留是幸。与砺老絮谈,看文而去。夜间登录内账。

廿二日(7月4日) 晴而未朗。上午子屏来条,约渠月初来溪。吴幼如来,知在乌镇几两月,行医略开号,即日仍要去,不能禁止,未识运气何如?赒以三洋作为夏衣之资,留以中饭而去。暇点阅《史记》、曾文及《刘中丞集》。晚间至吴莱生书房,知顷到馆,喜渠母夫人大病得凌医东海针灸而愈,甚为吴莱生幸慰。夜间略坐。

廿三日(7月5日) 倏晴朗,可喜。上午点读曾选《史记》及曾文集。文期书房三生交卷极早,砺生改莱生文一篇,读之,前半罗罗清疏,后四比实义虚神面面都到,不徒小试利器也,敬佩!夜登内账。

廿四日(7月6日) 晴朗。闻外边米价极贱,水亦渐退。《古文渊鉴》今始重晒,暇阅点《史记》、曾文集。晚间梨川舟回,小榕处卸会,丽卿去代赴,代摇得彩,连自己一会共八仙,收洋四十七元①,钱九千有零,除会席二千,净收五十四千文,差为得意,免致日后穿差不齐,诸多周章。夜阅《刘中丞文集》。

廿五日(7月7日) 阴,幸小雨即止,无雷。是日辰刻交小暑节,时嫌太凉。暇则点读《史记》、曾文集。看书房三生写大字竟日,阅砺生改恕甫文,极意到笔随、水流花放之妙。夜登清内账。

廿六日(7月8日) 阴,雨淋竟日,又复潮湿,难望明日起晴。暇阅点《史记》列传至汉,曾文神道碑江罗诸忠节。中午秀甫来自苏家港,负笈从渠叔读书,喜其面无野气,失血亦已全愈,差可以告慰砺老矣。夜阅《刘中丞文集》,理学经济俱优,何湘乡多名臣也?

廿七日(7月9日) 阴雨潮湿依然。上午点阅《李广李陵列传》,《曾文正文集》第二册点读毕,阅砺生改慕孙文,颇得明文气息而仍不背时,故佳。钱觉莲廿九日治丧,部叙吊礼,明日拟先赴江,砺生致望翁札当面致,内有沈世兄脩羊要代交。

---

① "元"字后原文有符号 ✝✝。卷十二,第283页。

廿八日(7月10日) 西风大作,阵雨时来。饭后舟至吴江,逆风鼓棹行,到江下午,泊舟大仓桥,即至南门候望老,恰好芸老亦在座,畅谈良久,固留夜饭止宿,从之。砺生洋信面交出,夜饮陈越酒,清妙无匹,同席主人、芸舫、王仲谷、吴鹤轩,震泽徐小希适至,一见如故,夜与同榻,以《文录·姓氏考》《笠云家传》赠之。芸舫又来絮谈,知吉八兄廿一日已除服,志墓文黄自元书丹已勒石,裱赠一册,又两分,一致砺生,一致元简。将眠时,磬生乔梓亦来就宿望翁家,又烛谈片刻始回书室与小希对榻叙话,人颇真率。夜无蚊,然被酒,不能安眠。

廿九日(7月11日) 晴朗,朝上颇寒。与同人朝起,望云、芸舫已出来,望翁又留同宿诸公朝饭,同始告辞主人。登舟,至西门登钱氏堂,拜奠觉莲灵次,华屋初成,山邱兴感,心甚悲伤之。渠家排场甚阔,祭文诸门人出名,尚的切,挽联以望云、磬生为最。两邑尊均至,芸、望二公陪之,点主则吴祭酒。芸舫今日要还苏,磬生诸事面托金紫庭,不与北舍相争,事无不谐。吴鹤轩补致芹分,只好谢领之。与觉莲叔祖芝田同年畅叙阔衷,不相见者八九年,须发不甚苍,然已颓然老翁矣。略应酬宾客,一饭又略坐始告辞,即出城,时已中午,石尤风,舟中读刘中丞诗二册粗竟,体近放翁,多不经意之作,挽曾文正公百首,大有可观。到家傍晚,倦极,早眠。

六 月

六月初一日(7月12日) 晴热潮湿竟日。饭后衣冠关圣帝君鸾书前、东厨司命神前、家祠内拈香叩谒。栗六心纷,欲登内账不果,接徐翰翁札,救疫坛方并丸一料寄下。午后凌沧洲来,代庖一款归楚,自名下须俟冬间付单券讫,一茶即去。沈达卿至书房,与砺生长谈,知久之湿温症未透,为陶橘香所误,已去请诸元翁来,须一鼓,不及顿候。夜间热甚,与砺生乔梓略谈就寝。

初二日(7月13日) 晴热,潮稍减。朝起率念孙至元简先生卧楼,知昨夜二鼓始来,久之疟已服药,用大卷豆得汗解,大势已定。元翁饭后覆诊换方,云邪尚未净。同至瑞荆堂候砺翁长谈,蒙撰先祖大人《小隐胜溪图》题赞已就,录稿示余,道况似颇不寂寞。中午介庵侄酌饮,元简陪饮,下午元老、达卿、砺生同舟至子屏侄处候之,晚归,知子屏夫人及弟子垂均患疟,侄媳尚未准期,支持药铛殊觉劳顿也。元翁书房便饭,夜榻书楼,因倦早眠,不及絮语。恕甫作札致姚先生,并取墨磨,代办菜油送去,拟明日专舟到苏。

初三日(7月14日)　晴朗,喜借起燥。朝上陪元翁饭于书房,上午元简告归,砺生权课,脩分文不取,属仍送与元老半年,已面交讫。即送登舟,辛翁处《武功志》,吴甥所抄,吉八兄墓志,芸老所送,均转致矣。暇则点阅曾选《汉书》。下午登清内账,观书房三生写大字,极有兴趣。夜热,辍读。

初四日(7月15日)　晴朗,颇热。饭后接北舍条,惊知子乔五从侄昨日未时身故,与余同庚,虽性类不甚洽,然少时同考同会文,闻之亦殊伤心,且难年相若者多其人也,然子乔有子多孙,贤而勤读,似亦可以无憾矣。上午至萃和,知元简昨夜尚留,久之病转关,恰好换方。以砺生所托沈世兄来年附读,达卿向莆侄媳说明,不贴膳,幸已允许。下午达卿来,即谈定,共脩十八元,按节均送先生。达卿大方,一无异言,絮谈至晚始还。黄昏时,苏州船还,接姚先生致恕甫回信,知近体已健。墨磨,先生所自制,已让转,洋十二元,极公道而难得也,欣喜之至。批字课,发还三之一,严而奖励有法,真良师也。

初五日(7月16日)　晴热。上午与元音老从侄话旧,论子乔有子绣甫克家,三朝内诸事楚楚。昨日已命孙侄辈去探丧,今晨小殓,初九日排场大殓,五侄当年,又须共往应酬。下午任畹香、又莲兄弟来候砺生,即延至书室,解衣畅谈。畹老新自皖省罢官归,人极真诚可交,留渠昆季止宿书楼。下午与砺老手谈解寂,夜以火菜越酒酌之,畹老大量而不肯多饮。饭后庭中乘凉,畅论带兵、擒盗、课士诸政令,娓娓可听,然不铺张,不激烈,真君子人也。一黄昏后始登楼,谢不陪,然余已罢倦矣。

初六日(7月17日)　晴,炎热略减。朝起至瑞荆堂,砺老与两任君已纳凉畅谈,晚朝饭后畹老、又老始告辞,云即要至馨老处一叙,夜拟雪巷住宿,珍重而别。暇与丁达老对账,东南两账循例对讫,颇自嫌草率。中午与砺生吃馄饨小酌,极适。下午倦甚,略眠,心纷不能静坐,碌碌竟日。

初七日(7月18日)　晴朗热爽。上午照应出冬米,邱氏寄存处明日当先付五石。下午懒登内账,阅砺生所示丁心斋所撰《科名捷诀》一书,写作均合时式,孙辈当展玩也。

初八日(7月19日)　晴热。饭后舟至梨里,登敬承内厅,见来春母子,出来候西席陈泽民,雨亭孙,福堂子,英挺少年也。与毓老长谈,云乡试必去,读渠考作,极圆美趋时。即登舟,至西栅刘允之新宅,镇上诸君咸在座,又叙谈良久,始集十九人,摇会得彩者范咏三兄,设三席,余与咏翁、张柳三、蔡进之、允老同坐,肴菜不佳,酒则清冽可饮,笑谈无忌,席散,告辞主人,至泷泉与梅冠伯茗叙片时,见龙取水始散还舟。阵雨大作,停泊避之,未半时即霁。开行颇热,到家傍晚,知李辛垞诊治久之来谈,大赏砺生改本,长谈至午始还萃和中饭而去,余甚失迎也。转寄到徐佩青贡卷,当答送赆仪。夜与砺生乘凉又谈,知张朗斋已放奥西抚军。

初九日(7月20日)　晴而不甚热。上午闲坐,不观书。命念孙至北舍,送子乔五从侄大殓,回,知宾客颇多。下午登清内账,初有头绪。暇阅读曾文正公文墓表,其祖大界墓表千古巨文焉。

初十日(7月21日)　阴,阵雨不成,颇凉,外间防有水发。上午招七侄来,为媳妇搬房至二加西厢,下房在笔谏楼下,公用者以扉架其半,于分书并不相背,七侄媳颇有烦言,为侵其所居半方砖之地,即命改拆,让之,可无违言,然外圆堂一间亦公用,渠家独做账房,并不相商,余亦并无异言不相容。七侄尚无蛮语,观其意气,似于“克己”二字未能通达。此事甚小,含和过去,以后未识能两相融洽否。若余处心,情愿退一步也,家中人以余为太懦,不辨置之。暇则点阅曾选《汉书》《文正文集》,阅砺生改念孙文,风调绝佳,又变一格为之,真妙手也。夜冷,可薄被眠。

十一日(7月22日) 上午雨,下午渐开晴,凉可穿夹衣。终日无事,午前摘录租欠账。午后点阅曾选汉文列传毕,下午接点读曾文墓铭三篇。接苏州船行黄玉加信,求预雇估乡试船。甚矣,小人之营利,虚名之误人也。夜与砺生谈文。

十二日(7月23日) 晴,不甚朗,仍凉,是日丑刻交大暑节。上午摘录租欠账。下午点读曾文志铭五首,又阅《汉书》,已点望之列传,刘中丞书又重阅数首。辛垞为久之治疾毕,来与砺生夜谈,极畅,并示拟作一文,意义、词调均出色。为恕甫调理一方,谈至一鼓后登舟。

十三日(7月24日) 阴晴不定,仍无炎夏之象。上午摘录租欠账,下午圈读《曾文正公文集》五篇。书房内四生两题课期,砺生伤风,略有不适,犹改小四叔文半篇。

十四日(7月25日) 始晴朗如夏令。上午摘录租欠册两号告竣,下午点读曾文四首。阅砺生改本,时花鲜果,断非时下涂泽所能。张森甫来,告借老例十番,牢不可破,决定银上扣算而去。夜虽凉,蚊扰,万不能坐,与孙婿辈剧谈而眠。

十五日(7月26日) 晴朗,渐有炎象。上午摘录租欠账半册。下午点读曾文集三篇。暇阅书房内四生写大字,极飞舞之乐,绣甫笔姿亦甚挺秀,砺生略有不适,腹泻数次,属其闲散,不看书,不动笔,意兴颇佳。

十六日(7月27日) 阴雨,下午开晴而热。上午斋素,略持经咒,为九月九坛中普济用。下午圈阅曾文三首。晚间与砺生谈,知腹泻已渐愈,兴到,改恕甫文一大半篇,神妙自然,可称无美不臻。读毕大笑,以英洋一元书条致赵信茂,托寄上海买治白蚁药水一瓶,未识能办得到而有效否。

十七日(7月28日)　晴朗，尚凉。上午摘录租欠公事告竣。下午点读《曾文正公文集》三册，句读完事，即示砺生，为之一大快。砺老以小四叔试帖属看定，草草应命，实惭无佳句胜之也。暇与砺生谈论，脾泄尚未愈净。

十八日(7月29日)　晴朗，风甚凉。饭后持诵楞严神咒十五遍，适杨恂如来，欲谒沈达卿，陪之往，呈文，略坐即告辞，留之，客气不肯一饭。书房内文期，下午陪砺生至港上候老屏偎，阖家均喜康健。砺老请渠拟一方，理湿和中，以新作《费吉甫家传》，代拟陆实甫《紫荆花馆记》相示，即携其稿归，详阅，谈论甚畅，约廿四日遣舟去载，还家傍晚。

十九日(7月30日)　晴朗，不甚热。饭后虔诵神咒并素斋，午前恭设香案，在养树堂中衣冠虔叩大士佛诞，以致微忱。下午重阅子屏所撰《费吉翁家传》，文情真挚，可作定本寄示芸老矣。晚间碌碌，不能静坐。媳妇昨始搬房至二加西厢间，堂楼上让作虎孙新房，收理须加工料也。是日始食西瓜，甘美，然太凉，不合时令。

二十日(7月31日)　晴，始热。上午抄录《刘霞仙书》半篇。命子祥至北舍办木料，书房内砺生课三生八韵诗三首，绣甫六韵二首。下午照看工人搬媳妇厨箱至笔谏楼上，颇见渠劳力之苦。晚则畅啖西瓜，清凉透肠胃矣。本路钱少江来问乡试，不见，辞之。王新甫家来报子丰拔贡喜单，巳仲一，称内表兄，余一，称年姻世再侄，颇从谦。

廿一日(8月1日)　晴朗，热爽。上午录《刘中丞书》一篇。下午栗六，看工人净窗，东楼下净剔白蚁，明日抹以滚热桐油，命木工换柱脚，然巢穴总嫌未拔也，只好听之。媳妇房今始搬运好。

廿二日(8月2日)　晴朗，热而有风。终日看木工楼上装窗，工人抹油东厢楼下，柱不统换，白蚁不能净，甚踌躇也。村人陈富荣就医重固，何鸿老手书片问候，足征老友情重。心不叙，略录《刘中丞书》一页，纷纷竟日。

廿三日(8月3日)　大风，微雨即止，晚间开霁。饭后持诵经咒,斋素。今日火帝圣诞,恭奉香案在养树中堂,虔叩致祝,并叩求保佑一方平安。下午抄《刘中丞书》一页,盖致曾文正讲学,语语平允。书房内文期,砺生脾疾已喜全愈。

廿四日(8月4日)　晴朗炎热,颇爽。上午遣丽卿至盛川,定喜事用两新人大衣冠服,大轿六执事,共云不可再迟。暇则抄录《刘中丞书》一页半。中午子屏侄欣然如约至,在书房与砺生畅谈古文时文,夜间联榻书楼,乘凉絮语,极适,余则催渠早眠。

廿五日(8月5日)　晴朗炎热。上午与子屏谈,重阅渠所作吉甫家传,与砺生各识一跋,并属书致芸老,关照念曾九月十一日就婚一切马头诸费,必须坤宅代办为妥要。下午作阵不成,始浴,一洗旧垢,快甚。方芝兰来,带示《申报》,见廿三日上谕,江南正考官冯尔昌,副戴彬元,沈愚亭弟子,子屏所熟悉者。达卿晚来谈,疟疾未愈,子屏为之开方。

廿六日(8月6日)　晴朗,暑气略退。录《刘中丞书》一篇六页初竣,接录第二书。暇在书房与子屏、砺翁剧谈,以消永昼。

廿七日(8月7日)　晴朗,朝上阵雨大作,即止。清晨舟至本港,吊寿翁潘继昌老邻友,实年八十有九岁,一生正直,必须一拜,以尽区区敬意。有子有孙,尚能自食其力,所不足者,家道先优后绌耳。暇录《刘中丞书》一首又毕。是日酉刻立秋,砺翁暂回家,约晚来。下午与子屏絮语。

廿八日(8月8日)　晴朗,秋凉。饭后大孙女回莘,约中秋后来吃念孙行盘酒,暇录《刘中丞书》一页。午前磬二兄同渠二郎君密之来候子屏,笑谈论文竟日,所改四生试帖极有法,留渠乔梓止宿,欣然肯就。磬生书楼联榻,密之与恕甫连床。下午具瓜果、高粱,与诸君小酌补立秋,颇得知己谈心之乐。

廿九日(8月9日)　晴朗,不甚热。上午录《刘中丞书》一页。暇与磬、砺二公谈文,并看磬老批改切问书院第一文,中路所改笔笔名隽。下午子屏至萃和,为沈达卿换方,夜又畅谈,早眠。

七　月

七月初一日(8 月 10 日)　晴朗,仍凉。朝上衣冠关圣鸾书轴前、东厨司命神前、家祠内拈香叩谒,饭后与磬、砺二君、子屏在书房剧谈。下午凌寿甫来为媳妇治黄水疮,处方抹药而去。磬生先归,今科要挈两郎赴秋试陪考,密之仍留,夜与诸君乘凉谈论,早眠。

初二日(8 月 11 日)　阴,阵雨时来,东风颇狂。饭后作一札致邱澳之并送洋三元,坚其赴杭应试,然敬承内宅未必以为然,吾尽吾友谊而已。砺生欲假节,因风而止,子屏亦畏风,不敢归,均留之。畅谈竟日,兴致极佳,暇录《刘中丞书》又一页。夜凉,早眠。

初三日(8 月 12 日)　阴晴不定,微雨时来,即止。下午遣舟至梨邱氏,澳之札命工人面交,子屏札致芸舫,开单商酌喜事诸费暨礼数要言亦即寄交全盛信局,想明日可到,暇则抄录《刘中丞书》一篇竣事。上午吴又如来,知行医乌镇,被窃,潦倒而归,亦不幸中之大幸事。留饭,又赒二枚而去,约中秋后来。砺生、子屏又因风不果归,密之下午家中来载,云沈咏韶在彼顿候。陈厚安今日到寓,晚接毓之回札,为侄病证未安,行止难定。

初四日(8 月 13 日)　晴朗,渐热。上午徐瀚翁来,孤米上又支洋十元而去。下午砺生假节,自舟来载,约过节后到馆,子屏亦备舟送回港,为子垂乡试告帮洋八元,约八月廿五日来吃虎孙行盘酒,能到苏作行媒更佳,届期再定。恕甫昆弟仍留馆中,文期且暂停。晚间六侄来谈,以洋两元酬子谦选吉,托吴莱生回同面交,可无误。

初五日(8 月 14 日)　晴朗,热爽。终日木工在堂楼上修补楼板套窗,丁丁之声兼下尘埃,殊闹于耳。以除白蚁洋水抹柱脚,臭不可闻。书房内三生仍作字课,有笔客杨敦元者,云是李文田之内侄,曾走京师,笔颇名贵,书房交易,洋五元①,亦是乡间好生意。下午欲登

---

① “元”字后原文有符号┣ 。卷十二,第 291 页。

内账,心烦而止。夜与恕甫辈乘凉,早眠。

初六日(8月15日) 晴热。饭后命仆舟至苏城,明日送费新亲行聘吉期,双道日吉帖均属恕甫书。子屏先有信去,一切礼仪询诸芸老,想此番必有回札也。暇录《刘中丞书》一页半。下午登记内账未毕。

初七日(8月16日) 乞巧,晴朗颇热。今日以道日礼至费新亲,想送到必在上午。是日堂楼上木工粗毕,将动手瑞荆堂东矮楼,讵知白蚁蛀破者多不能小修补,须俟添木料大修矣,事之不能预定都如此!下午登清内账,一快。暇录《刘中丞复罗忠节公书》,论驳养气有十馀页,今日先抄一页。砺生寄还三生窗课各一篇,妙极自然。

初八日(8月17日) 晴朗,颇热。上午抄录《刘公致罗公书》一页半,下午苏州船回,费亲家一应回礼允谢均周至。芸九兄昨日进新宅,闻颇有贺客,乡间不及知也。复子屏信代拆,急阅,托办诸事及贴费似均无异言,即原舟原信并喜糕交送子屏,即得复简,近体无恙。

初九日(8月18日) 晴热酷暑,汗下不停,今夏所未曾有。上午抄《刘罗论养气书》页半。恕甫暂送回家,绣甫仍留。蔡进之有信来,其嫂秋丞夫人病,欲持余片问路去请诸元翁。下午再浴,体复爽利,夜热不减。

初十日(8月19日) 晴炎,比昨略减。上午抄《刘公驳养气书》一页半,书房三生仍课诗各三首。下午丁达泉到寓,作书复薇人,袁氏馆进之关照来岁仍旧,未识老薇奢望以为何如,故以此书决其志。

十一日(8月20日) 晴,炎热又炽甚。饭后命念孙至梨川徐丽江家,中元节祀其姨母凌夫人,暇录《刘公论养气书》驳罗忠节二页,明日可以竣事。黎川来蔡氏条,知秋丞夫人吕氏今日病故,十五日大殓,诸元翁此去甚不逢时也。中午酷暑,略读昌黎文。下午散坐,听秀甫、慕孙理书声,颇乐。念孙晚归。

十二日(8月21日) 晴,酷热又炽,挥汗不停。饭后始命工人堂楼上三间、一东矮楼洒扫揩抹,梁上椽上尘垢一净,暇则抄毕刘中丞《驳论养气书》共十页,接录《祭罗公文》一页未完。下午无聊畏暑,以欧阳公碑志文消遣,闻凌密之妻陶氏以产难卒,可怜福薄,不能相夫。

十三日(8月22日) 晴热不减昨日,略爽。市上西瓜三千二百文一担,犹不能多购,亦近年所无。上午抄录罗、李两祭文毕,下午读曾选欧公文数篇,晚则乘凉闲散。

十四日(8月23日) 晴朗,热稍减,以非西南风也,是日巳刻已交处暑节。暇录刘文墓表一篇。中午率孙辈拈香捧酒中元节祀先,灌献尚能如礼。中午后闲散乘凉,堂楼上木工泥作初毕,只剩漆工未动手。

十五日(8月24日) 晴朗,朝上微雨即止,终日东北风,渐凉。上午照应出冬,于时每石二元二角四分,颇得价。书房三生仍作字课,暇则抄录刘中丞所撰《罗忠节权厝志》已毕,所撰《曾文正墓铭》,绝笔也,未完。湘阴郭嵩焘补为之叙,拟并录。下午始登清日上内账。

十六日(8月25日) 晴朗,东北风颇狂。是日命泥作改筑饭灶全副,至晚略竣工。终日抄录刘、郭二公所撰《曾文正志墓叙铭》四页,至晚始完,亦颇吃力。接兰亭六侄信,关照周庄北乡丁姓被游勇抢劫,似亦防不及防,只好听之。舟自莘塔回,恕甫约明日到馆,并收到郑式如十一所发信,绸料托办已寄来,极好扇面一张托求费中允法书,并要代索费吉翁铭志石刻一副,暇当先复之。

十七日(8月26日) 晴朗,东北风,不甚热。终日抄录刘中丞《养晦堂文集》,午后始竣事,殊有可观也。虎孙近体略有暑湿留滞,不通畅,明日拟请董梅邨来调治。迟恕甫不至。

十八日(8月27日) 晴,又热,略爽耳。饭后命工人堂楼下脱屏门,洗刷楼板,以便明日大抹油,堂楼下尘垢几不能坐。黄又堂来,为其胞叔故,不能出门,相商以旧所用昆祖代庖,到岁底价辛十四两渠出,限规半股亦付昆祖用,只好将计就之,约廿五日又堂陪渠到账

房。恕甫午前到馆,砺翁有信致余,约廿二日去载。薇人侄来,袁氏
一席肯蝉联,要请益,命渠作札致蔡子瑗再商。下午梅邨来处方,用
芳香去湿诸品,未识胃口能开否。终日碌碌,万难静坐。虎孙在书房
闲谈静养,尚无大寒热。

十九日(8月28日) 仍晴而炎热。饭后念孙寒热大来,服梅邨
方,似无效,即作片去载子屏,午前即来,诊脉洪大,势颇壮热,斟酌一
方,以治气分为主,佐以化痰消湿之品,云已化热,未必即能凉解,能
转疟为妙。定方两剂,姑试之。中午书房中饭,佐以高粱,论文颇畅,
知子垂乡试明日结北舍吾宗伴开行,下午送回港。今日抄录刘中丞
诗文已完竣,日后当再校读。夜热不减。

二十日(8月29日) 晴阴参半,凉风西来,大快,惜阵雨不成,
不能酣畅耳。念孙服药,今晨寒热凉而未净,胃口仍不开,大便未透,
神气颇安,未识再服药后不转疟否。暇则校点刘公文未毕。下午闲
散,夜凉早寐。

廿一日(8月30日) 晴朗清凉,特欠时雨。饭后念孙寒热仍
来,大便略下,不多畅,腹中微微作痛,胃气仍不开,惟出痰颇多,神亦
疲倦,再服子屏方,明日要再去请为是。午前蔡子瑗来自萃和,为沈
达卿明岁附徒再添有未说明处,余亦不能作主,属渠熟商苇侄媳可
也。一茶回去,以薇人札欲袁氏请益面托吹嘘,回复薇老为要。下午
登清内账,看工人堂楼下抹油,终日而毕,居然满堂润泽矣。摘录刘
中丞文稿今始订好。

廿二日(8月31日) 晴而不朗,尚凉。饭后作札命舟载子屏,
因念孙今晨寒热虽凉,大便仍不来,胃口尚不开,未便凭空拟方。上
午屏侄已到,诊脉开方,仍以理湿、通气、治疟痰为主,俟两剂后再商。
下午备舟送回,因陆补山在彼顿候故也。砺生下午到馆,知广西水发
成灾,北宁散营几酿变,以赈捐单八十本属砺生各处劝募,势难坐视。
《弟子箴言》四本原刻,砺老回余《陈讱庵诗稿》残本,亦交余收拾。夜
与砺生剧谈,早眠。

廿三日(9月1日)　晴朗，下午时雨大作，酣畅奚似。念孙昨夜寒热，今晨已凉，身体尚适，胃气仍不能开，想湿气未净也，再服原方，以观后效。终日位置书案，略可坐定。下午作两札，一致袁憩棠，为砺生属荐夏桐生馆事。一复郑式如，尚未写好，殊为应酬可厌。夜与砺生清谈，新凉，早眠。

廿四日(9月2日)　阴晴参半，无大雨。上午书一札覆郑式如，作一札致徐丽江，俗务始了。念孙今日寒热不来，胃口渐开，然大便未解，似稍轻松，尚有湿滞。由砺生处看《申报》，吾邑周鹤亭，河南正主考，尚不寂寞。书房内文期，暇以《曾文正公集》消遣。

廿五日(9月3日)　晴朗。饭后指挥工人搬运东矮楼物件，命木工修补楼板。上忙开征，王漱老来，完大富(二户)、大胜、南玲、禽字五户，付洋五十八元①，钱四百八十七文，前借廿五元扣讫，又借洋十元，下吉节前来扣算。念孙已渐愈，特大便不解耳。梨里徐信发出，盛泽郑信寄局。砺生改恕甫文，通体散行，拆字奇而不诡于正。终日栗六，黄昆祖、幼堂陪来，已到寓。

廿六日(9月4日)　晴朗，凉穿夹衣。命陈丽卿至苏刻印喜帖，取新床。念孙昨夜大便通畅，今日颇适，可喜渐愈矣。暇阅《曾文书牍》。下午登清内账。夜以蚊扰，不能坐定。

廿七日(9月5日)　阴晴参半，中午阵雨酣澍，下午开霁。念孙近体已安，惟舌苔中有黑色，似有热邪未净，俟明日须再邀子屏诊视。昨晚接袁憩老札，所荐之人不果。甚矣，谋馆之难也。终日无事，心纷不解何故。芦局张森甫来，完忠、尊、荣三户银，所借洋十元扣讫，付洋卅元②，多钱百十七文，后扣，知钱粮恩免截至光绪五年止，卫抚军出使至闽，卒于火轮船。暇以《曾文正公文集》消遣。

廿八日(9月6日)　晴朗，凉燥。朝上看念孙胃气大复，惟精神

---

① "元"字后原文有符号🙰。卷十二，第294页。
② "元"字后原文有符号🙰。卷十二，第295页。

未旺,舌苔一点黑色未退。上午舟载子屏不来,接复条,知日上因凉感寒,头痛不能出门,念孙目前姑且停药饵养。观漆工楼上揩漆念曾新房,似须半月完工。暇以曾文两集消闲。

廿九日(9月7日) 晴,略热,夜凉,是日亥刻交白露节。饭后接徐丽江信,费氏六礼账均抄来。念孙又得大解,舌苔黑色只存一线,似可不服药矣。上午梨局陆少甫来,完南、北斗、荒字、南富照旧四户,付洋十八元①,钱四百卅一文而去。暇读欧文、曾集,书房内文期。

三十日(9月8日) 晴热,晚凉,朝雾。上午在二加堂端整经堂,明日延门僧荐祖礼忏,有北舍远族侄孙媳老蛮妇黄氏来诉,与老大房有无礼口舌事,拒之不见,此事起衅甚微,波平复起,不能以理断也。下午读砺生改慕孙昨课文,两中比,一起讲,真点金手也,大益智慧。下午登清内账,闲读《曾文正文集》。

八 月

八月初一日(9月9日) 晴阴参半,下午时雨骤洒即止,渐凉。饭后衣冠东厨司命神前、关圣鸾书轴前、家祠内拈香叩谒,二加堂门僧礼忏第一日。砺生乔梓回去,约初六日自舟来。念孙舌苔黑色退净,可弗药有喜矣。午前持诵大悲咒五十遍。下午略读曾集。晚间丽卿归自苏州,诸事顺手,可喜。

初二日(9月10日) 阴晴不定,微雨即止。今日礼忏第二天,上午持诵《弥陀经》十卷。下午闲散,昼寝,略阅《曾公文集》。

初三日(9月11日) 阴晴闷热,阵雨时来时止。上午持诵《弥陀经》十五卷,重九坛中普济,预为了吉心愿。是日中午衣冠虔奉香烛酒果,东厨司命神前敬叩,虔致祝忱,家中礼忏第三日。下午徐瀚

---

① "元"字后原文有符号 ⼘ɤ。卷十二,第295页。

波来，新愿上又付洋二十元①，所存无几矣。砺生处托有言转致，想事无不谐，略谈即去。夜间蚊甚，万难亲灯火。

初四日(9月12日)　阴晴闷热，阵雨时洒，昨夜大雨达旦。饭后诸元翁同陈翼亭自大港过余，知子屏患牙痛，感冒时风，幸已渐愈，接来便札，为之一慰。念孙因先生来，始到书房，形容虽瘦，外感全消，可不服药。与元翁畅叙，知医况甚佳，有坏症担当大剂奏效，因礼忏素斋，中饭襄甚。下午两兄同归，明日八上期，不能再留，面许念孙喜事九月十八日过余就宿。是夜礼忏圆满，听法曲，点树灯，完场就寝已一鼓时矣。黄昏时大雨，始凉。

初五日(9月13日)　雨风大作，恐伤禾稼，幸下午稍息。命工人收拾二加堂器物，指挥一切。终日精神颇疲倦，观慕孙、绣甫写大字课。下午昼寝，起来，略读曾文。夜饮高粱，与孙辈谈文，颇洽老怀。

初六日(9月14日)　晴朗，风息，可穿夹衣。据老农所云，如此光景田禾可望无损。终日闲甚，上午点《史记》自叙五页，下午登清内账，暇阅曾文选。晚接恕甫条，知渠尊大人昨夜略有感冒，到馆尚无定期。

初七日(9月15日)　晴和而夜凉。上午点阅《史记》自叙文六页，暇读曾集。下午接子屏回札，欣知近恙都愈，十六日许遣舟去载，来溪不能多盘桓。述子垂金陵来信，前月廿七日已到，两邑录遗四十人中只遗五名，想后可补取。据云见《申报》，左相已薨福州行台，国家又失一股肱，此公则已立三不朽之中，且恰好讲和后始骑箕，功名福德时会兼全，千古曾有几人哉！夜间仍觉蚊扰，不能坐定。

初八日(9月16日)　晴朗，好进大场天气。上午照应出冬，今岁米谷销售无馀。暇则点阅《史记》自叙毕，略读曾选文。下午括痧，皮膜始爽快。

---

①　"元"字后原文有符号〳〵。卷十二，第296页。

初九日(9月17日)　晴和,清朗竟日,正举子在场得意挥毫时也。上午点《汉书·艺文志》叙、目录,下午闲散,略读曾集。莘塔舟回,知砺生小恙已全愈。晚间袁子蕃来自萃和,老薇欲请益之说已面致。

初十日(9月18日)　晴和朗润,大场初试出场好天气。上午点《艺文志》目录类六页。吴幼如来,以目前无可位置,且不遵所约,暂留之,明日命渠至北舍航船趁归梨,仍约定二十日余舟到梨载之来,始许逗留。终日心纷,读曾文集亦无味,内账置之,不及登清。

十一日(9月19日)　晴朗,凉燥,二场好天气。饭后送吴甥两洋,暂遣回去。上午点班书《艺文》目录,下午闲散,略读曾公诗集。

十二日(9月20日)　晴,略燥热。饭后登清内账,心甚烦疲不适,班书《艺文》目录点毕。下午北舍王漱泉来,又完北翔等八户,付洋四十二元①,钱五百五十八文,前借十元内扣讫。暇阅《曾文书牍》。

十三日(9月21日)　晴燥,略热。上午点阅班书自叙,指挥工人抹矮楼板,适凌砺生已到馆,自舟来。恕甫头痛大发初愈,来溪尚须缓日。砺生以《申报》相示,知江苏学政已放王先谦,是选《古文类纂续编》者,大名家也。下午以请客目录交子祥开登,照入泮所请可减三之二,然尚须亲自简择始定为是。夜与砺老絮谈而眠。

十四日(9月22日)　阴,朝上雷电,上午大雨,下午始开霁。今日三场士子不无泥途滑滑,进场不受用。终日碌碌,下午略读曾文。

十五日(9月23日)　晴朗。中秋佳节。三场圆满交卷,正士人应试得意时也。上午以苏去办行聘诸礼,物件账开齐,交丽卿后日去,大约浮费难节。下午洗足,快甚,略读曾公文。夜间玩月清朗,可卜来岁有秋,与砺翁絮语。

十六日(9月24日)　阴雨竟日,颇凉。上午命工人装好堂楼下

---

① "元"字后原文有符号 ⌇⌇。卷十二,第297页。

屏门，东矮楼收拾物件，一不亲指之即卤莽也。午前子屏侄载之来，示芸舫信，诸礼开销草账，误听汪氏言，颇嫌浮大，须再作札与之商减。下午俗务略了吉，命丽卿明日往苏。夜间补中秋，酌东西两席，余与子屏陪砺翁，两孙、绣甫侍席，越酒新开，知心欢饮，颇极真率宴谈之乐。是夜兴致佳甚，余已酣醉矣。

十七日(9月25日)　渐晴朗。上午子屏为念孙斟酌两方，因日上略有发作，必须调理以冀复元。下午作复芸舫书，此番就婚，花样一新，费用难省。子屏书中所开列，照徐氏已请益，恐尚不能无辞说也，必须芸老一诺为妥。夜间与屏侄、砺生清谈，始由莘溪知江南首题"可者与之"至"而矜不能"；次"舜其大知也与"；三"使天下仕者"至"耕于王之野"，诗"山向吾曹分外青"，得"山"字。首题极玲珑，可小可大。

十八日(9月26日)　晴朗。上午在书房谈天。下午送子屏回港，借去《洪更生诗集》廿四本，约廿五日再到溪吃行盘酒。是午饮高粱，酣甚。客去，昼眠几至夜。

十九日(9月27日)　晴朗。清闲无事，书房课文一篇，念孙停课调养，听砺翁读选大小题文，不觉此心怦怦一动。下午阅《曾尺牍》消闲。夜间始亲灯火，一黄昏即眠。

二十日(9月28日)　晴朗，颇暖。朝起吃饭，率慕孙至梨，时顾少溪领唁除几，命之往奠。余至敬承内厅，寿伯母子均出见，安好。絮谈片刻，慕孙已回顾氏，知芸舫太夫子亦到。少顷，徐繁友来传述一是，芸舫急欲到江，不及叙候。就婚诸费属繁友到苏面商芸老，坤宅包净为妥，子屏信件亦托繁友转呈芸老，郑式如扇面亦寄出矣。繁友即刻回苏，邱寿生来谈，恰好旧恙全愈，汝益谦、咏池兄弟均来就谈。中午友谦夫人为慕孙新客特设一席款之，不安之至，七人同席，下午又畅谈始归。吴幼如同来，到家傍晚，大孙女、恕甫已同来，夜又内室絮语久之始寝。

廿一日(9月29日)　晴暖。上午账房有赎田事，薄取租息，付契单了之。中午先继母顾太孺人忌日致祭,屈指见背三十有七年矣,垂老无成,思之负负,惟勉勖孙辈及时努力,思所以报称是望。祭饭用菱肉,先太孺人所嗜也。下午观恕甫书隶,作新房对联,极顾盼自豪之乐。夜间略阅《曾尺牍》。

廿二日(9月30日)　终日晴朗。上午略阅《曾尺牍》。下午登清内账。适接诸元翁札,二十日寄,云道况颇忙,身体亦健,欲商预支冬季脩,九月初待奉,不知何亟亟若此,殊不解也,当如所请允之。夜间亦略坐定。

廿三日(10月1日)　晴朗。上午作札致费芸舫,为七月中进宅聊具薄礼申贺,即封好,廿七日命下人面呈。介安处亦具礼鸣谢,以报前惠阿胶,借题过肩。午后苏州船回,丽卿此去极赶紧。书房三生课文,夜与恕甫、慕孙小酌,颇适。

廿四日(10月2日)　晴朗。上午检点幼如所书行聘礼帖,约已楚楚。下午舟至芦川陆云樵处,告借喜事时六角玻璃灯三堂,赵信茂四堂,即与翰卿茶楼小叙,与袁憩棠、黄子牧畅叙,子牧今日省试初归,知今科实到者二万零三百馀人,号舍敷坐,故两邑遗才皆得补取,子牧似甚得意也。良久回船,到家傍晚。明日命舟至同里去载冰人余瑞伯、沈稚青,各持名片去请,未识来否。

廿五日(10月3日)　晴热。晚桂已盛开,清香扑鼻。上午去载子屏,蒙即到溪。知子垂昨日旋吉,场前霍乱大惊,幸进场已全愈,三场均无恙。下午摆行聘六盘,吉衣、手饰均装在两箱中,诸礼共计九十二元。夜酌冰人屏侄、兰生,余、沈不到,芸舫信件即寄呈,吴兰生作行媒,诸事面托,即候回音。快船两号,女使二,下人二,席散伏载,送兰生登舟。

廿六日(10月4日)　阴雨,似要发风。上午恕甫指挥表悬所书喜对,闻与子屏、砺生剧谈。下午苹甫六侄来谈,始得见杭竹翁浙题闱艺。《曾文正尺牍》今始粗阅一遍毕。

廿七日(10月5日)　阴晴参半,下午雷雨即止。今日纳币兼送盘至苏费新亲家,恰好和暖。上午检点请帖客目,尚有不周处要改。下午张悬旧时所藏之灯,位置琴书一应照旧。夜与砺生、屏倅剧谈。

廿八日(**10月6日**)　阴雨,朝上西北风渐紧,午前大吼,势甚猛烈。终日踌躇,苏城盘回,未识开行不吃惊否。大好午后风渐息,喜开晴,至八点钟左右盘船始回,余与两孙衣冠接冰人吴莱生厅上坐,知清晨开船,至同里守风,三点钟安稳开行,为之万分欣慰。今番费新亲报币甚质而厚,文房四宝极华而美。芸舫答余札谦甚,所送薄仪,只受腿蛋,一切马头费似肯代办矣。是夜张灯宴客,连账房五席,厅上三席,两房子倅均来,沈达卿首座,陪之,谈及闱墨,似甚得意。席散十二点钟,余与砺生、子屏、两孙均醉,越酒力厚味清,眠时已夜半矣。

廿九日(**10月7日**)　晴暖。朝起胃口不适,括痧始愈。饭后检点新亲回礼,均极周详。新房修葺焕然,厅上物件整齐照旧,面以媒金致吴生莱生。下午送子屏回港兼送柯仪,约十五日来贺兴,借去《通艺阁诗》二本,大孙女亦暂回莘。夜与砺生、恕甫略谈即眠。

九　月

九月初一日(**10月8日**)　晴朗。饭后衣冠于关圣鸾书前、东厨司命神前、家祠内拈香叩谒,乩书谨谨收藏,换挂堂轴。上午至达卿馆中长谈,即携渠闱墨归示砺生,读之互相击节,惟后路出股略有语病,未识能朱衣暗点否。然大局已青钱万选矣,姑俟以验其然否。暇与砺生剧谈。

初二日(**10月9日**)　晴暖。朝起知恕甫昨日今晨失血不止,始闻骇甚,后知连日饮高粱越酒,量浅胃热所致。饭后砺生作札招子屏,午前即来,诊脉处方极轻清,以养胃降火为主,羚羊角片佐之,云的是胃血,甚无妨也。中午便饭,复以高粱助谈论文,以后戒不频饮矣。阅达卿文,论与砺老相合。下午余醉眠,子屏送回港,今日舟至梨请客。夜间略坐定,恕甫血亦渐止。

初三日(10月10日)　晴朗。饭后命漆工漆余夫妇寿器,岂知身未朽而附身之物先朽,可笑托非其人,竟买赝鼎,只好将计就计,补其缺陷或尚可留以有待,忍而置之。是日恕甫血仍频发,下午饮童便略定,明日须与屏侄再商妥方以祈速愈。暇则登内账未清。夜间无聊,与砺生乔梓剧谈解闷。

初四日(10月11日)　晴朗和暖。饭后至恕甫卧所,精神意兴照常,且至新房楼上指点悬挂字画,而血仍不止,再邀子屏来诊视,云胃血挟肝阳上升,其势倍烈,难以骤止,方用犀角、生地,佐以童便等味,未识能有效否。如再不缓,当请辛老定方,砺老甚踌躇烦懊也。下午送子屏回,暇则内账一应登清,夜与砺生闲谈解闷。

初五日(10月12日)　晴而不朗。拆唤散工赶紧收稻,上午步至田间观之,丰茂景象,但祝年年如是。恕甫今晨吐缓身软,砺翁不安心,已作札,饭后命工人飞棹去请李辛垞来调理,大约须明晨到也。下午工人自周庄回,接诸元翁回札,脩洋四十五元[①],钱五十文,如数收到。无聊中录沈达卿闱艺,以卜捷音左券。徐瀚波来,经咒账普济资十四元面奉,重九日余不及到坛躬叩矣。二鼓时,辛垞飞棹来,诊视恕甫,云大势已定,只须善后,开方用鲜石斛、血馀、侧柏,养阴涤瘀为主,为之欣慰。大孙亦求一方,滋阴固里,云可多服。畅谈,以五簋酌之,语多诙谐,三鼓后送登舟,初八日有嫁女事,此来十分情重也。

初六日(10月13日)　晴暖。饭后送砺翁回家,因出嫁事在即也,恕甫仍留。朝上吐瘀血二口后,终日不发,身子亦甚舒齐。午后,陆幹甫来自痴侄所,闱墨未见,似甚得意,一茶回去。吴莱孙胃气大痛,今日已回家。下午舟至港上,强拉子屏到苏,辞以怕风,兼虑感冒,坚不肯往,许作札,明日余舟至周庄载子垂三侄归,陪虎孙至费府权作媒翁,不得已,姑听之,想情义上子垂不能不陪去也。周雨人在座,读闱艺,兼得读毓老内弟元作。略谈归家,孙辈已厅上收拾悬宁

---

①　"元"字后原文有符号⼘⼘。卷十二,第301页。

画。姚先生已由莘塔送贺礼，真金笺自书古隶堂对，大孙何幸得此！兴古斋、姚心斋亦送凤翁楷书，粉红裱对，均是厚仪，权且领受。夜与恕甫絮语如常。

初七日（10 月 14 日）　晴朗。饭后属丽卿至盛泽，取官轿执事、大衣服，命工人持子屏札至周庄载子垂，终日婆娑，未赶一事。有笔客范惠中来，交易一洋①，八百。与恕甫长谈，竟日无恙，兴致亦佳。周庄船还，接子垂复兄条，知明日由周庄还家，下午到余处，差为欣慰。

初八日（10 月 15 日）　晴朗，西北风，渐寒。饭后顾光川翁遣孙木羊号又溪来致分贺喜，一茶即去，至莘塔，莲叔渠舅家有喜事，以果仪交易受贺。是日念孙安床吉期，午前大女孙来，凌氏舅家送糕盘、准靴帽来贺，愧增费扰。晚女孙去，代媒翁子垂三侄已遵约来，夜间七子同席，一应礼目洋数面交子垂，十六日两新人安归，须早开行，同里止宿为是。一鼓时送子垂登舟伏载，陪念曾到苏，就婚费氏。

初九日（10 月 16 日）　重九。晴朗，风和。今日大孙到苏，无风必早。终日清闲，与恕甫辈谈天，略命工人收拾物件，然尚无暇排场。夜间以《姚惜抱尺牍》消遣。

初十日（10 月 17 日）　晴和。命工人至梨邱氏借灯办蜡烛。下午与慕孙略收藏案头书籍。暇阅《姚尺牍》，与恕甫剧谈。明日虽有嫁妹事，可从权不去应酬。

十乙日（10 月 18 日）　晴朗和润，可喜。上午命慕孙至凌母舅家道出阁喜并贺月锄表兄续吉喜，绣甫同归。下午登清内账，与恕甫闲谭解寂。慕孙舟回被留，命舟速往再载之，防姚师凤生先生随便船至也。慕孙黄昏时归，接姚先生与恕甫初三日书，知未必果来。

十二日（10 月 19 日）　晴暖，东风。昨日亥初三刻念曾夫妇合卺成礼，想诸事新亲照拂，能如吾意也。暇阅《姚尺牍》，家中诸事均

_____

①　"洋"字后原文有符号⸝。卷十二，第 302 页。

未整备。傍晚姚先生自苏来,此番天缘,可作十日留,下榻西矮楼次间,恕甫陪之,凤生率真可喜,夜间略谈,早眠。

十三日(10月20日) 晴暖。终日料理接回门一应礼帖钱洋,家伙物件缺一不可,殊形琐屑繁杂。接子垂苏来札,知费新亲此番贴费要照敏农毕宅乙佰四十元之数,寻常诸礼及马头费防尚不在此数,只好勉力允之。总之,此项均是蛇足添出,可闹!终日纷忙,下午大船两号,自办账房船一号,子祥、孙兰士属往照应一切,若有开销,只好包与新亲坐账房蒋君代给矣。夜间随从左右均伏载,明日到苏接念曾夫妇回家。夜酌姚先生,七侄、又如、恕甫同席,眠时一鼓。

十四日(10月21日) 晴暖。苏行之船开行极早,工人至亲串人家借物件,无暇排场。终日看凤生先生为焕伯书隶数幅,颇得清闲之趣。南闱寂寂,想意中人未必获捷,此道甚难预决也。幼如急用,今日给洋一元。

十五日(10月22日) 晴朗,今日交霜降令节。终日饬工人悬挂灯彩,整顿几案,客席大致楚楚,然尚有馀未尽也。迟砺生、子屏不至,慕孙偶感疟疾,尚轻。凤翁为两孙书砖铭楷法大字样终卷,真传家墨宝也,闲与剧谈,颇可解颐。夜间七侄恕甫陪先生饭,凤翁早登楼。

十六日(10月23日) 朝上阴雨,午后晴朗。诸相好搬运喜房至丈石山房,一应排场均整齐。午前后邱寿伯、凌砺翁率绣甫、玉官至,陈逸帆同来,两账房相好均来办事,夜间五筵宴客,颇不寂寞。赵翰卿亦至,始知江震两邑中三人,江钱钟禄,副震曹缵明,徐聿修正。

十七日(10月24日) 晴朗。上午送妆船已至,知昨泊同里,今喜一帆顺利,即传乐部鼓吹运妆,恰甚舒齐。子屏来自港,子垂随账船亦至,莱生同到,知新亲诸事体谅,夜间请邻,男女四席。蔡氏二妹率子堁甥来,郑式如亦来自盛,浙榜意中人均脱科。

十八日(10月25日) 晴朗清和。早起排场,升炮鼓乐开门,亲船早至,知昨夜宿北舍,巳刻用执事迎念曾夫妇乘轿登门,费氏亦具衔碑执事，余处唤人相送，敏农送亲即去，蒙宾朋来贺，颇不寂寞。西张港顾氏叔侄三人均至，袁憩棠遣其六郎侄稚松至，均未相请。亲则蔡进之自至，族则薇人、葵卿、元音来，陈翼亭、董梅村款留止宿。午刻祭先，两厅宴客，共八席（十二），内厅花筵见礼（三席），始见新孙妇。夜又张灯款客，二鼓始就寝，此番缘慕孙疟疾间作，不能照应，诸事老夫主持，然心欢喜，虽劳而精神大可支撑。

十九日（10月26日）　晴和。饭后芸舫九兄同侄敏农来问宜，主客均以公服相见，世交而结成至亲，话旧谈新，倍增欢洽。中午以小绎成奏款两新客，两厅共设六席，芸翁竹林欣然留宿，徐蘩友昨日回梨，属子屏陪之东矮楼。是夜奏班唱新曲，姚凤生先生谈圣庙古乐，闻所未闻。今日始见江南全榜，元出海州张。诸事圆成，照应门户，眠时二鼓后。

二十日（10月27日）　晴暖。饭后芸九兄叔侄回去，余与念孙衣冠送登舟，夜间姚先生伏载送回苏，此番送礼，先生极厚，情意极欢，面授笔法于慕孙，极蒙青眼，未识后有进境否。郑式如上午还去。古碑多种，以九元售之，复送元拓《皇甫府君碑》，清楚居半，甚感情重也。是夜吃算账酒，席费二佰十馀千，眠时亦不早。

廿一日（10月28日）　晴暖。饭后砺生归家，念孙同往，祭外家祖父母，新婚常例也。夜归颇早，与恕甫闲话，疲倦即眠。

廿二日（10月29日）　晴而有变，仍不雨。下午子屏兄弟送之还，账房搬回，送新房上，见人舟颇忙，家中灯彩物件都未收拾。

廿三日（10月30日）　晴暖，朝雾。今日上午送姚师舟回，接读回札，得读新闱墨，元张廷瑞作，合式极佳。送亲友上见礼毕，夜间堂上茶宴，张灯坐茶，设三席，左右仆从道喜，两房侄媳辈均来贺兴，孙男新妇侍坐敬茶，老夫妇顾而乐之，不觉轩眉大笑。是夜犒赏新亲侍从，明日送回苏，眠时将近二鼓。

廿四日（10月31日）　晴暖，防发风。饭后将家中灯彩、物件、门窗一一收藏整理，琴书几案尚未照旧也。以札询袁憩棠，知稚松十八舟回,张帆伤臂,甚歉余怀。下午熟睡神安,夜与恕甫辈持螯,补登日记,喜事账未登全。

廿五日(11月1日)　阴晴不定,微雨不畅即止。接砺生札,任友莲欲以郎公敏农未岁附读,俟与砺生面商再定。下午恕甫夫妇暂归,绣甫仍留,吴又如动手抄《檀弓考工记》。夜间早眠,诸账开销懒阅。十六日诸元简先生之尊翁作书送贺仪,述及元老适抱疟疾,颇不轻,故不果来,暇须作函询之(实廿六日出)。北厍局漱泉来,又完大图、东义等户五圩,又倪姓一户,付洋十二元①,钱四百五十一文叫讫。知陈邑尊已卸事,实授夏公将至。

廿六日(11月2日)　晴,西风骤寒。上午本村胡姓砟稻偿租。下午苏州船回,厅上书房始略布置,书籍未整理也。北厍柜书始了吉账,明日拟至梨,遣人还灯。夜间略阅《姚尺牍》,喜事账子祥略已登备,余仍懒阅。

廿七日(11月3日)　晴朗。终日闲甚,下午洗研,昼眠酣适。芦局森甫来,又完北玲、东玲、丹玲、西力四户,付洋十元②,钱九百七十二文叫讫。夜以《姚尺牍》消遣。

廿八日(11月4日)　晴朗。昨夜西风陡起,终日狂吼,停船行走,极寒冷。闻外间有疫气,从此驱除殆尽矣。袖手闲坐,略以《姚尺牍》备览。账目懒不耐登,慕孙疟疾已愈。

廿九日(11月5日)　晴暖,风和。上午正欲将喜簿出款过目查检,适凌砺生来,任敏农伴读,以地不能容婉复之。传述浙榜俞荫甫之孙,年十八岁,已中亚元,文出乃祖手,并云浙墨胜于南墨,以胡石卿江南题文示慕孙,文品极高,恐赏音者少。中午便饭,小酌颇酣,下午至新房茶叙,念孙陪之,新孙妇整衣出见,极知礼。余亦上楼剧谈,晚始归。日上要由同至苏,盘桓芸舫处,是日始略整理书籍。

三十日(11月6日)　晴朗和暖,然薄裘难卸。上午登记内账,

①②　"元"字后原文有符号 ☛ 。卷十二,第305页。

惟喜事账、犒赏费用浮大难支,尚不能一一检查,俟出月吉全耳。暇以《曾文正年谱》消遣。

十 月

十月初一日(11月7日)　晴朗复和暖。饭后衣冠东厨司命神前、家祠内拈香叩谒,念孙夫妇月吉双见礼,顾而乐之。是日立冬令节,暇阅喜事簿,自春至前月三十止,共费洋六百馀元,足钱二百十馀千文,苏去买办千馀洋不在内。吁嗟阔兮,恐不能支,幸新孙妇通书算,性和俭,老夫妇亦复何憾焉!下午草札底,拟致姚凤翁、费芸翁,夜与蔡氏二妹话旧。黄昏时,费氏遣使来望,接芸九兄便札,双归之期择定十七日,彼处先日来接。蒋君处洋不受,要送礼物,即代办奉托,灯下作札,如所请复之,一时颇忙迫也。

初二日(11月8日)　阴,下午阵雨即止。费氏使坚留朝饭不肯,即付札辞去。上午至北厍赴胡石卿会酌,先茗叙仁和楼,与元音侄长谈。中午设两席,在石卿店中,得彩者绣甫侄孙,余与润芝侄孙并坐絮语,酒肴均佳,菜饭尤美,余饮酒如量而止。晚归,雨润,惜不畅。是日暖甚,两孙初在书房略坐定。

初三日(11月9日)　阴晴不定,暖甚,大雾。上午始将内账、吉甫喜簿账一一吉清。暇阅新墨,元作、二十名李作极为出色。下午张森甫来,以欠单签书托送县,因金吏故,无人值办也。旧五元两张,今荦和、友庆已付二元,余处亦面交付二元过去,不再照新例三股再派矣。夜阅《姚尺牍》,始闻书房之中三生读文声。

初四日(11月10日)　阴,微雨,北风。饭后磨墨匣,涤砚池,耳目一新。暇作两札,一致诸元简,一致姚凤生,涂鸦满幅,不能藏拙也。中午十月朝祀先,率两孙拜献如礼,闲与二妹话旧,兼饮散福酒。夜间读新墨,圆湛者多,莫以品格稍卑鄙之,要之此中均有甘苦也。

初五日(11月11日)　阴,北风寒冷,饭后忽降雪,飞花片片,初冬十月未曾睹及,大是瑞事也,从此时疫可以消除矣。至下午始息点,寒气益肃。上午缮过致凤翁书半页,愈形拙劣,忍而为之,不再阅,封好,交与念孙到苏面呈并谢步。暇则再阅江南墨,所取者都是时妆,恐不足以服下第者之心也。夜阅《姚尺牍》。

初六日(11月12日) 晴朗,可喜,气仍寒肃。上午至达卿书房絮语,以江南闱墨,道光年间胡石卿先生拟作示之。下午闲坐,夜读《殷谱经诗续稿》。慕孙疟疾复发,勖渠静养避风。

初七日(11月13日) 晴朗而冷。饭后闲坐,始定廿五日开限日期。上午徐瀚翁来,关照叶子谦拣选来秀桥修堤吉期,是月十一日破土,留便中饭,赐贺分不能却,竟受之,新愿上又支十元①,棉衣上亦付十元而去。暇仍读殷谱翁诗,不愧台阁体。晚接砺翁与两甥札,论江南闱墨庸熟,为近十数科之冠。

初八日(11月14日) 晴朗渐暖。饭后备舟送蔡氏二妹归梨,此来止宿余处,十分情重也。暇以《曾文正读书录》翻阅。念孙今日陪绣甫作文一篇,下午誊真,阅之,简净可喜。十七日渠夫妇要双归费氏,人舟不便,拟明日两账船先发限绦一次为要。

初九日(11月15日) 晴朗。饭后子祥来定限内石脚,每亩让五升,实则余处照去年相等,缘有喜米五升也。午后不适,括痧乃愈。苹甫六侄来自江城,知邑尊夏公十八公座,有二十县考之说。夜读先大人诗集。

初十日(11月16日) 阴,微雨竟日,暖甚。是日念孙夫妇弥月佳期,参灶、谒家祠双见礼,仪文周至。上午顾光川家、徐丽江家均遣女使来望,下午费八嫂亲母家遣家丁女使来做满月糕团六箱,物维其备,殊觉太费,不安。接芸九兄信,准期十七日来接,惟拜客之说须俟新正,姑听之,即命念孙作札答复。今日午后,有梨里陈瞿生、平望翁日霞来,出见之,惊悉寓邱宅汪涤斋坐化于车坊典中,灵舆另厝,灵位要暂进邱宅,瞿生即后房东也,事涉嫌疑,须与友夫人熟商,欲余一往

---

① "元"字后原文有符号 。卷十二,第307页。

说明，义不容辞。明日须到梨相机办事，能免口舌为安。夜间略步叙行李。

十一日（11月17日）　晴朗，西风。苏使厚犒之，早去，朝粥后余舟至梨。上午登邱氏敬承堂内厅，幼夫人出见，知于汪氏毫无芥蒂，借厅开吊，照契极肯通情并怜悯之，即约翁、陈二公来，谈定月底出屋，房金亦算至十月终，顶价上扣除，倘出月略有迁延数日，通情过去，颇能落落大方。诸事翁公转致妥洽，余即衣冠至汪寓吊奠涤斋，为之凄然。回至敬承大厅，与东西席陈泽民、钱一村同饭毕，晤邱毓之，大谈浙闽事，题壁诗朗诵，益征徐勇可贾。归舟顺风，到家傍晚，两账船明日暂停。

十二日（11月18日）　晴朗终日。内眷派送费氏满月糕团，于一村遍及，亲戚处分门别户备舟分赠，殊觉繁琐异常，须明日竣事，风俗浮靡，可喜可厌。暇以《姚尺牍》《曾文正书》消遣。

十三日（11月19日）　晴朗，略寒。终日心纷，不能静坐，略以《曾文正书札》消遣。是日专舟至颖村，以札问候诸元简先生，并送新房鞋袜茶果数种。晚间舟回，接元翁回片谢复，知体初愈，尚未出房门，周庄医期久不到矣，得信略慰。书房内秀甫课文，念孙陪之。

十四日（11月20日）　晴朗。饭后同苹甫六侄至芦川，以督押流民费每年四元面送汛地陈镜亭，在三官堂冬防所长谈始告辞。与赵翰卿、董梅村茶楼畅叙，复至面馆小酌，下午复同六侄候许嵩安，知前所议泗洲寺旁建造栖流公所，镇上虽不乐从，尚可强派，若东路村钱子骧，甚以为然。余家沈松波已代付洋八枚，今即还出，只好随众，惟以后找钱，须俟告成后再派，庶免物议，嵩老亦点头。至北玲陈氏所倒新单，嵩安代领，已付与否，彼亦不能记忆，留条托查而已。出来，复三人茶话，良久登舟，到家傍晚。夜阅两孙《春秋》课文，长念孙文圆润，次慕孙文奇警，为之色喜。

十五日（11月21日）　晴朗。是日为孙媳双归预做胜糕两箱，火候颇形速利。上午，有葫芦兜张元老之堂弟媳，小名三喜，号蓉海之妻顾氏来讨叹气钱,见之,人似半驯良,所望甚奢,下午始以三洋二百文落肩,姑念中寡,重情不苛待之。噫,远年田产尚受微累也,闷闷。终日登清内账,开销则有出而无进,可虑。晚间念孙归自莘,二母舅尚未回苏,谈及殷婿双回门,娇痴可笑。

十六日(11月22日)　晴暖。饭后作札致芸舫,命念孙面呈。午前费府遣使内眷暨杨仆来接念孙夫妇,芸老有札致子屏并洋件,下午即送去,接回禀,欣知近体尚健。晚间沈达卿来絮谈,是日暖甚,能两日内不发风为祷。

十七日(11月23日)　阴晴参半,似将发风。饭后念孙夫妇双回门,坐费氏来接之舟往,余处另备一舟遣使陪送,云至同里停泊,明日进城,幸终日西北风不甚大,行路尚觉舒齐。慕孙今日始进书房,闻县试定期十一月初一日,暇以《曾文正公书札》消遣。念孙约廿七日去载。

十八日(11月24日)　晴朗。朝上西风不狂,念曾夫妇谅可上午到苏。终日清闲,以《曾文正书牍》《殷谱经诗集》消遣。吴甥幼如抄书已毕,共酬四元,砺老乔梓二元,冬米二斗,趁船归梨。此子之穷,恐无出头,殊难援手。

十九日(11月25日)　晴朗。上午无事,以《曾文正尺牍》消遣。午刻苏州船已回,知昨日到时亦未过午,八嫂暨芸九兄款接甚优,传谕廿七日不必去载,然念孙亦无暇久留甥馆,届期仍当遣舟入城为是。碌碌终日,夜间录清旧所作《阴骘文》时艺一首。

二十日(11月26日)　晴朗。上午录昨日文毕,命慕孙誊清,阅之,虽多浮词獭祭,然此时断无此文兴,自叹江郎才竭矣。上午登清内账,今日大义、殿字、府字佃户始有来还飞限租者,每石一元九角五分,时市价已两元外矣。夜阅《殷老谱诗集》。

廿一日(11月27日)　晴朗,大风竞日。收租二户而已,明日得风息,当有起色也。终日闲甚,然虚度一日未赶一事,仅阅曾文正信札数首。昨接恕甫信,知砺生明日要来。晚接芸九兄十九日所发信,虎孙荷蒙过留,不许廿七日先归,然不能如此脱套径情,拟月底遣使一往,并望孙媳,然后再定同归佳期。

廿二日(11月28日) 晴暖。今日诸相好始至限厅收租,夜间吉账,共收乙佰零三石有零,内本色六石有零。午前砺生乔梓来谈,恕甫携汉碑多种,实问道于盲。砺生在苏下榻芸舫处,颇得宴饮之乐。姚凤翁抱孙弥月,宴客受贺。余处砺老寄来承惠喜蛋票百枚,只好权领。晚间回莘,廿七日赴江陪考,匆匆不及到馆矣。夜拟札复芸九兄。

廿三日(11月29日) 晴朗而暖。终日在限厅督收租米,各佃各路源源而来,尚不寂寞。夜酌账房诸公,二鼓吉账,共收三百七十石有零,本色不满十石,慕孙同余照看竟日。

廿四日(11月30日) 晴暖万分。朝上至限厅督收租米,各佃输租争先拥挤,人声喧闹,各相好手、口、笔终日不停,夜间吉账已五鼓,共收六百〇二石有零,本色四十馀石,折数洋乙千元有零。余家自开限以来,终日收数未见有如此之盈足者,可称踊跃矣。余与慕孙眠时天将明矣,精神虽疲,尚可支持。

廿五日(12月1日) 晚晴,微雨即止,仍暖。午前始起来,诸相好均云未眠,终日倦眼朦胧。是日起头限,竟日收存仓数十馀石,黄昏即登楼,黑甜乡酣适万分矣。

廿六日(12月2日) 阴暖,微雨。终日收租十馀石,午前恕甫来,借工人陈三官去陪考,重情允之。中饭后同绣甫、吴莱生回莘,云明日到江应初一日县试。下午作札致芸九兄,拟廿八去载念孙并望孙媳,预定归期,拟明夜伏载,遣使往。下午有江西人李姓,云其父仍任元和主簿,落魄告急,辞不见,酬以青蚨四百文,唤小舟载往莘塔。甚矣,穷途之末路,然其人决非安分者,此种人以不见为是。夜以殷谱经诗消遣。

廿七日(12月3日) 晴朗,又西北风,老晴矣。终日寂寂,租米未收一户,亦是希有。暇摹姚凤生字样半页,以《曾文正书札》消闲。

慕孙作文可称有志,惟作搭题似可不必。夜以费札并洋三元交念孙买物件,命老妪带呈,兼载寅伯夫妇。是夜又登清内账。

廿八日(12月4日) 阴暖,东风,微雨竟日。终日收租八九石,闲静之至。摹姚师欧字半页,暇阅殷谱经诗,晚接念孙与弟二十日便信,所买大呢物件已寄到。

廿九日(12月5日) 阴,西北风未透。终日收租三十馀石,殊觉从容无事。摹姚师《化度寺碑》一页,颇悟笔法。今夜西北风渐峭,进场诸公甚不受用,两孙太便宜矣。灯下慕孙阅载田有文稿,其中有一篇庄老文字,奇甚,然不可解者十之三。

十一月

十一月初一日(12月6日) 晴,风亦渐息。饭后衣冠东厨司命神前、家祠内拈香叩谒。终日收租不过十四五石,摹姚字样一页。下午苏州船回,接芸舫信,宠留念孙夫妇,十四日同归,十二日去载,虎孙亦有禀,述屈留之情难却,所买物件均收到。夜读《谱老诗集》,兼登内账。

初二日(12月7日) 晴朗而暖。终日收租七十馀石,本色不满十石。是日始由正太行籴晚色糙米乙佰廿四石乙斗四升,付洋二百四十七元,钱四百五十八文,合每石平斛二元〇六分,就时价则顶盘矣。夜读《谱翁诗集》。

初三日(12月8日) 晴暖,昨夜雨即止。终日在限厅督收租米,渐多零欠,夜间吉账,共收九十七石有零,米不满十石。接子屏来信,寄送嘉善孙葵卿朱卷一本,片称年世侄,其尊翁元匡补辛酉科,故有年谊,非谬然也。即答复屏侄,命催甲费九林持去,约十七日去载,来定膏方,未识如约否。灯下以谱老诗醒睡。

初四日(12月9日) 晴暖之至。终日在限厅收租,不甚纷忙,渐有鸡布蛋准租,颇费唇舌。夜间一黄昏吉账,共收乙佰三十一石有零,本色仅三十石外,甚觉从容,未识明日能多多益善否,不胜奢望。

夜闻细雨声。

初五日(12月10日)　阴雨终日,春花滋润,收租大碍。上午在限厅寂寂,下午始渐成市,然为雨所阻,远者不能来。黄昏时吉账,共收乙佰石左右,本色仅十五六石而已。成色不及往年,拟再宽头限五日以招徕之,未识尚能如愿否。

初六日(12月11日)　阴,微雨。终日收租十馀石,闲甚。摹凤生字样一页,阅《曾文正批牍》,当作格言看。下午接恕甫初三日夜间江城信,知尚未出案,大约昨日复试,寄示"本立而道生;孝弟也者"正场文,通体题界不紊,词旨腴润,可卜前列五名前,为之欣喜久之。夜读《谱老诗集》。

初七日(12月12日)　已晴朗,渐冷。终日收租四五石,今岁略减收成已如此散漫矣。暇阅《曾文正批牍》。慕孙作县试题,甚觉丝丝入扣。午前吴莱生因不复回馆,不用功之明效大验。恕甫四十外,秀甫八十内,亦殊不料,以后难论文已。案首盛泽姓顾,无名望,大约今夜进场二复,再听消息。夜登内账,殊叹有出无入。

初八日(12月13日)　晴朗。终日收租约三十馀石。梨里下乡虽来,而零欠渐多,又籴米乙馀石。子屏信来,约十七日无风去载,因有租务,不能止宿,即复之,或者作一宿之留。夜登内账,倦甚,早眠。

初九日(12月14日)　晴朗,仍暖。终日收租约卅四五石。下午接恕甫初七来信,知今昨日二复。初复出案,共八十人,案首郑慈谷,凌稚周第二,柳心城第九,恕甫三十六,秀甫已请回矣(三复十七名)。看此光景,恕甫仅望覆终而已。题"虽欲耕,得乎? 后稷"。慕孙今晚疟疾复发,何凑理不固若此? 必须调养。

初十日(12月15日)　晴暖。终日收租仅廿八石有零。放头限今日截止,总共收数不过七成半足账,年令之不如旧岁显然可见,恐以后愈难如望矣。徐瀚翁来,留之中饭,棉衣取到十件,新愿上又付十元,掩埋上预支十元,絮谈而去,约十二月中来吉账。夜阅《谱经诗集》第一册。

十乙日(12月16日) 晴朗,北风渐吼。终日收租六石有零,自开限至今日共收实米数乙千七百卅馀石,然较往年尚少半成账。午后子屏有札,遣人来取竹夫人所存贴款,吉净六千文,即作复,公凑五洋五百五十文,交王耀山妻寄致子屏,知竹二堂弟此月终有除几之用。今冬买糙米四百馀石,未识来年得利否?明日遣舟至苏,接念孙夫妇回家,以手札与念孙,今夜家人伏载,明日无风可早到。

十二日(12月17日) 晴朗,风息。初寒,水始冰。终日收租三户,存仓作飞者一,仅五石有零。暇阅《曾公批牍》。下午秀甫来自莘,知恕甫未回,大约复终惟十名难望耳。与之闲话,知考童习气日坏一日,以后必有一番大惩创。新任夏公含容极矣。夜读《谱经诗集》。

十三日(12月18日) 晴朗。中午西南出北风,狂甚,未识念孙登舟启行能安稳夜泊同川否?今日有海州沐阳游民百馀人来自东浜,其头目颇识字,强悍。唤圩甲来,谕以贴办芦墟,此地遵县谕不能给发,持之良久始退出俯从,幸免请汛地弹压,可知此辈江湖尚畏官法也。碌碌终日,仅以《曾文正批牍》消遣。

十四日(12月19日) 晴朗,颇暖。十点钟时念曾夫妇来自苏,知昨一点钟开船,夜泊同里,糕团满箱,殊过费也。日上芸九翁有喉痛疾,大约风痰所致,幸日上已轻减矣。接恕甫与慕孙信,知十二归家,十一日复终,渠名现列十七,正案未知。瀚老处芸舫一款六十洋即由张姬,余加片,托砺翁转交。是日碌碌,终日收租三十馀石。

十五日(12月20日) 晴暖万分,要防作冷。暇以念孙所携浙江闱墨翻阅数篇,大约胜于江南元作暨二名,传诵人口,余尤喜内监试时公拟作,超逸周密,此科大惬人望也。终日收租共四十馀石,夜登内账,甚叹开销浮费浩大,难以支持,"搏节"两字谈何容易!

十六日(12月21日) 晴暖如春,是日交冬至令节。念孙夫妇谒祠参灶后,堂上拜贺如礼。终日收租二十馀石。恕甫夫妇来,阅其复试全稿,一场胜一场,此番不考前列实抱屈,然府既试,吾决必得意,姑试验之。下午恕甫归,老翁约明日来。夜间祀先,厅祭四代,祠堂内祭已祧之祖,两孙襄祀,献灌拜叩尚能如礼。祭毕,与秀甫孙辈散福饮绍酒,颇能适意尽欢。

十七日(12月22日)　阴雨潮湿,暖若初春。上午砺生来舟载子屏,少顷亦来,竟日笑谈,并阅子屏近日所作古文序二篇,中午团叙小酌,饮绍酒,极酣而止。下午请子屏诊脉,两孙须服煎方后再定膏方,老夫妇定一膏一丸,余须先服煎方,其膏方均须带归细商专寄。谈至一鼓,砺老、子屏连榻书楼。

十八日(12月23日)　雨止,西北风渐紧。砺生饭后即送归,缘日上有俗事要出门。子屏继送回港,以棉帽猴兜赠之。孙葵卿赆仪托答,恕甫有札致两孙,抄示县试正案,县元凌稚周,郑式如第八,柳心城第七,陆嗣昌第十,恕甫第廿名,可笑阅者竟无眼力。暇则闲坐,看浙墨。夜登内账,殊嫌浮大。

十九日(12月24日)　阴暖,风仍不透。终日闲坐,读圈浙墨。三日内收租不满十石。夜以谱老诗消遣,又重读一遍已竟,毕竟老手,材气不凡。

二十日(12月25日)　阴雨,和暖如故。饭后舟至苏家港,赴凌苍洲会酌,至则苍洲、叔苹、镜秋昆从均见过,交会洋六十二元半后即至对河候陆实甫老友,相别一载,精神矍铄,惟面上略带风疾,谈兴娓娓不麻。忆及在余家文会时一辈交游,不及吾两人幸在,且失意者多,不禁悲感交集,约明春顾余书斋兼候砺生,珍重而别。回至梦义书屋,凌氏诸群从咸叙,得会者砺生,恕甫代收特来,云廿二日同秀甫、莱生赴苏府试。主人设盛肴两席,佐以越酒,菜多可口,饱啖如量,席散即归,到家已黄昏时矣。限内略有所收,约十馀洋。子屏膏、丸五方暨小榕会均寄到,所要代赊会钱已命子祥封好寄与来人。

廿乙日(12月26日)　晴朗。饭后舟至梨川,赴刘允之会酌,至则先晤蔡进之、定甫乔梓,时允之抱丧明之痛,相见难慰,然似尚能旷达无恙。少顷,与会者辘续来,叙者十八人,得彩者孙蓉记长爪郎,相识者邱寿生、梅斐卿。主人设盛肴三席,进之庖丁小五烹调得味,余与蒯少鹤、允老同坐,始识周咏之,诙谐有兴趣。饱饫酒肴,先散席,宾主捣战,兴未阑也。回至敬承内厅,寿伯母子留止宿,夜间与汝咏池、邱寿生、东西席陈泽民、钱一村同席,食粥而已,不能饮也。夜与内嫂话家常,代办冬米、代应保婴账均算讫。一鼓时就寝书楼,泽民(名景福)联榻,要索家刻,后当寄赠。终夜酣适。

廿二日(12月27日) 晴。朝上红日照窗始起,与泽民略谈乃祖雨亭先生逸事,知遗稿尚有清本什之一存于家,乃翁福堂游幕诸暨,馆谷尚可。徐帆鸥来候,知即日要赴苏,芸老喉疾犹未全愈。上午,毓老来谈,犹以经文得意相告,未免迂气逼人。邱寿生又来谈,汝益谦来述镇上同辈,以凌幹伯读《十三经》为无敌,渠兄弟考震在廿七、廿八间。黄子音极挑动,中午同席八人,邱小榕会钱已面交。下午归棹,到家未晚,接郑式如札,会酌在十二月二十日,恐无暇赴席。

廿三日(12月28日) 晴。终日闲甚,收蛋四百,抵租一户而已。下午北舍局王漱泉来,始完新漕银大胜、大富等九户,付洋三百十九元①,钱三百九十而去。价比去冬加二百,每石三千四百五十二文,尚非暴征可恶。今日书房两孙文期,草稿早完。夜登内账。

廿四日(12月29日) 晴朗,不寒。终日收租五六石,始循例开欠,能得户户进场,不胜祷祝。午前吴又如来,留之中饭,赠洋三元,云今冬不来,然穷困无恒业,终不了事,殊叹位置无地。灯下仍读谱老诗,夜登内账,阅两孙文,各得题窍,脉理清真可喜。

廿五日(12月30日) 晴暖。是日府试上县正场。终日收租九石有零。下午芦局张森甫来,完新漕尊、忠、荣、大、西阡、是字六户,付洋乙佰八十八元②,钱九百六十而去。夜间洗足,颇快。

廿六日(12月31日) 晴暖太甚,似有变风之象。终日闲甚,收

---

① "元"字后原文有符号𣵀。卷十二,第315页。
② "元"字后原文有符号𣵀。卷十二,第316页。

租五六石。今日始合膏方,余与虎孙各半料,广仁店伙孙云樵来,夜未一更已竣事,老荆、巳孙丸方命渠回店制办矣。暇以《曾公日记》省览。是日梨局陆少甫来,完南北斗、荒字、南富、殿字五户,付洋七十五元①,钱五百七十六文而去。其殿字一户欲抽,彼竟坚执不肯。

廿七日(1886年1月1日) 晴暖。是日开欠归吉者两户,闲甚,点浙墨,阅《曾文正日记》,蔼然仁者之言。夜读谱老诗。

廿八日(1月2日) 晴暖,无冷信。饭后北厍、梨川两局漱泉、少甫来,云奉县谕,修改章程,粮上每石加钱百文,洋水每元短十文,要倒找,软蛮不已,约认十之四。北舍送洋四元,梨局送洋一元,感情而去。账房诸君诮余太懦,要之此辈太阿在手,难与之顶争计论,然朝令暮改,邑尊之办事可知矣。终日闲甚,租米仅收二户。书房内两孙文期,阅浙墨,夜读谱老诗,四册已竟。

廿九日(1月3日) 晴暖如昨。开欠归吉二户,终日闲甚,圈点浙墨一遍毕。夜读韩诗并家大人诗集。

三十日(1月4日) 晴,朝上浓霜。闲暇无事,以《曾文正公日记》消遣。港上竹淇先从弟今日除几,下午命慕、念孙同六侄、久之侄孙至港一送,晚归。虎孙云,子屏伯要天竹一枝,渠先父子范考作一篇,拟附襖湖会刻,即检稿命孙辈录出同寄。夜读曾选韩诗。

十二月

十二月初一日(1月5日) 晴暖。是日交小寒节。饭后衣冠东厨司命神前、家祠内拈香叩谒。由北厍接芸舫致寅孙信,欣慰喉恙已愈,又于费处接镇江府学副斋汪和卿翁信,阔别十三载,怀旧情深,尚不忘山中老友,惟以得意人而誉失意之流,益增愧汗。来书误以北厍致和典,余所开者,以其甥之子典中旧伙张驾千郎托荐,殊不得力,然既有是札,必须便间面问仲僖侄孙可容纳与否?年内复之为要。开

---

① "元"字后原文有符号**[符]**。卷十二,第316页。

欠又草草落场一户。书房内两孙课诗三首,夜间誊真,暇阅《曾公日记》、韩诗。

初二日(1月6日)　晴暖。梨里下乡催甲来,略有所收,然零欠较去年又多。终日尚闲,始确知府试昨日江震二场,可称迟迟不体恤。精神疲倦不振,不解何故。夜读曾选韩诗。北舍局来还找洋四元,云奉新方伯命,米价照旧不许加,可称儿戏。

初三日(1月7日)　晴暖如春。今日始开账船追租,闲甚,几乎足音跫然。书房内两孙文期,余则东涂西抹。夜读曾选韩诗七古。

初四日(1月8日)　晴暖,无冬意。终日岑寂,开欠给字三户,约仍不来,未识能进场否。中午祀先,显祖妣周太孺人忌日也,率两孙灌献如礼。闲散无聊,夜读先大人诗集暨曾选韩诗。

初五日(1月9日)　晴暖,西风一吼即止。上午阅《曾公日记》。下午舟至北舍本宗,晤见东席邱湘楂,知仲僖三侄孙在家,延至守愚堂出见,示以汪和卿信,知典中小伙人满,无缺可容。余早料事不谐,有此一番面荐,可以报命和卿矣。叙话片时,扰茶点而出,走至洪源,与元音侄又略谈始登舟,回家未晚。北账船还,略有所收。夜读韩诗。

初六日(1月10日)　晴朗,朝雾。上午起稿作札,拟覆汪和卿,历叙别后光景,自觉言之增愧,然目前一升一沈,尚非定论,未识两家以后福命如何耳。给字开欠三户,催甲进来,从宽进场,以后幸免追比矣,欣慰之至。东账船还,略有所收。晚间徐仲芳来,欲叙名世葵邱,焕伯陪来,勉强允之。面定第一筹收,今冬交七十二元半,来年收齐名世五百元想可在前,不至变迁受累也。一茶回萃和,约十会订定,寄帖相邀而去。夜读曾选白乐天乐府全章。

初七日(1月11日)　晴朗,略有风。终日租无一户,上午缮覆汪和卿信函,共四页,差误二字,通休写得不适意。无论和老处境,吾辈无此荣福,即彼来札,字极娟秀可爱,愧余恶札万难与之争胜也,言之,羡极生妒矣。晚接恕甫莘塔回信,知江震昆新初一第三场正考,江题"贤于尧",震题"不识舜",次诗通场"焉得俭"至"知礼乎","江山犹得助诗豪"。今日覆试,案首王锡澍,柳心城第十,馀不尽知。顾文泉十五,凌叔苹廿八,恕甫九十二,秀甫九十四,吴兰生又不复。恕甫致信两孙,正场文极不得意,未识以后何如,甚奢望眼。

初八日(1 月 12 日)　晴,风息,略寒。终日闲无一事,以《曾公日记》消遣。书房内大孙文期,次孙停课。北账船归,略有所收,明日停摇。夜读《白乐天新乐府》。

初九日(1 月 13 日)　阴暖,下午微雨。终日阒寂,阅《曾文正日记》游孔林岱庙,实天下之大观也。东账船归,亦略有所收,明日停开。夜读韩诗、白乐府。

初十日(1 月 14 日)　晴,是日交腊,大风竟日,至夜间始息。昨夜微酿雪,竟不成。闲无所事,《曾公日记》阅毕,接阅《读书录》。虎孙耳涨作痛,停课诗。夜读韩诗。

十一日(1 月 15 日)　晴朗。始见新历书,明年岁朝春,百年难遇。终日闲静,又开欠一户,大约从宽可落场。命人至梨去打年货,还旧账,浮费可骇。念孙耳痛更甚,要防出毒。夜读白乐府、昌黎七古。闻莱生已到馆,惭愧少兴,然咎由不用功自取。

十二日(1 月 16 日)　阴,无雨,似要作冷。上午阅《曾公读书录》。下午请凌寿甫来,为念孙治耳疗,据云已出毒轻松,处方解毒驱风热而已。知初复二、三场,题江"以马",正"驱蛇",经"傲不可长",通场诗时令忘记,现未出案。又知江正荐卷极多,陆幹甫堂备可惜。夜读韩诗兼登内账。

十三日(1 月 17 日)　晴暖,非严冬之正。终日闲寂无事。上午在字朱品祥持陈翼亭札来,知圩岸极早修好,小木桥重做,前许助洋四元,即作片如数付交来人,此公尚于公事肯出头也。闲以《曾公读书录》消遣。昨日张森甫来,又完西力、钟玥、北玲二户、陈淮江等四户,付足钱五十三千八百五十三文而去。

十四日(1 月 18 日)　阴晴参半,暖甚。终日寂静,略阅《曾公读书记》，知其心得者多。下午接恕甫与潘少岩札，知十二出案，十三复试，恕甫三十六名，秀甫六十四名，叔苹十二，顾文泉廿二，案首徐国华，十八覆毕，大约恕甫辈可望覆终，未识能高超否。吴莱生来，正色训饬之而返，此子委靡已久，倘不回头发愤，不可救药矣。摺上要提本，亦是割肉补疮极下策，告以不能专主，须费芸舫信来再定。看来窘迫万分，可叹。夜读曾选苏诗。

十五日（1月19日） 晴暖如仲春，大非时令之正。暇阅《曾公读书录》首册《仪礼》《礼记》《史记》。北账晚归，略有所收，明日两账均停，内账夜间登清。

十六日（1月20日） 晴，上午大风，发而不透，至夜已息。王漱老来，又完北珝、北盈、禽字、大义、东轸、东兽六户，付钱八十九千百卅六文，今冬该完已无几矣。蒙代交梨局，粮银上忙串共两吉，前洋水上收还一元，尚是假仁假义可过去。暇阅《曾公读书录》，此老读书处处用心，详人所略。

十七日（1月21日） 晴而不朗。上午略阅《曾公杂记》，不愧一代伟人。徐瀚翁来，留之中饭，絮谈良久，一应账算讫。新愿上除去洋亏一千三百文不算，实透支十千，来年扣算。掩埋上又预支十五元，共廿五元，作来春掩埋预用，今共保婴惜字，共付洋廿九元，又来年元旦设醮，助香烛钱二元，统付洋三十一元而去。荒字催甲沈禹传，屡约不到，明日不能不差提。费八嫂亲母家遣使馈岁，年糕四箱，房中在外，殊厚费扰，犒赏左右，留夜饭始还登舟。汪和卿信，芸九兄处作札托寄镇江，交其门上朱姓手，谅可即到。碌碌终日，甚觉繁琐多事，夜则内账亦未登清。是夜芸舫家亦遣使内眷来馈侄女节仪，犒留之，二鼓后始回船。

十八日（1月22日） 阴。起来，喜见瑞雪盈庭，终日飞花不息点，积至二寸许始销，恰好大有来年可望。暇阅《曾公杂记》。夜登内账。

十九日（1月23日） 阴，仍下雪，下午渐有开霁意。命舟至梨，分送至亲新房年糕，亦殊栗碌。饭后至达卿书房絮谈，秀甫文均改就，以诸元翁致渠信相示，知病未就痊，尚在起身不便，手足拘挛，何命之不犹耶？今日又开欠，以催甲沈禹传管押公所，能得即日进来归吉为望。限内寂寂，可以收局矣。心纷，不能坐定。

　　二十日(1月24日)　阴，夜又雨。今日搬账房，租米新里圩收一户，未清。午后，吴少松夫人特来舟载莱生解馆，一为少松葬地，族人逼使迁葬，以风水吓之，商之费芸舫，以为万不可为渠所惑，利不利听之于天，岂昧良所能主持？余甚韪其言，劝少松嫂镇定，一为逋负累累，欲提存本乙佰千了之，余谓须芸舫致余一信，不得已姑且从权听之，然以后生计愈难为矣，匆之留便饭即回去。是夜命新房老妪伏载，明日至苏答八嫂亲母馈岁礼，来厚如絮，报薄如风，可愧可笑。

　　廿一日(1月25日)　阴，微雨。上午白米上仓共春就六百有零石，扣米工，今日算讫。徐仲芳又来，据云会股凌氏居四，只第十会无人肯认，欲余首末成全，若不应酬，几有不成之局，重情又允之。虎孙不以为然，恐始终不能如一，然不能逆料矣。廿三会酌，姑赴之，一茶即去。接恕甫与巳孙札，知昨日归家，复终名卅六，馀均不知。二复题"五谷者"两章，三复"无倦"至"先有司题"，"雨雪霏霏"诗。下午又有沐阳流民头子三人来，以贴办在芦有告示(要防游匪)为凭遣之，尚不横凶，唤圩甲未到，已远飏矣，不胜幸慰。夜登内账。

　　廿二日(1月26日)　晴暖。上午凌砺翁同琇甫来絮谈考事，知江正童又复打店滋事，管押保放尚轻办也。下午砺老至紫溪，晚回，夜间略办菜，饮以绍酒，颇酣适，一鼓后同秀甫宿书楼。苏州船归，此行速甚。

　　廿三日(1月27日)　晴，西风颇肃。朝饭后砺生即归，约来年初五日恕甫开馆，未识准否。砺生竹林馈我金腿、绍酒，谢领难却，愧甚。仲芳两会，凌桐轩经手代接，改廿五叙，砺老亦不往，余处百洋托桐轩转交并作札似较稳当，砺生设法，即如计从之。上午至萃和商议一事，芾俚媳手段颇辣。晚间衣冠率孙辈具酒果香烛，恭送司命尊神升天奏事,夜间阖家食粉团,与两孙絮谈家常,内账未登。

廿四日(1月28日)　小除夕。晴朗,北风终日寒峭。昨托(商二数)凌砺生买《曾文正家书》十二本,价六角半,偶翻阅,真传家宝训也。有顽佃沈禹传被差押追,仍不肯归吉,固由此佃之刁,而差人之不妥扇诱可见,即或从松进场,而佃风日玩,殊费踌躇。夜登内账,深虑门户不能支持。

廿五日(1月29日)　阴晴参半,西北风寒冷。暇以《曾文正家书》详阅。账船回,无所收,惟将沈禹传带来,草草完吉(二△欠春花还,五△有○,来年仍押种),书条与差释放,尚可差强人意。晚间杭竹翁来自友庆,絮谈片刻而还。知设帐禾中,馆运极佳,以绍酒一小坛赠之。夜读苏诗。是日上午吴莱生持芸舫信来,即将摺上一款提乙佰千,由介安侄转交来(洋九十一元①,钱八百十文),面付之,并知赖芸老之力。迫勒迁葬一节,已喝退族人,可免口舌,匆匆一茶即还同。

廿六日(1月30日)　晴朗,北风寒劲异常,大有冻胶气象。终日以《曾文正家书》消遣。王漱老来,又完北舍局玉字德昌户、东月、长荠三户,付钱三十一千八百五十二文,又东义一户不出串,给洋四元而去,冬间及春照旧完讫矣,来年只剩借款,恐难少减。夜吉限内账,过零用簿,因天寒,墨笔皆冻,不能书而止。

廿七日(1月31日)　晴朗,仍严寒,无点不成冰,尚觉西北风寒峭,故河水不冰也。上午用炉烘砚笔墨匣始誊清限账,过内用簿。本路钱少江持府正案来,元王锡澍,郑慈谷八,柳心城第十,三陆公均在十名内,顾文泉廿二,凌叔苹三十,凌恕甫三十二,秀甫五十四,吴莱生最后,馀不备登。新文宗有观风题,题目甚多,孙辈大约不及做。夜仍冰冻,停登账,略阅《曾公家书》。

廿捌日(2月1日)　晴朗,风始息,河水可不冰胶,然寒峭未减。

---

① "元"字后原文有符号**𡊨**。卷十二,第321页。

暇阅《曾公家书》，晚接恕甫与两孙札，徐仲芳会规收条已寄到，新学宪有《劝学编》，学中未见发来。是日账房总吉诸账，各相好支脩限规一升，算洋分给，约共须开销洋六十馀元，殊非容易支持。夜间酌账房诸公，余陪饮，颇酣，内账烦不及登，且俟明日。今日寅刻，久之侄孙得一男，深为介安侄庆抱孙之喜。

廿九日(2月2日)　晴朗，无风，霜重，严寒稍减，然港中已结层冰矣。至午前冰路始通，各相好始送回家度岁。二陈、丁老约正月廿四日去载，子祥约廿二来溪。终日闲甚，两孙代恕甫作新宗师观风童卷，一文一诗，可称舍田芸人，兴致极佳。暇阅《曾公日记》，夜查内账，吉清且俟明年。

三十日(2月3日)　晴朗，上午略有风，薄冰即解，寒气未甚。饭后命工人洒扫厅堂，整洁几案。午前率两孙具衣冠、香烛、牲醴敬神过年，下午谨张先人神像，年当老祭，开岁余轮办，五代图、先祖、妣神像位置瑞荆堂，先考妣赠君、沈、顾两太孺人神轴悬供养树堂。夜间张灯祀先，两孙襄事灌献，新孙妇饰妆随后行礼，得庆团叙，均赖祖宗福庇，不胜感祷。祭毕，家宴，阖家饮屠苏酒，老夫妇顾之万分欢喜，余与两孙均有醉态矣。是夜星斗光明，历年希见，但祝来年岁丰。寅孙、巳孙读书作文，功课有恒，此则老怀所十分期望。至于饮食起居，已叨非常之福，余亦安敢奢望焉！书此自警并为两孙勖，乙酉嘉平月大除夕，灯前莳老人薰手书于养树堂之西厢书室。

光绪十二年(丙戌,1886)

一 月

光绪十有二年,春王正月初一日(2月4日)　朝晴暮雨,兼下霰,颇寒。是日寅刻岁朝立春,余幸初逢。据时道人云,百年难遇,又兼东北风终日,可预卜五谷大熟,人寿年丰。朝上率两孙拜如来佛,东厨司命神前、两处家祠拈香敬叩。饭后两房侄子、侄孙辈均来,叙在瑞荆堂,团拜五代图、逊村公、周太孺人神像后,行贺岁礼,男女分班叩谒,余总答一揖,受之。退至养树,各拜先赠君、先妣两孺人遗像。茶话片时,余率侄、侄孙辈至友庆堂,六侄抢年,拜二先伯秀山公神像,又至萃和堂大先伯养斋公神像前行礼,乙大兄灵前亦作揖,均茶叙始回。稍息静坐,持诵楞严咒十遍毕,时已傍晚矣。密雨不止,今岁值本村抢刘王赛会,明日恐不能举行。夜间略坐,与两孙闲谈始眠。岁次今在丙戌。

初二日(2月5日)　阴雨竟日,朝上东南,后转西北风,至夜颇劲,雨即止。终日无客来,以《曾公家书》消遣。下午已孙同六侄、久之侄孙自大港贺节归,知子屏值年留饮。夜与两孙小酌谈心,酣适早眠。

初三日(2月6日)　阴,北风狂吼,又微下雪片刻,未卜老晴也。饭后钱子方来贺岁,茶话片时。终日为风所阻,无一客来。晚间接灶神毕,祀先,拟明日谨谨收藏先人神像。夜以《曾公家书》消闲。

初四日(2月7日)　晴朗,略寒,为今春第一日好天气。上午两孙收拾书房,拂拭先人神像珍藏。陈思杨幹甫来,一茶回七侄处留饮。大港子垂、稚梅、渊甫之子选岩侄孙来贺岁,余处留饮,絮谈久之,知子屏入春来仍怕风不出门,下午回去。陆时酣来自友庆,渠县府双十名可望必进。客去,闲散片时,夜登内账,若欲吉清去岁出入账,则懒惰不能动笔。

初五日(2月8日)　晴朗,朝起尚寒。循例在账房拈香,衣冠接五路财神。饭后命慕孙往莘塔拜母舅年禧,念孙以耳痛暂不去。村人出刘猛将赛会,余处派走会十四人,唤短工八人,每工包饭乙佰三十六文,甚栗碌也,但祈平安为福。迓大官、金星卿来,金星卿府试正案十二名,可以望进。闲以《曾公家书》消遣。晚间慕孙回,知砺二母舅在家,应接颇忙,恕甫、秀甫明日必来,三舅母病势不甚平稳。王学宪有《劝学编》,一洗近时作文陋习,极可为实学者导先路。

初六日(2月9日)　晴朗。上午邱寿伯内侄来,留之饮,下午回去。少顷,凌恕甫夫妇同来,夜饮快谈,适甚,留宿书楼,寅孙陪之,准期开馆。迟秀甫未至。

初七日(2月10日)　晴暖。饭后范桂馨来,昨日赵翰卿来,朝上殷达泉之郎号壬伯来,余处抢年,问其年十五,现读《诗经》,《尚书》未完,今岁延师赵敦甫教读,人似玲俐,中等,留饮朝饭即返,云要至梨。上午凌秀甫到馆,酌之。凌幼赓率其夫人沈氏来莘和过门,余辞不见。费兰甫侄孙婿亦来过,匆匆即回,未款茶,歉甚。是日本村赛会三日圆满,大好不滋事,余家多花费浮报,已幸甚矣。夜与恕甫辈情话,拟明日坐定。

初八日(2月11日)　晴暖。饭后子祥来,名为贺岁,实诉家事,不情之至,余呵止之,略醒。甚矣,书之不可不读也。晚间袁子蕃来,其继夫人仲氏莘和过门,据子蕃云,新年晤芸九叔,王学宪廿四出棚,廿六取齐之说颇确。书房内今已坐定。

初九日(2月12日)　晴暖。上午徐丽江率其孙女来自莘和,据云朱正叔苏来之信,学宪廿六取齐之说尚有更张,史久照、朱竹坪均补廪。少顷,蔡子瑗、徐秋谷、周式如均来,茶叙良久,各回莘和友庆。

下午答式如，又絮语。夜间焕伯招恕甫、秀甫饮，命巳孙陪往。《曾文正家书》略阅遍，暇当动笔覆阅。

初十日(2月13日)　晴而不朗。饭后媳妇率孙女至莘贺节，并望雨三太太近疾，得轻减为祷，约不止宿，晚归。东西邻来算本角抢会贴费，约贴一半，十五千有零，余家三股派，养树出洋四元①，钱九百有零交讫，浮报不实不论，但祈平安是福。午前吴幼如来，年菜留饮，下午即去，前所作愚妄欺己事已呵叱之，未识能悔改否？所托抄书，且俟后图济其急，然此子恐无救贫之术也。下午静坐，闻书房四生读文声，此大是第一祥瑞事，不胜欣喜。晚上媳妇回，得悉雨三夫人病证尚未收帆。叶子谦来自莘和，为乙大先兄迁葬择地明日去看，亦未定见。夜至莘和，略陪饮絮语。

十一日(2月14日)　晴，东北风略峭。上午徐繁友来，与寅孙表弟兄而作连襟，故有此周旋礼文。中午年菜酌之，下午回梨。内人陪大女孙至港上，求子屏调理处方。恕甫兄弟今日试笔作文，两孙陪课，十点钟动笔，中间陪客宴饮，未至点灯一文已誊真。夜作一诗，余劝之不作二题，后知作就脱稿。

十二日(2月15日)　晴阴参半。饭后兰亭侄来诉子祥横逆非礼，颇难解释，匆匆即去。命巳孙至梨邱氏贺岁，拟宿舟中，明日至平望殷氏抢年拜贺，回来，至徐丽江家中，饭后即返棹。介安内弟徐梦花来，茶叙即回。下午费敏农来自梨，始知学宪改期二月初八取齐，大约已确。夜间年菜酌之，恕甫兄弟、念孙与余陪饮。敏农去年又堂备，可惜。谈及租务，精明之极。夜宿书楼，与恕甫辈联榻，闻谈兴极浓。是夜微雪，颇寒。

十三日(2月16日)　晴朗，西风略峭。敏农朝起与谈，余同朝饭毕，即告辞回同里。明日到苏，约念孙夫妇十七日来苏。费氏亲族拜客，此行拟了吉，缘考期尚不局促也。午后兰亭又来，可恶。子祥

---

① "元"字后原文有符号圹。卷十二，第324页。

父子又以风水有碍为辞,打毁胞叔楼窗新屋,殊出情理外。兰亭愤甚,余亦骇听,劝之先归。余舟去载子祥,又不来,思之,实无下台法。甚矣,家长之难为也,为之唤奈何而已!晚间巳孙回家,此行赶紧,可喜。

十四日(2 月 17 日) 晴,北风寒冷异常。上午凌砺生特来拜贺,书房课作均已看就,陶毓仙家有一蒙馆,属余作札荐吴又如,未识能彼此如愿否。若砺翁,则热心万分。吴江夏邑尊妻开奠,余家慰分两洋即托寄。顾绶生号组卿表侄来,渠有小海家忠州之行,欲依幕下,告帮洋十元,如数书票与之。中午同席,砺翁酒兴颇佳,下午回去。子祥来,一味蛮话,无可调停,恐干戈门内未已也。薇人侄来拜年,云廿三到馆,今岁砚田颇熟。孙媳妇今至梨川顾光川家,晚归。

十五日(2 月 18 日) 元宵佳节。阴晴参半,严寒仍如昨日。中午无客来,小酌解冷。午后作札致叶子谦,拟来年三月望后为慕孙成婚,托预选吉期,合家庚吉抄附,二十左右念孙至同拜客即可寄也。夜间月色不甚清朗,观村人烧田财,火光颇红,可卜今岁大有。一更后,月色极佳。

十六日(2 月 19 日) 阴寒,终日飞雪如掌下,积地约二三寸外,至下午始略止,黄昏时恰好停飘。书房恕甫兄弟课文,二孙陪做,天寒手僵,至点灯始脱稿。念孙夫妇明日至苏费氏贺岁,更馀伏载,寅伯兼随舟拜客,此行约须六七日,始先回。

十七日(2 月 20 日) 阴,朝上复大雪,下午始止。夜间复雪,苏州之船以胆怯不开,清晨复登岸,可怪可笑也。暇以《曾文正公训子家书》消遣。晚间焕伯侄孙持叶子谦选日单来,知乙大先兄择于二月廿六日安葬西房圩大先伯父墓旁,未时登基。徐氏大嫂大义迁葬,十四日动工,廿三开金井,诸事局促,然总以入土为安,惟照应少人,恐未必认真工料。焕伯办事,难望其周到,余惟谆谆告诫而已。

十八日(2 月 21 日) 阴,雪花今始止点,下午略开晴。朝上寅伯夫妇始开船至苏,饭后命巳孙往苏家港贺年,恕甫、秀甫同去。暇读先大人诗集，并以家书曾文正公示大公子劼刚者消遣。苏家港回已点灯。

十九日(2月22日) 晴朗可喜，西风颇劲。饭后大义公亲陈二南族倅婿遣舟来载，调停口角毁门一事，至则云青倅回避，子祥、又亭、兰亭出见，余与二南唤匠人修好门窗，伏礼免议，公账修石驳岸，择日照旧举行，兰亭承办，两面草草解和，以后不得再有后言，此所谓"天下本无事，庸人自扰之"是也。兰亭留饮，下午送余归。子屏遣顾妪持札来，竹淇弟妇欲支公账帮款三十千，两房子弟都不在家，余权代应，先共付钱二十千文，合洋十八元①，钱二百，交顾妪手，连札转复子屏，存钱十六千，或分给或并取再商，恐亦不能久稽时日也，为之闷闷。书房内又课一文，午后动笔，可称用功。夜阅苏诗。

二十日(2月23日) 阴，渐暖。上午六倅来谈，述及金泽广队在芦镇掳人勒赎，虽由自取，颇恶猖獗。下午志均倅孙来，禀知廿二从权吉期，以余出名取片而去，属以不露色相为要。暇阅《曾公家训》二册。

廿一日(2月24日) 晴朗。朝起，饭后舟至梨吊奠邱吉卿除几治丧，至则晤黄仲玉、黄元芝、汝小山、张柳三诸君，又晤朱荫乔，知院试取齐二月初五日，已见明文矣。饭于敬承堂，邱毓老来陪。饭毕，至渠医室拜年，略叙，即同寿伯至内厅内嫂处贺岁，絮语良久，毓老来答，许借《戴名世全稿》。复至德芬，衣吉服送座而返。到家傍晚，知凌砺翁来过，为当捐事有人起心，已到江具禀矣，约廿八到馆。苏州船还，念孙有禀，知今日由同随敏农唤舟至梨拜客，约廿三四日由梨归家，不必放舟去载。

廿二日(2月25日) 晴暖，渐有春意。饭后命二孙至芦镇道陈仲威郎秋槎续娶喜，回来已下午。今日先大人赠公忌辰，中午致祭，屈指见背三十七年矣，显扬无望，但愿天假之年，俾不孝躬亲叩献之

---

① "元"字后原文有符号 ➤。卷十二，第326页。

礼,得多历年所,使两孙读书略有成就,不胜奢望祈求之至。先兄起亭亦是今日忌日,念孙在苏,余权代灌献。子祥到寓,前事彼此不提。是夜有疫火,其色颇红,村人鸣锣驱之。

廿三日(2月26日) 阴,大雪,下午始止,严寒殊畏。终日闲甚,阅《曾公家训》将毕,然心纷甚。下午同恕甫、秀甫至沈达卿馆中拜年,秀甫并拜,从达卿为师。闻诸元翁仍未就痊,深为之忧无好境。夜登内账,懒惰,去年用账尚未吉算。

廿四日(2月27日) 上午、清晨大雪二寸许,下午开霁已全消。吴又如来,知自寻蒙馆无着,前所荐者亦无音信,为之辄唤奈何!姑给两元,留饭而去。本路钱少江通知二月初五取齐,考生考童先后未见明文。接李老师札,张罗多做观风卷,报名注《尔雅》《说文》《水经》三书,江正恐无其人,只好不答。发王学台观风告示一张,《劝学琐言》一册,详读之,益吾先生穷经研史、古文诗学,为当今一大家,苏省恐无其匹,我辈真愧煞白腹矣,钦佩无任!晚间子屏信来,近体仍未康健。庆如侄媳欲支旧例六元,如数给之,特太穿早,益露窘象,作片复之去。丁达泉到寓,老陈父子不来,约廿九日去载,念孙亦未归,殊切悬望。接砺生信,廿八到馆,恕甫二孙课作各两篇改得极好。

廿五日(2月28日) 阴晴参半,下午东风尖冷,微雨。子屏信来,又给裁衣七佾公账洋四元,问来人云,日上渠失血,可虑,能得无事为福。府学传单已自信局寄来。念孙上午来自梨,下榻丽江家,顾、朱暨本家安槎均以新客酌请。晚间黄掌卿自萃和来拜年,余处迟凌苍洲不至。

廿六日(3月1日) 阴雨,颇暖。上午徐瀚翁来,新愿旧宅保婴上先付洋卅元,留书房内中饭而去。少顷,朱谨甫之郎荫乔具柬代礼特来答拜念孙,用新客红单相见,辞之,坐茶,请留便酌,固辞始允。三人同席,年菜款敬,然乡间总嫌慢客。畅谈考政,饭毕即辞去,送之登舟,礼及答柬均不受,寅孙云云,余实外行也,可愧。今日书房内吴兰生、恕甫昆弟课两文一诗,黄昏后始交卷,计时场中尚不局促也。

廿七日(3月2日)　阴雨，潮暖。上午闲坐，王仲诒之郎礼石、韶九之郎幹生自莘和来，一茶即去。凌苍洲亦来，中午以年菜酌之，连书房四生六人同席，饮越酒，知己谈心，颇为适意，下午苍洲还去，从此贺岁之客遍至矣。暇阅王学台《劝学琐言》，真当代大儒也。夜读苏诗。

廿八日(3月3日)　阴，微雨竟日。饭后开新笔，作数字，极得手。午前砚生到馆，中午在养树堂中四生团叙酌敬，余陪砚生饮越酒，极畅适。读恕甫改本，真有点铁成金手段。暇读苏诗。

廿九日(3月4日)　晴朗，可卜雨止。上午阅《曾公家书》，徐蔡友来会砚母舅，为光川翁事，不果即去。下午沈达卿来答并候砚生，长谈而去。厚安父子到寓，夜间酌以年菜，余陪饮，账房诸公始齐。读砚生改恕甫文，有声有色，实不愧斫手。书房内课一文一诗，念孙午后誊真交卷，敏则敏矣，其心如疲庸，无一动目何？

三十日(3月5日)　春甲子兼交惊蛰节，起长晴，据老农云，主岁大熟。上午黄又堂来，其叔昆祖接渠缺，脩廿八两，限规半股，暗藏三枚仍酬又堂，以后则无，去留二月为度。下午大孙女至子屏伯处就诊，知子屏近体仍未全愈。子垂三侄岁试同伴，俟初三日关照再定。晚间洗足，快甚。

二　月

二月初一日(3月6日)　晴朗可喜。饭后衣冠东厨司命神前、家祠内拈香叩谒。读砚生改恕甫文，有色有声有包孕，真当行文字。大孙女今日送回到莘，下午志均侄孙家送新房礼物，权受之。夜与砚老小酌，颇酣。

初二日(3月7日)　阴，下午微雨即止。上午阅姚春木先生《和陶诗》。午后舟至芦川赵瀚卿店前泊舟，与渠母赵姨表姊话旧，知道光九年元旦立春，当查万年历。即烦瀚卿招陆韵涵至茶寮，以王学宪观风告示贴切问书院，明日开课，请夏邑尊命题，题纸顷已到，山长题可不宣扬。郁小轩夫人年赒千二百,哑孝子母一千,钱存赵信茂店内,关照韵涵、许嵩安二公即日由店转给。复与董梅村茶叙良久,约到苏再叙。傍晚开船,到家点灯,恕甫辈明晨要赴书院文会。

初三日(3月8日) 春甲子,晴朗。朝粥后恕甫、秀甫、吴生、兰生、慕孙赴切问,邑尊开课。上午余与念孙衣冠在瑞荆堂设香案,恭叩文帝圣诞。书房斋素,念孙试笔,课一文一经,上午做起,至傍晚两文誊真,夜补一诗,暇与砺生翁谈天。黄昏前四生文会归,题西斋"必察焉"至"必察焉",叙者十五人,东斋"浸润之谮"全章,诗"春雨如膏",得"春"字,东西同。

初四日(3月9日) 阴,微雨终日。部叙苏去行李伙食,颇觉繁琐。子垂寄口信来,同寓而不同行,姑听之。晚间与砺翁小酌谈心,渠家乔梓竹林初八日往苏同伴,黄昏后余率念孙伏载,宿舟中。

初五日(3月10日) 晴。朝行,东北风,至四点钟已进省,看定租寓定慧寺巷口书画店内吴宅地板房两间,坐起一间,厨房均独用,言定连床十一榻,决定共洋十三元,即起行李,安顿一切。闻学宪已到马头,明日进院。吴望翁特来候,絮语良久始回,知芸九兄近日略有小恙,明天须走候之。夜与念孙连榻,颇安。

初六日(3月11日) 晴,东北风略尖。晚起,看王学宪进院,年约五旬。上午率念孙便服走候费芸翁,甚喜小恙已愈,长谈,晤见望翁、任又翁,出来回寓,见学宪行香放告已毕,初七、初八生童经古,初九府长四学,初十江正等六学生正场,提复仍举行,惟于正场之第二天清晨牌示,是欲精于识拔者。候答吴望翁不值,三点钟时两倕、吴莱生、钱青士已自家中来,费敏农亦来寓,略坐回去。晚间陈翼亭、陶仲苹、爽轩来谈,仲苹新自清帅处回来,已得保举矣。

初七日(3月12日) 阴雨竟日。晚起,知生古学已点名封门(先母沈太孺人忌日,不肖不能在家致祭,思之悲痛),走至望翁寓絮谈,其两倕犹课赋一篇,可称顶真。惜字捐两番面交,回寓中饭。终日泥滑滑,在寓听雨而已。四点钟,头、二排已放,晤见倪康伯出场,知赋题"金布令甲",以"金布未探实者,令甲①之书也"为韵,诗"细观初以指画肚"八韵,拟谢康乐吴中精舍诗不作听,学宪似甚和平。夜与同寓诸人小酌,傍晚恰好子垂亦至。

初八日(3月13日) 雨止,阴晴参半。朝上望翁来,关照观风案已发,生超七名,一等十二名,江取一等三人,新进上取三名,次取十名,恕甫次取第二,原卷留堂,批"文赋俱可,入泮先机",为之喜慰。晤老友刘雪园,不见七年矣,茶叙良久始回,渠此间有老寓也。下午童经古放排,"郑子游革履赋",以"听郑尚书履声"(郑子游)为韵,诗"风送马蹄轻"。生经古已出案,江取金曾烜、金祖泽二人。午前命念曾收拾考具,一切均备。招沈益卿下榻吾寓,因子垂为府学书先报游学,只好十一补考,今夜暂不入场。晚间凌砺翁率子侄到寓,叔苹另伴,十榻舒徐。是夜余守夜,子刻头炮,又两三刻二炮,唤益卿、念曾起来吃进场饭,未听三炮即进辕门,属子垂陪往。回寓,余始就寝。

初九日(3月14日) 阴晴不定。晚起,知封门已黎明。上午与刘雪园、叶彤君茗叙沁园,回来,张仲猷来谈,知郑式如已到,少顷,姚凤生特自桃花坞来候,长谈,大奖借恕甫文。二点钟时,头排已放,府学题《诗》曰:'既明且哲'"三句,经《内则》稺穉"二字,场中多不解,学宪牌示讲明,可称圆通和平。寅孙二排出来,场作工拙不计,公事已毕,暂可逍遥,以后须竭力晋进,科考再圆图望生色。是夜费敏农来借宿,同入场,余与寅孙同眠休息,更点照旧,二炮后属子垂送钱、费两侄四人进场,封门略早。

初十日(3月15日) 晴。晚起,上午郑式如来(后知进三名),午后放头牌,题江"必熟而荐之",正"吾以子为异之问",常昭、昆新不记全,经通场"鹑羹鸡羹",诗"筑室种树",得"居"字。丁子琴已出场,来寓絮谈,费芸翁、吴望翁、袁韵花、朱竹秤继至。二、三排已放,鸿

---

① "令甲"之后原文有"未为成书"四字,前后有墨笔勾选,当为删除之文。卷十二,第330页。

轩、敏农先后出来，客都散去，芸翁步回，敏农、念孙随之，念孙已襆被至外家矣。四牌后六侄苹甫、钱青士均出场。是夜不出门，翼亭、陆补珊来谈，客去，早眠。

十乙日(3月16日)　阴，大雾，幸无雨。上午同砺生走至芸舫处，即赴渠招，至则畅谈，中午蒙以盛肴相酌，九人同席，与渠内亲陆临生并坐，知渠自镇江来，余前答汪和卿之信竟至浮沉。泥滑滑，不敢多饮，如分而止，席散小坐即回寓。恕甫兄弟兰生考具多收拾，余文伯在费氏乏同伴，夜间借榻同进场。黄昏时，出等第上县案，府学第六仅知朱竹坪。是夜余与砺生和衣守更，听二炮，考客吃饱，侄辈送进场，仅江正两邑，不满四百人，封门未天明。

十二日(3月17日)　花朝。晴，暴暖。晚起在寓，午后雷电昏黑，大雨，幸片时即止。三牌恕甫、兰生均出场，恕甫以观风坐堂号，学宪之和平，历任未有。题江"虽百世"，震"揖巫马期"，次诗通场"疏逾戚"，"下笔如有神"。下六学案发，江第一金曾烜(诗古)，二钱谦吉(观风)，三金祖泽(诗古)，四褚渊如，榜尾董梅村。渊如归家，砺生唤学书专舟去载，后知以病不来，惜哉！张子濂第六，可升矣。夜念场作，均可望提。兰生诗误作张旭，为之筹躇。

十三日(3月18日)　晴热，潮湿异常。上午余与砺生、恕甫、寅孙舟至桃花河街候凤生先生，蒙留饭絮谈，凤生颇赏恕甫文，为之稍慰。回寓，家中船已到。府学二等、三等发，念孙作望洋之观，亦不作介意。童经古江取沈文炯，正取吴燕绍、费祖德。

十四日(3月19日)　晴，薄寒。朝上发提案，恕甫、兰生均提及，江三十二名，正廿二名，即入场听点，不及一个半时辰均出来，题"与命与仁，达巷一钓"，"不谋其政"，"师挚之始"一渡，诗作七律两句，以"海面风狂，江头雨骤"为景，能暗合古人诗句为妙，题则悬示二门口，是苏诗"天外黑风吹水立，浙东飞雨过江来"，颇为创格新鲜。余与砺生赴任畹香招饮，至则芸舫、望云已在，王仙根后至，即坐席，酒馔均佳，畅饮始散。回来，招覆案已贴，兰生幸进第六，恕甫见屈，硙生郁怒难平,劝解稍释,然同寓均十分败兴矣。

十五日(3月20日) 晴。常昭童正场,后知题是"子谓之,未见颜色","孟子将朝王,王使人来",诗"云水光中洗眼来"。下午同伴皆发行李,望云、芸舫、畹香又俱来谈。兰生明日覆试,望翁招之同寓,余稍资考费,以安其心,自少松表弟殁后,教读重担今幸释责,不禁破悲一笑。夜间仍宿寓中。

十六日(3月21日) 晴。早上登舟,一帆顺行,到家未刻。硙老率侄秀甫另舟回莘,恕甫不归家,余留子垂陪恕甫夜宿书楼。早眠,酣适万分。是日复江正新进。

十七日(3月22日) 阴。晚起,家务暂置不理,位置琴书。下午送子垂归港。是日提复常昭,焕伯侄孙来,知十四大义迁葬,徐氏大嫂之藏器完好无恙,现已安置西房圩新阡矣。

十八日(3月23日) 风雨大作,昨夜尤甚。今日昆新童正场。晚间雨止,恕甫已发愤理四书,足征立志,能得有恒,科试必进。慕孙看《说文》,命之录读曾选江式《文字源流序》。是夜在书房与孙婿、慕孙饮酒谈心,略查内账。

十九日(3月24日) 阴寒,无雨。是日复常昭。上午重作札答覆汪和卿,廿三日去载念孙当即寄去。下午秀甫到溪,知硙生欲将息数日,过节后到馆。夜登内账,又倦甚,不能动笔。

二十日(3月25日) 晴朗。是日提复新昆,终日遑遑未赶一事。上午吴甥幼如来,蒙馆难觅,米珠薪桂,度日维艰,以辛垞所抄《张鲈江评选震川文》一本,属重缮精本,恕甫亦属录一分,送洋贰元,米二斗,留中饭而去。略阅曾文选奏议。

廿一日(3月26日) 晴朗,渐暖。是日长元吴童正场。上午属陈丽卿分拆考火食账,甚愧拙于会计,不能不假手于人。下午老薇来絮谈,渠女死于非命,深恨非适非人,然无可如何,忍而置之为达。终日碌碌,不能坐定。

廿二日(3月27日) 晴朗。是日复昆新三场。暇将江式《文字

源流表》朗诵数遍始顺口。下午以洋十九元并汪札并寄寅孙,明日赴
苏去载。

　　廿三日(**3 月 28 日**)　　晴朗和畅。是日提覆长元吴第四场文童,
明日即招覆,以后考武场,初一日起马,不再记矣。饭后至萃和,乙大
先兄今日迁葬西房圩,破土开金井,天缘颇好。午前徐瀚翁来,新愿
上又支掩埋二十元,要日上趁晴赶办,略谈即去,暇读江式《文字源
流》。夜登内账,倦甚,早眠。

　　廿四日(**3 月 29 日**)　　晴朗无匹。上午写字一页,温熟江式文五
遍。午前大孙女来自萃,情话解寂。下午闲散,略阅曾文选。

　　廿五日(**3 月 30 日**)　　晴热。上午闲坐,温《文字源流》。中午先
曾祖母黄太宜人忌日致祭,下午至萃和,明日葬事诸仪一应部叙。蔡
氏女妹、二姑太太暨两侄女、孙婿凌、袁、费诸家均来祭享,余夜饭陪
之,馆菜二席。回来,念孙已自苏归,《古逸丛书》廿六种托芸九兄已
办就,竹纸十三千,付洋十二元①,回钱百四十文,已大佳矣。长元吴
童题出全章,可骇! 吉甫八兄廿四日作冥寿,念孙具礼资福,尚能尽
半子之忱。

　　廿六日(**3 月 31 日**)　　阴,热甚。昨夜又有疫火,朝上至萃和排
场一切。饭后大船三号,僧道、乐部、执事、工役均至,余率孙辈素服
登舟,先至下浜享堂提乙大先兄之柩至西房圩,巳初安葬登基,在坟
头候一时辰许,细雨泥滑,送葬者至亲俱至,衣服尽湿,草草行礼。余
陪叶子谦准向,立乙辛向兼卯酉三分。焕伯侄孙督工不归,尚能尽
职。葬礼毕后,回至家请客,正菜厅上四席,余陪子谦、徐丽江老甥
饮,席散客均还,子谦处菲仪面致。夜饭两席,账房发开销,一一了
吉,坟工在外,已需钱二百两外矣。晚接元翁札,详述一是,有春暖顾
余之约,甚慰。近体渐愈,归寝一鼓。

　　廿七日(**4 月 1 日**)　　阴雨潮湿,午后略有晴意。翻阅黎纯斋所

---

　　①　"元"字后原文有符号 。卷十二,第 334 页。

刊东洋本《古逸丛书》目录。下午命念孙至赵田,补吊袁述甫郎屺生新清明,闻有子十龄,可应门户,然孤苦堪怜。是日未刻,招蔡氏二妹来话旧,至晚始回萃和。

廿八日(4月2日)　晴,渐燥。饭后命念孙至黎徐氏,致祭凌氏姨母清节,午刻在书房内中饭,饮绍酒,颇酣适。下午温《文字源流》。夜登内账。

廿九日(4月3日)　阴晴不定,潮湿异常,幸上午无雨。饭后余老祭抢年备舟,率孙、侄、侄孙辈九人先至西房曾祖墓前祭扫,祭毕,右旁看乙大先兄坟,工颇坚致,然完工须再半月。回至南玲先祖妣、先赠君、考妣墓前祭扫,先二伯父坟前六侄同行祭奠,子孙抢班献酒焚帛,尚称彬彬有礼,然音容色笑违隔远矣,不过略尽虚文耳,思之凄然。舟回,元音老侄来,代老三房佩玉、璟玉两侄媳赵氏、金氏领祭扫费,如数付之。下午阵雨大雷电,幸奎儿墓在北玲,近甚,念孙以耳痛不往,嗣子慕曾已往祭毕矣。夜招两房叙养树堂饮散福酒,共两席,孙辈、侄辈、侄孙辈共十人,连恕甫、绣甫十二人,团叙欢饮,至起更始散。

三　月

三月初一日(4月4日)　阴晴参半,西风,渐收潮湿气。上午秀甫家来载,回去,接砺母舅与孙辈札,寄示褚渊如一等文,读之,悚然可佩,王学台评云"文笔高洁,扫尽尘容俗状",两言尽之矣。饭后衣冠东厨司命神前、家祠内拈香。下午阅《曾公家书》。夜登内账。

初二日(4月5日)　晴而不朗,幸无风。饭后余处备舟,率慕孙、六、五两侄、久之、毛官两侄孙至北舍祭扫,时因开河,绕道行里许始至始迁祖墓前祭奠,诸房子、侄、孙、曾辈咸集。次至六世祖长浜底,次至七丗祖东木桥头祭扫,元音侄所小岸椿已修筑完固。复舟行角字高祖绚圃公坟前祭奠,到者六十馀丁。回至北厍西偏葵卿侄所住宅内饮散福酒,共十一席,润芝侄孙陪饮,此番元葵两侄帮办祭事,菜颇丰盛,尽欢散席。复与侄辈茗叙仁和楼,诸先生信寄子屏,已面交子垂矣。回家傍晚,腰脚幸不疲,夜亦酣睡。

初三日(4月6日)　上午晴朗,下午微雨。饭后命慕孙至东轸圩祭扫乃父坟前,午刻清明节祀先,厅上祭高祖父四代,祠堂内合祭已祧之祖,余偕念孙襄事,尚克如礼。下午闲坐。夜阅《曾公家书》。

初四日(4月7日)　阴雨,寒冷竟日。昨夜伤精,晚起,略疲,以后宜慎,平之为要。上午温《文字源流》,尚未半熟,可知老年毫无记性、悟性矣。暇阅《曾公家书》。夜早眠,懒惰可愧。

初五日(4月8日)　阴晴不定。上午阅点《曾公家书》,温《文字源流》三遍。下午秀甫来溪,知砺翁初七日到馆,《说文》《文选》数种已先来矣。夜与慕孙吉算去年出入账。书房今日字课,写得颇认真。

初六日(4月9日)　上午大雨,寒冷,下午开晴。暇阅曾公家信,温《文字源流》,半熟。夜则吉清去年外、内账,一出一入之外,喜事用款无项可抵,须亏二千串,殊嫌门户难支,不知何日可望稍裕。

初七日(4月10日)　清晨雷雨大风,饭后稍息。命念孙至陈思,吊奠杨梦花夫人领帖并送葬,午后又起狂风,要防止宿守风不能回。上午凌砺翁到馆,《说文》《文选》又购买数种,书房三生并绣甫能有人从事于此,尚不负学宪谆谆劝学之意。下午招蔡氏二妹来话旧,晚回萃和,念孙亦回,知七侄未去,砺生已定功课单,未识能遵守有恒否。

初八日(4月11日)　阴冷,雨,下午略息点。上午温《文字源流》,半熟。恕甫暂归家省母,始阅梅伯言《柏枧山房文集》四篇。下午闲散。夜与砺生小酌谈心。

初九日(4月12日)　阴。饭后冒雨至池亭上,贺叶绶卿郎彤君年侄出贡悬匾喜,至则雨略止,绶卿乔梓出见,宾客来,应接不暇,畅谈。余与邱毓之并坐絮语,中午宴客六席,余又惭忝首席,张养吾次之,同席皆熟悉人,菜亦精洁,饮酒如量。席散,养吾以贡卷致余,并托寄子屏、沈达卿处数本,又与绶卿略谈始告辞,到家未晚。

初十日(4月13日)　阴晴参半。上午读梅伯言古文四篇，点《曾公家书》，观二孙写隶书对，钞《说文》篆字，颇有家法。下午至达卿馆中谈天，夜读家大人诗集。

十一日(4月14日)　晴朗可喜。上午温《文字源流》，略可背诵，读点伯言文四篇。午后徐瀚翁来，新愿掩埋又付二十元，括字五元付讫，送字灰先给五元，来秀桥子谦择十九动工，信单面致。欲至介安处取桥资，不值，约十六日再来。下午子屏回札来，张贡卷收到，身体仍未健旺，来溪无期，何疾病之纠缠若此？夜登内账。

十二日(4月15日)　晴朗和煦。饭后作札覆诸元简，达卿答信附封，下午由芦赵店托寄叶太和，想可不误也。暇则点读伯言文四篇、《曾公家书》，温《文字源流》渐熟，曾公百家精选文亦略过目。午后倦甚，掩卷，殊觉昏惰。

十三日(4月16日)　晴朗可喜。上午点读梅先生文四首，金龙生自同回，述莱生婚事略有端倪。齿作痛，掩卷。陈、丁二公索倪逋，不值，见其弟，约廿三日进来。书房两孙、砺翁课文开期。午后沈达翁来候砺翁，絮谈至晚始回馆。齿痛，早眠。

十四日(4月17日)　阴晴参半。齿痛略减，三餐均粥，缘牙动不便故也。点读梅文四首、《曾公家书》，下午读《曾选奏议》。至书房，读砺生全改慕孙长搭题文，搏题极紧，笔是《国策》中得来，时手那解此中三昧？晚间郑式如家来报，知芹樽十九日，报金照乃兄六申[①]二两，报上人款之夜饭。

十五日(4月18日)　晴朗，明爽。饭后子屏侄遣人持札来，竹二太太日上欲至其女家去，稚竹病略发，无以安家，来支贴例，又共八千，如数凑给之，未识所存八千，能至下半年否？来日大难此境是也，奈何？作复交顾妪而去。午刻恕甫夫妇来溪。书房字课，念曾初作隶，慕曾初摹篆，大可喜也。暇点读梅先生古文四篇，终日闲散时多。

────────────

①　"六申"原文为符号**坤**。卷十二，第337页。

十六日（**4 月 19 日**）　晴朗。上午徐翰波来，恰好介侄亦至，即付堤桥工资五十元，十九日开办，介侄另有掩埋费十五元同缴，匆匆即去，云要赴芦。赵姨表姊扁舟来话叙，年七十五矣，眠食康健，余甚羡之，内厅留中饭，情话久之始回去。点读梅先生文四篇，《家乘》阅点下册毕，馀则栗六，无所用心，甚为虚度长日。晚间吴莱生衣冠具贽（名次第十），誊呈试艺，谒谢凌师砺翁，礼也。并知渠喜事择吉四月廿七日，以叶子谦便札选定慕孙吉期在来年二月十九日迎娶，亥时结亲合卺，大为从容。

十七日（**4 月 20 日**）　晴朗。上午点读梅先生文四篇，适子屏有札来，即作复之。下午至萃和，见焕伯，知坟工已毕，工作颇能坚固。回来，心纷不叙，闲散而已。夜阅梅先生诗集，知不甚注意于此。莱生今日至诸先生处叩谢，云甚欢，留饭，并知廿二日有来溪之订。

十八日（**4 月 21 日**）　晴暖。饭后命念孙至盛，道郑式如明日芹樽喜。书房内有老书贾郑鸿音来，买江沅《今文尚书篆字音疏》等书，共交易洋十一元而去。暇则点读梅先生文四首，钞录《文字源流》半页。陈思杨大太太光降，七侄承办，羹二嫂接陪，仍借洋四元，钱三佰文始落肩，可称买菜求益，不知足也，一笑置之。书房内三生课诗三题，秉笔当请教罄生。

十九日（**4 月 22 日**）　晴暖。饭后命慕孙至曹松泉家，贺其郎幼松喜事。暇则点读梅先生文第二册。下午慕孙回，偕老友陆辛垞同来，候凌砺翁老友谈文，眼光颇高，特以越酒小酌叙话。夕阳已晚始回曹氏，余亦半醺。接郑式如信，欲借新秀才鹊顶等件，已迟不及。

二十日（**4 月 23 日**）　晴，燥热，要防阵雨。上午点读梅先生文五首。吴又如来，窘状依然，书房中饭，以姚选时文三册属抄，赒洋四元，限五月初交卷而去。下午念孙回自盛，知宾朋尚不寂寞，李辛翁叙过，蒙以《说文汇考》借与砺翁。诸元翁偕陈翼翁来，欣然下榻，诸恙全愈，惟右臂屈伸不便，夜在书房留酌，夜谈，早眠。

廿一日（**4 月 24 日**）　阴雨，风渐肃，下午开霁。饭后命慕孙至芦,贺陈诗盒郎小盒芹樽,午后回,知宾客筵席颇盛。上午在书房剧谈,下午元、翼两公至大港候子屏,暇则另录《文字源流表》讫,且已成诵矣。晚间元老有条来,取铺陈物件,子屏留之信宿。

廿二日(4月25日) 晴朗。上午收介庵物色百八牟尼,为久之侄孙援例。作札拟托费芸翁,暇则点读梅文,抄曾文正论说文书半页。下午内人率大女孙至子屏伯处诊脉覆方,晚归,诸先生同诊,一丸一煎,知元翁明日回溪。

廿三日(4月26日) 阴,无雨,颇寒。饭后抄录曾文半页,点梅先生文四首。中饭后迟诸先生不至,达卿来候,不值。凌砺翁家中来载,为当捐城中欲夺,须至江城理论一番,即日赴沪,托赶慕孙喜事换兑物色二六,兼至抱芳阁买《说文》数种,大约须出月十五后到馆。吴少松嫂特来,商办莱生喜事,许帮每房二十洋,先共付廿八元,又三十二元作女家一切礼金,出月面交莱生,极感谢而去。此因双喜,余家竭力相扶也。倪胜来下午独来,看来不想归吉,秋间硬收田要费唇舌,亦无如何也,只好随时酌办。夜登内账,出款重重,殊觉支持不定。大孙女亦下午回莘,物件先付。

廿四日(4月27日) 晴阴参半。朝上简、翼二公来自大港,知子屏谈兴极佳,怕风依然。终日闲谈,招达卿同中饭,小酌赏牡丹,颇能适意。念孙往苏,夜间伏载,芸翁札并介侄物色面呈。与元翼谈,一鼓就寝。

廿五日(4月28日) 晴朗。晚起,就元简谈,脩支送四十元①,钱五百文,合五十千文又另十元,仍不忘情。粥后元老、翼老同辞归,就留之不得,约下半年再来叙。客去,闲坐,至书房,兰香满室,自是清福难享,此时不用功,真错过也。暇点梅文三篇,曾文录半页。夜登内账,出款如海,将如之何?

廿六日(4月29日) 晴朗。饭后钞曾文一页,点梅文四首。徐

---

① "元"字后原文有符号❡。卷十二,第340页。

瀚翁来，知估桥工堤岸所费不敷，余以大修不重做，将前拟之数用尽为约，然恐难告竣也，大约须添费为是，匆匆略谈而去。书房内，下午两生至南玲看戏，余亦不之禁，然书室中牡丹盛开，万紫千红，都是妙景，何不静赏之，作无弦管之戏观乎？慕孙静坐作诗课，极得闲适之趣。碌碌终日，无所用心，甚自愧焉。

廿七日（4月30日）　晴，大风竟日。慕孙课文一篇，书院二月夏邑尊观风，陆韵岩寄来已仲、恕甫花红共九百文。钞曾公文一首毕，点阅梅文四篇，《曾公家书》四页。下午遣舟人送荫周郎芬仪，明日有梨应酬，不能兼到，分贺而已。夜登内账，始知平望王喆甫先生重游泮宫，其孙入学，三代俱全，福寿非常，人所能艳羡，特志景仰。

廿八日（5月1日）　晴暖。饭后舟至梨，到颇早，贺汝诵华郎咏池芹樽喜，宾朋满座，雅奏盈耳，吁嗟阔兮！中午正厅席不容足，刘允之、张养吾拉余至内厅团叙一席，免主人客气，菜则自办，酒则清洌，与允之畅饮几醉，养吾先归，送张元翁入祠，余处贡卷贺仪面致。下午逃席，又与允老茗饮，与范咏山、陈森甫畅叙，归舟傍晚。寅伯夫妇已自苏回，接芸九兄回札。夜间酒气未消，早眠。

廿九日（5月2日）　晴，蓬蓬然春气极盛时，闻初一日换戴凉帽。上午招介安来，以芸舫信示之，捐监上朱振叔经手，已上兑，照例银八折，洋作六钱七分九厘，徐洋四十三元，钱九百馀文，面还之。存寅孙处洋八元，为他日请姚师书对、买珊瑚笺资，酬送实收，妥便寄下。抄曾公文半页，点梅先生文三首，昼长静坐，时时思睡，夜登苏还内账。

三十日（5月3日）　晴朗而暖。终日闲寂，录曾文半篇，点梅文四首，《曾公家书》三页。下午昼睡片刻，阅《文献通考》序文。

四　月

四月初一日（5月4日）　阴，闷热，下午雷雨，发风始爽。饭后衣冠东厨司命神前、家祠内拈香叩谒。命子祥至芦局为陈景坤小户归冷数停交,须与对证辨明。书房四生字课,楷书、隶、篆四生各有擅长处。下午接子屏处回札,芸舫洋信收到,近日服二妙丸,颇有小效,能更康健,庶可出门。暇录《文献通考》叙一页,点梅文五篇。夜登内账。

初二日(5月5日) 阴,微雨,寒甚,是日亥刻立夏。上午录《文献通考》一页叙文,点梅文五篇,《曾公家书》四页。下午在书房与恕甫孙辈酌酒赏夏,高粱三杯,不觉大醉,倦眠至夜始起来,灯下补登日记。

初三日(5月6日) 饭后开晴,仍寒。朝上恕甫兄弟、慕孙至切问书院会文,暇钞《通考》,梅文照旧。上午张森甫来,陈景坤一户言明不截,仍告借不出串洋十五元而去。招蔡氏二妹来,絮谈中饭,云此番游杭,为焕伯牵制,颇不如意。念孙课文,即书院题,未晚交卷,将点灯,三生来自芦,均得题窍,不做差。

初四日(5月7日) 晴而清朗。上午顾季常来,知倪某一项无意归吉,只好起底赴县递呈,请收田追租,能得幸准,庶有把握。客去,钞录《通考》叙文毕,梅文点阅五篇。下午闲散,接沈咏韶与砺生信,《说文》代购两种,此公可称趋时向学。夜登内账。

初五日(5月8日) 晴朗可喜。饭后至北舍赴胡石卿会酌,至则茗叙水阁楼,晤范荣仁,谈及兰生喜事,礼金一应六局恐难如前所议。午刻叙饮湾龙馆,得彩者介安侄,菜颇鲜洁,饮酒如量,蚕豆饭已尝三次,清香可口。下午又与仲僖、苹甫茶叙而返。书房内四生初次学作赋,余阅草稿,均知层次律法,恕甫之笔尤为清灵。今日茶室晤薇人侄假馆,云湿气疮大发。

初六日(5月9日) 晴朗。饭后两孙誊真昨赋,层次开合,井井有条,从此循序做去,他日不患不成,为之私喜,并当就正凌磬翁。下午恕甫家遣舟来载,暂归。暇则点读伯言文,录《文献通考》卷首。夜登内账。

初七日(5月10日) 晴而不朗。上午录《通考》凡例二则,点梅文五首,暇点《曾公家书》。下午昼睡,闲散,徐翰翁晚来,移公款又五数即去,知来秀桥已动工,其费终不敷,奈何?

初八日(5月11日) 晴,闷热,不爽。饭后录《通考缘起》一篇,点梅伯言文第二册竣。是日换季,收藏暖帽,下午闲散。书房内文期,旧题新改做,阅两孙文,均不能指挥如意。

初九日(5月12日) 晴阴参半,潮湿闷热。上午录《通考》小序二首,点读梅文五篇。苹六侄来谈,约十二日同至江城。下午招蔡氏二妹来话旧,夜登内账,早眠。是夜雨略凉。

初十日(5月13日) 阴,微雨,大佳。饭后录《通考》小序一篇,点梅文五首。下午恕甫到馆,知嘉兴瞿宗师已取齐,即日开考,褚叔文冒籍嵌县、府两考册,大得便宜。金泽逸帆弟叔龙已进青浦学,王宗师考松属将毕,极重考诗赋。

十一日(5月14日) 晴而和。上午录《通考》小序一页,点梅文四篇。中午食蚕豆饭,正在肥甘脆润,乡间异味也。下午部叙行李,拟明日至江城。暇阅乙酉北墨,雄健峻伟,一洗近科恶习。

十二日(5月15日) 饭后同苹六侄顺帆到江,午刻进城。与杨稚老筹办倪事,以饬圩承揽收田为追租地步为要,如所论,请改笔托之。出来雨甚,茶寮两人对叙久之。回船,改本已来,毕竟老手法家,可即遵送,明日复之。夜雨早眠,热甚。

十三日(5月16日) 饭后上岸,雨仍不止,着屐行。以稿付杨书,俟抄券底,回家寄上即托发办,渠亦点头。复付税契五十元,丹徒前条纸上补送二枚始委蛇而出。复与六侄屐行街上,茶饮雷尊殿前,晤金寅阶,畅谈时事,知今日出会榜。下午衣冠至望翁处,贺渠侄寄荃芹仪喜,渠出见,长谈,礼客气,受书字而已。望翁是月是戒期,不能留客,辞出。在舟中听雨,夜泊三山天门桥岸,夜热蚊扰,不能即寐,与六侄夜话解寂。

十四日(5月17日) 又大雨,到同起来,茗叙茶楼。饭后开行,顺风到家,午饭始开晴。知砺二母舅已自沪归,载书满船,来书房畅论终日始还家,约十九日到馆。《说文》缺六种,《文选》仅缺两种,为念孙购何义门批过汲古阁初印《文选》,价廉、批细、字工,真难得之本也。账房有俗务,概不理,夜倦,早眠。四生文期均可。

十五日(5月18日) 起晴。终日栗碌,不能静坐。接子屏札,以山东捐册募化,甚难托钵。近体仍畏风,不出门,知李咏裳奉委办书籍在家。照应出冬,顾季裳来,倪事略有话动,约十八日同其弟进来,恐未易进场也。暇观书房字课。

十六日(5月19日) 晴,潮热万分。上午换晒堂轴字对,实非时令所宜,暇录《通考》小序一首,梅文点读三篇。大孙女来自莘,知服苹伯方,大佳。接砺老信,约廿四日到馆,以曾公另刻《日记》小本、石印《八贤手札》惠余,极可展玩。下午徐瀚老来,桥工看来不能不请益,俟再汇商。新愿上又付卅元,共已百数,絮谈而去。

十七日(5月20日) 阴,微雨潮湿。饭后钞《通考》小叙一篇,点读梅文四首。招蔡氏从妹来便饭,絮谈至晚。复杨稚斋札,专人到芦局托张生甫寄江,想不浮沈。作札拟复子屏,《曾公日记》小本拟转送,山东赈册草草交卷。

十八日(5月21日) 晴朗可喜。饭后恕、秀、巳三生舟至切问会课,暇则抄录《通考》凡例序一篇,点读梅文五首。《说文》砺生处又来数种。大女孙下午回莘,顾季常同倪裕来进来,欲调契内田说合,愈形狡狯难进场,此事恐未易了吉也,目前姑拒之而去。甚矣,人心之险哉!三生晚归,夜登内账。

十九日(5月22日) 晴朗。上午录《通考》小序一首,点读梅文五篇,《曾公家书》两页。接子屏札复,知近体粗适,服辛垞方亦无效验,《日记》小本大惬渠怀。下午翰公来,为桥工难合龙,唤介安、苹甫两侄来商议请益,始复于典摺上提六十元,余处修水龙公费,馀洋四十元,一并润色之,大约可以竣事,絮谈,欣然而去。书房赋期均眼高手硬,终日未脱稿。蔡氏二妹同苐二侄媳来商酌一事,动静诸多窒碍,只好以不了了之。栗六终日,不能观书。

　　二十日（5月23日）　朝上大雨，午后起晴。上午钞《通考》小序至第十四卷，点阅梅文四首。适凌砺生来，大谈沪上事，《说文段注匡谬》，姚研贻所刻，书坊无有买缺。姚氏家藏亦有条致芸老，现无印本，然此种万不能缺，须徐图之。馆餐以绍酒佐谈，晚回，约廿四日到溪。余与恕甫检点行李，黄昏后余同恕老、丽卿伏载，明日赴苏。会榜江正中王辛伯，名文毓，郑式如之岳丈也。苏城中四人，邹福保在内。

　　廿一日（5月24日）　晴朗，无风。舟行晚起，到苏不过申初，由盘门进胥门，寓同泰昌栈楼上一间，颇宽爽，位置一切，极舒齐。夜与恕甫、丽卿茶叙凤池园。

　　廿二日（5月25日）　晴热。晚起，与同寓凌海香四兄絮谈，早点后，恕甫另行至观前，余同丽卿另唤小舟出阊门，至丹桂园看京班武戏，每人三角，脚色均有武技。回来傍晚，夜又茗叙凤池。恕甫又购碑篆数种，极如意。今日始见《申报》会榜，会元刘培，北直隶人。

　　廿三日（5月26日）　晴，晚凉。朝上茗饮凤池后，恕甫、丽卿至范庄前办喜事床，余静坐在寓，下午又独至凤池茶憩良久。恕甫晚回寓，知床已办就，店主陪至大观园观剧。夜饭后余同丽卿至日颜桥塲下升园茗叙，澡洗垢腻一空，心胸大快。

　　廿四日（5月27日）　晴热。上午在寓，欲约恕甫看大观戏，为书贾所嬲，不果。下午与凌海翁畅叙凤池，年七十一矣，犹有司勋情趣，笑谈往事，至足乐也。回寓，适姚风翁来候恕甫，字课均批还，极鼓舞指授笔法。复至凤池茶叙良久，风翁始由寓舟回，夕阳已在山矣。夜拾行李，早眠，拟明日先归。

　　廿五日（5月28日）　晴。早起，留恕、丽二公在苏，余即登舟，以鲜鲫鱼佐朝餐，绕道至江城。杨稚斋为报进士赴盛，晤其子金生，云前信收到，禀已送出，即出城开船，石尤风猛甚，到家已黄昏后矣。费氏来送节礼，体谅而甚赡厚，谢领之，使者明日还。接芸九兄片札，久之侄孙监实收已寄到，大孙禀复。

廿六日(5月29日) 雨,潮热。晚起,俗事栗碌,以大账船借与吴莱生,明日迎娶至浮娄,工人与友庆合往。上午招介安侄来,以监实收面交之。中午在书房以鲥鱼、绍酒四人对酌,午后醉甚,昼眠。终日不理一事,砺翁有事未来。

廿七日(5月30日) 阴,西北风,恰好寒暖得宜。朝上命念孙至同川,贺吴莱孙芹香双喜,江正明日入洋。饭后钞录《通考》小叙一篇,点读梅文五首,《曾公家书》数页。下午未刻,念孙已自同还,知宾客尚不寂寞,芸九翁亲到,始由电报廿四日酉刻到苏,状元贵州广顺赵以煃,榜眼邹福保,探花金坛冯煦,传胪湖南清泉彭述,可称捷若飞仙。夜登内账,已觉烦琐讨厌。

廿八日(5月31日) 晴朗清和。上午录《通考》小序一页,点读梅文六首,《曾公家书》两页。下午闲散,吴兰生借船娶亲,船已回来,欣知诸事顺吉。

廿九日(6月1日) 晴朗。上午录《通考》小序一页,点读梅文五篇,《曾公家书》两页。下午照应出冬,卸升合九六,颇好。晚间有陆迪卿家东席周石谷来,为三侄孙女婚事,即唤焕伯来,奉母命,辞缓办,若欲先纳妾,甚许从权无落场,委蛇而去。达卿先生病不应试,到馆来谈。黄昏时,倏闻七侄鸿轩纳妾已进门,吾族子康勾引作媒,其女出身不佳,幸妾母立券书押,可免宵小构衅。事出荒淫,大非家门之福也,为之深虑太息。

五 月

五月初一日(6月2日) 晴,北风,不热。清晨遣舟到苏载恕甫,未识如约否。饭后衣冠关圣帝君所锡乩书前、东厨司命神前、家祠内拈香叩谒。书房内字课,上午仍抄《通考》小序一页,点读梅文六首,只剩铭传未读竟。暇又点阅《曾公家书》数页。下午展玩《八贤手札》。夜则登清内账。

初二日(6月3日) 阴雨,薄寒。上午磨墨匣,光彩可佳,钞《通考》小序一首。凌砺翁到馆,中午绍酒小酌畅谈,知浙江瞿宗师试禾郡,凌辱士子,声名狼藉,褚叔文冒籍嘉兴已进。下午略写字闲散。

初三日(6月4日)　晴朗竟日。上午抄《通考》小序一篇,点读梅文五首,阅《曾公家书》,点三页。下午阅《八贤手札》。夜登内账。书房内文期。

初四日(6月5日)　晴朗,东北风。上午抄《通考》小序封建篇,理极透澈,梅文点读五篇,暇点《曾公家书》数页。阅慕孙昨日课作,文情理法面面周到,为之掀髯一笑。砺翁日上注《说文》已有头绪,下午闲散。晚间迟苏船未回,不胜悬望,岂别有干担搁耶?

初五日(6月6日)　晴,渐热。晚起,上午抄《通考》小序一页,点读梅文五篇。中午端节祀先毕,在书房略办乡肴黄鱼,酌敬砺翁绍酒,新开小鬶,气清香洌,陪饮酣醉。下午昼睡起来,适丽卿、恕甫已回自苏,恕甫碑帖装载满箱,尚为不负此行。

初六日(6月7日)　晴朗。今日始循例开春花账。上午抄《通考》小序一页,点读梅文五篇。徐瀚翁来,留之书房中饭,知桥工未及一半六数,介安来,又携去矣。家中食油,凌苍洲代写定八担五十六角①,现已涨一角,此公尚诚实可托。夜登内账。

初七日(6月8日)　晴朗,渐热。朝上兰亭侄又来诉,知子祥父子又打毁渠屋,其蛮不知情理已出化来。兰亭势不得不迁,余亦不能复以家法治之也,家运之否,孽由自作,恐祸变无已时也,无可劝解而去。上午录《通考》小序半页,点读梅文四篇。吴幼如又来,留之中饭,给洋三元,砺翁托抄陈子松先生《读虞氏易校正》一小本而去。恕甫还家,晚归馆中,未与秀甫偕来。

初八日(6月9日)　晴而不朗,下午有变象。上午大义仲云侄孙同其戚张子查来,为子祥殴叔毁屋事欲草草落台,苦无出路,兰亭亦苦矣哉,无所商而去。暇录典捐被夺公禀,抚宪批似可挽回,叶诵

---

① "五十六角"原文为符号𝄈。卷十二,第346页。

甫手笔佳甚,一并钞之备阅。书房赋期,砺翁精研《说文》,已有成竹在胸矣。下午闲散。

初九日(6月10日)　阴,下午雨即止。饭后阅两孙赋,楚楚可观,为之一喜。上午录《通考》小序一页,点读梅文六篇。午刻叔廉侄孙来,为调停兰亭事,据云仲僖、元音、薇人均至,子祥父子依然恃蛮不服,余不便往,留账房便中饭,辞之而去。账船晚归,略有所收,然仅供舟资而已。夜与砺生小饮,登清内账。

初十日(6月11日)　西北风,晴,颇凉燥。上午抄录《通考》小序一首,点读梅文六首,《曾公家书》亦点数页。下午阅《申报》,得悉忠州参办之奏,为之悚然。自取之咎,亦复奚尤。苏州买物之账丽卿登清,一时眼花心纷,不及详看。

十一日(6月12日)　晴朗。上午录《通考》小序例一篇,点读梅文六首,《曾公家书》第八卷已点完。下午元音侄来述子祥事,无落场,兰亭决计迁居回避,毁屋吞声自修。吁,暴戾极矣,然非子祥之福也,可叹!晚由北舍接芸舫初八信致余,关照六月初一日苏州船来接孙媳过夏,寅孙同往,可称周到。夜登内账,两孙碑帖汉隶买得太多。

十二日(6月13日)　晴朗。上午《通考》小序共廿四篇始录竣,拟再钞《通志》序一大篇,以揽其全。梅伯言文又点读六首,《曾公家书》今点阅第九卷。下午恕甫夫妇同来,夜与大女孙剧谈沪上马车、马戏、虎戏事,渠新结女伴自上海回来也,然此种烟火世界,余不愿往。

十三日(6月14日)　阴,微雨,恰好农人插秧。饭后衣冠拈香,于瑞荆堂武帝乩书案前恭叩圣诞。暇录《通志》序文一页,梅文点阅六首,《曾公家书》二页,大功将告成,此后顺风无逆境矣。下午闲散,二孙疟疾未愈,来势甚轻,大孙文期草草早交卷。南账船自梨回,略有所收。夜登内账。

十四日(6月15日)　阴雨终日,颇麦寒。上午抄《通志》序文一页,梅文点读四首,《曾公家书》三页。下午静坐,阅《八贤手札》,草书飞舞,半由天授。

十五日(6月16日) 上午大雨,下午开霁,可喜。饭后抄《通志》序文页半,梅伯言先生古文十六卷今始点毕,拟明日续读骈文,《曾公家书》亦点数页矣。下午观工人种田,时也,宿雨初晴,夕阳在水,牛背听牧童之叱,蛙声腾村竖之欢。年丰人乐,岁必有秋,于此日卜之。徘徊久之,此景最可羡也。因识数语,以当田歌。夜阅《八贤手札》。

十六日(6月17日) 起晴,渐热,潮湿,恰是熟梅天气。上午抄《通志》序文一页,点读梅先生骈文四篇,《曾公家书》三页。下午作札致子屏,约渠廿三来溪去载。书房三生始从事《说文》《文选》,诗文暂停课。砺生为之提倡,考订纷歧,卷帙繁重,交卷须俟冬间,未识草稿秋间能竣事否也。然其志颇专,其气甚锐,可嘉之至。夜间登清内账。

十七日(6月18日) 晴朗,不甚热。饭后钞《通志》序文一页半,点读梅骈文六篇,上卷毕,《曾公家书》点阅四页。下午北舍局伙黄漱泉来,又票借洋廿元而去。现奉抚部章程,发委员查荒熟田亩,圩甲献册,纷纷扰办,看来冬间漕粮不能不多增加算,而大绅仍然顽欠,所吃亏者无势平户耳,书此以俟验否。暇则静坐,不看书。

十八日(6月19日) 晴阴无雨。上午抄《通志》小序二页,梅文骈体今亦点毕,诗则不动笔矣,《曾公家书》阅五页。下午散坐,不开阅,看书房三生写大字篆书。

十九日(6月20日) 晴热,为此月第一天。饭后抄《通志》小序一页,点《曾公家书》六页。中午先祖逊村赠公忌日,率两孙灌献致祭。下午送砺生还家,到馆之期未定。暇则闲坐遑遑,闻村上有巢匪四五人窥伺前后宅,防不胜防,然祈天默佑,此祸难遭,不能不预有戒心也,恐惧之甚。命丽卿至梨徐秋谷家会酌,晚归,得彩者刘允之。夜热,早眠。

二十日(6月21日) 晴热,西南风,燥闷异常。下午大阵雨,爽快无比。是日戌刻交夏至令节。上午钞录《通志》一页,点《曾公家书》四页。今日上午祭龙试公账水龙,与六侄衣冠拈香虔叩,能得岁岁平安,则合家合村受福庇无涯矣。三房工人相好饷以酒肉,公账出费,而仍余承办。中午夏至祭先,率两孙灌献从事,午后闲坐赏雨。昨接子屏回信,廿四日要挈家至梨销夏,七夕归后始再订来余处盘桓,不觉怅然失兴。

廿一日(6月22日) 晴阴不定。饭后阵雨,风大作,片时始止。下午略晴,雨止,乘舟至芦镇,先与董梅邨、赵翰卿茶叙良久,后至陆韵涵处会酌,顿候同人始叙。此番首会变章程,以重会二、头会一所交之钱,共三十六千六百四十四文,除席费四千二佰文,十二人轻会不交,公分每人得洋二元①,钱五百〇三文,来年亦然,同人皆允始坐席分两,菜尚可口,饮酒如量而散。下午与潘少岩、翰卿又茗叙如意楼始登舟,到家傍晚矣。

廿二日(6月23日) 晴而不热。上午钞《通志》序文,午后竣事,了此一重文案债,不胜自快。下午点《曾公家书》四页,暇阅《伯言先生文集》,拟重读一过。芦局张森甫来,借付洋十元,言明银上扣。夜登内账。

廿三日(6月24日) 阴雨竟日,潮湿。暇无所事,仅点《曾公家书》卷九已毕,续阅第十卷,并读《梅先生文集》。下午接子屏回札,陆三妻借款十四元,归本让利,单契两讫,斩净多少葛藤为快。确知明日要挈眷在梨镇过夏。

廿四日(6月25日) 又阴雨。黄梅水太多,幸晚间雨止,有晴意。上午作札拟覆费芸翁,写作俱不惬意,不过应酬而已,甚不道地也。书竟,自愧之至。暇点《曾公家书》第十卷,读伯言文数篇,观恕甫作隶书堂对,已深入汉人门户矣。

廿五日(6月26日) 又阴,微雨,潮湿。上午钞笺苏词一页,点

---

① "元"字后原文有符号🖛。卷十二,第349页。

《曾公家书》五页,阅梅文数首。下午大女孙来自莘,接砺生杧,《说文》又来三种,惟大徐文淮南本仍未购到,未能如愿。并知盛泽十九火灾,李辛翁新设药店二千金席卷,殊为辛老虑,幸辛老到砺生处,意趣依然,尚能旷达自慰耳,然元气大伤矣。

廿六日(6月27日)　阴,阵雨竟日,至晚始息点。潮湿,无干净处,黄梅水太足,不可再来矣。上午钞《苏词笺》一页,点阅《曾公家书》数页,下午读梅先生文六篇,暇则赏雨闲散。

廿七日(6月28日)　又阴雨水涨,若不起晴,低田大碍矣。霾湿异常,几案尽无干处。上午钞《苏词笺》一页,点《曾公家书》六页,暇读梅文半卷,惬心处甚多。夜以火酒吃不托,颇御潮气,酣适之至。

廿八日(6月29日)　阴,昨夜大雨,河水顿涨五寸外,低区已被淹,为之忧虑万分。终日略开霁,然细雨夜仍不息,难卜老晴,为之奈何! 刘韵芝家会酌,余无兴去,属陈丽卿代摇。上午钞《苏词笺》两页,点《曾公家书》四页。下午读梅文,因雨不息点,甚无兴趣。丽卿晚自梨回,知今日得彩者陈复堂。夜间心纷,账目概不清登。

廿九日(6月30日)　雨略止,仍不息点,难望老晴,闷闷! 必求起晴为吾乡幸。上午命种树王客芰庭中桂花树,高出堂楼屋角,为之爽快明亮,可喜。暇钞《苏词笺》一页,点《曾公家书》三页。午前徐瀚波来,桥上四十元,余还公账者付讫,然石工偷疲,工程不过六成,吾料瀚老竣事为难,盖五月上旬,不赶紧之弊也,姑任之,孤米上先付十元而去。砺生信来,约初一日到馆。《皇清经解》毓仙不肯借,实意中之事。夜登内账,心绪颇多不如意。

三十日(7月1日)　喜见开晴,水亦略退,不胜欣幸。晚起,倏腹痛、脾泄、水泻两次,静养食粥一次以和之,下午渐平,身体略软,大约潮湿所感,速发为妙。午刻费氏遣舟已至,明日寅孙夫妇到苏盘桓,余致覆芸九叔信交寅孙面呈,芸翁有致子屏一杧,并《张桐城两相国语录》一册托寄,渠尚未知子屏在梨也,当代觅便妥交。荷诞月另起。

六 月

光绪十有二年①,岁在丙戌,六月初一日(7月2日) 晴而不朗,然水势日退,可喜。朝上,寅孙暨孙媳禀辞到苏外家省视。晚起,昨日脾泄已愈。朝粥后衣冠武帝乩书前、东厨司命神前、家祠内拈香叩谒。暇录《苏词笺》一页,点《曾文正家书》两页。午前凌砺翁到馆,两孙诗赋磬翁已批看,极蒙教正,严而有法。又读吴望翁"不识舜"拟作,五花八门,心思层出不穷,斯题能事尽矣。絮谈时事,都可解颐寒心。

初二日(7月3日) 阴晴参半。上午钞《苏词笺》二页,点《曾公日记》《家书》六页。下午与砺生谈论《说文》,渠正在考证极忙之时。暇以梅文消遣。夜登内账。

初三日(7月4日) 晴,渐热,下午略雨,幸即止。有书贾周姓上午来,买《雪樵经解》小本八册,李次青《律赋正鹄》一部,共洋三元。暇钞《苏词笺》两页,《曾文正家书》点毕,今日补点第一卷。下午沈达卿来与砺生谈天,借去《文选》吴兔床批本第一卷,梅伯言古文付彼校阅,庶免点句之谬。夜与孙辈论七侄事,殊虑此毒难消。

初四日(7月5日) 晴朗,略有阵雨未成。上午钞录《苏词笺》二页,补点《曾公家书》卷一数页。晒案头书,均潮湿异常。下午闲散,属丽卿至舜湖办慕孙喜事夹里绸。

初五日(7月6日) 晴朗,略爽。上午钞《苏词笺》两页,《曾公家书》卷一补点毕。夜热,早眠。下午闲散。

初六日(7月7日) 晴朗终日,可免水厄。上午照应出冬,倪胜来事,顾季常约二十左右进来再谈,未识可从宽收场否。下午登清内账兼盛泽买绸、看喜簿账,与大女孙汇划喜用珠翠账,殊觉纷忙,不能静坐。介安送芸舫对,姚先生隶书,兴古斋已锦裱寄来矣。

---

① 原件第19册,书衣左侧墨笔题"日记,勤笔免思,丙戌年起"。

初七日(7月8日)　晴热,为今夏第一天,惟潮湿仍不退。上午与丁二兄对读东南账,半日而毕,甚难认真。中午补吃馄饨,佐以高粱,味佳甚。砺老专心校订《说文》,因喉痛,小不适,即愈,不敢饮酒,略少兴耳。下午预作便札,拟致芸舫,暇钞《苏词笺》半页,点读《曾公家书》,补第二本数页,馀以天热,不能坐定看书。夜阵,凉风陡爽。

初八日(7月9日)　晴朗,水退可喜。上午钞《苏词笺》一页,点补《曾公家书》第一卷竣,续点第三页。下午招介安侄来,示以姚先生隶书锦裱,极饰观。为吾侄转送芸九翁坛中药资肯助四元,可嘉之至。晒案上书略毕,可免潮蛀。

初九日(7月10日)　晴爽。上午钞《苏词笺》一页,补点《曾公家书》第三册六页。丁达兄还家,仍蝉联,约七月初十去载。下午接子垂三侄札,知庆如三侄媳患病不轻,欲预支来春一款,不能不从宽再给,即作复,余处二元,两房四数共六元,交来人与之去。子屏现在梨,颇安适。明日遣舟到苏载寅伯,芸九翁处余致一札,姚师隶对即送出。凤翁处,恕甫送菜油半担,另有禀札。

初十日(7月11日)　晴爽,晚间略变。饭后接芸九翁初七日信,欲留念孙多住几天,足见亲爱,然朝上船已上去矣。上午与陈厚安对读南北账,半日而毕,不过略循故事,零欠稍多,不能一一详究也。渠日上不即回去,暇录《苏词笺》一页,补点《曾公家书》数首。栗六竟日,不克看书,自愧也。盛家湾略有火警,水龙一去即熄,幸甚。

十一日(7月12日)　晴朗。上午录《苏词笺》两页,《曾文正公家书》今日始补点完竣,吾辈案头不可不备之书也。恕甫夫妇今午暂还,省视母姑。下午与砺老谈天,渠《说文汇义》胸有成竹,已共阅《说文》三十九种,勇猛,敬佩。暇则仍闲散,未坐定。

十二日(7月13日)　晴燥,始炎热。饭后砺翁送还家,缘砺二太太略抱间疟,不放心,一往视,陈厚安同归,约廿三日来。今日服清宁丸,腹中略泻,颇爽快。暇钞《苏词笺》一页。下午登清内账,晒架上书,拟重阅《古文辞类纂》。迟念孙苏州未回,不知缘何耽搁。

十三日(7月14日)　晴热,晚间略有阵意。苏州船昨夜二鼓回,朝上收阅念大孙禀,始知初六日朝上因伤风咳嗽,痰中忽吐鲜血数口,下朝亦然,现虽已愈,而怕热殊甚。外姑爱留在苏静养,俟天气渐凉放舟去载,亦是不服药一良法,决计允之,且拟此月下旬遣舟再去细问,再订归期,能得不发,庶释老怀。上午砺翁来搬书籍行李,下午即回,云二太太、恕甫一间日疟,一头痛,俱不甚轻,处方调理,不能不在家照看也。芸舫有回札,于念孙之恙略不提及,甚道地,初七一信亦然。《皇清经解》念孙不开口借,颇称见几,隶对送之,极合意。暇录《苏词笺》一页,摘租欠账半号,心纷,万难坐定。

十四日(7月15日)　晴阴参半,颇凉。上午录《苏词笺》一页,摘南账租欠半号。下午阅《古文辞类纂》,亦不能用心。

十五日(7月16日)　晴爽而热。今日斋素。上午录租欠一圩,《苏词笺》半页,虔诵白衣观音神咒一千二百遍。下午许嵩安、陆友岩来,为陆云樵捐屋一所作义学善举,请在县公禀立案,共列名十二人,欲余居首,愧无功不敢当,固辞不能,姑允之,留茶而去。谈及山东赈捐,县中已有照会在嵩安处,劝捐贡监封典,照海塘例八成,恐不能踊跃也。秀甫忽作墨画四幅,极秀逸成品。栗六,仍不克看书。

十六日(7月17日)　晴热而燥,修卸账楼露台今始动工。是日又虔诵大悲神咒二百遍,颇吃力,钞《苏词笺》一页。大孙女来自莘,为二孙喜事成衣督看开翦。砺生《说文》又校正二种,寄交慕孙摘录。砺二太太尚未复原,故大孙女下午即归,约七月初再来溪盘桓。暇则碌碌,略翻《国朝文录》,无心细看。

十七日(7月18日)　晴,热甚。上午《苏词笺略类编》一册抄竟,为之一快,暇则摘"宽"字号租欠账亦毕。下午闲散,观秀甫作画,笔有逸趣,他日高品也。乙大先兄讣底汝诵花寄回,动笔数字,足见内家妥当,即招焕伯侄孙来,交还之,命再录一清木,然后发刻。

十八日(7月19日)　晴,炎热颇甚。上午虔诵楞严咒未毕,接子屏梨川来信,知意兴甚佳,畏风依然,不能出门。《求阙斋弟子记》,

余托购多人不得,子屏处现借得十六本,未识肯转借一读否。午后命工人开脱养树堂屏门六扇,以便楼梯即日翻移向东,几案桌凳拂拭净尘,目中一快。暇作札致念孙,拟廿一日遣妪到苏一望,能得前恙不再发,不胜慰幸。已定日期,初四日载渠夫妇同回,未识泰水能如所请否。终日挥汗,无心看书。

十九日(7月20日)　晴,炎热如故。饭后虔诵楞严神咒,发愿允明坛普济用者已诵毕。中午在中堂谨具香案,衣冠虔叩大士菩萨佛诞。下午观水木两作修露台,换柱数根,均朽腐,不能惜费不更张。心纷,天气酷暑,静坐不及观书。六侄来谈,云七侄事决计割绝,母领女回,果能醒悟,尚是渠家大幸事。

二十日(7月21日)　晴热仍炽。终日指挥木工收拾养馀斋地板,兼略搬运零物,如一斛散钱无从穿起,心纷之至。下午洗足,快甚。接砺翁与二孙札,知昨患齿痛,偏头风痛(半日而愈),此皆专心治《说文》之流弊也。明日遣舟到苏望念孙夫妇,并订归期。

廿一日(7月22日)　晴,炎热稍退。苏州船早开,上午摘录"敏"字租欠簿半号,下午闲散,登清内账。书贾陈鸿音持砺二爷片来,欣知《段注匡谬》,徐承庆所作,《席世昌读说文记》,渠均觅得,以五元六角购之,从此考证骊珠在握矣。胡渭《禹贡锥指》以四元得之,酬渠劳也。七侄处又起风波,意谓力据上楼硬开弓,拒绝或可无事,后知原中略布置,即挥去,不敢上岸,尚可为办理不缪。

廿二日(7月23日)　晴,不炎热。修造露台将毕工,可免雨湿,一快。上午督木工修卸养馀斋屏门,将程鸿胪额木楄移立瑞荆东书房,颇喜位置得宜。六侄来谈前事,大幸毒蛇已驱出门外,思之寒心。下午至羹二嫂处,唤七侄来,训饬一番,似已觉悟前非,未识以后能不入迷途否,苦劝之而返。暇则将租欠账摘录告竣,尚可差强人意。栗六未静坐,是日辰刻交大暑节。晚间苏州船还,接寅孙安禀,知近体安适,前恙霍然,不胜欣喜。芸九翁亦有信致余,诸事周到之至,惟八太太母家有事在同,到苏须出月,初四日之约不能擅许,俟改定后有信寄乡,然后去载。

廿三日(7月24日)　晴朗。上午斋素,虔诵《阿弥陀经》十五卷。在厅上中堂恭设香案,衣冠恭祝火帝神诞,并叩求神佑,保护全乡阖家太平,不胜祷求之至。账楼露台十六开工,今始竣事,幸不逢雨,天缘凑巧,可望巩固,惟匠工手段略拙耳。暇以《文录》姚选消遣。

廿四日(7月25日)　晴朗,晚凉。上午虔诵《阿弥陀经》十五卷,为坛中九月九日普济施用,预行课诵讫。暇订《苏词笺略》,正编、类编分二册,备覆校。砺翁约廿八到馆,《说文》本致札二孙又获数种,大约学台所开者已告全,可谓"有志者事竟成"也,为之一快。下午以《文录》消遣,兼阅《曾公家书》。

廿五日(7月26日)　晴朗,有风。上午命工人搬运退堂内杂物,以便即日翻移楼梯坐东向西。下午登清内账。今日始吃西瓜,甘凉可口,今年此品颇贵,每担千五六七百文左右。暇阅《文录》奏议。

廿六日(7月27日)　晴热。朝上顾季常来,成交冬米一大仓,价二元七角五分力十四,从此吉题矣。上午命工人抹油东地板间腰门,其限为白蚁所蛀,不能不换做,暇以《文录》消遣。晚间始浴,癣疥之痒为之一快洗净。

廿七日(7月28日)　晴,酷热异常。上午校正《苏词笺略》十页,暇以《文录》消遣,愧不能用心细看。下午与慕孙收拾重晒布套《家谱》十六部,无套者不及晒矣。

廿八日(7月29日)　晴热,酷暑,为今夏第一天。朝上由北厍接念孙廿五苏城来禀,知日上身体大健,为之快慰加餐。初六日八嫂家来致秋盘,殊属多礼不安,然亦不能辞,届时倘已秋凉,寅孙可附舟先归,甚如余望也。饭后命工人移堂梯大梯,放在中庭,趁天好抹油,即日转移安上,甚累坠也。午前凌砺翁到馆,恕甫夫妇约初二日来溪。《说文》搜罗几遍,以后可集成编纂,八月可动手钞辑矣。终日炎炎,不能静坐,闲散而已。晚阵雨不成,大失农人之望。

廿九日(7月30日) 晴,酷热如昨。上午批过《武功志》原评,是砺生新得旧本借校者,又校阅《苏词笺》十页,暇以《国朝文录》消遣,亦不能用心细读。砺生与慕孙今日动手校录大小徐《说文》各本异同。

七 月

七月初一日(7月31日) 晴,炎热,炽甚未退。饭后衣冠关圣乩书悬示中堂前、东厨司命神前、家祠内谨谨拈香叩谒。过《武功志》眉评数则,《苏词笺略》复校十页。下午登清内账后,酷热逍遥。晚间又浴,略爽快。终夜热甚,雷声隐隐,仍无阵雨。

初二日(8月1日) 晴,赤日如火炽,历年无此大热。上午照应出冬,今夏无积货矣。徐瀚翁来,来秀桥工竣,三百金用亏(比旧略低,乡人云云),无可再捐,余商以新愿上划假三十金,弥补其不足,来春掩埋少办,不过暂少一年,庶无永亏之虑。翰老虽不以为然,然舍是无别筹矣。今姑付新愿三十元,又坛方施药一元而去,云要至广阳庵看桥工收拾一切也。下午热不能耐,恰好阵雨大至,夜凉如水,与砺老闲话,片时而眠。

初三日(8月2日) 阴晴参半,终日清凉。上午登清内账,过评《武功志》眉批数条,校正《苏词笺略》六页。下午翻阅《文录》。阵雨欲来,不果。

初四日(8月3日) 晴阴参半,颇凉。终日命工人木作安置堂楼大梯,铺平养餘斋地板,丁橐之声不绝于耳,万难静坐。仅过《武功志》评语数条,餘则心纷,指挥一切而已。

初五日(8月4日) 晴而不甚热。饭后命木工人装饰宫窗,修理西矮,今秋欲搬老夫妇房作慕孙新房,殊觉一斛散钱无从穿起,姑且随时安顿为妥。暇则过《武功志》眉评,上册已毕,《文录》偶读两三篇。

初六日(8月5日) 阴晴不定,下午又阵雨即止。上午校《苏词笺》十页,过《武功志》评数则。下午沈达卿来与砺老谈论,至晚始去。晚间苏城来送孙妇秋节礼,熟食满盘,天暑气蒸,甚防蹧跶,然俗例难禁也,奈何！接念孙与慕孙札,欣知近体颇健。今日因舟小物多,人几难容,约即日遣舟去载,已命二孙作札复之,拟初八日上去,初九日命之归家。是夜颇清凉。

初七日(8月6日)　晴朗竟日。上午过《武功志》眉评数条,有舟至梨邱氏,作一札致子屏托寄,语颇草率。午前大女孙来,知恕甫略患脾泄,要迟至初十到馆,并悉敏之、月锄血证大发,月锄几有决裂之象,闻之败兴。今晚略热,以《文录》消遣,大孙女晚去。接郑式如由梨寄来试艺数本,托分送,并禀函一封,云天热不到乡。书札字迹工整之至,两孙均不及焉。

初八日(8月7日)　晴,不甚热。上午过《武功志》评语数条,阅《申报》朝考拔贡等第榜,吾邑徐观莘、盛泽秀水王泽圻皆列二等。吴幼如来,留之中饭,给洋二元、米三斗而去,约八月二十左右来溪抄书,观其大象似不甚窘,然买菜终须求益也。下午登清内账,以书贾所留《一斑录》六册翻阅,系常熟郑光祖、梅轩翁所著。寅孙今日去载。

初九日(8月8日)　晴热,无片云,渐热而爽。是日子刻立秋,终日东南风。上午过《武功志》眉评七条,校《苏词笺略》半卷终。下午在书房与砺翁赏秋,佐以高粱、西瓜、藕果,砺生因天热不敢多饮。《说文》分部所纂,均已排定,此中大费搜讨之勤,益佩致功之密。傍晚念孙自苏归,近体康健如常,不胜快慰。费八嫂亲母在同未还,孙媳归期尚未定。

初十日(8月9日)　晴朗,热而颇爽。饭后送砺生回去,今晨任又莲有信来,任畹香、谢绥之今午到同,特专舟来请砺老,在又莲家作棋酒之叙,此行乐甚焉。上午过《武功志》眉批数条,校《苏词笺》五页。顾季常来,倪胜来一款草草落肩,余实无精力与之理论焉,故吃亏俯从其请,约明日回复,大约事无大更张矣。下午薇人来,云馆地仍旧,重阳前欲至西塘寓医三月,然后到馆。据云已与学徒说明,余处特来告借寓资三枚,理上说不去,又任遂其私,含忍与之,实不愿也。心纷终日,无暇坐定,不能看书。晚间恕甫来自莘。

十一日(8月10日) 晴朗,中午略热。饭后过《武功志》,孙酉峰眉评已终卷,复拟再统校一遍,则成全璧。午前季常同倪胜来到账房,旧项从极昂价,以田十三亩九分抵价偿算,再找洋念五元了吉,约看田后八月二十日立契成交,留中饭乃去。下午洗足徜徉,颇适。

十二日(8月11日) 晴爽,略热。上午校阅《武功志》《苏词笺略》。下午登清内账,以《一斑录》《文录》消遣。

十三日(8月12日) 晴,热爽。上午校正《武功志》《苏词笺略》数页。门僧心泉来,定荐祖喜忏九月二十日起至廿三日圆满,共四日,价一应照旧。暇则东翻西阅,心纷不能有得。观恕甫作隶,颇古劲。

十四日(8月13日) 晴阴不定,小雨时洒时止。上午校阅《武功志》上册已毕。中午预作中元节祀先,衣冠率两孙拜献灌酒如礼。下午闲散,东北风极凉。接砺生与子札,知同川昨日回家,砺二太太前抱小恙,今已平复。

十五日(8月14日) 阴,微雨即止,北风狂,凉甚。上午《武功县志》校毕,《苏词笺》校五页。下午闲散,以《文录》消遣,观书房诸生作隶书。夜略有月。

十六日(8月15日) 晴,东北风,仍凉。上午校《苏词笺略正编》毕事,《武功志》再校人物列传。下午以《文录》消遣,仍不能用心有得。

十七日(8月16日) 阴,东北风,微雨竟日,凉甚。饭后命木作葺治养树堂西偏折宫窗靠柱,成静室一间,为冬日读书之所。指挥一切,适李辛翁来,知今日为凌敏之治病,风狂不得前,暂守风来谈。与恕甫畅论汉碑,午留便饭,佐以高粱,虽亵而极适意。渠在镇药铺仍开,丸散均有,惟不买饮片。下午又戏谈良久,风略息始开行至莘,余以辟瘟丹、紫金锭两洋托之。

十八日(8月17日) 阴冷，昨夜风狂雨骤，今晨益甚，风雨之声不绝于耳。今日凌云台夫人朱氏大殓出殡，欲遣慕孙往送吊，竟不能行。下午风稍息，仅命工人小舟致分而已。终日看木工修理，毫不用心，略以《文录》消遣数篇。

十九日(8月18日) 开晴，西南风，不甚热。上午养树堂围窗工竟。下午本角村人演剧敬神头台，恕甫孙辈兴到往观，余亦和兴随之。村中妇女聚如蚁附，颇不寂寞，此亦升平景象所致，毋庸鄙笑也。终日心纷，不能坐定，丽卿来，知乃翁厚老病情不甚轻松，能渐愈为祷。支脩四元去，约廿五日去载。

二十日(8月19日) 晴朗可喜。终日心纷，闲观不坐定。是日村人演戏二台圆满，无滋事，照旧例戏船住西偏，忽吾家男大以为看戏不便也，大肆猖獗，余面谕之，崛强可怒，命六倕理喻之，仍顽硬，六倕诉其母，始得转圆，含忍过去，不然此番不能不惩责也。不读书之流弊若此，深虑外侮难御也。晚间村人派戏钱，一应开消在内共四十六千乙佰十五文，余家认一半，三股开派，余出七元①，钱五十二文，完吉此一项公事。栗碌之至，夜间早眠。

廿一日(8月20日) 晴朗。饭后欲校《苏词笺续编》，适凌砺翁自家来，知二太太近体已愈，尚未复原，到馆须迟数日，长谈。廉叔处《选学胶言》八本已来，坛中捐洋两元即托缴出，陶氏《皇清经解》已借到两册，后可随还随借。畅谈至下午，《说文》纂述之兴仍浓，晚间始送登舟。接辛垞回札，紫金定、辟瘟丹两洋之药已收到，并送药茶十块。

廿二日(8月21日) 晴朗，渐不凉。饭后接芸九兄十六日苏发之信，关照孙媳妇八月初八日归来，初七日遣舟去载，并招念孙早日来苏赏兰，诸事周到之至。上午略校《苏词笺类编》。下午登清内账，

---

① "元"字后原文有符号 ☞ 。卷十二，第366页。

殊叹用度浩繁,浮费难节,为之奈何!观书房内两孙抄《文选》《说文》各家注,聊自解嘲解闷。

廿三日(8月22日) 晴朗,中午颇热。上午略校《苏词类编》。大女孙来自莘,接到姚先生字样与恕甫信,知中秋后有沪上之游,欲偕砺生同往。晚间恕甫、女孙同归,砺老到馆亦无期。碌碌,略阅《文录》数篇。

廿四日(8月23日) 晴朗而热。上午校《苏词笺类编》,观秀甫作画扇山水,笔益秀劲而入古。下午以《文录》消闲。

廿五日(8月24日) 晴朗而热。饭后内人至梨花里邱氏母家盘桓,约八月二十日回来。上午校《苏词笺略类编》终卷,暇以《文录》消闲。观二孙作篆隶,绣甫画山水,大可怡神。昨日交处暑节,仍不凉。

廿六日(8月25日) 晴热,下午望阵雨,仍不至。饭后接子屏札,知在梨,近体尚适,还家须节后,有致砺老一函,明日须专送。男大侄孙来,持乃祖讣文底见示,云即日赴苏发刻。命孙辈查《吾学编》服制,大约不误,即为定样。前事彼此不提,从宽过去。暇阅《文录》。下午小陈来,老陈病势渐有起色,为之稍慰。

廿七日(8月26日) 阴晴参半,未雨而凉。上午以子屏札专送砺老,午刻接回片并与二孙札,知陆寿甫、幹甫、陈逸帆欲集释松府苏府所派《尔雅》,两家诸经籍互相借观,以期彼此挖注获益,砺老已许之矣。甚矣,有主持必有附和,吾乡风气从此转移乎?为之一快。下午登清内账,以《文录》志铭消遣。

廿八日(8月27日) 晴阴参半,颇凉,下午阵雨即止,开朗。上午命账房丁公暨子祥履勘倪胜来田亩四至,上忙已开征,北舍局漱老来,完大胜、大富、二南玲、禽字等五户,付洋六十二元①,钱二百卅五文,先内扣洋十元而去。下午无事,仍以《文录》志铭消遣,念孙《文选

① "元"字后原文有符号🈮。卷十二,第368页。

集释》草稿初完,尚有两种要补采,已有底本,尽可迟迟。

廿九日(8月28日)　阴晴不定,天气渐凉。朝上家人报六侄媳产,又得男,命丁公排其八字,是丙戌年丙申月庚申日己卯时,五行藏水,颇合格,可喜易于长养读书。终日清闲,以《文录》消长昼。

八　月

八月初一日(8月29日)　晴阴参半,下午阵雨颇畅,即止而凉。饭后衣冠武帝鸾书前、东厨司命神前、家祠内拈香叩谒。上午砺生来,《皇清经解》又于毓仙处借到四册,交二孙校摘。日上要至金泽,以两家所有《尔雅》借与幹甫兄弟,彼处有《初学记》精本,亦要告借。二太太新恙尚未复原,到馆难定期,长谈至下午,开霁而返。暇则登清内账,略阅《文录》数篇。晚间张森甫来,完上忙尊、忠、荣三户,付洋三十一元①,内先扣五元,钱一千〇五十五文而去。

初二日(8月30日)　晴朗而凉。上午作札缮好,拟复费芸舫。下午六侄来谈,良久去。暇读《文录》方望溪志铭文。

初三日(8月31日)　阴晴参半,雨微即止,凉可穿夹衣。饭后命人至梨,办新开绸货店贱料,兼至邱氏望内人。是日东厨司命神诞,循旧例合家斋素。中午余率两孙衣冠具香烛、酒果谨谨叩祝。暇以《文录》胡稚威文消遣。晚雨亦即停点。

初四日(9月1日)　晴朗。朝上念孙赴苏至外家,余致芸九翁一函命面呈。今日东风,可望早到,丁祭古乐甚便,大好往观,亦幸有眼福也。上午阵雨即止,暇录旧作文一篇,以《文录》消遣。

初五日(9月2日)　晴朗,颇秋热。终日无事,上午录旧作文一篇,暇以《文录》消倦眼。

初六日(9月3日)　晴朗。上午抄录子屏文一篇,答子屏一长札,缮就待寄。下午适子屏甥吴仲花持子屏札来,托荐袁憩棠处一小

---

①　"元"字后原文有符号**吟**。卷十二,第368页。

席课蒙,即作一片,夹子屏札,面给之而去。看来人浮于馆,不必有成也,姑听之,以了世情。暇读《文录》中惠松崖、江慎修、戴东原三先生志铭大文。明日命舟到苏,去载念孙夫妇还来。

初七日(9月4日) 阴晴不定,凉甚,夹衣可穿。上午录杂文一篇,下午登内账,暇阅《文录》传文数首。

初八日(9月5日) 阴,极凉。上午录汪和卿文一首,暇以《文录》消遣,大雨竟日,停点时少。念孙夫妇今日自苏归,舟中必有停留处,幸无风,尚可放心,然到时必晚矣。秀甫因偏头风痛,今亦舟送还莘,未至五点钟,念孙夫妇已来,知开船甚早,路上并未避雨,费氏另有女使管家舟来,中秋节具盘而准以月饼礼,受之,不胜惭颜,然只好权领。夜又大雨,继之以风。

初九日(9月6日) 阴晴不定,西北风,时雨时止,秋水颇旺。费氏使者犒赏之朝去,饭后录周峙亭夫子文一首,适凌砺老来谈,知密之倏得怪证,不食不眠,神清心躁,医药不投,以速愈为妙。下午还去,约十四日到馆。念孙述,初六日至吴县学观演古乐,陈设祭器、乐器极整齐,舞佾生蓝衫雀顶,蹈咏从容,惜观者如堵墙,人声沸腾,节奏雅音难入于耳,然已观止矣。晚间洗足,快甚。明日拟至梨川。

初十日(9月7日) 晴朗,无风。饭后同陈丽卿至梨川,未至午已登敬承堂,入内厅,内嫂母子暨内人均出见。寿伯忽作画,山水花草皆有天趣,可喜。少顷,之邱、小榕、绶生均来就谈,子屏札即托邱女仆转寄。中午与东西席陈泽民、钱一村暨诸学生同席,小酌颇适。饭罢,邱澳之特来叙谈,云道况平常,意趣尚可,始知山西省城大水,官署都冲毁,馀无论矣。久之,复至内厅闲话,内人约二十日还家,始登舟,到家未晚。

十一日(9月8日) 晴朗。上午梨局陆少甫来,完南、北斗、荒字、南富四户,付洋十九元①,钱七百廿五文,立收条而去。暇录费芸

---

① "元"字后原文有符号**。卷十二,第370页。

翁科试第一文半篇,以《文录》列传消遣。夜与两孙纵谈天下事,快甚。今日交白露节。

十二日(9 月 9 日) 晴朗,略有风。上午所钞杂文现已完竣汇订,亦一快事。下午顾季常进来,稻上略有交易,日上新谷将登,米价大涨,亦是意料所不及。暇则东翻西阅,毫无会心处。

十三日(9 月 10 日) 晴朗,西北风,颇凉。上午命工人移楼上书厨、西厢房书架,一置堂楼下,一安顿西书房。下午整理书籍,两孙助我,极妥协如意。午后渴甚,饱啖西瓜,甚爽快清凉,然非时令所宜,适投余热体相对耳,不可任性为是。暇阅《文录》以作消遣。

十四日(9 月 11 日) 晴朗,仍西北风。饭后以片载凌砺翁,午前舟还,接回片,知密之腹疾有增无减,甚为踌躇。今日请湖州寓盛泽费杏庄来诊治,未识有缘机转否。砺翁陪视不能来,约十六日自舟必到。下午照看出更稻,不满出米三十石,然价颇得利。碌碌不坐定。

十五日(9 月 12 日) 晴和清朗,梨川灯节,恰好天气。上午翻阅杂作。下午登清账务,以《文录》消闲。夜与两孙玩月多时。早桂初香,彩轮布景,极得闲中妙趣,如此升平世界,来岁亦可卜大有年。

十六日(9 月 13 日) 晴朗,东南风,稻花大宜。上午砺生来,欣知密之服费杏庄方,用葶苈、大黄、麻黄、生石膏诸重药,佐以枳实,气大开,大小便略通,大有转机,为之一慰。恕甫、绣甫均有小恙未来,畅谈竟日,《说文》搜罗几备。夜补中秋,酌敬砺翁,余与两孙陪饮,新开绍酒一小坛,快饮,絮论亲戚友朋之有德谊而兼文章者不及四五人,不觉醺醉而露圭角。夜谈至一鼓后,月色皎若清昼始各就寝。

十七日(9 月 14 日) 阴晴参半,雨亦微而即止。饭后砺生家船来,即归,知恕甫旧恙小发,或蕴热所致,不要紧,然须静养,到馆难定期。是日宿酒未醒,不能看书,下午昼寝始适,夜间亦不亲灯火。

十八日(9 月 15 日) 阴晴参半,桂花香满室,暖甚。上午为有人赎田事检契单半日,颇费周章。暇以《文录》传文消遣。

十九日(**9 月 16 日**) 晴,颇燥热。上午恕甫札致两孙,专舟来取碑帖等件,述前两日血证又发,现已全好,恰喜辛垞来,可服清理方,精神无恙。姚先生脩羊六元,裱画三元,代应者今即奉赵。闲以《文录》消遣,心纷,无得益处。

二十日(**9 月 17 日**) 晴朗,仍不凉。上午迟倪某成交不至,后寄信,约至廿八日来,想不再变卦,然亦不能猛追,当听其自然而已。中午前,内人来自梨,子屏无信来,徐繁友有信致念孙,丽江一款,息金已交媳妇。下午张森甫来,又完钟翙珣、西千、大千、是字四户,付洋廿五元①,钱六百〇一文,所借五元亦扣讫而去。子祥侄孙家被偷儿再入室,内房几乎攫尽。甚矣,其运之不通也,抑咎由自取乎? 书以志警。碌碌终日,无心坐定。又接恕甫信,知诸恙平复,秀甫返有不能即愈之虑,辛垞云然。

廿一日(**9 月 18 日**) 晴朗而暖。上午吴幼如来,留之明后日起钞誊《说文集释》,其子下午回去,借洋一元,明定书上要扣还。船钱二百八十文,冬米二斗②送给之。中午祀先,不孝先继母顾太孺人忌日也,屈指见背三十有八矣,光阴如箭,报答无期,不胜悲痛,惟率两孙谨谨灌献,以致微忱而已。祭用香珠菱肉饭,先继母所嗜也。徐瀚翁来,即同中饭,新愿又付二十,孤米十元,送字灰五枚,中午后长谈而去,约九月初五前再来取经咒账。栗六,无半刻坐定。

廿二日(**9 月 19 日**) 晴而不朗。上午黄潄老来,又完北舍局北翙、大富、金字等九户,付洋四十三元③,钱四百卅八文,扣还洋十元,又合一葵邱七千文,初五日叙,应酬之而去。借悉今冬剥皮渐露本相,诸事宜忍为妥。暇以《文录》遣闲,观吴翙钞《说文》,字颇工楷。

廿三日(**9 月 20 日**) 晴朗,寒暖适均。终日闲寂,阅点《文录》

---

① "元"字后原文有符号 。卷十二,第 371 页。
② "斗"字后原文有符号 。卷十二,第 372 页。
③ "元"字后原文有符号 。卷十二,第 372 页。

数篇,看抄《说文》四叶。

廿四日(9月21日)　晴朗。上午点阅《文录》传文两篇,适凌砺老来谈,知恕甫近体安适而疲软,密之两足肿拥,湿水下注,大事无妨,受累不浅。明日拟由同赴苏公事,两造决裂,调停无下抬,不意此公执拗若是!《说文集释》由李老师处具禀,四人出名,请转详学台,未识不稽迟否。徐元圃店中付清刻板印纸洋四元①,又买书洋五元,均托砺翁面交。馆中午膳,下午又絮谈而去。闲步田间,观工人先收香珠稻,被村人剪窃者多矣,只好置之不论。接袁憩棠廿二日复信,知来年小席请定董荣生,吴仲花竟不入选,当回复子屏为是。

廿五日(9月22日)　晴朗。北风颇大,不碍晚稻试花,米价已渐平矣。终日闲静,点阅《文录》传状文数篇,尚不至一无领会。

廿六日(9月23日)　晴朗。西北风太寒峭,有碍晚稻。是日午刻交秋分节。朝上命念孙至同里出吊于俞氏,一少甫夫人朱太安人,一鲁翁夫人亦朱太安人,同日领帖,九太太兼除几,均是费吉甫家内亲。四太太处外孙婿出名,办呢祭幛一,准缯一。今夜要止宿舟中,须明日归家。暇则点阅《文录》名臣传状,下午登清内账。六侄来谈,约九月下旬同赴江城。

廿七日(9月24日)　晴朗,西北风。饭后点阅《文录》名臣传状文讫,以后此编缓读矣。中午念孙同里回,知昨夜留宿俞氏,敏农诸人连榻,芸九翁昨日晤见舟次,已早回苏。暇阅新得《铁花馆丛书》所新刊仿宋板《刘向新序》数篇。

廿八日(9月25日)　晴朗,养稻天。终日碌碌,不能坐定。上午顾季常同倪胜来进来,立契杜绝田底面十三亩九分一厘二毛,归吉旧项欠账,一笔退清,免于言公,所谓"吃亏就是便宜"也。中午留饭书押,一笑而去,以后此项出入格外宜谨慎自警。大孙女来,留宿话旧,明日要回去。恕甫已全愈,砺翁往苏,月初始回,尚无暇到馆。

---

① "元"字后原文有符号☛。卷十二,第372页。

廿九日（**9月26日**）　晴朗和暖。终日闲静，吴幼如钞《说文》，又付洋一元。暇阅《刘向新序》，晒《国朝文录》。下午收藏瑞荆书厨。

三十日（**9月27日**）　晴朗，朝雾而暖。上午食西瓜，胃口大爽利，缘大便干燥，大肠有火，故以此寒凉之品极对热体，否则大有损，不可不慎也。暇阅《新序》已终卷，此书大半本诸列国世家，《战国策》《史记》，非向自撰之文，然颇多熟用语。下午大孙女回莘，约十月中再来盘桓。夜多蚊扰，不亲灯火。

九　月

九月初一日（**9月28日**）　晴朗而和。饭后武帝鸾书前、东厨司命神前、家祠内衣冠拈香叩谒，录清经咒账，当付翰老九月九日坛中普济用。暇以曾本古文过点姚选古文。下午登清内账，焕伯来谈片刻，以祖讣文刻式示余，似无误字，日上举动似尚安静。恕甫以札致两孙，上海又买钟镜书帖来，且明后日关照费杏庄先生要枉屈来溪。

初二日（**9月29日**）　晴朗。饭后作札致子屏，关照费养庄要来，舟初回而养庄适至，即专舟去载子屏。先一时许，袁憩棠来探听县中请酒缘由，余示以公呈，劝之不必赴，憩老始恍然，即去，云至同里，再与叶氏兄弟商定一是，一种卤莽之态，可笑也。客送未久，养翁登堂，年六旬，长髯，仙风道骨，望而知非俗人。先为媳妇诊脉处方，脉案极有根底，云此时驱风为主，调补不必。念孙亦求诊视，先看色气，云肝火用事，血失无妨，方用生地、大黄、桃奴等品，云火降、肝平、精藏，兼习道家导引，自可诸恙渐愈。写方良久毕，子屏来，即陪中饭，两孙侍，不饮，健饭。下午畅谈，极洒脱，以纸画《九宫八风图》授两孙，云知趋避即是养生。未晚，舟回莘塔，密之足肿未退，尚需调治更方也，送之登舟，约便再叙。子屏近体颇健，留之宿书楼，谈至黄昏始登楼，云自廿九日归家，目睹同室颠连，为之恻悯，然无白裘覆育术，奈何？

初三日（**9月30日**）　晴朗和润。终日与子屏谈论稚竹苦甚，设立一摺,亲友略济,每年共十二元。余义不容辞,写定二元,两房四元,六侄来谈天,大约可以筹定。是日老夫妇搬老房,让二孙楼上作新房,余夫妇榻在养馀斋,位置床桌,似极安适。下午送子屏回港,徐馨弟(减一元)今岁起助一元,稚竹二元,裁衣七侄预来春支付余处两洋,收还钱,合一洋三角三分。褉湖书院子范刻文一篇,付洋一元,均交子屏手讫。以《苏词笺》两册,王见大《总案》四本托校,约砺生到馆后再来盘桓。接恕甫札,砺生已往江城议公事,赴县酌请,此番想有舌战之举。

初四日(10月1日) 晴,暖甚,晚桂飘香,耐人鼻观。终日收拾残纸丛书、文房器玩,极琐屑纷心,安排位置尚未竣事,姑俟从容再定。下午涤墨砚,校古文姚曾两本圈点法,此心稍觉舒徐尔。

初五日(10月2日) 阴晴参半,寒暖适均。终日闲甚,上午点校古文,下午登清账务,散步自如。

初六日(10月3日) 晴朗而暖。上午点读古文。徐瀚波来,初九日允明坛普济经咒及焰口忏资十四元交讫,即去,云砺生尚未还家。下午账船空自湖滨归,延约廿六日再往,看来伤于八月初旬之雨,议租万不能如十年分,低田之不值钱如此!

初七日(10月4日) 晴朗。上午正欲校点古文曾、姚两家,适凌砺翁来谈,《说文》又得数种,已忙中钞摘数条交慕孙。初三两县请酒,侃侃而谈者砺老外竟无一人,然为城董所抑,虽两县亦不敢更张,未免执拗作王荆公,无可如何!现在另商面同底异之法,未识稍可挽回否。否则此公任其咎,吾侪何与焉?中饭后回至北库,与吾宗再商移步换形法,然即公事明亮,仍须从源头处疏通为要。老师处禀已呈,云即日申详,日上仍要赴江,与望老作登高之举,到馆难定。张森甫来,葵邱之举又须应之。

初八日(10月5日) 晴燥,似太热。上午命工人装堂楼下屏门栏干,整顿凡所位置几案。下午在矮楼移换衣箱、文奁、书箱,或扎束藏在洋箱中均无用,或位置书厨内西厢楼下外坐起,殊觉栗六。安排初适,正在忙中,接子屏札,竹二太太自女婿家抱恙归,索帖款所剩八千文,命二孙作复,合公凑洋六元①,钱一千五百十八文交顾妪转达,亦甚费周章也。暇校欧文三篇。接蔡子瑗札,催薇人重阳后即日到馆,子垂权馆似不合意,当即日关照子屏为妥。

初九日(10月6日)　晴暖。饭后舟至芦墟三官堂,允明坛中拈香叩谒,晤徐翰波、毛秋岩诸君,初次到者叶子谦、汝怡生、袁憩棠,稚松亦见,絮谈,午前开砂,扶手陆友岩,抄手周景斋,划砂沈福生,传谕大士戌刻临坛普济鸾谕,已故司事汪涤老升蓬岛,朱锡老入地狱,益见报施不爽。中午素斋,不设酒,坛中礼忏一天。夜间延殊胜寺僧放焰口,一堂经咒募化甚多,办事诸君奔走抄写维谨。下午老友徐颛山来候叙,扰渠茶点,因渠巅疾未愈,应酬留心而辞避之。即不告同人开船,到家未晚,知顾淡春夫人袁氏表嫂昨日寿终,十二日领帖,余当往吊之。时绥生表侄从宦在蜀,实深负疚。

初十日(10月7日)　晴暖过分,晚稻太干。上午扫净东矮楼,搬运一空,老夫大小暖凉帽位置房内,湫隘太甚,亦颇费周折经营。殷柯亭弟菊延十八日吉期来请,并送糕果,即具贺礼,半开一元交原舟带去,懒于应酬一往。下午登清内账,略阅欧文。

十一日(10月8日)　晴暖,是日交寒露节。上午收拾凉帽,晒好换戴暖帽,然天气颇不合时令也。暇则校点古文曾子固文五篇,下午作札致薇人,催渠速即到馆,明日即寄北舍。森甫会酌命子祥代往,交钱弱冠,此种出钱,最可恶而势不能不应酬,田粮之累,此其肇端。

十二日(10月9日)　晴暖,太燥。朝上舟至泮水港顾氏,吊七二表嫂淡春夫人袁氏,时年七十有七,嗣子绥生在蜀未归,病由七情难治,境况萧条,旧游之地,对之凄然。接陪者云桥表弟、小二表侄,亦五旬外矣,馀都不相识。与范三表侄同饭,临行陆韵涵始一见。归

① "元"字后原文有符号。卷十二,第375页。

家上午,校点古文五篇。下午账船自梨下乡回,略有所收,当账者太忠厚,殊觉吃力而不讨好。

十三日(10月10日) 晴热更甚。上午正欲校正古文曾、姚两本(幼如支洋一元回梨),适凌砺翁陪费养翁来,为媳妇、念孙覆诊处方,据云脉气较前为胜,方照前加减无几。中午以莘馆所叫大五篹酌之,养翁涓滴,为砺翁新开越酒,畅饮而罢。下午砺翁与养庄同回莘塔,恕甫调治已愈,知砺翁重九与望老文星阁登高,鹤轩办菜,望翁办陈绍酒,豪饮,兴致极好,然公事仍无头绪也。回至周庄,诸元翁见过,来溪亦无定期。客去心纷,不能坐定。

十四日(10月11日) 阴,东北风渐狂,将蕴热转冷。饭后为北厍保婴事述费漱石意,作札固求,芸老挽回造化,特人微言轻,势难即允,顿改新章,不过吾尽吾心而已。稿底舟商砺老改润,然后缮寄。暇校姚、曾古文本,点毕两册。

十五日(10月12日) 阴晴参半,西风渐冷。饭后缮致芸舫书,砺老昨日所改处处尽善,如此婉请,转圜未必,谅不致激之使怒也。午后封好,明日由北厍寄梨,发全盛寄苏,想无不到。下午札致子屏,示以信底,且述他事。舟回,接子屏条,日上似有类疟,并告竹二太太疾不可为,恐又添出款为可叹。暇校古文《汉书》四篇。夜间略亲灯火。

十六日(10月13日) 晴朗,风息。上午札复砺生,晚接回信,欣知感冒已愈,暇点校古文《汉书》三篇。下午子垂侄持子屏札来,惊悉竹二太太谢氏今日午时身故,两子,一痴,一狂,诸事冰搁。意欲照每年周贴之费再支两年七十二千,即招介安、鸿轩来商,竟照竹淇故后概助六十元允之,不能再增,虽有不敷,余家族谊亦大可过去矣。即凑数面交垂侄,属其速回赶办大事而去。吁,此款岂易筹办哉!心纷,不能坐定。晚接诸先生札,约莘和开吊时同翼亭到溪盘桓。又接陆友岩札,云樵义塾葵邱势不能辞,出款繁多,殊苦支持门户之难。夜略静坐。

十七日(10月14日)　晴朗。上午点校古文《汉书》五篇。六侄来谈，下午命慕孙随介安、苹甫舟至大港，探竹二太太丧，晚归，知明日小殓，二十日开吊举殡，厝于东渭墓旁，远亲都未至，诸事从省草草，尚恐不敷，可叹！在子屏处长谈，寒热未净，近体尚可支持，论及公事，决定不果所商。

十八日(10月15日)　晴朗。上午胃中不甚适，下午括痧乃愈。暇则校阅刘子政文四篇。晚间闲散，夜阅吕月沧与吴仲伦论古文法，兼评论自周汉至本朝诸家名人文品。

十九日(10月16日)　晴暖。上午校点古文《汉书》五篇。下午观工人收稻，时则黄云满野，万宝告成，丰盈之象，但祝来年仍能如是，则不但吾辈可饱吃饭也，不胜奢望。晚间焕伯侄孙来谈，知日上略有外侮，然非十分棘手，安知非磨砺之也？夜阅杂文。

二十日(10月17日)　晴暖太甚，微雨即止。朝上命慕孙随介安伯、苹甫叔至大港，吊奠竹二太太，回来上午，知宾客族中到者寥寥，并悉稚竹痴病转甚，子屏出来应酬。是日延泗洲寺门徒僧礼忏四天，今日起建道场。余率慕孙祠堂内叩荐，暇校点古文韩、欧两大篇。终日栗六，不能静坐。

廿一日(10月18日)　晴暖更甚。朝上阵雨大澍，饭后开霁。是日礼忏第二天，至萃和落肩一讨单事，唤之来，略申饬，立收票而去，免生枝节。暇则校点苏文《上神宗书》大半篇。下午郑式如有信问候，即命念孙作答，女使明日去。黄漱泉来结账，照旧又完东月、东义、北官、玉字四户，加公祭老、中、新三户，共七户，付洋廿八元①，钱八十一文让讫而去。此段上忙公事，与之吉题矣，冬漕能无词说为妙。

廿二日(10月19日)　阴雨竟日，似欲发风，仍暖。上午点校古文《苏公上神宗书》毕，又读校汉诏数篇。下午至萃和，知丧事内㕔对

---

① "元"字后原文有符号ꞏꞏ。卷十二，第378页。

都做就,至欲请题主,余不以为然,焕伯固请,亦不甚禁之,大约商请叶绥翁。是日礼忏第三天圆满,明日念经另起。夜略坐定。

廿三日(10月20日) 阴雨终日,恰好风不狂,和暖,潮甚。饭后接芸舫二十日复信,知此事竟无挽回之术。甚矣,谋事当善于始也,然我辈亦尽人事矣,特砺老徒劳奔走耳。芸老自镇江回,略患齿痛。终日磨抚墨匣,延僧第四天圆满。下午祭先,焚化冥资,夜间点树佛灯,听宣法曲,颇动人听。完毕,酌以酒肉,可笑如意而去。散场照应灯烛,眠时已一鼓后。

廿四日(10月21日) 阴,西北风,无雨。饭后舟至芦墟中市陆恒隆酱园内,时陆云巢为捐房屋作义学经费赎资不敷,特叙葵邱八人,与袁憩棠诸人商,决计以后分头会,八个月一卸,交卸头会廿千文,八人公分,主会者各人给分据一纸,余处已托赵翰卿转寄矣。上午与翰卿、董梅邨茗叙,诸同人均来叙话,午刻在云巢家会酌,两席,菜极丰盛,叙者袁憩棠、许嵩安、钱子骧、陆友岩诸君,子骧隔席谈饮,酒兴甚浓,要索《分湖小识》一部,许以《歌风台碑》相换。又晤顾砚仙,其伙顾绍兄要余处家传石一副,暇当一一寄交之。席散,略谈即归,到家已点灯,接恕甫信,知砺生已往苏,此去甚不如意也,然亦只算吾尽吾心而已。

廿五日(10月22日) 晴朗,天气渐肃。上午校古文汉诏及书五六首。下午登清内账,徜徉半天。夜阅曾选古文。

廿六日(10月23日) 阴,下午微雨。上午正欲校点曾、姚古文《汉记》,适凌砺生来,知昨晚回自苏,芸舫处留宿两天,所谈之事略有转机,然分别办理,谈何容易?姑俟熟思定计,且看婴儿有命否尔。中午携酒畅谈,郑书贾以钱献之未刻本《九经通借字考》求售,以洋五元易之,书只旧抄两本。下午回去,约到馆须俟萃和丧事后,届期或先来也。是日霜降令节,碌碌竟日,灯下亦难开卷。

廿七日(10月24日) 阴,北风,微雨。上午点校《汉书》四篇。账船自湖滨回,收洋七元,净到手六元,每亩二斗半尚不足。吁,微薄甚矣。下午阅姚先生所寄木刻《道因碑》，欧、褚《千字文》，文待诏书字体，蔡铁耕所吟吴歗录百首小楷，均书房内不可不有之佳品。暇又阅曾选古文。

廿八日（**10月25日**） 阴晴不定，燥热，下午微雨即止。上午舟至北舍赴湖石卿会酌，与范三相公、元音老侄茗叙良久，所荐帮忙叶鹤林即定见，言明到年九十九串，钱十千文，先付定洋一元①。中午即在人和楼会酌，得会者鸿轩七侄，余不出不进，来年可稳收圆会矣。菜两席，极鲜洁，香珠菜饭依旧去冬风味。同坐者绣甫侄孙子三官意城，号蔡青，年十三，读《诗经》。仲僖侄孙子大官，号藕庚，年十七，初完篇，颇恂恂。下午席散即归，到家未晚。

廿九日（**10月26日**） 阴晴不定，暖气太不如令。上午校点古文韩文三篇。下午率同两孙媳妇辈，略将老夫妇旧房布置一切，楼上楼下自谓安排尽善，谨守人事，以图天命，不胜祷祈，以符私望是感。灯前休养精神，仍以韩文消遣。

十 月

十月初一日（**10月27日**） 阴，终日微雨，暖乖时令。昨夜大雷电，雨如注，早饭后暂晴而已。上午衣冠东厨司命神前、家祠内拈香叩谒，吴幼如来，其妻已幸平安，即命赶写萃和封匾。下午至东账房看乙大先兄初三治丧，焕伯一应排场，略有头绪，与蔡氏二姑太太闲话而返。夜间暖更甚。

初二日（**10月28日**） 阴，风雨竟日，西风尚未透。终日在萃和照看一切，午后扎彩尚未挂齐，诸色人役亦未到齐，风雨所阻，殊不从容。至晚，至亲均至，执事人役亦齐，夜间款客四席，账房两席，风雨大作，还寝一鼓。

初三日（**10月29日**） 晴朗大好，骤寒，西风未息。朝上至萃和

---

① "元"字后原文有符号 **㣚**。卷十二，第380页。

排场,鼓点、掌号、升炮、开门,终日在灵前率孙侄辈谢揖,诸亲友蒙均
来奠,新客吉礼款待。余陪凌恕甫友庆堂坐席,知砺翁日上感冒初
愈,不能出门。诸元翁、陈翼翁同来,一饭后即至大港看子屏,约初伍
日至余处止宿畅谈。照应诸事,腰脚尚可支持。晚间掩丧,张灯款留
客,萃和堂亦四席,一鼓回寝。此番诸事渐入于奢靡,然乙大先兄如
此收场亦颇难得。

初四日(10月30日) 晴冷,西风仍不息。朝粥后舟至芦川,吊
奠许嵩安之太夫人,九十一岁寿母。与钱子骧同饭,素席,诸事崇俭,
古礼宜然。上午回来,襄办介安大侄,焕伯侄孙辈跪点益溪公神主,
升炮排堂六叩首,安神毕礼,自谓此典尚不奢不僭。少顷,殷柯亭来
自苏,拜奠即返,云要去扫墓。送菜一正一六,受而片谢,各尽其礼,
甚见周旋圆到。费敏农来自梨,云为风所阻,昨日断不能到。戌刻升
祠,僧道鼓乐,升炮开道,诸事颇阔,至亲拜送人数亦不寂寞,乙大兄
之馀福也。夜间定席宴客,厅上五桌,账房三席,内厅四席,张灯鼓
吹,堂名两班,几如喜事一般,甚不惬于怀,从宜从俗,只好不出一言。
诸事略毕,余率两孙同敏农、徐繁友回来,略谈,就寝不过一鼓,精神
亦不疲惫。

初五日(10月31日) 晴朗,西风仍紧。下午念孙至大港,载诸
先生、陈翼亭晚间同还。元翁与子屏为念孙定一滋养方,极对证,似
可长服。夜间持螯,七人同席,并以馆菜酌先生敏农,饮酒颇适。

初六日(11月1日) 晴朗,无风。饭后孙媳妇到苏省母,敏农
陪之往同川住宿,明日可早到。终日无事,与诸元吉、翼亭畅谈,夜间
早眠,疲甚。今日中午十月朝祭先,率两孙拜献维谨。

初七日(11月2日) 晴暖,东风。上午芦局张森甫来,租欠单
面托,又完北玲等照旧四户,加小祭佐字一户,付洋十三元①,钱四百
廿文叫讫。与先生、翼老闲谈,知元老医况平常,且俟来年气运何如。

---

① "元"字后原文有符号 ☒ 。卷十二,第381页。

夜谈,早眠。

初八日(11 月 3 日) 晴暖,无风。饭后舟送诸先生、翼亭还周庄,先生脩洋四十八元①,钱八十文,合五十千文,又面送讫,约来春慕孙喜事早日光临是望。暇则登清日上用付内账,殊叹费大难支。招蔡氏堂妹二姑太太来便中饭,絮谈竟日。

初九日(11 月 4 日) 晴暖,恰合小春天。上午忙寻单契,为到江推粮地步,有一张代单,忙觅原单不见,后始觉悟无原单,甚叹记性之大不如前矣。下午六侄来关照,为焕伯明日无暇,相商后日同往江城,听之。昨日,蔡氏二妹来谈渠两房家事,大有江河日下之势,为之奈何!殊无善策。甚矣,老辈之不可无也。绣甫昨晚到溪,知凌永兴初六夜未二鼓已被巢匪抢劫,言之不胜寒心。

初十日(11 月 5 日) 晴,西风,可望老晴。上午焕伯来,面交倪胜来大千无丘原单乙亩五分,尚为凑巧,一齐赴局倒换。下午部叙行李,不能静坐,与绣甫闲谈,观幼如抄《说文》,约计每日可足五页。

十一日(11 月 6 日) 晴朗,西风。饭后同六侄舟至江城,午后泊舟同川泂川桥头,走至上岸衔口吴雪亭恭下局,推收北玲田七亩,又推立陈景坤淮江并户一分〇六毛,淮江户开除单一倒两面交之,每亩二角,单言明来年面取,渠甚恭顺应手。焕伯舟亦至,夕阳在山,四人茗叙,不及到江即行停宿,与苹甫摊被夜谈。

十二日(11 月 7 日) 晴暖。清晨到江,饭后至杨稚斋处,知前批极佳,然当案陈秋霞已索费,须作札署内请销,庶免支吾。倪契即托投税,云俟岁底面交同算。至顾又亭、星卿两局推收尚称顺手,交又亭大千、西千两圩单七张,钱未付算。又至何局,庞榜花手做推收,每亩一角,惟小户须三角算,允之始讫事。下午同六侄、焕伯、潘德元盛家库小饮,颇适,回船已晚,不上岸。

---

① "元"字后原文有符号 **以**。卷十二,第 381 页。

十三日(11月8日) 晴暖。饭后以洋十元①付稚手,开销后算。至南门宋宅,寻王少云做推收,人极驯良,每亩一角五分算。南玲单一张换倒,每张二百八十算。因萃和友庆进款极多,余处一钱未付,即同少云至其弟媳秋亭家,当手吕瑞甫,余处无过户,两房论价,每亩一角七分半始落肩。诸事了吉,四人同至财神堂小饮绍酒,徜徉久之,又独茗饮始回舟中。夜睡尚早。

十四日(11月9日) 阴,微雨竟日。朝行至同里泊舟,略买杂物,吴少松夫人见招。至则见莱生表侄媳,竟受大礼,殊难为情。略坐登舟,饭后开船,与苹甫絮谈家常,不觉路之遥也。下午到家,知大孙女已来,砺翁明日到馆,今日午后内人陪大女孙至子屏伯处定膏方,两孙昨往诊脉求调理方,晚归,子屏近体尚可。夜与孙女剧谈始眠,极酣。

十五日(11月10日) 阴雨竟日,风不能透。饭后阅夏邑尊来函,与润芝合札,为乡镇有无开赌,有碍租粮,请指名究办。即关照润芝,请余出名回复,大好借题销吉前事。又接芸老札,欲念孙到苏甥馆盘桓。午前,砺生来到馆,精神似未复原,意兴极佳,谈及凌永兴京货店被巢匪抢劫,乡间防不胜防,言之寒心。夜间拟札,思复夏怀清明府。

十六日(11月11日) 开雾,又阵雨,不能老晴。上午登清内账,缮稿录底复县中商之砺翁,以为妥洽,始命念孙缮楷,看过,然后封好,以便明日寄芦粮局速投。下午接子屏来札,洋一元托到苏买红咈布,已交内人。膏方一,张寅伯丸方、煎方三张,已仲、兰大女孙极详细周密之至。夜略坐定。

十七日(11月12日) 朝雾,即晴。饭后李辛垞来访,凌砺翁云昨夜在子屏处畅谈停泊,故今来颇早,在书房议谈,极有兴趣,留便中饭,不肯止宿,下午还去。以洋四元托兑参须二两,较王鸿翥价贱一

---

① "元"字后原文有符号 ⋈。卷十二,第382页。

半，又阿胶四两，每两钱乙佰五十文，未付价。大女孙下午归莘，夏邑尊信午后专舟到芦，托张森甫明日到江投送。暇预作札致费芸翁。

十八日(11月13日)　晴朗。上午始动笔点校古文姚选曾本四篇。下午砺生至港候子屏，为明年照拂子屏事，足感盛情，然须芸舫点头庶有起色，不然仍非大润泽也。慕孙陪往，晚始归。

十九日(11月14日)　晴朗。上午徐瀚波来，新愿上又付十元，扣旧十千，所存不过十馀千，约岁底吉算。绵衣上今照去冬捐付洋十元，略谈而去，暇点读姚本古文六篇。吴又如午来，又给渠家冬米二斗。晚间，本汛陈镜亭来会凌砺翁，永兴讳盗改窃一案，通情换禀舒齐，不胜浩叹！弹压难民，公账酬洋四元，恰好面致。是日帮忙汾港叶鹤林已到账房，夜略坐定。

二十日(11月15日)　晴朗。上午载广仁堂药伙叶老茂为寅孙煎膏料全方，须明日上午竣事。接辛垞便札，阿膏四两、条参须一两，价三元，问诸药伙，云究竟以鸿翥四洋为佳。暇点姚本古文四篇。夜阅张啸山《舒艺室文稿》，由砺生处借来。

廿一日(11月16日)　晴朗。饭后舟至梨川蔡氏，道二姑太太之孙、仿白之子调甫新婚喜，至则进之、宾之、子瑗暨定甫、新甫、进之幼子立人诸孙甥均来叩谒。中午四席，余与徐况生并坐，来接接[1]陪者蔡介眉、侣笙。下午与二妹絮语，始见侣笙之郎石渠，年十三龄，读六经，开笔完篇，丰厚可喜，现从师同川诸生沈竹卿。夜间正席八桌，菜杜办，极朴茂，与刘韵之、张青士闲话，席散，未发迎即告辞。至邱氏止宿，寿伯母子出来叙语，接郑公石信，以其师王惺伯朱卷托张罗，难事也。是夜一鼓宿东厢，颇适。

廿二日(11月17日)　晴，西北风渐厉。朝起至蒯氏万春楼，与刘允翁茗谈良久，回至邱氏，与西席陈泽民同粥，泽民示近作，已功深养到矣，蒙以周鹤亭《河南全闱墨》见赠。复至内厅略坐，告辞幼谦夫

---

① 　此处疑多写一"接"字。卷十二，第384页。

人即开船,石尤风,到家午后。念孙今日饭后赴苏,拟同川住泊,明日到费氏外家最为稳妥。润芝来候砺生,江邑信不提及,可称全不关心。夜与砺生谈,书目草稿已定。

廿三日(11月18日) 晴,西北风狂吼。是日始定收租石脚七折为准,石五额加二升,石四额有加二升,有不加,惟苙葑加五升,因额太短故也。凌砺生饭后暂归家,暇点读姚、曾古文选三篇。下午登清内账,晚间砺生回溪,知恕甫已自苏归,陈厚安父子亦到寓,甚喜厚安痼瘴之疾已愈。夜间风稍息。

廿四日(11月19日) 晴朗,风息。上午蔡氏来送上见,殊觉虚文太多,然不能禁也。暇则点阅古文五篇。下午阅张啸山《舒艺室文集》。迟苏州船未还,大约昨日为风所阻,晚到,不能赶买物件也。

廿五日(11月20日) 晴暖,东风。上午苏州船已回,昨夜同里停泊,廿三日到已晚。接芸舫回信,子屏处托寄洋信并钱,渠家局租折价二千二百五十文,石脚有加三四升者。念孙夫妇回家须俟后来信定期。绣甫下午到馆,两账船明日均开发限簶。暇则点阅韩、欧古文四篇,以后无暇动笔。夜读《张啸山诗文集》。

廿六日(11月21日) 晴暖。上午陈汛镜亭来,求砺生作一字,与吾家本宗略谈而去。古文姚曾本停点,俟限务告竣再动笔。暇阅梅伯言所选《古文词略》,连古体诗五本(与砺生借阅),极精简,可称善本。子屏处下午接回条,洋信、王珠卷均收到,日上疟影转不轻,缠扰受累,来溪亦难订日期。

廿七日(11月22日) 晴,西北风。上午接郑氏如初五日会酌信,正值飞限、头限交际之时,万难赴约,即作札复渠兄弟,十二日张秉兰翁开吊补文,明日凌砺翁归,即可由莘寄盛,已命慕孙书就矣。暇读《张啸山文集》,与砺生闲话,所谈公事必须芸九兄点头庶能有裨于地方,甚望玉成为祷。

廿八日(11月23日) 晴朗。朝上徐丽江来自沪,会砺生复店务,留之朝饭而去,郑式如复信即托丽江寄局。下午砺生家来载,即回去，云初七八日要至苏候芸老，回来过余，到馆无定期。暇阅舒艺室唐本《说文》跋，不能解，以示慕孙，喜能句读，略通大意，可见考古有效。

廿九日(11月24日) 晴暖。饭后走候沈达卿，知病后变痢（《文选》已收还），现服子屏方，痢减而尚形委顿。暇则涤磨洗笔，略读张啸山诗，极和平，若渠经学、算学、历法，则不能略窥门径。两账船发限籴今日已毕，可称赶紧。

三十日(11月25日) 晴暖，要防发风。上午写字一页，观秀夫为余厅次间屏门画条幅山水，居然老劲无丑枝。暇读《舒艺室诗文》。

十一月

十一月初一日(11月26日) 晴朗而暖。饭后衣冠东厨司命神前、家祠内拈香叩谒。是日账房始搬至限厅，荣字及近村始有来还飞限者，每石二元二角收之，照米价看好不过略贱一角，不甚便宜也。李辛垞参须并札寄到，云价每两二元，以一元让售，当作复，前存四角有零，当再补一元了之。终日碌碌，接陈思杨梦花四兄讣条，知昨日寿终，初四大殓，人舟极忙，不能不应酬，拟命慕孙代念孙去吊，友庆当年，俟随鸿轩七叔届期同往。夜登内账。

初二日(11月27日) 晴暖，下午闻雷声久之，偏无云雨，咄咄怪事。终日在限厅收租颇不寂寞，夜间吉账共收乙佰七十馀石，内十馀石本色。是夜酬账房诸公，余陪饮。子祥臂肩之间生一疽，防是上反搭，颇为之踌躇。此疽要出毒，幸帮忙有人，或不至手忙脚乱，然不能事事舒徐也，只好听渠自然。

初三日(11月28日) 晴暖。下午西北风陡发，渐作冷。终日在限厅内督收租米，自朝至暮，各佃踊跃争纳，南北斗、荒字亦至，夜间二鼓吉账，共收约四百七十十①石，本色不满廿石。余精力尚可支

---

① 此处疑多写一"十"字。卷十二，第386页。

持,巳孙帮同督看,眠时二鼓后。

初四日(11月29日)　阴,昨夜雨,今晨风亦息。饭后命慕孙随鸿七叔至陈思送杨梦花大殓,归来下午,知排场尚可,晤陆寿甫、陈逸帆诸君。周漆匠来,先付洋廿二元,连喜封,算账俟恕甫来。自朝至暮,各佃争先恐后,夜间三鼓吉账,共收约六百石左右(实共六百四十①三石),本色余斛收,不过六十馀石。子祥疽痛大作,实难一手登清日收,幸帮助有人,诸事不至掣肘难料理,余精神幸不疲惫,眠已子刻后矣。

初五日(11月30日)　暖寒相间,晴朗。晚起,精力犹可支持。饭后子祥偕孙疮痛暂归,大约十日内尚难奏效。是日转头限,收存仓数户,头限一户,约收已三十馀石。昨日接念孙三十日来禀,欣知日上丸、膏并服,精神大好,不胜慰望。孙媳定期廿五日归家,廿三放船去载,须即日覆之。夜间略登内账,早眠,酣适之至。

初六日(12月1日)　晴朗。晚起,精神已复。终日寂寞,仅收布兼米三石有零。下午与慕孙略将新房先布置,两书厨对调,将旧账、旧窗课、杂作、书画手卷置一橱,文券包、方单包、老夫窗课、要紧账目、管钥置一厨,眉目为之一清。夜间略读苏诗。

初七日(12月2日)　晴朗。上午作两札,一与寅孙,准期廿三日遣舟去载,廿五日渠夫妇归家。一覆李辛翁,找还参洋一元,已照渠来价情让半元外矣。终日收租闲静,仅收洋八元,殊属太不踊跃,姑俟之。夜阅张啸山古文。

初八日(12月3日)　晴而不朗。终日收租,连折十馀石。下午恕甫来谈,以柳宗元《龙城碑》见惠,云可解疫,晚去,约即日到馆。砺老十二日赴苏,由莘接郑式如信,知会酌为余改期十二,颇抱不安。夜登内账。

初九日(12月4日)　阴晴参半。朝上接徐秋谷讣条,惊知久

---

① "六百四十"原文为符号𧷼十。卷十二,第387页。

病,昨日身故,明日小殓,十二日领唁,六侄今往探丧,寅记与鸿记合分。余拟十一日因盛川之便,亲一往唁,以慰晚四妹老年丧子之痛。终日收租十馀石,公捐桥疏亏项另摺收齐,共五十一元①,钱三千二百十文,每亩十五文算,至头限后拟截止。夜登内账,略读张啸山古文。

初十日(12月5日) 阴雨,颇暖。终日收租二十馀石,暇则部叙由梨至盛行李物色。是日莘塔源记籴晚色糙米乙佰六十六石,每石价贰元三角五分左右,付洋连用三百八十八元二角六分八厘,据云平斛多五升。夜间一鼓米始登齐,尚未卸算也。夜登内账限账,眠已一鼓后。

十一日(12月6日) 晴,西北风。饭后至梨禅杖浜吊徐秋谷甥,灵前长揖,退则无人接陪。知晚四姑太太头疽渐愈,即开行,饭于舟中,傍晚至盛,泊舟敦仁桥张氏门首。郑公若昆季招往,铺陈已起,卧榻已安顿,即同至张氏赴鬻疏之请,余又首席,与徐子青并坐,陪余者沈晋芬(补笙弟),菜极华盛,共七席。席终略坐,晤老友李子江、秉翁胞弟秉石翁。回至郑氏书室,与公若、式如情话良久,式如款余极恭,复襆被陪余,眠时一鼓后。会洋五十二元半,王惺伯赆仪一元,复李辛翁札并还参洋一元在内面交式如矣。

十二日(12月7日) 晴朗。在郑氏晚起,即衣冠走至张氏,吊奠秉兰翁,平生老友,同应小试,屈指同辈,几存硕果,为之凄然。继起有人,排场颇好,应酬半天,少年相识甚少。沈晋芬吉裳乔梓颇致殷勤,沈梦叔郎采臣陪余同饭,未掩丧即预拜送入祠,逃避郑氏昆季登舟。明日式如家会酌补席,实因限务忙不能再留矣。中午开行,西北风极狂,幸尚安稳。到梨傍晚,至邱氏,与澳之茗叙,大苦医况萧条,辄唤奈何! 夜饭于寿伯内侄家,钱一村、邱寿生陪饮,情话极适。夜宿舟中,听冬防局更鼓场声极森严巡察。

---

① "元"字后原文有符号 **以** 。卷十二,第387页。

十三日(12月8日)　晴朗。晚起,饭于舟中,略买物件即开行,到家上午,知砺老十一日来过,云昨日赴苏。子屏有信来,问租粮,匆匆命巳孙复之。两日约收二百馀石,眠时一鼓。

十四日(12月9日)　晴和。终日收租尚不寂寞,余收本色不过七十馀石,共收数连布蛋仅二百四十馀石,吉账已夜半。自开限至今,约共收一千八佰馀石,足七成半账。与巳孙照看,子初始眠。

十五日(12月10日)　晴。始转二限,终日闲静,下午风峭,共收租十馀石。晚接念曾复禀,知前信已到,近服淡海参颇有益。芸老亦有信致余,日上出门游局,要二十左右归家。砺老此行恐不值。本年新漕折价三千六百五十二文,江震两邑各加四千五百石,其说想必确实。

十六日(12月11日)　晴暖。终日收租五石有零。下午大女孙来,知砺翁今日由同赴苏,芸老即日回,可以晤叙矣。夜与孙辈、孙女小酌,极酣适。恕甫明日来,欲叙葵邱置田产,情难却之。

十七日(12月12日)　晴朗。终日收租不满二石,殊太懈弛。上午黄漱泉来,据云十九开征,新粮上预借百元,只好应酬之。北舍柜加征六百有零石,恐日后难免无辞说,姑照旧将计就计,约廿二来算账。下午恕甫来,议定葵邱六百,余则居首。晚间夫妇同归,约此月终到馆。由莘接式如信,收条寄复,惠糕果多品,何情挚若此,当即日作复致谢。

十八日(12月13日)　阴晴参半,西北风将发未透。饭后作两札,一致刘允之,廿一日会酌不及往,拟邱府东席钱一村代往,明日寄洋至梨并加札,托交钱公一札起草,命巳孙缮写,寄至盛泽,谢复郑式如。午前凌沧舟来,有所商,自度不能应酬。焕伯处立券,与之书房便饭,沧老自制蒸鳗惠送,同啖,味颇佳,下午回去。终日收租六七石,明日属陈丽卿赴苏,买办慕孙喜事皮货、衣服、首饰一应物件,持汉官六百之数尚恐不够,门面太大,费用不支,然甚难简省也,如何撙节过去。夜间伏载,约十馀日逗留。

十九日(12月14日) 晴朗,西北风尚不甚狂。饭后命舟至梨,以会洋六元①,钱五百七十文交钱一村手,嘱代赴允之廿一会酌。下午写一札,拟复芸老。终日收衺葑数户,约洋廿馀元,嬲照头限算,以后不准。夜登内账,阅《啸山文稿》。

二十日(12月15日) 晴朗,风渐息。终日收租二十四石有零。南北斗催甲进来,尚不懈怠,可嘉。夜登限账、内账,略阅《啸山文稿》。

廿一日(12月16日) 晴暖。是日饭后命下人送来年慕孙二月初四行聘,十九迎娶道日盘礼至凌氏,未晚即舟回,雨三太太回使犒赏俱厚,帖已允谢。终日收租二十石内。灯前至萃和,陪费杏庄自莘塔来治贰侄孙女癫证,据云病在肝胆阴阳之间,非用大剂不灵,方用独活、秦芁、升麻、石膏、龙衣、蜂窠、羌螂等味,重药已大具,未识有效否。陪之夜饭,絮谈送登舟始还,云今夜仍宿磐生家。

廿二日(12月17日) 晴暖。终日收租十馀石,始循例追租。黄漱泉来,照旧完大胜、大富三户,金、玉、在字、东渭、南玲九户,又付洋二百元,洋价一千〇廿文,云洋将看松,未吉账。张森甫同来,完尊、忠、荣、大西千、是字六户亦未吉账,付洋乙佰五十元而去。晚间苏州回,接念孙与巳弟信,知孙媳日上感冒,有寒热,三四日未凉净,廿五日似不能来,无须去载,颇切挂念。俟廿八日去载丽卿再候一音,早定归期为慰。凌沧州会酌命慕孙往,付洋六十二元五角,凌海香收,出一收条为证。晚归,云菜极华美可嗜。

廿三日(12月18日) 晴暖。是日有海州游民假逃荒,约大小乙佰五十馀口,头目四五人,勇悍异常。唤圩甲,命之到芦领钱,并以告示示之,不理,不得已同六侄到芦请陈镜翁,允许即来弹押,余即飞舟归,尚安静。午后汛台协同营兵即到大胜港口,劝谕多方,大胜圩不在谕单上,命圩甲派米二石给之,余家仍归芦镇一同给发,头目似肯从,惟时已晚,仍住庙宿,汛台亦许之,明日早行,不得滋事。镜翁船

---

① "元"字后原文有符号ᵖᵗ。卷十二,第389页。

始开,未识能平安遵约否,然镜翁已唇焦口燥矣。今日收租极忙,一黄昏后吉账,共收数五十三石九斗有零,米本色不满二十石,尚可过去。终夜有戒心,能不破藩篱为祷。陈公枪法不乱也,宵小构扇可惧!

　　廿四日(12月19日)　晴暖之至。饭后圩甲来,知游民清晨即去,圩甲奉汛官令,昨晚到芦持钱面给始安静,一时从权退兵之法,后不可援为例也。上午梨局陆少甫来,完南、北斗、荒字、南富、殿字五户,付洋八十三元①,钱三百七十文,书一收条,欲请益不能,许来年略徇私,搭桥过去。终日收租约共四十三石七斗,已八成半足数。夜登内账,对河钱芝芳子廉伯成婚,命巳孙去贺,吃夜间正酒而归。

　　廿五日(12月20日)　晴朗。今日仍放二限,终日收十馀石。陆畹九夫人开吊,命慕孙往,归来,知与翰卿、梅村小酌叙谈。黄漱泉来,九户上找洋五十元②,钱百〇五文过讫。暇作两札,一谕念孙,一致芸老,拟廿八日到苏投送,总望渠夫妇早日归家为乐。夜登内账,出款甚多。幼如又支洋二元,还梨过冬至,约廿八九日来。

　　廿六日(12月21日)　晴朗。终日收租连布不满五石。上午接砺老与巳孙札,知廿四日归家,芸老见过,所商二事似已点头,然恐靠不稳。下午由北舍接念孙禀,知孙媳妇已全愈,大慰,约初三放舟去载,恐人舟来往不及,即作便条致念孙札中,决定初五日余家舟上去,初七日回家,庶事从容。夜登内账,出款浩繁,恐不能支。

　　廿七日(12月22日)　晴朗。三朝大雾,仍不发风,今晨卯刻交冬至令节。终日收租仅一户,夜间祀先,厅上祭四代,祠堂内祭已祧之祖,念孙不能如期到家,巳孙兼摄二加祭祀,祖孙互相灌献拜跪,颇形栗六,尚不失礼。祭毕,在书房饮散福酒,与秀夫、巳孙畅饮,大有醉态,然越酒甚佳不渴也。夜眠几一鼓。

　　廿八日(12月23日)　晴朗。苏州船去,芸老札交念孙家报同

---

①　"元"字后原文有符号　。卷十二,第390页。
②　"元"字后原文有符号　。卷十二,第391页。

寄。终日收租零星，约三四石。张森甫来，前吉六户，找洋五十八元①，钱四百九十四文算讫。夜登内账，甚费笨算，可闷。

廿九日(12月24日)　晴暖，朝上浓霜。上午砺生来，又得《说文》数种交巳孙，内苏人张叔鹏新刻十六种最可采取，然尚有数种未刊全也。畅谈小酌，知新廉访见过，心腹之患可望痛除矣，下午回去，约初五后到馆。终日收租四五石，夜略静坐，租务九成未满。

十二月

十二月初一日(12月25日)　阴晴参半。饭后衣冠东厨司命神前、家祠内拈香叩谒。终日收租五六石，差追西邻陈妇草草归吉，尚如所望，可知姑息不得也。夜登内账，读《舒艺室诗集》。

初二日(12月26日)　晴朗，西北风。终日收租七八石。下午迟苏州船未归，不知缘何留滞。夜登限账，略读唐诗。

初三日(12月27日)　晴朗，仍西风不狂。终日收租不满十石，然颇吃力，今日开欠一户未进场。下午凌砺生来自北厍，知当捐一事大翻所约，县中已饬谕单提款，其照会被人匿过，可恨之至。谢绥之所料，真智者也。明日拟至苏与芸老婉商，或者以柔克刚，不至偾事，甚见卓识，然劳人草草，不得安居，殊非世俗所可及也。晚间苏船仍不到，甚不解何以耽搁。少顷，理卿同朱四裁衣已来，知今日十点钟开船，诸事办齐，新床亦到，不胜欣慰。念孙与慕孙札，欣悉孙妇平安，遵期初五日去载，初七归家。夜间略登内账，若苏账，须数日始清。

初四日(12月28日)　晴朗，西风略紧。饭后将新房一应物件运至楼上，至零星百货，位置检点亦颇不易。终日收租约共十馀石，南北斗催甲来而不齐，约初十日再进来。中午祀先，祖姚周太孺人忌日也，与慕孙谨致灌献，以尽微忱。下午以寄买物件还子屏，并送酱鸭、茶点、百岁老翁酒一瓶，接屏侄回片，许作百岁老翁酒长歌为报，

---

①　"元"字后原文有符号〻。卷十二，第391页。

明日遣舟到苏载念孙夫妇。夜登限内账。

初五日(12月29日)　晴暖。饭后率巳孙、秀甫赴恕甫孙婿会酌,至则退修相叙,余交洋八十七元,认第一筹,恕甫出收据,来年期上收洋六百元。知砺生因昨日诸元吉、叶厚甫来,今日始赴苏。中午十人团坐,越酒极陈,菜则鱼翅、火鳗、一品锅、汤鸭、火蹄等品,华美异常。同席则余家群从、凌氏兄弟叔侄外别无生客,极饱啖而散,至孙女楼上茶话片时始归。到家近点灯,租务不及问。明日要还砺生切问禀底,王梦仙催索良久,可知舆情大不协。

初六日(12月30日)　晴而不朗,东南风,终日暖甚。租务两日所收寥寥,下午以禀详底封交恕甫。竟日闲甚,然不能静坐。夜登内账,略读《舒艺室诗集》。

初七日(12月31日)　阴而无雨,酿雪未成。上午念孙夫妇平安归家,接芸老复札,前事有济与否仍含和以对。砺老昨日到苏,寅孙路上遇着。终日收租两三石,明日拟开账船开欠差,幸停止。夜登内账,与两孙闲话。

初八日(1887年1月1日)　晴暖如二月,日色红殷,朝上大雾。终日限厅寂无一户。下午倦甚,适沈达卿来畅谈,《梅伯言文集》缴还,与之共读张啸山文数篇,傍晚始回馆。接恕甫与寅孙信,防徐仲芳之会有支节,明日须向桐轩一问。灯下心烦,开卷无味。

初九日(1月2日)　仍晴暖,无雪意。终日仅收玉字租三户。命巳孙至恕甫处,与桐轩商酌仲芳卸会事。竟日闲寂,观秀甫作画,秀甫晚去,云就医养庄。灯前巳孙归,桐轩处五会之洋收齐,头会亦交出,惟与焕伯今日所述,仲芳十五日决计要办会酌,今已亲至萃和关照,两不相符,明日须焕伯来详问曲折。

初十日(1月3日)　又晴,东北风。上午东账船归,略有所收。下午同萃六侄至芦观音堂候本汛陈镜亭,以前来弹押难民酬仪四元,营兵船只二元,即托渠开销,蒙一口允承,致谢而出。与赵翰卿三人茗叙,晤吴又江,絮谈片刻始登舟,归家点灯矣。黄昏后命寅孙作札,明日专舟复徐仲芳,辞渠十五日不必办会席,因凌氏五筹并头会钱已交清,介安、焕伯三会亦可至期交余手收讫,若小会酒,甚属徒费无益(谓)也。焕伯今日不在家,命已孙告知芾侄媳,亦以为然,故决计如此办理。夜登内账,尚从容。

十一日(1月4日) 阴,东北风。朝起喜见雪花飘,杂微雨,惜即止,不能如掌舞。欲舟至梨致仲芳信,因雨雪而不去,两账船亦停开。限收寂寂,终日纷纭未做一事,天意渐寒,夜登内账。

十二日(1月5日) 阴,昨夜有雪,今止,下午转西北风。终日收租六七石,苌蓉催甲最狡者已笼络,酬谢算账讫。晚间梨里舟回,接徐仲芳回信,余家三会即由余处收数,已经允许,惟十五日仍设会酌相请,地主之情,固应如是,然此举或为焕伯张罗两会而设亦未可知,要之世情面面圆到矣。夜与两孙饮绍酒,极如适。《说文》原文汇笺草稿版头工竣,只剩补证未誊真,居然大局告成,可喜之至。

十三日(1月6日) 晴朗,不作冷。终日收理字(新里圩)马廷庆一户,虽有零欠,尚可过去。碌碌不坐定,夜登内账。

十四日(1月7日) 晴而不甚朗。终日寂寂未收一户,晚间东账船归自南北斗,略有所收。下午命寅孙作札致恕甫,凌氏五筹会并仲芳原条及余收条一并交恕甫分寄各与会诸公。晚上秀甫来溪,接恕甫回札,知砺老顷自苏回,明日必到馆中。夜登内账。

十五日(1月8日) 晴暖,东南风,有变意。上午子祥侄孙来,知疮是发背,烂肉已出碗许,其痛苦可知,现已收口,尚有馀波,齿则大痛,今冬断不能来。旧脩一元①,钱支找讫,又预支新脩十五元②,限内许拆五洋,以酬同事,下午回去。砺翁今午来,云明日要至紫溪会酌,今夜馆中住宿,所干之事二公允许保婴北舍一典不提,已须具禀县中申详,未识不驳否? 在二公已重情极矣。晚接夏明府札,与润芝合奉桌宪谕,城乡欲办保甲,实不谙水乡形势,已封寄润芝矣。夜

登内账,与砺公闲话。《说文》又新得数种。

十六日(1月9日) 阴,微雨,东北风。饭后砺生至紫溪,钞录砺老具禀县中缴还提致和典息公捐谕单,仍留作保婴公费一事。焕伯来,交会项三筹,收条均付,此款除出筹十全,并媳妇让半会与砺生外,实收洋二百二十二元五角,公捐存洋四十一元,即交焕伯手,并摺存公义典生息。北库柜漱老来,又完北玥、大义、禽字、北盈、东轸、东兽、南玲七户,付洋九十二元①,钱八百九十五文而去。两吉串未来,两账船归,略有所收。下午费氏遣女使来做年节,老房具盘折糕四枚,犒使六申一千二百文,领受惭谢之。新房具年糕两箱,殊觉多仪浮费不敢当。使者夜宿船中,明日要还苏,知芸老叔侄均不在家。夜登内账。

十七日(1月10日) 阴雨,暖甚。下午始转西北风,起晴。午前砺老还自紫溪,中饭后即回莘,云须公事缴谕禀投出后始可再来馆中两三日。暇作札子屏,买物欠找之账②寄去,今尚无舟送去。夜登限账,阅唐诗。

十八日(1月11日) 复阴,无雨,似欲酿雪。午前接子屏回札,苏城买物少洋一元收讫,知日上吃牛乳颇适,不费啸歌。限内寂寂,惟有来算中肖钱而已。夜登内账,读张啸山诗。晚间莘塔舟回,惊闻凌密之今日上午作古,痼疾愈而再发,竟无医治之法,不胜长叹,不独为凌磬生痛,吾党斯文均为减色矣。

十九日(1月12日) 阴雨兼雪,终日泥滑。饭后舟至梨川馈年仪,登敬承内厅,寿伯母子出见絮谈,冬米今付二石,存米四石,新年来取讫。又定白米十二石③,卸见算,收洋三十元④六角,邱小榕会钱、保婴代应费一概算清。与东西席陈泽天、钱一村同饭小酌,下午

---

① "元"字后原文有符号 ⮂ 。卷十二,第394页。
② "账"字后原文有符号 ⮂ 。卷十二,第394页。
③ "石"字后原文有符号 ⮂ 。卷十二,第395页。
④ "元"字后原文有符号 ⮂ 。卷十二,第395页。

即开船至东栅，顿女仆良久始开行，到家已黄昏后矣。大女孙已来自莘，情话久之始眠。

二十日(1月13日)　阴晴参半，不作冷，可异。终日纷驰，账目不清，不精会计之故也。下午大女孙至子屏伯处诊脉，晚归，观方，仍以调经平肝为主。夜登内账。

廿一日(1月14日)　晴而复阴，似仍欲酿雪。上午至友庆问羹二嫂疾，病由积滞感寒而起，舌苔绛色，恐有大寒大热未发泄也，本原似未亏。急与六侄商，余作札明日请辛垞医治为要。《说文正纂》诸家注，幼如已钞毕，约五佰馀叶，暂且停手，俟新正十五后再钞补证，煌煌大著作，砺老搜正之功懋哉！下午大女孙回莘，恕甫录示磬生挽哭密之联句云："廿馀龄学已成家，讵跨灶前程，薄有时名天亦忌；五阅月病终不起，叹舆图绝笔，重搜遗稿我何堪！"凡在吾党阅之，能不悲痛？终日碌碌，夜间洗足，颇适。

廿二日(1月15日)　阴，东北风，雪霏不畅。上午媳妇问二婶母疾回来，知不轻松，李辛翁昨已去请，至晚不来，后知办会酌不能抽身，甚不凑巧。今日命念孙至莘吊密之，并慰磬二母舅，下午回，惨悉密之有诀别沈咏韶诗，临终前二日也，言之凄然。砺二舅母见过，所托书院一事当到芦竭力定见关书。晚间北舍局漱老来，又完玉字新推紫亭户，芡荐、大义(小祭)、东义不扣银，东月、芡荐老祭，禽字中祭，共七户，付洋八十七元①，钱六百零四文，照去冬已完足，恐不能无后言也。夜登内账。

廿三日(1月16日)　阴，东北风，雪飞随雨几如掌舞，惜旋销，不能寸积。午后李辛垞来，即陪之登楼视二嫂病，据诊脉，云洪大，舌尖绛红内白，齿干，必有冬温内伏，不得视为虚证，用温胆汤参以川连，使徐徐透达，未识有效否。陪之中饭而去，岁暮难稽留也。晚上芦局张友蘩来，又完新立北玲、西仟、大仟三户，又东玲、北玲(老户)、

钟玙珣、世字、兵字、西力、佐字公祭七户,付洋九十九元①,钱一千〇六十四文。又,蔡进之托完二户,回钱二百五十文,今冬照旧又加祭产暨新立户已完足矣。黄昏时,衣冠率两孙拈香具酒果,敬送灶神升天奏事,并叩求宥过岁岁平安,是所私祝冀望。灯前同家人循例吃圆团,餍适之至,夜登内账。吴幼如明日由账船回梨过年,约新年灯节后再来抄《说文补证》。

廿四日(1月17日) 阴,小除夕。昨夜雪积寸许,今已销尽,下午西北风,可望起晴。终日无一事,东涂西抹而已。幼如所借用墨匣污甚,洗涤一清。夜读张啸山诗,气势浩瀚,出人意表,如人意中所欲言,真大家也。

廿五日(1月18日) 又阴雨竟日。饭后同陈厚安至芦算染账,余即走至许嵩安处,以砺生信面致,即邀陆友岩同至茶寮,商定明岁书院子屏秉笔,翕然众论,即烦友岩写定关书,另用一红梅单帖,三镇董事公请,列名者十四人,砺老、嵩老居中,余与润芝附焉,镇上暨钱、袁二君即托两君转达。又茶叙久之,友岩关书缮就,交余而回。午刻与翰卿馆中三人吃面小酌,又同茗叙,晤沈益卿,畅谈良久始还船,到家将晚,知子屏今日六、七两侄请渠来诊候二太太脉,方照辛垞加减,已幸大有转机矣。夜间略登内账,知瀚翁来过。

廿六日(1月19日) 阴冷,今冬第一天。终日大雪已积四五寸,来岁可卜大有年。闭门静坐,不赶一俗事,读张啸山诗,颇有兴味。晤六侄,知二太太昨服子屏方,胃口大开,可免风波,并无大寒热矣,甚为侄辈庆。是日命两孙写喜事诸亲友请帖客目。

廿七日(1月20日) 阴冷,始冰,西北风不狂,雪已停霁,望若玉山。终日碌碌,命厚安到莘买过年猪肉。限厅搬还原账房,略有催甲来算中销。夜间账房诸公盘拆工人脚钱,今年甚不肥。夜登内账,眠略迟。

廿八日(1月21日) 今日起腊,渐欲起晴,雪尚未销。上午将一应账目属理卿代管,是日发曰钱,工人续支,账房支脩金,又限规须八十洋左右,限规每股十洋外。子祥股半分拆五元,三与小陈,二与帮忙叶鹤林,同事犹以为不公,作陈平之难如是。中午瀚翁来,留之中饭,新愿、贫米、惜字、保婴一概算讫,付洋廿六元①,钱三百五十五文,掩埋说明不预支,来春续时付,略谈而去。下午薇人来,只谈风月而返,大约两家不得免也。夜酬账房诸公,余陪饮,颇能适意,夜间吉账几一鼓。今日开销须乙佰千文外,殊觉费用浩繁,支持不易。略阅账目,不及登载内坐簿矣。

廿九日(1月22日) 阴雨竟日,东北风,雪销几尽。饭后送各相好回家,只留董老坤过年,陈厚安父子暨丁达泉均约廿二日到账房。午前秀甫来,携行李归,知砺生昨日安稳抵家,下午还去。焕伯来派公数,与之相商葵邱二分,似乎肯允从,大约第二、第七,姑候回音。暇则登清内账,头绪繁多,半日始竣,为之一快。夜读张啸山诗以陶写真趣。两孙习会计颇能明亮。

三十日(1月23日) 阴雨终日,西北风未透,颇有春意,特潮甚耳。上午衣冠率两孙拈香奉神过年,谨谨叩谢。下午张挂先赠君、先妣沈、顾两太孺人神像于养树堂,二加则念孙抢年,老当祭来年介安侄承办。竟日闲静,因雨爆竹希闻。夜间张灯祀先,与两孙抢班灌献,祭毕散福,率家人团叙,饮屠苏酒,孙辈侍坐侑酒,顾而乐之。能得岁岁平安,时和年丰,则蔗境增甘,不胜祷祝。是岁为大有年,但望新年依旧大熟,则不独一家之福也。夜间虽无星光,而天色不暗,或者新正即日起晴。吃年夜饭后,与寅孙、巳孙闲话久之,甚望来秋科试得意,然必循序用功作文,庶在我者已尽,再望操之在人,两孙勖之勉之。时光绪十有二年,嘉平月大除夕十点钟,悟因老人时安氏书于养树堂之西厢书室。

---

① "元"字后原文有符号阝乚。卷十二,第397页。

光绪十三年(丁亥,1887)

一　月

光绪十有三年,春王正月,岁次丁亥,元旦日(1月24日)　阴雨,下午略停点。终日西北风,颇寒峭。朝上衣冠拈香,率两孙礼总佛,复至东厨司命神前、家祠内虔叩。饭后至萃和堂拜五代神像,先祖妣神像均叩谒。礼毕,三家男女分班叩贺,余一揖答之。与侄辈茶话久之,始还二加堂拜先伯、先兄神像,友庆堂又茶叙,侄辈、侄孙辈、侄媳、侄孙媳辈俱至养树堂来拜先人遗像,茶话良久侄各还去。余今日斋素,持诵楞严神咒十遍毕始卸衣冠闲适,两孙为乃父忌日致祭,余置之不见。但祝年谷丰登,诸事平安,不胜冀望。夜间又与两孙情话,登载日记。

初二日(1月25日)　阴冷,西北风,渐欲起晴。饭后巳孙随伯叔父辈至大港贺岁,子屏关书并《梅郎中集》八本即面交,寅孙至陈思杨少山家拜年。今晨接赵姨表姊昨日寿终信,明日当亲一奠,老年人之不足恃如此,然有令子侍养,可无遗憾也。暇作一诗怀何鸿舻,用张啸山集中赠君元韵,尚不涩滞。晚间两孙均还,港上稚竹抢年(病已清),稚梅留饮(雾气依然),陈思杨少山留饮。夜与巳孙小酌,颇御寒。

初三日(1月26日)　阴寒,下午始开晴。饭后至芦袁家浜探赵姨表姊之丧,年七十六,见其子翰卿,知病由多食粉团,滞积痰拥而逝,然此持借端。总之,精力已竭矣。一应后事楚楚,晤其甥唐蔚如,在雪巷抄书者,云《说文》未及半。丧家留饭,与顾云峰、沈益卿、范荣仁同席,午后未殳,一拜送之而出。归家未晚,知杨幹甫来过,寅孙值年留饮。港上稚竹、子垂两人来,介安留饮。晚间率两孙衣冠接东厨司命尊神,明日拟谨藏先人神像。夜间致祭,时极舒徐。

初四日(1月27日)　阴冷,晨起腊雪飞降,甚为农人庆慰,惜不畅下即止。饭后命两孙至砺生母舅处贺岁。上午徐縶友同织云之子子厚(年十五,经书初完)来贺岁,余处留饮畅谈,惜帆鸥戒酒不肯饮,下午回去。暇作札拟致何鸿眉,当托袁韵花寄达,师生谊重,必通候,想不浮沈。晚间两孙归,知二母舅明日来溪兼候子屏,可以止宿畅叙。

初五日(1月28日)　阴雨,霰雪微降即止,寒甚。朝起率两孙在账房内衣冠循例接五路财神。终日闲寂,以张啸山诗消遣。迟凌砺生不至,未知缘何爽约。少顷,与巳孙小饮解寒,砺生至巳一点钟,云有客在堂,不能抽身,说明吃小点心即往大港候子屏,商定书院规条,能邀同来住宿更如所望。命巳孙陪去,点灯时归,子屏畏风不来,夜以年菜酌砺老,特开越酒,两孙陪饮,酣畅而暖。大谈起造仓厫为日后第一虐政,挽回无术,将如之何?夜谭一鼓,雨甚始眠。

初六日(1月29日)　阴,西北风,雨始止。念孙夫妇同往苏城外家贺岁,朝上开行,今夜只好住泊同川。上午与砺生剧谈,日上苏城孙得之到莘,巳孙当以《说文》就正蔡调甫。凌又赓来自莘和,范荣仁亦来,均一茶去。中饭又与砺生小饮,颇酣。泮水港顾绥生之郎四官来,即同饭。下午砺生回去,约二十前到馆。夜间早眠。

初七日(1月30日)　阴冻,无雨,风渐息。上午恕甫信来,专舟载巳孙,缘蔡侣笙之郎石渠在莘,借可相攸,兼候孙得之,须后日回家。终日无客来,读张啸山诗消闲,夜登内账。

初八日(1月31日)　阴寒,飞雪即止,仍未开晴。上午作新正遣兴诗,不佳,不录草。闲读《舒艺室诗》,第二册将毕。夜间独酌,微酣。

初九日(2月1日)　晴朗可喜,为今春第一天。上午观村人盛家湾出刘猛将赛会。午刻金星卿来拜年,一茶回莘和。下午舟至莘载巳孙,暇读《张啸山诗集》。三点钟时,寅孙回自苏,今晨九点钟出城,外姑母子俱安,芸九叔畅叙,意兴甚佳。灯前巳孙亦归,孙得之叩教两天,呈示《说文》,有褒无贬,然见闻极广。又得未见书数种,侣生乔梓叙过,颇中雀屏之选。砺生日上宾客颇多,酒兴亦好。

初十日(2月2日) 晴朗,朝上寒冷,飞雪片刻即止。饭后命巳孙至苏家港贺节。是日村人赛会第二天。暇读《张啸山诗集》终卷。晚间巳孙归,苍舟母舅留饮。灯下略登内账,未坐定。

十一日(2月3日) 阴冻,不甚朗照。饭后殷达泉来,留茶絮语,介安处留饮,以请柬面邀之。上午袁子范来,一茶即去,知韵花今岁重固里仍要访何鸿舻师,可寄信,暇读张啸山词,亦绝唱佳作。徐梦花来自莘和,一茶即去,确知吾宗润芝选授无锡教谕,真天从人愿也。寅孙至梨贺年,大约在邱氏止宿。今晚盛家湾赛会收场,与顾家草人殴斗,大败而归,佛毁,人受轻伤,咎由自取,吾辈断不可与闻其事。灯下与巳孙吉算内账,尚未竣事。

十二日(2月4日) 晴朗,是日巳刻立春。上午费兰甫侄孙婿来自莘和,以请柬面送。村人诉殴斗事,余以不管闲是非,速去请和为要着,欲以片与迅地,辞以不便给而退。终日寒峭,以《张啸山诗馀》消遣。巳孙代余结算去年出款,约须五千馀千千文,今年尚有喜事用账,去年苏买物件另立簿,不在此数内,殊叹不支。黄昏时,寅孙归自梨,知今午饭于徐丽江家,昨宿邱氏,二汝、蘩友同席,从此贺节应酬完吉矣。

十三日(2月5日) 阴冻,下午开晴。上午修整书房,洒扫庭除。下午陆幹甫来自友庆,茶话良久,命巳孙衣冠答之,云十五日皇上亲政,已见《申报》。碌碌终日,夜与二孙吉算进款,亦暂幸相当,不足以自立。

十四日(2月6日) 阴雨,飞雪即止,东北风,微暖。午前凌叔苹来,酌以年菜,絮语颇欢。知恕甫在金泽未回,下午即去。蔡氏二姑太太来自友庆,兼为玉女孙看亲说合,一茶即归梨,甚匆匆也。夜阅《笑史》消遣。

十五日(2月7日) 元宵良辰。阴,无雨,下午略开霁。终日誊清出入账,巳孙帮助之力居多,观《笑史》不惬意,置之。夜看村人烧田财,火色尚红,可望无水,五谷大熟。晚接恕甫与两孙信,到馆无期,述及凌敏之,病甚危险,忽发狂作诗,语多禅机,据云前世是僧,今则练气已伤,不能久住,闻之,惨伤奇异之至!夜略静坐。

十六日(2月8日) 阴晴不定,仍寒。上午作札致子屏,预订喜事早来之约。下午两孙至大港,念孙请伯父定一丸方,即以余札面呈。近来子弟,但祝身体健旺,读书次之,故有此未雨绸缪之举。晚回,知屏老诗兴、谈兴均佳,丸方俟明日去取,《八贤手札》已还。

十七日(2月9日) 晴朗终日。始拂拭神像晒之,今日一应杂账登讫。下午子祥侄孙到账房,背疽已幸全愈,新肉尚未生全。润芝侄孙特来贺年,满面春风,福何可量?大约须四五月到任,文凭尚未来,一茶始去,似有辞行之意。夜读啸山诗。

十八日(2月10日) 阴冷。上午以熊蚬生分片寄交砺生。饭后惊接凌敏之凶闻,今日子时身故,迟其弟仅一月。罄生二兄,何遭此惨酷?除是劝渠娶妾生子,以冀回天之术,别无可以慰解。呜呼,何忍言哉!惟有亲朋同一哭而已。廿二日大殓,当命孙辈唁之。下午接恕甫札,知砺老他往,秀甫已回苏,到馆尚无的期。夜读啸山词以解闷。

十九日(2月11日) 晴朗竟日。下午凌砺生自北厍来,以敏之临终哭弟诗抄示,阅之,字字皆血泪可惨。托到苏兑高丽参四洋,寄还书坊手卷一个,约廿四日余舟去载到馆,匆匆即去。夜略静坐。

二十日(2月12日) 晴暖可爱。饭后录敏之风雪移家七古及哭弟诗,一则生气勃勃,一则至性动人悲悼。天乎,何二惠之均不寿也?是因是果,两不可解!暇缮致何鸿髯书,诗则命巳孙书隶书三叶,写得太矜持,缘不工书,小巫益畏见大巫也。下午洗足,爽利安适之至。

廿一日(2月13日) 阴,微雨。饭后命念大孙至莘,送敏之入殓,兼慰磬二母舅,此行甚易动亲戚之悲情也。暇则心猿意马,不能静阅一书,缘少兴也。晚间念孙归,磬二舅不见,犹自撰挽句,极痛惨不能卒读。

廿二日(2月14日) 晴朗,略有风。饭后部叙行李,拟明日赴苏。中午祀先致祭,先大人赠君今日忌辰,屈指见背倏三十八年矣,不肖无状,难卜显扬,但望此日祭奠再多历年,所率两孙躬亲灌献,稍申孺慕之忱,未识冥冥中能默佑否,不胜祷祝。祭毕,徐瀚翁来,留之年菜中饭,以致费芸翁信见托,下午回去,约初五日再来叙。是日账房诸公到齐,夜以年菜酌之,陪饮颇适,一鼓时余始伏戠。

廿三日(2月15日) 晴朗,西南风,渐暖。朝上舟行,至叶石湖始起来,风顺到苏,泊费氏后河,登岸不过未刻,芸九兄出见欢然,恰好吴望翁、吴鹤轩同在座。晚上望翁赴洪殿撰饮,九兄陪余不往。任畹香来长谈,始同望翁赴洪氏饮。夜间八嫂酌余,敏农同徐帆鸥、梦鸥昆季来自观前,六人同席,鹤轩谦不肯首座,余仍僭之。饮酒如量,絮语率真,惟主人菜太华美耳。一鼓时望云回,即与联榻八兄旧书室,又与九兄论及前事,久之始寝,不甚酣睡。

廿四日(2月16日) 晴朗。是日家中凌硎翁率子侄到馆。朝起脾泄,多食之故。与芸兄、望老剧谈良久,二公小点后即赴吴清卿招饮。少顷,殷柯亭衣冠来谒余,去后余即走答,不值,留片。中饭后余同敏农、帆鸥昆季观前徜徉,茶叙逍遥楼,薄暮而返。夜间芸九兄客气酌余,辞不能,望翁主人陪饮,极酣畅,语言无忌矣。文星阁惜字两洋面交望云,十点钟就寝,脾仍不健,一夜两次。

廿五日(2月17日) 晴暖。朝起,主人留吃面即告辞,芸舫叔侄并面请巳孙吉期早日光临。知廿八日书院甄别,敏农进场,约廿九日陪妹来溪。即登舟,至阊门仁和绸铺借环红绸十匹,出城泊渡僧桥,至大观园看戏,人数拥挤,每人涨至四角,演《洛阳桥》,烟火灯彩大可娱目。看毕,进城停泊,早眠,脾气始健,终夜安睡。

廿六日(2月18日)　晴暖。朝上开行出城，上午至同川小泊，吴莱生家送请帖，顾希鼎家托代送。即解维，东南风不顺，到家恰下午。未晚，知砺翁叔侄乔梓均在馆，大孙女同来，夜与大女孙情话，早眠，酣适之至。何鸿髯信对已托芸九兄之本家费又琴就医带去。

廿七日(2月19日)　晴暖。上午徐瀚翁来，恰好芸舫托寄之洋面致，余处亦付大衍，卅数新愿保婴，廿数掩埋，略谈而去。下午至沈达卿馆中候贺，长谈而还。余欲叙一大葵邱，幸六侄、七侄、介大侄、焕伯侄孙已允六会，其事可望有成，喜事后可冀不匮，不胜欣慰。夜与砺生谈天，渠欲作校勘桂《说文》，今已动手。吴又如廿四日已来，支洋一元以安其心。《说文补正》草稿抄全，明日命渠开写喜帖。

廿八日(2月20日)　晴暖。朝上以札并费芸老札致子屏，约明日去载，暇则补登日记。书房内四生开课，试文一，诗一。下午账船回，子屏寄口信，明日必到。元音侄同张洪甫进来，租地造屋在春江公墓旁北首，地一分一厘三毛，每月租钱八百文，归老五房当祭收钱，作为挑坟种树之费。留之便饭，立契，子祥执笔，契存余处而去。夜登内账，楚楚查讫。

廿九日(2月21日)　晴暖，略有风西南来，不狂。午前子屏欣然来，面色盎然，须则多白，精神尚无恙也。中午酌以年菜，与砺生剧谈，畅饮颇乐，有怀人诗数十首，尚未细阅。下午媳妇、大孙女求诊脉处方调理。沈达卿来答，在书房谈至晚去。是夜有阴火，村人鸣金驱之，一鼓时余先就寝。

卅日(2月22日)　阴，微雨。上午费敏农伴其妹来自苏，知昨夜在同停宿。廿八甄别题"论笃是与"二句，诗"循名核实"，进场一千三四百人，出场四点钟。午后用圆柏，砺生、子屏同席，九人围坐，饮绍酒极欢。夜间剧谈，殷柯亭送余《斋庄中正堂全集》，连制义诗赋二册，《前诗征》一部，当以片托敏农致谢。一鼓敏农宿丈石山房，念孙陪之。

二 月

二月初一日(2月23日) 阴,东南风,略雨即止。饭后敏农告辞,固留不得,云要至梨,年务未毕,送之登舟,约十八日随其叔过余。上午衣冠东厨司命神前、家祠内拈香叩谒。是日始命理卿至梨兑划洋坯,备喜事开销。暇在书房与砺生、子屏絮谈壹是,论及典捐下台法,屏老大有识见。

初二日(2月24日) 阴雨竟日,潮湿而暖。终日闲静,留子屏吃行聘酒后始归,渠亦欣然肯就。下午登清账务。暇在书房畅谈,于砺生案头得读张廉卿古文,是梅、曾后一大家。

初三日(2月25日) 阴雨,下午似有晴意。是日斋素。上午衣冠率两孙拈香,在瑞荆堂恭叩文帝圣诞。下午端整巳孙行聘五盘衣服、礼金一应数目,悉照大女孙凌氏行至余家之数,尚不从阔,惟盘中衣披华丽,且有乞邻之举,殊觉势难简约,风气所趋,不能禁也,一笑。暇与丽生、子屏谈天。

初四日(2月26日) 阴,朝上微雨,上午渐开雾。饭后送盘至凌雨亭三太太家,用快船两号,礼物、衣服、首饰分盘廿四,缠红在内,冰人砺翁、吴又如同往。午刻与子屏、恕甫辈小酌谈心,颇适。陆幹甫来自友庆,恰好留之,渠汇纂《尔雅》,欲向砺生借书。未至五点钟,盘船已回,雨三太太报币多礼。夜间张灯请媒三席,宾则大媒外幹甫同席,族则子屏外两房侄辈、侄孙均至,余陪砺生、幹甫饮新开绍酒,下桌圆柏九人围坐,拇战行令,豪饮极欢,恕甫、莱生大有醺意。席散息灯,又至书房略谈,眠时二鼓。

初五日(2月27日) 阴晴参半,终日春寒。上午检点凌氏礼帖,养树堂修整洒扫一应照旧。陆幹甫来谈,考证《尔雅》,抄录数条。下午舟送子屏回港,约喜事前再来叙。裁衣七侄(共付六元)、庆如三侄媳,一乙元三百有零,一贰元,今岁支讫,徐晢一元同付,稚竹二元今年亦付讫,此皆万不能缓之款也。碌碌竟日,未登内外诸账。

初六日(**2 月 28 日**)　阴寒,无雨。朝上恕甫陪大女孙至油车港邱月泉处诊脉,女科医家之极老辈也。暇作札致诸元简先生。下午登清账目。夜读古诗。灯前大女孙还,知月泉翁七十八岁,孙媳侍诊,方用养血清补,极道地。

初七日(**3 月 1 日**)　晴而不朗,东北风,寒峭甚。中午祀祭,先母沈太孺人忌日也,见背已六十九年,不肖尚幸福庇,浮沈于世,而吾母形容邈然不能一忆,言之心痛,惟与两孙竭诚灌献,显扬无望矣。未识春露秋霜,此典能多历岁时为幸。暇阅殷谱老时文,发皇者多。夜间梨里舟回,老妪述又谦夫人不愿与蓁邱第八筹,只好罢议,然为之计亦颇不合算,自认甚好。

初八日(**3 月 2 日**)　阴晴参半。上午阅殷补全时文,观恕甫写隶书堂对。下午子屏有信来,为媳妇斟酌一调理方,极费苦心。晚间杏村船还,接元简片,知今日出门看证,十九日如得暇必偕翼老来。夜读古诗。

初九日(**3 月 3 日**)　晴,下午不甚朗。是日丁卯。终日碌碌,略阅谱老时艺。接陆韵涵初三邑尊切问书院开课题,明日戊祭杨公祠片,然余明日无暇往。

初十日(**3 月 4 日**)　阴雨。上午始命工人拂拭屏门,裱挂恕甫喜事所书隶对。砺生暂归,下午携书即来,知磬生据案校书,足征镇定之功,后福未艾。暇读谱老制艺第四卷,大约发后所作,益臻朴茂可取。

十一日(**3 月 5 日**)　阴雨,东北风颇紧。终日无事,读谱老时艺卷四略毕。下午由莘塔寄到姚先生所书新房对联条幅,真草、隶、篆俱全,又送立轴全幅,用泥金红蜡笺书隶体,句用韩侯之五章,作贺礼,极宝墨可珍,不胜欣谢,礼当作书申谢悃为是,然措辞颇难。夜阅古诗。

十二日(**3 月 6 日**)　百花诞辰。上午阴,下午雨,潮湿。竟日闲坐,殷谱翁时艺复阅第四卷已遍,暂藏书厨,喜事后再读。盛川、梨川舟还,请客已毕,借灯未齐,夜雨不止。

十三日(3月7日) 晴朗可喜。饭后指挥工人启闭门窗,或移动或更换或开通,以便三厅位置得宜,书房收拾,砺翁下午回去,约二十日回门后来补吃喜酒。今日二孙女文宜吉定蔡侣笙之郎号石渠,新亲用护书匣,两盘心,具文宜吉定礼,元丝锭六圆,余受礼,回允谢忝眷帖,犒使六申①二两,镀金银发禄,鳌头全副,喜糕四十匣,留从者五簋而去。终日忙甚,不厌其烦,夜登内账。

十四日(3月8日) 朝阴微雨,下午西北风,起晴。饭后命舟至梨邱氏借灯,命工人揩净枰桌门窗,与孙辈同理卿悬挂字画,排场楚楚一半矣。观恕甫写隶书喜对,古劲之笔已出人头地。

十五日(3月9日) 晴朗可喜。饭后命舟至芦借灯,买办杂物,乡间做事必须预筹。午刻邱内侄女大小姐来,云兰内侄寿伯须十九日到溪。下午始悬挂灯彩,尚未齐全。夜登内账。

十六日(3月10日) 晴朗可喜。今日巳时为二孙安床吉期,凌砺翁母舅家总账来送贺礼,并送上头糕盘,犒使谢领之。下午恕甫夫妇回去,绣甫另舟送归,均约十九日夜间随送亲船同来贺兴。是日灯彩悬齐,一应排场尚未完整。

十七日(3月11日) 上午晴,下午阴,潮湿。终日督率下人悬齐灯彩,位置桌席,一应楚楚。下午盛泽轿伞执事俱至,馆上茶担亦来,大约诸事可免局促。夜与两孙尝酒小酌,颇适。夜间在喜房略定明日章程,眠时十点钟。

十八日(3月12日) 晴,朝上大风,午后渐息。朝上鼓吹、升炮、开门,中午凌氏送妆已至,犒宴左右来使。下午运妆上楼,位置舒齐。夜间请邻,男三席,女一席,宴客三席。尤可喜者,是日中午风尚未息,芸九兄敏农、诸先生、陈翼翁、子屏侄均冒风而来,尤为破格可钦。夜与诸君絮语,两账房相好均来办事,照应门户,与孙辈就寝已子刻。

---

① "六申"原文为符号坤。卷十二,第405页。

十九日(**3 月 13 日**)　晴和无风,大好天缘。朝起排场,鼓吹、升炮、开门,上午贺客云集,中午宴客,两厅十二席,又补两席。袁憩棠老友亲至,殷达泉、述庭叔侄后至,朱竹坪、董梅村续至,均极情重可喜,李星北晚间亦来(芸九兄午后回梨,余不及送)。午后用大船、快船各两号,具执事衔牌,慕孙乘轿行亲迎礼,陪亲谊君亦颇多兴皆往,不及一鼓,亲船已回,恕甫、秀甫、玉官、陈逸帆偕至,余喜甚,即点齐灯彩,执事排班迎慕孙夫妇登堂行合卺礼(时值亥正),余夫妇免不参堂受拜,即送入新房。少顷,换艳妆,登堂祭先见礼,排花筵,内厅三席。宴毕见礼,亲友多辞,诸事圆成已四鼓后,余精神尚不至十分疲倦,颇能酣睡。

二十日(**3 月 14 日**)　晴和。朝饭后诸元翁、翼翁不告余逃归,缘元翁医况颇有起色,不能留也。董梅翁亦然,李星北随去,均不及送。已刻凌恕甫、定甫来问宜,用绛成大奏班款新客,共五席,未终席即回去(敏农、帆鸥亦回梨,元音、葵卿两侄留一宿而去),随即行合归礼,大船一号送慕孙夫妇乘轿登舟。是日始见二孙新妇,未及黄昏两新人已还家。夜间雅奏款新孙妇,用大菜,内厅亦三席,鼓乐欢欣,颇形热闹。余略有感冒,不及细听雅曲,早眠养神,极为适意。三鼓后奏乐圆成,照管门户念孙主持,尚周到,然雨夜中闻有小窃混入众人之中,幸被照应之人窥破,一无所失而去,不胜喜幸,书之,以为后来作事者致慎焉。此番喜事颇侥幸诸事顺利。

廿一日(**3 月 15 日**)　晴朗。晚起,精神已复。饭后殷达泉、述庭、郑公石均回去,送之。李辛翁有书致余,因新董丝业公事不能抽身。上午砺翁衣冠特来补道喜,中午特设一席酌之,子屏陪饮,留宿东书房。夜饮算账酒,共五席,拇战欢饮极畅。饭毕,随诸相好至新房茶宴,笑语良久,眠时二鼓。

廿二日(**3 月 16 日**)　雨。饭后慕孙随二母舅至莘,具正菜致祭外祖父母,循俗例也。归时傍晚,子屏侄下午亦送回港,此来颇有兴致。今日始收拾灯彩,装整门窗,尚不能一应照旧。

廿三日(3月17日) 阴,西风大吼。饭后慕孙冒风雨至苏家港嗣外祖母前送酒一席,并致祭嗣先外祖,归家安稳,已傍晚,舟人得力也。念孙收整书房,一应几案位置照常,夜眠甚早。

廿四日(3月18日) 晴朗,颇冷。喜房始发劳金工钱,新亲左右随从犒赏人多,其费较大孙略优。终日栗碌,是日诸亲处新房送礼物已毕,夜间酌来使两席,内厅灯彩点齐,堂上坐茶,受来使叩谢,慕孙夫妇陪侍茶宴,六、七两侄并侄妇均来贺兴,向平之愿从今毕而未毕,然余夫妇蔗境已尝,回想当年,不胜欣幸。眠时二鼓,邱寿伯内侄并大内侄女今日上午亦归家,冬米四担付讫,只存新米十石未开仓。

廿五日(3月19日) 晴和。饭后送新房随从左右回莘,内厅收拾灯彩,装好门窗,一应位置略已照旧,惟开销尚未发全,账目喜用尚未吉算,须再迟三四日始全。是日曾祖母黄太宜人忌日致祭,念孙随鸿轩七叔至陈思莫吊杨梦花并送葬,午刻砺翁到馆,恕甫未来。下午大孙女回莘,未识明日同恕甫来否。念孙傍晚回家。

廿六日(3月20日) 晴和。饭后将登彩一切还全,喜事应用之物一应了吉,惟本宅工人、仆妇尚未开发。是日余借亲族之力,叙一千金大会,中午会酌,菜用蜜南燕鸽,酒用吴祭酒所送七年陈绍。凌砺翁出名三会,邱寿伯出名一会,介安侄、焕伯侄孙各二会,鸿轩、苹甫两侄各一会,叙者九人,恕甫特来,喜甚。未刻坐席,戌刻散席,拇战豪饮,约共销酒十七八斤,砺翁颓然,馀则醉而兼吐矣。如此豪举,为此堂中所未有,大为欣快。余不多饮,极适意,眠时尚早,恕甫晚去。

廿七日(3月21日) 阴晴参半。养树堂几案位置如前。下午凌砺生回去,后日赴江,陪恕甫辈初二日应县试。午后无事静坐,反形疲倦,一应账目懒不耐阅。又如抄《说文》,计日计字付钱(每一千五百字付钱百),今积交洋坯一千零五十①文,付洋一元(另起)。今

---

① "一千零五十"原文为符号 **阝丰**。卷十二,第408页。

日卯刻交春分节。

廿八日(**3 月 22 日**)　晴和,犹有风峭。终日闲居,始整齐笔砚书籍,阅殷谱经文数篇,夜读梅选古诗。喜事开销账目子祥已登全,懒不能检阅,一鼓后安眠。

廿九日(**3 月 23 日**)　晴朗。暇读殷侍郎制艺,未发之前,笔极镰悍,即发之后,语甚简练,都可采焉。晚间大孙女来自莘,知恕甫清晨开考船。夜与女孙辈闲话。

三十日(**3 月 24 日**)　晴和可爱。饭后命慕孙夫妇谒祠参灶,盖今日十二朝也。午后雪巷沈、盛泽郑、王三家具糕盘礼来遣使望,留酒食犒赏之。雪巷舟回,盛泽女使止宿,暇读殷谱老时文数篇。

三　月

叁月初一日(**3 月 25 日**)　晴和清朗。盛泽女使趁航船回去,可称两便。饭后衣冠东厨司命神前、家祠内拈香叩谒。慕孙作《"鼎"字〈说文〉考证》一篇,明畅可喜。暇则始将喜事簿,子祥所喜吉算细阅一过,约计较念孙略省,然浮费亦甚难简。眼花,懒不能登过内账,且俟明后日。大孙女至油车港就医,回来颇早。夜阅零用账,亦不能查登,可笑。

初二日(**3 月 26 日**)　晴暖,盎然春意,皮裘嫌重。终日将喜事用账一一详阅,明日可以内登清吉。晚间北舍局漱老来,所许老例三十枚,穿早二十馀天,面付讫,会三洋不扣,串两吉亦收清,大有后言,搭桥过去,许以夏间再商,似尚吃情,以新房新喜果精品四色饵之。夜登零用账。县试正场,恕甫诸公何时出来?得意是望切。

初三日(**3 月 27 日**)　踏青节,晴和可喜。书房两孙课书院题文,未晚草稿完。徐瀚波来,留之中饭,渠是素斋,云掩埋即日开办,付旧愿洋廿五,又括字五元,絮谈而去。今日始登清慕孙喜事开销账,自去年九月起至今年二月三十日止,共用洋四佰六十五元,足钱贰佰七十三千六佰廿五文。苏、沪、盛所办物件用洋乙千四百十八元,钱廿四千百九十五文,较之念孙略省佰金,然已浮费难支,以后即欲撙节,恐难还吾真面目,不胜喜幸自警。暇读殷谱翁制艺,夜阅古诗。

初四日(3月28日)　晴暖,落沙天,菜心已满畴青嫩矣。上午阅殷侍郎文数篇。午前芦局张森甫来,即付老例十五元,略谈而去,似尚直落,少支节语,粮串亦已收齐,惟蔡托两户未来。下午由友庆略知县试题,"而已可也,三年","夫道,一而已矣",诗题不知。夜登内账。

初五日(3月29日)　阴雨滋润。终日闲静无事,阅殷谱经文一卷。下午命念孙起草缮札致费芸翁,为黄荫臣托捐监,指明要海防捐,真无谓应酬也。夜阅古诗,早眠。

初六日(3月30日)　阴晴参半,下午雨止。饭后至赵田吊奠袁松巢夫人吴太安人,今日治丧,至则排场颇阔,与陆韵涵同饭,晤陈少龙、夏桐生、周彦臣、郁叔廉(少彝郎)、刘健臣、允之诸君,始略悉江头场案首陆新甫,凌恕甫十一,馀俱不知。略应酬片时,归家午后。夜登内账,略阅殷侍郎文孟艺数首。

初七日(3月31日)　阴晴参半,颇闷热。上午始用朱笔圈定老谱时艺,余之所喜者。今日命寅孙至梨,清节致祭徐秋谷表叔,下午还,知上楼见陶氏祖姑母,絮谈良久,上年头项生疽已愈,谈兴尚佳,似大能旷达者,渠家两孙之幸也。夜读古诗。

初八日(4月1日)　阴雨潮湿,下午西风起,渐可望晴。暇圈殷师傅文孟艺已毕。下午命寅孙至西张港补吊顾纪常,以全交谊。灯前录内账费用,日上颇浮大,奈何?

初九日(4月2日)　晴朗,大风竟日,渐寒。上午率两孙、六、七两侄暨六侄孙至南玲圩先考赠君、先伯父秀山公、先兄起亭公墓前祭扫,风狂树振,耳际都是涛声,瞻顾松楸,互相拜献,幸尚能成礼。今岁先伯、先兄寅孙值祭,回来尚早。下午复命两孙至北玲祭扫渠嗣考,乃叔子庆。暇则圈阅殷文学庸已毕,夜读梅郎中古文。

　　初十日(4月3日)　晴朗，西风未和。上午率两孙、三侄、侄孙辈，介侄抢年备舟，先至西房圩曾祖赠大夫墓前祭扫，回至南玲圩先祖赠君墓前祭扫，少长共集十一人，奠酒焚帛，尚未愆仪，徜徉半日而归。元音侄代老四房长林侄孙领祭田费，共付八元①，钱一千，合九千四百文，云今岁共收十九千文，又洋三元，酒食费绰乎有馀矣，略谈而去。下午圈殷文半卷，则多出色之作。夜间介安侄招饮散福酒，共两席，孙、侄、侄孙辈叙者十三人，焕伯以越酒相侑，孙侄辈拇战欢饮，如量而散，还来早眠。

　　十一日(4月4日)　晴和风息。饭后命两孙至东轸祭扫乃父墓前，回来云，泥不固，此月中须挑好。接恕甫札，知头复案已发，昨日二复，题"片言可以折狱者"至"听讼"，经"正德、利用、厚生"，诗"雨中春树万人家"。元陆仁荣，恕甫第二，大慰所望，能夺元更妙。暇阅圈殷谱老文。夜间清节祀先，祠堂内祭已祧之祖，余主之，厅上祭高曾祖父四代，两孙襄祀，拜奠灌献，略尽诚敬。祭毕，饮散福酒，与两孙谈考政，阅恕甫文，两场并佳，可喜之至。

　　十二日(4月5日)　清明节，晴朗无风。饭后余率两孙，介安处备舟，同六侄、侄孙辈七人至北舍，泊舟始迁祖墓前祭扫，当祭者已至，族中咸集。次先至长浜里六世祖坟前拜奠，回至东木桥七世祖墓前祭扫，复舟行至"角"字，往去七舟，高祖墓前祭扫，见墓前有荆棘，来年必须修挑。祭毕，回镇上，在长林侄孙家饮散福酒，共十三席，叙者七十馀人，余与云青、薇人两侄、馥斋侄、元音侄并元音嗣子星三侄孙同坐，菜极丰盛，侄孙辈侑酒颇欢，始以老坟旁张姓祖地造屋契，来年抢祭收祖息，为修理之用，传示族中诸侄、侄孙辈，咸以为是。饭毕，复茗叙人和楼，知今日覆终七十二人，吾族惟禄申侄曾孙名列十四，案首顾文泉，恕甫第七，馀尚不知。良久，回家未晚，知绣甫就医子屏处，来过，精神尚可支持。

────────────

　　①　"元"字后原文有符号 ♭♭ 。卷十二，第410页。

十三日(4月6日)　晴朗,略有风。上午圈读殷文半卷,下午大女孙回莘,夜登内账。晚接砺翁、恕甫与两孙信,知二复题"以大事事小"至"保天下",赋"镜清砥平",以"寰宇镜清,方隅砥平"为韵,诗"万国衣冠拜冕旒"八韵。恕甫因抬头误,故稍抑,末复四讲,"君子道者三";"月无忘其所能";"伯夷,圣之清者也";"明则诚矣",合"三月清明"四字。恕甫师爷姚公极称赏,批语极华。

十四日(4月7日)　晴暖如令。上午圈读殷侍郎时艺下论卷终,下午散坐不开卷。徐蘩友与寅孙札,渠震泽复终十一名,未识能收进否。陈秋槎现列第七,题目无一好做者。

十五日(4月8日)　晴暖,可去绵衣。圈读殷侍郎制艺上论半卷。下午闲散,作札拟致吾家子屏,请古学全题。接陆斡甫复已孙札,始悉江正案首陆新甫,凌恕甫第五,差强人意,能得府试夺元为快。夜登内账,读梅郎中古文。

十六日(4月9日)　晴,暖甚。上午圈读殷侍郎时艺《论语》终卷,适砺生携酒至,中午小酌畅谈,晚去,约二十后到馆。子屏处经解赋题俱写来,孙辈又要忙钞几日。晚间由北厍寄到芸舫信,海防捐监此月可上兑,朱振叔已肯代办,当即日关照介侄。又寄到陆九芝封翁讣文数束,廿一日开吊,不及往,拟此月中补奠,以申旧时交谊,非诣也。碌碌不能静坐。

十七日(4月10日)　晴暖,有夏令,夹衣可试。上午圈读殷谱老制艺终卷,只剩经艺四篇未动笔,如此首尾统校,亦自谓老谱谈文一知己。暇作采茶二律,为书院课捉刀,两孙今日做两赋、两经解,虽有蓝本,尚肯自出心裁,差为可喜。夜登内账。

十八日(4月11日)　阴晴参半,下午风雨微至,略冷。上午圈完殷侍郎经艺全卷,续圈馆赋。暇书两札,一寄诸先生,一寄费芸翁,约廿七日到苏。念孙以书院全卷稿呈阅,赋虽有未妥处,然尚可过去。夜登内账。

十九日(4月12日)　晴朗。饭后圈读殷老谱律赋三篇。是日凌雨亭三太太来做满月,胜糕四箱,圆团两箱,他物称是,殊谢多诸浮丽,俗情不能禁也。已孙夫妇参灶谒家祠毕,见礼老夫妇,顾而乐之。中午厚犒来使,恰喜砺翁同来,知府试廿二日上县头场,何呕呕若此?砺翁来,收拾书籍,拟廿一日挈恕甫辈到苏。午刻砺老携酒小饮畅谈,下午回去,有所商,全数允之,约余廿七日在苏再叙。明日舟至颖村,以新房礼物送诸先生,并札候砺翁,以祈《说文》全部托元老转借陶小祉。栗六终日,夜略静坐。

二十日(4月13日) 晴热,几夏令。以糕团分送诸亲友,明日始毕,然已多暴殄,可警可怕。上午圈殷赋四篇。杨文伯夫人又光降,寅孙抢年,留之二加,款以蹄菜,羹二嫂、二孙媳见礼陪之,仍援例牢不可破,以四洋共酬之而去,年已七十八矣。少伯医况甚佳,殊笑此举之不得体也。下午燥热,体不甚适。夜登内账。

廿一日(4月14日) 晴暖。饭后圈读殷老谱赋四篇。下午子屏有札来,即答之,陆分收到。王学台《劝学篇》为砺生携去,梅文伯言集要借,均须迟一月始付。书院后者不排名次,以全体面,亦须商之砺老。两孙作小课,一赋,一诗,一七律,一经解,一论,全卷阅之,不论佳否,尚喜有志。七侄来谈,杨借两元,派付之。夜读梅郎中文。

廿二日(4月15日) 晴暖。饭后沈达卿馆中略谈,蔡调甫已知府试改期,即刻束装将行矣。出来,与杨墅大侄女话旧,回,则圈阅殷赋五首。下午陆韵涵寄到观风全卷,陆幹甫第一,毕竟名下无虚,思笔迥不犹人。夜登内账,灯下看书房所列初开牡丹,玉立绛衣,亭亭可爱。

廿三日(4月16日) 晴朗。上午圈读殷侍郎赋四篇,恕甫有信与两孙。昨自江城谢考回,确知府试仍初二开考,并无改期之说,姚先生不探实信,漫告人,亦误矣哉!恕甫因热略有小恙,可不介意。暇翻梅郎中所选《古文辞略》。至瑞荆堂赏五色牡丹,听两孙朗诵《汉书》,是人生清福之最不易得者,故特识以自警。夜读梅文半卷。

廿四日(4月17日)　晴热。上午圈阅殷赋上卷毕,介安侄来谈,以黄荫臣托捐监洋,并受恒日收托转(因监照未到,仍收还)交芸翁。接子屏札未复,益之四侄媳,余处付冬米一石,尚存五斗,下半年付。下午六侄来谈,云梅苹卿会课文极好。夜登内账。

廿五日(4月18日)　晴朗清畅。上午圈殷赋下半卷五篇,下午略阅梅选古文。明日巳孙夫妇双回门至莘塔,家人备盘礼,特做胜糕两箱又两盘,未能免俗,聊复尔尔,然狼戾多矣。夜读梅伯言古文。

廿六日(4月19日)　晴朗。上午巳孙夫妇同至莘塔盘桓,省谒岳母,余处备双舟送往,暇则圈阅殷赋四篇。下午部叙行李,明日当至苏州。夜间伏载,有新房老妪同行,明晨不能早开。莘塔舟回,接砺翁致余札,陆分三托致。明天同恕甫来赏牡丹,惜不及追陪。

廿七日(4月20日)　晴。舟中晚起,东南风,一帆顺利,到苏三点钟。芸翁竹林得前信久待,出见欢然,徐帆鸥亦在座,适朱振叔遣人来,即托九兄将黄荫臣捐监洋交出。夜间小酌,絮谈,极酣适,惟嫌客气多品。未及一鼓,在八兄书房安眠,帆鸥联榻。

廿八日(4月21日)　阴,下午西风,渐冷。上午乘轿至崇真宫前陆氏旧第,补吊九芝封翁老友,凤石出见,尚不失书生本色。一茶告辞,以乃翁《世补斋医书》见赠,顺道至桃花河候姚凤生,絮语,见其二世兄悟千,云县试因小恙只考正场,扰渠小点而还混堂巷。终日与芸老畅谈,朱振叔来候,知海防捐今日截数,以后须由京捐纳,此番黄荫臣尚为凑巧。夜雨寒甚,饮芸九兄所开越酒,春意犹留,眠时酣适。

廿九日(4月22日)　起晴,仍寒。上午阅敏农、帆鸥窗课试作,各有妙处,敏农火候已足,只待命来即可高中。下午与芸九兄步至出巷天福庵,观八嫂所藏寿木板,系望云江右带归,新自江城载来者,的是宁化淡水货,价百千文。还至本巷潘氏宗祠义庄,规模闳大,颇有亭池花木之胜。夜仍小饮谈天,彼此无忌。

四 月

四月初一日(4 月 23 日) 晴。上午闲坐,与芸九兄剧谈,朱振叔遣人以黄榕监日收交来,封局已撤去矣。下午同敏农、帆鸥出游,先至试院内小坐,知明日府试上三县正场,见号板已据满,江震抢三场初八开考。复由元和县前走王府基大营盘旁一武官公所,颇有亭榭,位置幽雅。始出卧龙中街,游顾氏怡园,游人不甚众,牡丹盛开。茶叙徜徉,晤殷柯亭、袁子番诸人,久之始还。吴望云祭酒今日进正谊书院开课,公事毕,芸舫处留宿,又剧谈始安寝。

初二日(4 月 24 日) 晴。早起扰主人小点始告辞开船,舟中略翻《世补斋医书》,于伤寒证一门大有补正,实仲景千古知己。到家下午,恰喜巳孙同大孙女来自莘塔。廿七日砺翁乔梓到溪,牡丹已赏识,今日赴苏应试,朝上启行。夜早眠,倦甚。

初三日(4 月 25 日) 晴暖。上午圈殷赋。下午作札拟复子屏,并以《世补斋医书》借阅,未识肯动笔定弃取否。倦甚,目昏,一概账目不能登阅。焕伯侄孙游杭归,以木杖送余。

初四日(4 月 26 日) 暖而晴燥。饭后督看木工于养树堂西偏装葺一静室,其围屏上字书真草隶篆金石文,是念孙、恕甫为之,颇古雅。芸九兄信件送交子屏,接回札,近体仍不健旺,意兴尚佳。暇圈殷赋,登补日记。

初五日(4 月 27 日) 晴而不朗。饭后圈阅殷赋,率念孙视鸿轩七侄疾,昨自杨墅归,极委顿,今日寒热已凉,可无大病。子屏处复有信来,为大孙女处方,与邱女科方并服,极有斟酌。《世补斋医书》不甚以为然,谓其信古太甚,不能无弊,惟论伤寒精透之至。午前邱内侄家使老妪来,确知顾光川家初二夜又遭回禄,店面尽毁,内宅幸无恙,光老到苏,免吃大惊,最可惨者烧毙一小伙,系东浜沈姓,进店不过一月,是何劫数难逃若此? 不胜可怜! 邱氏以水龙得保,甚为祷幸,然被惊甚矣。大女孙下午回莘,夜雨未透。

初六日(4月28日) 阴,上午又雨,春花滋甚。午前圈读殷赋。徐瀚波来,新愿上又付洋三十元①,一茶即去,云日上正在开办掩埋,今日因雨停工。夜登内账。

初七日(4月29日) 雨霁,开晴,风景清朗。上午始将殷侍郎律赋二册圈毕,交与两孙,以为学馆阁赋之老样式。余又从事于集中之试帖诗,欲详读一遍,未识能有兴终卷否。下午寄到切问书院前月课,第一有国初气,恐时手做不到。巳孙二名,六侄苹甫三名,共得花红七百文。念孙在后,看得极细,深中其弊疵所在。夜读梅郎中文。今日午餐畅吃蚕豆饭,譬之于文,色香味俱臻绝顶,独出冠军。

初八日(4月30日) 晴朗,清和。上午读殷侍郎试帖诗,则无篇不佳,此公最擅长也。北舍局黄漱老来,又通情请益不出串洋十元,又照老例票借洋廿五元,言明银扣,如所望而去。闻北舍仁茂京货店昨夜被盗,骇然! 此辈何又蠢动? 暇则略以梅郎中古文消遣。

初九日(5月1日) 阴晴不定,下午微雨,东风渐暖。上午阅殷试帖十页,两孙呈示书院文,用意作法相同,而笔力警健古峭,则虎逊于巳,然皆不拾人牙慧,可喜也。下午苏城费亲母家来送催生礼,遣女仆来,老房兑中致仪四元,小房喜蛋满箱,中子两箱又四盘,殊觉太费多矣,厚犒来使,留宿,明晨回去。吴又如今午来,即动手钞校勘桂《说文》。

初十日(5月2日) 晴而不朗。饭后命工人以粽子、喜蛋分送诸亲,免致蹭跶,然狼戾已甚。暇阅殷试帖十页。下午董梅村来絮谈,知诊视七侄渐次平复。夜读《梅郎中古文集》。

十一日(5月3日) 晴朗。上午点阅殷试帖十叶。下午阅梅选古文铭文半卷。夜登内账。

十二日(5月4日) 晴朗,有风。饭后命念孙随介安伯、苹甫叔至北舍,时丹卿侄已除服开吊,故有此应酬,同宗之谊,然也。中午

---

① "元"字后原文有符号 ⊨ 。卷十二,第415页。

还,云熟识之人甚少,且传闻盛泽大街又遭丙丁,鸿春庄郑氏内宅庆贺无恙(宜驰书一问),闻之寒心。暇阅殷试帖十一叶,略读梅选古文。巳孙又呈示书院其二文,通体散行,构局紧密,大异时趋,独弹古调,为之欣喜。夜读梅文。府试题传说江"以羊易之"至"见牛",尚未查实。

十三日(5月5日)　阴,下午微雨,菜豆滋润。上午圈阅殷试帖上册竟,作两札,一致郑式如,问候渠家不遭火厄,恰好介安十六日要到盛,即托寄去。一致子屏,以《梅郎中全集》六册寄复。读张裕钊《廉卿古文集》,即欲索取细读。巳孙另有禀,明日寄交。暇则略阅梅伯言诗、骈文,不能从头至尾矣。夜则早眠,颇拳拳于府试诸公,以得意为祝。

十四日(5月6日)　晴朗,干燥。是日寅刻立夏。上午圈读殷试帖下册十页,以梅文致子屏,午刻舟回,得复札。《张濂亭文集》两册暨书院小课卷均收到,小课沈达卿改本第一,巳孙二,寅孙三,周庄张姓人做四,一古体,一录旧,均不阅,批评极严密而有路可指,于两孙尤拳拳焉,可谓名师,然谦抑太甚,益佩虚衷。晚间与两孙饮高粱酒,煮青梅赏夏,畅论诗赋经义,一知半解为难,甚饶至乐,以后宜励志勉为之。是晚余大有酣态。

十五日(5月7日)　晴暖。上午圈阅殷试帖十页,暇则粗读《张濂亭文集》。巳孙至莘外姑家,明日偕二孙媳同归。下午接恕甫与两孙札,始知江题"故以羊易之也"至"则牛",震"羊何择也"至"见牛",次"使先知觉后知"二句,诗时令不记。十二出案,十四复试,案首钱祖培,恕甫十三,秀甫五十三,十名前仍旧者只三四人。阅恕甫文,轻倩合度,可望收列前茅,魁本府极不体谅考客,怨者颇多。少顷,许嵩安、顾竹坡来为济直捐,书"惜阴书屋柳",共捐洋八元面缴,照油车只少四角,思欲照车八折,彼竟不肯,姑允之,茶话而去。夜间登清内账。

十六日(5月8日)　晴暖,有夏令。上午圈阅殷试帖诗十叶。

梨局陆少甫来,招之内厅,送洋二元,又斕不已,情加一元,共三枚,言明不扣,如意而去。午后已孙夫妇来自莘,大孙女同来,又复糕团满箱满盘,殊嫌狼戾过费。子屏有信致余,《姚春木诗初集》寄还,《禊湖课艺》续刻一部蔡介眉托转送,十八小课,题颇不易动笔。胡石卿会,其伙钱子麟代办,石卿已故,首两会无着。又,沈信茂短缴一会,七千数百文,如不交,后会扣除。事出意外,言之凄然。夜阅张廉卿古文,近时一大家。

十七日(5月9日) 阴晴不定,闷热而时雨至,晚有风,渐凉。上午圈阅殿试帖十页,略读濂卿文,极雄厚。曾文正之门下此其正宗继轨乎?以糕团分送诸亲友,极为可笑,聊分暴殄而已。下午接诸先生今日所发札,以《跋陈先生易义文》见寄,托转交砺生,读之,极古茂详明,此书眉目为之一清。传说头覆江"孰愈",震"孰贤",经"四月秀葽",未知确否。

十八日(5月10日) 阴,昨夜小雨即止,今日颇寒。上午点阅殿试帖十页,暇录诸先生《跋子松易义文》未毕,陶小沚用《说文》誊真,可爱焉。下午登清内账,读《张濂亭文集》,又阅俞曲园《右台仙馆笔记》。

十九日(5月11日) 晴朗可喜。上午圈阅殿试帖十页,诸先生文录竟,详晰而有文法,时手不能为也。下午两孙呈示小课两赋,寅孙清倩合度,已孙颇见魄力,尚嫌散漫不紧。竟日阅俞曲园《右台仙馆笔记》,谈狐说鬼,竟不能释。夜略读濂亭文。

二十日(5月12日) 晴朗,不寒。上午圈阅殿试帖十页,下午仍阅俞曲园《笔记》。接恕甫十八与孙辈发二复案书,题是"孰美",恕甫名在五十三,叔苹五十六,书中甚不得意,然前列尚可望。如震泽陈秋槎,以三十二而列第一,升降殊难测也。明日复二覆,恕甫必极意经营矣。夜读濂亭古文。

廿一日(5月13日) 晴朗。上午圈阅殿试帖十一页,暇登内账,以《曲园笔记》消遣,夜读濂亭古文。两孙呈示经解,各出己见,各衷一说,非以抄胥了事者,为之点头。

廿二日(5月14日)　阴晴参半,略有风。上午圈点殷试帖十二页。下午始将张濂亭文细细辨读,雄厚古奥,得力于班书、韩文者多,然望之生畏,难以摹拟,俟三复后再寻其绪飞。子屏圈点,几难卒读,斯道之大,莫与京若是哉。夜间略静坐。

廿三日(5月15日)　阴雨,颇宜菜麦。上午始将殷谱老试帖诗下册圈阅毕,可读者从严已二三十首矣。接郑式如札,知渠市房在东面,尽遭丙劫,然在热闹之所,不能不即兴造,欲商千金,万难乞醵,当即日覆辞之。下午张森甫来,收丹玲一户,无银,十五元过去。又借洋十五元①,言明十元银扣,五元不出串奉送,如愿而去。巳孙午后至子屏伯父处求定一清理开胃方,晚归,知子屏近健,方用消痰、去湿、清肺热,大约必对。夜读濂亭文。

廿四日(5月16日)　阴雨终日,大有益于春花。上午覆郑式如一札,援手为难,只好恝而置之,然为彼计,亦无良策也。人事之不臧,气运之不顺如此,可叹!下午读张濂亭文,气息深得韩退之,当今一大家矣,可怕可钦!苹甫六侄来,书房长谈,渠于书院竟做诗赋经解,不胜嘉尚。

廿五日(5月17日)　晴,略寒。上午题同川范望溪寿照五古一首,命巳孙以古隶书之,当即缴还吴莱生转寄。初作时,自谓条邑,及阅子屏所题,虽非得意之作,以余较之,则仙凡迥判,雅俗大殊。命意之太低,由于用笔之不灵,此道岂一知半解所为哉!虽于应酬无妨,以云作诗则未也。书以自愧并勖两孙,老夫实不知诗为物也,慎之,勉之。暇读濂亭古文,夜阅《曲园笔记》。

廿六日(5月18日)　晴,微雨间作,大好天气。终日无事,读张濂亭文,动笔子屏所圈未竟者书类一卷,馀则不敢定去取。下午以《曲园笔记》消永昼。

_____

① "元"字后原文有符号 ⤻ 。卷十二,第418页。

廿七日（5月19日） 阴雨，于播秧为宜。上午圈读《曾文正公奏摺》三篇，下午读濂亭古文。夜静坐，早眠。

廿八日（5月20日） 晴，渐闷热。上午抄奏议，未尽半楮，凌砺生来，知廿六复终，昨日归家。江覆终四十（二复题"人之易其言也"两章，末复"无不可"至"适秦"），正卅名，恕甫名现列卅，廿名前尚可望升，十名防不稳，蔡寅现列四十，今科均可望入泮也。案首大约徐国华矣，顾文泉、陈秋槎可稳坐十名。恕甫身子健，颇慰。书房馆餐，下午回去，约月初到馆。又买经学书数种，付两孙洋六元，钱找交讫。夜间目昏，停看书。

廿九日（5月21日） 晴朗。是日交小满节。上午抄奏议一，曾文圈读三篇。郑式如札今由芦托赵信茂寄盛。下午抄书院官课第一文，不讲理法，怪怪奇奇。案时势以立言，可称郿快，然文风从此大坏矣，此其机之先见者也。暇则闲坐。

三十日（5月22日） 晴朗。上午抄奏议，圈读曾文。下午登清内账，以札致子屏。夜阅张濂亭文，气味雄厚，领会为难，俟徐思之，以冀有得。晚间恕甫寄示二复文，老当简要，虽升第一亦当位置在此，深抱不平。

闰四月

闰四月初一日（5月23日） 晴而不朗，颇闷热望雨。饭后衣冠东厨司命神前、家祠内拈香叩谒。昨晚接诸元简先生信，并陶小沚所征诗文寿启一，寿屏一，欲索余作渠尊人翰香翁五月七旬大庆双寿诗，凌砺翁、董梅翁、沈达翁处均有启托寄。大似秀才提考一场，甚为窘迫，不得已搜索枯肠，勉赋七古一章以致贺。下午脱稿，拟录清寄示子屏细加润改，然后命巳孙缮写，元翁何不谅余老荒耶？一笑。六侄莱孙来谈，暇以濂亭文消遣，夜闲坐。

初二日（5月24日） 晴朗。上午抄奏议半篇，圈读曾文四首。下午砺生率侄秀甫到馆，恕甫约初五日来。接子屏回札，知侄媳发疹斑数次，旬馀未已，心境颇不舒徐，未识能即愈否。初三课题已来。夜与砺生闲话，知磬生新自吴中纳妾，已到门，磬二太太所相定者，想可和谐，明岁望添丁矣。

初三日(5月25日)　晴朗，有风。上午抄奏议页半，圈读曾文四首。下午巳孙陪二母舅至大港问候子屏，暇登内账，闲散而已。晚间，砺生回，知子屏意兴尚好，侄媳之证亦渐平复。

初四日(5月26日)　阴雨竟日。上午抄《吴可读奏议》竟，又圈读曾文二篇。下午命子祥抄录十二年冬完漕正数，以便查核。书房两孙补作书院文课，夜读濂亭文。

初五日(5月27日)　阴晴参半，渐热。上午抄奏议半篇，圈读曾文三首。下午由砺生处见示任君孝廉所著《楚中草》时文，系王宗师所赏许发刻者，聪明人游戏为之，因宗工顺风而呼，几乎家置一编。余老矣，不能定文品，只好随众称扬而已。暇登内账，读陈良叔蓬莱阁诗。

初六日(5月28日)　晴和竟日。上午抄奏议页半，圈读曾文三篇。是日未初乙点三刻，大孙媳产一男，呱声皇皇，急上楼观之，体甚肥硕，产母亦健，喜甚。并冥寞中为起大先兄嫂贺得曾孙，祈默保佑长成是祝。八字是丁亥年闰乙巳月癸巳日己未时，五行缺金，然已暗藏矣。命念孙作札致芸九叔、敏农，明日遣舟去报生到苏。夜不观书，略静坐。

初七日(5月29日)　阴晴参半。上午抄奏议页半，圈曾文二首。下午阅任光斗《楚中草》毕，似非清真雅正之流，不惬意，置之。晚间陈翼亭、陶爽轩来自莘塔，候砺生畅谈，留宿书楼，夜间馆餐，特开绍酒以饮砺生、爽轩，余亦大有醣意，一鼓后始就寝，客谈犹剧也。

初八日(5月30日)　晴，又渐热。饭后在书房与陶、陈、砺诸公絮谈，爽轩熟于戎幕，应酬道地。中午越酒未罄，又与畅饮。下午砺老趁两君船回去，日上有沪上之行，有所商，又允之，此去担搁，极早须半月，余发愿又有所烦谢绥翁，亦托砺翁转达矣。迟恕甫不至。碌碌竟日,不能坐定。今日午前,两房祠堂内率孙辈祭先,叩谢添丁之喜。

初九日(5月31日) 晴朗。饭后作札致砺生,以绍酒、京腿、百子、高升四礼贺,任畹香、又莲昆季明日进宅,砺老必去,故托之。午后苏州船回,接芸九兄贺札,蒙奖饰过分,以后诸事益宜持盈守谦自警。下午又接子屏札,亦以添丁蒙贺,改诸翰翁七十寿诗,极佳。暇作札复谢芸翁,有女使随舟来,明日趁梨航回苏即可面呈。碌碌竟日,不能静坐。晚间恕甫到馆。

初十日(6月1日) 晴,顿觉骤热。上午抄张香涛奏议毕,录子屏所改诗,意犹是而,一经润削,章法一气灌输,不愧老手。下午作札复谢之。明日循例开春花账,即可同栽老札寄去。暇则上楼抚摩小毛头,颇觉岐嶷英秀,顾而乐之。夜间略亲灯火,恕甫府试正案廿五名,案首徐国华,顾文泉第五,陈秋槎正邑第七。

十一日(6月2日) 晴燥而热。午前二孙媳妇回家省亲。暇则抄议礼奏议页半,圈读曾文三篇。下午闲散,略阅濂亭文。

十二日(6月3日) 阴雨竟日,颇喜沾足。上午抄奏议页半,圈读曾文三篇。下午登内账,赏雨,以曾文正诗消遣。

十三日(6月4日) 阴,小雨即止。上午抄奏议页半,圈读曾文三篇。下午秀甫因小肠痛回去就医。接砺生札,知今午回同,明日往沪。任畹香处贺礼辞多受少,新葺园亭位置过于怡园,暇当贺赏之。得闲略阅《史记菁华》。

十四日(6月5日) 晴而不热。饭后抄录《大礼奏议》页半,圈读曾文三篇。下午两孙至大港省视子屏伯父,晚归,知屏伯母疹子仍未发净,幸胃纳尚可,方用石膏,不为不胆大,然终未即愈为累。前期小课尚未动笔,因无暇刻也。夜读曾公诗。

十五日(6月6日) 阴晴参半。上午抄《议礼疏》,吴可读死谏事已录毕,明日当再录《曾文正公议礼》一疏,以成合璧,暇以《史记精华》消遣。两账船归,略有所收。夜读曾公古近体诗。

十六日(6月7日)　阴,微雨,颇宜插秧,时田工初忙。陆幹甫以札致巳孙,特寄示毛氏《说文谊证》四册,并送小鹅四对,巳孙适感冒脾泄,命寅孙代答复之。上午抄曾公《大礼奏议》页半,圈读曾文三篇,下午闲散,夜读曾诗。幹甫札云,禾中瞿宗师科考,七日而毕,贡监不录科,牌示来年场前补试,大为骇诧,从未有如此之操切躁妄者,不优待士子已可想见。

十七日(6月8日)　阴雨,潮,闷热。上午抄曾公《议礼疏》未毕,又圈读曾文两篇。下午请董梅村来诊视巳孙,方用理湿、去滞、和中诸品,大约可望即愈。絮谈而去,大以瞿宗师为不善待士子,惟因争冒考、斥革廪生多咎,甚见辣手,然亦太偏苛。晚接陶爽轩回信,关照元简尊翁五月十八日寿诞,并属代致子屏,可否同往祝贺。

十八日(6月9日)　晴朗。上午抄曾奏议毕,续抄《吴柳堂誓殉记》未完,圈读曾文二篇。下午闲散,略翻《史记菁华》。吴又如午前来。

十九日(6月10日)　黄梅,乍晴乍雨。上午三大礼,郊配、升祔、继统诸奏议抄毕,汇订一册,亦我朝一大掌故也。下午登清内账,两账船归,略有所收,然已不能再有所益也。夜读曾文正诗。

二十日(6月11日)　阴雨而寒。上午圈读曾文三篇。下午观恕甫代余书诸翰翁七秩双寿七古一章,计八行,每行三十七字,又书款一行,所采条幅写满,用汉碑石门颂隶体,古劲,增光多矣。夜读曾公诗。

廿一日(6月12日)　阴雨。观田中工人插秧,微雨沾润,预卜丰盈。今日齿痛,不甚适意,仅圈曾文二首。竟日闲散,下午由莘和得袁韵珂作古耗,大为渠家悲惜,此子仅以一贡终乎? 命之不辰如是! 夜因齿痛早眠。

廿二日(6月13日)　阴晴参半。晚起,略有寒热,已凉,肿痛渐减,决计是牙痛小发。暇则圈读曾文一篇。下午陈仲威来看治小毛头,云是珠子游,胎热时令所致,以麻油调药抹之,廿四日须要再看一回,已面请矣。略谈,开几味药而去,明日再去讨雪口敷药。终日闲散,夜又早眠。

廿三日(6月14日) 晴,骤热如仲夏。晚起,齿肉涨肿而痛止,敷仲威所乞药末亦不甚效。上午圈读曾文三篇。下午闷热闲散,书房内课文,幼如昨去今来。

廿四日(6月15日) 阴晴参半,阵雨不成,齿痛渐减,仍热。上午圈读曾文三首,暇以《史记菁华》消遣。下午陈仲威复来治小毛头游,据云下体势已将退,惟口黄时起,以雪口药抹之可消。下体再用敷药,加自己所藏陈木瓜挫屑和药中,以甘露根汁调涂之,可望渐愈,已如法布置矣。略谈而去,夜间已难亲灯火。

廿五日(6月16日) 阴晴参半,不热。上午圈读曾文三首,牙痛仍未全愈。下午略登内账,恕甫同大女孙回家,约即日来。心纷不能静坐。

廿六日(6月17日) 晴朗竟日,不寒不热。上午圈读曾文一长篇,下午略阅《史记菁华》。两账船今日收账停开,约共所收不及三十石外,仅供盘费而已。慕孙作小课卷全,拟陶《饮酒集》"归去来词"字做五古两首。

廿七日(6月18日) 晴朗不热。上午圈读李刻《曾文正文集》两册已竣事,甚为校勘无讹字。下午走候沈达卿,谈及禾中科试,操切从事,作诸翰翁双寿四言两章一引,尚未脱稿,约同寄去,长谈而返。《史记菁华》,砺老有姚刻善本,暇当以翻刻小本校正差误,借可细读一过。慕孙以小课本誊真呈余,阅之,甚喜认真。昨日徐尹孚来,知渠老翁近患心疾不轻,为唤奈何?所商移动愿钱不妥,且俟砺生归,急叙葵邱,以安其心,未识有效否,一茶回去。

廿八日(6月19日) 阴雨,宜田。上午校《史记菁华》十馀页。下午子屏遣人来,诸太翁寿文寄轴及稿来,当命巳孙缮写,甚不敢草率,未识不陨越否?诸元翁札致子屏,贺余得曾孙,并以杨园减租之说,为种福田进言,极感之,当自三思行之,草草作复,交其来人而去。

晚间,恕甫同大孙女来,寅孙今日文期草草交卷。

廿九日(6月20日)　阴雨竟日,农人插种可以告遍矣。上午校《史记菁华》一册已毕,将从事第二册。下午看巳孙缮写子屏所作诸老先生寿文,于堂轴上命作篆,因偏旁假借不明,不敢动笔,仍以隶体谨书,写毕傍晚,楚楚可观,似可以报命矣,文则大似震川,不易得此巨制也。夜读曾公诗竟。

五　月

五月初一日(6月21日)　阴雨沾足,下午渐有晴意。饭后衣冠东厨司命神前、瑞荆堂关圣乩书前、家祠内拈香叩谒。以书致子屏,缴巳孙昨所书寿轴并文稿、书札,接回书,当另寄。上午点校《史记》十页。下午作札复诸先生,余与砺生寿诗两轴先寄,并关照十八日当来面贺,信件命孙辈封好,日上拟由芦觅寄周庄。夜略静坐片刻。

初二日(6月22日)　阴雨,是日丑刻交夏至节,终日东北、东南风,潮湿甚。饭后恕甫回家文会。上午校《史记》八页。中午节日祀先,率两孙灌献如礼。下午薇人侄来,嬲借洋贰元,时有馆,殊属于理欠通,久之去,云又至友庆。达卿来谈,傍晚始去,所作诸老先生四言寿诗并序均有法,非泛泛应酬笔墨,不敢自是,要子屏酌定,已允之,即日寄去。夜间颇闷热,大雨竟夜不止。

初三日(6月23日)　阴,潮湿无干处,朝上又大雷雨,饭后略息点。挈慕孙至切问书院文会,至则到者陈、沈、许三人,题西"柳下士师"章,东"大师挚适齐"三章。余略瞻望,即乘舟到镇,恰好恕甫同叔平相约而来,后知叙者八人,与赵翰卿、夏桐孙、董湄村茶寮畅叙,湄村以诸翰翁寿诗五古长篇见示,通体叙情写事,周详妥适,犹不自是,函寄子屏改政,虚怀可佩也。中午火菜,四人小酌,酒则翰卿作东,余与湄老对饮,极欢而罢。又与同人茗叙,晡见褚叔文、顾雨三、周如斋,知徐翰翁今日到坛,尚无恙。叙至傍晚始还赵店,致元简信件、寿轴,托明日寄至周庄。陆会分票二十期,票亦交托翰卿。

恕甫、巳孙已交卷,出来即开船,到家点灯后,知凌雨三太太家来送
节礼,老房小房均准礼十枚,适中,体谅之至,且无暴殄之咎,可为
式也。夜早眠。

初四日(6月24日) 阴,略开晴,潮湿依然。上午校《史记》
十页。下午看书院小课卷,陶小汕毕竟名副其实。晚由徐丽江寄来
凌砺生同庆栈中廿九日所发致余及两孙各长札,知所赶之事已妥协
顺手,只要批准候明文过节归家。新识同宗凌倍卿,富有书籍,现开
石印局,欲与子屏联姻,李辛垞之徒也,当即日持原札关照之。夜热,
难亲灯火。

初五日(6月25日) 阴,微雨,下午似有开晴意。上午校点《史
记》十页。暇作札即日致子屏,砺生信及前诗另录稿附阅。中午节日
祀先,率两孙拜献如礼,祭毕,在书房内以绍酒、黄鱼同恕甫、吴甥暨
两孙赏节畅饮,酣适之至。下午闲散不观书,上楼抚摩小毛曾孙,顾
而乐之,命名曰"慰高"。

初六日(6月26日) 又阴雨竟日,潮湿略退。饭后备舟送吴又
幼归梨,汉《易》陈氏说四册抄完,《说文》完而未结题,拟书房内巳孙
自抄以竣工。巳孙另送渠一洋,抄名家文带去,媒金十元,只存两元,
面付讫,此子可怜亦可恶,颇不足惜也。上午发寄子屏札,校《史记菁
华》第二册已毕。下午略看《史记》读本、曾公文。是日稍冷。

初七日(6月27日) 阴晴未定。上午校正《史记》十页,读抄本
《史记》列传一篇。有东月王佃同马催甲进来,去冬窃票失登,实则租
米未还,票不能呈,其情可恶,其实受马催之欺,办之虽不冤,然余不
忍,能有落抬,承认半租最妙,未识当手能见机圆场否,姑以官话吓之
耳。下午无聊之至,焕伯来谈,久不见面,近有见红证,现虽已愈,然
不保养难望脱根,为之奈何?夜与两孙越酒小酌,颇能酣适。

初八日(6月28日) 又雨,阴寒。上午校正《史记菁华》十页,
暇读曾文。下午无聊闲坐,适接子屏札,寄还达卿文,所改寥寥几句,
无不醒豁劲健,名手固不凡也。即将来札同寄达翁,陛卿亲事,佺似

合意,俟过五、六两月,照关砺生出庚吉,砺老原札未还。

　　初九日(6月29日)　仍雨,下午可望晴。饭后接元简初六日回信,寿诗两轴均收到,十八日辞不受贺,进退两难,当商之子屏再定行止,达卿文清本已来。今日书房书院文课,俟明后日竣事,当命巳孙用楷缮轴。书院文两孙均完稿,皆散体,余阅之,难定高下,缘三章题余亦无把握也。恕甫午前回家,云即日往苏致姚师脩。暇校《史记》第三册已毕。下午洗足闲散,部叙行李,明日拟至梨川。

　　初十日(6月30日)　大雨竟日。饭后冒雨舟行至梨,泊舟刘氏门首,持雨具登堂,晤主人允之,蔡进之乔梓以完粮串找出钱面交进之。久之,同人咸集,分三席,坐几满,余与蒯少鹤并座,摇会得彩者萧湘记,菜极精洁,因雨,同人均不能畅饮,席散即告辞。至邱氏,登内厅,寿伯母子均见,幼夫人因顾氏受惊失血,现渐愈,未复原。夜宿东厢,汝益谦来谈,寿生亦来夜谈,聊解寂寞。终夜大雨如瀑布下,继以风雷,万难安寝,达旦,雨势稍息。

　　十一日(7月1日)　阴,朝起雨声渐衰,仍不止点,然惊心未定,恐成水灾,至午后始有起晴意。朝粥后至毓芝医室畅谈,景况甚窘,略润之,谈所作诸翰翁寿诗七古,畅达之甚,寿生亦来叙谈。午前又雨,唤舟至杨家桥头蔡进之家会酌,定甫在门首候余,此番不摇,余坐收,除席费余收洋净六十元,至冬,汝姓坐收,则圆全矣。七人两席,刘允之、进之、侶笙陪余,恰好雨霁,饮酒如意。席散回邱氏,又偕毓之畅叙蒯楼茶寮,又与刘允之絮语,久之始回。夜阅汝益谦咏池昆季窗课改本,一汝小山,一张少江,均有法度,二公甚少年佳子弟也。叙话一黄昏,就寝则酣适甚矣。

　　十二日(7月2日)　起晴,大喜水痕涨处已胜去夏,从此长晴,吴民受福多矣。朝上毓老敲门来,约茶楼再叙,即起应之,陈泽民亦至,畅谈而回邱氏。上午看毓老封诗作札致元老托寄,并一团扇求诸太翁作绘事,毓老郎伯叔作起讲,如无粉本,三年有成。上午走至蔡氏,登楼与二妹老姑太太闲话,意兴精神均可,约秋间过我。午前回邱氏,书房中饭,与东西席泽民、钱一村畅饮。下午返棹,至港上望子屏,子垂在书房,子屏即出见,气色甚佳。知元简即刻开船,交臂失之,知十八日虽不开觞,亦难拒客,决计往贺之。读辛垞所作四言寿诸太翁诗,则为诸家之冠矣。叙谈片刻,归家未点灯,知装坝钱茟葑、小官两圩来索,一付,一不付。达卿诗轴已孙已书楷交出,云尚无差落,初三书院课作,两孙亦已誊就封寄。夜间早眠,安适无比。

　　十三日(7月3日)　晴朗可喜。饭后衣冠拈香在瑞荆堂中关圣乩书前叩首,恭祝圣诞,以尽微忱,暇则拂拭几案,校点《史记》七页,补登日记。晚由北舍梨航来,接砺生初十沪寓示两孙札,知所赶之事上通而下留难,不能不等候详批准定,大约还家再迟十馀日方可启行了吉,幸有《说文》消遣,否则愁城似海矣,命两孙即日覆禀近状以慰之。

　　十四日(7月4日)　晴而不朗,仍不热。上午校阅《史记》十馀页,又读校曾文数首。下午大富两圩甲来索装坝钱,给以四洋而去,照同八年数,若光八年尚多千文以内也,从此不再请益为幸。命人舟至莘塔,托潘少安即日寄砺老信日上未必即归也,恕甫在苏亦未回。

　　十五日(7月5日)　阴,下午微雨,能不滂沱即止为祷。上午校《史记菁华》十馀页,下午凌苍洲自莘和归款来,一茶而去,知油价略涨,是日有未成交冬米者,每石两元五角八分,加力七文售之,未免太松。因天时未平正,外间必有发水者,然余心实不愿价涨,若涨亦非佳兆也,姑听之。暇亦未坐定。

　　十六日(7月6日)　晴阴参半,复潮湿,朝上雨,难望老晴。饭后校点《史记菁华》第四册已完竣,下午闲散,遣舟至莘,迁油三担并探问恕甫苏去回否。夜与两孙饮越酒,颇适。

　　十七日(7月7日)　阴,潮湿,略燥,雨仍不止。今日戌刻交小暑,难望起长晴,然低区大碍,不可再有大雨矣,思之祷切。上午校正《史记》第五本七页,下午部叙寿礼,明日拟至颖村贺祝诸翰翁七旬华诞,切望不雨为妙。

十八日（7月8日） 大好晴朗。清晨开行，饭后至周庄，泊舟富安桥北堍陆三茂店内，买寿礼酒、面、烛、票，知师曾已偕陶氏往，即开行，至颖村不过上午。诸翰翁、元简小世兄均出见，欲衣冠祝寿，主人辞之，延坐书斋，陈翼亭、陶怡孙均在座，后见张珊林诗文寿屏，琳琅满壁，目不给赏。怡翁送立轴《南山庆寿图》，最为无上妙品，诗以辛垞为冠，文以达卿、屏侲为杰出，字以费芸舫、徐藻涵为逸品，实贫士孝养之极至也。诸老先生以近画《正午牡丹》《纯阳祖师像》自庆两轴托绢裱，邱毓老求画团扇，欣然点头。中午宴客两席，饱饫寿酒寿面，醉酣之至。良辰佳客欢叙一堂，老寿翁遐福未有艾也。同人共祝后，迟十年再逢其盛，为主人券，始笑语告辞。到周庄，翼翁、怡翁、师曾又招茗叙进厅，絮语片时始登舟，到家傍晚，知今日船长浜徐氏会酌，得彩者汝诵华。夜早眠。

十九日（7月9日） 晴朗，略热。上午校点《史记》扁鹊传七页。中午致祭，先祖逊村赠公忌日，率两孙灌献如礼。下午碌碌，补登日记，无心看书。两孙今日始动笔做切问小课。

二十日（7月10日） 晴而闷热。饭后点校《史记》十馀页。午前衣冠率三房子侄、孙辈祭禳所制太平水龙，祭毕，命三家工人水次试龙，喷瀑如雨，呼吸成云，大有可观。中午工人三账房相好饷以酒肉，公账旧款开销，能得岁岁平安，不胜祈祷。下午缘热闲散。

廿一日（7月11日） 晴而不朗，闷热，潮，要防复雨。上午点校《史记》李广传十馀页。午前接子屏札，详悉种种，小课卷、柳下课卷均取来，为两孙改赋，煞费苦心，不胜感佩。请问期卷已自芦寄到，余均粗阅，巳孙一三，兰孙取二名，颇能多得花红，可愧也。命巳孙照来札一一详覆，明日寄还，子屏要借曾文简选二册，一并附去。下午登清内账，仍因热不能观书。

廿二日（7月12日） 晴朗，畅热，水灾可免。饭后点校《史记菁华》第五册毕事。午前张子廉年侄持子屏札来，为渠补廪办缺欲叙葵邱，十二人，每会二十四千文，拉余与一会，义不能辞，勉允之，月初送柬,一茶而去。此番要出四缺,补张、朱、刘三人,共费乙千七百金,派子廉四百金,真巨数难筹也,子屏处会卷并曾文二册送去。今日命巳孙至莘,送凌雪舟大殓,至晚始归,恕甫同来。

廿三日(7月13日) 晴,炎热第二天,水渐退。上午校《史记菁华》第六册九页,小毛头慰宝今日移乳母楼下西厢避暑。下午洗足,快甚。暇阅曾文。夜乘凉,与恕甫辈闲话。

廿四日(7月14日) 晴,炎热。上午与厚安校对南北账,半日而毕事,明日欲回去,联而奖之。下午校点《史记》酷吏传九页,暇则乘凉遣暑,愧不用心。

廿五日(7月15日) 晴,炎热依然。饭后陈厚安回去,约六月廿一日来。上午与丁二兄对东北账,亦半日而毕,渠约初十边回京办事,万不如厚老,而人极诚实可信,仍如旧联之。下午校点《史记》七页,暇以恕甫处石印画册消遣。

廿六日(7月16日) 晴,酷热逾常。上午校点《史记菁华》十馀页。吴幼如来,据云臂疾已愈,一无恒业,乞贷至亲,殊属不得了局,恳请不已,给以两元,约定两月不得再来,未识能如约否。留中饭而去,可叹也。暇读张濂亭文四篇,热甚,掩卷。绣甫昨晚到馆。

廿七日(7月17日) 晴,炎暑不退。上午始将《史记菁华》六本校点句读竣事,交与两孙翻阅,此书所节录尚嫌太略,非善本也。终日心纷意繁,未能静读一书,甚愧虚度长日。夜粥时,恕甫因热倏狂吐胃血碗许多,急飞棹求子屏悬拟一方,用大黄、鲜生地十馀品。舟回未一鼓,大势已定,吃童便数次,是夜略安。

廿八日(7月18日) 晴,炎热更甚。终日纷甚,不能静坐,以梅选五古诗消遣。恕甫血仍不净,服童便,瘀尚未止,委顿之至。复以原方再商子屏,总以不吐为安。是日始食西瓜,大好清凉散也,价每斤二十八文,颇昂贵。明日遣舟去请李辛垞,晚间舟白莘回,知砺翁顷自沪上返棹,为暑热所致,痔疮大痛,日上不能即来。

廿九日(7月19日) 晴热,略有风,炎暑依然。饭后登清内账,暇以梅选古诗消遣。恕甫今日瘀血已止,身疲神心恰安,大约风雷之势已定,为之稍慰,惟时过四点钟,犹迟辛垞不至。今日服子屏所改降气清凉方(羚犀、制军、湿生地),颇适,晚接辛翁回片,约明日清晨到。夜间恕甫又不适,肝逆火升,唾吐血来,颇痛,磨冲羚犀角、生大黄以制之,至后半夜始平。余寝已久,朝上始知已孙作札,余出名,飞舟去请费养庄。

三十日(7月20日)　晴,有风,略凉。朝上知恕甫今晨已安,饭后请砺生,以痔痛不能来。午刻辛垞已到,昨有家事,万不能抽身,急延诊治,云脉不甚浮,肝经大逆,瘀血防未净,大势无妨,方以西瓜翠衣、鲜生地为君,馀俱轻、清、灵,若救急吐,另开汤头,藕汁、童便、大黄另冲,正方用百草霜,妙甚也。以方售药,兼示砺翁。留便中饭,略饮酒谈天。下午费养庄来,见面欢然,以西瓜四大枚惠余,颇感情重。诊恕甫脉良久,所论与辛老同,开方亦大同小异,惟养庄重用大黄,轻用犀角,亦不相歧也。养庄方定后,辛老始开船,云至子屏处泊宿兼候之。留养庄止宿,剧谈乐甚,夜不饮,粥饭随便,彼此率真也。夜宿甚早,恕甫今日安妥之至。

六　月

六月初一日(7月21日)　晴热。朝上起来邀养翁诊,恕甫脉如昨,又吐数口而止。饭后养翁至莘候磐生,余衣冠关圣鸾书前、东厨司命神前、家祠内拈香叩谒。张子廉送初七会柬,具札相请。子屏札致已孙,问恕甫服药安否,即命寅孙禀复。上午砺生来,痔疮略愈,起居尚好,所托赶之事以票缴讫,蒙惠五彩磁器高粱壶一把,精甚。畅谈上海石印事,并极聚宴饮酒之乐。傍晚归家,到馆无期。养翁还自莘,夜仍留宿。

初二日(7月22日)　阴晴参半,终日北风阵雨,天气顿凉。饭后养翁诊视恕甫,清晨仍血,不多,脉气渐沈,馀热尚留滞,方则再用大黄、犀角以泻达之,想可渐平也。并再屈养翁留宿两天,以观消息,养翁允许,原船先归。终日与养翁快谈无忌,蒙流传毒蛇、小儿赤游两方,以便乡间。是夜凉甚。

初三日(7月23日) 阴晴相间,是日卯刻交大暑节。饭后登清内账,以小曾孙八字烦养翁推排,据云清秀强旺,大可读书,至夸誉处,未敢信也,一笑谢之。午前养翁诊恕甫脉,方用大黄、鲜地,佐以平肝之品,云肺中仍热,不可使之复炽也。暇与养庄谈天,以《分湖小识》《河东家乘》赠之消遣。

初四日(7月24日) 晴朗,不甚热。饭后养庄复诊恕甫,云脉已渐平,只要静养,方则仍用鲜地、大黄,接服石膏,不拘帖数,备舟送回盛川(酬十六金,砺老所定),珍重送之登舟。中午祀先,叩谢添丁,默佑平安。稚梅侄来,了无正干,欲叙葵邱,姑念初次启口,招两房侄来,公给一会,合钱七千文而去。下午徐瀚翁来,神气已清,病则未愈,米上、新愿上付洋共三数,送之回家休息,看来目前万难办事也。客去,达卿来长谈,晚始回馆,告借曾集黎刻两册,《大云山房文集》八册,砺老所新购也,属之点定字句。迟敏农未至,大约风不顺。晚间敏农同徐帆鸥来,此番费八亲母颇如约不用糕,然小衣廿件,珠帽八顶,已所费逾恒。九兄锡小毛头银器、绸料,均极优渥。夜留便饭,畅谈止榻西书楼下。

初五日(7月25日) 晴朗,不甚热。是日巳刻费敏农舅氏衣冠抱小曾孙慰高修发,即行弥月礼,余与念曾各衣冠抱至两家祠堂拈香叩谢祖先,复循例斋星官。费、徐二公来声贺,欢喜无量,糕团不做,免致暴殄,甚快畅举。中午略具洁肴酌敬敏农,两孙、绣甫六人同席,玫瑰高粱代酒,谈论诙谐,颇为适意。恕甫血已止,气亦渐平,惜尚不能同席也。下午剧谈,夜凉眠早。

初六日(7月26日) 阴,昨夜大雨即止,凉甚。饭后舟送敏农、帆鸥到梨,苏来原舟昨日已回,固留盘桓,不肯,只好听之,以洋三元托裱诸画,疹药后算。客去后,风渐狂,歉甚也。子屏信来,为裁衣七侄吐血要预支公款,来春共四洋,命虎孙作复给之,并寄莪庵一信,暇则登清内账。午后朱谨甫仁伯振叔两家专舟来送小毛头银器礼物，只好受之，犒所来女使中饭，舟力喜封而去。中午书房内循例食不托，佐以高粱，餍饫之至。下午狂风陡起，阵雨济之，凉如深秋，大非时令之正。无聊中翻阅李次青《天岳山馆文集》，新托砺老买自上洋，大好一部《续经世文编》、《求阙斋文集》，芸九兄所送者，今复假去（现已还）。是日下午至夜风狂雨怒，河水顿涨五寸。

初七日（7月27日） 渐晴，雨间作，风稍息。朝上送敏农船已自梨安稳归，朱家送礼一叶小舟能不受惊为幸。上午砺生来望恕甫，并送小毛头礼物首饰，谢领之，云到馆尚需时日，余略谈，即舟赴葫芦兜张子濂会酌，出分湖，颇因下风浪有戒心。至则子濂同汝小山顷自苏回，补廪独办两缺，一沈又斋考贡，一金康伯捐贡。捐事托费芸舫赶紧到沪取实收，赴院验开补，其费须名世矣，可称有志功名，割（挖）肉补疮。晤沈赓簧、陆幹甫，陆为其徒刘允之接办廪事，恐来不及也。会席初部叙，余不能久待，交会洋吃小点心即辞归，迂道避分湖，至大港与子屏剧谈，复食豆粥，颇适，张濂亭文两册缴还。书院课，因天暑未看出，归则傍晚，砺老已去。今日三局书来商上忙银，拒之，惟漱老暗借二十元，七月初来算。

初八日（7月28日） 晴朗，不甚热。上午略登内账。暇阅《天岳山馆文集》，实中兴后一代文献所系，扩老乡曲，眼界多矣。下午慕孙至港上子屏伯处，以砺翁典捐所馀，添给书院花红钱，托代实寄陆韵涵散发，自十八小课始。晚回，知谈兴甚佳。

初九日（7月29日） 晴朗，无阵雨，仍凉。饭后由北舍接诸元简书，并以太公命送余家园自植蜜桃二十枚，又二十枚半送恕甫，半送达卿，一一如数分致。朱太翁复手绘《耄耋富贵图》赠余，盛意可感，当即日作复谢之。暇阅《天岳山馆文集》，如罗列珍宝，目不给赏，拟略翻一遍，然后细读。

初十日（7月30日） 晴朗，不甚热。朝上作一四六小启复谢元简。上午砺生来视恕甫，并为巳孙定一消暑导滞止痛方。昨日至今腹痛,欲泻不得,大约暑湿食所致也。留砺生止宿,便商汤剂,能得渐平为妙。丁达老回家,约七月二十去载。

十一日(7月31日)　阴晴参半,微雨时至。朝上知昨夜服砺生方,巳孙痛已止,大便解而不畅。饭后陪二母舅诊视巳孙脉,寒热虽未退净,舌苔虽仍黄,然神色颇安,大势已定,复烦加减前方,消暑达下为主,再服两剂,约十三日再来复视。中饭后送之回莘,此番甚赖砺翁主持镇静也。一应买书、抄书并杂账均算找讫。午前子屏信来,庆三侄媳要预支来年公款六元,如数给之。下午作札复谢诸元翁乔梓,明日寄北舍。

十二日(8月1日)　阴晴不定,阵雨时至,凉如秋后。上午登清内账,六侄来,絮语片刻。巳孙寒热已凉,不净,胃口不开,似湿热尚留滞也。终日闲坐,以《天岳山房文集》消遣。

十三日(8月2日)　阴晴参半,中午大阵雨即止。是日出冬定冬略照应。午前舟请砺翁来为巳孙诊脉,胃痛已止,大便不解,馀无恙,再烦换方,以开胃达下为主,大约可渐愈矣。下午仍遣舟送归,约十八日到馆。暇阅《天岳山房文集》。

十四日(8月3日)　晴,无风,始有暑天气。巳孙昨夜忽又腹痛,胃口不开,大便不通,为之踌躇,即遣舟作片去请诸先生来诊治。大孙媳妇又患喉痛寒热,午后去请凌寿甫,诸事周章,殊不知所以为计,能均即平安为幸。无聊中以砺翁新买江西通儒黄楙林西游笔记《游历刍言》消遣。子屏以条来问,即复之。晚间寿甫来吹药开方,云偶感风热所致,易愈也。寿甫去,元简翁来,为巳孙诊视良久,开方用黄连,佐以化湿消滞,云药不可猛,未易即效,能得止痛为要。夜间留宿书楼下,絮谈良久就寝。

十五日(8月4日)　晴,略有微雨。上午舟招子屏,因略有感冒不能来。巳孙痛犹未愈,食粥汤尤甚,大约湿浊未清,且俟服诸先生方,今夜何如。下午砺生亦来,留之,达卿亦来畅谈,是夜砺老与元老联榻。

十六日(**8 月 5 日**) 晴热如令。饭后烦元翁诊巳孙脉，知昨夜痛略止，寒热未净，与砺老同商一方，仍用黄连佐以草果诸品，为理湿去寒计，想必有效。饭后送元老归家，砺翁同舟。是日斋素诵咒，为普济用。沈咏韶处借到珈楠香一块，巳孙略磨服少许，颇开胃。暇阅《天岳山房文》。送元翁舟回，又送家园水桃二十枚。

十七日(**8 月 6 日**) 晴热，气正，为大暑第一天。昨夜巳孙服诸师之药，痛大止，渐可望气降疾愈，大便仍不下，服燥药，口不嫌干，可知湿浊甚也。七侄鸿轩为巳孙而来，不见三月矣，长谈而去。接敏农所办痧药，行军散六钱，计钱十千〇八十文，未免太贵。下午始浴，颇爽快。

十八日(**8 月 7 日**) 晴热，炎暑如令。上午诵经，预备九月重阳普济用，然畏暑不能多诵。凌三太太来馈秋盘，准礼不用熟食，甚如余意。暇则略阅《天岳山房集》，砺翁因热，晚始来溪。

十九日(**8 月 8 日**) 晴，中午颇炎热。是日卯刻立秋，风从东南来。巳孙痛已愈，胃气仍不来复，今烦砺母舅定芳香开胃方，明晨拟再请诸先生来调治。午前中堂恭设香案，虔叩观音大士佛诞并素斋诵咒。下午略具果瓜，在书房内与砺生赏新秋，且酌高粱以应时。

二十日(**8 月 9 日**) 晴热，早晚尚凉。上午陆韶涵来候砺生，并携十八小课卷，花红始发五名，巳孙第四，且云书院经费不敷，子屏处束脩送不出，只好冬季合送，留之书房中饭而去。午前诸元翁来，即为巳孙诊脉处方，云脉气渐复，胃亦略开，方以达下宣浊为主，并送闽兰一盆，以供清玩，情甚深焉。孙媳妇类疟，亦处一方调治之。留之止宿两天，明日且候屏老转方，均蒙允许。晚接刘允之讣，以头生疡，卒于十九日，哀哉！斯人以斯疾终，真今之冉伯牛也，殊堪悲痛。廿三日开吊，当去一奠。

廿一日(**8 月 10 日**) 晴热。朝上接子屏札，询问葆真生意去留，一一复之。上午与元吉、砺生谈天，下午两公舟访子屏，珈楠珠一串即托缴。巳孙服先生方，安适之至，每顿进粥半碗，胃口亦开，惟大便仍不解,须任其自然也。顷始下解,不畅,便糖。

廿二日(8月11日) 晴热颇炽。朝上知已孙昨夜畅解,腹中渐舒。饭后元翁又诊脉处方,用健脾和气六君子汤,云诸恙渐除,只须调养谨慎,可冀复元,即备舟送先生回,欢喜而去。少顷,吴幼如来,以妻病急为词,未识真否?又借洋三元而去,可疑也。下午陈韶九来归款,本外偿利一年,念旧好,让利二年七个月,付契单交讫,长谈而去。终日炎炎,不能坐定看一书。

廿三日(8月12日) 晴炎可畏。朝行舟中吃饭,到家尚早。至南栅吊奠刘允之同年,应酬客寥寥,陪余饭者汝诵华、金听泉,论及允之独姓,三党有服无一人,以后只好赘婿,养异姓氏子为后,言之凄然可惨。略坐即开船,至敬承内厅,幼夫人出见,母子俱健,汝诵华亦在座,又畅谈久之,留饭相辞。登舟,候毛秋岩西席,陈少聋并见及,论徐翰波补苴宿逋极难,姑约秋翁代主葵邱,期于七月十六日秋翁载子屏同至胜溪,与砺老同议,秋老毅然任允。又叙谈一时许始登舟,热甚,吃西瓜,看切问小课卷,极畅适。至大港泊舟,以秋翁十六之约关照子屏,又吃西瓜,谈论一切而还,到家傍晚。是夜热甚。

廿四日(8月13日) 阴晴参半,朝上微雨,渐凉。是日斋素,持诵楞严神咒十遍。在中堂恭设香案,补祝火神大诞,叩求保庇一邑一家神护平安为祷。下午略登内账,以曾文书札消遣。

廿五日(8月14日) 晴,略凉。上午摘录租欠账。下午心烦闷,不静适,略阅《天岳山馆文集》。

廿六日(8月15日) 晴热而爽。上午照应出冬。午前砺生为陶氏内亲有丧事,兼议嗣,载之去。下午略摘租欠账,子祥回去,约初八日来。暇阅《天岳山房文集》。

廿七日(8月16日) 晴热颇炽。上午摘录租欠账,下午登清内账。接凌月锄讣条,以久血,廿六日身故,廿九日大殓,有才有守而天不永年,甚为渠家惜之。暇阅《天岳山房文集》。

廿八日(8月17日) 晴热甚于前日。已孙始至书房。上午摘录租欠账。下午乘凉,以《天岳山房文集》消暑。

廿九日(**8月18日**) 晴热颇炽。上午摘录租欠账,只馀一号未写。下午仍以《天岳山房文集》序文消酷暑。

七 月

七月初一日(**8月19日**) 晴热不减。闻午刻有日食之变(未正巳刻复初),尚不甚晦暗。砺生朝上回自紫溪,饭后衣冠关圣乩书前、东厨司命神前、家祠内拈香叩谒。上午斋素,诵神咒。下午招介安、焕伯叔侄来,以所闻典房有人欲谋为美产,无落牛后告之,渠尚未知其由也。略谈即去,终日炎暑不可耐,以《天岳山房文钞》消遣之。

初二日(**8月20日**) 晴热依然。饭后摘录租欠账,至午始蒇事,笔底俗事瓜葛一清,快甚。午前后芦墟、北舍两局书来,芦完尊、忠、荣、北玲四户,付洋三十六元①,钱九百十六文,前借十元扣讫。北完、大胜、大富两吉,又玉字、禽字、北盈、东渭、大图七户,付洋六十二元②,钱百六十文,扣前借四十五元,各如所愿而去。晚间又浴,甚舒畅。暇阅《天岳山房文集》。

初三日(**8月21日**) 晴炎炽于盛夏。饭后磨拭墨匣石砚,眼底一新。上午春渌侄孙来,为仲偲之妾育子病故,礼当出帖,今忽欲以妾之子承嗣仲偲之弟书园,以嫡之子嗣其妾,万难出清名分来询,无此例,不如不用帖,以副宝礼,殇而丧之为是,春渌亦以为然,略谈即去。下午登清内账,始录王宗师《续皇清经解》书目。

初四日(**8月22日**) 仍晴热。上午抄录《续皇清经解》目录,下午阅李次青文。书贾郑鸿音来,未之见,姚氏《九经说》书房售之。

初五日(**8月23日**) 晴热,略有风,戌刻交处暑节,尚非时令之正。上午《经解》书目抄毕,看砺翁命秀甫抄《说文馀事》(王宗师命名《说文集释》),缓四五日可望大功告成,此书已费一年半辛苦矣,大为

①② "元"字后原文有符号 ⴑ𝖘。卷十二,第436页。

快慰。下午阅李次青文寿序。

初六日(8月24日) 晴热略减。终日闲静,上午重抄录刘霞仙中丞《告诫子弟书》,下午阅《天岳山房文集》寿序类。

初七日(8月25日) 晴热炽于大暑,非时令所宜。上午摘录刘中丞家书两页,下午登清内账。是日《说文集纂》秀甫续尾抄竟,砺老大喜成功,属理卿装订,分十二册,并写一禀呈老师,俟学宪案临科试即请申送,未识如何发解也。夜饮高粱,与砺翁絮语。

初八日(8月26日) 仍晴炽,霖雨无望。上午抄刘蓉书《诫子弟》一页半。褚渊如来候砺生,托荐馆,长谈而去。下午《说文集释》十二册陈理卿订好,秀甫禀书就,红签名衔书好粘贴,诸事圆成,只待呈学送院,不胜快幸之至。暇以次青文消遣。

初九日(8月27日) 晴热酷烈,几无消暑地。上午抄刘中丞家书页半,暇以所订《说文》十二册略翻一遍,学宪所未载之书,砺老另搜罗者乙佰三十三种,美矣备矣,叹观止矣!且写手装订皆极工致,吾乡无敢与抗衡也,为之钦佩不置。下午阅《天岳山房文》末二卷。晚由莘塔接费养庄复书,详示小儿择乳吃乳,谆谆录方以寄,真古之君子哉!

初十日(8月28日) 晴阴参半,空阵风起,仍无雨。是日村人盛家湾演剧,工人多许往观。上午抄刘霞仙《戒子弟书》,恕甫始至书房看碑帖。暇阅《天岳山馆文集》末卷将终,粗识门径。梨局顾子丰来,完南北斗荒字、南富四户,付洋十九元①,钱一千〇十五文,写收条而去。

十一日(8月29日) 晴热又炽,未免大酷,不宜禾苗。上午抄刘公《戒子书》一页半。命巳孙至大港就诊子屏伯,午后归,方重用补脾、平肝诸剂,可多服也。暇则重读天岳山馆文论类。

十二日(8月30日) 晴,秋暑更甚。上午抄刘中丞《戒子书》页

① "元"字后原文有符号〴。卷十二,第438页。

半。下午接徐丽江夫人素帖,是月廿六设奠撤凡,讣文颇道地。大孙接敏农札,知学宪八月十二出棚,先考镇江,其说似确。暇读李次青文论说类。

十三日(8月31日) 阴晴参半,有风渐凉。南玲坟屋水木作修理,余处督办,抢当第一日,明、后两日萃和、友庆继之,周而复始,所虑者风雨耳。砺老暂归祀先,约即来。暇抄刘公《戒子书》页半。下午张立斋来治孙媳湿热疳,敷药而去,开方拟不服。暇又重读《李次青文集》。砺生晚来。

十四日(9月1日) 阴,西风大吼,顿凉,然微雨终不润透。恕甫痢滞,痛急不下,不能耐。砺翁作札,饭后专舟去请费养庄,有此周折,未必即能复原,为之闷闷。上午录刘公《戒子书》页半。中午中元节祀先,余率两孙灌献,小曾孙抱之随同拜跪,顾之喜甚。暇读《李次青文集》。

十五日(9月2日) 阴,上午微雨,北风颇寒劲,可御夹衣。上午抄刘公《戒子书》页半。午刻养庄来为恕甫诊脉,云感夏秋暑湿之气,幸即发出,于本原无妨,方用枳实、大黄两帖,缘积滞尚未畅下也。媳妇臂痛,亦求证脉,用祛风、去湿诸品,定涂、洗、服三方,未识对否,想必有效也。留之书楼止宿,与砺生对榻絮谈。

十六日(9月3日) 阴,微雨,东北风不狂,骤寒。饭后养庄诊恕甫脉,渐平,下痢一回,照原方略加减,即至苏家港,陆述甫家邀请去。抄刘公《戒子书》一页,迟至午后,毛秋岩、徐瀚波、子屏俱同来,看瀚波心病不减,邀诸公中饭后,秋翁、砺翁公议,以后善举拟请费秀石接办。莘塔局脩略减,仍提三之二与瀚老作养病资,漱老亦以为然,俟瘦石允后即开账交之,以便接手。至葵邱一事,秋老竭力张罗,连余暨砺老仅十一会半,每会十洋,尚不能了逋负之半,然已山穷水尽矣,不胜浩叹!未识善人结果何如也。秋老、瀚老即辞去,子屏留宿书楼,养翁亦回,为两孙处方均极对症。夜谈脉理,听之不了,知《新释幼科》已有成书。

十七日(9月4日)　晴朗和暖，可喜。饭后养老为恕甫酌定煎方常服，并谆属慎食耐气，足征厚道，余以月饼、京腿送之，再辞始受，即送登舟，颇有恋恋之情。是日小曾孙百日剃头，斋星官，易彩衣，抱之见子屏伯祖、砺翁舅祖，均哑哑学作笑语，甚足乐焉。终日与子屏、砺生谈天，并为巳孙酌定一方，且不用补，理湿、消滞为主。

十八日(9月5日)　晴朗，渐热。饭后正在书房剧谈，适陈翼亭、诸元简来自周庄，为叶厚甫新有抱孙之喜请砺生往贺，即叙数知己，汤饼开筵，砺老强而后可。余处中饭后，砺生附舟先到家中，请元老诊治砺夫人小恙，再商行止，畅谈而去。子屏下午余亦送舟归，所托转致砺老一节谦不允从，且俟缓图。碌碌竟日，不能静坐。

十九日(9月6日)　晴朗，渐热。饭后接蔡子瑗十四日所发信，关照薇仁大桥袁氏一席来年分手，惟志范仍欲遥从，即作札专舟至北舍覆薇仁，原信附寄。噫，芦中又添一穷士矣，奈何！暇则抄录刘中丞《戒子书》页半。下午登内账，读子屏新还梅郎中文。晚间薇仁来，云来岁在北舍开门聚徒兼行医，欲余作书与子瑗，可否志范之弟志垣亦遥从？允之，絮谈而去。

二十日(9月7日)　晴，秋燥略热。终日闲甚，上午录刘霞仙中丞《戒子书》页半，下午读《天岳山馆集》论说类。

廿一日(9月8日)　晴朗而热。是日辰刻交白露节，东南风，好秀稻天气。朝上邻人顾阿传来，寄到重固里何鸿髯老友昨日朝上所发信，急开阅之，步韵诗二，信一，并惠余寿对隶书，自撰句一，诗则一夏日作、一新作，札中情谊交挚，兼及两孙，荷蒙谬赏，不胜欣慰之至。鸿老精力未衰，书法苍劲，诗则愈唱愈高，对之益增愧报，然有便终须作答也。上午刘中丞《养晦堂集》中《戒子弟书》摘录竣事，命两孙校正订好，当作吾辈座右铭也。下午蔡调甫来自馆中，絮谈而回。暇则再阅刘公文，旧岁所抄存者，实　代伟人。

廿二日(9月9日)　晴，仍热。上午阅《养晦堂文集》。下午舟至南玲看坟屋水木作修理，尚有三四日可望完大公账。归来，起草步何犀所赠次韵诗,变为七古,才脱稿,愧无警句,特不枯寂耳。

廿三日(9月10日) 仍晴热。上午作札底,拟复谢何鸿犀,词意尚能畅达,特不工书,对之增愧。砺老与孙辈书,日上不到馆。前至周庄,盛佩陶泚村一门四十馀口和气致祥,此殆家运,实由子弟多贤,天心亦为之转移也,岂易及哉!暇阅《曲园杂记》。

廿四日(9月11日) 阴,终日阵雨,顿凉。上午接子屏札,日上因热又略委顿,欲以梅蕃卿荐馆于金星卿家,即作札待寄康家浜。子屏处亦作一札覆之,并录次何鸿犀诗商改,拟明日即寄。暇阅《俞曲园杂纂》,笔墨虽好,毕竟无用。

廿五日(9月12日) 晴热异常,殊非正令。上午小舟至南玲看水木二工修砖台神厨,督工人不道地,将先人栗主翻置在地,不胜亵渎抱罪,因暂移在旁几案上,看来尚有两三日工程。下午阅所录《养晦堂文集》。子屏信发出,丁达泉到寓,以白花百合十枚相饷。黄昏时大阵雨、大雷电,至一鼓后始息点,酣畅之至,枕簟清凉酣睡。

廿六日(9月13日) 阴晴参半,喜无雨,不伤禾。天气渐冷,夹衣可穿。是日徐丽江夫人凌氏开吊除几,命寅孙饭后往奠,并止宿,送入祠。上午阅《西辅日记》,下午读《李次青文集》。

廿七日(9月14日) 晴暖而不暴烈。饭后命舟去载念孙,康家港信寄出,暇阅李次青文列传。北舍局漱老又来,再完南玲、大富、金字、大义、东新胜、东月六户,付洋四十四元①,钱三百五十六文而去。下午小舟至南玲,将神主拂拭安奉神厨内,大公账修理工事今日可毕。寅孙晚归,敏农叔侄均叙过,敏农留在梨。

廿八日(9月15日) 晴朗。饭后作札致谢何鸿犀,诗命巳孙用隶书缮写,均不甚适意,只好封就,因邻人顾姓明日欲往重固复诊,乘便寄出,不能再待也。接顾蓝田信,葆真生意决计不连,余今日复子屏信,几至卤莽偾事。下午接子屏札,亦以不即去为是,然未知已决

---

① "元"字后原文有符号▶◀。卷十二,第441页。

裂也,明日又须复之。午前砺生来谈,下午回去,日上要至盛川。陈桂青郎寄送试草,即作名片谢教,以芹仪二角两洋托转寄。

廿九日(9月16日) 晴朗。上午登清内账。暇阅《咫进斋丛书》中明姚圣牧《药言》一书,最为家训中切实近理。下午两孙至大港,求子屏伯处方调理,并以顾蓝田信关照渊甫伯,益信求一吃饭地之难,有祖父之荫者可不自勉哉! 晚间两孙还,蒙各与一方。灯节时要赴梨。

八 月

八月初一日(9月17日) 晴暖,东南风。饭后衣冠关圣乩书前、东厨司命神前、家祠内拈香叩谒。暇阅《药言》《李次青文传》。下午费敏农自梨唤舟来,明日请其妹并携新外甥到苏省侍,留之止宿书楼,夜谈颇畅,以新出石印《韵海大全》售于寅孙,价未发坊,三元六角,极精工详备无偶。

初二日(9月18日) 阴晴参半。朝上大孙媳妇挈慰保曾侄孙辞归,到费氏外家省侍外祖母,敏农陪往,即送登舟。饭于船中,以便赶路,糕盘用代仪,免了多少浮费。敏农处再付洋十五元后算,家中亦备一舟伴送。终日东北风,泊同住宿,明日到苏是托。暇阅《药言》十七页毕,以次青传文消遣。今夜书房始亲灯火,小公账修理初毕。

初三日(9月19日) 阴,无雨,东北风。上午持诵神咒,为重九普济预诵。是日灶君神诞,旧例合家斋素。午前余衣冠拈香奉酒果,率两孙虔叩敬祝。下午邻人顾姓还,接何鸿髯复书,词意恳挚,并欲余家旧刻全种觅寄,真所谓老世交也,当便致之。夜读古诗。

初四日(9月20日) 晴朗。上午阅《咫进斋丛书》中咽喉科,论脉开方十四页完,拟全抄录备查,未动笔。吴甥幼如来,有所求,拒之,以其数数无厌也,留书房中饭而去。暇阅《天岳山馆文集》,书徇节诸将列传。黄昏时迟苏州船未还。

初五日(9 月 21 日) 晴热异常,亦非时令之正。饭后抄喉科半页,已刻苏州船还,知初三日未刻到苏,慰高小毛头在舟中住宿一宵,并不啼哭,登费氏门哑笑不已,闻之,甚为欣慰。接读砺翁改念孙窗课全篇,有书有笔有意,时俗实无此好手。下午偕介安、苹甫两侄舟至南玲,相视坟屋修理,焕然一新。先大人墓上暨大小公账一应完美,计前修已越二十一年矣,皆余经手,思之,稍惬余怀,然显扬报答愧无有焉,不过稍尽为子孙之心而已矣。夜因天热,不亲灯火,辍不观书。

初六日(9 月 22 日) 阴晴参半,骤雨即止,西北风顿凉。上午抄喉科半页,以札致张子遴,据焕伯所述如法炮制之,不知得力否(竟置不闻)。后苹甫来详述,益信诸事不便独行独断,焕伯真不更事焉。下午阅《李次青文集》列传,登清内账。

初七日(9 月 23 日) 阴,无雨,是日酉刻交秋分节。上午抄点喉科半页,暇阅《天岳山馆文集》列传。下午又阅切问寄到六月十八小课卷,沈、陈、陶三君都是杰出,而达卿原文真是超前轶后。晚间两孙自子屏伯处就诊回,一则中气虚,一则脾气伤,均须清滋静养,不能考前用功,为之踌躇。

初八日(9 月 24 日) 阴,微雨,颇养稻。上午抄喉科半页,砺生来谈,中饭,下午赴北舍,以事会仲僖侄孙,云回书房留宿,明日到盛。凌寿甫午后来,为媳妇治喉痛,处方解毒散风火,庶肿者渐消,略谈而去。夜与砺生絮语,早眠。

初九日(9 月 25 日) 阴,风雨骤来,幸即止。饭后凌砺生至子屏处送书院半修,下午回,子屏留饮,暇招沈达卿来谈,砺老荐一看赋徒,晚去。是日子垂亦自他处来,今日与砺生不相值,欲求荐馆,实无地也,夜又与砺生畅谈无忌。诸先生处托裱画两轴,前所遗帽一,特作便札,由芦寄周庄航船矣。

初十日(9 月 26 日) 阴,无雨。饭后砺生至盛川候李、费二君,并致子屏女庚吉,未识有缘否。上午登清内账,坟屋大小公账修理一应派算讫。终日闲静无事,以《李次青文集》列传消遣。

十一日(9月27日) 阴晴适中。上午抄喉科半页,暇读《天岳山馆文集》列传。终日闲甚,夜温《两都赋》,略熟。

十二日(9月28日) 阴,微雨竟日。上午抄喉科半页,暇阅《天岳山馆文》列传毕,夜温《两都赋》。西风渐寒。

十三日(9月29日) 晴而不朗,天气却好。上午抄喉科半页。午前二孙媳妇自莘归,中秋月饼备礼两箱,他物称是。时三太太仍寓母家,在盛未归,犒使谢领之。下午凌砺生亦自盛还,辛垞、养庄、郑渊甫诸君均畅叙留饮过,始知来科江南主考有添差二人之奏,叙谈即归,约十六日下午去载。

十四日(9月30日) 晴朗,是月第一日好天气。上午抄喉科大半页,暇阅李次青所撰《曾文正公行状》,夜温《两都赋》。《野叟曝言》,小说书,戏看之。

十五日(10月1日) 晴朗可喜。上午抄喉科半页,苹甫六侄来谈,兰生欲加脩,命商七侄酌复。下午阅《曾文正行状》,夜温《两都赋》。看赏月色,清华无纤云,来岁丰熟之兆,其可必乎?欣玩久之。晚由梨接敏农与念孙信,王学宪于是月廿五日案临,今日始于芸九叔处关照,想必的确。两孙久荒,闻之甚为急迫,然只好将计就计。

十六日(10月2日) 晴朗竟日。饭后正欲抄喉科动笔,适渊甫、子垂两侄来,惊知裁衣七侄昨夜戌刻寿终,一无所有,特来告急。即招苹甫、介安两侄来,商帮二十六番之数,犹以为不敷,不能顾也,派付洋念四、洋�二元而去。噫,何出款之不及料也!又与苹甫商益,兰生馆资亦大可过去也。少顷,本路钱少江来,廿五案临之说已行文到学矣。下午芦局森甫来,又完钟珝珣、是字、大千、西力四户,付洋廿六元①,钱三百七十七文后算,出款难省,进款毫无,支持门户益形艰难,殊深太息。晚间砺生率玉官鱼篓而来,考信彼尚不知。夜

---

① "元"字后原文有符号〣。卷十二,第444页。

酌东西席补赏中秋,余陪砺生,新开上海所买越酒,清香厚静,与砺生絮语,畅饮极欢,两孙亦已尽量矣。夜玩月色,佳甚,酒性略退始眠。

十七日(10月3日) 晴朗明爽。上午抄喉科半页,下午温《两都赋》,夜读陶诗。

十八日(10月4日) 晴朗和暖。昨晚接郑式如十五日所寄信,廿五日第三期卸会,大约彼时未得考信也,届期万不暇往,拟先日作书,专舟寄与之。两次口腹无缘,怪哉!上午《咽喉科脉证要录》钞毕,拟再抄一序文,下午阅曾文正公李次青所撰行状亦毕,夜温《两都赋》。日上略有疫气,村人夜出赛会以禳除之。

十九日(10月5日) 晴朗。饭后,砺生由同至苏,以《说文集释》一书禀送李老师,恳于学宪案临时即行呈缴,未识应手否。上午抄录喉科序文半页,下午阅《李元度文集》,夜读古诗。今日闻吴兰生新得一男,大为少松表嫂贺。余为渠家绵力扶持,今日始可息肩,不胜欣慰之至。

二十日(10月6日) 晴朗,西北风。朝上专舟至盛泽,以会洋五十二元①,钱五百十五文交郑式如。前接渠信,廿五日会酌,大约发信时尚未得考期也,札上书明人舟届时不便之由,即候回条。上午抄喉证姚序毕,补诵经咒数亦完,下午阅李集记文,夜温《两都赋》。黄昏时盛泽舟回,接式如回片,洋并钱如数收照矣。

廿一日(10月7日) 晴朗。饭后将《咫进斋丛书》中《咽喉科脉证》一书连两叙抄竣,想其书非庸医所能订也。暇则登清内账。中午祀祭,先继母顾太孺人忌日,见背不孝三十有九年,无一可以报答抚育之恩,思之,饮痛良深,仅率两孙灌献如礼而已,祭必用香珠菱肉饭,先继母所嗜焉。下午碌碌未坐定,夜阅古文。

廿二日(10月8日) 晴暖。上午闲宕,下午略阅《李文山水记》。未晚,砺生已自苏回,知《说文》已缴李老师下人手。诸事赶办,

---

① "元"字后原文有符号ﬃ。卷十二,第444页。

昨日在芸九兄处畅饮一天,今夜念孙伏载赴苏,先至外家盘桓,身子若健,即附六叔伴进场,夜与砺生谈。是日北舍子乔从侄开吊除几,命巳孙随介安、苹甫去应酬半天,有子克家,有孙勤读,世俗庸福,子乔兼之,可谓无遗憾矣。

廿三日(10月9日)　晴暖,朝上略有雾。上午读《刘孟容文集》。下午阅《李次青文集》记,闲散,无所用心,有以俗事来嬲,谢却之。恕甫因病后未复元,砺翁命其不赴试。夜仍温《两都赋》。

廿四日(10月10日)　晴暖,东南风。今日晒凉缨,换戴暖帽,京中见《申报》,已换季矣。终日闲坐,略阅近日刘、李两家古文集。下午苏州船还,接念孙与弟字,欣知小毛头母子均安,孙媳略有足病未全愈,要张立斋讨膏药寄上。是夜苹六侄兰生同伴赴苏,要想去考诗赋,舟中伏载,七侄不往,旧病略发故也。灯下略读古文。

廿五日(10月11日)　晴暖。上午登内账,看杂书无味。秀甫今日午后回去应小试,即日到苏。砺生始做切问书院报销账,头绪繁,四柱宜清,非一二月不能竣事。夜温《两都赋》,阅曾选古文简本。

廿六日(10月12日)　晴暖。上午阅杂种书,下午阅刘、李两家文。两账船看低区稻,除在字外尚无大损。砺生家船来,关照昨夜偷儿入室,午后即归。晚间老妪回,知恕甫房内窃去皮衣二十馀件,此外尚无恙,从此渠夫妇晦气脱矣,一笑解之。夜读曾选古文。

廿七日(10月13日)　晴暖。上午阅刘、李二家古文。下午略以本洋换英,惜只五十七元(六十六元①),每洋贴一角五分。定交易冬米一仓,价每石二元二角力十文,仅比去冬糙米价,可怪也。晚间友庆送考船回,接念孙与弟信,知文宗昨日进院,今日生经古,廿八日考府三学生正场,廿九童经古,三十日江震等六学生正场,初二日江、震、常、昭四县童正场,初五日提覆,十三日贡监录科,寓在定慧寺巷来青阁书坊店内张宅,今夜念孙要安排讲场矣。夜读《两都赋》。

---

①　"六十六"原文为符号👭,"元"字后原文有符号💢。卷十二,第446页。

廿八日(10月14日)　晴朗，恰好和暖。上午阅刘公《诫子书》。下午恕甫至书室絮谈，气色颇好，余笑谓汝夫妇晦运脱矣。闻鸿轩七侄今日赴苏，明夜进场，尚从容，念孙未识何时出场。文之佳否且不论，能得身子安健已大幸矣，属望之至。夜读古文。

廿九日(10月15日)　晴暖如昨。上午阅刘公《诫子书》并《汉书》毛选。下午登清内账，闲坐。闻凌氏偷贼已在芦被陈汛地连船擒获，赃物除典在周庄已查赎外，馀均在船，砺翁此番不能不呈报也。闻贼多近地著名宵小，思之寒心。夜阅曾选古文。今夜二场，六侄辈要起早进院，天气甚好。

三十日(10月16日)　阴晴参半，尚无雨，想进场、出场诸公不致十分苦累也。上午读刘霞仙致曾文正公论学书。午刻接念孙廿七日寓中与弟片，场单寄示，身子甚健，然总须接场后信为慰。下午见姚先生廿七日所发与恕甫长笺，字字金科玉律，钦佩之极，即谨录存一通，不第恕甫辈当作座右铭读也。夜读曾选古文简本，与慕孙闲话，益信姚先生所论圣贤道理，近取即是，真今之良师，不可多得，俟当质诸凌砺翁，想亦十分敬服也。

九月另本登录。

九　月

光绪十有三年①，岁在丁亥，九月初一日(10月17日)　阴，欲雨不成，晚稻望甘霖甚切。饭后衣冠拈香关圣鸾书前、东厨司命神前、家祠内叩谒。今日生经古覆试，今夜江震昆新新进进场。上午阅毛选《汉书》，下午阅《李次青文集》志铭，夜温《两都赋》，略熟。

初二日(10月18日)　晴，西北风。昨夜雨，今止，吾邑新进颇不便于进场。上午照应出冬米，价贱而卸升合又极短，是两亏也，可深嗟讶。下午心纷不能看书，夜略静坐。今日始知老世友徐蘋山于

---

①　原件第20册，书衣左侧墨笔题"日记，勤笔免思，岁丁亥八月起"。

八月初作古，家运中落，蔗境不甘，言之代为悲伤。

初三日（10月19日） 晴朗。上午登清内账，暇阅《汉书》选本、李次青志铭文。不得苏考信，殊悬悬。今日覆一等生，未识有意中人否。夜仍温《两都赋》。

初四日（10月20日） 晴而不朗。今日常昭童正场。上午阅《汉书》列传两篇。下午砺生来，述及窃案原贼已解县，严刑认实，原赃领还，衙门外不花一钱，夏邑尊办事可称顺手，然莘塔冬防之兵不能推却矣。并由砺生处接念孙与弟条，知廿八日二牌出场，题"子曰：'衣敝缊袍'"两章，策问诗学"原流"、"得失"，诗题未载（诗题"东来仙鸟西飞去"，六韵）。身子尚好，稍慰老怀，惟《说文》学台加批发还，嫌似钞胥而无心得，殊为少兴，实则体例悉本《劝学琐言》，王公可谓朝令暮改，言不有信矣，一笑置之。夜阅曾选古文简本。晚间接毛秋涵信，重九坛例十四元已代应，交友岩手，又作埂捐洋六元，亦代应付，足征热肠，当于苏去回后寄还谢之。

初五日（10月21日） 晴朗。是日江震提覆出案，未识吾乡暨意中期望者进者几人。偶阅《野叟曝言》一书，笔墨甚佳，荒诞淫秽太甚，急宜除禁为妥。暇阅《李次青文集》墓表数篇。下午扶杖观工人收稻，时也，黄云布野，香粒满塍，鸟雀争喧而下啄，儿童见穗而多遗，真丰年盛事也，但望来年秋收风景依然是祝！夜读古诗。

初六日（10月22日） 晴朗，西北风颇肃。上午莘塔舟来，接砺翁条，关照念孙二等，顾文泉已进，尚在将信将疑。下午舟至北舍，与元音侄、范荣仁茗叙仁和楼，知费漱石已往震泽，不值，招梅斐卿来，探问等第案，亦不知，仅悉生科考题，江"斯礼也，达乎诸侯、大夫"，震"其所厚者薄"二句，策问"齐、鲁、韩三家诗异同"，诗"烟笼竹纷月衔山"。新进正场江"文王也"至"山径之蹊间"，震"告子先吾不动心"至"量敌而后进"，一题诗均不知，絮语而归。傍晚友庆苏州船回，急问六、七两侄，并接念孙禀，抄寄全案，欣悉念曾幸列二等十二名，六侄县学二等三十左右，敏农二等十三，馀则未详。新进提覆，江"乘殷之辖"二句,震"凤兮凰兮",限后比八十字,提卅六,进连拨府廿一,三陆、顾文泉、陈秋槎、沈心和均进,馀未详悉,最可惜金新卿、禄申俟曾孙,钱钦若被提而不售,则不提而失意更无论矣,思之,殊不能如意中之所料也。郑氏会上收条已寄来,慕孙录科起文已验照,由县办妥,拟初十日余挈之一同上去。夜间略坐片刻。

初七日(10月23日)　朗晴而肃。上午略阅《李次青文集》神道碑毕。恕甫午后自舟回家,书厢等件均载归,未识今冬仍来坐定否,为之踌躇。今日提覆二场童。下午舟至芦墟,与赵翰卿茗叙,招陆友岩来,以余夫妇所诵经咒数托缴允明坛,重九普济因有陪考事,不及到坛矣。晤陆补珊、董梅邨、袁憩棠诸君,知周庄陶小祉所献《说文》十七页,大为学台所赏,亦是奇遇可异。归舟傍晚,夜间括痧以舒其肌肤,即早眠。

初八日(10月24日)　晴朗,朝寒。上午六俟来谈,絮语考试事,虽不能覆试,尚可差强人意也。下午略坐定,心纷不能定主意,然万事以和为贵也。夜间洗足,快甚。今日考优头场。

初九日(10月25日)　晴朗,登高节日,西风略尖利。是日提覆长元童。朝上接子屏与巳孙札,知日上在梨又患形寒,何精神不振若是?归家未有期。《汉书》选本阅竟三册。终日望砺生不至,殊深怅怅,然不及待矣,静候苏回再熟商妥洽之策。下午部叙行李,明日赴苏,夜挈慕孙登舟伏载。

初十日(10月26日)　晴。四点钟开船,三点抵苏进张寓,晤邱兰芬,晚前费敏农及念孙来寓,约明日至费氏。

十一日(10月27日)　晴。晨提覆吴县童。上午念孙来寓,即率慕孙至费芸翁处,中饭留饮,同席者朱竹坪昆季、徐檠友,檠友不得意,慰藉之。见慰宝,颇认识,抱弄久之,晚间还寓。提覆题"有反坫",后二限八十字,射影七律一联。

十二日(10月28日)　晴暖。晚起,是日覆江震下六县童新进,封门已十点钟矣。三陆公赍仪收覆而仍不落肩。终日不候客,巳孙收拾考果考具,在寓静养。路遇庞小雅,丰彩照旧,其郎震一等三名,可望补廪。又见洞庭翁来青,与子屏有旧,颇垂问殷勤,渠新出贡,幼子亦入学。夜间食粥,早眠。闻今日四点钟已放牌,题"博学之"三句,经"先王以茂对时育万物",诗题未记。晚间陆寿甫、幹甫、伯厚均来答,蔡进之亦来谈。

十三日(10月29日)　晴朗和暖。平明起来,与慕孙同餐朝饭,即携考具送慕孙进试院,候至十点钟始开点,先点上三县新进覆试,次点贡监,不分东西坐,送考至接卷始出来,宽之极矣。二孙与陆幹甫同坐。回寓,芸九兄来答,略坐即同出门,分手,余与徐蘩友、念孙至观前买物件,雅叙著饮后吃小点心,徜徉久之始归寓,时值三点半钟,新进已有出场者,可谓敏捷极矣。至七点半时,慕孙始出场,题正途"敬大臣则不眩",监"同其好恶",场中尽可给烛,未出场者尚有数十人。策"盐政",诗通场"宛马至今来",得"今"字六韵,圣谕三行六字。人事尽矣,未识运命何如。夜饭后茗饮沁园,颇舒畅,十点钟始还,酣眠。

十四日(10月30日)　阴晴参半,下午雨。是日总覆文童。辰刻后,念孙、徐帆鸥来自混堂巷,即率慕孙登舟至桃花坞候谒姚凤生先生,蒙留中饭,畅谈,并示《苏长公与子由论书》,在徐州作,真墨迹,飞舞矫健,欣资眼福。下午告辞还寓,敏农、念孙又自费氏来,即偕慕孙赴陈秋槎招饮。微雨至夜未息点,巳孙夜还尚早。

十五日(10月31日)　晴朗,雨止。是日奖赏,始知贡监已出案,江正途全,监取殷翰甫、陆幹甫,巳孙见黜,亦不足介意。上午率寅、巳两孙暨徐帆鸥舟至阊门外大观园看戏,文武班合演,极为出色,未晚即开船,至混堂巷口,帆鸥、寅孙上岸,还寓与巳孙对酌,眠时一鼓候。

十六日(11月1日)　晴暖。是日十二点钟,王公起马考太仓。朝上步至混堂巷费氏,道芸九兄大令嫒行聘言,蒙留中午陪冰人望翁,诡词避之,念孙卧室略坐即回寓。率慕孙逍遥楼茗饮,陆幹甫昆季畅叙,知赞仪仍未落肩,又蒙夜间招饮,亦辞谢之。观中徜徉,兴尽而返。下午收拾行李下船,拟明晨登舟,念孙仍留费氏。晚间幹甫、新甫自来请,情有难却,即率慕孙同赴席。菜极华茂,同席者楠甫昆弟三人外,有练塘陈君叔美(梅),知渠昆仲三人,长仲荪,次季帆(荃縣),皆考上县一等前列,人亦恂恂,真少年佳子弟也,不胜钦羡。饮酒如量,絮谈慎口,回寓即眠。

十七日(11月2日)　又晴和,东风不甚大。朝上即率慕孙登舟启行,舟中疲惫异常,连日奔逐所致也。到家三点钟,知大孙女已回去,诸事圆和,甚为欢慰。夜间早眠,酣适万分。

十八日(11月3日)　晴暖。晚起,胃口不佳,精神未复原,一切家事不理。上午作札致砺生,略述考事,未免失兴。下午送去,费氏请帖附寄,暇则闲坐静养之。

十九日(11月4日)　阴,似有风象。上午作两札,一致子屏,一致毛秋涵,待寄。终日疲倦,下午昼眠,一应家务不能清理,何此番到苏困乏若斯? 必须休息,慕孙亦然,少兴。甚矣,名心之得失误人也。夜又早眠,夜雨颇酣澍。

二十日(11月5日)　晴朗,西风渐肃。上午作字致念孙,明日陈妪到苏面致。暇则闲坐,命人至北厍漱老处会酌,又不得彩。午前秀甫来,留之中饭,气色颇佳,收拾书籍,负笈归家,苦劝节戒嗜好。三年叙首,不得不尽忠告,能不面从,渠家之福。下午送之登舟,怅然久之。知砺生日上心境恶劣,故相约不来。夜阅《天岳山房文集》序。

廿一日(11月6日)　晴朗而和,大好农人收割。上午登清出门以后内账。下午持螯,齿不能嚼,次女孙手剥以进,顾而乐之。夜阅《天岳山房文钞》序类。

廿二日(11月7日)　晴朗。饭后校正梅郎中所选《古文词略》五本,砺生处两部,一部天地头补处有缺字,一一写添,庶为完善。校毕,适砺生来,即乞一部,许之。正文不题,只谈风月,然神色之间不甚愉悦,奈何! 午留便饭,以所开绍酒酌饮,颇欢。下午回去,云明日至同道又莲大少君砺石合卺喜,苏州之行,俟再关照。二孙媳回自莘。晚间苏州船回,接念孙与弟便字,知日上身体颇健,慰甚。夜间略坐。

廿三日(11月8日) 晴暖,是日交立冬令节。上午命舟至梨邱氏,暇录诸翰香翁同人祝祷诗文精选,下午阅《天岳山馆序文》,晚接毛秋涵交还代应二十元收条。子屏在梨回札,知月初归家,邱氏赔偿修灯一洋,不受。夜至羹二嫂处,关照明日潘氏归吉一账,落拾如数,大为吃力,姑相机应之。

廿四日(11月9日) 晴朗,下午阴,西北风大吼,骤寒。午刻祀先,曾大父师孟公忌日也,祭必用蟹,曾大父之所嗜也。下午费养庄来,云苏家港凌镜秋夫人病请,昨夜在恕甫处调理,今日狂风不能回,候子屏,不在家,故特来此。略有感冒受寒,饮以伏姜、正气散药末,泻两次而愈。夜留粥,新熟香粳作糜,大好开胃。畅谈,一黄昏始送登舟。

廿五日(11月10日) 晴朗,初寒。上午录诸老先生寿文,下午读《李次青文集》序文。丁达泉二兄来,以郎君新昏喜酒菜相饷,一笑受之。夜读《曾文正公诗集》。

廿六日(11月11日) 晴朗。上午录诸寿诗文,阅李次青序文。下午孙蓉卿来,为友庆潘氏旧账尚难合龙门。少顷,赵翰卿、沈益卿亦自友庆来,略谈而去。夜间持螯,佐以绍酒,孙女辈剥以食我,自以谓其乐胜于陶公数倍。

廿七日(11月12日) 晴朗。上午录诸翁寿颂文,读《天岳山馆文集》序。下午张森甫来,又完西阡、丹玲二户,付洋六元①,钱八百八十一文,尚以新立三户请,看来不肯即了也,姑听之。夜读曾文正诗。

廿八日(11月13日) 晴朗和暖。上午抄诸寿文颂,毕竟名手不多。吴幼如来,留之中饭。巳孙属抄读本文百篇,格外酬之三洋而

---

① "元"字后原文有符号 ☩。卷十二,第471页。

去,恐今冬尚难过去也。下午沈达卿来谈,砺生托代作友人诔文,古茂不苟,非寻常应酬作也。至晚始去,托到苏代办学堂书一洋,借去黄懋材《西游笔记》二部。接念孙廿三与弟信,在苏逍遥无事,极为快活境地。夜纷,不坐定。

廿九日(11月14日)　晴暖。上午录诸翁寿诗,下午读《李次青文集》书后。友庆潘氏旧账,孙蓉卿出来调停归吉,免伤和气,大好大好。夜阅《汉书》两龚传,内账登清。

十　月

十月初一日(11月15日)　晴暖。饭①衣冠拈香关圣帝君凯书前、东厨司命神前、家祠内叩谒毕,适费漱石来代办诸事,欣悉翰翁近体略愈。余处账极清,即付漱石洋四十元②,查办旧宅保婴又十元,支孤贫米上用,略谈,一茶而去。惊知毛秋涵于前月廿七日作古,初六开吊,必须亲往奠拜,以尽景仰之忱。病由外感伤本原,子屏侄早决其危险,以后实心办善事者又少一得力之人,哀哉!终日翻阅韵涵寄来切问书院课卷三册,"齐人期"已孙第一,三名前文极雄伟可观,命已孙录之。三期文不过五十篇,细阅,已眼花欲眩,况评定乎?子屏极为允当。夜读《曾文正公诗集》。

初二日(11月16日)　晴朗。上午录诸翁寿诗,定今冬限内收租石脚,照旧七折,格外每亩让添丁喜米五升,廿六日开限。下午札致袁憩棠,专舟送至赵田托寄。刘雪园翁初五开吊,奠分。中午十月朝祀先,余与慕孙抢班灌献。暇阅《李次青文集》寿序,夜读曾文正诗。

初三日(11月17日)　晴朗。朝上舟至梨川致吊毛秋涵之丧,为之凄然。赤心任事,吾邑又少一真善士,不独渠家之不幸也。蒙留

---

①　"饭"字后疑漏写"后"字。卷十二,第472页。
②　"元"字后原文有符号𠂆。卷十二,第472页。

陪新客某公,席间晤震泽谭顺斋,议论豪爽,名副其实。又晤叶彤君,朗君之兄纬君,不相见者几二十年,渠久病霍然,真丁令威再世也,悲感之下为之一喜。饮罢告辞,与徐梦鸥茗叙,知乃翁丽江申江未回,乃兄帆鸥昨日往苏。回舟下午开行,至大港看子屏侄,知昨日归家,感冒初愈,怕风委顿依然,苏州之行不果,已托寄分矣。约近体稍愈,十九日来溪盘桓,为两孙调理,践约为慰。费漱石亦在座,徐瀚翁转托致意,费芸翁一事当道达原委也。归家傍晚,夜间作便札,明日寄砺生。

初四日(11月18日)　晴朗。饭后舟至莘塔寄信,登清账务。下午黄漱泉来,又完北玥、北官、中兽、东渭、东义等五户,付洋十七元①,钱七十六文,与之吉题。暇钞诸翁寿诗,阅《天岳山馆文》寿序,夜读曾诗。接恕甫回信,知血证又发,非平心调养不可。砺生在同未回,约明日下午去载。

初五日(11月19日)　晴朗。上午钞录诸寿文。命巳孙至梨吊奠蔡秋丞夫人并除几。下午部叙明日往苏行李,并舟载凌砺翁、吴莱生来,亦约同往。晚间巳孙回,知在子屏伯处长谈。莘去舟回,知砺生关照已由同川到苏矣。夜与巳孙闲话。

初六日(11月20日)　晴朗。饭后同莱生赴苏,下午到同里,与莱生茗叙怡园,夜泊宿谢家桥头。

初七日(11月21日)　晴暖。朝行到苏,泊费氏后河不过午刻,登堂,芸九兄、敏农出见。是日款媒蔡滋斋,吴望云铺陈妆奁,夜与望云联榻八兄旧书室,凌砺生亦趁晼香船来,留宿前厢。

初八日(11月22日)　晴和。朝上余穿公服,率念曾暨慰高贺道芸九兄出阁喜,贺客官场自崧抚军以下,至张廉访、魁府尊三县各候补道均至,乡绅在苏来往者麇集,余与砺生概不应酬,坐书房冷眼相窥,备悉炎凉之态。姚凤生先生来,独接送之。中午宴客六席,亦

---

①　"元"字后原文有符号**圷**。卷十二,第472页。

颇脱套。下午娇客濮云依孝廉排道来,行亲迎礼,未刻合卺,仪文与乡间迥别。一时许礼毕,两佳耦乘轿,四秀才迎花烛,送归寓所公馆,芸翁喜得佳婿矣。夜与诸亲戚剧谈,听小堂名雅奏,眠时一鼓。

初九日(11月23日)　晴暖更甚。午后濮公夫妇回门,谒见芸翁夫妇,并行谒祠礼,孙辈陪之,议论风生,文字外杂技都精,非凡品也。夜间奏乐款宴三席,与余同席者本城蒋稚香翁(请座账房),极谦和可亲,年六十有四,有子食饩,有孙入学,有曾孙四人,可羡也。席散送归,戌后大媒吴望翁乐而大醉,芸翁亦来快谈,亥正始寝。

初十日(11月24日)　晴燥。朝上吃小点心后诸客均散归,余率念孙、莱生告辞主人竹林即登舟开行,到同里午后,余率念孙答拜任畹香、又莲昆季,蒙主人畹翁留宿外园,砺生昨日已来,恰好联榻。下午畅游新园,饱看菊花,亭池台榭,经营俱有邱壑。夜又设席畅饮绍酒,适沈咏韶、赓簧兄弟亦至,遂同席,又止宿焉。席间大谈河务,郑州决口已在二十丈外,非常之灾,合龙大难,下游凤泗亦已波及。畹翁被特旨起用到皖办赈,兼理河防,非寻常出山可比,必有一番大经济,同人共祝之。夜眠颇适。

十一日(11月25日)　晴暖。上午同砺生道贺叶仲甫二郎少甫新婚喜,蒙留便饭,晤荣伯、乙亭昆季。午后回仕园,仲甫特携正席在园款饮。夜间同主人昆仲玩月园中,清旷之趣,尘襟涤净。

十二日(11月26日)　晴暖。终日园中婆娑,晚间仲甫招往叶氏认新房,并请看木偶人戏,略坐逃归。晤王霭云明经,三十年前玉峰朋试旧友也,年七十有二,齿健,可食硬肉,饮酒无算爵,子孙贤而能读书,为之掀髯一笑。是午主人复设席款留,饮至夜而散。与友莲、畹香茗叙园中露台,观月兼看菊影。太白复生,其乐亦作如是观。

十三日(11月27日)　晴而暖甚。是日主人始允公饯,不获告辞。中午设席,在渠大厨房包办,咏韶、砺翁与余三股公出,同席者十人,始识任菊亭、严菊轩诸君。是会也,反客为主,拇战豪饮,至点灯后始散席,已罄主人陈绍酒两大坛矣。畹香昆弟暨砺老皆大醉,相顾而笑,兴趣不可言状。夜眠酣甚。

十四日(11月28日) 晴暖,东南风。朝粥后始辞别主人,珍重长途,后会有期为约。到家下午,适巳孙因苏家港舅家有事去应酬,晚归。留砺翁止宿书楼,寅孙陪之。

十五日(11月29日) 晴,西北风,始有寒意。饭后送砺翁回莘,终日栗六,家务账目纷不耐理。下午至达卿书房谈,并缴还达老所买书,夜倦早眠。日上接到陈墓宋静伽,即静斋来书,为旧宅保婴添米事,暇须覆之。

十六日(11月30日) 晴冷,太干燥。上午补登日记。下午闲坐,仍不克赶登内账。夜阅天岳山馆寿序文数篇而眠。

十七日(12月1日) 晴而略肃。上午作札致子屏,下午送去。今日始将出门后账务内外登清,耳目为之一快。暇则闲坐静养,诸翁双寿诗已择钞毕。接子屏回札,又因冠溪回来,复有感冒,服羌防,尚未就痊,势不能来,为之怅怅,只好请元夫子一手调理矣。夜间略看次青寿序文。

十八日(12月2日) 晴朗。饭后同莘六侄至芦墟候汛地陈镜亭,不值,只好缓日再面酬之。回,与赵翰卿、沈益卿、董梅村茶叙良久,顾雨三亦来。翰卿店务有人构难,同人均以为不必着急,以不解解之,或者可免口舌,因其人非贫者,不敢妄行无礼事也。中午面馆小饮,极不适口,连工人仅费钱三百文,他日公账派算。下午又与益卿、翰卿茗叙,梅村医忙,已出门矣。归家未晚,二孙媳回莘省母,东月王佃旧岁欠租偷票一事草草让租收讫,因此事余账房亦有失察之咎,此辈究非顽抗之户也。夜略静坐,作片明日遣舟至颖村去请诸元翁。

十九日(12月3日) 晴朗,略有风。饭后略登账务。下午诸元翁来,欣知近体甚佳,医况亦可。陶小泚《说文》,学台以批"作厅"发还,大加赏识。夜与元翁絮语,虎孙陪宿书楼。

二十日(12月4日) 晴,略有风。上午余与诸先生谈,并为余及孙辈诊脉定方,先煎剂后膏丸,余可勉服膏方矣。媳妇亦定方,以驱风为主。下午迟子屏不至,达卿来长谈,晚去。梨川子祥舟回,定子范十周年松龄和尚礼大悲忏五日,来二僧,十一月廿一日到溪,焚楮锭一应在内,计七折,钱三十八两正。夜又与元简絮谈,早眠。

廿一日(12月5日)　晴朗。是日始至限厅收飞限租米,每石一元九角五分,石脚照旧,每亩格外让添丁喜米五升。朝饭后,元翁定膏方未毕,下午至子屏处问候,巳孙陪往,晚归,知子屏外感已愈,本体尚弱。寅孙点灯后自苏家港贺陆时柑芹樽回,知宾客颇盛,砺二母舅、沈咏韶、陈逸帆均在。夜间吉账,约计收数二十馀石,洋四十六元。

廿二日(12月6日)　东南风,晴暖。饭后备舟送诸先生回去,媳妇且服煎方,膏方元翁约酌定后寄来,珍重而别,约来春再叙。终日在限厅看收租,各佃络续而来,黄昏吉账,约共收乙佰馀石,本色不满五石。夜间酌请账房诸公,余陪饮,颇欢而醅,眠时一鼓。

廿三日(12月7日)　晴暖。终日在限厅督看收租,两孙亦出来照应,各佃输租,颇不寂寞,余则专收本色,米色多青腰白穄,可知年令不及去冬。是日接费敏农与寅孙信,知日上又得一男,为之添喜(是月十四日△时)快贺。夜间二鼓时吉账,共收三百八十四石有零,本色四十八石有零,眠时尚不疲倦。

廿四日(12月8日)　晴暖甚。终日在限厅收租,各佃踊跃争先,人众成市,各相好手笔不停,终日无暇,夜间吉账几四鼓,共计收数约六百有零石(共六百十二石)。余专收本色,亦几百石(百十石),米色则更次于昨日,退不胜退,忍亏收之,殊太宽也。余与两孙眠时疲倦之至。

廿五日(12月9日)　晴暖更甚。晚起,怠甚。终日督收限租甚不淡薄,精力勉强支持。夜间三鼓吉账,共收三百八十有零石,本色约四五十石,米色较昨日略佳,眠时则睡味醺醺矣。

廿六日(12月10日)　晴朗,西南转北风,雨仍无望。终日阒寂,仅收昨日存仓洋米数十馀石,头限初起,无有过而问者,然数收已七成账矣。上午命两孙到莘问候,并看恕甫近体。夜间早眠,反形疲惫。

廿七日(12月11日) 又晴暖,不雨四十馀天矣。终日闲静,仅收头限租三户,作札待复费芸翁。夜间略阅《汉书》赵皇后飞燕传。

廿八日(12月12日) 晴暖似仲春,实非时令所宜。终日收租十馀户,属陈厚安到北舍,赴钱竹安重会酢席,兼定糙更乙馀石,价平斛加二升半,每石乙元九角四分,米色已不次矣。暇录河决翁潘所奏疏。晚间接诸先生信,并定媳妇膏方,南北沙参似太重用。下午去载两孙,荷蒙固留,约明日上午去载,当以方商决诸、砺二母舅。夜间登清内账。

廿九日(12月13日) 阴晴参半。上午念孙归自莘,已孙仍留外家。日上砺二母舅处多宾客,连日陪饮,醉于越酒。终日收租五六户,下午大风,天色苍茫,无有来者矣。两孙书法,姚先生批就,荷蒙奖借过情。夜间念孙伏载,明日赴苏,芸九叔处一函交之面呈。

卅日(12月14日) 又开晴不雨,午后风又吼,渐有寒冬气。念孙今夜只好泊舟同川,不能到苏矣。终日收租十馀石。午前福官侄孙持子屏札来,云冬间有嘉兴帮官仓生意,盛达盒所荐,铺陈行李空空,特来告帮。即唤六侄来,公账赒之四洋,留中饭而去,此虽小费,然亦不在日用之内,实谊难却却耳,不可再也。夜读曾公诗数首。

十一月

十一月初一日(12月15日) 晴。朝上略寒,始有冰,西南风,午后又暖。终日督收租米尚不寂寞,未及黄昏吉账,共收五十馀石,折色仅三之一。夜登内账,未清,暇阅《制艺丛话》末卷。饭后衣冠东厨司命神前、家祠内拈香叩谒。

初二日(12月16日) 晴暖,西南风。终日在限厅看收租,则无告四穷民均至矣,从宽收之,夜间吉账,约收二十馀石。晚间已孙已回自莘，知恕甫近体颇有起色，二母舅兴致亦佳，托送子屏脩从丰代应，暇当面交之。夜登账务，略清。

初三日（12月17日）　晴暖，西北风。终日收租不满二十石，鸡毛布钞多来相嬲。今日顾文泉芹樽致分，舟人回来醉饱，知菜系丰盛杜办者。夜登苏州回来账，以《制义丛话》消遣。

初四日（12月18日）　晴朗，西北风，渐寒。终日收租尚不寂寂，晚间吉账尚早，共收六十馀石，本色居半。是日午前大孙媳自苏归，念孙偕至，知同川昨夜停泊尚早，慰高小曾孙，乳母抱之登堂，久在外家，几乎不识燕巢，不甚戏笑如常，益见浑然元气，喜弄久之始登楼。念孙呈示芸翁信，为莱生之母迫于急款，又欲摺上提本，九兄亦以为不妥，下午招莱生来商，可否另筹不提？渠云须转禀堂上，亦无断语，即命虎孙照复芸翁，原舟带呈。至芸翁暗商借往一法，亦不便捷出也，姑作罢论，然恐不得免也，大为踌躇。是日杨洵如来候，即去，后知与七侄别有事干，非专来也。费亲母代糕多仪，权受之而璧羹果，然房内已糕团多品矣。儿女俗礼，难却如是！

初五日（12月19日）　晴暖，无风。今日头限截数，南北斗不至，殊虚所约。近地各疲佃均到，辞说愈多，布准米愈盛，零欠渐有，只好收之。黄昏吉账，约共收六七十石，洋与米约参半。是日下午砺生自紫溪归来就谈，匆匆即去，相约十二月初来馆盘桓几日，并访子屏。

初六日（12月20日）　晴朗，朝上细雨即止。是日转二限，已八成账矣。清晨朝餐至梨，先泊舟杨家桥候蔡进之，探问刘允之会若何卸法。渠云俟同人到齐公议，借渠《江震学册》一本，约明年三月抄就还，即拉渠同至蔡氏老二姑太太处长谈，喜近体安健，扰茶点而出。复同进之步至刘氏，为之惨然，始知近日允之夫人抚一养子陈氏，已成服名承先矣。少顷，同人咸集，得悉已收者六会，未收者十四位，此番已收诸公连头会共出钱七十五千，以五千作席费，七十千十四位均分，该每人得钱五千文，同人乐从，惟允之之亲蔡湘江语多支节，未交现钱,似亦不能不从公也。坐席三桌,无兴饮酒,席散,湘记会钱未齐,余托进之代收。至进之处圆会钱,交五千,已面付讫,十二日不来矣。傍晚开船,月色佳甚,到家深黄昏,知二孙媳已归自莘。

初七日(12月21日)　阴晴参半,夜间微雨。终日限租寂寂,昨日略有所收。下午率巳孙至大港候子屏,出见,近体略健,芸舫信洋面交,砺生托致书院脩亦权领,姑俟见砺老再推让。巳孙求清理方亦面定,来年两孙辈看文求批之说不过面允,尚未十分点头,余则坚与之约矣。长谈,归家点灯。

初八日(12月22日)　又晴朗,是日午正二刻交冬至令节。朝上起来,骇知昨夜限厅失窃,挖窗而进,柜内失去存包洋十三元,柜外失去足制钱十一千文,其馀零星物件不动,屋上亦无形迹,此必内贼蓄心已久,乘间为之,以更夫为老悖可欺也。形迹可疑,究难冤抑,此番小惩,终当大诫,总由余用人不严不明,失察自咎而已,夫复何言!终日收租十馀石,荒字催甲已吉账。夜间祀先,祠堂内灌献,余主之,厅上祀四代暨二加厅上两孙赞襄,新二媳妇率小侄曾孙随同行礼,顾而乐之。祭毕,与两孙饮散福绍酒,排解自宽,亦颇酬适。明日属陈理卿到苏,补办巳孙喜事皮货,须六七日始竣事,能赶紧早还为妙。

初九日(12月23日)　晴和。是日限收寂寂。二孙女玉瑛官留髻云,斋星官吃面,祖父母具见仪,六枚赐之。终日闲散,夜登内账。

初十日(12月24日)　晴朗。终日收租十馀石,碌碌此心不定,未坐定片刻。今日唤广仁堂伙叶公来煎膏方,寅孙夫妇各全料,中堂媳妇半料,明日尚未吉竣,巳孙丸料命渠带归修合。

十一日(12月25日)　晴朗,霜重,西风。是日限收一二户。午前大女孙自莘来,欲祖母陪至子屏处诊脉定丸方,回来下午,知先定煎方,丸方后寄。留之不能,约十六日来盘桓,晚去。夜略静坐,作札拟覆宋静斋,即静伽,已寄信茂。

十二日(12月26日)　晴暖。上午李辛垞来自莘,知昨日候砺生,兼为恕甫定膏方。日上辛垞自上洋鸿文馆凌佩卿处来,欲刻石印、典制理题两种,为明年科场射科起见,托将家藏历科试牍书院名人稿汇寄之,以备采选。适两孙搜检书籍时文,特允许合寄。又为张仲猷托荐芸舫处来年请师一馆,恐迟不及,姑当作札吹嘘。又托求陆九芝《世补斋医书》全集,絮谈片时即去。案头有梁莅林《制艺丛话》八本,亦借去备选,未识果然得利否。终日碌碌,租米寂无一户。夜登内账,阅天岳山馆书类几篇。

十三日(12 月 27 日) 晴朗。终日收租无几,俗事殊形栗六。下午作札致芸九兄,拟由梨寄,为荐张仲猷作西宾,恐已捷足先得矣,姑尽吾心而已。夜登内账,阅天岳山房书类卷毕。

十四日(12 月 28 日) 晴暖。终日收租无几,以布准折,殊多拖欠。下午薇人来,知在两房,必非无故登门,余处长谈,尚不露真形,知来岁闭门授徒,恐难过去,以别有嗜好也,未晚即去。夜登内账,暇阅天岳山馆《哀诔集》。

十五日(12 月 29 日) 又晴,知难望雨。饭后命巳孙至金泽陆氏贺新甫、楠甫同怀芹樽喜。终日收租五六户,布准可厌,南北斗催甲竟不来,难免差追,新漕价三千二百五十二文每石,又下忙条银加征一千二百两总数。北库、芦墟两局书均持由单至,先付漱老洋三百元①,森甫洋乙佰五十元②,言明即日来取由单截数。碌碌竟日,夜登限账。黄昏后,金泽舟回,知今夜主人有烟火之局,巳孙被留止宿,此亦意中贺兴事,应酬所难却,惟余明日欲命渠同赴苏家港苍舟处会酌,颇不便当。

十六日(12 月 30 日) 晴冷。昨夜起大西北风,竟日狂吼,河水欲立,万不能冒险行舟。载巳孙至金泽,赴会酌至苏家港,皆难开行飞渡,且俟明日。甚矣,出门之难预计也。袖手闲坐,夜间略阅《李次青文集》杂著编类。

十七日(12 月 31 日) 晴冷,河港有冰,风略息,冷甚。饭后念

───────────────

①② "元"字后原文有符号 ㄝ。卷十二,第 480 页。

孙舟至梨,为其父子范十周年在宝轮庵礼大悲忏三日,又荐祖两日,即在庵中住宿,须廿一日圆满归。余至苏家港赴苍洲昨日会酌,舟中阅《次青文集》,尚有风浪,馀波未息。至则苍洲、叔苹、镜秋均在家,知日昨苍洲在莘,凌氏诸公已叙一席,砺生留在金泽,犹未归。少顷,焕伯亦来,又叙一席,余检收会书票七纸,缴票三张,面交苍洲手,连渠东席徐公六人同席,菜甚可口,饮酒酣暖之至。席散,携洋名世而归,苍洲复有账交余,清楚。到家傍晚,知已孙仍留金泽,未免畏风太甚,明日须遣舟载之。迟苏州船亦未归,想为风所阻。

十八日(1888年1月1日)　晴,风始息,渐暖。上午南北斗催甲来,约收八九石,仍须差追。梨局顾子丰来,照旧完南北斗荒字、南富殿字五户,付洋七十九元①,钱七百卅一文,立收条叫讫。又,另截浮溇漕银十二②年分两户,系已故陆少甫取巧,只好不认账,留票不算。大女孙上午自莘来,晚间已孙自金泽还,知此番陆幹甫情极重,解衣款留,幸不受寒,若砺生,至今尚留未归。夜登内账,早眠。

十九日(1月2日)　晴朗。朝上已孙同两孙媳妇、大孙女、二孙女舟至梨川宝轮庵,为乃父乃舅礼忏圆满上供。暇无一事,略阅《天岳山馆文》杂著。晚间孙媳、孙女均归,知徐蘩友、邱寿伯均到庵中送礼致谒。苏州船亦来,知今日由同开行,大为冰阻,在苏十六日出城即回城,略有戒心,幸尚平安,不胜欣慰。

二十日(1月3日)　晴暖。冰路尚有未通,苏州账如一斛散钱无从串起,大约非二百八十元不够用,可称浩大难支。终日碌碌,作札致邱寿伯,芸舫款对送之,一致子屏,兼送茶叶、茶点两种。定见慰高小侄曾孙乳母,立哺乳文契,每月工一千六百文,两年满期,又贴还渠女寄乳钱每月四百文,总以长成平安为祝。夜登内账。

廿一日(1月4日)　晴暖。饭后命舟至梨载寅孙,作札子屏,送

---

① "元"字后原文有符号卄。卷十二,第481页。
② "十二"原文为符号⼴。卷十二,第481页。

茶点兼取大女孙丸方,寿伯内侄亦寄一札。小榕处会洋六元①,钱九百四十文已带还,工人失交,参须、对联已寄去。是日忏荐先赠君、先母沈、顾两太孺人,素斋,自尽微忱。午前巳孙同和尚思恒徒弟两僧来,通疏、祭享,焚化冥仪,陪之中饭,送经资外又送香金一元而去,此番子范十周年作佛事颇舒徐也。黄昏时,寅孙亦归。夜间略读曾文正公诗,李次青《天岳山馆文集》日上始覆阅竣卷。

廿二日(1月5日)　晴暖,甚非宜。终日栗六,不能闲坐。下午大女孙回莘,砺生处送礼四种,未识能俯纳不见责否。夜登内账,头绪纷繁,出款难省,为之闷闷。夜闻近村杨树兜人家失火,其光烛天,旱干之极,可怕之至,宜小心谨慎!

廿三日(1月6日)　晴暖如仲春,大乖时令。上午抄录子屏时文旧作,适幼如来,所抄读本文不及一半,衣服单薄,留之便饭,又赒三洋,说定今年不再来而去。下午张森甫来完西千、大千、是字、尊字、忠字、荣字六户,前付乙佰五十元,今找四十九元②,钱三百五十六文。又蔡进之托完内字两户,洋三元③,该找进钱十七文未交清,后算。今日始开欠,拘押顽户大图朱阿四在芦班房,未识有进场否。夜登内账。

廿四日(1月7日)　晴暖,东北风。寅孙夫妇清晨赴苏,缘八太太闻近抱小恙,须往省。上午费漱石来,代办诸愿,共找洋六十九元④,钱六百十五文,一应算讫,芸老所存七数亦面交讫,一茶而去。北舍局完大富、大胜等九户,找洋卅七元⑤(前付三百元⑥),持由单而去。苏州账大约须二百九十五元,不及细阅,殊难为节省,可叹!碌碌竟日,夜则登清内账。

廿五日(1月8日)　晴暖,有霜。上午开新笔,洗旧笔,涂抹数行。下午阅《曾文正公行状》,李次青所撰。夜间濯足,爽甚。

---

①②③④⑥　"元"字后原文有符号⼁⼍。卷十二,第482页。
⑤　"元"字后原文有符号⼂⼂。卷十二,第482页。

廿六日(1月9日)　阴晴参半,酿雪不成,北风略透。上午无事。下午喜砺生、磐生自大港同子屏来,留之止宿,欣然首肯,沈咏韶亦喜偕至,磐生颜色益粹,可冀否极泰来。夜饮绍酒,鸡黍相款,谈笑无忌,夜宿书楼,谈至一鼓始寝。

廿七日(1月10日)　又晴暖不雨。上午寅孙回自苏,知昨因风宿同喜泰,水恙已全愈,孙媳暂留,初二归。与诸君剧谈,知咏韶有续选诗征之举,搜罗各家诗集。先大人初集、殷谱老全集诗奉赠,陈讱庵丈诗话遗稿暨邱玖丈遗稿均借去,所要孙秋伊先生诗稿,邱外父《子谦先生遗稿》当觅寄,董征君《味无味斋诗集》俟寻出后奉。中饭饮酒甚乐,下午凌、沈三君还莘,独留子屏闲话,两孙来年从学请看课文亦蒙面允,大慰老怀。夜谈至九点钟上楼就寝,两孙陪之同宿书楼。

廿八日(1月11日)　晴朗。上午与子屏、莘六侄谈,中饭后送子屏回港,关照薇老一节今冬难免不开口,借去《樗寮诗话》一册。下午补登日记,明日始开账船。砺生昨谈李次青先生今秋已终于滇藩任,此公亦可称"三不朽",然不能位至督抚亦一缺憾事。夜间懒登内账。

廿九日(1月12日)　阴,朝上微雨即止。终日彤云漠漠,未识天心仁爱,能降祥霙瑞雪以苏吴民否。限厅上归吉一穷顽之佃,退田抵租,立退笔据,更送叹气五两,完结而去。从此差追开欠,可免无事矣,亦一快心事也。疲倦,略眠,精神稍可。夜登内账,闻钲声,查知阴火,因微雨而止。

十二月

十二月初一日(1月13日)　阴。终日好雨瑞霙,不停沾澍,可见天心仁爱吴民,百谷丰登有望矣,快慰无任。饭后衣冠东厨司命神前、家祠内拈香叩谒。竟日闲静,看两孙整检家藏书籍,暇读先大人《养馀斋诗集》。

初二日(1月14日)　又起晴,雨雪不畅。终日仍闲甚,复阅李次青传铭文消遣。

初三日(1月15日)　晴暖,东北风,亦非时令之正。上午碌碌,无心看书。晚间东账船还,南北斗略有所收,惟明日又须开欠,能得即进场为慰。下午由航接郑式茹信,岁暮又欲叙六百数(前有两札未接)葵邱,彼非得已,余难勉力,只好却情坚辞之。夜间作覆,缴还会帖,实无如何之势也,言之闷闷。明日拟由赵信茂寄达之,以了此事,谅余不谅,余不及计也。

初四日(1月16日)　阴,微雨,西北风大吼。迟大孙媳不至,大约为风所阻。开欠一户,草草归吉,尚可过去。中午祀先,祖母周太孺人忌日也,率两孙灌献如礼。暇读先大人诗集。

初五日(1月17日)　阴,无雨而暖。上午费敏农陪妹孙妇来,知昨到梨,留宿徐氏。接芸九兄札(子屏处一信当便寄),张仲猷馆事不果,陆凤石郎试草谢帖收到,《世补斋医书》亦代辛垞乞就,吴莱生提本之说罢议,以所与一会四十五千,芸老所得者,让与莱生母收。如此调剂,大好济急,可免剜肉,为之欣慰。暇与敏农絮谈,留中饭毕即辞去,云要至紫溪应酬。夜仍宿梨徐氏,明日赴平租局,还家到苏须初十后,可谓"能者多劳"矣。碌碌竟日,未赶一事。

初六日(1月18日)　阴,昨夜至今,终日时雨酾澍,春花勃然,为之一快。上午检家藏姚竹亭太夫子诗集,马月樵《读易草堂诗钞》,略志缘起数语,以备汇寄沈咏韶采选。暇读先大人诗集,作札拟至子屏。夜登内账,略清。

初七日(1月19日)　阴,无雨,暖甚。上午寅孙检点东首大书橱,上级又出白蚁,将先人诗集又蛀毁二十馀部,不胜愤恨太息。日上须将书尽搬出,澈底搜寻为要,然已坏者不可收拾矣,将奈何?下午作札致辛垞,未寄。夜间补登内账,读先大人诗集消闲。

初八日(1月20日)　阴,无雨。饭后命工人将大书橱翻空,搬至庭中搜剔白蚁,知由内蛀,非关外窜,又属账房焚化残稿诗集六七十本,将白蚁一炬空之,痛惜之馀,尚幸可除贻害,然字纸不免秽弃为罪。暇作札至芸九兄,黄荫臣送绸一束即附去。夜读先大人诗集。

初九日(1月21日)　阴,无雨。终日无事,然心纷,万难坐定。两孙检查家中书籍已遍,特未编排,然眉目一清矣。晚间沈达卿来谈,《大云山房文集》约来年点校,《曾文正文集》黎刻二册面许奉送,渠意欣然。夜读先大人《养馀斋诗集》。

初十日(1月22日)　阴,似欲酿雪。终日闲静,仍阅《天岳山馆文集》传文数篇,夜读先大人诗稿。

初十一日(1月23日)　阴晴参半。上午督工人大书橱抹桐油以杀白蚁,或者巢穴可扫。午后二孙媳妇来自莘,三太太送年糕两箱,他物称是,犒使六申①,六两外加喜封,约共五千馀文,真所谓欢喜浪费也。接邱寿伯来信,知初五日火腿店失火,延及西厢祖屋,打折始熄,木主幸迁出,馀无恙,犹幸在朝上,不致散失,然受惊已不小矣,闻之可警。又接郑式如札,尚以会相媚,实无力应酬,即作复谢拒之,明日同复辛垞札,由莘寄盛,益信此时要张罗,实大难事。夜间仍读先大人诗集。

十二日(1月24日)　阴晴参半。饭后率念孙至莘塔,赴恕甫会酌,至则退修坐,知砺生为典捐公事到江,有委员坐提,此行当分胜负也。少顷,恕甫出见,气色甚佳,慰甚。同人交洋咸集,九人团叙,菜则色色精洁,余餍饫饱啖而饭。散席,至大孙女房内絮语,房则移在后楼,从倪卜之请也,云移房后诸事安适,从此渐臻佳境矣。出来,携会洋殷祀之数而归,到家点灯。夜则不坐定,望邱氏之船亦还,敬承阖家尚安。幼夫人风疾难痊,祠堂已兴工起造,盛泽两信已寄航。

十三日(1月25日)　阴,雨雪霏霏,竟日不息点,可称腊瑞,特

---

①　"六申"原文为符号㐀。卷十二,第485页。

不畅耳。欲往苏送年节盘,不果去。终日闲静,略阅次青集传文。夜间登清出入内账,残年开销大有难支处。

十四日(1月26日)　阴,昨夜腊雪积半寸许,朝上已渐销,西北风,尚未开晴。苏州之船上午始开,今夜只好泊同里。竟日无事,略阅《李次青文集》列传,读先大人诗集。

十五日(1月27日)　阴,西北风,不冷。细雨不畅,竟日闲寂,阅《李次青集》传文已毕。夜读先人诗集,两孙编家藏书,分经、史、子、集,拟录成目录,此事尚能补余缺憾,若云能看,则犹无暇日也。

十六日(1月28日)　阴,大雪竟日,可称祥瑞。上午录子范丙子录科文示两孙,屈指计之已十有二载矣,不胜感慨之至。午前颖村舟来,持元简先生告急信,惊知渠尊人翰香翁于初六日作古,草草成礼,不遍讣,惟一切开销尚欠缺四十元,特遣其同宗号蓉江者来商贷,余亦岁暮急窘,不能不勉力如数假之,即作覆,留来人饭一顿,封四十元交致之。此项出款,实意料所不到也,为之深叹,元翁何不幸若此!下午走候沈达卿,长谈,回来,费八亲母家来送年节礼,金上添花,殊为过费。老房代糕权领而璧羹果仪,厚犒之,明日雪晴要回去。夜登内账,知芸九兄在江,必有一番雪中白战也。

十七日(1月29日)　阴,昨夜积雪寸许,已销,今日又霏霏不已。无事阅李次青碑版文,夜读先大人《养馀斋诗》三集。

十八日(1月30日)　阴,又大雪竟日。下午黄漱老来,又完北玥、苌莽、东轸等圩九户,付洋乙佰廿四元①,钱十四文,今冬与之叫讫,来春再商添花。夜读先大人诗集。

十九日(1月31日)　开晴,下午又阴冻。上午凌砺生来谈,知十六日自江回,两邑各镇董事俱集望老处,议得两邑衙署决计各镇派数,劝捐起造,典捐提每年两月息作文庙修理外,仍留每年十月之息不准提,作城中公用,两大绅似已点头(又借支五年十月息,讫后仍归

---

①　"元"字后原文有符号。卷十二,第486页。

各镇公用,城中不得提)。公同具禀,由县通详,未识以后无变卦否?然派捐亦大不易办也,姑俟之。砺老留之中饭,移书桌而去,意兴似不衰也。碌碌竟日,夜间略读先大人诗集。

廿日(2月1日) 晴朗,雪未消净。上午焕伯来取公义典两存摺。下午重读《天岳山馆文集》首卷论类,夜读先大人诗集终卷。

廿一日(2月2日) 晴,不甚朗。饭后校改先大人诗集误字三部。是日打米上仓算账吉工,略在限厅照看。暇读李次青论文三篇。夜登内账,略看曾选陶诗。

廿二日(2月3日) 晴,西北风大吼,颇严寒。竟日清闲袖手,阅《李次青文集》论说类终卷。夜登内账,以陶谢诗曾文正选本消遣。

廿三日(2月4日) 晴朗而冷。上午校改先人诗集讹字二部,下午薇仁来,为明年聚徒迁居北厍兼行医告帮洋五元,如数予之,能得来岁不再商,一如所约为幸。芦局张友繁手,又完钟珝珣、东北玲、西力、世字、大西阡等九户,付洋九十二元,九百九十①,钱百②八十八文,今冬叫讫。晚间衣冠率两孙具香烛、酒果虔送东厨司命神升天奏事,礼毕,与家人循例吃圆团,抚摩小曾孙同桌,顾而乐之。夜登内账,不及坐定。

廿四(2月5日) 小除夕日。阴,下午又雪,昨日申时立春。上午子屏有信致余及巳孙,书院脩四数陆董已面交,不道破颠末,今托转缴砺生。姚选《古文类纂》告借全书,即交来人。托余作札致顾裕三,荐宝桢学生意在新开行,已许之,恐未必得力。校先大人诗集误字共八部,当另存。下午顾云桥老表弟来算发茂南货账,如数付讫。邱氏内使来,知又谦夫人风疾依然,惟祠堂屋已告竣。澳老有信来,恤斄三百九十文付交,保婴钱亦交清与寿伯。碌碌竟日,夜读陶诗以消遣。

---

① "九百"原文为符号🎲。卷十二,第487页。
② "百"原文为符号ƒ。卷十二,第487页。

廿五日（2月6日） 晴，不甚朗。上午大书厨安顿好，下架座子又剔搜白蚁，灌以桐油，然总不能净，奈何？春间尚须再修理为妥。先大人诗集、《小识》、法帖暂时收藏上级，来年必要重换他所为要，特识之。夜间登限内账，过入零用簿，属账房诸公夜拆脚封力钱，心纷不能静坐。

廿六日（2月7日） 晴朗。上午无事，偶抄张之洞为俄夷条约不可从摺，未及半纸，适凌砺翁来，见示新得欧帖《九歌》，贾刻《玉枕兰亭》，《隋碑》旧刻三种，均精品，云夫己氏家藏本有亲笔跋，近被人窃取而转售，无意中获此，大为恕甫欣喜。畅谈半日，下午始载书归。夜间不坐定，有人自镇上来，云近日肉猪多瘟，可异也，然岁暮人家难忌此品。

廿七日（2月8日） 晴冷，略有冰。终日心纷难看书。焕伯来交公账摺并息洋，言定明年重修太平水龙用。命人至芦宰牲，据云全清无毛病可用。夜登内账，略以曾选杜诗消遣。

廿八日（2月9日） 晴而寒，东风料峭。上午命工洒扫庭阶，拂案几，尘垢一空。终日栗碌，下午在账房开销上仓米，每亩一升，须四十馀元，又各相好脩金支算，预支须四十馀番，统计非九数左右不够。进款日上毫无，殊觉支持门户之难，为之四顾，踌躇不已。夜酌账房诸公，陪饮，酒兴不甚旺，一应内账未登。

廿九日（2月10日） 晴和，渐暖。朝上吴莱生来自浮溇，急延之入室，始悉持芸舫札致余，久之户监照已来，代应房费五元。黄荫臣处托致谢片，所商莱生馆席，友庆已蝉联，渠意欲延之课郎，此处举贤自代，即招六、七两俓来告之，两俓意，宾主投契多年，倏忽更张，殊与情例不符，难如所请，莱生亦难为情，决计商之子屏。芸九兄处转荐梅斐卿，斯为两得，未识合意否。此事非寻常人所能计料也，一笑。留之便饭，舟至大港而去。饭后送各相好回家，子祥约廿二，陈理卿亦约廿二，丁二兄约廿五，陈厚安约十八，未识各如约否。介安俓来，两照付彼，五羊亦归楚。暇则略阅李杜诗五七古，夜间登清内账。

　　三拾日(2 月 11 日)　除夕。朝上东北风, 竟日大雪, 不甚寒。上午具衣冠拈香, 奉牲醴敬神过年, 两孙率小曾孙随叩。下午悬挂先人神像, 明年寅孙抡祭, 五代图、逊村赠公、周太孺人神像悬挂在二加堂。夜间张灯祀先, 余与两孙互相灌献, 小曾孙随同行礼。祭毕, 家宴分两席, 孙男孙媳借酒相侍, 小曾孙已学语戏笑, 老夫妇顾之欢喜, 不觉畅饮醑适。夜间雪积已盈寸, 三白已兆, 新岁可卜丰年, 但愿大有频书, 同人集庆, 两孙来科观光乡试三场完卷, 身体来往平安, 老夫心愿足矣, 馀又何求! 两孙其共勉之。丁亥大除夕更馀, 莳安守拙老叟书于养树堂之西书房。

光绪十四年(戊子,1888)

一 月

光绪十有四年,岁在戊子,新正月初吉日(2 月 12 日) 元旦。朝起雪止,阴,东北风,可庆五谷大熟。朝起率两孙礼参总佛,衣冠东厨司命神前、家祠内拈香叩谒。饭后三房诸侄、侄孙、曾孙辈叙在二加堂,拜叩先人神像毕,男女分班以次行贺岁礼,余忝家长,各答一揖受之。即共至友庆、萃和拜先伯先兄遗像,茶叙后,均至养树,拜叩先赠君、先太孺人神像,设茶与诸侄、侄孙辈叙话,久之始各还去。两孙、两孙媳复向余夫妇叩贺,一笑领之。暇则虔诵楞严神咒十遍,以尽微忱。竟日雪销,寒冷,未必老晴。夜略静坐,与两孙闲话家常。

初二日(2 月 13 日) 大雪竟日,飞舞如花,颇有可观。门庭为雪所积,无人往来,戏订时艺五篇,名"捷诀编"以自娱,复读陶谢诗数首遣兴。下午两孙同久之、鸿叔自大港贺岁回,知成陶之子锦卿留饮,子屏意兴大好,凌敏、密二子传文已撰就。夜与两孙消寒畅饮,老夫玉山颓矣。

初三日(2 月 14 日) 晴暖不朗,雪销声声檐滴。饭后命念孙至二母舅处贺年。上午渊甫、稚梅、两侄、骧卿侄孙来贺拜,寅孙抢年留饮,叙在养树堂,余陪饮,颇酣。下午回港,循例衣冠率巳孙拈香接灶神土地,晚间寅孙归自莘,砺二母舅留饮,知恕甫年兴甚佳。夜间略读陶诗。

初四日(2 月 15 日) 阴雨,雪销已净,东北风终日寒峭。上午凌又赓来,一茶回萃和。中午祀先,下午命两孙收拾先人神像,谨谨拂拭藏之。暇阅鲍谢五古,未能领会佳处。

初五日(2月16日)　风雨连绵。五鼓起来,率两孙循例在账房内拈香接五路财神,念孙欲往梨川平望,因阴湿不果往。终日寂静,午后连广海长子号景溪来,一茶回友庆。暇以曾选阮嗣宗咏怀诗消遣。

初六日(2月17日)　晴而不朗。饭后命念孙至梨徐、邱两家、平望殷达泉家贺岁,须明日始毕事。上午费兰甫侄孙婿来自萃和,陆时盦侄甥孙来自友庆,并送试草。下午凌氏三侄女陪其媳殷氏来拜年,余因新客避之,命两孙媳接陪,茶叙良久始还萃和。暇作札拟覆费芸翁,缮就俟念孙带呈。夜间略读曹子建诗,阅曾注,借得其意,真善本也。

初七日(2月18日)　阴雨兼下雪。终日寒峭,雨水太多,似非所宜。上午范荣仁来自北舍,一茶即去,云至芦川。暇以曾文正诗消遣,大雅之音,究异凡响。灯下念孙回,知昨由徐氏丽江家午席,夜饮于平望殷达泉家,今晨还梨。午前邱寿伯家留饮,縠友、二汝公同席,并知又谦夫人风疾已成,不出见,不肯延医针灸服药,殊为失计,然无人开导信从,恐久则有伤本原,为之奈何!夜不坐定。

初八日(2月19日)　阴,微雨,下午略开霁,夜有月色。上午陆楠甫、新甫昆弟来送试草,一茶回友庆,命孙辈答之。金少蟾来自萃和,絮语久之始回。少顷,凌秀甫、定甫来贺岁,余处留饮,连两孙五人同席,年菜、芦酒颇为酺适,三点半钟辞去。夜登内账,阅陆氏试艺,知其兄幹甫手笔,当行出色,益信名下无虚语。

初九日(2月20日)　晴朗终日。上午顾寿生郎来拜年,因年幼,内厅留之中饭。少顷,周式如、蔡子瑷、调甫均来过,进之米银串四,找头钱三百有零,交子瑷手讫。费芸舫来自梨,相见欣然,前信面至,代应五羊亦交讫,中午以年菜绍酒酌之,对饮十杯,彼此陶然,语言无忌,知江邑公事如公议出详,府批未见,渠家西席仍未聘定。席散,留之坚不肯,云要至渔巷村王少卿家贺芹樽,匆匆送登舟,时未晚

也。客去,醉甚,略眠始醒,已孙已自苏家港舅氏归。夜至六侄处与
式如絮谈,知李挹仙在镇道幕,办事仍旧,惟略有老病。渠帮办甚得
手,彼处官场惟汪和卿意兴大佳,年老而趋少年花态。叶葵生已补丹
徒主簿,名不副实。回,眠一鼓后。

初十日(2月21日)　阴晴参半。朝上殷达泉之郎来,云昨夜在
池亭上叶氏,寅孙抢年,余处留饮陪之,问其年十七,号吟伯,其师赵
敦甫,现读《左传》,观其举止,似胜往岁。饮毕辞去,云至梨里。终日
无客来,夜与两孙始算去岁出入账。

十一日(2月22日)　半晴。上午徐织云之郎子厚来,年十六,
已做半篇,友庆抢年,一茶回去。少顷,杭竹芗先生来,六、七两侄均
出门,余处留饮,两人对酌颇欢,饭后诉余一事,大出情理之外,与之
讲论,礼实宜之。此事以早负荆为见机,待之十七日则大过不去矣。
斯文扫地,大为芦人笑柄,可怪也! 又略谈始辞归。夜算去年入款,
名为相当,实多暗中亏短,非治家久长之计,然节省无善法,奈何?

十二日(2月23日)　晴朗。朝上念孙至苏外家拜贺。饭后闻
桥西角因雨停会,东西浜无赖胆敢抬神至钱氏停止,殴骂,此事难免
惩办。午前沈咏韶郎润官来作新客,恰好凌叔苹亦至,中午以年菜酌
之,絮谈颇适。下午留叔苹止宿,与慕孙围棋消遣。晚间陈翼亭为钱
氏来商议,即留之夜饭酌谈,六侄亦在座,决计鸣官为上着,庶警顽
愚,免后生事,鄙人不能出面也。翼翁与叔苹书楼联榻,谈至一鼓后
始寝。

十三日(2月24日)　晴朗。饭后同翼翁至莘贺凌砺翁年禧,砺
翁欣然款留,有渔巷村王云屏者同席,与砺老对饮佳绍酒,颇过量。
谈及钱氏受侮,此风大不可开,砺老仗义,肯到江与翼老面禀邑尊,请
差提办,诸事奉托,甚感谢也。约明日开行,又茶话始告辞。到家未
久,又闻喧闹声,知东西浜寻斗,桥西人避之,血伤两老妪,不能不赴
县抬验,从此自贻伊戚,欲罢不能矣,可叹在乡难言! 夜略坐定,阅陈
秋槎试草。十七芹樽,请柬来而人不亲到,前事亦恐不能说和,能转

圆为妙,否则何以为情?

十四日(2月25日)　晴朗,下午西南风,出北颇狂。朝上李辛垞来,知昨夜在子屏处剧谈,闻意兴甚佳,留之朝饭,卯饮颇适,又快谈一是始登舟,云砺生不值,要候丁子勤。钱芝泉又来,惊诉云东西浜顽民欲再构衅,余许如来,当代为退兵,惊魂始定,后知子虚无事,可笑也。接张子遵札,云念一日卸会。晚间袁志万来自萃和,念孙亦自苏归,昨夜芸九叔岳留饮,今日清晨登舟。

十五日(2月26日)　晴朗。终日无客来,晚间六侄自芦回,述及侮师一事,难兄难弟同心,无可调停,镇上公愤,已发帖请开书院理论,余拟明日亲至彼处劝解一番,以尽累世交情,倘再冥顽,只好从众。可见心术不正,遗泽将尽矣,可深浩叹!今夜元宵,月色清华,村人烧田财,火光红亮,可卜大有年。

十六日(2月27日)　晴。至芦墟陈氏,为杭先生调和负荆一事颇顺手,陶爽轩之力也。与诸同人欢饮,竹芗作东,回来,徐繁友来,留饮絮谈,止宿。已孙夫妇今日至莘拜贺。

十七日(2月28日)　晴。饭后繁友告辞,与余同至陈仲威家,贺其郎秋槎芹榶喜,宾客酒筵极盛,杭先生事已冰释,与邱兰芬絮语,秋槎母舅也。下午回家,知东西两浜聚众辱差劫圩甲,不得拘拿,差人无公事,畏惧而回,事不可了。

十八日(2月29日)　阴。饭后余至砺老处,求作书呈县,另启申明不敢游会之故,余不能出场。夜间伏载,拟明后日到江。终夜大雨,愁闷之至。

十九日(3月1日)　雨止,渐开晴。朝行至龙泾,拉翼老同往,下午泊舟同川,与又老、仲老熟商,云只须差复,如此顽梗,目前用猛更决裂,移急就缓尚为下策无弊。畅游园,夜间盛扰又翁,下船一鼓。

二十日(3月2日)　晴热万分。到江晤子芳、蓉卿,先投砺老札,下午同翼老谒见怀清明府,决计用下策,添差先送神,圩甲缓提,差人柔懦不办事,尚恐做不到,可恶之至!夜与诸公絮语,原告已代面禀,归家后日不对质,无如此案,目前无退兵良策,踌躇之至!

廿一日(3月3日) 阴雨,泥途滑滑。饭后与翼老、子芳、蓉卿茶叙,熟商竟无善策。无聊中至庙中看开印戏大章文班,晤杨稚斋,云前托两契投契已送县,又至陈秋崖处,略为奉托一切,不济事也。下午雨盛登舟,到同不及矣。

廿二日(3月4日) 晴朗。昨夜积雪已销,早行出城,至同里泊舟吃饭。同翼老关照任又翁,似亦不以缓办为非,即告辞开船,一帆风利至龙泾,翼亭送归家,余午后旋里,知念孙昨至张子廉处会酌,得彩者沈咏韶,今日冒寒,委顿,不能下楼。顾青江来,欣知东西浜梗化顽苗渐散,即托渠说和,约后日回复,然县差不到,终无以示警,观其光景,似有悔悟之机,姑待之。子祥、陈丽卿今到账房。先赠君今日忌辰,屈指见背三十有九年,念孙有寒热,不能行礼,拟明日补祭,不胜隐痛。

廿三日(3月5日) 晴和。饭后遣舟载子屏,为念孙诊治开方。中午补祭先赠公,恰好屏侄、砺生先后至,慕孙随归。午后以年菜酌敬砺生,子屏、六、七两侄、慕孙陪饮。夜间沈咏韶来自莘,即同便饭,渠不能饮,畅谈而已。夜眠一鼓后,诸君同宿书楼。

廿四日(3月6日) 晴暖,春气勃勃。饭后凌砺老至紫溪,中午叫馆菜,特设一席酌沈咏韶,招吴莱生同席,缘咏韶此来,答拜巳孙并送《文征》《蛾术编》(另有家刻理学两种),厚礼故也。下午砺生回,与咏韶、巳孙手谈,余不解,与子屏在旁清谈而已。夜饮绍酒,颇适,眠时略早。

廿五日(3月7日) 晴,更暖。上午砺老与咏韶奕,毕竟高手无敌。徐瀚波、费漱石来,中午同席,漱石、常斋另设二篑,瀚老病愈大半。饮罢,付漱石代办旧宅保婴洋卅元①,买掩埋髭十二元先去,砺老、咏韶势不能留,巳孙随往外家。念孙服药已霍然,子屏送归,庆三

侄媳付给公账洋共六元,余派二元,下半年例讫。本村赛会讲和,清江不出场,钱氏吃亏俯允,减色之至,然讼则终凶,及早解围,尚是幸事,为之浩叹。客去,夜眠甚早。

廿六日(3月8日） 阴,午前雨,尚可行路。村人补走六角赛会一天,即行送庙上堂,钱氏夜间始可安枕,然交会息讼,口舌恐未已也,为之深虑。暇则补登日记,答沈达卿儒寡会,砺生、子屏所捐面交。晚间县差三名来,可恶取巧无用,然钱氏不能不出索挪之资。

廿七日(3月9日） 晴。饭后子芳来请开发差费,圩甲逃避不出面,东西两浜地棍一概不究,已白送洋十二元,令人气愤填胸,到江息费不在内也。今日舟载陈厚安,以札致砺老,略述现在形迹。晚间,陈厚安来,接巳孙与兄札,约初二日去载。夜间酬敬账房诸公,从此年务毕矣,余陪饮略酣。

廿八日(3月10日） 晴暖。上午六侄来谈天,方知金笺反有怨言,幸已收帆,不然何以洽比?下午至莘候砺老,方与慕孙围奕,托求一书呈县相商,圩甲必将拿到堂,薄惩出结,庶为后年之戒,馀党一概不究可也,此计不必出亮为要。晤蔡月槎,约春间到溪,求再画照,巳孙约初二彼处舟回。长谈始归,夕阳犹在树内,人亦自梨归。确知幼谦夫人大象无妨,现服盛川苏寓某医(糜子香,一云子民),用大活络丹,颇甚对证,为之一慰。

廿九日(3月11日） 晴暖,春气蓬蓬。上午写字一叶,属丽卿抄《江震学册》,王仲诒之郎礼石、韶九之郎子蓬来自莘和,真贺岁之殿军也,留茶絮语而回。下午陈翼翁为钱氏息讼,挽之到江,欲拉莘侄同行,势有不能,颇不悦。复至鸿侄坑上烟叙,始肯与蓉卿偕往,足征赤心。六侄留饮,明日由钱舟发棹,约先至砺老处持札一叙,想此行吉题或不虑刺手。夜阅曾诗,出入账十馀天不阅,奈何?

三十日(3月12日） 晴暖潮湿,春气发扬矣。终日登清去岁用度账,总嫌出浮于入,殊无以预备计,如之奈何?非年年丰熟将不可支持,徼天之幸是祝。下午接子屏札,命寅孙作复,稚竹所赒两元今岁付讫。夜阅正月零用账,尚未登记,节省为难。

二 月

二月初一日(3月13日) 阴,微雨,潮甚。下午西风渐肃,饭后衣冠拈香东厨司命神前、家祠内叩谒。暇则将今岁账目一一登清,眉目为之一爽。明晨寅孙挈孙妇,率慰高小毛头至苏费氏外祖母家,便种牛痘状元花,寅孙亦有数日逗留。今夜伏载,费氏亦来一舟,明日两舟早发。

初二日(3月14日) 阴雨,下霰即止,东北风,料峭不狂。上午抄张香涛奏"俄夷要约"一摺,下午慕孙夫妇同大孙女自莘来,夜不观书,与大孙女话旧,恕甫现往金泽。

初三日(3月15日) 阴,无雨。今日文昌帝君圣诞,斋素。午前在养树中堂,率慕孙衣冠拈香叩祝,以尽微忱。暇作两书,一呈邑尊,求将差人所执之票一并吊销。一致吴望翁,述及此事,乡人投书不道地,恳烦吴使一送内署,庶无阻隔,未识望老肯如所请否。明日钱氏专舟到江,并送吴宅,庶书差无权,不致欲海无厌,许以十二元,尚不落肩也,此计皆砺、翼所教,不过如法炮制而已。噫,讼岂易息耶?下午至萃和、友庆,关照初十日卸会,大约焕伯往苏不来。抄张香涛"俄人要约疏"今始竣事,实时事转移之一大关键也。夜略静坐。

初四日(3月16日) 雨,下午始有晴意。点读张香涛奏疏,真今之能臣也。终日闲散,六侄来谈。晚间苏州船回,知初二日四点钟已到苏。夜与巳孙小酌,读曾选杜诗。接陆韵涵札,知书院邑尊开课题,生"穷不失义,故士"四句,童"若夫豪杰之士",诗"披榛采兰",得"才"字。初六戊祭杨公祠。

初五日(3月17日) 晴朗。饭后由钱氏接到吴望翁昨日回札,已承情遣价投送矣。上午吴甥幼如衣冠率其子中官来,为余偷祝生日并致面、烛、寿对、寿酒等礼。余今岁禁不开贺,不胜讨厌,姑念情谊殷拳,不忍全璧,受四礼而却回其酒,酬以洋三元,使金从优,六申①两八钱,留之中饭,酌以春酒,笑谈饮毕而去,此项出款实意计所不料也,一笑置之,未识能结后缘否,私心切祷。暇以太白诗消遣,明日循例开春账。

初六日(3月18日) 阴雨,雷声隐隐,午后大风。饭后舟至芦川,是日同人戊祭杨忠节公祠,余与董湄邨同往,顿候久之,镇上诸公咸集,同行礼者二十二人,陈汛台镜亭代作主祭官,赞礼袁二山,读祝许嵩安,自上香至初献、亚献、焚帛、鼓吹、升炮,礼仪无愆。祭毕,饮散福两席,余陪陈汛官,与袁憩棠、吴又江诸人同席,饮罢,复至菊隐山房永中僧舍茶话片时,陆友岩新葺义学文昌阁,面缴捐助洋三元。回至茶寮,与赵翰卿复茶叙始登舟,到家傍晚,风仍不息,颇寒。

初七日(3月19日) 晴朗。上午拣订新选兔园册子。中午祀先,先母沈太孺人忌日也,生不孝两朝即见背,屈指计之七十年矣,思之能无隐痛,但愿以后春秋能多奉祀几年。与孙辈灌献尽礼,稍申孺慕之忱,不胜乞哀祷叩。下午由蓉卿处寄到秋伊孙先生《读雪草堂诗稿》,当便转寄沈咏韶。

初八日(3月20日) 晴朗无纤云。饭后作孙秋伊诗稿一跋,大雅云亡,思之惆怅,并书一便条待寄沈咏韶。下午阅慕孙观风卷誊真,通体平妥无出色处,难望高超也。夜间录清内账,读太白诗。

初九日(3月21日) 晴朗竟日。上午阅兔园册。下午读太白诗,其飘飘神仙,有一段庄子气。夜清账目,始知明日会酌。砺生来,恕甫在金泽,未必即返。

初十日(3月22日) 晴暖甚。上午凌砺翁来,知恕甫今日由金泽至珠阁,不及赴酌,中午便饭,下午与巳孙围棋四五盘。未晚,诸与会者洋巳交齐,共乙千元,恕甫收得,余应第八筹,兼卸第二筹,共出洋二百廿元。灯前介安、焕伯弟毛官、苹甫、鸿轩、凌砺翁、余与巳孙

---

① "六申"原文为符号坤。卷十二,第495页。

圆枰畅饮,菜用六大四小,稍从丰,以尽通财大义,极欢而散。砺生节饮,未尽量也。竹林去后,砺老留宿书楼,已孙陪之,时一鼓后。

十一日(3月23日) 仍晴暖,下午有变意。上午北厍柜黄漱泉来,密示邑尊差谕沈荣,传圩甲潘和坤单即日到堂出结,永禁赛会,此事尚应手也。又商借不出串洋老例三十元,内会三洋不扣,翻算外加,殊太取巧,不可为例,又去岁增加十元,亦重情应酬之,一笑叫吃而去。中午与砺生小酌,颇适,下午砺老回去,约二十日同到杏村。客去,假寐片时,夜登内账。丽卿所抄学册已竣事,颇清楚。是日接寅孙苏信,知种牛痘师黄恕斋已会过,约望日下苗,十八日去载。元音佺来,领大公账余处费九千六百文,云今岁介安抢办,此项可不用,移作始迁祖、七世祖、六世祖、高祖坟上挑泥开销,如其说付之,即属渠代办人工。

十二日(3月24日) 花朝。阴雨,东轸寿域去挑泥,恐不果兴工。上午校正新钞学册,下午命已孙至港上候屏伯父,并请出题目试笔,还来将晚,欣知屏老近体颇健。夜读杜诗。

十三日(3月25日) 阴,西风,稍寒。上午校对学册第五本已毕,命已孙题签收藏。接邑尊答书,翼老并关覆,知今日圩甲已提传上去,薄惩出结,甚感照办顺手。又接诸元翁札,约补吊太翁,分日领受,亦贫士不得已之举也,然均要准期为难。午前账船回,知大港徐湾争夺挑泥,人浮于额,不能自主,此风亦是恶习,不可不略示限制。庚二徐元春其最狡,拟明日拉翼老同往晓谕,未识能安靖落肩否,为之闷闷。暇读杜诗,二孙媳至雪港问毗老疾,今夜连舟住宿。

十四日(3月26日) 阴,北风,下午雨甚。饭后舟至龙泾,翼亭不值,同其少君镜芙由东轸至周庄,茶寮小坐,翼亭即自叶厚甫处来,云见招,即同往候,厚甫携杖出见。不叙六七年,喜丰采依然,足疾亦愈,殷勤置酒款留,扰之,对饮甚欢。少顷,其郎凤巢同翼亭、陶叔楠来,叔楠新自安吉卸篆省亲归,闻官声甚好,为之欣贺。饮毕,天将晚,强辞主人告归。东轸挑泥,翼老一力担当,云不必账船来,另饬薛、陶两家办理,约六七八千文,免致土人争嬲,恳托之,送归而别。余舟复至大港,关照账船,始同行回,到家点灯后。二孙媳已回,飏生已无恙。孙秋翁诗稿收到,咏韶答信周挚。

十五日(3月27日)　阴,又雨。终日无事,阅杜诗七古。下午慕孙呈示课文,似得题窍。晚间沈达卿来,以诸分托寄《大云山房文》,以校正点句,甚感雅意,特缴还,可称善本,三月中可细读也,长谈而去。费漱石来,掩埋廿五开办,付洋十元①,坛上找洋三元,悉如旧账。

十六日(3月28日)　阴寒,无雨。菜心价高,已买足。暇阅恽子居文,体例自命谨严,不易读,达卿所校讹字的当,不可易。下午大女孙莘塔来载,砺老有书与巳孙,知恕甫已自金泽回,不能不即归。

十七日(3月29日)　阴,幸未雨。上午略阅《大云山房文》。午前薛国兴见和持翼亭札来,知挑泥已工竣,共付钱九千百八十文,内三千四百文因徐湾人强挑不算,罚捐修小木桥以便农,甚好落场。此番工程,坚固与否且勿论,幸仗良朋之力,免兴口舌,此方风俗人心之可虑如此,然能吃亏便无事也。两孙其知之,即作札复谢翼翁,并借生圹春锤十报,留来人一饭而去。暇读韩诗,夜登内账。

十八日(3月30日)　阴晴参半。上午莘六侄自苏种牛痘归,此行侍慈堂上看戏游园,颇得养志之乐。五侄秀山公墓上抢年祭扫,命慕孙代往。念孙今日始去载,暇读曾选韩诗。

十九日(3月31日)　阴晴参半。饭后遣舟至梨,送沈子霖吊分,附分颇多。暇则翻阅《大云山房集》,达卿所校一一过在眉头,兼读韩诗。夜登内账。巳孙今日做切问书院课文,赵翰卿有信来,子金一款收讫。

二十日(4月1日)　晴朗。饭后同吴莱苏舟至颖村,补吊诸翰香老先生,到则宾客满座,元翁叩谢慰之。略谈,沈二世兄接陪,迟砺

---

①　"元"字后原文有符号ᛒ。卷十二,第498页。

生不至,又顷之,渠族叔诸丹卿同沈咏韶来始坐席,同席张珊林、计价藩,均相识也。饭毕,复见元老,知老翁葬事来年须筹办,辞之登舟,到家未晚,知姚凤翁处寅孙昨日谒见过,其二世兄喜事在三月二十后。小慰保种牛痘,十四日下苗,今已见样,平安可喜。寅孙今晨自苏开船到家,先余已至,敏农有事逗留在黎,濮云依兄已畅叙,非常之才,不能攀仰其万一。

廿一日(4月2日) 阴雨颇寒。饭后命巳孙至苏家港,清节祭凌镜秋夫人,还则补吊顾念先。中午清明节祀先,祠堂内合祭已祧之祖,厅上祭高曾祖父四代,余与念孙互相灌献,幸无失礼。祭毕,与寅孙饮散福酒,酣适之至。下午沈差来讨衙门费,以作善举,却之,渠似怅然而返,未识能以后不拨一毛否。据云,圩甲已出结责释,姑能如是,吉题大佳。以札致砺生,芸老四十元专舟交之,属转付瀚老。夜读韩诗联句。

廿二日(4月3日) 晴朗可喜。饭后余处抢年办舟,率孙侄、侄孙辈先至西房圩曾祖师孟公墓前祭扫,坟上略有荆棘,来春宜修葺。回至南玲先祖、先赠君坟前祭扫,松楸无恙,岁月递更,为之怆然。先兄墓前鸿七侄当年,同祔祭,瞻顾久之始归。下午两孙至北玲乃叔、乃嗣父坟头祭扫,回去,泥封尚完固。夜间饮散福酒两席,叙者十一人,惟莘六侄一房以外家有事不与。与焕伯侄孙暨两孙对饮绍酒(拇战,饮兴甚豪),酣醉适意之至,又茶话,起更时始各归。今日下午至萃和堂看介安,焕伯明日合办大公祭抢当,排列桌面十二席,大约够族中之坐。

廿三日(4月4日) 晴朗可喜,下午略变。饭后余处另办舟,率两孙、五侄、子祥侄孙至北厍坟湾,今日清明节,合族老五房墓祭始迁祖以下二代,族人咸集。祭毕,至长浜祭六世祖敬湖公,回至东木桥祭七世祖心园公,同行九舟。至"角"字祭五世祖君彩公,时四坟新挑泥完固,元音侄所承办,甚出力。祭毕归,在萃和堂饮散福酒,恰好十二席,聚侄辈、侄孙辈、侄曾孙、元孙辈共七十馀人,余与元音、葵卿两侄,润芝、仲僖两侄孙同席。润芝新自锡山请假回,谈及缺地两优,甚得意。又公议老坟上围以竹篱,内种小枝杨,费无着,来年润芝承祭,无需此款,要预支,葵卿愿督办。又,正泰地租自今年起,当祭不得支用,每年凭摺收存致和典内,俟年满再商公用(十四年为满),一一均允之。饮酒极欢,菜亦丰盛,薄醉始散席,族中群从各辞归,余不及送矣。回来高卧片时,夜间亦不坐定。

廿四日(4月5日) 阴,微雨,下午略起晴。两孙至乃父笠云衬葬东轸圩坟上祭扫,余亦偕往,周视前所挑泥,尚不至草率告竣,惟面前柏树戋伐多株,只存西角两柏,坟后日楠犹存,已亭亭如盖,茂发可喜,周历久之而返。到家未晚,知蔡氏二姑太太已至萃和,馈我多仪,明后日须招之来畅谈,前借进之学册已交舟人寄还。夜略静坐。

廿五日(4月6日) 晴朗可喜。上午内人太太至梨敬承堂邱氏盘桓,约须初十日归家。暇则略阅《大云山房文稿》。中午祀先,黄太宜人曾祖母忌日也,与两孙拜献如礼。下午与二妹老姑太太话旧,约明日招之来中饭。已孙呈示书院课文,平平正正,名次极高,不过第五,书以识之。夜登内账。

廿六日(4月7日) 晴,不甚朗。上午招蔡氏二妹来长谈,留之中饭,论及镇上风俗,愈趋愈下,子弟之率教者少。下午已孙陪媳、孙妇自子屏处诊脉回,阅方,以调养督脉任经为妥适。夜读韩诗。

廿七日(4月8日) 晴朗和煦。上午拂拭几案,洗笔涤砚,顿觉尘垢一空。听书房内两孙读文,颇饶乐趣。暇读韩诗七古,夜阅《恽子居文集》。

廿八日(4月9日) 阴雨,颇寒。饭后书房内文期,题是子屏所出,不限今日誊真。终日闲甚,加磨墨匣以消遣。下午读《白香山乐府》,夜则早卧。

廿九日(4月10日) 晴朗可喜。上午点阅《世补斋医书》五页。慕孙作文两首初脱稿,尚能顶真不草率,念孙畏难不动笔,殊自因循。下午读白太傅七古,夜登内账,用度不省,可叹!

三 月

三月初一日(4月11日) 晴而不甚朗。饭后衣冠东厨司命神前、家祠内拈香叩谒，暇读白香山七古将竟，接读坡公诗。书房内字课竟日，葵卿侄来，据云始迁祖坟上竹篱、枝杨即日工完，前所许预支来年祭扫费作此项开销，即如数九千四百文预付之而去。下午接凌荫周札，以其戚平望王喆甫先生八十三老翁重游泮宫诗四七律见赠，未识搜索枯肠，能勉和之以成佳话否？夜略静坐。

初二日(4月12日) 晴，渐暖。上午阅恽子居文。下午拟作王喆甫翁贺诗，搜索久荒之思，殊无警句，夜始脱稿，得七古一章。

初三日(4月13日) 踏青节，晴朗和煦可佳。饭后录清昨日诗稿，并作一便札与子屏，烦改润之，然后转寄为妥。两孙今日作书院课题，念孙今岁初试笔也。二孙媳今午回莘，即日送堂上乔迁舜湖。下午朱竹坪衣冠特来答寅孙年节，匆匆一茶，无菜留之，即告辞去，甚为慢客，歉然。暇读苏诗消遣。

初四日(4月14日) 上午晴，下午雨。饭后徐瀚波来，旧疾已愈十之八，现在开办近地掩埋，付洋四十元，又贫米上付十洋而去。两孙呈示课艺，尚肯认真构思，暇读苏诗。近地有戏，工人多去往观。

初五日(4月15日) 阴晴参半。昨夜大风，菜豆受伤，至午后始息。上午点《世补斋医书》六页，阅恽子居文五篇，暇读苏诗，颇适意。是日接芸九叔、敏农与寅孙札，知小慰保状元花已圆成，太平之至，前月廿六日已谢痘神，不胜欣慰。十三日芸婿濮公择吉挈眷往河南，寒家有事，只好具礼，不及命寅孙亲送矣。

初六日(4月16日) 朝阴，颇寒，下午老晴。饭后命寅孙至梨，贺汝诵花二郎咏池吉期，暇点《补斋医书》数页，看古方，实难会意。下午以信诗送子屏，接回札，因日上肝阳上升，并改定敏、密二公家传。书院文概未动笔，书院司事前期误写题目，可称糊涂。未晚，寅孙已还，知汝氏中饭，宾客不多，复至邱氏，见祖母，传述外祖舅母友谦夫人服药无恒,费养庄方服一剂,痛甚不对,现服参茸丸,恐太早,实在无人调度,为之奈何? 夜登内账,心纷不定。

初七日(4月17日)　晴暖。饭①招蔡氏二姑太太来絮谈,午间陪之中饭,论说家常,颇解颐。下午回萃和,闻焕伯苏回,略有感冒,其妹出嫁在十三,以速愈为妙。夜读苏诗。

初八日(4月18日)　晴暖,下午略变。是日两孙文期,终日闲甚,点阅《世补斋医书》五六页,又读苏诗,倦而昼寝,志气不振之至。

初九日(4月19日)　阴,下午风雨大作。饭后两孙呈课文,题旨不失,词调多滞,难望批好。午前率两孙至萃和,吃三侄孙女陆氏受聘五盘酒,共两席,余陪冰人倪福门,知是顾澹春表兄之内侄,不见四十馀年矣,陆侄孙婿号岵瞻,是迪卿之长郎,现已应试,云十三日来亲迎,能成礼,为大家欢。酒罢回盘,送之登舟。又看焕伯,似尚无大恙,然气色不甚佳也,又与二姑太太絮谈而返。夜阅苏诗七古,颇寒峭,与两孙畅饮越酒而寝。

初十日(4月20日)　晴朗,风仍未息。上午点阅《世补斋医书》第二册六页。午前内人来自梨,欣知幼谦夫人病略愈,尚艰行走,若费养庄方,似对而怕痛不肯吃,无药缘,奈何? 下午接子屏回札,一示两孙,前诗改易大半,接笋回环处经营妥协,增光之至。甚矣,此道不可率尔操觚也,以用功为上,否则不如搁笔,戒之慎之! 夜登内账讫。

十一日(4月21日)　晴暖。上午作便札致谢子屏,下午同已孙禀并送去,暇则点阅《陆九芝医书》六页,命已孙代写喆甫贺诗,颇有帖气,正而秀,因复作一便札致凌荫周转寄,已封就矣。晚间至萃和,看三侄孙女妆奁已陈设俱备,明日送至金泽陆氏。此番诸事俱优,因新人有颠病也,未识彼处能体谅否。二孙媳下午已来,夜略静坐。

十二日(4月22日)　阴,潮湿,下午雨,微闻雷声。饭后三侄孙女送妆奁至陆氏金泽,大船一号,快船两号。中午陪沈达卿、徐仲芳

---

①　"饭"字后疑漏写"后"字。卷十二,第501页。

同席，宾客惟侄孙婿、侄孙甥数人而已。夜间请邻，仅两席，女邻一席，余则衣冠敬之。夜率两孙回来，颇早。

十三日(4月23日)　晴和。朝上率两孙至萃和应酬，上午诸至亲来贺，颇不寂寞。午前祭先待嫁，三侄女孙似有知觉，不至失仪贻笑。中午宴客六席，花诞内厅五席。三点钟亲船已到，冰人倪福门暨陆时盦、伯厚、新甫均登堂道喜。少顷，袁韵花亦同新亲三人来道喜，略费词说，余代落肩，即排场接新婿，亲迎奠雁，三侄孙女左右扶之登轿，亦尚安静无失规，喜慰之至。时不过黄昏，诸事毕，始张灯宴客五席，诸宾拇战豪饮，颇无息烛之戚。余归就寝不过十点钟后，徐蘩友宿余处，念孙陪之。

十四日(4月24日)　晴暖。饭后蘩友趁汝益谦船还去，是日余处漆寿藏，凌荫周信并王喆翁重游泮宫寿诗托寄出。夜至萃和吃算账酒，共四席。焕伯去望朝已回，欣知新人颇不愆仪，甚为陆婿之幸。拇战，与诸至亲欢饮而散，归寝尚早。两孙今日至子屏伯处絮谈，知近体大佳，始悉当捐被院批驳，砺老在苏未回，诸多窒碍。

十五日(4月25日)　阴，微雨，潮湿之至。上午点《九芝医书》五页，吴又如来，所抄巳孙读卷文告竣，留之中饭，据云其妻新病初愈，颲给两元、米二斗而去。如此窘况，实难为继，可叹！夜登内账，此番萃和喜事，余处犒赏左右费较前大两倍外，缘小房又添双股焉，阅之可骇！以后须另议节省章程为妥，否则江河日下难支矣，特此警识两孙其共悉之。

十六日(4月26日)　阴雨，潮甚，下午略有晴意。午前招蔡氏二姑老妹来，长谈，中饭。暇阅恽子居文兼看苏诗。

十七日(4月27日)　晴热潮湿，为今春第一天。上午点阅《九芝医书》五页，《聪听斋语》五页。楼上下白蚁蠕蠕飞动，无计搜除，灌以桐油，然治表末治里，无益也，奈何？暇读苏诗。是日接北舍元音侄之母，灿堂老从兄之妻陆氏从嫂讣，十六日亥时寿终，年九十有三矣(嘉庆元年)，二十日开吊，当亲往一奠。

十八日(4月28日)　阴晴不定，潮湿，下午西风渐肃。是日书房文期，至晚草稿完。墙门间抹油，搜剔白蚁难净，似非换楼板不可。暇则点《九芝医书》《聪训斋语》各五页，苏七古读竟，续阅山谷七古，则生涩，未得妙处。

十九日(4月29日)　阴，微雨，颇寒，昨夜雷电，潮气收净。上午点《医书》《聪训斋语》各六页。两孙呈示课艺，各有见到语，特嫌前半不超脱。暇读山谷七古，略顺口。

二十日(4月30日)　阴，微雨，极寒冷。朝上同介安侄至北舍，吊灿堂老从嫂陆孺人之丧，至则北舍诸群从咸在，襄办丧事，屋少人多，几无容膝地。与绣甫、仲篪等同饭毕即出来，至水阁楼茗叙，葵卿相陪作东，时老坟竹篱门工已毕，葵卿所承办，颇坚致。拟赴局中漱老会酌，时甚早，不耐守，即归，复命子祥代往。终日无兴，迟砺生不至，点《九芝医书》《聪训斋语》各五页，阅山谷诗数首，无味掩卷。今日巳孙夫妇至舜湖，省侍雨三太太兼贺乔迁，巳孙约有数日盘桓。

廿一日(5月1日)　阴，仍寒，廿三日换戴凉帽，似不及时。上午点《医书》《聪训斋语》各六页，暇阅黄山谷七古十页，惬意者少。接子屏与寅孙信，知日上要赴梨陈氏盘桓，十八经课题已来。晚间盛泽舟回，巳孙约廿八日去载。夜读曾文正诗。

廿二日(5月2日)　朝雨后晴，寒冷如初春，可异。饭后寅孙至黎，贺徐荔江侄女出阁。暇则点《九芝医书》第二册完，续点第三册。午前接吴幼如书并讣条，知其妻张氏竟于廿一日身故，病由食滞而起，弄假成真，虽是懒妇不足惜，然亦可怜。来书告帮无大望，似木料、附身之物已有人主持者，明日拟送分一洋，赒急五洋、米三斗而已，为之悯叹久之。下午读黄山谷诗，仍无会意处。晚间寅孙回自梨，敏农见过，夜登内账。

廿三日(5月3日)　晴而不朗，薄寒依然。上午点阅《医书》《聪训斋语》各五六页，拟作札致芸九兄，详述近状。下午送喑吴又如之舟回，据舟人云，已举殡，洋、米面交幼如，观其风景，凄然可惨。黄山谷七古诗今日看毕。晚由陆董处寄到书院课卷观风,慕孙超等第三,二月十八期,山长看取第二,赚得花红共乙千二百馀文,差强人意。观风第一陆廷瑞,寿甫文抄示。

廿四日(5月4日) 阴,微雨,寒冷乖时,必是外间有发水象,不然何严肃若此!终日闲甚,点阅《九芝医书》六页,《聪训斋语》今日点毕,缮写致芸老书,俟念孙月底到苏面呈,恍与良朋对语也。暇以曾选王孟诗五言消遣。

廿五日(5月5日) 阴晴参半,渐有暖意,是日巳刻立夏。上午点阅《九芝医书》八页,王孟诗读竟,续看杜五律。下午与寅孙对饮高粱,佐以樱桃、海蛳赏夏,极为酣适。

廿六日(5月6日) 晴,不甚朗,寒仍不减。上午点阅《陆医书》八页,暇读杜诗不计首。中午始食蚕豆饭,石崇绿珠,仙家青玉,色香不过如是。下午钱芝泉来,谈及前事,防不胜防,只好以不了了之。砺老处饷绍两坛,已许代办。

廿七日(5月7日) 阴,又雨,晚始止点。上午点阅《陆医书》十页,杜诗五律翻竟,续读七律兼阅《恽子居文集》。终日闲甚。

廿八日(5月8日) 阴,又微雨。上午点阅《陆医书》第三册毕,接点第四册。杜七律读毕,接读李义山七律。晚间慕孙来自舜湖外家寓所,知与咏韶同居甥馆,王、郑、孙三家均去拜客,王、郑留饮,李辛翁见过,知《制艺》已选就,即日携裱好样本赴沪局石印。

廿九日(5月9日) 晴朗可喜,下午倏又变微雨。上午点阅《陆医书》十页,暇阅《子居文集》书札,读李义山无题诗,得曾注,略明寓意。

三十日(5月10日) 上午晴,下午略变。是日晒好暖帽,装就凉帽,拂拭收藏,亦颇栗碌。清晨寅孙赴苏省侍泰水,兼以札面呈芸九丈,此去兼办石印三场,要看书籍,可称"临渴掘井"。暇则点阅《九芝医书》十馀页,义山牧之七律阅竟,续读东坡七律,则头头是道,不至欲索解人而不得。

四 月

四月初一日(5月11日) 晴朗,西北风。苏州船回不过中午,饭后衣冠东厨司命神前、家祠内拈香叩谒,暇点《九芝翁医书》十馀页,读东坡七律卷,不计首。夜则登清内账,家用之繁无可省,为之奈何?

初二日(5月12日) 晴朗可喜。饭后点阅《九芝医书》六页。招蔡氏二妹来絮谈,中饭,下午回萃和。暇读苏诗。明日命舟至苏费氏载寅孙夫妇、小慰保曾侄孙归家。

初三日(5月13日) 晴朗,无片云。饭后点阅《九芝医书》十页,恰好砺生见顾快谈,中午移绍酒相酬,知典捐一事决裂,大翻成议,荆公真不可与共事哉,可叹可惜!下午与巳孙手谈,棋兴健甚。夜宿书楼,慕孙陪之。

初四日(5月14日) 晴热,正好夏令。上午唤沈姑太仆妇浦老婆来,授意明日来取顾石碑。闲与砺生闲谈,兼令巳孙与之弈遣兴。三点钟后,寅孙夫妇率小慰保来自苏,八亲母具周岁衣帽、胜糕两箱,来礼甚隆,羹果仪返谢,馀俱领之。小慰保种牛痘后,又自来状元花数十点,极透发安稳可喜,今已全愈矣。新燕呢喃,旧时堂树,一一相识,抱之投怀,为之欣喜万分。夜间饮砺老绍酒、费八嫂所送鲥鱼,适六侄来,命之陪饮,大咽极欢畅始罢。又命孙侄辈与砺翁着子数枰,十点钟始就寝。寅孙传述,芸老因女远行,郁郁于怀,日上颇抱小恙,拟便望之。

初五日(5月15日) 阴,微雨,仍热。饭后随砺生之舟至东浜沈氏,登松荫草堂,松石荒颓,蓬蒿满径,枰桌全无,举目凄然。耕石翁所临九成宫石刻四条完好无恙,砺翁售之,命工人抬扛下船。晚三姑太太出见,延入内楼,观花梨棋枰已缺棋盘心,馀尚好。红木楠木碑匣十只,碑帖不全数种,恰好契悬铭在内,一并谈定洋饼花信之数,晚三姑太太一诺无辞。正在留茶搬运,其族人(苾悬)篆生子后伯来,尚安静。又有宝甫子，行二，失业医伙来，似甚不平，攫取碑帖全数，碑匣一只，余以好言赚之，砺生以权术劫之，始有惧心交出，余与砺老检点物件始登舟回港。中午小饮，彼此咋舌一笑，此行似有戒心，可怪也。东易之恶习若是，谁敢担定嗣大议乎？下午砺老归家，约十一日晚间仍至余处，十二日两舟同行赴苏候费九兄，砺老所得云南子两匣送巳孙，余即以新刻仿宋板《内经》全部转送恕甫。暇则补登日记，夜倦，早眠。

初六日（5月16日） 晴暖，清和。饭后点《九芝医书》六页。是日小慰宝侄曾孙做周岁，供星官，抱之行礼，颇不勉强，铺陈文房四宝，渠则先取红顶，继则执笔，最后怀所借河南学院印、箱内所藏银印，合家对之大笑，抚摩久之始登楼。招蔡氏二姑太太来，同观为乐，留便中饭，晚谈至四点钟回萃和。暇则略阅苏诗，一应账目懒未登清。

初七日（5月17日） 晴朗而热爽。上午点阅九芝翁《医书前编》四册竟事，接阅后编，专论阳明一经，愈详愈细。下午洗足，快甚。夜登内账。

初八日（5月18日） 晴，麦燥，风颇热而爽。上午点阅《陆医书后编》八页。巳孙作书院课题，寅孙因伤风小恙不做。题是"服周之冕"至"远佞人"，颇见书卷手法。暇则懒倦欲眠，略读苏诗七律。

初九日（5月19日） 晴朗而热。上午点阅《九芝医书》十页，暇读苏诗七律将终卷。

初十日（5月20日） 阴，微雨。上午点阅陆九翁《医书》十页，暇读苏诗七律毕，山谷七律拟续看。东易遣使来，代找洋九元讫，以方砚无匣见示，不知佳否，姑留之。夜登内账。巳孙呈示课艺，法密、机圆、调响，出色之作，惜略有依样葫芦处，不然则梨花枪无敌矣，一笑置之。

十一日（5月21日） 朝上风雨大作，骤寒，下午渐有晴意。上午点阅九芝翁《医书》十页，《阳明经病府病释》将终卷。暇则检点行李,拟明晨同砺生赴苏,冷暖衣服必须兼带。下午专候砺生来溪,至晚迟砺老不至,不知缘何爽约,明日当由莘绕道问之。

十二日(5月22日) 晴。朝行至莘,约砺生同赴苏,余先行,西风,到苏进城已黄昏候。喜芸舫出见,已愈,并同席畅谈,留止宿,敏农陪余。

十三日(5月23日) 晴热。仍留费氏,与芸老闲谈解寂,并悉小恙今已全愈。下午砺生始来自同,得悉畹老外证,服参不对症。电报来,又莲已去,颇切怀思。夜又联榻,砺生棋兴极佳。

十四日(5月24日) 晴热。上午不出门,剧谈一切,始得陆秋丞廿八作古之信,此老目前全福。下午敏农陪游观中,晤庞小雅、钱芝田,夜与砺生、芸老、鲁青丈同席,饮越酒,酣甚,早眠矣。

十五日(5月25日) 晴。早点后始同砺老放舟至桃花河,出吊谢绥之母张太夫人,回与姚心斋馆中小酌,路遇姚凤生先生,即邀至渠家,砺生载顾临九成宫石四块送凤翁,甚合渠意。起行李,安顿松十斋楼上,宾至如归,夜间留便酌,陪者均渠门下(殷少云、沈廉伯)。夜与砺生联榻(贝忆琴),早眠,人声喧杂,不能安寝。

十六日(5月26日) 晴热。朝上衣冠贺凤翁二世兄悟千合卺之喜,并见老太翁性所先生,年七十五矣,精神矍铄,款接谦和,古道君子也。令弟宝生亦见。余与砺生在楼上逍遥,贺客来,概不应酬。唐仁斋来,赏鉴砺生所携新得碑帖,极为道地,并能识所由来。中午宴客,余陪媒翁赵晋卿、王谱卿,下午观行合卺礼,仪文与乡迥别。夜间主人又宴会,余陪一封翁孔公。夜热,避客早眠。

十七日(5月27日) 早雨即开晴。晚起,与砺老茶叙,凤翁即随至,赵晋卿亦来,絮语久之。回至楼上,砺生棋兴勃发,已与晋卿对谈,余即拉姚心斋坐自己之船,出阊门小泊,两人小酌茶叙,午刻舟至上新桥转湾,泊舟畅游留园。不到已十九年矣,花木、楼亭、池石益臻幽茂,并见孔雀开屏。游赏半日,傍晚回舟,又接心斋面柬,始回姚氏。是夜暖新房,主人请看戏法,目所未睹。与凤翁侄和卿絮谈,人颇恂恂可爱,未圆场即登楼酣睡。

十八日(5月28日) 晴热。朝上扰主人汤饼即告辞,性所翁又出叙谈,凤翁又送喜果茶点,亲送登舟。砺老仍留凤翁所,约月底归家。余舟至费氏后河,登岸,芸舫又留余,徐帆鸥已来,敏农陪太夫人到江,下午同帆鸥观中徜徉,又与姚凤生、唐仁斋茶叙良久,砺生亦到,雅叙,棋兴浓浓,不同坐也。傍晚回,夜与吴望翁联榻畅叙,两家小世兄(晤见望老侄寄千)均极聪慧,可羡。夜眠尚未一鼓。

十九日(5月29日) 晴热,西南风。朝粥后告辞芸舫,约秋间送秋试再来叙。登舟出城,石尤风幸不狂,以告借芸舫处《藤荫杂记》消遣。到家未傍晚,两孙呈示子屏札、沈咏韶合伴信,均不及详阅。知陈翼老前日来,筑寿域告竣,春碓已还。夜间早眠,酣适万分。

二十日(5月30日) 晴热。是日萃和陆侄孙婿同三侄孙女自金泽回门来,午后到,焕伯侄孙设三席酌之,余定席后即卸衣冠,另席陪饮,菜颇鲜洁,略醉而归。三侄孙女旧恙略愈。

廿一日(5月31日) 晴热。饭后同萃六侄至芦赵店,邀翰卿茶叙,即招董梅村兄订秋试同伴,梅翁始则谦让,同人再三劝驾,似乎名心大动,约五月中关照坚定。午刻馆中火菜,四人同席,酒兴极佳。下午复茗饮,沈益卿、顾青江亦来谈叙。前月十八日经艺课卷已看出,达卿第一,六侄第四,得花红八百文,颇得意。傍晚归家,寅孙旧恙略发,大约蕴热所感,无足介意,属渠静养十馀天当即愈。

廿二日(6月1日) 晴,西南风,燥热如暑天。上午点《陆医书》二编一册毕,当续点第二册。招蔡氏二妹来絮谈,便中饭,借消炎闷。下午补登日记,夜不能坐,避蚊早寝。

廿三日(6月2日) 阴雨,顿觉清凉。上午点《陆医书》五页,无甚领会。终日闲甚,登清内账。二孙作十八期经艺课,两文一诗毕草稿,兄弟两人对奕,以舒其气。

廿四日(6月3日) 晴,寒燠适宜。上午点《陆医书》五页,以五行配病,难通其旨。作书拟复沈咏韶,辞以不克结伴之由。下午走候沈达卿，知昨日到馆，前患伤风失血，服子屏药已霍然全愈，畅谈而返。北舍局黄漱老来，老例票借洋廿五元，迟减不得，如数付之，据书八月中扣银归。晚间吴兰生书房中长谈，已孙呈示誊真经文，极章妥句适之至（四五之间，后看）。

廿五日（6月4日）　晴朗。上午点《陆医书》运气释六页，仍不解其意。暇缮写复沈咏韶信二页，书得不适意，聊以塞责，交已孙开札面觅寄。下午老笔客王希亭来，不相见者十馀年矣，与之交易一洋而去，约计照价八折。长昼倦眠，以陆放翁七律诗醒之。

廿六日（6月5日）　晴燥。上午点《陆医书》八页。下午昼睡初醒，适蔡氏二姑太太来，急起与之谈，知明日要回梨，约中秋后再来叙。杨姓北舍会酌，厚安代往，得彩收钱四十馀千文，净扣席费，尚少钱六佰文，约下期扣。夜读放翁诗。

廿七日（6月6日）　阴晴参半。今日始循例开春花账。上午点《九芝医书》八页，言运气，难通其旨。下午登清内账，阅《子居文集》，放翁七律。睡魔今日始驱除。

廿八日（6月7日）　阴，风雨适时。上午点《陆医书》八页，暇阅恽子居文、陆放翁七律诗。已孙今日文期，寅孙以小恙停课。下午详阅子屏改两孙课艺，改处、批点处字字皆金科玉律，吾邑中恐无其偶。

廿九日（6月8日）　可喜已晴朗。饭后点《陆医书》二册已竟，续点二集第三册。已孙呈示课文，笔路清晰如题，暇读陆放翁七律。下午黄幼堂来，以事相托，谢却之而去。晚间大孙女自紫溪回来，略谈即回莘，惊得任畹香翁颍州急信，以不确为渠家及吾邑祝，然终恐吉音杳然。

三十日（6月9日）　晴朗。竟日清闲，上午点《陆医书》十页，读恽子居文三首，下午以放翁诗消遣。两账船晚归，除顶价外，租米收者寥寥。

五 月

五月初一日(6月10日) 晴朗,渐热。饭后衣冠关圣帝君鸾书前、东厨司命神前、家祠内拈香叩谒,暇点《陆九芝医书》八页。观寅孙写大字,终日百馀个。下午登清内账,放翁诗读毕,续读元遗山七律诗。

初二日(6月11日) 晴,渐热。上午点《陆医书》八页,费漱石来,旧宅保婴上又付洋二十元而去,云今日要赴允明坛普济。下午至六侄处闲谈,适见吴兰生信,确悉任畹翁前月十九日作古,悲伤者久之。此吾邑极有用之人,不独为渠家不幸也,思之可骇。砺老闻之,不知如何抱痛也。晚接董梅邨今晨札,同伴秋试倏又回覆不往,殊为乏兴。明日属莘六侄到芦,再订钱青士,未识有机缘否?又接恕甫与孙辈信,知砺生明日要来溪(昨日归家)。

初三日(6月12日) 晴,骤热。饭后点《陆医书》续集第三册毕。砺生来,欣留止宿。下午舟载子屏来,近体颇好,知梨回已数日矣。夜间砺老携酒来,小酌畅谈,一黄昏后联榻书楼。东账自梨来,略有所收。

初四日(6月13日) 阴,夜间雷雨,顿凉。上午砺生与两孙围奕,余与子屏闲座清谈,接顾氏讣,惊知光川翁昨日寿终,明日巳刻入殓,初八大殓,此公处境愈老愈困,几有求死不得之惨,可悲之至!下午达卿来长谈,至晚去。夜雨清谈,早眠。

初五日(6月14日) 阴,微雨竟日。上午砺生与两孙手谈数枰,观工人种田,秧马蛙鼓喧杂于叱犊声中,满篝之祝,此其左券。中午率孙辈祭灶祀先,略办菜肴,与砺生、子屏、孙辈赏节小饮,砺老所携之酒几罄,余颇酣醉矣。子屏送之归,戋戋之脩不肯受,俟后再商酬之。孙媳至顾氏探丧送殓,还来尚早,知后日敏农要来。夜与砺生絮谈,早眠,巳孙陪宿。

初六日(6月15日) 起晴。是日工人插秧已毕,西成在望,扶杖游观,甚为大家祷祝。饭后两孙与砺二母舅手谈又数局,午饭毕,舟已来,留之不得,即送登舟,约十六后苏城谢氏素事应酬后再来。暇则读遗山七律已竟,再回读李、杜、苏绝句。夜眠甚早。

初七日(6月16日)　阴晴参半,却好暖寒适中。饭后点阅九芝翁《运气表释》卷毕,不明五行六气胜复之理,语意终难明亮,然既列表而申说之,已开后人寻绎法门,特笨滞人不肯苦求耳,一笑置之。午前费敏农、徐帆鸥来自梨,专看寅孙并呈芸九翁致余札,欲招寅孙到苏盘桓,足征亲爱情深,目前尚难遵约也,姑俟长夏再去请客。留便中饭后,絮谈久之,仍回梨川,固留明晨同往,不得,殊歉甚也。客去,无聊略眠,时未晚,以杜、苏七绝句消遣。

初八日(6月17日)　晴,渐热。饭后命寅孙至梨送顾光川翁大殓,上午点阅陆九芝翁《内经难字音释》五页,下午读苏诗绝句。未晚,寅孙回,知九叔岳见过,辞以他日到苏。回至子屏伯父处斟酌原方,适梅斐卿在座,知伴已另定,吾宗不果,必须钱青士不爽约为适如所望。晚间六侄来,关照青士已订定,与余家叔侄兄弟四人同伴,甚惬余怀。

初九日(6月18日)　阴,无雨。饭后点《陆医书》"内经难字音释"五页。作便札觅便寄袁憩棠,乞代办范志建神曲,为孙辈携至金陵。下午无聊,登清内账,以苏诗绝句消遣。

初十日(6月19日)　阴,仍无雨,颇凉。饭后袁札寄出,暇点《陆医书》"难字音释"五页,下午闲无事,读放翁七绝诗句。

十一日(6月20日)　阴,无雨。上午点陆九翁《医书》"内经难字音释"六页毕,至是,初二集八本都阅遍,决为后日必传之书,特此中三昧开卷茫然为愧!拟再重读,以求其蕴。潘羹祥来,定冬米陈者一仓,每石二元三角,又饭米廿担,每石二元三角八分,力均八文,成交而去。下午略读放翁七绝句。两孙至大港谒子屏伯父,晚归,知屏老意兴甚佳,方亦略为改定,"服周之冕"期卷未看出。莱生来谈,述及畹香家丁已自轮船来讣,的知畹翁临殁神明不乱,尚能动笔属要事,衣衾之具均借之同寅,言之可钦可惨!

十二日(6月21日)　阴晴参半,东北风,是日辰刻交夏至节。饭后舟至梨,札致蔡进之,如果刘允之家之会交卸,属渠代收前议每人派五千文,余不赴矣。上午重阅《九芝医书》,前所点定者十馀页,并取沈咏韶所送巳孙《国朝文征》校勘缺页。中午节日祭先,率两孙灌献,小慰保随同拜跪,为之欢笑。吴幼如来,以其子四观姑娘家去学生意为词,告帮衣服费,留之酒食,助以两洋、布一匹而去,且云秋间不来,姑不虚言,尚是正经事,难却却也。下午读放翁七绝诗句。

十三日(6月22日)　朝雨早晴,北风极凉爽。两孙今日做书院文课,未脱稿(后换题,试笔两时)。题甚正大而冷僻,难争胜(许誉真)。上午阅校《医书》五六页,查勘《文征》缺页四卷。下午登清内账,放翁七绝句读竟,拟重读"和平之趣",甚与老怀相合宜。

十四日(6月23日)　阴冷终日,外间必有水发之兆,能不应为幸。上午校阅《陆医书》七八页,又勘查《文征》缺页,共六册,尚无甚遗脱,而每家或多无目录文数篇,无可位置,目前姑另存之。暇以放翁诗消遣并掩卷闲散。

十五日(6月24日)　阴雨竟日,甚潮,渐暖。上午阅《陆医书》五六页,查勘《文征》八册内缺方灵皋、方文辀文一卷,又杂家文数页,已标出矣。下午作复札致袁憩棠,前日蒙先寄神曲两块,谢而仍托多购备用。暇则重读放翁七绝句以消闲。

十六日(6月25日)　阴,微雨,下午略有起晴意。终日检查《文征》缺页,计缺二卷,方先生、黄湘岩、王述庵之文为多,小传亦缺三家,拟开清数与咏韶,属渠补给,若字破碎,纸张残缺,则不便再与之计论矣,未识咏韶不以为买菜求益否。共计四十卷,今日始行查遍,另有不编入正卷内杂文数篇不全,拟另订一卷,不再询其由来矣。下午沈足,爽甚。

十七日(6月26日)　起晴,颇爽。上午分编《文征》,排作廿八册,即属理卿草订,以便详读。子屏札示巳孙,并先寄课卷一详阅(周冕期),陆寿甫一名,巳二,寅五,共骗得花红一千,可笑,明日拟作复缴还之。下午闲散,略读放翁七绝句数首。

十八日(6月27日)　晴朗可喜。昨晚接蔡进之札,以托收刘允之家分交会钱四千五百文,合洋四元①,钱三百四十文见寄。缘刘年嫂家拮据,所议十四人分得五千者,每人又各让五百,自去冬起,每期只收四千五百矣,言之可伤。上午札致子屏,课卷缴出,暇阅《陆医书》四页,又重读《梅伯言集》。下午接子屏回信,知前期小课已齐卷,承关切为巳孙代运一筹,殊难启口,只好存而不论,一听诸造化矣,两孙亦以为然。夜间略诵放翁诗。

十九日(6月28日)　阴晴参半。饭后阅《陆医书》第一本毕,中午祀先,先祖逊村赠君忌日也,率两孙灌献如礼。徐秋谷子会钱鸿轩七俚摇收,分半归来,以后尚有十六期,每期已收者全会须交十五千有零。午前费氏遣使自梨来,芸舫以片惠余茶点、彩蛋,作片谢领,先复之。敏农处,寅孙另有信,约渠六月初二到苏,先雇定乡试船,敏农意以预先雇定为妥,当如其所指。下午心纷不能定,知砺生同咏韶在苏,寓宝积寺,与僧围棋销暑,真所谓旷达,吾辈无此襟期。

二十日(6月29日)　晴,不甚朗。上午略钞赵瓯北闱中分校咏事诗数首。午前率两房俚暨俚孙辈衣冠祭祷太平水龙,祭毕,合三房工人河口试龙,水喷半空,波流数丈,颇足观。内进水管口铜圈略损,须即修好为要,但祝平安,年年行此故事为幸。中午三房相好工人饷以酒肉,听其畅饮,其费在公账利馀开销洋三元②,钱乙佰四十一文,今年略浮大也。午刻二孙媳亦来自莘。下午掩卷,昼睡片刻。夜读放翁诗七绝句。

廿一日(6月30日)　阴晴参半,有风太凉。上午《国朝文征》理卿订好,共计廿八册,又一残本,命巳孙书缺页数一纸,便寄咏韶相

<hr>

① "元"字后原文有符号。卷十二,第513页。
② "元"字后原文有符号。卷十二,第514页。

商,补全为善本。下午收藏《大云山房文集》八册,拟取梅伯言文重读。森记下米不来,命舟邀之,舟回,知当手人避不见,仍无定期,实缘日上市价贱,故多延宕。甚矣,市估之无信也,一笑俟之。闲读放翁诗。

廿二日(7月1日) 阴雨,下午略起晴。终日翻阅《文征》,目不给赏,反觉心昏,非善读此文之要诀也。晚读《柏枧山房文》,则头头是道矣。夜读放翁诗,心适之至。

廿三日(7月2日) 阴晴参半。饭后抄录赵瓯北分校北闱咏事诗数首毕,另订,便阅消闲。下午略读《文征》,于明季逸事甚有所得。夜读放翁诗、《梅伯言文集》。两孙今日文期,脱稿颇艰。

廿四日(7月3日) 阴,微雨,冷甚,外间必有水象。上午作游戏笔墨以自怡情,不可为外人道。下午略阅《文征》数篇。念孙呈示课文,通体明畅,惟末段妄断昔贤高下优绌,甚非作者所宜。已孙小有不适,文稿完而誊真。夜读放翁诗。

廿五日(7月4日) 阴,昨夜雨,大雷电,今午后始有晴意。暇阅《陆医书》《文征》各数页数篇。已孙誊示课艺,极经营熨贴之至。下午略读梅伯言文,多惬意。晚间诸元翁同陈翼翁来自莘,欣然下榻书楼,便夜饭后至友庆候两俚,此番元老兴致大不佳,翼老则谈兴勃勃。

廿六日(7月5日) 始喜起晴。饭后诸、陈二君至达卿馆中谈候,是日照应出陈冬,卸不过八九折矣。午餐后元老、翼老告辞,同达卿至子屏处襆被止宿,云秋后再来。余处畅谈,元老以茶芽两包斤许惠余,谨受之。暇则登清内账,翻阅《文征》数册,夜不观书。

廿七日(7月6日) 晴,渐热。饭后同理卿至芦泰丰行内,以麦易蚕豆,与厚斋维新茗叙。回至赵店,又与翰卿、梅村辈茶叙,恰好袁憩棠亦来畅谈,中午同至馆上吃火菜,余作东,翰卿佐以酒,二杨老拉之同饮,七人联席,醉饱而出。下午茗谈久之,始至陆韶涵处,候之不值,以两孙十八课卷面交沈子和手,知四月十八小课已交出寄至余处矣,略述书院报销事而返。回,坐赵店片刻即开船,到家未晚。薇人之嗣子老福久在,以其妻跌伤为名,告借药资,是尚可欺以方者,恳请求益,给以八百文而去。后知萃和亦往,实穷无聊赖出此计也,殊无谋生之良策,奈何!夜登日记。

廿八日(7月7日) 晴,今日丑刻交小暑节,终日西南风,渐热。上午洗笔涤墨,垢污一空。下午作札拟复芸九兄,念孙出月到苏面呈,并还《藤阴杂记》两册。暇则翻《文征》数篇以消闲。巳孙练笔机,午后作文一篇,未晚誊真,阅之,笔圆调熟,录科必取,为之掀髯一笑。

廿九日(7月8日) 晴,始有炎热之象。上午翻阅《文征》。下午走候达卿,面交小课卷花红七百文,不觉长谈至晚。回来,两孙亦自大港归,知子屏伯父意兴甚好,前日三君往,留宿,后日辛垞亦至,真德星聚焉。辛老选印酬录时文,六月中出售,约每部两洋。近日作拟墨三,而不去应试,可称超逸不群。夜热,不观书,默坐片时而寝。

六 月

六月初一日(7月9日) 晴,炎暑如令。饭后衣冠关圣帝所锡乩书墨笔前、东厨司命神前、家祠内拈香叩谒。暇则翻阅《文征》以销暑。明晨念孙至苏费氏外家信宿,欲烦敏农到阊门预定乡试船,未识太早否。当如敏农所指,理卿同往,真所谓"热人赶热事",芸九翁信面呈。栗碌终日,不能静心看诗文,暑气颇旺。

初二日(7月10日) 晴,不甚热。念孙早行,东南风,一帆顺利,到苏当不晚。饭后与厚安对南北账,半日而毕,不过徇旧例耳,难盘诘也,仍与之蝉联而竟事,此公已近世不可多有之相好矣。下午阅《申报》,录岵芝与谢局书,详悉畹翁死于赈事,以后少实心任事之人,非吾党私誉也,言之悲叹!又阅巳孙屏伯改笔,无一笔滞,无一笔实,真得超字诀,不胜慰佩。暇以放翁诗消暑。

初三日(7月11日) 晴朗,颇炎热。是日巳孙文期,甚见经营难脱稿。终日怕热闲坐,仅阅《文征》文数篇。

初四日(7月12日)　晴,酷热,无风。上午与丁达泉对东北账,亦半日而毕。知南北斗两圩人惰丁稀,大有江湖日下之势,殊为不了,然弃之,甚乏直落之售主,为之顾虑。若达老,虽非上选,尚是妥当可仍旧。牙痛作痛,无兴观书,巳孙呈示课文,通体圆畅可喜。

初五日(7月13日)　晴热,略有风。牙痛肿痛渐止,终日翻阅《文征》消遣,实则心未尝一用也,可愧!

初六日(7月14日)　晴,东南风,炎热略退。上午芦局张森甫来,循例又借洋十五元①,言明十元银扣,五元送不出串,并知夏邑尊秋间要卸事,后任未定。中午食不托,颇佳,惜齿痛初愈,不敢饮高粱。暇则翻阅《文征》,兼读《梅郎中文集》。迟苏州船未返。

初七日(7月15日)　晴,有风,阵雨片刻即止,暑减。午前苏州船还,据理卿云,寅孙为外家宠留,约十一日去载。试船初三日同敏农去,雇定南桅子,即黄撺子回来接卸到乡,决定英洋六十元,一切包在内,尚不昂贵。船户扬州人王松如,船行经手张星桥。接芸翁回札,预祝殊难如望,惟论乡试用功不用功,语颇解颐。子屏处一信并红灵丹廿瓶明日当送去,余处亦惠廿瓶,后当作复也。历碌竟日,《文征》略翻遍。

初八日(7月16日)　晴,又渐炎热,无风。终日畏暑闲坐。下午接子屏回札,知侄媳牙痛及龈肿,大约热毒已渐散发矣。香欲托买二百文。巳孙今日作书院文课,晚始脱稿。

初九日(7月17日)　晴,酷热无风,终日汗流,难以看书,闲坐而已。巳孙呈示课艺誊真,妥畅而已,未见出色。下午登清内账,未赶一事。

初十日(7月18日)　晴,西南风,闷热如昨。上午以旧闱中号帘示六侄仿样做,并阅渠书院课作,"敷畅有馀"语不尽妥。两孙媳卧房嫌酷暑,一移楼下,一暂居丈石山房外间。下午略读《梅伯言集》,

---

①　"元"字后原文有符号┣ゟ。卷十二,第516页。

以热掩卷乘凉。明晨舟至苏载寅孙。

　　十一日(7月19日)　晴热,不甚炎。饭后以前乡试吴少松所登零用伙食账示芊六侄,极详细,可为式。午前子屏遣人汇示五月两课卷子,"公叔期"罄生代定,第一是袭文,极神妙变化,因无诗,可抑之不取,以垂戒达卿,第二、第三均可升,馀亦佳卷颇多。小课达老一二,巳孙第三,即命巳孙禀复,三日后缴还。下午将课卷略翻,已觉眼光迷眩,况乎闱中千万本,能不撩乱乎? 思之益骇! 暇则仍阅梅文。

　　十二日(7月20日)　晴热,尚不炎酷。托袁憩棠上洋买范志神曲十六匣昨日寄到,札开共钱七百文,甚为公道,当即答复,原钱寄还之。午前子康族侄孙来,诉其胞兄子坚为造屋出租事大兴口舌,据一面之词,似子坚大不情理,然须渠兄弟邀中俱至,庶分曲直,否则难臆断也。渠唯唯而去。下午略阅《文征》数篇,即闲散,未晚,念孙已自苏来,知今晨登舟。明日两书院决科,任畹翁十三苏城开吊,十七日在同里领奠,势不能畏暑不往也,踌躇之至。

　　十三日(7月21日)　晴热有风。上午作札子屏,缴课卷,并送名香一匣十古,复以便信问砺生,拟明日送去。下午登清内账,子屏回信来,知略有脾泄,其夫人亦未全愈,酷暑在床,亦苛政也。两孙文三篇已改就寄来,照原本润色到恰好处,非好手心殷不能有此位,暇则略阅《文征》。是日饱啖费氏所送西瓜,天浆甘露,真一味清凉散也,饫甚快甚。晚间本路钱少江来,即将慕孙贡监照三张托渠向礼房沈少泉录科起文,约廿三四五日间缴还原照,给渠洋四元而去,此事尚称凑巧。

　　十四日(7月22日)　晴热,北风甚微,是日戌刻交大暑节。上午略阅《文征》,复校《陆九芝医书》四页。下午接砺生回札,知畹翁十七日家中开吊,未接讣文,恐不确,余亦惮暑,不果往,谨俟接讣后随时补吊未迟。晚间始浴,垢污一空,为之爽快万分。

　　十五日(7月23日)　晴,不甚热,微雨不成阵。饭后丁达泉回去,约七月二十日来寓。巳孙课急就文,三个时辰誊真,暇诵经咒半日,预为重九允明坛普济用。任畹翁讣文今始接到,十八日治丧,哀启于官场升降,语极有分寸得体。终日栗六,未坐定看书。

十六日(7 月 24 日) 晴朗,不甚热。今日斋素,上午持诵经咒。下午正欲坐定,黄漱泉来,云日上夏邑尊要卸任,后任代理蒋犀林,银上又预借洋廿元而去。元音侄、春渌侄孙同子简侄孙来,为与子康争租屋事,仍凭一面之词不能调停,须明日兄弟同中偕来方可相劝,长谈而去。接砺生信,关照盛泽郑氏廿五日会酌,原信到莘账房失去,并知郑信从邱氏转寄也。纷忙终日,难闲坐。

十七日(7 月 25 日) 晴热而爽。上午略阅《文征》。下午部叙行李吊礼,明日清晨赴同吊奠任畹翁,不图钱别半年,忽遭此变,思之凄然不乐。

十八日(7 月 26 日) 晴热而爽。黎明即起,登舟,到同顺帆,不过饭后,即至畹香灵前拜奠,不胜凄戚。又见又莲还礼,面色憔瘦,慰藉之而出。至园中,同川诸公均来应酬,挽联皖省公具非一,佳者甚多,不能记忆矣。与吴望翁同陪震学沈老师中饭,良久始终席,肴颇佳,不忍饱啖也。芸舫题主尚畏热未到,不及待,即辞归。晤凌砺生、沈咏韶,欣知近体甚健,略谈而出。归舟逆风殊凉,到家未晚。子屏札示两孙,窗课三篇已改就。

十九日(7 月 27 日) 晴,稍热,有风。上午作札致何鸿犟,以先人诗集初、二刻、《小识》、年谱、日记并凤生所书亡儿家传封寄之,前所托也。人系荣字吴佃万兴欲去就医,故转交之,约下午来取书,尚未再至,姑封存之(后竟不来)。下午登清内账,子屏专人来信,知为庆三侄媳预支公账共六元,即如数复答之,任分代封并付谢帖,关照之。十八书院经文题已寄到,两孙遵课,终日仅完草而已。

二十日(7 月 28 日) 晴朗。饭后两孙呈示经文誊真课作,一做有韵文,一做时墨,均有可取。钱少江来,云录科起文已办就,缴还贡监照三纸,偿还舟资五百文而去。暇作两札,一与邱寿伯,一致郑式如。由邱氏托寄会洋五十二元①，钱五百廿五文，畏暑不去矣。下午至达卿馆中长谈，知"雍也"期课文已补做，极为子屏所赏，他卷都不称也。"呦呦鹿鸣"经文亦做两卷，此公谁敢与之争胜乎？还来，阵雨大澍，农人忭慰。夜凉如水，早眠。

廿一日(7月29日) 晴朗，略热。上午作札拟致子屏、芸舫，下午登清内账，暇读《文征》文数篇。

廿二日(7月30日) 晴燥，颇热。昨日接蔡侣笙信，欲以其西席沈琢卿荐邱氏，连徒附膳，恰好有书与寿伯，原札附阅，即日约回福，余不能落断语也。饭后命寅孙至莘，慰磬二母舅悼亡之戚，其夫人黄氏今日大殓，虽不来讣，然不可不往也。此事题面虽凶，题情实吉，磬老从此可望得子矣，一笑。暇阅《文征》文，以书拟致子屏。念孙晚归，知终日在退修砺二母舅处，与沈咏韶辈避暑清谈而已。托姚先生做大考篮三支已寄来，价洋每三元，极玲珑便捷之至。

廿三日(7月31日) 晴，仍炎热。饭后命舟至梨，以信致邱寿伯，并托寄郑氏会洋五十二元②，钱五百廿五文，适午前邱氏有女使来，亦欲以会洋托寄，其实不便，能仍由邱转寄为妥。暇诵经咒，斋素，今日火帝神诞，即肃衣冠在中堂拈香虔祝，并诚求各乡阖宅平安为祷。下午至达卿馆中，砺生托代阅青浦会课十卷，略定甲乙，加以华评是属。还来，六侄来谈，大考篮一只已领去。热甚，乘凉，巳孙课文完草稿。

廿四日(8月1日) 晴，酷热，颇闷。上午接何鸿犨昨日回书，知吴万兴就医，重情为之复诊而不取值。诵回书，字迹圆劲，情文周挚，如与老友久别快叙也，不胜欣慰。两孙省子屏伯父，知近体尚佳，其夫人伯母尚患牙痛未愈，两篇课文巳孙已面呈矣(代应任分已还一百十文③)。下午友骞夫人特遣东席钱一村来，昨日所退回郑式如家

———————
① ② "元"字后原文有符号ʁ̃。卷十二，第519页。
③ "一百十文"原文为符号。卷十二，第520页。

会洋,今复专舟来取,云明日代往,即如数托付之,甚感省余一番跋涉也。天暑闲坐,尚不能凉,无心开卷。

廿五日(8月2日)　晴热,阵雨不成。上午作札当福芸九兄,暇阅《陆医书》第二遍两册毕,下午沈达卿来长谈,晚去,所转托青浦会课略定甲乙加圈,而不肯评一字,足征谦慎。赵翰卿为友庆事来谈,即去,蒙送两孙贶仪,受之愧甚。又接吴少松师母札,亦以厚仪一元送两孙,殊愧受之无名,却之不敢,谨领情意周挚而已。

廿六日(8月3日)　晴热而爽。上午重阅《陆医书》四页。下午焕伯经手,新置公账太平水龙一条,命三家工人试之,以旧置之水龙两两比较,殊觉喷水有力,虽短长相同,新制者实势厚而受用也,造工仍用范锡江,老手可靠。晚间食瓜,又新浴,清凉万分。

廿七日(8月4日)　晴,西北风,热而凉。命舟至苏,廿九日引试舟来乡装载,并送还姚先生代办大考篮资洋九元。终日闲甚,略阅《陆医书》四页,《文征》数篇。晚啖西瓜,甘憩如蜜。

廿八日(8月5日)　晴朗,不甚热,仍西北风。上午阅《陆医书》三页,《文征》数篇。下午渊甫侄来诉其弟懋甫与之口角,肆行无礼,堂上气甚不安,目前不敢归家,余姑留宿,明日与之同至港,能得调和有落场为妙,今先由原舟至札子屏,以婉谕懋甫,未识不恃强否。晚间接沈子和札,"南面期"达卿第一,已孙卷子屏改得极认真,并知江南主考正李文田,副王仁堪,则翕然公论矣。已孙练笔机两个时辰,作文一篇连誊真,阅之,圆湛可取,一笑。

廿九日(8月6日)　阴,微雨,凉甚,西北风颇狂。昨日接子屏札,茂甫知过远飏,渊甫夜亦归家,余可省此一番跋涉周章矣。上午苏州船带南桅子试船已到,一帆顺利,爽快之至。命两孙略部叙行李,拟初二日吉行。午前凌氏遣女使来,二母舅、三舅母均送礼物,已孙外姑并赐厚贶仪。砺二母舅有札致两孙,即命答谢并缴还蜚英文课卷十本。下午略读《文征》黄太冲文数篇。夜凉已有秋意。

三十日(8月7日)　阴,西北风未息,仍微雨,凉甚,可穿夹衣。

上午命陪考工人陈三官收拾行装，交两孙一一登记，并将船票同登日
用账簿，面交苹六侄，重托之。决计初二清晨起程，诸事烦琐，两孙虽
初次出门，各宜自己照管，余仅握大纲而已，勉之，慎之。是日午刻立
秋，与两孙饮冰雪高粱酒赏秋，颇有酣意。

七 月

七月初一日（8月8日） 晴朗，恰好风色已转东南。饭后衣冠
率两孙两处家祠暨关圣所锡乩书前、东厨司命神前拈香叩谒，并命两
孙叩辞，默祝同伴诸人三场完卷，往来诸事平安，不胜幸祷叩求如愿
之意。上午顾文泉来，托寄一皮箱，云已订周庄伴，初十内趁轮船到
金陵矣，留之中饭而去。下午发行李，位置一切，船极宽畅舒徐。晚
间接子屏札，巳孙课文两首改就，关照经艺课已看出，巳孙第三，寅孙
第五，蒙赐赆一元，实情真而意挚，殊深感激。苹侄、俊侄（腿、酒、莲
心、二元）、焕伯侄孙（二元）均送厚仪厚礼，受之愧甚。少顷，钱青士
兄已来，苹侄留饮，余率孙辈七人同席陪之，宴谈极欢，约明日清晨同
伴，四人吉行，归眠尚早。

初二日（8月9日） 阴晴参半。清晨起来，乩风色，恰好东南顺
风。两孙亦起来，稍待，舟人请路头鸣锣升花炮，余送苹甫六侄、钱青
士兄暨两孙登舟启程，共祝三场得意还来是望。大孙媳率小慰保另
舟随试船尾行到苏费氏省侍，实做出房佳话，共发一笑。舟大帆满，
行如飞马，亦是快事，惟干前大风阵雨，片刻即止，未识行舟免受惊
否，不胜念念！芸九兄处一札交念孙面呈，暇作札拟复谢子屏。略阅
《文征》，终日风顺而狂，到苏必早，大约出关须在后日，有零星物件公
用要制办也，是夜早眠。

初三日（8月10日） 晴而不朗，东南风仍不息。上午重阅《陆
医书》四页，接录租欠账一号。下午磨墨盒，阅《文征》数篇，掩卷
静座。

初四日（8月11日） 晴，不热，东南风尚未息。上午诵经咒。

下午作札缮好,待寄子屏。暇阅《文征》数篇。迟苏本船未归,不无悬望。

初五日(8月12日)　微雨,阴晴不定,东南风仍狂,凉甚。上午摘录租欠账,"信"字一号竟,午后闻苹甫六侄媳忽感冒时证,发热神不清,急视之,搐以行军散置诸鼻,尚能出嚏,知窍尚通灵,已去请董梅村诊视,能渐平安为祝。迟苏州船不至,亦颇悬悬。心纷,不能静坐看书。

初六日(8月13日)　晴,东南风略息。朝上至友庆,知夜服梅村方,用石菖蒲、厚朴縻冲枳实,不动不变。今晨梅村复来诊,据述六侄媳之证定是伏暑乘凉痰阻所致,病人不言不语,小便自出不知,内热壮而不透,大为凶险。梅老方大约照前加减,用牛黄清心丸,未识投之有效否,能得吐呕开口为转机。以余片飞请李辛翁矣,梅翁留之便饭而去。上午二嫂、七侄均来商量,大费筹踌,姑且去载周式如。下午式如来,即候之,亦云大势不轻,特荐雪巷沈小园,据云长于时证(方用犀角,亦未对此证,辛老云),立即去请,姑俟之至。六侄媳现在仍不知人事,欲追苹甫还,无此快船,殊切焦思。三鼓后辛垞始到,余即起陪之,知脉已诊过,决是暑热感风闷证,方用石膏、黄连、西瓜衣等品,西瓜可畅兴之吃,然肝风已动,昏迷如故,即添人快舟配药,已恐无效,太息而已。惜此方已迟服一日,来不及矣,草草与之同饭即去。子屏有条见招,即送之登舟至大港上。

初七日(8月14日)　晴朗,无风。苏州船清晨始归,知在同守风雨天,初二日午前已进城,平安之至。接芸九兄回信,蒙赐念孙厚仪,知试船初四日出关,计今日顺风可望渡江,稍慰余怀。饭后,登友庆楼,看六侄媳神色已非(病人进药如未进,略口受),痰声呼吸,四肢虽未冷,然已木矣,为之奈何? 不得已与二嫂、式如商,姑办冲喜事,均以为然,已命匕侄——安排,此事出意外,殊无以对苹甫,然鞭长莫及,只好按兵不动。下午凌秀甫来,始悉恕甫前月廿八血发,颇不少,幸今已止矣。渠九月初办喜事,欲叙葵邱五百,以第七筹许之,长谈而去。晚至友庆，知六侄媳服辛垞方，泄泻两次，仍无松机，手足厥象已形，式如欲寄电报催六侄归，既未到金陵，何从投送？且趁轮船素非熟练，得信必惊惶，何可冒昧尝试？只好听之，从权不寄信，余计已决矣，思之闷闷。夜复探之，亦无佳兆。

初八日(8月15日)　晴热又炽。是日村人桥西演剧，无兴一往观。朝上至友庆，知昨夜式如作主，以沈小园犀角方挢齿饮之，六侄媳已不受。下午请殷稚周用柴胡大卷豆方，亦难重门候开，淹淹气短待尽，可怜也！章法大乱，请女巫夜祷，势不能禁，与式如略叙，互相太息而已，无聊中录达卿经文二篇。吴莱生上午来絮谈，灯下羹二嫂、七侄同来，商酌一切均无弊，知病者垂危，万难过今夜。

初九日(8月16日)　晴热万分。清晨惊知六侄媳昨夜三鼓去世(亥时)，哀哉，此贤妇！幸一切附身之物已齐办，至亲开报条，择于今夜亥时小殓，十三日大殓举殡，出帖小金官归五房降服，羹二嫂之命，五侄媳面与之定，亦无异言。探丧来者蔡子瑗、迮氏二甥母子、星卿幼赓之母。晚间周氏内亲两夫人均来，戌刻焰口放毕，排场入殓。土作，周式如所荐，用沈姓，尚干净。用红缎衾五道，五僧送殓，稍阔，式如之意，从之。事毕，余归寝三鼓后矣。

初十日(8月17日)　晴，尚风凉。饭后至莱生书房中，七侄出名，拟作家书托陆伯厚后伴带至金陵通知六侄，羹二嫂意欲瞒过，恐不能也。书中劝其勿过悲，万不可轻举妄动，能苦劝终场，尚是幸事。两孙处余亦寄一信，拟由费敏农带交，书中亦同此意。是日无事，诸相好倦甚，劝之昼眠，亦有势不能安息者。脚班抬柩决定十二两，一应在内。十三日出殡，安置在南玲坟屋第三间后面，立乾巽向，兼辰戌三分，此二事最为要紧。夜间外荐普佛一堂，甚正经之举，尼姑数班，最为恶习，余不能坐镇，只好听之。是夜早归，酣睡。

十一日(8月18日)　晴朗，风凉。上午缮写两札，一与两孙，一致费敏农，托其带至金陵，预行封好待寄，暇则登清内账。晚至友庆，与式如、莱生闲谈。账房翻在仓厅，十三日诸事安排楚楚。夜复尼姑两班,灵柩前尚不寂寞。

十二日(8月19日) 西南风,颇晴热而闷。终日在友庆照应,二太太又向余言,金陵家信决计不寄,即余与两孙信亦不许寄出,暂安六侄之心,如归时六侄有言,二太太任之,并讨还余所与两孙札,存在二太太处,亦是一计。与莱生七侄商,姑且从堂上之命,六侄归时当体慈母爱子之心无微不至,决不相责也,未识能暂时掩饰否,思之代为闷闷。夜间三房工人传齐并食,以便明日办事。尼姑记念一班,尚清净,不致游蜂蛰人。

十三日(8月20日) 晴,不甚热。朝上至友庆,排场开门堂祭。饭后吊客络绎而来,大港上无人至,北舍老大房、老三房、老四房均有人到,大义到者侄孙、侄曾孙仲云、达卿、裔愚数人。陆幹甫来,特属到金陵不谈此事。徐丽江之子梦鸥来,费敏农有信至余,即书回札托交敏农(均十七、十八日动身),亦属此事不提及为妥。午后举殡发引,暂厝南玲坟屋。回来,周式如告辞,此公可称面面周到。夜间发六局略毕,酌敬诸相好从省,光五篷三席。此番事起仓猝,诸相好工人已多感冒小恙,鸿轩七侄三夜不安寝,寒热大作,幸神色不昏,可免大惊,然周折十分矣。回来不过一鼓,幸不劳顿。

十四日(8月21日) 晴热。饭后走视鸿轩,知昨夜大不安,今日大泻大吐,证是霍乱,无庸惊惶。下午延董梅村诊治,亦以为似重实轻,方用厚朴、川连、香芳之品,想服之可望奏效,若卜者迕公(不幸言之俱中),吾不信也。今午预作中元家祭,侄孙辈不在家,二加之祭,余代拈香虔叩,并兼祭先嫂杨太孺人今日忌辰。终日心纷,不能静坐。

十五日(8月22日) 晴,三鼓时风雨大作,即止。饭后走视七侄,呕吐虽止,神色不甚佳,尚冀有可药治,急舟去请李辛垞,午刻后大变,语低气促。梅老来,张日视之,脉已绝矣,延至未刻长逝。事又起于仓猝,余大号痛,何先兄之后不振若是? 急命舟烦相好办后事,三更后章程始定,余虽归眠,不能安枕。病虽感时邪,实则烟漏真精告竭,少年自入迷途,可不惧哉!辛老三鼓到,不上岸,殊抱歉衷。

十六日(8月23日)　晴热,是日三刻交处暑。饭后发至亲报条,出帖,诸事焕伯、吴莱生办理。余入幕视七侄,面如生,瘦削太甚,不觉号恸,幸羹二嫂能镇定节哀,余亦借可排遣,达观一切矣。择于十七日午时小殓,十九日大殓,出殡南玲坟屋西偏方向,处暑后尚空。晚间,附身之物诸相好赶办极能出力,惟木色不甚干老,不无抱憾。至亲探丧均至,无不骇然。诸事渐齐,夜放焰口,余亦早回,然辗转不安寝。

十七日(8月24日)　晴热。饭后至亲来送殓齐至,蔡氏二姑太太亲自来,午刻升炮开道,举动小殓,着衾花衣,补服便顶,因雀顶襕衫材木短,不能用也。土作沈姓,做手比六奶奶时较道地,从此余与鸿轩侄长别,老怀其何以堪!下午客去稍闲,洗足以舒数日奔走。今晨由芦赵信茂(一路风景详述,可羡)接到苹六侄初十金陵寓中所发书,知初九日进城,寓怀清桥塊下致和街嵩太照相馆内张宅,极宽敞,庭中有花木之胜,房金廿五元,同伴四人,一路平安,老怀稍慰。至七侄之事,羹二太太主见已定,坚欲又瞒不发回信,使六侄得暂安心终场,诸亲友均以为然,决计从之。此番乡试变中生变,能得同伴场后早日安归,不胜欣幸,馀又何求?言之骇然!是夜又念普佛,记念三班,喧闹可厌。

十八日(8月25日)　晴朗。饭后至丈石山房,借作账房,知明日大殓,一应诸事位置楚楚。下午招蔡氏二妹、金氏大侄女来畅谈,以舒积闷。殷达泉亲自来吊,陪之素中饭而去。夜与蔡月槎、沈达卿诸人同席,达卿近因失血,不果浙试,惜哉!余仍惢惢之,尚未决。三账房办事诸相好暨工人又咸集,可异之至。普佛一堂,连氏外荐。尼姑一班,颇能清净。余倦甚,早回。

十九日(8月26日)　晴热。清晨至二加,排场、堂祭、升炮、开门,吊客纷至,应酬只余任之,介庵因小恙不出来,焕伯晚起,送客专责久之。大义、北舍每房均有人到,大港稚梅、鼎珍来,送殡而去。徐梦鸥来,接两孙金陵信,十四日到苏,寓中地板房一间,颇宽舒,望余作回札甚殷,只好暂不作复,姑俟再商。敏农尚未开船,今日之事已知之矣。午后大殓发引,大船两号,营兵四名,羽士七人,余送至门首而返,不胜呜咽。盛泽王韶九郎管生来,不及吊,留之素饭而去。夜酌账房诸公,连日劳苦,仍用光五簋三席,余略饮早归,疲倦万分矣。

二十日(8月27日) 晴,中午热甚,早晚渐凉。上午拨账房两人至二加拆分,商酌一切开销。下午登清内账,补书日记,倦甚,早眠,尚酣适。

廿一日(8月28日) 晴朗。上午略阅《文征》。下午舟至大港候子屏,知子屏日上略有寒热,内厅叙话,知已凉净。其夫人牙痛结毒成骨,今已蒂落脱去,可望收功。至余家事,亦以瞒过六侄为是。两孙处密作一札(家人处亦不使之知为要),属其弗露,由敏农酌述,当如所商办理,以安两孙之心可也。至焦桐馆,又与梅斐卿、子垂略谈始登舟,回来尚未晚。

廿二日(8月29日) 晴热。饭后作札复两孙,拟由苏城费氏家报中托敏农密致,芸九兄处亦作一札,详述缘由,即日当专舟送梨,托徐丽江寄出,此事颇费踌商也。黄漱泉来,完大胜、大富二、禽、玉、北盈、大图七户上银,洋六十元,扣去二十元,实付四十元①,钱八百〇二文而去。云新任蒋公,颇留心于施药局。下午始以《文征》消遣。

廿三日(8月30日) 晴热,下午北风渐凉。饭后摘录租欠账,"敏"字号已毕,暇则登清内账,翻阅《文征》,心思略定。今日始定冬一仓,价每石二元二角二分力八文,时价贱极矣。

廿四日(8月31日) 晴热,下午阵雨酣澍,借②不大畅止。上午摘录租欠"惠"字号账,今日始全,将坐簿仍存账房,亦吾辈衣食之源,不可不留心也。命舟至梨专寄金陵信,托徐丽江转送苏城费氏汇寄。

---

① "元"字后原文有符号⺊。卷十二,第527页。

② 借,疑为"惜"之笔误。卷十二,第527页。

陈厚安今日自舟至寓，云近服胡农山调理方，极有益。晚又大雨，适诸元简来，知梅冠伯伏暑大病延治，方用洋参通滞药，汗不大发，已得安寐有转机。今自子屏处来，知屏老仍有寒热，虽凉解而仍委顿，亦以洋参清滋之。时晚不得归，余处留宿夜粥，招沈达卿来襆被联榻，凉宵，夜雨谈心，颇畅适。

廿五日(9月1日)　微雨即晴，渐凉。早饭后送元老归，约九、十月间请渠来定膏方。达老近体渐愈，省试又怦怦欲动，武林路近，即往未迟。暇命工人扑桂树虫蠹，不及一半。闲以《文征》消遣。

廿六日(9月2日)　晴朗，下午微雨即止。上午略重阅《陆医书》四页。下午芦局张伙友蘩来，定北玲、尊、忠、荣四户，付洋三十六元①，内扣十元，钱七十二文去。梨顾子丰来，完南、北斗、荒字、南富四户，付洋十九元②，钱五百六十二文，留收条而去。暇阅《文征》数篇。丁达泉今晚到寓。

廿七日(9月3日)　晴，颇小热。饭后阅《陆医书》四页，有人传说见《申报》，今日金陵贡监录科，午刻颇炎。慕孙何时进场、出场，可免硬毛病否？殊切怀思。暇以《文征》消闲。

廿八日(9月4日)　晴热，大似炎暑。上午照应出冬，欲续售之，则掉头不顾，米价日贱，吾辈之家暗耗多矣。由莘塔凌舟接费芸翁廿二所发信，知寒寒两遭非常之变，多方慰藉，敏农为同伴所牵，至廿四日始得启行，可称后劲。下午略阅《文征》。

廿九日(9月5日)　阴晴参半，西北风顿凉，可御夹衣。上午登内账一清，命工人捕伐桂蠹，搜获无算，然尚有二三分盘踞深林，难以剿净，可知宵小根株，斩除有时而阻也。暇以《文征》翻阅。晚间徐瀚波来，精神意兴似大不如前，付旧宅保婴洋二十元，送字灰费十元③而去。

①②　"元"字后原文有符号〤。卷十二，第528页。
③　"元"字后原文有符号〆。卷十二，第529页。

八 月

八月初一日(9月6日) 晴朗,东南风,于秀稻最宜。饭后衣冠拈香,关圣所锡乩书前、东厨司命神前、家祠内叩谒。暇阅《陆医书》四页,《文征》半卷。今日午后是七伯神回之期,闻哭声隐隐,思之凄然可惨,因之掩卷闷坐,一无好怀。

初二日(9月7日) 阴,上午大雷电阵雨,一时而止。是日未刻交白露节,下午微冷,手足酸,轻甚,可不眠。无聊中招蔡氏二妹来,絮谈以消岑寂,夜早寝。

初三日(9月8日) 晴朗。朝上接港上条,惊知子垂之妻侄媳吴氏初二日亥时以急病死,明日亥时入殓,初五举殡,未知萃和有人去否。子屏以多病之身,为弟料理意外之变,深虑精神不支,代为扼腕。是日灶神华诞,合家照旧例净素一天,中午以酒果、素菜,拈香衣冠虔祝叩首,暇诵《弥陀经》二十卷,拟九月九日坛中普济用。下午阅《文征》明季殉节诸传。

初四日(9月9日) 晴朗,朝上寒甚,甚怕风。上午类疟来,战栗四肢,竟而酸楚,良久始热,汗出淋漓,至晚始凉。终日高卧,以养其神。内人亦因寒暖饮食不节,夜间呕吐数次,幸无寒热。

初五日(9月10日) 晴朗。晚起,仍怕风,精神不能照常,老荆亦渐安适,惟食粥一顿,欲出房门而不敢,疲软可知。送吴氏侄媳举殡,介侄往,尚不懒于出门。终日闲散,略阅《文征》。

初六日(9月11日) 晴暖。晚起,食粥不和,即眠,疟又来,冷甚,呕吐大作始清。午刻渐热,汗出不甚多,下午始净。酣睡两时,胃纳大减,仅食粉浆半碗,夜眠尚适。迟金陵无信,殊切盼望。内人今已安健。

初七日(9月12日) 晴暖。晚起,精力大损,食粥无味,午后讲饭半次,颇佳。与钱子泉成交"鹤"字冬一仓,每石两元二角,米贱年丰之兆。终日静养,早眠。

初八日(9月13日)　晴朗,昨夜雨,幸即止。上午寒热又来,晚始凉净。熟睡,胃纳大减,精力亦疲,卧思吾家暨同伴诸人谅早进场。

初九日(9月14日)　晴阴参半。晚起,舌台白腻无味,在房中静坐,早眠,仅食藕粉一杯,苹果啖之颇香。

初十日(9月15日)　晴朗,出场天气颇好。命子祥至莘赴凌秀甫会酌,交洋四十二元五角,余第七筹收。回来,知砺生见过,欲探金陵信无从,仅由顾文泉处得悉生十八录遗(渠取第九),苏、常、太三属题"逸民伯夷"四章,策"伏生授《尚书》",诗"心与欢伯为友朋",殊切悬思。今日幸寒热不来,然仍委顿。

十一日(9月16日)　晴朗。辰起食百合汤,甚有味。适由北库梨航接到寅孙廿八日寓中所发苏信,欣悉巳孙廿六日录科,八点封门,五点出场,题"子张学《干录》"全章,策问"《载驰》诗说鲁韩与《毛传》不合,试申其义",诗"闲寻书册应多味"。廿七夜间出案,巳孙幸取合属第一,费派灯牌两洋。得此信,不胜快慰,即招吴莱生来,以信示之,并知同伴均安,陆幹甫亦得同寓。芸九兄关照,余所寄两孙札初一日已发出矣。是日眠食渐佳。

十二日(9月17日)　晴热,燥闷,午后微雨即止,仍不凉。昨夜不安睡,晚起,精神不振,午始食饭半盂,恰有味。散步外厢房,补登日记,夜不敢早眠。头场题目,未知何日乡间得悉。

十三日(9月18日)　晴朗,出场天气稍热。晚起,仍食百合,颇对胃口,精力犹未复,齿痛。今日出冬不及照应,中饭半碗,渐旺。终日在厢房闲坐,夜早眠。

十四日(9月19日)　阴,午前雷电大雨,半时许始止。计时苏府已点进入场,可免泥途滑滑,然昏闷燥热之至。早起,昨夜不能安睡,并骇知夜间西书楼被偷儿入室,从屋上来,挖窗而进,书厨裂锁洞开,大约爽然,不如所望,仅失去洋布絮被一副,不知何竟飏去?殊窃防不胜防之患。今夜姑命更夫依旧打更,只好听其自然,不再降为幸。终日闲坐,精力犹疲。晚间吴莱生来,由芦抄示题目,始知江南

"子曰:'可与共学'"两章;次"及其广厚"三句;三"堂高数仞"至"皆我所不为也",诗"金罍浮菊催开宴(燕诗七律)",得"鸣"字。题极博大精微,可见笔力心思,特新进难望幸获得手。浙江"述而不作"二句,"今天下"三句,"夏后氏五十而贡"三句,"遥飞一棹贺江山"。顺天"是以《大学》始教"至"至乎其极","齐一变"一章,"始条理者"四句,"杨柳读书堂",题目无一不精妙。

十五日(9月20日) 阴晴参半。黄昏时有云笼,二更后始朗,夜间月色清华可玩。晚起,精神渐振,中饭可一碗矣。上午子屏专人来探乡试信,详示一切。知自子垂断弦后,为之料理,不胜狼狈。寒热大作(现已渐愈),幸渠妇侄媳已全愈,差堪自慰。录科题目并头场题,恰好率书数语覆之。已孙幸取,渠先得信矣。终日闲坐,偶阅《文录》数篇。今夜必放排,寓中诸人未识有出场否。是日略寒。

十六日(9月21日) 晴朗温和可喜。吾家孙侄辈如能昨夜宿闱,今日出场,最为从容,未识精神能支持否,念念。晚起,大便颇畅,而气力略疲。上午作札致凌砺翁,缘杭竹香先生在杭寓有信致余,因禾中一席已分手,托砺老推荐凌兰畦处,然恐不稳,姑试言之,以俟机缘。终日懒卧多时,夜补中秋,酬敬账房诸相好,余则不能陪饮,退至内厅家宴,略与欢伯为友而已。步月中庭,清丽堪赏,未识金陵寓中若何,得意为祝,不胜神往。江南题"偶看外注,有反经合道语,的是"两章,不解之环中诀,岂在是欤?姑妄识之。是夜黄昏,月多云翳,午夜后则皎如白玉盘矣。

十七日(9月22日) 晴朗,是日子刻交秋分节。晚起,精神略旺,磨墨匣,阅《陆医书》以消遣之,内账则懒不欲登。下午闲坐不眠,以书致凌砺生,晚间舟回,砺老亦因疟疾无回音。漱泉来,北库局又完两吉十三户,实付四十元①,外扣廿五元,前收条缴还,一应了吉矣。

① "元"字后原文有符号。卷十二,第532页。

十八日(9月23日) 晴朗,东南风。今日同伴诸人未识束装渡江否,风和浪静,好过江天气也。昨夜不安睡,晚起,精神未复,惟胃纳渐增,可无反覆。暇阅《陆医书》三页,《文征》数首。下午静坐。

十九日(9月24日) 晴朗,西北风,正好送诸试船归帆。晚起,精神略健,勉强动笔将十馀日内账半日登清,心目一快。暇阅《陆医书》三册竟,再阅第四册,《文征》亦看数篇,微倦掩卷。今年桂为蠹伤,至今香气寂寂。晚间董梅邨调治鸿轩七侄,孙女来视余,略谈即去,始知二场题略僻而均受做。

二十日(9月25日) 晴朗。晚起,阅莱生所携来《申报》,知江南头场点名拥挤,压毙数名,录遗补取(云有二万数千之多),盖搭蓬号,雨淋日炙,殊属可怜。放榜迟十天,已见明文,房官依旧,仍分十八,今科各省乡试人数均多。吴幼如来,有所求请,坚拒之。馈余蒸蹄,偿渠青蚨三百文,留之中饭,约渠十月来再商而去,此人实抬举不起也。终日闲散,略阅《陆医书》三页,《文征》三四篇。今日东南风。

廿一日(9月26日) 晴,不甚朗,东北风。上午阅《陆医书》四页,《文征》数篇。中午先继母顾太孺人忌日致祭,屈指见背四十年矣,不孝垂老无闻,思之弥疚,未识两孙日后有显扬报答之一日否。呜呼,谈何容易!祀必用香珠菱肉饭,先继母平生所嗜也,聊以一荐,略尽微忱。下午闲坐。

廿二日(9月27日) 阴,微雨竟日,正北风兼东。晚起,阅《陆医书》四页,《文征》数首,即掩卷。下午达老自湖滨归,据云太湖田因内沟不通,略旱,每亩不过石许成熟,收数可望十年分章程石脚。

廿三日(9月28日) 阴晴不定,北风渐肃,昨夜大雨,养稻极宜。晚起,精神较旺。上午阅《陆医书》三页,《文征》数首。下午命工人整顿楼上下物件,堂楼下便觉宽舒。夜间始略亲灯火,读曾文正诗。

廿四日(9月29日) 晴朗,西北风,颇冷。饭后略诵神咒,阅《陆医书》四页,《文征》数篇。下午迟试船不至,不知缘何担搁。无聊中假寐片时,夜拟读放翁七律诗。

廿五日(9月30日) 晴,西北风。午后试船始还,欣悉诸同伴三场完卷平安,陪六侄荦甫见老母,详述两大变事,不觉号恸倒地,急扶慰劝,略定,然亦代为下泪。钱青士备舟送归,留之不肯。夜招吴莱荪、连甥锦溪暨六侄、两孙,六人同席夜饭,余与莱荪畅饮,六侄默无兴趣,窥其意,似乎三场颇不草率。寅孙场内失血一次,遗泄一次,后幸无恙。已孙场前感冒,服邱寿生方始愈,场后则精神渐旺。文字工拙不论,今科实到人数二万三千馀名,盖搭篷号尚不够坐。录遗生则初五统补,只听俊秀百馀人向隅。今科竭力张罗,曾九帅、陈中丞同乡监临之力也。送考下人可携具至号内,自设科以来所未有,因之益形拥挤,头场遇魅死者甚多无论矣,因挤压毙数名,殊叹实命不尤,为之太息,絮语良久始各散归。船户算账尚直落,惟酒赏一洋又一千乙佰文,则较旧账八百文大两倍外矣。夜被酒火升,不能安睡,大便则畅甚。

廿六日(10月1日) 晴暖。晚起,命两孙成服,至七叔父、六婶母灵前补奠,思之可惊可伤。还来,分派诸亲族送赙报仪,子屏关切,特作札遣人来探考信。下午命两孙到港面谒,兼求赐方调理,详述三场试事,以百合、莲心送之。任又翁率侄昨朝来谢孝,辞不敢不见,即还。晚间两孙归,欣知屏伯谈兴极浓,求方已蒙拟就。

廿七日(10月2日) 晴朗。饭后命两孙至莘,谒望砺二母舅近日小恙安愈否,并送帽架、百合、莲子等物,以申报敬。午前张森甫伙友繁来,又完钟珝珣、西千、西力、大千、是字、丹玲等六户,付洋卅二元①,钱百廿二文,从此三柜银均叫讫矣,暇阅《陆医书》三页,《文征》数首。始见三场题,一杜注;二《辽史》;三《说文》(未是子集);四海战;五金石。黄昏后两孙始还,知二母舅日前疟疾甚壮,兼出时疹,现已全愈,今日因两孙往问,喜其,始至退修书室,谈兴颇浓。

---

① "元"字后原文有符号🈀。卷十二,第534页。

廿八日(**10 月 3 日**)　晴朗而寒。昨夜腹中水泻一次,极畅适。暇阅《陆医书》三段,《文征》数首。下午巳孙外家凌雨亭三太太自盛遣左右使来催生,粽子四箱,喜蛋四盘(他物称是),厚犒来使,笑受之,即派分送邻族,殊觉靡费太多,然俗例难却也。夜与两孙剧谈,试场辛苦万分,能得平安大为幸事,敢求奢望哉?是夜略亲灯火。

廿九日(**10 月 4 日**)　晴暖。饭后六侄来谈,云昨自梨还,意气尚不至十分沮丧。公账伙食、船钱、房、饭、金三股派,约须三十八番一股,青士所贴二十元尚不在此数内。暇阅《文征》,陆放翁诗。达卿近体已健,来长谈,晚去。公账每股须四十元。

九　月

菊月初一日(**10 月 5 日**)　晴暖。饭后衣冠率两孙关圣鸾书前、东厨司命神前、两房家祠内拈香虔谒。此次乡试,两孙幸得完场,往来平安,均蒙荫庇,不胜叩谢。暇阅《陆医书》三页,《文征》数首,夜读《柏枧山房文集》。

初二日(**10 月 6 日**)　晴朗。饭后念孙至梨,送顾光川翁安葬。暇阅《陆医书》三页,《文征》数家。下午蔡调甫六侄来谈天,六侄以闱艺见示,通体两板股,尚觉文从字顺,然此行极为少兴矣。黄昏时舟还,念孙为蘩友所留,下榻徐氏,缘芸老叔侄均在梨川,一并被留也。茇庵有书致子屏,当代觅寄。传说李咏裳现抱西河之痛,咏裳回任,尚未得家中信,闻之代为惨伤。

初三日(**10 月 7 日**)　阴,时雨竟日。饭后虔诵神咒百遍,允明坛九月九日普济施用,明日可告竣矣。暇以札至子屏,略述巳孙闱艺,草稿已看过,茇庵信一并寄交。昨日筑新灶,今日书刮锅用日,实贴厨房下。略阅《文征》数篇。

初四日(**10 月 8 日**)　阴,微雨。饭后诵神咒毕课。午前念孙自梨唤舟归,知昨夜徐蘩友请客,菜极华美可口。敏农仍在梨,未即还苏。暇阅《文征》数篇。明日念孙拟至苏城外家,初七日挈大孙媳母子同归,夜间伏载。

初五日(10月9日)　阴晴参半,无风。上午阅《陆医书》三页,下午略登内账,闲散竟日,无兴趣。

初六日(10月10日)　晴朗。饭后写清经咒账,恰好徐瀚波来,即面交之,并付普济焰口经忏费,旧例十四元一并交出,又贫米上再付十元,略谈而去。凌秀甫来,渠喜事时要告借朝珠补服,许之,约廿四日后来取。长谈,留之中饭,晚间始回到莘。

初七日(10月11日)　晴暖,东南风和甚。饭后重阅《陆医书》四页,《文征》数首。下午四点钟时候,念孙率小慰保母子已自苏来,知芸九叔在家平安,小慰保到家,已如旧相识,新莺出谷,学语已渐清楚,顾而乐之。夜间略静坐,读放翁诗。

初八日(10月12日)　晴暖。饭后阅《陆医书》四页。今日始收拾凉帽,装好暖帽。暇读《文征》数篇,夜阅放翁诗七律。

初九日(10月13日)　晴热之至,闻禾稻略有虫伤。饭后舟至三官堂允明坛,余虔叩参谒坛中吕太祖师暨监坛周祖师,时已开沙,鸾手陆西岩,抄手周锦斋,仅见戒谕诸弟子,今日普济章程尚未谕出。夜间泗洲寺门僧心泉放焰口普佛一堂,被人搭桥未定,晤徐瀚波、费漱石、金小苏、陆炳卿、周如斋、卫守廉、凌莲叔、张蘅洲、梁蟾香诸弟子。有黄恕斋者,当涂人,本镇请开牛痘局者,与之同饭。任敏农、沈赓簧亦见过,始知今科各省放榜均迟十日,广额三十名,尚恐未确。下午到镇,与赵翰卿、沈益卿、褚叔文茗叙长谈,回家傍晚。

初十日(10月14日)　晴暖,下午阴,骤起西北风。饭后阅《陆医书》四页,多自断语,不引旁书。下午携杖观工人收香珠稻,时已黄云蔽野,吾村幸少虫伤。两孙分载家藏书,排经、史、子、集,例仿《简明目录》,甚费考该功夫,可嘉也。暇阅《文征》,放翁七律。

十一日(10月15日)　晴,西风渐肃。上午阅圈《陆医书》三页。作札致李辛垞,索取旧岁所借房稿时文近刻,并提及咏裳处此逆境,何堪远宦,劝渠抛弃首蓿盘,早归为是。暇以《文征》,陆放翁诗消遣。

晚接恕甫信,知明日偕大孙女同来,闻之喜甚,可畅叙也。

十二日(10月16日) 晴朗。饭后看《陆医书》三页。午刻恕甫偕大孙女率玉官同来,留之止宿,欣然首肯,与之畅谈,知日上颇用功于字学,两孙亦有伴可习字也。夜宿书楼,两孙与之剧论,余则先眠。辛垞信由莘寄盛泽航。

十三日(10月17日) 晴,闷热。田有虫伤,近东之佃户有来报请看稻者,势不能不履勘,大是美中不足,难望丰收。《陆九芝医书》前四册今日重圈阅竟,只剩《不谢方》待续看,其二集四册论运气五行,意都不解,姑停阅,然实医中秘诀也。子屏有信来,探放榜日期,未免着魔妄想,即命已孙代笔复之,切问两期课卷已转交沈达翁代庖矣。下午雷电大阵雨,惜不畅,暖而无风。暇阅《文征》数篇。夜半又大电雷,大雨一时许,虫灾或可稍闲。

十四日(10月18日) 阴,无雨。饭后重阅九芝《便世不谢方》,明日可终卷。暇阅《文征》,观恕甫孙辈写楷隶书,夜读放翁诗。

十五日(10月19日) 晴朗。饭后《世补斋医书》墨圈初集四册竣事,略识数语,以申景仰,其二集则未暇复看矣。终日阅《文征》,看恕甫写隶书,与孙辈手谈,夜看《柏枧山房文稿》。

十六日(10月20日) 晴朗,西北风透发,渐严肃。上午照应出冬,知日上市价新糙米价在冬米之上,实历年所未有。午前接黎里蔡氏讣条,惊知调甫从甥孙十五日猝病身故,即走至达卿馆中探听,云十二日以小恙归家,不胜骇异,从二妹老姑太太何堪遭此逆境!代为伤心。十九日领唁,当命寅孙一往,并慰祖姑母为是。中午莘甫招恕甫中饭,两孙陪饮。暇阅《文征》,放翁诗。

十七日(10月21日) 晴冷。今日始去看稻,晚,两相好归,云南北四玲虫伤颇多,现已勘无全收者共二十四亩有零,荣字尚轻,幸日上西北风作冷,可免延蔓。明日尚须看东路,业主之不幸,实佃户之苦境也,奈何!暇则登内账,阅《文征》。六侄来,与恕甫长谈。

十八日(**10 月 22 日**)　晴朗而寒。终日得闲，阅《文征》半卷。确知浙闱十二揭晓，嘉善城中一钱(不确)，西塘一郁(少彝郎)，油车港一倪，南闱则寂无所闻。晚间账船看稻还，约看白十亩有零，大仟、高字、是字等圩花灾则有，全白尚少。佃户王祥云、王福昌最不直落，虽看有灾，临期当再酌。夜读放翁诗。

十九日(**10 月 23 日**)　晴朗。饭后命念孙至梨，吊蔡调甫兼慰祖姑母。终日闲甚，阅《文征》又半卷。晚间念孙回，祖姑母见过，并知调甫之证内陷难发，无可排解，为之悲叹，少年可不慎嗜欲哉！账房看稻晚归，北路灾伤尚轻，在字徐富春诓报，罚米二斗二升。南闱决计未揭晓，夜阅陆诗。

二十日(**10 月 24 日**)　晴朗。饭后舟至梨川，午前登敬承内厅，寿伯母子出见，内嫂旧恙十愈七八，絮语久之。汝益谦来陪，与之同席，下午又茶叙，邱毓老见过，畅谈，知治叶绶翁疟疾变证敢用石膏，颇见近效，以《不谢方》小本赠之。夜间食粥小坐，即登舟泊宿，时巡防局更鼓极严准。终夜大雨，不安寐。

廿一日(**10 月 25 日**)　大好晴朗。朝行至平望极早，即泊舟中木桥，登殷氏怀新堂，贺达泉表侄郎壬伯新婚喜。终日避烦，在花厅与徐帆鸥、信芳、赵敦甫絮谈，下午又与帆鸥辈、叶朗君、汝益谦茶叙明月楼，论及绶翁之证尚未稳妥。夜间主人开宴，余与孙骈伯、吕友渔、作霖昆季同席，三鼓后新郎君已自黄甘叔家亲迎回，鼓吹喧阗，客众声沸，余虽上楼，终夜不得交睫安寝，颇厌之。

廿二日(**10 月 26 日**)　晴暖。晚起，朝上略睡，起来看新郎夫妇三朝见礼，贺客公分雅奏，主人敬客盛肴六席，又公分戏法六出，殊不足观。晤见王棣香，不相叙十馀年矣，渠因翼之佳郎之变，抱负索然，幸次郎已成立，可望来岁入学。絮语久之，夜眠三鼓始酣适，闻今日南闱榜发。

廿三日(**10 月 27 日**)　晴暖。朝上即起，食不托，极佳。即告辞主人开行，至梨尚早，复登敬承内厅，友谦夫人抱旧恙略发，劝之就医费养庄。中午与东西席泽民、一村同饭,始确知江震仅中同里刘长灏亚元一名,未免少兴,报船上人太息。毓之来谈,即去。下午归,到家未晚,夜间脾泄,多吃馆菜之误。早眠,酣甜万分。

廿四日(10月28日)　晴暖。上午凌砺生来,欣知元和陶小祉已高中,恕甫继至,颇有传闻之误,为之一笑。中午先曾祖忌日致祭,祀必用蟹,先赠大夫所嗜也。祭毕,与砺老畅饮绍酒。下午恕甫回,砺生止宿书楼,寅孙陪之,竟日砺翁与两孙围棋消遣。姚先生事,谢绥之出来大力扶持,吾辈亦尽力助之,可以进场矣。

廿五日(10月29日)　晴暖。昨夜小慰保有惊,啼哭不止,朝上始略安。闻费养庄在莘,拟邀请之,后知凌氏不果请。上午孙辈与母舅手谈数局,余则补登日记,下午送砺生还家。东账议租还,收洋十三元,石脚照十年分每亩四斗一升,差强人意。灯下命巳孙作札,明日去载诸先生,定老夫膏方,小慰保亦需调治。

廿六日(10月30日)　晴,朝上大雾。上午登清内账,下午诸元翁来,知日上道况甚忙,今来特为小慰保定方,消痰驱热,阖家膏方商俟缓日再来,许之。留宿书楼,寅孙陪之,夜谈小酌,饮以镇江百花酒,详悉元和共中五人,小沚名在第九十六,章练塘陈世烜、府学陶元治,悉知名士,均高中。子屏载之,不能出门,接来札,日上又有感冒,寒热大作,为之愁闷。

廿七日(10月31日)　阴晴不定,微雨时止,暖甚。朝上属元简定煎方,以和胃、健脾、息风为主,小慰保亦属改方,已喜渐愈矣。即同至达卿馆中絮谈,还来朝饭,即备舟送归,约初五后自舟再来盘桓,达卿处借小本《三才略》一册备览。客去,闲甚,仍阅《文征》,陆放翁律诗。

廿八日(11月1日)　晴暖万分,夜间阵雨。饭后命寅孙往贺凌秀甫续弦吉期并止宿。终日闲甚,下午莘塔船归,抄示《题名录》,知解元桐城姚永概,苏属共中廿名,内两副。少顷,由吴莱生处得见全录,意中人无有,青浦、常熟、昆山脱科,老名士谈人格,高邮人,得售。

官卷上下江中四名,苏府则无,监共中五名,益叹千佛名经一时名贵。夜读陆诗。明日账房又需补看稻,夜间又大雨电。

廿九日(11月2日) 晴,西风狂吼,渐寒。饭后黄漱泉来,新漕上又嬲借洋三十元,立收票而去。终日闲寂,阅《文征》姚、刘两大家文。焕伯下午来谈,夜读梅伯言文。

三十日(11月3日) 阴,西北风颇尖。上午阅《文征》。下午寅孙自莘回,述及姚师帽纬店大为其弟所困,亏至万二千金,札求砺生,欲为从井之助,谢绥之任其大半,吴江及门派着名世之数,砺生肩之,然大难合龙,为之踌躇万分。夜读陆诗。

十　月

十月初一日(11月4日) 晴朗。饭后衣冠关圣帝君鸾书前、东厨司命神前、家祠内拈香叩谒。暇阅《文征》。两孙编排书目,草稿写毕,惟分经、史、子、集,其书尚未一一排整耳,此事竣功,为之一喜。下午,招焕伯来,姚先生事肯助大衍,余以全数商之,恐防不稳。吴甥又如来,给以两洋,留饭而去,未识今冬能不求益否。夜阅放翁诗。

初二日(11月5日) 晴朗。饭后至莘吊奠凌磬生夫人黄孺人,到则排场颇阔,宾朋咸集。祭文两道,一则黄子美祭其妹,一则沈咏韶祭同谱敏、密二公,恕甫写北碑极古。中饭荤菜款客,下午同砺生至退修闲谈,晤见叶凤巢、陈翼亭、徐伯言暨新贵陶小沚诸君,汝益谦商请为其本家题主,辞之。久坐,不告主人即登舟。李辛垞今已赴江,所借时文约廿八种均收还讫(《制艺丛话》八本未还),并无答信。到家未晚,接池亭报条,惊知同年叶绥翁昨日寿终,久病难医,竟不能挽回造化,惜哉!初六日大殓,须亲一送之。两账春虫灾今始竟事,大约近地尚不甚重。

初三日(11月6日) 晴朗。今日凌敏之、密之领唁除几,两孙礼当往,适牵小事不果,致仪而已。暇阅《文征》洪更生、吴兔床文数篇。是日工人收稻,下午余扶杖往观,吾村今岁有秋,一无虫伤,但见鸟雀声欢,儿童欣欣拾穗,丰稔之象,甚愿岁岁作如是观,则幸甚,老人心颂祷祈之。夜阅《梅伯言文集》。

初四日(11月7日) 晴朗。终日清闲,点阅《三才略》外洋国都部落。是日辰刻交立冬节。下午看《文征》吴赞皇文,所驳正极有道理。夜读放翁诗消遣。巳孙媳坐产日半尚未达生,殊切踌躇。眠时二鼓。

初五日(11月8日) 晴朗。成日。卯正三刻,余未起来,家人报巳孙媳已产一男,余即上楼,视之肥硕坚强,厥声洪大,八字是戊子年(土水)癸亥月(水土)癸未日(水土)乙卯时(木木),五行缺金火暗藏,叩谢祖宗之福庇,今日始得实抱曾孙,万分欢喜。缘小慰保归二加,不过视之侄曾孙,再庆得男,云何不乐?即具达敬,具子婿柬,命舟至盛泽外家寓所凌雨三太太处报生,稳婆老顾,辛苦安稳,比前年格外多谢两洋。凌砺翁来自紫溪,相见大喜,知日上要赴苏,谢绥之处以大衍数代汤饼,照旧例以还宿愿,别商与本一移用,余亦不计也。中午畅饮绍酒,皆大欢欣,砺老又与两孙围棋数局,始送登舟。是夜早眠。

初六日(11月9日) 阴,终日雨。朝饭后舟至紫溪送陶少琴吴氏老太太小殓,登堂幕前一拜,毓仙亦园出陪,即告辞。复至池亭送叶绥卿大殡举殓,至则叶厚甫、琴伯接陪,与厚甫絮谈,留同素饭,复小坐始还舟。到家中午,知二孙媳今日略有寒热,脾泄数次,命慕孙至港,先烦子屏来诊治,良久,子屏重情冒雨而来,恰好诸元翁践前约自舟来,为之大慰,即烦同诊治,始知内有伏邪,正气未伤,方用祛风、柔肝、理邪、通阳诸品,并云不当专以产后痢疾视之。夜谈久之,两君同宿书楼。子屏曰上尚无外感,幸甚。

初七日(11月10日) 阴雨竟日。朝上知二孙媳夜间服药后寒热渐和,惟痢未止,神色甚佳,为之一慰。上午复邀诸先生诊脉处方,与老屏斟酌加减,云伏邪尚未净,接服后再探消息。中午十月朝祀先,并叩谢添丁之喜,祠堂内余主之,厅上二加两孙赞助,祭毕,在书房小饮。下午达卿来谈,夜与元翁、屏侄絮语,未一鼓即就寝。

初八日(11月11日)　晴,西风渐劲。饭后元翁诊视二孙媳,知寒热渐和,下痢清水亦减,惟瘀血甚少,舌台垢腻,其湿邪尚留滞,与屏侄斟酌加减方,云大势已定,难即奏效,拟方甚费经营也。暇则登清内账,元翁为余暨两孙酌定煎、膏方四服,下午在二加兰荪书房长谈,夜间余不能多谈,早眠。

初九日(11月12日)　晴朗。朝饭后元翁诊二孙媳脉,辨舌台略灰,寒热和而未净,下痢已希,惟通体发痒,要防透疹为佳象,与屏侄斟酌前方,去荆芥,加厚朴、白芷以参消息。上午砺生同沈咏韶惠然来,中午饮砺生自带绍酒,团饮极欢,下午咏韶与两孙奕,砺老教之。今日由沈子和处寄售洋板江南闺墨,急存之。夜间砺老诸公同宿书楼,絮谈至起更余始寝。

初十日(11月13日)　晴寒。饭后元翁复二孙媳证,知昨夜疹子红白透发,脾泄亦止,大有转机。与屏侄酌方,仍用透达之药以畅之,云能得以后寒暖饮食保慎,病已退去七八成矣,不胜欣幸。元翁又为余家男、妇定煎、膏方。子屏为沈咏韶斟酌祭敏、密二凌文,其词哀,其笔秀。下午砺老又与咏公孙辈奕棋,夜间饮酒畅谈,一鼓始息。

十一日(11月14日)　晴朗。饭后元翁诊视二孙媳,知疹红白已齐,寒热亦凉,略嫌舌台未净,未便清补,用天花粉、金石斛等品,以宣为闭,当可疹斑渐退,想甚稳妥也。下午子屏急欲归,舟送回港,约出月再叙。砺生家舟来载,遣之回,且俟明日。元简至达卿馆中絮谈,砺老与幼辈围棋遣兴,夜间小饮,登楼畅叙,眠时未晚。是夜达卿襆被来,同榻书楼。

十二日(11月15日)　晴朗。元老饭后上楼诊视二孙媳,欣知舌台已净,胃气渐复,惟疹未退净,胸中略闷,不敢用清补,仍用石斛方加减,以后用药可无阻碍矣。下午砺生、咏韶已回莘,元翁寂寞,仍招达翁夜间来联榻话旧,颇得知己相逢之乐。

十三日(11月16日)　晴暖。饭后元翁复诊视二孙媳脉,处方始用清补调理，然不废宣透之品，云即有寒热，抽去洋参、石斛，甚无妨也。备舟送还颖村，约日后要请，作札关照为是。酬谢而别，余即舟至芦，贺董梅村郎蟾香燕尔之喜，至则寓庐狭窄，客众难容，与顾文泉、沈新和同席。宴罢，以钱八十文寄交陈秋查转致沈子和，前所托售江南闱墨。略坐，告辞主人，与沈益卿、唐蔚如茗叙久之，还家傍晚矣。夜间补登日记。

十四日（11月17日） 晴暖，防发风。终日清闲，登清内账，看新墨数篇，《文征》数首。子屏有札与孙辈，询问二孙媳近状，足征关切。夜阅梅文。

十五日（11月18日） 晴暖。下午巳孙至大港屏伯处斟酌接服方，缘二孙媳复有寒热，疹斑未发净也。小毛头脐带擦伤，啼哭不安，稳婆治之，以即愈为妥。子屏遣人致信，缘稚梅二十日欲赴县试，告帮考费，给以两洋，即交原人作札复子屏，此种应酬，万难却却也。心纷不能静坐，夜间略读放翁诗。

十六日（11月19日） 阴雨，暖甚，东南风。朝上寅孙夫妇率小慰保舟至苏城费亲母家省视，趁顺风，未识能登岸否。二孙媳疹斑又发，寒热不退，胃口未开，殊形委顿。明日须请诸先生覆诊，以冀渐愈。安排人舟，颇嫌匆忙。终日心不静，聊以《文征补编》消遣。

十七日（11月20日） 阴，下午西北风挟雨而至。上午阅《文征补编》。傍晚诸元翁来，即诊示二孙媳证，据云疹发太多，舌苔白腻，肝木大旺，颇见阴虚，急以条参须、化州橘皮、黄鲜菊煎汤服之，以参消息。方不肯即定，云明日须请董梅邨来斟酌再定，一笑听之。夜谈，以陶小沚中作原本见示，此是千佛名经，先睹为快，当留之以为时样式。是夜元翁早眠。

十八日（11月21日） 西风紧透，阴晴参半。饭后与元老闲谈，下午梅邨来，同元老诊视二孙媳脉。今日疟不来，较昨日略佳，同拟方，用鲜斛、洋参加参须，培原滋润诸品，总以胃气大开，始谓大有起色，姑耐俟之。梅老去后，达卿、兰生来谈候，留夜粥后始各还。苏州船下午已归,知十六日到费氏尚早。夜与元老略看新闱墨,名手极多,目不给赏,又闲话始登楼。

十九日(11月22日) 晴朗,朝上颇寒。饭后元翁诊视二孙媳脉,知渐和,大便黑色,已解,胃口渐开,疹斑亦回,伏气渐清。惟软弱不能稍自举动,则正气大伤,方用参须、洋参、麦冬滋润养阴诸品,大约渐有起色,为之一慰。下午元翁至达卿处长谈,晚回,夜间又絮语。暇阅《文征续编》,继而元老为达卿所留,宿于萃和书斋。

二十日(11月23日) 晴朗,霜浓。朝上邀元老至书楼,知昨夜谈兴甚浓,眠已鸡鸣,呼之起,倦眠初开,以颖村船到,有事催归,始还朝饭。上午诊视二孙媳脉,欣悉和平软弱,定接服方,培原滋阴,均是善后要务。中饭后元翁不能留,送之登舟,以后若何调治,约廿三日余到周庄再关白定行止也,今番两次奉请甚为应手。客去,阅《文征补编》,连前四十卷楚楚过目告竣,以后收租事忙,不能再坐定看书矣。夜读梅伯言文。

廿一日(11月24日) 晴朗。账房诸公有发限鼷开船,祥则偶归,理以病初愈,载之未来,只留一人看守,与余同此闲寂。《文征》廿九册交巳孙编记入目录,庋之楼下西书厨内。暇则重阅《天岳山馆文集》,夜阅梅文。

廿二日(11月25日) 晴朗,不甚寒。终日心纷,未干一事,亦不能坐定片刻,自笑无谓。夜阅《天岳山馆文》数首,恰极明爽可喜。

廿三日(11月26日) 晴朗。饭后舟至周庄后港登岸,贺陶泚春郎君小泚明日悬匾之喜,至则泚春乔梓出见,少顷,陶氏群从,如又阶、爽轩均见。厅上陈设已整齐(是叔南万民伞,最为体面),坐席前诒孙七兄暨泚春六兄老弟兄陪饮,同席者陈翼翁、陆梦龄。知己谈心,诒翁执壶亲酌,不觉过饮微醉。席散,同人复至圣堂茶叙,始知陶氏孙侄辈十八赴苏县试。傍晚出塘,未至尹山一里竟被盗,行李考具一空,行路闻之,能不寒心?回至泚春家,又略谈始告辞,蒙款留,势不能也,到家点灯后矣。

廿四日(11月27日) 晴暖。朝上作札示寅伯,明日去载,属渠行路须要小心。上午同六侄到芦,拟候新汛地官公,托其倘有难民,照旧弹压,至则不值,留片致意。出来,与翰卿、孙花洲茗叙小酌,吃饭俭适,颇无浮费。下午复茶叙,梅邨、蓉卿叙过,晚归。两账发縓纸已竣事,苏家港凌镜秋续娶,命巳孙去道喜,黄昏回来,始知蒋邑尊二十县试,头题"对进",未冠"斐然成章"。蒋公有拟作,此道甚技痒,出案第一董蓉生,三柳均在头图,馀不知。夜间略阅梅伯言文,四册竟读。

廿五日(11月28日) 阴雨,东南风暖。终日无事,午前徐瀚波来,近体甚有起色,绵衣付洋十元,新愿付洋二十元①,收字纸而去。下午命巳孙至子屏伯处,斟酌二孙媳调理方,晚归,照元老所定一无增减,云如对,可多服几剂。并知费氏敏农之嫂近作古,三朝事已毕。寅孙此去,应酬甚为凑便。

廿六日(11月29日) 阴,微雨,终日西北风渐紧。今日飞限租始开收,石脚照去冬仍每亩让五升,折价每石二元。虫灾者看过,已折让净矣。晚间吉账,共收洋四十馀元。暇阅《柏枧山房诗集》《天岳山馆文集》。

廿七日(11月30日) 晴,西北大吼竟日。近地尚有来赶飞限者,夜间吉账,共收四十五石左右。是日张子遴会酌,命巳孙冒风往,交轻会钱廿三千二百文,归来黄昏后,知得彩者金达甫。寅孙为风所阻,不及还,甚见小心把稳。夜酌账房诸公,余陪饮,酒则如量,菜已大啖,可口。

廿八日(12月1日) 晴朗,风渐息。午前寅孙归自苏,知昨日在同费租局守风止宿,大慰余怀。终日在限厅督看收租,本色一概不开斛,自朝至暮,诸户络续而来,颇不寂寞,夜间二鼓后吉账,约共收四百六十馀石,眠时三鼓矣。多洋三元,必有误,另存外,交祥手。

---

① "元"字后原文有符号 ₨ 。卷十二,第545页。

廿九日(12月2日)　晴暖。晚起,同两孙至限厅督看收租,有票遗在地,中兽倪佃恰合三洋之数不误。上午诸佃蜂拥而来,南北斗荒字均至,诸公写算手无停腕,劳甚。至夜余不收米,闲看尚逸,然已精力告疲。夜间吉账几四鼓,约共收五佰八十三石左右,眠时鸡已鸣矣,成色尚不及去冬。

十一月

十一月初一日(12月3日)　阴雨。晚起,朝粥后衣冠武帝鸾书前、东厨司命神前、家祠内拈香叩谒。今日起头限,寂寂,仅收存限内仍算飞限数户。终日闲甚,略阅杂诗,夜早眠,醰醰有味。

初二日(12月4日)　晴暖。上午闲甚,始将江南新墨圈阅一遍,论者谓所取不醇正,然出奇制胜者多,庸俗无有售者莫说,皆命也。登楼抚抱小毛头,已哑哑作笑,为之怡神,惟二孙媳内热未净,明日命舟再请诸先生来调理,冀早复原。下午舟至北舍,与范仁荣茗叙,前款许渠多让利,以米调米易新,约月底进来算账,未识能如约否。归来未晚。终日收租仅六七石,可称不踊跃。

初三日(12月5日)　晴暖,朝上大雾。终日清闲,仅收折租洋,合米七石。傍晚元翁已来,诊脉且俟明日。絮谈至夜,知周庄考船被劫是游勇本地人所为,已辑获破案矣。夜宿书楼,尚早。

初四日(12月6日)　晴暖。上午元翁诊视二孙媳,云诸恙渐退,调理定方二剂,再参消息。下午同元老候达卿,有书贾陈姓来,交易《徐氏八种》《豫寇纪事》《六朝文絜》三种,付洋三元三百文。回,与元翁谈,夜登内账,限内所收仍不过七石有零。

初五日(12月7日)　晴暖。上午在书房闲谈。下午巳孙陪元夫子至港上候子屏,回来傍晚,知子屏昨患头痛牙疼,今愈,谈兴尚好,借渠《徐氏六种》作过本。今日始收米,夜间吉账不满六石,灯下略谈,早眠。

初六日(12月8日)　晴暖。饭后舟至赵田,贺袁憩棠幼子艾生吉期。至则宾客满座,新识者沈子斐,为黼堂先生之孙,近时名医也,谈及郁少彝郎君习钱谷,以三艺丈量获中。又见金星卿、陆楠甫,知县试案首叶,蔡郎寅第二,可喜也。中午定席,主人强拉席首,与钱子骧并坐,袁又洲陪饮,菜自办,颇可口。席散,与陆芝田絮语始告辞,舟归傍晚,知大孙女来过,不肯留,昨去。夜与元翁剧谈始寝。

初七日(12月9日) 晴阴参半,暖甚。饭后元老复诊二孙媳脉,预定膏方。日上因换衣,略有感冒寒热,暂停补剂,今日始请药材伙孙云巢煎合家膏滋,约须三日竣功。终日收租,夜间吉账,连昨约共收七十馀石,本色十之一。与元翁夜谈,早眠。

初八日(12月10日) 阴,微雨竟日。二孙媳寒热又作,饭后元翁诊治,姑因平肝、温通之剂以泄之,未识能即愈否,殊为淹缠不爽也。终日收租为雨所阻,夜间吉账,约共五六十石。夜在书房略谈,元翁眠亦早。

初九日(12月11日) 阴,欲雨未雨。二孙媳昨夜肝气大发,呕吐频作,兼下泻数次,幸寒热渐凉有汗。终夜不安,元夫子今日欲归,恳止之。四鼓起来诊脉,朝上又上楼复诊,定方作寒霍乱治,用苏叶、菖蒲等品,调肝止呕为主。上午未进药,干呕渐止,似有松机。甚矣,产后下体万不宜受寒也。已孙亦终夜不眠,惫甚,强持而已。余竟日在限厅督收限租,尚不寂寞。夜间一鼓前吉账,约共收米乙佰十五石左右,本色不过十四石有零,布匹在外,不满五六石,夜眠尚早。二孙媳服药,寒痛尚未止,颇不放心。

初十日(12月12日) 阴雨竟日。限收至夜吉账不满乙佰石。朝上同元老至楼看二孙媳,神色大不佳,脉细沈,下泄不止,气至晚略促而不得眠,飞棹至盛去请费养庄,兼照信三太太,另舟至莘去载凌砺翁大孙女。下午砺生大孙女亦至,均以为病证已八九,恰好董梅村亦到,与元翁三人拟方,云苔舌垢腻,必有积滞,补剂、凉剂与证均不对,决计用制大黄下之,未识有转机否。黄昏服药,亦未见即效,殊切焦思。砺生、梅邨均留下榻,一鼓后,气促甚,延至亥刻子初,竟无言下泪长逝。在余家作孙妇二十月,温柔贤顺,一旦舍重闱而长去,不特巳孙号痛失声,即阖家下泪亦情不能禁。不得已与寅孙收拾楼下,草率位置,四鼓后扶死者暂设幕堂东遍,余与诸相好达旦不眠,伤哉!痛何能已? 夜雨淋漓,触处皆悲。

十一日(12月13日)　仍雨,甚寒。饭后费养庄来,辞之不获,已上岸来慰余。六侄苹甫头胫生偏疽,敷药开方始去。备舟送诸先生归,彼此怅然太息,凌砺生亦回去。恕甫下午来探丧,启视大恸,余与巳孙亦均号泣难劝。诸亲串家出报条,择定十三申时入殓,十五大殓举殡。沈咏韶夫人,二孙媳之姊也,得凶信后,一鼓后赶至,号哭失声,余欲假寐片刻,惊痛不安。盛泽五鼓开船,丽卿去办衣衾冠佩,西塘去办附身之物属潘德元去。余疲甚,一应诸事寅孙照应颇出力。夜延门僧念普佛,三鼓后始得就寝。

十二日(12月14日)　起晴。终日排场整齐,盛泽雨亭三太太率定甫趁余舟来,衣衾诸物黄昏后均办齐,尚赶急。夜放焰口、念普佛,明日入殓,诸事可望舒齐,恰好是日下午大孙媳已自苏赶至,敏农陪来,芸翁有信慰余。夜眠二鼓后,辗转不成寐。

十三日(12月15日)　晴暖。上午凌范甫夫人同子玉官来,沈咏韶亦至,作挽对甚长。蔡月查昨晚来,入幕启视,已变相,幸有拍照可凭,伤哉! 申初入殓,尚不草率,僧道两班,军班喝道送殓,夜念普佛。余眠三鼓,敏农午后回同。

十四日(12月16日)　晴寒。朝上殷吟伯来,上午徐帆鸥、沈赓篁、凌秀夫来,磬生代恕甫撰一挽联,极工切。夜间仍念普佛,纪念泥姑势不能禁,账房派定执事单。

十五日(12月17日)　晴朗。朝上开门,设幕堂楼下东边,排场大殓。是日大风,寒甚。至亲上午均至,未讣而到者杭竹艻、袁稚松。下午大船两号,羽士军班送殡,暂安厝南玲坟屋墙门西一大间,立艮坤向,极空稳。回丧未晚,诸至戚均去,留者恕甫、巳、仲二孙,连日哀悼,劝之不许送殡。夜酌账房,共五席。余腰脚酸痛,惫甚,早眠,门户寅孙照管。

十六日(**12月18日**)　晴。终日开发未吉账,已有来[①]限租者。此番事出意料之外,精力大伤。冀高小曾孙连日大起惊风,请金家庄丁少兰拿治三次并开方,诱之纳口始有转机。夜间早眠。

十七日(**12月19日**)　阴晴参半。终日收租尚不寂寞。下午陪巳孙至南玲二孙媳坟屋、殡宫详视一切,呵斥坟丁不许堆积物件,已将总门锁闭。寅孙至凌苍洲处,交实重会洋六十二元五角,徐氏重位亦托友庆交出(八元找进)。租米两日共收六十馀石。

十八日(**12月20日**)　阴晴仍不定。饭后同倪雪生到芦,为凤泗难民事,东西浜对河给钱吃饭,余家不能破例。唤圩甲率头人至镇上,本汛持片关照,接回片,镇上圩甲吴锡章办事极道地,汛官片上伪书数语,仍做间壁戏,唤头人索路凭不得,以游匪训饬之。雪生劝惩兼用,头人理始屈,仍照旧章贴办大口四文,小口二文,共给钱四百五十四文,落肩得体,若本村圩甲,真没用东西也。午后同翰卿、梅村诸人酒馆小饮,复茶叙始回,归家傍晚,知丁少兰为小毛头看游毒,敷药处方而去,何周折若此? 以速愈为妙。

十九日(**12月21日**)　晴朗,是日酉刻交冬至节。上午始补日记,一应几案会置如常。今日二孙媳神回之期,延羽士三名,念膂经,二鼓招魂始了事,思之凄然。恕甫旧恙复发,幸即止。

二十日(**12月22日**)　晴。上午作札复谢芸舫,接子屏札,多方慰藉,均感甚也。中午祀先,补行冬至节,祠堂内余主灌献,厅上祭四代,两孙襄事,尚不草率,然散福酒不能饮矣。闻老妪哭奠二孙媳,为之愀然不乐。今日二限收租尚不寂寂,夜间吉账,约共收六十馀石。陈丽卿归自盛泽,在木瓜进口几被盐枭抢劫,幸上午到村上,泊舟尤家港始脱,不胜骇然!

二十一日(**12月23日**)　晴。今日仍宽二限五日,还租寥寥,收

---

　　① "来"字后疑漏写"还"字。卷十二,第549页。

数约计八成外,始循例开欠,能得户户归吉是祷。暇则补登完日记,账目一应未过。命寅孙至陈思,贺杨少伯续娶。巳孙肝胃略痛,疲乏半月馀,宜乎熟睡竟日也。余亦伤风,呛甚,早眠。

廿二日(12月24日) 晴,东南风。早饭后寅孙夫妇到苏,费诵花夫人廿六开吊,不能不往。一帆顺利,倘不畏风,晚间可望进城。暇作札复子屏要事,内账仍懒,怕动手,略静坐以镇其心。

廿三日(12月25日) 晴,下午西北风。复子屏札,东渭圩甲凌景初持去。终日收租寥寥,范洪元交易糙米二百五十石,平斛加三升半送到,每石贰元零七分,借以销扣旧账。明日复开一顽佃,论事不甚直落,姑为之能得有进场为幸。零用外账略一过目,三朝事不忍一阅,伤风痰呛已数天。

廿四日(12月26日) 晴暖。晚起,略有寒热,已汗解。昨复开顽佃一户,圩甲进来,本户畏避,从宽落肩,极为惬意。公盛送到白米上仓,工人多有事差出,托钱子泉拆短工捐进,殊为事忙多小费。下午苏州船回,本日未晚即到,殊为快慰。寅孙与弟便札,约初一日上去载。府试正场,江震迟至廿六开考。

廿五日(12月27日) 晴暖如春。终日账房俗务纷如,上米、底米、付洋,势不能不计算,又北舍局漱手,先付洋二百卅元。芦局森手,付洋百五十元,约后算。子屏处送茶点、酱鸭、腿、酒,蒙作回札,周到致谢。是夜二限截数,约共收八成半。夜仍咳呛不已。

廿六日(12月28日) 晴暖,朝上大雾。饭后定见冀高二房小毛头哺乳工契,其人系金泽下乡田北汀人谢寿昌之妻,倪氏其姑、其母均叫到下押,工钱悉照旧岁大房小毛头,中保酬金亦照旧加一面付,其事关系甚重,总望长大平安为祝。范洪源上米算账,元英老侄进来,与之话旧。范洪源之款,以冬换糙,多籴百馀石,让利,菜子百洋不算外,冬米上又让廿二元有零,念其亏本,从宽找洋两讫。甚矣,商人之难与共事也。夜吉账,尚不纠缠。

廿七日(12月29日) 晴暖,咳嗽仍未愈。终日将十六以后零用账、二少奶奶三朝素事账内登一清,眉目为之一爽,然神思颇为疲乏。夜阅《梅伯言诗集》。

廿八日(12月30日)　晴暖,潮润,即日必有风。昨夜呛嗽频作,痰出多而尚爽,腋络不作痛,尚可支持,然胃纳渐减,神思疲惫之至。终日不问家事,闭目静养而已。恕甫旧证时发,为之踌躇。

廿九日(12月31日)　晴暖。咳呛略愈,然精神未复。上午公盛来交白米乙佰十五石五斗(平斛),货非头号,行家欺人技惯如是。下午略以梅伯言诗消遣。

三十日(1889年1月1日)　阴暖,夜间微雨。饭后步至莘六侄楼上,闲话良久,所患偏对疝已愈十之八,不胜欣幸。姻事已略有所属,尽人事而已,至坤德皆宜,须入门后始见,难预必也。终日呛咳不已,薄痰仍多出,委顿之至,能免服药为惬意。

十二月

十二月初一日(1月2日)　阴,北风,微雪降祥,尚未畅遂。苏州船去载寅孙夫妇、小慰保,防未至。今日又开欠,草草归吉,其人见小而愚,三洋之数几落奸人之手,同差圩追之,幸未用散,始得找讫,可笑也。凌定甫家,二孙媳座上遣妪致祭,忍不见闻为是。伤风渐愈,命巳孙衣冠东厨司命神前、家祠内拈香代叩,实抱歉忱。夜以梅伯言诗消遣。

初二日(1月3日)　晴,昨夜雪消未净。上午登清内账,西风颇尖。下午备舟送凌恕甫夫妇回莘,旧恙渐痊,巳孙陪之同往,借遣闷怀,且与砺二母舅棋局陶情。徐瀚波下午亦来,旧宅新愿保婴上再付洋四十元,馀俟岁底吉算,一茶去。夜读梅伯言诗,气息甚幽。

初三日(1月4日)　晴爽,朝上西风已猛,午后至晚狂吼如虎,寒气凛烈生冰,为今冬第一天。寅孙夫妇未识已开行泊同里否,总以守风不行动为慰。租米无一户来者,上仓吃白米饭碗半,颇适口。夜读伯言诗。

初四日(1月5日) 晴朗,冰寒,风渐息。十点钟念孙夫妇已来,知昨到同极早,风狂停泊最为抱稳。小慰保语言清楚,戏笑吟唎,为之欢喜。费敏农另舟同来,一茶叙谈即返,坚不肯留,云有要事至梨至平,万难失约也。府试江震初二头复,徐蘗友十五,汝生、蔡生均在二十外,巳孙、苹侄落卷领出,苹批“清顺”,巳批“讲下陈陈相因,馀亦平平”。头篇诗细点看完,金泽两陆均荐,独遗斡甫,异哉! 念孙府学未领到。芦局张友蘗来,找洋四十七元①,钱六百零九文,头吉六户算讫。夜阅《梅伯言诗集》初竟,呵冻书,寒甚,今冬最。

初五日(1月6日) 阴冻,点水成冰,酿雪未降,寒气逼人。中午祀先,补昨日先祖妣周太孺人忌日致祭,与念孙共司灌献,小慰保随同拜跪,可喜。港上福畴侄孙以贫故来商借贷,坚拒之,此子实自甘暴弃,不足矜怜,闻两房嬲借两洋,未查实,余处子祥周旋,告借二百文而去,此子后日终无聊赖也,奈何? 夜以放翁诗绝句消寒。

初六日(1月7日) 阴寒,气略减。终日瑞雪下降,平地积寸馀,下午始止。租务三日内仅收两户,开欠归吉在内。下午凌定甫家为冀高小曾孙具弥月礼,遣妪来自盛泽,淮糕四元外,羹果八盘,帽珠四顶,衣服十六件,殊为过费。此事悲悼多而欢喜少,只好从权受领,优犒来使,谢帖不能出也。夜阅梅伯言诗第一册。

初七日(1月8日) 阴晴参半,雪止仍寒。上午在堂楼上,冀高小曾孙抱之剃胎发,权暂易吉衣拜星官,礼毕,仍照常,属家人不贺。下午梨柜顾子丰来,完照旧五户,付洋七十九元②,钱十一文,出收条而去。北舍柜漱来,完十户,找洋乙佰〇一元③,钱五百七十九文,祥手,余懒不见也。暇则静坐,不看诗文。

初八日(1月9日) 阴晴参半,稍暖。上午阅鲈乡新刻文。下午由北舍接县照会藩司印册三本,六十一、六十二、六十三号,劝捐徒

---

① “元”字后原文有符号[illegible]。卷十二,第552页。

②③ “元”字后原文有符号[illegible]。卷十二,第553页。

阳旱灾,乡间何从下手?此系吾家子均侄孙作法取巧,即专舟由范洪源掷还之。终日心怀恶闷,家事诸多不乐,实余不能整顿之咎,自贻伊戚。

初九日(1月10日) 晴暖,雪销。上午巳孙自莘塔来,为其妇将届五七,循俗例自上木座亭设飨致祭。下午仍回二母舅处,云有要事待复,约十二日恕甫会酌后归家(本一付换)。丁少兰来,为慰保小毛头诊治处方,云有风痰寒火,以速出为妙。灯下莘塔回舟,接黄子眉惠寄《平望志续志》共十本,《制艺》一部,其两郎试帖诗一册,尚循前约,暇当详阅,以销闲寂。

初十日(1月11日) 晴暖可喜。上午登清内账。下午至焕伯侄孙处,嘱渠吹嘘兰池一款,候回复,此事进场甚不容易。复至莘侄处絮谈,渠所患疳十已愈八,然避风为要。夜间翻阅《平望志》,子眉此举,大可传世。

十一日(1月12日) 阴雨竟日。上午指挥工人收拾茶厅、经堂,为二孙媳五七礼大悲忏,此种变事劳我费心,殊深懊恼。终日昏闷,以新刻翁志翻阅自遣。

十二日(1月13日) 阴,微雨竟日。饭后命念孙至恕甫处卸会赴酌,实交洋捌拾柒元,此巨款收时易用,缴时难继,殊非持家之道。暇翻阅《平望志》粗毕。晚间账船还,略有所收,两孙亦归家,述及二母舅心境恶劣万分,日上要赴苏料理姚先生事,热心人究难一毛不拔,然事同从井,难以告人。

十三日(1月14日) 阴雨竟日,潮湿。饭后命工人至南玲圩提二孙媳枢,换凳,烦丁二兄准向,以祈安妥,并加漆一次。家中延门僧礼大悲忏第一日,殊为多事栗碌,暇以《天岳山房文集》消闷。费瘦石来,芸九兄处七十一款面交,顾云桥来算发茂南货账,亦付讫。

十四日(1月15日) 阴雨终日。今日礼忏第二天,循俗例为二孙媳散经,焚化冥船楮锭,照看一切,下午始竣事。焕伯来收徐仲芳会洋,共付乙佰元,余头会半,末会全,计洋共六十三元七角半(三十九元二角五分,二十七元五角)。又代应砺生头会半,计洋三十六元二角五分,殊太息出款之不支。夜阅《李次青文集》。

十五日(1月16日) 阴晴参半。午刻邱氏遣使来望,知来年西席已定史蘅士,恤蓥一会代应者缴出。沈松溪夫人刘氏来,得悉晚三姑太太病势不佳,商进宅以观动静,余立劝举行,然已无补万一,可叹!是日礼忏圆满,夜间照应灯火,余与两孙亲看过,似可放心。暇阅《李次青文集》。

十六日(1月17日) 晴,西北风颇寒。上午闲散。下午舟至芦川,候新汛地宝山官公,初至观音堂,云未起来。回,与翰卿、倪胜来茗叙胜来处,告借会船,已应许年初二去摇。久之,茶罢,复候之,始见。云是江西广信府人,年三十二岁,起居供奉大有官场习气,以弹压难民旧例四洋酬之,谢而不辞,其人较旧令尹陈镜亭相去远矣。一茶出来,与董梅村絮语,晤渠郎蟾香,知府试案首吴江大约孙濂,沈子和、董蓉生可望前列。少顷开船,到家点灯。

十七日(1月18日) 晴冷竟日。上午接磬生信,为焕伯侄孙媳久在母家,现届岁暮,焕伯处理宜遣舟去接,遇人不淑,其事咤异。下午至萃和,焕伯往梨,诉之其母,约二十日去载,余亦过肩。候西席沈达翁,明日要假节,以南阳百合两枚送之治血证,长谈,还来已晚。两账船归,略有所收。

十八日(1月19日) 晴,仍寒,有冰。终日限内中肖支付,又有家用之物零星付出。总之,费用甚繁,不易支持。晚间黄漱泉来,又完北玥逊村公祭等十户,付洋乙佰四十五元①,钱七百八十二文,欲扣虫灾两户,彼竟不允,约计十一洋有零,来年借款上与之做功夫矣,今冬应完出串之户已叫讫。栗碌终日,不能坐定。

十九日(1月20日) 阴,终日雪霏不住点。饭后蔡月槎催之起来,酬找两元,坚不允,又加二元仍支吾,已孙赔垫一元,共十三元,账

_____

① "元"字后原文有符号㕦。卷十二,第555页。

欠钱八百文不算始落肩。总之,照拍照画仍不肖,此公名不副实也,下午备舟送之回去。晚间雪仍不止,颖村之舟始回,信与洋交元简夫人手,元老今往莘塔,不值。夜间次青传文阅数篇,内账登清。焕伯来回复,兰池之账依然画饼,实无制胜之策,奈何?

二十日(1月21日)　晴,昨夜雪积二寸未销,寒气逼人。午后芦局张伙友帆来,又完西力、西仟、大仟、钟珥珣、世字、佐字起亭公祭等九户,付洋八十六元①,钱一百四十文叫讫。惟抽出东玲时安一户,正米一石八斗有零,虫灾不完,未识来年能过去否。晚间费氏遣舟自苏来,馈小房年盘,颇丰腆,一宿即去。夜与两孙饮高粱销寒。

廿一日(1月22日)　阴冷,雪犹等伴。终日严寒清闲,取红梨社新年乐府诗圈读一过,为之神怡。命舟至梨邱氏,冬米四石,莘和接婴愿钱八佰文先行缴付,《天岳山馆文》读记数篇。夜间洗足,重跰一轻。今晚焕伯来,公账所重做水龙,公义典利上划付算讫,馀洋十二元仍存余处。又接府斗寄到新学宪观风卷,题甚平正,不及备录,并传说有恩科,正月初十岁试取齐之说。

廿二日(1月23日)　晴,雪渐销。终日付成衣账、药摺账,惟有出款浩大而已。晚接诸元简信,赠洋收到,致谢。另慰巳孙一札,言之有体,劝之多方,巳孙宜善是排遣为要。暇以李次青记文消闲。灯前莘塔船回,雨三太太送鱼翅一,绍酒大坛一,珠还合浦,殊见多情。砺老昨已赴苏,须廿五日归家。

廿三日(1月24日)　晴,河中略有冰,上午始通。遣舟至苏费氏,终日栗碌,账房始由限厅移在旧所。限内有出无入,成色已九成二矣。晚间率两孙衣冠拈香,设酒果祀灶,虔诚叩谒,即恭送灶神升天奏事,礼毕,与家人循例食圆团,灯前略登账务,阅李次青文书事。

廿四日(1月25日)　阴,下午又微降雪。上午徐瀚波来,付保

---

① "元"字后原文有符号︷。卷十二,第555页。

婴贫米新旧愿洋,不出外账洋廿五元①,钱四百文,又出账保婴惜字洋十五元,钱五佰文,今岁一应算讫,一茶即去。接徐帆鸥与寅孙信,知江府首金维坎,孙濂第二,董蓉生第六。震府首盛世彦,沈致和第七,渠名凤藻,正案竟跳列第十名,颇有进机,可喜。竟日清闲,阅李次青文。

廿五日(1月26日) 阴,雪已停点。上午属相好至芦算染账,并取划息钱。为二孙媳产难撞钟,付文波僧经费二十洋,此项出款实深太息。暇则登过限租钱洋,入零用簿,成色大佳,无奈不够所出,然衣食之源实赖此。晚间苏州船回,寅孙接敏农复札,确悉新正四日皇上大婚,今月初八日已奉上谕,来岁特开恩科,至学宪二十取齐之说未见明文。又接芸舫信,先以洋十元要托费瘦石填办掩埋之髅,此事须开岁招之来,面与之商为妥。

廿六日(1月27日) 晴暖,雪销。上午吴又如来,衣服寒而单,殊为可悯,赒以两洋,留中饭而去,此子实可怜而不足惜也,奈何?凌氏来馈岁盘,恕甫与寅孙札,知姚凤生事可楚楚料理过去。吴清卿作河帅,郑州竟合龙,未识来年夏秋涨汛可靠得驻否?京师大内仪凤门失火,几延及保和殿,此是非常之灾。钱少江来送新历,知二十取齐之说行文未到。恕甫因慕孙郁郁不乐,招之度岁,渠竟欣然往,下午即趁来舟到莘,余亦从权不能禁也,约新岁早回是望。出款重重,节省为难,以李次青文消遣之。

廿七日(1月28日) 晴暖。上午命工人洒扫庭阶,拂拭几案,耳目一清。下午巳孙与寅孙札,知到退修与二母舅围棋,兴趣尚佳,老人阅之稍慰。是日开销限规,各相好工人支工及俸,付出洋九十元,钱二三千文,进账白粞洋廿元外,别无他款可筹,殊觉支持门户大难为继,然欲节省,实无良策,奈何?黄昏后吉账,陪酌账房诸公,略有醺意,眠时一鼓后。

---

① "元"字后原文有符号。卷十二,第556页。

廿八日(1月29日)　阴晴参半。饭后备舟送诸相好还家度岁，二陈暨丁二兄约廿五日来，子祥约十九日去载。暇则登清内账，终年出入款尚未与寅孙细算。清闲无事，仍读《天岳山馆文集》，夜间早眠。

廿九日(1月30日)　除夕。阴晴参半，昨夜微雪即销。上午登二房楼上，抚抱冀高小曾孙，已哑哑学笑，顾而乐之，前悲只好忍不再忆，老怀善自排解为是。率寅孙衣冠拈香，虔诚敬神过年，下午悬挂先人神像，老祭新岁抡在余处当年，起亭公亦抡寅孙当祭，五代图、逊村赠公、周太孺人神轴敬挂瑞荆堂、先府君赠公、先母继妣沈、顾两太孺人神像悬设养树堂，位置已定，香案陈列无缺，夜间张灯祀先，余与寅孙互相灌献，小慰保侄曾孙随同拜跪，音声清朗，颇知升降之仪，他年可望读书。祭毕，始开家宴，寅孙夫妇率小慰保侍余老妇老夫，劝饮屠苏酒，慰保戏嬉笑语，抚之可爱，余夫妇不觉醉饮颓然，久之健饭，精神颇旺。是夜星斗尚灿，略有云翳，但祝新年五谷丰登，家庭豫顺，大小平安，老人得闭户读书之乐，不胜私幸祈望之至！戊子小除夕，莳安知足老叟更馀书于养树堂之西书厢。

光绪十五年(己丑,1889)

一 月

光绪十五年①,岁次己丑,春王正月初一日(1月31日) 元旦。阴晴参半,正午日光颇旭,风从西北来,秋收有成之兆。朝起率寅孙衣冠拜总佛,复拈香东厨司命神前、两房家祠内虔诚叩谒。饭后两房侄辈、侄孙、侄曾孙辈均来团叙在瑞荆堂,男女以次拜谒先人神像毕,即行贺岁礼,余作一揖总答之。退至养树堂,叩拜先赠君遗像,设茶叙坐久,复率寅孙至二加、友庆、萃和拜谒先伯先兄像,又茶话良久始还,已中午后矣。余复拈香虔诵楞严咒十遍,始卸衣冠闲适。是日风劲颇峭寒,夜不观书,与寅孙论说家常,早眠。

初二日(2月1日) 阴,寒甚。上午村人仍旧出刘猛将赛会,随众门首闲观。下午腊雪又降,纷飞未已,寅孙同毛官还自港上,知二房骧卿侄孙抢年留饮。子屏岁底又略感冒,脾泄未止,一见不同席,何精神不振若斯?苹六侄来谈,久之去。夜与寅孙饮越酒,醺醺有味,目前之福,此最受用消寒。

初三日(2月2日) 阴,昨夜大雪盈数寸,今晨仍不停点。昨接三古堂沈报条,知丁氏晚三姑太太终于去冬廿七日子时,择于今正初四日午时小殓,据来人云,松溪之孙、篆生之孙,两房应承嗣者已至,族中犹纷攘无作主之人,公私扫地,丧费无着,一种凄绝光景,真耳不

---

① 原件第6册,书衣左侧墨笔题"日记,勤笔免思,己丑年起"。《苏州博物馆藏近现代名人日记稿本丛刊》卷十《柳兆薰日记》误标"乙丑年",第187页。

忍闻、目不忍睹！余无才无势，决计不往，免动气伤情，姑且命老妪去探丧，思之可愤可悲！午前港上骧卿、鼎珍两侄孙率骧卿之子，年九岁，名永唐来拜年，余处留饮，天寒，三人者均不饮，与骧卿剧谈家常，尽欢而散。鼎珍今岁仍从陆补珊读，云将开笔，未识有成否。茶叙后辞归。余率寅孙衣冠接东厨司命尊神暨土地神，礼毕祀先，明日谨当收藏先人神像。夜间与家人饮散福酒，小慰保在旁侍食，笑语伶俐，颇能酣乐醉饱。

初四日（2月3日）　阴，朝上大雪即止，已销滴，不停檐漏。上午寅孙自东浜送晚三祖姑母入殓归，送分仍无回谢帖，据述恶族纷争，一无主张，一应开消，当家伙物件开除，略坐，一饭即还，实不能堪此恶习，大约嗣仍难定。总之，源不清，流愈混浊也，可奈何？迮锦溪、凌幼赓均来拜贺，茶叙，下午率寅孙拂拭先人神像，收藏，俟天明净晴燥，必须晒过。今岁逊村公合像、奎儿夫妇遗像均须裱过。今日亥刻始立春，红梨社诗课一册，今已圈读加朱一遍毕。

初五日（2月4日）　晴朗，为今岁新春第一天。朝起率寅孙在账房衣冠拈香，循例接五路财神，饭后命寅孙至莘拜贺舅氏。上午陆时柑来自友庆，一茶回。暇以朱笔点阅黄懋材所著《西辎日记》。晚间寅孙还，巳孙仍留舅氏，砺二母舅抢年留饭，宾客两席，饭兴甚好。谈及李辛垞所选石印时文，包与凌培卿发卖各省书坊，竟不流通，退还者多，殊叹贫士财运不亨，将何以济燃眉之急？恕甫今日出见，无恙。

初六日（2月5日）　阴，寒甚，下午雪又降，未免太多。终日闲静，点《西辎日记》数页，阅李次青神道碑文。莘和费兰甫、友庆陆新甫均来拜年，探问院试，仍无的期。钱子泉亦来过。

初七（2月6日）　人生日，晴和清朗好天气。上午徐子厚来自友庆，知今岁业师仍是沈竹轩。少顷，蔡子瑗、徐丽江、金星卿来自莘和，知蔡进之已考出贡，得洋乙佰六十元。刘允之会，托子瑗面交，收洋四元①,钱二十文,合四千一百。有票来,云头会又少钱四百文,今年理直,恐子虚矣。东浜沈侯伯来,是篆生之子,应嗣者之伯,诉知恶族应雷出面,审安暗使,欲分房屋,抄闹不已,恐仍难免鸣官,可叹!朝饭后范仁荣来,黄坤祖之郎号子蟾,今岁在余处代父之缺,托渠一荐,许可,一茶到芦。未晚,寅孙来自苏家港,陈思苍洲诸舅氏留饮,陈思少山祖舅处一茶而已。夜以放翁诗消遣。

初八日(2 月 7 日) 晴暖清朗,谷生日,可卜丰登有兆。上午凌茁蘩来自萃和。下午无客来,以《天岳山馆文》序类消闲,可得其气象蓬蓬如春处。

初九日(2 月 8 日) 晴朗和暖。饭后命寅孙至黎里、平望去贺岁。上午六侄谈复小金官,五房要招抚另书房读书,已允许矣,从此五侄媳可无后言。泖水港顾绶生之郎,年十岁,来拜年,余留之同饭,云读《论语》,相貌颇丰厚,惜绶生入蜀三年,一无音信到家,可称昏聩诧异。下午仍以《天岳山馆文钞》消遣。晚间金泽陆岵瞻三侄孙婿来自萃和。

初十日(2 月 9 日) 晴,下午大风,微雨即止。上午周式如来自友庆,一茶甫回,适陈翼翁同年同陶小汢来送朱卷,留之,酌以年菜,絮谈,脱去客套,三人同席,小汢略能饮,颇酣适。下午告辞,云二十后到沪北上,不及答,即书片谢教,以赆一元赠之。晚间寅孙回自梨,云昨午在徐,夜间在邱,均蒙留饮,寿伯之母出见,旧恙复发,今晨舟至平望,殷达泉留饮。上午开行,下午遇风小泊,幸尚安稳。院试取齐仍无的期。

十一日(2 月 10 日) 朝上雪,即止,晴朗。今日本村桥东角赛会三日圆满,幸相安无事。终日西北风狂吼,冷甚,中午与念孙对酌消寒,下午至萃侄楼上,与周式如长谈。晚回,知袁志范来拜贺,寅伯接陪,渠初七自苏归,有传说二十日取齐之信。

---

① "元"字后原文有符号▶ 。卷十,第 193 页。

十二日(2月11日)　晴朗,渐有春意。饭后作札拟复芸九兄,未就,适朱锦甫兄特来答寅孙,一茶即去。坚留一饭,不肯,云要至紫溪,甚歉然也。徐蘩友之二女来,敏农致寅孙信,考期仍无的音。少顷,邱寿伯、凌叔苹先后至,恰好同席,酌以年菜。叔苹府案十三,可以望进,饮酒剧谈颇适。下午寿伯先去,叔苹与寅孙围棋一局始告辞。夜读放翁诗遣兴。

十三日(2月12日)　晴和。上午点阅《西辖日记》备考门。下午与寅孙算结客岁出入账,差可相抵,然一遇正用即亏精本,其何以备不虞? 必须年年租入丰足为幸。夜读放翁诗。

十四日(2月13日)　阴晴不定。上午点阅《西辖札记》。午刻迟凌砺生不至。下午登清去年账,核实计,究无盈馀,殊非持家节省之道,为之奈何! 将何以继? 暇读《天岳山馆寿序文》,湖南有福,多寿考者,何其指不胜屈也?

十五日(2月14日)　晴朗可喜。上午点阅《西辖札记》,下午读李次青青寿文,兴会淋漓之极。元宵节,夜观村人烧田财,虹光烛天,人声欢乐,今岁五谷丰登,可于此操券得之矣。灯前复以放翁诗消遣。

十六日(2月15日)　晴朗竟日。《西辖札记》上册点竟,续点下册《刍言》。砺生仍不来,殊切悬望。作便片致费漱石,招之来,以芸舫托办掩埋坛面交之。终日暇甚,读次青集寿文,均有福之人也。夜以陆放翁七律消遣。

十七日(2月16日)　晴暖。上午点阅《西辖》"刍言"。午前殷达泉表侄来贺岁,留之中饭,三人对饮絮语,颇酣适。始知黄子美侍御,二十日重作新郎,渠家西席已聘定汝怡生,渠家新妇吟伯之妻黄氏,颇贤而有才。饮罢辞归,云今晚要至池亭。客去昼睡,夜读放翁诗消闲。

十八日(2月17日)　晴暖。上午点阅《西辖》"刍言"西域形势总论。下午誊录去冬出入账,尚未毕。吴莱生今日到馆,余处来拜年,絮谈,云考信仍无的期。晚间舟自莘塔回,接砺生与寅孙札,知恕

甫血证复发兼呛,自十三日夜间起至今未已,殊为焦虑。费养庄已
到,处方盘桓,能即日平安为慰。砺老约廿二日率玉官来莘和读书,
从沈达卿,然总须恕甫血止势定方可出门,吁,甚矣惫。巳孙同沈咏
韶元宵节边至盛泽外母寓所拜谒去。

　　十九日(2月18日)　晴暖。上午誊清出入账,竣事,点阅《西
辖》"游历刍言"半卷亦毕。子祥到账房,午前沈咏韶来自莘溪,巳孙
亦随归,差喜颜色颇佳。述及恕甫血证,发得颇剧,两老人大为惊惶,
现在势虽略定,唾呛尚未顺,养庄留治,可望渐痊。中午以年菜酌咏
韶,四人同席,颇酣。顷接陶苣生次郎号行伯来函,廿一日完姻请酒,
即书片复,封送一元交来舟,以了此应酬。咏韶留宿书楼,巳孙陪之,
棋兴大佳。夜招莱生来小饮,手谈数局,余先就寝。是夜有阴火,地
气已转,丰年之兆。

　　二十日(2月19日)　阴雨竟日,颇寒。上午点阅《西辖水道源
流考》。午刻费漱石来,即以芸九兄信欲托办掩埋甏,先付定洋十元,
倏俟甏齐,各善堂收清付票,即由余处找讫漱手,漱老一诺勿辞,余亦
以旧例买坛十五元附托之,一茶即去,留之饭,坚不肯。咏韶下午欲
归,风雨留之,与两孙、莱孙手谈至夜,余则早眠。

　　廿一日(2月20日)　晴暖。上午送沈咏韶登舟辞归,迟砺生约
陪玉官来,至晚不至,未识恕甫近体如何,不胜悬望!暇以李次青文
消遣。由徐縈友处接芸舫十九日与之片,询及费漱石买掩埋坛一事,
意欲渠正月底办齐,万难赶就,明日须作札详覆之。

　　廿二日(2月21日)　阴晴参半。上午作札复芸九兄,待寄。中
午祀先,家先君赠公忌日也,倏忽见背四十年,报答无日,但祝以后多
历年所,率两孙灌献无忝,聊申孺慕之忱,不胜叩望。祭毕,至莘和,
幼赓已陪玉官到馆,知昨夜恕甫血又大发,惊惶万分,现已请李辛垞、
养庄去而同来,未识有妙法救急否。同来,费敏农自梨至,酌以年菜,
小饮颇适。下午达卿先生来答余,絮谈久之。风狂,留敏农止宿书
楼。夜招莱生来长谈,六倌同至,快谈一鼓,余先就寝。

廿三日(2 月 22 日) 阴，风狂又甚，大好留敏农再盘桓。同人以《升官图》点筹为戏，了以消遣。夜间莱生来同席并遣兴，一鼓始各还，余先就寝。敏农明日仍欲到梨，考期大约初八，行文尚未到。

廿四日(2 月 23 日) 晴，风息。朝上敏农即登舟，不及待余，寅孙送之。芸九翁复信，寅孙面交敏农。客去无事，点阅《西辅水道考》。下午两孙自莘还，欣知恕甫血已止，大势亦略定。辛垞方用高丽参，不服。养庄仍留，为之稍慰。未晚，阵雨雷电始交作。由砺生处寄到郁少彝郎号宪辰朱卷，当以薄仪寄答。

廿五日(2 月 24 日) 阴雨，朝雾。上午点阅《西辅水道考》黑水源流，辨之甚晰，暇读次青文杂著。晚间账房诸公二陈、丁二兄均到齐，年菜酌之，陪饮颇酣。

廿六日(2 月 25 日) 阴，雾，颇寒，微雨竟日。雨窗无事，点阅《西辅水道考》，圈读陆放翁七律诗，夜以《次青文集》杂著消遣。是日下午昼睡，颇适，然昏惰甚矣。

廿七日(2 月 26 日) 阴冷竟日，下午瑞雪飞瑛即止。今日皇上大婚盛典。接陆蕴涵札，关照初二戊祭杨忠节公祠，廿六日蒋邑尊观风切问书院题，生"子夏曰：'日知其所亡'"两章，诗"鸟声欢酒家"，"欢"字八韵。午后钱少江本路通知考期，二月初六日杨学宪取齐，以江邑庄叔纯老师之侄孙，号守纯奉贤朱卷抽送，当答之。终日闲暇，将黄楳林《西辅徼外水道考》一书两册点毕，实当今有用书也。夜阅放翁诗、《李次青文集》杂著，寒甚，早眠。

廿八日(2 月 27 日) 晴，西风寒峭甚。上午圈读陆放翁七律诗，暇阅《李次青文集》杂著末册《平江志叙例分门断论》。念孙呈示书院开课观风文短篇，处处踏空，欲作怪而无力量，恐赝鼎万难售欺也，姑决之，一笑。

廿九日(2 月 28 日) 晴朗，春寒。上午圈阅放翁七律诗，封两赆仪，各五角，一寄送郁宪辰，一由考期到苏送庄守纯。暇则重阅《乘楂笔记》《徐氏医论》、李次青杂著。

三十日(3月1日)　阴,渐暖,晚间微雨。上午点读放翁诗,圈阅《徐医论》,李次青《天岳山馆文集》杂著阅竟,已第二遍矣。冀高小曾孙有惊,微寒热,子祥荐其侄九皋推拿用针,兼以竹沥饲之,云为痰所阻,因感而发,未能即愈,明日拟请丁少兰来医治,九皋酬以钱四百廿文,夜粥后送之回大义。

二　月

二月初一日(3月2日)　阴晴参半,渐暖。暇则点阅放翁诗、《徐氏医论》,再以《乘楂笔记》消闲。饭后衣冠东厨司命神前、家祠内拈香叩谒。晚间丁少兰来推拿小冀保,诊视大慰保,处方而去,据云惊风,痰渐平,馀波亦轻,为之稍慰。夜读《曾文正公诗集》。是日徐瀚波、费瘦石来,旧宅保婴先付二十元,掩埋十元①付讫,买甏赶早,须二十左右办竣。

初二日(3月3日)　晴暖。饭后舟至芦墟泗洲寺泊舟,同人公集,戊祭杨忠节公祠,代祭官本汛官金标,赞礼袁憩棠,读祝许嵩安,自初献至焚帛,叩跪升降,尚无愆仪。祭毕,饮散福酒,两席共七人,余与憩棠、嵩安、陆韵涵、陈诗盦同桌。席散,复同钱子骧、吴又江辈至门徒用中和尚客厅上,茶叙良久始还镇上,复偕袁憩棠候老友周粟香,自罢官后,不相见者六年,须发齿牙老苍,几不相识,现在头生湿气疮,更委顿,谈兴不佳,惟云眠食无恙,大郎君砚臣会试要北行,代课孙以遣兴而已,半时许告辞,珍重而别。复至赵瀚卿店内小坐,登舟,到家点灯。知冀高小毛头仍有寒热,丁少兰已请过,据云肝肺挟痰,须寒热和,庶免惊厥,是夜服药,未知能不啼渐安否,为之踌躇。

初三日(3月4日)　晴而不朗。饭后率两孙在瑞荆堂恭设香案,叩祝文昌帝君圣诞。午前吴又如衣冠率幼子来补拜年,以年例菜酌之,余虽同坐,斋素,不能陪饮,渠颇醺然满量,下午回去。丁少兰

---

① "元"字后原文有符号**刂⻊**。卷十,第197页。

来诊视小冀保,据云惊已定而啼不旺,窍似闭而痰难出,方用煨葶沥,未识见松否,明日拟再请之。晚接子屏札,知近体似间日疟,大势无妨,委顿依然,即作覆并庆三侄媳老例,公账六元封交来人老姬。夜读《曾文正诗集》。

初四日(3月5日) 晴热,春气蓬蓬(是日惊蛰)。饭后寅孙呈示昨日课文,极清楚顺利。登楼视小冀保,知昨夜未服药之前已咳嚏痰出,服药后,嚏又频来,惟啼不甚洪,尚痰滞,然已得转机,可喜。暇则点阅陆诗、《徐医论》。下午丁少兰来视小冀保,据云神气大佳,再得豁痰多嚏,热势不来,则可全愈矣,处方仍用葶沥五分,佐以销痰降气诸品,定方一帖而去。夜间洗足,大爽利。

初五日(3月6日) 晴暖潮湿,重裘可卸。上午点阅放翁诗、《徐医案》。苹六侄来谈,约同伴两舟伏载,明日早行,赴苏同寓。念孙收拾考具,慕孙偕往,借舒怀抱,缘小冀保已渐愈,出游可以安心。黄昏时,两孙宿舟中,谕各小心谨慎,夜间弗出门为要。

初六日(3月7日) 阴晴参半,暖甚,东南风,下午微雨轻雷即止。上午点阅陆诗七律、《徐氏医论》。下午昼寝,颇酣甜。晚间丁少兰自雪巷来诊视小冀保,复推拿经络,开方照前略加减,据云渐入坦途,惟寒热未净,痰出不爽而已,保养调护为要,汤药仅佐之耳,其言洵然,匆匆即去。夜读《文正诗集》。

初七日(3月8日) 阴晴不定。昨夜雷雨,今日闷热,潮湿异常,几有夏令。上午曹少泉来,所约之文款须来年归偿,姑许而催其赶早,想可进场也。中午祀祭,先妣沈太孺人忌日也,率慰保随同拜跪,屈指见背七十有一年矣,报称无由,显扬无望,但祈不孝精力不即衰,年年此日灌献如礼,得稍申孺慕之忱,不胜私望。下午友庆送考船还,接苹侄条,昨到极早,寓仍在来青阁书坊内后进王宅,房金五元,云极宽畅,约十三日放船上去。杨宗师须初八进院,昨日尚未到,考期难预定也。夜读《曾文正诗集》。

初八日(3月9日) 阴,下午微雨,渐冷。上午点读放翁七绝、

《徐医论》。苏州船回,两孙无回条,知昨至费氏谒叩芸翁。下午阅曾选古文简本。

初九日(3月10日) 阴寒,西北风,冷峭不减严冬,微雨即止。上午点读陆诗、《徐医论》。下午舟自莘回,知砺生小恙渐愈,恕甫亦日有起色。终日东翻西阅不定,拟将《曾文正文集》重读一过,今日未识生经古否。

初十日(3月11日) 阴雨竟日,中午雷电交作,冷甚于昨日。上午点读放翁绝句、《徐氏医论》。下午重读《曾文正文集》,乙酉夏曾圈朱一过,如隔夙昔,一无记忆。砺生为正句读,洵称善本,可以常诵,置之案头。

十一日(3月12日) 阴冷,雨雪片时即止。上午点阅陆诗七律、《徐医论》《乘槎笔记》。下午接费漱石信,骨坛已办就,约计十七八日可送到各善堂,当以此札转交芸九翁。工人张载英归家多日,载之不来,崛强出意外,欲惩饬之,而势有所难行,益叹治家内外肃然,令出必行之不易,书此以识余之懦而无才,且自愧警焉,可叹!暇读《曾文正公文集》。今日未识府学正场否,念孙何时出场,寒甚,辛苦可念。

十二日(3月13日) 花朝。晴朗可喜。上点读放翁七绝句下册完①,从事上册,又点《徐医论》十页。作札示两孙,明日遣舟到苏,无场单,未知何日头场,殊切悬思,大约须十六七日归家,始详悉考政也。雪巷沈赓篁夫人彭氏昨日病故,来通知十四日大殓,须致唁分,益信产后原虚,十难九愈。暇以《曾文正诗文全集》消遣。

十三日(3月14日) 晴阴参半。遣舟到苏并札示寅、巳两孙,想府学江震均考过矣,即日试新进,甚为帆鸥、益谦、叔苹诸君悬望。暇点陆诗、《徐医论》,下午读《文正公文集》,夜读曾诗。

十四日(3月15日) 晴朗。上午遣舟雪巷致唁分。暇点陆放

---

① “上”字后疑漏写“午”字。卷十,第199页。

翁七绝句毕，又点《徐医论》。下午、夜间读《曾公诗文集》。焕伯侄孙上午来，以公账洋五十元并摺写存公义典内，余处仅存公款二十乙元矣。

十五日（3月16日） 晴朗。上午点读《古文词略》《徐医论》，《乘楂笔记》尚未点毕。下午昼寝，起来颇不适。申初两孙已自苏回，始知府学十二日正场，题"宗庙之事"至"愿为小相焉"，经"莺化为鸠"，诗"山石何须学燕飞"，得"山"字（念孙四牌出场，尚早）。江震十四日二场，题"禹思天下有溺者"，江震则下句，经"庶人春荐韭"，诗"船里钟催行客起"，得"钟"字。十四出头场案，府学只覆十八名，王希梅取诗赋，已覆殿军。生诗古"登山采玉赋"，馀则不知。学宪场规宽而性急，放头牌后催迫甚严，净场亦早。新进江震明日正场，提覆案照旧，然又迟两日始出。芸九兄有回信，带付洋八十元，半致漱老，半致瀚老。六侄进场略感冒，出场尚舒徐。昆山钱俊甫特到寓来候，拳拳于余不置，惜两孙已要登舟，不及答之。张珊林考一等四名，可望补。恩科举行，大约照上谕无变更，所闻考政，大约如此。夜则早眠。

十六日（3月17日） 晴，稍暖。上午《徐医论》点毕，拟续点《兰台规范》。是日亡二奎儿忌日，命两孙率慰大保拜献致祭，不能无感于怀。下午详读俞曲园六省拟墨，奇而不乖于正，不愧才人之作，为时文独开生面。孙辈买诸考肆，每本佰文，曲园翁捐作账饷，雅甚，善甚。夜读《曾文正文集》暨《诗》。

十七日（3月18日） 阴暖，微雨竟日。上午点阅《徐氏医方规范》《古文词略》《乘楂笔记》。午后紫溪、陶莲生于二孙媳灵前清节补吊，孙辈出门，应酬乏人，实深歉然。晚间寅、巳两孙自莘塔回来，欣知砺二母舅近体已愈，尚未出房门，恕甫亦有起色，惟微嗽，气不舒，急须调养。六侄吴莱生已回自苏，知二场等第尚未出案。昨日新进头场，江题"人其舍诸"至"而为政"，震"勇者不必有仁"至"鼻荡舟"，次诗通场"言未及之而言谓之躁"，诗"日长莺语久"。十九日提覆，可称不性急,略谈即去。灯下作札,砺翁为辛垞欲商一事,须婉复谢之。

十八日(3月19日) 阴晴参半。上午《乘楂笔记》点毕,复点《徐医规范》、《古诗略》数首。下午至六侄处闲话,日上赶办续娶事,颇忙。晚间两孙自港上回,知子屏伯父近体渐健,谈兴亦佳,为已孙处调理方极妥。夜读俞曲园拟墨又数遍,真文中之精怪修炼成正果。

十九日(3月20日) 晴朗,是日春分。清晨念孙陪大孙媳妇,率大慰保小侄曾孙到苏费氏外家,省侍外母八太太,东南风,顺帆,至省中必早。今日出江震提覆招覆案,未识意中人均如所望否。后日舟回,当有佳音,意必忆中也。暇磨墨匣四只,干涸立润。东浜沈氏房长审安、族长鼎奎来,为嗣事,仍无定议。下午丁缉甫同族长又来商,余谓照原案一应一爱出帖,即日举行丧葬事,是为正办,再不允,房屋充公,一半散福。应嗣者已大吃亏,如再不允,则无路可走,言公不免矣,然终凶大不可,二公含和而去,未识如何吉局。可叹否运之极,虽智者亦善策难筹也。夜读《曾文正诗集》。

二十日(3月21日) 阴晴参半,下午雨。是日余处卸会,焕伯侄孙得会,收洋乙千元,中午特办盛肴一席,叙者连余祖孙九人,宾惟凌氏东席潘少岩、东账房孙兰池,馀皆两房子侄、侄孙辈,饮越酒,尽欢始散,余醺然矣。砺生薄病初愈,不出门,回札并辛垞函交少岩面致,并知恕甫立志戒烟,现吃林十八药,胃口大好已八日,能得满月无恙,大为砺老贺。有考客路过泊舟,据说昨日出提复案,芦墟一董、一沈梦雄,凌氏梦庚,南传顾子祥,东路村二钱。何今日少客来,寂无所闻,异哉!夜醉不能看书。上午漱石来,代办之坛各局交清,有收条面交芸老,所寄洋四十元,余处代应六元①,找回钱五十三文,船钱一应算讫,漱老始去,其收票细账当便寄苏。

廿一日(3月22日) 晴朗,西北风。上午点阅《兰台规范》《古文词略》。未及午刻,念孙同帆鸥已自苏来,确知江震新进十八,下午

---

① "元"字后原文有符号℈。卷十,第202页。

出提复案,十九未刻进场,题"好勇"至"取裁",震"君子居之"二句,限后二比不得不满乙佰字。黄昏出招覆案,江进十九名加一府,震进十三名加一府,沈子和(仍屈)、沈梦雄、董蓉生、顾子祥均进。梨里黄鹤来、汝益谦亦进,徐帆鸥有屈,而蔡二孙婿名寅号石渠,竟得高售,殊为可喜,愈为意中人代抱不平也。等第案十九日出,江、震各复十人,江第一金祖泽,震第一庞元照,梅斐卿第三不到,可惜之至。帆鸥留之盘桓,与两孙围棋解闷,夜宿书楼,念孙陪之。

廿二日(3月23日) 晴暖。上午登清内账,点阅《徐氏医范》《古诗词略》。下午在书房,两孙、帆鸥手谈摆谱,似颇专心,若能以此用功文字,必大有进境,然考后不得意,万不能以此责之,一笑。夜读《曾文正公诗》四卷毕。

廿三日(3月24日) 晴而不朗,暖甚。上午点阅《徐氏医范》。作札待寄邱毓之,缘有李笑山(平家塔人)大令作县闽中,欲请庚帖,婉谢辞覆,嫌路远也。下午东浜沈氏族长鼎奎、房长审安率其群从来,云已议定房屋四股均分,应爱继得一半,老二房亦得一半,(太便宜)出帖仍照前议,以松溪之孙长禄(楚卿之子)、篆生之孙(叔均子)嗣蕃,并立为沈丁氏承重曾孙,欲余起草,亲族出名,立定嗣分拨文契,审安执笔,草草面授之。两孙、六侄、帆鸥在旁商酌,想无大谬,如此结题,言之可怜,然不涉讼,尚为幸事。久之,付草稿而去。夜观吴兰生、徐帆鸥对奕。

廿四日(3月25日) 阴,大风竟日,颇寒。上午点《医范》,又点读古文,略作札待复芸九兄,暇阅曾文,夜观书房内围棋数局。

廿五日(3月26日) 晴,渐暖。上午点阅《医范》及《古诗略》。中午祀先,黄太宜人曾祖妣忌日致祭。下午丁缉甫来,正欲商酌前事,东浜族房长率群从均至,嗣书系墨卿执笔,正文照前议尚无大谬,后半分定房屋,应爱继所得者皆非正屋,仅爱继得南账房二楼一平屋,堂楼、新楼、两砖场均被老二房占据,不公之至。族长偏向应嗣之伯,楚良懦甚,已出口肯让,余与缉甫无能为力,只好听之。出帖知单葬期已定三月初六,惟分拨契、签花且俟日后无异言再定。如此办理,实使人愤愠太息而已。傍晚回去,尚未吉题也。夜间不坐定,观书房内摆棋谱。

廿六日(3月27日) 晴朗终日。上午点阅《徐医规范》。丁缉甫又同族房长来,爱继增加门楼上下,审安已应许,应继仍然无所加,未免向隅,我辈办议依然不公,必须商添蛇足方可下台,三人含和而去,未识有调停法否?下午芦柜张友縻来,云东玲不动,不能专主,姑付借老例十五①之数,先送十元,后商。夜读曾诗。

廿七日(3月28日) 晴暖。上午点阅《医范》,适徐瀚翁来补吊二孙媳,辞之不得,谢领来仪,留之中饭,素斋,褒甚。下午回,以旧宅掩埋十洋先付,芸老处四数面交。徐帆鸥回自莘,知恕甫戒烟十四日,背脊痛渐愈,似有起色,砺翁心境大佳矣。东易诸公同应继之母顾氏来,一味硬吃,正楼一间不肯让,余断别分新楼一间,审安亦未应许,大为不公,欺侮太甚,只好以不下押罢议,听之而去。沈咏韶郎晚来,致祭渠姨母,享菜两席,明日外荐大悲忏,第三日夜焰口一堂。咏韶血证又发,有札致已孙,何周到多礼如此!其郎顺保,留之止宿。

廿八日(3月29日) 晴暖,裘衣难御。上午凌定甫来,其姊座前设缯致祭,吴幼如亦具祭而来,中午七人同席,下午回去。今日三官堂主僧静成礼忏第一日,共七僧。东浜族房长率群从又来,知昨夜大欺应继孤儿寡妇,毁坏门窗物件,迫令照前议,不能有所更张,佯言已谈妥,装还门窗过肩,余亦佯应之,且赶办丧葬事,丁缉甫大愤而去。此种无赖,化外之畜,公议文契不甘心,下押为是,姑与委蛇而退。李星北家有上世素事,分两封,托子屏寄去,晚接回条,知日上仍怕风,不出门。芸舫今日由梨来,畅谈半晌还镇。夜读曾诗。

廿九日(3月30日) 阴晴参半,有风。费安查开吊,命舟到梨致分,以札并鬃账代应洋之数附敏农札中,专复芸舫。上午点《徐医

---

① "十五"原文为符号⒕。卷十,第203页。

范《古诗略》。下午走候沈达翁,长谈。玉官先生解节时余处盘桓,砺生所托也,然防闲其身,难变化其心,姑尽人事。夜读曾诗。

三 月

三月初一日(3月31日) 雨淋漓竟日。饭后衣冠东厨司命神前、家厨内拈香叩谒,徐丽江家来致飧,归帆鸥名下凌氏亲。敏农致念孙信,知江震二、三等案已发,渠幸列三等第十,名、利、运尚亨通。府学江震,除一等王希梅,二等金熙年外,俱叹望洋,吾家子弟无得意,可笑疲卒减光。江新进梨里鲍姓补提一名,廿五日再复拨入府,奇事幸遇!帆鸥随船还家,约三月中再来叙。下午沈咏韶夫人来,留之止宿,所具冥衣冥锭极厚,是夜圆忏,又放焰口,静尘音声颇洪亮,十二点钟竣事,照应门户始就寝,尚不疲劳委顿。

初二日(4月1日) 阴晴参半。上午凌镜秋来致祭,二孙媳之舅氏也。陈逸帆亦遣其女大保来,均留中饭酌之。镜秋虽不读书,人极恂恂,治家有法,佳子弟也。下午回去,沈咏韶夫人亦归,此番备礼于死者独优,真多情姊妹花也。夜间洗足,举动一轻。

初三日(4月2日) 朝雨即晴。饭后余处备舟,率两房侄、侄侄孙孙辈至西房圩先曾祖墓上祭扫,黄茅满家,明春必须挑修。回至南玲圩先祖、先府君、先伯坟上祭奠,先伯秀山公七侄孙受均抢年,先兄念曾抢办,三家子弟抢班灌献,尚不草率。抚瞻松柏,徘徊久之而返。凌砺翁家遣妪来致祭二孙媳,确知恕甫戒烟已二十日,胃口尚好,惟痰吐甚多,昨又失血数口,精神委惫,卧而不能起,转侧须人,似不甚稳妥,须再俟二十天,静探好消息。终日碌碌,夜设两席,招两房诸侄、侄孙辈来饮散福酒,叙者九人,已连余祖孙,饮兴不及去年,缘人事乖离,鸿轩七侄壮年去世,思之,殊深悲悼也。席散八点钟,又与两孙闲话始寝。

初四日(4月3日) 晴暖,略有风。上午点阅《徐氏规范》第二册竟卷。是日上午、下午命两孙至东轸、北玲祭扫乃父、乃嗣父墓,回云东轸坟角泥略圮,北玲荆棘丛生,均须小修葺。夜间清明祀先,祠堂内祭始迁以下已祧之祖,厅上祭高曾祖父,余与两孙轮班灌献,尚不草草失仪。祭毕,饮散福酒,凌玉官萃和解节,余处留居同饮,亦不甚有兴致,略酡颜尔。

初五日(4月4日) 晴朗,清明节。饭后余抢年备舟,率介、苹两侄、金官侄孙、念孙至北舍,泊舟坟湾,当祭润芝。老大房侄孙已至,合族咸集,先祭始迁祖以下二代,即回至长浜祭六世祖墓敬湘公,出来至东木桥七世祖心园公墓祭扫,同行六七舟,至"角"字祭扫五世高祖墓君彩公。回至镇上当里老宅绿荫堂散福,叙九席,贻谷堂两席,余与葵卿老侄并坐。润芝侄孙新自无锡假回,绣甫之子禄申陪饮,渠今岁又不售,殊为太息。菜极丰盛,惜肠胃薄,不能多饮,尽欢而散。元音侄以正太租摺交余(年终九千六百文),余即面交仲僖侄孙,存当收钱生息,以后无坟上公事不得擅支,族人咸诺。出来至人和,与元音侄辈茗叙,久之始回。二姑太太已在余处,长谈,渠去岁心境大不佳,慰解无从,留之夜粥闲话,乃回友庆六侄处。

初六日(4月5日) 风雨终日,幸不甚狂。饭后命寅孙至东浜,吊奠丁氏内祖姑母,今日领帖安葬。回来,知排场极野陋,留饭一顿而归,然能出帖入土,吾辈之责可谢矣。命之不犹,运之极否,谁能挽回之?吁,如此吉题,可伤之至!暇则点阅《徐氏轨范》第三册、《古诗略》数首。下午听两孙读书声,马后放炮,差为可喜。

初七日(4月6日) 晴,下午渐朗。暇则点阅《医范》《古文词略》。是日苹甫六侄续弦定亲同里潘氏,送大五盘,媒人金少谷侄梅生卿。黄昏船回,设三席款待,余陪梅生卿。欣知潘氏十二日送亲,已谈妥,六局项款可以省节,殊为通情之至。饮酒如量,席散同两孙归。

初八日(4月7日) 晴而有风。饭后北舍柜黄漱泉来,嬲借不出串洋卅元①,照旧先付,又十元搭桥未付而去,然终有后言也。森

---

① "元"字后原文有符号 ▷ミ。卷十,第206页。

记潘赓祥同徐姓来,调换本洋名世,每元贴英一角五分半,又廿八元同贴此数,先付本乙佰廿八元,收英乙数,明日成交。又预仓白冬,言定每石二元四角八分力十文,约十四日来下货。中午招蔡氏二妹饮,菜尚可口,余陪饮尽欢,颇醺,闲话至夜,粥后始回友庆。

初九日(4月8日) 仍阴,无雨。上午点阅《徐医范》《古诗略》。下午森记徐炳全来,昨日之洋作定冬米上算,今付本四百元,收换英洋六百零九元八角四分,两讫。夜间圈读俞曲园文。

初十日(4月9日) 阴晴不定,无雨。上午点阅《徐医范》《古文词略》。下午许嵩安、吴友江进来,为徒阳捐县中催缴,镇上楚楚书定,余家分书堂记四户,即面交洋八元,茶叙而去,此款代应,俟友庆喜事毕后算。客去,至六侄处,知新亲明日送妆,排场一切楚楚,夜饭三席,余陪孙蓉卿饮,颇适。黄昏同两孙回,未晚。

十一日(4月10日) 晴而不朗。饭后衣冠至友庆,杭竹艿来道门生喜,留之止宿,暇与絮语。午前潘新亲来送妆,奁具器皿质朴,传家受用。冰人梅卿亦至,已说定明日送亲到溪,新婿港口去接,省却诸多浮费,甚合六侄意也。夜请邻宴客,五簋五席,未及一鼓余已归,无应酬之忙。夜间大雨。

十二日(4月11日) 阴晴参半,潮湿。上午衣冠率两孙道羹二嫂喜,诸至亲相继至,殷达泉自来,有所属意也。蔡子瑗、定甫竹林咸集,以新孙婿蔡生清臣,一字石渠入泮试卷誊真求加评,乃翁侣生之命也。书法端楷,文亦功力悉敌,据云润色无多,吾不敢信。中午鼓吹款客,厅上六席,媒翁又另设一席,欣知送亲大船已将至,停泊港口。夜间拇战,诸君饮兴甚豪,席散,六侄至船中排执事,亲迎入门,合卺、祭祖、花筵、请见诸礼完成不过子刻后。余回,精神尚可,即将息醋睡。是日幸无大雨。

十三日(4月12日) 晴,风肃。晚起,六侄、两内侄已登门望朝,礼所谓"问宜"也。设三席款之,上午已回去,诸至亲亦多辞去,两旧西席竹翁、蓉翁仍留。夜饮算账酒,菜佳兴豪,拇战数十爵,尽欢而散。余偕两夫子、吴兰生至新房,见新侄媳妇,坐茶剧谈始回寝,其时不及二鼓。

十四日(4月13日) 阴,无雨,风冷。朝上蔡新亲家来报喜单,计连长幼共五张,三腊笺。钱少江来,始见江震等第新进全案,款留正菜、五簋各一,布钞喜封外,正数名目共赏给六申①钱六两,似甚欢喜而去。今日照应出陈冬一仓,诸多栗碌,黄昏时六侄夫妇同川回门已早归,可称顺利。一鼓酣眠。

十五日(4月14日) 阴雨仍寒。上午点阅《徐医范》、《古文词略》第一册毕。中午董梅邨来,医治二房谢乳娘微恙,方用平肝泄风诸品,据云三四剂后可奏效。下午闲散。夜读《曾文正公诗》,早眠。

十六日(4月15日) 晴阴参半。上午兰亭侄来,诉知一切,殊叹心术之非,祸人适以自祸,劝之忍耐,庶免阋墙而去。寅伯接敏农札,代领帆鸥落卷,圈一渡,二篇圈两比,诗圈一联。惟二篇写四别字,"妄"均作"忘",不该粗心若是,因遭屏斥,无可怨尤,惜哉!命也。可不应小试矣。暇点《医范》《古诗略》,下午闲散少兴。晚间欲观六侄夫妇堂上坐茶,岂知昨夜已草草具礼,益信同里人家省俭可风。

十七日(4月16日) 阴晴不定,渐暖。上午点《医范》、《古文词略》第二册。午前杨文伯夫人仍旧光降,寅孙值年,二加堂留饮,羹二嫂、鸿七侄媳、小二孙女陪之。饭毕,仍照老例送合四洋而去。吁,皮可称老矣。时少伯在平湖,医况颇佳,甚不得体也。《曾文正公文集》读毕收藏,夜间再温《两都赋》。

十八日(4月17日) 晴阴参半。饭后命寅孙陪凌玉官至萃和馆中,面交其师达翁约束,此子野性难驯,可叹也。招蔡氏二妹来中饭,絮谈,下午回去,暇则略翻邹叔绩汉勋《遗书》七种,系新化人,从江忠烈殉节,庐州赐恤道员,文武奇才,精通经学,倘天假以年,名位岂在曾左下,惜哉!实命不犹,枉生此奇男子!有子世馫,孙代钧撰

---

① "六申"原文为符号坤。卷十,第207页。

行述,书例笔法古雅。甚矣,其遗泽孔长也,特识之,以深钦仰。

十九日(4月18日)　又阴雨。上午点阅《医范》《古诗略》。下午至焕伯侄孙处,托以到杭代购庆馀堂冰梅丸三十个,与二姑太太金氏从大侄女话旧。暇阅叔绩红崖碑释文,非篆、非籀、非科斗,释为殷武丁所置,甚为有道理,然非精通许《说文》象形、谐声、假借者,不能道只字。

二十日(4月19日)　晴朗可喜。上午点阅《医范》《古文词略》。下午仍翻《叔绩遗集》,博通今古,经学尤精邃,诗笔太拙,嫌多钉饾语也,然统览大略,吾辈实愧未读书。

廿一日(4月20日)　晴暖。上午点阅《医范》《古诗略》。下午收藏《邹叔绩遗书》十二本,实愧无力量能读。蔡氏二姑太太来闲话,留之夜粥始回友庆。五侄媳来诉家事,名分攸关,不能不以大义拒绝之。此事终不了,口舌防大兴也,听之而已。

廿二日(4月21日)　晴阴参半,终嫌太寒。上午点阅《医范》《古文词略》,下午阅孙月波词、左文襄杂著,夜读《姚惜抱文集》。

廿三日(4月22日)　晴暖,始如暮春天气。上午点阅《医范》、《古文词略》数首。下午闲散,杂阅《曝书亭词注》,旧藏,为虫所蚀,不能翻展,属陈理卿修补装订,仍完全璧,喜甚,即作一跋语以识之。夜读《惜抱文集》。小冀高曾孙今日剃发,以重闱果仪补赐之,抚之哈哈作笑矣。

廿四日(4月23日)　晴朗而热。饭后舟至梨,泊舟汝氏,道喜诵华,时渠长郎益谦芹樽,次郎咏池添丁弥月,主人养须,均可贺。至则宾客满座,鼓吹盈耳,晤蔡侣笙,知渠郎芹樽四月十六,时甚从容。并知会试题"行夏之时"至"韶舞",次"修身以道"二句,三诗未悉。午刻宴客,余愧忝首席,与张子廉、陆友岩并坐畅谈,菜则杜办丰满。散席,同寿伯内侄至敬承内厅看其母夫人,时风疾又发,痛兼感冒,劝之入城乌鹊桥余氏针灸为是。蔡子瑗来,所商蓝衫一事,只好婉谢之,准礼而已。一茶即登舟,解衣,快甚,到家未晚。兰生在书房与两孙奕,费敏农在汝氏见过,有札致寅孙,王性廉郎报单请柬在内。

廿五日(4月24日) 晴暖。上午点阅《医范》《古诗词略》。下午金氏大侄女蔡氏二姑太太来谈,论及五侄媳事,蛮狠无礼,非家门之福,患未有已也。两孙晚间自莘塔省恕甫病还,知因今俗忌,不见客,砺母舅细述情由,为断戒烟药两日,颇委顿,现稍告痊,已请辛老调理矣。暇则洗足,爽快之至。

廿六日(4月25日) 晴炎,有夏令。上午点阅《医范》《古文词略》。下午闷热闲散,以孙月波词消遣永昼。

廿七日(4月26日) 晴而不朗。上午点读《古诗略》《医范》数页。下午李辛垞来自莘,述及恕甫病证不轻,为之骇然。卜云失喜,在南玲圬屋,急循俗例到彼请喜,送至莘塔,以尽人事。与辛老畅谈,达卿亦至,颇可解闷。辛老晚回砺生处,势不能留。达卿亦回馆中,云日上要赴禾岁试。黄昏时,莘塔舟回,欣知恕甫今服乩坛仙方,午后大有起色,以靠得住为砺老祝。

廿八日(4月27日) 晴热。上午命两孙至莘塔望恕甫,暇点阅《医范》《古诗略》。午刻汝益谦以甥婿新客至莘和,请余陪饮,菜极华洁,惜无量饱宴,畅谈考试得意事而已。试艺,余处面送,阅之,知是张少江改本,颇能清楚洁净。客去,至达卿馆中絮语,渠试事得信迟,欠考,借余处《西辅日记》《李次青文集》廿四本消遣。回来,两孙归,述恕甫病情有凶无吉,辄唤奈何!为之闷闷不乐。

廿九日(4月28日) 晴燥。朝起接凌氏报条,惊知恕甫竟于昨夜戌时身故,择于三十日未时入殓,初二日举殡,择日领唁。年二十有六,呜呼,不料恕甫竟如斯结果乎!闻砺生尚能镇定,别商一节,非其本意,已决诸同人罢议矣。已孙先去探丧,寅孙自大港归,下午随往,襄办丧事。媳妇以新病初愈,不敢往,从权也。下午舟回,接谢帖,以绣甫之了大官承嗣,于分最合,他日抚嗣孤成立,砺老夫妇暨大孙女之责也,千万同心协力为祷。是夜余处外荐僧尼,记念焰口,明夜普佛,以徇俗情。晚至兰生馆中长谈,携《申报》数张归,夜阅以消愁闷。

三十日(4月29日) 晴燥,有风。上午点阅《医范》《古文词》。下午以札致子屏,接回条,渠身体粗安,来溪仍无日期,托撰挽对暨自撰慰联均极真切。未刻恕甫入殓,甚为砺老夫妇悲痛,未识能强自镇定否,思之惨然。暇则录《申报》"皇上亲政""诸臣议礼"两摺,贤王真贤,清卿从此不清矣,可不慎哉!

四 月

四月初一日(4月30日) 阴雨。饭后衣冠拈香东厨司命神前、家祠内叩谒。上午点阅《古文诗略》各数首,抄《申报》新政诏两道。下午闲散,以恕甫挽联寄莘,明日备享及唁分再往。舟回,据老妪述,砺生夫妇尚能节哀,不送入殓,所最可痛者大孙女耳,然亦只得过且过,譬如以身殉之为愈苦耳。呜呼,何秉命之薄也? 可悲可伤!

初二日(5月1日) 晴冷。今日恕甫出殡,为之暗然神伤,砺生所遭若此,殊难为作善者劝。暇点阅《医范》五页,抄《申报》新政毕。下午舟自莘塔送殡回,两孙未归,约初五日陪侍砺二母舅同来,极是极是。出贴,见字样已定局,吾辈以后此事再议为赘,不论可也。夜读《惜抱文集》。

初三日(5月2日) 阴冷,微雨。上午点阅《医范》《古文词略》。下午作札致费芸翁,并述近事,日上有舟到苏可即寄。暇阅张船山诗、《惜抱翁文集》。

初四日(5月3日) 又阴雨竟日。上午点阅《医范》《古文略》。下午翻阅张船山诗十馀页,适六侄来谈,所值"无赖子弟"叹气一节,颇能忍耐,其技不过如此,然终以落场为是。所倚恃之人,何冷看若是? 人情之险险于天,谅哉! 夜读惜抱文。

初五日(5月4日) 晴朗。饭后遣舟去载两孙,午前巳孙同凌定甫来,二孙媳座前夏至节致享,殊为多礼。中午陪之,三人同席,下午一同还莘,巳孙约初九日归,寅孙亦还,述及昨夜砺二舅母喉风大发,现虽平复,砺二母舅万不能抽身出门矣。详述善后事宜,有与愚见不合者,然未便进言也,姑作如是观可耳。时事亦不甚妥,然无处身良策,徒抱杞忧而已。是日不坐定。

初六日(5月5日)　阴雨。上午点阅《医范》。下午戏作《洞仙歌》一阕,题黄芝楣侍御时文后。巳孙自莘来,二母舅特嘱寅孙到苏谒姚师,托代物色小星。下午仍还莘,寅孙亦为二母舅事到港谒屏伯,归,知子屏近体仍怕风。夜间寅孙同理卿伏载,明日到苏,以札面呈芸九翁。今日申刻立夏,中午食蚕豆饭应时,翠珠碧玉,清香扑鼻,饱啖加餐。

初七日(5月6日)　半阴晴,北风甚微。上午点阅《医范》《古文略》。下午倦甚,不敢饱餐蚕饭而眠,以登清内账,读张船山诗镇遣①之。夜读惜抱文碑志类。

初八日(5月7日)　晴而不朗。上午点阅《医范》数页,磨墨匣竟日,读孙月波词、张船山诗。

初九日(5月8日)　晴朗无匹。上午点阅《医范》《古文诗略》。六侄来谈,知小金官已领回,仍兰生课读,彼妇真黠而实愚,然从此目前可免口舌。下午莘塔舟回,接巳孙禀,二母舅固留解闷,大约须望后砺老赴苏始归,不必去载,暇读张船山诗,都惬意之作。

初十日(5月9日)　晴阴参半。上午点阅《医范》三册毕,接点第四册,姚惜抱文前集亦于是日读竟,接读文后集。夜读张船山诗《乞假集》。

十一日(5月10日)　阴冷,夜间雨。上午点阅《医范》《古文略》。暇招蔡氏二妹来谈,陪之蚕豆中饭,极适口。话旧情深,夜粥后始回友庆。苏州船亦晚归,寅孙留费氏,十六日挈慰保母子同归。接芸九兄回札,知砺老处已去慰过,所撰挽联极真挚,亦以纳妾尽人事为是。一信托转致子屏,拆阅之,并骇闻沈渌卿在京亦抱丧明之痛,步子屏原韵古风,通休自然妥贴,殊不易也。夜不观书。

---

①　镇遣,疑为"消遣"之笔误。卷十,第211页。

十二日（5月11日）　雨晴参半。上午点阅《医范》、《古文略》数首。午后子垂三侄持子屏札来，为续娶，已定周庄唐氏，秋间赶办，欲叙蔡邱，每会十四千文，欲余家三会，似难如愿，许与诸侄商定，俟子屏来酌复，絮语而去。恰好与子屏札，约渠定期来溪，并芸舫札面托子垂转达。夜阅惜抱文二集。

十三日（5月12日）　阴雨。终日清闲，上午点《医范》《古文略》《古诗略》各数首，下午读张船山诗十页，夜读姚文。明日遣舟到苏去载念孙夫妇、母子。今日确闻嘉善孙葵卿、郁宪辰南宫捷音，若江震，则竟寂寂。

十四日（5月13日）　朝雨晚晴，却好养春花大熟。上午点阅《医范》、梅选《古诗词略》竣事，可以重读矣。午前吴幼如来，念其贫不了，课蒙俏薄，留之中饭，给洋两枚而去，言明秋间不来，未必能如约也。暇读张船山诗十页，夜读姚文二集，接任畹香廿二日安葬告窆讣，谊不能不往送。

十五日（5月14日）　阴晴参半。上午点阅《古文词略》、《医范》八页，适凌砺翁率巳孙来溪，见之颜色颇盎，一无忧伤悲愤之容，足征胸次旷达。中午饮以绍酒，云初开戒。下午陪至大港候子屏，甚喜近体已愈，可以出门，畅谈久之，即拉子屏同回胜溪。夜复饮酒畅谈，砺老寻春之兴已有物色，未识能有缘否？是夜宿在西书楼，巳孙陪之。

十六日（5月15日）　晴热，潮湿，下午西北风，渐爽。终日与砺生、子屏剧谈，下午沈达卿来谈。未及四点钟，念孙率慰保母子回自苏，小慰保语言清朗，见家中人均熟识，可喜。夜与砺老饮酒，尝苏送鲫鱼，极有风味。是日张森甫来，又给洋五元。东玲一户为灾不完，与之叫讫。闻苏城为押客民回籍，几至闭城闹事。

十七日（5月16日）　晴而不朗。终日与子屏、砺生闲谈解寂，并阅子屏近作古今体诗。家中为蔡孙婿入泮办糕粽，共六箱，颇縻费栗碌，然俗例难节省。由莘塔信来，接费养庄先生十五日作古之耗，与砺老、屏老惊讶万分。

十八日(5月17日)　晴阴参半。上午与砺老、子屏谈天,午饭后备舟送砺生回莘,巳孙随往,即日由同到苏,月底回家。子屏亦舟送回港,约五月中再来盘桓。余即舟至芦,预送赵氏表姊除几易吉,明日无暇也。卸衣冠后,翰卿陪至茶室,与梅村、清江、周如香茗叙,良久始散,归家傍晚。部叙明天至蔡新亲家芹樽礼物,颇形纷繁。夜与寅孙说家常话,论屏伯处事极周密,此事恐不能谐。

十九日(5月18日)　晴阴参半,下午尤佳。是日备两舟,糕粽贺盘、金花雀顶、纬绒朝帽,缎靴襕衫准仪,命寅孙至蔡新亲家,贺侣生之郎清臣芹樽喜。暇点阅《医范》《古文略》,并作札拟致李辛垞,巳孙欲习之术,未识果否。下午陆韵涵来,为公禀留僧兼请告示,于言午事一语不伤,列名允之即去,云即到江。晚间寅孙回,知宾客不多,肴席仅饰观,舟人几不饱,可笑。惟犒赏回使颇优,总六申十六两,差强人意。夜间不坐定。

二十日(5月19日)　晴朗适时,是日交小满节。终日心纷,略读沈南一先生诗集,卓然名大家,当时颇为文所掩,今则传后无疑。夜阅《姚惜抱文集》。

廿一日(5月20日)　晴朗竟日。下午舟至同川,顺帆,未晚已到。泊舟菜荡浜任氏河头,又莲出见,固邀上岸。至新宅园中,砺生已在座,同入园中游览,花木依然,主人长逝,欣闻为五河县草沟集金龙大王之神,畹翁正直勤敏,是职为宜。夜间又翁设席款客,同座者主人之内弟陆介眉、密友苏人姚岭梅,云现任黄岩巡厅,其缺颇优。叶仲甫、凌砺生同饮,二孙巳仲与母舅暨沈赓簧同来,并入座,陪者又莲暨主人之郎味根焉,絮语良久始散。留宿,余在园外楼下厢房,巳孙陪榻。又与任砺石、沈赓簧略谈始就寝。

廿二日(5月21日)　阴,冷雨,朝上、午前颇甚。磬生今日续娶。朝起雨发,余不告主人即登舟,刀泊畹香殡宫桑园别墅。饭于舟中,七八点钟上岸,夹道桑阴,直堤一线,泥涂滑滑不得避。至设灵所拜奠,延入后室,四栏斗室,流水环之,景颇佳。客惟砺生、赓簧暨巳孙在焉，少顷，本镇诸公及其西席王小同来，又久之，吴望云、费芸舫、姚凤生、谢绥之、王仙根咸集。余陪凤生先生饮，绥之几不识，座位僭之，愧甚。谈及苏城新进士三人，均名手，会墨亦复古可观。席罢，与凤翁谈，论及家事，万难调和，心境不堪终食，将何以持其后？然劝之逃避来乡，势又不能，殊叹无可奈何尔！以黄荫臣监实收及费五羊面交芸翁。砺老明日赴苏，已孙仍陪之同往，余即告辞，登舟开行，畹香安葬发引不及送矣。到家傍晚，寅孙今日贺蔡进之贡匾喜，已先归，云宴客六席，菜颇佳。是夜酣眠甚早。

廿三日(5月22日) 晴朗。上午作札致李辛垞，廿五日郑式如家会酌，命寅孙往收，面致之。下午补登日记，昼睡片时起来，知蔡新亲家专舟来，侣生有片无信，据舟人云，一定小主人廿六日来答拜，送试草，老夫又要应酬半天矣。夜略静坐。

廿四日(5月23日) 晴热应时。上午登清账务，下午略读张船山诗，碌碌竟日，不能心定。寅孙明日朝赴舜湖。

廿五日(5月24日) 晴朗竟日。上午点阅《医范》《古文略》数页。下午徐翰翁来，谈及砺生近况，不胜叹讶！旧宅保婴又付二十元而去。初悉宋静斋春间已作古人，少顷，黄漱泉来，十元不付，与之叫讫，约廿九日来，再通情票借廿五之数而去。夜读姚惜抱古文墓铭数首。今日确闻先友袁松巢之孙已入学，为之欣慰。

廿六日(5月25日) 晴朗竟日。上午拂拭几案，午前新客蔡孙婿号清臣公服蓝衫来送试卷，实年十六岁，相甚丰满，可征厚福。子瑗七甥陪来，请见礼，辞，属吴莱生接陪，余即衣冠出见，具茶，款以馆菜，删去客套。余与子瑗、莱生饱唉，清臣不肯卸衣服，拘谨可取。宴毕，略坐即叩谢告辞，来礼两福璧，并书乔眷帖，余片谢教答之。老夫妇见仪，文唐古砚一匣(亦如行楷，衡山隶刻)，李北海云麾将军宋拓本楠木匣一套，《湖海文传》《蛾术编》线订各一部。媳妇见仪，封洋六元。此番大是喜欢事，所费甚从丰也。三点钟后，寅孙归自盛，郑公若式如昆弟款留止宿，会菜大佳，叙饮散席已夜半，收洋三百八十五元,李辛翁两会①,共欠乙佰十五元,有信复余,秋间补缴。来莘寓期,意颇动,有所牵率,须五月中再定。夜与寅孙吃残肴,饮绍酒,极适。

廿七日(5月26日) 阴晴参半。上午登清内账,读船山诗第二册竟。下午成交冬米一仓②,价尚得值。夜读老姚先生文集铭志类。

廿八日(5月27日) 阴晴不定,微雨。上午点阅《医范》《古文略》,下午读《张船山诗集》第三册。莱生来谈,夜读惜抱文铭志竣。

廿九日(5月28日) 晴朗温和。饭后内人老太舟至梨川,邱敬承堂留宿,约五月初十日归家。上午点圈《医范》《古文略》。下午北舍柜黄潄泉来,票借洋廿五元,决定银时扣,与之叫讫。沈达卿来,以殷植亭《鸯湖垂钓图》托题,悔不掷还,勉强动笔为难,长谈至晚而还馆。夜读抱翁姚老先生文集。

三十日(5月29日) 晴朗。饭后填词一阕,题殷植庭《平波羡钓图》,请达翁商改后,始命念孙缮写。下午至达翁馆中长谈,交还之。暇点《医范》《古文略》数页。晚间邱寿伯母属其东席钱一村来,欲明日同余至芦允明坛求叩乩方,未识有缘否。留之夜饭,对饮越酒絮谈,止宿账楼。

五 月

五月初一日(5月30日) 晴朗而暖。家中东厨司命神前暨家祠内命念孙拈香代叩,朝粥后陪钱一村至芦,泊舟坛前,至则坛弟子因今日祝南极长生大帝神诞咸在,即属陆友岩上禀求方,少顷开砂,谕云:"邱子之母,病根颇深,惟竭力行善,救人即以自救,方可挽回。"赐签上上,药二味,嫩苏叶、制香附。三服完愿,余略徜徉,观张衢洲新造旱船,临分湖,赏荷极妙,费须乙佰四十千,不知作东道主者谁

---

① "会"字后原文有符号🖊🖊。卷十,第215页。
② "仓"字后原文有符号🖊🖊。卷十,第215页。

何？留斋，辞之，开船买薄荷羔，与一村茶点而已。到家中饭后，钱老不肯上岸，托还邱氏代应铃仪二百文即还梨。骤热，闲散，略读张船山先生诗半卷。

初二日（5月31日） 晴热，大好收春熟天气。闲暇无一事，与念孙晒字画堂轴，点《医范》、《古文词略》第二册竟。下午读张船山诗，登清内账。夜读老姚先生文集。

初三日（6月1日） 阴雨，略寒，下午渐霁。饭后点校《医范》《古文词略》第三册。下午读张船山诗十页，雪巷沈、盛泽凌三太太家都以礼物馈送小冀保，殊觉情深，特天气暖，黍角等物易变味，未免糟蹋致庋为歉。晚来，莘塔船归，巳孙与寅孙札，知砺二舅母略抱恙，二母舅昨日暂归，节后仍要上苏去。巳孙留榻谢绥翁家，代母舅作探花使，归家无定期，然余颇切倚闾之望，早回为是！

初四日（6月2日） 晴朗。上午点阅《医范》小儿科、《古文略》数页，又读《词略》。命工人将荣桂堂梁上、橼上、柱上抹油，洪光一遍，此屋建自先赠祖暮年（忆在前丁卯），先赠君在日，未见拂润其上，屈指计之几百年矣，庇荫恩深，不胜感愧，特志之。暇读张船山诗十页，夜读《姚惜抱文集》初毕。

初五日（6月3日） 晴朗。上午点阅《医范》四页即掩卷，命工人洒扫庭除，拂拭几案，燕泥燕粪一扫空之。中午端节家祭，率念孙、两小曾侄孙、曾孙随同拜叩，颇能学习如礼，可喜。祭毕，与念孙赏令节，饮绍酒，不觉大醉。下午昼寝渐醒，接徐喻兰姻兄、两文孙同怀试草，阅之，有书、有笔、有机局，为今岁试艺之冠，未识鄙眼谬赏否。当质诸用功揣摩诸君子。

初六日（6月4日） 晴燥，渐有暑气。上午点阅《医范》、《古文词略》数首。下午读张船山诗十页。夜读《姚惜抱诗集》，毕竟是大家气象，勿以为文所掩而忽诸。

初七日（6月5日） 晴燥，略热。上午洗涤笔砚，重磨墨匣，尘垢一空。下午读张船山诗十页。夜间重读老姚先生文，早眠。

初八日(6月6日) 晴朗,略有风。今日出冬一仓,又定销一仓,因货低,价只二元五角八分连力,于时价未甚合也。上午砺生来谈,中午酌以越酒,颇尽兴。李辛老六月初决来莘,《制艺丛话》已寻出补缴还矣。小星之章取中二卷,俟卜以决定入选。商量二数,面付,通情无票,云十一日到苏。巳孙仍逗留谢氏,当陪舅氏载花同归。下午还莘,暇则略读姚文。

初九日(6月7日) 阴雨终日,东北风,渐有黄梅寒意。上午点阅《古文词略》《医范》,登清内账。下午重阅《制艺丛话》第一册,今岁宜细绎是书。夜读姚古文。

初十日(6月8日) 晴朗。上午点《徐氏医范》毕,交念孙收阅。明日拟接点灵胎所注《神农百草经》,《古文略》点阅三首。午刻内人来自梨,知又谦夫人内嫂风病,拘挛益甚,身瘦胃弱,劝之服药医治,坚不肯听,颇为之虑。下午读船山诗十页。夜与念孙饮越酒消闲,明日拟徇例开春花账数次。

十一日(6月9日) 晴,西北风,略寒。上午点阅《神农本草百种》《徐注古文略》均四五页。下午子垂伾从苹甫处来,为九月中办续娶事,商借三房不卸会,钱共三十六千,每一股十一元①,钱六百七十文,即招介安伾来,如数通情给之。此事家内应酬,谊难坚却。子屏前与议定,现往黎川顾氏外家,故不同来,长谈至晚而去。据述大月赌风大炽,有司置若罔闻,可叹!夜读姚文三五篇。

十二日(6月10日) 晴朗。饭后点阅《本草注》四页、《古文略》一篇,读古诗数首。适徐帆鸥来,奉渠父命欲叙大葵邱,料理余家中堂处旧款,兼办其弟梦鸥喜事,余略允之,若何扣算且俟渠日上赴苏回来再定。酌以越酒,长谈,从此瓶罄矣。下午客去,余不觉大醉,高卧至晚。

十三日(6月11日) 晴朗。饭后衣冠拈香,武帝乩书前叩祝。

---

① "元"字后原文有符号㋑。卷十,第217页。

暇则点阅《本草经》、徐注《古文略》两篇,又读船山诗十页。下午肝胃不和,腹略痛,掩卷以静养之。

十四日(6月12日)　晴朗,不甚热。上午食粥,饮建曲,腹痛已减,胃纳不旺。点阅《本草注》《古文略》数页,下午阅《制艺丛话》。晚间两账船归,略有所收,夜读姚文后集第二册。

十五日(6月13日)　晴朗。上午点阅《本草经注》,又点读韩文两大篇,阅《制艺丛话》数页。下午登清内账,泗洲寺房僧心泉来,诉昨夜杨公祠门窗廿四扇,被偷儿开正门负之而去,香伙有事未看守,主僧不得辞其责,惟素无公食,罚当从轻,未识镇上诸公作何办理。算偿凌恕甫三朝焰口普佛钱七洋而去。蔡氏二从妹来谈,云渠婿欲为祝七秩诞辰,心境与处境均非蔗境,不当开宴排场,逃避来乡,礼也。长谈至晚始还莘和,夜不坐定。

十六日(6月14日)　晴燥,东风颇猛。上午点阅《本草经注》《古文略》数页,下午阅杂文、张船山诗十页。晚间莘塔船回,知砺老在苏未归,大孙女回家亦无定期,计恕甫去世倏已五十日矣,思之凄然。

十七日(6月15日)　阴雨,却好黄梅。上午《本草经百种》一册点毕,接点徐氏《伤寒类方》,又点《古文词略》三首。下①阅《制艺丛话》,张船山诗八页,夜读姚文,早眠。又阅子屏近作数十首,因病而换骨成仙,脱尽旧时恒径,此非凡手所能及。

十八日(6月16日)　阴,昨夜大雨。上午点阅《伤寒类方》、《古文略》一首。下午杂阅《古文大观》,旧时与汤小云先生共订之本,不胜人琴之感。晚间吴莱生来谈,两账归,豆麦略有所收。夜读老姚先生古文志铭。

十九日(6月17日)　晴热。上午点阅《伤寒类方》四页、《古文词略》二篇。中午祀先,先祖逊村赠公忌日致祭,率念孙、两小曾孙拜

---

①　"下"字后疑漏写"午"字。卷十,第218页。

跪灌献如礼。迟莘塔行家下冬不至,遣舟询之,晚间还,知以市价日贱迁延,约期廿四日来,姑听之。巳孙随舅氏在苏,仍未回莘,殊切悬望,暇以张船山诗消①,闻东易不肖聚博开场,为害不浅,然无术禁之,浩叹而已。

　　二十日(6 月 18 日)　阴,雷雨竟日,闷热之至。饭后点阅《伤寒类方》四页。命寅孙至赵田贺袁稚松郎君名祖延芹樽喜。命介安侄暨侄孙辈拈香烛,衣冠祭太平水龙两条,祭毕,招三房工人抬龙至水口演试新龙,喷水可高十馀丈,至对河人家场上,旧龙喷水不过半港,均平安无恙、八方太平为祝。中午以酒肉、猪头召饮三房诸相好及各工人,酣醉而散。年年无事,祷祀祈之。午刻余陪蔡氏二姑太太中饭,叙论极适。下午寅孙回,知宾客颇盛,菜亦精洁,憩棠竹林均叙过。未晚,砺生札致念孙,知如夫人已聘定,价须商祀,复商二数,不得不竭力成全之,以复札并二佰元交老傅手呈缴。砺老现在家部叙,两三日上去,当与小星暨巳孙同归也,此事开场似尚顺手。夜复与寅孙饮越酒氅底,畅论一切,酣甚,早眠。

　　廿一日(6 月 19 日)　阴,下午起晴。上午点阅《伤寒类方》四页初毕。许嵩安来,为泗洲寺禅堂僧去而出县示仍留,与镇上诸君不协,欲与言公,余以协和相劝,不必争意气,许之下午出来调停,一茶始去。中饭后到镇,余至陆韵涵处招吴又江、陆友岩、黄和亭诸君来,相劝不必同室操戈,嵩老处,和尚伏礼过去,走复嵩老,不允,又与诸公作釜底抽薪法,又江走商和尚,伏礼不肯,他去情愿,又以此情节略润其辞复嵩安,嵩安乐从,两造各泯无言面,目上大可下抬,余亦可称竭力周旋,不虚此一行矣。吁!岂登大雅之堂哉?一笑置之。在韵涵处晤褚聘岩,不见十馀年矣,颇殷勤,匆匆未畅叙而别。又见袁憩棠,亦未畅谈,归家将点灯,略休息,不能静坐,灯下补登日记。

　　廿二日(6 月 20 日)　晴朗。饭后点《伤寒类方》四页,《古文略》

------

　　①　此处疑有漏写之字。卷十,第 219 页。

两首，即扶丈观工人种后门之田，时雨霁梅晴，秧针绿透，沟水清平，真一幅画图难绘，秋成在望，频庆岁书大有是颂！下午赵翰卿同徐屏山之三郎云谷、六郎镜波来查旧款单契，即出示之，共有田单三张，计东杜圩地二分八厘（三十五六丘，四厘二□二分一张），原红契三分尚缺二厘，则京货店面有楼有底，不在内可知，渠云另有单，不诬也。如单对丘，不能不通情再贷，然多支节，奈何？姑商并以七年四月十七日屏老面借洋三十元告之，两郎亦知此款无票也，一茶而去，诸事托翰卿矣。碌碌心纷，夜间略读老姚先生文。

　　廿三日(6月21日)　阴，下午阵雨。朝上许嵩老来，诉述前议变卦，忿然仍欲赴江，余劝以稍安毋躁，静待十馀日以探消息，庶彼无词，今即妄动，彼反有所借口矣。嵩安不听，余亦无能为力，略坐即去。噫，甚非计也，何意气用事如此！益信调停之不易也！上午点阅《伤寒类方》四页、《古文略》两篇。今日交夏至节，中午祀先，余衣冠率念孙、冀保小曾孙拜献如礼。下午至苹六俵处长谈，复钱青士信即托苹甫寄出。回来小阵雨，闲坐，夜读姚文。

　　廿四日(6月22日)　阴，朝上阵雨即止，恰便村农插种。上午点阅《伤寒类方》四页、《古文略》两篇。下午吴又江来，知嵩安已到江，此事已变卦罢议，余亦不能再与闻。吁！何又中渠计也，可叹！六俵适来，又絮语移时始送出门，客去，洗足，爽甚。夜读姚文后集毕。

　　廿五日(6月23日)　阴晴参半，潮热异常。朝上录出拟赠蒋邑尊七律一首。上午点阅《伤寒类方》《古文略》各四页，照应出冬籴砒，米色不佳，而升合卸见极好。下午热甚，闲散。晚间六俵由芦来，转寄巳孙与兄札，二十日在谢氏发，知二母舅小星已办就，姓徐，年二十，其家清白，略有奁具，价共商祀，廿六日立契，归家须在月底。游苏月馀，兴致已厌，身体甚健，足慰老怀。

　　廿六日(6月24日)　晴热，稍爽。上午点阅《伤寒类方》四页、《古文略》两篇。下午登清内账，以张船山诗消遣。夜间略坐，拟重读姚先生《惜抱文集》前编。

廿七日(6月25日)　晴凉,昨夜大风,阵雨。饭后点阅《伤寒类方》四页、《古文略》昌黎文三篇。下午芦局张森甫来,告借洋十元①,言明下半年银上扣算。谈及镇上事,亦以言午为非,邑尊特传渠上去,未识亦缘此事否,略坐而去。暇以张船山诗消遣。

廿八日(6月26日)　晴朗而热。上午舟至芦葫兜赴张氏会酌,至则子遵及弟子蓬出见,良久散会,渐至沈咏韶家,遣东席杨公来,杨墅诸公均到,摇会十二人,得彩者金梧生,分两席,余与姚莲舫、金少蟾并坐,菜杜办可口,饮酒如量,席散即先辞归。会上少钱三十一文,后期找矣。过港上,看子屏,即出谈,近体尚可,近诗缴还,以余诗示之,指出一别字,甚可愧,此事不可自信如此!絮语良久始登舟。洪更生诗文残集暨余《苏词笺注》,王见大《苏诗注集成》四册均收回。到家傍晚,沈子卿来,此事极难出手。徐帆鸥来,千金之会已叙成,甚见此公应世有才,人情周到。

廿九日(6月27日)　阴,上午阵雨,半时许而止。沈子卿来,延之厅坐,待以礼貌,论及东易聚赌,联杂子鹤,势多窒碍,姑想退兵之策,搭桥唤传圩甲禁之而去,此事实难出手。下午赵翰卿同徐屏山之郎云谷来,以东杜圩三十七丘旧单五厘抵押京货店面一个,告借洋乙佰元,并写过前契,共五佰洋仍由长太凭摺支息,复补书前借洋三十元一票,立代单笔据,补前所抵少田二厘而去。洋亦随付,并属交付潘原契,徐买契由翰卿寄来。云谷满口相允,彼此慊然,可以对渠先人矣,前所云真不懂事也。灯下补登日记,巳孙今日仍未回莘,不知缘何逗留。

六　月

六月初一日(6月28日)　晴,稍热,西南风。饭后衣冠武帝鸾

---

① "元"字后原文有符号ᑉᑈ。卷十,第221页。

书前、东厨司命神前、家祠内拈香叩谒。上午点阅《伤寒方》《古文略》数页，暇则登清内账，读船山诗。晚间焕伯来谈，上海盘桓月馀，观其神色，似尚不至大迷，畅谈夷场而去。

初二日（6月29日）　晴朗。饭后同理卿、钱芝泉至芦，拉翰卿至长泰染店寻吴翠桥郎号朗轩画代乃翁徐抵契，押收登利摺，家子芳侄曾孙手，云谷两契与单相准，一红、一未税均已杜绝，当即收存，附新立契内。茶话良久，又与憩老长谈，中午火菜小酌，五人同席，略可适口。下午又茗叙，董梅村、沈益卿来畅叙，梅村入闱之兴勃勃，未晚即归，携借倪雪生《申报》四章，始见四省主试已放。少顷，二孙已仲来自莘，出门已四十馀天，平安可喜。昨夜同川任氏夜饭，清早开行，砺老、如夫人另舟同来，观者如堵，其母与兄偕来，不登岸，说定明日回苏，其中略有辞说，全仗谢绥翁、姚凤翁、叶仲翁诸君办事出力。闻妆具可值佰金，是买妾之极体面者，新姬温厚和平，宜男可卜，砺生目前大可消愁。夜谈苏事，早眠。

初三日（6月30日）　晴，西北风颇凉。上午起草拟禀，颇费经营，未识得力否。当先与屏侄酌定，再示砺生，与之合出名，尽人事而已，难言禁止应手也。午前诵白衣神咒三百遍未完，沈赓篁来，午餐后同两孙到大港候子屏，《汤海秋诗集》八本带呈伯父。登清内账，徜徉半日。晚间两孙留住，赓篁同归，火酒素粥谈心，宿在东书楼下，已孙陪之。

初四日（7月1日）　晴热。饭后赓篁辞去，仍同两孙到莘谒砺生，余并以事相商。想小星之乐，虽钟桑梓之灾，宜助也，一笑。暇则新订《洪北江集》九册，阅之不全，诗缺四卷，文与杂著俱无，未识何年散失也。晚间阵雨，两孙辈先归，所商之事，砺老以为必当施办。

初五日（7月2日）　阴晴参半，闷热，下午阵雨未成。饭后补诵白衣大士咒，一愿初完。下午命巳孙缮札，砺生出名，封缄，尚迟速寄。东易不肖子弟来，拒之不见，闻兴犹未已也，可恶之至！暇以洪更生、张问陶诗消遣。船山诗二十卷今初读毕，性灵语自在流出，拟秋间重读。

初六日(7月3日) 晴,热暑如正伏。上午点读《伤寒类方》、《古文略》诏令四首。下午命舟至芦,托张森甫觅寄,砺出名,札送署,未识能得力否。暇阅《洪更生年谱》。晚间阵雨复至,少顷即散,芦川舟回,已如法饬送矣。黄昏后雨复甘澍,半时许即停,夜早眠,以后不能亲灯火。今午吃面,颇佳。

初七日(7月4日) 晴热。上午点阅《伤寒方》《古文略》各数页。闻东浜赌场已散,若辈可幸免重究,然恐无以戒其后。下午阅《洪更生年谱》,阵雨又来,困商而废农,不可谓非时和景象。

初八日(7月5日) 晴,炎热第一天。上午点阅《伤寒类方》四页、《古文略》昌黎、董晋行述状一篇。下午炎酷,无处可招凉,以洪更生词消暑。

初九日(7月6日) 晴,酷热更甚,缘无风也。上午点阅《伤寒类方》四页、《古文略》传文三首,下午读《更生斋诗馀》并诗集。晚间挥扇,汗仍不止。

初十日(7月7日) 晴,酷暑,是日辰刻交小暑节。饭后点阅《伤寒类方》四页、《古文略》第三册点毕,接圈第四册。午前大孙女来自莘,巳孙自雪溪望咏韶归,大孙女神气尚不至十分沮丧,调停现在家事尚能和气,颇见才干。炎热更甚,聊以洪北江先生诗集消遣。子屏有信来,庆如三侄媳又预支来年春季洋共六元,作片复给之,云今冬不得再有异言。屏老痧起,小恙初愈。

十一日(7月8日) 晴,仍热,昨夜阵雨即止,不凉。饭后点阅《伤寒杂方》四页、《古文略》碑文两首。下午点读洪更生词,与大孙女闲话。

十二日(7月9日) 晴,炎酷尤甚。饭后点《伤寒类方》《古文略》各数页,下午略读洪更生词,暑热掩卷。子屏信来,稚竹给付今岁洋两元,原条包洋即交付来人,浑汗不作覆矣。

十三日(7月10日) 晴酷异常,今夏小暑所独。上午点阅《伤寒类方》毕,接点《医贯砭》,灵胎驳正,赵养葵而作也,《古文略》碑文二首。下午大女孙学教楞严咒,句读黠屈聱牙,两页后汗如雨注而止,可笑也。暇则乘凉,苦无清凉世界。

十四日(7月11日) 炎酷如昨。饭后点阅《医贯砭》四页、《古文略》碑铭二首。观米客下冬,日上又贱,不得价,吾家亦坐此暗折,然年丰,甚甘心焉。暇教大女孙学楞严咒,热甚不顾,可笑无谓。两孙则乘凉,不作一字,殊觉见几。

十五日(7月12日) 阴晴不定,西北风,稍觉凉爽。是日斋素。上午与陈厚安对南北账,半日而毕,循例而已,即与蝉联,此人尚有古风,世俗希见矣。已孙午前自子屏伯父处回,伤风方已商就,云屏伯近亦略患微疟。下午持诵白衣观音大士神咒六佰遍,拟九月九允明坛普济施用,暇则乘凉。晚间甘霖大沛,农人抃庆,可卜大有。

十六日(7月13日) 阴晴参半,竟日清凉。饭后与丁达泉对东南账,亦半日循例毕事,仍与蝉联,此老才虽不逮,人则诚实可靠。下午大孙女暂回莘,明日乃公有小星奉帚之喜,亦需代为照管,庶后无间言,约十八日仍来。是日初尝西瓜,味已大可沁心。终日栗碌,不能坐定,然颇适意。

十七日(7月14日) 阴,下午起晴,终日清凉如深秋。朝上寅孙至梨徐氏止宿,赴丽江新叙千金大会,应酬之。云办四郎婚事,兼料宿逋,未识如所约否。饭后点《医贯砭》四页、《古文略》两首。下午略读洪北江词,兼读诗集。

十八日(7月15日) 阴,凉甚。命已孙至莘送凌益谦七太太大殓,饭后至上午持诵楞严神咒二十遍。下午寅孙自梨归,昨日会席极盛而洁。媳妇处丽江一款已先还二百金,合洋二百六十三元。晚间已孙已随大姊来自莘,知昨日收妾一事,大小允洽,各能遵礼,惟天暑,砺老仍服独宿丸,一笑。夜略谈家政,余则早寝。

十九日(7月16日) 阴,下午大雷电,阵雨如潮,入夜始息点,几至屋漏无干处。上午持诵楞严咒、大悲神咒,是日斋素,午前恭设香案,衣冠在中堂虔叩,谨祝大士圣诞。下午徐瀚波来,贫米上付十枚,旧宅保婴又付二十番,雨点略住即去,却好以乩坛上新合好金砂妙应丹救时痧暑痢一大包与之,托渠分送各乡。未晚,天昏黑,不能看书,黄昏时始庆开霁。

二十日(7月17日) 晴,渐热。上午略点《医贯砭》《古文略》。下午登清内账,畅啖西瓜,看洪先生集,望洋惊叹,殊无畔岸可寻。静坐,心不如意,为工人张森呼唤不灵,诃斥无势,殊乏驾驭之策,益自愧宽弱无才,持家整肃之难。

廿一日(7月18日) 晴,略热。上午点《医贯砭》、《古文略》二篇,下午略读洪先生《卷施阁诗集》及词。作片与赵翰卿,药资合费香烛共洋二元钱六佰,明日寄还之,坛方亦寄阅。香燥发越之品多于寒湿之证最宜。

廿二日(7月19日) 阴晴不定,阵雨,势亦不旺,凉风时拂。上午点阅《医贯砭》五页、《古文略》三首,下午阅《制艺丛话》第三册已竟,接看第四册。中午费亲母家遣女使自梨来,敏农有札致寅孙,云秋试七月二十左右吉行,告借学问,已将精秘本交寄之矣,借光为幸。下午看巳孙作楷对、挂屏,喜得姚门笔法。洪更生词点两页。

廿三日(7月20日) 晴朗,不甚热。斋素,是日火帝神诞。朝上在中堂衣冠拈香,恭叩诞祝,兼祈神佑,保护平安,不胜默谢默祷。上午持诵经咒,下午读洪先生《卷施阁诗集》,并点读词两页。

廿四日(7月21日) 阴晴不定,阵雨颇凉。上午持诵经咒。下午登内账,看洪先生诗集。巳孙接砺母舅札,确知李辛垞廿九日到莘行医。

廿五日(7月22日) 阴,下午雨,竟夜凉甚,非时令所宜。上午点《医贯砭》文略铭表毕。下午至沈达卿馆中长谈,薄暮始还。知近体尚适,股上生疳满,湿气渐出矣。近不用功,仅看说部书,养心病妙药也。

廿六日(7月23日) 阴,微雨,凉甚,可穿夹衣,是日丑刻交大暑节。上午抄录东账租欠"恭"字号一册毕。中午与大女孙、两孙饮高粱酒,不觉醉甚。下午熟睡,啖西瓜,爽快而醒,逍遥不看书。

廿七日(7月24日)　朝雨,午晴,仍觉清凉无暑。上午摘录南账租欠,"信"字两册至下午始完。点读洪先生词,今日始竟事。晚间闲坐,与大孙女剧谈。

廿八日(7月25日)　晴,略热。上午抄录"宽"字号租欠册竟。午后三局书持上忙由纸来,知此月已开征,衙门已动工起造,欲开口预完,暂不允,惟黄漱老借付洋二十元而去,大约须七月中,难再迟矣。传说山东水发,湖南火灾,为之惊惕。又闻邱又谦夫人病势似不轻,甚为渠家惶恐,将奈何?

廿九日(7月26日)　晴,始有炎暑气。上午摘录"宽""敏"两号租欠账,至午后而毕。下午凌寿甫来视大女孙,近生一疽,云是湿毒结成,不能自散,须服药。长谈,啖瓜,处方而去。晚读《卷施阁集》。有东易赌匪来,欲寻事,以谈笑挥之,晚始去,此时此乡恶薄无廉耻,谁能整顿,可叹!

三十日(7月27日)　晴,不甚炎。饭后摘录租欠"惠"字号册,至午后均始竣事,为之一快。接沈咏韶札,任砺石姻事,大四侄女大有机缘,友老讨回音,明日须至萃和乙大嫂处一问复之。下午读洪先生《卷施阁诗集》,正当先生点榜眼得意时。

七　月

七月初一日(7月28日)　晴,西南风,终日炎酷异常。上午衣冠拈香关圣武帝乩书前、东厨司命神前、家祠内叩首。暇则登清内账,点《医贯砭》四页、《古文略》两篇。下午略读洪先生诗,热甚,掩卷乘凉。

初二日(7月29日)　晴,炎热。昨夜卧挫腰,今日起来俯仰不甚舒。上午点《医贯砭》四页、《古文略》三首。萃塔舟来,巳孙与其兄札,知李辛翁因其女病尚未来,开期殊为未称手,下午停书不看,犹嫌暑气逼人。命舟至梨邱氏望友薵夫人,晚间妪返,知病由外侵内,胃弱、脾泄、形枯,防不可治,奈何? 急望老夫妇一往视,日上虽热,难免一行。

初三日(7月30日) 仍炎热,无雨意。上午点阅《医贯砭》三页、《古文略》柳子厚山水记三篇。下午略读洪北江诗词,始浴,浴竟垢腻一清,飘飘乎有出尘之想。乘凉,饱啖西瓜,其闲适景象,虽王公无以傲我,一笑。

初四日(7月31日) 晴热炎暑,幸东南风尚爽。饭后备舟,送大孙女回莘,约月底再来。上午点阅《医贯砭》、《古文略》柳文三篇。以咏韶札至莘和,同介安偅面询乙大嫂任氏姻事,以求签不协吉罢议,败兴而返,即作札复咏韶,日上寄出。噫,殊失此佳婿也。下午读《洪北江诗集》,掩卷乘凉。

初五日(8月1日) 晴热,略爽。上午点阅《医贯砭》终卷,接点《难经经释》。咏韶札今寄莘交巳孙,舟回,知辛垞赴禾,仍未到莘,可怪! 下午乘凉,略读《卷施阁诗集》。

初六日(8月2日) 晴,不甚热,东南风甚狂。饭后驾轻舟同内人至梨,省看友内嫂疾,知已重至七八分,脾泄、舌绛、内热,火气大动,略以善后事探之,即大恼,请诵华来商酌,定先办寿衣,在汝氏裁做,设有不测,百日内入赘,忽亲回门,概不举动,未识肯从权否。兼伯处须辛垞作札探之。吁,题目大难做也,何邱氏家运之否若此? 澳之见过,文兴大好,省试不赴,始知浙江主试则李文田、陈鼎(湖南人)、江南李端遇、曹鸿勋,江不逮浙也。澳之欲借《陆医书》,后当寄与之。澳老略谈即分手,与诵华畅论,惟有嗟叹而已。下午同内人返,风狂,略有戒心。到家未晚,知吴幼如来过,屏偅有长笺致余,寅孙代覆。

初七(8月3日) 乞巧日。晴,不甚炎,风息。上午丁少兰来治两小曾孙,一受暑风,一感冒寒气,云尚轻,处清理方而去。以札寄示慕孙,告以邱氏事,须待辛老至一商。点《难经释》二页。下午读洪北江诗词,纳凉闲坐。接巳孙回禀,大以所谈为无礼,极是,然罢议为难,姑再商之。

初八日(**8月4日**) 晴而不炎。上午点《经释》三页、《古文略》记文三首,下午读洪北江词及毗陵十二月新乐府十二首,颇可解颐。

初九日(**8月5日**) 晴爽,不甚热。上午点阅《难经释》四页、《古文略》记三篇。下午芦局张伙友帆来,先付洋三十,作扣十,四十元算,由单照旧。北玲、尊、忠、荣四户,洋价卅、二十未定,云后算而去。暇读洪北江诗词遣兴。

初十日(**8月6日**) 晴而不炎。饭后点《经释》四页、《古文略》记文四首亦点竟。凌三太太遣女姬(辛老初七日到莘寓)二孙媳妇座前中元致祭,一切礼文颇能体谅,然方羔四盘已靡费矣。中午寅孙接徐帆鸥来札,欣知初八日未时得一男,阖家欢喜,譬如今科高中矣。又接敏农札,知省试两人同伴,廿五日吉行,恩科广额,江南三十名,闻之怦怦,然无命,虽添三千,亦难幸售,一笑。暇读洪先生词诗集。

十一日(**8月7日**) 晴而渐热,云是南风,后仍东南。饭后命舟具享菜,中元节致奠凌恕甫孙婿,思之凄然。巳孙命一拜后随舟归。上午点《经释》三页、《古文略》铭箴两页。接董梅村信,为陆石樵托荐邱氏一席,即作札复之,已定聘沈竹卿矣。梅村省试已定伴,老兴勃发,书以预贺之。下午不坐定,是日酉刻立秋,晚间以瓜果、高粱与寅孙赏秋,天暑不能多饮。未黄昏时巳孙来,知辛翁生意尚不寂寞,现梨请治朱锦甫坏证。

十二日(**8月8日**) 晴而略热。上午点阅《难经释》《洪更生年谱》。下午两孙至子屏伯父处,复梅村札寄交心泉和尚,三点钟后咏韶遣郎顺官来致祭其姨母,云自莘塔来,故晚。幸有所储,不至一饭难留。莱生来谈,云十四日假节省母。傍晚两孙回,知屏老谈兴、近体颇佳,所商邱氏一节亦难决断办事。

十三日(**8月9日**) 晴朗而热。上午点《难经释》半卷毕,续点下卷。《古文略》杂文亦点竣,尚馀二卷未动笔。午前砺生家遣女使来致祭,二孙媳从此中元俗例了事矣。下午观巳孙书隶及小楷序文扇面,略读洪先生诗集。

十四日(8月10日) 晴而不朗。上午丁达泉同丁乙经进来,云同里杨朗斋之甥周少邨欲售南、北两圩,价谈定不折,每亩照办粮十六千三百文,不能再益,余意决欲去之,即允许。少顷,少邨同其伙陆橘仙上来面谈,先交信洋乙佰元,约月底月初进来成交,并讨取租账花户折头细数而去。达泉、乙经略坐亦去,达泉约廿八日去载。中午中元节祀先,余率两孙叩拜灌献如礼。下午以洪先生诗集消遣,亦未能领其趣妙。晚间阵雨略洒。

十五日(8月11日) 晴朗,有风。上午同两孙检查南、北斗两圩新单,只少一张未见,或是未报出,当给与代单笔据一纸为是。暇点《经释》四页。接朱锦甫翁讣条,知今日子时作古,十九日大殓,此公有子克家,蔗境不能永享,惜哉!下午凌寿甫来,为小冀保治头疽,据云热毒结成,无妨,敷药,长谈而去。以洪北江诗消遣,词两卷今日点毕。

十六日(8月12日) 晴热,西南风。朝上将起,接汝诵①来舟条,云友骞内嫂病势危急,饭后自备舟速往到梨,惊知今日丑时已病故,年四十九。登门,幕前探丧,行礼毕,即同诵华入见九叔岳母,权办忽亲事,颇以为可。又同商诸毓之堂内弟,坚以大义见责,不肯曲允,只好罢议。吁,礼在则然,居心何等,真邱氏之衰,天实为之,夫复何言?择于十七日午时小殓,二十日大殓,举殡坟屋。余伤甚,不能留,小点后即开船,到家下午。少顷,李辛翁、凌砺翁来长谈,并为媳妇处方调理,知日上门诊颇不冷寂,谈至傍晚开船,云要访候子屏,乘月归莘矣。

十七日(8月13日) 晴阴参半。朝饭后内子至邱氏送弟妇入殓,两孙随往,寅孙并至朱家送锦甫翁,亦今日入殓。酷暑赶此等事,殊非得已。上午点《经释》、《古文》九歌各三页,下午登清内账,读洪先生诗,年谱亦点毕。未晚,雷电交作,幸无大风雨。黄昏前两孙回,

---

① "汝诵"后疑漏写"华"字。卷十,第230页。

知寅孙在朱氏,芸九叔见过,同席。邱氏排场亦尚楚楚。

十八日(8月14日)　晴,颇热。饭后招介安侄来,知蔡氏二姑太太病时疾已七日,势不轻松,为之忧虑。点阅《经释》四页。下午梨局顾子丰来,仍完上银四户,付洋二十元①(内每两加海塘百),钱七百四十五文,立收条而去。暇读《北江诗集》,无领会,乘凉,掩卷静坐。

十九日(8月15日)　晴热可畏。饭后冒暑至梨,泊舟邱氏门首,即走至蔡氏望候堂妹二姑太太。见子瑷甥,欣知今日斋星官,沈子和率晚女来请安,大有松机,即登楼榻前,见二妹神色无恙,惟热势未退,自服黄连后舌台略转,胃气尚滞,大便不解,语言照常,略疲倦,似与病势无妨。坚留中饭,扰渠酒面。与金氏大侄女絮谈,顷之,苹侄、焕侄孙均至,余即出来,珍重言辞。复至邱氏,见一应排场,汝诵华已位置定当。毓之内圆外方,约入内同诵华见九叔岳母定章程,于理甚当,一皆遵之,至权宜事,彼此均不提焉。无聊之甚,与江福堂长谈,同席,渠长余九岁,邱氏老姻长也,此番烦渠坐账房,精神矍铄,甚羡之。夜间念普佛,天宁寺僧放焰口,余颇厌闻,一鼓榻眠四楼下。终夜热甚。

二十日(8月16日)　晴,仍炎热。朝起至厅,执事人等未齐,稍待开门,即至幕前衣冠行礼。即卸衣服,至厅上,宾客到者极早,余不能遍应酬,与徐蘩友同朝饭。午前庄氏、徐氏新亲均至,挽额、祭菜、摆祭均阔。蕖伯郎仲衍,前探丧已来过,今遣叩,并遣心腹老妪来探亲事,大肯行权,复渠八月中定夺。徐婿子厚亲自来奠,又一时许,巳孙始到,宾客留者无几矣。中饭后即排场举殡,僧道、军班、仪从楚楚,然可惨甚焉!内人为之守室,不送殡,余与巳孙先归,内子明日来。毓老家督送登舟,殷勤之至。舟中解衣磅礴,畅啖西瓜,快甚。到家未晚,夜略凉,早寝酣适。

_____

①　“元”字后原文有符号🖊︎。卷十,第231页。

廿一日(8 月 17 日)　晴热,炎气略松。饭后北厍局漱老来,算完大胜、大富、北珝等九户,付洋八十五元①,馀钱廿四文,前四十五元扣讫,约中秋后再算。上午补登日记,下午略读洪集。袁稚松郎慰云来寄送试草,内稚松有小简,语颇周到。傍晚时内人至,自梨知彼处事尚无定议。

廿二日(8 月 18 日)　晴热。上午点阅《难经释》四页,登清内账,复阅《制艺丛话》。下午雷电大风雨,势骤而即止,稍凉,仍闷。迟陈厚安不至。夜凉洒然。

廿三日(8 月 19 日)　阴晴参半,渐喜清凉。上午点《经释》《古文》招魂一篇,下午读洪更生诗,洗足,爽甚。阵雨中沈达泉来谈,晚去,近体欣已愈。

廿四日(8 月 20 日)　晴,略热,午后阵雨即止。饭后巳孙至莘逗留退修,寅孙随往,暇点《经释》《古文略》哀诔两首。接汝诵华来札,知庄兼伯有札致渠,廿九日到邱氏亲奠,廿八日载余先商一切。兼伯函内,有儿女三人均未婚嫁,支持门户,大有风雨飘飘之虑,言之沉痛,大约权宜事可通,然毓之处不能不细商妥协也。下午作札致二丁公,明日专舟送去关照田事,只好迟之出月初四日进来成交矣。下午闲坐,颇凉。晚间寅孙归,知日上辛老临证出门,颇不寂寞。邱氏事亦以行权通气为是,不必节外生枝。

廿五日(8 月 21 日)　雨晴参半,大有秋意。饭后命舟去载丁达泉,并即至梨,以札专寄丁乙经。午前点阅《经释》四页,《古文略》哀祭文毕,下午读洪更生先生诗。晚间梨川舟回,丁达老约初三日自唤舟来。

廿六日(8 月 22 日)　晴朗,下午阵雨即止。上午点阅《难经经释》终卷。下午舟至莘塔候李辛垞,适值出门不遇,晤其幼郎季莱,日上请证纷纷,以诵华札交巳孙,属其呈李师,即作函与兼伯,明日来

---

①　“元”字后原文有符号 � 。卷十,第232页。

取。与砺老畅谈而返,归途遇雨已到家矣。

廿七日(8月23日) 阴,是日交处暑节,风风雨雨,大有秋深之景。上午点阅《洄溪案》中论医治术。午前丁少兰来看小冀保寒热肝经,大慰保微痢、微寒热,各拿经、定方,留之中饭而去。下午读洪更生诗。莘塔舟回,接辛垞致兼伯札,面面圆到,足征好手。

廿八日(8月24日) 阴,大风雨竟日不息,暑气涤净矣。梨里舟不能来载,寅孙夫妇欲往苏,亦不能去,且待明日再商行止,两小曾孙服药均有效。上午点阅《洄溪医案》,下午读洪更生诗,天凉已服夹衣。接北舍滋田侄孙条,知今日辰时病故,年近四十有馀,证由烟漏,平日不能自惜千金之躯,殊觉可叹可惜!

廿九日(8月25日) 晴,西北风,颇凉,薄寒。饭后点阅《医案》八页、《古文略》离骚经二页。迟梨里船不至,岂诵华信余误阅耶?抑事有变卦耶?咄怪久之。暇读《洪更生集》。寅孙夫妇明日欲晋省趋侍外家,未识天缘何如。

八 月

八月初一日(8月26日) 阴晴参半,阵雨时来时止,微甚。清晨寅孙率孙媳妇、大慰保、女仆到苏,登舟天初明,西北风不狂,可望早到也。饭后衣冠武帝乩书前、东厨司命神前、家祠内拈香叩谒。暇诵楞严咒十遍告竣。下午点《古文略》离骚经二页一篇毕,略读《洪更生诗集》。

初二日(8月27日) 晴朗。上午点《医案》。终日照应出冬两仓,价均二元四角三分力每七文,又贴捐钱八百文,卸见折头八九,甚不佳,当时上仓必有多报之误。碌碌终日,陈厚安已自唤船到账房,北舍柜漱来,又找付洋四十六元①,钱九百廿一文,连七房祭产代应在内,串十九户,缺空印大图一户,余均收齐,今年吉题未免太觉穿早。

---

① "元"字后原文有符号⟱⟱。卷十,第233页。

八月初三日(8月28日) 晴朗竟日。饭后持诵《阿弥陀经》念卷,阖家斋素,午刻衣冠拈香,谨具酒果率小冀保曾孙叩祝灶君神诞,以尽微忱,求减罪过。暇则登清内账。丁达泉唤船来到账房。下午偶读《洪更生诗集》。三点钟后苏州船回,接寅孙回禀,知为泰水固留,拟十三日夫妇同至梨看灯,十七八日回家。

初四日(8月29日) 晴朗。饭后点《洄溪医案》五页。今日略办菜肴,专候周少邨来成交田事,顿至下午三点钟后杳然不至,殊属疑虑,不解何因。拟明日属达老专舟至梨探问乙经,并作札诵华,邱氏姻事何亦寂然? 暇读洪更生诗半卷,略吃西瓜,凉沁齿而有味,然切忌多食。

初五日(8月30日) 晴热。饭后照应出冬,梨川不及去,价每石二元六角一分,连从此仓冬结题,只留饭米而已。点阅《医案》六页。下午周少邨始同中丁乙经任氏本家号竹斋来成交南、北斗田事,兑绝于任亨复堂义庄,契上养树堂出名,余①字花押。少邨是诸生,才而狠,只能照办,粮捌拾玖亩二分六厘六毛算,小北斗乙△五分代据不准,又白送,中金五分析半又不肯,大费词说,议久之,四十番归余账房,乙经原中归彼处始落肩,照五分尚少四五番,只好不计矣。交物色,交方单四十乙张,立推收合同笔据,一笑而去,已傍晚矣。此事虽脱累,然祖宗创业艰难,必须补足,此钱不敢妄用也,勉之谨之。是夜百端交集,不能酣眠。

初六日(8月31日) 复晴,热如仲夏。小冀保日上略有伤风寒热,今晨幸已凉,胆小,再请丁少兰。饭后补登日记,检点昨日田价,换印记。又点《医案》五页、《离骚》二章,若账目则全未登清。接诵华初四日所发信,兼伯确知来过,姻事则仍游移,拟明日到梨回询之。下午丁少兰来为小冀保推拿经络,据云痰已下达,寒热凉净,诸恙无妨,方开横批消痰、化热而去。作札示寄巳孙,明日送去,对药令其自

_____

① "余"字后有柳兆薰花押符号҉。卷十,第234页。

定。暇读洪更生诗。

初七日(9月1日)　晴朗,西北风。饭后舟至梨已中午,先至汝诵花处探听邱姻事,欣悉兼伯至戚攸关,从权事一力担任,邱氏族长号星卿九太太面说,亦无异议,约初九日来请余到敬承,邀余暨诵华九太太开谈。与毓老、星老议事,定局后余与诵花即日至兼伯府上议婚入赘,相无不允协也。余闻之欣然,即走至邱氏见九太太,订定日期,面商行权,再求安静之法。约商后,下午即开船,到家尚早。已孙有禀,以兼伯长笺致辛老示余,阅之,诸事全允,明日须再至辛老寓中求一札说亲。

初八日(9月2日)　阴雨。饭后至莘塔,恰好辛老门诊不忙,与之畅谈姻事,即烦札复兼伯求婚,商定诸礼即寄盛,交玖仲转交震泽矣。下午出门无多,又与砺老絮谈始返。

初九日(9月3日)　晴热。上午至梨邱氏,登敬承堂议事,族长行四号星卿者,已同两舅氏汪子周、汝诵花咸在,始招毓老来,九太太开谈,尚吃情理,不至始终鲠议,遂定见择期入赘,即日至庄兼伯处求亲。中午酌叙,毓老同席,《陆九芝医书》面交,云当详批始缴还。下午同人茶叙,亲戚相关者咸询此事,夜宿四楼下。

初十日(9月4日)　晴,热甚。朝上毓老来招茶叙,所出题目均堂皇可做,已转禀九太太矣。医况寂寞,略润色,固辞乃受。下午还家,闷热,吃西瓜,甚凉沁。到家阵雨来,不畅。

十一日(9月5日)　晴,热稍减。饭后复至梨敬承议事,与两汝生同饭,与毓老畅叙谈文。下午茶叙彩凤,与周式如畅论。晚间李久仲来盘桓外家,同席,邱氏与诵华部叙一切。夜稍凉。

十二日(9月6日)　晴雨参半。清晨起来,即同久仲登舟,诵华异舟同行,西北风,顺帆到震泽不及三点钟,衣冠至后街庄兼伯府上,堂宇焕然,耳目一新。先见其戚凌培卿,少顷,兼伯出见,颇以新客款待,论及姻事,从权入赘,荷蒙即允,惟吉期须在十一月择定为舒齐,缘渠十月中先有嫁事也。筹商新人入门,诸事体谅,渠处不欲草率从

事,均允之。夜间大菜宴客,已官样文章矣。始知江南题是"君子有
三畏"一节。席散,谈至二鼓,微雨,告辞。终夜在舟中为蚊所钻,不
得合眼,大苦。

十三日(9月7日)　阴,微雨,颇凉。与久仲茶楼闲话即登舟,
疲乏万分。与久仲剧谈消闲,到平望中午,泊舟子美门首,即蒙招上
岸候之,晤其弟甘叔,叙论久之,欲索家刻,许即寄奉,固留不果始告
别,到梨三点钟后,久仲往外家,余朝眠,尚能酣寝。

十四日(9月8日)　晴朗。晚起,精神略复。终日踏灯、看会、
茶叙,亲朋咸集,始知江浙两省二、三题,浙头题"君子之道,孰先传
焉"五句。夜间徐帆鸥招饮,两孙偕至,一昨自苏城率小慰保母子来,
一自家中同沈赓篁来,均下榻徐氏。夜饮绍酒,佳甚。席散,复荡舟
观灯,徜徉久之始各散,还邱氏寝,已三鼓时。

十五日(9月9日)　晴。上午又与毓之谈,下午兴尽归家。舟
中阵雨,颇凉,到家傍晚,酣睡早眠,伤风咳呛不已。两孙约十七日
还来。

十六日(9月10日)　晴。晚起,仍倦。上午作札复辛垞,并邱
大小姐庚帖托切实札致陶子方家,为渠大世兄续胶,未识有福缘否。
下午大孙女来自莘,夜补中秋酌账房,余不陪饮。大女孙惠余绍酒,
余与大女孙畅饮之,颇酣适如量。

十七日(9月11日)　晴朗。终日为田事成交诸多栗碌。午刻
元简、翼亭两公来,即与弃主顾荔生同席,夜与二公畅谈,留宿书楼。
秋伊先生葬事,翼老立摺,同人集资,已有成议矣。账房内分中金纷
争殊属不成事体,总由余之大糯,诸公之心不平,可笑可恨!巳孙有
禀来,明日自黎唤舟来家。

十八日(9月12日)　晴朗。饭后简、翼二公辞还,云至子屏处。
下午渊甫、子垂持子屏札至,惊知薇人侄今日辰时以烟漏病故北舍寓
中,拟裹归成殓,告帮之数照竹淇九折,即唤苹甫、介安、焕伯来,即派
付洋五十四元而去赶办后事。老明经结局如此,可惨之至,然迷途不

返,孽由自作,可怜可叹之至。迟两孙不回,至黄昏后坐咏韶兄弟之舟由梨自北舍来,留二公夜粥,宿西书楼。

十九日(9月13日) 晴朗。饭后咏韶兄季回去,接薇人凶条,今夜小殓,廿一日领帖出殡。下午命寅孙随苹、介两叔至港上探丧,归来傍晚。与子屏絮语,近体尚可。今日始登清出门后一应内账。

二十日(9月14日) 晴,又热。大孙媳今日由梨到苏。饭后札致黄子眉,并前题词一阕命巳孙缮就,附致家刻书三种,前所面索焉,封好待寄。芦局张伙友繁来,又完钟珥珣、是、高、千六户,新制北小乡屠姓二户,找付洋卅二元①,钱六百八十八文,一应扣讫吉题。下午补登日记,痰呛颇不爽,幸眠食无恙。

廿一日(9月15日) 晴暖。饭后寅孙、介安同至大港送薇人出殡,回来午刻。在子屏处晤褚叔文浙江省试还,人数不过六七千,提篮交卷不准回号,馀章照旧。中午祀先,先继姒顾太孺人忌日也,屈指见背四十一年矣,报答无望,不孝年亦垂暮,率两孙灌献,不胜凄然。祀必用菱肉香珠饭,先太孺人所嗜也。下午补登日记始竟事,略读《洪更生诗集》,疲倦,早眠。

廿二日(9月16日) 晴朗。上午为普济预诵大悲神咒,至午而止。日上辛垞道况甚忙,录门簿乏人,因玉官到馆之便,砺老命速往。下午两孙均往,寅孙约即日归。黄子眉信并词、诗集、《小识》,作一片托磬生即寄。孙秋伊葬事摺附阅,未识二公肯解囊否。下午嗽渐愈,略读《洪更生诗集》。

廿三日(9月17日) 晴朗。上午持诵大悲神咒又二佰遍,为重九日允明坛普济施用,今始诵毕,登账完愿。下午疲倦昼寝,至晚始醒,痰呛犹未已。灯下作札,拟明日致子屏,作字尚能顺手,略读《洪更生诗集》。

廿四日(9月18日) 阴晴参半,东南风。饭后内人至梨敬承堂

---

① "元"字后原文有符号🜄。卷十,第237页。

盘桓,约月初归。上午始将《医案》点毕,续点《慎疾刍言》。下午复将所弃己、染、南、北斗田数载于制产簿暨新单簿上,庶后日有所稽查。暇以洪更生诗消遣,夜略坐定。

廿五日(9月19日) 阴,大雨,下午略止。上午点阅《刍言》、《古文略》词赋类二篇。下午翻阅《洪更生诗集》。晚间寅孙还自莘。辛垞道况仍忙,秋伊葬摺二公看过,不出手,收回,当交子屏。

廿六日(9月20日) 阴雨,西风未透。上午点阅《刍言》、《古文略》词赋类各数页。下午舟至北舍剃头,尘容尽洗。与范荣仁茶叙仁和楼,冬米一仓饬其速即脱手,尚含和未应,后须紧催之。归舟傍晚,夜雨淋漓。

廿七日(9月21日) 阴晴参半,下午复雨。饭后点《刍言》、枚乘《七发》各数页。饬木工换东矮楼板半间,未识白蚁巢穴能拔去否。下午以更生诗消遣。大女孙来自梨川邱氏。

廿八日(9月22日) 又阴雨,渐作冷。上午点《刍言》五页,《七发》毕。中午与大女孙、小孙女、寅孙饮绍酒剧谈,颇酣适。上午与大孙女对吃西瓜,爽快若饮冰梨,未免太大胆,偶试之则可,终当以非时为戒。下午醉眠,至晚起来,适甚,惟咳呛未已。请辛老为中堂媳妇调理丸方,今日至梨,约明日下午来请封,客气不受。夜以洪更生诗消遣。

廿九日(9月23日) 阴晴参半。上午点《刍言》毕,《徐氏八种医书》自春讫秋均动笔,然无心得,奈何? 午前陆幹甫同巳孙来自莘,为洪九事商作一札,托望老一援,明知不灵,不过应酬之而已。即出头场三艺相示,快读之,通体八比一段总掣;中以五经分四比一段,的切无一泛语;二、三宏畅光丽,文是魁局;小讲尤疏古,人事尽矣,未识天命何如。留之中饭,绍酒小叙。下午至友庆住宿,晚间又来,与慕孙 局而去。下午李辛翁来为媳妇改煎方、定丸方,余求定一伤风方,匆匆即至大港,为渊甫侄媳患霍乱急证,不能即往,子屏处停舟宿焉。董梅邨来自莘和,似亦三场得意,谈及今科人少,点名、送考人仍可舒齐进去,惟监生录科严甚,江震仅取干甫一人。客去,夜略静坐。今日交秋分节。

三十日(9月24日)　阴,无雨,终日东北风。饭后同厚安至芦,先寻吴翠乔,为徐姓款换长泰息摺,自六月初一日起另支取。与梅邨、翰卿等茗叙良久,先读梅老场作头篇,机流神旺,一无荒象,益佩老手,命中预贺。招孙蓉卿来,告以办理先人葬事,含泪致谢,益见天良勃发,地须陪叶子谦翁指示焉,一一遵允。与同人饭店小饮,图饱而已,无可适口。下午又与翠乔等茗话久之而返,到家傍晚。接叶子谦与翼老札,约九月廿五六日间到余处相地,实则以误传误,只好陪视秋伊先生葬地,余处作地主可也,一笑。已孙疟疾间日来,热势今日颇壮,云已忍耐数次矣。酒食奔驰,夜不早眠,风寒易受如此。

九　月

九月初一日(9月25日)　起晴,暖而潮。饭后衣冠拈香武帝鸾书前、东厨司命神前、家祠内叩谒。作札复陈翼亭,庶叶子谦来,不至喧宾夺主,拟即日寄。吴甥又如来,不值已二次矣,下午给洋二枚而去,阳言今岁不再给,恐不能也。二孙寒热已凉,系疟无妨。暇则略读《更生斋诗集》。

初二日(9月26日)　晴朗万分。饭后命寅孙随叔伯苹甫、介安到大港贺子垂侄续弦周庄唐氏。暇点《古文略》赋类二篇。下午翻阅《洪北江诗集》。晚间寅孙归,知宾客甚希。子屏近体尚可,谈兴亦佳,论及秋伊先生葬事,翼老所书摺都有未谈妥处,可称莽将军。摺则仍存余处,不肯经手,有深意焉,然事在必成,吾辈不可不竭力图全之。

初三日(9月27日)　阴,下午复大雨,即止。翼亭札专舟送去,回,知不在家,江城去,信交渠郎公。点《古文略》赋类又两篇,覆《徐氏医书》,心纷,一无所得,此道恐终不识门径,可恨质钝。暇读洪北江《黔中集》,夜读《更生集》。

初四日(9月28日) 阴,又雨竟日。饭后点阅《古文略》辞赋类二首,续看《徐医论》,下午读洪北江《黔中集》诗。晚间内人来自梨,知寿伯从权事择期十月廿八日,初七日送道日,想事无不谐也。灯下略读《更生集》毕。

初五日(9月29日) 又阴雨竟日,水涨数寸,低区收刈有碍。今日始将梅郎中所选《古文辞略》五册圈点竣事,为之一快,以后拟再重读。子垂喜事借大账船未还,下午遣人讯之,云又他往还物件,须明日归,可称私心自用,不如不通情为妙。暇以北江黔中诗消遣,夜读《更生斋词集》。晚间大账船已还,尚如约,差强人意。

初六日(9月30日) 阴,上午微雨,难望老晴。上午涤砚,墨膏可净。午后拾收凉帽,换戴暖帽,若京师,已于前月廿七日换季矣。终日栗碌,未得坐定,略看《制艺丛话》。莘塔舟回,知辛垞亦抱小恙,不出门。夜与两孙吃面,酌膏粱以佐谈论,颇觉可口。

初七日(10月1日) 又阴雨竟日。饭后舟至芦墟允明坛缴经咒,以例助十四元,面交张蘅洲手,至则坛中正在礼大悲忏,与凌莲叔旱船絮语良久,顷之,陆友岩、陆炳卿、周敬斋、沈福生均至,蘅州、莲叔留素斋中饭,扰之。下午叩坛,敬看大士降乩正书,《训俗真言》未读毕即告辞,莲叔以新刻坛中济师叙《点顽集》二部见赠,云刻印资每部五十八文。登舟复雨,到家未晚,夜读《点顽集》,照磬老校本改正讹字。

初八日(10月2日) 雨竟日夜,水又顿涨三四寸,稻禾有碍不但低区,可骇之至。饭后率寅孙至梨徐氏贺徐甥丽江抱孙双满月禧,至则费敏农已来送礼,道丽江、繁友乔梓大喜后,见新郎君丰满肥硕,双目炯炯,笑而不啼,可卜伟器。午刻宴客四席,殷达泉亦至,闻其郎新抱弱证,深为之虑。余与敏农同席,读其闱艺,圆湛警密,人事尽矣,只争今科天命。丽江以越酒住肴款客,旁桌诸少年如黄子英、汝氏昆季与寅孙辈拇战百拳,兴致豪甚。散席已傍晚,夜吃白米粥,胃气和甚。繁友以疟疾早眠,丽江携被陪余下榻西厢,听雨话旧情绪长，而眠味颇短。

初九(**10 月 3 日**)　登高日。早起仍雨，晚有晴意。早饭后率寅孙同徐梦鸥舟至杨家桥吊奠朱谨甫翁，至则排场大阔，敬客以荤菜正席。知题主吴望翁，与之畅谈，知前事有信复余，不能如所愿。幹甫场作见过，似不甚惬意，未识主试能点头否。饭毕，复至谢孝所与费芸舫絮谈，渠疟疾初愈，尚未复原，其大令嫒新自河南归，已庆抱外孙，可喜也。孙先生葬事已面托之矣。出来，复与望云、徐藻安、黄元芝略谈，二公此番作傧相也。告辞登舟，仍还徐氏，丽江固留中饭，仍用昨日所馀正菜、绍酒，饮兴不如昨天。匆促登舟，已三点钟半，到家黄昏，早眠，熟睡。

初十日(**10 月 4 日**)　始开晴，日光未旺，然已有转机矣。上午补登日记，阅《徐医论》。下午读《洪更生诗集》，神倦昼寝，可称懒惰。夜复雨，甚为可虑。

十一日(**10 月 5 日**)　晴朗终日，可喜，略嫌潮湿暴热，始将凉帽、凉扇揩拭晒干收藏。暇阅《医论》类方，仍无心得。接汝苕溪夫人徐氏老太条，知今晨寿终，似无甚病痛而善终者，诵华今岁可称悲喜交集，事故多端矣，十五日大殓，拟亲往一奠。下午丁少兰来推拿小冀保近恙，云无甚惊风，处方消痰、润肺、化滞而去。碌碌终日，不能静坐。晚接幹甫回札，知事由长田经手，百洋释放，吃亏无奈何也。望老复函亦附致，事虽无成，词甚婉转可听。

十二日(**10 月 6 日**)　上午雨，下午西北风，大有起晴之望。午前徐瀚波、陆韵涵来，均留之简亵便中饭，瀚波处付旧宅保婴又二十元①，送字纸灰费十元，贫米上又十元，共四十元，略谈而去，神色仍难照旧也。韵涵为杨公祠修补所窃去之门窗，同人分派捐办，余处派助三元，老夫独认，两房不派数，亦不许再添数也。絮谈以后芦局公事，不同心，触处棘手而去，洋亦付讫，碌碌仍不能坐定。两孙今日同

---

①　"元"字后原文有符号ᗡᒼ。卷十，第 242 页。

至退修盘桓,舟回,接巳孙禀,知辛老近况甚佳。

十三日(10月7日)　又阴雨竟日,晚间稍息点,甚为农人忧虑,今日雨,俗忌也。上午阅点《点顽集》《医论》,心纷之至。下午以洪更生《黔中诗集》消遣。夜略静坐。

十四日(10月8日)　阴,午刻交寒露节,幸风非西北,下午又大雨不止,殊愁水涨稻荒,农人刈割无期,奈何! 上午五侄媳来商一事,所出题目万不能做,只好徒受所贻百合八枚,却之。暇阅《制艺丛话》《附鲒轩先生诗》,均无兴,掩卷。

十五日(10月9日)　朝晴,晚雨。朝饭后舟至梨川,送汝苕溪夫人汝氏大殓,寿七十有八岁,排场楚楚,可见在镇办事之易。与黄元芝、张少江、张柳三同席,饭毕略坐即出来,舟至邱氏看寿伯内侄,始悉暑疟成疾,现已就痊,无力起身,敦属慎饮食寒暖,忌冷物鲜物,似尚知保养者。喜事时要告借新账船、纱灯两堂,十月廿四邀寅孙到梨,廿五日去送五盘至庄府,一一允之。留食燕粥后即开船,知镇上西乡恶佃已梗索装坝,势似汹勇,若再不起晴,东乡亦将波及,可虑之至。到家未晚,忽诸元翁同府学值路杜秋波特来,见面几不相识,询及来意,云年来家食不吉,欲进京依常熟余章京别图生计,望告贷大衍,坚却婉谢之。留夜粥,絮谈,同宿书楼。

十六日(10月10日)　起晴,大喜,能从此不雨,乡氓犹有望。陪两公吃早便饭即告辞,赠秋波赆仪五元,欲再请益,又借三元,搭桥科考扣,似甚不如愿而去。噫,门面太阔,应酬太繁,门户支持不易如此! 暇阅《医论》类方未数页,大富圩、南北汀男妇同圩甲三载来,求看水稻,告以目前不能,水退当出来勘定,尚唯唯而去。吁,我辈靠田吃饭,如此光景,限租不知若①收成? 思之,愁闷之至! 下午舟去载寅孙、五侄晋卿,医金一元即转交辛老。晚间寅孙还,知辛老道况,出门极忙,谈兴极佳。浙榜已揭晓,西塘陆柳溪郎已高中,年仅廿五六,

---

①　"若"字后疑漏写"何"字。卷十,第243页。

暗中摸索,真有眼也。夜复雨,虽不大,不胜愁迫。

十七日(10月11日) 阴,幸无雨,终望西风大透为可老晴。终日栗六,照看出冬,范仁荣一款代为枭出,归本计利三年矣,让净,只取十之一数内,未免太松,然不如是,万难结账也。书此,以为后来之警。夜读洪诗《附鲑轩集》。

十八日(10月12日) 渐起晴,晚间雾朗,尤可喜。上午登清内账,暇则重读《古文辞略》二首,阅《医论》,一无所得,看《制艺丛话》策末本,颇有可解颐。夜读洪更生诗词。

十九日(10月13日) 又阴雨,水涨已平驳岸,近年所未有之灾。将熟忽荒,吾辈与农人其何以堪!不胜忧惧。终日无聊,仅读《古文略》二篇,《附鲑轩诗》无心卒读。下午子屏有札专足来投,知近体仍不甚健,拳拳于孙先生葬事,匆促复之,未尽欲言也。寅孙似有疟象,来势轻而未定,且俟明日。

二十日(10月14日) 阴,复潮甚。大雨自昨夜至今终日不停点,水又涨二寸,石驳岸几平,水灾已成,乡间防不安静。上午苹甫侄来谈,共相叹息,不想天变若斯,实不知若何结场也?欲以诗文消闷,益无味,掩卷。晚间子祥自北舍收黄会,得彩归,知茶馆不安分之徒口碑甚不佳。夜雨仍不停点,寅孙疟势甚轻,苏州拟不去矣。

廿一日(10月15日) 阴,终日微雨,晚间似有起晴意,或者天宥吴民,吾乡不至全灾是祷。暇阅点读《古文词略》《医论》数页,下午翻阅洪先生诗。俊卿五侄请辛垞诊疟复发,即邀之来叙谈片刻,为寅孙拟方,缘有疟象,透之即还莘,云日上要收期回家,道况虽佳不顾矣。夜略闲坐,看《卷施阁诗》。

廿二日(10月16日) 天忽起晴,和暖竟日,不胜祷求欣慰,不然水已至荣桂堂,庭中不可设想矣。上午《点顽集》圈毕,《古文略》续点二篇,终日心朗境舒,未识水灾可度过否。寅孙疟来,寒热颇壮。夜读洪先生诗《附鲑轩初集》。晚接叶子谦札,二十日发,重约天晴路干月初来,足见周到。

廿三日(**10 月 17 日**) 复雨,竟日霏微,东北风,重云不开,难望起晴水退,如之奈何?低区佃户已络续来报荒,闷极愁极!饭后遣舟去载巳孙,以金腿、越酒一大坛送李辛垞行。终日无聊,略读《古文辞略》、《徐氏医论》数则。寅孙寒热已解,下午幸不雨,傍晚巳孙归,知辛老出门甚忙,尚难收期。

廿四日(**10 月 18 日**) 四鼓后复大雨,至天明略息点。终日微雨不绝声,近地低区佃户报荒来纷纷,为之辄唤奈何!饭后命巳孙至徐丽江处,贺其四郎梦鸥新禧,殷氏少衡子贺分已托寄矣。中午祀先,曾大夫杏传公忌日,祭必以蟹,先曾大夫所嗜也,时市已断屠,以腌肉代鲜。愁闷中仅读《古文词略》二首,洪诗亦无会意处。晚间巳孙回,知今日宾客甚希,中午五席,大船接新不亲迎,甚谓见机。费敏农昨自苏来,路上尚安静。南闱今日犹未揭晓。

廿五日(**10 月 19 日**) 朝上大雾,微雨。上午开晴,下午又细雨,晚间似有复晴开霁意,能得从此老晴,高田尚无恙,低区种籼稻霉烂,难望还租矣,不胜祈求之至!终日点读《古文词略》三篇、《医论》数则,北舍绣甫侄孙之妇程氏昨日未时身故,初一日大殓,既来通知,孙辈似须去应酬。夜读《洪更生诗集》。

廿六日(**10 月 20 日**) 终日晴朗,欣幸奚似!水退半寸,然潮湿燥热,尚防有变。上午点读《古文词略》三篇。下午巳孙仍至莘,约廿九日去载。金星卿家的知昨日近地强借米四十馀石,洋佰番,已开劫夺之风,思之可怕。晚间传说南闱揭晓,陆寿甫已中,又同里二人,馀尚未知,恐意中人均不稳也。夜黄昏后雷电交作,不知作何景象。心纷不能坐定,与寅孙闲话,愁闷而已。少间风雨大作,西北风狂吼,幸雷雨即止,明日可望起晴。

廿七日(**10 月 21 日**) 阴,西北风,骤冷。地下干燥,然微雨竟日,水仍不退,殊切焦思。终日闲宕,未斡一事。《制艺丛话》今始阅毕,《古文词略》第一册重点讫,以后不再动笔矣。夜读洪诗《附鲔轩》。今日梨川舟来,传说梨中汝步云,名梦庚,七十九名。盛中张季勤,廿七名。文可夺命,命可夺文,此事不胜疑讶,不胜动心。

廿八日(10月22日)　又阴雨终日,水涨逾前半寸,如此光景,不知若何结束,岂真欲做到全荒耶?昏闷无策,观书无味,与寅孙互相太息而已。有人传信来,确知陆幹甫高中四十二名,寿甫尚有屈,实至名归,众论翕然。夜间雨似略息点。

廿九(10月23日)　又阴雨,竟日不息点,天欲做成荒象,无可奈何!闷坐愁城,一筹莫展!上午荣桂堂端整经堂,明日为二孙媳十月朝礼忏,凌三太太遣女使来致祭,犹沿承平景象,却之不得。下午费氏有便舟回梨,遣女仆投敏农札与寅孙,速望之到苏,然终无善策安顿眷属,思之益觉心纷。水又涨半寸外。晚间巳孙回,知辛垞昨日已回去,砺生日上要到苏,与绥之商开局筹捐,极是一篇好文章,然于吾村鞭长莫及。

十　月

十月初一日(10月24日)　阴,昨夜、今日雨不停点,水又涨寸馀,驳岸上已起水,不知天意降灾若何,殊切剥肤。饭后衣冠东厨司命神前、家祠内叩谒,今日三官堂僧主行静成礼大悲忏第一日。下午招介安、苹甫、焕伯来议事,一无善策,然尚是安排近邻暗度陈仓为要务,特所费不支,风波莫测,将如之何?谈至傍晚而回。夜间寅孙伏载,明晨往苏。

初二日(10月25日)　开晴,为之大喜,惟下午至晚又微雨,谚云"上火要微点,下火晴始验",姑如望,天心已转,幸何如之?千万祷求!终日心略定,看《医论》数页、《卷施阁诗》数首。

初三日(10月26日)　又大雨,至夜尤甚。大劫又临,挽回无术,忏事圆满。终日闷坐,与苹、焕辈谋,一无善策,大约不办土赈,此宅断难居,兔窟易谋,资重难出,姑尽人事。适寅孙未晚已自苏回,芸老见过,敏农到同,知紫溪陶氏在苏已营三窟,甚服其见几之决,余亦不能不动心也。夜与两孙筹议,眠已不早,草复子屏一札,甚感关切。

初四日(10月27日) 仍阴雨,水涨寸许,瑞荆庭底有积水,起晴难望。饭后命巳孙至莘,由彼处唤船至苏桃花坞谒凤生师,未识可托庇宇下? 上午大女孙来,知砺生今日尚在家,即日要赴申作黄鹤矣。下午回去,子屏回札来,知焦桐馆已起水,可叹! 苹甫来谈,知焕伯已东行布置。作札致芸老,命寅孙明晨再至苏混堂衖,以尽人事。今夜伏载,晚间似望有晴意,暖甚。夜间心稍定。

初五日(10月28日) 昨夜四鼓雨止,今日起晴,西北风,终日清朗,下午风始紧,能得从此长晴,不胜为高区之民重庆更生。巳孙有札致寅孙,亦已唤舟往苏。上午钱一村来,欣知寿伯疾已愈,从权事,西路虽荒,不能不办,明后日一村至震泽,面会兼伯,一切从简行事,极是极是! 一茶即还,足征干练。是日冀高小曾孙周岁,凌三太太仍遣女使来代仪成盘,甚抱岁歉礼周,从俗领之。小冀保携抱拜星官,试以盘中之物,先取红顶,再取银印,为之欣喜,此子他日可望读书成名。下午焕伯来谈,知金泽昨已去过。是日惊魂略定,未识能从今始转危为安,祷求之至。夜阅《更生先生词集》。

初六日(10月29日) 晴朗竟日,下午尤佳,久不见此景象矣,不胜侥幸。西北风渐息,水犹未退动。下午丁少兰来为小冀保推拿惊风,据云从肝经起,已过关半,处方清解和热,能得汗解,转疟为妥。终日纷如,近处已有来告灾者。夜读洪先生词解闷。

初七日(10月30日) 晴朗竟日,下午西南风,幸不大,可望不变,水略退。上午略阅《医书》。下午焕伯、苹甫来谈,知本村匪人盛孝思几有异心,幸张安山喝之,始息不良之计,亦三日天晴之幸也。三点钟后寅孙归,路上幸托平安,接芸舫回札,以别筹为目前不必议,殊属不悉此中境地,所谓迁地不良也。夜与寅孙谈,知昨日午后巳孙未到苏,不解何以迟迟。城中房价已昂贵矣。

初八日(10月31日) 晴朗,下午更好,西北风,水退半寸,惊心初定,惟论及善后事一无良策。各租无着,粮未必全龥,真有来日大难之势,因之掩卷太息,心纷意乱矣。晚间巳孙尚未还,甚悬望,大约鹊枝难觅,经营甚不易也。黄昏时巳仲自苏回,知止宿谢绥翁处。姚和卿家有三楼三底,每月四元,特来请示,余劝渠即日定见,已于今夜再伏载,明日由莘复砺老到苏。

初九日(11月1日)　终日晴朗,不胜欣幸。上午略阅《医案》,晒所服戴大小帽,霍潮异常。下午唤伯、吴莱生来谈,告知昨由绥之处得悉刚中丞刚愎异常,竟匿灾不报,仍欲办漕,东乡必被追呼之累,租从何着,且看下文何如,必然公私两困也。徐瀚波来,预告以来岁之事一概暂停,渠怅怅无所为,只好忍心不顾,以节一款,一茶去,略读洪更生词。

初十日(11月2日)　晴朗可喜。终日水退三四分,门前石场尚有水,本村邻人已刈稻晒谷,尚见丰熟之象,所苦者,业主难出章程耳。晚间苹甫自苏回,布置一切,颇见敏捷,然位置亦难妥善,大约今冬尚可安堵。夜与寅孙闲话,深有来日大难之势。

十一日(11月3日)　晚晴,东北风不狂,水退三四分,可喜。上午略登内账。中午十月朝祀先,托祖宗荫庇,目前水退,犹庆安居,幸已甚矣。然通盘计算,实难支持,奈何?率寅孙灌献毕,饮散福酒,殊无兴趣。明日命舟至苏,寅孙暂不往,亦是一计,札至敏农是托。暇阅《荒政筹济编》,以广见闻。

十二日(11月4日)　晴,西北风,可卜老洁。上午苹甫来谈,皆以不吃惊吓、不遭土匪为大幸,租米无着犹后也,目前吾乡大可居住矣,一笑而返,明日云欲往苏。今日水退一二分,以《筹济编》消闲。

十三日(11月5日)　阴,水退一二分。晚复起晴,西北风不紧,大约天意可祈不变。终日阅《筹济编》,系道光癸未年常熟杨景仁所辑,救荒之政详备矣。下午张洪甫来,有所需,应之,今冬商人大可生财。苏州船亦回,接敏农回札,知刚中丞委员勘灾,城中租务亦无章程,梨里下乡殷实之小家,初四、初五夜间已遭劫掠,吾乡安堵,幸何如之!陈邑尊颇肯严办,现在势已略定。傍晚迟巳孙不至,不识缘何耽阁?

十四日(11月6日) 晴明清朗,乡民可趁此刈稻,惟水不退,终难下手。终日心纷,仅阅《筹济编》数页。闻邑尊在芦镇勘灾,下午沈达卿同吴莱生来谈,晚去。迟巳孙仍未回,不解何故?殊切悬望。

十五日(11月7日) 晴暖,是日立冬,东南风,水势不退,可虑。上午略阅《医书》《筹济编》,下午束书不观。焕伯自萝店回,云计定不迁。灯下巳孙仍未还来,不胜焦闷,何办事无变通若斯?

十六日(11月8日) 晴暖,西南风,水退一分。终日闲坐,晚间风转西北,黄昏雨,幸不至檐声大滴,风似将透。下午命舟至莘探听巳孙消息,回述所唤之舟仍在苏顿候未回,初不解缘何逗留多日,殊焦切之甚,不胜疑虑。命寅孙明日到苏桃花河询问,属其一同回来为是。少年出门,颇不能倚仗,无他也。寅孙今夜伏载,为之悬望不已。

十七日(11月9日) 昨风狂雨骤,雨半夜,今始开晴,可幸!寅孙因西北风狂登岸,饭后始开行,属到同里泊舟,小心为要。终日愁闷,略以洪太史游山诗小遣。水不退,观村人棹小舟至田中刈稻,辛苦寒栗,水深可知矣。

十八日(11月10日) 晴冷,西北风。上午莘甫来谈,知昨自苏回,一应已搬运寄同,殊觉妥而不费。午刻由北舍寄到巳孙十五日桃坞所致寅孙书,欣悉止宿绥之丈处。姚和卿宅不空,罢议。抚松馆一落,蒙绥丈关说,宏豫庄暂租五月,房金每月十元,是月廿五日起租,洋已交出,未免过费瓦掷,何弗仍向和卿说,来年二三月接租为简省。此事已谈定,不必计较,然少年办事未见周密,此番出门身体平安,得此信已大慰矣。绥之处议赈议租,平盛同诸公咸在,邑尊陈公劝不收租,而征粮请免不肯力任,谁肯信之?目前水不退,吾乡近地亦断难开局。总之,今冬租粮两困,来日大难,且俟孙辈自苏回来再听消息。夜仍以洪先生诗消遣。

十九日(11月11日) 晴冷,西北风,水不退。上午略阅《古文略》。下午焕伯来,云梨镇光景大非,租局难开。黄昏时巳孙归,知昨自苏同咏韶兄弟趁船到雪巷止宿,今日午前仍在沈氏,开行已不早。

抚松馆已租定五月,绥之处填洋廿元未还。租、赈二事,同川、盛泽、震泽诸公咸在。绥之昨日请酒,未识有定论否。日上已奉上谕,如各州县匿灾不实报,从重严处。刚中丞不能不上闻,吾辈租事同画饼,能免赔粮为幸。叙话良久始眠。

二十日(11月12日) 晴朗,寒冷,水退一分,甚嫌不速,农人何以刈割?上午略阅《医论》。下午寅孙回自苏,深悉陈邑尊已力请免征,于藩司十六日已颁谕,查灾施赈。同里诸公欲赶紧,廿八日开限,特恐一有风闻,未必即能上饵。吾辈之家,从此无生计,思之迫甚,姑看大局如何耳。夜与两孙絮语太息。

廿一日(11月13日) 晴冷,西风,水退三四分,可喜。上午略阅《医论》。命寅孙作禀复费芸翁,为吴莱生太夫人事,目前似可无恙。下午阅江南新墨,元方公年仅十五,笔段虽好,颇多稚气,馀亦不如前科。晚间寅孙自大港屏伯处商方回,据述近体苟安,总嫌委顿,言及时事,渠竟一无所知,闻之互相喷叹而已。彼困凶年,情形更窘。

廿二日(11月14日) 晴朗,霜浓。上午东南风,水退几一寸,甚慰。饭后命工人刈水稻,携杖至后门观之,水都淹人小膀上,终日六人仅收亩馀,辛苦寒冽情形目睹。午前大女孙来自莘,留之止宿,日上即要迁至申,砺生已定租屋,在皮蛋作丰茂右右洞庭山码头相近,此迁别有缘由,非为水灾也。暇则阅洪北江诗,亦不能有所得。夜与大女孙话旧,彼此境地不同,所谈亦不甚融洽。

廿三日(11月15日) 晴暖,喜水退半寸,前厅庭中已干积水。工人刈水稻,终日不过一亩。上午舟送大孙女还莘,云日上俟舅回家即要迁申,家具已运一空,约来年闰月清明前还家再来省余,此去真安乐土也。暇读郁宪宸昨所寄会试朱卷,平正易揣摩,孙辈以为不屑为,未免轻视之。碌碌竟日,洪北江诗聊小遣。

廿四日(11月16日) 晴朗而暖,水退半寸馀。工人仍刈水稻,四亩未毕。上午骧卿侄孙持子屏札来,知四大太太忽起痢疾,病势不轻,渊甫侄欲为其子葆真赶紧成婚,前所许会十千不得不先收以办事,一一允之。留之中饭,两房二会,莘甫不在家,顿候久之,始收齐去。命巳孙作札复子屏,此事虽年荒,万难却却也。晚间王妪自梨邱氏回,欣知寿伯已起来,特来复原喜事,准期十一月十二日庄氏就婚,冰人亦须陪往。汝诵华约余月初一往,想必有商酌事宜,际此势局,诸事棘手,然亦无从推委。夜阅《筹济编》。

廿五日(11月17日) 晚晴,颇暖,水退五分外,是日最速。上午内账略登清,暇阅《洪北江诗集》。晚间巳孙回自莘,磬、砺二母舅均见过。磬生昨自苏归,知江邑东乡要开征,租局可办,同川已发繇纸,初七起限,特章程万难划一。冬间摘赈,任又莲主其事,倩人各处查户,东乡均归渠经手,大势似可接济,惟余所业之佃低区为多,甚恐有名无实,俟看田后再定。夜与两孙谈,砺老明日欲招巳孙去襄理行装。

廿六日(11月18日) 晴朗而暖,水退几一寸,田岸均见,似有起色。工人刈水稻尚未竟工,上午阅《医论》《筹济编》。下午巳孙至莘母舅处止宿,借以送行。砺老命巳孙书退庵医招纸,欲于申江行道,所谓于无生计中别寻生计,不敢吃尽现成饭也,可佩亦可悯,实不得已也。灯下仍读《洪北江诗集》。

廿七日(11月19日) 晴暖,融和,水又退半寸外。余家刈水稻,今日午后始登场摊堆晒,内香粳一亩七分,仅割稻头十之二,馀均霉烂出芽狼戾,弃之可惜。暇阅《筹济编》《医论》《洪北江诗集》。晚间莘塔船回,接巳孙与兄札,知砺翁明夜伏载,廿九全家吉行,舅父固留再宿,借助料检行装,明日下午彼处备船送归。医书数束均先载归,灯下仍以洪先生诗小遣。

廿八日(11月20日) 朝上大雾,晚晴,水退一二分。终日圈读洪北江卷施阁及第得意诗。晚间巳孙自莘回,确知砺翁全家明日饭后启行,租、粮二事外间亦无实信,惟凌氏拟十　月十　日起限。彼处田高,淹殁者不过一二成,未识乡人心不变否。明日两账船分行看稻,谆属丁达老毋为催甲所欺,若何章程,万难悬拟,余所业田高区甚少,且俟看遍后再定。夜与两孙闲话消闷。

廿九日(11 月 21 日) 朝上大雾,晚晴,暖甚,水退不过一二分。暇阅《医论》,圈读《洪稚存先生诗集》。晚间北舍局黄漱泉来,以该柜花灾数各圩淹殁者相示,或六七成,或五六、二三成,据云此数开征时有增无减,从此舞弊弄巧,胥吏大有权矣,益见核实之难。若云七柜均要开征,数凑长短,恐不确也。总之,今岁收租大无把握。

三十日(11 月 22 日) 朝上微雾,上午开晴,水不甚退,颇暖,村人借可刈水稻。是日交小雪冬节,暇则登清内账,圈读《卷施阁诗》卷九至十一,豪迈可喜。

十一月

十一月初一日(11 月 23 日) 朝上薄雾即收,晚晴,西风颇好,水则不甚退。饭后衣冠拈香东厨司命神前、家祠内叩谒。上午以《卷施阁诗》圈读,适接蔡氏条,惊知进之从甥昨夜身故,病缘烟。又遭凶年,心境不舒,为之败兴,从姑二妹将何以堪?初五日大殓,当命孙辈一送。晚上两账看稻回,东北路同灾,春白尚少,惟限收石脚难定,且俟大概再议,若大富一带低区,不知若何结局,恐不过十之三,将何以开销?殊切踌躇。灯下略闲坐,明日拟赴梨邱氏,看寿伯内侄近况。

初二日(11 月 24 日) 晴朗竟日,暖甚,水不退。饭后舟至梨川,已刻登敬承堂,寿伯内侄内厅出见,前恙未全愈,今午疟瘿又发,云冷,定有汗,隔一宿可起身。就婚事,汝诵花(十二日吉期)即来商酌,肯陪之往,寅孙同去。少顷,寿荪亦至,以兼伯致辛垞信相示,一切肯体谅,礼金贴费悉照前议略优,均允之,属寿孙作复,惟望寿伯即日就痊,来往平安是祝。中饭后余即归家,一路看䂎水稻,光景不佳之至。梨里租局大势难开,为之奈何?到家点灯,闻邻圩看稻乡人不甚安静,此风一开,收租有碍,此事甚难决也,姑听之。

初三日(11 月 25 日) 阴,微雨,水不退,略涨,幸下午起晴,然潮湿特甚,未识能转西风长晴否。农人刈水稻不及半,苦不胜言。终日以洪更生诗消闲,夜雨颇大,西风未透,愁虑之甚。

初四日(11月26日)　阴冷,西北风,上午忽大霰雪,至黄昏时始止点。农人刈水稻又多推托,奈何? 接敏农与寅孙札,知苏城廿八开限,尚有所收。藩司批江震绅士报荒禀,"江胜于震,成熟之区当剔熟征收",看来吾乡不能不开局,而租风观望,毫无章程可定。又接叶子谦初一日信,今日要来,下午即作札止之,拟明日寄同。适傍晚子谦已来,留之登堂,絮谈,夜饭,告以近地水积田中,万难相视,孙先生葬事只好从缓俟明年。余作札关照,再商动静。谈及同川诸家,开限有期,而章程上算石脚亦无人家收过。总之,进场大不易也。未一鼓,送渠乔梓登舟,发舟金肆佰文,云明日要至西塘王公正。

初五日(11月27日)　起晴终日,水退半寸,为之稍慰。朝上命寅孙趁苹偩船至梨送进之大殓。暇以《筹济编》、洪更生诗遣怀。晚间厚安账船回,知金、尊、玉、富一带圩田水尚过踵,低者无论,口碑不佳,还租已无此心,且不能看,大约全荒,近地亦思抗欠,可叹! 寅孙晚归,知梨里诸公论及收租,彼此不敢出头,大约无可计议矣,余亦只听自然,不敢妄相稍有润色也。灯下闷坐,无聊之甚。

初六日(11月28日)　又阴雨竟日。两账看稻均回,云近地低区万难上岸细勘,人情汹汹,租事大约无着,愁闷万分。饭后内人至梨邱氏盘桓,大约须俟兰内侄庄氏就亲回来再定归期。暇以洪先生诗消遣,亦无意兴。夜雨仍滴,水有涨无退,思之几不成寐。

初七日(11月29日)　复阴雨,下午始息点,未识能即日起晴否。陈厚安至芦墟,知茶室中乡人闹叙,均不思还租,天气与人心相协使然,复何言哉! 午后丁少兰来为小冀保推拿,据云此番较前尚轻,惟泄泻多次,脾气易虚,以早健为妥,处方温中、健脾而去,夜以洪更生出关入关诗消遣。

初八日(11月30日)　阴,幸无雨,水退寸许。终日彤云漠漠,似有雪意,颇切杞忧。是日与两房侄暨侄孙辈议限租石脚,分上、中、下田三等,上照旧冬头限让一斗,中斗五升,下二斗,择于是月廿五日起限,统发限由,不来者听折价随时定,此其大略也。能得到限,再商外减,未识能有收场否。实因粮不全蠲,不能不如此办法。总之,高区大得便宜也。议定始各去,然办理大不易事。暇以洪更生诗圈读。

初九日(12月1日) 晚晴,西北风,水退三四分,颇冷。上午子屏特遣人来探问石脚、开限日期,并云接周雨人信,粮米有实征六成之说,芦、同、库开三柜,从此华离之地万难收租,约略复之。寅孙另有禀,并石印小板文同寄。下午厚安自芦回,知高田有至同里还租者,任每亩八斗,金每亩八斗三,折价二千二三,亦不踊跃也。暇以洪更生出塞赦归诗小遣,一卷圈毕。

初十日(12月2日) 晴朗,水退四五分,可喜。上午阅《医论》完,暇读洪北江《更生集》。下午苹甫来谈,知莱生之母病在垂危,有信欲再支取摺款,境遇之迫可谅,然目前无便可付,且后事需用纷纷,只好姑缓忍待。是日寅孙至敬承邱氏,陪寿伯表叔就昏庄氏。晚间舟来,寅孙有禀,决计今夜伏载,明日到震镇,可望舒齐。并接敏农与孙札,知同川初七日开限,收不成数,可骇听闻。漕粮,三柜决要开征,实蠲几成亦未得实消息,大约花灾之局已成,东乡吃重。

十一日(12月3日) 晴朗,水退三四分。朝上任敏农同其友王心田来,知摘赈一事意欲唤圩酌办,与之商从缓,不必出亮,恐有碍发由收租也,彼意似以为然。论及开征,陈绶翁不肯明言实数,江震查赈,大委员已派钱道君俨。略谈,一茶即去,敏农始知审户之难。午前接吴兰生之母夫人费氏表嫂讣,惊知昨夜戌时寿终,明日未时小殓,十三日领帖举殡。兰生有条致苹甫,急欲支款急用,苹甫至北舍未值,命巳孙至焕伯处支钱七十千,合乙佰千之数,明日带往。灯下六侄始还,面定明日饭后同巳孙去,侄处办舟,余贴舟人一名,酌定致分,两家合六,介安、焕伯合二,此番目前似可开销也。苹侄回后,略以洪更生诗遣怀,因思天下事何不如意者多也?是日巳孙释期服,于二孙媳几筵致祭,思之凄然。

十二日(12月4日) 晴朗,水退半寸外,西风寒甚。饭后巳孙随六叔吊奠吴师母,舟中住宿。暇阅《医论》《伤寒杂方》《筹济编》,圈读《更生居士集》半卷。厚安至长荡调停催子阅墙事,始允秋办,余处静管老祭,限由各自进来取,恐收租事仍画饼也。晚间舟自莘还,接磬生复巳孙札。敏农亦到过,始知查户一节即绥之所定,分极贫、次贫,为来春官赈张本,所查放急赈即潘伯寅顺天拨来之款,指明江震原为四穷,不能度岁,点缀一二以待春赈。章程极清,办事者势不能分做,合并一题,以致乡人借口,大怀奢望且借作赖租步位,大坏租风。甚矣,两全无碍之难也。渠家十五开限,余家明日两账姑发由纸,来不来,听之信天翁而已。夜间仍读洪诗遣寂。

十三日(12月5日) 晴暖,东南风,水不甚退。上午阅《筹济编》《伤寒类方》。下午叶郎君来探听租事,知十八日设局,芦墟收租,并传闻高、是、大阡等圩有齐心霸抗之谣,大是诧异,未识有人能解散否,相与太息而去。晚间巳孙归自同,知吴师母今晨入殓,芸舫太夫子在费氏灵前谢揖见过,长谈,深悉同租局东乡略有上限,成色毫无,粮局两局开定,然陈邑尊意甚不顶真,减成亦不亮,大约办荒政甚顶真,贤令尹也。然吾辈支绌难以言状矣。夜仍读《更生斋集》。

十四日(12月6日) 晴暖,水退。终日愁闷,心无所寄。上午略将内账登清,暇则点读《更生斋诗集》。巳孙作禀呈砺母舅,明日拟由梨信局寄上洋丰茂皮蛋作。

十五日(12月7日) 晴,不甚朗,水退,下午颇佳。暇阅《筹济编》,点读《洪更生诗集》。租务各处不动情,恐无成色结局,东乡图抗,馀复何望! 晚间寅孙回自梨,欣悉十二日邱寿伯就婚庄氏,一切均能成礼,大慰。陪亲者俱宿舟中,十三日朝上款媒,午刻款新客,诸陪亲者十四日回梨,大约两新人归期在是月廿六日,余须一往,略照应之。兼伯家略排场,辛垞在庄氏畅叙,始知震镇丝生意极佳,不见荒象,均以冬赈为太早。

十六日(12月8日) 晴朗,西北风,是日交大雪节。暇阅《筹济编》,圈读《更生斋诗集》。吴幼如午前来,中饭后去,赒以两洋,勖以岁底不必来,恐未必如约。晚间两账船发縣纸归,云有骂詈者,有掷还者,有阳奉阴违者,即本村亦甚倔强不肯接,馀可知矣。太息置之,未识能不致全无着否。

十七日(12月9日)　晴明和暖。终日无事,阅《筹济编》水利条,圈读《洪更生斋诗集》二册毕。两孙编排藏书,分经、史、子、集,挨《千字文》号清册一厚本,告成订好,极得翻书查校之捷径,惜所遇非乾嘉时优优之境。

十八日(12月10日)　阴,无雨。饭后忽有东浜及东港口老、中妇人数十人到余处吵闹,借急赈不放为名,谓余指点使然。唤圩甲顾恒德来弹压,不应擅至厨下自动手,将所馀之饭吃尽,多方要挟,圩甲妄应之始散去,殊属不成事体,此事恐难私自下台也。终日愤甚,六侄来商,亦无善策,姑俟明日传圩甲来,探听使指何人,以观动静。灯下略以洪诗消遣,尚可解闷。

十九日(12月11日)　晴暖万分,朝雾防变。朝上黄瘦泉来,密关照北舍大约不开局,租米无望,欲以人力挽回,约仲僖侄孙暨余家至磬老处商议,递公呈请开局,恐不得力,絮谈世事而去。下午命两孙共往莘候磬二母舅,求商两事,拟一词请教,能空喝不用即渐退兵为幸。是日《洪更生斋诗集》八卷圈读告竣。今午有"惠"字号南室圩佃户张连升来还飞限租,今岁之祥麟威凤也。石脚七斗九,格外再让九升以鼓舞之,折价每石两元三角五分,欢喜而去。黄昏时两孙还,磬老、仲僖均见,磬翁云,请租告示北舍附同川诸公后为妥,余处事商诸又莲是要,幸主谋人已得端倪矣。

二十日(12月12日)　晴朗,西北风狂吼。欲命孙辈至金泽贺陆幹甫悬匾之喜,竟不能往。终日碌碌,略阅《筹济编》、更生先生诗消遣。晚间六侄来商酌前事,且俟同川回来再出亮,其暗煽之人以不惩办为妥协,且可保无事。

廿一日(12月13日)　晴朗,有冰即释,冷甚。饭后命巳孙至同就商又丈,命寅孙至金泽补道陆幹甫喜。终日愁虑万分,未免无益不达,略以《筹济编》、洪先生诗消解。黄昏时寅孙归,知与陶爽轩、陈翼翁同席,沈赓篁后至,知彼处查赈,圩甲开册请复勘,计刁而面张大方,大约万不能经理,明日亦赴同就商矣。江震荐卷三十馀本,熟悉者陆寿甫、伯埌族侄孙孙。

廿二日(12月14日) 晴和竟日。暇阅《伤寒类方》。是日府字、肥字、集字、是字、琢字等圩佃户王福昌等来还飞限租,看灾折去,馀则均照所划码算讫。略赏酒钱,欢欣而去,真良佃也。共收洋三十三元,钱五千有零。晚间焕伯来谈,以少松摺、公存摺交付之,公款上存洋六二有一之数,当备来年赈款。夜登限账。

廿三日(12月15日) 晴暖。上午略阅《筹济编》《伤寒类方》。账房安静,不搬运,终日收租洋九十一元,均芦墟左右之圩田佃驯良之户。近地不通,本村可恶,来还租者反煽辱之,使人愤有难忍。迟同川舟未返,大约事多棘手难办。

廿四日(12月16日) 晴暖。终日在账房看收租,来者仅东角高字、是字、大仟、南室等圩,不能成市,较昨日稍优而已。未夜已吉账,可叹。傍晚巳仲已自雪巷归,知在城局又莲、大委员钱君俨均见过,租务北舍不开,告示难请,赈事查户大着紧,补查不肯,能自献册,又老尚可点头。事虽丛棘,明日不能不唤圩甲,饬令速查两圩户口册,为之呈局也。总之,处乡之难,盘错屈抑此其见端。

廿五日(12月17日) 朝雾,晚晴。饭后唤圩甲顾恒德进来,告以速写户口册以待县查放赈,极穷户须另记,欲挨写者听,渠似欣然肯办,然卤莽不知世务,万不能与之谋事,姑试之。终日寂然,起限无一户,生计绝望矣。闷坐无聊,不能以书静遣。苏州船回,接敏农信,确知江、震两邑全赋豁免,同、芦两柜罢议,此实梦想所不到,甚为小民庆皇恩浩荡。

廿六日(12月18日) 晴,晚阴,微雨。上午至梨,登敬承堂,至内厅,晤九叔、岳母、内人,知庄新亲昨日送妆,极华美。新人夫妇须明日还家,余亦不能不多宿一天,借悉苍公面上极过得去。兼伯以长笺婉候,得力得意。款新亲从者,开壶致敬,诸事舒齐。与东西席史衡士、钱一村同席,衡士秀静谦抑,告以余家与赤霞先生有文字缘,衡士亦不得其由始。知赤霞曾孙,家宜兴,现在河南习幕。下午无聊之甚,惟与九太太闲话,欣悉兼伯夫妇极优待。寿伯夜宿内厅,适甚。

廿七日(12月19日) 晴,西北风,朗甚。晚起,候毓老长谈时事,为之骨悚,留之中饭同饮,仍爽约。下午与衡士、汝诵华茗叙万春。一时许,家人报新人夫妇回归,大船已至栅口,不即临门,避人耳目。余循俗例,老夫妇衣冠安床,寿伯自后门先归,黄昏时轿迎新人登岸,径进新房。厅上两席,酌敬至戚,毓之衣冠定席陪饮,极得体,为之欣慰。席散,请两新人权行吉礼,如参灶、谒祠、祭先等仪从简,毕,始请本生祖母出堂受礼,诸亲暨本房亦均礼见,诸事圆场,尚可差强人意。吃新房茶,与诵华畅谈,一篇难文章今夜始幸交卷。是夜眠时三鼓二点。

廿八日(12月20日) 晴暖。晚起,朝粥后复受新房茶宴双见礼,观新内侄媳举止娴雅伶俐,指挥有条不紊,寿伯内侄庆得贤内助,家之祥也。又与东西席毓之同中饭始告辞。内人约初三日归家,余到家傍晚。知租米寂寂依然,初骇闻北舍致和典昨夜回禄一空。夜酌账房,毫无兴趣,饮毕,复与两孙絮语而眠,尚酣适。

廿九日(12月21日) 晴暖,是日夜子初刻交冬至节。终日心纷,略登内账、日记。是日上午忠字良佃徐宝山等来还租,仍照飞限让灾,从宽收之,已出望外也,未识有步后尘否?夜间冬节祀先,祠堂内余主之,厅上祭四世,两孙襄办成礼,余仅主灌献而已。岁虽歉,祭祀不得过俭,循旧为是。祭毕,与两孙饮散福酒,庇祖宗之荫,犹得苟安,尽欢而饭。眠时一鼓后。

十二月

十二月初一日(12月22日) 阴晴参半,防发风。饭后衣冠东厨司命神前、家祠内拈香叩谒。终日意兴索然,观书无味,为圩甲查赈,户口不清,诸事不顺手之故,能早完篇为幸。晚间追之始来左右数。

初二日(12月23日) 阴,微雨,似欲发风,未成。两孙誊真平正,文章清本终日而毕,可称赶紧。暇阅《医案》,无头绪而辍。晚间,金家庄丁少兰来为小冀保拿惊,据云此番尚轻,推治久之,定方祛风安神而去。寅孙明日到江友莲处交卷(余通一要札),后日晋省至费氏陪载大慰保母子归家,大约须五六天逗留,黄昏时伏载,绥老处已作札归赵。

初三日(12月24日) 晴暖,无风,寅孙到江停泊,可望顺利。终日闲坐,一无可以消闷,略阅《徐医书》数页,作札(此札收回)拟致袁憩棠,托伊"世"字租米,未识能不虚所望否?晚间内人老太来自邱氏,知新内侄妇并不轻视敬承,可冀久安。随从诸人昨均回去,诸事圆成,可慰。

初四日(12月25日) 晴暖,浓霜,东南风,寅孙到苏必早。由北库寄到邑尊劝捐告示,与子均合,目前渠家遇灾,只好权存,后当同廿八日所来照会寄交之,此公万难共事也。噫,此题不知若何收场?余适际其艰也。上午传说芦墟已见免粮告示,租米无望矣。下午中兽倪克昌来还租米,三元半让讫收之,真三代以上之人也,复恐无继。终日昏闷,无可排解。是日先祖妣周太孺人忌日致祭。

初五日(12月26日) 西北风,晴朗。上午闲坐,略看《徐医书》。传闻各处佃户得蠲粮之信,已还者向业倒索,不胜骇异。命已孙至莘,借渠外母徐仲芳名下值交之会款付与定甫,探听此事,兼候磬生,细商一是。下午徐瀚翁来,年终莘塔保婴惜字愿票如数付讫,至旧宅保婴掩埋二佰千一大款,年荒,只好来年暂停,今先再付渠洋三十元①,初十左右约来找吉,不得已而忍心出此,互相愁叹而去。晚间子洋来自北库,抄录黄藩司蠲后劝租告示,引○○○宪皇帝十三

---

① "元"字后原文有符号 𠕄 。卷十,第260页。

年例,词及婉和严切,系江震职员陈世彦、杨廷模所禀请者,然租风已大坏,刁佃未必能感化肯还。幸有此谕,倒讨还者可塞其口。

初六日(12月27日)　晴暖,无风。上午圣裕、元音、葵卿同春渌、润芝诸位侄、侄孙来,为致和典被灾,延烧大榕先族兄,大榕一家房屋与润芝龃龉,公拟赔偿,已有定议,润芝亦允。欲余与闻此事,如大榕四嫂暨其子联玉之妻吴氏不驯良、不肯听,要余出场婉劝,义不容辞,姑俟明日再商,一茶而去。润芝昨自无锡回,知彼处缓征二分,租风亦不甚佳。北舍局胡书卿、黄漱泉来,情借书票洋十五元(照会托交子均),极感激,所谓"放长线不断为妙"。四点钟时,寅孙夫妇率大慰保归家,慰保识字二佰,不胜欢喜。初三到江极早,友莲处已妥贴交卷,望老在苏叙过,本题不谈,芸九兄抱恙,似冬温,甚悬切,现请蒋犀林调治,想可渐愈。

初七日(12月28日)　阴暖,微雨即止。饭后作札拟致子屏,北舍大榕四族嫂同其子联玉、孙抡元、媳孙氏、吴氏来(新谱领去),一无蛮话,悉照昨日所议已另迁矣,一茶而去,甚见驯良。今日荣字底区始来还租,每亩三斗五升、四斗五升不等,若近邻盛小三、大富勤高区,半租让讫,太觉便宜。下午仲僖、绣甫、志均同来,为灾之由,润芝难卸,欲渠帮贴,情义当然,特题目太大,甚难妥做,姑应渠明日到守愚堂调停。

初八日(12月29日)　大雾,晚晴。饭后北舍来载,即往,至则登守愚堂,仲僖昆弟均出见,润芝先陪坐,元英、圣裕、兰亭、春渌均来,余与润芝开谈,起灾不提,只望相助通财,润芝理屈而辞壮,侃侃论事,与之委婉开譬,曾不出数目。午席仲僖正菜酌余,诸侄、侄孙陪饮毕,润芝始出口帮乙千千文,亦甚得体。同复仲僖,云必不可少,须助四千,且示余旧分书,有公贴七千之数,似非无因而求益者,余略复述,润芝大不为然,同人均劝,坚决不加。时渐晚,将登舟时又加贰佰,两面均难硬断,劝渠熟商,缓议而归。接子屏复信,余所送微物已收到,近体仍不甚健。陆幹甫来送朱卷,寅孙陪之,即返。黄昏后沈咏韶昆弟来自莘溪,巳孙同归,论及租务新章,又虑变卦。磬老往苏候绥之,看来此事绝望,为之浩叹。留夜饭,开宿酿,姑且欢饮长谈,一鼓后留宿书楼,巳孙陪之。

初九日(12月30日) 晴暖。上午田咏韶处得读磬生新乐府,当录出。大富、玉宇、苌莳田催甲进来空讲,留之酒饭而去,未识后日来复有升合可收否。荣字来还一户,系中年贫寡,真古民也,让讫收之。下午圣裕、元音等四人来复,云润芝大有畏心松机,约余十一二日到彼两劝进场,闻之羡喜,一茶而去。两孙陪咏韶、赓簧到北庠候费漱石,晚归,夜间小酌,谈心解闷,余则早眠。

初十日(12月31日) 阴晴参半,暖甚。饭后与咏韶昆季谈,中饭后渠弟兄同到莘候磬生消息,巳孙陪往,约后日去载。荣字还租,此圩可望进场,惜田少不济急,暇录磬老新乐府。晚间寅孙自渊甫从伯处会酌归,与屏伯长谈,所论之事与余意见相合,近体尚可支持,一慰。

十一日(1890年1月1日) 阴晴参半。饭后春渌陪仲僖来,云润芝大有松机,请余往一断,即同舟登守愚堂,唤润芝出来,刚柔互用,始吐允三千之数。复向仲僖三昆弟酌劝,除赔大榕家一款约二佰千文外,润芝实贴足钱三千三佰千文,期分数票,来年闰二月初十日先付一期,五月缴清。两相允洽,足征润芝敦本睦族大度宽容,言虽一时激烈,出如此巨款当谅之也,一笑落肩。余与元音、圣裕、兰亭、春渌诸老侄、侄孙共事,均大欣慰也。午饭各畅饮欢叙,润芝即日要回无锡本任,余亦即返,渠家备舟送归。未晚,始由北庠见陈邑尊抄奉藩司劝还租告示,又见邑尊恩蠲谕示,同里、芦墟来年秋后要起征,银米六成,馀柜皆免。是租米有不得不收之势,惜为时已迫,大为难办。苹甫侄来,与之商酌,亦无善策。

十二日(1月2日) 晴,西北风。终日寂寂,租务绝无影响,恐芦角亦不灵,馀复何望?磬老新乐府已抄毕。晚间两孙回自莘,磬老见过,昨自江还,献计催租底捐账,请发差望老钱道,均以为可,独陈邑尊不允，租风从此大坏。甚矣，偏爱生大弊，此其肇端。

十三日(1月3日)　晴朗，西北风颇紧。录磬生怀人诗已毕。东账晚归，芦墟催租依然顽梗不动。接憩棠回札，托催一节毫不得力，空文塞责亦不足怪，渠此时亦难出力也。夜与两孙饮酒，忘世事之变，叙家庭之乐，聊自解嘲。

十四日(1月4日)　晴朗，寒峭。饭后唤本圩圩甲顾恒德进来，着渠富堂凌交出兵字霸租为首顾富祥，亦是虚账空喝，恐难济事。世字诸佃来讲石脚，持论良久，每亩一元二角，饭钱不发，始落肩算账，圩甲、诸佃留饭一顿而去。此圩可望进场吉题，数虽短，犹为第一等良佃也，特识之。玉字催子来关照，大约虚望，低区实无奈何也。暇录磬生诗消遣。

十五日(1月5日)　晴朗，终日和暖。荣字、是字、大图有来还租，租风荣字大好，不为邻圩所诱。是字圩甲来，还所佃一半，云后难为继，若大图张佃，则绝无仅有之户也。大势依然不动，午后由北舍航船接平望讣条，骇知殷吟伯十四日生故，十八日领唁，达泉何至无后，大苦可怜！明日当命寅孙一往唁，并慰达泉。吁，人事不测竟如此！

十六日(1月6日)　晴暖。饭后命寅孙至平川。上午南玲、北玲催甲来还租，石脚南北①，不论有灾无灾统收此数，未识能源源来否。别圩殊荣字外几乎绝无望，可嗟！《洪先生诗集》晒过、收藏，无心再读。终日疲倦神昏，灯下略读古诗，闻玉、富等圩敛钱，每亩一二百，制万民伞颂邑尊，所谓"告官赖租"也，其计甚狡恶。

十七日(1月7日)　晴暖。终日闷坐，本村圩甲唤之催租不来，有心抗霸，藐视吾辈可知，时势使然，亦何足怪！荣字、是字尚有来还租者，虽不成数，总是良佃。寅孙午后归，昨夜与蘩友同榻殷氏，述及达泉，凄不可言，谢帖一子一弟空出名，嗣不定，亦是一安静之策，然

---

① "南"字后原文有符号**虬**，"北"字后原文有符号**丹**。卷十，第262页。

终无以裕其后,可怜可虑! 沈达卿已解馆,见示《杨利叔诗集》,当为一读。

十八日(1月8日) 阴,微雨即止。终日为本村租米张、朱、陈三佃户同圩甲进来讲石脚,半日始俯就落肩。有灾不除,两圩不分高低,每亩四斗八升,合洋一元一角,钱廿八文,殊属便宜,然无如彼何也。总之,无官法终难究办,听其发放天良而已。收租否运此其极矣,然较抗霸犹胜一筹,一笑置之。杨利叔诗灯下略读。

十九日(1月9日) 晴暖。今日南玲、北玲略有来还租者,削码短交,限规不准,只图目前,不顾后来大局,可叹! 费亲母家遣使来,敏农与寅孙札,知催粮催租角泽镇上乡农大闹事,殴官毁船,目无法纪,上县出示反以缓征慰之,官何太怯若此? 灯下巳孙自凌苍舟处会酌归,余交重会勉力,焕伯竟收全数,可羡! 砺生一会,苍州填应。

二十日(1月10日) 晴朗。饭后作札拟致费芸舫,昨知近恙已愈。终日寂寂,收无一户,晚间账船还,兵字幸收一户,梨里角无人家开局,荒字催甲见过,则竟熟而荒,无一户肯还矣。心绪纷如,终日不能坐定。

廿一日(1月11日) 晴朗。饭后登清内账,苌蓸催甲率上佃四户,均桂生种,来还租米,每亩三斗,灾白不算,收之,未识此圩极底能有吉题否。若别圩,依然顽梗。有远族良方之媳黄氏,即信丰之嫂六太婆进来,为与润芝屋连被灾,欲与润芝有口舌赔偿,余婉劝之,卸委叙三调停而去。此妇老而悍,难与言也。邱寿伯夫妇遗仆来送年礼,却之不恭,只好略受,犒赏之。凶年俗例难删如此! 代应保婴钱一洋四百九十及存米一石三斗四升交讫。粟六终日,《徐氏医书》八种点阅竟,仍茫无头绪,似于医道竟无缘,可称笨拙无灵根。

廿二日(1月12日) 晴,西北风,渐肃。终日寂寞,无一户讲来,大约租务一概冰搁,为之辄唤奈何! 心纷意乱,不能阅一书,可知忧生之嗟,万难譬解。晚间船收五元,差为解渴。

廿三日（1月13日）　阴，东北风，傍晚雨霰即止。上午苌莳催甲来诉（后知舆情大不协），已还租者大被未还殴辱，以后不能进场，言虽不尽实，事非无因，处此倒逆世界，无法可惩，只好听之，忍恨而已。接子屏长笺，论时事持平中肯，以此相慰，足见痛痒相关。终日无一户，此事绝望！无聊中以《俞曲园笔记》消闷，傍晚衣冠送灶神升天，两孙率慰曾孙随同拜跪，顾而乐之。祭灶毕，与家人循例食粉团，一无荒年寒俭气象，真所谓号寒虫，得过且过而已。芸舫札明日到苏投送。

廿四日（1月14日）　阴，微雨即止。上午登清内账，闲坐竟日。下午徐瀚波来，又付洋卅元，一千①结，少钱九千五百五十文，来年春间找。一茶，絮语近事而去。来岁事与定，略发小愿，俟年熟再商推广。以《曲园笔记》消遣，门冷如冰，历年所未有也。

廿五日（1月15日）　阴，无雨，西北风。晋卿侄媳来诉，东席为人不妥，可知用人之难。终日忠字、南玲等有来还租者，从宽收之，已为难得，暇则阅曲园小说。

廿六日（1月16日）　阴晴参半，暖甚。上午忠字有续来还租，驯良之极，若倪圣来，存洋后算，不过塞责，其心不甚乐输。今冬所收，难满什之一，以后无望矣，将何以开销？踌躇无策，奈何！介安侄来，所商允付，借作孤注，遑问其他。晚间苏州船还，接芸舫回札，欣知近体全愈，始悉三县决计停征，官弱民强，已有明验。时变若此，不知来年作何了局？

廿七日（1月17日）　阴晴参半。上午焕伯金泽典中又来告贷，悉索敝赋，以七佰外假之，连昨分作两票（另记乙佰），余生平未尝跨此大步也。幼如又至，以一洋五百文赒之，看其形状，寒窘万分。日上已发大账，惜体面攸关，不能及也。租务亦略有所收，若忠字，则竟全清，太古以上人情也。自开收至今，约共收成半之数，较之粒米无

---

① "一千"原文为符号个。卷十，第264页。

收之家,已甚悬殊。知足不辱,聊自宽解。限内脚米不过九元七角,余照去年之数折半与之,又赔贴十四元三角,共廿四元。按股分派,借润诸公度岁之资,似甚感激。今日开销,连店账须七十元左右,设一无预备,将何以应之?号寒虫得过且过而已。夜仍照老例酌陪账房遣愁一醉,一切账目均未登记。

廿八日(1月18日)　阴,微雨竟日。饭后送陈、丁二公归家,约新正廿五日到寓,小陈同归,晚来,已许留看账房。下午登清内账,两日之内连租上开销、支脩工、买物件、还店账、家中押岁等项,须计洋乙佰卅元,钱二卅千,如此歉岁,将何以为继?仰屋太息而已。暇以俞曲园小说消闷。

廿九日(1月19日)　晴,西北风。饭后送子祥、黄老坤归家,子祥约廿一日来。终日闲寂,吟七律一首消闷,聊自解嘲,实无好怀也。莘六侄来谈,新岁秀山公渠当祭,传说北舍之北网船为盗,村村鸣锣备警。灯下略看曲园小说。

三十日(1月20日)　阴,微雨,暖甚。昨夜乡村颇有所警,锣声不绝,传闻是撑倒抢网船乘间为盗(实则阴火大炽),至三鼓始安静,甚为可虑,能不波及为幸。上午率两孙衣冠祀神过年,下午谨挂先赠君暨先妣、继妣神像于养树堂,大当年抢着莘和焕伯侄孙,先伯秀山公六侄莘甫抢年,先兄起亭公七大侄孙抢年。终日闲静,夜间率两孙拈香,衣冠祭先,凶年不俭,一遵礼记,两曾孙慰保、冀保随同行礼,两孙襄赞灌献,久之始竣,顾而乐之。祭毕,与家人饮屠苏酒,复陪陈理卿偕两孙畅饮,不觉酣醉。今冬水灾,千古变格,佃熟业荒,靠田者均无吃饭地,将何以支持?但愿除旧更新,来岁转歉为丰,天下之福,实一邑一家之幸也,不胜叩头祷祝。是夜星斗不甚灿烂,今交大寒节,亦不甚寒,时己丑年大除夕二鼓,时安老人谨识于养树堂西书厢。

光绪十六年(庚寅,1890)

一　月

　　光绪十有六年,岁次庚寅,春王正月初一日(1月21日)　大雾,阴,微雨,暖甚。风从东北来,可望五谷大熟。朝上率两孙衣冠拜总佛,东厨司命神前、两家祠内拈香叩谒,饭后合家同至萃和,焕伯侄孙处抢年,拜谒先人神像毕,男女以次行贺岁礼,一揖受之。茶话良久,复至二加、友庆,拜先伯、先兄神像,吃芊六侄新房茶。同至余处先赠君前行礼,又茶叙始各还。余焚香虔诵楞严神咒十遍,时已傍晚矣。昨夜村人复有警锣声,终夜不绝,实则子虚乌有,殊为骇异。上午钱芝泉来拜年,同村中数人略言守望相助事,余以照角帮贴则可,独出资则不能而去,此种小费,似宜随声附和,不便坚却也。夜与两孙论世,处此时局,实无桃源可避,委心任运而已。

　　初二日(1月22日)　阴,无雨,风仍东北。昨夜村人安堵无惊,此事介在有无之间,或云吃教网船湖广帮之所为,无备即乘机劫夺,似非无因。中饭后两孙偕焕伯值年,至大港贺岁,年虽歉,此礼不可废,若酒食则竟辞之矣。晚间两孙归,老福留饮,辞之。若祭田坐索,颇有所收。在子屏伯处长谈,留小酌,谈兴尚佳,惟近体与渠夫人旧恙仍未霍然,告借何子贞诗集八册,名《东洲草堂》。

　　初三日(1月23日)　起晴,仍暖。上午子垂、稚梅、福相来拜年,　茶即至焕伯处,留中饭去。下午率两孙衣冠恭接灶神、土地,夜间祀先,明日谨当收拾先人神像。暇则略翻《东洲草堂诗集》《珊瑚木难》,一时宝光,实难逼视。

初四日(1月24日)　晴而不朗。上午陆时酣来拜年,一茶回友庆,知渠处初一日夜间亦有虚惊,村人鸣金驱之,聊无实迹可据,异哉! 青邑租风颇可,粮征九五,高乡可羡。暇阅《何袁叟诗》。账目出入无心清理,先人神轴谨谨收藏。

初五日(1月25日)　晴,不甚朗。朝起率两孙衣冠拈香,在账房循例接五路财神,饭后慕孙至苏家港凌外祖母家拜贺。终日闲静无客至,翻阅《东州草堂诗集》。赵翰卿寄送冲南腿一、胶菜二,殊属多仪费扰。闻范洪源行歇闭六十馀年,一旦扫地亏耗,仁荣姨表侄从此无吃饭地,可叹可惜! 然万难援手也,可知生意难做。黄昏时二孙回,知苍洲二舅母不在家,叔苹、镜秋陪饮。

初六日(1月26日)　阴雨竟日,暖甚。晚起,未赶一事,慕孙作禀拟寄沪,砺二母舅述近事。下午王韶九之郎子蓬来自萃和,余未见,两孙应酬。少顷,凌幼赓来长谈,一茶均回萃和。暇以何子贞《蝯叟诗》消遣。

初七日(1月27日)　阴晴参半,西风渐肃。饭后慕孙至雪溪沈氏贺岁,约后日归家。上午金鹤亭来,未饮茶即返友庆。金官陪来,顾绶生率其子同来,留之中饭而去。谈及蜀中成都风景(无闲钱可消用,酒馆、茶室均不满坐),朴茂富饶,苏省远不如。凌小海万难补官,恐遭流落,渠旧岁始通家信,冬间由万县至宜昌,由宜昌轮船至汉口,由汉口轮船到沪归家。万里孤客,平安已为万幸,遑问其他! 若云蜀中米贱,甚不确也,益信出门之难。客去,略看去岁出入账,寅孙算过,除冬米已售扣本外,实亏千金有馀,今岁须丰,庶可度过,委心任之难自预料。

初八日(1月28日)　阴晴参半,未见老晴。朝上惊接蔡氏报条,从堂妹二姑太太昨日未时寿终,明日午时小殓,十一日大殓,同堂姊妹一个不存,老怀增痛,明日拟清晨去探丧、送殓,实最可伤事也。终日栗碌,西风峭寒,闷坐无聊之至。接姚先生与巳孙札,欣慰近状,述一可笑事,益叹人穷智短,靦面不顾。

初九日(1月29日)　晴朗第一天。朝饭后赴梨,巳刻登蔡氏内厅,入幕探丧,见二从妹面如生,不觉大哭,从此永无话旧言情之日矣。见彬之子瑗甥,知除夕犹起饮食,初三后渐气促增剧,处分家事,一若无疾而终,实缘骨肉凋残,凶荒继迫以耗其生,伤哉!晤蔡小霞,几不相识。午席用荤正,太费,陪余者蔡侣笙、邱兰芬。下午送入殓,衣衾从丰,营兵僧道,排场尚可,惜渠家门第日非,奈何!殓毕,叩奠即辞返,到家不甚晚,知费兰甫、赵翰卿来过,翰卿、寅孙留饮。终日心境恶劣之至。

初十日(1月30日)　晴朗。晚起,上午观村人补出刘猛将赛会,东浜抢角恶习(仍三日)牢不可破矣。晚间巳孙回自雪溪,知岁底夜惊甚于余处,似非太平佳兆也。明日拟同寅孙趁焕伯舟到梨,送蔡氏祖姑母大殓后候沈咏韶。舟至梨川过,同赴盛泽贺外母新禧,约须十四五日归家,云咏韶偕来。

十一日(1月31日)　晴朗。饭后苹甫内侄潘友仁来,谈及春赈无着,邑尊专筹民捐,恐不了。上午陆新甫来,即以赆仪寄致幹甫,云覆试在闰二月,计偕诸公,甚从容。凌叔苹来自苏家港,留中饭,两人对酌,蒙惠蒸鸭,食之有味,今岁仍从陆柳溪阅文,下午还去。徐梦花来自萃和,所论赈务大略相同。傍晚寅孙归,知送祖姑母出殡,寄在会馆公所,极浅隘,难庇风雨,为子者将何以对劬劳?悲哉!忍心可痛孰甚!

十二日(2月1日)　晴暖,大有春气。饭后重算出账,即停笔,太息无可补弥今岁用度。上午金少蟾来长谈,徐子厚甥孙来,友庆留饮,云今岁在邱氏读书,从师沈琢卿,宿馆中。下午无事,略读《何蝯叟诗》。

十三日(2月2日)　晴暖,潮湿,春气蓬蓬。上午誊清出款账,如此用度,欸岁将何以堪?即掩尺页不书。看大慰保识字,音声甚清,字义略解,职是之由,犹可遣闷。终日无一客至,略读《蝯叟诗》。

十四日(2月3日)　晴阴参半,昨夜大雨今始止,然暖甚,难望老晴。饭后始将去年出入账誊清核实,除本要亏乙千四百金,弥缝无术,甚有来日大难之势,忍心听之,且俟冬丰为祷。暇则仍翻《蠛叟诗集》以销永昼。

十五日(2月4日)　晴,不甚朗,仍暖,是日寅刻立春。终日闲寂,迟巳孙未归,以《东洲草堂诗》消闷。夜观村人烧田财,火色尚红,持秉把者少,微征薪贵之象,益求今岁之丰。是夜元宵,月色颇佳。

十六日(2月5日)　朝上大雾,饭后起晴。下午伯垠侄曾孙来,以拜贺为名,述及老四房远族以延烧之由,借端吵闹,势难禁止,不得不调停,然办理无人,伯垠又非度量宽者,只好余不与闻,劝其再破财而已,一茶絮语而去。巳孙仍未归,寅孙明日必须赴苏外家贺岁,以了年务。

十七日(2月6日)　晴朗。寅孙朝上赴苏。上午将耕牛买与赵田人张荣春,今年拟屋后田顶出,作头张工崛强,亦拟随时挥去。下午巳孙同咏韶、赓篁来自雪溪,云舜湖十五日回,辛垞、梦叔见过,夜酌之。吴莱生已到馆,招共饮,谈至二鼓,留宿书楼。接敏农初十日与寅孙札,知正谊一席,口天不留,大似田荒之苦。接张季琴寄来朱卷,由陈仲盛处转寄,必须答之。

十八日(2月7日)　晴朗,暖若仲春。晚朝饭后送咏韶昆季回家,咏韶即日有沪上之行。张敬甫已荐渠夷务书局校勘矣,未识能渐通洋学否。终日闲寂,略读《蠛叟诗集》。

十九日(2月8日)　阴晴不定,西风终日怒吼,顿觉春寒。闭门无一客来,心境不佳,读《蠛叟诗》亦无味。闻村人到江闸补赈,画饼无得而还,益叹人心之坏,风气之刁,长吏之慈。

二十日(2月9日)　阴晴参半,风渐急。上午徐帆鸥来自萃和,一茶还去,介安留饮,云苏州尚未去。午后寅孙顺风回自苏,清晨开船,芸九丈叙见,近体无恙。谈及春赈,有款可筹,天吴要办夏赈,殊属添花,刁民借多挟持,可虑!敏农约明日来乡,势难多留絮谈心曲。

廿一日(2月10日)　阴,下午微雨雪,寒甚。午前费敏农来,云昨夜舟宿同里,大看马灯,乡民之乐可知。中午酌以年菜,余偕两孙陪饮,论及赈务、租务,大抱不平,即乃叔亦不能赞一策,幸正谊可联,或不致十分决裂,然花样要防不测也。午后雨雪风交作,固留止宿书楼,寅孙陪之。夜间招莱生来,戏着《升官图》以当剧谈,余先辞眠,已十一点钟时候矣。

廿二日(2月11日)　晴朗。朝粥后送敏农由梨回苏,珍重而别。中午祀祭,先赠公今日忌辰也,见背四十一年矣,不孝不特显扬无望,遇此歉岁,无策可以善其后,将何以支持？思之,益增悲痛,惟率两孙、小慰保献爵奉饭拜叩如礼而已。接子屏札,欣知近体尚适。晚间沈达卿来拜年,云秀水不发赈,有湖州张孝子以神道设教,备筑圩岸,法甚善,特恐乡间无实心办事人耳。子祥今日亦已到账房。

廿三日(2月12日)　晴朗。饭后作札致复子屏,下午命两孙至港,持札面呈屏伯,并为中堂媳妇久患肝气、足肿求拟方。晚回,知屏老谈兴甚佳,悬拟汤药、洗药备用,未识能对证否。暇以《何蝯叟诗》消遣。

廿四日(2月13日)　晴朗,渐暖。终日清闲,《俞曲园杂记》四册久阅毕,别无说部书可消遣,暇则仍读《蝯叟诗》。

廿五日(2月14日)　晴暖。饭后登清内账,暇以闲书小种检阅。晚间丁达泉、陈厚安均到寓,夜以年菜酌之,陪饮尽欢。今春无事可办,不过留之坐吃,以俟秋冬成熟,庶有转机,未识天心仁爱能宽宥吴中业主否,祈祷心切。

廿六日(2月15日)　阴雨潮湿,适值春甲子,似非佳兆,以不应谚语为幸。下午走答沈达卿,长谈久之,携得戊子科德清廪生胡惟德顺天朱卷归,系考取算学,新例总理衙门录科送闱中式,算学附刻,无人能解。观其履历,有著作,洵英年奇才,他日出使之器也,不胜钦佩。巳孙颇羡之,然无门可入,且余年老不放心,奈何！

廿七日(2月16日)　阴晴参半,无雨。饭后焕伯处知昨夜楼上失窃(五六十金、衣服),虽无伤本原,未免门户不谨,用人不择,防范为难。午前子屏有札致余，即命孙辈作复，借去小姚先生诗文集、续集，乐府前为咏韶借去。庆如三侄媳例给下半年，公账六元亦派支讫。大榕族嫂同其媳吴氏、孙氏又来，云润芝处前议赗恤之款现在冰搁，恳催原议之人早日给付，余俱允之，命传语诸侄为之料理，然恐不能应手也，此事以早吉题为是。一茶，偿其所送食物而去。暇以《蝛叟诗》消遣。

廿八日（2月17日）　晴暖，潮湿。上午达卿率其友沈诚来拜候，云现居盛川，秀水诸生，年卅有一，谈论颇雅，不似穷措大，现课久之侄孙之子，云识字尚不甚笨，一茶而去。暇读《蝛叟诗》。

廿九日（2月18日）　阴，无雨。昨夜发风，今晚始息，潮气亦退。今日交雨水节，颇寒。终日闲坐，读《蝛叟诗》，兼阅《劝戒近录》。

二　月

二月初一日（2月19日）　晚晴。昨夜有雪即止，北风颇峭。饭后衣冠东厨司命神前、家祠内拈香叩谒，暇则静坐。下午巳孙至屏伯父处，为其母求恳拟方，晚归，方用平肝、祛风、开胃诸品，想可对证，子屏谈兴甚佳。灯下仍读子贞《东洲草堂诗集》。

初二日（2月20日）　晴朗竟日。上午由倪雪生芦来，接凌砺生正月二十日与复两孙书，知近况好，自遣医好，书贾吴申甫后颇有来请教者，颇不寂寞。惟以辛老今岁仍欲出门行道，位置余处，殊属彼此不活灵，已命巳孙作复婉谢之矣。观其近况，春间似不回来。碌碌终日，未赶一事，未睹一书，可愧！汝舫莲朱卷接到，不及答矣。

初三日（2月21日）　阴，微雨兼霰，即止，颇冷峭。上午在瑞荆堂恭设香案，衣冠率两孙暨慰高、冀高小曾孙叩首，虔祝文帝圣诞，斋素，持诵白衣观音大士神咒乙千二百遍。暇看《劝戒近录》，何蝛叟《东洲草堂诗》。

初四日（2月22日）　阴晴参半。饭后大义春渌侄孙来，始知古愚侄媳王氏，享年八十四岁，今于二月初一日申时寿终，已前议定将春渌之子裔愚立为承重孙,古愚在时所定也。忽春渌之叔母,清泉之妻范氏起意,欲以其子少泉硬作继嗣,宗派大紊,邀余往劝阻止。余率子祥侄孙同往,与墨亭、兰亭两侄公议,既立孙无再立子之事,且少泉亦系单丁,万无舍本生而他顾,不过为产业起见,再将裔愚名下嗣祖母所授之田分拨十五亩起种九亩半在内,范氏侄媳始允,又贴还日上开销四五十千文,乃罢议不再争。然今日小殓,大用荤菜,妇女喧扰,大失门墙之体矣。余姑从俗情劝和,实则于理、于例大不合也。殓毕,择定明日出殡,清节安葬,想可彼此无异议矣。中午与其戚凌君暨周春霆同席,春霆不相叙二十馀年矣,畅论时事,稍舒怀抱,归家未晚。

初五日(2月23日) 阴晴参半。上午登清内账后,读《蝯叟诗》一卷。今日书房两孙切问书院开课,陈邑尊官课命题,限初八日齐卷。下午衣冠答沈诚斋,与达卿并坐,长谈而还。

初六日(2月24日) 晴,晚微雨。饭后为孙辈捉刀做八韵诗首半。阅念孙课作,大致妥协而不出色,后改一小讲,略起看,明日可誊真,慕孙草稿亦完。至雪溪,灯下回,赓篁弟兄见过,约赓篁十六后赴苏,为冀保寻王恕皆种牛痘。暇读《蝯叟诗》。

初七日(2月25日) 阴冷,无雨。上午读蝯叟《黔使集》一卷。中午祭祀,先母沈太孺人忌日也,屈指见背七十二年矣,不孝年亦渐老,报答无由,光阴迅速,殊无以善持其后。思之,痛呼负负!仅率两孙、两曾孙灌献如礼,以尽微忱而已,馀复何言!下午六侄来谈,观两孙誊书院卷四本,明日可面缴。

初八日(2月26日) 阴雨竟日。饭后舟至芦墟,与赵翰卿、倪雪生、董梅村茶叙,良久始同舟至泗洲寺戍祭杨忠节公祠,委祭本汛官公宝山他出,同人谬推余权作主祭,叙者十五人,陆友岩赞礼,许松安读祝,自上香至叩献焚帛,礼尚无愆,惟旧岁窃去长短窗,同人捐办,至今尚未装全,司事懒惰,不得辞其责。切问课卷四本面交陆韵函。祭毕,饮散福酒两席,余与友岩、松安、韵涵、袁稚松、梅邨、吴春生团叙，尽欢而散。复至门徒用中和尚处茶坐，钱子湘、周彦臣均来就谈，下午回镇，赵翰卿又招茗饮，久之始登舟。雪生趁船，归家未晚。

初九日（2 月 27 日） 阴雨绵绵竟日。上午略登内账。暇则专读《何蝯叟诗》第三册，自蜀学使罢官归，从此不出仕，至老优游，长享林泉之福，此公可称名寿兼全，何修得此好境界？极羡之，然学术实不易造。

初十日（2 月 28 日） 西风，起晴，颇冷。上午大义清泉七侄媳范氏来，要索前所断大房新授之田十五亩单契，余告以前所许为王氏拜大悲忏三日后，当向春渌检付无异议。丧事三朝用荤，大非所宜，亦当承认十之三，范氏亦首肯，唯唯而去。终日闲甚，读何子贞《罢学政游山留别诗》，大有情趣，可当蜀游。

十一日（3 月 1 日） 晴朗可喜。上午督晒厅上坐垫、桌围，暇读《蝯叟诗》。命寅孙札致诸师，缘媳妇肝胃不和已月馀，时痛时寒，明日舟去请商调理，想可即至。是日吴幼如甥衣冠率其幼子来补拜年，在账房内以便肴陪酌之，不开口，下午去，尚得体，不大露穷丑相。

十二日（3 月 2 日） 花朝。晴，上午尤朗。暇读《蝯叟诗》。晚间诸元翁自舟来，欣知近况甚佳，彼处高乡大熟，元翁之佃租米有收，在江邑者无着，膳徒五人道况亦好，余处之款先还一半，殊佩不苟。素斋，不设酒，夜谈久之，云候脉处方姑俟明日，止宿书楼。

十三日（3 月 3 日） 晴朗，黄昏时顿起大风。饭后元翁诊候媳妇脉，据云病在太阴、少阴之间，风肝挟湿，方用柴胡、防风、荆芥，以透泄之方定一帖，再参消息。巳孙今日至盛，为伊岳父雨亭公十周年作佛事，礼须拜荐。元老上午候沈达卿，下午同至大港候子屏，寅孙陪往，晚归。屏侄近体尚健，夜谈至起更就寝。

十四日（3 月 4 日） 晴冷，西风未息，午后始缓。饭后元简复诊媳妇脉，昨所服之方未见动静，今再拟二方，一专治湿热，似类疟来前服，一专治风，俟周身作痛时服，各定三剂，大约可望见效。留之不能，为梅冠伯之二郎请复诊，须急往治之，上午即告辞。客去无事，看小慰保识字，读《蝯叟诗》。

十五日(3月5日)　晴朗竟日。饭后子祥侄孙自大义家人来，惊知其妻张氏以宿病，昨日申时生故，中年后丧偶最为不幸，竭蹶支脩，办事而去。账房内只留丁二公守看照管，殊寂寞也。十七日张氏出殡，当命寅孙往唁。是日午后命舟至雪溪，候巳孙盛川归，明日同沈赓篁到苏。饭后接砺生与巳孙札，关照会不交卸，渠夫人同余大孙女月初六七日间要回莘。暇读蝯叟罢官后《游峨眉瓦屋山诗》。

十六日(3月6日)　晴暖。上午查登内账，是日亡二奎儿忌日致祭，命寅孙率大慰保、小冀保拜献如礼，思之不胜凄然。暇读《何蝯叟诗集》。

十七日(3月7日)　阴，晚间微雨，渐暖。暇读《何蝯叟诗》，颇有兴会，并作潘孝子《割股疗母诗》七古一首。余家老妪浦仆妇，孝子之外姑也，现年廿三岁，割时十五童子耳，母尚健在，其事真实可传。并当以诗示子屏，再求佳作表扬。

十八日(3月8日)　阴，朝雨，晚始起晴。上午作札并命寅孙录昨日诗，拟示寄子屏改润。暇读《蝯叟诗》，在山东坐书院，杭州度岁。六侄来谈，知袁憩棠大理圩催索租米，大吃佃户之亏，何不见机，卤莽若是？

十九日(3月9日)　阴，微雨即止。上午略登内账，读《蝯叟诗》，在山东作山长。下午圣裕、春渌来，为润芝赔偿大榕及远族老四家屋焚费，枝节极多，约共需五六佰金尚难落肩。欲余作字示叙山，不致横硬，姑降格与之，未识灵否，长谈而去。圣裕要请谱，俟祭扫时与之。寅孙下午持方商之屏伯，晚归，云原方甚妥，无增改，强求出汗不能也，余札及诗已面交矣。

二十日(3月10日)　晴朗，幸无雨，吴人谚云，可免水灾。暇无事，阅《说文揭原》，读《蝯叟诗》。晚迟巳孙未来，不知缘何担搁。夜复小雨，破戒。

廿一日(3月11日)　晴阴参半。上午阅《说文揭原》。下午巳孙回自苏，知昨宿同川，砺石昆季留饮，陪新客，今晨由同至雪溪，送赓篁上岸始开船。黄恕斋两次候，十九日始寻见，约闰月底三月初到苏，属种牛痘。谢绥之小恙来见，箱件取回。姚凤生师见过，蒙留饭，意兴尚佳。绥之议办圩岸，友莲往梨、盛两处相视，已有端倪。春赈仍放，馀无所闻。寅孙夫妇挈大慰保拟明晨登舟至外家省侍。

廿二日(3月12日)　晴。朝上西北风狂吼，冷甚，苏州之船不能开。下午风渐息，寅孙拟今夜率渠母子伏载登舟，明晨启行，内眷出门之不便如此！暇读蝯叟《闲居游山诗》，此公五岳已登其四，山林之福，一生享尽矣。

廿三日(3月13日)　晴，不甚朗。风已息，苏州船清晨已开行，暇阅《劝戒近录》，已粗终卷，《说文揭原》点三四页。读《蝯叟诗》，自广东归湘，尽癸亥年所作。

廿四日(3月14日)　阴，朝上飞雪盈寸，颇寒，然即销，中午后有开霁意。暇点《说文》四页，读蝯叟甲子以后诗。晚间巳孙自子屏伯父处为渠母拟现服方归，仍透达为是，能免形寒最妙。潘孝子诗改就，毕竟老当，余出韵未检，甚愧老荒。

廿五日(3月15日)　晴。上午点阅《说文揭原》四页，拟取王筠《说文句读》参观，然茫无涯岸可靠也。中午黄太宜人忌日致祭，率元孙、慕曾、六世孙冀高拜献如礼。下午慕孙至萃候磬二母舅，为恕甫小照，姚先生欲勒石于石刻传文后，求作赞词。归来已晚，吃面，饮散福酒，极适，知磬二母舅谈兴极佳，并知任友莲到过莘塔，为开办筑圩岸，一味官样文章，事不果行，废然而返。甚矣，实心办事之难也，一笑置之。

廿六日(3月16日)　晴，渐暖。上午稚梅持子屏札来，为渠父母竹淇老夫妇已择期闰二月十四日安葬，前弃产存费二十千，约少十千之数告帮，即唤介安、苹甫两侄来，以八洋公助之。此款虽在歉岁，义不能不助，如数付之而去。暇则点阅《说文》，兼以《何蝯叟诗集》消遣。傍晚寅孙归自苏,芸九叔见过,谈兴极佳,时事无所闻。为巳孙合婚,已得上上吉选矣,为之心慰。又接邱寿伯信,寄到郑式如会柬,闰二月初八日卸会。

廿七日(3月17日) 晴,东风颇狂。上午录清子屏所改潘孝子诗,并作复札。与子屏述昨日事,芸舫信暨《南乙先生诗文集》,鲈乡课刻,拟明日一同寄去。暇读《蝯叟诗》将及终卷,《说文揭原》点三页,句读一书初阅,甚无头绪。

廿八日(3月18日) 阴雨,潮湿,暖甚。饭后以书致子屏,暇点《说文》四页,读何蝯叟《东州草堂诗》八册终卷,时年辛未,寓游苏扬,已七十岁矣,后不知享清福又几年? 此集要重读,以揭其精。晚梨舟归,接子屏回札,欣如面谈,为姚凤翁略润所作《恕甫传》,处处老当。甚矣,此事吾邑中无敌手也,参观均深钦佩。

廿九日(3月19日) 阴雨,下午略开霁。暇点《说文》五页,阅《何蝯叟诗词》一卷终,倚声以非不见长,强为之而已。两孙呈示课艺,一平妥而有无聊语,一笔曲而能达□异……动目也。老眼花矣,未知当否,一笑。

三十日(3月20日) 又阴雨,幸不大,是日寅刻交春分节。终日闲甚,点《说文揭原》五页,重读何蝯叟《东州草堂集》第二遍。

闰二月

闰二月初一日(3月21日) 阴,大雨竟日,春花已种者有碍,为之关心望晴。饭后衣冠东厨司命神前、家祠内拈香叩谒。听雨无聊,点《说文揭原》五页,重读何蝯叟《东州草堂诗集》第一卷。

初二日(3月22日) 阴,竟日微雨,水又顿涨三寸。终日闲坐,点《说文》五页,读《蝯叟诗》消遣,夜雨绵绵,难望起晴。

初二日(3月23日) 五鼓大雷电,雨澍风狂不息,雷则今岁第一声也。晚起,今日梨里徐仲芳三朝开吊,拟命孙辈往奠,万不能行,只好明日补分。下午风愈狂,寒甚,雨幸止,可望开晴。暇则点《说文揭原》已终卷,拟重阅,冀识偏旁,复读《东山草堂诗》一卷。

初四日(3月24日) 起晴,可喜。饭后命舟至梨送徐分,并札致邱寿伯洋五十二元①,钱五百〇五文,属汇交郑式如,以期寿伯抢收,必须亲往也。暇阅《说文揭原》《何蝯叟诗集》。

初五日(3月25日) 晴,不朗,防要变。上午将《说文》部首五百四十字篆文,以正体注其下,一目了然,特字恶劣欹斜,甚为篆文垢病,不惬意耳。下午登清内账,巳孙呈示课作一题两篇,意新词湛,甚为夺目。暇读《蝯叟诗》。

初六日(3月26日) 又阴雨,闷坐。重圈阅《说文揭原》。读《何蝯叟诗》。督工人种荷花秧,有千叶莲,乞自三官堂张蘅舟,未识得气否。晚间六侄来谈。

初七日(3月27日) 又阴,微雨,尚无妨。上午阅《说文揭原》,暇读《蝯叟诗》数页。下午两孙持渠母方至子屏伯处就商,晚回。据云,原方增减最难,再服两剂以参消息,类疟,能自愈为妙。寄示送周式如由部掷出,为兰州太守缺苦事烦,甚不得意。诗赋七言长歌,叙述交情,语多励勉,读之,知屏老精神满腹也,为之欣喜。

初八日(3月28日) 又阴,微雨。上午春渌侄孙来,以分拨七房少泉之田议立合同田据示余,略为粉饰,改夺拆为情让,庶可两面过去,春渌亦以为然,长谈而去。录子屏送周式如长歌一首。暇点《说文》五页,读《何蝯叟诗》一卷。

初九日(3月29日) 又阴,微雨。上午老二房当祭馥斋来,昨岁租收无着,余议赔贴钱三千,萃和一千,仲僖家四房贴钱四千,正太摺租上支钱十千,角字租一千,共十九千,祭费、散福似可敷用。絮语,托仲僖处荐生意而去。萃塔舟来,知砺二太太有小恙,大孙女不便独归,今日尚未到家,殊切悬望,明晨拟遣舟去探听。暇则重圈《说文》五页、何子贞诗半卷。

---

① "元"字后原文有符号 ♭ 。卷十,第276页。

初十日(3月30日) 始晴朗竟日,怀抱一开。饭后命巳孙至莘,凌恕甫清节凡筵前致祭。暇阅《说文》三卷圈毕,又读《嫛㜮诗》半卷,作札待寄子屏。晚间莘塔舟回,巳孙止宿三太太外母处。以札复寅孙,云潘少安初三日接砺生信,知二太太适抱伤风寒热小恙,今日舟不来,大约节前不果到家,亦是节哀任运达权之一端。一切诸事,至亲祭奠,余处外荐礼忏均少安经理,有条不紊。巳孙十二日去莘。

十一日(3月31日) 晚晴,颇佳。饭后内人老太至梨邱氏内嫂夫人凡筵前致祭,子屏诗信即便寄出。内人在敬承盘桓,大约须出月归家。暇重圈《说文》第二册五页,何子贞诗重读至第三册。有人自莘塔来,知砺二太太同大孙女已来自沪,二太太近体已无恙可知矣,为之一慰。

十二日(4月1日) 晴朗。上午点阅《说文》五页,登清内账。下午寅孙往莘塔。吴幼如来,留中饭,给洋一元,钱三百文而去,勖渠上半年不必来,恐不能也。《嫛㜮诗》读半卷。灯前寅孙归,知二舅母、大姊均见过,宾客祭享甚忙,二舅母体未复原。巳孙往雪溪,未还,何不赶急若是?明晨须去莘。磬舅招谈,翰老所经手,势难照旧,再商酌办为妥。

十三日(4月2日) 晴朗。上午巳孙自莘归,即率两孙至南玲圩先赠君暨先妣、继妣两太孺人墓前祭扫,岁月如流,音容愈邈,瞻顾松楸,凄感久之。率两孙灌奠焚帛,如礼而返。下午寅、巳两孙舟至东轸乃父坟上祭扫,晚间始归。近知砺二母舅于前月廿九日已悬壶,道况甚不寂寞,奈家庭多不如意事,为之踌躇,大孙女亦不便在乡过夏也,只好耐心任命,达观为是。据孙辈云,东轸坟泥四角有缺坍卸处,然今岁不暇修补。

十四日(4月3日) 阴,微雨,下午渐开霁。饭后焕伯侄孙抢年备舟,余率孙辈、侄辈、侄孙辈至西房圩曾祖父师孟公、黄太宜人坟卜祭扫,回至南玲圩祖父逊村赠公、周太孺人墓上祭扫,先伯父秀山公六侄莘甫当年,一同致祭。先兄起亭公七侄孙抢办,云明日祭奠矣。

回来午后，家中清节祀先，祠堂内祭已祧之祖，厅上祭高曾祖父，余与两孙轮班灌献，尚能从容如礼。下午命巳孙至北玲祭扫渠之嗣父子庆二亡儿，回来云，墓上略有荆棘须芟。夜间焕伯招饮散福酒，分两席，余不觉酣醉，忘其去冬之为歉岁也，或者转歉为丰，我家叨祖父馀荫，尚可度过，以乐馀年乎！不胜祷求之至。回来黄昏后。是会团叙者长幼十二人，饮陈绍酒，拇战喧哗，竟有呕吐者，兴则豪矣，甚非养身之道，以后各宜警戒，不得再蹈此辙。

十五日（4月4日）　上午风雨，颇寒，午后始有老晴光景。终日意兴不佳，阅《东州草堂诗》，无味，登清内账。晚间巳孙自莘归，外荐忻今日圆满。大孙女日上要结女伴赴杭进香，来溪须俟出月矣。

十六日（4月5日）　晴朗可喜。是日清明。饭后焕伯备舟，余率孙、侄、侄孙辈至北舍，泊舟坟湾头，当祭老二房馥斋侄暨诸同族咸集，先祭始迁祖以下怡禅公二代，次趁便先至长浜祭六世祖敬湖公，出来至东木桥祭七世祖心园公毕，同行六七舟至"角"字祭五世祖君彩公，墓旁泥卸，饬传知田丁修挑，未识元音诸侄能如办否。回来，至南港大屋圣裕侄寓所，大厅上团叙六十馀人，散福足十席，余与葵卿老侄并坐，酒肴颇丰，馥斋欲请益，例不能也。饮酒絮谈，尽欢而散。复同元音诸侄茶叙人和楼良久，知润芝未归，贴赔诸项口舌多端，殊不了也。归来傍晚，两接子屏示孙辈札，十八小课题先寄来，"红豆赋"九韵，"锦茵银烛唱西凉"，得"棠"字，拟"吴趋行"，广"仲长统《乐志论》"，题均有意趣也。夜眠未晚。

十七日（4月6日）　晴朗万分，元鸟来，春渐深矣。两孙饭后始动手小课，拟作全卷，獭祭难免。午前馥斋又来，谓当祭空费，固求请益，念其穷、失业，复贴借一洋，告之无请加例，不足为例，实不堪为合族道也，留便中饭始去。终日疲倦，无兴致，仅重点《说文揭原》五页。

十八日（4月7日）　晴暖，春气勃勃。上午点阅《说文》五页，神疲不敢昼眠，强制之。开卷无味，聊以唐诗自遣。白蚁，大书厨东面垫上蠕蠕欲动，今夏必须翻动修理，以剔其根，特记之。

十九日(**4月8日**)　晴热,气朗。今日精神似健,重点《说文揭原》五页,句读末页"许君考证"终卷,读《暖叟诗》半卷。下午登清内账,阅巳孙"红豆赋"草,娟丽可喜。

二十日(**4月9日**)　晴热,裘衣须卸。是日余卸交第三会(时共交二百元),介安抢收,该实收乙千元,凌砺生欠交乙佰四十五元,有札致两孙,介安佴此番仅连自认现交实收洋八百五十五元,砺记所欠,定当今冬回来理直不误。午后叙饮,潘德元同来,共九人,绍酒馆菜,拇战徐饮,吃得□□畅而散。夜间两孙伏载,明日赴苏,订定黄恕斋种牛痘日期,约往返须三四日。

廿一日(**4月10日**)　晴朗,热燥。饭后饬工人至北玲坟上剪除棘荆,云已芟净。上午黄甘叔来,为渠郎惕人初三吉期,廿六至焕伯家行聘,一应礼金、临门总犒属余向冰人谈定。焕伯颇得体,不与争,如所议相允讫事。余留便饭,两人对酌,彼此如量,渠颇知越酒味,量不宏也。谈及甲子同伴乡试事,隔二十六年,恍如昨日,吾辈何能不老?甘叔亦五十有一矣。絮语久之,饭毕即告辞,云许赠《杨利叔诗集》一部,未识口头禅否。暇点《说文》四页。

廿二日(**4月11日**)　阴,微雨,终日西北风,渐冷,防受寒。上午《说文》重点两册竣事。午后丁少兰来为小冀保推拿太平经,缘即日要赴苏也。据云此番甚轻,小心饮食、寒暖而已,定方一剂,如无寒热可不服,略谈而去。三点钟候,两孙已自苏顺帆归,知昨一点钟已到,即走寻黄恕斋,约定廿六日至阊门寓中点浆。今晨至费氏,芸舫叙谈片刻,小慰保母子均健,可喜。十点钟出城,可称迅捷。

廿三日(**4月12日**)　晴朗,西风,略寒。上午略阅《说文》,偏旁难认,无从入门。下午接砺生十九日与两孙札,知近患头风,类疟,医况虽佳,不能出门,并别抱心境,殊难解慰,当命孙辈由苏即覆,以速愈为安心妙药也。黄昏时两孙率小冀保、乳母暨老妪同登舟伏载,明日赴苏寓种牛痘花,大约须有五六天逗留。

廿四日(**4月13日**)　阴,细雨竟日,东北风骤寒,未识到苏何

时。上午子祥同其姊清泉七侄媳、春渌、裔愚父子暨执笔褚渊如均到
余处，议立让田坼田合同笔据，"坼"字似太露形，只好瞒过。方单六
张，共计起种十四亩六七分有零，与原议配符。少泉当时填丧费十八
元，议作九亩五分上起种租米算讫不找，付单则暂存余处，契则面交
七老太手，与其子少泉看过。约明后日率其子少泉、胞侄出嗣之裔愚
再到余处，彼此书押毕，田单交付少泉手，以清瓜葛，略有烦言，强而
后可，想者篇文字可望交卷矣。与渊如絮谈，始各回去。渊如今岁无
馆，家居，暇以《说文》、唐诗消遣岑寂(不直落)。夜与妾人谈，祥之反
劝之不醒，果若是，居心横逆，必兴大口舌，且无好结场，能不应……
为幸，感慨，特识。

廿五日(4月14日)　西北风，喜开晴。上午摹印篆字，笔画难
明，终无入门处，可恨笨伯。下午清泉七侄媳又来，谓契中"坼"字甚
不甘心，劝之换契伏礼，不肯从，十八元不认，春渌理直尚可，一茶而
去。吁，弄笔不成反受累，此之谓也。天下事莫谓己巧人皆木偶，想
日上又有一番小唇舌，殊为可慨！

廿六日(4月15日)　朝上微雨即止，阴暖平和，终日无风，种花
好天气。上午润芝、春渌、兰亭来，润芝云廿四日假归，为大榕老三房
远族四家头赔贴灾费，势不能缓，约余廿八日到绿荫堂，唤齐要钱者
面议，其数若干，想机办理，以能落场为幸。余甚懦无才，只得竭力劝
之而已，约定即去。余衣冠至萃和，小四侄孙女今日受黄甘叔家行聘
五盘，衣饰均是非新，足征约俭，冰人甘叔侄，震邑诸生，号星卿，陪之
正席，共三席，始知山东河又决，本邑筑圩岸费廿九日停止，拨作河工
矣。新举人覆试改期，廿五日汇考，时事所闻如此。盘船开后回家，
已近傍晚时候。

廿七日(4月16日)　晴暖，温和。饭后正欲摹《说文》，春渌、褚
渊如来，少顷清泉妻同子少泉亦来，忽大翻前议，非独贴费不肯认，即
再换契书，让亦不愿立，目前只好罢议，单六张暂存子祥处。七侄媳
母子先去，春渌、渊如留账房便饭，劝之再四，春渌大有悔意，再肯吃

亏,未识彼处能不受人布弄,见机得胜下台否。所谓"天下本无事,庸人自扰之",可恨!春渌去后,苏州船回,两孙此行甚赶紧,小冀保来往平安,元利栈下留客,□寓……恕斋,昨日来下苗头,六点……开行,到家不过三点……九翁……黄……过,絮谈河决等事,均是……可笑。夜同两孙略饮高粱,适口。

廿八日(4月17日) 晴暖。饭后润芝备舟来请,即携杖往。先至书房,与润芝酌定,即登绿荫堂,原办元音、圣裕、兰亭、春渌均至,叙山亦来,加以礼貌,似甚得神。先召连玉侄暨其母大榕四嫂,暨其媳云泉寡妻吴氏开谈,以赔造屋计间算,每间三十五千,家伙不管,惟四嫂(连氏)老而极驯,许以另立摺,润芝赒洋十二,多至二十存车,每年取一分息,俟百年后,以此洋赶办后事。尚未谈定,已授意诸侄叙山矣。润芝款余正菜,诸原办同席。下午始唤远族老四房醉六老婆(永六房)、小老婆(六硬张气妻)、七太婆(即绢人妻)暨其侄,鱼行吃饭,叫四大齐到,叙山授意,余代开谈,每间三十千,造齐后或仍转租润芝,再议。醉六后文百六,指挥如意,动工后要立借据,一一遵命。醉六长舌,顺渠野话,一笑解之,似无变卦,此枝女国投顺,老三房虽未决定,势如破竹矣。回复润芝,大以后文为多事,然此蛮泼妇,非此计万难降服也。此一大费力、大破财事,润芝愠怒,情当谅之。原舟送余归,已傍晚矣。少顷,寅孙亦自大港回,屏伯处长谈,近体尚无恙,前固纵期卷子已看出寄书院,佳卷甚多,美不胜收,略取古怪从时尚,巳孙第五。

廿九日(4月18日) 阴晴参半,朝上、午前大雷电,阵雨即止。终日潮湿如汗下,难望老晴。碌碌竟日,未阅一书,可笑心不清闲。昨日陈思杨大太文伯妻循例又光降,七侄媳不在家,二太太接陪,留饭,给送四元,寅记派洋两元而去。吁,可称面皮老。下午观寅孙、巳孙小课卷,一作全卷,一作一赋一诗,均肯认真。又观巳孙书大字、喜对,真隶各半,共六幅。夜看《何蝯叟诗集》。

三月另起,语事吉祥。起止斋好,三月另纪。

三　月

光绪十有六年①，岁在庚寅，三月初一日（4 月 19 日）　晴，潮润如汗下，热如初夏……饭后衣冠东厨司命神前、家祠内拈香叩谒，暇阅《说文》数页。下午至萃和看芾二房四侄孙女嫁妆，陈设华美。吾家逾分，明日具大船一号，快船贰号，送至平望黄新亲甘叔家。夜间焕伯招饮，辞之，两孙往。

初二日（4 月 20 日）　阴，至晚大雨。朝上萃和具妆送新亲，顺风。上午率两孙至焕伯家，与诸至戚闲谈，清静之至。夜饭三席，快船先回，大船迟至，舟人衣服湿尽，幸无风，然已骤寒，回使从简，明日略有辞说。夜回十点钟。

初三日（4 月 21 日）　朝上微雨，上午晴朗，至晚尤佳。晨起衣冠率两孙至萃和，道乙大嫂喜，辞不见，馀则男女均行礼。午前贺客送嫁至亲咸来，午刻待嫁花筵祭先毕，款客外厅六席，汝韵泉居首。傍晚亲迎，大船、快船三号齐至，冰人逃避不来，甘叔弟元之特来，上岸与余面商，诸事请益，尚不至两伤情。点灯排场下亲，彼来之客陶子音、殷渔亭留饮，有王吟秋者招呼，知是谱琴姨表弟之孙，青士之子，嗣与楚卿表侄现迁平镇，应小试，训蒙为业，似尚可嗣书香者，见之一慰。亲迎新婿惕人，款茶书房毕，奠雁，送四侄孙女登轿出阁，礼竣一鼓矣。坐客款留三席，听绎成（太添花）大堂名唱曲摊簧，颇不寂寞。拇战饮酒，钱廉伯大醉，甚非所宜。回来，余就寝已近一点钟矣。

初四日（4 月 22 日）　晴，又潮湿闷热，至夜半大雷雨。晚起，知焕伯已至平问宜。下午汝益谦、徐繁友、凌仙谷兄弟来谈天，详悉钱廉伯因醉气阻，口噤目直，举家大惊，咸以为花煞恶俗，所行方法无不做到，至下午始开口身动，大有转机，不然吾家大难为情。焕伯晚归，

---

① 原件第 21 册，书衣左侧墨笔篆书题"衍复叟日记，勤笔免思，庚寅年起"。卷十二，第 566 页。

招饮算账酒,连账房三席,特开绍兴坛,诸人豪兴均尽,不能饮矣。夜率两孙早归,酣眠。

初五日(4月23日) 阴晴不定,上午雷电大雨,至午后始开霁,然潮湿依然。终日闲寂,读《蝯叟诗》四页,《说文》草部毕,阅《红楼梦》,仍不怡情,掩卷。真木石心肠,可笑。

初六日(4月24日) 阴,朝上雷雨交作,午前北风狂吼,潮湿顿干,骤寒易冻人。暇登内账,阅《说文》小部、采部两三页,《红楼梦》末回收束亦过目毕,才大、笔拗、思奇、海淫在此,警世亦在此。宜乎,欲毁禁而不能也。莘塔舟回,大孙女约初十来。

初七日(4月25日) 晴朗,清凉,得时之正。终日闲静,略阅《说文》三页。接切问书院陆董札,巳孙官课、师课均列第五。工人张载英又复发骏,不告辞而归家,看来此人不谐同伙,虽无弊端,不能用矣。处此世界,一家用人之难已如此!无聊中又读蝯叟使蜀诗。

初八日(4月26日) 晴朗和畅。终日身闲心纷,略看《说文》,读何蝯叟游山诗。晚间巳孙自港上屏伯处谒侍归,知近体尚可,"阙党"课期已看出,巳孙列第四。小课大赏寅孙,《广乐志论》大约咏韶第一,全璧竟无。由子屏处寄到李辛垞闰月初八日信,以沈梦叔令媛庚吉请来,亦甚合余意,且俟开合再覆。

初九日(4月27日) 晴而不朗,又复潮湿。上午略摹《说文》篆字。下午子祥同春渌、裔愚、褚渊如至,少泉母子亦来,谈定换契,同出拨田字样,叔侄交执其一,仍渊如执笔,前据毁去,所少三朝垫洋十八元,裔愚出票与少泉,期至十月底,加利一元一并归还少泉,旧租仍归裔愚向佃讨算,自后各无异言。书押后,余亦画押,期票亦代作证,斩去葛藤,永免口舌,交单六张,携据各一而去。噫,此事尚可过去,情谊两全矣。两孙接砺翁前月廿九日覆信,头痛已愈,为之一慰。与子屏长札,论时事平允之至,然闻春赈日上又将与春花同熟,真砺老所云蛇足也。粉色太平,官样文章大好。

初十日(4月28日) 晴暖又潮。上午略阅《说文句读》。午前大孙女来自莘,午后内人自敬承邱氏归家,即同孙女孙辈晚中饭,饮绍酒罄坛,适甚。大孙女夜饭于萃和,归来又闲话久之,始悉新举人覆试仍闰月十五日,无改迟之信,题"荐其时食"。

十一日(4月29日) 阴晴不定,西风,又骤寒。上午略模篆文,沈蒙叔媛,昨烦丁二兄开占八字,嫌东西两司命不合,与大孙女闲话姻事,尚无定议,不胜昏闷,既而思之,能得佳妇,巳孙之福也,听其自择,得遇良缘为祝。下午凌幼赓夫人继侄孙女沈氏来,与大孙女情话。暇读《何蝯叟诗集》罢官游山诗。

十二日(4月30日) 阴晴参半,无雨,寒甚。饭后翻出东边书厨,其大书书厨垫子为白蚁蛀毁大半,命木工重做,未识能除其根穴否。暇读蝯叟游蜀峨眉、瓦屋两山诗,与大孙女闲话。

十三日(5月1日) 阴晴不定,仍冷。终日寂漠,略模《说文》。与大女孙闲话,所托之事尚难决。下午食馄饨,夜与女孙、孙辈尝新,始食蚕豆饭,甘美,色香味均佳,此是春熟,了无荒歉之征,但祝秋熟亦作如是观。春赈知已领给,东西两邻均由圩甲到江代领,挨户面付,照冬赈每口加乙佰文,圩甲面扣每千或五十或百文,皆大欢喜,益征丰年景象。自吾邑历办以来所未有。

十四日(5月2日) 又阴雨竟日,寒甚,非宜。上午略登内账,摹《说文》。下午醉六婆又来,欲向润芝处索后文,看来不能延迟,应酬之,厌甚,听其自然而去。闻润芝学署又被窃,蟒袍都失去,何破财运若此?

十五日(5月3日) 微雨即止,似有起晴意。饭后巳孙陪大孙女归莘,约十八日同回。今日预立夏节,致祭恕甫,俗所谓"张凉床"也。屈指去世,闰月不算,一年只少十日,可悲之至。暇阅《说文》《何蝯叟诗》。下午陆厚斋来商,成券而去。晚间袁憩棠寄到香珠稻种谷一蒲包,约计斗许,金星卿所转托也,尚能如愿,暇当作札谢之。

十六日(5月4日) 复雨,下午略有晴意。饭后略模篆文,仲篴侄曾孙来,知署中失窃,皮货则有之,蟒袍则未也,以赔价房屋借据底见商,妥甚。又以醉六婆事重担见压,足征办事精密,然余费辞说多矣,只好允之相机办理,长谈而去。下午作札,拟复谢憩棠。寂坐闷甚,自咎为人谋太不超脱。

十七日(5月5日) 晴朗,是月第一天。饭后寅孙赴梨徐丽江处卸第一会,要明日归家。暇看《说文》止字部三页。是日亥刻立夏,下午以海蛳火酒独酌,甚得闲趣。昼寝半时许,极酣适。

十八日(5月6日) 晴朗。饭后摹写《说文》篆字。下午至沈诚斋、沈达卿馆中长谈,并陪补立夏,饮火酒,《西游杂记》两册交还。晚间两孙均归,大孙女同至,知昨日会酌两席,极盛。敏农明日回苏,会试首艺"夫子之文章"两章。覆试吾邑三公,陆、张二等,柳溪郎一等,汝三等,均无恙,一体进场。

十九日(5月7日) 晴朗竟日。上午摹《说文》篆。吴幼如又来,为妻除几用空,情借洋一元,钱三百,云上半年不来,未可凭也。下午始去,读《何蝯叟诗》六页。由信茂接郑氏条,惊知式如弥姨甥孙妻王氏十八日病故,殊为式如不幸,二十日领唁,不及往,只好寄分,仍由信茂寄盛。

二十日(5月8日) 又阴雨,非时令所宜。上午醉六婆又来,所述云云,居间人太欲卸肩,斗笋处皆不接,渠则有所借口,愤愤而去。此事无把握,成败难以逆料,只好依题做题,甚虑入渠圈讨,踌躇之至。暇以《蝯叟诗》消遣。

廿一日(5月9日) 阴,微雨,下午有晴意。二房乳娘之母来省女,因小恙盘桓,昨夜始悉病证大不轻,今晨飞舟送之归,村名田北汀,在金泽下乡,乳娘陪之暂归,约即来,甚难禁之,实情之不得已也,但望舟回,病人目前无恙为祝!意绪纷如,聊以《蝯叟诗》消遣。五点钟时,谢乳娘随原舟回,其母尚得平安,目前无事,不胜侥幸祷祈之至!

廿二日(5月10日) 晴朗可喜。暇模《说文》,读何蝯叟自吴还鲁,掌教书院诗。下午查登内账,午吃蚕豆饭,甘美异常。夜与大女孙、孙辈以火酒吃馄饨，闲话，适意之至，时事若何，不计也。明晨寅孙欲往苏省视外家，夜间伏载。

廿三日(5月11日)　晴，东南风，苏去一帆顺利，中午略大，晚息，计早入城矣。上午摹篆，暇读《蝯叟诗》至二十一卷。下午醉六婆同五老相圣裕来，大约已说明，余代应百番(太丰印)，实填廿元，馀六十元亦约定房屋工毕，五月十五日仍由余处同中付讫，并要一应包场不露消息为要，六醉婆似一一点头，平妥而去。仲篯办事老到若此，余两孙实无此面皮也，真润芝肖子矣。重担压余，实才不逮小辈，可愧可愧！晚间洗足，爽快之至。

廿四日(5月12日)　晴朗，西风。上午摹《说文》部首字，读《蝯叟诗》。下午大孙女回凌氏，日上要礼忏，做恕甫周年忌日，思之凄惨，约月初再来盘桓。

廿五日(5月13日)　晴而不甚朗。上午摹《说文》，下午得闲读何蝯叟由山东、河南归湘中诗，颇有闲适之趣。晚接寅孙由苏泊舟同川廿四日与弟札，知大孙媳近患湿热疮，今日携之至芦就陈仲威医治，仍回同，明日归苏，还家难定期也。原舟须廿七日下来，似颇小周折也。灯下代拟发春赈、筑圩岸新乐府两首，书院小课题也，未识可用否，当问诸巳孙，一笑。

廿六日(5月14日)　晴朗可喜。饭后录清新乐府，稍自增改，合体与否老荒不自知，不过写实在情景，一抒胸臆而已。上午磨墨匣，涤旧笔，尘垢一清。巳孙作小课赋，题是"长桑君以秘方授扁鹊"，韵用"饮上池之水，见垣一方"，诗题"日得百钱"，"石印书籍论"。终日赋未脱稿，暇读何子贞诗。

廿七日(5月15日)　阴晴参半。上午略阅《说文》，读蝯叟回家退老，故旧唱和诗一卷。巳孙赋草稿初完。晚间苏州船归，寅孙与弟札，知大孙媳足上生疬，不甚受痛，约初三归家，初一日放船上去载。

廿八日(5月16日)　上午微阴微雨，下午极晴好。终日闲静，阅《说文》言字部三页，读《何蝯叟诗》半卷。吃蚕豆饭，佳甚，惜买自村中,非采自田中者。自垦之田,去冬不及播种,思之,深悔懒惰无及矣。

廿九日(5月17日) 晴朗,寒暖居中,村村将布谷矣。上午看《说文》摹篆字。下午重读《何子贞诗集》第二十四卷终,再读二十五卷,癸亥年起。

三十日(5月18日) 晴暖。上午摹《说文》,看《说文》共一、八两部①,暇读《蝯叟诗》半卷。下午唤伯来谈,云吐血初止,身尚无恙,甚非少年所宜,欲调船接回门,许之。明日萃和之舟命放之苏城,初三日载寅孙夫妇、母子归家。

四 月

四月初一日(5月19日) 暖晴,清和可喜,终日东南好风。饭后衣冠东厨司命神前、家祠内拈香叩谒。城中想已换季,老夫犹暖帽也。暇看《说文》五页,何蝯叟劫后游金陵诗半卷。晚阅已孙书院小课赋排律,稳妥之至。石印书论,穷源流,抉利弊,末段直以石印书为无用,且西法一兴,人心世道可忧者多,实能感慨言之,足矫时论。新乐府两首,老人代情,未识秉笔者以为合式否,一笑。

初二日(5月20日) 阴,下午雷雨频来,不大,恰好养苗滋菜及时气令。暇则摹看《说文》字数页,何道州《蝯叟诗集》已读至末册二十八卷矣。又阅已孙誊真小课卷,差喜不草率了事。有人芦川来,传说陈邑尊已去松陵,殊为骇惜。

初三日(5月21日) 晴朗。上午看《说文》支字部五页。午前大孙女来自萃,云其姑往紫溪,不能逗留,约初八日再来。十二点钟,寅孙顺风回自苏,知大孙媳湿热在足,不能行动,俟全愈后约期回家。接九兄信,要喜事礼目,为顾氏代求,当复之。陈邑尊抱病略愈,讹言不确。中午与两孙、大女孙饮新沽薁酒,费氏送蒸熟鲥鱼,大咽醉饱,

---

① 旁原文有符号𦫼和𦫵。卷十二,第570页。

口腹有缘,极适意。晚间大女孙回莘。

初四日(5月22日)　晴朗。饭后摹《说文》一页,午后带二房四侄孙女回门,夫妇双来,即衣冠邀去见礼。焕伯具正菜三席款待之,余定席后,陪金少蟾、费兰甫同坐,两孙陪新客,黄倜臣宴饮,大谈时事,无乡野气。甘叔有子,吾家侄孙婿辈此其翘首。饮越酒如量散席。知县试十二正场,大约老师点名,倜人初八即要回平。余先归,两孙陪之夜饭始归,闻酒兴胜于午席。

初五日(5月23日)　阴晴参半。上午模《说文》,看《说文》五页,暇读蝯叟由湘寓苏书局总裁诗,丁中丞聘之也。下午黄倜臣来,具柬拜客,款茶絮谈,脱去客套,至晚卸衣冠始回去。

初六日(5月24日)　上午阴,微雨,有风,下午晴朗。终日闲闷,心不定,殊无物以镇之。略阅《说文》目部,晚间具柬命两孙答拜黄新客。

初七日(5月25日)　晴燥,恰好晒收暖帽。暇阅《说文》五页,读何蝯叟《东州草堂诗集》第二遍,三十卷毕,拟便节录之。萃和新婿明日双归,今午饯行,焕伯招两孙陪饮,至晚始归,云菜极精洁,老夫垂涎。作试帖一首,书院课题也,句系"细思城市有底忙",极难不脱不粘,书以示秉笔者一噱。

初八日(5月26日)　晴燥,晒藏便帽大暖,颇形栗碌。终日检阅《蝯叟诗》,拟摘录,亦难精择,姑徐定之,然后下笔。书房已迁大厅上,颇凉爽。两孙欲作书院课,题"截巧",动笔难甚。

初九日(5月27日)　晴而不朗,仍燥。饭后巳孙至雪巷盘桓,约十二日去载。暇涤所用之砚,尘污一清,然墨油仍未去也。检阅《何蝯叟诗》,以备摘录去取,一时实无正藏眼可定。

初十日(5月28日)　晴朗,燥烈。上午略阅《说文》,下午昼眠起来。接子屏与孙辈札,前月文课全卷寄示,罄老代笔,约三日后缴还。寅孙禀复,札中述两曾一彭,俱有骑箕之说。高丽有附俄之变,谢绥之病中与罄老信云云,甚抱杞忧也。暇阅《蝯叟诗》。

十一日(5月29日) 晴燥,饭①与念孙晒先大人诗集、《小识》,暇阅《说文》,拣读《何蝯叟诗》。晚间巳孙回自雪溪,知磬二母舅今日亦至雪巷,韶、簧两昆季请之到彼,大约要盘桓,有诗文请教也。

十二日(5月30日) 阴,微雨,顿觉清凉。暇阅《说文》,《何蝯叟诗》摘阅又终卷,拟即日动笔抄录之,自笑太愚。大孙女下午来自莘,夜以越酒、鳇鱼小酌谈心,惜定期十六日随姑堂上到申,不能多留为憾。

十三日(5月31日) 晴朗,终日疲倦。暇则摘阅《何蝯叟诗》,与大孙女闲话。

十四日(6月1日) 晴朗,恰合时令。上午略模《说文》,下午摘阅《蝯叟诗》。丁少兰来为小冀保推惊,云受寒起,尚轻松,处方安神、健脾一剂,略谈而去。

十五日(6月2日) 晴燥万分。上午磨墨匣,去油底,仍不净。下午大女孙送回莘塔,已定期十六日伏载到沪,约订八月初余处备舟赴申去载,可冀盘桓。暇则摘阅《猿叟诗》、先大人诗集、《小识》、日记,连蛀而无白蚁者今日晒好,可以即日收藏矣。

十六日(6月3日) 晴燥。饭后晒苏诗冯、王两家注本,暇则心纷,无可排解,聊阅《说文》暨《何蝯叟诗》以自遣。闻沈达卿先生昨丁老母忧回去,十八开吊,宜致分,从此达老功名益淡矣,可慨。下午两孙至子屏伯处问候,巳孙兼求方,日上胃气颇不和,晚归,知屏伯近体尚可,谈兴亦好。江震县试头题"有父兄在"至"有父兄在",正"天下之达道也"至"天地位焉"。会榜江正又脱科,江苏共中二十二人。闻汪和卿(凤樵)四世兄兰楣亦中式,科名赶伴,信哉,可羡!

十七日(6月4日) 阴,微雨滋润。暇则略阅《说文》,始动笔抄何子贞《蝯叟诗》。

十八日(6月5日) 晴朗。饭后录《蝯叟诗》,看《说文》三页,下

---

① "饭"字后疑漏写"后"字。卷十二,第572页。

午闲坐。今日船收东轸租洋五元有零，今岁仅有之进款也，书以识慨。

十九日（6月6日） 阴晴参半。饭后命工人将书厨三顶、大书厨一顶依旧位置，命两孙谨将先人遗集庋藏上架，几案上耳目一清。暇则摘录《蝯叟诗》。

二十日（6月7日） 阴，微雨，斜风竟日。上午摹篆，看《说文》三页，下午摘录《何蝯叟诗》两首。晚接敏农与寅孙札，知大孙媳湿热疮已愈，大慰保亦顽要如常，不胜欣喜。苏属进士仅中在城一汪、一吴，可称寂寞仅有。

廿一日（6月8日） 阴，微雨。上上①登清内账，摘录《蝯叟诗》一册毕，略看《说文》三页。下午作札复费九兄，托录礼目亦随缴，廿五日拟去载大慰保母子。夜读《唐诗三百首》，先赠君所口授也，倏已隔五十馀年矣，可悲可惜！

廿二日（6月9日） 又阴雨竟日，虽云及时，未免太多，非低区所宜。暇录蝯叟长古风两首，看《说文》三页，馀则碌碌未赶一事。沈咏韶专舟与巳孙书，所寄新拍电照惟妙惟肖。

廿三日（6月10日） 上午微雨，下午起晴，可喜。终日东涂西抹，自笑无谓，仅摘录蝯叟长歌风半首，夜阅略读唐诗，童时所习，背诵亦易。

廿四日（6月11日） 阴晴参半，东风略狂。饭后两孙同至雪溪访咏韶昆季，次孙逗留，明日赴沈氏会酌，廿六日渠家送回。长孙明日赴苏费氏，拟廿七日挈大慰保母子同归，芸九丈信面呈。暇阅《说文》竹部三页，《蝯叟诗》又摘录两页。偶翻阅《曾文正公书札》，被蠹鱼蛀，急换部面，杨园新刻全集完好无恙。

廿五日（6月12日） 阴晴未定。上午摘录蝯叟《雁足镫诗序》，极辨博。下午六侄来谈，日前至苏挈妇就医女科陈姓，其人偏废，左

---

① 上上，疑为"上午"之笔误。卷十二，第574页。

手书方,颇能对证。暇则翻阅《曾公书札》。

廿六日(6 月 13 日) 微雨,潮湿如汗蒸。上午阅《说文》三页,摘抄蝯叟长古风二首。暇阅《曾公书札》及唐诗。迟巳孙未归。

廿七日(6 月 14 日) 阴晴参半,西北风渐起燥。饭后摘录猨叟古风两首。上午倏接吴又如之子号蓉初禀并报条,惊知幼如以时疾十馀日,今晨疾终,年五十,有子三,均未成立,贫无立椎,可怜之至,欲告帮十番,当酌定明日送赙之。廿九殓,出殡不及往矣。吁,幼如竟如斯结局,哀哉!下午三点钟时,寅孙率大慰保母子来自苏,吉翁如夫人亦另舟陪来,大慰保顽耍可喜。接芸九翁回札,知廿六日胪唱,夜间电报已至苏,状元吴鲁,晋江人;榜眼文廷式,萍乡人;探花吴荫培,吴县人。苏省尚不寂寞。

廿八日(6 月 15 日) 阴晴参半,暖甚,不甚潮湿。饭后命舟人至梨,以分两洋、帮费五元致送吴幼如家,并一条示其长子蓉初,下午舟回,据张桂生云,长子不见,洋七元面交其中子六官,面有瘢痕者。噫,可惨也。暇阅《说文》竹部,摘录蝯叟古风三首,以《曾公书札》消遣。巳孙午后归自雪溪。

廿九日(6 月 16 日) 又阴雨竟日,颇寒。上午阅《说文》三页,摘录《蝯叟诗》二首,暇阅《曾公书札》。晚间吴兰生来谈,知县试廿六覆终六十人,莱及华盛,案首大约马逢乐,寄居在芦,未有文名。邑尊与徐学师监场,因病痊,有唱和诗刻送,颇风雅。终夜雨不息声。

五 月

五月初一日(6 月 17 日) 阴,上午雨仍不止,下午略有起晴意。梅雨太多,插种太省力,似非所宜。饭后衣冠关圣帝君乩书前、东厨司命神前、家祠内拈香叩谒,读陈公与徐质甫学师唱和诗,均稳惬可讽,有人谓其试帖气太重,未免高着眼孔,妄肆雌黄,甚非年少卑谦虚牧之道也,戒之戒之。暇作札拟致子屏,并以邑尊诗示之,未识如所云否。摘录蝯叟古风一首,考证金石最为的当,复以《曾公书札》自遣。

初二日(**6 月 18 日**)　又阴雨竟日,水三日内顿涨一尺左右,深为低区危虑。余屋后之田,今岁欲出顶,无人肯代种,今始垦治。上午幼如之中子六官,号廉石,自葫芦兜张氏回来,据述其长兄失业多年,幼如秘不余闻,其姑四女甥,幼如之妹也,嫁于震泽镇龚氏,颇有家,幼如自产弃去后,存龚氏钱约三百千,自两遭大故,恐所存亦无几。六官,龚氏姑收留,或者尚可习业有成,未识渠有志自立否。欲再有所求,只好忍心拒之。张氏之船逃去,余特抽忙备舟送回梨。吁,孤苦可怜,救援亦无善策,置之而已,不能再顾恤也,一叹!暇则摘录蝯叟古风,以《曾公札》消遣。

初三日(**6 月 19 日**)　朝上昨夜仍雨,至午后始大开晴,似可免水灾之厄,稍为欣慰。已孙头痛,鼻血渐止,屏伯处未去,信亦未寄。上午摘《蝯叟诗》两首,阅《说文》三页,下午闲散,略观《曾公书札》。

初四日(**6 月 20 日**)　上午阵雨,下午起晴,然潮湿依然,未必老晴稳当也。携杖至屋后观工人插种,竟日工毕。今夏借牛耕垦,几似强弩之末,然稼穑惟宝,总望力田勤服乃亦有秋,祷祀祈之。暇录蝯叟长古风半首,翻阅《曾公书札》。

初五日(**6 月 21 日**)　晴朗,梅雨停止。农工插种渐毕,天福吴民,不胜欣慰。更喜今日戌正亥初交夏至令节,谚云"夏至难遇端阳",老年幸见。上午摘录《蝯叟诗》两首,中午祀先,两孙率大慰保、小冀保随同拜跪行礼,顾而乐之。祭毕,始与两孙畅饮散福越酒,酣适万分。下午闲散。

初六日(**6 月 22 日**)　阴晴参半,下午阵雨即止。上午摘录《猿叟诗》二首,暇阅《曾公书札》。午后已孙至屏伯处商方问候,晚归,方用平肝息风,据云轻松静养无妨。前日元简、磬生、翼老过访,畅留三日,子屏候又感冒,寒热大作,近虽愈,精神尚委顿,来溪难定期,谈兴尚好。今日钱子芳来,传述惊知孙蓉卿昨日病故在家,嗣子无以为殓,拟向焕伯处找绝田价作开销,今夜须成交。此人如此结局,虽由命运之舛,实由自己一生布局着着多失算,可怜可惨!

初七日(6月23日)　阴雨不止,下午略有晴意。水已多,低区恰好,再来则又有水车之苦矣。终日潮湿昏闷,心纷不能开卷,仅摘录《蝯叟诗》一首,续阅亦无味,不解何故,大约心不安适耳。

初八日(6月24日)　朝上雨,上午开晴至晚,然潮湿尤甚,难卜老晴,特今日差喜旷朗耳。热甚,夏衣及令。饭后摘录《猨叟诗》,阅《说文》仓部三页,暇看《曾公书札》。夜与两孙以越坛馀酒小酌,甚适。夜蚊扰,不能亲灯火。

初九(6月25日)　晴朗,热爽。终日潮湿,渐干,喜卜长晴。饭后摹《说文》半页,摘录《蝯叟诗》首半,又阅《说文》三页,暇以曾札消暑,颇见道学语。

初十日(6月26日)　晴朗,热爽,天时极正。上午摘录《蝯叟诗》一首一叙,下午碌碌,未阅一书,可称懒散。

十一日(6月27日)　晴热,风燥。饭后登清内账,摘录《蝯叟诗》首半,暇阅《说文》两页,以《曾公札》消闲。

十二日(6月28日)　晴热而爽,水亦渐退。上午抄摘《蝯叟诗》长古风半首,阅《说文》三页。吴幼如子号蓉初者,以送上亭羔为名,专舟并札来,云其姑丈龚,荐学生意在震镇,告借行李费五枚,只好拒不理,免他日再来支节。暇以《曾公书札》消遣。

十三日(6月29日)　晴热,大有炎暑气象。饭后在瑞荆堂恭设香案,衣冠谨叩○○关圣帝君圣诞,暇则摘录《蝯叟诗》大半首,第三册毕,《说文》亦阅三页。下午以《曾公札》消遣。寅孙作切问课卷誊真,平妥而已,未见出色处。

十四日(6月30日)　晴,闷热,似有阵雨象。上午摘录《蝯叟诗》二首,略模《说文》,下午因热闲散。焕伯来谈,雨仍不至。

十五日(7月1日)　晴热如正伏。吉八兄如夫人金氏,今晨备舟送回到苏。饭后摘录蝯叟五秩自寿诗,七古四章毕。今日洁除堂楼下燕粪,几案书砚翻移楚楚。终日因热闲散,戏弄两小曾孙,颇觉贻情,忘恰炎暑。

十六日(7月2日)　阴晴参半,下午雷电,西南阵,风雨大作,一时交至,又一时许始止,差觉清凉。上午摘录《蝯叟诗》,第一册已竟,尚未及半。暇则看《说文》韦部完,续阅木部。下午掩卷。

十七日(7月3日)　昨夜今晨大雨时行,下午开霁,风凉之至。苏船回,敏农与念孙札,知苏府试分三场,十六日江震昆新末场,上三县初十日,题三个"巍巍乎",常昭二场题"欲常常","使昭昭",可称空灵。上午摘录《蝯叟诗》首半,暇阅曾札,乘凉高卧片时。

十八日(7月4日)　上午晴,下午复有阵雨,蓄势甚壮,未免于俗忌不宜。饭后摘录《蝯叟诗》两首,阅《说文》木部五页。下午闲散,略阅《曾公书札》。晚接陈绥甫邑尊札,以黄藩宪禁止恶俗十六条告谕四册分给,甚见谆谆吏治,然总恐洗涤为难。

十九日(7月5日)　晴。昨夜大雨,今幸晴朗,底田总望不再雨为妥稳。上午摘录《蝯叟诗》四首。中午祀先,大父逊村赠君忌日也,率两孙、两曾孙跪献如礼,午后散福,颇醉,酣眠片刻始醒。赵翰卿特唤舟来,长谈而去。苹甫亦来絮语,以菜油一担照原价划与之。

二十日(7月6日)　晴,略热。上午摘录猿臂叟诗二首。午前衣冠率三房侄孙、孙辈虔祀太平两水龙,祭毕,合三房工人河口试龙,大龙喷水过港,小龙喷水半港,均平安无恙,嘴口略修为妥。中午三房诸相好工人仍余处公款开销,犒之酒肉,醉饱而归。下午圣裕侄同醉六太婆来,述仲簏意,因新赋悼亡,所找之洋约廿七日付,余处代款今亦不来,可称不直落,只好婉商六太婆,幸尚点头而去。吁,仲簏之诈伪,难与共事可知矣。暇则以《曾公札》消遣。

廿一日(7月7日)　晴朗,是日未刻交小暑节,东南风极佳。上午摘录《蝯叟诗》四首,略阅《说文》木部三页,下午以曾札消闲。

廿二日(7月8日)　晴朗可怖。饭后摘录猿叟游山诗四首,如此身亲到峨眉也。上午子垂三侄来,观其气色盎然,戒烟是真,特未净耳。持子屏札面呈,知近体仍畏风,不能出门,来溪无期,托荐介安处一席,尚非其时,暇当询之,以便回复。留同中饭,长谈而去。知稚梅县试竟复终,十六府试亦尚未归,奇哉! 暇阅《曾公书札》第十册。

廿三日(7月9日)　阴晴不定,饭后微雨,下午略佳。上午摘录蝯叟游山诗四首,阅《说文》四页。已孙接咏韶沪回札,知凌砺翁医况、意兴均好。暇以《曾公书札》消遣。

廿四日(7月10日)　晴而不朗,然终可望无雨。饭后摘录蝯叟游山精警诗四首,阅《说文》三页。下午介安侄来,询及馆事,沈君如病不发,意欲蝉联,当即日关照垂侄,此局不稳。暇以《曾公书札》消闲。

廿五日(7月11日)　晴热,下午作阵,雷声隐隐,而雨势不大,意者别处沾澍乎? 终日心纷,仅作复子屏一书,抄猿叟游山诗一首,略阅《曾公书札》而已。

廿六日(7月12日)　晴热,下午又有雷声阵势。饭后摹《说文》部首半页,阅《说文》木字大部毕,抄蝯叟游山诗三古风,下午阅《曾公书札》。

廿七日(7月13日)　昨夜阵雨大畅,今日晴朗可喜,亦不甚热。饭后看《说文》四页,摘录蝯叟游山诗四首,均精警之作。暇以《曾公书札》消暑,蚊噆难去。下午圣裕侄同醉六婆来,所找之洋一律付清,余处代应之洋亦已收讫,此事瓜葛斩绝,然云门侄一房,母子媳侄日上又有后言,只好不出主意,随机相办耳。总之,仲篪谋事算小,然亦有不得不然之势,吾辈调停难做好人也,可叹!

廿八日(7月14日)　晴,上午大阵雨即止,下午晴爽颇佳。饭后摘录蝯公诗四首,游山兴毕,宦海从此收帆矣。暇阅《说文》三四页,以《曾公书札》消闲。

廿九日(7月15日)　晴朗,东风颇凉。上午略摹篆文,看《说文》四页,磨墨匣,摘《蝯叟诗》四册竟,明日接摘第五册,暇阅曾公平吴时书札。

三十日(7月16日)　晴朗竟日,略嫌风凉。饭后登载内账,略阅《说文》四页,《何蝯叟诗》第五册摘录动手。下午乘凉闲坐,以《曾公书札》消遣。

六　月

六月初一日（7 月 17 日）　阴晴参半，阵雨间之，终日颇不热。是日斋素，饭后衣冠于关圣鸾书前、东厨司命神前、家祠内拈香叩谒，上午谨持诵大士白衣神咒乙千二百遍，预为重九普济施用。暇阅《说文》三页，《曾公书札》克复金陵时半册。

初二日（7 月 18 日）　阴，东北风颇猛，雨亦随之，幸雨下午渐止，风亦将息，可冀不成灾，然水已涨寸许矣。饭后与陈、丁二公对账，一望黄茅白苇，难为吃饭地步，不半日竟事，千万祷祝以后若老身幸在，不再逢此光景，为祖宗庇荫也。两公老成仍联，下半年即歌大有，办租账亦大不易也。是日心纷，仅抄蝯叟长歌一章，曾公得意书札数页。

初三日（7 月 19 日）　晴朗，风亦渐息。饭后登清内账，摘录《蝯叟诗》二章。下午接子屏回札，知李辛翁在座，已定借寓退修，十六日开诊，甚好。朱枭宪大办赌棍，此辈敛迹矣。李久仲府试仍列十名，芦镇无得意者，可笑。初三课题"子在陈，曰"至"狂简"，诗题"看踏沟车望秋实"，王介甫句，极崛而新。暇以《曾公书札》消闲。

初四日（7 月 20 日）　晴朗，略有热意。上午略阅《说文》，摘录《蝯叟诗》两章。陈厚安支脩回家，约七月初四日去载。下午阅《曾公书札》末册。与孙辈初尝西瓜，价千二左右，已甘美有味。去岁歉收，今得食此，真太平光景，非易易也，可欣可警。

初五日（7 月 21 日）　晴热，渐有炎暑气象。饭后看《说文》邑部完，续阅"日"字另一册。摘录蝯叟石经长古风一首，连序几千言。《曾公书札》初刻十三本看毕，已有蛀，晒藏为要。

初六日（7 月 22 日）　晴朗，不甚炎热。饭后丁达泉支脩回家，约七月二十日去载来寓。暇阅《说文》四页，录何蝯叟长歌一首，已一叶矣。中午与孙辈循俗例吃面，畅饮上高粱酒，极酣适。下午子屏有条来，庆三侄媳之款，公共六元，如数交来人给之，即作条复，此系预支来年春季，札云今年秋季，子屏误记也。《曾公书札》续刻四册今又重阅。

初七日(7月23日)　晴朗，东南风，不甚炎热。是日辰刻交大暑节。暇阅《说文》三页，抄蝯叟长歌两首，一长引。下午翻阅《曾公续书札》。

初八日(7月24日)　晴朗，仍不炎暑。上午略阅《说文》，兼抄何老猿诗长歌二首，略晒架上诗集，新蛀又增，旧蠹未剔，奈何？下午翻阅《曾公续书札》。

初九日(7月25日)　晴，略热，阵雨不成。上午略阅《说文》，录《猿叟诗》二章第五册毕，接抄第六册。下午翻阅《曾公续书札》，疲倦，掩卷。

初十日(7月26日)　晴朗，略热。上午略看《说文》四页，录《蝯叟诗》二长歌。下午始浴，宿垢一洗而清，为之爽快。暇以《曾公书札》翻阅。

十一日(7月27日)　晴，炎热如令。上午略阅《说文》，抄《猿叟诗》二篇。厅东边椅子下白蚁聚穴，沿及上所置旧账簿上，账簿只好焚化作字灰，地上剔除恐不净也，奈何？能不延蔓他处为幸。暇以《曾公书札》消遣。

十二日(7月28日)　晴，渐热。上午阅《说文》三页，抄《蝯叟诗》二首，暇看《曾公续书札》以消闲。

十三日(7月29日)　晴，午刻小雨即止，颇凉。上午抄《蝯叟诗》，略阅《说文》。下午沈达卿来谈，畅甚，至晚始去。改余潘孝子诗及和作极妥，而渠作和韵诗尤能推陈出新。

十四日(7月30日)　上午晴朗，下午大雷电，阵雨，至晚开霁，颇畅足，可望苗兴勃然。饭后略看《说文》，录《蝯叟诗》，午后吃瓜，闲散。

十五日(7月31日)　晴，略热。上午持诵楞严神咒十五遍。下午抄录《蝯叟诗》，闲阅《曾公续书札》。

十六日(8月1日)　晴，不甚热。上午斋素，持诵楞严神咒十五遍甫毕，稚梅侄来告急，坚拒之，嬲借四百文而去。始知李久仲府试得元，为辛坨一喜。稚竹不安本分，院试许略帮助，后悔许之太易，徒增奢望，然骤诃责之，余不忍也。操纵此辈子弟，关其口而夺其戾气，实无良法，奈何？下午顾绥生来，为嗣母袁孺人除几开吊，礼固宜然。自作草稿，欲余代为传略之文，题目较叙会更大不易，姑存之以待后商，絮谈而去。

十七日（8月2日）　上午阵雨，下午晴，凉甚，水退。闻天津有水发之信。饭后录何猿叟金石考证，古风长叙一篇，诗未录全，略看《说文》二页。下午《曾公书札》阅竟，续再看《年谱》。

十八日（8月3日）　晴朗，不甚热。饭后持诵楞严神咒十遍，略登内账，有出无入，闷闷。暇录蝯叟古碑诗三长歌毕，以《曾文正公年谱》重阅。

十九日（8月4日）　晴，渐热。是日斋素，观音大士佛诞。上午在厅楼正中恭设香案，衣冠叩祝并持诵大悲神咒二百遍，为普济施用。下午抄《蝯叟诗》半首，阅《曾公年谱》。

二十日（8月5日）　晴热而爽。上午略阅《说文》，抄《何蝯叟诗》二首，自后家居、出游、闲适之作为多。暇阅《曾公年谱》。晚间再浴，垢污始略净，一快。

廿一日（8月6日）　晴热如令。饭后持诵大悲神咒一佰遍，抄《蝯叟诗》三首。下午走候达卿先生，以所拟袁表嫂传文求改，未识肯从直动笔否，长谈而返。晚间苹甫来谈，述及侄媳除几，择于八月廿二日举行。

廿二日（8月7日）　晴热如令，是日夜子时交立秋节。子祥之父墨亭老侄，年七十五岁，昨日子祥去省问，知尚笑谈行走如常，今晨家中飞舟来报知，惊知夜起小矢，一跌而不醒，家人晨探之，已寿终矣，骇甚！益叹老年之不足恃，然以孤僻之性，不受床席之累，亦是一适意处。子祥即归，一应送终之物均预齐办，择于廿四日成殓，廿六日开吊，当命孙辈一奠也。上午楞严咒诵毕，抄录《蝯叟诗》一长古风。下午在账房与两孙陪陈理卿赏秋，饮高粱，极如量而止。接达卿条,所改传文极委曲而得体,感佩之至。当再录清,商之子屏为是。

廿三日(8月8日)　晴热,西南北风,幸不甚闷。是日斋素,南方火帝神诞。上午在厅楼中堂恭设香案,衣冠虔祝,叩求四方太平,无灾为福。抄《蝯叟诗》一首,命已孙录昨日文,达卿改处有声有势,居然像古文体矣。名下无虚,益信下笔之难。闲阅《曾公年谱》。

廿四日(8月9日)　晴,炎暑颇炽。饭后持诵《弥陀经》十五卷,作札拟致子屏。暇录蝯叟和韵诗二首,阅《曾公年谱》,以热掩卷。

廿五日(8月10日)　阴多晴少,朝上雷雨小阵,下午又雨,顿觉清凉。上午缮札致子屏,以所撰传文请细加改润,庶免疵谬,贻笑于有识者。暇录蝯叟长歌叠韵二首,以《曾公年谱》消闲,身子不甚爽快。

廿六日(8月11日)　西风夜雨,竟日凉甚,晴朗。命念孙至大义吊送墨亭侄出殡,回来饭后。慕孙至莘塔候谒匏斋,并探听上洋消息。上午抄《蝯叟诗》第六册毕,拟录第七册。下午六侄来谈,以帖式相商,尚须斟酌。傍晚已孙回,辛翁谈兴甚佳,门诊尚可。砺老在申治一豪贾吐血,三剂而愈,名声大噪,均目前可慰事也。

廿七日(8月12日)　晴朗而凉。上①抄《蝯叟诗》第七册诗两首。招六侄来,告以帖式不妥,须更正。终日心纷不叙,聊以《曾年谱》排遣。下午闲散。

廿八日(8月13日)　晴朗。上午抄《蝯叟诗》二首。下午辛垞来,蒙送披拉甘水四瓶,为媳妇诊脉处方,祛风为主,谈笑诙谐,此叙颇畅。欣知砺老三六九寓夷场,广行医道,酌以火菜,傍晚始回莘。

廿九日(8月14日)　上午晴热,下午阵雨,顿凉。饭后抄录《蝯叟诗》二首,子屏近作数首。午后闲散,略阅《曾公年谱》,元年后治兵多顺手矣。

三十日(8月15日)　晴朗,不甚热。饭后阅《说文》三页,检登

---

①　"上"字后疑漏写"午"字。卷十二,第583页。

内账,抄《何蝯叟诗》三首。下午以《曾公年谱》第三册消闲,皆公得意事也。

七 月

七月初一日(8月16日) 晴朗,炎热。饭后衣冠关圣鸾书轴前、东厨司命神前、家祠内拈香叩谒。上午录《蝯叟诗》二长歌,下午阅《曾公年谱》闲散,因热,畅啖西瓜,尚甘美适口。

初二日(8月17日) 晴阴参半,闷热。饭后阅《说文》三页,抄《蝯叟诗》两首,下午阅《曾公年谱》,晚间闲散。

初三日(8月18日) 晴热,西南风。饭后阅《说文》三页,摘录《蝯叟诗》二首,第七册书毕,明日接续第八册末帙。下午阅《曾公年谱》三大册竟。已孙试笔为文,辰刻动笔,未刻誊完,以此入录科场,可望舒徐不迫,试前固当如是。

初四日(8月19日) 上午雷阵,大雨行时,年丰之象也。下午渐开霁,顿喜新凉。饭后抄《蝯叟诗》第八册绝句十馀首,《说文》阅至十五卷人字部,《曾公年谱》三册阅毕,拟接阅《日记》。下午焕伯来谈,拟至平(后知分到)送殷安斋夫人金氏明日大殓,照例当立孙为吟伯后,未识达泉主意若何。陈厚安是晚到胜溪。

初五日(8月20日) 晴。午间阵雨即止,炎热未甚退。上午录《蝯叟诗》三页,略阅《说文》人部亦三页。子屏遣人以长笺复余,并缴还传文,通体字句书法斟酌尽善,可称作手,乞醮增光,不胜感谢。适有俗事,命大孙复谢之。磬生春丰诗附缴,并知昨日周雨人归道山,善人不永年,周氏之大不幸,吾党闻之,甚为悼惜!暇以《曾文正公日记》二册详览。

初六日(8月21日) 晴朗,不甚热。饭后阅《说文》三页,录《蝯叟诗》二长歌。接砺生前月二十七日所发信与已孙札,知前患痢,多食果瓜所致,现已愈久矣。寓夷场不书,详在辛垞书中,大约医况甚得意,子屏处蒙其致念。下午录存子屏所改文,书法议论悉与古合,居然可以示人矣。甚矣,此道时文家万难与谈论也。暇阅《曾文正公日记》五页,多切实语,又以《先正事略》消遣。

初七日(8月22日) 晴朗。上午录《蝯叟诗》长古风一首,又录子屏所改文存稿。下午略阅《先正事略》,闲散。

初八日(8月23日) 阴晴参半,微雨即止,凉甚。是日未刻交处暑节。上午录《蝯叟诗》二首,并作书后一跋示两孙,尚未定稿。下午读《曾公日记》五页,又阅水师起义后诸名将事略。

初九日(8月24日) 晴凉,午后微雨即止。上午重录书后一跋,自抒臆见,无一精警语。已孙作文午后誊完,诗当续做,念孙以齿痛停笔。抄《蝯叟诗》两首,下午读《曾公日记》五页,随手以《事略》消遣。

初十日(8月25日) 晴,不甚朗,凉甚。上午抄录蝯叟一诗一长叙,暇则无聊。午后阅《曾公日记》,翻阅刘霞仙酌本诗文集。

十一日(8月26日) 阴晴参半,仍凉。上午阅《说文》三页,摘抄《蝯叟诗》第八册三长歌,尚有三首未录竟。下午闲散,阅《先正事略》寇乱后诸名臣传。始闻科试杨学宪今日开考本棚,考毕,案临镇江,回车始考苏,大约及早须九月中。

十二日(8月27日) 晴热颇甚。上午录东洲草堂《何蝯叟诗》第八册三诗竟,书后跋语亦录在册尾竣事,已四阅月矣,可笑滞迟,然近今一大家,似可存也。是日照应出更稻,得洋乙佰四十元,今春至秋,进款只此,其何以开销? 必须今冬大有年,庶犹可为继,千万祷祀之祈,不胜情迫。

十三日(8月28日) 晴,略热。上午重阅《蝯叟诗》,第一本所录者三首,登清内账,阅《曾公日记》五页,刘养晦堂文数篇。下午丁少兰来为小冀保推拿,温通处方而去,云寒热凉,脾泄止,可即渐愈。

十四日(8月29日) 晴,昨夜雨,不甚热。上午略阅《说文》,圈《蝯叟诗》。中午中元节祀先,率两孙、小慰保叩献如礼,祀毕,与两孙散福畅饮,不觉大醉,昼眠,不能阅一书矣。闲散至晚,又有阵势欲雨。

十五日(8月30日) 晴,昨夜阵雨大澍,良苗怀新。上午阅《说文》三页，《曾公日记》五页，下午略翻《先正事略》。小冀保寒热复来，兼有呕泄二三次，请丁先生，知今日他往，远不及来，颇为周折。终日西北风，凉甚。

十六日(8月31日)　晴朗竟日，早晚颇凉。丁少兰昨晚来，点灯处方去。为小冀保又推惊，以针刺穴，今幸寒热渐凉，呕泻已止矣。上午登清内账，磨墨匣，学摩篆字。下午阅《曾公日记》《先正事略》。

十七日(9月1日)　阴晴参半，仍凉。终日心纷不叙，略阅《说文》摹部首，下午略阅《先正事略》，闲散。

十八日(9月2日)　阴，西北风挟雨至，幸不狂，下午略息，顿寒冷。饭后校《蝂叟诗》，加以朱圈，摹《说文》部首。下午阅《先正事略》《曾公日记》。夜凉，初亲灯火，读唐诗，然飞蚊犹绕鬓焉。

十九日(9月3日)　阴晴参半，转南风，渐霁而暖。饭后摹部首，阅《说文》三页，校《蝂叟诗》数首，下午阅《曾公日记》《先正事略》，夜阅《曾公家书》。

二十日(9月4日)　阴晴参半，西风不肃。上午点校《蝂叟诗》数首，《说文》阅至十七册首字部，暇以《先正事略》消闲，《刘霞仙文集》摘录者初阅毕。丁二兄达泉今日到账房。

廿一日(9月5日)　晴朗。饭后点校《蝂叟诗》一册毕，摹篆部首半页。下午阅《先正事略》《曾公日记》。已孙至莘，谒李师辛翁，晚归，骇知辛翁已于十二日回盛，事由本宅人面者(学中之不肖)大加媒糵，辛老避之，不失为君子，然述之使人发指也。已孙磬、莲两母舅留饮便饭，磬生并以"潘童子割臂三言"一章见和，读之，极峭而婉，不愧名手。

廿二日(9月6日)　晴朗，风凉。饭后登清内账，摹篆半页，校圈《蝂叟诗》数首，闲看《先正事略》数传，掩卷。下午心纷不定，念辛垞事，为代抱不平。砺老一出门，子弟放肆若此。噫，是何家运也？不胜太息！有妪自上洋来，粗悉砺老近况不甚得意，未悉其详。天下事名浮于实者多也，然亦为之少兴。

廿三日(9月7日)　晴朗竟日。上午摹篆半页，《蝂叟诗》点校数首,下午阅《曾日记》《先正事略》数页。晚间吴兰生到馆来谈,并持示芸九兄札,为莱生旧存摺上所留二百千,欲一并提讫,初闻之骇然,细询之,实万不得已而为之。缘零债山积,以轻利赔重利,得不偿失,只好允之,然根本从此而不萌芽,以后立脚皆虚,况尚有遣嫁事乎!甚为莱生不取,计无所出,姑救目前之急而已。

廿四日(9月8日) 晴朗,西北风,是日丑刻交白露节。上午摹篆部首半页,校圈《蝘嫂诗》数首。下午作札复芸舫,莱生一款,八月中拟如数给付之,暇阅《先正事略》数传。已孙往雪溪候咏韶昆季,点灯后回,知咏韶患疟未愈。

廿五日(9月9日) 晴朗清凉。上午摹篆首半页,校点《蝘嫂诗》数首,下午阅《先正事略》,因心纷于俗务,掩卷闲坐。

廿六日(9月10日) 晴燥,清朗。上午摹篆首,校《蝘嫂诗》,下午阅《曾公日记》《先正事略》,阅《曾公家书》。

廿七日(9月11日) 晴暖,西北风不甚大。是日寅孙夫妇率大慰保至苏省侍,清晨开行,芸九兄复札命寅孙面呈矣。终日闲甚,略登内账。上午篆首摹毕,阅《日记》《先正事略》,点校《蝘嫂诗》消遣,夜读唐诗,蚊扰,即掩辍不阅。

廿八日(9月12日) 晴朗无风。上午重摹篆首,校圈《蝘嫂诗》数首,午后阅《日记》《先正事略》。口渴,啖所剩西瓜,凉沁脏腑,如餐冰雪,未免胆大,节饮之,快爽殊甚。夜读唐诗。

廿九日(9月13日) 仍晴朗。饭后重摹篆首半页,校《蝘嫂诗》数首。午后寅孙来自苏,辰刻开船,风顺故不迟,芸舫叔侄昨已到梨川顾氏矣。暇阅《日记》《先正事略》,心为俗尘所牵,颇不克指挥如意,看书实一无所得,愧甚。

八 月

八月初一日(9月14日) 晴朗可喜。饭后衣冠拈香关帝乩书前、东厨司命神前、家祠内叩谒。寅孙至梨奠顾光川翁,并送入祠。

暇则摹篆首半页，《蝮叟诗》第二册点毕，即校第三册。下午阅《日记》《先正事略》。未晚，寅孙已回，以余意致芸九叔丈，《切问斋全集》奉送，不必寄还。是夜接凌浦云之子札，字极端楷，文理简净，为二孙女蔡氏说亲，可笑之至，只好中止，不复。又接子屏长札，欣悉病已全愈，询考事、李辛垞事及谢绥之欲刻熊纯叔古文诗，分湖滩顾姓欲找绝田事，均须复之。

初二日（9 月 15 日）　晴朗万分。饭后命寅、巳两孙坐自家船往上洋请二母舅安，兼接大孙女归家，往返极速须十日左右。上午作札复子屏，如作对策一一详告之。午刻写好，云日上有信与达卿，当遣人来取也。下午登清内账，仍以《先正事略》消闲。是日西北风，平顺稳当，命两孙行内河泊石灰港，不出黄浦，须后日始到沪。

初三日（9 月 16 日）　晴朗，午后略微雨即开晴，无风。是日灶君神诞，合家照旧例净素。中午以素果清酒，衣冠拈香灶前虔叩，不敢祈福，但求宽佑销灾。上午持诵经咒，坛上所施，尚未完课。下午以《先正事略》消闲，子屏信今日寄出。

初四日（9 月 17 日）　晴朗，略燥，西北风。两孙可早抵沪渎矣。朝上至中午前持诵经咒，坛中所许愿今已竣事。下午阅《先正事略》数开国功臣传。

初五日（9 月 18 日）　晴朗，仍燥。上午摹篆部首半页，阅《曾日记》五页。下午徐瀚老来，又付洋廿五元，五元送灰另讫，十元贫米后算，旧例不减，保婴上又付十元①，仅存许款廿三千九百文，约须冬间再付矣。云日上痢疾未全愈，初九日送字灰至海盐，着徐松龄去矣。意兴精神大减，一茶而去。暇以《先正事略》消闲。

初六日（9 月 19 日）　晴朗而热。闻近地颇有疫，吐泻，四趾冷，能过一周时可救。上午摹写篆首，校圈《蝮叟诗》四页。邱氏有内使来，以大内侄女姻事相商，分不对而缘两结，只好听其从权，奇咤可

———————————————

①　"元"字后原文有符号艹。卷十二，第 589 页。

笑! 可贺得婿佳甚。陆幹甫以片送夏季新《缙绅录》一部,喜甚,略阅之,现已分省二十矣。下午以《先正事略》消遣。

初七日(9月20日)　晴朗,西北风略肃。上午校《蝯叟诗》四页,摹篆首半页。下午登载内账,以《先正事略》消闲。晚间焕伯来,知吴莱生摺上一款日上要付,渠余处前日来谈,何不开口?

初八日(9月21日)　晴朗,北风颇凉。饭后摹篆首半页,批评刘霞仙哭曾文正公诗十二首,自以谓见眉目,并识交情。校圈《何蝯叟诗册》第三本,午后竣事,于此老可称一知己。原本可觅便缴还子屏,计已在案头八阅月矣。晚则点桦香静坐,不阅一书以息力。

初九日(9月22日)　晴朗,北风略劲。饭后阅《说文》至十九卷马字部,摹篆首半页。由芦接两孙初五日所发禀,知初四日到,砺母舅寓宅平安,惟失财被骗事实有之,因留慰解闷怀,多住几天,大约同大姊回来总在中秋前一二日,姑听之。敏农回苏,亦有安信与念孙。下午阅《先正事略》,吴莱生来,所存款项照数付讫(百九十七元①,钱五百八十六文,扣钱四百四十四文,要还焕伯,代出利钱七日算),并以一清账示之,云今冬办母葬事,此钱了债外,可尚够用,闻之,稍惬余怀。明日欲暂回同。

初十日(9月23日)　晴朗,仍西北风,是日午刻交秋分节。饭后摹篆首六页毕,拟再重摹。上午至焕伯处,缴还少松原摺,并扣利并交,从是月十五日止,本利清讫。噫! 谋之难而取之易,以后莱生宜自为计,不能兼顾矣。下午七侄媳来,为七侄开吊事相商,略指示之,大约以省俭为是。暇阅《曾公日记》《先正事略》。

十一日(9月24日)　晴朗,仍西风,未识两孙今日沪上开回否。饭后重摹篆部首半页,《说文》马部三页。下午心不聚,《曾公日记》阅毕,翻《先正事略》数传,即掩卷。夜读杨啸溪利叔《汲庵诗存》数页,尚未得其真面目。

---

①　"元"字后原文有符号ㄐ。卷十二,第590页。

十二日(**9 月 25 日**)　晴朗而暖,晚稻试花垂穗已有七八分,大有年气象。芦镇赛会除工人外,无人去往观,可称善守静。上午摹篆半页,略翻《曾公杂著》。下午阅《先正事略》,亦不能息心揭要,总之心不定故也。

十三日(**9 月 26 日**)　晴朗可爱,东南风及令。上午摹篆半页,阅《说文》三页。下午阅《曾公杂著》《先正事略》。晚间迟沪上未归,今日好顺风,何留恋不赶急若此?

十四日(**9 月 27 日**)　晴朗,东南风。上午阅《说文》三页,摹篆半页。下午阅《杂著》《先正事略》,心纷,掩卷。上洋傍晚仍未回舟,不胜盼望,孙辈岂不知家中人舟均忙耶?

十五日(**9 月 28 日**)　晴朗,东北风,颇暖。上午摹篆,看《说文》二页,又看《曾公读书录》。午前正切悬望,适大孙女、大孙来自沪上,知唤一舟,昨日辰刻同开,泊青浦,今始顺帆到家。慕孙为二母舅所留,有信致余,约过二十日后趁陆翰甫船回来。日上有国手周小松之子五云在沪,棋兴大好,二孙之留亦缘此。上拐子之骗,砺老甚受累,现亦暂忘记矣,可笑。夜与女孙大谈申江风景,另一世界,非笔之所能述。是夜月色极佳。

十六日(**9 月 29 日**)　晴燥,颇热。饭后大孙女暂往莘,约晚间即归。今晨余脾泄三次,宿垢似净,然颇疲软,不能看书。拟作札照关照子屏,书院束脩决计无着,虽砺老亦无法挽回。噫,绝贫士生涯是谁之咎哉?子屏今岁失此一入款,生计愈艰,为之浩叹,然不能不直告之也。大孙述砺生母舅心境恶劣之至,外面恰能强镇,已不易矣。黄昏时大孙女回,即略办肴,特开申江所买越酒与孙男、孙女辈补赏中秋欢饮,账房诸公仅酌敬而已。是夜月色亦清朗无纤云,惟余今日初适,不敢豪饮,已酣足如量矣。清谈久之始就寝,腹泻亦止。

十七日(**9 月 30 日**)　晴暖如昨日。上午摹篆半页,阅《曾公读书记》。下午以札复子屏,并以上洋大孙女所贻糖果、高粱酒等四种转送之。晚接子屏回信,立言甚得体(近日身体略可),同为养老堂中人,闻之能无愧乎!

十八日(10月1日) 晴朗。上午略阅《曾公读书录》《先正事略》。丁二兄太湖看稻还,又以种后水来不成熟,租难议,可叹!下午沈达卿来长谈,晚去,渠来年少带一徒,焕伯许加脩廿千,渠意欣然。夜与大孙女闲话。

十九日(10月2日) 晴朗干燥。饭后仅摹篆半页。下午大孙女暂归莘,约廿二日友庆有事来。沪上用账今始出清。身体不甚爽快,括痧,已适意矣。夜阅《曾公家书》。

二十日(10月3日) 晴朗,风肃。饭后摹篆二遍毕。至友庆,晤六侄,诸事一未排场,可称性迟慢。挽对做好,落款指正其缪。回来,饮砺老所送五茄皮酒,极妙,不觉醺醉。下午碌碌,未看一书。晚间陆幹甫同慕孙来自申,云昨日已到金泽,陈逸帆处中饭。砺老医局吴观察已荐就,兴致尚佳。幹甫匆匆即回,宿友庆,约明日再来畅叙。与周五云棋,幹甫饶四,巳孙让六。

廿一日(10月4日) 晴朗,风峭。上午陆幹甫来絮谈,与巳孙手谈一局,良久,巳孙输十个。中午祀先,先继母顾太孺人忌日也,不孝见背已四十二年矣,思之,不胜凄感。祭毕,邀幹甫便饭,饭用新香珠加菱肉,先太孺人所嗜也,食之大有回甘馀味。夜至友庆,陪诸亲友同席,明日六侄、侄媳周氏领唁除几,小排场一应楚楚。

廿二日(10月5日) 晴朗,和暖。朝上率两孙至友庆应酬照看。饭后诸亲友陆续来,陈翼亭蒙光顾,略叙未畅即返。蔡子瑗至养树,欲谈侣笙事,一笑辞之。午后掩灵易吉,沈咏韶、赓簧从莘塔来,特送礼,领之。点灯时升炮鼓吹,僧道两班送入祠,颇不寂寞。夜间宴客共五席,听羽士唱曲甚解颐。事毕,回来不及十点钟,咏韶昆季留宿余处书楼,巳孙陪之。大女孙今日亦自莘塔来。

廿二日(10月6日) 晴朗。晚起,终日疲倦,未看一书(大女孙日上欲陪慈姑往苏烧香,下午又送回莘)。午刻友庆来招吃算账酒,辞之,下午又高卧片时始醒,益慨老年不任奔走。夜与幹甫、咏韶昆季、两孙、焕侄孙书房绍酒小饮，极适。幹老棋兴极浓，余不及登楼瞻看，眠时九点钟。

廿四日（10月7日）　晴朗，和暖。饭后摹篆半页，又阅《曾公读书记》。下午顾绶生来，一茶即去，前为其母作传略，面交之，并令其就正凌磬翁，然后付刻。叙葵邱一会，每二十千文，谊难不与，至开吊安葬，须十月中举行矣。晚看工人收香珠稻一亩七分，粒粒圆实，可望倍收，丰年之乐何幸重睹！夜与陆、沈三君再饮絮语，渠日上与两孙手谈兴豪，再观三君戏作女流致覆书，莺啼燕语，柔嘉端庄，新尖动目，云已费半日工始写就。

廿五日（10月8日）　晴暖。朝粥后，二沈公、幹甫均告辞，留之不能，此番之叙尚不寂寞。暇阅《先正事略》《曾公家书》，登清内账。陆幹甫送还家后，即作小楷书小四六札谢余，并送两孙殿策精印二本，足征才华富赡，周旋圆到之至。

廿六日（10月9日）　晴朗，太干燥，似非晚禾所宜。上午摹篆半页，阅《曾公读书录》，似亦案头不可少之书。下午阅《先正事略》首卷。晚间洗足，颇快。今日命小陈至莘赴顾绶生会酌，付钱廿千，前说明要扣蜀中去惜钱十一千。晚归，钱扣讫，会洋现交寥寥，凌氏诸后生咸集。

廿七日（10月10日）　晴燥。上午摹篆半页，始动笔点《读书记》五页，暇阅《先正事略》卷首毕。

廿八日（10月11日）　晴，仍干燥。上午摹篆半页，点《读书记》"仪礼"五页，字句道义都不得解，益叹熟读通晓之难。下午阅《先正事略》名儒传。顾庆云来，通情假之。

廿九日（10月12日）　晴朗，无纤云。饭后收晒夏间凉帽，换戴暖帽。老友袁憩棠幼子艾生入浙学来报，九月廿八日芹樽，当亲贺之。憩棠蔗境日甘，颇羡之。暇则摹篆半页，点《读书记》五页，下午阅《先正事略》名儒传。

三十日（10月13日）　阴，昨夜至今微雨竟日。晚禾滋润，百谷畅茂大有年,今岁可特书,天待吴民福庇大矣。上午摹篆半页,点《读书记》六页,下午阅《先正事略》经学传。

九 月

九月初一日(10月14日) 晴和如令。上午衣冠关圣鸾书轴前、东厨司命神前、家祠内拈香叩谒。登载内账,摹篆半页,点《读书记》五页,暇阅《先正事略》经学门。

初二日(10月15日) 晴朗,略寒。上午摹篆半页,点《读书记》四页。是月廿七日鸿轩七倅开吊除几,倪雪生、吴莱生以挽联相质,都不惬意,其尤不妥者略改而还之。《先正事略》仅阅一二人传。夜吃自田新香珠米粥,清芬开胃,鼓腹充盈,天生至宝,于歉年后赐之,不胜欣幸之至。夜阅《曾公家书》。

初三日(10月16日) 晴朗。上午摹篆半页,点《读书记》五页。下午阅《先正事略》经学门。书房内两孙试笔课文,十点钟动笔,六点誊真,夜补作诗八韵,后以俗事掇①,三四点钟仅誊真大半篇,诗亦未作。

初四日(10月17日) 阴,微雨即止,西风渐冷。饭后接敏农与寅孙书,确悉杨文宗前月廿七案临镇江。苏属科试尚无定期,日景短矣,甚为诸生虑。巳孙文今日读完,寅孙以齿痛搁笔。终日碌碌,略点《读书记》四页。

初五日(10月18日) 晴和。上午同陈理卿至芦,余先赴允明坛,寂寞一未举动,以坛费老例十四元并达卿所托问叩事、经咒账一应交周敬斋、李三弟手,即回舟泊镇上,与赵翰卿著叙良久。中午在酒馆与董梅村、曹少泉、理卿、翰卿中饭小酌,颇适,下午又茶叙。梅郅道况甚佳,先去。陆友岩又来长谈,论及书院无人经理,下半年已有废弛之势,无论明年,为之长叹。舟归,到家未晚,顾庆云来,又应

---

① 掇,疑为"辍"之笔误。卷十二,第594页。

酬之而去。夜登日记。

初六日（10月19日）　晴朗。上午洗砚，尘垢一清。东易沈辰伯来，以事求片请，坚辞之，渠尚是人情中人，劝其一木难支，不出手为妥，一茶去。终日闲静，略阅《先正事略》文苑传，点《读书记》三页，杨利叔《汲庵诗》阅之无味，夜阅《曾公家书》。晚接咏韶与巳孙札，据说考期十四日取齐已确，何学路尚不通知？所改二孙媳讣底极道地。

初七日（10月20日）　晴朗。上午摹篆半页，点《曾公读书记》"仪礼""周官""尔雅"毕，句读不明者多，何论文义、解经之难如此？下午阅《先正事略》文苑传，明白者多。晚上接敏农与寅孙信，知杨文宗案临十四日之期已准矣，尚属舒齐。

初八日（10月21日）　晴暖和朗。饭后摹篆半页，走候沈达卿，约明日同赴允明坛，携其古文一首归。复至六侄处，约科试同伴两舟，寅孙拟十四日先到苏，在费府等候，府学已有传单通知。暇录达卿为其师范咏作诗稿序，极淋漓悲壮之致，实近时大手笔也。下午携杖观工人收自种稻，黄云满檐，香粒垂肩，以今岁之盈登，偿去年之灾歉，天福吴民非常乐岁，不胜祈求感谢之至，但祝来年此为左券。夜阅《曾公家书》半册。

初九日（10月22日）　重九。晴朗，风略劲。饭后率慕孙同沈达卿诚斋舟至芦三官堂允明坛，率孙辈到坛拈香叩首，时已开沙，扶手陆友岩，写手周敬斋，大士谕普济照旧，酉刻临坛。达卿问二亲冥况，均无受苦。达老问病，亦可渐逾。惟诚斋问病，似甚不轻。普济焰口两堂，一菊隐山房门僧心泉，一北坼行脚僧东林寺僧明宗，慕孙为妻超荐而设。又道流一班，主者车坊人，亦是归依弟子。此番张蘅洲办事而不管账，一切主持均是凌莲叔。晤谢一亭、赵雪村暨镇上沈福斋、陆炳卿、周茹香诸人，莲叔招留素斋，六人同席。下午复参佛始回镇，与赵翰卿、顾青江、周茹香、董梅邨茗叙，以堂轴四幅，对一幅交茹香重裱。又晤袁憩棠竹林，知芹樽廿八日要改期，稚松乔梓均有科举，明年决计父子同下场，甚为松巢先友喜。长谈始登舟，到家傍晚，大女孙已来自莘,确知沈涤生夫人彭氏昨日作古,涤生不在家,急招凌磬生暨已孙去办事,不能不往。夜与大女孙絮语良久,知本路钱少江来,慕孙起文(照三张)并洋四元,寅孙已面交少江矣。

初十日(10月23日)　晴而不朗。上午补书日记,登清内账,摹篆半页,点《读书记训诂》五页。午前已孙舟至雪巷,探丧送殓,应酬笔墨,此行甚乏味也。属之事毕即归为要。下午阅《先正事略》文苑传。

十一(10月24日)　晴朗。饭后摹篆半页,点《读书训诂记》五页。大女孙回莘,时范甫郎玉官有时疾,不甚轻,须照看之,到胜无定期。下午稚梅持子屏札来,告帮考费,余遵前言,给以两洋,戒励之而去。子屏日上旧恙受补轻松,惟怕风依然。暇阅《说文》心字部毕,当续阅廿一卷水部。

十二日(10月25日)　晴朗,西北风颇寒。上午点《读书训诂记》一页。莘侄来谈,科试约异舟同寓。下午略阅《先正》文苑传。沈达卿遣仆缴还《天岳山房文集》全部,保婴找钱四百文,当便寄凌莲叔。玉官之疾,服诸元翁方已渐轻松,大慰。邑尊有照会,由北舍寄来并信,请今日入城议造衙署,抽提典捐五年,此事江河日下,无可挽回,不敢与闻。

十三日(10月26日)　晴朗可喜。上午点录挽熊纯叔七古一章,缘录所抄纯叔诗文中有是草稿,故录存以识鸿爪旧谊。《纯翁全集》,近闻谢绥之欲发刻,并托搜采,今已由凌磬生手寄苏矣。《读书记》又点数页,下午阅《先正事略》文苑传。夜间念孙伏载,明日赴苏应科试,先至费氏外家盘桓,顿候莘六叔。

十四日(10月27日)　晴朗和暖,今日是金危危大吉辰。上午摹篆半页,点《读书记》"史记"五页,下午阅《先正事略》文苑传。晚间六侄来谈,云明日到同住宿,后日赴苏。传说同里业主定租石脚到限九斗,未免太松,粮柜十九日要开。

十五日(10月28日)　晴朗。上午摹篆半页,点《读书记》"史记”五页,下午阅《先正事略》文苑传。晚间巳孙雪巷未归,岂人舟有不便乎?抑以身受人牵制,忘却自己有考试乎?殊不惬老怀。夜读杨利叔诗《汲庵存稿》,亦不合余意,大约眼光不大,不能心通其意。

十六日(10月29日) 朝雨即晴朗。饭后摹篆半页未毕,凌磬生来,始详知十二日邑尊请酒庙内,议造衙署事,先与叶诵甫斟酌,劝捐统邑难办,各镇仍筹米捐为妥。始于公所见邑尊,知除头二门大堂两廊已竣工外,二堂、三堂、花厅、堂楼、平屋、围墙已续估工乙万四千串。磬老开谈,各镇八百,芦、莘、北厍三镇各由米捐筹办二千四百千,尚少乙万一千六百千串,除城中已认前工二千千串,净少九仟六百千串,归梨、盛、同三镇筹派。仲甫已允认,沈月帆、施拥百业经暗托仲甫,想无异言。芦、莘当捐不提,仍归书院义学用。芦镇米捐仍照旧收四文,惟抽一半庙捐(计每石二文)五年作衙署工用。莘库今冬另起捐米数,亦以五年为度,办理极好。并欣悉前钱觉莲所经手,抽莘塔典捐保婴一半之数,并未支用,约计三百千之数,邑尊已许扣还。磬老日后只须筹五百千,事甚轻松,惟来年开工捐数不足,无人肯应填为难,姑且缓图再商,且仓厫不随工接办,邑尊亦已点头矣。总之,此项公事不提典捐,书院照旧,于公则体面,于私则子屏日后不无小补,甚为吾侄幸。当即照告之,磬翁所托也。留之便中饭,小酌甚欢,下午又絮谈回去。少顷,巳孙回自雪溪,迪老已归家,一应开销不管,并不见客。咏韶昆季遭此家运,甚可怜可叹,宜同人代为太息也。磬老作彭夫人挽联,工妙之至。租务章程,渠家亦未定见,云日后再来关照。

十七日(10月30日) 晴暖。饭后摹篆半页,点《读书记》“史记”五页。午刻苏州船归,接寅孙与巳孙札,知学宪今日童诗古,明日府长元吴生正场,廿三复试。廿二下六学生正场,廿七复试。廿四江震吴县童正场,初一日提覆,初三贡监录科。寓在学书办考西街首胡宅,三榻三洋,六侄已到,昨日同进寓,约廿一日家中舟上去,拟廿三日挈眷同归。慕孙廿八日到苏,未迟也。暇作长札,拟复子屏。

十八日(**10 月 31 日**)　晴朗。午后西北风颇劲。上午缮长笺致子屏,风狂未送。篆首仍摹半页,登清内账。下午阅《先正事略》隐逸传,念孙未识何时出场,能舒徐否? 文从字顺否? 甚为悬望。

十九日(**11 月 1 日**)　晴朗,风息。上午摹篆半页,点《读书记》"汉书"六页,暇阅《先正事略》隐逸传。下午接子屏回札,知日上又形寒停补,巳孙到苏,要托买首乌丸一洋。闻辛垞抱恙非轻,现请诸先生另出手眼,投一剂已有转机,大慰,然尚冀全愈为快。

二十日(**11 月 2 日**)　晴朗。昨日生经古复试,今日常昭新童正场。上午摹篆半页,点《读书记》"汉书"六页,下午阅《隐逸传》。明日命舟至苏载小慰保母子,慕孙以札致其兄。

廿一日(**11 月 3 日**)　晴暖,东南风。上午摹篆半页,点《读书记》"汉书"六页。今日生补考,明日二场生科考。下午阅《先正事略》隐逸传终卷。慕孙课文练机,十一点钟动笔,中间又停半时辰,傍晚眷至后比,夜补作诗八韵眷完,计时场中,似尚舒齐。

廿二日(**11 月 4 日**)　晴暖,无风。上午摹篆部首毕,已四五遍矣,仍不明榘度,老笨无能为也,一笑。暇点《读书记》"前汉书"首册完,进阅第二本,下午阅《先正事略》循吏传。今日敏农暨六舍侄未识何时出场,均能得意否? 不胜系念。

廿三日(**11 月 5 日**)　晴和,无风,朝上大雾。饭后摹篆半页,点《读书记》第二册二页。适赵翰卿为五侄事来商,即招五侄媳来,所商之款渠经手,四年归清,今年十月底先缴一期五十一枚,两相允协,言定后,五侄媳先回,余留翰卿便中饭而去。下午略阅《事略》循吏传。傍晚念孙挈大慰保母子归自苏,始详知考政搜检严者极严,公而不公,无照会搜至下身亵裤,可笑。正场不出告示,场内默圣谕,默经,公令一新,违者戒饬。府学题"今夫水,搏而跃之"一章,不写全题,要默全。策问"《左传》春秋左氏师承",诗"鸡林卖人购,白学士诗集",得"人"字六韵,经默"晋献文子成室"一段。今日府上三学覆试,府覆廿四名,吴骧千廿三。昨日江正二场,题"好名之人"一节,策问"《汉书》吴越都会",诗题"五言长城",得"言"字,经默"故宗族乡党称其孝也"一段。念孙二牌出场,时已不早,三牌净场矣。六侄明后日归,敏农似甚得手,诗古正取庞元启一名。

廿四日(11月6日) 晴暖。上午摹篆半页,点《读书记》"汉书"五页。中午祀先,曾大父杏传公赠大夫忌日也,祭必用蟹,曾大父所嗜也。率两孙、大慰保小曾侄孙拜跪,灌献如礼。暇阅《事略》循吏传,夜阅《曾文正家书》。

廿五日(11月7日) 暖晴,微有风。上午至友庆二加,知今日略收拾,扎彩排场,廿七日鸿轩七侄开吊除几,照应人少,六侄昨夜归而未见。回来摹篆,点《读书记》五页。下午丁少兰来为冀保推治,据云受寒有痰,能呛爽,寒热渐解为轻,处方销痰、祛风而去。慕孙练笔课文,十点钟动手,一点钟完草稿,下午陪少兰,停一时许,点灯誊完,夜补作六韵诗,誊好未晚。

廿六日(11月8日) 阴,下午大雨雷电,甚为甘泽。饭后略坐定,午后至二加应赶明日领帖诸事,略已齐办,六侄亦有小恙,不能照料。账房设在丈石山房,两家办事诸公均集,夜饭三席。余与两孙回来将近起更,租务与焕伯、苹甫略议。

廿七日(11月9日) 晴阴,微雨即止,下午开霁,甚佳。朝上率两孙至二加堂,应酬竟日,陪诸元翁、陈翼翁朝饭,知两日在子屏处畅叙。李辛垞因激怒感而大病,经元翁两剂而愈,快甚,留之止宿,不肯即止。此番宾客半为试事所羁,即至亲到者寥寥,袁稚松、陆友岩、殷文若、杨幹甫亲至。友岩为郁小轩夫人故,无以敛,又告帮两洋收场。文若已不相识,谈都隔漠,可愧。下午掩衾,申刻除几入祠,送用僧道,循俗例用奏班,大戾于礼,然不能禁也。夜间谢客,连账房三席,余陪达卿与金梧生、鹤亭同席。始知吴江童题"见其二子焉"至"反见之","必察焉"至"好之",迕二官(殿华)回来云。二题"如有用吾者"二句,"九月寒砧催木叶"。夜回就寝十二点钟矣。《杨啸溪集》四本已由骧卿侄孙面交子屏。

廿八日(11月10日) 晴,不甚朗,仍暖。上午至二加看收拾物件,账房诸公仍叙,拆分子人情,开销厨茶六局,约费制钱乙佰四五十千文,分在内,净贴乙佰廿馀千够矣。中午吃算账酒,共三席,仍与沈达卿、金梧生同坐。下午略闲,慕孙明日赴苏录科,拟连船留住,考毕速回。夜宿舟中,微闻风雨。

廿九日(11月11日) 雨止,未开晴,西北风狂吼,顿寒,苏去断不敢开行。今知媳妇中堂近患肝疾,且气冲舌干,饮食难进,拟请诸先生来诊视,小舟亦不能行。终日焦闷,无味看书,略阅《循吏传》消闲一二时。夜间慕孙不伏载,且俟明晨再探消息。是夜风略息,千万祷祈风平浪静,明日老晴。

十 月

十月初一日(11月12日) 风息,晴朗,寒甚,已御皮衣。清晨慕孙登舟赴苏,大约可望赶进城。饭后衣冠东厨司命神前、家祠内拈香叩谒。暇阅《说文》,点《读书记》"汉书"三四页,《循吏传》数首。下午舟自颖村回,接元老条,知日上感冒卧病,不能出门,殊为不凑巧,拟明日去请梅村商方。夜阅《曾公家书》。

初二日(11月13日) 晴和。朝上始知芦镇新进案首马,陆厚斋郎、钱子骧郎、董蓉生弟四人,皆意中人也。暇点《读书记》"汉书"三页,《循吏传》数篇。媳妇气忡如旧,寅孙至子屏处拟方,午前回,专以豁痰开肺为主。晚间董梅村已来诊视,所见略同,方用前胡、桔梗、半夏、芦卜汁诸品,据云能吐痰自渐愈,降气药断不可用,汗出不宜多,舌苔白腻不甚垢,想尚易治也,定方两剂而去。喜知费敏农列一等第二名,第一是钱△吉,能廪为妙。

初三日(11月14日) 晴和。未识慕孙今日科考录科何时进出场,能不给烛否?写作俱妥否?念甚。朝上媳妇服了屏拟方,神尚安,惟痰气仍上拥不顺,殊切闷思。梅邨方拟即服,托凌三太太转请何获甫,不来。上午无聊之至,午后大喜凌砺生适至,询之,甫到家,一饭后即开行。细述病由，即进候脉商方，仍以销痰开肺为主。欲持方对药，苦无工人（均多病）可差，复商之砺翁，屈留止宿，其舟回去，明晨持药来载。夜与砺老持鳌绍酒小饮，渠医道甚得意，上洋惟砺老可立脚。畅谈久之，余陪宿，缘寅孙不能离左右，且大慰保、大孙媳均有小恙须照看也。

初四日(11 月 15 日)　晴暖。朝上陪砺生覆诊媳妇，据云昨夜不寐，神大不安，幸清晨略寐片刻神始清。痰吼略减，气忡依然，处方照前加分两，多用消痰、安神、降气之品，未识奏效否，粥后即还。今日范甫郎玉麟吉期，万不能留，约明日朝上仍坐原船带药而来。上午何荻甫来，年五十一矣，应酬圆到，诊脉处方与砺生大同小异，分两太轻，俟砺老明日来商方再服，一茶即去，云昨天上南，路不便，故不来。今日媳妇略能安卧，为之一慰，砺生方亦由莘塔船特带药送至。

初五日(11 月 16 日)　晴暖，东北风。朝上探知少太昨夜神尚安，气冲痰壅略减，似得转机，可喜。饭后摹篆数行，点《读书记》"汉书"三页。适凌砺翁来，陪之诊视，见舌苔尚润，气喘亦略减，内热仍盛，幸得暂眠。出来定方，照前有加味而不改汤，据砺老云，脉尚细缩，难说平稳，姑且先服迪甫方，以参消息，总要痰爽出为妥。留之便中饭，即回至梨周氏，知绣甫病在外家，须诊治，约明日午候仍至余处。念孙昨夜亦感冒，老荆伤风大呛，嘱静卧调息，大孙女服侍其母颇能周到。晚间慕孙自苏回，知今晨寅中登舟，初三录科，江正俊秀四人，题"力不足者"至"女画"，"夫子曰毋"二句，策问《今文尚书》师承"，诗"竹皮寒旧翠"，得"寒"字六韵。与帆鸥结伴同出场，大概给烛已七点钟时候，未免太迟，然不呵禁也。江等第，金祖泽、钱萃吉、金祖辉一二三，费敏农第四，可望挨补。郑式如一等后，正未探听，念孙幸列二等中，据慕孙云，此番写作，自问无差谬，一笑听之。灯下传说媳妇已大解，色黑而结，此则真有松机矣。

初六日(11 月 17 日)　晴暖。朝上闻知少太昨夜安眠，惟骨痛，气尚不舒。上午巳孙呈示场作，气度从容，局法周密，似可望幸取。午前砺生来自梨，云绣甫病甚不轻，拟明日唤大船促之归，心急之至。诊候媳妇脉，甚有转机，昨方不宜服，另拟清补养胃、健脾诸品，想可对证也。老荆、寅孙均烦定方，云伤风虽重，用药宜轻，絮谈商酌，拟砺老作札请李辛翁，缘今日去载诸先生，接回条，仍为病所缠不能来也。夜间与砺生对饮绍酒，如量而止，即送登舟，早眠。明晨至梨，苏城之行又须缓日，何周折若此？

初七日(11月18日)　晴暖。今日科试奖赏毕。饭后探知媳妇昨夜又大便溏后，尚能安神片卧，接服砺生洋参方。上午子屏有札来，问少太近状，并知子垂抱恙，风痰兼有寒热，即草草致覆，云下午到港面谈。午后即舟至大港，晤子屏，一年不见，气色颇佳。子垂服兄所定方，神已安而寒热未退。辛垞初一日与屏侄札，尚未出房门，防下乡不果来。示以媳妇所服方，大佩砺老手笔大进。巳孙录科文示之，亦以为可望幸取，畅谈一时许始还(是日始知荫周作古，明日大殓)，《东洲何诗集》缴回，告借《桦湖诗文全集》，收回《续古文辞类纂》全部。归家，苹甫、焕伯来谈，知初九日要到江，以杨稚斋信、推收账托之，并探听同川租局大概情形。

初八日(11月19日)　晴暖。上午略赶俗务，明日开账发限由，拟加拟让尚未与两房议定。下午何迪甫来诊视媳妇脉，处方仍以消痰息呛为主，方妥而轻，时医手段不过如是，洋参依砺拟作茶饮。寅孙亦制一方，理湿不谬。今晨子屏札来，子垂病证不退，欲求到港医治，面以原条相请，一洋四佰当面允许，登舟变卦，此等滑汉不足交，即专舟关照子屏，益见人情之薄。灯下大女孙自莘回，绣甫已到家，重用人参，未识尚有一线可治否。夜阅《曾公家书》数页。

初九日(11月20日)　阴，无风雨。上午略点《读书记》"汉书"四页毕。两账发限由开船，石脚难定，缘外间从增者少，尚须斟酌。午后巳孙随母舅来自莘，诊视媳现脉，滋阴培土为要，迪甫方不用，极是！寅孙方加减用之。匆匆留中饭即送回莘，缘绣甫病情，用人参、熟地、蛤蚧,奏效无几,不便止宿也。接徐蘩友与巳仲信,欣知渠与巳孙均在取中,名次未悉,此番侥幸如愿,不胜私慰。夜饮绍酒,颇适。

初十日(11月21日) 晴而不朗,仍暖。终日栗六,不能闲坐。媳妇昨夜颇安,寅孙咳呛而湿痰未透,似形委顿,不下楼。中午补十月朝祀先,率巳孙暨大慰保、小冀保拈香虔叩,灌献如礼。黄子英来自东易外家,寅孙招之登楼剧谈,午后始去。渠一等七名,即日要回娄东署中,并知太仓今日取齐。

十一日(11月22日) 晴朗。上午闲坐,始有丹玲张佃坤荣来还租米,旧岁不提,新租照十四年冬加二斗,价每石二元三角算讫,优给酒钱二百馀文而去,然恐石脚立不定也。凌氏有女使来,云砺生今日不能出门,适久之请梅村,即邀之。晚为寅孙定方,颇妥。黄昏后砺生扣门而来,迎讶之,知沈子和大病,请速往。夜行不敢,余处泊舟停宿,并为媳妇、寅孙、大孙女斟酌调理、清理三方,书毕半时许。留便饮剧谈,一鼓送登舟,约明日仍余处止宿。绣甫连投重剂,转机难恃。

十二日(11月23日) 晴暖。饭后接子屏札,垂问殷拳,并喜子垂风痰大出,势已轻松,无须砺生证治。上午接莘塔条,惊知绣甫昨日亥时身故,十四小殓,十五大殓,哀哉!此病砺生预云不治也。终日栗六,夜招苹甫来始定议,高区每亩加二斗,中区加一斗五升,下区加五升,极低田不加,照十四年分收。外间租风不佳,只好先定章程,随机相办,进场为要。

十三日(11月24日) 晴朗。饭后命巳孙至莘探绣甫丧,明日入殓,只好从权不往。上午定各圩石脚,悉如昨议,命子祥书定小票,外间谣言姑不听。晚间巳孙归,知昨日二母舅至大港候子屏,并为子垂定方,大势已定,以后只须调理。夜以《桦湖文钞》消遣。

十四日(11月25日) 晴暖,朝上大雾。上午无事,略阅《先正事略》孝义传。下午由孙辈转呈芸九叔所校《熊纯叔文集》样本四十页,谢绥翁托募刻资,每分十洋,当应酬之。惟无原本,实难细勘,况租务即日望收,更无馀兴及此,便当寄示子屏阅后,然后寄还费芸翁。老荆伤风未愈,似仍须砺老日上来调治。闻焕伯家内房昨夜月明失窃,可疑可骇之至。

十五日(11月26日) 晴暖,朝仍大雾。饭后命巳孙至莘,送绣甫大殓,并约二母舅明日来溪。午刻徐梦鸥来自莘,请姨母安并接徐帆鸥致巳孙札,详知贡监案初六日夜间发,实贴照墙,前所未曾见。正途取者多,监通属正取四名,次取四名,帆老与慕孙列次取一二名,念孙列府学二等五十一名,此番考试,差强人意。留中饭,絮谈久之始去。纯叔文,念孙略校一过。晚间巳孙回,知砺二母舅约明日遣舟去请,灯下略谈《桦湖文集》。

十六日(11月27日) 晴暖如深春,桃试花,天时多乖,病温痰涌者纷纷。上午舟回自莘回,砺生约下午来,阅《事略》孝义传将毕。灯前砺老自舟来,知今日至苏家港治凌叔苹证,至北库为费瘦石治病,均为庸医所误,挽回极难。药不可乱投,医实无人,可叹!略坐后,为媳妇处方调理,欣知病去六七,以后滋养谨慎为要。小酌夜饭毕,又论医久之始留宿书楼,巳孙陪之。

十七日(11月28日) 晴暖。朝上陪砺生朝粥后,为老荆定方,销痰清肃肺气为主,脉细尚平稳,无大病,然老年总宜保慎,无伤本原速愈为要。即送回莘,苏行尚无定期。终日仍闲,《先正事略》孝义传今日阅毕。晚间巳孙回自苏家港,知叔苹四母舅之疾大为逢蒙、柴胡、姜炒所误,现不受药,盗汗已无,身定无语言,大约无法可救,可痛,可恨!庸医杀人,其利害竟若是之酷,真令人辄唤奈何!

十八日(11月29日) 阴,西北风,渐冷而未透。今日始将账房移至限厅,终日仅收连前四户共三十元,去冬已还者欣然知便宜算讫,加二斗一斗者带洋不足数,观望徘徊而去,看来甚不踊跃,只好听之。子屏札来,问石脚,即复之,纯叔文样刻即带寄。夜间洗足,挫腰,酸甚不适,登清零用账即眠。

十九日(11月30日)　晴暖,腰痛渐愈。终日在限厅看收租,去冬已收者今日几乎收全,未还者玉、富两圩,已通允加收,各佃似尚乐从。夜间一鼓吉账,共收二佰馀石,眠时尚早。是日惊接凌叔苹十八日疾终,午时凶闻渠家失一佳子弟,老母将何以堪? 言之可伤!

二十日(12月1日)　晴暖竟日。朝上即率两孙至限厅督收租米,深幸佃风不变,各路皆通,诸佃输租颇甚踊跃,诸相好算账自朝至暮应接不暇,至三鼓后始吉账,共收钱洋合米约六佰有零石,颇如所望。余与两孙登清内日收,眠时已近四鼓,酣适之至。

廿一日(12月2日)　晴暖。是日起头限,竟日寂寂,仅收存仓三户。饭后命巳孙至苏家港,探叔苹四母舅之丧,即止宿彼处。明日送殓,闲息终日,夜间早眠,不甚疲倦,大约火升,非精神旺也。

廿二日(12月3日)　晴暖。终日收租十馀石,米价日短,明日不能不再减五分。接敏农信,同里租风已通,上三县依然冰搁。下午寅孙以膏方面商屏伯,晚归,收回熊先生样刻,校得极详细。晤张子廉,廪保财运颇佳,惊知沈子和昨日作古,伤哉! 夜酌账房诸公,陪饮,如量而止,胃口极适意。

廿三日(12月4日)　阴,微雨即止。终日收租三十馀石。苹甫六侄来论折价,今日余处让五分,未免三账房不划一,明日仍论议加五分,俯允之,然按之时价,亦太过矣。接芸九叔与寅孙札,苏城租风依然顽梗。纯先生样本又来,然无原本,实难勘政,姑便委之子屏。晚间巳孙来自苏家港,知听五太太尚能达观,以苍洲之次子嗣与叔苹,甚合例。今日巳孙送四母舅出殡始归,思之凄然,渠家失一佳子弟也。

廿四日(12月5日)　晴朗。朝上诸元简先生来自大港,欣知病体已愈,廿一日至盛,为郑公若时症兼烟漏甚危急,特请证治,方以甘草为君,未识能挽回万一否。子屏处昨夜长谈,今特来询问余家近状,感慰之至。便为余老荆证脉定方,云肺中尚有馀热,清理宜先,后须清补。长谈,意兴甚佳,约之止宿不能,中饭后即回,以高粱一瓶赠之,颇合意。略致菲仪,坚不受,珍重而别。是日限收三十馀石,闻北舍枷号局前两圩甲示众,租风可望有起色。

廿五日(12月6日) 阴,晚间微雨,有作冷之象。上午子屏札来,问昨所拟方,足征细心。欲复校熊公文,却好以续寄样本一并属之详勘。终日收租不忙,夜间吉账约四十石左右,灯下登清内账。

廿六日(12月7日) 阴雨竟日,防发风。终日为雨所阻,仅收租十五六石。下午疲倦,昼睡片时。夜登限账,阅《桦湖文集》,眠时尚早。六侄来谈,云梨川租风不佳。

廿七日(12月8日) 阴,无雨,西北风渐冷。终日收租六七十石,尚不寂寞。北舍柜书顾新卿来,有所求,谢拒之。晚间丁少兰来,为小冀保伤风处方治惊,据云,痰出爽可渐愈。

廿八日(12月9日) 晴,朝上大雾。终日收租,夜间吉账乙佰馀石。午前砺生来,云在苏耽阁,芸舫处望云、绥之、姚先生均畅叙。城中租风大坏,中丞不办,元和刚愎,后必酿成大案。为老荆定方,补肺养阴为主。下午巳孙陪之候子屏并致脩羊,晚归,余处留饮,止宿书楼,絮谈一黄昏始就寝。媳妇亦证脉,日后可定膏方。

廿九日(12月10日) 晴朗。终日在限厅督收租折米不开例,诸佃陆续而来,颇不寂寥,夜间吉账,约收二佰有零石。子祥、厚安适有感冒,强自支持,幸无差误,余与两孙就寝不过一鼓。砺老朝粥后登舟,云至盛访候李辛翁,回来约再顾余定膏方。

三十日(12月11日) 阴雨竟日,甚暖。余昨夜重伤风,不安眠,今日上午颇疲惫,下午略松。子祥呃逆寒热,勉强当账,殊谅之。终日收租较昨略多,夜间起更后吉账,共收折色二佰廿馀石,自开限至今夜,结数约收六成,不胜欣幸,缘西路租风成色不佳也。接邱毓之札,知其侄(振豪)十一月初八日吉期,须贺之。